DICIONÁRIO ESCOLAR

1. NOVO PEQUENO DICIONÁRIO BRASILEIRO DA LÍNGUA PORTUGUESA - Simões da Fonseca
2. DICIONÁRIO ESCOLAR FRANCÊS-PORTUGUÊS - Roberto Alvim Corrêa e Sary Hauser Steinberg
3. DICIONÁRIO ESCOLAR PORTUGUÊS-FRANCÊS - Roberto Alvim Corrêa e Sary Hauser Steinberg
4. DICIONÁRIO ESCOLAR ESPANHOL-PORTUGUÊS - Carlos Antonio Lauand

DICIONÁRIO ESCOLAR FRANCÊS-PORTUGUÊS

DICIONÁRIO ESCOLAR

Vol. 2

LIVRARIA GARNIER
BELO HORIZONTE
Rua São Geraldo, 67 - Floresta - Cep. 30-150-070
Tel.: (31) 3212-4600 - Fax: (31) 3224-5151

ROBERTO ALVIM CORRÊA
SARY HAUSER STEINBERG

DICIONÁRIO ESCOLAR FRANCÊS-PORTUGUÊS

LIVRARIA GARNIER

118, Rua Benjamin Constant, 118
Rio de Janeiro

53, Rua São Geraldo, 53
Belo Horizonte

2003

Direitos de Propriedade Literária adquiridos pela
LIVRARIA GARNIER
Belo Horizonte

Impresso no Brasil
Printed in Brazil

APRESENTAÇÃO

O nosso objetivo é, antes de tudo, atualizar nosso dicionário. Assim o requer o contexto das novas situações, todas tributárias do progresso, não só material, mas no nível do pensamento.

A extrema velocidade dos meios de comunicação provocou o aparecimento de muitos termos novos. Eis porque acrescentamos vários vocábulos que se referem às diversas atividades de nosso tempo, nunca, porém, deixando de respeitar a estrutura de nosso trabalho. Esperamos ter conseguido o equilíbrio desejado.

Inserimos palavras que dizem respeito, entre outros setores, à eletrônica, à física nuclear, à matemática, à indústria do petróleo, ao comércio, à medicina, à educação, à psicologia, às artes e letras em geral e aos esportes, em particular ao futebol.

Foi também nossa intenção salientar o valor de certas expressões idiomáticas, utilizadas com freqüência.

Entre os vocábulos traduzidos, sempre optamos, naturalmente pelo mais exato, mas também, em certos casos, pelo mais simples, aquele que o aluno há de reter com mais facilidade.

Após termos verificado, nas últimas edições, tanto do **Larousse** como do **Robert**, a supressão de certos verbetes, praticamente já excluídos da língua francesa, eliminamos os mesmos de nosso dicionário, para não sobrecarregá-lo de maneira inútil.

Procuramos colocar nas mãos dos estudantes um instrumento de consulta e trabalho capaz de despertar o interesse de todos em benefício de uma aprendizagem mais apurada da disciplina estudada. É isso o essencial. O conhecimento de um idioma estrangeiro permite a cada um comunicar-se diretamente com outros povos e com outros pensamentos; constitui um fator de aproximação e solidariedade internacionais e, acima de tudo, é uma abertura para o mundo em que vivemos.

OS AUTORES

SINAIS CONVENCIONAIS DE PRONÚNCIA

FRANCÊS	PORTUGUÊS
a	a
â	â
o (aberto)	ó
o (médio)	o
ô, au (fechado)	ô
u	ü
ou	u
e (mudo)	ə
s	ç
gue, gui	ghe, ghi
ll	ii
eu	ë
eur	ĕr
am, an, em, en	an
aim, ain, eim, îm, in, ym, yn	en
um, un	ën
om, on	on
x	kç, gz

O e mudo (ə) foi muitas vezes omitido na indicação fonética por não ser quase nunca pronunciado, como em LICITEMENT (licitman), e ao contrário do e mudo de vocábulos como LIBREMENT (librəman), SOURDEMENT (surdəman). Em outros casos, foi substituído por um apóstrofo, como em LIMOUSINE (limuzin'), GÊNE (gén'). Enfim, entre duas pronúncias possíveis, foi adotada aquela que nos pareceu mais freqüente.

ABREVIATURAS

Adj. — Adjetivo.
Adv. — Advérbio.
Aeron. — Aeronáutica.
Agric. — Agricultura.
Álg. — Álgebra.
Anat. — Anatomia.
Ant. — Antigo.
Arit. — Aritmética.
Arq. — Arquitetura.
Art. — Artigo.
Astr. — Astronomia.
Biol. — Biologia.
Bot. — Botânica.
Bras. — Brasileirismo.
Cin. — Cinema.
Cir. — Cirurgia.
Com. — Comércio.
Conj. — Conjunção.
Constr. — Construção.
Contr. — Contração.
Cosm. — Cosmografia.
Coz. — Cozinha.
Def. — Definido.
Dem. — Demonstrativo.
Dir. — Direito.
Elet. — Eletricidade.
Ent. — Entomologia.
Esp. — Esportes.
Falc. — Falcoaria.
Fam. — Familiar.
Farm. — Farmacologia.
Fig. — Figurado.
Filos. — Filosofia.
Fís. — Física.
Fisiol. — Fisiologia.
Fort. — Fortificação.
Fot. — Fotografia.
Geog. — Geografia.
Geol. — Geologia.
Geom. — Geometria.
Gír. — Gíria.
Gram. — Gramática.
Heráld. — Heráldica.
Hist. — História.
Ictiol. — Ictiologia.
Impr. — Imprensa.
Ind. — Indefinido.
Inf. — Infantil.
Interj. — Interjeição.
Inv. — Invariável.
Jur. — Jurídico.
Liter. — Literatura.
Liturg. — Liturgia.
Loc. adv. — Locução adverbial.
Loc. conj. — Locução conjuntiva.
Loc. prep. — Locução prepositiva.
Lóg. — Lógica.
Mar. — Marinha.
Mat. — Matemática.
Mec. — Mecânica.
Med. — Medicina.
Mil. — Militar.
Min. — Mineralogia.
Mús. — Música.
Náut. — Náutica.
Num. — Numeral.
Ópt. — Óptica.
Ornit. — Ornitologia.
Pess. — Pessoal.
Pint. — Pintura.
Pl. — Plural.
Poét. — Poética.
Polít. — Política.
Pop. — Popular.
Pos. — Possessivo.
Prep. — Preposição.
Pron. — Pronome.
Prov. — Provérbio.
Psic. — Psicologia.
Quím. — Química.
Ret. — Retórica.
S. — Singular. Substantivo. Substantivo masculino e feminino.
S. f. — Substantivo feminino.
S. m. — Substantivo masculino.
Tecn. — Tecnologia.
Teol. — Teologia.
Tip. — Tipografia.
V. — Verbo. Ver.
V. def. — Verbo defectivo.
V. i. — Verbo intransitivo.
V. imp. — Verbo impessoal.
V. pr. — Verbo pronominal.
V. t. — Verbo transitivo.
Veter. — Veterinária.
Zool. — Zoologia.

A

A (*a*), s. m. Primeira letra do alfabeto.
À (*a*), prep. A, até, com, conforme, de, dentro, depois, diante, em, entre, fora, per, perto, por, segundo, sobre. *À la*, à.
ABAISSANT, E (*abéçan*), adj. Aviltante, humilhante, que abaixa.
ABAISSEMENT (*abéçman*), s. m. Rebaixamento. *Fig*. Aviltamento, humilhação.
ABAISSER (*abéçê*), adj. e s. m. Abaixar. *Fig*. Aviltar, humilhar. **S'ABAISSER**, v.pr. Rebaixar-se.
ABAISSEUR (*abéçĕr*), adj. e s. m. Abaixador; músculo depressor.
ABAJOUE (*abaju*), s. f. Faceira (parte do focinho de certos animais).
ABALOURDIR (*abalurdir*), v.t. Apatetar, atordoar, tornar bronco.
ABANDON (*abandon*), s.m. Abandono, renúncia, desprezo. *À l'abandon*, loc. adv. Em desordem.
ABANDONNEMENT (*abandonəman*), s. m. Abandono; cessão, abandonamento.
ABANDONNER (*abandonê*), v. t. Abandonar, largar, entregar. **S'ABANDONNER**, v. p. Entregar-se.
ABASOURDIR (*abazurdir*), v.t. Atordoar, aturdir. *Fig*. Espantar, consternar.
ABASOURDISSANT, E (*abazurdiçan, t*), adj. Atordoante; consternador.
ABASOURDISSEMENT (*abazurdiçman*), s. m. Atordoamento, aturdimento. *Fig*. Consternação, espanto.
ABATARDI, E (*abatardi*), adj. Abastardado, degenerado.
ABATARDIR (*abatardir*), v.t. Abastardar, degenerar; alterar. **S'ABATARDIR**, v. pr. Degenerar-se.
ABATARDISSEMENT (*abatardiçman*), s. m. Abastardamento; degeneração.
ABAT-FAIM (*abafen*), s. m. inv. Mata-fome.
ABAT-JOUR (*abajur*), s. m. inv. Quebra-luz.
ABATS (*aba*), s. m. pl. Patas, rins, fígado, etc., de animais mortos.
ABAT-SON (*abaçon*), s. m. Adufa de campanário.
ABATTAGE (*abataj*), s.m. Abatimento; corte (árvores), matança (reses); queda (construções).
ABATTANT (*abatan*), s. m. Caixilho, corrediça.
ABATTÉE (*abatê*), s. f. *Aeron.* e *Mar.* Guinada.
ABATTEMENT (*abatman*), s.m. Abatimento, prostração.
ABATTEUR (*abatĕr*), s. m. Abatedor, cortador, lenhador (árvores), matador (animais).
ABATTIS (*abati*), s.m. Demolição. S. pl. Miúdos das aves. *Pop.* Membros. Pl.: *des abattis*.
ABATTOIR (*abatuar*), s.m. Matadouro.
ABATTRE (*abatr*), v.t. (Conjuga-se como *battre*). Abater, demolir; **S'ABATTRE**, v.pr. Abater-se, vir por terra.
ABAT-VENT (*abavan*), s. m. inv. Anteparo, telheiro.
ABAT-VOIX (*abavuá*), s.m. inv. Dossel dos púlpitos, sobrecéu.
ABBATIAL, E, AUX (*abaçial, ô*), adj. Abacial.
ABBAYE (*abéi*), s. f. Abadia.
ABBÉ (*abê*), s. m. Abade, clérigo.
ABBESSE (*abéç*), s. f. Abadessa, superiora.
A B C (*abêçê*), s. m. Abecedário.
ABCÉDER (*abçêdê*), v.i. (Conjuga-se como *accélérer*). Apostemar.
ABCÈS (*abçé*), s. m. Abscesso. Pl.: *des abcès*.
ABDICATEUR (*abdikatĕr*), adj. Abdicador.
ABDICATION (*abdikaçion*), s. f. Abdicação.
ABDIQUER (*abdikê*), v.t. Abdicar, deixar. Renunciar ao poder.
ABDOMEN (*abdomén'*), s. m. Abdômen.
ABDOMINAL, E, AUX (*abdominal, ô*), adj. Abdominal.
ABDUCTEUR (*abdüktĕr*), s. m. Abdutor (músculo).
ABDUCTION (*abdükçion*), s. f. Abdução.
ABÉCÉDAIRE (*abêçêdér*), s.m. Abecedário.
ABECQUER (*abékê*), v.t. Pôr a comida no bico.
ABÉE (*abê*), s. f. Comporta, represa.
ABEILLE (*abéii*), s. f. Abelha.
ABERRANT, E (*abéran, t*), adj. Aberrante.
ABERRATION (*abéraçion*), s.f. Aberração.
ABERRER (*abérê*), v.i. Aberrar, enganar-se.
ABÊTIR (*abétir*), v.t. Bestializar, apatetar, tornar estúpido.
ABÊTISSEMENT (*abétiçman*), s. m. Bestialização, estupidificação.
ABHORRER (*aborê*), v.t. Abominar, odiar.
ABIÈS (*abiéç*), s. m. Abeto.
ABÎME (*abim'*), s. m. Abismo, precipício; profundidade.
ABÎMER (*abimê*), v. t. Estragar, destruir; submergir. **S'ABÎMER**, v. pr. Entregar-se; afundar-se.
ABISMAL, E, AUX (*abiçmal, ô*), adj. Abismal.
ABJECT (*abjékt*), adj. Abjeto, vil.
ABJECTION (*abjékçion*), s. f. Abjeção, vileza.
ABJURATION (*abjüraçion*), s. f. Abjuração.
ABJURATOIRE (*abjüratuar*), adj. Abjuratório.
ABJURER (*abjürê*), v. t. Abjurar, renunciar; repudiar.

ABLATIF (*ablatif*), s. m. Ablativo.
ABLATION (*ablaçion*), s.f. Ablação, extração.
ABLETTE (*ablét*), s. f. Mugem (peixe pequeno de água doce).
ABLUTION (*ablüçion*), s. f. Ablução; lavagem.
ABNÉGATION (*abnêgaçion*), s. f. Abnegação, desinteresse.
ABOIS (*abuá*), s. m. pl. Latido. *Fig.* Situação desesperadora; agonia.
ABOIEMENT (*abuaman*), s.m. Latido.
ABOLIR (*abolir*) v.t. Abolir, suprimir; revogar.
ABOLISSEMENT (*aboliçman*), s.m. Abolição, supressão; revogação.
ABOLITION (*aboliçion*), s. f. Abolição; graça, remissão.
ABOLITIONNISME (*aboliçioniçm*), s. m. Abolicionismo.
ABOLITIONNISTE (*aboliçioniçt*), adj. e s. Abolicionista.
ABOMINABLE (*abominabl*), adj. Abominável, detestável. *Fam.* Horrível.
ABOMINABLEMENT (*abominabləman*), adv. De modo abominável.
ABOMINATION (*abominaçion*), s. f. Abominação; horror.
ABOMINER (*abominê*), v. t. Abominar, odiar.
ABONDAMMENT (*abondaman*), adv. Abundantemente, copiosamente.
ABONDANCE (*abondanç*), s. f. Abundância, riqueza. *Corne d'abondance*, cornucópia. *Parler d'abondance*, falar sem preparação, falar de improviso.
ABONDANT, E (*abondan, t*), adj. Abundante, rico.
ABONDER (*abondê*), v. i. Abundar. *Abonder dans un sens*, aferrar-se numa opinião.
ABONNÉ, E (*abonê*), adj. Assinante, subscritor.
ABONNEMENT (*abonəman*), s. m. Assinatura.
ABONNER (*abonê*), v. t. Assinar. **S'ABONNER**, v. pr. Tomar uma assinatura para si mesmo. Tomar uma assinatura para alguém.
ABONNIR (*abonir*), v. t. Melhorar.
ABORD (*abór*), s. m. Encontro; acesso; *Mar.* Abordo, Loc. adv. *D'abord*, primeiro; *de prime abord*, à primeira vista.
ABORDABLE (*abordabl*), adj. Acessível.
ABORDAGE (*abordaj*), s. m. Abordagem; encontro (de navios).
ABORDER (*abordê*), v. i. Abordar; chegar à beira de. V. t. Abordar, abalroar. *Aborder un sujet*, abeirar um assunto.
ABORDEUR (*abordĕr*), adj. m. Abordador.
ABORIGÈNE (*aborijén'*), adj. e s. Aborígine.
ABORNER (*abornê*), v. t. Demarcar, limitar.
ABORTIF, IVE (*abortif, iv*), adj. Abortivo.
ABOUCHEMENT (*abuchman*), s. m. Encontro, união. Conferência.
ABOUCHER (*abuchê*), v. t. Juntar. **S'ABOUCHER**, v. pr. Entrar em contato.
ABOULIE (*abuli*), s. f. Abulia.
ABOUT (*abu*), s. m. Peça de marcenaria unida à outra pela ponta.
ABOUTEMENT (*abutman*), s. m. Junção de peças de marcenaria nas pontas.
ABOUTER (*abutê*), v. t. Unir ponta com ponta.
ABOUTIR (*abutir*), v. i. Conduzir, chegar a, tender a.
ABOUTISSANT, E (*abutiçan, t*), adj. Confinante. S. m. pl. Caminhos; conseqüências.
ABOUTISSEMENT (*abutiçman*), s. m. Resultado.
ABOYANT, E (*abuaian, t*), adj. Ladrador, ladrante.
ABOYER (*abuaiê*), v. i. (O *y* passa a *i* diante de *e* mudo: *il aboie*. O *y* é seguido de *i* nas duas primeiras pess. do pl. do imperf. do ind. e do pres. do subj.: *nous aboyions, vous aboyiez; que nous aboyions, que vous aboyiez.*) Ladrar, latir; gritar.
ABOYEUR, EUSE (*abuaiĕr, ĕz*), adj. Lavrador. S. m. Gritador.
ABRACADABRANT, E (*abracadabran, t*), adj. Abracadabrante, excêntrico.
ABRASER (*abrazê*), v. t. Gastar. *Cir.* Abrasar.
ABRASIF, IVE (*abrazif, iv*), adj. e s. Abrasivo.
ABRASION (*abrazion*), s.f. Abrasão.
ABRÉGÉ (*abrêjê*), s. m. Abreviação; resumo.
ABRÉGER (*abrêjê*), v. t. (O *é* passa a *è* diante de sílaba muda: *il abrège;* exceto no fut. e no cond., onde se conserva *é*: *j'abrégerai; nous abrégerions.* Toma um *e* mudo depois do *g* antes de *a* e *o*: *il abrégea, nous abrégeons.*) Abreviar; resumir.
ABREUVAGE (*abrĕvaj*), s. m. Ação de dar de beber.
ABREUVER (*abrĕvê*), v. t. Dar de beber (aos animais); embeber; encher. **S'ABREUVER**, v. pr. Saciar-se.
ABREUVOIR (*abrĕvuar*), s. m. Bebedouro; pia.
ABRÉVIATIF, IVE (*abrêviatif, iv*), adj. Abreviativo.
ABRÉVIATION (*abrêviaçion*), s. f. Abreviação.
ABRI (*abri*), s. m. Abrigo, refúgio; proteção; hangar. *A l'abri de*, loc. prep.

A salvo de.

ABRICOT (*abrikô*), s. m. Damasco.

ABRICOTIER (*abrikotiê*), s. m. Damasqueiro.

ABRITER (*abritê*), v. t. Abrigar; proteger. **S'ABRITER**, v. pr. Abrigar-se.

ABRIVENT (*abrivan*), s. m. Abrigo contra o vento.

ABROGATIF, IVE (*abrogatif, iv*), adj. Ab-rogativo.

ABROGATION (*abrogaçion*), s. f. Ab-rogação, anulação.

ABROGATOIRE (*abrogatuar*), adj. Ab-rogatório.

ABROGER (*abrojê*), v. t. (Toma um *e* mudo depois do *g* antes de *a* e *o*: *il abrogea, nous abrogeons.*) Ab-rogar, anular.

ABRUPT, E (*abrüpt*), adj. Abrupto, escarpado. *Fig.* Rude.

ABRUTI, E (*abrüti*), adj. Embrutecido, estonteado.

ABRUTIR (*abrütir*), v. t. Embrutecer, embrutar; apatetar.

ABRUTISSANT, E (*abrütiçan, t*), adj. Embrutecedor.

ABRUTISSEMENT (*abrütiçman*), s. m. Embrutecimento, bruteza.

ABSCISSE (*abçiç*), s. f. Abscissa.

ABSCONS, E (*abçkon, ç*), adj. Escondido, oculto.

ABSENCE (*abçanç*), s. f. Ausência, falta; distração.

ABSENT, E (*abçan, t*), adj. Ausente; distraído.

ABSENTER (S') (*çabçantê*), v. pr. Ausentar-se.

ABSIDAL, E, AUX (*abçidal, ô*), adj. Absidal.

ABSIDE (*abçid*), s. f. Abside, capela-mor.

ABSINTHE (*abçent*), s. f. Absinto.

ABSOLU, E (*abçolü*), adj. e. s. m. Absoluto.

ABSOLUMENT (*abçolüman*), adv. Absolutamente, imperiosamente.

ABSOLUTION (*abçolüçion*), s. f. Absolvição, remissão.

ABSOLUTISME (*abçolütiçm*), s. m. Absolutismo.

ABSOLUTISTE (*abçolütiçt*), adj. e s. Absolutista.

ABSORBANT, E (*abçorban, t*), adj. Absorvente.

ABSORBEMENT (*abçorb.man*), s. m. Absorvência.

ABSORBER (*abçorbê*), v. t. Absorver, comer, engolir; consumir; ocupar. **S'ABSORBER**, v. pr. Concentrar-se.

ABSORPTION (*abçórpçion*), s. f. Absorção, absorvência.

ABSOUDRE (*abçudr*), v. t. (*J'absous, tu absous, il absout, nous absolvons, vous absolvez, ils absolvent. J'absolvais, nous absolvions.* Não se usa o pret. perf. *J'absoudrai, nous absoudrons. J'absoudrais, nous absoudrions. Absous, absolvons, absolvez. Que j'absolve, que nous absolvions.* Não se usa o imperf. do subj. *Absolvant. Absous, absoute.*) Absolver, perdoar.

ABSOUTE (*abçut*), s. f. Absolvição pública.

ABSTENIR (S') (*çabçtənir*), v. pr. (Conjuga-se como *tenir.*) Abster-se, privar-se.

ABSTENTION (*abçtançion*), s. f. Abstenção, recusa.

ABSTENTIONNISTE (*abçtançioniçt*), s. m. Abstencionista.

ABSTERGER (*abçtérjê*), v. t. (Toma um *e* mudo depois do *g* antes de *a* e *o*: *il abstergea, nous abstergeons.*) *Med.* Absterger, limpar.

ABSTERGENT, E (*abçtérjan, t*), adj. Abstergente, purificante.

ABSTERSION (*abçtérçion*), s. f. Absterção.

ABSTINENCE (*abçtinanç*), s. f. Abstinência; sobriedade; jejum, dieta.

ABSTINENT, E (*abçtinan, t*), adj. Abstinente.

ABSTRACTION (*abçtrakçion*), s. f. Abstração. *Abstraction faite de,* com exceção de, exceto.

ABSTRAIRE (*abçtrér*), v. t (Conjuga-se como *traire.*) Abstrair; separar; distrair.

ABSTRAIT, E (*abçtré, t*), adj. Abstrato; impenetrável.

ABSTRUS, E (*abçtrü, z*), adj. Abstruso.

ABSURDE (*abçürd*), adj. Absurdo; extravagante.

ABSURDITÉ (*abçürditê*), s. f. Absurdo; extravagância.

ABUS (*abü*), s. m. Abuso, erro; exorbitância. Pl.: *des abus.*

ABUSER (*abüzê*), v. t. Enganar, abusar. **S'ABUSER**, v. pr. Enganar-se, iludir-se.

ABUSEUR, EUSE (*abüzër, ëz*), adj. Abusador.

ABUSIF, IVE (*abüzif, iv*), adj. Abusivo, excessivo.

ABYSSAL, E, AUX (*abiçal, ô*), adj. Abissal.

ABYSSE (*abiç*), s. m. Abismo submarino.

ABYSSINIEN, ENNE (*abiçinien, ién'*) ou **ABYSSIN, INNE** (*abiçen, çin'*), adj. Abissínio.

ACABIT (*akabi*), s. m. Qualidade má ou boa de uma coisa; caráter.

ACACIA (*akaçiá*), s. m. *Bot.* Acácia.

ACADÉMICIEN (*akadêmiçien*), s. m. Acadêmico.

ACADÉMIE (*akadêmi*), s. f. Academia; academia.

ACADÉMIQUE (*akadêmik*), adj. Acadêmico.

ACADÊMISME (*akadêmiçm*), s.m. Academismo.
ACADÊMISTE (*akadêmiçt*), s. m. Academista.
ACAJOU (*akaju*), s. m. Acaju.
ACANTHE (*akant*), s. f. Acanto.
ACARIATRE (*akariatr*), adj. Colérico; rabujento; impertinente.
ACAULE (*akôl*), adj. *Bot.* Acaule.
ACCABLANT, E (*akablan, t*), adj. Opressivo, acabrunhador, extenuante.
ACCABLEMENT (*akabləman*), s. m. Abatimento; acabrunhamento; cansaço.
ACCABLER (*akablê*), v. t. Acabrunhar, oprimir. Cobrir; sobrecarregar.
ACCALMIE (*akalmi*), s. f. Calma momentânea.
ACCAPAREMENT (*akaparman*), s. m. Abarcamento; monopólio.
ACCAPARER (*akaparê*), v. t. Abarcar; monopolizar, acambarcar.
ACCAPAREUR, EUSE (*akaparĕr, ëz*), adj. Abarcador; monopolista.
ACCÊDER (*akçêdê*), v. i. (Conjuga-se como *accélérer*.) Chegar, aceder; aquiescer.
ACCÊLÊRATEUR, TRICE (*akçêlêratĕr*; *triç*), adj. e s. m. Acelerador.
ACCÊLÊRATION (*akçêlêraçion*), s. f. Aceleração.
ACCÊLÊRER (*akçêlêrê*), v.t. (O *é* passa a *è* diante de sílaba muda: *j'accélère*; exceto no fut. e no cond., onde se conserva o *é*: *j'accélérai; nous accélérions.*) Acelerar, apressar.
ACCENT (*akçan*), s. m. Acento; sotaque; entonação.
ACCENTUATION (*akçantüaçion*), s. f. Acentuação.
ACCENTUER (*akçantüê*), v. t. Acentuar; sublinhar; dar importância.
ACCEPTABLE (*akçéptabl*), adj. Aceitável, admissível.
ACCEPTANT, E (*akçéptan, t*), adj. Aceitador, aceitante; consentidor.
ACCEPTATION (*akçéptaçion*), s. f. Aceitação, aprovação; consentimento.
ACCEPTER (*akçéptê*), v. t. Aceitar, admitir, aprovar.
ACCEPTEUR, EUSE (*akçéptĕr, ëz*), adj. Aceitador, consentidor.
ACCEPTION (*akçépçion*), s. f. Acepção; preferência. *Gram.* Significação.
ACCÈS (*akçé*), s. m. Acesso; entrada. Ataque (febre). Movimento. *Donner accès à*, permitir a entrada. Pl.: *des accès.*
ACCESSIBILITÉ (*akçéçibilitê*), s. f. Acessibilidade.
ACCESSIBLE (*akçéçibl*), adj. Acessível.
ACCESSION (*akçéçion*), s. f. Acessão, acesso, entrada.
ACCESSIT (*akçéçit*), s.m. Prêmio secundário; distinção concedida àquele que se aproximou do prêmio.
ACCESSOIRE (*akçéçuar*), s. m. Acessório; particularidade. Adj. Secundário.
ACCESSOIREMENT (*akçéçuarman*), adv. Acessoriamente.
ACCIDENT (*akçidan*), s. m. Acidente; acaso; variação.
ACCIDENTÊ, E (*akçidantê*), adj. Acidentado; desigual.
ACCIDENTEL, ELLE (*akçidantél*), adj. Acidental, fortuito.
ACCIDENTELLEMENT (*akçidantélman*), adv. Acidentalmente.
ACCIDENTER (*akçidantê*), v.t. Acidentar, criar acidentes; variar.
ACCLAMATION (*aklamaçion*), s. f. Aclamação, aplauso, ovação.
ACCLAMER (*aklamê*), v. t. Aclamar, aplaudir; proclamar.
ACCLIMATATION (*aklimataçion*), s. f. Aclimatação.
ACCLIMATEMENT (*aklimatman*), s. m. Aclimamento.
ACCLIMATER (*aklimatê*), v.t. Aclimar, aclimatar; conformar.
ACCOINTANCE (*akuentanç*), s. f. Freqüentação.
ACCOINTER (S') (*çakuentê*), v. pr. Freqüentar; ligar-se com alguém.
ACCOLADE (*akolad*), s. f. Abraço. Chave (para unir várias palavras).
ACCOLADER (*akoladê*), v. t. Reunir por uma chave. **S'ACCOLADER**, v. pr. Abraçar-se.
ACCOLEMENT (*akoləman*), s. m. Ação de unir.
ACCOLER (*akolê*), v. t. Abraçar; unir.
ACCOLURE (*akolür*), s. f. Junco (para ligar).
ACCOMMODAGE (*akomodaj*), s.m. Tempero (comida).
ACCOMMODANT, E (*akomodan, t*), adj. Complacente, tratável.
ACCOMMODATEUR (*akomodatĕr*), adj. Que acomoda.
ACCOMMODATION (*akomodaçion*), s. f. Acomodação, acomodamento, ajuste; acordo.
ACCOMMODEMENT (*akomodman*), s. m. Acomodamento; adaptação.
ACCOMMODER (*akomodê*), v.t. Acomodar, ajustar; temperar; conformar.
ACCOMPAGNATEUR, TRICE (*akonpanhatĕr, triç*), adj. Acompanhador.
ACCOMPAGNEMENT (*akonpanhəman*), s. m. Acompanhamento; cortejo; acessório.
ACCOMPAGNER (*akonpanhê*), v. t.

Acompanhar, seguir, levar; unir; executar o acompanhamento musical.

ACCOMPLI, E *(akonpli)*, adj. Acabado; perfeito; completo.

ACCOMPLIR *(akonplir)*, v. t. Executar, acabar; cumprir. **S'ACCOMPLIR**, v. pr. Efetuar-se.

ACCOMPLISSEMENT *(akonpliçman)*, s. m. Realização, acabamento.

ACCORD *(akór)*, s. m. Acordo, harmonia; pacto. *Tomber d'accord*, estar de acordo. *Mús.* Consonância.

ACCORDABLE *(akordabl)*, adj. Harmonizável; conciliável.

ACCORDAGE *(akordaj)*, s. m. *Mús.* Afinação.

ACCORDAILLES *(akordaii)*, s. f. pl. Esponsais.

ACCORDANT, E *(akordan, t)*, adj. Que se harmoniza, se concilia.

ACCORDÉ, E *(akordê)*, s. Noivo, noiva.

ACCORDÉON *(akordêon)*, s. m. Acordeão.

ACCORDÉONISTE *(akordêonist)*, s. Acordeonista.

ACCORDER *(akordê)*, v. t. Conceder, acordar, admitir. *Gram.* Concordar. *Mús.* Afinar.

ACCORDEUR *(akordĕr)*, s. m. Afinador.

ACCORT, E *(akór, t)*, adj. Cortês, afável.

ACCORTEMENT *(akórtman)*, adv. Cortesmente, com graça.

ACCOSTABLE *(akoçtabl)*, adj. Acessível; tratável.

ACCOSTAGE *(akoçtaj)*, s. m. Abordagem.

ACCOSTER *(akoçtê)*, v.t. Aproximar-se (de alguém). *Mar.* Aproximar-se muito perto.

ACCOTEMENT *(akotman)*, s. m. Orla da estrada; espaço entre a valeta e a casa.

ACCOTER *(akotê)*, v. t. Apoiar dum lado.

ACCOTOIR *(akotuar)*, s. m. Encosto, apoio.

ACCOUARDIR *(akuardir)*, v. t. Tornar covarde.

ACCOUCHÉE *(akuchê)*, s. f. Parturiente.

ACCOUCHEMENT *(akuchman)*, s. m. Parto.

ACCOUCHER *(akuchê)*, v. i. Dar à luz; parir. V. t. Partejar.

ACCOUCHEUR, EUSE *(akuchĕr, ĕz)*, adj. Parteiro.

ACCOUDEMENT *(akudman)*, s. m. Ação de apoiar-se (sobre o cotovelo).

ACCOUDER (S') *(çakudê)*, v. pr. Apoiar-se (sobre o cotovelo).

ACCOUPLEMENT *(akupləman)*, s. m. Emparelhamento; ajuntamento.

ACCOUPLER *(akuplê)*, v. t. Emparelhar, juntar, unir carnalmente.

ACCOURCIR *(akurcir)*, v. t. Encurtar.

ACCOURCISSEMENT *(akurçiçman)*, s. m. Encurtamento.

ACCOURIR *(akurir)*, v. i. (Conjuga-se como *courir*. Usa-se com *avoir* ou *être*, conforme se quer exprimir ação ou estado.) Acorrer, precipitar-se.

ACCOUTREMENT *(akutrəman)*, s. m. Trajo ridículo.

ACCOUTRER *(akutrê)*, v.t. Trajar ridiculamente.

ACCOUTUMANCE *(akutümanç)*, s. f. Hábito, costume.

ACCOUTUMÉ, E *(akutümê)*, adj. Habitual, ordinário. *À l'accoutumée*, loc. adv. Como de costume.

ACCOUTUMER *(akutümê)*, v. t. Acostumar, habituar.

ACCRÉDITER *(akrêditê)*, v. t. Acreditar, recomendar. Abrir um crédito (num banco). Propagar uma notícia.

ACCROC *(akrô)*, s. m. Rasgão. *Fig.* Dificuldade, embaraço. *Faire un accroc à*, faltar a.

ACCROCHAGE *(akrochaj)*, s. m. Ação de pendurar, de enganchar; colisão, choque (de veículos); dificuldade. *Pop.* Briga.

ACCROCHE-CŒUR *(akróchkĕr)*, s. m. inv. Pega-rapaz.

ACCROCHEMENT *(akrochman)*, s. m. Enganchamento; dificuldade.

ACCROCHER *(akrochê)*, v. t. Pendurar (num gancho), suspender. Parar, dar de encontro. Obter. **S'ACCROCHER**, v. pr. Importunar; agarrar-se.

ACCROIRE (FAIRE) *(férakruar)*, v. t. Enganar. *En faire accroire*, impor.

ACCROISSEMENT *(akruaçman)*, s. m. Acrescimento, desenvolvimento, aumento.

ACCROÎTRE *(akruatr)*, v. t. (Conjuga-se como *croître*, mas o part. pass. não leva acento circunflexo: *acru*.) Acrescentar, aumentar. **S'ACCROÎTRE**, v. pr. Crescer.

ACCROUPETONNER (S') *(çakruptonê)*, v. pr. Acocorar-se.

ACCROUPIR (S') *(çakrupir)*, v. pr. Acocorar-se, agachar-se.

ACCROUPISSEMENT *(akrupiçman)*, s. m. Acocoramento.

ACCRUE *(akrü)*, s. f. Aumento.

ACCUEIL *(akëi)*, s. m. Acolhimento, recepção; aceitação.

ACCUEILLANT, E *(akëian, t)*, adj. Acolhedor; amável.

ACCUEILLIR *(akëiir)*, v. t. (Conjuga-se como *cueillir*.) Acolher, receber; hospedar.

ACCULER *(akülê)*, v. t. Acantoar, encurralar. *Acculer quelqu'un à*, reduzir alguém a.

ACCULEMENT *(akülman)*, s. m. Acantoamento.

ACCUMULATEUR *(akümülatĕr)*, s. m. Acumulador.

ACCUMULATION *(akümülaçion)*, s. f. Acumulação, cúmulo.

ACCUMULER (*akümülê*), v. t. Acumular, juntar.
ACCUSABLE (*aküzabl*), adj. Acusável.
ACCUSATEUR, TRICE (*aküzatĕr, triç*), adj. e s. Acusador.
ACCUSATIF, IVE (*aküzatif, iv*), adj. Acusativo. *Gram.* S. m. Acusativo.
ACCUSATION (*aküzaçion*), s. f. Acusação.
ACCUSATOIRE (*aküzatuar*), adj. Acusatório.
ACCUSÉ, E (*aküzê*), adj. Acusado.
ACCUSER (*aküzê*), v.t. Acusar, imputar; revelar; denunciar. **S'ACCUSER**, v. pr. Acusar-se.
ACÉPHALE (*açêfal*), adj. Acéfalo; sem chefe.
ACÉRAGE (*açêraj*), s. m. Aceração.
ACERBE (*açérb*), adj. Acerbo; severo.
ACERBITÉ (*açérbitê*), s. f. Acerbidade, acrimônia, agudeza.
ACÉRÉ, E (*açêrê*), adj. Acerado, agudo, cortante; mordaz.
ACÉTATE (*açêtat*), s. m. Acetato.
ACÉTEUX, EUSE (*açêtë, ëz*), adj. Acetoso.
ACÉTIFICATION (*açêtificaçion*), s. f. Acetificação.
ACÉTIFIER (*açêtifiê*), v. t. (Conjuga-se como *prier*.) Acetificar, azedar.
ACÉTIMÈTRE (*acêtimétr*), s. m. Acetímetro.
ACÉTIQUE (*acêtik*), adj. Acético.
ACÉTONE (*açêtón'*), s. f. Acetona.
ACÉTYLÈNE (*acêtilén'*), s. m. Acetileno.
ACHALANDAGE (*achalandaj*), s. m. Afreguesamento.
ACHALANDÉ, E (*achalandê*), adj. Afreguesado.
ACHALANDER (*achalandê*), v. t. Afreguesar.
ACHARNÉ, E (*acharnê*), adj. Obstinado; aferrado.
ACHARNEMENT (*acharnəman*), s. m. Obstinação, animosidade, encarnecimento.
ACHARNER (*acharnê*), v. t. Animar, enfurecer, incitar. **S'ACHARNER**, v. pr. Enfervorar-se.
ACHAT (*achá*), s. m. Compra, coisa comprada.
ACHE (*ach*), s. f. Aipo.
ACHEMINEMENT (*achminəman*), s. m. Encaminhamento, progressão, marcha.
ACHEMINER (*achminê*), v. t. Encaminhar, dirigir.
ACHÉTABLE (*achtabl*), adj. Comprável.
ACHETER (*achtê*), v. t. (O *e* passa a *è* diante de sílaba muda: *j'achèterai*.) Comprar, mercar; subornar.
ACHETEUR, EUSE (*achtĕr, ëz*), s. Comprador.
ACHEVAGE (*achvaj*), s. m. Remate de um trabalho.
ACHEVÉ, E (*achvê*), adj. Acabado; perfeito.
ACHÈVEMENT (*achévman*), s. m. Acabamento, fim, remate; perfeição.
ACHEVER (*achvê*), v. t. (O *e* passa a *è* diante de sílaba muda: *j'achèverai*.) Acabar, rematar; aperfeiçoar. Matar. **S'ACHEVER**, v. pr. Extinguir-se.
ACHILLÉE (*akilê*), s. f. *Bot.* Aquiléia.
ACHOPPEMENT (*achopman*), s. m. Obstáculo, tropeço. *Pierre d'achoppement*, dificuldade imprevista.
ACHOPPER (*achopê*), v. t. Tropeçar; malograr-se.
ACHROMATIQUE (*akromatik*), adj. Acromático.
ACHROMATISME (*akromatiçm*), s. m. Acromatismo.
ACICULAIRE (*açikülér*), adj. Acicular.
ACIDE (*açid*), adj. Azedo, picante, ácido. S. m. Ácido.
ACIDIFIABLE (*açidifiabl*), adj. Acidificável.
ACIDIFICATION (*açidifikaçion*), s. f. Acidificação.
ACIDIFIER (*açidifiê*), v. t. (Conjuga-se como *prier*.) Acidificar, acidular.
ACIDIMÈTRIE (*açidimêtri*), s. f. Acidimetria.
ACIDITÉ (*aciditê*), s. f. Acidez, acidade, azedia.
ACIDULE ou **ACIDULÉ, E** (*acidül* ou *açidülê*), adj. Acídulo, acidulado.
ACIDULER (*açidülê*), v.t. Acidular, azedar.
ACIER (*aciê*), s. m. Aço. *Poét.* Arma.
ACIÉRAGE (*açiêraj*), s. m. Aceragem.
ACIÉRATION (*açiêraçion*), s. f. Aceiração, aceiramento.
ACIÉRER (*açiêrê*), v. t. (Conjuga-se como *accélérer*.) Aceirar.
ACIÉREUX, EUSE (*açiêrë, ëz*), adj. O que tem as qualidades do aço.
ACIÉRIE (*açiêri*), s. f. Aciaria.
ACNÉ (*aknê*), s. f. Acne.
ACOLYTAT (*akolitá*), s. m. Acolitato.
ACOLYTE (*akolit*), s. m. Acólito.
ACOMPTE (*akont*), s. m. Pagamento parcial; primeira prestação.
ACONIT (*akonit*), s. m. Acônito.
ACONITINE (*akonitin'*), s. f. Aconitina.
ACOQUINER (*akokinê*), v. t. Convidar, atrair. **S'ACOQUINER**, v. pr. Ligar-se.
ACOTYLÉDONE ou **ACOTYLÉDONÉ, E** (*akotiledón'* ou *akotilêdonê*), adj. Acotilédone.
A-COUP (*aku*), s. m. Movimento brusco. Pl.: *des à-coups*.
ACOUSTIQUE (*akuçtik*), s. f. Acústica. Adj. Acústico.
ACQUÉREUR (*akêrĕr*), s. m. Adquiridor, comprador.

ACQUÉRIR (*akêrir*), v. t. (*J'acquiers, tu acquiers, il acquiert, nous acquérons, vous acquérez, ils acquièrent. J'acquérais, nous acquérions. J'acquis, nous acquimes. J'acquerrai, nous acquerrons. J'acquerrais, nous acquerrions. Acquiers, acquérons, acquérez. Que j'acquière, que tu aquières, qu'il acquière, que nous acquérions, que vous acquériez, qu'ils aquièrent. Que j'acquisse, que nous acquissions. Acquérant. Acquis, e.*) Adquirir, obter, conseguir, alcançar.

ACQUIESCEMENT (*akiéçman*), s. m. Consentimento, aquiescência.

ACQUIESCER (*akiéçê*), v. i. (O *c* toma uma cedilha antes de *a* e *o*: *il acquiesça; nous acquiesçons.*) Aquiescer, consentir, aprovar; condescender.

ACQUIS, E (*aki, z*), adj. Adquirido. S. m. Saber, experiência.

ACQUISITION (*akiziçion*), s. f. Aquisição, compra.

ACQUISIVITÉ (*akizivitê*), s. f. Instinto que leva a adquirir.

ACQUIT (*aki*), s. m. Quitação, recibo; descarga. *Acquit à caution*, carta de fiança.

ACQUITTABLE (*akitabl*), adj. Pagável. Que pode ser absolvido.

ACQUITTEMENT (*akitman*), s. m. Pagamento. Absolvição.

ACQUITTER (*akitê*), v. t. Pagar; cumprir. Absolver. **S'ACQUITTER**, v. pr. Desempenhar-se.

ACRE (*akr*), s. f. Geira (medida agrária).

ACRE (*akr*), adj. Acre, azedo.

ACRETÉ (*akrətê*), s. f. Agrura; acrimônia.

ACRIMONIE (*akrimoni*), s. f. Acrimônia.

ACRIMONIEUX, EUSE (*akrimonië, ëz*), Acrimonioso.

ACROBATE (*akrobat*), s. m. Acróbata.

ACROBATIE (*akrobaçi*), s. f. Acrobacia.

ACROBATIQUE (*akrobatik*), adj. Acrobático.

ACROPOLE (*akropól*), s. f. Acrópole.

ACROSTICHE (*akroçtich*), s. m. Acróstico.

ACROTÈRE (*akrotér*), s. m. *Arq.* Acrotério.

ACTE (*akt*), s. m. Ação, ato, movimento. Testemunho, prova. *Prendre acte de*, anotar. Pl. Declarações, escrituras.

ACTEUR, TRICE (*aktër, triç*), s. Ator; agente.

ACTIF, IVE (*aktif, iv*), adj. Ativo, diligente, vivo, enérgico, eficiente. S. m. O ativo. *Avoir à son actif*, ter em seu ativo, ter a seu favor.

ACTINIE (*aktini*), s. f. Actínia, anêmona do mar.

ACTINIQUE (*aktinik*), adj. Actínico.

ACTINOMÉTRIE (*aktinomêtri*), s. f. Actinometria.

ACTINOMYCOSE (*aktinomikôz*), s. f. Actinomicose.

ACTION (*akçion*), s. f. Ação, gesto, movimento; ocupação; combate; assunto. *Action de grâces*, ação de graças.

ACTIONNABLE (*akçionabl*), adj. Acionável.

ACTIONNAIRE (*akçionér*), s. Acionista.

ACTIONNER (*akçionê*), v. t. Acionar; intentar ação, chamar a juizo. Excitar, movimentar.

ACTIVANT, E (*aktivan, t*), adj. Ativante.

ACTIVEMENT (*aktivman*), adv. Ativamente.

ACTIVER (*aktivê*), v. t. Ativar, impulsionar.

ACTIVISME (*aktiviçm*), s. m. Ativismo.

ACTIVISTE (*aktiviçt*), s. e adj. Ativista.

ACTIVITÉ (*aktivitê*), s. f. Atividade.

ACTUAIRE (*aktüér*), s. m. Atuário.

ACTUALISER (*aktüalizê*), v. t. Atualizar, modernizar.

ACTUALITÉ (*aktüalitê*), s. f. Atualidade.

ACTUEL, ELLE (*aktüél*), adj. Atual, imediato, efetivo.

ACTUELLEMENT (*aktüélman*), adv. Atualmente, agora.

ACUITÉ (*aküitê*), s. f. Acuidade, agudeza.

ACUMINÉ, E (*aküminê*), adj. Acuminado.

ACUPONCTURE (*aküponktür*) ou **ACUPUNCTURE** (*aküpünktür*), s. f. Acupuntura.

ACUTANGLE (*akütangl*), adj. Acutângulo.

ACUTANGULAIRE (*akütangülér*), adj. Acutangular.

ADAGE (*adaj*), s. m. Adágio, sentença moral.

ADAGIO (*adajiô*), s. m. *Mús.* Adágio. Adv. Devagar.

ADAMANTIN, E (*adamanten, in'*), adj. Adamantino.

ADAMIQUE (*adamik*), adj. Adâmico, relativo a Adão.

ADAMITE (*adamit*), s. Adamita.

ADAPTABLE (*adaptabl*), adj. Adaptável.

ADAPTATION (*adaptaçion*), s. f. Adaptação; aplicação.

ADAPTER (*adaptê*), v. t. Adaptar, apropriar. **S'ADAPTER**, v. pr. Adaptar-se.

ADDENDA (*adendá*), s. m. inv. Adenda.

ADDITIF, IVE (*aditif, iv*), adj. Aditivo.
ADDITION (*adiçion*), s. f. Adição, soma; despesa. *Tip.* Nota marginal.
ADDITIONNEL, ELLE (*adiçionél*), adj. Adicional.
ADDITIONNER (*adiçionê*), v. t. Adicionar, somar.
ADDUCTEUR (*adüktĕr*), adj. e s. m. Adulto (músculo).
ADDUCTION (*adükçion*), s.f. Adução.
ADÉNITE (*adênit*), s. f. *Med.* Adenite.
ADÉNOÏDE (*adênoid*), adj. *Med.* Adenóide.
ADÉNOME (*adênóm'*), s. m. *Med.* Adenoma, tumor glandular.
ADEPTE (*adépt*), s. Adepto.
ADÉQUAT, E (*adêkuá, t*), adj. Adequado.
ADHÉRENCE (*adêranç*), s. f. Aderência.
ADHÉRENT, E (*adêran, t*), adj. Aderente; partidário.
ADHÉRER (*adêrê*), v. i. (Conjuga-se como *accélérer.*) Aderir, anuir, consentir; estar unido.
ADHÉSIF, IVE (*adêzif, iv*), adj. Adesivo.
ADHÉSION (*adêzion*), s. f. Adesão, união; consentimento.
ADHÉSIVITÉ (*adêzivitê*), s. f. Adesividade.
ADIEU (*adië*), s. m e interj. Adeus. *Dire adieu*, abandonar. *Faire ses adieux*, despedir-se. Pl.: *des adieux.*
ADIPEUX, EUSE (*adipë, ëz*), adj. Adiposo.
ADIPOSE (*adipôz*), s. f. Adipose.
ADIPOSITÉ (*adipozitê*), s.f. Adiposidade.
ADJACENCE (*adjaçanç*), s.f. Adjacência.
ADJACENT, E (*adjaçan, t*), adj. Adjacente.
ADJECTIF, IVE (*adjéktif, iv*), s. m. Adjetivo.
ADJECTIVEMENT (*adjéktivman*), adj. Adjetivamente.
ADJOINDRE (*adjuendr*), v.t. (Conjuga-se como *craindre.*) Ajuntar, associar.
ADJOINT, E (*adjuen, t*), adj. Adjunto, associado, auxiliar.
ADJONCTION (*adjonkçion*), s.f. Junção, união (de juízes).
ADJUDICATAIRE (*adjüdikatér*), s. Adjudicador.
ADJUDICATION (*adjüdicaçion*), s.f. Adjudicação.
ADJUGER (*adjüjê*), v. t. (Toma um *e* depois do *g* antes de *a* e *o*: *il adjugea, nous adjugeons.*) Adjudicar.
ADJURATION (*adjüraçion*), s.f. Adjuração; exorcismo.
ADJURER (*adjürê*), v.t. Adjurar; exorcizar.
ADJUVANT, E (*adjüvan, t*), s.m. e adj. Auxiliar (medicamento).
ADMETTRE (*admétr*), v. t. (Conjuga-se como *mettre.*) Admitir, receber, permitir; reconhecer.
ADMINICULE (*adminikül*), s.m. Adminículo.
ADMINISTRATEUR, TRICE (*adminiçtratĕr, triç*), s. Administrador.
ADMINISTRATIF, IVE (*adminiçtratif, iv*), adj. Administrativo.
ADMINISTRATION (*adminiçtraçion*), s. f. Administração, governo, gerência.
ADMINISTRATIVEMENT (*adminiçtrativman*), adv. Administrativamente.
ADMINISTRÉ, E (*adminiçtrê*), s. Quem está submetido a uma administração.
ADMINISTRER (*adminiçtrê*), v. t. Administrar, governar; ministrar, aplicar. **S'ADMINISTRER,** v.pr. Dar a si mesmo.
ADMIRABLE (*admirabl*), adj. Admirável.
ADMIRABLEMENT (*admirabləman*), adv. Admiravelmente.
ADMIRATEUR, TRICE (*admiratĕr, triç*) s. e adj. Admirador, apreciador.
ADMIRATIF, IVE (*admiratif, iv*), adj. Admirativo.
ADMIRATION (*admiraçion*), s.f. Admiração, espanto; surpresa.
ADMIRER (*admirê*), v.t. Admirar; estranhar.
ADMISSIBILITÉ (*admiçibilitê*), s. f. Admissibilidade.
ADMISSIBLE (*admiçibl*), adj. e s. Admissível.
ADMISSION (*admiçion*), s.f. Admissão.
ADMONESTATION (*admonéçtaçion*), s. f. Admoestação, repreensão, advertência.
ADMONESTER (*admonéçtê*), v.t. Admoestar, repreender, advertir.
ADMONITEUR, TRICE (*admonitĕr, triç*), s. Admoestador.
ADMONITION (*admoniçion*), s. f. Admonição, aviso, advertência.
ADOLESCENCE (*adoléçanç*), s.f. Adolescência.
ADOLESCENT, E (*adoléçan, t*), s. e adj. Adolescente.
ADONIDE (*adonid*), s. f. *Bot.* Adônis.
ADONIS (*adoniç*), s. m. Adônis Pl.: *des adonis.*
ADONISER (*adonizê*), v. t. Adonisar, enfeitar. **S'ADONISER,** v. pr. Enfeitar-se.
ADONNÉ, E (*adonê*), adj. Dado a.
ADONNER (S') (*çadonê*), v. pr. Dar-se, entregar-se.
ADOPTABLE (*adoptabl*), adj. Adotável.
ADOPTANT, E (*adoptan, t*), s. Adotante.
ADOPTÉ, E (*adoptê*), s. Adotado.
ADOPTER (*adoptê*), v.t. Adotar, perfilhar; aceitar, aprovar.

ADOPTIF, IVE (*adoptif, iv*), adj. Adotivo.
ADOPTION (*adopçion*), s. f. Adoção.
ADORABLE (*adorabl*), adj. Adorável.
ADORABLEMENT (*adorabləman*), adv. Adoravelmente.
ADORATEUR, TRICE (*adoratĕr, triç*), Adorador.
ADORATION (*adoraçion*), s.f. Adoração.
ADORER (*adorê*), v.t. Adorar; amar com paixão.
ADOS (*adô*), s. m. Tabuleiro de jardim. Pl.: *des ados*.
ADOSSÉ, E (*adoçê*), adj. Encostado.
ADOSSER (*adoçê*), v.t. Encostar. **S'ADOSSER**, v. pr. Encostar-se.
ADOUCI (*aduçi*), s.m. Primeiro polimento. Adj. Polido
ADOUCIR (*aduçir*), v.t. Adoçar, atenuar, aliviar, polir. **S'ADOUCIR**, v.pr. Abrandar-se.
ADOUCISSAGE (*aduçiçaj*), s.m. Ação de fazer o primeiro polimento, brunidura.
ADOUCISSANT, E (*aduçiçan, t*), adj. e s. Adoçante; lenitivo.
ADOUCISSEMENT (*aduçiçman*), s.m. Adoçamento, alívio; tempero.
ADOUCISSEUR, EUSE (*aduçiçĕr, ĕz*), s. Brunidor de espelhos.
ADRÉNALINE (*adrênalin'*), s.f. Adrenalina.
ADRESSE (*adréç*), s.m. Endereço; destreza, agilidade, jeito. Requerimento.
ADRESSER (*adréçê*), v. t. Endereçar, mandar; dedicar. **S'ADRESSER**, v. pr. Recorrer.
ADROIT, E (*adruá, t*), adj. Destro, ágil; sagaz.
ADROITEMENT (*adruatman*), adv. Jeitosamente.
ADULATEUR, TRICE (*adülatĕr, triç*), adj. e s. Adulador.
ADULATION (*adülaçion*), s.f. Adulação.
ADULER (*adülê*), v. t. Adular, bajular, lisonjear.
ADULTE (*adült*), adj. e s. Adulto.
ADULTÉRATION (*adültêraçion*), s.f. Adulteração, falsificação.
ADULTÈRE (*adültér*), adj. e s. Adúltero. Adultério.
ADULTÉRER (*adültêrê*), v. t. (Conjuga-se como *accélérer*.) Adulterar, alterar, corromper, falsificar.
ADULTÉRIN, E (*adültêren, in'*), adj. Adulterino.
ADUSTE (*adüçt*), adj. Adusto, tostado, queimado, inflamado.
ADVENIR (*advənir*), v. i. (Conjuga-se como *venir*. Usa-se apenas nas 3as ps. e no inf.) Acontecer, suceder. *Advienne que pourra*, aconteça o que acontecer.
ADVENTICE (*advantiç*), adj. Adventício, acidental.
ADVENTIF, IVE (*advantif, iv*), adj. Adventício.
ADVENTISTES (*advantiçt*), s.m.pl. Adventistas.
ADVERBE (*advérb*), s.m. Advérbio.
ADVERBIAL, E, AUX (*advérbial, ô*), adj. Adverbial.
ADVERBIALEMENT (*advérbialman*), adv. Adverbialmente.
ADVERSAIRE (*advérçér*), s. m. Adversário, rival, antagonista.
ADVERSATIF, IVE (*advérçatif, iv*), adj. Adversativo.
ADVERSE (*advérç*), adj. Adverso, contrário.
ADVERSITÉ (*advérçitê*), s. f. Adversidade, desgraça, infortúnio.
AÈDE (*aéd*), s.m. Aedo, poeta.
AÉRAGE (*aêráj*), s. m. Arejamento, ventilação.
AÉRATION (*aêraçion*), s. f. Arejamento.
AÉRÉ, E (*aêrê*), adj. Arejado, ventilado.
AÉRER (*aêrê*), v. t. (Conjuga-se como *accélérer*.) Arejar, ventilar.
AÉRICOLE (*aêrikól*), adj. Aerícola.
AÉRIEN, ENNE (*aêrien, én'*), adj. Aéreo.
AÉRIFÈRE (*aêrifér*), adj. Aerífero.
AÉRIFICATION (*aêrifikaçion*), s. f. Aerificação.
AÉRIFORME (*aêrifórm*), adj. Aeriforme.
AÉRISER (*aêrizê*), v. t. Aerizar.
AÉROBIE (*aêrobi*), s.m. e adj. Aeróbio.
AÉRODROME (*aêrodróm'*), s. m. Aeródromo.
AÉRODYNAMIQUE (*aêrodinamik*), adj. e s. f. Aerodinâmico; aerodinâmica.
AÉROGARE (*aêrogar*), s. f. Estação de aeroporto.
AÉROGRAPHE (*aêrograf*), s. m. Aerógrafo.
AÉROLITHE (*aêrolit*), s. m. Aerólito.
AÉROLOGIE (*aêroloji*), ou **AÉROGRAPHIE** (*aêrografi*), s. f. Aerologia, aerografia.
AÉROMÈTRE (*aêrométr*), s. m. Aerômetro.
AÉROMÉTRIE (*aêromêtri*), s.f. Aerometria.
AÉROMOTEUR (*aêromotĕr*), s. m. Aeromotor.
AÉRONAUTE (*aêronôt*), s. Aeronauta.
AÉRONAUTIQUE (*aêronôtik*), adj. Aeronáutico. S. f. Aeronáutica.
AÉRONAVAL, E, ALS (*aêronaval*), adj. Que pertence à aviação e à marinha.
AÉRONEF (*aêronéf*), s.m. Aeronave.
AÉROPHAGIE (*aêrofaji*), s. f. Aerofagia.

AÉROPLANE (*aêroplan'*), s.m. Aeroplano.
AÉROPORT (*aêropór*), s.m. Aeroporto.
AÉROPORTÉ, E (*aêroportê*), adj. Transportado por via aérea.
AÉROPOSTAL, E, AUX (*aêropoçtal, ô*), adj. Aeropostal.
AÉROSTAT (*aêroçtá*), s.m. Aeróstato, balão.
AÉROSTATION (*aêroçtaçion*), s.f. Aerostação.
AÉROSTATIQUE (*aêroçtatik*), s.f. Aerostática.
AÉROSTIER (*aêroçtiê*), s.m. Aeróstata.
AÉROTECHNIQUE (*aêrotéknik*), adj. Aerotécnico. S. f. Aerotecnia.
AÉTITE (*aêtit*), s.f. Aetita, pedra-de--águia.
AFFABILITÉ (*afabilitê*), s. f. Afabilidade, amabilidade, cortesia.
AFFABLE (*afabl*), adj. Afável, amável, cortês.
AFFABLEMENT (*afabləman*), adv. Afavelmente, amavelmente.
AFFABULATION (*afabülaçion*), s. f. Sentido moral de uma fábula.
AFFABULER (*afabulê*), v. t. Proceder de modo a constituir uma trama romanesca.
AFFADIR (*afadir*), v. t. Tornar insípido, sem sabor.
AFFADISSEMENT (*afadiçman*), s.m. Insipidez, sensaboria.
AFFAIBLIR (*aféblir*), v.t. Enfraquecer, debilitar; minorar.
AFFAIBLISSANT, E (*afébliçan, t*), adj. Debilitante.
AFFAIBLISSEMENT (*afébliçman*), s.m. Debilitação, debilidade, enfraquecimento; diminuição.
AFFAIBLISSEUR (*afébliçër*), s.m. Produto que enfraquece.
AFFAINÉANTIR (S') (*çafénêantir*), v. pr. Tornar-se malandro, preguiçoso.
AFFAIRE (*afér*), s.f. Negócio; embaraço; disputa; processo. *Se tirer bien d'affaire*, sair-se bem de tudo. *Cela fait mon affaire*, isto me convém. *Avoir affaire à forte partie*, ter pela frente um forte adversário. *C'est l'affaire d'un instant*, é coisa de um instante. *La belle affaire*, mas que beleza! *Pop. L'affaire est dans le sac*, está no papo. *Avoir affaire à*, ter relações com. *Toute affaire cessante*, imediatamente.
AFFAIRÉ, E (*aféré*), adj. Ocupado.
AFFAIREMENT (*aférman*), s.m. Azáfama, pressa, afã.
AFFAISSEMENT (*aféçman*), s.m. Descaimento; abatimento.
AFFAISSER (*aféçê*), v.t. Abaixar, abater; prostrar. **S'AFFAISSER**, v. pr. Abater-se, curvar-se.
AFFAITAGE (*afétaj*), s. m. Domesticação (de aves de rapina).
AFFAITER (*afétê*), v. tr. Domesticar (aves de rapina).
AFFALER (*afalê*), v. t. Abaixar, arriar. **S'AFFALER**, v. pr. Deixar-se cair.
AFFAMÉ, E (*afamê*), adj. Esfomeado, faminto; ávido, cúpido.
AFFAMER (*afamê*), v. t. Esfomear, privar de víveres.
AFFAMEUR, EUSE (*afamër, ëz*), s. e adj. Esfomeador.
AFFECTATION (*afêktaçion*), s.f. Afetação.
AFFECTÉ, E (*afêktê*), adj. Exagerado.
AFFECTER (*afêktê*), v. t. Afetar; tomar; tocar, comover. **S'AFFECTER**, v.pr. Afligir-se, escandalizar-se.
AFFECTIF, IVE (*afêktif, iv*), adj. Afetivo.
AFFECTION (*afékçion*), s.f. Afeição, amizade, inclinação; impressão. Doença.
AFFECTIONNÉ, E (*afékçionê*), adj. Afeiçoado, amado.
AFFECTIONNER (*afékçionê*), v. t. Afeiçoar, amar, gostar.
AFFECTIVITÉ (*afêktivitê*), s. f. Afetividade.
AFFECTUEUSEMENT (*afêktüëzman*), adv. Afetuosamente.
AFFECTUEUX, EUSE (*afêktüë, ëz*), adj. Afetuoso, carinhoso, amável.
AFFÉRENT, E (*afêran, t*), adj. O que toca a cada um, aferente.
AFFERMAGE (*afêrmaj*), s. m. Arrendamento.
AFFERMER (*afêrmê*), v. t. Alugar, arrendar.
AFFERMIR (*afêrmir*), v.t. Assegurar, fortalecer, consolidar.
AFFERMISSEMENT (*afêrmiçman*), s.m. Fortalecimento, consolidação, endurecimento.
AFFÉTÉ, E (*afêtê*), adj. Afetado.
AFFÉTERIE (*afêtəri*), s. f. Afetação.
AFFICHABLE (*afichabl*), adj. Que se pode afixar.
AFFICHAGE (*afichaj*), s. m. Colocação de cartazes, afixação.
AFFICHE (*afich*), s. f. Cartaz, edital, aviso.
AFFICHER (*afichê*), v. t. Pregar cartazes, afixar; ostentar; publicar. **S'AFFICHER**, v.pr. Chamar a atenção.
AFFICHEUR (*afichër*), s. m. Quem prega ou afixa cartazes, avisos.
AFFILAGE (*afilaj*), s.m. Afiação.
AFFILÉ, E (*afilê*), adj. Afiado, aguçado, amolado.
AFFILER (*afilê*), v.t. Afiar, amolar, aguçar.
AFFILEUR (*afilër*), s. m. Amolador.
AFFILIATION (*afiliaçion*), s.f. Afiliação, incorporação.

AFFILIÉ, E (*afilié*), adj. Afiliado, associado.

AFFILIER (*afilié*), v.t. (Conjuga-se como *prier.*) Associar; adotar. **S'AFFILIER**, v.pr. Associar-se.

AFFILOIR (*afiluar*), s.m. Pedra de afiar.

AFFINAGE ou **AFFINEMENT** (*afinaj* ou *afinəman*), s. m. Afinagem, afinamento.

AFFINER (*afinê*), v. t. Purificar, afinar.

AFFINERIE (*afinəri*), s. f. Oficina onde se faz a afinagem.

AFFINEUR (*afinĕr*), s.m. Afinador; refinador.

AFFINITÉ (*afinitê*), s. f. Afinidade.

AFFIQUETS (*afikê*), s. m. pl. Enfeites de mulher.

AFFIRMATIF, IVE (*afirmatif, iv*), adj. Afirmativo.

AFFIRMATION (*afirmaçion*), s.f. Afirmação; depoimento.

AFFIRMATIVEMENT (*afirmativman*), adv. Afirmativamente.

AFFIRMER (*afirmê*), v. t. Afirmar, assegurar; depor.

AFFISTOLER ou **AFISTOLER** (*afiçtolê*), v. t. Enfeitar sem gosto. **S'AFFISTOLER**, v.pr. Enfeitar-se.

AFFIXE (*afikç*), s.m. Afixo.

AFFLEUREMENT (*aflĕrman*), s.m. Nivelamento.

AFFLEURER (*aflĕrê*), v. t. Nivelar.

AFFLICTIF, IVE (*afliktif, iv*), adj. Aflitivo.

AFFLICTION (*aflikçion*), s.f. Aflição.

AFFLIGEANT, E (*aflijan, t*), adj. Desolador, mortificante.

AFFLIGER (*aflijê*), v. i. (Toma um *e* mudo depois do *g*, antes de *a* e *o*: *il affligea, nous affligeons,*) Afligir, atormentar, desolar; devastar.

AFFLUENCE (*aflüanç*), s.f. Afluência, abundância; multidão.

AFFLUENT, E (*aflüan, t*), s. e adj. Afluente.

AFFLUER (*aflüê*), v.i. Afluir; abundar; concorrer.

AFFLUX (*aflü*), s.m. Afluxo. Pl.: *des afflux*.

AFFOLANT, E (*afolan, t*), adj. Enlouquecedor.

AFFOLÉ, E (*afolê*), adj. Enlouquecido, desvairado. *Boussole affolée*, agulha da bússola desnorteada.

AFFOLEMENT (*afolman*), s.m. Loucura, doidice.

AFFOLER (*afolê*), v.t. Enlouquecer.

AFFOUAGE (*afuaj*), s.m. Direito de cortar lenha nas matas.

AFFOUAGER (*afuajê*), v. t. (Toma um *e* mudo depois do *g* antes de *a* e *o*: *il affouagea, nous affouageons.*) Organizar as condições do direito de cortar lenha nas matas.

AFFOUILLEMENT (*afuiiman*), s. m. Desgaste feito pela erosão.

AFFOUILLER (*afuiê*), v. t. Escavar, desgastar.

AFFOURAGEMENT ou **AFFOURRAGEMENT** (*afurajman*), s. m. Distribuição de forragens.

AFFOURAGER ou **AFFOURRAGER** (*afurajê*), v. t. (Toma um *e* mudo depois do *g* antes de *a* e *o*: *il affouragea, nous affourageons.*) Distribuir a forragem.

AFFRANCHI, E (*afranchi*), adj. Forro, liberto, livre.

AFFRANCHIR (*afranchir*), v.t. Alforriar, libertar; isentar, franquear.

AFFRANCHISSABLE (*afranchiçabl*), adj. Que pode ser liberto; que pode ser isento.

AFFRANCHISSEMENT (*afranchiçman*), s. m. Libertação, alforria; isenção, franquia.

AFFRES (*afr*), s. f. pl. Terror, medo, angústia.

AFFRÈTEMENT (*afrétman*), s. m. Fretamento, frete (de um navio).

AFFRÉTER (*afrêtê*), v. t. (Conjuga-se como *accélérer.*) Afretar, fretar, alugar (uma embarcação).

AFFRÉTEUR (*afrêtĕr*), s. m. Fretador.

AFFREUSEMENT (*afrëzman*), adv. Horrivelmente, repulsivamente, medonhamente.

AFFREUX, EUSE (*afrë, ëz*), adj. Horrível, medonho.

AFFRIANDER (*afriandê*), v. t. Engodar, atrair; tornar guloso.

AFFRICHER (*africhê*), v. t. Deixar um terreno inculto.

AFFRIOLANT, E (*afriolan, t*), adj. Muito apetitoso; atraente.

AFFRIOLER (*afriolê*), v.t. Engodar, atrair.

AFFRONT (*afron*), s.m. Afronta, insulto, ofensa; vergonha.

AFFRONTÉ, E (*afrontê*), adj. Afrontado, arrostado.

AFFRONTEMENT (*afrontman*), s.m. Afrontamento.

AFFRONTER (*afrontê*), v. t. Afrontar, arrostar; encarar.

AFFRONTEUR, EUSE (*afrontĕr, ëz*), adj. Trapaceiro, insolente.

AFFRUITER (*afrüitê*), v. t. Afrutar.

AFFUBLEMENT (*afübləman*), s. m. Vestimenta esquisita.

AFFUBLER (*afüblê*), v. t. Vestir de um modo esquisito. **S'AFFUBLER**, v.pr. Vestir-se ridiculamente.

AFFUSION (*afüzion*), s.f. Afusão.

AFFÛT (*afü*), s. m. Carreta de canhão. Espreita. *À l'affût*, loc. adv. À espreita.

AFFÛTAGE (*afütaj*), s. m. Amolação, afiação.

AFFÛTER (*afütê*), v.t. Amolar, afiar.

AFFÛTEUR (*afütĕr*), s. m. Amolador.

AFFUTIAU (*afütiô*), s.m. Enfeite sem valor. Pl.: *des affutiaux.*
AFGHAN, E (*afgan, an'*), s. e adj. Afegão, afegã.
AFIN QUE (*afenk*) ou **AFIN DE** (*afend*), loc. conj. ou prep. Para que, para, a fim de.
AFRICAIN, E (*afriken, én'*), s. e adj. Africano.
AFRICANISER (*africanizê*), v. t. Africanizar.
AGAÇANT, E (*agaçan, t*), adj. Irritante, provocante; fastidioso.
AGACE ou **AGASSE** (*agaç*), s. f. (Nome dialetal.) Pega.
AGACEMENT (*agaçman*), s.m. Irritação.
AGACER (*agaçê*), v. t. (O *c* toma uma cedilha antes de *a* e *o*:*il agaça, nous agaçons.*) Irritar, provocar.
AGACERIE (*agaçəri*), s. f. Provocação. Pl. Gestos, palavras provocantes.
AGAPE (*agap*), s.f. Ágape, banquete.
AGARIC (*agarik*), s.m. Agárico (nome de diversos cogumelos comestíveis).
AGARICACÉES (*agarikaçê*), s. f. pl. *Bot.* Agaricínea (família de cogumelos).
AGARICINÉES (*agariçinê*), s.f. pl. *Bot.* Agaricínea (família de cogumelos).
AGATE (*agat*), s. f. Ágata.
AGAVÉ ou **AGAVE** (*agavê* ou *agav*), s. m. *Bot.* Agave.
AGE (*aj*), s.m. Timão do arado.
ÂGE (*aj*), s. m. Idade, era, época. *En bas âge*, de pouca idade.
AGÉ, E (*ajé*), adj. Idoso, velho, ancião.
AGENCE (*ajanç*), s. f. Agência; administração, gerência.
AGENCEMENT (*ajançman*), s.m. Agenciamento, arranjo; negociação.
AGENCER (*ajançê*), v. t. (O *c* toma uma cedilha antes de *a* e o: *il agença, nous agençons.*) Agenciar, ajustar, arranjar.
AGENCEUR, EUSE (*ajançër, ëz*), s. Aquele que arranja, coordena.
AGENDA (*ajendá*), s.m. Agenda.
AGENOUILLEMENT (*ajnuiiman*), s.m. Genuflexão.
AGENOUILLER (S') (*çajnuiê*), v. pr. Ajoelhar-se.
AGENOUILLOIR (*ajnuiuar*), s.m. Genuflexório.
AGENT (*ajan*), s.m. Agente, procurador. *Agent de police*, guarda, polícia
AGGLOMÉRAT (*aglomêrá*), s. m. Aglomerado.
AGGLOMÉRATION (*aglomêraçion*), s.f. Aglomeração, ajuntamento.
AGGLOMÉRÉ (*aglomêrê*), s.m. Aglomerado. Tijolo de pó de carvão.
AGGLOMÉRER (*aglomêrê*), v.t. (Conjuga-se como *accélérer.*) Aglomerar, reunir, acumular.
AGGLUTINANT, E (*aglütinan, t*), adj. Aglutinante.
AGGLUTINATIF, IVE (*aglütinatif, iv*), adj. Aglutinativo.
AGGLUTINATION (*aglütinaçion*), s. f. Aglutinação, reunião.
AGGLUTINER (*aglütinê*), v.t. Aglutinar, reunir; colar.
AGGRAVANT, E (*agravan, t*), adj. Agravante.
AGGRAVATION (*agravaçion*), s. f. Agravação, aumento.
AGGRAVER (*agravê*), v.t. Agravar, aumentar, piorar.
AGILE (*ajil*), adj. Ágil, leve, destro.
AGILEMENT (*ajilman*), adv. Agilmente.
AGILITÉ (*ajilitê*), s.f. Agilidade, ligeireza, flexibilidade.
AGIO (*ajiô*), s.m. Ágio, lucro, especulação.
AGIOTAGE (*ajiotaj*), s.m. Agiotagem, especulação, usura.
AGIOTEUR, EUSE (*ajiotër, ëz*), s. Agiota, usurário.
AGIOTER (*ajiotê*), v. i. Fazer agiotagem.
AGIR (*ajir*), v.i. Agir, fazer algo, intentar ação. *Il s'agit*, trata-se.
AGISSANT, E (*ajiçan, t*), adj. Ativo, operante, de ação.
AGISSEMENT (*ajiçman*), s. m. Proceder, comportamento.
AGITATEUR (*ajitatër*), s.m. Agitador, perturbador.
AGITATION (*ajitaçion*), s.f. Agitação, perturbação.
AGITER (*ajitê*), v.t. Agitar, mover; perturbar; discutir.
AGNEAU (*anhô*), s. m. Cordeiro. *Fig.* pacífico. Pl.: *des agneaux.*
AGNEL ou **AIGNEL** (*anhél* ou *énhél*), s. m. Antiga moeda francesa cuja efígie era um cordeiro.
AGNELAGE ou **AGNÈLEMENT** (*anhəlaj* ou *anhélman*), s.m. Época do parto da ovelha.
AGNELÉE (*anhəlê*), s. f. Ninhada da ovelha.
AGNELER (*anhəlê*), v. i. (O *e* mudo passa a *è* antes de sílaba muda: *elle agnèle, elle agnèlera.*) Parir (ovelha).
AGNELET (*anhəlé*), s. m. Cordeirinho.
AGNELLE (*anhél*), s.f. Cordeira.
AGNOSTICISME (*agnoçtiçiçm*), s.m. Agnosticismo.
AGNOSTIQUE (*agnoçtik*), s. e adj. Agnóstico.
AGONIE (*agoni*), s.f. Agonia, transe; tormento, aflição; fim próximo.
AGONIR (*agonir*), v.t. *Agonir d'injures*, injuriar.
AGONISER (*agonizê*), v. i. Agonizar, estar em agonia.

AGONISANT, E (*agonizan, t*), adj. Agonizante, moribundo.
AGONOSTIQUE (*agonoçtik*), s. f. e adj. Agonística; agonístico.
AGONOTHÈTE (*agonotét*), s. m. Agonóteta.
AGORA (*agorá*), s. f. Ágora.
AGORAPHOBIE (*agorafobi*), s.f. Agorafobia.
AGORAPHOBE (*agorafób*), s. e adj. Agoráfobo.
AGOUTI (*aguti*), s.m. Cutia.
AGRAFAGE (*agrafaj*), s.m. Ação de grampear.
AGRAFE (*agraf*), s. f. Colchete, grampo, gancho. *Med.* Agrafo.
AGRAFER (*agrafê*), v. t. Acolchetar, abrochar; grampear.
AGRAFEUSE (*agrafëz*), s. f. Grampeador.
AGRAINER (*agrénê*), v. t. Espalhar grãos para as aves domésticas.
AGRAIRE (*agrér*), adj. Agrário.
AGRANDIR (*agrandir*), v. t. Aumentar, alargar, ampliar; elevar, enobrecer, enriquecer.
AGRANDISSEMENT (*agrandiçman*), s. m. Aumento, ampliação, alargamento.
AGRANDISSEUR (*agrandiçër*), s. m. Amplificador.
AGRAPHIE (*agrafi*), s.f. Agrafia, impossibilidade de escrever.
AGRARIEN (*agrarien*), s. m. Partidário das leis agrárias.
AGRÉABLE (*agrêabl*), adj. Agradável, aprazível, ameno, suave.
AGRÉABLEMENT (*agrêabləman*), adv. Agradavelmente.
AGRÉÉ (*agrê*), s.m. Advogado no tribunal do comércio.
AGRÉER (*agrêê*), v. t. Aprovar, aceitar, consentir. V. i. Agradar.
AGRÉGAT (*agrêgá*), s. m. Agregado, ajuntamento.
AGRÉGATIF, IVE (*agrêgatif, iv*), adj. Agregativo.
AGRÉGATION (*agrêgaçion*), s.f. Agregação; título recebido após certos estudos superiores.
AGRÉGÉ, E (*agrêjê*), s. Professor aprovado em concurso.
AGRÉGER (*agrêjê*), v. t. (Conjuga-se como *abréger.*) Agregar, ajuntar, receber.
AGRÉMENT (*agrêman*), s. m. Aprovação, consentimento; agrado, divertimento; encanto. Pl.: Adornos.
AGRÉMENTER (*agrêmantê*), v.t. Ornar, enfeitar.
AGRÈS (*agré*), s. m. pl. Aparelhagem. Acessórios de ginástica.
AGRESSEUR (*agréçër*), s.m. e adj. Agressor.
AGRESSIF, IVE (*agréçif, iv*), adj. Agressivo, provocante.
AGRESSION (*agréçion*), s. f. Agressão, ataque, assalto, provocação.
AGRESSIVEMENT (*agréçivman*), adv. Agressivamente.
AGRESSIVITÉ (*agréçivitê*), s.f. Agressividade.
AGRESTE (*agréçt*), adj. Agreste, rústico; acerbo, rude.
AGRICOLE (*agrikól*), adj. Agrícola.
AGRICULTEUR (*agricültër*), s. m. Agricultor.
AGRICULTURE (*agrikültür*), s.f. Agricultura, lavoura.
AGRIFFER (*agrifê*), v.t. Agadanhar, agarrar. **S'AGRIFFER**, v. pr. Agarrar-se.
AGRIPAUME (*agripôm'*), s. f. *Bot.* Agripalma.
AGRIPPER (*agripê*), v.t. Agarrar, pegar com avidez. **S'AGRIPPER**, v.pr. Agarrar-se.
AGRIPPEUR, EUSE (*agripër, ëz*), adj. Arrebatador.
AGROLOGIE (*agroloji*), s. f. Agrologia.
AGRONOME (*agronóm'*), s. m. Agrônomo.
AGRONOMIE (*agronomi*), s.f. Agronomia.
AGRONOMIQUE (*agronomik*), adj. Agronômico.
AGROSTIDE (*agroçtid*), s. f. *Bot.* Agróstea.
AGROUPEMENT (*agrupman*), s. m. Agrupamento.
AGROUPER (*agrupê*), v. t. Grupar, juntar. **S'AGROUPER**, v. pr. Agrupar-se.
AGRUMES (*agrüm'*), s. m. pl. Agrume, nome coletivo dos limões, laranjas etc.
AGUERRIR (*aghérir*), v.t. Aguerrir, acostumar-se aos perigos.
AGUERRISSEMENT (*aghériçman*), s. m. Ação de aguerrir.
AGUETS (*aghé*), s.m.pl. Espreita, emboscada. ***Être aux aguets, se tenir aux aguets***, estar alerta, à espreita.
AGUICHANT, E (*aghichan, t*), adj. Atraente, provocante.
AGUICHER (*aghichê*), v. t. Atrair, excitar.
AGUICHEUR, EUSE (*aghichër, ëz*), adj. Provocador, atraidor.
AH! (*a*), interj. Ah!
AHAN (*aan*), s. m. Esforço penoso, grito de fadiga.
AHANER (*aannê*), v. i. Afanar-se; dar gritos de cansaço.
AHEURTÉ, E (*aërtê*), adj. Obstinado, teimoso.
AHEURTEMENT (*aërtəman*), s. m. Obstinação extrema, birra.
AHEURTER (S') (*çaërtê*), v. pr. Obstinar-se, aferrar-se.
AHURI, E (*aüri*), adj. Estupefato, admirado, atordoado.
AHURIR (*aürir*), v.t.Atordoar, aturdir; surpreender.

AHURISSANT, E (*aüriçan, t*), adj. Espantoso, surpreendente.
AHURISSEMENT (*aüriçman*), s. m. Pasmo, espanto.
AI (*aí*), s. m. *Zool.* Preguiça.
AICHE, ÈCHE ou **ESCHE** (*éch*), s. f. Isca (de pescadores).
AIDE (*éd*), s.f. Ajuda, auxílio, socorro. *À l'aide de,* loc. adv. Por meio de.
AIDEAU (*édô*), s.m. Madeira passada nas barras de uma carreta, para sustentar uma carga. Pl.: *des aideaux.*
AIDE-COMPTABLE (*édkontabl*)., s. m. Guarda-livros auxiliar. Pl.: *des aides-comptables.*
AIDE-MAÇON (*édmaçon*), s. m. Servente de pedreiro. Pl.: *des aides-maçons.*
AIDE-MAJOR (*éd-majór*), s. m. Médico militar com um ou dois galões. Pl.: *des aides-majors.*
AIDE-MÉMOIRE (*édmêmuar*), s. m. inv. Obra resumida, para fixar na memória fatos ou dados importantes.
AIDER (*édê*), v.t. Ajudar, auxiliar, socorrer, secundar, facilitar. *Aide-toi, le ciel t'aidera,* ajuda-te que o céu te ajudará.
AIE! ou **AHI!** (*ai*), interj. Ai, ai de mim.
AÏEUL, E (*aiël*), s. Avô, avó. **AÏEUX**, pl. Antepassados.
AIGLE (*égl*), s. m. Águia; formato de papel, símbolo heráldico. S. f. Antigo estandarte romano.
AIGLON, ONNE (*églon, ón'*), s. Filhote de águia.
AIGRE (*égr*), adj. Ácido, azedo; rude, mal-humorado.
AIGRE-DOUX, CE (*égrədu, duç*), adj. Agridoce.
AIGREFIN (*égrəfen*), s. m. Gatuno, velhaco; cavalheiro de indústria.
AIGRELET, ETTE (*égrəlé, ét*), adj. Azedinho, agrozinho.
AIGREMENT (*égrəman*), adv. Acremente, acrimoniosamente.
AIGREMOINE (*égrəmuan'*), s. m. *Bot.* Agrimônia.
AIGRET, ETTE (*égré, ét*), adj. Acidulo, azedinho.
AIGRETTE (*égrét*), s. f. Garça, gavião; penacho, topete de penas da cabeça de certas aves.
AIGRETTÉ, E (*égrétê*), adj. Empenachado.
AIGREUR (*égrër*), s. f. Acidez, amargor; aspereza, acrimônia.
AIGRIN (*égren*), s.m. Pereira, macieira de pouco tempo.
AIGRIR (*égrir*), v. t. Azedar; irritar, exasperar.
AIGRISSEMENT (*égriçman*), s. m. Azedume; acrimônia.
AIGU, Ë (*égü*), adj. Agudo, afiado; vivo, claro, penetrante.
AIGUADE (*égad*), s.f. Aguada, provisão de água doce.
AIGUAGE (*égaj*). s.m. Direito de conduzir água para terreno próprio, através de um outro, por meio de um cano.
AIGUAIL ou **AIGAIL** (*égai*), s.m. Orvalhada.
AIGUAYER (*éghéiê*), v.t. (Conjuga-se como *balayer.*) Aguar, banhar. *Aiguayer le linge,* enxaguar a roupa.
AIGUE-MARINE (*éghmarin'*), s. f. Água-marinha. Pl.: *des aigues-marines.*
AIGUIÈRE (*éghiér*), s. f. Jarro, gomil.
AIGUILLAGE (*égüiiaj*), s.m. Ação de mover as agulhas nas linhas férreas.
AIGUILLE (*égüii*), s. f. Agulha; ponta, cume.
AIGUILLÉE (*égüiiê*), s.f. Agulhada.
AIGUILLER (*égüiiê*), v.t. Mover as agulhas nas linhas férreas.
AIGUILLERIE (*égüiiri*), s.f. Fábrica de agulhas.
AIGUILLETAGE (*égüiitaj*), s. m. Ação de colocar agulhetas.
AIGUILLETER (*égüiitê*), v.t. (Dobra o *t* antes de sílaba muda: *j'aiguillette, il aiguillettera.*) Agulhetar.
AIGUILLETIER ou **AIGUILLETTIERÈRE** (*égüiitiê, ér*), s. m. Agulheiro, que faz as agulhas.
AIGUILLETTE (*égüiiét*), s. f. Agulheta.
AIGUILLEUR (*égüiiër*), s.m. Agulheiro, o empregado que faz o serviço das agulhas nas estradas de ferro.
AIGUILLIER (*égüiiê*), s. m. Agulheiro, estojo para agulhas.
AIGUILLON (*égüiion*), s.m. Aguilhão; ferrão dos insetos. *Fig.* Estímulo. *Bot.* Espinhos das plantas.
AIGUILLONANT, E (*égüiionan, t*), adj. Estimulante, aguilhoante, tentador.
AIGUILLONER (*égüiionê*), v.t. Aguilhar; instigar, estimular, tentar, incitar.
AIGUILLONNEMENT (*égüiionəman*), s. m. Estimulante, excitante.
AIGUISAGE ou **AIGUISEMENT** (*éghizaj* ou *egüizaj, eghizman* ou *egüizman*), s. m. Aguçamento.
AIGUISER (*éghizê* ou *égüizê*), v. t. Afiar, aguçar, amolar; estimular. *Aiguiser l'appétit,* abrir o apetite.
AIGUISEUR, EUSE (*éghizër, ëz* ou *égüizër, ëz*), s.m. Afiador, amolador.
AIGUISOIR (*éghizuar* ou *égüizuar*), s. m. Amolador (instrumento).
AIL (*ai*), s. m. Alho. Pl.: *des aulx.* (Em *Bot.* diz-se, no entanto: a família dos *ails.*)
AILANTE (*élant*), s.m. Ailanto.
AILE (*él*), s.f. Asa, ala; nave, aba, lado; proteção. *Voler de ses propres ailes,* não precisar de auxílio. *Couper ou rogner les ailes,* cortar as asas. *Avoir du plomb dans l'aile,* estar chumbado. *Ne battre que d'une aile,* ir mal.
AILÉ, E (*élê*), adj. Alado, alígero, rápido.
AILERON (*élron*), s.m. Ponta de asa.

Barbatana. Parte móvel da asa de avião.
AILETTE (*élét*), s. f. Asa pequena.
AILIER (*éliê*), s.m. *Esp.* Ponteiro, extrema, ponta.
AILLADE (*aiad*), s.f. Molho de alho.
AILLER (*aiê*), s.m. Rede para apanhar codornizes.
AILLEURS (*aiër*), adv. Alhures, em outro lugar. *D'ailleurs,* loc. adv. De um outro lugar, aliás, além de que.
AILLOLI (*aioli*), s.m. Molho de alho.
AIMABLE (*émabl*), adj. Amável, atencioso, gentil, agradável.
AIMABLEMENT (*émábləman*), adv. Amavelmente.
AIMANT (*éman*), s.m. Ímã, magneto.
AIMANT, E (*éman, t*), adj. Amante, afetuoso.
AIMANTATION (*émantaçion*), s. f. Magnetização.
AIMANTER (*émantê*), v.t. Magnetizar, tocar com ímã. **S'AIMANTER,** v.pr. Magnetizar-se.
AIMER (*émê*), v.t. Amar, gostar, querer bem, estimar. *Aimer mieux,* preferir.
AINE (*én'*), s.f. Virilha.
AÎNÉ, E (*énê*), adj. e s. Primogênito, mais velho.
AÎNESSE (*énéç*), s.f. Primogenitura.
AINSI (*ençi*), adv. Assim, desta maneira, como, portanto. *Et ainsi de suite,* e assim por diante. *Ainsi que,* loc. conj. Como, e também.
AIR (*ér*), s. m. Ar. Ária. *Avoir l'air,* parecer.
AIRAGE (*éraj*), s.m. Galeria para a renovação do ar (numa mina).
AIRAIN (*éren*), s. m. Bronze, arame. *Cœur d'airain,* coração duro. Peça de artilharia; sino.
AIRE (*ér*), s.f. Área; eira; ninho, de ave de rapina.
AIRÉE (*érê*), s.f. Eirada.
AIRELLE (*érél*), s.f. Airela.
AIRURE (*érür*), s.f. Extremidade de um veio de carvão.
AIS (*é*), s. m. Tábua delgada, prancha. Pl.: *des ais.*
AISANCE (*ézanç*), s.f. Facilidade, destreza, bem-estar. *Lieux d'aisances,* privada.
AISE (*éz*), s. f. Comodidade, satisfação, conforto. *À l'aise,* loc. adv. Comodamente. *Être mal à l'aise,* estar constrangido. *Prendre ses aises,* ficar à vontade.
AISE (*éz*), adj. Contente, alegre.
AISÉ, E (*ézê*), adj. Fácil; livre; rico. *Style aisé,* estilo claro.
AISÉMENT (*ézêman*), adv. Facilmente; desembaraçadamente; sem privações.
AISSEAU (*éçô*), s. m. Tábua delgada. Pl.: *des aisseaux.*
AISSELLE (*éçél*), s. f. Sovaco, axila.
AISSETTE (*éçét*), s.f. Machadinha curva de tanoeiro.
AJOINTER (*ajuentê*), v.t. Juntar.
AJONC (*ajon*), s.m. Junco marinho.
AJOUPA (*ajupá*), s. m. Espécie de choça.
AJOUR (*ajur*), s.m. Buraco, furo; desfiado.
AJOURÉ, E (*ajurê*), adj. Aberto, desfiado.
AJOURER (*ajurê*), v.t. Furar, esburacar, desfiar.
AJOURNÉ (*ajurnê*), adj. Adiado, prorrogado.
AJOURNEMENT (*ajurnəman*), s.m. Adiamento, transferência, aprazamento.
AJOURNER (*ajurnê*), v.t. Adiar, transferir, aprazar.
AJOUTAGE (*ajutaj*), s.m. Liga, ajuntamento.
AJOUTÉ (*ajutê*), s.m. Acrescentado, ajuntado.
AJOUTER (*ajutê*), v. t. Juntar, aumentar; adir; valorizar.
AJUSTAGE (*ajüçtaj*), s. m. Ajustagem.
AJUSTEMENT (*ajüçtəman*), s.m. Ajustamento, adaptação.
AJUSTER (*ajüçtê*), v. t. Ajustar, adaptar, harmonizar; enfeitar; visar.
AJUSTEUR (*ajüçtër*), s.m. Ajustador.
AJUSTOIR (*ajçtuar*), s. m. Balança (para moedas).
AJUT ou **AJUST** (*ajü* ou *ajüçt*), s.m. Espécie de nó de marinheiro.
AJUTAGE (*ajütaj*), s. m. Tubo pequeno que se adapta a um orifício.
AKÈNE ou **ACHAINE** (*akén'*), s.m. *Bot.* Aquênio.
ALABANDINE (*alabandin'*), s.f. Alabandina.
ALABASTRITE (*alabaçtrit*), s.f. Alabastrite.
ALACRITÉ (*alakritê*), s.f. Alacridade, alegria.
ALAISE (*aléz*), s. f. Lençol dobrado que se põe em baixo dos doentes. Tabuinha. Laço de junco.
ALAMBIC (*alanbik*), s.m. Alambique.
ALAMBIQUAGE (*alanbikaj*), s.m. Complicação, afetação.
ALAMBIQUER (*alanbikê*), v. t. Alambicar; destilar; sutilizar, tornar afetado.
ALAMBIQUEUR, EUSE (*alanbikër, ëz*), Alambiqueiro; pessoa afetada.
ALANGUIR (*alanghir*), v.t. Enlanguescer, enfraquecer. **S'ALANGUIR,** v.pr. Tornar-se lânguido.
ALANGUISSEMENT (*alanghiçman*), s. m. Languidez, langor.
ALARGUER (*alarghê*), v. i. Afastar-se da costa.
ALARMANT, E (*alarman, t*), adj. Alarmante, assustador.
ALARME (*alarm*), s.f. Alarma; susto. Pl. Inquietações.
ALARMER (*alarmê*), v.t. Alarmar, assustar, atemorizar.

ALARMISTE (*alarmiçt*), adj. e s. Alarmista.
ALATERNE (*alatérn*), s.m. *Bot.* Aderno.
ALBANAIS, E (*albané, éz*), adj. e s. Albanês.
ALBARELLE (*albarél*), s.f. Albarda (cogumelo comestível).
ALBÂTRE (*albatr*), s.m. Alabastro.
ALBÂTRIER (*albatriê*), s.m. Marmorista.
ALBATROS (*albatróç*), s.m. Albatroz. Pl.: *des albatros.*
ALBERGE (*albérj*), s. f. Espécie de pêssego.
ALBERGIER (*alberjiê*), s.m. Espécie de pessegueiro.
ALBINISME (*albiniçm*), s.m. Albinismo.
ALBINOS (*albinóç*), adj. e s. Albino.
ALBITE (*albit*), s.f. *Min.* Albita.
ALBUGINÉ, E (*albüjinê*), adj. Albugino, albuginoso.
ALBUGINEUX, EUSE (*albüjinē, ēz*), adj. Albuginoso.
ALBUGO (*albügô*), s.m. ou **ALBUGINE** (*albüjin'*), s.f. Albugem.
ALBUM (*albóm'*), s.m. Álbum. Pl.: *des albums.*
ALBUMEN (*albümén'*), s. m. Albúmen.
ALBUMINE (*albümin'*), s.f. Albumina.
ALBUMINÉ, E (*albüminê*), adj. Albuminoso.
ALBUMINEUX, EUSE (*albüminē, ēz*), adj. Albuminoso.
ALBUMINOÏDE (*albüminoid*), adj. e s. Albuminóide.
ALBUMINOSE (*albüminôz*), s. f. Albuminose.
ALBUMINURIE (*albüminüri*), s.f. Albuminúria.
ALBUMINURIQUE (*albüminürik*), adj. Albuminúrico.
ALCAÏQUE (*alkaïk*), adj. e s. Alcaico.
ALCALESCENT, E (*alkaléçan, t*) adj. Alcalescente.
ALCALI (*alkali*), s. m. Álcali.
ALCALIFIANT, E (*alkalifian, t*), adj. Alcalificante.
ALCALIMÈTRE (*alkalimétr*), s. m. Alcalímetro.
ALCALIMÉTRIE (*alkalimêtri*), s. f. Alcalimetria.
ALCALIN, E (*alkalen, in'*), adj. Alcalino.
ALCALINITÉ (*alkalinitê*), s. f. Alcalinidade.
ALCALISATION ou **ALCALINISATION** (*alkalizaçion* ou *alkalinizaçion*), s. f. Alcalinização.
ALCALISER ou **ALCALINISER** (*alkalizê* ou *alkalinizê*), v. t. Alcalizar.
ALCALOÏDE (*alkaloid*), s. m. Alcalóide.
ALCARAZAS (*alkarazaç*), s.m. Moringa. Pl.: *des alcarazas.*
ALCÉE (*alçê*), s. f. *Bot.* Alcea.
ALCHIMIE (*alkimi*), s.f. Alquimia.
ALCHIMIQUE (*alc..imik*), adj. Alquímico.
ALCHIMISTE (*alchimiçt*), s. m. Alquimista.
ALCOOL (*alkól*), s.m. Álcool.
ALCOOLAT (*alkolá* ou *alkoolá*), s.m. Alcoolato.
ALCOOLATURE (*alkolatür* ou *alkoolatür*), s. f. Alcoolatura.
ALCOOLIFICATION (*alkolifikaçion*), s.f. Alcoolificação.
ALCOOLIQUE (*alkolik*), adj. Alcoólico.
ALCOOLISABLE (*alkolizabl* ou *alkoolizabl*), adj. Alcoolizável.
ALCOOLISATION (*alkolizaçion* ou *alkoolizaçion*), s.f. Alcoolização.
ALCOOLISER (*alkolizê* ou *alkoolizê*), v.t. Alcoolizar.
ALCOOLISME (*alkoliçm* ou *alkooliçm*), s.m. Alcoolismo.
ALCOOMÈTRE ou **ALCOOLOMÈTRE** (*alkométr* ou *alkoométr* e *alkolométr* ou *alkoolométr*), s.m. Alcômetro ou alcoolômetro.
ALCOOMÉTRIE ou **ALCOOLOMÉTRIE** (*alkomêtri* ou *alkoomêtri* e *alkolomêtri* ou *alkoolomêtri*), s. f. Alcoometria ou alcoolometria.
ALCÔVE (*alkôv*), s. f. Alcova, câmara.
ALCYON (*alçion*), s. m. Ave fabulosa. Animal marinho.
ALCYONIEN, ENNE (*alçionien, én'*), adj. Alciôneo ou alciônico.
ALDÉHYDE (*aldêid*), s.m. ou f. Aldeído.
ALE (*él*), s. f. Cerveja inglesa.
ALÉA (*alêa*), s. m. Probabilidade; azar.
ALÉATOIRE (*alêatuar*), adj. Aleatório, incerto.
ALÉATOIREMENT (*alêatuarman*), adv. De uma maneira aleatória.
ALÊNE (*alén*), s.f. Sovela.
ALÉNIER (*alêniê*), s. m. Soveleiro.
ALÉNOIS (*alênuá*), adj. m. *Bot. Cresson alénois*, agrião.
ALENTIR (*alantir*), v.t. Diminuir a velocidade, atrasar.
ALENTISSEMENT (*alantiçman*), s.m. Demora, atrasamento.
ALENTOUR (*alantur*), adv. Em torno, ao redor, em volta.
ALENTOURS (*alantur*), s.m. pl. Arredores, vizinhança; subúrbios.
ALÉRION (*alérion*), s. m. *Herald.* Pequena águia sem garras nem bico com as asas estendidas.
ALERTE (*alért*), adj. Ágil, esperto, vivo, vigilante. Interj. Alerta! S. f. Alarma, rebate.
ALERTER (*alértê*), v.t. Dar alarma, prevenir, avisar de um perigo.
ALÉSAGE (*alêzaj*), s. m. Alisamento, polimento.
ALÈSE ou **ALÈZE** (*aléz*), s.f. V. **ALAISE**.
ALÉSÉ, E (*alêzê*), adj. Alisado.
ALÉSER (*alêzê*), v. t. (Conjuga-se como

accélérer.) Alisar, polir o interior de um tubo.
ALÉSOIR (*alêzuar*), s.m. Broca, furador.
ALEURONE (*alërón'*), s.f. Aleurona.
ALEVIN (*alven*), s.m. Peixinho.
ALEVINER (*alviné*), v.t. Deitar peixinhos num tanque.
ALEVINAGE (*alvinaj*), s.m. Ação de fazer propagar peixinhos nos tanques.
ALEVINIER (*alviniê*), s.m. ou **ALEVINIÈRE** (*alviniér*), s. f. Viveiro de peixinhos.
ALEXANDRIN, E (*alékçandren, in'*), adj. Alexandrino.
ALEXIPHARMAQUE (*alékçifarmak*), adj. e s. m. Alexifármaco.
ALEZAN, E (*alzan, an'*), adj. e s. Alazão, baio.
ALFA (*alfá*), s.m. *Bot.* Alfa, gramínea da Argélia.
ALFANGE (*alfanj*), s. f. Alfange, cimitarra.
ALFATIER, ÈRE (*alfatiê, ér*), adj. Concernente à alfa.
ALFÉNIDE (*alfênid*), s. m. Alfenide.
ALGALIE (*algali*), s.f. Algália, sonda, candelinha.
ALGARADE (*algarad*), s. f. Impropério, insulto.
ALGAROTH (*algarôt*), s. m. *Quím.* Algarote.
ALGAZELLE (*algazél*), s.f. Gazela.
ALGÈBRE (*aljébr*), s. f. Álgebra. *Fig.* Coisa incompreensível.
ALGÉBRIQUE (*aljêbrik*), adj. Algébrico.
ALGÉBRIQUEMENT (*aljêbrikman*), adv. Algebricamente.
ALGÉBRISTE (*aljêbriçt*), s. Algebrista.
ALGÉRIEN, ENNE (*aljêrien, én'*), adj. e s. Argelino (da Argélia).
ALGÉROIS, OISE (*aljêruá, az*), adj. e s. Argelino (de Argel).
ALGIDE (*aljid*), adj. Álgido, frio.
ALGIDITÉ (*aljiditê*), s. f. Algidez.
ALGORITHME (*algoritm*), s.m. Algoritmo.
ALGUE (*algh*), s. f. Alga, sargaço.
ALIBI (*alibi*), s. m. Álibi.
ALIBIFORAIN (*alibiforen*), s. m. Subterfúgio, palavra vaga.
ALIBILE (*alibil*), adj. Alibil, substancial, nutritivo.
ALIBILITÉ (*alibilitê*), s. f. Alibilidade, substancialidade.
ALIBORON (*aliboron*), s.m. Burro. *Fam.* Ignorante.
ALIBOUFIER (*alibufiê*), s.m. *Bot.* Nome vulgar do estirace.
ALIDADE (*alidad*), s.f. Alidade.
ALIÉNABILITÉ (*aliênabilitê*), s. f. Alienabilidade.
ALIÉNABLE (*aliênabl*), adj. Alienável.
ALIÉNATAIRE (*aliênatér*), s. Alienatário.
ALIÉNATEUR, TRICE (*aliênatër, triç*), s. Alienador.
ALIÉNATION (*aliênaçion*), s.f. Alienação.
ALIÉNÉ, E (*aliênê*), adj. e s. Alienado, louco.
ALIÉNER (*aliênê*), v.t. (Conjuga-se como *accélérer.*) Alienar, vender; discordar, hostilizar.
ALIÉNISME (*aliêniçm*), s. m. Alienismo.
ALIÉNISTE (*aliêniçt*), adj. m. e s. Alienista.
ALIFÈRE (*alifér*), adj. Alífero.
ALIFORME (*alifórm*), adj. Aliforme, ansiforme.
ALIGNÉE (*alinhê*), s. f. Fila (de árvores), alinhamento.
ALIGNEMENT (*alinhəman*), s. m. Alinhamento, nivelamento.
ALIGNER (*alinhê*), v.t. Alinhar, enfileirar; ajustar; polir.
ALIMENT (*aliman*), s.m. Alimento, comida, sustento.
ALIMENTAIRE (*alimantér*), adj. Alimentar, alimentício.
ALIMENTATEUR, TRICE (*alimantatër, triç*), adj. Alimentício, nutritivo.
ALIMENTATION (*alimentaçion*), s. f. Alimentação, sustento.
ALIMENTER (*alimantê*), v.t. Alimentar, nutrir, sustentar; manter.
ALIMENTEUX, EUSE (*alimantë, ëz*), adj. Nutritivo, alimentoso.
ALINÉA (*alinêá*), s. m. Alínea.
ALINÉAIRE (*alinêér*), adj. Que marca a alínea.
ALIOS (*aliôç*), s. m. Espécie de grés. Pl.: *des alios.*
ALIQUANTE (*alikant*), adj. f. Aliquanta.
ALIQUOTE (*alikót*), adj. f. Alíquota.
ALISIER (*aliziê*), s. m. *Bot.* Lodão ou lodo.
ALISMACÉES (*aliçmaçê*), s. f. *Bot.* Alismáceas.
ALISME (*aliçm*), s. m. *Bot.* Alisma.
ALITEMENT (*alitman*), s.m. Ação de pôr ou ficar na cama.
ALITER (*alitê*), v.t. Acamar, fazer deitar-se alguém. **S'ALITER**, v. pr. Acamar-se.
ALIZARINE (*alizarin'*), s f. Alizarina.
ALIZÉ (*alizê*), adj. e s. m. Alísio, alisado (vento).
ALKÉKENGE (*alkêkanj*), s. m. *Bot.* Alquequenje.
ALKERMÈS (*alkérméç*), s.m. Alquermes. Pl.: *des alkermès.*
ALLAITEMENT (*alétman*), s.m. Amamentação, aleitamento.

ALLAITER (*alétê*), v.t. Amamentar.
ALLANT, E (*alan, t*), adj. Ativo, diligente, laborioso. *Les allants*, os transeuntes.
ALLANTOÏDE (*alantoíd*), s. f. Alantóide.
ALLÉCHANT, E (*alêchan, t*), adj. Apetitoso, atraente.
ALLÈCHEMENT (*aléchman*), s.m. Engodo, sedução, atrativo.
ALLÉCHER (*alêchê*), v.t. (Conjuga-se como *accélérer*.) Atrair, seduzir, engodar.
ALLÉE (*alê*), s. f. Alameda, álea; ida, caminhada. *Allées et venues*, idas e vindas.
ALLÉGATION (*alêgaçion*), s.f. Alegação, proposição.
ALLEGE (*aléj*), s. f. Alijo, barco para carregar e descarregar os navios. Parapeito de janela.
ALLÉGEANCE (*alêjanç*), s. f. Alívio, consolo; obrigação de fidelidade.
ALLÈGEMENT (*aléjman*), s. m. Alívio, ajuda, consolo; diminuição de peso.
ALLÉGER (*alêjê*), v. t. (Conjuga-se como *abréger*.) Aliviar, descarregar; adoçar; consolar, ajudar.
ALLÉGIR (*alêjir*), v. t. Diminuir o volume.
ALLÉGORIE (*alêgori*), s. f. Alegoria.
ALLÉGORIQUE (*alêgorik*), adj. Alegórico.
ALLÉGORIQUEMENT (*alêgorikman*), adv. Alegoricamente.
ALLÉGORISATION (*alêgorizaçion*), s. f. Alegorização.
ALLÉGORISER (*alêgorizê*), v.t. Alegorizar.
ALLÉGORISEUR (*alêgorizër*), s. m. Aquele que tem o hábito da alegoria.
ALLÉGORISTE (*alêgoriçt*), s.m. Alegorista.
ALLÈGRE (*alégr*), adj. Alegre, jovial; ágil, ligeiro.
ALLÈGREMENT (*alégrəman*), adv. Alegremente.
ALLÉGRESSE (*alêgréç*), s.f. Alegria, contentamento.
ALLÉGRETTO (*alêgrétô*), adv. e s. m. *Mús.* Alegreto.
ALLÉGRO (*alêgrô*), adv. e s. m. *Mús.* Alegro.
ALLÉGUER (*aleghê*), v.t. (Conjuga-se como *accélérer*.) Alegar, pretextar, citar razões.
ALLÉLUIA (*alêlüiá*), s.m. Aleluia.
ALLEMAND, E (*aləman, d*), adj. e s. Alemão. *Querelle d'allemand*, briga sem motivo.
ALLER (*alê*), v. i. (*Je vais, tu vas, il va, nous allons, vous allez, ils vont. J'allais. J'allai. Je suis allé. J'irai. J'irais. Va, allons, allez. Que j'aille, que nous allions, que vous alliez, qu'ils aillent. Que j'allasse. Allant. Allé, e.*) Ir, andar, caminhar; avançar; ficar bem, combinar. *Laisser aller*, abandonar. *Allons donc*, vamos. *Y aller de*, contribuir, dar sua parte. *Cela va tout seul*, é muito fácil. *Il va de soi que*, é evidente que. **S' EN ALLER**, v. pr. Ir embora. S. m. Ida. *Aller et retour*, ida e volta.
ALLERGIE (*alérji*), s. f. Alergia.
ALLIABLE (*aliabl*), adj. Que se pode unir, aliável.
ALLIACÉ, E (*aliaçê*), adj. Aliáceo.
ALLIAGE (*aliaj*), s. m. Aliagem; liga de metais, união, mistura.
ALLIAIRE (*aliér*), s.f. *Bot.* Aliária.
ALLIANCE (*alianç*), s. f. Aliança. Casamento. *Alliance de mots*, combinação de palavras.
ALLIÉ, E (*aliê*), s. Aliado, ligado.
ALLIER (*aliê*), v.t. (Conjuga-se como *prier*.) Aliar, ligar; unir, misturar.
ALLIER ou **HALLIER** (*aliê*), s.m. Rede para apanhar pássaros.
ALLIGATOR (*aligatór*), s. m. Aligátor.
ALLITÉRATION (*alitêraçion*), s. f. Aliteração.
ALLÔ! (*alô*), interj. Alô!, Pronto!
ALLOBROGE (*alobrój*), s. m. Alóbrogo. Homem rústico, grosseiro.
ALLOCATION (*alokaçion*), s.f. Gratificação.
ALLOCUTION (*aloküçion*), s.f. Alocução, arenga.
ALLODIAL, E, AUX (*alodial, ô*), adj. Alodial, isento, livre.
ALLOGÈNE (*alojén'*), adj. e s. Alógeno.
ALLONGE (*alonj*), s.f. O que serve para aumentar alguma coisa. Gancho para suspender carne.
ALLONGÉ, E (*alonjê*), s. f. Comprido, prolongado, estendido.
ALLONGEMENT (*alonjəman*), s. m. Alongamento, prolongamento.
ALLONGER (*alonjê*), v.t. (Toma um *e* mudo depois do *g* antes de *a* e *o*: *il allongea, nous allongeons.*) Alongar, prolongar, distender, estender. *Allonger un coup*, dar uma bofetada.
ALLOPATHE (*alopat*), adj. e s. *Med.* Alopata ou alópata.
ALLOPATHIE (*alopati*), s.f. *Med.* Alopatia.
ALLOPATHIQUE (*alopatik*), adj. Alopático.
ALLOUABLE (*aluabl*), adj. Admissível, concedível.
ALLOUER (*aluê*), v.t. Decretar; aprovar uma verba, conceder uma indenização.
ALLUCHON (*alüchon*), s.m. Dente de uma roda de engrenagem.
ALLUMAGE (*alümaj*), s.m. Ação de acender.

ALLUMELLE (*alümél*), s.f. Fogão a carvão de lenha.
ALLUMER (*alümê*), v.t. Acender por fogo, incendiar, excitar.
ALLUMETTE (*alümét*), s. f. Fósforo.
ALLUMETTIER, ÈRE (*alümétiê, ér*), s. Fabricante de fósforos.
ALLUMEUR (*alümĕr*), s. m. Acendedor.
ALLUMOIR (*alümuar*), s.m. Acendedor.
ALLURE (*alür*), s. f. Andar, maneira de andar; passo. Modo de proceder, maneiras.
ALLUSIF, IVE (*alüzif, iv*), adj. Alusivo.
ALLUSION (*alüzion*), s. f. Alusão.
ALLUVIAL, E, AUX ou **ALLUVIEN, ENNE** (*alüvial, ô* ou *alüvien, én'*), adj. Aluvial ou aluviano.
ALLUVION (*alüvion*), s. f. Aluvião.
ALLUVIONNAIRE (*alüvionér*), adj. Aluvionar.
ALLUVIONNEMENT (*alüvionəman*), s. m. Aluviamento.
ALLYLE (*alil*), s.m. *Quim*. Alilo.
ALMANACH (*almaná*), s.m. Almanaque, calendário.
ALME (*alm*), adj. Almo, benfazejo, que alimenta.
ALMÉE (*almé*), s.f. Almeia.
ALOÈS (*aloéç*), s. m. Aloés, azebre. Pl.: *des aloès*.
ALOÉTIQUE (*aloêtik*), adj. Aloético.
ALOI (*aluá*), s. m. Quilate de ouro. *Fig*. Valor. *De bon aloi*, de boa qualidade, de valor honesto.
ALOPÉCIE (*alopêçi*), s.f. *Med*. Alopecia.
ALORS (*alór*), adv. Então, naquele tempo, nesse caso.
ALOUATE (*aluat*), s. m. *Zool*. Aluato.
ALOUETTE (*aluét*), s. f. Cotovia, calhandra.
ALOURDIR (*alurdir*), v.t. Tornar pesado; entorpecer.
ALOURDISSEMENT (*alurdiçman*), s. m. Atordoamento, abatimento.
ALOYAGE (*aluaiaj*), s. m. Aquilatação.
ALOYAU (*aluaiô*), s.m. Costela, lombo de vaca. Pl.: *des aloyaux*.
ALOYER (*aluaiê*), v. t. (Conjuga-se como *aboyer*.) Aquilatar.
ALPAGA (*alpagá*), s.m. Alpaca.
ALPAGE (*alpaj*), s.m. Pastagem de altas altitudes.
ALPENSTOCK (*alpén'çtók*), s.m. Pau comprido e ferrado para fazer ascensões.
ALPESTRE (*alpéçtr*), adj. Alpestre.
ALPHA (*alfá*), s. m. Alfa.
ALPHABET (*alfabé*), s.m. Alfabeto, abecedário.
ALPHABÉTIQUE (*alfabêtik*), adj. Alfabético.
ALPHABÉTIQUEMENT (*alfabêtikman*), adv. Alfabeticamente.
ALPHABÉTISER (*alfabêtizê*), v. t. Colocar por ordem alfabética. Soletrar, ler.
ALPICOLE (*alpikól*), adj. Alpícola.
ALPIN, E (*alpen, in'*), adj. Alpino. *Chasseur alpin*, soldado do batalhão de caçadores destinado à defesa das montanhas.
ALPINISME (*alpiniçm*), s.m. Alpinismo.
ALPINISTE (*alpiniçt*), s. Alpinista.
ALPISTE (*alpiçt*), s. m. *Bot*. Alpiste.
ALQUIFOUX (*alkifu*), s. m. Galena, sulfeto de chumbo.
ALSACIEN, ENNE (*alzaçien, én'*), adj. e s. Alsaciano.
ALSATIQUE (*alzatik*), adj. e s. m. Diz-se de uma obra histórica, geográfica sobre a Alsácia.
ALTAIQUE (*altaik*), adj. Altaico.
ALTÉRABILITÉ (*altêrabilitê*), s. f. Alterabilidade.
ALTÉRABLE (*altêrabl*), adj. Alterável.
ALTÉRANT, E (*altêran, t*), adj. Alterante, que provoca sede.
ALTÉRATEUR, TRICE (*altêratĕr, triç*), s. Alterador.
ALTÉRATIF, IVE (*altêratif, iv*), adj. Alterativo.
ALTERATION (*altêraçion*), s. f. Alteração, mudança; depreciação; sede.
ALTERCATION (*altérkaçion*), s.f. Altercação, disputa.
ALTÉRER (*altêrê*), v.t. (Conjuga-se como *accélérer*.) Alterar, transformar, viciar, falsificar, excitar a sede. **S'ALTÉRER**, v. pr. Estragar-se.
ALTERNANCE (*altérnanç*), s. f. Alternância.
ALTERNANT, E (*altérnan, t*), adj. Alternante.
ALTERNAT (*alterná*), s. m. Ordem da alternância.
ALTERNATEUR (*altérnatĕr*), s. m. Alternador.
ALTERNATIF, IVE (*altérnatif, iv*), adj. Alternativo.
ALTERNATIVE (*altérnativ*), s.f. Alternativa.
ALTERNATIVEMENT (*altérnativman*), adv. Alternativamente, alternadamente.
ALTERNE (*altérn*), adj. Alterno. *Mat*. *alternes-internes*, alternos-internos.
ALTERNER (*altérnê*), v.i. Alternar.
ALTESSE (*altéç*), s.f. Alteza.
ALTIER, ÈRE (*altiê, ér*), adj. Altivo, altaneiro; arrogante, orgulhoso, alto.
ALTIÈREMENT (*altiérman*), adv. Altivamente, altaneiramente.
ALTIMÈTRE (*altimétr*), s.m. Altimetro.
ALTIMÉTRIE (*altimêtri*), s.f. Altimetria.
ALTISE (*altiz*), s.f. Altisa.
ALTITUDE (*altitüd*), s.f. Altitude.

ALTO (*altô*), s. m. *Mús.* Viola. Saxotrompa.
ALTRUISME (*altrüiçm*), s.m. Altruísmo.
ALTRUISTE (*altrüiçt*), adj. e s. Altruísta.
ALUCITE (*alüçit*), s.f. Alucita (inseto).
ALUDE (*alüd*), s.f. V. **ALUTE**.
ALUDEL (*alüdél*), s.m. Aludel.
ALUMELLE (*alümél*), s. f. Lâmina de faca, lança, navalha.
ALUMINAGE (*alüminaj*), s.m. V. **ALUNAGE**.
ALUMINAIRE (*alüminér*), adj. Aluminífero, aluminioso.
ALUMINATE (*alüminat*), s.m. *Quím.* Aluminato.
ALUMINE (*alümin'*), s. f. *Quím.* Alumina.
ALUMINEUX, EUSE (*alüminë, ëz*), adj. Aluminoso.
ALUMINIUM (*aluminióm'*), s. m. Alumínio.
ALUMINOTHERMIE (*alüminotérmi*), s. f. Aluminotermia.
ALUN (*alën*), s.m. Alume, alúmen, pedra-ume.
ALUNER (*alünê*), v. t. Impregnar com alume.
ALUNERIE (*alünêri*), s. f. Fábrica de alume.
ALUNEUX, EUSE (*alünë, ëz*), adj Que contém alume, aluminífero.
ALUNIER (*alüniê*), s. m. Fabricante de alume.
ALUNIÈRE (*alüniér*), s. f. Mina, fábrica de alume.
ALUNISSAGE (*alüniçaj*), s.m. Alunissagem.
ALUNITE (*alünit*), s.f. Aluminita.
ALUTE ou **ALUDE** (*alüt* ou *alüd*), s. f. Couro macio.
ALVÉOLAIRE (*alvêolér*), adj. Alveolar.
ALVÉOLE (*alvêól*), s.m. Alvéolo.
ALVÉOLÉ, E (*alvêolê*), adj. Alveolado.
ALVIN, E (*alven, in'*), adj. Alvino ou alvíneo, intestinal.
ALYSSE ou **ALYSSON** (*aliç* ou *aliçon*), s.m. *Bot.* Alisso, açafate de ouro.
AMABILITÉ (*amabilitê*), s.f. Amabilidade, afabilidade.
AMADOUEMENT (*amaduman*), s.m. Afago, lisonja.
AMADOUER (*amaduê*), v.t. Afagar, lisonjear.
AMADOUEUR, EUSE (*amaduër, ëz*), adj. e s. Lisonjeador.
AMAIGRIR (*amégrir*), v.t. Emagrecer, enfraquecer.
AMAIGRISSANT, E (*amégriçan, t*), adj. O que emagrece, emagrecedor.
AMAIGRISSEMENT (*amégriçman*), s. m. Emagrecimento.
AMALGAMATION (*amalgamaçion*), s. f. Amalgamação.
AMALGAME (*amalgam'*), s.m. Amálgama.
AMALGAMER (*amalgamê*), v.t. Amalgamar; misturar reunir.
AMALGAMEUR, EUSE (*amalgamër, ëz*), s. Amalgamador.
AMAN (*aman*), s.m. Amã; misericórdia. *Demander l'aman,* submeter-se.
AMANDAIE (*amandé*), s.f. Amendoal.
AMANDE (*amand*), s.f. Amêndoa, semente.
AMANDÉ, E (*amandê*), adj. Amendoado. S. m. Amendoada.
AMANDIER (*amandiê*), s. m. Amendoeira.
AMANITE (*amanit*), s.f. Amanita (gênero de cogumelos).
AMANT, E (*aman, t*), s. Amante; apaixonado.
AMARANTACÉES (*amarantaçê*), s. f. pl. *Bot.* Amarantáceas.
AMARANTE (*amarant*), s.f. Amaranto. adj. Amarantino.
AMAREYEUR (*amaréiër*), s.m. Aquele que trabalha em uma ostreicultura.
AMARIL, E (*amaril*), adj. *Med.* Amarélico, malárico.
AMARINAGE (*amarinaj*), s.m. Ação de amarinhar um navio.
AMARINER (*amarinê*), v.t. Amarinhar, tripular um navio, prover de marinheiros.
AMARRAGE (*amaraj*), s.m. Amarração, ancoração.
AMARRE (*amar*), s.f. Amarra, cabo. *Fig.* Apoio.
AMARRER (*amarê*), v.t. Amarrar, atracar.
AMARYLLIDACÉES (*amarilidaçê*), s.f. pl. *Bot.* Amarilidáceas ou amarílеas.
AMAS (*amá*), s.m. Acervo, montão, maço; acumulação; quantidade. Pl.: *des amas.*
AMASSER (*amaçê*), v.t. Amontoar, empilhar, acumular.
AMASSETTE (*amaçét*). s. f. Espátula.
AMASSEUR, EUSE (*amaçër, ez*), s. Aquele que acumula, amontoa, que economiza.
AMATEUR (*amatër*), adj. e s. Amador, apreciador.
AMATEURISME (*amatëriçm*), s. m. Amadorismo, condição de amador.
AMATIR (*amatir*), v.t. Embaciar, tornar fosco.
AMAUROSE (*amôrôz*), s. f. *Med.* Amaurose. *Pop.* Gota-serena.
AMAZONE (*amazón'*), s.f. Amazona.
AMBAGES (*anbaj*), s.f.pl. Ambages, rodeios, circunlóquios, evasivas. *Sans ambages,* loc. adv. Sem hesitação, sem rodeios.
AMBASSADE (*anbaçad*), s. f. Embaixada.

AMBASSADEUR, DRICE (*anbaçadĕr, driç*), s. Embaixador, embaixadora; embaixatriz.
AMBESAS (*anbəzaç*), s. m. V. **BESET**.
AMBIANCE (*anbianç*), s.f. Ambiência.
AMBIANT, E (*anbian, t*), adj. Ambiente.
AMBIDEXTRE (*anbidékçtr*), adj. Ambidestro.
AMBIGU, Ë (*anbigü*), adj. Ambíguo, incerto, equívoco.
AMBIGUÏTÉ (*anbigüitê*), s. f. Ambigüidade.
AMBITIEUSEMENT (*anbiçiĕzman*), adv. Ambiciosamente.
AMBITIEUX, EUSE (*anbiçiĕ, ĕz*), s. e adj. Ambicioso; pretensioso.
AMBITION (*anbiçion*), s.f. Ambição, aspiração imoderada.
AMBITIONNER (*anbiçionê*), v.t. Ambicionar, desejar veementemente.
AMBLE (*anbl*), s.m. Passo travado (de um quadrúpede).
AMBLER (*anblê*), v. i. Andar de passo travado (quadrúpede).
AMBLEUR, EUSE (*anblĕr, ĕz*), adj. Aquele que anda em passo travado (quadrúpede).
AMBLYOPIE (*anbliopi*), s. f. *Med.* Ambliopia.
AMBRE (*anbr*), s.m. Âmbar.
AMBRÉ, E (*anbrê*), adj. Ambreado.
AMBRÉINE (*anbrêin'*), s.f. Ambarina.
AMBRER (*anbrê*), v.t. Ambrear, dar cor do âmbar ou perfumar com âmbar.
AMBRETTE (*anbrét*), s.f. Ambreta.
AMBROISIE (*anbruazi*), s.f. Ambrosia.
AMBROSIAQUE (*anbroziak*), adj. Ambrosíaco, delicioso.
AMBROSIEN, ENNE (*anbrozien, én'*), adj. Ambrosiano, do rito de Santo Ambrósio.
AMBULACRAIRE (*anbülakrér*), adj. Ambulacrário.
AMBULACRE (*anbülakr*), s.m. Ambulacro.
AMBULANCE (*anbülanç*), s. f. Ambulância; hospital ambulante.
AMBULANCIER, ÈRE (*anbülançiê, ér*), s. Pessoa a serviço de uma ambulância.
AMBULANT, E (*anbülan, t*), adj. Ambulante, errante.
AMBULATOIRE (*anbülatuar*), adj. Ambulatório, ambulativo.
AME (*am'*), s.f. Alma.
AMÉLIORABLE (*amêliorabl*), adj. Que se pode melhorar.
AMÉLIORANT, E (*amêlioran, t*), adj. Melhorador.
AMÉLIORATION (*amêlioraçion*), s.f. Melhoramento.
AMÉLIORER (*amêliorê*), v.t. Melhorar, aperfeiçoar.
AMEN (*amén'*), s.m. inv. Amém.
AMÉNAGEMENT (*amênajman*), s. m. Ação de pôr em ordem, de organizar; de dirigir os cortes de madeira.
AMÉNAGER (*amênajê*), v.t. (Toma um *e* mudo depois do *g* antes de *a* e *o*: *il aménagea, nous aménageons.*) Organizar, pôr em ordem; dirigir os cortes de madeira.
AMENDABLE (*amandabl*), adj. Emendável, que se pode melhorar.
AMENDE (*amand*), s.f. Multa. *Faire amende honorable*, confessar sua culpa.
AMENDEMENT (*amandəman*), s. m. Emenda; melhoramento; modificação (de um projeto de lei). *Agric.* Esterco, estrume.
AMENDER (*amandê*), v.t. Emendar, melhorar, corrigir. *Agric.* Estercar. **S'AMENDER**, v.pr. Emendar-se, melhorar-se, corrigir-se.
AMÈNE (*amén'*), adj. Ameno, suave, agradável.
AMENER (*amənê*), v. t. (O *e* passa a *è* antes de sílaba muda: *j'amène, j'amènerai.*) Trazer; conduzir; introduzir; preparar, causar.
AMÉNITÉ (*amênitê*), s. f. Amenidade, suavidade.
AMENTACÉES (*amantaçê*), s. f. pl. *Bot.* Amentáceas.
AMENTIFÈRE (*amantifér*), adj. *Bot.* Amentífero.
AMENTIFORME (*amantifórm*), adj. *Bot.* Amentiforme.
AMENUISER (*amənüizê*), v. t. Adelgaçar, afinar, diminuir.
AMER, ÈRE (*amér*), adj. Amargo; triste, cruel. S. m. Fel (de certos animais).
AMÈREMENT (*amérman*), adv. Amargamente, dolorosamente.
AMÉRICAIN, E (*amêriken, én'*), adj. e s. Americano.
AMÉRICAINE (*amêrikén'*), s.f. Americana (espécie de carruagem).
AMÉRICANISER (*amêrikanizê*), v. t. Americanizar.
AMÉRICANISME (*amêrikaniçm*), s.m. Americanismo.
AMÉRICANISTE (*amêrikaniçt*), s. Americanista.
AMERRIR (*amérir*), v.i. Amerissar.
AMERRISSAGE (*amériçaj*), s.m. Amerissagem.
AMERTUME (*amértüm'*), s.f. Amargura; acrimônia.
AMÉTHYSTE (*amêtiçt*), s.f. Ametista.
AMÉTROPE (*amêtróp*), adj. Amétropo ou amétrope.
AMÉTROPIE (*amêtropi*), s. f. *Med.* Ametropia.
AMEUBLEMENT (*amĕbləman*), s. m. Mobiliário.
AMEUTEMENT (*amĕtman*), s.m. Ação de amatilhar os cães (para caça); amotinação.

AMEUTER (*amëtê*), v.t. Amatilhar cães; amotinar, sublevar, revoltar.
AMI, E (*ami*), s. e adj. Amigo, aliado. Propício.
AMIABLE (*amiabl*), adj. Gracioso, agradável. *À l'amiable*, loc. adv. Amigavelmente.
AMIABLEMENT (*amiabləman*), adv. Amigavelmente.
AMIANTE (*amiant*), s.m. Amianto.
AMIBE (*amib*), s.f. Ameba.
AMICAL, E, AUX (*amikal, ô*), adj. Amistoso, amigável.
AMICALEMENT (*amikalman*), adv. Amigavelmente, afetuosamente.
AMICT (*ami*), s.m. Amicto.
AMIDE (*amid*), s.f. *Quim*. Amido.
AMIDOL (*amidól*), s.m. Amidol.
AMIDON (*amidon*), s. m. Amido ou âmido.
AMIDONNAGE (*amidonaj*), s.m. Engomagem.
AMIDONNER (*amidonê*), v. t. Engomar, polvilhar.
AMIDONNERIE (*amidonəri*), s. f. Fábrica de amido.
AMIDONNIER, ÈRE (*amidoniê, ér*), s. Relativo ao amido. Fabricante ou vendedor de amido.
AMINCIR (*amençir*), v. t. Adelgaçar, emagrecer, afilar.
AMINCISSEMENT (*amençiçman*), s.m. Adelgaçamento, afilamento.
AMINE (*amin'*), s.f. *Quím*. Amina.
AMIRAL (*amiral*), s. m. Almirante. Pl.: *des amiraux*.
AMIRALAT (*amiralá*), s. m. Almirantado, dignidade de almirante.
AMIRALE (*amiral*), s. f. Mulher de almirante.
AMIRAUTÉ (*amirôtê*), s.f Almirantado.
AMISSIBILITÉ (*amiçibilitê*), s. f. Amissibilidade.
AMISSIBLE (*amiçibl*), adj. Amissível, perdível.
AMISSION (*amiçion*), s.f. Amissão, perda.
AMITIÉ (*amitiê*), s.f. Amizade, *Prendre en amitié*, afeiçoar-se a. Pl. *Amitiés*, palavras amáveis, gentilezas.
AMMONIACAL, E, AUX (*amoniakal, ô*), adj. Amoniacal.
AMMONIACÉ, E (*amoniaçê*), adj. Amoniacal ou amoniacado.
AMMONIAQUE (*amoniak*), s. f. Amoníaco.
AMMONITE (*amonit*), s.f. Amonite.
AMMONIUM (*amoniôm'*), s.m. Amônio.
AMMONIURE (*amoniür*), s.m. Amoniúria.
AMNÉSIE (*amnêzi*), s.f. Amnésia.
AMNÉSIQUE (*amnêzik*), adj. Amnésico.
AMNICOLE (*amnikól*), adj. Amnícola.
AMNIOS (*amnióç*), s.m. Âmnio.
AMNIOTIQUE (*amniotik*), adj. Amniótico.
AMNISTIE (*amniçti*), s. f. Anistia.
AMNISTIER (*amniçtiê*), v.t. (Conjuga-se como *prier*.) Anistiar, desculpar.
AMOCHER (*amochê*), v.t. *Pop*. Estragar, ferir.
AMODIATAIRE (*amodiatér*), s. Arrendatário.
AMODIATEUR, TRICE (*amodiatër, triç*), s. Arrendador de terras.
AMODIATION (*amodiaçion*), s. f. Arrendamento de terras.
AMODIER (*amodiê*), v.t. (Conjuga-se como *prier*.) Arrendar terras.
AMOINDRIR (*amuendrir*), v.t. Diminuir, reduzir; rebaixar, minorar.
AMOINDRISSEMENT (*amuendriçman*), s.m. Diminuição, minoração, enfraquecimento.
AMOLLIR (*amolir*), v.t. Amolecer; debilitar, enfraquecer.
AMOLLISSANT, E (*amoliçan, t*), adj. Amolecedor, debilitante.
AMOLLISSEMENT (*amoliçman*), s.m. Amolecimento, moleza.
AMOME (*amóm'*), s. m. Amomo.
AMONCELER (*amonçəlê*), v. t. (Dobra o *l* antes de sílaba muda: *il amoncelle, nous amoncellerons*.) Amontoar, empilhar, acumular. **S'AMONCELER**, v. pr. Amontoar-se.
AMONCELLEMENT (*amonçélman*), s. m. Amontoamento, empilhamento, acumulação.
AMONT (*amon*), s.m. Rio acima, contra a corrente. *En amont*, loc. adv. Acima.
AMORAL, E, AUX (*amoral, ô*), adj. Amoral.
AMORÇAGE (*amorçaj*), s. m. Ação de isear. *Fig*. Ação de atrair.
AMORCE (*amórç*), s.f. Isca; visco; ''sonja; atrativo.
AMORCER (*amorçê*), v.t. (O *c* toma uma cedilha antes de *a* e o: *il amorça, nous amorçons*.) Iscar, cevar. *Fig*. Atrair, seduzir.
AMORCEUR, EUSE (*amorçër, ëz*), s. Aquele que isca; que atrai, sedutor.
AMORÇOIR (*amorçuar*), s.m. Furador, verrumá.
AMORPHE (*amorf*), adj. Amorfo.
AMORPHIE (*amorfi*), s.f. Amorfia.
AMORTI, E (*amorti*), adj. Amortecido.
AMORTIR (*amortir*), v.t. Amortecer, abrandar, diminuir. **S'AMORTIR**, v.pr. Amortecer, apagar-se.
AMORTISSABLE (*amortiçabl*), adj. Amortizável.
AMORTISSEMENT (*amortiçman*), s.m. Amortização.

AMORTISSEUR (*amortiçĕr*), s.m. Amortecedor.
AMOUR (*amur*), s. m. Amor, paixão. S. f. pl. *Les amours*, os amores.
AMOURACHER (*amurachê*), v. t. Namoricar, namorar. **S'AMOURACHER**, v. pr. Enamorar-se, apaixonar-se.
AMOURETTE (*amurét*), s.f. Amor passageiro, namorico. Moela de cordeiro ou vitela. *Bot*. Mimosa, sensitiva.
AMOUREUSEMENT (*amurĕzman*), adv. Amorosamente.
AMOUREUX, EUSE (*amurĕ, ĕz*), adj. e s. Amoroso, apaixonado; namorado.
AMOUR-PROPRE (*amurprópr*), s.m. Amor-próprio. Pl.: *des amours-propres*.
AMOVIBILITÉ (*amovibilitê*), s. f. Amovibilidade.
AMOVIBLE (*amovibl*), adj. Amovível.
AMPÉLIDACÉES (*anpêlidaçê*), s.f.pl. *Bot*. Ampelidáceas.
AMPÉLOGRAPHIE (*anpêlografi*), s. f. Ampelografia.
AMPÉRAGE (*anpêraj*), s.m. Amperagem.
AMPÈRE (*anpér*), s.m. Ampère.
AMPÈRE-HEURE (*anpérĕr*), s.m. Ampère-hora. Pl.: *des ampères-heure*.
AMPÈREMÈTRE (*anpérmétr*), s. m. Amperímetro.
AMPHIBIE (*anfibi*), adj. e s.m. Anfíbio.
AMPHIBIENS (*anfibien*), s.m.pl. Anfíbios.
AMPHIBOLOGIE (*anfiboloji*), s.f. Anfibiologia.
AMPHIBOLOGIQUE (*anfibolojik*), adj. Anfibiológico.
AMPHIBRAQUE (*anfibrak*), s.m. Anfíbraco.
AMPHIGOURI (*anfiguri*), s.m. Anfiguri.
AMPHIGOURIQUE (*anfigurik*), adj. Anfigúrico.
AMPHIOXUS (*anfiokçüç*), s.m. Anfioxo.
AMPHIPODE (*anfipód*), s. m. Anfípode.
AMPHISBÈNE (*anfiçbén'*), s.m. Anfisbena. *Heráld*. Serpente de duas cabeças.
AMPHISCIEN (*anfiçien*), s.m. Anfíscio.
AMPHITHÉÂTRE (*anfitêatr*), s. m. Anfiteatro.
AMPHITRYON (*anfitrion*), s.m. Anfitrião.
AMPHORE (*anfór*), s. f. Ânfora.
AMPLE (*anpl*), adj. Amplo, espaçoso, vasto; copioso.
AMPLECTIF, IVE (*ampléktif, iv*), adj. Ampletivo.
AMPLEMENT (*anpləman*), adv. Amplamente, espaçosamente, largamente.
AMPLEUR (*anplĕr*), s.f. Amplidão, amplitude, extensão.
AMPLEXICAULE (*anplékçikôl*), adj. *Bot*. Amplexicaule.
AMPLIATEUR (*anpliatĕr*), s. m. Ampliador, amplificador.
AMPLIATIF, IVE (*anpliatif, iv*), adj. Ampliativo.
AMPLIATION (*anpliaçion*), s.f. Ampliação, extensão; cópia; translado.
AMPLIFIANT, E (*anplifian, t*), adj. Ampliativo.
AMPLIFICATEUR, TRICE (*anplifikatĕr, triç*), s. e adj. Amplificador.
AMPLIFICATIF, IVE (*anplifikatif, iv*), adj. Amplificativo.
AMPLIFICATION (*anplifikaçion*), s.f. Amplificação; exageração.
AMPLIFIER (*anplifiê*), v.t. (Conjuga-se como *prier*.) Amplificar, aumentar, exagerar.
AMPLITUDE (*anplitüd*), s.f. Amplitude, amplidão, grandeza angular.
AMPOULE (*anpul*), s.f. Empola, ampola, bolha; garrafinha; lâmpada elétrica.
AMPOULÉ, E (*anpulê*), adj. Empolado, enfático, pomposo.
AMPUTATION (*anpütaçion*), s.f. Amputação.
AMPUTÉ, E (*anpütê*), adj. e s. Amputado, cortado.
AMPUTER (*anpütê*), v.t. Amputar, cortar, mutilar.
AMUïR (*amüír*), v.t. Emudecer.
AMULETTE (*amülét*), s.f. Amuleto.
AMUNITIONNEMENT (*amüniçión man*), s.m. Municionamento.
AMUNITIONNER (*amüniçionê*), v.t. Municionar, prover de munições.
AMURE (*amür*), s. f. *Náut*. Amura.
AMURER (*amürê*), v. t. Amurar, prender à amura.
AMUSANT, E (*amüzan, t*), adj. Divertido, recreativo, engraçado.
AMUSEMENT (*amüzəman*), s. m. Divertimento, recreio.
AMUSER (*amüzê*), v. t. Divertir, recrear, distrair. **S'AMUSER**, v. pr. Divertir-se.
AMUSETTE (*amüzét*), s. f. Pequeno divertimento, Brinquedo.
AMUSEUR, EUSE (*amüzĕr, ĕz*), s. Que ou o que diverte; jocoso; enganador.
AMYGDALE (*amigdal*), s.f. Amigdala.
AMYGDALIN, E (*amigdalen, in'*), adj. Amigdalino ou Amidalino.
AMYGDALITE (*amigdalit*), s.f. *Med*. Amigdalite ou amidalite.
AMYGDALOÏDE (*amigdaloíd*), adj. Amigdalóide ou amidalóide (rocha).
AMYLACÉ, E (*amilaçê*), adj. Amiláceo.
AMYLASE (*amilaz*), s. f. *Quím*. Amilase.
AMYLÈNE (*amilén'*), s. m. *Quím*. Amilênio.
AN (*an*), s.m. Ano. *Jour de l'an*, dia de Ano Bom. *Bon an, mal an*, mais ou menos, em média.
ANA (*aná*), s.m. Coleção de anedotas. Pl.: *des anas*.

ANABAPTISME (*anabatiçm'*), s. m. Anabatismo.
ANABAPTISTE (*anabatiçt*), s. e adj. Anabatista.
ANACARDE (*anakard*), s.m. Anacárdio.
ANACARDIACÉES (*anakardiaçê*), s.f. pl. *Bot*. Anacardiáceas.
ANACARDIER (*anakardiê*), s. m. Anacardeiro, espécie de acaju.
ANACHORÈTE (*anakorét*), s. m. Anacoreta.
ANACHORÉTISME (*anakorêtiçm*), s.m. Anacoretismo.
ANACHRONIQUE (*anakronik*), adj. Anacrônico.
ANACHRONISME (*anakroniçm*), s.m. Anacronismo.
ANACOLUTHE (*anakolüt*), s.f. Anacoluto.
ANACRÉONTIQUE (*anakrêontik*), adj. Anacreôntico.
ANACRÉONTISME (*anakrêontiçm*), s. m. Anacreontismo.
ANACROUSE (*anakruz*), s. f. *Mús*. Anacrusa.
ANAÉROBIE (*anaêrobi*), adj Anaeróbio.
ANAGLYPHE ou **ANAGLYPTE** (*anaglif* ou *anaglipt*). s. m. Anaglifo.
ANAGOGIE (*anagoji*), s.f. Anagogia.
ANAGOGIQUE (*anagojik*), adj. Anagógico.
ANAGRAMMATIQUE (*anagramatik*), adj. Anagramático.
ANAGRAMME (*anagram'*), s.f. Anagrama.
ANAL, E, AUX (*anal, ô*), adj. Anal.
ANALECTES (*analékt*), s.m.pl. Analecto.
ANALEPSIE (*analépçi*), s. f. *Med*. Analepsia.
ANALEPTIQUE (*analéptik*), adj. Analéptico.
ANALGÉSIE ou **ANALGIE** (*analjêzi* ou *analji*), s. f. Analgesia ou analgia.
ANALGÉSIQUE ou **ANALGIQUE** (*analjêzik* ou *analjik*), adj. e s. Analgésico ou análgico.
ANALOGIE (*analoji*), s. f. Analogia.
ANALOGIQUE (*analojik*), adj. Analógico.
ANALOGIQUEMENT (*analojikman*), adv. Analogicamente.
ANALOGISME (*analojiçm*), s.m. Analogismo.
ANALOGUE (*analóg*), adj. Análogo.
ANALPHABÈTE (*analfabét*), adj. Analfabeto.
ANALPHABÉTISME (*analfabêtiçm*), s. m. Analfabetismo.
ANALYSABLE (*analizabl*), adj. Analisável.
ANALYSE (*analiz*), s.f. Análise.
ANALYSER (*analizê*), v.t. Analisar.
ANALYSEUR (*analizěr*), s. m. Analisador.
ANALYSTE (*analiçt*), s.m. Analista.
ANALYTIQUE (*analitik*), adj. Analítico.
ANALYTIQUEMENT (*analitikman*), adv. Analiticamente.
ANAMORPHOSE (*anamorfôz*), s. f. Anamorfose.
ANANAS (*ananá*), s.m. Abacaxi. Pl.: *des ananas*.
ANAPESTE (*anapéçt*), s.m. Anapesto.
ANAPESTIQUE (*anapéçtik*), adj. Anapéstico.
ANAPHASE (*anafaz*), s.f. *Biol*. Anáfase.
ANAPHORE (*anafór*), s.f. *Ret*. Anáfora.
ANAPHYLAXIE (*anafilakçi*), s.f. *Med*. Anafilaxia.
ANAPLASTIE ou **ANAPLASIE** (*anaplaçti* ou *anaplazi*), s. f. *Cir*. Anaplastia ou anaplasia.
ANARCHIE (*anarchi*), s. f. Anarquia.
ANARCHIQUE (*anarchik*), adj. Anárquico.
ANARCHIQUEMENT, (*anarchikman*), adv. Anarquicamente.
ANARCHISER (*anarchizê*), v. t. Anarquizar.
ANARCHISME (*anarchiçm*), s. m. Anarquismo.
ANARCHISTE (*anarchiçt*), s. Anarquista.
ANASARQUE (*anazark*), s. f. *Med*. Anasarca.
ANASTOMOSE (*anaçtomôz*), s. f. *Anat*. Anastomose.
ANASTOMOSER (S') (*çanaçtomozê*), v. pr. Anastomosar.
ANATHÉMATISATION (*anatêmatizaçion*), s. f. Anatematização.
ANATHÉMATISER (*anatêmatizê*), v. t. Anatematizar.
ANATHÈME (*anatém'*), s. m. Anátema.
ANATIDÉS (*anatidê*), s. m. pl. Anatídeos.
ANATOCISME (*anatoçiçm*), s. m. Anatocismo.
ANATOMIE (*anatomi*), s. f. Anatomia. *Fig*. Análise, investigação.
ANATOMIQUE (*anatomik*), adj. Anatômico.
ANATOMIQUEMENT (*anatomikman*), adv. Anatomicamente.
ANATOMISER (*anatomizê*), v. t. Anatomizar, dissecar.
ANATOMISTE (*anatomiçt*), s. m. Anatomista.
ANATROPE (*anatróp*), adj. *Bot*. Anátropo.
ANCESTRAL, E, AUX (*ancéçtral, ô*), adj. Ancestral.
ANCÊTRES (*ançétr*), s. m. pl. Antepassados, avós, ancestrais, predecessores.
ANCHE (*anch*), s. f. *Mús*. Palheta.
ANCHOIS (*anchuá*), s. m. Anchova. Pl.: *des anchois*.

ANCIEN, ENNE (*ançien, én'*), adj. Antigo, vetusto, velho, ancião.
ANCIENNEMENT (*ançiénəman*), adv. Antigamente.
ANCIENNETÉ (*ançiénətê*), s. f. Ancianidade, antigüidade.
ANCILLAIRE (*ançilér*), adj. Ancilar.
ANCRAGE (*ankraj*), s. m. Ancoragem, amarração; ancoradouro.
ANCRE (*ankr*), s. f. Âncora. *Ancre de salut*, tábua de salvação, último recurso.
ANCRER (*ankrê*), v. i. Ancorar, fundear. V. tr. Fixar, consolidar. **S'ANCRER**, v. pr. Firmar-se.
ANDALOU, SE (*andalu, z*), adj. e s. Andaluz.
ANDANTE (*andant*), adv. e s. m. *Mús.* Andante.
ANDANTINO (*andantinô*), adv. e s. m. *Mús.* Andantino.
ANDÉSITE (*andêzit*), s. f. Andesito (rocha).
ANDOUILLE (*anduii*), s. f. Chouriço.
ANDOUILLETTE (*anduiét*), s. f. Chouriço pequeno.
ANDRINOPLE (*andrinópl*), s. f. Andrinopla.
ANDROCÉE (*androçê*), s. f. *Bot.* Androceu.
ANDROGÉNIE (*androjêni*), s. f. Androgenia.
ANDROGYNE (*androjin'*), s. m. Andrógino, hermafrodita.
ANDROÏDE (*androíd*), s. m. Andróide, autômato.
ANE (*an'*), s. m. Burro, asno. *Fig.* Burro, estúpido, teimoso.
ANÉANTIR (*anêantir*), v. t. Aniquilar, destruir, abater, acabrunhar, deixar estupefato. **S'ANÉANTIR**, v. pr. Destruir-se.
ANÉANTISSEMENT (*anêantiçman*), s. m. Aniquilamento, destruição, extinção, acabrunhamento.
ANECDOTE (*anékdót*), s. f. Historieta, anedota; particularidade histórica.
ANECDOTIER, ÈRE (*anékdotiê, ér*), s. Anedotista.
ANECDOTIQUE (*anékdotik*), adj. Anedótico.
ANECDOTISER (*anékdotizê*), v. i. Anedotizar.
ANÉMIE (*anêmi*), s. f. Anemia.
ANÉMIER (*anêmiê*), v. t. (Conjuga-se como *prier*). Anemiar, enfraquecer.
ANÉMIQUE (*anêmik*), adj. Anêmico; fraco.
ANÉMOGRAPHE (*anêmograf*), s. m. Anemógrafo.
ANÉMOMÈTRE (*anêmométr*), s. m. Anemômetro.
ANÉMONE (*anêmón'*), s. f. *Bot.* Anêmona. *Anémone de mer*, actínia.
ANÉMOPHILIE (*anêmofili*), s. f. Anemofilia.
ANENCÉPHALIE (*anançêfali*), s. f. Anencefalia.
ANERIE (*anəri*), s. f. Asneira, burrice, estupidez.
ANÉROÏDE (*anêroíd*), adj. Aneróide.
ANESSE (*anéç*), s. f. Burra, asna; estúpida.
ANESTHÉSIE (*anéçtêzi*), s. f. Anestesia.
ANESTHÉSIER (*anéçtêziê*), v. t. (Conjuga-se como *prier*.) Anestesiar.
ANESTHÉSIQUE (*anéçtêzik*), adj. Anestésico.
ANETH ou **ANET** (*anét*), s. m. *Bot.* Funcho.
ANÉVRISMAL, E, AUX (*anêvriçmal, ô*), adj. Aneurismal.
ANÉVRISMATIQUE (*anêvriçmatik*), adj. Aneurismático.
ANÉVRISMÉ, E (*anêvriçmê*), adj. Atingido de aneurisma.
ANFRACTUEUX, EUSE (*anfraktüë, ëz*), adj. Anfractuoso, acidentado, tortuoso.
ANFRACTUOSITÉ (*anfraktüozitê*), s. f. Anfratuosidade, saliência, depressão.
ANGARIE (*angari*), s. f. Angária.
ANGE (*anj*), s. m. Anjo. *Être aux anges*, estar encantado. Espécie de tubarão.
ANGELET ou **ANGELOT** (*anjəlé* ou *anjəlô*), s. m. Anjinho.
ANGÉLIQUE (*anjêlik*), adj. Angélico.
ANGÉLIQUE (*anjêlik*), s. f. *Bot.* Angélica.
ANGÉLIQUEMENT (*anjêlikman*), adv. Angelicamente.
ANGÉLISER (*anjêlizê*), v. t. Angelizar.
ANGÉLISME (*anjêliçm'*), s. m. Angelismo.
ANGELOT (*anjəlô*), s. m. Antiga moeda francesa.
ANGÉLUS (*anjêlüç*), s. m. Ângelus.
ANGEVIN, E (*anjəven, in'*), adj. e s. Angevino, de Anju (França).
ANGINE (*anjin'*), s. f. *Med.* Angina.
ANGINEUX, EUSE (*anjinë, ëz*), adj. Anginoso.
ANGIOGRAPHIE (*anjiografi*), s. f. Angiografia.
ANGIOLOGIE (*anjioloji*), s. f. Angiologia.
ANGIOSPERMES (*anjioçpérm*), s. f. pl. Angiospermos.
ANGLAIS, E (*anglé, éz*), adj. e s. Inglês.
ANGLAISER (*anglézê*), v. t. Inglesar.
ANGLE (*angl*), s. m. Ângulo, canto, esquina, aresta.
ANGLICAN, E (*anglikan*), adj. Anglicano.
ANGLICANISME (*anglikaniçm*), s. m. Anglicanismo.
ANGLICISER (*angliçizê*), v. t. Inglesar,

dar um ar de inglês. **S'ANGLICISER**, v. pr. Inglesar-se.
ANGLICISME (*angliciçm*), s. m. Anglicismo.
ANGLO-ARABE (*anglôarab*), adj. e s. Anglo-árabe (cavalo).
ANGLOMANE (*angloman'*) s. e adj. Anglomaníaco.
ANGLOMANIE (*anglomani*), s. f. Anglomania.
ANGLO-NORMAND, E (*anglonorman, d*), adj. e s. Anglo-normando.
ANGLOPHILIE (*anglofili*), s. f. Anglofilia.
ANGLOPHOBE (*anglofób*), s. e adj. Anglófobo.
ANGLOPHOBIE (*anglofobi*), s. f. Anglofobia.
ANGLO-SAXON, ONNE (*angloçakçon, ón'*), adj. e s. Anglo-saxão.
ANGOISSANT, E (*anguaçan, t*), adj. Angustioso.
ANGOISSE (*anguaç*), s. f. Angústia, ansiedade, agonia; palpitação, sufocação.
ANGOISSER (*anguaçê*), v. t. Angustiar, afligir, agoniar.
ANGON (*angon*), s. m. Azagaia antiga.
ANGORA (*angorá*), s. e adj. Angorá.
ANGOSTURA (*angoçtürá*), s. f. Angustura.
ANGSTRŒM (*angçtrëm'*), s. m. Angström.
ANGUIFORME (*anghifórm*), adj. Angüiforme.
ANGUILLADE (*anghiiad*), s. f. Chicotada com pele de enguia, com látego ou corda.
ANGUILLE (*anghii*), s. f. Enguia. *Anguille de mer*, congro. *Il y a anguille sous roche*, estão tramando alguma intriga.
ANGUILLÈRE (*anghiiér*), s. f. Piscina de enguias.
ANGULAIRE (*angülér*), adj. Angular. *Fig*. Base, fundamento.
ANGULAIREMENT (*angülérman*), adv. Angularmente.
ANGULÉ, E (*angülê*), adj. Angulado.
ANGULEUX, EUSE (*angülë, ëz*), adj. Anguloso.
ANGUSTIFOLIÉ, E (*angüçtifoliê*), adj. Angustifoliado, de folha estreita.
ANGUSTURE ou **ANGOSTURE** (*angüçtür* ou *angoçtür*), s. f. Angustura.
ANHÉLATION (*anêlaçion*), s. f. Anelação, respiração difícil.
ANHÉLER (*anêlê*), v.i. (Conjuga-se como *accélérer*.) Anelar, respirar com dificuldade, ofegar.
ANHÉLEUX, EUSE (*anêlë, ëz*), adj. Anelante, ofegante.
ANHYDRE (*anidr*), adj. Anidro, anídrico.
ANHYDRIDE (*anidrid*), s. m. Anidrido.
ANHYDRITE (*anidrit*), s. f. Anidrita.
ANICROCHE (*anikróch*), s. f. Óbice, tropeço, obstáculo pequeno.
ANIER, ÈRE (*aniê, ér*), s. m. Asneiro.
ANILINE (*anilin'*) s. f. Anilina.
ANIMADVERSION (*animadvérçion*), s. f. Animadversão, repreensão.
ANIMAL, E, AUX (*animal, ô*), adj. Animal. S. m. Animal. Pl.: *des animaux*.
ANIMALCULE (*animalkül*), s. m. Animálculo.
ANIMALESQUE (*animaléçk*), adj. Animalesco.
ANIMALIER (*animaliê*), adj. e s. Animalista; pintor ou escultor animalista.
ANIMALISATION (*animalizaçion*), s. f. Animalização.
ANIMALISER (*animalizê*), v. t. Animalizar. **S'ANIMALISER**, v. pr. Animalizar-se, embrutecer-se.
ANIMALITÉ (*animalitê*), s. f. Animalidade.
ANIMATEUR, TRICE (*animatër, triç*), adj. e s. Animador.
ANIMATION (*animaçion*), s. f. Animação, movimento, vivacidade.
ANIMÉ, E (*animê*), adj. Animado, estimulado, incitado.
ANIMER (*animê*), v. t. Animar, estimular, incitar.
ANIMIQUE (*animik*), adj. Anímico, que pertence à alma.
ANIMISME (*animiçm*), s. m. Animismo.
ANIMISTE (*animiçt*), adj. Animista.
ANIMOSITÉ (*animozitê*), s. f. Animosidade, hostilidade, aversão, ira.
ANION (*anion*), s.m. Ânion ou anionte.
ANIS (*ani*), s. m. Anis, erva-doce. Pl.: *des anis*.
ANISER (*anizê*), v. t. Anisar, dar sabor de anis.
ANISETTE (*anizét*), s. f. Aniseta, licor de anis.
ANKYLOSE (*ankilôz*), s. f. Ancilose.
ANKYLOSÉ, E (*ankilozê*), adj. Atacado de ancilose.
ANKYLOSTOMIASE (*ankiloçtomiaz*), s. f. *Med*. Ancilostomíase.
ANNAL, E (*anal*), adj. Anual.
ANNALES (*anal*), s. f. pl. Anais.
ANNALISTE (*analiçt*), s. m. Analista.
ANNALITÉ (*analitê*), s. f. Anualidade.
ANNAMITE (*anamit*), adj. e s. Anamita.
ANNATE (*anat*), s. f. Anata.
ANNEAU (*anô*), s. m. Anel, elo, argola. Pl.: *des anneaux*.
ANNÉE (*anê*), s. f. Ano.
ANNELÉ, E (*anəlê*), adj. Anelado, encaracolado. S. m. pl. *Zool.* Anelídeos.
ANNELER (*anəlê*), v. t. (Dobra o *l* antes de sílaba muda: *j'annelle, nous annellerons*.) Anelar, encaracolar.
ANNELET (*anəlét*), s.m. Anelzinho.
ANNÉLIDES (*anêlid*), s.m. ou f.pl. *Zool.* Anelídeos.

ANNELURE (*anəlür*), s. f. Penteado com anéis.
ANNEXE (*anékç*), adj. e s. f. Anexo.
ANNEXER (*anékçê*), v. t. Anexar.
ANNEXION (*anékçion*), s.f. Anexação.
ANNEXIONISME ou **ANNEXIONNISME** (*anékçioniçm*), s.m. Anexionismo.
ANNEXIONISTE ou **ANNEXIONNISTE** (*anékçioniçt*), s. e adj. Anexionista.
ANNIHILATION (*aniilaçion*), s. f. Aniquilação, aniquilamento.
ANNIHILER (*aniilê*),v.t. Aniquilar, anular, exterminar, humilhar. **S'ANNIHILER**, v.pr. Aniquilar-se.
ANNIVERSAIRE (*anivérçér*), adj. e s. m. Aniversário.
ANNONAIRE (*anonér*), adj. Anonário.
ANNONCE (*anonç*), s. f. Anúncio, aviso público; sinal, indício.
ANNONCER (*anoncê*), v.t. (O *c* toma uma cedilha antes de *a* e *o*: *il annonça, nous annonçons.*) Anunciar; proclamar; predizer.
ANNONCEUR (*anonçĕr*), s. m. Anunciador.
ANNONCIATEUR, TRICE (*anonçiatĕr, triç*), adj. Anunciador, anunciante.
ANNONCIATION (*anonçiaçion*), s. f. Anunciação.
ANNOTATEUR (*anotatĕr*), s. e adj. Anotador.
ANNOTATION (*anotaçion*), s.f. Anotação, nota.
ANNOTER (*anotê*), v.t. Anotar.
ANNUAIRE (*anüér*), s.m. Anuário.
ANNUALITÉ (*anüalitê*), s.f. Anuidade.
ANNUEL, ELLE (*anüél*), adj. Anual.
ANNUELLEMENT (*anüélman*), adv. Anualmente.
ANNUITAIRE (*anüitér*), adj. Anuitário.
ANNUITÉ (*anüitê*), s. f. Anuidade, renda anual.
ANNULABILITÉ (*anülabilitê*), s. f. Anulabilidade.
ANNULABLE (*anülabl*), adj. Anulável.
ANNULAIRE (*anülér*), adj. e s. m. Anular.
ANNULATIF, IVE (*anülatif, iv*), adj. Anulador.
ANNULATION (*anülaçion*), s.f. Anulação.
ANNULEMENT (*anülman*), s.m. Anulamento.
ANNULER (*anülê*), v.t. Anular; aniquilar, abolir, revogar.
ANOBLI, E (*anobli*), adj. Enobrecido.
ANOBLIR (*anoblir*), v. t. Admitir na nobreza; enobrecer; engrandecer.
ANOBLISSEMENT (*anobliçman*), s.m. Enobrecimento.
ANODE (*anód*), s.f. Anódio.
ANODIN, E (*anoden, in'*), adj. Anódino. S. m. Calmante, remédio anódino.
ANODIQUE (*anodik*), adj. Anódico.
ANODONTE (*anodont*), s.m. Anodonte. molusco acéfalo; que não tem dentes.
ANODONTIE (*anodonti*), s. f. Anodontia.
ANOMAL, E, AUX (*anomal, ô*), adj. Anômalo, irregular, anormal.
ANOMALIE (*anomali*), s.f. Anomalia, anormalidade.
ANOMALISTIQUE (*anomaliçtik*), adj. anomalístico.
ANON (*anon*), s. m. Burrico, jumentinho, asninho.
ANONACÉES (*anonaçê*), s.f. pl. *Bot.* Anonáceas.
ANONNEMENT (*anonəman*), s.m. Titubeação, gaguejo, balbuciação.
ANONNER (*anonê*), v.i. Titubear, gaguejar, balbuciar.
ANONNEUR, EUSE (*anonĕr, ĕz*), adj. Aquele que titubeia.
ANONYMAT (*anonimá*), s.m. Anonimato.
ANONYME (*anonim'*), adj. e s. Anônimo.
ANONYMEMENT (*anonimaman*), adv. Anonimamente.
ANOPHÈLE (*anofél*), s.m. Anófele.
ANOPLOTHÉRIUM (*anoplotêrióm'*), s. m. Anoplotério.
ANORDIR (*anordir*), v.i. Nortear (o vento).
ANOREXIE (*anorékçi*), s.f. Anorexia.
ANORMAL, E, AUX (*anormal, ô*), adj. Anormal, sem norma, defeituoso.
ANORMALEMENT (*anormalman*), adv. Anormalmente.
ANOSMIE (*anoçmi*), s.f. Anosmia.
ANOURE (*anur*), adj. Anuro.
ANSE (*anç*), s.f. Asa. *Fam. Faire danser l'anse du panier*, diz-se das cozinheiras que se aproveitam da sua posição para tirar lucros ilegitimos. *Geogr.* Enseada, ancoradouro.
ANSE (*anç*), s. f. **ANSÉATIQUE** (*ançêatik*), adj. V. **HANSE** e **HANSÉATIQUE**.
ANSER (*ançê*), s.m. Ganso bravo.
ANSETTE (*ançét*), s.f. Asa pequena.
ANSIÈRE (*ançiér*), s.f. Tipo de rede de pesca.
ANSPECT (*ançpék*), s.m. Alavanca.
ANSPESSADE (*ançpéçad*), s.m. Anspeçada.
ANTAGONIQUE (*antagonik*), adj. Antagônico.
ANTAGONISME (*antagoniçm*), s.m. Antagonismo.
ANTAGONISTE (*antagoniçt*), adj. e s. Antagonista.
ANTALGIQUE (*antaljik*), adj. Antálgico.
ANTAN (*antan*), s.m. Antanho.
ANTANACLASE (*antanaklaz*), s. f. *Ret.* Antanáclase.
ANTARTIQUE (*antartik*), adj. Antártico.

ANTÉCÉDEMMENT (*antêçêdaman*), adv. Antecedentemente.
ANTÉCÉDENCE (*antêçêdanç*), s. f. Antecedência.
ANTÉCÉDENT, E (*antêçêdan, t*), adj. Antecedente.
ANTÉDILUVIEN, ENNE (*antêdilüvien, én'*), adj. Antediluviano.
ANTÉFIXE (*antêfikç*), s. m. Antefixa.
ANTENNE (*antén'*), s.f. Antena.
ANTÉNUPTIAL, E, AUX (*antênüpçial, ô*) adj. Antenupcial.
ANTÉPÉNULTIÈME (*antêpênültiém'*) adj. e s.f. Antepenúltimo.
ANTÉRIEUR, E (*antêriĕr*), adj. Anterior.
ANTÉRIEUREMENT (*antêriĕrman*), adv. Anteriormente.
ANTÉRIORITÉ (*antêrioritê*), s. f. Anterioridade.
ANTHÈRE (*antér*), s. f. *Bot.* Antera.
ANTHÉRIDIE (*antêridi*), s. f. *Bot.* Anterídio.
ANTHÉROZOÏDE (*antêrozoid*), s. m. *Bot.* Anterozóide.
ANTHÈSE (*antéz*), s.f. Antese.
ANTHOLOGIE (*antoloji*), s.f. Antologia.
ANTHOZOAIRES (*antozoér*), s.m.pl. Antozoários.
ANTHRACITE (*antraçit*), s. m. Antracite.
ANTHRACOSE (*antrakôz*), s.f. *Med.* Antracose.
ANTHRAX (*antrakç*), s. m. *Med.* Antraz.
ANTHROPOÏDE (*antropoid*), adj. e s. m. Antropóide.
ANTHROPOLOGIE (*antropoloji*), s. f. Antropologia.
ANTHROPOLOGIQUE (*antropolojik*), adj. Antropológico.
ANTHROPOLOGISTE ou **ANTROPOLOGUE** (*antropolojiçt* ou *antropológh*), s. m. Antropologista ou antropólogo.
ANTHROPOMÉTRIQUE (*antropomê trik*), adj. Antropométrico.
ANTHROPOMORPHE (*antropomórf*), adj. Antropomorfo.
ANTHROPOMORPHISME (*antropomórfiçm*), s.m. Antropomorfismo.
ANTHROPOMORPHISTE ou **ANTHROPOMORPHITE** (*antropomórfiçt* ou *antropomórfit*), adj. e s. Antropomorfista, antropomorfita.
ANTHROPONYMIE (*antroponimi*), s.f. Antroponimia.
ANTHROPOPHAGE (*antropofaj*), adj. e s. Antropófago.
ANTHROPOPHAGIE (*antropofaji*), s.f. Antropofagia.
ANTHROPOPITHÈQUE (*antropopiték*), s. m. Antropopiteco.
ANTIAÉRIEN, ENNE (*antiaêrien, én'*), adj. Antiaéreo.
ANTIALCOOLIQUE (*antialkolik*), adj. Antialcoólico.
ANTIARTISTIQUE (*antiartiçtik*), adj. Antiartístico.
ANTIBIOTIQUE (*antibiotik*), s.m. Antibiótico.
ANTICHAMBRE (*antichambr*), s. f. Antecâmara, sala de espera.
ANTICHRÈSE (*antikréz*), adj. *Jur.* Anticrese.
ANTICHRÉTIEN, ENNE (*antikrêtien, én'*), adj. e s. Anticristão.
ANTICIPANT, E (*antiçipan, t*), adj. Antecipador.
ANTICIPATION (*antiçipaçion*), s.f. Antecipação, adiamento.
ANTICIPÉ, E (*antiçipê*), adj. Antecipado, adiantado.
ANTICIPER (*antiçipê*), v. t. Antecipar, adiantar; prevenir.
ANTICLÉRICAL, E, AUX (*antiklêrikal, ô*), adj. e s. Anticlerical.
ANTICLÉRICALISME (*antiklêrikaliçm*), s.m. Anticlericalismo.
ANTICLINAL (*antiklinal*), s. m. Anticlinal.
ANTICONCEPTIONNEL, ELLE (*antikonçépçionél*), adj. Anticoncepcional.
ANTICONSTITUTIONNEL, ELLE (*antikonçtitüçionél*), adj. Anticonstitucional.
ANTICONSTITUTIONNELLEMENT (*antikonçtitücionélman*), adv. Anticonstitucionalmente.
ANTICORPS (*antikór*), s. m. *Med.* Anticorpo. Pl.: *des anticorps.*
ANTICYCLONE (*antiçiklón'*), s.m. Anticiclone.
ANTICYCLONIQUE (*antiçiklonik*), adj. Anticiclônico.
ANTIDARTREUX, EUSE (*antidartrĕ, ĕz*), adj. Antidartroso.
ANTIDATE (*antidat*), s.f. Antedata.
ANTIDATER (*antidatê*), v. t. Antedatar.
ANTIDÉPERDITEUR (*antidêpérditĕr*), s. e adj. Reconstituinte.
ANTIDÉRAPANT (*antidêrapan*), s. e adj. Antiderrapante.
ANTIDÉTONANT (*antidêtonan*), adj. e s. m. Antidetonante.
ANTIDIPHTÉRIQUE (*antidiftêrik*), adj. Antidiftérico.
ANTIDOTE (*antidót*), s.m. Antídoto, contraveneno.
ANTIENNE (*antién'*), s. f. Antífona.
ANTIESCLAVAGISTE (*antiéçklavajiçt*), s. e adj. Antiescravagista.
ANTIFÉBRILE (*antifêbril*), adj. Antifebril.
ANTIFERMENT (*antiférman*), s.m. Antifermento.
ANTIFRICTION (*antifrikçion*), s. m. Antifricção.
ANTIGEL (*antijél*), s.m. Antigelo.
ANTIGÈNE (*antijén'*), s. m. *Med.* Antígeno.

ANTIGOUVERNEMENTAL, E, AUX (*antiguvérnəmantal, ô*), adj. Antigovernamental.

ANTIHALO (*antialô*), s. e adj. Anti-halo(em fotografia).

ANTIHUMAIN, E (*antiümen, én'*), adj. Anti-humano.

ANTIHYGIÉNIQUE (*antiijiênik*), adj. Anti-higiênico.

ANTIJUIF, JUIVE (*antijüif, jüiv*), adj. e s. Antijudeu.

ANTILÉGAL, E, AUX (*antilêgal, ô*), adj. Antilegal.

ANTILIBÉRAL, E (*antilibêral*), adj. Antiliberal.

ANTILOGIE (*antiloji*), s.f. Antilogia.

ANTILOGIQUE (*antilojik*), adj. Antilógico.

ANTILOPE (*antilóp*), s.f. Antílope.

ANTIMAÇONNIQUE (*antimaçonik*), adj. Antimaçônico.

ANTIMILITARISME (*antimilitariçm*), s. m. Antimilitarismo.

ANTIMILITARISTE (*antimilitariçt*), adj. Antimilitarista.

ANTIMINISTÉRIEL, ELLE (*antiminiçtêriél*), adj. e s. Antiministerial.

ANTIMOINE (*antimuan'*), s.m. *Quím*. Antimônio.

ANTIMONARCHIQUE (*antimonarchik*), adj. Antimonárquico.

ANTIMONARCHISTE (*antimonarchiçt*), adj. e s. Antimonarquista.

ANTIMONIATE (*antimoniat*), s. m. *Quím*. Antimoniato.

ANTIMONIÉ, E (*antimoniê*), adj. Antimonial.

ANTIMONIURE (*antimoniür*), s.m. Antimonieto.

ANTINATIONAL, E, AUX (*antinaçional, ô*), adj. Antinacional.

ANTINÉVRALGIQUE (*antinêvraljik*), adj. Antinevrálgico.

ANTINOMIE (*antinomi*), s. f. Antinomia.

ANTINOMIQUE (*antinomik*), adj. Antinômico.

ANTIPAPE (*antipap*), s. m. Antipapa.

ANTIPARLEMENTAIRE (*antiparləmantér*), adj. Antiparlamentar.

ANTIPATHIE (*antipati*), s.f. Antipatia.

ANTIPATHIQUE (*antipatik*), adj. Antipático.

ANTIPATRIOTE (*antipatriot*), s. Antipatriota.

ANTIPATRIOTIQUE (*antipatriotik*), adj. Antipatriótico.

ANTIPÉRISTALTIQUE (*antiperiçtaltik*), adj. *Fisiol*. Antiperistáltico.

ANTIPHILOSOPHIQUE (*antifilozofik*), adj. Antifilosófico.

ANTIPHLOGISTIQUE (*antiflogiçtik*), adj. *Méd*. Antiflogístico.

ANTIPHONAIRE (*antifonér*), s. m. Antifonário.

ANTIPHRASE (*antifraz*), s.f. Antífrase.

ANTIPODE (*antipód*), s. m. Antípoda; oposto, contrário.

ANTIPOÉTIQUE (*antipoêtik*), adj. Antipoético.

ANTIPROHIBITIONNISTE (*antiproibiçioniçt*), s. e adj. Antiproibicionista.

ANTIPROTECTIONNISTE (*antiprotékçioniçt*), s. e adj. Antiprotecionista.

ANTIPUTRIDE (*antipütrid*), adj. Antipútrido.

ANTIPYRÉTIQUE (*antipirêtik*), adj. Antipirético.

ANTIPYRINE (*antipirin'*), s. f. Antipirina.

ANTIQUAILLE (*antikaii*), s.f. Antigalha; coisa antiga de pouco valor.

ANTIQUAIRE (*antikér*), s.m. Antiquário.

ANTIQUE (*antik*), adj. Antigo, vetusto.

ANTIQUEMENT (*antikman*), adv. Antigamente.

ANTIQUITÉ (*antikitê*), s.f. Antigüidade.

ANTIRABIQUE (*antirabik*), adj. Anti-rábico.

ANTIRATIONALISME (*antiraçionaliçm*) s. m. Anti-racionalismo.

ANTIRATIONNEL, ELLE (*antiraçionél*), adj. Anti-racional.

ANTISCIEN, ENNE (*antiçien, én'*), adj. e s. *Geog*. Antíscio.

ANTISCORBUTIQUE (*antiçkorbütik*), adj. Antiscorbútico.

ANTISÉMITE (*antiçêmit*), adj. e s. Anti-semita.

ANTISÉMITIQUE (*antiçêmitik*), adj. Anti-semítico.

ANTISÉMITISME (*antiçêmitiçm*), s. m. Anti-semitismo.

ANTISEPSIE (*antiçépçi*), s. f. Anti-sepsia.

ANTISEPTIQUE (*antiçéptik*), adj. Anti-séptico.

ANTISEPTISER (*antiçéptizê*), v. t. Anti-sepsiar.

ANTISOCIABLE (*antiçoçiabl*), adj. Anti-sociável.

ANTISOCIAL, E, AUX (*antiçoçial, ô*), adj. Anti-social.

ANTISPASMODIQUE (*antiçpaçmodik*), adj. Antiespasmódico.

ANTISPIRITUALISME (*antiçpiritüaliçm*), s. m. Antispiritualismo.

ANTISTROPHE (*antiçtróf*), s.f. Antístrofe.

ANTITÉTANIQUE (*antitêtanik*), adj. Antitetânico.

ANTITHÈSE (*antitéz*), s. f. Antítese.

ANTITOXINE (*antitokçin'*), s. f. Antitoxina.

ANTITOXIQUE (*antitokçik*), adj. Antitóxico.

ANTITUBERCULEUX, EUSE (*antitübérkülë, ëz*), adj. Antituberculoso.

ANTIVÉNÉNEUX, EUSE (*antivênênë, ëz*), adj. Antivenenoso.
ANTIVENIMEUX (*antivənimë*), adj. Antivenenoso.
ANTIVIRUS (*antivirüç*), s. m. Antivírus. Pl.: *des antivirus.*
ANTONOMASE (*antonomaz*), s. f. Antonomásia.
ANTONYME (*antonim'*), adj. e s. m. Antônimo.
ANTONYMIE (*antonimi*), s. f. Antonímia.
ANTRE (*antr*), s. m. Antro, caverna.
ANTRUSTION (*antrüçtion*), s. m. Antrustião.
ANURIE ou **ANURÈSE** (*anüri* ou *anüréz*), s. f. *Med.* Anúria.
ANUS (*anüç*), s. m. *Anat.* Ânus. Pl.: *des anus.*
ANXIÉTÉ (*ankçiêtê*), s. f. Ansiedade, angústia, tormento.
ANXIEUSEMENT (*ankçiëzman*), adv. Ansiosamente.
ANXIEUX, EUSE (*ankçië, ëz*), adj. Ansioso, angustiado.
AORTE (*aort*), s. f. Aorta.
AORTIQUE (*aortik*), adj. Aórtico.
AORTITE (*aortit*), s. f. *Med.* Aortite.
AOÛT (*u*), s. m. Agosto.
AOÛTAGE (*utaj*), s. m. Colheita, ceifa.
AOÛTEMENT (*utman*), s. m. Maturação (durante o mês de agosto).
AOÛTER (*utê*), v. t. Amadurecer.
AOÛTERON (*utəron*), s. m. Trabalhador durante a colheita.
APACHE (*apach*), s. m. Apache.
APAISEMENT (*apézman*), s. m. Apaziguamento, quietude.
APAISER (*apézê*), v. t. Apaziguar, sossegar, aquietar. **S'APAISER**, v. pr. Acalmar-se, abrandar-se.
APALACHINE (*apalachin'*), s. f. Apalachina.
APANAGE (*apanaj*), s. m. Apanágio, atributo.
APANAGER (*apanajê*), v. t. (Toma um *e* mudo depois do *g* antes de *a* e *o*: *il apanagea, nous apanageons.*) Dar um apanágio.
APAPELARDIR (S') (*çapapəlardir*), v. pr. Tornar-se hipócrita.
APARTÉ (*apartê*), s. m. Aparte.
APATHIE (*apati*), s. f. Apatia.
APATHIQUE (*apatik*), adj. e s. Apático.
APATHIQUEMENT (*apatikman*), adv. Apaticamente.
APATITE (*apatit*), s. f. *Min.* Apatita.
APATRIDE (*apatrid*), adj. e s. Apátrida.
APEPSIE (*apépçi*), s. f. Apepsia.
APERCEPTIBILITÉ (*apérçéptibilitê*), s. f. Aperceptibilidade.
APERCEVABLE (*apérçəvabl*), adj. Aperceptível.
APERCEPTION (*apérçépçion*), s. f. Apercepção.
APERCEPTIVITÉ (*apérçéptivitê*), s. f. Faculdade de percepção.
APERCEVABLE (*apérçəvabl*), adj. Aperceptível.
APERCEVANCE (*apérçəvanç*), s. f. Apercebimento.
APERCEVOIR (*apérçəvuar*), v. t. Aperceber, ver, distinguir, descobrir. **S'APERCEVOIR**, v. pr. Notar; reparar.
APERÇU (*apérçü*), s. m. Olhar rápido. Exposição sumária, resumo.
APÉRIODIQUE (*apêriodik*), adj. Aperiódico.
APÉRITIF, IVE (*apêritif, iv*), adj. e s. m. Aperitivo.
APERTEMENT (*apértəman*), adv. Claramente, abertamente.
APERTISE (*apértiz*), s. f. Habilidade.
APÉTALE (*apêtal*), adj. Apétalo.
APETISSEMENT (*aptiçman*), s. m. Diminuição.
APETISSER (*aptiçê*), v. t. Diminuir, minorar. **S'APETISSER**, v. pr. Diminuir-se, encolher-se.
A-PEU-PRÈS (*apëpré*), loc. adv. Mais ou menos, com aproximação.
APEURÉ, E (*apërê*), adj. Assustado, amedrontado.
APEURER (*apërê*), v. t. Amedrontar, assustar, atemorizar. **S'APEURER**, v. pr. Assustar-se.
APHANIPTÈRES (*afaniptér*), s. m. pl. Afanópteros (inseto).
APHASIE (*afazi*), s. m. *Med.* Afasia.
APHASIQUE (*afazik*), s. Afásico.
APHÉLIE (*afêli*), s. m. *Cosm.* Afélio.
APHÉRÈSE (*afêréz*), s. f. *Gram.* Aférese.
APHIDIENS (*afidien*), s. m. pl. Afídios.
APHLOGISTIQUE (*aflojiçtik*), adj. Aflogístico.
APHONE (*aphón'*), adj. Afono; afônico.
APHONIE (*afoni*), s. f. Afonia.
APHORISME (*aforiçm*), s. m. Aforismo.
APHORISTIQUE (*aforiçtik*), adj. Aforístico.
APHRODISIAQUE (*afrodiziak*), adj. e s. m. Afrodisíaco.
APHTE (*aft*), s. m. *Med.* Afta.
APHTEUX, EUSE (*aftë, ëz*), adj. Aftoso.
APHYLLE (*afil*), adj. Áfilo, sem folhas.
API (*api*), s. m. *Pomme d'api,* pequena maçã vermelha.
APIAIRES (*apiér*), s. m. pl. *Zool.* Apiários.
APICOLE (*apikól*), adj. Apícola.
APICULTEUR (*apikültër*), s. m. Apicultor.
APICULTURE (*apikültür*), s. f. Apicultura.
APIDÉS (*apidê*), s. m. pl. Apídeos.
APIÉCEUR, EUSE (*apiéçër, ëz*), s. Operário que se ocupa da montagem de roupas.

APIOL (*apiól*), s. m. Apiol.
APION (*apion*), s. m. *Zool.* Apião.
APITOIEMENT (*apituaman*), s. m. Compaixão, piedade, dó.
APITOYER (*apituaiê*), v. t. (Conjuga-se como *aboyer*.) Apiedar, inspirar compaixão. **S'APITOYER,** v. pr. Compadecer-se.
APIVORE (*apivór*), adj. e s. Apívoro.
APLAIGNER ou **APLANER** (*aplénhê* ou *aplanê*), v. i. Dispor no mesmo sentido os fios de lã de uma fazenda.
APLAIGNEUR, EUSE (*aplénhĕr, ëz*), s. e adj. Aquele que dispõe no mesmo sentido os fios de lã de uma fazenda.
APLANAT (*aplaná*), s. *Fís.* Aplanetismo.
APLANER (*aplanê*), v. t. Aplanar, nivelar, polir (a madeira).
APLANÉTIQUE (*aplanêtik*), adj. *Fís.* Aplanético.
APLANIR (*aplanir*), v. t. Aplainar, nivelar, igualar. *Fig.* Facilitar.
APLANISSEMENT (*aplaniçman*), s. m. Aplanamento.
APLANISSEUR, EUSE (*aplaniçĕr, ëz*), s. Aplanador.
APLAT (*aplá*), s. m. *Pint.* Cor lisa.
APLATIR (*aplatir*), v.t. Achatar, amassar; humilhar, aviltar. **S'APLATIR,** v. pr. Amassar-se; humilhar-se.
APLATISSEMENT (*aplatiçman*), s. m. Achatamento; humilhação.
APLATISSOIR (*aplatiçuar*), s.m. ou **APLATISSOIRE,** s. f. Laminador.
APLOMB (*aplon*), s.m. Aprumo; firmeza, altivez. *D'aplomb,* loc. adv. Perpendicularmente; solidamente, em equilíbrio.
APOCALYPSE (*apokalipç*), s.f. Apocalipse.
APOCALYPTIQUE (*apokaliptik*), adj. Apocalíptico.
APOCOPE (*apokóp*), s. f. *Gram.* Apócope.
APOCOPÉ, E (*apokopê*), adj. *Gram.* Apocopado.
APOCRYPHE (*apokrif*), adj. Apócrifo.
APOCYN (*apoçen*), s. m. *Bot.* Apócino.
APOCYNACÉES (*apocinaçê*), s. f. pl. *Bot.* Apocináceas.
APODE (*apod*), adj. Ápode.
APODICTIQUE (*apodiktik*), adj. Apodítico.
APODOSE (*apodôz*), s. f. *Gram.* Apódose.
APOGÉE (*apojê*), s.m. Apogeu; pináculo.
APOLITIQUE (*apolitik*), adj. Apolítico.
APOLITISME (*apolitiçm*), s. m. Comportamento daquele que é apolítico.
APOLOGÉTIQUE (*apolojêtik*), adj. Apologético.
APOLOGIE (*apoloji*), s.f. Apologia.
APOLOGIQUE (*apolojik*), adj. Apologético.
APOLOGISTE (*apolojiçt*), s. Apologista.
APOLOGUE (*apológ*), s.m. Apólogo.
APOMORPHINE (*apomorfin'*), s. f. *Quím.* Apomorfina.
APONÉVROSE (*aponêvrôz*), s. f. Aponeurose.
APONÉVROTIQUE (*aponêvrotik*), adj. Aponeurótico.
APOPHTEGME (*apóftégm*), s. m. *Ret.* Apotegma.
APOPHYSE (*apofiz*), s.f. *Anat.* Apófise.
APOPLECTIQUE (*apopléktik*), adj. Apoplético, irritado, congestionado.
APOPLEXIE (*apoplékçi*), s.f. *Med.* Apoplexia.
APOSTASIE (*apoçtazi*), s.f. Apostasia.
APOSTASIER (*apoçtaziê*), v.i. (Conjuga-se como *prier*.) Apostatar; desertar.
APOSTAT (*apoçtá*), adj. e s. m. Apóstata.
APOSTER (*apoçtê*), v.t. Emboscar, pôr alguém à espreita.
A POSTERIORI (*aposteriori*), loc. adv. A posteriori.
APOSTILLE (*apoçtii*), s.f. Apostila, anotação.
APOSTILLER (*apoçtiiê*), v.t. Apostilar, anotar.
APOSTOLAT (*apoçtolá*), s. m. Apostolado.
APOSTOLICITÉ (*apoçtoliçitê*), s.f. Apostolicidade.
APOSTOLIQUE (*apoçtolik*), adj. Apostólico.
APOSTOLIQUEMENT (*apoçtolikman*), adv. Apostolicamente.
APOSTROPHE (*apoçtróf*), s. f. Apóstrofe; apóstrofo.
APOSTROPHER (*apoçtrofê*), v.t. Apostrofar; repreender.
APOSTUME ou **APOSTÈME** (*apoçtüm'* ou *apoçtém'*), s. m. *Med.* Apostema.
APOTHÉCIE ou **APOTHÈCE** (*apotêçi* ou *apotéç*), s.f. Apotécio.
APOTHÈME (*apotém'*), s. m. *Geom.* Apótema.
APOTHÉOSE (*apotêôz*), s.f. Apoteose.
APOTHICAIRE (*apotikér*), s. m. Boticário.
APÔTRE (*apôtr*), s. m. Apóstolo.
APPARAÎTRE (*aparétr*), v. i. Aparecer, apresentar-se, surgir.
APPARAT (*apará*), s.m. Aparato, pompa, ostentação.
APPARAUX (*aparô*), s.m. pl. Aparelhos, conjunto de utensílios náuticos.
APPAREIL (*aparéi*), s.m. Aparelho, disposição, preparativo.
APPAREILLAGE (*aparéiaj*), s.m. *Mar.* Aparelhagem.
APPAREILLEMENT (*aparéiiman*), s. m. Emparelhamento de dois animais (para o trabalho).
APPAREILLER (*aparéiê*), v. t. Emparelhar; combinar. Preparar para

construção, manobra. V. i. *Náut.* Partir, preparar-se para partir.
APPAREILLEUR (*aparéiĕr*), v. t. Aparelhador; o que dirige certos trabalhos de construção.
APPAREMMENT (*aparaman*), adv. Aparentemente.
APPARENCE (*aparanç*), s.f. Aparência.
APPARENT, E (*aparan, t*), adj. Aparente, evidente, considerável, notável.
APPARENTAGE (*aparantaj*) s.m. Ação de aparentar, de ser aparentado.
APPARENTEMENT (*aparantəman*) s. m. Faculdade de grupamento no sistema eleitoral francês.
APPARENTER (*aparantê*), v. t. Aparentar, estabelecer parentesco entre. **S'APPARENTER**, v.pr. Fazer parente de; aliar-se.
APPARIEMENT (*apariman*), s.m. Emparelhamento.
APPARIER (*apariê*) v.t. (Conjuga-se como *prier.*) Emparelhar, unir, acasalar.
APPARITEUR (*aparitĕr*), s. m. Bedel
APPARITION (*apariçion*), s. f. Aparição; visão; fantasma; estada curta.
APPAROIR (*aparuar*), v. imp. (Usa-se apenas no inf. e em *il appert.*) Ser evidente.
APPARTEMENT (*apartəman*), s. m. Apartamento.
APPARTENANCE (*apartənanç*), s. f. Pertença, ação de pertencer.
APPARTENIR (*apartənir*), v. i. (Conjuga-se como *tenir.*) Pertencer, caber. **S'APPARTENIR**, v. pr. Ser independente.
APPAS (*apá*), s. m. pl. Atrativos, graça.
APPÂT (*apá*), s. m. Isca, engodo. *Fig.* Atração.
APPÂTER (*apatê*), v. t. Iscar; atrair, seduzir.
APPAUVRIR (*apôvrir*), v. t. Empobrecer; enfraquecer.
APPAUVRISSEMENT (*apôvriçman*), s. m. Empobrecimento; enfraquecimento.
APPEAU (*apô*), s. m. Assobio que imita os gritos dos pássaros para atraí-los. Pl.: *des appeaux.*
APPEAUTER (*apôtê*), v. t. Atrair os pássaros com um assobio.
APPEL (*apél*), s. m. Chamado, apelo; apelação. *Faire appel à*, apelar para.
APPELANT, E (*apəlan, t*), adj. Apelante, s. m. Chamariz.
APPELÉ, E (*apəlê*), adj. Chamado; soldado convocado, conscrito.
APPELER (*apəlê*), v. t. (Dobra o *l* antes de sílaba muda: *j'appellerai.*) Chamar, apelar. *En appeler à*, apelar para. V. i. Apelar (para um tribunal). **S'APPELER**, v.pr. Chamar-se.
APPELLATIF, IVE (*apélatif, iv*), adj. Apelativo.
APPELLATION (*apélaçion*), s. f. Apelação; qualificação.
APPENDICE (*apandiç*), s. m. Apêndice.
APPENDICITE (*apandiçit*), s. f. *Med.* Apendicite.
APPENDICULAIRE (*apandikülér*), adj. Apendicular.
APPENDRE (*apandr*), v. t. Pendurar.
APPENTIS (*apanti*), s. m. Alpendre. Pl.: *des appentis.*
APPERT (IL), (*ilapér*), v. imp. É evidente, resulta.
APPESANTIR (*apəzantir*), v. t. Tornar mais pesado; entorpecer; oprimir. **S'APPESANTIR**, v. pr. Tornar-se mais pesado. *S'appesantir sur*, insistir.
APPESANTISSEMENT (*apəzantiçman*), s.m. Entorpecimento; peso.
APPÉTENCE (*apêtanç*), s. f. Apetência.
APPÉTER (*apêtê*), v. t. (Conjuga-se como *accélérer.*) Apetecer.
APPÉTISSANT, E (*apêtiçan, t*), adj. Apetitoso.
APPÉTIT (*apêti*), s. m. Apetite; desejo.
APPÉTITION (*apêtiçion*), s. f. Apetência, desejo.
APPLAUDIR (*aplôdir*), v. t. Aplaudir, aprovar. **S'APPLAUDIR**, v. pr. Gabar-se.
APPLAUDISSEMENT (*aplôdiçman*), s. m. Aplauso; aprovação.
APPLAUDISSEUR, EUSE (*aplôdiçĕr, ĕz*), adj. Aplaudidor.
APPLICABLE (*aplikabl*), adj. Aplicável.
APPLICAGE (*aplikaj*), s. m. Aplicação.
APPLICATION (*aplikaçion*), s. f. Aplicação, superposição; assiduidade.
APPLIQUE (*aplik*), s. f. Adorno, enfeite, acessório.
APPLIQUER (*aplikê*), v. t. Aplicar; infligir; prestar muita atenção; empregar. **S'APPLIQUER**, v. pr. Aplicar-se, esforçar-se.
APPOINT (*apuen*), s. m. Complementação de uma quantia em troco. *Faire l'appoint*, completar a quantia.
APPOINTAGE (*apuentaj*), s. m. Ação de apontar.
APPOINTEMENTS (*apuentəman*), s. m. pl. Ordenado.
APPOINTER (*apuentê*), v. t. Pagar o ordenado. Apontar, aguçar.
APPOINTEUR, EUSE (*apuentĕr, ĕz*), adj. e s. Aquele que paga o ordenado. Aguçador.
APPONTEMENT (*apontəman*). s. m. Prancha para carregar navios.
APPORT (*apór*), s. m. Bens que um dos cônjuges traz ao casamento. Parte de um sócio no ativo social.

APPORTER (*aportê*), v. t. Trazer, levar; anunciar, ocasionar.
APPOSER (*apozê*), v. t. Afixar, aplicar; introduzir.
APPOSITIF, IVE (*apozitif, iv*), adj. Apositivo.
APPOSITION (*apoziçion*), s. f. Aposição.
APPRÉCIABILITÉ (*aprêçiabilitê*), s. f Apreciabilidade.
APPRÉCIABLE (*aprêciabl*), adj. Apreciável.
APPRÉCIATEUR, TRICE (*aprêçiatĕr, triç*), adj. Apreciador.
APPRÉCIATIF, IVE (*aprêçiatif, iv*), adj. Apreciativo.
APPRÉCIATION (*aprêçiaçion*), s. f. Apreciação.
APPRÉCIER (*aprêçiê*), v. t. (Conjuga-se como *prier*.) Apreciar.
APPRÉHENDER (*aprêandê*), v. t. Apreender, tomar; temer.
APPRÉHENSIBLE (*aprêançibl*), adj. Apreensível.
APPRÉHENSIF, IVE (*aprêançif, iv*) adj. Apreensivo.
APPRÉHENSION (*aprêançion*), s. f. Apreensão, temor.
APPRENDRE (*aprandr*), v. t. (Conjuga--se como *prendre*.) Aprender; ensinar; estudar.
APPRENTI, E (*apranti*), s. Aprendiz.
APPRENTISSAGE (*aprantiçaj*), s. m. Aprendizagem; experiência.
APPRÊT (*apré*), s.m. Apresto, preparativos; preparos; goma dos tecidos; tempero; afetação.
APPRÊTAGE (*aprétaj*), s. m. Engomagem.
APPRÊTÉ, E (*aprétê*), adj. Afetado, pretensioso.
APPRÊTER (*aprétê*), v. t. Preparar, aprontar; temperar. **S'APPRÊTER**, v. pr. Aprontar-se.
APPRÊTEUR, EUSE (*aprétĕr, ĕz*), adj. Engomador. S. m. Pintor de vidros. Aquele que faz o acabamento.
APPRIVOISABLE (*aprivuazabl*), adj. Domesticável, amansável, humanizável.
APPRIVOISEMENT (*aprivuazman*), s. m. Domesticação, amansamento.
APPRIVOISER (*aprivuazê*), v. t. Domesticar, amansar; civilizar, humanizar.
APPRIVOISEUR, EUSE (*aprivuazĕr, ĕz*), s. Domesticador, domador.
APPROBATEUR, TRICE (*aprobatĕr, triç*), s. e adj. Aprovador, aprovativo.
APPROBATIF, IVE (*aprobatif, iv*), adj. Aprovativo.
APPROBATION (*aprobaçion*), s. f. Aprovação.
APPROBATIVEMENT (*aprobativman*), adv. Aprovativamente.
APPROCHABLE (*aprochabl*), adj. Acessível.
APPROCHANT, E (*aprochan, t*), adj. Aproximativo. Adv. Mais ou menos; cerca de.
APPROCHE (*apróch*), s. f. Chegada, proximidade, acesso.
APPROCHER (*aprochê*), v. t. Aproximar, fazer chegar. V. i. Aproximar-se, chegar. **S'APPROCHER**, v. pr. Aproximar-se, acercar-se.
APPROFONDIR (*aprofondir*), v.t. Aprofundar.
APPROFONDISSEMENT (*aprofondiçman*), s. m. Aprofundamento; escavação; investigação.
APPROPRIABLE (*apropriabl*), adj. Apropriável.
APPROPRIATION (*apropriaçion*), s. f. Apropriação.
APPROPRIER (*apropriê*), v. t. (Conjuga-se como *prier*.) Apropriar, acomodar; limpar. **S'APPROPIER**, v. pr. Apropriar-se, usurpar.
APPROUVER (*apruvê*), v.t. Aprovar, consentir.
APPROVISIONNEMENT (*aprovizionəman*), s.m. Aprovisionamento.
APPROVISIONNER (*aprovizionê*), v.t. Aprovisionar.
APPROVISIONNEUR, EUSE (*aprovizionĕr, ĕz*), s. Aprovisionador, fornecedor.
APPROXIMATIF, IVE (*aprokçimatif, iv*), adj. Aproximativo.
APPROXIMATION (*aprokçimaçion*), s. f. Aproximação.
APPROXIMATIVEMENT (*aprokçimativman*), adv. Aproximativamente.
APPUI (*apüi*), s. m. Apoio; auxílio, proteção; prova.
APPUI-BRAS (*apüibra*), s. m. Apoio para o braço, encosto. Pl.: *des appuis-bras*.
APPUI-LIVRES (*apüilivr*), s.m. Suporte para livros. Pl.: *des appuis-livres*.
APPUI-MAIN (*apüimen*), s.m. Tento de pintor. Pl.: *des appuis-main*.
APPUI-TÊTE (*apüitét*), s.m. Apoio para a cabeça. Pl.: *des appuis-tête*.
APPUYER (*apüiê*), v. t. (*J'appuie, tu appuies, il appuie, nous appuyons, vous appuyez, ils appuient. J'appuyais, nous appuyions. J'appuyai, nous appuyâmes. J'appuierai, nous appuierons. J'appuierais, nous appuierions. Que j'appuie, que nous appuyions. Que j'appuyasse, que nous appuyassions. Appuyant. Appuyé, e.*) Apoiar, encostar; ajudar. v. i. Insistir. **S'APPUYER**, v. pr. Encostar--se.
APRE (*apr*), adj. Acre, áspero; ávido, rude.
APREMENT (*aprəman*), adv. Asperamente; avidamente; rudemente.
APRÈS (*apré*), prep. Depois, após, atrás, contra. Loc. adv.: *D'après*, segundo;

après coup, logo depois; *après tout*, afinal de contas.

APRÈS-DEMAIN (*aprédəmen*), adv. e s. m. Depois de amanhã.

APRÈS-DÎNER (*aprédinê*), s. m. Depois do jantar. Pl.: *des après-dîners*.

APRÈS-MIDI (*aprémidi*), s. m. Tarde. Pl.: *des après-midis*.

APRÈS-SOUPER (*apréçupê*), s.m. Depois do jantar. Pl.: *des après-soupers*.

APRETÉ (*aprətê*), s. f. Aspereza; grosseria, rudeza.

A PRIORI (*apriori*), loc. adv. A priori.

APRIORISME (*aprioriçm*), s. m. Apriorismo.

À-PROPOS (*aprôpô*), s. m. Coisa dita ou feita a propósito. Pl.: *des à-propos*.

APSIDE (*apçid*), s.f. *Astr*. Apside.

APTE (*apt*), adj. Apto, capaz.

APTÈRE (*aptér*), adj. Áptero.

APTITUDE (*aptitüd*), s. f. Aptidão, capacidade.

APUREMENT (*apürman*), s.m. Apuramento, liquidação das contas.

APURER (*apürê*), v. t. Apurar, verificar, fechar contas.

APYRE (*apir*), adj. Ápiro, infusível.

APYRÉTIQUE (*apirêtik*), s. f. Apirético.

APYREXIE (*apirékçi*), s.f. Apirexia.

AQUAFORTISTE (*akuafortiçt*), s. m. Aquafortista.

AQUARELLE (*akuarél*), s. f. Aquarela.

AQUARELLISTE (*akuaréliçt*), s. Aquarelista.

AQUARIUM (*akuariôm'*), s. m. Aquário. Pl.: *des aquariums*.

AQUATILE (*akuatil*), adj. Aquátil.

AQUATINTE ou **AQUA-TINTA** (*akuatent* ou *akuatentá*), s. f. Aquatinta.

AQUATINTISTE (*akuatentiçt*), s. Aquatintista.

AQUATIQUE (*akuatik*), adj. Aquático.

AQUATIQUEMENT (*akuatikman*), adv. Aquaticamente.

AQUEDUC (*akdük*), s. m. Aqueduto.

AQUEUX, EUSE (*aküë, ëz*), adj. Aquoso, aqüeo.

AQUICOLE (*aküikól*), adj. Aqüícola.

AQUICULTEUR (*aküikültër*), s. m. Aqüicultor.

AQUICULTURE (*aküikültür*), s. f. Aqüicultura.

AQUIFÈRE (*aküifér*), adj. Aqüífero.

AQUILIN, E (*akilen, in'*), adj. Aquilino.

AQUILON (*akilon*), s. m. Aquilão.

AQUITANIEN (*akitanien*), s. m. *Geol*. Aquitânio.

AQUOSITÉ (*akuozitê*), s. f. Aquosidade.

ARA (*ará*), s. m. Arara.

ARABA (*arabá*), s. f. Arabá, carro ligeiro.

ARABE (*arab*), adj. e s. Árabe.

ARABESQUE (*arabéçk*), s. f. Arabesco.

ARABIQUE (*arabik*), adj. Arábico.

ARABISANT, E (*arabizan, t*), s. Arabista.

ARABISME (*arabiçm*), s. m. Arabismo.

ARABLE (*arabl*), adj. Arável.

ARACÉES (*araçê*), s. f. pl. Aráceas.

ARACHIDE (*arachid*), s. f. Amendoim.

ARACHNÉEN, ENNE (*araknêen, én'*), adj. Aracnóideo.

ARACHNIDES (*araknid*), s. m. pl. Aracnídeos.

ARACHNOÏDES (*araknoíd*), s. f. Aracnóide.

ARACHNOÏDIEN, ENNE (*araknoídien, én'*), adj. Aracnóideo.

ARAGONAIS, E (*aragoné, éz*), adj. e s. Aragonês.

ARAGONITE (*aragonit*), s. f. *Min*. Aragonita.

ARAIGNÉE (*arénhê*), s. f. Aranha.

ARAIRE (*arér*), s. f. Arado (sem o jogo dianteiro).

ARANÉIDES (*aranêíd*), s. m. pl. Araneídeos.

ARANTÈLE ou **ARANTELLE** (*arantél*) s. f. Teia de aranha.

ARASE (*araz*), s. f. Pedra para nivelar paredes.

ARASEMENT (*arazman*), s. m. Nivelamento (de paredes).

ARASER (*arazê*), v. t. Nivelar, meter a prumo.

ARATOIRE (*aratuar*), adj. Aratório.

ARAUCARIA (*arôkariá*), s. m. Araucária.

ARBALÈTE (*arbalét*), s. f. Besta, aríete (arma).

ARBALÉTÉE (*arbalêtê*), s. f. Alcance da besta.

ARBALÉTRIER (*arbalêtriê*), s. m. Besteiro.

ARBALÉTRIÈRE ou **ARBALÉTIÈRE** (*arbalêtriér* ou *arbalêtiér*), s.f. Seteira.

ARBITRAGE (*arbitraj*), s. m. Arbitragem; operação de câmbio.

ARBITRAIRE (*arbitrér*), adj. Arbitrário, despótico.

ARBITRAIREMENT (*arbitrérman*), adv. Arbitrariamente.

ARBITRAL, E, AUX (*arbitral, ô*), adj. Arbitral.

ARBITRALEMENT (*arbitralman*), adv. Arbitralmente.

ARBITRE (*arbitr*), s. m. Árbitro. Arbítrio.

ARBITRER (*arbitrê*), v. t. Arbitrar; determinar; servir de árbitro.

ARBORER (*arborê*), v. t. Arvorar, erigir erguer.
ARBORESCENCE (*arboréçanç*), s. f. Arborescência.
ARBORESCENT, E (*arboréçan, t*), adj. Arborescente.
ARBORICOLE (*arborikól*), adj. Arborícola.
ARBORICULTEUR (*arborikültër*), s. m. Arboricultor, arborista.
ARBORICULTURE (*arborikültür*), s. f. Arboricultura.
ARBORISATION (*arborizaçion*), s. f. Arborização.
ARBORISÉ, E (*arborizê*), adj. Arborizado
ARBORISER (*arborizê*), v. t. Arborizar.
ARBORISTE (*arboriçt*), s. m. Arborista, arboricultor.
ARBOUSE (*arbuz*), s. f. *Bot.* Medronho.
ARBOUSIER (*arbuziê*), s. m. Medronheiro.
ARBRE (*arbr*), s. m. Árvore.
ARBRISSEAU (*arbriçô*), s. m. Arvorezinha, arbusto. Pl.: *des arbrisseaux*.
ARBUSTE (*arbüçt*), s. m. Arbusto.
ARBUSTIF, IVE (*arbüçtif, iv*) adj. Arbustivo.
ARC (*ark*), s. m. Arco.
ARCANE (*arkan'*), s.m. Arcano, mistério.
ARCANSON (*arkançon*), s. m. Colofônia.
ARCATURE (*arkatür*), s. f. Série de pequenas arcadas.
ARC-BOUTANT (*arkbutan*), s.m. Arcobotante. Pl.: *des arcs-boutants*.
ARC-BOUTER (*arkbutê*), v. t. Estear, escorar.
ARC-DOUBLEAU (*arkdublô*), s. m. Arco dobrado. Pl.: *des arcs-doubleaux*.
ARCEAU (*arçô*), s. m. Arco de abóbada, arco pequeno. Pl.: *des arceaux*.
ARC-EN-CIEL (*arkançiél*), s. m. Arco-íris. Pl.: *des arcs-en-ciel*.
ARCHAÏQUE (*arkaík*), adj. Arcaico.
ARCHAÏSME (*arkaiçm*), s. m. Arcaísmo.
ARCHAL (*archal*), s. m. Fio de latão.
ARCHANGE (*arkanj*), s. m. Arcanjo.
ARCHANGÉLIQUE (*arkanjêlik*), adj. Arcangélico.
ARCHE (*arch*), s. f. Arco de ponte. Arca.
ARCHÉOLOGIE (*arkêoloji*), s. f. Arqueologia.
ARCHÉOLOGIQUE (*arkêolojik*), adj. Arqueológico.
ARCHÉOLOGUE (*arkêológ*), s. m. Arqueólogo.
ARCHER (*archê*), s. m. Arqueiro, besteiro, alabardeiro.
ARCHEROT (*archərô*), s. m. Arqueirinho. *Ant.* Cupido.
ARCHET (*arché*), s. m. Arco (de violino).
ARCHÉTYPE (*arkêtip*), s. m. Arquétipo.
ARCHEVÊCHÉ (*archəvéchê*), s. m. Arcebispado.
ARCHEVÊQUE (*archəvék*), s. m. Arcebispo.
ARCHICHAMBELLAN (*archichanbêlan*), s. m. Camareiro-mor.
ARCHICONFRÉRIE (*archikonfrêri*), s. f. Confraria de caridade.
ARCHIDIACONAT (*archidiakoná*), s. m. Arcediagado.
ARCHIDIACRE (*archidiakr*), s. m. Arcediago.
ARCHIDIOCÉSAIN, E (*archidioçêzen, én'*), adj. Arquidiocesano.
ARCHIDUC (*archidük*), s. m. Arquiduque.
ARCHIDUCAL, E, AUX (*archidükal, ô*), adj. Arquiducal.
ARCHIDUCHÉ (*archidüchê*), s. m. Arquiducado.
ARCHIDUCHESSE (*archidüchéç*), s. f. Arquiduquesa.
ARCHIÉPISCOPAL, E, AUX (*arkiêpiçkopal, ô*), adj. Arquiepiscopal.
ARCHIÉPISCOPAT (*arkiêpiçkopá*), s. m. Arquiepiscopado.
ARCHIÈRE ou **ARCHÈRE** (*archiér* ou *archér*), s.f. Seteira.
ARCHIFOU, FOLLE (*archifu, fól*), adj. Doido varrido.
ARCHIMILLIONNAIRE (*archimilionér*), adj. Arquimilionário.
ARCHIMANDRITAT (*archimandritá*), s. m. Arquimandritado.
ARCHIMANDRITE (*archimandrit*), s.m. Arquimandrita.
ARCHIPATELIN, E (*archipatəlen, in'*), adj. e s. Trapaceiro.
ARCHIPEL (*archipél*), s. m. Arquipélago.
ARCHIPOMPE (*archipomp*), s.f. Caixa de madeira em torno das bombas de um navio.
ARCHIPRÊTRE (*archiprétr*), s.m. Arcipreste.
ARCHIPTÈRES (*archiptér*), s.m.pl. Arquípteros.
ARCHITECTE (*architékt*), s. m. Arquiteto.
ARCHITECTONIQUE (*architéktonik*), adj. Arquitetônico.
ARCHITECTURAL, E, AUX (*architéktüral, ô*), adj. Arquitetural.
ARCHITECTURE (*architéktür*), s. f. Arquitetura.
ARCHITRAVE (*architrav*), s.f. Arquitrave.
ARCHITRAVÉE (*architravê*), s.f. Arquitravada.
ARCHIVES (*archiv*), s.f.pl. Arquivos.

ARCHIVISTE (*archiviçt*), s. m. Arquivista.
ARCHIVOLTE (*archivólt*), s. f. Arquivolta.
ARCHONTAT (*arkontá*), s. m. Arcontado.
ARCHONTE (*arkont*), s.m. Arconte.
ARÇON (*arçon*), s.m. Arção (da sela). Instrumento para limpar a lã.
ARCTIQUE (*arktik*), adj. Ártico, boreal.
ARDÉLION (*ardêlion*), s. m. Ardelião, homem intrometido.
ARDEMMENT (*ardaman*), adv. Ardentemente, com ardor.
ARDENT, E (*ardan, t*), adj. Ardente, violento; inflamado; ruivo.
ARDER ou **ARDRE** (*ardê* ou *ardre*), v.t. Queimar. V. i. Queimar, consumir-se, estar doente.
ARDEUR (*ardĕr*), s.f. Ardor; energia, veemência.
ARDILLON (*ardíion*), s. m. Ponta de metal de uma fivela.
ARDOISE (*arduaz*), s.f. Ardósia.
ARDOISÉ, E (*arduazê*), adj. Da cor da ardósia.
ARDOISIER, ÈRE ou **ARDOISEUX, EUSE** (*arduaziê, ér* ou *arduazĕ, ĕz*), adj. Relativo à ardósia.
ARDOISIER (*arduaziê*), s.m. Ardosieiro.
ARDOISIÈRE (*arduaziér*), s.f. Ardosiaria.
ARDU, E (*ardü*), adj. Árduo, escarpado, difícil.
ARE (*ar*), s.m. Are (medida agrária).
ARÉAGE (*arêaj*), s. m. Medição em ares.
AREC ou **ARÉQUIER** (*arék* ou *arêkiê*), s.m. Areca (árvore).
ARÉNACÉ, E (*arênaçê*), adj. Arecineo.
ARÉNATION (*arênaçion*), s.f. Areação.
ARÈNE (*arén'*), s.f. Arena.
ARÉNER (*arênê*), v. i. ou **S'ARÉNER** (*çarênê*), v. pr. (Conjuga-se como *accélérer*.) Abater-se (um edifício).
ARÉNEUX, EUSE (*arênĕ, ĕz*), adj. Arenoso, areoso, areento.
ARÉNICOLE (*arênikól*), adj. Arenícola.
ARÉNIFÈRE (*arênifér*), adj. Arenífero.
ARÉNULEUX, EUSE (*arênülĕ, ĕz*), adj. Arenoso, areento.
ARÉOLAIRE (*arêolér*), adj. Areolar.
ARÉOLE (*arêól*), s.f. Aréola.
ARÉOMÈTRE (*arêométr*), s. m. Areômetro.
ARÉOMÉTRIE (*arêomêtri*), s. f. Areometria.
ARÉOMÉTRIQUE (*arêomêtrik*), adj. Areométrico.
ARÉOPAGE (*arêopaj*), s.m. Areópago.
ARÉOPAGITE (*arêopagit*), s. m. Areopagita.
ARÉOSTYLE (*arêoçtil*), s.m. Areostilo.
ARÊTE (*arét*), s. f. Aresta; espinha.
ARÊTIER (*arétiê*), s. m. Pau que forma a aresta de um telhado.
ARGENT (*arjan*), s.m. Prata; dinheiro. *Argent comptant*, dinheiro à vista.
ARGENTAN (*arjantan*), s. m. Argentão.
ARGENTÉ, E (*arjantê*), adj. Prateado, argênteo.
ARGENTER (*arjantê*), v.t. Pratear, argentear.
ARGENTERIE (*arjantəri*), s.f. Argentaria, baixela de prata.
ARGENTEUR (*arjantĕr*), s.f. Argentador.
ARGENTEUX, EUSE (*arjantĕ, ĕz*), adj. *Pop.* Ricaço.
ARGENTIER (*arjantiê*), s.m. Antigo tesoureiro real; móvel para argentaria. *Fam.* Ministro da Fazenda.
ARGENTIFÈRE (*arjantifér*), adj. Argentífero.
ARGENTIN, E (*arjanten, in'*), adj. e s. Argentino, da Argentina. Argentino, argênteo.
ARGENTURE (*arjantür*), s. f. Prateação.
ARGIEN, ENNE (*arjien, én'*), adj. e s. De Argos.
ARGILACÉ, E (*arjilaçê*), adj. Argiláceo.
ARGILE (*arjil*), s. f. Argila, barro.
ARGILEUX, EUSE (*arjilĕ, ĕz*), adj. Argiloso.
ARGILIFÈRE (*arjilifér*), adj. Argilífero.
ARGON (*argon*), s.m. Argônio.
ARGONAUT (*argonôt*), s. m. Argonauta.
ARGOT (*argô*), s.m. Gíria. Esgalho.
ARGOTIQUE (*argotik*), adj. Relativo à gíria.
ARGOULET (*argulê*), s.m. Corpo de cavaleiros do exército francês do século XVI.
ARGOUSIN (*arguzen*), s.m. Vigia dos forçados. *Pop.* Polícia.
ARGUER (*argüê*), v.t. (O *e* mudo e o *i* que seguem o radical tomam trema: *j'arguë, que vous arguïez.*) Argüir; censurar. V. t. Concluir, argumentar.
ARGUMENT (*argüman*), s. m. Argumento; sumário; conjetura.
ARGUMENTANT (*argümantan*), s. m. Argumentador, argüente.
ARGUMENTATEUR, TRICE (*argümantatĕr, triç*), s. Argumentador.
ARGUMENTATION (*argümantaçion*), s. f. Argumentação, argüição, controvérsia.
ARGUMENTER (*argümantê*), v. i. Argumentar, discutir.
ARGUS (*argüç*), s. m. Argos; pessoa perspicaz. Pl.: *des argus.*
ARGUTIE (*argüçi*), s.f. Argúcia, sutileza de argumentação.
ARGYRASPIDE (*arjiraçpid*), s. m. Argiráspide.

ARGYRONÈTE (*arjironét*), s. f. Argironeta.
ARGYROSE (*arjirôz*), s. m. *Quím.* Argirósio.
ARIA (*ariá*), s.m. *Fam.* Embaraço, dificuldade. S.f. Ária.
ARIANISME (*arianiçm*), s. m. Arianismo.
ARIDE (*arid*), adj. Árido, seco; fastidioso.
ARIDITÉ (*ariditê*), s.f. Aridez, esterilidade.
ARIEN, ENNE (*arien, én'*), s. e adj. Ariano.
ARIETTE (*ariét*), s.f. Arieta.
ARILLE (*arii*), s.m. *Bot.* Arilo.
ARILLÉ, E (*ariiê*), adj. Arilado.
ARIOSO (*ariozô*), s. m. *Mús.* Arioso.
ARISTO (*ariçtô*), s. m. *Fam.* Forma abreviada de *aristocrate*.
ARISTOCRATE (*ariçtokrat*), s. e adj. Aristocrata.
ARISTOCRATIE (*ariçtokraçi*), adj. Aristocracia.
ARISTOCRATIQUE (*ariçtokratik*), adj. Aristocrático.
ARISTOCRATIQUEMENT (*ariçtokratikman*), adv. Aristocraticamente.
ARISTOLOCHE (*ariçtolóch*), s. f. *Bot.* Aristolóquia.
ARISTOTÉLICIEN, ENNE (*ariçtotêliçien, én'*), s. Aristotélico.
ARISTOTÉLIQUE (*ariçtotêlik*), adj. Aristotélico.
ARISTOTÉLISME (*ariçtotêliçm*), s.m. Aristotelismo.
ARITHMÉTICIEN, ENNE (*aritmêtiçien, én'*), s. Aritmético.
ARITHMÉTIQUE (*aritmêtik*), s. f. Aritmética.
ARITHMÉTIQUEMENT (*aritmêtikman*). adv. Aritmeticamente.
ARITHMOGRAPHIE (*aritmografi*), s.f. Aritmografia.
ARITHMOLOGIE (*aritmoloji*), s.f. Aritmologia.
ARITHMOMANCIE (*aritmomançi*), s.f. Aritmomancia.
ARITHMOMÈTRE (*aritmométr*), s. m. Aritmômetro.
ARLEQUIN (*arlәken*), s. m. Arlequim.
ARLEQUINADE (*arlәkinad*), s. f. Arlequinada.
ARMAGNAC (*armanhak*), s.m. Aguardente de Armagnac (França).
ARMATEUR (*armatĕr*), s.m. Armador (de navios).
ARMATURE (*armatür*), s. f. Armadura.
ARME (*arm*), s.f. Arma. *Faire des armes*, esgrimir. *Fait d'armes*, ato de bravura. *Rendre les armes*, render-se, entregar-se armas. Pl. Brasão, armas.
ARMÉ, E (*armê*), adj. Armado.
ARMÉE (*armê*), s.f. Exército.
ARMELINE (*armәlin'*), s. f. Arminho.
ARMEMENT (*armәman*), s. m. Armamento; equipamento de um navio.
ARMÉNIEN, ENNE (*armênien, én'*), adj. e s. Armênio.
ARMER (*armê*), v. t. Armar; equipar um navio, fortificar, municiar; munir.
ARMILLAIRE (*armiiér*), adj. Armilar.
ARMILLE (*armii*), s. f. Armila, manilha.
ARMISTICE (*armiçtiç*), s. m. Armistício.
ARMOIRE (*armuar*), s.f. Armário, guarda-roupa.
ARMOIRIES (*armuari*), s.f.pl. Armas, armarias, brasão.
ARMOISE (*armuaz*), s.f. *Bot.* Artemísia.
ARMORIAL (*armorial*), s. m. Armorial.
ARMORICAIN, ENNE (*armoriken, én'*), adj e s. Armoricano.
ARMORIER (*armoriê*), v.t. (Conjuga-se como *prier*.) Armoriar.
ARMURE (*armür*), s. f. Armadura.
ARMURERIE (*armürәri*), s.f. Fábrica de armaduras.
ARMURIER (*armüriê*), s.m. Armeiro.
ARNICA (*arniká*), s.f. Arnica.
AROBE ou **ARROBE** (*arób*), s.f. Arroba.
AROÏDACÉES ou **ARACÉES** (*aroidaçê* ou *araçê*), s. f. pl. *Bot.* Aráceas.
AROMATE (*aromat*), s. m. Aromata.
AROMATIQUE (*aromatik*), adj. Aromático.
AROMATISATION (*aromatizaçion*), s.f. Aromatização.
AROMATISER (*aromatizê*), v.t. Aromatizar, perfumar.
ARÔME (*arôm*), s.m. Aroma, fragrância.
ARPÈGE (*arpéj*), s. m. Arpejo.
ARPÉGER (*arpêjê*), v. i. (Conjuga-se como *abréger*.) Arpejar.
ARPENT (*arpan*), s.m. Jeira francesa.
ARPENTER (*arpantê*), v.t. Agrimensar. Andar a passos largos.
ARPENTEUR (*arpantĕr*), s.m. Agrimensor.
ARPÈTE (*arpét*), s.f. Aprendiz de costura.
ARQUÉ, E (*arkê*), adj. Arqueado.
ARQUEBUSADE (*arkәbüzad*), s. f. Arcabuzada, tiro de arcabuz.
ARQUEBUSE (*arkәbüz*), s. f. Arcabuz.
ARQUEBUSER (*arkәbüzê*), v. t. Arcabuzar.
ARQUEBUSIER (*arkәbüziê*), s. m. Arcabuzeiro.
ARQUER (*arkê*), v.t. Arquear, curvar. V. i. Tornar-se curvo. **S'ARQUER**, v. pr. Arquear-se.
ARRACHAGE (*arachaj*), s.m. Arrancamento, arrancada.
ARRACHE-CLOU (*árachklu*), s.m. inv. Torquês.
ARRACHE-PIED (D'), (*darachpiê*), loc.

adv. Continuamente, sem parar.

ARRACHER (*arachê*), v.t. Arrancar, extirpar, separar.

ARRACHEUR, EUSE (*arachĕr, ĕz*), s. Arrancador.

ARRACHIS (*arachi*), s.m. Arrancada. Pl.: *des arrachis*.

ARRACHOIR (*arachuar*), s.m. Arrancador (utensílio).

ARRAISONNEMENT (*arézonəman*), s. m. Arrazoamento.

ARRAISONNER (*arézonê*), v. t. Arrazoar. *Arraisonner un navire*, inspecionar um navio.

ARRANGEABLE (*aranjabl*), adj. Que se pode arrumar, combinar, organizar.

ARRANGEANT, E (*aranjan, t*), adj. Conciliador.

ARRANGEMENT (*aranjman*), s.m. Arranjo, arrumação, conciliação, disposição.

ARRANGER (*aranjê*), v.t. (Toma um *e* mudo depois do *g* antes de *a* e *o*: *j'arrangeai, nous arrangeons.*) Arrumar, combinar, organizar. *Cela m'arrange*, isto me convém. *Fam. Arranger quelqu'un*, maltratar alguém. **S'ARRANGER**, v. pr. Arrumar-se, arranjar-se; ajeitar-se.

ARRANGEUR (*aranjĕr*), s.m. Arrumador.

ARRENTEMENT (*arantəman*), s.m. Arrendamento.

ARRENTER (*arantê*), v.t. Arrendar.

ARRÉRAGER (*arêrajê*), v.i. Atrasar-se (num pagamento).

ARRÉRAGES (*arêraj*), s.m. Os atrasados (de um pagamento).

ARRESTATION (*aréçtaçion*), s.f. Prisão, captura, encarceramento.

ARRÊT (*aré*), s.m. Parada; sentença; arresto; embargo, apreensão. *Maison d'arrêt*, prisão. *Mandat d'arrêt*, ordem de prisão.

ARRÊTÉ (*arétê*), s.m. Acórdão, decreto.

ARRÊTER (*arétê*),v.t. Parar, deter, aprisionar; combinar. **S'ARRÊTER**, v. pr. Deter-se, parar.

ARRÊTISTE (*arétiçt*), s.m. Aquele que publica as resoluções de recursos em tribunais.

ARRHES (*ar*), s.f.pl. Penhor, sinal.

ARRIÉRATION (*ariêraçion*), s.f. Atraso, ignorância.

ARRIÈRE (*ariér*), interj. Atrás! *En arrière*, loc. adv. Atrás, para trás. S. m. Parte posterior. *Esp.* Zagueiro, beque.

ARRIÉRÉ, E (*ariêrê*), adj. e s. Atrasado.

ARRIÈRE-BAN (*ariérban*), s.m. Convocação da nobreza para a guerra. *Pl.: des arrière-bans*.

ARRIÈRE-BOUCHE (*ariérbuch*), s. f. Faringe. Pl.: *des arrière-bouches*.

ARRIÈRE-BOUTIQUE (*ariérbutik*), s.f. Sala por trás da loja. Pl.: *des arrière-boutiques*.

ARRIÈRE-CORPS (*ariérkór*), s. m. inv. Parte posterior de uma construção.

ARRIÈRE-COUR (*ariérkur*), s. f. Pátio atrás de uma casa. Pl.: *des arrière--cours*.

ARRIÈRE-FIEF (*ariérfiéf*), s.m. Feudo que depende de um outro. Pl : *des arrière-fiefs*.

ARRIÈRE-FLEUR (*ariérflĕr*), s. f. Segunda floração. Pl.: *des arrière-fleurs*.

ARRIÈRE-GARDE (*ariérgard*), s. f. Retaguarda. Pl.: *des arrière-gards*.

ARRIÈRE-GORGE (*ariérgórj*), s. f. Fundo da faringe. Pl.: *des arrière-gorges*.

ARRIÈRE-GOÛT (*ariérgu*), s. m. Ressaibo. Pl.: *des arrière-goûts*.

ARRIÈRE-GRAND-MÈRE (*ariérgranmér*). s. f. Bisavó. Pl.: *des arrière--grand-mères*.

ARRIÈRE-GRAND-ONCLE (*ariérgrantonkl*), s.m. Tio em terceiro grau. Pl.: *des arrière-grands-oncles*.

ARRIÈRE-GRAND-PÈRE (*ariérgranpér*), s.m. Bisavô. Pl.: *des arrière-grands--pères*.

ARRIÈRE-GRAND-TANTE (*ariérgrantant*), s. f. Tia em terceiro grau. Pl.: *des arrière-grand-tantes*.

ARRIÈRE-MAIN (*ariérmen*), s. f. Reverso da mão. Pl.: *des arrière-mains*.

ARRIÈRE-NEVEU ou **ARRIÈRE-NIÈCE** (*ariérnəvë* ou *ariérniéç*), s. f. Filho (a) do (a) sobrinho (a). Pl.: *des arrière-neveux, des arrière-nièces*.

ARRIÈRE-PAYS (*ariérpéi*), s. m. Interior.

ARRIÈRE-PENSÉE (*ariérpançê*), s. f. Pensamento dissimulado. Pl.: *des arrière-pensées*.

ARRIÈRE-PETIT-FILS (*ariépətitfiç*), s. m. **ARRIÈRE-PETITE-FILLE** (*ariérpətitfii*), s. f. Bisneto (a). Pl.: *des arrière-petits-fils, des arrière-petites-filles*.

ARRIÈRE-PETITS-ENFANTS (*ariérpətizanfan*), s. m. pl. Bisnetos.

ARRIÈRE-PLAN (*ariérplan*), s. m. último plano. Pl.: *des arrière-plans*.

ARRIÈRE-POINT (*ariérpuen*), s. m. Posponto. Pl.: *des arrière-points*.

ARRIÈRE-PORT (*ariérpór*), s. m. A parte do porto mais afastada da entrada. Pl.: *des arrière-ports*.

ARRIÉRER (*ariêrê*), v. t. (Conjuga-se como *accélérer*.) Atrasar. **S'ARRIÉRER**, v. pr. Atrasar-se.

ARRIÈRE-SAISON (*ariérçézon*), s. f. Fim do outono. *Fig.* Princípio da velhice. Pl.: *des arrière-saisons*.

ARRIÈRE-TRAIN (*ariértren*), s. m. Parte posterior de um veículo; garupa. Pl.: *des arrière-trains.*

ARRIÈRE-VASSAL (*ariérvaçal*), s. m. Vassalo que depende de outro vassalo. Pl.: *des arrière-vassaux.*

ARRIMAGE (*arimaj*), s. m. Ação de amarrar.

ARRIMER (*arimê*), v. t. Amarrar uma carga.

ARRIMEUR (*arimër*), s. m. Aquele que amarra a carga.

ARRISER ou **ARISER** (*arizê*), v.t. Amainar (as vergas ou velas).

ARRIVAGE (*arivaj*), s. m. Chegada ao porto (de um navio). Chegada (de mercadorias).

ARRIVÉE (*arivê*), s. f. Chegada, entrada.

ARRIVER (*arivê*), v. i. Chegar; acontecer. *Pour en arriver là*, para conseguir isso.

ARRIVISME (*ariviçm*), s.m. Arrivismo.

ARRIVISTE (*ariviçt*), s. Arrivista.

ARROBE (*arób*), s. f. V. **AROBE.**

ARROGAMMENT (*arogaman*), adv. Arrogantemente.

ARROGANCE (*aroganç*), s. f. Arrogância, orgulho.

ARROGANT, E (*arogan, t*), adj. Arrogante.

ARROGER (S') (*çarojê*), v. pr. (Toma um *e* mudo depois do *g* antes de *a* e *o*: *il s'arrogea, nous nous arrogeons.*) Arrogar-se, apropriar-se de.

ARROI (*aruá*), s. m. Equipagem, aparelho.

ARRONDIR (*arondir*), v. t. Arredondar.

ARRONDISSEMENT (*arondiçman*), s. m. Arredondamento. Circunscrição administrativa.

ARROSABLE (*arozabl*), adj. Irrigável.

ARROSAGE ou **ARROSEMENT** (*arozaj* ou *arozman*), s. m. Rega, irrigação, aspersão.

ARROSER (*arozê*), v. t. Regar, irrigar; molhar.

ARROSEUR, EUSE (*arozër, ëz*), s. Aquele(a) que rega, irriga.

ARROSOIR (*arozuar*), s. m. Regador.

ARSENAL (*arçənal*), s. m. Arsenal. Pl.: *des arsenaux.*

ARSÉNIATE (*arçêniat*), s. m. Arseniato.

ARSENIC (*arçənik*), s. m. Arsênico.

ARSENICAL, E, AUX ou **ARSENIÉ, E** (*arçənikal, ô* ou *arçəniê*), adj. Arsenical, arseniado.

ARSÉNIEUX (*arçênië*), adj. m. Arsenioso.

ARSÉNIQUE (*arçênik*), adj. m. Arsênico.

ARSÉNITE (*arçênit*), s. m. Arsenito.

ARSÉNIURE (*arçêniür*), s. m. Arseniúro.

ARSIN (*arçen*), s. m. Madeira queimada.

ARSINE (*arçin'*), s. f. Arsina.

ARSOUILLE (*arçuii*), s. e adj. Crápula.

ART (*ar*), s. m. Arte; habilidade, jeito. *Arts ménagers*, economia doméstica.

ARTÈRE (*artér*), s. f. Artéria.

ARTÉRIALISATION (*artêrializaçion*), s. f. Arterialização.

ARTÉRIALISER (*artêrializê*), v. t. Arterializar.

ARTÉRIEL, ELLE (*artêriél*), adj. Arterial.

ARTÉRIOLE (*artêriól*), s. f. Arteríola.

ARTÉRIO-SCLÉROSE (*artêrioçklêrôz*), s f. Arteriosclerose.

ARTÉRIOTOMIE (*artêriotomi*), s. f. Arteriotomia.

ARTÉRITE (*artêrit*), s. f. Arterite.

ARTÉSIEN, ENNE (*artêzien, én'*), s. e adj. Artesiano, de Artois (França)

ARTHRALGIE (*artralji*), s. f. Artralgia.

ARTHRITE (*artrit*), s. f. Artrite.

ARTHRITISME (*artritiçm'*), s. m. Artritismo.

ARTHROPODE (*artropód*), s. m. *Zool.* Artrópode.

ARTHROSE (*artrôz*), s. f. Artrose.

ARTICHAUT (*artichô*), s. m. Alcachofra.

ARTICHAUTIÈRE (*artichôtiér*), s. f. Plantação de alcachofras.

ARTICLE (*artikl*), s. m. Artigo. *Faire l'article*, mostrar, fazer propaganda.

ARTICULAIRE (*artikülér*), adj. Articular.

ARTICULATION (*artikülaçion*), s. f. Articulação.

ARTICULÉ, E (*artikülê*), adj. Articulado.

ARTICULER (*artikülê*), v. t. Articular.

ARTIFICE (*artifiç*), s. m. Artifício; fingimento.

ARTIFICIEL, ELLE (*artifiçiél*), adj. Artificial, fictício.

ARTIFICIELLEMENT (*artifiçiélman*), adv. Artificialmente.

ARTIFICIER (*artifiçiê*), s. m. Fogueteiro; pirotécnico.

ARTIFICIEUSEMENT (*artificëzman*), adv. Artificiosamente .

ARTIFICIEUX, EUSE (*artifiçië, ëz*), adj. Artificioso.

ARTILLERIE (*artiiri*), s. f. Artilharia.

ARTILLEUR (*artiiër*), s. m. Artilheiro.

ARTIMON (*artimon*), s. m. Artemão.

ARTIODACTYLES (*artiodaktil*), s. m. pl. *Zool.* Artiodáctilos.

ARTISAN, ANE (*artizan, an'*), s. Artesão.

ARTISANAL, E (*artizanal*), adj. Artesanal.

ARTISANAT (*artizaná*), s. m. Artesanato.

ARTISON (*artizon*), s. m. Caruncho.

ARTISONNÉ, E (*artizonê*), adj. Carunchoso.
ARTISTE (*artiçt*), s. m. Artista.
ARTISTEMENT (*artiçtəman*), adv. Artisticamente.
ARTISTIQUE (*artiçtik*), adj. Artístico.
ARTOCARPE (*artokarp*), s. m. *Bot.* Artocarpo.
ARUM (*aróm'*), s. m. Árum.
ARUSPICE (*arüçpiç*), s. m. Arúspice.
ARVICOLE (*arvikól*), adj. Arvícola.
ARYEN, ENNE (*arien, én'*), adj. e s. Ariano.
ARYTÉNOIDE (*aritênoid*), s. m. e adj. Aritenóide.
ARYTHMIQUE (*aritmik*), adj. Arrítmico.
ARZEL (*arzél*), s. m. Arzel (cavalo).
AS (*aç*), s. m. Ás. Pl.: *des as*.
ASBESTE (*açbéçt*), s. m. Asbesto.
ASCARIDE ou **ASCARIS** (*açkarid* ou *açkari*), s. m. Ascáride.
ASCENDANCE (*açandanç*), s. f. Ascendência.
ASCENDANT, E (*açandan, t*), adj. Ascendente. S. m. Antepassado.
ASCENSEUR (*açançĕr*), s. m. Elevador.
ASCENSION (*açançion*), s. f. Ascensão.
ASCENSIONNEL, ELLE (*açançionél*), adj. Ascensional.
ASCENSIONNER (*açançionê*), v. i. Ascender.
ASCENSIONNISTE (*açançioniçt*), s. Ascensionista.
ASCÈSE (*açéz*), s. f. Ascese.
ASCÈTE (*açét*), s. Asceta.
ASCÉTIQUE (*açêtik*), adj. Ascético.
ASCÉTISME (*açêtiçm*), s. m. Ascetismo.
ASCIDIE (*açidi*), s. f. Ascídia.
ASCIEN (*açien*), s. m. Áscio.
ASCITE (*açit*), s. f. *Med.* Ascite.
ASEPSIE (*açépçi*), s. f. Assepsia.
ASEPTIQUE (*açéptik*), adj. Asséptico.
ASEPTISER (*açéptizê*), v. t. Assepsiar.
ASEXUÉ, E ou **ASEXUEL, ELLE** (*açékçüê, açékçüél*), adj. Assexuado.
ASIALIE (*aziali*), s. f. *Med.* Assialia.
ASIARQUE (*aziark*), s. m. Asiarca.
ASIATE (*aziat*), s. m. Asiático.
ASIATIQUE (*aziatik*), adj. e s. Asiático.
ASILE (*azil*), s. m. Asilo.
ASINE (*azin'*), adj. f. Asinino.
ASKARI (*açkari*), s. m. Soldado indígena da África Oriental.
ASPARAGINE (*açparajin'*), s. f. Asparagina.
ASPE ou **ASPLE** (*açp* ou *açpl*), s. m. Utensílio que serve para puxar a seda do casulo.
ASPECT (*açpé, açpék* diante de vogal), s. m. Aspecto.
ASPERGE (*açpérj*), s. f. Aspargo.
ASPERGEMENT (*açpérjman*), s. m. Aspersão.
ASPERGER (*açpérjê*), v. t. (Toma um *e* mudo depois do *g* antes de *a* e *o*: *j'aspergeai, nous aspergeons.*) Aspergir, borrifar.
ASPERGÈS (*açperjéç*), s. m. Aspersório, hissope.
ASPERGILLE (*açpérjii*), s. f. Aspergilo.
ASPÉRITÉ (*açpêritê*), s. f. Asperidade, aspereza, rugosidade.
ASPERME (*açpérm*), adj. Aspermo.
ASPERSION (*açpérçion*), s. f. Aspersão.
ASPERSOIR (*açpérçuar*), s. m. Aspersório, hissope.
ASPÉRULE (*açpêrül*), s. f. Aspérula.
ASPHALTAGE (*açfaltaj*), s. m. Asfaltamento.
ASPHALTE (*açfalt*), s. m. Asfalto.
ASPHALTER (*açfaltê*), v. t. Asfaltar.
ASPHALTEUR (*açfaltĕr*), s. m. Asfaltador.
ASPHODÈLE (*açfodél*), s. m. Asfódelo.
ASPHYXIANT, E (*açfikçian, t*), adj. Asfixiante.
ASPHYXIE (*açfikçi*), s. f. Asfixia.
ASPHYXIÉ, E (*açifikçiê*), adj. e s. Asfixiado.
ASPHYXIER (*açfikçiê*), v. t. (Conjuga-se como *prier.*) Asfixiar.
ASPIC (*açpik*), s. m. *Zool.* Áspide. *Bot.* Alfazema. Prato de carne ou peixe frio com geléia.
ASPIDISTRA (*açpidiçtrá*), s. m. *Bot.* Aspidistra.
ASPIRAIL (*açpirai*), s.m. Respiradouro. Pl.: *des aspiraux.*
ASPIRANT, E (*açpiran, t*), adj. Aspirante.
ASPIRATEUR, TRICE (*açpiratĕr, triç*), adj. Aspirador.
ASPIRATIF, IVE (*açpiratif, iv*), adj. Aspirativo.
ASPIRATION (*açpiraçion*), s. f. Aspiração.
ASPIRATOIRE (*açpiratuar*), adj. Aspiratório.
ASPIRÉ, E (*açpirê*), adj. e s. Aspirado.
ASPIRER (*açpirê*), v.t. Aspirar.
ASPIRINE (*açpirin'*), s. f. Aspirina.
ASSAGIR (*açajir*), v. t. Tornar sábio, razoável. **S'ASSAGIR**, v. pr. Tornar-se razoável, acalmar-se.
ASSAILLANT, E (*açaian, t*), adj. e s. Assaltante, agressor.
ASSAILLIR (*açaiir*), v. t. (Conjuga-se como *tressaillir.*) Assaltar, atacar.
ASSAINIR (*açénir*), v. t. Sanear.
ASSAINISSEMENT (*açéniçman*), s. m. Saneamento.
ASSAISONNANT, E (*açézonan, t*), adj. Condimentoso.
ASSAISONNEMENT (*açézonəman*), s. m. Tempero, condimento; espírito, sal.
ASSAISONNER (*açézonê*), v. t. Temperar, condimentar.
ASSARMENTER (*açarmantê*), v. t. Tirar os sarmentos de uma vinha.

ASSASSIN, E (*açaçen, in'*), adj. Assassino.
ASSASSINANT, E (*açaçinan, t*), adj. *Fam.* Tedioso, fastiento.
ASSASSINAT (*açaçiná*), s. m. Assassinato.
ASSASSINER (*açaçinê*), v. t. Assassinar. *Fig* e *fam.* Importunar.
ASSAUT (*açô*), s. m. Assalto, ataque. *Faire assaut de,* rivalizar em.
ASSEAU (*açô*), s. m. Martelo de telhador. Pl.: *des asseaux.*
ASSÈCHEMENT (*açêchman*), s. m. Secagem.
ASSÉCHER (*açêchê*), v. t. (Conjuga-se como *accélérer.*) Secar.
ASSEMBLAGE (*açanblaj*), s. m. Reunião; conjunto; encaixe.
ASSEMBLEMENT (*açanbləman*), s. m. Reunião, congregação.
ASSEMBLER (*açanblê*), v. t. Reunir, convocar, acumular. **S'ASSEMBLER,** v. pr. Reunir-se.
ASSEMBLEUR, EUSE (*açanblěr, ëz*), s. e adj. Aquele que reúne, convoca, acumula.
ASSENER (*açənê*), v.t. (Conjuga-se como *amener.*) Assentar, aplicar com força.
ASSENTIMENT (*açantiman*), s.m. Assentimento, aprovação.
ASSENTIR (*açantir*), v. i. Assentir, aprovar.
ASSEOIR (*açuar*), v. t. (*J'assieds, tu assieds, il assied, nous asseyons, vous asseyez, ils asseyent* ou *j'assois, tu assois etc. J'asseyais, nous asseyions* ou *j'assoyais* etc. *J'assis, nous assîmes. J'assiérai, nous assiérons* ou *j'assoirai, nous assoirons. J'assiérais, nous assiérions* ou *j'assoirais, nous assoirions. Assieds, asseyons, asseyez* ou *assois, assoyons, assoyez. Que j'asseye, que nous asseyions* ou *que j'assoie, que nous assoyions. Que j'assisse, que nous assissions. Asseyant* ou *assoyant. Assis, e.*) Assentar, sentar, colocar. **S'ASSEOIR,** v.pr. Sentar-se.
ASSERMENTÉ, E (*açérmantê*), adj. Ajuramentado.
ASSERMENTER (*açérmantê*), v.t. Ajuramentar, fazer jurar.
ASSERTIF, IVE (*açértif, iv*), adj. Assertivo.
ASSERTION (*açérçion*), s.f. Asserção, afirmação.
ASSERVIR (*açérvir*), v. t. Escravizar, sujeitar; dominar.
ASSERVISSANT, E (*açérviçan, t*) adj. Escravizante, subjugante.
ASSERVISSEMENT (*açérviçman*), s.m. Escravização, subjugação.
ASSERVISSEUR (*açérviçěr*), s. m. Escravizador, subjugador.
ASSESSEUR (*açéçěr*), adj. e s. m. Assessor, ajudante.
ASSESSORAT ou **ASSESSORIAT** (*açéçorá* ou *açéçoriá*), s.m. Função de assessor.
ASSETTE (*açét*), s. f. V. **ASSEAU.**
ASSEZ (*açê*), adv. Assaz, bastante.
ASSIBILATION (*açibilaçion*), s. f. Assibilação.
ASSIDU, E (*açidü*), adj. Assíduo, aplicado.
ASSIDUITÉ (*açidüitê*), s.f. Assiduidade. Pl. Cuidados, presença freqüente.
ASSIDÛMENT (*açidüman*), adv. Assiduamente; freqüentemente.
ASSIÉGÉ, E (*açiêjê*), adj. Sitiado, cercado.
ASSIÉGEANT, E (*açiêjan, t*), adj. Sitiante, assediador.
ASSIÉGER (*açiêjê*), v.t. (Conjuga-se como *abréger.*) Sitiar, assediar, cercar.
ASSIETTE (*açiét*), s. f. Prato; postura, situação, disposição. *L'assiette de l'impôt,* a base do imposto. *N'être pas dans son assiette,* estar constrangido.
ASSIETTÉE (*açiétê*), s. f. Pratada, prato cheio.
ASSIGNABLE (*açinhabl*), adj. Assinável, citável (em justiça), determinável.
ASSIGNAT (*açinhá*), s.m. Papel-moeda da revolução de 1789.
ASSIGNATION (*açinhaçion*), s.f. Citação (em justiça), hipoteca.
ASSIGNER (*açinhê*), v. t. Citar (em justiça), consignar, determinar.
ASSIMILABLE (*açimilabl*), adj. Assimilável.
ASSIMILATEUR, TRICE (*açimilatěr, triç*), adj. Assimilador.
ASSIMILATION (*açimilaçion*), s.f. Assimilação, identificação.
ASSIMILER (*açimilê*), v.t. Assimilar, assemelhar. **S'ASSIMILER,** v. pr. Comparar-se.
ASSIS, E (*açi, z*), adj. Sentado; assentado, estabelecido, seguro.
ASSISE (*açiz*), s.f. Fileira horizontal de pedras. Pl. Tribunal criminal.
ASSISTANCE (*açiçtanç*), s. f. Assistência, proteção, assembléia.
ASSISTANT, E (*açiçtan, t*), adj. e s. Assistente, ajudante, assessor.
ASSISTÉ, E (*açiçtê*), adj. Assistido, ajudado.
ASSISTER (*açiçtê*), v. t. Assistir, ajudar.
ASSOCIATION (*açoçiaçion*), s.f. Associação.
ASSOCIATIONNISME (*açoçiaçioniçm*), s. m. Associacionismo.
ASSOCIÉ, E (*açoçiê*), s. Sócio, associado.
ASSOCIER, (*açoçiê*), v.t. (Conjuga-se como *prier.*) Associar, juntar, reunir. **S'ASSOCIER,** v. pr. Associar-se.
ASSOIFFÉ, E (*açuafê*), adj. Sedento.

ASSOLEMENT (*açólman*), s. m. Afolhamento.
ASSOLER (*açolê*), v. t. Afolhar.
ASSOMBRIR (*açonbrir*), v. t. Sombrear, escurecer; entristecer. **S'ASSOMBRIR**, v.pr. Escurecer-se, entristecer-se.
ASSOMMANT, E (*açoman*, t), adj. *Fam.* Fastidioso, cansativo.
ASSOMMER (*açomê*), v. t. Matar a pancadas. *Fig.* Confundir, aniquilar. *Fam.* Importunar.
ASSOMMEUR (*açomĕr*), s.m. Aquele que mata a pancadas, assassino. *Fam.* Importuno.
ASSOMMOIR (*açomuar*), s.m. Porrete, maça. *Fam.* Taberna.
ASSOMPTION (*açonpçion*), s.f. Assunção.
ASSONANCE (*açonanç*), s. f. Assonância.
ASSONANCÉ, E (*açonançê*), adj. Assonante.
ASSONANT, E (*açonan, t*), adj. Que produz assonância.
ASSORTI, E (*açorti*), adj. Adequado, combinado, harmonizado.
ASSORTIMENT (*açortiman*), s. m. Combinação; sortimento, coleção.
ASSORTIR (*açortir*), v.t. Combinar, concordar; fornecer. **S'ASSORTIR**, v.pr. Combinar-se.
ASSORTISSANT, E (*açortiçan, t*), adj. Conveniente, combinado.
ASSOUPIR (*açupir*), v.t. Adormecer, entorpecer. **S'ASSOUPIR**, v. pr. Adormecer-se, entorpécer-se, acalmar-se.
ASSOUPISSANT, E (*açupiçan, t*), adj. Soporífero; sonolento.
ASSOUPISSEMENT (*açupiçman*), s.m. Sonolência, torpor.
ASSOUPLIR (*açuplir*), v. t. Amaciar, tornar flexível, abrandar.
ASSOUPLISSAGE (*açupliçaj*), s. m. Ação de amaciar os fios de seda.
ASSOUPLISSEMENT (*açupliçman*), s.m. Ação de amaciar, de tornar flexível.
ASSOURDIR (*açurdir*), v. t. Ensurdecer.
ASSOURDISSANT, E (*açurdiçan, t*), adj. Ensurdecedor.
ASSOURDISSEMENT (*açurdiçman*), s. m. Ensurdecimento.
ASSOUVIR (*açuvir*), v. t. Saciar, satisfazer, contentar.
ASSOUVISSEMENT (*açuviçman*), s.m. Saciedade, satisfação.
ASSUJETTIR (*açüjétir*), v. t. Sujeitar, submeter, obrigar, segurar.
ASSUJETTISSANT, E (*açüjétiçan, t*), adj. Constrangedor, pesado.
ASSUJETTISSEMENT (*açüjétiçman*), s. m. Sujeição, constrangimento, obrigação.
ASSUMER (*açümê*), v.t. Assumir, tornar sobre si.
ASSURABLE (*açürabl*), adj. Assegurável.
ASSURANCE (*açüranç*), s.f. Segurança, certeza, garantia; seguro.
ASSURÉ, E (*açürê*), adj. Resoluto; seguro, garantido, assegurado.
ASSURÉMENT (*açürêman*), adv. Certamente.
ASSURER (*açürê*), v.t. Assegurar, segurár, garantir. **S'ASSURER**, v.pr. Assegurar-se, agarrar-se.
ASSUREUR (*açürĕr*), s.m. Assegurador, segurador.
ASSYRIEN, ENNE (*açirieñ, én'*), adj. e s. Assírio.
ASSYRIOLOGIE (*açirioloji*), s.f. Assiriologia.
ASSYRIOLOGUE (*açiriológ*), s. m. Assiriólogo.
ASTATIQUE (*açtatik*), adj. Astático.
ASTÉRIE (*açtêri*), s.f. Astéria, estrela-do-mar.
ASTÉRISME (*açtêriçm*), s. m. Asterismo.
ASTÉRISQUE (*açtêriçk*), s.m. Asterisco.
ASTÉROÏDE (*açtêroïd*), s.m. Asteróide.
ASTHÉNIE (*açtêni*), s.f. Astenia.
ASTHÉNIQUE (*açtênik*), adj. Astênico.
ASTHMATIQUE (*açmatik*), adj. Asmático.
ASTHME (*açm*), s.m. *Med.* Asma.
ASTICOT (*açtikô*), s.m. Larva da mosca.
ASTICOTER (*açtikotê*), v.t. *Fam.* Atormentar.
ASTIGMATE (*açtigmat*), adj. Astigmático.
ASTIGMATISME (*açtigmatiçm*), s.m. Astigmatismo.
ASTIQUAGE (*açtikaj*), s.m. Polimento.
ASTIQUER (*açtikê*), v.t. Polir, lustrar.
ASTRAGALE (*açtragal*), s.m. Astrágalo.
ASTRAKAN ou **ASTRACAN** (*açtrakan*), s.m. Astracã.
ASTRAL, E, AUX (*açtral, ô*), adj. Astral.
ASTRE (*açtr*), s.m. Astro.
ASTREINDRE (*açtrendr*), v.t. (Conjuga-se como *craindre.*) Sujeitar, submeter, constranger. **S'ASTREINDRE**, v. pr. Sujeitar-se.
ASTREINTE (*açtrent*), s.f. Constrangimento.
ASTRICTIF, IVE (*açtriktif, iv*), adj. Adstringente.
ASTRICTION (*açtrikçion*), s.f. Adstrição.
ASTRINGENCE (*açtrenjanç*), s.f. Adstringência.
ASTROLABE (*açtrolab*), s.m. Astrolábio.
ASTROLATRE (*açtrolatr*), adj. e s. Astrólatra.
ASTROLATRIE (*açtrolatri*), s.f. Astrolatria.

ASTROLOGIE (*açtroloji*), s.f. Astrologia.
ASTROLOGIQUE (*açtrolojik*), adj. Astrológico.
ASTROLOGUE (*açtrológ*), s. m. Astrólogo.
ASTRONAUTIQUE (*açtronôtik*), s.f. Astronáutica.
ASTRONEF (*açtronéf*), s. m. Nave interplanetária.
ASTRONOME (*açtronóm'*), s. m. Astrônomo.
ASTRONOMIE (*açtronomi*), s.f. Astronomia.
ASTRONOMIQUE (*açtronomik*), adj. Astronômico.
ASTRONOMIQUEMENT (*açtronomikman*), adv. Astronomicamente.
ASTROPHYSIQUE (*açtrofizik*), s.f. Astrofísica.
ASTUCE (*açtüç*), s.f. Astúcia.
ASTUCIEUSEMENT (*açtüçiëzman*), adv. Astuciosamente.
ASTUCIEUX, EUSE (*açtüçië, ëz*), adj. Astucioso.
ASYMÉTRIE (*açimêtri*), s.f. Assimetria.
ASYMPTOTE (*açenptót*), s.f. *Geom.* Assíntota.
ASYNARTÈTE (*açinartét*), adj. e s.m. Assinarteto.
ASYNCHRONE (*açenkrón'*), adj. Assíncrono.
ASYNDÈTE (*açendét*), s. f. Assíndeto.
ASYSTOLIE (*açiçtoli*), s.f. *Med.* Assistolia.
ATARAXIE (*atarakçi*), s.f. Ataraxia, tranqüilidade; apatia.
ATAVIQUE (*atavik*), adj. Atávico.
ATAVISME (*ataviçm*), s.m. Atavismo.
ATAXIE (*atakçi*), s. f. *Med.* Ataxia.
ATAXIQUE (*atakçik*), adj. Atáxico.
ATÈLE (*atél*), s. m. Átele, macaco-aranha.
ATELIER (*atəliê*), s. m. Fábrica, oficina, sala de trabalho.
ATELLANES (*atélan'*), s.f.pl. Atelanas.
ATERMOIEMENT (*atérmuaman*), s. m. Moratória; demora.
ATERMOYER (*atérmuaiê*), v.i. (Conjuga-se como *aboyer*.) Conceder moratória; diferir.
ATHÉE (*atê*), adj. e s. Ateu.
ATHÉISME (*atêiçm*), s.m. Ateísmo.
ATHÉNÉE (*atênê*), s.m. Ateneu.
ATHERMANE ou **ATHERMIQUE** (*atérman'* ou *atérmik*), adj. Atérmico.
ATHÉROME (*atêrom'*), s. m. *Med.* Ateroma.
ATHLÈTE (*atlét*), s.m. Atleta.
ATHLÉTIQUE (*atlêtik*), adj. Atlético.
ATHLÉTISME (*atlêtiçm*), s.m. Atletismo.
ATHREPSIE (*atrépçi*), s.f. *Med.* Atrepsia.
ATLANTE (*atlant*), s.m. Atlante.
ATLANTIQUE (*atlantik*), adj. Atlântico.
ATLAS (*atlaç*), s.m. Atlas. Pl.: *des atlas*.
ATMOSPHÈRE (*atmoçfér*), s.f. Atmosfera; ambiente.
ATMOSPHÉRIQUE (*atmoçfêrik*), adj. Atmosférico.
ATOLL ou **ATTOLL** (*atól*), s.m. Atol.
ATOME (*atóm'*), s. m. Átomo.
ATOMICITÉ (*atomiçitê*), s.f. Atomicidade.
ATOMIQUE (*atomik*), adj. Atômico.
ATOMISER (*atomizê*), v.t. Atomizar.
ATOMISEUR (*atomizër*), s.m. Atomizador.
ATOMISME (*atomiçm*), s. m. Atomismo.
ATOMISTE (*atomiçt*), s.m. Atomista.
ATOMISTIQUE (*atomiçtik*), adj. Atomístico.
ATONE (*atón'*), adj. Atônico; fixo; inexpressivo; átono.
ATONIE (*atoni*), s.f. Atonia, fraqueza.
ATONIQUE (*atonik*), adj. Atônico.
ATOUR (*atur*), s.m. Adorno, ornamento.
ATOUT (*atu*), s. m. Trunfo.
ATOXIQUE (*atokçik*), adj. Atóxico.
ATRABILAIRE (*atrabilér*), adj. e s. Atrabiliário, colérico.
ATRABILE (*atrabil*), s.f. Atrabílis; misantropia.
ÂTRE (*atr*), s.m. Lar, lareira.
ATRIUM (*atrióm'*), s.m. Átrio. Pl.: *des atria*.
ATROCE (*atróç*), adj. Atroz.
ATROCEMENT (*atroçman*), adv. Atrozmente.
ATROCITÉ (*atroçitê*), s. f. Atrocidade.
ATROPHIE (*atrofi*), s.f. Atrofia.
ATROPHIÉ, E (*atrofiê*), adj. Atrofiado.
ATROPHIER (*atrofiê*), v.t. (Conjuga-se como *prier*.) Atrofiar, debilitar. **S'ATROPHIER**, v. pr. Atrofiar-se, definhar-se.
ATROPINE (*atropin'*), s.f. Atropina.
ATTABLER (S') (*çatablê*), v.pr. Sentar-se à mesa.
ATTACHANT, E (*atachan, t*), adj. Interessante, atraente.
ATTACHE (*atach*), s.f. Laço, vínculo; ligação; amarração. Ligamento (de um músculo); articulação.
ATTACHÉ (*atachê*), s. m. Adido (de embaixada).
ATTACHEMENT (*atachman*), s.m. Afeição, amizade, amor; aplicação.
ATTACHER (*atachê*), v.t. Ligar, amarrar, fixar, pregar; atribuir; interessar. **S'ATTACHER**, v. pr. Afeiçoar-se, aplicar-se.
ATTAQUABLE (*atakabl*), adj. Atacável.
ATTAQUE (*atak*), s. f. Ataque, assalto;

acesso. *Pop.* *Être d'attaque*, ser vigoroso.

ATTAQUER (*atakê*), v.t. Atacar, assaltar; processar.

ATTARDER (*atardê*), v.t. Retardar, demorar, adiar. **S'ATTARDER**, v.pr. Demorar-se.

ATTEINDRE (*atendr*), v.t. (Conjuga-se como *craindre.*) Alcançar, atingir; chegar; obter, conseguir.

ATTEINT, E (*aten, t*), adj. Atacado, atingido.

ATTEINTE (*atent*), s.f. Golpe, insulto. prejuízo. *Porter atteinte à*, golpear, insultar.

ATTELABE (*atəlab*), s. m. Atélabo.

ATTELAGE (*atəlaj*), s. m. Atrelagem; parelha de cavalos; junta de bois.

ATTELLE (*atél*), s.f. Parte de madeira da coelheira do cavalo. Tala para membro fraturado.

ATTELLEMENT (*atélman*), s. m. Atrelagem.

ATTELER (*atəlê*), v. t. (Dobra o *l* antes de sílaba muda: *j'attelle.*) Atrelar. **S'ATTELER**, v.pr. Ligar-se, aplicar-se.

ATTENANT, E (*atənan, t*), adj. Contíguo, vizinho.

ATTENDANT (EN) (*an tandan*), loc. prep. Até, à espera.

ATTENDRE (*atandr*), v.t. Esperar, estar à espera. **S'ATTENDRE**, v.pr. Prever.

ATTENDRIR (*atandrir*), v.t. Abrandar, amolecer, enternecer. **S'ATTENDRIR**, v. pr. Emocionar-se, enternecer-se.

ATTENDRISSANT, E (*atandriçan, t*) adj. Enternecedor.

ATTENDRISSEMENT (*atandriçman*), s. m. Enternecimento; emoção, compaixão.

ATTENDU (*atandü*), prep. Em vista. *Attendu que*, loc. conj. Já que, devido a.

ATTENTAT (*atantá*), s.m. Atentado.

ATTENTATOIRE (*atantatuar*), adj. Atentatório.

ATTENTE (*atant*), s.f. Espera.

ATTENTER (*atantê*), v.i. Atentar.

ATTENTIF, IVE (*atantif, iv*), adj. Atento, aplicado.

ATTENTION (*atançion*), s.f. Atenção; consideração.

ATTENTIONNÉ, E (*atançionê*), adj. Atencioso, delicado.

ATTENTISTE (*atantiçt*), adj. e s. Aquele que pratica uma política de espera.

ATTENTIVEMENT (*atantivman*), adv. Atentamente.

ATTÉNUANT, E (*atênüan, t*), adj. Atenuante.

ATTÉNUATION (*atênüaçion*), s.f. Atenuação.

ATTÉNUÉ, E (*atênüê*), adj. Atenuado.

ATTÉNUER (*atênüê*), v.t. Atenuar.

ATTERRAGE (*atéraj*), s. m. *Mar.* Ação de tomar terra; ancoradouro.

ATTERRER (*atérê*), v.i. Aterrar, apavorar.

ATTERRIR (*atérir*), v.i. Abordar; aterrissar.

ATTERRISSAGE (*atériçaj*), s.m. Aterrissagem.

ATTERRISSEMENT (*atériçman*), s.m. Aterro, aluvião.

ATTERRISSEUR (*atériçër*), adj. Que serve para aterrissar.

ATTESTATION (*atéçtaçion*), s.f. Atestação.

ATTESTER (*atéçtê*), v. t. Atestar.

ATTICISME (*atiçiçm*), s.m. Aticismo.

ATTICISTE (*atiçiçt*), s.m. Aticista.

ATTIÉDIR (*atiêdir*), v.t. Amornar. *Fig.* Esmorecer.

ATTIÉDISSEMENT (*atiêdiçman*), s.m. Esmorecimento.

ATTIFEMENT (*atifman*), s.m. Adornos esquisitos.

ATTIFER (*atifê*), v.t. Adornar com afetação. **S'ATTIFER**, v.pron. Adornar-se com afetação.

ATTIGER (*atijé*), v. t. (Toma um *e* depois do *g* antes de *a* e *o.*) *Pop.* Ferir. Exagerar.

ATTIQUE (*atik*), adj. Ático.

ATTIQUEMENT (*atikman*), adv. Aticamente.

ATTIRABLE (*atirabl*), adj. Atraível.

ATTIRAIL (*atirai*), s.m. Petrechos; bagagem; aparato.

ATTIRANCE (*atiranç*), s.f. Atrativo.

ATTIRANT, E (*atiran, t*), adj. Atraente, sedutor.

ATTIRER (*atirê*), v.t. Atrair; seduzir; suscitar.

ATTISEMENT (*atizman*), s.m. Atiçamento.

ATTISER (*atizê*), v.t. Atiçar; excitar; instigar.

ATTISEUR, EUSE (*atizër, ëz*), s. m. Atiçador; provocador.

ATTISOIR ou **ATTISONNOIR** (*atizuar* ou *atizonuar*), s.m. Instrumento que serve para atiçar o fogo.

ATTITRÉ, E (*atitrê*), adj. Nomeado; preferido.

ATTITRER (*atitrê*), v.t. Nomear, dar um título.

ATTITUDE (*atitüd*), s.f. Atitude, posição; situação.

ATTOUCHEMENT (*atuchman*), s.m. Toque; apalpadela, tato.

ATTRACTEUR, TRICE (*atraktër, triç*), adj. Atrativo.

ATTRACTIF, IVE (*atraktif, iv*), adj. Atrativo; atraente.

ATTRACTION (*atrakçion*), s.m. Atração.

ATTRAIRE (*atrér*), v. t. (Conjuga-se como *traire.*) Citar em justiça.

ATTRAIT (*atré*), s. m. Atrativo. Pl. Encantos.

ATTRAPAGE (*atrapaj*), s.m. *Fam.* Armadilha; logro.

ATTRAPE (*atrap*), s.f. *Fam.* Armadilha; logro, trapaça.
ATTRAPE-LOURDAUD (*atraplurdô*), s. m. Patranha. Pl.: *des attrape-lourdauds.*
ATTRAPE-MOUCHES (*atrapmuch*), s. m. Papa-mosca. Pl.: *des attrape-mouches.*
ATTRAPE-NIGAUD (*atrapnigô*), s.m. Patranha. Pl.: *des attrape-nigauds.*
ATTRAPER (*atrapê*), v.t. Apanhar, alcançar, obter, enganar.
ATTRAPEUR, EUSE (*atrapĕr, ëz*), adj. Apanhador; enganador.
ATTRAYANT, E (*atréian, t*), adj. Atraente.
ATTREMPER (*atranpê*), v.t. Temperar (os metais).
ATTRIBUABLE (*atribüabl*), adj. Atribuível.
ATTRIBUER (*atribüê*), v.t. Atribuir; imputar. **S'ATTRIBUER**, v.pr. Reivindicar, atribuir-se.
ATTRIBUT (*atribü*), s. m. Atributo; símbolo.
ATTRIBUTIF, IVE (*atribütif, iv*), adj. Atributivo.
ATTRIBUTION (*atribüçion*), s.f. Atribuição.
ATTRISTANT, E (*atriçtan, t*), adj. Entristecedor.
ATTRITION (*atriçion*), s. f. Atrito, fricção. Atrição.
ATTROUPEMENT (*atrupman*), s. m. Ajuntamento, tropel.
ATTROUPER (*atrupê*), v.t. Reunir em tropa, ajuntar.
AU, AUX (*ô*), art. Contração de *à le, à les*. Ao, aos, às.
AUBADE (*ôbad*), s. f. Alvorada; toque de música ao despontar da manhã.
AUBAIN (*ôben*), s.m. Forasteiro, estrangeiro.
AUBAINE (*ôbén'*), s.f. Ganho inesperado. *Voilà une bonne aubaine*, eis uma boa notícia.
AUBE (*ôb*), s.f. Madrugada, alvorada.
AUBÉPINE (*ôbêpin'*), s. f. Espinheiro.
AUBÈRE (*ôbér*), adj. De pêlo mesclado de branco e castanho (cavalo).
AUBERGE (*ôbérj*), s.f. Estalagem, albergue; taberna.
AUBERGINE (*óbérjin'*), s. f. Berinjela.
AUBERGISTE (*ôbérjiçt*), s. Estalajadeiro; taverneiro.
AUBIER (*ôbiê*), s.f. Alburno.
AUBIFOIN (*ôbifuen*), s.m. *Bot.* Centáurea azul.
AUBURN (*ôbĕrn*), adj. inv. Castanho.
AUCUBA (*ôkübá*), s.m. *Bot.* Aucuba.
AUCUN, E (*ôkën, ün'*), adj. ou pron. ind. Nenhum, ninguém.
AUCUNEMENT (*ôkünəman*), adv. De modo algum.
AUDACE (*ôdaç*), s.f. Audácia. *Payer d'audace*, sair-se com insolência.
AUDACIEUX, EUSE (*ôdaçiĕ, ëz*), adj. e s. Audacioso, insolente.
AU-DEÇA, AU-DEDANS, AU-DEHORS, AU-DELÀ, AU-DESSOUS, AU-DESSUS, AU-DEVANT. V. **DEÇÀ, DEDANS, DEHORS, DELÀ, DESSOUS, DESSUS, DEVANT.**
AUDIBLE (*ôdibl*), adj. Audível.
AUDIENCE (*ôdianç*), s.f. Audiência, sessão.
AUDIOMÈTRE (*ôdiométr*), s.m. Audiômetro.
AUDION (*ôdion*), s.m. Audião.
AUDIO-VISUEL, ELLE (*ôdiovizüel*), adj. Audiovisual.
AUDITEUR, TRICE (*ôditĕr, triç*), s. Auditor.
AUDITIF, IVE (*ôditif, iv*), adj. Auditivo.
AUDITION (*ôdiçion*), s.f. Audição.
AUDITOIRE (*ôdituar*), s.m. Auditório (platéia).
AUDITORAT (*ôditorá*), s.m. Auditoria.
AUDITORIUM (*ôditorióm'*), s.m. Auditório (lugar).
AUGE (*ôj*), s.f. Manjedoura, cocho; gamela.
AUGÉE (*ôjê*), s. f. Gamelada, cocho cheio.
AUGET (*ôjé*), s. m. **AUGETTE** (*ôjét*), s. f. Pequeno cocho.
AUGMENT (*ôgman*), s.m. Aumento.
AUGMENTABLE (*ôgmantabl*), adj. Aumentável.
AUGMENTATEUR, TRICE (*ôgmantatĕr, triç*), s. Aumentador.
AUGMENTATIF, IVE (*ôgmantatif, iv*) adj. Aumentativo.
AUGMENTATION (*ôgmantaçion*), s.f. Aumentação.
AUGMENTER (*ôgmantê*), v.t. Aumentar, acrescentar.
AUGURAL, E, AUX (*ôgüral, ô*), adj. Augural.
AUGURE (*ôgür*), s. m. Áugure.
AUGURER (*ôgürê*), v.t. Augurar, predizer.
AUGUSTE (*ôgüçt*), adj. Augusto, solene.
AUGUSTIN, INE (*ôgüçten, in'*), s. Augustiniano.
AUJOURD'HUI (*ôjurdüi*), adv. Hoje; agora.
AULIQUE (*ôlik*), adj. Áulico.
AULNE (*ôn'*), s. m. V. **AUNE.**
AULX (*ô*), s. Pl. de **AIL.**
AUMÔNE (*ômôn'*), s. f. Esmola.
AUMÔNERIE (*ômonəri*), s. f. Cargo de esmoler, de capelão.
AUMÔNIER (*ômoniê*), s. m. Esmoler, capelão.
AUMONIÈRE (*ômoniér*), s. f. Esmoleira, bolsa suspensa à cintura.
AUNAGE (*ônaj*), s.m. Ação de medir, com alnas.
AUNAIRE ou **AULNAIE** (*ônér* ou *ôné*), s.f. Plantação de amieiros.

AUNE (*ôn'*), s.f. Alna, vara, antiga medida francesa.
AUNE ou **AULNE** (*ôn'*), s.m. Amieiro.
AUNÉE (*ônê*), s.f. Comprimento de uma alna.
AUNER (*ônê*), v.t. Medir (com alnas).
AUPARAVANT (*ôparavan*), adv. Antes, primeiro.
AUPRÈS (*ôpré*), adv. Perto. *Auprès de*, loc. prep. Perto de.
AUQUEL (*ôkél*), pr. rel. m. Ao qual, que.
AURA (*ôrá*), s.f. *Med.* Aura.
AURÉOLAIRE (*ôrêolér*), adj. Aureolar.
AURÉOLE (*ôrêól*), s.f. Auréola; prestígio.
AURÉOLÉ, E (*ôrêolê*), adj. Aureolado, glorificado.
AURÉOLER (*ôrêolê*), v. t. Aureolar.
AURICULAIRE (*ôrikülér*), adj. Auricular.
AURICULE (*ôrikül*), s.f. Aurícula.
AURICULÉ, E (*ôrikülê*), adj. Auriculado.
AURIFÈRE (*ôrifér*), adj. Aurífero.
AURIFICATION (*ôrifikaçion*), s.f. Aurificação.
AURIFIER (*ôrifiê*), v.t. (Conjuga-se como *prier*.) Aurificar.
AURIQUE (*ôrik*), adj. e s. Áurico.
AUROCHS (*ôrókç*), s.m. Auroque. Pl.: *des aurochs*.
AURORAL, E, AUX (*ôroral, ô*), adj. Auroral.
AURORE (*ôrór*), s. f. Aurora; princípio.
AUSCULTATION (*ôçkültaçion*), s. f. Auscultação.
AUSCULTER (*ôçkültê*), v.t. Auscultar.
AUSPICE (*ôçpiç*), s. m. Auspício. Pl. Proteção.
AUSSI (*ôçi*), adv. Também, ainda. Conj. Por isso, então. *Aussi bien*, loc. conj. Assim como.
AUSSIÈRE (*ôçiér*), s. f. V. **HAUSSIÈRE**.
AUSSITÔT (*ôçitô*), adv. Logo.
AUSTER (*ôçtér*), s. m. nome poético do vento sul da França.
AUSTÈRE (*ôçtér*), adj. Austero.
AUSTÈREMENT (*ôçtérman*), adv. Austeramente.
AUSTÉRITÉ (*ôçtêritê*), s.f. Austeridade.
AUSTRAL, E, ALS ou **AUX** (*ôçtral, ô*), adj. Austral.
AUSTRALIEN, ENNE (*ôçtralien, én'*), adj. e s. Australiano.
AUTANT (*ôtan*), adv. Tanto, igualmente. Loc. conj.: *Autant que*, tanto como; *d'autant que*, visto que; *pour autant que*, pelo que. Loc. adv.: *d'autant plus, d'autant moins*, tanto mais, tanto menos. *Autant que faire se peut*, na medida do possível.
AUTARCHIE (*ôtarchi*), s.f. Autarquia.
AUTARCHIQUE (*ôtarchik*), adj. Autárquico.
AUTARCIE (*ôtarçi*), s.f. Autarcia.
AUTARCIQUE (*ôtarçik*), adj. Relativo à autarcia.
AUTEL (*ôtél*), s.m. Altar.
AUTEUR (*ôtër*), s.m. Autor; inventor.
AUTHENTICITÉ (*ôtantiçitê*), s.f. Autenticidade.
AUTHENTIFIER (*ôtantifiê*), v.t. (Conjuga-se como *prier*.) Autenticar.
AUTHENTIQUE (*ôtantik*), adj. Autêntico.
AUTHENTIQUEMENT (*ôtantikman*), adv. Autenticamente.
AUTHENTIQUER (*ôtantikê*), v. t. Autenticar.
AUTO (*ôtô*), s.f. Forma abreviada de **AUTOMOBILE**.
AUTOBIOGRAPHIE (*ôtobiografi*), s.f. Autobiografia.
AUTOBUS (*ôtobüç*), s.m. Ônibus. Pl.: *des autobus*.
AUTOCANON (*ôtokanon*), s.m. Canhão montado sobre automóvel.
AUTOCAR (*ôtokar*), s. m. Ônibus, autocarro.
AUTOCHENILLE (*ôtoch nii*), s. f. Automóvel montado sobre lagartas.
AUTOCHIR (*ôtochir*), s.f. Ambulância militar.
AUTOCHROME (*ôtokróm'*), adj. e s. *Fot.* Autocromia.
AUTOCHTONE (*ôtoktón'*), adj. e s. Autóctone.
AUTOCLAVE (*ôtoklave*), adj. e s. Autoclave.
AUTOCOPIE (*ôtokopi*), s.f. Autocópia.
AUTOCRATE (*ôtokrat*), s.m. Autocrata.
AUTOCRATIE (*ôtokraçi*), s. f. Autocracia.
AUTOCRATIQUE (*ôtokratik*), adj. Autocrático.
AUTOCRITIQUE (*ôtokritik*), s.f. Autocrítica.
AUTODAFÉ (*ôtadafê*), s. m. Auto-da-fé.
AUTODÉTERMINATION (*ôtodêtérminaçion*), s. f. Autodeterminação.
AUTODIDACTE (*ôtodidakt*), adj. e s. Autodidata.
AUTODROME (*ôtodrom'*) s.m. Autódromo.
AUTOFÉCONDATION (*ôtofêkondaçion*), s. f. Autofecundação.
AUTOGÈNE (*ôtojén'*), adj. Autógeno.
AUTOGIRE (*ôtojir*), s.m. Autogiro.
AUTOGRAPHE (*ôtograf*), adj. e s.m. Autográfico; autógrafo.
AUTOGRAPHIE (*ôtografi*), s.f. Autografia.
AUTOGRAPHIER (*ôtografiê*), v.t. (Conjuga-se como *prier*.) Autografar.
AUTOGRAPHIQUE (*ôtografik*), adj. Autográfico.
AUTOMATE (*ôtomat*), s.m. Autômato. *Fig.* Pessoa estúpida.
AUTOMATICITÉ (*ôtomaticitê*), s.f. Automatismo.
AUTOMATIQUE (*ôtomatik*), adj. Automático.

AUTOMATIQUEMENT (*ôtomatikman*), adv. Automaticamente.
AUTOMATISER (*ôtomatizê*), v.t. Automatizar.
AUTOMATISME (*ôtomatiçm*), s. m. Automatismo.
AUTOMÉDON (*ôtomêdon*), s.m. Automedonte, cocheiro hábil.
AUTOMNAL, E, AUX (*ôtomnal, ô*) adj. Outonal.
AUTOMNE (*ôtón'*), s.m. Outono
AUTOMOBILE (*ôtomobil*), s.f. Automóvel.
AUTOMOBILISME (*ôtomobiliçm*), s.m. Automobilismo.
AUTOMOBILISTE (*ôtomobiliçt*), s. m. Automobilista.
AUTOMOTEUR, TRICE (*ôtomotër, triç*), adj. Automotor.
AUTONOME (*ôtonóm'*), adj. Autônomo.
AUTONOMIE (*ôtonomi*), s.f. Autonomia.
AUTONOMISTE (*ôtonomiçt*), s.m. Autonomista.
AUTOPLASTIE (*ôtoplaçti*), s.f. *Cir*. Autoplastia.
AUTOPSIE (*ôtopçi*), s. f. Autópsia.
AUTOPSIER (*ôtopçiê*), v.t. (Conjuga-se como *prier*.) Autopsiar.
AUTORISATION (*ôtorizaçion*), s.f. Autorização; aprovação.
AUTORISER (*ôtorizê*), v.t. Autorizar. **S'AUTORISER**, v.pr. Apoiar-se.
AUTORITAIRE (*ôtoritér*), adj. Autoritário.
AUTORITARISME (*ôtoritariçm*), s.m. Autoritarismo.
AUTORITÉ (*ôtoritê*), s.f. Autoridade; pessoa que tem influência. *Faire autorité*, ser autoridade.
AUTOROUTE (*ôtorut*), s.f. Estrada.
AUTOSUGGESTION (*ôtoçügjéçtion*), s.f. Auto-sugestão.
AUTOTROPHE (*ôtotróf*), adj. Autotrófico.
AUTOUR (*ôtur*), adv. Em torno, em redor. *Tout autour*, loc. adv. De todos os lados.
AUTOUR (*ôtur*), s. m. Açor.
AUTRE (*ôtr*), adj. ind. Outro; diverso; anterior. *D'autre part*, além de que. *De temps à autre*, de vez em quando. *Sans autre*, loc. adv. Sem mais. *À d'autres!*, loc. interj. Não me enganas! *En avoir vu bien d'autres*, já ter visto coisas piores.
AUTREFOIS (*ôtrəfuá*), adv. Antigamente.
AUTREMENT (*ôtrəman*), adv. De outro modo; senão.
AUTRICHIEN, ENNE (*ôtrichien, én'*), adj. e s. Austríaco.
AUTRUCHE (*ôtrüch*), s.f. Avestruz.
AUTRUI (*ôtrüí*), pron. indef. Outrem, os outros; alheio.
AUVENT (*ôvan*), s.m. Alpendre, telheiro.
AUVERGNAT, E (*ôvernhá, t*), adj. e s. Da Auvérnia.
AUXILIAIRE (*ôkçiliér*), adj. e s. Auxiliar, ajudante.
AUXILIATEUR, TRICE (*ôkçiliatër, triç*), s. e adj. Auxiliador.
AVACHI, E (*avachi*), adj. Deformado. *Pop*. Fatigado.
AVACHIR (S') (*çavachir*), v.pr. *Fam*. Amolecer, deformar-se, tornar-se mole.
AVACHISSEMENT (*avachiçman*), s.m. Deformação. *Fam*. Fadiga.
AVAL (*aval*), s.m. Aval. Água abaixo.
AVALAGE (*avalaj*), s.m. Descida de um barco num rio.
AVALAISON ou **AVALASSE** (*avalézon* ou *avalaç*), s.f. Enxurrada, torrente.
AVALANCHE (*avalanch*), s. f. Avalancha.
AVALEMENT (*avalman*), s.m. Deglutição.
AVALER (*avalê*), v.t. Engolir, sorver, tragar; sofrer em segredo; acreditar.
AVALEUR, EUSE (*avalër, ëz*), s. *Fam*. Glutão.
AVALISER (*avalizê*), v.t. Avaliar.
AVALISTE (*avaliçt*), s. e adj. Avalista.
AVANCE (*avanç*), s.f. Avançamento; avanço, adiantamento; melhoria; impulso. *Faire les avances*, procurar ligar-se, reconciliar-se. *D'avance*, *par avance*, loc. adv. Por antecipação.
AVANCÉ, E (*avancê*), adj. Adiantado, avançado.
AVANCEMENT (*avançman*), s.m. Adiantamento, melhoria.
AVANCER (*avancé*), v. t. (O *c* toma uma cedilha antes de *a* e *o*: *il avança*, *nous avançons*.) Adiantar, avançar, expor. **S'AVANCER**, v. pr. Avançar, adiantar-se.
AVANIE (*avani*), s. f. Avania, afronta.
AVANT (*avan*), prep. ou adv. Antes, primeiro. *En avant*, loc. adv. Adiante, em frente. *Aller de l'avant*, ir em frente, ir adiante. *Se mettre en avant*, pôr-se à frente.
AVANT (*avan*), s.m. Proa de navio.
AVANTAGE (*avantaj*), s.m. Vantagem, lucro; superioridade, vitória.
AVANTAGER (*avantagê*), v.t. (Toma um *e* mudo depois do *g* antes de *a* e *o*: *il avantagea, nous avantageons*.) Avantajar, melhorar; elevar.
AVANTAGEUSEMENT (*avantajëzman*), adv. Vantajosamente.
AVANTAGEUX, EUSE (*avatajë, ëz*), *adj*. Vantajoso, lucrativo; honroso. *Fam*. Vaidoso.
AVANT-BEC (*avanbék*), s.m. Esporão (de um pilar de ponte). Pl.: *des avant-becs*.
AVANT-BRAS (*avanbrá*), s.m. Antebraço. Pl.: *des avant-bras*.

AVANT-CENTRE (*avançantr*), s.m. *Esp.* Centroavante.

AVANT-CLOU (*avanklu*), s.m. Verruma. Pl.: *des avant-clous.*

AVANT-CORPS (*avankór*), s. m. Sacada; balcão. Pl: *des avant-corps.*

AVANT-COUR (*avankur*), s.f. Pátio de entrada. Pl.: *des avant-cours.*

AVANT-COUREUR (*avankurër*), adj. e s. Precursor. Pl.: *des avant-coureurs.*

AVANT-DERNIER, ÈRE (*avandérniê, ér*), adj. e s. Penúltimo. Pl.: *avant-derniers, avant-dernières.*

AVANT-FOSSÉ (*avanfocê*), s. m. Primeiro fosso. Pl.: *des avant-fossés.*

AVANT-GARDE (*avangard*), s.f. Vanguarda. Pl.: *des avant-gardes.*

AVANT-GOÛT (*avangu*), s.m. Antegozo, antegosto. Pl.: *des avant-goûts.*

AVANT-HIER (*avantiér*), loc. adv. Anteontem.

AVANT-MAIN (*avanmen*), s.m. Palma da mão. Parte anterior do cavalo. Pl.: *des avant-mains.*

AVANT-PORT (*avanpór*), s.m. Entrada do porto, anteporto. Pl.: *des avant-ports.*

AVANT-POSTE (*avanpóçt*), s.m. Posto avançado. Pl.: *des avant-postes.*

AVANT-PREMIÈRE (*avanprəmiér*), s. f. Pré-estréia. Pl.: *des avant-premières.*

AVANT-PROJET (*avanprojé*), s.m. Anteprojeto. Pl.: *des avant-projets.*

AVANT-PROPOS (*avanpropô*), s.m. Prólogo. Pl.: *des avant-propos.*

AVANT-SCÈNE (*avançén'*), s.f. Proscênio. Pl.: *des avant-scènes.*

AVANT-TOIT (*avantuá*), s.m. Aba do teto. Pl.: *des avant-toits.*

AVANT-TRAIN (*avantren*), s. m. Parte anterior de um veículo. Pl.: *des avant-trains.*

AVANT-VEILLE (*avanvéii*), s.f. Ante-véspera. Pl.: *des avant-veilles.*

AVARE (*avar*), adj. e s. Avaro.

AVAREMENT (*avarman*), adv. Avaramente.

AVARICE (*avariç*), s.f. Avareza.

AVARICIEUSEMENT (*avariçiëzman*), adv. De maneira mesquinha.

AVARICIEUX, EUSE (*avariçië, ëz*). adj. e s. Mesquinho, avaro.

AVARIE (*avari*), s.f. Avaria, estrago.

AVARIÉ, E (*avariê*), adj. Avariado, estragado.

AVARIER (*avariê*), v.t. (Conjuga-se como *prier.*) Avariar, estragar.

AVATAR (*avatar*), s.m. Avatar. *Fig.* Transformação.

A VAU-L'EAU (*avôlô*), loc. adv. V. **VAU-L'EAU (A).**

AVEC (*avék*), prep. Com; ao mesmo tempo; por meio de.

AVECQUE ou **AVECQUES** (*avék*), prep. Forma arcaica de **AVEC.**

AVEINDRE (*avendr*), v.t. (Conjuga-se como *craindre.*) Apanhar; ir buscar.

AVELANÈDE (*avəlanéd*), s.f. Avelaneda.

AVELINE (*avəlin'*), s.f. Avelã (fruta).

AVELINIER (*avəliniê*), s. m. Aveleira.

AVEN (*avén'*), s.m. Poço natural.

AVENANT, E (*avənan, t*); adj. Afável. *À l'avenant,* loc. adv. A proporção.

AVÈNEMENT (*avénəman*), s. m. Advento, chegada; exaltação.

AVENIR (*avnir*), v. imp. e defect. Advir, suceder. S.m. Futuro; posteridade.

AVENT (*avan*), s.m. Advento.

AVENTURE (*avantür*), s.f. Aventura; acontecimento; acaso. *Dire la bonne aventure,* ler a sorte. *Aller à l'aventure,* ir ao acaso.

AVENTURER (*avantürê*), v. t. Aventurar, arriscar. **S'AVENTURER,** v. pr. Arriscar-se

AVENTUREUSEMENT (*avantürëzman*), adv. Aventurosamente.

AVENTUREUX, EUSE (*avantürê, ëz*), adj. Aventuroso.

AVENTURIER, ÈRE (*avantüriê, ér*), s. Aventureiro.

AVENTURINE (*avantürin'*), s.f. Aventurina.

AVENTURISME (*avantüriçm*), s. m. Tendência a proceder de maneira irrefletida.

AVENU, E (*avnü*), adj. *Nul et non avenu,* loc. adj. Considerado como nulo, o dito pelo não dito.

AVENUE (*avnü*), s.f. Avenida.

AVÉRÉ, E (*avêrê*), adj. Averiguado, confirmado.

AVÉRER (*avêrê*), v.t. (Conjuga-se como *accélérer.*) Averiguar; confirmar.

AVERS (*avér*), s.m. Face de medalha, moeda. Pl.: *des avers.*

AVERSE (*avérç*), s.f. Aguaceiro.

AVERSION (*avérçion*), s.f. Aversão; antipatia.

AVERTI, E (*avérti*), adj. Avisado, advertido. *Un homme averti en vaut deux,* um homem prevenido vale por dois.

AVERTIN (*avérten*), s.m. Furor.

AVERTIR (*avértir*), v. t. Advertir, prevenir, informar.

AVERTISSEMENT (*avértiçman*), s.m. Aviso, advertência, pressentimento.

AVERTISSEUR (*avértiçër*), adj. e s.m. Avisador.

AVEU (*avë*), s.m. Confissão, declaração; aprovação, testemunho. *De l'aveu de,* loc. prep. Segundo o testemunho de. Pl.: *des aveux.*

AVEUGLANT, E (*avëglan, t*), adj. Que cega, deslumbrante.

AVEUGLE (*avëgl*), adj. e s. Cego.
AVEUGLEMENT (*avëgləman*), s. m. Cegueira; loucura.
AVEUGLÉMENT (*avëglêman*), adv. Cegamente.
AVEUGLE-NÉ, E (*avëglənê*), adj. e s. Cego de nascença. Pl.: *des aveugles-nés, aveugles-nées.*
AVEUGLER (*avëglê*), v. t. Cegar, deslumbrar.
AVEUGLETTE (À L') (*alavëglét*), loc. adv. Às cegas.
AVEULIR (*avëlir*), v.t. Amolecer, tirar as energias.
AVEULISSEMENT (*avëliçman*), s. m. Amolecimento.
AVIATEUR, TRICE (*aviatër, triç*), adj. e s. Aviador.
AVIATION (*aviaçion*), s.f. Aviação.
AVICULE (*avikül*), s. f. Avícola.
AVICULTEUR (*avikültër*), s. m. Avicultor.
AVICULTURE (*avikültür*), s. f. Avicultura.
AVIDE (*avid*), adj. Ávido; cúpido.
AVIDEMENT (*avidman*), adv. Avidamente.
AVIDITÉ (*aviditê*), s.f. Avidez; cupidez.
AVILIR (*avilir*), v.t. Aviltar; desprezar. **S'AVILIR**, v.pr. Envilecer-se.
AVILISSANT, E (*aviliçan, t*), adj. Aviltante.
AVILISSEMENT (*aviliçman*), s. m. Aviltamento, degradação.
AVILISSEUR, EUSE (*aviliçër, ëz*), s. e adj. Envilecedor.
AVINER (*avinê*), v.t. Avinhar. **S'AVINER**, v.pr. Avinhar-se, embebedar-se.
AVION (*avion*), s.m. Avião.
AVIONNETTE ou **AVIETTE** (*avionét* ou *aviét*), s. f. Avião pequeno.
AVIRON (*aviron*), s.m. Remo.
AVIS (*avi*), s.m. Aviso; opinião, conselho. *M'est avis que*, é minha opinião. *Sauf avis contraire*, salvo ordem contrária. Pl.: *des avis.*
AVISÉ, E (*avisê*), adj. Avisado; prudente.
AVISER (*avizê*), v.t. Perceber; advertir. V. i. Refletir. **S'AVISER**, v.pr. Achar.
AVISO (*avizô*), s.m. Aviso (navio).
AVITAILLER (*avitaiê*), v.t. V. **RAVITAILLER**.
AVIVAGE (*avivaj*), s.m. Avivagem.
AVIVEMENT (*avivman*), s.m. Avivamento.
AVIVER (*avivê*), v.t. Avivar; irritar.
AVOCAILLON (*avokaion*), s.m. Advogado sem notoriedade.
AVOCASSER (*avokaçê*), v.i. Advogar obscuramente.
AVOCASSERIE (*avokaçri*), s.m. Advocacia obscuramente exercida.
AVOCASSIER, ÈRE (*avokaçiê, ér*), adj. Que tem relação com maus advogados.
AVOCAT (*avoká*), s.m. Advogado. Abacate.
AVOCATIER (*avokatiê*), s.m. Abacateiro.
AVOCATOIRE (*avokatuar*), adj. Avocatório.
AVOCETTE (*avoçét*), s.f. Avoceta.
AVOINE (*avuan'*), s.f. Aveia.
AVOIR (*avuar*), v. t. (*J'ai, tu as, il a, nous avons, vous avez, ils ont. J'avais, nous avions. J'eus, nous eûmes. J'aurai, nous aurons. J'aurais, nous aurions. Aie, ayons, ayez. Que j'aie, que nous ayons. Que j'eusse, que nous eussions. Ayant. Eu, e.*) Ter, haver *Avoir à*, dever. *Il y a*, há, faz. *En avoir pour*, levar tempo, ter ainda pela frente. S.m. Bens, haveres.
AVOISINANT (*avuazinan*), adj. Próximo, vizinho.
AVOISINER (*avuazinê*), v.t. Avizinhar, aproximar.
AVORTEMENT (*avórtəman*), s.m. Aborto.
AVORTER (*avortê*), v.i. Abortar.
AVORTON (*avorton*), s.m. Aborto; monstro.
AVOUABLE (*avuabl*), adj. Confessável.
AVOUÉ (*avuê*), s.m. Procurador judicial.
AVOUER (*avuê*), v.t. Confessar; reconhecer.
AVRIL (*avril*), s.m. Abril. *Poisson d'avril*, brincadeira do dia 1º de abril.
AVRILLÉ, E (*avriiê*), adj. Semeado, plantado em abril.
AVRILLET (*avriié*), s.m. Trigo plantado em abril.
AVULSION (*avülçion*), s.m. Avulsão; arranco.
AVUNCULAIRE (*avonkülér*), adj. Avuncular.
AXE (*akç*), s.m. Eixo, axe.
AXER (*akçê*), v. t. Orientar, dirigir.
AXIAL, E (*akçial*), adj. Axial.
AXILE (*akçil*), adj. Que forma um eixo.
AXILLAIRE (*akçilér*), adj. Axilar.
AXIOME (*akçióm'*), s.m. Axioma.
AXIOMÈTRE (*akçiométr*), s.m. Axiômetro.
AXIS (*akçiç*), s.m. *Anat.* Áxis.
AYANT CAUSE (*éiankôz*), s.m. Aquele para quem os direitos de outrem foram transferidos. Pl.: *des ayant cause.*
AYANT DROIT (*éiandruá*), s. m. Aquele que tem direito a alguma coisa. Pl.: *des ayants droit.*
AZALÉE (*azalê*), s.f. Azálea.
AZEROLE (*azəról*), s.m. Azarola.
AZEROLIER (*azərolié*), s.m. *Bot.* Azaroleiro.
AZIMUT (*azimüt*), s.m. Azimute.
AZIMUTAL, E, AUX (*azimütal, ô*), adj. Azimutal.

AZOÏQUE (*azoïk*), adj. *Quím.* Azóico.
AZOTATE (*azotat*), s. m. Azotado.
AZOTE (*azót*), s. m. *Quím.* Azoto.
AZOTÉ, E (*azotê*), adj. Azotado.
AZOTEUX, EUSE (*azotë, ëz*), adj. Azotoso.
AZOTIQUE (*azotik*), adj. Azótico.
AZOTITE (*azotit*), s. m. Azotito.
AZTÈQUE (*aztèk*), adj. e s. Asteca.
AZUR (*azür*), s.m. Azul. Céu, ar.
AZURÉ, E (*azürê*), adj. Azulado.
AZURER (*azürê*), v.t. Azular.
AZURITE (*azürit*), s.m. Azurita.
AZYGOS (*azigóç*), s. f. Ázigo; veia ázliga.
AZYME (*azim'*), adj. Ázimo.

B

B (*bê* ou *bə*), s. m. Segunda letra do alfabeto.

BABA (*babá*), s. m. Bala com cidra, passa e rum. Adj. *Pop.* Espantado.

BABIL (*babil*), s. m. Tagarelice; chilrada, gorjeio; linguagem das crianças.

BABILLAGE (*babiiaj*), s. m. Tagarelice.

BABILLARD, E (*babiiar, d*), adj. Tagarela, palrador.

BABILLER (*babiiê*), v.i. Tagarelar; parolar.

BABINES (*babin'*), s.f. Beiço de certos animais.

BABIOLE (*babiól*), s. f. Ninharia; puerilidade.

BÂBORD (*babór*), s. m. Bombordo.

BABOUCHE (*babuch*), s. f. Babucha.

BABOUIN (*babuen*), s.m. Babuíno (macaco).

BABYLONIEN, ENNE (*babilonien, én'*) adj. e s. Babilônio.

BAC (*bak*), s.m. Barcaça, tina. *Fam.* Bacharelado.

BACCALAURÉAT (*bakalôrêá*), s.m. Bacharelado.

BACCARA (*bakará*), s.m. Bacará (jogo).

BACCARAT (*bakará*), s.m. Bacará (cristal).

BACCHANAL (*bakanal*), s. m. Barulho.

BACCHANALE (*bakanal*), s.f. Bacanal.

BACCHANTE (*bakant*), s.f. Bacante.

BACCHIAQUE (*bakiak*), adj. Baquiaco.

BACCIFÈRE (*bakçifér*), adj. Bacífero.

BACCIFORME (*bakçifórm*), adj. Baciforme.

BACHAGE (*bachaj*), s.m. Ação de cobrir com toldo.

BÂCHE (*bach*), s.f. Toldo.

BACHELETTE (*bachlét*), s. f. *Ant.* Moça, donzela.

BACHELIER (*bachliê*), s.m. *Ant.* Moço, donzel. Bacharel.

BÂCHER (*bachê*), v.t. Toldar, cobrir com toldo.

BACHIQUE (*bachik*), adj. Báquico.

BACHOT (*bachô*), s. m. Barco pequeno *Fam.* Bacharelado.

BACHOTAGE (*bachotaj*), s.m. Preparação rápida e superficial para o bacharelado ou qualquer exame.

BACHOTEUR (*bachotĕr*), s.m. Bateleiro.

BACHOTTE (*bachót*), s.f. Espécie de barrica.

BACILLAIRE (*baçilér*), adj. Bacilar.

BACILLE (*baçil*), s.m. Bacilo.

BACILLIFORME (*baçilifórm*), adj. Em forma de bacilo.

BACILLOSE (*baçilôz*), s.f. *Med.* Bacilose.

BACLAGE (*baklaj*), s. m. Execução ligeira e pouco cuidadosa.

BÂCLE (*bakl*), s.f. Tranca.

BÂCLER (*baklê*), v.t. Fechar com uma tranca. Concluir apressadamente e mal.

BACON (*bêkĕn'*), s.m. Toucinho.

BACTÉRICIDE (*baktêriçid*), adj. Bactericida.

BACTÉRIDIE (*baktêridi*), s.f. Bacterídio.

BACTÉRIE (*baktêri*), s.f. Bactéria.

BACTÉRIEN, ENNE (*baktêrien, én'*), adj. Bacteriano.

BACTÉRIOLOGIE (*baktêrioloji*), s.f. Bacteriologia.

BACTÉRIOLOGISTE ou **BACTÉRIOLOGUE** (*baktêriolòjiçt* ou *baktêriológ*), s. m. Bacteriologista, bacteriólogo.

BADAUD, E (*badô, d*), s. e adj Pessoa que perde seu tempo a olhar e escutar tudo, basbaque.

BADAUDAGE (*badôdaj*), s.m. Ação de perder seu tempo, olhando e escutando tudo, basbaqueira.

BADAUDER (*badôdê*), v.i. Perder seu tempo, olhando e escutando tudo.

BADAUDERIE (*badôdəri*), s. f. Bobagem; vadiagem, basbaquice.

BADELAIRE ou **BAUDELAIRE** (*badlér* ou *bôdlér*), s.m. Espada de lâmina curta.

BADERNE (*badérn*), s. f. *Mar.* Abadernas. *Fig.* Velharia; cangalho (pessoa).

BADIANE (*badian'*), s.f. *Bot.* Badiana.

BADIGEON (*badijon*), s. m. Calação; argamassa.

BADIGEONNAGE (*badijonaj*), s. m. Caiadura.

BADIGEONNER (*badijonê*), v.t. Caiar; untar com remédio.

BADIGEONNEUR (*badijonĕr*), s.m. Caiador; mau pintor.

BADIN, E (*baden, in'*), adj. Brincalhão, alegre.

BADINAGE (*badinaj*), s.m. Brincadeira; gracejo.

BADINE (*badin'*), s.f. Junco.

BADINER (*badinê*), v.i. Gracejar, brincar; escrever ou falar espirituosamente.

BADINERIE (*badinəri*), s.f. Bagatela, brincadeira.

BAFOUER (*bafuê*), v.t. Achincalhar; rebaixar; zombar.

BAFOUILLAGE (*bafuiaj*), s.m. *Fam.* Gaguejo, tartamudez.

BAFOUILLER (*bafuiê*), v.t. Gaguejar, tartamudear

BAFOUILLEUR, EUSE (*bafuiĕr, ĕz*), adj. *Fam.* Tartamudo, gago.

BÂFRE ou **BÂFRÉE** (*bafr* ou *bafrê*), s. f. *Pop.* Comezaina, refeição abundante.

BÂFRER (*bafrê*), v. t. e i. *Pop.* Empanturrar-se.

BAFREUR, EUSE (*bafrĕr, ëz*), s. *Pop.* Comilão.
BAGAGE (*bagaj*), s.m. Bagagem. *Fig.* e *fam. Plier bagage*, fugir, morrer.
BAGARRE (*bagar*), s.f. Rixa; tumulto; motim.
BAGASSE (*bagaç*), s.f. Bagaço.
BAGATELLE (*bagatél*), s.f. Bagatela; futilidade.
BAGNARD (*banhar*), s.m. Forçado.
BAGNE (*banh*), s.m. Prisão de forçados.
BAGNOLE (*banhól*), s. f. Automóvel ruim.
BAGOUT ou **BAGOU** (*bagu*), s.m. Tagarela atrevido.
BAGUE (*bag*), s.f. Anel; argola.
BAGUENAUDE (*baghənôd*), s.f. Vagem da colútea.
BAGUENAUDER (*baghənôdê*), v. i. Ocupar-se com frivolidades.
BAGUENAUDERIE (*baghənôdəri*), s. f. Baboseira.
BAGUENAUDIER (*baghənôdiê*), s. m. Basbaque. Colútea (árvore).
BAGUER (*baghê*), v.t. Alinhavar. Guarnecer com um anel.
BAGUETTE (*baghét*), s.f. Vara, varinha; batuta; junco; baqueta. *Mener la baguette*, levar à rédea curta, sob chicote.
BAGUIER (*baguiê*), s.m. Cofre de jóias.
BAH (*ba*), interj. Ora essa!
BAHUT (*baü*), s.m. Baú, cofre; cômoda antiga. *Gír.* Colégio.
BAHUTIER (*baütiê*), s.m. Bauleiro.
BAI, E (*bé*), adj. Baio.
BAIE (*bé*), s.f. Baia. Janela. Baga.
BAIGNADE (*bénhad*), s.f. Banho; lugar de um rio onde se pode banhar.
BAIGNAGE (*bénhaj*), s.m. Banho, ação de banhar.
BAIGNER (*bénhê*), v.t. e i. Banhar; regar. **SE BAIGNER**, v.pr. Banhar-se.
BAIGNEUR, EUSE (*bénhĕr, ëz*), s. Banhista; boneca.
BAIGNEUSE (*bénhëz*), s.f. Roupa de banho.
BAIGNOIRE (*bénhuar*), s.f. Banheira; frisa de teatro.
BAIL (*bai*), s.m. Contrato de aluguel; arrendamento. Pl.: *des baux*.
BAILLE (*baii*), s.f. Tina. *Gír. mar.* Navio velho.
BAILLEMENT (*baiiman*), s.m. Bocejo.
BAILLER (*baiê*), v.i. Bocejar; estar aberto.
BAILLER (*baiê*), v.t. Entregar, dar.
BAILLET (*baié*), s.m. Cavalo ruço.
BAILLEUR, ERESSE (*baiĕr, əréç*), s. Arrendador.
BAILLEUR, EUSE (*baiĕr, ëz*), s. Bocejador.
BAILLI (*baii*), s.m. Bailio.
BAILLIAGE (*baiaj*), s. m. Bailiado.
BAILLIAGER, ÈRE (*baiajê, ér*), adj. Aquele que pertence a um bailiado.
BAILLON (*baion*), s.m. Mordaça.
BAILLONNEMENT (*baionəman*), s.m. Amordaçamento.
BAILLONNER (*baionê*), v.t. Amordaçar.
BAIN (*ben*), s.m. Banho. *Cuire au bain Marie*, cozinhar em banho-maria.
BAIONNETTE (*baionét*), s.f. Baioneta.
BAISEMAIN (*bézmen*), s.m. Beija-mão.
BAISEMENT (*bézman*), s.m. Beija-pé.
BAISER (*bézê*), v.t. Beijar.
BAISER (*bézê*), s.m. Beijo.
BAISEUR, EUSE (*bézĕr, ëz*), s. Beijador.
BAISOTER (*bézotê*), v.t. Beijocar.
BAISSE (*béç*), s.f. Baixa, diminuição.
BAISSEMENT (*béçman*), s.m. Abaixamento; diminuição.
BAISSER (*béçê*), v.t. Baixar, diminuir. **SE BAISSER**, v.pr. Abaixar-se, inclinar-se.
BAISSIER (*béçiê*), s.m. Baixista.
BAISURE (*bézür*), s.f. Parte do pão que foi tocada por outra no forno.
BAJOUE (*baju*), s.f. Faceira de vitelo, de porco. *Fam.* Bochecha grande.
BAKÉLITE (*bakêlit*), s.f. Baquelita.
BAL (*bal*), s.m. Baile.
BALADE (*balad*), s.f. *Pop.* Passeios.
BALADER (SE) (*çəbaladê*), v. pr. *Pop.* Passear, vadiar.
BALADEUSE (*baladëz*), s.f. Carrocinha.
BALADIN, E (*baladen, in'*), s. Bufão; bailarino; saltimbanco.
BALADINAGE (*baladinaj*), s.m. Chocarrice.
BALADINER (*baladinê*), v.i. Fazer-se de saltimbanco.
BALAFRE (*balafr*), s.f. Cutilada; cicatriz.
BALAFRÉ, E (*balafrê*), adj. e s. Acutilado.
BALAFRER (*balafrê*), v.t. Acutilar.
BALAI (*balé*), s.m. Vassoura.
BALAIS (*balé*), adj. m. Rubi cor-de-rosa.
BALANCE (*balanç*), s.f. Balança; balanço; rede para pescar camarões. *Mettre en balance*, comparar. *Être en balance*, estar indeciso. *Peser dans la balance*, ter valor. *Faire pencher la balance*, decidir uma questão.
BALANCÉ (*balançê*), s. m. Balancê, passo de dança.
BALANCEMENT (*balançəman*), s. m. Balanceamento, balanço; hesitação.
BALANCER (*balançê*), v.t. (O *c* toma cedilha antes de *a* e *o*: *je balançais*, *nous balançons*.) Balançar, balancear; examinar; equilibrar; hesitar. **SE BALANCER**, v. pr. Balançar-se.
BALANCIER (*balançiê*), s.m. Balanceiro; pêndulo; maromba. Homem que fabrica ou vende balanças.

BALANÇOIRE (*balançuar*), s.f. Balanço. *Fig.* e *fam.* Gracejo.
BALANDRAN ou **BALANDRAS** (*balandran* ou *balandrá*), s.m. Antigo casaco comprido sem mangas.
BALANDRE (*balandr*), s.f. Balandra.
BALANE (*balan'*), s.f. Bálano.
BALATA (*balatá*), s.m. Balata; goma da balata.
BALAYAGE (*baléiaj*), s.m. Varredura.
BALAYER (*baléiê*), v.t. (*Je balaye* ou *balaie, tu balayes* ou *balaies, nous balayons. Je balayais, nous balayions. Je balayai, nous balayâmes. Je balayerai* ou *balaierai, nous balayerons* ou *balaierons. Balaye* ou *balaie, balayons, balayez. Je balayerais* ou *balaierais, nous balayerions* ou *balaierions. Que je balaye, que nous balayions. Que je balayasse, que nous balayassions. Balayant. Balayé, e.*) Varrer. *Fig.* Expulsar.
BALAYETTE (*baléiét*), s. f. Vassourinha.
BALAYEUR, EUSE (*baléiër, ëz*), s.f. Varredor, varredora.
BALAYEUSE (*baléiëz*), s.f. Máquina de varrer. Babado (renda). Tipo de tecido.
BALAYURES (*baléiür*), s.f. pl. Lixo, varreduras.
BALBUTIE (*balbüçi*), s.f. Balbuciação.
BALBUTIEMENT (*balbüçiman*), s.m. Balbuciação.
BALBUTIER (*balbüçiê*), v. i. (Conjuga-se como *prier.*) Balbuciar.
BALCON (*balkon*), s.m. Balcão.
BALDAQUIN (*baldaken*), s.m. Baldaquino.
BALEINE (*balén'*), s.f. Baleia; barbatana.
BALEINÉ, E (*balénê*), adj. Guarnecido de barbatanas.
BALEINEAU (*balénô*), s. m. Baleote. Pl.: *des baleineaux.*
BALEINIER (*balénié*), s.m. Baleeira, baleeiro.
BALEINIÈRE (*balénier*), s.f. Baleeira.
BALÈVRE (*balévr*), s.f. Lábio inferior.
BALISAGE (*balizaj*), s.m. Balizagem.
BALISE (*baliz*), s.f. Baliza.
BALISEMENT (*balizman*), s.m. Balizamento.
BALISER (*balizê*), v.t. Balizar.
BALISEUR (*balizër*), s.m. Balizador.
BALISTE (*baliçt*), s.f. Balista; besta.
BALISTIQUE (*baliçtik*), adj. Balística.
BALIVAGE (*balivaj*), s.m. Marcação das árvores.
BALIVEAU (*balivô*), s.m. Árvore que não se deve cortar. Pl.: *des baliveaux.*
BALIVERNE (*balivérn*), s.f. Conversa fútil; futilidade.
BALIVERNER (*balivérnê*), v.i. Conversar futilmente.
BALKANIQUE (*balkanik*), adj. Balcânico.
BALLADE (*balad*), s.f. Balada.
BALLANT, E (*balan, t*), adj Oscilante.
BALLAST (*balaçt*), s.m. Balastro.
BALLASTAGE (*balaçtaj*), s.m. Balastragem.
BALLASTER (*balaçtê*), v.t. Balastrar.
BALLE (*bal*), s.f. Bola; bala; pacote. *Enfant de la balle,* pessoa educada na profissão de seu pai. *Saisir la balle au bond,* aproveitar a ocasião.
BALLER (*balê*), v.i. Bailar, dançar; saltar.
BALLERINE (*balərin'*), s.f. Bailarina.
BALLET (*balé*), s.m. Bailado.
BALLON (*balon*), s.m. Balão; aeróstato. Recipiente metálico que contém a água quente de um apartamento ou de uma casa; globo; bola. *Ballon-sonde,* balão-sonda. *Un ballon d'essai,* um balão de ensaio.
BALLONNÉ, E (*balonê*), adj. Inchado; abalonado.
BALLONNEMENT (*balonəman*), s. m. Inchação.
BALLONNET (*baloné*), s.m. Balãozinho.
BALLONNIER (*balonié*), s.m. Vendedor, fabricante de balões.
BALLOT (*balô*), s.m. Pacote, balote.
BALLOTE (*balót*), s.f. *Bot.* Balota.
BALLOTTADE (*balotad*), s.f. Salto de cavalo.
BALLOTTAGE (*balotaj*), s.m. Balanço, agitação. Resultado negativo de uma eleição em que nenhum dos candidatos obteve maioria absoluta.
BALLOTTE (*balót*), s.f. Balinha.
BALLOTTEMENT (*balotman*), s.m. Balanço, sacudimento.
BALLOTTER (*balotê*), v. t. Balançar, agitar, sacudir.
BALLOTTIN (*baloten*), s.m. Pacote pequeno.
BALLOTTINE (*balotin'*), s.f. Prato frio com gelatina.
BALLUCHON ou **BALUCHON** (*balüchon*), s.m. *Fam.* Trouxa.
BALNÉAIRE (*balnêér*), adj. Balnear.
BALNÉATION (*balnêaçion*), s.f. Balneação.
BALNÉATOIRE (*balnêatuar*), adj. Balneatório.
BALNÉOTHÉRAPIE (*balnêotêrapi*), s. f. Balneoterapia.
BALOURD, E (*balur, d*), adj. Balordo.
BALOURDISE (*balurdiz*), s.f. Estupidez, grosseria.
BALSA (*balzá*), s.m. Balsa (madeira).

BALSAMIER ou **BAUMIER** (*balzamiê* ou *bômiê*), s.m. Balsameiro.
BALSAMIFÈRE (*balzamifér*), adj. Balsamífero.
BALSAMINE (*balzamin'*), s.f. Balsamina.
BALSAMIQUE (*balzamik*), adj. Balsâmico.
BALSAMITE (*balzamit*), s.f. *Bot.* Balsamita.
BALTE (*balt*), adj. Báltico.
BALUCHON (*balüchon*), s.m. V. **BALLUCHON**.
BALUSTRADE (*balüçtrad*), s. f. Balaustrada.
BALUSTRE (*balüçtr*), s.m. Balaústre.
BALUSTRER (*balüçtrê*), v.t. Balaustrar.
BALZACIEN, ENNE (*balzaçien, én'*), adj. Balzaquiano (de Balzac).
BALZAN, E (*balzan, an'*), adj. e s. Que tem manchas brancas nos pés (cavalo).
BALZANE (*balzan'*), s.m. Barrete.
BAMBIN, E (*banben, in'*), s. *Fam.* Criancinha.
BAMBOCHADE (*banbochad*), s. f. Bambochada.
BAMBOCHE (*banbóch*), s.f. Marionete. *Fam.* Orgia; pessoa disforme.
BAMBOCHER (*banbochê*), v. i. Bambochar.
BAMBOCHEUR, EUSE ou **BAMBOCHARD, E** (*banbochër, ëz* ou *banbochar, d*), adj. e s. *Pop.* Libertino, aquele que bambocha.
BAMBOU (*banbu*), s.m. Bambu.
BAMBOULA (*banbulá*), s.f. Bambula.
BAN (*ban*), s. m. Proclama, anúncio. Exílio; aplausos. *Être en rupture de ban*, estar em infração.
BANAL, E, ALS, AUX (*banal, ô*), adj. Banal.
BANALEMENT (*banalman*), adv. Banalmente.
BANALISER (*banalizê*), v. t. Banalizar.
BANALITÉ (*banalitê*), s. f. Banalidade.
BANANE (*banan'*), s.f. Banana.
BANANERAIE ((*bananəré*), s. f Bananal.
BANBAN (*banban*); adj. e s. *Pop.* Côxo.
BANC (*ban*), s.m. Banco.
BANCAIRE (*bankér*), adj. Bancário.
BANCAL, E, ALS (*bankal*), adj. e s. Cambado. espada curva.
BANCOULIER (*bankuliê*), s. m. V. **ALEURITE**.
BANCROCHE (*bankróch*), adj. e s. Cambado, torto.
BANDAGE (*bandaj*), s.m. Bandagem.
BANDAGISTE (*bandajiçt*), s. m. Aquele que vende ou faz bandagem.
BANDE (*band*), s. f. Bandagem, atadura; faixa; banda.
BANDE (*band*), s. m. Bando. *Faire bande à part*, manter-se afastado, à parte.
BANDÉ (*bandê*), adj. *Heráld.* Bandado.
BANDEAU (*bandô*). s. m. Venda; cegueira. Pl. Bandó. Pl: *des bandeaux*.
BANDELETTE (*bandəlét*), s. f. Faixinha.
BANDER (*bandê*), v. t. Bandar; vendar; enfaixar; retesar.
BANDERILLE (*bandərii*), s. f. Bandarilha.
BANDEROLE (*bandəról*), s. f. Bandeirola.
BANDIÈRE (*bandiér*), s. f. Bandeira de navio.
BANDIT (*bandi*), s.m. Bandido.
BANDITISME (*banditiçm*), s.m. Banditismo.
BANDOULIÈRE (*banduliér*), s.f. Bandoleira. *En bandoulière*, loc. adv. A tiracolo.
BANIAN (*banian*), s.m. Membro de uma seita bramanista. Figueira da Índia.
BANJO (*banjô*), s.m. Banjo.
BANLIEUE (*banliē*), s. f. Subúrbio.
BANLIEUSARD (*baliëzar*), s.m. Suburbano.
BANNE (*ban'*), s. f. Carreta para carvão; cesta de vime; toldo.
BANNER (*banê*), v. t. Toldar.
BANNETTE (*banét*), s. f. Cesta de vime pequena.
BANNI, E (*bani*), adj. e s. Banido, expatriado. *Fig.* Afastado.
BANNIÈRE (*baniér*), s.f.Bandeira; partido. *Fig. La croix et la bannière*, o máximo de formalidade.
BANNIR (*banir*), v.t. Banir; afastar.
BANNISSEMENT (*baniçman*), s. m. Banimento.
BANQUE (*bank*), s. m. Banco.
BANQUER (*bankê*), v. tr. Guarnecer de bancos uma embarcação.
BANQUEROUTE (*bankərut*), s. f. Bancarrota.
BANQUEROUTIER, ÈRE (*bankərutiê, ér*), adj. Bancarroteiro.
BANQUET (*banké*), s. m. Banquete.
BANQUETER (*bankətê*), v. i. (Dobra-se o *t* antes de sílaba muda: *il banquette.*) Banquetear.
BANQUETTE (*bankét*), s. f. Banco estofado sem encosto; banco.
BANQUIER, ÈRE (*bankiê, ér*), s. Banqueiro.
BANQUISE (*bankiz*), s. f. Banquisa
BAOBAB (*baobá*), s. m. Baobá.
BAPTÊME (*batém'*), s. m. Batismo.
BAPTISER (*batizê*), v. t. Batizar.
BAPTISMAL, E, AUX (*batiçmal, ô*), adj. Batismal. *Fonts baptismaux*, pia batismal.
BAPTISTAIRE (*batictér*). adj. Batismal.
BAPTISTE (*batiçt*), s. Batista.

BAPTISTÈRE (*batiçtér*), s. m. Batistério.
BAQUET (*baké*), s. m. Tina.
BAQUETER (*baktê*), v. t. (Dobra-se o *t* antes de sílaba muda: *je baquette.*) Retirar água de uma tina.
BAR (*bar*), s. m. Bar. V. **BARD**.
BARACHOIS (*barachuá*), s. m. Pequeno porto natural. Pl.: *des barachois.*
BARAGOUIN (*baraguen*), s. m. Linguagem incompreensível, algaravia.
BARAGOUINAGE (*baraguinaj*), s. m. *Fam.* Modo de falar incompreensível e confuso.
BARAGOUINER (*baraguinê*), v. t. e i. Falar mal uma língua, algaraviar.
BARAGOUINEUR, EUSE (*baraguinĕr, ĕz*), s. Aquele que fala mal uma língua.
BARALIPTON (*baralipton*), s. m. Baralipto.
BARAQUE (*barak*), s. f. Barraco. *Fig.* Casa mal arrumada.
BARAQUEMENT (*barakman*), s. m. Barracamento.
BARAQUER (*barakê*), v. t. e i. Abarracar.
BARATTAGE (*barataj*), s. m. Ação de bater o leite para fazer manteiga.
BARATTE (*barat*), s. f. Batedeira.
BARATTER (*baratê*), v. t. Bater o leite para fazer manteiga.
BARBACANE (*barbakan'*), s. f. Barbacã.
BARBACOLE (*barbakól*), s. m. Professor pedante.
BARBANT, E (*barban, t*), adj. *Pop.* Chato, maçante.
BARBARE (*barbar*), adj. e s. Bárbaro.
BARBAREMENT (*barbarman*), adv. Barbaramente.
BARBARESQUE (*barbaréçk*), adj. Barbaresco.
BARBARIE (*barbari*), s. f. Barbaria.
BARBARISER (*barbarizê*), v. t. Barbarizar.
BARBARISME (*barbariçm*), s. m. Barbarismo.
BARBE (*barb*), s. f. Barba; fiapos. *Pop.* Chateação. *Fig. Rire dans sa barbe,* rir interiormente. *Faire la barbe à,* enganar, vencer. *À la barbe de,* loc. prep. Às barbas de, em presença de; apesar de.
BARBEAU (*barbô*), s. m. Barbo. Pl.: *des barbeaux.*
BARBELÉ, E (*barbəlê*), adj. Farpado; dentado.
BARBELURE (*barbəlür*), s. f. Farpa.
BARBER (*barbê*), v. t. *Pop.* Chatear. **SE BARBER**, v pr. Chatear-se.
BARBET, ETTE (*barbé, ét*), s. e adj. Espécie de cão de pelos compridos. S. m. Contrabandista dos Alpes.
BARBETTE (*barbét*), s. f. Barbete.
BARBICHE (*barbich*), s. f. Barbicha; pêra.
BARBIER (*barbiê*), s. m. Barbeiro.
BARBIFIER (*barbifiê*), v. t. (Conjuga-se como *prier*). *Fam.* Barbear.
BARBILLE (*barbii*), s. f. Rebarba das moedas.
BARBILLON (*barbiion*), s. m. Barbilhão.
BARBITURIQUE (*barbitürik*), adj. *Quím.* Barbitúrico.
BARBON (*barbon*), s. m. Homem de idade avançada.
BARBOTAGE (*barbotaj*), s. m. Ação de patinhar.
BARBOTE (*barbot*), s. m. Barboto.
BARBOTEMENT (*barbotman*), s. m. Ação de patinhar.
BARBOTER (*barbotê*), v i. Patinhar, chafurdar. *Fig.* Falar com dificuldade. *Gír.* Roubar.
BARBOTEUR, EUSE (*barbotĕr, ĕz*), s. m. Pessoa que patinha; pato doméstico. S. f. Sunga.
BARBOTIÈRE (*barbotiér*), s. f. Charco para os patos.
BARBOUILLAGE (*barbuiaj*), ou **BARBOUILLIS** (*barbuii*), s. m. Borradura; má feitura; rabisco. *Fig.* Discurso confuso. Pl.: *des barbouillis.*
BARBOUILLER (*barbuiê*), v. t. Sujar; rabiscar; garatujar.
BARBOUILLEUR, EUSE (*barbuiĕr, ĕz*), s. Aquele que suja, rabisca. *Fig.* Mau pintor, mau escritor.
BARBU, E (*barbü*), adj. Barbado.
BARBUE (*barbü*), s. f. Espécie de rodovalho.
BARCAROLLE (*barkaról*), s. f. Barcarola.
BARCASSE (*barkaç*), s. f. Barcaça.
BARCELONNETTE (*barçəlonét*), s. f. V. **BERCELONNETTE**.
BARD ou **BAR** (*bar*), s.m. Padiola.
BARDA (*bardá*), s.m. *Pop.* Mochila.
BARDAGE (*bardaj*), s.m. Transporte por meio de padiola.
BARDANE (*bardan'*), s.f. *Bot.* Bardana.
BARDE (*bard*), s.m. Bardo.
BARDE (*bard*), s.f. Barda.
BARDÉ, E (*bardê*), adj. Bardado.
BARDEAU (*bardô*), s.m. Telha de madeira. Pl.: *des bardeaux.*
BARDELLE (*bardél*), s.f. Sela de lona e de crina.
BARDER (*bardê*), v.t. Bardar. Transportar de padiola.
BARDEUR (*bardĕr*), s.m. Padioleiro.
BARDIS (*bardi*), s.m. Estiva de navio. Pl.: *des bardis.*
BARDOT ou **BARDEAU** (*bardô*), s. m. Mulo. Pl.: *des bardots* ou *bardeaux.*
BARÈME (*barém'*), s.m. Tabela; escala.
BARÉTER (*barêtê*), v. i. (Conjuga-se como *accélérer.*) Urrar (o elefante).

BARGE (*barj*), s.f. Barcaça de vela quadrada; meda de feno retangular.
BARGUETTE (*barghét*), s. f. Barcaça pequena.
BARGUIGNAGE (*barghinhaj*), s. m. Hesitação.
BARGUIGNER (*barghinhê*), v. i. Hesitar a tomar partido.
BARGUIGNEUR, EUSE (*barghinhĕr, ëz*), adj. Indeciso, hesitante.
BARICAUT (*barikô*), s.m. Barril pequeno.
BARIL (*bari*), s.m. Barril.
BARILLAGE (*bariiaj*), s. m. Ação de encher um barril.
BARILLET (*bariié*), s. m. Barril pequeno; tambor de relógio e de revólver.
BARIOLAGE (*bariolaj*), s.m. Confusão de cores.
BARIOLÉ, E (*bariolê*), adj. Matizado.
BARIOLER (*bariolê*), v. t. Matizar.
BARIOLURE (*bariolür*), s.f. Matização viva.
BARLONG, UE (*barlon, g*), adj. Oblongo.
BARNABITE (*barnabit*), s.m. Barnabita.
BARNACHE (*barnach*), s.f.V. **BERNACLE**.
BAROGRAPHE (*barograf*), s.m. Barógrafo.
BAROMÈTRE (*barométr*), s. m. Barômetro.
BAROMÉTRIQUE (*baromêtrik*), adj. Barométrico.
BARON (*baron*), s.m. Barão.
BARONIE (*baroni*), s.f. Baronia.
BARONNAGE (*baronaj*), s.m. Qualidade de barão.
BARONNE (*barón'*), s.f. Baronesa.
BARONNET (*baroné*), s.m. Baronete.
BAROQUE (*barók*), adj. Barroco.
BAROSCOPE (*baroçkóp*), s.m. Baroscópio.
BAROTHERMOGRAPHE (*barotérmograf*), s.m. Barotermógrafo.
BAROUF ou **BAROUFLE** (*baruf* ou *barufl*), s.m. *Pop.* Alvoroço, barulho.
BARQUE (*bark*), s.f. Barca. ***Mener bien sa barque,*** dirigir bem seus negócios.
BARQUEROLLE (*barkəról*), s.f. Barquinha.
BARQUETTE (*barkét*), s.f. Barquinha.
BARRAGE (*baraj*), s.m. Barragem, barreira.
BARRE (*bar*), s.f. Barra. ***Avoir barre sur,*** controlar. *Esp.* ***Barres asymétriques,*** barras assimétricas. ***Barres symétriques,*** barras simétricas.
BARRÉ, E (*barê*), adj. Riscado.
BARREAU (*barô*), s.m. Barra pequena. Advocacia, banco dos advogados. Pl.: *des barreaux.*
BARRER (*barê*), v.t. Trancar, barrar, riscar, apagar.
BARRETTE (*barét*), s. m. Barrete.
BARREUR (*barĕr*), s.m. Timoneiro.
BARRICADE (*barikad*), s.f. Barricada.
BARRICADER (*barikadê*), v.t. Formar barricadas; trancar. **SE BARRICADER**, v. pr. Entricheirar-se; trancar-se.
BARRIÈRE (*bariér*), s.f. Barreira.
BARRIQUE (*barik*), s.m. Barrica.
BARRIR (*barir*), v. i. Urrar (o elefante).
BARRIT ou **BARRISSEMENT** (*bari* ou *bariçman*), s.m. Urro.
BARTAVELLE (*bartavél*), s.f. Bartavela.
BARYCENTRE (*bariçantr*), s.m. Baricentro.
BARYE (*bari*), s. f. Unidade de pressão.
BARYMÉTRIE (*barimêtri*), s.f. Barimetria.
BARYSPHÈRE (*bariçfér*), s. f. Barisfera.
BARYTE (*barit*), s.f. *Quím.* Barita.
BARYTINE (*baritin'*), s.f. *Quím.* Baritina.
BARYTON (*bariton*), s. m. Baritono.
BARYUM (*barióm'*), s. m. *Quím.* Bário.
BAS, BASSE (*ba, baç*), adj. Baixo, fraco. *Temps bas,* tempo ameaçador. *Avoir l'oreille basse,* ser humilhado. *Bas âge,* primeira infância. ***Mettre bas les armes,*** renunciar à luta. ***Mettre bas,*** parir (animais). ***Mettre à bas,*** pôr abaixo, destruir. ***En bas, par en bas,*** loc. adv. No fundo, lá embaixo. S. m. Parte inferior. Meia. ***Bas de laine,*** economias.
BASAL, E, AUX (*bazal, ô*), adj. Basal.
BASALTE (*bazalt*), s. m. Basalto.
BASALTIQUE (*bazaltik*), adj. Basáltico.
BASANE (*bazan'*), s. f. Carneira (pele de carneiro curtida).
BASANER (*bazanê*), v. t. Bronzear, tostar.
BAS-BLEU (*bablë*), s. m. Autora pretensiosa e pedante. Pl.: ***des bas-bleus.***
BAS-CÔTÉ (*bakotê*), s. m. Nave lateral. Pl.: ***des bas-côtés.***
BASCULE (*baçkül*), s. f. Báscula; balança.
BASCULEMENT (*baçkülman*), s. m. Balanço, oscilação.
BASCULER (*baçkülê*), v. t. Balançar, oscilar; cair.
BAS-DESSUS (*badéçü*), s. m. ***Mús.*** Meio-soprano. Pl.: ***des bas-dessus.***
BASE (*baz*), s. f. Base.
BASE-BALL (*béçbôl*), s. m. Beisebol.
BASELLE (*bazél*), s. f. *Bot.* Basela.
BASER (*bazê*), v. t. Basear, fundamentar. **SE BASER**, v. pr. Basear-se.
BAS-FOND (*bafon*), s. m. Baixio. ***Fig.***

Classe baixa da população. Pl.: *des bas-fonds.*
BASICITÉ (*basiçitê*), s. f. Basicidade.
BASIDIOMYCÈTES (*bazidiomiçét*), s. m. pl. Basidiomicetes.
BASILAIRE (*basilér*), adj. *Anat.* Basilar.
BASILIC (*bazilik*), s. m. Basilisco.
BASILIQUE (*bazilik*), s. f. Basílica.
BASIN (*bazen*), s. m. Basim.
BASIQUE (*basik*), adj. *Quím.* Básico.
BASKET-BALL (*baçkétbôl*), s. m. Basquetebol.
BASKETTEUR, EUSE (*baçketĕr, ëz*), s. Jogador de basquetebol.
BASQUAISE (*baçkéz*), s. f. Biscainha.
BASQUE (*baçk*), s. f. Aba de certas peças de vestuário.
BASQUE (*baçk*), adj. e s. Basco, biscainho.
BASQUET (*baçké*), s. m. Caixote para frutas.
BASQUINE (*baçkin'*), s. f. Saia enfei tada.
BAS-RELIEF (*barəliéf*), s. m. Baixo-relevo. Pl.: *des bas-reliefs.*
BASSE (*baç*), s. f. *Mús.* Baixo; voz de baixo; instrumento de som grave.
BASSE (*baç*), s. f. Baixio.
BASSE-CONTRE (*baçkontr*), s. f. *Mús.* Contrabaixo. Pl.: *des basses-contre.*
BASSE-COUR (*baçkur*), s. f. Galinheiro. Pl. *des basses-cours.*
BASSE-COURIER, ÈRE (*baçkuriê, ér*), s. Pessoa encarregada de cuidar do galinheiro. Pl.: *des basses-couriers, ères.*
BASSE-FOSSE (*baçfóç*), s. f. Masmorra. Pl.: *des basses-fosses.*
BASSEMENT (*baçman*), adv. Baixamente, vilmente.
BASSESSE (*baçéç*), s. f. Baixeza.
BASSET (*baçé*), s. m. Cão perdigueiro de pernas curtas.
BASSE-TAILLE (*baçtaii*), s. f. Voz de homem entre o barítono e o baixo. Pl.: *des basses-tailles.*
BASSIN (*baçen*), s. m. Bacia; tanque; pia; comadre (urinol); fosso com água; jazida.
BASSINAGE (*baçinaj*), s. m. Regadura ligeira. Aquecimento de uma cama.
BASSINE (*baçin'*), s. f. Tacho.
BASSINÉE (*baçinê*), s. f. O conteúdo de um tacho.
BASSINEMENT (*baçinəman*), s. m. Aquecimento de uma cama.
BASSINER (*baçinê*), v. t. Aquecer uma cama. Regar ligeiramente. *Pop.* Enfadar, fatigar.
BASSINOIRE (*baçinuar*), s. f. Esquentador de cama.
BASSISTE (*baçiçt*), s. m. Músico que toca o baixo.
BASSON (*baçon*), s. m. *Mús.* Baixão.
BASSONISTE (*baçoniçt*), s. m. ou **BASSON** (*baçon*), Aquele que toca baixão.
BASTE! (*baçt*), interj. Indica indiferença e desdém.
BASTIDE (*baçtid*), s. f. Casa de campo provençal.
BASTILLE (*baçtii*), s. f. Bastilha.
BASTING (*baçten'*), s. m. Barrote.
BASTINGAGE (*baçtengaj*), s. m. Pavesada.
BASTINGUER (*baçtenghê*), v. t. Pavesar.
BASTION (*baçtion*), s. m. Bastião.
BASTIONNER (*baçtionê*), v. t. Guarnecer com bastiões.
BASTONNADE (*baçtonad*), s. f. Bastonada.
BASTRINGUE (*baçtreng*), s. m. *Pop.* Baile de taberna.
BASTUDE ou **BATTUDE** (*baçtüd* ou *batüd*), s. f. Rede de pescar nas lagoas salgadas.
BAS-VENTRE (*bavantr*), s. m. Baixo-ventre. Pl.: *des bas-ventres.*
BÂT (*bá*), s. m. Albarda.
BATACLAN (*bataklan*), s. m. *Fam.* Trastes incômodos e inúteis.
BATAILLE (*bataii*), s. f. Batalha. *Livrer bataille,* lutar.
BATAILLER (*bataiê*), v. i. Batalhar.
BATAILLEUR, EUSE (*bataiĕr, ëz*), adj. e s. Batalhador.
BATAILLON (*bataion*), s. m. Batalhão.
BATARD, E (*batar, d*), adj. e s. Bastardo.
BATARDEAU (*batardô*), s.m. Dique provisório. Pl.: *des batardeaux.*
BÂTARDISE (*batardiz*), s.f. Bastardia.
BATAVE (*batav*), s. e adj. Batavo.
BATAVIA (*bataviá*), s.f. Variedade de alface.
BATAVIQUE (*batavik*), adj. Batávico.
BÂTÉ, E (*batê*), adj. Albardado.
BATEAU (*batô*), s. m. Barco; navio. *Fam.* Mistificação. Pl.: *des bateaux.*
BATÉ ou **BATTÉE** (*batê*), s.f. Bateia.
BATELAGE (*batlaj*), s.m. Profissão de saltimbanco. Taxa paga a um barqueiro.
BATELÉE (*batlê*), s.f. Batelada.
BATELER (*batlê*), v.t. (Dobra-se o *l* antes de sílaba muda: *je batelle, nous batellerons.*) Transportar por navio. V.i. Fazer-se de saltimbanco.
BATELET (*batlé*), s. m. Barquinho.
BATELEUR, EUSE (*batlĕr, ëz*), s. Saltimbanco, bufão.
BATELIER, ÈRE (*batliê, ér*), s. Barqueiro.
BATELLERIE (*batélri*), s.f. Conjunto de batéis de uma via fluvial. Organização do transporte por meio de batéis.
BÂTER (*batê*), v. t. Albardar.
BATH (*bat*), adj. *Pop.* Formidável.
BATHYMÉTRIE (*batimêtri*), s.f. ou

BATHOMÉTRIE (*batomêtri*), s. f. Batimetria.
BATHYSCAPHE (*batiçkaf*), s.m. Batiscafo.
BATHYSPHÈRE (*batiçfér*), s.f. Batisfera.
BATI (*bati*), s.m. Armação.
BATIFOLAGE (*batifolaj*), s.m. *Fam.* O brincar, o folgar.
BATIFOLEUR, EUSE (*batifolĕr, ëz*), s. Brincalhão, galhofeiro.
BATIK (*batik*), s.m. Processo de decoração de tecidos.
BATIMENT (*batiman*), s. m. Edifício; navio.
BÂTIR (*batir*), v.t. Edificar; construir; fundar; estabelecer. Alinhavar.
BÂTISSE (*batiç*), s. f. Alvenaria; construção.
BÂTISSEUR, EUSE (*batiçĕr, ëz*), s. Edificador; construtor.
BATISTE (*batiçt*), s.f. Cambraia.
BÂTON (*baton*), s.m. Bastão, pau, bengala. *Mettre des bâtons dans les roues,* suscitar obstáculos. *Bâton de vieillesse,* arrimo da velhice. *À bâtons rompus,* loc. adv. Sem plano e em desordem.
BÂTONNAT (*batoná*), s.m. Dignidade do chefe da ordem dos advogados.
BÂTONNER (*batonê*), v. t. Dar pauladas: espancar; cancelar; riscar.
BÂTONNET (*batoné*), s. m. Bastão pequeno; palito.
BÂTONNIER (*batoniê*), s. m. Bastonário; chefe da ordem dos advogados.
BATRACIENS (*batraçien*), s. m. pl. *Zool.* Batráquios.
BATTAGE (*bataj*), s.m. Batedura; debulha.
BATTANT (*batan*), s.m. Badalo; batente.
BATTANT, E (*batan, t*), adj. Que bate. *Pluie battente,* pancada de chuva. *Tambour battant,* a toque de caixa. *Battant neuf,* novo em folha.
BATTE (*bat*), s.f. Batedeira. Ação de bater.
BATTÉE (*batê*), s. f. Batente; bateia.
BATTELLEMENT (*batélman*), s.m. Dupla ordem de telhas embaixo do telhado.
BATTEMENT (*batman*), s.m. Ação de bater; batedura; pancada; pulsação; toque. *Battements de mains,* palmas.
BATTERIE (*batəri*), s. f. Pancadaria; bateria. Pl. Planos.
BATTEUR, EUSE (*batĕr, ëz*), s. Batedor. s.f. Debulhador.
BATTITURES (*batitür*), s. f. pl. Chispas.
BATTOIR (*batuar*), s.m. Pá de bater roupa. *Pop.* Mão grande.
BATTOLOGIE (*batoloji*), s.f. Batologia.
BATTRE (*batr*), v. t. (*Je bats, nous battons. Je battais. Je battis. Je battrai. Je battrais. Bats, battons, battez. Que je batte. Que je battisse, qu'il battît. Battant. Battu, e.*) Bater; vencer; atacar. *Battre le pavé,* flanar. *Battre des mains,* aplaudir. *Battre monnaie,* cunhar moeda. *Battre les cartes,* embaralhar as cartas. *Battre la campagne,* divagar. *Battre là semelle,* bater pernas. *Battre froid à,* fazer gelo com. **SE BATTRE**, v. pr. Bater-se, lutar.
BATTU, E (*batü*), adj. Batida; trilhado. *Avoir les yeux battus,* ter olheiras.
BATTUE (*batü*), s.f. Batida (caça).
BAU (*bô*), s.m. *Mar.* Viga que sustenta a coberta do navio. Pl.: *des baux.*
BAUDELAIRIEN, ENNE (*bôdlérien, én'*), adj. Baudelairiano.
BAUDET (*bôdé*), s. m. Asno.
BAUDRIER (*bôdriê*), s. m. Boldrié.
BAUDROIE (*bôdruá*), s. f. Xarroco.
BAUGE (*bôj*), s. f. Covil do javali; chiqueiro.
BAUGUE (*bôg*), ou **BAUQUE** (*bôk*), Planta marinha utilizada na fabricação de colchões.
BAUME (*bôm'*), s. m. Bálsamo. *Fig.* Bálsamo, consolação.
BAUME (*bôm'*), ou **BALME** (*balm*), s.f. Grota.
BAUMIER (*bômiê*), s.m. V. **BALSAMIER.**
BAUQUIÈRE (*bôkiér*), s. f. *Mar.* Cosseira.
BAUXITE (*bôkçit*), s.f. Bauxita.
BAVARD, E (*bavar, d*), adj. Tagarela; indiscreto.
BAVARDAGE (*bavardaj*), s.m. Tagarelice.
BAVARDER (*bavardê*), v.i. Tagarelar; ser indiscreto.
BAVAROIS, E (*bavaruá, z*), adj. e s. Bávaro.
BAVE (*bav*), s.f. Baba.
BAVER (*bavê*), v.i. Babar-se.
BAVETTE (*bavét*), s.f. Babador. *Tailler une bavette,* tagarelar.
BAVEUX, EUSE (*bavĕ, ëz*), adj. Baboso. *Omelette baveuse,* omeleta pouco frita.
BAVOCHER (*bavochê*), v.i. Imprimir sem nitidez.
BAVOCHEUX, EUSE (*bavochĕ, ëz*), adj. Mal impresso; sem nitidez.
BAVOIR (*bavuar*), s.m. Babador.
BAVOLET (*bavolé*), s. m. Espécie de coifa de camponesa.
BAVURE (*bavür*), s.f. Rebarba.
BAYADÈRE (*baiadér*), s. f. Bailadeira indiana. Adj De listras multicores.
BAYART (*baiar*), s.m. V. **BARD.**

BAYER (*baiê*), v.i. (Conjuga-se como *balayer*.) Embasbacar-se. *Fam. Bayer aux corneilles*, embasbacar-se estupidamente.

BAZAR (*bazar*), s.m. Bazar.

BAZARDER (*bazardê*), v. t. *Pop.* Vender.

BEAGLE (*bigl*), s. m. Cão inglês de pernas curtas e orelhas caídas.

BÉANT, E (*bêan, t*), adj. Escancarado; boquiaberto

BÉARNAIS, E (*bêarné, z*), adj. e s. Bearnês.

BÉAT, E (*bêá, t*), adj. e s. Beato.

BÉATEMENT (*bêatman*), adv. Beatamente.

BÉATIFICATION (*bêatifikaçion*), s.f. Beatificação.

BÉATIFIER (*bêatifiê*), v. t. (Conjuga-se como *prier*.) Beatificar.

BÉATIFIQUE (*bêatifik*), adj. Beatífico.

BÉATITUDE (*bêatitüd*), s. f. Beatitude.

BEAU, BEL, BELLE (*bô, bél*), adj. Bonito, formoso, agradável, belo. *Avoir beau faire*, agir inutilmente. *La donner* ou *la bailler belle à*, enganar. *Il serait beau voir*, seria estranho. Loc. adv.: *L'échapper belle*, escapar por um triz; *tout beau*, devagar; *bel et bien*, inteiramente; *fam. de plus belle*, cada vez mais. S. f. Negra, a partida que desempata no jogo.

BEAUCOUP (*bôku*), adv. Muito. Loc. adv.: *De beaucoup*, de muito; *à beaucoup près*, muito ao contrário. *Être pour beaucoup dans*, ter muita influência em.

BEAU-FILS (*bôfiç*), s.m. Genro; enteado. Pl.: *des beaux-fils*.

BEAU-FRÈRE (*bôfrér*), s. m. Cunhado; concunhado. Pl.: *des beaux-frères*.

BEAU-PÈRE (*bôpér*), s. m. Padrasto; sogro. Pl.: *des beaux-pères*.

BEAUPRÉ (*boprê*), s. m. Gurupés.

BEAUTÉ (*bôtê*), s. f. Beleza, lindeza. *Fam. Se faire une beauté*, arrumar-se.

BEAUX-ARTS (*bôzar*), s.m.pl. Belas-artes.

BEAUX-PARENTS (*bôparan*), s. m. pl. Sogros.

BÉBÉ (*bêbê*), s. m. Nenê, criancinha; bebê.

BEC (*bék*), s. m. Bico. *Fam.* Rosto, boca. *Avoir bon bec*, falar muito. *Blanc bec*, fedelho. *Clore le bec à*, tapar a boca a. *Une prise de bec*, uma briga. *Se prendre de bec avec*, discutir, brigar.

BÉCANE (*bêkan'*), s. f. *Pop.* Bicicleta.

BÉCARRE (*bêkar*), s. m. *Mús.* Bequadro.

BÉCASSE (*bêkaç*), s. f. Galinhola. *Fam.* Idiota.

BÉCASSEAU (*bêkaçô*), s. m. Filhote de galinhola. Pl.: *des bécasseaux*.

BÉCASSINE (*bêkaçin'*), s.f. Narceja. *Fam.* Moça tola.

BEC-D'ANE (*békdan'*), s.m. V. **BEDANE**. Pl.: *des becs-d'âne* ou *bédanes*.

BEC-DE-CANE (*békdəkan'*), s. m. Maçaneta. Pl.: *des becs-de-cane*.

BEC-DE-CORBIN (*békdəkorban*), s. m. Nome de diversos instrumentos curvos. Pl.: *des becs-de-corbin*.

BEC-DE-LIÈVRE (*békdəlièvr*), s. m. Lábio leporino. Pl.: *des becs-de-lièvre*.

BECFIGUE ou **BEC-FIGUE** (*békfig*), s. m. Papa-figo. Pl.: *des becfigues* ou *becs-figues*.

BEC-FIN (*békfen*), s. m. Bico fino. Pl.: *des becs-fins*.

BÊCHAGE (*béchaj*), s. m. Ação de revirar a terra com pá.

BÉCHAMEL (*bêchamel*), s. f. Espécie de molho branco.

BÊCHE (*béch*), s. f. Pá.

BÊCHEMENT (*béchman*), s.m. Ação de revirar a terra com pá.

BÊCHER (*béchê*), v. t. Revirar a terra com pá, cavar.

BÊCHEUR, EUSE (*béchĕr, ëz*), s. Aquele que vira a terra com pá. *Pop.* Maledicente.

BÉCHIQUE (*bêchik*), adj. Béquico.

BÊCHOIR (*béchuar*), s. m. Enxada quadrada.

BÉCOT (*bêkô*), s. m. *Fam.* Beijoca.

BÉCOTER (*bêkotê*), v. t. *Fam.* Beijocar. **SE BÉCOTER**, v. pr. Beijocar-se.

BECQUÉE ou **BÉQUÉE** (*békê* ou *bêkê*), s. f. Bicada.

BECQUETAGE (*béktaj*), s. m. Ação de bicar.

BECQUETER ou **BÉQUETER** (*béktê* ou *bêktê*), v. t. Bicar; acariciar com o bico. *Pop.* Comer.

BEDAINE (*bədén'*), s. f. *Fam.* Pança.

BÉDANE (*bêdan'*), s. m. Bedame.

BEDEAU (*bədô*), s. m. Bedel de igreja ou de universidade. Pl.: *des bedeaux*.

BÉDEGAR ou **BÉDEGUAR** (*bêdgar*), s. m. Bedegar.

BEDON (*bədon*), s. m. Barriga redonda.

BEDONNER (*bədonê*), v. i. Criar barriga grande; engordar.

BÉDOUIN, E (*bêduen, in'*), adj. e s. Beduíno.

BÉE (*bê*), adj. f. Escancarada. *Rester bouche bée*, ficar boquiaberto.

BÉER (*bêê*), v. i. V. **BAYER**.

BEFFROI (*béfruá*), s. m. Torre com um sino para tocar a rebate.

BÉGAIEMENT (*bêghéman*), s. m. Gaguez.

BÉGARD (*bêgar*), s. m. Herege que vivia de esmolas (séc. XIII).

BÉGAYANT, E (*bêghéian, t*), adj. Gaguejante.

BÉGAYER (*bêghéiê*), v. i. (Conjuga-se como *balayer*.) Gaguejar, balbuciar.
BÉGAYEUR, EUSE (*bêghéiĕr, ëz*), s. e adj. Gago.
BÉGONIA (*bêgoniá*), s. m. *Bot.* Begônia.
BÉGONIACÉES (*bêgoniacê*), s. f. pl. *Bot.* Begoniáceas.
BÈGUE (*bég*), adj. e s. Gago.
BÉGUÈTEMENT (*bêghétman*), s. m. Balido da cabra.
BÉGUETER (*bêgtê*), v. i. (O *e* passa a *è* antes de sílaba muda: *il béguète.*) Balir.
BÉGUEULE (*bêghël*), s. f. *Fam.* Mulher que afeta virtude e modéstia.
BÉGUEULERIE (*bêghëlri*), s. f. ou **BÉGUEULISME** (*bêghëliçm*), s. f. Virtude fingida.
BÉGUIN (*bêghen*), s. m. Touca; touquinha de criança. *Fam.* Paixão de amor passageira; o objeto dessa paixão.
BÉGUINAGE (*béghinaj*), s. m. Convento de beguinas.
BÉGUINE (*bêghin'*), s. f. Beguina.
BEIGE (*béj*), adj. Bege.
BEIGNE (*bénh*), s. f. *Pop.* Bofetada.
BEIGNET (*bénhé*), s. m. Filhó.
BÉJAUNE (*béjôn*), s. m. *Falc.* Pássaro novo. *Fig.* Novato.
BEL (*bel*), adj. V. **BEAU**.
BÉLANDRE (*bêlandr*), s. f. *Mar.* Balandra.
BÊLEMENT (*bélman*), s. m. Balido.
BÊLER (*bélê*), s. Balir.
BELETTE (*bəlét*), s. f. Doninha.
BELGE (*bélj*), adj. e s. Belga.
BÉLIER (*bêliê*), s. m. Carneiro. Aríete. *Astron.* Áries.
BÉLIÈRE (*bêliér*), s. f. Sineta de carneiro. Anel de suspensão. Correia que prende o sabre.
BÉLITRE (*bêlitr*), s. m. Patife.
BELLADONE (*béladón'*), s. f. *Bot.* Beladona.
BELLÂTRE (*bélâtr*), adj. e s. Que tem beleza discutível.
BELLE-DAME (*béldam'*), s. f. *Bot.* Armole. *Ent.* Borboleta dos cardos. Pl.: *des belles-dames.*
BELLE-DE-JOUR (*béldəjur*), s. f. *Bot.* Bom-dia. Pl.: *des belles-de-jour.*
BELLE-DE-NUIT (*béldənüi*), s. f. *Bot.* Boa-noite. Pl.: *des belles-de-nuit.*
BELLE-D'ONZE-HEURES (*béldonzĕr*), s. f. *Bot.* Espécie de ornitógalo. Pl.: *des belles-d'onze-heures.*
BELLE-D'UN-JOUR (*béldënjur*), s. f. *Bot.* Nome vulgar do asfódilo. Pl.: *des belles-d'un-jour.*
BELLE-FILLE (*bélfii*), s. f. Nora. Enteada. Pl.: *des belles-filles.*
BELLEMENT (*bélman*), adv. Devagar, com moderação.
BELLE-MÈRE (*bélmér*), s. f. Sogra. Madrasta. Pl.: *des belles-mères.*
BELLE-PETITE-FILLE (*bélpətitfii*), s. f. Filha de enteado(a). Pl. *des belles-petites-filles.*
BELLES-LETTRES (*bél létr*), s. f. pl. Belas-letras.
BELLE-SŒUR (*bélçĕr*), s. f. Cunhada. Pl.: *des belles-sœurs.*
BELLICISME (*béliçiçm*), s. m. Belicismo.
BELLICISTE (*béliçiçt*), s. m. Belicista.
BELLIGÉRANCE (*bélijêranç*), s. f. Beligerância.
BELLIGÉRANT, E (*bélijêran, t*), adj. e s. Beligerante.
BELLIQUEUX, EUSE (*belikë, ëz*), adj. Belicoso.
BELLISSIME (*béliçim'*), adv. *Fam.* Belíssimo.
BELLOT, OTTE (*bélo, ót*), adj. Bonitinho.
BELLUAIRE (*bélüér*), s. m. Beluário.
BELOTE (*bəlót*), s. f. Jogo de cartas.
BELVÉDÈRE (*bélvêdér*), s. m. Belvedere.
BÉMOL (*bêmól*), s. m. *Mús.* Bemol.
BÉMOLISER (*bêmolizê*), v. t. Bemolizar.
BÉNARDE (*bênard*), s.f. Tipo de fechadura.
BENE (*bênê*), adv. *Fam.* Bem.
BÉNÉDICITÉ (*bênêdiçitê*), s. m. Benedicite.
BÉNÉDICTIN, E (*bênêdikten, in'*), s. Beneditino.
BÉNÉDICTION (*bênêdikçion*), s. f. Bênção. *Fig.* Prosperidade.
BÉNÉFICE (*bênêfiç*), s.m. Benefício.
BÉNÉFICIAIRE (*bênêfiçiér*), adj. e s. Beneficiário.
BÉNÉFICIAL, E, AUX (*bênêfiçial, ô*), adj. Beneficial.
BÉNÉFICIER (*bênêfiçiê*), s. m. Beneficiado (eclesiástico).
BÉNÉFICIER (*bénêficiê*), v. i. (Conjuga-se como *prier.*) Beneficiar.
BÉNÉFIQUE (*bênêfik*), adj. Benéfico.
BENÊT (*bəné*), adj. e s. m. Pobre de espírito.
BÉNÉVOLE (*bênêvól*), adj. Benévolo.
BÉNÉVOLEMENT (*bênêvolman*), adv. Benevolamente, favoravelmente.
BENGALE (*bangal*), *Feu de bengale.* V. **FEU**.
BÉNIGNITÉ (*bêninhitê*), s. f. Benignidade. Afabilidade.
BÉNIN, IGNE (*bênen, inh*), adj. Benigno, complacente, benévolo.
BÉNIR (*bênir*), v. t. (Este verbo tem 2 part. pass.: *béni, e* e *bénit, e.* Este último usa-se apenas para coisas consagradas por uma cerimônia religiosa.) Abençoar; benzer.
BÉNITIER (*bênitiê*), s.m. Pia de água benta.
BENJAMIN, E (*benjamen, in'*), s. Benjamim; caçula.

BENJOIN (*benjuen*), s.m. Benjoim.
BENNE (*bén'*), s. f. Cesto vindimo. Vagonete. Cesta.
BENOÎT, E (*bənuá, t*), adj. Abençoado; beato; simplório.
BENOÎTE (*bənuat*), s. f. *Bot.* Erva benta.
BENOÎTEMENT (*bənuatman*), adv. Beatamente; hipocritamente.
BENZÈNE (*benzén*), s. m. V: **BENZINE**.
BENZINE (*benzin'*), s. f. *Quím.* Benzina.
BENZOATE (*benzoat*), s. m. *Quím.* Benzoato.
BENZOÏQUE (*benzoik*), adj. m. *Quím.* Benzóico.
BENZOL (*benzól*), s. m. *Quím.* Benzol.
BÉOTIEN, ENNE (*bêoçien, én'*), adj. e s. Beócio.
BÉOTISME (*bêotiçm*), s. m. Estupidez.
BÉQUÉE (*bêkê*), s. f. V. **BECQUÉE**.
BÉQUETER (*bêktê*), v. t. V. **BECQUETER**.
BÉQUILLARD, E (*bêkiiar, d*), s. e adj. *Fam.* Aquele que anda de muletas.
BÉQUILLE (*bêkii*), s. f. Muleta; espeque.
BÉQUILLON (*bêkiion*), s. m. Muleta pequena.
BERBÈRE (*bérbér*), adj. e s. Berbere.
BERBÉRIDACÉES (*bérbêridaçê*), s. f. *Bot.* Berberidáceas.
BERCAIL (*bérkai*), s. m. Aprisco, rebanho (não é empregado no plural).
BERCEAU (*bérçô*), s. m. Berço. Pl.: *des berceaux*.
BERCELONNETTE ou **BARCELONNETTE** (*bérçəlonét* ou *barçəlonét*), s. f. Berço suspenso e móvel.
BERCEMENT (*bérçman*), s. m. Ação de berçar, embalar.
BERCER (*bérçê*), v. t. (O *c* toma uma cedilha antes de *a* e *o*: *il berça, nous berçons.*) Berçar, embalar.
BERCEUSE (*bérçëz*), s. f. Canção de ninar. Berço que se pode balançar.
BÉRET (*bêré*), s. m. Boina.
BERGAMOTE (*bérgamót*), s. f. Bergamota; perfumes extraídos da laranja; pêra.
BERGAMOTIER (*bérgamotiê*), s. m. Bergamoteiro.
BERGE (*bérj*), s. m. Margem. *Mar.* Chalupa estreita.
BERGER, ÈRE (*bérjê, ér*), s. Pastor. *L'étoile du Berger*, o planeta Vênus. S. f. Poltrona.
BERGERETTE (*bérjərét*), s. f Pastorinha. Lavandeira. *Mús.* Espécie de poema pastoral.
BERGERIE (*bérjəri*), s. f. Curral. *Fig.* Poema pastoral.
BERGERONNETTE (*bérjəronét*), s. f. Lavandeira.
BÉRIBÉRI (*bêribêri*), s. m. Beribéri.
BERLE (*bérl*), s. f. *Bot.* Rabaça.
BERLINE (*bérlin'*), s. f. Berlinda. Vagonete para carvão.
BERLINGOT (*bérlengô*), s.m. Berlinda pequena. Espécie de bombom.
BERLOQUE (*bérlók*), s. f. V. **BRELOQUE**.
BERLUE (*bérlüe*), s.f. Deslumbramento passageiro. *Avoir la berlue*, formar idéia errônea.
BERME (*bérm*), s.f. Caminho estreito à borda de fossos.
BERNACLE (*bérnakl*), **BERNACHE** (*bérnach*), ou **BARNACHE** (*barnach*), s.f. Ganso selvagem.
BERNARDIN, E (*bernarden, in'*), s. Bernardo.
BERNE (*bérn*), s.f. Ação de mantear. Zombaria. *Pavillon en berne*, bandeira a meio pau.
BERNEMENT (*bérnəman*), s. m. Ação de mantear. Zombaria.
BERNER (*bérnê*), v.t. Mantear. *Fig.* Zombar, enganar.
BERNEUR, EUSE (*bérnër, ëz*), s. Que manteia. Zombador, enganador.
BERNIQUE (*bérnik*), interj. *Pop.* Exprime esperança frustrada.
BERQUINADE (*bérkinad*), s.f. Literatura moralizadora.
BERRICHON, ONNE (*bérichon, ón'*), adj. e s. De Berry. (França).
BERTHE (*bért*), s.m. Capinha de senhora.
BÉRYL ou **BÉRIL** (*bêril*), s.m. Berilo.
BÉRYLLIUM (*bêriliόm'*), s. m. Berilo.
BESACE (*bezaç*), s. f. Alforje de mendigo.
BESAIGUË ou **BISAIGUË** (*bəzégü* ou *biségü*), s.f. Instrumento de carpinteiro de dois gumes.
BESET (*bəzé*), ou **BESAS** (*bəzaç*), s. m. Parelha de ases.
BESI (*bəzi*), s.m. Tipo de pêra.
BÉSI ou **BÉSY** (*bêzi*), s. m. V **BÉSIGUE**.
BÉSICLES (*bêzikl*), s.f.pl. Óculos antigos.
BÉSIGUE (*bêsig*), s.m. Besigue.
BESOGNE (*bəzónh*), s. f. Trabalho, tarefa. *Abattre de la besogne*, trabalhar muito. *Mâcher la besogne à*, facilitar a tarefa. *Aller vite en besogne*, andar depressa, trabalhar depressa.
BESOGNER (*bəzonhê*), v. i Trabalhar, cumprir uma tarefa.
BESOGNEUX, EUSE (*bəzonhë, ëz*), adj. e s. Necessitado.
BESOIN (*bəzuen*), s.m. Necessidade; po-

breza. *Au besoin,* loc. adv. Se for preciso. *Qu'est-il besoin de?,* qual a necessidade de? *Avoir besoin de,* precisar de.

BESSON, ONNE (*béçon, ón'*), adj. Gêmeo.

BESTIAIRE (*béçtiér*), s.m. Bestiário.

BESTIAL, E, AUX (*béçtial, ô*), adj. Bestial.

BESTIALEMENT (*béçtialman*), adv. Bestialmente.

BESTIALISER (*béçtializê*), v.t. Bestializar.

BESTIALITÉ (*béçtialitê*), s. f. Bestialidade.

BESTIAUX (*béçtiô*), s.m.pl. Gado.

BESTIOLE (*béçtiól*), s.f. Bichinho.

BEST-SELLER (*beçtçélĕr*), s.m. Best-seller.

BÊTA, TASSE (*béta, taç*), s. e adj. *Pop.* Estúpido.

BÉTAIL (*bêtąi*) s.m. Gado.

BÊTE (*bét*), s. f. Bicho, besta. *Bête de somme,* animal de carga. *Fig. Bête noire,* pessoa ou coisa que se detesta. *Bonne bête,* pobre-diabo. Adj. Estúpido.

BÉTEL (*bêtél*), s. m. *Bot.* Bètele.

BÊTEMENT (*bétman*), adv. Estupidamente.

BÊTIFIER (*bétifiê*), v. i. (Conjuga-se como *prier*). Bestificar.

BÊTISE (*bétiz*), s.f. Asneira, bobagem.

BÊTISER (*bétizê*), v.i. Dizer ou fazer asneiras.

BÉTOINE (*bêtuan'*), s.f. *Bot.* Betônica.

BÉTON (*bêton*), s. m. Concreto.

BÉTONNAGE (*bêtonaj*), s.m. Ação de construir com concreto.

BÉTONNER (*bêtonê*), v. t. Construir com concreto.

BÉTONNIÈRE (*bêtoniér*), s.f. Betoneira.

BETTE (*bét*), s.f. *Bot.* Acelga.

BETTERAVE (*bétərav*), s. f. Beterraba.

BETTERAVIER, ÈRE (*bétəraviê, ér*), adj. Relativo à beterraba.

BEUGLANT (*bëglan*), s. m. *Pop.* Café-concerto de baixa categoria.

BEUGLEMENT (*bëgləman*), s. m. Mugido.

BEUGLER (*bëglê*), v.i. Mugir. *Fig.* Gritar. *Pop.* v.i. Cantar muito alto.

BEURRE (*bĕr*), s. m. Manteiga. *Fam. Faire son beurre,* fazer seu benefício. *C'est du beurre sur mes* (*tes, ses, etc...*) *épinards,* é sopa no mel.

BEURRÉ (*bërê*), s. m. Pêra-manteiga.

BEURRÉE (*bërê*), s.f. Fatia de pão com manteiga.

BEURRER (*bĕrê*), v.t. Untar com manteiga.

BEURRERIE (*bĕrəri*), s. f. Indústria ou fábrica de manteiga.

BEURRIER, ÈRE (*bëriê, ér*), adj. Relativo à manteiga. S. Manteigueiro. S. m. Manteigueira.

BEUVERIE (*bëvəri*), s. f. Reunião onde se bebe muito.

BÉVUE (*bêvü*), s.f. Erro; equívoco.

BÉZOARD (*bêzoar*), s. m. Bezoar.

BIACIDE (*biaçid*), adj. Biácido.

BIAIS (*bié*), s.m. Viés, obliqüidade. *Fig.* Meio indireto. *En biais, de biais,* loc. adv. Enviesado, obliquamente. Pl.: *des biais.*

BIAIS, E (*bié, z*), adj. Enviesado, oblíquo.

BIAISER (*biézê*), v. i. Enviesar, obliquar. *Fig.* Proceder com dissimulação.

BIAISEUR, EUSE (*biézĕr, ëz*), s. m. Dissimulado.

BIATOMIQUE (*biatomik*), adj. V. **DIATOMIQUE.**

BIBASIQUE (*bibazik*), adj. *Quím.* Bibásico.

BIBELOT (*biblô*), s.m. Bibelô.

BIBELOTER (*biblotê*), v. i. Comprar bibelôs. Ocupar-se de coisas pequenas.

BIBELOTEUR, EUSE (*biblotĕr, ëz*), s. Colecionador de bibelôs.

BIBERON (*bibəron*), s. m. Mamadeira.

BIBLE (*bibl*), s.f. Bíblia.

BIBLIOGRAPHE (*bibliograf*), s. m. Bibliógrafo.

BIBLIOGRAPHIE (*bibliografi*), s. f. Bibliografia.

BIBLIOGRAPHIQUE (*bibliografik*), adj. Bibliográfico.

BIBLIOMANCIE (*bibliomançi*), s. f. Bibliomancia.

BIBLIOMANE (*biblioman'*), s. m. Bibliômano.

BIBLIOMANIE (*bibliomani*), s. f. Bibliomania.

BIBLIOPHILE (*bibliofil*), s. m. Bibliófilo.

BIBLIOPHILIE (*bibliofili*), s. f. Bibliofilia.

BIBLIOTHÉCAIRE (*bibliotêkér*), s. m. Bibliotecário.

BIBLIOTHÈQUE (*biblioték*), s. f. Biblioteca.

BIBLIQUE (*biblik*), adj. Bíblico.

BIBLORHAPTE (*biblorapt*), s. m. Encadernação móvel.

BICAMÉRISME (*bikamêriçm*), ou **BICAMÉRALISME** (*bikamêraliçm*), s. m. Sistema político de duas câmaras.

BICARBONATE (*bikarbonat*), s. m. *Quím.* Bicarbonato.

BICARBONATÉ, E (*bikarbonatê*), adj. *Quím.* Bicarbonado.

BICARRÉ, E (*bikarê*), adj. *Álg.* Biquadrado.

BICÉPHALE (*biçêfal*), adj. e s. Bicéfalo.

BICEPS (*biçépç*), s. m. e adj. *Anat.* Bíceps. *Fam. Avoir du biceps,* ter pulso.

BICHE (*bich*), s. f. Cerva.

BICHER (*bichê*), v. i. *Pop.* Estar bem.

BICHETTE (*bichét*), s. f. Corçazinha. *Fam.* Queridinha.
BICHLORURE (*biklorür*), s. m. *Quím.* Bicloreto.
BICHON, ONNE (*bichon, ón'*), s. Cãozinho de pêlo comprido.
BICHONNER (*bichonê*), v. t. Encrespar; enfeitar, arrumar, polir.
BICHROMATE (*bikromat*), s. m. *Quím.* Bicromado.
BICHROMATÉ, E (*bikromatê*), adj. *Quím.* Bicromatado.
BICOLORE (*bikolór*), adj. Bicolor.
BICONCAVE (*bikonkav*), adj. Bicôncavo.
BICONVEXE (*bikonvékç*), adj. Biconvexo.
BICOQUE (*bikók*), s. f. Casebre.
BICORNE (*bikórn*), adj. e s. m. Bicorne.
BICYCLE (*biçkl*), s. m. Biciclo.
BICYCLETTE (*biçiklét*), s. f. Bicicleta.
BIDENT (*bidan*), s. m. Bidente.
BIDENTÉ, E (*bidantê*), adj. Bidentado.
BIDET (*bidé*), s. m. Cavalinho. Bidê.
BIDOCHE (*bidóch*), s. f. *Pop.* Carne.
BIDON (*bidon*), s. m. Canjirão; lata de gasolina.
BIDONVILLE (*bidonvil*), s.m. Favela.
BIEF (*biéf*), s. m. Calha (de moinho). Porção de canal.
BIELLE (*biél*), s. f. Biela.
BIEN (*bien*), adv. Bem. *Vouloir bien*, aceitar, desejar. *Bien plus*, loc. adv. Muito mais. *Bien que*, loc. conj. Ainda que. *Si bien que*, de sorte que. *Et bien*, interj. Então.
BIEN-AIMÉ, E (*bienémê*), adj. e s. Bem-amado.
BIEN-DIRE (*biendir*), s. m. Linguagem elegante.
BIEN-DISANT, E (*biendizan*), adj. Bem-falante.
BIEN-ÊTRE (*bienétr*), s. m. Bem-estar, conforto.
BIEN-FAIRE (*bienfér*), s. m. Bem-fazer.
BIENFAISANCE (*bienfézanç*), s. f. Beneficência.
BIENFAISANT, E (*bienfézan, t*), adj. Beneficente.
BIENFAIT (*bienfé*), s. f. Benefício, favor; vantagem.
BIENFAITEUR, TRICE (*bienfétër, triç*), s. Benfeitor.
BIEN-FONDÉ (*bienfondê*), s. m. Legalidade.
BIEN-FONDS (*bienfon*), s. m. Bens de raiz. Pl.: *des biens-fonds.*
BIENHEUREUX, EUSE (*bienërë, ëz*), adj. Feliz, fortunado; bem-aventurado.
BIENNAL, E, AUX (*biénal, ô*), adj. Bienal.
BIENSÉANCE (*biençêanç*), s. f. Decência, conveniência.
BIENSÉANT, E (*biençêan, t*), adj. Decente, conveniente.
BIENTÔT (*bientô*), adv. Logo, cedo.
BIENVEILLAMENT (*bienvéiaman*), adv. Com boa vontade, cordialmente.
BIENVEILLANCE (*bienvéianç*), s. f. Benevolência, boa vontade, cordialidade.
BIENVEILLANT, E (*bienvéian, t*), adj. Benevolente, amável, cordial.
BIENVENIR (*bienvənir*), v. i. *Se faire bienvenir*, fazer-se bem recebido.
BIENVENU, E (*bienvənü*), adj e s. Bem-vindo.
BIENVENUE (*bienvənü*), s. f. Boa recepção.
BIÈRE (*biér*), s. f. Cerveja. *Ce n'est pas de la petite bière*, não é pouca coisa. Caixão mortuário.
BIFFAGE (*bifaj*), s.m. Riscadura.
BIFFER (*bifê*), v. t. Riscar.
BIFIDE (*bifid*), adj. Bífido.
BIFOCAL, E (*bifokal*), adj. *Ópt.* Bifocal.
BIFTECK (*bifték*), s. m. Bife.
BIFURCATION (*bifürkaçion*), s. f. Bifurcação.
BIFURQUER (*bifürkê*), v. t. e i. Bifurcar. **SE BIFURQUER**, v. pr. Bifurcar-se.
BIGAME (*bigam'*), adj. e s. Bígamo.
BIGAMIE (*bigami*), s.f. Bigamia.
BIGARADE (*bigarad*), s. f. Laranja-azeda.
BIGARADIER (*bigaradiê*), s.m. Laranjeira-azeda.
BIGARRÉ, E (*bigarê*), adj. Matizado, colorido.
BIGARREAU (*bigarô*), s.m. Cereja branca e vermelha. Pl.: *des bigarreaux.*
BIGARRER (*bigarê*), v. t. Matizar, pintalgar.
BIGARRURE (*bigarür*), s.f. Confusão de cores.
BIGLE (*bigl*), adj. e s. Vesgo; pessoa vesga.
BIGORNE (*bigórn*), s.f. Bigorna.
BIGORNEAU (*bigornô*), s.m. Bigornazinha. Pl.: *des bigorneaux.*
BIGORNER (*bigornê*), v.t. Forjar na bigorna.
BIGOT, E (*bigô, ót*), s. e adj. Beatão.
BIGOTERIE (*bigotəri*), s. f. Beatice.
BIGOTISME (*bigotiçm*), s. m. Beatice.
BIGOUDI (*bigudi*), s. m. Prendedor de cabelo.
BIHEBDOMADAIRE (*biédomadér*), adj. Bi-hebdomadário.
BIJOU (*biju*), s.m. Jóia. Pl.: *des bijoux.*
BIJOUTERIE (*bijutəri*), s. f. Bijuteria, ourivesaria.
BIJOUTIER, ÈRE (*bijutiê, ér*), s. Joalheiro, ourives.
BILABIAL, E, AUX (*bilabial, ô*), adj. Bilabial.
BILABIÉ, E (*bilabiê*), adj. Bilabiado.
BILAME (*bilam'*), adj. Bilaminado.
BILAN (*bilan*), s. m. Balanço de casa comercial. *Déposer son bilan*, declarar-se falido.

BILATÉRAL, E, AUX (*bilatêral, ô*), adj. Bilateral.
BILATÉRALEMENT (*bilatêralman*), adv. Bilateralmente.
BILBOQUET (*bilboké*), s.m. Bilboquê.
BILE (*bil*), s. f. Bílis. *Fig.* Cólera. *Se faire de la bile*, atormentar-se. *Échauffer la bile à*, fazer zangar, enfurecer.
BILER (SE) (*çəbilê*), v. pr. *Pop.* Atormentar-se.
BILIAIRE (*biliér*), adj. Biliário.
BILIEUX, EUSE (*bilië, ëz*), adj. Bilioso.
BILINGUE (*bilengh*), adj. Bilíngüe.
BILINGUISME (*bilenghiçm*), s. m. Bilingüismo.
BILLARD (*bíiar*), s. m. Bilhar. *Fam.* Mesa de operação.
BILLE (*bíi*), s.f. Bola de bilhar; bola de gude. Esfera (de rolamento). Tronco de árvore cortado.
BILLEBAUDE (*bíibôd*), s. f. Confusão. *À la billebaude*, loc. adv. Com confusão.
BILLET (*bíié*), s. m. Bilhete; cartão; passagem; carta de participação. *Billet de banque*, cédula.
BILLEVESÉE (*bilvəzê*), s. f. Coisa vã.
BILLION (*bilion*), s.m. Bilhão.
BILLON (*bíion*), s. m. *Ant.* Moeda de cobre.
BILLOT (*bíiô*), s. m. Cepo, trambolho.
BILOBÉ, E (*bilobê*), adj. Bilobado.
BILOCULAIRE (*bilokülér*), adj. Bilocular.
BILOQUER (*bilokê*), v.t. Arar profundamente.
BIMANE (*biman'*), adj. Bímano.
BIMBELOT (*benbəlô*), s. m. Brinquedo de criança; bagatela.
BIMBELOTERIE (*benbəlotəri*), s. f. Fabricação e comércio de brinquedos de criança.
BIMBELOTIER, ÈRE (*benbəlotiê, ér*), s. Fabricante ou vendedor de brinquedos de criança.
BIMENSUEL, ELLE (*bimançüél*), adj. Bimensal.
BIMESTRIEL, ELLE (*biméçtriél*), adj. Bimestral.
BIMÉTALLIQUE (*bimêtalik*), adj. Bimetálico.
BIMÉTALLISME (*bimêtaliçm*), s. m. Bimetalismo.
BIMÉTALLISTE (*bimêtaliçt*), adj. Bimetalista.
BIMOTEUR (*bimotĕr*), adj. e s. m. Bimotor.
BINAGE (*binaj*), s.m. Ação de dar segundo amanho a um terreno.
BINAIRE (*binér*), adj. Binário.
BINARD (*binar*), s. m. Zorra.
BINER (*binê*), v. t. Binar; dar segundo amanho a um terreno.
BINETTE (*binét*), s. f. Enxada para amanhar a terra. *Fam.* Rosto.
BINEUR (*binĕr*), s. m. ou **BINEUSE** (*binêz*), s.f. Máquina para amanhar a terra.
BINIOU (*biniú*), s. m. Gaita de foles bretã.
BINOCLE (*binókl*), s. m. Lornhão, óculos sem hastes.
BINOCULAIRE (*binokülér*), adj. Binocular.
BINÔME (*binôm'*), s. m. Binômio.
BIOCHIMIE (*biochimi*), s.f. Bioquímica.
BIOGRAPHE (*biograf*), s.m. Biógrafo.
BIOGRAPHIE (*biografi*), s.m. Biografia.
BIOGRAPHIQUE (*biografik*), adj. Biográfico.
BIOLOGIE (*bioloji*), s.f. Biologia.
BIOLOGIQUE (*biolojik*), adj. Biológico.
BIOLOGISTE (*biolojiçt*), s.m. Biologista.
BIOMÉTRIE (*biomêtri*), s. f. Biometria.
BIOPSIE (*bióPçi*), s. f. *Med.* Biopsia.
BIOXYDE (*biókçid*), s.m. Bióxido.
BIPARTI, E (*biparti*), ou **BIPARTITE** (*bipartit*), adj. Bipartido.
BIPARTITION (*bipartiçion*), s. f. Bipartição.
BIPÈDE (*bipéd*), adj. e s. Bípede.
BIPENNE (*bipén*), adj. Bipene.
BIPLACE (*biplaç*), adj. De dois lugares.
BIPLAN (*biplan*), s. m. Biplano.
BIPOLAIRE (*bipolér*), adj. Bipolar.
BIQUE (*bik*), s. f. *Fam.* Cabra.
BIQUET (*biké*), s. m. Cabrito.
BIQUETTE (*bikét*), s. f. Cabrita.
BIRBE (*birb*), s. m. *Pop.* Velho.
BIRÉFRINGENCE (*birêfrenjanç*), s. f. Birrefração.
BIRÉFRINGENT, E (*birêfrenjan, t*), adj. Birrefringente.
BIRIBI (*biribi*), s. m. Espécie de jogo de azar francês.
BIS, E (*bi, biz*), adj. Cinza.
BIS (*biç*), s. m. e adv. Bis. Pl.: *des bis.*
BISAÏEUL, E (*bizaiël*), s. Bisavô, bisavó.
BISAILLE (*bizaii*), s. f. Rolão, farinha grossa.
BISANNUEL, ELLE (*bizanüel*), adj. Bisanual.
BISBILLE (*biçbíi*), s. f. *Fam.* Pequena discussão.
BISCAÏEN, ENNE (*biçkaien, én'*), adj. Biscainho.
BISCORNU, E (*biçkornü*), adj. Irregular. *Fig.* Esquisito.
BISCOTIN (*biçkoten*), s. m. Bolacha.
BISCOTTE (*biçkót*), s. f. Torrada.
BISCUIT (*biçküí*), s. m. Biscoito, bolacha; objeto de porcelana.
BISCUITER (*biçküitê*), v. t. Transformar a massa de porcelana em *biscuit.*
BISCUITERIE (*biçküitəri*), s. f. Biscoitaria.

BISE (*biz*), s. f. Vento do Norte, seco e frio.
BISEAU (*bizô*), s. m. Bisel. Pl.: *des biseaux.*
BISEAUTAGE (*bizôtaj*), s. m. Biselagem.
BISEAUTER (*bizôtê*), v. t. Biselar.
BISER (*bizê*), v. t. Tingir. V. i. Deteriorar-se.
BISET (*bizé*), s. m. Pombo selvagem cinzento.
BISMUTH (*biçmüt*), s. m. Bismuto.
BISON, ONNE (*bizon, bizón'*), s. *Zool.* Bisão. S. f. Tecido cinza.
BISONTIN, E (*bizonten, in'*), adj. Natural ou habitante de Besançon.
BISQUE (*biçk*), s. f. Soja de lagostim. *Pop.* Mau-humor.
BISQUER (*biçkê*), v. i. *Fam.* Irritar-se.
BISSAC (*biçak*), s. m. Alforje.
BISSECTEUR, TRICE (*biçéktĕr, triç*), adj. Bissetor. S. f. Bissetriz.
BISSECTION (*biçékçion*), s. f. Bisseção
BISSER (*biçê*), v. t. Bisar.
BISSEXTE (*biçékçt*), s. m. Bissexto.
BISSEXTILE (*biçékçtil*), adj. Bissêxtil.
BISSEXUÉ, E (*biçékçüê*), ou **BISSEXUEL, ELLE** (*biçékçüél*), adj. Bissexual.
BISSOC (*biçók*), s. m. Arado de duas relhas.
BISTORTE (*biçtórt*), s. f. *Bot.* Bistorta.
BISTOURI (*biçturi*), s. m. Bisturi.
BISTOURNAGE (*biçturnaj*), s. m. Castração.
BISTOURNER (*biçturnê*), v. t. Torcer; castrar um animal.
BISTRE (*biçtr*), s. m. Bistre.
BISTRER (*biçtrê*), v. t. Dar a cor de bistre.
BISTRO (*biçtrô*), s. m. *Pop.* Botequim.
BISULFITE (*biçülfit*), s. m. Bissulfito.
BISULQUE (*biçülk*), adj. Bissulco.
BISULFURE (*biçülfür*), s. m. Bissulfureto.
BITORD (*bitór*), s. m. Corda composta de dois, três ou quatro fios torcidos.
BITTE (*bit*), s. f. Abita.
BITTER (*bitê*), s. m. Tipo de licor amargo.
BITUMAGE (*bitümaj*), s. m. Ação de betumar.
BITUME (*bitüm'*), s. m. Betume.
BITUMER (*bitümê*), v. t. Betumar.
BITUMINEUX, EUSE ou **BITUMEUX, EUSE** (*bitüminë, ëz* ou *bitümë, ëz*), adj. Betuminoso.
BITURE (*bitür*), s. f. *Pop.* Bebedeira.
BIVALENT, E (*bivalan, t*), adj. *Quím.* Bivalente.
BIVALVE (*bivalv*), adj. e s. m. Bivalve.
BIVEAU (*bivô*), s. m. Esquadro móvel. Pl.: *des biveaux.*
BIVOUAC (*bivuak*), s. m. Bivaque.
BIVOUAQUER (*bivuakê*), v. i. Bivacar.
BIZARRE (*bizar*), adj. Esquisito, fora do comum.
BIZARREMENT (*bizarman*), adv. Esquisitamente, de um modo extravagante.
BIZARRERIE (*bizarəri*), s. f. Esquisitice, extravagância.
BIZUT ou **BIZUTH** (*bizü*), s. m. *Gír.* Calouro.
BLACKBOULAGE (*blakbulaj*), s. m. Reprovação num exame.
BLACKBOULER (*blakbulê*), v. t. *Fam.* Reprovar num exame.
BLAFARD, E (*blafar, d*), adj. Descorado, pálido, baço.
BLAGUE (*blag*), s. f. Bolsa de fumo; logro, patranha.
BLAGUER (*blaghê*), v. i. Contar patranhas.
BLAGUEUR, EUSE (*blaghĕr, ëz*), adj. e s. Patranheiro.
BLAIR (*blér*), s. m. *Pop.* Nariz.
BLAIREAU (*blérô*), s. m. *Zool.* Texugo. Pincel de barba. Pl.: *des blaireaux.*
BLAIRER (*blérê*), v.t. *Pop.* Cheirar.
BLÂMABLE (*blamabl*), adj. Repreensível.
BLÂME (*blam'*), s. m. Repreensão, censura.
BLÂMER (*blamê*), v.t. Reprovar, censurar.
BLANC, BLANCHE (*blan, blanch*), adj. Branco. *Fig.* Puro. *Papier blanc,* papel em branco. *Nuit blanche,* noite em claro.
BLANC (*blan*), s. m. Branco, a cor branca. *Blanc d'œuf,* clara de ovo. *Chauffer à blanc un métal,* aquecer um metal até fazer-se branco. *Blanc de l'œil,* córnea.
BLANC-BEC (*blanbék*), s.m. *Fam.* Fedelho. Pl.: *des blancs-becs.*
BLANCHAILLE (*blanchaii*), s.f. Peixe miúdo; petinga.
BLANCHÂTRE (*blanchatr*), adj. Alvacento; esbranquiçado.
BLANCHE (*blanch*), s.f. *Mús.* Mínima.
BLANCHET (*blanché*), s.m. Espécie de fazenda de lã branca. Coador de pano.
BLANCHEUR (*blanchĕr*), s.f. Brancura, alvura.
BLANCHIMENT (*blanchiman*), s. m. Branqueamento.
BLANCHIR (*blanchir*), v.t. Branquear; pintar de branco, limpar. *Fig.* Desculpar. V.i. Tornar-se branco. **SE BLANCHIR**, v.pr. Sujar-se de branco.
BLANCHISSAGE (*blanchiçaj*), s. m. Lavagem de roupa; refinação de açúcar.
BLANCHISSANT, E (*blanchiçan, t*), adj. Alvejante.
BLANCHISSERIE (*blanchiçri*), s.f. Lavanderia.
BLANCHISSEUR, EUSE (*blanchiçĕr, ëz*), s. Lavadeiro.
BLANCHOYER (*blanchuaiê*), v. i. (Conjuga-se como *aboyer.*) Ter um reflexo branco.

BLANC-SEING (*blançen'*), s. m. Assinatura num papel em branco. Pl.: *des blancs-seings.*

BLANCS-MANTEAUX (*blanmantô*), s. m. pl. Ordem religiosa cujos frades usam hábito branco.

BLANQUETTE (*blankét*), s.f. Pequena pêra branca. Carne preparada com molho branco. Vinho branco de Languedoc (França).

BLAPS (*blapç*), s.m. Blapse. Pl.: *des blaps.*

BLASÉ, E (*blazê*), adj. Embotado, insensível.

BLASER (*blazê*). v.t. Embotar, tornar insensível.

BLASON (*blàzon*), s.m. Brasão.

BLASONNER (*blazonê*), v. t. Blasonar, alardear.

BLASPHÉMATEUR, TRICE (*blacfêmatër, triç*), s. Blasfemador, blasfemo.

BLASPHÉMATOIRE (*blaçfêmatuar*),adj. Blasfematório.

BLASPHÈME (*blaçfém'*), s. m. Blasfêmia.

BLASPHÉMER (*blaçfêmê*), v. t. e i. (Conjuga-se como *accélérer.*) Blasfemar; insultar.

BLASTE (*blaçt*), s. m. Blasto.

BLASTODERME (*blaçtodérm*), s. m. Blastoderme.

BLATÉRER (*blatêrê*), v. i. (Conjuga-se como *accélérer.*) Gritar como o carneiro, o camelo.

BLATIER (*blatiê*), s. m. Negociante de trigo.

BLATTE (*blat*), s. f. Barata.

BLÉ (*blê*), s. m. Trigo. *Manger son blé en herbe,* gastar os seus bens de antemão.

BLED (*bléd*), s. m. O interior da África do Norte. *Pop.* Localidade de poucos recursos.

BLÊME (*blém'*), adj. Muito pálido; descorado; lívido.

BLÊMIR (*blémir*), v. i. Empalidecer, ficar lívido.

BLÊMISSANT, E (*blémiçan, t*), adj. Que empalidece.

BLÊMISSEMENT (*blémiçman*), s. m. Palidez.

BLENDE (*bland*), s. f. Blenda.

BLENNORRAGIE (*blênoraji*), s. f. Blenorragia.

BLÉPHARITE (*blêfarit*), s. f. Blefarite.

BLÉSER (*blêzê*), v.i. (Conjuga-se como *accélérer.*) Ciciar.

BLÉSITÉ (*blêzitê*), s. f. Cicio.

BLESSANT, E (*bléçan, t*), adj. Ofensivo.

BLESSÉ, E (*bléçê*), adj, s. Ferido. *Fig.* Ofendido.

BLESSER (*bléçê*),v.tr. Ferir. *Fig.* Ofender.

BLESSURE (*bléçür*), s. f. Ferida. *Fig.* Insulto, ofensa.

BLET, ETTE (*blé, ét*), adj. Maduro demais.

BLETTIR (*blétir*), v. i. Amadurecer demais.

BLETTISSEMENT (*blétiçman*), s. m. Amadurecimento excessivo.

BLEU, E (*blë*), adj. Azul. *Contes bleus,* contos de fada. *Colère bleue,* cólera violenta. S. m. A cor azul; mancha deixada por uma contusão. *Passer au bleu,* passar em branca nuvem.

BLEUATRE (*blëatr*), adj. Azulado.

BLEUET (*blëé*), s. m. Acianto.

BLEUIR (*blëir*), v. tr. Azular, azulejar.

BLEUISSAGE (*blëiçaj*), s. m. Ação de azular.

BLEUTÉ, E (*blëtê*), adj. Azulado.

BLINDAGE (*blendaj*), s.m. Blindagem.

BLINDER (*blendê*), v. t. Blindar.

BLIZZARD (*blizàr*), s.m. Vento glacial.

BLOC (*blók*), s. m. Bloco. *Fam.* Cadeia. Loc. adv.: *En bloc,* em bloco; *à bloc,* completamente.

BLOCAGE (*blokaj*), s. m. Bloqueio, ação de bloquear, de frear.

BLOCKHAUS (*blokôç*), s. m. inv. *Mil.* Blocausse.

BLOCUS (*bloküç*), s. m. Bloqueio. Pl.: *des blocus.*

BLOND, E (*blon, d*), adj. e s. Louro. S. f. Renda, toucado de seda.

BLONDASSE (*blondaç*), adj. e s. Louraça.

BLONDEUR (*blondër*), s. f. Cor loura.

BLONDIN, E (*blonden, in'*), adj. e s. Louro.

BLONDINET, ETTE (*blondiné, ét*), adj. Alourado. S. Pessoa alourada.

BLONDIR (*blondir*), v. i. Alourar, lourejar.

BLONDISSANT, E (*blondiçan, t*), adj. Lourejante.

BLOQUER (*blokê*), v. t. Bloquear, sitiar. Frear.

BLOTTIR (SE) (*çəblotir*), v. pr. Agachar-se; enroscar-se; encolher-se.

BLOUSE (*bluz*), s. f. Blusa, guarda-pó; buracos do bilhar.

BLOUSER (*bluzê*), v. t. Meter a bola no buraco (bilhar). *Fig* e *fam.* Enganar, lograr.

BLOUSON (*bluzon*), s. m. Blusão.

BLUETTE (*blüet*), s. f. Pequena obra literária pretenciosa.

BLUFF (*blëf*), s. m. Blefe.

BLUFFER (*blëfê*), v. t. Blefar.

BLUFFEUR, EUSE (*blëfër, ëz*), s. e adj. Blefista.

BLUTAGE (*blütaj*), s. m. Peneiração da farinha.

BLUTER (*blütê*), v. tr. Peneirar a farinha.

BLUTERIE (*blütəri*), s. f. Lugar onde se peneira a farinha.

BLUTOIR ou **BLUTEAU** (*blütuar* ou *blütô*), s. m. Peneira grande Pl.: *des blutoirs* ou *bluteaux.*

BOA (*boá*), s. m. Boa; boá.
BOBARD (*bobar*), s. m. *Pop.* Boato.
BOBÈCHE (*bobéch*), s. f. Arandela.
BOBINAGE (*bobinaj*), s. m. Bobinagem.
BOBINE (*bobin'*), s. f. Bobina; carretel. *Pop.* Figura ridícula.
BOBINER (*bobinê*), v. t. Bobinar.
BOBINETTE (*bobinét*), s. f. Tramela.
BOBINEUR, EUSE (*bobinĕr, ëz*), s. Bobinador.
BOBINOIR (*bobinuar*), s. m. Bobinador mecânico.
BOBO (*bobô*), s. m. *Inf.* Dodói.
BOCAGE (*bokaj*), s. m. Bosquete.
BOCAGER, ÈRE (*bokajê, ér*), adj. Boscarejo; arborizado.
BOCAL (*bokal*), s. m. Frasco de bocal largo. Pl.: *des bocaux*.
BOCARD (*bokar*), s. m. Máquina para quebrar os minerais.
BOCARDAGE (*bokardaj*), s. m. Operação de esmagar o mineral.
BOCARDER (*bokardê*), v. t. Esmagar o mineral.
BOCHE (*bóch*), s. e adj. Boche.
BOCK (*bók*), s. m. Chope.
BŒUF (*bëf*, no pl. *bë*), s. m. Boi.
BOG (*bóg*), s. m. Nome de certo jogo de cartas.
BOGHET ou **BOGUET** (*boghé*), s.m. Cabriolé descoberto.
BOGUE (*bóg*), s. f. Invólucro da castanha.
BOHÈME (*boém'*), s. Boêmio. S. f. Boêmia.
BOHÉMIEN, ENNE (*boêmien, én'*), adj. e s. Boêmio, cigano natural da Boêmia.
BOIRE (*buar*), v. t. (*Je bois, tu bois, il boit, nous buvons, vous buvez, ils boivent. Je buvais. Je bus. Je boirai. Je boirais. Bois, buvons, buvez. Que je boive, que nous buvions. Que je busse. Buvant. Bu, bue.*) Beber, absorver, chupar; embriagar-se; suportar. *Boire à même*, beber ali mesmo. S. m. O beber, a bebida.
BOIS (*buá*), s. m. Pau, madeira. Bosque. Cornos de certos animais. *Bois de lit*, armação de cama. Pl.: *des bois*.
BOISAGE (*buazaj*), s. m. Estaqueamento das minas. Arborização.
BOISÉ, E (*buazê*), adj. Arborização.
BOISEMENT (*buazman*), s.m. Arborização.
BOISER (*buazê*), v. t. Arborizar. Estaquear. Forrar de madeira.
BOISERIE (*buazri*), s. f. Parede forrada de madeira.
BOISSEAU (*buaçô*), s.m. Manilha de barro. *Hist.* Alqueire (medida de capacidade). *Tecn.* Caixa de torneira. *Fig. Mettre la lumière sous le boisseau*, ocultar a verdade.
BOISSELÉE (*buaçəlê*), s. f. Conteúdo de um alqueire.
BOISSELIER (*buaçəliê*), s. m. Alqueireiro. Fabricante de utensílios de madeira.
BOISSELLERIE (*buaçélri*), s. f. Indústria de utensílios de madeira.
BOISSON (*buaçon*), s. f. Bebida.
BOÎTE (*buat*), s. f. Caixa; lata. *Boîte à musique*, caixa de música. *Boîte aux lettres*, caixa postal. *Boîte de vitesses*, caixa de marchas, caixa de mudanças. Prov. *Dans les petites boîtes les bons onguents*, nos pequenos frascos os bons perfumes.
BOITEMENT (*buatman*), s. m. Coxeadura.
BOITER (*buatê*), v. i. Coxear.
BOITERIE (*buatəri*), s.f. Claudicação de um animal.
BOITEUX, EUSE (*buatë, ëz*), adj. e s. Coxo.
BOÎTIER (*buatiê*), s.m. Caixa de relógio.
BOITTE (*buat*), s. f. Isca de ovos de bacalhau.
BOL (*ból*), s. m. Tigela. Terra argilosa. Pílula grande. *Bol alimentaire*, bolo alimentar.
BOLCHEVIQUE (*bolchəvik*), adj. Bolchevique.
BOLCHEVISATION (*bolchəvizaçion*), s. f. Bolchevização.
BOLCHEVISER (*bolchəvizê*), v. t. Bolchevizar.
BOLCHEVISME (*bolchəviçm*), s. m. Bolchevismo.
BOLCHEVISTE (*bolch viçt*), s. Bolchevista.
BOLÉE (*bolê*), s. f. Conteúdo de uma tigela.
BOLÉRO (*bolêrô*), s. m. Bolero.
BOLET (*bolé*), s. m. Boleto (cogumelo).
BOLIDE (*bolid*), s. m. Bólide.
BOLIVIEN, ENNE (*bolivien, én'*), adj. e s. Boliviano.
BOLOMÈTRE (*bolométr*), s. m. Bolômetro.
BOMBAGISTE (*bonbajiçt*), s. m. Fabricante de objetos de arame.
BOMBANCE (*bonbanç*), s. f. Pândega. *Faire bombance*, dar banquete.
BOMBARDE (*bonbard*), s.f. Bombarda.
BOMBARDEMENT (*bonbardəman*), s. m. Bombardeamento.
BOMBARDER (*bonbardê*), v. t. Bombardear.
BOMBARDIER (*bonbardiê*), s. m. Bombardeiro.
BOMBARDON (*bonbardon*), s.m. Bombardino.
BOMBASIN (*bonbazen*), s. m. Bombazina.
BOMBE (*bonb*), s. f. Bomba. *Pop.* Pândega.
BOMBÉ, E (*bonbê*), adj. Convexo.

BOMBEMENT (*bonbəman*), s. m. Convexidade.

BOMBER (*bonbê*), v. t. Abaular, ficar convexo.

BOMBONNE (*bonbón'*), s. f. V. **BONBONNE.**

BOMBYX (*bonbikç*) ou **BOMBYCE** (*bonbiç*), s. m. Bicho-da-seda, bômbice. Pl.: *des bombyx* ou *bombyces.*

BON, BONNE (*bon, bón'*), adj. Bom, bem. *Si bon vous semble,* se quiser. *Tenir bon,* resistir. *C'est bon,* isto basta. *À quoi bon?*, Por quê? *De bonne heure,* cedo. *De bonne heure,* cedo. *À la bonne heure!*, Muito bem! *Bon!*, Bem! Loc. adv.: *Tout de bon, pour de bon,* seriamente, com firmeza. S. m. Vale, ordem de pagamento.

BONACE (*bonaç*), s. f. Bonança.

BONAPARTISME (*bonapartiçm*), s. m. Bonapartismo.

BONAPARTISTE (*bonapartiçt*), adj. e s. Bonapartista.

BONASSE (*bonaç*), adj. Bonachão.

BONASSERIE (*bonaçri*), s. f. Bonacheirice.

BON-BEC (*bonbék*), s. m. Tagarela, jactancioso. Pl.: *des bons-becs.*

BONBON (*bonbon*), s. m. Bombom.

BONBONNE ou **BOMBONNE** (*bonbón'*), s. f. Garrafão.

BONBONNIÈRE (*bonboniér*), s. f. Caixa de doces, bomboneira. *Fig.* Apartamento ou casa arrumada.

BON-CHRÉTIEN (*bonkrêtian*), s.m. Pêra do bom-cristão. Pl.: *des bons-chrétiens.*

BOND (*bon*), s. m. Pulo. *Prendre la balle au bond,* aproveitar a ocasião. *Faire faux bond,* roer a corda.

BONDE (*bond*), s. f. Batoque.

BONDER (*bondê*), v. t. Abarrotar.

BONDIEUSERIE (*bondiëzri*), s. f. Beatice. *Fam.* Objeto de arte religiosa.

BONDIR (*bondir*), v. i. Pular, saltar.

BONDISSEMENT (*bondiçman*), s.m. Pulo; comoção.

BONDISSANT, E (*bondiçan, t*), adj. Saltitante.

BONDON (*bondon*), s. m. Rolha de tonel.

BONDRÉE (*bondrê*), s. f. Tataranhão.

BONHEUR (*boněr*), s.m. Felicidade; acaso favorável. Loc. adv.: *Par bonheur,* felizmente; *au petit bonheur,* à sorte, suceda o que suceder. *Porter bonheur,* dar sorte.

BONHEUR-DU-JOUR (*boněrdüjur*), s.m. Espécie de secretaria. Pl.: *des bonheurs-du-jour.*

BONHOMIE (*bonomi*), s. f. Bonomia.

BONHOMME (*bonóm'*), s. m. Homem; homem simples; bom homem. *Fam. Petit bonhomme,* menino. Desenho grosseiro, boneco.

BONIFACE (*bonifaç*), adj. Simplório, crédulo.

BONIFICATION (*bonifikaçion*), s. f. Melhoria.

BONIFIER (*bonifiê*), v. t. (Conjuga-se como *prier.*) Melhorar; avantajar.

BONIMENT (*boniman*), s. m. Lábia; aranzel.

BONJOUR (*bonjur*), s.m. Bom dia, boa tarde.

BONNE (*bón'*), s. f. Empregada doméstica.

BONNEMENT (*bonəman*), adv. Verdadeiramente; de boa-fé.

BONNET (*boné*), s. m. Boné, touca, barrete. *Fig. Gros bonnet,* pessoa importante. *Prendre sous son bonnet,* inventar. *C'est bonnet blanc et blanc bonnet,* é a mesma coisa. *Avoir la tête près du bonnet,* zangar-se facilmente. *Opiner du bonnet,* aprovar sem discernimento.

BONNETERIE (*bonətəri*), s. f. Comércio de objetos de malha.

BONNETIER, ÈRE (*bonətiê, ér*), s. Fabricante, vendedor de artigos de malha.

BONNETTE (*bonét*), s. f. Touca de criança. *Mil.* Revelim. *Mar.* Vela pequena suplementar.

BONNICHE (*bonich*), s.f. Criada jovem.

BON-PAPA (*bonpapá*), s. m. Avô. Pl.: *des bons-papas.*

BONSOIR (*bonçuar*), s. m. Boa noite.

BONTÉ (*bontê*), s. f. Bondade.

BONZE (*bonz*), s. m. Bonzo.

BOOM (*bum'*), s.m. Alta repentina de produtos e valores.

BOQUETEAU (*boktô*), s. m. Bosquete. Pl.: *des boqueteaux.*

BOQUILLON (*bokiion*), s. m. Lenhador.

BORACITE (*boraçit*), s. f. *Quím.* Boracita.

BORATE (*borat*), s. m. Borato.

BORAX (*borakç*), s. m. Bórax.

BORBORYGME (*borborigm*), s.m. Borborismo, borborigmo.

BORD (*bór*), s. m. Beira, borda; extremidade; aba; debrum; margem, bordo. *Être du bord de quelqu'un,* seguir a opinião de alguém.

BORDAGE (*bórdaj*), s. m. Bordado. *Mar.* Bordagem.

BORDE (*bórd*), s. f. Quinta, fazenda.

BORDÉ (*bórdê*), s. m. Debrum, galão. *Mar.* Bordagem.

BORDEAUX (*bórdô*), s. m. Vinho de Bordéus (França). Adj. De uma cor vermelho-escura. Pl.: *des bordeaux.*

BORDÉE (*bórdê*), s.f. Bordada, banda. *Une bordée d'injures,* descompostura.

BORDELAIS, E (*bórdəlé, z*), adj. e s. Bordalês, bordalesa. S.f. Barril ou

garrafa usados para o vinho de Bordéus.
BORDER (*bórdê*), v.t. Debruar; pôr bordagens; costear, cercar. *Border un lit*, enfiar as cobertas sob o colchão.
BORDEREAU (*bórdərô*), s. m. Fatura, nota explicativa. Pl.: *des bordereaux*.
BORDERIE (*bórdəri*), s. m. Pequena quinta.
BORDIER, ÈRE (*bórdiê, ér*), s. e adj. Quinteiro.
BORDIGUE (*bórdig*), s. f. Camboa.
BORDURE (*bórdür*), s. f. Bordadura, moldura; debrum, galão.
BORE (*bór*), s. m. *Quím.* Boro. Boreal.
BORÉAL, E, AUX (*borêal, ô*), adj. Boreal.
BORÉE (*borê*), s.m. *Poét.* Bóreas.
BORGNE (*bórnh*), adj. Caolho. Figura de má aparência. *Au royaume des aveugles, les borgnes sont rois*, na terra dos cegos, quem tem um olho é rei.
BORGNESSE (*bornhéç*), s.f. e adj. Caolha.
BORINAGE (*borinaj*), s.m. Extração do carvão.
BORIQUE (*borik*), adj. m. *Quím.* Bórico.
BORIQUÉ, E (*borikê*), adj. Boricado.
BORNAGE (*bornaj*), s.m. Demarcação.
BORNE (*bórn*), s. f. Marco, limite. *Passer* ou *dépasser les bornes*, passar dos limites, exorbitar.
BORNÉ, E (*bornê*), adj. Limitado, demarcado; acanhado.
BORNER (*bornê*), v.t. Demarcar, limitar.
BORNOYER (*bornuaiê*), v.t. (Conjuga-se como *aboyer*.) Bornear.
BORRAGINACÉES (*borajinaçê*), s. f. pl. Borragináceas.
BORT (*bór*), s.m. Diamante grosseiro.
BOSCOT, OTTE (*boçkô, ót*), adj. e s. *Pop.* Corcundinha.
BOSNIAQUE ou **BOSNIEN, ENNE** (*boçniak* ou *boçnien, én'*), adj. e s. Bosniano.
BOSQUET (*boçké*), s. m. Bosquete.
BOSSAGE (*boçaj*), s.m. Bossagem.
BOSSE (*bóç*), s. f. Bossa. Galo. *Rouler sa bosse*, ser andarilho.
BOSSELAGE (*boçlaj*), s.m. Trabalho em relevo.
BOSSELEMENT (*boçélman*), s.m. Relevo; amolgadela.
BOSSELER (*boçlê*), v.t. (Dobra o *l* antes de silaba muda: *je bosselle.*) Trabalhar em relevo; abolar.
BOSSELURE (*boçlür*), s.f. Amolgadela, deformação.
BOSSER (*boçê*), v.t. *Gir.* Trabalhar.
BOSSOIR (*boçuar*), s. m. *Mar.* Serviola.
BOSSU, E (*boçü*), adj. e s. Corcunda.
BOSSUER (*boçüê*), v.t. Amassar, deformar.
BOSTON (*boçton*), s.m. Bóston.
BOSTONNER (*boçtonê*), v. i. Jogar bóston; dançar bóston.
BOT, E (*bô, ót*), adj. Aleijado.
BOTANIQUE (*botanik*), s. f. Botânica.
BOTANISTE (*botaniçt*), s. Botânico.
BOTHRIOCÉPHALE (*botrioçêfal*), s. m. Botriocéfalo.
BOTTE (*bót*), s. f. Molho. Réstia. Bote, cutilada. Bota.
BOTTELAGE (*botlaj*), s. m. Enfeixamento.
BOTTELER (*botlê*), v.t. (Dobra o antes de silaba muda: *je bottelle.*) Enfeixar.
BOTTELETTE (*botlét*), s.f. Molho pequeno, réstia pequena.
BOTTELEUR, EUSE (*botlĕr, ëz*), s. Aquele que enfaixa.
BOTTELOIR (*botluar*), s. m. ou **BOTTELEUSE** (*botlëz*), s.f. Máquina de enfeixar.
BOTTER (*botê*), v. t. Fornecer botas; calçar botas. Dar pontapé. **SE BOTTER**. v.pr. Calçar-se.
BOTTIER (*botiê*), s.m. Sapateiro.
BOTTILLON (*botiion*), s.m. Molhinho. Botina.
BOTTINE (*botin'*), s. f. Botina; bolinha.
BOTULISME (*botüliçm*), s.m. Botulismo.
BOUBOULER (*bubulê*),v.i. Piar (a coruja).
BOUC (*buk*), s. m. Bode. Pêra (barba). *Bouc émissaire*, bode expiatório.
BOUCAN (*bukan*), s.m. Moquém. *Fam.* Barulho.
BOUCANAGE (*bukanaj*), s.m. Defumação.
BOUCANER (*bukanê*), v.t. Defumar. Caçar bois selvagens.
BOUCANIER (*bukaniê*), s. m. Bucaneiro.
BOUCAUT (*bukô*), s. m. Barrica.
BOUCHAGE (*buchaj*), s.m. Ação de tapar ou arrolhar. O que serve para tapar ou arrolhar.
BOUCHARDE (*buchard*), s. f. Martelo de escultor; rolo de pedreiro.
BOUCHE (*buch*), s. f. Boca, abertura. *Faire la petite bouche*, fazer-se rogado. *Faire venir l'eau à la bouche*, pôr água na boca. *Fam. À bouche, que veux-tu*, tanto quanto quiser. Pl. Embocadura.
BOUCHÉ, E (*buchê*), adj. Fechado, entupido, tapado. *Fig.* Tapado, estúpido.
BOUCHÉE (*buchê*), s. f. Bocado. Empada. *Ne faire qu'une bouchée de*, engolir de um só bocado.
BOUCHER (*buchê*), v.t. Fechar, tapar, arrolhar, obstruir.
BOUCHER (*buchê*), s. m. Açougueiro. *Pop.* Cirurgião inábil.
BOUCHÈRE (*buchér*), s. f. Açougueira.
BOUCHERIE (*buchri*), s.f. Açougue. *Fig.* Carnificina.

BOUCHE-TROU (*buch-tru*), s. f. Pessoa ou coisa que desempenha um lugar vago. Pl.: *des bouche-trous.*
BOUCHON (*buchon*), s. m. Rolha, tampa; cortiça; bucha. Taberna. Palha para esfregar cavalos.
BOUCHONNER (*buchonê*), v. t. Esfregar um cavalo com palha.
BOUCHONNIER (*buchoniê*), s.m. Vendedor ou fabricante de rolhas.
BOUCHOT (*buchô*), s.m. Viveiro de mexilhões.
BOUCHOTEUR (*buchotĕr*), s. m. Aquele que trabalha num viveiro de mexilhões.
BOUCHURE (*buchür*), s.f. Cerca viva.
BOUCLE (*bukl*), s.f. Fivela; argola; brinco; cacho; curva. *Fam. Se serrer la boucle,* apertar o cinto.
BOUCLÉ, E (*buklê*), adj. Cacheado, anelado.
BOUCLEMENT (*buklman*), s. m. Ação de argolar um animal.
BOUCLER (*bucklê*), v.t. Afivelar; fechar; encrespar.
BOUCLETTE (*buklét*), s.f. Anelzinho; pequeno cacho.
BOUCLIER (*bukliê*), s. m. Escudo. *Fig.* Defesa, apoio. *Une levée de boucliers,* um levante geral.
BOUDDHIQUE (*budik*), adj. Búdico.
BOUDDHISME (*budiçm*), s.m. Budismo.
BOUDDHISTE (*budiçt*), s. Budista.
BOUDER (*budê*), v.i. Amuar-se; agastar-se. V. t. Mostrar descontentamento.
BOUDERIE (*budəri*), s. f. Amuo, enfado.
BOUDEUR, EUSE (*budĕr, ëz*), adj. e s. Amuado.
BOUDIN (*buden*), s. m. Morcela. Moldura cilíndrica. *Ressort à boudin,* mola em espiral.
BOUDINÉ, E (*budinê*), adj. Apertado.
BOUDINER (*budinê*), v.t. Apertar; torcer um fio.
BOUDINIÈRE (*budiniér*), s.f. Funil de encher chouriços.
BOUDOIR (*buduar*), s.m. Pequena sala de estar de senhora.
BOUE (*bu*), s. f. Lama. *Fig.* Abjeção, baixeza.
BOUÉE (*buê*), s. f. Bóia.
BOUEUR (*buĕr*), s. m. Lixeiro.
BOUEUX, EUSE (*buë, ëz*), adj. Enlameado. *Pop.* S.m. Lixeiro.
BOUFFANT, E (*bufan, t*), adj. Fofo.
BOUFFARDE (*bufard*), s. f. *Pop.* Cachimbo.
BOUFFE (*buf*), adj. Bufo, burlesco. S. m. Bufo.
BOUFFÉE (*bufê*), s. f. Baforada, sopro. *Fig.* Acesso.
BOUFFER (*bufê*), v.i. Bufar. Estar fofo. *Pop.* Comer.
BOUFFI, E (*bufi*), adj. Inchado, empolado.
BOUFFIR (*bufir*), v.t. e i. Inchar.
BOUFFISSURE (*bufiçür*), s.f. Inchação. *Fig.* Enfatuação.
BOUFFON (*bufon*), s.m. Bufão.
BOUFFON, ONNE (*bufon, ón'*), adj. Bufo.
BOUFFONNER (*bufonê*), v.i. Bufonear.
BOUFONNERIE (*bufonəri*), s. f. Bufonaria.
BOUGAINVILLÉE (*bughenvilê*), s.f. Buganvília.
BOUGE (*buj*), s.m. Casa miserável; casa de má fama.
BOUGEOIR (*bujuar*), s.m. Castiçal.
BOUGEOTTE (*bujót*), s. f. *Fam.* Mania de agitar-se.
BOUGER (*bujê*), v.i. (Toma um *e* depois do *g* antes de *a* e *o*: *il bougea, nous bougeons.*) Mexer, agitar-se. V. t. Mudar de lugar.
BOUGIE (*buji*), s.f. Vela. Vela de ignição. Sonda cirúrgica.
BOUGNAT (*bunhá*), s.m. *Pop.* Carvoeiro.
BOUGON, ONNE (*bugon, ón'*), s. Rabujento, resmungão.
BOUGONNEMENT (*bugonəman*), s. m. Resmungo.
BOUGONNER (*bugonê*), v.i. Resmungar, murmurar.
BOUGONNEUR, EUSE (*bugonĕr, ëz*), adj. Resmungão.
BOUGRAN (*bugran*), s.m. Espécie de pano grosso.
BOUGRE, ESSE (*bugr, éç*), s. *Pop.* Criatura. Adj. Muito.
BOUGREMENT (*bugrəman*), adv. *Pop.* Muito.
BOUI-BOUI (*buíbuí*), s. m. *Pop.* Teatro popular. Pl.: *des bouis-bouis.*
BOUIF (*buif*), s.m. *Pop.* Sapateiro.
BOUILLABAISSE (*buiabéç*), s. f. Sopa de peixe.
BOUILLANT, E (*buian, t*), adj. Fervente.
BOUILLE (*buii*), s.m. Jarra para leite. S.f. Vara para bater a água. Pedaço de carvão vegetal. *Pop.* Rosto.
BOUILLER (*buiê*), v.t. Turvar a água com uma vara.
BOUILLEUR (*buiĕr*), s. m. Destilador de aguardente.
BOUILLI (*buií*), s.m. Cozido.
BOUILLIE (*buií*), s.f. Mingau, papa.
BOUILLIR (*buiir*), v.i. (*Je bous, tu bous, il bout, nous bouillons, vous bouillez, ils bouillent. Je bouillais, nous bouillions. Je bouillis, nous bouillîmes. Je bouillirai, nous bouillirons. Je bouillirais, nous bouillirions. Bous, bouillons, bouillez. Que je bouille, que nous bouillions. Que je bouillisse, que nous bouillissions. Bouillant. Bouilli, e.*) Ferver. *Fig.* Enfurecer.

BOUILLOIRE (*buiuar*), s.f. Chaleira, caldeira.
BOUILLON (*buion*), s.m. Caldo· bolha, borbulhão; borbotão. *Bouillon d'onze heures*, bebida envenenada. *Fam. Boire un bouillon*, perder dinheiro.
BOUILLON-BLANC (*buionblan*), s.m. *Bot.* Verbasco. Pl.: *des bouillons-blancs*.
BOUILLONNÉ (*buionê*), s.m. Enfeite de fazenda franzida.
BOUILLONNEMENT (*buionəman*), s. m. Fervura, efervescência; borbulhão. *Fig.* Agitação.
BOUILLONNER (*buionê*), v.i. Ferver; borbotar; agitar-se.
BOUILLOTTE (*buiót*), s.f. Saco de água quente. Pequena chaleira. Jogo de cartas.
BOULAIE (*bulé*), s. f. Plantação de bétulas.
BOULANGE (*bulanj*), s.f. Padaria.
BOULANGER (*bulanjê*), v.t. Fabricar pão.
BOULANGER, ÈRE (*bulanjê, ér*), s. Padeiro, padeira.
BOULANGERIE (*bulanjəri*), s.f. Padaria.
BOULE (*bul*), s. f. Bola. *Faire boule de neige*, crescer como bola de neve.
BOULE (*bul*), s.m. V. **BOULLE**.
BOULEAU (*bulô*), s. m. Bétula. Pl.: *des bouleaux*.
BOULEDOGUE (*buldóg*), s.m. Buldogue.
BOULER (*bulê*), v. i. Rolar. *Pop. Envoyer bouler*, afastar.
BOULET (*bulé*), s.m. Bala de canhão.
BOULETTE (*bulét*), s.f. Bola pequena. Almôndega. *Fig.* e *fam.* Gafe.
BOULEUX, EUSE (*bulë, ëz*), s. Cavalo ou égua de trabalho.
BOULEVARD (*bulvar*), s.m. Bulevar.
BOULEVARDIER, ÈRE (*bulvadiê, ér*), s. e adj. Relativo aos bulevares.
BOULEVERSANT, E (*bulvérçan, t*), adj. Assombroso, que produz uma grande comoção.
BOULEVERSEMENT (*bulvérçman*), s.m. Comoção, confusão, transtorno; desordem.
BOULEVERSER (*bulvérçê*), v.t. Transtornar, perturbar; comover.
BOULIER (*buliê*), s.m. Rede para pescar. Aparelho para ensinar as crianças a contar.
BOULIMIE (*bulimi*), s.f. Bulimia.
BOULIMIQUE (*bulimik*), adj. Relativo à bulimia.
BOULIN (*bulen*), s.m. Buraco de pombal; buraco para pôr os paus dos andaimes.
BOULINE (*bulin'*), s.f. *Mar.* Bolina.
BOULINER (*bulinê*), v.t. Bolinar.
BOULINGRIN (*bulengren*), s.m. Gramado.
BOULINIER, ÈRE (*buliniê, ér*), s. e adj. Bolineiro.
BOULISTE (*buliçt*), s. Jogador de bolas.
BOULISTERIE (*buliçtəri*), s.f. Serviço de transporte de cartas dentro de uma administração.
BOULLE ou **BOULE** (*bul*), s.m. Móveis com incrustações de tartaruga, cobre ou ouro.
BOULON (*bulon*), s.m. Parafuso com porca.
BOULONNER (*bulonê*), v.t. Parafusar. *Gír.* Trabalhar.
BOULOT, OTTE (*bulô, ót*), adj. e s. *Fam.* Gorducho, S. m. *Pop.* Trabalho.
BOULOTTER (*bulotê*), v.i. *Pop.* Vegetar. *Gír.* Comer.
BOUM! (*bum'*), interj. Bum!
BOUQUET (*buké*), s.m. Buquê. Bosquete. *Fig.* Perfume do vinho. *Fam. C'est le bouquet*, é o melhor. Camarão rosado. Sarna dos carneiros.
BOUQUETIÈRE (*buktiér*), s.f. Florista.
BOUQUETIN (*bukten*), s.m. Cabrito montês.
BOUQUIN (*buken*), s. m. Bode velho. Lebre ou coelho (macho). Livro velho.
BOUQUINER (*bukinê*). v.i. Procurar ou folhear livros velhos. *Fam.* Ler.
BOUQUINERIE (*bukinəri*), s.f. Comércio de livros velhos.
BOUQUINEUR, EUSE (*bukinĕr, ëz*), s. e adj. Amador de livros velhos.
BOUQUINISTE (*bukiniçt*), s.m. Vendedor de livros velhos.
BOURACAN (*burakan*), s.m. Barregana.
BOURBE (*burb*), s.f. Lama, lodo.
BOURBIER (*burbiê*), s.m. Lamaçal. *Fig.* Mau negócio. Imprensa.
BOURBILLON (*burbiion*), s.m. Lodaçal. Carnegão de furúnculo.
BOURBONIEN, ENNE (*burbonien, én'*), adj. Relativo aos Bourbons. S. Partidário dessa família.
BOURBONNAIS, E (*burboné, z*), adj. e s. De Bourbonnais (França).
BOURCER (*burçê*), v.t. (O *c* toma uma cedilha antes de *a* e *o*: *il bourça, nous bourçons*.) Dobrar uma vela parcialmente.
BOURCET (*burçé*), s.m. *Mar.* Vela de mezena
BOURDAINE ou **BOURGÈNE** (*burdén'* ou *burjén'*), s.f. *Bot.* Amieiro preto.
BOURDALOU (*burdalu*), s.m. Fita afivelada de chapéu. Urinol.
BOURDE (*burd*), s.f. *Fam.* Mentira; erro.
BOURDER (*burdê*), v.i. Mentir; errar.
BOURDON (*burdon*), s.m. Bordão de peregrino. Zangão. Sino grande. *Mús.* Bordão.
BOURDONNANT, E (*burdonan, t*), s.

m. Que zumbe.

BOURDONNEMENT (*burdonəman*), s. m. Zumbido.

BOURDONNER (*burdonê*), v.i. Zumbir; murmurar. *Fig.* Rosnar.

BOURDONNEUR, EUSE (*burdoněr, ëz*), s. e adj. Que zumbe.

BOURG (*bur*), s.m. Vila; burgo.

BOURGADE (*burgad*), s.f. Burgo pequeno.

BOURGÈNE (*burjén'*), s.f. V. **BOURDAINE**.

BOURGEOIS, E (*burjuá, z*), s. e adj. Burguês. *Pop.* S. f. Esposa.

BOURGEOISEMENT (*burjuazman*), adv. Burguesmente.

BOURGEOISIE (*burjuazi*), s.f. Burguesia.

BOURGEON (*burjon*), s.m. Gomo, renovo, broto. *Fig.* Borbulha

BOURGEONNEMENT (*burjonəman*), s. m. Germinação, brotamento.

BOURGEONNER (*burjonê*), v.i. Brotar, germinar.

BOURGERON (*burjəron*), s. m. Espécie de guarda-pó curto.

BOURGMESTRE (*burgméçtr*), s.m. Burgomestre.

BOURGOGNE (*burgónh*), s.m. Vinho de Borgonha.

BOURGUIGNON, ONNE (*burguinhon, ón'*), adj. e s. Borguinhão.

BOURGUIGNOTTE (*burghinhót*), s.f. Borguinhota.

BOURLINGUER (*burlenghê*), v.i. *Mar.* Navegar com dificuldade. *Pop.* Ter um trabalho penoso. Levar uma vida de viagens e aventuras.

BOURRACHE (*burach*), s.f. *Bot.* Borragem.

BOURRADE (*burad*), s. f. Soco. Invectiva.

BOURRAGE (*buraj*), s. m. Enchimento. Bucha das armas de fogo.

BOURRAS (*buraç*), s.m. Pano grosso de estopa. Pl.: *des bourras.*

BOURRASQUE (*buraçk*), s.f. Borrasca.

BOURRE (*bur*), s.f. Crina. Bucha das armas de fogo. *Bot.* Rebento. *Fig.* Coisa sem valor.

BOURREAU (*burô*), s. m. Carrasco. *Fig.* Pessoa cruel. *Bourreau d'argent,* pródigo. Pl.: *des bourreaux.*

BOURRÉE (*burê*), s.f. Feixe de lenha. Dança da Auvérnia.

BOURRÈLEMENT (*burélman*), s.m. Dor intensa. *Fig.* Tormento moral.

BOURRELER (*burəlê*), v.t. (Dobra o *l* antes de sílaba muda: *je bourrelle.*) Atormentar.

BOURRELET (*burəlé*), s.m. Qualquer enchimento arredondado.

BOURRELIER (*burəliê*), s. m. Albardeiro.

BOURRELLERIE (*burélri*), s.f. Ofício e comércio de albardeiro.

BOURRER (*burê*), v.t. Encher. Meter a bucha numa arma. Estofar. Embuchar. *Fig.* Maltratar. *Fam. Bourrer le crâne,* enganar. **SE BOURRER**, v. pr. Bater-se. Embuchar-se.

BOURRETTE (*burét*), s.m. Borra da seda.

BOURRICHE (*burich*), s.f. Cesto para peixes e ostras.

BOURRICOT (*burikô*), s.m. Burrico.

BOURRIN (*buren*), s.m. *Fam.* Burro, cavalo.

BOURRIQUE (*burik*), s.f. Burrice. *Fig.* Muito ignorante. *Tourner en bourrique,* atordoar. *Pop.* Polícia.

BOURRIQUET (*buriké*), s.m. Burrinho. Roldana para fazer subir os produtos de uma mina.

BOURRU, E (*burü*), adj. e s. Áspero, desigual. *Fig.* Humor brusco e triste.

BOURSE (*burç*), s.f. Bolsa, saco. *Fig.* Dinheiro. *Sans bourse délier,* sem fazer nenhuma despesa. *Un coup de bourse,* alta ou baixa súbita da bolsa.

BOURSICOT ou **BOURSICAUT** (*burçikô*), s.m. Bolsinha. Pequenas economias.

BOURSICOTAGE (*burcikotaj*), s.m. Ação de economizar, de fazer transações na bolsa.

BOURSICOTER (*burçikotê*), v.i. Economizar; fazer transações na bolsa.

BOURSICOTIER, ÈRE (*burçikotiê, ér*) ou **BOURSICOTEUR, EUSE** (*burçikotěr, ëz*), adj. e s. Aquele que faz pequenas transações na bolsa.

BOURSIER, ÈRE (*burçiê, ér*), s. e adj. Bolsista, bolseiro.

BOURSOUFLÉ, E (*burçuflê*), adj. Inchado. *Fig.* Empolado.

BOURSOUFLEMENT (*burçufləman*), s. m. Inchação.

BOURSOUFLER (*burçuflê*), v.t. Inchar. *Fig.* Tornar vão. **SE BOURSOUFLER**, v.pr. Ficar inchado.

BOURSOUFLURE (*burçuflür*), s.f. Inchação.

BOUSCULADE (*buçkülad*), s.f. Empurrão.

BOUSCULER (*buçkülê*), v.t. Empurrar; pôr em desordem. *Fig.* e *fam.* Resmungar. **SE BOUSCULER**, v. pr. Empurrar-se; apressar-se.

BOUSE (*buz*), s.f. Excremento de gado vacum.

BOUSIER (*buziê*), s. m. Escaravelho.

BOUSILLAGE (*buziiaj*), s. m. Adobe de terra e palha. *Fig.* e *fam.* Trabalho mal feito.

BOUSILLER (*buziiê*), v. i. Construir com adobe de palha e terra. V. t. *Fam.* Trabalhar mal; destruir.

BOUSILLEUR, EUSE (*buziiěr, ëz*), s. *Fig.* Mau trabalhador.

BOUSIN (*buzen*), s. m. Superfície branca das pedras de cantaria. *Pop*. Barulho.

BOUSINGOT (*buzengô*), s. m. Chapéu de marinheiro.

BOUSSOLE (*buçól*), s.f. Bússola. *Fig*. Guia.

BOUSTIFAILLE (*buçtifaii*), s. f. *Pop*. Festim; comida.

BOUT (*bu*), s.m. Extremidade, fim, ponta; pedaço. *Nouer les deux bouts*, chegar ao fim do ano sem dividas. *Savoir sur le bout du doigt*, saber na ponta da lingua. *Etre à bout*, estar esgotado, não saber o que fazer. *Pousser à bout*, fazer perder a paciência. *Venir à bout de*, triunfar de. Loc. adv.: *Bout à bout*, ponta a ponta; *à bout portant*, à queima-roupa; *d'un bout à l'autre*, completamente; *au bout de compte*, finalmente; *à tout bout de champ*, a propósito de tudo. Loc. prep.: *A bout de*, sem mais; *au bout de*, ao cabo de.

BOUTADE (*butad*), s.f. Dito espirituoso; capricho.

BOUT-DEHORS (*budəór*) ou **BOUTE-HORS** (*butór*), s. m. *Mar*. Botalós. Pl.: *des bouts-dehors* ou *boute-hors*.

BOUTE-EN-TRAIN (*butantren*), s.m.inv. Brincalhão.

BOUTEFEU (*butfë*), s. e adj. Bota-fogo. Pl.: *des boutefeux*.

BOUTEILLE (*butéii*), s. f. Garrafa.

BOUTEILLON (*butéion*), s.m. Marmita militar.

BOUTEILLER ou **BOUTILLIER** (*butéiê ou butiiê*), s. m. Copeiro.

BOUTER (*butê*), v. t. Pôr: empurrar.

BOUTEROUE (*butəru*), s. f. Marco de pedra.

BOUTE-SELLE (*butçél*), s. m. inv. Bota-sela.

BOUTIQUE (*butik*), s.f. Loja, venda; oficina. *Fam*. Negócio. Casa desarrumada.

BOUTIQUIER, ÈRE (*butikiê, ér*), s. Lojista, comerciante.

BOUTIS (*buti*), s.m. Fossada. Pl.: *des boutis*.

BOUTISSE (*butiç*), s.f. Pedra colocada de comprimento na parede.

BOUTOIR (*butuar*), s m. Focinho de javali. *Fig*. *Coup de boutoir*, invectiva.

BOUTON (*buton*), s.m. Botão. Espinha. Comutador.

BOUTON-D'ARGENT (*butondarjan*), s. m. Variedade de matricária. Pl.: *des boutons-d'argent*.

BOUTON-D'OR (*butondór*), s.m. Variedade amarela de ranúnculo. Pl.: *des boutons-d'or*.

BOUTONNAGE (*butonaj*), s.m. Ação de abotoar.

BOUTONNANT, E (*butonan, t*), adj. Que se pode abotoar.

BOUTONNER (*butonê*), v.i. Abotoar (plantas). V.t. Abotoar.

BOUTONNERIE (*butonəri*), s.f. Fábrica ou comércio de botões.

BOUTONNEUX, EUSE (*butonë, ëz*), adj. Que tem espinhas.

BOUTONNIER, ÈRE (*butoniê, ér*), s. Aquele que fabrica ou vende botões.

BOUTONNIÈRE (*butoniér*), s.f. Casa do botão; lapela; flores na lapela.

BOUTON-PRESSION (*butonpréçion*), s. m. Pressão (colchete). Pl.: *des boutons-pression*.

BOUT-SAIGNEUX (*buçénhë*), s. m. Pescoço de vitela e carneiro vendido no açougue. Pl.: *des bouts-saigneux*.

BOUTS-RIMÉS (*burimê*), s.m. pl. Versos feitos com rimas forçadas.

BOUTURAGE (*butüraj*), s. m. Reprodução por meio de mudas.

BOUTURE (*butür*), s. f. Muda, estaca, chantão.

BOUTURER (*butürê*), v.i. Brotar. V.t. Plantar mudas.

BOUVERIE (*buvəri*), s. f. Estábulo.

BOUVET (*buvé*), s. m. Guilherme, espécie de plaina.

BOUVIER, ÈRE (*buviê, ér*), s. Vaqueiro. *Fig*. Pessoa grosseira.

BOUVILLON (*buvíion*), s. m. Novilho.

BOUVREUIL (*buvrëi*), s. m. Pisco (passarinho).

BOUVRIL (*buvril*), s.m. Lugar dos bois no matadouro.

BOVIDÉS (*bovidê*), s.m.pl. Bovídeos.

BOVIN, E (*boven, in'*), adj. Bovino.

BOVINÉS ou **BOVINS** (*bovinê* ou *boven*), s. m. pl. Bovinos.

BOX (*bókç*), s. m. Compartimento de uma cavalariça ou de uma garagem.

BOXE (*bókç*), s. f. Boxe.

BOXER (*bokçê*), v. i. Lutar boxe.

BOXEUR, EUSE (*bokçër, ëz*), s. e adj. Lutador de boxe. Pugilista.

BOYAU (*buaiô*), s. m. Tripa. Mangueira. Câmara-de-ar. Trincheira; caminho estreito. Pl.: *des boyaux*.

BOYAUDERIE (*buaiôdəri*), s.f. Lugar onde se preparam as tripas.

BOYAUDIER, ÈRE (*buaiôdiê, ér*), s. Preparador de tripas para qualquer uso.

BOYCOTTAGE (*boikotaj*), s. m. Boicote.

BOYCOTTER (*boikotê*), v. t. Boicotar.

BOYCOTTEUR, EUSE (*boikotër, ëz*), s. Aquele que boicota.

BRABANÇON, ONNE (*brabançon, ón'*), adj. e s. Brabanção.

BRABANT (*braban*), s. m. Espécie de charrua.

BRACELET (*braçlé*), s. m. Pulseira.

BRACELET-MONTRE (*braçlémontr*), s. m. Relógio de pulso. Pl.: *des bracelets-montres*.

BRACHIAL, E, AUX (*brakial, ô*), adj. Braquial.

BRACHIOPODES (*brakiopód*), s. m. pl. Braquiópodes.

BRACHYCÉPHALE (*brakiçêfal*), adj. e s. Braquicéfalo.
BRACHYOURES (*brakiúr*), s. m. pl. Braquiúros.
BRACONNAGE (*brakonaj*), s. m. Caça ilegal.
BRACONNER (*brakonê*), v. i. Caçar ilegalmente.
BRACONNIER, ÈRE (*brakoniê, ér*), s. Caçador ilegal.
BRACONNIÈRE (*brakoniér*), s. f. Fralda da armadura.
BRACTÉAL, E, AUX (*braktêal, ô*), adj. Bracteal.
BRACTÉE (*braktê*), s. f. Bráctea.
BRACTÉOLE (*braktêól*), s.f. Bractéola.
BRADER (*bradê*), v.t. Liquidar, leiloar.
BRADERIE (*bradəri*), s. f. Liquidação, leilão.
BRADYPE (*bradip*), s. m. Bradípode.
BRADYPEPSIE (*bradipépçi*), s. f. Bradipepsia.
BRAGUE (*brag*), s. f. Bragas.
BRAGHETTE (*braghét*), s. f. Braguilha.
BRAHMANE (*braman'*), **BRAHME, BRAME** (*bram'*) ou **BRAMINE** (*bramin'*), s. m. Brâmane.
BRAHMANIQUE (*bramanik*), adj. Brâmane.
BRAHMANISME (*bramaniçm*), s. m. Bramanismo.
BRAI (*bré*), s. m. Breu.
BRAIE (*bré*), s.f. Fralda de criança. Pl. Bragas.
BRAILLARD, E ou **BRAILLEUR, EUSE** (*braiar, d* ou *braièr, ëz*), adj. e s. Gritador, berrador.
BRAILLEMENT (*braiiman*), s. m. Gritaria, berro.
BRAILLER (*braiê*), v. i. Gritar, berrar.
BRAIMENT (*bréman*), s. m. Zurro.
BRAIRE (*brér*), v. i. e def. (Usa-se apenas no inf. e nas 3ªˢ p. do pres. do ind.: *il brait, ils braient;* do fut.: *il braira, ils brairont;* do cond.: *il brairait, ils brairaient.*) Zurrar.
BRAISE (*bréze*), s. f. Brasa.
BRAISER (*brézê*), v. t. Assar.
BRAISETTE (*brézét*), s. f. Brasa miúda.
BRAISIER (*bréziê*), s. m. Braseiro.
BRAME (*bram'*), s. m. V. **BRAHMANE.**
BRAMEMENT (*braməman*), s. m. Bramido.
BRAMER (*bramê*), v. i. Bramar.
BRAMINE (*bramin'*), s. m. V. **BRAHMANE.**
BRAN (*bran*), s. m. Farelo. *Pop.* Matéria fecal. *Bran de scie,* serradura.
BRANCARD (*brankar*), s.m. Padiola; varal.
BRANCARDAGE (*brankardaj*), s. m. Padiolagem.
BRANCARDIER (*brankardiê*), s. m. Padioleiro.
BRANCHAGE (*branchaj*), s.m. Ramagem; cornos do veado.
BRANCHE (*branch*), s. f. Ramo, ramificação. *Fig.* Ramo, espécie.
BRANCHEMENT (*branchman*), s. m. Ligação, bifurcação.
BRANCHER (*branchê*), v. i. Pousar num ramo. V. t. Ramificar, ligar.
BRANCHE-URSINE (*branchürçin'*), s. f. *Bot.* Acanto. Pl.: *des branches-ursines.*
BRANCHIAL, E, AUX (*branchial, ô*), adj. Branquial.
BRANCHIES (*branchi*), s. f. pl. Brânquias.
BRANCHIOPODES (*brankiopód*), s. m. pl. Branquiópodes.
BRANCHU, E (*branchü*), adj. Enramado.
BRANDADE (*brandad*), s. f. Guisado de bacalhau.
BRANDE (*brand*), s. Espécie de samambaia.
BRANDEBOURG (*brandəbur*), s. m. Alamar; casaco.
BRANDEVIN (*brandəven*), s. m. Aguardente de vinho.
BRANDEVINIER, ERE (*brandəviniê, ér*), s. Fabricante de aguardente de vinho.
BRANDILLER (*brandiiê*), v. t. Bambolear. V. i. Agitar-se.
BRANDIR (*brandir*), v. t. Brandir.
BRANDON (*brandon*), s. m. Brandão.
BRANDY (*brandi*), s. m. Aguardente.
BRANLANT, E (*branlan, t*), adj. Vacilante.
BRANLE (*branl*), s.m. Oscilação, abalo. *Fig.* Impulso. *Mettre en branle,* pôr em movimento. *Donner le branle à,* dar o primeiro impulso.
BRANLE-BAS (*branlbá*), s. m. inv. Desordem.
BRANLEMENT (*branləman*), s. m. Movimento; oscilação; vacilação.
BRANLER (*branlê*), v. t. Agitar, abanar. V. i. Oscilar.
BRANLOIRE (*branluar*), s. f. Balanço.
BRAQUAGE (*brakaj*), s. m. V. **BRAQUEMENT.**
BRAQUE (*brak*), s. m. Braço (cão). Adj. Avoado.
BRAQUEMENT (*brakman*), s. m. Pontaria.
BRAQUER (*braquê*), v. t. Apontar.
BRAS (*bra*), s.m. Braço. *Fig.* Trabalho. *Avoir le bras long,* ter influência. *Couper bras et jambes,* desencorajar completamente. *Avoir quelqu'un sur les bras,* ter às suas custas. Loc. adv.: *A tour de bras,* com força; *à bras raccourcis,* com a maior violência; *bras dessus, bras dessous,* de braços dados; *à bras-le-corps;* no meio do corpo. Pl.: *des bras.*

BRASAGE (*brasaj*), s.m. V. **BRASURE.**
BRASER (*brazê*), v. t. Soldar.
BRASIER (*braziê*), s. m. Braseiro.
BRASILLER (*braziiê*), v. t. Tostar. V. i. Cintilar.
BRASSAGE (*braçaj*), s. m. Braçagem.
BRASSARD (*braçar*), s. m. Braçadeira.
BRASSE (*braç*), s. f. Braça.
BRASSÉE (*braçê*), s. f. Braçada.
BRASSER (*braçê*), v. t. Remexer, preparar cerveja. *Fig.* Abarcar.
BRASSERIE (*braçri*). s. f. Cervejaria.
BRASSEUR, EUSE (*braçër, ëz*), s. Cervejeiro. *Fig.* Açambarcador.
BRASSIÈRE (*braçiér*), s. f. Camisinha de criança. Correia da mochila.
BRASSIN (*braçen*), s.f. Cuba para fazer cerveja.
BRASURE (*brazür*), s. f. Soldadura.
BRAVACHE (*bravach*), s.m. Fanfarrão.
BRAVADE (*bravad*), s. f. Bravata.
BRAVE (*brav*), adj. Honesto, bom; corajoso.
BRAVEMENT (*bravman*), adv. Corajosamente.
BRAVER (*bravê*), v. t. Desafiar, afrontar.
BRAVISSIMO! (*braviçimô*), interj. Bravíssimo!
BRAVO! (*bravô*), interj. Bravo! S. m. Aplauso.
BRAVO (*bravô*), s.m. Espadachim. Pl.: *des bravi.*
BRAVOURE (*bravur*), s. f. Bravura.
BRAYETTE (*braiét*), s. f. V. **BRAGUETTE.**
BREBIS (*brəbi*), s. f. Ovelha. *Fig. Brebis galeuse,* ovelha negra. Pl.: *des brebis.*
BRÈCHE (*bréch*), s.f. Brecha. *Fig.* Prejuízo. *Être toujours sur la brèche,* estar sempre lutando. *Battre en brèche,* atacar vivamente.
BRÈCHE-DENT (*bréchdan*), adj. e s. Pessoa a quem faltam dentes na frente, banguela. Pl.: *des brèche-dents.*
BRÉCHET (*brêché*), s. m. Espinhela.
BREDOUILLAGE (*brəduiaj*), ou **BREDOUILLEMENT** (*brəduiiman*), s. m. Ação de falar com precipitação; palavras pronunciadas com precipitação.
BREDOUILLE (*brəduii*), s. f. *Fam.* De mãos vazias. *Revenir bredouille,* voltar de mãos abanando.
BREDOUILLER (*brəduiê*), v. i. Falar com precipitação, de modo confuso.
BREDOUILLEUR, EUSE (*brəduiër, ëz*), adj. e s. Que fala precipitadamente.
BREF, ÈVE (*bréf, brév*), adj. Breve, curto; imperativo. S. Breve apostólico. Adv. Enfim. S. f. Sílaba breve.
BRÉHAIGNE (*brêênh*) adj. f. Estéril, infecundo.
BRELAN (*brəlan*), s. m. Jogo de cartas; grupo de três cartas.
BRELLER ou **BRÊLER** (*brêlê*), v. t. Fixar com cordas.
BRELOQUE (*brəlók*), s. f. Berloque.
BRÈME (*brem'*), s. f. Brema.
BRÉSIL (*brêzil*), s. m. Pau-Brasil; campeche.
BRÉSILIEN, ENNE (*brêzilien, én'*), adj. e s. Brasileiro.
BRÉSILLER (*brêziiê*). v. t. Partir em pedaços. Tingir com o pau de campeche. V. i. Esfarelar-se.
BRETAILLER (*brətaiê*), v. i. Usar da espada por qualquer motivo.
BRETAILLEUR (*brətaiër*), s. m. Espadachim; brigão.
BRETAUDER (*brətôdê*), v. i. Tosquiar desigualmente. Cortar as orelhas de um animal; castrar.
BRETELLE (*brətel*), s.m. Suspensório; tiracolo.
BRETON, ONNE (*brəton, ón'*), adj. e s. Bretão.
BRETONNANT, E (*brətonan, t*), adj. Que ou quem conserva a língua e costumes bretões.
BRETTELER (*brétlê*), v. t. (Dobra o *l* antes de sílaba muda: *je brettelle.*) Escodar.
BRETTEUR (*brétër*), s.m. Espadachim; fanfarrão.
BRETZEL (*brétzél*), s. m. Biscoito salgado alemão.
BREUVAGE (*brëvaj*), s. m. Bebida.
BREVET (*brəvé*), s. m. Diploma, patente, brevê.
BREVETABLE (*brəvtabl*), adj. Que pode receber patente.
BREVETÉ, E (*brəvtê*), s. m. Diplomado; brevetado; patenteado.
BREVETER (*brəvtê*), v. t. (Dobra o *t* antes de sílaba muda: *je brevette.*) Diplomar; brevetar; patentear.
BRÉVIAIRE (*brêviér*), s. m. Breviário.
BRÉVITÉ (*brêvitê*), s. f. Brevidade.
BRIBE (*brib*), s. f. Restos de refeição; migalha.
BRIC-À-BRAC (*brikabrak*), s. m. inv. Bricabraque.
BRIC ET DE BROC (DE) (*dəbrikêdbrók*), loc. adv. Daqui e dali.
BRICOLAGE (*brikolaj*), s. m. Biscate, pequeno trabalho doméstico.
BRICOLE (*brikól*), s. f. *Fig.* Biscate. Ninharia. Pl.: redes (para caçar veado).
BRICOLER (*brikolê*), v. i. Fazer qualquer espécie de trabalho; atamancar.
BRICOLEUR, EUSE (*brikolër, ëz*), s. Biscateiro. Pessoa que faz pequenos trabalhos manuais.
BRIDE (*brid*), s. f Rédea, freio. Presilha. *Fig. Tenir la bride haute,* mos-

trar-se severo, levar à rédea curta. *Tenir en bride,* controlar, vigiar. *Lâcher la bride à,* abandonar-se a. *Tourner bride,* voltar atrás. Loc. adv.: *Bride abattue,* à rédea solta.
BRIDER (*bridê*), v.t. Pôr a rédea num cavalo, apertar. *Fig.* Refrear, reprimir.
BRIDGE (*bridj*), s. m. Bridge.
BRIDGER (*bridjê*), v. i. Jogar bridge.
BRIDGEUR, EUSE (*bridjër, ëz*), s. Jogador de bridge.
BRIDON (*bridon*), s. m. Bridão.
BRIE (*bri*), s. m. Queijo fabricado na região de Brie.
BRIÉ ou **BRILLÉ** (*briê* ou *briiê*), adj. Diz-se de um pão fabricado na Normandia.
BRIÈVEMENT (*briévman*), adj. Brevemente.
BRIÈVETÉ (*briévtê*), s. f. Brevidade; concisão.
BRIGADE (*brigad*), s. f. Brigada; bando.
BRIGADIER (*brigadiê*), s. m. Brigadeiro; chefe de uma brigada.
BRIGAND (*brigand*), s. m. Bandido.
BRIGANDAGE (*brigandaj*), s. m. Roubo, pilhagem. *Fig.* Concussão, extorsão.
BRIGANDER (*brigandê*), v. i. Saltear, roubar.
BRIGANDINE (*brigandin'*), s. f. Brigandina.
BRIGANTIN (*briganten*), s. m. Bergantim.
BRIGANTINE (*brigantin'*), s. f. *Mar.* Vela dos bergantins.
BRIGUE (*brigh*), s. f. Manobra; trama; intriga; conjuração.
BRIGUER (*brighê*), v. t. Tramar, intrigar, conspirar.
BRILLAMMENT (*briiaman*), adv. Brilhantemente.
BRILLANCE (*briianç*), s. f. Brilho.
BRILLANT, E (*briian, t*), adj. Brilhante. *Fig.* Suntuoso; ilustre; sedutor. S. m. Brilho; brilhante.
BRILLANTÉ, E (*briiantê*), adj. Reluzente.
BRILLANTER (*briiantê*), v. t. Lapidar diamantes.
BRILLANTINE (*briiantin'*), s. f. Brilhantina.
BRILLER (*briiê*), v. i. Brilhar. *Fig.* Distinguir-se.
BRIMADE (*brimad*), s. f. Trote.
BRIMBALEMENT (*brenbalman*), s. m. Repique; oscilação; bamboleio.
BRIMBALER (*brenbalê*), v. t. Repicar; oscilar; bambolear.
BRIMBORION (*brenborion*), s. m. Ninharia.
BRIMER (*brimê*), v. t. Enganar; trotear; maltratar.
BRIN (*bren*), s. m. Talo, pé; fio, fiapo; pedacinho. *Fig. Un beau brin de fille,* uma bonita moça.
BRINDE (*brend*), s. f. Brinde.
BRINDILLE (*brendii*), s. f. Raminho.
BRINGUE (*breng*), s. f. Pedaço. *Fam.* Mulher desairosa. Deboche.
BRINGUEBALER (*brengbalê*), v. t. V. **BRIMBALER**.
BRIO (*briô*), s. m. Vivacidade; calor.
BRIOCHIN, E (*briocken, in'*), adj. e s. Da cidade de Saint-Brieuc.
BRIOCHE (*brióch*), s. f. Brioche. *Fam.* e *fig.* Gafe.
BRIQUE (*brik*), s. f. Tijolo.
BRIQUET (*briké*), s. m. Isqueiro.
BRIQUETAGE (*briktaj*), s. m. Obra de tijolos.
BRIQUETER (*briktê*), v. t. (Dobra o *t* diante de sílaba muda: *je briquette.*) Atijolar; imitar tijolos.
BRIQUETERIE (*briktəri*), s. f. Fábrica de tijolos.
BRIQUETEUR (*briktër*), s. m. Aquele que trabalha com tijolos, tijoleiro.
BRIQUETIER (*briktié*), s. m. Tijoleiro.
BRIS (*bri*), s. m. Fratura, quebra. Pl.: *des bris.*
BRISANT, E (*brizan, t*), adj. Quebrador. S. m. Recife.
BRISE (*briz*), s. f. Brisa.
BRISÉ, E (*brizê*), adj. Quebrado.
BRISE-BISE (*brizbiz*), s. m. inv. Quebra-vento.
BRISÉES (*brizê*), s. f. pl. Ramos quebrados. *Fig. Aller sur les brisées de quelqu'un,* seguir as pegadas de alguém.
BRISE-FER (*brizfér*), s. inv. V. **BRISE-TOUT**.
BRISE-GLACE (*brizglaç*), s.m. inv. Quebra-gelo.
BRISE-JET (*brizjé*), s. m. inv. Quebra-jato de torneira.
BRISE-LAMES (*brizlam'*), s. m. inv. Quebra-mar.
BRISEMENT (*brizman*), s. m. Quebra; fratura; desfalecimento.
BRISE-MOTTES (*brizmot*), s. m. inv. Estorrador.
BRISER (*brizê*), v. t. Quebrar, romper. *Fig.* Cansar; suprimir. V. i. Bater (as ondas). *Brisons là,* paremos a discussão.
BRISE-TOUT (*briztu*), s. inv. Quebra-tudo; estouvado.
BRISEUR, EUSE (*brizër, ëz*), s. Quebrador.
BRISE-VENT (*brizvan*), s. m. inv. Guarda-vento.
BRISQUE (*briçk*), s. f. Jogo de cartas. Galão militar.
BRISTOL (*briçtól*), s. m. Brístol.
BRISURE (*brizür*), s. f. Quebra. Dobra.
BRITANNIQUE (*britanik*), adj. Britânico.
BROC (*brók*), s. m. Espécie de cântaro.
BROCANTAGE (*brokantaj*), s. m. Comércio de bugigangas.
BROCANTE (*brokant*), s. f. Comércio de

bugigangas; trabalho de pouco valor.
BROCANTER *(brokantê)*, v. i. Vender ou comprar bugigangas.
BROCANTEUR, EUSE *(brokantĕr, ëz)*, s. Quinquilheiro.
BROCARD *(brokar)*, s. m. Zombaria. Cabrito montês de um ano. Regra de direito.
BROCARDER *(brokardê)*, v. t. Zombar.
BROCARDEUR, EUSE *(brokardĕr, ëz)*, s. Zombador.
BROCART *(brokar)*, s. m. Brocado.
BROCATELLE *(brokatél)*, s. f. Brocatel; brocatelo.
BROCHAGE *(brochaj)*, s. m. Brochagem.
BROCHE *(bróch)*, s. f. Espeto; broca; agulha grossa; broche.
BROCHÉ *(brochê)*, s. m. Tecido com desenhos em relevo feitos na tecelagem.
BROCHÉE *(brochê)*, s. f. Espetada.
BROCHER *(brochê)*, v. t. Tecer ouro, seda, etc., num tecido. Pregar a ferradura. Brochar. *Fig.* e *fam.* Executar depressa.
BROCHET *(brochê)*, s. m. Solha.
BROCHETON *(brochton)*, s. m. Solha pequena.
BROCHETTE *(brochét)*, s. m. Lardeadeira; espetozinho.
BROCHEUR, EUSE *(brochĕr, ëz)*, s. Brochador.
BROCHOIR *(brochuar)*, s.m. Martelo de ferrador.
BROCHURE *(brochür)*, s. f. Brochura.
BROCOLI *(brokoli)*, s. m. Brócolos.
BRODEQUIN *(brodken)*, s. m. Borzeguim. *Fig. Chausser le brodequin*, representar comédias.
BRODER *(brodê)*, v. t. Bordar. *Fig.* Embelezar, aumentar.
BRODERIE *(brodəri)*, s. f. Bordado. *Fig.* Enfeite. *Mús.* Floreios.
BRODEUR, EUSE *(brodĕr, ëz)*, s. Bordador.
BROIE *(bruá)*, s. f. Gramadeira.
BROIEMENT *(bruaman)*, s. m. V. **BROYAGE.**
BROMATE *(bromat)*, s.m. *Quím.* Brometo.
BROME *(bróm')*, s. m. *Quím.* Bromo.
BROMÉLIACÉES *(bromêliaçê)*, s. f. pl. Bromeliáceas.
BROMHYDRIQUE *(bromidrik)*, adj. Bromídrico.
BROMIQUE *(bromik)*, adj. Brômico.
BROMOFORME *(bromofórm)*, s. m. Bromofórmio.
BROMURE *(bromür)*, s. m. Brometo.
BRONCHE *(bronch)*, s. f. Brônquio.
BRONCHEMENT *(bronchman)*, s. m. Ação de agitar-se.
BRONCHER *(bronchê)*, v. i. Tropeçar. dar um passo em falso. *Fig.* Agitar-se.
BRONCHIOLE *(bronchiólh)*, s. f. Bronquíolo.
BRONCHIQUE *(bronchik)*, adj. Brônquico.
BRONCHITE *(bronchit)*, s. f. Bronquite.
BRONCHITIQUE *(bronchitik)*, adj. Bronquítico.
BRONCHO-PNEUMONIE *(bronkôpnëmoni)*, s. f. Broncopneumonia.
BRONCHORRÉE *(bronkorê)*, s.f. Broncorréia.
BRONCHOTOMIE *(bronkotomi)*, s. f. Broncotomia.
BRONDISSEMENT *(brondiçman)*, s. m. Zumbido.
BRONZAGE *(bronzaj)*, s. m. Bronzeamento.
BRONZE *(bronz)*, s. m. Bronze.
BRONZÉ, E *(bronzê)*, adj, Bronzeado.
BRONZER *(bronzê)*, v. t. Bronzear.
BRONZEUR *(bronzĕr)*, s. m. Fabricante de objetos de bronze.
BROQUETTE *(brokét)*, s. f. Tacha de estofador.
BROSSAGE *(broçaj)*, s. m. Escovação. Esboço duma pintura.
BROSSE *(bróç)*, s. f. Escova; pincel, broxa.
BROSSÉE *(broçê)* s. f. Escovadela. *Fig.* e *fam.* Sova.
BROSSER *(broçê)*, v.t. Escovar; pintar, broxar. *Fam.* Bater, sovar.
BROSSERIE *(broçri)*, s. f. Fábrica, comércio de escovas.
BROSSIER *(broçiê)*, s. m. Escoveiro.
BROU *(bru)*, s. m. Pericarpo da noz. *Brou de noix*, tinta marrom, licor estomacal feito com essa casca.
BROUET *(brué)*, s. m. Alimento em caldo. *Fam.* Comida mal feita,
BROUETTAGE *(bruétaj)*, s. m. Transporte em carrinho de mão.
BROUETTE *(bruét)*, s. f. Carrinho de mão.
BROUETTÉE *(bruétê)*, s. f. O conteúdo de um carrinho de mão.
BROUETTER *(bruétê)*, v. t. Transportar em carrinho de mão.
BROUETTEUR ou **BROUETTIER** *(bruétĕr* ou *bruétiê)*, s.m. Aquele que transporta num carrinho de mão.
BROUHAHA *(bruaá)*, s. m. *Fam.* Zunzum.
BROUILLAGE *(bruiaj)*, s. m. Interferência (rádio).
BROUILLAMINI *(bruiamini)* s. m. *Fig.* Desordem, confusão.
BROUILLARD *(bruiar)*, s.m. Nevoeiro, neblina.
BROUILLASSE *(bruiaç)*, s.f. Bruma.
BROUILLASSER *(bruiaçê)*, v.i. Tornar-se nevoento.
BROUILLE *(bruii)*, s. f. *Fam.* Desunião.
BROUILLERIE *(bruiiri)*, s. f. Discórdia, desunião.

BROUILLER (*bruiê*), v. t. Misturar. *Fig.* Desunir. *Brouiller les cartes*, embaralhar as cartas. Semear a desordem. **SE BROUILLER,** v. pr. Brigar com alguém, pôr-se mal. Obscurecer-se.
BROUILLON, ONNE (*bruion, ón'*), adj. e s. Trapalhão. S. m. Rascunho.
BROUILLONNER (*bruionê*), v.t. Rascunhar.
BROUSSAILLE (*bruçaii*), s. f. Mato, urzes, abrolhos. *En broussaille*, em desordem.
BROUSSAILLEUX, EUSE (*bruçaië, ëz*), adj. Coberto de mato.
BROUSSARD (*bruçar*), s.m. Aquele que vive no matagal.
BROUSSE (*bruç*), s.m. Matagal, mato.
BROUSSIN (*bruçen*), s.m. Excrescência no tronco das árvores.
BROUT (*bru*), s.m. Rebento.
BROUTEMENT (*brutman*), s.m. Ação de pastar.
BROUTER (*brutê*), v.t. Pastar, pascer.
BROUTILLE (*brutii*), s.f. Ramos pequenos. *Fig.* Bagatela.
BROYAGE (*bruaiaj*), s. m. Moedura, esmagamento.
BROYER (*bruaiê*), v.t. (Conjuga-se como *aboyer.*) Esmagar, moer. *Broyer du noir*, abandonar-se a idéias tristes.
BROYEUR, EUSE (*bruaiër, ëz*), s. Moedor, esmagador.
BRU (*brü*), s.f. Nora.
BRUANT ou **BRÉANT** (*brüan* ou *brêan*), s.m. Verdelha.
BRUCELLES (*brüçél*), s.f. pl. Pinças finas e pequenas.
BRUGNON (*brünhon*), s.m. Pêssego de pele lisa.
BRUGNONIER (*brünhoniê*), s.m. Variedade de pessegueiro.
BRUINE (*brüin'*), s.f. Chuvisco.
BRUINER (*brüinê*), v. imp. Chuviscar.
BRUINEUX, EUSE (*brüinë, ëz*), adj. Que contém chuvisco.
BRUIR (*brüir*), v.t. Embeber de vapor uma fazenda.
BRUIRE (*brüir*), v.i. e def. (Usa-se apenas no inf.: *bruire*, nas 3as. ps. do pres. do ind.: *il bruit, ils bruissent;* do imperf.: *il bruissait, ils bruissaient;* no part. pres.: *bruissant*. Encontra-se também o subj.: *qu'il bruisse.*) Produzir um som confuso; soar; murmurar.
BRUISSAGE (*brüiçaj*), s.m. Ação de embeber uma fazenda de vapor.
BRUISSANT, E (*brüiçan, t*), adj. Ruidoso; farfalhante.
BRUISSEMENT (*brüiçman*), s. m. Ruído, sussurro.
BRUIT (*brüi*), s.m. Ruído, barulho, sussurro. *Fig.* Boato; fama.
BRUITEUR (*brüitër*), s. m. Imitador de sons no teatro, cinema, rádio.
BRÛLAGE (*brülaj*), s.m. Queima.
BRÛLANT, E (*brülan, t*), adj. Ardente, queimante. *Fig.* Impetuoso.
BRÛLÉ (*brülê*), s.m. Queimado.
BRÛLE-GUEULE (*brülghël*), s.m. inv. *Pop.* Cachimbo curto.
BRÛLE-POURPOINT (À) (*abrülpurpuen*), loc. adv. À queima-roupa, bruscamente.
BRÛLER (*brülê*), v. i. Queimar, secar; destilar, torrefazer. *Fig. Brûler le pavé*, correr depressa. *Brûler la politesse à quelqu'un*, deixar alguém bruscamente. *Brûler ses vaisseaux*, tomar uma decisão irrevogável. *Brûler les étapes*, passar sem se deter. V. i. Consumar-se, queimar-se. Desejar.
BRÛLERIE (*brülri*), s.f. Lugar onde se faz a torrefação do café ou a destilação do vinho.
BRÛLEUR (*brülër*), s. m. Destilador. Bico de gás.
BRÛLIS (*brüli*), s. m. *Agric.* Queimada. Pl.: *des brûlis.*
BRÛLOIR (*brüluar*), s.m. Torrefator.
BRÛLURE (*brülür*), s.f. Queimadura.
BRUMAIRE (*brümér*), s.m. Brumário.
BRUMASSE (*brümaç*), s.f. Bruma leve.
BRUMASSER (*brumaçê*), v.. imp. Fazer uma bruma leve.
BRUME (*brüm'*), s. f. Bruma. *Fig.* Obscuridade, tristeza.
BRUMER (*brümê*), v. imp. Fazer bruma.
BRUMEUX, EUSE (*brümë, ëz*), adj. Brumoso.
BRUN, E (*brën, ün'*), adj. e s. Moreno; castanho-escuro.
BRUNÂTRE (*brünatr*), adj. Acastanhado.
BRUNE (*brün'*), s. f. Lusco-fusco, crepúsculo. Mulher morena.
BRUNET, ETTE (*brüné, ét*), adj. e s. Moreninho. S. f. Antiga canção amorosa.
BRUNI (*brüni*), s.m. Brunido, polido.
BRUNIR (*brünir*), v.t. Brunir, polir. Tornar moreno castanho.
BRUNISSAGE (*brüniçaj*), s.m. Brunidura, polimento (de metais).
BRUNISSEMENT (*brüniçman*), s. m. Bronzeamento.
BRUNISSEUR, EUSE (*brüniçër, ëz*), s. Brunidor; lustrador (operário).
BRUNISSOIR (*brüniçuar*), s.m. Brunidor (instrumento).
BRUNISSURE (*brüniçür*), s.f. Queimadura.
BRUSQUE (*brüçk*), adj. Brusco; súbito; rude.
BRUSQUEMENT (*brüçkman*), adv. Bruscamente.
BRUSQUER (*brüçkê*), v.t. Tratar bruscamente; precipitar.
BRUSQUERIE (*brüçkəri*), s. f. Rudeza; precipitação.
BRUT, E (*brüt*), adj. Bruto; informe; grosseiro.
BRUTAL, E, AUX (*brütal, ô*), adj. Bru-

tal; violento.
BRUTALEMENT (*brütalman*), adj. Brutalmente.
BRUTALISER *(brütalizê)*, v.t. Brutalizar; maltratar.
BRUTALITÉ (*brütalitê*), s. f. Brutalidade; violência.
BRUTE (*brüt*), s.f. Bruto, besta; estúpido.
BRUYAMMENT (*brüiaman* ou *brüiiaman)*, adv. Barulhentamente.
BRUYANT, E *(brüian, t* ou *brüiian, t)*, adj. Barulhento.
BRUYÈRE *(brüiér)* s.f. Urze, esteva. *Coq de bruyère*, tetraz.
BRYOLOGIE (*brioloji*), s. f. *Bot.* Briologia.
BRYON ou **BRION** *(brion)*, s.m. Variedade de musgo.
BRYONE (*brión'*), s. f. *Bot.* Briônia.
BRYOPHYTES *(briofit)*, s.m. pl. *Bot.* Briófitos.
BRYOZOAIRES (*briozoér*), s. m. pl. *Bot.* Briozoários.
BUANDERIE (*büandəri*), s. f. Lavandaria.
BUANDIER, ÈRE *(büandiê, ér)*, s. Lavadeiro.
BUBALE (*bübal*), s. m. Búfalo.
BUBE (*büb*), s. f. Bolha, borbulha.
BUBON (*bübon*), s.m. Bubão.
BUBONIQUE (*bübonik*), adj. Bubônico.
BUCAILLE (*bükaii*), s. m. Trigo mourisco.
BUCCAL, E, AUX *(bükal, ô)*, adj. Bucal.
BUCCIN (*bükçen*), s m. Búzio.
BUCCINATEUR (*bukçinatĕr*), s. m. Aquele que toca buzina.
BUCENTAURE (*büçantôr*), s. m. Bucentauro.
BUCÉPHALE *(büçêfal)*, s.m. Bucéfalo.
BÛCHE *(büch)*, s.f. Acha de lenha. *Fig.* Pessoa estúpida, inerte.
BÛCHER *(büchê)*, s.m. Pira, fogueira. Lugar onde se guarda a lenha.
BÛCHER (*büchê*), v.t. Desbastar a madeira ou a pedra. V. i. *Pop.* Bater, trabalhar com obstinação.
BÛCHERON, ONNE *(büchron, ón')*, s. Lenhador.
BÛCHETTE *(büchét)*, s.f. Lenha miúda.
BÛCHEUR, EUSE (*büchĕr, ëz*), s. *Fam.* Trabalhador.
BUCOLIQUE (*bükolik*), adj. Bucólico.
BUCRANE ou **BUCRANE** (*bükran'*), s. m. Bucrânio.
BUDGET *(büdjé)*, s.m. Orçamento.
BUDGÉTAIRE *(büdjêtér)*, adj. Orçamentário.
BUÉE (*büê*), s.f. Vapor.
BUFFET (*büfé*), s.m. Guarda-louça, aparador. Bufê.
BUFFETIER, ÈRE *(büftiê, ér)*, s. Dono do bufete de uma estação.
BUFFLE (*büfl*), s.m. Búfalo.
BUFFLETERIE (*büflətəri*), s. f. Correagem.
BUFFLETIN (*büfləten*), s. m. Bufalozinho.
BUFFLONNE (*büflón*), s. f. A fêmea do búfalo.
BUGLE (*bügl*), s.m. Corneta de chaves.
BUGLOSSE (*büglóç*), s. f. *Bot.* Buglossa.
BUGRANE (*bügran'*), s. f. *Bot.* Ajuga.
BUIS (*buí*), s. m. Buxo. *Buis bénit*, ramo bento. Pl.: *des buis*.
BUISSIÈRE ou **BUISSAIE** (*büiçiér* ou *büiçé*), s.f. Buxal.
BUISSON (*büiçon*), s. m. Moita, espinhal, sarça. *Fig. Battre les buissons*, procurar.
BUISSONNEUX, EUSE (*büiçonë, ëz*), adj. Brenhoso.
BUISSONNIER, ÈRE (*büiçoniê, ér*), adj. Que vive nos matos. *Faire l'école buissonnière*, fazer gazeta.
BULBE *(bülb)*, s.m. Bolbo; bulbo.
BULBEUX, EUX (*bülbë, ëz*), adj. Bolboso; bulboso.
BULBILLE *(bülbii)*, s.f. Bolbinho.
BULLDOZER (*büldozér*), s. m. Buldôzer.
BULGARE (*bülgar*), adj. e s. Búlgaro.
BULLE (*bül*), s.f. Bolha; borbulha. Bula.
BULLETIN (*bülten*), s. m. Boletim.
BULLEUX, EUSE (*bülë, ëz*), adj. Bolhoso.
BUPRESTE (*büpréçt*), s.m. Bupreste.
BURALISTE (*büraliçt*), s.m. Empregado de uma repartição de receita do Estado.
BURAT (*bürá*), s.m. Burel grosseiro.
BURE (*bür*), s.f. Burel de lã.
BUREAU (*bürô*), s.m. Escrivaninha, secretária. Escritório, agência; repartição. Pl.: *des bureaux*.
BUREAUCRATE (*bürôkrat*), s. m. Burocrata.
BUREAUCRATIE *(bürôkraçi)*, s. f. Burocracia.
BURELÉ, E (*bürəlê*), adj. Burelado.
BURETTE (*bürét*), s.f. Galheta.
BURGAU (*bürgô*), s.m. Burgau. Pl.: *des burgaux*.
BURGAUDINE (*bürgôdin'*), s. f. Burgaudina (madrepérola do burgau).
BURGRAVE (*bürgrav*), s. m. Burgrave.
BURIN (*büren*), s. m. Buril.
BURINER (*bürinê*), v.t. Burilar. *Pop.* Trabalhar sem parar.
BURINEUR (*bürinĕr*), s. m. Burilador.
BURLESQUE (*bürléçk*), adj. Burlesco.
BURNOUS (*bürnu*), s. m. Albornoz. Pl.: *des burnous*.
BURON (*büron*), s.m. Cabana de pastores. Queijeira.
BUSARD (*büzar*), s. m. Busardo.
BUSC (*büçk*), s. m. Barbatana.
BUSE (*büz*), s. f. Bútio (ave de rapina; tubo). *Fig.* Imbecil.
BUSQUÉ, E (*büçkê*), adj. Curvilíneo, arqueado.
BUSQUER (*büçkê*), v. t. Guarnecer de barbatanas; curvar.

BUSTE (*büçt*), s. m. Busto.

BUT (*bü* e *büt* diante de vogal), s. m. Alvo, ponto de mira; fim; tento. *Aller droit au but*, ir direto ao assunto, ao que interessa. *Marquer un but*, marcar um tento, um gol. *De but en blanc*, loc. adv. Bruscamente.

BUTANE (*bütan'*), s. m. Butano.

BUTE (*büt*), s. f. Puxavante, instrumento de ferrador.

BUTÉE (*bütê*), s. f. Maciço de alvenaria construído para resistir à pressão do arco de uma ponte.

BUTER (*bütê*), v. i. Escorar, sustentar; bater. Tender a um fim. **SE BUTER**, v. pr. Bater. *Fig.* Obstinar-se.

BUTIN (*büten*), s. m. Espólio, presa; lucro. *Pop.* Riqueza acumulada.

BUTINER (*bütinê*), v. t. e i. Pilhar; colher, procurar.

BUTINEUR, EUSE (*bütiněr, ëz*), adj. Pilhador; aquele que procura, que colhe.

BUTOIR (*bütuar*), s. m. Obstáculo artificial numa via férrea para parar os vagões.

BUTOME (*bütóm'*), s. f. *Bot.* Bútomo.

BUTOR (*bütór*), s.m. Alcaravão. *Fig.* Estúpido, homem grosseiro.

BUTTAGE (*bütaj*), s. m. Abacelamento.

BUTTE (*büt*), s. f. Montículo; elevação pequena. *Être en butte à*, ser alvo de.

BUTTER (*bütê*), v. t. Amontoar a terra em torno de uma planta, abacelar.

BUTTEUR (*butěr*), s. m. *Esp.* Artilheiro.

BUTTOIR ou **BUTTEUR** (*bütuar* ou *bütěr*), s. m. Espécie de arado pequeno. Instrumento de esculpir madeira.

BUTYLÈNE ou **BUTÈNE** (*bütilén'* ou *bütén'*), s. m. Butileno.

BUTYLIQUE (*bütilik*), adj. Butílico.

BUTYREUX, EUSE (*bütirë, ëz*), adj. Butiroso.

BUTYRINE (*bütirin'*), s. m. Butirino.

BUTYROMÈTRE (*bütirométr*), s. m. Butirômetro.

BUVABLE (*büvabl*), adj. Bebível, potável.

BUVARD (*büvar*), adj. e s. m. Mata-borrão.

BUVÉE (*büvê*), s. f. Beberagem para o gado.

BUVETIER, ÈRE (*büvtiê, ér*), s. Botequineiro.

BUVETTE (*büvet*), s. f. Bar; botequim; bufete.

BUVEUR, EUSE (*büvěr, ëz*), s. Bebedor.

BUVOTER (*büvotê*), v. i. Bebericar.

BYZANTIN, E (*bizanten, in'*), adj. e s. Bizantino.

BYZANTINISME (*bizantiniçm'*), s. m. Bizantinismo.

C

C (*çê* ou *çə*), s. m. Terceira letra do alfabeto.

ÇA (*ça*), adj. Aqui, ali. *Çà et là*, loc. adv. isso, aquilo.

ÇÀ (*ça*), adj. Aqui, ali. *Çà et là*, loc. adv. Aqui e ali.

CAB (*kab*), s. m. Cabriolé.

CABALER (*kabalê*), v. i. Cabalar, maquinar.

CABALEUR, EUSE (*kabalĕr, ëz*), s. Cabalista, intrigante.

CABALISTE (*kabaliçt*), s. Cabalista.

CABALISTIQUE (*kabaliçtik*), adj. Cabalístico, secreto.

CABAN (*kaban*), s. m. Casaco de chuva, gabão.

CABANAGE (*kabanaj*), s. m. Ação de abrigar-se em cabanas.

CABANE (*kaban'*), s. f. Cabana, choça; borrasca.

CABANER (*kabanê*), v. i. Abrigar-se em cabanas.

CABANON (*kabanon*), s. m. Barraquinha. Casa reservada aos doidos furiosos.

CABARET (*kabaré*), s. m. Taberna, tasca, cabaré.

CABARETIER, ÈRE (*kabarətiê, ér*), s. Taberneiro.

CABAS (*kabá*), s.m. Cesta, cabaz. Pl.: *des cabas*.

CABASSET (*kabaçé*), s. m. Capacete pequeno.

CABERNET (*kabérné*), s. m. Variedade de vinha cultivada no sul da França.

CABESTAN (*kabéçtan*), s. m. Cabrestante.

CABIAI (*kabié*), s. m. Capivara.

CABILLAUD (*kabiiô*), s. m. Bacalhau fresco.

CABILLOT (*kabiiô*), s. m. Cavilha.

CABINE (*kabin'*), s.f. Camarote, cabine.

CABINET (*kabiné*), s. m. Gabinete, escritório; quarto; ministério; coleção.

CÂBLAGE (*kablaj*), s.m. Ação de torcer cordas para fazer um cabo. Ação de telegrafar por meio de cabo.

CÂBLE (*kabl*), s. m. Cabo, corda grossa, amarra.

CÂBLÉ (*kablê*), *s. m.* Cordão grosso.

CÂBLÉ, E (*kablê*), adj. Torcido; em forma de cabo.

CÂBLEAU ou **CÂBLOT** (*kablô*), s.m. *Mar.* Calabrote. Pl.: *des câbleaux* ou *câblots*.

CÂBLER (*kablê*), v.i. Torcer cordas para fazer um cabo. Telegrafar por meio de cabo.

CÂBLERIE (*kabləri*), s.f. Fabricação de cabos.

CÂBLOGRAMME (*kablogram'*), s. m. Cabograma.

CABOCHON (*kabochon*), s. m. Cabuchão; pedra preciosa polida. Prego decorativo de cabeça larga.

CABOCHARD, E (*kabochar, d*), adj. e s.m. Pessoa teimosa.

CABOCHE (*kabóch*), s.m. *Fam.* Cabeça, cachola.

CABOSSE (*kabóç*), s.f. Galo, contusão.

CABOSSER (*kaboçê*), v. t. Contundir, pisar.

CABOT (*kabô*), s.m. Nome vulgar do mugem. *Fam.* Cachorro.

CABOTAGE (*kabotaj*), s.m. Cabotagem.

CABOTER (*kabotê*), v. i. Cabotar.

CABOTEUR (*kabotĕr*), adj. e s. m. O que faz cabotagem; embarcação de cabotagem.

CABOTINAGE (*kabotinaj*), s.m. Cabotinagem.

CABOTIN, E (*kaboten, in'*), s. Cabotino.

CABOTINER (*kabotinê*), v. i. Cabotinar.

CABOULOT (*kabulô*), s.m. Botequim de classe baixa.

CABRER (SE) (*çəkabrê*), v. pr. Empinar-se (cavalo). *Fig.* Rebelar-se.

CABRI (*kabri*), s.m. Cabrito.

CABRIOLE (*kabriól*), s. f. Cabriola, pulo.

CABRIOLER (*kabriolê*), v.i. Fazer cabriolas, pular.

CABRIOLET (*kabriolê*), s.m. Cabriolé.

CABRIOLEUR, EUSE (*kabriolĕr, ëz*), s. e adj. Que faz cabriolas.

CACA (*kaká*), s. m. *Inf.* Excremento.

CACABER (*kakabê*), v.i. Cacarejar.

CACAHUÈTE (*kakaüét*), s.f. Amendoim.

CACAO (*kakaô*), s.m. Cacau.

CACAOYER ou **CACAOTIER** (*kakaoiê* ou *kakaotiê*), s. m. Cacaueiro.

CACAOYÈRE ou **CACAOTIÈRE** (*kakaoiér* ou *kakaotiér*), s.f. Plantação de cacaueiros.

CACARDER (*kakardê*), v.i. Grasnar (o ganso).

CACATOÈS (*kakatoéç*), s.m. Cacatua. Pl.: *des cacatoès*.

CACATOIS (*kakatuá*), s.m. *Mar.* Sobrejoanete. Pl.: *des cacatois*.

CACHALOT (*kachalô*), s.m. Cachalote.

CACHE (*kach*), s.f. Esconderijo.

CACHE-CACHE (*kachkach*), s.m. Esconde-esconde.

CACHE-COL (*kachkól*), s. m. inv. Manto, cachecol.
CACHE-CORSET (*karchkorçé*), s. m. Corpinho.
CACHECTIQUE (*kachéktik*), adj. Caquético.
CACHEMIRE (*kachmir*), s.m. Caxemira (tecido).
CACHE-MISÈRE (*kachmizér*), s.m. inv. *Pop.* Casaco velho; guarda-pó; tapa-miséria.
CACHE-NEZ (*kachnê*), s.m. inv. Manta, cachecol.
CACHE-POT (*kachpô*), s.m. inv. Vaso de porcelana para conter outro vaso mais ordinário.
CACHER (*kachê*), v. t. Esconder, ocultar; disfarçar. **SE CACHER**, v. pr. Esconder-se. *Ne pas s'en cacher*, não ter o que esconder.
CACHET (*kaché*), s.m. Carimbo, selo, sinete. Comprimido. *Fig. Avoir du cachet*, ter personalidade, originalidade. *Payer au cachet*, pagar por lição.
CACHETAGE (*kachtaj*), s.m. Ação de selar, carimbar, fechar.
CACHETER (*kachtê*), v. t. (Dobra o *t* antes de sílaba muda: *je cachette.*) Selar, carimbar; fechar; lacrar. *Cire à cacheter*, lacre.
CACHETTE (*kachét*), s.f. Esconderijo recanto. *En cachette*, loc. adv. Em segredo.
CACHEXIE (*kachékçi*), s. f. Caquexia.
CACHOT (*kachô*), s.m. Calabouço, enxovia, cárcere.
CACHOTTERIE (*kachotəri*), s. f. *Fam.* Segredinhos.
CACHOTTIER, ÈRE (*kachotiê, ér*), adj. e s. Segredista.
CACIQUE (*kaçik*), s. m. Cacique.
CACOCHYME (*kakochim'*), adj. e s. Cacoquino.
CACOCHYMIE (*kakochimi*), s.f. Cacoquimia.
CACODYLATE (*kakodilat*), s. m. Cacodilato.
CACOGRAPHE (*kakograf*), s. m. Cacógrafo.
CACOGRAPHIE (*kakografi*), s. f. Cacografia.
CACOLET (*kakolé*), s.m. Espécie de cesto que se põe em cima de um cavalo.
CACOLOGIE (*kakoloji*), s.f. Cacologia.
CACOPHONIE (*kakofoni*), s. f. Cacofonia.
CACOPHONIQUE (*kakofonik*), adj. Cacofônico.
CACTACÉES ou **CACTÉES** (*kaktaçê* ou *kaktê*), s.f. Cactáceas.
CACTUS ou **CACTIER** (*kaktüç* ou *kaktiê*), s. m. Cacto. Pl.: *des cactus* ou *cactiers*
C-À-D (*çê-a-dê*), abrev. de *c'est-à-dire.* Quer dizer, isto é.
CADASTRAL, E, AUX (*kadaçtral, ô*), adj. Cadastral.
CADASTRE (*kadaçtr*), s.m. Cadastro.
CADASTRER (*kadaçtrê*), v. t. Cadastrar.
CADAVÉREUX, EUSE (*kadavêrë, ëz*), adj. Cadaveroso.
CADAVÉRIQUE (*kadavêrik*), adj. Cadavérico.
CADAVRE (*kadavr*), s. m. Cadáver.
CADEAU (*kadô*), s.m. Presente; prenda; brinde. Pl.: *des cadeaux.*
CADENAS (*kadná*), s.m. Cadeado. Pl.: *des cadenas.*
CADENASSER (*kadnaçê*), v.t. Fechar a cadeado.
CADENCE (*kadanç*), s.f. Cadência, compasso.
CADENCER (*kadançê*), v.i. (O *c* toma uma cedilha antes de *a* e *o*: *il cadença, nous cadençons.*) Cadenciar.
CADET, ETTE (*kadé, ét*), adj. e s. O que nasceu depois do primogênito; caçula. Cadete. *C'est le cadet de mes soucis*, é a menor das preocupações.
CADIS (*kadi*), s.m. Fazenda de lã estreita e leve. Pl.: *des cadis.*
CADMÉEN, ENNE (*kadmêen, én'*), adj. Cadmeu, atribuído a Cadmo.
CADMIE (*kadmi*), s.f. Cadmia.
CADMIUM (*kadmióm'*), s.m. Cádmio.
CADOGAN (*kadogun*), s. m. V. **CATOGAN.**
CADOLE (*kadól*), s.f. Trinco de porta.
CADRAGE (*kadraj*), s. m. Ação de quadrar.
CADRAN (*kaaran*), s. m. Quadrante, mostrador de relógio; relógio de sol.
CADRANURE (*kadranür*), s.f. Doença das árvores.
CADRAT (*kadrá*), s. m. *Tip.* Quadrado.
CADRATIN (*kadraten*), s.m. *Tip.* Quadratim.
CADRATURE (*kadratür*), s.f. O conjunto de peças que movem os ponteiros de um relógio.
CADRE (*kadr*), s.m. Moldura, caixilho; quadro. *Fig.* Disposição, plano.
CADRER (*kadrê*), v. i. Quadrar, adaptar-se, assentar.
CADUC, UQUE (*kadük*), adj. Caduco.
CADUCÉE (*kadüçê*), s. m. Caduceu.
CADUCITÉ (*kadüçitê*), s.f. Caducidade.
CÆCAL, E (*çêkal*), adj. Cecal.
CÆCUM (*çêkóm'*), s.m. Ceco.
CÆSIUM ou **CÉSIUM** (*çêzióm'*), s. m. Césio.
CAFARD, E (*kafar, d*), adj. Hipócrita, beato, falso. S. m. Barata. *Fam. Avoir le cafard*, estar aborrecido.
CAFARDER (*kafardê*), v. i. Afetar devoção, ser hipócrita; denunciar.
CAFARDISE (*kafardiz*), s.f. Beatice, hipocrisia.
CAFÉ (*kafê*), s. m. Café, botequim. *Café au lait*, café com leite.
CAFÉ-CONCERT (*kafêkonçér*), s. m. Café-concerto. Pl.: *des cafés-concerts.*
CAFÉIER (*kafêie*), s.m. Cafeeiro.

CAFÉIÈRE *(kafêiér)*, s.f. Cafezal.
CAFÉINE *(kafêin')*, s.f. Cafeina.
CAFÉISME *(kafêiçm)*, s.m. Cafeísmo.
CAFETIER *(kaftiê)*, s.m. Botequineiro.
CAFETIÈRE *(kaftiér)*, s.f. Cafeteira, bule; máquina de fazer café.
CAFOUILLER *(kafuiê)*, v.t. *Gír.* Atrapalhar-se; gaguejar.
CAFRE *(kafr)*, adj. e s. Cafre.
CAGE *(kaj)*, s.f. Gaiola; jaula; prisão. *Cage d'un escalier*, vão de uma escada.
CAGEOT *(kajô)*, s.m Caixote leve.
CAGETTE *(kajét)*, s. f. Gaiola pequena.
CAGIBI *(kajibi)*, s.m. *Pop.* Cubículo.
CAGNA *(kanhá)*, s. f. *Gír. mil.* Abrigo, casa.
CAGNARD, E *(kanhar, d)*, adj. e s. *Fam.* Malandro, preguiçoso.
CAGNARDER *(kanhardê)*, v.i. *Fam.* Mandriar.
CAGNARDISE *(kanhardiz)*, s.f. *Fam.* Mândria.
CAGNE *(kanh)*, s.f. Mau cão. Mandrião. Curso preparatório para ingresso na Escola Normal Superior (em França, dependente do ensino técnico).
CAGNEUX, EUSE *(kanhë, ëz)*, adj. e s. Cambaio, zambro.
CAGNOTTE *(kanhót)*, s.f. Mealheiro; o conteúdo do mealheiro.
CAGOT, E *(kagô, ót)*, adj. e s. Santarrão; hipócrita.
CAGOTERIE *(kagotəri)*, s. f. Beatice; hipocrisia.
CAGOTISME *(kagotiçm)*, s.m. Caráter do beato falso.
CAGOULE *(kagul)*, s. f. Cogula.
CAHIER *(kaiê)*, s.m. Caderno.
CAHIN-CAHA *(kaenkaá)*, loc. adv. *Fam.* Nem bem, nem mal.
CAHOT *(kaô)*, s.m. Balanço, solavanco. *Fig.* Dificuldade, contratempo.
CAHOTAGE *(kaotaj)*, s.m. Série de solavancos que dá uma carruagem.
CAHOTANT, E *(kaotan, t)*, adj. Que dá ou produz solavancos.
CAHOTEMENT *(kaotman)*, s.m. Ação de dar solavancos, solavanco.
CAHOTER, *(kaotê)*, v.i. Dar balanços, solavancos.
CAHOTEUX, EUSE *(kaotë, ëz)*, adj. Que produz solavancos.
CAHUTE *(kaüt)*, s. f. Choça, cabana.
CAÏD *(kaíd)*, s. m. Magistrado indígena na África do Norte. Chefe.
CAILLAGE *(kaiaj)*, s. m. Coalhadura.
CAILLE *(kaii)*, s. f. Codorniz.
CAILLÉ *(kaiê)*, s.m. Coalhado, coalhada; caseína.
CAILLEBOTTE *(kaiibót)*, s.f. Leite coalhado.
CAILLEBOTTER *(kaiibotê)*, v. t. Coagular-se, coalhar-se.
CAILLE-LAIT *(kaiilé)*, s. m. inv. *Bot.* Erva coalheira.
CAILLEMENT *(kaiiman)*, s. m. Coalhadura.
CAILLER *(kaiê)*, v.t. Coalhar, coagular.
CAILLETAGE *(kaiitaj)*, s.m. Tagarelice.
CAILLETER *(kaiitê)*, v. i. (Dobra o *t* antes de sílaba muda: *je caillette.*) Tagarelar.
CAILLETTE *(kaiét)*, s.f. Tagarela. Coagulador, última cavidade do estômago dos ruminantes.
CAILLOT *(kaiô)*, s.m. Coágulo.
CAILLOU *(kaiú)*, s.m. Calhau, seixo, pedra solta. Pl.: *des cailloux.*
CAILLOUTAGE *(kaiutaj)*, s.m. Ação de guarnecer com seixos. Variedade de porcelana.
CAILLOUTER *(kaiutê)*, v. t. Guarnecer com seixos; empedrar.
CAILLOUTEUX, EUSE *(kaiutë, ëz)*, adj. Seixoso, pedregoso.
CAILLOUTIS *(kaiuti)*, s.m. Pedregulho, calhaus miúdos. Pl.: *des cailloutis.*
CAÏMAN *(kaíman)*, s.m. Jacaré.
CAÏQUE *(kaík)*, s.m. Caíque.
CAISSE *(kéç)*, s.f. Caixa, caixote; arca, cofre; tambor. *Grosse caisse*, bombo, zabumba.
CAISSERIE *(kéçri)*, s.f. Fábrica de caixotes.
CAISSETTE *(kéçét)*, s.f. Caixa, caixote pequeno.
CAISSIER, ÈRE *(kéçiê, ér)*, s. Caixa; tesoureiro.
CAISSON *(kéçon)*, s.m. Caixão, cofre, *Arq.* Caixotão.
CAJOLER *(kajolê)*, v. t. Amimar, acariciar; lisonjear.
CAJOLEUR, EUSE *(kajolër, ëz)*, adj. e s. Lisonjeador, acariciador.
CAL *(kal)*, s. m. Calo, calosidade.
CALABRAIS, E *(kalabré, z)*, adj. e s. Calabrês.
CALADE ou **CHALADE** *(kalad* ou *chalad)*, s. f. Declive num picadeiro.
CALAGE *(kalaj)*, s.m. Ação de calçar com a cunha.
CALAISON *(kalézon)*, s.m. Calado do navio.
CALAME *(kalam')*, s.m. Cálamo.
CALAMENT *(kalaman)*, s.m. *Bot.* Calaminta.
CALAMINE *(kalamin')*, s.f. Calamina.
CALAMISTRER *(kalamiçtrê)*, v.t. Calamistrar, tornar crespo.
CALAMITE *(kalamit)*, s. f. *Bot.* Calamita.
CALAMITÉ *(kalamitê)*, s f. Calamidade.
CALAMITEUX, EUSE *(kalamitë, ëz)*, adj. Calamitoso, funesto.
CALANDRAGE *(kalandraj)*, s.m. Calandragem.
CALANDRE *(kalandr)*, s.m. Calandra; calhandra.
CALANDRER *(kalandrê)*, v.t. Calandrar.
CALANDREUR, EUSE *(kalandrër, ëz)*,

s. Calandreiro.
CALAO *(kalaô)*, s.m. *Orn*. Calau.
CALCAIRE *(kalkér)*, adj. Calcário.
CALCANÉUM *(kalkanêóm')*, s. m. Calcâneo.
CALCÉDOINE *(kalcêduan')*, s. f. Calcedônia.
CALCÉOLAIRE *(kalçêolér)*, s. f. *Bot*. Calceolária.
CALCIFICATION *(kalçifikaçion)*, s. f. Calcificação.
CALCIFIÉ, E *(kalçifiê)*, adj. Calcificado.
CALCINATION *(kalçinaçion)*, s. f. Calcinação.
CALCINER *(kalçinê)*, v.t. Calcinar.
CALCIQUE *(kalçik)*, adj. Cálcico.
CALCITE *(kalçit)*, s.f. Calcita.
CALCIUM *(kalçióm')*, s. m. Cálcio.
CALCUL *(kalkül)*, s. m. Cálculo, aritmética. *Fig*. Premeditação. *Med*. Cálculo.
CALCULABLE *(kalkülabl)*, adj. Calculável.
CALCULATEUR, TRICE *(kalkülatĕr, triç)*, adj. e s. Calculador, calculista.
CALCULER *(kalkülê)*, v. t. Calcular. *Fig*. Premeditar.
CALCULEUX, EUSE *(kalkülë, ëz)*, adj. *Med*. Calculoso.
CALE *(kal)*, s. f. Cunha, calço. *Mar*. Estiva, porão. *Fig*. e *fam*. *À fond de cale*, loc. adv. Sem recursos.
CALÉ, E *(kalê)*, adj. *Mar*. Seguro, calçado. *Fig*. e *pop*. Rico, instruído.
CALEBASSE *(kalbaç)*, s. f. Cabaça.
CALEBASSIER *(kalbaçiê)*, s. m. Cabaceiro.
CALÈCHE *(kaléch)*, s. f. Caleça, sege.
CALEÇON *(kalçon)*, s. m. Ceroula; calção.
CALÉDONIEN, ENNE *(kalêdonien, én')*, adj. e s. Caledônio.
CALÉFACTION *(kalêfakçion)*, s.f. Calefação.
CALEMBOUR *(kalanbur)*, s. m. Trocadilho.
CALEMBREDAINE *(kalanbr dén')*, s. f. Subterfúgio, evasiva; brincadeira.
CALENDER *(kalendér)*, s. m. Calênderes.
CALENDES *(kaland)*, s. f. pl. Calendas.
CALENDRE *(kalandr)*, s. f. Máquina empregada em minas de carvão.
CALENDRIER *(kalandriê)*, s. m. Calendário, folhinha.
CALEPIN *(kalpen)*, s. m. Calepino.
CALER *(kalê)*, v. t. Calçar, escorar. *Fig*. Ceder, fugir.
CALETER *(kaltê)*, v. i. V. **CALTER**
CALFAT *(kalfá)*, s. Calafate.
CALFATAGE *(kalfataj)*, s. m. Calafetagem.
CALFEUTRAGE *(kalfëtraj)* ou **CALFEUTREMENT** *(kalfëtrəman)*, s. m. Calafetagem, calafetamento.
CALFEUTRER *(kalfëtrê)*, v. t. Calafetar, tapar. **SE CALFEUTRER**, v. pr. Abrigar-se.
CALIBRAGE ou **CALIBREMENT** *(kalibraj* ou *kalibr man)*, s. m. Calibragem.
CALIBRE *(kalibr)*, s. m. Calibre, dimensão, capacidade.
CALIBRER *(kalibrê)*, v. t. Calibrar.
CALICE *(kaliç)*, s. m. Cálice
CALICOT *(kalikô)*, s. m. Tecido de algodão.
CALICULE *(kalikül)*, s. f. Calículo.
CALIFAT *(kalifá)*, s. m. Califado.
CALIFE *(kalif)*, s. m. Califa.
CALIFORNIEN, ENNE *(kalifornien, én')*, adj. e s. Californiano.
CALIFOURCHON *(kalifurchon)*, loc. adv. Escanchado.
CÂLIN, E *(kalen, in')*, adj. e s. Carinhoso.
CÂLINEMENT *(kalinəman)*, s.m. Carinho.
CÂLINER *(kalinê)*, v. t. Acariciar, amimar. **SE CÂLINER**, v. pr. Acariciar-se; viver preguiçosamente.
CÂLINERIE *(kalinəri)*, s.f. Carinhos, blandícias, festas.
CALIORNE *(kaliórn)*, s. f. *Mar*. Estralheira.
CALLEUX, EUSE *(kalë, ëz)*, adj. Caloso.
CALLIGRAPHE *(kaligraf)*, adj. e s. Calígrafo.
CALLIGRAPHIE *(kaligrafi)*, s. f. Caligrafia.
CALLIGRAPHIER *(kaligrafiê)*, v.t. (Conjuga-se como *prier)*. Escrever com uma letra bonita.
CALLIGRAPHIQUE *(kaligrafik)*, adj. Caligráfico.
CALLOSITÉ *(kalozitê)*, s. f. Calosidade.
CALMANDE *(kalmand)*, s. f. Durante, tecido de lã.
CALMANT, E *(kalman, t)*, adj. e s. Calmante; lenitivo; consolação.
CALMAR *(kalmar)*, s. m. Calmar, lula.
CALME *(kalm)*, adj. Calmo, tranqüilo, sereno.
CALMEMENT *(kalməman)*, adv. Calmamente.
CALMER *(kalmê)*, v. t. Acalmar, serenar, aquecer. **SE CALMER**, v. pr. Acalmar-se.
CALMIR *(kalmir)*, v. i. *Mar*. Acalmar, sossegar.
CALOMEL *(kaloméi)*, s. f. *Quím*. Calomelanos.
CALOMNIATEUR, TRICE *(kalom'niatĕr, triç)*, adj. e s. Caluniador.
CALOMNIE *(kalom'ni)*, s. f. Calúnia.
CALOMNIER *(kalom'niê)*, v. t. (Conju-

ga-se como *prier.*) Caluniar.

CALOMNIEUSEMENT *(kalom'niëzman)*, adv. Caluniosamente.

CALOMNIEUX, EUSE *(kalom'niẽ, ẽz)*, adj. Calunioso.

CALORIE *(kalori)*, s. f. Caloria.

CALORIFÈRE *(kalorifér)*, adj. Calorífero.

CALORIFICATION *(kalorifikaçion)*, s. f. Calorificação.

CALORIFIQUE *(kalorifik)*, adj. e s. m. Calorífico.

CALORIFUGE *(kalorifüj)*, adj. e s. m. Calorífugo.

CALORIMÈTRE *(kalorimétr')*, s. f. Calorímetro.

CALORIMÉTRIE *(kalorimêtri)*, s. f. Calorimetria.

CALORIMÉTRIQUE *(kalorimêtrik)*, adj. Calorimétrico.

CALORIQUE *(kalorik)*, s. m. Calórico.

CALORISATION *(kalorizaçion)*, s. f. Calorização.

CALOT *(kalô)*, s. m. Cunha de madeira. Boné, barretina.

CALOTTE *(kalót)*, s. f. Solidéu, barrete, carapuça. Calota. Pancada dada na cabeça com a palma da mão.

CALOTTER *(kalotê)*, v. t. Dar uma pancada na cabeça com a palma da mão.

CALQUAGE *(kalkaj)*, s. m. Ação de decalcar.

CALQUE *(kalk)*, s. m. Decalque.

CALQUER *(kalkê)*, v. t. Decalcar; imitar.

CALUMET *(kalümé)*, s. m. Cachimbo índio.

CALUS *(kalüç)*, s. m. Calosidade. Pl.: *des calus*.

CALVAIRE *(kalvér)*, s. m. Calvário; tortura.

CALVINISME *(kalviniçm)*, s. m. Calvinismo.

CALVINISTE *(kalviniçt)*, s. e adj. Calvinista.

CALVITIE *(kalviçi)*, s.f. Calvície.

CAMAIEU *(kamaiẽ)*, s. m. Camafeu. *Peinture en camaïeu*, pintura feita em diversos tons da mesma cor. Pl.: *des camaïeux*.

CAMAIL *(kamai)*, s. m. Murça (de bispo).

CAMALDULE *(kamaldül)*, s. Camáldulo.

CAMARADE *(kamarad)*, s. Camarada, amigo.

CAMARADERIE *(kamaradəri)*, s.f. Camaradagem.

CAMARD, E *(kamar, d)*, adj. Que tem o nariz esborrachado. *Pop. La camarde*, a morte.

CAMARGUAIS, E *(kamargüé, z)*, adj. e s. Da Camarga (França).

CAMBIAL, E, AUX *(kambial, ô)*, adj. Cambial.

CAMBISTE *(kambiçt)*, s.m. Cambista.

CAMBIUM *(kambióm')*, s. m. *Bot.* Câmbio.

CAMBODGIEN, ENNE *(kanbodjien, én')*, adj. e s. Do Camboja.

CAMBOUIS *(kanbuí)*, s. m. Graxa dos eixos das rodas. Pl.: *des cambouis*.

CAMBRAGE *(kanbraj)*, s. m. Ação de arquear.

CAMBRAI *(kanbré)*, s. m. Cambraia de linho. Espécie de renda.

CAMBRÉ, E *(kanbrê)*, adj. Arqueado, curvo.

CAMBREMENT *(kanbrəman)*, s.m. Ação de arquear, de curvar.

CAMBRER *(kanbrê)*, v. t. Arquear, curvar. **SE CAMBRER**, v. pr. Arquear-se.

CAMBRÉSINE *(kanbrêzin')*, s. f. Variedade antiga de cambraia.

CAMBRIEN, ENNE *(kambrien, én')*, adj. e s. *Geol.* Cambriano.

CAMBRIOLAGE *(kanbriolaj)*, s.m. Roubo, furto.

CAMBRIOLER *(kanbriolê)*, v.t. Roubar; arrombar uma casa para roubar.

CAMBRIOLEUR, EUSE *(kanbriolẽr, ẽz)*, s. Ladrão.

CAMBROUSE *(kanbruz)*, s. f. *Pop.* Campo.

CAMBRURE *(kanbrür)*, s.f. Curva, arqueado.

CAMBUSE *(kanbüz)*, s. f. Despensa de um navio. *Pop.* Taberna, casa mundana.

CAMBUSIER *(kanbüziê)*, s. m. Despenseiro.

CAME *(kam')*, s.f. Roda guarnecida de um dente.

CAMÉE *(kamê)*, s.m. Camafeu.

CAMÉLÉON *(kamêlêon)*, s. m. Camaleão.

CAMÉLIA ou **CAMELLIA** *(kamêliá* ou *kaméliá)*, s. m. *Bot.* Camélia.

CAMÉLINE ou **CAMELINE** *(kamêlin'* ou *kaməlin')*, s. f. *Bot.* Camelina.

CAMELOT *(kaməlô)*, s. m. Bufarinheiro, camelô.

CAMELOTE *(kaməlót)*, s.f. Mercadoria ordinária. Obra mal feita.

CAMELOTER *(kaməlotê)*, v. t. e i. Vender ou fazer objetos ordinários.

CAMEMBERT *(kamanbér)*, s. m. Queijo fabricado em Camembert (França).

CAMÉRIER *(kamêriê)*, s. m. Camareiro.

CAMÉRISTE ou **CAMÉRIÈRE** *(kamêriçt* ou *kamêriér)*, s.f. Camareira.

CAMERLINGAT *(kamérlengá)*, s. m. Camerlengado.

CAMERLINGUE *(kamérlengh)*, s. m. Camerlengo.

CAMION *(kamion)* s. m. Caminhão.
CAMIONNAGE (*kamionaj*), s.m. Transporte por meio de caminhão.
CAMIONNER *(kamionê)*, v. t. Transportar em caminhão.
CAMIONNETTE (*kamionét*), s. f. Camioneta.
CAMIONNEUR (*kamionër*), s. m. Que transporta em caminhão.
CAMISOLE (*kamizól*), s.f. Camisa de mulher.
CAMOMILLE (*kamomíi*), s. f. *Bot*. Camomila.
CAMOUFLAGE *(kamuflaj)*, s. m. Disfarce, despistamento.
CAMOUFLER *(kamuflê)*, v. t. Disfarçar, despistar. Pintar para dar aspecto diferente.
CAMOUFLEUR (*kamuflër*), s. m. Disfarçador.
CAMP (*kan*), s. m. Campo, campo militar; liça; partido. *Camp d'instruction*, campo de evolução. *Lever le camp*, partir. *Fam. Ficher le camp*, ir-se embora.
CAMPAGNARD, E (*kanpanhar, d*), adj. e s. Camponês.
CAMPAGNE (*kanpanh*), s. f. Campo, campanha, planície. Expedição militar. *Battre la campagne*, explorar o campo. *Fig*. Delirar. *Se mettre en campagne*, pôr-se em campo.
CAMPAGNOL *(kanpanhól)*, s. m. Rato silvestre.
CAMPANILE (*kanpanil*), s. m. Campanário.
CAMPANULACÉES *(kanpanülaçê)*, s. f. pl. *Bot*. Campanuláceas.
CAMPANULE (*kanpanül*), s. f. *Bot*. Campânula.
CAMPANULÉ, E *(kanpanülê)*, adj. Campanuláceo.
CAMPÉ, E *(kanpê)*, adj. Acampado. *Fig*. Robusto; seguro.
CAMPÊCHE (*kanpéch*), s.m. *Bot*. Pau de campeche.
CAMPEMENT (*kanpəman*), s.m. Acampamento.
CAMPER *(kanpê)*, v. i. Acampar. V. t. Colocar, pôr. Deixar bruscamente. **SE CAMPER**, v. pr. Postar-se.
CAMPEUR, EUSE (*kanpër, ëz*), s. Excursionista.
CAMPING (*kampin'gh*), s. m. Camping.
CAMPHRE (*kanfr*), s. m. Cânfora.
CAMPHRÉ, E (*kanfrê*), adj. Canforado.
CAMPHRIER (*kanfriê*), s. m. *Bot*. Canforeira.
CAMPOS (*kanpô*), s. m. *Fam*. Feriado; descanso. Pl.: *des campos*.
CAMUS, E (*kamü, iz*), adj. Chato (nariz), esborrachado. *Fig*. e *fam*. Desapontado.
CANADA (*kanadá*), s. m. Espécie de maçã.
CANADIEN, ENNE *(kanadien, én')*, adj. e s. Canadense.
CANADIENNE *(kanadién')*, s. f. Espécie de paletó forrado de pele.
CANAILLE (*kanaii*), s. f. Canalha.
CANAILLERIE (*kanaiiri*), s. f. Canalhice, canalhada.
CANAL *(kanal)*, s. m. Canal; cano, tubo; rio artificial. *Fig*. Meio, intermediário. Pl.: *des canaux*.
CANALICULE (*kanalikül*), s. m. Canalículo.
CANALISABLE *(kanalizabl)*, adj. Canalizável.
CANALISATEUR, TRICE (*kanalizatër, triç*), adj. Canalizador.
CANALISATION *(kanalizaçion)*, s. f. Canalização.
CANALISER (*kanalizê*), v. t. Canalizar.
CANAMELLE ou **CANNAMELLE** (*kamél*), s. f. *Bot*. Cana-de-açúcar.
CANAPÉ (*kanapê*), s. m. Sofá, canapé.
CANARD (*kanar*), s. m. Pato. Boato, peta. Jornal. Nota desafinada, fífia.
CANARDEAU (*kanardô*), s. m. Patinho. Pl.: *des canardeaux*.
CANARDIÈRE (*kanardiér*), s. f. Lago para os patos. Espingarda própria para a caça do pato.
CANARI (*kanari*), s.m. Canário amarelo originário das Canárias.
CANASSON (*kanaçon*), s. m. *Pop*. Mau cavalo.
CANCAN *(kankan)*, s. m. Boato, falatório. Cancã.
CANCANER *(kankanê)*, v. i. Gritar (falando do pato); falar mal de.
CANCANIER, ÈRE *(kankaniê, ér)*, adj. e s. Boateiro.
CANCELLER (*kançélê*), v. t. Cancelar.
CANCER (*kancér*), s. m. Câncer.
CANCÉREUX, EUSE (*kançêrë, ëz*), adj. Canceroso.
CANCÉRISATION (*kançêrizaçion*), s. f. Cancerização.
CANCRE (*kankr*), s. m. Caranguejo. *Fam*. Preguiçoso.
CANCRELAT (*kankrəlá*), s. m. Barata.
CANDÉLABRE (*kandêlabr*), s. m. Candelabro.
CANDEUR (*kandër*), s. f. Candura, ingenuidade; alvura.
CANDI (*kandi*), adj. e s. m. Cristalizado. (açúcar).
CANDIDAT (*kandidá*), s. m. Candidato.
CANDIDATURE *(kandidatür)*, s. f. Candidatura.
CANDIDE (*kandid*), adj. e s. Cândido, ingênuo.
CANDIDEMENT *(kandidman)*, adv. Candidamente.

CANDIR (SE) (*çəkandir*), v. pr. Cristalizar-se (falando do açúcar).
CANDISATION (*kandizaçion*), s. f. Cristalização (do açúcar).
CANE (*kan'*), s. f. Pata (animal).
CANÉFICIER (*kanêficiê*), s. m. V. **CASSIER.**
CANÉPHORE (*kanêfór*), s. f. Canéfora.
CANER (*kanê*), v. i. *Pop.* Andar como os patos. Recuar.
CANETON (*kanəton*), s. m. Patinho.
CANETTE (*kanét*), s. f. Patinha. Garrafa para cerveja. Canela de tecelagem.
CANEVAS (*kanəvá*), s. m. Talagarça. *Fig.* Esboço, plano. Pl.: *des canevas.*
CANGE (*kanj*), s. f. Barco leve do Nilo.
CANGUE (*kangh*), s. f. Canga.
CANICHE (*kanich*), s. m. Cão d'água, canicho.
CANICULAIRE (*kaniküler*) adj. Canicular.
CANICULE (*kanikül*), s. f. Canícula.
CANIF (*kanif*), s. m. Canivete.
CANIN, E (*kanen, in'*), adj. Canino.
CANITIE (*kaniçi*), s. f. Canície.
CANIVEAU (*kanivô*), s. m. Sarjeta. Pl.: *des caniveaux.*
CANNAIE (*kané*), s. m. Canavial.
CANNE (*kan'*), s. f. Cana. Bengala. Caniço.
CANNÉ, E (*kanê*), adj. Empalhado (móvel).
CANNELÉ, E (*kanəlê*), adj. Canelado.
CANNELER (*kanəlê*), v. t. (Dobra o *l* antes de sílaba muda: *je cannelle.*) Canelar.
CANNELIER (*kanəliê*), s. m. Caneleira, pau-canela.
CANNELLE (*kanél*), s. f. Canela.
CANNELURE (*kanəlür*), s. f. Canelura.
CANNER (*kanê*), v. t. Empalhar (móveis).
CANNETILLE (*kanətii*), s. f. Canotilho.
CANNETTE (*kanét*), s. f. Torneira de tonel.
CANNEUR, EUSE (*kaněr, ëz*), s. Empalhador.
CANNIBALE (*kanibal*), adj. e s. Canibal.
CANNIBALISME (*kanibaliçm*), s. m. Canibalismo.
CANOË (*kanoê*), s. m. Canoa.
CANOËISTE (*kanoëiçt*), s. Canoeiro.
CANON (*kanon*), s. m. Canhão; tubo de seringa; cano de espingarda.
CANON (*kanon*), s. m. Cânon; regra.
CANONIAL, E, AUX (*kanonial, ô*), adj. Canônico.
CANONICAT (*kanoniká*), s. m. Canonicato.
CANONICITÉ (*kanoniçitê*), s. f. Canonicidade.
CANONIQUE (*kanonik*), adj. Canônico.
CANONIQUEMENT (*kanonikman*), adv. Segundo os cânones.
CANONISABLE (*kanonizabl*), adj. Canonizável.
CANONISATION (*kanonizaçion*), s. f. Canonização.
CANONISER (*kanonizê*), v. t. Canonizar.
CANONISTE (*kanoniçt*), s. m. Canonista.
CANONNADE (*kanonad*), s. f. Canhonada.
CANONNAGE (*kanonaj*), s. m. Arte do manejo de artilharia.
CANONNER (*kanonê*), v. i. Canhonear.
CANONNIER (*kanoniê*), s. m. Canhoneiro.
CANONNIÈRE (*kanoniér*), s. f. Canhoneira, seteira.
CANOPE (*kanóp*), s. m. Canopo.
CANOT (*kanô*), s. m. Lancha; escaler; canoa.
CANOTAGE (*kanotaj*), s. m. Exercício de remar.
CANOTER (*kanotê*), v. i. Dar-se ao exercício de remar.
CANOTIER (*kanotiê*), s. m. Barqueiro, catraeiro. Espécie de chapéu de abas retas.
CANTAL (*kantal*), s. m. Cantal, queijo da Auvérnia (França).
CANTATE (*kantat*), s. f. Cantata.
CANTATRICE (*kantatriç*), s. f. Cantatriz.
CANTER (*kantê*), s. m. Galope de ensaio.
CANTHARIDE (*kantarid*), s. f. Cantárida.
CANTHARIDINE (*kantaridin'*), s. f. Cantaridina.
CANTILÈNE (*kantilén'*), s. f. Cantilena.
CANTINE (*kantin'*), s. f. Cantina.
CANTINIER, ÈRE (*kantiniê, ér*), s. Cantineiro.
CANTIQUE (*kantik*) s. m. Cântico.
CANTON (*kanton*), s. m. Cantão, divisão territorial.
CANTONADE (*kantonad*), s. f. Bastidores. *Parler à la cantonade,* falar com um personagem que não está em cena.
CANTONAL, E, AUX (*kantonal, ô*) adj. Cantonal.
CANTONNEMENT (*kantonəman*), s. m. Acantonamento.
CANTONNER (*kantonê*), v. t. Acantonar. **SE CANTONNER,** v. pr. Isolar-se.
CANTONNIER (*kantoniê*) s. m. Cantoneiro.
CANULANT, E (*kanülan, t*), adj. *Pop.* Fastidioso.
CANULE (*kanül*) s. f. Cânula.
CANULER (*kanülê*). v. t. *Pop.* Chatear.
CAOLIN (*kaolen*), s. m. V. **KAOLIN.**
CAOUTCHOUC (*kaútchu*), s. m. Borracha.
CAOUTCHOUTAGE (*kaútchutaj*), s. m.

Revestimento de borracha.
CAOUTCHOUTER *(kaútchutê)*, v. t. Revestir de borracha.
CAP *(kap)*, s. m. Cabeça. *Geog.* Cabo. *De pied en cap,* loc. adv. Dos pés à cabeça.
CAPABLE *(kapabl)*, adj. Capaz, apto.
CAPACITÉ *(kapacitê)*, s. f. Capacidade; faculdade.
CAPE *(kap)* s. f. Capa. *Rire sous cape,* rir para dentro.
CAPELAGE *(kaplaj)*, s. m. *Mar.* Encapeladura.
CAPELAN *(kaplan)*, s. m. Capelão.
CAPELER *(kaplê)*, v. t. (Dobra o *l* antes de silaba muda: *je capelle.*) *Mar.* Encapelar.
CAPELINE *(kaplin')*, s. f. Capota.
CAPELUCHE *(kaplüch)*, s. f. Espécie de capuz.
CAPÉTIEN, ENNE *(kapêçien, én')*, adj. Pertencente à dinastia dos Capetos.
CAPHARNAÜM *(kafarnaóm')*, s. m. Cafarnaum.
CAPILLAIRE *(kapilér)*, adj. Capilar. S. m. *Bot.* Capilária.
CAPILLARITÉ *(kapilaritê)*, s. f. Capilaridade.
CAPILOTADE *(kapilotad)*, s. f. Caperotada.
CAPITAINE *(kapitén')*, s. m. Capitão.
CAPITAINERIE *(kapiténəri)*, s. f. Capitania.
CAPITAL, E, AUX *(kapital, ô)*, adj. Capital, essencial. S. m. Capital.
CAPITALE *(kapital)*, s. f. Capital, cidade principal.
CAPITALISABLE *(kapitalizabl)*, adj. Capitalizável.
CAPITALISATION *(kapitalizaçion)*, s. f. Capitalização.
CAPITALISER *(kapitalizê)*, v. t. Capitalizar.
CAPITALISME *(kapitaliçm)*, s. m. Capitalismo.
CAPITALISTE *(kapitaliçt)*, s. e adj. Capitalista.
CAPITAN *(kapitan)*, s. m. Personagem fanfarrão da comédia italiana.
CAPITATION *(kapitaçion)*, s. f. Capitação.
CAPITÉ, E *(kapitê)*, adj. *Bot.* Capitado.
CAPITEUX, EUSE *(kapitë, ëz)*, adj. Capitoso.
CAPITOLE *(kapitól)*, s. m. Capitólio.
CAPITOLIN, E *(kapitolen, in')*, adj. Capitolino.
CAPITON *(kapiton)*, s. m. Borra da seda.
CAPITONNAGE *(kapitonaj)*, s. m. Ação de acolchoar, estofar.
CAPITONNER *(kapitonê)*, v. t. Acolchoar, estofar.
CAPITULAIRE *(kapitülér)*, adj. Capitular. S. m. pl. Capitulares, decretos reais.
CAPITULARD *(kapitülar)*, s. m. *Fam.* Covarde.
CAPITULATION *(kapitülaçion)*, s. f. Capitulação.
CAPITULE *(kapitül)*, s. m. *Liturg.* Capitula. *Bot.* Capitulo.
CAPITULER *(kapitülê)*, v. i. Capitular, render-se.
CAPON, ONNE *(kapon, ón')*, adj. Poltrão, covarde.
CAPONNER *(kaponê)*, v. i. *Pop.* Mostrar-se covarde.
CAPONNIÈRE *(kaponiér)*, s. f. *Fort.* Capoeira.
CAPORAL *(kaporal)*, s. m. *Mil.* Cabo de esquadra em infantaria. Pl.: *des caporaux.*
CAPORALISER *(kaporalizê)*, v. t. Estabelecer o militarismo.
CAPORALISME *(kaporaliçm)*, s. m. Militarismo.
CAPOT *(kapô)*, s. m. Capô (de automóvel).
CAPOTAGE *(kapotaj)*, s. m. Capotagem.
CAPOTE *(kapót)*, s. f. Capote; capota.
CAPOTER *(kapotê)*, v. i. Capotar.
CAPRE *(kapr)*, s. f. Alcofarra.
CAPRICANT, E *(kaprikan, t)*, adj. Saltitante.
CAPRICE *(kapriç)*, s. m. Capricho; inconstância.
CAPRICIEUSEMENT *(kapriçiëzman)*, adv. Caprichosamente.
CAPRICIEUX, EUSE *(kapriçië, ëz)*, adj. Caprichoso.
CAPRICORNE *(kaprikórn)*, s. m. Capricórnio.
CAPRIFICATION *(kaprifikaçion)*, s. f. Caprificação.
CAPRIFOLIACÉES *(kaprifoliaçê)*, s. f. pl. *Bot.* Caprifoliáceas.
CAPRIN, E *(kapren, in')*, adj. Caprino.
CAPRON *(kapron)*, s. m. Morango grande.
CAPRONIER *(kapronié)*, s. m. Morangueira que produz morangos grandes.
CAPRYLIQUE *(kaprilik)*, adj. Caprílico.
CAPSELLE *(kapçél)*, s. f. *Bot.* Capsela.
CAPSULAGE *(kapçülaj)*, s. m. Ação de capsular.
CAPSULAIRE *(kapçülér)*, adj. Capsular.
CAPSULE *(kapçül)*, s. f. Cápsula.
CAPSULER *(kapçülê)*, v. t. Capsular.
CAPSULERIE *(kapçülri)*, s. f. Fábrica de cápsulas.
CAPTAGE *(kaptaj)*, s. m. Captagem.
CAPTATEUR, TRICE *(kaptatër, triç)*, s. Captador.
CAPTATION *(kaptaçion)*, s. f. Captação.
CAPTATOIRE *(kaptatuar)*, adj. Que tem por objeto a captação.

CAPTER *(kaptê)*, v. t. Captar.
CAPTIEUSEMENT (*kapçiëzman*), adv. Capciosamente.
CAPTIEUX, EUSE *(kapçië, ëz)*, adj. Capcioso.
CAPTIF, IVE (*kaptif, iv*), adj. e s. Cativo, detido.
CAPTIVANT, E (*kaptivan, t*), adj. Cativante, atraente.
CAPTIVER *(kaptivê)*, v. t. Cativar, capturar; atrair.
CAPTIVITÉ (*kaptivitê*), s. f. Cativeiro.
CAPTURE (*kaptür*), s. f. Captura.
CAPTURER (*kaptürê*), v. t. Capturar, prender.
CAPUCE (*kapüç*), s. m. Capuz de frade.
CAPUCHE *(kapüch)*, s. f. Capuz, capucho.
CAPUCHON *(kapüchon)*, s. m. Capuz, capelo.
CAPUCIN (*kapüçen*), s. m. Capuchinho (frade).
CAPUCINADE *(kapüçinad)*, s. f. *Fam.* Sermão grosseiro.
CAPUCINE (*kapüçin'*), s. f. Capuchinha (freira). *Bot.* Chaga, capuchinha.
CAPUCINIÈRE *(kapüçiniér)*, s. f. Convento de capuchinhos.
CAPULET (*kapülé*), s. m. Toucado.
CAQUE *(kak)*, s. f. Barril para arenque salgado.
CAQUER (*kakê*), v. t. Embarricar o peixe.
CAQUET *(kaké)*, s. m. Cacarejo.
CAQUETAGE (*kaktaj*), s. m. Falatório.
CAQUETER *(kaktê)*, v. t. (Dobra o *t* antes de sílaba muda: *elle caquette.*) Cacarejar, tagarelar.
CAQUETEUR, EUSE (*kaktër, ëz*), s. e adj. Tagarela.
CAR (*kar*), conj. Pois, porque.
CAR *(kar)*, s. m. Abreviatura de *autocar*, ônibus.
CARABE (*karab*), s. m. *Zool.* Carocha.
CARABIN *(karaben)*, s. m. *Fam.* Estudante de medicina.
CARABINE (*karabin'*), s. f. Carabina.
CARABINÉ, E (*karabinê*), adj. *Fam.* Violento, excessivo.
CARABINIER (*karabiniê*), s. m. Carabineiro.
CARACAL *(karakal)*, s. m. *Zool.* Caracal.
CARACO (*karakô*), s. m. Espécie de guarda-pó feminino.
CARACOLE *(karakól)*, s. m. Espiral. Ação de caracolar (o cavalo).
CARACOLER (*karakolê*), v. i. Caracolar.
CARACTÈRE (*karaktér*), s. m. Caráter.
CARACTÉRIEL, ELLE *(karaktêriél)*, adj. Relativo ao caráter.
CARACTÉRISER (*karaktêrizê*), v. t. Caracterizar.
CARACTÉRISTIQUE *(karaktêriçtik)*, adj. Característico.
CARACTÉROLOGIE *(karaktêroloji)*, s. f. Caracterologia.
CARAFE (*karaf*), s.f. Espécie de garrafa.
CARAFON *(karafon)*, s. m. Licoreiro.
CARAÏBE (*karaïb*), adj. e s. Caraíba.
CARAÏTE (*karaït*), s. m. Caraíta.
CARAMBOLAGE *(karanbolaj)*, s. m. Ação de carambolar (no jogo do bilhar).
CARAMBOLER *(karanbolê)*, v. t. Carambolar.
CARAMEL (*karamél*), s. m. Caramelo, açúcar fundido.
CARAMÉLISER *(karamêlizê)*, v. t. Fundir-se (o açúcar).
CARAPACE (*karapaç*), s. f. Carapaça.
CARAQUE (*karak*), s. f. Carraca.
CARAT (*kará*), s. m. Quilate, cará.
CARAVANE (*karavan'*), s. f. Caravana.
CARAVANIER (*karavaniê*), s. m. Caravaneiro.
CARAVANSÉRAIL (*karavançêrai*), s. m. Caravançará.
CARAVELLE *(karavél)*, s. f. Caravela.
CARBONADO *(karbonadô)*, s. m. Carbonado, lavrita.
CARBONARISME *(karbonariçm)*, s. m. Carbonarismo.
CARBONARO (*karbonarô*), s. m. Carbonário. Pl.: *des carbonari.*
CARBONATATION *(karbonataçion)*, s. f. *Quím.* Carbonatação.
CARBONATE (*karbonat*), s. m. Carbonato.
CARBONATER (*karbonatê*), v. t. Carbonatar.
CARBONE (*karbón'*), s. m. Carbônio.
CARBONÉ, E *(karbonê)*, adj. Carbonado.
CARBONEUX, EUSE *(karbonë, ëz)*, adj. Carbonoso.
CARBONIFÈRE *(karbonifér)*, adj. Carbonífero.
CARBONIFÉRIEN, ENNE *(karbonifêrien, én')*, adj. Carbonífero.
CARBONIQUE *(karbonik)*, adj. Carbônico.
CARBONISATION (*karbonizaçion*), s. f. Carbonização.
CARBONISER *(karbonizê)*, v. t. Carbonizar.
CARBONNADE *(karbonad)*, s. f. Carne assada sobre brasas.
CARBONOÏDE *(karbonoïd)*, adj. Parecido com carvão.
CARBONYLE *(karbonil)*, s. m. Carbonila.
CARBURANT *(karbüran)*, adj. e s. m. Carburante.
CARBURATEUR, TRICE (*karbüratër, triç*), adj. Carburador.
CARBURATION *(karbüraçion)*, s. f. Carburação.
CARBURE *(karbür)*, s. m. Carbonato, carbureto.
CARBURÉ, E *(karbürê)*, adj. *Quím.* Carburado.

CARBURER *(karbürê)*, v. t. Efetuar a carburação. *Gír*. Funcionar bem.
CARCAILLER *(karkaiê)*, v. i. Cacarejar (a codorniz).
CARCAN (*karcan*), s. m. Golilha. *Pop*. Mau cavalo.
CARCASSE (*karkaç*), s. f. Carcaça, esqueleto, armação.
CARCINOMATEUX, EUSE *(karçinomatë, ëz)*, adj. Carcinomatoso, canceroso.
CARCINOME *(karçinóm')*, s. m. Carcinoma, câncer.
CARDAGE *(kardaj)*, s. m. Cardagem.
CARDAMINE *(kardamin')*, s. f. *Bot*. Cardamina.
CARDAMOME (*kardamóm'*), s. m. *Bot*. Cardamomo.
CARDAN *(kardan)*, s. m. Articulação mecânica, permitindo movimentos em todos os sentidos.
CARDE *(kard)*, s. f. *Bot*. Cardo. Carda, instrumento de cardar, escova metálica de cardar.
CARDER *(kardê)*, v. t. Cardar.
CARDÈRE *(kardér)*, s. f. *Bot*. Cardo penteador.
CARDEUR, EUSE (*kardĕr, ëz*), s. Cardador.
CARDIA *(kardiá)*, s. m. *Anat*. Cárdia.
CARDIALGIE (*kardialji*), s. f. Cardialgia.
CARDIAQUE (*kardiak*), adj. Cardíaco.
CARDINAL *(kardinal)*, s. m. Cardeal. *Ornit*. Cardeal. Pl.: *des cardinaux*.
CARDINAL, E, AUX *(kardinal, ô)*, adj. Cardinal, cardeal, principal.
CARDINALAT *(kardinalá)*, s. m. Cardinalato.
CARDINALICE (*kardinaliç*), adj. Cardinalício.
CARDIOGRAMME *(kardiogram')*, s. m. Cardiograma.
CARDIOGRAPHE *(kardiograf)*, s. m. Cardiógrafo.
CARDIOGRAPHIE (*kardiografi*), s. f. Cardiografia.
CARDIOLOGIE (*kardioloji*), s. f. Cardiologia.
CARDITE (*kardit*), s. m. *Med*. Cardite.
CARDON *(kardon)*, s. m. *Bot*. Cardo.
CARÊME (*karém'*), s. m. Quaresma.
CARÉNAGE (*karênaj*), s. m. Ação de querenar.
CARENCE *(karanç)*, s. f. Carência, falta.
CARÈNE (*karén'*), s. f. Querena.
CARÉNER *(karênê)*, v. t. (Conjuga-se como *accélérer*.) Querenar, restaurar.
CARESSANT, E (*karéçan, t*), adj. Carinhoso, acariciador.
CARESSE *(karéç)*, s. f. Carícia, carinho, afago.
CARESSER (*karéçê*), v. t. Acariciar, acarinhar, ameigar. Nutrir (uma idéia, uma esperança).
CARET *(karé)*, s. m. Variedade de tartaruga.
CARGAISON *(karghézon)*, s. f. Carga, carregação.
CARGO *(kargô)*, s. m. Navio de carga.
CARGUE (*kargh*), s. f. *Mar*. Carregadeira.
CARGUER (*karghê*), v. t. Carregar, colher (velas).
CARI, CARY, CARRY ou **CURRY** (*kari* ou *küri)*, s. m. Caril.
CARIATIDE (*kariatid*), s. f. Cariátide.
CARICATURAL, E, AUX *(karikatüral, ô)*, adj. Caricatural.
CARICATURE *(karikatür)*, s. f. Caricatura, imitação burlesca.
CARICATURER *(karkatürê)*, v. t. Caricaturar.
CARICATURISTE *(karikatüriçt)*, s. m. Caricaturista.
CARIE (*kari*), s. f. Cárie.
CARIER *(kariê)*, v. t. (Conjuga-se como *prier*.) Cariar; corromper-se.
CARILLON (*kariion*), s. m. Carrilhão.
CARILLONNÉ, E *(kariionê)*, adj. Anunciado pelo carrilhão.
CARILLONNEMENT (*kariionəman*), s. m. Ação de tocar o carrilhão.
CARILLONNER (*kariionê*), v. i. Carrilhonar; repicar os sinos. Fazer muito barulho.
CARILLONNEUR (*kariionĕr*), s. m. Sineiro, carrilhador.
CARLINE *(karlin')*, s. f. *Bot*. Carlina.
CARLINGUE (*karlengh*), s. f. Carlinga.
CARLISME *(karliçm)*, s. m. Carlismo.
CARLISTE *(karliçt)*, adj. e s. Carlista.
CARLOVINGIEN, ENNE *(karlovenjien, én')*, adj. e s. Carlovingiano.
CARMAGNOLE *(karmanhól)*, s. f. Carmanhola.
CARME *(karm)*, s. m. Carmelita.
CARMELINE (*karməlin'*), s. f. Carmelina.
CARMÉLITE *(karmêlit)*, s. f. Carmelita. Adj. *Couleur carmélite*, cor castanho-clara.
CARMIN *(karmen)*, s. m. Carmim.
CARMINATIF, IVE *(karminatif, iv)*, adj. Carminativo.
CARMINÉ, E *(karminê)*, adj. Carminado.
CARNASSIER, ÈRE *(karnaçiê, ér)*, adj. Carniceiro. S. m. pl. Carniceiros, carnívoros.
CARNASSIÈRE *(karnaçiér)*, s. f. Bolsa de caça.
CARNATION *(karnaçion)*, s. f. Carnação.

CARNAVAL *(karnaval)*, s. m. Carnaval.
CARNAVALESQUE *(karnavaléçk)*, adj. Carnavalesco.
CARNE *(karn)*, s. f. Esquina, ângulo. *Pop.* Carne ruim.
CARNÉ, E (*karnê*), adj. Cor de carne; composto de carne.
CARNET *(karné)*, s. m. Caderneta.
CARNIER *(karniê)*, s. m. V. **CARNASSIÈRE**.
CARNIFICATION (*karnifikaçion*), s. f. Carnificação.
CARNIFIER (SE) (*çəkarnifiê*), v. pr. (Conjuga-se como *prier.*) Carnificar-se.
CARNIVORE *(karnivór)*, adj. e s. Carnívoro.
CAROGNE (*karónh*), s. f. V. **CHAROGNE**.
CAROLINGIEN, ENNE *(karolengien, én')*, adj. Carolíngio.
CARONADE *(karonad)*, s. f. Caronada.
CARONCULE *(karonkül)*, s. f. *Anat.* Carúncula.
CAROTIDE (*karotid*), s. f. Carótida.
CAROTTE *(karót)*, s. f. Cenoura. *Carotte de tabac*, rolo de fumo. *Fig.* e *fam. Tirer une carotte à quelqu'un*, enganar alguém.
CAROTTER *(karotê)*, v. t. *Fam.* Enganar.
CAROTTEUR, EUSE (*karotĕr, ëz*), s. *Fam.* Enganador.
CAROUBE *(karub)*, s. f. Alfarroba.
CAROUBIER *(karubiê)*, s. m. Alfarrobeira.
CARPE *(karp)*, s. f. Carpa.
CARPE *(karp)*, s. m. *Anat.* Carpo.
CARPEAU *(karpô)*, s. m. ou **CARPETTE** *(carpét)*, s. f. Carpazinha. Pl.: *des carpeaux* ou *carpettes.*
CARPELLE (*karpél*), s. m. *Bot.* Carpelo.
CARPETTE *(karpét)*, s. f. Tapete de quarto.
CARPIEN, ENNE (*karpien, én'*), adj. Carpiano, do carpo.
CARPILLON (*karpiion*), s. m. Carpa muito pequena.
CARQUOIS (*karkuá*), s. m. Aljava. Pl.: *des carquois.*
CARRARE *(karar)*, s. m. Mármore de Carrara.
CARRÉ, E *(karê)*, adj. Quadrado.
CARRÉ (*karê*), s. m. Quadrado, quadro, quadrilátero. Sala de jantar dos oficiais de um navio.
CARREAU (*karô*), s. m. Ladrilho, azulejo, laje; vidro de vidraça. Ferro de alfaiate. Lima grossa de malheiro. Ouros (nas cartas). Pl.: *des carreaux.*
CARRÉE (*karê*), s. f. *Gír.* Quarto.
CARREFOUR *(karfur)*, s. m. Encruzilhada.
CARRELAGE *(karlaj)*, s. m. Ladrilho; ladrilhagem.
CARRELER (*karlê*), v. t. (dobra o *l* antes da sílaba muda: *je carrellerai.*) Ladrilhar.
CARRELET *(karlé)*, s. m. Espécie de rede quadrada.
CARRELEUR (*karlĕr*), s. m. Ladrilhador.
CARRÉMENT *(karêman)*, adv. Em quadrado, em esquadro. *Fig.* Decididamente, sem cerimônia.
CARRER *(karê)*, v. t. Quadrar, dar a forma de quadrado. Elevar ao quadrado. **SE CARRER**, v. pr. Impertigar-se, pôr-se à vontade.
CARRIER *(kariê)*, s. m. O que explora uma pedreira.
CARRIÈRE *(kariér)*, s. f. Carreira; liça. *Fig.* Carreira, profissão. *Donner carrière*, dar inteira liberdade
CARRIÈRE *(kariér)*, s. f. Pedreira.
CARRIOLE *(kariól)*, s. f. Carreta leve. Carro ruim.
CARROSSABLE *(karoçabl)*, adj. Carroçável.
CARROSSE *(karóç)*, s. m. Carruagem. *Rouler carrosse*, viver na opulência.
CARROSSÉE (*karoçê*), s. f. *Fam.* Conteúdo de uma carruagem.
CARROSSER *(karoçê)*, v. t. Transportar em carruagem. Colocar carroçaria.
CARROSSERIE *(karoçri)*, s. f. Carroçaria.
CARROSSIER *(karoçiê)*, s. m. Fabricante de carroçaria.
CARROUSEL *(karuzél)*, s. f. Carrossel.
CARRURE *(karür)*, s. f. Largura dos ombros.
CARRY *(kari)*, s. m. V. **CARI**.
CARTABLE *(kartabl)*, s. m. Pasta.
CARTE *(kart)*, s. f. Papelão fino. Carta de jogo. Carteira, documento. Mapa. *Carte postale*, cartão postal. *Fig. Le dessous des cartes*, o que se esconde por trás.
CARTEL *(kartél)*, s. m. Cartel, carta de desafio; entendimento comercial. Relógio de parede.
CARTE-LETTRE (*kartlétr*), s. f. Cartão-postal. Pl.: *des cartes-lettres.*
CARTER *(kartê)*, s. m. Envelope protetor dos órgãos de um mecanismo.
CARTERIE (*kartəri*), s. f. Indústria de baralhos.
CARTÉSIANISME *(kartêzianiçm)*, s.m. Cartesianismo.
CARTÉSIEN, ENNE (*kartêzien, én'*), adj. Cartesiano.
CARTHAGINOIS, E (*kartajinuá, z*), adj. e s. Cartaginês.
CARTHAMINE *(kartamin')*, s. f. Cartamina.
CARTIER *(kartiê)*, s. m. Fabricante de baralho.

CARTILAGE *(kartilaj)*, s. m. Cartilagem.
CARTILAGINEUX, EUSE *(kartilajinë, ëz)*, adj. Cartilaginoso.
CARTOGRAPHE *(kartograf)*, s. m. Cartógrafo.
CARTOGRAPHIE *(kartografi)*, s. f. Cartografia.
CARTOGRAPHIQUE *(kartografik)*, adj. Cartográfico.
CARTOMANCIE *(kartomançi)*, s. f. Cartomancia.
CARTOMANCIEN, ENNE *(kartomançien, én')*, s. Cartomante.
CARTON *(karton)*, s. m. Papelão; cartão; pasta de papelão; caixa de papelão.
CARTONNAGE *(kartonaj)*, s. m. Cartonagem.
CARTONNER *(kartonê)*, v. t. Cartonar; encadernar em cartão; guarnecer de cartão. V. i. *Fam.* Jogar cartas.
CARTONNERIE (*kartonəri*), s. f. Fábrica de papelão; fabricação do papelão.
CARTONNEUR, EUSE (*kartonër, ëz*), adj. Que tem o aspecto do papelão.
CARTONNIER, ÈRE *(kartoniê, ér)*, s. Fabricante ou vendedor de papelão. O que trabalha em papelão. Móvel que contém caixas de papelão.
CARTOUCHE (*kartuch*), s. f. Cartucho. S. m. Desenho em forma de moldura; anel elíptico em torno de inscrições.
CARTOUCHERIE *(kartuchri)*, s. f. Fábrica de cartuchos.
CARTOUCHIÈRE (*kartuchiér*), s. f. Cartucheira.
CARTULAIRE (*kartülér*), s. f. Cartulário.
CARVI *(karvi)*, s. m. Planta umbelífera.
CARYATIDE *(kariatid)*, s. f. V. **CARIATIDE**.
CARYOCINÈSE (*karioçinéz*), s. f. *Biol.* Cariocinese.
CARYOPHYLACÉES *(kariofilaçê)*, s. f. pl. *Bot.* Cariofiláceas.
CARYOPSE *(karióps)*, s. m. Cariopse.
CAS *(ka)*, s. m Caso, acontecimento, fato. *Faire cas de*, estimar, apreciar. *En ce cas*, então. *En tout cas*, em todo o caso. *Si tel est le cas*, nesse caso. Pl.: *des cas*.
CASANIER, ÈRE *(kazaniê, ér)*, s. Caseiro, que gosta de ficar em casa. Adj. Caseiro.
CASAQUE *(kazak)*, s. m. Casacão, capote, casaca. *Fig. Tourner casaque*, virar casaca.
CASCADE *(kaçkad)*, s. f. Cascata. *Fig.* Queda. Estroinice.
CASCADER (*kaçkadê*), v. i. Cair em cascata. *Pop.* e *fig.* Fazer estroinices.
CASCADEUR, EUSE (*kaçkadër, ëz*), s. *Fam.* Estróina.
CASCATELLE *(kaçkatél)*, s. f. Pequena cascata.
CASE *(kaz)*, s. f. Choupana, choça. Compartimento.
CASÉEUX, EUSE *(kazêë, ëz)*, adj. Caseoso.
CASÉIFICATION ou **CASÉATION** *(kazêifikaçion* ou *kazêaçion)*, s. f. Caseificação.
CASÉINE (*kazêin'*), s. f. Caseína.
CASÉINERIE (*kazêinəri*), s. f. Fábrica de caseína.
CASEMATE *(kazmat)*, s. f. Casamata.
CASEMATER *(kazmatê)*, v. t. Guarnecer de casamatas.
CASER *(kazê)*, v. t. Colocar, instalar, arrumar. *Fig.* Procurar um emprego. V. i. Fazer casa (no jogo).
CASERETTE *(kazrét)*, s. f. Forma de queijo.
CASERNE *(kazérn)*, s. f. Caserna, quartel. *Fig.* Casa grande mal arrumada.
CASERNEMENT (*kazérnəman*), s. m. Aquartelamento. Conjunto das construções de um quartel.
CASERNER *(kazérnê)*, v. t. Aquartelar. V. i. Estar aquartelado.
CASERNIER *(kazérniê)*, s. m. Guarda de um quartel.
CASIER *(kaziê)*, s. m. Armário para papéis, livros; divisão, compartimento. *Casier judiciaire*, registro judiciário.
CASILLEUX, EUSE *(kaziië, ëz)*, adj. Quebradiço (vidro).
CASIMIR *(kazimir)*, s. m. Casimira.
CASINO *(kazinô)*, s. m. Cassino.
CASOAR (*kazoar*), s. m. *Ornit.* Casuar.
CASQUE (*kaçk*), s. m. Capacete.
CASQUÉ, E *(kaçkê)*, adj. Armado de capacete.
CASQUETTE *(kaçkét)*, s. m. Boné.
CASSABLE *(kaçabl)*, adj. Quebradiço, quebrável.
CASSAGE *(kaçaj)*, s. m. Operação de quebrar.
CASSANT, E (*kaçan, t*), adj. Quebradiço.
CASSATION *(kaçaçion)*, s. f. Cassação, anulação. *Se pourvoir en cassation*, apelar.
CASSE *(kaç)*, s. f. Ação de quebrar, coisa quebrada. *Payer la casse*, pagar o prejuízo.
CASSE *(kaç)*, s. m. *Impr.* Caixa. *Haut de casse*, caixa alta; *bas de casse*, caixa baixa.
CASSÉ, E *(kaçê)*, adj. Velho, enfraquecido.
CASSEAU (*kaçô*), s. m. *Tip.* Caixão. Pl.: *des casseaux*.
CASSE-COU *(kaçku)*, s. m. inv. Lugar perigoso, precipício.

CASSE-CROÛTE *(kaçkrut)*, s. m. inv. Refeição sumária.
CASSEMENT *(kaçman)*, s. m. Quebra. Cansaço.
CASSE-NOISETTES *(kaçnuazét)*, s. m. inv. Instrumento com que se partem avelãs, quebra-nozes.
CASSE-NOIX (*kaçnuá*), s. m. inv. Quebra-nozes.
CASSE-PATTES *(kaçpat)*, s. m. inv. Aguardente grosseira.
CASSE-PIEDS (*kaçpiê*), s. m. inv. Importuno.
CASSE-PIERRES (*kaçpiér*), s. m. inv. Instrumento para quebrar pedras. *Bot*. Quebra-pedra.
CASSER (*kaçê*), v. t. Quebrar, partir. *Fig*. Estontear, anular; destituir. **SE CASSER**, v. pr. Romper-se. *Fam*. *Se casser le nez*, fracassar. *Pop*. *Ne rien casser*, não ter valor. *À tout casser*, sem freio.
CASSEROLE *(kaçról)*, s. f. Panela, caçarola. *Gír*. Espigão.
CASSEROLÉE (*kaçrolê*), s. f. Panelada.
CASSE-TÊTE *(kaçtét)*, s. m. inv. Cacete. *Fig*. Problema difícil, quebra-cabeça.
CASSETIN *(kaçten)*, s. m. *Impr*. Caixotim.
CASSETTE *(kaçét)*, s. f. Caixinha, cofrezinho. Cassete.
CASSEUR, EUSE (*kaçër, ëz*), adj. e s. Quebrador. S. m. Amotinador.
CASSIER (*kaçiê*), s. m. ou **CASSE** (*kaç*), s. f. *Bot*. Canafístula.
CASSIS (*kaçiç*), s. m. *Bot*. Cássis. Pl.: *des cassis*.
CASSITÉRITE *(kaçitêrit)*, s. f. Cassiterita.
CASSOLETTE (*kaçolét*), s. f. Defumador; caçoula.
CASSON *(kaçon)*, s. m. Torrão de açúcar.
CASSONADE *(kaçonad)*, s. f. Açúcar mascavado.
CASSURE *(kaçür)*, s. f. Quebra, fratura.
CASTAGNETTES *(kaçtanhét)*, s. f. pl. Castanholas.
CASTANÉACÉES *(kaçtanêaçê)*, s. f. pl. *Bot*. Castâneas.
CASTE *(kaçt)*, s. f. Casta; raça.
CASTILLAN, E (*kaçtiian, an'*), adj. e s. Castelhano.
CASTINE *(kaçtin')*, s. f. *Miner*. Castina.
CASTOR *(kaçtór)*, s. m. Castor. Chapéu de pele de castor.
CASTORÉUM *(kaçtorêóm')*, s. m. Castóreo.
CASTORINE (*kaçtorin'*), s. f. Castorina.
CASTRAMÉTATION (*kaçtramêtaçion*), s. f. Castrametação.
CASTRAT *(kaçtrá)*, s. m. Castrado.
CASTRATION (*kaçtraçion*), s. f. Castração.
CASTRER *(kaçtrê)*, v. t. Castrar.
CASUALITÉ (*kazüalitê*), s. f. Casualidade.
CASUEL, ELLE *(kazüél)*, adj. Casual, fortuito.
CASUISTE (*kazüiçt*), s. m. Casuísta.
CASUISTIQUE *(kazüiçtik)*, s. f. Casuística.
CATACHRÈSE *(katakréz)*, s. f. *Ret*. Catacrese.
CATACLYSME *(katakliçm)*, s. m. Cataclismo.
CATACOMBE *(katakonb)*, s. f. Catacumba.
CATAFALQUE *(katafalk)*, s. m. Catafalco.
CATAIRE *(katér)*, s. f. *Bot*. Erva-dos-gatos.
CATALAN, E (*katalan, an'*); adj. e s. Catalão.
CATALECTIQUE *(kataléktik)*, adj. Catalético.
CATALEPSIE (*katalépçi*), s. f. Catalepsia.
CATALEPTIQUE (*kataléptik*), adj. Cataléptico.
CATALOGUE (*katalóg*), s. m. Catálogo, lista.
CATALOGUER *(kataloghê)*, v. t. Catalogar.
CATALPA (*katalpá*), s. m. *Bot*. Catalpa.
CATALYSE (*kataliz*), s. f. *Quím*. Catálise.
CATALYSEUR (*katalizër*), s. m. Catalisador.
CATALYTIQUE *(katalitik)*, adj. Catalítico.
CATAPLASME (*kataplaçm*), s. f. Cataplasma, emplasto.
CATAPULTE (*katapült*), s. m. Catapulta.
CATARACTE (*katarakt*), s. f. Cachoeira, catarata. *Med*. Catarata.
CATARRHAL, E, AUX *(kataral, ô)* adj. Catarral.
CATARRHE (*katar*), s. m. Catarro.
CATARRHEUX, EUSE *(katarë, ëz)*, adj. Catarrento.
CATASTROPHE (*kataçtróf*), s. f. Catástrofe.
CATASTROPHIQUE (*kataçtrofik*), adj. Catastrófico.
CATÉCHISATION *(katêchizaçion)*, s. f. Catequização.
CATÉCHISER *(katêchizê)*, v. t. Catequizar. *Fig*. Doutrinar.
CATÉCHISME (*katêchiçm*), s. m. Catecismo.
CATÉCHISTE *(katêchiçt)*, s. m. Catequista.
CATÉCHUMÈNE (*katêkümén'*), s. Catecúmeno.
CATÉCHUMÉNAT (*katêkümêná*), s. m. Catecumenato.

CATÉGORIE (*katêgori*), s. f. Categoria, ordem, classe.
CATÉGORIQUE (*katêgorik*), adj. Categórico.
CATÉGORIQUEMENT (*katêgorikman*), adv. Categòricamente.
CATÉNAIRE (*katênér*), adj. Catenária.
CATHÉDRALE (*katêdral*), s. f. Catedral.
CATHÉTÉRISME (*katêtêriçm*), s. m. Cateterismo.
CATHÉTOMÈTRE (*katêtométr*), s. m. Catetômetro.
CATHODE (*katód*), s. f. Catódio.
CATHODIQUE (*katodik*), adj. Catódico.
CATHOLICISME (*katoliçiçm*), s. m. Catolicismo.
CATHOLICITÉ (*katolicitê*), s. f. Catolicidade.
CATHOLIQUE (*katolik*) adj. e s. Católico. *Fam.* Conforme as regras.
CATI (*kati*), s. m. Preparo que dá corpo aos tecidos.
CATILINAIRE (*katilinér*), s. f. Catilinária.
CATILLAC ou **CATILLARD** (*katíiak* ou *katíiar*), s. m. Variedade de pêra de inverno.
CATIMINI (EN) (*ankatimini*), loc. adv. *Fam.* Às escondidas.
CATIN (*katen*), s. f. *Fam.* Mulher ordinária.
CATION (*kation*), s. m. Catião.
CATIR (*katir*), v. t. Dar o preparo aos tecidos.
CATISSAGE (*katiçaj*), s. m. Operação de lustrar um tecido.
CATISSEUR, EUSE (*katiçër, ëz*), s. Aquele que dá o preparo aos tecidos.
CATOGAN (*katogan*), s. m. Espécie de rolo de cabelo entrançado e fixo no alto da cabeça.
CATOPTRIQUE (*katoptrik*), s. f. Catóptrica.
CAUCASIEN, ENNE (*kôkazien, én'*), adj. e s. ou **CAUCASIQUE** (*kokazik*), adj. Caucasiano, caucásico.
CAUCHEMAR (*kôchmar*), s. m. Pesadelo. *Fig.* e *fam.* Pessoa importuna; objeto aterrador.
CAUDAL, E, AUX (*kôdal, ô*), adj. Caudal.
CAUDATAIRE (*kôdatér*), s. m. Caudatário. *Fig.* Lisonjeador.
CAUDRETTE (*kôdrét*), s. f. Redezinha de pesca.
CAULESCENT, E (*kôléçan, t*) adj. *Bot.* Caulescente.
CAURIS (*kôri*), s. m. Caurim. Pl.: *des cauris.*
CAUSAL, E (*kozal*), adj. Causal.
CAUSALITÉ (*kôzalitê*), s. f. Causalidade.
CAUSANT, E (*kôzan, t*) adj. Falador.
CAUSATIF, IVE (*kôzatif, iv*), adj. Causativo.
CAUSE (*kôz*), s. f. Causa, motivo, razão; partido, defesa; processo. *Et pour cause,* com razão. *À cause de,* loc. adv. Por causa de.
CAUSER (*kôzê*), v. t. Causar, ocasionar, motivar. V. i. Conversar, falar.
CAUSERIE (*kôzri*), s. f. Conversa, conversação familiar.
CAUSETTE (*kôzét*), s. f. *Fam.* Pequena conversação.
CAUSEUR, EUSE (*kôzër, ëz*), adj. e s. Falador.
CAUSTICITÉ (*kôçtiçitê*), s. f. Causticidade. *Fig.* Mordacidade.
CAUSTIQUE (*kôçtik*), adj. Cáustico. *Fig.* Mordaz, satírico.
CAUTÈLE (*kôtél*), s. f. Cautela, astúcia.
CAUTELEUSEMENT (*kôtlëzman*), adv. Cautelosamente, astutamente.
CAUTELEUX, EUSE (*kôtlë, ëz*), adj. Fino, cauteloso, astucioso.
CAUTÈRE (*kôtér*), s. m. Cautério.
CAUTÉRISATION (*kôtêrizaçion*), s. f. Cauterização.
CAUTÉRISER (*kôtêrizê*), v. t. Cauterizar.
CAUTION (*kôçion*), s. f. Fiança, caução, garantia; segurança. *Sujet à caution,* suspeito.
CAUTIONNEMENT (*kôçionəman*), adv. Fiança, valor que constitui a fiança.
CAUTIONNER (*kôçionê*), v. t. Caucionar, afiançar.
CAVALCADE (*kavalkad*), s. f. Cavalgada.
CAVALCADER (*kavalkadê*), v. i. Passear a cavalo em grupo.
CAVALE (*kaval*), s. f. *Poét.* Égua.
CAVALER (*kavalê*), v. i. *Pop.* Correr. V. t. amolar. **SE CAVALER,** v. pr. Fugir.
CAVALERIE (*kavalri*), s. f. Cavalaria.
CAVALIER (*kavaliê*), s. m. Cavaleiro, soldado de cavalaria.
CAVALIER, ÈRE (*kavaliê, ér*), adj. Desembaraçado; brusco.
CAVALIÈRE (*kavaliér*), s. f. Cavaleira.
CAVALIÈREMENT (*kavaliérman*), adv. Livremente; bruscamente.
CAVATINE (*kavatin'*), s. f. *Mús.* Cavatina.
CAVE (*kav*). adj. Cavo, oco.
CAVE (*kav*), s. f. Adega; os vinhos que contém uma adega; lugar subterrâneo.
CAVEAU (*kavô*), s. m. Adega pequena. Sepultura. Pl.: *des caveaux.*
CAVEÇON (*kavçon*), s. m. Cabeção (para cavalo).
CAVÉE (*kavê*), s. f. Caminho fundo.
CAVER (*kavê*), v. t. Cavar, escavar, minar.
CAVER (*kavê*), v. i. Fazer uma entrada (no jogo).
CAVERNE (*kavérn*), s. f. Caverna.
CAVERNEUX, EUSE (*kavérnë, ëz*), adj. Cavernoso.

CAVERNICOLE *(kavérnikól)*, adj. e s. Cavernícola.
CAVET *(kavé)*, s. m. Caveto.
CAVIAR *(kaviar)*, s. m. Caviar.
CAVIARDER *(kaviardê)*, v. t. Suprimir uma passagem de uma publicação.
CAVICORNES *(kavikórn)*, s. m. pl. Cavicórneos.
CAVISTE *(kaviçt)*, s. m. Adegueiro.
CAVITÉ *(kavitê)*, s. f. Cavidade.
CE *(çə)*, pr. dem. m. s. Isto, isso, aquilo.
CE, CET *(çə, çét)*, adj. dem. m. s.; **CETTE** *(çét)*, f.; **CES** *(çé)*, m. e f. pl. Este, esse.
CÉANS *(çêan)*, adv. Aqui; nesta casa, aqui dentro. *Le maître de céans*, o dono da casa.
CECI *(çəçi)*, pr. dem. Isto, a mais próxima de duas pessoas ou coisas.
CÉCIDIE *(çêçidi)*, s. f. Cecídia.
CÉCILIE *(çêçili)*, s. f. Cecília; minhocão.
CÉCITÉ *(çêçitê)*, s. f. Cegueira.
CÉDANT, E *(çêdan, t)*, s. *Dir.* Cedente.
CÉDER *(çêdê)*, v. t. (Conjuga-se como *accélérer.*) Ceder, abandonar, desistir, vender. *Ne le céder à personne*, não ter igual. *Ne le céder en rien à*, não perder em nada para. V. i. Ceder, submeter-se.
CÉDILLE *(cêdii)*, s. f. Cedilha.
CÈDRE *(çédr)*, s. m. Cedro.
CÉDULAIRE *(çêdülér)*, adj. Relativo à cédula.
CÉDULE *(çêdül)*, s. f. Cédula.
CEINDRE *(çéndr)*, v. t. (Conjuga-se como *craindre.*) Cingir, cercar, rodear.
CEINTURE *(çentür)*, s. f. Cinto; cinta; cintura; cós; circuito.
CEINTURER *(çéntürê)*, v. t. Rodear de um cinto.
CEINTURON *(çentüron)*, s. m. Cinturão.
CELA *(çəlá)*, pr. dem. Isso, aquilo (a mais distante de duas coisas ou pessoas); isto. *À cela près*, fora disso.
CELADON *(çəladon)*, s. m. e adj. inv. Verde claro.
CÉLÉBRANT *(çêlêbran)*, s. m. Celebrante.
CÉLÉBRATION *(çêlêbraçion)*, s. f. Celebração.
CÉLÈBRE *(çêlébr)*, adj. Célebre.
CÉLÉBRER *(çêlêbrê)*, v. t. (Conjuga-se como *accélérer.*) Celebrar; comemorar.
CELEBRET *(çêlêbrét)*, s. m. Autorização eclesiástica para celebrar a missa.
CÉLÉBRITÉ *(cêlêbritê)*, s. f. Celebridade.
CELER *(çəlê)*, v. t. (O *e* mudo passa a *è* antes de sílaba muda: *je cèle.*) Ocultar, esconder, dissimular.
CÉLERI *(çêləri)*, s. m. *Bot.* Aipo.
CÉLÉRIFÈRE *(çêlêrifér)*, s. m. Celerífero.
CÉLÉRITÉ *(cêlêritê)*, s. f. Celeridade, velocidade.
CÉLESTE *(çêléçt)*, adj. Celeste.
CÉLESTIN *(çêléçten)*, s. m. Celestino.
CÉLIBAT *(çêlibá)*, s. m. Celibato, solteirismo.
CÉLIBATAIRE *(çêlibatér)*, s. e adj. Solteiro.
CELLE *(çél)*, s. f. Cela, quarto pequeno.
CELLE, CELLES *(çél)*, pr. dem. f. V. CELUI.
CELLÉRIER, ÈRE *(célêriê, ér)*, s. Celeireiro (num convento).
CELLIER *(çéliê)*, s. m. Adega, celeiro.
CELLOPHANE *(çélofan')*, s. f. Celofane.
CELLULAIRE *(célülér)*, adj. Celular.
CELLULE *(çélül)*, s. f. Célula; cela.
CELLULEUX, EUSE *(çélülë, ëz)*, adj. Celuloso.
CELLULITE *(çélülit)*, s. m. *Med.* Celulite.
CELLULOÏD *(çélüloid)*, s. m. Celulóide.
CELLULOSE *(çélülôz)*, s. f. Celulose.
CELLULOSIQUE *(çélülozik)*, adj. Celulósico.
CELTE ou **CELTIQUE** *(çélt* ou *çéltik)*, adj. Celta, céltico. S. m. Celta (língua e indivíduo).
CELUI *(çəlüi)*, pr. dem. m. **CELLE** *(çél)*, f. **CEUX** *(çë)*, m. pl. **CELLES** *(çél)*, f. pl. O, aquele. *Celui-ci*, este. *Celui-là*, aquele.
CÉMENT *(çêman)*, s. m. Cimento.
CÉMENTATION *(çêmantaçion)*, s. f. Cimentação.
CÉMENTER *(çêmantê)*, v. t. Cimentar.
CÉMENTEUX, EUSE *(çêmantë, ëz)*, adj. Cimentado.
CÉNACLE *(çênakl)*, s. m. Cenáculo.
CENDRE *(çandr)*, s. f. Cinza. Pl. Cinzas, restos mortais.
CENDRÉ, E *(çandrê)*, adj. Cor de cinza, cinzento.
CENDRÉE *(çandrê)*, s. f. Chumbo miúdo para a caça.
CENDRER *(çandrê)*, v. t. Dar cor de cinza; misturar com outra coisa.
CENDREUX, EUSE *(çandrë, ëz)*, adj. Cheio de cinza; que tem o aspecto da cinza.
CENDRIER *(çandriê)*, s. m. Cinzeiro.
CENDRILLON *(çandriion)*, s. f. Cinderela. Mulher que está sempre ao pé do fogo. *Fam.* Empregada suja.
CÈNE *(çén')*, s. f. Ceia.
CENELLE *(çənél)*, s. f. *Bot.* Baga de azevinho.
CÉNOBITE *(çênobit)*, s. m. Cenobita.
CÉNOBITIQUE *(çênobitik)*, adj. Cenobítico.
CÉNOBITISME *(çênobitiçm)*, s. m. Cenobitismo.
CÉNOTAPHE *(çênotaf)*, s. m. Cenotáfio.
CENS *(çanç)*, s. m. Censo; recenseamento. Pl.: *des cens*.
CENSÉ, E *(çançê)*, adj. Suposto, considerado como.

CENSÉMENT *(çançêman)*, adv. *Pop.* Por suposição

CENSEUR *(çançër)*, s. m. Censor.

CENSIER, ÈRE *(çançiê, ér)*, adj. e s. Relativo ao censo.

CENSITAIRE *(çançitér)*, s. m. Censitário.

CENSORAT *(çançorá)*, s. m. Função de censor.

CENSORIAL, E, AUX *(çançorial, ó)*, adj. Censório.

CENSUEL, ELLE *(çançüél)*, adj. Censual.

CENSURABLE *(çançürabl)*, adj. Censurável.

CENSURE *(çançür)*, s. f. Censura; crítica; condenação.

CENSURER *(çançürê)*, v. t. Censurar; criticar, condenar.

CENT *(çan)*, num. card. Cem. S. m. Cento.

CENTAINE *(çantén')*, s. f. Centena.

CENTAURE, ESSE *(çantôr, éç)*, s. Centauro.

CENTAURÉE *(çantôrê)*, s. f. *Bot.* Centáurea.

CENTENAIRE *(çantənér)*, adj. e s. m. Centenário.

CENTENNAL, E, AUX *(çanténal, ô)*, adj. Que acontece de cem em cem anos.

CENTÉSIMAL, E, AUX *(çantêzimal, ô)*, adj. Centesimal.

CENTIARE *(çantiar)*, s.m. Centiare.

CENTIÈME *(çantiém')*, num. ord. Centésimo. S. m. A centésima parte.

CENTIGRADE *(çantigrad)*, adj. Centígrado.

CENTIGRAMME *(çantigram')*, s. m. Centigramo.

CENTILITRE *(çantilitr)*, s.m. Centilitro.

CENTIME *(çantim')*, s. f. Cêntimo, centésima parte do franco.

CENTIMÈTRE *(çantimétr)*, s. m. Centímetro.

CENTRAGE *(çantraj)*, s.m. Centragem, ação de determinar o centro.

CENTRAL, E, AUX *(çantral, ô)*, adj. Central; principal.

CENTRALISATEUR, TRICE *(çantralizatër, triç)*, s. Centralizador.

CENTRALISATION *(çantralizaçion)*, s. f. Centralização.

CENTRALISER *(çantralizê)*, v. t. Centralizar.

CENTRE *(çantr)*, s.m. Centro.

CENTRER *(çantrê)*, v. t. Centrar.

CENTRIFUGATION *(çantrifügaçion)*, s. f. Centrifugação.

CENTRIFUGE *(çantrifüj')*, adj. Centrífugo. *Force centrifuge,* força centrífuga.

CENTRIFUGER *(çantrifüjê)*, v. t. Centrifugar.

CENTRIFUGEUR, EUSE *(çantrifüjër, ëz)*, adj. e s. Centrifugador.

CENTRIPÈTE *(çantripét)*, adj. Centrípeto.

CENTROSOME *(çantrozom')*, s.m. Centrossomo.

CENTUPLE *(çantüpl)*, adj. e s. m. Cêntuplo.

CENTUPLER *(çantüplê)*, v. t. Centuplicar.

CENTURIE *(çantüri)*, s. f. Centúria.

CENTURION *(çantürion)*, s.m. Centurião.

CÉNURE ou **CŒNURE** *(çênür)*, s.m. Cenuro.

CEP *(cép)*, s.m. Cepa, tronco de videira.

CÉPAGE *(cêpaj)*, s. m. Qualidade de vinha cultivada.

CÈPE ou **CEPS** *(çép)*, s.m. *Bot.* Variedade de cogumelo. Pl.: *des cèpes* ou *ceps*.

CEPENDANT *(çəpandan)*, adv. Entretanto, durante este tempo. Conj. Apesar disso, não obstante, portanto.

CÉPHALALGIE *(cêfalalji)*, s.f. Cefalalgia.

CÉPHALIQUE *(cêfalik)*, adj. Cefálico.

CÉPHALOPODES *(çêfalopód)*, s.m.pl. Cefalópodes.

CÉPHALO-RACHIDIEN *(çêfalôrachidien)*, adj. Céfalo-raquidiano.

CÉPHALOTHORAX *(çêfalotorakç)*, s.m. Cefalotórax.

CÉRAMBIX *(çêranbikç)*, s.m. Cerambicino.

CÉRAME *(çéram')*, s. m. Cerame.

CÉRAMIQUE *(çêramik)*, s.f. Cerâmica.

CÉRAMISTE *(çêramiçt)*, s.m. Ceramista.

CÉRAT *(çêrá)*, s. m. Cerato.

CERBÈRE *(çérbér)*, s.m. Cérbero.

CERCEAU *(çérçô)*, s.m. Arco de ferro ou de madeira. Pl. Penas da ponta das asas de uma ave. Pl.: *des cerceaux*.

CERCLAGE *(çérklaj)*, s.m. Ação de pôr arcos.

CERCLE *(çérkl)*, s.m. Círculo; circunferência; arco; circo; cinto; anel; giro; área.

CERCLER *(çérklê)*, v.t. Guarnecer de arcos; rodear, cercar; limitar.

CERCOPITHÈQUE *(çérkopiték)*, s. m. *Zool.* Cercopiteco.

CERCUEIL *(çérkëi)*, s. m. Féretro, caixão mortuário.

CÉRÉALE *(cêrêal)*, adj. e s. f. Cereal.

CÉRÉBELLEUX, EUSE *(çêrêbélë, ëz)*, adj. Cerebeloso.

CÉRÉBRAL, E, AUX *(çêrêbral, ô)*, adj. Cerebral.

CÉRÉBRO-SPINAL, E, AUX *(çêrêbrôçpinal, ô)*, adj. Cerebrospinal.

CÉRÉMONIAL, E, AUX *(çêrêmonial, ô)*, adj. e s. m. inv. Cerimonial.

CÉRÉMONIE (*çêrêmoni*), s. f. Cerimônia; formalidade, afetação; cuidados.
CÉRÉMONIEUSEMENT (*çêrêmoniëzman*), adv. Cerimoniosamente.
CÉRÉMONIEUX, EUSE (*çêrêmonië, ëz*), adj. Cerimonioso.
CERF (*çérf*), s. m. Cervo, veado.
CERFEUIL (*çérfëi*), s. m. Cerefólio.
CERF-VOLANT (*çérvolant*), s.m. Besouro, espécie de escaravelho. Papagaio de papel. Pl.: *des cerfs-volants.*
CÉRIFÈRE (*çêrifér*), adj. Cerifero.
CERISAIE (*çərizé*), s. f. Cerejal.
CERISE (*çəriz*), s. f. Cereja; cor de cereja. *Pop.* Azar.
CERISETTE (*çərizét*), s. f. Cereja seca.
CERISIER (*çəriziê*), s. m. Cerejeira.
CÉRITE (*çêrit*), s.f. *Miner.* Cerita.
CERITHE (*çərit*), s. m. *Zool.* Cérite.
CERNE (*çérn*), s. m. Círculo; alheira; cerne.
CERNÉ, E (*çérnê*), adj. Cercado. *Avoir les yeux cernés,* ter olheiras.
CERNEAU (*çérnô*), s. m. Miolo de uma noz verde. Pl.: *des cerneaux.*
CERNER (*çérnê*), v.t. Cercar, fazer um círculo ou cerco; fazer uma incisão à roda de. *Fig.* Importunar.
CÉROPLASTIQUE (*çêroplaçtik*), s. f. Ceroplástica.
CERTAIN, E (*çérten, én'*), adj. Certo, seguro, indubitável; um, algum.
CERTAINEMENT (*çérténəman*), adv. Seguramente.
CERTES (*çért*), adv. Certamente.
CERTIFICAT (*çértifiká*), s.m. Certidão, atestado.
CERTIFICATEUR (*çértifikatër*), adj. e s.m. Certificador, certificante.
CERTIFICATIF, IVE (*çértifikatif, iv*), adj. Certificativo.
CERTIFICATION (*çértifikaçion*), s. f. Certificação.
CERTIFIER (*çértifiê*), v. t. (Conjuga-se como *prier.*) Certificar, atestar.
CERTITUDE (*çértitüd*), s. f. Certeza, firmeza.
CÉRULÉEN, ENNE (*çêrülêan, én'*), adj. Cerúleo, azulado.
CÉRUMEN (*çêrümén*), s. m. Cerúmen.
CÉRUMINEUX, EUSE (*çêrüminë, ëz*), adj. Ceruminoso.
CÉRUSE (*cêrüz*), s.f. Cerusa.
CÉRUSITE (*çêrüzit*), s.f. Cerusita.
CERVEAU (*çérvô*), s. m. Cérebro, miolos. *Fig.* Inteligência, razão. Pl.: *des cerveaux.*
CERVELAS (*çérvəlá*), s. m. Salsichão. Pl.: *des cervelas.*
CERVELET (*çérvəlé*), s. m. Cerebelo.
CERVELLE (*çérvél*), s.f. Cérebro, miolos. *Fig.* Juízo. *Se brûler la cervelle,* estourar os miolos com um tiro.
CERVICAL, E, AUX (*çérvikal, ô*), adj Cervical.
CERVIDÉS (*çérvidê*), s.m.pl. Cervídeos.
CERVIER (*çérviê*), s. m. V. **LOUP-CERVIER.**
CERVOISE (*çérvuaz*), s.f. Nome antigo da cerveja.
CES (*çé*), adj. dem. V. **CE.**
CÉSALPINE (*çêzalpin'*), s.f. Cesalpinia.
CÉSARIEN, ENNE (*çêzarien, én'*), adj. Cesariano. S. f. Cesariana.
CÉSARISME (*çêzariçm*), s.m. Cesarismo.
CESSANT, E (*çéçan, t*), adj. Cessante.
CESSATION (*çéçaçion*), s.f. Cessação.
CESSE (*çéç*), s. f. Interrupção, fim, cessação. *Sans cesse,* loc. adv. Sem parar.
CESSER (*çéçê*), v. i. Cessar, interromper-se, parar. V. t. Cessar, fazer parar, pôr termo a.
CESSIBILITÉ (*çéçibilitê*), s.f. Cessibilidade.
CESSIBLE (*çéçibl*), adj Cessível.
CESSION (*çéçion*), s.f. Cessão, cedência.
CESSIONNAIRE (*çéçionér*), s.m. Cessionário.
C'EST-À-DIRE (*çétadir*), loc. conj. Quer dizer, isto é.
CESTE (*çéçt*), s.m. Cesto, manopla de atletas.
CESTODES (*çéçtod*), s. m. pl. Cestóides.
CÉSURE (*cêzür*), s. f. Cesura.
CET, CETTE (*çét*), adj. dem. V. **CE.**
CÉTACÉ, E (*çêtaçê*), adj. e s.m. Cetáceo.
CÉTÉRAC (*çêtêrak*), s. m. *Bot.* Ceteraque.
CÉTOINE (*çêtoan'*), s.f. *Ent.* Gênero de insetos coleópteros.
CÉTONE (*çêtón'*), s. f. *Quím.* Cetona.
CEUX, CELLES (*çë, çél*), pron. dem. V. **CELUI.**
CHABICHOU (*chabichu*), s.m. Variedade de queijo feito de leite de cabra.
CHABLER (*chablê*), v.t. Atar um peso a uma corda. Fazer um cabo de cordas torcidas.
CHABLIS (*chabli*), s.m. Vinho de Chablis (França).
CHACAL (*chakal*), s.m. Chacal.
CHACONNE ou **CHACONE** (*chakon'*), s.f. *Mús.* Chacona.
CHACUN, E (*chakën, ün'*), pron. ind. Cada um, qualquer, todos. *Prov. Chacun pour soi et Dieu pour tous,* cada um por si e Deus por todos.
CHAFOUIN, E (*chafuen, in'*), adj. e s. *Fam.* Fuinha, pessoa magra e mexeriqueira.
CHAGRIN, E (*chagren, in'*), adj. Triste, rabugento.
CHAGRIN (*chagren*), s.m. Desgosto, pesar. Onagre.
CHAGRINANT, E (*chagrinan, t*), adj. Afligidor, penoso.

CHAGRINER (*chagrinê*), v.t. Afligir; entristecer; atormentar.
CHAHUT (*chaü*), s.m. *Pop.* Barulho, baralho, banzé.
CHAHUTER (*chaütê*), v. t. Pôr em desordem. V.i. Fazer banzé.
CHAI ou **CHAIS** (*ché*), s. m. Adega para vinho e aguardente. Pl.: *des chais.*
CHAÎNAGE (*chénaj*), s. m. Ação de medir com a cadeia de agrimensor.
CHAÎNE (*chén'*), s.f. Cadeia; corrente. Prisão; dependência. Continuidade. Urdidura.
CHAÎNÉ, E (*chénê*), adj. Formado de diferentes partes unidas ponta a ponta.
CHAÎNER (*chenê*), v.t. Medir com a cadeia de agrimensor.
CHAÎNETTE (*chénét*), s.f. Pequena cadeia ou corrente.
CHAÎNIER ou **CHÊNISTE** (*chéniê* ou *chéniçt*), s.m. Fabricante de cadeias e correntes.
CHAÎNON (*chénon*), s.m. Elo, argola, anel.
CHAIR (*chér*), s. f. Carne. *Avoir la chair de poule,* estremecer, ficar arrepiado. *Donner la chair de poule,* arrepiar. *N'être ni chair ni poisson,* ser adolescente, nem criança nem adulto. *Fig.* Ser irresoluto.
CHAIRE (*chér*), s.f. Púlpito das igrejas. Cadeira, disciplina professada.
CHAIS (*ché*), s. m. V. **CHAI.**
CHAISE (*chéz*), s. f. Cadeira. *Chaise longue,* cadeira de descanso, espreguiçadeira.
CHAISIER, ÈRE (*chéziê, ér*), s. Cadeireiro.
CHALAND (*chalan*), s. m. Lancha grande, chata.
CHALAND, E (*chalan, d*), s. Freguês.
CHALCOGRAPHIE (*kalkografi*), s. f. Calcografia.
CHALCOPYRITE (*kalkopirit*), s.f. Calcopirita.
CHALDAIQUE (*kaldaík*), adj. Caldaico.
CHALDÉEN, ENNE (*kaldêan, én'*), adj. e s. Caldeu.
CHALE (*chal*), s. m. Manta, xale.
CHALET (*chalé*), s.m. Chalé.
CHALEUR (*chalẽr*), s.f. Calor, ardor; vivacidade; sensualidade.
CHALEUREUSEMENT (*chalẽrẽzman*), adv. Calorosamente, com animação.
CHALEUREUX, EUSE (*chalẽrẽ, ẽz*), adj. Caloroso, zeloso.
CHÂLIT (*chali*), s.m. Estrado de cama.
CHALOIR (*chaluar*), v. i. e imp. Só se usa nas expressões: *il ne m'en chaut, peu m'en chaut,* ou *peu me chaut,* isso não me interessa, isso não me importa.
CHALOUPE (*chalup*), s.f. Chalupa, lancha.
CHALUMEAU (*chalümô*), s. m. Tubo ou canudinho que serve para soprar ou aspirar; cálamo, cana. Maçarico. Pl.: *des chalumeaux.*
CHALUT (*chalü*), s.m. Rede de arrastar.
CHALUTIER (*chalütiê*), s.m. Barco de pesca que arrasta uma rede.
CHAMADE (*chamad*), s.f. Sinal de tambor. *Fig. Son cœur battait la chamade,* ele estava muito emocionado.
CHAMAILLER (*chamaiê*), v. i. e t. Brigar, disputar. **SE CHAMAILLER,** v. pr. Brigar, descompor-se.
CHAMAILLERIE (*chamaiiri*), s.f. Disputa.
CHAMANISME (*chamaniçm*), s.m. Xamanismo.
CHAMARRER (*chamarê*), v.t. Recamar, encher de galões, enfeitar.
CHAMARRURE (*chamarür*), s. f. Enfeites de mau gosto.
CHAMBARD (*chanbard*), s. m. *Pop.* Banzé.
CHAMBARDEMENT (*chanbardəman*), s.m. *Pop.* Destroço, devastação.
CHAMBARDER (*chanbardê*), v.t. *Pop.* Destroçar, devastar. Fazer banzé.
CHAMBELLAN (*chanbélan*), s.m. Camarista. *Grand chambellan,* camarista-mor.
CHAMBERTIN (*chanbérten*), s.m. Vinho de Chambertin.
CHAMBOULER (*chanbulê*), v.t. *Gír.* Pôr em desordem.
CHAMBRANLE (*chanbranl*), s.m. Alizar, ombreira das portas e janelas.
CHAMBRE (*chanbr*), s. f. Quarto; câmara.
CHAMBRÉE (*chanbrê*), s.f. Reunião de pessoas alojadas no mesmo quarto.
CHAMBRER (*chanbrê*), v. i. Viver no mesmo quarto. V. i. Encerrar alguém num quarto. *Chambrer du vin,* dar ao vinho a temperatura ambiente.
CHAMBRETTE (*chanbrét*), s. f. Pequeno quarto.
CHAMBRIÈRE (*chanbriér*), s.f. Camareira.
CHAMEAU (*chamô*), s.m. Camelo. Pl.: *des chameaux.*
CHAMELIER (*chaməliê*), s. m. Cameleiro.
CHAMELLE (*chamél*), s.f. Camela.
CHAMÉROPS (*kamêrópç*), s.m. Espécie de palmeira anã. Pl.: *des chamérops.*
CHAMOIS (*chamuá*), s.m. Camurça. Adj. e s. Cor amarelo-clara. Pl.: *des chamois.*
CHAMOISAGE (*chamuazaj*), s. m. O ato de acamurçar.
CHAMOISER (*chamuazê*), v. t. Preparar peles à maneira da pele de camurça.
CHAMOISERIE (*chamuazri*), s.f. Lugar onde se preparam as peles de camurça.

Comércio dessas peles
CHAMOISEUR (*chamuazěr*), s.m. Que prepara e vende as peles.
CHAMP (*chan*), s.m. Campo; campina. Assunto, matéria. Fundo. *Champ de bataille,* campo de batalha. *Courir les champs,* divagar. *Prendre la clef des champs,* fugir. Loc. adv.: *Sur-le-champ,* imediatamente; *à tout bout de champ,* a propósito de tudo; *à travers champs,* por um caminho desconhecido.
CHAMP ou **CHANT** (*chan*), s.m. O lado mais estreito de uma coisa.
CHAMPAGNE (*chanpanh*), s.m. Champanha.
CHAMPAGNISER (*chanpanhizê*), v.t. Preparar um vinho à maneira das champanhas.
CHAMPART (*chanpar*), s.m. *Agric.* Mistura de trigo, cevada para semear.
CHAMPENOIS, E (*chanpənuá, z*), adj. e s. Natural de Champanha.
CHAMPÊTRE (*chanpétr*), adj. Campestre, rural.
CHAMPI, ISSE (*chanpi, iç*), adj. e s. Criança achada nos campos.
CHAMPIGNON (*chanpinhon*), s.m. *Bot.* Cogumelo, tortulho. Verruga. Cabide para chapéus. Morrão de vela. *Pousser comme un champignon,* crescer a olhos vistos.
CHAMPIGNONNIÈRE (*chanpinhoniér*), s.f. Lugar preparado para criar cogumelos comestíveis.
CHAMPIGNONNISTE(*chanpinhoniçt*), s. m. Aquele que cria cogumelos.
CHAMPION (*chanpion*), s.m. Campeão; combatente; defensor.
CHAMPIONNAT (*chanpioná*), s.m. Campeonato.
CHAMPLEVER (*chanpləvê*), v. t. Fazer uma ranhura numa chapa de metal.
CHANÇARD, E (*chançar, d*), adj. e s. *Pop.* Felizardo.
CHANCE (*chanç*), s.f. Sorte, acaso; felicidade. Pl. Probabilidades.
CHANCELANT, E (*chançəlan, t*), adj. Cambaleante, vacilante; indeciso; fraco.
CHANCELER (*chançəlê*), v. i. (Dobra o *l* antes de sílaba muda: *il chancelle*). Cambalear, vacilar. Hesitar.
CHANCELIER (*chançəliê*), s. m. Chanceler.
CHANCELIÈRE (*chançəliér*), s. f. A mulher do chanceler. Caixinha forrada de pele para pôr os pés.
CHANCELLERIE (*chançélri*), s.f. Chancelaria.
CHANCEUX, EUSE (*chançě, ěz*), adj. Felizardo.
CHANCI, E (*chançi*), adj. Mofado. S. m. Bolor.
CHANCIR (*chançir*), v.i. Mofar, bolorar.
CHANCISSURE (*chançiçür*), s.f. Mofo, bolor.
CHANCRE (*chankr*), s.m. Cancro, úlcera. *Fig.* Causa de destruição. Moléstia das árvores.
CHANCREUX, EUSE (*chankrě, ěz*), adj. Canceroso; atacado de cancro.
CHANDAIL (*chandai*), s.m. Blusa de malha.
CHANDELEUR (*chandəlěr*), s. f. Candelária.
CHANDELIER (*chandəliê*), s. m. Castiçal.
CHANDELIER, ÈRE (*chandəliê, ér*), s. Fabricantes de velas.
CHANDELLE (*chandél*), s.f. Vela. *Economie de bouts de chandelle,* economia mal entendida. *Brûler la chandelle par les deux bouts,* gastar sem conta. *Devoir une belle, une fière chandelle à quelqu'un,* dever um grande favor a alguém. *Voir trente-six chandelles,* ver estrelas. *Monter en chandelle,* subir verticalmente. *Le jeu ne vaut pas la chandelle,* não vale a pena. *Tenir la chandelle à,* pactuar com.
CHANFREIN (*chanfren*), s.m. Chanfradura, chanfro. Parte anterior da cabeça de um cavalo. Testeira da armadura do cavalo.
CHANFREINER (*chanfrénê*), v.t. Chanfrar.
CHANGE (*chanj*), s. m. Câmbio; troco; permuta; casa de câmbio; juro. *Donner le change,* enganar. *Perdre au change,* perder na troca. *Prendre le change,* deixar-se enganar.
CHANGEABLE (*chanjábl*), adj. Mudável, trocável.
CHANGEANT, E (*chanjan, t*), adj. Variável, mudável. *Etoffe changeante,* fazenda furta-cor.
CHANGEMENT (*chanjəman*), s. m. Trôco; mudança; modificação.
CHANGER (*chanjê*), v. t. (Toma um *e* mudo depois do *g* antes de *a* e *o*: *il changea, nous changeons.*) Trocar, permutar, modificar; converter. V. i. Mudar; deixar uma coisa por outra.
CHANGEUR, EUSE (*chanjěr, ëz*), s. Cambista.
CHANOINE (*chanuan'*), s.m. Cônego.
CHANOINIE (*chanuani*), s.f. Conezia.
CHANSON (*chançon*), s.f. Canção; cantilena. *Fig.* e *fam. Chansons que tout cela,* bobagem, histórias.
CHANSONNER (*chançonê*), v.t. Compor canção satírica.
CHANSONNETTE (*chançonét*), s.f. Cançoneta.
CHANSONNIER, ÈRE (*chançoniê, ér*), s. Cancioneiro, cançonetista.
CHANT (*chan*), s.m. Canto, melodia; cada parte de um poema épico.
CHANTAGE (*chantaj*), s.m. Chantagem.

CHANTANT, E (*chantan, t*), adj. Cantante, que canta.
CHANTEAU (*chantô*), s. m. Naco, fatia de pão; nesga de fazenda. Pl.: *des chanteaux*.
CHANTEPLEURE (*chantəplĕr*), s. f. Catimplora.
CHANTER (*chantê*), v.t. Cantar; louvar, celebrar; zombar. *Faire chanter quelqu'un*, praticar uma chantagem com alguém. **SE CHANTER**, v. pr. Ser cantado.
CHANTERELLE (*chanterél*), s.f. Corda de violão, de baixo.
CHANTEUR, EUSE (*chantĕr, ëz*), s. e adj. Cantor, cantador; canoro. *Fig. Maître chanteur*, chantagista.
CHANTIER (*chantiê*), s.m. Lugar onde se talha pedra ou madeira. Depósito de material. Estaleiro. *Fig. Avoir sur le chantier*, trabalhar em.
CHANTONNEMENT (*chantonəman*), s. m. Ação de cantarolar.
CHANTONNER (*chantonê*), v.t. e i. Cantarolar.
CHANTOUNG (*chantung*), s. m. Xantungue.
CHANTOURNER (*chanturnê*), v.t. Entalhar madeira.
CHANTRE (*chantr*), s.m. Cantor; poeta.
CHANVRE (*chanvr*), s.m. Cânhamo.
CHANVRIER, ÈRE (*chanvriê, ér*), adj. e s. Relativo ao cânhamo.
CHAOS (*kaô*), s.m. Caos, desordem. Pl.: *des chaos*.
CHAOTIQUE (*kaotik*), adj. Caótico.
CHAPARDAGE (*chapardaj*), s. m. Roubo.
CHAPARDER (*chapardê*), v.t. Roubar.
CHAPARDEUR, EUSE (*chapardĕr, ëz*), adj. Aquele que rouba.
CHAPE (*chap*), s.f. Pluvial; capa; capa magna; invólucro; cobertura; chapa.
CHAPÉ, E (*chapê*), adj. Revestido de capa.
CHAPEAU (*chapô*), s. m. Chapéu. Ponta; cabeça. Pl.: *des chapeaux*.
CHAPEAUTER (*chapôtê*), v.t. *Fam*. Pôr um chapéu.
CHAPELAIN (*chaplen*), s.m. Capelão.
CHAPELET (*chaplé*), s.m. Terço. Enfiada, série. *Arq*. Astrágalo.
CHAPELIER, ÈRE (*chaplê, ér*), adj. e s. Chapeleiro.
CHAPELIÈRE (*chapliér*), s.m. Mala para chapéus.
CHAPELLE (*chapél*), s.f. Capela, oratório.
CHAPELLENIE (*chapélni*), s. f. Capelania.
CHAPELLERIE (*chapélri*), s.f. Chapelaria.
CHAPERON (*chapəron*), s. m. Capuz. *Arquit*. Cimalha. *Fig*. Senhora séria.
CHAPERONNER (*chapəronê*), v. t. Pôr um capuz. Construir a cimalha. Acompanhar.
CHAPITEAU (*chapitô*), s. m. Capitel. Capacete de alambique. Pl.: *des chapiteaux*.
CHAPITRE (*chapitr*), s.m. Capítulo; assembléia; assunto. *Une fois sur ce chapitre*, uma vez neste assunto.
CHAPITRER (*chapitrê*), v.t. Repreender.
CHAPON (*chapon*), s.m. Capão.
CHAPONNER (*chaponê*), v.t. Castrar um galo.
CHAQUE (*chak*), adj. ind. Cada.
CHAR (*char*), s.m. Carro; carruagem; carreta; carroça.
CHARABIA (*charabiá*), s.m. Algaravia.
CHARADE (*charad*), s.f. Charada.
CHARANÇON (*charançon*), s. m. Gorgulho.
CHARANÇONNÉ, E (*charançonê*), adj. Atacado pelos gorgulhos do trigo.
CHARBON (*charbon*), s.m. Carvão; hulha. Carbúnculo.
CHARBONNAGE (*charbonaj*), s.m. Exploração de uma mina de carvão.
CHARBONNER (*charbonê*), v.t. e i. Carbonizar; tisnar com carvão; encarvoar.
CHARBONNERIE (*charbonəri*), s. f. Carvoaria. Carbonarismo.
CHARBONNETTE (*charbonét*), s.f. Madeira preparada para fazer carvão.
CHARBONNEUX, EUSE (*charbonë, ëz*), adj. Que tem o aspecto do carvão.
CHARBONNIER, ÈRE (*charboniê, ér*) adj. e s. Carvoeiro; carbonífero; carbonário. *Charbonnier est maître chez lui*, cada um faz como quer em sua casa.
CHARBONNIÈRE (*charboniér*), s.f. Carvoeira.
CHARCUTER (*charkütê*), v.t. Cortar, trinchar. Executar mal uma operação cirúrgica.
CHARCUTERIE (*charkütəri*), s. f. Salsicharia.
CHARCUTIER, ÈRE (*charkütiê, ér*), s. Salsicheiro. Açougueiro que vende carne de porco.
CHARDON (*chardon*), s. m. Cardo. Puas.
CHARDONNERET (*chardonəré*), s. m. Pintassilgo.
CHARDONNETTE (*chardonét*), ou **CARDONNETTE** (*kardonét*), s.f. Alcachofra do mato.
CHARENTAIS, E (*charanté, éz*), s. e adj. De Charente. (França).
CHARGE (*charj*), s.f. Carga. Encargo, obrigação. Emprego. Imposto. Ataque. Caricatura. *Une charge à fond*, uma carga pesada. *Revenir à la charge*, voltar à carga. *Témoin à charge*, testemunha de acusação. *A charge de*, loc. adv. Sob a condição.
CHARGÉ, E (*charjê*), adj. Carregado;

encarregado. Cumulado.

CHARGEMENT (*charjəman*), s. m. Carregamento.

CHARGER (*charjê*), v. t. (Toma um *e* mudo depois do *g* antes de *a* e *o*: *je chargeai, nous chargeons.*) Carregar; acusar; exagerar; injuriar; atacar; tornar ridículo. **SE CHARGER,** v. pr. Encarregar-se.

CHARGEUR, EUSE (*charjĕr, ëz*), s. Carregador.

CHARIOT (*chariô*), s.m. Carro; carroça; carrinho de crianças.

CHARITABLE (*charitabl*), adj. Caridoso.

CHARITABLEMENT (*charitabləman*), adv. Caridosamente.

CHARITÉ (*charitê*), s.f. Caridade.

CHARIVARI (*charivari*), s.m. Algazarra. *Fig.* Música discorde. Tumulto.

CHARLATAN (*charlatan*), s.m. Charlatão.

CHARLATANERIE (*charlatanəri*), s. f. Charlatanice.

CHARLATANESQUE (*charlatanéçk*), adj. Charlatanesco.

CHARLATANISME (*charlataniçm*), s. m. Charlatanismo.

CHARMANT, E (*charman, t*), adj. Encantador, agradável.

CHARME (*charm*), s.m. Encanto, magia, beleza. *Aller comme un charme,* cair como uma luva (roupa). *Rompre le charme,* quebrar o encanto.

CHARMER (*charmê*), v.t. Encantar; fascinar, seduzir; acalmar.

CHARMEUR, EUSE (*charmĕr, ëz*), adj. Encantador. *Fig.* Fascinador.

CHARNEL, ELLE (*charnél*), adj. Carnal, voluptuoso.

CHARNELLEMENT (*charnélman*), adv. Carnalmente, voluptuosamente.

CHARNIÈRE (*charniér*), s.f. Dobradiça, gonzo.

CHARNU, E (*charnü*), adj. Carnudo, carnoso.

CHAROGNE (*charónh*), s.f. Carcaça, cadáver em decomposição.

CHARPENTAGE (*charpantaj*), s.m. Trabalho de carpinteiro.

CHARPENTE (*charpant*), s. f. Madeiramento, vigamento.

CHARPENTÉ, E (*charpantê*), v.t. Constituído, construído.

CHARPENTER (*charpantê*), v.t. Preparar, aparelhar madeira para construção.

CHARPENTERIE (*charpanteri*), s. f. Carpintaria.

CHARPENTIER (*charpantiê*), s.m. Carpinteiro.

CHARRÉ, E (*charrê*), s. f. Barreleiro; cinza de barreta.

CHARRETÉE (*chartê*), s. f. Carrada, carroçada.

CHARRETIER, ÈRE (*chartiê, ér*), adj. Carreiro, carreteiro.

CHARRETON (*charton*), s. m. Carreta pequena.

CHARRETTE (*charét*), s. f. Carroça.

CHARRIAGE (*chariaj*), s. m. Carreto, transporte; acarretamento.

CHARRIER (*chariê*), v.t. (Conjuga-se como *prier.*) Carregar. V. i. Carregar pedaços de gelo. *Pop.* Exagerar; caçoar.

CHARROI (*charuá*), s.m. Carreto, transporte em carros.

CHARRON (*charon*), s.m. Carpinteiro de carros.

CHARRONNAGE (*charonaj*), s.m. Ofício ou obra de carpinteiro de carros.

CHARRONNERIE (*charonəri*), s. f. Indústria de construção de carros.

CHARROYER (*charuaiê*), v.t. (Conjuga-se como *aboyer.*) Carrear, acarretar.

CHARROYEUR (*charuaiĕr*), s.m. Carreiro, acarretador.

CHARRUE (*charü*), s. m. Arado. Charrua.

CHARTE, CHARTRE (*chart, chartr*), s.f. Carta, lei orgânica de um país; diploma; alvará.

CHARTREUSE (*chartrēz*), s.f. Cartuxa; retiro; casinha de campo isolada. Licor.

CHARTREUX, EUSE (*chartrē, ēz*), s. Cartuxo. Gato pardo.

CHARTRIER (*chartriê*), s.m. Cartório, arquivo de cartas, títulos, etc.

CHAS (*chá*), s.m. Fundo de uma agulha. Pl.: *des chas.*

CHASSE (*chaç*), s.f. Caça, caçada; terreno de caça; caçadores; cães e apetrechos de caça. Relicário. Encaixe. Martelo de carpinteiro.

CHASSÉ (*chaçê*), s.m. Certo passo de dança.

CHASSELAS (*chaçəlá*), s. m. Uva branca. Pl.: *des chasselas.*

CHASSE-MARÉE (*chaçmarê*), s. m. inv. Embarcação costeira.

CHASSE-MOUCHES (*chaçmuch*), s.m. Enxota-moscas.

CHASSE-NEIGE (*chaçnéj*), s.m. inv. Aparelho destinado a remover a neve dos caminhos; violento vento de inverno.

CHASSE-PIERRES (*chaçpiér*), s.m. inv. Guarda-calhas.

CHASSEPOT (*chaçpô*), s.m. Fuzil de guerra.

CHASSER (*chaçê*), v.t. Caçar, dar caça; enxotar, expulsar, deitar fora, despedir; vir; dissipar. *Chasser de race,* puxar pela raça. **SE CHASSER,** v. pr. Ser caçado ou perseguido; expulsar-se reciprocamente.

CHASSERESSE (*chaçəréç*), s. f. *Poét.*

Caçadora.

CHASSEUR, EUSE (*chaçĕr, ĕz*), s. Caçador; navio de caça.

CHASSIE (*chaçi*), s. f. Remela.

CHASSIEUX, EUSE (*chaçiĕ, ĕz*), adj. e s. Remelento.

CHASSIS (*chaçi*), s. m. Moldura, quadro; chassi; caixilho envidraçado. Pl.: *des chassis.*

CHASTE (*chaçt*), adj. Casto.

CHASTEMENT (*chaçtəman*), adv. Castamente.

CHASTETÉ (*chaçtətê*), s. f. Castidade.

CHASUBLE (*chazübl*), s. f. Casula.

CHASUBLERIE (*chazübləri*), s. f. Comércio e arte de paramenteiro.

CHASUBLIER (*chazübliê*), s. m. Paramenteiro.

CHAT, CHATTE (*chá, chat*), s. Gato. *Prov. Chat échaudé craint l'eau froide,* gato escaldado tem medo de água fria.

CHATAIGNE (*chaténh*), s. f. Castanha.

CHATAIGNERAIE (*chaténhəré*), s. f. Castanhal.

CHATAIGNIER (*chaténhiê*), s. m. Castanheiro.

CHATAIN, E (*chaten, én'*), adj. e s.m. Castanho.

CHATEAU (*chatô*), s. m. Castelo; palácio, paço; casa de campo. *Fig. Château en Espagne,* quimera, castelo no ar. Pl.: *des châteaux.*

CHATEAUBRIAND (*chatôbrian*), s. m. Filé (de vaca) mal passado na chapa.

CHATELAIN, E (*chatlen, én'*), s. Castelão.

CHATELET (*chatlé*), s.m. Castelo pequeno.

CHATELLENIE (*chatélni*), s.f. Castelania.

CHATIABLE (*chatiabl*), adj. Castigável.

CHATIER (*chatiê*), v.t. Castigar, punir. *Prov. Qui aime bien, châtie bien,* quem ama castiga. *Fig.* Polir, aperfeiçoar.

CHATIÈRE (*chatiér*), s.f. Gateira.

CHATIMENT (*chatiman*), s.m. Castigo, correção.

CHATOIEMENT (*chatuaman*), s.m. Reflexo, brilho de uma pedra preciosa.

CHATON (*chaton*), s.m. Gatinho; pedra preciosa.

CHATONNER (*chatonê*), v.t. Engastar, encastoar.

CHATOUILLEMENT (*chatuiiman*), s.m. Cócegas. *Fig.* Impressão agradável.

CHATOUILLER (*chatuiê*), v.t. Fazer cócegas. *Fig.* Lisonjear, afagar.

CHATOUILLEUX, EUSE (*chatuiiĕ, ĕz*), adj. Sensível a cócegas. *Fig.* Suscetível, irritável.

CHATOYANT, E (*chatuaian, t*), adj. Cintilante.

CHATOYER (*chatuaiê*), v.i. (Conjuga-se como *aboyer.*) Cambiar, reluzir.

CHATRER (*chatrê*), v. t. Castrar.

CHATTE (*chat*), s. f. Gata.

CHATTEMITE (*chatmit*), s. f. *Fam.* Hipócrita, sonso.

CHATTERIE (*chatəri*), s. f. Meiguice fingida. Gulodice.

CHAUD, E (*chô, d*), adj. Quente, cálido. *Fig.* Vivo, animado, ardente; recente; dedicado, caro. *Pleurer à chaudes larmes,* chorar muito. *Cela ne fait ni chaud ni froid,* é completamente indiferente. *À chaud,* loc. adv. Em estado de febre. S. m. Calor.

CHAUDE (*chôd*), s. f. Fogo vivo, fogueira; calda dos metais, do vidro.

CHAUDEAU (*chôdô*), s.m. Caldo; gemada. Pl.: *des chaudeaux.*

CHAUDEMENT (*chôdman*), adv. Calorosamente; com ardor.

CHAUDIÈRE (*chôdiér*), s. f. Caldeira.

CHAUDRON (*chôdron*), s. m. Caldeira pequena.

CHAUDRONNÉE (*chôdronê*), s. f. Caldeirada.

CHAUDRONNERIE (*chôdronəri*), s. f. Caldeiraria.

CHAUDRONNIER, ÈRE (*chôdroniê, ér*), s. Caldeireiro.

CHAUFFAGE (*chôfaj*), s. m. Aquecimento; combustível.

CHAUFFANT, E (*chôfan, t*), adj. Aquecedor.

CHAUFFE (*chôf*), s.f. Aquecimento; destilação.

CHAUFFE-BAIN (*chôfben*), s.m. Aquecedor de água para banho. Pl.: *des chauffe-bains.*

CHAUFFE-LINGE (*chôflenj*), s.m. inv. Aquecedor de roupa.

CHAUFFER (*chôfê*), v.t. Aquecer. *Fig.* Ativar, apressar; animar-se.

CHAUFFERETTE (*chôfərét*), s. f. Aquecedor de comida, rescaldeiro.

CHAUFFERIE (*chôfəri*), s. f. Forja.

CHAUFFEUR (*chôfĕr*), s. m. Fogueiro; motorista.

CHAUFFEUSE (*chôfĕz*), s. f. Cadeira ou banco baixo para sentar perto do fogo. Motorista.

CHAUFFOIR (*chôfuar*), s. m. Sala de aquecimento.

CHAUFFOURNIER (*chôfurniê*), s. m. Caieiro.

CHAULAGE (*chôlaj*), s. m. Calagem.

CHAUMAGE (*chômaj*), s. m. Arranque do restolho; época deste trabalho.

CHAUME (*chôm'*), s. m. Colmo; palhegal; restolho; sapé. *Fig.* Choupana.

CHAUMER (*chômê*), v. t. Arrancar o restolho.

CHAUMIÈRE (*chômiér*), s. f. Cabana.

CHAUMINE (*chômin'*), s. f. Pequena choupana.

CHAUSSE (*chôç*), s.f. Coador de pano;

calção antigo.

CHAUSSÉE *(chôçê)*, s.f. Açude, aterro; calçada; banco de areia comprido.

CHAUSSE-PIED (*chôpçiê*) s. m. Calçadeira. Pl.: *des chausse-pieds*

CHAUSSER *(choçê)*, v.t. Calçar; fabriçar, fornecer calçado. V. t. e i. Ficar bem no pé.

CHAUSSETTE (*chôçét*), s. f. Meia curta.

CHAUSSEUR (*chôçĕr*), s.m. Sapateiro.

CHAUSSON (*chôçon*), s. m. Chinelo; luta a pontapé; espécie de pastel.

CHAUSSURE *(chôçür)*, s.f. Calçado.

CHAUT *(chô)*, 3ª p. sing. do pres. do ind. do verbo *chaloir*.

CHAUVE *(chôv)*, adj. Calvo, careca. *Fig.* Desnudado.

CHAUVE-SOURIS (*chôvçuri*), s. m. Morcego. Pl.: *des chauves-souris*.

CHAUVIN, E *(chôven, in')*, s. Patriota fanático.

CHAUVINISME (*chôviniçm*), s. m. Fanatismo patriótico.

CHAUX *(chô)*, s.f. Cal. *Fig. À chaux et à ciment*, solidamente. Pl.: *des chaux*.

CHAVIREMENT (*chavirman*), s. m. Soçobro dos navios.

CHAVIRER *(chavirê)*, v. i. Soçobrar.

CHEF (*chéf*), s. m. Cabeça, comandante. *Chef d'orchestre*, regente. Loc. adv.: *En chef*, na qualidade de chefe; *de son chef*, por sua própria autoridade; *au premier chef*, antes de qualquer outro.

CHEF-D'ŒUVRE (*chédĕvr*), s. m. Obra-prima. Pl.: *des chefs-d'œuvre*.

CHEF-LIEU *(chéfliĕ)*, s. m. Capital, sede. Pl.: *des chefs-lieux*.

CHEFTAINE, CHEFETAINE ou **CHEVTAINE** (*chéften'* ou *chĕvtén'*), s. f. Monitora.

CHEIK (*chék*), s. m. Xeque, chefe árabe.

CHÉLIDOINE (*kêliduan'*), s. f. Celidônia.

CHEMIN (*chəmen*), s. m. Caminho, senda.. *Fig. Faire son chemin*, vencer. *Aller le droit chemin*, proceder corretamente. *Montrer le chemin*, dar o exemplo. *Rebrousser le chemin*, voltar atrás. *N'y pas aller par quatre chemins*, ir direto ao assunto. *Chemin faisant*, loc.adv. Durante o trajeto.

CHEMINEAU (*chəminô*), s. m. Mendigo. Operário que percorre os caminhos à procura de emprego. Pl.: *des chemineaux*.

CHEMINÉE (*chəminê*), s. f. Chaminé; fogão; lar.

CHEMINEMENT (*chəminəman*), s. m. Encaminhamento.

CHEMINER (*chəminê*), v. i. Caminhar, progredir; aproximar-se da posição do inimigo.

CHEMINOT (*chəminô*), s. m. Empregado de estrada de ferro.

CHEMISE (*chəmiz*), s. f. Camisa; capa; alva de sacerdote.

CHEMISERIE (*chəmizri*), s. f. Camisaria.

CHEMISETTE (*chəmizét*), s.f. Camiseta; peitilho.

CHEMISIER, ÈRE (*chəmiziê, ér*), s. Camiseiro.

CHÊNAIE (*chéné*), s.f. Carvalhal, azinhal.

CHENAL (*chənal*), s. m. V. **CANAL**.

CHÊNE (*chén'*), s.m. Carvalho.

CHÊNEAU (*chénô*), s. m. Carvalho novo. Pl.: *des chêneaux*.

CHENET (*chəné*), s. m. Cão de chaminé.

CHÈNEVIÈRE (*chénəviér*), s. f. Canhameiral.

CHÊNEVIS (*chénəvi*), s. m. Semente de cânhamo. Pl.: *des chènevis*.

CHENIL (*chənil*), s. f. Canil.

CHENILLE (*chənii*), s. f. Lagarta.

CHENU, E (*chənü*), adj. Encanecido; dentro da neve. *Arbre chenu*, árvore desnudada.

CHEPTEL (*chéptél*), s. m. Contrato de animais ao ganho; gado.

CHEQUE *(chék)*, s.m. Cheque.

CHÉQUIER *(chékiê)*, s. m. Talão de cheques.

CHER, ÈRE (*chér*), adj. Caro; precioso.

CHERCHER *(chérchê)*, v.t. Procurar, esforçar-se. *Chercher à qui s'en prendre*, procurar um culpado. *Chercher midi à quatorze heures*, dificultar as coisas. **SE CHERCHER**, v. pr. Esforçar-se por se conhecer.

CHERCHEUR, EUSE (*chérchĕr, ĕz*), adj. e s. Buscador, investigador.

CHÈRE *(chér)*, s. f. Rosto. Comida. Acolhimento.

CHÈREMENT (*chérman*), adv. Ternamente; caro (preço).

CHÉRI, E *(chêri)*, adj. Amado, querido.

CHÉRIF (*chêrif*), s. m. Xerife.

CHÉRIFAT (*chêrifá*), s. m. Xerifado.

CHÉRIR *(chêrir)*, v.t. Amar ternamente, querer bem.

CHERTÉ *(chértê)*, s.f. Carestia, alto preço.

CHÉRUBIN *(chêrüben)*, s. m. Querubim.

CHÉTIF, IVE (*chetif, iv*), adj. Fraco. raquítico; ruim; mediocre.

CHÉTIVEMENT (*chêtivman*), adv. Mesquinhamente, miseravelmente.

CHEVAL (*chəval*), s. m. Cavalo. *Être à cheval sur*, conhecer bem, dar grande importância a. *Monter sur ses grands chevaux*, zangar-se, ofender-se. *À cheval*, loc. adv. A cavalo, de um lado e de outro. *Esp. Cheval d'arçons*, cavalo com alças. *Cheval de bois*, cavalo-de-pau. Pl.: *des chevaux*.

CHEVALEMENT (*chəvalman*), s. m. Escora, pontão.

CHEVALER (*ch valê*), v. t. Escorar.

CHEVALERESQUE (*ch valréçk*), adj. Cavalheiresco.

CHEVALERIE (*chəvalri*), s. f. Cavalaria.
CHEVALET (*chəvalé*), s. m. Cavalete, escora.
CHEVALIER, ÈRE (*chəvaliê, ér*), s. Cavaleiro; cavalheiro. S. m. Ave aquática. S. f. Anel largo de ouro.
CHEVALIN, E (*chəvalen, inv'*), adj. Cavalar.
CHEVAL-VAPEUR (*ch valvapër*), s. m. Cavalo-vapor. Pl.: *des chevaux-vapeur.*
CHEVAUCHÉE (*chəvôché*), s. f. Cavalgada.
CHEVAUCHEMENT (*chəvôchman*), s. m. Cavalgamento; o andar do cavalo; acavalamento.
CHEVELU, E (*chəvlü*), adj Cabeludo, peludo.
CHEVELURE (*chəvelür*), s. f. Cabeleira.
CHEVET (*chəvé*), s. m. Cabeceira da cama; travesseiro, almofada. *Fig.* Apoio.
CHEVÊTRE (*chəvétr*), s. m. Madre de vigamento; cabresto; ligadura.
CHEVEU (*chəvë*), s. m. Cabelo. *Se prendre aux cheveux,* brigar. *Tiré par les cheveux,* forçado, sem graça. *Ne tenir qu'à un cheveu,* estar por um fio. *Prendre* ou *saisir l'occasion aux cheveux,* aproveitar a ocasião. *S'arracher les cheveux,* desesperar-se. Pl.: *des cheveux.*
CHEVILLE (*chəvii*), s. f. Tornozelo, artelho. *Fig.* Mola real, agente principal.
CHEVILLER (*chəviiê*), v. t. Cavilhar.
CHEVILLETTE (*chəviiét*), s. f. Cavilha pequena.
CHEVIR (*chəvir*), v. i. Dominar, conseguir.
CHÈVRE (*chévr*), s.f. Cabra. *Ménager la chèvre et le chou,* apaziguar a ambos.
CHEVREAU (*chəvrô*), s. m. Cabritinho; couro de cabrito. Pl.: *des chevreaux.*
CHÈVREFEUILLE (*chévrəfëii*), s. m. Madre-silva.
CHEVRETER ou **CHEVRETTER** (*chəvrətê* ou *chəvrétê*), v. i. (Dobra o *t* antes de *e* mudo: *elle chevrettera.*) Parir (as cabras).
CHEVRETTE (*chəvrét*), s. f. Cabrinha, cabra montês.
CHEVREUIL (*chəvrëi*), s. m. Cabrito montês.
CHEVRIER, ÈRE (*chəvriê, ér*), s. Guardador de cabras. S.m. Variedade de feijão.
CHEVRILLARD (*chəvriiar*), s. m. Cabritinho montês.
CHEVRON (*chəvron*), s. m. Caibro. Galão no braço para indicar o tempo de serviço.
CHEVRONNER (*chəvronê*), v. t. Guarnecer de caibros.
CHEVROTANT, E (*chəvrotan, t*), adj. Tremulante (a voz).
CHEVROTEMENT (*chəvrotman*), s. m. Trêmulo, trinado.
CHEVROTER (*chəvrotê*), v. i. Tremular; cantar ou falar com voz trêmula; parir (cabras).
CHEVROTIN (*chəvroten*), s. m. Pele de cabrito (curtida); espécie de queijo.
CHEVROTINE (*chəvrotin'*), s. f. Chumbo grosso de caça.
CHEZ (*chê*), prep. Em casa de; entre; na família de; no país de; em, no tempo de.
CHEZ-SOI (*chêçuá*), s. m. inv. Domicílio.
CHIASSE (*chiaç*), s. f. Escória dos metais; excremento de inseto ou verme.
CHIBOUQUE (*chibuk*), s.f. ou **CHIBOUK** (*chibuk*), s. m. Cachimbo turco.
CHIC (*chik*), s. m. Elegância. Adj. Elegante. *Fam.* Generoso, bom.
CHICANE (*chikan'*), s. f. Chicana. Passagem em ziguezague num entrincheiramento. Dispositivo que impede a livre circulação de um fluido ou de um sólido.
CHICANER (*chikanê*), v. i. Chicanar. V. t. Inquietar.
CHICANERIE (*chikanəri*), s. f. Rabulice; chicana.
CHICANEUR, EUSE (*chikanër, ëz*), adj. e s. Chicaneiro.
CHICARD, E (*chikar, d*), adj. *Pop.* Chique, bonito. S.m. Fantasia carnavalesca.
CHICHE (*chich*), adj. Parcimonioso, avaro, mesquinho.
CHICHEMENT (*chichman*), adv. Avaramente.
CHICHI (*chichi*), s.m. Anel de cabelo postiço. *Pop.* Barulho, algazarra. Pl. Bobagens, gestos afetados.
CHICON (*chikon*), s. m. Alface romana.
CHICORÉE (*chikorê*), s.f. Chicórea.
CHICOT (*chikô*), s.m. Toco de uma árvore.
CHIEN, ENNE (*chien, én'*), s. Cão. *De chien,* detestável. *Jeter, donner sa langue aux chiens,* não compreender, não adivinhar. *Rompre les chiens,* interromper uma conversa embaraçosa. *Chien de, chienne de,* cachorro, cachorra (exprimindo desprezo). *Prov. Bon chien chasse de race,* filho de peixe sabe nadar; tal pai, tal filho.
CHIENDENT (*chiendan*), s. m. Grama francesa. *Fig.* Dificuldades.
CHIENLIT (*chienli*), s. *Fam.* Máscara; disfarce.
CHIEN-LOUP (*chienlu*), s.m. Cão-lobo. Pl.: *des chiens-loups.*
CHIENNER (*chiênê*), v. i. Parir (cadela).
CHIENNERIE (*chiénəri*), s. f. Matilha.
CHIFFE (*chif*), s. f. Fazenda ordinária. *Fig.* Homem sem caráter.
CHIFFON (*chifon*), s. m. Trapo, far-

rapo. *Fig.* Coisa de pouco valor.
CHIFFONIER, ÈRE (*chifoniê, ér*), s. trapeiro, farrapeiro; cômoda pequena.
CHIFFONNAGE (*chifonaj*), s.m. Amarrotamento, fazenda amarrotada.
CHIFFONNÉ, E (*chifonê*), adj. Amarrotado, enxovalhado.
CHIFFONNEMENT (*chifonəman*), s. m. Amarrotamento.
CHIFFONNER (*chifonê*), v. t. Amarrotar, enxovalhar. *Fig.* Contrariar. V. i. Catar trapos e outros objetos na rua.
CHIFFRAGE (*chifraj*), s. m. Escrever em algarismos.
CHIFFRE (*chifr*), s. m. Algarismo; cifra; total.
CHIFFRER (*chifrê*), v.i. Calcular. V.t. Numerar. *Fig.* Atingir um número importante.
CHIFFREUR (*chifrĕr*), s. m. Calculador.
CHIGNON (*chinhon*), s. m. Coque (de cabelo).
CHILIEN, ENNE (*chiliėn, én'*), adj. e s. Chileno.
CHIMÈRE (*chimér*), s. f. Quimera.
CHIMÉRIQUE (*chimêrik*), adj. Quimérico.
CHIMIE (*chimi*), s. f. Química.
CHIMIQUE (*chimik*), adj. Químico.
CHIMIQUEMENT (*chimikman*), adv. Quimicamente.
CHIMISME (*chimiçm*), s. m. Quimismo.
CHIMISTE (*chimiçt*), s. m. Químico.
CHIMPANZÉ (*chenpanzê*), s. m. Chimpanzé.
CHINAGE (*chinaj*), s. m. Tintura à chinesa.
CHINCHILLA (*chenchilá*), s. m. Chinchila.
CHINÉ, E (*chinê*), adj. De várias cores.
CHINER (*chinê*), v. t. Dar várias cores. *Pop.* Criticar.
CHINEUR, EUSE (*chinĕr, ëz*), adj. e s. *Pop.* Tingidor à chinesa; zombeteiro.
CHINOIS, E (*chinuá, z*), adj. e s. Chinês.
CHINOISERIE (*chinuazri*), s. f. Chinesice.
CHIOURME (*chiúrm*), s. m. Galeriano.
CHIOT (*chiô*), s.m. Cãozinho.
CHIPER (*chipê*), *Pop.* Roubar, apanhar.
CHIPEUR, EUSE (*chipĕr, ëz*), s. *Pop.* Ladrão.
CHIPIE (*chipí*), s. f. *Pop.* Mulher rabujenta.
CHIPOLATA (*chipolatá*), s. f. Guisado de carne e cebola; salsicha pequena.
CHIPOTER (*chipotê*), v. i. *Fam.* Mascar com a ponta dos dentes; trabalhar lentamente; comerciar.
CHIPOTEUR, EUSE (*chipotĕr, ëz*), s. ou **CHIPOTIER, ÈRE** (*chipotiê, ér*), adj. e s. Debiqueiro; molengão; regateador.
CHIQUE (*chik*), s. f. Rolo de tabaco de mascar.
CHIQUÉ (*chikê*), s. m. *Pop.* Afetação.
CHIQUENAUDE (*chiknôd*), s.f. Piparote.
CHIQUER (*chikê*), v. i. Mascar tabaco.
CHIQUET (*chiké*), s. m. Migalha.
CHIQUEUR, EUSE (*chikĕr, ëz*), s. Mascador.
CHIROGRAPHAIRE (*kirografér*), adj. Quirografário.
CHIROMANCIE (*kiromançi*), s.f. Quiromancia.
CHIROMANCIEN, ENNE (*kiromançien, én'*), s. Quiromante.
CHIRURGICAL, E, AUX ou **CHIRURGIQUE** (*chirürjikal, ô* ou *chirürjik*), adj. Cirúrgico.
CHIRURGIE (*chirürji*), s.f. Cirurgia.
CHIRURGIEN (*chirürjien*), s.m. Cirurgião.
CHITON (*chiton*), s. m. Túnica grega.
CHIURE (*chiür*), s.f. Excremento de inseto.
CHLAMYDE (*klamid*), s.f. Clâmide.
CHLORAL (*kloral*), s.m. Cloral.
CHLORATE (*klorat*), s.m. Clorato.
CHLORE (*klór*), s.m. Cloro.
CHLORÉ, E (*klorê*), adj. Clorado.
CHLORHYDRATE (*kloridrat*), s. m. Cloridrato.
CHLORHYDRIQUE (*kloridrik*), adj. m. Clorídrico.
CHLORIQUE (*klorik*), adj. Clórico.
CHLOROFORME (*klorofórm*), s. m. Clorofórmio.
CHLOROFORMER (*kloroformê*), v. t. Cloroformizar.
CHLOROMÉTRIE (*kloromêtri*), s. f. Clorometria.
CHLOROPHYLLE (*klorofil*), s.f. Clorofila.
CHLOROSE (*klorôz*), s. f. Clorose.
CHLOROTIQUE (*klorotik*), adj. Clorótico.
CHLORURE (*klorür*), s. m. Cloreto.
CHLORURÉ, E (*klorürê*), adj. Cloretado.
CHOC (*chók*), s.m. Choque, pancada.
CHOCOLAT (*chokolá*), s.m. Chocolate.
CHOCOLATERIE (*chokolatəri*), s. f. Fábrica de chocolate, chocolataria.
CHOCOLATIER, ÈRE (*chokolatiê, ér*), adj. e s. Chocolateiro.
CHOCOLATIÈRE (*chokolatiér*), s. f. Chocolateira.
CHŒUR (*kĕr*), s. m. Coro.
CHOIR (*chuar*), v. i. (*Je chois, tu chois, il choit;* não se usam as outras pessoas. *Je chus, nous chûmes. Je choirai* ou *cherrai, nous choirons* ou *cherrons. Je choirais* ou *cherrais, nous choirions* ou *cherrions. Chu, e.*) Cair, sucumbir.
CHOISI, E (*chuazi*), adj. Escolhido.
CHOISIR (*chuazir*), v.t. Escolher, preparar.
CHOIX (*chuá*), s.m. Escolha, eleição. *N'avoir pas le choix,* não ter outra alternativa. Loc.adv.: *De choix,* que

merece ser escolhido; *au choix de*, à vontade de; *sans choix*, sem discernimento Pl.: *des choix*.
CHOLAGOGUE (*kolagóg*), adj. e s. Colagogo.
CHOLÉDOQUE (*koledók*), adj. Colédoco.
CHOLÉMIE (*kolêmi*), s. f. Colemia.
CHOLÉRA (*kolêrá*), s. m. *Med.* Cólera.
CHOLÉRIFORME (*kolêrifórm*), adj. Coleriforme.
CHOLÉRINE (*kolêrin'*), s. f. Colerina.
CHOLÉRIQUE (*kolêrik*), adj. e s. *Med.* Vítima da cólera.
CHOLESTÉROL (*kolêçtêrol*), s. m. Colesterol.
CHOLIAMBE (*kolianb*), s. m. Coliambo.
CHÔMABLE (*chômabl*), adj. De descanso; de guarda.
CHÔMAGE (*chômaj*), s. m. Paralisação do trabalho; falta de trabalho; inatividade.
CHÔMER (*chômê*), v. i. Folgar; descansar; não ter trabalho. V.t. Festejar.
CHÔMEUR, EUSE (*chômĕr, ĕz*), s. Operário sem trabalho.
CHOPE (*chóp*), s. f. Caneca para tomar cerveja.
CHOPER (*chôpê*), v. t. V. **CHIPER**.
CHOPINE (*chopin'*), s. f. Medida de meio litro.
CHOPPER (*chôpê*), v. i. Dar um passo em falso, tropeçar.
CHOQUANT, E (*chokan, t*), adj. Chocante.
CHOQUER (*chokê*), v. t. Chocar. *Fig.* Ofender, desagradar. *Choquer les verres*, beber à saúde.
CHORAL, E (*koral*), adj. e s.m. Coral.
CHORÉE (*korê*), s. m. V. **TROCHÉE**.
CHORÉGRAPHIE (*korêgrafi*), s. f. Coreografia.
CHORÉGRAPHIQUE (*korêgrafik*), adj. Coreográfico.
CHORIAMBE (*korianb*), s. m. Coriambo.
CHORION (*korion*), s. f. Córion.
CHORISTE (*koriçt*), s. Corista.
CHOROGRAPHIE (*korografi*), s. f. Corografia.
CHOROÏDE (*koroíd*), s.f. Coróide.
CHORUS (*korüç*), s. m. Coro. *Faire chorus*, repetir em coro. Pl.: *des chorus*.
CHOSE (*chôz*), s.f. Coisa, objeto. *De deux choses l'une*, das duas uma. *À peu chose près*, loc. adv. Quase.
CHOTT (*chót*), s. m. Lago salgado da Argélia.
CHOU (*chu*), s. m. Couve. Pl.: *des choux*.
CHOUAN (*chuan*), s. m. Chuã.
CHOUANNER (*chuanê*), v. i. Guerrear à maneira dos revoltosos da Bretanha.
CHOUANNERIE (*chuanəri*), s. f. Insurreição dos revoltosos da Bretanha.
CHOUCHOU, OUTE (*chuchu, ut*), s. *Fam.* Preferido, favorito. Pl.: *des chouchoux, chouchoutes*.
CHOUETTE (*chuét*), s.f. Coruja.
CHOU-FLEUR (*chuflĕr*), s. m. Couve-flor. Pl.: *des choux-fleurs*.
CHOU-NAVET (*chunavé*), s. m. Couve-nabo. Pl.: *des choux-navets*.
CHOURINER (*churinê*), v.t. *Pop.* Assassinar à faca.
CHOURINEUR (*churinĕr*), s. m. *Pop.* Assassino que mata à faca.
CHOYER (*chuaiê*), v. t. (Conjuga-se como *aboyer*.) Acariciar, estimar.
CHRESTOMATHIE (*kréçtomati* ou *çi*), s.f. Crestomatia.
CHRÉTIEN, ENNE (*krêtien, én'*), adj. e s. Cristão.
CHRÉTIENNEMENT (*krêtiénəman*), adv. Cristãmente.
CHRÉTIENTÉ (*krêtientê*), s. f. Cristandade.
CHRISME (*kriçm*), s.m. Crisma.
CHRIST (*kriçt*), s. m. Cristo.
CHRISTIANISER (*kriçtianizê*), v.t. Cristianizar.
CHRISTIANISME (*kriçtianiçm*), s.m. Cristianismo.
CHROMAGE (*kromaj*), s. m. Cromagem.
CHROMATE (*kromat*), s.m. Cromato.
CHROMATIQUE (*kromatik*), adj. e s. m. Cromático.
CHROMATISME (*kromatiçm*), s. m. Cromatismo.
CHROME (*króm'*), s. m. Cromo.
CHROMER (*kromê*), v. t. Cromar.
CHROMIQUE (*kromik*), adj. Crômico.
CHROMOGÈNE (*kromojen'*), adj. Cromogêneo.
CHROMOLITHOGRAPHIE (*kromolitografi*), s. f. Cromolitografia.
CHROMOSOME (*kromozôm'*), s. m. Cromossomo.
CHROMOTYPOGRAPHIE ou **CHROMOTYPIE** (*kromotipografi* ou *kromotipi*), s. f. Cromotipografia.
CHRONICITÉ (*kroniçitê*), s. f. Cronicidade.
CHRONIQUE (*kronik*), s. f. Crônica. Adj. Crônico.
CHRONIQUEMENT (*kronikman*), adv. Cronicamente.
CHRONIQUEUR (*kronikĕr*), s. m. Cronista.
CHRONOGRAMME (*kronogram'*), s.m. Cronograma.
CHRONOGRAPHE (*kronograf*), s. m. Cronógrafo.
CHRONOLOGIE (*kronoloji*), s. f. Cronologia.
CHRONOLOGIQUE (*kronolojik*), adj. Cronológico.
CHRONOLOGIQUEMENT (*kronolojikman*), adv. Cronologicamente.
CHRONOMÈTRE (*kronométr*), s.m. Cronômetro.
CHRONOMÉTRER (*kronomêtrê*), v. t. (Conjuga-se como *accélérer*.) Cronometrar.
CHRONOMÉTREUR (*kronomêtrĕr*), s. m. Cronometrista.

CHRONOMÉTRIE (*kronomêtri*), s. f. Cronometrar.
CHRYSALIDE (*krizalid*), s. f. Crisálida.
CHRYSANTHÈME (*krizantém'*), s. m. Crisântemo.
CHRYSÉLÉPHANTIN, E (*krizêlêfanten, in'*), adj. Criselefantino.
CHRYSOLITHE (*krizolit*), s. f. Crisólita.
CHRYSOSTOME (*krizoçtóm'*), adj. Crisóstomo.
CHUCHOTEMENT (*chüchotman*), s. m. Cochicho.
CHUCHOTER (*chüchótê*), v. i. Cochichar.
CHUCHOTERIE (*chüchótəri*), s. f. Cochicho.
CHUCHOTEUR, EUSE (*chüchotĕr, ëz*), adj. e s. Cochichador.
CHUINTANT, E (*chüentan, t*), adj. Chiante.
CHUINTEMENT (*chüentəman*), s. m. Efeito de chiar.
CHUINTER (*chüentê*), v. i. Piar (a coruja). Chiar (ao pronunciar certas consoantes).
CHUT! (*chüt*), interj. Silêncio!
CHUTE (*chüt*), s.f. Queda; pecado; fracasso; remate de periodo.
CHUTER (*chütê*), v. i. *Pop.* Cair. V. t. Mandar calar.
CHYLE (*chil*), s. m. Quilo (na digestão).
CHYLIFÈRE (*chilifér*), adj. Quilífero.
CHYME (*chim'*), s.m. Quimo.
CI (*çi*), adj. Aqui, cá. Loc. adv.: *Par-ci, par-là, de-ci, de-là,* de um lado e de outro; *ci-après,* em frente, junto; *ci-dessous,* abaixo, adiante; *ci-dessus,* acima, mais atrás; *ci-devant,* precedentemente, mais acima. *Ci-gît,* aqui jaz.
CIBLE (*çibl*), s.f. Alvo (de tiro). *Fig.* Fim, objetivo.
CIBOIRE (*çibuar*), s. m. Cibório.
CIBOULE (*çibul*), s.f. Cebolinha comum.
CIBOULETTE (*çibulét*), s. f. Cebolinha miúda.
CICATRICE (*çikatriç*), s.f. Cicatriz.
CICATRICIEL, ELLE (*çikatriçiél*), adj. Cicatricial.
CICATRISABLE (*çikatrizabl*), adj. Cicatrizável.
CICATRISANT, E (*çikatrizan, t*), adj. Cicatrizante.
CICATRISATION (*çikatrizaçion*), s. f. Cicatrização.
CICATRISER (*çikatrizê*), v. t. Cicatrizar.
CICÉRONE (*çiçêron'*), s. m. Cicerone, guia. Pl.: *des cicéroni.*
CICÉRONIEN, ENNE (*çiçêronien, én'*), adj. Ciceroniano.
CI-DESSOUS, CI-DESSUS, CI-DEVANT (*cidéçu, cidéçü, cidəvan*), v. **CI.**
CIDRE (*çidr*), s. m. Cidra.
CIDRERIE (*çidrəri*), s. f. Fábrica de cidra.
CIDRIER, ÈRE (*çidriê, ér*), adj. De cidra.
CIEL (*çiél*), s. m. Céu. *Remuer ciel et terre,* mover céus e terra. *À ciel ouvert,* loc. adv. Em pleno dia, às claras. Pl.: *des cieux.* Clima; dossel de leito; céu de um quadro. Pl.: *des ciels.*
CIERGE (*çiérj*), s.m. Círio, vela.
CIGALE (*çigal*), s.f. Cigarra.
CIGARE (*çigar*), s.m. Charuto.
CIGARETTE (*çigarét*), s. f. Cigarro.
CIGARIÈRE (*çigariér*), s. f. Cigarreira (operária).
CIGOGNE (*çigónh*), s. f. Cegonha.
CIGOGNEAU (*çigonhô*), s.m. Filhote de cegonha. Pl.: *des cigogneaux.*
CIGUË (*çigü*), s.f. Cicuta.
CIL (*çil*), s. m. Cílio, pestana.
CILIAIRE (*çiliér*), adj. Ciliar.
CILICE (*çiliç*), s. m. Cilício; pano grosseiro.
CILIÉ, E (*çiliê*), adj. Ciliado.
CILLEMENT (*çiiman*), s.m. Pestanejo.
CILLER (*çiiê*), v. t. e i. Pestanejar.
CIMBRIQUE (*çenbrik*), adj. Címbrico.
CIME (*çim'*), s.f. Cimo, cume.
CIMENT (*çiman*), s.m. Cimento.
CIMENTER (*çimantê*), v.t. Cimentar.
CIMENTIER (*çimantiê*), s.m. Fabricante de cimento.
CIMETERRE (*çimətér*), s.m. Cimitarra.
CIMETIÈRE (*çimətiér*), s. m. Cemitério.
CIMIER (*çimiê*), s.m. Cimeira de um capacete.
CINABRE (*çinabr*), s.m. Cinabre.
CINÉASTE (*çinêaçt*), s.m. Cineasta.
CINÉ-CLUB (*çinêklüb* ou *çinêklëb*), s.m. Cine-clube. Pl.: *des ciné-clubs.*
CINÉMA (*çinêmá*), s. m. Cinema.
CINÉMATIQUE (*çinêmatik*), s. f. Cinemática.
CINÉMATOGRAPHE (*çinêmatograf*), s. m. Cinematógrafo.
CINÉMATOGRAPHIE (*cinêmatografi*), s.f. Cinematografia.
CINÉMATOGRAPHIER (*çinêmatografiê*), v. t. (Conjuga-se como *prier.*) Cinematografar.
CINÉMATOGRAPHIQUE (*çinêmatografik*), adj. Cinematográfico.
CINÉRAIRE (*çinêrér*), adj. Cinerário. S. f. Cinerária (planta).
CINÉTIQUE (*çinêtik*), adj. Cinético.
CINGALAIS, E (*çengalé, z*), adj. e s. Singalês.
CINGLAGE (*çenglaj*), s. m. Singradura.
CINGLANT, E (*çenglan, t*), adj. Fustigante. *Fig.* Rude, severo.
CINGLER (*çenglê*), v.t. Fustigar, açoitar; forjar; traçar uma linha reta com uma corda pintada de giz.
CINGLON (*çenglon*), s.m. Fustigada, chicotada.
CINNAMIQUE (*çinamik*), adj. Cinâmico.
CINQ (*çenk, çen* diante de consoante),

num. card. Cinco; quinto. S. m. O número cinco.
CINQUANTAINE (*çenkantén'*), s.f. Cinqüenta mais ou menos; cinqüentenário.
CINQUANTE (*çenkant*), num. card. Cinqüenta.
CINQUANTENAIRE (*çenkantənér*), adj. e s. Cinqüentenário.
CINQUANTIÈME (*çenkantiém'*), num. ord. Qüinquagésimo.
CINQUIÈME (*çenkiém'*), num. ord. Quinto.
CINQUIÈMEMENT (*çenkiéməman*), adv. Em quinto lugar.
CINTRAGE (*çentraj*), s.m. *Arq*. Ação de curvar.
CINTRE (*çentr*), s.m. Arco de abóbada simples.
CINTRER (*çentrê*), v. t. Construir em arco; curvar.
CIPPE (*çip*), s.m. Cipo.
CIRAGE (*çiraj*), s.m. Enceramento; engraxamento.
CIRCASSIEN, ENNE (*çirkaçien, én'*), adj. e s. Circassiano.
CIRCONCIRE (*çirkonçir*), v. t. (*Je circoncis, nous circoncisons. Je circoncisais. Je circoncis. Je circoncirai. Je circoncirais. Circoncis, circoncisons, circoncisez. Que je circoncise Que je circoncisse. Circoncisant. Circoncis, e.*) Circuncidar.
CIRCONCIS, E (*çirkonçi, z*), adj. Circunciso.
CIRCONCISION (*çirkonçizion*), s.f. Circuncisão.
CIRCONFÉRENCE (*çirkonfêranç*), s. f. Circunferência.
CIRCONFLEXE (*çirkonflékç*), adj. Circunflexo.
CIRCONLOCUTION (*çirkonloküçion*), s. f. Circunlóquio.
CIRCONSCRIPTION (*çirkonçkripçion*), s.f. Circunscrição.
CIRCONSPECT, E (*çirkonçpé;* diante de vogal, *-çpék* ou *-çpékt*), adj. Circunspecto.
CIRCONSPECTION (*çirkonçpékçion*), s. f. Circunspecção.
CIRCONSTANCE (*çirkonçtanç*), s.f. Circunstância.
CIRCONSTANCIÉ, E (*çirkonçtançiê*), adj. Detalhado.
CIRCONSTANCIEL, ELLE (*çirkonçtançiél*), adj. Circunstancial.
CIRCONSTANCIER (*çirkonçtançiê*), v. t. (Conjuga-se como *prier.*) Circunstanciar, detalhar.
CIRCONVENIR (*çirkonvənir*), v. t. (Conjuga-se como *venir.*) Cercar, rodear, enganar.
CIRCONVOISIN, E (*çirkonvuazen, in'*), Circunvizinho.
CIRCONVOLUTION (*çirkonvolüçion*), s.f. Giro; revolução.
CIRCUIT (*çirküi*), s.m. Circuito.
CIRCULAIRE (*çirkülér*), adj. Circular.
CIRCULAIREMENT (*çirkülérman*), adv. Circularmente.
CIRCULATION (*çirkülaçion*), s.f. Circulação.
CIRCULATOIRE (*çirkülatuar*), adj. Circulatório.
CIRCULER (*çirkülê*), v.i. Circular.
CIRCUMNAVIGATION (*çirkom'navigaçion*), s.f. Circunavegação.
CIRCUMPOLAIRE (*çirkom'polér*), adj. Circumpolar.
CIRE (*çir*), s.f. Cera; círio; lacre; cerume; vela.
CIRÉ, E (*çirê*), adj. Encerado. S.m. Impermeável.
CIRER (*çirê*), v.t. Engraxar; encerar, lustrar.
CIREUR, EUSE (*çirër, ëz*), adj. Engraxate; encerador.
CIRIER, ÈRE (*çiriê, ér*), adj. Que produz cera. S. m. Cerieira.
CIRQUE (*çirk*), s.m. Circo.
CIRRE ou **CIRRHE** (*çir*), s.m. Cirro.
CIRRHOSE (*çirôz*), s.f. Cirrose.
CIRRUS (*çirüç*), s. m. Cirro (nuvem). Pl.: *des cirrus*.
CISAILLE (*çizaii*), s. f. Tesoura grande.
CISAILLEMENT (*çizaiiman*), s. m. Corte com tesoura; desgaste nas moedas.
CISAILLER (*çizaiê*), v.t. Cortar com tesoura.
CISALPIN, E (*çizalpen, in'*), adj. Cisalpino.
CISEAU (*çizô*), s. m. Tesoura. Pl.: *des ciseaux*.
CISÈLEMENT (*çizélman*), s.m. Cinzelamento.
CISELER (*çizlê*), v. t. (O *e* mudo passa a è antes de sílaba muda: *je cisèle.*) Cinzelar.
CISELET (*çizlé*), s.m. Pequeno cinzel.
CISELEUR (*çizlër*), s. m. Cinzelador.
CISELURE (*çizlür*), s.f. Cinzeladura.
CISPADAN, E (*çiçpadan, an'*), adj. Cispadano.
CISRHÉNAN, E (*çiçrênan, an'*), adj. Cisrenano.
CISTERCIEN, ENNE (*çiçtérçien, én'*), adj. e s. Cisterciense.
CISTUDE (*çiçtüd*), s.f. Espécie de tartaruga.
CITADELLE (*citadél*), s.f. Citadela.
CITADIN, E (*çitaden, in'*), s. Citadino.
CITATEUR, TRICE (*çitatër, triç*), s. Citador. S. m. Coleção de citações.
CITATION (*çitaçion*), s. f. Citação.
CITÉ (*çitê*), s.f. Cidade. *Avoir droit de cité*, estar consagrado pela tradição.
CITER (*çitê*), v.t. Citar.
CITÉRIEUR (*çitêriër*), adj. Citerior.
CITERNE (*çitérn*), s.f. Cisterna.
CITHARE (*çitar*), s.f. Cítara.
CITHARÈDE (*çitaréd*), s. m. Citaredo.
CITHARISTE (*çitariçt*), adj. e s. Citarista.
CITOYEN, ENNE (*çituaien, én'*), s. Cidadão.

CITOYENNETÉ (*çituaiénətê*), s. f. Cidadania.
CITRIN, E (*çitren, in'*), adj. Citrino.
CITRIQUE (*çitrik*), adj. Cítrico.
CITRON (*çitron*), s.m. Limão.
CITRONNADE (*çitronad*), s.f. Limonada.
CITRONNER (*çitronê*), v.t. Tornar ácido (com sumo de limão).
CITRONNIER (*çitroniê*), s.m. Limoeiro.
CITROUILLE (*çitruii*), s. f. Abóbora.
CIVE ou **CIVETTE** (*çiv* ou *çivet*), s. f. V. **CIBOULETTE**.
CIVET (*çivé*) s. m. Guisado de lebre.
CIVIÈRE (*çiviér*), s. f. Maca, padiola.
CIVIL, E (*çivil*), adj. Civil.
CIVILEMENT (*çivilman*), adv. Civilmente.
CIVILISABLE (*çivilizabl*), adj. Civilizável.
CIVILISATEUR, TRICE (*çivilizatĕr, triç*), adj. Civilizador.
CIVILISATION (*çivilizaçion*), s.f. Civilização.
CIVILISER (*çivilizê*), v.t. Civilizar.
CIVILITÉ (*çivilitê*), s.f. Civilidade.
CIVIQUE (*çivik*), adj. Cívico.
CIVISME (*çiviçm*), s.m. Civismo.
CLABAUD (*klabô*), adj. e s. m. Cão perdigueiro.
CLABAUDAGE (*klabôdaj*), s.m. Latido. *Fig*. Alarido; vociferação.
CLABAUDER (*klabodê*), v. i. Ladrar muito e sem motivo. *Fig*. Falar mal, vociferar.
CLABAUDERIE (*klabôdəri*), s. f. ou **CLABAUDEMENT** (*klabôdman*), s. m. Alarido, gritaria.
CLABAUDEUR, EUSE (*klabôdĕr, ëz*), s. Ladrador. *Fig*. Linguarudo, maldizente.
CLAC (*klak*), interj. V. **CLIC**.
CLAIE (*klé*), s.f. Grade.
CLAIR, E (*klér*), adj. Claro, límpido, raro. *Fig*. Evidente, inteligível. *Tirer ou mettre au clair*, explicar, pôr em pratos limpos. *Voir clair*, ser perspicaz.
CLAIREMENT (*klérman*), adv. Claramente.
CLAIRE-VOIE (*klérvuá*), s. f. Clarabóia. Pl.: *des claires-voies*.
CLAIRIÈRE (*klériér*), s. f. Clareira.
CLAIR-OBSCUR (*klérobçkür*), s. m. Claro-escuro. Pl.: *des clairs-obscurs*.
CLAIRON (*kléron*), s. m. Clarim.
CLAIRONNANT, E (*kléronan, t*), adj. Estridente.
CLAIRONNER (*kléronê*), v.i. Clarinar. *Fig*. Imitar o som do clarim. V.t. Anunciar grande acontecimento.
CLAIRSEMÉ, E (*klérmçəmê*), adj. Espalhado, disperso.
CLAIRVOYANCE (*klérvuaianç*), s. f. Clarividência; sagacidade.
CLAIRVOYANT, E (*klérvuaian, t*), adj. Clarividente; sagaz.
CLAMER (*klamê*), v. t. Clamar, gritar.
CLAMEUR (*klamĕr*), s. f. Clamor, alarido.
CLAMPIN (*klanpen*), s. m. *Fam*. Preguiçoso.
CLAN (*klan*), s. m. Clã. *Fig*. Partido, facção.
CLANDESTIN, E (*klandéçten, in'*), adj. Clandestino.
CLANDESTINEMENT (*klandéçtinəman*), adv. Clandestinamente.
CLANDESTINITÉ (*klandéçtinitê*), s. f. Clandestinidade.
CLAPIR (*klapir*), v. i. Chiar (os coelhos) **SE CLAPIR**, v. pr. Esconder-se na toca.
CLAPOTEMENT ou **CLAPOTIS** (*klapotəman* ou *klapoti*), s. m. *Mar*. Marulho. Pl.: *des clapotis*.
CLAPOTER (*klapotê*), v. i. Marulhar.
CLAPOTEUX, EUSE (*klapotĕ, ëz*), adj. Marulhoso.
CLAQUANT, E (*klakan, t*), adj. Que estala. *Pop*. Fatigante.
CLAQUAGE (*klakaj*), s. m. Distensão de um ligamento ou de um músculo.
CLAQUE (*klak*), s.f. Palmada; claque.
CLAQUÉ, E (*klakê*), adj. Esbofeteado; aplaudido com palmas.
CLAQUEDENT ou **CLAQUEFAIN** (*klakdan* ou *klakfen*), s. m. Maltrapilho, miserável.
CLAQUEMENT (*klakman*), s. m. Estalo; o bater dos dentes; ruído de coisas.
CLAQUEMURER (*klakmürê*), v. t. Aprisionar. **SE CLAQUEMURER**, v. pr. Fechar-se em casa.
CLAQUER (*klakê*), v. i. Estalar; bater os dentes, as palmas. *Pop*. Morrer, fatigar. V. t. Aplaudir.
CLAQUETER (*klaktê*), v. i. (Dobra o *t* antes de sílaba muda: *elle claquette*.) Gritar (a cegonha), cacarejar.
CLAQUETTE (*klakét*), s.f. Matraca. *Fig*. Tagarela.
CLAQUOIR (*klakuar*), s. m. V. **CLAQUETTE**.
CLARIFIANT, E (*klarifian, t*), adj. Que clarifica.
CLARIFICATION (*klarifikaçion*), s.f. Clarificação.
CLARIFIER (*klarifiê*), v. t. (Conjuga-se como *prier*.) Clarificar.
CLARINE (*klarin'*), s.f. Campainha.
CLARINETTE (*klarinét*), s.f. Clarinete.
CLARINETTISTE (*klarinétiçt*), s. m. Clarinetista.
CLARISSE (*klariç*), s.f. Clarissa.
CLARTÉ (*klartê*), s. f. Claridade. *Fig*. Clareza. Pl. Conhecimento, noção.
CLASSE (*klaç*), s. f. Classe.
CLASSEMENT (*klaçman*), s.m. Classificação.
CLASSER (*klaçê*), v. t. Classificar.
CLASSEUR (*klaçĕr*), s. m. Classificador.

CLASSICISME (*klaçiçiçm*), s. m. Classicismo.
CLASSIFICATEUR (*klaçifikatër*), s. m. Classificador.
CLASSIFICATION (*klaçifikaçion*), s.f. Classificação.
CLASSIFIER (*klaçifiê*), v. t. (Conjuga-se como *prier*.) Classificar.
CLASSIQUE (*klaçik*), adj. Clássico.
CLATIR (*klatir*), v. i. Latir (o cão de caça).
CLAUDICANT, E (*klôdikan, t*), adj. Claudicante.
CLAUDICATION (*klôdikaçion*), s. f. Claudicação.
CLAUSE (*klôz*), s.f. Cláusula.
CLAUSTRAL, E, AUX (*klôçtral, ô*), adj. Claustral.
CLAUSTRATION (*klôçtraçion*), s. f. Clausura.
CLAUSTRER (*klôçtrê*), v. t. Enclausurar.
CLAVECIN (*klavçen*), s.m. Cravo.
CLAVECINISTE (*klavçiniçt*), adj. e s. Cravista.
CLAVELÉ, E ou **CLAVELEUX, EUSE** (*klavlê* ou *klavlë, ëz*), adj. Gafeirento ou gafeiroso.
CLAVELÉE (*klavlê*), s. f. Gafeira.
CLAVETER ou **CLAVETTER** (*klavtê* ou *klavétê*), v. t. Fixar com cavilha.
CLAVETTE (*klavét*), s.f. Cavilha.
CLAVICULE (*klavikül*), s.f. Clavícula.
CLAVIER (*klaviê*), s. m. Teclado; chaveiro.
CLAYÈRE (*kléiér*), s.f. Ostreira.
CLAYONNAGE (*kléionaj*), s.m. Sebe; estacagem.
CLAYONNER (*kléionê*), v. t. Estacar, amparar.
CLEF ou **CLÉ** (*klê*), s. f. Chave. *Tenir* ou *mettre sous clef*, guardar. *Fig.* Princípio, base.
CLÉMATITE (*klêmatit*), s. f. Clematite.
CLÉMENCE (*klêmanç*), s. f. Clemência.
CLÉMENT, E (*klêman, t*), adj. Clemente.
CLEMENTINE (*klêmantin'*), s. f. Clementina.
CLENCHE (*klanch*), s. f. Peça principal do trinco.
CLEPTOMANE ou **KLEPTOMANE** (*kléptoman'*), adj. Cleptomaníaco.
CLEPTOMANIE ou **KLEPTOMANIE** (*kléptomani*), s.f. Cleptomania.
CLERC (*klér*), adj. e s. m. Clérigo; sábio; praticante de advocacia; seminarista; menino de coro. *Fig. Pas de clerc*, tentativa inábil e infrutífera.
CLERGÉ (*klérjê*), s. m. Clero.
CLERGEON (*klérjon*), s.m. Menino de coro.
CLERGIE (*klérji*), s.f. Instrução, saber; privilégio dos clérigos.
CLÉRICAL, E, AUX (*klêrikal, ô*), adj. e s. Clerical.
CLÉRICALISME (*klêrikaliçm*), s. m. Clericalismo.
CLÉRICATURE (*klêrikatür*), s. f. Clericato.
CLIC (*klik*), interj. Clique.
CLICHAGE (*klichaj*), s. m. Clichagem.
CLICHÉ (*klichê*), s. m. Clichê. *Fam.* Lugar-comum.
CLICHER (*kliché*), v.t. Estereotipar.
CLICHERIE (*klichri*), s. f. Clicheria, oficina de estereotipagem.
CLICHEUR (*klichër*), adj. e s. Operário encarregado da estereotipagem.
CLIENT, E (*klian, t*), s. Cliente.
CLIENTÈLE (*kliantél*), s.f. Clientela.
CLIGNEMENT (*klinhəman*), s. m. Piscadela.
CLIGNE-MUSETTE (*klinhêmüzét*), s. f. Esconde-esconde. V. **CACHE-CACHE**.
CLIGNER (*klinhê*), v. t. Piscar. *Cligner des yeux*, fazer sinal, piscando.
CLIGNOTEMENT (*klinhotman*), s. m. Piscadela.
CLIGNOTER (*klinhotê*), v. t. e i. Piscar, pestanejar.
CLIMAT (*klimá*), s. m. Clima, região, país.
CLIMATÉRIQUE (*klimatêrik*), adj. Climatérico.
CLIMATIQUE (*klimatik*), adj. Climático.
CLIMATISATION (*klimatizaçion*), s.f. Climatização.
CLIMATISER (*klimatizê*), v. t. Climatizar.
CLIMATOLOGIE (*klimatoloji*), s. f. Climatologia.
CLIMATOLOGIQUE (*klimatolojik*), adj. Climatológico.
CLIN (*klen*), s. m. *Clin d'œil*, piscadela. *En un clin d'œil*, loc. adv. Num abrir e fechar de olhos. Pl.: *des clins d'œil* ou *clins d'yeux*.
CLINICIEN (*kliniçien*), adj. e s.m. Clínico.
CLINIQUE (*klinik*), adj. Clínico. S. f. Clínica.
CLINQUANT (*klenkan*), s. m. Lantejoula. *Fig.* Falso brilho.
CLIPPER (*klipê*), s.m. Clíper.
CLIQUE (*klik*), s. f. Súcia, corja. *Mil.* Banda de corneteiros. Pl. Tamancos.
CLIQUET (*kliké*), s.m. Lingüeta.
CLIQUETER (*kliktê*), v. i. (Dobra o *t* antes de sílaba muda: *il cliquette.*) Tinir, tilintar.
CLIQUETIS (*klikti*), s. m. Tinido, estalido. Pl.: *des cliquetis*.
CLIQUETTE (*klikét*), s. f. Castanhola, lastro de pedras.
CLISSAGE (*kliçaj*), s.m. Empalhamento de garrafas.
CLISSE (*kliç*), s. f. Cesto de vime ou junco para curar queijos; invólucro de vime ou junco para garrafas, etc.
CLISSER (*kliçê*), v. t. Empalhar garrafas, etc.
CLIVAGE (*klivaj*), s. m. Clivagem.

CLOAQUE (*kloak*), s. m. Cloaca.
CLOCHARD, E (*klochar, d*), s. Vagabundo, mendigo.
CLOCHE (*klóch*), s. f. Sino, campânula; redoma de vidro; ampola. *Prov. Qui n'entend qu'une cloche n'entend qu'un son*, é preciso ouvir os dois lados.
CLOCHEMENT (*klóchman*), s. m. Coxeadura, manqueira.
CLOCHE-PIED (À) (*aklóchpiê*), loc. adv. Num só pé.
CLOCHER (*klochê*), s. m. Campanário.
CLOCHER (*klochê*), v. i. Coxear. *Fig.* Errar.
CLOCHETER (*klóchtê*), v. i. Badalar.
CLOCHETON (*klóchton*), s. m. Campanário pequeno.
CLOCHETTE (*klochét*), s. f. Sineta, campainha.
CLOISON (*kluazon*), s.f. Tabique, separação, divisão.
CLOISONNAGE ou **CLOISONNEMENT** (*kluazonaj* ou *kluazonəman*), s. m. Obra de tabique. Construção de tabique.
CLOISONNÉ, E (*kluazonê*), adj. e s. m. Dividido em compartimentos.
CLOISONNER (*kluazonê*), v. t. Separar com tabique.
CLOÎTRE (*kluaṭr*), s.m. Claustro, convento.
CLOÎTRÉ, E (*kluatrê*), adj. Enclausurado.
CLOÎTRER (*kluatrê*), v. t. Enclausurar.
CLOPIN-CLOPANT (*klopenklopan*), loc. adv. Caminhar manquejando.
CLOPINER (*klopinê*), v. i. Andar com dificuldade.
CLOQUER (*klokê*), v. i. Empolar as camadas de tinta. V. t. Imprimir ou estampar.
CLORE (*klór*), v.t. (Empregado nos seguintes tempos: *Je clos, tu clos, il clôt;* sem pl.; *je clorai etc; je clorais etc.; que je close etc.; clos, e;* em todos os tempos compostos.) Fechar, cerrar; cercar.
CLOS, E (*klô, z*), adj. Fechado, encerrado, cercado. S.m. Cercado. Vinhedo.
CLOSEAU (*klozô*), s.m. ou **CLOSERIE** (*klozəri*), s. f. Pequeno quintal ou jardim; pequena cerca. Pl.: *des closeaux* ou *closeries.*
CLOSIER (*kloziê*), s. Arrendatário.
CLÔTURE (*klotür*), s.f. Recinto fechado; clausura; fecho, encerramento.
CLÔTURER (*klotürê*), v. t. Cercar, cerrar; encerrar, concluir.
CLOU (*klu*), s.m. Prego, cravo, tacha. *Pop.* Prisão de polícia. Atração principal. *River le clou à*, tapar a boca a.
CLOUER (*kluê*), v. t. Pregar, cravar. *Fig.* Fixar; fazer calar; impossibilitar de responder.
CLOUTAGE (*klutaj*), s.m. Cravação (decoração com cravos ou tachas).
CLOUTER (*klutê*), v.t. Cravejar.
CLOUTERIE (*klutəri*), s. f. Fábrica de pregos.
CLOUTIER (*klutiê*), s.m. Fabricante de pregos.
CLOWN (*klun'*), s.m. Palhaço.
CLOWNERIE (*klunəri*), s. f. Palhaçada; reunião de palhaços.
CLOWNESQUE (*klunéçk*), adj. Próprio de palhaço.
CLUB (*klüb* ou *klëb*), s. m. Clube.
CLUBISTE (*klübiçt*), s.m. Clubista.
CLYSTÈRE (*kliçtér*), s.m. Clister.
COACCUSÉ (*koaküzê*), adj. Coacusado.
COACQUÉREUR (*koakêrër*), s. m. Coadquirente.
COACTION (*koakçion*), s.f. Coação, violência.
COADJUTEUR (*koadjütër*), s. m. Coadjutor.
COADJUTRICE (*koadjütriç*), s. f. Coadjutora.
COADJUVANT, E (*koadjüvan, t*), adj. Coadjuvante.
COAGULABLE (*koagülabl*), adj. Coagulável.
COAGULANT, E (*koagülan, t*), adj. Coagulante.
COAGULATEUR, TRICE (*koagülatër, triç*), adj. Coagulador.
COAGULATION (*koagülaçion*), s.f. Coagulação.
COAGULER (*koagülê*), v. t. Coagular.
COÁGULUM (*koagülóm'*), s.m. Coágulo.
COALISÉ, E (*koalizê*), adj. Coligado, aliado.
COALISER (SE) (*çəkoalizê*), v. pr. Coligar-se.
COALITION (*koaliçion*), s. f. Coligação.
COASSEMENT (*koaçman*), s. m. Coaxo.
COASSER (*koaçê*), v.i. Coaxar. *Fig.* Gritar, intrigar.
COASSOCIÉ, E (*koaçoçiê*), s. Consócio.
COATI (*koati*), s.m. Quati.
COBALT (*kobalt*), s.m. Cobalto.
COBAYE (*kobai*), s.m. Cobaia.
COBELLIGÉRANT (*kobélijêran*), s. m. e adj. Cobeligerante.
COCA (*koká*), s. f. Coca.
COCAGNE (*kokanh*), s. f. Cocanha. *Un pays de cocagne*, terra de leite e mel, terras das maravilhas.
COCAÏNE (*kokain'*), s.f. Cocaína.
COCAÏNISATION (*kokainizaçion*), s.f. Cocainização.
COCAÏNISME (*kokainiçm*), s. m. Cocainismo.
COCAÏNOMANE (*kokainoman'*), s. Cocainomaníaco.
COCAÏNOMANIE (*kokainomani*), s.f. Cocainomania.

COCARDE (*kokard*), s.f. Roseta, distintivo. Laço, nó.
COCARDIER, ÈRE (*kokardiê, ér*), adj. e s. Entusiasta pelo exército, patrioteiro.
COCASSE (*kokaç*), adj. *Fam.* Divertido; ridículo.
COCASSERIE (*kokaçri*), s. f. Coisa ridícula, divertida.
COCCYGIEN, ENNE (*kokçijien, én'*), adj. Coccígeo.
COCCYX (*kokçiç*), s. m. Cóccix.
COCHE (*koch*), s.m. Coche. *Manquer le coche,* perder uma boa ocasião. S. f. Porca; entalhe.
COCHELET (*kochlé*), s.m. Galo pequeno e novo.
COCHENILLE (*kochnii*), s.f. Espécie de inseto.
COCHER (*kochê*), s. m. Cocheiro.
COCHER (*kochê*), v. t. Marcar com cortes.
COCHÈRE (*kochér*), adj. f. *Porte cochère,* porta grande pela qual entram os veículos.
COCHET (*koché*), s.m. Galo novo.
COCHINCHINOIS, E (*kochenchinuá, z*), adj. e s. Da Cochinchina.
COCHON (*kochon*), s. f. Porco, suíno, carne de porco. *Cochon de lait,* leitão. *Fig.* Pessoa suja.
COCHONNAILLE (*kochonaii*), s. f. *Pop.* Carne de porco.
COCHONNER (*kochonê*), v. t. *Pop.* Trabalhar porcamente.
COCHONNERIE (*kochonəri*), s. f. Porcaria, imundície.
COCO (*kokô*), s. m. Coco; bebida. *Fam.* Indivíduo; termo de afeição. S. f. Cocaína.
COCONTRACTANT (*kokontraktan*), s. m. Contratante.
COCORICO (*kokorikô*), s. m. Cocoricó (o cantar do galo).
COCOTIER (*kokotiê*), s. m. Coqueiro.
COCOTTE (*kokót*), s. f. Caçarola com asas; inflamação das pálpebras; galinha (na linguagem infantil). *Fam.* Cortesã.
COCTION (*kokçion*), s.f. Cocção.
CODA (*kódá*), s. f. *Mús.* Coda.
CODE (*kód*), s.m . Código. *Fig.* Regulamento.
CODÉBITEUR, TRICE (*kodêbitĕr, triç*), s. Codevedor.
CODÉINE (*kodêín'*), s.f. Codeína.
CODÉTENU, E (*kodêtənü*), s. Pessoa detida juntamente com outra.
CODEX (*kodékç*), s. m. Códice. Pl.: *des codex.*
CODIFICATEUR, TRICE (*kodifikatĕr, triç*), adj. e s. Codificador.
CODIFICATION (*kodifikaçion*), s. f. Codificação.
CODIFIER (*kodifiê*), v. t. (Conjuga-se como *prier.*) Codificar.
CODIRECTEUR, TRICE (*kodiréktĕr, triç*), adj. e s. Codiretor.
COÉDUCATION (*koêdükaçion*), s. f. Coeducação.
COEFFICIENT (*koéfiçian*), s. m. Coeficiente.
CŒLIAQUE (*cêliak*), adj. Celíaco.
COÉQUIPIER, ÈRE (*koêkipiê, ér*), s. Colega de equipe.
COERCIBLE (*koérçibl*), adj. Coercível.
COERCITION (*koérçiçion*), s.f. Coerção.
COÉTERNEL, ELLE (*koêtérnél*), adj. Coeterno.
CŒUR (*kĕr*), s. m. Coração. *Fig.* Ânimo, coragem, valor; amor, afeição; centro, meio, medula, caroço. *Avoir le cœur gros,* estar angustiado. *Aller au cœur,* comover. *Peser sur le cœur,* entristecer. *Avoir à cœur de,* ter interesse em. *Avoir le cœur sur la main,* ser franco. *Pour en avoir le cœur net,* para não ter mais dúvidas. *Si le cocœur vous en dit,* se quiser. *Tenir à cœur à,*. interessar, preocupar. *Prendre à cœur,* tomar a peito. *Y aller de tout cœur,* ir alegremente. Loc. adv.: *Par cœur,* de cor; *à cœur ouvert,* francamente; *de bon cœur, de grand cœur,* de boa vontade.
COEXISTENCE (*koégziçtanç*), s.f. Coexistência.
COEXISTER (*koégziçtê*), v.i. Coexistir.
COFFIN (*kofen*), s. m. Cesto, estojo.
COFFRE (*kófr*), s.m. Cofre.
COFFRE-FORT (*kófrəfór*), s. m. Cofre-forte. Pl.: *des coffres-forts.*
COFFRET (*kofré*), s.m. Cofre pequeno e trabalhado.
COFFRETIER (*kofrətiê*), s. m. Fabricante de cofres.
COGITATION (*kojitaçion*), s. f. Cogitação.
COGNAC (*konhak*), s.m. Conhaque.
COGNAT (*kogná*), s.m. Cognado.
COGNATION (*kognaçion*), s. f. Cognação.
COGNÉE (*konhê*), s. f. Machado. *Jeter le manche après la cognée,* abandonar tudo.
COGNEMENT (*konhəman*), s. f. Ação de cravar.
COGNER (*konhê*), v. t. Cravar; bater com martelo. V. i. Esbarrar, ir de encontro a. *Pop.* **SE COGNER**, v. pr. Bater-se; esbarrar em.
COGNITIF, IVE (*kognitif, iv*), adj. Cognitivo.
COGNITION (*kogniçion*), s.f. Cognição.
COHABITATION (*koabitaçion*), s.f. Coabitação.
COHABITER (*koabitê*), v. i. Coabitar.
COHÉRENCE (*koêranç*), s.f. Coerência.
COHÉRENT, E (*koêran, t*), adj. Coerente.
COHÉREUR (*koêrĕr*), s. m. Receptor de ondas na telegrafia sem fio.
COHÉRITER (*koêritê*), v. t. Co-herdar.

COHÉRITIER, ÈRE (*koêritiê, ér*), s. Co-herdeiro.
COHÉSIF, IVE (*koêzif, iv*), adj. Coesivo.
COHÉSION (*koêzion*), s. f. Coesão.
COHOBATION (*koobaçion*), s. f. Coobação.
COHOBER (*koobê*), v. t. Coobar.
COHORTE (*koórt*), s.f. Coorte.
COHUE (*koü*), s. f. Multidão; confusão, balbúrdia.
COI, COITE (*kuá, t*), adj. Tranqüilo, calmo. *Rester coi*, ficar imóvel, calado.
COIFFANT (*kuafan*), s. m. Maneira de pentear.
COIFFE (*kuaf*), s.f. Touca; capa de um boné.
COIFFÉ, E (*kuafê*), adj. Com a cabeça coberta. *Fig.* Enfeitiçado. *Né coiffé*, felizardo, empelicado.
COIFFER (*kuafé*), v.t. Cobrir a cabeça; pentear, toucar; atingir, ocupar. *Coiffer Sainte Catherine*, ficar para tia. **SE COIFFER**, v. pr. Cobrir-se, pentear-se.
COIFFEUR, EUSE (*kuafĕr, ëz*), s. Cabeleireiro. S. f. Penteadeira (móvel); penteado.
COIFFURE (*kuafür*), s. f. Chapéu.
COIN (*kuen*), s. m. Canto, esquina; cunha; cantoneira.
COINÇAGE (*kuençaj*), s. m. Efeito de apertar com cunhas.
COINCEMENT (*kuençəman*), s. m. Imobilização com cunha.
COINCER (*kuençê*), v. t. (O *c* toma uma cedilha antes de *a* e *o*: *il coinça, nous coinçons.*) Fixar com cunhas. *Fam.* Encantoar.
COINCIDENCE (*koençidanç*), s. f. Coincidência.
COINCIDENT, E (*koençidan, t*), adj. Coincidente.
COINCIDER (*koençidê*), v. t. Coincidir. *Fig.* Chegar junto.
COING (*kuen*), s. m. Marmelo.
COINTÉRESSÉ, E (*koentêréçê*), adj. Co-interessado.
COITTE ou **COUETTE** (*kuat* ou *kuét*), s. f. Colchão de penas.
COKE (*kók*), s.m. Coque (carvão).
COL (*kól*), s.m. Pescoço; colarinho; gola; colo (desfiladeiro). *Faux col*, colarinho postiço.
COLATURE (*kolatür*), s. f. Coadura, filtração; líquido filtrado.
COLBACK (*kolbak*), s.m. Barretina de pele de carneiro.
COLCHIQUE (*kolchik*), s. m. Cólquico.
COLÉGATAIRE (*kolêgatér*), s. m. Colegatário.
COLÉOPTÈRES (*kolêoptér*), s. m. pl. Coleópteros.
COLÈRE (*kolér*), s. f. Cólera, fúria.
COLÉREUX, EUSE ou **COLÉRIQUE** (*kolêrë, ëz* ou *kolêrik*), adj. Colérico.
COLIBRI (*kolibri*), s. m. Colibri, beija-flor.
COLIFICHET (*kolifiché*), s. m. Bagatela, pequeno enfeite.
COLIMAÇON (*kolimaçon*), s. m. V. **LIMAÇON**.
COLIN (*kolen*), s.m. Ave americana. Espécie de pescada.
COLIN-MAILLARD (*kolenmaiar*), s. m. Cabra-cega (brincadeira).
COLIQUE (*kolik*), s. f. Cólica.
COLIS (*koli*), s. m. Encomenda. Pl.: *des colis.*
COLITE (*kolit*), s. f. Colite.
COLITIGANT, E (*kolitigan, t*), adj. Colitigante.
COLLABORATEUR, TRICE (*kolaboratĕr, triç*), s. Colaborador.
COLLABORATION (*kolaboraçion*), s. f. Colaboração.
COLLABORATIONNISTE (*kolaboraçioniçt*), adj. Colaboracionista.
COLLABORER (*kolaborê*), v. t. Colaborar.
COLLAGE (*kolaj*), s. m. Colagem.
COLLANT, E (*kolan, t*), adj. Colante, pegajoso. *Fig.* Agarradiço, justo, aderente.
COLLAPSUS (*kolapçüç*), s. m. Colapso. Pl.: *des collapsus.*
COLLATÉRAL, E, AUX (*kolatêral, ô*), adj. Colateral.
COLLATEUR (*kolatĕr*), s. m. Colator.
COLLATIF, IVE (*kolatif, iv*), adj. Colativo.
COLLATION (*kolaçion*), s. f. Colação.
COLLATIONNER (*kolacionê*), v. t. Colacionar; confrontar.
COLLE (*kól*), s. f. Cola, pergunta de algibeira.
COLLECTE (*kolékt*), s. f. Coleta.
COLLECTER (*koléktê*), v. t. Coletar.
COLLECTEUR (*koléktĕr*), s. m. Coletor.
COLLECTIF, IVE (*koléktif, iv*), adj. Coletivo.
COLLECTION (*kolékçion*), s. f. Coleção.
COLLECTIONNER (*kolékçionê*), v. t. Colecionar.
COLLECTIONNEUR, EUSE (*kolékçionĕr, ëz*), s. Colecionador.
COLLECTIVEMENT (*koléktivman*), adv. Coletivamente.
COLLECTIVISME (*koléktiviçm*), s. m. Coletivismo.
COLLECTIVISTE (*koléktiviçt*), adj. Coletivista.
COLLECTIVITÉ (*koléktivitê*), s. m. Coletividade.
COLLÈGE (*koléj*), s. m. Colégio.
COLLÉGIAL, E, AUX (*kolêjial, ô*), adj. Colegial.
COLLÉGIEN, ENNE (*kolêjien, én*), adj. Colegial.
COLLÈGUE (*koIég*), s. m. Colega.
COLLEMENT (*kolman*), s. m. Pegadura; aderência.
COLLER (*kolê*), v. t. Colar, grudar, pegar; aderir. *Fam.* Embatucar, espetar; pôr; clarificar bebidas alcoólicas. V. t.

Ajustar-se. **SE COLLER,** v. pr. Colar-se, amancebar-se.
COLLERETTE (*kolrét*), s. f. Cabeção, pequena gola.
COLLET (*kolé*), s. m. Gola, colarinho; anel; armadilha.
COLLETER (*koltê*). v. t. (Dobra o *t* antes de sílaba muda: *je collette.*) Agarrar pelo pescoço. V. i. Armar laços à caça.
COLLETEUR (*koltěr*), s. m. Armador de laços à caça.
COLLEUR, EUSE (*kolěr, ëz*). s. Colador, forrador de casas de papel.
COLLIER (*koliê*), s. m. Colar; coleira; coelheira; braçadeira.
COLLIGER (*kolijê*), v. t. (Toma um *e* mudo depois do *g* antes de *a* e *o*: *il colligea, nous colligeons.*) Coligir, colecionar.
COLLIMATEUR (*kolimatěr*), s. m. Colimador.
COLLINE (*kolin'*), s. f. Colina.
COLLISION (*kolizion*), s. f. Colisão.
COLLOCATION (*kolokaçion*), s. f. Colocação; graduação dos credores; colocação de dinheiro a juros.
COLLOÏDAL, E, AUX (*koloidal, ô*), adj. Coloidal.
COLLOÏDE (*koloid*), s. m. Colóide.
COLLOQUE (*kolók*), s. f. Colóquio.
COLLOQUER (*kolokê*), v. t. Colocar, dispor; impingir.
COLLUSION (*kolüzion*), s. f. Conluio.
COLLUSOIRE (*kolüzuar*), adj. Fraudulento.
COLLYRE (*kolir*), s. m. Colírio.
COLMATAGE (*kolmataj*), s. m. Colmatagem.
COLMATER (*kolmatê*), v. t. Colmatar.
COLOMBE (*kolonb*), s. f. Pomba.
COLOMBIEN, ENNE (*kolonbien, én'*), adj. e s. Colombiano.
COLOMBIER (*kolonbiê*), s. m. Pombal.
COLOMBIN, E (*kolonben, in'*), adj. Da cor dos pombos. S. m. pl. Columbino.
COLOMBOPHILE (*kolonbofil*), s. e adj. Columbófilo.
COLOMBOPHILIE (*kolonbofili*), s. f. Columbofilia.
COLON (*kolon*), s. m. Colono.
CÔLON (*kôlon*), s. m. Cólon.
COLONAGE (*kolonaj*), s. m. Exploração feita por um colono.
COLONAT (*kolonát*), s. m. Colonato.
COLONEL (*kolonél*), s. m. Coronel.
COLONELLE (*kolonél*), adj. f. Companhia comandada por um coronel. S. f. Coronela.
COLONIAL, E, AUX (*kolonial, ô*), adj. Colonial.
COLONIE (*koloni*), s. f. Colônia.
COLONISABLE (*kolonizabl*), adj. Colonizável.
COLONISATEUR, TRICE (*kolonizatěr, triç*), adj. e s. Colonizador.
COLONISATION (*kolonizaçion*), s. f. Colonização.
COLONISER (*kolonizê*), v. t. Colonizar.
COLONNADE (*kolonad*), s. f. Colunata.
COLONNE (*kolón'*), s. f. Coluna. *Fig.* Apoio, amparo.
COLONNETTE (*kolonét*), s. f. Coluneta.
COLORANT, E (*koloran, t*), adj. Colorante.
COLORATION (*koloraçion*), s. f. Coloração.
COLORÉ, E (*kolorê*), adj. Colorido. *Fig.* Brilhante.
COLORER (*kolorê*), v. t. Colorir. *Fig.* Disfarçar.
COLORIAGE (*koloriaj*), s. m. Coloração.
COLORIER (*koloriê*), v. t. (Conjuga-se como *prier.*) Colorir, iluminar.
COLORIMÈTRE (*kolorimétr*), s. m. Colorímetro.
COLORIS (*kolori*), s. m. Colorido. Pl.: *des coloris.*
COLORISATION (*kolorizaçion*), s. f. Colorização.
COLORISTE (*koloriçt*), s. Colorista.
COLOSSAL, E, AUX (*koloçal, ô*), adj. Colossal.
COLOSSALEMENT (*koloçalman*), adv. Colossalmente.
COLOSSE (*kolóc*), s. m. Colosso.
COLOSTRUM (*koloçtróm'*), s. m. Colostro.
COLPORTAGE (*kolportaj*), s. m. Venda ambulante.
COLPORTER (*kolportê*), v. t. Vender mercadoria pelas ruas.
COLPORTEUR (*kolportěr*), s. Vendedor ambulante.
COLTINAGE (*koltinaj*), s. m. Ofício de carregador.
COLTINER (*koltinê*), v. t. Carregar.
COLTINEUR (*koltiněr*), s. m. Carregador.
COLUMBARIUM ou **COLUMBAIRE** (*kolonbarióm'* ou *kolonbér*), s. m. Columbário. Pl.: *des columbariums* ou *columbaires.*
COLUMELLE (*kolümél*), s. f. Columela.
COMA (*komá*), s. m. *Med.* Coma.
COMATEUX, EUSE (*komatě, ëz*), adj. *Med.* Comatoso.
COMBAT (*konbá*), s. m. Combate, luta.
COMBATIF, IVE (*konbatif, iv*), adj. Combativo.
COMBATIVITÉ (*konbativitê*), s. f. Combatividade.
COMBATTANT, E (*konbatan, t*), s. e adj. Combatente.
COMBATTRE (*konbatr*), v. t. (Conjuga-se como *battre.*) Combater, guerrear.
COMBIEN (*konbien*), adv. Quanto, quanta, quantos, quantas, quão, como. S. m. Quantidade.

COMBINAISON (*konbinézon*), s.f. Combinação.
COMBINER (*konbinê*), v. t. Combinar.
COMBLE (*konbl*), s. m. Cúmulo, auge; armação do telhado; coroamento de um edifício. *Porter au comble*, levar ao cúmulo. *Mettre le comble à*, coroar. Loc. adv.: *Pour comble de*, para cúmulo de; *de fond en comble*, inteiramente.
COMBLEMENT (*konbləman*), s. m. Atulhamento, cumulação.
COMBLER (*konblê*), v. t. Cumular, entulhar, satisfazer, preencher. *Combler la mesure*, exceder os limites.
COMBURANT, E (*konbüran, t*), adj. e s. Comburente.
COMBUSTIBILITÉ (*konbüçtibilitê*), s. f. Combustibilidade.
COMBUSTIBLE (*konbüçtibl*), adj. Combustível.
COMBUSTION (*konbüçtion*), s. f. Combustão.
COMÉDIE (*komêdi*), s. f. Comédia.
COMÉDIEN, ENNE (*komêdien, én'*), s. Comediante, ator. *Fig.* Hipócrita.
COMESTIBLE (*koméçtibl*), adj. Comestível.
COMÈTE (*komét*), s.f. Cometa.
COMICE (*komiç*), s.m. Comício.
COMIQUE (*komik*), adj. Cômico.
COMIQUEMENT (*komikman*), adv. Comicamente.
COMITÉ (*komitê*), s. m. Comitê, junta, comissão.
COMMA (*komá*), s. m. Coma. Pl. Dois pontos.
COMMANDANT (*komandan*), s.m. Comandante.
COMMANDE (*komand*), s.f. Encomenda. *De commande*, loc.adv. De encomenda; fingido.
COMMANDEMENT (*komandəman*), s. m. Comando, ordem, poder, autoridade, lei, preceito.
COMMANDER (*komandê*), v. t. Comandar, mandar, ordenar; governar, dirigir. V. i. Impor-se, dominar.
COMMANDERIE (*komandəri*), s. f. Comendadoria.
COMMANDEUR (*komandër*), s. m. Comendador.
COMMANDITAIRE (*komanditér*), s. Comanditário.
COMME (*kóm'*), adv. Como, assim como, tal como, de modo que. Conj. Visto que, porque, quando, no momento em que.
COMMÉMORATIF, IVE (*komêmoratif, iv*), adj. Comemorativo.
COMMÉMORATION (*komêmoraçion*), s. f. Comemoração.
COMMÉMORER (*komêmorê*), v. t. Comemorar.
COMMENÇANT, E (*komançan, t*), s. Principiante.
COMMENCEMENT (*komançman*), s.m. Começo, princípio.
COMMENCER (*komançê*), v. t. (O *c* toma uma cedilha antes de *a* e *o*: *il commença, nous commençons.*) Começar, iniciar.
COMMENDATAIRE (*komandatér*), adj. Comendatário.
COMMENDE (*komand*), s.f. Comenda, benefício eclesiástico.
COMMENSAL, E, AUX (*komançal, ô*), s. Comensal.
COMMENSURABILITÉ (*komançürabilitê*), s. f. Comensurabilidade.
COMMENSURABLE (*komançürabl*), adj. Comensurável.
COMMENT (*koman*), adv. Como, de que maneira, por que, por que razão. Interj. Como! S. m. O como, o modo de fazer.
COMMENTAIRE (*komantér*), s. m. Comentário.
COMMENTATEUR, TRICE (*komantatër, triç*), s. Comentador.
COMMENTER (*komantê*), v. t. Comentar.
COMMÉRAGE (*komêraj*), s. m. Bisbilhotice, enredos.
COMMERÇABLE (*koméрçabl*), adj. Comerciável.
COMMERÇANT, E (*koméрçan, t*), adj. Comerciante.
COMMERCE (*koméрç*), s. m. Comércio.
COMMERCER (*koméрçê*), v. i. (O *c* toma uma cedilha antes de *a* e *o*: *il commerça, nous commerçons.*) Comerciar.
COMMERCIAL, E, AUX (*koméрçial, ô*), adj. Comercial.
COMMERCIALEMENT (*koméрçialman*), adv. Comercialmente.
COMMERCIALISER (*koméрçializê*), v. t. Comercializar.
COMMERCIALITÉ (*koméрçialitê*), s. f. Qualidade do que é comercial.
COMMÈRE (*komér*), s. f. Comadre; bisbilhoteira.
COMMETTANT (*komêtan*), s.m. Constituinte; mandante; freguês.
COMMETTRE (*komêtr*), v.t. (Conjuga-se como *battre.*) Cometer; confiar; arriscar; comprometer.
COMMINATOIRE (*kominatuar*), adj. Cominatório.
COMMINUTIF, IVE (*kominütif, iv*), adj. Cominutivo.
COMMIS (*komi*), s. m. Caixeiro; empregado; cobrador. *Commis voyageur*, caixeiro-viajante. Pl.: *des commis.*
COMMISÉRATION (*komizêraçion*), s. f. Comiseração, compaixão.
COMMISSAIRE (*komiçér*), s. m. Comissário; delegado, organizador.
COMMISSARIAT (*komiçariá*), s. m. Comissariado.

COMMISSION (*komiçion*), s.f. Comissão; encomenda, incumbência.
COMMISSIONNAIRE (*komiçionér*), s. m. Comissário; moço de recados; carregador.
COMMISSIONNER (*komiçionê*), v. t. Comissionar.
COMMISSURE (*komiçür*), s. f. Comissura.
COMMODE (*komód*), adj. Cômodo, conveniente, afável. S. f. Cômoda.
COMMODÉMENT (*komodêman*), adv. Comodamente.
COMMODITÉ (*komoditê*), s. m. Comodidade.
COMMOTION (*komoçion*), s. f. Comoção.
COMMOTIONNER (*komoçionê*), v. t. Comocionar.
COMMUABLE (*komüabl*), adj. Comutável.
COMMUER (*komüê*), v. t. Comutar.
COMMUN, E (*komën, ün'*), adj. Comum, vulgar, geral, medíocre. S.m. O comum, o maior número, o povo.
COMMUNAL, E, AUX (*komünal, ô*), adj. Municipal. S. m. pl. Bens de uma comuna.
COMMUNALISER (*komünalizê*), v. t. Municipalizar, tornar dependente de uma comuna.
COMMUNALISTE (*komünaliçt*), adj. Comunalista.
COMMUNARD, E (*komünar, d*), s. e adj. Partidário da Comuna de Paris em 1871.
COMMUNAUTAIRE (*komünôtér*), adj. Relativo à comunidade.
COMMUNAUTÉ (*komünôtê*), s. f. Comunidade.
COMMUNE (*komün'*), s.f. Comuna.
COMMUNÉMENT (*komünêman*), adv. Comumente.
COMMUNIANT, E (*komünian, t*), s. Comungante.
COMMUNICABLE (*komünikabl*), adj. Comunicável.
COMMUNICANT, E (*komünikan, t*), adj. Comunicante.
COMMUNICATEUR, TRICE (*komünikatër, triç*), adj. Comunicador.
COMMUNICATIF, IVE (*komünikatif, iv*), adj. Comunicativo.
COMMUNICATION (*komünikaçion*), s. f. Comunicação. Telefonema.
COMMUNIER (*komüniê*), v. i. (Conjuga-se como *prier.*) Comungar. *Fig.* Estar em comunhão. V. t. Dar a comunhão.
COMMUNION (*komünion*), s.f. Comunhão.
COMMUNIQUÉ (*komünikê*), s.m. Comunicado.
COMMUNIQUER (*komünikê*), v.t. Comunicar, transmitir. V.i. Ter relações; comunicar, estar contíguo.
COMMUNISME (*komüniçm*), s. m. Comunismo.
COMMUNISTE (*komüniçt*), adj. e s. Comunista.
COMMUTATEUR, TRICE (*komütatër, triç*), s.m. Comutador. S.f. Comutatriz.
COMMUTATIF, IVE (*komütatif, iv*), adj. Comutativo.
COMMUTATION (*komütaçion*), s.f. Comutação.
COMPACITÉ (*konpaçitê*), s.f. Compacidade, densidade.
COMPACT, E (*konpakt*), adj. Compacto.
COMPAGNE (*konpanh*), s. f. Companheira, esposa.
COMPAGNIE (*konpanhi*), s.f. Companhia. *Tenir compagnie à*, fazer companhia a. *Fausser compagnie*, retirar-se, faltar. *De compagnie*, loc. adv. Junto.
COMPAGNON (*konpanhon*), s.m. Companheiro, camarada. Operário filiado a uma sociedade de trabalho; operário. *Bon compagnon*, homem muito divertido e alegre, pândego.
COMPAGNONNAGE (*konpanhonaj*), s. m. Associação de operários de uma mesma profissão. Camaradagem.
COMPARABLE (*konparabl*), adj. Comparável.
COMPARAISON (*konparézon*), s f. Comparação. *En comparaison, par comparaison*, loc.adv. Em comparação.
COMPARAÎTRE (*konparétr*), v. i. (Conjuga-se como *paraître.*) Comparecer.
COMPARANT, E (*konparan, t*), adj. e s. *Dir.* Comparecente.
COMPARATEUR (*konparatër*), s. m. Comparador (aparelho).
COMPARATIF, IVE (*konparatif, iv*), adj. Comparativo.
COMPARATISTE (*konparatiç*), s. Comparatista.
COMPARATIVEMENT (*konparativman*), adv. Comparativamente.
COMPARER (*konparê*), v. t. Comparar.
COMPAROIR (*konparuar*), v.i. (Usa-se apenas no inf. e no part. pres. *comparant, e.* Os outros tempos são substituídos pelos do v. *comparaître.*) Comparecer em juízo.
COMPARSE (*konparç*), s. Comparsa.
COMPARTIMENT (*konpartiman*), s. m. Compartimento.
COMPARTIMENTER (*konpartimantê*), v.t. Dividir em compartimentos.
COMPARUTION (*konparüçion*), s. f. Comparecimento à justiça.
COMPAS (*konpá*), s.m. Compasso. Bússola marítima. *Pop.* Pernas. Pl.: *des compas.*
COMPASSÉ, E (*konpaçê*), adj. Compassado.
COMPASSEMENT (*konpaçman*), s. m. Compassamento; regularidade estudada.
COMPASSER (*konpaçê*), v. t. Compassar.

COMPASSION (*konpaçion*), s.f. Compaixão.
COMPATIBILITÉ (*konpatibilitê*), s. f. Compatível.
COMPATIBLE (*konpatibl*), adj. Compatível.
COMPATIR (*konpatir*), v.i. Compadecer.
COMPATISSANT, E (*konpatiçan, t*), adj. Compassivo.
COMPATRIOTE (*konpatriót*), s. Compatriota.
COMPENDIEUSEMENT (*konpandiëzman*), adv. Compendiosamente.
COMPENDIEUX, EUSE (*konpandië, ëz*), adj. Compendioso.
COMPENDIUM (*konpendióm'*), s. m. Compêndio. Pl.: *des compendium*.
COMPENSATEUR, TRICE (*konpançatěr, triç*), adj. Compensador.
COMPENSATION (*konpançaçion*), s. f. Compensação.
COMPENSATOIRE (*konpançatuar*), adj. Compensatório.
COMPENSER (*konpançê*), v. t. Compensar.
COMPÉRAGE (*konpêraj*), s. m. Compadrico.
COMPÈRE (*konpér*), s. m. Compadre.
COMPÉTENCE (*konpêtanç*), s.f. Competência.
COMPÉTENT, E (*konpêtan, t*), adj. Competente.
COMPÉTER (*konpêtê*), v. i. (Conjuga-se como *accélérer*.) Competir.
COMPÉTITEUR, TRICE (*konpêtitěr, triç*), s. Competidor.
COMPÉTITION (*konpêtiçion*), s. f. Competição.
COMPILATEUR, TRICE (*konpilatěr, triç*), s. Compilador.
COMPILATION (*konpilaçion*), s. f. Compilação.
COMPILER (*konpilê*), v.t. Compilar.
COMPLAINTE (*konplent*), s. f. Lamento, queixa.
COMPLAIRE (*konplér*), v. i. (Conjuga-se como *plaire*.) Comprazer, agradar. **SE COMPLAIRE**, v.pr. Comprazer-se.
COMPLAISAMMENT (*konplézaman*), adv. Complacentemente.
COMPLAISANCE (*konplézanç*), s. f. Complacência; bondade; satisfação.
COMPLAISANT, E (*konplézan, t*), adj. Complacente.
COMPLANTER (*konplantê*), v. t. Plantar, cobrir de plantações.
COMPLÉMENT (*konplêman*), s. m. Complemento.
COMPLÉMENTAIRE (*konplêmantér*), adj. Complementar.
COMPLET, ÈTE (*konplé, ét*), adj. Completo, acabado. S. m. Estado do que é completo. *Au complet, au grand complet*, sem nada faltar.
COMPLÈTEMENT (*konplétman*), s. m. Acabamento, preenchimento. Adv. Completamente.
COMPLÉTER (*konplêtê*), v. t. (Conjuga-se como *accélérer*.) Completar, acabar.
COMPLÉTIF, IVE (*komplêtif, iv*), adj. Completivo.
COMPLEXE (*konplékç*), adj. Complexo; complicado.
COMPLEXION (*konplékçion*), s.f. Compleição. *Fig.* Caráter, temperamento.
COMPLEXITÉ (*konplékçitê*), s. f. Complexidade.
COMPLICATION (*konplikaçion*), s. f. Complicação.
COMPLICE (*konpliç*), adj. e s. Cúmplice.
COMPLICITÉ (*konpliçitê*), s. f. Cumplicidade.
COMPLIES (*konpli*), s. f. pl. Completas.
COMPLIMENT (*konpliman*), s.m. Cumprimento; louvor, elogio. Discurso, saudações. Pl. Felicitações.
COMPLIMENTER (*konplimantê*), v. t. Cumprimentar, saudar.
COMPLIMENTEUR, EUSE (*konplimantěr, ëz*), adj. e s. Cumprimentador.
COMPLIQUÉ, E (*konplikê*), adj. Complicado.
COMPLIQUER (*konplikê*), v. t. Complicar.
COMPLOT (*konplô*), s. m. Conspiração, conluio.
COMPLOTER (*konplotê*), v. t. Conspirar, conluiar.
COMPLOTEUR (*konplotěr*), s. m. Conspirador.
COMPONCTION (*konponkçion*), s. f. Compunção, dor.
COMPORTE (*konpórt*), s.f. Espécie de pipa.
COMPORTEMENT (*konportəman*), s. m. Comportamento.
COMPORTER (*konportê*), v. t. Comportar, permitir. **SE COMPORTER**, v.pr. Comportar-se.
COMPOSANT, E (*konpozan, t*), adj. Componente.
COMPOSÉ, E (*konpozê*), adj. Composto. *Fig.* Fingido; grave. S. m. Combinação.
COMPOSER (*konpozê*), v. t. Compor. V. i. Fazer um exercício escolar.
COMPOSITEUR, TRICE (*konpozitěr, triç*), s. Compositor.
COMPOSITION (*konpoziçion*), s. f. Composição.
COMPOTE (*konpot*), s. f. Compota. Espécie de guisado.
COMPOTIER (*konpotiê*), s. m. Compoteira.
COMPRÉHENSIBILITÉ (*konprêançibilitê*), s. f. Compreensibilidade.
COMPRÉHENSIBLE (*konprêançibl*), adj. Compreensível.
COMPRÉHENSIF, IVE (*konprêançif, iv*), adj. Compreensivo.

COMPRÉHENSION (*konprêançion*), s. f. Compreensão.
COMPRENDRE (*konprandr*), v. t. (Conjuga-se como *prendre*.) Compreender.
COMPRESSE (*konpréç*), s. f. Compressa.
COMPRESSEUR (*konpreçĕr*), adj. Compressor.
COMPRESSIBILITÉ (*konpréçibilitê*), s. f. Compressibilidade.
COMPRESSIBLE (*konpréçibl*), adj. Compressível.
COMPRESSIF, IVE (*konpréçif, iv*), adj. Compressivo.
COMPRESSION (*konpréçion*), s. f. Compressão.
COMPRIMÉ, E (*konprimê*), adj. Comprimido. S. m. Pastilha, comprimido.
COMPRIMER (*konprimê*), v. t. Comprimir.
COMPRIS, E (*konpri, z*), adj. Contido. *Y compris*, incluindo.
COMPROMETTANT, E (*konprométan, t*), adj. Comprometedor.
COMPROMETTRE (*konprométr*), v. t. (Conjuga-se como *mettre*.) Comprometer.
COMPROMIS (*konpromi*), s.m. Compromisso. Pl.: *des compromis*.
COMPROMISSION (*konpromiçion*), s.m. Compromisso.
COMPROMISSOIRE (*konpromiçuar*), adj. Compromissório.
COMPTABILITÉ (*kontabilitê*), s. f. Contabilidade.
COMPTABILISER (*kontabilizê*), v. t. Contabilizar.
COMPTABLE (*kontabl*), adj. Contável.
COMPTAGE (*kontaj*), s.m. Ação de contar.
COMPTE (*kont*), s. m. Conta, cálculo; cômputo. *Fig.* Lucro, proveito; salário. *Y trouver son compte*, tirar partido de. *Mettre sur le compte de*, inculpar. *Avoir son compte*, não ter nada a reclamar, estar tonto, estar morto. *À ce compte-là*, neste caso. *Se rendre compte de*, perceber, apreciar. *Tenir compte de*, levar em conta. *Rendre compte de*, dar conta de. Loc. adv.: *À compte*, por conta; *à bon compte*, barato; *au bout du compte, tout compte fait*, no final das contas; *de compte à demi*, meio a meio.
COMPTE-GOUTTES (*kontəgut*), s. m. Conta-gotas. Pl.: *des compte-gouttes*.
COMPTER (*kontê*), v. t. e i. Contar, pagar, dar.
COMPTEUR, EUSE (*kontĕr, ëz*), s. Contador.
COMPTOIR (*kontuar*), s. m. Balcão. Sucursal.
COMPULSOIRE (*konpülçuar*), s. m. Compulsório.
COMPUT (*konpüt*), s. t. Cômputo.
COMPUTATION (*konpütaçion*), s. f. Computação.
COMPUTER (*konpütê*), v. t. Computar.
COMTAT (*kontá*), s. m. V. **COMTÉ**.
COMTE (*kont*), s. m. Conde.
COMTÉ (*kontê*), s. m. Condado.
COMTESSE (*kontéç*), s. f. Condessa.
CONCASSEUR (*konkaçĕr*), s. m. Triturador.
CONCAVE (*konkav*), adj. Côncavo.
CONCAVITÉ (*konkavitê*), s. f. Concavidade.
CONCÉDER (*konçêdê*), v. t. (Conjuga-se como *accélérer*.) Conceder.
CONCENTRATION (*konçantraçion*), s. f. Concentração.
CONCENTRATIONNAIRE (*konçantraçionér*), adj. Relativo aos campos de concentração.
CONCENTRÉ, E (*konçantrê*), adj. Concentrado. *Fig.* Pouco comunicativo.
CONCENTRER (*konçantrê*), v. t. Concentrar.
CONCENTRIQUE (*konçantrik*), adj. Concêntrico.
CONCEPT (*konçépt*), s. f. Conceito.
CONCEPTIBLE (*konçéptibl*), adj. Conceptível, concebível.
CONCEPTIF, IVE (*konçéptif, iv*), adj. Conceptivo.
CONCEPTION (*konçépçion*), s. f. Concepção. *Fig.* Compreensão, engenho.
CONCEPTUALISER (*konçéptüalizê*), v. t. Conceituar.
CONCEPTUALISME (*konçéptüaliçm*), s. m. Conceptualismo.
CONCERNANT (*konçérnan*), part. pás. Concernente.
CONCERNER (*konçérnê*), v. t. Concernir.
CONCERT (*konçér*), s. m. Concerto; acordo; canto de pássaros. *Fig.* União, acordo. *De concert*, loc. adv. De acordo.
CONCERTANT, E (*konçértan, t*), adj. e s. Concertante.
CONCERTO (*konçértô*), s. m. Concerto.
CONCERTER (*konçértê*), v. t. Concertar, concordar.
CONCERTISTE (*konçértiçt*), s. m. Concertista.
CONCESSIBLE (*konçéçibl*), adj. Concessível.
CONCESSION (*konçéçion*), s. f. Concessão.
CONCESSIONNAIRE (*konçéçionér*), s. Concessionário.
CONCEVABLE (*konçəvabl*), adj. Concebível.
CONCEVOIR (*konçəvuar*), v. t. (Conjuga-se como *recevoir*.) Conceber.
CONCHYLIOLOGIE (*konkilioloji*), s. f. Conquiliologia.
CONCIERGE (*konçiérj*), s. Porteiro.
CONCIERGERIE (*konçiérjəri*), s. f. Cargo ou emprego de porteiro.
CONCILE (*konçil*), s. f. Concílio.
CONCILIABLE (*konçiliabl*), adj. Conci-

liável.
CONCILIABULE (*konciliabül*), s. m. Conciliábulo.
CONCILIAIRE (*konçiliér*), adj. Conciliar.
CONCILIANT, E (*konçilian, t*), adj. Conciliante.
CONCILIATEUR, TRICE (*konçiliatĕr, triç*), s. e adj. Conciliador.
CONCILIATION (*konçiliaçion*), s. f. Conciliação.
CONCILIATOIRE (*konçiliatuar*), adj. Conciliatório.
CONCILIER (*konçiliê*), v. t. (Conjuga-se como *prier*.) Conciliar. **SE CONCILIER**, v. pr. Conciliar-se.
CONCIS, E (*konçi, z*), adj. Conciso.
CONCISION (*konçizion*), s. f. Concisão.
CONCITOYEN, ENNE (*konçituaien, én'*), s. Concidadão.
CONCLAVE (*konklav*), s. m. Conclave.
CONCLAVISTE (*konklaviçt*), s. m. Conclavista.
CONCLUANT, E (*konklüan, t*), adj. Concludente.
CONCLURE (*konklür*), v. t. (*Je conclus, tu conclus, il conclut, nous concluons, vous concluez, ils concluent. Je concluais, nous concluions. Je conclus, nous conclûmes. Je conclurai. Je conclurais. Conclus, concluons, concluez. Que je conclue, que nous concluions. Que je conclusse, que nous conclussions. Concluant. Conclu, e.*) Concluir. V. i. Opinar; resolver definitivamente.
CONCLUSIF, IVE (*konklüsif, iv*), adj. Conclusivo.
CONCLUSION (*konklüzion*), s. f. Conclusão.
CONCOMBRE (*konkonbr*), s. m. Pepino.
CONCOMITAMMENT (*konkomitaman*), adv. Concomitantemente.
CONCOMITANCE (*konkomitanç*), s. f. Concomitância.
CONCOMITANT, E (*konkomitan, t*), adj. Concomitante.
CONCORDANCE (*konkórdanç*), s. f. Conformidade; acordo.
CONCORDAT (*konkórdá*), s. m. Concordata.
CONCORDATAIRE (*konkórdatér*), adj. Concordatário.
CONCORDE (*konkórd*), s. f. Concórdia.
CONCORDER (*konkórdê*), v. i. Concordar.
CONCOURANT, E (*konkuran, t*), adj. Concorrente.
CONCOURS (*konkur*), s. m. Concurso; afluência; coincidência. *Prêter son concours à*, ajudar. Pl.: *des concours*.
CONCRET, ÈTE (*konkré, t*), adj. Concreto; preciso.
CONCRÉTER (*konkrêtê*), v. t. (Conjuga-se como *accélérer*.) Concretizar; condensar.
CONCRÉTION (*konkrêçion*), s. f. Concreção; agregação.
CONCRÉTIONNER (SE) (*çəkonkrêçionê*), v. pr. Transformar-se em concreção.
CONCRÉTISER (*konkrêtizê*), v.t. Concretizar.
CONCUBIN, INE (*konküben, in'*), adj. Concubinário. S. f. Concubina.
CONCUBINAGE (*konkübinaj*), s. m. Concubinato.
CONCUPISCENCE (*konküpiçanç*), s. f. Concupiscência.
CONCURREMMENT (*konküraman*), adv. Concorrentemente, juntamente.
CONCURRENCE (*konküranç*), s. f. Concorrência.
CONCURRENCER (*konkürançê*), v. t. (O *c* leva uma cedilha antes de *a* e *o*: *il concurrença, nous concurrençons.*) Fazer concorrência.
CONCURRENT, E (*konküran, t*), adj. Concorrente.
CONCUSSION (*konküçion*), s. f. Concussão.
CONCUSSIONNAIRE, (*konküçionér*), adj. e s. Concussor.
CONDAMNABLE (*kondanabl*), adj. Condenável.
CONDAMNATION (*kondanaçion*), s. f. Condenação.
CONDAMNATOIRE (*kondanatuar*), adj. Condenatório.
CONDAMNÉ, E (*kondanê*), s. Condenado.
CONDAMNER (*kondanê*), v. t. Condenar.
CONDENSABLE (*kondançabl*), adj. Condensável.
CONDENSATEUR (*kondançatĕr*), s. m. Condensador.
CONDENSATION (*kondançaçion*), s. f. Condensação.
CONDENSER (*kondançê*), v. t. Condensar.
CONDENSEUR (*kondançĕr*), s. m. Condensador.
CONDESCENDANCE (*kondéçandanç*), s. f. Condescendência.
CONDESCENDANT, E (*kondéçandan, t*), adj. Condescendente.
CONDESCENDRE (*kondéçandr*), v. i. Condescender.
CONDIMENT (*kondiman*), s.m. Condimento.
CONDISCIPLE (*kondiçipl*), s. m. Condiscípulo.
CONDITION (*kondiçion*), s. f. Condição.
CONDITIONNEL, ELLE (*kondiçionél*), s. m. e adj. Condicional.
CONDITIONNELLEMENT (*kondiçionélman*), adv. Condicionalmente.
CONDITIONNEMENT (*kondiçiónəman*), s. m. Condicionamento.
CONDITIONNER (*kondiçionê*), v. t. Condicionar; fazer; fabricar, em certas condições. Secar a lã, a seda, etc.

CONDOLÉANCES (*kondolêanç*), s. f. Condolências.
CONDOMINIUM (*kondominióm'*), s. m. Condomínio. Pl.: *des condominiums.*
CONDOR (*kondór*), s. m. Condor.
CONDUCTANCE (*kondüktanç*), s. f. *Elet.* Condutância.
CONDUCTEUR, TRICE (*kondüktěr, triç*), s. Condutor.
CONDUCTIBILITÉ (*kondüktibilitê*), s. f. Condutibilidade.
CONDUCTIBLE (*kondüktibl*), adj. Condutível.
CONDUCTION (*kondükçion*), s. f. *Fisiol.* e *Elet.* Condução.
CONDUCTIVITÉ (*kondüktivitê*), s. f. Condutividade.
CONDUIRE (*kondüir*), v. t. (*Je conduis, nous conduisons. Je conduisais, nous conduisions. Je conduisis, nous conduisîmes. Je conduirai. Je conduirais. Conduis, conduisons, conduisez. Que je conduise, que nous conduisions. Que je conduisisse, que nous conduisissions. Conduisant. Conduit, e.*) Conduzir, guiar, dirigir. *Fig.* Levar, conduzir. *Conduire à l'autel,* desposar. **SE CONDUIRE,** v. pr. Comportar-se.
CONDUIT (*kondüi*), s.m. Canal, conduto.
CONDUITE (*kondüit*), s. f. Condução. Acompanhamento, com cerimônia. Direção; conduta. Aqueduto.
CONDYLE (*kondil*), s. m. Côndilo.
CONDYLOME (*kondilóm'*), s. m. Condiloma.
CÔNE (*kôn'*), s. f. *Geom.* Cone.
CONFECTION (*konfékçion*), s. f. Confecção.
CONFECTIONNER (*konfékçionê*), v. t. Confeccionar.
CONFECTIONNEUR, EUSE (*konfékçioněr, ëz*), s. Confeccionador.
CONFÉDÉRATIF, IVE(*konfêdêratif, iv*), adj. Confederativo.
CONFÉDÉRATION (*konfêdêraçion*), s. f. Confederação.
CONFÉDÉRÉ, E (*konfêdêrê*), adj. e s. Confederado.
CONFÉDÉRER (*konfêdêrê*), v. t. (Conjuga-se como *accélérer.*) Confederar.
CONFÉRENCE (*konfêranç*), s. f. Conferência; comparação.
CONFÉRENCIER, ÈRE (*konfêrançiê, ér*), s. Conferencista.
CONFÉRER (*konfêrê*), v. t. (Conjuga-se como *accélérer.*) Comparar; conferir; dar, conceder. V.i. Conferenciar.
CONFÈS, ESSE (*konfé, éç*), adj. Confesso.
CONFESSE (*konféç*), s.f. Confissão.
CONFESSER (*konféçê*), v. t. Confessar, declarar; receber a confissão; proclamar. *Fig.* Sondar. **SE CONFESSER,** v. pr. Confessar-se.
CONFESSEUR (*konféçěr*), s. m. Confessor.
CONFESSION (*konféçion*), s. f. Confissão.
CONFESSIONNAL (*konféçional*), s.m. Confessionário.
CONFESSIONNEL, ELLE (*konféçionél*), adj. Confessional.
CONFETTI (*konféti*), s. m. pl. Confete.
CONFIANCE (*konfianç*), s. f. Confiança. *Fig.* Coragem, ânimo.
CONFIANT, E (*konfian, t*), adj. Confiante.
CONFIDEMMENT (*konfidaman*), adv. Confidencialmente.
CONFIDENCE (*konfidanç*), s. f. Confidência. *En confidence,* loc. adv. Confidencialmente.
CONFIDENT, E (*konfidan, t*), s. Confidente.
CONFIDENTIEL, ELLE (*konfidançiél*), adj. Confidencial.
CONFIDENTIELLEMENT (*konfidançiélman*), adv. Confidencialmente.
CONFIER (*konfiê*), v. t. (Conjuga-se como *prier.*) Confiar, entregar; fazer confidências; abandonar.
CONFIGURATION (*konfigüraçion*), s. f. Configuração.
CONFIGURER (*konfigürê*), v. t. Configurar.
CONFINEMENT (*konfinəman*), s. m. Delimitação; isolamento.
CONFINER (*konfinê*), v. i. Confinar, limitar. V.t. Relegar.
CONFINS (*konfen*), s. m. pl. Confins, limites.
CONFIRE (*konfir*), v. t. (*Je confis, nous confisons. Je confisais. Je confis. Je confirai. Je confirais. Confis, confisons, confisez. Que je confise. Que je confisse. Confisant. Confit, e.*) Confeitar; pôr de conserva (frutos em açúcar, legumes em vinagre).
CONFIRMATIF, IVE (*konfirmatif, iv*), adj. Confirmativo.
CONFIRMATION (*konfirmaçion*), s. f. Confirmação.
CONFIRMATOIRE (*konfirmatuar*), adj. Confirmatório.
CONFIRMER (*konfirmê*), v. t. Confirmar.
CONFISCATION (*konfiçkaçion*), s. f. Confiscação.
CONFISERIE (*konfizri*), s. f. Confeitaria; arte e fabrico de confeiteiro.
CONFISEUR, EUSE (*konfizěr, ëz*), s. Confeiteiro, doceiro.
CONFISQUER (*konfiçkê*), v. t. Confiscar.
CONFIT, E (*konfi, t*), adj. Conservado em açúcar, em vinagre, etc.
CONFITEOR (*konfitêór*), s. m. inv. Confissão.
CONFITURE (*konfitür*), s. f. Compota.
CONFITURERIE (*konfitürəri*), s. f. Confeitaria.
CONFITURIER, ÈRE (*konfitüriê, ér*), s. e adj. Confeiteiro.

CONFLAGRATION (*konflagraçion*), s. f. Conflagração.
CONFLIT (*konfli*), s. m. Conflito, luta.
CONFLUENCE (*konflüanç*), s. f. Confluência.
CONFLUENT, E (*konflüan, t*), adj. Confluente.
CONFLUER (*konflüê*), v. i. Confluir.
CONFONDRE (*konfondr*), v. t. Confundir; baralhar; desconcertar; envergonhar. **SE CONFONDRE**, v. pr. Perturbar-se.
CONFORMATEUR (*konformatĕr*), s. m. Conformador.
CONFORMATION (*konformaçion*), s. f. Conformação.
CONFORME (*konfórm*), adj. Conforme, semelhante.
CONFORMÉ, E (*konformê*), adj. Conformado; construído; disposto.
CONFORMÉMENT (*konformêman*), adv. Conformemente.
CONFORMER (*konformê*), v. t. Conformar; conciliar. **SE CONFORMER**, v. pr. Conformar-se.
CONFORMISME (*konformiçm*), s.m. Conformismo.
CONFORMISTE (*konformiçt*), s. Conformista.
CONFORMITÉ (*konformitê*), s. f. Conformidade.
CONFORT (*konfór*), s. m. Conforto, ajuda, socorro.
CONFORTABLE (*konfortabl*), adj. Confortável.
CONFORTABLEMENT (*konfortablə-man*), adv. Confortavelmente.
CONFRATERNEL, ELLE (*konfratérnel*), adj. Confraternal.
CONFRATERNITÉ (*konfratérnitê*), s. f. Confraternidade.
CONFRÈRE (*konfrér*), s. m. Confrade, colega.
CONFRÉRIE (*konfrêri*), s. f. Confraria.
CONFRONTATION (*konfrontaçion*) s.f. Confrontação.
CONFRONTER (*konfrontê*), v. t. Confrontar.
CONFUS, E (*konfü, z*), adj. Confuso, obscuro; confundido, envergonhado.
CONFUSÉMENT (*konfüzêman*), adv. Confusamente.
CONFUSION (*konfüzion*), s. f. Confusão.
CONGÉ (*konjê*), s.m. Permissão, licença; despacho, despedida; feriado. *Prendre congé*, despedir-se. *Donner son congé à*, despedir, mandar embora.
CONGÉABLE (*konjêabl*), adj. Anulável.
CONGÉDIABLE (*konjêdiabl*), adj. Licenciável.
CONGÉDIEMENT (*konjêdiman*), s. m. Despedida; licenciamento; concessão ou obtenção de uma licença.
CONGÉDIER (*konjêdiê*), v. t. (Conjuga-se como *prier.*) Despedir, mandar embora.
CONGELABLE (*konjəlabl*), adj. Congelável.
CONGÉLATION (*konjêlaçion*), s.f. Congelação.
CONGELER (*konjəlê*), v. t. (O *e* mudo passa a *è* antes de sílaba muda: *il congèlera.*) Congelar.
CONGÉNÈRE (*konjênér*), adj. Congênere.
CONGÉNITAL, E, AUX (*konjênital, ô*), adj. Congenital.
CONGESTIF, IVE (*konjéçtif, iv*), adj. Congestivo.
CONGESTION (*konjéçtion*), s. f. Congestão.
CONGESTIONNER (*konjéçtionê*), v.t. Congestionar.
CONGLOBER (*konglobê*), v.t. Conglobar.
CONGLOMÉRAT (*konglomêrá*), s. m. Conglomerado.
CONGLOMÉRATION (*konglomêraçion*), s. f. Conglomeração.
CONGLOMÉRER (*konglomêrê*), v. t (Conjuga-se como *accélérer.*) Conglomerar.
CONGLUTINANT, E ou **CONGLUTINATIF, IVE** (*konglütinan, t* ou *konglütinatif, iv*), adj. Conglutinante.
CONGLUTINATION (*konglütinaçion*), s. f. Conglutinação.
CONGLUTINER (*konglütinê*), v.t. Conglutinar.
CONGOLAIS, E (*kongolé, z*), adj. Conguês.
CONGRATULATEUR, TRICE (*kongratülatĕr, triç*), adj. e s. Congratulador.
CONGRATULATION (*kongratülaçion*), s. f. Congratulação.
CONGRATULATOIRE (*kongratülatuar*), adj. Congratulatório.
CONGRATULER (*kongratülê*), v.t. Congratular.
CONGRÉGANISTE (*kongrêganiçt*), adj. e s. Congregacionista.
CONGRÉGATION (*kongrêgaçion*), s. f. Congregação.
CONGRÈS (*kongré*), s. m. Congresso. Pl.: *des congrès.*
CONGRESSISTE (*kongréçiçt*), s. Congressista.
CONGRU, E (*kongrü*), adj. Côngruo, apto, adequado.
CONGRUENCE (*kongrüanç*), s. f. Congruência.
CONGRUENT, E (*kongrüan, t*), adj. Congruente.
CONGRUITÉ (*kongrüitê*), s.f. Congruidade, congruência.
CONGRÛMENT (*kongrüman*), adv. Congruentemente, convenientemente.
CONIFÈRES (*konifér*), s. m. pl. *Bot.* Coníferas.
CONIQUE (*konik*), adj. Cônico.
CONJECTURAL, E, AUX (*konjéktüral, ô*), adj. Conjetural.
CONJECTURE (*konjéktür*), s. f. Conjetura.

CONJECTURER (*konjéktürê*), v. t. Conjecturar.
CONJOINDRE (*konjuendr*), v. t. (Conjuga-se como *craindre*.) Juntar, unir; casar.
CONJOINT, E (*konjuen, t*), adj. Ligado, conjunto. S. m. Cônjuge, consorte.
CONJOINTEMENT (*konjuentəman*), adv. Conjuntamente.
CONJONCTEUR (*konjonktĕr*), s. m. Aparelho para carregar acumuladores.
CONJONCTIF, IVE (*konjonktif, iv*), adj. Conjuntivo.
CONJONCTION (*konjonkçion*), s. f. Conjunção.
CONJONCTIVE (*konjonktiv*), s. f. Conjuntiva.
CONJONCTIVITÉ (*konjonktivitê*), s. f. Conjuntivite.
CONJONCTURE (*konjonktür*), s. f. Conjuntura.
CONJUGABLE (*konjügabl*), adj. Conjugável.
CONJUGAISON (*konjüghézon*), s. f. Conjugação.
CONJUGAL, E, AUX (*konjügal, ô*), adj. Conjugal.
CONJUGALEMENT (*konjügalman*), adv. Conjugalmente.
CONJUGUÉ, E (*konjüghê*), adj. Conjugado .
CONJUGUER (*konjüghê*), v.t. Conjugar.
CONJUNGO (*konjongô*), s. m. *Pop.* Casamento.
CONJURATEUR (*konjüratĕr*), s. m. Conjurador.
CONJURATION (*konjüraçion*), s. f. Conjuração.
CONJURÉ, E (*konjürê*), adj. e s. Conjurado.
CONJURER (*konjürê*), v. t. Conjurar.
CONNAISSABLE (*konéçabl*), adj. Conhecível.
CONNAISSANCE (*konéçanç*), s. f. Conhecimento. *Perdre connaissance*, desmaiar.
CONNAISSANT, E (*konéçan, t*), adj. Conhecedor.
CONNAISSEMENT (*konéçman*), s. m. *Com.* Conhecimento.
CONNAISSEUR, EUSE (*konéçĕr, ëz*), s. Conhecedor.
CONNAÎTRE (*konétr*), v. t. (*Je connais, tu connais, il connaît, nous connaissons, vous connaissez, ils connaissent. Je connaissais. Je connus, nous connûmes. Je connaîtrai, nous connaîtrons. Je connaîtrais, nous connaîtrions. Connais, connaissons, connaissez. Que je connaisse, que nous connaissions. Que je connusse, que nous connussions. Connaissant. Connu, e.*) Conhecer; distinguir; descobrir. *Fig. Se faire connaître*, distinguir-se. *Ne connaître ni d'Eve, ni d'Adam*, desconhecer completamente. V. i. Ter competência para julgar. **SE CONNAÎTRE**, v. pr. Conhecer-se.
CONNECTER (*konéktê*), v. t. Estabelecer uma conexão.
CONNECTEUR (*konéktĕr*), s. m. Aparelho de conexão.
CONNECTIF, IVE (*konéktif, iv*), adj. Conectivo.
CONNÉTABLE (*konêtabl*), s. m. Condestável.
CONNEXE (*konékç*), adj. Conexo, ligado.
CONNEXION (*konékçion*), s. f. Conexão.
CONNEXITÉ (*konékçitê*), s. f. Conexidade, conexão.
CONNIVENCE (*konivanç*), s. f. Conivência.
CONNIVENT, E (*konivan, t*), adj. Conivente.
CONNOTATION (*konotaçion*), s. f. Conotação.
CONNU, E (*konü*), adj. Conhecido, sabido. S. m. Conhecido.
CONOÏDAL, E (*konoïdal*), adj. Conoidal.
CONOÏDE (*konoïd*), adj. Conóide.
CONQUE (*konk*), s. f. Concha, molusco.
CONQUÉRANT, E (*konkêran, t*), adj. e s. Conquistador.
CONQUÉRIR (*konkêrir*), v. t. (Conjuga-se como *acquérir*.) Conquistar; alcançar; granjear.
CONQUÊTE (*konkét*), s. f. Conquista.
CONQUIS, E (*konki, z*), adj. Conquistado, vencido, ganho.
CONQUISTADOR (*konkiçtador*), s. m. Conquistador.
CONSACRANT (*konçakran*), adj. e s. m. Consagrante.
CONSACRÉ, E (*konçakrê*), adj. Consagrado.
CONSACRER (*konçakrê*), v. t. Consagrar.
CONSANGUIN, E (*konçanghen, in'*), adj. e s. Consangüíneo.
CONSANGUINITÉ (*konçanghinitê*), s. f. Consangüinidade.
CONSCIEMMENT (*konçiaman*), adv. Conscientemente.
CONSCIENCE (*konçianç*), s. f. Consciência. Loc. adv.: *En mon âme et conscience*, sinceramente; *par acquit de conscience*, por desencargo de consciência; *en conscience*, em verdade.
CONSCIENCIEUSEMENT (*konçiançiëzman*), adv. Conscienciosamente.
CONSCIENCIEUX, EUSE (*konçiançiê, ëz*), adj. Consciencioso.
CONSCIENT, E (*konçian, t*), adj. Consciente.
CONSCRIPTION (*konçkripcion*), s. f. Conscrição.
CONSCRIT (*konçkri*), s. m. Conscrito.
CONSÉCRATION (*konçêkraçion*), s. f. Consagração.
CONSÉCUTIF, IVE (*konçêkütif, iv*), adj. Consecutivo.
CONSÉCUTION (*konçêküçion*), s. f. Consecução.

CONSÉCUTIVEMENT (*konçêkütivman*), adv. Consecutivamente.
CONSEIL (*konçéi*), s. m. Conselho.
CONSEILLER (*konçéiê*), v. t. Aconselhar; incitar.
CONSEILLER, ÈRE (*konçéiê, ér*), s. Conselheiro.
CONSEILLEUR, EUSE (*konçéiĕr, ẽz*), s. Aconselhador.
CONSENSUEL, ELLE (*konçançüél*), adj. Consensual.
CONSENSUS (*konçençüç*), s. m. Consenso, acordo.
CONSENTANT, E (*konçantan, t*), adj. Que consente.
CONSENTEMENT (*konçantəman*), s. m. Consentimento.
CONSENTIR (*konçantir*), v. i. (Conjuga-se como *mentir*.) Consentir.
CONSÉQUEMMENT (*konçêkaman*), adv. Conseqüentemente.
CONSÉQUENCE (*konçêkanç*), s.f. Conseqüência. *Tirer à conséquence*, ter conseqüências sérias.
CONSÉQUENT, E (*konçêkan, t*), adj. Conseqüente.
CONSERVANTISME (*konçérvantiçm*), s. m. Conservantismo.
CONSERVATEUR, TRICE (*konçérvatĕr, triç*), adj. e s. Conservador.
CONSERVATION (*konçérvaçion*), s. f. Conservação.
CONSERVATOIRE (*konçérvatuar*), adj. e s. m. Conservatório.
CONSERVE (*konçérv*), s.f. Conserva, compota.
CONSERVER (*konçérvê*), v.t. Conservar, preservar. **SE CONSERVER**, v. pr. Conservar-se.
CONSIDÉRABLE (*konçidêrabl*), adj. Considerável.
CONSIDÉRABLEMENT (*konçidêrabləman*), adv. Consideravelmente.
CONSIDÉRATION (*konçidêraçion*), s.f. Consideração. Pl. Pensamentos, considerações.
CONSIDÉRÉMENT (*konçidêrêman*), adv. Consideradamente.
CONSIDÉRER (*konçidêrê*), v.t. (Conjuga-se como *accélérer*.) Considerar. *Fig.* Apreciar, estimar.
CONSIGNATAIRE (*konçinhatér*), s.m. Consignatário.
CONSIGNATEUR, TRICE (*konçinhatĕr, triç*), s. Consignador.
CONSIGNATION (*konçinhaçion*), s. f. Consignação.
CONSIGNE (*konçinh*), s.f. Senha; castigo; depósito provisório de bagagens. *Lever la consigne*, liberar da obrigação.
CONSIGNER (*konçinhê*), v.t. Consignar, ordenar, depositar; deter; dar ordem de prevenção.
CONSISTANCE (*konçiçtanç*), s.f. Consistência. *Fig.* Estabilidade.
CONSISTANT, E (*konçiçtan, t*), *adj.* Consistente. *Fig.* Estável.
CONSISTER (*konçiçtê*), v. i. Consistir.
CONSISTOIRE (*konçiçtuar*), s. m. Consistório.
CONSISTORIAL, E, AUX (*konçiçtorial, ô*), adj. Consistorial.
CONSOLABLE (*konçolabl*), adj. Consolável.
CONSOLANT, E (*konçolan, t*), adj. Consolante.
CONSOLATEUR, TRICE (*konçolatĕr, triç*), adj. e s. Consolador.
CONSOLATION (*konçolaçion*), s.f. Consolação.
CONSOLE (*konçól*), s. f. Consolo.
CONSOLER (*konçolê*), v.t. Consolar. **SE CONSOLER**, v.pr. Consolar-se.
CONSOLIDATION (*konçolidaçion*), s.f. Consolidação.
CONSOLIDÉ, E (*konçolidê*), adj. Consolidado.
CONSOLIDEMENT (*konçolidman*), s.m. Consolidação.
CONSOLIDER (*konçolidê*), v.t. Consolidar. *Fig.* Fortificar.
CONSOMMATEUR (*konçomatĕr, triç*), s. Consumidor.
CONSOMMATION (*konçomaçion*), s. f. Consumação, acabamento, fim. Consumo. Bebida servida num café.
CONSOMMÉ, E (*konçomê*), adj. Concluído, gasto; hábil. S.m. Caldo de carne.
CONSOMMER (*konçomê*), v.t. Consumir, acabar, completar. V. i. Beber num café. **SE CONSOMMER**, v.pr. Consumir-se.
CONSOMPTIBLE (*konçonptibl*), adj. Consuntível.
CONSOMPTION (*konçonpçion*), s. f. Emagrecimento progressivo, consunção.
CONSONANCE (*konçonanç*), s.f. Consonância. *Fig.* Harmonia.
CONSONANT, E (*konçonan, t*), adj. Consoante, harmonioso.
CONSONNE (*konçon'*), s. f. Consoante.
CONSONNER ou **CONSONER** (*konçonê*), v.i. Consonar, concordar.
CONSORT (*konçór*), adj.m. Consorte. Pl. Participantes.
CONSORTIUM (*konçórçióm'*), s. m. Consórcio. Pl.: *des consortiums.*
CONSPIRANT, E (*konçpiran, t*), adj. Tendente a produzir o mesmo efeito.
CONSPIRATEUR, TRICE (*konçpiratĕr, triç*), s. Conspirador.
CONSPIRATION (*konçpiraçion*), s. f. Conspiração.
CONSPIRER (*konçpirê*), v.i. Conspirar.
CONSTAMMENT (*konçtaman*), adv. Constantemente.
CONSTANCE (*konçtanç*), s.m. Constância.
CONSTANT, E (*konçtan, t*), adj. Constante.

CONSTATATION (*konçtataçion*), s. f. Constatação.
CONSTATER (*konçtatê*), v.t. Constatar.
CONSTELLATION (*konçtélaçion*), s. f. Constelação.
CONSTELLÉ, E (*konçtélê*), adj. Constelado.
CONSTELLER (*konçtélê*), v.t. Constelar.
CONSTERNATION (*konçtérnaçion*), s. f. Consternação.
CONSTERNÉ, E (*konçtérnê*), adj. Consternado.
CONSTERNER (*konçtérnê*), v.t. Consternar.
CONSTIPATION (*konçtipaçion*), s. f. Constipação.
CONSTIPER (*konçtipê*), v.t. Constipar.
CONSTITUANT, E (*konçtitüan, t*), adj. Constituinte.
CONSTITUÉ, E (*konçtitüê*), adj. Constituído.
CONSTITUER (*konçtitüê*), v.t. Constituir.
CONSTITUTIF, IVE (*konçtitütif, iv*), adj. Constitutivo.
CONSTITUTION (*konçtitüçion*), s. f Constituição.
CONSTITUTIONNALITÉ (*konçtitüçionalitê*), s.f. Constitucionalidade.
CONSTITUTIONNEL, ELLE (*konçtitüçionél*), adj. Constitucional.
CONSTITUTIONNELLEMENT (*konçtitüçionélman*), adv. Constitucionalmente.
CONSTRICTION (*konçtrikçion*), s. f. Constrição.
CONSTRINGENT, E (*konçtrenjan, t*), adj Constringente.
CONSTRUCTEUR (*konçtrüktër*), s. m. Construtor.
CONSTRUCTIF, IVE (*konçtrüktif, iv*), adj. Construtivo.
CONSTRUCTION (*konçtrükçion*), s. f. Construção.
CONSTRUIRE (*konçtrüir*), v.t. (Conjuga-se como *conduire.*) Construir; fazer; traçar.
CONSUBSTANTIALITÉ (*konçübçtançialitê*), s.f. Consubstancialidade.
CONSUBSTANTIATION (*konçübçtançiaçion*), s. f. Consubstanciação.
CONSUBSTANTIEL, ELLE (*konçübçtançiél*), adj. Consubstancial.
CONSUBSTANTIELLEMENT (*konçübçtançiélman*), adv. Consubstancialmente.
CONSUL (*konçül*), s.m. Cônsul.
CONSULAIRE (*konçülér*), adj. Consular.
CONSULAT (*konçülá*), s.m. Consulado.
CONSULTANT, E (*konçültan, t*), adj. e s. Consultante.
CONSULTATIF, IVE (*konçültatif, iv*), adj. Consultivo.
CONSULTATION (*konçültaçion*), s. f. Consultação, consulta.
CONSULTE (*konçült*), s. f. Consulta; conselho.
CONSULTER (*konçültê*), v. t. Consultar.
CONSULTEUR (*konçültër*), adj. e s. Consultor.
CONSUMER (*koçümê*), v. t. Consumir.
SE CONSUMER, v. pr. Consumir-se.
CONTACT (*kontakt*), s. m. Contacto. *Prendre contact avec*, entrar em contato com.
CONTACTER (*kontaktê*), v. t. Contatar.
CONTACTEUR (*kontaktër*), s. m. Aparelho que estabelece contacto.
CONTADIN, E (*kontaden, in'*), adj. e s. Aldeão, camponês.
CONTAGE (*kontaj*), s. m. Contágio.
CONTAGIEUX, EUSE (*kontajië, ëz*), adj. Contagioso.
CONTAGION (*kontajion*), s. f. Contágio.
CONTAGIONNER (*konetajionê*), v. t. Contagiar.
CONTAGIOSITÉ (*kontajiozitê*), s. f. Contagiosidade.
CONTAMINATION (*kontaminaçion*), s. f. Contaminação.
CONTAMINER (*kontaminê*), v. t. Contaminar.
CONTE (*kont*), s. m. Conto, narrativa. *Un conte à dormir debout*, uma história maçante.
CONTEMPLATEUR, TRICE (*kontanplater, triç*), s. Contemplador.
CONTEMPLATIF, IVE (*kontanplatif, iv*), adj. Contemplativo.
CONTEMPLATION (*kontanplaçion*), s. f. Contemplação.
CONTEMPLATIVEMENT (*kontanplativman*), adv. Contemplativamente.
CONTEMPLER (*kontanplê*), v. t. Contemplar.
CONTEMPORAIN, E (*kontanporén, én'*), adj. e s. Contemporâneo.
CONTEMPTEUR, TRICE (*kontanptër, triç*), adj. e s. Contemptor.
CONTENANCE (*kontənanç*), s. f. Capacidade; extensão. *Fig.* Atitude, porte. *Perdre contenance*, perder o controle.
CONTENANT, E (*kontənan, t*), adj. Continente.
CONTENDANT, E (*kontadan, t*), adj. e s. Contendente; competidor.
CONTENIR (*kontənir*), v. t. (Conjuga-se como *tenir.*) Conter. *Fig.* Reprimir.
SE CONTENIR, v. pr. Conter-se, dominar-se.
CONTENT, E (*kontan, t*), adj. Contente.
CONTENTEMENT (*kontantəman*), s. m. Contentamento.
CONTENTER (*kontantê*), v. t. Contentar. *Prov. On ne peut contenter tout le monde et son père*, não se pode contentar a todos.

CONTENTIEUX, EUSE (*kontançiĕ, ëz*), adj. e s. Contencioso, litigioso.
CONTENTIF, IVE (*kontantif, iv*), adj. Contentivo, constritivo.
CONTENTION (*kontançion*), s. f. Contenção, esforço.
CONTENU, E (*kontənü*), adj. Contido, encerrado. S. m. Conteúdo.
CONTER (*konté*), v. t. Conter, narrar. *S'en laisser conter*, deixar-se levar, ser crédulo demais.
CONTESTABLE (*kontéçtabl*), adj. Contestável.
CONTESTATION (*kontéçtaçion*), s. f. Contradição.
CONTESTE (*kontéct*), s. f. Debate. *Sans conteste*, loc. adv. Sem discussão.
CONTESTER (*kontéçté*), v. t. Contradizer.
CONTEUR, EUSE (*kontĕr, ëz*), adj. e s. Narrador; contista.
CONTEXTE (*kontéçt*), s. m. Contexto.
CONTEXTURE (*kontékçtür*), s. f. Contextura.
CONTIGU, Ë (*kontigü*), adj. Contíguo.
CONTIGUÏTÉ (*kontigüité*), s. f. Contigüidade.
CONTINENCE (*kontinanç*), s. f. Continência, castidade.
CONTINENT, E (*kontinan, t*), adj. Casto, continente.
CONTINENT (*kontinan*), s. m. Continente.
CONTINENTAL, E, AUX (*kontinantal, ô*), adj. Continental.
CONTINGENCE (*kontenjanç*), s. f. Contingência.
CONTINGENT, E (*kontenjan, t*), adj. Contingente.
CONTINGENTEMENT (*kontenjantəman*), s. m. Ação de fixar um contingente.
CONTINGENTER (*kontenjanté*), v. t. Fixar um contingente.
CONTINU, E (*kontinü*), adj. Contínuo.
CONTINUATEUR, TRICE (*kontinüatĕr, triç*), s. Continuador.
CONTINUATION (*kontinüaçion*), s. f. Continuação.
CONTINUEL, ELLE (*kontinüél*), adj. Contínuo.
CONTINUELLEMENT (*kontinüélman*), adv. Continuamente.
CONTINUER (*kontinüé*), v. t. Continuar.
CONTINUITÉ (*kontinüité*), s. f. Continuidade.
CONTINÛMENT (*kontinüman*), adv. Continuamente.
CONTONDANT, E (*kontondan, t*), adj. Contundente.
CONTORSION (*kontórçĭon*), s. f. Contorsão.
CONTORSIONNISTE (*kontórçiónict*), s. Contorsionista.
CONTOUR (*kontur*), s. m. Contorno.
CONTOURNER (*konturné*), v. t. Contornar.
CONTRACTANT, E (*kontraktan*), adj. Contratante.
CONTRACTÉ, E (*kontrakté*), adj. Contraído.
CONTRACTER (*kontrakté*), v. t. Contrair, apertar; contratar.
CONTRACTIF, IVE (*kontraktif, iv*), adj. Contrativo.
CONTRACTILE (*kontraktil*), adj. Contrátil.
CONTRACTILITÉ (*kontraktilité*), s. f. Contratilidade.
CONTRACTION (*kontrakçion*), s. f. Contração.
CONTRACTUEL, ELLE (*kontraktüél*), adj. Contratual.
CONTRADICTEUR (*kontrakditĕr*), s. m. Contraditor.
CONTRADICTION (*kontradikçion*), s. f. Contradição.
CONTRADICTOIRE (*kontradiktuar*), adj. Contraditório.
CONTRADICTOIREMENT (*kontradiktuarman*), adv. Contraditoriamente.
CONTRAIGNABLE (*kontrénhabl*), adj. Constrangível.
CONTRAIGNANT, E (*kontrénhan, t*), adj. Constrangedor.
CONTRAINDRE (*kontrendr*), v. t. (Conjuga-se como *craindre.*) Constranger, forçar, incomodar, reprimir.
CONTRAINT, E (*kontren, t*), adj. Forçado.
CONTRAINTE (*kontrent*), s. f. Constrangimento, violência. *Fig.* Embaraço, dificuldade.
CONTRAIRE (*kontrér*), adj. Contrário, oposto; desfavorável.
CONTRAIREMENT (*kontrérman*), adv. Contrariamente.
CONTRALTO ou **CONTRALTE** (*kontraltô* ou *kontralt*), s. m. Contralto. Pl.: *des contraltos* ou *contralti, contraltes.*
CONTRARIER (*kontrarié*), v. t. (Conjuga-se como *prier.*) Contrariar; opor; desgostar.
CONTRARIÉTÉ (*kontrariété*), s. f. Contrariedade; dificuldade, impedimento.
CONTRASTANT, E (*kontraçtan, t*), adj. Contrastante.
CONTRASTE (*kontraçt*), s. m. Contraste.
CONTRASTER (*kontraçté*), v. i. Contrastar.
CONTRAT (*kontrá*), s. m. Contrato.
CONTRAVENTION (*kontravançion*), s. f. Contravenção.
CONTRAVIS (*kontravi*), s. m. Contra-aviso. Pl.: *des contravis.*
CONTRE (*kontr*), prep. Contra; ao pé, em frente, defronte; em troca de; em, sobre. S. m. O oposto. Loc. adv.:

Par contre, em compensação; *tout contre,* muito perto; *à contre,* do lado oposto; *contre à contre,* a par, paralelamente.

CONTRE-ALIZÉ (*kontralizê*), s. m. Ventos opostos aos ventos alísios. Pl.: *des contre-alizés.*

CONTRE-AMIRAL (*kontramiral*), s. m. Contra-almirante. Pl.: *des contre-amiraux.*

CONTRE-APPEL (*kontrapél*), s. m. Segunda chamada. Pl.: *des contre-appels.*

CONTRE-ATTAQUE (*kontratak*), s. f. Contra-ataque. Pl.: *des contre-attaques.*

CONTRE-ATTAQUER (*kontratakê*) v. t. Contra-atacar.

CONTREBALANCER (*kontrəbalançê*), v. t. (O *c* leva uma cedilha diante de *a* e *o*: *il contrebalança, nous contrebalançons.*) Contrabalançar.

CONTREBANDE (*kontrəband*), s. f. Contrabando.

CONTREBANDIER, ÈRE (*kontrəbandiê, ér*), adj. e s. Contrabandista.

CONTRE-BAS (*kontrəbá*), adv. Em direção para baixo. *En contre-bas,* loc. adv. De alto a baixo; em nível inferior.

CONTREBASSE (*kontrəbaç*), s. f. Contrabaixo.

CONTREBASSISTE ou **CONTREBASSIER** (*kontrəbaçiçt* ou *kontrəbaçiê*), s. m. Contrabaixista.

CONTREBATTRE (*kontrəbatr*), v. t. (Conjuga-se como *battre.*) Contrabater.

CONTRE-BIAIS (À) (*akontrəbié*), loc. adv. Em sentido contrário.

CONTRE-BORD (À) (*akontr bór*), loc. adv. Em direção contrária.

CONTRECARRER (*kontrəkarê*), v. t. Contrariar, contrapor-se.

CONTRE-CHANT (*kontrəchan*), s. m. Contracanto. Pl.: *des contre-chants.*

CONTRECŒUR (*kontrəkĕr*), s. m. Chapa que forma o fundo de uma chaminé. *À contrecœur,* loc. adv. Contra vontade, à força.

CONTRECOUP (*kontrəku*), s. m. Repercussão.

CONTREDANSE (*kontrədanç*), s. f. Contradança.

CONTRE-DÉCLARATION (*kontrədêklaraçion*), s. f. Contradeclaração. Pl.: *des contre-déclarations.*

CONTRE-DÉNONCIATION (*kontrədênonçiaçion*), s. f. Contradenúncia. Pl.: *des contre-dénonciations.*

CONTREDIRE (*kontrədir*), v. t. (Conjuga-se como *médire.*) Contradizer.

CONTREDISANT, E (*kontrədizan, t*), adj. Contraditor.

CONTREDIT (*kontrədi*), s. m. Réplica.

CONTRÉE (*kontrê*), s. f. País, região, sítio.

CONTRE-ENQUÊTE (*kontrankét*), s. f. Contra-investigação. Pl.: *des contre-enquêtes.*

CONTRE-ÉPREUVE (*kontrêprĕv*), s. f. Contraprova. Pl.: *des contre-épreuves.*

CONTRE-ESPIONNAGE (*kontrêçpionaj*), s. m. Contra-espionagem. Pl.: *des contre-espionnages.*

CONTRE-ESSAI (*kontrêçé*), s. m. Contra-experiência. Pl.: *des contre-essais.*

CONTREFAÇON (*kontrəfaçon*), s. f. Falsificação; fingimento, hipocrisia.

CONTREFACTEUR (*kontrəfaktĕr*), s.m. Falsificador.

CONTREFACTION (*kontrəfakçion*), s. f. Contrafacção.

CONTREFAIRE (*kontrəfér*), v.t. (Conjuga-se como *faire.*) Contrafazer, arremedar, fingir; disfarçar.

CONTREFAISEUR, EUSE (*kontr fézĕr, ĕz*), s. *Fam.* Arremedador, imitador.

CONTREFAIT, E (*kontrəfé*), adj. Contrafeito.

CONTRE-FENÊTRE (*kontrəfənétr*), s. f. Contravidraça. Pl.: *des contre-fenêtres.*

CONTRE-FIL (*kontrəfil*), s. m. Sentido inverso de uma coisa. *À contrefil,* loc. adv. Às avessas, ao contrário.

CONTREFORT (*kontrəfór*), s. m. Contraforte.

CONTRE-FUGUE (*kontrəfŭg*), s. m. *Mús.* Contrafuga. Pl.: *des contre-fugues.*

CONTRE-HAUT (EN) (*ankrontrəô*), loc. adv. De alto a baixo.

CONTRE-INDICATION (*kontrendikaçion*), s. f. Contra-indicação. Pl.: *des contre-indications.*

CONTRE-INDIQUER (*kontrendikê*), v. t. Contra-indicar.

CONTRE-JOUR (*kontrəjur*), s.m. inv. Contraluz.

CONTRE-LETTRE (*kontrəlétr*), s. f. Contra-escritura. Pl.: *des contre-lettres.*

CONTREMAÎTRE, ESSE (*kontrəmétr, éç*), s. Contramestre.

CONTRE-MANDAT (*kontrəmandá*), s. m. Contramandado. Pl.: *des contre-mandats.*

CONTREMANDER (*kontrəmandê*), v. t. Contramandar.

CONTRE-MANIFESTATION (*kontrəmaniféçtaçion*), s. f. Contramanifestação. Pl.: *des contre-manifestations.*

CONTREMARCHE (*kontrəmarch*), s. f. Contramarcha.

CONTREMARQUER (*kontrəmarkê*), v. t. Contramarcar.

CONTRE-MESURE (À) (*akontrəməzŭr*), loc. adv. *Mús.* A contratempo.

CONTRE-MINE (*kontrəmin'*), s.f. Contramina. Pl.: *des contre-mines.*

CONTRE-MINER (*kontrəminê*), v. t. Contraminar.
CONTRE-MOULAGE (*kontrəmulaj*), s. m. Contramoldagem. Pl.: *des contre-moulages*.
CONTRE-MUR (*kontrəmür*), s. m. Contramuro. Pl.: *des contre-murs*.
CONTRE-OFFENSIVE (*kontrofançiv*), s. f. Contra-ofensiva. Pl.: *des contre-offensives*.
CONTRE-OPÉRATION (*kontropêraçion*), s. f. Contra-operação. Pl.: *des contre-opérations*.
CONTRE-OUVERTURE (*kontruvertür*), s. f. Contra-abertura. Pl.: *des contre-ouvertures*.
CONTRE-PAS (*kontrəpá*), s. m. inv. Contrapasso.
CONTRE-PASSER (*kontrəpaçê*), v. t. Contrapassar.
CONTRE-PENTE (*kontrəpant*), s. f. Declive oposto a outro. Pl.: *des contre-pentes*.
CONTRE-PIED (*kontrəpiê*), s. m. O avesso, o contrário. Pl.: *des contre-pieds*.
CONTREPOIDS (*kontrəpuá*), s.m. Contrapeso. Pl.: *des contrepoids*.
CONTRE-POIL (*kontrəpual*), s.m. Avesso, sentido oposto. *À contre-poil*, loc. adv. Em sentido contrário.
CONTREPOINT (*kontrəpuen*), s. m. *Mús*. Contraponto.
CONTREPOISON (*kontrəpuazon*), s. m. Contraveneno.
CONTRE-POLICE (*kontrəpoliç*), s. f Polícia secreta que vigia outra polícia. Pl.: *des contre - polices*.
CONTRE-PRESSION (*kontrəpréçion*), s. f. Contrapressão. Pl.: *des contre-pressions*.
CONTRE-PROJET (*kontrəprojé*), s. m. Contraprojeto. Pl.: *des contre-projets*.
CONTREPROPOSITION (*kontrəpropoziçion*), s. f. Contraproposta.
CONTRER (*kontrê*), v. t. e i. Desafiar o adversário na marcação (bridge). Abrir no escuro (pôquer). *Fig*. Opor-se a.
CONTRE-RÉVOLUTION (*kontrərêvolüçion*), s. f. Contra-revolução. Pl.: *des contre-révolutions*.
CONTRE-RÉVOLUTIONNAIRE (*kontrərêvolüçionér*), adj. Contra-revolucionário. Pl.: *des contre-révolutionnaires*.
CONTRE-SAISON (*kontrəcézon*), s. f. Fora da estação. Pl.: *des contre-saisons*.
CONTRESENS (*kontrəçanç*), s. m. Contra-senso, despropósito; sentido contrário a. Pl.: *des contresens*.
CONTRESIGNATAIRE (*kontrəçinhatér*), adj. e s. Contra-signatário.
CONTRESIGNER (*kontrəçinhê*), v. t. Referendar, subscrever.
CONTRETEMPS (*kontrətan*), s.m. Contratempo. *À contretemps*, loc. adv. Fora de hora. Pl.: *des contretemps*.
CONTRE-VALEUR (*kontrəvalĕr*), s. f. *Com*. Valor dado em troca daquele que se recebe. Pl.: *des contre-valeurs*.
CONTRE-VAPEUR (*kontrəvapĕr*), s. f. Contravapor.
CONTREVENIR (*kontrəvənir*), v. i. (Conjuga-se como *venir*.) Contravir, transgredir.
CONTREVENT (*kontrəvan*), s.m. Guarda-vento.
CONTREVÉRITÉ (*kontrəvêritê*), s. f. Coisa contrária à verdade.
CONTRIBUABLE (*kontribüabl*), adj. e s. Contribuinte.
CONTRIBUANT, E (*kontribüan, t*), s. m. Contribuinte.
CONTRIBUER (*kontribüê*), v. i. Contribuir.
CONTRIBUTIF, IVE (*kontribütif, iv*), adj. Contributivo.
CONTRIBUTION (*kontribüçion*), s. f. Contribuição.
CONTRISTANT, E (*kontriçtan, t*), adj. Contristador.
CONTRISTER (*kontriçtê*), v. t. Contristar.
CONTRIT, E (*kontri, t*), adj. Contrito.
CONTRITION (*kontriçion*), s. f. Contrição.
CONTROLABLE (*kontrolabl*), adj. Controlável.
CONTRÔLE (*kontrôl*), s. m. Controle.
CONTRÔLEUR, EUSE (*kontrôlĕr, ĕz*), s. Revisor, verificador, fiscal.
CONTROUVER (*kontruvê*), v. t. Inventar uma falsidade.
CONTROVERSABLE (*kontrovérçabl*), adj. Contestável.
CONTROVERSE (*kontrovérç*), s. f. Controvérsia.
CONTROVERSER (*kontrovérçê*), v. t. Controverter, contestar.
CONTROVERSISTE (*kontrovérçiçt*), s. m. Controversista.
CONTUMACE (*kontumaç*), s. f. Contumácia. Adj. Contumaz.
CONTUS, E (*kontü, z*), adj. Contuso.
CONTUSION (*kontüzion*), s. f. Contusão.
CONTUSIONNER (*kontüzionê*), v. t. Contundir.
CONVAINCANT, E (*konvenkan, t*), adj. Convincente.
CONVAINCRE (*konvenkr*), v. t. (Conjuga-se como *vaincre*). Convencer.
CONVAINCU, E (*konvenkü*), adj. Convicto.
CONVALESCENCE (*kanvaléçanç*), s. f. Convalescença.
CONVALESCENT, E (*konvaléçan, t*) adj. e s. Convalescente.
CONVENABLE (*konvənabl*), adj. Conveniente.
CONVENABLEMENT (*konvənabləman*), adv. Convenientemente.

CONVENANCE (*konvənanç*), s. f. Conveniência.

CONVENANT, E (*konvənan, t*), adj. Conveniente, adequado.

CONVENIR (*konvənir*), v.i. (Conjuga-se como *venir*.) Convir; ser útil; concordar, ser conveniente. **SE CONVENIR**, v. pr. Agradar reciprocamente.

CONVENTION (*konvançion*), s. f. Convenção.

CONVENTIONALISME (*konvançionaliçm*), s. m. Convencionalismo.

CONVENTIONEL, ELLE (*convançionél*), adj. Convencional.

CONVENTIONNELLEMENT (*konvançionélman*), adv. Convencionalmente.

CONVENTUALITÉ (*konvantüalitê*), s.f. Conventualidade.

CONVENTUEL, ELLE (*konvantüél*), adj. Conventual.

CONVENTUELLEMENT (*konvantüélman*), adv. Conventualmente.

CONVERGENCE (*konvérjanç*), s. f. Convergência.

CONVERGENT, E (*konvérjan, t*), adj. Convergente.

CONVERGER (*konvérjê*), v. i. (Toma um *e* mudo depois do *g* antes de *a* e *o*: *il convergea, nous convergeons*.) Convergir; concentrar-se.

CONVERSATION (*konvérçaçion*), s. f. Conversação.

CONVERSER (*konvérçê*), v. i. Conversar.

CONVERSION (*konvérçion*), s. f. Conversão.

CONVERTI, E (*konvérti*), s. Convertido.

CONVERTIBILITÉ (*konvértibilitê*), s. f. Convertibilidade.

CONVERTIBLE (*konvértibl*), adj. Convertível, conversível.

CONVERTIR (*konvértir*), v. t. Converter.

CONVERTISSABLE (*konvértiçabl*), adj. Conversível.

CONVERTISSEMENT (*konvértiçman*), s. m. Conversão.

CONVERTISSEUR (*konvértiçër*), s. m. Convertedor; conversor; transformador.

CONVEXE (*konvékç*), adj. Convexo.

CONVEXITÉ (*konvékçitê*), s. f. Convexidade.

CONVICT (*konvikt*), s. m. Convicto.

CONVICTION (*konvikçion*), s. f. Convicção.

CONVIÉ, E (*konviê*), s. Convidado.

CONVIER (*konviê*), v. t. (Conjuga-se como *prier*.) Convidar.

CONVIVE (*konviv*), s. Conviva.

CONVOCATION (*konvokaçion*), s. f. Convocação.

CONVOI (*konvuá*), s. m. Comboio. Enterro.

CONVOIMENT ou **CONVOYAGE** (*konvuaman ou kovuaiaj*), s.m. Escolta de um grupo de navios, comboio.

CONVOITABLE (*konvuatabl*), adj. Cobiçável.

CONVOITER (*konvuatê*), v. t. Cobiçar.

CONVOITEUR, EUSE (*konvuatër, ëz*), adj. Aquele que cobiça, cobiçoso.

CONVOITISE (*konvuatiz*), s. f. Cobiça.

CONVOL (*konvól*), s. m. Novas núpcias.

CONVOLER (*konvolê*), v.t. Tornar a casar.

CONVOQUER (*konvokê*), v. t. Convocar.

CONVOYER (*konvuaiê*), v. t. (Conjuga-se como *aboyer*.) Escoltar, comboiar.

CONVOYEUR (*konvuaiër*), s. m. Comboieiro.

CONVULSÉ, E (*konvülçê*), adj. Convulso, contraído, crispado.

CONVULSIF, IVE (*konvülçif, iv*), adj. Convulsivo.

CONVULSION (*konvülçion*), s. f. Convulsão.

CONVULSIONNAIRE (*konvülçionér*), adj. e s. Convulsionário.

CONVULSIONNER (*konvülçionê*), v. t. Convulsionar.

CONVULSIVEMENT (*konvülçivman*), adv. Convulsivamente.

COOPÉRATEUR, TRICE (*koopêratër, triç*), s. Cooperador.

COOPÉRATIF, IVE (*koopêratif, iv*), adj. Cooperativo.

COOPÉRATION (*koopêraçion*), s. f. Cooperação.

COOPÉRATISME (*koopêratiçm*), s. m. Cooperativismo.

COOPÉRER (*koopêrê*), v. i. (Conjuga-se como *accélérer*.) Cooperar.

COORDINATION (*koordinaçion*), s. f. Coordenação.

COORDONNATEUR, TRICE (*koordonatër, triç*), adj. Coordenador.

COORDONNÉ, E (*koordonê*), adj. Coordenado.

COORDONNER (*koordonê*), v. t. Coordenar.

COPAIN (*kopen*), s. m. *Fam*. Colega, companheiro.

COPARTAGE (*kopartaj*), s. m. Compartilha.

COPARTAGEANT, E (*kopartajan, t*), adj. e s. Participante, sócio na partilha.

COPARTAGER (*kopartajê*), v. t. (Toma um *e* mudo depois *g* antes de *a* e *o*: *il copartagea, nous copartageons*.) Compartilhar.

COPARTICIPANT (*kopartiçipan*), s. m. Co-participante.

COPARTICIPATION (*kopartiçipaçion*), s. f. Co-participação.

COPHTE (*kóft*), adj. e s. V. **COPTE**.

COPIE (*kopi*), s. f. Cópia, traslado; folha. *Fig*. Imitação, plágio.

COPIER (*kopiê*), v. t. (Conjuga-se como *prier*.) Copiar. *Fig*. Imitar.

COPIEUSEMENT (*kopiëzman*) adv. Co-

piosamente.
COPIEUX, EUSE (*kopiẽ, z*), adj. Copioso, abundante.
COPISTE (*kopiçt*), s. Copista.
COPOSSÉDER (*kopoçêdê*), v.t. (Conjuga-se como *accélérer*.) Possuir em comum.
COPOSSESSION (*kopoçéçion*), s. f. Posse em comum.
COPROPRIÉTAIRE (*kopropriêtér*), s. Co-proprietário.
COPROPRIÉTÉ (*kopropriêtê*), s. f. Co-propriedade.
COPTE (*kópt*), adj. e s Copta, cristão egípcio.
COPTER (*koptê*), v. t. Badalar.
COPULATIF, IVE (*kopülatif, iv*), adj. Copulativo.
COPULATION (*kopülaçion*), s. f. Copulação, ajuntamento.
COPULE (*kopül*), s. f. Cópula.
COQ (*kók*), s. m. Galo; cozinheiro de bordo. *Au chant du coq*, ao amanhecer. *Coq d'Inde*, peru. *Être comme un coq en pâte*, viver às mil maravilhas.
COQ-À-L'ÂNE (*kókalan'*), s. m. inv. Discurso sem nexo.
COQUARD (*kokar*), s. m. Galo velho; velho gaiteiro.
COQUE (*kók*), s. f. Casca; casulo do bicho-da-seda; nó do cabelo; casco (de navio ou de avião).
COQUEBIN (*kokben*), s. m. Néscio, parvo.
COQUELICOT (*koklikô*), s. Papoula.
COQUELUCHE (*koklüch*), s. f. Coqueluche.
COQUELUCHON (*koklüchon*), s. m. Capuz.
COQUEMAR (*kokmar*), s. m Chaleira com asa.
COQUERICO (*kokərikô*), V. **COCORICO**.
COQUERIE (*kokəri*), s.f. Cozinha de bordo; cozinha de marinheiro.
COQUERIQUER (*kokərikê*), v. i. Cocoricar.
COQUET, ETTE (*koké, ét*), adj. e s. Coquete, galante, garrido. S. f. Mulher galante.
COQUETER (*koktê*), v. t. (Dobra o *t* antes de sílaba muda: *elle coquette*.) Usar de coquetismo.
COQUETIER (*koktiê*), s. m. Galinheiro (vendedor de aves e ovos); vaso para servir ovos quentes.
COQUETIÈRE (*koktiér*), s. f. Vaso para preparar ovos quentes.
COQUETTEMENT (*kokétman*), adv. Galantemente.
COQUETTERIE (*kokétəri*), s. f. Coquetismo, garridice, galanteria.
COQUILLAGE (*kokiiaj*), s. m. Molusco; marisco.
COQUILLART (*kokiiar*), s. m. Pedra calcária que contém conchas.
COQUILLE (*kokii*), s.f. Concha, casca de ovos, de nozes, etc. Assadeira. Copo da espada. *Tip.* Uma letra por outra.
COQUILLER (*kokiiê*), v. i. Empolar-se (a côdea do pão).
COQUIN, E (*koken, in'*), s. Maroto, tratante, patife; espertalhão. *Fam. Petit coquin*, pequeno levado, diabinho (uma criança).
CONQUINERIE (*kokinəri*), s. f. Velhacaria, patifaria.
COR (*kór*), s. m. Calo. Trombeta; corne; buzina de caça. Tocador desses instrumentos. *À cor et à cri*, loc. adv. Com grande estardalhaço, imperativamente.
CORAIL (*korai*), s. m. Coral. Pl.: *des coraux*.
CORAILLEUR (*koraiẽr*), adj. e s. m. Coraleiro.
CORALLIEN, ENNE (*koralien, én'*), adj. Coralíneo.
CORALLIFÈRE (*koralifér*), adj. Coralífero.
CORALLIGÈNE (*koralijén'*), adj. Coraligeno.
CORALLIN, E (*koralen, in'*), adj. Coralino.
CORBEAU (*kórbô*), s. m. Corvo. Pl.: *des corbeaux*.
CORBEILLE (*kórbéii*), s. f. Cesto.
CORBILLARD (*kórbiiar*), s. m. Rabecão, carro fúnebre.
CORBILLAT (*kórbiiá*), s. m. Corvinho, urubuzinho.
CORBILLON (*kórbiion*), s. m. Cestinho, jogo de prendas.
CORBLEU! (*kórblẽ*), interj. Com a fortuna! Com a breca!
CORDAGE (*kórdaj*), s. m. Cordame; medição de lenha.
CORDE (*kórd*), s. f. Corda, cabo. *Fig.* Suplício da forca.
CORDÉ, E (*kórdê*), adj. Cordiforme.
CORDEAU (*kórdô*), s. m. Cordel; estopim. Pl.: *des cordeaux*.
CORDÉE (*kórdê*), s. f. O que abrange uma corda; linha com um ou vários anzóis. *Fig.* Enfiada.
CORDELER (*kórdəlê*), v. t. (Dobra o *l* antes de sílaba muda: *je cordelle*.) Torcer em forma de corda.
CORDELIER (*kórdəliê*), s. Frade franciscano.
CORDELIÈRE (*kórdəliér*), s. f. Cordão de frade ou freira; religiosa franciscana.
CORDER (*kórdê*), v. t. Torcer; fazer cordas; amarrar com cordas; medir lenha à corda.
CORDERIE (*kórdəri*), s. f. Cordoaria.
CORDIAL, E, AUX (*kórdial, ô*), adj. Cordial.

CORDIALEMENT (*kórdialman*), adv. Cordialmente.
CORDIALITÉ (*kórdialitê*), s. f. Cordialidade.
CORDIER (*kórdiê*), s. m. Cordoeiro.
CORDIFORME (*kórdifórm*), adj. Cordiforme.
CORDILLÈRE (*kórdiiér*), s. f. Cordilheira.
CORDON (*kórdon*), s. m. Cordão; cordel; serrilha; cerca de erva; renda de árvores.
CORDON-BLEU (*kórdonblë*), s. m. *Fam.* Cozinheira hábil. Pl.: *des cordons-bleus.*
CORDONNER (*kórdonê*), v. t. Retorcer (em forma de cordão).
CORDONNERIE (*kórdonəri*), s. f. Sapataria; ofício de sapateiro.
CORDONNET (*kórdoné*), s. m. Pequeno córdão, trancelim.
CORDONNIER, ÈRE (*kórdoniê, ér*), s. Sapateiro.
CORÉEN, ENNE (*korêen, én'*), adj. e s. Coreano.
CORÉLIGIONNAIRE (*korêlijionér*), s. Correligionário.
CORIACE (*koriaç*), adj. Coriáceo. *Fig.* Teimoso.
CORIACÉ, E (*koriacê*), adj. Coriáceo.
CORINTHIEN, ENNE (*korentien, én'*), adj. e s. Corintiano.
CORME (*kórm*), s. f. *Bot.* Sorva.
CORMIER (*kormiê*), s. m. *Bot.* Sorveira.
CORNAC (*kornak*), s. m. Cornaca.
CORNAGE (*kornaj*), s. m. Cornadura.
CORNALINE (*kórnalin'*), s. f. Cornalina.
CORNE (*kórn*), s. f. Chifre, ponta; casco, unha de certos animais; calçadeira de chifre; buzina de chifre; corneta, sirene; antena dos insetos; cume de uma montanha.
CORNÉ, E (*kornê*), adj. Córneo.
CORNÉE (*kornê*), s. f. Córnea.
CORNEILLE (*kórnéii*), s. f. *Zool.* Gralha.
CORNÉLIEN, ENNE (*kornêlien, én'*), adj. Corneliano.
CORNEMENT (*kornəman*), s.m. Zumbido nos ouvidos; ruído de um tubo de vapor aberto.
CORNEMUSE (*kornəmüz*), s. f. Gaita de foles.
CORNER (*kornê*), v. i. Buzinar; zumbir, sentir zumbidos nos ouvidos; marrar. V. t. Fazer dobras no papel. *Fig.* Propalar, divulgar.
CORNER (*kórnér*), s. m. *Esp.* Córner.
CORNET (*korné*), s. m. Corneta, buzina. Tinteiro portátil.
CORNETTE (*kórnét*), s. f. Coifa ou touca de religiosa; estandarte de cavalaria; bandeira.
CORNETTISTE (*kornétiçt*), s. m. Cornetista.
CORNEUR (*kórnër*), s. m. Trombeteiro, trompista.
CORNICHE (*kornich*), s. f. Cornija.
CORNICHON (*kornichon*), s. m. Cornicho, pepino pequeno. *Fig.* Imbecil.
CORNIER, ÈRE (*kórniê, ér*), adj. Angular, esquinado.
CORNIQUE (*kornik*), adj. Córneo.
CORNISTE (*korniçt*), s.m. Corneteiro.
CORNU, E (*kornü*), adj. Cornífero. *Fig.* Estragável, quimérico.
COROLLAIRE (*korolér*), s. m. Corolário.
COROLLE (*koról*), s. f. Corola.
CORONAIRE (*koronér*), adj. e s. Coronário.
CORONAL, E, AUX (*koronal, ô*), adj. Coronal.
CORPORAL (*korporal*), s. m. Corporal. Pl.: *des corporaux.*
CORPORATIF, IVE (*korporatif, iv*), adj. Corporativo.
CORPORATION (*korporaçion*), s.f. Corporação.
CORPOREL, ELLE (*kórporél*), adj. Corporal.
CORPORELLEMENT (*korporélman*), adv. Corporalmente.
CORPS (*kór*), s. m. Corpo, corporação. *Fig.* Solidez, resistência. *Saisir à bras le corps,* segurar nos seus braços. Loc. adv. *Corps et âme,* inteiramente; *à corps perdu,* completamente; *corps à corps,* corpo a corpo; *à son corps défendant,* com relutância. Pl.: *des corps.*
CORPULENCE (*korpülanç*), s. f. Corpulência.
CORPULENT, E (*korpülan, t*), adj. Corpulento.
CORPUSCULAIRE (*korpüçkülér*), adj. Corpuscular.
CORPUSCULE (*korpüçkul*), s. m. Corpúsculo.
CORRECT, E (*korékt*), adj Correto.
CORRECTEMENT (*koréktman*), adv. Corretamente.
CORRECTEUR, TRICE (*koréktër, triç*), s. Revisor de provas.
CORRECTIF, IVE (*korékitif, iv*), adj. Corretivo.
CORRECTION (*korékçion*), s. f. Correção.
CORRECTIONNALISATION (*korékçionalizaçion*), s. f. Transformação de um processo criminal em processo correcional.
CORRECTIONNALISER (*korékçionalizê*), v. t. Transformar um processo criminal em correcional.
CORRECTIONNEL, ELLE (*korékçıonél*), adj. Correcional.
CORRECTIONNELLEMENT (*korékçionélman*), adv. Correcionalmente.
CORRÉGIDOR (*korêjidór*), s. m. Corregedor.
CORRÉLATIF, IVE (*korêlatif, iv*) adj. Correlativo.
CORRÉLATION (*korêlaçion*), s. f. Correlação.

CORRESPONDANCE (*koréçpondanç*), s. f. Correspondência.
CORRESPONDANCIER, ÈRE (*koréçpondançiê, ér*), s. Encarregado de correspondência comercial.
CORRESPONDANT, E (*koréçpondan, t*), adj. Correspondente.
CORRESPONDRE (*koréçpondr*), v. i. Corresponder.
CORRIDA (*koridá*), s. f. Tourada, corrida de touros.
CORRIDOR (*koridór*), s. m. Corredor.
CORRIGER (*korijê*), v. t. (Toma um *e* mudo depois do *g* antes de *a* e *o*: *il corrigea, nous corrigeons.*) Corrigir.
CORRIGEUR (*korijĕr*), s. m. Tipógrafo que executa as emendas.
CORRIGIBLE (*korijibl*), adj. Corrigível.
CORROBORANT, E (*koroboran, t*), adj. Corroborante.
CORROBORATIF, IVE (*koroboratif, iv*), adj. Corroborativo.
CORROBORATION (*koroboraçion*), s. f. Corroboração.
CORROBORER (*koroborê*), v. t. Corroborar.
CORRODANT, E (*korodan, t*), adj. Corrosivo, roedor.
CORRODER (*korodê*), v. t. Corroer, consumir.
CORROI (*koruá*), s. m. Curtimento de couros.
CORROIERIE (*koruari*), s. f. Curtume.
CORROMPRE (*koronpr*), v. t. Corromper; seduzir.
CORROSIF, IVE (*korozif, iv*), adj. Corrosivo.
CORROSION (*korozion*), s. f. Corrosão.
CORROYAGE (*koruaiaj*), s. m. Curtimento; ofício de curtidor; soldadura a quente de barras de ferro.
CORROYER (*koruaiê*), v. t. (Conjuga-se como *aboyer.*) Curtir; desbastar madeira; soldar a quente; amarrar; rebocar.
CORRUPTEUR, TRICE (*korüptĕr, triç*), adj. Corruptor, subornador.
CORRUPTIBILITÉ (*korüptibilitê*), s. f. Corruptibilidade.
CORRUPTIBLE (*korüptibl*), adj. Corruptível.
CORRUPTION (*korüpçion*), s. f. Corrupção.
CORSAGE (*kórçaj*), s. m. Corpo de vestido; corpete.
CORSAIRE (*kórçér*), s. m. Corsário, pirata. *Fig.* Homem cruel.
CORSÉ, E (*kórçê*), adj. Encorpado, sólido, forte. *Fig.* Distinto, famoso, abundante.
CORSER (*kórçê*), v. t. Encorpar, dar corpo; reforçar; dar força, cheiro ou sabor ativo.
CORSET (*kórçé*), s. m. Espartilho.
CORSETIER, ÈRE (*kórçotiê, ér*), s. Espartilheiro.
CORTÈGE (*kórtéj*), s. m. Cortejo.
CORTICAL, E, AUX (*kórtikal, ô*), adj. Cortical.
CORUSCANT, E (*kórüçkan, t*), adj. Coruscante.
CORVÉABLE (*kórvêabl*), adj. Sujeito à corvéia.
CORVÉE (*kórvê*), s. f. Corvéia.
CORVETTE (*kórvét*), s. f. Corveta.
CORYPHÉE (*korifê*), s. m. Corifeu.
CORYZA (*korizá*), s. m. Coriza.
COSAQUE (*kozak*), s. m. Cossaco. *Fig.* Homem cruel.
COSÉCANTE (*koçêkant*), s. f. *Geom.* Co-secante.
COSIGNATAIRE (*koçinhatér*), s. e adj. Co-signatário.
COSMÉTIQUE (*kóçmêtik*), adj. Cosmético.
COSMODROME (*kóçmodrôm*), s. m. Base para naves cósmicas.
COSMOGONIE (*kóçmogoni*), s. f. Cosmogonia.
COSMOGONIQUE (*kóçmogonik*), adj. Cosmogônico.
COSMOGRAPHE (*kóçmograf*), s. m. Cosmógrafo.
COSMOGRAPHIE (*kóçmografi*), s. m. Cosmografia.
COSMOGRAPHIQUE (*kóçmografik*), adj. Cosmográfico.
COSMOLOGIE (*kóçmoloji*), s. f. Cosmologia.
COSMOPOLITE (*kóçmopolit*), s. Cosmopolita.
COSMOPOLITISME (*kóçmopolitiçm*), s. m. Cosmopolitismo.
COSMOS (*kóçmóç*), s. m. Cosmo.
COSSE (*kóç*), s. f. Vagem, casca.
COSSER (*koçê*), v. t. Marrar (o carneiro). *Fig.* Lutar.
COSSU, E (*koçü*), adj. Cheio de vagens. *Fig.* Rico.
COSTAL, E, AUX (*koçtal, ô*), adj. Costal.
COSTAUD ou **COSTEAU** (*kóçtô*), adj. e s. *Pop.* Forte, atarracado. Pl.: *des costauds* ou *costeaux.*
COSTUME (*kóçtüm'*), s. m. Trajo, vestuário; uniforme.
COSTUMÉ, E (*kóçtümê*), adj. Vestido em trajo especial, costumado.
COSTUMER (*kóçtümê*), v. t. Vestir com trajo especial, costumar.
COSTUMIER, ÈRE (*kóçtümiê, ér*), s. Guarda-roupas; o que vende ou aluga roupas.
COTANGENTE (*kotanjant*), s. f. *Geom.* Co-tangente.
COTATION (*kotaçion*), s. f. Cotação.
COTE (*kót*), s. f. Cota ou quota (cotação de fundos). *Une cote mal taillée,* uma conta falsa.
CÔTE (*kôt*), s. f. Costela; litoral; costa. *Côte à côte,* loc. adv. Lado a lado.
CÔTÉ (*kôtê*), s. m. Lado; flanco. *Fig.*

Face, aspecto; partido. *Tirer de son côté*, separar-se, fazer sua vida à parte.
COTEAU (*kotô*), s. m. Outeiro, colina. Pl.: *des coteaux*.
CÔTELÉ, E (*kôtlê*), adj. Cheio de costelas, de nervuras, de saliências.
CÔTELETTE (*kôtlét*) s. f. Costeleta de carneiro, de porco, de vitela, etc; suiças.
COTER (*kotê*), v.t. Cotar, marcar o preço; numerar. *Fig.* Considerar, estimar.
CÔTIER, ÈRE (*kôtiê, ér*), adj. Costeiro. s. m. Navio costeiro.
COTILLON (*kotiion*), s. m. Anágua, saia de baixo. Cotilhão.
COTIR (*kotir*), v. t. Pisar, esborrachar (a fruta).
COTISATION (*kotizaçion*), s. f. Cotização.
COTISER (*kotizê*), v. t. Cotizar.
COTISSURE (*kotiçür*), s. f. Pisadura (na fruta).
COTON (*koton*), s. m. Algodão.
COTONNADE (*kotonad*), s.f. Tecidos de algodão.
COTONNÉ, E (*kotonê*), adj. Guarnecido ou coberto de algodão; penugem. *Fig.* Dificuldade.
COTONNER (SE) (*çəkotonê*), v. pr. Cobrir-se de penugem (falando do tecido e dos frutos).
COTONNERIE (*kotonəri*), s.f. Algodoaria; algodoal.
COTONNEUX, EUSE (*kotonẽ, ẽz*), adj. Felpudo; cotonífero; mole, esponjoso.
COTONNIER, ÈRE (*kotoniê, ér*), adj. Algodoeiro, operário de fábrica de algodão.
CÔTOYER (*kotuaiê*), v. t. (Conjuga-se como *aboyer*.) Costear.
COTTAGE (*kotédj*), s.m. Pequena casa de campo.
COTTE (*kót*), s. f. Cota (de guerreiro). S. m. Peixe do mar.
COTUTEUR, TRICE (*kotütĕr, triç*), s. Co-tutor.
COTYLE (*kotil*), s. f. Cótilo.
COTYLÉDON (*kotilêdon*), s. m. Cotilédone.
COU ou **COL** (*ku* ou *kól*), s. m. Pescoço, colo; gargalo.
COUARD, E (*kuar, d*), adj. e s. Covarde, poltrão.
COUARDISE (*kuardiz*), s. f. Covardia.
COUCHAGE (*kuchaj*), s. m. Dormida, pertences de uma cama; acamação de sementes para germinarem.
COUCHANT, E (*kuchan, t*), adj. e s. m. *Au soleil couchant*, ao pôr-do-sol, ao poente. *Fig.* Velhice.
COUCHE (*kuch*), s. f. Cama, leito; roupa de criança; camada; matrimônio; parto.
COUCHÉE (*kuchê*), adj. Dormida em viagem, pousada; ceia e cama numa estalagem.
COUCHER (*kuchê*), v. t. Deitar; acamar; pagar. *Fig.* Matar; inscrever. V. i. Pernoitar; pôr-se. *Fig.* Desaparecer. *Coucher en joue*, visar, fazer mira. S. m. O deitar, ocaso. *Coucher du soleil*, pôr-do-sol.
COUCHETTE (*kuchét*), s.f. Cama pequena.
COUCHEUR, EUSE (*kuchĕr, ẽz*), s. Companheiro de cama.
COUCHOIR (*kuchuar*), s. m. Espátula de dourador.
COUCI-COUÇA (*kuçikuçá*), loc. adv. Nem bem, nem mal.
COUCOU (*kuku*), s. m. Cuco (ave; relógio); pequena carruagem.
COUDE (*kud*), s. m. Cotovelo; esquina; recanto. *Jouer des coudes*, abrir passagem. *Se sentir les coudes*, estar cercado de amigos.
COUDÉE (*kudê*), s. f. Côvado. *Avoir les coudées franches*, gozar de inteira liberdade.
COU-DE-PIED (*kudpiê*), s. m. Peito do pé. Pl.: *des cous-de-pied*.
COUDER (*kudê*), v. t. Dobrar, curvar.
COUDOIEMENT (*kuduaman*), s. m. Acotovelamento.
COUDOYER (*kuduaiê*), v. t. (Conjuga-se como *aboyer*.) Acotovelar.
COUDRAIE (*kudré*), s. f. Avelanal.
COUDRE (*kudr*), v. t. (*Je couds, nous cousons. Je cousais, nous cousions. Je cousis, nous cousîmes. Je coudrai, nous coudrons. Je coudrais, nous coudrions. Couds, cousons, cousez. Que je couse, que nous cousions. Que je cousisse, que nous cousissions. Cousant. Cousu, e.*) Coser.
COUDRIER ou **COUDRE** (*kudriê* ou *kudr*), s. m. *Bot.* Aveleira.
COUENNE (*kuen'*), s. f. Pele de porco raspada.
COUENNEUX, EUSE (*kuenẽ, ẽz*), adj. Corticento.
COUETTE (*kuét*), s. f. Rabo; pequena cauda; colchão de penas.
COUFFE (*kuf*), s.f. Cesto.
COULAGE (*kulaj*), s. m. Escoamento, vazamento; moldagem. *Fig.* Desperdício.
COULANT (*kulan*), s. m. Passadeira (anel ou argola móvel).
COULANT, E (*kulan, t*), adj. Corrente, fluente.
COULER (*kulê*), v. t. Correr, escoar, vazar. *Fig.* Segredar.
COULEUR (*kulĕr*), s. f. Cor, tinta. *Fig.* Aparência.
COULEUVRE (*kulĕvr*), s. f. Cobra. *Fig.* Veneno; afronta.
COULEUVREAU (*kulĕvrô*), s. m. Filhote de cobra. Pl.: *des couleuvreaux*.
COULIS (*kuli*), s. m. Caldo coado. Pl.: *des coulis*.
COULISSE (*kuliç*), s. f. Corrediça; bastidor de teatro. Bainha para enfiar cordão.
COULISSÉ, E (*kuliçê*), adj. Guarnecido

de corrediças.

COULISSEAU (*kuliçô*), s. m. Pequena corrediça; plana; lingüeta. Pl.: *des coulisseaux*.

COULISSEMENT (*kuliçman*), s. m. Desligamento numa corrediça.

COULISSER (*kuliçê*), v. t. Guarnecer de corrediças. V. i. Desligar em corrediças.

COULOIR (*kuluar*), s. m. Corredor.

COULOIRE (*kuluar*), s. f. Coador, passador.

COULPE (*kulp*), s. f. Culpa, falta, pecado.

COUP (*ku*), s. m. Pancada, golpe; tiro; bote; gole; vez, ocasião, ação; lance; desgraça, azar. *Coup de poing*, soco. *Coup de théâtre*, cena inesperada. *Pour le coup*, desta vez. *Tenir le coup*, resistir. *Manquer son coup*, falhar. *Esp. Coup de pied de but*, tiro de meta (futebol). *Coup franc direct*, tiro direto (futebol). *Coup franc indirect*, tiro indireto (futebol). Loc. adv.: *Tout à coup*, de repente; *à tout coup*, a cada instante: *encore un coup*, uma vez mais; *à coup sûr*, com certeza; *tout d'un coup*, de uma só vez; *après coup*, tarde demais.

COUPABLE (*kupabl*), adj. e s. Culpado.

COUPAGE (*kupaj*), s. m. Corte: mistura de vinhos; junção de água a um líquido.

COUPANT, E (*kupan, t*), adj. Cortante. S. m. Corte, fio.

COUPE (*kup*), s. f. Corte; talhe, forma, perfil; disposição das pausas no verso; taça; pia. *Vider sa coupe jusqu'à la lie*, beber o cálice de fel.

COUPÉ, E (*kupê*), adj. Cortado, dividido, misturado com outro líquido. S. m. Cupê.

COUPÉE (*kupê*), s. f. Portinhola no costado de um navio.

COUPE-GORGE (*kupgórj*), s. m. inv. Encruzilhada; lugar perigoso.

COUPE-JARRET (*kupəjaré*), s. m. Bandido. Pl.: *des coupe-jarrets*.

COUPE-LÉGUMES (*kuplêgüm'*), s. m. inv. Corta-legumes.

COUPE-PAPIER (*kupəpapiê*), s. m. inv. Corta-papel.

COUPER (*kupê*), v. t. Cortar, talhar; destruir; misturar um líquido com outro. *Couper court à*, pôr fim a. **SE COUPER**, v. pr. Cortar-se; contradizer-se.

COUPEUR, EUSE (*kupĕr, ëz*), s. Cortador de roupas, calçados, etc.

COUPE-VENT (*kupvan*), s. m. inv. Corta-vento.

COUPLE (*kupl*), s. f. Par, parelha; trela. S. m. Casal.

COUPLEMENT (*kupləman*), s.m. Emparelhamento.

COUPLER (*kuplê*), v. t. Emparelhar, reunir, juntar; atrelar dois a dois.

COUPLET (*kuplé*), s. m. Copla, tirada.

COUPLEUR (*kuplĕr*), s. m. V. **CONJONCTEUR**.

COUPOLE (*kupól*), s. f. Cúpula.

COUPON (*kupon*), s. m. Retalho, corte de uma peça, calça ou vestido.

COUPURE (*kupür*), s. f. Cortadura, corte, golpe; fração de um título.

COUR (*kur*), s. f. Corte, tribunal superior; pátio. *Fig.* Respeitos, homenagens para cativar as boas graças de alguém. *Être bien en cour*, gozar da consideração de todos.

COURAGE (*kuraj*), s. m. Coragem, audácia, firmeza. *Fig.* Sensibilidade. *Prendre son courage à deux mains*, tomar coragem.

COURAGEUSEMENT (*kurajëzman*), adv. Corajosamente.

COURAGEUX, EUSE (*kurajë, ëz*), adj. Corajoso.

COURAMMENT (*kuraman*), adv. Correntemente.

COURANT (*kuran*), s. m. Corrente, mês corrente. *Être au courant de*, estar a par de. *Tenir au courant*, informar.

COURANT, E (*kuran, t*), adj. Corrente; corredor. *Fig.* Rápido.

COURBATU, E (*kurbatü*), adj. Extenuado; aguado ou cansado (o cavalo)

COURBATURE (*kurbatür*), s. f. Fadiga, cansaço; aguamento nos cavalos.

COURBATURER (*kurbatürê*), v. t. Fatigar, cansar.

COURBE (*kurb*), adj. Curvo. s. f. Curva.

COURBEMENT (*kurbəman*), s. m. Curvatura.

COURBER (*kurbê*), v. t. Curvar, baixar, dobrar. **SE COURBER**, v. pr. Curvar-se. *Fig.* Humilhar-se.

COURBURE (*kurbür*), s. f. Curvatura.

COURETTE (*kurét*), s. f. Pátio pequeno.

COUREUR, EUSE (*kurĕr, ëz*), s. Corredor, andador, andarilho; correio a pé. *Mil.* Explorador. *Fam.* Homem volúvel; pessoa que anda atrás de situações ou cargos.

COURGE (*kurj*), s. f. Abóbora; aboboreira.

COURGETTE (*kurjét*), s. f. Abobrinha.

COURIR (*kurir*), v. i. (*Je cours, nous courons. Je courais. Je courus. Je courrai. Je courrais. Cours, courons, courez. Que je coure. Que je courusse. Courant. Couru, e.*) Correr, vadiar. *Fig.* Decorrer, passar (o tempo); espalhar-se; circular. *Courir sus à*, perseguir. V. t. Percorrer; freqüentar.

COURLIS ou **COURLIEU** (*kurli* ou *kurlië*), s. m. Maçarico-real. Pl.: *des courlis* ou *courlieux*.

COURONNE (*kurón'*), s. f. Coroa. *Fig.* Soberania, realeza; reino, império; soberano; glória, recompensa.

COURONNÉ, E (*kuronê*), adj. Coroado; rodeado; premiado.

COURONNEMENT (*kuronəman*), s. m. Coroamento; acabamento, remate, aper-

feiçoamento.
COURONNER (*kuronê*), v. t. Coroar. *Fig.* Premiar; concluir.
COURRIER (*kuriê*), s. m. Correio, correspondência postal.
COURRIÉRISTE (*kuriériçt*), s. m. Jornalista que faz a crônica real.
COURROIE (*kuruá*), s. f. Correia, tira de couro.
COURROUCER (*kuruçê*), v. t. (O *c* leva uma cedilha antes de *a* e *o*: *il courrouça, nous courrouçons.*) Irritar, enfurecer.
COURROUX (*kuru*), s. m. Cólera, irritação. Pl.: *des courroux.*
COURS (*kur*), s. m. Curso, duração. Passeio público arborizado. Preço, valor. Lições. Tratado. *Avoir cours*, valer. *En cours de route*, loc. adv. Durante o percurso. Pl.: *des cours.*
COURSE (*kurç*), s. f. Curso; carreira, corrida; diligência. *Fam.* Voltas, recados. *Mil.* Incursão hostil.
COURSIER, ÈRE (*kurciê, ér*), s. Corcel, cavalo de batalha, ginete; empregado.
COURSIVE (*kurçiv*), s. f. Cursiva.
COURT, E (*kur, t*), adj. Curto. Adv. Brevemente. *Être à court de*, ter pouco, precisar de. *Être pris de court*, ter de menos, ficar na mão. *Demeurer court*, esquecer o que se queria dizer. *Couper court*, interromper. *Tourner court*, mudar bruscamente de direção. *Tout court*, loc. adv. Sem mais nada.
COURT (*kórt*), s. m. Campo de tênis.
COURT-CIRCUIT (*kurçikūi*), s. m. Curto-circuito. Pl.: *des court-circuits.*
COURTIL (*kurti*), s. m. Horta ou jardim pequeno.
COURTISAN (*kurtizan*), s. m. Cortesão. *Fig.* Adulador.
COURTISANE (*kurtizan'*), s. f. Cortesã.
COURTISANNERIE (*kurtizanəri*), s. f. Cortesania, adulação.
COURTISER (*kurtizê*), v. t. Cortejar, galantear; adular.
COURTOIS, E (*kurtuá, z*), adj. Cortês, urbano.
COURTOISEMENT (*kurtuazman*), adv. Cortesmente.
COURTOISIE (*kurtuazi*), s. f. Cortesia, urbanidade.
COURU, E (*kurū*), adj. Procurado. *Fig.* Seguro, certo.
COUSEUSE (*kuzẹ̈z*), s. f. Cosedora.
COUSIN, E (*kuzen, in'*), s. Primo.
COUSINAGE (*kuzinaj*), s. m. Parentesco de primo.
COUSINER (*kuzinê*), v. t. Tratar por primo. V. i. *Fig.* Viver em boa harmonia; dar-se bem; ser parasita.
COUSINIÈRE (*kuziniér*), s. f. Mosquiteiro.
COUSSIN (*kuçen*), s. f. Almofada.
COUSU, E (*kuzū*), adj. Cosido. *Fig.* Unido, ligado. *Cousu d'or*, muito rico.
COÛT (*ku*), s. m. Custo, preço.
COUTEAU (*kutô*), s. m. Faca. *Être à couteaux tirés avec*, estar brigado com. Pl.: *des couteaux.*
COUTELAS (*kutəlá*), s. m. Espada curta e larga; facão de cozinha. Pl.: *des coutelas.*
COUTELIER (*kutəliê*), s. m. Cuteleiro.
COUTELLERIE (*kutélri*), s. f. Cutelaria.
COÛTER (*kutê*), v. i. Custar, importar; ser custoso. *Coûte que coûte*, custe o que custar. V. t. Causar.
COÛTEUSEMENT (*kutëzman*), adv. Custosamente.
COÛTEUX, EUSE (*kutë, ëz*) adj. Custoso.
COUTUME (*kutüm'*), s. f. Costume; hábito. *Avoir coutume de*, ter o hábito de.
COUTUMIER, ÈRE (*kutümiê, ér*), adj. Acostumado, habituado, habitual, ordinário.
COUTURE (*kutür*), s. f. Costura; cicatriz. *Battre à plate couture*, derrotar completamente.
COUTURER (*kutürê*), v. t. Costurar.
COUTURIER (*kutüriê*), s. e adj. m. Alfaiate, costureiro.
COUTURIÈRE (*kutüriér*), s. f. Costureira; modista.
COUVAISON (*kuvézon*), s. f. Incubação.
COUVÉE (*kuvê*), s. f. Ninhada.
COUVENT (*kuvan*), s. m. Convento.
COUVER (*kouvê*), v. t. Chocar, incubar. *Fig.* Alimentar; preparar secretamente. V. i. Propagar-se por; abaixo de; manter-se; preparar-se.
COUVERCLE (*kuvérkl*), s. m. Tampa.
COUVERT (*kuvér*), s. m. Serviço de mesa; talher; casa; abrigo; capa, sobretudo. *Mettre le couvert*, pôr a mesa. *Sous le couvert de*, sob a aparência de. *À couvert*, loc. adv. Em segurança, ao abrigo.
COUVERT, E (*kuvér, t*), adj. Coberto, tapado; justificado; carregado.
COUVERTE (*kuvért*), s. f. Verniz ou esmalte da casa; coberta, manta.
COUVERTURE (*kuvértür*), s. f. Cobertura, cobertor; capa.
COUVEUSE (*kuvëz*), s. f. Galinha choca; chocadeira.
COUVRE-CHEF (*kuvrəchéf*), s. m. *Fam.* Chapéu. Pl.: *des couvre-chefs.*
COUVRE-FEU (*kuvrəfë*), s. m. Toque de recolher. Pl.: *des couvre-feux.* S. m. inv. Guarda-fogo (para proteção).
COUVRE-LIT (*kuvrəli*), s. m. Colcha, coberta. Pl.: *des couvre-lits.*
COUVRE-PIEDS (*kuvrəpiê*), s. m. Manta de viagem, colcha. Pl.: *des couvre-pieds.*
COUVRIR (*kuvrir*), v. t. (*Je couvre, nous couvrons. Je couvrais. Je couvris. Je couvrirai. Je couvrirais. Couvre, couvrons, couvrez. Que je couvre. Que je couvrisse. Couvrant. Couvert, e.*) Co-

brir; esconder; envolver. *Fig.* Defender.

COVENDEUR, EUSE (*kovandër, ëz*), s. Co-vendedor.

COXAL, E, AUX (*kókçal, ô*), adj. Coxal.

COXALGIE (*kókçalji*), s. f. Coxalgia.

CRABE (*krab*), s. m. Caranguejo.

CRACHAT (*krachá*), s. m. Escarro. *Fam.* Crachá.

CRACHEMENT (*krachman*), s. m. Escarro.

CRACHER (*krachê*), v. t. Escarrar.

CRACHEUR, EUSE (*krachër, ëz*), s. Escarrador, cuspidor.

CRACHOIR (*krachuar*), s. m. Escarradeira.

CRACHOTER (*krachotê*), v. i. Escarrar, cuspir a miúdo.

CRACOVIEN, ENNE (*krakovien, én'*), adj. e s. Croata. S. f. Cracoviana (dança).

CRAIE (*kré*), s. f. Giz, carbonato de cálcio.

CRAINDRE (*krendr*), v. t. (*Je crains, nous craignons. Je craignais. Je craignis. Je craindrai. Je craindrais. Crains, craignons, craignez. Que je craigne, que nous craignions. Que je craignisse. Craignant. Craint, e.*) Temer, recear; suspeitar, conjeturar.

CRAINTE (*krent*), s. f. Temor, medo.

CRAINTIF, IVE (*krentif, iv*), adj. Temeroso, medroso, receoso, tímido.

CRAINTIVEMENT (*krentivman*), adv. Receosamente.

CRAMOISI, E (*kramuazi*), adj. e s. m. Carmesim.

CRAMPE (*kranp*), s. f. Cãibra.

CRAMPON (*kranpon*), s. m. Grampo.

CRAMPONNER (*kranponê*), v. t. Grampear; engatar. **SE CRAMPONNER**, v. pr. Agarrar-se, aferrar-se.

CRAN (*kran*), s. m. Entalhe, encaixe. *Fig.* Grau. *Fam.* Coragem, audácia.

CRANE (*kran'*), s. m. Crânio. Adj. e s. m. Decidido, altivo.

CRANEMENT (*kranəman*), adv. Arrogantemente.

CRANER (*kranê*), v. i. Bazofiar, fanfarronar.

CRANERIE (*kranəri*), s. f. Valentia, decisão, arrojo.

CRANEUR, EUSE (*kranër, ëz*), s. *Fam.* Fanfarrão.

CRANIEN, ENNE (*kranien, én'*), adj. Craniano.

CRANIOLOGIE (*kranioloji*), s. f. Craniologia.

CRANIOSCOPIE (*kranioçkopi*), s. f. Cranioscopia.

CRAPAUD (*krapô*), s. m. Sapo.

CRAPAUDIÈRE (*krapôdiér*), s. f. Lugar onde há muitos sapos.

CRAPULE (*krapül*), s. f. Crápula; devassidão.

CRAPULEUSEMENT (*krapülëzman*), adv. Crapulosamente.

CRAPULEUX, EUSE (*krapülë, ëz*), adj. Crapuloso.

CRAQUELER (*kraklê*), v. t. (Dobra o *l* antes de sílaba muda: *il craquelle.*) Dar à porcelana um esmalte salpicado.

CRAQUEMENT (*krakman*), s. m. Ruído, estalido.

CRAQUER (*krakê*), v. i. Estalar, crepitar. *Fig.* Abalar-se.

CRAQUETER (*kraktê*), v. i. (Dobra o *t* antes de sílaba muda: *il craquette.*) Estalar, crepitar; gritar (a cegonha).

CRAQUEUR, EUSE (*krakër, ëz*), s. *Pop.* Mentiroso, fanfarrão.

CRASE (*kraz*), s. f. Crase.

CRASSE (*kraç*), s. f. Sujidade; cascão; escória. *Fig.* Miséria; baixa condição.

CRASSER (*kraçê*), v. t. Sujar.

CRASSEUX, EUSE (*kraçë, ëz*), adj. Sujo, imundo. *Fig.* Muito avarento.

CRATÈRE (*kratér*), s. m. Cratera.

CRAVACHE (*kravach*), s. f. Pequeno chicote.

CRAVACHER (*kravachê*), v. t. Chicotear.

CRAVATE (*kravat*), s. f. Gravata.

CRAVATER (*kravatê*), v. t. Pôr gravata em. V. i. Exagerar.

CRAWL (*krôl*), s. m. *Esp.* Crawl.

CRAYON (*kréion*), s. m. Lápis; desenho a lápis.

CRAYONNAGE (*kréionaj*), s. m. Desenho a lápis ou a carvão.

CRAYONNER (*kréionê*), s. t. Desenhar a lápis ou a carvão.

CRAYONNEUR (*kréionër*), s. m. Fraco desenhador, rabiscador.

CRÉANCE (*krêanç*), s. f. Crença, fé; confiança. *Lettre de créance*, carta de fiança.

CRÉANCIER, ÈRE (*krêançiê, ér*), s. Credor.

CRÉATEUR, TRICE (*krêatër, triç*), s. Criador.

CRÉATION (*krêaçion*), s. f. Criação.

CRÉATURE (*krêatür*), s. f. Criatura.

CRÈCHE (*kréch*), s. f. Manjedoura, presépio; creche.

CRÉDENCE (*krêdanç*), s. f. Bufê, aparador. *Liturg.* Mesa onde estão colocados os objetos necessários ao culto.

CRÉDIBILITÉ (*krêdibilitê*), s. m. Credibilidade.

CRÉDIT (*krêdi*), s. m. Crédito.

CRÉDITER (*krêditê*), v. t. Creditar.

CRÉDITEUR (*krêditër*), s. e adj. m. Credor.

CRÉDULE (*krêdül*), adj. Crédulo.

CRÉDULEMENT (*krêdülman*), adv. Credulamente.

CRÉDULITÉ (*krêdülitê*), s. f. Credulidade.

CRÉER (*krêê*), v. t. Criar, inventar, imaginar.

CRÉMAILLÈRE (*krêmaiér*), s. f. Cremalheira. *Pendre la crémaillère*, festejar a sua instalação numa nova casa.

CRÉMANT (*krêman*), adj. m. Espumante (vinho).

CRÉMATION (*krêmaçion*), s. f. Cremação.

CRÉMATOIRE (*krêmatuar*), adj. Crematório.

CRÈME (*krém'*), s. f. Creme, nata.

CRÉMER (*krêmê*), v. i. (Conjuga-se como *accélérer.*) Cobrir-se de nata. V. t. Cremar.

CRÉMERIE (*krêməri*), s. f. Leiteria, laticínio.

CRÉMEUX, EUSE (*krêmë, ëz*), adj. Cremoso.

CRÉMIER, ÈRE (*krêmiê, ér*), s. Vendedor de nata, de queijo.

CRÉNEAU (*krênô*). s. m. Ameia, seteira. Pl.: *des créneaux.*

CRÉNELÉ, E (*krênəlê*), adj. Ameado; denteado.

CRÉNELER (*krênəlê*), v. t. (Dobra o *l* antes de sílaba muda: *il crénelle.*) Guarnecer de ameias; dentar.

CRÉOLE (*krêól*), adj. e s. Crioulo (pessoa de raça branca nascida nas colônias). S. m. Dialeto crioulo.

CRÊPE (*krép*), s. m. Crepe. S. f. Bolo de massa leve, frito.

CRÊPELÉ, E ou **CRÊPELU, E** (*krêplê* ou *krêplü*), adj. Ondulado, encrespado.

CRÊPER (*krépê*), v. t. Encrespar, frisar.

CRÉPITANT, E (*krêpitan, t*), adj. Crepitante.

CRÉPITATION (*krêpitaçion*), s. f. Crepitação.

CRÉPITEMENT (*krêpitman*), s. m. Crepitação.

CRÉPITER (*krêpitê*), v. i. Crepitar.

CRÉPU, E (*krêpü*), adj. Crespo, encarapinhado.

CRÉPURE (*krépür*), s. f. Frisagem.

CRÉPUSCULAIRE (*krêpüçkülér*), adj. Crepuscular.

CRÉPUSCULE (*krëpüçkül*), s. m. Crepúsculo.

CRÊTE (*krét*), s. f. Crista.

CRÊTÉ, E (*krétê*), adj. Com crista.

CRÊTELER (*krêtəlê*), v. i. (Dobra o *l* antes de sílaba muda: *elle crételle.*) Cacarejar.

CRÉTIN, E (*krêten, in'*), s. Cretino.

CRÉTINERIE (*krêtinəri*), s. f. Cretinice.

CRÉTINISER (*krêtinizê*), v. t. Cretinizar

CRÉTINISME (*krêtiniçm*), s. m. Cretinismo.

CRÉTOIS, OISE (*krêtuá, z*), adj. e s. Cretense.

CRETONNE (*krətón'*), s. f. Cretone.

CREUSAGE ou **CREUSEMENT** (*krëzaj* ou *krëzman*), s. m. Escavação.

CREUSER (*krëzë*), v. t. Cavar, escavar; vazar; brocar.

CREUSET (*krëzé*), s. m. Cadinho, crisol; parte inferior de um alto-forno. *Fig.* Análise, prova.

CREUX, EUSE (*krë, ëz*), adj. Oco, côncavo; vazio; profundo. *Fig.* Vão, fútil. S. m. Cavidade, cova, cava. *Fig.* Vácuo.

CREVASSE (*krəvaç*), s. f. Fenda, rachadura.

CREVASSER (*krəvaçê*), v. t. Fender, gretar.

CRÈVE-CŒUR (*krévkër*), s. m. inv. Dor do coração; dissabor; despeito; paixão.

CREVER (*krəvê*), v. t. (O *e* mudo passa a *è* antes de sílaba muda: *il crèvera.*) Rebentar, arrombar, estalar, abrir. *Fig. Cela crève les yeux*, isto entra pelos olhos a dentro. V. i. Romper-se; morrer. *Crever d'orgueil, de dépit*, estar muito despeitado. *Crever de faim*, estar morrendo de fome.

CREVETTE (*krəvét*), s. f. Camarão.

CRI (*kri*), s. m. Grito; brado, pregão; guincho, chio, ruído agudo; alarido. *Fig.* Queixume, prece. *Le dernier cri*, a última novidade.

CRIAILLEMENT (*kriaiiman*), s.m. Grito ou ruído desagradável; discussão.

CRIAILLER (*kriaiê*), v. t. Fazer gritaria; berrar; vozear.

CRIANT, E (*krian, t*), adj. Gritante, gritador. *Fig.* Revoltante.

CRIARD, E (*kriar, d*), adj. e s. Gritador, ralhador; agudo.

CRIBLAGE (*kriblaj*), s. m. Crivação; joeiramento.

CRIBLE (*kribl*), s. m. Crivo, joeira.

CRIBLER (*kriblê*), v. t. Crivar, joeirar.

CRIBLEUR, EUSE (*kriblër, ëz*), s. Joeireiro.

CRIÉE (*kriê*), s. f. Leilão.

CRIER (*kriê*), v. i. (Conjuga-se como *prier.*) Gritar, berrar, exclamar; chiar. *Fig.* Publicar, apregoar. *Crier sur les toits*, proclamar aos quatro ventos.

CRIEUR, EUSE (*kriër, ëz*), s. Gritador, ralhador.

CRIME (*krim'*), s. m. Crime.

CRIMINALISTE (*kriminaliçt*), s. m. Criminalista.

CRIMINALITÉ (*kriminalitê*), s. f. Criminalidade.

CRIMINEL, ELLE (*kriminél*), adj. Criminoso.

CRIMINELLEMENT (*kriminélman*), adv. Criminosamente.

CRIMINOLOGIE (*kriminoloji*), s. f. Criminologia.

CRINIÈRE (*kriniér*), s. f. Crina (do cavalo); juba; cabeleira comprida.

CRIQUE (*krik*), s. f. *Mar.* Angra.

CRIQUET (*kriké*), s. m. Tipo de gafanhoto; cavalo pequeno e fraco. *Fig.*

Homem magro e baixo. *Pop.* Vinho de má qualidade.

CRISE (*kriz*), s. f. Crise.

CRISPATION (*kriçpaçion*), s. f. Crispação.

CRISPER (*kriçpê*), s. f. Crispar.

CRISTAL (*kriçtal*), s. m. Cristal. Pl.: *des cristaux.*

CRISTALLIN, E (*kriçtalen, in'*), adj. Cristalino.

CRISTALLISABLE (*kriçtalizabl*), adj. Cristalizável.

CRISTALLISANT, E (*kriçtalizan, t*), adj. Cristalizante.

CRISTALLISATION (*kriçtalizaçion*), s. f. Cristalização.

CRISTALLISÉ, E (*kriçtalizê*), adj. Cristalizado.

CRISTALLISER (*kriçtalizê*), v. t. Cristalizar.

CRITÈRE ou **CRITÉRIUM** (*kritér* ou *kritêriom'*), s. m. Critério. Pl.: *des critères* ou *critériums.*

CRITIQUABLE (*kritikabl*), adj. Criticável.

CRITIQUE (*kritik*), adj. Crítica. *Prêter à la critique,* dar ocasião à crítica.

CRITIQUER (*kritikê*), v. t. Criticar.

CRITIQUEUR (*kritikĕr*), s. m. Criticador.

CROASSANT, E (*kroaçan, t*), adj. Grasnador.

CROASSEMENT (*kroaçman*), s. m. Grasnido; crocito.

CROASSER (*kroaçê*), v. i. Grasnar; crocitar.

CROATE (*kroat*), adj. e s. Croata.

CROC (*krók*), s. m. Croque; gancho; arpéu.

CROC-EN-JAMBE (*krokanjanb*), s. m. Rasteira. *Fig.* Ataque de surpresa. Pl.: *des crocs-en-jambe.*

CROCHE (*króch*), adj. Cambaio, torto. S. f. *Mús.* Colcheia.

CROCHER (*kroché*), v. t. Igualar as malhas nos tecidos de malha.

CROCHET (*kroché*), s. m. Crochê, colchete, gancho; gazua; aldraba; ferro de plaina; anel de cabelo. *Faire un crochet,* desviar-se, mudar de direção. Pl. Dentes.

CROCHETABLE (*krochətabl*), adj. Suscetível de se abrir com gazua.

CROCHETAGE (*krochətaj*), adj. Abertura de uma fechadura.

CROCHETER (*krochətê*), v. t. (O *e* mudo passa a *è* antes de sílaba muda: *il crochète*). Abrir uma fechadura com gazua.

CROCHU, E (*krochü*), adj. Curvo, recurvado, adunco.

CROCODILE (*krokodil*), s. m. Crocodilo.

CROIRE (*kruar*), v. t. (*Je crois, nous croyons. Je croyais, nous croyions. Je crus, nous crûmes. Je croirai, nous croirons. Je croirais, nous croirions. Crois, croyons, croyez. Que je croie, que nous croyions. Que je crusse, que nous crussions. Croyant. Cru, e.*) Crer, acreditar, ter fé; julgar; pensar. **SE CROIRE,** v. pr. Julgar-se.

CROISADE (*kruazad*), s. f. Cruzada.

CROISÉ (*kruazê*), s. m. Cruzado.

CROISEMENT (*kruazman*), s. m. Cruzamento, encruzilhada.

CROISER (*kruazê*), v. t. Cruzar, atravessar; marcar com cruz.

CROISETTE (*kruazét*), s. f. Cruzinha.

CROISEUR (*kruazĕr*), s. m. Cruzador.

CROISSANCE (*kruaçanç*), s. f. Crescença, crescimento.

CROISSANT, E (*kruaçan, t*), adj. e s. m. Crescente.

CROÎTRE (*kruatr*), v. i. (*Je crois, tu crois, il croît, nous croissons, vous croissez, ils croissent. Je croissais, nous croissions. Je crûs, nous crûmes. Je croîtrai, nous croîtrons. Je croîtrais, nous croîtrions. Croîs, croissons, croissez. Que je croisse, que nous croissions. Que je crûsse, que nous crûssions. Croissant. Crû, crue.*) Crescer, aumentar, medrar.

CROIX (*kruá*), s. f. Cruz. Pl.: *des croix.*

CROQUANT, E (*krokan, t*), adj. Que estala na boca ao trincar-se. S. m. Farroupilha; miserável.

CROQUEMBOUCHE (*krokanbuch*), s. f. Doce duro que faz ruído ao trincar-se.

CROQUER (*krokê*), v. i. Trincar; desenhar; pintar à pressa.

CROQUETTE (*krokét*), s. f. Croquete.

CROQUEUR, EUSE (*krokĕr, ëz*), adj. Comilão; ladrão.

CROQUIS (*kroki*), s. m. Esboço, debuxo. Pl.: *des croquis.*

CROSSE (*króç*), s. f. Cajado. Báculo.

CROSSÉ, E (*krocê*), adj. Que tem direito de usar o báculo pastoral.

CROSSER (*kroçê*), v. t. Atirar pedras ou bolas; maltratar, desprezar.

CROTTER (*krotê*), v. t. Enlamear.

CROULANT, E (*krulan, t*), adj. Desmoronadiço.

CROULEMENT (*krulman*), s. m. Desabamento, desmoronamento.

CROULER (*krulê*), v. i. Desabar, abater. V. t. Fazer desabar. *Fig.* Aniquilar-se.

CROUP (*krup*), s. m. Crupe.

CROUPE (*krup*), s. f. Garupa.

CROUPÉ, E (*krupê*), adj. Que tem boa ou má garupa.

CROUPIER (*krupiê*), s. m. Crupiê. Associado numa empresa financeira.

CROUPIR (*krupir*), v. i. Estagnar-se. *Fig.* Corromper-se.

CROUPISSANT, E (*krupiçan, t*), adj. Estagnante.

CROUPISSEMENT (*krupiçman*), s. m. Estagnação.

CROÛTE (*krut*), s. f. Côdea de pão;

crosta, casca. *Fig.* Borrão. *Casser une croûte,* fazer uma boquinha.
CROÛTEUX, EUSE (*krutë, ëz*), adj. Que tem crosta, crostoso.
CROYABLE (*kruaiabl*), adj. Crível, acreditável.
CROYANCE (*kruaianç*), s. f. Crença, confiança.
CROYANT, E (*kruaian, t*), s. Crente.
CRU, E (*krü*). adj. Cru; indigesto; áspero. *Fig.* Livre, fresco. S. m. Crescimento. Produção (vinícola). Fundo, herdade. *De son cru,* de sua própria lavra.
CRUAUTÉ (*krüôtê*), s. f. Crueldade.
CRUCHE (*krüch*), s. f. Cântaro, bilha. *Fig.* Tolo.
CRUCHETTE (*krüchét*), s. f. Cântaro pequeno.
CRUCHON (*krüchon*), s. m. Cântaro pequeno.
CRUCIAL, E, AUX (*krüçial, ô*), adj. Crucial.
CRUCIFIÉ, E (*krüçifiê*), adj. Crucificado.
CRUCIFIEMENT (*krüçifiman*), s. m. Crucificação.
CRUCIFIER (*krüçifiê*), v. t. (Conjuga-se como *prier.*) Crucificar.
CRUCIFIX (*kruçifi*), s. m. inv. Crucifixo.
CRUCIFIXION (*krüçifikçion*), s. f. Crucifixação.
CRUCIFORME (*krüçifórm*), adj. Cruciforme.
CRUDITÉ (*krüditê*), s. f. Crueza. Pl. Frutas, legumes crus.
CRUE (*krü*), s. f. Cheia, enchente.
CRUEL, ELLE (*krüél*), adj. Cruel.
CRUELLEMENT (*krüélman*), adv. Cruelmente.
CRÛMENT (*krüman*), adv. Cruamente, duramente.
CRURAL, E, AUX (*krüral, ô*), adj. Crural.
CRUSTACÉS (*krüçtaçê*), s. m. pl. *Zool.* Crustáceos.
CRYPTE (*kript*), s. f. Cripta.
CRYPTOGAME (*kriptogam'*), adj. e s. f. Criptogâmica.
CRYPTOGAMIQUE (*kriptogamik*), adj. Criptogâmico.
CRYPTOGRAMME (*kriptogram'*), s. m. Criptograma.
CRYPTOGRAPHIE (*kriptografi*), s. f. Criptografia.
CUBAIN, E (*kübén, én'*), adj. e s. Cubano.
CUBE (*küb*), s. m. Cubo.
CUBIQUE (*kübik*), adj. Cúbico.
CUBISME (*kübiçm*), s. m. Cubismo.
CUBISTE (*kübiçt*), adj. e s. Cubista.
CUBITAL, E, AUX (*kübital, ô*), adj. Cubital.
CUEILLETTE (*këiét*), s. f. Colheita.
CUEILLEUR, EUSE (*këiër, ëz*), s. Colhedor.
CUEILLIR (*këiir*), v. t. (*Je cueille, nous cueillons. Je cueillais. Je cueillis. Je cueillerai. Je cueillerais. Cueille, cueillons, cueillez. Que je cueille. Que je cueillisse. Cueillant. Cueilli, e.*) Colher.
CUILLER ou **CUILLÈRE** (*küiiê* ou *küiiér*), s. f. Colher.
CUILLERÉE (*küiiərê*), s. f. Colherada.
CUILLERON (*küiəron*), s. m. Parte côncava de uma colher.
CUIR (*küir*), s. m. Couro. *Fig.* Erro de linguagem.
CUIRASSE (*küiraç*), s. f. Couraça.
CUIRASSÉ, E (*küiraçê*), adj. Couraçado.
CUIRASSEMENT (*küiraçman*), s. m. Revestimento da couraça.
CUIRASSER (*küiraçê*), v. t. Couraçar. *Fig.* Endurecer.
CUIRE (*küir*), v. t. (Conjuga-se como *conduire.*) Cozer. *Fig.* Causar dor aguda. *Il vous en cuira,* você se arrependerá. *Être cuit à point,* estar no ponto exato.
CUISANT, E (*küizan, t*), adj. Que coze facilmente. *Fig.* Pungente.
CUISINE (*küizin'*), s. f. Cozinha.
CUISINER (*küizinê*), v. i. Cozinhar. V. t. *Fig.* Preparar, acomodar. Interrogar insidiosamente.
CUISINIER, ÈRE (*küiziniê, ér*), s. Cozinheiro.
CUISSE (*küiç*), s. f. Coxa.
CUISSON (*küiçon*), s. f. Cozimento.
CUISTRE (*küiçtr*), s. m. Empregado de colégio. *Fam.* Pedante.
CUISTRERIE (*küiçtrəri*), s. f. Pedantismo.
CUIT, E (*küi, t*), adj. Cozido.
CUIVRAGE (*küivraj*), s. m. Cobreação.
CUIVRE (*küivr*), s. m. Cobre.
CUIVRÉ, E (*küivrê*), adj. Acobreado.
CUIVRER (*küivrê*), v. t. Cobrear.
CUIVREUX, EUSE (*küivrë, ëz*), adj. Que tem o timbre do cobre.
CUL (*kü*), s. m. Ânus, traseiro; fundo (de agulha, garrafa, cesto, etc.).
CULBUTE (*külbüt*), s. f. Cambalhota, trambolhão.
CULBUTER (*külbütê*), v. t. Derribar, lançar de pernas para o ar; precipitar. *Fig.* Derrotar. V. i. Dar um trambolhão.
CULBUTEUR (*külbütër*), adj. e s. m Agitador (instrumento).
CUL-DE-SAC (*küaçak*), s. m. Beco sem saída. Pl.: *des culs-de-sac.*
CULÉE (*külê*), s. f. Estribo.
CULER (*külê*), v. i. Recuar.
CULINAIRE (*küliner*), adj. Culinário.
CULMINANT, E (*külminan, t*), adj. Culminante.
CULMINATION (*külminaçion*), s. f. Culminação.

CULMINER (*külminê*), v. i. Culminar.
CULOT (*külô*), s. m. Fundo de lâmpada. Ornamento de arquitetura. O último nascido de uma ninhada. *Fam.* Caçula, o último num concurso. *Pop.* Desembaraço.
CULOTTE (*külót*), s. f. Calções, calças. Alcatra. Tubo bifurcado.
CULOTTER (*külotê*), v. t. Vestir os calções em alguém. Queimar, denegrir.
CULOTTIER, ÈRE (*külotiê, ér*), s. Alfaiate de calções.
CULPABILITÉ (*külpabilitê*), s. f. Culpabilidade.
CULTE (*kült*), s. m. Culto, religião. *Fig.* Veneração.
CULTISME (*kültiçm*), s. m. Cultismo.
CULTIVABLE (*kültivabl*), adj. Cultivável.
CULTIVATEUR, TRICE (*kültivatěr, triç*), adj. e s. Cultivador, agricultor.
CULTIVÉ, E (*kültivê*), adj. Cultivado.
CULTIVER (*kültivê*), v. t. Cultivar. *Fig.* Instruir-se.
CULTUEL, ELLE (*kültüel*), adj. e s. f. Cultual.
CULTURAL, E, AUX (*kültüral, ô*), adj. Cultural.
CULTURE (*kültür*), s. f. Cultura.
CULTUREL, ELLE (*kültürél*), adj. e s. f. Cultural.
CUMUL (*kümül*), s. m. Acumulação.
CUMULATIF, IVE (*kümülatif, iv*), adj. Cumulativo.
CUMULATIVEMENT (*kümülativman*), adv. Cumulativamente.
CUMULER (*kümülê*), v. t. Cumular.
CUMULUS (*kümülüç*), s. m. Cúmulo (nuvem).
CUNÉIFORME (*künêifórm*), adj. Cuneiforme.
CUPIDE (*küpid*), adj. Cúpido.
CUPIDEMENT (*kupidman*), adv. Avidamente.
CUPIDITÉ (*küpiditê*), s. f. Ambição, cupidez.
CURABILITÉ (*kürabilitê*), s. f. Curabilidade.
CURABLE (*kürabl*), adj. Curável.
CURAGE ou **CUREMENT** (*küraj* ou *kürman*), s. m. Limpeza.
CURATEUR, TRICE (*küratěr, triç*), s. Curador. tutor.
CURATIF, IVE (*küratif, iv*), adj. Curativo.
CURE (*kür*), s. f. Cuidado, solicitude. Cura, curativo. Paróquia; residência paroquial. *N'avoir cure de,* não se importar com.
CURÉ (*kürê*), s. f. Cura, padre, pároco.
CURE-DENTS ou **CURE-DENT** (*kürdan*), s. m. Palito. Pl.: *des cure-dents.*
CURÉE (*kürê*) s. f. Carniça, ceva. *Fig.* Presa, saque.
CURER (*kürê*), v. t. Limpar (um poço, tanque, canal).
CURIAL, E, AUX (*kürial, ô*), adj. Curial, paroquial.
CURIE (*küri*), s. f. Cúria.
CURIEUSEMENT (*küriëzman*), adv. Curiosamente.
CURIEUX, EUSE (*küriẽ, ẽz*), adj. Curioso.
CURIOSITÉ (*küriozitê*), s. f. Curiosidade. *Piquer la curiosité de,* excitar a curiosidade de, suscitar o interesse de.
CURSIF, IVE (*kürçif, iv*), adj. Cursivo, corrido, traçado com rapidez. S. f. O cursivo.
CURVILIGNE (*kürvilinh*), adj. Curvilíneo.
CUSPIDE (*küçpid*), s. f. Cúspide.
CUSTODE (*küçtód*), s. f. Custódia.
CUTANÉ, E (*kütanê*), adj. Cutâneo.
CUTICULE (*kütikül*), s. f. Cutícula, epiderme.
CUVAGE (*küvaj*), s. m. Fermentação do vinho nas cubas.
CUVE (*küv*), s. f. Cuba.
CUVEAU (*küvô*), s. m. Cuba pequena. Pl.: *des cuveaux.*
CUVÉE (*küvê*), s. f. O conteúdo de uma cuba.
CUVER (*küvê*), v. i. Fermentar na cuba (o vinho). V. t. *Fig. Cuver son vin,* cozinhar a bebedeira.
CUVETTE (*küvét*), s. f. Bacia pequena; cano de telhado.
CUVIER (*küviê*), s. m. Bacia de barrela.
CYANHYDRIQUE (*çianidrik*), adj. Cianídrico.
CYANOGÈNE (*çianojén*), s. m. Cianogênio.
CYANOSE (*çianôz*), s. f. Cianose.
CYBERNÉTICIEN, ENNE (*çibérnêtiçian, én'*), s. e adj. Especialista em cibernética.
CYBERNÉTIQUE (*çibérnêtik*), s. f. Cibernética.
CYCLAMEN (*çiklamen*), s. m. Ciclame, ciclâmen.
CYCLE (*çikl*), s. m. Ciclo.
CYCLIQUE (*çiklik*), adj. Cíclico.
CYCLISME (*çikliçm*), s. m. Ciclismo.
CYCLISTE (*çikliçt*), s. Ciclista.
CYCLOIDAL, E, AUX (*çikloidal, ô*), adj. Cicloidal.
CYCLOIDE (*çikloid*), s. f. Ciclóide.
CYCLONAL, E, AUX ou **CYCLONIQUE** (*çiklonal, ô* ou *çiklonik*), adj. Ciclônico.
CYCLONE (*çiklón'*), s. m. Ciclone.
CYGNE (*çinh*), s. m. Cisne.
CYLINDRE (*çilendr*), s. m. Cilindro.
CYLINDRER (*çilendrê*), v. t. Cilindrar.
CYLINDRICITÉ (*çilendriçitê*), s. f. Cilindricidade.
CYLINDRIQUE (*çilendrik*), adj. Cilíndrico.
CYMBALE (*çenbal*), s. f. Címbalo.

CYMBALIER (*çenbaliê*), s. m. Cimbaleiro.
CYME (*çim'*), s. f. Talo, haste.
CYNÉGÉTIQUE (*çinêjêtik*), adj. Cinegético.
CYNIQUE (*çinik*), adj. Cínico.
CYNIQUEMENT (*çinikman*), adv. Cinicamente.
CYNISME (*çiniçm*), s. m. Cinismo.
CYPHOSE (*çifôz*), s. m. Cifose.
CYPRÈS (*çipré*), s. m. Cipreste. Pl.: *des cyprès.*
CYPRIÈRE (*çiprièr*), s. f. Ciprestal.
CYPRIOTE (*çipriót*), s. e adj. Cipriota.
CYSTITE (*çiçtit*), s. f. *Med.* Cistite.
CYTOLOGIE (*çitoloji*), s. f. Citologia.
CYTOPLASME (*çitoplaçm*), s. m. Citoplasma.
CZAR (*kzar*), s. m. V. **TSAR.**

D

D (*dê* ou *də*), s.m. Quarta letra do alfabeto.

DA (*da*), Partícula que se junta por vezes a *oui*, para reforçar a expressão.

DACE (*daç*), adj. e s. Dácio.

DACTYLE (*daktil*), s.m. Dáctilo.

DACTYLOGRAPHE (*daktilograf*), s. m. e adj. Dactilógrafo.

DACTYLOGRAPHIE (*daktilografi*), s. f. Dactilografia.

DACTYLOGRAPHIQUE (*daktilografik*), adj. Dactilográfico.

DACTYLOLOGIE (*daktiloloji*), s.f. Dactilologia.

DACTYLOSCOPIE (*daktiloçkopi*), s. f. Dactiloscopia.

DADA (*dadá*), s. m. Cavalo (em linguagem infantil). *Fig.* e *fam.* Idéia fixa, mania.

DADAIS (*dadé*), s.m. Pateta, tolo, ingênuo. Pl.: *des dadais*.

DADAISME (*dadaiçm*), s.m. Dadaismo.

DAGUE (*dag*), s.f. Adaga; primeiro esgalho de um veado.

DAGUER (*daghê*), v.t. Dar golpes de adaga.

DAGUERRÉOTYPAGE (*daghérêotipaj*), s.m. Daguerreotipagem.

DAGUERRÉOTYPE (*daghérêotip*), s. m. Daguerreótipo.

DAGUERRÉOTYPER (*daghérêotipê*), v. t. Daguerreotipar.

DAGUERRÉOTYPIE (*daghérêotipi*), s. f. Daguerreotipia.

DAGUET (*daghé*), s.m. Veado com o primeiro esgalho.

DAHLIA (*daliá*), s.m. Dália.

DAHOMÉEN, ENNE (*daoméen, én'*), s. e adj. Daomeano.

DAIGNER (*dénhê*), v.i. Dignar-se.

DAIM (*den*), s. m. *Zool.* Gamo. Camurça.

DAINE (*dén'*), s.f. Corça, gama.

DAIS (*dé*), s.m. Dossel; pálio; sólio; abóbada por cima de uma estátua. Abrigo. Pl.: *des dais*.

DALLAGE (*dalaj*), s.m. Lajeamento.

DALLE (*dal*), s.f. Laje.

DALLER (*dalê*), v.t. Lajear.

DALLEUR (*dalĕr*), s.m. Lajeador.

DALMATE (*dalmat*), s. e adj. Dálmata.

DALMATIQUE (*dalmatik*), s.f. Túnica dos imperadores romanos; dalmática (veste sacerdotal).

DALTONIEN, ENNE (*daltonien, én'*), adj. Daltônico.

DALTONISME (*daltoniçm*), s.m. Daltonismo.

DAM (*dam'*), s.m. Dano, prejuízo.

DAMAN (*daman*), s.m. *Zool.* Texugo.

DAMAS (*damá*), s.m. Tecido de seda, com desenhos lavrados. Damasco (fruta). Lâmina de espada em aço de Damasco. Pl.: *des damas*.

DAMASQUINER (*damaçkinê*), v.t. Damasquinar, marchetar.

DAMASQUINERIE (*damaçkinəri*), s. f. Marchetaria.

DAMASSÉ (*damaçê*), s.m. Tecido branco.

DAMASSER (*damaçê*), v.t. Fabricar tecidos parecidos com os de Damasco; preparar o aço como se fazia em Damasco.

DAME (*dam'*), s.f. Dama, senhora; fidalga. Figura de baralho. Peça do jogo de xadrez. *Jeu de dames*, jogo de damas. *Notre Dame*, Nossa Senhora.

DAME-JEANNE (*damәjan'*), s. f. Garrafão. Pl.: *des dames-jeannes*.

DAMIER (*damiê*), s. m. Tabuleiro (de damas ou de xadrez).

DAMNABLE (*danabl*), adj. Condenável.

DAMNATION (*danaçion*), s. f. Danação.

DAMNÉ, E (*dané*), s. e adj. Condenado às penas eternas, danado, réprobo.

DAMNER (*danê*), v.t. Condenar às penas eternas.

DAMOISEAU ou **DAMOISEL** (*damuazô* ou *damuazél*), s. m. Donzel, moço nobre que aspirava ser cavalheiro. Pl.: *des damoiseaux* ou *damoisels*.

DAMOISELLE (*damuazél*), s.f. Donzela.

DANAÏDE (*danaid*), s. f. Mariposa.

DANCING (*dançeng*), s. m. Dancing

DANDIN (*danden*), s.m. Tolo, basbaque.

DANDINEMENT (*dandinəman*), s. m. Meneio, bamboleio desairoso do corpo.

DANDINER (*dandinê*), v. i. Dandinar, bambolear o corpo desairosamente.

DANDY (*dandi*), s.m. Dândi, casquilho. Pl.: *des dandys* ou *dandies*.

DANDYSME (*dandiçm*), s.m. Dandismo.

DANGER (*danjê*), s.m. Perigo.

DANGEREUSEMENT (*danjərĕzman*), adv. Perigosamente.

DANGEREUX, EUSE (*danjərĕ, ĕz*), adj. Perigoso, arriscado.

DANOIS, E (*danuá, z*), adj. e s.m. Dinamarquês; indivíduo de nacionalidade dinamarquesa. Cão da Dinamarca.

DANS (*dan*), prep. Em, dentro de; depois de; cerca de.

DANSANT, E (*dançan, t*), adj. Dançante; que convida a dançar.

DANSE (*danç*), s.f. Dança; música de dançar; repreensão. *Danse de Saint-Guy*, dança de São Guido.

DANSER (*dancê*), v. t. Dançar. *Ne savoir sur quel pied danser*, não saber o que fazer. *Faire danser quelqu'un*, maltratar alguém. *Faire danser l'anse du panier*, exagerar os preços de compras por conta alheia, roubar alguém.

DANSEUR, EUSE (*dançĕr, ëz*), s. Dançarino, dançarina.

DANTESQUE (*dantéçk*), adj. Dantesco.

DANUBIEN, ENNE (*danübien, én'*), adj. Danubiano.

DARD (*dar*), s.m. Dardo; ferrão de inseto; língua de cobra.

DARDEMENT (*dard man*), s. m. Dardejamento.

DARDER (*dardê*), v.t. Dardejar.

DARE-DARE (*dardar*), loc. adv. Prontamente, imediatamente; depressa.

DARTRE (*dartr*), s.f. Dartro, impigem.

DARTREUX, EUSE (*dartrë, ëz*), adj. Dartroso, herpético.

DARWINIEN, ENNE (*darwinien, én'*), adj. Darwiniano, relativo a Darwin.

DARWINISME (*darwiniçm*), s. m. Darwinismo.

DARWINISTE (*darwiniçt*), s. m. ou f. Darwinista.

DATATION (*dataçion*), s.f. Ação de datar; o fato de ser datado.

DATE (*dat*), s.f. Data.

DATER (*datê*), v.t. Datar.

DATIF (*datif*), adj. e s.m. Dativo.

DATION (*daçion*), s.f. Dação.

DATTE (*dat*), s.f. Tâmara.

DATTIER (*datiê*), s.m. Tamareira.

DAUBE (*dôb*), s. f. Estufado; carne estufada.

DAUBER (*dôbê*), v.t. Estufar a carne; dar socos; falar mal de alguém.

DAUBEUR (*dôbĕr*), s. m. Maldizente; escarnecedor.

DAUMONT (A LA) (*aladômon*), loc. adv. Expressão que se refere à disposição particular de atrelagem de duas parelhas de cavalos a uma carruagem, usada pelo duque de Daumont na época da Restauração.

DAUPHIN (*dôfen*), s. m. Golfinho (peixe); delfim.

DAUPHINE (*dôfin'*), s. f. Esposa do delfim de França.

DAUPHINOIS, E (*dôfinuá, z*), adj. e s. Delfinês, do Delfinado (em França).

DAURADE (*dôrad*), s.f. Dourada (peixe).

DAVANTAGE (*davantaj*), adv. Mais; mais tempo.

DAVIER (*daviê*), s.m. Boticão; utensílio de ferreiro, tenaz; gato (instrumento de tanoeiro).

DE (*də*), prep. De; com; acerca; sobre; durante, desde; por causa.

DÉ (*dê*), s. m. Dedal; dado (jogo). *Un coup de dés*, uma jogada, um lance.

DÉAMBULATION (*dêanbülaçion*), s. f. Deambulação.

DÉAMBULER (*dêanbülê*), v.i. Deambular; passear.

DÉBACLAGE (*dêbaklaj*), s.m. Ação de desembaraçar de um porto um ou vários navios; degelo de um rio.

DÉBACLE (*dêbakl*), s.f. Ruptura dos gelos; ruína; derrota.

DÉBACLER (*dêbaklê*), v.t. Desobstruir um porto. V.i. Descongelar-se (um rio).

DÉBAGOULER (*dêbagulê*), v. t. e i. Vomitar.

DÉBALLAGE (*dêbalaj*), s.m. Desencaixotamento. Mercadoria vendida barato por um negociante de passagem; a instalação delas.

DÉBALLER (*dêbalê*), v.t. Desencaixotar.

DÉBALLEUR (*dêbalĕr*), s. m. Mercador ambulante.

DÉBANDADE (*dêbandad*), s.f. Debandada; confusão.

DÉBANDER (*dêbandê*), v.t. Tirar uma atadura; desvendar; desatar. **SE DÉBANDER**, v.pr. Dispersar-se, debandar.

DÉBANQUER (*dêbankê*), v.t. Tirar os bancos de uma embarcação; ganhar o dinheiro da banca; vencer.

DÉBAPTISER (*dêbatizê*), v.t. Desbatizar.

DÉBARBOUILLAGE (*dêbarbuiaj*), s. m. Lavagem da cara, limpeza.

DÉBARBOUILLER (*dêbarbuiê*), v.t. Lavar a cara, as mãos. **SE DÉBARBOUILLER**, v.pr. Limpar-se.

DÉBARCADÈRE (*dêbarkadér*), s.m. Cais, desembarcadouro.

DÉBARDAGE (*dêbardaj*), s.m. Descarregamento de navios, de lenha.

DÉBARDER (*dêbardê*), v.t. Descarregar navios; transportar lenha.

DÉBARDEUR (*dêbardĕr*), s.m. e adj. Descarregador de mercadorias.

DÉBARQUÉ, E (*dêbarkê*), s. Desembarcado.

DÉBARQUEMENT (*dêbarkman*), s. m. Desembarque.

DÉBARQUER (*dêbarkê*), v.t. Desembarcar.

DÉBARRAS (*dêbará*), s. m. Libertação daquilo que incomodava; alívio; lugar

para arrumações. *Le bon débarras!*, que alívio! Pl.: *des débarras*.
DÉBARRASSER (*dêbaraçê*), v.t. Desembaraçar; livrar.
DÉBARRER (*dêbarê*), v.t. Destrancar.
DÉBAT (*dêbá*), s. m. Debate. Pl. Discussões políticas.
DÉBATER (*dêbatê*), v.t. Desalbardar.
DÉBATIR (*dêbatir*), v.t. Demolir, descoser.
DÉBATTEMENT (*dêbatman*), s.m. Espaço livre entre a armação de uma carruagem e o eixo, permitindo a oscilação deste, graças à ação das molas.
DÉBATTRE (*dêbatr*), v. t. Discutir. **SE DÉBATTRE**, v. pr. Debater-se, ser debatido.
DÉBAUCHAGE (*dêbôchaj*), s.m. Desvio de alguém do seu serviço.
DÉBAUCHE (*dêbôch*), s.f. Deboche, libertinagem.
DÉBAUCHÉ, E (*dêbôchê*), s. e adj. Debochado, libertino.
DÉBAUCHER (*dêbôchê*), v. t. Desviar alguém do seu serviço; corromper.
DÉBET (*dêbé*), s. m. Saldo de uma conta regulada, débito.
DÉBILE (*dêbil*), adj. Débil, fraco.
DÉBILEMENT (*dêbilman*), adv. Debilmente.
DÉBILITANT, E (*dêbilitan, t*), adj. Debilitante.
DÉBILITATION (*dêbilitaçion*), s.f. Debilitação.
DÉBILITÉ (*dêbilitê*), s.f. Debilidade, esgotamento.
DÉBILITER (*dêbilitê*), v. t. Debilitar, enfraquecer.
DÉBILLARDER (*dêbiiardê*), v.t. Desbastar a madeira.
DÉBINAGE (*dêbinaj*), s.m. *Pop.* Maledicência.
DÉBINE (*dêbin'*), s.f. *Pop.* Miséria, pobreza.
DÉBINER (*dêbinê*), v.t. *Pop.* Difamar, caluniar. **SE DÉBINER**. V. pr. *Pop.* Partir, sumir-se.
DÉBINEUR, EUSE (*dêbinër, ëz*), s. *Pop.* Difamador.
DÉBIRENTIER (*dêbirantiê*), s. m. Devedor de uma renda.
DÉBIT (*dêbi*), s.m. Consumo; venda de mercadorias; débito; loja; corte em pedaços. *Fig.* Elocução: *Avoir le débit facile*, falar com facilidade.
DÉBITABLE (*dêbitabl*), adj. Que pode ser vendido, cortado.
DÉBITAGE (*dêbitaj*), s.m. O fato de debitar; corte de madeira.
DÉBITANT, E (*dêbitan, t*), s. Que vende a retalho.
DÉBITER (*dêbitê*), v. t. Vender; cortar em pedaços (carne, madeira); fornecer certa quantidade de líquido, gás, eletricidade num tempo determinado. Recitar, representar.
DÉBITEUR, EUSE (*dêbitër, ëz*), s. Narrador; divulgador de notícia. Pessoa encarregada de acompanhar o freguês à caixa para que pague a conta.
DÉBITEUR, TRICE (*dêbitèr, triç*), s. Devedor.
DÉBLAI (*dêblé*), s.m. Desaterro, desentulho.
DÉBLAIEMENT (*dêbléman*), s. m. Desobstrução.
DÉBLATÉRER (*dêblatêrê*), v. t. (Conjuga-se como *accélérer*.) Deblatear.
DÉBLOCAGE (*dêblokaj*), s.m. Ação de desbloquear.
DÉBLOQUEMENT (*dêblókman*), s.m. Desbloqueio de uma praça ou de um porto.
DÉBLOQUER (*dêblokê*), v.t. Desbloquear. *Impr.* Substituir as letras viradas por outras.
DÉBOIRE (*dêbuar*), s. m. Ressaibo, mau gosto. *Fig.* Dissabor, pesar.
DÉBOISEMENT (*dêbuazman*), s.m. Desarborização.
DÉBOISER (*dêbuazê*), v.t. Desarborizar.
DÉBOÎTEMENT (*dêbuatman*), s.m. Deslocamento, desencaixe, luxação.
DÉBOÎTER (*dêbuatê*), v. t. Deslocar, desencaixar.
DÉBONDER (*dêbondê*), v.t. Destapar, desbatocar; abrir a comporta de um canal; sair de repente; derramar-se.
DÉBONDONNER (*dêbondonê*), v.t. Desarrolhar, desbatocar.
DÉBONNAIRE (*dêbonér*), adj. Bondoso, indulgente.
DÉBONNAIREMENT (*dêbonérman*), adv. Bondosamente, indulgentemente.
DÉBONNAIRETÉ (*dêbonértê*), s.f. Indulgência, complacência.
DÉBOR (*dêbór*), s.m. Derramamento; beira (da estrada); rebordo (de moedas).
DÉBORDANT, E (*dêbórdan, t*), adj. Transbordante. *Fig.* Excessivo.
DÉBORDÉ, E (*dêbórdê*), adj. Transbordado. *Fig.* Desencadeado; dissoluto; devasso, sobrecarregado.
DÉBORDEMENT (*dêbórdman*), s.m. Transbordo, transbordamento; cheia (de um rio). *Fig.* Excesso; deboche, devassidão; aluvião; profusão; invasão.
DÉBORDER (*dêbórdê*), v.i. Transbordar, extravasar, sair do leito, correr em grande velocidade. V. t. Tirar a guarnição, a bordadura. *Náut.* Largar (uma embarcação).
DÉBOSSELER (*dêboçlê*), v.t. (Dobra-se o *l* antes de sílaba muda: *je débosselle.*) Desamolgar, aplanar, alisar.
DÉBOTTER ou **DÉBOTER** (*dêbotê*), v. t. Descalçar.
DÉBOUCHÉ (*dêbuchê*), s.m. Saída; desembocadura; mercado; meio, expediente.

DÉBOUCHEMENT ou **DÉBOUCHAGE** (*dêbuchman* ou *dêbuchaj*), s.m. Ação de desembarcar, de destapar, de desarrolhar, de desentupir; venda; saída (de mercadoria).

DÉBOUCHER (*dêbuchê*), v. t. Destapar, desarrolhar, desentupir. V. i. Desembocar de ou em.

DÉBOUCHOIR (*dêbuchuar*), s.m. Instrumento para destapar, desentupir; saca-rolhas.

DÉBOUCLER (*dêbuklê*), v.t. Desafivelar; desfazer os anéis do cabelo.

DÉBOUILLI (*dêbuii*), s.m. Imersão de um tecido em água fervente (para experimentar a tinta).

DÉBOUILLIR (*dêbuiir*), v. t. Experimentar a tinta de um tecido (pela imersão em água fervente).

DÉBOULER (*dêbulê*), v. i. Surgir bruscamente (uma lebre, um coelho, etc.) a correr diante do caçador. Cair. *Pop*. Partir precipitadamente.

DÉBOULONNEMENT (*dêbulonəman*), s. m. Arranque de cavilhas de ferro; desmontagem. *Fig*. Destruição da reputação.

DÉBOULONNER (*dêbulonê*), v.t. Arrancar cavilhas de ferro; desmontar. *Fig*. Desfazer uma reputação.

DÉBOUQUEMENT (*dêbukman*), s. m. Desembocadura; o ato de sair ou desembocar de um estreito ou canal; estreito.

DÉBOUQUER (*dêbukê*), v. i. Desembocar ou sair de um estreito ou canal.

DÉBOURBAGE (*dêburbaj*), s.m. Lavagem (dos minérios).

DÉBOURBER (*dêburbê*), v.t. Limpar o lodo, desenlamear; desatolar; tirar o gosto do lodo (aos peixes); trasfegar (o vinho). *Fig*. Livrar de embaraços.

DÉBOURRAGE (*dêburaj*), s. m. Limpeza (dos dentes da carda); borra e resíduos de lã (proveniente da sua cardagem); depilação dos couros.

DÉBOURREMENT (*dêburman*), s. m. Desabrochamento (dos botões das árvores).

DÉBOURRER (*dêburê*), v. t. Tirar a crina, a lã, etc. (de um móvel estofado); tirar a bucha (a uma arma de fogo); despejar o tabaco (de um cachimbo).

DÉBOURS (*dêbur*), s.m. Desembolso. Pl.: *des débours*.

DÉBOURSÉ (*dêburçê*), s. m. V. **DÉBOURS**.

DÉBOURSEMENT (*dêburçman*), s.m. Desembolso.

DÉBOURSER (*dêburçê*), v. t. Desembolsar.

DEBOUT (*dəbu*), adv. De pé, a pé, em pé; levantado, vivo, existente. *Ne pas se tenir debout*, não se agüentar de pé; não ter lógica. *Mar*. Vento pela proa. Interj. De pé!, A pé!, Leva arriba!

DÉBOUTÉ (*dêbutê*), s. m.. Indeferimento (de uma petição ou ação em juízo).

DÉBOUTONNER (*dêbutonê*), v. t. Desabotoar. **SE DÉBOUTONNER**, v. pr. Desabotoar-se, *Fig*. e *fam*. Abrir-se, desabafar com alguém.

DÉBRAILLÉ, E (*dêbraiê*), adj. Descoberto, descomposto. S. m. Traje descomposto, desalinhado.

DÉBRAILLER (SE) (*çədêbraiê*), v. pr. Desabotoar-se, esgargalar-se, descobrir-se (no peito); descompor-se.

DÉBRAISER (*dêbrézê*), v. t. Tirar as brasas.

DÉBRAYAGE (*dêbréiaj*), s. m. Ação de debrear.

DÉBRAYER (*dêbréiê*), v. t. (Conjuga-se como *balayer*.) Debrear. *Pop*. Parar o trabalho numa usina.

DÉBRIDÉ, E (*dêbridê*), adj. Desenfreado.

DÉBRIDER (*dêbridê*), v. t. Desbridar; desenfrear.

DÉBRIS (*dêbri*), s. m. pl. Restos, fragmentos, destroços, ruínas.

DÉBROCHER (*dêbrochê*), v. t. Tirar a carne do espeto; tirar a capa (a um livro brochado).

DÉBROUILLARD, E (*dêbruiar, d*), adj. e s. Desembaraçado, desenrascado, que se livra facilmente.

DÉBROUILLEMENT (*dêbruiiman*), s. m. Desembaraço, desenredo, ordenação. *Fig*. Elucidação, esclarecimento.

DÉBROUILLER (*dêbruiê*), v. t. Desembrulhar, desenredar, ordenar; tirar de embaraços. *Fig*. Esclarecer, elucidar. **SE DÉBROUILLER**, v. pr. Livrar-se; sair-se bem.

DÉBROUILLEUR, EUSE (*dêbruiër, ëz*), s. Desenredador; deslindador, ordenador; esclarecedor.

DÉBROUSSAILLEMENT (*dêbruçaiiman*), s. m. Arrancamento (de silvas, urzes, etc.).

DÉBROUSSAILLER (*dêbruçaiê*), v. t. Arrancar (silvas, tojos, urzes, etc.).

DÉBRUTIR (*dêbrütir*), v. t. Desbastar; desengrossar; polir (cristais, diamantes, etc.).

DÉBRUTISSEMENT (*dêbrütiçman*), s. m. Desbastamento, desengrosso; polimento.

DÉBUCHER ou **DÉBÛCHER** (*dêbüchê*), v. i. Sair (a caça da mata, do bosque, do covil). S. m. A saída (da caça do covil); toque de trombeta de caça.

DÉBUSQUEMENT (*dêbüçkman*), s. m. Desalojamento (do inimigo); expulsão.

DÉBUSQUER (*dêbüçkê*), v. t. Desalojar (o inimigo); expulsar.

DÉBUT (*dêbü*), s. m. Primeiro lance (do jogo); começo, princípio, início; es-

tréia; entrada (numa carreira ou profissão).
DÉBUTANT, E (*dêbütan, t*), s. e adj. Principiante, novato, incipiente.
DÉBUTER (*dêbütê*), v. i. Jogar (de mão); começar, principiar; estrear, iniciar-se (numa carreira); publicar a primeira obra. V. t. Tirar do alvo (um jogo).
DEÇÀ (*dəçá*), prep. De cá, deste lado. Loc. adv.: *Deçà et delà*, de um e de outro lado; *par-deçà, en deçà, au-deçà*, deste lado.
DÉCACHETAGE (*dêkachtaj*), s. m. Abertura (de carta ou embrulho lacrado).
DÉCACHETER (*dêkachtê*), v. t. (Dobra o *t* antes de sílaba muda: *je décachette.*) Deslacrar.
DÉCADAIRE (*dêkadér*), adj. Relativo às décadas (do calendário republicano francês); ocorrido de dez em dez dias.
DÉCADE (*dêkad*), s. f. Década.
DÉCADENCE (*dêkadanç*), s. f. Decadência, declínio.
DÉCADENT, E (*dêkadan, t*), adj. e s. Decadente.
DÉCADI (*dêkadi*), s. m. Décimo dia de cada década do calendário republicano francês.
DÉCAÈDRE (*dêkaédr*), s. m. *Geom.* Decaedro.
DÉCAGONAL, E, AUX (*dêkagonal, ô*), adj. Decagonal.
DÉCAGONE (*dêkagón'*), s. m. *Geom.* Decágono.
DÉCAGRAMME (*dêkagram'*), s. m. Decagrama.
DÉCAISSEMENT (*dêkéçman*), s. m. Desencaixotamento.
DÉCALAGE (*dêkalaj*); s. m. Descalçadura (ação de descalçar); deslocamento (no espaço e no tempo).
DÉCALCIFIER (*dêkalçifiê*), v. t. (Conjuga-se como *prier.*) Descalcificar.
DÉCALCOMANIE (*dêkalkomani*), s. m. Decalcomania.
DÉCALER (*dêkalê*), v. t. Descalçar (tirar os calços); deslocar.
DÉCALITRE (*dêkalitr*), s. m. Decalitro.
DÉCALOGUE (*dêkalóg*), s. m. Decálogo.
DÉCALOTER (*dêkalotê*), v. t. Tirar (o solidéu, o gorro, a parte inferior de uma coisa).
DÉCALQUAGE ou **DÉCALQUE** (*dêkalkaj* ou *dêkalk*), s. m. Decalque.
DÉCALQUER (*dêkalkê*), v. t. Decalcar, estresir.
DÉCAMÈTRE (*dêkamétr*), s. m. Decâmetro.
DÉCAMPEMENT (*dêkanpman*), s. m. Decampamento.
DÉCAMPER (*dêkanpê*), v. i. Decampar. *Fig.* Retirar-se precipitadamente, fugir, raspar-se.
DÉCAN (*dêkan*), s. m. Decano.
DÉCANAL, E, AUX (*dêkanal, ô*), adj. Decanal.
DÉCANAT (*dêkaná*), s. m. Decanado.
DÉCANTATION (*dêkantaçion*), s. f. ou **DÉCANTAGE** (*dêkantaj*), s. m. Decantação.
DÉCANTER (*dêkantê*), v. t. Decantar.
DÉCANTEUR (*dêkantĕr*), s. m. Decantador.
DÉCAPAGE (*dêkapaj*), s. m. Decapagem; desoxidação.
DÉCAPELER (*dêkaplê*), v. t. (Dobra-se o *l* antes de sílaba muda: *je décapelle.*) Desencapelar.
DÉCAPER (*dêkapê*), v. t. Decapar. V. i. Dobrar um cabo.
DÉCAPEUR (*dêkapĕr*), adj. e s. Limpador de metais (operário).
DÉCAPITATION (*dêkapitaçion*), s. f. Decapitação.
DÉCAPITÉ, E (*dêkapitê*), adj. Decapitado.
DÉCAPITER (*dêkapitê*), v. t. Decapitar.
DÉCAPODE (*dêkapód*), s. m. Decápodo.
DÉCAPOTABLE (*dêkapotabl*), adj. e s. f. Conversível (automóvel).
DÉCAPOTER (*dêkapotê*), v. t. Baixar a capota.
DÉCARBONATER (*dêkarbonatê*), v. t. Descarbonatar.
DÉCARBURANT, E (*dêkarbüran, t*), adj. Descarburante.
DÉCARBURER (*dêkarbürê*), v. t. Descarburar.
DÉCARÊMER (SE) (*çədêkarémê*), v. pr. Desquaresmar-se; comer carne depois da Quaresma. *Fig.* Desforrar-se (de uma privação qualquer).
DÉCARRELAGE (*dêkarlaj*), s. m. Desladrilho.
DÉCARRELER (*dêkarəlê*), v. t. (Dobra o *l* antes de sílaba muda: *je décarrelle.*) Desladrilhar.
DÉCASTÈRE (*dêkaçtér*), s. m. Decastere.
DÉCARTONNER (*dêkartonê*), v. t. Tirar o cartão de.
DÉCASYLLABE ou **DÉCASYLLABIQUE** (*dêkaçilab* ou *dekaçilabik*), adj. Decassílabo. *Poét.* Decâmetro (de dez sílabas).
DÉCATI, E (*dêkati*), adj. *Fig.* Apagado, sem brilho, sem vigor.
DÉCATIR (*dêkatir*), v. t. Deslustrar.
DÉCATISSAGE (*dêkatiçaj*), s. m. Deslustragem.
DÉCATISSEUR (*dêkatiçĕr*), s. e adj. Deslustrador.
DÉCAVÉ, E (*dêkavê*), adj. e s. Depenado, que perdeu tudo no jogo.
DÉCAVER (*dêkavê*), v. t. Desbancar, depenar (no jogo).
DÉCÉDER (*dêçêdê*), v. i. (Conjuga-se como *accélérer*. Emprega-se sempre com o auxiliar *être.*) Falecer, morrer.
DÉCEINDRE (*dêçendr*), v. t. (Conjuga-

-se como *ceindre*.) Descingir, desenfaixar.

DÉCÈLEMENT (*dêçélman*), s. m. Descobrimento, revelação.

DÉCELER (*dêçlê*), v. t. (Toma um è aberto antes de sílaba muda: *je décèle*.) Descobrir, revelar, patentear.

DÉCÉLÉRATION (*dêçêlêraçion*), s. f. *Mat.* Aceleração negativa. Redução da velocidade de um veículo.

DÉCEMBRE (*dêçanbr*), s. m. Dezembro.

DÉCEMMENT (*dêçaman*), adv. Decentemente.

DÉCEMVIR (*dêçém'vir*), s. m. Decênviro.

DÉCEMVIRAL, E, AUX (*dêçém'viral, ô*) adj. Decenviral.

DÉCEMVIRAT (*dêçém'virá*), s. m. Decenvirato.

DÉCENCE (*dêçanç*), s. f. Decência, compostura; honestidade.

DÉCENNAL, E, AUX (*dêçénal, ô*), adj. Decenal.

DÉCENNIE (*dêçêni*), s. f. Decênio.

DÉCENT, E (*dêçan, t*), adj. Decente, honesto, conveniente.

DÉCENTRAGE (*dêçantraj*), s. m. Descentralização.

DÉCENTRALISATEUR, TRICE (*dêçantralizatër, triç*), s. e adj. Descentralizador.

DÉCENTRALISATION (*dêçantralizaçion*), s. f. Descentralização.

DÉCENTRALISER (*dêçantralizê*), v. t. Descentralizar.

DÉCENTREMENT (*dêçantrəman*), s. m. Descentramento.

DÉCENTRER (*dêçantrê*), v. t. Descentrar.

DÉCEPTION (*dêçépçion*), s. f. Decepção; erro, engano; desilusão, desengano.

DÉCERCLER (*dêçérklê*), v. t. Desarquear.

DÉCERNER (*dêçérnê*), v. t. Conceder, dar; decretar, pronunciar (falando de uma pena ou lei); arbitrar, estipular.

DÉCÈS (*dêçé*), s. m. Falecimento, óbito. Pl.: ***des décès***.

DÉCEVABLE (*dêçəvabl*), adj. Ludibriável.

DÉCEVANT, E (*dêçəvan, t*), adj. Enganoso, falaz, doloso.

DÉCEVOIR (*dêçəvuar*), v. t. Enganar, iludir, seduzir; desenganar, desiludir.

DÉCHAÎNÉ, E (*dêchénê*), adj. *Fig.* Excessivo.

DÉCHAÎNEMENT (*dêchénəman*), s. m. Desencadeamento; ímpeto, fúria, arrebatamento.

DÉCHAÎNER (*dêchénê*), v. t. Desencadear, soltar, desprender. *Fig.* Excitar, incitar, irritar.

DÉCHANT (*dêchan*), s. m. Descanto, contraponto.

DÉCHANTER (*dêchantê*), v. i. *Fam.* Mudar de tom, renunciar às pretensões.

DÉCHARGE (*dêcharj*), s. f. Descarga; quitação; despejo; vasadouro; desaguadouro; defesa; escora oblíqua; casa de arrumos. *Fig.* Alívio. ***Témoin à décharge***, testemunha que depõe a favor do réu.

DÉCHARGEMENT (*dêcharjman*), s. m. Descarregamento.

DÉCHARGEOIR (*dêcharjuar*), s. m. Desaguadouro, despejo; cilindro, rolo de tear.

DÉCHARGER (*dêcharjê*), v. t. (Toma um *e* mudo depois do *g*, antes de *a* e *o*: *il déchargea, nous déchargeons*.) Dar saída, dar curso a, desaguar. *Fig.* Aliviar, desoprimir, isentar; diminuir o imposto. *Jur.* Depor a favor de alguém. V. i. Macular, fazer nódoa ou borrão.

DÉCHARGEUR (*dêcharjër*), s. m. Descarregador.

DÉCHARNÉ, E (*dêcharnê*), adj. Descarnado; magérrimo.

DÉCHARNER (*dêcharnê*), v. t. Descarnar, emagrecer.

DÉCHAUMAGE (*dêchômaj*), s. m. Ação de enterrar o restolho.

DÉCHAUMER (*dêchômê*), v. t. Enterrar o restolho.

DÉCHAUMEUSE (*dêchômëz*), s. f. Charrua.

DÉCHAUSSAGE ou **DÉCHAUSSEMENT** (*dêchôçaj* ou *dêchôçman*), s. m. Descalçadura; descarnadura (de um dente).

DÉCHAUSSÉ, E (*dêçhôcê*), adj. Descalço, descalçado. ***Carmes déchaussés***, carmelitas descalças.

DÉCHAUSSER (*dêchoçê*), v. t. Descalçar; escavar, descobrir os alicerces; desnudar (as raízes); descarnar (os dentes). **SE DÉCHAUSSER**, v. pr. Descalçar-se.

DÉCHAUSSEUSE (*dêchôçëz*), s. f. Charrua (para lavrar vinhas).

DÉCHAUSSOIR (*dêchôçuar*), s. m. Descarnador; escavador.

DÉCHAUX (*dêchô*), adj. m. V. **DÉCHAUSSÉ**.

DÈCHE (*déch*), s. f. *Pop.* Tormento, pena, miséria.

DÉCHÉANCE (*dêchêanç*), s. f. Queda, desgraça.

DÉCHET (*dêché*), s. m. Perda, quebra, resíduo, desperdício. *Fig.* Descrédito, depreciação, decadência, alteração, diminuição.

DÉCHEVELER (*dêchvəlê*), v. t. (Dobra-

-se o *l* antes de sílaba muda: *je déchevelle.*) Desgrenhar, despentear; esguedelhar.

DÉCHEVÊTRER (*dêchvétrê*), v. t. Desencabrestar.

DÉCHIFFRABLE (*dêchifrabl*), adj. Decifrável.

DÉCHIFFRAGE ou **DÉCHIFFREMENT** (*dêchifraj* ou *dêchifrəman*), s. m. Decifração.

DÉCHIFFRER (*dêchifrê*), v. t. Decifrar; explicar. *Mús.* Ler música à primeira vista.

DÉCHIFFREUR, EUSE (*dêchifrĕr, ëz*), s. Decifrador.

DÉCHIQUETÉ, E (*dêchiktê*), adj. Recortado, retalhado; cortado.

DÉCHIQUETER (*dêchiktê*), v. t. (Dobra-se o *t* antes de sílaba muda: *je déchiquette.*) Retalhar, recortar; cortar, golpear; rasgar, esfarrapar.

DÉCHIQUETEUSE (*dêchiktëz*), s. f. Esfarrapadeira (máquina).

DÉCHIQUETURE (*dêchiktür*), s. f. Corte, talho, recorte.

DÉCHIRAGE (*dêchiraj*), s. m. Rasgadura; desmonte (de barcos, jangadas).

DÉCHIRANT, E (*dêchiran, t*), adj. Dilacerante, pungente; aflitivo.

DÉCHIREMENT (*dêchirman*), s. m. Rasgamento; despedaçamento, dilaceração. *Fig. Déchirement de cœur,* grande dor, extrema aflição. *Déchirement d'entrailles,* cólicas violentas. Pl. Tumultos, discórdias.

DÉCHIRER (*dêchirê*), v. t. Rasgar, esfarrapar; despedaçar, dilacerar. *Fig.* Afligir, atormentar; devastar; difamar, ultrajar.

DÉCHIRURE (*dêchirür*), s. f. Rasgão, rasgadura, ruptura; dilaceração.

DÉCHOIR (*dêchuar*), v. i. (*Je déchois, tu déchois, il déchoit, nous déchoyons, vous déchoyez, ils déchoient.* Não há imperf. *Je déchus, nous déchûmes. Je décherrai, nous décherrons. Je décherrais, nous décherrions. Que je déchoie, que nous déchoyions. Que je déchusse, que nous déchussions.* Não há part. pres. *Déchu, e.* Emprega-se com o auxiliar *avoir* ou *être,* segundo se quer exprimir ação ou estado). Decair, declinar, descer.

DÉCHOUER (*dêchuê*), v. t. Desencalhar.

DÉCHRISTIANISATION (*dêkriçtianizaçion*), s. f. Descristianização.

DÉCHRISTIANISER (*dêkriçtianizê*), v. t. Descristianizar.

DÉCHU, E (*dêchü*), adj. Decaído, deposto; rebaixado, humilhado, perdido. S. m. Pecador, extraviado.

DÉCIDÉ, E (*dêçidê*), adj. Decidido, determinado, resolvido; firme, seguro; resoluto, arrojado; patente, manifesto; definitivo.

DÉCIDÉMENT (*dêçidêman*), adv. Decididamente.

DÉCIDER (*dêçidê*), v. t. e i. Decidir, terminar, decretar. **SE DÉCIDER,** v. pr. Decidir-se.

DÉCIGRAMME (*dêçigram'*), s. m. Decigrama.

DÉCILITRE (*dêçilitr*), s. m. Decilitro.

DÉCIMABLE (*dêçimabl*), adj. Decimável, sujeito ao décimo.

DÉCIMAL, E, AUX (*dêçimal, ô*), adj. e s. Decimal.

DÉCIMATEUR (*dêçimatĕr*), s. m. Dizimeiro ou dizimador.

DÉCIME (*dêçim'*), s. m. Décimo (a décima parte do franco).

DÉCIMER (*dêçimê*), v. t. Dizimar.

DÉCIMÈTRE (*dêçimétr*), s. m. Decímetro.

DÉCIMO (*dêçimô*), adv. Décimo (em décimo lugar).

DÉCINTRAGE ou **DÉCINTREMENT** (*dêçentraj* ou *dêçantrəman*), s. m. Descimbramento.

DÉCINTRER (*dêçentrê*), v. t. Descimbrar.

DÉCISIF, IVE (*dêçizif, iv*), adj. Decisivo, resoluto, corajoso.

DÉCISION (*dêçizion*), s. f. Decisão; resolução. *Revenir sur une décision,* voltar atrás, mudar de idéia.

DÉCISIVEMENT (*dêçizivman*), adv. Decisivamente, decididamente.

DÉCISOIRE (*dêçizuar*), adj. Decisório.

DÉCISTÈRE (*dêçistér*), s. m. Decistere.

DÉCLAMATEUR (*dêklamatĕr*), s. m. Declamador. Adj. Enfático, empolado.

DÉCLAMATION (*dêklamaçion*), s. f. Declamação; invectiva; ênfase.

DÉCLAMATOIRE (*dêklamatuar*), adj. Declamatório.

DÉCLAMER (*dêklamê*), v. t. Declamar, recitar. V. i. Invectivar; gritar.

DÉCLANCHE (*dêklanch*), s. f. V. **DÉCLENCHE.**

DÉCLANCHEMENT (*dêklanchman*), s. m. V. **DÉCLENCHEMENT.**

DÉCLANCHER (*dêklanchê*), v. t. V. **DÉCLENCHER.**

DÉCLARATEUR, TRICE (*dêklaratĕr, triç*), s. *Jur.* Declarador.

DÉCLARATIF, IVE (*dêklaratif, iv*), adj. *Jur.* Declarativo, explicativo.

DÉCLARATOIRE (*dêklaratuar*), adj. *Jur.* Declaratório.

DÉCLARER (*dêklarê*), v. t. Declarar, manifestar; revelar; proclamar, decretar.

DÉCLASSÉ, E (*dêklaçê*), adj. e s. Desclassificado, desqualificado, deslocado.

DÉCLASSEMENT (*dêklaçman*), s. m. Desclassificação, desqualificação.

DÉCLASSER (*dêklaçê*), v. t. Desclassificar, desqualificar; desfazer uma classificação.

DÉCLENCHE (*dêklanch*), s. f. Escapo, tranqueta.
DÉCLENCHEMENT (*dêklanchman*), s. m. Levantamento (de espaço, aldrava, tranqueta, etc.).
DÉCLENCHER (*dêklanchê*), v. t. Levantar o escapo, a aldrava (de uma porta), o fecho (de uma janela, etc.); desengrenar, destravar (maquinismos). *Fig.* Pôr em movimento, desencadear.
DÉCLENCHEUR (*dêklanchĕr*), s. m. *Fot.* Disparador.
DÉCLIMATER (*dêklimatê*), v. t. Desaclimatar.
DÉCLIN (*dêklen*), s. m. Declínio, declinação; decadência, descaimento.
DÉCLINABLE (*dêklinabl*), adj. Declinável.
DÉCLINAISON (*dêklinêzon*), s. f. *Gram.* e *Astr.* Declinação.
DÉCLINANT, E (*dêklinan, t*), adj. Declinante.
DÉCLINATEUR (*dêklinatĕr*), s. m. Declinador, bússola declinatória.
DÉCLINATOIRE (*dêklinatuar*), adj. *Jur.* Declinatório. S. m. *Jur.* Declinatória, exceção de incompetência de um tribunal.
DÉCLINER (*dêklinê*), v.i. e t. Declinar, decair, enfraquecer; diminuir; recusar, evitar. *Bot.* Inclinar.
DÉCLIQUETER (*dêkliktê*), v. t. (Dobra o *t* antes de sílaba muda: *il décliquette.*) Desarmar, soltar, disparar, destravar (o escapo de um maquinismo).
DÉCLIVE (*dêkliv*), adj. Declive, em declive, inclinado.
DÉCLIVER (*dêklivê*), v.i. Declivar, inclinar-se.
DÉCLIVITÉ (*dêklivitê*), s. f. Declividade, declive.
DÉCLORE (*dêklór*), v. t. (Conjuga-se como *clore.*) Descerrar, tirar (vedações aos terrenos), abrir.
DÉCLOUER (*dêkluê*), v. t. Despregar, descravar.
DÉCOAGULER (*dêkoagülê*), v. t. Descoagular.
DÉCOCHEMENT (*dêkochman*), s.f. Arremesso, disparo.
DÉCOCHER (*dêkochê*), v. t. Disparar, arremessar, atirar.
DÉCOCTION (*dêkókçion*), s. f. Decocção.
DÉCOCTÉ (*dêkoktê*), s. m. Decocto, cozimento.
DÉCOIFFER (*dêkuafê*), v.t. Descoifar, despentear, destoucar; descobrir-se (tirando o chapéu); abrir (uma garrafa); descapsular; rasgar o papel da escova de um foguete. *Fig.* Desencasquetar, dissuadir.
DÉCOINCEMENT (*dêkuençman*), s. m. Descalçadura (ato de tirar os calços, as cunhas).
DÉCOINCER (*dêkuençê*), v. t. (O *c* leva uma cedilha antes de *a* e de *o*: *il décoinça, nous décoinçons.*) Tirar, levantar (as cunhas, os calços).
DÉCOLÉRER (*dêkolêrê*), v. i. (Conjuga-se como *accélérer.*) Desencolerizar-se, acalmar a própria cólera, amansar.
DÉCOLLAGE (*dêkolaj*), s. m. Descolamento; decolagem.
DÉCOLLATION (*dêkolaçion*), s. f. Degolação.
DÉCOLLEMENT (*dêkolman*), s. m. Descolamento, desgrudamento.
DÉCOLLER (*dêkolê*), v.t. Degolar; descolar. V. i. Decolar (avião). *Pop.* Ir embora.
DÉCOLLETAGE (*dêkolətaj*), s. m. Decote. Trabalho em pequenas peças de cobre ou ferro.
DÉCOLLETER (*dêkolətê*), v. t. (Dobra-se o *t* antes da sílaba muda: *je décollette.*) Decotar, descobrir.
DÉCOLONISATION (*dêkolonizaçion*), s. f. Descolonização.
DÉCOLONISER (*dêkolonizê*), v. t. Descolonizar.
DÉCOLORANT, E (*dêkoloran, t*), adj. Descolorante.
DÉCOLORATION (*dêkoloraçion*), s.f. Descoloração, descoramento.
DÉCOLORÉ, E (*dêkolorê*), adj. Descorado, descolorido.
DÉCOLORER (*dêkolorê*), v. t. Descolorar, descorar, descobrir.
DÉCOMBRER (*dêkonbrê*), v. t. Desentulhar, desobstruir, desimpedir.
DÉCOMBRES (*dêkonbr*), s. m. pl. Restos de demolição, entulho, ruínas; escombros, destroços.
DÉCOMMANDER (*dêkomandê*), v. t. Contramandar; desencomendar.
DÉCOMPLÉTER (*dêkonplêtê*), v. t. (Conjuga-se como *accélérer.*) Tornar incompleto, descompletar.
DÉCOMPOSANT, E (*dêkonpozan, t*), adj. Decomponente.
DÉCOMPOSÉ, E (*dêkonpozê*), adj. Decomposto, alterado.
DÉCOMPOSER (*dêkonpozê*), v. t. Decompor, alterar.
DÉCOMPOSITION (*dêkonpoziçion*), s. f. Decomposição, corrupção; alteração.
DÉCOMPRESSION (*dêkonprêçion*), s. f. Descompressão.
DÉCOMPRIMER (*dêkonprimê*), v. t. Descomprimir.
DÉCOMPTE (*dêkont*), s. m. Desconto, abatimento; conta pormenorizada. *Fig. Trouver du décompte,* ter uma decepção.
DÉCOMPTER (*dêkontê*), v. t. Descontar, abater. V.i. Perder as esperanças, desistir.
DÉCONCERTANT, E (*dêkonçêrtan, t*), adj. Desconcertante.
DÉCONCERTEMENT (*dêkonçêrtman*),

DÉCRI (*dêkri*), s. m. Descrédito, desapreço.
DÉCRIER (*dêkriê*), v. t. (Conjuga-se como *prier.*) Desacreditar, depreciar.
DÉCRIRE (*dêkrir*), v. t. (Conjuga-se como *écrire.*) Descrever; traçar.
DÉCROCHER (*dêkrochê*), v.t. Desprender. *Pop.* Obter; desempenhar.
DÉCROCHEZ-MOI-ÇA (*dêkrochêmuaçá*), s. m. inv. *Pop.* Roupa de segunda mão.
DÉCROISEMENT (*dêkruazman*), s. m. Descruzamento.
DÉCROISER (*dêkruazê*), v. t. Descruzar.
DÉCROISSANT, E (*dêkruaçan, t*), adj. Decrescente.
DÉCROISSEMENT (*dêkruaçman*), s. m. ou **DÉCROISSANCE** (*dêkruaçanç*), s.f. Decréscimo, diminuição.
DÉCROIT (*dêkruá*), s. m. Minguante da lua.
DÉCROITRE (*dêkruatr*), v. i. (Conjuga-se como *croître,*. mas o part. pas. *décru* não toma acento circunflexo.) Decrescer; decair.
DÉCROTTAGE (*dêkrotaj*), s.m. Limpeza. *Fig.* Educação.
DÉCROTTER (*dêkrotê*), v.t. Tirar a lama, limpar. *Fig.* Educar, civilizar.
DÉCROTTEUR (*dêkrotěr*), s.m. Engraxate.
DÉCROTTOIR (*dêkrotuar*), s.m. Peça onde se limpam as solas do calçado antes de entrar em casa.
DÉCRUE (*dêkrü*), s. f. Baixa (das águas).
DÉÇU, E (*dêçü*), adj. Enganado, frustrado.
DÉCULOTTER (*dêkülotê*), v. t. Tirar as calças.
DÉCUPLE (*dêküpl*), adj. e s. m. Décuplo.
DÉCUPLER (*dêklüplê*), v. t. Decuplicar.
DÉCURION (*dêkürion*), s. m. Decurião.
DÉDAIGNABLE (*dêdénhabl*), adj. Desdenhável, desprezível.
DÉDAIGNER (*dêdénhê*), v. t. Desdenhar.
DÉDAIGNEUSEMENT (*dêdénhězman*), adv. Desdenhosamente.
DÉDAIGNEUX, EUSE (*dêdénhě, ěz*), adj. Desdenhoso.
DÉDAIN (*dêden*), s. m. Desdém.
DÉDALE (*dêdal*), s.m. Dédalo; complicação.
DEDANS (*dədan*), adv. Dentro. *Fam. Mettre dedans*, pôr na cadeia; enganar; vencer. *Être mis dedans*, deixar-se enganar. Loc. adv.: *Là dedans, en dedans*, dentro, no interior. S. m. O interior.
DÉDICACE (*dêdikaç*), s. f. Dedicatória de um livro; consagração.
DÉDICACER (*dêdikaçê*), v. t. (O *c* toma uma cedilha antes de *a* e *o*: *il dédicaça, nous dédicaçons.*) Dedicar.
DÉDICATOIRE (*dêdikatuar*), s. f. Dedicatória.
DÉDIER (*dêdiê*), v. t. (Conjuga-se como *prier.*) Dedicar, consagrar.
DÉDIRE (*dêdir*), v.t. (Conjuga-se como *dire*, exceto na 2ª. p. pl. do pres. do ind.: *vous dédisez*, e do imper.: *dédisez.*) Desdizer. **SE DÉDIRE**, v. pr. Desdizer-se.
DÉDOMMAGEMENT (*dêdomajman*), s. m. Indenização, compensação.
DÉDOMMAGER (*dêdomajê*), v.t. (Toma um *e* mudo depois do *g* antes de *a* e *o*: *il dédommagea, nous dédommageons.*) Indenizar.
DÉDORER (*dêdorê*), v. t. Desdourar.
DÉDOUANEMENT (*dêduanəman*), s.m. Liberação da alfândega, pagando os direitos.
DÉDOUANER (*dêduanê*), v. t. Liberar da alfândega, pagando os direitos.
DÉDOUBLEMENT (*dêdoubləman*), s. m. Desdobramento, divisão.
DÉDOUBLER (*dêdublê*), v. t. Desdobrar; tirar o forro; dividir.
DÉDUCTION (*dêdükçion*), s. f. Dedução, abatimento; ilação.
DÉDUIRE (*dêdüir*), v. t. (Conjuga-se como *conduire.*) Deduzir, diminuir; inferir; pormenorizar.
DÉESSE (*dêéç*), s. f. Deusa.
DÉFACHER (SE) (*çədêfachê*), v. pr. Desagastar-se, cessar a zanga.
DÉFAILLANCE (*dêfaianç*), s. f. Falta; fraqueza; desmaio.
DÉFAILLANT, E (*dêfaian, t*), adj. Faltoso, enfraquecido, fraco.
DÉFAILLIR (*dêfaiir*), v. i. (Emprega-se apenas nas pessoas e nos tempos seguintes: *nous défaillons, vous défaillez, ils défaillent. Je défaillais*, etc... *Je défaillis*, etc... *J'ai défailli*, etc... e nos demais tempos compostos. *Défaillir. Défaillant.* Diz-se às vezes nas pessoas do sing. do pres. do ind.: *je défaux, tu défaux, il défaut;* no futuro: *je défaudrai*, e no cond.: *je défaudrais.* Mas é um barbarismo dizer *je défaille.*) Faltar; enfraquecer; desmaiar.
DÉFAIRE (*dêfér*), v.t. (Conjuga-se como *faire.*) Desfazer, destruir, derrotar; desmanchar. **SE DÉFAIRE**, v. pr. Desfazer-se de, corrigir-se de. *Fig.* Perder seu frescor, murchar, envelhecer.
DÉFAIT, E (*dêfé, t*), adj. Desfeito, pálido, vencido.
DÉFAITE (*dêfét*), s. f. Derrota; desculpa, pretexto.
DÉFAITISME (*dêfétiçm*), s.m. Derrotismo.
DÉFALQUER (*dêfalkê*), v.t. Desfalcar, cortar, diminuir.
DÉFAUT (*dêfô*), s. m. Falta, ausência; extremidade. *Fig.* Defeito, vício. *Faire défaut*, faltar. *Prendre en défaut*, pegar em falta. *Être en défaut*, enga-

s.m. Desconcerto; perturbação, confusão, falta de serenidade.

DÉCONCERTER (*dêkonçértê*), v. t. Desconcertar, confundir, interdizer, embaraçar; desarmonizar, desafinar.

DÉCONFIRE (*dêkonfir*), v. t. (Conjuga-se como *confire.*) Derrotar, desbaratar.

DÉCONFIT, E (*dêkonfi, t*), adj. Derrotado, desbaratado; perturbado, confuso, perplexo.

DÉCONFITURE (*dêkonfitür*), s.f. Derrota, ruína, malogro. *Jur.* Falência, quebra.

DÉCONFORT (*dêkonfór*), s. m. Desconforto, desânimo.

DÉCONFORTER (*dêkonfórtê*), v.t. Desconfortar, desalentar, desanimar.

DÉCONGELER (*dêkonjəlê*), v. t. (Conjuga-se como *congeler.*) Descongelar.

DÉCONGESTIONER (*dêkonjéstionê*), v. t. Descongestionar.

DÉCONSEILLER (*dêkonçéiê*), v. t. Desaconselhar, dissuadir.

DÉCONSIDÉRATION (*dêkonçidêraçion*), s. f. Desconsideração.

DÉCONSIDÉRER (*dêkonçidêrê,*), v. t. (Conjuga-se como *accélérer.*) Desconsiderar.

DÉCONSIGNER (*dêkonçinhê*), v.t. Dispensar (do serviço).

DÉCONTAMINATION (*dêkontaminaçion*), s. f. Supressão da atividade nociva de corpos contaminados.

DÉCONTENANCER (*dêkontənançê*), v. t. (O *c* leva uma cedilha antes de *a* e de *o*: *il décontenança, nous décontenançons.*) Perturbar, embaraçar.

DÉCONVENUE (*dêkonvənü*), s. f. Desgraça, má sorte.

DÉCOR (*dêkór*), s. m. Decoração, adorno, cenário.

DÉCORATEUR (*dêkoratĕr*), s. m. Decorador, cenógrafo.

DÉCORATIF, IVE (*dêkoratif, iv*), adj. Decorativo, ornamental.

DÉCORATION (*dêkoraçion*), s. f. Ornamentação, decoração; condecoração; cenário.

DÉCORER (*dêkorê*), v. t. Decorar, ornamentar; condecorar.

DÉCORUM (*dêkoróm'*), s. m. Decoro, decência.

DÉCOUCHER (*dêkuchê*), v. i. Dormir fora de casa.

DÉCOUDRE (*dêkudr*), v. t. (Conjuga-se como *coudre.*) Descoser, abrir. *Fam. En découdre,* bater-se, lutar.

DÉCOULER (*dêculê*), v. i. Correr lentamente, gotejar; provir.

DÉCOUPAGE (*dêkupaj*), s.m. Corte, talho.

DÉCOUPE (*dêkup*), s. f. Recorte.

DÉCOUPÉ, E (*dêkupê*), adj. *Bot.* Tipo de folha de bordos rendados.

DÉCOUPER (*dêkupê*), v. t. Cortar; recortar; trinchar.

DÉCOUPLÉ, E (*dêkuplê*), adj. Bem-feito de corpo.

DÉCOUPURE (*dêkupür*), s. f. Recorte.

DÉCOURAGEANT, E (*dêkurajan, t*), adj. Desanimador.

DÉCOURAGEMENT (*dêkurajman*), s. m. Desânimo, desalento.

DÉCOURAGER (*dêkurajê*), v.t. (Toma um *e* mudo depois do *g* antes de *a* e de *o*: *il découragea, nous décourageons.*) Desanimar, abater.

DÉCOURONNER (*dêkuronê*), v. t. Descoroar (privar da coroa).

DÉCOURS (*dêkur*), s. m. Minguante da lua; declínio de uma doença. Pl.: *des décours.*

DÉCOUSU, E (*dêkuzü*), adj. Descosido; sem nexo, desordenado.

DÉCOUSURE (*dêkuzür*), s. f. Descosedura. Ferimento provocado por um javali ou gamo num cão.

DÉCOUVERT, E (*dêkuvér, t*), adj. Descoberto. *À découvert,* loc. adv. Sem estar coberto, às claras.

DÉCOUVERTE (*dêkuvért*), s. f. Descoberta, descobrimento; invenção.

DÉCOUVREUR, EUSE (*dêkuvrĕr, ëz*), s. Descobridor.

DÉCOUVRIR (*dêkuvrir*), v.t. (Conjuga-se como *couvrir.*) Descobrir, avistar, mostrar, revelar. *Découvrir le pot aux roses,* desvendar o mistério. **SE DÉCOUVRIR**, v. pr. Descobrir-se; tirar o chapéu; aclarar, desanuviar.

DÉCRASSEMENT (*dêkraçman*), s. m. Limpeza. Educação elementar.

DÉCRASSER (*dêkraçê*), v. t. Limpar. *Fig.* Ministrar os conhecimentos elementares; retirar da miséria; civilizar. **SE DÉCRASSER**, v. pr. Sair da miséria.

DÉCRAVATER (*dêkravatê*), v. t. Tirar a gravata.

DÉCRÉDITER (*dêkrêditê*), v.t. Desacreditar.

DÉCRÉPI, E (*dêkrêpi*), adj. Que perdeu o reboco.

DÉCRÉPIR (*dêkrêpir*), v. t. Tirar o reboco.

DÉCRÉPIT, E (*dêkrêpi, t*), adj. Decrépito.

DÉCRÉPITER (*dêkrêpitê*), v. i. Calcinar até ultrapassar o ponto de crepitar.

DÉCRÉPITUDE (*dêkrêpitüd*), s. f. Decrepitude.

DÉCRESCENDO (*dêkreçandô*), s. m. e adv. *Mús.* Decrescendo.

DÉCRET (*dêkré*), s. m. Decreto, lei, sentença. *Décret-loi,* decreto-lei.

DÉCRÉTER (*dêkrêtê*), v. t. (Conjuga-se como *accélérer.*) Decretar, ordenar, decidir.

nar-se. Loc. prep.: *À défaut de,* na falta de; *au défaut de,* em lugar de.

DÉFAVEUR (*dêfavĕr*), s.m. Desfavor.

DÉFAVORABLE (*dêfavorabl*), adj. Desfavorável.

DÉFAVORISER (*dêfavorizê*), v. t. Desfavorecer.

DÉFECTIBLE (*dêféktibl*), adj. Defectível.

DÉFECTIF, IVE (*dêféktif*), adj. Defectivo.

DÉFECTION (*dêfékçion*), s. f. Defecção, deserção. *Faire défection,* mancar, falhar.

DÉFECTUEUSEMENT (*dêféktüëzman*), adv. Defeituosamente.

DÉFECTUEUX, EUSE (*dêféktüë, ëz*), adv. Defeituoso.

DÉFENDABLE (*dêfendabl*), adj. Defensável.

DÉFENDRE (*dêfandr*), v. t. Defender; proteger; proibir-se. **SE DÉFENDRE,** v. pr. Defender-se; negar. *À son corps défendant,* loc. adv. Em defesa própria. *Fig.* Contra vontade.

DÉFENSE (*dêfanç*), s. m. Defesa, proteção; proibição; presa (de animal).

DÉFENSEUR (*dêfançĕr*), s.m. Defensor; advogado.

DÉFENSIF, IVE (*dêfançif, iv*), adj. Defensivo.

DÉFENSIVE (*dêfançiv*), s. f. Defensiva.

DÉFÉRENCE (*dêfêranç*), s. f. Deferência, respeito.

DÉFÉRER (*dêfêrê*), v.t. (Conjuga-se como *accélérer.*) Deferir. Denunciar. V. i. Ceder.

DÉFERLAGE ou **DÉFERLEMENT** (*dêférlaj* ou *déférləman*), s. m. Ressaca violenta.

DÉFERLER (*dêférlê*), v.t. *Mar.* Abrir as velas. V. i. Bater com força (as ondas).

DÉFERRER (*déférê*), v.t. Desferrar. *Fam.* Atrapalhar. **SE DÉFERRER,** v. pr. Desferrar-se.

DÉFEUILLER (*dêfëiê*), v. t. Desfolhar.

DÉFI (*dêfi*), s.m. Desafio, provocação. *Mettre au défi,* desafiar.

DÉFIANCE (*dêfianç*), s.f. Desconfiança.

DÉFICELER (*dêfiçlê*), v.t. (Dobra o *l* antes de sílaba muda: *je déficelle.*) Tirar o barbante, desamarrar.

DÉFICIENT, E (*dêfiçian, t*), adj. Deficiente.

DÉFICIT (*dêfiçit*), s.m. Déficit, falta, prejuízo.

DÉFICITAIRE (*dêfiçitér*), adj. Deficitário, insuficiente.

DÉFIER (*dêfiê*), v.t. (Conjuga-se como *prier.*) Desafiar; declarar alguém incapaz de. **SE DÉFIER,** v.pr. Desconfiar; duvidar; provocar-se.

DÉFIGER (*dêfigê*), v.t. (Toma um *e* mudo depois do *g* antes de *a* e *o*: *il défigea, nous défigeons.*) Liquidificar.

DÉFIGURER (*dêfigurê*), v.t. Desfigurar. *Fig.* Alterar.

DÉFILADE (*dêfilad*), s.f. Desfile.

DÉFILAGE (*dêfilaj*), s.f. Desfiadura.

DÉFILÉ (*dêfilê*), s.m. Desfiladeiro. Desfile.

DÉFILER (*dêfilê*), v.t. Desenfiar; desfilar. *Pop.* **SE DÉFILER,** v. pr. Esquivar-se.

DÉFINI, E (*dêfini*), adj. Definido.

DÉFINIR (*dêfinir*), v.t. Definir; fixar. *Définir une personne,* descrever o caráter de alguém.

DÉFINISSABLE (*dêfiniçabl*), adj. Definível.

DÉFINITIF, IVE (*dêfinitif, iv*), adj. Definitivo. *En définitive,* loc. adv. Definitiva, terminantemente.

DÉFINITION (*dêfiniçion*), s.f. Definição.

DÉFINITIVEMENT (*dêfinitivman*), adv. Definitivamente.

DÉFLAGRATION (*dêflagraçion*), s.f. Deflagração, combustão forte.

DÉFLAGRER (*dêflagrê*), v.i. Deflagrar.

DÉFLATION (*dêflaçion*), s.f. Deflação.

DÉFLEURIR (*dêflëri*), v.i. e t. Desflorir. *Fig.* Tirar o frescor.

DÉFLORAISON ou **DÉFLEURAISON** (*dêflorézon* ou *dêflĕrézon*), s. f. Desflorescimento.

DÉFLORER (*dêflorê*), v.t. Deflorar. Tirar o frescor.

DÉFONCER (*dêfonçê*), v.t. (O *c* toma uma cedilha antes de *a* e *o*: *je défonçai, nous défonçons.*) Desfundar, tirar o fundo; estragar (uma estrada); cavar fundo; quebrar; desbaratar.

DÉFONCEUSE (*dêfonçëz*), s.f. Grande charrua (para cavar fundo).

DÉFORMATION (*dêfórmaçion*), s.f. Deformação.

DÉFORMER (*dêfórmê*), v. t. Deformar; corromper. **SE DÉFORMER,** v.pr. Deformar-se, perder a forma habitual.

DÉFOULEMENT (*dêfuləman*), s.m. *Psic.* Liberação de um recalque.

DÉFOURNAGE ou **DÉFOURNEMENT** (*dêfurnaj* ou *dêfurnəman*), s. m. Desenfornagem.

DÉFOURNER (*dêfurnê*), v.t. Desenfornar.

DÉFRAÎCHIR (*dêfréchir*), v.t. Murchar. **SE DÉFRAÎCHIR** v.pr. Perder o viço.

DÉFRAYER (*dêfréiê*), v.t. (Conjuga-se como *balayer.*) Pagar a despesa de. Divertir; sobressair numa conversa.

DÉFRICHABLE (*dêfrichabl*), adj. Cultivável depois de limpo; explicável.

DÉFRICHEMENT ou **DÉFRICHAGE** (*dêfrichman* ou *dêfrichaj*), s.m. Roça, surriba.
DÉFRICHER (*dêfrichê*), v.t. Desmoltar, roçar; explicar, esclarecer.
DÉFRICHEUR (*dêfrichër*), s.m. Roçador, surribador.
DÉFRISEMENT (*dêfrizman*), s.m. Ação de desencrespar.
DÉFRISER (*dêfrizê*), v.t. Desencrespar, desencaracolar o cabelo. *Pop.* Desapontar.
DÉFROISSER (*dêfruaçê*), v. t. Desenrugar.
DÉFRONCEMENT (*dêfronçman*), s. m. Ação de desenrugar, desfranzir.
DÉFRONCER (*dêfronçê*), v. t. (O *c* leva uma cedilha antes de *a* e *o*: *je défronçai, nous défronçons.*) Desenrugar, desfranzir.
DÉFROQUE (*dêfrók*), s.f. Espólio de um frade; objetos de pouco valor; roupa velha.
DÉFROQUÉ, E (*dêfrokê*), adj. e s. Que deixou o hábito religioso.
DÉFROQUER (*dêfrokê*), v.t. Fazer deixar o estado de religioso.
DÉFRUITER (*dêfrüitê*), v.t. Colher os frutos.
DÉFUNT, E (*dêfën, t*), adj. e s. Defunto, falecido.
DÉGAGÉ, E (*dêgajê*), adj. Resgatado, desembaraçado, livre, reparado.
DÉGAGEMENT (*dêgajman*), s.m. Desgaste, desprendimento, alívio.
DÉGAGER (*dêgajê*), v.t. (Toma um *e* mudo depois do *g* antes de *a* e *o*: *je dégageai, nous dégageons.*) Desempenhar, resgatar, livrar, desembaraçar, libertar, desimpedir, exalar; separar; aliviar. **SE DÉGAGER**, v.pr. Livrar-se, desimpedir-se, evaporar-se, desligar-se.
DÉGAINE (*dêghén'*), s.f. *Fam.* Atitude, andar, modo ridículo.
DÉGAINER (*dêghénê*), v. t. Desembainhar, puxar, tirar a espada.
DÉGANTER (*dêgantê*), v.t. Tirar as luvas.
DÉGARNIR (*dêgarnir*), v.t. Desguarnecer, podar (uma árvore).
DÉGÂT (*dêgá*), s.m. Estrago; desperdício; devastação.
DÉGAUCHIR (*dêgôchir*), v.t. Desbastar, aplainar, polir. *Fig.* Civilizar.
DÉGAUCHISSEMENT (*dêgôchiçman*), s.m. Desbastamento, polimento.
DÉGAZONNER (*dêgazonê*), v.t. Destruir a relva.
DÉGEL (*dêjél*), s.m. Degelo.
DÉGELÉE (*dêjəlê*), s. f. *Pop.* Surra.
DÉGÈLEMENT (*dêjélman*), s.m. Descongelamento, degelo.
DÉGELER (*dêjəlê*), v.t. (Muda o *e* mudo por *è* aberto antes de sílaba muda: *il dégèlera.*) Descongelar. V. i. Derreter (o gelo).
DÉGÉNÉRATION (*dêjênêraçion*), s.f. Degeneração.
DÉGÉNÉRÉ, E (*dêjênêrê*), adj. e s. Degenerado, corrompido.
DÉGÉNÉRER (*dêjênêrê*), v.i. (Conjuga-se como *accélérer.*) Degenerar, deteriorar; alterar.
DÉGÉNÉRESCENCE (*dêjênêréçanç*), s. f. Degenerescência.
DÉGINGANDÉ, E (*dêjengandê*), adj. *Fam.* Desengonçado.
DÉGINGANDEMENT (*dêjengandəman*), s. m. Aspecto desengonçado.
DÉGINGANDER (*dêjengandê*), v.t. Desengonçar.
DÉGIVRAGE (*dêjivraj*), s.m. Retirada do gelo.
DÉGIVRER (*dêjivrê*), v.t. Retirar o gelo (dos vidros do automóvel ou das asas de avião).
DÉGLAÇAGE ou **DÉGLACEMENT** (*dêglaçaj* ou *dêglaçman*), v.t. Retirada da neve das ruas.
DÉGLACER (*dêglacê*), v. t. (O *c* leva uma cedilha antes de *a* e *o*: *je déglaçai, nous déglaçons.*) Degelar, derreter (o gelo), aquecer; tirar o lustre.
DÉGLUTIR (*dêglütir*), v.t. Deglutir, engolir.
DÉGLUTITION (*dêglütiçion*), s.f. Deglutição.
DÉGOBILLAGE (*dêgobiiaj*), s.m. *Pop.* Vômito.
DÉGOBILLER (*dêgobiiê*), v. t. *Pop.* Vomitar.
DÉGOISER (*dêguazê*), v.t. *Pop.* Tagarelar, palrar.
DÉGOMMAGE (*dêgomaj*), s.m. Retirada da goma.
DÉGOMMER (*dêgomê*), v.t. Desengomar. *Pop.* Despedir de um emprego.
DÉGONFLEMENT (*dêgonfləman*), s. m. Desinchação.
DÉGONFLER (*dêgonflê*), v.t. Desinchar; esvaziar; aliviar.
DÉGORGEAGE (*dêgórjaj*), s. m. V. **DÉGORGEMENT.**
DÉGORGEMENT (*dêgórjman*), s.m. Vômito; enxurrada; saída.
DÉGORGER (*dêgórjê*), v.t. (Toma um *e* mudo depois do *g* antes de *a* e *o*: *je dégorgeai, nous dégorgeons.*) Vomitar, lançar, despejar, limpar, desobstruir.
DÉGOTER ou **DÉGOTTER** (*dêgotê*), v.t. *Pop.* Derrubar com um projétil; suplantar.
DÉGOULINER (*dêgulinê*), v. i. *Pop.* Pingar.
DÉGOURDI, E (*dêgurdi*), adj. e s. Desembaraçado, esperto, sagaz.
DÉGOURDIR (*dêgurdir*), v. t. Desentorpecer; amornar. *Fig.* Desacanhar.
DÉGOURDISSEMENT (*dêgurdiçman*), s.m. Desentorpecimento.
DÉGOÛT (*dêgu*), s.m. Fastio; aversão, nojo, desgosto, mágoa; desprezo.

DÉGOÛTAMMENT (*dêgutaman*), adv. Repugnantemente, aborrecidamente.
DÉGOÛTANT, E (*dêgutan, t*), adj. Repugnante; enfadonho, aborrecido.
DÉGOÛTÉ, E (*dêgutê*), adj. Enjoado; delicado; difícil.
DÉGOÛTER (*dêgutê*), v.t. Repugnar, desgostar; desviar; aborrecer.
DÉGOUTTANT, E (*dêgutan, t*), adj. Gotejante.
DÉGOUTTEMENT (*dêgutman*), s.m. Gotejamento.
DÉGOUTTER (*dêgutê*), v.i. Gotejar, escorrer.
DÉGRADANT, E (*dêgradan, t*), adj. Degradante.
DÉGRADATION (*dêgradaçion*), s.f. Degradação, destruição; deterioração, estrago.
DÉGRADER (*dêgradê*), v. t. Degradar, corromper, danificar, enfraquecer.
DÉGRAFER (*dêgrafê*), v.t. Desapertar, desacolchetar.
DÉGRAISSAGE ou **DÉGRAISSEMENT** (*dêgréçaj* ou *dêgréçman*), s.m. Desengraxamento.
DÉGRAISSER (*dêgréçê*), v. t. Desengordurar; tirar manchas; tirar à terra as qualidades fecundantes.
DEGRÉ (*dəgrê*), s. m. Degrau, grau, intervalo, título. Loc. adv.: *Par degrés*, gradualmente; *au suprême degré*, ao máximo.
DÉGRESSIF, IVE (*dêgréçif, iv*), adj. Degressivo.
DÉGRÈVEMENT (*dêgrévman*), s. m. Redução de impostos.
DÉGREVER (*dêgrəvê*), v. t. (Conjuga-se como *amener.*) Reduzir um imposto.
DÉGRINGOLADE (*dêgrengolad*), s. f Queda, descida. *Fig.* Ruína, derrocada.
DÉGRINGOLER (*dêgrengolê*), v. i. Cair, descer precipitadamente, decair.
DÉGRISEMENT (*dêgrizman*), s.m. Dissipação da embriaguez. *Fig.* Perda das ilusões.
DÉGRISER (*dêgrizê*), v.t. Desembriagar. *Fig.* Perder as ilusões.
DÉGROSSIR (*dêgroçir*), v. t. Desbastar; esboçar; esclarecer. *Fig.* Civilizar.
DÉGROSSISSAGE ou **DÉGROSSISSEMENT** (*dêgroçiçaj* ou *dêgroçiçman*), s. m. Desengrosso, desbaste.
DÉGUENILLÉ, E (*dêghəniiê*), adj. e s. Esfarrapado, andrajoso.
DÉGUERPIR (*dêghérpir*), v. t. Abandonar. V. i. Fugir, safar-se.
DÉGUERPISSEMENT (*dêghérpiçman*), s. m. Renúncia, abandono; fuga.
DÉGUEULER (*dêghëlê*), v. i. *Pop.* Vomitar.
DÉGUISÉ, E (*dêghizê*), adj. e s. Mascarado, disfarçado.
DÉGUISEMENT (*dêghizman*), s. m. Disfarce; fantasia. *Fig.* Dissimulação.
DÉGUISER (*dêghizê*), v. t. Disfarçar, mascarar. *Fig.* Fingir, dissimular. **SE DÉGUISER**, v. pr. Disfarçar-se.
DÉGUSTATEUR, TRICE (*dêgüçtatër, triç*), adj. e s. Que degusta.
DÉGUSTATION (*dêgüçtaçion*), s. f. Degustação.
DÉGUSTER (*dêgüçtê*), v. t. Degustar; apreciar, saborear.
DÉHANCHÉ, E (*dêanchê*), adj. Desengonçado; deslocado, sem ligação.
DÉHANCHEMENT (*dêanchman*), s. m. Derreamento, andar bamboleante.
DÉHANCHER (*dêanchê*), v. t. Derrear; desengonçar; deslocar. **SE DÉHANCHER**, v. pr. Derrear-se; bambolear-se.
DÉHARNACHER (*dêarnachê*), v. t. Desarrear. *Fig.* Despir uma roupa incômoda.
DÉHISCENCE (*dêiçanç*), s. f. Deiscência.
DEHORS (*dəór*), adv. Fora, exteriormente. S. m. O exterior. *Fig.* Aparências, conveniências. Loc. adv.: *Au dehors*, externamente; *de dehors*, de fora; *en dehors*, pelo exterior, para fora; *par dehors*, por fora. *Être en dehors* ou *tout en dehors*, ser extremamente franco.
DÉICIDE (*dêiçid*), adj. e s. Deicida, deicídio.
DÉIFICATION (*dêifikaçion*), s. f. Deificação, apoteose.
DÉIFIER (*dêifiê*), v. t. (Conjuga-se como *prier.*) Deificar, divinizar.
DÉISME (*dêiçm*), s. m. Deísmo.
DÉISTE (*dêiçt*), s. Deísta.
DÉITÉ (*dêitê*), s. f. Divindade.
DÉJÀ (*dêjá*), adv. Já, agora; desde então; antes.
DÉJECTION (*dêjékçion*), s. f. Dejecção, evacuação.
DÉJETÉ, E (*dêjətê*), adj. Curvo, sem jeito. *Fig.* Envelhecido, abatido.
DÉJETER (*dêjətê*), v. t. (Dobra o *t* antes de sílaba muda: *je déjette.*) Curvar; empenar (a madeira). **SE DÉJETER**, v. pr. Curvar-se, arquear-se.
DÉJETTEMENT (*dêjétman*), s. m. Curvamento, empenamento.
DÉJEUNER ou **DÉJEUNÉ** (*dêjënê*), s. m. Café da manhã, almoço; bandeja com xícaras, etc. *Déjeuner de soleil*, diz-se de uma fazenda que desbota rapidamente. *Fig.* Coisa passageira.
DÉJEUNER (*dêjënê*), v.i. Almoçar.
DÉJOINDRE (*dêjuendr*), v. t. (Conjuga-se como *joindre.*) Deslocar, separar.
DÉJOUER (*dêjuê*), v.t. Frustrar, desmanchar.
DÉJUCHER (*dêjüchê*), v. t. e i. Desempoleirar.

DÉJUGER (*dêjüjê*), v. t. (Toma um *e* mudo depois do *g* antes de *a* e *o*: *il déjugea, nous déjugeons.*) Julgar em contrário ao que fora julgado. **SE DÉJUGER**, v. pr. Mudar de atitude.
DELÀ (*dəlá*), prep. De lá, dali, mais longe que, do outro lado de. Loc. adv.: *Par delà*, para além de; *au-delà*, além, mais longe. *L'au-delà*, s. m. O além.
DÉLABRÉ, E (*dêlabrê*), adj. Deteriorado, arruinado.
DÉLABREMENT (*dêlabrəman*), s. m. Destruição, ruína; enfraquecimento, abatimento.
DÉLABRER (*dêlabrê*), v. t. Estragar, destruir, arruinar, malbaratar. **SE DÉLABRER**, v. pr. Estragar-se.
DÉLACER (*dêlaçê*), v. t. (O *c* toma uma cedilha antes de *a* e *o*: *je délaçai, nous délaçons.*) **SE DÉLACER**, v. pr. Desapertar-se.
DÉLAI (*dêlé*), s. m. Demora, espera, prazo. *Le délai expiré*, terminado o prazo.
DÉLAISSÉ, E (*dêléçê*), adj. e s. Abandonado, só.
DÉLAISSEMENT (*dêléçman*), s. m. Abandono, desamparo; renúncia de um direito.
DÉLAISSER (*dêléçê*), v. t. Abandonar, desamparar; desistir de um direito.
DÉLAITEMENT ou **DÉLAITAGE** (*dêlétman* ou *dêlétaj*), s. m. Desleitagem.
DÉLAITER (*dêlétê*), v. t. Desleitar.
DÉLAITEUSE (*dêlétëz*), s. f. Desnatadeira.
DÉLARDEMENT (*dêlardəman*), s. m. Retirada do toucinho da carne. Chanfradura.
DÉLARDER (*dêlardê*), v. t. Tirar o toucinho da carne; chanfrar.
DÉLASSANT, E (*dêlaçan, t*), adj. Recreativo, agradável.
DÉLASSEMENT (*dêlaçman*), s. m. Descanso, lazer, distração, passatempo.
DÉLASSER (*dêlaçê*), v. t. Descansar. **SE DÉLASSER**, v. pr. Repousar; distrair-se, entreter-se.
DÉLATEUR, TRICE (*dêlatër, triç*), adj. e s. Delator, acusador.
DÉLATION (*dêlaçion*), s. f. Delação, acusação.
DÉLAVAGE (*dêlavaj*), s. m. Deslavamento, alagamento.
DÉLAVER (*dêlavê*), v. t. Deslavar, esmaecer com água uma cor; alagar.
DÉLAYAGE ou **DÉLAYEMENT** (*dêléiaj* ou *dêléman*), s. m. Diluição. *Fig.* Difusão do estilo.
DÉLAYER (*dêléiê*), v. t. (Conjuga-se como *balayer.*) Diluir. *Fig.* Exprimir prolixamente.
DÉLÉBILE (*dêlêbil*), adj. Delével.
DÉLECTABLE (*dêléktabl*), adj. Aprazível, agradável.
DÉLECTATION (*dêléktaçion*), s. f. Deleite, delícia.
DÉLECTER (*dêléktê*), v. t. Deleitar, encantar. **SE DÉLECTER**, v. pr. Deleitar-se.
DÉLÉGATAIRE (*dêlêgatér*), s. A que se dá uma delegação.
DÉLÉGATEUR, TRICE (*dêlêgatër, triç*), s. Delegante.
DÉLÉGATION (*dêlêgaçion*), s. f. Delegação.
DÉLÉGATOIRE (*dêlêgatuar*), adj. Delegatório.
DÉLÉGUÉ, E (*dêlêghê*), s. Delegado.
DÉLÉGUER (*dêlêghê*), v.t. (Conjuga-se como *accélérer.*) Delegar, encarregar; consignar.
DÉLESTAGE (*dêléçtaj*), s. m. *Mar.* Deslastro.
DÉLESTER (*dêléçtê*), v.t. *Mar.* Deslastrar. *Fig.* Aliviar; roubar.
DÉLÉTÈRE (*dêlêtér*), adj. Deletério; corruptor.
DÉLIBÉRANT, E (*dêlibêran, t*), adj. Deliberante.
DÉLIBÉRATIF, IVE (*dêlibêratif, iv*), adj. Deliberativo.
DÉLIBÉRATION (*dêlibêraçion*), s. f. Deliberação;. discussão.
DÉLIBÉRATOIRE (*dêlibêratuar*), adj. Deliberativo.
DÉLIBÉRÉ, E (*dêlibêrê*), adj. Deliberado; desembaraçado; fácil. S. m. Acórdão, sentença.
DÉLIBÉRÉMENT (*dêlibêrêman*), adv. Deliberadamente.
DÉLIBÉRER (*dêlibêrê*), v. i. (Conjuga-se como *accélérer.*) Deliberar, discutir, examinar.
DÉLICAT, E (*dêliká, t*), adj. Delicado, fraco, leve, tênue; esmerado; sensível; difícil, espinhoso, perigoso; melindroso.
DÉLICATEMENT (*dêlikatman*), adv. Delicadamente.
DÉLICATESSE (*dêlikatéç*), s. f. Delicadeza, fraqueza, destreza, amabilidade, esmero, escrúpulo.
DÉLICES (*dêliç*), s. f. pl. Delícias, prazer, volúpia.
DÉLICIEUSEMENT (*dêliçiëzman*), adv. Deliciosamente.
DÉLICIEUX, EUSE (*dêliçië, ëz*), adj. Delicioso, agradável.
DÉLICTUEUX, EUSE (*dêliktüë, ëz*), adj. Delituoso.
DÉLIÉ, E (*dêliê*), adj. Delgado, fino, leve. *Fig.* Sutil. S. m. Os finos das letras.
DÉLIEMENT (*dêliman*), s. m. Ação de deslizar, de desatar.
DÉLIER (*dêliê*), v. t. (Conjuga-se como *prier.*) Desligar, desamarrar. *Fig.* Desobrigar, isentar.
DÉLIMITATION (*dêlimitaçion*), s. f. Delimitação.

DÉLIMITER (*dêlimitê*), v. t. Delimitar, fixar.

DÉLINÉAMENT (*dêlinêaman*), s. m. Delineamento, contorno.

DÉLINÉER (*dêlinêê*), v. t. Delinear.

DÉLINQUANT, E (*dêlenkan, t*), s. m. Delinqüente.

DÉLIQUESCENCE (*dêlikéçanç*), s. f. Deliqüescência.

DÉLIQUESCENT, E (*dêlikéçan, t*), adj. Deliqüescente.

DÉLIRANT, E (*dêliran, t*), adj. Delirante.

DÉLIRE (*dêlir*), s. m. Delírio. *Fig.* Alucinação, exaltação; inspiração; entusiasmo.

DÉLIRER (*dêlirê*), v. i. Delirar.

DÉLIT (*dêli*), s. m. Delito. *Prendre en flagrant délit*, apanhar em flagrante.

DÉLIVRANCE (*dêlivranç*), s. f. Libertação; entrega; parto.

DÉLIVRER (*dêlivrê*), v. t. Libertar, resgatar; entregar; desembaraçar; partejar.

DÉLOGER (*dêlojê*), v. i. (Toma um *e* mudo depois do *g* antes de *a* e *o*: *je délogeai, nous délogeons.*) Desalojar, mudar de casa, sair; morrer. V. t. *Fam.* Tirar alguém de onde está. *Déloger sans tambour ni trompette*, retirar-se às ocultas, safar-se.

DÉLOYAL, E, AUX (*dêluaial, ô*), adj. Desleal, traidor.

DÉLOYAUTÉ (*dêluaiôtê*), s. f. Deslealdade, perfídia.

DELTA (*déltá*), s. m. Delta.

DÉLUGE (*dêlüj*), s. m. Dilúvio, inundação, chuva torrencial. *Fig.* Abundância. *Remonter au déluge*, historiar um fato desde sua origem remota.

DÉLURÉ, E (*dêlürê*), adj. Esperto, sagaz.

DÉLUSTRER (*dêlüçtrê*), v. t. Deslustrar.

DÉMAGOGIE (*dêmagoji*), s. f. Demagogia.

DÉMAGOGIQUE (*dêmagojik*), adj. Demagógico.

DÉMAGOGUE (*dêmagóg*), s. m. Demagogo.

DÉMAIGRIR (*dêmégrir*), v. t. Desbastar.

DÉMAIGRISSEMENT (*dêmégriçman*), s. m. Desbastamento.

DÉMAILLAGE (*dêmaiaj*), s. m. Desmalhe.

DÉMAILLER (*dêmaiê*), v. t. Desmalhar.

DÉMAILLOTER (*dêmaiotê*), v. t. Desenfaixar, tirar os cueiros.

DEMAIN (*dəmen*), adv. Amanhã. *À demain*, até amanhã.

DÉMANCHER (*dêmanchê*), v. t. Desencabar; tirar a manga a. *Fig.* Desunir.

DEMANDANT, E (*dəmandan, t*), adj. Requerente.

DEMANDE (*dəmand*), s. f. Pergunta; pedido, requerimento; encomenda; procura; pedido de casamento.

DEMANDER (*dəmandê*), v.t. Pedir, reclamar, exigir; perguntar; desejar; requerer, pedir em casamento; demandar.

DEMANDEUR, ERESSE (*dəmandẽr, əréç*), s. *Jur.* Requerente.

DÉMANGEAISON (*dêmanjézon*), s. f. Comichão, coceira. *Fam.* Desejo ardente.

DÉMANGER (*dêmanjê*), v. i. (Toma um *e* mudo depois do *g* antes de *a* e *o*: *il démangea, nous démangeons.*) Comichar, cocegar. *Fig.* Desejar muito.

DÉMANTÈLEMENT (*dêmantélman*), s. m. Desmantelamento.

DÉMANTELER (*dêmantelê*), v. t. (Toma um *è* aberto antes de sílaba muda: *je démantèle.*) Desmantelar, arrasar.

DÉMANTIBULER (*dêmantibülê*), v. t. Quebrar, deslocar (o queixo); desarranjar, escangalhar.

DÉMAQUILLER (*dêmakiiê*), v. t. Tirar a maquilagem.

DÉMARCATIF, IVE (*dêmarkatif, iv*), adj. Demarcativo.

DÉMARCATION (*dêmarkaçion*), s. f. Demarcação. *Fig.* Separação, distinção.

DÉMARCHE (*dêmarch*), s. f. Modo de andar. *Fig.* Meios, diligência, tentativa.

DÉMARIER (*dêmariê*), v.t. (Conjuga-se como *prier.*) Descasar, divorciar.

DÉMARQUAGE ou **DÉMARCAGE** (*dêmarkaj*), s. m. Demarcação.

DÉMARQUER (*dêmarkê*), v. t. Desmarcar; plagiar.

DÉMARRAGE (*dêmaraj*), s. m. Demarragem.

DÉMARRER (*dêmarê*), v. t. Desatracar, levantar ferros, partir. *Fam.* Deixar um lugar.

DÉMARREUR (*dêmarẽr*), s.m. Aparelho para demarrar.

DÉMASCLAGE (*dêmaçklaj*), s. m. Descortiçamento.

DÉMASQUER (*dêmaçkê*), v. t. Desmascarar, descobrir, manifestar.

DÉMATER (*dêmatê*), v. t. Desmastrear, desarvorar.

DÉMÊLÉ (*dêmélê*), s. m. Altercação, rixa.

DÉMÊLER (*dêmélê*), v.t. Desembaraçar. *Fig.* Esclarecer, distinguir, discutir. **SE DÉMÊLER**, v. pr. Desembaraçar-se, distinguir-se, esclarecer-se, sair-se bem; separar-se; pentear-se.

DÉMÊLOIR (*dêméluar*), s. m. Pente de desembaraçar cabelo.

DÉMEMBREMENT (*dêmanbrəman*), s. m. Desmembramento; divisão.

DÉMEMBRER (*dêmanbrê*), v.t. Desmembrar. Fig. Dividir, separar.

DÉMÉNAGEMENT (*dêmênajman*), s.m. Mudança de habitação, de móveis, de uma casa para outra.

DÉMÉNAGER (*dêmênajê*), v.t. (Toma um *e* mudo depois do *g* antes de *a* e *o*: *je déménageai, nous déménageons*.) Mudar os móveis de uma casa para outra. V.i. Mudar de habitação.

DÉMÉNAGEUR (*dêmênajër*), s. m. Pessoa encarregada de mudanças e transportes de móveis.

DÉMENCE (*dêmanç*), s. f. Demência.

DÉMENER (SE) (*çədêmənê*), v. t. (Conjuga-se como *amener*.) Debater-se, agitar-se violentamente. *Fig.* Comover-se; debater-se.

DÉMENT, E (*dêman, t*), adj. e s. Demente.

DÉMENTI (*dêmanti*), s. m. Desmentido.

DÉMENTIEL, ELLE (*dêmançiél*), adj. Demencial.

DÉMENTIR (*dêmantir*), v. t. (Conjuga-se como *mentir*.) Desmentir, contradizer. *Fig.* Falar, agir em sentido contrário. **SE DÉMENTIR**, v. pr. Desmentir-se.

DÉMÉRITE (*dêmêrit*), s. m. Desmerecimento.

DÉMÉRITER (*dêmêritê*), v. i. Desmerecer.

DÉMESURE (*dêməzür*), s. f. Desmedida.

DÉMESURÉ, E (*dêməzürê*), adj. Desmedido, enorme.

DÉMESURÉMENT (*dêməzürêman*), adv. Desmesuradamente.

DÉMETTRE (*dêmétr*), v. t. (Conjuga-se como *mettre*.) Deslocar, desmandar. *Fig.* Destituir. *Jur.* Indeferir.

DÉMEUBLÉ, E (*dêmëblê*), adj. Desmobilado. *Fam. Bouche démeublée*, boca desdentada.

DÉMEUBLEMENT (*demëbləman*), s. m. Retirada dos móveis de uma casa.

DÉMEUBLER (*dêmëblê*), v.t. Desguarnecer, retirar os móveis.

DEMEURANT, E (*dəmëran, t*), adj. Residente. S. m. Restante. *Au demeurant*, loc. adv. De resto, em suma.

DEMEURE (*dəmër*), s.f. Habitação, residência; estada; permanência, demora. *Jur. Mettre quelqu'un en demeure*, intimar uma pessoa, responsabilizando-a pela demora. *Être à demeure*, estar fixo, criar raízes. *À demeure*, loc. adv. De maneira estável.

DEMEURER (*dəmërê*), v. i. Habitar; ficar, permanecer; manter-se; tardar. *En demeurer là*, não continuar.

DEMI, E (*dəmi*), adj. Meio, metade. S. m. Um meio, metade de uma unidade; copo de cerveja de meio litro. *Esp.* Meia. S. f. Metade; meia hora. Loc. adv.: *À demi*, pela metade; *à demi-mot*, por meias palavras.

DEMI-BOTTE (*dəmibót*), s. f. Bota até ao meio da perna. Pl.: *des demi-bottes*.

DEMI-BRIGADE (*dəmibrigad*), s.f. Meia brigada. Pl.: *des demi-brigades*.

DEMI-CERCLE (*dəmiçérkl*), s. m. Semicírculo; grafômetro. Pl.: *des demi-cercles*.

DEMI-CIRCULAIRE (*dəmiçirkülér*), adj. Semicircular.

DEMI-CLEF (*dəmiklê*), s. f. Laço na ponta de uma corda. Pl.: *des demi-clefs*.

DEMI-DEUIL (*dəmidëi*), s. m. Meio-luto. Pl.: *des demi-deuils*.

DEMI-DIEU (*dəmidië*), s. m. Semideus. Pl.: *des demi-dieux*.

DÉMIELLER (*dêmiélê*), v. t. Extrair o mel da cera.

DEMI-FIN, E (*dəmifen, fin'*), adj. Meio fino; formado de meia liga (metal fino).

DEMI-FINALE (*dəmifinal*), s. f. Semifinal. Pl.: *des demi-finales*.

DEMI-FORTUNE (*dəmifortün'*), s. f. Carro de quatro rodas, puxado por um só cavalo. Pl.: *des demi-fortunes*.

DEMI-FRÈRE (*dəmifrér*), s. m. Irmão por parte de pai ou de mãe. Pl.: *des demi-frères*.

DEMI-GROS (*dəmigrô*), s. m. Intermediário entre o comerciante por atacado e o retalhista. Pl.: *des demi-gros*.

DEMI-HEURE (*dəmiër*), s. f. Meia hora. Pl.: *des demi-heures*.

DEMI-JOUR (*dəmijur*), s. m. Inv. Luz fraca do amanhecer.

DÉMILITARISATION (*dêmilitarizaçion*), s. f. Desmilitarização.

DÉMILITARISER (*dêmilitarizê*), v. t. Desmilitarizar.

DEMI-LUNE (*dəmilün'*), s. f. Meia-lua. Pl.: *des demi-lunes*.

DEMI-MAL (*dəmimal*), s. m. Inconveniente de menor gravidade. Pl.: *des demi-maux*.

DEMI-MESURE (*dəmiməzür*), s.f. Meia medida. Pl.: *des demi-mesures*.

DEMI-MONDAINE (*dəmimondén'*), s. f. Mulher pouco séria. Pl.: *des demi-mondaines*.

DEMI-MONDE (*dəmimond*), s. m. Sociedade de pessoas pouco sérias. Pl.: *des demi-mondes*.

DEMI-MORT, E (*dəmimór, t*), adj. Meio-morto.

DEMI-MOT (À) (*dəmimô*), loc. adv. Laconicamente; por meias palavras.

DÉMINÉRALISATION (*dêminêralizaçion*), s. f. Desmineralização.

DÉMINÉRALISER (*dêminêralizê*), v. t. Desmineralizar.

DEMI-PAUSE (*dəmipôz*), s.f. *Mús.* Pausa mínima. Pl.: *des demi-pauses*.

DEMI-PENSION (*dəmipançion*), s. f. Meia pensão. Pl.. *des demi-pensions*.

DEMI-PENSIONNAIRE (*demipançionér*), s. Semi-interno. Pl.: *des demi-pensionnaires*.

DEMI-PIÈCE (*dəmipiéç*), s. f. Meia-peça de pano; pipa de 110 litros. Pl.: *des demi-pièces*.
DEMI-QUART (*dəmikar*), s. m. Um oitavo. Pl.: *des demi-quarts*.
DEMI-RELIURE (*dəmirəliür*), s. f. Meia-encadernação. Pl.: *des demi-reliures*.
DEMI-SAISON (*dəmiçézon*), s. f. Meia-estação. Pl.: *des demi-saisons*.
DEMI-SANG (*dəmiçan*), s. m. inv. Cavalo proveniente de reprodutores dos quais apenas um é puro sangue.
DEMI-SŒUR (*dəmiçĕr*), s. f. Irmã por parte de pai ou de mãe. Pl.: *des demi-sœurs*.
DEMI-SOLDE (*dəmiçóld*), s. f. Meio-soldo. Pl.: *des demi-soldes*.
DEMI-SOMMEIL (*dəmiçomél*), s. m. Modorra.
DÉMISSION (*dêmiçion*), s.f. Demissão, renúncia.
DÉMISSIONNAIRE (*dêmiçionér*), adj. e s. Demissionário.
DÉMISSIONNER (*dêmiçionê*), v. i. Demitir-se.
DEMI-TASSE (*dəmitaç*), s. f. Meia xícara. Pl.: *des demi-tasses*.
DEMI-TEINTE (*dəmitent*), s.f. Meia-tinta. Pl.: *des demi-teintes*.
DEMI-TON (*dəmiton*), s. m. *Mús*. Semitom. Pl.: *des demi-tons*.
DEMI-TOUR (*dəmitur*), s. m. Meia-volta. Pl.: *des demi-tours*.
DÉMOBILISATION (*dêmobilizaçion*), s. f. Desmobilização.
DÉMOBILISER (*dêmobilizê*), v.t. Desmobilizar.
DÉMOCRATE (*dêmokrat*), adj. e s. Democrata.
DÉMOCRATIE (*dêmokraçi*), s. f. Democracia.
DÉMOCRATIQUE (*dêmokratik*), adj. Democrático.
DÉMOCRATIQUEMENT (*dêmokratikman*), adv. Democraticamente.
DÉMOCRATISATION (*dêmokratizaçion*), s. f. Democratização.
DÉMOCRATISER (*dêmokratizê*), v. t. Democratizar.
DÉMODÉ, E (*dêmodê*), adj. Fora de moda.
DÉMODER (SE) (*çədêmodê*), v. pr. Sair de moda.
DÉMOGRAPHE (*dêmograf*), s. m. Demógrafo.
DÉMOGRAPHIE (*dêmografi*), s.f. Demografia
DÉMOGRAPHIQUE (*dêmografik*), adj. Demográfico.
DEMOISELLE (*dəmuazél*), s. f. Donzela. *Ant*. Dama nobre. *Demoiselle d'honneur*, dama de honra.
DÉMOLIR (*dêmolir*), v.t. Demolir. *Fig*. Destruir. *Pop*. Arrasar.
DÉMOLISSEUR, EUSE (*dêmoliçĕr, ëz*), s. Demolidor.
DÉMOLITION (*dêmoliçion*), s.f. Demolição.
DÉMON (*dêmon*), s.m. Demônio.
DÉMONIAQUE (*dêmoniak*), adj. e s. Demoníaco.
DÉMONOGRAPHIE ou **DÉMONOLOGIE** (*dêmonografi* ou *dêmonoloji*), s. f. Demografia ou demonologia.
DÉMONOGRAPHIQUE ou **DÉMONOLOGIQUE** (*dêmonografik* ou *dêmonolojik*), adj. Demonográfico ou demonológico.
DÉMONOMANE (*dêmonoman'*), s. Demonomaníaco.
DÉMONOMANIE (*dêmonomani*), s. f. Demonomania.
DÉMONSTRATEUR, TRICE (*dêmonçtratĕr, triç*), s. Demonstrador.
DÉMONSTRATIF, IVE (*dêmonçtratif, iv*), adj. Demonstrativo.
DÉMONSTRATION (*dêmonçtraçion*), s. f. Demonstração.
DÉMONSTRATIVEMENT (*dêmonçtrativman*), adv. Claramente.
DÉMONTABLE (*dêmontabl*), adj. Desmontável.
DÉMONTAGE (*dêmontaj*), s.m. Desmontagem.
DÉMONTER (*dêmontê*), v.t. Desmontar. Tirar o comando. Desarmar. *Fig*. Desconcertar. *Mer démontée*, mar agitado. **SE DÉMONTER**, v.pr. Separar-se. Confundir-se, perturbar-se.
DÉMONTRABLE (*dêmontrabl*), adj. Demonstrável.
DÉMONTRER (*dêmontrê*), v. t. Demonstrar, testemunhar.
DÉMORALISANT, E (*dêmoralizan, t*), adj. Desmoralizador.
DÉMORALISATEUR, TRICE (*dêmoralizatĕr, triç*), s. e adj. Desmoralizador.
DÉMORALISATION (*dêmoralizaçion*), s. f. Desmoralização.
DÉMORALISER (*dêmoralizê*), v.t. Desmoralizar.
DÉMORDRE (*dêmórdr*), v.t. Largar a presa. *Fig*. e *fam*. *Ne pas démordre de*, não desistir, não largar.
DÉMOULAGE (*dêmulaj*), s. m. Desmoldagem.
DÉMOULER (*dêmulê*), v.t. Desmoldar.
DÉMOUVOIR (*dêmuvuar*), v. t. Demover.
DÉMUNIR (*dêmünir*), v.t. Desprover de munições, desmunicionar.
DÉMURER (*dêmürê*), v.t. Desmurar.
DÉMYSTIFIER (*dêmiçtifiê*), v. t. Denunciar o erro, a mentira.
DÉNAIRE (*dênér*), adj. Denário, decurial.
DÉNANTIR (*dênantir*), v.t. Retirar a garantia. **SE DÉNANTIR**, v. pr. Renunciar a uma garantia.
DÉNATALITÉ (*dênatalitê*), s.f. Diminuição de natalidade.

DÉNATIONALISATION (*dênaçionalizaçion*), s.f. Desnacionalização.
DÉNATIONALISER (*dênaçionalizê*), v. t. Desnacionalizar.
DÉNATTER (*dênatê*), v. t. Destrançar.
DÉNATURALISATION (*dênaturalizaçion*), s. f. Desnaturalização.
DÉNATURALISER (*dênatüralizê*), v. t. Desnaturalizar.
DÉNATURANT, E (*dênatüran, t*), adj. Que desnatura.
DÉNATURATION (*dênatüraçion*), s. f. Desnaturação.
DÉNATURÉ, E (*dênatürê*), adj. Desnaturado.
DÉNATURER (*dênatürê*), v.t. Desnaturar, deformar, alterar. *Fig.* Dar uma falsa aparência; depravar.
DÉNÉGATION (*dênêgaçion*), s.f. Negativa, contestação.
DÉNI (*dêni*), s.m. Negação de um fato.
DÉNIAISER (*dêniézê*), v.t. Desacanhar, desembaraçar, tornar menos ingênuo.
DÉNICHER (*dênichê*), v. t. Desaninhar. *Fig.* Descobrir o esconderijo de alguém. *Fam.* Encontrar. V.i. Fugir.
DÉNICHEUR, EUSE (*dênichĕr, ëz*), s. O que desaninha; investigador hábil.
DÉNIER (*dêniê*), s.m. Moeda antiga; juro.
DÉNIER (*dêniê*), v.t. (Conjuga-se como *prier.*) Denegar.
DÉNIGRANT, E (*dênigran, t*), adj. Difamante.
DÉNIGREMENT (*dênigrəman*), s. m. Difamação.
DÉNIGRER (*dênigrê*), v. t. Denegrir, difamar.
DÉNIGREUR, EUSE (*dênigrĕr, ëz*), s. Difamador.
DÉNIVELER (*dênivlê*), v.t. (Dobra o *l* antes de sílaba muda: *je dénivelle.*) Desnivelar.
DÉNIVELLATION (*dênivélaçion*), s. f. Desnivelamento.
DÉNOIRCIR (*dênuarçir*), v. t. Tirar a cor negra.
DÉNOMBREMENT (*dênonbrəman*), s. m. Enumeração, recenseamento.
DÉNOMBRER (*dênonbrê*), v.t. Enumerar; recensear.
DÉNOMINATEUR (*dênominatĕr*), s. m. Denominador.
DÉNOMINATIF, IVE (*dênominatif, iv*), adj. Denominativo.
DÉNOMINATION (*dênominaçion*), s. f. Denominação.
DÉNOMMER (*dênomê*), v.t. Denominar, nomear.
DÉNONCER (*dênonçê*), v. t. (O *c* toma uma cedilha antes de *a* e *o*: *je dénonçai, nous dénonçons.*) Denunciar; declarar; assimilar.
DÉNONCIATEUR, TRICE (*dênonçiatĕr, triç*), s. Denunciador, delator.
DÉNONCIATION (*dênonçiaçion*), s.f. Denúncia.
DÉNOTER (*dênotê*), v. t. Denotar, indicar.
DÉNOUEMENT (*dênuman*), s. m. Desenlace, desfecho. *Fig.* Termo, fim.
DÉNOUER (*dênuê*), v. t. Desatar, desfazer. *Fig.* Romper; desfechar.
DÉNOYAGE (*denuaiaj*), s. m. Descaroçamento.
DÉNOYAUTER (*dênuaiôtê*), v.t. Descaroçar.
DENRÉE (*danrê*), s. f. Mercadoria para consumo.
DENSE (*danç*), adj. Denso.
DENSIMÈTRE (*dançimétr*), s. m. Densímetro.
DENSIMÉTRIE (*dançimêtri*), s.f. Densimetria.
DENSIMÉTRIQUE (*dançimêtrik*), adj. Relativo ao densímetro.
DENSITÉ (*dançitê*), s.f. Densidade.
DENT (*dan*), s.f. Dente; defesa; recorte. *Fig. Coup de dent,* maledicência. *Être sur les dents,* estar em situação difícil. *Montrer les dents,* ameaçar. *Déchirer à belles dents,* caluniar. *Croquer à belles dents,* dilapidar. *Avoir une dent contre,* ter rancor de, desejar mal a. *Ne pas desserer les dents,* não abrir a boca.
DENTAIRE (*dantér*), adj. Dentário.
DENTAL, E, AUX (*dantal, ô*), adj. Dental.
DENTÉ, E (*dantê*), adj. Dentado.
DENTÉE (*dantê*), s. f. Dentada, mordedura.
DENTELÉ, E (*dantəlê*), adj. Dentado, recortado.
DENTELER (*dantəlê*), v. t. (Dobra o *l* antes de sílaba muda: *je dentelle.*) Recortar em forma de dente.
DENTELLE (*dantél*), s.f. Renda.
DENTELLERIE (*dantéləri*), s. f. Fábrica de rendas.
DENTELLIER, ÈRE (*dantéliê, ér*), adj. Rendeiro; relativo à renda.
DENTELURE (*dantəlür*), s. f. *Arq.* Moldura rendilhada; recorte em forma de dente.
DENTER (*dantê*), v. t. Dentar.
DENTICULE (*dantikül*), s.m. Dentículo.
DENTICULÉ, E (*dantikülê*), adj. Denticulado.
DENTIER (*dantiê*), s. m. Dentadura.
DENTIFRICE (*dantifriç*), adj. e s. m. Dentifrício.
DENTINE (*dantin'*), s.f. Dentina.
DENTISTE (*dantiçt*), s. m. Dentista.
DENTITION (*dantiçion*), s.f. Dentição.
DENTURE (*dantür*), s. f. Dentadura; os dentes de uma engrenagem.
DÉNUDATION (*dênüdaçion*), s. f. Desnudação.

DÉNUDER (*dênudê*), v.t. Desnudar.
DÉNUEMENT (*dênüman*), s.m. Nudez; privação.
DÉNUER (*dênüê*), v.t.Desnudar;privar.
DÉNUTRITION (*dênütriçion*), s. f. Desnutrição.
DÉONTOLOGIE (*dêontoloji*), s. f. Deontologia.
DÉONTOLOGIQUE (*dêontolojik*), adj. Deontológico.
DÉPAILLAGE (*dêpaiaj*), s. m. Ação de desempalhar.
DÉPAILLER (*dêpaiê*), v. t. Desempalhar.
DÉPALISSAGE (*dêpaliçaj*), s. m. Soltura, desprendimento dos ramos.
DÉPANNAGE (*dêpanaj*), s. m. Reparação de ordem mecânica.
DÉPANNER (*dêpanê*), v. t. Reparar avarias.
DÉPANNEUR (*dêpanĕr*), s. e adj. m. Operário mecânico.
DÉPAQUETAGE (*dêpaktaj*), s. m. Desempacotamento.
DÉPAQUETER (*dêpaktê*), v. t. (Dobra o *t* antes de sílaba muda: *je dépaquette.*) Desempacotar.
DÉPAREILLER (*dêparéiê*), v. t. Desemparelhar.
DÉPARER (*dêparê*), v. t. Desenfeitar, desornar.
DÉPARIER (*dêpariê*), v. t. (Conjuga-se como *prier.*) Desemparelhar.
DÉPARLER (*dêparlê*), v. t. *Fam.* Calar; falar mal.
DÉPARQUER (*dêparkê*), v. t. Desencurralar.
DÉPART (*dêpar*), s. m. Partida; separação.
DÉPARTAGER (*dêpartajê*), v. t. (Toma um *e* mudo depois do *g* antes de *a* e *o*: *il départagea, nous départageons.*) Desempatar uma votação.
DÉPARTEMENT (*dêpartəman*), s. m. *Ant.* Partida, separação; departamento. Pl. A província, por oposição a Paris.
DÉPARTEMENTAL, E, AUX (*dêpartmental, ô*), adj. Departamental.
DÉPARTIR (*dêpartir*), v. t. (Conjuga-se como *partir.*) Partir, distribuir. **SE DÉPARTIR**, v. pr. Desistir, renunciar.
DÉPASSEMENT (*dêpaçman*), s. m. Avanço, excesso, excedente.
DÉPASSER (*dêpaçê*), v. t. Ultrapassar, passar adiante. *Fig.* Exceder. *Fam.* Admirar.
DÉPAVAGE (*dêpavaj*), s. m. Levantamento de calçada.
DÉPAVER (*dêpavê*), v. t. Desempedrar, descalçar.
DÉPAYSÉ, E (*dêpéizê*), adj. Desterrado, expatriado; desorientado.
DEPAYSEMENT (*dêpéizman*), s. m. Expatriação.
DÉPAYSER (*dêpéizê*), v.t. Expatriar; desorientar.
DÉPÈCEMENT ou **DÉPEÇAGE** (*dêpéçman* ou *dêpəçaj*), s. m. Despedaçamento; desmembramento.
DÉPECER (*dêpəçê*), v. t. (Conjuga-se como *amener* e o *c* toma uma cedilha antes de *a* e *o*: *il dépeça, nous dépeçons.*) Despedaçar; cortar; desmembrar.
DÉPECEUR (*dêpəçĕr*), s. m. Cortador, despedaçador.
DÉPÊCHE (*dêpéch*), s. f. Despacho, carta ou ofício; aviso; despacho telegráfico.
DÉPÊCHER (*dêpéchê*), v. t. Despachar; expedir. **SE DÉPÊCHER**, v. pr. Apressar-se.
DÉPEIGNER (*dêpénhê*), v. t. Despentear.
DÉPEINDRE (*dêpendr*), v. t. (Conjuga-se como *craindre.*) Pintar, descrever; retratar.
DÉPELOTONNER (*dêpəlotonê*), v. t. Desmanchar (um novelo).
DÉPENAILLÉ, E (*dêpənaiê*), adj. Roto, andrajoso.
DÉPENDANCE (*dêpandanç*), s. f. Dependência.
DÉPENDANT, E (*dêpandan, t*), adj. Dependente.
DÉPENDRE (*dêpandr*), v. t. Despendurar, desligar. V. i. Depender.
DÉPENS (*dêpan*), s. m. pl. Despesas. *Jur.* Custas. *Aux dépens de*, loc. prep. Às custas de; em detrimento de.
DÉPENSE (*dêpanç*), s. f. Despesa, dispensa.
DÉPENSER (*dêpançê*), s. f. Despender, gastar.
DÉPENSIER, ÈRE (*dêpançiê, ér*), adj. e s. Gastador, perdulário.
DÉPERDITION (*dêpĕrdiçion*), s. f. Desperdício, perda.
DÉPÉRIR (*dêpêrir*), v. t. Desfalecer.
DÉPÉRISSEMENT (*dêpêriçman*), s. m. Enfraquecimento.
DÉPERSONNALISATION (*dêpérçonalizaçion*), s. f. Despersonalização.
DÉPERSONNALISER (*dêpérçonalizê*), v. t. Tirar a personalidade.
DÉPÊTRER (*dêpétrê*), v. t. Desembaraçar. **SE DÉPÊTRER**, v. pr. Desembaraçar-se.
DÉPEUPLEMENT (*dêpëpləman*), s. m. Despovoamento.
DÉPEUPLER (*dêpëplê*), v. t. Despovoar.
DÉPIAUTER (*dêpiôtê*), v. t. *Fam.* Esfolar.
DÉPILAGE (*dêpilaj*), s. m. Depilação.
DÉPILER (*dêpilê*), v. t. Depilar.
DÉPINGLER (*dêpenglê*), v. t. Tirar os alfinetes; desprezar.
DÉPIQUAGE ou **DÉPICAGE** (*dêpikaj*), s. m. Debulha.

DÉPIQUER (*dêpikê*), v. t. Debulhar; espinçar.
DÉPIQUEUR (*dêpikĕr*), s. m. Debulhador.
DÉPISTER (*dêpiçtê*), v. t. Despistar.
DÉPIT (*dêpi*), s. m. Despeito. ***En dépit de,*** loc. prep. Apesar de.
DÉPITER (*dêpitê*), v. t. Despeitar.
DÉPLACÉ, E (*dêplaçê*), adj. Deslocado, demitido. *Fig.* Impróprio.
DÉPLACEMENT (*dêplaçman*), s. m. Deslocamento, transferência.
DÉPLACER (*dêplaçê*), v. t. (O *c* toma uma cedilha antes de *a* e *o*: ***il déplaça, nous déplaçons.***) Deslocar. *Fig.* Demitir.
DÉPLAIRE (*dêplér*), v. t. (Conjuga-se como *plaire.*) Desagradar, ofender. **SE DÉPLAIRE,** v. pr. Aborrecer-se.
DÉPLAISAMMENT (*dêplézaman*), adv. Desagradavelmente.
DÉPLAISANCE (*dêplézanç*), s. f. Displicência, desgosto, desprazer.
DÉPLAISANT, E (*dêplézan, t*), adj. Displicente, desagradável.
DÉPLAISIR (*dêplézir*), s. m. Descontentamento.
DÉPLANTAGE (*dêplantaj*), s. m. ou **DÉPLANTATION** (*dêplantaçion*), s. f. Transplantação.
DÉPLANTER (*dêplantê*), v. t. Transplantar.
DÉPLATRAGE (*dêplatraj*), s. m. Retirada do gesso ou estuque.
DÉPLATRER (*dêplatrê*), v. t. Tirar o gesso ou estuque de uma parede.
DÉPLIAGE ou **DÉPLIEMENT** (*dêpliaj* ou *dêpliman*), s. m. Desdobramento.
DÉPLIANT (*dêplian*), s. m. Prospecto ou mapa dobrável.
DÉPLIER (*dêpliê*), v. t. (Conjuga-se como *prier.*) Desdobrar.
DÉPLISSAGE (*dêpliçaj*), s. m. Desenrugamento; ação de desfazer as pregas.
DÉPLISSER (*dêpliçê*), v. t. Desfazer as pregas.
DÉPLOIEMENT (*dêpluaman*), s. m. Desdobramento.
DÉPLOMBAGE (*dêplombaj*), s. m. Retirada do chumbo.
DÉPLOMBER (*dêplombê*), v. t. Retirar as placas de chumbo (postas pela alfândega).
DÉPLORABLE (*dêplorabl*), adj. Deplorável.
DÉPLORABLEMENT (*dêplorabləman*), adv. Deploravelmente.
DÉPLORER (*dêplorê*), v. t. Deplorar.
DÉPLOYER (*dêpluaiê*), v. t. (Conjuga-se como *aboyer.*) Desdobrar. *Fig.* Ostentar. ***Rire à gorge déployée,*** rir às gargalhadas.
DÉPLUMER (*dêplümê*), v. t. Depenar. *Fam.* Fazer perder o cabelo.
DÉPOCHER (*dêpochê*), v. t. Desembolsar.
DÉPOÉTISER (*dêpoêtizê*), v. t. Despoetizar.
DÉPOINTER (*dêpuentê*), v. t. Cortar os pontos de um tecido.
DÉPOLARISATION (*dêpolarizaçion*), s. f. Despolarização.
DÉPOLARISER (*dêpolarizê*), v. t. Despolarizar.
DÉPOLIR (*dêpolir*), v. t. Despolir.
DÉPOLISSAGE ou **DÉPOLISSEMENT** (*dêpoliçaj* ou *dêpoliçman*), s. m. Despolimento.
DÉPONENT, E (*dêponan, t*), adj. e s. Depoente.
DÉPOPULARISER (*dêpopülarizê*), v.t. Despopularizar.
DÉPOPULATION (*dêpopülaçion*), s. f. Despovoamento.
DÉPORT (*dêpór*), s. m. Recusa de um juiz ou de um árbitro. ***Sans déport,*** imediatamente.
DÉPORTATION (*dêpórtaçion*), s. f. Deportação, exílio.
DÉPORTÉ, E (*dêpórtê*), s. Deportado.
DÉPORTEMENTS (*dêpórtəman*), s. m. pl. Mau procedimento, costumes dissolutos.
DÉPORTER (*dêpórtê*), v. t. Deportar.
DÉPOSANT, E (*dêpozan, t*), adj. Depoente (em juízo); depositante de dinheiro.
DÉPOSER (*dêpozê*) v. t. Depor; depositar; entregar; arrancar. *Fig.* Destituir. ***Déposer son bilan,*** abrir falência. V. i. Depor em juízo.
DÉPOSITAIRE (*dêpozitér*), s. Depositário.
DÉPOSITEUR (*dêpozitĕr*), s. e adj. m. Demitente, destituidor.
DÉPOSITEUR, TRICE (*dêpozitĕr, triç*), s. Proprietário de um depósito ou armazém.
DÉPOSITION (*dêpoziçion*), s. f. Deposição, destituição.
DÉPOSSÉDER (*dêpoçêdê*), v. t. (Conjuga-se como *accélérer.*) Desapossar.
DÉPOSSESSION (*dêpoçêçion*), s. f. Ação de desapossar.
DÉPOT (*dêpô*), s. m. Depósito. *Med.* Abscesso, tumor; sedimento.
DÉPOTAGE ou **DÉPOTEMENT** (*dêpotaj* ou *dêpotman*), s. m. Derrapagem.
DÉPOTER (*dêpotê*), v. t. Transplantar; mudar.
DÉPOTOIR (*dêpotuar*), s. m. Depósito.
DÉPOUDRER (*dêpudrê*), v. t. Desempoar.
DÉPOUILLE (*dêpúii*), s. f. Despojo; colheita: espólio; saque.
DÉPOUILLEMENT (*dêpuiiman*), s. m. Despojo; pobreza; escrutínio.
DÉPOUILLER (*dêpuiê*), v. t. Esfolar; despojar; roubar; desnudar; examinar uma conta; renunciar a; escrutinar. *Fig.* Privar, demitir.
DÉPOURVOIR (*dêpurvuar*), v. t. (Conjuga-se como *pourvoir.* Emprega-se ape-

nas no inf., no pret. perf., no part. pas. e em todos os tempos compostos.) Desprover, privar.
DÉPOURVU, E (*dêpurvü*), adj. Privado, desprovido. *Au dépourvu*, loc. adv. Inesperadamente; de surpresa.
DÉPOUSSIÉRER (*dêpuçiêrê*), v. t. (Conjuga-se como *accélérer*.) Desempoeirar.
DÉPRAVANT, E (*dêpravan, t*), adj. Depravador.
DÉPRAVATION (*dêpravaçion*), s. f. Depravação.
DÉPRAVÉ, E (*dêpravê*), adj. Depravado.
DÉPRAVER (*dêpravê*), v. t. Depravar.
DÉPRÉCATIF, IVE (*dêprêkatif, iv*), adj. Deprecativo.
DÉPRÉCATION (*dêprêkaçion*), s. f. Deprecação.
DÉPRÉCATOIRE (*dêprêkatuar*), adj. Deprecatório.
DÉPRÉCIATEUR, TRICE (*dêprêçiatĕr, triç*), s. Depreciador.
DÉPRÉCIER (*dêprêçiê*), v. t. (Conjuga-se como *prier*.) Depreciar.
DÉPRÉDATEUR, TRICE (*dêprêdatĕr, triç*), adj. e s. Depredador.
DÉPRÉDATION (*dêprêdaçion*), s. f. Depredação.
DÉPRÉDER (*dêprêdê*), v. t. (Conjuga-se como *accélérer*.) Depredar; roubar.
DÉPRENDRE (*dêprandr*), v. t. (Conjuga-se como *prendre*.) Desprender, desligar.
DÉPRESSIF, IVE (*dêprêçif, iv*), adj. Depressivo.
DÉPRESSION (*dêprêçion*), s. f. Depressão.
DÉPRIER (*dêpriê*), v. t. (Conjuga-se como *prier*.) Retirar o convite.
DÉPRIMANT, E (*dêpriman, t*), adj. Deprimente.
DÉPRIMÉ, E (*dêprimê*), adj. Deprimido.
DÉPRIMER (*dêprimê*), v. t. Deprimir, humilhar. *Fig*. Depreciar.
DÉPRISER (*dêprizê*), v. t. Depreciar, menosprezar.
DEPUIS (*dəpüi*), prep. Desde. Adv. Desde então. *Depuis peu*, há pouco tempo. *Depuis que*, loc. conj. Desde que.
DÉPURATIF, IVE (*dêpüratif, iv*), adj. e s. m. Depurativo.
DÉPURATION (*dêpüraçion*), s. f. Depuração.
DÉPURATOIRE (*dêpüratuár*), adj. Depuratório.
DÉPURER (*dêpürê*), v. t. Depurar.
DÉPUTATION (*dêpütaçion*), s. f. Deputação; delegação; embaixada.
DÉPUTÉ (*dêpütê*), s. m. Deputado; delegado; diplomata.
DÉPUTER (*dêpütê*), v. t. Deputar, delegar.
DÉRACINABLE (*dêraçinabl*), adj. Que pode ser arrancado, desarraigado.
DÉRACINÉ, E (*dêraçinê*), adj. e s. Desarraigado. *Fig*. Expatriado, desterrado.
DÉRACINEMENT (*dêraçinəman*), s. m. Desarraigamento.
DÉRACINER (*dêraçinê*), v. t. Desarraigar. *Fig*. Extirpar, destruir.
DÉRADER (*dêradê*), v. i. Deixar o ancoradouro.
DÉRAGER (*dêrajê*), v. t. (Toma um *e* mudo depois do *g* antes de *a* e *o*: *je dérageai, nous dérageons*.) Desenfurecer-se.
DÉRAIDIR (*dêrédir*), v. t. Amaciar, diminuir a aspereza.
DÉRAILLEMENT (*dêraiiman*), s. m. Descarrilhamento.
DÉRAILLER (*dêraiê*), v. i. Descarrilar. *Fig*. Desviar-se do bom caminho.
DÉRAILLEUR (*dêraiĕr*), s. m. Descarrilador.
DÉRAISON (*dêrézon*), s. f. Contra-senso, disparate.
DÉRAISONNABLE (*dêrézonabl*), adj. Insensato.
DÉRAISONNABLEMENT (*dêrézonabləman*), adv. Insensatamente.
DÉRAISONNEMENT (*dêrézonəman*), s. m. Insensatez.
DÉRAISONNER (*dêrézonê*), v.i. Desarrazoar, disparatar.
DÉRANGEMENT (*dêranjman*), s.m. Desarranjo, alteração.
DÉRANGER (*dêranjê*), v. t. (Toma um *e* mudo depois do *g* antes de *a* e *o*: *je dérangeai, nous dérangeons*.) Desarrumar, alterar; desarranjar. Desviar do dever.
DÉRAPAGE ou **DÉRAPEMENT** (*dêrapaj* ou *dêrapman*), s.m. Derrapagem, resvalamento.
DÉRAPER (*dêrapê*), v.i. Derrapar, resvalar.
DÉRASEMENT (*dêrazman*), s. m. Arrasamento, nivelamento.
DÉRASER (*dêrazê*), v. t. Arrasar, nivelar.
DÉRATÉ, E (*dêratê*), adj. e s. Vivo, esperto, alegre.
DÉRÉGLÉ, E (*dêrêglê*), adj. Desregrado. *Fig*. Imoral.
DÉRÈGLEMENT (*dêrégləman*), s. m. Desregramento.
DÉRÉGLER (*dêrêglê*), v.t. (Conjuga-se como *accélérer*.) Desregrar, transtornar.
DÉRIDER (*dêridê*), v. t. Desenrugar. *Fig*. Alegrar.
DÉRISION (*dêrizion*), s.f. Zombaria, derisão. *Tourner en dérision*, ridicularizar.
DÉRISOIRE (*dêrizuar*), adj. Derisório, irrisório.
DÉRISOIREMENT (*dêrizuarman*), adv. Derisoriamente.

DÊRIVATIF, IVE (*dêrivatif, iv*), adj. e s.m. Derivativo.
DÊRIVATION (*dêrivaçion*), s. f. Derivação; desvio.
DÊRIVE (*dêriv*), s.f. Desvio do rumo de uma embarcação. *S'en aller à la dérive,* desviar-se, seguir sem resistência uma corrente.
DÊRIVÊ, E (*dêrivê*), adj. Derivado.
DÊRIVER (*dêrivê*), v.t. e i. Derivar; desviar da margem ou do seu curso.
DERMATOLOGIE (*dérmatoloji*), s.f. Dermatologia.
DERMATOLOGIQUE (*dérmatolojik*), adj. Dermatológico.
DERMATOLOGISTE (*dérmatolojiçt*), s. m. Dermatologista.
DERMATOSE (*dérmatôz*), s.f. Dermatose.
DERME (*dérm*), s.m. Derme.
DERMIQUE (*dérmik*), adj. Dérmico.
DERNIER, ÊRE (*dérniê, ér*), adj. e s. Último; vil, desprezível; precedente.
DERNIÊREMENT (*dérniérman*), adv. Ultimamente.
DERNIER-NÊ (*dérniênê*), s. m. Caçula. (Diz-se às vezes no fem.: *dernière-née.*) Pl.: *des dernier-nés.*
DÊROBADE (*dêrobad*), s. f. Esquiva (cavalo). *Fig.* Saída de uma dificuldade.
DÊROBÊ, E (*dêrobê*), adj. Escondido, oculto. *À la dérobée,* loc. adv. Secretamente; às escondidas.
DÊROBER (*dêrobê*), v. t. Furtar; ocultar. **SE DÊROBER,** v. pr. Esquivar-se. *Fig.* Escapar a.
DÊROBEUR, EUSE (*dêrobĕr, ëz*), adj. e s. Ladrão.
DÊROCHEMENT (*dêrochman*), s. m. Extração de rochas.
DÊROCHER (*dêrochê*), v. t. Decapar.
DÊRODER (*dêrodê*), v. t. Arrancar pela raiz.
DÊROGATION (*dêrogaçion*), s. f. Derrogação.
DÊROGATOIRE (*dêrogatuar*), adj. Derrogatório.
DÊROGER (*dêrojê*), v. i (Toma um *e* mudo depois do *g* antes de *a* e *o*: *je dérogeai, nous dérogeons.*) Derrogar.
DÊROUGIR (*dêrujir*), v. t. Descorar.
DÊROUILLAGE ou **DÊROUILLEMENT** (*dêruiaj* ou *dêruiiman*), s. m. Desenferrujamento.
DÊROUILLER (*dêruiê*), v.t. Desenferrujar. *Fig.* Polir, civilizar.
DÊROULEMENT (*dêrulman*), s.m. Desenrolamento, desenvolvimento.
DÊROULER (*dêrulê*), v.t. Desenrolar, desenvolver.
DÊROUTANT, E (*dêrutan, t*), adj. Desorientador, embaraçador.
DÊROUTE (*dêrut*), s f. Derrota, destroço. *Fig.* Desordem.
DÊROUTER (*dêrutê*), v. t. Desencaminhar, extraviar; confundir.
DERRIÊRE (*dériér*), prep. Atrás de; por detrás de, após. Adv. Atrás, depois, a seguir. *Sens devant derrière,* loc. adv. Às avessas. S. m. A traseira. *Fig. Porte de derrière,* evasiva.
DERVICHE (*dérvich*), s. m. Dervis, dervixe.
DES (*dê*), contr. da prep. *de* com o art. *les.* Dos, das.
DÊS, (*dé*), prep. Desde, a partir de. *Dès lors,* imediatamente, desde logo. *Dès que,* loc. conj. Desde que, visto que, por conseguinte.
DÊSABONNEMENT (*dêzabonəman*), s. m. Suspensão de assinatura de um jornal.
DÊSABONNER (*dêzabonê*), v. t. Suspender a assinatura de um jornal.
DÊSABRITER (*dêzabritê*), v.t. Desabrigar.
DÊSABUSEMENT (*dêzabuzman*), s. m. Desabuso.
DÊSABUSER (*dêzabüzê*), v. t. Desabusar, desenganar.
DÊSACCORD (*dêzakord*), s.m. Desafinação. *Fig.* Desacordo.
DÊSACCORDER (*dêzakordê*), v. t. Desafinar. *Fig.* Desunir, quebrar a harmonia.
DÊSACCOUPLER (*dêzakuplê*), v.t. Desemparelhar, desirmanar.
DÊSACCOUTUMANCE (*dêzakutümanç*), s. f. Desuso.
DÊSACCOUTUMER (*dêzakutümê*), v. t. Desacostumar.
DÊSACHALANDAGE (*dêzachalandaj*), s. m. Perda de freguesia.
DÊSACHALANDER (*dêzachalandê*), v. t. Afastar os fregueses.
DÊSAÊRER (*dêzaêrê*), v. t. (Conjuga-se como *accélérer.*) Desarear.
DÊSAFFECTATION (*dêzaféktaçion*), s. f. Mudança de fim ou de aplicação.
DÊSAFFECTER (*dêzaféktê*), Mudar de destino (um edifício).
DÊSAFFECTION (*dêzafékçion*), s. f. Desafeição, desafeto.
DÊSAFFECTIONNEMENT (*dêzafékçiónəman*), s. m. Perda de afeto.
DÊSAFFECTIONNER (*dêzafékçionê*), v. t. Desafeiçoar.
DÊSAGRÊABLE (*dêzagrêabl*), adj. Desagradável.
DÊSAGRÊABLEMENT (*dêzagrêabləman*), adv. Desagradavelmente.
DÊSAGRÊGATION (*dêzagrêgaçion*), s.f. Desagregação.
DÊSAGRÊGEANT, E (*dêzagrêjan, t*), adj. Desagregante.
DÊSAGRÊGEMENT (*dêzagrêjman*), s. m. Desagregação.
DÊSAGRÊGER (*dêzagrêjê*), v.t. (Conjuga-se como *abréger.*) Desagregar.

DÉSAGRÉMENT (*dêzagrêman*), s. m. Desagrado, desgosto.
DÉSAIMANTATION (*dêzêmantaçion*), s. f. Desmagnetização.
DÉSAIMENTER (*dêzêmantê*), v t. Desmagnetizar.
DÉSAJUSTEMENT (*dêzajüçtəman*), s.m. Desajustamento.
DÉSAJUSTER (*dêzajüçtê*), v. t. Desajustar.
DÉSALIGNER (*dêzalinhê*), v. t. Desalinhar.
DÉSALLAITEMENT (*dêzalétman*), s. m. Desmama.
DÉSALLAITER (*dêzalétê*), v. t. Desmamar.
DÉSALTÉRANT, E (*dêzaltêran, t*), adj. Mitigador, saciador.
DÉSALTÉRER (*dêzaltêrê*), v.t. (Conjuga-se como *accélérer*.) Saciar, mitigar; regar. *Fig.* Consolar. **SE DÉSALTÉRER**, v. pr. Dessedentar-se; satisfazer seus desejos.
DÉSAMARRER (*dêzamarê*), v. t. Desamarrar.
DÉSAPPAREILLER (*dêzaparéiê*), v. t. Desaparelhar.
DÉSAPPARIER (*dêzapariê*). v. t. (Conjuga-se como *prier*.) V. **DÉPARIER**.
DÉSAPPOINTEMENT (*dêzapuentəman*), s. Desapontamento.
DÉSAPPOINTER (*dêzapuentê*), v.t. Quebrar ou embotar a ponta. *Fig.* Causar desapontamento.
DÉSAPPRENDRE (*dêzaprandr*), v. t. (Conjuga-se como *apprendre*.) Desaprender.
DÉSAPPROBATEUR, TRICE (*dêzaprobatër, triç*), adj. e s. Desaprovar.
DÉSAPPROBATION (*dêzaprobaçion*), s. f. Desaprovação.
DÉSAPPROPRIATION (*dêzapropriaçion*), s. f. Desapropriação.
DÉSAPPROPRIER (*dêzaproprié*), v. t. (Conjuga-se como *prier*.) Desapropriar.
DÉSAPPROUVER (*dêzapruvê*), v. t. Desaprovar.
DÉSAPPROVISIONNEMENT (*dêzaproviziónəman*), s. m. Ação de tirar as provisões.
DÉSAPPROVISIONNER (*dêzaprovizionê*), v. t. Privar de provisões.
DÉSARÇONNER (*dêzarçonê*), v.t. Desmontar. *Fig.* Confundir, desconcertar.
DÉSARGENTÉ, E (*dêzarjantê*), adj. Desprateado.
DÉSARGENTER (*dêzarjantê*), v. t. Despratear.
DÉSARMANT, E (*dêzarman, t*), adj. Desarmante.
DÉSARMEMENT (*dêzarməman*), s. m. Desarmamento.
DÉSARMER (*dêzarmê*), v. t. e i. Desarmar, depor as armas. *Fig.* Serenar, apaziguar.
DÉSARRIMAGE (*dêzarimaj*), s.m. Desarrumação.
DÉSARRIMER (*dêzarimê*), v.t. Desarrumar.
DÉSARROI (*dêzaruá*), s.m. Desordem, confusão.
DÉSARTICULATION (*dêzartikülaçion*), s. f.. Desarticulação.
DÉSARTICULER (*dêzarticulê*), v.t. Desarticular.
DÉSASSEMBLAGE ou **DÉSASSEMBLEMENT** (*dêzaçanblaj* ou *dêzaçanbləman*), s. m. Desunião.
DÉSASSEMBLER (*dêzaçanblê*), v.t. Desunir, desconjuntar.
DÉSASSIMILATION (*dêzaçimilaçion*), s. f. Desassimilação.
DÉSASSIMILER (*dêzaçimilê*), v. t. Desassimilar.
DÉSASTRE (*dêzaçtr*), s. m. Desastre.
DÉSASTREUSEMENT (*dêzaçtrëzman*) adv. Desastrosamente.
DÉSASTREUX, EUSE (*dêzaçtrë, ëz*), adj. Desastroso.
DÉSAVANTAGE (*dêzavantaj*), s.m. Inferioridade; prejuízo.
DÉSAVANTAGER (*dêzavantajê*), v.t. (Toma um *e* mudo depois do *g* antes de *a* e *o*: *il désavantagea, nous désavantageons*.) Danificar, prejudicar.
DÉSAVANTAGEUSEMENT (*dêzavantajëzman*), adv. Desvantajosamente.
DÉSAVANTAGEUX, EUSE (*dêzavantajë, ëz*), adj. Desvantajoso.
DÉSAVEU (*dêzavë*), s.m. Retratação, reprovação. Pl.: *des désaveux*.
DÉSAVEUGLER (*dêzavëglê*), v. t. Abrir os olhos a alguém; desenganar.
DÉSAVOUABLE (*dêzavuabl*), adj. Inconfessável. condenável; negável.
DÉSAVOUER (*dêzavuê*), v.t. Negar, renegar, retratar. *Fig.* Condenar.
DÉSAXER (*dêzakçê*), v. t. Tirar do eixo. *Fig.* Desequilibrar.
DESCELLEMENT (*déçélman*), s.m. Ação de tirar o selo ou sinete.
DESCELLER (*déçélê*), v. t. Desselar; arrancar, desprender.
DESCENDANCE (*déçandanç*), s.f. Descendência.
DESCENDANT, E (*déçandan, t*), adj. e s. Descendente.
DESCENDRE (*déçandr*), v. i. e t. (Emprega-se com o auxiliar *avoir* ou *être*, segundo se quer exprimir ação ou estado.) Descer, baixar; apear, desembarcar; hospedar-se; invadir; baixar-se; descender. *Fig.* e *fam.* Morrer.
DESCENTE (*déçant*), s. f. Descida; declive. *Descente de lit*, tapete de cama.
DESCRIPTEUR (*déçkriptër*), s. m. Descritor.

DESCRIPTIBLE (*déçkriptibl*), adj. Descritível.
DESCRIPTIF, IVE (*déçkriptif, iv*), adj. Descritivo.
DESCRIPTION (*déçkripçion*), s. f. Descrição; inventário, sumário.
DÉSÉCHOUER (*dêzêchuê*), v. t. Desencalhar uma embarcação.
DÉSEMBALLAGE (*dêzanbalaj*), s. m. Desempacotamento.
DÉSEMBALLER (*dêzanbalê*), v. t. Desempacotar, desenfardar.
DÉSEMBOURBER (*dêzanburbê*), v. t. Desatolar. *Fig.* Tirar da miséria.
DÉSEMMANCHER (*dêzanmanchê*), v.t. Desencabar.
DÉSEMPARER (*dêzanarê*), v. t. Desamparar, deixar, abandonar o lugar onde se está. *Fig.* *Être désemparé*, estar desconcertado.
DÉSEMPESER (*dêzanpəzê*), v. t. (O *e* mudo passa a *è* aberto antes de sílaba muda: *je désempèse.*) Desenganar.
DÉSEMPÊTRER (*dêzanpétré*), v. t. Tirar as peias.
DÉSEMPLIR (*dêzanplir*), v. t. Esvaziar em parte.
DÉSEMPOISONNER (*dêzanpuazonê*), v. t. Desenvenenar.
DÉSEMPOISSONER (*dêzanpuaçonê*), v. t. Despovoar de peixes.
DÉSEMPRISONNER (*dêzanprizonê*), v. t. Soltar, tirar da prisão.
DÉSENCADRER (*dêzankadrê*), v. t. Tirar da moldura.
DÉSENCHAINER (*dêzanchénê*), v. t. Desencadear; despender.
DÉSENCHANTEMENT (*dêzanchantman*), s. m. Desencantamento. *Fig.* Desilusão.
DÉSENCHANTER (*dêzanchantê*), v. t. Desencantar. *Fig.* Desiludir.
DÉSENCHANTEUR, ERESSE (*dêzanchantĕr, əréç*), adj. e s. Desencantador.
DÉSENCLAVER (*dêzanklavê*), v. t. Desencravar; suprimir as marcas.
DÉSENCOMBREMENT (*dêzankonbrəman*), s. m. Desobstrução, desentulho.
DÉSENCOMBRER (*dêzankonbrê*), v. t. Desobstruir, desentulhar.
DÉSENCROÛTER (*dêzankrutê*), v. t. Desencrostar. *Fig.* Desembaraçar de preconceitos.
DÉSENFILER (*dêzanfilê*), v. t. Desenfiar.
DÉSENFLAMMER (*dêzanflamê*), v. t. Desinflamar.
DÉSENFLER (*dêzanflê*), v. t. e i. (Emprega-se com o auxiliar *avoir* ou *être*, segundo se quer exprimir ação ou estado.) Desinchar.
DÉSENFLURE (*dêzanflür*), s. f. ou **DÉSENFLEMENT** (*dêzanfləman*), s. m. Desinchação.
DÉSENGAGEMENT (*dêzangajman*), s. m. Ação de se livrar de um compromisso.
DÉSENGAGER (*dêzangajê*), v.t. (Toma um *e* mudo depois do *g* antes de *a* e *o*: *je désengageai, nous désengageons.*) Desobrigar, isentar.
DÉSENGORGER (*dêzangorjê*), v.t. (Toma um *e* mudo depois do *g* antes de *a* e *o*: *je désengorgeai, nous désengorgeons.*) Desobstruir, desentupir.
DÉSENGRENER (*dêzangrənê*), v. t. (O *e* mudo passa a *è* aberto antes de sílaba muda: *je désengrène.*) Desengrenar.
DÉSENIVREMENT (*dêzannivrəman*), s. m. Cessação da embriaguez.
DÉSENIVRER (*dêzannivrê*), v. t. Desembriagar.
DÉSENLACER (*dêzanlaçê*), v. t. (O *c* leva uma cedilha antes de *a* e *o*: *il désenlaça, nous désenlaçons.*) Desenlaçar.
DÉSENLAIDIR (*dêzanlédir*), v. t. Corrigir a fealdade, embelezar.
DÉSENNUYER (*dêzannüiê*), v. t. (Conjuga-se como *appuyer.*) Distrair, desenfadar.
DÉSENRAYER (*dêzanréiê*), v. t. (Conjuga-se como *balayer.*) Destravar.
DÉSENRHUMER (*dêzanrümê*), v. t. Curar de um resfriado.
DÉSENSABLEMENT (*dêzançabləman*), s. m. Desencalhe da areia.
DÉSENSABLER (*dêzançablê*), v. t. Extrair, desenterrar da areia.
DÉSENSEVELIR (*dêzançəvlir*), v. t. Desenterrar, exumar.
DÉSENSIBILISATION (*dêçançibilizaçion*), s. f. Dessensibilização.
DÉSENSIBILISER (*dêçançibilizê*), v. t. Dessensibilizar.
DÉSENSORCELER (*dezançorçəlê*), v. t. (Dobra o *l* antes de sílaba muda: *je désensorcelle.*) Desenfeitiçar, desencantar.
DÉSENSORCELLEMENT (*dêzançórçélman*), s. m. Ação de desenfeitiçar.
DÉSENTORTILLER (*dezantortiiê*), v. t. Desembaraçar, desenredar.
DÉSENTRAVER (*dêzantravê*), v. t. Destravar.
DÉSENVASER (*dezanvazê*), v. t. Limpar, desenlamear.
DÉSENVELOPPER (*dezanvəlopê*), v. t. Desembrulhar.
DÉSENVENIMER (*dezanvənimê*), v. t. Desenvenenar. *Fig.* Suavizar.
DÉSÉQUILIBRÉ, E (*dezêkilibrê*), adj. e s. Desequilibrado.
DÉSÉQUILIBRER (*dêzêkilibrê*), v. t. Desequilibrar.
DÉSÉQUIPER (*dêzêkipê*), v. t. Tirar o equipamento.

DÉSERT, E (*dêzér, t*), adj. e s. m. Deserto.
DÉSERTER (*dêzértê*), v. Deixar, abandonar. V. i. Desertar.
DÉSERTEUR (*dêzértĕr*), s. m. Desertor.
DÉSERTION (*dêzérçion*), s. f. Deserção.
DÉSERTIQUE (*dêzértik*), adj. Desértico.
DÉSESPÉRAMMENT (*dêzéçpêraman*), adv. Desesperadamente.
DÉSESPÉRANCE (*dêzéçpêranç*), s. f. Desesperança.
DÉSESPÉRANT, E (*dêzéçpêran, t*), adj. Desesperante.
DÉSESPÉRÉ, E (*dêzéçpêrê*), adj. e s. Desesperado.
DÉSESPÉRÉMENT (*dêzéçpêrêman*), adv. Desesperadamente.
DÉSESPÉRER (*dêzéçpêrê*), v. i. e t. (Conjuga-se como *accélérer*.) Desesperar; atormentar; desanimar.
DÉSESPOIR (*dêzéçpuar*), s. m. Desespero; desesperança.
DÉSHABILLAGE (*dêzabiiaj*), s. m. Ação de despir.
DÉSHABILLÉ (*dêzabiiê*), s. m. Roupa leve que se usa em casa. *Fig. En déshabillé*, à vontade.
DÉSHABILLER (*dêzabiiê*), v. t. Despir. *Fig.* Pôr a descoberto.
DÉSHABITUER (*dêzabitüê*), v. t. Desabituar.
DÉSHERBER (*dêzérbê*), v. t. Tirar a erva.
DÉSHÉRENCE (*dêzêranç*), s. f. Ausência de herdeiro.
DÉSHÉRITÉ, E (*dêzêritê*), s. Deserdado.
DÉSHÉRITEMENT (*dêzêritman*), s. m. Deserdação.
DÉSHÉRITER (*dêzêritê*), v. t. Deserdar.
DÉSHONNÊTE (*dêzonét*), adj. Desonesto.
DÉSHONNÊTEMENT (*dêzonétman*), adv. Desonestamente.
DÉSHONNÊTETÉ (*dêzonétətê*), s. f. Desonestidade.
DÉSHONNEUR (*dêzonĕr*), s. m. Desonra.
DÉSHONORANT, E (*dêzonoran, t*), adj. Desonroso.
DÉSHONORER (*dêzonorê*), v. t. Desonrar.
DÉSHUILER (*dêzüilê*), v. t. Tirar o óleo, desoleificar.
DÉSHYDRATATION (*dêzidrataçion*), s. f. Desidratação.
DÉSHYDRATER (*dêzidratê*), v. t. Desidratar.
DÉSIDERATA (*dêzidəratá*), pl. de **DÉSIDERATUM** (*dêzidəratóm'*).
DÉSIDÉRATIF, IVE (*dêzidêratif, iv*), adj. Desiderativo.
DÉSIDERATUM (*dêzidəratóm'*), s. m. Desiderato. Pl.: *des désiderata.*
DÉSIGNATIF, IVE (*dêzinhatif, iv*), adj. Designativo.
DÉSIGNATION (*dêzinhaçion*), s. f. Designação; escolha.
DÉSIGNER (*dêzinhê*), v. t. Designar; escolher.
DÉSILLUSION (*dêzilüzion*), v. t. Desilusão.
DÉSILLUSIONNER (*dêzilüzionê*), v. t. Desiludir.
DÉSINCARNATION (*dêzenkarnaçion*), s. f. Desencarnação.
DÉSINCARNER (*dêzenkarnê*), v. t. Desencarnar.
DÉSINCORPORATION (*dêsenkorporaçion*), s. f. Desincorporação.
DÉSINCORPORER (*dêsenkorporê*), v. t. Desincorporar.
DÉSINCRUSTANT (*dêzenkruçtan*), s. m. Substância que impede a encrostação.
DÉSINCRUSTATION (*dêzenkrüçtaçion*), s. f. Ação de desencrostar.
DÉSINCRUSTER (*dêzenkrüçtê*), v. t. Desencrostar.
DÉSINENCE (*dêzinanç*), s. f. Desinência.
DÉSINFECTANT, E (*dêzenféktan, t*), adj. Desinfetante.
DÉSINFECTER (*dêzenféktê*), v. t. Desinfetar.
DÉSINFECTEUR (*dêzenféktĕr*), adj. e s. m. Desinfetador.
DÉSINFECTION (*dêzenfékçion*), s. f. Desinfecção.
DÉSINTÉGRATION (*dêzentêgraçion*), s. f. Desintegração.
DÉSINTÉGRER (*dêzentêgrê*), v. t. (Conjuga-se como *accélérer*.) Desintegrar.
DÉSINTÉRESSÉ, E (*dêzentêréçê*), adj. Desinteressado.
DÉSINTÉRESSEMENT (*dêzentêréçman*), s. m. Desinteresse.
DÉSINTÉRESSER (*dêzentêréçê*), v. t. Desinteressar.
DÉSINTOXICATION (*dêzentokçikaçion*), s. f. Desintoxicação.
DÉSINTOXIQUER (*dêzentokçikê*), v. t. Desintoxicar.
DÉSINVITER (*dêzenvitê*), v. t. Desconvidar.
DÉSINVOLTE, (*dêzenvólt*), adj. Desenvolto, desembaraçado.
DÉSINVOLTURE (*dêzenvoltür*), s. f. Desenvoltura.
DÉSIR (*dêzir*), s. m. Desejo, vontade.
DÉSIRABLE (*dêzirabl*), adj. Desejável.
DÉSIRÉ, E (*dêzirê*), adj. Desejado.
DÉSIRER (*dêzirê*), v.t. Desejar, cobiçar.
DÉSIREUX, EUSE (*dêzirĕ, ĕz*), adj. Desejoso.
DÉSISTEMENT (*dêziçtman*), s. m. Desistência.
DÉSISTER (SE) (*çədêziçtê*), v. pr. Desistir, renunciar.
DÉSOBÉIR (*dêzobêir*), v.i. Desobedecer.
DÉSOBÉISSANCE (*dêzobêiçanç*), s. f. Desobediência.

DÉSOBÉISSANT, E (*dêzobêiçan, t*), adj. Desobediente.
DÉSOBLIGEAMMENT (*dêzoblijaman*), adv. Descortesmente.
DÉSOBLIGEANT, E (*dêzoblijan, t*), adj. Descortês.
DÉSOBLIGER (*dêzoblijê*), v. t. (Toma um *e* mudo depois do *g* antes de *a* e *o*: ***je désobligeai, nous désobligeons.***) Desagradar, desgostar.
DÉSOBSTRUCTION (*dêzobçtrükçion*), s. f. Desobstrução.
DÉSOBSTRUER (*dêzobçtrüê*), v. t. Desobstruir.
DÉSŒUVRÉ, E (*dêzëvrê*), adj. Desocupado.
DÉSŒUVREMENT (*dêzëvrəman*), s. m. Ociosidade, inação.
DÉSOLANT, E (*dêzolan, t*), adj. Desolador.
DÉSOLATEUR, TRICE (*dêzolatër, triç*), adj. e s. Desolador.
DÉSOLATION (*dêzolaçion*), s. f. Desolação.
DÉSOLÉ, E (*dêzolê*), adj. Desolado.
DÉSOLER (*dêzolê*), v. t. Desolar. **SE DÉSOLER**, v. pr. Afligir-se.
DÉSOLIDARISER (SE) (*çədêçolidarizê*), v. pr. Fazer cessar a solidariedade.
DÉSOPILANT, E (*dêzopilan, t*), adj. Desopilante.
DÉSOPILATION (*dêzopilaçion*), s. f. Desopilação.
DÉSOPILER (*dêzopilê*), v. t. Desopilar.
DÉSORDONNÉ, E (*dêzordonê*), adj. Desordenado.
DÉSORDONNEMENT (*dêzordónəman*), adv. Desordenadamente.
DÉSORDONNER (*dêzordonê*), v. t. Desordenar.
DÉSORDRE (*dêzórdr*), s. m. Desordem; confusão; perturbação, discórdia. *Fig.* Desregramento de conduta.
DÉSORGANISATEUR, TRICE (*dêzorganizatër, triç*), adj. e s. Desorganizador.
DÉSORGANISATION (*dêzorganizaçion*), s. f. Desorganização.
DÉSORGANISER (*dêzorganizê*), v. t. Desorganizar.
DÉSORIENTATION (*dêzoriantaçion*), s. f. Desorientação.
DÉSORIENTÉ, E (*dêzoriantê*), adj. Desorientado.
DÉSORIENTER (*dêzoriantê*), v.t. Desorientar. *Fig.* Confundir.
DÉSORMAIS (*dêzormé*), adv. De hoje em diante.
DÉSOSSEMENT (*dêzóçman*), s. m. Desossamento.
DÉSOSSER (*dêzoçê*), v. t. Desossar.
DÉSOXYDANT, E (*dêzokçidan, t*), adj. Desoxidante.
DÉSOXIDATION (*dêzokçidaçion*), s. f. Desoxidação.
DÉSOXIDER (*dêzokçidê*), v.t. Desoxidar.
DESPOTE (*déçpót*), s. m. Déspota.
DESPOTIQUE (*déçpotik*), adj. Despótico.
DESPOTIQUEMENT (*déçpotikman*), adv. Despoticamente.
DESPOTISME (*déçpotiçm*), s. m. Despotismo.
DESQUAMATION (*déçkuamaçion*), s.f. Escamação.
DESQUAMER (*déçkuamê*), v. t. Escamar.
DESQUELS, DESQUELLES (*dêkél*), v. LEQUEL.
DESSABLER (*déçablê*), v. t. Desarear, tirar a areia.
DESSAISIR (*dêçézir*), v. i. Desapossar, despojar. **SE DESSAISIR**, v. pr. Ceder, renunciar.
DESSAISISSEMENT (*dêçéziçman*), s. m. Desistência, renúncia.
DESSALÉ, E (*dêçalê*), adj. Sem sal. *Pop.* Sagaz; galhofeiro.
DESSALEMENT (*dêçalman*), s. m. **DESSALAISON** (*dêçalézon*), s. f. ou **DESSALAGE** (*dêçalaj*), s. m. Dessalgação.
DESSALER (*dêçalê*), v. t. Dessalgar.
DESSANGLER (*dêçanglê*), v. t. Desapertar.
DESSÉCHANT, E (*dêçêchan, t*), adj. Dessecante.
DESSÈCHEMENT (*dêçéchman*), s. m Dessecamento, sequidão; consumação
DESSÉCHER (*dêçêchê*), v. t. (Conjuga-se como *accélérer.*) Dessecar, secar; emagrecer. *Fig.* Tornar insensível. **SE DESSÉCHER**, v. pr. Dessecar-se. *Fig.* Esgotar-se, perecer.
DESSEIN (*dêçen*), s.m. Plano, designio. *À dessein*, loc. adv. De propósito.
DESSELLER (*dêçélê*), v. t. Tirar a sela.
DESSEMELLER (*dêçəmélê*), v. t. Tirar a sola.
DESSERRAGE (*dêçéraj*), s. m. Descerramento.
DESSERRE (*dêçér*), s.f. Abertura da bolsa; pagamento.
DESSERRER (*dêçérê*), v. t. Descerrar, abrir.
DESSERT (*dêçér*), s.m. Sobremesa.
DESSERTE (*dêçért*), s. f. Sobejos da mesa. Mesa pequena. Serventia de um benefício eclesiástico.
DESSERTIR (*dêçértir*), v.t. Desengastar.
DESSERTISSAGE (*dêçértiçaj*), s. m. Desengaste.
DESSERVANT (*dêçérvan*), s. m. Vigário encomendado por uma paróquia.
DESSERVIR (*dêçérvir*), v.t. (Conjuga-se como *servir.*) Tirar a mesa. Servir, fazendo serviço de comunicações. *Fig.* Prejudicar.
DESSICATEUR (*dêçikatër*), s. m. Dessecador.
DESSICATIF, IVE (*dêçikatif, iv*), adj. e s.m. Dessecante.

DESSICATION (*dêçikaçion*), s. f. Dessecamento.
DESSILLER ou **DÉCILLER** (*dêçiiê*), v. t. Abrir os olhos.
DESSIN (*dêçen*), s.m. Desenho; planta, delineamento.
DESSINATEUR, TRICE (*dêçinatĕr, triç*), s. Desenhista.
DESSINER (*dêçinê*), v.t. Desenhar. **SE DESSINER**, v.pr. Desenvolver as formas.
DESSOLEMENT (*dêçolman*), s. m. Desfolhamento.
DESSOLER (*dêçolê*), v. t. Alterar a ordem das culturas de um terreno.
DESSOUDER (*dêçudê*), v. t. Dessoldar.
DESSOUDURE (*dêçudür*), s. f. Ação de fundir a solda.
DESSOÛLER (*dêçulê*), v. t. V. **DESSAOULER**.
DESSOUS (*dêçu*), adv. Debaixo. S. m. Parte inferior. Lado escondido. *Avoir le dessous*, levar desvantagem. *Connaître le dessous des cartes*, conhecer a intriga. Pl. Roupa de baixo (de senhora). Loc. adv.: *Au-dessous*, abaixo, mais abaixo; *par-dessous*, por baixo; *là-dessous*, ali ou cá em baixo; *ci-dessous*, abaixo, para baixo, embaixo. *Au-dessous de*, loc. prep. Abaixo de; do lado de baixo; numa classe inferior.
DESSUINTAGE (*dêçüentaj*), s.m. Lavagem, operação de tirar a suarda à lã.
DESSUINTER (*dêçüentê*), v.t. Lavar, tirar a suarda à lã.
DESSUS (*dêçü*), adv. Em cima, por cima. S. m. A parte superior. *Avoir le dessus*, levar vantagem. *Le dessus du panier*, o que há de melhor. Loc. adv.: *là-dessus*, ali, sobre isso; *par-dessus, au-dessus, ci-dessus, en dessus*, por cima, pelo lado de cima. *Au-dessus de*, loc. prep. Acima de.
DESTIN (*déçten*), s. m. Destino, sina, sorte. *Fig*. Vida, existência.
DESTINATAIRE (*déçtinatér*), Destinatário.
DESTINATION (*déçtinaçion*), s. f. Destinação.
DESTINÉE (*déçtinê*), s. f. Destino, sina. *Fig*. Vida.
DESTINER (*déçtinê*), v. t. Destinar, determinar; reservar.
DESTITUABLE (*déçtitüabl*), adj. Destituível.
DESTITUER (*déçtitüê*), v. t. Destituir, depor.
DESTITUTION (*déçtitüçion*), s. f. Destituição.
DESTRUCTEUR, TRICE (*déçtrüktĕr, triç*), adj. Destruidor.
DESTRUCTIBILITÉ (*déçtrüktibilitê*), s. f. Destrutibilidade.
DESTRUCTIBLE (*déçtrüktibl*), adj. Destrutível.
DESTRUCTIF, IVE (*déçtrüktif, iv*), adj. Destrutivo.
DESTRUCTION (*déçtrükçion*), s. f. Destruição.
DÉSUET, ÈTE (*dêzüé, ét*), adj. Desusado.
DÉSUÉTUDE (*dêzüêtüd*), s. f. Desuso.
DÉSUNI, E (*dêzüni*), adj. Desunido.
DÉSUNION (*dêzünion*), s. f. Desunião.
DÉSUNIR (*dêzünir*), v.t. Desunir.
DÉTACHAGE (*dêtachaj*), s. m. Limpeza das nódoas.
DÉTACHÉ, E (*dêtachê*), adj. Desligado, separado.
DÉTACHEMENT (*dêtachman*), s. m. Desapego, desinteresse; desafeição.
DÉTACHER (*dêtachê*), v. t. Destacar; desligar. *Fig*. Desafeiçoar.
DÉTAIL (*dêtai*), s. m. Detalhe, retalho; parte de um todo; minúcia. *En détail*, loc. adv. Por partes.
DÉTAILLANT, E (*dêtaian, t*), adj. e s. Retalhista.
DÉTAILLER (*dêtaiê*), v. t. Vender a retalho; detalhar.
DÉTALAGE (*dêtalaj*), s.m. Recolhimento das mercadorias expostas.
DÉTALER (*dêtalê*), v. t. Recolher as mercadorias expostas. V. i. Correr; escapulir.
DÉTAXE (*dêtakç*), s.f. Diminuição ou supressão da taxa.
DÉTAXER (*dêtakçê*), v. t. Suprimir ou diminuir a taxa.
DÉTECTER (*dêtéktê*), v.t. Detectar.
DÉTECTEUR (*dêtéktĕr*), s. m. Detector.
DÉTECTION (*dêtékçion*), s.f. Ação de detectar.
DÉTECTIVE (*dêtéktiv*), s. m. Detective.
DÉTEINDRE (*dêtendr*), v. t. (Conjuga-se como *craindre*). Descorar; desbotar.
DÉTELAGE (*dêtəlaj*), s. m. Desengate.
DÉTELER (*dêtəlê*), v. t. (Dobra o *l* antes de sílaba muda: *je dételle*.) Desatrelar, desengatar.
DÉTENDEUR (*dêtandĕr*), s. m. Distensor.
DÉTENDRE (*dêtandr*), v.t. Afrouxar, desapertar; distender. *Fig*. Diminuir a tensão.
DÉTENIR (*dêtənir*), v. t. (Conjuga-se como *tenir*.) Deter, reter, manter preso.
DÉTENTE (*dêtant*), s.f. Gatilho. Expansão de um gás. *Fig*. Descanso, repouso.
DÉTENTEUR, TRICE (*dêtantĕr, triç*), adj. e s. Detentor; usurpador.
DÉTENTION (*dêtançion*), s.f. Detenção, prisão.
DÉTENU, E (*dêtənü*), adj. e s. Detento.
DÉTERGENT, E (*dêtérjan, t*), adj. Detergente.
DÉTERGER (*dêtérjê*), v. t. (Toma um e mudo depois do *g* antes de *a* e *o*: *il détergea, nous détergeons*.) Detergir,

limpar.
DÉTÉRIORATION (*dêtêrioraçion*), s. f. Deterioração.
DÉTÉRIORER (*dêtêriorê*), v. t. Deteriorar.
DÉTERMINABLE (*dêtérminabl*), adj. Determinável.
DÉTERMINANT, E (*dêtérminan, t*), adj. Determinante.
DÉTERMINATIF, IVE (*dêtérminatif, iv*), adj. Determinativo.
DÉTERMINATION (*dêtérminaçion*), s. f. Determinação.
DÉTERMINÉ, E (*dêtérminê*), adj. Determinado, fixo; corajoso.
DÉTERMINER (*dêtérminê*), v.t. Determinar.
DÉTERMINISME (*dêtérminiçm*), s.m. Determinismo.
DÉTERMINISTE (*dêtérminiçt*), adj. Determinista.
DÉTERRÉ, E (*dêtérê*), s. Desenterrado.
DÉTERREMENT (*dêtérman*), s. m. Desenterro.
DÉTERRER (*dêtérê*) v. t. Desenterrar. *Fig*. Descobrir o que era difícil de encontrar.
DÉTERREUR (*dêtérër*), s. m. Desenterrador.
DÉTERSIF, IVE (*dêtérçif, iv*), adj. e s. V. DÉTERGENT.
DÉTERSION (*dêtérçion*), s.f. Detersão.
DÉTESTABLE (*dêtéçtabl*), adj. Detestável.
DÉTESTABLEMENT (*dêtéçtablǝman*), adv. Detestavelmente.
DÉTESTATION (*dêtéçtaçion*), s. f. Detestação, abominação.
DÉTESTER (*dêtéçtê*), v.t. Detestar.
DÉTIRER (*dêtirê*), v. t. Estirar, estender.
DÉTISSER (*dêtiçê*), v.t. Desfiar, desfazer um tecido.
DÉTONANT, E (*dêtonan, t*), adj. Detonante.
DÉTONATEUR (*dêtonatër*), s. m. Detonador.
DÉTONATION (*dêtonaçion*), s. f. Detonação.
DÉTONER (*dêtonê*), v. i. Detonar.
DÉTONNER (*dêtonê*), v. i. Destoar, desafinar.
DÉTORDRE (*dêtórdr*), v.t. Destorcer.
DÉTORQUER (*dêtorkê*), v. t. Deturpar.
DÉTORS, E (*dêtór, ç*), adj. Destorcido.
DÉTORSION (*dêtorçion*), s. f. Distorção.
DÉTORTILLER (*dêtortiiê*), v.t. Destorcer.
DÉTOUR (*dêtur*), s. m. Rodeio, desvio, sinuosidade, circuito, meandro. *Fig*. Subterfúgio. *Sans détour*, francamente.
DÉTOURNÉ, E (*dêturnê*), adj. Desviado, afastado, pouco freqüentado. *Fig*. Secreto.
DÉTOURNEMENT (*dêturnǝman*). s. m. Desvio, roubo, subtração fraudulenta.
DÉTOURNER (*dêturnê*), v. t. Desviar, subtrair fraudulentamente. *Fig*. Dissuadir; deturpar. **SE DÉTOURNER**, v. pr. Voltar-se para outro lado. *Fig*. Abandonar.
DÉTRACTER (*dêtraktê*), v. t. Detrair, depreciar.
DÉTRACTEUR, TRICE (*dêtraktër, triç*), s. Detrator, difamador.
DÉTRACTION (*dêtrakçion*), s.f. Detração, difamação.
DÉTRAQUÉ, E (*dêtrakê*), adj. e s. Desequilibrado.
DÉTREMPER (*dêtranpê*), v. t. Diluir, dissolver; destemperar (o aço).
DÉTRESSE (*dêtréç*), s. f. Aflição, angústia, miséria.
DÉTRESSER (*dêtréçê*), v. t. Destrançar.
DÉTRIMENT (*dêtriman*), s. m. Detrimento, dano. *Au détriment de*, loc. prep. Em detrimento de.
DÉTRITIQUE (*dêtritik*), adj. Detrítico.
DÉTRITUS (*dêtritüç*), s. m. Detrito, resíduo. Pl.: *des détritus*.
DÉTROIT (*dêtruá*), s.m. Desfiladeiro, estreito.
DÉTROMPER (*dêtronpê*), v.t. Desenganar.
DÉTRÔNÉ, E (*dêtrônê*), adj. Destronado.
DÉTRÔNER (*dêtrônê*), v. t. Destronar.
DÉTROUSSEMENT (*dêtruçman*), s. m. Ação de desarregaçar. *Fig*. Roubo.
DÉTROUSSER (*dêtruçê*), v. t. Desarregaçar. *Fig*. Roubar.
DÉTROUSSEUR, EUSE (*dêtruçër, ëz*), adj. e s. Salteador.
DÉTRUIRE (*dêtrüir*), v. t. (Conjuga-se como *conduire*.) Destruir.
DETTE (*dét*), s. f. Dívida. *Fig*. *Payer dette à son pays*, prestar serviço militar.
DEUIL (*dëi*), s. m. Luto. *Fig*. Aflição, tristeza. *Poét*. Trevas, aspecto triste. *Faire son deuil de*, resignar-se.
DEUX (*dë*), num. card. Dois, duas; segundo. S. m. Dia dois do mês; o número dois.
DEUX-HUIT (*dëüit*), s. m. inv. *Mús*. compasso dois-por-oito.
DEUXIÈME (*dëziém'*), num. ord. Segundo. S. m. O segundo andar de uma casa.
DEUXIÈMEMENT (*dëziémǝman*), adv. Segundo, em segundo lugar.
DEUX-MATS (*dëmá*), s. m. inv. Embarcação de dois mastros.
DEUX-POINTS (*dëpuen*), s.m. inv. Dois pontos.
DEUX-QUATRE (*dëkatr*), s. m. inv. *Mús*. Compasso dois-por-quatro.
DEUX-SEIZE (*dëçéz*), s. m. inv. *Mús*. Compasso dois-por-dezesseis.
DEUX-TEMPS (*dëtan*), s. m. inv. *Mús*. Compasso binário.

DÉVALER (*dêvalê*), v. t. Descer, fazer descer.
DÉVALISER (*dêvalizê*), v. t. Roubar dinheiro, roupa, etc.
DÉVALISEUR, EUSE (*dêvalizĕr, ĕz*), s. Ladrão, salteador.
DÉVALORISATION (*dêvalorizaçion*), s. f. Desvalorização.
DÉVALORISER (*dêvalorizê*), v. t. Desvalorizar.
DÉVALUATION (*dêvalüaçion*), s. f. Baixa legal do valor de uma moeda.
DÉVALUER (*dêvalüê*), v. t. Efetuar a baixa legal do valor de uma moeda.
DEVANCEMENT (*dəvançman*), s. m. Avanço, adiantamento; vantagem, excesso.
DEVANCER (*dəvançê*), v. t. (O *c* leva uma cedilha antes de *a* e *o*: *il devança, nous devançons.*) Preceder, ir adiante; anteceder. *Fig.* Ultrapassar.
DEVANCIER, ÈRE (*dəvançiê, ér*), s. Predecessor. S. m. pl. Os antepassados.
DEVANT (*dəvan*), adv. e prep. Diante, na frente, anteriormente. S. m. Parte anterior. *Prendre les devants,* tomar a dianteira, tomar a iniciativa. *Au devant de,* loc. prep. Ao encontro de. *Par devant,* loc. adv. Pela parte anterior.
DEVANTURE (*dəvantür*), s. f. Vitrina.
DÉVASTATEUR, TRICE (*dêvaçtatĕr, triç*), adj. e s. Devastador.
DÉVASTATION (*dêvaçtaçion*), s. f. Devastação.
DÉVASTER (*dêvaçtê*), v. t. Devastar.
DÉVEINE (*dêvén'*), s. f. Má sorte constante.
DÉVELOPPABLE (*dêvlopabl*), adj. Desdobrável.
DÉVELOPPEMENT (*dêvlopəman*), s. m. Desdobramento, desenvolvimento. *Fot.* Revelação.
DÉVELOPPER (*dêvlopê*), v. t. Desdobrar, desenrolar. *Fot.* Revelar. *Fig.* Explicar. **SE DÉVELOPPER**, v. pr. Desenvolver-se.
DEVENIR (*dəvənir*), v. i. (Conjuga-se como *venir.*) Tornar-se, fazer-se, começar a ser. *Devenir à rien,* emagrecer. S. m. Transformação sucessiva.
DÉVERGONDAGE (*dêvérgondaj*), s. m. Libertinagem, descaramento; desvio.
DÉVERGONDÉ, E (*dêvérgondê*), adj. e s. Desavergonhado.
DÉVERGONDER (SE) (*çadêvérgondê*), v. pr. Desavergonhar-se.
DÉVERGUER ou **DÉSENVERGUER** (*dêvérghê* ou *dêzanvérghê*), v. t. Desenvergar.
DÉVERNIR (*dêvérnir*), v. t. Desenvernizar.
DÉVERROUILLER (*dêvéruiê*), v. t. Desaferrolhar.
DEVERS (*dəvér*), prep. Ao lado de. *Par devers,* loc. prep. Em presença de; de posse de. *Par devers soi,* loc. adv. De si para si.
DÉVERS, E (*dêvér, ç*), adj. Inclinado. S. m. Inclinação.
DÉVERSEMENT (*dêvérçəman*), s. m. Escoamento das águas, seu efeito; inclinação.
DÉVERSER (*dêvérçê*), v. i. Inclinar-se, pender; derramar. *Fig.* Espalhar.
DÉVERSOIR (*dêvérçuar*), s. m. Escoadouro.
DÉVÊTIR (*dêvétir*), v. t. (Conjuga-se como *vêtir.*) Despir. **SE DÉVÊTIR**, v. pr. Despir-se.
DÉVIATEUR, TRICE (*dêviatĕr, triç*), adj. Causador de desvio.
DÉVIATION (*dêviaçion*), s. f. Desvio. *Fig.* Desvario.
DÉVIDAGE (*dêvidaj*), s. m. Dobagem.
DÉVIDER (*dêvidê*), v. t. Dobrar, fazer passar entre os dedos. *Fig.* Desfazer, deslindar.
DÉVIDEUR, EUSE (*dêvidĕr, ĕz*), s. Dobador.
DÉVIDOIR (*dêviduar*), s. m. Dobadoura.
DÉVIER (*dêviê*), v. i. (Conjuga-se como *prier.*) Desviar-se. V. t. Desviar.
DEVIN, ERESSE (*dəven, inəréç*), s. Adivinho.
DEVINABLE (*dəvinabl*), adj. Adivinhável.
DEVINER (*dəvinê*), v. t. Adivinhar, penetrar, decifrar.
DEVINETTE (*dəvinét*), s. f. Enigma, adivinha.
DEVINEUR, EUSE (*d vinĕr, ĕz*), s. Adivinhador.
DÉVIRER (*dêvirê*), v. t. Desenrolar, girar em sentido contrário.
DEVIS (*dəvi*), s. m. Orçamento do custo de uma obra. Pl.: *des devis.*
DÉVISAGER (*dêvizajê*), v. t. (Toma um *e* mudo depois do *g* antes de *a* e *o*: *il dévisagea, nous dévisageons.*) Desfigurar. Encarar.
DEVISE (*dəviz*), s. f. Divisa, emblema; papel-moeda de um país.
DEVISER (*dəvizê*), v. i. Conversar familiarmente.
DÉVISSAGE (*dêviçaj*), s. m. Ação de desparafusar.
DÉVISSER (*dêviçê*), v. t. Desparafusar.
DÉVITRIFICATION (*dêvitrifikaçion*), s. f. Desvitrificação.
DÉVITRIFIER (*dêvitrifiê*), v. t. (Conjuga-se como *prier.*) Desvitrificar.
DÉVOIEMENT ou **DÉVOÎMENT** (*dêvuaman*), s. m. Desaprumo (construção).
DÉVOILEMENT (*dêvualman*), s.m. Levantamento do véu, revelação.
DÉVOILER (*dêvualê*), v.t. Descobrir, tirar o véu. *Fig.* Revelar.
DEVOIR (*dəvuar*), v. t. (*Je dois, tu dois, il doit, nous devons, vous devez, ils doivent. Je devais, nous devions.*

Je dus, nous dûmes. Je devrai, nous devrons. Je devrais, nous devrions. Dois, devons, devez. Que je doive, que nous devions. Que je dusse, que nous dussions. Devant. Dû, due, dus.) Dever, ser devedor. *Fig*. Estar reconhecido a alguém. S. m. Dever, obrigação. *Se mettre en devoir de*, preparar-se para. Pl. Homenagens.
DÉVOLTAGE (*dêvoltaj*), s. m. Diminuição da voltagem de uma corrente elétrica.
DÉVOLU, E (*dêvolü*), adj. e s. m. Devoluto. *Jeter son dévolu sur*, mostrar preferência por.
DÉVOLUTIF, IVE (*dêvolütif, iv*), adj. Devolutivo.
DÉVOLUTION (*dêvolüçion*), s. f. Devolução.
DEVON (*dəvon*), s. m. Peixe artificial, empregado como isca.
DÉVONIEN, ENNE (*dêvonien, én'*), adj. e s. Devoniano.
DÉVORANT, E (*dêvoran, t*), adj. Devorante, devorador.
DÉVORATEUR, TRICE (*dêvoratĕr, triç*), adj. Devorador.
DÉVORER (*dêvorê*), v. t. Devorar, tragar. *Fig*. Destruir, consumir, arruinar. *Dévorer des yeux*, cobiçar com a vista. *Dévorer ses larmes*, reter as lágrimas.
DÉVOT, E (*dêvô, ót*), adj. e s. Devoto, piedoso.
DÉVOTEMENT (*dêvotman*), adv. Devotadamente.
DÉVOTIEUX, EUSE (*dêvoçiĕ, ĕz*), adj. Devoto.
DÉVOTION (*dêvoçion*), s. f. Devoção. *Faire ses dévotions*, confessar-se e comungar.
DÉVOUÉ, E (*dêvuê*), adj. Devotado.
DÉVOUEMENT (*dêvuman*), s. m. Devotamento, dedicação.
DÉVOUER (*dêvuê*), v. t. Devotar, consagrar. **SE DÉVOUER**, v. pr. Devotar-se, dedicar-se.
DÉVOYÉ, E (*dêvuaiê*), adj. e s. Desviado, transviado.
DÉVOYER (*dêvuaiê*), v. t. (Conjuga-se como *aboyer*.) Desviar, desencaminhar.
DEXTÉRITÉ (*dêkçtêritê*), s. f. Destreza; habilidade.
DEXTRE (*dékçtr*), s.f. Destra, mão direita.
DEXTREMENT (*dékçtrəman*), adv. Habilmente, com destreza.
DIA! (*diá*), interj. Eia! (grito dos charreteiros para conduzir os animais para a esquerda). *Tirer à hue et à dia*, em sentido contrário, empregando meios que se opõem.
DIABÈTE (*diabét*), s.m. Diabete.
DIABÉTIQUE (*diabêtik*), adj. e s. Diabético.
DIABLE (*diabl*), s. m. Diabo; carrinho para transportar fardos. *Bon diable*, bom rapaz. *Faire le diable à quatre*, pintar o sete, fazer alarido. *Tirer le diable par la queue*, precisar de dinheiro, estar mal de vida. Interj. Diabo!
DIABLEMENT (*diabləman*), adv. Excessivamente.
DIABLERIE (*diabləri*), s. f. Feitiço, sortilégio.
DIABLESSE (*diabléç*), s.f. Mulher perversa.
DIABLOTIN (*diabloten*), s.m. Diabrete. *Fig*. Criança viva, peralta.
DIABOLIQUE (*diabolik*), adj. Diabólico.
DIABOLIQUEMENT (*diabolikman*), adv. Diabolicamente.
DIABOLO (*diabolô*), s. m. Diabolô.
DIACODE (*diakód*), s.m. Diacódio.
DIACONAL, E, AUX (*diakonal, ô*), adj. Diaconal.
DIACONAT (*diakoná*), s. m. Diaconato.
DIACONESSE (*diakonéç*), s.f. Diaconisa.
DIACRE (*diakr*), s.m. Diácono.
DIADÈME (*diadém'*), s. m. Diadema.
DIAGNOSTIC (*diagnoçtik*), s.m. Diagnóstico.
DIAGNOSTIQUER (*diagnoçtikê*), v. t. Diagnosticar.
DIAGONAL, E, AUX (*diagonal, ô*), adj. e s.f. Diagonal.
DIAGONALEMENT (*diagonalman*), adv. Em diagonal.
DIAGRAMME (*diagram'*), s. m. *Geom*. Diagrama.
DIALECTAL, E, AUX (*dialéktal, ô*) adj. Dialetal.
DIALECTE (*dialékt*), s. m. Dialeto.
DIALECTICIEN, ENNE (*dialéktiçien, én'*), s. m. Dialético.
DIALECTIQUE (*dialéktik*), s.f. Dialética.
DIALECTIQUEMENT (*dialéktikman*), adv. Dialeticamente.
DIALECTOLOGIE (*dialéktoloji*), s.f. Dialectologia.
DIALECTOLOGIQUE (*dialéktolojik*), adj. Dialetológico.
DIALOGISME (*dialojiçm*), s. m. Dialogismo.
DIALOGUE (*dialog*), s. m. Diálogo.
DIALOGUER (*dialoghê*), v. t. Dialogar.
DIALOGUISTE (*dialoghiçt*), s.m. Dialogista.
DIALYPÉTALE (*dialipêtal*), adj. *Bot*. Dialiopétalo.
DIALYSE (*dializ*), s.f. Diálise.
DIAMANT (*diaman*), s.m. Diamante.
DIAMANTAIRE (*diamantér*), adj. e s.m. Diamantista.
DIAMANTÉ, E (*diamantê*), adj. Diamantado, guarnecido de diamantes; brilhoso, salpicado de substância brilhante.
DIAMANTER (*diamantê*), v.t. Diamantizar, enfeitar de diamantes.
DIAMANTIFÈRE (*diamantifér*), adj. Diamantífero.
DIAMANTIN, E (*diamanten, in'*), adj.

Diamantino.
DIAMÉTRAL, E, AUX (*diamêtral, ô*), adj. Diametral.
DIAMÉTRALEMENT (*diamêtralman*) adv. Diametralmente.
DIAMÈTRE (*diamétr*), s.m. Diâmetro.
DIANE (*dian'*), s.f. Toque de alvorada.
DIANTRE! (*diantr*), interj. Diabo! Droga!
DIAPASON (*diapazon*), s. m. Diapasão.
DIAPHANE (*diafan'*), adj. Diáfano.
DIAPHRAGMATIQUE (*diafragmatik*), adj. Diafragmático.
DIAPHRAGME (*diafragm*), s. m. Diafragma.
DIAPHRAGMER (*diafragmê*), v.t. Munir de um diafragma. V.i. Diminuir uma abertura com diafragma.
DIAPHYSE (*diafiz*), s.f. Diáfise.
DIAPOSITIVE (*diapozitiv*), s.f. Diapositivo.
DIAPRÉ, E (*diaprê*), adj. Matizado.
DIAPRER (*diaprê*), v. t. Matizar; salpicar, esmaltar (com ornamentos variados).
DIAPRURE (*diaprür*), s. f. Matiz.
DIARRHÉE (*diarê*), s.f. Diarréia.
DIARRHÉIQUE (*diarêik*), adj. Diarréico.
DIASTASE (*diaçtaz*), s.f. *Quím.* Diástase.
DIASTOLE (*diaçtól*), s.f. Diástole.
DIATHERMANE (*diatérman'*), adj. Diatérmico.
DIATHERMIE (*diatérmi*), s.f. Diatermia.
DIATHÈSE (*diatéz*), s. f. Diátese.
DIATOMIQUE (*diatomik*), adj. Diatômico.
DIATONIQUE (*diatonik*), adj. Diatônico.
DIATRIBE (*diatrib*), s.f. Diatribe; panfleto.
DICHOTOMIE (*dikotomi*), s.f. Dicotomia.
DICHOTOMIQUE (*dikotomik*), adj. Dicotômico.
DICOTYLÉDONES (*dikotilêdón'*), s. f. pl. *Bot.* Dicotiledôneas.
DICTAME (*diktam'*), s. m. *Bot.* Ditamno. *Fig.* Bálsamo; consolo.
DICTATEUR (*diktatĕr*), s.m. Ditador.
DICTATORIAL, E, AUX (*diktatorial, ô*), adj. Ditatorial.
DICTATURE (*diktatür*), s.f. Ditadura.
DICTÉE (*diktê*), s.f. Ditado.
DICTER (*diktê*), v. t. Ditar.
DICTION (*dikçion*), s.f. Dicção.
DICTIONNAIRE (*dikçionér*), s.m. Dicionário.
DICTON (*dikton*), s.m. Dito, rifão, máxima.
DIDACTIQUE (*didaktik*), adj. Didático. S. f. Didática.
DIDACTIQUEMENT (*didaktikman*), adv. Didaticamente.
DIDACTYLE (*didaktil*), adj. Didáctilo.
DIDYME (*didim'*), adj. *Bot.* Dídimo.
DIÈDRE (*diédr*), adj. e s.m. *Geom.* Diedro.
DIÉLECTRIQUE (*diêléktrik*), adj. e s. m. Dielétrico.
DIÉRÈSE (*diêréz*), s.f. Diérese.
DIÈSE (*diéz*), s.m. *Mús.* Sustenido.
DIÈTE (*diét*), s.f. Dieta.
DIÉTÉTICIEN, ENNE (*diêtêtiçien, en'*), s. Especialista em dietética.
DIÉTÉTIQUE (*diêtêtik*), adj. Dietético.
DIEU (*dië*), s. m. Deus. *On lui donnerait le bon Dieu sans confession,* sua aparência enganaria qualquer um. *À Dieu ne plaise,* queira Deus. *Bon Dieu!* interj. Meu Deus! Deus do céu!. Pl.: *des dieux.*
DIFFAMANT, E (*difaman, t*), adj.. Difamante.
DIFFAMATEUR, TRICE (*difamatĕr, triç*), adj. e s. Difamador.
DIFFAMATION (*difamaçion*), s.f. Difamação.
DIFFAMATOIRE (*difamatuar*), adj. Difamatório.
DIFFAMÉ (*difamê*), adj. m. *Heráld.* Diz-se do leão representado sem cauda.
DIFFAMER (*difamê*), v.t. Difamar.
DIFFÉREMMENT (*diferaman*), adv. Diferentemente.
DIFFÉRENCE (*diferanç*), s.f. Diferença.
DIFFÉRENCIATION (*diferançiaçion*), s.f. Diferenciação.
DIFFÉRENCIER (*diferançê*), v. t. (Conjuga-se como *prier.*) Diferenciar.
DIFFÉREND (*diferan*), s.m. Debate, contenda, litígio, contestação.
DIFFÉRENT, E (*diferan, t*), adj. Diferente.
DIFFÉRENTIEL, ELLE (*diferançiél*), adj. *Mat.* e *Mec.* Diferencial.
DIFFÉRER (*diferê*), v.t. (Conjuga-se como *accélérer.*) Diferir, adiar. V. i. Diferir, ser diferente; discordar.
DIFFICILE (*difiçil*), adj. Difícil, árduo; exigente.
DIFFICILEMENT (*difiçilman*), adv. Dificilmente.
DIFFICULTÉ (*difikültê*), s.f. Dificuldade. *Tourner la difficulté,* contornar a dificuldade
DIFFICULTEUX, EUSE (*difikültê, ëz*), adj. Dificultoso, difícil.
DIFFORME (*difórm*), adj. Disforme.
DIFFORMITÉ (*diformitê*). s. f. Deformidade.
DIFFRACTER (*difraktê*), v. t. Difratar.
DIFFRACTIF, IVE (*difraktif, iv*), adj. Difrativo.
DIFFRACTION (*difrakçion*), s.f. Difração.
DIFFUS, E (*difü, z*), adj. Difuso.
DIFFUSÉMENT (*difüzêman*), adv. Difusamente, prolixamente.
DIFFUSER (*difüzê*), v. t. Difundir, espalhar. Propagar pelo rádio.
DIFFUSIBLE (*difüzibl*), adj. Difusível.
DIFFUSION (*difüzion*), s.f. Difusão, di-

vulgação.

DIGÉRER (*dijêrê*), v.t. (Conjuga-se como *accélérer.*) Digerir. *Fig.* Sofrer com paciência. V. i. Cozer em fogo brando.

DIGESTE (*dijéçt*), s.m. Digesto.

DIGESTEUR (*dijéçtĕr*), s. m. Digestor.

DIGESTIBILITÉ (*dijéçtibilitê*), s. f. Digestibilidade.

DIGESTIBLE (*dijéçtibl*), adj. Digestível.

DIGESTIF, IVE (*dijéçtif, iv*), adj. e s. Digestivo.

DIGESTION (*dijéçtion*), s.f. Digestão.

DIGITAL, E, AUX (*dijital, ô*), adj. Digital.

DIGITALE (*dijital*), s. f. Digital ou dedaleira.

DIGITALINE (*dijitalin'*), s.f. Digitalina.

DIGITÉ, E (*dijitê*), adj. Digitado.

DIGITIGRADE (*dijitigrad*), adj. e s. Digitigrado.

DIGNE (*dinh*), adj. Digno, honesto.

DIGNEMENT (*dignəment*), adv. Dignamente.

DIGNITAIRE (*dinhitér*), s. m. Dignitário.

DIGNITÉ (*dinhitê*), s. f. Dignidade, nobreza.

DIGON (*digon*), s. m. *Mar.* Arpão.

DIGRESSIF, IVE (*digréçif, iv*), adj. Digressivo.

DIGRESSION (*digréçion*), s.f. Digressão.

DIGUE (*dig*), s. m. Dique, represa. *Fig.* Obstáculo.

DILACÉRATION (*dilaçêraçion*), s. f. Dilaceração.

DILACÉRER (*dilaçêrê*), v. t. (Conjuga-se como *accélérer.*) Dilacerar.

DILAPIDATEUR, TRICE (*dilapidatĕr, triç*), s. Dilapidador.

DILAPIDATION (*dilapidaçion*), s.f. Dilapidação.

DILAPIDER (*dilapidê*), v.t. Dilapidar, dissipar; surripiar.

DILATABILITÉ (*dilatabilitê*), s.f. Dilatabilidade.

DILATABLE (*dilatabl*), adj. Dilatável.

DILATANT, E (*dilatan, t*), adj. Dilatante.

DILATATEUR, TRICE (*dilatatĕr, triç*), adj. e s. m. Dilatador.

DILATATION (*dilataçion*), s.f. Dilatação.

DILATER (*dilatê*), v. t. Dilatar, alargar. *Fig.* Desoprimir.

DILATOIR, E (*dilatuar*), adj. Dilatório.

DILECTION (*dilékçion*), s.f. Dileção, estima.

DILEMME (*dilém'*), s.m. Dilema.

DILETTANT, E (*dilétan, t*), s. Diletante. Pl.: *des dilettanti* ou *dilettantes*.

DILETTANTISME (*dilétantiçm*), s.m. Diletantismo.

DILIGEMMENT (*dilijaman*), adv. Diligentemente.

DILIGENCE (*dilijanç*), s.f. Diligência, carruagem antiga.

DILIGENT, E (*dilijan, t*), adj. Diligente, ativo.

DILUER (*dilüê*), v.t. Diluir.

DILUTION (*dilüçion*), s. f. Diluição.

DILUVIEN, ENNE (*dilüvien, én'*), adj. Diluviano.

DIMANCHE (*dimanch*), s.m. Domingo.

DÎME (*dim'*), s.f. Dízimo.

DIMENSION (*dimançion*), s.f. Dimensão.

DÎMER (*dimê*), v.i. Cobrar o dízimo.

DIMINUENDO (*diminüendô*), adv. Diminuendo.

DIMINUER (*diminüê*), v.t. Diminuir. V. i. Reduzir-se; enfraquecer-se.

DIMINUTIF, IVE (*diminütif, iv*), adj. e s. m. Diminutivo.

DIMINUTION (*diminüçion*), s.f. Diminuição, abatimento.

DIMORPHE (*dimórf*), adj. Dimorfo.

DIMORPHISME (*dimorfiçm*), s.m. Dimorfismo.

DINANDERIE (*dinandəri*), s. f. Utensílios de cozinha feitos de latão.

DÎNATOIRE (*dinatuar*), adj. Ajantarado.

DINDE (*dend*), s. f. *Zool.* Perua. *Fig.* Mulher boba.

DINDON (*dendon*), s. m. Peru. *Fig.* Homem estúpido. *Être le dindon de la farce*, ser o bobo, o pato.

DINDONNEAU (*dendonô*), s.m. Peruzinho. Pl.: *des dindonneaux*.

DINDONNIER, ÈRE (*dendoniê, ér*), s. Guardador de perus.

DÎNER (*dinê*), v.i. Jantar.

DÎNER ou DÎNÉ (*dinê*), s. m. Jantar.

DÎNETTE (*dinét*), s.f. Jantarzinho, comidinha (feito por crianças, de brincadeira).

DÎNEUR, EUSE (*dinĕr, ëz*), s. Participante de um jantar.

DINOSAURIENS (*dinoçôrien*), s. m. pl. *Zool.* Dinossauros.

DIOCÉSAIN, E (*dioçêzen, én'*), adj. e s. Diocesano.

DIOCÈSE (*dioçéz*), s. m. Diocese.

DIOIQUE (*dioik*), adj. *Bot.* Dióico.

DIONYSIAQUE (*dioniziak*), adj. Dionisíaco.

DIOPTRIE (*dioptri*), s.f. Dioptria.

DIOPTRIQUE (*dioptrik*), adj. Dióptrico.

DIORAMA (*diorama*), s.m. Diorama.

DIPÉTALE (*dipêtal*), adj. Dipétalo.

DIPHTÉRIE (*diftêri*), s. f. Difteria.

DIPHTÉRIQUE (*diftêrik*), adj. Diftérico.

DIPHTONGUE (*diftong*), s.f. Ditongo.

DIPHTONGUER (*diftonghê*), v. t. Ditongar.

DIPLOMATE (*diplomat*), s. m. Diplomata.

DIPLOMATIE (*diplomaçi*), s. f. Diplomacia.

DIPLOMATIQUE (*diplomatik*), adj. Diplomático. S. f. Diplomática.

DIPLOMATIQUEMENT (*diplomatikman*), adv. Diplomaticamente.

DIPLÔME (*diplôm'*), s. m. Diploma.

DIPLÔMÉ, E (*diplômê*), adj. e s. Diplomado.

DIPLOPIE (*diplopi*), s. f. Diplopia.

DIPSOMANIE (*dipçomani*), s. f. Dipsomania.

DIPTÈRE (*diptér*), adj. e s. m. Díptero.

DIPTYQUE (*diptik*), s. m. Díptico.

DIRE (*dir*), v. t. (*Je dis, nous disons, vous dites, ils disent. Je disais. Je dis. Je dirai. Je dirais. Dis, disons, dites. Que je dise. Que je disse. Disant. Dit, e.*) Dizer; propor; ordenar; recitar. *Qu'on se le dise,* que isso seja espalhado. *Le qu'en dira-t-on,* o disse-me-disse. *Il va sans dire que,* não é preciso dizer. *Soit dit entre nous, entre nous soit dit,* cá entre nós. *Cela est bientôt dit,* isso é fácil dizer. *Soit dit en passant,* diga-se de passagem. *Soit dit à son, ton, votre, etc. honneur,* diga-se a seu favor. *Il n'y a pas à dire,* não há nada a dizer contra. *Je me suis laissé dire,* soube. *Qu'est-ce à dire?,* o que quer dizer? *Au dire de,* no dizer de. *Si le cœur vous en dit,* se tiver vontade, se lhe agradar. *C'est-à-dire,* isto é, quer dizer. **SE DIRE,** v.pr. Dizer-se, julgar-se.

DIRE (*dir*), s.m. Rifão, adágio.

DIRECT, E (*dirékt*), adj. Direto, direito, reto.

DIRECTEMENT (*dirêktman*), adv. Diretamente.

DIRECTEUR, TRICE (*diréktër, triç*), s. Diretor.

DIRECTION (*diréktion*), s. f. Direção, administração.

DIRECTIVE (*diréktiv*), s.f. Diretiva.

DIRECTOIRE (*diréktuár*), s.m. Diretório.

DIRECTORIAL, E, AUX (*diréktorial, ô*), adj. Diretorial.

DIRIGEABLE (*dirijabl*), adj. e s. Dirigível.

DIRIGEANT, E (*dirijan, t*), adj. e s. Dirigente.

DIRIGER (*dirijê*), v. t. (Toma um *e* mudo depois do *g* antes de *a* e *o*: *Je dirigeai, nous dirigeons.*) Dirigir, conduzir, administrar.

DIRIMANT, E (*diriman, t*), adj. Dirimente.

DISCERNABLE (*diçërnabl*), adj. Discernível.

DISCERNEMENT (*diçérnəman*), s. m. Discernimento.

DISCERNER (*diçérnê*), v. t. Discernir, distinguir.

DISCIPLE (*diçipl*), s. m. Discípulo.

DISCIPLINABLE (*diçiplinabl*), adj Disciplinável.

DISCIPLINAIRE (*diçiplinér*), adj. Disciplinar.

DISCIPLINAIREMENT (*diçiplinérman*), adv. Disciplinarmente.

DISCIPLINE (*diçiplin'*), s.f. Disciplina.

DISCIPLINÉ, E (*diçiplinê*), adj. Disciplinado.

DISCIPLINER (*diçiplinê*), v.t. Disciplinar.

DISCOBOLE (*diçkoból*), s. m. Discóbolo.

DISCOÏDE (*diçkoid*), adj. Discóide.

DISCOMYCÈTES (*diçkomiçét*), s. m. pl. Discomicetes.

DISCONTINU, E (*diçkontinü*), adj. Descontínuo.

DISCONTINUATION (*diçkontinüaçion*), s.f. Descontinuação, interrupção.

DISCONTINUER (*diçkontinüê*), v. t. Cessar, descontinuar. V.i. Parar, descontinuar.

DISCONTINUITÉ (*diçkontinüitê*), s. f. Descontinuidade.

DISCONVENANCE (*diçkonvənanç*), s. f. Desproporção, desconveniência.

DISCONVENIR (*diçkonvənir*), v. i. (Conjuga-se como *venir.*) Desconvir.

DISCORD (*diçkór*), adj. Discorde, desafinado.

DISCORDANCE (*diçkordanç*), s.f. Discordância, desafinação.

DISCORDANT, E (*diçkordan, t*), adj. Discordante.

DISCORDE (*diçkórd*), s. f. Discórdia.

DISCORDER (*diçkordê*), v.i. Discordar, estar desafinado.

DISCOTHÈQUE (*diçkoték*), s. f. Discoteca.

DISCOUREUR, EUSE (*diçkurër, ëz*), s. Falador.

DISCOURIR (*diçkurir*), v.i. (Conjuga-se como *courir.*) Discorrer, conversar.

DISCOURS (*diçkur*), s.m. Discurso, assunto, conversa. Pl.: *des discours.*

DISCOURTOIS, E (*diçkurtuá, z*), adj. Descortês.

DISCOURTOISEMENT (*diçkurtuazman*), adv. Descortesmente.

DISCRÉDIT (*diçkrêdi*), s.m. Descrédito.

DISCRÉDITER (*diçkrêditê*), v.t. Desacreditar.

DISCRET, ÈTE (*diçkré, t*), adj. Discreto.

DISCRÈTEMENT (*diçkrétman*), adv. Discretamente.

DISCRÉTION (*diçkrêçion*), s.f. Discrição. Loc. adv.: *À la discrétion*, livremente; segundo a opinião, segundo o julgamento de; *à discrétion*, à vontade; incondicionalmente.
DISCRÉTIONNAIRE (*diçkrêçionér*), adj. Discricionário.
DISCRIMINANT, E (*diçkriminan, t*), adj. Discriminante.
DISCRIMINATION (*diçkriminaçion*), s. f. Discriminação.
DISCRIMINER (*diçkriminê*), v.t. Discriminar.
DISCULPATION (*diçkülpaçion*), s. f. Descriminação, desculpa, justificativa.
DISCULPER (*diçkülpê*), v. t. Descriminar, desculpar, justificar.
DISCURSIF, IVE (*diçkürçif, iv*), adj. Discursivo.
DISCUSSION (*diçküçion*), s.f. Discussão.
DISCUTABLE (*diçkütabl*), adj. Discutível.
DISCUTAILLER (*diçkütaiê*), v. i. *Fam.* Discutir por coisa à toa.
DISCUTER (*diçkütê*), v. t. Discutir.
DISCUTEUR, EUSE (*diçkütĕr, ëz*), adj. Discutidor.
DISERT, E (*dizér, t*), adj. Diserto, facundo, eloqüente.
DISETTE (*dizét*), s. f. Penúria, escassez de víveres. *Fig.* Pobreza, falta.
DISETTEUX, EUSE (*dizétë, ëz*), s. Necessitado, pobre.
DISEUR, EUSE (*dizĕr, ëz*), s. Palrador, dizedor; declarador.
DISGRÂCE (*diçgraç*), s. f. Desfavor; desvalimento. *Fig.* Desgraça, infortúnio.
DISGRACIÉ, E (*diçgraçiê*), adj. Que cai em desgraça; desacreditado. *Fig.* Desfavorecido (pela sorte, pela natureza).
DISGRACIER (*diçgraçiê*), v. t. (Conjuga-se como *prier.*) Privar alguém de proteção, de favores.
DISGRACIEUSEMENT (*diçgraçiëzman*), adv. Desairosamente, desgraciosamente.
DISGRACIEUX, EUSE (*diçgraçië, ëz*), adj. Desgracioso; aborrecido.
DISJOINDRE (*diçjuendr*), v.t. (Conjuga-se como *craindre.*) Desconjuntar, desunir.
DISJONCTEUR (*diçjonktĕr*), s. m. Disjuntor.
DISJONCTIF, IVE (*diçjonktif, iv*), adj. Disjuntivo.
DISJONCTION (*diçjonkçion*), s. f. Disjunção.
DISLOCATION (*dislokaçion*), s. f. Deslocação, desencaixe; desmembramento.
DISLOQUEMENT (*diçlokman*), s. m. Deslocamento.
DISLOQUER (*diçlokê*), v. t. Deslocar.
DISPARAISSANT, E (*diçparéçan, t*), adj. Que desaparece.
DISPARAÎTRE (*diçparétr*), v.i. (Conjuga-se como *connaître.*) Desaparecer, sumir.
DISPARATE (*diçparat*), s. f. Disparate. Adj. Discordante, disparatado.
DISPARITÉ (*diçparitê*), s. f. Disparidade.
DISPARITION (*diçpariçion*), s. m. Desaparecimento, desaparição.
DISPENDIEUSEMENT (*diçpandiëzman*), adv. Dispendiosamente.
DISPENDIEUX, EUSE (*diçpandië, ëz*), adj. Dispendioso.
DISPENSABLE (*diçpançabl*), adj. Dispensável.
DISPENSAIRE (*diçpançér*), s. m. Dispensário.
DISPENSATEUR, TRICE (*diçpançatĕr, triç*), s. Dispensador, distribuidor.
DISPENSATION (*diçpançaçion*), s. f. Dispensação, distribuição.
DISPENSE (*diçpanç*), s. f. Dispensa, isenção.
DISPENSER (*diçpançê*), v. t. Dispensar, distribuir.
DISPERSEMENT (*diçpérçman*), s. m. Dispersão.
DISPERSER (*diçpérçê*), v. t. Dispersar.
DISPERSION (*diçpérçion*), s. f. Dispersão.
DISPONIBILITÉ (*diçponibilitê*), s. f. Disponibilidade.
DISPONIBLE (*diçponibl*), adj. Disponível.
DISPOS, OSE (*diçpô, z*), adj. Disposto, ágil.
DISPOSER (*diçpozê*), v. t. e i. Dispor. **SE DISPOSER**, v. pr. Dispor-se.
DISPOSITIF (*diçpozitif*), s. m. Dispositivo.
DISPOSITION (*diçpoziçion*), s. f. Disposição.
DISPROPORTION (*diçproporçion*), s. f. Desproporção.
DISPROPORTIONNÉ, E (*diçproporçionê*), adj. Desproporcionado.
DISPUTABLE (*diçpütabl*), adj. Disputável.
DISPUTAILLER (*diçpütaier*), v. t. *Fam.* Brigar (por futilidade).
DISPUTE (*diçpüt*), s. f. Disputa, debate.
DISPUTER (*diçpütê*), v.i. Disputar, debater; brigar. V. t. Reivindicar, pleitear.
DISPUTEUR (*diçpütĕr*), s.m. Disputador, altercador.
DISQUALIFICATION (*diçkalifikaçion*), s. f. Desqualificação, desclassificação.
DISQUALIFIER (*diçkalifiê*) v. t. (Conjuga-se como *prier.*) Desqualificar, desclassificar. *Fig.* Desacreditar.
DISQUE (*diçk*), s. m. Disco.

DISSECTEUR (*diçéktër*), s. m. Dissecador.
DISSECTION (*diçékçıon*), s-m. Dissecação.
DISSEMBLABLE (*diçanblabl*), adj. Dissemelhante, diferente.
DISSEMBLANCE (*diçanblanç*), s. f. Dissemelhança; disparidade.
DISSÉMINATION (*diçêminaçion*), s. f. Disseminação.
DISSÉMINER (*diçêminê*), v. t. Disseminar.
DISSENSION (*diçançion*), s. f. Dissensão, desavença.
DISSENTIMENT (*diçantiman*), s. m. Dissentimento, divergência.
DISSÉQUER (*diçêkê*), v. t. (Conjuga-se como *accélérer.*) Dissecar.
DISSERTATION (*diçértaçion*), s.f. Dissertação.
DISSERTER (*diçértê*), v. i. Dissertar.
DISSIDENCE (*diçidanç*), s. f. Dissidência, divergência.
DISSIDENT, E (*diçidan, t*), adj. Dissidente.
DISSIMILATION (*diçimilaçion*), s. f. Dissimilação.
DISSIMILITUDE (*diçimilitüd*), s. f. Dissemelhança.
DISSIMULATEUR, TRICE (*diçimülatër, triç*), adj. e s. Dissimulador.
DISSIMULÉ, E (*diçimülê*), adj. Dissimulado.
DISSIMULER (*diçimülê*), v. t. Dissimular.
DISSIPATION (*diçipaçion*), s. f. Dissipação, distração, desatenção.
DISSIPÉ, E (*diçipê*), adj. Dissipado, desatento.
DISSIPER (*diçipê*), v. t. Dissipar.
DISSOCIABILITÉ (*diçoçiabilitê*), s. f. Dissociabilidade.
DISSOCIABLE (*diçoçiabl*), adj. Dissociável, separável.
DISSOCIATION (*diçoçiaçion*), s. f. Dissociação.
DISSOCIER (*diçoçiê*), v. t. (Conjuga-se como *prier.*) Dissociar, dissolver.
DISSOLU, E (*diçolü*), adj. Dissoluto.
DISSOLUTIF, IVE (*diçolütif, iv*), adj. Dissolutivo.
DISSOLUTION (*diçolüçion*), s. f. Dissolução, devassidão.
DISSOLVANT, E (*diçolvan, t*), adj. e s. m. Dissolvente.
DISSONANCE (*diçonanç*), s. f. Dissonância, desafinação.
DISSONANT, E (*diçonan, t*), adj. Dissonante.
DISSONER (*diçonê*), v. i. Destoar.
DISSOUDRE (*diçudr*), v.t. (Conjuga-se como *absoudre.*) Dissolver, desfazer, anular.
DISSOUS, OUTE (*diçu, ut*), adj. Dissolvido.
DISSUADER (*diçüadê*), v. t. Dissuadir.
DISSUASIF, IVE (*diçüazif, iv*), adj. Dissuasivo.
DISSUASION (*diçüazion*), s. f. Dissuasão.
DISSYLABE (*diçilab*), adj. e s. Dissílabo.
DISSYLABIQUE (*diçilabik*), adj. Dissilábico.
DISSYMÉTRIE (*diçimêtri*), s. f. Dissimetria.
DISSYMÉTRIQUE (*diçimêtrik*), adj. Dissimétrico.
DISTANCE (*diçtanç*), s. f. Distância. *Fig.* Diferença. *Tenir à distance,* manter à distância.
DISTANCER (*diçtançê*), v. t. (O *c* leva uma cedilha antes de *a* e *o*: *il distança, nous distançons.*) Distanciar.
DISTANT, E (*diçtan, t*), adj. Distante, afastado.
DISTENDRE (*diçtandr*), v. t. Distender, retesar.
DISTENTION (*diçtançion*), s. f. Distensão.
DISTILLATEUR (*diçtilatër*), s. m. Destilador.
DISTILLATION (*diçtilaçion*), s. f. Destilação.
DISTILLATOIRE (*diçtilatuar*), adj. Destilatório.
DISTILLER (*diçtilê*), v. t. Destilar. *Fig.* Espalhar.
DISTILLERIE (*diçtiləri*), s. f. Destilaria.
DISTINCT, E (*diçtenkt*), adj. Distinto. *Fig.* Claro, evidente.
DISTINCTEMENT (*diçtenktəman*), adv. Distintamente.
DISTINCTIF IVE (*diçtenktif, iv*), adj. Distintivo.
DISTINCTION (*diçtenkçion*), s. f. Distinção; mérito.
DISTINGUÉ, E (*diçtenghê*), adj. Distinto, elegante.
DISTINGUER (*diçtenghê*), v. t. Distinguir; honrar.
DISTIQUE (*diçtik*), s. m. Dístico.
DISTORDRE (*diçtórdr*), v. t. Destorcer.
DISTORS, E (*diçtór, ç*), adj. Destorcido, torto.
DISTORSION (*diçtorçion*), s. f. Distorção, contorção.
DISTRACTION (*diçtrakçion*), s. f. Distração; separação.
DISTRAIRE (*diçtrér*), v. t. (Conjuga-se como *traire.*) Distrair; separar, extraviar, desviar.
DISTRAIT, E (*diçtre, t*), adj. Distraído.
DISTRAITEMENT (*diçtrétman*), adv. Distraidamente.
DISTRAYANT, E (*diçtréian, t*), adj. Recreativo.
DISTRIBUABLE (*diçtribüabl*), adj. Repartível.
DISTRIBUER (*diçtribüê*), v. t. Distribuir.
DISTRIBUTEUR, TRICE (*diçtribütër, triç*), adj. e s. Distribuidor.

DISTRIBUTIF, IVE (*diçtribütif, iv*), adj. Distributivo.
DISTRIBUTION (*diçtribüçion*), s. f. Distribuição.
DISTRICT (*diçtrikt*), s. m. Distrito.
DIT, E (*di, t*), adj. Dito, combinado; apelidado. S. m. Dito, máxima.
DITHYRAMBE (*ditiramb*), s. m. Ditirambo.
DITHYRAMBIQUE (*ditirambik*), adj. Ditirâmbico.
DITO (*ditô*), adv. Idem, igualmente.
DIURÈSE (*diüréz*), s. f. Diurese.
DIURÉTIQUE (*diürêtik*), adj. e s. Diurético.
DIURNAL, E, AUX (*diürnal, ô*), adj. Diurno. S. m. Diurnal, livro de orações.
DIURNE (*diürn*), adj. Diurno. S. m. pl. Espécie de borboletas de flores.
DIVA (*divá*), s. f. Diva.
DIVAGATION (*divagaçion*), s.f. Divagação.
DIVAGUER (*divaghê*), v. t. Divagar, perambular.
DIVAN (*divan*), s. m. Divã.
DIVE (*div*), adj. f. Divina.
DIVERGENCE (*divérjanç*), s. f. Divergência.
DIVERGENT, E (*divérjan, t*), adj. Divergente.
DIVERGER (*divérjê*), v. i. (Toma um *e* mudo depois do *g* antes de *a* e *o*: *il divergea, nous divergeons.*) Divergir.
DIVERS, E (*divér, ç*), adj. Diverso, diferente. Pl. Vários, diversos.
DIVERSEMENT (*divérçman*), adv. Diversamente, diferente.
DIVERSIFIER (*divérçifiê*), v. t. (Conjuga-se como *prier.*) Diversificar, mudar.
DIVERSION (*divérçion*), s. f. Diversão, desvio.
DIVERSITÉ (*divérçitê*), s. f. Diversidade, diferença.
DIVERTIR (*divértir*), v. t. Divertir.
DIVERTISSANT, E (*divértiçan, t*), adj. Divertido, alegre.
DIVERTISSEMENT (*divértiçman*), s. m. Divertimento; intermédio de dança e canto (durante um intervalo no teatro.)
DIVETTE (*divét*), s. f. Cantora (de opereta, de café-concerto).
DIVIDENDE (*dividand*), s. m. *Mat.* Dividendo.
DIVIN, E (*diven, in'*), adj. e s. m. Divino, sagrado. *Fig.* Excelente.
DIVINATEUR, TRICE (*divinatër, triç*), adj. e s. Adivinho, penetrante, previdente.
DIVINATION (*divinaçion*), s. f. Adivinhação, predição.
DIVINATOIRE (*divinatuar*), adj. Divinatório.
DIVINEMENT (*divinəman*), adv. Divinamente. *Fig.* Excelente.
DIVINISATION (*divinizaçion*), s. f. Divinização.
DIVINISER (*divinizê*), v. t. Divinizar; exaltar.
DIVINITÉ (*divinitê*), s. f. Divindade.
DIVIS, E (*divi, z*), adj. Dividido. *Par divis,* loc. adv. Depois da divisão.
DIVISER (*divizê*), v. t. Dividir, desunir.
DIVISEUR (*divizër*), s. m. Divisor.
DIVISIBILITÉ (*divizibilitê*), s. f. Divisibilidade.
DIVISION (*divizion*), s. f. Divisão, partilha. *Fig.* Desunião.
DIVISIONNAIRE (*divizionér*), adj. Divisionário. S. m. General de divisão.
DIVORCE (*divórç*), s.m. Divórcio. *Fig.* Discussão, renúncia.
DIVORCER (*divorçê*), v. i. (O *c* toma uma cedilha antes de *a* e *o*: *il divorça, nous divorçons.*) Divorciar-se.
DIVULGATEUR, TRICE (*divülgatër, triç*), adj. e s. Divulgador.
DIVULGATION (*divülgaçion*), s. f. Divulgação.
DIVULGUER (*divülghê*), v. t. Divulgar.
DIVULSION (*divülçion*), s. f. Divulsão, dilaceração.
DIX (*di; diz,* diante de vogal ou *h* mudo), num. card. Dez. Num. ord. Décimo.
DIX-HUIT (*dizüi*), num. card. Dezoito; décimo oitavo. S. m. O dia dezoito.
DIX-HUITIÈME (*dizüitiém'*), num. ord. Décimo oitavo.
DIX-HUITIÈMEMENT (*dizüitiéməman*), adv. Em décimo oitavo lugar.
DIXIÈME (*diziém'*), num. ord. e s. m. Décimo, a décima parte.
DIXIÈMEMENT (*diziéməman*), adv. Em décimo lugar.
DIX-NEUF (*diznëf,* diante de consoante, *diznëv* diante de vogal), num. card. Dezenove; décimo nono. S. m. O dia dezenove.
DIX-NEUVIÈME (*diznëviém'*), num. ord. e s. Décimo nono.
DIX-NEUVIÈMEMENT (*diznëviéməman*), adv. Em décimo nono lugar.
DIX-SEPT (*diçét*), num. card. Dezessete; décimo sétimo. O dia dezessete.
DIX-SEPTIÈME (*diçétiém'*), num. ord. e s. Décimo sétimo.
DIX-SEPTIÈMEMENT (*diçétiéməman*), adv. Em décimo sétimo lugar.
DIZAIN (*dizen*), s. m. Décima.
DIZAINE (*dizén'*), s. f. Dezena.
DJINN (*djin*), s. m. Djim.
DO (*dô*), s. m. Dó (nota musical).
DOCILE (*doçil*), adj. Dócil.
DOCILEMENT (*doçilman*), adv. Com docilidade.
DOCTE (*dókt*), adj. Sábio.
DOCTEMENT (*dóktman*), adv. Sabiamente.
DOCTEUR (*doktër*), s. m. Doutor; médico.
DOCTORAL, E, AUX (*doktoral, ô*), adj. Doutoral. *Fig.* Pedantesco.

DOCTORALEMENT (*doktoralman*), adv. De maneira doutoral.
DOCTORAT (*doktorá*), s.m. Doutorado.
DOCTORESSE (*doktoréç*), s. f. Doutora.
DOCTRINAIRE (*doktrinér*), s. m. Doutrinário.
DOCTRINAL, E, AUX (*doktrinal, ô*), adj. Doutrinal.
DOCTRINE (*doktrin'*), s. f. Doutrina, sistema, teoria.
DOCUMENT (*doküman*), s. m. Documento.
DOCUMENTAIRE (*dokümantér*), adj. Documentário.
DOCUMENTATION (*dokümantaçion*), s. f. Documentação.
DOCUMENTER (*dokümantê*), v. t. Documentar.
DODÉCAÈDRE (*dodêkaédr*), s. m. *Geom.* Dodecaedro.
DODÉCAGONE (*dodêkagón'*), s. m. *Geom.* Dodecágono.
DODELINEMENT (*dodlinəman*), s. m. Meneio, bamboleio.
DODELINER ou **DODINER** (*dodlinê* ou *dodinê*), v. t. e i. Embalar docemente, bambolear; menear.
DODO (*dodô*), s. m. Sono; cama (em linguagem infantil). *Faire dodo*, dormir.
DODU, E (*dodü*), adj. Gordo, roliço.
DOGARESSE (*dogaréç*), s.f. Dogaresa.
DOGE (*dój*), s. m. Doge.
DOGMATIQUE (*dogmatik*), adj. e s. Dogmático. S. f. Dogmático.
DOGMATIQUEMENT (*dogmatikman*), adv. Dogmaticamente.
DOGMATISER (*dogmatizê*), v. i. Dogmatizar.
DOGMATISEUR (*dogmatizĕr*), s. m. Dogmatizador.
DOGMATISME (*dogmatiçm*), s. m. Dogmatismo.
DOGMATISTE (*dogmatiçt*), s. m. Dogmatista.
DOGME (*dogm*), s. m. Dogma.
DOGUE (*dóg*), s.m. Dogue (cão de guarda).
DOGUIN, E (*doghen, in'*), s. Dogue pequeno.
DOIGT (*duá*), s. m. Dedo. *Mettre le doigt dessus*, adivinhar, descobrir. *S'en mordre les doigts*, arrepender-se. *Savoir sur le bout du doigt*, saber na ponta da língua; saber perfeitamente. *Se faire montrer au doigt*, tornar-se objeto de crítica. *Mettre le doigt dessus*, acertar.
DOIGTER (*duatê*), v. i. *Mús.* Dedilhar.
DOIGTER ou **DOIGTÉ** (*duatê*), s. m. Maneira de dedilhar. *Fig.* Destreza.
DOIGTIER (*duatiê*), s. m. Dedeira.
DOIT (*duá*), s. m. Deve (o passivo de um negociante).
DOL (*dól*), s. m. Dolo, fraude.
DOLÉANCES (*dolêanç*), s. f. pl. Queixumes, pêsames; representações.
DOLENT, E (*dolan, t*), adj. Dolente, lastimoso.
DOLER (*dolê*), v. t. Aplainar (madeira); adelgaçar (peles).
DOLICHOCÉPHALE (*dolikoçêfal*), adj. e s. Dolicocéfalo.
DOLLAR (*dolar*), s. m. Dólar.
DOLMAN (*dolman*), s. m. Dólmã.
DOLMEN (*dolmén'*), s. m. Dólmen.
DOLOIRE (*doluar*), s. f. Enxó de tanoeiro.
DOLOMIE ou **DOLOMITE** (*dolomi* ou *dolomit*), s. f. Dolomita.
DOLOMITIQUE (*dolomitik*), adj. Dolomítico.
DOLOSIF, IVE (*dolozif, iv*), adj. Doloso.
DOM (*don*), s.m. Dom (título honorífico).
DOMAINE (*domén'*), s. m. Domínio.
DOMANIAL, E, AUX (*domanial, ô*), adj. Dominial.
DÔME (*dôm'*), s. m. Cúpula, zimbório.
DOMESTICATION (*doméçtikaçion*), s. f. Domesticação.
DOMESTICITÉ (*doméçtiçitê*), s.f. Domesticidade; criadagem.
DOMESTIQUE (*doméçtik*), adj. Doméstico. S. Criado, empregado. S. m. Criadagem.
DOMESTIQUEMENT (*doméçtikman*), adv. Domesticamente.
DOMESTIQUER (*doméçtikê*), v. t. Domesticar.
DOMICILE (*domiçil*), s. m. Domicílio.
DOMICILIAIRE (*domiçiliér*), adj. Domiciliário.
DOMICILIATION (*domiçiliaçion*), s. f. Declaração do local do pagamento de uma obrigação.
DOMICILIÉ, E (*domiçiliê*), adj. Domiciliado, residente.
DOMICILIER (*domiçiliê*), v. t. (Conjuga-se como *prier.*) Domiciliar. **SE DOMICILIER**, v. pr. Domiciliar-se.
DOMINANCE (*dominanç*), s. f. Dominância.
DOMINANT, E (*dominan, t*), adj. Dominante. S. f. *Mús.* Dominante.
DOMINATEUR, TRICE (*dominatĕr, triç*), adj. e s. Dominador.
DOMINATION (*dominaçion*), s. f. Dominação, domínio. Pl. Dominações (ordem da hierarquia dos anjos).
DOMINER (*dominê*), v. i. Dominar, predominar. V. t. Dominar, subjugar, sobrepujar.
DOMINICAIN, E (*dominiken, én'*), s. Dominicano.
DOMINICAL, E, AUX (*domonikal, ô*), adj. Dominical.
DOMINO (*dominô*), s. m. Dominó (jogo e traje).
DOMINOTERIE (*dominotəri*), s. f. Papel colorido que serve a certos jogos.
DOMMAGE (*domaj*), s.m. Dano, prejuízo. *C'est dommage*, é pena. *Quel dommage!*, que pena! *Dommages-intérêts*, indenização por perdas e danos.

DOMMAGEABLE (*domajabl*), adj. Prejudicial.

DOMPTABLE (*dontabl*), adj. Domável, domesticável.

DOMPTAGE ou **DOMPTEMENT** (*dontaj* ou *dontəman*), s. m. Domesticação, amansamento.

DOMPTER (*dontê*), v. t. Domar, domesticar.

DOMPTEUR, EUSE (*dontĕr, ëz*), s. Domador.

DON (*don*), s.m. Dom; dom (título honorífico).

DONATAIRE (*donatér*), s. Donatário.

DONATEUR, TRICE (*donatĕr, triç*), s. Doador.

DONATION (*donaçion*), s.f. Doação.

DONC (*donk*), conj. Portanto, pois, logo.

DONDON (*dondon*), s. f. *Fam.* Mocetona.

DONJON (*donjon*), s.m. Torreão fortificado.

DONNANT, E (*donan, t*), adj. Dadivoso.

DONNE (*dón*), s. f. Distribuição de cartas ao jogo.

DONNÉE (*donê*), s.f. Dado (ponto incontestável). Pl. *Mat.* Dados.

DONNER (*donê*), v.t. Dar; causar; atribuir. *Donner un assaut,* assaltar. *Donner la mort,* matar, assassinar. *Donner la chasse,* dar caça, perseguir . *Je vous le donne en cent, en mille,* aposto cem, mil. *Donnant, donnant,* dá cá, toma lá. V. i. Entregar-se a; lutar, combater. *Donner dans le piège,* cair em emboscada. *Donner tête baissée,* agir com ardor. *Ne savoir où donner de la tête,* não saber o que fazer. Impes. *Il est donné,* é lícito, é permitido. **SE DONNER**, v.pr. *Se donner garde,* abster-se. *Se donner pour,* fazer-se passar por. *Se donner des airs,* dar-se ares. *Se donner la mort,* suicidar-se. *Étant donné que,* loc. conj. Já que.

DONNEUR, EUSE (*donĕr, ëz*), s. Doador; distribuidor de cartas no jogo.

DONT (*don*), pr. relat. Do qual; da qual; dos quais; das quais; de onde; cujo; cuja; cujos; cujas.

DONZELLE (*donzél*), s.f. Donzela; mulher suspeita.

DOPER (*dopê*) v.t. Dar um excitante a um cavalo de corrida.

DOPING ou **DOPAGE** (*dopen* ou *dopaj*), s. m. Administração de um excitante a um cavalo.

DORADE (*dorad*), s. f. Dourado (peixe).

DORAGE (*doraj*), s. m. Douradura.

DORÉ, E (*dorê*), adj. Dourado, amarelado, alourado.

DORÉNAVANT (*dorênavan*), adv. De hoje em diante, doravante.

DORER (*dorê*), v. t. Dourar. *Fig.* Abrandar, amenizar.

DOREUR, EUSE (*dorĕr, ëz*), s. Dourador.

DORIEN, ENNE (*dorien, én'*), adj. e s. Dórico.

DORIQUE (*dorik*), adj. e s.m. Dórico.

DORIS (*doriç*), s. m. Espécie de embarcação chata. Pl.: *des doris.*

DORLOTEMENT (*dorlótman*), s. m. Afago, carícia, mimo.

DORLOTER (*dorlotê*), v. t. Acariciar, amimar.

DORMANT, E (*dorman, t*), adj. Dormente, imóvel.

DORMEUR, EUSE (*dormĕr, ëz*), s. O que dorme, dorminhoco. S. f. Cadeira espreguiçadeira.

DORMIR (*dormir*), v.i. (*Je dors, nous dormons. Je dormais, nous dormions. Je dormis, nous dormîmes. Je dormirai, nous dormirons. Je dormirais, nous dormirions. Dors, dormons, dormez. Que je dorme, que nous dormions. Que je dormisse, que nous dormissions. Dormant. Dormi.*) Dormir. S. m. O dormir.

DORMITIF, IVE (*dormitif, iv*), adj. e s. m. Dormitivo.

DORSAL, E, AUX (*dorçal, ô*), adj. Dorsal.

DORTOIR (*dortuar*), s. m. Dormitório.

DORURE (*dorür*), s.f. Douradura.

DOS (*dô*), s.m. Dorso, costas. *Être sur le dos,* estar deitado. *Avoir bon dos,* ter costas largas. *Mettre sur le dos de,* atirar a culpa sobre, responsabilizar por. *Tourner le dos,* dar as costas. *Avoir sur le dos,* suportar. *Se mettre quelqu'un à dos,* fazer inimigo. Pl.: *des dos.*

DOSABLE (*dozabl*), adj. Que se pode dosar.

DOSAGE (*dozaj*), s.m. Dosagem.

DOSE (*dôz*), s.f. Dose.

DOSER (*dôzê*), v. t. Dosar.

DOSEUR (*dozĕr*), s. m. Aparelho de dosar.

DOSIMÉTRIE, (*dôzimêtri*), s. f. Dosimetria.

DOSOLOGIE (*dôzôloji*), s. f. Dosologia.

DOSSE (*dóç*), s. f. Plancha que conserva a casca da madeira; costaneira.

DOSSIER (*doçiê*), s. m. Espaldar, encosto. Escudo de um bote. Processo, autos.

DOSSIÈRE (*doçiér*), s.f. Parte dos arreios pousada sobre o dorso.

DOT (*dót*), s.f. Dote.

DOTAL, E, AUX (*dotal, ô*), adj. Dotal.

DOTATION (*dotaçion*), s. f. Dotação, doação.

DOTER (*dotê*), v.t. Dotar, doar.

DOUAIRE (*duér*), s.m. Arras, dote a favor da noiva.

DOUAIRIÈRE (*duériér*), s. f. e adj. Viúva (que possuía bens do marido); viúva nobre.

DOUANE (*duan'*), s.f. Alfândega; direitos alfandegários.

DOUANIER (*duanié*), s.m. Guarda alfandegário. Adj. Alfandegário.

DOUBLAGE (*dublaj*), s. m. Ação de juntar dois fios simples (em um tecido). Blindagem de um navio. Regravação (de um filme em outra língua).

DOUBLE (*dubl*), adj. Duplo, dobrado, duplicado; superior, melhor, mais forte. *Fig.* Dissimulado, falso. S.m. O dobro; reprodução, cópia. *Voir double,* adv. Ver duplicado. *Au double,* loc. adv. Duplamente, muito mais.

DOUBLÉ (*dublé*), s. m. Peça de joalheria folheada a ouro ou prata.

DOUBLEAU (*dublô*), s. m. Frechal. Pl.: *des doubleaux.*

DOUBLEMENT (*dubləman*), s.m. Dobradura, duplicação. Adv. Duplamente.

DOUBLER (*dublê*), v.t. e i. Dobrar, duplicar.

DOUBLET (*dublé*), s.m. Palavra que tem a mesma etimologia de outra, porém forma diferente.

DOUBLON (*dublon*), s.m. Dobrão; repetição de letras em tipografia.

DOUBLURE (*dublür*), s. f. Forro, revestimento. Substituto do ator principal.

DOUCE-AMÈRE (*duçamér*), s. f. Doce-amarga. Pl.: *des douces-amères.*

DOUCEÂTRE (*duçatr*), adj. Adocicado, enjoativo.

DOUCEMENT (*duçman*), adv. Docemente, suavemente.

DOUCEREUX, EUSE (*duçərë, ëz*), adj. Adocicado, enjoativo, afetado.

DOUCET, ETTE (*ducé, ét*), adj. Docinho. S. f. Erva-benta (planta).

DOUCETTEMENT (*duçétman*), adv. Devagarinho.

DOUCEUR (*duçër*), s. f. Doçura; suavidade. Pl. Meiguices, galanteios. *Passer en douceur,* acalmar-se. *Pop. En douceur,* loc. adv. Calmamente.

DOUCHE (*duch*), s. f. Ducha. *Fig.* Reprimenda, desapontamento.

DOUCHER (*duchê*), v.t. Duchar.

DOUCHEUR, EUSE (*duchër, ëz*), s. Empregado de balneário que aplica duchas.

DOUCIN (*duçen*), s.m. Macieira brava.

DOUCINE (*duçin'*), s. f. Ducina; plaina de marceneiro para fazer ducina.

DOUCIR (*duçir*), v.t. Polir (vidros ou metais).

DOUCISSAGE (*duçiçaj*), s. m. Polimento de vidros ou metais.

DOUÉ, E (*duê*), adj. Dotado.

DOUELLE (*duél*), s. f. Aduela de abóbada.

DOUER (*duê*), v. t. Doar, dotar.

DOUILLE (*duii*), s. f. Alvado; cilindro oco de cartucho.

DOUILLET, ETTE (*duié, ét*), adj. Fofo, macio. *Fig.* Melindroso. S. f. Capa acolchoada de criança, de eclesiástico, etc.

DOUILLETTEMENT (*duiétman*), adv. Delicadamente, melindrosamente.

DOULEUR (*dulër*), s. f. Dor, sofrimento.

DOULOUREUSEMENT (*dulurëzman*), adv. Dolorosamente.

DOULOUREUX, EUSE (*dulurë, ëz*), adj. Doloroso.

DOURO (*durô*), s. m. Duro (moeda espanhola).

DOUTE (*dut*), s. m. Dúvida; hesitação; suspeita; cepticismo. *Mettre en doute,* duvidar. Loc. adv.: *Sans doute,* provavelmente, talvez; *sans aucun doute,* sem dúvida alguma, certamente.

DOUTER (*dutê*), v. i. Duvidar; hesitar; desconfiar. *Ne douter de rien,* não temer nada. **SE DOUTER,** v. pr. Suspeitar, desconfiar.

DOUTEUR (*dutër*), s. m. Desconfiado, céptico.

DOUTEUX, EUSE (*dutë, ëz*), adj. Incerto, duvidoso.

DOUVAIN (*duven*), s. m. Madeira própria para aduelas.

DOUVE (*duv*), s. f. Aduela de pipa, tonel, etc. Fosso largo cheio d'água. Ranúnculo venenoso.

DOUX, DOUCE (*du, duç*), adj. Doce; sem tempero; suave; bom, afável; maleável. Loc. adv.: *Filer doux,* ser submisso, curvar-se à vontade de; *tout doux,* docemente, calmamente; *en douce,* discretamente.

DOUZAINE (*duzén'*), s.f. Dúzia.

DOUZE (*duz*), num. card. e s. m. Doze.

DOUZIÈME (*duziém'*), num. ord. Décimo segundo. S. m. Duodécimo.

DOUZIÈMEMENT (*duziéməman*), adv. Em décimo segundo lugar.

DOYEN, ENNE (*duaien, én'*), s.m. Decano; o mais velho; deão.

DOYENNÉ (*duaiénê*), s.m. Deado. Qualidade de pêra.

DRACHME (*drakm*), s.f. Dracma.

DRACONIEN, ENNE (*drakonien, én'*), adj. Draconiano.

DRAGAGE (*dragaj*), s.m. Dragagem.

DRAGÉE (*drajê*), s. f. Amêndoa coberta de açúcar, confeito; drágea; escumilha (chumbo miúdo). *Tenir la dragée haute à,* fazer esperar, fazer alguém pagar caro o que deseja.

DRAGEOIR (*drajuar*), s. m. Bomboneira.

DRAGEON (*drajon*), s.m. Rebento que nasce da raiz das árvores.

DRAGON, ONNE (*dragon, ón'*), s.m. Dragão. Soldado de cavalaria. Mulher geniosa. Lagarto.
DRAGONNE (*dragón'*), s.f. Fiador de espada ou de sabre.
DRAGONNIER (*dragonié*), s. m. Dragoeiro (planta).
DRAGUE (*drag*), s. f. Draga.
DRAGUER (*draghê*), v. t. Dragar.
DRAGUEUR (*draghĕr*), s. m. Dragador; barco munido de draga.
DRAIN (*dren*), s. m. Dreno.
DRAINAGE (*drénaj*), s. m. Drenagem.
DRAINER (*dréné*), v. t. Drenar.
DRAINEUR (*drénĕr*), v. t. Drenador.
DRAMATIQUE (*dramatik*), adj. Dramático. *Fig.* Comovedor.
DRAMATISER (*dramatizê*), v. t. Dramatizar.
DRAMATURGE (*dramatürj*), s. Dramaturgo.
DRAMATURGIE (*dramatürji*), s. f. Dramaturgia.
DRAME (*dram'*), s.m. Drama. *Fig.* Catástrofe.
DRAP (*dra*), s. m. Pano de lã; lençol. *Être* ou *se mettre en de beaux draps*, estar ou pôr-se em maus lençóis.
DRAPÉ (*drapê*), s. m. Drapeado.
DRAPEAU (*drapô*), s. m. Bandeira. Pl.: *des drapeaux*.
DRAPEMENT ou **DRAPAGE** (*drapəman* ou *drapaj*), s. m. Drapejamento.
DRAPER (*drapê*), v. t. Cobrir, decorar (com cortinados); arranjar, dispor com arte as pregas de uma vestimenta. *Fig.* Criticar, censurar, escarnecer. **SE DRAPER**, v. pr. Arranjar as pregas de seu próprio traje. *Fig.* Tomar ares de importância, empertigar-se.
DRAPERIE (*drapəri*), s. m. Fábrica de tecidos; a profissão de negociante de panos; cortinado de pregas amplas; roupagem (das figuras, estátuas).
DRAPIER (*drapiê*), adj. e s. m. Fabricante ou comerciante de panos (tecidos de lã).
DRASTIQUE (*draçtik*), adj. Drástico.
DRÈCHE (*dréch*), s. f. Resíduo da fabricação de cerveja.
DRELIN (*drəlen*), s. m. Ruído das campainhas.
DRESSAGE (*dréçaj*), s.m. Levantamento; ação de endireitar; adestramento.
DRESSER (*dréçê*), v. t. Endireitar, levantar; educar. adestrar. *Fig. Dresser l'oreille*, prestar atenção.
DRESSEUR (*dréçĕr*), s. m. Preparador, construtor, armador; domesticador, redator.
DRESSOIR (*dréçuar*), s. m. Aparador pequeno (espécie de armário).
DRIBBLE (*dribl*), s.m. *Esp.* Drible.
DRIBBLER (*driblê*), v.i. e t. *Esp.* Driblar.
DRILLE (*drii*), s.m. Soldado. *Bon drille*, bom companheiro. S.f. Pequena broca de ourives.
DRISSE (*driç*). s. f. *Náut.* Adriça.
DROGUE (*dróg*), s. f. Droga.
DROGUER (*droghê*), v. t. Dar muito remédio. V. i. *Fig.* Esperar por muito tempo.
DROGUERIE (*droghəri*), s. f. Drogaria.
DROGUET (*droghé*), s. f. Droguete.
DROGUEUR (*droghĕr*), s. m. O que receita muita droga; falsificador de gêneros.
DROGUISTE (*droghiçt*), adj. e s. m. Droguista.
DROIT (*druá*), s. m. Direito; jurisprudência; imposto, taxa. *À qui de droit*, a quem de direito. Loc. adv.: *À bon droit, de plein droit*, com razão.
DROIT, E (*druá, t*), adj. Direito; reto; vertical. *Fig.* Sincero, justo, honesto. Adv. Diretamente: em linha reta. *Aller, marcher tout droit*, ir, caminhar em frente. S. f. Direita, o lado direito; a mão direita. *Geom.* Reta, linha reta. *À droite*, loc. adv. À direita.
DROITEMENT (*druatman*), adv. Judiciosamente, eqüitativamente.
DROITIER, IÈRE (*druatiê, ér*), adj. e s. Destro. S. m. Membro da direita (em uma assembléia legislativa).
DROITURE (*druatür*), s.f. Justiça, eqüidade.
DROLATIQUE (*drolatik*), adj. Divertido, cômico.
DRÔLE (*drôl*), adj. Engraçado, alegre; esquisito, estranho, singular. S. m. Patife, velhaco; sagaz.
DRÔLEMENT (*drôlman*), adv. Chistosamente; comicamente. *Pop.* Muito, bastante.
DRÔLERIE (*drolәri*), s. f. Chiste, graça.
DRÔLESSE (*drôléç*), s. f. Mulher descarada, sem modos.
DROMADAIRE (*dromadér*), s. m. Dromedário.
DROSSE (*dróç*), s. f. Cabo do leme.
DROSSER (*droçê*), v. t. *Mar.* Desviar, arrastar.
DRU, E (*drü*), adj. Vigoroso; espesso, cerrado; vivo, alegre. Adv. Abundantemente.
DRUIDE, ESSE (*drüid, éç*), s. Drúida.
DRUIDIQUE (*drüidik*), adj. Druídico.
DRUIDISME (*drüidiçm*), s. m. Druidismo.
DRUPE (*drüp*), s. f. Drupa.
DRYADE (*driad*), s. f. Dríade.
DU (*dü*), contração da prep. *de* com o art. *le*. Do.
DÛ, DUE (*dü*), adj. Devido. S. m. Débito.
DUALISME (*düaliçm*), s. m. Dualismo.
DUALISTE (*düaliçt*), adj. e s. m. Dualista.

DUALITÉ (*düalitê*), s. f. Dualidade.
DUBITATIF, IVE (*dübitatif, iv*), adj. Dubitativo.
DUBITATION (*dübitaçion*), s. f. Dubitação.
DUBITATIVEMENT (*dübitativman*), adv. Dubitativamente.
DUC (*dük*), s. m. Duque. Bufo (ave noturna).
DUCAL, E, AUX (*dükal, ô*), adj. Ducal.
DUCAT (*dükä*), s. m. Ducado (moeda).
DUCHÉ (*düchê*), s. m. Ducado.
DUCHESSE (*düchéç*), s.f. Duquesa. Sofá. Variedade de pêra.
DUCROIRE (*dükruar*), s. m. Percentagem que se dá aos comissários de vendas.
DUCTIL, E (*düktil*), adj. Dúctil.
DUCTILITÉ (*düktilitê*), s. f. Ductilidade.
DUÈGNE (*düénh*), s. f. Duenha.
DUEL (*düel*), s.m. Duelo; dual.
DUELLISTE (*düéliçt*), s. m. Duelista.
DUETTISTE (*düétiçt*), s. Duetista.
DUIT (*düí*), s. m. Estacaria (em um rio, para deter os peixes).
DUITE (*düit*), s. f. Cada fio de uma trama.
DULCIFICATION (*dülcifikaçion*), s.f. Dulcificação, adoçamento.
DULCIFIER (*dülçifiê*), v. t. (Conjuga-se como *prier.*) Dulcificar.
DULIE (*düli*), s. f. Dulia.
DUM-DUM (*dumdum*), adj. inv. Dundum.
DÛMENT (*düman*), adv. Devidamente, convenientemente.
DUNDÉE (*dëndê*), s. m. Espécie de barco de dois mastros.
DUNE (*dün'*), s. f. Duna.
DUNETTE (*dünét*), s. f. Duneta.
DUO (*düô*), s. m. Dueto.
DUODÉCIMAL, E, AUX (*düodêçimal, ô*), adj. Duodecimal.
DUODÉNUM (*düodênóm'*), s. m. Duodeno.
DUODI (*düodi*), s. f. Segundo dia da década (no calendário republicano francês).
DUPE (*düp*), adj. e s. Pateta, ingênuo.
DUPER (*düpê*), v. t. Lograr, enganar.
DUPERIE (*düpəri*), s. f. Intrujice, velhacaria.
DUPEUR (*düpër*), s. m. Enganador, velhaco.
DUPLICATA (*düplikatá*), s. m. inv. Duplicata.
DUPLICATEUR (*düplikatër*), s. m. Duplicador.
DUPLICATION (*düplikaçion*), s. f. Duplicação.
DUPLICITÉ (*düpliçitê*), s. f. Duplicidade. *Fig.* Má fé.
DUQUEL (*dükel*), pron. rel. Do qual.
DUR, E (*dür*), adj. Duro. *Fig. Avoir l'oreille dure,* ouvir mal, ser meio surdo. *Mer dure,* mar picado. *Cœur dur,* coração insensível. *Tête dure,* cabeça dura, de raciocínio lento. *Temps durs,* tempos difíceis. *Coucher sur la dure,* dormir sobre a terra nua ou sobre tábuas.
DURABILITÉ (*dürabilitê*), s. f. Durabilidade.
DURABLE (*dürabl*), adj. Durável.
DURABLEMENT (*dürabləman*), adv. De modo durável.
DURAMEN (*düramén'*), s. m. Durame.
DURANT (*düran*), prep. Durante.
DURCIR (*dürçir*), v. t. e i. Endurecer. **SE DURCIR**, v. pr. Tornar-se duro.
DURCISSEMENT (*dürçiçman*), s. m. Endurecimento.
DURÉE (*dürê*), s. f. Duração.
DUREMENT (*dürman*), adv. Duramente; severamente.
DURE-MÈRE (*dürmér*), s. f. *Anat.* Dura-máter.
DURER (*dürê*), v. i. Durar. Ficar, esperar. *Faire feu qui dure,* economizar seus recursos, a saúde.
DURET, ETTE (*duré, ét*), adj. Um pouco duro.
DURETÉ (*dürtê*), s. f. Dureza. *Fig.* Insensibilidade, rigor. Pl. Palavras duras.
DURILLON (*düriion*), s. m. Calo, calosidade.
DUUMVIR (*düom'vir*), s. m. Duúnviro.
DUUMVIRAL, E, AUX (*düom'viral, ô*), adj. Duunviral.
DUUMVIRAT (*düom'virá*), s. m. Duunvirato.
DUVET (*düvé*), s. m. Penugem; buço; penugem das frutas.
DUVETÉ, E (*düvtê*), adj. Penugento.
DUVETEUX, EUSE (*düvtë, ëz*), adj. Penujoso.
DYNAMIQUE (*dinamik*), adj. Dinâmico. S. m. Dinâmica.
DYNAMISME (*dinamiçm*), s. m. Dinamismo.
DYNAMISTE (*dinamiçt*), adj. e s. Dinamista.
DYNAMITE (*dinamit*), s. f. Dinamite.
DYNAMITER (*dinamitê*), v. t. Dinamitar.
DYNAMITEUR, EUSE (*dinamitër, ëz*), s. Dinamitador.
DYNAMO (*dinamô*), s. f. Dínamo.
DYNAMOMÈTRE (*dinamométr*), s. m. Dinamômetro.
DYNASTIE (*dinaçti*), s. f. Dinastia.
DYNASTIQUE (*dinaçtik*), adj. Dinástico.
DYNE (*din'*), s. f. Dina.
DYSENTERIE (*dizantri*), s. f. Disenteria.
DYSPEPSIE (*diçpépçi*), s. f. Dispepsia.

DYSPEPSIQUE ou **DYSPEPTIQUE** (*diç-pépçik* ou *diçpéptik*), adj. Dispético.

DYSPNÉE (*diçpnê*), s. f. Dispnéia.

DYSURIE (*dizüri*), s. f. Disúria.

E

E (ə), s. m. Quinta letra do alfabeto.

EAU (ô), s. f. Água; chuva; suor; brilho de pedra preciosa. *Être tout en eau*, estar banhado em suor. *Eau bénite*, água benta. *Eau forte*, água forte. *Eau régale*, água régia. *Eau oxygénée*, água oxigenada. *Nager dans les eaux de*, ir nas águas de. *Nager entre deux eaux*, nadar entre duas águas. *Pêcher en eau trouble*, pescar em águas turvas. *Tomber à l'eau*, ir por água abaixo. *Mettre de l'eau dans son vin*, acalmar, suavizar suas maneiras. *À grand eau*, loc. adv. Com muita água, com água corrente. Pl.: *des eaux*.

EAU-DE-VIE (*odəvi*), s. f. Aguardente. Pl.: *des eaux-de-vie*.

EAU-FORTE (*ôfórt*), s. f. Água-forte. Pl.: *des eaux-fortes*.

ÉBAHI, E (*êbaí*), adj. Surpreso, estupefato.

ÉBAHIR *(êbaír)*, v. t. Pasmar, estupefazer. **S'ÉBAHIR**, v. pr. Embasbacar-se, admirar-se.

ÉBAHISSEMENT (*êbaíçman*), s. m. Assombro, pasmo, estupefação.

ÉBARBER (*êbarbê*), v. t. Desbarbar, rebarbar.

ÉBARBOIR (*êbarbuar*), s. m. Desbarbador.

ÉBATS (*êbá*), s. m. pl. Divertimentos, folguedos. *Prendre ses ébats*, divertir-se.

ÉBATTRE (S') (*çêbatr*), v. pr. (Conjuga-se como *battre*.) Divertir-se, folgar.

ÉBAUBI, E (*êbôbi*), adj. Pasmado, estupefato.

ÉBAUBIR (S') (*çêbôbir*), v. pr. Embasbacar-se.

ÉBAUCHAGE (*êbôchaj*), s. m. Ação de esboçar.

ÉBAUCHE (*êbôch*), s. f. Esboço, bosquejo, sinopse.

ÉBAUCHER (*êbôchê*), v. t. Esboçar, delinear.

ÉBAUCHOIR (*êbôchuar*), s. m. Cinzel; desbastador.

ÉBAUDIR (S') (*çêbôdir*), v. pr. Alegrar-se, regozijar-se.

ÉBAUDISSEMENT (*êbôdiçman*), s. m. Regozijo.

ÉBÉNACÉES (*êbênaçê*), s.f. pl. *Bot.* Ebenáceas.

ÉBÈNE (*êbén'*), s. f. Ébano (madeira).

ÉBÉNIER (*êbênié*), s.m. Ébano (árvore).

ÉBÉNISTE (*êbêniçt*), s. m. Ebanista, marceneiro.

ÉBÉNISTERIE (*êbêniçtəri*), s. f. Marcenaria.

ÉBERLUER (*êbérlüê*), v. t. Ofuscar. *Fig.* Assombrar.

ÉBLOUIR (*êbluír*), v. t. Ofuscar, deslumbrar; maravilhar.

ÉBLOUISSANT. **E** (*êbluiçan, t*). adj. Ofuscante, resplandecente. *Fig.* Encantador, fascinador.

ÉBLOUISSEMENT (*êbluiçman*), s. m. Deslumbramento, ofuscação. *Fig.* Fascinação.

ÉBONITE (*êbonit*), s. f. Ebonite.

ÉBORGNER (*êbornhê*), v. t. Vazar ou tirar um olho. *Agric.* Tirar os olhos às plantas.

ÉBOUILLANTER (*êbuiantê*), v.t. Aferventar.

ÉBOULEMENT (*êbulman*), s. m. Desmoronamento; derrocada.

ÉBOULER (*êbulê*), v.t. Demolir. **S'ÉBOULER**, v. pr. Desmoronar-se, desabar.

ÉBOULIS (*êbuli*), s. m. Amontoado de ruínas, entulho. Pl.: *des éboulis*.

ÉBOURGEONNEMENT (*êburjónəman*), s. m. Esladroamento.

ÉBOURGEONNER (*êburjonê*), v.t. Esladroar.

ÉBOURIFFANT, E (*êburifan, t*), adj. Extraordinário, incrível, surpreendente.

ÉBOURIFFER (*êburifê*), v. t. Despentear, emaranhar os cabelos. *Fig.* Surpreender, aturdir.

ÉBRANCHAGE (*êbranchaj*), ou **ÉBRANCHEMENT** (*êbranchman*), s. m. Poda.

ÉBRANCHER (*êbranchê*), v. t. Podar; arrancar os galhos a uma árvore.

ÉBRANCHOIR (*êbranchuar*) s. m. Podadeira.

ÉBRANLABLE (*êbranlabl*), adj. Abalável.

ÉBRANLEMENT (*êbranləman*), s. m. Abalo, tremor. *Fig.* Comoção.

ÉBRANLER (*êbranlê*), v. t. Abalar, sacudir. *Fig.* Enfraquecer. **S'ÉBRANLER**, v. pr. Pôr-se em movimento.

ÉBRASEMENT (*êbrazman*), s. m. Alargamento (de janela ou porta).

ÉBRÉCHER (*êbrêchê*), v. t. (Conjuga-se como *accélérer*). Morsegar. *Fig.* Desfalcar.

ÉBRIÉTÉ (*êbriêtê*), s. f. Embriaguez.

ÉBROUEMENT (*êbruman*), s. m. Bufido de cavalo; espirro de certos animais.

ÉBROUER (*ébruê*), v. t. Lavar lãs. **S'ÉBROUER**, v. pr. Borrifar-se.
ÉBRUITEMENT (*êbrüitman*), s. m. Divulgação, propagação.
ÉBRUITER (*êbrüitê*), v. t. Propalar, divulgar.
ÉBULLIOMÈTRE (*êbüliomélr*), s. m. Ebuliômetro.
ÉBULLIOSCOPIE (*êbülioçkopi*), s. f. Ebulioscopia.
ÉBULLITION (*êbüliçion*), s. f. Ebulição.
ÉBURNÉ, E (*êburnê*), adj. Ebúrneo.
ÉCACHEMENT (*êkachman*), s.m. Esmagamento, achatamento.
ÉCACHER (*êkachê*), v.t. Esmigalhar, esmagar; achatar.
ÉCAILLAGE (*êkaiaj*), s.m. Escamação; ação de abrir ostras; rachadura em louça, esmalte.
ÉCAILLE (*êkaii*), s. f. Escama. Carapuça. Válvula.
ÉCAILLER (*êkaiê*), v. t. Escamar; enfeitar-se com escamas.
ÉCAILLEUX, EUSE (*êkaiê, ëz*), adj. Escamoso.
ÉCALE (*êkal*), s.f. Casca de certos frutos e legumes.
ÉCALER (*êkalê*), v.t. Descascar.
ÉCARLATE (*êkarlat*), adj. e s. f. Escarlate.
ÉCARQUILLER (*êkarkiiê*), v. t. Arregalar (olhos). Escanchar (pernas).
ÉCART (*êkar*), s. m. Afastamento; desvio; salto (cavalo); lugarejo afastado; descarte (no jogo); variação, diferença. *À l'écart*, loc. adv. À parte.
ÉCARTÉ, E (*êkartê*), adj. Isolado, desviado, solitário. S. m. Jogo de cartas.
ÉCARTÈLEMENT (*êkartélman*), s. m. Esquartejamento.
ÉCARTELER (*êkartəlê*), v. t. (O *e* mudo passa a *è* antes de sílaba muda: *j'écartèle.)* Esquartejar; esquartelar.
ÉCARTEMENT (*êkartəman*), s. m. Disjunção, separação.
ÉCARTER (*êkartê*), v.t. Afastar; abrir (pernas); separar; desviar; descartar. **S'ÉCARTER**, v. pr. Afastar-se.
ECCHYMOSE (*êkimôz*), s. f. Equimose.
ECCHYMOSER (*êkimozê*), v. t. Equimosar.
ECCLÉSIASTIQUE (*êklêziaçtik*), adj. Eclesiástico.
ÉCERVELÉ, E (*êçérvəlê*), adj. Estouvado, avoado, desmiolado.
ÉCHAFAUD (*êchafô*), s. m. Cadafalso. Andaime; tablado.
ÉCHAFAUDAGE (*êchafôdaj*), s.m. Andaimes; pilha de objetos amontoados. *Fig.* Base, alicerce.
ÉCHAFAUDER (*êchafôdê*), v.i. Erguer andaimes. V.t. Amontoar, empilhar. *Fig.* Arquitetar, planejar.
ÉCHALAS (*êchalá*), s. m. Estaca. *Fig.* Varapau, pessoa alta e magra. Pl.: *des échalas.*
ÉCHALASSER (*êchalaçê*), v.t. Escorar as plantas, empar.
ÉCHALIER ou **ÉCHALIS** (*êchaliê* ou *êchali*), s. m. Cerca de ripas. Pl.: *des échaliers* ou *échalis.*
ÉCHANCRER (*êchankrê*), v.t. Chanfrar.
ÉCHANCRURE (*êchankrür*), s. f. Entalha, chanfradura.
ÉCHANGE (*êchanj*), s.m. Troca.
ÉCHANGEABLE (*êchanjabl*), adj. Permutável.
ÉCHANGER (*êchanjê*), v. t. (Toma um *e* mudo depois do *g* antes de *a* e *o*: *il échangea, nous échangeons.*) Permutar, trocar.
ÉCHANGEUR (*êchanjër*), s.m. Trevo. Permutador.
ÉCHANGISTE (*êchanjiçt*), s. m. Cambista. *Libre-échangiste,* livre-cambista.
ÉCHANSON (*êchançon*), s.m. Copeiro, encarregado das bebidas.
ÉCHANTILLON (*êchantiion*), s. m. Amostra; modelo.
ÉCHANTILLONNER (*êchantiionê*), v. t. Preparar amostras; confrontar pesos, medidas.
ÉCHANTILLONNEUR, EUSE (*êchantiionër, ëz*), adj. Que prepara amostras.
ÉCHAPPATOIRE (*êchapatuar*), s.f. Escapatória, evasiva.
ÉCHAPPÉ, E (*êchapê*), adj. Fugitivo. S. f. Escapadela, fugida. Curto instante, momento. Raio de luz.
ÉCHAPPEMENT (*êchapman*), s. m. Escapamento; escapo de relógio.
ÉCHAPPER (*êchapê*), v.i. Escapar, fugir; escapulir. *L'échapper belle,* escapar de boa, escapar por um triz. **S'ÉCHAPPER**, v. pr. Evadir-se.
ÉCHARDE (*êchard*), s. f. Farpa, estilha.
ÉCHARDONNER (*êchardonê*), v. t. Escardear.
ÉCHARDONNETTE (*êchardonét*), s. f. Podão, espécie de foice.
ÉCHARNEMENT (*êcharnəman*), s. m. Descarnadura, escarnação.
ÉCHARNER (*êcharnê*), v.t. Descarnar.
ÉCHARNOIR (*êcharnuar*), s. m. Descarnador.
ÉCHARPE (*êcharp*), s.f. Faixa de pano, espécie de manta; ligadura, atadura. *En écharpe,* loc. adv. De lado, obliquamente; a tiracolo.
ÉCHARPER (*êcharpê*), v. t. Desfiar, ferir, mutilar; retalhar.
ÉCHARPILLER (*êcharpiiê*), v.t. Picotar, fazer em pedacinhos.
ÉCHASSE (*êchaç*), s. f. Perna de pau; ave pernalta. *Être monté sur des échasses,* falar, agir com afetação.
ÉCHASSIERS (*êchaçiê*), s. m. pl. Pernaltas (aves).

ÉCHAUBOLURE (*êchôbulür*), s.f. Brotoeja; doença da pele de cavalos e bois.
ÉCHAUDAGE (*êchôdaj*), s.m. Caiadura; água de cal.
ÉCHAUDÉ, E (*êchôdê*), adj. Escaldado. *Fig.* Sofredor; explorado. S. m. Tipo de doce.
ÉCHAUDER (*êchôdê*), v. t. Escaldar. *Fig.* Fazer alguém sofrer; explorar um comprador, um freguês.
ÉCHAUDEUR, EUSE (*êchôdër, ëz*), adj. Escaldador.
ÉCHAUDOIR (*êchôduar*), s. m. Caldeira; lugar em que se escalda.
ÉCHAUDURE (*êchôdür*), s.f. Escaldadura.
ÉCHAUFFANT, E (*êchôfan, t*), adj. Calorífico; escaldante. *Fig.* Que exalta os ânimos.
ÉCHAUFFÉ (*êchôfê*), s. m. Cheiro de coisa esquentada ou fermentada.
ÉCHAUFFEMENT (*êchôfman*), s. m. Aquecimento; estado de fermentação de farinhas e cereais. *Fig.* Excitação, exaltação.
ÉCHAUFFER (*êchôfê*), v. t. Aquecer, esquentar. *Fig.* Excitar. **S'ÉCHAUFFER**, v. pr. Aquecer-se. *Fig.* Excitar-se, encolerizar-se.
ÉCHAUFFOURÉE (*êchôfurê*), s. f. Empresa infeliz, frustrada; briga.
ÉCHAUFFURE (*êchôfür*), s. f. Vermelhidão causada por queimadura.
ÉCHAUGUETTE (*êchôghét*), s. f. Atalaia, torre de vigia.
ÉCHÉANCE (*êchêanç*), s. f. Vencimento, termo de um pagamento.
ÉCHÉANT, E (*êchêan, t*), adj. A vencer (comércio, banco). *Le cas échéant*, se a ocasião se apresentar.
ÉCHEC (*êchék*), s. m. Fracasso, revés; xeque (jogo de xadrez). *Tenir en échec*, impedir.
ÉCHECS (*êchék*), s. m. pl. O jogo de xadrez.
ÉCHELETTE (*êchlét*), s. f. Escadinha.
ÉCHELIER (*êchliê*), s. m. Escada de mão composta de uma única série de degraus.
ÉCHELLE (*êchél*), s. f. Escada de mão: escala. *Pop. Monter à l'échelle*, tomar a sério uma brincadeira, um trote.
ÉCHELON (*êchlon*), s. m. Degrau de escada de mão; escalão.
ÉCHELONNER (*êchlonê*), v. t. Dispor tropas em escalões; repartir.
ÉCHEVEAU (*êchvô*), s. m. Meada. *Fig.* Negócio complicado. Pl.: *des écheveaux*.
ÉCHEVELÉ, E (*êchvəlê*), adj. Descabelado. *Fig.* Desenfreado.
ÉCHEVELER (*êchvəlê*), v. t. (Dobra-se o *l* antes de sílaba muda: *j'échevelle.*) Descabelar.
ÉCHEVIN (*êchven*), s.m. Almotacé.
ÉCHIDNÉ (*êkidnê*), s. m. Équidna.
ÉCHIFFE ou **ÉCHIFFRE** (*êchif* ou *êchifr*), s. m. e f. Guarita de madeira usada na Idade Média.
ÉCHINE (*êchin'*), s.f. Espinha dorsal. *Frotter l'échine*, surrar. *Courber l'échine*, inclinar-se, submeter-se.
ÉCHINÉE (*êchinê*), s.f. Lombo de porco.
ÉCHINER (*êchinê*), v.t. Quebrar a espinha; espancar; fatigar, esgotar alguém.
ÉCHINOCOQUE (*êkinokók*), s. m. Equinococo.
ÉCHINODERMES (*êkinodérm*), s.m. pl. Equinodermos.
ÉCHINORYNQUE (*êkinorenk*), s. m. Equinorrinco.
ÉCHIQUIER (*êchikiê*), s.m. Tabuleiro de xadrez; disposição em xadrez.
ÉCHO (*êkô*), s. m. Eco.
ÉCHOIR (*êchuar*), v. i. (Emprega-se apenas nas seguintes pessoas e tempos: *il échoit, ils échoient. Il échéait, ils échéaient. Il échut, ils échurent. Il écherra, ils écherront. Il écherrait, ils écherraient. Qu'il échée, qu'ils échéent. Qu'il échût, qu'ils échussent. Échéant. Échu, e.* E nas 3as pessoas dos tempos compostos.) Acontecer; vencer-se (um débito).
ÉCHOPPE (*êchóp*), s. f. Barraca. Escopro.
ÉCHOPPER (*êchopê*), v. t. Burilar.
ÉCHOPPIER, ÈRE (*êchopiê, ér*), adj. Barraqueiro.
ÉCHOUAGE (*êchuaj*), s.m. Encalhe.
ÉCHOUEMENT (*êchuman*), s. m. Encalhe de navio. *Fig.* Insucesso.
ÉCHOUER (*êchuê*), v. i. Encalhar. *Fig.* Fracassar, gorar. V. t. Encalhar, fazer dar em seco.
ÉCIMER (*êçimê*), v.t. Podar o cimo das árvores.
ÉCLABOUSSEMENT (*êklabuçman*), s.m. Enlameadura.
ÉCLABOUSSER (*êklabuçê*), v.t. Enlamear, salpicar de lama. *Fig.* Enodoar a reputação de alguém.
ÉCLABOUSSURE (*êklabuçür*), s. f. Salpico. *Fig.* Mal que atinge as pessoas.
ÉCLAIR (*êklér*), s. m. Relâmpago. *Fig.* Revelação súbita; bomba (espécie de doce).
ÉCLAIRAGE (*ékléraj*), s. m. Iluminação.
ÉCLAIRANT, E (*ékléran, t*), adj. Esclarecedor.
ÉCLAIRCIE (*êklérci*), s. f. Claro (em céu nublado); clareira: curta interrupção de mau tempo. *Fig.* Mudança favorável.
ÉCLAIRCIR (*êklérçir*), v. t. Clarear; esclarecer; tornar ralo; tornar menos compacto.
ÉCLAIRCISSANT, E (*êklérçiçan, t*), adj. Esclarecedor.
ÉCLAIRCISSEMENT, E (*êklérçiçman*), s. m. Esclarecimento.
ÉCLAIRÉ, E (*êklérê*), adj. *Fig.* Esclarecido.

ÉCLAIREMENT (*êklêrman*), s.m. Claridade; esclarecimento.
ÉCLAIRER (*êklêrê*), v.t. Clarear, aclarar, esclarecer. V.i. Brilhar, faiscar. V. imp. Relampejar.
ÉCLAIREUR (*êklêrĕr*), s. m. Batedor, explorador (soldado).
ÉCLAMPSIE (*êklanpçi*), s. f. Eclampsia.
ÉCLANCHE (*êklanch*), s. f. Perna ou quarto traseiro do carneiro.
ÉCLAT (*êklá*), s.m. Lasca, estilhaço; brilho intenso; clarão; estrondo. *Fig.* Glória, esplendor. *Éclat de rire*, gargalhada.
ÉCLATANT, E (*êklatan, t*), adj. Brilhante, radioso; estrepitoso; estridente. *Fig.* Magnífico; manifesto.
ÉCLATEMENT (*êklatman*), s.m. Estouro, explosão.
ÉCLATER (*êklatê*), v. t. Estourar, rebentar; brilhar; enfurecer-se; manifestar-se.
ÉCLECTIQUE (*êklêktik*), adj. Eclético.
ÉCLECTISME (*êklêktiçm*), s. m. Ecletismo.
ÉCLIPSE (*êklipç*), s. m. Eclipse.
ÉCLIPSER (*êklipçê*), v.t. Eclipsar.
ÉCLIPTIQUE (*êkliptik*), s. f. Eclíptica.
ÉCLISSE (*êkliç*), s.f. Tala; placa de madeira com que se fabricam os lados do violino; placa de ferro empregada na junção de trilhos; cincho.
ÉCLISSER (*êkliçê*), v. t. Encanar, pôr talas.
ÉCLOPÉ, E (*êklopê*), adj. Coxo.
ÉCLOPER (*êklopê*), v. t. Estropiar.
ÉCLORE (*êklór*), v. i. (*Il éclôt, ils éclosent. Il éclora, ils écloront. Il éclorait, ils écloraient. Qu'il éclose, qu'ils éclosent. Éclos, e.* Usa-se sempre com o auxiliar *être.*) Sair do ovo; desabrochar; despontar. *Fig.* Manifestar-se.
ÉCLOSION (*êklozion*), s. f. Eclosão, desabrocho. *Fig.* Manifestação.
ÉCLUSE (*êklüz*), s.f. Represa, dique, açude.
ÉCLUSER (*êklüzê*), v.t. Represar.
ÉCŒURANT, E (*êkĕran, t*), adj. Repugnante, nojento.
ÉCŒUREMENT (*êkĕrman*), s.m. Enjôo, repugnância.
ÉCŒURER (*êkĕrê*), v.t. Nausear, repugnar.
ÉCOINÇON ou **ÉCOINSON** (*êkuençon*), s. m. Cantoneira.
ÉCOLAGE (*êkolaj*), s.m. Condição de aluno; contribuição que pagavam outrora os estudantes.
ÉCOLE (*êkól*), s.f. Escola. Falta cometida por um jogador. *Faire l'école buissonnière*; fazer gazeta.
ÉCOLIER, ÈRE (*êkoliê, ér*), s. Escolar, aluno.
ÉCOLOGIE (*êkoloji*), s.f. Ecologia.
ÉCONDUIRE (*êkondüir*), v. t. (Conjuga-se como *conduire.*) Despedir, despachar alguém.
ÉCONOMAT (*êkonomá*), s. m. Economato.
ÉCONOME (*êkonóm'*), s. m. Ecônomo, despenseiro. Adj. Parcimonioso, econômico.
ÉCONOMIE (*êkonomi*), s.f. Economia.
ÉCONOMIQUE (*êkonomik*), adj. Econômico.
ÉCONOMISER (*êconomizê*), v. t. Economizar.
ÉCONOMISTE (*êkonomiçt*), s.m. Economista.
ÉCOPE ou **ESCOPE** (*êkop* ou *éçkóp*), s.f. Vertedouro.
ÉCOPERCHE (*êkopérch*), s. f. Vara, escora para suster andaimes.
ÉCORÇAGE (*êkorçaj*), s. m. Descascamento.
ÉCORCE (*êkórç*), s.f. Casca de árvores e de certos frutos; crosta. *Fig.* Aparência.
ÉCORCER (*êkórçê*), v. t. (O *c* leva uma cedilha antes de *a* e *o*: *il écorça, nous écorçons.*) Descascar, descortiçar.
ÉCORCHÉ (*êkórchê*), s. m. Esfolado (para estudo das veias, músculos etc...).
ÉCORCHEMENT (*êkórchəman*), s. m. Esfolamento.
ÉCORCHER (*êkorchê*), v. t. Esfolar; arranhar. *Fig.* Ferir os ouvidos. Explorar um freguês. Falar mal uma língua.
ÉCORCHERIE (*êkórchəri*), s. f. Esfoladouro.
ÉCORCHEUR (*êkórchĕr*), s.m. Esfolador; explorador (que vende tudo caro).
ÉCORCHURE (*êkórchür*), s. f. Esfoladura.
ÉCORNER (*êkórnê*), v. t. Descornar; quebrar os cantos. *Fig.* Desfalcar.
ÉCORNIFLER (*êkórniflê*), v. t. Parasitar, viver às custas dos outros.
ÉCORNIFLERIE (*êkórnifləri*), s. f. Parasitismo, tolina.
ÉCORNIFLEUR, EUSE (*êkórniflĕr, ëz*), adj. Parasito; plagiário.
ÉCORNURE (*êkórnür*), s. f. Lasca, estilha.
ÉCOSSAIS, E (*êkoçé, z*), adj. e s. Escocês.
ÉCOSSER (*êcoçê*), v.t. Esbagoar, debulhar.
ÉCOSSEUR, EUSE (*êkoçĕr, ëz*), adj. e s. Debulhador.
ÉCOT (*êkô*), s.m. Quinhão; conta da despesa de uma refeição; tronco; ramo mal podado.
ÉCOUFLE (*êkufl*), s. m. Milhafre; papagaio de papel.
ÉCOULEMENT (*êkulman*), s.m. Escoamento; saída, venda fácil de uma mercadoria.
ÉCOULER (*êkulê*), v.t. Vender com facilidade. **S'ÉCOULER**, v. pr. Escoar, escorrer, derramar-se. *Fig.* Passar (o tempo).

ÉCOURTER (*êkurtê*), v.t. Encurtar. *Fig.* Abreviar.

ÉCOUTE (*êkut*), s.f. Escuta. Cordame preso aos cantos inferiores das velas de um barco. Orelhas do javali. *Être aux écoutes*, estar à escuta.

ÉCOUTER (*êkutê*), v. t. Escutar

S'ÉCOUTER (*çêkutê*), v. pr. Preocupar-se com sua saúde. Seguir o primeiro impulso.

ÉCOUTEUR, EUSE (*êkutër, ëz*), s. Escutador; indiscreto. S.m. Receptor.

ÉCOUTILLE (*êkutii*), s.f. Escotilha.

ÉCOUVILLON (*êkuviion*), s.m. Escovilhão; varredouro.

ÉCRAN (*êkran*), s. m. Guarda-fogo; tela de cinema; placa de vidro colorido usada na fotografia em cores.

ÉCRASANT, E (*êkrazan, t*), adj. Esmagador. *Fig.* Deprimente; depauperador.

ÉCRASEMENT ou **ÉCRASAGE** (*êkrazman* ou *êkrazaj*), s.m. Esmagamento.

ÉCRASER (*êkrazê*), v. t. Esmagar. *Fig.* Derrotar, aniquilar.

ÉCRASEUR, EUSE (*êkrazër, ëz*), adj. e s. Esmagador.

ÉCRÉMAGE (*êkrêmaj*), s.m. Desnatação.

ÉCRÉMER (*êkrêmê*), v. t. (Conjuga-se como *accélérer*.) Desnatar. *Fig.* Tomar o que há de melhor em uma coisa.

ÉCRÉMEUSE (*êkrêmëz*), s. f. Desnatadeira.

ÉCRÊTER (*êkrétê*), v. t. Destruir a crista de um parapeito; rebaixar, diminuir a altura.

ÉCREVISSE (*êkreviç*), s. f. Lagostim. Tenaz de ferreiro. Câncer (signo do zodíaco.)

ÉCRIER (S') (*çêkriê*), v. pr. (Conjuga-se como *prier*.) Exclamar, bradar.

ÉCRIN (*êkren*), s.m. Escrínio; as jóias guardadas em um escrínio; reunião de objetos faiscantes e preciosos.

ÉCRIRE (*êkrir*), v.t. (*J'écris, nous écrivons. J'écrivais, nous écrivions. J'écrivis, nous écrivîmes. J'écrirai, nous écrirons. J'écrirais, nous écririons. Écris, écrivons, écrivez. Que j'écrive, que nous écrivions. Que j'écrivisse, que nous écrivissions. Écrivant. Écrit, e.*) Escrever. *Écrire comme un chat*, escrever de maneira ilegível. *Écrire à la diable*, escrever em estilo incorreto, confuso.

ÉCRIT (*êkri*), s.m. Escrito.

ÉCRITEAU (*êkritô*), s. m. Letreiro, placa, anúncio. Pl.: *des écriteaux*.

ÉCRITOIRE (*êkrituar*), s.f. Escrivaninha.

ÉCRITURE (*êkritür*), s.f. Escrita; escritura; caligrafia. Pl. Escrita comercial.

ÉCRIVAILLER (*êkrivaiê*), v. i. *Fam.* Escrevinhar, rabiscar.

ÉCRIVAILLEUR, EUSE (*êkrivaiër, ëz*), s. *Fam.* Escrevinhador, autor fecundo mas sem talento.

ÉCRIVAIN (*êkriven*), s.m. Escritor, escritora; escrevente.

ÉCRIVASSER (*êkrivaçê*), v.i. Escrevinhar.

ÉCRIVASSIER, ÈRE (*êkrivaçiê, ér*), s. *Fam.* Escrevinhador.

ÉCROU (*êkru*), s.m. Porca de parafuso. Registro da entrada de um prisioneiro. *Levée d'écrou*, libertação de um preso.

ÉCROUELLES (*êkruél*), s.f. pl. Escrófulas.

ÉCROUELLEUX, EUSE (*êkruêlë, ëz*), adj. Escrofuloso.

ÉCROUER (*êkruê*), v. t. Pôr na cadeia; registrar um preso.

ÉCROUIR (*êkruir*), v.t. Malhar um metal.

ÉCROULEMENT (*êkrulman*), s. m. Desabamento, desmoronamento. *Fig.* Ruína completa.

ÉCROULER (S') (*çêkrulê*), v. pr. Desmoronar-se, ruir. *Fig.* Perecer.

ÉCROÛTER (*êkrutê*), v.t. Escodear; tirar a crosta.

ÉCRU, E (*êkrü*), adj. Cru, ainda não preparado (linho, seda).

ÉCRUES (*êkrü*), s.f. pl. Vegetação recém-nascida em campos cultiváveis.

ECTODERME (*éktodérm*), s.m. Ectoderma.

ECTOPLASME (*éktoplaçm*), s. m. Ectoplasma.

ECTYPE (*éktip*), s.f. Éctipo.

ÉCU (*êkü*), s.m. Escudo antigo; moeda antiga.

ÉCUEIL (*êkëi*), s. m. Escolho.

ÉCUELLE (*êküél*), s. f. Escudela; seu conteúdo. *Arq.* Intradorso.

ÉCUELLÉE (*êküélê*), s. f. Tigelada.

ÉCUISSER (*êküíçê*), v.t. Rebentar o tronco de uma árvore, abatendo-a.

ÉCULER (*êkülê*), v.t. Gastar o salto de um calçado, acalcanhar.

ÉCUMANT, E (*êküman, t*), adj. Espumejante.

ÉCUME (*êküm'*), s.f. Escuma, espuma; baba de animais enfurecidos; suor do cavalo. *Fig.* Ralé. *Écume de mer*, magnesita.

ÉCUMER (*êkümê*), v. t. e i. Escumar.

ÉCUMEUX, EUSE (*êkümë, ëz*), adj. Espumoso.

ÉCUMOIRE (*êkümuar*), s.f. Escumadeira.

ÉCURAGE (*êküraj*), s.m. Limpeza rigorosa.

ÉCURER (*êkürê*), v.t. Limpar rigorosamente.

ÉCUREUIL (*êkürëi*), s.m. Esquilo.

ÉCUREUR, EUSE (*êkürër, ëz*), s. Limpar.

ÉCURIE (*êküri*), s.f. Estrebaria; conjunto dos animais reunidos em um mesmo lugar.

ÉCUSSON (*êküçon*), s. m. Escudete. Borbulha (enxertia). Espelho de fechadura. Placas calcárias no corpo de certos peixes.

ÉCUSSONNER (*êküçonê*), v. t. Enxertar (de borbulha).
ÉCUYER (*êküiiê*), s.m. Escudeiro; professor de equitação; equitador.
ÉCUYÈRE (*êküiiér*), s.f. Amazona. *Botes à l'écuyère*, botas longas para montar.
ECZÉMA (*ékzêmá*), s.m. Eczema.
ECZÉMATEUX, EUSE (*ékzêmatë, ëz*), adj. e s. Eczematoso.
EDELWEISS (*êdélváiç*), s.m. *Bot.* Edelvais. Pl.: *des edelweiss.*
ÉDEN (*êden'*), s. m. Éden.
ÉDÉNIEN, ENNE (*êdênien, én'*), ou **ÉDÉNIQUE** (*êdênik*), adj. Edênico.
ÉDENTÉ, E (*êdantê*), adj. Desdentado. S.m. pl. *Zool.* Desdentados.
ÉDENTER (*êdantê*), v.t. Desdentar.
ÉDICTER (*êdiktê*), v.t. Publicar em edito.
ÉDICULE (*êdikül*), s.m. Edícula.
ÉDIFIANT, E (*êdifian, t*), adj. Edificante.
ÉDIFICATEUR (*êdificatër*), s.m. Edificador.
ÉDIFICATION (*êdifikaçion*), s.f. Edificação. *Fig.* Moralização.
ÉDIFICE (*êdifiç*), s. m. Edifício. *Fig.* Instituição.
ÉDIFIER (*êdifiê*), v.t. (Conjuga-se como *prier.*) Edificar. *Fig.* Fundar, organizar; moralizar.
ÉDILE (*êdil*), s.m. Edil.
ÉDILITÉ (*êdilitê*), s.f. Edilidade.
ÉDIT (*êdi*), s.m. Edito.
ÉDITER (*êditê*), v.t. Editar.
ÉDITEUR, TRICE (*êditër, triç*), adj. e s. Editor.
ÉDITION (*êdiçion*), s. f. Edição.
ÉDITORIAL, E, AUX (*êditorial, ô*), adj. e s.m. Editorial.
ÉDREDON (*êdrədon*), s. m. Edredão.
ÉDUCABILITÉ (*êdükabilitê*), s. f. Educabilidade.
ÉDUCABLE (*êdükabl*), adj. Educável.
ÉDUCATEUR, TRICE (*êdükatër, triç*), s. Educador, educadora.
ÉDUCATIF, IVE (*êdükatif, iv*), adj. Educativo.
ÉDUCATION (*êdükaçion*), s.f. Educação.
ÉDULCORER (*êdülkorê*), v. t. Edulcorar. *Fig.* Atenuar, amenizar.
ÉDUQUER (*êdükër*), v.t. *Fam.* Educar.
ÉFAUFILER (*êfôfilê*), v.t. Desfiar.
EFFAÇABLE (*êfaçabl*), adj. Apagável.
EFFACEMENT (*êfaçman*), s. m. Apagamento. *Fig.* Enfraquecimento.
EFFACER (*êfaçê*), v. t. (O *c* leva uma cedilha antes de *a* e *o*: *il efface, nous effaçons.*) Apagar. *Fig.* Encobrir, eclipsar. **S'EFFACER**, v. pr. Afastar-se para o lado. *Fig.* Manter-se afastado; inclinar-se diante da superioridade de alguém.
EFFAÇURE (*êfaçür*), s.f. Riscadura.
EFFANER (*êfanê*), v.t. Espontar; arrancar as folhas secas.
EFFARANT, E (*êfaran, t*), adj. Assustador, perturbador.
EFFAREMENT (*êfarman*), s.m. Sobressalto; agitação, perturbação; espanto.
EFFARER (*êfarê*), v.t. Sobressaltar, espantar; perturbar.
EFFAROUCHANT, E (*êfaruchan, t*), adj. Assustador; perturbador.
EFFAROUCHEMENT (*êfaruchman*), s. m. Susto, espanto; inquietação.
EFFAROUCHER (*êfaruchê*), v.t. Assustar, espantar, amedrontar, chocar.
EFFECTIF, IVE (*êféktif, iv*), adj. e s. m. Efetivo.
EFFECTIVEMENT (*êféktivman*), adv. Efetivamente.
EFFECTUER (*êféktüê*), v. t. Efetuar.
EFFÉMINATION (*êfêminaçion*), s. f. Efeminação.
EFFÉMINÉ, E (*êfêminê*), adj. Efeminado; voluptuoso.
EFFÉMINER (*êfêminê*), v.t. Efeminar.
EFFÉRENT, E (*êfêran, t*), adj. Eferente.
EFFERVESCENCE (*êférvéçanç*), s. f. Efervescência.
EFFERVESCENT, E (*êférvéçan, t*), adj. Efervescente.
EFFET (*êfé*), s. m. Efeito; realização. Potência de uma máquina. Letra de câmbio, papel de crédito. S. pl. Móveis, vestimentas; pertences, bens. *En effet*, loc. adv. Com efeito.
EFFEUILLAGE (*êfëiaj*), s. m. Desfolha (ação de desfolhar).
EFFEUILLAISON (*êfëiézon*), s. f. Desfolha (queda das folhas).
EFFEUILLER (*êfëiê*), v. t. Desfolhar.
EFFICACE (*êfikaç*), adj. Eficaz. S. f. Eficácia.
EFFICACITÉ (*êfikaçitê*), s. f. Eficácia.
EFFICIENCE (*êfiçianç*), s. f. Eficiência.
EFFICIENT, E (*êfiçian, t*), adj. Eficiente.
EFFIGIE (*êfiji*), s. f. Efígie.
EFFILAGE (*êfilaj*), s. m. Desfiadura.
EFFILÉ, E (*êfilê*), adj. Delgado. S. m. Espécie de franja.
EFFILER (*êfilê*), v. t. Desfiar; irritar os cães (caça).
EFFILOCHAGE (*êfilochaj*), s. m. Desfiadura.
EFFILOCHER ou **EFFILOQUER** (*êfilochê* ou *êfilokê*), v. t. Esfiapar, desfiar.
EFFILOCHEUR, EUSE ou **EFFILEUR, EUSE** (*êfilochër, ëz* ou *êfilër, ëz*), s. Desfiador. S. f. Máquina de desfiar.
EFFLANQUÉ, E (*êflankê*), adj. Escanzelado, magro. *Fig.* Seco, sem vigor.
EFFLANQUER (*êflankê*), v. t. Esgalgar.
EFFLEUREMENT ou **EFFLEURAGE** (*êflërman* ou *êflëraj*), s. m. Afloramento; roçadura.
EFFLEURER (*êflërê*), v. t. Aflorar; roçar. *Fig.* Abordar, tratar superficialmente (uma questão).

EFFLEURIR (*êflërir*), v. i. ou **S'EFFLEURIR** (*çêflërir*), v. pr. Eflorescer.
EFFLORAISON (*êflorézon*), s. f. Floração.
EFFLORESCENCE (*êfloréçanç*), s. f. Eflorescência.
EFFLORESCENT, E (*êfloréçan, t*), adj. Eflorescente.
EFFLUENCE (*êflüanç*), s. f. Efluência, emanação.
EFFLUENT, E (*êflüan, t*), adj. Efluente. S. m. Líquido que se emana.
EFFLUVE (*êflüv*), s. m. Eflúvio.
EFFONDREMENT (*êfondrəman*), s. m. Escavação; desmoronamento. *Fig.* Destruição.
EFFONDRER (*êfondrê*), v. t. Resolver, escavar; arrombar; fazer ruir. **S'EFFONDRER**, v. pr. Desmoronar-se; chafurdar-se.
EFFONDREUR (*êfondrër*), s.m. Cavador.
EFFONDRILLES (*êfondrii*), s. f. pl. Sedimento, resíduo.
EFFORCER (S') (*çêforçê*), v. pr. (O c leva uma cedilha antes de *a* e *o*: *il s'efforça, nous nous efforçons.*) Esforçar-se.
EFFORT (*êfór*), s. m. Esforço. Hérnia.
EFFRACTION (*êfrakçion*), s. f. Arrombamento (para roubar).
EFFRAIE (*êfré*), s. f. Coruja.
EFFRANGER (*êfranjê*), v. t. (Toma um *e* mudo depois do *g* antes de *a* e *o*: *il effrangea, nous effrangeons.*) Franjar. **S'EFFRANGER**, v. pr. Recortar-se em franja.
EFFRAYANT, E (*êfréian, t*), adj. Assustador, apavorante; excessivo.
EFFRAYER (*êfréiê*), v. t. (Conjuga-se como *balayer.*) Assustar, apavorar. **S'EFFRAYER**, v. pr. Apavorar-se.
EFFRÉNÉ, E (*êfrênê*), adj. Desenfreado.
EFFRITER (*êfritê*), v. t. Esgotar, tornar estéril (terras); pulverizar, esboroar.
EFFROI (*êfruá*), s. m. Pavor; pessoa ou coisa que apavora.
EFFRONTÉ, E (*êfrontê*), adj. Ousado, atrevido.
EFFRONTÉMENT (*êfrontêman*), adv. Impudentemente.
EFFRONTERIE (*êfrontəri*), s. f. Imprudência, atrevimento.
EFFROYABLE (*êfruaiabl*), adj. Assustador, horripilante. *Fig.* Excessivo.
EFFRUITER (*êfrüitê*), v. t. Colher frutos.
EFFUSION (*êfüzion*), s. f. Efusão.
ÉGAL, E, AUX (*êgal, ô*), adj. Igual; indiferente. *Cela m'est égal*, isso me é indiferente. S. m. Igual, da mesma condição social. *À l'égal de*, loc. adv. Do mesmo modo que, tanto como.
ÉGALABLE (*êgalabl*), adj. Igualável.
ÉGALER (*êgalê*), v. t. Igualar.
ÉGALISATION (*êgalizaçion*), s. f. Igualamento.
ÉGALISER (*êgalizê*), v. t. Igualar; nivelar.
ÉGALITAIRE (*êgalitér*), adj. e s. m. Igualitário.
ÉGALITÉ (*êgalitê*), s. f. Igualdade.
ÉGARD, (*êgar*), s. m. Atenção, consideração. *Avoir égard à*, considerar. Loc. prep.: *En égard à*, em consideração a; *à l'égard de*, com relação a. *À certains égards*, loc. adv. De certo modo.
ÉGARÉ, E (*êgarê*), adj. Desvairado; extraviado, perdido.
ÉGAREMENT (*êgarman*), s. m. Extravio, descaminho; perda. *Fig.* Erro; desregramento.
ÉGARER (*êgarê*), v. t. Perder; extraviar. *Fig.* Desencaminhar; perturbar. **S'ÉGARER**, v. pr. Perder-se; cair em falta.
ÉGAYANT, E (*êghéian, t*), adj. Divertido, alegre.
ÉGAYER (*êghéiê*), v. t. (Conjuga-se como *balayer.*) Alegrar. Desenramar.
ÉGLANTIER (*êglantiê*), s. m. Roseira brava.
ÉGLANTINE (*êglantin'*), s. f. Rosa silvestre.
ÉGLISE (*êgliz*), s. f. Igreja.
ÉGLOGUE (*êglóg*), s. f. Écloga.
ÉGIDE (*êjid*), s. f. Égide. *Fig.* Proteção.
ÉGOCENTRIQUE (*êgoçantrik*), adj. Egocêntrico.
ÉGOÏSME (*êgoiçm*), s. m. Egoísmo.
ÉGOÏSTE (*êgoiçt*), adj. Egoísta.
ÉGORGEMENT (*êgorjəman*), s. m. Degolamento; assassinato, matança.
ÉGORGER (*êgórjê*), v. t. (Toma um *e* mudo depois do *g* antes de *a* e *o*: *il égorgea, nous égorgeons.*) Degolar; massacrar. *Fig.* Arruinar; atormentar.
ÉGORGEUR (*êgórjër*), s. m. Degolador; assassino.
ÉGOSILLER (S') (*çêgozilê*), v. pr. Berrar, esganiçar-se.
ÉGOTISME (*êgotiçm*), s. m. Egotismo.
ÉGOTISTE (*êgotiçt*), adj. e s. Egotista.
ÉGOUT (*êgu*), s. m. Escoamento; esgoto; beiral de um telhado; declive de um telhado. *Fig.* Lugar de corrupção.
ÉGOUTIER (*êgutiê*), s. m. Encarregado da conservação dos canos de esgoto.
ÉGOUTTAGE ou **ÉGOUTTEMENT** (*êgutaj* ou *êgutman*), s. m. Esgotamento; drenagem de terrenos.
ÉGOUTTER (*êgutê*), v. t. Esgotar; escorrer; torcer roupa (para retirar a água).
ÉGOUTTOIR (*êgutuar*), s. m. Enxugador.
ÉGRAINER (*êgrénê*), v. t. V. **ÉGRENER**.
ÉGRAPPER (*êgrapê*), v. t. Esbagoar.
ÉGRATIGNER (*êgratinhê*), v. t. Arranhar. *Fig.* Suscetibilizar.
ÉGRATIGNEUR, EUSE (*êgratinhër, ëz*), adj. Arranhador.
ÉGRATIGNURE (*êgratinhür*), s. f. Arranhão. *Fig.* Melindre.
ÉGRENAGE (*êgrənaj*), s. m. Debulha.
ÉGRENER ou **ÉGRAINER** (*êgrenê* ou *êgrénê*), v. t. (O *e* mudo passa a *è* aberto antes de sílaba muda: *j'égrène.*) Debulhar; esbagoar. *Égrener un cha-*

pelet, passar por entre os dedos as contas de um terço.

ÉGRENEUSE (*êgranëz*), s. f. Debulhadora.

ÉGRILLARD, E (*êgriiar, d*), adj. Galhofeiro; brejeiro.

ÉGRISER (*êgrizê*), v. t. Lapidar.

ÉGROTANT, E (*êgrotan, t*), adj. Doentio.

ÉGRUGEOIR (*êgrüjuar*), s. m. Espécie de almofariz.

ÉGRUGER (*êgrüjê*), v. t. (Toma um e mudo depois do *g* antes de *a* e *o*: *j'égrugeai, nous égrugeons.*) Pulverizar; pisar (no almofariz).

ÉGUEULER (*êghëlê*), v. t. Esborcinar. Danificar (a boca de um canhão).

ÉGYPTIEN, ENNE (*êjipçien, én'*), adj. e s. Egípcio.

ÉGYPTOLOGIE (*êjiptoloji*), s. f. Egiptologia.

ÉGYPTOLOGUE (*êjiptológ*), s. Egiptólogo.

EH! (*ê*), interj. Ah!, oh! (admiração). *Eh bien!*, pois bem!.

ÉHONTÉ, E (*êontê*), adj. Desavergonhado, cínico.

ÉJACULATEUR, TRICE (*êjakülatër, triç*), adj. Ejaculador; ejaculatório.

ÉJACULATION (*êjakülaçion*), s. f. Ejaculação. Jaculatória.

ÉJACULER (*êjakülê*), v. t. Ejacular.

ÉJECTER (*êjéktê*), v. t. Dejetar.

ÉJECTEUR (*êjéktër*), s. m. Ejetor.

ÉJECTION (*êjékçion*), s. f. Dejeção; extração do cartucho (arma).

ÉJOINTER (*êjuentê*), v. t. Aparar, cortar (as asas de uma ave).

ÉJOUIR (S') (*çêjuír*), v. pr. Regozijar-se.

ÉLABORATION (*êlaboraçion*), s. f. Elaboração.

ÉLABORER (*êlaborê*), v. t. Elaborar.

ÉLAGAGE (*êlagaj*), s. m. Poda.

ÉLAGUER (*êlaghê*), v. t. Podar. *Fig.* Desatravancar, desembaraçar, eliminar.

ÉLAN (*êlan*), s. m. Impulso, arrojo. *Fig.* Arrebatamento, transporte; alce.

ÉLANCÉ, E (*êlançê*), adj. Esbelto, delgado; alto.

ÉLANCEMENT (*êlançman*), s. m. Arremesso; pontada (dor aguda e passageira). *Fig.* Anseio, enlevo, arrebatamento.

ÉLANCER (*êlançê*), v. t. (O *c* leva uma cedilha antes de *a* e *o*: *il élança, nous élançons.*) Arremessar; soltar (suspiros); doer, fazer sentir dores agudas e passageiras. **S'ÉLANCER**, v. pr. Atirar-se.

ÉLARGIR (*êlarjir*), v. t. Alargar; libertar. *Fig.* Ampliar, desenvolver.

ÉLARGISSEMENT (*êlarjiçman*), s. m. Alargamento; libertação.

ÉLARGISSURE (*êlarjiçür*), s. f. Acréscimo; emenda.

ÉLASTICITÉ (*êlaçtiçitê*), s. f. Elasticidade.

ÉLASTIQUE (*êlaçtik*), adj. Elástico, flexível. *Fig.* Volúvel. S. m. Elástico.

ÉLAVÉ, E (*êlavê*), adj. Deslavado, desbotado.

ÉLÉATIQUE (*êlêatik*), adj. Eleático. S. m. Eleata.

ÉLÉATISME (*êlêatiçm*), s. m. Eleatismo.

ÉLECTEUR, TRICE (*êléktër, triç*), s. Eleitor.

ÉLECTIF, IVE (*êléktif, iv*), adj. Eletivo.

ÉLECTION (*êlékçion*), s. f. Eleição.

ÉLECTORAL, E, AUX (*êléktoral, ô*), adj. Eleitoral.

ÉLECTORAT (*êléktorá*), s. m. Eleitorado.

ÉLECTRICIEN, ENNE (*êléktriçien*), adj. e s. Eletricista.

ÉLECTRICITÉ (*êléktriçitê*), s. f. Eletricidade.

ÉLECTRIFICATION (*êléktrifikaçion*), s. f. Eletrificação.

ÉLECTRIFIER (*êléktrifiê*), v. t. (Conjuga-se como *prier.*) Eletrificar.

ÉLECTRIQUE (*êléktrik*), adj. Elétrico.

ÉLECTRISABLE (*êléktrizabl*), adj. Eletrizável.

ÉLECTRISANT, E (*êléktrizan, t*), adj. Eletrizante. *Fig.* Arrebatador, empolgante.

ÉLECTRISATION (*êléktrizaçion*), s. f. Eletrização.

ÉLECTRISER (*êléktrizê*), v. t. Eletrizar.

ÉLECTRO-AIMANT (*êléktrôéman*), s. m. Electroímã. Pl.: *des électro-aimants.*

ÉLECTROCARDIOGRAMME (*êléktrokardiogram'*), s.m. Electrocardiograma.

ÉLECTROCHIMIE (*êléktrôchimi*), s. f. Electroquímica.

ÉLECTROCUTER (*êléktrôkütê*), v. t. Eletrocutar.

ÉLECTROCUTEUR, TRICE (*êléktrôkütër, triç*), adj. Eletrocutor.

ÉLECTROCUTION (*êléktrôküçion*), s. f. Eletrocussão.

ÉLECTRODYNAMIQUE (*êléktrôdinamik*), s. f. Electrodinâmica.

ÉLECTROGÈNE (*êléktrôjén'*), adj. Electrogêneo.

ÉLECTROLYSABLE (*êléktrolizabl*), adj. Eletrolisável.

ÉLECTROLYSE (*êléktroliz*), s. f. Eletrólise.

ÉLECTROLYSER (*êléktrolizê*), v. t. Eletrolisar.

ÉLECTROLYSEUR (*êléktrolizër*), s. m. Aparelho para efetuar a eletrólise.

ÉLECTROLYTE (*êléktrolit*), s. m. Electrólito.

ÉLECTROLYTIQUE (*êléktrolitik*), adj. Electrolítico.

ÉLECTROMAGNÉTIQUE (*êléktromanhêtik*), adj. Electromagnético.

ÉLECTROMAGNÉTISME (*êléktromanhêtiçm*), s. m. Electromagnetismo.

ÉLECTROMÉTALLURGIE (*êléktromêtalürji*), s. f. Electrometalurgia.

ÉLECTROMÈTRE (*êléktromètr*), s. m. Electrômetro.

ÉLECTROMÉTRIE (*êléktromêtri*), s. f. Electrometria.

ÉLECTROMOTEUR, TRICE (*êléktromotër, triç*), adj. Eletromotor, eletromotriz. S. m. Eletromotor.
ÉLECTRON (*êléktron*), s. m. Eléctron.
ÉLECTRONÉGATIF, IVE (*êléktronêgatif, iv*), adj. Eletronegativo.
ÉLECTRONIQUE (*êléktronik*), adj. Electrônico. S. f. Electrônica.
ÉLECTRON-VOLT (*êléktronvólt*), s. m. Eléctron-volt.
ÉLECTROPHORE (*êléktrôfór*), s. m. Electróforo.
ÉLECTROSCOPIE (*êlétroçkopi*), s. f. Electroscopia.
ÉLECTROTHÉRAPIE (*êléktrôtêrapi*), s. f. Electroterapia.
ÉLECTRUM (*êléktróm'*), s. m. Electro.
ÉLÉGAMMENT (*êlêgaman*), adv. Elegantemente.
ÉLÉGANCE (*êlêganç*), s. f. Elegância.
ÉLÉGANT, E (*êlêgan, t*), adj. Elegante.
ÉLÉGIAQUE (*êlêjiak*), adj. Elegíaco.
ÉLÉGIE (*êlêji*), s. f. Elegia.
ÉLÉGIR (*êlêjir*), v. t. Desengrossar, desbastar.
ÉLÉMENT (*êlêman*), s. m. Elemento.
ÉLÉMENTAIRE (*êlêmantér*), adj. Elementar.
ÉLÉPHANT (*êlêfan*), s. m. Elefante.
ÉLÉPHANTEAU (*êlêfantô*), s. m. Filhote de elefante. Pl.: *des éléphanteaux*.
ÉLÉPHANTIAQUE ou **ÉLÉPHANTIQUE** (*êlêfantiak* ou *êlefantik*), adj. Elefantíaco.
ÉLÉPHANTIASIS (*êlêfantiaziç*), s. f. Elefantíase.
ÉLÉPHANTIN, E (*êlêfanten, in'*), adj. Elefantino.
ÉLEVABLE (*êləvabl*), adj. Educável.
ÉLEVAGE (*êləvaj*), s. m. Criação (de animais).
ÉLÉVATEUR, TRICE (*êlêvatër, triç*), adj. Elevador; que serve para elevar. S. m. Levantador (músculo); guindaste. Silo para grãos.
ÉLÉVATION (*êlêvaçion*), s. f. Elevação; altura; aumento.
ÉLÉVATOIRE (*êlêvatuar*), adj. Elevatório; que serve para suspender.
ÉLÈVE (*êlév*), s. Aluno. Cria (animal). Planta de cujo tratamento nos encarregamos. S. f. Criação (de animais).
ÉLEVÉ, E (*êləvê*), adj. Educado; elevado; alto.
ÉLEVER (*êləvê*), v. t. (Conjuga-se como *amener*.) Educar; criar; erguer; elevar.
ÉLEVEUR, EUSE (*êləvër, ëz*), s. Criador (de animais).
ÉLEVURE (*êləvür*), s. f. Pápula.
ELFE (*élf*), s. m. Elfo.
ÉLIDER (*êlidê*), v. t. Elidir.
ÉLIER (*êliê*), v. t. (Conjuga-se como *prier*.) Trasfegar o vinho.
ÉLIGIBILITÉ (*êlijibilitê*), s. f. Elegibilidade.
ÉLIGIBLE (*êlijibl*), adj. Elegível.
ÉLIMAGE (*êlimaj*), s. m. Gasto, uso.
ÉLIMER (*êlimê*), v. t. Gastar, surrar (um tecido).
ÉLIMINATEUR, TRICE (*êliminatër, triç*), adj. Eliminador.
ÉLIMINATION (*êliminaçion*), s. f. Eliminação.
ÉLIMINATOIRE (*êliminatuar*), adj. Eliminatório.
ÉLIMINER (*êliminê*), v.t. Eliminar.
ÉLIRE (*êlir*), v. t. (Conjuga-se como *lire*.) Eleger. *Élire domicile*, escolher residência; montar casa; fazer morada.
ÉLISANT, E (*êlizan, t*), adj. Eleitor. S. m. Membro do clero que concorria para a eleição dos bispos.
ÉLISION (*êlizion*), s. f. Elisão.
ÉLITE (*êlit*), s. f. Escol, elite.
ÉLIXIR (*êlikçir*), s. m. Elixir.
ELLE (*él*), pron. pess. f. Ela.
ELLÉBORE (*élêbór*), s. m. Heléboro.
ELLIPSE (*élipç*), s. f. Elipse.
ELLIPSOÏDAL, E, AUX (*élipçoídal, ô*), adj. Elipsoidal.
ELLIPSOÏDE (*élipçoíd*), adj. Elipsóide.
ELLIPTIQUE (*éliptik*), adj. Elíptico.
ÉLOCUTION (*êloküçion*), s. f. Elocução.
ÉLOGE (*êlój*), s. m. Elogio; panegírico.
ÉLOGIEUX, EUSE (*êlojië, ëz*), adj. Elogioso.
ÉLOIGNÉ, E, (*êluanhê*), adj. Afastado, distante, remoto.
ÉLOIGNEMENT (*êluanhəman*), s. m. Afastamento; ausência. *Fig.* Aversão.
ÉLOIGNER (*êluanhê*), v. t. Afastar. *Fig.* Rejeitar; alienar. **S'ÉLOIGNER,** v. pr. Afastar-se.
ÉLONGER (*êlonjê*), v. t. (Toma um *e* mudo depois do *g* antes de *a* e *o*: *il élongea, nous élongeons*.) Esticar; perlongar.
ÉLOQUEMMENT (*êlokaman*), adv. Eloqüentemente.
ÉLOQUENCE (*êlokanç*), s. f. Eloqüência.
ÉLOQUENT, E (*êlokan, t*), adj. Eloqüente.
ÉLU, E (*êlu*), s. Eleito; predestinado.
ÉLUCIDATION (*êlüçidaçion*), s. f. Elucidação.
ÉLUCIDER (*êlüçidê*), v. t. Elucidar.
ÉLUCUBRATION (*êlükübraçion*), s. f. Elucubração.
ÉLUCUBRER (*êlükübrê*), v. t. Elucubrar.
ÉLUDABLE (*êlüdabl*), adj. Evitável.
ÉLUDER (*êlüdê*), v. t. Evitar artificiosamente.
ÉLYSÉE (*êlizê*), s. m. Elísio; lugar aprazível.
ÉLYTRE (*êlitr*), s. f. Élitro, asa exterior de certos insetos.
ELZÉVIR (*élzêvir*), s. m. Elzevir.
ELZÉVIRIEN, ENNE (*élzêvirien, én'*), adj. Elzeviriano.
ÉMACIATION (*êmaçiaçion*), s. f. Emaciação.
ÉMACIÉ, E (*êmaçiê*), adj. Emaciado.

ÉMAIL (*êmai*), s. m. Esmalte. *Fig.* Diversidade das cores das flores. Pl.: *des émaux.*

ÉMAILLAGE (*êmaiaj*), s. m. Esmaltagem.

ÉMAILLER (*êmaiê*), v. t. Esmaltar. *Fig.* Colorir, matizar.

ÉMAILLEUR (*êmaiĕr*), s.m. Esmaltador.

ÉMAILLURE (*êmaiür*), s.f. Esmaltadura; obra de esmalte.

ÉMANATION (*êmanaçion*), s. f. Emanação. *Fig.* Manifestação.

ÉMANCIPATEUR, TRICE (*êmancipatĕr, triç*), adj. Emancipador.

ÉMANCIPATION (*êmançipaçion*), s. f. Emancipação.

ÉMANCIPER (*êmançipê*), v. t. Emancipar.

ÉMANER (*êmanê*), v. i. Emanar.

ÉMARGER (*êmarjê*), v. t. (Toma um e mudo depois do *g* antes de *a* e *o*: *il émargea, nous émargeons.*) Cortar as margens. Assinar à margem (de um recibo, folha de vencimentos); receber (ordenado).

ÉMASCULATION (*êmaçkülaçion*), s. f. Emasculação.

ÉMASCULER (*êmaçkülê*), v. t. Emascular.

EMBACLE (*anbakl*), s. m. Acumulação de pedras de gelo num curso d'água.

EMBALLAGE (*anbalaj*), s. m. Embalagem, empacotamento, encaixotamento.

EMBALLEMENT (*anbalman*), s. m. *Fam.* Arrebatamento.

EMBALLER (*anbalê*), v. t. Embalar, encaixotar, empacotar; entusiasmar, seduzir. *Fam.* Despachar (uma pessoa); repreender. **S'EMBALLER**, v. pr. Tomar os freios nos dentes (cavalo); deixar-se levar (pelo entusiasmo, pela cólera).

EMBALLEUR (*anbalĕr*), s. m. Empacotador. *Fam.* Falador, farofeiro.

EMBARBOUILLER (*anbarbuiê*), v. t. Enlambuzar. *Fam.* Confundir, aturdir. **S'EMBARBOUILLER** (*çanbarbuiê*), v. pr. Atrapalhar-se.

EMBARCADÈRE (*anbarkadér*), s. m. Embarcadouro.

EMBARCATION (*anbarkaçion*), s. f. Embarcação.

EMBARDÉE (*anbardê*), s. f. Guinada.

EMBARGO (*anbargô*), s. m. Embargo. *Fam.* Confiscação.

EMBARQUEMENT (*anbarkəman*), s. m. Embarque.

EMBARQUER (*anbarkê*), v. t. e i. Embarcar. *Fig.* Envolver (em negócio complicado). **S'EMBARQUER**, v. pr. Embarcar. *Fig.* Meter-se, aventurar-se.

EMBARRAS (*anbará*), s. m. Embaraço; confusão; pretensões, ares de importância; penúria. *Faire des embarras*, fazer cerimônias; tomar ares afetados. Pl.: *des embarras.*

EMBARRASSANT, E (*anbaraçan, t*), adj. Embaraçante.

EMBARRASSER (*anbaraçê*), v. t. Embaraçar; perturbar; dificultar.

EMBARRER (S') (*çanbarê*), v. pr. Embaraçar-se nas baias (cavalo).

EMBASE (*anbaz*), s. f. Base, reforço (de uma peça metálica).

EMBASEMENT (*anbazman*), s. m. Soco (base).

EMBASTILLER (*anbaçtiiê*), v. t. Encarcerar (na Bastilha); meter na prisão; fortificar (uma cidade).

EMBATAGE ou **EMBATTAGE** (*anbataj*), s. m. Chapeadura das rodas.

EMBATER (*anbatê*), v. t. Albardar.

EMBATTRE ou **EMBATRE** (*anbatr*), v. t. (Conjuga-se como *battre.*) Chapear as rodas.

EMBAUCHAGE ou **EMBAUCHE** (*anbôchaj* ou *anbôch*), s. f. Engajamento, aliciação.

EMBAUCHER (*anbôchê*), v. t. Engajar, aliciar.

EMBAUCHEUR, EUSE (*anbôchĕr, ĕz*), s. Engajador; aliciador.

EMBAUCHOIR (*anbôchuar*), s. m. Encóspias, alargadeira.

EMBAUMEMENT (*anbôməman*), s. m. Aromatização; embalsamamento.

EMBAUMER (*anbômê*), v. t. Aromatizar, perfumar; embalsamar. V. i. Perfumar.

EMBAUMEUR (*anbômĕr*), s. m. Embalsamador.

EMBECQUER (*anbékê*), v.t. Dar o biscato (aos pássaros). Iscar (o anzol).

EMBELLIE (*anbéli*), s. f. Estiagem, tempo bom durante ou após uma borrasca.

EMBELLIR (*anbélir*), v. t. Embelezar, aformosear. V. i. tornar-se belo.

EMBELLISSEMENT (*anbéliçman*), s. m. Embelezamento; beleza, adorno.

EMBERLIFICOTER (*anbérlifikotê*), v. t. *Fam.* Atrapalhar, embaraçar; enredar; engabelar.

EMBERLIFICOTEUR, EUSE (*anbérlifikotĕr, ĕz*), adj. e s. Engabelador.

EMBERLUCOQUER (S') (*çanbérlükokê, kê*), v. pr. Encasquetar-se.

EMBESOGNÉ, E (*anbəzonhê*), adj. Azafamado.

EMBÊTANT, E (*anbétan, t*), adj. *Pop.* Aborrecido, enfadonho.

EMBÊTEMENT (*anbétman*), s. m. *Pop.* Aborrecimento, contrariedade; tédio.

EMBÊTER (*anbétê*), v. t. *Pop.* Aborrecer, entediar; irritar. **S'EMBÊTER** (*çanbétê*), v. pr. Entediar-se, aborrecer-se.

EMBLAVAGE (*anblavaj*), s. m. Semeadura.

EMBLAVER (*anblavê*), v. t. Semear.

EMBLAVURE (*anblavür*), s. f. Sementeira; terra semeada de trigo.

EMBLÉE (D') (*danblê*), loc. adv. De uma só vez, sem dificuldade.

EMBLÉMATIQUE (*anblêmatik*), adj. Emblemático.

EMBLÈME (*anblém'*), s. m. Emblema.

EMBOBELINER ou **EMBOBINER** (*anbobəlinê* ou *anbobinê*), v. t. *Fam.* Ludibriar, engodar.

EMBOIRE (*anbuar*), v. t. (Conjuga-se como *boire.*) Untar. **S'EMBOIRE,** v. pr. Desbotar-se, descorar-se (as cores de uma pintura).

EMBOÎTAGE (*anbuataj*), s. m. Encaixotamento; cartonagem.

EMBOÎTEMENT (*anbuatman*), s. m. Encaixe.

EMBOÎTER (*anbuatê*), v. t. Encaixar. *Emboîter le pas,* caminhar bem atrás de outrem. *Fig.* Espelhar-se em alguém, adotar-lhe a mesma linha de conduta.

EMBOÎTURE (*anbuatür*), s. f. Junção, lugar de encaixamento.

EMBOLIE (*anboli*), s. f. Embolia.

EMBONPOINT (*anbonpuen*), s. m. Aparência física (sobretudo de pessoas gordas). *Prendre de l'embonpoint,* engordar, ficar gordo e bem disposto.

EMBOQUER (*anbokê*), v. t. Cevar.

EMBOUCHE ou **EMBAUCHE** (*anbuch* ou *anbôch*), s. f. Pastagem.

EMBOUCHÉ, E (*anbuchê*), adj. Que fala com polidez. *Mal embouché,* desbocado.

EMBOUCHER (*anbuchê*), v. t. Embocar, levar à boca um instrumento de sopro.

EMBOUCHOIR (*anbuchuar*), s. m. Bocal (de instrumento de sopro). Braçadeira superior de um fuzil.

EMBOUCHURE (*anbuchür*), s.f. Embocadura; bocal (de instrumento de sopro); bocado (freio de cavalo).

EMBOUER (*anbuê*), v.t. Enlamear.

EMBOUQUER (*anbukê*), v. t. Embocar, entrar (um navio em um estreito).

EMBOURBER (*anburbê*), v. t. Atolar. *Fig.* Arrastar alguém para um mau negócio. **S'EMBOURBER,** v. pr. Atolar-se. *Fig.* Corromper-se, aviltar-se.

EMBOURGEOISER (S') (*çanburjuazê*), v. pr. Aburguesar-se.

EMBOURRAGE ou **EMBOURREMENT** (*anburaj* ou *anburəman*), s. m. Enchimento, ação de estofar.

EMBOURRER (*anburê*), v. t. Estofar.

EMBOURSER (*anburçê*), v.t. Embolsar.

EMBOUT (*anbu*), s.m. Biqueira.

EMBOUTEILLAGE (*anbutéiaj*), s. m. Engarrafamento.

EMBOUTEILLER (*anbutéiê*), v. t. Engarrafar. *Fig.* Atravancar (tráfego).

EMBOUTER (*anbutê*), v.t. Pôr biqueira em uma bengala ou guarda-chuva.

EMBOUTIR (*anbutir*), v. t. Concavar; revestir de uma guarnição metálica.

EMBRANCHEMENT (*anbranchman*), s. m. Ramificação; entroncamento.

EMBRANCHER (*anbranchê*), v.t. Entroncar, ligar.

EMBRASEMENT (*anbrazman*), s. m. Grande incêndio. *Fig.* Perturbação, desordem.

EMBRASER (*anbrazê*), v. t. Abrasar. *Fig.* Agitar, excitar.

EMBRASSADE (*anbraçad*), s.f. Amplexo, abraço.

EMBRASSE (*anbraç*), s. f. Embrace; parte do brasão.

EMBRASSEMENT (*anbraçman*), s. m. Abraço.

EMBRASSER (*anbraçê*), v.t. Abraçar; beijar. *Fig.* Circundar; abranger; adotar. *Prov. Qui trop embrasse mal étreint,* quem muito abarca mal abraça.

EMBRASSEUR, EUSE (*anbraçër, ëz*), adj. Beijoqueiro.

EMBRASURE (*anbrazür*), s.f. Vão de janela ou porta; canhoneira; portinhola de navio.

EMBRAYAGE (*anbréiaj*), s.m. Embreagem.

EMBRAYER (*anbréiê*), v. t. (Conjuga-se como *balayer.*) Embrear.

EMBRAYEUR (*anbréiër*), s. m. Aparelho de embrear.

EMBREVER (*anbrəvê*), v. t. (O *e* mudo passa a è antes de sílaba muda: *j'embrèvre.*) Ensamblar.

EMBRIGADER (*anbrigadê*), v.t. Reunir em brigada. *Fig.* Reunir (sob a mesma direção).

EMBROCATION (*anbrokaçion*), s. f. Embrocação.

EMBROCHER (*anbrochê*), v. t. Enfiar no espeto; perfurar, atravessar de lado a lado.

EMBRONCHER (*anbronchê*), v. t. Embricar.

EMBROUILLEMENT (*anbruiiman*), s.m. Desordem. *Fig.* Confusão.

EMBROUILLER (*anbruiê*), v.t. Desordenar. *Fig.* Confundir. **S'EMBROUILLER,** v. pr. Atrapalhar-se.

EMBROUSSAILLÉ, E (*anbruçaiê*), adj. Emaranhado.

EMBRUINÉ, E (*anbrüinê*), adj. Molhado (por chuvisco).

EMBRUMER (*anbrümê*), v.t. Enevoar. *Fig.* Entristecer; obscurecer.

EMBRUN (*anbrën*), s. m. Céu enevoado. Borrifo, chuvisco das ondas do mar.

EMBRUNIR (*anbrünir*), v.t. Escurecer.

EMBRYOLOGIE (*anbrioloji*), s. f. Embriologia.

EMBRYOLOGIQUE (*anbriolojik*), adj. Embriológico.

EMBRYON (*anbrion*), s.m. Embrião.

EMBRYONNAIRE (*anbrionér*), adj. Embrionário.

EMBU, E (*anbü*), adj. Baço. S. m. Tom baço ou negro.

EMBÛCHE (*anbüch*), s. f. Armadilha.

EMBUER (*anbüê*), v.t. Embaciar.

EMBUSCADE (*ambüçkad*), s. f. Emboscada.

EMBUSQUER (*anbuçkê*), v. t. Emboscar.

ÉMÉCHER (*êmêchê*), v. t. (Conjuga-se como *accélérer.*) Emadeixar. *Fam.* Estar meio embriagado.
ÉMENDATION (*êmandaçion*), s. f. Correção, emenda.
ÉMENDER (*êmandê*), v. t. Corrigir, emendar.
ÉMERAUDE (*êmərôd*), s. f. Esmeralda.
ÉMERGENCE (*êmérjanç*), s. f. Emergência.
ÉMERGENT, E (*êmérjàn, t*), adj. Emergente.
ÉMERGER (*êmérjê*), v. i. (Toma um *e* mudo depois do *g* antes de *a* e *o*: *il émergea, nous émergeons.*) Emergir. *Fig.* Manifestar-se.
ÉMERI (*êməri*), s. m. Esmeril.
ÉMERILLON (*êməriion*), s. m. Espécie de falcão. Tornel. Esmerilhão.
ÉMERILLONNÉ, E (*êməriionê*), adj. Alegre, vivo.
ÉMÉRITAT (*êmêritá*), s. m. Jubilação de um funcionário.
ÉMÉRITE (*êmêrit*), adj. Emérito.
ÉMERSION (*êmérçion*), s. f. Emersão.
ÉMERVEILLEMENT (*êmérvéiiman*), s. m. Maravilha, pasmo.
ÉMERVEILLER (*êmérvéiê*), v. t. Maravilhar.
ÉMÉTIQUE (*êmêtik*), adj. e s. m. Emético.
ÉMETTEUR, TRICE (*êmétĕr, triç*), adj. e s. Emissor.
ÉMETTRE (*êmétr*), v. t. (Conjuga-se como mettre). Emitir.
ÉMEU (*êmë*), s.m. *Ornit.* Ema.
ÉMEUTE (*êmët*), s. f. Motim.
ÉMEUTIER, ÈRE (*êmëtiê, ér*), s. Amotinador.
ÉMIER (*êmiê*), v. t. (Conjuga-se como *prier.*) Esmigalhar.
ÉMIETTEMENT (*êmiétman*), s. m. Esmigalhadura.
ÉMIETTER (*êmiétê*), v. t. Esmigalhar.
ÉMIGRANT, E (*êmigran, t*), s. Emigrante.
ÉMIGRATION (*êmigraçion*), s. f. Emigração.
ÉMIGRER (*êmigrê*), v. i. Emigrar.
ÉMINCÉ (*êménçê*), s. m. Fatias finas de carne.
ÉMINCER (*êménçê*), v. t. (O *c* leva uma cedilha antes de *a* e *o*: *il éminça, nous éminçons.*) Cortar em fatias finas.
ÉMINEMMENT (*êminaman*), adv. Eminentemente.
ÉMINENCE (*êminanç*), s. f. Eminência.
ÉMINENT, E (*êminan, t*), adj. Eminente.
ÉMINENTISSIME (*êminantiçim'*), adj. Eminentíssimo.
ÉMISSAIRE (*êmiçér*), s. m. Emissário. Canal ou cano de escoamento.
ÉMISSIF, IVE (*êmiçif, iv*), adj. Emissivo.
ÉMISSION (*êmiçion*), s. f. Emissão.
EMMAGASINAGE ou **EMMAGASINEMENT** (*anmagazinaj* ou *anmagazinəman*), s. m. Armazenamento. *Fig.* Acúmulo.
EMMAGASINER (*anmagazinê*), v. t. Armazenar. *Fig.* Acumular.
EMMAILLER (S') (*çanmaiê*), v. pr. Emalhar-se.
EMMAILLOTEMENT (*anmaiotman*), s. m. Enfaixamento.
EMMAILLOTER (*anmaiotê*), v. t. Enfaixar. *Fig.* Apertar fortemente.
EMMANCHEMENT (*anmanchman*), s. m. Encavação.
EMMANCHER (*anmanchê*), v. t. Encavar. *Fig.* Pôr em andamento.
EMMANCHEUR (*anmanchĕr*), s. m. Operário que encava.
EMMANCHURE (*anmanchür*), s. f. Cava de uma roupa.
EMMANTELER (*anmantəlê*), v. t. (Conjuga-se como *celer.*) Encapotar; amuralhar.
EMMÊLEMENT (*anmêlman*), s. m. Baralhada.
EMMÊLER (*anmêlê*), v. t. Embaraçar, baralhar. *Fig.* Atrapalhar.
EMMÉNAGEMENT (*anmênajəman*), s. m. Mudança e arrumação dos móveis em uma nova residência; compartimentação de um navio.
EMMÉNAGER (*anmênajê*), v. i. (Toma um *e* mudo depois do *g* antes de *a* e *o*: *il emménagea, nous emménageons.*) Mudar-se, transportar os móveis para a nova moradia; carregar ou ajudar a carregar móveis.
EMMENER (*anmənê*), v. t. (Conjuga-se como *amener.*) Carregar, levar; conduzir; acompanhar.
EMMENOTTER (*anmənotê*), v. t. Algemar.
EMMÉTROPE (*anmêtróp*), adj. e s. Emetrope.
EMMÉTROPIE (*anmêtropi*), s. f. Emetropia.
EMMIELLÉ, E (*anmiélê*), adj. Melado. *Fig. Paroles emmiellées,* palavras melosas.
EMMITOUFLER (*anmituflê*), v. t. Agasalhar. Envolver, embrulhar.
EMMOTTÉ, E (*anmotê*), adj. Entorroado.
EMMURER (*anmürê*), v. t. Murar, muralhar.
EMMUSELER (*anmüzlê*), v. t. (Dobra o *l* antes de sílaba muda: *j'emmuselle.*) Amordaçar. *Fig.* Fazer calar.
ÉMOI (*êmuá*), s. m. Comoção.
ÉMOLLIENT, E (*êmolian, t*), adj. e s. m. Emoliente.
ÉMOLUMENT (*êmolüman*), s. m. Proveito.
ÉMONDAGE ou **ÉMONDEMENT** (*êmondaj* ou *êmondəman*), s. m. Poda.
ÉMONDATION (*êmondaçion*), s. f. Depução.

ÉMONDER (*êmondê*), v. t. Podar.
ÉMONDEUR (*êmondër*), s. m. Podador.
ÉMONDOIR (*êmonduar*), s. m. Podão, podadeira.
ÉMORFILER (*êmorfilê*), v. t. Alisar, tirar arestas.
ÉMOTIF, IVE (*êmotif, iv*), adj. Emotivo.
ÉMOTION (*êmoçion*), s. f. Emoção.
ÉMOTIONNABLE (*êmoçionabl*), adj. Impressionável, sensível.
ÉMOTIONNER (*êmoçionê*), v. t. Emocionar.
ÉMOTIVITÉ (*êmotivitê*), s. f. Emotividade.
ÉMOTTER (*êmotê*), v. t. Esterroar.
ÉMOUCHER (*êmuchê*), v. t. Enxotar moscas.
ÉMOUCHOIR (*êmuchuar*), s. m. Enxota-moscas.
ÉMOUDRE (*êmudr*), v. t. (Conjuga-se como *moudre.*) Amolar, afiar.
ÉMOULAGE (*êmulaj*), s. m. Amoladura.
ÉMOULEUR (*êmulër*), s. m. Amolador.
ÉMOULU, E (*êmulü*), adj. Afiado. *Frais émoulu de,* recém-saído, recém-formado.
ÉMOUSSER (*êmuçê*), v. t. Tornar menos cortante. *Fig.* Enfraquecer.
ÉMOUSTILLER (*êmuçtiiê*), v. t. *Fam.* Alegrar.
ÉMOUVANT, E (*êmuvan, t*), adj. Comovente.
ÉMOUVOIR• (*êmuvuar*), v. t. (Conjuga-se como *mouvoir*, mas o part. pas. *ému* não leva acento circunflexo.) Comover; excitar. **S'ÉMOUVOIR**, v. pr. Comover-se; perturbar-se.
EMPAILLAGE ou **EMPAILLEMENT** (*anpaiaj* ou *anpaiəman*), s. m. Empalhamento.
EMPAILLER (*anpaiê*), v. t. Empalhar.
EMPAILLEUR, EUSE (*anpaiër, ëz*), s. Empalhador de animais.
EMPALEMENT (*anpalman*), s. m. Empalação. Comporta.
EMPAN (*anpan*), s. m. Palmo.
EMPANACHER (*anpanachê*), v. t. Empenachar.
EMPANNER (*anpanê*), v. t. Capear; parar acidentalmente.
EMPAQUETAGE (*anpaktaj*), s. m. Empacotamento.
EMPAQUETER (*anpaktê*), v. t. (Dobra o *t* antes de sílaba muda: *j'empaquette.*) Empacotar.
EMPARER (S') (*çanparê*), v. pr. Apoderar-se.
EMPÂTÉ, E (*anpatê*), adj. Gordo, empastado.
EMPÂTEMENT (*anpatman*), s. m. Empastamento; engorda (de aves).
EMPÂTER (*anpatê*), v. t. Empastar; cevar.
EMPAUMER (*anpômê*), v. t. Apanhar e atirar uma bola (com a mão ou raqueta). *Fig.* Dominar.
EMPAUMURE (*anpômür*), s. f. Palma da luva. Parte superior dos galhos de um veado.
EMPÊCHANT, E (*anpéchan, t*), adj. Incomodativo; impeditivo.
EMPÊCHEMENT (*anpéchəman*), s. m. Impedimento.
EMPÊCHER (*anpéchê*), v. t. Impedir.
EMPÊCHEUR, EUSE (*anpéchër, ëz*), s. Impedidor.
EMPEIGNE (*anpénh*), s. f. Gáspea, a parte superior do sapato.
EMPELOTTER (*anpəlotê*), v. t. Enovelar.
EMPENNAGE (*anpénaj*), s. m. Empenagem.
EMPENNE (*anpén'*), s. f. Parte empenada de uma flecha.
EMPENNER (*anpénê*), v. t. Empenar, enfeitar de penas (uma flecha).
EMPEREUR (*anperër*), s. m. Imperador.
EMPERLER (*anpérlê*), v. t. Emperlar. *Fig.* Cobrir de gotas.
EMPESÉ, E (*anpəzê*), adj. Engomado. *Fig.* Empertigado, afetado; artificial.
EMPESER (*anpezê*), v. t. (O *e* mudo passa a *è* antes de sílaba muda: *j'empèse.*) Engomar.
EMPESAGE (*anpəzaj*), s. m. Engomadura.
EMPESEUR, EUSE (*anpəzër, ëz*), s. Engomador.
EMPESTER (*anpéçtê*), v. t. Empestar. *Fig.* Infetar; corromper.
EMPÊTRACÉES (*anpêtraçê*), s. f. pl. Empetráceas.
EMPÊTRER (*anpétrê*), v. t. Embaraçar, enredar. **S'EMPÊTRER**, v. t. Atrapalhar-se, embaraçar-se.
EMPHASE (*anfaz*), s. f. Ênfase.
EMPHATIQUE (*anfatik*), adj. Enfático.
EMPHYSÈME (*anfizém'*), s. m. Enfisema.
EMPHYTÉOSE (*anfitêôz*), s. f. Enfiteuse.
EMPIÈCEMENT (*anpiéçman*), s. m. Emenda, acréscimo em uma peça do vestuário.
EMPIERREMENT (*anpiérəman*), s. m. Empedramento.
EMPIERRER (*anpiérê*), v. t. Empedrar.
EMPIÉTEMENT (*anpiétman*), s. m. Invasão; usurpação.
EMPIÉTER (*anpiétê*), v. t. (Conjuga-se como *accélérer.*) Usurpar; invadir. V. i. Estender-se. *Fig.* Intrometer-se.
EMPIFFRER (*anpifrê*), v. t. *Pop.* Empanturrar, fartar de comida. **S'EMPIFFRER**, v. pr. Comer excessivamente.
EMPILEMENT ou **EMPILAGE** (*anpilman* ou *anpilaj*), s. m. Empilhamento.
EMPILER (*anpilê*), v. t. Empilhar.

EMPILEUR, EUSE (*anpilër, ëz*), s. Empilhador, o que empilha mercadorias.
EMPIRE (*anpir*), s. m. Império.
EMPIRER (*anpirê*), v. t. Piorar.
EMPIRIQUE (*anpirik*), adj. e s. m. Empírico.
EMPIRISME (*anpiriçm*), s. m. Empirismo.
EMPIRISTE (*anpiriçt*), s. m. Empirista.
EMPLACEMENT (*anplaçman*), s. m. Local, sítio, lugar.
EMPLASTIQUE (*anplaçtik*), adj. Emplástico.
EMPLATRE (*anplatr*), s. m. Emplastro. *Fig.* e *fam.* Pessoa sem energia. *Pop.* Bofetada.
EMPLETTE (*anplét*), s. f. Compra, mercadoria que se compra.
EMPLIR (*anplir*), v. t. Encher.
EMPLOI (*anpluá*), s. m. Emprego; cargo, ocupação; tipo, papel (teatro). *Double emploi*, repetição inútil.
EMPLOYABLE (*anpluaiabl*), adj. Utilizável.
EMPLOYÉ, E (*anpluaiê*), adj. e s. Empregado.
EMPLOYER (*anpluaiê*), v. t. (Conjuga-se como *aboyer.*) Empregar.
EMPLOYEUR, EUSE (*anpluaiër, ëz*), s. Empregador.
EMPLUMER (*anplümê*), v. t. Emplumar.
EMPOCHER (*anpochê*), v. t. Embolsar. *Fig.* e *fam.* Receber, sofrer, levar (golpes).
EMPOIGNADE (*anpuanhad*), s. f. *Fam.* Altercação, briga.
EMPOIGNANT, E (*anpuanhan, t*), adj. Comovedor, empolgante.
EMPOIGNER (*anpuanhê*), v. t. Empunhar. *Fam.* Prender. *Fig.* Comover.
EMPOINTAGE (*anpuentaj*), s. m. Aguçadura.
EMPOINTER (*anpuentê*), v. t. Aguçar. *Pop.* Arreliar.
EMPOIS (*anpuá*), s. m. Goma (para roupa). Pl.: *des empois.*
EMPOISONNEMENT (*anpuazonəman*), s. m. Envenenamento.
EMPOISONNER (*anpuazonê*), v. t. Envenenar. Incomodar pelo mau cheiro. Mal alimentar. *Fig.* Corromper; amargurar. *Pop.* Enfarar.
EMPOISONNEUR, EUSE (*anpuazonër, ëz*), adj. e s. Envenenador. Péssimo cozinheiro. Corruptor.
EMPOISSER (*anpuaçê*), v. t. Brear; untar de pez.
EMPOISSONNER (*anpuaçonê*), v. t. Povoar de peixes.
EMPORTÉ, E (*anportê*), adj. Violento, fogoso.
EMPORTEMENT (*anportəman*), s. m. Desatino, arrebatamento.
EMPORTE-PIÈCE (*anpórtəpiéç*), s. m. inv. Saca-bocado. *Fig. À l'emporte-pièce*, de modo incisivo.
EMPORTER (*anportê*), v. t. Levar, carregar; arrancar; dominar; adquirir, obter; implicar. *L'emporter*, vencer, levar a melhor. *L'emporter sur*, sobrepujar. **S'EMPORTER**, v. pr. Enfurecer-se.
EMPOTAGE ou **EMPOTEMENT** (*anpotaj* ou *anpotman*), s. m. Envasilhamento.
EMPOTÉ, E (*anpotê*), adj. e s. *Pop.* e *fig.* Desajeitado, paspalhão.
EMPOTER (*anpotê*), v. t. Envasar.
EMPOURPRER (*anpurprê*), v. t. Purpurear.
EMPOUSSIÉRER (*anpuçiérê*), v. t. (Conjuga-se como *accélérer.*) Empoeirar.
EMPREINDRE (*anprendr*), v. t. (Conjuga-se como *craindre.*) Estampar, imprimir.
EMPREINTE (*anprent*), s. f. Marca, impressão. *Fig.* Cunho.
EMPRESSÉ, E (*anpréçê*), adj. e s. Expedito, diligente; obsequioso.
EMPRESSEMENT (*anpréçman*), s. m. Diligência; solicitude, zelo.
EMPRESSER (S') (*çanpréçê*), v. pr. Desvelar-se, empenhar-se; mostrar-se solícito.
EMPRISE (*anpriz*), s. f. Empresa; aquisição de terrenos por expropriação.
EMPRISONNEMENT (*anprizónəman*), s. m. Aprisionamento.
EMPRISONNER (*anprizonê*), v. t. Aprisionar.
EMPRUNT (*anprën*), s. m. Empréstimo.
EMPRUNTÉ, E (*anprëntê*), adj. Embaraçado, perturbado; artificial; fictício.
EMPRUNTER (*anprëntê*), v. t. Tomar emprestado; receber de; auxiliar; tirar.
EMPRUNTEUR, EUSE (*anprëntër, ëz*), adj. e s. O que pede emprestado.
EMPUANTIR (*anpüantir*), v. t. Comunicar mau cheiro; infetar.
EMPUANTISSEMENT (*anpüantiçman*), s. m. Fedor.
EMPYÈME (*anpiem'*), s. m. Empiema.
EMPYRÉE (*anpirê*), s. m. Empíreo. *Poét.* Céu.
ÉMULATION (*êmülaçion*), s. f. Emulação.
ÉMULE (*êmül*), adj. e s. Êmulo.
ÉMULSIF, IVE (*êmülçif, iv*), adj. Emulsivo.
ÉMULSION (*êmülçion*), s. f. Emulsão.
ÉMULSIONNER (*êmülçionê*), v. t. Emulsionar.
EN (*an*), prep. Em, no, na; de; como. Pron. pess. Dele; dela; deles; delas; disto; daquilo; com isso; por causa disso. Adv. Daí, dali, de lá.
ÉNALLAGE (*ênalaj*), s. f. Enálage.
ÉNAMOURER (*ênamurê*), v. t. Enamorar.

ENCABANER (*ankabanê*), v. t. Colocar o bicho-da-seda nas cabanas.
ENCADREMENT (*ankadrəman*), s. m. Enquadramento; cercadura. *Fig*. Meio.
ENCADRER (*ankadrê*), v. t. Enquadrar; emoldurar; envolver.
ENCADREUR (*ankadrĕr*), s. m. Moldureiro.
ENCAGEMENT (*ankajman*), s. m. Engaiolamento.
ENCAGER (*ankajê*), v. t. (Toma um *e* mudo depois do *g* antes de *a* e *o*: *il encagea, nous encageons.*) Engaiolar. *Fig*. Encarcerar.
ENCAISSABLE (*ankéçabl*), adj. Cobrável, que pode ser depositado em caixa (comércio).
ENCAISSANT, E (*ankéçan, t*), adj. Que se encaixa.
ENCAISSE (*ankéç*), s. f. Encaixe (valores em caixa).
ENCAISSÉ, E (*ankéçê*), adj. Encaixado (ladeado por escarpas).
ENCAISSEMENT (*ankéçəman*), s. m. Encaixotamento; encaixe; embolso; afundamento (depressão).
ENCAISSER (*ankéçê*), v. t. Encaixotar; encaixar.
ENCAISSEUR (*ankéçĕr*), s. m. Caixa (o que recebe dinheiro em caixa).
ENCALMINÉ, E (*ankalminê*), adj. Parado pela calmaria.
ENCAN (*ankan*), s. m. Leilão. *Fig*. Tráfico desonroso.
ENCANAILLER (*ankanaiê*), v. t. Misturar com a canalha; aviltar.
ENCAPUCHONNER (*ankapüchonê*), v. t. Encapuzar.
ENCAQUEMENT (*ankakman*), s. m. Embarricamento.
ENCAQUER (*ankakê*), v. t. Embarricar. *Fig*. e *fam*. Amontoar.
ENCAQUEUR, EUSE (*ankakĕr, ëz*), s. Que embarrica.
ENCART (*ankar*), s. m. Folha encasada (na encadernação).
ENCARTER (*ankartê*), v. t. Inserir folhas em livro, revista. Pregar, fixar.
EN-CAS, EN CAS ou **ENCAS** (*anká*), s. m. inv. Reserva, objeto reservado para circunstâncias imprevistas. Merenda, refeição ligeira. Espécie de sombrinha.
ENCASTREMENT (*ankaçtrəman*), s. m. Encastramento, encaixe.
ENCASTRER (*ankaçtrê*), v. t. Embutir, encaixar.
ENCAUSTIQUE (*ankôçtik*), s. f. Encáustica.
ENCAUSTIQUER (*ankôçtikê*), v. t. Polir com encáustica, encerar (assoalhos).
ENCAVEMENT (*ankavman*), s. m. Ação e efeito de meter na adega (líquidos).
ENCAVER (*ankavê*), v. t. Adegar.
ENCAVEUR (*ankavĕr*), s. m. Adegueiro.
ENCEINDRE (*ançendr*), v. t. (Conjuga-se como *craindre.*) Rodear, circundar.
ENCEINTE (*ançent*), s. f. Recinto, circuito; cerca, contorno. Adj. f. Grávida.
ENCELLULEMENT (*ançélülman*), s. m. Enclausuramento.
ENCELLULER (*ançélülê*), v. t. Encelar.
ENCENS (*ançan*), s. m. Incenso. *Fig*. Louvor; lisonja. Pl.: *des encens.*
ENCENSEMENT (*ançançman*), s. m. Incensação.
ENCENSER (*ançançê*), v. t. Incensar. *Fig*. Lisonjear.
ENCENSEUR (*ançançĕr*), s. m. Adulador.
ENCENSOIR (*ançançuar*), s. m. Turíbulo. *Fig*. *Prendre l'encensoir, donner de l'encensoir,* fazer elogios exagerados. *Prendre tour à tour l'encensoir,* elogiar-se mutuamente.
ENCÉPHALE (*ançêfal*), s. m. Encéfalo.
ENCÉPHALITE (*ançêfalit*), s. f. Encefalite.
ENCERCLEMENT (*ançérkləman*), s. m. Circundamento.
ENCERCLER (*ançérklê*), v. t. Rodear; circundar.
ENCHAÎNEMENT (*anchénəman*), s. m. Encadeamento.
ENCHAÎNER (*anchénê*), v. t. Acorrentar. *Fig*. Cativar; coordenar.
ENCHAÎNURE (*anchénür*), s. f. Encadeamento (de obras de mecânica).
ENCHANTÉ, E (*anchantê*), adj. Encantado, enfeitiçado. *Fig*. Encantado, contente.
ENCHANTEMENT (*anchantəman*), s. m. Encantamento. *Fig*. Maravilha; grande alegria.
ENCHANTER (*anchantê*), v. t. Encantar. *Fig*. Maravilhar, cativar.
ENCHANTEUR, ERESSE (*anchantĕr, əréç*), adj. e s. Sedutor, encantador. S. m. Mágico, bruxo.
ENCHAPERONNER (*anchapəronê*), v. t. Encapuzar.
ENCHASSEMENT (*anchaçman*), s. m. Engaste, encaixamento.
ENCHASSER (*anchaçê*), v. t. Encaixar, engastar. *Fig*. Intercalar.
ENCHATONNEMENT (*anchatonəman*), s. m. Engastamento.
ENCHATONNER (*anchatonê*), v. t. Engastar.
ENCHAUSSER (*anchôçê*), v. t. Cobrir com palha (os legumes).
ENCHÈRE (*anchér*), s. f. Oferta (num leilão). *Vente aux enchères,* leilão.
ENCHÉRIR (*anchêrir*). v. t. e i. Lançar em leilão; encarecer. *Fig*. Ultrapassar.
ENCHÉRISSEMENT (*anchêriçman*), s. m. Encarecimento.
ENCHÉRISSEUR (*anchêriçĕr*), s. m. Lançador (em leilão).
ENCHEVALEMENT (*anchəvalman*), s. m. Trabalhos para especar uma casa que se quer reparar.

ENCHEVAUCHER (*anchəvôchê*), v. t. Acavalar, sobrepor.
ENCHEVÊTREMENT (*anchəvétrəman*), s. m. Encabrestamento; travação. *Fig.* Emaranhado, confusão.
ENCHEVÊTRER (*anchəvétrê*), v. t. Encabrestar; travar. *Fig.* Embaraçar. **S'ENCHEVÊTRER**, v. pr. Emaranhar-se, prender-se. *Fig.* Atrapalhar-se.
ENCHIFRÈNEMENT (*anchifrénəman*), s. m. Entupimento do nariz.
ENCHIFRENER (*anchifrənê*), v. t. (Conjuga-se como *amener.*) Entupir (o nariz).
ENCHYMOSE (*ankimôz*), s. f. Enquimose.
ENCLAVE (*anklav*), s. f. Território encravado em outro; limites.
ENCLAVER (*anklavê*), v. t. Encravar, inserir.
ENCLENCHE (*anklanch*), s. f. Entalhe circular no qual se encaixa um dispositivo coordenador de movimento de duas peças.
ENCLENCHER (*anklanchê*), v. t. Coordenar (por meio de entalhe com dispositivo coordenador).
ENCLIN, E (*anklen, in'*), adj. Propenso.
ENCLIQUETAGE (*ankliktaj*), s. m. Aparelho que impede a retrogração de uma roda em um mecanismo.
ENCLOÎTRER (*ankluatrê*), v. t. Enclaustrar.
ENCLORE (*anklór*), v. t. (Conjuga-se como *clore.*) Murar; rodear com sebes; circundar.
ENCLOS (*anklô*), s. m. Recinto; tapada. Pl.: *des enclos.*
ENCLOUER (*ankluê*), v. t. Encravar (a pata de um animal ao ferrá-lo). Encravar (um canhão).
ENCLOUURE (*ankluür*), s. f. Encravadura.
ENCLUME (*anklüm'*), s. f. Bigorna; instrumento para cortar ardósia.
ENCOCHE (*ankóch*), s. f. Banco de tamanqueiro; entalhe .
ENCOCHER (*ankochê*), v. t. Fazer entalhes. Armar uma flecha.
ENCOFFRER (*ankofrê*), v. t. Encofrar. *Pop.* Meter na cadeia.
ENCOIGNURE (*ankonhür*), s. f. Canto, ângulo (formado por duas paredes); cantoneira.
ENCOLLAGE (*ankolaj*), s. m. Encolamento.
ENCOLLER (*ankolê*), v. t. Encolar.
ENCOLLEUR, EUSE (*ankolĕr, ëz*), adj. e s. Que encola. S. f. Máquina de encolar.
ENCOLURE (*ankolür*), s. f. Pescoço (do cavalo); folga (de uma roupa ao redor do pescoço). *Fig.* Andar, jeito de alguém
ENCOMBRANT, E (*ankonbran, t*), adj. Atravancador. *Fig.* Aborrecido, incômodo.
ENCOMBRE (*ankonbr*), s. f. Atravanco, obstáculo; acidente.
ENCOMBRER (*ankombrê*), v. t. Obstruir, atravancar; atafulhar.
ENCONTRE (**À L'**) (*alankontr*), loc. prep. Ao encontro de. *Fig.* Ao contrário; ao contrário de; contra o partido de. *Aller à l'encontre de,* contradizer, pôr obstáculos a.
ENCORE (*ankór*), adv. Ainda; novamente, de novo; mais, mais ainda. *Passe encore,* ainda passa, ainda vai. *Encore est-il,* mas mesmo assim. *Encore que,* loc. conj. Ainda que, embora. *Pas encore,* ainda não.
ENCORNÉ, E (*ankornê*), adj. Cornudo; escornado.
ENCORNER (*ankornê*), v. t. Guarnecer de chifres; escornar.
ENCOURAGEANT, E (*ankurajan, t*), adj. Animador, estimulador.
ENCOURAGEMENT (*ankurajman*), s. m. Encorajamento.
ENCOURAGER (*ankuragê*), v. t. (Toma um *e* mudo depois do *g* antes de *a* e *o*: *il encouragea, nous encourageons.*) Encorajar.
ENCOURIR (*ankurir*), v. t. (Conjuga-se como *courir.*) Incorrer; expor-se a; atrair.
ENCRASSEMENT (*ankraçman*), s. m. Engorduramento; ação de sujar ou de sujar-se.
ENCRASSER (*ankraçê*), v. t. Sujar; ensebar. **S'ENCRASSER**, v. pr. Sujar-se. *Fig.* Aviltar-se.
ENCRE (*ankr*), s. f. Tinta (de escrever). *Encre de Chine,* nanquim. *Fig. Bouteille à l'encre,* negócio complicado.
ENCRER (*ankrê*), v. t. Carregar, impregnar de tinta.
ENCRIER (*ankriê*), s. m. Tinteiro.
ENCROISER (*ankruazê*), v. t. Encruzar (fios de uma urdidura).
ENCROUÉ, E (*ankruê*), adj. Enredado (uma árvore que ao cair se embaraça em outra).
ENCROÛTANT, E (*ankrutan, t*), adj. Incrustante; encrostado.
ENCROÛTÉ, E (*ankrutê*), adj. Encrostado. *Fig.* Cheio.
ENCROÛTEMENT (*ankrutman*), s. m. Estado do que está encrostado. *Fig.* Estagnação, diminuição da vida intelectual.
ENCROÛTER (*ankrutê*), v. t. Encrostar; argamassar. *Fig.* Fazer estagnar na ignorância. **S'ENCROÛTER**, v. pr. Cobrir-se de crosta. *Fig.* Estagnar em hábitos tolos e obsoletos.
ENCUIRASSER (*anküiraçê*), v. t. Encouraçar. *Fig.* Endurecer.
ENCUVAGE ou **ENCUVEMENT** (*anküvaj* ou *anküvman*), s. m. Encubação,

envasilhamento.
ENCUVER (*anküvê*), v. t. Encubar.
ENCYCLIQUE (*ançiklik*), s. f. Encíclica.
ENCYCLOPÉDIE (*ançiklopêdi*), s. f. Enciclopédia.
ENCYCLOPÉDIQUE (*ançiklopêdik*), adj. Enciclopédico.
ENCYCLOPÉDISTE (*ançiklopêdiçt*), s. m. Enciclopedista.
ENDÉMIE (*andêmi*), s. f. Endemia.
ENDÉMIQUE (*andêmik*), adj. Endêmico.
ENDENTÉ, E (*andantê*), adj. Dentado. *Gens bien endentés*, pessoas de bom apetite.
ENDENTER (*andantê*), v. t. Dentear; endentar.
ENDETTEMENT (*andétman*), s. m. Ação de se endividar.
ENDETTER (*andété*), v. t. Endividar. **S'ENDETTER**, v. pr. Endividar-se.
ENDEUILLER (*andëiê*), v. t. Enlutar.
ENDÊVÉ, E (*andévê*), adj. Endiabrado, indisciplinado.
ENDÊVER (*andévê*), v. i. *Fam.* Enraivecer-se; despeitar-se. *Faire endêver*, atormentar.
ENDIABLÉ, E (*andiablê*), adj. Ardente; endiabrado.
ENDIABLER (*andiablê*), v. i. *Fam.* Enfurecer-se.
ENDIGUEMENT ou **ENDIGAGE** (*andighəman* ou *andigaj*), s. m. Represamento (com diques).
ENDIGUER (*andighê*), v. t. Represar (com diques).
ENDIMANCHER (*andimanchê*), v. t. Endomingar, enfatiotar.
ENDIVE (*andiv*), s. f. Endívia.
ENDIVISIONNEMENT (*andiviziónəman*), s. m. Enquadramento (em uma divisão de infantaria).
ENDIVISIONNER (*andivizionê*), v. t. Enquadrar (em uma divisão de infantaria).
ENDOCARPE (*andokarp*), s. m. Endocarpo.
ENDOCTRINER (*androktrinê*), v. t. Doutrinar, instruir; embair.
ENDOLORIR (*andolorir*), v. t. Tornar dorido, causar dor. *Fig.* Magoar.
ENDOLORISSEMENT (*andoloriçman*), s. m. Estado do que está dolorido.
ENDOMMAGER (*andomajê*), v. t. Prejudicar, danificar.
ENDORMANT, E (*andorman, t*), adj. Adormecedor; aborrecido.
ENDORMEUR, EUSE (*andormĕr, ëz*), s. Malfeitor (que se utiliza de soporíficos para despojar a vítima adormecida). *Fig.* Pessoa enfadonha que nos traz aborrecimentos; embaidor.
ENDORMI, E (*andormi*), adj. Adormecido. *Fig.* Lerdo, preguiçoso.
ENDORMIR (*andormir*), v. t. (Conjuga-se como *dormir.*) Adormecer; iludir com esperanças vãs; distrair para enganar; acalmar; aborrecer. **S'ENDORMIR**, v. pr. Adormecer. *Fig.* Distrair a atenção.
ENDOS ou **ENDOSSEMENT** (*andô* ou *andôçman*), s. m. Endosso, endossamento. Pl.: *des endos* ou *endossements*.
ENDOSCOPE (*andoçkóp*), s. m. Endoscópio.
ENDOSMOMÈTRE (*andoçmométr*), s. m. Endosmômetro.
ENDOSSE (*andóç*), s. f. Encargo, responsabilidade.
ENDOSSEMENT (*andoçman*), s. m. V. ENDOS.
ENDOSSER (*andoçê*), v. t. Vestir, envergar. *Fig.* Endossar.
ENDOSSEUR (*andoçĕr*), s. m. Endossante.
ENDOSSURE (*andoçür*), s. f. Ação de cobrir de cola a lombada de um livro.
ENDOTHERMIQUE (*andotérmik*), adj. Endotérmico.
ENDROIT (*andruá*), s. m. Sítio, lugar; passagem, trecho; o lado direito de um tecido. *À l'endroit de*, loc. prep. Com respeito a, com relação a, para com.
ENDUIRE (*andüir*), v. t. (Conjuga-se como *conduire.*) Untar.
ENDUIT (*andüí*), s. m. Indumento.
ENDURABLE (*andürabl*), adj. Suportável.
ENDURANCE (*andüranç*), s. m. Resistência (aos sofrimentos, à fadiga).
ENDURANT, E (*andüran, t*), adj. Resistente; tolerante.
ENDURCI, E (*andürçi*), adj. Inveterado; experiente; impiedoso, insensível.
ENDURCIR (*andürçir*), v. t. Endurecer; tornar resistente. *Fig.* Insensibilizar, tornar impiedoso. **S'ENDURCIR**, v. pr. Tornar-se insensível; acostumar-se.
ENDURCISSEMENT (*andürçiçman*), s. m. Endurecimento; insensibilidade. *Fig.* Embrutecimento.
ENDURER (*andürê*), v. t. Sofrer, suportar, experimentar.
ÉNERGÉTIQUE (*ênérjêtik*), adj. Energético.
ÉNERGIE (*ênérji*), s. f. Energia.
ÉNERGIQUE (*ênérjik*), adj. Enérgico.
ÉNERGUMÈNE (*ênérgümén'*), adj. Energúmeno. *Fig.* Exaltado.
ÉNERVANT, E (*ênérvan, t*), adj. Enervante.
ÉNERVATION (*ênérvaçion*), s. f. Enervação.
ÉNERVÉ, E (*ênérvê*), adj. Enervado, abatido.
ÉNERVEMENT (*ênérvəman*), s. f. Enervamento.
ÉNERVER (*ênérvê*), v. t. Enervar.
ENFAÎTEAU (*anfétô*), s. m. Telha de cumeeira. Pl.: *des enfaîteaux*.
ENFAÎTER (*anfétê*), v. t. Cobrir a cumeeira de um telhado.
ENFANCE (*anfanç*) s. f. Infância, meninice.

ENFANT (*anfan*), s. m. e f. Criança; menino ou menina; filho ou filha. *Faire l'enfant*, fazer-se de criança. *Enfant gâté*, criança mimada.
ENFANTEMENT (*anfantəman*), s. m. Parto. *Fig.* Criação, produção.
ENFANTER (*anfantê*), v. t. Dar à luz. *Fig.* Criar, produzir.
ENFANTILLAGE (*anfantiiaj*), s. m. Criancice.
ENFANTIN, E (*anfanten, in'*), adj. Infantil; fácil.
ENFARINÉ, E (*anfarinê*), adj. Enfarinhado. *Pop. La gueule, la bouche enfarinée*, esperança tola.
ENFARINER (*anfarinê*), v. t. Enfarinhar.
ENFER (*anfér*), s.m. Inferno. *Feu d'enfer*, fogo violento.
ENFERMÉ (*anférmê*), s. m. Mofo, bafio. *Sentir l'enfermé*, cheirar a mofo.
ENFERMER (*anférmê*), v. t. Trancar, encerrar; enclausurar, prender; conter.
ENFERRER (*anférê*), v. t. Traspassar com um espada. **S'ENFERRER**, v. pr. Espetar-se (na espada do adversário). *Fig.* Atrapalhar-se (com as próprias mentiras).
ENFEU (*anfë*), s. m. Jazigo funerário. Pl.: *des enfeux.*
ENFIELLER (*anfiélê*), v. t. Amargar. *Fig.* Tornar odioso.
ENFIÈVREMENT (*anfiévrəman*), s. m. Estado febril; ação de enfebrecer.
ENFIÉVRER (*anfiêvrê*), v. t. (Conjuga-se como *accélérer.*) Enfebrecer. *Fig.* Excitar, apaixonar.
ENFILADE (*anfilad*), s. f. Enfiada; fogo de artilharia ou fuzilaria.
ENFILAGE (*anfilaj*), s. m. Enfiamento.
ENFILÉE (*anfilê*), s. f. Enfiada.
ENFILER (*anfilê*), v. t. Enfiar (agulha); varar. *Fig. Enfiler un chemin*, entrar por um caminho.
ENFILEUR, EUSE (*anfilër, ëz*), s. Enfiador.
ENFIN (*anfen*), adv. Enfim.
ENFLAMMER (*anflamê*), v. t. Inflamar; esquentar. *Fig.* Irritar, excitar.
ENFLÉ, E (*anflê*), adj. Inchado. *Fig.* Orgulhoso, vaidoso. *Style enflé*, estilo empolado.
ENFLÈCHURE (*anflêchür*), s. f. *Mar.* Enfrechadura, enfrechate.
ENFLER (*anflê*), v. t. Inchar; encher de ar; aumentar de volume. *Fig.* Exagerar. **S'ENFLER**, v. pr. Inchar-se, encher-se. *Fig.* Envaidecer-se.
ENFLEURAGE (*anflëraj*), s. m. Extração do perfume das flores.
ENFLEURER (*anflërê*), v. t. Extrair perfume das flores.
ENFLURE (*anflür*), s. f. Inchação. *Fig.* Orgulho; ênfase.
ENFONCÉ, E (*anfonçê*), adj. Enterrado, enfiado; profundo; arrombado.
ENFONCEMENT (*anfonçəman*), s. m. Arrombamento; introdução; depressão; vão, recanto; parte reintrante (da fachada de um edifício); perspectiva, fundo de uma paisagem.
ENFONCER (*anfonçê*), v. t. (O *c* leva uma cedilha antes de *a* e *o*: *il enfonça, nous enfonçons.*) Enfiar; arrombar; cravar; derrotar; naufragar; chafurdar. *Enfoncer une porte ouverte*, explicar, demonstrar uma verdade evidente.
ENFONCEUR, EUSE (*anfonçër, ëz*), s. Arrombador.
ENFONÇURE (*anfonçür*), s. f. Cavidade; fundo de um tonel.
ENFORCIR (*anforçir*), v. t. Fortalecer.
ENFOUIR (*anfuir*), v. t. Enterrar. *Fig.* Esconder, dissimular.
ENFOUISSEMENT (*anfuiçmant*), s. m. Enterramento; ocultação.
ENFOURCHEMENT (*anfurchəman*), s. m. Ângulo (formado pelo encontro de aduelas).
ENFOURCHER (*anfurchê*), v. t. *Fam.* Cavalgar (escarranchado). *Enfourcher son dada*, falar de seu assunto predileto.
ENFOURCHURE (*anfurchür*), s. f. Forqueadura; costura das calças entre pernas.
ENFOURNAGE ou **ENFOURNEMENT** (*anfurnaj* ou *anfurnəman*), s. m. ou **ENFOURNÉE** (*anfurnê*), s. f. Ação de enfornar; série de operações da vidraria até a afinação.
ENFOURNER (*anfurnê*), v. t. Enfornar. *Fig.* Pôr em andamento, encetar.
ENFOURNEUR (*anfurnër*), s. m. Forneiro.
ENFREINDRE (*anfrendr*), v. t. (Conjuga-se como *craindre.*) Infringir.
ENFUIR (S') (*çanfüir*), v. pr. (Conjuga-se como *fuir.*) Fugir; afastar-se; desaparecer.
ENFUMAGE (*anfümaj*), s. m. Defumação de colmeias.
ENFUMER (*anfümê*), v. t. Enfumar; incomodar com a fumaça.
ENFÛTAGE (*anfütaj*), s. m. Envasilhamento.
ENFUTAILLER (*anfütaiê*), v. t. Envasilhar.
ENGAGÉ (*angajê*), s. m. Soldado voluntário, engajado.
ENGAGEANT, E (*angajan, t*), adj. Insinuante, atraente. S. m. Fita usada pelas jovens junto ao seio. S. f. Mangas compridas e largas.
ENGAGEMENT (*angajman*), s. m. Contrato; compromisso; empenho; alistamento de um voluntário; escaramuça, contenda.
ENGAGER (*angajê*), v. t. (Toma um *e*

mudo depois do *g* antes de *a* e *o*: *J'engageai, nous engageons.*) Empenhar; hipotecar; obrigar; contratar, empregar; convidar; exortar; levar, induzir; encaixar; iniciar. *Cheval engagé*, cavalo inscrito (em uma corrida.) *Navire engagé*, navio inclinado pelo vento. **S'ENGAGER**, v. pr. Alistar-se; penetrar.

ENGAGISTE (*angajiçt*), s. m. Engajador.

ENGAINANT, E (*anghénan, t*), adj. *Bot.* Invaginante.

ENGAINER (*anghénê*), v. t. Invaginar; embainhar.

ENGAMER (*angamê*), v. t. Engolir o anzol.

ENGAZONNEMENT (*angazónəman*), s. m. Ação de enrelvar.

ENGAZONNER (*angazonê*), v. t. Enrelvar.

ENGEANCE (*anjanç*), s. f. Raça, espécie de animais (pejorativo quando empregado para homens).

ENGEANCER (*anjançê*), v. t. (O *c* leva uma cedilha antes de *a* e *o*: *il engeança, nous engeançons.*) Incomodar, embaraçar.

ENGELURE (*anjəlür*), s. f. Frieira.

ENGENDREMENT (*anjandrəman*), s. m. Engendração, criação.

ENGENDRER (*anjandrê*), v. t. Engendrar. *Fig.* Produzir.

ENGERBAGE (*anjérbaj*), s. m. Enfeixamento.

ENGERBER (*anjérbê*), v. t. Enfeixar; empilhar.

ENGIN (*anjen*), s. m. Instrumento, engenho, arma; destreza.

ENGLOBER (*anglobê*), v. t. Englobar; abranger.

ENGLOUTIR (*anglutir*), v. t. Engolir, tragar. *Fig.* Absorver; sumir; dissipar.

ENGLOUTISSEMENT (*anglutiçman*), s. m. Tragamento, devoração. *Fig.* Desaparecimento; dissipação.

ENGLUEMENT ou **ENGLUAGE** (*anglüman* ou *anglüaj*), s. m. Ação de enviscar.

ENGLUER (*anglüê*), v. t. Enviscar.

ENGOMMAGE (*angòmaj*), s. m. Engomagem.

ENGOMMER (*angomê*), v. t. Engomar.

ENGONCER (*angonçê*), v. t. (O *c* leva uma cedilha diante de *a* e *o*: *il engonça, nous engonçons.*) Afogar, apertar o pescoço (diz-se de uma vestimenta apertada).

ENGORGEMENT (*angórjəman*), s. m. Entupimento; ingurgitação.

ENGORGER (*angorjê*), v. t. (Toma um *e* mudo depois do *g* antes de *a* e *o*: *il engorgea, nous engorgeons*). Entupir, obstruir.

ENGOUEMENT ou **ENGOUMENT**(*anguman*), s. m. *Med.* Obstrução, ingurgitação. *Fig.* Admiração, entusiasmo.

ENGOUER (*anguê*), v.t. Obstruir, engasgar. **S'ENGOUER**, v. pr. Apaixonar-se.

ENGOUFFREMENT (*angufrəman*), s. m. Afundamento, submersão; perda, aniquilamento.

ENGOUFFRER (*angufrê*), v. t. Engolfar; soçobrar. *Fig.* Devorar. **S'ENGOUFFRER**, v. pr. Engolfar-se, abismar-se.

ENGOULER (*angulê*), v. t. *Pop.* Tragar, engolir.

ENGOULEVENT (*angulvan*), s. m. Engole-vento (ave).

ENGOURDIR (*angurdir*), v. t. Adormentar, entorpecer; embotar.

ENGOURDISSEMENT (*angurdiçman*), s. m. Adormecimento, entorpecimento; torpor.

ENGRAIS (*angré*), s. m. Pastagem; ceva; adubo. Pl.: *des engrais.*

ENGRAISSEMENT ou **ENGRAISSAGE** (*angréçman* ou *angréçaj*), s. m. Engorda; cevadura; adubamento.

ENGRAISSER (*angréçê*), v. t. Cevar; adubar; engordurar. *Fig.* Enriquecer. V. i. Engordar.

ENGRAISSEUR (*angréçĕr*), s. m. Cevador.

ENGRANGEMENT (*angranjəman*), s. m. Enceleiramento.

ENGRANGER (*angranjê*), v. t. (Toma um *e* mudo depois do *g* antes de *a* e *o*: *il engrangea, nous engrangeons.*) Enceleirar.

ENGRAVEMENT (*angravman*), s. m. Encalhe (de uma embarcação); assoreamento.

ENGRAVER (*angravê*), v. t. Encalhar; cobrir de cascalhos.

ENGRENAGE (*angrənaj*), s. m. Engrenagem.

ENGRÈNEMENT (*angrénəman*), s. m. Engrenamento.

ENGRENER (*angrənê*), v. t. (Conjuga-se como *amener.*) Engrenar; deitar o grão na tremonha do moinho. *Fig.* Começar.

ENGRENEUR (*angrənĕr*), s. m. Operário que engrena máquinas debulhadoras.

ENGRENURE (*angrənür*), s. f. Encaixe de rodas dentadas uma na outra. *Anat.* Sinartrose.

ENGRUMELER (S') (*çangrüməlê*), v. pr. (Dobra-se o *l* antes de sílaba muda: *il s'engrumellera.*) Engrumar.

ENGUENILLER (*anghəniiê*), v. t. Cobrir de farrapos.

ENGUEULADE (*anghĕlad*), s. f. ou **ENGUEULEMENT** (*anghĕlman*), s. m. *Pop.* Injúria grosseira (em voz alta).

ENGUEULER (*anghĕlê*), v. t. *Pop.* Injuriar, xingar.

ENGUIRLANDER (*anghirlandê*), v. t. Engrinaldar. *Fam.* Seduzir com palavras. Injuriar.

ENHACHEMENT (*annachman*), s. m.

Terreno encravado em uma propriedade vizinha.

ENHARDIR (*annardir*), v. t. Afoitar, animar, incitar. **S'ENHARDIR** (*çannardir*), v. pr. Encorajar-se.

ENHARMONIE (*annarmoni*), s. f. Enarmonia.

ENHARMONIQUE (*annarmonik*), adj. Enarmônico.

ENHARNACHEMENT (*annarnachman*), s. m. Arreamento.

ENHARNACHER (*annarnachê*), v. t. Arrear.

ENHERBER (*annérbê*), v. t. Fazer nascer erva (em um terreno), cobrir de erva.

ÉNIGMATIQUE (*ênigmatik*), adj. Enigmático.

ÉNIGME (*ênigm*), s. f. Enigma.

ENIVRANT, E (*annivran, t*), adj. Embriagador. *Fig.* Sedutor.

ENIVREMENT (*annivrəman*), s. m. Embriaguez. *Fig.* Transporte, arrebatamento.

ENIVRER (*annivrê*), v. t. Embriagar. *Fig.* Perturbar, exaltar. **S'ENIVRER**, v. pr. Embriagar-se.

ENJAMBÉE (*anjanbê*), s. f. Pernada, passada larga.

ENJAMBEMENT (*anjanbəman*), s. m. Complemento do sentido de um verso no verso imediato.

ENJAMBER (*anjanbê*), v. t. Transpor, passar por cima. V. i. Dar grandes passadas. *Fig.* Invadir, usurpar; terminar o sentido de um verso no verso seguinte.

ENJAVELER (*anjavəlê*), v. t. (Dobra-se o *l* antes de sílaba muda: *j'enjavelle.*) Engavelar.

ENJEU (*anjë*), s. m. Parada, aposta (em um jogo); o que se arrisca em uma empresa. Pl.: *des enjeux.*

ENJOINDRE (*anjuendr*), v. t. (Conjuga-se como *craindre.*) Ordenar, impor.

ENJÔLEMENT (*anjôlman*), s. m. Dolo, engano.

ENJÔLER (*anjôlê*), v. t. *Fam.* Embair, enganar adulando.

ENJÔLEUR, EUSE (*anjôlĕr, ëz*), adj. e s. Embaidor, enganador.

ENJOLIVEMENT (*anjolivman*), s. m. Adorno, enfeite; embelezamento.

ENJOLIVER (*anjolivê*), v. t. Embelezar; enfeitar; aumentar.

ENJOLIVEUR, EUSE (*anjolivĕr, ëz*), s. m. Enfeitador.

ENJOLIVURE (*anjolivür*), s. f. Enfeitinho, pequeno adorno.

ENJOUÉ, E (*anjuê*), adj. Alegre, jovial.

ENJOUEMENT ou **ENJOÛMENT** (*anjuman*), s. m. Jovialidade, alegria.

ENJUGUER (*anjüghê*), v. t. Jungir.

ENKYSTÉ, E (*ankiçtê*), adj. Enquistado.

ENKYSTEMENT (*ankiçtman*), s. m. Enquistamento.

ENKYSTER (S') (*çankiçtê*), v. pr. Enquistar-se.

ENLACEMENT (*anlaçman*), s. m. Enlaçamento, enlace.

ENLACER (*anlaçê*), v. t. (O *c* leva uma cedilha antes de *a* e *o*: *il enlaça, nous enlaçons.*) Enlaçar.

ENLAIDIR (*anlédir*), v. t. e i. Enfear.

ENLAIDISSEMENT (*anlédiçman*), s. m. Afeamento.

ENLEVAGE (*anləvaj*), s. m. Descoloração de um tecido.

ENLEVÉ, E (*anləvê*), adj. Arrojado, audacioso (tratando-se de obra de arte).

ENLÈVEMENT (*anlévman*), s. m. Retirada; arrebatamento; rapto.

ENLEVER (*enləvê*), v. t. (Conjuga-se como *amener.*) Elevar; arrancar; carregar, tirar. *Fig.* Arrebatar, entusiasmar; apagar, tirar; roubar; obter sem dificuldade; surpreender.

ENLEVEUR, (*anləvĕr*), s. m. Raptador, arrebatador.

ENLEVURE (*anləvür*), s. f. Borbulha; saliência, relevo.

ENLIASSER (*anliaçê*), v. t. Emaçar.

ENLIER (*anliê*), v. t. (Conjuga-se como *prier.*) Juntar, ligar (pedras em uma construção).

ENLIGNEMENT (*anlinhəman*), s. m. Alinhamento.

ENLIGNER (*anlinhê*), v. t. Alinhar.

ENLISEMENT ou **ENLIZEMENT** (*anlizman*), s. m. Desaparecimento gradual (em areias movediças).

ENLISER ou **ENLIZER** (*anlizê*), v. t. Afundar, enterrar (em areias movediças). **S'ENLISER**, v. pr. Afundar (em areias movediças). *Fig.* Atolar.

ENLUMINER (*anlüminê*), v. t. Colorir, ornar com iluminuras. *Fig.* Avermelhar.

ENLUMINEUR, EUSE (*anlüminĕr, ëz*), s. Iluminador, artista que faz iluminuras.

ENLUMINURE (*anlüminür*), s. f. Iluminura; vermelhidão do rosto. *Fig.* Brilho afetado (no estilo).

ENNÉAGONAL, ALE, AUX (*énêagonal, ô*), adj. Eneagonal.

ENNÉAGONE (*énêagón'*), adj. e s. Eneágono.

ENNEMI, E (*énəmi*), s. e adj. Inimigo.

ENNOBLIR (*annoblir*), v. t. Enobrecer, engrandecer.

ENNOBLISSEMENT (*annobliçman*), s. m. Enobrecimento, engrandecimento.

ENNUI (*annüi*), s. m. Tédio, aborrecimento; contrariedade; pena, tristeza.

ENNUYANT, E (*annüian, t*), adj. Tedioso, aborrecido.

ENNUYER (*annüiê*), v. t. (Conjuga-se como *appuyer.*) Entediar, aborrecer. **S'ENNUYER**, v. pr. Aborrecer-se, entediar-se. *S'ennuyer de*, sentir falta de, ter saudades de.

ENNUYEUSEMENT (*annüëzman*), adv. Fastidiosamente.

ENNUYEUX, EUSE *(annüië, ëz)*, adj. Tedioso, aborrecido.

ÉNONCÉ (*ênonçê*), s. m. Enunciado.

ÉNONCER (*ênonçê*), v. t. (O *c* leva uma cedilha antes de *a* e *o*: *il énonça, nous énonçons.*) Enunciar; expor.

ÉNONCIATIF, IVE *(ênonçiatif, iv)*, adj. Enunciativo.

ÉNONCIATION (*ênonçiaçion*), s. f. Enunciação.

ENORGUEILLIR (*annorghëiir*), v. t. Orgulhar; envaidecer. **S'ENORGUEILLIR** (*çannorghëiir*), v. pr. Orgulhar-se, ensoberbecer-se, envaidecer-se.

ÉNORME (*ênórm*), adj. Enorme.

ÉNORMÉMENT (*ênormêman*), adv. Excessivamente; muito.

ÉNORMITÉ (*ênormitê*), s. f. Enormidade.

ÉNOSTOSE *(ênoçtôz)*, s. f. *Med.* Enostose.

ÉNOUER (*ênuê*), v. t. Espinçar tecidos.

ENQUÉRIR (S') *(çankêrir)*, v. pr. (Conjuga-se como *accquérir.*) Inquirir, indagar; pesquisar.

ENQUÊTE (*ankét*), s. f. Inquisição, inquérito, devassa, sindicância, investigação.

ENQUÊTER (S') (*çankétê*), v. pr. Inquirir, informar-se.

ENQUÊTEUR, EUSE (*ankétĕr, ëz*), adj. e s. Inquiridor, sindicante, investigador.

ENQUINAUDER (*ankinôdê*), v. t. Confundir, envergonhar; lograr.

ENRACINEMENT (*anraçinəman*), s. m. Enraizamento; apoio de um pilar de ponte.

ENRACINER (*anraçinê*), v. t. Enraizar, arraigar. *Fig.* Consolidar.

ENRAGÉ, E (*anrajê*), adj. Enraivecido; violento; exagerado.

ENRAGEANT, E (*anrajan, t*), adj. Enraivecedor.

ENRAGER (*anrajê*), v. i. (Toma um *e* mudo depois do *g* antes de *a* e *o*: *il enragea, nous enrageons.*) Enfurecer-se; desesperar-se; estar furioso. *Faire enrager*, atormentar.

ENRAYEMENT ou **ENRAIEMENT** (*anréman*), s. m. Colocação dos raios em uma roda.

ENRAYER (*anréiê*), v. t. (Conjuga-se como *balayer.*) Enraiar; entravar; abrir o primeiro sulco (ao lavrar). *Fig.* Vencer, sustar.

ENRAYOIR *(anréiuar)*, s. m. Máquina de enraiar.

ENRAYURE (*anréiür*), s. f. Travão; reunião de peças de madeira formando raios em torno de um centro; primeiro sulco que o arado abre na terra.

ENRÉGIMENTEMENT *(anrêjimantman)*, s. m. Arregimentação.

ENRÉGIMENTER (*anrêjimantê*), v. t. Arregimentar. *Fig.* Reunir.

ENREGISTRABLE (*anrəjiçtrabl*), adj. Registrável.

ENREGISTREMENT (*anrəjiçtrəman*), s. m. Registro; repartição de registros; gravação.

ENREGISTRER (*anrəjiçtrê*), v. t. Registrar; gravar.

ENREGISTREUR, EUSE (*anrəjiçtrĕr, ëz*), adj. Registrador.

ENRÊNER (*anrénê*), v. t. Puxar, fixar as rédeas (obrigando o cavalo a conservar a cabeça erguida).

ENRHUMER (*anrümê*), v. t. Resfriar. **S'ENRHUMER**, v. pr. Resfriar-se.

ENRICHI, E (*anrichi*), adj. e s. Enriquecido, novo-rico.

ENRICHIR (*anrichir*), v. t. Enriquecer; aumentar, desenvolver. *Fig.* Adornar.

ENRICHISSEMENT (*anrichiçman*), s. m. Enriquecimento; ornamento.

ENROBER (*anrobê*), v. t. Revestir, envolver; cobrir com um envelope protetor.

ENROCHER (*anrochê*), v. t. Enrocar, construir blocos para alicerces de obras hidráulicas.

ENRÔLÉ (*anrolê*), s. m. Alistado, arrolado.

ENRÔLEMENT (*anrôlman*), s. m. Alistamento; certificado de alistamento.

ENRÔLER (*anrôlê*), v. t. Alistar, recrutar; arrolar.

ENRÔLEUR (*anrôlĕr*), s. m. Arrolador, recrutador.

ENROUEMENT ou **ENROÛMENT** (*anruman*), s. m. Rouquidão.

ENROUER (*anruê*), v. t. Enrouquecer.

ENROUILLER (*anruiê*), v. t. Enferrujar.

ENROULAGE ou **ENROULEMENT** (*anrulaj* ou *anrulman*), s. m. Enrolamento. Ornamento arquitetural em espiral.

ENROULER (*anrulê*), v. t. Enrolar.

ENRUBANNER (*anrübanê*), v. t. Enfitar.

ENRUE (*anrü*), s. f. Sulco, rego largo.

ENSABLEMENT (*ançabləman*), s. m. Assoreamento, monte de areia.

ENSABLER (*ançablê*), v. t. Cobrir, encher de areia; encalhar na areia.

ENSACHEMENT (*ançachman*), s. m. Ensacamento.

ENSACHER (*ançachê*), v. t. Ensacar.

ENSANGLANTER (*ançanglantê*), v. t. Ensangüentar.

ENSEIGNABLE (*ançénhabl*), adj. Que pode ser ensinado.

ENSEIGNANT, E (*ançénhant, t*), adj. Docente: doutrinante.

ENSEIGNE (*ançénh*), s. f. Insígnia; tabuleta; bandeira, estandarte. *Mil.* Bandeira nacional. S. m. *Ant.* Porta-bandeira; segundo-tenente de marinha. *Fig.* Sinal, indício.

ENSEIGNEMENT (*ançénhəman*), s. m. Ensino; ensinamento.

ENSEIGNER (*ançénhê*), v. t. Ensinar.

ENSELLÉ, E (*ançélê*), adj. Selado(diz-se de um cavalo que tem o seladouro multo arqueado); arqueado (embarcação).
ENSELLURE (*ançélür*), s. f. Lordose.
ENSEMBLE (*ançanbl*), adv. Juntamente, junto. S. m. Conjunto; unidade, acordo.
ENSEMBLIER (*ançanbliê*), s. m. Decorador que combina conjuntos.
ENSEMENCEMENT (*ançəmançman*), s. m. Semeadura.
ENSEMENCER (*ançəmancê*), v. t. (O *c* leva uma cedilha antes de *a* e *o*: *j'ensemençai, nous ensemençons.*) Semear.
ENSERRER (*ançérê*), v. t. Encerrar; apertar, estreitar; pôr em estufa (plantas).
ENSEVELIR (*ançəvəlir*), v. t. Amortalhar; sepultar, enterrar. *Fig.* Engolir; esconder. *S'ensevelir dans sa retraite,* retirar-se do mundo.
ENSEVELISSEMENT (*ançəvəliçman*), s. m. Amortalhamento; enterramento.
ENSILAGE ou **ENSILOTAGE** (*ançilaj* ou *ançilotaj*), s. m. Ensilagem.
ENSILER ou **ENSILOTER** (*ançilê* ou *ançilotê*), v. t. Encilar.
ENSOLEILLÉ, E (*ançoléiê*), adj. Ensolarado.
ENSOLEILLER (*ançoléiê*), v. t. Ensolarar; encher de brilhos. *Fig.* Encher de alegria.
ENSOMMEILLÉ, E (*ançoméiê*), adj. Sonolento. *Fig.* Adormentado, entorpecido.
ENSORCELANT, E (*ançórçəlan, t*), adj. Feiticeiro, sedutor.
ENSORCELER (*ançórçəlê*), v.t. (Dobra-se o *l* antes de sílaba muda: *j'ensorcelle.*) Enfeitiçar. *Fig.* Seduzir.
ENSORCELEUR, EUSE (*ançórçəlĕr, ëz*), adj. e s. Feiticeiro, bruxo.
ENSORCELLEMENT (*ançórçélman*), s. m. Feitiço. *Fig.* Sedução.
ENSOUFRER (*ançufrê*), v. t. Enxofrar.
ENSOUTANER (*ançutanê*), v. t. *Fam.* Fazer tomar batina, fazer sacerdote.
ENSUITE (*ançüit*), adv. Em seguida. *Ensuite de,* loc. prep. Depois de.
ENSUIVANT, E (*ançüivan, t*), adj. Seguinte.
ENSUIVRE (S') (*çançüivr*), v. pr. (Conjuga-se como *suivre.* Usa-se no inf. e nas 3ªˢ ps.) Seguir-se; resultar.
ENTABLEMENT (*antabləman*), s. m. *Arq.* Entablamento.
ENTABLER (*antablê*), v. t. Ajustar, a meia espessura, duas peças de madeira.
ENTABLURE (*antablür*), s. f. Ponto de cruzamento das pernas de uma tesoura; ponto médio de ajustamento de duas peças de madeira.
ENTACHER (*antachê*), v. t. Manchar, macular.
ENTAILLAGE (*antaiaj*), s. m. Entalhamento.
ENTAILLE (*antaii*), s. f. Entalhe, corte; incisão.
ENTAILLER (*antaiê*), v. t. Entalhar.
ENTAME ou **ENTAMURE** (*antam'* ou *antamür*), s. f. Primeiro pedaço (que se corta de qualquer coisa que se come); corte.
ENTAMER (*antamê*), v. t. Cortar o primeiro pedaço; fazer uma incisão, um arranhão. *Fig.* Iniciar, entabular; atentar contra.
ENTASSEMENT (*antaçman*), s. m. Amontoado; amontoamento.
ENTASSER (*antaçê*), v. t. Amontoar. *Fig.* Multiplicar.
ENTASSEUR (*antaçĕr*), s. m. Acumulador.
ENTE (*ant*), s. m. Enxerto, garfo, árvore enxertada; calo (de pincel).
ENTÉLÉCHIE (*antêlêchi*), s. f. Enteléquia.
ENTENDEMENT (*antandəman*), s. m. Entendimento; juízo, inteligência.
ENTENDEUR (*antandĕr*), s. m. Entendedor. *À bon entendeur salut,* para bom entendedor meia palavra basta.
ENTENDRE (*antandr*), v. t. Ouvir, escutar. *Fig.* Entender, tencionar, querer dizer, conhecer perfeitamente. *Entendre dur,* não ouvir bem. *Entendre raison,* ouvir o bom senso. *Cela s'entend de reste,* é evidente. **S'ENTENDRE,** v. pr. Entender-se, estar de acordo; entender de; interpretar.
ENTENDU, E (*antandü*), adj. Combinado, decidido; inteligente, capaz. *Faire l'entendu,* fazer-se de importante. *Bien entendu,* loc. adv. Evidentemente, certamente.
ENTÉNÉBRER (*antênêbrê*), v.t. (Conjuga-se como *accélérer.*) Entrevar.
ENTENTE (*antant*), s. f. Interpretação; compreensão, conhecimento; acordo, entendimento.
ENTER (*antê*), v. t. Enxertar; inserir, encaixar; apoiar em. **S'ENTER,** v. pr. Unir-se por laços de sangue.
ENTÉRINEMENT (*antérinəman*), s. f. Ratificação, homologação.
ENTÉRINER (*antêrinê*), v. t. *Jur.* Ratificar, homologar.
ENTÉRIQUE (*antêrik*), adj. Entérico.
ENTÉRITE (*antêrit*), s. m. *Med.* Enterite.
ENTERRAGE (*antéraj*), s. m. Ação de rodear com terra um molde de fundição.
ENTERREMENT (*antérman*), s. m. Enterramento, enterro. *Fig.* Abandono.
ENTERRER (*antérê*), v. t. Enterrar; assistir a um enterro; sobreviver a. *Fig.* Fazer esquecer. **S'ENTERRER,** v. pr. Retirar-se do mundo.
EN-TÊTE (*antét*), s. m. inv. Cabeçalho.
ENTÊTÉ, E (*antétê*), adj. e s. Obstinado, teimoso.

ENTÊTEMENT (*antêtman*), s. m. Tontura; teimosia; obstinação.
ENTÊTER (*antêtê*), v. t. Entontecer, causar tonturas; envaidecer; apaixonar, entusiasmar. **S'ENTÊTER**, v. pr. Obstinar-se.
ENTHOUSIASME (*antuziaçm*), s. m. Entusiasmo.
ENTHOUSIASMER (*antuziaçmê*), v. t. Entusiasmar.
ENTHOUSIASTE (*antuziaçt*), adj. e s. Entusiasta.
ENTHYMÈME (*antimém'*), s. m. Entimema.
ENTICHÉ, E (*antichê*), adj. Obstinado; obstinadamente preso a alguma coisa.
ENTICHEMENT (*antichman*), s. m. Obstinação; afeição cega, obstinada.
ENTICHER (*antichê*), v. t. Manchar; inspirar uma afeição cega, obstinada. **S'ENTICHER**, v. pr. Entusiasmar-se, afeiçoar-se, apaixonar-se.
ENTIER, ÈRE (*antiê, ér*), adj. Inteiro. *Fig*. Altivo; obstinado. *En entier*, totalmente. S. m. *Arit*. Número inteiro.
ENTIÈREMENT (*antiérman*), adv. Inteiramente.
ENTITÉ (*antitê*), s. f. Entidade, essência do ser.
ENTOILER (*antualê*), v. t. Fixar, colar sobre uma tela.
ENTOISER (*antuazê*), v. t. Dispor objetos (para se medirem com a toesa).
ENTOMOLOGIE (*antomoloji*), s. f. Entomologia.
ENTOMOLOGISTE (*antomolojiçt*), s. m. Entomologista.
ENTOMOPHAGE (*antomofaj*), adj. Entomófago.
ENTONNAGE, ENTONNEMENT (*antonaj, antónəman*), s. m. ou **ENTONNAISON** (*antonézon*), s. f. Envasilhamento (em tonéis).
ENTONNER (*antonê*), v. t. Envasilhar (em tonéis); deitar, entornar na boca. Entoar; louvar, cantar em versos. **S'ENTONNER**, v. pr. *Fig*. Beber muito.
ENTONNOIR (*antonuar*), s. m. Funil.
ENTOPHYTE (*antofit*), s. m. Entófito.
ENTORSE (*antórç*), s. f. Entorse. *Fig*. Alteração, modificação.
ENTORTILLAGE (*antortiiaj*), s. m. Enrodilhamento. *Fig*. Subterfúgio; discurso cheio de equívocos.
ENTORTILLEMENT (*antortiiman*), s. m. Enroscamento. *Fig*. Obscuridade, confusão (de estilo).
ENTORTILLER (*antortiiê*), v. t. Envolver; enrolar. *Fig*. Exprimir de maneira confusa. *Fam*. Embair, envolver.
ENTOUR (*antur*), s. m. Arredor; roda, sociedade (de pessoas habitualmente juntas). *À l'entour*, loc. adv. Ao redor, nas redondezas.
ENTOURAGE (*anturaj*), s. m. Cercadura; roda, sociedade, companhia.
ENTOURER (*anturê*), v. t. Rodear; conviver. *Fig*. Cumular.
ENTOURNURE (*anturnür*), s. f. Cava (de uma roupa).
EN-TOUT-CAS (*antuká*), s. m. inv. Sombrinha.
ENTOZOAIRES (*antozoér*), s. m. pl. Entozoários.
ENTRACCORDER (S') (*çantrakordê*), v. pr. Concordar mutuamente.
ENTRACCUSER (S') (*çantraküzê*), v. pr. Acusar-se mutuamente.
ENTRACTE (*antrakt*). s. m. Entreato; intervalo. *Fig*. Descanso.
ENTRADMIRER (S') (*çantradmirê*), v. pr. Admirar-se mutuamente.
ENTRAIDE (*antréd*), s. f. Auxílio mútuo.
ENTRAIDER (S') (*çantrédê*), v. pr. Ajudar-se mutuamente.
ENTRAILLES (*antraii*), s. f. pl. Entranhas.
ENTR'AIMER (S') (*çantrémê*), v. pr. Amar-se mutuamente.
ENTRAIN (*antren*), s. m. Vivacidade, animação, calor; alegria.
ENTRAÎNABLE (*antrénabl*), adj. Que pode ser conduzido, arrastado; impressionável.
ENTRAÎNANT, E (*antrénan, t*), adj. e s. m. Cativante, sedutor; arrebatante.
ENTRAÎNEMENT (*antrénəman*), s. m. Arrebatamento; sedução; treino.
ENTRAÎNER (*antrénê*), v. t. Arrastar; arrebatar; treinar, exercitar; ocasionar.
ENTRAÎNEUR (*antrénör*), s. m. Treinador.
ENTRANT, E (*antran, t*), adj. e s. Pessoa que entra. *Fig*. e *fam*. Insinuante.
ENTR'APPELER (S') (*çantrapəlê*), v. pr. (Conjuga-se como *appeler*.) Chamar-se mutuamente.
ENTRAVE (*antrav*), s. f. Trava. *Fig*. Obstáculo, embaraço.
ENTRAVER (*antravê*), v. t. Entravar.
ENTR'AVERTIR (S') (*çantravértir*), v. pr. Prevenir-se mutuamente.
ENTRE (*antr*), prep. Entre.
ENTREBAILLEMENT (*antrəbaiiman*), s. m. Pequena abertura (de um objeto mal fechado).
ENTREBAILLER (*antrəbaiê*), v. t. Entreabrir.
ENTRE-BAISER (S') (*çantrəbézê*), v. pr. Beijar-se mutuamente.
ENTRE-BANDE (*antrəband*), s. f. Ourela (de peça de tecido). Pl.: *des entre-bandes*.
ENTRECHAT (*antrəchá*), s. m. Pequeno salto, pulo.
ENTRECHOQUER (S') (*çantrəchokê*), v. pr. Entrechocar-se.
ENTRECÔTE (*antrəkót*), s. f. Entrecosto.
ENTRECOUPER (*antrəkupê*), v. t. Entrecortar.

ENTRECROISEMENT (*antrəkruazman*), s. m. Entrecruzamento.
ENTRECROISER (*antrəkruazê*), v. t. Entrecruzar.
ENTRE-CUISSES (*antrəküiç*), s. m. Entrepernas.
ENTRE-DÉCHIRER (S') (*çantrədêchirê*), v. pr. Dilacerar-se mutuamente. *Fig.* Falar mal um do outro.
ENTRE-DEUX ou **ENTREDEUX** (*antrədë*), s. m. inv. Intermédio; entremeio (renda); consolo, aparador. *Entre-deux,* loc. adv. Assim assim; nem bem nem mal.
ENTRE-DONNER (S') (*çantrədonê*), v. pr. Dar-se mutuamente.
ENTRÉE (*antrê*), s. f. Entrada.
ENTREFAITE (*antrəfét*), s. f. Momento, intervalo. *Sur ces entrefaites,* nesse momento, entrementes.
ENTREFILET (*antrəfilé*), s. m. Pequeno artigo em um jornal.
ENTRE-FRAPPER (S') (*çantrəfrapê*), v. pr. Bater-se; ferir-se mutuamente.
ENTREGENT (*antrəjan*), s. m. Destreza, tato, habilidade.
ENTR'ÉGORGER (S') (*çantrêgorjê*), v. pr. (Toma um *e* mudo depois do *g* antes de *a* e *o*.) Degolar-se mutuamente.
ENTRE-HAÏR (S') (*çantrəaír*), v. pr. (Conjuga-se como *haïr.*) Odiar-se mutuamente.
ENTRE-HEURTER (S') (*çantrəhërtê*), v. pr. Entrechocar-se.
ENTRELACEMENT (*antrəlaçman*), s. m. Entrelaçamento.
ENTRELACER (*antrəlaçê*), v. t. (O *c* leva uma cedilha antes de *a* e *o*: *il entrelaça, nous entrelaçons.*) Entrelaçar.
ENTRELARDEMENT (*antrəlardəman*), s. m. Ação de enlardar; seu resultado.
ENTRELARDER (*antrəlardê*), v. t. Enlardar. *Fig. e fam.* Misturar; inserir.
ENTRE-LIGNE ou **ENTRELIGNE** (*antrəlinh*), s. m. Entrelinha. Pl.: *des entre-lignes.*
ENTRE-LUIRE (*antrəlüir*), v. i. Entreluzir.
ENTREMÊLEMENT (*antrəmélman*), s. m. Mistura; emaranhamento; confusão.
ENTREMÊLER (*antrəmélê*), v. t. Misturar, embaralhar.
ENTREMETS (*antrəmé*), s. m. Prato, comida (servido entre o assado e a sobremesa). Pl. *des entremets.*
ENTREMETTEUR, EUSE (*antrəmétër, ëz*), s. Medianeiro; alcoviteiro.
ENTREMETTRE (S') (*çantrəmétr*), v. pr. (Conjuga-se como *mettre.*) Intrometer-se.
ENTREMISE (*antrəmiz*), s. f. Intervenção; mediação; ripa de madeira (colocada entre duas outras para reforço).
ENTRE-NŒUD (*antrənë*), s. m. Entrenó. Pl.: *des entre-nœuds.*
ENTRE-NUIRE (S') (*çantrənüír*), v. pr. Prejudicar-se mutuamente.
ENTREPAS (*antrəpá*), s. m. Furta-passo. Pl.: *des entrepas.*
ENTREPONT (*antrəpon*), s. m. *Náut.* Entreponte.
ENTREPOSER (*antrəpozê*), v. t. Armazenar, guardar em depósito.
ENTREPOSEUR (*antrəpozër*), s. m. Depositário.
ENTREPOSITAIRE (*antrəpozitér*), adj. e s. Depositário de mercadorias (em um entreposto).
ENTREPÔT (*antrəpô*), s. m. Entreposto.
ENTREPRENANT, E (*antrəprənan, t*), adj. Empreendedor audacioso; temerário; atrevido (com as mulheres).
ENTREPRENDRE (*antrəprandr*), v. t. (Conjuga-se como *prendre.*) Empreender, tomar de empreitada. *Fam.* Atormentar; tentar induzir a.
ENTREPRENEUR, EUSE (*antrəprənër*), s. Empreendedor; empreiteiro; empresário.
ENTREPRIS, E (*antrəpri, z*), adj. Acanhado, intimidado.
ENTREPRISE (*antrəpriz*), s. f. Empresa, empreendimento; empreitada; estabelecimento.
ENTRE-QUERELLER (S') (*çantrəkərélê*), v. pr. Alterar, disputar mutuamente.
ENTRER (*antrê*), v. t. Entrar. *Fig. Entrer en religion,* fazer-se religioso; *entrer au service,* fazer-se soldado; *entrer en condition,* fazer-se criado doméstico; *entrer en matière,* começar, entrar no assunto.
ENTRE-REGARDER (*antrərəgardê*), v. t. Lançar um olhar por acaso. **S'ENTRE-REGARDER**, v. pr. Entreolhar-se.
ENTRESOL (*antrəçól*), s. m. Sobreloja.
ENTRE-SUIVRE (S') (*çantrəçüivr*), v. pr. (Conjuga-se como *suivre.*) Seguir-se um ao outro.
ENTRE-TAILLER (S') (*çantrətaiê*), v. pr. Machucar-se, batendo com a perna uma na outra (um cavalo em marcha).
ENTRE-TEMPS (*antrətan*), s. m. Meio tempo. Pl.: *des entre-temps.*
ENTRETENEUR, EUSE (*antrətnër, ëz*), s. Mantenedor.
ENTRETENIR (*antrətnir*), v. t. (Conjuga-se como *tenir.*) Conservar (em bom estado); prover, fornecer; manter. *Entretenir quelqu'un de,* conversar com alguém sobre. **S'ENTRETENIR**, v. pr. Conversar, palestrar.
ENTRETIEN (*antrətien*), s. m. Manutenção, conservação; despesa; sustento. Conversa; assunto de conversa.
ENTRETOILE (*antrətual*), s. f. Entretela.
ENTRETOISE (*antrətuaz*), s. f. Travessa, tirante.
ENTRETOISER (*antrətuazê*), v. t. Unir por meio de travessas, tirantes.
ENTRE-TUER (S') (*çantrətüê*), v. pr. Matar-se mutuamente.

ENTRE-VOIE (*antrəvuá*), s. f. Espaço entre duas linhas férreas. Pl.: *des entre-voies.*
ENTREVOIR (*antrəvuar*), v. t. (Conjuga-se como *voir.*) Entrever; divisar; *Fig.* Pressentir.
ENTREVUE (*antrəvü*), s. f. Entrevista.
ENTROPION (*antropion*), s. m. *Med.* Entrópio.
ENTROUVERT, E (*antruvér, t*), adj. Entreaberto.
ENTROUVRIR (*antruvrir*), v. t. (Conjuga-se como *ouvrir).* Entreabrir.
ENTURE (*antür*), s. f. Fenda (onde se coloca um enxerto); cavilha; junção de duas peças de madeira (formando entalhe).
ÉNUCLÉATION (*ênüklêaçion*), s. f. Enucleação.
ÉNUCLÉER (*ênüklêê*), v. t. Enuclear.
ÉNUMÉRATIF, IVE (*ênümêratif, iv*), adj. Enumerativo.
ÉNUMÉRATION (*ênümêraçion*), s. f. Enumeração.
ÉNUMÉRER (*ênümêrê*), v. t. (Conjuga-se como *accélérer.*) Enumerar.
ENVAHIR (*anvair*), v. t. Invadir.
ENVAHISSANT, E (*anvaiçan, t*), adj. Invasor.
ENVAHISSEMENT (*anvaiçman*), adj. e s. m. Invasão.
ENVAHISSEUR (*anvaiçër*), adj. e s. m. Invasor.
ENVASEMENT (*anvazman*), s. m. Ação de envasar; montão de vasa.
ENVASER (*anvazê*), v. t. Enlamear; enterrar no lodo.
ENVELOPPANT, E (*anvəlopan, t*), adj. Envolvente. *Fig.* Cativante.
ENVELOPPE (*anvəlóp*), s. f. Envelope; invólucro. Membrana envolvente de um órgão. *Mat.* Envolvente. *Fig.* Aparência falsa.
ENVELOPPEMENT (*anvəlopman*), s. m. Envolvimento.
ENVELOPPER (*anvəlopê*), v. t. Envolver; embrulhar; cercar. *Fig.* Ocultar; dissimular.
ENVENIMEMENT (*anvəniməman*), s. f. Irritação; agravamento.
ENVENIMER (*anvənimê*), v. t. Irritar, arruinar, agravar. *Fig.* Azedar, envenenar.
ENVERGER (*anvérjê*), v.t. (Toma um *e* mudo depois do *g* antes de *a* e *o*: *j'envergeai, nous envergeons.*) Tecer, guarnecer com vime.
ENVERGUER (*anvérghê*), v. t. Envergar, atar a uma verga.
ENVERGURE (*anvérgür*), s. f. Envergadura.
ENVERS (*anvér*), prep. Para com. S. m. Avesso; contrário. *À l'envers*, loc. adv. Às avessas; em confusão.
ENVI (A L') (*alanvi*), loc. adv. e prep. À porfia.
ENVIABLE (*anviabl*), adj. Invejável.
ENVIE (*anvi*), s. f. Inveja; vontade, desejo. Espiga (das unhas). Sinal, mancha natural sobre a pele. *Si l'envie vous en prend,* se tiver vontade, se quiser.
ENVIER (*anviê*), v. t. (Conjuga-se como *prier*). Invejar; almejar.
ENVIEUX, EUSE (*anvië, ëz*), adj. e s. Invejoso.
ENVINÉ, E (*anvinê*), adj. Avinhado.
ENVIRON (*anviron*), adv. Aproximadamente, mais ou menos.
ENVIRONNANT, E (*anvironan, t*), adj. Circundante.
ENVIRONNEMENT (*anviróněman*), s. m. O que circunda; meio.
ENVIRONNER (*anvironê*), v. t. Circundar, rodear.
ENVIRONS (*anviron*), s. m. pl. Arredores.
ENVISAGER (*anvizajê*), v. t. Encarar. *Fig.* Examinar, considerar.
ENVOI (*anvuá*), s. m. Envio, remessa. Versos finais de uma poesia, particularmente de uma balada, contendo uma homenagem. *Envoi en possession,* autorização judicial para entrar na posse de bens.
ENVOILER (S') (*çanvualê*), v. pr. Dobrar-se (o feno, o aço, no ato da têmpera).
ENVOL (*anvól*), s. m. ou **ENVOLLÉE** (*anvolê*), s. f. Vôo. *Fig.* Arrebatamento, êxtase.
ENVOLEMENT (*anvolman*), s. m. Vôo.
ENVOLER (S') (*çanvolê*), v. pr. Voar; fugir. *Fig.* Passar rapidamente, desaparecer.
ENVOÛTEMENT (*anvutman*), s. m. Feitiçaria.
ENVOÛTER (*anvutê*), v. t. Enfeitiçar.
ENVOYÉ, E (*anvuaiê*), s. Enviado. S. m. Mensageiro, embaixador.
ENVOYER (*anvuaiê*), v. t. (Conjuga-se como *aboyer*, exceto no fut.: *j'enverrai* e no cond.: *j'enverrais.*) Enviar, remeter, mandar, arremessar. *Envoyer promener, paître,* despedir rudemente, mandar às favas.
ENVOYEUR, EUSE (*anvuaiër, ëz*), s. Remetente.
ENZYME (*anzim'*), s. f. Enzima.
ÉOCÈNE (*êoçén'*), adj. *Geol.* Eoceno.
ÉOLIEN, ENNE (*êolien, én'*), adj. e s. Eólico.
ÉOLIPYLE (*êolipil*), s. m. Eolípila.
ÉOSINE (*êozin'*), s. f. Eosina.
ÉPACTE (*êpakt*) s. f. Epacta.
ÉPAGNEUL, E (*êpanhël*), adj. e s. Cão de caça.
ÉPAIS, AISSE (*êpé, éç*), adj. Espesso; denso. *Fig.* Grosseiro. *Avoir la langue épaisse,* ter dificuldade em falar. S. m. Espessura. Adv. Densamente.

ÉPAISSEUR (*épéçër*), s. f. Espessura. *Fig.* Lentidão, estupidez.
ÉPAISSIR (*êpéçir*), v. t. Espessar; adensar, engrossar. *Fig.* Embrutecer.
ÉPAISSISSANT, E (*êpéçiçan, t*), adj. Suscetível de se tornar espesso, denso.
ÉPAISSISSEMENT (*êpéçiçman*), s. m. Espessamento, engrossamento.
ÉPAMPRER (*êpanprê*), v. t. Despampanar.
ÉPANCHEMENT (*êpanchəman*), s. m. Espessamento, engrossamento.
ÉPANCHER (*êpanchê*), v. t. Derramar, verter. *Med.* Extravasar. *Fig.* *Épancher son cœur,* abrir seu coração. **S'ÉPANCHER,** v. pr. Expandir-se, falar com confiança.
ÉPANDRE (*êpandr*), v. t. Espalhar. *Fig.* Produzir, dar em abundância.
ÉPANNELER (*êpanəlê*), v. t. (Dobra o *l* antes de sílaba muda: *j'épannelle.*) Desbastar (pedras).
ÉPANORTHOSE (*êpanortôz*), s. f. Epanortose.
ÉPANOUIR (*êpanuír*), v. t. Desabrochar. *Fig.* Alegrar.
ÉPANOUISSEMENT (*êpanuiçman*), s. m. Desabrochamento. *Fig.* Manifestação de alegria.
ÉPARGNANT, E (*eparnhan, t*), adj. e s. Economizador.
ÉPARGNE (*êparnh'*), s. f. Economia. *Caisse d'épargne,* caixa econômica.
ÉPARGNER (*êparnhê*), v. t. Economizar, poupar.
ÉPARPILLEMENT (*êparpiiman*), s. m. Espalhamento.
ÉPARPILLER (*êparpiiê*), v. t. Espalhar; dissipar.
ÉPARQUE (*êpark*), s. m. Governador de uma eparquia.
ÉPARS, E (*êpár*), adj. Esparso; desordenado, desalinhado.
ÉPATANT, E (*êpatan, t*), adj. *Pop.* Surpreendente, estupendo.
ÉPATÉ, E (*êpatê*), adj. Achatado.
ÉPATEMENT (*êpatman*), s. m. Achatamento. *Pop.* Estupefação.
ÉPATER (*êpatê*), v. t. Quebrar (a pata, o pé ou a base). *Pop.* Surpreender, maravilhar, estupefazer.
ÉPAULARD (*êpôlar*), s. m. Espadarte.
ÉPAULE (*êpôl*), s. f. Ombro, espádua. Quarto dianteiro (dos animais). Bochecha (de um navio). *Donner un coup d'épaule, prêter l'épaule à,* ajudar, vir em auxílio. *Par-dessus l'épaule,* com desdém.
ÉPAULÉE (*êpôlê*), s. f. Empurrão com o ombro. Quarto dianteiro (de um carneiro, sem a espádua).
ÉPAULEMENT (*êpôlman*), s. m. Parapeito, muralha (para proteger do fogo inimigo). Bochecha (de um navio).
ÉPAULER (*êpôlê*), v. t. Espaduar (animais); apoiar contra o ombro. *Fig.* Apoiar, ajudar.
ÉPAULETTE (*êpôlét*), s. f. Ombreira; dragona; patente de oficial.
ÉPAVE (*êpav*), s. f. Destroço. Coisa perdida. Pessoa em extrema miséria.
ÉPÉE (*êpê*), s. f. Espada.
ÉPEIRE (*êpér*), s. f. Epeira.
ÉPÉISTE (*êpêiçt*), s. f. Esgrimista.
ÉPELER (*êpəlê*), v. t. (Dobra-se o *l* antes de uma sílaba muda: *j'épelle*). Soletrar.
ÉPELLATION (*êpélaçion*), s. f. Soletração.
ÉPENDYME (*êpandim'*), s. m. Epêndima.
ÉPENTHÈSE (*êpantéz*), s. f. Epêntese.
ÉPERDU, E (*êpérdü*), adj. Desvairado, louco; violento. *Éperdu de joie,* louco de alegria.
ÉPERDUMENT (*êpérdüman*), adv. Loucamente.
ÉPERON (*êpəron*), s. m. Espora, esporão. Parapeito de uma muralha. *Fig.* Estimulante.
ÉPERONNÉ, E (*êpəroné*), adj. Esporado.
ÉPERONNER (*êpəronê*), v. t. Esporear; pôr esporas. *Fig.* Estimular, excitar.
ÉPERONNIER (*êpəroniê*), s. f. Seleiro.
ÉPERVIER (*êpérviê*), s. f. Gavião. Tarrafa.
ÉPEURÉ, E (*êpërê*), adj. Amedrontado, assustado.
ÉPHÈBE (*êféb*), s. m. Efebo.
ÉPHÉLIDE (*êfélid*), s. f. Efélide.
ÉPHÉMÈRE (*êfêmér*), adj. Efêmero.
ÉPHÉMÉRIDES (*êfêmêrid*), s. f. pl. Efemérides.
ÉPHORE (*êfór*), s. f. Éforo.
ÉPI (*êpi*), s. f. Espiga. Remoinho (cabelos nascidos em direção oposta aos outros). Espigão (parede na margem de um rio).
ÉPIAGE (*êpiaj*), s. m. Espigamento.
ÉPICARPE (*êpikarp*), s. m. *Bot.* Epicarpo.
ÉPICE (*êpiç*), s. f. Especiaria.
ÉPICÈNE (*êpiçén'*), adj. Epiceno.
ÉPICENTRE (*epiçantr*), s. m. Epicentro.
ÉPICER (*êpiçê*), v. t. (O *c* leva uma cedilha antes de *a* e *o*: *il épiça, nous épiçons.*). Temperar com especiarias. *Fig.* Tornar picante, apimentar (o estilo).
ÉPICERIE (*êpiçri*), s. f. Especiaria; mercearia.
ÉPICHÉRÈME (*êpikêrém'*), s. m. Epiquirema.
ÉPICIER, ÈRE (*êpiçiê, ér*), adj. e s. Especieiro, merceeiro.
ÉPICRANE (*êpikran'*), adj. e s. m. Epicrânio.
ÉPICURIEN, ENNE (*êpikürien, én'*), adj. e s. Epicurista.
ÉPICURISME ou **ÉPICURÉISME.** (*êpiküriçm* ou *êpiküréiçm*), s. m. Epicurismo.

ÉPICYCLE (*êpiçikle*), s. m. Epiciclo.
ÉPICYCLOÏDAL, E, AUX (*êpiçikloïdal, ô*), adj. *Geom.* Epicicloidal.
ÉPICYCLOÏDE (*êpiçikloïd*), s. f. *Geom.* Epiciclóide.
ÉPIDÉMIE (*êpidêmi*), s. f. Epidemia.
ÉPIDÉMIQUE (*êpidêmik*), adj. Epidêmico.
ÉPIDERME (*êpidérm*), s. f. Epiderme.
ÉPIDERMIQUE (*êpidérmik*), adj. *Med.* Epidérmico.
ÉPIER (*êpiê*), v. i. (Conjuga-se como *prier.*) Espigar. V. t. Espiar, espreitar; tentar descobrir.
ÉPIERRER (*êpiérê*), v. t. Espedregar.
ÉPIEU (*êpië*), s. m. Venábulo. Pl.: *des épieux.*
ÉPIEUR, EUSE (*êpiër, ëz*), s. Espia.
ÉPIGASTRE (*êpigaçtr*), s. m. *Anat.* Epigastro.
ÉPIGLOTTE (*êpiglót*), s. f. Epiglote.
ÉPIGONE (*êpigón'*), s. m. Epígono.
ÉPIGRAMME (*êpigram'*), s. f. Epigrama. *Épigramme d'agneau*, ensopado de cabrito com os miúdos.
ÉPIGRAPHE (*êpigraf*), s. f. Epígrafe.
ÉPIGRAPHIE (*êpigrafi*), s. m. Epigrafia.
ÉPIGRAPHIQUE (*êpigrafik*), adj. Epigráfico.
ÉPIGRAPHISTE (*êpigrafiçt*), s. m. Epigrafista.
ÉPIGYNE (*êpijin'*), adj. e s. f. *Bot.* Epigino.
ÉPILATION (*êpilaçion*), s. f. Epilação.
ÉPILATOIRE (*êpilatuar*), adj. Epilatório.
ÉPILEPSIE (*êpilépçi*), s. f. *Med.* Epilepsia.
ÉPILEPTIQUE (*êpiléptik*), adj. e s. Epiléptico.
ÉPILER (*êpilê*), v. t. Depilar.
ÉPILEUR, EUSE (*êpilër, ëz*), s. Depilador.
ÉPILOGUE (*êpilógh*), s. m. Epílogo.
ÉPILOGUER (*êpiloghê*), v. t. e i. Censurar; criticar.
ÉPILOIR (*êpiluar*), s. m. Pinça para depilar.
ÉPINAIE (*êpiné*), s. f. Espinhal.
ÉPINARD (*êpinar*), s. m. Espinafre; espécie de franja. *Fam. Plat d'épinards.* quadro mal pintado (em que o verde sobressai demais).
ÉPINCER (*êpençê*), v. t. (O *c* leva uma cedilha antes de *a* e *o*: *il épinça, nous epinçons.*) Espinçar (tecidos); cortar os brotos de uma árvore.
ÉPINE (*êpin'*), s. f. Espinho; espinheiro. Rebarbas (de uma lâmina de cobre). *Anat.* Espinha. *Fig.* Aborrecimento.
ÉPINETTE (*êpinét*), s. f. Espinate; gaiola (para a ceva das aves).
ÉPINEUX, EUSE (*êpinë, ëz*), adj. Espinhoso. *Fig.* Árduo, dificultoso.
ÉPINGLE (*êpengl*), s. f. Alfinete; grampo. *Épingle de nourrice*, alfinete de fralda. *Coup d'épingle*, alfinetada, dito mordaz. *Tirer son épingle du jeu*, livrar-se de um negócio arriscado. *Chercher une épingle dans une botte de foin*, procurar agulha num palheiro. *Être tiré à quatre épingles*, estar muito elegante, muito arrumado. *Fam. Monter en épingle*, pôr em evidência.
ÉPINGLER (*êpenglê*), v. t. Prender com alfinetes. Esgaravatar, desentupir com alfinete.
ÉPINGLERIE (*êpenglәri*), s. f. Fábrica ou comércio de alfinetes.
ÉPINGLETTE (*êpenglét*), s. f. Agulheta; punção (para limpar armas de fogo). Distintivo de bom atirador.
ÉPINIÈRE (*êpiniér*), adj. f. Espinal.
ÉPINOCHE (*êpinóch*), s. f. Carapau.
ÉPIPHANE (*êpifan'*), adj. Epifânio.
ÉPIPHANIE (*êpifani*), s. f. Epifania.
ÉPIPHYSE (*êpifiz*), s. m. Epífise.
ÉPIPHYTE (*êpifit*), adj. *Bot.* Epífito.
ÉPIPLOON (*êpiploon*), s. m. *Anat.* Epiploon.
ÉPIQUE (*êpik*), adj. Épico.
ÉPIROTE (*êpirót*), adj. e s. Epirota.
ÉPISCOPAL, E, AUX (*êpiçkopal, ô*), adj. Episcopal.
ÉPISCOPAT (*êpiçkopá*), s. m. Episcopado.
ÉPISODE (*êpizód*), s. m. Episódio.
ÉPISODIQUE (*êpizodik*), adj. Episódico.
ÉPISPASTIQUE (*êpiçpaçtik*), adj. e s. m. Epispático.
ÉPISSER (*êpiçê*), v. t. Entrançar (as extremidades de duas cordas).
ÉPISTAXIS (*êpiçtakçiç*), s. f. *Med.* Epistaxe.
ÉPISTOLAIRE (*êpiçtolér*), adj. Epistolar. S. m. Autor epistolar.
ÉPISTOLIER, ÈRE (*êpiçtoliê, ér*), *Fam.* Pessoa que escreve muitas cartas, ou que as escreve bem.
ÉPITAPHE (*êpitaf*), s. f. Epitáfio.
ÉPITHALAME (*êpitalam'*), s. m. Epitalâmio.
ÉPITHÉLIAL, E, AUX (*êpitêlial, ô*), adj. Epitelial.
ÉPITHÉLIOMA (*êpitêliomá*), s. m. *Med.* Epitelioma.
ÉPITHÉLIUM (*êpitêlióm'*), s. m. Epitélio.
ÉPITHÈTE (*êpitét*), s. f. Epíteto.
ÉPITOGE (*êpitój*), s. f. Epítoga.
ÉPITOMÉ (*êpitomê*), s. m. Epítome.
ÉPÎTRE (*êpitr*), s. f. Epístola.
ÉPITROPE (*êpitróp*), s. f. Epítrope.
ÉPLORÉ, E (*êplorê*), adj. Banhado em lágrimas; desolado.
ÉPLUCHAGE ou **ÉPLUCHEMENT** (*êplüchaj* ou *êplüchman*), s. m. Monda, limpeza. *Fig.* Exame minucioso.

ÉPLUCHER (*êplüchê*), v.t. Limpar; mondar; descascar. *Fig.* Rebuscar.
ÉPLUCHEUR, EUSE (*êplüchĕr, ëz*), s. Mondador; descascador. *Fig.* Examinador.
ÉPLUCHURE (*êplüchür*), s. f. Alimpadura, aparas.
ÉPODE (*êpód*), s. f. Epodo.
ÉPOINTAGE (*êpuentaj*), s.m. Desgaste ou quebra de uma parte.
ÉPOINTER (*êpuentê*), v t. Despontar, gastar ou quebrar a ponta
ÉPONGE (*êponj*), s. f. Esponja. Tumor (em um cavalo).
ÉPONGER (*êponjê*), v. t.. (Toma um *e* mudo depois do *g* antes de *a* e *o*: *il épongea, nous épongeons.*) Limpar, enxugar (com esponja).
ÉPONTILLE (*êpontii*), s. f. *Náut.* Pontalete.
ÉPONYME (*êponim'*), adj. Epônimo.
ÉPONYMIE (*êponimi*), s. f. Eponimia.
ÉPOPÉE (*êpopê*), s.f. Epopéia.
ÉPOQUE (*êpók*), s. f. Época.
ÉPOUFFER (S') (*çêpufê*), v. pr. Esquivar-se; esbaforir. *S'épouffer de rire,* rir às gargalhadas.
ÉPOUILLER (*êpuiê*), v. t. Despiolhar.
ÉPOUMONER (*êpumonê*), v. t. Fatigar os pulmões. **S'ÉPOUMONER,** v. pr. Fatigar-se.
ÉPOUSAILLES (*êpuzaii*), s. f. pl. Núpcias, esponsais.
ÉPOUSÉE (*êpuzê*), s. f. Desposada, noiva.
ÉPOUSER (*êpuzê*), v. t. Desposar, casar. *Fig.* Dedicar-se, prender-se.
ÉPOUSEUR (*êpuzĕr*), s. m. *Fam.* Pretendente (à mão de uma mulher).
ÉPOUSSETER (*êpuçtê*), v. t. (Dobra-se o *t* antes de uma sílaba muda: *j'époussette*). Espanar, limpar. *Fam.* Bater.
ÉPOUSSETTE (*êpuçét*), s. f. Espanador.
ÉPOUVANTABLE (*êpuvantabl*), adj. Assustador, medonho.
ÉPOUVANTABLEMENT (*êpuvantablə-man*), adv. Espantosamente, terrivelmente.
ÉPOUVANTAIL (*êpuvantai*), s. m. Espantalho.
ÉPOUVANTE (*êpuvant*), s. f. Pavor, espanto.
ÉPOUVANTER (*êpuvantê*), v.t. Espantar, apavorar.
ÉPOUX, ÉPOUSE (*êpu, êpuz*), s. Esposo, esposa.
ÉPREINDRE (*êprendr*), v. t. (Conjuga-se como *craindre.*) Espremer.
ÉPREINTE (*êprent*), s. f. Tenesmo; excremento (de certos animais de caça).
ÉPRENDRE (S') (*çêprandr*), v. pr. (Conjuga-se como *prendre.*) Apaixonar-se.
ÉPREUVE (*êprëv*), s. f. Prova, ensaio. *Faire l'épreuve de,* ensaiar. *À l'épreuve de,* loc. prep. À prova de. *À toute épreuve,* loc. adv. À toda prova.
ÉPRIS, E (*êpri, z*), adj. Apaixonado.
ÉPROUVER (*êpruvê*), v. t. Provar, experimentar, pôr à prova; sentir, suportar.
ÉPROUVETTE (*êpruvét*), s. f. Proveta.
ÉPUCER (*êpüçê*), v. t. (O *c* leva uma cedilha antes de *a* e *o*: *il épuça, nous épuçons.*) Espulgar.
ÉPUISABLE (*êpüizabl*), adj. Esgotável.
ÉPUISANT, E (*êpüizan, t*), adj. Esgotante, extenuante.
ÉPUISEMENT (*êpüizman*), s. m. Esgotadura; esgotamento, extenuação.
ÉPUISER (*êpüizê*), v. t. Esgotar; consumir; extenuar; esterilizar (terreno).
ÉPUISETTE (*êpüizét*), s. f. Pequena rede, presa a um arco e munida de um cabo (para apanhar peixes ou pássaros em um viveiro); vertedouro.
ÉPULOTIQUE (*êpülotik*), adj. Epulótico.
ÉPURATEUR (*êpüratĕr*), s. e adj. m. Aparelho para depurar um liquido, um gás (purificador).
ÉPURATIF, IVE ou **ÉPURATOIRE** (*êpüratif, iv* ou *êpüratuar*), adj. Depurativo.
ÉPURATION (*êpüraçion*), s. f. Depuração, purificação.
ÉPURE (*êpür*), s. f. Traçado, planta, montéia. Épura.
ÉPUREMENT (*êpürman*), s. m. Depuramento. *Fig.* Aperfeiçoamento (do estilo).
ÉPURER (*êpürê*), v. t. Depurar, purificar.
ÉQUARRIR (*êkarir*), v. t. Quadrar; esquartejar (animais).
ÉQUARRISEUR (*êkariçĕr*), s. m. Matador, esquartejador (de animais).
ÉQUATEUR (*êkuatĕr*), s. m. Equador.
ÉQUATION (*êkuaçion*), s. f. Equação.
ÉQUATORIAL, E, AUX (*êkuatorial, ô*), adj. Equatorial. S. m. *Astr.* Equatorial (espécie de luneta).
ÉQUATORIEN, NE (*êkuatorien, én'*), adj. e s. Equatoriano.
ÉQUERRE (*êkér*), s. f. Esquadro; esquadria.
ÉQUESTRE (*êküéçtr*), adj. Eqüestre.
ÉQUIANGLE (*êküiangl*), adj. Eqüiângulo.
ÉQUIDISTANCE (*eküidiçtanç*), s. f. Eqüidistância.
ÉQUIDISTANT, E (*êküidiçtan, t*), adj. Eqüidistante.
ÉQUILATÉRAL, E, AUX (*êküilatêral, ô*), adj. Eqüilateral.
ÉQUILIBRANT, E (*êkilibran, t*), adj. Equilibrante.
ÉQUILIBRE (*êkilibr*), s. m. Equilíbrio.
ÉQUILIBRER (*êkilibrê*), v. t. Equilibrar.
ÉQUILIBREUR (*êkilibrĕr*), adj. e s. m. Equilibrador.
ÉQUILIBRISME (*êkilibriçm*), s. m. Equilibrismo.
ÉQUILIBRISTE (*êkilibriçt*), s. Equilibrista.
ÉQUIN, E (*êken, in'*), adj. Eqüino.
ÉQUINOXE (*êkinókç*), s. m. Equinócio.

ÉQUINOXIAL, E, AUX (*êkinókçial, .ô*), adj. Equinocial.
ÉQUIPAGE (*êkipaj*), s. m. Equipagem. Carro de luxo. Maneira de vestir.
ÉQUIPE (*êkip*), s. f. Equipe; grupo de barcos (presos uns aos outros).
ÉQUIPÉE (*êkipê*), s. f. Temeridade.
ÉQUIPEMENT (*êkipman*), s. m. Equipamento.
ÉQUIPER (*êkipê*), v. t. Equipar; arrear (cavalo).
ÉQUIPIER, ÈRE (*êkipiê, ér*), s. Que forma equipe com outros.
ÉQUIPOLLENCE (*êkipolanç*), s. f. Eqüipolência.
ÉQUIPOLLENT, E (*êkipolan, t*), adj. Eqüipolente.
ÉQUIPOLLER (*êkipolê*), v. t. e i. Igualar, eqüivaler.
ÉQUITABLE (*êkitabl*), adj. Eqüitativo.
ÉQUITABLEMENT (*êkitablәman*), adv. Eqüitativamente.
ÉQUITATION (*êkitaçion*), s. f. Equitação.
ÉQUITÉ (*êkitê*), s. f. Eqüidade.
ÉQUIVALENCE (*êkivalanç*), s. f. Eqüivalência.
ÉQUIVALENT, E (*êkivalan, t*), adj. Eqüivalente.
ÉQUIVALOIR (*êkivaluar*), v. i. (Conjuga-se como *valoir.*) Eqüivaler.
ÉQUIVOQUE (*êkivók*), adj. e s. f. Equívoco.
ÉQUIVOQUER (*êkivokê*), v. i. Equivocar.
ÉRABLE (*êrabl*), s. m. *Bot.* Bordo.
ÉRADICATION (*êradikaçion*), s. f. Erradicação.
ÉRAFLEMENT (*êraflәman*), s. m. Arranhão.
ÉRAFLER (*êraflê*), v. t. Arranhar.
ÉRAFLURE (*êraflür*), s. f. Arranhão, arranhadela.
ÉRAILLEMENT (*êraiәman*), s. m. Reviramento da pálpebra. Raleamento de um tecido.
ÉRAILLÉ, E (*êraiê*), adj. Raiado de sangue ou de pálpebras reviradas. *Fig.* Rouco.
ÉRAILLER (*êraiê*), v. t. Ralear (um tecido), esgarçar.
ÉRATER (*êratê*), v. t. Arrancar o baço. *Fam.* **S'ÉRATER,** v. pr. Esfalfar-se (de correr).
ÈRE (*ér*), s. f. Era.
ÉRECTILE (*êréktil*), adj. Erétil.
ÉRECTILITÉ (*êréktilitê*), s. f. Erectilidade.
ÉRECTION (*êrékçion*), s.f. Ereção; estabelecimento, instituição.
ÉREINTANT, E (*êrentant, t*), adj. *Fam.* Fatigante.
ÉREINTEMENT (*êrentәman*), s. f. Estafa. *Fam.* Crítica violenta.
ÉREINTER (*êrentê*), v.t. Esmagar os rins. *Fig.* Esfalfar; criticar (com malevolência). *Fam.* Espancar.
ÉREINTEUR (*êrentĕr*), s. m. *Fam.* Espancador; crítico violento e mordaz.
ÉRÉMITIQUE (*êrêmitik*), adj. Eremítico.
ERGASTULE (*ergaçtül*), s.m. Ergástulo.
ERGOT (*érgô*), s. m. *Bot.* Esporão; esgalho. Cravagem; saliência (deixada em um pedaço de madeira ou de ferro). *Se dresser, monter sur ses ergots*, tomar uma atitude altiva e ameaçadora.
ERGOTAGE (*érgotaj*), **ERGOTEMENT** (*ergotman*), s.m. ou **ERGOTERIE** (*ergotәri*), s. f. *Fam.* Chicana.
ERGOTÉ, E (*érgotê*), adj. Munido de esporões. *Bot.* Atacado pelo fungão.
ERGOTER (*érgotê*), v. i. *Fam.* Chicanear.
ERGOTEUR, EUSE (*érgotĕr, ëz*), adj. e s. Chicaneiro.
ÉRICACÉES ou **ÉRICINÉES** (*êrikaçê* ou *êriçinê*), s. f. pl. *Bot.* Ericáceas ou ericíneas.
ÉRIGER (*êrijê*), v. t. (Toma um *e* mudo depois do *g* antes de *a* e *o*: *il érigea, nous érigeons.*) Erigir; instituir. *Fig.* Elevar. **S'ÉRIGER,** v. pr. Arrogar-se.
ÉRIGNE ou **ÉRINE** (*êrinh* ou *êrin'*), s.f. Érina (instrumento cirúrgico).
ÉRISTIQUE (*êriçtik*), adj. Controvertido; filósofo de Mégara. S. f. Controvérsia.
ERMITAGE (*érmitaj*), s. m. Eremitério. *Fig.* Sítio afastado; casa de campo solitária.
ERMITE (*érmit*), s. m. Eremita.
ÉRODER (*êrodê*), v.t. Roer, corroer.
ÉROSIF, IVE (*êrozif, iv*), adj. Erosivo.
ÉROSION (*êrozion*), s.f. Erosão.
ÉROTIQUE (*êrotik*), adj. Erótico.
ÉROTISME (*êrotiçm*), s. m. Erotismo.
ÉROTOMANE ou **ÉROTOMANIAQUE** (*êrotoman'* ou *êrotomaniak*), adj. e s. Erotômano, erotomaníaco.
ÉROTOMANIE (*êrotomani*), s.f. Erotomania.
ERPÉTOLOGIE (*érpêtoloji*), s.f. Erpetologia.
ERRANT, E (*éran, t*), adj. Errante, nômade.
ERRATA (*ératá*), s. m. inv. Errata.
ERRATIQUE (*ératik*), adj. *Med.* Intermitente. *Geol.* Errático.
ERRATUM (*ératóm'*), s. m. Erro num volume. Pl.: *des errata.*
ERRE (*ér*), s. f. Passo, andadura; derrota (marcha de um navio). *Aller à grand erre, à belle erre*, ir, andar muito depressa. *Aller sur les erres de quelqu'un*, imitar a conduta de alguém.
ERREMENTS (*érman*), s.m.pl. Trâmites, processos habituais.
ERRER (*érê*), v. i. Errar, perambular. *Fig.* Enganar-se.
ERREUR (*êrĕr*), s. f. Erro. *Sauf erreur*, loc. adv. Salvo engano.

ERRONÉ, E (*éronê*), adj. Errôneo.
ERSATZ (*érzatç*), s. m. Sucedâneo, produto usado em substituição a outro.
ERSE (*érç*), adj. Gaélico. S. m. O idioma gaélico.
ÉRUBESCENCE (*êrübéçanç*), s.f. Erubescência.
ÉRUBESCENT, E (*êrübéçan, t*), s.f. Erubescente.
ÉRUCTATION (*êrüktaçion*), s. f. Eructação.
ÉRUCTER (*êrüktê*), v.i. Eructar.
ÉRUDIT, E (*êrüdi, t*), adj. e s. Erudito.
ÉRUDITION (*êrüdiçion*), s. f. Erudição.
ÉRUGINEUX, EUSE (*êrüjinë, ëz*), adj. Eruginoso, ferrugento.
ÉRUPTIF, IVE (*êrüptif, iv*), adj. Eruptivo.
ÉRUPTION (*êrüpçion*), s. f. Erupção.
ÉRYSIPÈLE (*êrizipél*), s. m. Erisipela.
ÉRYTHÈME (*êritém'*), s. m. *Med.* Eritema.
ÉRYTHROSINE (*êritrozin'*), s. f. Eritrosina.
ÈS (*éç* ou *é*), prep. Em, nos, nas (resultado da contração de *en* e *les*). *Docteur ès lettres*, doutor em letras.
ESBIGNER (S') (*çéçbinhê*), v. pr. *Pop.* Fugir, escapar.
ESBROUFE (*éçbruf*), s. f. *Pop.* Fanfarrice.
ESBROUFER (*éçbrufê*), v. t. *Pop.* Bazofiar.
ESBROUFEUR, EUSE (*éçbrufër, ëz*), s. *Pop.* Fanfarrão, blasonador.
ESCABEAU (*éçkabô*), s. m. ou **ESCABELLE** (*éçkabél*), s. f. Escabelo. Pl.: *des escabeaux* ou *escabelles*.
ESCADRE (*éçkadr*), s. f. Esquadra.
ESCADRILLE (*ésçkadrii*), s. f. Esquadrilha.
ESCADRON (*éçkadron*), s. m. Esquadrão.
ESCADRONNER (*éçkadronê*), v. i. Manobrar, fazer evoluções por esquadrões.
ESCALADE (*éçkalad*), s. f. Escalada.
ESCALADER (*éçkaladê*), v. t. Escalar.
ESCALE (*éçkal*), s. f. Escala.
ESCALIER (*éçkaliê*), s.m. Escada. *L'esprit de l'escalier*, a boa resposta que chega tarde demais.
ESCALOPE (*éçkalóp*), s. f. Fatia (de carne ou peixe).
ESCAMOTAGE (*éçkamotaj*), s. m. Escamoteação. *Fig.* Furto.
ESCAMOTE (*éçkamót*), s. f. Objeto de escamoteação (usado pelos prestidigitadores).
ESCAMOTER (*éçkamotê*), v. t. Escamotear. *Fig.* Obter por astúcia; esquivar.
ESCAMOTEUR, EUSE (*éçkamotër, ëz*), s. Escamoteador.
ESCAMPATIVOS (*éçkanpativóç*), s. m. pl. *Fam.* Fuga, escapadela.
ESCAMPETTE (*éçkanpét*), s. f. *Pop.* *Prendre la poudre d'escampette*, fugir.
ESCAPADE (*éçkapad*), s. f. Escapadela; gazeta (falta à escola).
ESCARBILLE (*éçkarbii*), s. f. Fragmento de carvão que cai com as cinzas.
ESCARBOT (*éçkarbô*), s. m. Escaravelho.
ESCARBOUCLE (*éçkarbukl*), s. f. Carbúnculo. Pedra preciosa muito brilhante. Peça heráldica. Beija-flor da Guiana.
ESCARGOT (*éçkargô*), s. m. Caracol.
ESCARMOUCHE (*éçkarmuch*), s. f. Escaramuça.
ESCARMOUCHER (*éçkarmuchê*), v. i. Escaramuçar.
ESCARMOUCHEUR (*éçkarmuchër*), s. m. Escaramuçador.
ESCAROLE ou **SCAROLE** (*éçkaról* ou *çkaról*), s. f. Escarola.
ESCARPE (*éçkarp*), s. f. Escarpa. S. m. *Pop.* Bandido, assassino.
ESCARPÉ, E (*éçkarpê*), adj. Escarpado.
ESCARPEMENT (*éçkarpəman*), s. m. Escarpamento.
ESCARPIN (*éçkarpen*), s.m. Escarpim.
ESCARPOLETTE (*éçkarpolét*), s. f. Balanço.
ESCARRE ou **ESCHARE** (*éçkar*), s. f. Escarra.
ESCHATOLOGIE (*éçkatoloji*), s. f. Escatologia.
ESCIENT (*éçian*), s. m. *À bon escient*, *à son escient*, conscientemente.
ESCLAFFER (S') (*çéçklafê*), v. pr. Gargalhar.
ESCLANDRE (*éçklandr*), s. m. Escândalo.
ESCLAVAGE (*éçklavaj*), s.m. Escravidão, escravatura. *Fig.* Sujeição.
ESCLAVAGISTE (*éçklavajiçt*), s. Escravagista.
ESCLAVE (*éçklav*), adj. e s. Escravo.
ESCLAVON, ONNE (*éçklavon, ón'*), adj. e s. Esclavão.
ESCOBAR (*éçkobar*), s.m. Homem astucioso, embusteiro.
ESCOBARDER (*éçkobardê*), v.i. Falsear, enganar.
ESCOBARDERIE (*éçkobardəri*), s. f. Subterfúgio, equívoco.
ESCOGRIFFE (*éçkogrif*), s. m. *Fam.* Homenzarrão desajeitado.
ESCOMPTABLE (*éçkontabl*), adj. Descontável.
ESCOMPTE (*éçkont*), s.m. Desconto.
ESCOMPTER (*éçkontê*), v.t. Descontar. *Fig.* Gastar antes de receber; gozar antecipadamente; consumir prematuramente.
ESCOMPTEUR (*éçkontër*), s. m. O que desconta. *Banquier escompteur*, banqueiro de desconto.
ESCOPETTE (*éçkopét*), s.f. Escopeta.
ESCORTE (*éçkórt*), s.f. Escolta, séquito; acompanhamento.

ESCORTER (*éçkortê*), v.t. Escoltar.
ESCOUADE (*éçkuad*), s.f. Esquadra (de infantaria); tropa.
ESCOURGÉE ou **ÉCOURGÉE** (*éçkurjê* ou *êkurjê*) s. f. Chibata; chicotada.
ESCRIME (*éçkrim'*), s.f. Esgrima.
ESCRIMER (*éçkrimê*), v. i. Esgrimir. *Fig.* Lutar; discutir. **S'ESCRIMER**, v.pr. Aplicar-se, esforçar-se (sem resultado).
ESCRIMEUR (*éçkrimër*), s.m. Esgrimista.
ESCROC (*éçkrô*), s.m. Escroque.
ESCROQUER (*éçkrokê*), v.t. Surripiar, burlar, apropriar-se de uma coisa (por fraude); ludibriar alguém (para apoderar-se de seus bens).
ESCROQUERIE (*éçkrokəri*), s. f. Trapaça, espoliação fraudulenta.
ESCULAPE (*éçkülap*), s.m. Esculápio.
ÉSOTÉRIQUE (*êzotêrik*), adj. Esotérico.
ÉSOTÉRISME (*êzotêriçm*), s.m. Esoterismo.
ESPACE (*éçpaç*), s.m. Espaço; trajetória. S.f. *Tip.* e *mús.* Espaço.
ESPACEMENT (*éçpaçman*), s.m. Espaçamento, espaço, distância.
ESPACER (*éçpaçê*), v. t. (O *c* leva uma cedilha antes de *a* e *o*: *il espaça, nous espaçons.*) Espaçar.
ESPADON (*éçpadon*), s.m. Espadão; espadarte.
ESPADRILLE (*éçpadrii*), s. f. Alpargata (com sola de esparto).
ESPAGNOL, E (*éçpanhól*), adj. e s. Espanhol.
ESPAGNOLETTE (*éçpanholét*), s.f. Carmona.
ESPALIER (*éçpaliê*), s. m. Espaldeira (renque de árvores); muro onde se apóia uma espaldeira. Remador (de uma galera, que regulava o movimento dos demais).
ESPÈCE (*éçpéç*), s. f. Espécie. *Fam.* Pessoa desprezível. Pl. Moeda de ouro ou de prata.
ESPÉRANCE (*éçpêranç*), s.f. Esperança. S. f. pl. Herança possível.
ESPÉRANT, E (*éçpêran, t*), adj. Esperançado.
ESPÉRANTISTE (*éçpêrantiçt*), adj. e s. Esperantista.
ESPÉRANTO (*éçpêrantô*), s.m. Esperanto.
ESPÉRER (*éçpêrê*), v.t. (Conjuga-se como *accélérer.*) Esperar, ter esperança.
ESPIÈGLE (*éçpiégl*), adj. e s. Vivo, esperto, traquinas.
ESPIÈGLERIE (*éçpiégləri*), s. f. Travessura.
ESPION, ONNE (*éçpion, ón'*), s. Espião; espia.
ESPIONNAGE (*éçpionaj*), s.m. Espionagem.
ESPIONNER (*éçpionê*), v.t. Espionar.
ESGLANADE (*éçplanad*), s.f. Esplanada.
ESPOIR (*éçpuar*), s.m. Esperança. *Se bercer de l'espoir*, embalar-se na esperança.
ESPRIT (*éçpri*), s.m. Espírito. *Esprit follet*, duende; *bel esprit*, pretensioso (que pretende ter espírito); *esprit-de-vin*, álcool; *esprit de bois*, álcool metílico; *esprit de sel*, ácido clorídrico. *Perdre ses esprits*, desmaiar, perder a cabeça. *Recouvrer* ou *reprendre ses esprits*, voltar a si.
ESQUICHER (*éçkichê*), v. i. ou **S'ESQUICHER**, v.pr. Jogar a carta menor (baralho). *Fig.* Manter-se neutro em uma discussão.
ESQUIF (*éçkif*), s.m. Barquinho.
ESQUILLE (*éçkii*), s.f. Esquírola.
ESQUIMAU (*éçkimô*), adj. e s. Esquimó. Conjunto de tricô para crianças. (Usa-se também o f. *esquimaude.*) Pl.: *des esquimaux.*
ESQUINANCIE (*éçkinançi*), s.f. Esquinência.
ESQUINTER (*éçkentê*), v.t. V. **ÉREINTER.**
ESQUIPOT (*éçkipô*), s.m. Mealheiro de barro.
ESQUISSE (*éçkiç*), s.f. Bosquejo, esboço.
ESQUISSER (*éçkiçê*), v.t. Esboçar.
ESQUIVER (*éçkivê*), v.t. Esquivar. **S'ESQUIVER**, v.pr. Esquivar-se, escapar.
ESSAI (*éçé*), s.m. Ensaio; prova, experiência. *Coup d'essai*, tentativa.
ESSAIM (*éçen*), s. m. Enxame. *Fig.* Multidão. Pl.: *des essaims.*
ESSAIMAGE (*éçémaj*), s. m. Enxameação.
ESSAIMER (*éçémê*), v. i. Enxamear. *Fam.* Emigrar.
ESSANGER (*éçanjê*), v.t. (Toma um *e* mudo depois do *g* antes de *a* e *o*: *il essangea, nous essangeons.*) Passar a roupa suja em água quente (antes da lixívia).
ESSARTER (*éçartê*), v.t. Desmoitar.
ESSARTS (*éçar*), s. m. pl. Sítio recentemente desmoitado.
ESSAYAGE (*éçéiaj*), s.m. Ensaio, prova.
ESSAYER (*éçéiê*), v. t. (Conjuga-se como *balayer.*) Ensaiar; experimentar.
ESSAYER DE, v. i. Tentar, procurar, intentar.
ESSAYEUR, EUSE (*éçéiër, ëz*), s. Funcionário encarregado de ensaiar as moedas. Ajudante de alfaiate ou costureira.
ESSAYISTE (*éçéiçt*), s. m. Ensaísta.
ESSE (*éç*), s.f. Gancho de ferro; cavilha (em forma de S).
ESSENCE (*éçanç*), s.f. Essência. Gasolina.
ESSENTIEL. ELLE (*éçançiél*), adj. Essencial.
ESSENTIELLEMENT (*éçançiélman*), adv. Essencialmente.
ESSEULÉ, E (*éçëlê*), adj. Só, solitário.
ESSEULER (*éçëlê*), v. t. Deixar só.
ESSIEU (*éçië*), s.m. Eixo (de uma ro-

da). Pl.: *des essieux.*

ESSOR (*éçor*), s.m. Vôo. *Fig.* Impulso, progresso. *Donner essor à*, dar livre curso a.

ESSORAGE (*éçoraj*), s. m. Secagem.

ESSORER (*éçorê*), v.t. Expor ao vento (para secar).

ESSOREUSE (*éçorëz*), s.f. Máquina para secar roupa. Aparelho que separa o açúcar cristalizado do melado.

ESSORILLER (*éçoriiê*), v.t. Cortar as orelhas.

ESSOUCHER (*éçuchê*), v.t. Arrancar (cepas ou raízes).

ESSOUFFLEMENT (*éçufləman*), s. m. Sufocação, arquejo, esfalfamento.

ESSOUFFLER (*éçuflê*), v.t. Esfalfar, tirar o fôlego.

ESSUIE-GLACE (*éçüiglaç*), s. m. inv. Limpador de pára-brisa.

ESSUIE-MAIN ou **ESSUIE-MAINS** (*éçüimen*), s. m. Toalha (de mãos).

ESSUIE-MEUBLES (*éçüimëbl*), s.m.inv. Pano de limpar móveis.

ESSUIE-PIEDS (*éçüipiê*), s.m. inv. Capacho.

ESSUIE-PLUME ou **ESSUIE-PLUMES** (*éçüiplüm'*), s.m. Limpa-penas.

ESSUYAGE (*éçüiiaj*), s. m. Enxugo.

ESSUYER (*éçüiiê*), v. t. (Conjuga-se como *aboyer.*) Enxugar, limpar. *Fig.* Suportar, tolerar.

ESSUYEUR, EUSE (*éçüiiër, ëz*), s. Enxugador; limpador.

EST (*éçt*), s.m. Este ou leste.

ESTACADE (*éçtakad*), s.f. Estacada.

ESTAFETTE (*éçtafét*), s.f. Estafeta.

ESTAFILADE (*éçtafilad*), s.f. Gilvaz.

ESTAME (*éçtam'*), s.f. Estame, estambre.

ESTAMINET (*éçtaminé*), s.m. Botequim. *Fam. Pilier d'estaminet*, freqüentador de botequins.

ESTAMPAGE (*éçtanpaj*), s.m. Estampagem.

ESTAMPE (*éçtanp*), s. f. Estampa; aparelho de estampar.

ESTAMPEUR (*éçtanpër*), s. m. Estampador.

ESTAMPILLE (*éçtanpíi*), s. f. Estampilha.

ESTAMPILLER (*éçtanpiiê*), v.t. Estampilhar.

ESTÈRE (*éçtér*), s.f. Espécie de esteira.

ESTERLIN (*éçtérlen*), s.m. Esterlino.

ESTHÈTE (*éçtét*), s.m. Esteta.

ESTHÉTICIEN, ENNE (*éçtêticien, én'*), s. Esteta.

ESTHÉTIQUE (*éçtêtik*), s.f. Estética.

ESTIMABLE (*éçtimabl*), adj. Estimável.

ESTIMATEUR (*éçtimatër*), s.m. Avaliador.

ESTIMATIF, IVE (*éçtimatif, iv*), adj. Estimativo.

ESTIMATION (*éçtimaçion*), s.f. Estimação, estimativa, avaliação.

ESTIMATOIRE (*éçtimatuar*), adj. Estimatório.

ESTIME (*éçtim'*), s. f. Estima, apreço.

ESTIMER (*éçtimê*), v.t. Estimar; avaliar; presumir, crer.

ESTIVAGE (*éçtivaj*), s. m. Estivagem. Estivação.

ESTIVAL, E, AUX (*éçtival, ô*), adj. Estival.

ESTOC (*éçtók*), s. m. Estoque (espada); cepa.

ESTOMAC (*éçtomá*), s. m. Estômago. *Fam. Sentir son estomac dans les talons*, estar esfaimado.

ESTOMAQUER (*éçtomakê*), v. t. Estomagar. **S'ESTOMAQUER**, v. pr. Estomagar-se.

ESTOMPE (*éçtomp*), s. f. Esfuminho; desenho (esbatido).

ESTOMPER (*éçtonpê*), v. t. Esfumar.

ESTONIEN, ENNE (*éçtonien, én'*), adj. e s. Estônio.

ESTRADE (*éçtrad*), s. f. Estrado, tablado. *Ant.* Estrada.

ESTRAGON (*éçtragon*), s. m. Estragão. *Fig.* Ataque brusco.

ESTRAN ou **ESTRAND** (*éçtran*), s. m. Praia, costa.

ESTRAPADE (*éçtrapad*), s. f. Estrapada.

ESTRAPASSER (*éçtrapaçê*), v. t. Estafar (um cavalo).

ESTROPIÉ, E (*éçtropiê*), adj. e s. Estropiado.

ESTROPIER (*êçtropiê*), v. t. (Conjuga-se como *prier.*) Estropiar.

ESTUAIRE (*éçtüér*), s. m. Estuário.

ESTURGEON (*éçtürjon*), s. m. Esturjão.

ET (*ê*), conj. E.

ÉTABLAGE (*êtablaj*), s. m. Preço do lugar ocupado por um animal em uma estrebaria.

ÉTABLE (*êtabl*), s. f. Estábulo.

ÉTABLER (*êtablê*), v. t. Estabular.

ÉTABLI (*êtabli*), s. m. Banca (de carpinteiro, de sapateiro, etc.).

ÉTABLIR (*êtablir*), v. t. Estabelecer, instalar; montar (máquinas); instituir. *Fig.* Enunciar, demonstrar.

ÉTABLISSEMENT (*êtabliçman*), s. m. Estabelecimento; instituição; casamento. Pl.: Colônias.

ÉTAGE (*êtaj*), s. m. Andar; camada (em uma série de camadas sobrepostas). *Fig.* Condição social.

ÉTAGEMENT (*êtajman*), s. m. Disposição em andares, em camadas sobrepostas.

ÉTAGER (*êtajê*), v. t. (Toma um *e* mudo depois do *g* antes de *a* e *o*: *il étagea, nous étageons.*) Dispor em andares, camadas.

ÉTAGÈRE (*êtajér*), s. f. Prateleira pequena, estante de parede; aparador.

ÉTAI (*êté*), s. m. Escora. *Náut.* Estal.

ÉTAIN (*êten*), s. m. Estanho.

ÉTAL (*êtal*), s. m. Balcão de açougue; açougue. Pl.: *des étaux* ou *étals.*

ÉTALAGE (*êtalaj*), s. m. Exposição de

mercadorias; mostra; tabuleiro (de feirante). *Fig.* Exibição, alarde.
ÉTALAGER (*êtalajê*), v.t. (Toma um *e* mudo depois do *g* antes de *a* e *o*: *il étalagea, nous étalageons.*) Expor (mercadorias).
ÉTALAGISTE (*êtalajiçt*), s. m. Vendedor (de rua, de feira); o encarregado de expor as mercadorias.
ÉTALE (*êtal*), adj. Estofo, estagnado; parado, estacionado.
ÉTALEMENT (*êtalman*), s. m. Exposição, estendal.
ÉTALER (*êtalê*), v.t. Expor (para venda); estender; desdobrar, esparramar. *Fig.* Exibir. *Fam.* Fazer cair. **S'ÉTALER**, v.pr. Estender-se, esparramar-se. *Fam.* Cair.
ÉTALIER, ÈRE (*êtaliê, ér*), adj. e s. Cortador, empregado de açougue.
ÉTALON (*êtalon*), s.m. Estalão, padrão; garanhão.
ÉTALONNAGE ou **ÉTALONNEMENT** (*êtalonaj* ou *êtalónəman*), s. m. Aferimento (de pesos e medidas).
ÉTALONNER (*êtalonê*), v.t. Aferir (pesos e medidas).
ÉTALONNEUR (*êtalonĕr*), s. m. Aferidor.
ÉTAMBOT (*êtambô*), s.m. *Náut.* Cadaste.
ÉTAMER (*êtamê*), v.t. Estanhar.
ÉTAMEUR (*êtamĕr*), s. m. Estanhador.
ÉTAMINE (*êtamin'*), s.f. Estamenha. *Fig.* Exame severo. *Bot.* Estame.
ÉTAMPAGE (*êtanpaj*). s. m. Estampagem em relevo (em chapa de metal).
ÉTAMPE (*êtanp*), s.f. Matriz (molde para tipos).
ÉTAMPER (*êtanpê*), v. t. Estampar em relevo (em lâminas de metal); abrir os buracos (em uma ferradura).
ÉTAMPEUR (*êtanpër*), s.m. Estampador (de relevo).
ÉTANCHE (*êtanch*), adj. Estanque.
ÉTANCHEMENT (*êtanchman*), s. m. Estancamento.
ÉTANCHER (*êtanchê*), v.t. Estancar. *Fig.* Saciar, mitigar.
ÉTANÇONNER (*êtançonê*), v.t. Escorar, especar.
ÉTANG (*êtan*), s.m. Tanque; lagoa.
ÉTAPE (*êtap*), s.f. Etapa.
ÉTARQUER (*êtarkê*), v. t. Içar, esticar (velas).
ÉTAT (*êtá*), s. m. Estado; condição social; maneira de viver. Lista, quadro. Governo; nação, país, reino. *Faire état de*, gostar, contar com. *Avoir des grâces d'état*, ter vantagens oficiais. *Se mettre dans tous ses états*, admirar-se, enfurecer-se.
ÉTATISATION (*êtatizaçion*), s.f. Estatização.
ÉTATISER (*êtatizê*), v.t. Estatizar.
ÉTATISME (*êtatiçm*), s. m. Estatismo.
ÉTATISTE (*êtatiçt*), s.m. Partidário do estatismo.
ÉTAT-MAJOR (*êtamajór*), s.m. Estado-maior. Pl. *des états-majors.*
ÉTAU (*êtô*), s. m. Torno. Pl.: *des étaux.*
ÉTAYAGE ou **ÉTAIEMENT** (*êtéiaj* ou *êtéman*), s.m. Escoramento; ajuda.
ÉTAYER (*êteiê*)), v. t. (Conjuga-se como *payer.*) Especar. *Fig.* Ajudar, apoiar.
ÉTÉ (*êtê*), s.m. Verão. *Se mettre en été*, vestir roupas leves.
ÉTEIGNEUR, EUSE (*êtênhĕr, ëz*), s. Apagador (pessoa encarregada de apagar as luzes).
ÉTEIGNOIR (*êtênhuar*), s.m. Apagador (instrumento para apagar luzes). *Fam.* Desmancha-prazeres. *Pop.* Gorro de dormir.
ÉTEINDRE (*êtendr*), v.t. (Conjuga-se como *craindre.*) Apagar; desbotar; mitigar; exterminar; solver (uma dúvida). **S'ÉTEINDRE**, v. pr. Apagar-se. *Fig.* Morrer aos poucos.
ÉTELON ou **ÉTALON** (*êtəlon* ou *êtalon*), s. m. Planta, plano de um edifício (traçado no próprio terreno).
ÉTENDAGE (*êtandaj*), s. m. Estendal.
ÉTENDARD (*êtandar*), s.m. Estandarte.
ÉTENDOIR (*êtanduar*), s. m. Estendedouro, varal.
ÉTENDRE (*êtandr*), v. t. Estender; espalhar. Diluir. *Fig.* Aumentar. *Fam.* Reprovar em exame. **S'ÉTENDRE**, v. pr. Deitar-se; abrir-se; estender-se.
ÉTENDU, E (*êtandü*), adj. Vasto, desdobrado; diz-se de um líquido ao qual se adicionou água.
ÉTENDUE (*êtandü*), s.f. Extensão, vastidão; duração; alcance; desenvolvimento. *Fig.* Importância; significação.
ÉTERNEL, ELLE (*êtérnél*), adj. Eterno.
ÉTERNISER (*êtérnizê*), v. t. Eternizar, perpetuar. **S'ÉTERNISER**, v.pr. Eternizar-se, perpetuar-se. *Fam.* Demorar-se muito.
ÉTERNITÉ (*êtérnitê*), s. f. Eternidade.
ÉTERNUEMENT ou **ÉTERNÛMENT** (*êtérnüman*), s. m. Espirro.
ÉTERNUER (*êtérnüê*), v.t. Espirrar.
ÉTÉSIEN (*êtêzian*), adj. m. Etésio.
ÉTÊTER (*êtêtê*), v. t. Descabeçar; chapotar (copa de uma árvore).
ÉTEUF (*êtëf*), s.m. Bola (do jogo de péla). *Renvoyer l'éteuf*, rebater a bola. *Fig.* Revidar, replicar a uma injúria.
ÉTHANE (*êtan'*), s.m. Etana.
ÉTHER (*êtér*), s.m. Éter.
ÉTHÉRÉ, E (*êtêrê*), adj. Etéreo.
ÉTHÉRIFIER (*êtêrifiê*), v. t. (Conjuga-se como *prier.*) Eterificar.
ÉTHÉRISATION (*êtêrizaçion*), s. f. Eterização.
ÉTHÉRISER (*êtêrizê*), v. t. Eterizar.
ÉTHÉROMANE (*êtêroman'*), adj. e s.

Eterômano.
ÉTHÉROMANIE (*êtêromani*), s. f. Eteromania.
ÉTHIOPIEN, ENNE (*êtiopien, én'*), adj. e s. Etíope.
ÉTHIOPIQUE (*êtiopik*), adj. Etiópico.
ÉTHIQUE (*êtik*), adj. Ético. S. f. Ética.
ETHMOÏDE (*étmoid*), s. m. Etmóide.
ETHNARCHIE (*étnarchi*), s. f. Etnarquia.
ETHNARQUE (*étnark*), s. m. Etnarca.
ETHNIQUE (*étnik*), adj. Étnico.
ETHNOGRAPHE (*étnograf*), s. m. Etnógrafo.
ETHNOGRAPHIE (*étnografi*), s.f. Etnografia.
ETHNOLOGIE (*étnoloji*), s. f. Etnologia.
ETHNOLOGUE ou **ETHNOLOGISTE** (*étnológ* ou *étnolojiçt*), s. m. Etnólogo, etnologista.
ÉTHOLOGIE ou **ÉTHOGRAPHIE** (*êtoloji* ou *êtografi*), s. f. Etologia.
ÉTHYLE (*êtil*), s. m. *Quím.* Etilo.
ÉTHYLÈNE (*êtilén'*), s. m. Etileno.
ÉTIAGE (*êtiaj*), s. m. Estiagem; o nível de um rio no tempo seco.
ÉTIER (*êtiê*), s. m. Esteiro, canal.
ÉTINCELANT, E (*êtençəlan, t*), adj. Brilhante, faiscante.
ÉTINCELER (*êtençəlê*), v. i. (Dobra-se o *l* antes de sílaba muda: *j'étincelle*.) Faiscar, brilhar.
ÉTINCELLE (*êtençél*), s. f. Faísca, centelha.
ÉTINCELLEMENT (*êtençélman*), s. m. Cintilação, brilho.
ÉTIOLEMENT (*êtiolman*), s. m. Estiolamento.
ÉTIOLER (*êtiolê*), v. t. Estiolar.
ÉTIOLOGIE (*êtioloji*), s. f. Etiologia.
ÉTIQUE (*êtik*), adj. *Med.* Hético.
ÉTIQUETAGE (*êtiktaj*), s. m. Etiquetagem.
ÉTIQUETER (*êtiktê*), v. t. (Dobra-se o *t* antes de sílaba muda: *j'étiquette*.) Etiquetar.
ÉTIQUETEUR, EUSE (*êtiktër, ëz*), s. Pessoa que cola etiquetas.
ÉTIQUETTE (*êtikét*), s. f. Etiqueta, rótulo; cerimônia, cerimonial.
ÉTIRABLE (*êtirabl*), adj. Que pode ser esticado.
ÉTIRAGE (*êtiraj*), s. m. Esticadela; ação de esticar; alongamento.
ÉTIRER (*êtirê*), v. t. Esticar, alongar, estirar. **S'ÉTIRER**, v. pr. Estirar-se; espreguiçar-se.
ÉTISIE (*êtizi*), s. f. *Med.* Hética.
ÉTOFFE (*étóf*), s. f. Fazenda, tecido. *Fig.* Matéria, assunto; valor pessoal. *Avoir de l'étoffe*, ter estofo, ser capaz.
ÉTOFFÉ, E (*êtofê*), adj. Abundante; pomposo (estilo); gordo, corpulento. *Voix étoffée*, voz sonora e cheia.
ÉTOFFER (*êtofê*), v. t. Empregar a fazenda necessária. *Fig.* Engrossar, engordar; avolumar, aumentar.
ÉTOILE (*êtual*), s. f. Estrela. *Fig.* Destino. Grande ator ou atriz. Asterisco. *Étoile filante*, estrela cadente. *À la belle étoile*, ao relento.
ÉTOILÉ, E (*êtualê*), adj. Estrelado; em forma de estrela.
ÉTOILEMENT (*êtualman*), s. m. Fratura em forma de estrela.
ÉTOILER (*êtualê*), v. t. Estrelar, semear de estrelas; fraturar em forma de estrela.
ÉTOLE (*êtól*), s. f. Estola.
ÉTOLIEN, ENNE (*êtolien, én'*), adj. e mar, abalar.
ÉTONNAMMENT (*êtonaman*), adv. Espantosamente.
ÉTONNANT, E (*êtonan, t*), adj. Espantoso, surpreendente; extraordinário.
ÉTONNEMENT (*êtónəman*), s. m. Espanto, assombro.
ÉTONNER (*êtonê*), v. t. Espantar, pasmar, abalar.
ÉTOUFFAGE (*êtufaj*), s. m. Sufocação, asfixia (principalmente das abelhas).
ÉTOUFFANT, E (*êtufan, t*), adj. Sufocante.
ÉTOUFFÉE (*êtufê*), s. f. Estufagem.
ÉTOUFFEMENT (*êtufman*), s. m. Asfixia, sufocação.
ÉTOUFFER (*êtufê*), v. t. Sufocar; abafar. *Fam. Étouffer de rire*, rir muito, estourar de rir.
ÉTOUFFEUR, EUSE (*êtufër, ëz*), s. Sufocador.
ÉTOUFFOIR (*êtufuar*), s. m. Abafador (de sons); apagador (de brasas). *Fig.* Compartimento onde se sufoca, onde falta ar.
ÉTOUPE (*êtup*), s. f. Estopa. *Mettre le feu aux étoupes*, excitar os ânimos.
ÉTOUPEMENT (*êtupman*), s. m. Calafetação, vedação (com estopa).
ÉTOUPER (*êtupê*), v. t. Estopar, calafetar com estopa.
ÉTOUPILLE (*êtupii*), s. f. Estopim.
ÉTOURDERIE (*êturdəri*), s. f. Irreflexão, desatino, travessura.
ÉTOURDI, E (*êturdi*), adj. e s. Estouvado, avoado. *À l'étourdie*, loc. adv. Estouvadamente.
ÉTOURDIMENT (*êturdiman*), adv. Estouvadamente.
ÉTOURDIR (*êturdir*), v. t. Aturdir, atordoar; importunar; mitigar. **S'ÉTOURDIR**, v. pr. Distrair-se.
ÉTOURDISSANT, E (*êturdiçan, t*), adj. Atordoador. *Fam.* Extraordinário, surpreendente.
ÉTOURDISSEMENT (*êturdiçman*), s.m. Atordoamento, entontecimento. *Fig.* Estupefação; distração (para afugentar uma idéia inoportuna).
ÉTOURNEAU (*êturnô*), s. m. Estorvinho. *Fig.* Rapaz estouvado. Pl.: *des étourneaux*.

ÉTRANGE (*êtranj*), adj. Estranho.

ÉTRANGEMENT (*êtranjman*), adv. Estranhamente; extraordinariamente.

ÉTRANGER, ÈRE (*êtranjê, ér*), adj. e s. Estrangeiro; estranho, alheio.

ÉTRANGETÉ (*êtranjətê*), s. f. Estranheza.

ÉTRANGLÉ, E (*êtranglê*), adj. Apertado, estreito. *Voix étranglée*, voz abafada.

ÉTRANGLEMENT (*êtrangləman*), s. m. Estrangulamento; compressão, estreitamento.

ÉTRANGLER (*êtranglê*), v. t. Estrangular; apertar; sufocar. *Fig.* Impedir; causar a ruína de. V.i. Sufocar, perder a respiração.

ÉTRANGLEUR, EUSE (*êtranglĕr, ëz*), s. Estrangulador.

ÊTRE (*étr*), v. i. (*Je suis, tu es, il est, nous sommes, vous êtes, ils sont. J'étais, nous étions. Je fus, nous fûmes. Je serai, nous serons. Je serais, nous serions. Sois, soyons, soyez. Que je sois, que nous soyons. Que je fusse, que nous fussions. Étant. Été.*) Ser; estar; pertencer; ir (conjugado nos tempos do passado). V. imp. Haver. *N'être plus*, não mais existir. *Y être*, estar em casa, compreender. *Ça y est*, pronto, ai está. *Y être pour quelque chose, pour beaucoup*, ser responsável por alguma coisa, ser o maior responsável. *N'y être pour rien*, não ter nenhuma responsabilidade. *On en est là*, está-se nesse ponto. *Être en train de lire*, estar lendo, etc. *Vous y êtes*, adivinhou, é isso. *Voilà où j'en suis*, eis o ponto a que cheguei, eis a minha posição. *En être pour son argent*, ter perdido o seu dinheiro. *Voilà ce que c'est que de*, eis o resultado de. *Voici ce qui en est*, eis do que se trata. *Ce n'est pas du tout de*, não basta. *Je n'y suis plus du tout*, não entendo mais nada. *Si tant est que*, se, no caso de. S. m. Ser.

ÉTRÉCIR (*êtrêçir*), v. t. Estreitar, apertar. **S'ÉTRÉCIR**, v. pr. Tornar-se mais estreito.

ÉTRÉCISSEMENT (*êtrêçiçman*), s. m. Estreitamento, estreiteza.

ÉTREINDRE (*êtrendr*), v. t. (Conjuga-se como *craindre.*) Estreitar; apertar; abraçar.

ÉTREINTE (*êtrent*), s. f. Aperto; amplexo.

ÉTRENNE (*êtrén'*), s. f. Presente (de festas de fim de ano, de ano-bom). Estréia (de uma vestimenta, calçado). Primeira venda do dia (de um negociante).

ÉTRENNER (*êtrénê*), v. t. Estrear, usar pela primeira vez; ser o primeiro a comprar. V. i. Diz-se da primeira venda do dia.

ÊTRES ou **AÎTRES** (*étr*), s. m. pl. Dependências, cômodos (de uma casa).

ÉTRÉSILLON (*êtrêziion*), s. m. Estronca, escora (em minas).

ÉTRIER (*êtriê*), s. m. Estribo. *À franc étrier*, à tôda a brida. *Coup de l'étrier*, último gole, último copo de bebida antes da separação.

ÉTRILLE (*êtríi*), s. f. Almofaça.

ÉTRILLER (*êtriiê*), v. t. Almofaçar. *Fig.* Maltratar, bater. *Fam.* Escorchar, fazer pagar caro.

ÉTRIPER (*êtripê*), v. t. Estripar.

ÉTRIQUÉ, E (*êtrikê*), adj. Estreito, apertado.

ÉTRIQUER (*êtrikê*), v. t. Apertar, ajustar. *Fig.* Não desenvolver suficientemente (um discurso).

ÉTRIVIÈRE (*êtriviér*), s. f. Loro (do estribo).

ÉTROIT, E (*êtruá, t*), adj. Estreito, apertado. *Fig.* Limitado, acanhado; íntimo; estrito. *À l'étroit*, loc. adv. Pobremente. *Être logé à l'étroit*, habitar um compartimento pequeno.

ÉTROITEMENT (*êtruatman*), adv. Estreitamente. *Fig.* Intimamente; estritamente.

ÉTROITESSE (*êtruatéç*), s. f. Estreiteza. *Fig.* Limitação; pouca capacidade.

ÉTRUSQUE (*êtrüçk*), adj. e s. Etrusco.

ÉTUDE (*êtüd*), s. f. Estudo; cuidado; sala de estudo; escritório de advogado. Cartório; clientela (de um tabelião). Trabalhos preparatórios.

ÉTUDIANT, E (*êtüdian, t*), s. Estudante; universitário, aluno de uma faculdade.

ÉTUDIER (*êtüdiê*), v. t. (Conjuga-se como *prier.*) Estudar; examinar atentamente; preparar. **S'ÉTUDIER**, v.pr. Aplicar-se.

ÉTUI (*êtüí*), s. m. Estojo; invólucro; agulheiro.

ÉTUVAGE ou **ÉTUVEMENT** (*êtüvaj* ou *êtüvman*), s. m. Estufagem, ação de pôr em estufa.

ÉTUVE (*êtüv*), s. f. Estufa.

ÉTYMOLOGIQUE (*êtimolojik*), adj. Etimológico.

ÉTYMOLOGIQUEMENT (*êtimolojikman*), adv. Etimologicamente.

ÉTYMOLOGISTE (*êtimolojiçt*), s. m. Etimologista.

EUCALYPTUS (*ëkaliptüç*), s. m. Eucalipto. Pl.: *des eucaliptus.*

EUCHARISTIE (*ëkariçti*), s. f. Eucaristia.

EUCHARISTIQUE (*ëkariçtik*), adj. Eucarístico.

EUCOLOGE (*ëkolój*), s. m. Eucológio.

EUDÉMONISME (*ëdêmoniçm*), s. m. Eudemonismo.

EUDIOMÈTRE (*ëdiométr*), s. m. *Fís.* Eudiômetro.

EUGÉNIQUE (*ëjênik*), s. f. ou **EUGÉNISME** (*ëjêniçm*), s. m. Eugenia.

EUH! (*ë*), interj. Ah!. (Indica dúvida, admiração.)

EUNUQUE (*ënük*), s. m. Eunuco.
EUPATOIRE (*ëpatuar*), s. f. *Bot.* Eupatório.
EUPEPSIE (*ëpépçi*), s. f. Eupepsia.
EUPHÉMIQUE (*ëfêmik*), adj. Eufêmico.
EUPHÉMISME (*ëfêmiçm*), s. m. Eufemismo.
EUPHONIE (*ëfoni*), s. f. Eufonia.
EUPHONIQUE (*ëfonik*), adj. Eufônico.
EUPHORBE (*ëfórb*), s. f. Eufórbio.
EUPHORBIACÉES (*ëforbiaçê*), s. f. pl. Euforbiáceas.
EUPHORIE (*ëfori*), s. f. Euforia.
EUPHUISME (*ëfüiçm*), s. m. Eufuísmo.
EURASIEN, ENNE (*ërazien, én'*), adj. e s. Eurásio.
EUROPÉANISER (*ëropêanizê*), v. t. Europeizar.
EUROPÉEN, ENNE (*ëropêen, én'*), adj. e s. Europeu.
EURYTHMIE (*ëritmi*), s. f. Eurritmia.
EURYTHMIQUE (*ëritmik*), adj. Eurrítmico.
EUSTACHE (*ëçtach*), s. m. Faca ordinária.
EUTHANASIE (*ëtanazi*), s. f. Eutanásia.
EUX (*ë*), pron. pess. 3ª p. pl. Eles.
ÉVACUATION (*êvaküaçion*), s. f. *Med.* Evacuação. *Fig.* Evacuação, evasão.
ÉVACUER (*êvaküê*), v. t. Evacuar; fazer sair.
ÉVADÉ, E (*êvadê*), adj. Evadido.
ÉVADER (S') (*çêvadê*), v. pr. Evadir-se. *Fig.* Sair de uma situação embaraçosa.
ÉVALUABLE (*êvalüabl*), adj. Avaliável.
ÉVALUER (*êvalüê*), v. t. Avaliar, fixar o valor.
ÉVANESCENT, E (*êvanéçan, t*), adj. Evanescente.
ÉVANGÉLIQUE (*êvanjêlik*), adj. Evangélico.
ÉVANGÉLIQUEMENT (*êvanjêlikman*), adv. Evangelicamente.
ÉVANGÉLISATEUR (*êvanjêlizatër*), s. m. Evangelizador.
ÉVANGÉLISATION (*êvanjêlizaçion*), s. f. Evangelização.
ÉVANGÉLISER (*êvanjêlizê*), v. t. Evangelizar.
ÉVANGÉLISTE (*êvanjêliçt*), s. m. Evangelista.
ÉVANGILE (*êvanjil*), s. m. Evangelho.
ÉVANOUIR (S') (*çêvanuir*), v. pr. Desmaiar. *Fig.* Dissipar-se, desaparecer, desvanecer-se.
ÉVANOUISSEMENT (*êvanuiçman*), s.m. Desmaio. *Fig.* Desvanecimento.
ÉVAPORABLE (*êvaporabl*), adj. Evaporável.
ÉVAPORATION (*êvaporaçion*), s. f. Evaporação.
ÉVAPORATOIRE (*êvaporatuar*), adj. Evaporatório.
ÉVAPORÉ, E (*êvaporê*), adj. *Fig.* Avoado.
ÉVAPORER (*êvaporê*), v. t. Evaporar.
S'ÉVAPORER, v. pr. Evaporar-se.
ÉVASÉ, E (*êvazê*), adj. Alargado, dilatado. *Décolleté évasé*, decote largo.
ÉVASEMENT (*êvazman*), s. m. Alargamento.
ÉVASER (*êvazê*), v. t. Alargar, dilatar.
ÉVASIF, IVE (*êvazif, iv*), adj. Evasivo.
ÉVASION (*êvazion*), s. f. Evasão.
ÉVASIVEMENT (*êvazivman*), adv. Evasivamente.
ÉVASURE (*êvazür*), s. f. Abertura.
ÉVÊCHÉ (*êvéchê*), s. m. Bispado; palácio episcopal.
ÉVECTION (*êvékçion*), s. m. *Astr.* Evecção.
ÉVEIL (*êvéi*), s. m. Despertar, ação de despertar; aviso; alarme. *Donner l'éveil*, alertar.
ÉVEILLÉ, E (*êvéiê*), adj. Acordado. *Fig.* Vivo, esperto.
ÉVEILLER (*êvéiê*), v. t. Acordar, despertar. *Fig.* Estimular. **S'ÉVEILLER**, v. pr. Despertar.
ÉVÉNEMENT (*êvénəman*), s. m. Acontecimento; fato, incidente marcante; desfecho de uma obra literária.
ÉVÉNEMENTIEL, ELLE (*êvênəmançiel*), adj. Dos acontecimentos. *Histoire événementielle*, história que se limita à narração dos acontecimentos.
ÉVENT (*êvan*), s. m. Ar livre; fenda; mofo; ranço. Canal (para renovação do ar). *Mettre à l'évent*, arejar. *Fig. Tête à l'évent*, cabeça de vento, doidivanas.
ÉVENTAIL (*êvantai*), s. m. Leque; ventarola.
ÉVENTAILLISTE (*êvantaiiçt*), s. m. Fabricante, negociante de leques.
ÉVENTAIRE (*êvantér*), s. m. Açafate, tabuleiro de vime.
ÉVENTÉ, E (*êvantê*), adj. Azedo. *Fig.* Estouvado, avoado.
ÉVENTER (*êvantê*), v. t. Arejar; aventar, expor ao vento; rançar, azedar. *Fig.* Impedir qualquer coisa (após descobri-la habilmente). **S'ÉVENTER**, v. pr. Abanar-se; ficar ranço; avinagrar-se.
ÉVENTOIR (*êvantuar*), s. m. Abano (para avivar o fogo).
ÉVENTRER (*êvantrê*), v. t. Desventrar; arrombar; escancarar.
ÉVENTUALITÉ (*êvantüalitê*), s. f. Eventualidade.
ÉVENTUEL, ELLE (*êvantüél*), adj. Eventual. S. m. Emolumento eventual.
ÉVENTUELLEMENT (*êvantüélman*), Eventualmente.
ÉVÊQUE (*êvék*), s. m. Bispo.
ÉVERTUER (S') (*çêvértüê*), v. pr. Esforçar-se, empenhar-se em.
ÉVICTION (*êvikçion*), s. f. *Jur.* Evicção.
ÉVIDAGE (*êvidaj*), s. m. Vazadura.
ÉVIDEMENT (*êvidman*), s. m. Vazamento. *Cir.* Esvaziamento (de um osso sem atacar o periósteo).

ÉVIDEMMENT (*êvidaman*), adv. Evidentemente.
ÉVIDENCE (*êvidanç*), s. f. Evidência.
ÉVIDENT, E (*êvidan, t*), adj. Evidente.
ÉVIDER (*êvidê*), v. t. Vazar, cavar interiormente; acanalar, recortar, chanfrar.
ÉVIER (*êviê*), s. m. Pia (de cozinha); ralo, cano (por onde passam as águas da cozinha).
ÉVINCER (*êvençê*), v. t. (O *c* leva uma cedilha antes de *a* e *o*: *il évinça, nous évinçons.*) Afastar alguém por meio de intrigas. *Jur.* Desaparecer juridicamente; desapossar em geral.
ÉVITABLE (*êvitabl*), adj. Evitável.
ÉVITEMENT (*êvitman*), s. m. Evitação. *Gare d'évitement,* linha de resguardo.
ÉVITER (*êvitê*), v. t. Evitar. *Náut.* Afilar.
ÉVOCABLE (*êvokabl*), adj. Evocável.
ÉVOCATEUR, TRICE (*êvokatĕr, triç*), adj. e s. Evocador.
ÉVOCATION (*êvokaçion*), s. f. Evocação. *Jur.* Avocação.
ÉVOCATOIRE (*êvokatuar*), adj. Evocatório.
ÉVOLUER (*êvolüê*), v. i. Evolucionar, fazer evoluções; evoluir.
ÉVOLUTIF, IVE (*êvolütif, iv*), adj. Evolutivo.
ÉVOLUTION (*êvolüçion*), s. f. Evolução, manobra. *Fig.* Transformação, série de transformações sucessivas.
ÉVOLUTIONNISME (*êvolüçioniçm*), s. m. Evolucionismo.
ÉVOLUTIONNISTE (*êvolüçioniçt*), adj. Evolucionista.
ÉVOQUER (*êvokê*), v. t. Evocar. *Jur.* Avocar.
EXACERBATION (*égzaçérbaçion*), s. f. Exacerbação.
EXACERBER (*égzaçérbê*), v. t. Exacerbar.
EXACT, E (*égzakt*), adj. Exato; rigoroso; pontual.
EXACTEMENT (*égzaktəman*), adv. Exatamente.
EXACTEUR (*égzatĕr*), s. m. Exator.
EXACTION (*égzakçion*), s. f. Exacção.
EXACTITUDE (*égzaktitüd*), s. f. Exatidão.
EXAGÉRATEUR, TRICE ou **EXAGÉREUR, EUSE** (*égzajêratĕr, triç* ou *égzajêrĕr, ëz*), adj. e s. Exagerador.
EXAGÉRATION (*égzajêraçion*), s. f. Exageração, exagero.
EXAGÉRÉ, E (*égzajêrê*), adj. Exagerado. S. m. Exagero.
EXAGÉRER (*égzajêrê*), v. t. (Conjuga-se como *accélérer.*) Exagerar.
EXALTATION (*égzaltaçion*), s. f. Exaltação, elevação; enfurecimento, excitação.
EXALTÉ, E (*égzaltê*), adj. e s. Exaltado.
EXALTER (*égzaltê*), v. t. Exaltar, louvar; excitar. **S'EXALTER,** v. pr. Exaltar-se; excitar-se.
EXAMEN (*égzamen*), s. m. Exame.
EXAMINATEUR, TRICE (*égzaminatĕr, triç*), adj. e s. Examinador.
EXAMINER (*égzaminê*), v. t. Examinar.
EXANTHÈME (*égzantém'*), s. m. Exantema.
EXARCHAT (*égzarká*), s. m. Exarcado.
EXARQUE (*égzark*), s. m. Exarca.
EXASPÉRANT, E (*êgzaçpêran, t*), adj. Exasperador.
EXASPÉRATION (*égzaçpêraçion*), s. f. Exasperação; agravamento.
EXASPÉRER (*égzaçpêrê*), v. t. (Conjuga-se como *accélérer.*) Exasperar; exacerbar.
EXAUCEMENT (*égzôçman*), s. m. Acolhimento favorável, satisfação (de um pedido, uma súplica).
EXAUCER (*égzôçê*), v. t. (Toma uma cedilha antes de *a* e *o*: *il exauça, nous exauçons.*) Atender, satisfazer (um pedido, uma súplica).
EXCAVATEUR (*ékçkavatĕr*), s. m. ou **EXCAVATRICE** (*ékçkavatriç*), s. f. Perfuratriz, escavadora.
EXCAVATION (*ékçkavaçion*), s. f. Escavação.
EXCAVER (*ékçkavê*), v. t. Escavar.
EXCÉDANT, E (*ékçêdan, t*), adj. Excedente; importuno, intolerável.
EXCÉDENT (*ékçêdan*), s. m. O excedente, superavit.
EXCÉDER (*ékçêdê*), v. t. (Conjuga-se como *accélérer.*) Exceder, ultrapassar. *Fig.* Esfalfar; importunar.
EXCELLEMMENT (*ékçélaman*), adv. Excelentemente.
EXCELLENCE (*ékçélanç*), s. f. Excelência.
EXCELLENT, E (*ékçélan, t*), adj. Excelente.
EXCELLENTISSIME (*ékçélantiçim'*), s. m. Excelentissimo (titulo honorifico).
EXCELLER (*ékçélê*), v. i. Exceder, sobrepujar, ser superior a. *Exceller à,* ser muito hábil em.
EXCENTRATION (*ekçantraçion*), s. f. *Mec.* Descentralização.
EXCENTRER (*ékçantrê*), v. t. *Mec.* Descentrar.
EXCENTRICITÉ (*ékçantriçitê*), s. f. Excentricidade; extravagância.
EXCENTRIQUE (*ékçantrik*), adj. e s. m. Excêntrico.
EXCENTRIQUEMENT (*ékçantrikman*), adv. Excentricamente.
EXCEPTÉ (*ékçépté*), prep. e adj. Exceto, afora, menos, salvo.
EXCEPTER (*ékcéptê*), v. t. Excetuar, excluir.
EXCEPTION (*ékçépçion*), s. f. Exceção. *À l'exception de,* loc. prep. Com exceção de.

EXCEPTIONNEL, ELLE (*ékçépçionél*), adj. Excepcional; extraordinário.
EXCEPTIONNELLEMENT (*ékçépçionélman*), adv. Excepcionalmente.
EXCÈS (*ékçé*), s. m. Excesso. *À l'excès*, loc. adv. Ao extremo. S.pl. Violências; desregramento. Pl.: *des excès*.
EXCESSIF, IVE (*ékçéçif, iv*), adj. Excessivo.
EXCESSIVEMENT (*ékçéçivman*), adv. Excessivamente.
EXCIPIENT (*ékçipian*), s. m. Excipiente.
EXCISER (*ékçizê*), v. t. Excisar.
EXCISION (*ékçizion*), s. f. Excisão.
EXCITABILITÉ (*ékçitabilitê*), s. f. Excitabilidade.
EXCITABLE (*ékçitabl*), adj. Excitável.
EXCITANT, E (*ékçitan, t*), adj. e s. m. Excitante, estimulante.
EXCITATEUR, TRICE (*ékçitatĕr, triç*), adj. Excitador. S. m. Excitador, incitador. *Fís.* Excitador elétrico.
EXCITATIF, IVE (*ékçitatif, iv*), adj. Excitativo, excitante.
EXCITATION (*ékçitaçion*), s. f. Excitação.
EXCITER (*ékçitê*), v. t. Excitar.
EXCLAMATIF, IVE (*ékçklamatif, iv*), adj. Exclamativo.
EXCLAMATION (*ékçklamaçion*), s. f. Exclamação.
EXCLAMER (*ékçklamê*), v. i. Exclamar. **S'EXCLAMER**, v. pr. Gritar (de surpresa, espanto).
EXCLURE (*ékçklür*), v. t. (Conjuga-se como *conclure.*) Excluir. **S'EXCLURE**, v. pr. Ser incompatível.
EXCLUSIF, IVE (*ékçklüzif, iv*), adj. Exclusivo, privativo; irredutível.
EXCLUSION (*ékçklüzion*), s. f. Exclusão. *À l'exclusion de*, loc. prep. Com exceção de.
EXCLUSIVEMENT (*ékçklüzivman*), adv. Exclusivamente.
EXCLUSIVISME (*ékçklüziviçm*), s. m. Exclusivismo.
EXCLUSIVISTE (*ékçklüziviçt*), adj. e s. Exclusivista.
EXCLUSIVITÉ (*ékçklüzivitê*), s. f. Exclusividade.
EXCOMMUNICATION (*ékçkomünikaçion*), s.f. Excomunhão.
EXCOMMUNIER (*ékçkomüniê*), v. t. (Conjuga-se como *prier.*) Excomungar.
EXCORIATION (*ékçkoriaçion*), s. f. Escoriação.
EXCORIER (*ékçkoriê*), v.t. (Conjuga-se como *prier.*) Escoriar, esfolar.
EXCRÉMENT (*ékçkrêman*), s.m. Excremento. *Fig.* Coisa ou pessoa vil.
EXCRÉMENTEUX, EUSE (*ékçkrêmantë, ëz*), adj. Excrementoso.
EXCRÉMENTIEL, ELLE (*ékçkrêmançiél*), adj. Excrementício.
EXCRÉMENTITIEL, ELLE (*ékçkrêmantiçiél*), adj. Excremencial.
EXCRÉTER (*ékçkrêtê*), v.t. (Conjuga-se como *accélérer.*) Excretar.
EXCRÉTEUR, TRICE (*ékçkrêtĕr, triç*), adj. Excretor.
EXCRÉTION (*ékçkrêçion*), s. f. Excreção.
EXCRÉTOIRE (*ékçkrêtuar*), adj. Excretório.
EXCROISSANCE (*ékçkruaçanç*), s.f. Excrescência.
EXCURSION (*ékçkürçion*), s.f. Excursão; incursão, invasão. *Fig.* Digressão.
EXCURSIONNISTE (*ékçkürçioniçt*), adj. e s. Excursionista.
EXCUSABLE (*ékçküzabl*), adj. Desculpável.
EXCUSE (*ékçküz*), s.f. Desculpa, escusa. *Faire des excuses*, pedir desculpa.
EXCUSER (*ékçküzê*), v.t. Desculpar; tolerar, perdoar.
EXEAT (*égzêat*), s.m. inv. Licença (para deixar a diocese, um colégio); alta (concedida a um doente). *Fig. Donner son exeat à quelqu'un*, despedir alguém.
EXÉCRABLE (*égzêkrabl*), adj. Execrável, abominável.
EXÉCRABLEMENT (*égzêkrabləman*), adv. Execravelmente.
EXÉCRATION (*égzêkraçion*), s.f. Execração; imprecação.
EXÉCRER (*égzêkrê*), v.t. (Conjuga-se como *accélérer.*) Execrar, detestar.
EXÉCUTABLE (*égzêkütabl*), adj. Executável.
EXÉCUTANT, E (*égzêkütan, t*), s. Executante.
EXÉCUTER (*égzêkütê*), v.t. Executar. **S'EXÉCUTER**, v. pr. Resolver-se a fazer.
EXÉCUTEUR, TRICE (*égzêkütĕr, triç*), s. Executor. *Exécuteur testamentaire*, testamenteiro. *Exécuteur des hautes œuvres*, carrasco.
EXÉCUTIF, IVE (*égzêkütif, iv*), adj. Executivo. S. m. O Executivo.
EXÉCUTION (*égzêküçion*), s.f. Execução; penhora.
EXÉCUTOIRE (*êgzêkütuar*), adj. Executório. S.m. Mandato judicial.
EXÉGÈSE (*égzêjéz*), s.f. Exegese.
EXÉGÈTE (*êgzêjét*), s.m. Exegeta.
EXÉGÉTIQUE (*égzêjêtik*), adj. Exegético.
EXEMPLAIRE (*égzamplér*), adj. Exemplar. S.m. Exemplar, modelo, arquétipo.
EXEMPLE (*égzampl*), s. m. Exemplo. *Prêcher d'exemple*, dar o exemplo. *Par exemple*, loc. adv. Por exemplo. *Par exemple!*, interj. Essa agora! (Exprime surpresa.) *À l'exemple de*, loc. prep. A exemplo de.
EXEMPT, E (*égzan*), adj. Isento; garantido; preservado. S.m. *Ant.* Oficial adjunto; agente de polícia.
EXEMPTÉ, E (*égzantê*), adj. Isentado, isento.

EXEMPTER (*égzantê*), v.t. Isentar; garantir, preservar.
EXEMPTION (*égzanpçion*), s.f. Isenção.
EXERCER (*égzérçê*), v. t. (O *c* leva uma cedilha antes de *a* e *o*: *il exerça, nous exerçons.*) Exercer; exercitar; experimentar, pôr à prova. **S'EXERCER**, v. pr. Exercitar-se.
EXERCICE (*égzércic*), s. m. Exercício.
EXFOLIATION (*ékçfoliaçion*), s. f. Esfoliação.
EXFOLIER (*ékçfoliê*), v.t. (Conjuga-se como *prier.*) Esfoliar.
EXHALAISON (*égzalézon*), s.f. Exalação, emanação.
EXHALANT, E (*égzalan, t*), adj. Exalante.
EXHALATION (*égzalaçion*), s.f. Exalação; transpiração.
EXHALER (*égzalê*), v.t. Exalar, evaporar. *Fig.* Proferir; desafogar. **S'EXHALER**, v. pr. Expandir-se.
EXHAUSSEMENT (*égzôçman*), s.m. Elevação, levantamento.
EXHAUSSER (*égzôçê*), v.t. Alterar, elevar.
EXHAUSTEUR (*égzoçtër*), s.m. Exaustor.
EXHAUSTIF, IVE (*égzôçtif, iv*), adj. Exaustivo.
EXHAUSTION (*égzôçtion*), s.f. Exaustão, esgotamento.
EXHÉRÉDATION (*égzêrêdaçion*), s.f. Deserdação.
EXHÉRÉDER (*égzêrêdê*), v.t. (Conjuga-se como *accélérer.*) Deserdar.
EXHIBER (*égzibê*), v.t. Exibir, mostrar. *Fig.* Fazer ostentação de.
EXHIBITION (*égzibiçion*), s. f. Exibição, exposição. *Fig.* Ostentação.
EXHIBITIONNISTE (*égzibiçioniçt*), s.m. Exibicionista.
EXHORTATION (*égzortaçion*), s.f. Exortação.
EXHORTER (*égzortê*), v. t. Exortar.
EXHUMATION (*égzümaçion*), s.f. Exumação.
EXHUMER (*égzümer*), v.t. Exumar.
EXIGEANT, E (*égzijan, t*), adj. Exigente.
EXIGENCE (*égzijanç*), s. f. Exigência.
EXIGER (*égzijê*), v. t. (Toma um *e* mudo depois do *g* antes de *a* e *o*: *il exigea, nous exigeons.*) Exigir. *Fig.* Necessitar.
EXIGIBILITÉ (*égzijibilitê*), s. f. Exigibilidade.
EXIGIBLE (*égzijibl*), adj. Exigível.
EXIGU, Ë (*égzigü*), adj. Exíguo.
EXIGUÏTÉ (*égzigüitê*), s. f. Exigüidade.
EXIL (*égzil*), s.m. Exílio, desterro.
EXILÉ, E (*egzilê*), adj. Exilado.
EXILER (*égzilê*), v.t. Exilar. **S'EXILER**, v.pr. Exilar-se; afastar-se do mundo.
EXISTANT, E (*égziçtan, t*) adj. Existente.
EXISTENCE (*égziçtanç*), s. f. Existência.
EXISTENCIALISTE (*égziçtançialiçt*), adj. e s. Existencialista.
EXISTENTIEL, ELLE (*égziçtançiél*), adj. Existencial.
EXISTER (*égziçtê*), v. i. Existir.
EX-LIBRIS (*ékçlibriç*), s.m. Ex-libris. Pl.: *des ex-libris.*
EXODE (*égzód*), s.m. Êxodo.
EXONDER (S') (*çékçondê*), v. pr. Descobrir-se (um lugar inundado).
EXONÉRATION (*égzonêraçion*), s. f. Exoneração.
EXONÉRER (*égzonêrê*), v.t. (Conjuga-se como *accélérer.*) Exonerar; dispensar.
EXOPHTALMIE (*égzoftalmi*), s.f. *Med.* Exoftalmia.
EXORBITANT, E (*égzorbitan, t*), adj. Exorbitante.
EXORBITÉ, E (*ékçorbitê*), adj. Exorbitado. *Yeux exorbités*, olhos esbugalhados.
EXORCISATION (*égzorçizaçion*), s. f. Ação de exorcizar.
EXORCISEUR (*égzorçizër*), s. m. Exorcista.
EXORCISME (*égzorçiçm*), s.m. Exorcismo.
EXORCISTE (*égzorçiçt*), s.m. Exorcista.
EXORDE (*égzórd*), s.m. Exórdio, preâmbulo.
EXOSMOSE (*égzoçmôz*), s. f. *Fís.* Exosmose.
EXOTÉRIQUE (*égzotêrik*), adj. Esotérico.
EXOTHERMIQUE (*égzotérmik*), adj. Exotérmico.
EXOTIQUE (*égzotik*), adj. Exótico.
EXOTISME (*égzotiçm*), s.m. Exotismo.
EXPANSIBILITÉ (*ékçpançibilitê*), s. f. Expansibilidade.
EXPANSIBLE (*ékçpançibl*), adj. Expansível.
EXPANSIF, IVE (*ékçpançif, iv*), adj. Expansivo. *Fig.* Comunicativo.
EXPANSION (*ékçpançion*), s.f. Expansão, difusão, propagação; desenvolvimento. *Fig.* Efusão, franqueza.
EXPANSIONNISTE (*ékçpançioniçt*), adj. Expansionista.
EXPANSIVITÉ (*ékçpançivitê*), s. f. Expansividade.
EXPATRIATION (*ékçpatriaçion*), s.f. Expatriação, desterro.
EXPATRIER (*ékçpatriê*), v. t. (Conjuga-se como *prier.*) Expatriar. **S'EXPATRIER**, v. pr. Exilar-se, deixar sua pátria.
EXPECTANT, E (*ékçpéktan, t*), adj. Expectante.
EXPECTATIF, IVE (*ékçpéktatif, iv*), adj. Expectável.
EXPECTATIVE (*ékçpéktativ*), s. f. Expectativa.
EXPECTORANT, E (*ékçpéktoran, t*) adj. e s. m. Expectorante.

EXPECTORATION (*ékçpéktoraçion*), s.f. Expectoração.
EXPECTORER (*ékçpéktorê*), v.t. Expectorar.
EXPÉDIÉE (*ékçpêdiê*), s.f. Cursivo, letra cursiva.
EXPÉDIENT, E (*ékçpêdian, t*), adj. Conveniente, útil. S.m. Expediente.
EXPÉDIER (*ékçpêdiê*), v.t. (Conjuga-se como *prier.*) Expedir, remeter; despedir, despachar; fazer rapidamente; tirar cópia autêntica (de um documento). *Fam.* Matar, mandar para o outro mundo.
EXPÉDITEUR, TRICE (*ékçpêditër, triç*), s. Expedidor, remetente.
EXPÉDITIF, IVE (*ékçpêditif, iv*), adj. Expeditivo, rápido.
EXPÉDITION (*ékçpêdiçion*), s.f. Remessa, despacho; expedição; cópia autêntica (de um documento). *Homme d'expédition,* homem expedito.
EXPÉDITIONNAIRE (*ékçpêdiçionér*), s. Expedidor, amanuense. Adj. Expedicionário.
EXPÉRIENCE (*ékçpêrianç*), s. f. Experiência, ensaio.
EXPÉRIMENTAL, E, AUX (*ékçpêrimantal, ô*), adj. Experimental.
EXPÉRIMENTALEMENT (*ékçpêrimantalman*), adv. Experimentalmente.
EXPÉRIMENTATEUR, TRICE (*ékçpêrimantatër, triç*), adj. e s. Experimentador.
EXPÉRIMENTATION (*ékçpêrimantaçion*), s. f. Experimentação.
EXPÉRIMENTÉ, E (*ékçpêrimantê*), adj. Experimentado, experiente.
EXPÉRIMENTER (*ékçpêrimantê*), v.t. Experimentar, ensaiar; fazer experiências.
EXPERT, E (*ékçpér, t*), adj. Experimentado, entendido. S.m. Perito, conhecedor.
EXPERTEMENT (*ékçpértəman*), adv. Habilmente.
EXPERTISE (*ékçpértiz*), s.f. Vistoria; relatório, parecer dos peritos.
EXPERTISER (*ékçpértizê*), v. t. Vistoriar, avaliar (por peritos).
EXPIABLE (*ékçpiabl*), adj. Expiável.
EXPIATEUR, TRICE (*ékçpiatër, triç*), adj. Expiatório, que serve para expiar.
EXPIATION (*ékçpiaçion*), s.f. Expiação.
EXPIATOIRE (*ékçpiatuar*), adj. Expiatório.
EXPIER (*ékçpiê*), v.t. (Conjuga-se como *prier.*) Expiar, resgatar.
EXPIRANT, E (*ékçpiran, t*) adj. Moribundo.
EXPIRATION (*ékçpiraçion*), s.f. Expiração; termo, vencimento de um prazo.
EXPIRER (*ékçpirê*), v.t. Expirar. V.i. Morrer, findar, terminar.
EXPLÉTIF, IVE, (*ékçplêtif, iv*), adj. e s. m. Expletivo.
EXPLÉTIVEMENT (*ékçplêtivman*), adv. Expletivamente.
EXPLICABLE (*ékçplikabl*), adj. Explicável.
EXPLICATEUR (*ékçplikatër*), adj. e s. Explicador.
EXPLICATIF, IVE (*ékçplikatif, iv*), adj. Explicativo.
EXPLICATION (*ékçplikaçion*), s.f. Explicação.
EXPLICITE (*ékçpliçit*), adj. Explícito; claro, formal.
EXPLICITEMENT (*ékçpliçitman*), adv. Explicitamente.
EXPLIQUER (*ékçplikê*), v.t. Explicar, esclarecer; traduzir oralmente. **S'EXPLIQUER,** v. pr. Explicar-se; ter um entendimento.
EXPLOIT (*ékçpluá*), s.m. Proeza, façanha, grande feito. *Jur.* Mandado, notificação.
EXPLOITABLE (*ékçpluatabl*), adj. Explorável; penhorável, que pode ser apreendido e vendido pela justiça.
EXPLOITANT (*ékçpluatan*), s. e adj. m. Explorador. *Jur.* Oficial de diligências.
EXPLOITATION (*ékçpluataçion*), s. f. Exploração; terras exploradas.
EXPLOITER (*ékçpluatê*), v. t. Explorar; especular; explorar nos preços; tirar partido de; intimar, citar, executar (judicialmente).
EXPLOITEUR, EUSE (*ékçpluatër, ëz*), s. Explorador. *Fig.* Explorador, escorchador.
EXPLORATION (*ékçploraçion*), s.f. Exploração. *Med.* Sondagem (de ferimentos).
EXPLORER (*ékçplorê*), v.t. Explorar. *Fig.* Estudar, sondar.
EXPLOSER ou **EXPLOSIONNER** (*ékçplozê* ou *ékçplozionê*), v.i. Explodir.
EXPLOSIBLE (*ékçplozibl*), adj. Explosível.
EXPLOSIF, IVE (*ékçplozif, iv*), adj. e s. m. Explosivo.
EXPLOSION (*ékçplozion*), s.f. Explosão.
EXPONENTIEL, ELLE (*ékçponançiél*), adj. *Mat.* Exponencial.
EXPORTABLE (*ékçportabl*), adj. Exportável.
EXPORTATEUR, TRICE (*ékçportatër, triç*), adj. e s. Exportador.
EXPORTATION (*ékçportaçion*), s.f. Exportação.
EXPORTER (*ékçportê*), v.t. Exportar.
EXPOSANT, E (*ékçpozan, t*), s. Expositor. S. m. *Mat.* Expoente.
EXPOSÉ (*ékçpozê*), s. m. Exposição, explicação; relatório.
EXPOSER (*ékçpozê*), v.t. Expor, enjeitar (crianças). **S'EXPOSER,** v. pr. Expor-se.
EXPOSEUR, EUSE (*ékçpozër, ëz*), adj. e s. Expositor, explicador.
EXPOSITION (*ékçpoziçion*), s.f. Exposi-

ção, exibição; narração, explicação; abandono (de uma criança).

EXPRÈS, ESSE (*ekçpré, éç*), adj. Preciso, formal. S.m. Mensageiro, enviado (encarregado de missão particular). Adv. De propósito, propositadamente.

EXPRESS (*ékçpréç*), adj e s.m. Expresso, trem expresso. Pl.: *des express.*

EXPRESSÉMENT (*ékçpréçêman*), adv. Expressamente; precisamente.

EXPRESSIF, IVE (*ékçpréçif, iv*), adj. Expressivo.

EXPRESSION (*ékçpréçion*), s.f. Expressão.

EXPRESSIONNISME (*ékçpréçioniçm*), s. m. Expressionismo.

EXPRESSIONNISTE (*ékçpréçioniçt*), adj. e s. Expressionista.

EXPRESSIVEMENT (*ékçpréçivman*), adv. Expressivamente.

EXPRIMABLE (*ékçprimabl*), adj. Exprimível.

EXPRIMER (*ékçprimê*), v.t. Espremer; exprimir, expressar. **S'EXPRIMER**, v. pr. Exprimir-se.

EXPROPRIATEUR, TRICE (*ékçpropriatĕr, triç*), adj. e s. Expropriador.

EXPROPRIATION (*ékçpropriaçion*), s.f. Expropriação.

EXPROPRIÉ, E (*ékçpropriê*), adj. Expropriado.

EXPROPRIER (*ékçpropriê*), v.t. (Conjuga-se como *prier.*) Expropriar.

EXPUGNABLE (*ékçpügnabl*), adj. Expugnável.

EXPULSÉ, E (*ékçpülçê*), adj. e s. Expulso.

EXPULSER (*ékçpülçê*), v.t. Expulsar; eliminar; evacuar.

EXPULSIF, IVE (*ékçpülçif, iv*), adj. Expulsivo.

EXPULSION (*ékçpülçion*), s.f. Expulsão.

EXPURGATION (*ékçpürgaçion*), s.f. Expurgação; correção; desbaste (de árvores).

EXPURGATOIRE (*ékçpürgatuar*), adj. Expurgatório; índex expurgatório.

EXPURGER (*ékçpürjê*), v. t. (Toma um *e* mudo depois do *g* antes de *a* e *o*: *il expurgea, nous expurgeons.*) Expurgar, corrigir.

EXQUIS, E (*ékçki, iz*), adj. Delicioso; delicado, distinto.

EXQUISÉMENT (*ékçkizêman*), adv. Deliciosamente; delicadamente.

EXSANGUE (*ékçang*), adj. Exangue.

EXSUCCION (*ékçükçion*), s.f. Exsucção.

EXSUDATION (*ékçüdaçion*), s.f. Exsudação, transpiração.

EXSUDER (*ékçüdê*), v.i. Exsudar, transpirar. V. t. Emitir por exsudação.

EXTASE (*ékçtaz*), s. f. Êxtase, enlevo.

EXTASIER (S') (*çékçtaziê*), v. pr. (Conjuga-se como *prier.*) Extasiar-se.

EXTATIQUE (*ékçtatik*), adj. Extático, absorto; absorvente, profundo. S. m. Aquele que se extasia.

EXTEMPORANÉ, E (*ékçtanporanê*), adj. *Farm.* Preparado e ministrado sem demora (remédio). *Jur.* Ocasional, não premeditado.

EXTEMPORANÉITÉ (*ékçtanporanêitê*), s.f. Extemporaneidade.

EXTENSEUR (*ékçtançĕr*), adj. e s. m. Extensor.

EXTENSIBILITÉ (*ékçtançibilitê*), s. f. Extensibilidade.

EXTENSIBLE (*ékçtançibl*), adj. Extensível.

EXTENSIF, IVE (*ékçtançif, iv*), adj. Extensivo.

EXTENSION (*ékçtançion*), s.f. Extensão. *Fig.* Desenvolvimento, expansão.

EXTÉNUATION (*ékçtênüaçion*), s.f. Extenuação; litotes (figura de retórica).

EXTÉNUER (*ékçtênuê*), v.t. Extenuar. **S'EXTÉNUER**, v. pr. Extenuar-se, esgotar-se.

EXTÉRIEUR, E (*ékçtêriĕr*), adj. e s.m. Exterior.

EXTÉRIEUREMENT (*ékçtêriĕrman*), adv. Exteriormente.

EXTÉRIORISATION (*ékçtêriorizaçion*), s. f. Exteriorização.

EXTÉRIORISER (*ékçtêriorizê*), v.t. Exteriorizar.

EXTÉRIORITÉ (*ékçtêrioritê*), s. f. Exterioridade.

EXTERMINATEUR, TRICE (*ékçtérminatĕr, triç*), adj. e s. m. Exterminador.

EXTERMINATION (*ékçtérminaçion*), s.f. Exterminação, extermínio.

EXTERMINER (*ékçtérminê*), v.t. Exterminar. **S'EXTERMINER**, v. pr. *Pop.* Esfalfar-se.

EXTERNAT (*ékçtérná*), s.m. Externato.

EXTERNE (*ékçtérn*), adj. Externo; ângulo externo. S. Externo, aluno externo.

EXTERRITORIALITÉ (*ékçtéritorialitê*), s. f. Extraterritorialidade.

EXTINCTEUR, TRICE (*ékçtenktĕr, triç*), adj. Extintor. S. m. Extintor (de incêndio).

EXTINCTIF, IVE (*ékçtenktif, iv*), adj. Extintivo, anulativo.

EXTINCTION (*ékçtenkçion*), s. f. Extinção.

EXTINGUIBLE (*ékçtenghibl*), adj. Extinguível.

EXTIRPABLE (*ékçtirpabl*), adj. Extirpável.

EXTIRPATEUR (*ékçtirpatĕr*), s. m. Extirpador.

EXTIRPATION (*ékçtirpaçion*), s. f. Extirpação.

EXTIRPER (*ékçtirpê*), v.t. Extirpar.

EXTORQUER (*ékçtorkê*), v. t. Extorquir.

EXTORQUEUR, EUSE (*ékçtorkĕr, ëz*), adj. Extorsionário.

EXTORSION (*ékçtorçion*), s.f. Extorsão.

EXTRA (*ékçtrá*), s.m. Extraordinário (o que se faz ou recebe fora do usual).

Fis. Extra-courant, extracorrente. *Extrafin,* extrafino. *Extra-fort,* extraforte.
EXTRACTEUR (*ékçtraktĕr*), s. m. Extrator.
EXTRACTIBLE (*ekçtraktibl*), adj. Extraível.
EXTRACTIF, IVE (*ékçtraktif, iv*), adj. Extrativo.
EXTRACTION (*ékçtrakçion*), s. f. Extração. *Fig.* Origem.
EXTRADER (*ékçtradê*), v.t. Extraditar.
EXTRADITION (*ékçtradiçion*), s. f. Extradição.
EXTRADOS (*ékçtradô*), s. m. Extradorso. Pl.: *des extrados.*
EXTRAIRE (*ékçtrér*), v.t. (Conjuga-se como *traire.*) Extrair, arrancar; fazer sair; copiar.
EXTRAIT (*ékçtré*), s.m. Extrato; excerto; resumo; certidão.
EXTRAJUDICIAIRE (*ékçtrajüdiçiér*), adj. Extrajudiciário.
EXTRA-LÉGAL, E, AUX (*ékçtralêgal, ô*), adj. Extralegal.
EXTRAORDINAIRE (*ékçtraordinér*), adj. Extraordinário, excepcional; excessivo; espantoso.
EXTRAORDINAIREMENT (*ékçtraordinérman*), adv. Extraordinariamente; extremamente; muitíssimo.
EXTRAPOLATION (*ékçtrapolaçion*), s.f. *Mat.* Extrapolação.
EXTRAPOLER (*ékçtrapolê*), v.t. *Mat.* Extrapolar. Extrair, separar.
EXTRA-TERRITORIALITÉ (*ékçtratéritorialitê*), s.f. Extraterritorialidade.
EXTRAVAGANCE (*ékçtravaganç*), s.f. Extravagância.
EXTRAVAGANT, E (*ékçtravagan, t*), adj. e s. Extravagante.
EXTRAVAGUER (*ékçtravaghê*), v.i. Disparatar.
EXTRAVASATION ou **EXTRAVASION** (*ékçtravazaçion* ou *ékçtravazion*), s.f. Extravasão, extravasamento.
EXTRAVASER (S') (*çéçkçtravazê*), v. pr. Extravasar-se.
EXTRÊME (*ékçtrém'*), adj. Extremo, derradeiro; excessivo. S.m. Confim, extremidade.
EXTRÊMEMENT (*ékçtrêməman*), adv. Extremamente, excessivamente.
EXTRÊME-ONCTION (*ékçtrémonkçion*), s.f. Extrema-unção.
EXTRÊMISME (*ékçtrêmiçm*), s.m. Extremismo.
EXTRÉMISTE (*ékçtrêmiçt*), adj. e s. Extremista.
EXTRÉMITÉ (*ékçtrêmitê*), s.f. Extremidade; fim, termo; último instante. Pl. Atos de violência.
EXTRINSÈQUE (*ékçtrençék*), adj. Extrínseco.
EXTRINSÈQUEMENT (*ékçtrençékman*), adv. Extrinsecamente.
EXUBÉRANCE (*égzübêranç*), s.f. Exuberância.
EXUBÉRANT, E (*égzübêran, t*), adj. Exuberante.
EXUBÉRER (*égzübêrê*), v.i. (Conjuga-se como *accélérer.*) Exuberar.
EXULCÉRATIF, VE (*égzülçêratif, iv*), Adj. Exulcerativo.
EXULCÉRER (*égzülçêrê*), v. t. (Conjuga-se como *accélérer.*) Exulcerar.
EXULTATION (*égzültaçion*), s.f. Exultação, júbilo.
EXULTER (*égzültê*), v.i. Exultar.
EXUTOIRE (*égzütuar*), s.m. *Med.* Exutório.
EX-VOTO (*ékçvotô*), s. m. inv. Ex-voto.

F

F (*éf*), s. m. Sexta letra do alfabeto.

FA (*fa*), s. m. *Mús.* Fá. *Clef de fa*, clave de fá.

FABLE (*fabl*), s. f. Fábula; mitologia; objeto de chacota; entrecho (de obra literária).

FABLIAU ou **FABLEAU** (*fabliô* ou *fablô*), s. m. Pequeno conto popular, em verso, que floresceu em França nos séculos XII e XIII. Pl.: *des fabliaux* ou *fableaux*.

FABLIER (*fabliê*), s. m. Fabulário.

FABRICANT (*fabrikan*), s.m. Fabricante.

FABRICATEUR (*fabrikatĕr*), s. m. Inventor, fazedor, fabricante (em mau sentido); enredeiro, caluniador.

FABRICATION (*fabrikaçion*), s. f. Fabricação.

FABRICIEN ou **FABRICIER** (*fabriçien* ou *fabriçiê*), s. m. Fabriqueiro.

FABRIQUE (*fabrik*). s.f. Fábrica.

FABRIQUER (*fabrikê*), v. t. Fabricar. *Fig.* Inventar, forjar, fazer.

FABULEUSEMENT (*fabülëzman*), adv. Fabulosamente; excessivamente.

FABULEUX, EUSE (*fabülë, ëz*) adj. Fabuloso, fictício; extraordinário, surpreendente.

FABULISTE (*fabüliçt*), s. m. Fabulista.

FAÇADE (*façad*), s. f. Fachada. *Fig.* Exterior, aparência.

FACE (*faç*), s. f. Face, rosto; cara (lado de uma moeda que representa um rosto). Aspecto. *Faire face*, estar em frente. *Faire face à une dépense*, fazer frente a uma despesa. *Sauver la face*, salvar as aparências. Loc. adv.: *En face*, em frente; *de face*, de frente; *face à face*, frente a frente.

FACE-À-MAIN (*façamen*), s. m. Óculos com haste segurada com a mão. Pl.: *de faces-à-main.*

FACÉTIE (*façêçi*), s. f. Facécia; gracejo.

FACÉTIEUSEMENT (*façêçiëzman*), adv. Chistosamente.

FACÉTIEUX, EUSE (*façêçië, ëz*), adj. e s. Faceto, engraçado.

FACETTE (*façét*), s. f. Faceta.

FACETTER (*façétê*), v. t. Facetar.

FÂCHER (*fachê*), v. t. Atristar; irritar; descontentar. **SE FÂCHER**, v. pr. Zangar-se.

FÂCHERIE (*fachəri*), s. f. Pesar; descontentamento; zanga, birra.

FÂCHEUSEMENT (*fachëzman*), adv. Lastimosamente, incomodamente.

FÂCHEUX, EUSE (*fachë, ëz*), adj. Deplorável, triste. S.m. Importuno.

FACIAL, E, AUX (*façial, ô*), adj. Facial.

FACIÈS (*façiéç*), s. m. Facies, aspecto do rosto; aspecto em geral. Pl.: *des faciès.*

FACILE (*façil*), adj. Fácil. *Fig.* Acessível, dócil.

FACILEMENT (*façilman*), adv. Facilmente.

FACILITÉ (*façilitê*), s.f. Facilidade. *Fig.* Indulgência, condescendência. Pl.: Facilidades, concessões.

FACILITER (*façilitê*), v.t. Facilitar.

FAÇON (*façon*), s. f. Maneira, modo; feitio; cultura; mão-de-obra. *Fig.* Modo de agir; ar, porte. Loc. adv.: *Sans façon*, sem cerimônia; *de toute façon*, de qualquer modo, como quer que seja. *De façon que*, loc. conj. De maneira que. Pl. Cerimônias, cumprimentos afetados.

FACONDE (*fakond*), s.f. Facúndia, eloqüência.

FAÇONNÉ (*façonê*), s. m. Tipo de tecido cuja trama faz desenhos.

FAÇONNEMENT, FAÇONNAGE ou **FAÇONNERIE**, (*façonəman, façonaj* ou *façonəri*), adj. Feitura, trabalho; conformação, configuração; formação (do espírito).

FAÇONNER (*façonê*), v. t. Conformar, configurar; formar (o espírito); acostumar, habituar.

FAÇONNIER, ÈRE (*façoniê, ér*), adj. e s. Cerimonioso, mesureiro.

FAC-SIMILAIRE (*fakçimilér*), adj. Fac-similar.

FAC-SIMILÉ (*fakçimilê*), s. m. Fac-símile. Pl.: *des fac-similés.*

FACTAGE (*faktaj*), s. m. Transporte de mercadorias (para o domicílio do destinatário); empresa de transporte. Distribuição (de cartas e telegramas).

FACTEUR (*faktĕr*), s.m. Fabricante de instrumentos musicais. Carteiro. Comissário, corretor. Carregador; fator. *Mat.* Fator.

FACTICE (*faktiç*), adj. Factício, artificial.

FACTIEUSEMENT (*fakçiëzman*), adv. Facciosamente.

FACTIEUX, EUSE (*fakçië, ëz*), adj. e s. Faccioso; sedicioso.

FACTION (*fakçion*), s. f. Facção, partido; guarda, sentinela. *Monter la faction*, montar guarda; longa espera.

FACTIONNAIRE (*fakçionĕr*), s.m. Sentinela (soldado).

FACTORERIE (*faktorəri*), s. f. Escritório, agência (de uma companhia comercial no estrangeiro).

FACTOTUM (*faktotóm'*), s.m. Factotum. Pl.: *des factotums.*

FACTUEL, ELLE (*faktüel*), adj. Fatual.

FACTURE (*faktür*), s. f. Fatura, feitura, execução. *Morceau de facture*, trecho musical de difícil execução.

FACTURER (*faktürê*), v. t. Faturar.

FACTURIER (*faktüriê*), s.m. Livro de faturas; pessoa encarregada das faturas.

FACULE (*fakül*), s. f. *Astr.* Fácula.

FACULTATIF, IVE (*fakültatif, iv*), adj. Facultativo.

FACULTATIVEMENT (*fakültativman*), adv. Facultativamente.

FACULTÉ (*fakültê*), s. f. Faculdade. Pl. Aptidões.

FADAISE (*fadéz*), s.f. Tolice, futilidade.

FADASSE (*fadaç*), adj. Insípido.

FADE (*fad*), adj. Insípido; insosso. *Fig.* Sem graça, sem brilho.

FADEMENT (*fadman*), adv. Insipidamente; fastidiosamente.

FADEUR (*fadêr*), s. f. Insipidez; falta de graça, de brilho. S. f. pl. Cumprimentos banais, fastidiosos.

FAGNE (*fanh*), s. f. Pequena lagoa (no cimo de uma montanha).

FAGOT (*fagô*), s. m. Feixe de lenha. *Fig. Fagot d'épines*, pessoa intolerável. *Débiter des fagots*, dizer tolices, contar patranhas. *Vin de derrière les fagots*, vinho excelente, o melhor que possui o vinhateiro. *Sentir le fagot*, ser suspeito de heresia.

FAGOTAGE ou **FAGOTEMENT** (*fagotaj* ou *fagotman*), s. m. Enfeixamento (de lenha). *Fig.* Trabalho feito sem cuidado.

FAGOTER (*fagotê*), v. t. Enfeixar. *Fig.* Arrumar desajeitadamente, vestir mal. **SE FAGOTER**, v. pr. Vestir-se mal, sem gosto.

FAGOTIN (*fagoten*), s.m. Feixe pequeno; macaco (fantasiado e exibido em feiras livres); brincalhão.

FAIBLE (*fébl*), adj. Fraco. S. m. Homem fraco; o fraco, o ponto menos sólido. *Avoir du faible pour*, ter um fraco por.

FAIBLEMENT (*fébləman*), adv. Fracamente, brandamente.

FAIBLESSE (*fébléç*), s. f. Fraqueza; desfalecimento; inclinação, tendência; indulgência.

FAIBLIR (*féblir*), v. i. Enfraquecer; abrandar, afrouxar.

FAIBLISSANT, E (*fébliçan, t*), adj. Que enfraquece, que se vai enfraquecendo.

FAÏENCE (*faianç*). s.f. Faiança. *Carreau de faïence*, azulejo.

FAÏENCÉ, E (*faiançê*), adj. Que imita a faiança.

FAÏENCERIE (*faiançri*), s. f. Fábrica ou comércio de faiança.

FAÏENCIER, ÈRE (*faiançiê, ér*), s. Fabricante ou comerciante de faiança.

FAILLE (*faii*), s. f. Falha, brecha, fenda. Espécie de seda.

FAILLIBILITÉ (*faiibilitê*), s. f. Falibilidade.

FAILLIBLE (*faiibl*), adj. Falível.

FAILLIR (*faiir*), v. i. def. (É empregado apenas no infin. e no pret. perf.: *je faillis, nous faillîmes;* no fut.: *je faudrai* ou *je faillirai*; no cond.: *je faudrais* ou *je faillirais;* e nos tempos compostos. Part. pres.: *faillant.* Part. pas.: *failli.*) Faltar, falhar; falir; estar prestes a. *Il a failli tomber*, ele quase caiu. *J'ai failli pleurer*, quase chorei.

FAILLITE (*faiit*), s. f. Falência.

FAIM (*fen*), s. f. Fome. *Fig.* Fome; desejo ardente, ânsia. *Avoir grand faim*, estar com muita fome. *Faim valle*, fome canina, muita fome; bulimia (dos cavalos).

FAINE ou **FÊNE** (*fén'*), s. f. Fruto da faia.

FAINÉANT, E (*fénêan, t*), adj. e s. Preguiçoso, ocioso.

FAINÉANTER (*fénêantê*), v. t. *Fam.* Preguiçar, mandriar.

FAINÉANTISE (*fénêantiz*), s. f. Preguiça, mândria.

FAIRE (*fér*), v. t. (*Je fais, nous faisons, vous faites, ils font. Je faisais. Je fis. Je ferai. Je ferais. Fais, faisons, faites. Que je fasse. Que je fisse. Faisant. Fait, e.*) Fazer; fabricar; executar; mandar, ordenar; operar; arrumar; limpar; representar, interpretar; formar, instruir; bancar, fazer-se passar por; exercer. *Faire attention*, prestar atenção. *Faire la vaisselle*, lavar a louça. *Faire ses adieux*, despedir-se. *Faire maison nette*, despedir todos os empregados. *Faire faire*, mandar fazer. *Faire un rêve*, ter um sonho. *C'en est fait*, acabou-se. *Il ne fait que de sortir*, ele acaba de sair. *En faire autant*, fazer o mesmo. *N'en jamais faire d'autres*, não fazer outra coisa. *Ne faire qu'aller et venir*, ir e vir, sem rumo. *N'avoir que faire de*, não saber o que fazer de. *Si faire se peut*, se for possível. *Tant que faire se peut, se pourra*, na medida do possível. *Qu'ai-je à faire de?*, que posso fazer de? *Avoir tôt fait de*, fazer imediatamente. *Y être fait*, estar acostumado. V. i. Combinar, convir. V.imp. *Il fait beau*, faz bom tempo. *Il fait noir*, está escuro. **SE FAIRE**, v. pr. Fazer-se, tornar-se; habituar-se. *Se faire bien venir, bien voir*, tornar-se benquisto, agradável. *Pop. S'en faire*, inquietar-se.

FAIRE (*fér*), s. m. Ação de fazer; execução; estilo particular de um artista.

FAIRE-PART (*férpar*), s. m. inv. Participação, carta de participação (de casamento, nascimento, etc.).

FAISABLE (*fəzabl*), adj. Realizável, praticável; possível.

FAISAN (*fəzan*), s.m. Faisão.

FAISANDAGE (*fəzandaj*), s.m. Preparação de uma carne para se comer (deixando-a entrar em decomposição).

FAISANDEAU (*fəzandô*), s. m. Faisão novo. Pl.: *des faisandeaux*.

FAISANDER (*fəzandê*), v.t. Preparar a carne, deixando-a entrar em decomposição.

FAISANDERIE (*fəzandəri*), s. f. Lugar de criação de faisões.

FAISANDIER, ÈRE (*fəzandiê, ér*), s. Criador de faisões.

FAISCEAU (*féçô*), s.m. Feixe; sarilho (de espingardas). Pl.: *des faisceaux*.

FAISEUR, EUSE (*fəzĕr, ëz*), s. Fazedor, fabricante; intrigante; tagarela.

FAIT (*fé*), s. m. Feito, fato, acontecimento. *En fait de*, loc. prep. Com respeito a, em matéria de. Loc. adv.: *Au fait*, de fato, com efeito; *dans le fait, par le fait*, efetivamente, realmente; *si fait*, claro, realmente (afirmação); *tout à fait*, completamente. *Dire son fait*, dizer umas verdades, dizer desaforos. *Prendre sur le fait*, surpreender, apanhar com a boca na botija. *Voies de fait*, vias de fato.

FAIT, E (*fé, t*), adj. Feito.

FAÎTAGE (*fétaj*), s. m. Cumeeira, espigão de um telhado.

FAÎTE (*fét*), s. m. Cume, topo, cimo; cumeeira. *Fig.* Auge, ápice.

FAÎTEAU (*fétô*), s. m. Ornamento de barro ou de metal sobre a cumeeira dos telhados. Pl.: *des faîteaux*.

FAÎTIÈRE (*fétiér*), s. f. Telha curva (para cobrir a cumeeira de um edifício); lucarna.

FAIT-TOUT (*fétu*), s. m. inv. Panela (para diferentes misteres).

FAIX (*fé*), s.m. Fardo, carga. *Anat. Arrière-faix*, placenta. Pl.: *des faix*.

FAKIR ou **FAQUIR** (*fakir*), s.m. Faquir.

FALAISE (*faléz*), s.f. Falésia.

FALAISER (*falézê*), v.i. Quebrar-se contra uma falésia (as ondas).

FALBALA (*falbalá*), s. m. Falbalá.

FALCONIDÉS (*falkonidê*), s. m. pl. *Zool.* Falconídeos.

FALERNE (*falérn*), s. m. Falerno (vinho).

FALLACIEUSEMENT (*falaçiëzman*), adv. De modo falaz, dolosamente.

FALLACIEUX, EUSE (*falaçiē, ëz*), adj. Falaz, enganador, doloso.

FALLOIR (*faluar*), v. imp. (*Il faut. Il fallait. Il fallut. Il a fallu* e nos demais tempos compostos. *Il faudra. Il faudrait. Qu'il faille. Qu'il fallût. Fallu.*) Ser preciso; convir, dever. *Comme il faut*, como convém. *Personne comme il faut*, pessoa distinta. *S'en falloir*, faltar, restar. *Tant s'en faut que*, falta muito para. *Ne faut-il pas que?*, não é preciso que?

FALOT (*falô*), s. m. Lanterna, lampião.

FALOT, E (*falô, t*), adj. Jocoso, engraçado; embaçado.

FALOTEMENT (*falótman*), adv. Jocosamente.

FALOURDE (*falurd*), s. f. Feixe grande (de lenha).

FALSIFICATEUR, TRICE (*falçifikatĕr, triç*), adj. e s. Falsificador.

FALSIFICATION (*falçifikaçion*), s. f. Falsificação.

FALSIFIER (*falçifiê*), v. t. (Conjuga-se como *prier.*) Falsificar.

FALUCHE (*falüch*), s.f. Gorro, boina (de estudante).

FALUN (*falën*), s.m. Fálum (detritos de conchas fósseis, usados como adubo).

FAMÉ, E (*famê*), adj. Reputado, conceituado.

FAMÉLIQUE (*famêlik*), adj. e s. Famélico.

FAMEUX, EUSE (*famē, ëz*), adj. Famoso; grande, extraordinário; ótimo, excelente.

FAMILIAL, E, AUX (*familial, ô*), adj. Familiar.

FAMILIARISER (*familiarizê*), v. t. Familiarizar, habituar. **SE FAMILIARISER**, v. pr. Familiarizar-se; habituar-se.

FAMILIARITÉ (*familiaritê*), s. f. Familiaridade; intimidade, atrevimento.

FAMILIER, ÈRE (*familiê, ér*), adj. e s. m.. Familiar.

FAMILIÈREMENT (*familiérman*), adv. Familiarmente.

FAMILISTÈRE (*familiçtér*), s. m. Familistério.

FAMILLE (*famii*), s. f. Família.

FAMINE (*famin'*), s. f. Penúria; fome. *Crier famine*, queixar-se de sua miséria.

FANAISON (*fanézon*), s. f. V. **FENAISON**.

FANAL (*fanal*), s. m. Fanal, facho; lanterna. Pl.: *des fanaux*.

FANATIQUE (*fanatik*), adj. e s. Fanático.

FANATIQUEMENT (*fanatikman*), adv. Fanaticamente.

FANATISER (*fanatizê*), v. t. Fanatizar.

FANATISME (*fanatiçm*), s.m. Fanatismo.

FANCHON (*fanchon*), s. f. Lenço de cabeça.

FANDANGO (*fandangô*), s. m. Fandango.

FANE (*fan'*), s. f. Folha seca (caída da árvore).

FANER (*fanê*), v. t. Revolver o feno (para que seque). Secar, murchar; descorar. **SE FANER**, v. pr. Fenecer; desbotar-se.

FANEUR, EUSE (*fanĕr, ëz*), s. Trabalhador da sega do feno. S.f. Máquina para revolver o feno.
FANFAN (*fanfan*), s. m. *Fam.* Criancinha, garotinho.
FANFARE (*fanfar*), s. f. Fanfarra.
FANFARON, ONNE (*fanfaron, ón'*), adj. e s. Fanfarrão.
FANFARONNADE (*fanfaronad*), s. f. Fanfarronada.
FANFARONNER (*fanfaronê*), v.i. Fanfarronar.
FANFRELUCHE (*fanfrəlüch*), s. f. Adorno ordinário, bugiganga.
FANGE (*fanj*), s. f. Lama, lodo.
FANGEUX, EUSE (*fangë, ëz*), adj. Lamacento, lodoso.
FANION (*fanion*), s. m. Guião, bandeirola.
FANON (*fanon*), s. m. *Ant.* Guião, barbela (do boi e do cavalo); barbas (de baleia). Pl. Fitas (das mitras dos bispos); pendente (de um estandarte de igreja).
FANTAISIE (*fantézi*), s. f. Fantasia; capricho. *Vivre à sa fantaisie,* viver como bem se queira. *Pain de fantaisie,* pão doce. *Se passer la fantaisie de,* fazer a loucura.
FANTAISISTE (*fantéziçt*), adj. e s. Fantasista.
FANTASMAGORIE (*fantaçmagori*), s. f. Fantasmagoria.
FANTASMAGORIQUE (*fantaçmagorik*), adj. Fantasmagórico.
FANTASQUE (*fantaçk*), adj. Fantasioso, caprichoso; bizarro, extraordinário. S. Pessoa extravagante.
FANTASSIN (*fantaçen*), s. m. Infante (soldado de infantaria).
FANTASTIQUE (*fantaçtik*), adj. Fantástico.
FANTOCHE (*fantóch*), s. m. Fantoche.
FANTOMATIQUE (*fantomatik*), adj. Espectral.
FANTÔME (*fantôm'*), s. m. Fantasma; quimera, ilusão. *Fam.* Magricela.
FANURE (*fanür*), s. f. Murchidão.
FAON (*fan*), s. m. Filhote, cria (de animais da família do cervo).
FAQUIN (*faken*), s. m. Velhaco, patife.
FAQUINERIE (*fakinəri*), s. f. Patifaria.
FAQUIR (*fakir*), s.m. V. **FAKIR.**
FARAD (*farad*), s. m. *Fís.* Farad.
FARANDOLE (*farandól*), s. f. Farândula.
FARAUD, E (*farô, d*), adj. e s. *Pop.* Janota.
FARCE (*farç*), s. f. Farsa; chalaça. Recheio (de carnes ou verduras). *Faire une farce,* pregar uma peça. Adj. Engraçado.
FARCEUR, EUSE (*farçĕr, ëz*), s. Farsista, farsante; engraçado.
FARCIN (*farçen*), s. m. Farsino.
FARCIR (*farçir*), v. t. Rechear.
FARCISSURE (*farçiçür*), s.f. Recheio.
FARD (*far*), s. m. Arrebique. *Fig.* Disfarce, maquilagem.
FARDAGE (*fardaj*), s. m. Fardagem; arrebique.
FARDEAU (*fardô*), s. m. Fardo. Pl.: *des fardeaux.*
FARDER (*fardê*), v. t. Arrebicar, pintar (o rosto). *Fig.* Dissimular. V. i. Pesar sobre; arriar (sob o próprio peso).
FARDIER (*fardiê*), s. m. Zorra (carro para transporte de cargas).
FARFADET (*farfadé*), s. m. Duende.
FARFELU, E (*farfəlü*), adj. Extravagante.
FARFOUILLEMENT (*farfuiiman*), s. m. Revolvimento, remexida.
FARFOUILLER (*farfuiê*), v. t. e i. Revolver, remexer (pondo em desordem).
FARIBOLE (*fariból*), s. f. Tolice, bobagem.
FARINACÉ, E (*farinaçê*), adj. Farináceo.
FARINE (*farin'*), s. f. Farinha.
FARINER (*farinê*), v. t. Enfarinhar.
FARINEUX, EUSE (*farinë, ëz*), adj. e s. Farinhento; enfarinhado. *Fig.* Coberto de pó branco. S. m. Farináceo.
FARINIER, ÈRE (*fariniê, ér*), s. Moageiro. S. m. Espécie de cogumelo comestível. S.f. Farinheira.
FAROUCH ou **FAROUCHE** (*faruch*), s. m. Trevo encarnado.
FAROUCHE (*faruch*), adj. Bravio, selvagem; misantropo; cruel.
FARRAGO (*farago*), s. m. Mistura de diferentes grãos.
FASCIATION (*façiaçion*), s.f. *Bot.* Fasciação.
FASCICULE (*façikül*), s. f. Fascículo.
FASCICULÉ, E (*façikülê*), adj. Fasciculado.
FASCIÉ, E (*façiê*), adj. Listrado.
FASCINANT, E (*façinan, t*), adj. Fascinante.
FASCINATEUR, TRICE (*façinatĕr, triç*), adj. Fascinador.
FASCINATION (*façinaçion*), s. f. Fascinação.
FASCINE (*façin'*), s. f. Faxina, feixe.
FASCINER (*façinê*), v. t. Fascinar.
FASCISME (*façiçm*), s. m. Fascismo.
FASCISTE (*façiçt*), adj. e s. Fascista.
FASÉOLE (*fazêól*), s. f. Faséolo.
FASTE (*façt*), s. m. Fausto, magnificência. Pl. Fastos. Adj. Fasto (não feriado).
FASTIDIEUSEMENT (*façtidiëzman*), adv. Fastidiosamente.
FASTIDIEUX, EUSE (*façtidië, ëz*), adj. Fastidioso.
FASTIGIÉ, E (*façtijiê*), adj. Fastigiado.
FASTUEUSEMENT (*façtüëzman*), adv. Faustosamente.
FASTUEUX, EUSE (*façtüë, ëz*), adj. Faustoso.
FAT (*fat*), s. e adj. m. Fátuo.

FATAL, E, ALS (*fatal*), adj. Fatal.
FATALEMENT (*fatalman*), adv. Fatalmente.
FATALISME (*fataliçm*), s.m. Fatalismo.
FATALISTE (*fataliçt*), adj. e s. Fatalista.
FATALITÉ (*fatalitê*), s. f. Fatalidade.
FATIDIQUE (*fatidik*), adj. Fatídico.
FATIDIQUEMENT (*fatidikman*), adv. Fatidicamente.
FATIGABILITÉ (*fatigabilitê*), s. f. Propensão para o cansaço.
FATIGANT, E (*fatigan, t*), adj. Fatigante, cansativo.
FATIGUE (*fatigh*), s. f. Fadiga, cansaço.
FATIGUÉ, E (*fatighê*), adj. Cansado.
FATIGUER (*fatighê*), v. t. Fatigar, cansar; importunar. V. i. Suportar, sustentar. **SE FATIGUER**, v. pr. Cansar-se.
FATRAS (*fatrá*), s. m. Monte confuso de coisas, farragem. Pl.: *des fatras*.
FATRASSIER (*fatraçiê*), s. m. Pessoa desordenada.
FATUITÉ (*fatüítê*), s. f. Fatuidade.
FAUBOURG (*fôbur*), s. f. Subúrbio, bairro.
FAUBOURIEN, ENNE (*fôburien, én'*), adj. e s. Habitante de um bairro; relativo a um bairro, próprio de bairro.
FAUCARD (*fôkar*), s. m. Espécie de foice.
FAUCHAGE ou **FAUCHAISON** (*fôchaj* ou *fôchézon*), s. m. Ceifa.
FAUCHARD (*fôchar*), s. f. Foice (para cortar os galhos de uma árvore).
FAUCHE (*fôch*), s. f. Ceifa (o seu tempo ou o seu produto).
FAUCHER (*fôchê*), v. t. Ceifar, segar. *Fig.* Abater, destruir. V. i. Manquejar (o cavalo).
FAUCHET (*fôché*), s. m. Ancinho (de dentes de madeira); podoa.
FAUCHETTE (*fôchét*), s. f. Podão.
FAUCHEUR, EUSE (*fôchĕr, ëz*), s. Segador, ceifador. *Fig.* Destruidor. S. f. Segadora (máquina).
FAUCHEUX ou **FAUCHEUR** (*fôchë* ou *fôchĕr*), s. m. Aranha dos campos.
FAUCHURE (*fôchür*), s. f. Ceifa, sega; produto da sega.
FAUCILLE (*fôçii*), s. f. Foice.
FAUCILLON (*fôçiion*), s. m. Foicinha.
FAUCON (*fôkon*), s. m. Falcão.
FAUCONNEAU (*fôkonô*), s. m. Filhote de falcão. Falconete (antiga peça de artilharia). *Ant.* Espécie de guindaste. Pl.: *des fauconneaux*.
FAUCONNERIE (*fôkonəri*), s. f. Falcoaria.
FAUCONNIER (*fôkoniê*), s. f. Falcoeiro.
FAUFIL ou **FAUFILE** (*fôfil*), s. m. Fio de alinhavar.
FAUFILER (*fôfilê*), v. t. Alinhavar. *Fig.* Introduzir (habilmente). V. i. *Fam.* Fazer sociedade com. **SE FAUFILER**, v. pr. Insinuar-se, intrometer-se, enfiar-se.
FAUFILURE (*fôfilür*), s. m. Alinhavo.
FAUNE (*fôn'*), s. m. Fauno. S. f. Fauna.
FAUNIQUE (*fônik*), adj. Fauniano.
FAUSSAIRE (*fôcér*), s. Falsário.
FAUSSEMENT (*fôçman*), adv. Falsamente.
FAUSSER (*fôçê*), v. t. Dobrar, vergar; falsear, violar, alterar, adulterar. V. i. Desafinar (cantando ou tocando).
FAUSSET (*fôcé*), s. m. Falsete, voz de falsete; o cantor que tem esta voz.
FAUSSETÉ (*fôçtê*), s. f. Falsidade; inexatidão.
FAUTE (*fôt*), s. f. Falta; erro; culpa; falha. *Faire faute*, faltar. *Prendre en faute*, pegar em falta. *Ne pas se faire faute de*, não deixar de. *Faute de*, loc. prep. Em falta de. Loc. adv.: *Sans faute*, sem falta, com toda certeza; *faute de mieux*, na falta de coisa melhor.
FAUTER (*fôtê*), v. i. *Pop.* Errar, cometer uma falta.
FAUTEUIL (*fôtĕi*), s. m. Poltrona.
FAUTEUR, TRICE (*fôtĕr, triç*), s. Promotor, fomentador.
FAUTIF, IVE (*fôtif, iv*), adj. Falível, errado, cheio de erros; culpado.
FAUTIVEMENT (*fôtivman*), adv. Erradamente, por erro, por engano.
FAUVE (*fôv*), adj. Fulvo, ruivo. S. m. A cor ruiva. Fera.
FAUVETTE (*fôvét*), s. f. Toutinegra.
FAUX (*fô*), s. f. Foice. Pl.: *des faux*.
FAUX, FAUSSE (*fô, fôç*), adj. Falso; hipócrita; postiço; desafinado. S. m. O falso, falsidade. Adv. Falsamente, em falso; desafinadamente. *À faux*, loc. adv. Sem razão.
FAUX-BOURDON (*fôburdon*), s. m. Fabordão. Pl.: *des faux-bourdons*.
FAUX-FUYANT (*fôfüiian*), s. m. Azinhaga, atalho. *Fig.* Subterfúgio. Pl.: *des faux-fuyants*.
FAVEUR (*favĕr*), s. f. Favor; voga, moda. Fitinha de seda. Loc. prep.: *En faveur de*, em consideração a, em favor de; *à la faveur de*, graças a. Pl. Carinhos, demonstrações de amor.
FAVORABLE (*favorabl*), adj. Favorável; indulgente.
FAVORABLEMENT (*favorabləman*), adv. Favoravelmente.
FAVORI, TE (*favori, t*), adj. e s. Favorito. S. m. pl. Suíças, costeletas (de barba).
FAVORISER (*favorizê*), v. t. Favorecer.
FAVORITISME (*favoritiçm*), s. m. Favoritismo.
FAYOT ou **FAYOL** (*faiô* ou *faiól*), s. m. *Fam.* Feijão seco.
FÉBRIFUGE (*fêbrifüj*), adj. e s. m. Febrífugo.
FÉBRILE (*fêbril*), adj. Febril. *Fig.* Arrebatado.
FÉBRILEMENT (*fêbrilman*), adv. Febrilmente.

FÉCAL, E, AUX (*fêkal, ô*), adj. Fecal.
FÉCER (*fêçê*), v. i. (O *c* leva cedilha antes de *a* e *o*: *il féça.*) Formar borra.
FÈCES (*féç*), s. f. pl. Sedimento, borra; fezes.
FÉCOND, E (*fêkon, d*), adj. Fecundo; abundante.
FÉCONDANT, E (*fêkondan, t*), adj. Fecundante.
FÉCONDANTEUR, TRICE (*fêkondatër, triç*), adj. Fecundador.
FÉCONDATION (*fêkondaçion*), s. f. Fecundação.
FÉCONDER (*fêkondê*), v. t. Fecundar.
FÉCONDITÉ (*fêkonditê*), s. f. Fecundidade.
FÉCULE (*fêkül*), s. f. Fécula.
FÉCULENCE (*fêkülanç*), s. f. Feculência.
FÉCULENT, E (*fêkülan, t*), adj. Feculento.
FÉCULEUX, EUSE (*fêkülë, ëz*), adj. Feculoso.
FÉDÉRAL, E, AUX (*fêdêral, ô*), adj. Federal.
FÉDÉRALISER (*fêdêralizê*), v. t. Federalizar.
FÉDÉRALISME (*fêdêraliçm*), s. m. Federalismo.
FÉDÉRALISTE (*fêdêraliçt*), adj. e s. Federalista.
FÉDÉRATIF, IVE (*fêdêratif, iv*), adj. Federativo.
FÉDÉRATION (*fêdêraçion*), s. f. Federação.
FÉDÉRÉ, E (*fêdêrê*), adj. e s. Federado.
FÉDÉRER (*fêdêrê*), v. t. (Conjuga-se como *accélérer.*) Federar, confederar.
FÉE (*fê*), s. f. Fada. *Fig.* Mulher graciosa, amável. *Travail de fée,* trabalho de grande perfeição. *Vieille fée,* mulher desagradável, bruxa.
FÉERIE (*fêri*), s. f. Magia, encantamento. Mágica (peça de teatro). *Fig.* Espetáculo deslumbrante.
FÉERIQUE (*fêrik*), adj. Encantado; feérico. *Fig.* Maravilhoso.
FEINDRE (*fendr*), v. t. (Conjuga-se como *craindre.*) Fingir, dissimular; supor. V. i. Coxear (cavalo).
FEINTE (*fent*), s. f. Fingimento, disfarce. Finta (esgrima).
FELDSPATH (*féldçpat*), s. m. Feldspato.
FÊLÉ, E (*félê*), adj. Rachado, fendido. *Fig. Tête fêlée,* cabeça de vento.
FÊLER (*félê*), v. t. Fender, rachar.
FÉLICITATION (*fêliçitaçion*), s. f. Felicitação. Pl.: Parabéns.
FÉLICITÉ (*fêliçitê*), s. f. Felicidade, ventura.
FÉLICITER (*fêliçitê*), v. t. Felicitar.
FÉLIDÉS (*fêlidê*), s. m. pl. *Zool.* Felídeos.
FÉLIN, E (*fêlen, in'*), adj. e s. Felino.
FELLAH (*félá*), s. m. Felá.
FÉLON, ONNE (*fêlon, ón'*), adj. e s. Desleal, traidor.
FÉLONIE (*fêloni*), s. f. Felonia, deslealdade, traição.
FELOUQUE (*fəluk*), s. f. Falucho.
FÊLURE (*fêlür*), s. f. Rachadura, greta. *Fig.* e *fam.* Loucura passageira.
FEMELLE (*fəmél*), s. f. e adj. Fêmea.
FÉMININ, E (*fêminen, in'*), adj. Feminino. S. m. *Gram.* Feminino.
FÉMINISATION (*fêminizaçion*), s. f. Efeminação.
FÉMINISER (*fêminizê*), v. t. Efeminar.
FÉMINISME (*fêminiçm*), s. m. Feminismo.
FÉMINISTE (*fêminiçt*), adj. e s. Feminista.
FÉMINITÉ (*fêminitê*), s. f. Feminidade.
FEMME (*fam'*), s. f. Mulher; esposa. *Femme de chambre,* camareira, arrumadeira. *Femme de ménage,* empregada. *Prov. Ce que femme veut, Dieu le veut,* Deus quer o que a mulher deseja.
FEMMELETTE (*faməlét*), s. f. Mulherzinha, mulher débil. *Fig.* Homem sem energia, efeminado.
FÉMUR (*fêmür*), s. m. Fêmur.
FENAISON (*fənézon*), s. f. Fenação.
FENDAGE (*fandaj*), s. m. Fendimento.
FENDANT (*fandan*), s. m. Cutilada. S. e adj. m. Fanfarrão.
FENDERIE (*fandəri*), s. f. Corte (do ferro); lugar, máquina para o corte de ferro.
FENDEUR (*fandër*), s. m. Fendedor, rachador.
FENDILLÉ, E (*fandiiê*), adj. Gretado, fendido.
FENDILLEMENT (*fandiiman*), s. m. Rachadura, fendimento.
FENDILLER (*fandiiê*), v. t. Rachar, gretar. **SE FENDILLER,** v. pr. Fender-se, rachar-se.
FENDOIR (*fanduar*), s. m. Fendeleira.
FENDRE (*fandr*), v. t. Fender, rachar. *Fig.* Abrir caminho (na multidão). *Fendre le cœur,* afligir. *Fendre la tête,* atordoar. *Geler à pierre fendre,* fazer muito frio. **SE FENDRE,** v. pr. Fender-se. *Pop.* Dar, desembolsar.
FENESTRÉ, E (*fənéçtrê*), adj. Fenestrado.
FENÊTRAGE ou **FENESTRAGE** (*fənétraj* ou *fənéçtraj*), s. m. Conjunto de janelas de uma casa.
FENÊTRE (*fənétr*), s. f. Janela.
FENÊTRER (*fənétrê*), v. t. Abrir janelas em; fazer aberturas em um emplastro.
FENIL (*fənil*), s. m. Feneiro.
FENOUIL (*fənui*), s. m. Funcho.
FENTE (*fant*), s. f. Fenda, greta.
FENUGREC (*fənügrék*), s. m. Alforva.
FÉODAL, E, AUX (*fêodal, ô*), adj. Feudal.
FÉODALEMENT (*fêodalman*), adv. Segundo o direito feudal.
FÉODALISME (*fêodaliçm*), s. m. Feudalismo.
FÉODALITÉ (*fêodalitê*), s.f. Feudalidade.

FER (*fér*). s. m. Ferro. *Fer à cheval*, ferradura. *Fer à passer*, ferro de engomar. *Poét.* Arma assassina. S. pl. Cadeias, correntes, algemas. *Fig.* Cativeiro. *Jeter dans les fers*, meter na cadeia. *Mettre aux fers*, prender, pôr a ferros. *Croiser le fer*, bater-se em duelo. *Fer blanc*, lata, folha-de-flandres.

FERBLANTERIE (*férblantəri*). s. f. Latoaria.

FERBLANTIER (*férblantiê*), s. m. Latoeiro.

FÉRIAL, E, AUX (*fêrial, ô*), adj. Ferial.

FÉRIE, (*fêri*), s. f. Féria.

FÉRIR (*fêrir*), v. t. Ferir. *Sans coup férir*, sem vir às mãos, sem se bater.

FERLER (*férlê*), v. t. Colher (as velas).

FERMAGE (*férmaj*), s. m. Aluguel (de uma fazenda).

FERMAIL (*férmai*), s. m. Fivela, colchete, broche. Pl.: *des fermaux*.

FERMANT, E (*férman, t*), adj. Que se fecha. *À jour fermant*, ao cair da noite.

FERMÉ, E (*fêrmê*), adj. Firme, sólido. S. f. Fazenda, granja; arrendamento; asna (de um telhado). Adv. Com firmeza. Interj. Coragem!

FERMEMENT (*férməman*), adv. Firmemente.

FERMENT (*férman*), s. m. Fermento.

FERMENTABLE (*férmantabl*), adj. Fermentável.

FERMENTATIF, IVE (*férmantatif, iv*), adj. Fermentativo.

FERMENTATION (*férmantaçion*), s. f. Fermentação. *Fig.* Agitação.

FERMENTER (*férmantê*), v. i. Fermentar. *Fig.* Agitar.

FERMENTESCIBILITÉ (*férmantéçibilitê*), s. f. Fermentescibilidade.

FERMENTESCIBLE (*férmantéçible*), adj. Fermentescível.

FERMER (*fêrmê*), v. t. Fechar; sustar; cicatrizar; murar.

FERMETÉ (*férmətê*), s. f. Firmeza, solidez. *Fig.* Constância, coragem.

FERMETURE (*férmətür*), s. f. Fecho; fechamento.

FERMIER, ÈRE (*férmiê, ér*), s. Fazendeiro; arrematante (de impostos).

FERMOIR (*férmuar*), s. m. Fecho de metal (de um livro, de uma carteira). Escopro.

FÉROCE (*fêróç*), adj. Feroz.

FÉROCEMENT (*fêróçman*), adv. Ferozmente.

FÉROCITÉ (*fêroçitê*), s. f. Ferocidade; crueldade.

FERRADE (*ferad*), s. f. Ferra (ação de marcar com ferro quente).

FERRAGE (*feraj*), s. m. Ferra (ato de guarnecer com ferro; de pôr ferradura).

FERRAILLE (*feraii*), s. f. Ferros velhos.

FERRAILLEMENT (*féraiiman*), s. m. Entrechoque, esgrimidura.

FERRAILLER (*feraiê*), v. i. Entrechocar desajeitadamente (as lâminas das espadas); bater-se à espada; esgrimir mal. *Fig.* e *fam.* Disputar com violência.

FERRAILLEUR (*feraiër*), s. m. Ferro-velho (negociante); esgrimista principiante; espadachim. *Fig.* Brigão.

FERRANT (*féran*), adj. *Maréchal ferrant*, ferrador.

FERRATE (*férat*), s. m. *Quím.* Ferrato.

FERRÉ, E (*férê*), adj. Ferrado, guarnecido de ferro. *Voie ferrée*, via férrea. *Chemin ferré*, caminho empedrado. *Eau ferrée*, água férrea. *Fig.* e *fam.* Entendido, versado.

FERREMENT (*férəman*), s. m. *Ant.* Agrilhoamento. Guarnição de ferro.

FERRER (*férê*), v. t. Ferrar.

FERRET (*féré*), s. m. Agulheta (dos atacadores). *Ferre d'Espagne*, hematita vermelha.

FERREUR (*férër*), s. m. Ferrador (de animais); agulheteiro.

FERREUX (*férë*), adj. m. Ferroso.

FERRICYANURE (*fériçianür*), s. m. *Quím.* Ferricianeto.

FERRIÈRE (*fériér*), s. f. Saco de ferramentas (de serrador ou de serralheiro).

FERRIFIÈRE (*férifiér*), adj. Ferrífero.

FERRIQUE (*férik*), adj. Férrico.

FERROCYANURE (*féroçianür*), s. m. *Quím.* Ferrocianeto.

FERRONNERIE (*férónəri*), s. f. Ferraria; objetos pequenos de ferro.

FERRONNIER, ÈRE (*féroniê, ér*), adj. e s. Ferrageiro. S. f. Corrente com uma jóia ao centro (para cingir a fronte das senhoras).

FERROVIAIRE (*féroviér*), adj. Ferroviário.

FERRUGINEUX, EUSE (*férüjinë, ëz*), adj. Ferruginoso. S. m. Medicamento ferruginoso.

FERRUGINOSITÉ (*férüjinozitê*), s. f. Ferruginosidade.

FERRURE (*férür*), s. f. Ferrugem (guarnição de ferro).

FERTILE (*fértil*), adj. Fértil.

FERTILISABLE (*fértilizabl*), adj. Fertilizável.

FERTILISANT, E (*fértilizan, t*), adj. Fertilizante.

FERTILISATION (*fértilizaçion*), s. f. Fertilização.

FERTILISER (*fértilizê*), v. t. Fertilizar.

FERTILITÉ (*fértilitê*), s. f. Fertilidade.

FÉRU, E (*fêrü*), adj. Ferido, atingido. *Féru d'amour*, enamorado.

FÉRULE (*fêrül*), s. f. Férula; palmatória. *Fig.* Autoridade severa.

FERVEMMENT (*férvaman*), adv. Fervorosamente.
FERVENT, E (*férvan, t*), adj. Fervoroso; ardente, entusiasta.
FERVEUR (*férvĕr*), s. f. Fervor.
FESSE (*féç*), s. f. Nádega. Alheta (de navio). *Fesse-mathieu*, usurário.
FESSÉE (*féçê*), s. f. Palmada.
FESSER (*féçê*), v. t. Dar palmadas. Bater (os fios de latão para fazer alfinetes).
FESSEUR, EUSE (*féçĕr, ëz*), s. Açoitador. Operário que bate os fios de latão para fazer alfinetes.
FESSIER, ÈRE (*féçiê, ér*), adj. Nadegueiro. S. m. Nádegas.
FESTIN (*féçten*), s. m. Festim.
FESTINER (*féçtinê*), v.t. Banquetear. V. i. Banquetear-se.
FESTIVAL (*féçtival*), s. m. Festival.
FESTIVITÉ (*féçtivitê*), s. f. Festividade.
FESTOIEMENT (*féçtuaman*), s. m. Festejo.
FESTON (*féçton*), s. m. Festão, grinalda.
FESTONNÉ, E (*féçtonê*), adj. Festoado.
FESTONNER (*féçtonê*), v. t. Festoar.
FESTOYER ou **FÊTOYER** (*féçtuaiê* ou *fétuaiê*), v. t. (Conjuga-se como *aboyer*.) Festejar, receber bem. V. i. Pandegar.
FÊTARD, E (*fétar, d*), s. Pândego, festeiro.
FÊTE (*fét*), s. f. Festa. *Faire fête*, fazer festa, acolher bem. *Faire la fête*, levar uma vida de prazeres. *Fête-Dieu*, Festa do Corpo de Deus.
FÊTER (*fétê*), v. t. Festejar. *Fig.* Acolher bem.
FÉTICHE (*fêtich*), s. m. Fetiche.
FÉTICHISME (*fêtichiçm*), s. m. Fetichismo.
FÉTICHISTE (*fêtichiçt*), adj. e s. Fetichista.
FÉTIDE (*fêtid*), adj. Fétido.
FÉTIDITÉ (*fêtiditê*), s. f. Fedor, fedentina.
FÉTU (*fêtü*), s. m. Argueiro. *Fig.* Ninharia.
FEU (*fë*), s. m. Fogo. *Coup de feu*, tiro. *Feu d'artifice*, fogo de artifício. Lar, família. *Fig.* Inspiração; luz; ardor, violência; brilho. *Prendre feu*, pegar fogo, inflamar-se, entusiasmar-se. *Aller au feu*, ir ao combate. *N'y voir que du feu*, não notar nada, não se aperceber de nada. *Jeter feu et flamme*, enfurecer-se. *Faire long feu*, durar. *Faire feu sur*, atirar em. *Jouer avec le feu*, brincar com o fogo. *N'avoir ni feu ni lieu*, não ter nada. *Mettre le feu aux étoupes*, pôr fogo na estopa. *Feu follet*, fogo-fátuo. *À petit feu*, loc. adv. A fogo lento. Pl.: *des feux*.
FEU, E (*fë*), adj. Finado, falecido.
FEUDATAIRE (*fëdatér*), s. Feudatário.
FEUILLAGE (*fëiaj*), s. m. Folhagem.
FEUILLAISON (*fëiézon*), s. f. Folheatura.
FEUILLANT, FEUILLANTE ou **FEUILLANTINE** (*fëian, fëiant* ou *fëiantin'*), s. Bernardo (religioso).
FEUILLE (*fëii*), s. f. Folha. Pétala. *Feuille volante*, folha de papel destacada. *Feuille morte*, adj. inv. Amarelo pálido, cor de folha seca.
FEUILLÉ, E (*fëiê*), adj. Folhado.
FEUILLÉE (*fëiê*), s. f. Folhagem; dossel de folhagem.
FEUILLER (*fëiê*), v. i. Folhar, cobrir-se de folhas. V. t. Folhar, ornar com folhagem.
FEUILLERET (*fëiiré*), s. m. Rebaixador (instrumento de carpinteiro).
FEUILLET (*fëié*), s. m. Folha (de livro); fasquia. *Veter.* Saltério.
FEUILLETAGE (*fëiitaj*), s. m. Folheado (massa para pastéis); sua preparação.
FEUILLETER (*fëiitê*), v. t. (Dobra-se o *t* antes de sílaba muda: *je feuillette.*) Folhear (um livro). Preparar o folheado (massa).
FEUILLETON (*fëiiton*), s. m. Folhetim.
FEUILLETONISTE (*fëiitoniçt*), s. m. Folhetinista.
FEUILLU, E (*fëiü*), adj. Folhudo.
FEUILLURE (*fëiür*), s. f. Entalhe (para encaixar portas, janelas).
FEUTRAGE (*fëtraj*), s. m. Feltragem.
FEUTRE (*fëtr*), s. m. Feltro; chapéu de feltro.
FEUTRER (*fëtrê*), v. t. Feltrar. *Fig. Pas feutrés*, passos leves, silenciosos.
FEUTRIER, ÈRE (*fëtriê, ér*), s. e adj. Fabricante de feltro.
FÈVE (*fév*), s. f. Fava. *Gâteau de la fève*, bolo do dia de Reis. *Roi de la fève*, pessoa que encontra o brinde do bolo de Reis.
FÉVRIER (*fêvriê*), s. m. Fevereiro.
FEZ (*féz*), s. m. inv. Fez (barrete turco).
FI! (*fi*), interj. Safa!, Fora!. (Indica nojo, desprezo.) *Faire fi de*, desprezar.
FIACRE (*fiakr*), s. m. Fiacre.
FIANÇAILLES (*fiançaii*), s. f. pl. Noivado.
FIANCÉ, E (*fiançé*), s. Noivo, noiva.
FIANCER (*fiançê*), v. t. (O *c* leva uma cedilha antes de *a* e *o*: *il fiança, nous fiançons.*) Noivar.
FIASCO (*fiaçkô*), s. m. inv. Fiasco.
FIASQUE (*fiaçk*), s. m. Botelha, garrafa de vinho.
FIBRE (*fibr*), s. f. Fibra. *Fig.* Fibra, temperamento.
FIBREUX, EUSE (*fibrë, ëz*), adj. Fibroso.
FIBRILLE (*fibrii*), s. f. Fibrila.
FIBRILLEUX, EUSE (*fibriië, ëz*), adj. Fibriloso.
FIBRINE (*fibrin'*), s. f. Fibrina.

FIBROME (*fibróm'*), s. m. Fibroma.
FICAIRE (*fikér*), s. f. *Bot.* Ficária.
FICELAGE (*fiçəlaj*), s. m. Atadura (ação de atar).
FICELÉ, E (*fiçəlê*), adj. Atado, amarrado (com barbante). *Fam.* Vestido, arrumado.
FICELER (*fiçəlê*), v. t. (Dobra-se o *l* antes de sílaba muda: *je ficelle.*) Atar, amarrar (com barbante).
FICELER ou **FICELLIER** (*fiçəlê* ou *fiçêliê*), s. m. Dobradura. *Fam.* Finório, astuto, sabido.
FICELLE (*fiçél*), s. f. Barbante. *Fig.* Astúcia. *Fam.* Astuto. *Tirer les ficelles*, manejar por trás.
FICHANT, E (*fichan, t*), adj. Que atinge diretamente um obstáculo. *Pop.* Contrariante.
FICHE (*fich*), s. f. Ficha; cavilha; fixa.
FICHER (*fichê*), v. t. Enterrar, cravar, fixar. *Fam.* Pôr. **SE FICHER**, v. pr. *Fam.* Zombar; não dar importância a.
FICHIER (*fichiê*), s. m. Fichário.
FICHOIR (*fichuar*), s. m. Pinça, grampo (para segurar objetos em uma corda).
FICHTRE! (*fichtr*), interj. *Fam.* Caramba!, Puxa!. (Exprime surpresa, espanto, dor.)
FICHU, E (*fichü*), s. m. Estola, lenço de pescoço. Adj. Malfeito. *Pop.* Perdido.
FICTIF, IVE (*fiktif, iv*), adj. Fictício.
FICTION (*fikçion*), s. f. Ficção
FIDÉICOMMIS (*fidêikomi*), s. m. Fideicomisso Pl.: *des fidéicommis.*
FIDÉISME (*fidêiçm*), s. m. Fideísmo.
FIDÉJUSSEUR (*fidêjüçër*), s. m. Fiador.
FIDÉJUSSION (*fidêjüçion*), s. f. Caução, fiança.
FIDÈLE (*fidél*), adj. Fiel; exato; honesto. S. m. pl. Os fiéis (seguidores de uma doutrina, ou membros de uma igreja, de uma seita, de uma religião).
FIDÈLEMENT (*fidélman*), adv. Fielmente.
FIDÉLITÉ (*fidêlitê*), s. f. Fidelidade, dedicação; exatidão.
FIDUCIAIRE (*fidüçiér*), adj. Fiduciário. *Monnaie fiduciaire*, papel-moeda.
FIEF (*fiéf*), s. m. Feudo. *Fig.* Bem próprio.
FIEFFÉ, E (*fiéfê*), adj. Enfeudado. *Fam.* Consumado; incorrigível.
FIEFFER (*fiêfê*) v. t. Enfeudar.
FIEL (*fiél*), s. m. Fel. *Fig.* Amargor; rancor; dor.
FIÉVREUX, EUSE (*fiêvrë, ëz*), adj. Fego como o fel; bilioso, cheio de fel.
FIER (SE) (*çəfiê*), v. pr. (Conjuga-se como *prier.*) Fiar-se, confiar.
FIER, FIÈRE (*fiér*), adj. Altivo, orgulhoso; intrépido; notável. *Fam.* Grande, completo.
FIER-À-BRAS (*fiérabrá*), s. f. Fanfarrão, ferrabrás. Pl.: *des fier-à-bras* ou *fiers-à-bras.*
FIÈREMENT (*fiérman*), adv. Orgulhosamente. *Fam.* Extremamente.
FIÉROT, E (*fiêro, t*), adj. e s. Orgulhoso, convencido, presunçoso e tolo.
FIERTÉ (*fiértê*), s. f. Altivez, orgulho, nobreza.
FIÈVRE (*fiévr*), s. f. Febre.
FIÉVREUSEMENT (*fiêvrëzman*), adv. Febrilmente.
FIÉVREUX, EUSE (*fiêvrë, ëz*), adj. Febril. *Fig.* Ardente, inquieto. S. Pessoa com febre.
FIFRE (*fifr*), s. m. Pífaro; tocador de pífaro.
FIEFFER (*fiéfê*), v. t. Enfeudar.
FIGEMENT (*fijman*), s. m. Congelação, condensação.
FIGER (*fijê*), v. t. (Toma um *e* mudo depois do *g* antes de *a* e *o*: *il figea, nous figeons.*) Congelar.
FIGNOLER (*finholê*), v. i. *Pop.* Esmerar-se, apurar-se. V. t. Arrumar com esmero.
FIGUE (*figh*), s. f. Figo. *Fig. Moitié figue, moitié raisin*, nem bem nem mal, querendo e não querendo. *Fam. Faire la figue à quelqu'un*, fazer figas a alguém, zombar de alguém.
FIGUERIE (*fighəri*), s. f. Figueiral.
FIGUIER (*fighiê*), s. m. Figueira.
FIGURANT, E (*figüran, t*), s. Figurante, comparsa.
FIGURATIF, IVE (*figüratif, iv*), adj. Figurativo. S. f. Desinência.
FIGURATION (*figüraçion*), s. f. Figuração; comparsaria.
FIGURE (*figür*), s. f. Figura; rosto; ar, aparência. *Faire figure*, parecer.
FIGURÉ, E (*figürê*), adj. Figurado.
FIGURER (*figürê*), v. t. Figurar; representar, simbolizar. V. i. Figurar, fazer parte. **SE FIGURER**, v. pr. Figurar-se, julgar, supor.
FIGURINE (*figürin'*), s. f. Estatueta (de louça ou metal).
FIGURISTE (*figüriçt*), s. m. Figurista.
FIL (*fil*), s. m. Fio; linha; gume. *Fil à plomb*, fio de prumo. *Coup de fil*, telefonema. *De fil en aiguille*, de conversa em conversa. *Donner du fil à retordre*, criar embaraços. *Ne tenir qu'à un fil*, estar por um fio. *Être cousu à fil blanc*, estar claro.
FILAGE (*filaj*), s. m. Fiação.
FILAIRE (*filér*), s. f. ou m. Filária.
FILAMENT (*filaman*), s. m. Filamento.
FILAMENTEUX, EUSE (*filamantë, ëz*), adj. Filamentoso.

FILANDIÈRE (*filandiér*), s. f. Fiandeira.

FILANDRE (*filandr*), s. f. Fibrilha (da carne chagada). Fio (produzido por certas aranhas).

FILANDREUX, EUSE (*filandrẽ, ëz*), adj. Filandroso. *Fig.* Emaranhado.

FILANT, E (*filan, t*), adj. Que corre, que escorre lentamente. *Étoile filante,* estrela cadente.

FILARIOSE (*filariôz*), s. f. Filariose.

FILASSE (*filaç*), s. f. Filaça. *Cheveux de filasse,* cabelos emaranhados, amarelados.

FILASSIER, ÈRE (*filaciê, ér*), adj. e s. Filaceiro.

FILATEUR (*filatẽr*), s. m. Proprietário de uma fábrica de fiação, fiandeiro.

FILATURE (*filatür*), s. f. Fiação; fábrica de fiação. *Fig.* Espionagem.

FILE (*fil*), s. f. Fila; série. *À la file,* loc. adv. Em fila.

FILÉ (*filé*), s. m. Fio (simples ou retorcido, para tecedura). Fio (de ouro ou prata com um fio de seda).

FILER (*filê*), v. t. Fiar; tecer (falando de insetos); espreitar (seguindo). *Fig. Filer ses jours,* passar sua vida *Mar.* Soltar, largar (um cabo, um fio). V. i. Escorrer lentamente; fumegar. *Fam.* Partir, ir-se embora. *Filer doux,* mostrar-se submisso.

FILERIE (*filri*), s. f. Fiação, lugar onde se fia o linho.

FILET (*filé*), s. m. Rede. Lombo (de vaca, etc.). Freio da língua. Rosca (de um parafuso); listel. *Fig.* Filete, rego (de água); pequena porção.

FILETAGE (*filtaj*), s. f. Fazer roscas (em um parafuso); passagem pela fieira (metais). Caça com rede (em terreno proibido).

FILETER (*filtê*), v. t. (Toma um *è* aberto antes de sílaba muda: *je filète.*) Abrir espiral em um parafuso; passar pela fieira (metais).

FILEUR, EUSE (*filẽr, ëz*), adj. e s. Fiandeiro; dono ou dirigente de uma fábrica de fiação.

FILIAL, E, AUX (*filial, ô*), adj. Filial.

FILIALE (*filial*), s. f. Filial, sucursal.

FILIALEMENT (*filialman*), adv. Filialmente.

FILIATION (*filiaçion*), s. f. Filiação. *Fig.* Continuidade, encadeamento.

FILIÈRE (*filiér*), s. f. Fieira; tarraxa (instrumento para abrir roscas em parafusos). *Náut.* Vergueiro; conhecimento, nota de despacho. *Fig.* Experiência, prova.

FILIFORME (*filifórm*), adj. *Bot.* Filiforme. *Pouls filiforme,* pulso fraco.

FILIGRANE (*filigran'*), s. m. Filigrana. Fio de cobre (em torno do punho de um sabre). Marca de água (em papel).

FILIGRANER (*filigranê*), v. t. Filigranar.

FILIGRANISTE (*filigraniçt*), s. m. Filigraneiro.

FILIN (*filen*), s. m. Corda (de cânhamo).

FILIPENDULE (*filipandül*), s. f. Filipêndula.

FILLE (*fii*), s. f. Filha; moça, donzela; empregada; mulher de má vida. *Vieille fille,* solteirona.

FILLETTE (*fiiét*), s. f. Garotinha.

FILLEUL, E (*fiiël*), s. Afilhado.

FILM (*film*), s. m. Filme. *Film fixe,* diafilme. Pl.: *des films.*

FILMAGE (*filmaj*), s. m. Filmagem.

FILMER (*filmê*), v. t. Untar de colódio. Filmar.

FILOCHE (*filóch*), s. f. Tecido de malhas largas, rede (de seda ou algodão).

FILOIR (*filuar*), s. m. Máquina para fiar; cilindro de madeira(em um barco, para enrolar a corda).

FILON (*filon*), s. m. Filão, veio. *Fig.* Fonte.

FILOU (*filu*), s. m. Gatuno; trapaceiro, ladrão (no jogo); patife.

FILOUTAGE (*filutaj*), s. m. Roubo, trapaça.

FILOUTER (*filutê*), v. t. Roubar, surripiar; fazer trapaça, roubar (no jogo).

FILOUTERIE (*filutəri*), s. f. Trapaça, patifaria.

FILS (*fiç*), s.f . Filho. Pl.: *des fils.*

FILTRAGE (*filtraj*), s. m. Filtragem.

FILTRANT, E (*filtran, t*), adj. Que serve para filtrar.

FILTRATION (*filtraçion*), s. f. Filtração.

FILTRE (*filtr*), s. m. Filtro. *Filtre-presse,* aparelho para filtrar sob pressão.

FILTRER (*filtrê*), v. t. Filtrar. V. i. Penetrar.

FILURE (*filür*), s. f. Fiação (modo de fiar).

FIN (*fen*), s. f. Fim, término. *Faire une fin,* mudar de vida; casar-se. *Prendre fin,* terminar. *Mener à bonne fin,* levar a bom termo. *Tirer à sa fin,* estar por acabar. *Venir à ses fins,* conseguir, vencer. *Une fin de non recevoir,* desconhecimento total. *À la fin,* loc. adv. Por fim, enfim. *À seule fin de,* loc. prep. Com o único fim de, só para.

FIN, FINE (*fen, fin'*), adj. Fino; delgado; ralo. *Fig.* Excelente; puro; astuto; sutil. *Fines herbes,* ervas picadinhas para tempero. *Nez fin,* perspicácia. S. m. O fim, o melhor; roupas finas.

FINAGE (*finaj*), s. m. Território (de uma comuna).

FINAL, E, ALS (*final*), adj. Final. S. f. Última sílaba ou última letra (de uma palavra). Prova decisiva (competição).

FINALE (*final*), s. m. *Mús.* Final.

FINALEMENT (*finalman*), adv. Finalmente.
FINALITÉ (*finalitê*), s. f. Finalidade.
FINANCE (*finanç*), s. f. Finança. Pl. Finanças, o tesouro público.
FINANCER (*finançê*), v. i. (O *c* leva uma cedilha antes da *a* e *o*: *il finança, nous finançons.*) *Fam.* Fornecer dinheiro. V. t. Manter (monetariamente).
FINANCIER, ÈRE (*finançiê, ér*), adj. e s. Financeiro. S. f. Maneira de condimentar certos pratos com ingredientes finos.
FINANCIÈREMENT (*finançiérman*), adv. Financeiramente.
FINASSER (*finaçê*), v. i. *Fam.* Usar de subterfúgios.
FINASSERIE (*finaçri*), s. f. Finura, trapaça, astúcia.
FINASSEUR, EUSE ou **FINASSIER, ÈRE** (*finaçĕr, ëz* ou *finaçiê, ér*), s. *Fam.* Trapaceiro, astuto, que usa subterfúgios.
FINAUD, E (*finô, d*), adj. e s. Finório, astuto.
FINE (*fin'*), s. f. Aguardente (de boa qualidade).
FINEMENT (*finəman*), adv. Finamente.
FINES (*fin'*), s. f. pl. Hulhas miúdas (das minas do norte da França).
FINESSE (*finéç*), s. f. Finura; sutileza; astúcia; delicadeza. *Entendre, chercher finesse à*, emprestar um sentido misterioso ou malicioso.
FINETTE (*finét*), s. f. Baetilha (tecido).
FINI, E (*fini*), adj. Limitado; completo, perfeito em seu gênero; esgotado, consumido. S. m. O finito; perfeição.
FINIR (*finir*), v. t. Acabar; limitar, V. i. Terminar; morrer. *En finir*, decidir-se, tomar um partido. *En finir avec*, desembaraçar-se, terminar com. *On finirait par*, acabaríamos por. *C'est à n'en plus finir*, é um nunca acabar.
FINISSAGE (*finiçaj*), s. m. Remate, acabamento.
FINISSANT, E (*finiçan, t*), adj. Que acaba, que se extingue.
FINISSEUR, EUSE (*finiçĕr, ëz*), s. Rematador.
FINITION (*finiçion*), s. f. Acabamento. fase de acabamento de um trabalho.
FINLANDAIS, E (*fenlandé, z*), adj. e s. Finlandês.
FINNOIS, E (*finuá, z*), adj. e s. Finês; a língua finesa.
FIOLE (*fiól*), s. f. Pequeno frasco, garrafinha.
FIORD ou **FJORD** (*fiór*), s. m. Fiorde.
FIORITURE (*fioritür*), s. f. *Mús.* Fioritura.
FIRMAMENT (*firmaman*), s. m. Firmamento, céu.
FISC (*fiçk*), s. m. Fisco.
FISCALISATION (*fiçkalizaçion*), s. f. Fiscalização.
FISCAL, E, AUX (*fiçkal, ô*), adj. Fiscal, concernente ao fisco.
FISCALITÉ (*fiçkalitê*), s. f. Fiscalidade.
FISSILE (*fiçil*), adj. Físsil.
FISSION (*fiçion*), s. f. Fendimento, divisão.
FISSIPARE (*fiçipar*), adj. Fissíparo.
FISSIPÈDE (*fiçipéd*), adj. Fissípede.
FISSURATION (*fiçüraçion*), s. f. Fissuração.
FISSURE (*fiçür*), s. f. Fissura, fenda; cieiro.
FISTON (*fiçton*), s. m. *Pop.* Filho.
FISTULAIRE (*fiçtülér*), adj. Fistular.
FISTULE (*fiçtül*), s. f. Fístula; golpe, martelada (aplicados obliquamente).
FISTULEUX, EUSE (*fiçtülë, ëz*), adj. Fistuloso.
FIXAGE (*fikçaj*), s. m. Fixação; fixagem (de fotografias).
FIXATEUR, TRICE (*fikçatĕr, triç*), adj. e s. Fixador.
FIXATIF, IVE (*fikçatif, iv*), adj. e s. m. Fixativo.
FIXATION (*fikçaçion*), s. f. Fixação.
FIXE (*fikç*), adj. Fixo; invariável, inalterável. S. m. Ordenado certo. Interj. Sentido!
FIXEMENT (*fikçəman*), adj. Fixamente.
FIXER (*fikçê*), v. t. Fixar, pregar; fitar. *Fig.* Estabelecer; marcar, aprazar; cativar; tornar constante.
FIXITÉ (*fikçitê*), s. f. Fixidez. *Fig.* Constância.
FLA (*fla*), s. m. inv. Rataplã (onomatopéia do toque do tambor).
FLACCIDITÉ (*flakçiditê*), s. f. Flacidez.
FLACHE (*flach*), s. f. Falha (na madeira esquadriada); buraco (no pavimento de uma rua); alburno (das árvores); greta; charco, lagoa.
FLACHEUX, EUSE (*flachë, ëz*), adj. Com falhas, defeituoso (madeiras).
FLACON (*flakon*), s. m. Frasco; garrafa; o conteúdo de um frasco.
FLACONNIER (*flakoniê*), adj e s. Fabricante de frascos.
FLA-FLA (*fla-fla*), s. m. *Pop.* Procura de efeitos (em pintura). *Fig.* Ostentação, gabolice.
FLAGELLATEUR (*flajélatĕr*), s. m. Flagelador.
FLAGELLATION (*flajélaçion*), s. f. Flagelação.
FLAGELLE ou **FLAGELLUM** (*flajél* ou *flajélóm'*), s. m. *Zool.* Flagelo (órgão dos flagelados).
FLAGELLÉ, E (*flajélê*), adj. *Zool.* Flagelado. S. m. pl. Flagelados.
FLAGELLER (*flajélê*), v. t. Flagelar, açoitar. *Fig.* Maltratar, criticar, satirizar.
FLAGEOLER (*flajolê*), v. i. Tremer com as pernas (pelo cansaço).
FLAGEOLET (*flajolé*), s. m. Flajolé (espécie de feijão).
FLAGORNER (*flagornê*), v. t. Adular,

bajular.

FLAGORNERIE (*flagornəri*), s. f. Bajulação.

FLAGORNEUR, EUSE (*flagornĕr, ëz*), s. Bajulador.

FLAGRANCE (*flagranç*), s. f. Flagrância.

FLAGRANT, E (*flagran, t*), adj. Flagrante.

FLAIR (*flér*), s. m. Faro. *Fig.* Argúcia.

FLAIRER (*flérê*), v. t. Farejar, cheirar. *Fig.* Pressentir.

FLAIREUR (*flérĕr*), s. m. Farejador, cheirador.

FLAMAND, E (*flaman, d*), adj. e s. Flamengo.

FLAMANT ou **FLAMMANT** (*flaman*), s. m. Flamingo.

FLAMBAGE (*flanbaj*), s. m. Chamuscadura.

FLAMBANT, E (*flanban, t*), adj. Flamante. *Fam. Tout flambant neuf,* novo em folha, completamente.

FLAMBARD ou **FLAMBART** (*flanbar*), s. m. *Pop.* Remador diletante. Barco (para pesca costeira). Folgazão, bem vestido, cheio de si.

FLAMBE (*flanb*), s. f. Espada (de lâmina ondulada). Íris (planta).

FLAMBEAU (*flanbô*), s. m. Tocha, archote; castiçal. *Fig.* Luz, brilho. Pl.: *des flambeaux.*

FLAMBÉE (*flanbê*), s. f. Fogueirinha, fogo de lenha miúda.

FLAMBER (*flanbê*), v. t. Chamuscar. V. i. Flamejar. *Fig. Être flambé,* estar arruinado.

FLAMBERGE (*flanbérj*), s. f. Espada. *Mettre flamberge au vent,* sacar a espada.

FLAMBOIEMENT (*flanbuaman*), s. m. Clarão

FLAMBOYANT, E (*flanbuaian, t*), adj. Chamejante; reluzente. *Arq.* Estilo gótico rebuscado. S. m. Flamboyant (árvore).

FLAMBOYER (*flambuaiê*), v. i. (Conjuga-se como *aboyer.*) Flamejar. *Fig.* Reluzir.

FLAMINE (*flamin'*), s. m. Flâmine.

FLAMINGANT, E (*flamengan, t*), adj. e s. Que fala flamengo.

FLAMME (*flam'*), s. f. Flama, chama; flâmula. Flame.

FLAMMÉ, E (*flamê*), adj. Flamejado, ondulado.

FLAMMÈCHE (*flaméch*), s. f. Faísca, fagulha.

FLAMMEROLE (*flaməról*), s. f. Fogo-fátuo.

FLAN (*flan*), s. m. Espécie de torta com creme. Disco de metal (preparado para ser cunhado). Papelão especial para tipografia (para obter-se uma matriz).

FLANC (*flan*), s. m. Flanco, ilharga; seio materno; lado, parte lateral. *Fig. Se battre les flancs,* incomodar-se sem proveito. *Être sur le flanc,* estar esfalfado. *Prêter le flanc,* deixar-se atacar, expor-se a.

FLANCHER (*flanchê*), v. t. *Pop.* Fugir, recuar.

FLANDRIN (*flandren*), s. m. *Fam.* Trangalhadanças.

FLANELLE (*flanél*), s. f. Flanela.

FLANER (*flanê*), v. i. Flanar, vadiar.

FLANERIE (*flan ri*), s. f. Vadiagem, passeio sem destino.

FLÂNEUR, EUSE (*flanĕr, ëz*), s. O que passeia sem rumo, vadio.

FLANQUEMENT (*flankəman*), s. m. Ação e resultado de flanquear.

FLANQUER (*flankê*), v. t. Flanquear; sustentar; construir nos ângulos de; arremessar, aplicar, assentar. *Flanquer quelqu'un à la porte,* pôr alguém fora da porta.

FLANQUEUR (*flankĕr*), s. m. Flanqueador.

FLAQUE (*flak*), s. f. Poça.

FLAQUÉE (*flakê*), s. f. *Fam.* Chapada (porção de líquido).

FLAQUER (*flakê*), v. t. *Fam.* Jogar, esguichar com violência (um líquido).

FLASQUE (*flaçk*), adj. Flácido. *Fig. Náut.* Falca. S. f. Polvorinho.

FLATTER (*flatê*), v. t. Lisonjear; afogar, acariciar; agradar a; embelezar. **SE FLATTER,** v. pr. Gabar-se, vangloriar-se; iludir-se.

FLATTERIE (*flatəri*), s. f. Adulação, lisonja.

FLATTEUR, EUSE (*flatĕr, ëz*), adj. e s. Lisonjeiro, lisonjeador; sedutor.

FLATTEUSEMENT (*flatëzman*), adv. Lisonjeiramente.

FLATUEUX, EUSE (*flatüë, ëz*), adj. Flatulento.

FLATULENCE (*flatülanç*), s. f. Flatulência.

FLATULENT, E (*flatülan, t*), adj. Flatuloso.

FLATUOSITÉ (*flatüozitê*), s. f. Flatuosidade.

FLÉAU (*flêô*), s. m. Mangual; tranca de ferro; travessão (de balança); flagelo. Pl.: *des fléaux.*

FLÈCHE (*fléch*), s. f. Flecha; seta; objeto em forma de flecha. *Flèche lumineuse,* seta luminosa. Galho de árvore vertical. Manta de toucinho. *Geom.* Flecha. *Faire flèche de tout bois,* empregar todos os meios possíveis.

FLÉCHÉ, E (*flêchê*), adj. Ornado de flechas.

FLÉCHETTE (*flêchét*), s. f. Flecha pequena.

FLÉCHIR (*flêchir*), v. t. Dobrar, curvar. *Fig.* Comover, sensibilizar. V. i. Vergar;

fugir. *Fig.* Submeter-se.
FLÉCHISSEMENT (*flêchiçman*), s. m. Dobramento, arqueamento.
FLÉCHISSEUR (*flêchiçër*), adj. m. e s. m. Flexor.
FLEGMATIQUE (*flégmatik*), adj. Fleumático. *Fig.* Frio.
FLEGMATIQUEMENT (*flégmatikman*), adv. Fleumaticamente.
FLEGME (*flégm*), s. m. Fleuma.
FLEIN (*flen*), s. m. Cestinho de vime.
FLEME ou **FLEMME** (*flém'*), *Pop.* Preguiça, inércia.
FLÉMMARD, E (*flêmar, d*), adj. e s. *Pop.* Indolente, preguiçoso.
FLÉTRIR (*flêtrir*), v. t. Fenecer, murchar; descorar. *Fig.* Enfraquecer; difamar; desonrar. *Ant.* Marcar com ferro em brasa. **SE FLÉTRIR**, v. pr. Emurchecer, fenecer.
FLÉTRISSANT, E (*flêtriçan, t*), adj. Marcescente; desonroso.
FLÉTRISSURE (*flêtriçür*), s. f. *Ant.* Marca no ombro de um criminoso. *Fig.* Ignomínia, desonra.
FLETTE (*flét*), s. f. Lancha.
FLEUR (*flër*), s. f. Flor. *Fig.* Brilho, frescor; nata, escol; produtos voláteis obtidos pela sublimação. *À fleur de,* loc. prep. À flor de, à superfície de.
FLEURAGE (*flëraj*), s. m. Floreado, desenho de flores; farelo.
FLEURAISON (*flërézon*), s. f. V. **FLORAISON.**
FLEURANT, E (*flëran, t*), adj. Oloroso, aromático.
FLEURDELISER (*flërdəlizê*), v. t. Guarnecer com flores-de-lis.
FLEURER (*flërê*), v. i. Rescender. *Fig. Cette affaire fleure comme baume,* este negócio parece excelente.
FLEURET (*flëré*), s. m. Florete. Barra de aço (com a qual o mineiro abre buracos na pedra); linha ou fita (de borra de seda).
FLEURETTE (*flërét*), s. f. Florzinha. *Fig.* Galanteio. *Conter fleurette,* namorar, flertar.
FLEURI, E (*flëri*), adj. Florido. *Fig.* Corado, fresco. *Style fleuri,* estilo colorido, rebuscado.
FLEURIR (*flërir*), v. i. Florescer, florir. *Fig.* (Neste sentido figurado, o imperf. do ind. é *je florissais,* etc.... e o part. pres. *florissant.*) Prosperar. V. t. Enfeitar com flores.
FLEURISSANT, E (*flëriçan, t*), adj. Florescente.
FLEURISTE (*flëriçt*), adj e s. Florista.
FLEURON (*flëron*), s. m. Florão. *Bot.* Flósculo. *Fig.* Preciosidade, o que se possui de melhor.
FLEURONNER (*flëronê*), v. i. Brotar flósculos. V. t. Enfeitar de florões.
FLEUVE (*flëv*), s. m. Rio.
FLEXIBILITÉ (*flékçibilitê*), s. f. Flexibilidade.
FLEXIBLE (*flékçibl*), adj. Flexível. *Fig.* Dócil.
FLEXION (*flékçion*), s. f. Flexão.
FLEXIONNEL, ELLE (*flékçionél*), adj. Flexional.
FLEXUEUX, EUSE (*flékçüë, ëz*), adj. Flexuoso, sinuoso.
FLEXUOSITÉ (*flekçüozitê*), s. f. Flexuosidade.
FLIBUSTE (*flibüçt*), s. f. Pirataria.
FLIBUSTER (*flibüçtê*), v. i. Piratear. V. t. Roubar.
FLIBUSTERIE (*flibüçtəri*), s. f. Pirataria.
FLIBUSTIER (*flibüçtiê*), s. m. Pirata; velhaco, larápio.
FLIC (*flik*), s. m. *Pop.* Polícia, guarda.
FLINGOT (*flengô*), s. m. *Pop.* Afiador de facão (de açougueiro). Fuzil (de soldado de infantaria).
FLIPOT (*flipô*), s. m. Taco de madeira (embutido em uma fenda).
FLIRT (*flirt* ou *flërt*), **FLIRTAGE** (*flirtaj* ou *flërtaj*) s. m. Flerte, namoro.
FLIRTER (*flërtê*), v. i. Flertar, namorar.
FLOC! (*flók*), interj. Bumba!
FLOCHE (*flóch*), adj. Aveludado, felpudo. S. f. Borla (de enfeite).
FLOCON (*flokon*), s. m. Floco.
FLOCONNEUX, EUSE (*flokonë, ëz*), adj. Flocoso.
FLOCULATION (*flokülaçion*), s. f. Floculação.
FLOCULER (*flokülê*), v. i. Flocular.
FLONFLON (*flonflon*), s. m. Estribilho.
FLORAISON ou **FLEURAISON** (*florézon* ou *flërézon*), s. f. Floração, florescência.
FLORAL, E, AUX (*floral, ô*), adj. Floral.
FLORE (*flór*), s. f. Flora.
FLORÉE (*florê*), s. f. Anil (de qualidade inferior).
FLORICOLE (*florikol*), adj. Que vive sobre as flores.
FLORICULTURE (*florikültür*), s. f. Floricultura.
FLORIFÈRE (*floriféṙ*), adj. Florífero.
FLORILÈGE (*floriléj*), s. m. Florilégio.
FLORIN (*floren*), s. m. Florim (moeda).
FLORISSANT, E (*floriçan, t*), adj. Florescente, próspero.
FLOSCULEUX, EUSE (*floçkülë, ëz*), adj. Flosculoso.
FLOT (*flô*), s. m. Onda, vaga; preamar. *Fig.* Grande quantidade de liquido espalhado; espécie de jangada; cópia, grande quantidade. *Se remettre à flot,* restaurar seus negócios. *Mettre à flot,* pôr capaz de navegar. *A flots,* loc. adv. Em abundância.
FLOTTABILITÉ (*flotabilitê*), s. f. Flutuabilidade.
FLOTTABLE (*flotabl*), adj. Flutuável.

FLOTTAGE (*flotaj*), s. m. Transporte de madeira por água.
FLOTTAISON (*flotézon*), s. f. *Mar.* Obras mortas do navio; linha de água. *Ligne de flottaison,* linha de flutuação.
FLOTTANT, E (*flotan, t*), adj. Flutuante; amplo. *Fig.* Irresoluto; aéreo; vago, superficial.
FLOTTE (*flót*), s. f. Frota; bóia (que faz flutuar um cabo); bóia (para pesca).
FLOTTEMENT (*flotman*), s. m. Flutuação. *Fig.* Hesitação.
FLOTTER (*flôtê*), v. i. Flutuar, boiar; ondear, tremular ao vento. *Fig.* Vacilar, hesitar.
FLOTTEUR (*flotĕr*), s. m. Flutuador; trabalhador que conduz a madeira (transportada sobre as águas de um rio).
FLOTTILLE (*flotíi*), s. f. Flotilha.
FLOU, E (*flu*), adj. m. Leve, vaporoso; embaraçado, sombrio (fotografia). S. m. Suavidade, delicadeza. Adv. Levemente, delicadamente.
FLOUER (*fluê*), v. t. *Fam.* Roubar, fazer trapaças.
FLUCTUANT, E (*flüktüan, t*), adj. Ondeante. *Med.* Mole.
FLUCTUATION (*flüktüaçion*), s. f. Flutuação.
FLUCTUEUX, EUSE (*flüktüë, ëz*), adj. Flutuoso; agitado.
FLUER (*flüê*), v. i. Fluir.
FLUET, ETTE (*flüé, ét*), adj. Esguio, delicado.
FLUIDE (*fluíd*), adj. e s. m. Fluido. *Fig.* Fluente.
FLUIDIFIER (*flüídifiê*), v. t. (Conjuga-se como *prier.*) Fluidificar.
FLUIDITÉ (*flüíditê*), s. f. Fluidez.
FLUOR (*flüór*), s. m. *Quím.* Flúor.
FLUORESCENCE (*flüoréçanç*), s. f. Fluorescência.
FLUORESCENT, E (*flüoréçan, t*), adj. Fluorescente.
FLUORHYDRATE (*flüoridrat*), s. m. Fluoridrato.
FLUORHYDRIQUE (*flüoridrik*), adj. Fluorídrico.
FLUORINE (*flüorin'*), s. f. Fluorina.
FLUORURE (*flüorür*), s. m. Fluoreto.
FLÛTE (*flüt*), s. f. Flauta; flautista; navio de guerra (para transporte de material); copo esguio (para champanha). Pl. *Fam.* Pernas. *Jouer des flûtes,* correr.
FLÛTÉ, E (*flütê*), adj. Mavioso, suave, que tem o som da flauta.
FLÛTEAU (*flütô*), s. m. Flauta de bambu (brinquedo de criança); junco florido, tanchagem aquática. Pl.: *des flûteaux.*
FLÛTER (*flütê*), v. i. Flutuar, tocar flauta. *Pop.* Beber.
FLÛTEUR, EUSE (*flütĕr, ëz*), s. Flautista.
FLÛTISTE (*flütiçt*), s. Flautista.
FLUVIAL, E, AUX (*flüvial, ô*), adj. Fluvial.
FLUVIATILE (*flüviatil*), adj. Fluviátil.
FLUVIOMÈTRE (*flüviométr*), s. m. Fluviômetro.
FLUX (*flü*), s. m. Fluxo. Pl.: *des flux.*
FLUXION (*flükçion*), s. f. Fluxão, inchação. *Mat.* Fluxão.
FOCAL, E, AUX (*fokal, ô*), adj. Focal.
FŒHN (*fën'*), s. m. Vento quente e violento na Suíça.
FŒTAL, E, AUX (*fêtal, ô*), adj. Fetal.
FŒTUS (*fêtüç*), s. m. Feto. Pl.: *des fœtus.*
FOI (*fuá*), s. f. Fé; fidelidade, lealdade. *Ajouter foi,* dar crédito, acreditar. *Faire foi,* testemunhar, provar. *Ma foi, par ma foi, sur ma foi,* na verdade. *Sur la foi de,* loc. prep. Sob a palavra de.
FOIE (*fuá*), s. m. Fígado.
FOIN (*fuen*), s. m. Feno; filamentos da alcachofra. *Avoir du foin dans ses bottes,* ser rico. *Être bête à manger du foin,* ser um grande idiota. *Foin!* interj. Exprime desdém ou nojo; *foin de l'argent!,* tanto pior para o dinheiro!
FOIRAIL ou **FOIRAL** (*fuarai* ou *fuaral*), s. m. Local de uma feira. Pl.: *des foirails* ou *foiraux.*
FOIRE (*fuar*), s. f. Feira *Pop.* Diarréia.
FOIRER (*fuaré*), v. i. *Pop.* Evacuar. *Fig.* Ter medo.
FOIS (*fuá*), s. f. Vez, tempo. *Ne pas le faire dire deux fois,* não falar duas vezes. *Y regarder à deus fois,* ser prudente. *Une fois n'est pas coutume,* uma vez não é sempre. Loc. adv.: *des fois,* às vezes; *à la fois,* ao mesmo tempo; *de fois à l'autre,* de vez em quando. *Une fois que.* loc. conj. Uma vez que, desde que. Pl.: *des fois.*
FOISON (*fuazon*), s. f. Abundância, grande quantidade. *À foison,* loc. adv. À farta.
FOISONNANT, E (*fuazonan, t*), adj. Abundante.
FOISONNEMENT (*fuazonəman*), s. m. Aumento (de volume).
FOISONNER (*fuazonê*), v. i. Abundar; pulular; aumentar (em volume).
FOL, FOLLE (*fól*), adj. s. V. **FOU.**
FOLATRE (*folatr*), adj. Brejeiro, alegre, divertido.
FOLÂTRER (*folatrê*), v. i. Brincar; saltitar (brincando).
FOLATRERIE (*folatrəri*), s. f. Brincadeira, galhofa.
FOLIACÉ, E (*foliaçê*), adj. Foliáceo.
FOLIAIRE (*foliér*), adj. *Bot.* Foliar.
FOLIATION (*foliaçion*), s. f. Foliação.
FOLICHON, ONNE (*folichon, ón'*), adj. *Fam.* Brincalhão, alegre, brejeiro.

FOLICHONNER (*folichonê*), v. i. *Fam.* Brincar, gracejar.

FOLICHONNERIE (*folichonəri*), s. f. *Fam.* Brincadeira, galhofa.

FOLIE (*foli*), s. f. Loucura; extravagância; desatino; folia (personagem alegórico). *Ant.* Casa de recreio campestre. *À la folie*, loc. adv. Muito, loucamente.

FOLIÉ, E (*foliê*), adj. Foliado.

FOLIPARE (*folipar*), adj. *Bot.* Folíparo.

FOLIO (*foliô*), s. m. Fólio, folha de livro; número de cada página.

FOLIOLE (*foliôl*), s. f. Folíolo.

FOLIOTAGE (*foliotaj*), s. m. Paginação.

FOLIOTER (*foliotê*), v. t. Paginar.

FOLKLORE ou **FOLK-LORE** (*folklór*), s. m. Folclore.

FOLLE (*fól*), adj. e s. V. **FOU**.

FOLLEMENT (*fólman*), adv. Loucamente.

FOLLET, ETTE (*folé, ét*), adj. Estouvado, doidinho. *Poil follet*, primeiro fio de barba (no queixo); penugem (das aves). *Esprit follet*, duende. S. m. Duende. *Fig.* Homem frívolo.

FOLLICULAIRE (*folikülér*), s.m. Foliculário.

FOLLICULE (*folikül*), s.m. Folículo.

FOMENTATEUR, TRICE (*fomantatër, triç*), adj. e s. Fomentador.

FOMENTATION (*fomantaçion*), s. f. Fomentação, fricção. *Fig.* Incitação.

FOMENTER (*fomantê*), v. t. Fomentar. *Fig.* Incitar.

FONÇAILLES (*fonçaii*), s. f. pl. Tábuas (do fundo de uma cama, de um tonel).

FONCÉ, E (*fonçê*), adj. Escuro (na cor).

FONCEMENT (*fonç man*), s. m. Abertura de um poço; colocação de fundo em vasilhas.

FONCER (*fonçê*), v. t. (O *c* leva uma cedilha antes de *a* e *o*: *il fonça, nous fonçons.*) Pôr fundo em tonéis, em vasilhas; perfurar, cavar (verticalmente); tornar mais escuro (uma cor). V. i. Investir, atacar impetuosamente.

FONCIER, ÈRE (*fonçiê, ér*), adj. Predial, imobiliário. *Impôt foncier*, imposto predial. *Propriétaire foncier*, proprietário de bens de raiz. *Fig.* Natural, inato. S. m. Imposto predial.

FONCIÈREMENT (*fonçiérman*), adv. Fundamentalmente, essencialmente.

FONCTION (*fonkçion*), s.f. Função; exercício (de um cargo); ocupação, obrigação.

FONCTIONNAIRE (*fonkçionér*), s. Funcionário.

FONCTIONNARISME (*fonkçionariçm*), s. m. Funcionarismo.

FONCTIONNEL, ELLE (*fonkçionél*), adj. Funcional.

FONCTIONNEMENT (*fonkçionəman*), s. m. Funcionamento.

FONCTIONNER (*fonkçionê*), v.i. Funcionar.

FOND (*fon*), s.m. Fundo; base, fundamento. *Fig.* Essência, princípio, natureza íntima. *Faire fond sur*, confiar completamente. *Fond de chaise*, assento de cadeira. *Le fin fond*, a parte mais afastada, confins. Loc. adv.: *Au fond, dans le fond*, no fundo, na realidade; *de fond en comble*, totalmente, completamente; *à fond*, a fundo, completamente.

FONDAMENTAL, E, AUX (*fondamantal, ô*), adj. Fundamental.

FONDAMENTALEMENT (*fondamantalman*), adv. Fundamentalmente.

FONDANT, E (*fondan, t*), adj. Que se derrete; sumarento, que se desfaz na boca. S. m. Bombom de licor; fundente (substância que facilita a fusão dos metais).

FONDATEUR, TRICE (*fondatër, triç*), s. e adj. Fundador.

FONDATION (*fondaçion*), s.f. Alicerce.

FONDÉ, E (*fondê*), adj. Autorizado; fundado, justo. *Fondé de pouvoir*, s. m. Procurador, mandatário.

FONDEMENT (*fondəman*), s. m. Alicerce, base. *Anat.* Reto. *Fig.* Apoio, base; fundamento, causa.

FONDER (*fondê*), v.t. Fundamentar, alicerçar; fundar, instituir. *Fig.* Basear, apoiar.

FONDERIE (*fondəri*), s. f. Fundição; caldeira (onde se derrete a cera).

FONDEUR, EUSE (*fondër, ëz*), adj. e s. Fundidor. S. f. Máquina para fundir.

FONDRE (*fondr*), v.t. Fundir, derreter; dissolver. *Fig.* Combinar, reunir; misturar (tintas). V. i. Derreter, dissolver-se. *Fam.* Emagrecer; precipitar-se. *Fondre en larmes*, prorromper em pranto.

FONDRIÈRE (*fondriér*), s.f. Cova no chão; lamaçal, terreno pantanoso.

FONDS (*fon*), s.m. Solo, terra, campo; fundo, capital, quantia de dinheiro; estabelecimento comercial. *Fig.* Cabedal, capacidade de um indivíduo. Pl.: *des fonds*.

FONDU, E (*fondü*), adj. Fundido, derretido. S.m. Estabelecimento. S.f. Prato preparado com queijo derretido, manteiga e especiarias.

FONGIBLE (*fonjibl*), adj. Fungível.

FONGICIDE (*fonjiçid*), adj. e s.m. Fungicida.

FONGUEUX, EUSE (*fonghë, ëz*), adj. Fungoso.

FONGUS (*fongüç*), s.m. *Med.* Fungo. Pl.: *des fongus*.

FONTAINE (*fontén'*), s.f. Fonte; telha; chafariz.

FONTAINERIE (*fonténəri*), s. f. Fábrica de potes, talhas, etc.; ofício de quem fabrica talhas, etc.

FONTAINIER ou **FONTENIER** (*fonténiê* ou *fontəniê*), s. m. Fabricante ou vendedor de talhas; encarregado municipal das fontes públicas.

FONTANELLE (*fontanél*), s. f. Fontanela.

FONTE (*font*), s.f. Fundição, derretimento. *Tip.* Sortimento completo de tipos de impressão. Coldre.

FONTS (*fon*), s. m. pl. Pia batismal.

FOOTBALL (*futbôl*), s.m. Futebol.

FOOTBALLEUR (*futbôlër*), s. Jogador de futebol.

FOR (*fór*), s.m. Foro, jurisdição. *Le for intérieur,* a consciência. *Dans son for intérieur,* no seu íntimo.

FORAGE (*foraj*), s.m. Abrimento, perfuração.

FORAIN, E (*foren, én'*), adj. Forasteiro, estrangeiro. *Marchand forain,* feirante. *Fête foraine,* parque de diversões (ambulante). S. m. Forasteiro.

FORAL, E, AUX (*foral, ô*), adj. Foral.

FORAMINÉ, E (*foraminê*), adj. Foraminoso.

FORAMINIFÈRES (*foraminifér*), s.m. pl. Foraminíferos.

FORBAN (*forban*), s.m. Corsário, pirata. *Fig. Forban littéraire,* plagiário.

FORÇAGE (*forçaj*), s. m. Forçamento; excesso de peso (em moedas).

FORÇAT (*forçá*), s.m. Forçado, grilheta. *Fig.* Miserável, homem reduzido a situação penosa.

FORCE (*forç*), s.f. Força; poderio; solidez; atividade; energia. *Fig.* Habilidade; calor, ênfase; autoridade. *Tour de force,* grande esforço; habilidade. *Maison de force,* casa de detenção. *Être de force à,* ter forças para, ter capacidade para. *Force d'inertie,* resistência passiva. Loc. adv.: *à toute force,* a todo custo, de qualquer forma; *par force, de force,* à força. *À force de,* loc. prep. De tanto.

FORCÉ, E (*forçé*), adj. Forçado: afetado; inevitável. *Avoir la main forcée,* agir contra sua vontade.

FORCEMENT (*forçəman*), s. m. Forçamento.

FORCÉMENT (*forçêman*), adv. Forçosamente, inevitavelmente.

FORCENÉ, E (*forçənê*), adj. e s. Desenfreado, arrebatado.

FORCEPS (*forçépç*), s.m. Fórcipe. Pl.: *des forceps.*

FORCER (*fórçê*), v. t. (O *c* leva uma cedilha antes de *a* e *o*: *il força, nous forçons.*) Forçar, violentar; arrombar; tomar à força. *Fig.* Constranger, obrigar, impor. *Forcer le pas,* apressar o passo. *Forcer un cheval,* cansar um cavalo. *Forcer de voiles,* navegar a todo pano. **SE FORCER**, v.pr. Esforçar-se.

FORCIPRESSURE (*forçipréçür*), s. f. Forcipressão.

FORCLORE (*forklór*), v. t. (Conjuga-se como *clore,* mas é empregado apenas no pres. ind. e no part. pas.: *forclos, e.*) *Ant.* Excluir. *Jur.* Impedir que alguém recorra a um direito, após o prazo legal para isso.

FORER (*forê*), v. t. Furar, verrumar.

FORESTIER, ÈRE (*foréçtiê, ér*), adj. Florestal. S. m. Empregado florestal.

FORET (*foré*), s. m. Verruma, broca, furador.

FORÊT (*foré*), s.f. Floresta. *Fig.* Grande número.

FOREUR, EUSE (*forër, ëz*), adj. e s. Furador. S. f. Máquina de furar.

FORFAIRE (*forfér*), v. i. (Conjuga-se como *faire,* mas é empregado apenas no infin., no pres. do ind. sing. e nos tempos compostos.) Prevaricar, faltar ao dever.

FORFAIT (*forfé*), s.m. Crime enorme; empreitada; multa (que paga o dono de um cavalo se este não correr). *Déclarer forfait,* desdizer-se. *Traiter à forfait,* vender ou comprar em bloco.

FORFAITAIRE (*forfétér*), adj. Por adjudicação, de empreitada.

FORFAITURE (*forfétür*), s.f. Prevaricação (de um funcionário); crime de um vassalo contra o senhor feudal.

FORFANTERIE (*forfantəri*), s. f. Fanfarrice, charlatanice.

FORGE (*fórj*), s.f. Forja; forno de fundição; oficina de ferrador.

FORGEABLE (*forjabl*), adj. Forjável.

FORGEAGE ou **FORGEMENT** (*forjaj* ou *forjəman*), s. m. Forjamento.

FORGER (*forjê*), v.t. (Toma um *e* mudo depois do *g* antes de *a* e *o*: *il forgea, nous forgeons.*) Forjar. *Fig.* Fabricar, inventar. **SE FORGER**, v. pr. Imaginar.

FORGERON (*fórjəron*), s. m. Ferreiro.

FORGEUR (*forjër*), adj. e s.m. Forjador. *Fig.* Inventor. *Forgeur de nouvelles,* boateiro.

FORJET (*forjé*), s.m. Saliência, proeminência (fora do alinhamento).

FORJETER (*forjətê*), v. i. (Dobra-se o *t* antes de uma sílaba muda: *je forjette.*) Sair do alinhamento. V. t. Construir fora do alinhamento.

FORLANCER (*forlançê*), v.t. (O *c* leva uma cedilha antes de *a* e *o*: *il forlança, nous forlançons.*) Fazer sair (um animal de sua toca).

FORLIGNER (*forlinhê*), v.i. Degenerar; prevaricar.

FORMAGE (*formaj*), s.m. Enformação (ação de dar forma).

FORMALISER (SE) (*çəformalizê*), v. pr. Formalizar-se, melindrar-se.

FORMALISME (*formaliçm*), s.m. Formalismo.

FORMALISTE (*formaliçt*), adj. e s. Formalista.

FORMALITÉ (*formalitê*), s.f. Formalidade.

FORMARIAGE (*formariaj*), s.m. Casamento contrário à lei ou ao costume (no tempo do feudalismo).

FORMAT (*formá*), s.m. Formato.

FORMATEUR, TRICE (*formatĕr, triç*), adj. e s. Formador.

FORMATIF, IVE (*formatif, iv*), adj. Formativo.

FORMATION (*formaçion*), s.f. Formação.

FORME (*form*), s.f. Forma; aspecto; formalidade. Forma. Loc. adv.: *en forme*, segundo as leis; *en bonne forme, en bonne et due forme*, segundo as regras; *pour la forme*, em aparência, pro forma. Loc. prep.: *En forme de, par forme de*, em forma de.

FORMEL, ELLE (*formél*), adj. Formal, positivo.

FORMELLEMENT (*formélman*), adv. Formalmente, precisamente.

FORMER (*formê*), v.t. Formar; compor, conceber; instruir; constituir.

FORMIATE (*formiat*), s. m. Formiato.

FORMICANT (*formikan*), adj. m. Formicante.

FORMIDABLE (*formidabl*), adj. Formidável.

FORMIDABLEMENT (*formidabləman*), adv. Formidavelmente.

FORMIQUE (*fórmik*), adj. *Quím.* Fórmico.

FORMOL (*formól*), s. m. *Quím.* Formol.

FORMULAIRE (*formülér*), s. m. Formulário.

FORMULE (*formül*), s. f. Fórmula.

FORMULER (*formülê*), v. t. Formular.

FORNICATEUR, TRICE (*fornikatĕr, triç*), s. Fornicador.

FORNICATION (*fornikaçion*), s. f. Fornicação.

FORNIQUER (*fornikê*), v. t. Fornicar.

FORS (*fór*), prep. Fora, exceto.

FORT, E (*fór, t*), adj. Forte, robusto; fortificado. *Fig.* Cheio de energia; considerável; penoso; violento; acre; sonoro. *Se faire fort de*, empenhar-se em. *De plus en plus fort*, loc. adv. Cada vez mais. *Au fort de*, loc. prep. No auge de. S. m. Forte, fortaleza; toca (de certos animais). Adv. Muito.

FORTE (*fortê*), adv. e s. m. *Mús.* Forte.

FORTEMENT (*fortəman*), adv. Fortemente.

FORTERESSE (*fortəréç*), s. f. Fortaleza.

FORTIFIANT, E (*fortifian, t*), adj. e s. m. Fortificante.

FORTIFICATION (*fortifikaçion*), s. f. Fortificação.

FORTIFIER (*fortifiê*), v. t. (Conjuga-se como *prier.*) Fortificar; corroborar.

FORTIN (*forten*), s. m. Fortim.

FORTISSIMO (*fortiçimô*), adv. *Mús.* Fortíssimo.

FORTRAIT, E (*fortré, t*), adj. Esfalfado (cavalo).

FORTRAITURE (*fortrétür*), s. f. Esfalfamento (do cavalo).

FORTUIT, E (*fortüi, t*), adj. Fortuito.

FORTUITEMENT (*fortüitman*), adv. Fortuitamente.

FORTUNE (*fortün'*), s. f. Fortuna; acaso; sorte, destino. *Faire fortune*, enriquecer; ter êxito. *Bonnes fortunes*, aventuras galantes. *Officier de fortune*, oficial que se elevou por mérito próprio. *Faire contre mauvaise fortune bon cœur*, enfrentar com coragem a adversidade. *À la fortune du pot*, loc. adv. À sorte de um bom ou mau jantar.

FORTUNÉ, E (*fortünê*), adj. Fortunado, venturoso.

FORUM (*forôm'*), s.m. Forum, foro; praça pública.

FORURE (*forür*), s. f. Buraco, furo (feito com broca).

FOSSE (*fóç*), s. f. Fossa, cova, cavidade, escavação; sepultura, campa.

FOSSÉ (*foçê*), s. m. Fosso. *Fig.* Obstáculo, dificuldade. *Fig. Sauter le fossé*, correr o risco.

FOSSETTE (*foçét*), s. f. Fosseta, cova pequena; covinha do rosto.

FOSSILE (*foçil*), s. m. e adj. Fóssil. *Fig.* Antiquado.

FOSSILISATION (*foçilizaçion*), s. f. Fossilização.

FOSSOYAGE (*foçuaiaj*), s. m. Trabalho do coveiro.

FOSSOYER (*foçuaiê*), v. t. (Conjuga-se como *aboyer.*) Rodear de fossos.

FOSSOYEUR (*foçuaiĕr*), s. e adj. m. Coveiro.

FOU ou **FOL, FOLLE** (*fu, fól*), adj. e s. Louco, maluco; excessivo; divertido, alegre; extravagante. *Être fou de*, ser louco por, gostar muito de. *Être fou à lier*, estar doido varrido. *La folle du logis*, a imaginação. *Herbes folles*, mato. S. m. Bobo (da corte). Bispo (no jogo de xadrez); gênero de aves (palmípedes).

FOUAILLER (*fuaiê*), v. t. *Fam.* Chicotear. *Fig.* Insultar, ferir com palavras.

FOUDRE (*fudr*), s. f. Raio. *Fig. Coup de foudre*, paixão súbita; desgraça. S. m. *Un foudre de guerre, d'éloquence*, um grande militar, grande orador. S. f. pl. *Les foudres de l'église*, excomunhões. S. f. ou m. pl. *Les foudres d'airan*, canhões.

FOUDROIEMENT ou **FOUDROIMENT** (*fudruaman*), s. m. Fulminação.

FOUDROYANT, E (*fudruaian, t*), adj. Fulminante.

FOUDROYER (*fudruaiê*), v. t. (Conjuga-se como *aboyer.*) Fulminar; destruir (com artilharia). *Fig.* Aterrar, confundir. V. i. Fulminar, lançar raios.

FOUÉE (*fuê*), s.f. Fogo (para aquecer um forno); feixe de lenha; caça noturna (aos pássaros).

FOUET (*fué*), s. m. Chicote; pêlos (na cauda de certos animais); ponta (das asas das aves). *Coup de fouet*, chicotada. *Fig.* Dor aguda. Ultraje.

FOUETTÉ, E (*fuétê*), adj. Batido, agitado.

FOUETTEMENT (*fuétman*), s. m. Fustigação, flagelação.

FOUETTER (*fuétê*), v. t. Chicotear; bater, agitar; fustigar. *Avoir d'autres chats à fouetter*, ter mais o que fazer. *Il n'y a pas de quoi fouetter un chat*, isso é insignificante, sem importância.

FOUGADE ou **FOUCADE** (*fugad* ou *fukad*), s. f. Arrebatamento, impulso (caprichoso ou passageiro).

FOUGASSE (*fugaç*), s. f. Fogaça (escavação).

FOUGERAIE (*fujré*), s.f. Fetal (lugar plantado de fetos).

FOUGÈRE (*fugér*), s. f. *Bot.* Feto.

FOUGEROLE (*fujrol*), s. f. *Bot.* Feto pequeno.

FOUGUE (*fug*), s.f. Ímpeto, arrebatamento. *Fig.* Ardor, arrebatamento, impetuosidade. *Náut.* Rajada (de vento).

FOUGUEUSEMENT (*fughëzman*), adv. Fogosamente, impetuosamente.

FOUGUEUX, EUSE (*fughë, ëz*), adj. Fogoso, arrebatado.

FOUILLE (*fuii*), s.f. Escavação.

FOUILLER (*fuiê*), v.t. Escavar; remexer; revistar; rebuscar; pesquisar. V.i. Remexer (procurando).

FOUILLEUR, EUSE (*fuiër, ëz*), s. Escavador; pesquisador. S. f. Charrua de subsolo.

FOUILLIS (*fuií*), s.m. Desordem, confusão, trapalhada, amontoado. *Fig.* Composição literária confusa. Pl.: *des fouillis.*

FOUINARD, E (*fuinar, d*), adj. e s. *Pop.* Curioso, indiscreto, bisbilhoteiro.

FOUINE (*fuín'*), s.f. Fuinha; forcado. *Fig.* Astucioso.

FOUINER (*fuinê*), v.i. *Pop.* Esquivar-se, safar-se; intrometer-se (em negócios alheios); remexer; esquivar-se.

FOUINEUR, EUSE (*fuínër, ëz*), adj. e s. Fujão, intrometido. Remexedor.

FOUIR (*fuír*), v.t. Escavar.

FOUISSEUR, EUSE (*fuíçër, ëz*), adj. Escavador. S. m. Animal escavador (como a toupeira).

FOULAGE (*fulaj*), s.m. Pisa, apisoamento; relevo (produzido pela impressão tipográfica).

FOULANT, E (*fulan, t*), adj. Compressor, premente.

FOULARD (*fulard*), s.m. Tecido de seda; lenço de pescoço.

FOULE (*ful*), s.m. Multidão; o vulgo. *En foule*, loc. adv. Em grande quantidade.

FOULÉE (*fulê*), s.f. Pegada, pisada (deixada por animais sobre a grama, folhas).

FOULER (*fulê*), v.t. Pisar; esmigalhar; fazer uma entorse. *Fig.* Oprimir. **SE FOULER** ou **SE FOULER LA RATE**, v. pr. Afligir-se, atormentar-se.

FOULERIE (*fulǝri*), s. f. Oficina de pisoar (panos, couros); pisão (máquina).

FOULEUR, EUSE (*fulër, ëz*), adj. e s. Pisoador.

FOULOIR (*fuluar*), s. m. Pisão; oficina de apisoamento.

FOULON (*fulon*), s. e adj. m. Pisoeiro. *Terre à foulon*, greda para tirar a gordura de tecidos. *Moulin à foulon*, pisão.

FOULQUE (*fulk*), s.f. *Ornit.* Galinhola.

FOULURE (*fulür*), s. f. Torcedura, distensão.

FOUR (*fur*), s. m. Forno. *Fig. e pop.* Fracasso. *Faire four*, fracassar. *Petits fours*, bolinhos, docinhos.

FOURBE (*furb*), adj. e s. Patife, velhaco, trapaceiro. S. f. Velhacaria, trapaça.

FOURBERIE (*furbǝri*), s. f. Patifaria, embuste.

FOURBIR (*furbir*), v.t. Polir, lustrar.

FOURBISSAGE ou **FOURBISSEMENT** (*furbiçaj* ou *furbiçman*), s. m. Limpeza, polidura.

FOURBISSEUR (*furbiçër*), s. e adj. m. Polidor (de armas brancas).

FOURBISSURE (*furbiçür*), s. f. Polimento.

FOURBU, E (*furbü*), adj. Aguado (cavalo). *Fig.* Esfalfado.

FOURBURE (*furbür*), s. f. Aguamento (de cavalos).

FOURCHE (*furch*), s. f. Forcado; forquilha; ramificação. *Passer sous les fourches caudines*, curvar-se à autoridade superior, submeter-se ao inevitável.

FOURCHER (*furchê*), v. i. Bifurcar-se. *Fig.* Equivocar-se (falando). *La langue lui a fourché*, disse uma coisa por outra.

FOURCHET (*furché*), s. m. Bidente; bifurcação. Inflamação das patas (no gado ovino).

FOURCHETÉE (*furchǝtê*), s. f. Garfada.

FOURCHETTE (*furchét*), s. f. Garfo. *Belle fourchette*, bom garfo. Esterno (das aves).

FOURCHON (*furchon*), s. m. Dente (de garfo).

FOURCHU, E (*furchü*), adj. Bifurcado; rachado, fendido.

FOURCHURE (*furchür*), s. f. Bifurcação

FOURGON (*furgon*), s. m. Furgão.

FOURGONNER (*furgonê*), v. i. Esborralhar, remexer (brasas). *Fam.* Revirar, revolver

FOURMI (*furmi*), s. f. Formiga. *Fam.* *Avoir des fourmis*, sentir comichões.

FOURMILIER (*furmiliê*), s. m. Tamanduá, papa-formigas.

FOURMILIÈRE (*furmiliér*), s. f. Formigueiro.

FOURMILLEMENT (*furmíiman*), s. m. Formigamento.

FOURMILLER (*furmiiê*), v. i. Formigar, pulular, sentir comichões.

FOURNAISE (*furnéz*), s. f. Fornalha; fogo, calor intenso.

FOURNEAU (*furnô*), s. m. Fogão de cozinha. *Haut fourneau,* alto forno; parte do cachimbo onde se põe o tabaco. Pl.: *des fourneaux.*

FOURNÉE (*furnê*), s. f. Fornada.

FOURNI, E (*furni*), adj. Basto, espesso, abastecido.

FOURNIER, ÈRE (*furniê, ér*), *s.* Forneiro.

FOURNIL (*furni*), s. m. Casa do forno.

FOURNIMENT (*furniman*), s. m. *Ant.* Polvorinho. Equipamento (de um soldado).

FOURNIR (*furnir*), *v. t.* Fornecer; abastecer; perfazer, percorrer (até o final). V. i. Prover a.

FOURNISSEMENT (*furniçman*), s. m. Cota, quinhão; organização da conta relativa a cada associado.

FOURNISSEUR (*furniçĕr*), s. m. Fornecedor.

FOURNITURE (*furnitür*), s. f. Fornecimento.

FOURRAGE (*furaj*), s. m. Forragem.

FOURRAGER (*furajê*), v. i. (Toma um e mudo depois do *g* antes de *a* e *o*: *il fourragea, nous fourrageons.*) Forragear. *Fig.* Remexer, revolver (para procurar). V. t. Assolar, destruir.

FOURRAGÈRE (*furajér*), adj. f. Relativo à forragem. S. f. Forrageal.

FOURRAGEUR (*furajĕr*), s. f. e adj. m. Forrageador.

FOURRÉ, E (*furê*), adj. Espesso; forrado, enfeitado de peles; envolvido, coberto (confeito). *Monnaie fourrée,* moeda de cobre recoberta de ouro ou prata. S. f. A parte mais espessa de um bosque.

FOURREAU (*furó*), s. m. Bainha, estofo, invólucro. Roupa justa, vestido colante. Pl.: *des fourreaux.*

FOURRER (*furê*), v. t. Introduzir, meter, enfiar; atafulhar (de comida); enfeitar com peles. *Fam. Fourrer son nez dans,* meter o nariz, intrometer-se. **SE FOURRER,** v. pr. *Fam.* Introduzir-se, meter-se.

FOURREUR (*furĕr*), s. e adj. m. Peleteiro.

FOURRIER (*furiê*), s. m. Furriel (militar).

FOURRIÈRE (*furiér*), s. f. Depósito (de animais ou carros perdidos ou penhorados).

FOURRURE (*furür*), s. f. Pele (de animal); peliça; enfeite de peles.

FOURVOIEMENT (*furvuaman*), s. m. Extravio; engano; transvio.

FOURVOYER (*furvuaiê*), v. t. (Conjuga-se como *aboyer.*) Extraviar; transviar; enganar. **SE FOURVOYER,** v. pr. Extraviar-se; perder-se; enganar-se.

FOX-TERRIER (*fókçtériê*), s.m. V. **TERRIER.**

FOYER (*fuaiê*), s. m. Lareira. Lar, família. Sala de espera, saguão (de um teatro). Foco. Sede, centro principal. S. pl. Terra natal.

FRAC (*frak*), s. m. Fraque.

FRACAS (*fraká*), s. m. Fracasso; estrondo; estrépido; tumulto. *Fig.* Fama, renome. Pl.: *des fracas.*

FRACASSANT, E (*frakaçan, t*), adj. Barulhento.

FRACASSER (*frakaçê*), v. t. Quebrar, despedaçar; fraturar.

FRACTION (*frakçion*), s. f. Fração.

FRACTIONNAIRE (*frakçionér*), adj. Fracionário.

FRACTIONNEMENT (*frakçiónəman*), s. m. Fracionamento.

FRACTIONNER (*frakçionê*), v. t. Fracionar.

FRACTURE (*fraktür*), s. f. Fratura.

FRACTURER (*frakturê*), v. t. Fraturar.

FRAGILE (*frajil*), adj. Frágil.

FRAGILITÉ (*frajilitê*), s. f. Fragilidade.

FRAGMENT (*fragman*), s. f. Fragmento.

FRAGMENTAIRE (*fragmantér*), adj. Fragmentário.

FRAGMENTATION (*fragmantaçion*), s. f. Fragmentação.

FRAGMENTER (*fragmantê*), v. t. Fragmentar.

FRAGRANCE (*fraganç*), s. f. Fragrância.

FRAI (*fré*), s. m. Desova; ovos dos peixes e batráquios; peixe miúdo. Desgaste de moedas.

FRAÎCHEMENT (*fréchman*), adv. Frescamente; recentemente.

FRAÎCHEUR (*fréchĕr*), s. f. Frescura, frescor.

FRAÎCHIR (*fréchir*), v. i. Refrescar (a temperatura).

FRAIRIE (*fréri*), s. f. Comezaina; comilança; festa popular de aldeia.

FRAIS, FRAÎCHE (*fré, fréch*), s. m. e adj. Fresco. *Fig.* Recente; saudável. *De fraîche date,* recente. *Prendre le frais,* tomar ar. Adv. Recentemente. S. m. pl. Gastos; despesas. *Jur.* Custas. *À peu de frais,* loc. adv. Sem grande despesa. *Aux frais de,* loc. prep. Às expensas de.

FRAISE (*fréz*), s. m. Morango. Gola pregueada; espécie de paliçada (séc. XVI). *Med.* Melanoma cutâneo.

FRAISEMENT ou **FRAISAGE** (*frézman* ou *frézaj*), s. m. Alargamento (da entrada de um orifício).

FRAISER (*frézê*), v. t. Franzir; preguear; fresar.

FRAISETTE (*frézét*), s. f. *Ant.* Pequeno colarinho pregueado.
FRAISEUR, EUSE (*frézĕr, ëz*), s. Fresador (operário que trabalha com a fresadora). S. f. Fresadora (máquina).
FRAISIER (*frézié*), s. m. Morangueiro.
FRAISIÈRE (*frézíér*), s. f. Morangal.
FRAISIL (*frézi*), s. m. Cinza; pó de carvão.
FRAMBOISE (*franbuaz*), s. f. Framboesa.
FRAMBOISER (*franbuazê*), v. t. Aromatizar com framboesa.
FRAMBOISIER (*franbuazié*), s. m. Framboeseiro.
FRAMÉE (*framê*), s. f. Espécie de lança.
FRANC, FRANCHE (*fran, franch*), adj. Livre, liberto; franco, sincero; verdadeiro; completo. *Lettre franche de port*, carta de porte livre. Adv. Abertamente, francamente. S. m. Franco (moeda).
FRANC, FRANQUE (*fran, frank*), adj. Franco (povo).
FRANÇAIS, E (*francé, éz*), adj. e s. Francês.
FRANC-ALLEU (*frankalë*), s. m. Alédio.
FRANC-BORD (*franbór*), s. m. Terreno livre (à margem de um rio ou canal). Bordo exterior do casco de um navio. Pl.: *des francs-bords*.
FRANC-BOURGEOIS (*franburjuá*), s. m. Franco-burguês. Pl.: *des francs-bourgeois*.
FRANC-COMTOIS, E (*frankontuá, z*), adj. e s. Do Franco-Condado. Pl.: *des francs-comtois*.
FRANC-FIEF (*franfiéf*), s. m. Feudo livre. Pl.: *des francs-fiefs*.
FRANCHEMENT (*franchman*), adv. Francamente, sinceramente; sem hesitação.
FRANCHIR (*franchir*), v. t. Atravessar; transpor. *Fig.* Vencer, superar.
FRANCHISE (*franchiz*), s. f. Franquia; isenção. *Fig.* Franqueza.
FRANCHISSABLE (*franchiçabl*), adj. Transponível; superável.
FRANCHISSEMENT (*franchiçman*), s. m. Travessia; passagem.
FRANCIEN (*françien*), s. m. Franciano (dialeto da Ilha-de-França).
FRANCIQUE (*françik*), adj. e s. Frâncico (relativo aos Francos).
FRANCISATION (*françizaçion*), s. f. Afrancesamento.
FRANCISCAIN, E (*françiçken, én'*), adj. e s. Franciscano.
FRANCISER (*françizê*), v. t. Afrancesar.
FRANCISQUE (*françiçk*), s. f. Francisca (espécie de machado).
FRANC-MAÇON (*franmaçon*), s. m. Franco-maçom. Pl.: *des francs-maçons*.
FRANC-MAÇONNERIE (*franmaçonəri*), s. f. Franco-maçonaria.
FRANC-MAÇONNIQUE (*franmaçonik*), adj. Franco-maçônico.
FRANCO (*francô*), adv. Franco, isento.
FRANCOPHILE (*frankofil*), adj. e s. Francófilo.
FRANCOPHOBE (*frankofób*), adj. e s. Francófobo.
FRANCOPHONE (*frankofón'*), adj. e s. Que fala francês.
FRANC-PARLER (*franparlê*), s. m. Franqueza.
FRANC-TIREUR (*frantirĕr*), s. m. Franco-atirador. Pl.: des *francs-tireurs*.
FRANGE (*franj*), s. f. Franja.
FRANGER (*franjê*), v. t. (Toma um *e* mudo depois do *g* antes de *a* e *o*: *il frangea, nous frangeons.*) Franjar.
FRANQUETTE (*frankét*), s. f. *Fam. À la bonne franquette*, sem cerimônia, francamente.
FRAPPAGE (*frapaj*), s. m. Cunhagem.
FRAPPANT, E (*frapan, t*), adj. Surpreendente; maravilhoso; evidente.
FRAPPE (*frap*), s. f. Cunho, marca, impressão.
FRAPPÉ, E (*frapê*), adj. Surpreendido, pasmado. Congelado, refrescado. Vigoroso, enérgico. *Imagination frappée*, imaginação impressionada. *Temps frappé*, tempo de compasso marcado com batidas.
FRAPPEMENT (*frapman*), s. m. Pancada, varada.
FRAPPER (*frapê*), v. t. Bater; ferir; cunhar. *Fig.* Impressionar, tocar, comover; atingir. Resfriar, refrescar, congelar. V. i. *Frapper à la porte*, bater à porta. **SE FRAPPER**, v. pr. Emocionar-se, afligir-se.
FRAPPEUR, EUSE (*frapĕr, ëz*), s. m. Batedor; espancador.
FRASQUE (*fraçk*), s. f. Extravagância; travessura.
FRATER (*fratér*), s. m. *Fam.* Frade leigo; ajudante de cirurgia; charlatão.
FRATERNEL, ELLE (*fratérnél*), adj. Fraternal, cordial, afetuoso.
FRATERNELLEMENT (*fratérnëlman*), adv. Fraternalmente.
FRATERNISATION (*fratérnizaçion*), s. f. Fraternização.
FRATERNISER (*fratérnizê*), v. i. Fraternizar.
FRATERNITÉ (*fratérnitê*), s. f. Fraternidade.
FRATRICIDE (*fratriçid*), adj. e s. Fratricida; fratricídio.
FRAUDE (*frôd*), s. f. Fraude; engano; contrabando. *En fraude*, loc. adv. Fraudulentamente.
FRAUDER (*frôdê*), v. t. e i. Fraudar; defraudar; contrabandear. Cometer fraude.
FRAUDEUR, EUSE (*frôdĕr, ëz*), adj. e s. Defraudador; contrabandista.
FRAUDULEUSEMENT (*frôdülëzman*),

adv. Fraudulentamente.
FRAUDULEUX, EUSE (*frôdülë, ëz*), adj. Fraudulento; enganador.
FRAXINÉES (*frakçinê*), s. f. pl. Fraxíneas.
FRAYEMENT (*fréiman*), s. m. Eritema (nos animais).
FRAYER (*fréiê*), v. t. (Conjuga-se como *balayer.*) Praticar, abrir, traçar. V. i. Reproduzir-se (peixes). *Fig.* Manter relações, dar-se. **SE FRAYER**, v. pr. Abrir (para si). *Se frayer un passage,* abrir caminho para si.
FRAYEUR (*fréiër*), s. f. Medo, pavor.
FREDAINE (*frədén'*), s. f. *Fam.* Travessura, loucura (da mocidade).
FREDON (*frədon*), s. m. Garganteio.
FREDONNEMENT (*frədônəman*), s. m. Cantarola.
FREDONNER (*frədonê*), v. t. Cantarolar.
FRÉGATE (*frêgat*), s. f. Fragata.
FREIN (*fren*), s. m. Freio; travão. *Ronger ses freins,* roer o freio, suportar impacientemente.
FREINAGE (*frénaj*), s. m. Refreamento; travação.
FREINER (*frénê*), v. i. Frear, travar.
FRELAMPIER (*frəlanpiê*), s. m. Imprestável, inútil.
FRELATAGE ou **FRELATEMENT** (*frəlataj* ou *frəlatman*), s. m. Adulteração (de substâncias, vinhos, etc.).
FRELATER (*frəlatê*), v. t. Adulterar; falsificar (uma substância).
FRELATEUR (*frəlatër*), s. m. Adulterador.
FRÊLE (*frêl*), adj. Frágil, quebradiço. *Fig.* Fraco; débil.
FRELON (*frəlon*), s. m. Zangão.
FRELUCHE (*frəlüch*), s. f. Borla pequena. *Fig.* Ninharia.
FRELUQUET (*frəlüké*), s. m. *Fam.* Ridículo; leviano.
FRÉMIR (*frêmir*), v. t. Fremir; tremer; vibrar; bramir.
FRÉMISSANT, E (*frêmiçan, t*), adj. Fremente, trêmulo; palpitante.
FRÉMISSEMENT (*frêmiçman*), s. m. Estremecimento, tremor, tremura, agitação; frêmito, rumor, ruído; comoção; vibração; arrepio.
FRÊNAIE (*fréné*), s. f. Freixal.
FRÊNE (*frén'*), s. m. Freixo.
FRÉNÉSIE (*frênêzi*), s. f. Frenesi. *Fig.* Loucura, amor descabido.
FRÉNÉTIQUE (*frênêtik*), adj. Frenético.
FRÉNÉTIQUEMENT (*frênêtikman*), adv. Freneticamente.
FRÉQUEMMENT (*frêkaman*), adv. Freqüentemente.
FRÉQUENCE (*frêkanç*), s. f. Freqüência.
FRÉQUENT, E (*frêkan, t*), adj. Freqüente.
FRÉQUENTABLE (*frêkantabl*), adj. Freqüentável.
FRÉQUENTATIF, IVE (*frêkantatif, iv*), adj. Freqüentativo.
FRÉQUENTATION (*frêkantaçion*), s. f. Freqüência; familiaridade, convivência.
FRÉQUENTER (*frêkantê*), v. t. e i. Freqüentar.
FRÈRE (*frér*), s. m. Irmão; frade.
FRÉROT (*frêrô*), s. m. *Fam.* Irmãozinho.
FRESQUE (*fréçk*), s. f. Fresco, pintura a fresco.
FRESSURE (*fréçür*), s. f. Fressura.
FRET (*fré*), s. m. Frete.
FRÈTEMENT (*frétman*), s. m. Fretamento.
FRÉTER (*frêtê*), v. t. (Conjuga-se como *accélérer.*) Fretar; carregar, equipar (navio).
FRÉTEUR (*frêtër*), s. m. Fretador.
FRÉTILLANT, E (*frêtiian, t*), adj. Vivo, irrequieto.
FRÉTILLER (*frêtiiê*), v. i. Tremelicar.
FRÉTILLON (*frêtiion*), s. m. Remexedor, mexilhão.
FRETIN (*frəten*), s. m. Refugo, bagatela.
FRETTE (*frét*), s. f. Virola de ferro.
FRETTER (*frétê*), v. t. Guarnecer com aros.
FREUX (*frë*), s. m. Gralha. Pl.: *des freux.*
FRIABILITÉ (*friabilitê*), s. f. Friabilidade.
FRIABLE (*friabl*), adj. Friável.
FRIAND, E (*frian, d*), adj. Guloso; apreciador de; delicioso.
FRIANDISE (*friandiz*), s. f. Gulodice, guloseima.
FRICANDEAU (*frikandô*), s. m. Fricandó. Pl.: *des fricandeaux.*
FRICASSÉE (*frikaçê*), s. f. Fricassé, guisado. Dança antiga. *Fig.* Mistura.
FRICASSER (*frikaçê*), v. t. Guisar; fazer fricassé. *Fig.* e *fam.* Dissipar, esbanjar.
FRICASSEUR (*frikaçër*), s. m. Mau cozinheiro.
FRICATIF, VE (*frikatif, iv*), adj. Fricativo.
FRICHE (*frich*), adj. Baldio. *En friche,* inculto, sem cultura.
FRICOT (*frikô*), s. m. *Fam.* Guisado; fricassé.
FRICOTER (*frikotê*), v. t. Guisar. V. i. *Pop.* Agiotar; regalar-se.
FRICOTEUR, EUSE (*frikotër, ëz*), s. *Pop.* Comilão. *Fig.* Especulador, agiota.
FRICTION (*frikçion*), s. f. Fricção; linimento.
FRICTIONNER (*frikçionê*), v. t. Friccionar.
FRIGIDAIRE (*frijidér*), s. m. Marca de frigorífico. *Pop.* Geladeira.
FRIGIDE (*frijid*), adj. Frígido.
FRIGIDITÉ (*frijiditê*), s. f. Frialdade; frigidez; impotência.
FRIGORIE (*frigori*), s. f. Frigoria.

FRIGORIFIER (*frigorifiê*), v. t. (Conjuga-se como *prier*.) Frigorificar. V. i. Produzir frio.

FRIGORIFIQUE (*frigorifik*), adj. Frigorífico.

FRILEUX, EUSE (*frilë, ëz*), adj. e s. Friorento.

FRIMAS (*frimá*), s. m. Geada. Pl.: *des frimas*.

FRIME (*frim'*), s. f. *Pop.* Fingimento.

FRIMOUSSE (*frimuç*), s. f. *Fam.* Cara, rosto, face.

FRINGALE (*frengal*), s. f. Polifagia, fome canina.

FRINGANT, E (*frengan, t*), adj. Esperto, irrequieto.

FRINGUER (*frenghê*), v. i. *Pop.* Dançar, pular, saltitar. **SE FRINGUER**, v. pr. Vestir-se.

FRIPER (*fripê*), v. t. Amarrotar. *Pop.* Devorar, comer gulosamente.

FRIPERIE (*fripəri*), s. f. Roupa ou mobília usada; comprador de coisas velhas; ninharia.

FRIPIER, ÈRE (*fripiê, ér*), adj. e s. Adelo, algibebe.

FRIPON, ONNE (*fripon, ón'*), adj. e s. Gatuno, velhaco, patife, *Petit fripon*, travesso, peralta. *Œil fripon*, olhar vivo.

FRIPONNERIE (*fripónəri*), s. f. Tratantada, trapaça, maroteira.

FRIPOUILLE (*fripuii*), s. f. *Pop.* Canalha, pulha.

FRIQUET (*friké*), s. f. Espécie de pardal.

FRISQUET, ETTE (*friçké, t*), adj. *Fam.* Friozinho.

FRIRE (*frir*), v. t. e def. (*Je fris, tu fris, il frit*, sem plural. *Je frirai, nous frirons. Je frirais, nous fririons.* Impér. *fris*, sem plural. *Frit, e.* Para substituir os tempos que faltam, emprega-se o verbo *faire* seguido do infinitivo *frire*.) Fritar. *Il n'y a rien à frire*, não há nada para comer.

FRISE (*friz*), s. f. *Arq.* Friso; baixo-relevo; frisa (tecido).

FRISÉ, E (*frizê*), adj. Frisado, crespo.

FRISER (*frizê*), v. t. Frisar, encrespar, roçar.

FRISETTE (*frizét*), s. m. Cacho, anel de cabelo.

FRISON (*frizon*), s. m. Anel de cabelo.

FRISON, ONNE (*frizon, ón'*), adj. e s. Frisão, natural da Frísia.

FRISOTTER (*frizotê*), v. t. Frisar.

FRISQUET, ETTE (*friçké, ét*), adj. Fresco. Adv. *Pop. Il fait frisquet*, está fresco.

FRISSON (*friçon*), s. m. Calafrio, tremura, arrepio, estremecimento.

FRISSONNANT, E (*friçonan, t*), adj. Palpitante, trêmulo, agitado.

FRISSONNEMENT (*friçonəman*), s. m. Arrepio, pequeno calafrio. *Fig.* Comoção.

FRISSONNER (*friçonê*), v. t. Arrepiar-se; tremular, estremecer.

FRISURE (*frizür*), s. f. Encrespadura.

FRIT, E (*fri, t*), adj. Frito.

FRITERIE (*fritəri*), s. f. Local onde se frita o peixe nas fábricas de conservas.

FRITTE (*frit*), s. f. Frita (mistura dos ingredientes na fábrica de vidro).

FRITURE (*fritür*), s. f. Fritura; óleo, gordura para fritar; peixe frito.

FRITURIER, ÈRE (*fritüriê, ér*), s. Vendedor de alimentos fritos.

FRIVOLE (*frivól*), adj. Frívolo, fútil.

FRIVOLEMENT (*frivolman*), adv. Frivolamente.

FRIVOLITÉ (*frivolitê*), s. f. Frivolidade, futilidade.

FROC (*frók*), s. m. Capuz de frade; hábito de monge; burel. *Fig.* Vida monástica. *Prendre le froc*, fazer-se monge. *Jeter le froc aux orties*, renunciar à vida religiosa.

FROCARD (*frokar*), s. m. *Pop.* Fradépio.

FROID, E (*fruá, d*), adj. Frio; congelado. *Fig.* Indiferente, insensível. Sem brilho, monótono. *Être en froid avec*, estar zangado com. *Battre froid à*, acolher friamente. *À froid*, loc. adv. A frio. S. m. Frio.

FROIDEMENT (*fruadman*), adv. Friamente.

FROIDEUR (*fruadër*), s. f. Frieza, frialdade. *Fig.* Indiferença, fleuma, insensibilidade.

FROIDURE (*fruadür*), s. f. Friagem; inverno.

FROISSEMENT (*fruaçman*), s. m. Pancada, choque, compressão, pisadura; roçadura. *Fig.* Choque, embate, ofensa, contrariedade.

FROISSER (*fruaçê*), v. t. Contundir, machucar; amarrotar, amarfanhar. *Fig.* Magoar, melindrar, chocar. **SE FROISSER**, v. pr. Machucar-se. *Fig.* Melindrar-se, magoar-se.

FROISSURE (*fruaçür*), s. f. Contusão, pisadura, nódoa, machucadura; ruga, prega.

FRÔLEMENT (*frôlman*), s. m. Roçadura.

FRÔLER (*frôlê*), v. t. Roçar.

FROMAGE (*fromaj*), s. m. Queijo. *Entre la poire et le fromage*, ao fim da refeição, antes da sobremesa.

FROMAGEON (*fromajon*), s. m. Queijo fabricado com leite de ovelha.

FROMAGER, ÈRE (*fromagê, ér*), adj. e s. Queijeiro. S. m. Cincho.

FROMAGERIE (*fromajəri*), s. f. Queijaria, queijeira.

FROMENT (*froman*), s. m. Trigo, frumento.

FROMENTACÉ, E (*fromantacê*), adj. e s. Frumentício.

FROMENTAL, E, AUX (*fromantal, ô*), adj. Frumental. S. m. Espécie de aveia.

FRONCE (*fronç*), s. f. Ruga, prega, dobra.

FRONCEMENT (*fronçəman*), s. m. Franzimento (da testa, das sobrancelhas).

FRONCER (*fronçê*), v. t. (O *c* leva uma cedilha antes de *a* e *o*: *il fronça, nous fronçons.*) Enrugar, franzir, preguear.

FRONCIS (*fronçi*), s. m. Conjunto de pregas (em uma vestimenta). Pl.: *des froncis.*

FRONDAISON (*frondézon*), s. f. Folhagem; folheadura; vernação.

FRONDE (*frond*), s. f. Funda (de arremessar pedra).

FRONDER (*frondê*), v. t. Lançar, atirar pedras (com a funda). *Fig.* Criticar, censurar.

FRONDEUR (*frondër*), s. m. Fundibulário, fundeiro. *Fig.* Maldizente.

FRONT (*fron*), s. m. Fronte, testa. *Fig.* Audácia. *Mil.* Linha de frente. *Faire front à*, enfrentar, fazer frente a. *De front*, loc. adv. De frente.

FRONTAL, E, AUX (*frontal, ô*), adj. Frontal (o que se situa na fronte). S. m. Frontal (osso); tópico que se aplica na testa.

FRONTALIER, ÈRE (*frontaliê, ér*), adj. Fronteiriço.

FRONTEAU (*frontô*), s. m. Testeira. Pl.: *des fronteaux.*

FRONTIÈRE (*frontiér*), s. f. Fronteira, limite.

FRONTISPICE (*frontiçpiç*), s. m. Frontispício, fachada.

FRONTON (*fronton*), s. m. Frontão.

FROTTAGE (*frotaj*), s. m. Esfrega, fricção.

FROTTÉE (*frotê*), s. f. *Pop.* Surra, sova.

FROTTEMENT (*frotman*), s. m. Esfregação, fricção, atrito. *Fig.* Contacto, choque (de idéias).

FROTTER (*frotê*), v .t. Esfregar; encerar; friccionar. *Fig.* e *fam.* Maltratar, surrar. **SE FROTTER À**, v. pr. *Fam.* Atacar, atirar-se. *Fam. Qui s'y frotte, s'y pique*, quem se chega se machuca. *Ne pas se frotter à*, não se meter com, não ter nada a ver com.

FROTTEUR (*frotër*), s. m. Encerador.

FROTTIS (*froti*), s. m. Leve camada de tinta transparente. Pl.: *des frottis.*

FROTTOIR (*frotuar*), s. m. Esfregão, esfregalho; almofada (de uma máquina elétrica).

FROUEMENT (*fruman*), s. m. Imitação do pio da coruja.

FROUER (*fruê*), v. i. Imitar o pio da coruja.

FROU-FROU ou **FROUFROU** (*frufru*), s. m. Frufru. *Faire du frou-frou*, fazer ostentação. Pl.: *des frou-frous ou froufrous.*

FROUSSARD, E (*fruçar, d*), adj. e s. *Pop.* Medroso, covarde.

FROUSSE (*fruç*), s. f. *Pop.* Medo, susto.

FRUCTIFÈRE (*früktifér*), adj. Frutífero.

FRUCTIFIANT, E (*früktifian, t*), adj. Frutificativo, produtivo.

FRUCTIFICATION (*früktifikaçion*), s. f. Frutificação.

FRUCTIFIER (*früktifie*), v. i. (Conjuga-se como *prier.*) Frutificar.

FRUCTOSE (*früktôz*), s. m. Frutose.

FRUCTUEUSEMENT (*fruktüëzman*), adv. Abundantemente, frutuosamente.

FRUCTUEUX, EUSE (*früktuë, ëz*), adj. Frutuoso, abundante; útil, produtivo.

FRUGAL, E, AUX (*frügal, ô*), adj. Frugal, sóbrio, moderado, econômico.

FRUGALEMENT (*frügalman*), adv. Frugalmente, sobriamente.

FRUGALITÉ (*frügalitê*), s. f. Frugalidade.

FRUGIVORE (*früjivór*), adj. e s. Frugívoro.

FRUIT (*früi*), s. m. Fruto, fruta. *Fig.* Homem fracassado. Efeito, resultado. Inclinação (dada a uma das faces de um muro). *Fruits de mer*, produtos do mar utilizados na alimentação (moluscos, crustáceos).

FRUITARISME (*früitariçm*), s. m. Regime frugívoro.

FRUITÉ, E (*früitê*), adj. Com o sabor de fruto verde (azeite, vinho).

FRUITERIE (*früitəri*), s. f. Depósito de frutas; loja de frutas, comércio de frutas.

FRUITIER, ÈRE (*früitiê, ér*), adj. Frutífero. S. Fruteiro, vendedor de frutas; queijeiro (do Jura). S. m. Local seco onde se conservam frutas. S. f. Local onde se fabricam queijos (no Jura).

FRUMENTAIRE (*frümantér*), adj. Frumentário.

FRUSQUES (*früçk*), s. f. pl. *Pop.* Roupas velhas, trastes velhos.

FRUSQUIN (*früçken*), s. m. *Pop.* Pertences, pecúlio (diz-se mais comumente *saint-frusquin*).

FRUSTE (*früçt*), adj. Frusto, gasto, falho (moedas, medalhas). *Fig.* Rude, sem brilho.

FRUSTRATEUR (*früçtatër*), s. m. Frustrador.

FRUSTRATION (*früçtraçion*), s. f. Frustração.

FRUSTRATOIRE (*früçtratuar*), adj. Ilusório, falaz.

FRUSTRER (*früçtrê*), v. t. Frustrar, defraudar, privar.

FRUTESCENT, E (*frütéçan, t*), adj. *Bot.* De caule lenhoso.
FUCACÉES (*fükaçê*), s. f. pl. Fucáceas.
FUCHSIA (*fükçiá*), s. f. Fúcsia.
FUCHSINE (*fükçin'*), s. f. Fucsina.
FUCUS (*fuküç*), s. m. Fuco.
FUÉGIEN, NE (*füêjien, én'*), adj. e s. Fueguino.
FUGACE (*fügaç*), adj. Fugaz, efêmero, passageiro.
FUGACITÉ (*fügaçitê*), s. f. Fugacidade.
FUGITIF, IVE (*füjitif, iv*), adj. e s. Fugitivo. *Fig.* Fugidio, leve, ligeiro.
FUGITIVEMENT (*füjitivman*), adv. Fugazmente.
FUGUE (*füg*), s. f. *Mús.* Fuga. *Fam.* Fuga, escapadela.
FUGUÉ, E (*füghê*), adj. *Mús.* Fugado.
FUIE (*füi*), s. f. Pequeno pombal.
FUIR (*üír*), v. t. e i. (*Je fuis, nous fuyons. Je fuyais, nous fuyions. Je fuis, nous fuîmes. Je fuirai, nous fuirons. Je fuirais, nous fuirions. Fuis, fuyons, fuyez. Que je fuie, que nous fuyions. Que je fuisse, que nous fuissions. Fuyant. Fui, e.*) Fugir, escapar; afastar-se; estar inclinado para trás; deixar escapar, vazar.
FUITE (*füit*), s. f. Fuga, evasão; escapamento. *Fig.* Delonga, dilação.
FULGURANT, E (*fülgüran, t*), adj. Fulgurante, resplandecente; lancinante.
FULGURATION (*fülgüraçion*), s. f. Fulguração.
FULIGINEUX, EUSE (*fülijinë, ëz*), adj. Fuliginoso.
FULMICOTON (*fülmikoton*), s. m. Algodão-pólvora.
FULMINANT, E (*fülminan, t*), adj. Fulminante. *Fig.* Furioso, ameaçador.
FULMINATE (*fülminat*), s. m. *Quím.* Fulminato.
FULMINATION (*fülminaçion*), s. f. Fulminação, detonação.
FULMINER (*fülminê*), v. i. Fulminar, explodir. *Fig.* Invectivar. V. t. Cominar.
FULMINIQUE (*fülminik*), adj. *Quím.* Fulmínico.
FUMAGINE (*fümajin'*), s. f. Fumagina.
FUMAGE ou **FUMAISON** (*fümaj* ou *fümézon*), s. f. Adubamento, estrumação.
FUMAGE (*fümaj*), s. m. Fumagem, defumação.
FUMANT, E (*füman, t*), adj. Fumegante. *Fig.* Colérico, enraivecido.
FUMARIACÉES (*fümariaçê*), s. f. Fumariáceas.
FUMÉ (*fümê*), s. m. Prova de gravura (enegrecendo-a à fumaça).
FUME-CIGARE ou **FUME-CIGARETTE** (*fümeçigar* ou *fümeçigarét*), s. m. inv. Cigarreira; piteira, boquinha.
FUMÉE (*fümê*), s. f. Fumaça. *Fig.* Embriaguez; vaidade.
FUMER (*fümê*), v. i. Fumar, fumegar. V. t. Defumar; estrumar. *Pop.* Enraivecer-se.
FUMERIE (*füməri*), s. f. Vício de fumar; lugar onde se fuma (especialmente ópio).
FUMEROLLE (*füməról*), s. f. Fumarola.
FUMERON (*füməron*), s. m. Tição fumarento.
FUMET (*fümé*), s. m. Aroma (de vinhos e outras bebidas); cheiro de carne de caça.
FUMETERRE (*fümətér*), s. f. *Bot.* Fumária.
FUMEUR, EUSE (*fümër, ëz*), s. Fumante.
FUMEUX, EUSE (*fümë, ëz*), adj. Fumarento; capitoso. *Fig.* Confuso.
FUMIER (*fümiê*), s. f. Estrume. *Fig.* Lixo, coisa desprezível.
FUMIÈRE (*fümiér*), s. f. Estrumeira, monturo.
FUMIGATEUR (*fümigatër*), s. m. Fumigador.
FUMIGATION (*fümigaçion*), s. f. Fumigação.
FUMIGATOIRE (*fümigatuar*), s. m. e adj. Fumigatório.
FUMIGÈNE (*fümijén'*), adj. e s. Que produz fumaça.
FUMISTE (*fümiçt*), s.m. e adj. Construtor e reparador de chaminés e aparelhos para aquecimento. *Fig.* Embusteiro, mistificador.
FUMISTERIE (*fümiçtəri*), s.f. Comércio e indústria de fogões. *Fig.* Mistificação.
FUMIVORE (*fümivór*), s.m. e adj. Fumívoro.
FUMOIR (*fümuar*), s.m. Sala própria para fumar.
FUMURE (*fümür*), s.f. Estrumação.
FUNAMBULE (*fünanbül*), s. Funâmbulo.
FUNAMBULESQUE (*fünanbüléçk*), adj. Funambulesco. *Fig.* Extravagante.
FUNÈBRE (*fünébr*), adj. Fúnebre. *Fig.* Triste, lúgubre.
FUNÉRAILLES (*fünêraii*), s.f. pl. Funeral.
FUNÉRAIRE (*fünêrér*), adj. Funerário.
FUNESTE (*fünéçt*), adj. Funesto, desolante, fatal.
FUNESTEMENT (*fünéçtman*), adv. Funestamente.
FUNICULAIRE (*fünikülér*), s.f. e adj. Funicular.
FUNICULE (*fünikül*), s. m. *Bot.* Funículo.
FUNIN ou **FRANC-FUNIN** (*fünen* ou *franfünen*), s. m. Cordame não alcatroado.
FUR (*für*), s.m. Usado apenas em *au fur et à mesure* ou *à fur et à mesure*, sucessivamente, gradativamente; à medi-

da que.

FURET (*füré*), s. m. Furão. *Fig.* Curioso, bisbilhoteiro; jogo de anel.

FURETAGE (*fürtaj*), s.m. Caça ao coelho com o furão. *Fig.* Ação de rebuscar, de remexer.

FURETER (*fürtê*), v.i. (O *e* mudo passa a *è* antes de sílaba muda: *il furète.*) Caçar com o furão. *Fig.* Rebuscar, remexer (para procurar).

FURETEUR, EUSE (*fürtër, ëz*), s. Que caça com o furão. *Fig.* Pesquisador, investigador, remexedor.

FUREUR (*fürër*), s.f. Furor, ira. *Fig.* Violência, impetuosidade. *Faire fureur*, fazer grande sucesso. *Passer sa fureur sur*, descarregar a raiva sobre.

FURFURACÉ, E (*fürfüracê*), adj. Furfuráceo, furfúreo.

FURIBOND, E (*füribon, d*), adj. e s. Furibundo, colérico.

FURIE (*füri*), s.f. Fúria, ira. *Fig.* Megera; ardor, impetuosidade.

FURIEUSEMENT (*füriëzman*), adv. Furiosamente. *Fig.* Excessivamente.

FURIEUX, EUSE (*fürië, ëz*), adj. Furioso. *Fig.* Violento.

FUROLLES (*füról*), s.f. pl. Fogo-fátuo.

FURONCLE (*füronkl*), s.m. Furúnculo.

FURONCULOSE (*füronkülôz*), s.f. Furunculose.

FURTIF, IVE (*fürtif, iv*), adj. Furtivo.

FURTIVEMENT (*fürtivman*), adv. Furtivamente, ocultamente.

FUSAIN (*füzen*), s. m. Lápis feito com carvão; desenho executado com carvão.

FUSAINISTE ou **FUSINISTE** (*füzéniçt* ou *füziniçt*), s. Artista que desenha com carvão.

FUSANT, E (*füzan, t*), adj. Fundente. S. m. Espécie de granada (artilharia).

FUSCINE (*fuçin'*), s.f. Tridente.

FUSEAU (*füzô*), s.m. Fuso, bilro. *Jambes en fuseau*, pernas muito delgadas. *Geom.* Fuso. Pl.: *des fuseaux.*

FUSÉE (*füzê*), s.f. Fusada. Foguete, foguetão; espoleta. Fuso (de relógio). *Mús.* Fusa.

FUSELAGE (*füzlaj*), s.m. Fuselagem.

FUSELÉ, E (*füzlê*), adj. Afusado.

FUSELER (*füzlê*), v.t. Afusar.

FUSER (*füzê*), v.i. Fundir-se; arder (crepitando).

FUSIBILITÉ (*füzibilitê*), s.f. Fusibilidade.

FUSIBLE (*füzibl*), adj. Fundível.

FUSIFORME (*füzifórm*), adj. Fusiforme.

FUSIL (*füzi*), s.m. Fuzil; espingarda; afiador (de ferro ou de aço); soldado (que carrega espingarda). *Changer son fusil d'épaule*, fugir à responsabilidade.

FUSILIER (*füziliê*), s. m. Fuzileiro.

FUSILLADE (*füziiad*), s.f. Fuzilaria; fuzilamento.

FUSILLEMENT (*füziiman*), s.m. Fuzilamento.

FUSILLER (*füziiê*), v.t. Fuzilar.

FUSILLEUR (*füziiër*), s.m. Fuzilador.

FUSION (*füzion*), s.f. Fusão. *Fig.* Mistura, reunião.

FUSIONNEMENT (*füzionəman*), s. m. Fusão (de partidos ou de companhias).

FUSIONNER (*füzionê*), v.t. Reunir, ligar (partidos, sociedades).

FUSIONNISTE (*füzioniçt*), adj. e s. Fusionista.

FUSTANELLE (*füçtanél*), s. f. Saiote (usado pelos soldados gregos).

FUSTE (*füçt*), s.f. Fusta (embarcação).

FUSTIGATION (*füçtigaçion*), s. f. Fustigação.

FUSTIGER (*füçtijê*), v.t. (Toma um *e* mudo depois do *g* antes de *a* e *o*: *il fustigea, nous fustigeons.*) Fustigar. *Fig.* Castigar.

FÛT (*fü*), s.m. Fuste. Tonel. Armação (de malas).

FUTAIE (*füté*), s.f. Floresta espessa; árvore de grande porte.

FUTAILLE (*fütaii*), s.f. Tonel.

FUTAINE (*fütén'*), s.f. Fustão.

FUTÉ, E (*fütê*), adj. *Fam.* Sagaz, astuto.

FUTÉE (*fütê*), s.f. Massa de serragem e grude (para colar madeira).

FUTILE (*fütil*), adj. Fútil, frívolo.

FUTILEMENT (*fütilman*), adv. Futilmente.

FUTILITÉ (*fütilitê*), s. f. Futilidade.

FUTUR, E (*fütür*), adj. Futuro, vindouro. S. Prometido, noivo. S. m. Futuro, porvir.

FUTURISME (*fütüriçm*), s.m. Futurismo.

FUTURISTE (*fütüriçt*), adj. e s. Futurista.

FUTURITION (*fütüriçion*), s.f. Futuridade.

FUYANT, E (*füian, t*), adj. Fugitivo, fugaz: longínquo. S. m. Fugente.

FUYARD, E (*füiiar, d*), adj. Fugitivo, fugidiço. S. m. Fugitivo, desertor.

G

G (*jə* ou *ghə*), s. m. Sétima letra do alfabeto.

GABARDINE (*gabardin'*), s. f. Gabardina.

GABARE (*gabar*), s. f. Gabara.

GABARIAGE (*gabariaj*), s. m. Construção de um gabarito; comparação de uma peça com o gabarito.

GABARIER (*gabariê*), s. m. Patrão de uma gabarra, aquele que trabalha numa gabarra.

GABARIT ou **GABARI** (*gabari*), s. m. Gabarito.

GABEGIE (*gabəji*), s. f. Fraude; tramóia; desordem administrativa ou financeira.

GABELLE (*gabél*), s. f. Imposto sobre o sal.

GABELOU (*gabəlu*), s. m. Fiscal de barreira ou da alfândega.

GABIER (*gabiê*), s. m. *Mar.* Gageiro.

GABION (*gabion*), s. m. Gabião.

GABIONNADE (*gabiònad*), s. f. Gabionada.

GABIONNAGE (*gabionaj*), s. m. Gabiagem.

GABIONNER (*gabionê*), v. t. Gabionar.

GABLE ou **GABLE** (*gabl*), s. m. Empena, frontão, irregular (por baixo de um telhado).

GACHAGE (*gachaj*), s. m. Ação de diluir e amassar (gesso, cimento).

GACHE (*gach*), s. f. Espelho de fechadura. Espátula (de cozinheiro). Colher (de pedreiro).

GÂCHER (*gachê*), v. t. Amassar, misturar. *Fig.* Negligenciar, estragar, malbaratar. *Gâcher le métier,* trabalhar por pouco dinheiro.

GACHETTE (*gachét*), s. f. Gatilho; mola de fechadura.

GÂCHEUR (*gachĕr*), adj. e s. Amassador, misturador de cimento, de gesso de argamassa. *Fig.* Esbanjador.

GACHEUX, EUSE (*gachë, ëz*), adj. Lamacento, lodoso.

GÂCHIS (*gachi*), s. m. Argamassa; lama, sujidade. Confusão, trapalhada. Pl.: *des gâchis.*

GADE (*gad*), s. m. Gado (peixe).

GADGET (*gadjé*), s. m. Pequeno objeto prático, que interessa por ser novo.

GADIDÉS (*gadidê*), s. m. pl. Gadídeos.

GADOUE (*gadu*), s. f. Estrume, lixo.

GAÉLIQUE (*gaêlik*), adj. e s. m. Gaélico.

GAFFE (*gaf*), s. f. Arpéu. *Fig.* e *fam.* Gafe, rata.

GAFFER (*gafê*), v. t. Arpoar. V. i. *Fam.* Cometer uma gafe.

GAFFEUR, EUSE (*gafĕr, ëz*), s. *Fam.* Pessoa que comete uma gafe.

GAGA (*gagá*), adj. e s. *Fam.* Caduco.

GAGE (*gaj*), s. m. Penhor, garantia. Testemunho, prova. S. pl. Salário, saldo. *Etre cassé aux gages,* perder o emprego.

GAGER (*gajê*), v. t. (Toma um *e* mudo depois do *g* antes de *a* e *o*: *il gagea, nous gageons.*) Apostar; pagar, contratar, assalariar; comissionar.

GAGERIE (*gajəri*), s. f. Apreensão, penhora.

GAGEUR, EUSE (*gajĕr, ëz*), s. Apostador.

GAGEURE (*gajŭr*), s. f. Aposta.

GAGISTE (*gajiçt*), s. m. e adj. Contratado, assalariado.

GAGNABLE (*ganhabl*), adj. Ganhável.

GAGNAGE (*ganhaj*), s. m. Pastagem.

GAGNANT, E (*ganhan, t*), adj. e s. Ganhador (no jogo).

GAGNE-DENIER (*ganhədeniê*), s. m. Trabalhador diarista. Pl.: *des gagne-deniers.*

GAGNE-PAIN (*ganhəpen*), s. m. inv. Ganha-pão.

GAGNE-PETIT (*ganhəpəti*), s. m. inv. Amolador ambulante.

GAGNER (*ganhê*), v. t. Ganhar, apoderar-se.

GAGNEUR, EUSE (*ganhĕr, ëz*), s. Ganhador.

GAI, E (*ghé*), adj. Alegre, jovial, invertido.

GAÏAC (*gaiak*), s. m. *Bot.* Guáiaco.

GAÏACOL (*gaiakol*), s. m. Gaiacol.

GAIEMENT ou **GAÎMENT** (*ghêman*), adv. Alegremente.

GAIETÉ ou **GAÎETÉ** (*ghétê*), s. f. Alegria. *De gaieté de cœur,* loc. adv. Deliberadamente, sem escrúpulo.

GAILLARD, E (*gaiar, d*), adj. Alegre, folgazão, gaiato; saudável; ousado; livre; fresco (vento) S. m. Homem vigoroso, decidido. *Mar.* Castelo de popa ou proa. S. f. Mulher de vida livre. Galharda (dança). *Tip.* Tipo de imprensa.

GAILLARDEMENT (*gaiardəman*), adv. Alegremente; temerariamente.

GAILLARDISE (*gaiardiz*), s. f. Galhardia; alegria; desenvoltura; ditos ou gestos livres.

GAILLETIN (*gaiiten*), s. m. Carvão-de-pedra miúdo.

GAILLETTE ou **GAILLETERIE** (*gaiét* ou *gaiiətəri*), s. f. Carvão-de-pedra (em pedaços).

GAIN (*ghen*), s. m. Ganho, vantagem; salário; bom êxito.
GAINE (*ghén'*), s.f. Bainha, estojo; invólucro; cinta.
GAINER (*ghénê*), v. t. Embainhar, cintar, estojar.
GAINERIE (*ghénəri*), s. f. Fábrica e comércio de bainhas ou de cintas.
GAINIER (*ghéniê*), s. m. Bainheiro.
GALA (*galá*), s. f. Gala. Grande banquete.
GALACTOMÈTRE (*galaktométr*), s. m. Galactômetro.
GALACTOPHAGE (*galaktofaj*), adj. Galactófago.
GALACTOPHAGIE (*galaktofaji*), s. f. Galactofagia.
GALACTOPHORE (*galaktofór*), adj. Galactóforo.
GALACTOSE (*galaktôz*), s. f. Galactose.
GALALITHE (*galalit*), s. f. Galalite.
GALAMMENT (*galaman*), adv. Galantemente, graciosamente.
GALANDAGE (*galandaj*), s. m. Tabique de tijolo.
GALANT, E (*galan, t*), adj. Galante, gentil, elegante, afável, S.m. Galanteador; namorado, apaixonado. *Galant homme*, homem de bem. *Vert galant*, homem galanteador, namorador (apesar da idade respeitável).
GALANTERIE (*galantəri*), s. f. Galanteria, galanteio.
GALANTIN (*galanten*), s. m. Galanteador ridículo.
GALANTINE (*galatin'*), s. f. Galantina.
GALANTISER (*galantizê*), v. t. Galantear, cortejar.
GALAPIAT (*galapiá*), s. m. *Fam.* Vagabundo.
GALATE (*galat*), adj. e s. Gálata.
GALAXIE (*galakçi*), s. f. Galáxia, Via-láctea.
GALBANUM (*galbanóm'*), s. m. Gálbano.
GALBE (*galb*), s.m. *Arq.* Conjunto de contornos (de uma escultura, de uma construção, etc.); contorno (de uma figura ou de uma pessoa).
GALBÉ, E (*galbê*), adj. Bojado. Esboçado.
GALBER (*galbê*), v. t. Bojar.
GALE (*gal*), s. f. Sarna. *Fig.* e *fam.* Pessoa maldizente.
GALÉACE ou **GALÉASSE** (*galêaç*), s. f. Galeaça.
GALÉE (*galê*), s. f. *Tip.* Galé.
GALÉJADE (*galêjad*), s. f. Gracejo, mofa.
GALÉJER (*galêjê*), v.i. (Conjuga-se como *accélérer.*) Gracejar, mofar.
GALÈNE (*galén'*), s. f. *Miner.* Galena.
GALÉNIQUE (*galênik*), adj. Galênico.
GALÉNISME (*galêniçm*), s. m. Galenismo.
GALÉNISTE (*galêniçt*), s. m. Galenista.
GALÉOPITHÈQUE (*galêopiték*), s. m. Galeopiteco.
GALÈRE (*galér*), s. f. Galera. Plaina grande. Forno de tijolos refratários. *Fig.* Tormento, suplício. Pl. Trabalhos forçados (dos condenados às galés). *Vogue la galère!*, deixe o barco correr! *Qu'allait-il faire dans cette galère?*, por que se meteu nisso?, que tinha ele com isso?
GALERIE (*galəri*), s. f. Galeria; corredor; galeria (de teatro); assistência, público. *Parler pour la galerie*, falar para o auditório.
GALÉRIEN (*galêrien*), s. m. Galeriano, forçado.
GALET (*galê*), s. m. Seixos miúdos das praias; rodinhas (dos pés de mesa, cadeira).
GALETAS (*galətá*), s. m. Sótão; casebre; barraco. Pl.: *des galetas*.
GALETTE (*galét*), s.f. Bolacha. *Pop.* Dinheiro.
GALEUX, EUSE (*galë, ëz*), adj. e s. Sarnento. *Fig. Brebis galeuse*, pessoa corrompida.
GALHAUBAN (*galôban*), s.m. *Mar.* Brandal.
GALIBOT (*galibô*), s. m. Criança servente de mina de carvão.
GALICIEN, ENNE (*galiçien, én'*), adj. e s. Galego.
GALILÉEN, ENNE (*galilêen, én'*), adj. e s. Galileu.
GALIMAFRÉE (*galimafrê*), s. f. Guisado de restos de carne; chanfana.
GALIMATIAS (*galimatiá*), s.m. Galimatias; embrulhada. Pl.: *des galimatias*.
GALION (*galion*), s. m. *Mar.* Galeão.
GALIOTE (*galiót*), s. f. Galeota.
GALIPOT (*galipô*), s. m. Galipódio.
GALLE (*gal*), s. f. Galha. *Noix de galle*, noz de galha. S. m. Sacerdote de Cibele.
GALLICAN, E (*galikan, an'*), adj. e s. Galicano.
GALLICANISME (*galikaniçm*), s. m. Galicanismo.
GALLICISME (*galiçiçm*), s. m. Galicismo.
GALLICOLE (*galikól*), adj. Galícola.
GALLINACÉ, E (*galinaçê*), adj. e s. Galináceo.
GALLIQUE (*galik*), adj. Gálico.
GALLIUM (*galióm'*), s. m. Gálio.
GALLOIS, E (*galuá, z*), adj. e s. Galês.
GALLON (*galon*), s.m. Galão (medida).
GALLO-ROMAIN, E (*galôromen, én'*), adj. e s. Galo-romano.
GALOCHE (*galóch*), s. f. Galocha (calçado e peça de navio). *Fam. Menton de galoche*, queixo comprido e recurvado.
GALON (*galon*), s. m. Galão, cairel. *Mil.* Divisa.
GALONNER (*galonê*), v. t. Agaloar.

GALOP (*galô*), s. m. Galope. *Fig.* Marcha apressada; dança viva. *Fam.* Repreensão.
GALOPADE (*galopad*), s. f. Galopada.
GALOPANT, E (*galopan, t*), adj. Galopante.
GALOPE (*galóp*), s. f. Utensílio empregado pelos encadernadores.
GALOPER (*galopê*), v.i. Galopar. V.t. Fazer galopar. *Fam.* Amolar, atormentar. *Pop.* Sabotar.
GALOPEUR, EUSE (*galopĕr, ëz*), adj. Galopador.
GALOPIN (*galopen*), s. m. Moço de recados; ajudante de cozinha; garoto atrevido.
GALOUBET (*galubé*), s. m. Espécie de pífaro.
GALUCHAT (*galüchá*), s. m. Pele de raia, de esquilo, etc., preparada para bainhas e estojos.
GALVANIQUE (*galvanik*), adj. Galvânico.
GALVANIQUEMENT (*galvanikman*), adv. Galvanicamente.
GALVANISATEUR ou **GALVANISEUR** (*galvanizatĕr* ou *galvanizĕr*), s. m. e adj. Galvanizador.
GALVANISATION (*galvanizaçion*), s.f. Galvanização.
GALVANISER (*galvanizê*), v. t. Galvanizar.
GALVANISME (*galvaniçm*), s. m. Galvanismo.
GALVANOCAUTÈRE (*galvanôkôtér*), s. m. Galvanocautério.
GALVANOMÈTRE (*galvanométr*), s. m. Galvanômetro.
GALVANOPLASTIE (*galvanoplaçti*), s. f. Galvanoplastia.
GALVANOPLASTIQUE (*galvanoplaçtik*), adj. Galvanoplástico.
GALVAUDER (*galvôdê*), v. t. Descompor, xingar; estragar, desarrumar. *Fig.* e *fam.* Aviltar.
GALVAUDEUX, EUSE (*galvôdë, ëz*), Vagabundo, vadio. S. m. Descarregador de vasilhame de vinho.
GAMBADE (*ganbad*), s. f. Salto desajeitado, cambalhota.
GAMBADER (*ganbadê*), v.i. Pular, saltar, dar cambalhotas.
GAMBADEUR, EUSE (*ganbadĕr, ëz*), adj. e s. Saltador.
GAMBETTE (*ganbét*), s.m. Espécie de galinhola aquática.
GAMBILLER (*ganbiiê*), v. i. Balançar as pernas pendentes.
GAMBIT (*ganbi*), s.m. Gambito.
GAMELLE (*gamél*), s. f. Marmita de uso individual entre soldados e marinheiros; cozinha de soldado.
GAMÈTES (*gamét*), s. m. pl. Gametos.
GAMIN, E (*gamen, in'*), s. Moleque; criança peralta; criança.
GAMINER (*gaminê*), v. i. Vadiar, fazer garotices.
GAMINERIE (*gaminəri*), s. f. Garotice, gaiatice.
GAMMA (*gamá*), s. m. Gama.
GAMME (*gam'*), s. f. Gama. *Fam. Chanter sa gamme à quelqu'un*, dizer verdades pesadas.
GAMMÉ, E (*gamê*), adj. *Croix gammée*, cruz gamada.
GAMOPÉTALE (*gamopêtal*), adj. Gamopétalo.
GAMOSÉPALE (*gamoçêpal*), adj. Gamossépalo.
GANACHE (*ganach*), s.f. Ganacha. *Fam.* Palerma, idiota.
GANDIN (*ganden*), s. m. Janota.
GANG (*gang*), s. m. Bando organizado de malfeitores, malta.
GANGA (*gangá*), s. m. Frango, galinha dos Pirineus.
GANGÉTIQUE (*ganjêtik*), adj. Gangético.
GANGLIFORME (*gangliförm*), adj. Gangliforme.
GANGLION (*ganglion*), s. m. Gânglio.
GANGLIONNAIRE (*ganglionér*), adj. Ganglionar.
GANGRÈNE (*gangrén'*), s. f. Gangrena. *Fig.* Corrupção.
GANGRENÉ, E (*gangrənê*), adj. Gangrenado. *Fig.* Corrompido.
GANGRENER (*gangrənê*), v. t. (Conjuga-se com *amener.*) Gangrenar. *Fig.* Corromper. **SE GANGRENER**, v. pr. Gangrenar-se; corromper-se.
GANGRENEUX ou **GANGRÉNEUX, EUSE** (*gangrənë* ou *gangrênë, ëz*), Gangrenoso.
GANGSTER (*gangçtér*), s. m. Criminoso, malfeitor.
GANGUE (*gang*), s. f. Ganga (dos minerais).
GANOÏDES (*ganoíd*), s. m. pl. Ganóides.
GANSE (*ganç*), s. m. Cordão ou fita de seda, ouro, etc. (para enfeite). *Mar.* Estrompo do mastro.
GANSER (*gançê*), v. t. Guarnecer com alamares.
GANT (*gan*), s. m. Luva. *Fig. Jeter le gant*, lançar um desafio. *Relever le gant*, aceitar um desafio. *Se donner des gants*, gabar-se (do que não se fez). *Aller comme un gant*, assentar bem, cair como uma luva. *Mettre des gants pour*, ter muita precaução.
GANTELET (*gantlé*), s. m. Manopla; ligadura de couro para proteger a mão.
GANTER (*gantê*), v. t. Calçar as luvas. V. i. Enluvar-se. *Fig.* e *fam. Cela me gante*, isto me convém.
GANTERIE (*gantəri*), s. f. Luvaria.

GANTIER, ÈRE (*gantiê, ér*), s. Luveiro.
GARAGE (*garaj*), s. m. Garagem.
GARAGISTE (*garajiçt*), s. m. Garagista.
GARANCE (*garanç*), s. f. *Bot.* Garança. Adj. Tingido com garança.
GARANCER (*garançê*), v. t. (O *c* leva uma cedilha antes de *a* e *o*: *il garança, nous garançons.*) Garançar.
GARANCIÈRE (*garançiér*), s. f. Garanceira.
GARANT, E (*garan, t*), adj. e s. Abonador, fiador. *Se porter garant de,* dar garantias de, ser fiador de. S.m. Garantia. *Mar.* Boça.
GARANTI, E (*garanti*), adj. Garantido.
GARANTIE (*garanti*), s. f. Garantia.
GARANTIR (*garantir*), v. t. Garantir, afirmar; proteger.
GARCE (*garç*), s. f. *Ant.* Moça. *Pop.* Mulher de má vida.
GARÇON (*garçon*), s. m. Menino, rapaz; aprendiz; solteiro; garçom.
GARÇONNE (*garçón'*), s. f. Rapariga (de maneiras livres).
GARÇONNET (*garçoné*), s. m. Rapazinho.
GARÇONNIÈRE (*garçoniér*), adj. f. Diz-se das moças que têm costumes de rapaz. S. f. Apartamento de rapaz.
GARDE (*gard*), s. f. Guarda, vigilância, proteção. *Prendre garde,* tomar cuidado. *Être sur ses gardes,* desconfiar. *Se mettre en garde,* precaver-se. *Monter la garde,* montar guarda, vigiar. *N'avoir garde de,* evitar com todo cuidado. *Être de garde,* estar de sobreaviso, estar de guarda. *Garde à vous,* posição de sentido. S. m. Guarda, sentinela, vigia. S. f. Enfermeira. S. m. Guarda, vigia.
GARDE-BARRIÈRE (*gardəbariér*), s. m. Guarda-barreira. Pl.: *des gardes-barrière* ou *barrières.*
GARDE-BŒUF (*gardəbëf*), s. m. Pequena ave que pousa sobre os bois ou búfalos para comer as larvas da pele desses animais. Pl.: *des gardes-bœuf* ou *bœufs.*
GARDE-BOIS (*gardəbuá*), s. m. inv. Guarda florestal.
GARDE-BOUE (*gardəbu*), s. m. inv. Pára-lama.
GARDE-BOUTIQUE (*gardəbutik*), s. m. inv. Mercadoria encalhada (em uma loja).
GARDE-CENDRE (*gardəçandr*), s. m. Platibanda metálica que impede que as cinzas e o carvão caiam fora da lareira ou do fogão. Pl.: *des garde-cendre* ou *cendres.*
GARDE-CHASSE (*gardəchaç*), s. m. Guarda encarregado de proteger a caça, couteiro. Pl.: *des garde-chasse* ou *chasses.*
GARDE-CHIOURME (*gardəchiurm*), s. m. Comitre. Pl.: *des gardes-chiourme.*
GARDE-CORPS (*gardəkór*), s. m. inv. Parapeito, amurada. *Mar:* Conjunto de cordas que permitem os gageiros de alcançar o gurupés.
GARDE-CÔTE (*gardəkôt*), s. e adj. m. Soldado que protegia os lados de um exército. Pl.: *des gardes-côtes.* Guarda-costas. Pl.: *des garde-côtes.*
GARDE-CROTTE (*gardəkrót*), s. m. inv. Guarda-lama.
GARDE-FEU (*gardəfē*), s. m. inv. Guarda-fogo.
GARDE-FOU (*gardəfu*), s. m. Balaustrada, parapeito. Pl.: *des garde-fous.*
GARDE-FRANÇAISE (*gard francéz*), s. m. Soldado das guardas francesas. Pl.: *des gardes-françaises.*
GARDE-FREIN (*gardəfren*), s. m. Guarda-freio. Pl.: *des gardes-frein* ou *freins.*
GARDE-MAGASIN (*gardəmagazen*), s. m. Vigia de armazém (nos arsenais). Pl.: *des gardes-magasin* ou *magasins.*
GARDE-MAIN (*gardəmen*), s. m. Guarda-mão. Pl.: *des garde-main* ou *mains.*
GARDE-MALADE (*gardəmalad*), s. Enfermeiro. Pl.: *des gardes-malades.*
GARDE-MANCHE (*gardəmanch*), s. m. Manga móvel que se coloca para proteger a roupa durante o trabalho. Pl.: *des garde-manche* ou *manches.*
GARDE-MANGER (*gardəmanjê*), s. m. inv. Guarda-comida.
GARDE-MARINE (*gardəmarin'*), s. m. Guarda-marinha. Pl.: *des gardes-marine.*
GARDE-MEUBLE (*gardəmēbl*), s. m. Guarda-móvel. Pl.: *des garde-meuble* ou *meubles.*
GARDÉNIA (*gardêniá*), s. m. Gardênia.
GARDE-PÊCHE (*gardəpéch*), s. m. Guarda de pesca. Pl.: *des gardes-pêche.* Navio guarda-pesca. Pl.: *des garde-pêche.*
GARDE-PORT (*gardəpór*), s. m. Agente que recebe e guarda mercadorias (em portos fluviais). Pl.: *des gardes-port* ou *ports.*
GARDER (*gardê*), v. t. Guardar, conservar, vigiar. **SE GARDER,** v. pr. Evitar; preservar-se.
GARDERIE (*gardəri*), s. f. Creche; couto.
GARDE-RIVIÈRE (*gardəriviér*), s. m. Agente que policia os rios. Pl.: *des gardes-rivière* ou *rivières.*
GARDE-ROBE (*gardəréb*), s. m. Guarda-roupa. Privada, latrina. S. f. pl. *Med.* Fezes. Pl.: *des garde-robes.*

GARDEUR, EUSE (*gardër, ëz*), s. e adj. Guardador.
GARDE-VOIE (*gardəvuá*), s. m. Guarda-linha. Pl.: *des gardes-voie* ou *voies*.
GARDE-VUE (*gardəvü*), s. m. inv. Guarda-vista.
GARDIAN (*gardian*), s.m. Guardador de bois selvagens na Camarga. (França.)
GARDIEN, ENNE (*gardien, én'*), s. Guarda; protetor. *Esp. Gardien de but*, goleiro. *Ange gardien*, anjo da guarda.
GARDIENNAGE (*gardiênaj*), s. m. Guarda, conservação; emprego de guarda.
GARE (*gar*), s. f. Gare, estação; ancoradouro. Interj. Cuidado! Atenção! *Sans crier gare*, sem avisar.
GARENNE (*garén'*), s. f. Local reservado; campo reservado aos coelhos. S.m. Coelho selvagem.
GARER (*garê*), v. t. Recolher à gare ou à garagem. **SE GARER**, v. pr. Abrigar-se.
GARGANTUA (*gargantüá*), s. m. Comilão.
GARGARISER (SE) (*çəgargarizê*), v. pr. Gargarejar. *Fig.* Deleitar-se.
GARGARISME (*gargariçm*), s. m. Gargarejo.
GARGOTE (*gargót*), s. f. Tasca, bodega.
GARGOTER (*gargotê*), v. t. Cozinhar mal e sem asseio.
GARGOTIER, ÈRE (*gargotiê, ér*), s. Tasqueiro; mau cozinheiro.
GARGOUILLADE (*garguiad*), s. f. Antiga dança de teatro. *Fam.* Canto desagradável.
GARGOUILLE (*garguii*), s. f. Gárgula, calha.
GARGOUILLEMENT (*garguiiman*), s. m. Gorgolejo.
GARGOUILLER (*garguiê*), v. i. Gorgolejar; chapinhar (na água).
GARGOUILLIS (*garguií*), s. m. Ruído da água caindo de uma bica. Pl.: *des gargouillis*.
GARGOULETTE ou **GARGOUILLETTE** (*gargulét* ou *garguiiét*), s. f. Vaso para refrescar a água.
GARGOUSSE (*garguç*), s.f. Cartucho para canhão.
GARIBALDIEN, ENNE (*garibaldien, én'*), adj. e s. Garibaldino.
GARNEMENT (*garnəman*), s. m. Malandro, patife.
GARNI, E (*garni*), adj. Guarnecido, munido. S. m. Casa ou quarto mobiliado (para alugar).
GARNIR (*garnir*), v. t. Guarnecer, prover, suprir, enfeitar, mobiliar; lotar, encher. **SE GARNIR**, v. pr. Encher-se.
GARNISAIRE (*garnizér*), s. m. Guarda do fisco.
GARNISON (*garnizon*), s. f. Guarnição de soldados.
GARNISSAGE (*garniçaj*), s. m. Guarnecimento.
GARNISSEUR, EUSE (*garniçër, ëz*), adj. e s. Guarnecedor.
GARNITURE (*garnitür*), s. f. Enfeite, adorno; acessório (que acompanha um prato à mesa); sortimento.
GAROU (*garu*), s. m. *Bot.* Lauréola.
GARRIGUE ou **GARIGUE** (*garig*), s. f. Baldio, charneca.
GARROT (*garô*), s. m. Cernelha; garrote.
GARROTTAGE (*garotaj*), s.m. Imobilização por meio de garrote.
GARROTTE (*garót*), s. f. Garrote (instrumento de suplício).
GARROTTER (*garotê*), v. t. Prender, amarrar fortemente; garrotar.
GARS (*ga*), s. m. *Fam.* Rapaz, moço, jovem, garoto. Pl.: *des gars*.
GASCON, ONNE (*gaçkon, ón'*), adj. e s. Gascão; fanfarrão, brincalhão.
GASCONISME (*gaçkoniçm*), s. m. Locução própria dos gascões.
GASCONNADE (*gaçkonad*), s. f. Fanfarronada, bazófia.
GASCONNER (*gaçkonê*), v. i. Falar com sotaque gascão; fanfarronar, gargantuar.
GASPILLAGE (*gaçpiiaj*), s. m. Dissipação, esbanjamento.
GASPILLER (*gaçpiiê*), v. t. Dissipar, esbanjar.
GASPILLEUR, EUSE (*gaçpiiër, ëz*), adj. e s. Gastador, perdulário, esbanjador.
GASTER (*gaçtér*), s. m. Ventre, estômago.
GASTRALGIE (*gaçtralji*), s. f. Gastralgia.
GASTRALGIQUE (*gaçtraljik*), adj. Gastrálgico.
GASTRIQUE (*gaçtrik*), adj. Gástrico.
GASTRITE (*gaçtrit*), s. f. Gastrite.
GASTRO-ENTÉRITE (*gaçtrôantêrit*), s. f. Gastrenterite. Pl.: *des gastro-entérites*.
GASTRO-INTESTINAL, E, AUX (*gaçtrô-enteçtinal, ô*), adj. Gastrintestinal.
GASTROLOGIE (*gaçtroloji*), s. f. Gastrologia.
GASTRONOME (*gaçtronóm'*), s. m. Gastrônomo.
GASTRONOMIE (*gaçtronomi*), s.f. Gastronomia.
GASTRONOMIQUE (*gaçtronomik*), adj. Gastronômico.
GASTROTOMIE (*gaçtrotomi*), s. f. Gastrotomia.
GÂTÉ, E (*gatê*), adj. Estragado, deteriorado. *Enfant gâté*, criança mimada. S. m. O podre, o estragado.
GÂTEAU (*gatô*), s.m. Bolo. Pl.: *des gâteaux*.
GÂTE-MÉTIER (*gatmêtiê*), s.m. Que

trabalha por pouco dinheiro. Pl.: *des gâte-métier* ou *métiers*.

GÂTE-PAPIER (*gatpapiê*), s. m. inv. Escrevinhador, mau escritor.

GÂTE-PÂTE (*gatpat*), s. m. Mau padeiro ou confeiteiro. *Fig.* Mau executante. Pl.: *des gâte-pâte* ou *pâtes*.

GÂTER (*gatê*), v.t. Estragar, deteriorar; perturbar; amimalhar.

GÂTERIE (*gatəri*), s. f. Danificação, estrago; mimo; indulgência excessiva.

GÂTE-SAUCE (*gatçôç*), s. m. Mau cozinheiro; ajudante de cozinha. Pl.: *des gâte-sauce* ou *sauces*.

GÂTEUR, EUSE (*gatĕr, ëz*), adj. e s. Estragador de crianças, por excesso de mimo.

GÂTEUX, EUSE (*gatë, ëz*), adj. *Fam.* Demente, caduco.

GÂTINE (*gatin'*), s. f. Terreno pantanoso e estéril.

GÂTISME (*gatiçm*), s.f. Senilidade, caduquice.

GAUCHE (*gôch*), adj. Esquerdo; desajeitado; constrangido; malfeito. *Mariage de la main gauche*, união livre, concubinato.

GAUCHEMENT (*gôchman*), adv. Desajeitadamente.

GAUCHER, ÈRE (*gôchê, ér*), adj. e s. Canhoto.

GAUCHERIE (*gôchəri*), s. f. *Fam.* Falta de jeito, inabilidade.

GAUCHIR (*gôchir*), v. t. Deformar-se; empenar; esquivar-se; abaixar (as asas de um avião).

GAUCHISANT, E (*gôchizan, t*), adj. Com tendências políticas de esquerda.

GAUCHISME (*gôchiçm*), s. m. Esquerdismo.

GAUCHISSEMENT (*gôchiçman*), s. m. Entortadura, empeno.

GAUCHISTE (*gôchiçt*), adj. e s: Esquerdista.

GAUDE (*gôd*), s. f. Gauda.

GAUDIR (SE) (*çəgôdir*), v. pr. Alegrar-se, regozijar-se. *Ant.* Zombar.

GAUDRIOLE (*gôdriól*), s. f. Gracejo, piada, chiste.

GAUFRAGE (*gôfraj*), s. m. Ação de imprimir, de estampar.

GAUFRE (*gôfr*), s. f. Favo de mel. Espécie de bolacha.

GAUFRER (*gôfrê*), v. t. Imprimir, estampar (em pano ou couro, com ferros quentes).

GAUFRETTE (*gôfrét*), s. f. Espécie de biscoito.

GAUFREUR, EUSE (*gôfrĕr, ëz*), s. Estampador (de tecidos, com ferros quentes).

GAUFROIR (*gôfruar*), s.m. Ferro (de estampar a quente).

GAUFRURE (*gôfrür*), s. f. Estampa, lavor (sobre um tecido).

GAULAGE (*gôlaj*), s. m. Varejadura (de árvores).

GAULE (*gôl*), s. f. Vara comprida, caniço (de pesca); chibata.

GAULER (*golê*), v. t. Varejar (árvores).

GAULIS (*gôli*), s. m. Maciço florestal (formado de varas). Pl.: *des gaulis*.

GAULLISTE (*gôliçt*), adj. e s. Partidário do general De Gaulle.

GAULOIS, E (*gôluá, z*), s. Gaulês. Adj. Gaulês; alegre, chistoso, picante.

GAULOISEMENT (*gôluazman*), adv. Espirituosamente, de maneira picante.

GAULOISERIE (*gôluazəri*), s. f. Chiste, gracejo picante.

GAUPE (*gôp*), s. f. *Pop.* Mondronga, mulher desmazelada.

GAUSSER (SE) (*çəgôçê*), v. pr. Zombar.

GAUSSERIE (*gôçəri*), s. f. Zombaria.

GAUSSEUR, EUSE (*gôçĕr, ëz*), adj. e s. Zombeteiro.

GAVAGE (*gavaj*), s. m. Engorda (de animais, à força).

GAVE (*gav*), s. m. Torrente.

GAVEAU ou **GAVOT** (*gavô*), s. m. Companheiro da liberdade. Membro de uma associação operária. Pl.: *des gaveaux* ou *gavots*.

GAVER (*gavê*), v.t. Engordar, cevar; obrigar a comer muito; atafulhar. **SE GAVER**, v. pr. Empanturrar-se.

GAVIAL (*gavial*), s. m. *Zool.* Gavial.

GAVION ou **GAVIOT** (*gavion* ou *gaviô*), s. m. *Pop.* Gorgomilos.

GAVOTTE (*gavót*), s. f. Gavota.

GAVROCHE (*gavróch*), s.m. Garoto.

GAZ (*gaz*), s. m. Gás. Pl.: *des gaz*.

GAZE (*gaz*), s. f. Gaza, gaze.

GAZÉ, E (*gazê*), adj. e s. Asfixiado por gases.

GAZÉIFIABLE (*gazêifiabl*), adj. Gaseificável.

GAZÉIFICATION (*gazêifikaçion*), s. f. Gaseificação.

GAZÉIFIER (*gazêifiê*), v. t. (Conjuga-se como *prier*.) Gaseificar.

GAZÉIFORME (*gazêifórm*), adj. Gaseiforme.

GAZELLE (*gazél*), s. f. Gazela.

GAZER (*gazê*), v. t. Velar, cobrir com gaza; amenizar, adoçar, disfarçar; chamuscar (o pêlo de tecidos). Submeter à ação de um gás asfixiante ou tóxico. V. i. *Pop.* Ir depressa, correr.

GAZETIER (*gazətiê*), s. m. *Ant.* Gazeteiro. Jornalista.

GAZETTE (*gazét*), s. f. Gazeta. *Fig.* Tagarela.

GAZEUX, EUSE (*gazë, ëz*), adj. Gasoso.

GAZIER (*gaziê*), s. m. Gasista; operário de fábrica de gaza.

GAZIFÈRE (*gazifér*), adj. Gasífero.

GAZOGÈNE (*gazojén'*), adj. Gasógeno. S.m. Gasogênio.

GAZOMÈTRE (*gazométr*), s. m. Gasômetro.
GAZOMÉTRIE (*gazométri*), s.f. Gasometria.
GAZOMÉTRIQUE (*gazomêtrik*), adj. Gasométrico.
GAZON (*gazon*), s. m. Relva, grama; relvado, gramado.
GAZONNANT, E (*gazonan, t*), adj. Relvoso.
GAZONNÉE (*gazonê*). s. f. Relvado.
GAZONNEMENT ou **GAZONNAGE** (*gazonəman* ou *gazonaj*), s. m. Ação de arrelvar.
GAZONNER (*gazonê*), v. t. Arrelvar.
GAZONNEUX, EUSE (*gazonë, ëz*), adj. Relvoso.
GAZOUILLANT, E (*gazuian, t*), adj. Chilreante, gorjeador.
GAZOUILLEMENT (*gazuiiman*), s. m. Gorjeio, chilreio.
GAZOUILLER (*gazuiê*), v. t. Gorjear, chilrear.
GAZOUILLIS (*gazuil*), s. m. Gorjeio, suave. Pl.: *des gazouillis*.
GEAI (*jé*), s. m. *Ornit.* Gaio.
GÉANT, E (*jêan, t*), adj. e s. Gigante; colossal, enorme.
GÉHENNE (*jêén'*), s. f. Geena. *Fig.* Tormento, grande dor.
GEIGNANT, E (*jénhan, t*), adj. Gemente, lamurioso.
GEIGNARD, E (*jénhar, d*), adj. *Pop.* Choramingas, chorão.
GEIGNEMENT (*jénhəman*), s. m. Gemido; queixume.
GEINDRE (*jendr*), v. i. (Conjuga-se como *craindre.*) Gemer, lamuriar-se.
GEL (*jél*), s.m. Gelo; tempo de gelo.
GÉLATINE (*jêlatin'*), s. f. Gelatina.
GÉLATINEUX, EUSE (*jêlatinë, ëz*), adj. Gelatinoso.
GELÉE (*jəlê*), s. f. Gelo, geada; frio rigoroso. Geléia. *Gelée blanche,* geada.
GELER (*jəlê*), v. t. (O *e* mudo passa a è antes de silaba muda: *je gèle.*) Gelar, congelar. V. i. Enregelar-se, congelar-se. V.imp. Gear.
GÉLIF, IVE (*jêlif, iv*), adj. Fendido ou suscetível de se fender pela ação do gelo.
GELINE (*jəlin'*), s. f. *Ant.* Galinha.
GELINOTTE (*jəlinót*), s. f. Franga, galinha cevada.
GÉLIVURE (*jêlivür*), s. f. Gretadura (das árvores ou pedras, causada pel. gelo).
GÉLOSE (*jêlôz*), s. f. Gelose.
GELURE (*jəlür*), s. f. Enregelamento.
GÉMEAUX (*jêmô*), s. m. pl. Gêmeos.
GÉMELLAIRE (*jêmélér*), adj. Gemelar.
GÉMELLIPARE (*jêmélipar*), adj. Gemíparo.
GÉMINÉ, E (*jêminê*), adj. Geminado.
GÉMIR (*jêmir*), v. t. Gemer; arrulhar. *Fig.* Sofrer.
GÉMISSANT, E (*jêmiçan, t*), adj. Gemente.
GÉMISSEMENT (*jêmiçman*), s. m. Gemido; queixume, lamento.
GÉMISSEUR, EUSE (*jêmiçër, ëz*), s. Choramingas, chorão.
GEMMATION (*jémaçion*), s. f. *Bot.* Gemação.
GEMME (*jém'*), s. f. Gema, pedra preciosa. Adj. *Sel gemme*, sal-gema.
GEMMÉ, E (*jémê*), adj. Ornado de pedras preciosas.
GEMMER (*jémê*), v. i. Gemar, abrolhar. V.t. Resinar.
GEMMIFÈRE (*jémifér*), adj. Gemífero.
GEMMULE (*jémül*), s. f. Gêmula.
GÉNAL, E, AUX (*jênal, ô*), adj. Genal, facial.
GÊNANT, E (*jénan, t*), adj. Incômodo, aborrecido.
GENCIVE (*jançiv*), s. f. Gengiva.
GENDARME (*jandarm*), s. m. Gendarme, guarda-civil. *Fam.* Mulher masculinizada. Defeito (em pedras preciosas).
GENDARMER (SE) (*çəjandarmê*), v. pr. Irritar-se; protestar.
GENDARMERIE (*jandarməri*), s. f. Gendarmaria.
GENDRE (*jandr*), s. m. Genro.
GÊNE (*jén'*), s. m. *Ant.* Tortura. Mortificação; embaraço, constrangimento; penúria. *Sans gêne,* sem cerimônia.
GÈNE (*jén'*), s. m. Gene (fator hereditário).
GÊNÉ, E (*jénê*), adj. Embaraçado; sem dinheiro.
GÉNÉALOGIE (*jênêaloji*), s. f. Genealogia.
GÉNÉALOGIQUE (*jênêalojik*), adj. Genealógico.
GÉNÉALOGISTE (*jênêalojiçt*), s. m. Genealogista.
GÊNER (*jénê*), v. t. Incomodar, embaraçar; dificultar; torturar. **SE GÊNER**, v. pr. Mortificar-se, embaraçar-se. *Ne pas se gêner*, agir à vontade; mostrar-se atrevido.
GÉNÉRAL, E, AUX (*jênêral, ô*), adj. General. S. m. General; superior (de ordem religiosa). S. f. Generala; superiora.
GÉNÉRALAT (*jênêralá*), s. m. Generalato.
GÉNÉRALEMENT (*jênêralman*), adj. Geralmente.
GÉNÉRALISABLE (*jênêralizabl*), adj. Possível de generalização.
GÉNÉRALISATEUR, TRICE (*jênêralizatër, triç*), adj. Generalizador.
GÉNÉRALISATION (*jênêralizaçion*), s. f. Generalização.
GÉNÉRALISER (*jênêralizê*), v. t. Generalizar.
GÉNÉRALISSIME (*jênêraliçim'*), s. m. Generalíssimo.

GÉNÉRALITÉ (*jênêralitê*), s. f. Generalidade.
GÉNÉRATEUR, TRICE (*jênêratĕr, triç*), adj. Gerador. S. f. *Geom.* Geratriz.
GÉNÉRATIF, IVE (*jênêratif, iv*), adj. Generativo.
GÉNÉRATION (*jênêraçion*), s. f. Geração.
GÉNÉREUSEMENT (*jênêrẽzman*), adv. Generosamente.
GÉNÉREUX, EUSE (*jênêrẽ, ẽz*), adj. Generoso; corajoso; fértil. *Vin généreux*, vinho forte.
GÉNÉRIQUE (*jênêrik*), adj. Genérico.
GÉNÉRIQUEMENT (*jênêrikman*), adv. Genericamente.
GÉNÉROSITÉ (*jênêrozitê*), s. f. Generosidade. Pl. Benefícios.
GENÈSE (*ʒənéz*), s. f. Gênese.
GÉNÉSIAQUE (*jênêziak*), adj. Genesíaco.
GÉNÉSIQUE (*jênêzik*), adj. Genético.
GENET (*ʒəné*), s. m. Ginete (cavalo).
GENÊT (*ʒəné*), s. m. Giesta.
GÉNÉTIQUE (*jênêtik*), s.f. Genética.
GÉNÉTISTE (*jênêtiçt*), s. m. Genetista.
GÊNEUR, EUSE (*jénĕr, ëz*), s. Importuno, incomodador.
GENÉVRIER (*ʒənêvriê*), s. m. Zimbro.
GENÉVRIÈRE (*ʒenêvriér*), s. f. Zimbral.
GÉNIAL, E, AUX (*jênial, ô*), adj. Genial.
GÉNIE (*jêni*), s. m. Gênio; talento. Engenharia.
GENIÈVRE (*ʒəniévr*), s. m. Genebra; zimbro.
GÉNISSE (*jêniç*), s. f. Vitela, novilha.
GÉNITAL, E, AUX (*jênital, ô*), adj. Genital.
GÉNITEUR, TRICE (*jênitĕr, triç*), adj. e s. Genitor, gerador.
GÉNITIF (*jênitif*), s. m. Genitivo.
GÉNOCIDE (*jênoçid*), s. m. Genocídio.
GÉNOIS, E (*jênuá, z*), adj. e s. Genovês. S. f. Espécie de massa (de confeiteiro).
GENOU (*ʒənu*), s. m. Joelho. Pl.: *des genoux.*
GENOUILLÈRE (*ʒənuiér*), s. f. Joelheira.
GENRE (*janr*), s. m. Gênero; modo, gosto; maneiras.
GENS (*jan*), s. pl. Gente, pessoas; criados. *Gens de lettres*, homens de letras, escritores. *Gens de mer*, marujos. *Gens de robe*, magistrados.
GENT (*jan*), s. f. Gente, nação, povo.
GENTIL, ILLE (*janti* e *jantii* diante de vogal; *ii*), adj. Gentil, gracioso, bonito. S. m. Gentio.
GENTILHOMME (*jantiióm'*), s. m. Fidalgo, nobre.
GENTILHOMMERIE (*jantiiomari*), s. f. *Fam.* Fidalguia.
GENTILITÉ (*jantilitê*), s. f. Gentilidade.
GENTILLESSE (*jantiiéç*), s. f. Gentileza, amabilidade; dito engraçado.
GENTILLET, ETTE (*jantiié, ét*), adj. Bonitinho, engraçadinho.
GENTIMENT (*jantiman*), adj. Gentilmente.
GENTLEMAN (*djén'tləman'*), s. m. Cavalheiro, homem cortês. Pl.: *des gentlemen.*
GÉNUFLEXION (*jênüflékçion*), s. f. Genuflexão.
GÉOCENTRIQUE (*jêoçantrik*), adj. Geocêntrico.
GÉODE (*jêód*), s. f. Geode.
GÉODÉSIE (*jêodêzi*), s. f. Geodésia.
GÉODÉSIQUE (*jêodêzik*), adj. Geodésico.
GÉOGNOSIE (*gêognozi*), s. f. Geognosia.
GÉOGNOSTIQUE (*jêognoçtik*), adj. Geognóstico.
GÉOGRAPHE (*jêograf*), s. m. Geógrafo.
GÉOGRAPHIE (*jêografi*), s.f. Geografia.
GÉOGRAPHIQUE (*jêografik*), adj. Geográfico.
GÉOGRAPHIQUEMENT (*jêografikman*), adv. Geograficamente.
GEÔLE (*jôl*), s. f. Cárcere; moradia do carcereiro.
GEÔLIER (*jôliê*), s. m. Carcereiro.
GEÔLIÈRE (*jôliér*), s. f. Mulher do carcereiro.
GÉOLOGIE (*jêoloji*), s. f. Geologia.
GÉOLOGIQUE (*jêolojik*), adj. Geológico.
GÉOLOGIQUEMENT (*jêolojikman*), adv. Geologicamente.
GÉOLOGUE (*jêològ*), s. m. Geólogo.
GÉOMANCE ou **GÉOMANCIE** (*jêomanç* ou *jêomançi*), s. f. Geomancia.
GÉOMÉTRAL, E, AUX (*jêomêtral, ô*), adj. Geometral. S. m. O plano geometral.
GÉOMÈTRE (jêométr), s. Geômetra.
GÉOMÉTRIE (*jêomêtri*), s. f. Geometria.
GÉOMÉTRIQUE (*jêomêtrik*), adj. Geométrico.
GÉOMÉTRIQUEMENT (*jêomêtrikman*), adv. Geometricamente.
GÉOPHAGE (*jêofaj*), adj. e s. Geófago.
GÉORGIEN, ENNE (*jêorjien, én'*), adj. e s. Georgiano.
GÉOTHERMIE (*jêotérmi*), s. f. Geotermia.
GÉOTHERMIQUE (*jêotérmik*), adj. Geotérmico.
GÉOTROPIQUE (*jêotropik*), adj. Geotrópico.
GÉOTROPISME (*jêotropiçm*), s. m. Geotropismo.
GÉRANCE (*jêranç*), s. f. Gerência.

GÉRANIACÉES (*jêraniacê*), s. f. pl. Geraniáceas.
GÉRANIUM (*jêraniôm'*), s.m. Gerânio. Pl.: *des géraniums*.
GÉRANT, E (*jêran, t*), s. Gerente, administrador.
GERBAGE (*jérbaj*), s. m. Retirada de gavelas (de um campo); enfeixamento em gavelas.
GERBE (*jérb*), s. f. Gavela, feixe, apanhado, maço.
GERBÉE (*jérbê*), s. f. Feixe de palha (em que ficam ainda alguns grãos).
GERBER (*jérbê*), v. t. Enfeixar, engavelar; empilhar (barris, na adega). V. i. Produzir feixes, imitar a forma de um feixe.
GERBIER (*jérbiê*), s. m. Pilha de feixes.
GERBIÈRE (*jérbiér*), s.f. Carroça (para o transporte de gavelas).
GERCE (*jérç*), s. f. Rachadura, fenda, espécie de traça.
GERCEMENT (*jérçman*), s. m. Fendimento, rachadura.
GERCER (*jérçê*), v. t. e i. (O *c* leva uma cedilha antes de *a* e *o*: *il gerça, nous gerçons*.) Rachar.
GERÇURE (*jérçür*), s. f. Rachadura (na pele, na casca das árvores).
GÉRER (*jêrê*), v. t. (Conjuga-se como *accélérer*.) Gerir, administrar.
GERFAUT (*jerfô*), s.m. Grande ave de rapina, grande falcão.
GERMAIN, E (*jérmen, én'*), adj. e s. Germano.
GERMANDRÉE (*jérmandrê*), s. f. Carvalhinha (planta).
GERMANIQUE (*jérmanik*), adj. Germânico.
GERMANISATION (*jérmanizaçion*), s. f. Germanização.
GERMANISER (*jérmanizê*), v. t. Germanizar.
GERMANISME (*jérmaniçm*), s. m. Germanismo.
GERMANISTE (*jérmaniçt*), adj. e s. Germanista.
GERMANIUM (*jermaniôm'*), s. m. *Quím.* Germânico.
GERMANOPHILE (*jermanofil*), adj. Germanófilo.
GERMANOPHOBE (*jermanofób*), adj. Germanófobo.
GERME (*jérm*), s. m. Germe. *Fig.* Origem.
GERMER (*jérmê*), v.i. Germinar; gerar, criar. *Fig.* Prosperar, desenvolver.
GERMINAL, E, AUX (*jérminal, ô*), adj. Germinal.
GERMINATEUR, TRICE (*jérminatër, triç*), adj. Germinador.
GERMINATIF, IVE (*jérminatif, iv*), adj. Germinativo.
GERMINATION (*jérminaçion*), s. f. Germinação.
GERMOIR (*jérmuar*), s. m. Germinadouro.
GÉRONDIF (*jêrondif*), s. m. Gerúndio.
GÉRONTE (*jêront*), s. m. Velhote ridículo.
GÉRONTOCRATIE (*jêrontôkraçi*), s. f. Gerontocracia.
GÉRONTOLOGIE (*jêrontoloji*), s. f. Gerontologia.
GÉSIER (*jêziê*), s. m. Moela.
GÉSIR (*jêzir*), v. i. (Empregado apenas nas formas: *Il gît, nous gisons, vous gisez, ils gisent. Je gisais, tu gisais, il gisait, nous gisions, vous gisiez, ils gisaient. Gisant.*) Jazer; estar deitado; encontrar-se. *Ci-gît*, aqui jaz. *Tout gît en*, tudo consiste em.
GESSE (*jéç*), s. f. Cizirão (planta).
GESTATION (*jéçtaçion*), s. f. Gestação.
GESTE (*jéçt*), s. m. Gesto. S. f. Gesta; façanha.
GESTICULATEUR, TRICE (*jéçtikülatër, triç*), s. Gesticulador.
GESTICULATION (*jéçtikülaçion*), s. f. Gesticulação.
GESTICULER (*jéçtikülê*), v. i. Gesticular.
GESTION (*jéçtion*), s. f. Gestão, administração.
GESTIONNAIRE (*jéçtionér*), adj. Relativo a uma gestão. S. m. Gerente; administrador (de um estabelecimento militar).
GESTUEL, ELLE (*jeçtüél*), adj. Que se relaciona com os gestos.
GEYSER ou **GEISER** (*jêizér*), s. m. Gêiser.
GHETTO (*ghétô*), s. m. Gueto.
GIBBOSITÉ (*jibozitê*), s. f. Gibosidade.
GIBECIÈRE (*jibəçiér*), s. f. Saco, bolsa (de caçadores, pastores); pasta (de estudante); sacola (de prestidigitador). *Tour de gibecière*, escamoteação.
GIBELET (*jiblé*), s. m. Verruma pequena.
GIBELIN, E (*jibəlen, in'*), adj. e s. Gibelino.
GIBELOTTE (*jiblót*), s.f. Guisado (com vinho branco).
GIBERNE (*jibérn*), s. f. Cartucheira.
GIBET (*jibé*), s. m. Cadafalso, forca; madeiro (da cruz).
GIBIER (*jibiê*), s. m. Caça, animais de caça. *Fig.* Tratante, pessoa ruim.
GIBOULÉE (*jibulê*), s. f. Aguaceiro.
GIBOYER (*jibuaiê*), v. i. (Conjuga-se como *aboyer*.) Caçar.
GIBOYEUR (*jibuaiër*), s. m. Grande caçador.
GIBOYEUX, EUSE (*jibuaië, ëz*), adj. Abundante em caça.
GIBUS (*jibüç*), s. m. Claque (chapéu). Pl.: *des gibus*.
GICLEMENT (*jikləman*), s. m. Esgui-

cho (de lama).
GICLER (*jiklê*), v. i. Esguichar (sujando).
GIFLE (*jifl*), s. f. Bofetada.
GIFLER (*jiflê*), v.t. Esbofetear.
GIGANTESQUE (*jigantéçk*), adj. Gigantesco, enorme.
GIGANTISME (*jigantiçm*), s.m. Gigantismo.
GIGOGNE (*jigónh*), s. f. Personagem de teatro de fantoches.
GIGOT (*jigô*), s. m. Perna de carneiro; perna traseira do cavalo.
GIGOTÉ, E (*jigotê*), adj. Que tem coxas, quartos largos (cavalos, cães).
GIGOTER (*jigotê*), v. i. Espernear.
GIGUE (*jig*), s. m. Perna de cabrito. *Pop.* Perna. *Mús.* Jiga.
GILET (*jilé*), s. m. Colete; camisa interior (de lã ou flanela).
GILETIER, ÈRE (*jilətiê, ér*), adj. e s. Confeccionador de coletes.
GILLE (*jil*), s. m. Palhaço de feira. *Fig.* Palerma.
GIN (*djin'*), s. m. Gim.
GINDRE ou **GEINDRE** (*jendr*), s.m. Padeiro.
GINGAS (*jengá*), s. m. Pano (para colchões). Pl.: *des gingas.*
GINGEMBRE (*jenjanbr*), s. m. Gengibre.
GINGIVAL, E, AUX (*jenjival, ô*), adj. Gengival.
GINGIVITE (*jenjivit*), s. f. Gengivite.
GINGUER (*jenghê*), v. i. Saltar, saltitar, folgazar; escoicear.
GINGUET, ETTE (*jenghé, ét*), adj. *Fam.* Picante, azedo. *Fig.* Medíocre, ordinário, de pouco valor.
GIRAFE (*jiraf*), s. f. Girafa.
GIRANDE (*jirand*), s. f. Girândola; feixe, jorro (de água ou de luz).
GIRANDOLE (*jirandól*), s. f. Candelabro; brincos (com pingentes de diamantes).
GIRASOL (*jiraçól*), s. m. Girassol (pedra preciosa).
GIRATION (*jiraçion*), s. f. Giração.
GIRATOIRE (*jiratuar*), adj. Giratório.
GIRIE (*jiri*), s. f. *Pop.* Lamúria, choradeira (fingida); afetação.
GIROFLE (*jirófl*), s. m. Cravo-da-índia.
GIROFLÉE (*jiroflê*), s. f. Goiveiro; goivo.
GIROFLIER (*jiroflié*), s. m. Goiveiro.
GIRON (*jiron*), s. m. Regaço. *Giron de l'Église*, comunhão dos fiéis católicos. Piso de um degrau.
GIRONDIN, E (*jironden, in'*), adj. e s. Girondino.
GIROUETTE (*jiruét*), s.f. Catavento.
GISANT, E (*jizan, t*), adj. Jacente, estendido; imóvel.
GISEMENT (*jizman*), s. m. Jazigo (de minerais).
GÎT (CI) (*çiji*), 3ª p. do sing. do pres. do ind. de *gésir*. Aqui jaz.
GITAN, GITANE (*jitan, an'*), s. m. Cigano.
GÎTE (*jit*), s. m. Morada, pousada; jazigo (de minerais); cama (de lebre).
GÎTER (*jitê*), v. i. Morar, deitar, alojar-se; estar na cama (a lebre). V. t. Alojar.
GIVRAGE (*jivraj*), s. m. Depósito de geada.
GIVRE (*jivr*), s. m. Geada.
GIVRÉ, E (*jivrê*), adj. Coberto de geada.
GIVREUX, EUSE (*jivrë, ëz*), adj. Falhado (pedra preciosa).
GLABELLE (*glabél*), s. f. Glabela.
GLABRE (*glabr*), adj. *Bot.* Glabro. *Fig.* Imberbe.
GLAÇANT, E (*glaçan, t*), adj. Frio, regelante.
GLACE (*glaç*), s. f. Gelo; sorvete; espelho; vidraça; jaça. Constrangimento.
GLACÉ, E (*glacê*), adj. Gelado; lustroso. *Fig.* Insensível, severo; cristalizado (coberto de açúcar).
GLACER (*glaçê*), v. t. (O *c* leva uma cedilha antes de *a* e *o*: *il glaça, nous glaçons.*) Gelar, congelar; cobrir de açúcar, cristalizar. *Fig.* Tornar insensível; intimidar; lustrar (tecidos).
GLACERIE (*glaçəri*), s. f. Sorveteria; fábrica de espelhos e cristais.
GLACEUX, EUSE (*glaçë, ëz*), adj. Manchado (pedras preciosas).
GLACIAIRE (*glaçiér*), adj. Glaciário.
GLACIAL, E, ALS (*glaçial*), adj. Glacial.
GLACIER (*glaçiê*), s. m. Geleiro; sorveteiro.
GLACIÈRE (*glaçiér*), s. f. Geladeira.
GLACIS (*glaçi*), s. m. Declive, inclinação. *Pint.* Cor clara e transparente (sobre uma cor seca). Pl.: *des glacis.*
GLAÇON (*glaçon*), s. m. Pedaço de gelo; espécie de bala. *Fig.* Pessoa insensível.
GLAÇURE (*glaçür*), s. f. Vidrado.
GLADIATEUR (*gladiatër*), s. m. Gladiador.
GLAÏEUL (*glaiël*), s. m. *Bot.* Gladíolo.
GLAIRE (*glér*), s. f. Muco; clara do ovo (não cozida).
GLAIRER (*glérê*), v. t. Lustrar (capas de livros com clara de ovo).
GLAIREUX, EUSE (*glérë, ëz*), adj. Pegajoso, muscoso.
GLAISE (*gléz*), s. f. Greda, terra argilosa.
GLAISER (*glézê*), v. t. Barrar (com greda).
GLAISEUX, EUSE (*glézë, ëz*), adj. Barrento, argiloso.
GLAIVE (*glév*), s. m. Gládio. *Fig.* Guerra. *Le glaive spirituel*, o poder da Igreja.

GLANAGE (*glanaj*), s. m. Respiga.
GLAND (*glan*), s. m. Bolota (do carvalho); borla.
GLANDE (*gland*), s. f. Glândula. *Pop.* Gânglio inflamado e tumefeito; íngua, bubão.
GLANDÉE (*glandê*), s. f. Colheita das bolotas (do carvalho).
GLANDULAIRE ou **GLANDULEUX, EUSE** (*glandülér* ou *glandülë, ëz*), adj. Glandular, glanduloso.
GLANDULE (*glandül*), s. f. Glândula pequena.
GLANE (*glan'*), s. f. Punhado de espigas; réstia (de cebolas, alhos); ramo de pêras.
GLANEMENT (*glanəman*), s. m. Respiga.
GLANER (*glanê*), v. t. Respigar. *Fig.* Aproveitar (os restos).
GLANEUR, EUSE (*glanër, ëz*), s. Respigador.
GLANURE (*glanür*), s. f. Respigadura.
GLAPIR (*glapir*), v. i. Regougar; ganir (os cachorrinhos, o grou). *Fig.* Gritar com voz áspera.
GLAPISSANT, E (*glapiçan, t*), adj. Esganiçado.
GLAPISSEMENT (*glapiçman*), s. m. Regougo; ganido; guincho.
GLAS (*gla*), s. m. Dobre de finados. Pl.: *des glas.*
GLATIR (*glatir*), v. i. Ganir; regougar.
GLAUCOME (*glôkóm'*), s. m. *Med.* Glaucoma.
GLAUQUE (*glôk*), adj. Glauco.
GLÈBE (*gléb*), s. f. Gleba.
GLÉNOÏDE ou **GLÉNOÏDAL, E, AUX** (*glênoid* ou *glênoidal, ô*), adj. Glenóide.
GLISSADE (*gliçad*), s. f. Escorregadela; caminho de gelo (onde as crianças brincam de escorregar).
GLISSAGE (*gliçaj*), s.m. Descida de madeiras (pelas encostas da montanha).
GLISSANT, E (*gliçan, t*), adj. Escorregadio. *Fig.* Difícil, arriscado.
GLISSÉ (*gliçé*), s. m. Passo de dança (deslizando).
GLISSEMENT (*gliçman*), s. m. Escorregamento.
GLISSER (*gliçê*), v. i. Escorregar, deslizar; escapar, escapulir; não deixar impressão. V. t. Meter, deitar, introduzir; insinuar.
GLISSEUR, EUSE (*gliçër, ëz*), s. Deslizador, patinador (sobre o gelo).
GLISSOIRE (*gliçuar*), s. f. Escorregadouro.
GLOBAL, E, AUX (*global, ô*), adj. Global, total.
GLOBALEMENT (*globalman*), adv. Globalmente.
GLOBE (*glób*), s. m. Globo; redoma.
GLOBULAIRE (*globülér*), adj. Globular. S. f. Globulária.
GLOBULE (*globül*), s. m. Glóbulo.
GLOBULEUX, EUSE (*globülë, ëz*), adj. Globuloso.
GLOIRE (*gluar*), s. f. Glória; esplendor; fama; auréola. *Se faire gloire de,* vangloriar-se de.
GLOMÉRULE (*glomêrül*), s.m. Glomérulo.
GLORIA (*gloriá*), s. m. Glória (canto religioso); versículo final (dos salmos); café ou chá com aguardente.
GLORIETTE (*gloriét*), s. f. Compartimento (atrás de um forno).
GLORIEUSEMENT (*gloriëzman*), adv. Gloriosamente.
GLORIEUX, EUSE (*gloriẽ, ëz*), adj. Glorioso; orgulhoso, ufano; soberbo, vaidoso.
GLORIFIABLE (*glorifiabl*), adj. Que pode ser glorificado.
GLORIFICATION (*glorifikaçion*), s. f. Glorificação.
GLORIFIER (*glorifiê*), v. t. (Conjuga-se como *prier.*) Glorificar. **SE GLORIFIER**, v. pr. Vangloriar-se.
GLORIOLE (*gloriól*), s. f. Gloríola.
GLOSE (*glôz*), s. f. Glosa. *Fam.* Crítica ferina.
GLOSER (*glozê*), v. i. Glosar. V. t. Criticar, censurar.
GLOSSAIRE (*gloçér*), s. m. Glossário.
GLOSSATEUR (*gloçatër*), s. m. Glossador.
GLOSSINE (*gloçin'*), s. f. Glossina.
GLOSSITE (*gloçit*), s. f. Glossite.
GLOSSO-PHARYNGIEN, ENNE (*gloçofarejien, én'*), adj. Glossofaríngeo.
GLOTTE (*glót*), s. f. Glote.
GLOTTIQUE (*glotik*), adj. Glótico.
GLOUGLOU (*gluglu*), s. m. Gluglu (onomatopéia).
GLOUGLOUTER ou **GLOUGLOTER** (*glugluté* ou *glugotê*), v. i. Grugulejar.
GLOUSSEMENT (*gluçman*), s. m. Cacarejo.
GLOUSSER (*gluçê*), v. i. Cacarejar.
GLOUTON, ONNE (*gluton, ón'*), adj. e s. Glutão.
GLOUTONNEMENT (*glutonəman*), adv. Gulosamente, glutonamente.
GLOUTONNERIE (*glutonəri*), s. f. Glutoneria, gula.
GLU (*glü*), s. f. Visgo. *Fig.* Sedução, engodo.
GLUANT, E (*glüan, t*), adj. Pegajoso, viscoso. *Fig.* Persistente, tenaz.
GLUAU (*glüô*), s. m. Galhinho besuntado de visgo (para apanhar passarinhos). Pl.: *des gluaux.*
GLUCINIUM (*glüçinióm'*), s.m. Glucínio.
GLUCOMÈTRE (*glükométr*), s. m. Glicômetro.

GLUCOSE ou **GLYCOSE** (*glükôz* ou *glikôz*), s. f. Glicose.
GLUCOSIDE (*glükozid*), s. m. Glicosido.
GLUER (*glüê*), v. t. Enviscar; besuntar, lambuzar.
GLUI (*glüí*), s. m. Colmo.
GLUME (*glüm'*), s. f. Gluma.
GLUTEN (*glütén'*), s. m. Glute.
GLUTINEUX, EUSE (*glütinë, ëz*), adj. Glutinoso; pegajoso.
GLYCÉMIE (*gliçêmi*), s. f. Glicemia.
GLYCÉRÉ, GLYCÉRAT ou **GLYCÉROLÉ** (*gliçêrê, gliçêrá* ou *gliçêrolê*), s.m. Glicério.
GLYCÉRIE (*gliçêri*), s. f. Glicéria.
GLYCÉRINE (*gliçêrin'*), s. f. Glicerina.
GLYCÉRINER (*gliçêrinê*), v.t. Untar com glicerina.
GLYCÉRIQUE (*gliçêrik*), adj. m. Glicérico.
GLYCÉROL (*gliçêról*), s. m. Glicerol.
GLYCÉROLÉ (*gliçêrolê*), s.m. Medicamento à base de glicerina.
GLYCÉROPHOSPHATE (*gliçêrofoçfat*), s. m. Glicerofosfato.
GLYCINE (*gliçin'*), s. f. Glicínia.
GLYCOCOLLE (*glikokól*), s.m. Glicocola.
GLYCOGÈNE (*glikojén'*), s. m. Glicogênio.
GLYCOGÉNÈSE ou **GLYCOGÉNIE** (*glikojênéz* ou *glikojêni*), s. f. Glicogênese.
GLYCOGÉNIQUE (*glikojênik*), adj. Glicogênico.
GLYCOL (*glikól*), s. m. Glicol.
GLYCONIEN ou **GLYCONIQUE** (*glikonien* ou *glikonik*), adj. m. Glicônico.
GLYCOSE (*glikôz*), s. f. V. **GLUCOSE**.
GLYCOSURIE (*glikozüri*), s.f. Glicosúria.
GLYPTIQUE (*gliptik*), s. f. Glíptica.
GLYPTODON ou **GLYPTODONTE** (*gliptodon* ou *gliptodont*), s. m. Gliptodonte.
GLYPTOGRAPHIE (*gliptografi*), s. f. Gliptografia.
GNANGNAN ou **GNAN-GNAN** (*nhanhan*), s. e adj. inv. Molenga, lerdo.
GNOGNOTTE (*nhonhót*), s. f. *Pop.* Ninharia.
GNOME (*gnôm'*), s. m. Gnomo.
GNOMIDE (*gnomid*), s. f. Fêmea do gnomo.
GNOMIQUE (*gnomik*), adj. Gnômico, sentencioso.
GNOMON (*gnomon*), s. m. Gnômon.
GNOMONIQUE (*gnomonik*), s. f. Gnomônico.
GNON (*nhon*), s. m. *Pop.* Golpe, soco.
GNOSE (*gnôz*), s. f. Gnose.
GNOSTICISME (*gnotiçiçm*), s. m. Gnosticismo.
GNOSTIQUE (*gnoçtik*), s. m. Gnóstico.
GNOU (*gnu*), s. m. Gnu.
GO (TOUT DE) (*tudəgô*), loc. adv. *Pop.* Imediatamente.
GOBBE ou **GOBE** (*góþ*), s. f. Bolo (para engordar ou para envenenar animais).
GOBELET (*goblé*), s. m. Caneca; copo de lata (usado pelos prestidigitadores). *Fig. Joueur de gobelet,* astuto.
GOBELETERIE (*goblétəri*), s. f. Fabricação ou comércio de canecas, copos.
GOBE-MOUCHES (*gobmuch*), s. m. inv. Papa-moscas (pássaro). *Fig.* Palerma, lorpa, crédulo.
GOBER (*gobê*), v. t. Engolir, sorver. *Fig.* Acreditar cegamente.
GOBERGE (*gobérj*), s. m. Taba; estrado (de cama).
GOBERGER (SE) (*çəgobérjê*), v. pr. (Toma um *e* mudo depois do *g* antes de *a* e *o*: *il se gobergea, nous nous gobergeons.*) Zombar de alguém; pandegar.
GOBET (*gobé*), s. m. *Fam.* Bocado (que se engole de um trago).
GOBETER (*gobtê*), v. t. (Dobra o *t* antes de sílaba muda: *il gobettera.*) Rebocar paredes.
GOBEUR, EUSE (*gobër, ëz*), s. Tragador; crédulo.
GODAGE (*godaj*), s. f. Prega falsa, dobra.
GODAILLE (*godaii*), s. f. *Pop.* Pândega, farra, comezaina.
GODAILLER (*godaiê*), v. i. Andar em comezainas, pandegar.
GODAILLEUR, EUSE (*godaiër, ëz*), s. Pândego, beberrão.
GODAN ou **GODANT** (*godan*), s. m. Conto; embuste, cilada.
GODELUREAU (*godəlürô*), s. m. Galanteador ridículo. Pl.: *des godelureaux.*
GODENOT (*godnô*), s.m. Boneco (usado pelos prestidigitadores). *Fig* e *fam.* Homem baixinho e desajeitado.
GODER (*godê*), v. i. Fazer dobras, empolar (fazenda, papel).
GODET (*godé*), s. m. Copinho; depósito (de um cachimbo); alcatruz; tigelinha, recipiente para diluir tintas; prega, dobra.
GODICHE (*godich*), adj. e s. Tolo, desajeitado, pateta.
GODICHON, ONNE (*godichon, on'*), adj. e s. *Fam.* Tolo, desajeitado.
GODILLE (*godii*), s. f. Ginga (remo).
GODILLER (*godiiê*), v. i. Gingar, navegar com ginga.
GODILLOT (*godiiô*), s. m. Sapato grosseiro; antigo calçado militar.
GODIVEAU (*godivô*), s. m. Espécie de almôndega. Pl.: *des godiveaux.*
GODRON (*godron*), s. m. Ovado; galhão (em baixelas); prega boleada (em golas); ferro para preguear.
GODRONNAGE (*godronaj*), s. m. Ação de preguear.
GODRONNER (*godronê*), v. t. Preguear; adornar com moldura em ovado.
GODRONNEUR, EUSE (*godronër, ëz*),

s. Pregueador; operário que faz ovados, galhões.
GOÉLAND (*goêlan*), s. m. Espécie de gaivota grande.
GOÉLETTE (*goêlét*), s. f. Escuna; andorinha-do-mar.
GOGAILLE (*gogaii*), s. f. Comezaina, patuscada.
GOGO (*gôgô*), s. m. Pateta, simplório. *À gogo*, loc. adv. À farta, abundantemente.
GOGUENARD, E (*goghənar, d*), adj. e s. Zombeteiro, trocista.
GOGUENARDER (*goghənardê*), v. i. Zombar, troçar, escarnecer.
GOGUENARDERIE (*goghənardəri*), s. f. Troça, zombaria.
GOGUETTE (*goghét*), s.f. *Fam.* Gracejo, piada; patuscada.
GOINFRE (*guenfr*), s. m. Comilão, glutão.
GOINFRER (*guenfrê*), v. i. Alambazar-se, comer avidamente.
GOINFRERIE (*guenfrəri*), s. f. Gula, glutonaria.
GOITRE (*guatr*), s. m. Bócio.
GOITREUX, EUSE (*guatrë, ëz*), adj. e s. Que tem bócio.
GOLFE (*gólf*), s. m. Golfo.
GOMMAGE (*gomaj*), s. m. Engomagem.
GOMME (*góm'*), s. f. Goma; borracha (para apagar).
GOMMER (*gomê*), v.t. Engomar, pôr goma.
GOMMIER (*gomiê*), s. m. *Bot.* Árvore gomífera.
GOMMIFÈRE (*gomifér*), adj. Gomífero.
GOMPHOSE (*gonfôz*), s. f. Gonfose.
GOND (*gon*), s. m. Gonzo. *Fig.* e *fam. Sortir de ses gonds*, enfurecer-se.
GONDOLAGE (*gondolaj*), s. m. Empenamento, empeno.
GONDOLE (*gondól*), s. f. Gôndola.
GONDOLER (*gondolê*), v. i. Empenar-se, empolar.
GONDOLIER (*gondoliê*), s. m. Gondoleiro.
GONFALON ou **GONFANON** (*gonfalon* ou *gonfanon*), s. m. Gonfalão.
GONFALONIER ou **GONFANONIER** (*gonfaloniê* ou *gonfanoniê*), s. m. Porta-gonfalão; defensor militar de um bispado, de uma abadia.
GONFLÉ, E (*gonflê*), adj. Cheio, pleno; intumescido, inchado.
GONFLEMENT (*gonfləman*), s. m. Inchação; enchimento.
GONFLER (*gonflê*), v. t. e i. Encher, inchar, enfunar. **SE GONFLER**, v. pr. Encher-se, inchar, enfunar-se. *Fig.* Envaidecer-se.
GONG (*gong*), s. m. Gongo.
GONGORISME (*gongoriçm*), s. m. Gongorismo.
GONIN (*gonen*), s. m. Patife, malandro, velhaco.
GONIOMÈTRE (*goniométr*), s. m. Goniômetro.
GONIOMÉTRIE (*goniomêtri*), s. f. Goniometria.
GORD (*gór*), s. m. Pesqueira, armação de pesca (em um rio).
GORET (*goré*), s. m. Porquinho, bácoro. *Fam.* Homem, menino sujo.
GORGE (*górj*), s. f. Garganta; colo. *Rendre gorge*, vomitar. *Fig.* Devolver. *Faire des gorges chaudes*, dar gargalhadas. *Gorge-de-pigeon*, adj. Furta-cor.
GORGÉE (*gorjê*), s. f. Gole, trago.
GORGER (*gorjê*), v.t. (Toma um *e* mudo depois do *g* antes de *a* e *o*: *il gorgea, nous gorgeons.*) Empanzinar, atafulhar. *Fig.* Encher, cumular.
GORGERETTE (*gorjərét*), s. f. Gargantilha.
GORGERIN (*gorjəren*), s. m. Gorjal.
GORGET (*gorjé*), s. m. Plaina.
GORILLE (*gorii*), s. m. Gorila.
GOSIER (*goziê*), s. m. Garganta, goela.
GOSSE (*góç*), s. *Pop.* Rapaz, menino; moça, menina.
GOTHIQUE (*gotik*), adj. Gótico. *Fam.* Muito antigo, fora de moda. S. m. O gótico. S. f. A escrita gótica.
GOTON (*goton*), s.f. Moça do campo. Mulher livre.
GOUACHE (*guach*), s. f. Guache.
GOUAILLE (*guaii*), s. f. Zombaria, caçoada.
GOUIALLER (*guaiê*), v. t. e i. *Fam.* Zombar, escarnecer.
GOUAILLERIE (*guaiiri*), s. f. *Fam.* Zombaria.
GOUAILLEUR, EUSE (*guaiĕr, ëz*), adj. *Fam.* Zombeteiro.
GOUDRON (*gudron*), s. m. Alcatrão.
GOUDRONNAGE (*gudronaj*), s. m. Alcatroamento.
GOUDRONNER (*gudronê*), v. t. Alcatroar.
GOUDRONNEUR (*gudronĕr*), s. m. Alcatroeiro.
GOUDRONNEUX, EUSE (*gudronē, ëz*), adj. Alcatroado. S. f. Máquina de alcatroar.
GOUET (*gué*), s. m. Podão; arão.
GOUFFRE (*gufr*), s. m. Abismo; voragem, sorvedouro.
GOUGE (*guj*), s.f. Goiva; mulher moça; meretriz.
GOUGÈRE (*gujér*), s. f. Queijada.
GOUJAT (*gujá*), s. m. Homem rústico: patife. *Ant.* Aprendiz de pedreiro.
GOUJATERIE (*gujatəri*), s. f. Grosseria, patifaria.
GOUJON (*gujon*), s. m. Cavilha de ferro; cadoz.
GOUJONNER (*gujonê*), v. t. Cavilhar.
GOULE (*gul*), s. f. Vampiro.

GOULÉE (*gulê*), s. f. *Fam.* Bocado, grande porção.
GOULET (*gulé*), s. m. Goleta (canal).
GOULOT (*gulô*), s. m. Gargalo.
GOULOTTE ou **GOULETTE** (*gulót* ou *gulét*), s.f. Regueiro, pequeno canal.
GOULU, E (*gulü*), adj. e s. Glutão, guloso.
GOULÛMENT (*gulüman*), adv. Gulosamente, avidamente.
GOUPIL (*gupil*), s. m. *Ant.* Raposa.
GOUPILLE (*gupii*), s. f. Cavilha pequena.
GOUPILLER (*gupiiê*), v. t. Fixar com cavilhas. *Fig.* Arranjar, preparar.
GOUPILLON (*gupiion*), s. m. Hissope; espécie de escova (para limpar castiçais, garrafas).
GOURD, E (*gur, d*), adj. Entorpecido (pelo frio). S. f. Calaça. Adj. e s. f. *Pop.* Tola, imbecil.
GOURDIN (*gurden*), s. m. Cacete grosso.
GOURE (*gur*), s. f. Droga falsificada.
GOURER (*gurê*), v. t. Falsificar drogas. *Fig.* e *pop.* **SE GOURER**, v. pr. Enganar-se.
GOURGANDINE (*gurgandin'*), s. f. *Ant.* Corpete de mulher. Meretriz.
GOURMADE (*gurmad*), s. f. Soco.
GOURMAND, E (*gurman, d*), adj. e s. Guloso. S. m. Gomeleira.
GOURMANDER (*gurmandê*), v. t. Repreender, ralhar.
GOURMANDISE (*gurmandiz*), s. f. Gulodice; guloseima.
GOURME (*gurm*), s. f. Usagre; gurma. *Fig. Jeter sa gourme*, fazer loucuras na mocidade.
GOURMÉ, E (*gurmê*), adj. Empertigado; emproado, afetado.
GOURMER (*gurmê*), v. t. Esmurrar; pôr a barbela (em um cavalo). **SE GOURMER**, v. pr. Brigar, bater-se, socar-se; empertigar-se.
GOURMET (*gurmé*), s. m. Entendedor de bebidas e iguarias.
GOURMETTE (*gurmét*), s. f. Barbela de cavalo; corrente, pulseira de relógio.
GOUSPIN ou **GOUSSEPAIN** (*guçpen*), s. m. *Pop.* Moleque, vagabundo.
GOUSSAUT (*guçô*), s. m. Cavalo forte, curto de rins.
GOUSSE (*guç*), s. f. Casca, vagem (de plantas leguminosas). *Gousse d'ail*, dente de alho.
GOUSSET (*gucé*), s. m. Axila; cava (de uma roupa); bolsinho (em uma calça); bolso de colete; suporte de prateleira. *Avoir le gousset vide*, estar sem dinheiro.
GOÛT (*gu*), s. m. Paladar; gosto, sabor. *Fig.* Critério, discernimento; opinião, preferência. *Y prendre goût*, tomar gosto.
GOÛTER (*gutê*), v. t. Provar; aprovar; gozar, sentir. V. i. Experimentar; comer em pequena quantidade; preparar a merenda.
GOÛTER (*gutê*), s. m. Merenda.
GOUTTE (*gut*), s. f. Gota; pinga; pequeno cálice de licor. *Passer entre les gouttes*, escapar por sorte. *Ne goutte*, adv. Absolutamente nada.
GOUTTELETTE (*gutəlét*), s. f. Goticula.
GOUTTER (*gutê*), v. i. Gotejar, pingar.
GOUTTEUX, EUSE (*gutë, ẽz*), adj. e s. Gotoso.
GOUTTIÈRE (*gutiér*), s. f. Goteira.
GOUVERNABLE (*guvérnabl*), adj. Governável.
GOUVERNAIL (*guvérnai*), s.m. Leme. *Fig.* Direção.
GOUVERNANT, E (*guvérnan, t*), adj. Governante. S. f. Governanta; governadora. S. m. pl. Governadores, dirigentes de um Estado.
GOUVERNE (*guvérn*), s. f. Governo, guia. *Pour votre* (*sa, leur* etc.) *gouverne*, para seu governo. Asa auxiliar (de um avião, para estabilizar).
GOUVERNEMENT (*guvérnəman*), s. m. Governo, orientação, guia.
GOUVERNEMENTAL, E, AUX (*guvérnəmantal, ô*), adj. Governamental.
GOUVERNER (*guvérnê*), v. t. Governar, dirigir, administrar; educar; reger. V.i. Obedecer ao leme.
GOUVERNEUR (*guvérnër*), s. m. Governador; preceptor.
GOYAVE (*goiav*), s. f. Goiaba.
GOYAVIER (*goiaviê*), s.m. Goiabeira.
GRABAT (*grabá*), s. m. Catre, cama tosca. *Fig. Être sur le grabat*, estar arruinado.
GRABATAIRE (*grabatér*), s. *Fam.* Acamado, doente.
GRABUGE (*grabüj*), s.f. *Fam.* Arruaça, briga; jogo de cartas.
GRÂCE (*graç*), s.f. Graça. *Coup de grâce*, golpe de misericórdia. *De bonne grâce*, de boa vontade. *Faire grâce*, perdoar. *Rendre grâce à*, agradecer a. *Ne faire ni grâce ni merci*, não perdoar. *Avoir mauvaise grâce*, ser mal agradecido. *Faire grâce de quelque chose à*, poupar alguém de. *Grâce!*, interj. Perdão! *De grâce*, loc. adv. Por favor, por misericórdia. *Grâce à*, loc. prep. Graças a. S. pl. Graças (oração). As Graças. Tipo de jogo (com um círculo e duas varinhas).
GRACIABLE (*graçiabl*), adj. Perdoável.
GRACIER (*graçiê*), v. t. (Conjuga-se como *prier.*) Indultar, perdoar.
GRACIEUSEMENT (*graçiëzman*), adv. Graciosamente.

GRACIEUSER (*graçiëzê*), v.t. *Fam.* Obsequiar, tratar amavelmente.
GRACIEUSETÉ (*graçiëztê*), s. f. Afabilidade; gratificação.
GRACIEUX, EUSE (*graçië, ëz*), adj. Gracioso, elegante; amável; gratuito.
GRACILE (*graçil*), adj. Grácil, débil.
GRACILITÉ (*graçilitê*), s. f. Gracilidade, delicadeza.
GRADATION (*gradaçion*), s.f. Gradação.
GRADE (*grad*), s. m. Grau, categoria. *Geom.* Grado.
GRADÉ (*gradê*), adj. e s.m. Graduado.
GRADIN (*graden*), s.m. Degrau; prateleira; arquibancada.
GRADUATION (*gradüaçion*), s.f. Graduação.
GRADUÉ, E (*gradüê*), adj. Graduado; gradativo.
GRADUEL, ELLE (*gradüel*), adj. Gradual.
GRADUELLEMENT (*gradüélman*), adv. Gradualmente.
GRADUER (*gradüê*), v.t. Graduar.
GRAFFITE (*grafit*), s.m. Grafita.
GRAILLEMENT (*graiiman*), s.m. Rouquido, som rouco.
GRAILLER (*graiê*), v. i. Rouquejar; soar a trompa (chamando os cães).
GRAILLON (*graion*), s.m. Restos (de refeição). Cheiro de gordura queimada. Escarro.
GRAILLONNER (*graionê*), v.i. Tomar cheiro de gordura; escarrar.
GRAIN (*gren*), s.m. Grão; lago; conta (de rosário); chuvarada, aguaceiro; pústula. *Veiller au grain,* estar de sobreaviso, prevenir o perigo.
GRAINE (*grén'*), s.f. Semente. *Monter en graine,* engraecer. *Fam.* Crescer; ficar solteirona. *Zool. Graine de vers à soie* ou *graine,* ovos do bicho-da-seda. *Fig. Mauvaise graine,* pessoa que não presta.
GRAINETERIE (*grénətri*), s. f. Armazém (onde se vendem cereais, sementes, etc).
GRAINETIER, ÈRE (*grénətiê, ér*), adj. e s. Vendedor de sementes, cereais, etc.
GRAISSAGE (*gréçaj*), s.m. Untadura, engorduramento.
GRAISSE (*gréç*), s.f. Gordura, banha; engorduramento (do vinho).
GRAISSER (*gréçê*), v. t. Untar, engordurar, lubrificar. *Graisser la patte à quelqu'un,* subornar alguém. V. i. Tornar-se oleoso (o vinho).
GRAISSEUR, EUSE (*gréçĕr, ëz*), adj. e s.m. Lubrificador; que engordura.
GRAISSEUX, EUSE (*gréçë, ëz*), adj. Gorduroso, gordurento.
GRAMEN (*gramén'*), s.m. *Bot.* Grama (planta).
GRAMINACÉES (*graminaçê*), s. f. pl. *Bot.* Gramináceas.
GRAMINÉES (*graminê*), s.f. pl. *Bot.* Gramíneas.
GRAMMAIRE (*gramér*), s. f. Gramática.
GRAMMAIRIEN, ENNE (*gramérien, én'*), s.m. Gramático.
GRAMMATICAL, E, AUX (*gramatikal, ô*), adj. Gramatical.
GRAMMATICALEMENT (*gramatikalman*), adv. Gramaticalmente.
GRAMMATISTE (*gramatiçt*), s.m. Gramático; mau gramático; gramatista.
GRAMME (*gram'*), s.m. Grama (unidade de peso).
GRAMOPHONE (*gramofón'*) s.m. Gramofone.
GRAND, E (*gran, d*), adj. Grande. *Grand air,* ar livre. *Au grand soleil,* em pleno sol. *Grand merci,* muito obrigado. S. m. Adulto, grande. *En grand,* loc. adv. Em tamanho natural. *Fig.* Sem nada poupar.
GRAND-CHAMBRE (*granchanbr*), s. f. Sala principal de um parlamento. Pl.: *des grand-chambres.*
GRAND-CHOSE (*granchôz*), s. inv. (Emprega-se com a negação no sentido de não é grande coisa, vale pouco). *Un pas grand-chose,* um joão-ninguém.
GRAND-CROIX (*grancruá*), s. f. inv. Grã-cruz. S.m. Pl.: *des grands-croix.*
GRAND-DUC (*grandük*), s.m. Grão-duque. Pl.: *des grands-ducs.*
GRAND-DUCAL, E, AUX (*grandükal, ô*), adj. Grão-ducal.
GRAND-DUCHÉ (*grandüchê*), s. m. Grão-ducado. Pl.: *des grands-duchés.*
GRANDE-DUCHESSE (*grandədüchéç*), s. f. Grã-duquesa. Pl.: *des grandes-duchesses.*
GRANDELET, ETTE (*grandelé, ét*), adj. Crescido.
GRANDEMENT (*grandəman*), adv. Grandemente.
GRANDEUR (*grandĕr*), s.f. Grandeza; importância; enormidade; autoridade, poder.
GRANDILOQUENCE (*grandilokanç*), s. f. Grandiloqüência.
GRANDILOQUENT, E (*grandilokan, t*), adj. Grandiloqüente.
GRANDIOSE (*grandiôz*), adj. Grandioso.
GRANDIOSEMENT (*grandiôzman*), adj. Grandiosamente.
GRANDIR (*grandir*), v.i. Crescer. V. t. Aumentar, ampliar; dignificar.
GRANDISSANT, E (*grandiçan, t*), adj. Crescente.
GRANDISSEMENT (*grandiçman*), s.m. Crescimento; aumento, ampliação.
GRANDISSIME (*grandiçim*), adj. *Fam.* Grandíssimo, muito grande.
GRAND-LIVRE (*granlivr*), s.m. A lista

de todos os credores do Estado. Pl.: *des grands-livres*.

GRAND-MAMAN (*granmaman*), s.f. *Inf.* Vovó. Pl.: *des grand-mamans*.

GRAND-MÈRE (*granmér*), s. f. Avó. Pl.: *des grand-mères*.

GRAND-MESSE (*granméç*), s.f. Missa cantada. Pl.: *des grand-messes*.

GRAND-ONCLE (*grantonkl*), s. m. Tio--avô. Pl.: *des grands-oncles*.

GRAND-PAPA (*granpapá*), s.m. *Inf.* Vovô. Pl.: *des grands-papas*.

GRAND-PEINE (À) (*agranpén*), loc. adv. Com dificuldade.

GRAND-PÈRE (*granpér*), s. m. Avô. Pl.: *des grands-pères*.

GRANDS-PARENTS (*granparan*), s.m. pl.: Avós.

GRAND-TANTE (*grantant*), s.f. Tia-avó. Pl.: *des grand-tantes*.

GRAND-VOILE (*granvual*), s. f. *Mar.* Vela do mastro grande. Pl.: *des grand--voiles*.

GRANGE (*granj*), s.f. Celeiro, granja.

GRANGÉE (*granjê*), s.f. O conteúdo de um celeiro.

GRANIT (*grani* ou *granit*), s. m. Granito.

GRANITÉ, E (*granitê*), adj. Granitado. S.m. Tecido de lã. Gelo granulado e um pouco açucarado.

GRANITELLE (*granitél*), s.m. Granito de grão miúdo.

GRANITER (*granitê*), v.t. Granitar.

GRANITEUX, EUSE (*granitë, ëz*), adj. Granitoso.

GRANITIQUE (*granitik*), adj. Granítico.

GRANIVORE (*granivór*), adj. e s. Granívoro.

GRANULAGE (*granulaj*), s. m. Granulagem.

GRANULAIRE (*granülér*), adj. Granular.

GRANULATION (*granülaçion*), s.f. Granulação.

GRANULE (*granül*), s.m. Grânulo.

GRANULÉ, E (*granülê*), adj. Granulado.

GRANULER (*granülê*), v.t. Granular.

GRANULEUX, EUSE (*granülë, ëz*), adj. Granuloso.

GRANULIE (*granüli*), s.f. Granulia.

GRANULIFORME (*granülifórm*), adj. Granuliforme.

GRAPHIE (*grafi*), s.f. Grafia.

GRAPHIQUE (*grafik*), adj. e s.m. Gráfico.

GRAPHIQUEMENT (*grafikman*), adv. Graficamente.

GRAPHISME (*grafiçm*), s. m. V. **GRAPHIE**.

GRAPHITE (*grafit*), s.m. *Min.* Grafita, plumbagina.

GRAPHITEUX, EUSE ou **GRAFITIQUE** (*grafitë, ëz* ou *grafitik*), adj. Grafítico.

GRAPHOLOGIE (*grafoloji*), s.f. Grafologia.

GRAPHOLOGIQUE (*grafolojik*), adj. Grafológico.

GRAPHOLOGUE (*grafológ*), adj. e s. Grafólogo.

GRAPHOMÈTRE (*grafométr*), s. m. Grafômetro.

GRAPPE (*grap*), s. f. Cacho, penca.

GRAPPILLAGE (*grapiiaj*), s. m. Ação de rebuscar vinhas, de apanhar pequenas quantidades. Furto.

GRAPPILLER (*grapiiê*), v.t. e i. Rebuscar vinhas; recolher, apanhar pequenas quantidades. *Fig.* Larapiar.

GRAPPILLEUR, EUSE (*grapiiër, ëz*), adj. e s. Respigador (de vinhas); larápio; explorador.

GRAPPILLON (*grapiion*), s.m. Cachinho.

GRAPPIN (*grapen*), s. m. Âncora pequena; arpéu. *Fam. Jeter, mettre le grappin sur*, dominar.

GRAS, GRASSE (*gra, graç*), adj. Gordo; gorduroso, engordurado; fértil, espesso. S.m. Gordura, parte gorda da carne. *Faire gras*, comer carne. *Gras de la jambe*, barriga da perna. *Faire la grasse matinée*, acordar tarde. *Mardi gras*, terça-feira de carnaval. Adv. *Parler gras*, falar com o *r* uvular; dizer obscenidades.

GRASSEMENT (*graçman*), adv. Confortavelmente; generosamente.

GRASSET, ETTE (*graçé, t*), adj. Gorducho, gordinho.

GRASSEYEMENT (*graçéiman*), s. m. Rotacismo.

GRASSEYER (*graçéiê*), v. i. (Apresenta um i depois do *y* nas duas 1as p. do plural do imp. do ind. e do pres. do subj.: *nous grasseyions, que vous grasseyiez*, e conserva o *y* em toda a conjugação.) Pronunciar guturalmente o *r*.

GRASSEYEUR, EUSE (*graçéiër, ëz*), s. Pessoa que articula guturalmente o *r*.

GRASSOUILLET, ETTE (*graçuié, t*), adj. Gorducho, rechonchudo.

GRATICULATION (*gratikülaçion*), s.f. Ação de quadricular.

GRATICULE (*gratikül*), s. m. Quadrícula.

GRATICULER (*gratikülê*), v. t. Quadricular.

GRATIFICATION (*gratifikaçion*), s. f. Gratificação.

GRATIFIER (*gratifiê*), v. t. (Conjuga-se como *prier*.) Gratificar.

GRATIN (*graten*), s.m. Rapadura; prato culinário (recoberto de pão ralado). *Pop.* Sociedade rica e elegante.

GRATINER (*gratinê*), v.t. Recobrir com pão ralado (comidas). V.i. Pegar-se ao fundo da panela (comidas).

GRATIS (*gratiç*), adv. Grátis, gratuitamente.

GRATITUDE (*gratitüd*), s.f. Gratidão.

GRATTAGE (*grataj*), s.m. Raspagem; coçadura.

GRATTE (*grat*), s.f. Raspadeira, rapinice; proveito, lucro (ilegítimo).

GRATTE-CIEL (*gratçiél*), s.m. inv. Arranha-céus.

GRATTE-CUL (*gratkül*), s.m.inv. Baga (de roseira).

GRATTELEUX, EUSE (*gratlë, ëz*), adj. Sarnento.

GRATTELLE (*gratél*), s.f. Sarna.

GRATTE-PAPIER (*gratpapiê*), s. m. inv. Escriturário, copista; escrevinhador, rabiscador.

GRATTER (*gratê*), v.t. Raspar; coçar. *Fig.* e *fam.* Bater levemente; tirar proveito.

GRATTEUR (*gratër*), s.m. Raspador; coçador. *Gratteur de papier*, escrevinhador.

GRATTOIR (*gratuar*), s.m. Raspadeira; charrua.

GRATTURE (*gratür*), s.f. Raspa, restos de raspagem.

GRATUIT, E (*gratüí, t*), adj. Gratuito; infundado, sem motivo.

GRATUITÉ (*gratüitê*), s. f. Gratuidade.

GRATUITEMENT (*gratüitman*), adv. Gratuitamente.

GRAU (*grô*), s. m. Canal; desfiladeiro; pequeno lago salgado. Pl.: *des graux*.

GRAVATIF, IVE (*gravatif, iv*), adj. *Med.* Gravativo.

GRAVATS (*gravá*), s.m. pl. V. **GRAVOIS**.

GRAVE (*grav*), adj. Grave; pesado; sério; importante. S.m. Grave.

GRAVÉ, E (*gravê*), adj. Gravado; bexigoso.

GRAVELÉE (*gravlê*), s.f. Resto da lia do vinho.

GRAVELEUX, EUSE (*gravlë, ëz*), adj. Saibroso. *Fig.* Livre, licencioso.

GRAVELLE (*gravél*), s. f. Pedra, cálculo (nos rins).

GRAVELURE (*gravlür*), s.f. Licenciosidade, dito licencioso.

GRAVEMENT (*gravman*), adv. Gravemente.

GRAVER (*gravê*), v.t. Gravar, entalhar.

GRAVES (*grav*), s.f. pl. Terrenos pedregosos. S.m. Espécie de vinho branco.

GRAVEUR (*gravër*), s.m. Gravador.

GRAVIER (*graviê*), s.m. Saibro, cascalho; areia na urina.

GRAVILLON (*graviion*), s.m. Cascalho miúdo, areia.

GRAVIR (*gravir*), v.t. e i. Trepar, escalar.

GRAVITANT, E (*gravitan, t*), adj. Gravitante.

GRAVITATION (*gravitaçion*), s.f. Gravitação.

GRAVITÉ (*gravitê*), s.f. Gravidade; importância; seriedade.

GRAVITER (*gravité*), v. i. Gravitar.

GRAVOIS ou **GRAVATS** (*gravuá* ou *gravá*), s.m. pl. Entulho, caliça (de uma demolição); parte grossa do gesso (depois de peneirado).

GRAVURE (*gravür*), s. f. Gravura; estampa, imagem.

GRÉ (*grê*), s. m. Vontade, capricho. *Savoir bon gré, mauvais gré à*, estar contente ou descontente com. Loc. adv.: *De gré à gré*, amigavelmente; *bon gré, mal gré, de gré ou de force*, por bem ou por mal; *contre son gré*, contra a vontade; *de bon gré*, de boa vontade.

GRÈBE (*gréb*), s. m. Mergulhão (ave).

GRÉBICHE ou **GRÉBIGE** (*grêbich* ou *grêbij*), s.f. Encadernação móvel. Linha de uma publicação onde se acha o nome do editor. Número de ordem de um manuscrito. Retângulos de ouro ou prata que guarnecem carteiras, roupagens, etc.

GREC, GRECQUE (*grék*), adj. e s. Grego.

GRÉCISER (*grêçizê*), v.t. Grecizar.

GRÉCO-LATIN, E (*grekolaten, in'*), adj. Greco-latino.

GRÉCO-ROMAIN, E (*grêkôromen, én'*), adj. Greco-romano.

GRECQUE (*grék*), s. f. Grega (ornamento); penteado (à grega); serrote de encadernador.

GREDIN, E (*graden, in'*), s. Velhaco, patife, vil.

GREDINERIE (*gradinari*), s. f. Vilania, patifaria; vileza, baixeza.

GRÉEMENT (*grêman*), s. f. Conjunto dos petrechos de um navio.

GRÉEUR (*grêër*), s. m. Aparelhador (de um navio).

GREFFAGE (*gréfaj*), s.m. Enxertadura; enxertia.

GREFFE (*gréf*), s.m. Cartório. S.f. Enxerto; enxertia.

GREFFER (*gréfê*), v.t. Enxertar.

GREFFEUR (*gréfër*), s.m. Enxertador.

GREFFIER (*gréfiê*), s.m. Escrivão.

GREFFOIR (*gréfuar*), s. m. Enxertadeira.

GREFFON (*gréfon*), s. m. Enxerto.

GRÉGAIRE ou **GRÉGARIEN, ENNE**, (*grêghér* ou *grêgarien, én'*), adj. Gregário.

GRÉGORIEN, ENNE (*grêgorien, én'*), adj. Gregoriano. *Chant grégorien*, cantochão.

GRÈGUE (*grég*), s. f. *Ant.* Calções. *Tirer ses grègues*, fugir.

GRÊLE (*grél*), adj. Franzino; esguio; agudo, estridente. *Intestin grêle*, intestino delgado. S.f. Granizo, saraiva.

GRÊLÉ, E (*grélê*), adj. Castigado, prejudicado pelo granizo; bexigoso.
GRÊLER (*grélê*), v. imp. Granizar.
GRÊLEUX, EUSE (*grélë, ëz*), adj. Semelhante ao granizo.
GRELIN (*grəlen*), s.m. *Mar.* Pequeno cabo.
GRÊLON (*grélon*), s. m. Grão de pedra de granizo.
GRELOT (*grəlô*), s.m. Guizo; alegria doida. *Fig. Attacher le grelot*, tomar a iniciativa.
GRELOTTANT, E (*gr lotan, t*), adj. Tiritante.
GRELOTTER (*grəlotê*), v.i. Tiritar, tremer.
GRÉMIAL (*grêmial*), s.m. Gremial. Pl.: *des grémiaux*.
GRENACHE (*grənach*), s. m. Qualidade de uva; o vinho que dela se faz.
GRENADE (*grənad*), s.f. Granada; romã.
GRENADER (*grənadê*), v. t. *Mil.* Atacar com granadas.
GRENADIER (*grənadiê*), s.m. Romãzeira; granadeiro.
GRENADIÈRE (*grənadiér*), s. f. Graçadeira (de espingarda); cartucheira (de granadas).
GRENADILLE (*grənadii*), s. f. Martírio (planta).
GRENADIN, E (*grənaden, in'*), adj. e s. Granadino. S. m. Ave recheada; cravo vermelho. S.f. Granadina (tecido).
GRENAGE (*grənaj*), s.m. Granulagem (de pólvora); açúcar cristalizado.
GRENAILLE (*grənaii*), s.f. Granalha; alimpadura de cereais.
GRENAILLER (*grənaiê*), v.t. Granular.
GRENAT (*grənâ*), s.m. Granada (pedra preciosa). Adj. inv. Granadino.
GRENÉ, E (*grənê*), adj. Granulado. S. m. Granido.
GRENELER (*grənəlê*), v.t. (Dobra o *l* antes de sílaba muda: *je grenelle.*) Granir.
GRENER (*grənê*), v. i. (Conjuga-se como *amener.*) Granar. V.t. Granir; granular.
GRÈNETIS (*gréneti*), s. m. Garfilha. Pl.: *des grènetis*.
GRENIER (*grəniê*), s.m. Celeiro; sótão. *Mar. En grenier*, maneira de carregar um navio empilhando as mercadorias na estiva.
GRENOUILLE (*grənuii*), s.f. Rã. *Pop.* Caixa, fundo comum.
GRENOUILLÈRE (*grənuiér*), s. f. Charco (com rãs). *Fam.* Lugar de água corrente pouco profunda (para banho).
GRENOUILLETTE (*grənuiét*), s.f. Ranúnculo dos pântanos. *Med.* Rânula.
GRENU, E (*grənü*), adj. Granoso; granuloso.
GRÈS (*gré*), s.m. Grés, arenito. Pl.: *des grès*.
GRÉSER (*grêzê*), v.t. (Conjuga-se como *accélérer.*) Polir (com pedra de grés); aparar (com alicate de vidraceiro).
GRÉSEUX, EUSE (*grêzë, ëz*), adj. Gresífero.
GRESIÈRE ou **GRÉSERIE** (*grəziér* ou *grêzri*), s.f. Pedreira de grés.
GRÉSIL (*grêzi* ou *grêzil*), s. m. Granizo miúdo.
GRÉSILLEMENT (*grêziiman*), s.m. Canto do grilo; enrugamento, encrespamento.
GRESILLER (*grəziê*), v. imp. Granizar. V.t. Enrugar, encarquilhar.
GRÉSOIR (*grêzuar*), s.m. Alicate de vidraceiro.
GRÈVE (*grév*), s. f. Praia de areia e cascalho; greve.
GREVER (*grəvê*), v. t. (Conjuga-se como *amener.*) Sobrecarregar, onerar.
GRÉVISTE (*greviçt*), adj. e s. Grevista.
GRIBOUILLAGE (*gribuiaj*), s. m. Garatuja; borrada, pintura mal feita.
GRIBOUILLE (*gribuii*), s. m. Tolo, idiota.
GRIBOUILLER (*gribuiê*), v.i. e t. *Fam.* Rabiscar, pintar mal.
GRIBOUILLETTE (*gribuiét*), s. f. Rebatinha (brincadeira). *À la gribouillette*, loc. adv. Ao acaso.
GRIBOUILLEUR, EUSE (*gribuiĕr, ëz*), s. Rabiscador, escrevinhador; mau pintor.
GRIBOUILLIS (*gribuii*), s. m. Garatuja, rabisco. Pl.: *des gribouillis*.
GRIEF, ÈVE (*griéf, év*), adj. *Ant.* Grave; perigoso. S. m. Dano; queixa, censura.
GRIÈVEMENT (*griévman*), adv. Gravemente.
GRIÈVETÉ (*griévtê*), s.f. Gravidade.
GRIFFADE (*grifad*), s. f. Unhada.
GRIFFE (*grif*), s.f. Garra. *Fig.* Domínio cruel; chancela; raiz de certas plantas. *Coup de griffe*, crítica ferina.
GRIFFER (*grifê*), v.t. Grifar, aferrar; arranhar.
GRIFFEUR, EUSE (*grifĕr, ëz*), s. Arranhador.
GRIFFON (*grifon*), s.m. Grifo (animal fabuloso); cão de caça.
GRIFFONNAGE (*grifonaj*), s. m. Garatujas; rabiscos.
GRIFFONNER (*grifonê*), v.t. Rabiscar, garatujar; desenhar às pressas, sem cuidado.
GRIFFONNEUR (*grifonĕr*), s. m. Rabiscador; mau desenhista.
GRIFFU, E (*grifü*), adj. Provido de garras.
GRIFFURE (*grifür*), s.f. Unhada; arranhadura.
GRIGNE (*grinh*), s. f. Franzido. Sulco.
GRIGNER (*grinhê*), v.i. Enrugar-se
GRIGNON (*grinhon*), s.m. Pedaço mais torrado do pão.

GRIGNOTEMENT (*grinhotəman*), s. m. Roedura; destruição progressiva.

GRIGNOTER (*grinhotê*), v. t. Roer. *Fig.* e *fam.* Apropriar-se, tirar proveito; destruir progressivamente.

GRIGNOTEUR, EUSE (*grinhotĕr, ëz*), adj. e s. Roedor.

GRIGOU (*grigu*), adj. e s. *Pop.* Sovina, avarento.

GRIL (*gri*), s.m. Grelha; grade; estaleiro. *Fig.* e *fam. Être sur le gril,* estar sobre brasas, impaciente.

GRILLADE (*griiad*), s. m. Assadura (na grelha); carne assada (na grelha).

GRILLAGE (*griiaj*), s.m. Grelhagem, ustulação. Grade.

GRILLAGER (*griiajê*), v.t. (Toma um e mudo depois do *g* antes de *a* e *o*: *il grillagea, nous grillageons.*) Proteger, cobrir (com grade).

GRILLAGEUR (*griiajĕr*), s.m. Fabricante ou colocador de grades de ferro.

GRILLE (*grii*), s.f. Grade.

GRILLE-PAIN (*griipen*), s. m. inv. Torradeira de pão.

GRILLER (*griiê*), v.t. Grelhar, assar, tostar; gradear; enclausurar, encarcerar; queimar; torrar; secar, mirrar. V. i. Abrasar-se, sufocar (de calor). *Fig.* Desejar ardentemente.

GRILLON (*griion*), s.m. Grilo.

GRIMAÇANT, E (*grimaçan, t*), adj. Careteiro.

GRIMACE (*grimaç*), s.f. Careta; fingimento, dissimulação; prega defeituosa; trejeitos afetados.

GRIMACER (*grimaçê*), v.i. (O *c* toma uma cedilha antes de *a* e *o*: *il grimaça, nous grimaçons.*) Fazer caretas. *Fig.* Fingir, agir sem naturalidade; enrugar defeituosamente.

GRIMACERIE (*grimaçri*), s.f. Careta, trejeito; dissimulação.

GRIMACIER, ÈRE (*grimaçiê, ér*), adj. e s. Careteiro. *Fig.* Afetado.

GRIMAGE (*grimaj*), s.m. Caracterização, maquilagem.

GRIMAUD, E (*grimô, d*), adj. Rabugento; tristonho. S.m. Mau escritor; mau artista. *Ant.* Mau aluno.

GRIME (*grim'*), s.m. Velho ridículo (personagem de comédia); mau aluno.

GRIMER (*grimê*), v.t. Fazer rugas, enrugar; caracterizar; arrebicar. **SE GRIMER,** v. pr. Caracterizar-se de velho; pintar-se.

GRIMOIRE (*grimuar*), s.m. Livro de mágicos. *Fig.* Discurso confuso; livro pouco inteligível; escrita ininteligível.

GRIMPANT, E (*grenpan, t*), adj. Trepador. *Bot. Plante grimpante,* planta trepadeira.

GRIMPER (*grenpê*), v. i. Trepar, subir.

GRIMPEREAU (*grenpərô*), s. m. Picancilho (ave). Pl.: *des grimpereaux.*

GRIMPETTE (*grenpét*), s.f. Atalho, caminho curto.

GRIMPEUR, EUSE (*grenpĕr, ëz*), s. Trepador. S.m. pl. Trepadoras (aves).

GRINCEMENT (*grençman*), s. m. Rangido; estridor; o arranhar (de pena).

GRINCER (*grençê*), v.i. (O *c* leva uma cedilha antes de *a* e *o*: *il grinça, nous grinçons.*) Produzir estridor; ranger.

GRINCHER (*grenchê*), v.i. V. **GRINCER.**

GRINCHEUX, EUSE (*grenchë, ëz*), adj. e s. Rabugento, aborrecido, ranzinza.

GRINGALET, ETTE (*grengalé, ét*), s.m. Magricela.

GRINGUENAUDE (*grenghnôd*), s.f. *Pop.* Sujidade.

GRIOT, OTTE (*griô, ót*), s.m. Nova ceifa (do trigo). S. Feiticeiro (da África).

GRIOTTE (*griót*), s.f. Ginja. Mármore (com manchas vermelhas e escuras).

GRIOTTIER (*griotiê*), s.m. Ginjeira.

GRIPPE (*grip*), s. f. Gripe. *Fig.* Aversão, antipatia. *Prendre en grippe,* antipatizar, implicar.

GRIPPÉ, E (*gripê*), adj. Gripado.

GRIPPEMINAUD (*gripminô*), s.m. Homem finório e hipócrita.

GRIPPER (*gripê*), v.t. Agarrar, apanhar; roubar. V.i. Aderir; franzir-se.

GRIPPE-SOU (*gripçu*), s.m. Avarento, sovina. Pl.: *des grippe-sou* ou *sous.*

GRIS, E (*gri, z*), adj. Cinzento; grisalho; sombrio; tonto, bêbedo. S.m. Cinzento. *En voir de grises,* ter muitas contrariedades.

GRISAILLER (*grizaiê*), v.t. Pintar de cinzento. V. i. Grisalhar.

GRISATRE (*grizatr*), adj. Acinzentado; pardacento.

GRISÉ (*grizé*), s.m. Tom cinzento (em um quadro, uma estampa).

GRISER (*grizê*), v.t. Embriagar. *Fig.* Exaltar. **SE GRISER,** v. pr. Embriagar-se.

GRISERIE (*grizəri*), s.f. Meia embriaguez. *Fig.* Exaltação, entusiasmo.

GRISET (*grizé*), s.m. Pintassilgo novo; tubarão do Mediterrâneo.

GRISETTE (*grizét*), s. f. Grise; moça (vestida de grise); costureira; empregada faceira.

GRISOLLER (*grizolê*), v. i. Cantar (a cotovia).

GRISON, ONNE (*grizon, ón*), adj. Grisalho. S.m. *Fam.* Homem grisalho. Jumento; criado (encarregado de missões secretas). Adj. e s. Do cantão de Grisons (na Suíça).

GRISONNANT, E (*grizonan, t*), adj. Grisalho, que principia a grisalhar.

GRISONNER (*grizonê*), v.i. Encanecer, ficar grisalho.

GRISOU (*grizu*), s.m. Grisu.

GRISOUMÈTRE (*grizumétr*), s.m. Aparelho para medir a quantidade de grisu.
GRISOUTEUX, EUSE (*grizutë, ëz*), adj. Que contém grisu.
GRIVE (*griv*), s.f. Tordo.
GRIVELÉ, E (*grivlê*), adj. Malhado, pintado de branco e cinzento.
GRIVELER (*grivlê*), v. t. e i. (Dobra o *l* antes de sílaba muda: *il grivelle.*) Ganhar ilicitamente. *Pop.* Ficar devendo (em um restaurante, um botequim).
GRIVÈLERIE (*grivélri*), s.f. Calote (em um botequim); ganho ilícito.
GRIVELEUR (*grivlër*), s.m. Caloteiro; que tem lucros ilícitos.
GRIVOIS, E (*grivuá, z*), s. Pessoa audaciosa, independente, livre. Adj. Livre, licencioso.
GRIVOISERIE (*grivuazəri*), s. f. Licenciosidade.
GROENLANDAIS, E (*groenlandé, z*), adj. e s. Groenlandês.
GROG (*grόg*), s.m. Grogue.
GROGNANT, E (*gronhan, t*), adj. Grunhidor, roncador.
GROGNARD, E (*gronhar, d*), adj. e s. Ranzinza, resmungão. S.m. Soldado do tempo de Napoleão; soldado veterano.
GROGNEMENT (*gronhəman*), s. m. Grunhido; ronco.
GROGNER (*gronhê*), v.i. Grunhir. V. t. Resmungar.
GROGNERIE (*gronəri*), s. f. Murmúrio, resmungo.
GROGNON (*gronhon*), adj. e s. Choramingas, manhoso, resmungão.
GROGNONNER (*gronhonê*), v.i. *Fam.* Grunhir (como os porcos); resmungar, choramingar.
GROIN (*gruen*), s.m. Focinho (de porco ou de javali). *Fig.* e *fam.* Rosto de expressão bestial, focinho.
GROMMELER (*groməlê*), v. i. (Dobra o *l* antes de sílaba muda: *il grommellera.*) Resmungar, murmurar.
GROMMELLEMENT (*gromélman*), s.m. Resmungo.
GRONDANT, E (*grondan, t*), adj. Ralhador; grunhidor; trovejante.
GRONDEMENT (*grondəman*), s. m. Estrondo; ronco; ribombo.
GRONDER (*grondê*), v. i. Resmungar; ribombar, estourar. V. t. Ralhar.
GRONDERIE (*grondəri*), s. f. Ralho, repreensão.
GRONDEUR, EUSE (*grondër, ëz*), adj. e s. Ralhador; rabugento.
GROS ou **GROSSE** (*grô* ou *grôç*), adj. Grosso; gordo; grande. *Fig.* Importante; violento, perigoso; agitado, encapelado (o mar). *Gros bétail,* gado bovino. *Fam. Gros bonnet,* pessoa influente. *Avoir le cœur gros,* estar triste, pesaroso. Adj. f. Grávida, prenhe. S. m. O principal, o grosso. Adv. Muito forte. *En gros,* loc. adv. Por atacado.
GROSEILLE (*grôzéii*), s. f. Groselha.
GROSEILLIER (*grôzéiiê*), s. m. Groselheira.
GROSSE (*grôç*), s. f. Grosa; pública-forma; certidão de um contrato.
GROSSERIE (*grôçri*), s. f. Instrumentos grosseiros (fabricados por serralheiro); comércio por atacado; baixela de prata.
GROSSESSE (*grôçéç*), s. f. Gravidez.
GROSSEUR (*grôçër*), s. f. Grossura, volume; tumor.
GROSSIER, ÈRE (*grôçiê, ér*), adj. Grosseiro, áspero; ordinário; indelicado, bruto; obsceno. S. m. Grosseiro, estúpido.
GROSSIÈREMENT (*grôçiérman*), adv. Grosseiramente.
GROSSIÈRETÉ (*grôçiértê*), s. f. Imperfeição, rusticidade; grosseria, indelicadeza; torpeza.
GROSSIR (*grôçir*), v. t. Engrossar, aumentar. *Fig.* Exagerar. V. t. Engordar; crescer; encapelar-se (o mar).
GROSSISSANT, E (*grôçiçan, t*), adj. Crescente, avultante. *Verre grossissant,* vidro de aumento.
GROSSISSEMENT (*grôçiçman*), s. m. Engrossamento; aumento.
GROSSISTE (*groçiçt*), s.m. Atacadista.
GROTESQUE (*grotéçk*), adj. Grotesco, ridículo. S. Pessoa grotesca, ridícula. S. m. pl. Arabescos.
GROTTE (*grót*), s.f. Gruta.
GROUILLANT, E (*gruian, t*), adj. Buliçoso; pululante.
GROUILLEMENT (*gruiiman*), s. m. Rebuliço, agitação.
GROUILLER (*gruiê*), v. i. Agitar, pulular. *Pop.* **SE GROUILLER,** v. pr. Despachar-se, apressar-se.
GROUP (*grup*), s. m. Saco lacrado, com dinheiro.
GROUPAGE (*grupaj*), s. m. Agrupamento (de encomendas).
GROUPE (*grup*), s. m. Grupo.
GROUPEMENT (*grupman*), s. m. Agrupamento.
GROUPER (*grupê*), v. t. Agrupar, reunir.
GRUAU (*grüô*), s.m. Grão de cereal descorticado. Tisana feita com estes grãos. *Pain de gruau,* pão de flor de farinha. Pl.: *des gruaux.*
GRUAU ou **GRUO** (*grüô*), s. m. Pequeno grou. Pl.: *des gruaux* ou *gruos.*
GRUE (*grü*), s. f. Grou. Guindaste. Prostituta. *Faire le pied de grue,* esperar muito tempo de pé.
GRUGER (*grüjê*), v. t. (Toma um *e* mudo depois do *g* antes de *a* e *o*: *il*

grugea, nous grugeons.) Trincar, esmigalhar com os dentes; comer. *Fig.* Viver às custas de alguém.
GRUGEUR, EUSE (*grüjĕr, ëz*), s. *Fam.* Explorador, que vive às custas de outrem.
GRUME (*grüm*), s. f. Casca (presa à madeira cortada).
GRUMEAU (*grümô*), s. m. Grumo, coágulo. Pl.: *des grumeaux.*
GRUMELER (SE) (*çəgrüməlê*), v. pr. (Dobra o *l* antes de sílaba muda: *il se grumellera.*) Grumar.
GRUMELEUX, EUSE (*grüməlë, ëz*), adj. Grumoso.
GRUYÈRE (*grüiér*), s. f. Qualidade de queijo suíço.
GUANO (*güanô*), s. m. Guano.
GUÉ (*ghê*), s. m. Vau. Interj. Olé! (estribilho de canções).
GUÉABLE (*ghêabl*), adj. Vadeável.
GUÈBRE (*ghébr*), adj. e s. Guebro.
GUÈDE (*ghéd*), s. f. Pastel dos tintureiros; cor azul (extraída deste pastel).
GUÉER (*ghêê*), v. t. Vadear; lavar (em água corrente).
GUELFE (*güélf*), s. m. Guelfo.
GUELTE (*ghélt*), s. f. Comissão nas vendas (que um empregado realize).
GUENILLE (*ghənii*), s. f. Trapo, farrapo. *Fig.* Coisa miserável. Pl. Roupa velha.
GUENILLON (*ghəniion*), s. m. Trapinho, farrapinho.
GUENIPE (*ghənip*), s. f. *Fam.* Mulher suja ou mulher de má vida.
GUENON (*ghənon*), s. f. Macaca. *Fig.* Mulher muito feia.
GUENUCHE (*ghənüch*), s. f. Macaquinha.
GUÊPE (*ghép*), s. f. Vespa.
GUÊPIER (*ghépiê*), s.m. Vespeiro. *Fig.* Situação difícil.
GUÈRE (*ghér*), adv. Pouco, quase nada.
GUÉRET (*ghêré*), s. m. Alqueive. Pl.: *Poét.* Campos, searas.
GUÉRIDON (*ghêridon*), s. m. Gueridom.
GUÉRILLA (*ghêriiá*), s.f. Guerrilha.
GUÉRIR (*ghêrir*), v.t. Curar. V. i. Sarar.
GUÉRISON (*ghêrizon*), s. f. Cura.
GUÉRISSABLE (*ghêriçabl*), adj. Curável.
GUÉRISSEUR (*ghêriçĕr*), s. m. Curandeiro.
GUÉRITE (*ghêrit*), s. f. Guarita, refúgio.
GUERRE (*ghér*), s. f. Guerra. *Foudre de guerre,* grande capitão. *De guerre lasse,* ceder de cansaço. *À la guerre comme à la guerre,* faz-se o possível.
GUERRIER, ÈRE (*ghériê, ér*), adj. Guerreiro. S. m. Guerreiro, soldado.
GUERROYANT, E (*ghéruaian, t*), adj. Guerreador.
GUERROYER (*ghéruaiê*), v. i. (Conjuga-se como *aboyer.*) Guerrear.
GUET (*ghé*), s. m. Espreita; vigia. *Ant.* Ronda. *Être au guet,* estar de atalaia.
GUET-APENS (*ghétapan*), s. m. Emboscada, cilada. Pl.: *des guet-apens.*
GUÊTRE (*ghétr*), s. f. Polaina.
GUÊTRER (*ghétrê*), v. t. Calçar polainas.
GUÊTRON (*ghétron*), s. m. Polaina curta.
GUETTE (*ghét*), s.f. Escora (em um vigamento).
GUETTER (*ghétê*), v. t. Espreitar, espiar. *Guetter l'occasion,* aguardar a ocasião.
GUETTEUR (*ghétĕr*), s. m. Espreitador. *Ant.* Vigia, sentinela.
GUEULARD, E (*ghëlar, d*), adj. e s. *Pop.* Falador, tagarela. *Pop.* Comilão. S. m. *Mar.* Porta-voz. Abertura superior num alto forno.
GUEULE (*ghël*), s. f. Goela; boca; entrada. *Pop.* Cara; boca. *Fort en gueule,* fanfarrão, tagarela. *Fam. Fine gueule,* entendedor de bebidas e iguarias.
GUEULER (*ghëlê*), v. i. *Pop.* Tagarelar; gritar.
GUEULETON (*ghëləton*), s. m. *Pop.* Comezaina.
GUEULETONNER (*ghëltonê*), v.i. *Pop.* Banquetear-se, tomar parte em uma comezaina.
GUEUSAILLE (*ghëzaii*), s. f. *Fam.* Corja, cambada (de mendigos).
GUEUSAILLER (*ghëzaiê*), v. i. *Fam.* Fazer profissão de mendigo; freqüentar a ralé.
GUEUSANT, E (*ghëzan, t*), adj. Mendicante, pedinte.
GUEUSARD (*ghëzar*), s. *Fam.* Patife, malandro.
GUEUSE (*ghëz*), s. f. Gusa; molde (para a gusa); renda ordinária.
GUEUSER (*ghëzê*), v. i. Mendigar, pedinchar.
GUEUSERIE (*ghëzri*), s. f. Mendicidade; miséria; ninharia.
GUEUX, EUSE (*ghë, ëz*), adj. e s. Mendigo; patife, tratante.
GUI (*ghi*), s. m. Agárico. *Mar.* Retranca.
GUIBOLLE (*ghiból*), s. f. *Pop.* Perna. *Jouer des guibolles,* fugir, correr.
GUICHE (*ghich*), s. f. Braçadeira (de um escudo). S. f. pl. Cachinhos de cabelo.
GUICHET (*ghiché*), s. m. Postigo, guichê.
GUICHETIER (*ghichətiê*), s. m. Ajudante de carcereiro.
GUIDAGE (*guidaj*), s. m. Conjunto de órgãos que servem para dirigir.

GUIDE (*ghid*), s. m. Guia, orientador; condutor. S. f. Rédea. *Fig. Mener la vie à grandes guides*, gastar muito.
GUIDE-ÂNE (*ghidan'*), s. m. Manual, folheto de instruções; pauta (para escrever). Pl.: *des guide-ânes.*
GUIDEAU (*ghidô*), s. m. Plataforma inclinada (para dirigir as águas em trabalho de escoamento); rede de pescar. Pl.: *des guideaux.*
GUIDER (*ghidê*), v. t. Guiar, conduzir, dirigir.
GUIDEROPE (*ghidəróp*), s. m. Âncora (de aeróstatos).
GUIDON (*ghidon*), s. m. Guião; porta-estandarte; bandeirola; ponta de mira (de arma de fogo); flâmula; guidão.
GUIGNARD, E (*ghinhar, d*), adj. *Fam.* Azarento.
GUIGNE (*ghinh*), s. f. Ginja. *Pop.* Azar. *Avoir la guigne*, estar de azar.
GUIGNER (*ghinhê*), v. i. Olhar de soslaio. V. t. Espreitar, olhar disfarçadamente. *Fig.* e *fam.* Cobiçar.
GUIGNIER (*ghinhiê*), **s. m. Ginjeira.**
GUIGNOL (*ghinhól*), s. m. Teatro de fantoches.
GUIGNOLET (*ghinholé*), s. m. Licor de ginja.
GUIGNON (*ghinhon*), s. m. Azar.
GUIGNONNANT, E ou **GUIGNOLANT, E** (*guinhonan, t* ou *guinholan, t*), adj. Azarento, irritante.
GUILLAUME (*ghiiôm'*), s. m. Guilherme (plaina).
GUILLEDOU (*ghíidu*), s. m. *Fam. Courir le guilledou*, freqüentar lugares suspeitos.
GUILLEMET (*ghiimé*), s. m. Aspas.
GUILLEMETER (*guiimətê*), v. t. Dobra o *t* antes de sílaba muda: *Je guillemette.*) Aspar, pôr entre aspas.
GUILLERET, ETTE (*ghíiré, ét*), adj. Alegre, esperto, vivo, livre.
GUILLERI (*ghíiri*), s. m. Chilro de pardal.
GUILLOCHE (*ghíióch*), s. f. Buril de fazer guilhochês.
GUILLOCHER (*ghíiochê*), v. t. Ornar com guilhochês.
GUILLOCHIS (*ghíiochi*), s. m. Guilhochês. Pl.: *des guillochis.*
GUILLOTINE (*ghíiotin'*), s. f. Guilhotina.
GUILLOTINÉ, E (*ghíiotinê*), adj. e s. Guilhotinado.
GUILLOTINEMENT (*ghíiotinəman*), s. m. Ação de guilhotinar.
GUILLOTINER (*ghíiotinê*), v. t. Guilhotinar.
GUILLOTINEUR (*ghíiotinĕr*), s.m. *Fam.* Guilhotinador.
GUIMAUVE (*ghimôv*), s. f. Altéia.
GUIMBARDE (*ghenbard*), s.f. Carroça (de quatro rodas e coberta). *Pop.* Carro ordinário; berimbau. *Fam.* Violão, guitarra ordinária; plaina pequena.
GUIMPE (*ghenp*), s. f. Véu (de freira); camiseta (bordada).
GUINDAGE (*ghendaj*), s.m. Guindagem.
GUINDAL (*ghendal*), s. m. *Mar.* Guindaste. Pl.: *des guindaux.*
GUINDÉ, E (*ghendê*), adj. Afetado; rebuscado, enfático (estilo).
GUINDEAU ou **GUINDAS** (*ghendô, ghendaç* ou *ghendá*), s. m. Cabestrante para levantar a âncora. Pl.: *des guindeaux* ou *guindas.*
GUINDER (*ghendê*), v. t. Guindar. *Fig.* Tornar enfático (o estilo). **SE GUINDER**, v. pr. Tomar um tom afetado.
GUINDERESSE (*ghendəréç*), s. f. Guindalete.
GUINÉE (*ghinê*), s.f. Guinéu. Guingão.
GUINGOIS (*ghenguá*), s.m. Esguelha, tortuosidade, falta de simetria. *De guingois*, loc. adv. De través, de esguelha. Pl.: *des guingois.*
GUINGUETTE (*ghenghét*), s. f. Tasca, botequim (de subúrbio).
GUIPURE (*ghipür*), s. f. Guipura.
GUIRLANDE (*ghirland*), s. f. Grinalda; festões.
GUISARME (*ghizarm*), s. f. Bisarma.
GUISE (*ghiz*), s. f. Guisa, maneira. *En guise de*, loc. adv. À maneira de.
GUITARE (*ghitar*), s. f. Guitarra; violão; viola. *Fig.* Cantilena, repetição monótona.
GUITARISTE (*ghitariçt*), s. Guitarrista; violonista.
GUIVRE (*ghivr*), s. f. Serpente fantástica.
GUSTATIF, IVE (*güçtatif, iv*), adj. Gustativo.
GUSTATION (*güçtaçion*), s. f. Gustação.
GUTTA-PERCHA (*gütapérchá*), s.f. Guta-percha.
GUTTURAL, E, AUX (*gütüral, ô*), adj. Gutural.
GYMNASE (*jim'naz*), s. m. Ginásio.
GYMNASTIQUE (*jim'naçtik*), adj. Ginástico. S. f. Ginástica.
GYMNOSPERMES (*jim'noçpérm*), s. f. pl. *Bot.* Gimnospermas.
GYNÉCÉE (*jinêçê*), s. m. Gineceu.
GYNÉCOCRATIE (*jinêkokraçi*), s. f. Ginecocracia.
GYNÉCOCRATIQUE (*jinêkokratik*), s. f. Gineocrático.
GYNÉCOLOGIE (*jinêkoloji*), s. f. Ginecologia.
GYNÉCOLOGISTE ou **GYNÉCOLOGUE** (*jinékolojiçt* ou *jinékológ*), s. m. Ginecologista.

GYPSE (*jipç*), s. m. Gesso.

GYPSEUX, EUSE (*jipçë, ëz*), adj. Gípseo.

GYROMÈTRE (*jirométr*), s. m. Girômetro.

GYROSCOPE (*jiroçkóp*), s. m. Giroscópio.

GYROSCOPIQUE (*jiroçkopik*), adj. Que se parece ou se relaciona com giroscópio.

GYROSTAT (*jiroçtá*), s. m. Giróstato.

H

H (*ach, hẽ*), s. m. ou f. Oitava letra do alfabeto.
HA! (*ha*), interj. Ah! (Indica surpresa.)
HABILE (*abil*), adj. Hábil; apto; intrigante.
HABILEMENT (*abilman*), adv. Habilmente.
HABILITÉ (*abilitê*), s. f. Habilidade.
HABILITER (*abilitê*), v. t. Habilitar.
HABILLABLE (*abiiabl*), adj. Que pode ser vestido.
HABILLAGE (*abiiaj*), s. m. Ação de vestir; preparo (de uma carne antes de cozinhá-la); aplicação (de um texto a uma gravura).
HABILLANT, E (*abiian, t*), adj. Que assenta bem (vestuário).
HABILLEMENT (*abiiman*), s. m. O vestir; vestuário, traje.
HABILLER (*abiiê*), v. t. Vestir; fazer roupas; preparar (uma carne antes de levá-la ao fogo); pôr um texto a uma ilustração. *Fig.* Falar mal de alguém. **S'HABILLER**, v. pr. Vestir-se.
HABILLEUR, EUSE (*abiiẽr, ëz*), s. Pessoa que, num teatro, ajuda os atores a se vestir.
HABIT (*abi*), s. m. Vestuário; casaca. *Prendre l'habit,* tomar o hábito, tornar-se religioso.
HABITABILITÉ (*abitabilitê*), s. f. Habitabilidade.
HABITABLE (*abitabl*), adj. Habitável.
HABITACLE (*abitakl*), s. m. Habitáculo, morada.
HABITANT, E (*abitan, t*), s. Habitante.
HABITAT (*abitá*), s. m. Habitat.
HABITATION (*abitaçion*), s. f. Habitação.
HABITER (*abitê*), v. t. e i. Habitar, morar.
HABITUDE (*abitüd*), s. f. Hábito, costume, uso; aspecto. *D'habitude,* loc. adv. Habitualmente.
HABITUÉ, E (*abitüê*), s. Freqüentador.
HABITUEL, ELLE (*abitüél*), adj. Habitual.
HABITUELLEMENT (*abitüélman*), adv. Habitualmente.
HABITUER (*abitüê*), v. t. Habituar; acostumar. **S'HABITUER**, v. pr. Habituar-se.
HABLER (*hablê*), v. i. Tagarelar; bazofiar.
HABLERIE (*habləri*), s. f. Prosápia, bazófia.
HÂBLEUR, EUSE (*hablẽr, ëz*), adj. e s. Bazófio, fanfarrão.
HACHAGE ou **HACHEMENT** (*hachaj* ou *hachman*), s. m. Cortamento (em pedaços pequenos); retalhadura.
HACHÉ, E (*hachê*), adj. Picado; retalhado. *Fig. Style haché,* estilo de frases curtas.
HACHE (*hach*), s. f. Machado.
HACHE-LÉGUMES (*hachlêgüm'*), s. m. inv. Cortador de legumes (instrumento).
HACHER (*hachê*), v.t. Cortar, picar; retalhar; estragar, arruinar; sombrear (um desenho).
HACHEREAU (*hachrô*), s. m. Machadinha. Pl.: *des hachereaux.*
HACHETTE (*hachét*), s. f. Machadinha.
HACHIS (*hachi*), s. m. Picado, picadinho (de carne). Pl.: *des hachis.*
HACHOIR (*hachuar*), s. m. Mesa, cepo ou tábua (onde se corta a carne).
HACHOTTE (*hachót*), s. f. Machadinha de tanoeiro.
HACHURE (*hachür*), s. f. Hachura.
HACHURER (*hachürê*), v. t. Sombrear (um desenho).
HAGARD, E (*hagar, d*), adj. Desvairado; bravio, feroz.
HAGIOGRAPHE (*ajiograf*), adj. e s. m. Hagiógrafo.
HAGIOGRAPHIE (*ajiografi*), s. f. Hagiografia.
HAGIOGRAPHIQUE (*ajiografik*), adj. Hagiográfico.
HAHA (*hahá*), s. m. Obstáculo inesperado (em um caminho).
HAIE (*hé*), s.f. Sebe, cerca viva.
HAIE! (*haí*), interj. Eia! Avante! (grito para fazer andar animais).
HAILLON (*haion*), s. m. Farrapo, trapo, andrajo.
HAILLONNEUX, EUSE (*haionẽ, ẽz*), adj. Esfarrapado, andrajoso.
HAINE (*hén'*), s. f. Ódio, ira. ***En haine de,*** loc. prep. Por ódio de.
HAINEUSEMENT (*hénëzman*), adv. Odiosamente.
HAINEUX, EUSE (*hénẽ, ẽz*), adj. Odiento, rancoroso.
HAÏR (*haír*), v. t. (Escrevem-se sem trema: ***je hais, tu hais, il hait*** e o imper. sing. ***hais;*** sem acento circunflexo: ***nous haïmes, vous haïtes, qu'il***

haït.) Odiar, detestar.
HAIRE (*hér*), s. f. Cilício.
HAÏSSABLE (*haiçabl*), adj. Odioso, detestável.
HAÏTIEN, ENNE (*aïtien* ou *aiçien, én'*), adj. e s. Haitiano.
HALAGE (*halaj*), s.m. Sirga, reboque.
HALBRAN (*halbran*), s. m. Pato selvagem novo.
HALBRENÉ, E (*halbrənê*), adj. Com os rêmiges quebrados. *Fig.* Fatigado, extenuado.
HÂLE (*hal*), s. m. Vento seco e quente.
HÂLÉ, E (*halê*), adj. Bronzeado, queimado de sol.
HALEINE (*alén'*), s. f. Hálito; fôlego, alento. *Tout d'une haleine,* de um fôlego só. *Tenir en haleine,* manter em exercício, treinar.
HALENÉE (*alənê*), s. f. Baforada, hálito.
HALENER (*alənê*), v. t. (Conjuga-se como *amener.*) Exalar; sentir, cheirar o hálito. *Fig.* Farejar.
HALER (*halê*), v. t. Sirgar, rebocar.
HALETANT, E (*halətan, t*), adj. Ofegante, esbaforido.
HALÈTEMENT (*halétman*), s. m. Arquejo; estado de arquejante.
HALETER (*halətê*), v. i. (Conjuga-se como *amener.*) Ofegar, arquejar.
HALEUR, EUSE (*halër, ëz*), s. O que sirga; o que reboca.
HALIEUTIQUE (*aliëtik*), adj. Haliêutico. S. f. Haliêutica.
HALL (*hôl*), s. m. Grande sala, sala de entrada.
HALLAGE (*halaj*), s. m. Direito de venda (em mercados.)
HALLALI (*alali*), s. m. Halali.
HALLE (*hal*), s. f. Praça coberta onde se estabelece um mercado; mercado.
HALLEBARDE (*halbard*), s. f. Alabarda. *Fam. Tomber* ou *pleuvoir des hallebardes,* chover torrencialmente.
HALLEBARDIER (*halbardiê*), s. m. Alabardeiro.
HALLIER (*haliê*), s. m. Moita espessa; guarda de mercado; comerciante em um mercado.
HALLUCINANT, E (*alüçinan, t*), adj. Alucinante.
HALLUCINATION (*alüçinaçion*), s. f. Alucinação.
HALLUCINATOIRE (*alüçinatuar*), adj. Alucinatório.
HALLUCINÉ, E (*alüçinê*), adj. Alucinado.
HALLUCINER (*alüçinê*), v. t. Alucinar.
HALLUCINOGÈNE (*alüçinojén'*), adj. e s. m. Alucinógeno.
HALO (*halô*), s. m. Halo.
HALOGÈNE (*alojén*), adj. e s. m. Halogêneo.
HALOÏDE (*aloïd*), adj. e s. m. Halóide.
HALOIR (*haluar*), s. m. Secadouro (para cânhamo ou certos queijos).
HALOT (*halô*), s. m. Toca (de coelho).
HALTE (*halt*), s. f. Alto, paragem. *Halte!* interj. Alto!
HALTÈRE (*altér*), s. m. Haltere.
HAMAC (*hamak*), s. m. Rede (de deitar).
HAMAMELIS (*amamêliç*), s. m. Hamamélis.
HAMEAU (*hamô*), s. m. Lugarejo, aldeola. Pl.: *des hameaux.*
HAMEÇON (*ameçon*), s. m. Anzol. *Fig.* e *fam. Mordre à l'hameçon,* deixar-se levar pelas aparências.
HAMEÇONNÉ, E (*aməçonê*), adj. Munido de anzol ou ferro semelhante.
HAMPE (*hanp*), s. f. Haste, mastro (de bandeira); cabo (de pincel); chã-de-fora (boi); peito de veado; haste (com flores).
HANAP (*hanap*), s. m. *Hist.* Grande vaso utilizado na Idade Média para bebidas.
HANCHE (*hanch*), s. f. Anca, quadril.
HANDICAP (*handikap*), s. m. Handicap.
HANDICAPER (*handikapê*), v. t. Equilibrar as possibilidades dos cavalos em uma corrida. *Fig.* Embaraçar.
HANGAR (*hangar*), s. m. Hangar; galpão.
HANNETON (*hanəton*), s. m. Besouro. *Fig.* Avoado, estouvado.
HANNUYER, ÈRE ou **HAINUYER, ÈRE** (*hanuiiê, ér* ou *hénuiiê, ér*), adj. e s. De Haimant (Bélgica).
HANOVRIEN, ENNE (*hanovrien, én'*), adj. e s. Hanoveriano.
HANSE (*hanç*), s. f. Hansa.
HANSÉATIQUE (*hançêatik*), adj. Hanseático.
HANTER (*hantê*), v. t. Freqüentar; perseguir; observar. *Maison hantée,* casa mal-assombrada.
HANTISE (*hantiz*), s. f. Perseguição; obsessão.
HAPPE (*hap*), s. f. Aro (de ferro); tenaz (de fundidor).
HAPPEAU (*hapô*), s. m. Arapuca. Pl.: *des happeaux.*
HAPPEMENT (*hapman*), s. m. Abocamento, tragamento; aderência à língua.
HAPPER (*hapê*), v. t. Abocanhar. *Fig.* Agarrar. V. i. Aderir.
HAQUET (*haké*), s. m. Espécie de carroça.
HAQUETIER (*hakətiê*), s. m. Carroceiro.
HARANGUE (*harang*), s.f. Arenga. *Fam.* Reprimenda, sermão.

HARANGUER (*haranghê*), v. t. Arengar, discursar.
HARANGUEUR, EUSE (*haranghĕr, ëz*), s. Arengador.
HARAS (*hará*), s. m. Coudelaria. Pl.: *des haras.*
HARASSE (*haraç*), s. f. Caixote, engradado.
HARASSER (*haraçê*), v. t. Esfalfar, fatigar.
HARCELANT, E (*harçəlan, t*), adj. Fatigante, impertinente, provocante.
HARCÈLEMENT (*harcélman*), s. m. Importunação; impertinência; perseguição.
HARCELER (*harçelê*), v. t. (O *e* mudo passa a *è* antes de sílaba muda: *il harcèle.*) Importunar; aborrecer; assediar.
HARDE (*hard*), s. f. Manada, alcatéia, trela (de cães).
HARDER (*hardê*), v. t. Atrelar (cães).
HARDES (*ard*), s. f. pl. Roupas.
HARDI, E (*hardi*), adj. Atrevido, audacioso; temerário, insolente.
HARDIESSE (*hardiéç*), s. f. Audácia; atrevimento; insolência; temeridade. *Fig.* Arrojo.
HARDIMENT (*hardiman*), adv. Audaciosamente; temerariamente; insolentemente.
HAREM (*harém'*), s. m. Harém.
HARENG (*haran*), s. m. Arenque.
HARENGAISON (*haranghézon*), s. f. Pesca do arenque.
HARENGÈRE (*harenjér*), s. f. Peixeira. *Fig.* e *fam.* Mulher grosseira.
HARGNEUX, EUSE (*harnhë, ëz*), adj. Ranzinza, rabugento.
HARICOT (*harikô*), s. m. Feijão.
HARIDELLE (*haridél*), s. f. Pileca.
HARMONICA (*armoniká*), s. f. Harmônica.
HARMONICORDE (*armonikórd*), s. m. Harmonicordo.
HARMONIE (*armoni*), s. f. Harmonia.
HARMONIEUSEMENT (*armoniëzman*), adv. Harmoniosamente.
HARMONIEUX, EUSE (*armoniĕ, ĕz*), adj. Harmonioso.
HARMONIQUE (*armonik*), adj. Harmônico.
HARMONIQUEMENT (*armonikman*), adv. Harmonicamente.
HARMONISER ou **HARMONIER** (*armonizê* ou *armoniê*), v. t. (*Harmonier* conjuga-se como *prier.*) Harmonizar.
HARMONISTE (*armoniçt*), s.m. Harmonista.
HARMONIUM (*armonióm'*), s.m. Harmônio. Pl.: *des harmoniums.*
HARNACHEMENT (*harnachman*), s. m. Arreamento, aparelhamento (das bestas). *Fig.* e *fam.* Vestimenta ridícula, espalhafatosa.
HARNACHER (*harnachê*), v.t. Arrear, aparelhar (bestas). *Fig.* e *fam.* Vestir de modo ridículo.
HARNACHEUR (*harnachĕr*), s. m. Seleiro; aparelhador (de bestas).
HARNAIS (*harné*), s. m. Arreio; aprestos de uma carruagem. *Vieillir* ou *blanchir sous le harnais*, trabalhar a vida toda. Pl.: *des harnais.*
HARO (*harô*), s. m. Grito para fazer parar alguém: Alto lá! *Fig. Crier haro sur*, levantar-se indignado contra.
HARPAIL, s. m. ou **HARPAILLE** (*harpai* ou *harpaii*), s. f. Manada (de corças e veados novos).
HARPE (*harp*), s. f. Harpa; juntura; grampo, gancho.
HARPIE (*harpi*), s. f. Harpia.
HARPISTE (*harpiçt*), s. Harpista.
HARPON (*harpon*), s. f. Arpão.
HARPONNAGE ou **HARPONNEMENT** (*harponaj* ou *harpónəman*), s. m. Arpoação.
HARPONNER (*harponê*), v. t. Arpoar. *Fig.* Agarrar.
HARPONNEUR (*harponĕr*), s. m. Arpoador.
HART (*har*), s. f. Vincilho.
HASARD (*hazar*), s. m. Acaso, sorte. Loc. adv.: *Au hasard*, ao acaso; *par hasard*, por acaso; *à tout hasard*, o que quer que aconteça. Pl.: *Fig.* Riscos, perigos.
HASARDÉ, E (*hazardê*), adj. Arriscado, duvidoso; insinuado.
HASARDER (*hazardê*), v.t. Arriscar; expor ao perigo. V. i. Expor-se a.
HASARDEUSEMENT (*hazardëzman*), adv. Perigosamente, com risco.
HASARDEUX, EUSE (*hazardë, ëz*), adj. Temerário, destemido; perigoso, arriscado.
HASE (*haz*), s.f. Lebre (fêmea).
HÂTE (*hat*), s. f. Pressa, precipitação. *En hâte, à la hâte*, loc. adv. Às pressas.
HÂTELET (*hatlé*), s. m. Espeto de assar carnes.
HÂTER (*hatê*), v.t. Apressar, acelerar. **SE HÂTER**, v. pr. Apressar-se.
HÂTEUR (*hatĕr*), s.m. Cozinheiro encarregado dos assados (nas cozinhas reais).
HÂTIER (*hatiê*), s.m. Cão de chaminé.
HÂTIF, IVE (*hatif, iv*), adj. Prematuro, temporão; rápido, apressado.
HÂTIVEMENT (*hativman*), adv. Apressadamente; prematuramente.
HAUBAN (*hôban*), s. m. Ovém.
HAUBERT (*hôbér*), s. m. Cota de malha.
HAUSSE (*hôç*), s. f. Alça. *Fig.* Alta, elevação de valor, de preço. *Hausse-col*,

gola (da armadura). *Hausse-pied*, alçapé.

HAUSSEMENT (*hôçman*), s. m. Levantamento. *Haussement des épaules*, movimento de ombros para indicar desprezo.

HAUSSER (*hôçê*), v. t. Aumentar, altear; elevar. V. i. Crescer, aumentar.

HAUSSIER (*hôçiê*), s.m. Altista.

HAUT, E (*hô, t*), adj. Alto; forte; arrogante. *Le Très Haut*, o Altíssimo. S. m. Cume, topo; altura. *Tomber de son haut*, cair completamente; *fig.* ficar muito admirado. S. f. *Pop.* A alta sociedade. Adv. Alto. *Là-haut*, lá no alto, lá em cima. *Fig.* No céu. *Haut la main*, loc. adv. Facilmente.

HAUTAIN, E (*hôten, én'*), adj. Altivo, orgulhoso.

HAUTBOIS (*hôbuá*), s. m. Oboé. *Poét.* Poesia pastoral. Pl.: *des hautbois*.

HAUTBOISTE (*hôboiçt*), s. Oboista.

HAUT-DE-CHAUSSE (*hôdchôz*), s.m. Calças, calções. Pl.: *des hauts-de-chausses*.

HAUTE-CONTRE (*hotəkontr*), s.f. *Mús.* Voz masculina mais aguda que a de tenor.

HAUTEMENT (*hôtman*), adv. Altamente; claramente, francamente, orgulhosamente, altivamente.

HAUTESSE (*hôtéç*), s.f. Alteza.

HAUTEUR (*hôtĕr*), s. f. Altura; elevação; colina. *Fig.* Altivez; superioridade.

HAUT-FOND (*hôfon*), s.m. Lugar de grande profundidade (em um rio ou no mar). Pl.: *des hauts-fonds*.

HAUT-LE-CŒUR (*hôləkĕr*), s. m. inv. Náusea. *Fig.* Nojo.

HAUT-LE-CORPS (*hôləkór*), s. m. inv. Convulsão, estremecimento; salto (do cavalo).

HAUT-PARLEUR (*hôparlĕr*), s.m. Alto-falante. Pl.: *des haut-parleurs*.

HAUT-PENDU (*hôpandü*), s. m. Nuvem de chuva. Pl.: *des haut-pendus*.

HAUT-RELIEF (*hôrəliéf*), s. m. Alto-relevo. Pl.: *des hauts-reliefs*.

HAUTURIER, ÈRE (*hôtüriê, ér*), adj. Do alto-mar.

HAVANAIS, E (*havanê, éz*), adj. e s. Havanês. S. m. Tipo de cão pequeno.

HAVANE (*havan'*), s. m. Fumo de Havana; charuto de Havana. Adj. Havana, castanho-claro.

HAVE (*hav*), adj. Pálido, macerento; magro.

HAVENEAU ou **HAVENET** (*havnô* ou *havné*), s. m. Rede de pescar camarões. Pl.: *des haveneaux ou havenets*.

HAVIR (*havir*), v. t. Chamuscar, tostar.

HAVRE (*havr*), s. m. Enseada; porto.

HAVRESAC (*havrəçak*), s. m. Mochila; saco (de ferramentas).

HAWAIIEN, ENNE (*uaien, én'*), adj. Havaiano.

HÉ! (*hê*), interj. Ó!, Oh!. (Exprime surpresa.)

HEAUME (*hôm'*), s. m. Elmo.

HEAUMERIE (*hôməri*), s. f. Arte de fabricar, lugar onde se fabricavam elmos.

HEAUMIER (*hômiê*), s.m. Artesão que fazia elmos.

HEBDOMADAIRE (*ébdomadér*), adj. Hebdomadário.

HEBDOMADAIREMENT (*ébdomadérman*), adv. Hebdomadariamente, semanalmente.

HEBDOMADIER, ÈRE (*ébdomadiê, ér*). s. Religioso ou religiosa de semana.

HÉBERGE (*êbérj*), s. f. Limite de comunhão (da propriedade de uma parede pertencente a dois prédios contíguos e de alturas diferentes).

HÉBERGEMENT (*êberjəman*), s. m. Hospedagem, alojamento.

HÉBERGER (*êbérjê*), v.t. (Toma um *e* mudo depois do *g* antes de *a* e *o*: *il hébergea, nous hébergeons*.) Hospedar, alojar.

HÉBÉTANT, E (*êbêtan, t*), adj. Estupidificante, embrutecedor.

HÉBÉTÉ, E (*êbêtê*), adj. Bestificado, embrutecido.

HÉBÉTEMENT (*êbêtman*), s. m. Bestificação, embrutecimento.

HÉBÉTER (*êbêtê*), v. t. (Conjuga-se como *accélérer*.) Estupefazer, embrutecer.

HÉBÉTUDE (*êbêtüd*), s.f. Estupidez, embotamento.

HÉBRAIQUE (*êbraík*), adj. Hebraico.

HÉBRAIQUEMENT (*êbraíkman*), adv. À maneira dos hebreus.

HÉBRAISANT ou **HÉBRAISTE** (*êbraízan* ou *êbraiçt*), adj. e s. Hebraísta.

HÉBRAISER (*êbraízê*), v.t. Cometer hebraísmos; dedicar-se ao hebraico.

HÉBRAISME (*êbraiçm*), s. m. Hebraísmo.

HÉBREU (*êbrĕ*), s. e adj. m. Hebreu. *Fig.* Coisa incompreensível. Pl.: *des hébreux*.

HÉCATOMBE (*êkatonb*), s.f. Hecatombe.

HECTARE (*êktar*), s. m. Hectare.

HECTIQUE (*éktik*), adj. Héctico.

HECTOGRAMME (*éktogram'*), s. m. Hectograma.

HECTOLITRE (*êktolitr*), s. m. Hectolitro.

HECTOMÈTRE (*éktométr*), s. m. Hectômetro.

HÉDÉRACÉ, E (*êdêraçê*), adj. Hederáceo.

HÉDONISME (*êdoniçm*), s. m. Hedonismo.
HÉGÉLIANISME (*êghêlianiçm* ou *êjelianiçm*), s. m. Hegelianismo.
HÉGÉLIEN, ENNE (*êghêlien* ou *êjêlien, én'*), adj. e s. Hegeliano.
HÉGÉMONIE (*êjêmoni*), s. f. Hegemonia.
HÉGIRE (*êjir*), s. f. Hégira.
HEIDUQUE (*édük*), s. m. Heiduque; lacaio vestido à húngara.
HEIN! (*hen*), interj. Hein!.
HÉLAS! (*êlaç*), interj. Ai! Ah! Ai de mim! S. m. *Fam.* Ai, suspiro.
HÉLER (*hêlê*), v. t. (Conjuga-se como *accélérer.*) Chamar (uma embarcação); chamar por.
HÉLIANTHE (*êliant*), s. m. Helianto.
HÉLIAQUE (*êliak*), adj. Helíaco.
HÉLIASTE (*êliaçt*), s. m. Heliasta.
HÉLICE (*êliç*), s. f. Hélice. *Zool.* Caracol.
HÉLICOÏDAL, E, AUX (*êlikoidal, ô*), adj. Helicoidal.
HÉLICOÏDE (*êlikoíd*), adj. e s. f. Helicóide.
HÉLICON (*êlikon*), s. m. Contrabaixo.
HÉLICOPTÈRE (*êlikoptér*), s. m. Helicóptero.
HÉLIOCENTRIQUE (*êlioçantrik*), adj. Heliocêntrico.
HÉLIOCHROMIE (*êliokromi*), s. f. Heliocromia.
HÉLIOGRAPHE (*êliograf*), s. m. Heliógrafo.
HÉLIOGRAPHIE (*êliografi*), s. f. Heliografia.
HÉLIOGRAVURE (*êliogravür*), s. f. Heliogravura.
HÉLION (*êlion*), s. m. *Fís.* Partícula alfa.
HÉLIOSCOPE (*êlioçkóp*), s. m. Helioscópio.
HÉLIOSTAT (*êlioçtá*), s. m. Helióstato.
HÉLIOTHÉRAPIE (*êliotêrapi*), s. f. Helioterapia.
HÉLIOTROPE (*êliotróp*), s. m. Heliotrópio.
HÉLIUM (*êlióm'*), s. m. *Quím.* Hélio.
HÉLIX (*êlikç*), s.m. Hélix (do pavilhão auricular). *Zool.* V. **HÉLICE.**
HELLÈNE (*élén'*), s. Heleno.
HELLÉNIQUE (*élênik*), adj. Helênico.
HELLÉNISANT (*élênizan*), adj. e s. m. Helenizante.
HELLÉNISATION (*élênizaçion*), s. f. Helenização.
HELLÉNISER (*élênizê*), v. t. Helenizar.
HELLÉNISME (*élêniçm*), s. m. Helenismo.
HELLÉNISTE (*élêniçt*), s. Helenista.
HELLÉNISTIQUE (*élêniçtik*), adj. Helenístico.
HELVÉTIEN, ENNE (*élvêçien, én'*), adj. e s. Helvécio.
HEM! (*ém'*), interj. Hem!. (Para chamar atenção.)
HÉMATÉMÈSE (*êmatêméz*), s. f. Hematêmese.
HÉMATIE (*êmati*), s. f. Hemácia.
HÉMATINE ou **HÉMATOSINE** (*êmatin'* ou *êmatozin'*), s. f. Hematina, hematosina.
HÉMATITE (*êmatit*), s. f. Hematite.
HÉMATOCÈLE (*êmatoçél*), s. f. Hematocele.
HÉMATOGRAPHIE ou **HÉMATOLOGIE** (*êmatografi* ou *êmatoloji*), s. f. Hematologia.
HÉMATOME (*êmatóm'*), s. m. Hematoma.
HÉMATOSE (*êmatôz*), s. f. Hematose.
HÉMATOZOAIRE (*êmatozoér*), s. m. Hematozoário.
HÉMÉROCALLE (*êmêrokal*), s. f. Hemerocale.
HÉMICIRCULAIRE (*êmiçirkülér*), adj. Semicircular.
HÉMICYCLE (*êmiçikl*), s. m. Hemiciclo.
HÉMIÈDRE (*êmiédr*), adj. Hemiédrico.
HÉMIÉDRIE (*êmiêdri*), s. f. Hemiedria.
HÉMIPTÈRES (*êmiptér*), s. m. pl. Hemípteros.
HÉMISPHÈRE (*êmiçfér*), s. m. Hemisfério.
HÉMISPHÉRIQUE (*êmiçfêrik*), adj. Hemisférico.
HÉMISTICHE (*êmiçtich*), s. m. Hemistíquio.
HÉMITROPIE (*êmitropi*), s. f. Hemitropia.
HÉMOGLOBINE (*êmoglobin'*), s. f. Hemoglobina.
HÉMOLYSE (*êmoliz*), s. f. Hemólise.
HÉMOPATHIE (*êmopati*), s. f. Hemopatia.
HÉMOPHILIE (*êmofili*), s. f. Hemofilia.
HÉMOPTYSIE (*êmoptizi*), s. f. Hemoptise.
HÉMORRAGIE (*êmoraji*), s. f. Hemorragia.
HÉMORRAGIQUE (*êmorajik*), adj. Hemorrágico.
HÉMORROÏDAL, E, AUX (*êmoroidal, ô*), adj. Hemorroidal.
HÉMORROÏDES (*êmoroíd*), s. f. pl. Hemorróidas.
HÉMOSTASE ou **HÉMOSTASIE** (*êmoçtaz* ou *êmoçtazi*), s. f. Hemostasia.
HÉMOSTATIQUE (*êmoçtatik*), adj. Hemostático.
HENDÉCAGONE ou **ENDÉCAGONE** (*endêkagón'*), s. m. e adj. Endecágono.
HENDÉCASYLLABE ou **ENDÉCASYLLABE** (*endêkaçilab*), s. m. e adj. Endecassílabo.
HENNIN (*hénen*), s. m. Chapéu alto e cônico (usado pelas damas na Idade Média).

HENNIR (*hénir*), v.i. Rinchar, relinchar.
HENNISSEMENT (*héniçman*), s. m. Rincho.
HÉPATIQUE (*êpatik*), adj. Hepático.
HÉPATISATION (*êpatizaçion*), s. f. Hepatização.
HÉPATITE (*êpatit*), s. f. Hepatite.
HEPTAÈDRE (*éptaédr*), s. m. e adj. Heptaedro.
HEPTAÉDRIQUE (*éptaêdrik*), adj. Heptaédrico.
HEPTAGONAL, E, AUX (*êptagonal, ô*), adj. Heptagonal.
HEPTAGONE (*éptagón'*), s. m. Heptágono.
HEPTAGYNE (*éptajin'*), adj. Heptágino.
HEPTANDRIE (*éptandri*), s. f. Heptândria.
HEPTARCHIE (*éptarchi*), s. f. Heptarquia.
HÉRALDIQUE (*êraldik*), adj. Heráldico.
HÉRALDISTE (*êraldiçt*), s. m. Heraldista.
HÉRAUT (*hêrô*), s. m. Arauto.
HERBACÉ, E (*érbaçê*), adj. Herbáceo.
HERBAGE (*êrbaj*), s.m. Ervas; pastagem permanente.
HERBAGEMENT (*érbajman*), s. m. Ação de pôr o gado ao pasto.
HERBAGER, ÈRE (*érbajê, ér*), s. Engordador (de bois); o que se ocupa da alimentação do gado.
HERBAGER (*érbajê*), v. t. (Toma um *e* mudo depois do *g* antes de *a* e *o*: *il herbagea, nous herbageons.*) Pôr o gado à pastagem.
HERBE (*erb*), s. f. Erva; grama. ***Mauvaise herbe,*** erva daninha. ***En herbe,*** ainda não maduro; *fig.* em sonho, em potencial. ***Couper l'herbe sous les pieds à,*** suplantar, passar para trás.
HERBER (*êrbê*), v. t. Expor, estender a roupa (sobre o capim, para secar).
HERBERIE (*érbəri*), s. f. Mercado de ervas; lugar de branqueamento da cera.
HERBETTE (*érbét*), s. f. Grama, ervinha.
HERBEUX, EUSE (*érbë, ëz*), adj. Ervoso.
HERBIER (*érbie*), s. m. Granja (onde se guarda o capim cortado para animais); herbário.
HERBIÈRE (*érbiér*), s. f. Verdureira, vendedora de ervas.
HERBIFORME (*érbifórm*), adj. Herbiforme.
HERBIVORE (*érbivór*), s. m. e adj. Herbivoro.
HERBORISATEUR, TRICE (*érborizatĕr, triç*), s. Herborizador.
HERBORISATION (*érborizaçion*), s. f. Herborização.
HERBORISER (*érborizê*), v. i. Herborizar.
HERBORISEUR (*érborizĕr*), s. m. Herborizador.
HERBORISTE (*érboriçt*), s.m. Herborista.
HERBORISTERIE (*érboriçt ri*), s. f. Comércio, loja de herborista.
HERBU, E (*érbü*), adj. Herboso, coberto de mato.
HERCHER (*hérchê*), v.i. Empurrar vagonetas carregadas de minério.
HERCHEUR, EUSE (*hérchĕr, ëz*), s. Operário que empurra vagonetas de minério.
HERCULE (*érkül*), s. m. Hércules.
HERCULÉEN, ENNE (*érkülêen, én'*), adj. Hercúleo.
HÈRE (*hér*), s. m. *Fam.* Miserável, pária, pobre-diabo; veado novo.
HÉRÉDITAIRE (*êrêditér*), adj. Hereditário.
HÉRÉDITAIREMENT (*êrêditérman*), adv. Hereditariamente.
HÉRÉDITÉ (*êrêditê*), s. f. Hereditariedade.
HÉRÉSIARQUE (*êrêziark*), s. m. Heresiarca.
HÉRÉSIE (*êrêzi*), s. f. Heresia.
HÉRÉTIQUE (*êrêtik*), adj. e s. Herético.
HÉRISSÉ, E (*hêriçê*), adj. Eriçado. *Fig.* Embaraçado.
HÉRISSER (*hêriçê*), v. t. Eriçar. *Fig.* Eivar, crivar, encher. **SE HÉRISSER,** v. pr. Eriçar-se, erguer-se.
HÉRISSON (*hêriçon*), s. m. Ouriço; roda denteada. *Fig.* Pessoa intratável.
HÉRITAGE (*êritaj*), s. m. Herança.
HÉRITER (*êritê*), v. i. e t. Herdar.
HÉRITIER, ÈRE (*êritiê, ér*), s. Herdeiro.
HERMAPHRODISME (*érmafrodiçm*), s. m. Hermafroditismo.
HERMAPHRODITE (*érmafrodit*), s. m. e adj. Hermafrodita.
HERMÉNEUTIQUE (*érmênëtik*), adj. Hermenêutico. S. f. Hermenêutica.
HERMÉTICITÉ (*érmêtiçitê*), s. f. Hermeticidade.
HERMÉTIQUE (*érmêtik*), adj. Hermético.
HERMÉTIQUEMENT (*érmêtikman*), adv. Hermeticamente.
HERMINE (*érmin'*), s. f. Arminho; pele de arminho.
HERMINETTE ou **ERMINETTE** (*érminét*), s. f. Enxó.
HERNIAIRE (*hêrniér*), adj. Herniário.
HERNIE (*hérni*), s.f. Hérnia.
HERNIÉ, E (*hérniê*), adj. Herniado.
HERNIEUX, EUSE (*hérnië, ëz*), adj. e s. Hernioso.
HÉROÏ-COMIQUE (*êroïkomik*), adj. Herói-cômico.
HÉROÏDE (*êroïd*), s. f. Heróide.
HÉROÏNE (*êroïn'*), s.f. Heroina.
HÉROÏQUE (*êroïk*), adj. Heróico.
HÉROÏQUEMENT (*êroikman*), adv. He-

roicamente.
HÉROÏSME (*êroïçm*), s. m. Heroísmo.
HÉRON (*héron*), s. m. Garça-real.
HÉRONNEAU (*hêronô*), s. m. Filhote da garça-real. Pl.: *des héronneaux*.
HÉRONNIÈRE (*hêroniér*), s. f. Ninho de garça; sítio onde se criam garças-reais.
HÉROS (*hêrô*), s. m. Herói. Pl.: *des héros*.
HERPE (*hérp*), s. f. Espécie de crivo. *Mar*. Percha; destroço (que o mar lançou na praia).
HERPÈS (*érpéç*), s. m. Herpes.
HERPÉTIQUE (*érpêtik*), adj. Herpético.
HERPÉTISME (*érpêtiçm*), s. m. Herpetismo.
HERSAGE ou **HERSEMENT** (*hérçaj* ou *hérçəman*), s. m. Gradagem.
HERSE (*hérç*), s.f. Grade de esterroar; grade de ferro.
HERSER (*hérçê*), v. t. Esterroar (com grade própria).
HERTZIEN, ENNE (*értçien, én'*), adj. Hertziano.
HÉSITANT, E (*êzitan, t*), adj. Hesitante, vacilante.
HÉSITATION (*êzitaçion*), s. f. Hesitação.
HÉSITER (*êzitê*), v. i. Hesitar.
HÉTAIRIE ou **HÉTÉRIE** (*êtéri* ou *êtêri*), s. f. Heteria.
HÉTAÏRISME (*êtaíriçm*), s. m. Heterismo.
HÉTÉROCLITE (*êtêroklit*), adj. Heteróclito. *Fig*. Estranho, bizarro.
HÉTÉRODOXE (*êtêrodókç*), adj. Heterodoxo.
HÉTÉRODOXIE (*êtêrodokçi*), s. f. Heterodoxia.
HÉTÉRODYNE (*êtêrodin'*), adj. e s. f. Heteródino.
HÉTÉROGAMIE (*êtêrogami*), s. f. Heterogamia.
HÉTÉROGÈNE (*êtêrojén'*), adj. Heterogêneo.
HÉTÉROGÉNÉITÉ (*êtêrojênêitê*), s. f. Heterogeneidade.
HÉTÉROGÉNIE (*êtêrojêni*), s. f. Heterogenia.
HÉTÉROGÉNISTE (*êtêrojêniçt*), s. m. Heterogenista.
HÉTÉROMORPHE (*êtêromórf*), adj. Heteromorfo.
HÊTRAIE (*hétré*), s. f. Faial.
HÊTRE (*hétr*), s. m. Faia.
HEU! (*hë*), interj. Eh!, Hum!, Hein?.
HEUR (*ĕr*), s. m. *Ant*. Sorte. *Heur et malheur*, sorte e desdita.
HEURE (*ĕr*), s. f. Hora. *Fig*. e *fam*. *Le quart d'heure de Rabelais*, a hora de pagar uma dívida. Loc. adv.: *Tout à l'heure*, ainda há pouco, dentro em pouco; *à toute heure*, a todo momento; *de bonne heure*, cedo; *pour le quart d'heure*, atualmente; *à l'heure qu'il est*, nos tempos que correm; *à la bonne heure*, finalmente, muito bem; *sur l'heure*, imediatamente.
HEUREUSEMENT (*ërëzman*), adv. Felizmente.
HEUREUX, EUSE (*ërë, ëz*), adj. Feliz, venturoso. *Mémoire heureuse*, memória fiel.
HEURT (*hĕr*), s. m. Choque, solavanco.
HEURTÉ, E (*hĕrtê*), adj. Distante, discordante; adverso.
HEURTEMENT (*hĕrtəman*), s. m. Choque; topada; hiato.
HEURTER (*hĕrtê*), v. t. Chocar. *Fig*. Ferir. V. i. Bater (à porta). **SE HEURTER**, v. pr. Chocar-se, tropeçar. *Fig*. Contrariar-se mutuamente.
HEURTOIR (*hĕrtuar*), s. m. Aldrava.
HEXACORDE (*êgzakórd*), s. m. Hexacorde.
HEXAÈDRE (*égzaédr*), s. m. Hexaedro.
HEXAÉDRIQUE (*égzaêdrik*), adj. Hexaédrico.
HEXAGONAL, AUX (*égzagonal, ô*), adj. Hexagonal.
HEXAGONE (*égzagón'*), s. m. Hexágono.
HEXAMÈTRE (*égzamétr*), s. m. Hexâmetro.
HEXANDRE (*égzandr*), adj. Hexandro.
HEXANDRIE (*égzandri*), s. f. Hexandria.
HI, HI, HI! (*hi, hi, hi*), interj. (Imitação do riso.) *Faire des hi et des ho*, manifestar seu espanto.
HIATUS (*iatüç*), s. m. Hiato. *Fig*. Lacuna. Pl.: *des hiatus*.
HIBERNAL, E, AUX (*ibérnal, ô*), adj. Hibernal.
HIBERNANT, E (*ibérnan, t*), adj. Hibernante.
HIBERNATION (*ibérnaçion*), s. f. Hibernação.
HIBERNER (*ibérnê*), v. i. Hibernar.
HIBOU (*hibu*), s. m. Mocho. *Fig*. Casmurro. Pl.: *des hiboux*.
HIC (*hik*), s. m. *Fam*. *Voilà le hic!*, eis o x do problema.
HIDEUR (*hidĕr*), s. f. Fealdade, hediondez.
HIDEUSEMENT (*hidëzman*), adv. Horrivelmente, horrendamente.
HIDEUX, EUSE (*hidë, ëz*), adj. Hediondo, horrendo.
HIÉMAL, E, AUX (*iêmal, ô*), adj. Hiemal, hibernal.
HIÉMATION (*iêmaçion*), s. f. Hiemação.
HIEMENT ou **HÎMENT** (*himan*), s. m. Calçamento (de rua). Rangido das máquinas. Guindastes.
HIER (*iér*), adv. Ontem. *Fam*. *Né d'hier*, nascido ontem, inexperiente.
HIÉRARCHIE (*hiérarchi*), f. Hierarquia.
HIÉRARCHIQUE (*hiêrarchik*), adj. Hierárquico.

HIÉRARCHIQUEMENT (*hiêrarchikman*), adv. Hierarquicamente.
HIÉRARCHISATION (*hiêrarchizaçion*), s. f. Hierarquização.
HIÉRARCHISER (*hiérarchizê*), v.t. Hierarquizar.
HIÉRATIQUE (*iêratik*), adj. Hierático.
HIÉROGLYPHE (*iêroglif*), s. m. Hieróglifo.
HIÉROGLYPHIQUE (*iêroglifik*), adj. Hieroglífico.
HIÉRONYMITE (*iêronimit*), s. m. Hieronimita (frade de São Jerônimo).
HILARANT, E (*ilaran, t*), adj. Hilariante.
HILARE (*ilar*), adj. Hílare.
HILARITÉ (*ilaritê*), s. f. Hilaridade.
HINDOU (*endu*), adj. e s. Hindu.
HINDOUISME (*enduiçm*), s. m. Hinduísmo.
HINDOUSTANI (*enduçtani*), s. m. Hindustani.
HIPPARION (*iparion*), s. m. Hipário.
HIPPIATRE (*ipiatr*), s. m. Hipiatro.
HIPPIQUE (*ipik*), adj. Hípico.
HIPPISME (*ipiçm*), s. m. Hipismo.
HIPPOCAMPE (*ipokanp*), s. m. Hipocampo.
HIPPOCENTAURE (*ipoçantôr*), s. m. Hipocentauro.
HIPPOCRATIQUE (*ipokratik*), adj. Hipocrático.
HIPPOCRATISME (*ipokratiçm*), s. m. Hipocratismo.
HIPPODROME (*ipodróm'*), s. m. Hipódromo.
HIPPOGRIFFE (*ipogrif*), s. m. Hipogrifo.
HIPPOLOGIE (*ipoloji*), s. f. Hipologia.
HIPPOMOBILE (*ipomobil*), adj. Hipomóvel.
HIPPOPHAGE (*ipofaj*), adj. e s. Hipófago.
HIPPOPHAGIE (*ipofagi*), s. f. Hipofagia.
HIPPOPOTAME (*ipopotam'*), s. m. Hipopótamo.
HIRCIN, E (*irçen, in'*), adj. Hircino.
HIRONDEAU (*irondô*), s. m. Andorinha nova. Pl.: *des hirondeaux.*
HIRONDELLE (*irondél*), s. f. Andorinha. Barquinho fluvial a vapor. *Fig.* e *fam. Hirondelle d'hiver*, limpador de chaminés, vendedor de castanhas. *Prov. Une hirondelle ne fait pas le printemps*, uma andorinha só não faz verão.
HIRSUTE (*irçüt*), adj. Hirsuto. *Fig.* Grosseiro.
HIRUDINÉES (*irüdinê*), s. f. Hirudíneas.
HISPANIQUE (*içpanik*), adj. Hispânico.
HISPANISME (*içpaniçm*), s. m. Hispanismo.
HISPANO-AMÉRICAIN, E (*içpanôamêriken, én'*), adj. e s. Hispano-americano.
HISPIDE (*içpid*), adj. Híspido.
HISSER (*hiçê*), v. t. Içar, erguer.
HISTOIRE (*içtuar*), s. f. História; conto. *Fam.* Fingimento, afetação.
HISTOLOGIE (*içtoloji*), s. f. Histologia.
HISTOLOGIQUE (*içtolojik*), adj. Histológico.
HISTORICITÉ (*içtoriçitê*), s. f. Historicidade.
HISTORIÉ, E (*içtoriê*), adj. Historiado, ornado de gravuras.
HISTORIEN (*içtorien*), s. m. Historiador.
HISTORIER (*içtoriê*), v.t. (Conjuga-se como *prier*.) Enfeitar com gravuras; narrar minuciosamente.
HISTORIETTE (*içtoriét*), s.f. Historieta; anedota.
HISTORIOGRAPHE (*içtoriograf*), s. m. Historiógrafo.
HISTORIQUEMENT (*içtorikman*), adv. Historicamente.
HISTRION (*içtrion*), s. m. Histrião, palhaço.
HITLERIEN, ENNE (*itlerien, én'*), adj. e s. Hitlerista.
HIVER (*ivér*), s. m. Inverno.
HIVERNAGE (*ivérnaj*), s. m. Invernada; tempo de ancoração de um navio (durante o inverno); porto abrigado (durante o inverno); estação das chuvas.
HIVERNAL, E, AUX (*ivérnal, ô*), adj. Invernal.
HIVERNANT, E (*ivernan, t*), adj. e s. Invernista.
HIVERNER (*ivérnê*), v.i. Invernar.
HO! (*hô*), interj. Oh!, Ei!. (Exprime espanto, indignação.)
HOBEREAU (*hoberô*), s. m. Espécie de falcão. *Fig.* Fidalgo provinciano. Pl.: *des hobereaux.*
HOC (*hók*), s. m. Jogo de cartas. *Fig.* Certo, garantido.
HOCHE (*hóch*), s. f. Entalhe (para marcar a conta de víveres comprados a crédito); talho, incisura.
HOCHEMENT (*hochman*), s.m. Meneio; movimento de cabeça; sacudidela.
HOCHEPOT (*hochpô*), s. m. Ensopado de carnes com castanhas e nabos.
HOCHER (*hochê*), v. t. Sacudir, balançar, menear.
HOCHET (*hoché*), s.m. Brinquedo; chocalho (de criança). *Fig.* Futilidade.
HOIR (*huar*), s. m. *Jur.* Herdeiro direto.
HOIRIE (*huari*), s. m. Herança.
HOLÀ! (*holá*), interj. Olá!. S. m. *Mettre le holà*, restabelecer a ordem; mandar parar.
HOLLANDAIS, E (*holandé, z*), adj. e s. Holandês.
HOLLANDE (*holand*), s. m. Queijo tipo holandês.

HOLOCAUSTE (*holokôçt*), s. m. Holocausto.
HOLOPHRASTIQUE (*olofraçtik*), adj. Holofrástico.
HOM! (*hóm'*), interj. Hum!. (Exprime dúvida.)
HOMARD (*homar*), s. m. Espécie de lagosta.
HOME (*hôm'*), s. m. Lar.
HOMÉLIE (*omêli*), s. f. Homilia.
HOMÉOPATHE (*omêopat*), adj. e s. Homeopata.
HOMÉOPATHIE (*omêopati*), s. f. Homeopatia.
HOMÉOPATHIQUE (*omêopatik*), adj. Homeopático.
HOMÉRIQUE (*omêrik*), adj. Homérico.
HOMÉRISME (*omêriçm*), s. m. Homerismo.
HOMICIDE (*omiçid*), s. Homicida. S. m. Homicídio.
HOMILÉTIQUE (*omilêtik*), s.f. Homilética.
HOMMAGE (*omaj*), s.m. Homenagem; reverência, veneração, respeito; doação. Pl. Cumprimentos, respeitos, saudações.
HOMMASSE (*omaç*), adj. f. Masculinizada (mulher).
HOMME (*óm'*), s.m. Homem. *Voilà mon homme,* eis o homem que me serve, que me convém. *Bon homme,* bom homem, pobre-diabo. *Brave homme,* bom homem. *Honnête homme,* homem probo, homem de bem. *Pauvre homme,* simplório. *Jeune homme,* rapaz, moço. *N'être pas homme à,* não ser capaz de. *Prov. Un homme averti en vaut deux,* um homem prevenido vale por dois.
HOMMELET (*oməlé*), s. m. Homem pequeno.
HOMOCENTRE (*omoçantr*), s. m. Homocentro.
HOMOCENTRICITÉ (*omoçantriçitê*), s. f. Homocentricidade.
HOMOCENTRIQUE (*omoçantrik*), adj. Homocêntrico.
HOMOGÈNE (*omojén*), adj. Homogêneo.
HOMOGÉNÉIFIER ou **HOMOGÉNÉISER** (*omojênêifiê* ou *omojênêizê*), v. t. (*Homogénéifier* conjuga-se como *prier.*) Homogeneizar.
HOMOGÉNÉITÉ (*omojênêitê*), s. f. Homogeneidade.
HOMOGRAPHE (*omograf*), adj. Homógrafo.
HOMOLOGABLE (*omologabl*), adj. Que se pode homologar.
HOMOLOGATION (*omologaçion*), s. f. Homologação.
HOMOLOGIE (*omoloji*), s. f. Homologia.
HOMOLOGUE (*omológ*), adj. *Geom.* Homólogo.
HOMOLOGUER (*omologhê*), v. t. Homologar.
HOMONCULE (*omonkül*), s. m. V. **HOMUNCULE.**
HOMONYME (*omonim'*), s. m. Homônimo.
HOMONYMIE (*omonimi*), s. f. Homonímia.
HOMOPHONE (*omofón'*), adj. Homófono.
HOMOPHONIE (*omofoni*), s. f. Homofonia.
HOMOSEXUEL, ELLE (*omoçékçüél*), adj. Homossexual.
HOMOTHÉTIQUE (*omotêtik*), adj. Homotético.
HOMUNCULE ou **HOMONCULE** (*omonkül*), s. m. Homúnculo.
HON! (*hon*), interj. Hum! (Exprime descontentamento.)
HONGRE (*hongr*), s. e adj. m. Castrado (cavalo).
HONGRER (*hongrê*), v. t. Castrar um cavalo.
HONGROIS, E (*hongruá, z*), adj. e s. Húngaro. S. m. A língua húngara.
HONNÊTE (*onét*), adj. Honesto; conveniente, decente.
HONNÊTEMENT (*onétman*), adv. Honestamente.
HONNÊTETÉ (*onétətê*), s. f. Honestidade; modéstia, pudor; polidez, delicadeza; cortesia, favor; amabilidade.
HONNEUR (*oněr*), s. f. Honra; probidade; pudor, castidade. *Se piquer d'honneur,* fazer uma coisa com esmero. *Faire honneur à,* honrar, encher de orgulho. *Le champ d'honneur,* campo de batalha. *Dame d'honneur,* dama de honra. *Se faire honneur d'une chose,* atribuir a si algo que não se fez. *S'en tirer à son honneur,* sair-se com a honra salva. *En l'honneur de,* loc. prep. Em honra de. Pl.: Cargos, dignidades honorárias. *Honneurs funèbres,* honras fúnebres. *Faire les honneurs de la maison,* fazer as honras da casa, receber bem.
HONNIR (*honir*), v. t. Infamar.
HONORABILITÉ (*onorabilitê*), s. f. Honorabilidade.
HONORABLE (*onorabl*), adj. Honroso, honorífico; louvável.
HONORABLEMENT (*onorabləman*), adv. Honrosamente.
HONORAIRE (*onorér*), adj. Honorário. S. m. pl. Honorários.
HONORARIAT (*onorariá*), s. m. Dignidade honorária, honraria.
HONORER (*onorê*), v. t. Honrar.
HONORIFIQUE (*onorifik*), adj. Honorífico.
HONTE (*hont*), s. f. Vergonha; pejo. *Courte honte,* humilhação. *Faire honte à,* envergonhar, censurar, fazer corar.

HONTEUSEMENT (*hontëzman*), adv. Vergonhosamente.
HONTEUX, EUSE (*hontë, ëz*), adj. Vergonhoso; envergonhado; acanhado, tímido.
HOP! (*hóp*), interj. Upa!
HÔPITAL (*ôpital*), s. m. Hospital, refúgio. Pl.: *des hôpitaux*.
HOPLITE (*oplit*), s. m. Hoplita.
HOQUET (*hoké*), s. m. Soluço.
HOQUETER (*hoktê*), v. i. (Dobra o *t* antes de sílaba muda: *je hoquette.*) Soluçar.
HORAIRE (*orér*), adj. e s. m. Horário.
HORDE (*hórd*), s. f. Horda.
HORION (*horion*), s. m. Pancada violenta (na cabeça ou nos membros).
HORIZON (*orizon*), s. m. Horizonte.
HORIZONTAL, E, AUX (*orizontal, ô*), adj. Horizontal. S. f. *Geom.* Linha horizontal.
HORIZONTALEMENT (*orizontalman*), adv. Horizontalmente.
HORIZONTALITÉ (*orizontalitê*), s. f. Horizontalidade.
HORLOGE (*orlój*), s. f. Relógio.
HORLOGER, ÈRE (*orlojê, ér*), adj. Relativo a relojoaria. S. m. Relojoeiro.
HORLOGERIE (*orlojri*), s. f. Relojoaria.
HORMIS (*ormi*), prep. Exceto, fora.
HORMONE (*ormón'*), s. m. Hormônio.
HOROGRAPHIE (*orografi*), s. f. Horografia.
HOROSCOPE (*oroçkóp*), s. m. Horóscopo.
HORREUR (*orër*), s. f. Horror, pavor.
HORRIBLE (*oribl*), adj. Horrível.
HORRIBLEMENT (*oribləman*), adv. Horrivelmente.
HORRIFIER (*orifiê*), v. t. (Conjuga-se como *prier.*) Terrificar, horrorizar.
HORRIFIQUE (*orifik*), adj. Horrífico.
HORRIPILANT, E (*oripilan, t*), adj. Horripilante.
HORRIPILATION (*oripilaçion*), s. f. Horripilação.
HORRIPILER (*oripilê*), v. t. Horripilar.
HORS (*hór*), adv. Fora. Prep. Fora de; exceto. *Hors ligne*, excepcional, muito superior. *Être hors concours*, não poder concorrer por causa de recompensas já recebidas. Interj. *Hors d'ici!*, Saia!.
HORS-BORD (*hórbór*), s. m. inv. Barco cujo motor está colocado do lado de fora.
HORS-CONCOURS (*hórkonkur*), s. m. Aquele que está fora de concurso.
HORS-D'ŒUVRE (*hórdëvr*), s. m. inv. Elemento acessório; frios (em uma refeição).
HORS-JEU (*hórjë*), s. m. *Esp.* Impedimento.
HORS-LA-LOI (*hórlaluá*), s. m. inv. Bandido, delinqüente.
HORS-LIGNE (*hórlinh*), s. m. inv. Terreno fora do alinhamento de uma estrada.
HORS-TEXTE (*hórtékçt*), s. m. inv. Gravura intercalada num livro.
HORTENSIA (*ortançiá*), s. m. Hortênsia.
HORTICOLE (*hortikól*), adj. Hortícola.
HORTICULTEUR (*órtikültër*), s. m. Horticultor.
HORTICULTURE (*ortikültür*), s. f. Horticultura.
HORTILLONNAGE (*ortiionaj*), s. m. Terreno alagadiço (para o cultivo de legumes).
HOSANNA (*ozaná*), s. m. Hosana.
HOSPICE (*oçpiç*), s. m. Hospício; mosteiro, convento (onde se abrigam viajantes); internato, orfanato, asilo.
HOSPITALIER, ÈRE (*oçpitaliê, ér*), adj. Hospitaleiro; hospitalar. S. m. Hospitaleiro (membro de ordem religiosa).
HOSPITALIÈREMENT (*oçpitaliérman*), adv. Hospitaleiramente.
HOSPITALISATION (*oçpitalizaçion*), s. f. Hospitalização.
HOSPITALISER (*oçpitalizê*), v. t. Hospitalizar.
HOSPITALITÉ (*oçpitalitê*), s. f. Hospitalidade.
HOSTIE (*oçti*), s. f. Hóstia.
HOSTILE (*oçtil*), adj. Hostil, desfavorável.
HOSTILEMENT (*oçtilman*), adv. Hostilmente.
HOSTILITÉ (*oçtilitê*), s. f. Hostilidade.
HÔTE, ESSE (*ôt, éç*), s. Hóspede; hospedeiro; estalajadeiro. *Fig.* Habitante.
HÔTEL (*ôtél*), s. m. Hotel; casa, morada, mansão; edifício público. *Hôtel de ville*, edifício da câmara municipal. *Maître d'hôtel*, chefe do serviço de mesa (em hotel, restaurante). *Hôtel-dieu*, hospital.
HÔTELIER, ÈRE (*ôtliê, ér*), s. Hoteleiro, hospedeiro, estalajadeiro.
HÔTELLERIE (*ôtél ri*), s. f. Hospedaria, pensão.
HOTTE (*hót*), s. f. Cesto (com alças, para ser levado às costas).
HOTTENTOT, E (*hotantô, t*), adj. e s. Hotentote.
HOTTER (*hotê*), v. t. Transportar (em um cesto de alça, preso às costas).
HOTTEREAU (*hotərô*), s. m. Cestinho (de alças, que se leva às costas). Pl.: *des hottereaux*.
HOTTEUR, EUSE (*hotër, ëz*), s. Carregador (de cesto suspenso às costas).
HOU! (*hu*), interj. Hum! (Indica reprovação.)
HOUACHE ou **HOUAICHE** (*huach* ou *huéch*), s. f. Esteira (deixada por um navio).
HOUBLON (*hublon*), s. m. Lúpulo.

HOUBLONNER (*hublonê*), v. t. Deitar lúpulo em uma bebida.

HOUBLONNIER, ÈRE (*hublonié, ér*), adj. Relativo ao lúpulo; abundante em lúpulo. S. Cultivador de lúpulo.

HOUBLONNIÈRE (*hubloniér*), s. f. Campo de lúpulo.

HOUE (*hu*), s. f. Enxada, enxadão.

HOUER (*huê*), v. t. Cavar (com enxada).

HOUETTE (*huét*), s. f. Sacola.

HOUEUR (*huër*), s. f. Cavador, trabalhador de enxada.

HOUILLE (*huii*), s. f. Hulha.

HOUILLER, ÈRE (*huiê, ér*), adj. Hulhífero. S. f. Hulheira.

HOUILLEUR (*huiër*), adj. e s. Mineiro (de minas de hulha).

HOUILLEUX, EUSE (*huië, ëz*), adj. Hulhífero.

HOULE (*hul*), s. f. Onda, vaga, marulho.

HOULETTE (*hulét*), s. f. Cajado. *Fig.* Vida pastoril; pá de jardineiro.

HOULEUX, EUSE (*hulë, ëz*), adj. Marulhoso, encapelado. *Fig.* Agitado.

HOUP! (*hup*), interj. Upa! Ei!

HOUPER (*hupê*), v. t. Excitar, chamar (fazendo upa).

HOUPPE (*hup*), s. f. Borla; arminho, esponja (para pó-de-arroz); poupa (das aves); cimo (de uma árvore); topete (de cabelos).

HOUPPELANDE (*hupland*), s. f. Capa, manto, capote.

HOUPPER (*hupê*), v. t. Fazer borlas; cardar (lã).

HOUPPETTE (*hupét*), s. f. Borla pequena.

HOUPPIER (*hupiê*), s. m. Árvore podada até o cimo; cimo (de árvore podada).

HOURAILLIS (*huraií*), s. m. Matilha (de cães de caça ruins). Pl.: *des houraillis.*

HOURDAGE ou **HOURDIS** (*hurdaj* ou *hurdi*), s. f. Obra tosca de alvenaria; primeira camada de argamassa. Pl.: *des hourdages* ou *hourdis.*

HOURDER (*hurdê*), v. t. Argamassar grosseiramente; ligar com argamassa.

HOURET (*huré*), s. m. Mau cão de caça.

HOURI (*huri*), s. m. Barco de pesca (na Mancha). S. f. Huri, mulher do paraíso muçulmano.

HOURRA (*hurá*), s. m. Hurra.

HOURVARI (*hurvari*), s. m. Grito de caçadores (para chamar os cães); tumulto.

HOUSARD (*huzar*), s. m. V. **HUSSARD**.

HOUSEAU (*huzô*), s. m. Polaina. Pl.: *des houseaux.*

HOUSPILLER (*huçpiiê*), v. t. Maltratar, judiar, atormentar.

HOUSSAGE (*huçaj*), s. m. Espanadela, escovadela.

HOUSSAIE (*hucé*). s. f. Plantação de azevinho.

HOUSSE (*huç*), s. f. Gualdrapa; capa; coberta.

HOUSSER (*huçê*), v. t. Espanar, escovar.

HOUSSINE (*huçin'*), s. f. Varinha, vergasta.

HOUSSINER (*huçinê*), v. t. Vergastar; bater.

HOUSSOIR (*huçuar*), s. m. Espécie de espanador ou de vassoura.

HOUX (*hu*), s. m. Azevinho. Pl.: *des houx.*

HOYAU (*huaiô*), s.m. Enxada. Pl.: *des hoyaux.*

HUARD (*hüar*), s. m. Águia marinha.

HUBLOT (*hüblô*), s. m. Postigo, vigia.

HUCHE (*hüch*), s. f. Caixa, baú de madeira (onde se amassa o pão).

HUCHER (*hüchê*), v. t. ou i. Chamar (assobiando ou com a trompa em uma caçada).

HUCHET (*hüchê*), s. m. Trompa de caçador.

HUE! (*hü*), interj. Eia! Hu! (para fazer andar os animais). *Tirer à hue et à dia,* levar à direita e à esquerda; puxar de todos os lados.

HUÉE (*hüê*), s. f. Gritaria, grito (em uma caçada). *Fig.* Vaia.

HUER (*hüê*), v. t. Vaiar. V. i. Piar (o mocho).

HUETTE (*hüét*), s. f. Espécie de coruja.

HUGUENOT, E (*hüghənô, ót*), adj. e s. Huguenote. S. f. Fogão pequeno; panela de barro.

HUHAU! (*hühô*), interj. V. **HUE!**

HUILAGE (*üilaj*), s. m. Lubrificação.

HUILE (*üíl*), s. f. Óleo; azeite. *Faire la tache d'huile,* aumentar insensível e progressivamente. *Jeter de l'huile sur le feu,* excitar (pessoas já exaltadas). *Sentir l'huile,* mostrar o esforço. *Fam. Huile de cotret,* cacetada.

HUILER (*üilê*), v. t. Lubrificar, azeitar.

HUILERIE (*üiləri*), s. f. Fábrica ou armazém onde se vende azeite.

HUILEUX, EUSE (*üilë, ëz*), adj. Oleoso.

HUILIER (*üiliê*), s. m. Galheteiro. S. m. e adj. m. Fabricante de azeite.

HUIS (*üi*), s. m. *Ant.* Porta. *À huis clos,* a portas fechadas. *Demander le huis clos,* pedir que uma audiência não seja pública. Pl.: *des huis.*

HUISSERIE (*üiçri*), s. f. Revestimento de uma porta.

HUISSIER (*üiçiê*), s.m. Porteiro; bedel, contínuo.

HUIT (*hüit, üi* diante de consoante), num. Oito.

HUITAIN (*hüiten*), s. m. Oitava (estrofe).

HUITAINE (*hüitén'*), s.f. Espaço de oito

dias; reunião, grupo de oito.
HUITIÈME (*hüitiém'*), num. ord. e s. Oitavo.
HUITIÈMEMENT (*hüitiéməman*), adv. Em oitavo lugar.
HUITRE (*üitr*), s. f. Ostra. *Fig.* Palerma.
HUITRIER, ÈRE (*üitriê, ér*), adj. Ostreiro. S. f. Ostreira.
HULOTTE (*hülót*), s. f. Espécie de coruja.
HULULER (*hülülê*), v. i. V. **ULULER**.
HUM! (*hẽm'*), interj. Hum! (Exprime dúvida, impaciência.)
HUMAGE (*hümaj*), s. m. Chupadura, sorvedura, aspiração.
HUMAIN, E (*ümen, én'*), adj. Humano. S. m. pl. Os humanos, os homens.
HUMAINEMENT (*üménəman*), adv. Humanamente.
HUMANISATION (*ümanizaçion*), s. f. Humanização.
HUMANISER (*ümanizê*), v. t. Humanizar; abrandar.
HUMANISME (*ümaniçm*), s. m. Humanismo.
HUMANISTE (*ümaniçt*), s. m. e adj. Humanista.
HUMANITAIRE (*ümanitér*), adj. Humanitário.
HUMANITARISME (*ümanitariçm*), s. m. Humanitarismo.
HUMANITÉ (*ümanitê*), s.f. Humanidade. s. f. pl. Humanidades (estudos).
HUMBLE (*ẽnbl*), adj. Humilde, modesto.
HUMBLEMENT (*ẽnbləman*), adv. Humildemente.
HUMECTANT, E (*ümektan, t*), adj. e s. m. Umectante; refrigerante.
HUMECTATION (*üméktaçion*), s. f. Umectação.
HUMECTER (*ümékté*), v. t. Umedecer, regar, banhar. **S'HUMECTER**, v. pr. Umedecer-se.
HUMER (*hümê*), v. t. Sorver, chupar; aspirar.
HUMÉRAL, E, AUX (*ümêral, ô*), adj. Umeral.
HUMÉRUS (*ümêrüç*), s. m. Úmero.
HUMEUR (*ümẽr*), s. f. Humor. *Fig.* Temperamento, gênio; rancor. *Humeur noire,* letargia, melancolia. *Humeurs froides,* escrófulas.
HUMIDE (*ümid*), adj. Úmido.
HUMIDIFICATION (*ümifidikaçion*), s. f. Umedecimento.
HUMIDIFIER (*ümidifiê*), v. t. (Conjuga-se como *prier.*) Umedecer.
HUMIDITÉ (*ümiditê*), s. f. Umidade.
HUMILIANT, E (*ümilian, t*), adj. Humilhante.
HUMILIATION (*ümiliaçion*), s. f. Humilhação.
HUMILIER (*ümiliê*), v. t. (Conjuga-se como *prier.*) Humilhar. **S'HUMILIER**, v. pr. Humilhar-se.
HUMILITÉ (*ümilitê*), s. f. Humildade.
HUMORAL, E, AUX (*ümoral, ô*), adj. Humoral.
HUMORISME (*ümoriçm*), s. m. Humorismo.
HUMORISTE (*ümoriçt*), adj. e s. Humorista.
HUMORISTIQUE (*ümoriçtik*), adj. Humorístico.
HUMOUR (*ümur*), s.m. e f. "Humour".
HUMUS (*ümüç*), s. m. Húmus. Pl.: *des humus.*
HUNE (*hün'*), s. m. *Mar.* Gávea.
HUNIER (*hüniê*), s. m. Vela da gávea.
HUPPE (*hüp*), s. f. Topete, tufo. Poupa (ave).
HUPPÉ, E (*hüpê*), adj. Provido de crista, de topete. *Fig.* e *fam.* Rico, importante.
HURE (*hũr*), s. f. Cabeça cortada (de javali e de outros animais).
HURLANT, E (*hürlan, t*), adj. Uivador.
HURLEMENT (*hürləman*), s. m. Uivo; urro.
HURLER (*hürlê*), v. i. Uivar, ulular, urrar. V. t. Gritar. *Il faut hurler avec les loups,* é preciso imitar os outros, ir com os outros.
HURLEUR, EUSE (*hürlẽr, ẽz*), s. Uivador; gritador.
HURLUBERLU (*ürlübérlü*), s. m. Estouvado, avoado.
HURON, ONNE (*hüron, ón'*), s.m. Hurão. Adj. e s. *Fig.* e *fam.* Grosseirão, mal-educado.
HURRAH (*hürá*), interj. e s. V. **HOURRA**.
HUSSARD (*hüçar*), s.m. Hussardo.
HUSSARDE (*hüçard*), s. f. Hussarda (dança húngara).
HUTTE (*hüt*), s. f. Choupana, cabana.
HUTTER (SE) (*çəhütê*), v. pr. Construir uma cabana para si; morar em uma cabana.
HYACINTHE (*iaçent*), s. f. Jacinto.
HYALIN, E (*ialen, in'*), adj. Hialino.
HYALOGRAPHIE (*ialografi*), s. f. Hialografia.
HYALOÏDE (*ialoid*), adj. Hialóide.
HYBRIDATION (*ibridaçion*), s. f. Hibridação.
HYBRIDE (*ibrid*), adj. Hibrido.
HYBRIDITÉ (*ibriditê*), s. f. ou **HYBRIDISME** (*ibridiçm*), s. m. Hibridismo.
HYDATISME (*idatiçm*), s. m. Hidatismo.
HYDRACIDE (*idraçid*), s. m. Hidrácido.
HYDRARGYRE (*idrarjir*), s. m. Hidrargírio ou mercúrio.
HYDRARGYRISME (*idrarjiriçm*), s. m. Hidrargirismo.
HYDRATABLE (*idratabl*), adj. Hidratável.
HYDRATATION (*idrataçion*), s. f. Hidratação.

HYDRATE (*idrat*), s. m. Hidrato.
HYDRATÉ, E (*idratê*), adj. Hidratado.
HYDRAULIQUE (*idrôlik*), s. f. Hidráulico.
HYDRAVION (*idravion*), s. m. Hidravião, hidroavião.
HYDRE (*idr*), s. f. Hidra.
HYDRÉMIE (*idrêmi*), s. f. Hidremia.
HYDRIQUE (*idrik*), suf. Hídrico.
HYDROCARBONATE (*idrokarbonat*), s. m. Hidrocarbonato.
HYDROCARBURE (*idrokarbür*), s. m. Hidrocarboneto.
HYDROCÈLE (*idroçél*), s. m. Hidrocele.
HYDROCÉPHALE (*idroçêfal*), adj. e s. Hidrocéfalo.
HYDROCÉPHALIE ou **HYDROCÉPHALE** (*idroçêfali* ou *idroçêfal*), s. m. Hidrocefalia.
HYDROCHLORATE (*idroklorat*), s. m. Hidroclorato, cloridrato.
HYDROCHLORIQUE (*idroklorik*), adj. Hidroclórico ou clorídrico.
HYDRODYNAMIQUE (*idrodinamik*), s. f. Hidrodinâmica.
HYDRO-ÉLECTRIQUE (*idroêléktrik*), adj. Hidrelétrico.
HYDROFUGE (*idrofüj*), adj. Hidrófugo.
HYDROGÉNATION (*idrojênaçion*), s. f. Hidrogenação.
HYDROGÈNE (*idrojén'*), s. m. Hidrogênio.
HIDROGÉNÉ, E (*idrojênê*), adj. Hidrogenado.
HYDROGÉNER (*idrojênê*), v. t. (Conjuga-se como *accélérer.*) Hidrogenar.
HYDROGLISSEUR (*idrogliçër*), s. m. Barco de propulsão aérea.
HYDROGRAPHE (*idrograf*), s. m. Hidrógrafo.
HYDROGRAPHIE (*idrografi*), s.f. Hidrografia.
HYDROGRAPHIQUE (*idrografik*), adj. Hidrográfico.
HYDROLOGIE (*idroloji*), s. m. Hidrologia.
HYDROLOGIQUE (*idrolojik*), adj. Hidrológico.
HIDROLOGUE (*idrológ*), s. e adj. m. Hidrólogo.
HYDROLYSE (*idroliz*), s. f. Hidrólise.
HYDROMEL (*idromél*), s.m. Hidromel.
HYDROMÈTRE (*idrométr*), s. m. Hidrômetro.
HYDROMÉTRIE (*idromêtri*), s. f. Hidrometria.
HYDROMÉTRIQUE (*idromêtrik*), adj. Hidrométrico.
HYDROPÉRICARDE (*idropêrikard*), s. m. Hidropericárdio.
HYDROPHILE (*idrofil*), adj. Hidrófilo.
HYDROPHOBE (*idrofób*), s. m. e adj. Hidrófobo.
HYDROPHOBIE (*idrofobi*), s. f. Hidrofobia.
HYDROPIQUE (*idropik*), adj. e s. Hidrópico.
HYDROPISIE (*idropizi*), s. f. Hidropisia.
HYDROPLANE (*idroplan'*), s. m. Hidroplano.
HYDROPNEUMATIQUE (*idropnëmatik*), adj. Hidropneumático.
HYDROQUINONE (*idrokinon'*), s. f. Hidroquinone.
HYDROSCOPE (*idroçkóp*), s. m. Hidróscopo.
HYDROSCOPIE (*idroçkopi*), s. f. Hidroscopia.
HYDROSILICATE (*idroçilikat*), s. m. Hidrossilicato.
HYDROSTATIQUE (*idroçtatik*), s. f. Hidrostática.
HYDROSULFATE (*idroçülfat*), s. m. Hidrossulfato ou sulfidreto.
HYDROSULFURIQUE (*idroçülfürik*), adj. Hidrossulfúrico, sulfídrico.
HYDROTHÉRAPIE (*idrotêrapi*), s. f. Hidroterapia.
HYDROTHÉRAPIQUE (*idrotêrapik*), adj. Hidroterápico.
HYDROTHORAX (*idrotorakç*), s. m. Hidrotórax.
HYDROTIMÉTRIE (*idrotimêtri*), s. f. Hidrotimetria.
HYDROTIMÉTRIQUE (*idrotimêtrik*), adj. Hidrotimétrico.
HYÉMAL, E, AUX (*iêmal, ô*), adj. V. **HIÉMAL.**
HYÈNE (*ién'*), s. f. Hiena.
HYGIÈNE (*ijién'*), s.f. Higiene.
HYGIÉNIQUE (*ijiênik*), adj. Higiênico.
HYGIÉNIQUEMENT (*ijiênikman*), adv. Higienicamente.
HYGIÉNISTE (*ijiêniçt*), s. Higienista.
HYGROBAROSCOPE (*igrobaroçkóp*), s. m. V. **ARÉOMÈTRE.**
HYGROMA (*igromá*), s. m. Higroma.
HYGROMÈTRE (*igrométr*), s. m. Higrômetro.
HYGROMÉTRIE (*igromêtri*), s. f. Higrometria.
HYGROMÉTRIQUE (*igromêtrik*), adj. Higrométrico.
HYGROSCOPE (*igroçkóp*), s. m. Higroscópio.
HYGROSCOPIE (*igroçkopi*), s. f. Higroscopia.
HYGROSCOPIQUE (*igroçkopik*), adj. Higroscópico.
HYMEN ou **HYMÉNÉE** (*imén'* ou *imênê*), s. m. Hímen. *Poét.* Himeneu (casamento).
HYMÉNIUM (*imêniôm'*), s. m. Himênio.

HYMÉNOPTÈRES (*imênoptér*), s. m. pl. Himenópteros.
HYMNE (*im'n*). s. m. Hino.
HYOÏDE (*ioíd*), s. m. e adj. Hióide.
HYOÏDIEN, ENNE (*ioídien, én'*), adj. Hióideo.
HYPALLAGE (*ipalaj*), s. m. Hipálage.
HYPERBATE (*ipérbat*), s. m. Hipérbato.
HYPERBOLE (*ipérból*), s. f. Hipérbole.
HYPERBOLIQUE (*ipérbolik*), adj. Hiperbólico.
HYPERBOLIQUEMENT (*ipérbolikman*), adv. Hiperbolicamente.
HYPERBOLISME (*ipérboliçm*), s. m. Hiperbolismo.
HYPERBOLOÏDE (*ipérboloíd*), adj. e s. Hiperbolóide.
HYPERBORÉE ou **HYPERBORÉEN, ENNE** (*iperborê* ou *iperborêen, én'*), adj. Hiperbóreo.
HYPERCHLORHYDRIE (*ipérkloridri*), s f. Hipercloridria.
HYPERCRITIQUE (*ipérkritk*), s. f. Hipercrítico.
HYPERDULIE (*ipérdüli*), s. f. Hiper dulia.
HYPERESTHÉSIE (*ipəréçtêzi*), s. f. Hiperestesia.
HYPERGENÈSE (*ipérjənéz*), s. f. Hipergenesia.
HYPERMÈTRE (*ipérmétr*), adj. Hipérmetro.
HYPERMÉTROPE (*ipérmêtróp*), s. m. Hipermetrope.
HYPERMÉTROPIE (*ipérmêtropi*), s. f. Hipermetropia.
HYPERMNÉSIE (*ipérm'nêzi*), s. f. Hipermnésia.
HYPERSÉCRÉTION (*ipérçêkrêçion*), s. f. Hipersecreção.
HYPERTENSION (*ipértançion*), s. f. Hipertensão.
HYPERTROPHIE (*ipértrofi*), s. f. Hipertrofia.
HYPERTROPHIÉ, E (*ipértrofiê*), adj. Hipertrofiado.
HYPERTROPHIER (*ipértrofiê*), v. t. (Conjuga-se como *prier.*) Hipertrofiar.
HYPERTROPHIQUE (*ipértrofik*), adj. Hipertrófico.
HYPNOSE (*ipnôz*), s. f. Hipnose.
HYPNOTIQUE (*ipnotik*), adj. Hipnótico.
HYPNOTISER (*ipnotizê*), v. t. Hipnotizar.
HYPNOTISEUR (*ipnotizër*), s. m. Hipnotizador.
HYPNOTISME (*ipnotiçm*), s. m. Hipnotismo.
HYPOCENTRE (*ipoçantr*), s. m. Hipocentro.
HYPOCHLOREUX (*ipoklorë*), adj. m. Hipocloroso.
HYPOCHLORIDRIE (*ipokloridri*), s. f. Hipocloridria.
HYPOCHLORITE (*ipoklorit*), s. m. Hipoclorito.
HYPOCONDRE (*ipokondr*), s. m. Hipocôndrio.
HYPOCONDRIAQUE (*ipokondriak*), s. e adj. Hipocondríaco.
HYPOCONDRIE (*ipokondri*), s. f. Hipocondria.
HYPOCRANIEN, ENNE (*ipokranien, én'*), adj. Hipocraniano.
HYPOCRISIE (*ipokrizi*), s. f. Hipocrisia, fingimento, falsidade.
HYPOCRITE (*ipokrit*), adj. e s. Hipócrita.
HYPOCRITEMENT (*ipokritman*), adv. Hipocritamente.
HYPODERME (*ipodérm*), s. m. Hipoderme.
HYPODERMIQUE (*ipodérmik*), adj. Hipodérmico.
HYPOGASTRE (*ipogaçtr*), s. m. Hipogástrio.
HYPOGASTRIQUE (*ipogaçtrik*), adj. Hipogástrico.
HYPOGÉE (*ipojê*), s. m. Hipogeu.
HYPOGLOSSE (*ipoglóç*), s. m. Hipoglosso.
HYPOGYNE (*ipojin'*), adj. Hipóglno.
HYPOPHOSPHATE (*ipofoçfat*), s. m. Hipofosfato.
HYPOPHOSPHITE (*ipofoçfit*), s. m. Hipofosfato.
HYPOPHOSPHORIQUE (*ipofoçforik*), adj. m. Hipofosfórico.
HYPOPHYSE (*ipofiz*), s. f. Hipófise. m. Hipofosfórico.
HYPOPHYSE (*ipofiz*), s. f. Hipófise.
HYPOSTASE (*ipoçtaz*), s. f. Hipóstase.
HYPOSTATIQUE (*ipoçtatik*), adj. Hipostático.
HYPOSTATIQUEMENT (*ipoçtatikman*), adv. Hipostaticamente.
HYPOSTYLE (*ipoçtil*), adj. Hipostilo.
HYPOSULFATE (*ipoçülfat*), s. m. Hipossulfato.
HYPOSULFITE (*ipoçülfit*), s. m. Hipossulfito.
HYPOSULFUREUX, EUSE (*ipoçülfürë, ëz*), adj. e s. Hipossulfuroso.
HYPOTENSION (*ipotançion*), s. f. Hipotensão.
HYPOTÉNUSE (*ipotênüz*), s. f. Hipotenusa.
HYPOTHÉCABLE (*ipotêkabl*), adj. Hipotecável.
HYPOTHÉCAIRE (*ipotêkér*), adj. Hipotecário.
HYPOTHÉCAIREMENT (*ipotêkérman*), adv. Hipotecariamente.
HYPOTHÉNAR (*ipotênar*), adj. inv. Hipotênar.
HYPOTHÈQUE (*ipoték*), s.f. Hipoteca.
HYPOTHÉQUER (*ipotêkê*), v.t. (Conju-

ga-se como *accélérer.*) Hipotecar, comprometer, empenhar.

HYPOTHÈSE (*ipotéz*), s. f. Hipótese.

HYPOTHÉTIQUE (*ipotêtik*), adj. Hipotético.

HYPOTHÉTIQUEMENT (*ipotêtikman*), adv. Hipoteticamente.

HYPOTONIE (*ipotoni*), s. f. Hipotonia.

HYPOTROPHIE (*ipotrofi*), s.f. Hipotrofia.

HYPOTYPOSE (*ipotipôz*), s.f. Hipotipose.

HYPSOMÈTRE (*ipçométr*), s. m. Hipsômetro.

HYPSOMÉTRIE (*ipçomêtri*), s. f. Hipsometria.

HYPSOMÉTRIQUE (*ipçomêtrik*), adj. Hipsométrico.

HYSOPE (*izóp*), s. f. Hissope.

HYSTÉRIE (*içtêri*), s. f. Histeria.

HYSTÉRIFORME (*içtêrifórm*), adj. Histeriforme.

HYSTÉRIQUE (*içtêrik*), adj. Histérico.

I

I (*i*), s.m. Nona letra do alfabeto.
IAMBE (*ianb*), s. m. Iambo. Pl. Peça satírica.
IAMBIQUE (*ianbik*), adj. e s. m. Jâmbico.
IBÈRE (*ibér*), s. e **IBÉRIQUE** (*ibêrik*), adj. e s. Ibero, ibérico.
IBIDEM (*ibidém'*), adv. No mesmo lugar.
IBIS (*ibiç*), s. m. Íbis. Pl.: *des ibis.*
ICARIEN, ENNE (*ikarien, én'*), adj. e s. Relativo a Ícaro.
ICELUI, ICELLE; pl. **ICEUX, ICELLES** (*içəlüi, içél; içë, içél*), adj. e pron. dem. Este, aquela (usados em estilo forense).
ICHTYOLOGIE (*iktioloji*), s. f. Ictiologia.
ICHTYOLOGISTE (*iktiolojiçt*), s. m. Ictiologista.
ICI (*içi*), adv. Aqui, cá. No momento presente.
ICÔNE (*ikôn'*), s.m. Icone.
ICONOCLASME (*ikonoklaçm*), s. f. Iconoclasmo.
ICONOCLASTE (*iklonoklaçt*), adj. e s. Iconoclasta.
ICONOGRAPHE (*ikonograf*), s. m. Iconógrafo.
ICONOGRAPHIE (*ikonografi*), s. f. Iconografia.
ICONOGRAPHIQUE (*ikonografik*), adj. Iconográfico.
ICONOLOGIE (*ikonoloji*), s.f. Iconologia.
ICTÈRE (*iktér*), s.m. Icterícia.
ICTÉRIQUE (*iktêrik*), adj. e s. Ictérico.
IDÉAL, E, ALS ou **AUX** (*idêal, ô*), adj e s. m. Ideal.
IDÉALEMENT (*idêalman*), adv. Idealmente.
IDÉALISATION (*idêalizaçion*), s. f. Idealização.
IDÉALISER (*idêalizê*), v. t. Idealizar.
IDÉALISME (*idêaliçm*), s. m. Idealismo.
IDÉALISTE (*idêaliçt*), adj. e s. Idealista.
IDÉALITÉ (*idêalitê*), s. f. Idealidade.
IDÉATION (*idêaçion*), s. f. Ideação.
IDÉE (*idê*), s. f. Idéia.
IDÉER (*idêê*), v. t. Idear.
IDEM (*idém'*), adv. Idem.
IDENTIFIABLE (*idantifiabl'*), adj. Identificável.
IDENTIFICATION (*idantifikaçion*), s. f. Identificação.
IDENTIFIER (*idantifiê*), v. t. (Conjuga-se como *prier.*) Identificar, determinar a natureza de. **S'IDENTIFIER**, v. pr. Identificar-se.
IDENTIQUE (*idantik*), adj. Idêntico.
IDENTIQUEMENT (*idantikman*), adv Identicamente.
IDENTITÉ (*idantitê*), s. f. Identidade.
IDÉOGRAMME (*idêogram'*), s.m. Ideograma.
IDÉOGRAPHIE (*idêografi*), s.f. Ideografia.
IDÉOGRAPHIQUE (*idêografik*), adj. Ideográfico.
IDÉOLOGIE (*idêoloji*), s. f. Ideologia.
IDÉOLOGIQUE (*idêolojik*), adj. Ideológico.
IDÉOLOGUE (*idêológ*), s. m. Ideólogo.
IDES (*id*), s. f. pl. Idos.
IDIOMATIQUE (*idiomatik*), adj. Idiomático.
IDIOME (*idióm'*), s. m. Idioma.
IDIOPATHIE (*idiopati*), s. f. Idiopatia.
IDIOPATHIQUE (*idiopatik*), adj. Idiopático.
IDIOSYNCRASIE (*idioçenkrazi*), s. f. Idiossincrasia, temperamento.
IDIOSYNCRASIQUE (*idioçenkrazik*), adj. Idiossincrásico.
IDIOT, E (*idiô, ót*), adj. e. s. Idiota, estúpido, néscio.
IDIOTIE (*idioçi*), s. f. Idiotia.
IDIOTISME (*idiotiçm*), s. m. Idiotismo.
IDOINE (*iduan'*), adj. Idôneo, conveniente, próprio.
IDOLÂTRE (*idolatr*), adj. e s. Idólatra.
IDOLÂTRER (*idolatrê*), v. t. e i. Idolatrar.
IDOLÂTRIE (*idolatri*), s. f. Idolatria.
IDOLÂTRIQUE (*idolatrik*), adj. Idolátrico.
IDOLE (*idól*), s. f. Ídolo.
IDYLLE (*idil*), s. f. Idílio.
IDYLLIQUE (*idilik*), adj. Idílico.
IF (*if*), s.f. Teixo.
IGNAME (*ignam'*), s. f. Inhame.
IGNARE (*inhar*), adj. e s. Ignaro, ignorante.
IGNÉ, E (*ignê*), adj. Ígneo.
IGNESCENT, E (*ignéçan, t*), adj. Ignescente (pouco usado).
IGNIFÈRE (*ignifér*), adj. Ignífero.
IGNIFUGATION (*ignifügaçion*), s. f. ou **IGNIFUGENCE** (*ignifüjanç*), s. m. Ignificação.
IGNIFUGE (*ignifüj*), adj. e s. m. Ignífugo.
IGNIFUGER (*ignifüjê*), v. t. (Toma um *e* mudo depois do *g* antes de *a* e *o*: *il ignifugea, nous ignifugeons.*) Ignificar.
IGNITION (*igniçion*), s. f. Ignição.
IGNOBLE (*inhóbl*), adj. e s. m. Ignóbil.
IGNOBLEMENT (*inhobləman*), adj. Ignobilmente.

IGNOMINIE (*inhomini*), s. f. Ignomínia, infâmia, desonra, vergonha.
IGNOMINIEUSEMENT (*inhominiëzman*), adv. Ignominiosamente.
IGNOMINIEUX, EUSE (*inhominië, ëz*), adv. Ignominioso.
IGNORANCE (*inhorançǵ*), s.f. Ignorância.
IGNORANT, E (*inhoran, t*), adj. e s. Ignorante.
IGNORANTISME (*inhorantiçm*), s. m. Ignorantismo.
IGNORÉ, E (*inhorê*), adj. Ignorado, obscuro, desconhecido.
IGNORER (*inhorê*), v. t. Ignorar, desconhecer.
IL (*il*), pron. pess. m. Ele.
ÎLE (*il*), s. f. Ilha.
ILÉON ou **ILIUM** (*ilêon* ou *iliôm'*), s. m. Íleo.
ILES (*il*), s.m. pl. Ilhargas.
ÎLET (*ilé*), s. m. ou **ÎLETTE** (*ilét*), s. f. Ilhéu.
ILÉUS (*ilêüç*), s. m. *Med.* Íleo, vólvulo.
ILIAQUE (*iliak*), adj. Ilíaco.
ILLÉGAL, E, AUX (*ilêgal, ô*), adj. Ilegal.
ILLÉGALEMENT (*ilêgalman*), adv. Ilegalmente.
ILLÉGALITÉ (*ilêgalitê*), s. f. Ilegalidade.
ILLÉGITIME (*ilêjitim'*), adj. Ilegítimo, bastardo, injusto.
ILLÉGITIMITÉ (*ilêgitimitê*), s.f. Ilegitimidade.
ILLETTRÉ, E (*ilétrê*), adj. Iletrado.
ILLIBÉRAL, E, AUX (*ilibêral, ô*), adj. Iliberal.
ILLICITE (*iliçit*), adj. Ilícito.
ILLICO (*ilikô*), adv. Imediatamente.
ILLIMITABLE (*ilimitabl*), adj. Ilimitável.
ILLIMITÉ, E (*ilimitê*), adj. Ilimitado.
ILLISIBILITÉ (*ilizibilitê*), s. f. Ilegibilidade.
ILLISIBLE (*ilizibl*), adj. Ilegível.
ILLISIBLEMENT (*iliziblәman*), adv. Ilegivelmente.
ILLOGIQUE (*ilojik*), adj. Ilógico.
ILLOGIQUEMENT (*ilojikman*), adv. Ilogicamente.
ILLOGISME (*ilojiçm*), s. m. Ilogismo.
ILLUMINABLE (*ilüminabl*), adj. Iluminável.
ILLUMINANT, E (*ilüminan, t*), adj. Iluminante.
ILLUMINATEUR (*ilüminatër*), s. m. Iluminador.
ILLUMINATION (*ilüminaçion*), s. f. Iluminação; luminárias.
ILLUMINÉ, E (*ilüminê*), adj. e s. Iluminado; visionário.
ILLUMINER (*ilüminê*), v. t. Iluminar, *Fig.* Ilustrar, instruir.
ILLUMINISME (*ilüminiçm*), s. m. Iluminismo.
ILLUSION (*ilüzion*), s. f. Ilusão, quimera; prestidigitação. *Se faire illusion,* enganar-se, iludir-se.
ILLUSIONNER (*ilüzionê*), v. t. Iludir. **S'ILLUSIONNER**, v. pr. Enganar-se.
ILLUSIONNISME (*ilüzioniçm*), s. m. Ilusionismo.
ILLUSIONNISTE (*ilüzioniçt*), s. m. Prestidigitador.
ILLUSOIRE (*ilüzuar*), adj. Ilusório.
ILLUSOIREMENT (*ilüzuarman*), adv. Ilusoriamente.
ILLUSTRATEUR (*ilüçtratër*), s. m. Ilustrador.
ILLUSTRATION (*ilüçtraçion*), s. f. Ilustração; personagem ilustre.
ILLUSTRE (*ilüçtr*), adj. Ilustre, notável.
ILLUSTRÉ, E (*ilüçtrê*), adj. Ilustrado.
ILLUSTRER, (*ilüçtrê*), v. t. Ilustrar, tornar ilustre; esclarecer. **S'ILLUSTRER**, v. pr. Tornar-se ilustre.
ILLUSTRISSIME (*ilüçtriçim'*), adj. Ilustríssimo.
ILLUTATION (*ilütaçion*), s. f. Ilutação.
ILLUTER (*ilütê*), v. t. Ilutar.
ILLYRIEN, ENNE (*ilirien, én'*), adj. e s. Ilírico.
ÎLOT (*ilô*), s. m. Ilhota, ilhéu.
ILOTE (*ilót*), s. m. Ilota. Fig. Homem abjeto.
ILOTISME (*ilotiçm*), s. m. Ilotismo; estado de abjeção.
IMAGE (*imaj*), s. f. Imagem, estampa, semelhança, símbolo, figura, representação.
IMAGÉ, E (*imajê*), adj. Figurado, metafórico.
IMAGER (*imajê*), v. t. (Toma um *e* mudo depois do *g* antes de *a* e *o*: *il imagea, nous imageons.*) Adornar com imagens, metáforas.
IMAGER, ÈRE (*imajê, ér*), s. V. **IMAGIER.**
IMAGERIE (*imajri*), s. f. Fábrica, comércio de imagens; estatuária.
IMAGIER, ÈRE (*imajiê, ér*), adj. Relativo a imagens. S. Fabricante ou vendedor de imagens.
IMAGINABLE (*imajinabl*), adj. Imaginável.
IMAGINAIRE (*imaginér*), adj. Imaginário, fictício.
IMAGINANT, E (*imajinan, t*), adj. Imaginante.
IMAGINATIF, IVE (*imaginatif, iv*), adj. Imaginativo.
IMAGINATION (*imaginaçion*), s. f. Imaginação.
IMAGINATIVE (*imaginativ*), s. f. *Fam.* Imaginativa.
IMAGINER (*imajinê*), v. t. Imaginar. **S'IMAGINER**, v. pr. Figurar-se, persuadir-se.
IMAN ou **IMAM** (*iman'* ou *imam'*), s. m. Imame. Pl.: *des imans* ou *imams.*
IMBATTABLE (*enbatabl*), adj. Invencível.

IMBÉCILE (*enbêçil*), s. e adj. Imbecil.
IMBÉCILEMENT (*enbêçilman*), adv. Imbecilmente.
IMBÉCILLITÉ (*enbêçilitê*), s. f. Imbecilidade.
IMBERBE (*enbérb*), adj. Imberbe.
IMBIBER (*enbibê*), v. t. Embeber, impregnar.
IMBIBITION (*enbibiçion*), s. f. Embebição, impregnação.
IMBRICATION (*enbrikaçion*), s. f. Imbricação.
IMBRIQUÉ, E (*enbrikê*), adj. Imbricado.
IMBRIQUER (*enbrikê*), v. t. Imbricar.
IMBRISABLE (*enbrizabl*), adj. Inquebrável.
IMBROGLIO (*enbroliô*), s. m. Imbróglio.
IMBRÛLABLE (*enbrülabl*), adj. Inqueimável.
IMBU, E (*enbü*), adj. Imbuído, embebido.
IMBUVABLE (*enbüvabl*), adj. Intragável, não bebível.
IMITABLE (*imitabl*), adj. Imitável.
IMITATEUR, TRICE (*imitatër, triç*), adj. e s. Imitador.
IMITATIF, IVE (*imitatif, iv*), adj. Imitativo.
IMITATION (*imitaçion*), s. f. Imitação, cópia.
IMITER (*imitê*), v. t. Imitar, copiar, contrafazer.
IMMACULÉ, E (*imakülê*), adj. Imaculado, puro.
IMMANENCE (*imananç*), s. f. Imanência.
IMMANENT, E (*imanan, t*), adj. Imanente.
IMMANGEABLE (*enmanjabl* ou *imanjabl*), adj. Intragável, não comível.
IMMANQUABLE (*enmankabl* ou *imankabl*), adj. Infalível, seguro.
IMMANQUABLEMENT (*enmankabləman* ou *imankabləman*), adv. Infalivelmente.
IMMARCESCIBLE (*imarçéçibl*), adj. Imarcescível.
IMMATÉRIALISME (*imatêrialiçm*), s. m. Imaterialismo.
IMMATÉRIALISTE (*imatêrialiçt*), adj. e s. Imaterialista.
IMMATÉRIALITÉ (*imatêrialitê*), s. f. Imaterialidade.
IMMATÉRIEL, ELLE (*imatêriél*), adj. Imaterial.
IMMATÉRIELLEMENT (*imatêriélman*), adj. Imaterialmente.
IMMATRICULATION (*imatrikülaçion*), s. f. Ação de matricular-se, matrícula.
IMMATRICULE (*imatrikül*), s. f. Inscrição nos registros públicos.
IMMATRICULER (*imatrikülê*), v. t. Matricular.
IMMATURITÉ (*imatüritê*), s. f. Imaturidade.
IMMÉDIAT, E (*imêdiá, t*), adj. Imediato.
IMMÉDIATEMENT (*imêdiatman*), adv. Imediatamente.
IMMÉMORABLE (*imêmorabl*), adj. V. **IMMÉMORIAL.**
IMMÉMORIAL, E, AUX (*imêmorial, ô*), adj. Imemorial.
IMMENSE (*imanç*), adj. Imenso, desmedido.
IMMENSÉMENT (*imançêman*), adv. Imensamente, desmedidamente.
IMMENSITÉ (*imançitê*), s. f. Imensidade, infinidade, vastidão.
IMMENSURABLE (*imançürabl*), adj. Imensurável.
IMMERGENT, E (*imérjan, t*), adj. Imergente.
IMMERGER (*imérjê*), v. t. (Toma um *e* mudo depois do *g* antes de *a* e *o*: *il immergea, nous immergeons.*) Imergir.
IMMÉRITÉ, E (*imêritê*), adj. Imerecido.
IMMERSION (*imérçion*), s. f. Imersão, submersão.
IMMESURABLE (*iməzürabl*), adj. Incomensurável.
IMMEUBLE (*imëbl*), adj. e s. m. Imóvel.
IMMIGRANT, E (*imigran, t*), adj. e s. Imigrante.
IMMIGRATION (*imigraçion*), s. f. Imigração.
IMMIGRÉ, E (*imigrê*), adj. e s. Imigrado.
IMMIGRER (*imigrê*), v. t. Imigrar.
IMMINENCE (*iminanç*), s. m. Iminência.
IMMINENT, E (*iminan, t*), adj. Iminente.
IMMISCER (*imiçê*), v. t. Meter, misturar, fazer entrar. **S'IMMISCER**, v. pr. Misturar-se.
IMMIXTION (*imikçtion*), s. f. Mistura, ingerência.
IMMOBILE (*imobil*), adj. Imóvel. *Fig.* Inabalável.
IMMOBILIER, ÈRE (*imobiliê, ér*), adj. Imobiliário.
IMMOBILISATION (*imobilizaçion*), s. f. Imobilização.
IMMOBILISER (*imobilizê*), v. t. Imobilizar.
IMMOBILISME (*imobiliçm*), s. m. Imobilismo.
IMMOBILITÉ (*imobilitê*), s. f. Imobilidade.
IMMODÉRÉ, E (*imodêrê*), adj. Imoderado, excessivo, demasiado.
IMMODÉRÉMENT (*imodêrêman*), adv. Imoderadamente, excessivamente.
IMMODESTE (*imodéçt*), adj. Imodesto, Impudico.
IMMODESTEMENT (*imodéçtəman*), adv. Imodestamente.
IMMODESTIE (*imodéçti*), s. f. Imodéstia, falta de pudor.
IMMOLATEUR (*imolatër*), s. m. Imolador.
IMMOLATION (*imolaçion*), s. f. Imolação, morte. *Fig.* Sacrifício.
IMMOLER (*imolê*), v.t. Imolar, matar, massacrar. *Fig.* Sacrificar, renunciar.
IMMONDE (*imond*), adj. Sujo, imundo. *Fig.* Ignóbil, asqueroso.

IMMONDICE (*imondiç*), s. f. Imundície, lixo. *Fig.* Impureza.

IMMORAL, E, AUX (*imoral, ô*), adj. Imoral.

IMMORALEMENT (*imoralman*), adv. Imoralmente.

IMMORALITÉ (*imoralitê*), s. f. Imoralidade.

IMMORTALISER (*imortalizê*), v. t. Imortalizar. **S'IMMORTALISER**, v. pr. Tornar-se imortal, imortalizar-se.

IMMORTALITÉ (*imortalitê*), s. f. Imortalidade.

IMMORTEL, ELLE (*imortél*), adj. Imortal. S. m. *Fam.* Membro da Academia Francesa. S. f. Perpétua (flor).

IMMORTELLEMENT (*imortélman*), adv. Imortalmente.

IMMOTIVÉ, E (*imotivê*), adj. Imotivado.

IMMUABILITÉ (*imüabilitê*), s. f. V. **IMMUTABILITÉ**.

IMMUABLE (*imüabl*), adj. Imutável.

IMMUABLEMENT (*imüablman*), adv. Imutavelmente.

IMMUNISANT, E (*imünizan, t*), adj. Imunizante.

IMMUNISATION (*imünizaçion*), s. f. Imunização.

IMMUNISER (*imünizê*), v. t. Imunizar.

IMMUNITÉ (*imünitê*), s. f. Imunidade.

IMMUTABILITÉ (*imütabilitê*), s. f. Imutabilidade.

IMPACT (*enpakt*), s. m. Impacto, choque.

IMPACTION (*enpakçion*), s. f. Fratura exposta.

IMPAIR, E (*enpér*), adj. Ímpar. S. m. Disparate, erro.

IMPALPABILITÉ (*enpalpabilitê*), s. f. Impalpabilidade.

IMPALPABLE (*enpalpabl*), adj. Impalpável.

IMPANATION (*enpanaçion*), s. f. Impanação.

IMPARDONNABLE (*enpardonabl*), adj. Imperdoável.

IMPARFAIT, E (*enparfé, t*), adj. e s. m. Imperfeito, incompleto, inacabado.

IMPARFAITEMENT (*enparfétman*), adv. Imperfeitamente.

IMPARISYLLABE ou **IMPARISYLLABIQUE** (*enpariçilab* ou *enpariçilabik*), adj. e s. m. Imparissílabo ou imparissilábico.

IMPARITÉ (*enparitê*), s.f. Imparidade.

IMPARTAGEABLE (*enpartajabl*), adj. Indivisível.

IMPARTIAL, E, AUX (*enparçial, ô*), adj. Imparcial, justo.

IMPARTIALEMENT (*enparçialman*), adv. Imparcialmente.

IMPARTIALITÉ (*enparçialitê*), s. f. Imparcialidade, justiça.

IMPARTIR (*enpartir*), v. t. (Conjuga-se como *finir.*) Dar, conceder, atribuir.

IMPASSABLE (*enpaçabl*), adj. Intransponível.

IMPASSE (*enpaç*), s. f. Beco sem saída. *Fig.* Impasse.

IMPASSIBILITÉ (*enpaçibilitê*), s. f. Impassibilidade.

IMPASSIBLE (*enpaçibl*), adj. Impassível, insensível.

IMPASSIBLEMENT (*enpaçibləman*), adv. Impassivelmente.

IMPATIEMMENT (*enpaçiaman*), adv. Impacientemente.

IMPATIENCE (*enpaçianç*), s. f. Impaciência, enfado.

IMPATIENT, E (*enpaçian, t*), adj. Impaciente, inquieto.

IMPATIENTANT, E (*enpaçiantan, t*), adv. Que impacienta, irritante.

IMPATIENTER (*enpaçiantê*), v. t. Impacientar. **S'IMPATIENTER**, v. pr. Perder a paciência.

IMPATRONISATION (*enpatronizaçion*), s. f. Ato de introduzir com autoridade de dono.

IMPATRONISER (*enpatronizê*), v. t. Introduzir com autoridade de dono. **S'IMPATRONISER**, v.pr. Instalar-se, impor-se como dono. *Fig.* Introduzir-se, fazer-se aceitar.

IMPAVIDE (*enpavid*), adj. Impávido, arrojado.

IMPAYABLE (*enpéiabl*), adj. Impagável.

IMPAYÉ, E (*enpéiê*), adj. Não pago.

IMPECCABLE (*enpékabl*), adj. Impecável, infalível.

IMPÉCUNIEUX, EUSE (*enpêküniö, öz*), adj. Sem dinheiro.

IMPÉCUNOSITÉ (*enpêkünozitê*), s. f. Falta de dinheiro.

IMPÉNÉTRABILITÉ (*enpênêtrabilitê*), s. f. Impenetrabilidade.

IMPÉNÉTRABLE (*enpênêtrabl*), adj. Impenetrável.

IMPÉNITENCE (*enpênitanç*), s. f. Impenitência.

IMPÉNITENT, E (*enpênitan, t*), adj. Impenitente.

IMPENSABLE (*enpançabl*), adj. Impensável.

IMPENSE (*enpanç*), s. f. Despesa para benfeitoria de um imóvel.

IMPÉRATIF, IVE (*enpêratif, iv*), adj. e s. m. Imperativo.

IMPÉRATIVEMENT (*enpêrativman*), adv. Imperativamente.

IMPÉRATRICE (*enpêratriç*), s. f. Imperatriz.

IMPERCEPTIBILITÉ (*enpérçéptibilitê*), s. f. Imperceptibilidade.

IMPERCEPTIBLE (*enpérçéptibl*), adj. Imperceptível. *Fig.* Que escapa à nossa atenção.

IMPERCEPTIBLEMENT (*enperçéptiblə-*

man), adv. Imperceptivelmente.
IMPERDABLE (*enpérdabl*), adj. Imperdível.
IMPERFECTIBLE (*enpérféktibl*), adj. Imperfectível.
IMPERFECTION (*enpérfékçion*), s. f. Imperfeição.
IMPERFORATION (*enpérforaçion*), s. f. Imperfuração.
IMPÉRIAL, E, AUX (*enpêrial, ô*), adj. Imperial. S. f. Tejadilho de uma viatura; barba sob o lábio; jogo de cartas.
IMPÉRIALEMENT (*enpêrialman*), adv. Imperialmente.
IMPÉRIALISME (*enpêrialiçm*), s. m. Imperialismo.
IMPÉRIALISTE (*enpêrialiçt*), adj. Imperialista.
IMPÉRIEUSEMENT (*enpêriëzman*), adv. Imperiosamente.
IMPÉRIEUX, EUSE (*enpêrië, ëz*), adj. Imperioso.
IMPÉRISSABLE (*enpêriçabl*), adj. Imperecível.
IMPÉRITIE (*enpêriçi*), s. f. Imperícia, incapacidade.
IMPERMÉABILISATION (*enpérmêabilizaçion*), s. f. Impermeabilização.
IMPERMÉABILISER (*enpérmêabilizê*), v. t. Impermeabilizar.
IMPERMÉABILITÉ (*enpérmêabilitê*), s. f. Impermeabilidade.
IMPERMÉABLE (*enpérmêabl*), adj. e s Impermeável.
IMPERMUTABLE (*enpérmütabl*), adj. Impermutável.
IMPERSONNALITÉ (*enpérçonalitê*), s. f. Impersonalidade.
IMPERSONNEL, ELLE (*enpérçonél*), adj. Impessoal.
IMPERSONNELLEMENT (*enpérçonélman*), adv. Impessoalmente.
IMPERTINEMMENT (*enpértinaman*), adv. Impertinentemente.
IMPERTINENCE (*enpértinanç*), s. f. Impertinência, despropósito, insolência.
IMPERTINENT, E (*enpértinan, t*), adj. e s. Impertinente, insolente, atrevido.
IMPERTURBABILITÉ (*enpértürbabilitê*), s. f. Imperturbabilidade.
IMPERTURBABLE (*enpértürbabl*), adj. Imperturbável.
IMPERTURBABLEMENT (*enpértürbablәman*), adv. Imperturbavelmente.
IMPÉTIGINEUX, EUSE (*enpêtijinë, ëz*), adj. Impetiginoso.
IMPÉTIGO (*enpêtigô*), s.m. Impetigo.
IMPÉTRANT, E (*enpêtran, t*), s. Impetrante.
IMPÉTRATION (*enpêtraçion*), s. f. Impetração.
IMPÉTRER (*enpêtrê*), v. t. (Conjuga-se como *accélérer*.) Impetrar; obter.
IMPÉTUEUSEMENT (*enpêtüëzman*), adv. Impetuosamente.
IMPÉTUEUX, EUSE (*enpêtüë, ëz*), adv. Impetuoso.
IMPÉTUOSITÉ (*enpêtüozitê*), s. f. Impetuosidade. *Fig.* Vivacidade extrema.
IMPIE (*enpi*), adj. e s. Ímpio, incrédulo.
IMPIÉTÉ (*enpiêtê*), s. f. Impiedade.
IMPITOYABLE (*enpituaiabl*), adj. Implacável.
IMPITOYABLEMENT (*enpituaiablәman*), adv. Impiedosamente.
IMPLACABILITÉ (*enplakabilitê*), s. f. Implacabilidade.
IMPLACABLE (*enplakabl*), adj. Implacável.
IMPLACABLEMENT (*enplakablәman*), adv. Implacavelmente.
IMPLANTATION (*enplantaçion*), s. f. Implantação.
IMPLANTER (*enplantê*), v. t. Implantar.
S'IMPLANTER, v. pr. Estabelecer-se, fixar-se.
IMPLEXE (*enplékç*), adj. Implexo, intrincado.
IMPLICATION (*enplikaçion*), s.f. Implicação. *Filos.* Contradição.
IMPLICITE (*enpliçit*), adj. Implícito.
IMPLICITEMENT (*enpliçitman*), adv. Implicitamente.
IMPLIQUER (*enplikê*), v. t. Implicar, envolver, conter.
IMPLORANT, E (*enploran, t*), adj. Implorante.
IMPLORATION (*enploraçion*), s. f. Imploração.
IMPLORER (*enplorê*), v. t. Implorar.
IMPLOSION (*enplozion*), s. f. Implosão.
IMPLUVIUM (*enplüviôm'*), s. m. Implúvio.
IMPOLI, E (*enpoli*), adj. e s. Indelicado, descortês.
IMPOLIMENT (*enpoliman*), adv. Indelicadamente, descortesmente.
IMPOLITESSE (*enpolitéç*), s. f. Indelicadeza, descortesia.
IMPOLITIQUE (*enpolitik*), adj. Impolítico.
IMPONDÉRABILITÉ (*enpondêrabilitê*), s. f. Imponderabilidade.
IMPONDÉRABLE (*enpondêrabl*), adj. e s. Imponderável. S. m. pl. *Fig.* Causas difíceis de precisar.
IMPOPULAIRE (*enpopülér*), adj. Impopular.
IMPOPULARITÉ (*enpopülaritê*), s. f. Impopularidade.
IMPORTABLE (*enportabl*), adj. Importável.
IMPORTANCE (*enportanç*), s. f. Importância, autoridade, crédito, influência; vaidade, alto conceito de si mesmo. *Ne pas attacher d'importance à,* não dar importância a. *D'importance,* loc. adv. Extremamente, muito.
IMPORTANT, E (*enportan, t*), adj. Importante, considerável. S. m. O essencial. *Faire l'important,* homem vão.

IMPORTATEUR, TRICE (*enportatĕr, triç*), adj. e s. Importador.
IMPORTATION (*enportaçion*), s. f. Importação.
IMPORTER (*enportê*), v. t. Importar. V. i. Ser conveniente, ser útil.
IMPORTUN, E (*enportĕn, ün'*), adj. e s. Importuno, aborrecido.
IMPORTUNÉMENT (*enportünêman*), adv. Importunamente (pouco usado).
IMPORTUNER (*enportünê*), v. t. Importunar, incomodar.
IMPORTUNITÉ (*enportünitê*), s. f. Importunidade, importunação.
IMPOSABLE (*enpozabl*), adj. Que pode ser imposto, submetido aos direitos.
IMPOSANT, E (*enpozan, t*), adj. Imponente.
IMPOSÉ, E (*enpozê*), adj. e s. Submetido ao imposto.
IMPOSER (*enpozê*), v. t. Impor, pôr em cima. *Fig.* Fixar, estabelecer. V. i. Inspirar respeito, temor. *En imposer,* fazer crer, enganar. **S'IMPOSER,** v. pr. Impor-se.
IMPOSEUR (*enpozĕr*), s. e adj. m. Impositor.
IMPOSITION (*enpoziçion*), s.f. Imposição, contribuição.
IMPOSSIBILITÉ (*enpoçibilitê*), s.f. Impossibilidade.
IMPOSSIBLE (*enpoçibl*), adj. e s. m. Impossível. Por extensão: muito difícil. *À l'impossible nul n'est tenu,* não se pode fazer o impossível. *Par impossible,* loc. adv. Por uma circunstância improvável.
IMPOSTE (*enpóçt*), s. f. *Arq.* Imposta; bandeira das portas e janelas.
IMPOSTEUR (*enpoçtĕr*), s. m. Impostor, embusteiro.
IMPOSTURE (*enpoçtür*), s. f. Impostura, embuste.
IMPÔT (*enpô*), s. m. Imposto, tributo.
IMPOTENCE (*enpotanç*), s. f. Impotência.
IMPOTENT, E (*enpotan, t*), adj. e s. Impotente, estropiado.
IMPRATICABILITÉ (*enpratikabilitê*), s. f. Impraticabilidade.
IMPRATICABLE (*enpratikabl*), adj. Impraticável, inexeqüível.
IMPRÉCATION (*enprêkaçion*), s.f. Maldição, praga.
IMPRÉCATOIRE (*enprêkatuar*), adj. Imprecatório.
IMPRÉCIS, E (*enprêçi, iz*), adj. Impreciso.
IMPRÉCISION (*enprêçizion*), s.f. Imprecisão.
IMPRÉGNABLE (*enprênhabl*), adj. Impregnável.
IMPRÉGNATION (*enprênhaçion*), s.f. Impregnação.
IMPRÉGNER (*enprênhê*), v.t. (Conjuga-se como *accélérer.*) Impregnar.
IMPRENABLE (*enprənabl*), adj. Inexpugnável.
IMPRÉPARATION (*enprêparaçion*), s.f. Falta de preparação.
IMPRESARIO (*enprêzariô*), s.m. Empresário.
IMPRESCRIPTIBILITÉ (*enpréçkriptibilitê*), s.f. Imprescritibilidade.
IMPRESCRIPTIBLE (*enpréçkriptibl*), adj. Imprescritível.
IMPRESSION (*enpréçion*), s.f. Impressão, vestígio.
IMPRESSIONNABILITÉ (*enpréçionabilitê*), s. f. Impressionabilidade.
IMPRESSIONNABLE (*enpréçionabl*), adj. Impressionável.
IMPRESSIONNANT, E (*enpréçionan, t*), adj. Impressionante.
IMPRESSIONNER (*enpréçionê*), v. t. Impressionar.
IMPRESSIONNISME (*enpréçioniçm*), s. m. Impressionismo.
IMPRESSIONNISTE (*enpréçioniçt*), s. m. e adj. Impressionista.
IMPRÉVISIBLE ou **IMPRÉVOYABLE** (*enprêvizibl* ou *enprêvuaiabl*), adj. Imprevisível.
IMPRÉVISION (*enprêvizion*), s.f. Imprevisão.
IMPRÉVOYANCE (*enprêvuaianç*), s.f. Imprevidência.
IMPRÉVOYANT, E (*enprêvuaian, t*), adj. Imprevidente.
IMPRÉVU, E (*enprêvü*), adj. e s.m. Imprevisto.
IMPRIMABLE (*enprimabl*), adj. Imprimível.
IMPRIMATUR (*enprimatür*), s.m. Imprimatur.
IMPRIMÉ (*enprimê*), s.m. Impresso.
IMPRIMER (*enprimê*), v.t. Imprimir, estampar, gravar; comunicar.
IMPRIMERIE (*enprimǝri*), s. f. Imprensa, tipografia.
IMPRIMEUR (*enprimĕr*), s. e adj. m. Impressor, tipógrafo.
IMPRIMEUSE (*enprimëz*), s.f. Máquina de imprimir.
IMPROBABILITÉ (*enprobabilitê*), s. f. Improbabilidade.
IMPROBABLE (*enprobabl*), adj. Improvável.
IMPROBATEUR, TRICE (*enprobatĕr, triç*), adj. Desaprovador.
IMPROBATIF, IVE (*enprobatif, if*), adj. Desaprovativo.
IMPROBATION (*enprobaçion*), s.f. Desaprovação.
IMPROBITÉ (*enprobitê*), s.f. Improbidade.
IMPRODUCTIF, IVE (*enprodüktif, iv*), adj. Improdutivo.
IMPRODUCTIVEMENT (*enprodüktivman*), adv. Improdutivamente.
IMPRODUCTIVITÉ (*enprodüktivitê*), s.f. Improdutividade.
IMPROMPTU (*enpronptü*), s.m. Impro-

viso. Adj. Improvisado, repentino.
IMPRONONÇABLE (*enprononçabl*), adj. Inarticulável, impronunciável.
IMPROPRE (*enprópr*), adj. Impróprio, inconveniente.
IMPROPREMENT (*enpropraman*), adv. Impropriamente.
IMPROPRIÉTÉ (*enproprièté*), s.f. Impropriedade, inconveniência.
IMPROUVABLE (*enpruvabl*), adj. Que não se pode provar.
IMPROUVER (*enpruvê*), v.t. Desaprovar.
IMPROVISATEUR, TRICE (*enprovizatěr, triç*), s. Improvisador.
IMPROVISATION (*enprovizaçion*), s. f. Improvisação, improviso.
IMPROVISER (*enprovizê*), v.t. Improvisar.
IMPROVISTE (À L') (*alenproviçt*), loc. adv. De improviso, repentinamente.
IMPRUDEMMENT (*enprüdaman*), adv. Imprudentemente.
IMPRUDENCE (*enprüdanç*), s.f. Imprudência.
IMPRUDENT, E (*enprüdan, t*), adj. e s. Imprudente.
IMPUBÈRE (*enpübér*), adj. Impúbere.
IMPUBERTÉ (*enpübérté*), s.f. Impuberdade.
IMPUBLIABLE (*enpübliabl*), adj. Impublicável.
IMPUDEMMENT (*enpüdaman*), adv. Impudentemente.
IMPUDENCE (*enpüdanç*), s.f. Impudência.
IMPUDENT, E (*enpüdan, t*), adj. e s. Impudente.
IMPUDEUR (*enpüděr*), s. f. Impudor, descaramento.
IMPUDICITÉ (*enpüdiçité*), s.f. Impudicícia.
IMPUDIQUE (*enpüdik*), adj. Impudico, obsceno.
IMPUDIQUEMENT (*enpüdikman*), adv. Impudicamente.
IMPUISSANCE (*enpüiçanç*), s.f. Impotência, incapacidade.
IMPUISSANT, E (*enpüiçan, t*), adj. Impotente.
IMPULSIF, IVE (*enpülçif, iv*), adj. e s. Impulsivo.
IMPULSIVEMENT (*enpülçivman*), adv. Impulsivamente.
IMPULSION (*enpülçion*), s.f. Impulsão, impulso. *Fig.* Incitação, estímulo.
IMPULSIVITÉ (*enpülçivité*), s.f. Impulsividade.
IMPUNÉMENT (*enpünêman*), adv. Impunemente.
IMPUNI, E (*enpüni*), adj. Impune.
IMPUNITÉ (*enpünité*), s.f. Impunidade.
IMPUR, E (*enpür*), adj. Impuro.
IMPUREMENT (*enpürman*), adv. Impuramente.
IMPURETÉ (*enpürté*), s.f. Impureza.
IMPUTABILITÉ (*enpütabilité*), s.f. Imputabilidade.
IMPUTABLE (*enpütabl*), adj. Imputável, atribuível, descontável, pagável.
IMPUTATION (*enpütaçion*), s.f. Imputação; compensação.
IMPUTER (*enpütê*), v.t. Imputar; compensar, levar em conta.
IMPUTRESCIBILITÉ (*enpütréçibilité*), s. f. Imputrescibilidade.
IMPUTRESCIBLE (*enpütréçibl*), adj. Imputrescível.
INABORDABLE (*inabordabl*), adj. Inabordável. *Fig.* Inacessível.
INABRITÉ, E (*inabrité*), adj. Desabrigado.
INABROGEABLE (*inabrojabl*), adj. Irrevogável.
INACCEPTABLE (*inakçéptabl*), adj. Inaceitável.
INACCEPTATION (*inakçéptaçion*), s.f. Recusa de aceitação.
INACCESSIBILITÉ (*inakçéçibilité*), s.f. Inacessibilidade.
INACCESSIBLE (*inakçéçibl*), adj. Inacessível.
INACCOMPLI, E (*inakonpli*), adj. Irrealizado, não cumprido.
INACCOMPLISSEMENT (*inakonpliçman*), s.m. Inobservância.
INACCORDABLE (*inakordabl*), adj. Inconcessível, inconciliável.
INACCOUTUMÉ, E (*inakutümê*), adj. Desacostumado, desabituado.
INACHEVÉ, E (*inachvê*), adj. Inacabado.
INACHÈVEMENT (*inachévman*), s. m. Falta de acabamento.
INACTIF, IVE (*inaktif, iv*), adj. e s. Inativo.
INACTION (*inakçion*), s. f. Inação, inércia.
INACTIVITÉ (*inaktivité*), s.f. Inatividade, inércia.
INACTUEL, ELLE (*inaktüél*), adj. Sem atualidade.
INADAPTÉ, E (*inadapté*), adj. Desadaptado.
INADÉQUAT, E (*inadêkuá*), adj. Inadequado.
INADMISSIBILITÉ (*inadmiçibilité*), s.f. Inadmissibilidade.
INADMISSIBLE (*inadmiçibl*), adj. Inadmissível.
INADMISSION (*inadmiçion*), s.f. Inadmissão.
INADVERTENCE (*inadvértanç*), s. f. Inadvertência, descuido.
INALIABLE (*inaliabl*), adj. Inaliável. *Fig.* Insociável.
INALIÉNABILITÉ (*inaliênabilité*), s.f. Inalienabilidade.
INALIÉNABLE (*inaliênabl*), adj. Inalienável.
INALIÉNÉ, E (*inaliênê*), adj. Inalienado.
INALTÉRABILITÉ (*inaltêrabilité*), s. f. Inalterabilidade.

INALTÉRABLE (*inaltêrabl*), adj. Inalterável.
INALTÉRÉ, E (*inaltêrê*). adj. Inalterado.
INAMICAL, E (*inamikal*), adj. Não amical, hostil.
INAMISSIBILITÉ (*inamiçibilitê*), s. f. Inamissibilidade.
INAMISSIBLE (*inamiçibl*), adj. Inamissível.
INAMOVIBILITÉ (*inamovibilitê*), s. f. Inamovibilidade.
INAMOVIBLE (*inamovibl*), adj. Inamovível.
INANIMÉ, E (*inanimê*), adj. Inanimado.
INANITÉ (*inanitê*), s.f. Inanidade, inutilidade, vaidade.
INANITION (*inaniçion*), s.f. Inanição, fraqueza.
INAPAISABLE (*inapézabl*), adj. Incapaz de se apaziguar.
INAPAISÉ, E (*inapézê*), adj. Não apaziguado.
INAPERÇU, E (*inapérçü*), adj. Despercebido.
INAPPARENT, E (*inaparant, t*), adj. Inaparente.
INAPPÉTENCE (*inapêtanç*), s. f. Inapetência.
INAPPLICABLE (*inaplikabl*), adj. Inaplicável.
INAPPLICATION (*inaplikaçion*), s. f. Falta de aplicação, de atenção.
INAPPLIQUÉ, E (*inaplikê*), adj. Inaplicado.
INAPPRÉCIABLE (*inaprêçiabl*), adj. Inapreciável. *Fig.* Inestimável.
INAPPRÉCIABLEMENT (*inaprêçiablə-man*), adv. Inapreciavelmente.
INAPPRÉCIÉ, E (*inaprêçiê*), adj. Inapreciado.
INAPPRIVOISABLE (*inaprivuazabl*), adj. Indomesticável.
INAPPRIVOISÉ, E (*inaprivuazê*), adj. Indomesticado.
INAPTE (*inapt*), adj. Inapto, incapaz.
INAPTITUDE (*inaptitüd*), s.f. Inaptidão.
INARTICULÉ, E (*inartikülê*), adj. Inarticulado.
INASSIMILABLE (*inaçimilabl*), adj. Inassimilável.
INASSOUVI, E (*inaçuvi*), adj. Insaciado, insatisfeito.
INASSOUVISSEMENT (*inaçuviçman*), s. m. Insaciabilidade.
INATTAQUABLE (*inatakabl*), adj. Inatacável.
INATTENDU, E (*inatandü*), adj. Inesperado.
INATTENTIF, IVE (*inatantif, iv*), adj. Desatento, distraído.
INATTENTION (*inatançion*), s.f. Desatenção.
INAUGURAL, E, AUX (*inôgüral, ô*), adj. Inaugural.
INAUGURATEUR, TRICE (*inôgüratër, triç*), s. Inaugurador.
INAUGURATION (*inôgüraçion*), s. f. Inauguração.
INAUGURER (*inôgürê*), v.t. Inaugurar.
INAUTHENTICITÉ (*inôtantiçitê*), s.f. Inautenticidade.
INAUTHENTIQUE (*inôtantik*), adj. Inautêntico.
INAVOUABLE (*inavuabl*), adj. Inconfessável.
INAVOUÉ, E (*inavuê*), adj. Inconfessado.
INCA (*enká*), adj. e s. m. Inca.
INCALCULABLE (*enkalkülabl*), adj. Incalculável.
INCALCULABLEMENT (*enkalkülabl-man*), adv. Incalculavelmente.
INCANDESCENCE (*enkandéçanç*), s. f. Incandescência *Fig.* Efervescência.
INCANDESCENT, E (*enkandéçan, t*), adj. Incandescente. *Fig.* Apaixonado, exaltado.
INCANTATION (*enkantaçion*), s. f. Encantamento, sortilégio.
INCANTATOIRE (*enkantatuar*), adj. Relativo ao encantamento.
INCAPABLE (*enkapabl*), adj. e s. Inábil, incapaz.
INCAPACITÉ (*enkapaçitê*), s.f. Incapacidade, inaptidão.
INCARCÉRATION (*enkarçêraçion*), s. f. Encarceramento.
INCARCÉRER (*enkarçêrê*), v. t. (Conjuga-se como *accélérer.*) Encarcerar.
INCARNADIN, E (*enkarnaden, in'*), adj. Encarnado, desmaiado.
INCARNAT, E (*enkarná, t*), adj. Encarnado. S. m. A cor encarnada; espécie de trevo.
INCARNATION (*enkarnaçion*), s.f. Encarnação.
INCARNER (*enkarnê*), v.t. Encarnar. *Ongle incarné*, unha encravada. **S'INCARNER**, v. pr. Encarnar-se.
INCARTADE (*enkartad*), s.f. Injúria; loucura, extravagância.
INCASSABLE (*enkaçabl*), adj. Inquebrável.
INCENDIAIRE (*ençandiér*), s. e adj. m. Incendiário.
INCENDIE (*ençandi*), s. m. Incêndio.
INCENDIÉ, E (*ençandiê*), adj. e s. Incendiado; proprietário de prédio incendiado.
INCENDIER (*ençendiê*), v. t. (Conjuga-se como *prier.*) Incendiar, inflamar. *Fig.* Agitar, excitar.
INCÉRATION (*ençêraçion*), s.f. Enceração.
INCERTAIN, E (*ençérten, én'*), adj. e s. m. Duvidoso, incerto, irresoluto, inconstante.
INCERTITUDE (*ençértitüd*), s.f. Incerteza, instabilidade, inconstância.
INCESSAMMENT (*inçéçaman*), adv. Incessantemente, brevemente.

INCESSANT, E (*ençéçant, t*), adj. Incessante, constante.
INCESSIBILITÉ (*ençéçibilitê*), s.f. *Dir.* Incessibilidade.
INCESSIBLE (*ençéçibl*), adj. Incessível, inconcessível.
INCESTE (*ençéçt*), s.m. Incesto. S. Incestuoso.
INCESTUEUSEMENT (*ençéçtüëzman*), adv. Incestuosamente.
INCESTUEUX, EUSE (*ençéçtüë, ëz*), adj. e s. Incestuoso.
INCHANGÉ, E (*enchanjê*), adj. Que não sofreu mudança.
INCHAVIRABLE (*enchavirabl*), adj. Incapaz de soçobrar.
INCHOATIF, IVE (*enkoatif, iv*), adj. *Gram.* Incoativo.
INCIDEMMENT (*ençidaman*), adv. Incidentemente, acessoriamente.
INCIDENCE (*ençidanç*), s.f. Incidência. *Fig.* Repercussão.
INCIDENT, E (*ençidan*), s.m. Incidente. Adj. Ocasional, incidente.
INCIDENTER (*ençidantê*), v.t. Incidentar, suscitar incidentes jurídicos.
INCINÉRATION (*ençinêraçion*), s.f. Incineração.
INCINÉRER (*ençinêrê*), v. t. (Conjuga-se como *accélérer*.) Incinerar, reduzir a cinzas.
INCIRCONCIS (*ençirkonçi*), adj. e s. Incircuncidado.
INCIRCONCISION (*ençirkonçizion*), s.f. Incircuncisão.
INCISE (*ençiz*), s.f. Inciso.
INCISER (*ençizê*), v.t. Fazer incisão.
INCISIF, IVE (*ençizif, iv*), adj. e s. Incisivo, penetrante, mordaz.
INCISION (*ençizion*), s.f. Incisão, corte.
INCITATEUR, TRICE (*ençitatër, triç*), adj. e s. Incitador.
INCITATION (*ençitaçion*), s.f. Incitação.
INCITER (*ençitê*), v.t. Incitar, instigar.
INCIVIL, E (*ençivil*), adj. Incivil, descortês.
INCIVILEMENT (*ençivilman*), adv. Incivilmente.
INCIVILITÉ (*ençivilitê*), s. f. Incivilidade, descortesia.
INCIVIQUE (*ençivik*), adj. Falta de civismo.
INCIVISME (*ençiviçm*), s. m. Incivismo.
INCLÉMENCE (*enklêmanç*), s.m. Inclemência.
INCLÉMENT, E (*enklêman, t*), adj. Inclemente.
INCLINAISON (*enklinézon*), s.f. Inclinação, declive, obliqüidade de duas linhas.
INCLINANT (*enklinan*), adj. m. Inclinado, pendente.
INCLINATION (*enklinaçion*), s.f. Inclinação. *Fam.* A pessoa amada.
INCLINER (*enklinê*), v.t. Inclinar, baixar, dobrar. V. i. Pender. **S'INCLINER**, v.pr. Inclinar-se, curvar-se.
INCLURE (*enklür*), v.t. Incluir, fechar, encerrar.
INCLUS, E (*enklü, z*), part. pass. Incluso, junto. *Ci-inclus*, incluso.
INCLUSIF, IVE (*enklüzif, iv*), adj. Inclusivo.
INCLUSION (*enklüzion*), s.f. Inclusão.
INCLUSIVEMENT (*enklüzivman*), adv. Inclusivamente.
INCOAGULABLE (*enkoagülabl*), adj. Incoagulável.
INCOERCIBILITÉ (*enkoérçibilitê*), s.f. Incoercibilidade.
INCOERCIBLE (*enkoérçibl*), adj. Incoercível.
INCOGNITO (*enkognitô*), adv. e s. m. Incógnito.
INCOGNOSCIBLE (*enkognoçibl*), adj. Incognoscível.
INCOHÉRENCE (*enkoêranç*), s.f. Incoerência.
INCOHÉRENT, E (*enkoêran, t*), adj. Incoerente.
INCOLORE (*enkolór*), adj. Incolor.
INCOMBER (*enkonbê*), v.i. Incumbir, competir.
INCOMBUSTIBILITÉ (*enkonbüçtibilitê*), s.f. Incombustibilidade.
INCOMBUSTIBLE (*enkonbüçtibl*), adj. Incombustível.
INCOMESTIBLE (*enkoméçtibl*), adj. Incomestível.
INCOMMENSURABILITÉ (*enkomançürabilitê*), s.f. Incomensurabilidade.
INCOMMENSURABLE (*enkomançürabl*), adj. Incomensurável.
INCOMMENSURABLEMENT (*enkomançürabləman*), adv. Incomensuravelmente.
INCOMMODANT, E (*enkomodan, t*), adj. Incômodo, importuno.
INCOMMODE (*enkomód*), adj. Incômodo, importuno, molesto; penoso.
INCOMMODÉ, E (*enkomodê*), adj. Adoentado, indisposto.
INCOMMODÉMENT (*encomodêman*), adv. Incomodamente.
INCOMMODER (*enkomodê*), v.t. Incomodar, importunar. *Fig.* Molestar, aborrecer.
INCOMMODITÉ (*enkomoditê*), s. m. Constrangimento, incômodo, achaque.
INCOMMUNICABLE (*enkomünikabl*), adj. Incomunicável.
INCOMMUTABILITÉ (*enkomütabilitê*), s. f. *Dir.* Incomutabilidade.
INCOMMUTABLE (*enkomütabl*), adj. *Dir.* Incomutável.
INCOMPARABLE (*enkonparabl*), adj. Incomparável.
INCOMPARABLEMENT (*enkonparabləman*), adv. Incomparavelmente.
INCOMPATIBILITÉ (*enkonpatibilitê*), s. f. Incompatibilidade, antipatia.

INCOMPATIBLE (*enkonpatibl*), adj. Incompatível, oposto.
INCOMPATIBLEMENT (*enkonpatibləman*), adv. Incompativelmente.
INCOMPÉTENCE (*enkonpêtanç*), s. f. Incompetência.
INCOMPÉTENT, E (*enkopêtan, t*), adj. Incompetente.
INCOMPLET, ÈTE (*enkonplé, ét*), adj. Incompleto.
INCOMPLÈTEMENT (*enkonplétman*), adv. Incompletamente.
INCOMPLEXE (*enkonplékç*), adj. Incomplexo.
INCOMPRÉHENSIBILITÉ (*enkonprêançibilitê*), s.f. Incompreensibilidade (pouco usado).
INCOMPRÉHENSIBLE (*enkonprêançibl*), adj. Incompreensível.
INCOMPRÉHENSIF, IVE (*enkonprêançif, iv*), adj. Incompreensivo.
INCOMPRÉHENSION (*enkonprêançion*), s. f. Incompreensão.
INCOMPRESSIBILITÉ (*enkonpréçibilitê*), s. f. Incompressibilidade.
INCOMPRESSIBLE (*enkonpréçibl*), adj. Incompressível.
INCOMPRIS, E (*enkonpri, z*), adj. e s. Incompreendido, inapreciado.
INCONCEVABLE (*enkonçəvabl*), adj. Inconcebível, incompreensível.
INCONCEVABLEMENT (*enkonçəvableman*), adv. Inconcebivelmente.
INCONCILIABILITÉ (*enkonçiabilitê*), s. f. Inconciabilidade.
INCONCILIABLE (*enkonçiliabl*), adj. Inconciliável, incompatível.
INCONCILIATION (*enkonçiliaçion*), s. f. Inconciliação.
INCONDITIONNÉ, E (*enkondiçionê*), adj. Incondicionado.
INCONDUITE (*enkondüit*), s.f. Má conduta.
INCONFORT (*enkonfór*), s.m. Desconforto.
INCONFORTABLE (*enkonfortabl*), adj. Desconfortável.
INCONGELABLE (*enkonjəlabl*), adj. Incongelável.
INCONGRU, E (*enkongrü*), adj. Incongruente, impróprio.
INCONGRUITÉ (*enkongrüitê*), s.f. Incongruência, inconveniência.
INCONGRÛMENT (*enkongrüman*), adv. Incongruamente.
INCONNAISSABLE (*enkonéçabl*), adj. Desconhecível. S. m. *L'inconnaissable*, o desconhecido.
INCONNU, E (*enkonü*), adj. e s. Desconhecido. S. f. *Mat.* Incógnita.
INCONSCIEMMENT (*enkonçiaman*), adv. Inconscientemente.
INCONSCIENCE (*enkonçianç*), s.f. Inconsciência.
INCONSCIENT, E (*enkonçian, t*), adj. e s. Inconsciente, irrefletido.
INCONSÉQUEMMENT (*enkonçêkaman*), adv. Inconseqüentemente.
INCONSÉQUENCE (*enkonçêkanç*), s.f. Inconseqüência, incoerência.
INCONSÉQUENT, E (*enkonçêkan, t*), adj. Inconseqüente, incoerente, contraditório.
INCONSIDÉRÉ, E (*enkonçidêrê*), adj. Inconsiderado, imprudente, irrefletido.
INCONSIDÉRÉMENT (*enkonçidêrêman*), adv. Inconsideradamente.
INCONSISTANCE (*enkonçiçtanç*), s.f. Inconsistência. *Fig.* Incoerência.
INCONSISTANT, E (*enkonçiçtan, t*), adj. Inconsistente, inconstante. *Fig.* Incoerente.
INCONSOLABLE (*enkonçolabl*), adj. Inconsolável.
INCONSOLABLEMENT (*enkonçolabləman*), adv. Inconsolavelmente.
INCONSOLÉ, E (*enkonçolé*), adj. Inconsolado.
INCONSOMMABLE (*enkonçomabl*), adj. Inconsumível.
INCONSTANCE (*enkonçtanç*), s.f. Inconstância. *Fig.* Instabilidade.
INCONSTANT, E (*enkonçtan, t*), adj. e s. Inconstante, volúvel, instável.
INCONSTITUTIONNALITÉ (*enkonçtitüçionalitê*), s.f. Inconstitucionalidade.
INCONSTITUTIONNEL, ELLE (*enkonçtitüçionél*), adj. Inconstitucional.
INCONSTITUTIONNELLEMENT (*enkonçtitüçionélman*), adv. Inconstitucionalmente.
INCONTESTABILITÉ (*enkontéçtabilitê*), s.f. Incontestabilidade.
INCONTESTABLE (*enkontéçtabl*), adj. Incontestável.
INCONTESTABLEMENT (*enkontéçtabləman*), adv. Incontestavelmente.
INCONTESTÉ, E (*enkontéçtê*), adj. Incontestado.
INCONTINENCE (*enkontinanç*), s.f. Incontinência.
INCONTINENT, E (*enkontinan, t*) adj. Incontinente, impudico, impuro.
INCONTINENT (*enkontinan*), adv. Incontinenti, imediatamente.
INCONTRÔLABLE (*enkontrôlabl*), adj. Incontrolável.
INCONVENANCE (*enkonvənanç*), s. f. Inconveniência.
INCONVENANT, E (*enkonvənan, t*), adj. Inconveniente.
INCONVÉNIENT (*enkonvênian*), s. m. Inconveniente, desvantagem.
INCONVERSIBLE (*enkonvérçibl*), adj. *Log.* Inconversível.
INCONVERTIBLE ou **INCONVERTISSABLE** (*enkorvértibl* ou *inkonvértiçabl*), adj. Inconvertível.
INCOORDINATION (*enkoordinaçion*), s. f. Incoordenação.
INCORPORABLE (*enkorporabl*), adj. In-

corporável.

INCORPORATION (*enkorporaçion*), s. f. Incorporação.

INCORPORÉITÉ (*enkorporêitê*), s.f. Estado de ser incorporal.

INCORPOREL, ELLE (*enkorporél*), adj. Incorpóreo.

INCORPORER (*enkorporê*), v.t. Incorporar, adicionar, incluir.

INCORRECT, E (*enkorékt*), adj. Incorreto.

INCORRECTEMENT (*enkoréktəman*), adv. Incorretamente.

INCORRECTION (*enkorékçion*), s.f. Incorreção, imperfeição.

INCORRIGIBILITÉ (*enkorijibilitê*), s.f. Incorrigibilidade.

INCORRIGIBLE (*enkorijibl*), adj. Incorrigível.

INCORRIGIBLEMENT (*enkorijibləman*), adv. Incorrigivelmente.

INCORRUPTIBILITÉ (*enkorüptibilité*), s. f. Incorruptibilidade.

INCORRUPTIBLE (*enkorüptibl*), adj. Incorruptível, íntegro.

INCORRUPTIBLEMENT (*enkorüptibləman*), adv. Incorruptivelmente.

INCRÉDULE (*enkrêdül*), adj. e s. Incrédulo, ateu, irreligioso.

INCRÉDULITÉ (*enkrêdülitê*), s. f. Incredulidade, ateismo.

INCRÉÉ, E (*enkrêê*), adj. Incriado.

INCRIMINABLE (*enkriminabl*), adj. Incriminável, censurável.

INCRIMINATION (*enkriminaçion*), s. f. Incriminação, acusação.

INCRIMINER (*enkriminê*), v. t. Incriminar, culpar, censurar.

INCRISTALLISABLE (*enkriçtalizabl*), adj. Incristalizável.

INCROYABLE (*enkruaiabl*), adj. Inacreditável, inverossímil, extraordinário.

INCROYABLEMENT (*enkruaiabləman*), adj. Incrivelmente, excessivamente.

INCROYANCE (*enkruaianç*), s. f. Descrença, incredulidade.

INCROYANT, E (*enkruaian, t*), adj. e s. Descrente, incrédulo.

INCRUSTANT, E (*enkrüçtan, t*), adj. Incrustante.

INCRUSTATION (*enkrüçtaçion*), s. f. Incrustação.

INCRUSTER (*enkrüçtê*), v. t. Incrustar, embutir. **S'INCRUSTER**, v. pr. Aderir fortemente, gravar-se perduravelmente. *Fam.* Fazer visitas demoradas e indesejáveis.

INCUBATEUR, TRICE (*enkübatēr, triç*), adj. Incubador. S. m. Chocadeira.

INCUBATION (*enkübaçion*), s. f. Incubação.

INCUBE (*enküb*), s. m. e adj. Íncubo.

INCUBER (*enkübê*), v. t. Incubar.

INCULCATION (*enkülkaçion*), s. f. Inculcação.

INCULPABLE (*enkülpabl*), adj. Inculpável.

INCULPATION (*enkülpaçion*), s. f. Inculpação, acusação.

INCULPÉ, E (*enkülpê*), s. Inculpado, acusado.

INCULPER (*enkülpê*), v. t. Inculpar, incriminar.

INCULQUER (*enkülkê*), v. t. Inculcar, imprimir.

INCULTE (*enkült*), adj. Inculto, grosseiro.

INCULTIVABLE (*enkültivabl*), adj. Incultivável.

INCULTIVÉ, E (*enkültivê*), adj. Inculto.

INCUNABLE (*enkünabl*), s. m. Incunábulo.

INCURABILITÉ (*enkürabilitê*), s. f. Incurabilidade.

INCURABLE (*enkürabl*), adj. Incurável.

INCURABLEMENT (*enkürabləman*), adv. Incuravelmente.

INCURIE (*enküri*), s. f. Incúria, desleixo, negligência.

INCURIEUX, EUSE (*enküriē, ēz*), adj. Indiferente, negligente.

INCURIOSITÉ (*enküriozitê*), s. f. Incuriosidade, desleixo.

INCURSION (*enkürçion*), s. f. Incursão; viagem de exploração.

INCURVATION (*enkürvaçion*), s. f. Encurvamento.

INCURVER (*enkürvê*), v. t. Encurvar, arquear.

INCUSE (*enküz*), s. e adj. f. Incusa.

INDE (*end*), s. m. Azul extraído das folhas de índigo.

INDÉBROUILLABLE (*endêbruiabl*), adj. Inextricável, indecifrável.

INDÉCACHETABLE (*endêkachtabl*), adj. Que não se pode abrir.

INDÉCEMMENT (*endêçaman*), adv. Indecentemente.

INDÉCENCE (*endêçanç*), s. f. Indecência, indecoro.

INDÉCENT, E (*endêçan, t*), adj. Indecente, indecoroso.

INDÉCHIFFRABLE (*endêchifrabl*), adj. Indecifrável. *Fig.* Inexplicável, ininteligível.

INDÉCHIRABLE (*endêchirabl*), adj. Ilacerável.

INDÉCIS, E (*endêçi, z*), adj. Indeciso, irresoluto, vago, incerto.

INDÉCISION (*endêçizion*), s. f. Indecisão, dúvida, incerteza.

INDÉCLINABILITÉ (*endêklinabilitê*), s. f. Indeclinabilidade.

INDÉCLINABLE (*endêklinabl*), adj. Indeclinável.

INDÉCOLLABLE (*endêkolabl*), adj. Indescolável.

INDÉCOMPOSABLE (*endêkonpozabl*), adj. Indecomponível.

INDÉCROTTABLE (*endêkrotabl*), adj. De que não se pode tirar a lama. *Fig.*

Incorrigível.

INDÉFECTIBILITÉ (*endêféktibilitê*), s. f. Indefectibilidade.

INDÉFECTIBLE (*endêféktibl*), adj. Indefectível.

INDÉFECTIBLEMENT (*endêféktibləman*), adv. Indefectivelmente.

INDÉFENDABLE (*endêfandabl*), adj. Indefensável.

INDÉFINI, E (*endêfini*), adj. Indefinido, indeterminado.

INDÉFINIMENT (*endêfiniman*), adv. Indefinidamente.

INDÉFINISSABLE (*endêfiniçabl*), adj. Indefinível. *Fig.* Inexplicável, indecifrável.

INDÉFORMABLE (*endêformabl*), adj. Indeformável.

INDÉFRICHABLE (*endêfrichabl*), adj. Incapaz de ser desbravado.

INDÉFRISABLE (*endêfrizabl*), adj. e s. f. Incapaz de ser desfrisado. Ondulação permanente.

INDÉHISCENCE (*endêiçanç*), s. f. Indeiscência.

INDÉLÉBILE (*endêlêbil*), adj. Indelével. *Fig.* Indestrutível.

INDÉLÉBILITÉ (*endêlêbilitê*), s. f. Indelebilidade.

INDÉLIBÉRÉ, E (*endêlibêrê*), adj. Indeliberado.

INDÉLICAT, E (*endêlikà, t*), adj. Indelicado.

INDÉLICATEMENT (*endêlikatəman*), adv. Indelicadamente.

INDÉLICATESSE (*endêlikatéç*), s. f. Indelicadeza.

INDÉMAILLABLE (*endêmaiabl*), adj. Que não desfia, que não desmalha.

INDEMNE (*endém' n*), adj. Indene, incólume.

INDEMNISABLE (*endém'nizabl*), adj. Indenizável.

INDEMNISATION (*endém'nizaçion*), s. f. Indenização.

INDEMNISER (*endém'nizê*), v. t. Indenizar.

INDEMNITAIRE (*endém'nitér*), s. Pessoa com direito a indenização.

INDEMNITÉ (*endém'nitê*), s. f. Indenização, compensação.

INDÉMONTABLE (*endêmontabl*), adj. Indesmontável.

INDÉMONTRABLE (*endêmontrabl*), adj. Indemonstrável.

INDÉNIABLE (*endêniabl*), adj. Inegável.

INDÉNOUABLE (*endênuabl*), adj. Indesatável.

INDENTATION (*endantaçion*), s. f. Chanfradura.

INDÉPENDAMMENT (*endêpandaman*), adv. Independentemente, além de.

INDÉPENDANCE (*endêpandanç*), s. f. Independência.

INDÉPENDANT, E (*endêpandan, t*), adj. Independente.

INDÉRACINABLE (*endêraçinabl*), adj. Impossível de desarraigar, indestrutível.

INDESCRIPTIBLE (*endéçkriptibl*), adj. Indescritível.

INDÉSIRABLE (*endêzirabl*), adj. e s. Indesejável.

INDÉSSERRABLE (*endêçérabl*), adj. Que não se pode abrir.

INDESTRUCTIBILITÉ (*endéçtrüktibilitê*), s. f. Indestrutibilidade.

INDESTRUCTIBLE (*endéçtrüktibl*), adj. Indestrutível.

INDESTRUCTIBLEMENT (*endéçtrüktibləman*), adv. Indestrutivelmente.

INDÉTERMINABLE (*endêtérminabl*), adj. Indeterminável.

INDÉTERMINATION (*endêtérminaçion*), s. f. Indeterminação.

INDÉTERMINÉ, E (*endêtérminê*), adj. Indeterminado, incerto, irresoluto.

INDÉTERMINISTE (*endêtérminiçt*), s. m. Indeterminista.

INDÉVOT, E (*endêvô, ót*), adj. Que não tem devoção.

INDÉVOTION (*endêvoçion*), s. f. Indevoção.

INDEX (*endékç*), s. m. Índex, índice.

INDEXER (*endékçê*), v. t. Pôr num índice alfabético.

INDIANISME (*endianiçm*), s. m. Indianismo.

INDIANISTE (*endianiçt*), s.m. Indianista.

INDICATEUR, TRICE (*endikatěr, triç*), adj. Indicador. S. m. Indicador, denunciante, delator.

INDICATIF, IVE (*endikatif, iv*), adj. e s. m. Indicativo.

INDICATION (*endikaçion*), s. f. Indicação, informação, sinal, indício.

INDICE (*endiç*), s. m. Indício. *Mat.* Índice.

INDICIBLE (*endiçibl*), adj. Indizível.

INDICIBLEMENT (*endiçibləman*), adv. Indizivelmente.

INDICTION (*endikçion*), s.f. Indicação.

INDIEN, ENNE (*endien, én'*), adj. e s. Indiano. S. f. Chita.

INDIENNERIE (*endiénəri*), s. f. Fabrico das chitas, as chitas.

INDIFFÉREMMENT (*endifêraman*), adv. Indiferentemente, friamente.

INDIFFÉRENCE (*endifêranç*), s. f. Indiferença, apatia, frieza, insensibilidade.

INDIFFÉRENT, E (*endifêran, t*), adj. Indiferente, apático, insensível.

INDIFFÉRENTISME (*endifêrantiçm*), s. m. Indiferentismo.

INDIGÉNAT (*endijênà*), s. m. Indigenato.

INDIGENCE (*endijanç*), s. f. Indigência.

INDIGÈNE (*endijén'*), adj. e s. Indígena.

INDIGENT, E (*endijan, t*), adj. e s. Indigente, pobre.
INDIGESTE (*endijéçt*), adj. Indigesto. *Fig.* Confuso, mal ordenado.
INDIGESTION (*endijéçtion*), s. f. Indigestão. *Fig.* Saciedade extrema.
INDIGÈTE (*endijét*), adj. Indígete.
INDIGNATION (*endinhaçion*), s. f. Indignação.
INDIGNE (*endinh'*), adj. Indigno, inconveniente, mau, odioso.
INDIGNEMENT (*endinhəman*), adv. Indignamente.
INDIGNER (*endinhê*), v. t. Indignar.
S'INDIGNER, v. pr. Indignar-se.
INDIGNITÉ (*endinhitê*), s. f. Indignidade, maldade, afronta, injúria.
INDIGO (*endigô*), s.m. e adj. inv. Índigo, anil.
INDIGOTERIE (*endigotəri*), s. f. Terra onde se cultiva o indigueiro. Usina de anil.
INDIGOTIER (*endigotiê*), s. m. Indigueiro.
INDIGOTINE (*endigotin'*), s.f. Indigotina.
INDIQUER (*endikê*), v. t. Indicar, designar, mostrar.
INDIRECT, E (*endirékt*), adj. Indireto.
INDIRECTEMENT (*endiréktəman*), adv. Indiretamente.
INDISCERNABLE (*endiçérnabl*), adj. e s. m. Indiscernível.
INDISCIPLINABLE (*endiçiplinabl*), adj. Indisciplinável, indócil.
INDISCIPLINE (*endiçiplin'*), s.f. Indisciplina.
INDISCIPLINÉ, E (*endiçipliné*), adj. Indisciplinado.
INDISCRET, ÈTE (*endiçkré, t*), adj. e s. Indiscreto.
INDISCRÈTEMENT (*endiçkrétman*), adv. Indiscretamente.
INDISCRÉTION (*endiçkrêçion*), s. f. Indiscrição.
INDISCUTABLE (*endiçkütabl*), adj. Indiscutível.
INDISCUTABLEMENT (*endiçkütabləman*), adv. Indiscutivelmente.
INDISCUTÉ, E (*endiçkütê*), adj. Indiscutido.
INDISPENSABLE (*endiçpançabl*), adj. Indispensável.
INDISPENSABLEMENT (*endiçpançabləman*), adv. Indispensavelmente.
INDISPONIBILITÉ (*endiçponibilitê*), s. f. Indisponibilidade.
INDISPONIBLE (*endiçponibl*), adj. e s Indisponível.
INDISPOSER (*endiçpozê*), v. t. Indispor.
INDISPOSITION (*endiçpoziçion*), s.f. Indisposição.
INDISSOLUBILITÉ (*indiçolübilitê*), s.f. Indissolubilidade.
INDISSOLUBLE (*endiçolübl*), adj. Indissolúvel.
INDISSOLUBLEMENT (*endiçolübləman*), adv. Indissoluvelmente.
INDISTINCT, E (*endiçtenkt*), adj. Indistinto, confuso.
INDISTINCTEMENT (*endiçtenktəman*), adv. Indistintamente.
INDIVIDU (*endividü*), s. m. Indivíduo.
INDIVIDUALISATION (*endividüalizaçion*), s.f. Individualização.
INDIVIDUALISER (*endividüalizê*), v. t. Individualizar.
INDIVIDUALISME (*endividüaliçm*), s.m. Individualismo.
INDIVIDUALISTE (*endividüaliçt*), adj. e s. m. Individualista.
INDIVIDUALITÉ (*endividüalitê*), s. f. Individualidade.
INDIVIDUATION (*endividüaçion*), s. f. Individuação.
INDIVIDUEL, ELLE (*endividüél*), adj. Individual, próprio.
INDIVIDUELLEMENT (*endividüélman*), adv. Individualmente.
INDIVIS, E (*endivi, z*), adj. Indiviso. *Par indivis*, loc. adv. Em comum; indivisamente.
INDIVISÉMENT (*endivizêman*), adv. Indivisamente.
INDIVISIBILITÉ (*endivizibilitê*), s. f. Indivisibilidade.
INDIVISIBLE (*endivizibl*), adj. Indivisível, inseparável.
INDIVISION (*endivizion*), s. f. Indivisão.
IN-DIX-HUIT (*endizüit*), s. m. e adj. inv. Formato dezoito (livro).
INDOCHINOIS, E (*indôchinuá, z*), adj. e s. Da Indochina.
INDOCILE (*endoçil*), adj. Indócil.
INDOCILEMENT (*endoçilman*), adv. Indocilmente.
INDOCILITÉ (*endoçilitê*), s. f. Indocilidade.
INDO-EUROPÉEN, ENNE (*endôëropêen, én'*), adj. e s. Indo-europeu.
INDOLEMMENT (*endolaman*), adv. Indolentemente.
INDOLENCE (*endolanç*), s. f. Indolência, negligência, apatia.
INDOLENT, E (*endolan, t*), adj. Indolente, negligente, apático.
INDOLORE (*endolór*), adj. Indolor.
INDOMPTABLE (*endontabl*), adj. Indomável.
INDOMPTABLEMENT (*endontabləman*), adv. Indomavelmente.
INDOMPTÉ, E (*endontê*), adj. Indomado.
IN-DOUZE (*enduz*), s. m. e adj. inv. Formato doze (livro).
INDU, E (*endü*), adj. Indevido, irregular.
INDUBITABLE (*endübitabl*), adj. Indubitável, seguro.
INDUBITABLEMENT (*endübitabləman*), adv. Indubitavelmente, certamente.
INDUCTEUR, TRICE (*endüktër, triç*), adj. Indutor.

INDUCTIF, IVE (*endüktif, iv*), adj. Indutivo.
INDUCTION (*endükçion*), s. f. Indução.
INDUIRE (*endüir*), v. t. Induzir, concluir.
INDUIT (*endüi*), adj. e s. m. Induzido.
INDULGEMMENT (*endüljaman*), adv. Indulgentemente.
INDULGENCE (*endüljanç*), s.f. Indulgência.
INDULGENCIER (*endüljançiê*), v. t. (Conjuga-se como *prier*.) Indulgenciar.
INDULGENT, E (*endüljan, t*), adj. Indulgente.
INDULINE (*endülin'*), s. f. Indulina.
INDULT (*endült*), s. m. Indulto, graça; privilégio papal.
INDÛMENT (*endüman*), adv. Indevidamente.
INDURATION (*endüraçion*), s. f. Enduração.
INDURER (*endürê*), v. t. Endurecer.
INDUSTRIALISER (*endüçtrializê*), v. t. Industrializar. **S'INDUSTRIALISER**, v. pr. Industrializar-se.
INDUSTRIALISME (*endüçtrialiçm*), s. m. Industrialismo.
INDUSTRIE (*endüçtri*), s. f. Indústria, habilidade, inteligência, profissão, ofício. *Fig.* Astúcia, artimanha.
INDUSTRIEL, ELLE (*endüçtriél*), adj. e s. m. Industrial.
INDUSTRIELLEMENT (*endüçtriélman*), adv. Industrialmente.
INDUSTRIEUSEMENT (*endüçtriëzman*), adv. Industriosamente, com arte.
INDUSTRIEUX, EUSE (*endüçtriẽ, ëz*), adj. Industrioso, laborioso.
INDUVIE (*endüvi*), s. f. Indúvia.
INÉBRANLABLE (*inêbranlabl*), adj. Inabalável. *Fig.* Constante, resoluto.
INÉBRANLABLEMENT (*inêbranlabləman*), adv. Inabalavelmente, resolutamente.
INÉCHANGEABLE (*inêchanjabl*), adj. Impermutável.
INÉDIT, E (*inêdi, t*), adj. e s. Inédito.
INÉDUCABLE (*inêdükabl*), adj. Que não se pode educar.
INEFFABILITÉ (*inéfabilitê*), s. f. Inefabilidade.
INEFFABLE (*inéfabl*), adj. Inefável, indizível.
INEFFABLEMENT (*inéfabləman*), adv. Inefavelmente.
INEFFAÇABLE (*inêfaçabl*), adj. Indelével. *Fig.* Inapagável, eterno.
INEFFAÇABLEMENT (*inêfaçabləman*), adv. Indelevelmente.
INEFFICACE (*inêfikaç*), adj. Ineficaz.
INEFFICACITÉ (*inêfikaçitê*), s. f. Ineficácia.
INÉGAL, E, AUX (*inêgal, ô*), adj. Desigual, irregular, inconstante.
INÉGALEMENT (*inêgalman*), adv. Desigualmente.
INÉGALITÉ (*inêgalitê*), s. f. Desigualdade, irregularidade, inconstância.
INÉLÉGAMMENT (*inêlêgaman*), adv. Deselegantemente.
INÉLÉGANCE (*inêlêganç*), s. f. Deselegância.
INÉLÉGANT, E (*inêlêgan, t*), adj. Deselegante, desairoso.
INÉLIGIBILITÉ (*inêlijibilitê*), s. f. Inelegibilidade.
INÉLIGIBLE (*inêlijibl*), adj. Inelegível.
INÉLUCTABLE (*inêlüktabl*), adj. Ineluctável, fatal.
INÉLUCTABLEMENT (*inêlüktabləman*), adv. Inelutavelmente, fatalmente.
INEMPLOYABLE (*inanpluiabl*), adj. Que não pode ser empregado.
INEMPLOYÉ, E (*inanpluaiê*), adj. Desempregado.
INÉNARRABLE (*inênarabl*), adj. Inenarrável.
INEPTE (*inépt*), adj. Inepto, inábil.
INEPTIE (*inépçi*), s. f. Inépcia, tolice.
INÉPUISABLE (*inêpüizabl*), adj. Inesgotável, inexaurível.
INÉPUISABLEMENT (*inêpüizabləman*), Inesgotavelmente.
INÉPUISÉ, E (*inêpüizê*), adj. Inesgotado.
INÉQUITABLE (*inêkitabl*), adj. Não eqüitativo, injusto.
INERTE (*inért*), adj. Inerte.
INERTIE (*inérçi*), s.f. Inércia, indolência.
INESCOMPTABLE (*inéçkontabl*), adj. Indescontável.
INESPÉRÉ, E (*inéçpêrê*), adj. Inesperado.
INESTHÉTIQUE (*inéçtêtik*), adj. Inestético.
INESTIMABLE (*inéçtimabl*), adj. Inestimável, inapreciável.
INÉTENDU, E (*inêtandü*), adj. Inextenso.
INÉVITABLE (*inêvitabl*), adj. Inevitável.
INÉVITABLEMENT (*inêvitabləman*), adj. Inevitavelmente.
INEXACT, E (*inégzakt*), adj. Inexato, falso, impontual.
INEXACTEMENT (*inégzaktəman*), adv. Inexatamente, erradamente.
INEXACTITUDE (*inégzaktitüd*), s. f. Inexatidão, falsidade, erro.
INEXAUCÉ, E (*inégzôçê*), adj. Inatendido, desprezado.
INEXCITABLE (*inékçitabl*), adj. Inexcitável.
INEXCUSABLE (*inékçküzabl*), adj. Indesculpável.
INEXCUSABLEMENT (*inékçküzabləman*), adv. Indesculpavelmente.
INEXÉCUTABLE (*inégzékütabl*), adj. Inexecutável, inexeqüível.
INEXÉCUTÉ (*inêgzêkütê*), adj. Não executado.
INEXÉCUTION (*inégzêküçion*), s. f. Inexecução.

INEXERCÉ, E (*inégzérçê*), adj. Não exercitado, inexperiente.
INEXIGIBLE (*inégzijibl*), adj. Inexigível.
INEXISTENCE (*inégziçtanç*), s.f. Inexistência, carência.
INEXISTENT, E (*inégziçtan, t*), adj. Inexistente.
INEXORABILITÉ (*inégzorabilitê*), s. f. Inexorabilidade.
INEXORABLE (*inégzorabl*), adj. Inexorável. *Fig.* Duro, muito severo.
INEXORABLEMENT (*inégzorabləman*), adv. Inexoravelmente.
INEXPÉRIENCE (*inékçpêrianç*), s. f. Inexperiência.
INEXPÉRIMENTÉ, E (*inékçpêrimantê*), adj. Inexperiente.
INEXPIABLE (*inékçpiabl*), adj. Inexpiável.
INEXPIÉ, E (*inékçpiê*), adj. Inexpiado.
INEXPLICABLE (*inékçplikabl*), adj. Inexplicável, bizarro, estranho.
INEXPLIQUÉ, E (*inékçplikê*), adj Inexplicado.
INEXPLOITABLE (*inékçpluatabl*), adj. Inexplorável.
INEXPLOITÉ, E (*inékçpluatê*), adj. Inexplorado.
INEXPLORABLE (*inékçplorabl*), adj. Inexplorável.
INEXPLORÉ, E (*inékçplorê*), adj. Inexplorado.
INEXPLOSIBLE (*inékçplozibl*), adj. Inexplosível.
INEXPRESSIBLE (*inékçpréçibl*), adj. Inexprimível.
INEXPRESSIF, IVE (*inékçpréçif, iv*), adj. Inexpressivo.
INEXPRIMABLE (*inékçprimabl*), adj. Inexprimível.
INEXPRIMÉ, E (*inékçprimê*), adj. Inexprimido.
INEXPUGNABLE (*inékçpügnabl*), adj. Inexpugnável.
INEXTENSIBLE (*inékçtançibl*), adj. Inextensível.
INEXTINGUIBLE (*inékçtenghibl*), adj. Inextinguível.
INEXTIRPABLE (*inékçtirpabl*), adj. Inextirpável.
INEXTRICABLE (*inékçtrikabl*), adj. Inextricável.
INEXTRICABLEMENT (*inékçtrikabləman*), adv. Inextricavelmente.
INFAILLIBILITÉ (*enfaiibilitê*), s. f. Infalibilidade.
INFAILLIBLE (*enfaiibl*), adj. Infalível.
INFAILLIBLEMENT (*enfaiibləman*), adv. Infalivelmente.
INFAISABLE (*enfézabl*), adj. Inexeqüível.
INFAMANT, E (*enfaman, t*), adj. Infamante, desonroso.
INFAME (*enfam'*), adj. e s. Infame, aviltante, sujo.
INFAMIE (*enfami*), s. f. Infâmia, desonra.
INFANT, E (*enfan, t*), s. Infante.
INFANTERIE (*enfantri*), s. f. Infantaria.
INFANTICIDE (*enfantiçid*), adj. e s. m. Infanticídio, infanticida.
INFANTILE (*enfantil*), adj. Infantil.
INFANTILISME (*enfantiliçm*), s. m. Infantilismo.
INFATIGABLE (*enfatigabl*), adj. Infatigável.
INFATIGABLEMENT (*enfatigabləman*), adv. Infatigavelmente.
INFATUATION (*enfatüaçion*), s. f. Enfatuação, presunção.
INFATUER (*enfatüê*), v. t. Enfatuar. **S'INFATUER**, v. pr. Embevecer-se; entusiasmar-se.
INFÉCOND, E (*enfêkon, d*), adj. Infecundo, estéril.
INFÉCONDITÉ (*enfêkonditê*), s. f. Esterilidade.
INFECT, E (*enfékt*), adj. Infecto.
INFECTANT, E (*enféktan, t*), adj. Infetante.
INFECTER (*enféktê*), v. t. Infetar, contaminar. *Fig.* Corromper. V.i. Exalar mau cheiro.
INFECTIEUX, EUSE (*inféкçië, ëz*), adj. Infeccioso.
INFECTION (*enfékçion*), s. f. Infecção, fedor. *Fig* Corrupção.
INFÉODATION (*enfêodaçion*), s. f. Enfeudação.
INFÉODER (*enfêodê*), v. t. Enfeudar, dar uma terra como feudo. **S'INFÉODER**, v. pr. Enfeudar-se inteiramente.
INFÉRENCE (*enfêranç*), s. f. Inferência, dedução.
INFÉRER (*enfêrê*), v. t. (Conjuga-se como *accélérer.*) Inferir, concluir, deduzir.
INFÉRIEUR, E (*enfêriër*), adj. Inferior. S. m. Subordinado.
INFÉRIEUREMENT (*enfêriërman*), adv. Inferiormente.
INFÉRIORISER (*enfêriorizê*), v. t. Inferiorizar.
INFÉRIORITÉ (*enfêrioritê*), s. f. Inferioridade.
INFERMENTESCIBLE (*enférmantéçibl*), adj. Infermentescível.
INFERNAL, E, AUX (*enférnal, ô*), adj. Infernal, horrível, diabólico.
INFERNALEMENT (*enférnalman*), adj. Infernalmente.
INFERTILE (*enfértil*), adj. Infértil, infecundo.
INFERTILITÉ (*enfértilitê*), s. f. Infertilidade.
INFESTER (*enféçtê*), v. t. Infestar, devastar.
INFIDÈLE (*enfidél*), adj. e s. Infiel.
INFIDÈLEMENT (*enfidélman*), adv. Infielmente, deslealmente.

INFIDÉLITÉ (*enfidêlitê*), s. f. Infidelidade, deslealdade.
INFILTRATION (*enfiltraçion*), s. f. Infiltração.
INFILTRER (S') (*çenfiltrê*), v. pr. Infiltrar-se. *Fig.* Penetrar, insinuar-se.
INFIME (*enfim'*), adj. Ínfimo, minúsculo.
INFIMITÉ (*enfimitê*), s. f. Caráter daquilo que é ínfimo.
INFINI, E (*enfini*), adj. e s. m. Infinito. *À l'infini,* loc. adv. Ao infinito, sem limites.
INFINIMENT (*enfiniman*), adv. Infinitamente, extremamente.
INFINITÉ (*enfinitê*), s. f. Infinidade.
INFINITÉSIMAL, E, AUX (*enfinitêzimal, ô*), adj. Infinitesimal.
INFINITIF, IVE (*enfinitif, iv*), adj. e s. m. *Gram.* Infinitivo.
INFINITUDE (*enfinitüd*), s. f. Infinidade.
INFIRMATIF, IVE (*enfirmatif, iv*), adj. Infirmativo.
INFIRMATION (*enfirmaçion*), s.f. Infirmação, invalidação.
INFIRME (*enfirm*), adj. e s. Enfermo, fraco, doente.
INFIRMER (*enfirmê*), v. t. *Dir.* Infirmar, anular. *Fig.* Enfraquecer.
INFIRMERIE (*enfirməri*), s. f. Enfermaria.
INFIRMIER, ÈRE (*enfirmiê, ér*), s. Enfermeiro.
INFIRMITÉ (*enfirmitê*), s. f. Enfermidade, fraqueza do corpo, afecção crônica. *Fig.* Imperfeição.
INFIXE (*enfikç*), s. m. Infixo.
INFLAMMABILITÉ (*enflamabilitê*), s. f. Inflamabilidade.
INFLAMMABLE (*enflamabl*), adj. Inflamável. *Fig.* Que se apaixona facilmente.
INFLAMMATION (*enflamaçion*), s. f. Inflamação.
INFLAMMATOIRE (*enflamatuar*), adj. Inflamatório.
INFLATION (*enflaçion*), s. f. Inflação.
INFLATIONNISTE (*enflaçioniçt*), adj. e s. Relativo à inflação, inflacionista.
INFLÉCHIR (*enflêchir*), v. t. Curvar, inclinar. **S'INFLÉCHIR**, v. pr. Curvar-se, desviar.
INFLEXIBILITÉ (*enflékçibilitê*), s. f. Inflexibilidade.
INFLEXIBLE (*enflékçibl*), adj. Inflexível. *Fig.* Insensível.
INFLEXIBLEMENT (*enflékçibləman*), adv. Inflexivelmente.
INFLEXION (*enflékçion*), s. f. Inflexão. *Gram.* Flexão.
INFLIGER (*enflijê*), v. t. (Toma um *e* mudo depois do *g* antes de *a* e *o*: *il infligea, nous infligeons.*) Infligir.
INFLORESCENCE (*enflóréçanç*), s. f. Inflorescência.
INFLUENÇABLE (*enflüançabl*), adj. Influenciável.
INFLUENCE (*enflüanç*), s. f. Influência, influxo. *Fig.* Ascendente.
INFLUENCER (*enflüançê*), v. t. (O *c* toma uma cedilha antes de *a* e *o*: *il influença, nous influençons.*) Influenciar.
INFLUENT, E (*enflüan, t*), adj. Influente.
INFLUENZA (*enflüanzá*), s. f. Gripe violenta.
INFLUER (*enflüê*), v. t. Influir.
INFLUX (*enflü*), s. m. Influxo. Pl.: *des influx.*
IN-FOLIO (*enfoliô*), s. m. e adj. inv. Infólio, livro deste formato.
INFORMATEUR, TRICE (*enformatĕr, triç*), s. Informador.
INFORMATION (*enformaçion*), s. f. Informação, inquérito, averiguação.
INFORME (*enfórm*), adj. Informe, grosseiro. *Fig.* Apenas esboçado.
INFORMÉ (*enformê*), s. m. Informação jurídica. *Pour plus ample informé,* para maiores detalhes.
INFORMEL, ELLE (*enformél*), adj. Informal.
INFORMER (*enformê*), v. t. Informar, advertir. V. i. Informar acerca de. **S'INFORMER**, v. pr. Informar-se, inquirir.
INFORMULÉ, E (*enformülê*), adj. Não formulado.
INFORTUNE (*enfortün'*), s. f. Infortúnio, adversidade. Pl. Desgraça.
INFORTUNÉ, E (*enfortünê*), adj. e s. Infeliz.
INFRACTEUR (*enfraktĕr*), s. m. Infrator, transgressor.
INFRACTION (*enfrakçion*), s. f. Infração, transgressão.
INFRANCHISSABLE (*enfranchiçabl*), adj. Intransponível.
INFRANGIBLE (*enfranjibl*), adj. Infrangível.
INFRAROUGE (*enfraruj*), adj. e s. Infravermelho.
INFRA-SON (*enfraçon*), s. m. Infra-som. Pl.: *des infra-sons.*
INFRASTRUCTURE (*enfraçtrüktür*), s. f. Infra-estrutura.
INFRÉQUENTÉ, E (*enfrêkantê*), adj. Infreqüentado.
INFROISSABLE (*enfruaçabl*), adj. Que não se pode amarrotar.
INFRUCTUEUSEMENT (*enfrüktüĕzman*), adv. Infrutuosamente.
INFRUCTUEUX, EUSE (*enfrüktüĕ, ĕz*), adj. Infrutuoso, infrutífero.
INFUMABLE (*enfümabl*), adj. Infumável.
INFUS, E (*enfü, z*), adj. Infuso, infundido.
INFUSER (*enfüzê*), v. t. Infundir, in-

troduzir, misturar.

INFUSIBILITÉ (*enfüzibilité*), s. f. Infusibilidade.

INFUSIBLE (*enfüzibl*), adj. Infusível.

INFUSION (*enfüzion*), s. f. Infusão.

INGAGNABLE (*enganhabl*), adj. Não ganhável.

INGAMBE (*enganb*), adj. *Fam.* Lesto, disposto.

INGÉNIER (S') (*çenjêniê*), v. pr. (Conjuga-se como *prier.*) Tentar, esforçar-se por, preparar-se para se sair bem.

INGÉNIEUR (*enjêniër*), s. m. Engenheiro.

INGÉNIEUSEMENT (*enjêniëzman*), adv. Engenhosamente.

INGÉNIEUX, EUSE (*enjênië, ëz*), adj. Engenhoso, industrioso, hábil.

INGÉNIOSITÉ (*enjêniozitê*), s. f. Inventiva, habilidade, engenho.

INGÉNU, E (*enjênü*), adj. Ingênuo, simples. S. Pessoa ingênua.

INGÉNUITÉ (*enjênüitê*), s. f. Ingenuidade, candura, simplicidade.

INGÉNUMENT (*enjênüman*), adv. Ingenuamente.

INGÉRENCE (*enjêranç*), s. f. Ingerência.

INGÉRER (*enjêrê*), v. t. (Conjuga-se como *accélérer.*) Ingerir. **S'INGÉRER**, v. pr. Introduzir-se, intrometer-se.

INGESTION (*enjéçtion*), s. f. Ingestão.

INGOUVERNABLE (*enguvérnabl*), adj. Ingovernável.

INGRAT, E (*engrá, t*), adj. e s. Ingrato, desagradecido. *Fig.* Estéril, infrutífero.

INGRATEMENT (*engratəman*), adv. Ingratamente.

INGRATITUDE (*engratitüd*), s. f. Ingratidão.

INGRÉDIENT (*engrêdian*), s. m. Ingrediente.

INGUÉRISSABLE (*enghêriçabl*), adj. Incurável. *Fig.* Insanável.

INGUINAL, E, AUX (*engüinal, ó*), adj. Inguinal.

INGURGITATION (*engürjitaçion*), s. f. Ingurgitação.

INGURGITER (*engürjitê*), v. t. Ingurgitar; engolir com avidez.

INHABILE (*inabil*), adj. Inábil. *Dir.* Incapaz.

INHABILEMENT (*inabilman*), adv. Inabilmente.

INHABILETÉ (*inabilté*), s. f. Inabilidade. *Dir.* Incapacidade legal.

INHABITABLE (*inabitabl*), adj. Inabitável.

INHABITÉ, E (*inabitê*), adj. Desabitado.

INHABITUEL, ELLE (*inabitüél*), adj. Desabitual.

INHALATEUR, TRICE (*inalatër, triç*), adj. e s. m. Inalador.

INHALATION (*inalaçion*), s. f. Inalação, aspiração.

INHALER (*inalê*), v. t. Inalar, aspirar, absorver.

INHARMONIEUX, EUSE (*inarmoniẽ, ëz*), adj. Desarmonioso.

INHARMONIQUE (*inarmonik*), adj. Inarmônico.

INHÉRENCE (*inerançe*), s. f. Inerência.

INHÉRENT, E (*inêrant*), adj. Inerente.

INHIBER (*inibê*), v. t. *Dir.* Proibir, inibir.

INHIBITIF, IVE ou **INHIBITEUR, TRICE** (*inibitif, iv* ou *inibitër, triç*), adj. Inibitivo.

INHIBITION (*inibiçion*), s. f. Inibição, proibição.

INHOSPITALIER, ÈRE (*inoçpitaliê, ér*), adj. Inospitaleiro, inóspito.

INHOSPITALIÈREMENT (*inoçpitaliérman*), adv. Inospitaleiramente.

INHUMAIN, E (*inümen, én*), adj. Desumano, bárbaro, cruel, feroz.

INHUMAINEMENT (*inüménəman*), adv. Desumanamente.

INHUMANITÉ (*inümanitê*), s. f. Crueldade, desumanidade, barbaridade.

INHUMATION (*inümaçion*), s. f. Inumação.

INHUMER (*inümê*), v. t. Inumar, enterrar.

INIMAGINABLE (*inimajinabl*), adj. Inimaginável, extraordinário.

INIMITABLE (*inimitabl*), adj. Inimitável.

INIMITÉ, E (*inimitê*), adj. Inimitado

INIMITIÉ (*inimitiê*), s. f. Inimizade, ódio.

ININFLAMMABLE (*inenflamabl*), adj. Não-inflamável.

ININTELLIGEMMENT (*inentélijaman*), adv. Ininteligentemente.

ININTELLIGENCE (*inentélijanç*), s. f. Falta de inteligência.

ININTELLIGENT, E (*inentélijan, t*), adj. Que não é inteligente.

ININTELLIGIBILITÉ (*inentélijibilitê*), s. f. Falta de inteligibilidade.

ININTELLIGIBLE (*inentélijibl*), adj. Ininteligível.

ININTELLIGIBLEMENT (*inentélijibləman*), adv. Ininteligivelmente.

ININTÉRESSANT, E (*inintêréçan, t*), adj. Desinteressante.

ININTERROMPU, E (*inentérompü*), adj. Ininterrupto.

ININTERRUPTION (*inentérüpçion*), s. f. Ininterrupção.

INION (*inion*), s. m. Ínio.

INIQUE (*inik*), adj. Iníquo.

INIQUEMENT (*inikman*), adv. Iniquamente.

INIQUITÉ (*inikitê*), s. f. Iniqüidade.

INITIAL, E, AUX (*iniçial, ó*), adj. e s. f. Inicial.

INITIALEMENT (*iniçialman*), adv. Inicialmente.
INITIATEUR, TRICE (*iniçiatĕr, triç*), adj. e s. Iniciador.
INITIATION (*iniçiaçion*), s. f. Iniciação.
INITIATIVE (*iniçiativ*), s. f. Iniciativa.
INITIÉ, E (*iniçiê*), adj. e s. Iniciado, neófito.
INITIER (*iniçiê*), v. t. (Conjuga-se como *prier*.) Iniciar, admitir.
INJECTÉ, E (*enjéktê*), adj. Injetado.
INJECTER (*enjéktê*), v. t. Injetar. **S'INJECTER**, v. pr. Tornar-se injetado.
INJECTEUR, TRICE (*enjéktĕr, triç*), adj. e s. m. Injector.
INJECTION (*enjékçion*), s. f. Injeção.
INJONCTIF, IVE (*enjonktif, iv*), adj. Injuntivo.
INJONCTION (*enjonkçion*), s. f. Injunção, ordem formal.
INJOUABLE (*enjuabl*), adj. Irrepresentável.
INJURE (*enjür*), s. f. Injustiça, dano. Ofensa, insulto, ultraje.
INJURIER (*enjüriê*), v. t. (Conjuga-se como *prier*.) Injuriar, insultar.
INJURIEUSEMENT (*enjüriĕzman*), adv. Injuriosamente.
INJURIEUX, EUSE (*enjüriĕ, ĕz*), adj. Injurioso, ultrajante.
INJUSTE (*enjüçt*), adj. e s. m. Injusto.
INJUSTEMENT (*enjüçtman*), adv. Injustamente.
INJUSTICE (*enjüçtiç*), s. f. Injustiça.
INJUSTIFIABLE (*enjüçtifiabl*), adv. Injustificável.
INJUSTIFIÉ, E (*enjüçtifiê*), adj. Injustificado.
INLASSABLE (*enlaçabl*), adj. Incansável, infatigável.
INNAVIGABLE (*ennavigabl*), adj. Inavegável.
INNÉ, E (*ennê*), adj. Inato.
INNÉITÉ (*ennêitê*), s. f. Caráter do que é inato.
INNERVATION (*ennérvaçion*), s. f. Inervação.
INNOCEMMENT (*inoçaman*), adv. Inocentemente.
INNOCENCE (*inoçanç*), s. f. Inocência, candura.
INNOCENT, E (*inoçan, t*), adj. e s. Inocente.
INNOCENTER (*inoçantê*), v. t. Inocentar.
INNOCUITÉ (*ennoküitê*), s. f. Inocuidade.
INNOMBRABLE (*ennombrabl*), adj. Inumerável.
INNOMÉ, E (*innomê*), adj. Inominado.
INNOMINABLE (*ennominabl*), adj. Inominável.
INNOMINÉ, E (*ennominê*), adj. Inominado.
INNOVATEUR, TRICE (*ennovatĕr, triç*), adj. e s. m. Inovador.
INNOVATION (*ennovaçion*), s. f. Inovação.
INNOVER (*ennovê*), v. t. e i. Modificar.
INOBSERVABLE (*inobçérvabl*), adj. Inobservável. *Fig.* Inexecutável.
INOBSERVANCE (*inobçérvanç*), s. f. Inobservância.
INOBSERVATION (*inobçérvaçion*), s. f. Falta de execução de compromissos.
INOBSERVÉ, E (*inobçérvê*), adj. Inobservado.
INOCCUPATION (*inoküpaçion*), s. f. Desocupação.
INOCCUPÉ, E (*inoküpê*), adj. Desocupado.
IN-OCTAVO (*inoktavô*), s. m. e adj. inv. In-octavo (livro).
INOCULABILITÉ (*inokülabilitê*), s. f. Inoculabilidade.
INOCULABLE (*inokülabl*), adj. Inoculável.
INOCULATEUR, TRICE (*inokülatĕr, triç*), adj. e s. Inoculador.
INOCULATION (*inokülaçion*), s. f. Inoculação.
INOCULER (*inokülê*), v. t. Inocular.
INODORE (*inodór*), adj. Inodoro.
INOFFENSIF, IVE (*inofançif, iv*), adj. Inofensivo.
INOFFENSIVEMENT (*inofançivman*), adv. Inofensivamente.
INOFFICIEUX, EUSE (*inofiçiĕ, ĕz*), adj. Inoficioso.
INONDABLE (*inondabl*), adj. Inundável.
INONDATION (*inondaçion*), s. f. Inundação. *Fig.* Invasão; grande multidão.
INONDÉ, E (*inondê*), adj. e s. Inundado.
INONDER (*inondê*), v. t. Inundar, molhar, submergir. *Fig.* Invadir.
INOPÉRABLE (*inopêrabl*), adj. Inoperável.
INOPÉRANT, E (*inopêran, t*), adj. *Dir.* Inoperante, sem efeito.
INOPINÉ, E (*inopinê*), adj. Inopinado, inesperado, imprevisto.
INOPINÉMENT (*inopinêman*), adv. Inopinadamente, inesperadamente.
INOPPORTUN, E (*inoportĕn, ün'*), adj. Inoportuno.
INOPPORTUNÉMENT (*inoportünêman*), adv. Inoportunamente.
INOPPORTUNITÉ (*inoportünitê*), s. f. Inoportunidade.
INORGANIQUE (*inorganik*), adj. Inorgânico.
INOUBLIABLE (*inubliabl*), adj. Inesquecível.
INOUÏ, E (*inuí*), adj. Inaudito, estranho.
INOXYDABLE (*inokçidabl*), adj. Inoxidável.
IN-PETTO (*in'pétô*), loc. adv. Interiormente, em segredo.
IN-PLANO (*enplanô*), s. m. e adj. inv.

Formato de livro.

INQUALIFIABLE (*enkalifiabl*), adj. Inqualificável, indigno.

IN-QUARTO (*enkuartô*), s. m. e adj. inv. In-quarto (livro).

INQUIET, ÈTE (*enkié, ét*), adj. Inquieto.

INQUIÉTANT, E (*enkiêtan, t*), adj. Inquietante.

INQUIÉTER (*enkiêtê*), v. t. (Conjuga-se como *accélérer.*) Inquietar, atormentar, molestar. **S'INQUIÉTER**, v. pr. Inquietar-se, afligir-se.

INQUIÉTUDE (*enkiêtüd*), s. f. Inquietação, desassossego, apreensão. Pl.: Dores vagas.

INQUISITEUR (*enkizitĕr*), s. m. Inquisidor. Adj. Inquiridor, perscrutador.

INQUISITION (*enkiziçion*), s. f. Inquisição, investigação.

INQUISITORIAL, E, AUX (*enkizitorial, ô*), adj. Inquisitorial.

INRACONTABLE ou **IRRACONTABLE** (*enrakontabl* ou *irakontabl*), adj. Inenarrável.

INSAISISSABLE (*ençéziçabl*), adj. Inapreensível. *Fig.* Imperceptível, inapreciável, incompreensível. *Dir.* Impenhorável.

INSALISSABLE (*ençaliçabl*) adj. Imaculável.

INSALIVATION (*ençalivaçion*), s f. Insalivação.

INSALUBRE (*ençalübr*), adj. Insalubre, doentio.

INSALUBREMENT (*ençalübrəman*), adv. Insalubremente.

INSALUBRITÉ (*ençalübritê*), s f. Insalubridade.

INSANE (*ençan'*), adj. Insano, louco.

INSANITÉ (*ençanitê*), s. f. Insensatez, insanidade.

INSAPIDE (*ençapid*), adj. Insípido.

INSATIABILITÉ (*ençaçiabilitê*), s. f. Insaciabilidade, sofreguidão.

INSATIABLE (*ençaçiabl*), adj. Insaciável.

INSATIABLEMENT (*ençaçiabləman*), adv. Insaciavelmente.

INSATISFACTION (*ençatiçfakçion*), s. f. Insatisfação.

INSATISFAIT, E (*ençatiçfé, t*), adj. Insatisfeito.

INSCIEMMENT (*ençiaman*), adv. Inconscientemente.

INSCRIPTIBLE (*ençkriptibl*), adj. Inscritível.

INSCRIPTION (*ençkripçion*), s. f. Inscrição, registro, matrícula.

INSCRIRE (*ençkrir*), v. t. (Conjuga-se como *écrire*). Inscrever, escrever. **S'INSCRIRE**, v. pr. Registrar-se. *S'inscrire en faux*, negar, contradizer, não estar de acordo.

INSCRIT, E (*ençkri, t*), adj. Inscrito, matriculado.

INSCRIVANT, E (*ençkrivan, t*), s. *Dir.* Requerente de uma inscrição hipotecária.

INSCRUTABLE (*ençkrütabl*), adj. Impenetrável, insondável.

INSCULPER (*ençkülpê*), v. t. Insculpir.

INSÉCABLE (*ençêkabl*), adj. Indivisível.

INSECTE (*ençékt*), s. m. Inseto.

INSECTICIDE (*ençéktiçid*), adj. e s. m. Inseticida.

INSECTIVORE (*ençéktivór*), adj. e s. m. Insetívoro.

INSÉCURITÉ (*ensêkürité*), s. f. Insegurança.

IN-SEIZE (*ençéz*), s. m. e adj. inv. Formato de livro.

INSÉMINATION (*ençêminaçion*), s. f. Inseminação.

INSENSE, E (*ençançê*), adj. e s. Insano, louco, insensato.

INSENSIBILISATION (*ençançibilizaçion*), s. f. Insensibilização.

INSENSIBILISER (*ençançibilizê*), v. t. Insensibilizar.

INSENSIBILITÉ (*ençançibilitê*), s. f. Insensibilidade.

INSENSIBLE (*ençançibl*), adj. Insensível, imperceptível.

INSENSIBLEMENT (*ençançibləman*), adv. Insensivelmente.

INSÉPARABLE (*ençêparabl*), adj. Inseparável.

INSÉPARABLEMENT (*ençêparabl man*), adv. Inseparavelmente.

INSÉRABLE (*ençêrabl*), adj. Inserível.

INSÉRER (*ençêrê*), v. t. (Conjuga-se como *accélérer.*) Inserir, introduzir, acrescentar.

INSERMENTÉ (*ençérmantê*), adj. m. Não juramentado.

INSERTION (*ençérçion*), s. f. Inserção.

INSIDIEUSEMENT (*ençidiëzman*), adv. Insidiosamente.

INSIDIEUX EUSE (*ençidië, z*), adj. Insidioso, traiçoeiro.

INSIGNE (*ençinh*), adj. Insigne, notável. S. m. Insígnia.

INSIGNIFIANCE (*ençinhifianç*), s. f. Insignificância.

INSIGNIFIANT, E (*ençinhifian, t*), adj. Insignificante.

INSINCÉRITÉ (*ençençéritê*), adj. Insinceridade.

INSINUANT, E (*ençinüan, t*), adj. Insinuante. *Fig.* Lisonjeiro.

INSINUATION (*ençinüaçion*), s. f. Insinuação. *Fig.* Sugestão.

INSINUER (*ençinüê*), v. t. Insinuar. *Fig.* Inculcar. **S'INSINUER**, v. pr. Introduzir-se.

INSIPIDE (*ençipid*), adj. Insípido. *Fig.* Monótono, sem espírito.

INSIPIDEMENT (*ençipidman*), adv. Insipidamente.

INSIPIDITÉ (*ençipiditê*), s. f. Insipidez.

INSISTANCE (*ençiçtanç*), s. f. Insistência.
INSISTANT, E (*ençiçtan, t*), adj. Insistente.
INSISTER (*ençiçtê*), v. t. Insistir, perseverar, persistir.
INSOCIABILITÉ (*ençoçiabilitê*), s. f. Insociabilidade.
INSOCIABLE (*ençoçiabl*), adj. Insociável.
INSOLATION (*ençolaçion*), s. f. Insolação.
INSOLEMMENT (*ençolaman*), adv. Insolentemente.
INSOLENCE (*ençolanç*), s. f. Insolência.
INSOLENT, E (*ençolan, t*), adj. e s. Insolente, insólito.
INSOLER (*ençolê*), v. t. Expor ao sol.
INSOLITE (*ençolit*), adj. Insólito.
INSOLUBILISER (*ençolübilizê*), v. t. Tornar insolúvel.
INSOLUBILITÉ (*ençolübilitê*), s. f. Insolubilidade.
INSOLUBLE (*ençolübl*), adj. Insolúvel.
INSOLVABILITÉ (*ençolvabilitê*), s. f. Insolvabilidade.
INSOLVABLE (*ençolvabl*), adj. Insolvente.
INSOMNIE (*ençom'ni*), s. f. Insônia.
INSONDABLE (*ençondabl*), adj. Insondável.
INSONORE (*ençonór*), adj. Não sonoro.
INSONORISER (*ençonorizê*), v. t. Tornar insonoro.
INSOUCIANCE (*ençuçianç*), s. f. Negligência, descuido.
INSOUCIANT, E (*ençuçian, t*), adj. Descuidado, negligente.
INSOUCIEUX, EUSE (*ençuçië, ëz*), adj. Descuidado, negligente.
INSOUMIS, E (*ençumi, iz*), adj. Insubmisso, rebelde.
INSOUMISSION (*inçumiçion*), s. f. Insubmissão, rebeldia.
INSOUPÇONNABLE (*ençupçonabl*), adj. Insuspeitável.
INSOUPÇONNÉ, E (*ençupçonê*), adj. Insuspeito.
INSOUTENABLE (*ençutnabl*), adj. Insustentável, insuportável, intolerável.
INSPECTER (*ençpéktê*), v. t. Inspecionar, examinar, observar.
INSPECTEUR, TRICE (*ençpéktër, triç*), s. Inspetor.
INSPECTION (*ençpékçion*), s. f. Inspeção.
INSPECTORAT (*ençpéktorá*), s. m. Inspetoria.
INSPIRANT, E (*ençpiran, t*), adj. Inspirador.
INSPIRATEUR, TRICE (*ençpiratër, triç*), adj. e s. Inspirador.
INSPIRATION (*ençpiraçion*), s. f. Inspiração, conselho, sugestão.
INSPIRÉ, E (*ençpirê*), adj. e s. Inspirado.
INSPIRER (*ençpirê*), v. t. Inspirar, incutir. **S'INSPIRER**, v. pr. Inspirar-se.
INSTABILITÉ (*ençtabilitê*), s. f. Instabilidade, inconstância.
INSTABLE (*ençtabl*), adj. Instável, mutável, inconstante.
INSTALLATION (*ençtalaçion*), s. f. Instalação, posse.
INSTALLER (*ençtalê*), v. t. Instalar, investir, empossar, colocar. **S'INSTALLER**, v. pr. Instalar-se, estabelecer-se.
INSTALLEUR (*ençtalër*), s. m. Instalador.
INSTAMMENT (*ençtaman*), adv. Insistentemente.
INSTANCE (*ençtanç*), s. f. Instância, insistência, solicitação.
INSTANT (*ençtan*), s. m. Instante. Loc. adv.: *À l'instant*, no mesmo instante; *dans un instant*, logo.
INSTANT, E (*ençtan, t*), adj. Instante, iminente.
INSTANTANÉ, E (*ençtantanê*), adj. e s. m. Instantâneo.
INSTANTANÉITÉ (*ençtantanêitê*), s. f. Instantaneidade.
INSTANTANÉMENT (*ençtantanêman*), adv. Instantaneamente.
INSTAR (À L') (*alençtar*), loc. prep. À maneira; a exemplo de.
INSTAURATEUR, TRICE (*ençtôratër, triç*), s. Instaurador.
INSTAURATION (*ençtôraçion*), s. f. Estabelecimento, instauração.
INSTAURER (*ençtorê*), v. t. Instaurar.
INSTIGATEUR, TRICE (*ençtigatër, triç*), s. Instigador.
INSTIGATION (*ençtigaçion*), s. f. Instigação, imitação.
INSTIGUER (*ençtighê*), v. t. Instigar, incitar (pouco usado).
INSTILLATION (*ençtilaçion*), s. f. Instilação.
INSTILLER (*ençtilê*), v. t. Instilar.
INSTINCT (*ençtenkt*), s. m. Instinto.
INSTINCTIF, IVE (*ençtenktif, iv*), adj. Instintivo.
INSTINCTIVEMENT (*ençtenktivman*), adv. Instintivamente.
INSTITUER (*ençtituê*), v. t. Instituir, estabelecer em função, nomear.
INSTITUT (*ençtitü*), s. m. Instituto.
INSTITUTES (*ençtitüt*), s. f. pl. Institutas.
INSTITUTEUR, TRICE (*ençtitüter, triç*), s. Fundador, preceptor, professor primário.
INSTITUTION (*ençtitüçion*), s. f. Instituição, estabelecimento, coisa estabelecida.
INSTITUTIONNEL, ELLE (*ençtitüçionél*), adj. Institucional.
INSTRUCTEUR (*ençtrükter*), adj. e s. m. Instrutor.

INSTRUCTIF, IVE (*ençtrüktif, iv*), adj. Instrutivo.
INSTRUCTION (*ençtrükçion*), s. f. Instrução, educação, ensino, saber, preceito. Pl. Ordens dadas a um enviado qualquer.
INSTRUIRE (*ençtrüir*), v. t. (Conjuga-se como *conduire.*) Instruir, informar, ensinar.
INSTRUIT, E (*ençtrüí, t*), adj. Instruído.
INSTRUMENT (*ençtrüman*), s. m. Instrumento.
INSTRUMENTAIRE (*ençtrümantér*), adj. *Dir.* Instrumentário.
INSTRUMENTAL, E, AUX (*ençtrümantal, ô*), adj e s. m. Instrumental.
INSTRUMENTATION (*ençtrümantaçion*), s. f. Instrumentação.
INSTRUMENTER (*ençtrümantê*), v. i. Instrumentar; redigir atas.
INSTRUMENTISTE (*ençtrümantiçt*), s. m. Instrumentista.
INSU (*ençü*), s. m. Ignorância de uma coisa. *À l'insu de*, loc. prep. Com o desconhecimento de.
INSUBMERSIBILITÉ (*ençübmérçibilitê*), s. f. Insubmersibilidade.
INSUBMERSIBLE (*ençübmérçibl*), adj. Insubmersível.
INSUBORDINATION (*ençübordinaçion*), s. f. Insubordinação.
INSUBORDONNÉ, E (*ençübordonê*), adj. Insubordinado.
INSUCCÈS (*ençükçé*), s. m. Insucesso, fracasso. Pl.: *des insuccès.*
INSUFFISAMMENT (*ençüfizaman*), adv. Insuficientemente.
INSUFFISANCE (*ençüfizanç*), s. f. Insuficiência, incapacidade.
INSUFFISANT, E (*ençüfizan, t*), adj. Insuficiente, incapaz.
INSUFFLATEUR (*ençüflatër*), s. m. Insuflador.
INSUFFLATION (*ençüflaçion*), s. f. Insuflação.
INSUFFLER (*ençüflê*), v. t. Insuflar.
INSULAIRE (*ençülér*), adj. e s. Ilhéu, insular.
INSULARITÉ (*ençülaritê*), s. f. Insularidade.
INSULINE (*ençülin'*), s. f. Insulina.
INSULTANT, E (*ençültan, t*), adj. Insultante, injurioso.
INSULTE (*ençült*), s. f. Insulto, afronta.
INSULTÉ, E (*ençültê*), adj. e s. Insultado, ultrajado.
INSULTER (*ençültê*), v. t. Insultar, ofender; atacar. V. i. Injuriar.
INSULTEUR (*ençültër*), s. m. Insultador.
INSUPPORTABLE (*ençüportabl*), adj. Insuportável.
INSUPPORTABLEMENT (*ençüportabləman*), adv. Insuportavelmente.
INSURGÉ, E (*ençürjê*), adj. e s. Insurrecto, rebelde.
INSURGER (S') (*çençürjê*), v. pr. (Toma um *e* mudo depois do *g* antes de *a* e *o*: *il s'insurgea, nous nous insurgeons.*) Revoltar-se, insurgir-se.
INSURMONTABLE (*ençürmontabl*), adj. Insuperável, invencível.
INSURPASSABLE (*ençürpaçabl*), adj. Intransponível.
INSURRECTION (*ençürékçion*), s. f. Insurreição, revolta.
INSURRECTIONNEL, ELLE (*ençürékçionél*), adj. Insurrecional, revolucionário.
INTACT, E (*entakt*), adj. Intacto, inteiro. *Fig.* Impoluto.
INTAILLE (*entaüi*), s. f. Entalhe.
INTANGIBILITÉ (*entanjibilitê*), s. f. Intangibilidade.
INTANGIBLE (*entanjibl*), adj. Intangível.
INTARISSABLE (*entariçabl*), adj. Inesgotável. *Fig.* Perene.
INTARISSABLEMENT (*entariçabləman*), adv. Inesgotavelmente.
INTÉGRABLE (*entêgrabl*), adj. Integrável.
INTÉGRAL, E, AUX (*êntêgral, ô*), adj. e s. f. Integral, inteiro, completo.
INTÉGRALEMENT (*entêgralman*), adv. Integralmente, totalmente.
INTÉGRALITÉ (*entêgralitê*), s. f. Integralidade, estado de uma coisa inteira.
INTÉGRANT, E (*entêgran, t*), adj. Integrante.
INTÉGRATEUR (*entêgratër*), adj. e s. m. Integrador.
INTÉGRATION (*entêgraçion*), s. f. *Mat.* Integração.
INTÈGRE (*entégr*), adj. Íntegro, incorruptível.
INTÈGREMENT (*entégr man*), adv. Integramente.
INTÉGRER (*entêgrê*), v. t. (Conjuga-se) como *accélérer*). Integrar. *Mat.* Determinar a integral.
INTÉGRITÉ (*entêgritê*), s. f. Integridade. *Fig.* Probidade.
INTELLECT (*entélékt*), s. m. Intelecto, inteligência.
INTELLECTIF, IVE (*entéléktif, iv*), adj. Intelectivo.
INTELLECTION (*entélékçion*), s. f. Intelecção, percepção.
INTELLECTUALISME (*entéléktüaliçm*), s. m. Intelectualismo.
INTELLECTUALITÉ (*entéléktüalitê*), s. f. Intelectualidade.
INTELLECTUEL, ELLE (*entéléktüél*), adj. e s. Intelectual, espiritual.
INTELLECTUELLEMENT (*entéléktüélman*), adv. Intelectualmente.
INTELLIGEMMENT (*entélijaman*), adv.

Inteligentemente.

INTELLIGENCE (*entélijanç*), s. f. Inteligência, compreensão, acordo, entendimento.

INTELLIGENT, E (*entélijan, t*), adj. Inteligente; hábil.

INTELLIGIBILITÉ (*entêlijibilitê*), s. f. Inteligibilidade.

INTELLIGIBLE (*entélijibl*), adj. Inteligível, perceptível.

INTELLIGIBLEMENT (*entélijibləman*), adv. Inteligivelmente.

INTEMPÉRANCE (*entanpêranç*), s. f. Intemperança. *Fig.* Excesso.

INTEMPÉRANT, E (*entanpêran, t*), adj. Intemperante.

INTEMPÉRIE (*entanpêri*), s. f. Intempérie.

INTEMPESTIF, IVE (*entanpéçtif, iv*), adj. Inoportuno, intempestivo.

INTEMPESTIVEMENT (*entanpéçtivman*), adv. Intempestivamente.

INTEMPORALITÉ (*entanporalitê*), s. f. Intemporalidade.

INTEMPOREL, ELLE (*entanporél*), adj. Intemporal.

INTENABLE (*entənabl*), adj. Insustentável.

INTENDANCE (*entandanç*), s. f. Intendência, divisão territorial, direção, administração.

INTENDANT (*entandan*), s. m. Intendente, administrador. S. f. Mulher do intendente.

INTENSE (*entanç*), adj. Grande, forte, vivo, intenso.

INTENSÉMENT (*entançêman*), adv. Intensamente.

INTENSIF, IVE (*entançif, iv*), adj. Intensivo.

INTENSIFIER (*entançifiê*), v. t. (Conjuga-se como *prier.*) Intensificar.

INTENSITÉ (*entançitê*), s. f. Intensidade.

INTENSIVEMENT (*entançivman*), adv. Intensivamente.

INTENTER (*entantê*), v. t. Empreender, intentar.

INTENTION (*entançion*), s. f. Intenção, intento. *À l' intention de*, loc. prep. Em honra de; em proveito de.

INTENTIONNÉ, E (*entançionê*), adj. Intencionado.

INTENTIONNEL, ELLE (*entançionél*), adj. Intencional.

INTENTIONNELLEMENT (*entançionélman*), adv. Intencionalmente.

INTERASTRAL, E, AUX (*entêraçtral, ô*), adj. Situado entre os astros.

INTERCADENCE (*entérkadanç*), s. f. Intercadência.

INTERCALAIRE (*entérkalér*), adj. Intercalar.

INTERCALATION (*entérkalaçion*), s. f. Intercalação.

INTERCALER (*entérkalê*), v. t. Intercalar.

INTERCÉDER (*entérçêdê*), v. i. (Conjuga-se como *accélérer.*) Interceder.

INTERCELLULAIRE (*entérçélülér*), adj. Intercelular.

INTERCEPTER (*entérçéptê*), v. t. Interceptar, reter, sustar.

INTERCEPTION (*entérçépçion*), s. f. Interrupção, intercepção.

INTERCESSEUR (*entérçéçër*), s. m. Intercessor.

INTERCESSION (*entérçéçion*), s. f. Intercessão.

INTERCHANGEABILITÉ (*entérchanjabilitê*), s. f. Permutabilidade.

INTERCHANGEABLE (*entérchanjabl*), adj. Permutável.

INTERCONNEXION (*entérkonékçion*), s. f. Interconexão.

INTERCONTINENTAL, E, AUX (*entérkontinantal, ô*), adj. Intercontinental.

INTERCOSTAL, E, AUX (*entérkoçtal, ô*), adj. Intercostal.

INTERCOURSE (*entérkurç*), s. f. Intercurso.

INTERCURRENCE (*entérküranç*), s. f. Alternativas, variações.

INTERCURRENT, E (*entérküran, t*), adj. Intercorrente.

INTERDÉPARTEMENTAL, E, AUX (*entérdêpartamantal, ô*), adj. Comum a vários departamentos.

INTERDÉPENDANT, E (*entérdépandan, t*), adj. Interdependente.

INTERDICTION (*entérdikçion*), s. f. Interdição, proibição; suspensão de funções, privação de direitos.

INTERDIGITAL, E, AUX (*entérdijital, ô*), adj. Interdigital.

INTERDIRE (*entérdir*), v. t. (Conjuga-se como *dire*, exceto na 2ª p. pl. do ind. pres.: *vous interdisez* e no imperat.: *interdisez.*) Proibir, suspender do exercício; perturbar, desorientar.

INTERDIT (*entérdi*), adj. e s. m. Interdito.

INTÉRESSANT, E (*entêréçan, t*), adj. Interessante, importante, vantajoso.

INTÉRESSÉ, E (*entêréçê*), adj. e s. Interessado, interesseiro.

INTÉRESSER (*entêréçê*), v. t. Interessar, importar, atingir; tocar, comover. **S'INTÉRESSER**, v. pr. Interessar-se; intervir em favor de.

INTÉRÊT (*entêré*), s. m. Interesse, juro, vantagem.

INTERFÉRENCE (*entérfêranç*), s. f. *Fís.* Interferência.

INTERFÉRANT, E (*entérféran, t*), adj. Interferente.

INTERFÉRER (*entérfêrê*), v. t. (Conjuga-se como *accélérer.*) Interferir.

INTERFOLIER (*entérfoliê*), v. t. (Conjuga-se como *prier*). Interfoliar.

INTÉRIEUR, E (*entêriĕr*), adj. e s. m. Interior.

INTÉRIEUREMENT (*entêriĕrman*), adv. Interiormente.

INTÉRIM (*entêrim'*), s. m. Interinidade. *Par intérim,* loc. adv. Provisoriamente.

INTÉRIMAIRE (*entêrimér*), adj. e s. m. Interino.

INTERJECTIF, IVE (*intérjéktif, iv*), adj. Interjetivo, exclamativo.

INTERJECTION (*entérjékçion*), s. f. *Gram.* Interjeição. *Dir.* Requerimento de apelação.

INTERJETER (*entérjətê*), v. t. (Dobra o *t* antes da sílaba muda: *il interjettera.*) *Interjeter appel,* apelar.

INTERLIGNAGE (*entérlinhaj*), s. m. Entrelinhamento.

INTERLIGNE (*entérlinh*), s. m. Entrelinha. S. f. *Tip.* Entrelinha.

INTERLIGNER (*entérlinhê*), v. t. Entrelinhar.

INTERLINÉAIRE (*entérlinêér*), adj. Interlinear.

INTERLOCUTEUR, TRICE (*entérlokütĕr, triç*), s. Interlocutor.

INTERLOCUTION (*entérloküçion*), s. f. Interlocução. *Dir.* Decisão interlocutória.

INTERLOCUTOIRE (*entérlokütuar*), adj. Interlocutório. S. m. Despacho interlocutório

INTERLOPE (*entérlóp*), adj. Fraudulento. S. m. Navio contrabandista.

INTERLOQUER (*entérlokê*), v. t. Submeter a um interlocutório. *Fig. e fam.* Confundir, embaraçar.

INTERLUDE (*entérlüd*), s. m. Interlúdio, divertimento musical.

INTERMÈDE (*entérméd*), s. m. Intermédio. *Fig.* Episódio intermediário.

INTERMÉDIAIRE (*entérmêdiér*), adj. Intermediário. S. m. Meio-termo; medianeiro; intervenção.

INTERMÉDIAT, E (*entérmêdiá, t*), adj. Intermédio.

INTERMINABLE (*entérminabl*), adj. Interminável, infindável.

INTERMINABLEMENT (*entérminabləman*), adv. Interminavelmente.

INTERMITTENCE (*entérmitanç*), s. f. Intermitência, interrupção. *Par intermittence,* loc. adv. Por momentos, de maneira descontínua.

INTERMITTENT, E (*entérmitan, t*), adj. Intermitente.

INTERMOLÉCULAIRE (*entérmolêkülér*), adj. Que se acha entre moléculas.

INTERMUSCULAIRE (*intérmüçkülér*), adj. Intermuscular.

INTERNAT (*entérná*), s. m. Internato.

INTERNATIONAL, E, AUX (*entérnaçional, ô*), adj. e s. f. Internacional.

INTERNATIONALISER (*entérnaçionalizê*), v. t. Internacionalizar.

INTERNATIONALISME (*entérnaçionaliçm*), s. m. Internacionalismo.

INTERNATIONALISTE (*entérnaçionaliçt*), s. Internacionalista.

INTERNATIONALITÉ (*entérnaçionalitê*), s. f. Internacionalidade.

INTERNE (*entérn*), adj. e s. Interno.

INTERNÉ, E (*entérnê*), adj. e s. Internado.

INTERNEMENT (*entérnəman*), s. m. Internamento.

INTERNER (*entérnê*), v. t. Internar.

INTERNONCE (*entérnonç*), s. m. Internúncio.

INTEROCÉANIQUE (*entéroçêanik*), adj. Interoceânico.

INTEROCULAIRE (*entérokülér*), adj. Interocular.

INTEROSSEUX, EUSE (*entéroçĕ, ĕz*), adj. Interósseo.

INTERPELLATEUR, TRICE (*entérpélatĕr, triç*), s. Interpelador.

INTERPELLATION (*entérpélaçion*), s. f. Interpelação.

INTERPELLER (*entérpélê*), v. t. Interpelar. *Dir.* Requerer.

INTERPÉNÉTRER (S'), (*çentérpênêtrê*), v. pr. (Conjuga-se como *accélérer.*) Interpenetrar-se.

INTERPLANÉTAIRE (*entérplanêtér*), adj. Interplanetário.

INTERPOLATEUR, TRICE (*entérpolatĕr, triç*), adj. e s. Interpolador.

INTERPOLATION (*entérpolaçion*), s. f. Interpolação.

INTERPOLER (*entérpolê*), v. t. Intercalar, interpolar.

INTERPOSER (*entérpozê*), v. t. Interpor. *Fig.* Intervir. **S'INTERPOSER,** v. pr. Interpor-se.

INTERPOSITION (*entérpoziçion*), s. f. Interposição. *Fig.* Intervenção.

INTERPRÉTABLE (*entérprêtabl*), adj. Interpretável.

INTERPRÉTATEUR, TRICE (*entérprêtatĕr, triç*), adj. e s. Interpretador.

INTERPRÉTATIF, IVE (*entérprêtatif, iv*), adj. Interpretativo.

INTERPRÉTATION (*entérprêtaçion*), s. f. Interpretação, comentário crítico.

INTERPRÈTE (*entérprét*), s. Intérprete.

INTERPRÉTER (*entérprêtê*), v. t. (Conjuga-se como *accélérer.*) Traduzir, interpretar, explicar.

INTERRÈGNE (*entérénh*), s. m. Interregno.

INTERROGANT, E (*entérogan, t*), adj. Que interroga.

INTERROGATEUR, TRICE (*entérogatĕr, triç*), adj. e s. Interrogador; examinador.

INTERROGATIF, IVE (*entérogatif, iv*), adj. *Gram.* Interrogativo.

INTERROGATION (*entérogaçion*), s. f. Interrogação, pergunta.

INTERROGATIVEMENT (*entérogativman*), adv. Interrogativamente (pouco usado).
INTERROGATOIRE (*entérogatuar*), s. m. Interrogatório.
INTERROGER (*entérojê*), v. t. (Toma um *e* mudo depois do *g* antes de *a* e *o*: *il interrogea, nous interrogeons.*) Interrogar. *Fig.* Consultar, examinar.
INTERROMPRE (*entéronpr*), v. t. Interromper; cortar, atalhar. **S'INTERROMPRE**, v. pr. Interromper-se.
INTERRUPTEUR, TRICE (*entérüptĕr, triç*), adj. e s. Interruptor.
INTERRUPTION (*entérüpçion*), s. f. Interrupção. *Ret.* Suspensão, reticência.
INTERSECTÉ, E (*entérçéktê*), adj. Entrelaçado, entrecruzado.
INTERSECTION (*entérçékçion*), s. f. *Geom.* Intersecção.
INTERSTELLAIRE (*entérçtélér*), adj. Interestrelar.
INTERSTICE (*entérçtiç*), s. m. Interstício.
INTERSTITIEL, ELLE (*entérçtiçiél*), adj. *Med.* Intersticial.
INTERSYNDICAL, E, AUX (*entérçendikal, ô*), adj. Intersindical.
INTERTROPICAL, E, AUX (*entértropikal, ô*), adj. Intertropical.
INTERURBAIN, E (*entérürben, én'*), adj. e s. Interurbano.
INTERVALLE (*entérval*), s. m. Intervalo. *Fig.* Diferença, desigualdade. *Par intervalles*, loc. adv. De tempo a tempo.
INTERVENANT, E (*entérvənan, t*), adj. e s. Interveniente.
INTERVENIR (*entérvenir*), v. i. (Conjuga-se como *venir* e emprega-se sempre com o auxiliar *être.*) Intervir, tornar-se mediador; interpor-se. *Dir.* Produzir-se incidentalmente.
INTERVERSION (*entérvérçion*), s. f. Intervenção.
INTERVENTIONNISTE (*entérvençioniçt*), s. f. Intervencionista.
INTERVERSION (*entérvérçion*), s. f. Interversão, modificação.
INTERVERTIR (*entérvértir*), v. t. Interverter, modificar.
INTERVERTISSEMENT (*entérvértiçman*), s. m. Interversão.
INTERVIEW (*entérviu*), s. f. Entrevista.
INTERVIEWER (*entérviuvé*), v. Entrevistar.
INTERVIEWEUR (*entérviuvĕr*), s. m. Entrevistador.
INTESTAT (*entéçtá*), adj. e s. Que não fez testamento. *Ab intestat*, loc. adv. Sem testamento.
INTESTIN, E (*entéçtén, in'*), adj. Intestino, interno. S. m. Intestino.
INTESTINAL, E, AUX (*entéçtinal, ô*), e adj. Intestinal.
INTIMATION (*entimaçion*), s. f. Intimação, citação.
INTIME (*entim'*), adj. e s. Íntimo.
INTIMÉ, E (*entimê*), adj. e s. Citado, intimado.
INTIMEMENT (*entiməman*), adv. Intimamente, interiormente.
INTIMER (*entimê*), v. t. Intimar, notificar.
INTIMIDABLE (*entimidabl*), adj. Intimidável.
INTIMIDANT, E (*entimidan, t*), adj. Intimidador.
INTIMIDATEUR, TRICE (*entimidatĕr, triç*), adj. Intimidador.
INTIMIDATION (*entimidaçion*), s. f. Intimidação.
INTIMIDER (*entimidê*), v. t. Intimidar, amedrontar.
INTIMISTE (*entimiçt*), adj. Intimista.
INTIMITÉ (*entimitê*), s. f. Intimidade.
INTITULÉ (*entitülê*), s. m. Título.
INTITULER (*entitülê*), v. t. Intitular-se. **S'INTITULER**, v. pr. Intitular-se.
INTOLÉRABLE (*entolêrabl*), adj. Intolerável. Por extensão: Insuportável, importuno.
INTOLÉRANCE (*entolêranç*), s. f. Intolerância, ódio.
INTOLÉRANT, E (*entolêran, t*), adj. e s. Intolerante.
INTOLÉRANTISME (*entolêrantiçm*), s. m. Intolerantismo (pouco usado).
INTONATION (*entonaçion*), s. f. Entoação, entonação.
INTOUCHABLE (*entuchabl*), adj. Intocável.
INTOXICANT, E (*entokçikan, t*), adj. Intoxicante.
INTOXICATION (*entokçikaçion*), s. f. Intoxicação.
INTOXIQUER (*entokçikê*), v. t. Intoxicar.
INTRA-ATOMIQUE (*entrá-atomik*), adj. Intra-atômico.
INTRADUISIBLE (*entradüizibl*), adj. Intraduzível.
INTRAITABLE (*entrétabl*), adj. Intratável, exigente.
INTRA-MUROS (*entramürôç*), loc. adv. Dentro da cidade, intramuros.
INTRAMUSCULAIRE (*entramüçkülér*), adj. Intramuscular.
INTRANSIGEANCE (*entranzijanç*), s. f. Intransigência.
INTRANSIGEANT, E (*entranzijan, t*), adj. e s. Intransigente.
INTRANSITIF, IVE (*entranzitif, iv*), adj. *Gram.* Intransitivo.
INTRANSITIVEMENT (*entranzitivman*), adv. Intransitivamente.
INTRANSMISSIBLE (*entrançmiçibl*), adj. Intransmissível (pouco usado).
INTRANSPORTABLE (*entrançportabl*), adj. Intransportável.
INTRAVEINEUX, EUSE (*entravénë, ëz*), adj. Intravenoso.
IN-TRENTE-DEUX (*entrantdë*), s. m. e

adj. inv. Formato de livro; volume desse formato.
INTRÉPIDE (*entrêpid*), adj. Intrépido, arrojado.
INTRÉPIDEMENT (*entrêpidman*), adv. Intrepidamente.
INTRÉPIDITÉ (*entrêpiditê*), s. f. Intrepidez, coragem, bravura.
INTRIGAILLER (*entrigaiê*), v. i. Intrigar, mexericar.
INTRIGAILLEUR, EUSE (*entrigaiĕr, ëz*), s. Intriguista.
INTRIGANT, E (*entrigan, t*), adj. e s. Intrigante.
INTRIGUE (*entrigh*), s. f. Intriga, maquinação.
INTRIGUER (*entrighê*), v. i. Intrigar. V. t. Embaraçar.
INTRINSÈQUE (*entrençék*), adj. Intrínseco, interno; próprio, essencial.
INTRODUCTEUR, TRICE (*entrodüktĕr, triç*), s. Introdutor.
INTRODUCTIF, IVE (*entrodüktif, iv*), adj. Introdutivo.
INTRODUCTION (*entrodükçion*), s. f. Introdução, importação, prefácio, exórdio, prólogo.
INTRODUIRE (*entrodüir*), v. t. (Conjuga-se como *conduire*.) Introduzir, meter. *Fig.* Fazer adotar. **S'INTRODUIRE**, v. pr. Entrar, penetrar.
INTROÏT (*entroít*), s. m. Intróito.
INTROMISSION (*entromiçion*), s. f. Intromissão, introdução.
INTRONISATION (*entronizaçion*), s. f. Entronização.
INTRONISER (*entronizê*), v. t. Entronizar. *Fig.* Estabelecer. **S'INTRONISER**, v. pr. Introduzir-se, entronizar-se.
INTROSPECTION (*entroçpékçion*), s. f. Introspecção.
INTROUVABLE (*entruvabl*), adj. Que não se encontra.
INTRUS, E (*entrü, z*), adj. e s. Intruso, usurpador.
INTRUSION (*entrüzion*), s. f. Intrusão, usurpação.
INTUITIF, IVE (*entüitif, iv*), adj. Intuitivo.
INTUITION (*entüiçion*), s. f. Intuição.
INTUITIVEMENT (*entüitivman*), adv. Intuitivamente.
INTUMESCENCE (*entüméçanç*), s. f. Intumescência.
INTUMESCENT, E (*entüméçan, t*), adj. Intumescente.
INTUSSUSCEPTION (*entüçüçépçion*), s. f. Ingestão, intuscepção.
INULINE (*inülin'*), s. f. *Quím.* Inulina.
INUSABLE (*inüzabl*), adj. Que não se pode gastar.
INUSITÉ, E (*inüzitê*), adj. Inusitado.
INUTILE (*inütil*), adj. Inútil, infrutuoso.
INUTILEMENT (*inütilman*), adv. Inutilmente.
INUTILISABLE (*inütilizabl*), adj. Inutilizável.
INUTILISÉ, E (*inütilizê*), adj. Inutilizado.
INUTILISER (*inütilizê*), v. t. Inutilizar.
INUTILITÉ (*inütilitê*), s. f. Inutilidade.
INVAINCU, E (*envenkü*), adj. Invicto.
INVALIDATION (*envalidaçion*), s. f. Invalidação.
INVALIDE (*envalid*), adj. Inválido. *Fig.* Nulo.
INVALIDEMENT (*envalidman*), adv. Invalidamente.
INVALIDER (*envalidê*), v. t. Invalidar.
INVALIDITÉ (*envaliditê*), s. f. Invalidade.
INVARIABILITÉ (*envariabilitê*), s. f. Invariabilidade.
INVARIABLE (*envariabl*), adj. Invariável, imutável.
INVARIABLEMENT (*envariabləman*), adv. Invariavelmente.
INVARIANT (*envarian*), s. m. *Mat.* Invariante.
INVASION (*envazion*), s. f. Invasão, incursão. *Med.* Irrupção.
INVECTIVE (*envéktiv*), s. f. Invectiva.
INVECTIVER (*envéktivê*), v. t. Invectivar. V. t. *Fam.* Injuriar.
INVENDABLE (*envandabl*), adj. Invendável.
INVENDU, E (*envandü*), adj. Não vendido. S. m. Artigo não vendido.
INVENTAIRE (*envantér*), s. m. Inventário, balanço.
INVENTER (*envantê*), v. t. Inventar, criar, imaginar.
INVENTEUR, TRICE (*envantĕr, triç*), s. Inventor, descobridor.
INVENTIF, IVE (*envantif, iv*), adj. Inventivo.
INVENTION (*envançion*), s. f. Invenção, invento, descoberta, mentira.
INVENTORIER (*envantoriê*), v. t. (Conjuga-se como *prier*.) Inventariar.
INVÉRIFIABLE (*envêrifiabl*), adj. Inverificável.
INVERSABLE (*envérçabl*), adj. Incapaz de virar-se ou tombar.
INVERSE (*envérç*), adj. e s. m. Inverso.
INVERSEMENT (*envérçəman*), adv. Inversamente.
INVERSER (*envérçê*), v. t. Inverter.
INVERSEUR (*envérçĕr*), adj. e s. m. Inversor.
INVERSIF, IVE (*envérçif, iv*), adj. *Gram.* Inversivo.
INVERSION (*envérçion*), s. f. Inversão, transposição.
INVERTÉBRÉ, E (*envértêbrê*), adj. e s. Invertebrado.
INVERTI, E (*envérti*), adj. Açúcar transformado em glucose. S. m. Homossexual.
INVERTIR (*envértir*), v. t. Inverter.
INVESTIGATEUR, TRICE (*envéçtigatĕr, triç*), adj. e s. Pesquisador.

INVESTIGATION (*envéçtigaçion*), s. f. Investigação, pesquisa.

INVESTIR (*envéçtir*), v. t. Investir.

INVESTISSEMENT (*envéçtiçman*), s. m. Cerco, bloqueio.

INVESTISSEUR (*envéçtiçër*), adj. e s. m. Investidor.

INVESTITURE (*envéçtitür*), s. f. Investidura.

INVÉTÉRÉ (*envêtêrê*), adj. Inveterado, arraigado.

INVÉTÉRER (S') (*çênvêtêrê*), v. pr. (Conjuga-se como *accélérer*.) Inveterar-se, arraigar-se. V. i. (só no infinito): *laisser invétérer une mauvaise habitude*, deixar inveterar-se um mau hábito.

INVINCIBILITÉ (*envençibilitê*), s. f. Invencibilidade.

INVINCIBLE (*envençibl*), adj. Invencível. *Fig.* Irrefutável.

INVINCIBLEMENT (*envençibləman*), adv. Invencivelmente.

IN-VINGT-QUATRE (*envenkatr*), adj. inv. e. s. m. Formato de livro; livro desse formato.

INVIOLABILITÉ (*enviolabilitê*), s. f. Inviolabilidade.

INVIOLABLE (*enviolabl*), adj. Inviolável, infringível.

INVIOLABLEMENT (*enviolabləman*), adv. Inviolavelmente.

INVIOLÉ, E (*enviolê*), adj. Inviolado, infringido.

INVISIBILITÉ (*envizibilitê*), s. f. Invisibilidade.

INVISIBLE (*envizibl*), adj. Invisível, imperceptível.

INVISIBLEMENT (*envizibləman*), adv. Invisìvelmente.

INVITANT, E (*envitan, t*), adj. Convidativo, sedutor.

INVITATION (*envitaçion*), s. f. Convite.

INVITATOIRE (*envitatuar*), s. m. *Liturg.* Invitatório.

INVITE (*envit*), s. f. Invite. *Fig.* O que convida.

INVITÉ, E (*envitê*), s. Convidado.

INVITER (*envitê*), v. t. Convidar. *Fig.* Excitar, induzir. **S'INVITER**, v. pr. *Fam.* Dar-se por convidado.

INVITEUR, EUSE (*envitër, ëz*), adv. Que convida muito.

INVOCATEUR (*envokatër*), adj. e s. m. Invocador.

INVOCATION (*envokaçion*), s. f. Invocação. *Liturg.* Proteção.

INVOCATOIRE (*envokatuar*), adj. Invocatório.

INVOLONTAIRE (*envolontér*), adj. Involuntário.

INVOLONTAIREMENT (*envolontérman*), adv. Involuntariamente.

INVOLUCELLE (*envolüçél*), s.m. Pequeno invólucro.

INVOLUCRE (*envolükr*), s.m. Invólucro.

INVOLUTÉ, E (*envolütê*), adj. *Bot.* Involutoso.

INVOLUTION (*envolüçion*), s.f. Confusão. *Bot.* Involução.

INVOQUER (*envokê*), v. t. Invocar. *Fig.* Citar em seu favor.

INVRAISEMBLABLE (*envréçanblabl*), adj. Inverossímil.

INVRAISEMBLABLEMENT (*envréçanblabləman*), adj. Inverossimilmente.

INVRAISEMBLANCE (*envréçanblanç*), s. Inverossimilhança.

INVULNÉRABILITÉ (*envülnêrabilitê*), s. f. Invulnerabilidade.

INVULNÉRABLE (*envülnêrabl*), adj. Invulnerável.

IODATE (*iodat*), s.m. Iodato.

IODE (*iód*), s. m. *Quím.* Iodo.

IODÉ, E (*iodê*), adj. Iodado.

IODER (*iodê*), v.t. Iodar.

IODHYDRIQUE (*iodidrik*), adj. m. Iodídrico.

IODIFÈRE (*iodifér*), adj. Iodífero.

IODIQUE (*iodik*), adj. m. Iódico.

IODISME (*iodiçm*), s. m. Iodismo.

IODOFORME (*iodofórm*), s.m. Iodofórmio.

IODURE (*iodür*), s.m. *Quím.* Iodeto.

IODURÉ, E (*iodürê*), adj. *Quím.* Iodetado.

ION (*ion*), s. m. Íon.

IONIEN, ENNE (*ionien, én'*), adj. e s. Jônio.

IONIQUE (*ionik*), adj. Jônico.

IONISATION (*ionizaçion*), s. f. Ionização.

IONISER (*ionizê*), v. t. Ionizar.

IONONE (*ionón'*), s. f. Ionona.

IONOSPHÈRE (*ionoçfér*), s. f. Ionosfera.

IOTA (*iotá*), s. m. Iota. *Fig. Il n'y manque pas un iota,* não falta nada.

IOTACISME (*iotaçiçm*), s.m. Iotacismo.

IPÉCACUANA ou **IPÉCA** (*ipêkaküaná* ou *ipêká*), s. m. Ipecacuanha.

IRADÉ (*iradê*), s.m. Decreto do sultão da Turquia.

IRANIEN, ENNE (*iranien, en'*), adj. e s. Iraniano.

IRASCIBILITÉ (*iraçibilitê*), s. f. Irascibilidade.

IRASCIBLE (*iraçibl*), adj. Irascível.

IRE (*ir*), s.f. *Poét.* Ira.

IRIDACÉES (*iridaçê*), s. f. pl. Iridáceas.

IRIDECTOMIE (*iridéktomi*), s.f. Iridectomia.

IRIDIÉ (*iridiê*), adj. m. Iridiado.

IRANIEN, ENNE (*iranien, en'*), adj. e s. Iraniano.

IRIDIUM (*iridióm'*), s.m. Irídio.

IRIS (*iriç*), s.m. Íris Pl.: *des iris.*

IRISABLE (*irizabl*), adj. Irisável.

IRISATION (*irizaçion*), s.f. Irisação.

IRISÉ, E (*irizê*), adj. Irisado.

IRISEMENT (*irizman*), s.m. V. **IRISATION.**

IRISER (*irizê*), v.t. Irisar. **S'IRISER**, v. pr. Revestir-se das cores do arco-íris.
IRITIS (*iritiç*), s.f. *Med.* Irite.
IRLANDAIS, E (*irlandé, z*), adj. e s. Irlandês.
IRONIE (*ironi*), s. f. Ironia, escárnio. *Fig.* Contraste fortuito.
IRONIQUE (*ironik*), adj. Irônico.
IRONIQUEMENT (*ironikman*), adv. Ironicamente.
IRONISER (*ironizê*), v. i. Ironizar.
IRONISTE (*ironiçt*), s. Ironista.
IROQUOIS, E (*irokuá, z*), adj. e s. Iroquês. S.m. *Fig.* Homem de costumes extravagantes.
IRRACHETABLE (*irachtabl*), adj. Irresgatável.
IRRADIATION (*iradiaçion*), s.f. Irradiação.
IRRADIER (*iradiê*), v.t. Irradiar. V.tr. (Conjuga-se como *prier.*) Expor uma substância a certas irradiações.
IRRAISONNABLE (*irézonabl*), adj. Irracional.
IRRAISONNÉ, E (*irézonê*), adj. Ilógico, não-raciocinado.
IRRATIONNEL, ELLE (*iraçionél*), adj. Irracional.
IRRÉALISABLE (*irêalizabl*), adj. Irrealizável.
IRRÉALITÉ (*irêalitê*), s.f. Irrealidade.
IRRECEVABILITÉ (*irəçəvabilitê*), s. f. Inadmissibilidade.
IRRECEVABLE (*irəçəvabl*), adj. Inadmissível, inaceitável.
IRRÉCONCILIABLE (*irêkonçiliabl*) adj. Irreconciliável.
IRRÉCOUVRABLE (*irêkuvrabl*), adj. Incobrável.
IRRÉCUSABLE (*irêküzabl*), adj. Irrecusável.
IRRÉDENTISME (*irêdantiçm*), s. m. Irredentismo.
IRRÉDENTISTE (*irêdantiçt*), adj. e s. Irredentista.
IRRÉDUCTIBILITÉ (*irêdüktibilitê*), s. f. Irredutibilidade.
IRRÉDUCTIBLE (*irêdüktibl*), adj. Irredutível, irreduzível.
IRRÉEL, ELLE (*irêél*), adj. Irreal.
IRRÉFLÉCHI, E (*irêflêchi*), adj. Irrefletido, impensado.
IRRÉFLEXION (*irêfliékçion*), s.f. Irreflexão, precipitação.
IRRÉFORMABLE (*irêformabl*), adj. Irreformável.
IRRÉFRAGABLE (*irêfragabl*), adj. Irrecusável.
IRRÉFUTABLE (*irêfütabl*), adj. Irrefutável.
IRRÉGULARITÉ (*irêgülaritê*), s. f. Irregularidade.
IRRÉGULIER, ÈRE (*irêgüliê, ér*), adj. Irregular, caprichoso, imperfeito.
IRRÉGULIÈREMENT (*irêgüliérman*), adv. Irregularmente.
IRRÉLIGIEUSEMENT (*irêlijiëzman*), adv. Irreligiosamente.
IRRÉLIGIEUX, EUSE (*irêlijië, ëz*), adj. Irreligioso, ímpio.
IRRÉLIGION (*irêlijion*), s. f. Irreligião.
IRRÉLIGIOSITÉ (*irêlijiozitê*), s. f. Irreligiosidade.
IRRÉMÉDIABLE (*irêmêdiabl*), adj. Irremediável. *Fig.* Irreparável, insanável.
IRRÉMÉDIABLEMENT (*irêmêdiabləman*), adj. Irremediavelmente.
IRRÉMISSIBLE (*irêmiçibl*), adj. Irremissível, imperdoável.
IRRÉMISSIBLEMENT (*irêmiçibləman*), adv. Irremissivelmente, imperdoavelmente.
IRREMPLAÇABLE (*iranplaçabl*), adj. Insubstituível.
IRRÉPARABLE (*irêparabl*), adj. Irreparável.
IRRÉPRÉHENSIBLE (*irêprêançibl*), adj. Irrepreensível, perfeito.
IRRÉPRESSIBLE (*irêprêçibl*), adj. Irreprimível (pouco usado).
IRRÉPROCHABLE (*irêprochabl*), adj. Irrepreensível, perfeito.
IRRÉPROCHABLEMENT (*irêprochabləman*), adv. Irrepreensivelmente.
IRRÉSISTIBLE (*irêziçtibl*), adj. Irresistível.
IRRÉSISTIBLEMENT (*irêziçtibləman*), adv. Irresistivelmente.
IRRÉSOLU, E (*irêzolü*), adj. Irresoluto, indeciso.
IRRÉSOLUMENT (*irêzolüman*), adv. Irresolutamente.
IRRÉSOLUTION (*irêzolüçion*), s. f. Irresolução, incerteza, indecisão.
IRRESPECT (*iréçpé*), s. m. Desrespeito.
IRRESPECTUEUX, EUSE (*iréçpéktuë, ëz*), adj. Irreverente, desrespeitoso.
IRRESPIRABLE (*iréçpirabl*), adj. Irrespirável.
IRRESPONSABILITÉ (*iréçponçabilitê*), s. f. Irresponsabilidade.
IRRESPONSABLE (*iréçponçabl*), adj. Irresponsável.
IRRÉTRÉCISSABLE (*irêtrêçiçabl*), adj. Impossível de encolher.
IRRÉVÉRENCE (*irêvêranç*), s. f. Irreverência, falta de respeito.
IRRÉVÉRENCIEUSEMENT (*irêvêrançiëzman*), adv. Irreverentemente.
IRRÉVÉRENCIEUX, EUSE (*irêvêranciё, ëz*), adj. Irreverente.
IRRÉVÉRENT, E (*irêvêran, t*), adj. Irreverente.
IRRÉVERSIBLE (*irêvérçibl*), adj. Irreversível.
IRRÉVOCABILITÉ (*irêvokabilitê*), s. f. Irrevogabilidade.
IRRÉVOCABLE (*irêvokabl*), adj. Irrevogável.
IRRÉVOCABLEMENT (*irêvokabləman*), adv. Irrevogavelmente.
IRRIGABLE (*irigabl*), adj. Irrigável.
IRRIGATEUR (*irigatër*), s. m. Irrigador.

IRRIGATION (*irigaçion*), s.f. Irrigação.
IRRIGUER (*irighê*), v t. Irrigar.
IRRITABILITÉ (*iritabilitê*), s.f. Irritabilidade.
IRRITABLE (*iritabl*), adj. Irritável.
IRRITANT, E (*iritan, t*), adj. Irritante. S.m. Substância irritante.
IRRITATIF, IVE (*iritatif, iv*), adj. *Med.* Irritativo.
IRRITATION (*iritaçion*), s. f. Irritação, exasperação.
IRRITER (*irité*), v. t. Irritar. *Fig.* Aumentar, excitar.
IRRORATION (*iroraçion*), s.f. Irroração.
IRRUPTION (*irüpçion*). s.f. Irrupção, invasão. Transbordamento.
ISABELLE (*izabél*), adj. inv. Isabel. S. m. Cor isabel; um cavalo isabel.
ISARD (*izar*), s.m. *Zool.* Camurça dos Pireneus.
ISATIS (*izatiç*), s. m. Espécie de raposa. pl.: *des isatis.*
ISBA (*içbá*), s.f. Habitação de madeira.
ISCHÉMIE (*içkêmi*), s.f. *Med.* Isquemia.
ISCHIATIQUE (*içkiatik*), adj. Isquiático.
ISCHION (*içkion*), s. m. *Anat.* Ísquio.
ISIAQUE (*iziak*), adj. Isíaco.
ISLAM (*içlam'*), s.m. Islã.
ISLAMIQUE (*içlamik*), adj. Islâmico.
ISLAMISME (*içlamiçm*), s.m. Islamismo.
ISLAMITE (*içlamit*), adj. e s. Islamita maometano.
ISLANDAIS, E (*içlandé, z*), adj. e s. Islandês.
ISOBARE (*izobar*), adj. *Fís.* Isóbaro.
ISOCÈLE (*izoçél*), adj. *Geom.* Isósceles.
ISOCHIMÈNE (*izokimén'*), adj. Isoquímeno.
ISOCHROMATIQUE (*izokromatik*), adj. Isocromático.
ISOCHRONISME (*izokroniçm*), s.m. Isocronismo.
ISOCLINE (*izoklin'*), adj. *Fís.* Isóclino.
ISOÉDRIQUE (*izoêdrik*), adj. *Min.* Isoédrico.
ISOGAMIE (*izogami*), s.f. Isogamia.
ISOGONE (*izogón'*), adj. Isógono.
ISOLABLE (*izolabl*), adj. Isolável.
ISOLANT, E (*izolan, t*), adj. e s.m. Isolante.
ISOLATEUR, TRICE (*izolatĕr, triç*), adj. e s.m. Isolador.
ISOLATIONNISME (*izolaçioniçm*), s. m. Isolacionismo.
ISOLATIONNISTE (*izolaçioniçt*), s. Isolacionista.
ISOLÉ, E (*izolê*), adj. Isolado, ermo, separado; individual.
ISOLEMENT (*izolman*), s.m. Isolamento.
ISOLÉMENT (*izolêman*), adv. Isoladamente.
ISOLER (*izolê*), v.t. Isolar, separar, afastar. *Fig.* Abstrair; considerar à parte.
ISOLOGUE (*izológ*), adj. *Quím.* Isólogo.
ISOLOIR (*izoluar*), s. m. Isolador. Cabina indevassável.
ISOMÈRE (*izomér*), adj. Isômero.
ISOMÉRIE (*izomêri*), s.f. Isomeria.
ISOMÉTRIQUE, (*izomêtrik*), adj. *Min.* Isométrico.
ISOMORPHE (*izomórf*), adj. Isomorfo.
ISOMORPHISME (*izomorfiçm*), s.m. Isomorfismo.
ISONOMIE (*izonomi*), s. f. Isonomia.
ISOPÉRIMÈTRE (*izopêrimétr*), adj. Isoperimétrico.
ISOPODE (*izopód*), adj. *Zool.* Isópode. S. m. pl. Isópodes.
ISOTHERME (*izotérm*), adj. Isotérmico.
ISOTONIE (*izotoni*), s. f. Isotonia.
ISOTOPE (*izotóp*), adj. Isótopo.
ISOTROPE (*izotróp*), adj. e s.m. Isótropo.
ISRAÉLIEN, ENNE (*içraêlien, én'*), adj. e s. Israelense.
ISRAÉLITE (*içraêlit*), adj. e s. Israelita.
ISSU, E (*içü*), adj. Descendente. *Cousins issus de germains,* filhos de primos irmãos. *Fig.* Proveniente, resultante. S. f. Saída. *Fig.* Termo, resultado. *À l'issue de,* loc. prep. No fim de. S. f. pl. Farelo. Vísceras.
ISTHME (*içm*), s.m. Istmo.
ISTHMIQUE (*içmik*), adj. Ístmico.
ITALIANISANT, ANTE (*italianizan, t*), s. Italianizante.
ITALIANISER (*italianizê*), v.t. Italianizar. V.i. Afetar maneiras de ser ou de falar italiano.
ITALIANISME (*italianiçm*), s.m. Italianismo.
ITALIEN, ENNE (*italien, én'*), adj. e s. Italiano.
ITALIQUE (*italik*), adj. e s.m. Itálico.
ITEM (*itém*), adv. e s.m. inv. Item.
ITÉRATIF, IVE (*itêratif, iv*), adj. Iterativo.
ITÉRATIVEMENT (*itêrativman*), adv. Iterativamente.
ITINÉRAIRE (*itinêrér*), adj. e s.m. Itinerário.
ITINÉRANT (*itinêran*), adj. e s.m. Itinerante.
ITOU (*itu*), adv. *Pop.* Também, igualmente.
IVOIRE (*ivuar*), s.m. Marfim.
IVOIRERIE (*ivuarəri*), s. f. Arte de trabalhar o marfim; comércio de marfim; objetos de marfim.
IVOIRIER (*ivuariê*), s. e adj.m. Eborário.
IVOIRIN, E (*ivuaren, in'*), adj. Ebúrneo.
IVRAIE (*ivré*), s. f. Joio. *Séparer le bon grain de l'ivraie,* separar o joio do trigo.
IVRE (*ivr*), adj. Ébrio.
IVRESSE (*ivréç*), s.f. Embriaguez.
IVROGNE (*ivrónh*), adj. e s. m. Bêbedo,

beberrão.
IVROGNERIE (*ivronhəri*), s. f. Embriaguez, bebedeira.

IXODE (*ikçód*), s.m. *Zool.* Carraça.
IVROGNESSE (*ivronhéç*), s.f. Mulher que tem o hábito de embebedar-se.

J

J (*ji* ou *jə*), s. m. Décima letra do alfabeto.
JABIRU (*jabirü*), s.m. Jabiru.
JABLE (*jabl*), s.m. Javre.
JABLER (*jablê*), v.t. Javrar.
JABLOIR s. m. ou **JABLOIRE** (*jabluar*), s. f. Javradeira.
JABOT (*jabô*), s.m. Papo; renda ou pano franzido em vestuário. *Fam. Se remplir le jabot*, comer bem.
JABOTAGE (*jabotaj*), s. m. Tagarelice.
JABOTER (*jabotê*), v.i. e t. *Pop.* Tagarelar.
JACASSE (*jakaç*), s.f. Mulher tagarela.
JACASSEMENT (*jakaçman*), s.m. V. **JACASSERIE**.
JACASSER (*jakaçê*), v.i. Palrar, falando da pega. Por extensão: Tagarelar.
JACASSERIE (*jakaçri*), s.f. Tagarelice.
JACENT, E (*jaçan, t*), adj. Jacente.
JACHÈRE (*jachér*), s. f. Alqueire.
JACHÉRER (*jachêrê*), v. t. (Conjuga-se como *accélérer*.) Alqueirar.
JACINTHE (*jaçent*), s. f. Jacinto.
JACOBÉE (*jakobê*), s. f. *Bot.* Tasna, tasneira.
JACOBIN, E (*jakoben, in'*), s. Jacobino.
JACOBINISME (*jakobiniçm*), s.m. Jacobinismo.
JACOBUS (*jakobüç*), s.m. Antiga moeda de ouro inglesa.
JACQUET (*jaké*), s.m. Gamão, esquilo.
JACTANCE (*jaktanç*), s.f. Jactância, presunção.
JACULATOIRE (*jakülatuar*), adj. Jaculatória.
JADE (*jad*), s.m. Jade.
JADIS (*jadiç*), adv. Outrora. Adj. De antigamente.
JAGUAR (*jaguar*), s.m. Jaguar.
JAILLIR (*jaiir*), v. i. Sair impetuosamente, jorrar. *Fig.* Desprender-se vivamente.
JAILLISSANT, E (*jaiiçan, t*), adj. Jorrante.
JAILLISSEMENT (*jaiiçman*), s.m. ou **JAILLISSURE** (*jaiiçür*), s.f. Jorro.
JAIS (*jé*), s. m. Azeviche. Pl.: *des jais.*
JALAGE (*jalaj*), s. m. Imposto sobre o vinho.
JALE (*jal*), s.f. Escudela, gamela.
JALET (*jale*), s.m. Seixo redondo, arremessado com besta.
JALON (*jalon*), s.m. Estaca, baliza de alinhamento. *Fig.* Primeiro passo em qualquer caminho.
JALONNEMENT (*jalonəman*), s. m. Alinhamento, balizagem.
JALONNER (*jalonê*), v. t. e i. Alinhar, demarcar.
JALONNEUR (*jalonĕr*), s.m. Balizador.
JALOUSEMENT (*jaluzman*), adv. Invejosamente.
JALOUSER (*jaluzê*), v.t. Invejar, ter ciúmes de.
JALOUSIE (*jaluzi*), s. f. Ciúme, inveja. *Arq.* Gelosia, rótula.
JALOUX, OUSE (*jalu, z*), adj. Ciumento, invejoso. *Fig.* Muito ligado a.
JAMAIS (*jamé*), adv. Jamais, nunca. *À jamais, pour jamais, à tout jamais*, loc. adv. Sempre, para sempre.
JAMBAGE (*janbaj*), s. f. Perna ou haste. de letras; pilastra, umbral da porta.
JAMBE (*janb*), s.f. Perna. *Courir* ou *s'enfuir à toutes jambes*, ir a toda a pressa. *Faire belle jambe*, expor sua superioridade física. *Prendre ses jambes à son cou*, correr muito. *Cela lui fait une belle jambe*, isso não vale grande coisa, isso não lhe trará grande proveito.
JAMBÉ, E (*janbê*), adj. *Bien, mal jambé*, que tem a perna bem ou mal feita.
JAMBETTE (*janbét*), s. f. Perna pequena. Canivete. Prumo.
JAMBIER, ÈRE (*janbiê, ér*), adj. *Anat.* Relativo a perna. S. f. Polaina; grevas.
JAMBON (*janbon*), s. m. Presunto.
JAMBONNEAU (*janbonô*), s.m. Pernil; nome de certos moluscos. Pl.: *des jambonneaux.*
JAMBOREE (*jam'bori*), s. m. Reunião internacional de escoteiros.
JAMBOSIER ou **JAMEROSIER** (*janbozié* ou *jamərozié*), s. m. Jamboeiro ou jambeiro.
JAN (*jan*), s. m. Tojo; as mesas do jogo de gamão.
JANGADA (*jangadá*), s.f. Jangada.
JANISSAIRE (*janiçér*), s.m. Janizaro.
JANSÉNISME (*jançêniçm*), s.m. Jansenismo.
JANSÉNISTE (*jançêniçt*), adj. e s.m. Jansenista.
JANTE (*jant*), s.f. Pina das rodas.
JANVIER (*janviê*), s.m. Janeiro.
JAPON (*japon*), s.m. Porcelana do Japão; papel de fibras de amoreira.
JAPONAIS, E (*japoné, z*), adj. e s. Japonês.
JAPONISANT (*japonizan*), s.m. O que estuda a língua japonesa.

JAPPANT, E (*japan, t*), adj. Que ladra.
JAPPEMENT (*japman*), s.m. Latido, ganido.
JAPPER (*japê*), v.i. Latir, ganir.
JAPPEUR, EUSE (*japër, ëz*), adj. e s. Ladrador.
JAQUE (*jake*), s. f. Gibão (Idade Média).
JAQUEMART (*jakmar*), s. m. Martelo do relógio de torre.
JAQUETTE (*jakét*), s. f. Fraque; casaquinho de senhora; vestido que usavam os meninos.
JAQUIER (*jakiê*), s.m. Jaqueira.
JAR ou **JARS** (*jar*), s. m. *Pop.* Gíria. *Entendre le jar*, ser muito hábil. *Dévider le jar*, falar gíria. Pl.: *des jars*.
JARDE (*jard*), s.f. Tumor caloso no jarrete do cavalo.
JARDIN (*jarden*), s. m. Jardim, horta, pomar, quintal. *Fig. Cultiver son jardin*, levar uma vida calma e retirada.
JARDINAGE (*jardinaj*), s.m. Jardinagem, horticultura; jaça do diamante.
JARDINER (*jardinê*), v.i. Jardinar.
JARDINET (*jardiné*), s.m. Jardinzinho.
JARDINEUX, EUSE (*jardinë, ëz*), adj. Pedra com jaça.
JARDINIER, ÈRE (*jardiniê, ér*), s. Jardineiro. Adj. Relativo ao jardim. S. f. Jardineira.
JARDINISTE (*jardiniçt*), s.m. Que desenha jardins; jardinista.
JARDON (*jardon*), s.m. V. **JARDE**.
JARGON (*jargon*), s.m. Linguagem estropiada, gíria de certos meios; diamante amarelo de valor inferior.
JARGONNER (*jargonê*), v. i. Falar gíria; grasnar.
JARRE (*jar*), s. f. Talha. S. m. Pêlo grosseiro misturado às peles dos animais.
JARRET (*jaré*), s. m. Jarrete, curvilhão; tortuosidade.
JARRETÉ, E (*jarətê*), adj. Quadrúpede que tem as patas traseiras viradas para dentro; superfície que tem irregularidade.
JARRETELLE (*jarətél*), s. f. Liga.
JARRETIÈRE (*jarətiér*), s. f. Liga, cordoame; amarração especial; ordem de cavalaria inglesa.
JARS (*jar*), s. m. Ganso. Pl.: *des jars*.
JAS (*ja*), s. m. *Mar.* Cepo de âncora. Pl.: *des jas*.
JASEMENT (*jazman*), s. m. Tagarelice.
JASER (*jazê*), v. i. Tagarelar. Por extensão: criticar, maldizer; trair seus segredos; chilrear, grulhar.
JASERAN ou **JASERON** (*jazran* ou *jazron*), s. m. Jazerão; cordão de ouro.
JASERIE (*jazri*), s. f. *Fam.* Tagarelice, murmúrio.
JASEUR, EUSE (*jazër, ëz*), adj. e s. Falador, tagarela.
JASMIN (*jaçmen*), s. m. Jasmineiro; jasmim; o perfume do jasmim.
JASPE (*jaçp*), s. m. Jaspe.
JASPER (*jaçpê*), v. t. Jaspear.
JASPINER ou **JASPILLER** (*jaçpinê* ou *jaçpiiê*), v. i. Tagarelar (em gíria). *Jaspiner bigorne*, falar em gíria.
JASPURE (*jaçpür*), s. f. Jaspeadura.
JATTE (*jat*), s. f. Escudela, tigela.
JATTÉE (*jatê*), s. f. Escudelada, tigelada.
JAUGE (*jôj*), s. f. Capacidade de um recipiente para medir; régua graduada; padrão; valado. *Mar.* Avaliação da capacidade de uma construção.
JAUGEAGE (*jôjaj*), s. m. Medição, arqueação.
JAUGER (*jôjê*), v. t. (Toma um *e* mudo depois do *g* antes de *a* e *o*: *il jaugea, nous jaugeons.*) Medir. *Fig.* Apreciar.
JAUGEUR (*jôjër*), s. m. Arqueador, aferidor.
JAUNATRE (*jônatr*), adj. Amarelado.
JAUNE (*jôn'*), adj. e s. Amarelo; operário simpatizante com as idéias patronais.
JAUNET, ETTE (*jôné, ét*), adj. Amarelado. S. m. *Pop.* Moeda de ouro. *Jaunet d'eau*, nenúfar amarelo.
JAUNIR (*jônir*), v. t. e i. Amarelar, tornar amarelo.
JAUNISSAGE (*jôniçaj*), s. m. Pintado de amarelo.
JAUNISSANT, E (*jôniçan, t*), adj. Que se torna amarelo.
JAUNISSE (*jôniç*), s. f. Icterícia.
JAUNISSEMENT (*jôniçman*), s. m. Amarelecimento.
JAVA (*javá*), s. f. Dança, espécie de valsa.
JAVANAIS, E (*javané, z*), adj. e s. Javanês.
JAVART (*javar*), s. m. Unheiro.
JAVEAU (*javô*), s. m. Monchão. Pl.: *des javeaux*.
JAVEL (EAU DE), ou **JAVELLE** (*ôdjavél* ou *javél*), s. f. Água de Javel.
JAVELAGE (*javlaj*), s. m. Engavelamento.
JAVELER (*javlê*), v. t. (Dobra o *l* antes de sílaba muda: *je javelle.*) Engavelar. V. i. Amarelecer ao sol.
JAVELEUR, EUSE (*javlër, ëz*), adj. e s. Engavelador. S. f. Ceifadeira que corta o trigo e põe-no em gavelas.
JAVELINE (*javlin'*), s. f. Dardo comprido; gavela pequena.
JAVELLE (*javél*), s. f. Pavela, manípulo, gavela.
JAVELLISATION (*javélizaçion*), s. f. Javelização.
JAVELLISER (*javélizê*), v. t. Juntar água de Javel para esterilizar a água.
JAVELOT (*javlô*), s. m. Dardo de arremesso.

JAZZ ou **JAZZ-BAND** (*jaz* ou *jazband*), s. m. Jazz.
JE (*jə*), pron. pess. Eu.
JEANNETTE (*janét*), s. f. Cruzinha de ouro. Tábua de engomar.
JECTISSE ou **JETISSE** (*jéktiç* ou *jətiç*), s. f. Terra remexida; pedra miúda.
JEEP (*jip*). s. f. Jipe.
JÉHOVISME (*jêoviçm*), s. m. Jeovismo.
JÉJUNUM (*jêjünóm'*), s. m. *Anat.* Jejuno.
JE-M'EN-FICHISME (*jəmanfichiçm*), s. m. inv. *Pop.* Despreocupação.
JE-NE-SAIS-QUOI ou **JE NE SAIS QUOI** (*jənəçékuá*), s. m. inv. Não-sei-que-diga.
JENNÉRIEN, ENNE (*jénêrien, én'*), adj. Jenneriano, antivariólico.
JENNY (*jéni*), s. f. Máquina de fiar algodão.
JÉRÉMIADE (*jêrêmiad*), s. f. Jeremiada.
JERSEY (*jérzé*), s. m. Jérsei.
JERSIAIS, E (*jérzié, z*), adj. De Jersey.
JÉSUITE (*jêzüit*), adj. e s. m. Jesuíta; hipócrita, astucioso.
JÉSUITIQUE (*jêzüitik*), adj. Jesuítico. *Fam.* Hipócrita, astucioso.
JÉSUITIQUEMENT (*jêzüitikman*), adv. Jesuiticamente.
JÉSUS (*jêzü*), s. m. Imagem do Menino Jesus. *Papier jésus,* formato de papel.
JET (*jé*), s. m. Jato, lance, arremesso. *Jet d'eau,* repuxo, esguicho. *Premier jet,* esboço.
JET (*djét*), s. m. Avião a jato.
JETAGE (*jətaj*), s. m. Corrimento nasal dos animais.
JETÉ (*jətê*), s. m. Passo de dança.
JETÉE (*jətê*), s. f. Quebramar, paredão.
JETER (*jətê*), v. t. (Dobra o *t* antes de sílaba muda: *je jetterai.*) Lançar, expelir, derramar, espargir, proferir. *Fig.* Brotar. *Jeter un coup d'œil,* olhar. **SE JETER**, v. pr. Precipitar-se lançar-se.
JETEUR, EUSE (*jətër, ëz*), s. Lançador.
JETON (*jəton*), s. m. Ficha, moeda. *Fam.* Pessoa idosa.
JEU (*jë*), s. m. Jogo, brincadeira. Peça de teatro (na Idade Média). *Jouer gros jeu,* arriscar muito. *Avoir beau jeu,* ter sorte. *Donner du jeu à,* facilitar, ajudar. *Cela n'est pas de jeu,* isso não está certo. Pl.: *des jeux.*
JEUDI (*jëdi*), s. m. Quinta-feira. *Pop. Semaine des quatre jeudis,* tempo que não chegará. *Jeudi absolu,* Quinta-feira santa.
JEUN (A) (*ajën*), loc. adv. Em jejum.
JEUNE (*jën'*), adj. Jovem, moço, novo, júnior.
JEÛNE (*jën*), s. f. Jejum, abstinência.
JEUNEMENT (*jënəman*), adv. *Fam.* Juvenilmente; recentemente.
JEÛNER (*jënê*), v. i. Jejuar.
JEUNESSE (*jënéç*), s. f. Juventude, mocidade. *Fig.* Vigor, frescura.
JEUNET, ETTE (*jëné, ét*), adj. *Fam.* Muito jovem.
JEÛNEUR, EUSE (*jënër, ëz*), s. Jejuador.
JIU-JITSU (*jüjitçü*), s. m. Jiu-jitsu.
JOAILLERIE (*jôaiiri*), s. f. Joalheria.
JOAILLIER, ÈRE (*jôaiiê, ér*), adj. e s. Joalheiro.
JOB (*jób*), s. m. Emprego remunerado. *Être pauvre comme Job,* ser pobre como Job, ser excessivamente pobre.
JOBARD (*jobar*), s. e adj. m. *Fam.* Tolo, ingênuo, palerma.
JOBARDER (*jobardê*), v. t. *Fam* Lograr, enganar.
JOBARDERIE ou **JOBARDISE** (*jobardəri* ou *jobardiz*), s. f. Parvoíce, credulidade extrema.
JOCKEY (*joké*), s. m. Jóquei.
JOCKO (*jokô*), s. m. Orangotango.
JOCRISSE (*jokriç*), s. m. Pateta, criado parvo e desastrado.
JOCRISSERIE (*jokriçri*), s. f. Parvoíce, patetice.
JODLER (*jodlê*), v. i. Cantar à tirolesa.
JOIE (*juá*), s. f. Alegria. Pl. Prazeres, gozos.
JOIGNANT, E (*juanhan, t*), adj. Contíguo. Prep. Perto de, próximo de.
JOINDRE (*juendr*), v. t. (Conjuga-se como *craindre.*) Juntar, unir, ligar; alcançar, reunir, associar. V. i. Unir-se.
JOINT, E (*juen, t*), adj. Unido, ligado, aproximado. S. m. Junta, articulação. *Fig.* e *fam. Trouver le joint,* achar a melhor maneira de resolver um negócio.
JOINTÉ, E (*juentê*), adj. V. **CORT-JOINTÉ, LONG-JOINTÉ**.
JOINTÉE (*juentê*), s. f. Punhado; o conteúdo da cavidade das duas mãos juntas.
JOINTIF, IVE (*juentif, iv*), adj. Ligado, unido pelos bordos. S. f. Tabique.
JOINTOIEMENT (*juentuaman*), s. m. Ação de unir as juntas das pedras.
JOINTOYER (*juentuaiê*), v. t. (Conjuga-se como *aboyer.*) Emboçar.
JOINTOYEUR (*juentuaiër*), adj. e s. m. Emboçador.
JOINTURE (*juentür*), s. f. Juntura, junta; ligação, articulação.
JOLI, E (*joli*), adj. e s. m. Bonito, belo.
JOLIESSE (*joliéç*), s. f. Beleza, formosura.
JOLIET, ETTE (*jolié, ét*), adj. Bonitinho, engraçadinho.
JOLIMENT (*joliman*), adv. Bem; agradavelmente. *Fam.* Muito, extremamente.
JOLIVETÉ (*jolivtê*), s. f. Bugiganga; gracinha; gentileza.
JONC (*jon*), s. m. Junco.
JONCACÉES (*jonkaçê*), s. f. pl. *Bot.* Juncáceas.
JONCER (*jonçê*), v. t. (O *c* toma uma

cedilha antes de *a* e *o*: *il jonça, nous jonçons.*) Empalhar com junco.

JONCHÉE *(jonchê)*, s. f. Juncada; queijo fresco.

JONCHEMENT *(jonchman)*, s. m. Juncamento.

JONCHER *(jonchê)*, v. t. Juncar, espalhar em grande quantidade.

JONCHÈRE ou **JONCHERAIE** *(jonchér* ou *jonchəré)*, s. f. Tufo de juncos.

JONCHETS *(jonché)*, s. m. pl. Pauzinhos de jogar.

JONCTION *(jonkçion)*, s. f. Junção, reunião.

JONGLER *(jonglê)*, v. i. Fazer habilidades, jogos malabarísticos.

JONGLERIE *(jongləri)*, s. f. Habilidades, malabarismos. *Fig.* Hipocrisia.

JONGLEUR *(jonglĕr)*, s. m. Jogral (na Idade Média); malabarista, escamoteador.

JONQUE *(jonk)*, s. f. Junco chinês.

JONQUILLE *(jonkii)*, s. f. Junquilho.

JOSEPH *(jozéf)*, adj. e s. m. Papel fino e transparente.

JOTA *(jotá)*, s. f. Jota (dança).

JOUABLE *(juabl)*, adj. Representável; executável.

JOUAILLER *(juaiê)*, v. i. *Fam.* Jogar fraco; tocar mal um instrumento.

JOUE *(ju)*, s. f. Face, bochecha; parte lateral da cabeça de um animal. *Mettre, coucher en joue*, visar, fazer mira.

JOUÉE *(juê)*, s. f. Espessura da parede.

JOUER *(juê)*, v. i. e t. Brincar, recrear-se; tocar. *Fig.* Funcionar; enganar; expor, representar; simular; imitar. **SE JOUER**, v. pr. Divertir-se, zombar. *Fig. Se jouer des lois*, desprezar as leis. *Se jouer de quelqu'un*, enganar alguém. *Se jouer à quelqu'un*, atacar alguém.

JOUET *(jué)*, s. m. Brinquedo. *Fig.* Joguete; pessoa da qual se zomba.

JOUEUR, EUSE *(juĕr, ëz)*, s. Jogador, brincalhão, tocador, saltimbanco.

JOUFFLU, E *(juflü)*, adj. *Fam.* Bochechudo.

JOUG *(jug)*, s. m. Canga. *Fig.* Jugo, cativeiro, dominação; braço de uma balança.

JOUGOSLAVE *(jugoçlav)*, adj V. **YOUGOSLAVE.**

JOUIR *(juir)*, v. i. Gozar, desfrutar, possuir.

JOUISSANCE *(juíçanç)*, s. f. Gozo, posse; prazer; usufruto.

JOUISSEUR, EUSE *(juíçĕr, ëz)*, s. Pessoa que gosta de prazeres materiais.

JOUJOU *(juju)*, s. m. *Fam.* Brinquedo. *Faire joujou*, brincar. Pl.: *des joujoux.*

JOUR *(jur)*, s. m. Dia, luz, claridade; época; circunstância; abertura, fresta. Pl. Vida. *Fig.* Juventude; prosperidade. *Se faire jour*, mostrar-se. *De deux jours, l'un*, dia sim, dia não. *Mettre à jour*, pôr em dia. *Voir le jour*, nascer. *À chaque jour suffit sa peine*, para cada dia basta sua pena. *Donner ses huit jours à*, despedir, mandar embora. *Donner le jour à*, dar nascimento a. *Vivre au jour le jour*, viver o dia de hoje sem preocupar-se com o futuro. Loc. adv.: *Jour pour jour*, exatamente, no mesmo dia; *un jour ou l'autre*, mais cedo ou mais tarde; *du jour au lendemain*, da noite para o dia.

JOURNAL *(jurnal)*, s. m. Jornal, periódico, diário. Pl.: *des journaux.*

JOURNALIER, ÈRE *(jurnaliê, ér)*, adj. Diário, quotidiano. *Fig.* Incerto. S. m. Jornaleiro.

JOURNALISME *(jurnaliçm)*, s. m. Jornalismo.

JOURNALISTE *(jurnaliçt)*, s. m. Jornalista.

JOURNALISTIQUE *(jurnaliçtik)*, adj. Jornalístico.

JOURNÉE *(jurnê)*, s. f. Dia; jornada, salário de um dia. *Toute la sainte journée*, todo santo dia; o dia inteiro.

JOURNELLEMENT *(jurnélman)*, adv. Diariamente, habitualmente.

JOUTE *(jut)*, s. f. Justa, torneio. *Fig.* Luta, rivalidade.

JOUTER *(jutê)*, v. i. Lutar com lança e cavalo. *Fig.* Disputar a alguém um sucesso.

JOUTEUR *(jutĕr)*, s. m. Justador, competidor.

JOUTEUR *(jutër)*, s. m. Justador, competidor.

JOUVENCE *(juvanç)*, s. f. Juventude.

JOUVENCEAU *(juvançô)*, s. m. Adolescente. Pl.: *des jouvenceaux.*

JOUVENCELLE *(juvançél)*, s. f. Donzela, jovem.

JOUXTE *(jukçt)*, prep. *Ant.* Perto.

JOUXTER *(jukçtê)*, v. t. Tocar, aproximar.

JOVIAL, E, AUX *(jovial, ô)*, adj. Jovial, alegre.

JOVIALEMENT *(jovialman)*, adv. Jovialmente.

JOVIALITÉ *(jovialitê)*, s. f. Jovialidade.

JOVIEN, ENNE *(jovien, én')*, adj. Relativo a Júpiter.

JOYAU *(juaiô)*, s. m. Jóia. Pl.: *des joyaux.*

JOYEUSEMENT *(juaiëzman)*, adv. Alegremente.

JOYEUSETÉ *(juaiëztê)*, s. f. *Fam.* Chiste, graça.

JOYEUX, EUSE *(juaië, ëz)*, adj. Alegre, jovial.

JUBARTE *(jübart)*, s. f. Tipo de baleia.

JUBÉ *(jübê)*, s. m. Tribuna de igreja entre a nave e o coro.

JUBILAIRE *(jubilér)*, adj. Jubilar.

JUBILANT, E (*jübilan, t*), adj. Que jubila.
JUBILATION (*jübilaçion*), s. f. *Fam.* Jubilação, alegria.
JUBILATOIRE (*jübilatuar*), adj. Que jubila.
JUBILÉ (*jübilê*), s. m. Jubilado, jubilar, jubileu.
JUBILER (*jübilê*), v. i. *Fam.* Encher-se de júbilo.
JUCHÉE (*jüchê*), s. f. Poleiro para faisões.
JUCHER (*jüchê*), v. i. Empoleirar-se. *Fig.* Morar muito alto. V. i. Colocar muito alto. **SE JUCHER**, v. pr. Empoleirar-se.
JUCHOIR (*jüchuar*), s. m. Poleiro.
JUDAÏQUE (*jüdaik*), adj. Judaico.
JUDAÏSER (*jüdaizê*), v. i. Judaizar; interpretar judaicamente.
JUDAÏSME (*jüdaiçm*), s. m. Judaísmo.
JUDAS (*jüdá*), s. m. Postigo. Pl.: *des judas.*
JUDELLE (*jüdél*), s. f. Galinha-d'água.
JUDICATURE (*jüdikatür*), s. f. Judicatura.
JUDICIAIRE (*jüdiçiér*), adj. Judiciário. S. f. Faculdade de apreciar.
JUDICIAIREMENT (*jüdiçiérman*), adv. Judicialmente.
JUDICIEUSEMENT (*jüdiçiëzman*) adv. Judiciosamente.
JUDICIEUX, EUSE (*jüdiçië, ëz*), adj. Judicioso.
JUDO (*judô*), s. m. Judô.
JUGAL, E, AUX (*jügal, ô*), adj. *Anat.* Facial.
JUGE (*jüj*), s. m. Juiz, árbitro; julgador. *Esp. Juge de touche,* juiz de linha, bandeirinha (futebol).
JUGÉ (*jüjê*), adj. e s. m. Julgado.
JUGEABLE (*jüjabl*), adj. Julgável.
JUGEMENT (*jüjman*), s. m. Julgamento, opinião, sentimento, senso, discernimento.
JUGEOTE (*jüjót*), s. f. *Fam.* Julgamento, bom senso.
JUGER (*jüjê*), v. t. e i. (Toma um *e* mudo depois do g antes de *a* e *o*: *il jugea, nous jugeons.*) Julgar, sentenciar; decidir, apreciar, emitir opinião. S. m. Raciocínio, razão.
JUGEUR, EUSE (*jüjër, ëz*), s. Julgador leviano.
JUGLANDACÉES (*jüglandacê*), s. f. pl. *Bot.* Juglandiáceas.
JUGULAIRE (*jügülér*), adj. Jugular. S. f. Francalete.
JUGULER (*jügülê*), v. t. Degolar. *Fig.* Atormentar, aborrecer; sufocar; parar o desenvolvimento de (pouco usado).
JUIF, IVE (*jüif, iv*), adj. e s. Judeu.
JUILLET (*jüié*), s. m. Julho.
JUIN (*jüen*), s. m. Junho.
JUIVERIE (*jüivəri*), s. f. Judiaria.
JUJUBE (*jüjüb*), s. m. Jujuba.
JUJUBIER (*jüjübiê*), s. m. Jujubeira.
JULEP (*jülép*), s. m. Julepo.
JULIEN, ENNE (*jülien, én'*), adj. Juliano. S. f. Goivo; sopa de legumes.
JUMEAU, ELLE (*jümô, él*), adj. e s. Gêmeo. Pl.: *des jumeaux, elles.*
JUMELAGE (*jüməlaj*), s. m. Emparelhamento.
JUMELÉ, E (*jüməlê*), adj. Geminado, duplo.
JUMELER (*jüməlê*), v. t. (Dobra o *l* antes de sílaba muda: *je jumelle.*) Emparelhar. *Mar.* Chumear.
JUMELLES (*jümél*), s. f. pl. Reunião de peças perfeitamente iguais. Binóculo (neste sentido, emprega-se também no sing.).
JUMENT (*jüman*), s. f. Égua.
JUMPING (*jënpeng*), s. m. Salto de obstáculos.
JUNGLE (*jongl*), s. f. Jângal.
JUNIOR (*jüniór*), adj. m. Caçula.
JUNONIEN, ENNE (*jünonien, én'*), adj. Relativo a Juno.
JUNTE (*jont* ou *jënt*), s. f. Junta.
JUPE (*jüp*), s. f. Saia; aba.
JUPITÉRIEN, ENNE (*jüpitêrien, én'*), adj. Jupiteriano.
JUPON (*jüpon*), s. m. Saia de baixo. *Fam.* Mulher ou moça.
JURASSIEN, ENNE (*jüraçien, én'*), adj. e s. Natural do Jura.
JURAT (*jurá*), s. m. *Ant.* Nome de certos magistrados municipais.
JURATOIRE (*jüratuar*), adj. *Dir.* Juratório.
JURÉ, E (*jürê*), adj. Jurado, ajuramentado. *Fam.* Que tem uma superioridade em seu gênero. S. m. Jurado, membro de júri. *Ennemi juré,* inimigo figadal.
JUREMENT (*jürman*), s. m. Juramento; blasfêmia.
JURER (*jürê*), v. t. Jurar, prometer. V. i. Fazer juras; blasfemar; discordar.
JUREUR (*jürër*), s. m. Jurador (pouco usado).
JURIDICTION (*jüridikçion*), s. f. Jurisdição.
JURIDICTIONNEL, ELLE (*jüridikçionél*), adj. Jurisdicional.
JURIDIQUE (*jüridik*), adj. Jurídico.
JURIDIQUEMENT (*jüridikman*), adv. Juridicamente.
JURISCONSULTE (*jüriçkonçült*), s. m. Jurisconsulto.
JURISPRUDENCE (*jüriçprüdanç*), s. f. Jurisprudência.
JURISPRUDENTIEL, ELLE (*jüriçprüdançiél*), adj. Jurisprudencial.
JURISTE (*jüriçt*), s. m. Jurista.
JURON (*jüron*), s. m. Praga, blasfêmia.
JURY (*jüri*), s. m. Júri.
JUS (*jü*), s. m. Suco, sumo; café preto (gíria militar). Pl.: *des jus.*
JUSANT (*jüzan*), s. m. Vazante.
JUSQUE (*jüçk*), prep. Até. *Jusqu'à ce que,* loc. conj. Até que.

JUSSION (*jüçion*), s. f. Ordem ou mandado real.

JUSTAUCORPS (*jüçtôkór*), s. m. Gibão. Pl.: *des justaucorps.*

JUSTE (*jüçt*), adj. Justo, eqüitativo, razoável, legítimo, exato, estreito. S. m. Justo. Adv. Justamente. *Au juste,* loc. adv. Exatamente.

JUSTEMENT (*jüçtəman*), adv. Justamente, precisamente.

JUSTE-MILIEU (*jüçtəmilië*), s. m. Meio-termo.

JUSTESSE (*jüçtéç*), s. f. Justeza, exatidão. *De justesse,* loc. adv. Por pouco.

JUSTICE (*jüçtiç*), s. f. Justiça; razão, jurisdição. *Faire justice de,* condenar. *Un repris de justice,* um reincidente. *Se faire justice,* vingar-se. *Bois de justice,* cadafalso.

JUSTICIABLE (*jüçtiçiabl*), adj. e s. Julgável; sujeito à jurisdição de.

JUSTICIER (*jüçtiçiê*), adj. m. e s. Justiceiro. V. t. (Conjuga-se como *prier.*) Justiçar.

JUSTIFIABLE (*jüçtifiabl*), adj. Justificável.

JUSTIFIANT, E (*jüçtifian, t*), adj. Justificante.

JUSTIFICATEUR, TRICE (*jüçtifikatër, triç*), adj. Justificador.

JUSTIFICATIF, IVE (*jüçtifikatif, iv*), adj. Justificativo.

JUSTIFICATION (*jüçtifikaçion*), s. f. Justificação.

JUSTIFIER (*jüçtifiê*), v. t. (Conjuga-se como *prier.*) Justificar, provar. *Fig.* Legitimar. V. i. *Justifier de,* dar a prova de. **SE JUSTIFIER**, v. pr. Provar sua inocência.

JUTE (*jüt*), s. m. Juta.

JUTER (*jütê*), v. i. *Fam.* Dar suco.

JUTEUX, EUSE (*jütë, ëz*), adj. Sumarento. S. m. Ajudante (gíria militar).

JUVÊNILE (*juvênil*), adj. Juvenil.

JUVÊNILITÉ (*jüvênilitê*), s. f. Juvenilidade.

JUXTALINÉAIRE (*jükçtalinêér*), adj. Justalinear.

JUXTAPOSER (*jükçtapozê*), v. t. Justapor.

JUXTAPOSITION (*jükçtapoziçion*), s. f. Justaposição.

K

K (*ka* ou *kə*), s. m. Décima primeira letra do alfabeto.
KABYLE (*kabil*), adj. e s. Cabila.
KAISER (*kaizér*), s. m. Kaiser.
KAKI (*kaki*), s. m. Caqui.
KAKI ou **KHAKI** (*kaki*), adj. Cáqui.
KALÉIDOSCOPE (*kaléidoçkóp*), s. m. Caleidoscópio.
KAN ou **KHAN** (*kan*). s. m. Cã. Mercado público no Oriente.
KANGOUROU (*kanguru*), s. m. Canguru.
KANTIEN, ENNE (*kantien, én'*), adj. Kantiano.
KANTISME (*kantiçm*), s. m. Kantismo.
KANTISTE (*kantiçt*), s. Kantista.
KAOLIN (*kaolen*), s. m. Caulim.
KAOLINISATION (*kaolinizaçion*), s. f. Caulinização.
KAPPA (*kapá*), s. m. Capa (letra grega).
KARATÉ (*karatê*), s. m. Caratê.
KARPATIQUE (*karpatik*), adj. Dos Cárpatos.
KAYAC (*kaiak*), s. m. Caiaque ou caique.
KÉPI (*kêpi*), s. m. Quépi.
KERMESSE (*kérméç*), s. f. Quermesse.
KÉROSÈNE (*kêrozén'*), s. m. Querosene.
KHÉDIVE (*kêdiv*), s. m. Quediva.
KIDNAPPER (*kidnapê*), v. t. Raptar.
KILO (*kilô*), abrev. de **KILOGRAMME.**
KILOGRAMME (*kilogram'*), s. m. Quilograma.
KILOMÈTRE (*kilométr*), s. m. Quilômetro.
KILOMÉTRER (*kilomêtrê*), v. t. (Conjuga-se como *accélérer*.) Quilometrar.
KILOMÉTRIQUE (*kilomêtrik*), adj. Quilométrico.
KILOWATT (*kilouat*), s. m. Quilowatt.
KILOWATT-HEURE (*kilouat'ër*), s. m. Quilowatt-hora. Pl.: *des Kilowatts-heure.*
KIMONO (*kimonô*), s. m. Quimono.
KIOSQUE (*kióçk*), s. m. Quiosque.
KLAXON (*klakçon*), s. m. Buzina.
KLAXONNER (*klakçonê*), v. i. Buzinar.
KLEPTOMANE (*kléptoman'*), adj. Cleptomaníaco.
KLEPTOMANIE (*kléptomani*), s. f. V.
KLIPPER (*klipér*), s. m. *Mar.* V. **CLIPPER.**
KOPECK ou **COPECK** (*kopék*), s. m. Copeque.
KRACH (*krak*), s. m. Falência, derrota financeira.
KREUTZER (*krëtçér*), s. m. Antiga moeda alemã.
KRYPTON (*kripton*), s. m. Cripton.
KSI (*kçi*), s. m. Csi.
KYRIELLE (*kiriél*), s. f. Ladainha.
KRYPTON (*kripton*), s. m. Crípton.
KYSTE (*kiçt*). s. m. Quisto.
KYSTEUX, EUSE (*kiçtë, ëz*), adj. Quistoso.

L

L (*él* ou *lə*), s. m. ou f. Décima segunda letra do alfabeto.
LA (*la*), art. f. s. A. S. m. Lá.
LÀ (*la*), adv. Lá, aí. Loc. adv.: *De là*, deste lugar; *par là*, por este meio. Interj. Eis aí! *Là là*, empregado para consolar.
LABADENS (*labaden*), s. m. *Fam*. Camarada de colégio. Pl.: *des labadens*.
LABARUM (*labaróm'*), s. m. Lábaro.
LABEL (*labél*), s. m. Marca posta por certos sindicatos nos trabalhos de seus sócios.
LABELLE (*labél*), s. m. Labelo.
LABEUR (*labĕr*), s. m. Labor, trabalho penoso. *Tip*. Trabalho de fôlego.
LABIACÉES (*labiaçê*), s. f. pl. Labiáceas.
LABIAL, E, AUX (*labial, ô*), adj. Labial.
LABIÉ, E (*labiê*), adj. Labiado.
LABILE (*labil*), adj. Sujeito a cair, lábil.
LABORANTIN, E (*laboranten, in'*), s. Assistente de laboratório.
LABORATOIRE (*laboratuar*), s. m. Laboratório.
LABORIEUSEMENT (*laboriëzman*), adv. Laboriosamente.
LABORIEUX, EUSE (*laboriё, ëz*), adj. Laborioso, penoso.
LABOUR (*labur*), s. m. Lavoura, terra lavrada.
LABOURABLE (*laburabl*), adj. Arável, cultivável.
LABOURAGE (*laburaj*), s. m. Lavragem, maneira de lavrar o solo.
LABOURER (*laburê*), v. t. Lavrar, arar; abrir sulcos. *Fig*. Fatigar-se muito. *Mar*. *Labourer le fond*, tocar o fundo com a quilha ou a âncora.
LABOUREUR (*laburĕr*), s. m. Lavrador, agricultor.
LABRE (*labr*), s. m. Labro.
LABYRINTHE (*labirent*), s. m. Labirinto. *Fig*. Complicação. *Anat*. Labirinto (da orelha).
LABYRINTHODONTE (*labirentodont*), s. m. Labirintodonte.
LAC (*lak*), s. m. Lago. Pl.: *des lacs*.
LAÇAGE ou **LACEMENT** (*laçaj* ou *laçəman*), s. m. Enlaçamento.
LACÉ (*laçê*), s. m. Entrelaçamento de grãos de vidro, nos lustres.
LACER (*laçê*), v. t. (O *c* toma uma cedilha antes de *a* e *o*: *il laça, nous laçons*.) Laçar. *Mar*. Envergar uma vela.
LACÉRATION (*laçêraçion*), s. f. Laceração.
LACÉRER (*laçêrê*), v. t. (Conjuga-se como *accélérer*.) Dilacerar, rasgar.
LACERIE ou **LASSERIE** (*laçri*), s. f. Tecido fino de palha ou vime.
LACERON (*laçron*), s. m. V. **LAITERON**.
LACERTIENS ou **LACERTILIENS** (*laçértien* ou *laçértilien*), s. m. pl. Lacertílios.
LACET (*laçé*), s. m. Cordão; ziguezague; rede para caça; lacete; corda de enforcado na Turquia.
LACEUR, EUSE (*laçĕr, ëz*), s. Redeiro, fabricante de redes.
LÂCHAGE (*lachaj*), s. m. Largada. *Fig*. e *fam*. Abandono.
LÂCHE (*lach*), adj. e s. Frouxo.
LÂCHÉ, E (*lachê*), adj. Feito negligentemente, imperfeito.
LÂCHEMENT (*lachman*), adv. Molemente, covardemente.
LÂCHER (*lachê*), v. t. Afrouxar, soltar, disparar. *Fig*. e *fam*. Abandonar. *Fig*. *Lâcher pied*, fugir.
LÂCHER (*lachê*), s. m. Largada.
LÂCHETÉ (*lachtê*), s. f. Covardia; negligência; vileza.
LÂCHEUR, EUSE (*lachĕr, ëz*), s. *Fam*. Que abandona os protegidos.
LACINIÉ, E (*laçiniê*), adj. *Bot*. Laciniado, recortado.
LACIS (*laçi*), s. m. Rede de fios entrelaçados. Pl.: *des lacis*.
LACONIQUE (*lakonik*), adj. Lacônico.
LACONIQUEMENT (*lakonikman*), adv. Laconicamente.
LACONISME (*lakoniçm*), s. m. Laconismo.
LACRYMAL, E, AUX (*lakrimal, ô*), adj. Lacrimal.
LACRYMATOIRE (*lakrimatuar*), s. m. Lacrimatório.
LACRYMOGÈNE (*lakrimojén'*), adj. Lacrimogêneo.
LACS (*la*), s. m. Cordão; laço, nó corredio. *Fig*. Cilada. *Tomber dans le lacs*, cair no laço, na cilada. Pl.: *des lacs*.
LACTAIRE (*laktér*), adj. Lactário. S. m. Cogumelo da família das agaricíneas.
LACTARIUM (*laktarióm'*), s. m. Lactário. Pl.: *des lactariums*.
LACTASE (*laktaz*), s. f. Lactase.
LACTATE (*laktat*), s. m. *Quím*. Lactato.
LACTATION (*laktaçion*), s. f. Lactação.
LACTÉ, E (*laktê*), adj. Lácteo, leitoso. *Astron*. *Voie-lactée*, Via-láctea.
LACTESCENCE (*laktéçanç*), s. f. Lactescência.
LACTESCENT, E (*laktéçan, t*), adj. Lac-

tescente.

LACTIFÈRE (*laktifér*), adj. Lactífero.

LACTIQUE (*laktik*), adj. *Quím.* Lático.

LACTO-DENSIMÈTRE (*laktodançimétr*), s. m. Lactodensímetro.

LACTOMÈTRE (*laktométr*), s. m. Lactômetro.

LACTOSE (*laktôz*), s. m. Lactose.

LACTUCARIUM (*laktükarióm'*), s. m. Lactucário.

LACUNE (*lakün'*), s. m. Lacuna, omissão; parte inferior do casco do cavalo.

LACUNEUX, EUSE (*lakünë, ëz*), adj. Lacunoso.

LACUSTRE (*laküçtr*), adj. Lacustre.

LAD (*lad*), s. m. Moço de cavalariça.

LADANUM (*ladanóm'*), s. m. Ládano.

LADIN (*laden*), s. m Ladino.

LADRE (*ladr*), adj. e s. Leproso; gafeirento. *Fig.* Insensível, avarento.

LADRERIE (*ladrəri*), s. f. Antigo nome da lepra; hospital de leprosos; doença do porco. *Fig.* e *fam.* Avareza.

LADY (*lédi*), s. f. Senhora de lorde ou baronete. Pl.: *des ladies.*

LAGAN (*lagan*), s. m Privilégio que tinha o senhor de apropriar-se de objetos trazidos pelo mar.

LAGON (*lagon*), s. m. Lago de água salgada; laguna de praia.

LAGOPÈDE (*lagopéd*), s. m. Lagópode.

LAGOTRICHE ou **LAGOTRIX** (*lagotrich* ou *lagotrikç*), s. m. Macaco da América do Sul.

LAGUIS (*laghiç*), s. m. Corda com nó corredio.

LAGUNE (*lagün'*), s. f. Laguna.

LAI (*lé*), s. m. Poema da Idade Média. Pl.: *des lais.*

LAI, E (*lé*), adj. e s. Leigo, secular.

LAÏC(*laík*), s. e adj. m. V. **LAÏQUE.**

LAICHE (*léch*), s. f. Carriço.

LAÏCISATION (*laiçizaçion*), s. f. Laicização.

LAÏCISER (*laiçizê*), v. t. Laicizar.

LAÏCISME (*laiçiçm*), s. m. Laicismo.

LAÏCITÉ (*laiçitê*), s. f. Laicidade.

LAID, E (*lé, d*), adj. Disforme, feio. *Fig.* Inconveniente.

LAIDEMENT (*lédman*), adv. Friamente.

LAIDERON (*lédəron*), s. f. ou m. Mulher feia.

LAIDEUR (*léděr*), s. f. Fealdade, deformidade.

LAIE (*lé*), s. f. Javalina; picada aberta na floresta; escola; caixa das válvulas de um órgão.

LAINAGE (*lénaj*), s. m. Lã, lanifício; perchamento.

LAINE (*lén'*), s. f. Lã; roupa de lã. *Fig. Bas de laine,* pé-de-meia. *Se laisser manger la laine sur le dos,* deixar-se tosquiar sem resistir.

LAINER (*lénê*), v. t. Perchar. S. m. Negociante de lã; operário que trabalha em lã.

LAINEUR, EUSE (*léněr, ëz*), s. Aquele que percha. S. f. Máquina de perchar.

LAINEUX, EUSE (*lénë, ëz*), adj. Lanoso, lanudo.

LAINIER, ÈRE (*lénié, ér*), adj. Lanar. S. Comerciante em lãs. Operário que fabrica lã.

LAÏQUE ou **LAÏC, ÏQUE** (*laík*), adj. e s. Leigo.

LAIRD (*lér*), s. m. Senhor de um solar.

LAIS (*lé*), s. m. Rebento preservado do corte. O que o mar ou rio acrescentam a um terreno.

LAISSE (*léç*), s. f. Correia. *Fig. Mener en laisse,* conduzir, levar segundo a sua vontade. Terreno deixado a descoberto em cada maré; terreno de aluvião à margem do rio. Copla de canção de gesta.

LAISSÉES (*léçê*), s. f. pl. Esterco de javali e outros animais selvagens.

LAISSER (*léçê*), v. t. Deixar, abandonar; esquecer; confiar, reservar; perder. *Ne pas laisser que de,* na verdade.

LAISSER-ALLER (*léçêalê*), s. m. Desleixo, negligência; facilidade em ceder.

LAISSER-COURRE ou **LAISSE-COURRE** (*léçêkur* ou *léçkur*), s. m. Momento de desatrelar os cães.

LAISSEZ-PASSER (*léçêpaçê*), s. m. inv. Livre trânsito dado por escrito.

LAIT (*lé*), s. m. Leite. *Lait de poule,* gemada. *Fam. Boire du lait,* experimentar viva satisfação.

LAITAGE (*létaj*), s. m. Lacticínio.

LAITANCE ou **LAITE** (*létanç* ou *lét*), s. f. Láctea.

LAITÉ, E (*lété*), adj. Provido de láctea (peixes).

LAITERIE (*létəri*), s. f. Leiteria, queijaria.

LAITERON (*letəron*), s. m. *Bot.* Serralha.

LAITEUX, EUSE (*létë, ëz*), adj Leitoso.

LAITIER, ÈRE (*létié, ér*), adj. e s. Leiteiro. S. m. Escória de metais em fusão.

LAITON (*léton*), s. m. Latão.

LAITONNER (*létonê*), v. t. Guarnecer com fios de latão.

LAITUE (*létü*), s. f. Alface.

LAÏUS(*laiüç*), s. m. Discurso. Pl.: *des laïus.*

LAIZE ou **LAISE** (*léz*), s. f. Largura do pano. Espécie de guipur.

LAMA (*lamá*), s. m. Lama (sacerdote de Buda). S. f. Lhama.

LAMAÏSME (*lamaiçm*), s. m. Lamaísmo.

LAMAÏSTE (*lamaiçt*), s. Lamaísta.

LAMANAGE (*lamanaj*), s. m. Pilotagem de barra.

LAMANEUR (*lamaněr*), s. m. Piloto de barra.

LAMARTINIEN, ENNE (*lamartinien, én'*), adj. Lamartiniano.
LAMASERIE (*lamazri*). s. f. Convento de lamas do Tibé.
LAMBDA (*lambdá*), s. m. Lambda (décima primeira letra do alfabeto grego).
LAMBDACISME (*lambdaçiçm*), s. m. Lambdacismo.
LAMBEAU (*lanbô*), s. m. Farrapo, trapo. Fig. Fragmento. Pl.: *des lambeaux.*
LAMBEL (*lanbél*), s. m. Lambel.
LAMBIC ou **LAMBICK** (*lambik*), s. m. Cerveja forte da Bélgica.
LAMBIN, E (*lanben, in'*), adj. e s. Vagaroso.
LAMBINER (*lanbinê*), v. i. *Fam.* Agir lentamente, perder tempo.
LAMBOURDE (*lanburd*), s. f. Barrote, viga. Rebento de árvore.
LAMBREQUIN (*lanbrəken*), s. m. Lambrequim.
LAMBRIS (*lanbri*), s. m. Lambril, revestimento de teto. Pl.: *des lambris.*
LAMBRISSAGE (*lanbriçaj*), s. m. Montagem de obra de lambril.
LAMBRISSEMENT (*lambriçman*), s. m. Lambrisamento.
LAMBRISSER (*lanbriçê*), v. t. Lambrisar.
LAMBRUCHE ou **LAMBRUSQUE** (*lanbrüch* ou *lanbrüçk*), s. m. Videira brava.
LAME (*lam'*), s. f. Lâmina; onda, vaga.
LAMÉ, E (*lamê*), adj. Chapeado de lâminas.
LAMELLAIRE (*lamélér*), adj. Lamelar.
LAMELLE (*lamél*), s. f. Lamínula.
LAMELLÉ, E ou **LAMELLEUX, EUSE** (*lamélê* ou *lamélë, ëz*), adj. Laminado.
LAMELLIFORME (*lamélifórm*), adj. Lameliforme.
LAMENTABLE (*lamantabl*), adj. Lamentável, lastimoso.
LAMENTABLEMENT (*lamentabləman*), adv. Lamentavelmente.
LAMENTATION (*lamantaçion*), s. f. Lamentação, lamento.
LAMENTER (*lamentê*), v. i. Gritar (falando-se do crocodilo). **SE LAMENTER**, v. pr. Queixar-se, lastimar-se.
LAMENTO (*laméntô*), s. m. Queixume.
LAMIE (*lami*), s. f. Lâmina, monstro ou demônio fabuloso. Tipo de tubarão.
LAMINAGE (*laminaj*), s. m. Laminagem ou laminação.
LAMINAIRE (*laminér*), s. f. Laminária.
LAMINER (*laminê*), v. t. Laminar.
LAMINERIE (*laminəri*), s. f. Fábrica de laminação.
LAMINEUR (*laminër*), s. m. Laminador.
LAMINEUX, EUSE (*laminë, ëz*), adj. Laminoso ou laminar. *Anat. Tissu lamineux,* tecido celular.
LAMINOIR (*laminuar*), s. m. Laminador.
LAMPADAIRE (*lanpadér*), s. m. Lampadário.
LAMPANT, E (*lanpan, t*), adj. Azeite purificado.
LAMPAS (*lanpá* ou *lanpaç*), s. m. *Pop.* Goela. Fava. Tecido de seda. Pl.: *des lampas.*
LAMPASSÉ, E (*lanpaçê*), adj. *Heráld.* Quadrúpede de língua de um esmalte particular.
LAMPE (*lanp*), s. f. Lâmpada; candeeiro; candeia.
LAMPÉE (*lanpê*), s. f. *Pop.* Longo trago.
LAMPER (*lanpê*), v. t. Beber avidamente a tragos.
LAMPERON (*lanpəron*), s. m. Lamparina de igreja.
LAMPION (*lanpion*), s. m. Tigelinha de luminárias; tricórnio. *Pop.* Lanterna veneziana.
LAMPISTE (*lanpiçt*), s. Lampadeiro; encarregado de iluminação. *Fam.* Empregado subalterno.
LAMPISTERIE (*lanpiçtəri*), s. f. Indústria, comércio de artigos de iluminação; lugar onde se guarda e conserta aparelhos de iluminação.
LAMPROIE (*lanpruá*), s. f. Lampreia.
LAMPYRE (*lanpir*), s. m. Pirilampo.
LANÇAGE (*lançaj*), s. m. V. **LANCEMENT.**
LANCE (*lanç*), s. f. Lança; agulheta de madeira; soldado armado de lança; espátula; instrumento de ferro para reconhecer a natureza de um terreno.
LANCE-BOMBES, LANCE-FLAMMES, LANCE-FUSÉES, LANCE-GRENADES (*lanç-bonb, -flam', -füzê, -grənad*), s. m. inv. *Mil.* Aparelhos para lançar bombas, líquidos inflamados, foguetes e granadas.
LANCÉE (*lançê*), s. f. Lançamento.
LANCEMENT ou **LANÇAGE** (*lançman* ou *lançaj*), s. m. Lançamento.
LANCÉOLÉ, E (*lançêolê*), adj. *Bot.* Lanceolado.
LANCE-PIERRES (*lançpiér*), s. m. inv. Atiradeira.
LANCER (*lançê*), v. t. (O *c* toma uma cedilha antes de *a* e *o*: *il lança, nous lançons.*) Lançar, dardejar; aplicar, arremessar, pôr em ação. *Fig.* Emitir, anunciar, publicar. **SE LANCER**, v. pr. Entrar. S. m. Largada.
LANCETTE (*lançét*), s. f. Lanceta. *Ogive à lancette,* ogiva de forma alongada.
LANCEUR, EUSE (*lançër, ëz*), s. Lançador.
LANCIER (*lançiê*), s. m. Lanceiro.
LANCINANT, E (*lançinan, t*), adj. Lancinante.
LANCINATION (*lançinaçion*), s. f. ou **LANCINEMENT** (*lançinəman*), s. m. Dor aguda (pouco usado).
LANCINER (*lançinê*), v. i. Lancinar, pungir.

LANDAIS, E (*landé, z*), adj. e s. Landês.
LANDAU (*landô*), s. m. Carruagem de quatro rodas.
LANDAULET (*landôlé*), s. m. Pequena carruagem.
LANDE (*land*), s. f. Landa, charneca.
LANDGRAVE (*landgrav*), s. m. Landgrave.
LANDGRAVIAT (*landgraviá*), s. m. Landgraviado.
LANDIER (*landiê*), s. m. Cão de caça.
LANDSTURM (*landçturm*), s. m. Reserva militar (na Alemanha).
LANERET (*lanəré*), s. m. Açor macho.
LANGAGE (*langaj*), s. m. Linguagem, língua, idioma; dicção, estilo; voz, grito dos animais.
LANGE (*lanj*), s. m. Cueiro, faixa.
LANGER (*lanjê*), v. t. (Toma um *e* mudo depois do *g* antes de *a* e *o*: *il langea, nous langeons.*) Enfaixar, envolver com cueiros.
LANGOUREUSEMENT (*langurëzman*), adv. Langorosamente.
LANGOUREUX, EUSE (*langurë, ëz*), adj. Langoroso, lânguido.
LANGOUSTE (*languçt*), s. f. Lagosta.
LANGOUSTIER (*languçtiê*), s. m. ou **LANGOUSTIÈRE** (*languçtiér*), s. f. Rede para pescar lagostas.
LANGOUSTINE (*languçtin'*), s. f. Lagostim.
LANGUE (*lang*), s. f. Língua; idioma, linguagem, estilo. *Tirer la langue à quelqu'un,* escarnecer de alguém. *Avoir la langue bien pendue, bien affilée,* falar muito. *Donner ou jeter sa langue aux chiens,* renunciar a adivinhar ou a achar. *La langue m'a fourché,* enganei-me, disse uma coisa por outra. *Avoir sur le bout de la langue,* estar com a palavra na boca, *Se mordre la langue,* morder a língua, parar de falar, arrepender-se.
LANGUE-DE-BŒUF (*langhədbëf*), s. f. Instrumento de pedreiro. *Bot.* Espécie de cogumelo comestível. Pl.: *des langues-de-bœuf.*
LANGUE-DE-CHAT (*langhədcha*), s. f. Biscoito comprido. Ferramenta de gravador. Pl.: *des langues-de-chat.*
LANGUEDOCIEN, ENNE (*langhədoçien, én'*), adj. e s. Do Languedoc. (França).
LANGUETTE (*langhét*), s. f. Lingüeta; pequena separação no interior de uma chaminé; fiel da balança.
LANGUEUR (*langhër*), s. f. Langor, languidez; apatia, falta de calor.
LANGUEYAGE (*langhéiaj*), s. m. Exame da língua dos porcos. Colocação de palhetas nos tubos dos órgãos.
LANGUEYER (*langhéiê*), v. t. (Conjuga-se como *grasseyer.*) Examinar a língua de um porco. Colocar palhetas nos tubos dos órgãos.
LANGUEYEUR (*langhéiër*), s. m. Observador da língua dos porcos.
LANGUIDE (*langhid*), adj. Lânguido (ant.).
LANGUIR (*langhir*), v. i. Enlanguescer, definhar. *Fig.* Ir morrendo; arrastar-se. *Languir après,* esperar impacientemente. *Languir de,* desejar ardentemente.
LANGUISSAMMENT (*langhiçaman*), adv. Languidamente.
LANGUISSANT, E (*langhiçan, t*), adj. Lânguido, langoroso, inerte.
LANGUISSEMENT (*langhiçman*), s. m. Languidez.
LANICE (*laniç*), adj. f. *Bourre lanice,* borra de lã.
LANIER (*laniê*), s. m. Açor fêmea.
LANIÈRE (*laniér*), s. f. Correia longa e estreita.
LANIFÈRE ou **LANIGÈRE** (*lanifér* ou *lanigér*), adj. f. Lanífero ou lanígero.
LANISTE (*laniçt*), s. m. Lanista.
LANLAIRE (*lanlér*). Palavra antiga só usada na expressão *Envoyer faire lanlaire,* mandar passear um importuno.
LANOLINE (*lanolin'*), s. f. Lanolina.
LANSQUENET (*lançkəné*), s. m. Lansquenete (soldado); lansquenê (jogo de cartas).
LANTERNE (*lantérn*), s. f. Lanterna; clarabóia. *Prendre des vessies pour des lanternes,* enganar-se redondamente. *Éclairer sa lanterne,* dizer o essencial para ser compreendido, fazer-se entender.
LANTERNEAU ou **LANTERNON** (*lantérnô* ou *lantérnon*), s. m. Lanterna pequena no alto de uma cúpula. Pl.: *des lanterneaux ou lanternons.*
LANTERNER (*lantérnê*), v. i. Perder o tempo em ninharias. V. t. *Fam.* Entreter, retardar uma resolução.
LANTERNIER (*lantérniê*), s. m. Lanterneiro. *Fam.* Que engana, patranheiro.
LANTIPONNER (*lantiponê*), v. i. Dizer coisas inúteis e importunas. V. t. *Ant.* Dizer com importunidade.
LANTURLU (*lantürlü*), s. m. (Indica uma resposta evasiva ou uma recusa em tom de menosprezo.) Ora!, Pois não queres mais nada!.
LANUGINEUX, EUSE (*lanüjinë, ëz*), adj. Lanuginoso.
LAPALISSADE (*lapaliçad*), s. f. Verdade ridícula, como as da canção de La Palisse.
LAPAROTOMIE (*laparotomi*), s. f. Laparotomia.
LAPEMENT (*lapman*), s. m. Ação de beber com a língua.
LAPER (*lapê*), v. i. e t. Beber servindo-se da língua.

LAPEREAU (*lapərô*), s. m. Láparo. Pl.: *des lapereaux.*

LAPIDAIRE (*lapidér*), adj. e s. m. Lapidário. *Fig.* Estilo conciso.

LAPIDATION (*lapidaçion*), s. f. Lapidação; apedrejamento.

LAPIDER (*lapidê*), v. t. Lapidar; apedrejar. *Fig.* Maltratar por palavras ou por escritos.

LAPIDIFICATION (*lapidifikaçion*), s. f. Lapidificação.

LAPIDIFIER (*lapidifiê*), v. t. (Conjuga-se como *prier.*) Lapidificar, petrificar.

LAPIN, E (*lapen, in'*), s. Coelho. *Fig.* e *fam.* Homem astuto, valente e resoluto. *Poser un lapin,* dar o bolo (faltar a um encontro). *Pop. Voyager en lapin,* viajar como clandestino.

LAPINER (*lapinê*), v. i. Parir (a coelha).

LAPINIÈRE (*lapiniér*), s. f. Coelheira; gaiola de coelhos.

LAPIS, LAPISLAZULI ou **LAZULITE** (*lapiç, lapiçlazüli* ou *lazülit*), s. m. Lápis-lazúli ou lazulita.

LAPON, E (*lapon, ón'*), adj. e s. Lapão.

LAPS (*lapç*), s. m. Lapso. Pl.: *des laps.*

LAPS ou **LAPSE** (*lapç*), adj. e s. Pessoa que abandona a religião católica (usado somente com **RELAPS**). Pl.: *des laps* ou *lapses.*

LAPSUS (*lapçüç*), s. m. Lapso, erro. Pl.: *des lapsus.*

LAQUAIS (*laké*), s. m. Lacaio. *Fig.* Homem de caráter baixo e servil. Pl.: *des laquais.*

LAQUE (*lak*), s. f. Laca. S. m. Verniz da China.

LAQUER (*lakê*), v. t. Laquear.

LAQUEUR (*lakër*), s. m. Fabricante de objetos de charão.

LAQUEUX, EUSE (*lakë, ëz*), adj. Lácico.

LARAIRE (*larér*), s. m. Larário.

LARBIN (*larben*), s. m. *Pop.* Criado, lacaio.

LARCIN (*larçen*), s. m. Furto. Por extensão: plágio.

LARD (*lar*), s. m. Toucinho. *Fam. Faire du lard,* engordar por inatividade.

LARDER (*lardê*), v. t. Lardear. *Fig.* Picar, crivar.

LARDEUX, EUSE ou **LARDIFORME** (*lardë, ëz* ou *lardifórm*), adj. Lardoso.

LARDOIRE (*larduar*), s. f. Lardeadeira.

LARDON (*lardon*), s. m. Tira de toucinho. *Fig.* Sarcasmo, dito picante. *Pop.* Criança.

LARDONNER (*lardonê*), v. t. Cortar, talhar o toucinho em tiras. *Fig.* Perseguir com motejos.

LARE (*lar*), s. m. Lar. deus protetor do lar. Pl. *Fig.* Lar doméstico.

LARGE (*larj*), adj. Largo, grande, amplo. *Fig.* Pouco escrupuloso, generoso. liberal; grande, considerável. S. m. Largura. *Fig. Prendre le large,* fugir. *Au large,* loc. adv. Espaçosamente.

LARGEMENT (*larjəman*), adv. Largamente.

LARGESSE (*larjéç*), s. f. Liberalidade, generosidade.

LARGEUR (*larjër*), s. f. Largura. *Fig.* Amplidão, elevação.

LARGHETTO (*larghétô*), adv. e s. m. *Mús.* Larghetto.

LARGO (*largô*), adv. e s. m. *Mús.* Largo.

LARGUE (*larg*), adj. *Mar.* Frouxo, solto. S. m. O largo.

LARGUER (*larghê*), v. t. *Mar.* Largar, soltar.

LARIGOT (*larigô*), s. f. Flauta antiga. *À tire larigot,* loc. adv. Muito.

LARIX (*larikç*), s. m. *Bot.* Lárice. Pl.: *des larix.*

LARME (*larm*), s. f. Lágrima; líquido de certos vegetais; gota. *Larmes de crocodile,* lágrimas hipócritas. *Rire aux larmes,* rir muito.

LARMIER (*larmiê*), s. m. Lacrimal. *Anat.* Glândula lacrimal. S. m. pl. Lacrimais do cavalo.

LARMOIEMENT (*larmuaman*), s. m. Lacrimação.

LARMOYANT, E (*larmuaian, t*), adj. Lacrimoso, lamentoso.

LARMOYER (*larmuaiê*), v. t. (Conjuga-se como *aboyer.*) Chorar.

LARMOYEUR, EUSE (*larmuaiër, ëz*), s. Chorão.

LARRON (*laron*), s. m. Ladrão. *S'entendre comme larrons en foire,* entender-se para pregar uma peça em outro. S. m. *Tip.* Defeito causado por dobra no papel.

LARRONEAU (*laronô*), s. m. *Fam.* Gatuno. Pl.: *des larroneaux.*

LARVAIRE (*larvér*), adj. Larvário.

LARVE (*larv*), s. f. Larva.

LARVÉ, E (*larvê*), adj. Larvado.

LARYNGÉ, E ou **LARYNGIEN, ENNE** (*larenjê* ou *larenjien, én'*), adj. Laríngeo.

LARYNGITE (*larenjit*), s. f. Laringite.

LARYNGOLOGIE (*larengoloji*), s. f. Laringologia.

LARYNGOLOGISTE (*larengolojiçt*), s. m. Laringologista.

LARYNGOSCOPE (*larengoçkóp*), s. m. Laringoscópio.

LARYNGOSCOPIE (*larengoçkopi*), s. f. Laringoscopia.

LARYNGOTOMIE (*larengotomi*), s. f. Laringotomia.

LARYNX (*larenkç*), s. m. Laringe. Pl.: *des larynx.*

LAS! (*la*), interj. V. **HÉLAS.**

LAS, LASSE (*la, laç*), adj. Cansado, irritado.

LASAGNE (*lazanh*), s. f. Lasanha.
LASCAR (*laçkar*), s. m. Marinheiro indiano. *Pop.* Homem bravo, valente e atrevido.
LASCIF, IVE (*laçif, iv*), adj. Lascivo, sensual.
LASCIVEMENT (*laçivman*), adv. Lascivamente.
LASCIVETÉ (*laçivtê*), s. f. Lascívia, luxúria.
LASSANT, E (*laçan, t*), adj. Fatigante, aborrecido.
LASSER (*laçê*), v. t. Fatigar, cansar.
LASSITUDE (*laçitüd*), s. f. Lassidão. *Fig.* Desgosto, aborrecimento.
LASSO (*laçô*), s. m. Laço.
LASTING (*laçtengh*), s. m. Fazenda de lã.
LATENT, E (*latan, t*), adj. Latente, oculto.
LATÉRAL, E, AUX (*latêral, ô*), adj. Lateral.
LATÉRALEMENT (*latêralman*), adv. Lateralmente.
LATEX (*latékç*), s. m. Látex. Pl.: *des latex.*
LATHYRISME (*latiriçm*), s. m. Latirismo.
LATHYRUS (*latirüç*), s. m. Látiro.
LATICIFÈRE (*latiçifér*), adj. *Bot.* Laticífero.
LATIFUNDIUM (*latifondióm'*), s. m. Latifúndio. Pl.: *des latifundia.*
LATIN, E (*laten, in'*), adj. e s. Latino. *Fig.* ***Perdre son latin,*** perder o seu tempo. *Latin de cuisine,* latim macarrônico.
LATINISANT, E (*latinizan, t*), adj. Latinizante.
LATINISATION (*latinizaçion*), s. f. Latinização.
LATINISER (*latinizê*), v. t. Latinizar.
LATINISME (*latiniçm*), s. m. Latinismo.
LATINISTE (*latiniçt*), s. Latinista.
LATINITÉ (*latinitê*), s. f. Latinidade.
LATINO-AMÉRICAIN, AINE (*latinôamêriken, én'*), adj. Latino-americano.
LATITUDE (*latitüd*), s. f. Latitude; clima. *Fig.* Liberdade.
LATITUDINAIRE (*latitüdinér*), adj. Latitudinário.
LATITUDINAL, E, AUX (*latitüdinal, ô*), adj. *Mar. Plan latitudinal,* plano latitudinal.
LATOMIE (*latomi*), s. f. Pedreira que servia de prisão.
LATRIE (*latri*), s. f. Adoração, latria.
LATRINES (*latrin'*), s. f. pl. Latrinas.
LATTAGE (*lataj*), s. m. Colocação de ripas, ação de ripar.
LATTE (*lat*), s. f. Ripa; espada de cavalaria.
LATTER (*latê*), v. t. Guarnecer de ripas.
LATTIS (*lati*), s. m. Ripado. Pl.: *des lattis.*
LAUDANISÉ, E (*lodanizê*), adj. Laudanizado.
LAUDANUM (*lôdanóm'*), s. m. Láudano.
LAUDATIF, IVE (*lôdatif, iv*), adj. Laudatório.
LAUDES (*lôd*), s. f. pl. Laudes.
LAURE (*lôr*), s. f. Mosteiro no Oriente.
LAURÉ, E (*lôrê*), adj. Laureado.
LAURÉAT, ATE (*lôrêá, t*), adj. e s. Laureado.
LAURÉOLE (*lôrêól*), s. f. Lauréola.
LAURIER (*lôriê*), s. m. *Bot.* Louro. *Fig.* Glória.
LAVABLE (*lavabl*), adj. Lavável.
LAVABO (*lavabô*), s. m. Pia, lavatório.
LAVAGE (*lavaj*), s. m. Lavagem, lavamento.
LAVALLIÈRE (*lavaliér*), s. f. Nó de gravata. Adj. Cor de folha seca.
LAVANDE (*lavand*), s. f. Lavanda.
LAVANDERIE (*lavandəri*), s. f. Lavanderia.
LAVANDIÈRE (*lavandiér*), s. f. Lavadeira; lavandisca.
LAVASSE (*lavaç*), s. f. Aguaceiro; sopa ou molho aguado.
LAVATORY (*lavatori*), s. m. Privada. Nome dado a certos salões de cabeleireiro.
LAVE (*lav*), s. f. Lava.
LAVÉ, E (*lavê*), adj. Diluído.
LAVE-MAINS (*lavmen*), s. m. Lavatório. Pl.: *des lave-mains.*
LAVEMENT (*lavman*), s. m. Ação de lavar; lavagem (clister).
LAVER (*lavê*), v. t. Lavar. *Pop.* Vender forçadamente. *Fig.* Vingar. *Laver la tête à,* censurar, reprovar. **SE LAVER,** v. pr. Lavar-se, justificar-se.
LAVERIE (*lavəri*), s. f. Oficina de lavagem dos minérios; lavadouro.
LAVETTE (*lavét*), s. f. Esfregão de louça.
LAVEUR, EUSE (*lavër, ëz*), adj. e s. Lavador. S. f. Máquina de lavar.
LAVIQUE (*lavik*), adj. Lávico, lavoso.
LAVOIR (*lavuar*), s. m. Pia ou tanque de lavar.
LAVURE (*lavür*), s. f. Lavadura; caldo aguado. Pe. Partículas de metal precioso.
LAXATIF, IVE (*lakçatif, iv*), adj. e s. Laxante.
LAXITÉ (*lakçitê*), s. f. Lassidão.
LAYER (*lêiê*), v. t. (Conjuga-se como *balayer.*) Abrir uma vereda num bosque; marcar árvores para corte. Escodar a pedra.
LAYETTE (*léiét*), s. f. Caixa de madeira leve. Enxoval de recém-nascido. *Ant.* Gaveta.
LAYON (*léion*), s. m. Caminho nas matas para os caçadores.
LAZARET (*lazaré*), s. m. Lazareto; hospital.

LAZARISTE (*lazariçt*), s. m. Lazarista.
LAZULITE (*lazülit*), s. m. V. **LAPIS.**
LAZZARONE (*ladzaronê*), s. m. Homem da classe mais baixa (em Nápoles).
LAZZI (*lazi* ou *ladzi*), s. m. pl. Pantomima cômica no teatro italiano. Chocarrices.
LE, LA, LES (*lə, la, lê*), art. e pron. pess. O, a, os, as.
LÉ (*lê*), s. m. Largura de um pano. Caminho de sirga.
LEADER (*lidér*), s. m. Líder; artigo de fundo.
LEBEL (*ləbel*), s. m. V. **FUSIL.**
LÉCANORE (*lêkanór*), s. f. Espécie de líquen.
LÉCHAGE (*lêchaj*), s. m. Ação de lamber.
LÈCHE (*léch*), s. f. Fatia. *Pop.* Lisonja.
LÉCHÉ, E (*lêchê*), adj. Aperfeiçoado. *Ours mal léché,* pessoa grosseira.
LÈCHEFRITE (*lêchfrit*), s. m. Pingadeira
LÈCHEMENT (*lêchman*), s. m. Lambidela.
LÉCHER (*lêchê*), v. t. (Conjuga-se como *accélérer.*) Lamber; tocar levemente.
LÉCHERIE (*lêchri*), s. f. Lisonja. Gulodice.
LÉCHEUR, EUSE (*lêchĕr, ëz*), s. Guloso, glutão. *Fam.* Vil. bajulador.
LÉCITHINE (*lêçitin'*), s. f. Lecitina.
LEÇON (*ləçon*), s. f. Lição. Forma particular de um texto.
LECTEUR, TRICE (*léktĕr, triç*), s. Leitor.
LECTURE (*léktür*), s. f. Leitura.
LÉCYTHE (*lêçit*), s. m. Lécito.
LÉGAL, E, AUX (*lêgal, ô*), adj. Legal.
LÉGALEMENT (*lêgalman*), adv. Legalmente.
LÉGALISATION (*lêgalizaçion*), s. f. Legalização.
LÉGALISER (*lêgalizê*), v. t. Legalizar.
LÉGALISTE (*lêgaliçt*), s. m. Legalista.
LÉGALITÉ (*lêgalitê*), s. f. Legalidade.
LÉGAT (*lêgá*), s. m. Núncio. Entre os romanos, comissário do senado.
LÉGATAIRE (*lêgatér*), s. Legatário.
LÉGATION (*lêgaçion*), s. f. Legação.
LÉGATO (*lêgatô*), adv. *Mús.* Ligado.
LÈGE (*léj*), adj. Navio pouco carregado.
LÉGENDAIRE (*lêjandér*), adj. e s. m. Lendário.
LÉGENDE (*lêjand*), s. f. Lenda; legenda.
LÉGER, ÈRE (*lêjê, ér*), adj. Leve, ligeiro; frugal; vivo, ágil *Fig.* Fácil de suportar; irrefletido; superficial. *À la légère,* loc. adv. Levianamente.
LÉGÈREMENT (*lêjérman*), adv. Ligeiramente, sem gravidade.
LÉGÈRETÉ (*lêjértê*), s. f. Ligeireza, leveza. *Fig.* Irreflexão, imprudência.
LEGHORN (*lêgórn*), s. Raça de galinhas.
LÉGIFÉRER (*lêjifêrê*), v. i. (Conjuga-se como *accélérer.*) Legislar.
LÉGION (*lêjion*), s. f. Legião. Por extensão: multidão, bando.
LÉGIONNAIRE (*lêjionér*), s. m. Legionário; membro da Legião de Honra.
LÉGISLATEUR, TRICE (*lêjiçlatĕr, triç*), adj. e s. Legislador. *Fig.* Mestre, pontificante. S. m. Poder legislativo; lei.
LÉGISLATIF, IVE (*lêjiçlatif, iv*), adj. Legislativo.
LÉGISLATION (*lêjiçlaçion*), s. f. Legislação.
LÉGISLATURE (*lêjiçlatür*), s. f. Legislatura.
LÉGISTE (*lêjiçt*), s. m. Legista, jurisconsulto.
LÉGITIMAIRE (*lêjitimér*), adj. *Dir.* Legitimário.
LÉGITIMATION (*lêjitimaçion*), s. f. Legitimação.
LÉGITIME (*lêjitim'*), adj. Legítimo; justo, eqüitativo.
LÉGITIMÉ, E (*lêjitimê*), adj. e s. Legitimado.
LÉGITIMEMENT (*lêjitiməman*), adv. Legitimamente.
LÉGITIMER (*lêjitimê*), v. t. Legitimar, justificar.
LÉGITIMISME (*lêjitimiçm*), s. m. Legitimismo.
LÉGITIMISTE (*lêjitimiçt*), adj. e s. Legitimista.
LÉGITIMITÉ, E (*lêjitimitê*), adj. e s. Legitimidade.
LEGS (*lég* ou *lé*), s. m. Legado Pl.: *des legs.*
LÉGUER (*lêghê*), v. t. (Conjuga-se como *accélérer.*) Legar. *Fig.* Transmitir.
LÉGUME (*lêgüm*), s. m. Legume. *Fam. Grosse légume,* personagem importante.
LÉGUMIER, ÈRE (*lêgümiê, ér*), adj. Legumeiro. S. m. Prato em que se servem legumes.
LÉGUMINE (*lêgümin'*), s. f. Legumina.
LÉGUMINEUX, EUSE (*lêgüminë, ëz*), adj. Leguminoso. S. f. pl. Leguminosas.
LEITMOTIV (*laitmotiv*), s. m. Tema característico que volta freqüentemente em uma partitura. Pl.: *des leitmotive.*
LEMME (*lém*), s. m. *Mat.* Lema.
LEMMING (*lémengh*), s. m. Pequeno roedor que vive na Escandinávia.
LÉMURES (*lêmür*), s. m. pl. Fantasma dos mortos.
LENDEMAIN (*landəmen*), s. m. Dia de amanhã.
LENDIT (*landi*), s. m. Importante feira realizada na Idade Média em Saint-Denis; feriado dos estudantes da Universidade nessa ocasião. Honorário dos mestres. *Lendit scolaire,* maratona escolar.
LENDORE (*landór*), s. Pessoa lenta, molenga.
LÉNIFIANT, E (*lênifian, t*), adj. Acal-

mante.

LÉNIFIER *(lênifiê)*, v. t. (Conjuga-se como *prier.*) Mitigar. *Fig.* Atenuar.

LÉNITIF, IVE *(lênitif, iv)*, adj. e s. m. Lenitivo. *Fig.* Adoçamento.

LENT, E *(lan, t)*, adj. Lento.

LENTE *(lant)*, s. f. Lêndea.

LENTEMENT *(lantəman)*, adv. Lentamente.

LENTEUR *(lantĕr)*, s. f. Lentidão, vagar.

LENTICELLE *(lantiçél)*, s. f. Lentícula.

LENTICULAIRE ou **LENTICULÉ, E** *(lantikülér* ou *lantikülê)*, adj. Lenticular.

LENTIFORME *(lantifórm)*, adj. Lentiforme.

LENTIGO *(lentigô)*, s. m. *Med.* Sardas.

LENTILLE *(lantíi)*, s. f. Lentilha; lente. Pl. Sardas.

LENTISQUE, *(lantiçk)*, s. m. Lentisco.

LENTO *(lén'tô)*, adv. Lento.

LÉONAIS, E ou **LÉONARD, E** *(lêonê, z* ou *lêonar, d)*, adj. e s. Da região de Léon, na Bretanha (em França). Dialeto daquela região.

LÉONIN, E *(lêonen, in')*, adj. Leonino.

LÉONTINE *(lêontin')*, s. f. Cadeia de relógio para senhora.

LÉOPARD *(lêopar)*, s. m. Leopardo.

LÉOPARDÉ, E *(lêopardê)*, adj. Leopardado.

LÉPIDOPTÈRES *(lêpidoptér)*, s. m. pl. Lepidópteros.

LÉPIOTE *(lêpiót)*, s. f. Espécie de cogumelo comestível.

LÉPORIDE *(lêporid)*, s. m. Híbrido de lebre e coelho.

LÉPORIDÉS *(lêporidê)*, s. m. pl. Leporídeos.

LÈPRE *(lépr)*, s. f. Lepra.

LÉPREUX, EUSE *(lêprë, ëz)*, adj. e s. Leproso.

LÉPROSERIE *(lêprozəri)*, s. f. Leprosário.

LEPTOCÉPHALE *(léptoçêfal)*, s. m. Leptocéfalo.

LEPTURE *(léptür)*, s. f. Lepturo.

LEQUEL, LAQUELLE, pl. **LESQUELS, LESQUELLES** *(ləkél, lakél*, pl. *lékél, lékél)*, pron. rel. O qual, a qual, os quais, as quais.

LÉROT *(lêrô)*, s. m. Arganaz.

LES *(lê)*, art. e pron. pl. Os, as.

LÈS *(lé)*, prep. V. **LEZ.**

LESBIEN, ENNE *(lêçbien, én')*, adj. e s. Lésbico.

LÈSE *(léz)*, adj. *Crime de lèse-majesté*, crime de lesa-majestade.

LÉSER *(lêzê)*, v. t. (Conjuga-se como *accélérer.*) Lesar; ofender.

LÉSINANT, E *(lêzinan, t)*, adj. Avarento, mesquinho.

LÉSINE *(lêzin')*, s. f. Mesquinhez; sovinice.

LÉSINER *(lêzinê)*, v. i. Ser mesquinho, usar de avareza.

LÉSINERIE *(lêzinəri)*, s. f. Mesquinhez, avareza.

LÉSINEUR, EUSE *(lêzinĕr, ëz)*, adj. e s. Mesquinho, sovina.

LÉSION *(lêzion)*, s. f. Lesão. *Dir.* Prejuízo, dano.

LÉSIONNAIRE *(lêzionér)*, adj. Lesivo.

LESSIVAGE *(léçivaj)*, s. m. Barrela.

LESSIVE *(léçiv)*, s. f. Lixívia, barrela; produto comercial detergente. *Fig.* Limpeza; purificação.

LESSIVER *(léçivê)*, v. t. Limpar, branquear; lavar com água alcalina.

LESSIVEUSE *(léçivëz)*, s. f. Aparelho para fazer a barrela.

LEST *(léçt)*, s. m. Lastro, contrapeso. *Fig. Jeter du lest*, fazer um sacrifício para salvar situação comprometida.

LESTAGE *(léçtaj)*, s. m. Lastração.

LESTE *(léçt)*, adj. Lesto, ágil. *Fig.* Pronto, decidido; livre, licencioso.

LESTEMENT *(léçtəman)*, adv. Agilmente, habilmente. *Fig.* Levianamente.

LESTER *(léçtê)*, v. t. Lastrar. **SE LESTER**, v. pr. Fig. Comer, beber algo fortificante.

LESTEUR *(léçtĕr)*, adj. e s. Lastreador.

LÉTALITÉ *(lêtalitê)*, s. f. Letalidade.

LÉTHARGIE *(lêtarji)*, s. f. Letargia. *Fig.* Torpor, indolência extrema.

LÉTHARGIQUE *(lêtarjik)*, adj. Letárgico.

LETTE ou **LETTON, ONNE** *(lét* ou *léton, ón')*, adj. e s. Letão.

LETTRAGE *(létraj)*, s. m. Marcação com letras.

LETTRE *(létr)*, s. f. Letra; carta, epístola, missiva; caráter tipográfico. *Traduire à la lettre*, traduzir literalmente. *Au pied de la lettre*, loc. adv. Ao pé da letra.

LETTRÉ, E *(létrê)*, adj. e s. Letrado, erudito.

LETTRINE *(létrin')*, s. f. Letra pequena para indicar uma chamada; letras maiúsculas, no alto das colunas nos dicionários.

LEU *(lë)*, s. m. Forma antiga de **LOUP**, usada na locução *à la queue leu leu*, em fila. Unidade monetária romena. Neste sentido, pl.: *des lei.*

LEUCÉMIE ou **LEUCOCYTHÉMIE** *(lëçêmi* ou *lëkoçitêmi)*, s. f. Leucemia.

LEUCITE *(lëçit)*, s. m. Leucita.

LEUCOCYTE *(lëkoçit)*, s. m. Leucócito.

LEUR *(lĕr)*, adj. poss. Seu, sua, deles, delas. Pron. pess. Lhes. S. m. O seu. S. m. pl. Os seus. Seus pais, seus amigos.

LEURRE *(lĕr)*, s. m. Pássaro artificial lançado ao ar para atrair os falcões. *Fig.* Artifício, engodo.

LEURRER *(lĕrê)*, v. t. Adestrar o falcão ao chamariz. *Fig.* Engodar, seduzir. **SE LEURRER**, v. pr. Iludir-se.

LEV ou **LEW** *(lév)*, s. m. Unidade monetária búlgara. Pl.: *des leva.*
LEVAGE *(ləvaj)*, s. f. Levantamento.
LEVAIN *(ləven)*, s. m. Fermento, levedura. *Fig.* Germe, fomento.
LEVANT *(ləvan)*, s. m. Levante, oriente. Adj. m. *Soleil levant*, sol nascente. *Fig.* Poder novo que se faz sentir.
LEVANTIN, E *(ləvanten, in')*, adj. e s. Levantino. S. f. Tecido de seda.
LÈVE *(lév)*, s. f. Alavanca; espécie de tecelagem; peça de madeira para levantar o pilão.
LEVÉ, E *(ləvê)*, adj. Levantado. *Au pied levé*, loc. adv. De improviso, inesperadamente, sem preparação. S. f. Coleta; recrutamento; vasa; dique. *Fig.* Ato de oposição ou ataque violento.
LEVÉE *(ləvê)*, s. f. Levantamento, leva; colheita, arrecadação; dique; saída do conselho; retirada. *Fig.* Levante, oposição violenta.
LEVER *(ləvê)*, v. t. Levantar; erguer; alçar. Tirar. *Fig.* Recrutar. Receber, cobrar. Desenhar. *Fam.* *Lever le pied*, fugir secretamente. *Fig.* Ir-se. *Lever la séance*, encerrar a sessão. V. i. Germinar; fermentar. **SE LEVER**, v. pr. Levantar-se, despertar; nascer.
LEVER *(ləvê)*, s. m. O levantar, o erguer. *Lever de rideau*, pequena peça em um ato pela qual se começa uma noite teatral.
LEVER-DIEU *(ləvêdiê)*, s. m. Elevação (na missa).
LEVIER *(ləviê)*, s. m. Alavanca. *Fig.* Móvel de ação.
LÉVIGATION *(lêvigaçion)*, s. f. Levigação.
LÉVIGER *(lêvijê)*, v. t. (Toma um *e* mudo depois do *g* antes de *a* e *o*: *il lévigea, nous lévigeons.*) Levigar.
LÉVIRAT *(lêvirá)*, s. f. Obrigação para um hebreu de desposar a viúva de seu irmão morto sem herdeiro.
LEVIS *(ləvi)*, adj. m. V. **PONT-LEVIS**.
LÉVITATION *(lêvitaçion)*, s. f. Espírito; levitação.
LÉVITE *(lêvit)*, s. m. Levita. Por extensão: sacerdote, eclesiástico. S. f. Sobrecasaca.
LÉVOGYRE *(lêvojir)*, adj. *Quím.* Levogiro.
LEVRAUDER *(ləvrôdê)*, v. t. *Fam.* Acossar, perseguir como uma lebre (pouco usado).
LEVRAUT *(ləvrô)*, s. f. Lebracho.
LÈVRE *(lévr)*, s. f. Lábio. Pl. Bordos de uma ferida. *Bot.* Lóbulos labiados. *Du bout des lèvres*, com desprezo. *S'en mordre les lèvres*, conter o riso; arrepender-se de uma coisa. *Avoir le cœur sur les lèvres*, estar com dor de estômago e vontade de vomitar. *Fig.* Dizer o que pensa, ser franco.
LEVRETTE *(ləvrét)*, s. f. Galga; galgo pequeno da Itália.
LEVRETTÉ, E *(ləvrétê)*, adj. Esguio.
LEVRETTER *(ləvrétê)*, v. i. Parir (a lebre).
LÉVRIER *(lêvriê)*, s. m. Galgo, lebrel.
LEVRON, ONNE *(ləvron, ón')*, s. Galgo pequeno.
LÉVULOSE *(lêvülôz)*, s. f. *Quím.* Levulose.
LEVURE *(ləvür)*, s. f. Levedura, fermento; apara de toucinho.
LEXICAL, E *(lékçikal)*, adj. Que concerne ao léxico.
LEXICOGRAPHE *(lékçikograf)*, s. m. Lexicógrafo.
LEXICOGRAPHIE *(lékçikografi)*, s. f. Lexicografia.
LEXICOGRAPHIQUE *(lékçikografik)*, adj. Lexicográfico.
LEXICOLOGIE *(lékçikoloji)*, s. f. Lexicologia.
LEXICOLOGIQUE *(lékçikologik)*, adj. Lexicológico.
LEXICOLOGUE *(lékçikológ)*, s. m. Lexicólogo.
LEXIQUE *(lékçik)*, s. m. Léxico.
LEZ ou **LÈS** *(lé)*, prep. Junto de, perto de. (*Ant.* Só se encontra com nomes geográficos.)
LÉZARD *(lêzar)*, s. m. Lagarto. *Fam.* Preguiçoso. *Faire le lézard, prendre un bain de lézard*, aquecer-se preguiçosamente ao sol.
LÉZARDE *(lézard)*, s. f. Fenda numa obra de pedreiro; galão dos suboficiais.
LÉZARDER *(lêzardê)*, v. t. Fender, rachar. V. i. Flamar. **SE LÉZARDER**, v. pr. Fender-se, abrir-se.
LIAGE *(liaj)*, s. m. Ligação.
LIAIS *(lié)*, s. m. Pedra calcária dura. Pl.: *des liais.*
LIAISON *(liézon)*, s. f. Ligação. Argamassa. *Mil.* Relações constantes entre duas tropas vizinhas. *Mús.* Encadeamento. *Fig.* Conexão, analogia.
LIAISONNER *(liézonê)*, v. t. Ligar; argamassar.
LIANE *(lian')*, s. f. Cipó.
LIANT, E *(lian, t)*, adj. Flexível, maleável. *Fig.* Sociável. S. m. Elasticidade. *Fig.* Afabilidade. S. m. Substância que liga materiais.
LIARD *(liar)*, s. m. Antiga moeda de cobre. *Fig.* Quantia pequena. *N'avoir pas un rouge liard*, estar sem dinheiro. Pêra parda. Choupo.
LIARDER *(liardê)*, v. i. *Fam.* Regatear, ser sovina.
LIAS ou **LIASIQUE** *(liaç* ou *liazik)*, s. m. Lia ou liásico. Pl.: *des lias* ou *liasiques.*
LIASSE *(liaç)*, s. f. Que serve para ligar; maço de papéis.
LIBAGE *(libaj)*, s. m. Pedra tosca de alvenaria.

LIBATION *(libaçion)*, s. f. Libação.
LIBELLE *(libél)*, s. m. Libelo. *Dir. ant.* Notificação, requerimento.
LIBELLÉ *(libélê)*, s. m. Redação, teor.
LIBELLER *(libélê)*, v. t. Redigir, formular.
LIBELLISTE *(libéliçt)*, s. m. Libelista.
LIBELLULE *(libélül)*, s. f. Libélula.
LIBER *(libér)*, s. m. Liber.
LIBERA *(libêrá)*, s. m. inv. Prece da Igreja Católica pelos mortos.
LIBÉRABLE *(libêrabl)*, adj. Libertável.
LIBÉRAL, E, AUX *(libêral, ô)*, adj. Liberal, generoso. S. m. Liberal.
LIBÉRALEMENT *(libêralman)*, adv. Liberalmente, generosamente.
LIBÉRALISME *(libêraliçm)*, s. m. Liberalismo.
LIBÉRALITÉ *(libêralitê)*, s. f. Liberalidade.
LIBÉRATEUR, TRICE *(libêratër, triç)*, adj. e s. Libertador, redentor.
LIBÉRATION *(libêraçion)*, s. f. *Dir.* Soltura; libertação.
LIBÉRATOIRE *(libêratuar)*, adj. Liberatório.
LIBÉRÉ, E *(libêrê)*, adj. e s. Libertado. Isento.
LIBÉRER *(libêrê)*, v. t. (Conjuga-se como *accélérer.*) Libertar; isentar. **SE LIBÉRER**, v. pr. Isentar-se, tornar-se quite.
LIBÉRIEN, ENNE *(libêrien, én')*, adj. *Bot.* Liberiano.
LIBERTAIRE *(libértér)*, adj. e s. Libertário.
LIBERTÉ *(libértê)*, s f. Liberdade; independência. *En liberté*, loc. adv. Livremente. Pl. Imunidades, franquias.
LIBERTICIDE *(libértiçid)*, adj Liberticida.
LIBERTIN, E *(libérten, in')*, adj e s. Libertino. *Ant.* Livre pensador.
LIBERTINAGE *(libértinaj)*, s. m. Libertinagem, devassidão. *Ant.* Incredulidade religiosa.
LIBERTINER *(libértinê)*, v. i. Entregar-se à libertinagem.
LIBIDINEUX, EUSE *(libidinë, ëz)*, adj. Lascivo, dissoluto.
LIBRAIRE *(librér)*, s. Livreiro.
LIBRAIRIE *(libréri)*, s. f. Livraria; comércio de livros. *Ant.* Biblioteca.
LIBRATION *(libraçion)*, s. f. Libração.
LIBRE *(libr)*, adj. Livre; desembaraçado, independente. *Libre à vous de,* é-lhe permitido.
LIBRE-ÉCHANGE *(librêchanj)*, s. m. Câmbio livre.
LIBRE-ÉCHANGISTE *(librêchanjiçt)*, adj. e s. Partidário do câmbio livre.
LIBREMENT *(librəman)*, adv. Livremente, francamente.
LIBRETTISTE *(librétiçt)*, s. m. Libretista.
LIBRETTO *(librétô)*, s. m. Libreto. Pl.: *des librettos* ou *libretti.*

LICE *(liç)*, s. f. Liça. Arena. Liço. Cadela de caça.
LICENCE *(liçanç)*, s. f. Licença, abuso da liberdade; desregramento, insubordinação; licenciatura.
LICENCIÉ, E *(liçançiê)*, s. Licenciado.
LICENCIEMENT *(liçançiman)*, s. m. Licenciamento.
LICENCIER *(liçançiê)*, v. t. (Conjuga-se como *prier.*) Licenciar.
LICENCIEUSEMENT *(liçançiëzman)*, adv. Licenciosamente.
LICENCIEUX, EUSE *(liçançië, ëz)*, adj. Licencioso, desregrado, dissoluto, indecoroso.
LICET *(liçét)*, s. m. Permissão, autorização.
LICHEN *(likén')*, s. m. Líquen.
LICHÉNEUX, EUSE *(likênë, ëz)*, adj. Semelhante ao líquen.
LICHER *(lichê)*, v. t. *Pop.* Beber.
LICHEUR, EUSE *(lichër, ëz)*, s. *Pop.* Que gosta de boa bebida.
LICIER *(liçiê)*, s. m. Montador de liços.
LICITATION *(liçitaçion)*, s. f. *Dir.* Licitação.
LICITATOIRE *(liçitatuar)*, adj. Licitatório.
LICITE *(liçit)*, adj. Lícito.
LICITEMENT *(liçitman)*, adv. Licitamente.
LICITER *(liçitê)*, v. t. Licitar.
LICOL *(likól)*, s. m. V. **LICOU**.
LICORNE *(likórn)*, s. f. Licorne.
LICOU ou **LICOL** *(liku* ou *likól)*, s. m. Cabresto.
LICTEUR *(liktër)*, s. m. Lictor.
LIE *(li)*, s. f. Lia.
LIED *(lid)*, s. m. Canção ou melodia popular alemã; poema lírico. Pl.: *des lieder.*
LIÈGE *(liéj)*, s. m. Cortiça.
LIÉGÉ, E *(liêjê)*, adj. Guarnecido de cortiça.
LIÉGEUX, EUSE *(liêjë, ëz)*, adj. Encortiçado.
LIEMENT *(liman)*, s. m. Ligamento.
LIEN *(lien)*, s. m. Laço; ligação. *Fig.* Nó, vínculo.
LIENTÉRIE *(liantêri)*, s. f. Lienteira.
LIENTÉRIQUE *(liantêrik)*, adj. Lientérico.
LIER *(liê)*, v. t. (Conjuga-se como *prier.*) Ligar, atar. *Fig.* Contrair; unir. *Lier partie avec,* associar-se a. **SE LIER**, v. pr. Ligar-se, obrigar-se.
LIERNE *(liérn)*, s. f. Lierna; tábua de guarnecimento.
LIERRE *(liér)*, s. m. Hera.
LIESSE *(liéç)*, s. f. Alegria transbordante.
LIEU *(lië)*, s. m. Lugar. *Les lieux saints,* a Palestina. *Donner lieu,* dar ocasião a. *Avoir lieu,* ter lugar, acontecer. *Avoir lieu de,* ter razões para. *Il y a lieu de,* é

oportuno. *Tenir lieu de,* substituir. *En premier, en second lieu,* etc., loc. adv. Primeiramente, etc. Loc. prep.: *Au lieu de,* no lugar de; *au lieu* (ou *en lieu*) *et place de,* em substituição a, em nome de. *Au lieu que,* loc. conj. Enquanto. Pl.: *des lieux.*

LIEUE (*lië*), s. f. Légua.

LIEUR, EUSE (*liër, ëz*), s. Enfeixador de molhos de trigo.

LIEUTENANCE (*liëtnanç*), s. f. Tenência, lugar-tenência.

LIEUTENANT (*liëtnan*), s. m. Tenente; lugar-tenente.

LIEUTENANT-COLONEL (*liëtnankolonél*), s. m. Tenente-coronel. Pl.: *des lieutenants-colonels.*

LIÈVRE (*liévr*), s. m. Lebre. *Fig. Mémoire de lièvre,* memória curta, pouco fiel. *Lever le lièvre,* tomar a iniciativa, ter uma idéia nova. *Courir le même lièvre,* querer a mesma coisa. *Courir deux lièvres à la fois,* fazer duas coisas ao mesmo tempo.

LIFTIER (*liftiê*), s. m. Cabineiro.

LIGAMENT (*ligaman*), s. m. Ligamento.

LIGAMENTEUX, EUSE (*ligamantë, ëz*), adj. Ligamentoso.

LIGATURE (*ligatür*), s. f. Ligadura, ligação.

LIGATURER (*ligatürê*), v.t. Ligar, apertar com uma ligadura.

LIGE (*lij*), adj. *Feud.* Lígio. *Fig.* Cegamente dedicado.

LIGNAGE (*linhaj*), s. m. Raça, família; estirpe.

LIGNAGER (*linhajê*), s. m. Da mesma linhagem. Adj. *Retrait lignager,* reivindicação duma herança.

LIGNARD (*linhar*), s. m. *Pop.* Soldado de infantaria de linha (antes de 1914).

LIGNE (*linh*), s. f. Linha; ordem; fila; serviço de transporte, de comunicação. *Fig.* Regra, norma; descendentes. *Hors ligne,* sem paralelo, muito superior à maioria.

LIGNÉE (*linhê*), s. f. Raça, descendência.

LIGNETTE (*linhét*), s. f. Fio de rede.

LIGNEUL (*linhël*), s. m. Linhol.

LIGNEUX, EUSE (*linhë, ëz*), adj. Lenhoso. S. m. Substância que dá à madeira sua rigidez.

LIGNICOLE (*linhikól*), adj. Que vive na madeira.

LIGNIFICATION (*linhifikaçion*), s. f. Lignificação.

LIGNIFIER (SE) (*çəlinhifiê*), v. pr. (Conjuga-se como *prier.*) Lenhificar.

LIGNINE (*linhin*), s. f. Lignina.

LIGNITE (*linhit*), s. m. Carvão fóssil.

LIGNOMÈTRE (*linhométr*), s. m. Linômetro.

LIGOTAGE (*ligotaj*), s.m. Amarração.

LIGOTER (*ligotê*), v.t. Amarrar, atar.

LIGUE (*lig*), s.f. Liga; Confederação, coligação, conspiração.

LIGUER (*lighê*), v. t. Ligar, unir. **SE LIGUER,** v. pr. Formar uma liga.

LIGUEUR, EUSE (*lighër, ëz*), s. Membro ou partidário de uma liga.

LIGULE (*ligül*), s. f. Lígulo.

LIGURIEN, ENNE (*ligürien, én'*), adj. e s. Ligurino.

LILAS (*lilá*), s. m. Lilás. Pl.: *des lilas.*

LILIACÉES (*liliaçê*), s. f. pl. Liliáceas.

LILIAL, E (*lilial*), adj. Lilial.

LILIPUTIEN, ENNE (*lilipüçien, én'*), adj. Liliputiano. Por extensão: Muito pequeno.

LIMACE (*limaç*), s. f. Lesma.

LIMAÇON (*limaçon*), s. m. Caracol. *Anat.* Parte do ouvido interno.

LIMAGE (*limaj*), s. m. Limagem.

LIMAILLE (*limaii*), s. f. Limalha.

LIMANDE (*limand*), s. f. *Ictiol.* Peixe achatado que vive no mar do Norte e no Atlântico.

LIMBAIRE (*lenbér*), adj. *Bot.* Límbico.

LIMBE (*lenb*), s. m. *Mat.* Limbo. S. m. pl. Limbo. *Fig.* Estado vago, incerto.

LIME (*lim'*), s. f. Lima.

LIME ou **LIMETTE** (*lim'* ou *limét*), s.f. Espécie de limão.

LIMER (*limê*), v. t. Limar. *Fig.* Retocar, polir.

LIMETTIER (*limétiê*). s.m. Limeira.

LIMEUR, EUSE (*limër, ëz*), adj. e s. Limador.

LIMIER (*limiê*), s. m. Cão grande de caça. *Fig.* Detetive; espião.

LIMINAIRE (*liminér*), adj. Prólogo, preambular.

LIMITABLE (*limitabl*), adj. Limitável.

LIMITATIF, IVE (*limitatif, iv*), adj. Limitativo.

LIMITATION (*limitaçion*), s. f. Restrição, limitação.

LIMITE (*limit*), s. f. Limite.

LIMITÉ, E (*limitê*), adj. Limitado, circunscrito.

LIMITER (*limitê*), v. t. Limitar; circunscrever.

LIMITROPHE (*limitróf*), adj. Limítrofe.

LIMOGEAGE (*limojaj*), s. m. *Fam.* Exoneração; remoção.

LIMOGER (*limojê*), v. t. *Fam.* Dispensar, exonerar.

LIMON (*limon*), s. m. Limo, lodo; aluvião. *Fig.* Origem; espécie de limão; varal de um carro; viga.

LIMONADE (*limonad*), s. f. Limonada; comércio de bebidas a varejo.

LIMONADIER, ÈRE (*limonadiê, ér*), s. Limonadeiro.

LIMONAGE ou **LIMONEMENT** (*limonaj* ou *limonəman*), s. m. Adubamento.

LIMONIER (*limoniê*), s. m. Limoeiro. Adj. Que se põe ao varal de um carro, atrelado.

LIMONIÈRE (*limoniér*), s. f. Jogo; varais de um carro; carruagem de dois varais.

LIMONIEUX, EUSE (*limoniĕ, ĕz*), adj. Lodoso, lamacento.

LIMOSINAGE (*limozinaj*), s. m. Alvenaria.

LIMOUSIN, E (*limozen, in'*), adj. e s. Limusino (de Limoges ou de Limousin, França). S. m. Pedreiro.

LIMOUSINE (*limuzin*), s. f. Capa de pastor. Limusine.

LIMOUSINER (*limuzinê*), v.t. Construir em alvenaria.

LIMPIDE (*lenpid*), adj. Límpido, claro, transparente. *Fig.* Simples.

LIMPIDITÉ (*lenpiditê*), s. f. Limpidez, transparência.

LIMURE (*limür*), s.f. Limadura.

LIN (*len*), s.m. Linho. *Farine de graine de lin*, farinha de linhaça.

LINACÉ, E (*linaçê*), adj. Lináceo. S. f. pl. Lináceas.

LINCEUL (*lencĕl*), s. m. Mortalha. Por extensão: lençol.

LINÉAIRE (*linêér*), adj. Linear.

LINÉAL, E, AUX (*linêal, ô*), adj. Lineal.

LINÉAMENT (*linêaman*), s. m. Traço, esboço.

LINER (*linê*), s. m. Navio de longa linha.

LINGE (*lenj*), s. m. Roupa branca.

LINGER, ÈRE (*lenjê, ér*), adj. e s. Comerciante, costureiro de roupa branca. S.f. Roupeira.

LINGERIE (*lenjəri*), s. f. Comércio de roupa branca; roupa branca

LINGOT (*lengô*), s. m. Lingote.

LINGOTIÈRE (*lengotiér*), s. f. Lingoteira.

LINGUAL, E, AUX (*lengual, ô*), adj. Lingual.

LINGUISTE (*lengüiçt*), s. m. Lingüista.

LINGUISTIQUE (*lengüiçtik*), s. f. Lingüística.

LINIER, ÈRE (*liniê, ér*), adj. Relativo ao linho.

LINIÈRE (*liniér*), s. f. Linhal.

LINIMENT (*liniman*), s.m. Linimento.

LINKS (*lenkç*), s. m. pl. Terreno de golfe.

LINNÉEN, ENNE (*linêen, én'*), adj. Lineano.

LINOLÉUM (*linolêóm'*), s. m. Linóleo. Pl.: *des linoléums*.

LINON (*linon*), s. m. Cambraleta.

LINOT (*linô*), s. m. ou **LINOTTE** (*linot*), s. f. Pintarroxo. *Fig.* e *fam. Tête de linotte*, pessoa sem reflexão.

LINOTYPE (*linotip*), s. f. Linotipo.

LINOTYPISTE (*linotipiçt*), s. Linotipista.

LINTEAU (*lentô*), s. m. Lintel. Pl.: *des linteaux*.

LION, NE (*lion, ón'*), s. Leão. *Fig.* Homem bravo e corajoso; pessoa que excita a curiosidade pública; jovem rico e elegante. *Se faire la part du lion*, atribuir-se a melhor parte.

LIONCEAU (*lionçô*), s. m. Filhote de leão. Pl.: *des lionceaux*.

LIPIDE (*lipid*), s. m. Lipídeo.

LIPOÏDE (*lipoíd*), adj. Lipóide.

LIPOTHYMIE (*lipotimi*), s. f. Lipotimia.

LIPPE (*lip*), s. f. Lábio inferior desenvolvido e pendente. *Faire la lippe*, fazer beicinho.

LIPPÉE (*lipé*), s. f. Bocado. *Fam.* Comida boa e de graça.

LIPPU, E (*lipü*), adj. Beiçudo.

LIQUATION (*likuaçion*), s. f.Liquação.

LIQUÉFACTEUR, EUSE (*likêfaktĕr, ĕz*), adj. Que liquefaz.

LIQUÉFACTION (*likêfakçion*), s. f. Liquefação.

LIQUÉFIABLE (*likêfiabl*), adj. Liquidificável.

LIQUÉFIANT, E (*likêfian, t*), adj. Liquidificante.

LIQUÉFIER (*likêfiê*), v.t. (Conjuga-se como *prier*.) Liquidificar, liquefazer. **SE LIQUÉFIER**, v. pr. Tornar-se líquido.

LIQUEUR (*likĕr*), s. f. Licor. *Vins de liqueur*, vinhos doces e capitosos.

LIQUIDABLE (*likidabl*), adj. Liquidável.

LIQUIDATEUR (*likidatĕr*), s. e adj. m. Liquidatário.

LIQUIDATIF, IVE (*likidatif, iv*), adj. Liquidativo.

LIQUIDATION (*likidaçion*), s. f. Liquidação.

LIQUIDE (*likid*), adj. e s. m. Líquido.

LIQUIDER (*likidê*), v.t. Liquidar. **SE LIQUIDER**, v. pr. Pagar suas dívidas.

LIQUIDITÉ (*likiditê*) s. f. Liquidez.

LIQUOREUX, EUSE (*likorĕ, ĕz*), adj. Licoroso.

LIQUORISTE (*likoriçt*), s. Licorista.

LIRE (*lir*), s.f. Lira. V. t. (*Je lis, nous lisons. Je lisais, nous lisions. Je lus, nous lûmes. Je lirai, nous lirons. Je lirais, nous lirions. Lis, lisons, lisez. Que je lise, que nous lisions. Que je lusse, que nous lussions. Lisant. Lu, e.*) Ler; explicar; compreender.

LIS ou **LYS** (*liç*), s. m. Lírio. *Fig. Teint de lis*, de uma brancura extrema. *Le royaume des lis*, a França. Pl.: *des lis* ou *lys*.

LISE (*liz*), s. f. Areia movediça.

LISÉRAGE (*lizêraj*), s. m. Bordadura.

LISÉRÉ (*lizêrê*), s. m. Fita, galão, orla; barra.

LISÉRER (*lizêrê*), v. t. (Conjuga-se como *accélérer*.) Guarnecer, orlar ou debruar.

LISERON ou **LISERET** (*lizəron* ou *lizré*), s m. Campainha.

LISETTE (*lizét*), s. f. Criada de comédia, intrigante e ladina.

LISEUR, EUSE (*lizĕr, ĕz*), s. Leitor. S. f. Faca de papel, que marca a leitura;

lâmpada que permite ler; porta-livros de couro.

LISIBILITÉ (*lizibilitê*), s. f. Legibilidade.

LISIBLE (*lizibl*), adj. Legível.

LISIBLEMENT (*liziblәman*), adv. Legivelmente.

LISIÈRE (*liziér*), s. f. Orla, ourela. *Fig.* Limite, confins. S. f. pl. Andadeiras. *Fig.* Governar-se por si.

LISSAGE (*liçaj*), s. f. Alisamento; colocação das precintas.

LISSE (*liç*), adj. Liso, polido. S.f. Precinta de navio.

LISSÉ, E (*liçê*), adj. Alisado. S. m. Ponto de caramelo.

LISSER (*liçê*), v. t. Alisar, aplainar; guarnecer de precintas.

LISSEUR, EUSE (*liçër, ëz*), s. Alisador, brunidor. S. f. Calandra.

LISSOIR (*liçuar*), s. m. Brunidor.

LISTE (*liçt*), s. f. Lista, relação.

LISTEL, LISTEAU ou **LISTON** (*liçtél, liçtô* ou *liçton*), s. m. Listel, filete. Pl.: *des listels, listeaux* ou *listons*.

LIT (*li*), s. m. Leito, cama; casamento; camada. *Garder le lit*, estar de cama. *Au saut du lit*, loc. adv. Ao levantar da cama, ao acordar.

LITANIES (*litani*), s. f. pl. Litanias. S. *Fam.* Ladainha, enumeração enfadonha.

LITEAU (*litô*), s. m. Barra de cor; guarida do lobo; sarrafo. Pl.: *des liteaux*.

LITÉE (*litê*), s. f. Reunião de animais no mesmo covil.

LITER (*litê*), v. t. Colocar o peixe em camadas nas barricas.

LITERIE (*litәri*), s. f. Tudo o que compõe um leito.

LITHARGE (*litarj*), s. f. Litargo.

LITHIASE (*litiaz*), s. f. Litiase.

LITHINE (*litin'*), s. f. Litina.

LITHIUM (*litióm'*), s. m. *Quím.* Litio.

LITHOGRAPHE (*litograf*), s. m. Litógrafo.

LITHOGRAPHIE (*litografi*), s. f. Litografia.

LITHOGRAPHIER (*litografiê*), v. t. (Conjuga-se como *prier*). Litografar.

LITHOGRAPHIQUE (*litografik*), adj. Litográfico.

LITHOÏDE (*litoïd*), adj. Litóide.

LITHOLOGIE (*litoloji*), s. f. Litologia.

LITHOSPHÈRE (*litoçfér*), s. f. Litosfera.

LITIÈRE (*litiér*), s. f. Liteira, maca, cama de gado. *Faire litière de*, fazer pouco caso de, sacrificar miseravelmente.

LITIGANT, E (*litigan, t*), adj. Litigante.

LITIGE (*litij*), s. m. Litígio, contenda.

LITIGIEUX, EUSE (*litijië, ëz*), adj. Litigioso.

LITORNE (*litórn*), s. f. Tordo grande.

LITOTE (*litót*), s. f. Litotes.

LITRE (*litr*), s. m. Litro; garrafa de litro. S. f. Pano preto de luto.

LITRON (*litron*), s. m. Antiga medida de capacidade. *Pop.* Litro de vinho.

LITTÉRAIRE (*litêrér*), adj. Literário.

LITTÉRAIREMENT (*litêrérman*), adv. Literariamente.

LITTÉRAL, E, AUX (*litêral, ô*), adj. Literal.

LITTÉRALEMENT (*litêralman*), adv. Literalmente.

LITTÉRATEUR (*litêratër*), s. m. Literato.

LITTÉRATURE (*litêratür*), s. f. Literatura.

LITTORAL, E, AUX (*litoral, ô*), adj e s. m. Litoral.

LITUANIEN, ENNE (*litüanien, én'*), adj. e s. Lituano.

LITURGIE (*litürji*), s. f. Liturgia.

LITURGIQUE (*litürjik*), adj. Litúrgico.

LITURGISTE (*litürjiçt*), s.m. Liturgista.

LIURE (*liür*), s. f. Corda para amarrar a carga; amarração com cabo ou cadeia.

LIVAROT (*livarô*), s. m. Queijo fabricado em Livarot (França).

LIVIDE (*livid*), adj. Lívido.

LIVIDITÉ (*lividitê*), s. f. Lividez.

LIVRABLE (*livrabl*), adj. Que pode ser entregue.

LIVRAISON (*livrézon*), s. f. Entrega; parte de uma obra que se entrega aos assinantes.

LIVRE (*livr*), s. m. Livro. *Fig.* Objeto que instrui. *Livres sacrés*, as Escrituras. *À livre ouvert*, loc. adv. Sem preparação, à primeira vista. S. f. Libra.

LIVRÉE (*livrê*), s. f. Libré, criadagem. *Fig.* Sinais externos e característicos. *Porter la livrée de*, estar ao serviço de.

LIVRER (*livrê*), v. t. Entregar; travar; abandonar. **SE LIVRER**, v. pr. Entregar-se, consagrar-se.

LIVRESQUE (*livréçk*), adj. Livresco.

LIVRET (*livré*), s. m. Livrinho; caderneta, libreto; catálogo.

LIVREUR, EUSE (*livrër, ëz*), adj. e s. Entregador. S. f. Carro de entrega.

LIXIVIATION (*likçiviaçion*), s. f. Lixiviação.

LOBE (*lób*), s. m. Lóbulo. *Arq.* Lobélio.

LOBÉ, E (*lobê*), adj. Lobado.

LOBULAIRE ou **LOBULÉ, E** (*lobülér* ou *lobülê*), adj. Lobulado.

LOBULE (*lobül*), s. m. Lóbulo.

LOBULEUX, EUSE (*lobülë, ëz*), adj. Lobuloso.

LOCAL, E, AUX (*lokal, ô*), adj. Local. S. m. Lugar.

LOCALEMENT (*lokalman*), adv. Localmente.

LOCALISATION (*lokalizaçion*), s. f. Localização.

LOCALISER (*lokalizê*), v. t. Localizar.

LOCALITÉ (*lokalitê*), s. f. Localidade.
LOCATAIRE (*lokatér*), s. Locatário, inquilino.
LOCATIF, IVE (*lokatif, iv*), adj. e s. Locativo.
LOCATION (*lokaçion*), s. f. Locação, aluguel.
LOCATIS (*lokati*), s. m. *Fam.* Cavalo; carro de aluguel; casa ou quarto mobiliado para alugar. Pl.: *des locatis.*
LOCOMOBILE (*lokomobil*), adj. Locomóvel. S. f. Máquina utilizada antigamente na agricultura.
LOCOMOTEUR, TRICE (*lokomotĕr, triç*), adj. Locomotor.
LOCOMOTION (*lokomoçion*), s. f. Locomoção.
LOCOMOTIVE (*lokomotiv*), s. f. Locomotiva.
LOCULAIRE, LOCULÉ, LOCULEUX (*lokülér, lokülê, lokülë*), adj. *Bot.* Locular.
LOCUTION (*loküçion*), s. f. Locução, expressão.
LODEN (*loden'*), s. m. Lã fabricada na Alsácia e no Tirol.
LOF (*lóf*), s. m. Ló.
LOFER (*lofê*), v. i. *Mar.* Orçar, vir de ló.
LOGARITHME (*logaritm*), s. m. Logaritmo.
LOGARITHMIQUE (*logaritmik*), adj. Logarítmico.
LOGE (*lój*), s. f. Cabana, choça. Quarto de porteiro. Camarote de teatro. Galeria. Loja maçônica. Gabinete onde se fecham os candidatos aos prêmios de escultura, pintura, etc.
LOGEABLE (*lojabl*), adj. Habitável.
LOGEMENT (*lójman*), s. m. Alojamento.
LOGER (*lojê*), v. i. (Toma um *e* mudo depois do *g* antes de *a* e *o*: *il logea, nous logeons.*) Morar, habitar. *Loger à la belle étoile,* dormir ao relento. V. t. Alojar, albergar, colocar, arrumar; introduzir. **SE LOGER**, v. pr. Estabelecer-se.
LOGETTE (*lojét*), s. f. Lojinha; pequena choupana.
LOGEUR, EUSE (*lojĕr, ëz*), s. Alugador de quartos mobiliados.
LOGICIEN, ENNE (*lojiçien, én'*), s. Lógico; que raciocina com método.
LOGIQUE (*lojik*), s. f. Lógica. *Fig.* Maneira particular de raciocinar. Adj. Lógico.
LOGIQUEMENT (*lojikman*), adv. Logicamente.
LOGIS (*loji*), s. m. Casa, habitação, domicílio; hospedaria. *La folle du logis,* a imaginação. Pl.: *des logis.*
LOGISTE (*lojiçt*), s. m. ou f. Concorrente a prêmio na Escola das Belas-Artes de Paris.
LOGISTIQUE (*lojiçtik*), s. f. Logística. *Mil.* Técnica do movimento e dos transportes.
LOGOGRAPHE (*logograf*), s. m. Logógrafo.
LOGOGRIPHE (*logogrif*), s. m. Logógrifo.
LOGOS (*logóç*), s. m. Logos. Pl.: *des logos.*
LOI (*luá*), s. f. Lei. Liga. Quilate.
LOIN (*luen*), adv. Longe. *Fig. Aller loin,* durar muito; progredir, prosperar. *Voir de loin en loin,* ver de vez em quando, visitar raramente.
LOINTAIN, E (*luentén, én'*), adj. Longínquo. S. m. Distância.
LOIR (*luar*), s. m. Arganaz. *Fig. Dormir comme un loir,* dormir profundamente.
LOISIBLE (*luazibl*), adj. Lícito. Permitido.
LOISIR (*luazir*), s. m. Lazer, ócio. *À loisir,* loc. adv. À vontade, com vagar.
LOMBAIRE (*lonbér*), adj. Lombar.
LOMBARD, E (*lonbar, d*), adj. e s. Lombardo.
LOMBES (*lonb*), s. m. pl. Lombo.
LOMBRIC (*lonbrik*), s. m. Minhoca.
LONDONIEN, ENNE (*londonien, én'*), adj. e s. Londrino.
LONG, LONGUE (*lon, g*), adj. Longo, comprido; demorado, lento. S. m. Comprimento. *En savoir long,* ser muito instruído, ser perspicaz, sabido. Loc. adv.: *De long en large,* em todos os sentidos; *au long, tout au long,* amplamente; *à la longue,* com o tempo. *Le long de,* loc. prep. Ao longo de.
LONGANIMITÉ (*longanimitê*), s. f. Paciência.
LONG-COURRIER (*lonkuriê*), adj. e s.m. De longo curso (navio). Aluno que se prepara para o exame de capitão de um navio de longo curso. Pl.: *des longs-courriers.*
LONGE (*lonj*), s. f. Corda ou correia; lombo de vitela ou cabrito.
LONGER (*lonjê*), v.t. (Toma um *e* mudo depois do *g* antes de *a* e *o*: *il longea, nous longeons.*) Costear, ladear; estender-se ao longo de.
LONGERON (*longəron*), s. m. Longarina.
LONGÉVITÉ (*lonjêvitê*), s. f. Longevidade.
LONGIMÉTRIE (*lonjimêtri*), s. f. Longimetria.
LONGITUDE (*lonjitüd*), s. f. Longitude.
LONGITUDINAL, E, AUX (*lonjitüdinal, ô*), adj. Longitudinal.
LONGITUDINALEMENT (*lonjitüdinalman*), adv. Longitudinalmente.
LONGRINE ou **LONGUERINE** (*longrin'*

ou *longhərin'*), s. f. Longarina.
LONGTEMPS (*lontan*), adv. Muito tempo.
LONGUE (*long*), s. f. Sílaba ou vogal longa.
LONGUEMENT (*longman*), adv. Longamente.
LONGUET, ETTE (*longhé, ét*), adj. *Fam.* Um tanto comprido. S. m. Pequeno pão alongado.
LONGUEUR (*longhĕr*), s. f. Comprimento, duração. *Fig.* Lentidão; superfluidade. *Tirer en longueur*, arrastar-se.
LONGUE-VUE (*longhəvü*), s. f. Luneta, binóculo. Pl.: *des longues-vues.*
LOOCH (*lók*), s. m. Loque.
LOPIN (*lopen*), s. m. Pedaço, porção.
LOQUACE (*lokaç*), adj. Loquaz, falador.
LOQUACITÉ (*lokaçitê*), s. f. Loquacidade.
LOQUE (*lók*) s. f. Pedaço, farrapo; doença das abelhas. *Fig.* Pessoa mole.
LOQUÈLE (*lokél*), s. f. Loquacidade.
LOQUET (*loké*), s. m. Fecho de porta, tranqueta.
LOQUETEAU (*loktô*), s. m. Fecho de mola. Pl.: *des loqueteaux.*
LOQUETER (*loktê*), v. i. (Dobra o *t* antes de sílaba muda: *je loquette.*) Bater com a aldrava.
LOQUETEUX, EUSE (*loktë, ëz*), adj. Esfarrapado, andrajoso.
LORD (*lór*), s. m. Lorde. *Lord-Maire*, presidente da Câmara em algumas cidades inglesas.
LORETTE (*lorét*), s. f. Mulher elegante e de costumes fáceis.
LORGNER (*lornhê*), v. t. Olhar de soslaio. *Fig.* Cobiçar.
LORGNETTE (*lornhét*), s. f. Binóculo portátil. *Fig. Regarder par le petit bout de la lorgnette*, exagerar a importância das coisas.
LORGNEUR, EUSE (*lornhĕr, ëz*), s. f. Olhador persistente.
LORGNON (*lornhon*), s. m. Óculos presos ao nariz por uma mola.
LORI (*lori*), s. m. Espécie de pássaro trepador. V. **LORRY**.
LORIOT (*loriô*), s. m. Verdelhão. *Compère-loriot*, terçol.
LORRAIN, E (*loren, én'*), adj. e s. Loreno.
LORRY (*lori*), s. m. Vagoneta.
LORS (*lór*), adv. *Ant.* Então. *Dès lors*, loc. adv. Desde então.
LORSQUE (*lórçk*), conj. Quando, logo que.
LOSANGE (*lozanj*), s. m. Losango.
LOSANGÉ, E (*lozanjê*), adj. *Heráld.* Coberto de losangos.
LOSANGER (*lozanjê*), v. t. Dividir em losangos.
LOT (*lô*), s. m. Lote, quinhão. *Fig.* Sorte, destino.
LOTERIE (*lotri*), s. f. Loteria.
LOTI, E (*loti*), adj. Dividido, contemplado.
LOTIER (*lotiê*), s. m. Trevo.
LOTION (*loçion*), s. f. Loção, lavagem.
LOTIONNER (*loçionê*), v. t. Lavar com loção.
LOTIR (*lotir*), v. t. Dividir em lotes; empossar; separar.
LOTISSEMENT (*loticman*), s. m. Divisão em lotes.
LOTO (*lotô*), s. m. Loto.
LOTOS (*lotóç*), s. m. V. **LOTUS**.
LOTUS (*lotüç*), s. m. *Mit.* Fruto que fazia esquecer a pátria aos estrangeiros. *Bot.* Lótus. Pl.: *des lotus.*
LOUABLE (*luabl*), adj. Louvável.
LOUAGE (*luaj*), s. m. Aluguel.
LOUANGE (*luanj*), s. f. Louvor. *Fig.* Panegírico.
LOUANGER (*luanjê*), v. t. (Toma um *e* mudo depois do *g* antes de *a* e *o*: *il louangea, nous louangeons.*) Louvar, elogiar (pouco usado).
LOUANGEUR, EUSE (*luanjĕr, ëz*), adj. e s. Lisonjeador, panegirista.
LOUCHE (*luch*), adj. Vesgo. *Fig.* Equívoco. S. m. Ambigüidade. S. f. Concha de sopa. Ferramenta de torneiro que aumenta os buracos.
LOUCHEMENT (*luchman*), s. m. Estrabismo.
LOUCHER (*luchê*), v. i. Ser estrábico. *Pop.* Olhar com inveja. *Loucher sur*, desejar, querer.
LOUCHERIE (*luchri*), s. f. Estrabismo.
LOUCHET (*luché*), s. m. Pá de cavar.
LOUCHEUR, EUSE (*luchĕr, ëz*), s. Vesgo, estrábico.
LOUCHIR (*luchir*), v. i. Turvar-se.
LOUER (*luê*), v. t. Louvar, elogiar, glorificar. **SE LOUER**, v. pr. Louvar-se, felicitar-se; alugar, arrendar. *Se louer de*, estar satisfeito com.
LOUEUR, EUSE (*luĕr, ëz*), s. Alugador; adulador, lisonjeador.
LOUFOQUE (*lufók*), adj. e s. m. *Pop.* Desequilibrado, louco.
LOUFOQUERIE (*lufokəri*), s. f. *Pop.* Ato ou palavra de louco.
LOUGRE (*lugr*), s. m. *Mar.* Lugre.
LOUIS (*luí*), s. m. Antiga moeda de ouro. Pl.: *des louis.*
LOUISE-BONNE (*luízbón'*), s. f. Pêra doce e sumarenta. Pl.: *des louises-bonnes.*
LOULOU (*lulu*), s. m. Lulu.
LOUP (*lu*), s. m. Lobo. *Fig. Marcher à pas de loup*, andar sem fazer ruído. *Tenir le loup par les oreilles*, estar numa situação difícil e perigosa. *Entre chien et loup*, no crepúsculo, ao cair da noite. *Se mettre dans la gueule du loup*, pôr-se numa situação perigosa.

LOUP-CERVIER (*luçérviê*), s. m. Lince. *Fig.* e *fam.* Capitalista ávido. Pl.: *des loups-cerviers.*
LOUPE (*lup*), s. f. Quisto. Nó das madeiras. Lupa. Preguiça, vadiagem (gíria).
LOUPER (*lupê*), v. i. Vadiar (gíria). V. t. Executar mal; perder.
LOUP-GAROU (*lugaru*), s. m. Lobisomem. Pl.: *des loups-garoux.*
LOUPIOT (*lupiô*), s. m. *Pop.* Criança, fedelho.
LOURD, E (*lur, d*), adj Pesado, penoso. *Fig. Temps lourd,* tempo em que se respira dificilmente.
LOURDAUD, E (*lurdô, d*), adj. e s. Pesadão, grosseirão.
LOURDEMENT (*lurdəman*), adv. Pesadamente. *Fig.* Grosseiramente.
LOURDERIE ou **LOURDISE** (*lurdəri* ou *lurdiz*), s. f. Grosseria, descortesia.
LOURDEUR (*lurděr*), s. f. Peso, lentidão.
LOURE (*lur*), s. f. Gaita de foles; dança ao som desse instrumento.
LOURER (*lurê*), v. t. Ligar as notas.
LOUSTIC (*luçtik*), s. m. Soldado engraçado, farsista, que diverte seus camaradas.
LOUTRE (*lutr*), s. f. Lontra.
LOUVE (*luv*), s. f. Loba. *Mar.* Cana do leme.
LOUVET, ETTE (*luvé, t*), adj. Cavalo alazão, da cor da pele do lobo.
LOUVETEAU (*luvtô*), s. m. Lobacho. Pl.: *des louveteaux.*
LOUVETER (*luvtê*), v. i. (Dobra o *t* antes de sílaba muda: *elle louvettera.*) Parir (a loba).
LOUVETERIE (*luvətri*), s. f. Equipagem para a caça aos lobos.
LOUVIERS (*luviê*), s. m. Pano de Louviers. Pl.: *des louviers.*
LOUVOYER (*luvuaiê*), v. i. (Conjuga-se como *aboyer.*) Navegar contra o vento. *Fig.* Usar de rodeios.
LOVER (*lovê*), v. t. Enrolar.
LOYAL, E, AUX (*luaial, ô*), adj. Leal, sincero.
LOYALEMENT (*luaialman*), adv. Lealmente.
LOYALISME (*luaialiçm*), s. m. Fidelidade à coroa. Lealdade ao governo constituído.
LOYALISTE (*luaialiçt*), adj. e s. Lealista.
LOYAUTÉ (*luaiôtê*), s. m. Lealdade.
LOYER (*luaiê*), s. m. Aluguel, renda.
LUBIE (*lübi*), s. f. *Fam.* Capricho extravagante.
LUBRICITÉ (*lübriçitê*), s. f. Lubricidade, luxúria.
LUBRIFIANT, E (*lübrifian, t*), adj. Lubrificante.
LUBRIFICATION (*lübrifikaçion*), s. f. Lubrificação.
LUBRIFIER (*lübrifiê*), v. t. (Conjuga-se como *prier.*) Lubrificar.
LUBRIQUE (*lübrik*), adj. Lúbrico, sensual.
LUBRIQUEMENT (*lübrikman*), adv. Lubricamente.
LUCANIEN, ENNE (*lükanien, én'*), adj. e s. Da Lucânia.
LUCARNE (*lükarn*), s. f. Trapeira.
LUCERNAIRE (*lüçérnér*), s. m. Lucernário.
LUCIDE (*lüçid*), adj. Lúcido, claro.
LUCIDEMENT (*lüçidman*), adv. Lucidamente.
LUCIDITÉ (*lüçiditê*), s. f. Lúcido; clareza.
LUCIFER (*lücifér*), s. m. Satanás. *Fig.* Pessoa insuportável.
LUCIFUGE (*lüçifüj*), adj. Lucífugo.
LUCRATIF, IVE (*lükratif, iv*), adj. Lucrativo.
LUCRATIVEMENT (*lükrativman*), adv. Lucrativamente.
LUCRE (*lükr*), s. m. Lucro, ganho, proveito.
LUDION (*lüdion*), s. m. Lúdio.
LUDIQUE (*lüdik*), adj. Lúdico.
LUETTE (*lüét*), s. f. Úvula.
LUEUR (*lüěr*), s. f. Clarão, luz.
LUGE (*lüj*), s. f. Pequeno trenó.
LUGER (*lüjê*), v. i. (Toma um *e* mudo depois do *g* antes de *a* e *o*: *il lugea, nous lugeons.*) Andar de pequeno trenó.
LUGUBRE (*lügübr*), adj. Lúgubre, fúnebre.
LUGUBREMENT (*lügübrəman*), adv. Lugubremente.
LUI (*lüi*), pron. pess. da 3ª p. Ele; lhe.
LUIRE (*lüir*), v. i. (*Je luis, nous luisons. Je luisais, nous luisions.* Não há pret. perf. *Je luirai, nous luirons. Je luirais, nous luirions. Que je luise, que nous luisions.* Não há imperf. do subj. *Luisant. Lui*). Luzir, brilhar, iluminar.
LUISANCE (*lüizanç*), s. f. Brilho.
LUISANT, E (*lüizan, t*), adj. Luzente. *Ver luisant,* pirilampo.
LUMBAGO (*lonbagô*), s. m. Lumbago.
LUMEN (*lümén'*), s. m. Lúmen.
LUMIÈRE (*lümiér*), s. f. Luz. Ouvido de arma de fogo. Luminar (homem de grande saber).
LUMIGNON (*lüminhon*), s. m. Morrão; coto de vela.
LUMINAIRE (*lüminér*), s. m. Luminária. *Fig.* Astro.
LUMINESCENCE (*lüminéçanç*), s. f. Luminescência.
LUMINESCENT, E (*lüminéçan, t*), adj. Luminescente.
LUMINEUSEMENT (*lüminězman*), adv. Luminosamente.
LUMINEUX, EUSE (*lüminë, ëz*), adj.

Luminoso, luzente. *Fig.* Evidente, claro.

LUMINISTE (*lüminiçt*), s. m. Luminista.

LUMINOSITÉ (*lüminozitê*), s. f. Luminosidade.

LUNAIRE (*lünér*), adj. Lunar. S. f. Lunária.

LUNAISON (*lünézon*), s. f. Lunação.

LUNATIQUE (*lünatik*), adj. e s. Lunático.

LUNCH (*lën'ch* ou *lënch*), s.m. Merenda (na França); almoço (na Inglaterra).

LUNCHER (*lënchê*), v. i. Lanchar, merendar; almoçar.

LUNDI (*lëndi*), s. m. Segunda-feira. *Pop. Faire le lundi*, não trabalhar na segunda-feira.

LUNE (*lün'*), s. f. Lua. *Clair de lune*, luar. *Fig.* Capricho, disposição de espírito. *Aboyer à la lune*, buscar o impossível. *Vouloir prendre la lune avec ses dents*, querer o impossível.

LUNÉ, E (*lünê*), adj. Em forma de crescente. *Fam.* Aluado, influenciado pela lua.

LUNETIER ou **LUNETTIER** (*lünətiê* ou *lünétiê*), s. e adj. m. Oculista.

LUNETTE (*lünét*), s. f. Luneta; óculos; encaixe do vidro nos relógios; buraco da guilhotina. Pl. Óculos; antolhos.

LUNETTERIE (*lünétri*), s. f. Arte ou comércio do oculista.

LUNULE (*lünül*), s. f. Lúnula, mancha branca na unha.

LUNURE (*lünür*), s. f. Mancha na madeira.

LUPIN (*lüpen*), s.m. Tremoço.

LURETTE (*lürét*), s. f. *Fam. Il y a belle lurette*, faz muito tempo.

LURON, ONNE (*lüron, ón'*), s. Pessoa alegre, decidida e sem cuidados.

LUSITANIEN, ENNE ou **LUSITAIN, E** (*lüzitanien, én'*, ou *lüziten, én'*), adj. e s. Lusitano.

LUSTRAGE (*lüçtraj*), s. m. Lustro.

LUSTRAL, E, AUX (*lüçtral, ô*), adj. Lustral.

LUSTRATION (*lüçtraçion*), s. f. Lustração.

LUSTRE (*lüçtr*), s. m. Lustre; lustro. *Fig.* Brilho.

LUSTRER (*lüçtrê*), v. t. Lustrar.

LUSTRERIE (*lüçtrəri*), s. f. Fabricação de lustres.

LUT (*lüt*), s. m. Massa betuminosa.

LUTATION (*lütaçion*), s. f. Lutação.

LUTER (*lütê*), v. t. Betumar.

LUTH (*lüt*), s. m. Alaúde.

LUTHÉRANISME (*lüteraniçm*), s. m. Luteranismo.

LUTHERIE (*lütəri*), s. f. Profissão, indústria, loja de instrumento de corda.

LUTHÉRIEN, ENNE (*lütêrien, én'*), adj. e s. Luterano.

LUTHIER (*lütiê*), s. m. Violeiro; o que fabrica instrumentos musicais em geral.

LUTIN (*lüten*), s. m. Duende. *Fig.* Traquinas, brincalhão.

LUTINER (*lütinê*), v. t. Atormentar. V. i. Fazer travessuras.

LUTINERIE (*lütinəri*), s. f. Travessura, arte.

LUTRIN (*lütren*), s. m. Estante de coro de uma igreja; conjunto dos que cantam em torno.

LUTTE (*lüt*), s. f. Luta. *De haute lutte*, loc. adv. Pela força.

LUTTER (*lütê*), v. i. Lutar.

LUTTEUR, EUSE (*lütër, ëz*), s. Lutador, combatente.

LUX (*lükç*), s. m. Lux. Pl.: *des lux.*

LUXATION (*lükçaçion*), s. f. Luxação.

LUXE (*lükç*), s. m. Luxo. *Fig.* Profusão.

LUXER (*lükçê*), v. t. Luxar, deslocar um osso.

LUXUEUSEMENT (*lükçüëzman*), adv. Luxuosamente.

LUXUEUX, EUSE (*lükçüë, ëz*), adj. Luxuoso.

LUXURE (*lükçür*), s. f. Luxúria.

LUXURIANCE (*lükçürianç*), s. f. Exuberância, viço.

LUXURIANT, E (*lükçürian, t*), adj. Luxuriante. *Fig.* Rico, abundante.

LUXURIEUX, EUSE (*lükçürië, ëz*), adj. Luxurioso, sensual.

LUZERNE (*lüzérn*), s. f. Luzerna.

LYCANTHROPE (*likantróp*), s.m. Licantropo. V. **LOUP-GAROU.**

LYCANTHROPIE (*likantropi*), s. f. Licantropia.

LYCÉE (*liçê*), s. m. Liceu.

LYCÉEN, ENNE (*liçêen, én'*), s. Estudante de liceu.

LYCOPODE (*likopód*), s. m. Licopódio.

LYDIEN, ENNE (*lidien, én'*), adj. e s. Lídio.

LYMPHATIQUE (*lenfatik*), adj. e s. Linfático.

LYMPHATISME (*lenfatiçm*), s. m. Linfatismo.

LYMPHE (*lenf*), s. f. Linfa.

LYNCHAGE (*lenchaj*), s. m. Linchamento.

LYNCHER (*lenchê*), v. t. Linchar.

LYNX (*lenkç*), s. m. Lince. Pl.: *des lynx.*

LYONNAIS, E (*lioné, éz*), adj. e s. Lionês.

LYRE (*lir*), s. f. Lira.

LYRIQUE (*lirik*), adj. Lírico. S. m. Poeta.

LYRISME (*liriçm*), s. m. Lirismo.

M

M (*ém'* ou *mə*), s. m. Décima terceira letra do alfabeto.
MA (*ma*), adj. poss. f. Minha.
MABOUL, E (*mabul*), adj. *Pop.* Louco.
MABOULISME (*mabuliçm*), s. m. *Pop.* Loucura.
MACABRE (*makabr*), adj. Macabro, fúnebre.
MACADAM (*makadam'*), s. m. Macadame.
MACADAMISAGE (*makadamizaj*), s. m. Macadamização.
MACADAMISER (*makadamizê*), v. t. Macadamizar.
MACAQUE (*makak*), s. m. Macaco; homem de feiúra repelente.
MACARON (*makaron*), s. m. Doce de amêndoa, clara de ovos e açúcar; maçapão.
MACARONÉE (*makaronê*), s. f. Peça em verso, de estilo macarrônico.
MACARONI (*makaroni*), s. m. inv. Macarrão.
MACARONIQUE (*makaronik*), adj. Macarrônico.
MACCHABÉE (*makabê*), s. m. *Pop.* Cadáver.
MACÉDOINE (*maçêduan'*), s. f. Miscelânea, mistura.
MACÉDONIEN, ENNE (*maçêdonien, én'*), adj. e s. Macedônio.
MACÉRATEUR (*maçêratĕr*), adj. e s. m. Recipiente onde se macera. Que faz a maceração.
MACÉRATION (*maçêraçion*), s. f. Maceração, mortificação.
MACÉRER (*maçêrê*), v. t. (Conjuga-se como *accélérer*.) Macerar, mortificar.
MACFARLANE (*makfarlan'*), s. m. Capote sem mangas.
MÂCHE (*mach*), s. f. Valerianela.
MÂCHEFER (*machfér*), s. m. Escória do ferro.
MÂCHE-LAURIER (*machlôriê*), s. m. Poeta.
MÂCHELIER, ÈRE (*machliê, ér*), adj. Maxilar.
MÂCHER (*machê*), v. t. Mascar. *Ne pas mâcher une chose* ou *ses mots*, dizer cruamente.
MACHETTE (*machét*), s. f. Faca de mato.
MACHIAVÉLIQUE (*makiavélik*), adj. Maquiavélico.
MACHIAVÉLISME (*makiavêliçm*), s.m. Maquiavelismo.
MACHIAVÉLISTE (*makiavêliçt*), adj. e s. Maquiavelista.
MÂCHICOULIS (*machikuli*), s. m. Espécie de balcão no alto das muralhas, cujo fundo apresentava aberturas para lançamento de projéteis. Pl.: *des mâchicoulis.*
MACHIN (*machen*), s. m. Nome com que se designa pessoa ou coisa cujo nome não ocorre.
MACHINAL, E (*machinal*), adj. Maquinal, instintivo.
MACHINALEMENT (*machinalman*), adv. Maquinalmente, instintivamente.
MACHINATEUR, TRICE (*machinatĕr, triç*), s. m. e f. Maquinador, urdidor.
MACHINATION (*machinaçion*), s. f. Maquinação, trama.
MACHINE (*machin'*), s. f. Máquina. *La machine ronde,* a Terra. *Faire machine arrière,* dar marcha à ré, voltar atrás.
MACHINER (*machinê*), v. t. Maquinar, tramar.
MACHINERIE (*machinəri*), s. f. Maquinaria, casa de máquinas.
MACHINISME (*machiniçm*), s. m. Maquinismo.
MACHINISTE (*machiniçt*), s. m. Maquinista.
MÂCHOIRE (*machuar*), s. f. Queixo, maxila.
MÂCHONNEMENT (*machonəman*), s. m. Mastigação lenta e difícil.
MÂCHONNER (*machonê*), v. t. Mastigar devagar e a custo.
MÂCHURE (*machŭr*), s. f. Rasgamento por contusão; parte de tecido amassado.
MÂCHURER (*machŭrê*), v. t. Sujar, manchar, difamar, contundir.
MACIS (*maçi*), s. m. Arilo da noz-moscada. Pl.: *des macis.*
MACKINTOSCH (*makentóch*), s. m. Espécie de casaco impermeável.
MACLAGE (*maklaj*), s. m. Remexida do vidro em fusão.
MAÇON (*maçon*), s. m. Pedreiro. Membro da maçonaria.
MÂCON (*makon*), s. m. Vinho da região de Mâconnais.
MAÇONNAGE (*maçonaj*), s. m. Obra de pedreiro.
MAÇONNER (*maçonê*), v. t. Executar obra de alvenaria. *Fig.* e *fam.* Trabalhar toscamente.
MAÇONNERIE (*maçonəri*), s. f. Alvenaria, construção; maçonaria.
MAÇONNIQUE (*maçonik*), adj. Maçônico.

MACROCÉPHALE (*makroçêfal*), adj. Macrocéfalo.
MACROCOSME (*makrokóçm*), s. m. Universo.
MACROPHAGE (*makrofaj*), s. f. Categoria de glóbulos brancos.
MACRAMÉ (*makramê*), s. m. Passamanaria.
MACRE (*makr*), s. f. Planta aquática, tríbulo.
MACREUSE (*makrëz*), s. f. Pato negro.
MACROPODE (*makropód*), adj. e s. Macrópode.
MACROSCÉLIDE (*makroçêlid*), s. m. *Zool.* Macróscele.
MACROSCOPIQUE (*makroçkopik*), s.m. Macroscópico.
MACROURES (*makrur*), s. m. pl. Macruros.
MACULACE (*makülaj*), s. m. Maculação.
MACULATION (*makülaçion*), s. f. Maculação.
MACULATURE (*makülatür*), s. f. Maculatura.
MACULE (*makül*), s. f. Mácula, mancha.
MACULER (*makülê*), v. t. Macular, manchar.
MADAME (*madam'*), s. f. Senhora, título de mulher casada. *Jouer à la madame,* dar-se grandes ares. Pl.: *mesdames.*
MADAPOLAM (*madapolam'*), s. m. Madapolão.
MADÉCASSE (*madêkaç*), adj. Malgache.
MADÉFACTION (*madêfakçion*), s. f. Madefação, umedecimento.
MADÉFIER (*madêfiê*), v. t. (Conjuga-se como *prier.*) Madeficar.
MADELEINE (*madlén'*), s. f. Espécie de bolo. Variedade de uva, pêra, ameixa ou pêssego.
MADEMOISELLE (*madmuazél*), s. f. Senhorita. Pl.: *mesdemoiselles.*
MADÈRE (*madér*), s. m. Vinho da ilha da Madeira.
MADONE (*madón'*), s. f. Madona.
MADRAGUE (*madragh*), s. f. Almadrava.
MADRAS (*madraç*), s. m. Madrasta (tecido). Touca feita com a mesma. Pl.: *des madras.*
MADRÉ, E (*madrê*), adj. Venado, raiado.
MADRÉPORE (*madrêpór*), s. m. Madrépora.
MADRÉPORIEN ou **MADRÉPORIQUE** (*madrêporien* ou *madrêporik*), adj. Madrepórico.
MADRIER (*madriê*), s. m. Prancha.
MADRIGAL (*madrigal*), s. m. Madrigal. Pl.: *des madrigaux.*
MADRIGALESQUE (*madrigaléçk*), adj. Madrigalesco.
MADRILÈNE (*madrilén'*), adj. e s. Madrileno.
MADRURE (*madrür*), s. f. Malhas, veios da madeira.
MAESTOSO (*maéçtôzô*), adv. *Mús.* Indica movimento lento.
MAESTRIA (*maéçtriá*), s. f. Mestria.
MAESTRO (*maéçtrô*), s. m. Maestro.
MAFFLÉ, E ou **MAFFLU, E** (*maflê* ou *maflü*), adj. Bochechudo.
MAFFIA ou **MAFIA** (*mafiá*), s. f. Máfia.
MAGASIN (*magazen*), s. m. Estabelecimento, loja.
MAGASINAGE (*magazinaj*), s. f. Armazenagem.
MAGASINIER (*magaziniê*), s. m. Guarda de armazém.
MAGAZINE (*magazin'*), s. m. Magazine.
MAGE (*maj*), s. m. Mago.
MAGICIEN, ENNE (*majiçien, én'*), s. Mágico.
MAGIE (*maji*), s. f. Magia.
MAGIQUE (*majik*), adj. Mágico, maravilhoso. *Baguette magique,* varinha de condão.
MAGIQUEMENT (*majikman*), adv. Magicamente, maravilhosamente.
MAGISME (*majiçm*), s. m. Magismo.
MAGISTER (*majiçtér*), s. m. Mestre-escola. Pedante.
MAGISTÈRE (*majiçtér*), s. m. Dignidade religiosa máxima. Ordem de Malta. Autoridade doutrinal ou intelectual.
MAGISTRAL, E, AUX (*majiçtral, ô*), adj. Magistral, perfeito.
MAGISTRALEMENT (*majiçtralman*), adv. Magistralmente.
MAGISTRAT (*majiçtrá*), s. m. Magistrado.
MAGISTRATURE (*majiçtratür*), s. f. Magistratura.
MAGMA (*magmá*), s. m. Magma.
MAGNAN (*manhan*), s. m. Bicho-da-seda (sul da França).
MAGNANERIE (*manhanəri*), s. f. Lugar onde se faz a sericultura.
MAGNANIER, ÈRE (*manhaniê, ér*), s.m. Sericultor.
MAGNANIME (*manhanim'*), adj. Magnânimo, generoso.
MAGNANIMEMENT (*manhanimәman*), adv. Magnanimamente.
MAGNANIMITÉ (*manhanimitê*), s. f. Magnanimidade, generosidade.
MAGNAT (*magná*), s. m. Magnata.
MAGNÉSIE (*manhêzi*), s. f. Magnésia.
MAGNÉSIEN, ENNE (*manhêzien, én'*), adj. Magnesiano.
MAGNÉSITE (*manhêzit*), s. f. Magnesita.
MAGNÉSIUM (*manhêzióm'*), s. m. Magnésio.
MAGNÉTIQUE (*manhêtik*), adj. Magnético.
MAGNÉTISABLE (*manhêtizabl*), adj.

Magnetizável.

MAGNÉTISANT, E (*manhêtizan, t*), adj. Magnetizador.

MAGNÉTISATION (*manhêtizaçion*), s.f. Magnetização.

MAGNÉTISER (*manhetizê*), v. t. Magnetizar, hipnotizar.

MAGNÉTISEUR, EUSE (*manhêtizër, ëz*), s. Magnetizador, hipnotizador.

MAGNÉTISME (*manhêtiçm*), s. m. Magnetismo, hipnotismo.

MAGNÉTITE (*manhêtit*), s. f. Magnetita.

MAGNÉTO (*manhêtô*), s. f. Magneto.

MAGNÉTO-ÉLECTRIQUE (*manhêtôêléktrik*), adj. Magnetelétrico.

MAGNÉTOMÈTRE (*manhêtométr*), s.m. Magnetômetro.

MAGNÉTOPHONE (*manhêtofón'*), s. m. Gravador.

MAGNIFICAT (*magnifiká*), s. m. inv. Magnificat.

MAGNIFICENCE (*manhifiçanç*), s. f. Magnificência, pompa.

MAGNIFIER (*manhifiê*), v. t. (Conjuga-se como *prier*.) Magnificar, enaltecer.

MAGNIFIQUE (*manhifik*), adj. Magnífico, suntuoso.

MAGNIFIQUEMENT (*manhifikman*), adv. Magnificamente.

MAGNITUDE (*manhitud*), s. f. Magnitude; grandeza aparente de um astro.

MAGNOLIA ou **MAGNOLIER** (*manholiá* ou *manholiê*), s. m. Magnólia.

MAGOT (*magô*), s. m. Espécie de macaco grande; boneco de porcelana; pé-de-meia; homem muito feio. *Fam.* Dinheiro escondido.

MAHARAJAH (*maarajá*), s. m. Marajá.

MAHATMA (*maatmá*), s. m. Nome dado na Índia aos ascetas.

MAHDI (*madi*), s. m. Enviado de Alá.

MAHOMÉTAN, E (*maomêtan, n'*), adj. e s. Maometano.

MAHOMÉTISME (*maomêtiçm*), s. m. Maometismo.

MAI (*mé*), s. m. Maio.

MAIE (*mé*), s. f. Vaso em que se amassa o pão.

MAIGRE (*mégr*), adj. Magro. S. m. Parte de um rio de pouca profundidade.

MAIGRELET, ETTE (*mégrəlé, t*), adj. Franzino.

MAIGREMENT (*mégr man*), adv. Escassamente, mesquinhamente.

MAIGRET, ETTE (*mégré, t*), adj. Magrinho.

MAIGREUR (*mégrër*), s. f. Magreza, penúria.

MAIGRICHON, ONNE (*mégrichon, ón'*), adj. Magricela.

MAIGRIR (*mégrir*), v. t. e i. Emagrecer.

MAIL (*mai*), s. m. Malho.

MAILLE (*maii*), s. f. Malha. Moeda. *Avoir maille à partir avec quelqu'un*, ter contas a ajustar com alguém. *N'avoir ni sou ni maille*, não ter vintém.

MAILLER (*maiê*), v. t. Fazer malhas

MAILLET (*maié*), s. m. Maço com duas cabeças.

MAILLETON (*maiiton*), s. m. Rebento, gomo.

MAILLOCHE (*maióch*), s. f. Grande maço de pau ou de ferro.

MAILLON (*maion*), s. m. Malhazinha, nó.

MAILLOT (*maiô*), s. m. Cueiro, roupa de criança. Maiô. *Maillot de bain*, roupa de banho.

MAILLOTIN (*maiioten*), s. m. Prensa, maça ou clava de ferro.

MAILLURE (*maiür*), s. f. Mancha na madeira; pinta (nas penas das aves).

MAIN (*men*), s. f. Mão. *Un coup de main*, uma ajuda, uma mãozinha. *Petite main*, ajudante de costureira. *Battre des mains*, aplaudir. *Prendre (quelqu'un) la main dans le sac*, pegar alguém com a boca na botija. *Mettre la dernière main à*, dar o último retoque. *Faire main basse sur*, apoderar-se de. *Se faire la main*, treinar, exercitar-se em. *Y faire sa main*, aproveitar-se de. *Avoir la main heureuse*, ter sorte. *Avoir sous la main*, ter à mão. *Avoir les mains nettes*, estar inocente. *Passer la main*, ceder. *Prêter main forte à*, apoiar, dar mão forte a. *Prendre en main*, encarregar-se de. *N'y pas aller de main morte*, agir energicamente. *Mettre la main sur*, conseguir encontrar. *Mettre la main au feu de*, pôr a mão no fogo por. *Mettre la main à l'œuvre*, pôr mãos à obra. *Mettre la main à la pâte*, pôr as mãos na massa, participar do trabalho. Loc. adv.: *De première main*, de primeira mão; *en un tour de main*, num instante; *de longue main*, de longa data; *de main de maître*, com mão de mestre; *de la main à la main*, sem intermediário.

MAIN-D'ŒUVRE (*mendëvr*), s. f. Mão-de-obra. Pl.: *des mains-d'œuvre*.

MAIN-FORTE (*menfórt*), s. f. Mão forte, assistência.

MAINLEVÉE (*menləvê*), s. f. Desembargo.

MAINMISE (*menmiz*), s. f. Embargo, penhora.

MAINMORTABLE (*menmortabl*), adj. Sujeito ao direito de mão-morta.

MAINMORTE (*menmórt*), s. f. Mão-morta.

MAINT, E (*men, t*), adj. Muito, vários. *Maintes et maintes fois*, loc. adv. Muitas vezes.

MAINTENANCE (*mantənanç*), s. f. Manutenção, confirmação de posse.

MAINTENANT (*mentənan*), adv. Agora, atualmente.

MAINTENEUR (*mentǝnĕr*), s. m. Mantenedor.
MAINTENIR (*mentǝnir*), v.t. (Conjuga-se como *tenir.*) Manter, conservar, afirmar.
MAINTIEN (*mentien*), s. m. Manutenção, conservação, atitude.
MAIRE (*mér*), s. m. Chefe do corpo municipal (em França). *Maire du palais*, ministro dos reis merovíngeos.
MAIRESSE (*méréç*), s. f. Esposa do primeiro magistrado da cidade.
MAIRIE (*méri*), s. f. Dignidade do *maire*; sede do conselho municipal.
MAIS (*mé*), conj. Mas, porém. Adv. *Ant.* Mais.
MAÏS (*maíç*), s. m. Milho. Pl.: *des maïs.*
MAISON (*mézon*), s.f. Casa, edifício, criadagem; séquito de uma personalidade.
MAISONNÉE (*mézonê*), s. f. Conjunto de moradores de uma casa.
MAISONNETTE (*mézonét*), s. f. Casinhola.
MAISTRANCE (*méçtranç*), s. f. Corpo de suboficiais da marinha.
MAÎTRE (*métr*), s. m. Senhor; que governa; proprietário; mestre.
MAÎTRE-À-DANSER (*métradançê*), s.m. Tipo de compasso. Pl.: *des maîtres-à-danser.*
MAÎTRE-AUTEL (*métrôtél*), s. m. Altar-mor. Pl.: *des maîtres-autels.*
MAÎTRESSE (*métréç*), s. f. Senhora; proprietária; mestra; amante.
MAÎTRISABLE (*métrizabl*), adj. Domável.
MAÎTRISE (*métriz*), s. f. Domínio; cargo de mestre de capela.
MAÎTRISER (*métrizê*), v. t. Dominar, dirigir.
MAJESTÉ (*majéçtê*), s. f. Majestade, excelência.
MAJESTUEUSEMENT (*majéçtüëzman*), adv. Majestosamente, grandiosamente.
MAJESTUEUX, EUSE (*majéçtüë, ëz*), adj. Majestoso, grandioso.
MAJEUR, E (*majër*), adj. Maior, superior.
MAJOR (*majór*), s. m. Major. Médico militar.
MAJORAT (*majorá*), s. m. Morgado (propriedade).
MAJORATION (*majoraçion*), s. f. Majoração.
MAJORDOME (*majordóm'*), s. m. Mordomo.
MAJORER (*majorê*), v. t. Aumentar.
MAJORITAIRE (*majoritér*), adj. e s. Majoritário, sistema de voto por maioria.
MAJORITÉ (*majoritê*), s. f. Maioridade, maioria.
MAJORQUIN, E (*majorken, in'*), adj. Maiorquino.
MAJUSCULE (*majüçkül*), adj. Maiúscula. S. f. Maiúscula.
MAKILA (*makilá*), s. f. Bastão ferrado usado pelos bascos.
MAL (*mal*), s. m. Mal. *Se donner du mal*, esforçar-se. *Se mettre mal avec*, brigar com. *Mal de mer*, enjôo. Adv. Mal. Pl.: *des maux.*
MAL, E (*mal*), adj. Mau.
MALABAR (*malabar*), adj. e s. *Pop.* Grande, forte.
MALACHITE (*malakit*), s. f. Malaquita.
MALADE (*malad*), adj. e s. Doente, alterado.
MALADIE (*maladi*), s. f. Doença, mania. *Relever de maladie*, convalescer.
MALADIF, IVE (*maladif, iv*), adj. Doentio.
MALADIVEMENT (*maladivman*), adv. De maneira doentia.
MALADRERIE (*maladrǝri*), s. f. Hospital de leprosos na Idade Média.
MALADRESSE (*maladréç*), s. f. Imperícia.
MALADROIT, E (*maladruá, t*), adj. Desajeitado, inábil.
MALADROITEMENT (*maladruatman*), adv. Desastradamente; sem jeito.
MALAGA (*malagá*), s. f. Málaga; vinho de Málaga.
MALAGUETTE ou **MANIGUETTE** (*malaghét* ou *manighét*), s. f. Pimenta malagueta.
MALAIRE (*malér*), adj. Malar.
MALAIS, E (*malé, z*), adj. e s. Malaio.
MALAISE (*maléz*), s. m. Mal-estar. Inquietação.
MALAISÉ, E (*malézê*), adj. Penoso, difícil.
MALAISÉMENT (*malézêman*), adv. Penosamente.
MALANDRE (*malandr*), s. f. Esparavões (nos joelhos dos cavalos). Parte podre na madeira das construções.
MALANDREUX, EUSE (*malandrë, ëz*), adj. Apodrecido (madeira).
MALANDRIN (*malandren*), s. m. Vadio, bandoleiro, ladrão.
MALAPRIS, E (*malapri, z*), adj. e s. Malcriado, grosseiro.
MALARD ou **MALART** (*malar*), s. m. Macho de pato selvagem ou doméstico.
MALARIA (*malariá*), s. f. Malária.
MALAVISÉ, E (*malavizê*), adj. e s. Indiscreto, imprudente.
MALAXAGE (*malakçaj*), s. f. Malaxação.
MALAXER (*malakçê*), v. t. Malaxar.
MALAXEUR (*malakçër*), adj. e s. Malaxador.
MALBÂTI, E (*malbati*), adj. e s. Malfeito (de corpo).
MALCHANCE (*malchanç*), s. f. Má sorte, infelicidade.

MALCHANCEUX, EUSE (*malchançë, ëz*), adj. Infeliz, de pouca sorte.
MALCONTENT, E (*malkontan, t*), adj. Descontente.
MALDISANT, E (*maldizan, t*), adj. Maldizente, difamador.
MALDONNE (*maldón'*), s. f. Engano (ao dar as cartas).
MÂLE (*mal*), adj. e s. Macho, varonil.
MALÉDICTION (*malêdikçion*), s. f. Maldição, imprecação.
MALÉFICE (*malêfiç*), s. m. Malefício, feitiçaria.
MALÉFIQUE (*malêfik*), adj. Maléfico.
MALEMORT (*malmór*), s. f. Morte trágica.
MALENCONTRE (*malankontr*), s. f. Mau encontro.
MALENCONTREUSEMENT (*malankontrëzman*), adv. Desastradamente.
MALENCONTREUX, EUSE (*malenkontrë, ëz*), adj. Desastrado, infeliz.
MAL-EN-POINT (*malanpuan*), loc. adv. Em mau estado.
MALENTENDU (*malantandü*), s. m. Mal-entendido, equívoco.
MALEPESTE! (*malpéçt*), interj. Mal haja! Safa!
MAL-ÊTRE (*malétr*), s. m. Mal-estar, indisposição.
MALÉVOLE (*malêvól*), adj. Malévolo, maligno, malquerente.
MALFAÇON (*malfaçon*), s. f. Imperfeição, obra defeituosa.
MALFAIRE (*malfér*), v. i. Malfazer, praticar más ações.
MALFAISANCE (*malfézanç*), s. f. Maleficência, disposição maldosa.
MALFAISANT, E (*malfézan, t*), adj. Malfazejo, nocivo.
MALFAITEUR, TRICE (*malfétër, triç*), s. Malfeitor, facínora.
MALFAMÉ, E (*malfamê*), adj. Desacreditado, mal conceituado.
MALFORMATION (*malformaçion*), s. f. Defeito de formação congênito e remediável.
MALGACHE (*malgach*), adj. e s. Malgaxe.
MALGRACIEUX, EUSE (*malgraciê, ëz*), adj. Desengraçado, rude.
MALGRÉ (*malgrê*), prep. Apesar de, contudo. *Malgré qu'il en ait, en eût*, apesar da sua opinião.
MALHABILE (*malabil*), adj. Inábil, incompetente.
MALHABILEMENT (*malabilman*), adv. Inabilmente.
MALHABILITÉ (*malabilitê*), s. f. Inabilidade, incapacidade.
MALHEUR (*malër*), s. m. Infelicidade. *Prov. À quelque chose malheur est bon*, a desgraça sempre serve para alguma coisa.
MALHEUREUSEMENT (*malërëzman*), adv. Infelizmente.
MALHEUREUX, EUSE (*malërë, ëz*), adj. Desgraçado, infeliz, deplorável.
MALHONNÊTE (*malonét*), adj. e s. Desonesto, indigno.
MALHONNÊTEMENT (*malonétman*), adv. Indecorosamente, desonestamente.
MALHONNÊTETÉ (*malonétətê*), s. f. Desonestidade, indecência.
MALICE (*maliç*), s. f. Malícia, dito picante. *Ne pas entendre malice*, não ter má intenção.
MALICIEUSEMENT (*maliçiëzman*), adv. Maliciosamente.
MALICIEUX, EUSE (*maliçië, ëz*), adj. e s. Malicioso, mordaz.
MALIGNEMENT (*malinhəman*), adv. Maliciosamente, malignamente.
MALIGNITÉ (*malinhitê*), s. f. Malignidade, malvadez.
MALIN, MALIGNE (*malen, malinh*), adj. e s. m. Maligno, esperto, malicioso. *Pop.* Difícil. *Le malin*, o diabo.
MALINGRE (*malengr*), adj. Débil, fraco.
MALINOIS (*malinuá*), s. m. Cão pastor de pelo duro. Pl.: *des malinois*.
MALINTENTIONNÉ, E (*malentançionê*), adj. Mal-intencionado.
MALIQUE (*malik*), adj. Málico.
MALITORNE (*malitórn*), adj. e s. Grosseiro, mal conformado.
MAL-JUGÉ (*maljüjê*), s. m. Mal julgado, julgamento defeituoso de um tribunal.
MALLARMÉEN, ENNE (*malarmêen, én'*), adj. Próprio de Mallarmé.
MALLE (*mal*), s. f. Mala, baú. *Fig. Boucler ses malles*, preparar-se para partir, fazer as malas.
MALLÉABILISER (*malêabilizê*), v. t. Tornar maleável, maleabilizar.
MALLÉABILITÉ (*malêabilitê*), s. f. Maleabilidade.
MALLÉABLE (*malêabl*), adj. Maleável.
MALLÉÉ ou **MALLÉOLE** (*malêê* ou *malêól*), s. f. Maléolo; pequeno martelo.
MALLÉER (*malêê*), v. t. Malear.
MALLE-POSTE (*malpóçt*), s. f. Mala postal. Pl.: *des malles-poste*.
MALLETIER (*maltiê*), s. m. Maleiro.
MALLETTE (*malét*), s. f. Maleta.
MALMENER (*malmənê*), v.t. (Conjuga-se como *amener*.) Maltratar, prejudicar.
MALODORANT, E (*malodoran, t*), adj. Malcheiroso.
MALOTRU, E (*malotrü*), adj. Desairoso, grosseiro.
MALOUIN, E (*maluen, in'*), adj. Habitante de St. Malo.
MALPEIGNÉ, E (*malpénhê*), adj. e s. Malpenteado.
MALPLAISANT, E (*malplézan, t*), Desagradável, enfadonho.
MALPROPRE (*malprópr*), adj. e s. Su-

jo; desonesto.

MALPROPREMENT (*malproprəman*), adv. Sem asseio; inconvenientemente

MALPROPRETÉ (*malpropr tê*), s. f. Falta de asseio; imoralidade.

MALSAIN, E (*malçen, én'*), adj. Insalubre, doentio; imoral; perigoso.

MALSÉANCE (*malçêanç*), s. f. Inconveniência, indelicadeza, incorreção.

MALSÉANT, E (*malçêan, t*), adj. Inconveniente, impróprio.

MALSONNANT, E (*malçonan, t*), adj. Malsoante, imoral.

MALT (*malt*), s. m. Malte.

MALTAIS, E (*malté, z*), adj. Maltês (de Malta).

MALTHUSIANISME (*maltüzianiçm*), s. m. Malthusianismo.

MALTHUSIEN, ENNE (*maltüzien, én'*), adj. Malthusiano.

MALTOSE (*maltôz*), s. m. Maltose.

MALTÔTE (*maltôt*), s. f. Imposto ilegal.

MALTÔTIER (*maltôtiê*), s. m. Cobrador de imposto ilegal.

MALTRAITER (*maltrétê*), s. m. Maltratrar, ofender.

MALVACÉES (*malvacê*), s. f. pl. Malváceas.

MALVEILLANCE (*malvéianç*), s. f. Malevolência, má vontade, aversão.

MALVEILLANT, E (*malvéian, t*), adj. e s. Malevolente, malévolo.

MALVENU, E (*malvənü*), adj. Impróprio.

MALVERSATION (*malvérçaçion*), s. f. Prevaricação, desvio de dinheiro.

MALVERSER (*malvérçê*), v. int. Prevaricar, defraudar, desviar dinheiro.

MALVOISIE (*malvuazi*), s. f. Malvásia (vinho).

MAMAMOUCHI (*mamamuchi*), adj. Expressão de Molière, significando uma dignidade turca de sua invenção. Por extensão: qualquer funcionário.

MAMAN (*maman*), s. f. Mãe. *Grand-maman*, vovó.

MAMELLAIRE (*mamélér*), adj. Mamário.

MAMELLE (*mamél*), s. f. Teta, seio. *Enfant à la mamelle*, criança de peito.

MAMELON (*mamələn*), s. m. Mamilo. Colina.

MAMELONNÉ, E (*mamələnê*), adj. Mamelonado.

MAMELU, E (*maməlü*), adj. Mamudo.

MAMELUK ou **MAMELOUK** (*maməlük* ou *maməluk*), s. m. Mameluco; soldado de uma milícia turco-egípcia.

M'AMI ou **MA'MIE** (*mami*), s. f. Abreviação de *ma amie* e também *ma mie*, minha amiga, minha querida.

MAMILLAIRE (*mamilér*), adj. Mamilar. lar.

MAMMAIRE (*mamér*), adj. Mamário.

MAMMALOGIE (*mamaloji*), s. f. Mamalogia.

MAMMIFÈRE (*mamifér*), adj. Mamífero.

MAMMOUTH (*mamut*), s. m. Mamute.

MAMOURS (*mamur*), s. m. pl. Meu amor (forma antiga). *Faire des mamours à quelqu'un*, fazer carinhos.

MAM'SELLE (*mam'zél*), s. f. Abreviação de *mademoiselle*.

MANADE (*manad*), s. f. Manada.

MANAGER (*manadjér*), s. m. Gerente.

MANANT (*manan*), s. m. Camponês, aldeão; rústico.

MANCEAU, ELLE (*mançô, çél*), adj. Habitante de Le Mans. Pl.: *des manceaux, mancelles*.

MANCELLE (*mançél*), s. f. Correia ou cadeia (ligação da coelheira das bestas aos varais da carroça).

MANCENILLE (*mançənii*), s. f. Fruto da mancenilha.

MANCENILLIER (*mançəniiê*), s. m. Mancenilha.

MANCHE (*manch*), s. m. Cabo, S. f. Manga das roupas. *Jeter la manche après la cognée*, desistir, abandonar tudo. *Fam. Branler dans le manche*, não estar firme. *Fam. C'est une autre paire de manches*, é outra coisa. *Manche à balai*, alavanca de comando de profundidade (nos aviões).

MANCHERON (*manchəron*), s. m. Guarnição (na parte superior da manga do vestido); rabiça (do arado).

MANCHETTE (*manchét*), s. f. Punho de camisa. Nota marginal. Manchete.

MANCHON (*manchon*), s. m. Regalo. Invólucro de certas luzes (camisa). Liga.

MANCHOT, E (*manchô, ôt*), adj. e s. Maneta. *Ne pas être manchot*, não ser tolo. Espécie de pingüim.

MANDANT (*mandan*), s. m. Mandante.

MANDARIN (*mandaren*), s. m. Mandarim.

MANDARINAT (*mandariná*), s. m. Mandarinato.

MANDARINE (*mandarin'*), s. f. Tangerina.

MANDARINIER (*mandariniê*), s. m. Tangerineira.

MANDAT (*mandá*), s. m. Mandato. Vale de correio. Carta registrada com valor declarado. *Mandat d'amener*, citação para comparecer em juízo.

MANDATAIRE (*mandatér*), s. Mandatário.

MANDAT-CARTE (*mandakart*), s. m. Vale postal sob forma de carta. Pl.: *des mandats-cartes*.

MANDAT-CONTRIBUTIONS (*mandakontribüçion*), s. m. Ordem de pagamento de impostos.

MANDATEMENT (*mandatman*), s. m. Ordem de pagamento.

MANDATER (*mandatê*), v. t. Expedir pagamento.
MANDCHOU, E (*mandchu*), adj. e s. m. Manchu.
MANDEMENT (*madəman*), s. m. Ordem escrita; pastoral de bispo.
MANDER (*mandê*), v. t. Participar, informar, convocar.
MANDIBULAIRE (*mandibülér*), adj. Mandibular.
MANDIBULE (*mandibül*), s. f. Mandíbula.
MANDILLE (*mandii*), s. f. Casacão de lacaio.
MANDOLINE (*mandolin'*), s. f. Bandolim.
MANDOLINISTE (*mandoliniçt*), s. Que toca bandolim
MANDORE (*mandór*), s. f. Mandora, bandurra.
MANDRAGORE (*mandragór*), s. f. Mandrágora.
MANDRILL (*mandril*), s. m. Mandril, macaco da Guiné.
MANDRIN (*mandren*), s. m. Torno, punção com que se abrem furos.
MANDUCATION (*mandükaçion*), s. f. Manducação, ação de comer.
MANÉAGE (*manêaj*), s. m. Trabalho gratuito (de marinheiros nos navios mercantes).
MANÉCANTERIE (*manêkantəri*), s. f. Escola de canto ligada a uma paróquia.
MANÈGE (*manéj*), s. m. Manejo. Astúcia.
MANES (*man'*), s. m. pl. Manes.
MANETON (*manəton*), s. m. Punho de manivela.
MANETTE (*manét*), s. f. Manípulo, alavanca, chave ou cabo.
MANGANATE (*manganat*), s. m. Manganato.
MANGANÈSE (*manganéz*), s. m. Manganês.
MANGANÉSIEN, ENNE (*manganêzien, én'*), adj. Mangânico.
MANGANEUX, ESSE (*manganë, ëz*), adj. Manganoso.
MANGANIQUE (*manganik*), adj. Mangânico.
MANGEABLE (*manjabl*), adj. Comestível.
MANGEAILLE (*manjaii*), s. f. Comida para animais domésticos.
MANGEOIRE (*manjuar*), s. f. Manjedoura.
MANGEOTTER (*manjotê*), v. t. Debicar, comer sem apetite.
MANGER (*manjê*), v. t. (Toma um *e* mudo depois do *g* antes de *a* e *o*: *il mangea, nous mangeons.*) Comer; corroer. S. m. O alimento.
MANGERIE (*manjəri*), s. f. Comezaina, glutonaria. Custas.
MANGE-TOUT (*manjətu*), s. m. inv. Pródigo, dissipador. Vagem tenra (de feijão ou ervilha).
MANGEUR, EUSE (*manjĕr, ĕz*), s. Que come, comilão, dissipador.
MANGEURE (*manjĕr*), s. f. Parte roída.
MANGLIER (*manglié*), s. m. Mangle ou mangue.
MANGONNEAU (*mangonô*), s. m. Mangenela. Pl.: *des mangonneaux.*
MANGOUSTAN (*manguçtan*), s. m. Mangostão.
MANGOUSTANIER (*manguçtanié*), s.m. Mangostaneiro.
MANGOUSTE (*manguçt*), s. f. Mangosta (fruta); mangusto (mamífero).
MANGUE (*mang*), s. f. Manga.
MANGUIER (*manghié*), s. m. Mangueira.
MANIABILITÉ (*maniabilitê*), s. f. Maneabilidade.
MANIABLE (*maniabl*), adj. Maneável, dócil.
MANIAQUE (*maniak*), adj. e s. Maníaco, extravagante.
MANICHÉEN, ENNE (*manichêen, én'*), adj. e s. Maniqueu.
MANICHÉISME (*manichêiçm*), s. m. Maniqueísmo.
MANICHORDION ou **MANICORDE** (*manikordion* ou *manikórd*), s. m. Manicórdio.
MANICLE ou **MANIQUE** (*manikl* ou *manik*), s. f. Manícula (de sapateiro).
MANIE (*mani*), s. f. Mania, capricho, excentricidade.
MANIEMENT (*maniman*), s. m. Maneio; administração.
MANIER (*manié*), v. t. (Conjuga-se como *prier.*) Manejar; administrar.
MANIÈRE (*maniér*), s. f. Maneira.
MANIÉRÉ, E (*maniêrê*), adj. Amaneirado, afetado. S. m. O estilo afetado.
MANIÉRER (*maniêrê*), v. t. (Conjuga-se como *accélérer.*) Tornar afetado.
MANIÉRISME (*maniêriçm*), s. m. Maneirismo.
MANIÉRISTE (*maniêriçt*), adj. e s. Maneirista.
MANIEUR, EUSE (*maniĕr, ëz*), s. Manejador.
MANIFESTANT, E (*maniféçtan, t*), s.m. e s. Manifestante.
MANIFESTATION (*maniféçtaçion*), s.f. Manifestação.
MANIFESTE (*maniféçt*), adj. e s.m. Manifesto.
MANIFESTEMENT (*maniféçtəman*), adv. Manifestamente.
MANIFESTER (*maniféçtê*), v.t. Manifestar-se. **SE MANIFESTER**, v.pr. Manifestar-se.
MANIGANCE (*maniganç*), s.f. Intriga, tramóia.

MANIGANCER (*manigançê*), v. t. (O ç leva uma cedilha antes de *a* e *o*: *il manigança, nous manigançons.*) Tramar, urdir.

MANIGUETTE (*manighét*), s.f. V. **MALAGUETTE**.

MANILLE (*maníi*), s.f. Manilha (jogo de cartas; argola). Charuto. Chapéu de palha.

MANILLON (*maníion*), s.m. O ás de cada naipe (no jogo de manilha).

MANIOC (*maniók*), s.m. Mandioca.

MANIPULATEUR, TRICE (*manipülatĕr, triç*), s. Manipulador.

MANIPULATION (*manipülaçion*), s. f. Manipulação.

MANIPULE (*manipül*), s.m. Manípulo.

MANIPULER (*manipülê*), v. t. Manipular, preparar manuseando.

MANITOU (*manitu*), s. m. Ídolo dos selvagens da América do Norte. Pessoa poderosa.

MANIVEAU (*manivô*), s.m. Giga, açafate. Pl.: ***des maniveaux.***

MANIVELLE (*manivél*), s.f. Manivela.

MANNE (*man'*), s.f. Mana, cesto com duas alças. Maná.

MANNEQUIN (*manəken*), s. m. Manequim. Espantalho.

MANNEQUINER (*manəkinê*), v. t. Amanequinar.

MANNETTE (*manét*), s.f. Cesto pequeno com duas asas.

MANNITE (*manit*), s. f. Manite.

MANODÉTENDEUR (*manodêtandĕr*), s. m. Regulador de pressão.

MANŒUVRABLE (*manĕvrabl*), adj. Manobrável.

MANŒUVRE (*manĕvr*), s.f. *Mil.* Manobra. S.m. Operário não especializado.

MANŒUVRER (*manĕvrê*), v.t. Manobrar.

MANŒUVRIER (*manĕvriê*), adj. e s. m. Manobrista, polemista hábil.

MANOIR (*manuar*), s.m. Solar, mansão de senhor.

MANOMÈTRE (*manométr*), s.m. Manômetro.

MANOMÉTRIQUE (*manomêtrik*), adj. Manométrico.

MANOQUE (*manók*), s.f. Novelo de fio de corda (60 braças); rolo de folhas de tabaco.

MANOUVRIER, ÈRE (*manuvriê, ér*), s. Operário, jornaleiro.

MANQUANT, E (*mankan, t*), adj. e s. Ausente; que falta.

MANQUE (*mank*), s. m. Defeito; ausência.

MANQUÉ, E (*mankê*), adj. Defeituoso.

MANQUEMENT (*mankman*), s.m. Defeito, falta, infração.

MANQUER (*mankê*), v.i. Faltar; cometer faltas. **MANQUER DE**, v.pr. Deixar de ter. V.t. Deixar escapar; não realizar.

MANSARDE (*mançard*), s. f. Mansarda, água-furtada.

MANSARDÉ, E (*mançardê*), adj. Disposto em mansarda.

MANSE (*manç*), s.m. Propriedade rural à qual se ligava certa extensão de terra.

MANSION (*mançion*), s.f. Lugar do teatro onde se passa uma cena (Idade Média)

MANSIONNAIRE (*mançionér*), s. m. Mansionário.

MANSUÉTUDE (*mançüêtüd*), s. f. Mansuetude.

MANTE (*mant*), s. f. Manto. Louva--deus.

MANTEAU (*mantô*), s.m. Casaco; coisa que abre; garantia. *Sous le manteau,* clandestinamente. Pl.: *des manteaux.*

MANTELÉ, E (*mantəlê*), adj. *Zool.* Mantelado.

MANTELET (*mantəlé*), s. m. Mantelete, capota de couro, abrigo ligeiro

MANTELURE (*mantəlür*), s. f. Pêlo do dorso do cão de cor diferente do resto do corpo.

MANTILLE (*mantíi*), s.f. Mantilha.

MANTISSE (*mantiç*), s.f. Mantissa.

MANUCURE (*manükür*), s. Manicura, manicuro.

MANUCURER (*manükürê*), v. t. Manicurar.

MANUEL, ELLE (*manüél*), adj. e s. Manual.

MANUELLEMENT (*manüélman*), adv. Manualmente.

MANUFACTURABLE (*manüfaktürabl*), adj. Manufaturável.

MANUFACTURE (*manüfaktür*), s.f. Manufatura.

MANUFACTURER (*manüfaktürê*), v. t. Manufaturar.

MANUFACTURIER, ÈRE (*manüfaktüriê, ér*), adj. Manufatureiro. S. Manufator.

MANULUVE ou **MANILUVE** (*manülüv* ou *manilüv*), s.m. Manilúvio.

MANUMISSION (*manümiçion*), s.f. Alforria.

MANUSCRIT, E (*manüçkri, t*), adj. e s. Manuscrito.

MANUTENTION (*manütançion*), s.f. Manutenção, administração, manipulação de mercadorias.

MANUTENTIONNAIRE (*manütançionér*), s.m. Diretor ou empregado de uma manutenção.

MANUTENTIONNER (*manütançionê*), v. t. Confeccionar, fabricar mercadorias e, especialmente, pão das tropas.

MANUTERGE (*manütérj*), s.m. Manutérgio.

MAPPEMONDE (*mapmónd*), s. f. Mapa-múndi.
MAQUERAISON (*makərézon*), s. f. Época de pesca da cavala.
MAQUEREAU (*makərô*), s. m. Cavala. Pl.: *des maquereaux.*
MAQUETTE (*makét*), s.f. Maqueta.
MAQUIGNON (*makinhon*), s.m. Negociante de cavalos; intermediário de negócios.
MAQUIGNONNAGE (*makinhonaj*), s.m. Negócio de cavalos; traficância, trapaça.
MAQUIGNONNER (*makinhonê*), v.t. Barganhar; esconder os defeitos de um cavalo para negociar.
MAQUILLAGE (*makiiaj*), s.m. Maquilagem.
MAQUILLER (*makiiê*), v.t. Maquilar.
SE MAQUILLER v. pr. Maquilar-se.
MAQUILLEUR, EUSE (*makiiěr, ëz*), s. Caracterizador de atores e atrizes. Maquilador. S. m. Barco de pesca da cavala.
MAQUIS (*maki*), s.m. Matagal (na Córsega). Complicação. Grupo de franceses da 2ª Guerra Mundial lutando clandestinamente sob a ocupação alemã. Pl.: *des maquis.*
MAQUISARD (*makizar*), s.m. Aquele que participou do *maquis*, durante a ocupação alemã.
MARABOUT (*marabu*), s.m. Marabu. Mesquita. Fita de gaze fina. Cafeteira bojuda. *Pop.* Mostrengo.
MARAÎCHER, ÈRE (*maréchê, ér*), adj. Hortense. S.m. Hortelão.
MARAÎCHIN, INE (*maréchen, in*), adj. e s. Habitante do Pântano da Vendéia (França).
MARAIS (*maré*), s. m. Pântano; horta. *Marais salant*, salina. Pl.: *des marais.*
MARANTE (*marant*), s.f. Maranta.
MARASME (*maraçm*), s.m. Marasmo, magreza extrema, apatia.
MARASQUE (*maraçk*), s.f. Marasca.
MARASQUIN (*maraçken*), s.m. Marasquino.
MARÂTRE (*maratr*), s.f. Madrasta, mãe desnaturada.
MARAUD, E (*marô, d*), s. Velhaco.
MARAUDAGE (*marôdaj*), s.m. Pilhagem, ação de saquear.
MARAUDE (*marôd*), s. f. Saque, furto (de produtos agrícolas).
MARAUDER (*marôdê*), v.i. Pilhar.
MARAUDEUR, EUSE (*marôděr, ëz*), s. Gatuno; motorista que procura passageiros fora do estacionamento.
MARAVÉDIS (*maravêdi*), s.m. Maravedi. *N'avoir pas un maravédis*, ser muito pobre. Pl.: *des maravédis.*
MARBRE (*marbr*), s.m. Mármore. *Froid comme le marbre*, impassível, insensível.
MARBRÉ, E (*marbrê*), adj. Marmóreo.
MARBRER (*marbrê*), v.t. Marmorear.
MARBRERIE (*marbrəri*), s. f. Arte, oficina de marmorista.
MARBREUR, EUSE (*marbrěr, ëz*), s. Marmoreador (imitador de mármore em papel).
MARBRIER, ÈRE (*marbriê, ér*), adj. Marmorário. S. Marmorista. S.f. Pedreira de mármore.
MARBRURE (*marbrür*), s. f. Imitação do mármore (em papel).
MARC (*mar*), s.m. Marco; peso antigo de oito onças; bagaço, borra.
MARCASSITE (*markaçit*), s. f. Marcassita.
MARCESCENCE (*marçéçanç*), s. f. Marcescência.
MARCESCENT, E (*marçéçan, t*), adj. Marcescente.
MARCHAND, E (*marchan, d*), s. Negociante. Adj. Vendável.
MARCHANDAGE (*marchandaj*), s. m. Ação de negociar. Indústria dos empreiteiros.
MARCHANDER (*marchandê*), v.t. Regatear. V. i. Hesitar.
MARCHANDEUR, EUSE (*marchanděr, ëz*), s. Regateador.
MARCHANDISE (*marchandiz*), s.f. Mercadoria. *Faire valoir sa marchandise*, apresentar as coisas sob aspecto favorável.
MARCHANT, E (*marchan, t*), adj. Que anda.
MARCHE (*march*), s.f. Marcha, o andar; cortejo, peça de música, degrau, andamento.
MARCHÉ (*marchê*), s. m. Mercado, feira, cidade onde se faz o principal comércio de certos objetos; o que se comprou; ajuste comercial. *Par-dessus le marché*, ainda por cima.
MARCHEPIED (*marchəpiê*), s. m. Estrado, estribo de carruagem; degrau, meio de alcançar alta posição.
MARCHER (*marchê*), v.i. Caminhar, avançar, funcionar, progredir. *Marcher tout seul*, ir para frente sozinho, progredir por si mesmo. V.t. Bater com os pés. S.m. Ato, maneira de andar.
MARCHEUR, EUSE (*marchěr, ëz*), adj. e s. Caminhante, andarilho. S. f. Figurante muda em um teatro de revista.
MARCOTTAGE (*markotaj*), s.m. Ação de alporcar.
MARCOTTE (*markót*), s.f. Mergulhão.
MARCOTTER (*markotê*), v. t. Alporcar, mergulhar, tanchar.
MARDI (*mardi*), s.m. Terça-feira.
MARE (*mar*), s.f. Poça, água estagnada.
MARÉCAGE (*marêkaj*), s. m. Pântano,

lodaçal.

MARÉCAGEUX, EUSE (*marêkajë, ëz*), adj. Pantanoso.

MARÉCHAL (*marêchal*), s.m. Ferrador; marechal. *Maréchal de France*, dignidade de certos generais. P.: *des maréchaux.*

MARÉCHALAT (*marêchalá*), s.m. Marechalato.

MARÉCHALE (*marêchal*), s.m. Mulher de um marechal. Espécie de hulha.

MARÉCHALERIE (*marêchaləri*), s. f. Alveitaria.

MARÉCHAL-FERRANT (*marêchalféran*), s. m. Ferrador. Pl.: *des maréchaux-ferrants.*

MARÉE (*marê*), s. m. Maré. Peixe fresco do mar. *Arriver comme marée en carême*, vir a propósito. *Contre vent et marée*, apesar de todos os obstáculos.

MARÉGRAPHE ou **MARÉOGRAPHE** (*marêgraf* ou *marêograf*), s. m. Mareógrafo.

MÁRELLE (*marél*), s.f. Jogo da palheta, amarelinha (jogo de crianças).

MAREMME (*marém'*), s.f. Terrenos pantanosos à beira-mar.

MARENGO (*marengô*), s.m. Tecido de couro-lã. Maneira de cozinhar frango ou vitela. Adj. Marrom-vermelho.

MAREYAGE (*maréiaj*), s. m. Trabalho, comércio de peixeiro.

MAREYEUR, EUSE (*maréiër, ëz*), s. Vendedor de peixe fresco.

MARGARINE (*margarin'*), s. f. Margarina.

MARGAY (*marghé*), s.m. Gato selvagem da América Central e Meridional.

MARGE (*marj*), s.f. Margem; facilidade.

MARGELLE (*marjél*), s.f. Bocal de um poço.

MARGER (*marjê*), v.t. Marginar o papel.

MARGEUR, EUSE (*marjër, ëz*), s. Marginador, aparelho que serve para marginar.

MARGINAL, E, AUX (*marjinal, ô*), adj. Marginal.

MARGOT (*margô*), s.f. Diminutivo de Marguerite. Pega (mulher bisbilhoteira).

MARGOTER ou **MARGAUDER** (*margotê* ou *margôdê*), v.i. Gritar.

MARGOUILLIS (*margouii*), s. m. Charco de imundícies; situação crítica. Pl.: *des margouillis.*

MARGOULETTE (*margulét*), s. f. *Pop.* Boca, queixada.

MARGOULIN (*margulen*), s.m. *Pop.* Pequeno negociante.

MARGRAVE (*margrav*), s.m. Margrave.

MARGRAVIAT (*margraviá*), s.m. Estado, dignidade, jurisdição, domínio de um margrave.

MARGUERITE (*marghərit*), s. f. *Bot.* Margarida. *Mar.* Cordoame fixado a um outro sobre o qual se possa fazer esforço.

MARGUILLIER (*marghiiê*), s.m. Fabriqueiro, tesoureiro de uma paróquia.

MARI (*mari*), s. m. Marido.

MARIABLE (*mariabl*), adj. Casadouro.

MARIAGE (*mariaj*), s.m. Casamento, consórcio, associação; espécie de jogo de cartas.

MARIAL, ALE (*marial*), adj. Relativo à Virgem.

MARIÉ, E (*mariê*), adj. Casado, consorte, esposo, noivo.

MARIER (*mariê*), v. t. (Conjuga-se como *prier.*) Casar, unir pelos laços do matrimônio, unir. **SE MARIER**, v.pr. Casar-se.

MARIE-SALOPE (*mariçalóp*), s.f. Barco que transporta o lodo extraído pela draga a vapor. Pl.: *des maries-salopes.*

MARIEUR, EUSE (*mariër, ëz*), adj. e s. Casamenteiro.

MARIN, E (*maren, in'*), adj. Marítimo, marinho. S.m. Marinheiro.

MARINADE (*marinad*), s.f. Escabeche, salmoura.

MARINAGE (*marinaj*), s. m. Preparação de certas carnes para serem conservadas.

MARINE (*marin'*), s.f. Marinha, tudo o que diz respeito à navegação.

MARINER (*marinê*), v.t. e i. Pôr em conserva ou escabeche.

MARINIER, ÈRE (*mariniê, ér*), adj. Marinheiro. S. m. Banqueiro. S. f. Marinheira (blusão); molho de cebola.

MARINISME (*mariniçm*), s.f. Marinismo.

MARIOL, E (*mariól*), adj. e s. Malicioso.

MARIONETTE (*marionét*), s.f. Títere; pessoa frívola; autômato.

MARISTE ou **MARIANITE** (*mariçt ou marianit*), s.m. Marista.

MARITAL, E (*marital*), adj. Marital.

MARITALEMENT (*maritalman*), adv. Maritalmente.

MARITIME (*marítim'*), adj. Marítimo.

MARITORNE (*maritórn*), s. f. *Fam.* Mulher feia, deselegante e pouco asseada.

MARIVAUDAGE (*marivôdaj*), s.m. Linguagem afetada, desprovida de naturalidade.

MARIVAUDER (*marivôdê*), v. i. Imitar o estilo de Marivaux; fazer galanteios afetados.

MARJOLAINE (*marjolén*), s. f. *Bot.* Margerona.

MARK (*mark*), s.m. Marco (moeda).

MARLI (*marli*), s.m. Filó. Ornato no interior de um prato ou travessa.

MARMAILLE (*marmaii*), s. f. *Fam.* Petizada.

MARMELADE (*marməlad*), s. f. Marmelada.

MARMENTEAU (*marmantô*), s. e adj. m. Bosque que se conserva para a decoração de um domínio. Pl.: *des marmenteaux*.

MARMITAGE (*marmitaj*), s. m. *Fam.* Bombardeio.

MARMITE (*marmit*), s.f. Panela, caldeirão, seu conteúdo. *Fam. Faire bouillir la marmite*, contribuir na manutenção da casa.

MARMITÉE (*marmitê*), s. f. Panelada.

MARMITEUX, EUSE (*marmitë, ëz*), adj. e s. Pobre, miserável.

MARMITON (*marmiton*), s. m. Ajudante de cozinha.

MARMONNER (*marmonê*), v.t. *Pop.* Murmurar por entre dentes, resmungar.

MARMORÉEN, ENNE (*marmoreen, én*), adj. Marmóreo.

MARMORISER (*marmorizê*), v.t. Marmorizar.

MARMOT (*marmô*), s.m. *Ant.* Macaco. Garoto. *Croquer le marmot*, esperar muito.

MARMOTTE (*marmót*), s. f. Marmota; lenço em forma de touca; mala de gavetas, mala de amostras.

MARMOTTEMENT (*marmotman*), s. m. Mussitação.

MARMOTTER (*marmotê*), v.t. Resmungar, falar confusamente.

MARMOTTEUR, EUSE (*marmotěr, ëz*), s. Resmungão, rosnador.

MARMOUSET (*marmuzé*), s.m. Figurinha grotesca, fedelho, homem baixo.

MARNAGE (*marnaj*), s.m. Margagem.

MARNE (*marn*), s.f. Marga ou marna.

MARNER (*marnê*), v. t. Adubar com marga.

MARNEUR (*marněr*), adj. e s. Trabalhador de margagem.

MARNEUX, EUSE (*marnë, ëz*), adj. Marnoso, margoso.

MARNIÈRE (*marniér*), s.f. Margueira.

MAROCAIN, E (*maroken, én'*), adj. e s. Marroquino.

MARONITE (*maronit*), adj. e s. Maronita.

MARONNER (*maronê*), v.i. e t. *Fam.* Murmurar surdamente, irritar-se, proferir.

MAROQUINAGE (*marokinaj*), s.m. Ação de marroquinar.

MAROQUIN (*maroken*), s. m. Marroquim. Pasta ministerial.

MAROQUINER (*marokinê*), v.t. Marroquinar.

MAROQUINERIE (*marokin ri*), s. f Marroquinaria.

MAROQUINIER (*marokiniê*), s. e adj. m. Marroquineiro.

MAROTIQUE (*marotik*), adj. De Marot.

MAROTTE (*marót*), s.f. Bastão; símbolo da loucura. Cabeça de mulher usada pelas modistas ou cabeleireiros. *Fig.* e *fam.* Objeto de afeição ridícula; manomania.

MAROUFLAGE (*maruflaj*), s. m. Colagem com marufle.

MAROUFLE (*marufl*), s.m. Tratante, grosseiro. S. f. Cola.

MAROUFLER (*maruflê*), v.t. Colar com marufle.

MARQUAGE (*markaj*), s.m. Ação de marcar.

MARQUANT, E (*markan, t*), adj. Notável, marcante.

MARQUE (*mark*), s.f. Marca. Instrumento que serve para marcar; sinal que serve de assinatura a quem não sabe escrever. Ferrete.

MARQUÉ, E (*markê*), adj. Acentuado, claramente indicado.

MARQUER (*markê*), v.t. Marcar, assinalar, manifestar. V.i. Distinguir-se.

MARQUETER (*markətê*), v. t. (Dobra-se o *t* antes de sílaba muda: *il marquettera.*) Marchetar.

MARQUETERIE (*markətari*), s. f. Marchetaria.

MARQUETEUR (*markətěr*), s. m. Marcheteiro.

MARQUEUR, EUSE (*markěr, ëz*), s. Marcador.

MARQUIS (*marki*), s. m. Marquês. Pl.: *des marquis*.

MARQUISAT (*markizá*), s. m. Marquesado.

MARQUISE (*markiz*), s. f. Marquesa. Toldo. Pêra. Anel.

MARQUOIR (*markuar*), s.m. Régua de alfaiate para marcar; modelo de letras.

MARRAINE (*marén'*), s.f. Madrinha.

MARRANT, E (*marant, t*), adj. Engraçado, divertido (gíria).

MARRE (*mar*), s.f. Espécie de enxada. *En avoir marre*, estar enjoado.

MARRER (SE) (*çəmarê*), v. pr. Torcer-se de rir.

MARRI, E (*mari*), adj. Pesaroso, arrependido.

MARRON (*maron*), s.m. Castanha graúda. Cacho de cabelo. *Tirer les marrons du feu*, correr os riscos por outro. Adj. Castanho. Pl. Grumos de farinha.

MARRON, ONNE (*maron, ón'*), adj. e s. Animal tornado bravio; escravo fugido; clandestino.

MARRONNER (*maronê*), v.i. Vaguear; exercer clandestinamente uma profissão.

MARRONNIER (*maroniê*), s.m. Castanheiro.

MARRUBE (*marüb*), s. m. *Bot.* Marroio.

MARS (*març*), s. m. Março. *Arriver comme mars en carême*, chegar a propósito. Borboleta diurna. Marte. Pl. Cereais plantados em março. Pl.: *des mars*.
MARSAULT ou **MARSEAU** (*marçô*), s. m. Espécie de salgueiro. Pl.: *des marsaults* ou *marseaux*.
MARSEILLAIS, E (*marçéié, z*), adj. e s. Marselhês. S. f. Marselhesa.
MARSOUIN (*marçuen*), s.m. Marsuíno; soldado de infantaria colonial; homem feio. *Mar*. Curva do cadaste.
MARSUPIAL, E, AUX (*marçüpial, ô*), adj. Marsupial.
MARTAGON (*martagon*), s.m. Martagão.
MARTE ou **MARTRE** (*mart* ou *martr*), s. f. *Zool.* Marta.
MARTEAU (*martô*), s.m. Martelo, martinete; peixe-martelo. *Avoir un coup de marteau, être marteau*, ser original, um pouco maluco. Pl.: *des marteaux*.
MARTEL (*martél*), s. m. *Ant.* Martelo. *Avoir martel en tête*, ter preocupação.
MARTELAGE (*martəlaj*), s. m. Martelagem; sinal nas árvores (reservadas).
MARTÈLEMENT (*martélman*), s. m. Ação de martelar.
MARTELER (*martəlê*), v. t. (O *e* passa a *è* antes de sílaba muda: *je martèle*.) Martelar, pronunciar distintamente.
MARTELEUR (*martəlër*), adj. e s. Martelador.
MARTENSITE (*martançit*), s.f. Metal, um dos componentes do aço.
MARTIAL, E, AUX (*marçial, ô*), adj. Marcial.
MARTIEN, NE (*marçien, én'*), adj. e s. Marciano.
MARTIN (*marten*), s.m. Martim.
MARTIN-BÂTON (*martenbaton*), s. m. *Fam.* Bastão, pau, bengala.
MARTIN-CHASSEUR (*martenchaçer*), s. m. Martim-caçador. Pl.: *des martins-chasseurs*.
MARTINET (*martiné*), s.m. Martelo hidráulico; palmatória; pequeno castiçal.
MARTINGALE (*martengal*), s.f. Gamarra; presilha. *Mar.* Cabresto. *Fig.* Duplicação da parada (no jogo).
MARTIN-PÊCHEUR (*martenpéchër*), s. m. Martim-pescador. Pl.: *des martins-pêcheurs*.
MARTRE ou **MARTE** (*martr* ou *mart*), s. f. Marta (animal, sua pele). *Prendre martre pour renard*, enganar-se.
MARTYR, E (*martir*), adj. e s. Mártir.
MARTYRE (*martir*), s.m. Martírio
MARTYRISER (*martirizê*), v.t. Martirizar, afligir.
MARTYROLOGE (*martirolój*), s.m. Martirológio.
MARXISME (*markçiçm*), s. m. Marxismo.
MARXISTE (*markçiçt*), adj. e s. Marxista.
MAS (*maç*), s.m. Casa de campo, quinta (no sul da França). Pl.: *des mas*.
MASCARADE (*maçkarad*), s.f. Mascarada, dissimulação.
MASCARET (*maçkaré*), s.m. Macaréu.
MASCARON (*maçkaron*), s.m. Mascarão, carranca.
MASCOTTE (*maçkót*), s. f. Mascote, talismã; bastonete para segurar um embrulho.
MASCULIN, E (*maçkülen, in'*), adj. Masculino. S.m. O gênero masculino.
MASCULINISER (*maçkülinizê*), v.t. Masculinizar.
MASCULINITÉ (*maçkülinitê*), s.f. Masculinidade.
MASOCHISME (*mazochiçm*), s.m. Masoquismo.
MASOCHISTE (*mazochiçt*), adj. e s. Masoquista.
MASQUE (*maçk*), s.f. *Fam.* Menina maliciosa, feiticeira. S. m. Máscara, caraça. *Mil.* Objeto saliente num terreno, fornecendo abrigo contra a vista do inimigo. Fisionomia, expressão.
MASQUÉ, E (*maçkê*), adj. Mascarado, encoberto.
MASQUER (*maçkê*), v.t. Mascarar, ocultar, dissimular. *Mar. Masquer une voile*, manobrar uma vela de maneira a receber o vento em contrário.
MASSACRANT, E (*maçakran, t*), adj. Aborrecido, insuportável.
MASSACRE (*maçakr*), s. m. Massacre, mortandade, chacina, sarrafaçal. *Heráld.* Armação do veado com uma parte do crânio.
MASSACRER (*maçakrê*), v. t. Massacrar, estragar.
MASSACREUR (*maçakrer*), s.m. Assassino, carnífice, sarrafaçal.
MASSAGE (*maçaj*), s.m. Massagem.
MASSALIOT, E (*maçaliô, ót*), adj. e s. Que tem relação com a Marselha antiga. **MASSE** (*maç*), s. f. Massa; soma; o povo; maça; clava; a parte grossa de um taco de bilhar.
MASSELOTTE (*maçlót*), s. f. Rebarba.
MASSEPAIN (*maçpen*), s.m. Maçapão.
MASSER (*maçê*), v.t. Fazer massagem; condensar; picar a bola com o taco. **SE MASSER**, v.pr. Reunir por massas.
MASSÉTER (*maçêtér*), s.m. Masséter.
MASSETTE (*maçét*), s. f. Maceta, marreta, maça.
MASSEUR, EUSE (*maçer, ëz*), s. Massagista.
MASSICOT (*maçikô*), s. m. Protóxido de chumbo.
MASSIER, ÈRE (*maçiê, ér*), s. Aluno de oficina de escultura ou pintura encarregado de receber as cotizações mensais e de prover às despesas comuns. S.m. Maceiro.

MASSIF, IVE (*maçif, ive*), adj. Maciço, compacto, grosseiro, pesado. S. m. Maciço; construção sólida.
MASSIVEMENT (*maçivman*), adv. Solidamente, pesadamente.
MASSORE (*maçór*), s.f. Exame crítico do texto da Bíblia.
MASSUE (*maçü*), s. f. Maça, clava. *Coup de massue*, acidente imprevisto e desolador.
MASTABA (*maçtabá*), s.m. Túmulo egípcio.
MASTIC (*maçtik*), s.m. Mastique.
MASTICAGE (*maçtikaj*), s.m. Betuminação (com mastique).
MASTICATEUR (*maçtikater*), adj. Mastigador. S. m. Mastigador dos alimentos (instrumento).
MASTICATION (*maçtikaçion*), s.f. Mastigação.
MASTICATOIRE (*maçtikatuar*), s. m. Mastigatório.
MASTIFF (*maçtif*), s. m. Mastim.
MASTIGADOUR (*maçtigadur*), s. m. *Ant.* Mastigadouro.
MASTIQUER (*maçtikê*), v.t. Betumar (com mastique); mastigar.
MASTOC (*maçtók*), s. m. *Fam.* Grosseiro, pesado.
MASTODONTE (*maçtodont*), s.m. Mastodonte.
MASTOÏDE (*maçtoíd*), adj. Mastóide.
MASTOÏDIEN, ENNE (*maçtoídien, én'*), adj. Mastóideo.
MASTOÏDITE (*maçtoídit*), s.f. Mastoidite.
MASTROQUET (*maçtroké*), s. m. *Pop.* Taberneiro.
M'AS-TU-VU (*maçtüvü*), s.m. inv. Alcunha de atores vaidosos.
MASURE (*mazür*), s.f. Casebre, pardieiro.
MAT, E (*ma, t*), adj. Fosco, baço, pesado. S. m. Cor mate; xeque-mate.
MAT (*ma*), s.m. Mastro.
MATADOR (*matador*), s. m. Matador, o espada (nas corridas); pessoa de grande influência; trunfo; espécie de jogo do dominó.
MATAGE (*mataj*), s.m. Encalque.
MATAMORE (*matamór*), s. m. Mata-mouros.
MATASSINS (*mataçen*), s.m. *Ant.* Bobo, dançarino.
MATCH (*match*), s.m. Partida. Pl.: *des matches*.
MATCHER (*matchê*), v.i. Lutar.
MATÉ (*matê*), s.m. Mate.
MATEFAIM (*matfen*), s. m. Espécie de crepe. Pl.: *des matefaims*.
MATELAS (*matəlá*), s. m. Colchão. Pl.: *des matelas*.
MATELASSER (*matəlaçê*), v. t. Acolchoar.
MATELASSIER, ÈRE (*matəlaçiê, ér*), s. Colchoeiro.
MATELASSURE (*matəlaçür*), s. f. Enchimento (para acolchoar ou estofar).
MATELOT (*matəlô*), s. m. Marinheiro, marujo. *Matelot d'avant, d'arrière*, navio que precede ou segue outro; vestuário de criança.
MATELOTAGE (*matəlotaj*), s. m. Marinharia; soldo de marinheiro.
MATELOTE (*matəlót*), s. f. Mulher de marinheiro. Caldeirada de peixe. Dança (geralmente de marujos). *À la matelote*, loc. adv. À maruja.
MATER (*matê*), v. t. Dar mate; humilhar; domar.
MÂTER (*matê*), v.t. Mastrear.
MATER DOLOROSA (*matér dolorozá*), s. f. Representação da Virgem ao pé da Cruz; mulher triste.
MÂTEREAU (*matərô*), s. m. Mastaréu. Pl.: *des mâtereaux*.
MATÉRIALISATION (*matêrializaçion*), s. f. Materialização.
MATÉRIALISER (*matêrializê*), v. t. Materializar.
MATÉRIALISME (*matêrialiçm*), s. m. Materialismo.
MATÉRIALISTE (*matêrialiçt*), adj. e s. Materialista.
MATÉRIALITÉ (*matêrialitê*), s.f. Materialidade.
MATÉRIAUX (*matêriô*), s. m. pl. Materiais.
MATÉRIEL, ELLE (*matêriél*), adj. Material, pesado. S. m. Material.
MATÉRIELLEMENT (*matêriélman*), adv. Materialmente, positivamente.
MATERNEL, ELLE (*matêrnél*), adj. Maternal.
MATERNELLEMENT (*maternélman*), adv. Maternalmente.
MATERNITÉ (*maternitê*), s.f. Maternidade.
MATHÉMATICIEN, ENNE (*matêmatiçien, én'*), s. Matemático.
MATHÉMATIQUE (*matêmatik*), adj. Matemático. S. f. pl. Matemática.
MATHÉMATIQUEMENT (*matêmatikmán*), adv. Matematicamente.
MATIÈRE (*matiér*), s.f. Matéria.
MATIN (*maten*), s. m. Manhã. Adv. Cedo, de madrugada. *Un de ces quatre matins*, por esses dias.
MÂTIN (*maten*), s. m. Mastim. Interj. Com a breca!
MÂTIN, E (*maten, in'*), adj. *Pop.* Pessoa grosseira; espertalhão.
MATINAL, E, AUX ou **ALS** (*matinal, ô*), adj. Matinal, matutino.
MATINALEMENT (*matinalman*), adv. Desde a manhã; de madrugada.
MÂTINÉ, E (*matinê*), adj. Cruzado.
MATINÉE (*matinê*), s. f. Manhã. Matinê. Bata.
MÂTINER (*matinê*), v.t. Cruzar (uma

cadela com cão de raça diferente); decompor.

MATINES (*matin'*), s.f. pl. Matinas.

MATINEUX, EUSE (*matinë, ëz*), adj. Madrugador.

MATIR (*matir*), v.t. Foscar, encalcar.

MATITÉ (*matité*), s. f. Falta de sonoridade, de brilho.

MATOIR (*matuar*), s.m. Encalcadeira.

MATOIS, E (*matuá, z*), adj. e s. Matreiro, astuto.

MATOISERIE (*matuazəri*), s. f. Manha, astúcia.

MATON (*maton*), s.m. Grumo, gomo.

MATOU (*matu*), s.m. Gato; homem desagradável.

MATRAQUE (*matrak*), s. f. Matraca (cacete em forma de maça).

MATRAS (*matrá*), s. m. Matraz. Pl.: *des matras.*

MATRIARCAT (*matriarká*), s.m. Matriarcado.

MATRIÇAGE (*matriçaj*), s.m. Formação de uma peça por meio de matriz.

MATRICAIRE (*matrikér*), s.f. Matricária.

MATRICE (*matriç*), s.f. Matriz, padrão

MATRICER (*matriçê*), v.t. (O *c* toma uma cedilha antes de *a* e *o*: *il matriça, nous matriçons.*) Estampar por meio de matrizes.

MATRICIDE (*matriçid*), s.m. Matricídio. S. Matricida.

MATRICIEL, ELLE (*matriçiél*), adj. Relativo às matrizes administrativas.

MATRICULE (*matrikül*), s.f. Matrícula, registro. S.m. Número de matrícula. Adj. De matrícula.

MATRICULER (*matrikülê*), v.t. Matricular.

MATRIMONIAL, E, AUX (*matrimonial, ô*), adj. Matrimonial.

MATRIMONIALEMENT (*matrimonialman*), adv. Matrimonialmente.

MATRONE (*matrón'*), s.f. Matrona; parteira.

MATTE (*mat*), s.f. Substância metálica resultante da primeira fundição de um mineral.

MATTHIOLE (*matiól*), s. f. Goiveiro.

MATURATIF, IVE (*matüratif, iv*), adj. e s. Maturativo.

MATURATION (*matüraçion*), s. f. Maturação.

MATURE (*matür*), s. f. *Mar.* Mastreação; aparelho que serve para mastrear.

MATURITÉ (*matüritê*), s. f. Maturidade. *Avec maturité,* loc. adv. Prudentemente.

MATUTINAL, E, AUX (*matütinal, ô*), adj. Matutino.

MAUDIRE (*môdir*), v. t. (Conjuga-se como *dire,* exceto no plural do ind. e do imperat., no imperf., no part. pres.: *nous maudissons, vous maudissez, ils maudissent. Maudissons, maudissez. Je maudissais. Maudissant.*) Maldizer, amaldiçoar, condenar.

MAUDIT, E (*môdi, t*), adj. e s. Maldito, detestável.

MAUGRÉER (*môgrêê*), v. i. Praguejar, vociferar.

MAUPITEUX, EUSE (*môpitë, ëz*), adj. e s. Cruel, que não merece piedade.

MAURE ou **MORE** (*môr* ou *mór*), adj. e s. m. Mouro. *Traiter quelqu'un de Turc à Maure,* tratar com rigor.

MAURESQUE ou **MORESQUE** (*môréçk* ou *moréçk*), adj. Mourisco. S. f. Calça larga usada nos trópicos.

MAUSOLÉE (*môzolê*), s. m. Mausoléu.

MAUSSADE (*môçad*), adj. Rabugento, enfadonho, desagradável.

MAUSSADEMENT (*môçadman*), adv. Tristemente, aborrecidamente.

MAUSSADERIE (*môçadəri*), s. f. Falta de graça; grosseria.

MAUVAIS, E (*môvé, z*), adj. Mau. Adv. Mal.

MAUVAISETÉ (*môvézətê*), s. f. Maldade.

MAUVE (*môv*), s. f. Malva. Adj. Da cor malva. S. m. A cor malva.

MAUVIETTE (*môviét*), s. f. Cotovia. Pessoa de compleição delicada.

MAXILLAIRE (*makçilér*), adj. e s. m. Maxilar.

MAXIMALISTE (*makçimaliçt*), s. Maximalista.

MAXIME (*makçim'*), s. f. Máxima, sentença.

MAXIMUM (*makçimóm'*), s. m. Máximo. Pl.: *des maxima* ou *maximums.*

MAYONNAISE (*maionéz*), s. f. Maionese.

MAZAGRAN (*mazagran*), s. m. Mazagrã.

MAZDÉISME (*mazdéiçm*), s. m. Masdeísmo.

MAZETTE (*mazét*), s. f. Rocim; pessoa incapaz. Interj. Safa!

MAZOUT (*mazut*), s. m. Mazute.

MAZURKA (*mazürká*), s. f. Mazurca.

ME (*mə*), pron. pess. Me, a mim.

MÉANDRE (*mêandr*), s. m. Meandro, sinuosidade; astúcia; gregas.

MÉANDRINE (*mêandrin'*), s. f. Gênero de madrépora.

MÉAT (*mêá*), s. m. Meato.

MÉCANICIEN, ENNE (*mêkaniçien, én'*), adj. e s. Mecânico, maquinista. S. f. Costureira.

MÉCANIQUE (*mêkanik*), adj. Mecânica, máquina; intriga.

MÉCANIQUEMENT (*mêkanikman*), adv. Mecanicamente.

MÉCANISATION (*mêkanizaçion*), s. f. Mecanização.

MÉCANISER (*mêkanizê*), v. t. Mecanizar; importunar.

MÉCANISME (*mêkaniçm*), s. m. Mecanismo.

MÉCANO *(mêkanô)*, s.m. *Fam.* Mecânico.
MÉCANOGRAPHE *(mêkanograf)*, s. Mecanógrafo.
MÉCANOGRAPHIE *(mêkanografi)*, s. f. Mecanografia.
MÉCANOTHÉRAPIE *(mêkanôtêrapi)*, s. f. Mecanoterapia.
MÉCÉNAT *(mêçênâ)*, s. m. Proteção às letras, às belas-artes.
MÉCÈNE *(mêçén')*, s. m. Mecenas.
MÉCHAGE *(mêchaj)*, s. m. Mechagem.
MÉCHAMMENT *(mêchaman)*, adv. Maldosamente.
MÉCHANCETÉ *(mêchançtê)*, s. f. Maldade.
MÉCHANT, E *(mêchan, t)*, adj. Mau, mordaz, desagradável, perigoso. S. m. Mau.
MÈCHE *(méch)*, s. f. Mecha. *Éventer la mèche,* descobrir uma conspiração.
MÉCHER *(mêchê)*, v.t. (Conjuga-se como *accélérer.*) Mechar.
MÉCOMPTE *(mêkont)*, s. m. Erro de cálculo, decepção.
MÉCONIUM *(mêkonióm')*, s. m. Mecônio.
MÉCONNAISSABLE *(mêkonéçabl)*, adj. Irreconhecível.
MÉCONNAISSANCE *(mêkonéçanç)*, s. f. Desconhecimento.
MÉCONNAITRE *(mêkonétr)*, v. t. (Conjuga-se como *connaître.*) Desconhecer, menosprezar. V. pr. Esquecer o que se foi.
MÉCONTENT, E *(mêkontan, t)*, adj. Descontente.
MÉCONTENTEMENT *(mêkontantman)*, s. m. Descontentamento.
MÉCONTENTER *(mêkontantê)*, v. t. Descontentar.
MÉCRÉANT, E *(mêkréan, t)*, adj. Descrente, ímpio.
MÉDAILLE *(mêdaii)*, s. f. Medalha, chapa, medalhão.
MÉDAILLÉ, E *(mêdaiê)*, adj. e s. Medalhado, condecorado com medalha.
MÉDAILLER *(mêdaiê)*, v. t. Medalhar.
MÉDAILLEUR *(mêdaiër)*, s. m. Medalheiro.
MÉDAILLIER *(mêdaiiê)*, s. m. Medalhário.
MÉDAILLISTE *(mêdaiiçt)*, adj. e s. Medalhista, medalheiro.
MÉDAILLON *(mêdaion)*, s. m. Medalhão, medalha.
MÈDE *(méd)*, adj. e s. Medo.
MÉDECIN *(mêdçen)*, adj. e s. m. Médico.
MÉDECINE *(mêdçin')*, s. m. Medicina; remédio, purgante.
MÉDECINER *(mêdçinê)*, v. t. Medicar, purgar, tratar com drogas.
MÉDERSA *(mêdérçá)*, s. f. Escola superior muçulmana.
MÉDIAL, E, AUX *(mêdiál, ô)*, adj. e s. Medial.
MÉDIAN, E *(mêdian, n')*, adj. Mediano, médio. S. f. Mediana.
MÉDIANTE *(mêdiant)*, s. f. *Mús.* Mediante.
MÉDIASTIN *(mêdiaçten)*, s. m. Mediastino.
MÉDIAT, E *(mêdiá, t)*, adj. Mediato.
MÉDIATEUR, TRICE *(mêdiatër, triç)*, adj. e s. Mediador. S. f. Mediatriz.
MÉDIATION *(mêdiaçion)*, s. f. Mediação.
MÉDIATISATION *(mêdiatizaçion)*, s. f. Mediatização.
MÉDIATISER *(mêdiatizê)*, v. t. Mediatizar.
MÉDIATOR *(mêdiatór)*, s. m. Plectro.
MÉDICAL, E, AUX *(mêdikal, ô)*, adj. Medical, medicinal.
MÉDICALEMENT *(mêdikalman)*, adv. Medicamente.
MÉDICAMENT *(mêdikaman)*, s. m. Medicamento.
MÉDICAMENTAIRE *(mêdikamantér)*, adj. Relativo aos medicamentos.
MÉDICAMENTATION *(mêdikamantaçion)*, s. f. Medicamento.
MÉDICAMENTER *(mêdikamantê)*, v. t. Medicar. **SE MÉDICAMENTER**, v. pr. Medicamentar-se.
MÉDICAMENTEUX, EUSE *(mêdikamantë, ëz)*, adj. Medicamentoso.
MÉDICASTRE *(mêdikaçtr)*, s. m. Medicastro.
MÉDICATEUR, TRICE *(mêdikatër, triç)*, adj. Medicatriz.
MÉDICATION *(mêdikaçion)*, s. f. Medicação.
MÉDICINAL, E, AUX *(mêdiçinal, ô)*, adj. Medicinal.
MÉDICINIER *(mêdiçiniê)*, s. m. *Bot.* Medicineiro.
MÉDICO-LÉGAL, E, AUX *(mêdikolêgal, ô)*, adj. Médico-legal.
MÉDIÉVAL, E, AUX *(mêdiêval, ô)*, adj. Medieval.
MÉDIÉVISTE *(mêdiêviçt)*, s. Medievista.
MÉDIOCRE *(mêdiókr)*, adj. e s. m. Medíocre.
MÉDIOCREMENT *(mêdiokrəman)*, adv. Mediocremente.
MÉDIOCRITÉ *(mêdiókritê)*, s. f. Mediocridade.
MÉDIQUE *(mêdik)*, adj. Médico (dos medos).
MÉDIRE *(mêdir)*, v. i. (Conjuga-se como *dire,* exceto na 2ª p. do pl. do pres. do ind. e do imperat.: *vous médisez; médisez.*) Maldizer.
MÉDISANCE *(mêdizanç)*, s. f. Maledicência.
MÉDISANT, E *(mêdizan, t)*, adj. e s. Maldizente.
MÉDITATIF, IVE *(mêditatif, iv)*, adj. Meditativo, sonhador.

MÉDITATION (*mêditaçion*), s. f. Meditação, reflexão, oração mental.
MÉDITER (*mêditê*), v. t. e i. Meditar, projetar, refletir.
MÉDITERRANÉ, E (*mêditéranê*), adj. Mediterrâneo. S.f. O Mediterrâneo.
MÉDITERRANÉEN, ENNE (*mêditéranêen, én'*), adj. Mediterrâneo.
MÉDIUM (*mêdióm'*), s. m. Meio-termo, intermediário. *Mús.* Som entre grave e agudo. Pl.: *des médiums.*
MÉDIUMNIQUE (*mêdiom'nik*), adj. Mediúnico.
MÉDIUMNITÉ (*mêdiom'nitê*), s. f. Mediunidade.
MÉDIUS (*mêdiüç*), s. m. Dedo médio.
MÉDOC (*mêdók*), s. m. Vinho de Medo (França).
MÉDULLAIRE (*mêdülér*), adj. Medular.
MÉDUSER (*mêdüzê*), v. t. *Fam.* Petrificar, assombrar.
MÉDUSES (*mêdüz*), s. f. pl. *Zool.* Celenterados móveis.
MEETING (*mitin'*), s. m. Reunião.
MÉFAIRE (*mêfér*), v. i. (Conjuga-se como *faire.*) Proceder mal.
MÉFAIT (*mêfé*), s. m. Má ação, falta.
MÉFIANCE (*mêfianç*), s. f. Desconfiança.
MÉFIANT, E (*mêfian, t*), adj. e s. Desconfiado.
MÉFIER (SE) (*çəmêfiê*), v. pr. (Conjuga-se como *prier.*) Desconfiar.
MÉGALITHE (*mêgalit*), s. m. Megalito.
MÉGALITHIQUE (*mêgalitik*), adj. Megalítico.
MÉGALOCÉPHALE (*mêgaloçêfál*), adj. e s. Megalocéfalo.
MÉGALOMANE (*mêgaloman'*), adj. e s. Megalômano.
MÉGALOMANIE (*mêgalomani*), s. f. Megalomania.
MÉGALOSAURE (*mêgalozór*), s. m. Megalossauro.
MÉGAPHONE (*mêgafón'*), s. m. Megafone.
MÉGARDE (*mêgard*), s. f. Descuido. *Par mégarde,* loc. adv. Por inadvertência.
MÉGATHÉRIUM (*mêgatêrióm'*), s. m. Megatério.
MÉGÈRE (*mêjér*), s. f. Megera.
MÉGIE (*mêji*), s. f. Curtimento em branco.
MÉGIR ou **MÉGISSER** (*mêjir* ou *mêjiçê*), v. t. Curtir em branco.
MÉGIS (*mêji*), s. m. Banho de cinza e alúmen para curtir peles. Adj. Que foi curtido. Pl.: *des mégis.*
MÉGISSERIE (*mêjiçri*), s. f. Curtume de peles finas.
MÉGISSIER (*mêjiçiê*), s. m. Curtidor.
MÉGOT (*mêgô*), s. m. *Pop.* Prisca (ponta de cigarro ou charuto).
MÉHARI (*mêari*), s. m. Dromedário domesticado.
MÉHARISTE (*mêariçt*), adj. e s. Homem montado num *mehari.*
MEILLEUR, E (*méiër*), adj. e s. m. Melhor.
MEISTRE (*mêçtr*), s. m. Mastro grande.
MÉJANAGE (*mêjanaj*), s. m. Classificação das lãs.
MÉJUGER (*mêjüjê*), v. i. (Conjuga-se como *juger.*) Julgar mal. V. pr. Conhecer-se mal a si próprio.
MÉLANCOLIE (*mêlankoli*), s. f. Melancolia, tristeza.
MÉLANCOLIQUE (*mêlankolik*), adj. Melancólico, triste.
MÉLANCOLIQUEMENT (*mêlankolikman*), adv. Melancolicamente.
MÉLANCOLISER (*mêlankolizê*), v. t. Tornar melancólico.
MÉLANÉSIEN, ENNE (*mêlanêzien, én*), adj. e s. Melanésio.
MÉLANGE (*mêlanj*), s. m. Mistura, misto.
MÉLANGER (*mêlanjê*), v. t. (Toma um *e* mudo depois do *g* antes de *a* e *o*: *il mélangea, nous mélangeons.*) Misturar, reunir.
MÉLANGEUR, EUSE (*mêlanjër, ëz*), s. Misturador.
MÉLANOSE (*mêlanôz*), s. f. Melanose.
MÉLASSE (*mêlaç*), s. f. Melaço.
MELCHIOR (*mélchior*), s. m. Liga de zinco, cobre e níquel.
MELCHITE (*mélkit*), s. m. Nome dado antigamente aos católicos e atualmente aos ortodoxos gregos.
MÊLÉ, E (*mélê*), adj. e s. Misturado. S. inv. *Sang mêlé,* mestiço. S. f. Refrega, briga.
MÉLÉAGRINE (*mêlêagrin'*), s. f. Ostra perlífera.
MÊLÉ-CASSIS (*mélêkaçiç*), s.m. Aguardente misturada com cássis.
MÊLÉE (*mélê*), s.f. Combate, rixa, conflito. Grupo que formam, em certos casos, os jogadores de rúgbi.
MÊLER (*mélê*), v. t. Misturar, enredar, juntar. V. pr. Misturar-se, envolver-se.
MÉLÈZE (*mêléz*), s.m. *Bot.* Lárice.
MÉLILOT (*mêlilô*), s. m. Meliloto.
MÊLI-MÊLO (*mêlimêlô*), s. m. *Fam.* Embrulhada, confusão. Pl.: *des mêlis-mêlos.*
MÉLINITE (*mêlinit*), s. f. Melinite.
MÉLIQUE (*mêlik*), s. f. Mélica. Adj. Da poesia lírica grega, mélico.
MÉLISSE (*mêliç*), s. f. Melissa, erva-cidreira.
MÉLITTE (*mêlit*), s. f. Espécie de labiáceas ornamentais.
MELLIFÈRE (*mélifér*), adj. Melífero.
MELLIFICATION (*mélifikaçion*), s. f. Melificação.
MELLIFIQUE (*mélifik*), adj. Melífico.
MELLITTE (*mélit*), s. m. Melito.

MÊLO (*mêlô*), s. m. Abreviação de melodrama.

MÊLODIE (*mêlodi*), s. f. Melodia.

MÊLODIEUSEMENT (*mêlodiëzman*), adv. Melodiosamente.

MÊLODIEUX, EUSE (*mêlodië, ëz*), adj. Melodioso.

MÊLODIQUE (*mêlodik*), adj. Melódico.

MÊLODISTE (*mêlodiçt*), s. m. Melodista.

MÊLODIUM (*mêlodióm'*), s. m. Nome primitivo do harmônio.

MÊLODRAMATIQUE (*mêlodramatik*), adj. Melodramático.

MELODRAMATISER (*melodramatizê*), v. t. Melodramatizar.

MÊLODRAME (*mêlodram'*), s. m. Melodrama.

MÊLOMANE (*mêloman'*), s. m. Melômano.

MELON (*mələn*), s. m. Melão, meloeiro. *Melon d'eau*, melancia. *Chapeau melon*, chapéu-coco.

MÊLONGÊNE (*mêlonjén'*), s.f. *Bot.* Berinjela.

MELONNIÈRE (*məloniér*), s. f. Meloal.

MÊLOPÊE (*mêlopê*), s. f. Melopéia.

MÊLOPHAGE (*mêlofaj*), s. m. Melófago.

MÊLUSINE (*mêlüzin'*), s. f. Espécie de feltro.

MEMBRANE (*manbran'*), s. f. Membrana.

MEMBRANEUX, EUSE (*manbranë, ëz*), adj. Membranoso.

MEMBRE (*manbr*), s. m. Membro.

MEMBRÉ, E (*manbrê*), adj. Bem ou mal proporcionado de membros.

MEMBRON (*manbron*), s.m. *Arq.* Ornato metálico em beiral. Acabamento ligando cumeeira e espigão.

MEMBRU, E (*manbrü*), adj. Membrudo.

MEMBRURE (*manbrür*), s. f. Membrura (conjunto de membros do corpo). Cavername; peça de uma porta servindo de apoio a um madeiramento.

MÊME (*mém'*), adj. Mesmo, próprio. Adv. Até, também, ainda. *Être à même de*, ser capaz de. *Mettre à même de*, encaminhar, orientar para. *À même de*, loc. prep. Em condição de, livre de. *De même, tout de même*, loc. adv. Da mesma maneira, assim mesmo.

MÊMEMENT (*mémәman*), adv. Mesmo, também.

MÊMENTO (*mêmentô*), s. m. Memento, agenda, manual.

MÊMÈRE (*mêmér*), s. f. *Fam.* Mulher de certa idade.

MÊMOIRE (*mêmuar*), s. f. Memória, lembrança. S. m. Memorial, nota; relatório. Pl. Notícias históricas.

MÊMORABLE (*mêmorabl*), adj. Memorável.

MÊMORABLEMENT (*mêmorabləman*), adv. Memoravelmente.

MÊMORANDUM (*mémorandóm'*), s. m. Memorando. Pl.: *des mémorandums.*

MÊMORIAL (*mêmorial*), s. m. Memorial. Pl.: *des mémoriaux.*

MÊMORIALISTE (*mêmorialiçt*), s. m. Memorialista.

MÊMORISATION (*mêmorizaçion*), s. f. Memorização.

MENAÇANT, E (*mənaçan, t*), adj. Ameaçador.

MENACE (*mənaç*), s. f. Ameaça, indício.

MENACER (*mənaçê*), v. t. (O *c* toma uma cedilha antes de *a* e *o*: *il menaça, nous menaçons.*) Ameaçar, pressagiar.

MÊNADE (*mênad*), s. f. Bacante.

MÊNAGE (*mênaj*), s. m. Governo de casa, lida; mobiliário e utensílios (de casa). Lar doméstico. Casal. *Faire le ménage*, arrumar a casa. *Femme de ménage*, mulher que vem arrumar a casa, faxineira.

MÊNAGEMENT (*mênajman*), s. m. Circunspecção, reserva, comedimento.

MÊNAGER (*mênajê*), v. t. (Toma um *e* mudo depois do *g* antes de *a* e *o*: *il ménagea, nous ménageons.*) Manejar, preparar, poupar, regular, dispor. *Se ménager une sortie*, ser prudente, arranjar uma saída.

MÊNAGER, ÈRE (*mênajê, ér*), adj. Econômico, poupado. S. f. Dona de casa, criada. Cofre para a prataria da mesa.

MÊNAGERIE (*mênajri*), s. f. Coleção de animais, pátio dos bichos, coleção ambulante de animais. Estábulo, curral (ant.).

MENDÊLISME (*mandêliçm*), s. m. Mendelismo.

MENDIANT, E (*mandian, t*), adj. e s. Mendigo, indigente.

MENDICITÊ (*mandiçitê*), s. f. Mendicidade.

MENDIER (*mandiê*), v. t. (Conjuga-se como *prier.*) Mendigar, esmolar.

MENDIGOT (*mandigô*), s. m. *Fam.* Mendigo.

MENDIGOTER (*mandigotê*), v. t. *Fam.* Mendigar.

MENEAU (*mənô*), s. m. Coluneta divisória (da abertura duma janela). Pl.: *des meneaux.*

MENÊE (*mənê*), s. f. Pista, rasto (de veado); astúcia.

MENER (*mənê*), v.t. (Conjuga-se como *amener.*) Conduzir, guiar, mandar, traçar. *Mener grand train*, viver luxuosamente. *N'en pas mener long*, não durar muito.

MÊNESTREL (*mênéçtrél*), s. m. Menestrel.

MÊNÊTRIER (*mênêtriê*), s. m. Rabequista de aldeia.

MENEUR, EUSE (*mənër, ëz*), s. Condu-

tor, chefe.
MENHIR (*ménir*), s. m. Menir.
MÊNIL ou **MESNIL** (*mênil*), s. m. Casa, aldeia.
MÉNIN, E (*mênen, in'*), s. Nobre ao serviço do delfim (na França). Nobres designados companheiros dos príncipes (na França). S. f. Mulher nobre ao serviço de princesas espanholas.
MÉNINGE (*mênenj*), s. f. Meninge.
MÉNINGÉ, E (*mênenjê*), adj. Meníngeo.
MÉNINGITE (*mênenjit*), s. f. Meningite.
MÉNISQUE (*mêniçk*), s. m. Menisco.
MENNONITE (*ménonit*), s. m. Menonita.
MÉNOLOGE (*mênolój*), s. m. Menológio.
MÉNOPAUSE (*mênopôz*), s. f. Menopausa.
MENOTTE (*mənót*), s. f. Mãozinha (linguagem infantil); clavária. Pl. Algemas.
MENOTTER (*mənotê*), v.t. Algemar.
MENSE (*manç*), s. f. Renda (de um eclesiástico, de uma comunidade).
MENSONGE (*mançonj*), s. m. Mentira.
MENSONGER, ÈRE (*mançonjê, ér*), adj. Falso, enganoso.
MENSONGÈREMENT (*mançonjérman*), adv. Mentirosamente, falsamente.
MENSTRUES (*mançtrü*), s. f. pl. Menstruação.
MENSUALITÉ (*mançüalitê*), s. f. Mensalidade.
MENSUEL, ELLE (*mançüel*), adj. Mensal.
MENSUELLEMENT (*mançüélman*), adv. Mensalmente.
MENSURATION (*mançüraçion*), s. f. Mensuração.
MENTAL, E, AUX (*mantal, ô*), adj. Mental.
MENTALEMENT (*mantalman*), adv. Mentalmente.
MENTERIE (*mantəri*), s. f. *Fam.* Mentira.
MENTEUR, EUSE (*mantĕr, ĕz*), adj. e s. Mentiroso, enganador.
MENTEUSEMENT (*mantĕzman*), adv. Mentirosamente.
MENTHE (*mant*), s. f. Hortelã.
MENTHOL (*mentól*), s. m. Mentol.
MENTHOLÉ, E (*mentolê*), adj. Mentolado.
MENTION (*mançion*), s. f. Menção.
MENTIONNER (*mançionê*), v. t. Mencionar.
MENTIR (*mantir*), v.i. (*Je mens, nous mentons, vous mentez. Je mentais. Je mentis, nous mentimes. Je mentirai. Je mentirais. Mens, mentons, mentez. Que je mente. Que je mentisse. Mentant. Menti, e.*) Mentir.
MENTON (*manton*), s. m. Queixo. *Fam. Menton bleu,* comediante.
MENTONNET (*mantoné*), s. m. Espiga do trinco de uma porta.
MENTONNIÈRE (*mantoniér*), s f. Babeira ou barbote; correia que se ata debaixo do queixo para segurar o chapéu. *Cir.* Ligadura para o queixo.
MENTOR (*mantór*), s. m. Mentor, governante.
MENU, E (*mənü*), adj. Miúdo, delgado. *Raconter par le menu,* contar detalhadamente. S. m. Cardápio. Adv. Miúdo, em pedacinhos. *La gent trotte-menu,* os ratos.
MENUAILLE (*mənüaii*), s. f. Miuçalha, miudeza.
MENUET (*mənüé*), s. m. Minueto.
MENUISAGE (*mənüizaj*), s. m. Marcenaria.
MENUISE ou **MENUISAILLE** (*mənüiz* ou *mənüizaii*), s. f. Escunilha; peixe miúdo (para frigir).
MENUISER (*mənüizê*), v. t. Adelgaçar; trabalhar em marcenaria.
MENUISERIE (*mənüizri*), s. f. Marcenaria.
MENUISIER (*mənüiziê*), s. e adj. m. Marceneiro.
MÉNURE (*mênür*), s. m. Lira (pássaro da Austrália).
MÉNYANTHE (*mêniant*), s. m. Menianto.
MÉPHISTOPHÉLIQUE (*mêfiçtofélik*), adj. Mefistofélico.
MÉPHITIQUE (*mêfitik*), adj. Mefítico.
MÉPHITISME (*mêfitiçm*), s. m. Mefitismo.
MÉPLAT, E (*mêplá, t*), adj. Desigual em espessura, mais largo que espesso. S. m. Cada um dos planos cuja reunião forma a superfície.
MÉPRENDRE (SE) (*çəmêprandr*), v. pr. (Conjuga-se como *prendre.*) Equivocar-se. *À s'y méprendre,* ao ponto de enganar-se.
MÉPRIS (*mêpri*), s. m. Desprezo. *Au mépris de,* loc. prep. Sem consideração por. Pl.: *des mépris.*
MÉPRISABLE (*mêprizabl*), adj. Desprezível.
MÉPRISANT, E (*mêprizan, t*), adj. Desdenhoso.
MÉPRISE (*mêpriz*), s. f. Equívoco. *Par méprise,* por engano.
MÉPRISER (*mêprizê*), v. t. Desprezar, menosprezar.
MER (*mér*), s. f. Mar. *Basse-mer,* baixa-mar.
MERCANTILE (*mérkantil*), adj. Mercantil.
MERCANTILISME (*merkantiliçm*), s. m. Mercantilismo.
MERCAPTAN (*mérkaptan*), s. m. Álcool em que o oxigênio é substituído por enxofre.
MERCENAIRE (*mérçənér*), adj. e s. Mercenário; ávido de lucro.
MERCENARIAT (*mérçənariá*), s. m. Es-

tado de mercenário.

MERCERIE (*mérçəri*), s. f. Loja de armarinho.

MERCERISAGE (*mérçərizaj*), s. m. Operação que dá aos fios e tecidos de algodão um aspecto lustroso.

MERCERISER (*mérçərizê*), v. t. Mercerizar.

MERCI (*mérçi*), s. f. Misericórdia, graça. *À la merci de,* loc. prep. À mercê de. S. m. Gratidão, agradecimento. *Dieu merci!*, Graças a Deus! *Merci beaucoup,* Muito obrigado.

MERCIER, ÈRE (*mérçiê, ér*), s. Merceiro.

MERCREDI (*mérkrədi*), s. m. Quarta-feira.

MERCURE (*mérkür*), s. m. Mercúrio.

MERCUREUX (*mérkürë*), adj. Mercuroso.

MERCURIALE (*mérkürial*), s. f. Entre os romanos, certas assembléias judiciárias. Discursos nessas assembléias. Preço dos cereais (num mercado). Discurso de reabertura dos tribunais. Discurso repreensivo. *Bot.* Mercurial.

MERCURIEL, ELLE (*mérküriél*), adj. Mercurial.

MERCURIQUE (*mérkürik*), adj. m. Óxido de mercúrio mais oxigenado que o óxido mercuroso.

MERDE (*mérd*), s. f. Merda.

MERDEUX, EUSE (*mérdë, ëz*), adj. Sujo de merda. Pessoa insignificante.

MERDOIE (*mérduá*), adj. Cor entre o verde e o amarelo.

MÈRE (*mér*), adj. e s. f. Mãe, madre. *Tecn.* Contraprova em gesso do modelo-tipo destinado a peças de barro. *Reine mère,* rainha viúva. Adj. f. Puro.

MÉREAU (*mêrô*), s. m. Senha de presença distribuída aos membros de um cabido. Pl.: *des méreaux.*

MÈRE-GRAND (*mérgran*), s. f. *Fam.* Avó. Pl.: *des mères-grand.*

MÉRIDIEN, ENNE (*mêridien, én'*), adj. e s. m. Meridiano. S. f. Meridiana; sesta; sofá comprido.

MÉRIDIONAL, E, AUX (*mêridional, ô*), adj. e s. Meridional.

MERINGUE (*mərengh*), s. f. Merengue.

MERINGUER (*mərenghê*), v. t. Dispor em merengue.

MÉRINOS (*mêrinóç*), adj. e s. m. Merino. Pl.: *des mérinos.*

MERISE (*məriz*), s. f. Cereja brava.

MERISIER (*mərizié*), s. m. Cerejeira brava.

MÉRITANT, E (*mêritan, t*), adj. Merecedor.

MÉRITE (*mêrit*), s. m. Mérito, valor.

MÉRITER (*mêritê*), v. t. Merecer, precisar. V. i. Bem merecer de.

MÉRITOIRE (*mérituar*), adj. Meritório, louvável.

MERL (*mérl*), s. m. Areia marinha utilizada como adubo.

MERLAN (*mérlan*), s. m. Pescada. *Pop.* Cabeleireiro (de cabeleiras postiças).

MERLE (*mérl*), s. m. Melro. *Fin merle,* espertalhão. *Beau merle,* pessoa feia ou desagradável.

MERLEAU (*mérlô*), s. m. Melro novo. Pl.: *des merleaux.*

MERLETTE (*mérlét*), s. f. Mélroa.

MERLIN (*mérlen*), s. m. Merlim. *Mar.* Pequena corda formada de três fios grossos.

MERLON (*mérlon*), s. m. Merlão.

MERLUCHE (*mérlüch*), s. f. Bacalhau seco.

MÉROU (*mêru*), s. m. *Ictiol.* Cherua.

MÉROVINGIEN, ENNE (*mêrovenjien, én'*), adj. Merovíngio.

MERRAIN (*méren*), s. m. Madeira de carvalho; tronco central da armação do veado.

MERVEILLE (*mérvéii*), s. f. Maravilha; pastelaria frita e leve. *À merveille,* loc. adv. Muito bem.

MERVEILLEUSEMENT (*mérvéiëzman*), adv. Maravilhosamente.

MERVEILLEUX, EUSE (*mérvéië, ëz*), adj. e s. m. Maravilhoso, surpreendente; excelente.

MÉRYCISME (*mêriçiçm*), s. m. Mericismo.

MES (*mê*), adj. poss. Meus, minhas.

MÉSAIR ou **MÉZAIR** (*mêzér*), s. m. Andadura do cavalo entre o chouto e o galope.

MÉSAISE (*mêzéz*), s. m. Incômodo. *Ant.* Aperto de dinheiro.

MÉSALLIANCE (*mêzalianç*), s. f. Casamento desigual.

MÉSALLIER (*mêzaliê*), v. t. (Conjuga-se como *prier.*) Fazer um casamento desigual. **SE MÉSALLIER,** v. pr. Casar com pessoa de condição inferior.

MÉSANGE (*mêzanj*), s. f. Melharuco.

MÉSANGETTE (*mêzanjét*), s. f. Armadilha (para pássaros).

MÉSAVENTURE (*mêzavantür*), s. f. Desventura, infortúnio.

MESCALINE (*méçkalin'*), s. f. Mescalina.

MESCHINE (*méçkin'*), s. f. *Ant.* Empregada.

MESDAMES, MESDEMOISELLES (*mêdam', mêdmuazél*), s. f. pl. Pl. de *madame* e *mademoiselle.*

MÉSENTENTE (*mêzantant*), s. f. Desentendimento.

MÉSENTÈRE (*mêzantér*), s. m. Mesentério.

MÉSESTIMATION (*mêzéçtimaçion*), s. f. Falsa apreciação.

MÉSESTIME (*mêzéçtim'*), s. f. Má opinião, desestima.

MÉSESTIMER (*mêzéçtimê*), v. t. Desestimar.

MÉSINTELLIGENCE (*mêzentélijanç*), s. f. Desacordo, desinteligência.

MESMÉRIEN, ENNE (*méçmêrien, én'*), adj. Mesmeriano.

MESMÉRISME (*méçmêriçm*), s. m. Mesmerismo.

MÉSOCARPE (*mêzokarp*), s. m. Mesocarpo.

MÉSODERME (*mêzodérm*), s. m. Mesoderma.

MÉSOFFRIR (*mêzofrir*), v. i. (Conjuga-se como *offrir*.) Oferecer preço inferior (pouco usado).

MÉSOLITHIQUE (*mêzolitik*), adj. Mesolítico.

MESON (*mêzon*), s. m. Meson.

MÉSOPOTAMIEN, ENNE (*mêzopotamien, én'*), adj. e s. Mesopotâmico.

MÉSOTHORAX (*mêzotorakç*), s. m. *Anat.* Mesotórax.

MÉSOZOÏQUE (*mêzozoík*), adj. Mesozóico.

MESQUIN, E (*méçken, in'*), adj. Mesquinho, avarento.

MESQUINEMENT (*méçkinəman*), adv. Mesquinhamente.

MESQUINERIE (*méçkinəri*), s. f. Mesquinharia, avareza.

MESS (*méç*), s. m. Sala de refeição de um regimento. Grupo de oficiais ou suboficiais reunidos.

MESSAGE (*méçaj*), s. m. Mensagem, recado.

MESSAGER, ÈRE (*méçajê, ér*), s. Mensageiro.

MESSAGERIE (*méçajri*), s. f. Empresa de transportes; sede dessa empresa; transporte rápido (por estrada de ferro ou mar).

MESSE (*méç*), s. f. Missa.

MESSÉANCE (*méçêanç*), s. f. Indecência, inconveniência.

MESSÉANT, E (*méçean, t*), adj. Inconveniente.

MESSEOIR (*méçuar*), v. i. (Conjuga-se como *seoir*.) Ser inconveniente.

MESSER (*méçér*), s. m. Senhor. *Messer gaster*, o estômago.

MESSIANIQUE (*méçianik*), adj. Messiânico.

MESSIANISME (*méçianiçm*), s. m. Messianismo.

MESSIDOR (*méçidór*), s. m. Décimo mês do calendário republicano (em França).

MESSIE (*méçi*), s. m. Messias.

MESSIER (*méçiê*), adj. e s. m. *Ant.* Guarda-campestre.

MESSIEURS (*méçië*), s. m. pl. Senhores.

MESSIN, E (*méçen, in'*), adj. e s. Natural de Metz (França).

MESSIRE (*méçir*), s. m. *Ant.* Monsenhor.

MESTRE (*méçtr*), s. m. *Ant.* Mestre de campo, comandante de regimento.

MESURABLE (*məzürabl*), adj. Mensurável.

MESURAGE (*məzüraj*), s. m. Medição.

MESURE (*məzür*), s. f. Medida. Precaução; moderação. *Mús.* Compasso. *Mettre en mesure de*, preparar para, orientar. *Être en mesure*, ser capaz de, estar preparado para. *Combler la mesure*, encher as medidas. *Outre mesure*, loc. adv. Com excesso. *À mesure que*, loc. conj. À proporção que.

MESURÉ, E (*məzürê*), adj. Compassado; circunspecto.

MESURER (*məzürê*), v. t. Medir, avaliar; regular. **SE MESURER**, v. pr. Ser moderado.

MESUREUR (*məzürër*), s. m. Medidor.

MÉSUSER (*mêzüzê*), v. i. Fazer mau uso.

MÉTABOLE (*mêtaból*), s. f. Metábole.

MÉTABOLISME (*mêtaboliçm*), s. m. Metabolismo.

MÉTACARPE (*mêtakarp*), s. m. Metacarpo.

MÉTACARPIEN, ENNE (*mêtakarpien, én'*), adj. Metacárpio.

MÉTACENTRE (*mêtaçantr*), s.m. Metacentro.

MÉTAIRIE (*mêtéri*), s. f. Quinta arrendada, granja.

MÉTAL (*mêtal*), s. m. Metal. Pl.: *des métaux*.

MÉTALEPSE (*mêtalépç*), s. f. Metalepse.

MÉTALLIFÈRE (*mêtalifér*), adj. Metalífero.

MÉTALLIQUE (*mêtalik*), adj. Metálico.

MÉTALLISATION (*mêtalizaçion*), s. f. Metalização.

MÉTALLISER (*mêtalizê*), v. t. Metalizar.

MÉTALLO (*mêtalô*), s. m. Operário metalurgista.

MÉTALLOCHROMIE (*mêtalokromi*), s. f. Metalocromia.

MÉTALLOGRAPHIE (*mêtalografi*), s. f. Metalografia.

MÉTALLOGRAPHIQUE (*mêtalografik*), adj. Metalográfico.

MÉTALLOÏDE (*mêtaloíd*), s. m. Metalóide.

MÉTALLURGIE (*mêtalürji*), s. f. Metalurgia.

MÉTALLURGIQUE (*mêtalürjik*), adj. Metalúrgico.

MÉTALLURGISTE (*mêtalürjiçt*), adj. Metalurgista.

MÉTAMÈRE (*mêtamér*), adj. e s. Metâmero.

MÉTAMORPHIQUE (*mêtamorfik*), adj. Metamórfico.

MÉTAMORPHISME (*mêtamorfiçm*), s. m. Metamorfismo.

MÉTAMORPHOSABLE (*mêtamorfozabl*), adj. Metamorfoseável.

MÉTAMORPHOSE (*mêtamorfôz*), s. f. Metamorfose.

MÉTAMORPHOSER (*mêtamorfôzê*), v. t. Metamorfosear; transformar.

MÉTAPHASE (*mêtafaz*), s. f. Metáfase.

MÉTAPHORE (*mêtafór*), s. f. Metáfora.

MÉTAPHORIQUE (*mêtaforik*), adj. Metafórico.

MÉTAPHORIQUEMENT (*mêtaforikman*), adv. Metaforicamente.

MÉTAPHOSPHORIQUE (*mêtafóçfórik*), adj. Metafosfórico.

MÉTAPHRASE (*mêtafraz*), s. f. Metáfrase.

MÉTAPHYSICIEN (*mêtafiziçien*), s. m. Metafísico.

MÉTAPHYSIQUE (*mêtafizik*), adj. Metafísico. S. f. Metafísica.

MÉTAPHYSIQUEMENT (*mêtafizikman*), adv. Metafisicamente.

MÉTAPLASME (*mêtaplaçm*), s. m. Metaplasmo.

MÉTASTASE (*mêtaçtaz*), s. m. Metástase.

MÉTATARSE (*mêtatarç*), s. m. Metatarso.

MÉTATARSIEN, ENNE (*mêtatarçien, én'*), adj. Metatársico.

MÉTATHÈSE (*mêtatéz*), s. f. Metátese.

MÉTAYAGE (*mêtéiaj*), s. m. Contrato entre o proprietário e o arrendatário de uma propriedade rural.

MÉTAYER, ÈRE (*mêtéiê, ér*), s. Arrendatário; fazendeiro; trabalhador do campo.

MÉTEIL (*mêtéi*), s.m. Mistura de trigo e centeio.

MÉTEMPSYCHOSE (*mêtanpçikôz*), s. f. Metempsicose.

MÉTÉORE (*mêtêór*), s. m. Meteoro.

MÉTÉORIQUE (*mêtêorik*), adj. Meteórico.

MÉTÉORISATION (*mêtêorizaçion*), s. f. Meteorização.

MÉTÉORISER (*mêtêorizê*), v. t. Meteorizar.

MÉTÉORISME (*mêtêoriçm*), s. f. Meteorismo.

MÉTÉORITE (*mêtêorit*), s. f. Meteorito.

MÉTÉOROLOGIE (*mêtêoroloji*), s. f. Meteorologia.

MÉTÉOROLOGIQUE (*mêtêorolojik*), adj. Meteorológico.

MÉTÉOROLOGISTE ou **MÉTÉOROLOGUE** (*mêtêorolojiçt* ou *mêtêorológ*), s. m. Meteorologista.

MÉTÈQUE (*mêték*), s. m. Meteco.

MÉTHANE (*mêtan'*), s.m. Metano.

MÉTHODE (*mêtód*), s.f. Método, hábito. *Filos.* Marcha racional do espírito; sistema.

MÉTHODIQUE (*mêtodik*), adj. Metódico, sistemático.

MÉTHODIQUEMENT (*mêtodikman*), adv. Metodicamente.

MÉTHODISME (*mêtodiçm*), s.m. Metodismo.

MÉTHODISTE (*mêtodiçt*), s. Metodista.

MÉTHODOLOGIE (*mêtodoloji*), s. f. Metodologia.

MÉTHYLE (*mêtil*), s. m. Metilo.

MÉTHYLÈNE (*mêtilén'*), s. m. Metileno.

MÉTHYLIQUE (*mêtilik*), adj. *Quím.* Metílico.

MÉTICULEUSEMENT (*mêtikülëzman*), adv. Meticulosamente.

MÉTICULEUX, EUSE (*mêtikülë, ëz*), adj. Meticuloso.

MÉTICULOSITÉ (*mêtikülozitê*), s. f. Meticulosidade.

MÉTIER (*mêtiê*), s. m. Mister, profissão.

MÉTIS, ISSE (*mêtiç*), adj. e s. Mestiço.

MÉTISSAGE (*mêtiçaj*), s. m. Mestiçagem.

MÉTISSER (*mêtiçê*), v. t. Mestiçar.

MÉTONOMASIE (*mêtonomazi*), s. f. Metonomásia.

MÉTOPE (*mêtóp*), s. f. Métopa.

METONYMIE (*mêtonimi*), s. f. Metonímia.

MÉTONYMIQUE (*mêtonimik*), adj. Metonímico.

MÉTRAGE (*mêtraj*), s. m. Metragem. *Cin. Court métrage,* curta-metragem. *Long métrage,* longa-metragem.

MÈTRE (*métr*), s. m. Metro.

MÉTRÉ (*mêtrê*), s. m. Metragem.

MÉTRER (*mêtrê*), v. t. (Conjuga-se com *accélérer.*) Metrar.

MÉTREUR (*mêtrër*), adj. e s. Medidor; agrimensor.

MÉTRICIEN (*mêtriçien*), s. m. O que estuda a métrica.

MÉTRIQUE (*mêtrik*), adj. Métrico. S. f. Métrica.

MÉTRITE (*mêtrit*), s. f. Metrite.

MÉTRO (*mêtrô*), s. m. Abreviação de *Métropolitain* (estrada de ferro subterrânea, em Paris), metrô.

MÉTROLOGIE (*mêtroloji*), s. f. Metrologia.

MÉTROLOGIQUE (*mêtrolojik*), adj. Metrológico.

MÉTROLOGISTE ou **MÉTROLOGUE** (*mêtrolojiçt* ou *mêtrológ*), s. m. Metrologista.

MÉTROMANE (*mêtroman'*), s. Metrômano.

MÉTROMANIE (*mêtromani*), s. f. Metromania.

MÉTRONOME (*mêtronom'*), s. m. *Mús.* Metrônomo.
MÉTROPOLE (*mêtropól*), s. m. Metrópole, capital.
MÉTROPOLITAIN, E (*mêtropoliten, én'*), adj. Metropolitano.
MÉTROPOLITE (*mêtropolít*), s. m. Metropolita.
METS (*mé*), s.m. Comida, iguaria. Pl.: *des mets.*
METTABLE (*métabl*), adj. Usável.
METTAGE (*métaj*), s.m. Ação de pôr.
METTEUR (*métĕr*), s.m. O que põe.
METTRE (*métr*), v.t. (*Je mets, nous mettons. Je mettais, nous mettions. Je mis, nous mîmes. Je mettrai, nous mettrons. Je mettrais, nous mettrions. Mets, mettons, mettez. Que je mette, que nous mettions. Que je misse, que nous missions. Mettant. Mis, e.*) Colocar, pôr; empregar. *Fam.* Supor. *Mettre au fait,* pôr a par. *Y mettre du sien,* fazer concessões. **SE METTRE,** v. pr. Colocar-se, pôr-se; começar; seguir. *Se mettre en peine,* inquietar-se. *Il se met bien,* ele se veste bem. *Fam. Se mettre sur son trente et un,* vestir-se com elegância, emperiquitar-se.
MEUBLANT, E (*mëblan, t*), adj. Próprio para mobiliar.
MEUBLE (*mëbl*), adj. Móvel. S. m. Móvel, mobília.
MEUBLÉ, E (*mëblé*), adj. Mobiliado. **SE MEUBLER,** v.pr. Comprar-se móveis.
MEUGLEMENT (*mëgləman*), s. m. Mugido.
MEUGLER (*mëglê*), v. i. Mugir.
MEULAGE (*mëlaj*), s. m. Moagem.
MEULARD (*mëlar*), s. m. Mó grande.
MEULE (*mël*), s. f. Mó; meda (de feno, trigo).
MEULER (*mëlê*), v. t. Moer.
MEULERIE (*mëlri*), s. f. Lugar de fabrico de mós.
MEULIER, ÈRE (*mëliê, ér*), adj. e s. Preparador de mós; que tem relação com as medas.
MEULIÈRE (*mëliér*), s. f. Pedra molar.
MEULON (*mëlon*), s. m. Pequena meda provisória (de ferro, de cânhamo). Monte de sal.
MEUNERIE (*mënəri*), s. f. Comércio ou indústria de moageiro.
MEUNIER, ÈRE (*mëniê, ér*), s. Moleiro. S. f. Melharuco.
MEURT-DE-FAIM (*mĕrdəfen*), s. inv. Pobretão.
MEURTRE (*mĕrtr*), s. m. Homicídio; pena.
MEURTRIER, ÈRE (*mĕrtriê, ér*), adj. Mortífero, destruidor. S. m. Assassino.
MEURTRIÈRE (*mertriér*), s. f. Seteira.
MEURTRIR (*mĕrtrir*), v. t. Contundir, pisar.
MEURTRISSURE (*mĕrtriçür*), s. f. Contusão, pisadura.
MEUTE (*mët*), s. f. Matilha.
MÉVENDRE (*mêvandr*), v. t. (Conjuga-se como *vendre.*) Vender com perda.
MÉVENTE (*mêvant*), s. f. Má venda.
MEXICAIN, E (*mékçiken, én'*), adj. e s. Mexicano.
MEZZANINE (*médzanin'*), s. f. Mezanino.
MEZZA VOCE (*médzavotchê*), loc. adv. À meia voz.
MEZZO-SOPRANO (*médzôçopranô*), s. m. Meio-soprano. Pl.: *des mezzo-sopranos ou mezzo-soprani.*
MI (*mi*), s. m. *Mús.* Mi. Palavra invariável que significa meio, semi.
MIAOU (*miaú*), s. m. Miau (onomatopéia).
MIASMATIQUE (*miaçmatik*), adj. Miasmático.
MIASME (*miaçm*), s. m. Miasma.
MIAULEMENT (*miôlman*), s. m. Miado.
MIAULER (*miôlê*), v i. Miar.
MIAULEUR (*miôlĕr*), adj. Miador.
MICA (*miká*), s. m. Mica.
MICACÉ, E (*mikaçê*), adj. Micáceo.
MI-CARÊME (*mikarêm'*), s. f. Quinta-feira da terceira semana da Quaresma. Pl.: *des mi-carêmes.*
MICASCHISTE (*mikachiçt*), s. m. Micaxisto.
MICELLAIRE (*miçélér*), adj. Micelar.
MICELLE (*miçél*), s. f. Micela.
MICHE (*mich*), s. f. Micha.
MICHELINE (*michlin'*), s. f. Carro de estrada de ferro; automotriz.
MI-CHEMIN (À) (*amichmen*), loc. adv. A meio caminho.
MI-CLOS, OSE (*miklô, z*), adj. Meio fechado.
MICMAC (*mikmak*), s. m. *Fam.* Intriga, desordem.
MICOCOULIER (*mikokuliê*), s.m. Lodão.
MI-CORPS (À) (*amikór*), loc. adv. A meio corpo.
MI-CÔTE (À) (*amikôt*), loc. adv. A meia costa.
MICRO (*mikrô*), s. m. *Fam.* Abreviação de microfone.
MICROBE (*mikrób*), s. m. Micróbio.
MICROBICIDE (*mikrobiçid*), adj. Microbicida.
MICROBIEN, ENNE (*mikrobien, én'*), adj. Microbiano.
MICROBIOLOGIE (*mikrôbioloji*), s. f. Microbiologia.
MICROCÉPHALE (*mikrôçêfal*), adj. e s. Microcéfalo.
MICROCOSME (*mikrôkóçm*), s. m. Microcosmo.
MICROFARAD (*mikrôfarad*), s. m. Microfarad.
MICRO-FILM (*mikrôfilm*), s. m. Micro-

filme. Pl.: *des micro-films.*
MICROGRAPHE (*mikrôgraf*), s.m. Micrógrafo.
MICROGRAPHIE (*mikrôgrafi*), s. f. Micrografia.
MICROGRAPHIQUE (*mikrôgrafik*), adj. Micrográfico.
MICROMÈTRE (*mikrômétr*), s. m. Micrômetro.
MICROMÉTRIQUE (*mikrômêtrik*), adj. Micrométrico.
MICROMILLIMÈTRE ou **MICRON** (*mikrômilimétr* ou *mikron*), s. m. Mícron.
MICRO-ORGANISME ou **MICRORGANISME** (*mikrôorganiçm* ou *mikrorganiçm*), s. m. Microrganismo. Pl.: *des micro-organismes* ou *microrganismes.*
MICROPHONE (*mikrôfón'*), s. m. Microfone.
MICROPHYSIQUE (*mikrôfizik*), s. f. *Neol.* Física do átomo.
MICROPYLE (*mikrôpil*), s. m. Micrópilo.
MICROSCOPE (*mikroçkóp*), s. m. Microscópio.
MICROSCOPIE (*mikroçkopi*), s. m. Microscopia.
MICROSCOPIQUE (*mikroçkopik*), adj. Microscópico.
MICROTHERMIE (*mikrôtérmi*), s. f. Microtermia.
MICROTOME (*mikrôtóm'*), s. m. Micrótomo.
MICROZOAIRE (*mikrôzoér*), s. m. Microzoário.
MICTION (*mikçion*), s. f. Micção.
MIDI (*midi*), s. m. Meio-dia; sul. Países meridianos.
MIDINETTE (*midinét*), s. f. *Fam.* Em Paris, jovens costureiras e caixeiras da alta costura.
MIDSHIPMAN (*midchipman*), s. m. Aspirante da marinha inglesa. Pl.: *des midshipmen.*
MIE (*mi*), s. f. *Ant.* Migalha. Miolo. Adv. Nada. *Ne... mie,* loc. adv. Não. S. f. Abreviação de *amie. Fam.* Amiguinha.
MIEL (*miél*), s. m. Mel, doçura.
MIELLÉ, E (*miélê*), adj. Melífico.
MIELLEUX, EUSE (*miélë, ëz*), adj. Meloso, hipócrita.
MIEN, ENNE (*mien, én'*), adj. poss. Meu. Pron. poss. O meu. *Le mien.* S. m. O que me pertence. *Les miens,* os meus parentes, amigos.
MIETTE (*miét*), s. f. Migalha, pequeno pedaço; restos.
MIEUX (*mië*), adv. e adj. Melhor. *Le mieux, la mieux,* com a maior perfeição. S. m. O ótimo. *Être au mieux avec,* ter boas relações com. Loc. adv.: *De mon mieux,* o melhor possível; *à qui mieux mieux,* cada um mais do que o outro.
MIÈVRE (*miévr*), adj. *Ant.* Esperto. Franzino; afetado.
MIÈVREMENT (*miévrəman*), adv. Afetadamente.
MIÈVRERIE (*miévrəri*), s. f. Afetação.
MIGNARD, E (*minhár, d*), adj. e s. m. Gracioso, delicado.
MIGNARDER (*minhardê*), v. t. Tratar delicadamente, afetar.
MIGNARDISE (*minhardiz*), s. f. Graça delicada, meiguice. Cravina.
MIGNON, ONNE (*minhon, ón'*), adj. Delicado, gentil. S. Queridinho. S. m. Favorito (pejorativo). S. f. Tipo miúdo (tipografia). Pêra. Ameixa amarela e longa.
MIGNONNERIE (*minhon ri*), s. f. Gentileza, delicadeza.
MIGNONNETTE (*minhonét*), s. f. Renda fina; pimenta moída; cravina.
MIGNOTER (*minhotê*), v. t. *Fam.* Tratar delicadamente.
MIGRAINE (*migrén'*), s. f. Enxaqueca.
MIGRAINEUX, EUSE (*migrénë, ëz*), adj. Relativo a enxaqueca.
MIGRATEUR, TRICE (*migratër, triç*), adj. Migrador.
MIGRATION (*migraçion*), s. f. Migração.
MIGRATOIRE (*migratuar*), adj. Migratório.
MIHRAB (*mirab*), s. m. Nicho na muralha de mosteiro onde fica o imame, voltado na direção de Meca.
MI-JAMBE (À) (*amijanb*), loc. adv. Na altura do meio da perna.
MIJAURÉE (*mijôrê*), s. f. Mulher afetada e ridícula.
MIJOTER (*mijôtê*), v. t. e i. Cozer em fogo brando. Tramar; preparar-se lentamente.
MIKADO (*mikadô*), s. m. Micado.
MIL (*mil*), s.m. Maça. Num. card. Mil.
MILADY (*milêdi* ou *miladi*), s. f. Na França, dama inglesa nobre. Pl.: *des miladys.*
MI-LAINE (*milén'*), adj. e s. m. Tecido meio fio, meio lã.
MILAN (*milan*), s. m. Milhafre.
MILDIOU (*mildiú*), s. m. Míldio.
MILDIOUSÉ, E (*mildiúzê*), adj. Mildiosado.
MILÉSIEN, ENNE (*milêzien, én'*), adj. De Mileto.
MILIAIRE (*miliér*), adj. Miliar.
MILICE (*miliç*), s. f. Milícia.
MILICIEN, ENNE (*miliçien, én*), s. m. e f. Miliciano; mulher engajada numa milícia.
MILIEU (*milië*), s. m. Meio; centro; meio-termo. Os criminosos (gíria). Pl.: *des milieux.*
MILITAIRE (*militér*), adj. e s. Militar.
MILITAIREMENT (*militérman*), adj.

Militarmente.
MILITANT, E (*militan, t*), adj. e s. Militante.
MILITARISATION (*militarizaçion*), s. f. Militarização.
MILITARISER (*militarizê*), v. t. Militarizar.
MILITARISME (*militariçm*), s. m. Militarismo.
MILITARISTE (*militariçt*), adj. e s. Militarista.
MILITER (*militê*), v. i. Militar; combater.
MILLE (*mil*), Num. card. Mil. S. m. Milhar, milha.
MILLE-FEUILLE (*mil'fëii*), s. m. Doce de massa folhada. Plantas de folhas cortadas. Pl.: *des mille-feuilles*.
MILLE-FLEURS (*mil'flër*), s. f. inv. Substância composta de grande número de flores destiladas.
MILLÉNAIRE (*milênér*), adj. Milenário. S. m. Milênio.
MILLE-PATTES (*milpat*), s. m. inv. Mil-patas.
MILLÉPORE (*milépór*), s. m. Milíporo.
MILLÉSIMÉ, E (*milêzimê*), adj. Que tem um milésimo.
MILLÉSIMO (*milêzimô*), adv. Em milésimo lugar.
MILLET ou **MIL** (*miié* ou *mil*), s. m. Milho miúdo, grão. Erupção militar.
MILLIAIRE (*miliér*), adj. Miliário. S. m. Limite, miliário.
MILLIARD (*miliar*), s. m. Bilhão.
MILLIARDAIRE (*miliardér*), adj. e s. Milhardário.
MILLIARDIÈME (*miliardiém'*), s. m. Bilionésima parte.
MILLIASSE (*miliaç*), s. m. *Ant.* Trilhão. Soma enorme.
MILLIBAR (*milibar*), s. m. Milibar.
MILLIÈME (*miliém*), num. ord. e s.m. Milésimo.
MILLIER (*miliê*), s. m. Milhar, milheiro.
MILLIGRAMME (*miligram'*), s. m. Miligrama.
MILLILITRE (*mililitr*), s. m. Mililitro.
MILLIMÈTRE (*milimétr*), s. m. Milímetro.
MILLION (*milion*), s. m. Milhão, número considerável.
MILLIONIÈME (*milioniém'*), num. ord. e s. m. Milionésimo.
MILLIONNAIRE (*milionér*), adj. e s. Milionário.
MILLITHERMIE (*militérmi*), s. f. Militermia.
MILLIVOLT (*milivólt*), s. m. Milivolt.
MILORD (*milór*), s. m. Milorde. *Pop.* Homem muito rico.
MILOUIN (*miluen*), s. m. Pato selvagem.
MIME (*mim'*), s. m. Comédia popular (gregos e romanos); palhaço, cômico, imitador.
MIMER (*mimê*), v. t. e i. Mimar, imitar, arremedar.
MIMÉTIQUE (*mimêtik*), adj. Mimético.
MIMETISME (*mimêtiçm*), s. m. Mimetismo.
MIMIQUE (*mimik*), adj. Mímico. S. m. Autor de mimos. S. f. Mímica.
MIMODRAME (*mimodram'*), s. m. Mimodrama.
MIMOGRAPHE (*mimograf*), s. f. Mimógrafo.
MIMOLOGIE (*mimoloji*), s. f. Mimologia.
MIMOSA (*mimozá*), s. m. Mimosa.
MIMOSÉES (*mimozê*), s. f. pl. Mimosáceas.
MINABLE (*minabl*), adj. Minável. *Fig.* e *fam.* Pobre, mal vestido.
MINARET (*minaré*), s. m. Minarete.
MINAUDER (*minôdê*), v. i. Afetar os modos (para parecer agradável).
MINAUDERIE (*minôdəri*), s. f. Denguice, afetação.
MINAUDIER, ÈRE (*minôdiê, ér*), adj. e s. Dengoso, afetado.
MINCE (*menç*), adj. Delgado, fino, medíocre. Interj. *Fam.* Oh!, Áh!.
MINCER (*mençê*), v. t. Retalhar, fragmentar.
MINCEUR (*mençër*), s. f. Finura, delgadeza.
MINE (*min'*), s. f. Mina. Semblante, aparência. *Faire mine de*, fingir, aparentar. *Faire la mine*, mostrar-se aborrecido, mal-humorado. *Faire bonne, mauvaise* (*grise* ou *froide*) *mine*, acolher bem, mal. *Ne pas faire mine de*, não parecer inclinado a. *Ne pas payer de mine*, não ter boa aparência. Pl. Antiga medida de capacidade. Moeda e peso dos gregos. *Faire des mines*, ser afetado.
MINÉ, E (*minê*), adj. Minado.
MINER (*minê*), v. t. Minar; escavar; consumir.
MINERAI (*minəré*), s. m. Minério.
MINÉRAL, E, AUX (*minêrál, ô*), adj. e s. m. Mineral.
MINÉRALISATEUR, TRICE (*minêralizatër, triç*), adj. Mineralizador.
MINÉRALISATION (*minêralizaçion*), s. f. Mineralização.
MINÉRALISER (*minêralizê*), v. t. Mineralizar.
MINÉRALOGIE (*minêraloji*), s. f. Mineralogia.
MINÉRALOGIQUE (*minêralojik*), adj. Mineralógico.
MINÉRALOGISTE (*minêralojiçt*), s. m. Mineralogista.
MINERVE (*minérv*), s. f. Minerva.
MINESTRONE (*minéçtrón'*), s. m. Sopa milanesa.

MINET, ETTE (*miné, t*), s. *Fam.* Gatinho, bichano.
MINEUR, E (*minĕr*), adj. e s. Mineiro; menor. *Frères mineurs*, frades franciscanos.
MINIATURE (*miniatür*), s. f. Miniatura.
MINIATURISTE (*miniatüriçt*), adj. e s. Miniaturista.
MINIER, ÈRE (*minié, ér*), adj. Mineiro. S. f. Mina pouco profunda.
MINIMA (A) (*aminimá*), loc. adv. Pl. de MINIMUM.
MINIME (*minim'*), adj. e s. m. Mínimo.
MINIMISER (*minimizê*), v. t. Reduzir ao mínimo.
MINIMUM (*minimóm'*), adj. e s. m. Mínimo. Pl.: *des minima* ou *minimums*.
MINISTÈRE (*miniçtér*), s. m. Ministério; intervenção.
MINISTÉRIEL, ELLE (*miniçtêriél*), adj. e s. Ministerial. *Officiers ministériels*, advogados, notários, procuradores.
MINISTRABLE (*miniçtrabl*), adj. *Fam.* Que pode se tornar ministro.
MINISTRE (*miniçtr*), s. m. Ministro; instrumento.
MINIUM (*minióm'*), s. m. Mínio.
MINNESÄNGER (*minəzéngər*), s. m. Trovador alemão da Idade Média.
MINOIS (*minuá*), s. m. *Fam.* Rosto gracioso de criança ou jovem. Pl.: *des minois*.
MINORATIF, IVE (*minoratif, iv*), adj. e s. m. Minorativo.
MINORITAIRE (*minoritér*), adj. Minoritário.
MINORITÉ (*minoritê*), s. f. Menoridade; minoria.
MINORQUIN, E (*minorken, in'*), adj. e s. Minorquino.
MINOT (*minó*), s. m. Antiga medida de capacidade. *Mar.* Peça que firma a mezena.
MINOTAGE (*minotaj*), s. m. Moagem.
MINOTIER (*minotiê*), s. m. Moageiro.
MINUIT (*minüí*), s. m. Meia-noite.
MINUSCULE (*minüçkül*), adj. Minúsculo. S. f. Minúscula.
MINUTAIRE (*minütér*), adj. Minutado.
MINUTE (*minüt*), s. f. Minuto. Minuta. Interj. Calma! Espere!
MINUTER (*minütê*), v. t. Minutar; determinar.
MINUTERIE (*minütəri*), s. f. Maquinismo dos minutos; aparelho elétrico que assegura um contacto durante lapso de tempo determinado.
MINUTIE (*minüçi*), s. f. Minúcia; bagatela.
MINUTIER (*minütiê*), s. m. Registro de minutas.
MINUTIEUSEMENT (*minüçiĕzman*), adv. Minuciosamente.
MINUTIEUX, EUSE (*minüçiĕ, ĕz*), adj. Minucioso.
MIOCÈNE (*mioçén'*), adj. e s. m. Mioceno.
MIOCHE (*mióch*), s. *Fam.* Criança.
MI-PARTI, E (*miparti*), adj. Dividido em partes iguais. Pl.: *des mi-partis, es.*
MI-PARTITION (*mipartiçion*), s. f. Dividido pela metade. Pl.: *des mi-partitions.*
MIQUELET (*mikəlê*), adj. e s. m. Bandido espanhol; soldado da guarda de governadores de província.
MIR (*mir*), s. m. Comuna rural autônoma (Rússia).
MIRABELLE (*mirabél*), s. f. Ameixa amarela.
MIRABELLIER (*mirabéliê*), s. m. Árvore que produz mirabela.
MIRACLE (*mirakl*), s. m. Milagre; na Idade Média, drama religioso.
MIRACULÉ, E (*mirakülê*), adj. e s. Miraculado.
MILACULEUSEMENT (*mirakülĕzman*), adv. Milagrosamente.
MIRACULEUX, EUSE (*mirakülĕ, ĕz*), adj. Milagroso, maravilhoso.
MIRADOR (*miradór*), s. m. Mirante, miradouro.
MIRAGE (*miraj*), s. m. Miragem.
MIRBANE (*mirban'*), s. f. Nitrobenzeno.
MIRE (*mir*), s. f. Mira. Defesa do javali. S. m. *Ant.* Médico.
MIREPOIX (*mirpuá*), s. f. Molho. Pl.: *des mirepoix.*
MIRER (*mirê*), v. t. Mirar, cobiçar. **SE MIRER**, v. pr. Olhar-se, admirar-se.
MIRETTE (*mirét*), s. f. Instrumento de pedreiro, escultor. *Pop.* Olho.
MIREUR (*mirĕr*), s. m. Mirador.
MIRIFIQUE (*mirifik*), adj. *Fam.* Maravilhoso, surpreendente.
MIRIFIQUEMENT (*mirifikman*), adv. *Fam.* Mirificamente.
MIRLIFLORE (*mirliflór*), s. m. *Fam.* Janota.
MIRLITON (*mirliton*), s. m. Flauta de cana.
MIRMILLON (*mirmiion*), s. m. Gladiador romano.
MIROBOLANT, E (*mirobolan, t*), adj. *Fam.* Maravilhoso.
MIROIR (*miruar*), s. m. Espelho; lugar entalhado no tronco de árvore.
MIROITANT, E (*miruatan, t*), adj. Brilhante, luzente.
MIROITÉ, E (*miruatê*), adj. Baio rodado.
MIROITEMENT (*miruatman*), s. m. Reflexo, brilho.
MIROITER (*miruatê*), v. i. Refletir a luz. *Faire miroiter*, mostrar para seduzir.
MIROITERIE (*miruatəri*), s. f. Espelharia.
MIROITIER, ÈRE (*miruatiê, ér*), s. Espelheiro.

MIRONTON ou **MIRONTAINE** (*mironton* ou *mirontén'*), adj. Estribilho de canções populares.
MIROTON (*miroton*), s. m. Guisado de carne temperado com cebola.
MISAINE (*mizén'*), s. f. Mizena.
MISANTHROPE (*mizantróp*), adj. e s. Misantropo.
MISANTHROPIE (*mizantropi*), s. f. Misantropia.
MISANTHROPIQUE (*mizantropik*), adj. Misantrópico.
MISCELLANÉES (*miçélanê*), s. f. pl. Miscelâneas.
MISCIBILITÉ (*miçibilitê*), s. f. Miscibilidade.
MISCIBLE (*miçibl*), adj. Miscível.
MISE (*miz*), s. f. Colocação, posição, lance; maneira de vestir; crédito. *Ceci n'est pas de mise,* isto não é admissível.
MISER (*mizê*), v. t. *Fam.* Entrar com a parada (no jogo).
MISÉRABLE (*mizêrabl*), adj. e s. Miserável, infeliz; pobre; funesto.
MISÉRABLEMENT (*mizêrabləman*), adv. Miseravelmente.
MISÈRE (*mizér*), s. f. Miséria, penúria, coisa penível. *Fam.* Insignificância. Pl. Calamidades.
MISÉRÉRÉ ou **MISERERE** (*mizêrêrê*), s. m. inv. Miserere.
MISÉREUX, EUSE (*mizêrë, ëz*), adj. e s. Pobre, miserável.
MISÉRICORDE (*mizêrikórd*), s. f. Misericórdia. *Prov. À tout péché miséricorde,* todo pecado merece perdão.
MISÉRICORDIEUSEMENT (*mizêricordiëzman*), adv. Misericordiosamente.
MISÉRICORDIEUX, EUSE (*mizêrikordië, ëz*), adj. e s. Misericordioso.
MISOGYNE (*mizojin'*), adj. e s. Misógino.
MISS (*miç*), s. f. Senhorita. Professora inglesa numa família francesa. Rainha de beleza. Pl.: *des miss* ou *misses.*
MISSEL (*miçél*), s. m. Missal.
MISSILE (*miçil*), s. m. *Mil.* Missil.
MISSION (*miçion*), s. f. Missão, função; encargo.
MISSIONNAIRE (*miçionér*), s. m. Missionário.
MISSIVE (*miçiv*), adj. e s. f. Missiva.
MISTELLE (*miçtél*), s. f. Mosto de uva interrompido em sua fermentação.
MISTI ou **MISTIGRI** (*miçti* ou *miçtigri*), s. m. *Fam.* Gato. Jogo de cartas; o valete de paus.
MISTOUFLE (*miçtufl*), s. f. Miséria (gíria).
MISTRAL (*miçtral*), s. m. Mistral.
MITAINE (*mitén'*), s. f. Mitene. *Prendre des mitaines,* ter grandes precauções.
MITE (*mit*), s. f. Traça.
MITÉ, E (*mitê*), adj. Atacado pelas traças.
MI-TEMPS (*mitan*), s. f. Meio-tempo.
MITEUX, EUSE (*mitë, ëz*), adj. *Fam.* Miserável, lastimoso.
MITHRACISME ou **MITHRIACISME** (*mitraçiçm* ou *mitriaçiçm*), s. m. Culto de Mitra.
MITHRIAQUE (*mitriak*), adj. Que tem relação com o culto de Mitra.
MITHRIDATE (*mitridat*), s. m. Antigo nome da teriaga. *Vendeur de mithridate,* charlatão.
MITHRIDATISER (*mitridatizê*), v. t. Acostumar ao veneno.
MITHRIDATISME (*mitridatiçm*), s. f. Mitridatismo.
MITIGATION (*mitigaçion*), s. f. Mitigação.
MITIGÉ, E (*mitijê*), adj. Mitigado, temperado.
MITIGER (*mitijê*), v. t. (Toma um e mudo depois do *g* antes de *a* e *o*: *il mitigea, nous mitigeons.*) Mitigar, moderar.
MITON (*miton*), s. m. Manguito. *Fam. Onguent miton mitaine,* remédio que não faz bem nem mal.
MITONNER (*mitonê*), v. t. e i. Cozer a fogo lento em molho.
MITOSE (*mitôz*), s. f. Mitose.
MITOYEN, ENNE (*mituaien, én'*), adj. Mediano.
MITOYENNETÉ (*mituaiénətê*), s. f. Estado de uma propriedade a meias.
MITRAILLADE (*mitraiad*), s. f. Metralhada.
MITRAILLE (*mitraii*), s. f. Metralha.
MITRAILLER (*mitraiê*), v. i. e t. Metralhar.
MITRAILLETTE (*mitraiét*), s. f. Metralhadora.
MITRAILLEUR (*mitraiër*), s. m. Metralhador.
MITRAILLEUSE (*mitraiëz*), s. f. Metralhadora.
MITRAL, E, AUX (*mitral, ô*), adj. Mitral.
MITRE (*mitr*), s. f. Mitra, capelo de chaminé.
MITRÉ, E (*mitrê*), adj. Mitrado.
MITRON (*mitron*), s. m. Ajudante de padeiro; apoio do capelo de chaminé.
MI-VOIX (À) (*amivuá*), loc. adv. À meia voz.
MIXAGE (*mikçaj*), s. m. Gravação simultânea sobre a trilha sonora de um filme dos diversos sons necessários.
MIXTE (*mikçt*), adj. Misto, misturado.
MIXTILIGNE (*mikçtilinh*), adj. Mistilíneo.
MIXTION (*mikçtion*), s. f. Mistura (num líquido) para compor um medicamento.
MIXTIONNER (*miktionê*), v. t. Misturar.

MIXTURE (*mikçtür*), s. f. Mistura líquida (de várias drogas).
MNÉMONIQUE (*mnêmonik*), adj. Mnemônico. S. f. Mnemônica.
MNÉMOTECHNIE (*mnêmotékni*), s. f. Mnemotécnica.
MNÉMOTECHNIQUE (*mnemotéknik*), adj. Mnemotécnico.
MOBILE (*mobil*), adj. Móvel; inconstante. S. m. Força motriz; soldado da guarda nacional móvel.
MOBILIER, ÈRE (*mobiliê, ér*), adj. Mobiliário. S. m. Mobília.
MOBILISABLE (*mobilizabl*), adj. Mobilizável.
MOBILISATION (*mobilizaçion*), s. f. Mobilização.
MOBILISER (*mobilizê*), v. t. Mobilizar. *Dir.* Considerar como móvel.
MOBILITÉ (*mobilitê*), s. f. Mobilidade.
MOCASSIN (*mokaçen*), s. m. Mocassin.
MOCHE (*móch*), s. f. Meada. Adj. *Pop.* Feio, mau.
MODAL, E, AUX (*modal, ô*), adj. Modal.
MODALITÉ (*modalitê*), s. f. Modalidade, circunstância.
MODE (*mód*), s. f. Moda, costume. Pl.: Vestimentas. S. m. Maneira; modo.
MODELAGE (*modlàj*), s. m. Modelagem.
MODÈLE (*modél*), s. m. Modelo; molde; padrão, norma.
MODELÉ (*modlê*), s. m. Modelado (em escultura).
MODELER (*modlê*), v. t. (Toma um è aberto antes de sílaba muda: *il modèlera.*) Modelar, confórmar.
MODELEUR (*modlër*), adj. e s. Modelador; carpinteiro de moldes.
MODÉLISTE (*modêlict*), s. Modelista.
MODÉNATURE (*modênatür*), s. f. Modinatura.
MODÉRANTISME (*modêrantiçm*), s. m. Moderantismo.
MODÉRANTISTE (*modêrantiçt*), adj. e s. Moderantista.
MODÉRATEUR, TRICE (*modêrater, triç*), s. Que governa, rege; regulador.
MODÉRATION (*modêraçion*), s. f. Moderação, comedimento; redução.
MODERATO (*modératô*), adv. *Mús.* Moderato.
MODÉRÉ, E (*modêrê*), adj. e s. Moderado, comedido.
MODÉRÉMENT (*modêrêman*), adv. Moderadamente.
MODÉRER (*modêrê*), v. t. (Conjuga-se como *accélérer.*) Moderar, atenuar; conter. **SE MODÉRER**, v. pr. Refrear-se.
MODERNE (*modérn*), adj. e s. Moderno.
MODERNISATION (*modérnizaçion*), s. f. Modernização.
MODERNISER (*modérnizê*), v. t. Modernizar.
MODERNISME (*modérniçm*), s. m. Modernismo.
MODERNISTE (*modérniçt*), adj. e s. Modernista.
MODERNITÉ (*modérnitê*), s. f. Modernidade.
MODESTE (*modéçt*), adj. Modesto; moderado; simples.
MODESTEMENT (*modéçtman*), adv. Modestamente.
MODESTIE (*modéçti*), s. f. Modéstia, recato.
MODICITÉ (*modiçitê*), s. f. Modicidade.
MODIFIABLE (*modifiabl*), adj. Modificável.
MODIFIANT, E (*modifian, t*), adj. Modificador.
MODIFICATEUR, TRICE (*modifikater, triç*), adj. Modificador.
MODIFICATIF, IVE (*modifikatif, iv*), adj. e s. *Gram.* Modificativo.
MODIFICATION (*modifikaçion*), s. f. Modificação.
MODIFIER (*modifiê*), v.t. (Conjuga-se como *prier.*) Modificar. **SE MODIFIER**, v.pr. Modificar-se.
MODILLON (*modiion*), s. m. Modilhão.
MODIQUE (*modik*), adj. Módico; de pouca importância.
MODIQUEMENT (*modikman*), adv. Modicamente.
MODISTE (*modiçt*), adj. e s. Modista.
MODULATEUR, TRICE (*modülatër, triç*), s. Modulador.
MODULATION (*modülaçion*), s. f. Modulação.
MODULE (*modül*), s. m. *Arq.* Módulo; unidade de medida.
MODULER (*modülê*), v. t. e i. Modular.
MOELLE (*mual*), s. f. Medula, tutano; âmago.
MOELLEUSEMENT (*mualëzman*), adv. Maciamente.
MOELLEUX, EUSE (*mualë, ëz*), adj. Meduloso; fofo, macio. S. Suavidade.
MOELLON (*mualon*), s. m. Pedra de pequena dimensão.
MŒURS (*mërç* ou *mër*), s. f. pl. Costumes, usos.
MOFETTE ou **MOUFETTE** (*mofét* ou *mufét*), s. f. Mofeta.
MOHAIR (*moér*), s. m. Lã branca e longa.
MOI (*muá*), pron. pess. Eu, me, mim. S. m. O eu, egoísmo. *De vous à moi,* confidencialmente.
MOIGNON (*muanhon*), s. m. Coto (de membro amputado).
MOINDRE (*moendr*), adj. Menor; pouco importante. *Le moindre, la moindre,* o menor, o menos importante.
MOINDREMENT (*muendr man*), adv. De modo nenhum.
MOINE (*muan'*), s. m. Monge. Aquecedor de cama. Espaço em branco de folha impressa. Foca.

MOINEAU (*muanô*), s. m. Pardal. *Pop.* Pessoa desagradável. Pl.: *des moineaux.*

MOINERIE (*muanəri*), s. f. *Fam.* Fradaria.

MOINESSE (*muanéç*), s. f. *Fam.* Religiosa.

MOINILLON (*muaniion*), s. m. *Fam.* Pequeno frade.

MOINS (*muen*), adv. Menos. Prep. Menos. Loc. adv. *Le moins*, tão pouco quanto possível; *c'est bien le moins*, é o menos que se pode esperar; *au moins, du moins*, pelo menos. Loc. conj.: *À moins que*, a menos que; *rien moins que*, de modo nenhum. S. m. *Alg.* Sinal de menos ou de quantidade negativa. *Tip.* Travessão.

MOINS-PERÇU (*muenpérçü*), s. m. Importância não recebida. Pl.: *des moins-perçus.*

MOINS-VALUE (*muenvalü*), s. f. Diminuição de valor. Pl.: *des moins-values.*

MOIRAGE (*muaraj*), s. m. Ondeamento; reflexo ondeado.

MOIRE (*muar*), s. f. Tecido ondeado pela calandra; o brilho desse ondeado.

MOIRÉ, E (*muarê*), adj. Ondeado pela calandra. S. m. Brilho assim ondeado.

MOIRER (*muarê*), v. t. Dar brilho ondeado.

MOIRURE (*muarür*), s. f. Ondeamento.

MOIS (*muá*), s. m. Mês, mensalidade. Pl.: *des mois.*

MOISE (*muaz*), s. f. Cruzeta.

MOÏSE (*moiz*), s. m. Cestinho para berço.

MOISER (*muazê*), v. t. Ligar com cruzetas.

MOISI (*muazi*), s. m. Bolorento.

MOÏSIAQUE (*moiziak*), adj. Mosaico.

MOISIR (*muazir*), v. t. e i. Embolorecer. **SE MOISIR**, v. pr. Embolorecer. *Fig. Moisir quelque part*, permanecer muito tempo; permanecer improdutivo.

MOISISSURE (*muaziçür*), s. f. Bolor, mofo.

MOISSINE (*muaçin'*), s. f. Ramo de videira colhido com cachos.

MOISSON (*muaçon*), s. f. Colheita. *Fig.* Grande quantidade de.

MOISSONNAGE (*muaçonaj*), s. m. Ceifa, modo de ceifar.

MOISSONNER (*muaçonê*), v. t. Colher, ceifar. *Fig.* Destruir, colher em grande quantidade.

MOISSONNEUR, EUSE (*muaçonĕr, ëz*), s. Ceifeiro. S. f. Ceifeira.

MOITE (*muat*), adj. Umedecido.

MOITEUR (*muatĕr*), s. f. Ligeira umidade.

MOITIÉ (*muatiê*), s. f. Metade. *Fam.* Esposa. Loc. adv.: *De moitié*, na proporção de um a dois; *à moitié*, em parte, meio.

MOITIR (*muatir*), v. t. Umedecer.

MOKA (*moká*), s. m. Café.

MOL, MOLLE (*mól*), adj. V. **MOU.**

MOLAIRE (*molér*), adj. e s. Molar.

MOLASSE (*molaç*), s. f. V. **MOLLASSE.**

MOLDAVE (*moldav*), adj. e s. Moldávio.

MÔLE (*môl*), s. m. Dique.

MOLE (*mól*), s. f. Embrião degenerado.

MOLÉCULAIRE (*molêkülér*), adj. Molecular.

MOLÉCULE (*molêkül*), s. f. Molécula.

MOLÈNE (*molén'*), s. f. Verbasco.

MOLESKINE (*moléçkin'*), s. f. Lona, encerado, oleado.

MOLESTATION (*moléçtaçion*), s. f. Molestamento, incômodo.

MOLESTER (*moléçtê*), v. t. Molestar, importunar.

MOLETAGE (*moltaj*), s. m. Ação de polir com moleta.

MOLETER (*moltê*), v. t. Ornar ou polir com moleta.

MOLETTE (*molét*), s. f. Recortilha; moleta; roseta.

MOLIÉRESQUE (*moliêréçk*), adj. Relativo a Molière.

MOLIÉRISTE (*moliêriçt*), s. Que estuda a vida ou as obras de Molière.

MOLINISME (*moliniçm*), s. m. Molinismo.

MOLINISTE (*moliniçt*), adj. e s. Molinista.

MOLINOSISME (*molinoziçm*), s. m. Molinosismo.

MOLINOSISTE (*molinoziçt*), s. Molinosista.

MOLLAH (*molá*), s. m. Título dado entre os muçulmanos a sacerdote ou pessoa importante.

MOLLASSE (*molaç*), adj. Flácido. *Fig.* Apático. S. f. Molassa.

MOLLASSERIE (*molaçri*), s. f. Caráter flácido.

MOLLASSON, ONNE (*molaçon, ón'*), adj. Molengão ao extremo.

MOLLEMENT (*molman*), adv. Flacidamente. *Fig.* De maneira afeminada, de modo frouxo.

MOLLESSE (*moléç*), s. f. Moleza. *Fig.* Fraqueza: voluptuosidade.

MOLLET, ETTE (*molé, t*), adj. Brando, macio. S. m. Barriga da perna.

MOLLÈTERIE (*molétəri*), s. f. Couro de vaca.

MOLLETIÈRE (*molətiér*), s. f. Greva; polaina.

MOLLETON (*moləton*), s. m. Moletão.

MOLLETONNER (*molətonê*), v. t. Reforçar de moletão.

MOLLETONNEUX, EUSE (*molətonĕ, ĕz*), adj. Da qualidade do moletão.

MOLLIFIER (*molifiê*), v. t. (Conjuga-se como *prier.*) Amolecer, molificar.

MOLLIR (*molir*), v. i. Tornar-se mole. *Fig.* Abrandar, ceder.
MOLLUSCUM (*molüçkóm'*), s. m. Tumor fibroso da pele.
MOLLUSQUES (*molüçk*), s. m. pl. Moluscos.
MOLOSSE (*molóç*), s. m. Molosso. Cão de guarda.
MOLYBDÈNE (*molibdénn'*), s. m. Molibdênio.
MÔME (*môm'*), s. *Pop.* Criancinha. S. f. Moça (gíria).
MOMENT (*moman*), s. m. Momento. *À tout moment*, loc. adv. Sem cessar. *Au moment de*, loc. prep. Na hora de. Loc. conj.: *Au moment que, au moment où*, quando; *du moment que*, desde que, já que.
MOMENTANÉ, E (*momantanê*), adj. Momentâneo.
MOMENTANÉMENT (*momantanêman*), adv. Momentaneamente.
MÔMERIE (*mômәri*), s. f. Fingimento. Cerimônia estranha. Antigo divertimento dançado.
MOMIE (*momi*), s. f. Múmia.
MOMIFICATION (*momifikaçion*), adj. Mumificação.
MOMIFIER (*momifiê*), v. t. Mumificar. (Conjuga-se como *prier.*) **SE MOMIFIER**, v. pr. Mumificar-se. *Fig.* Emagrecer.
MÔMON (*momon*), s. m. Mascarado; jogo de dados entre mascarados.
MON (*mon*), adj. poss. m. sing. Meu.
MONACAL, E, AUX (*monakal, ô*), adj. Monacal.
MONACALEMENT (*monakalman*), adv. Monacalmente.
MONACHISME (*monachiçm*), adj. Monaquismo.
MONADE (*monad*), s. f. Monada.
MONADELPHE (*monadélf*), adj. Monadelfo.
MONADISME (*monadiçm*), s. m. Monadismo.
MONADISTE (*monadiçt*), adj. e s. Monadista.
MONANDRE (*monandr*), adj. Monandro.
MONARCHIE (*monarchi*), s. f. Monarquia.
MONARCHIQUE (*monarchik*), adj. Monárquico.
MONARCHIQUEMENT (*monarchikman*), adv. Monarquicamente.
MONARCHISME (*monarchiçm*), s. m. Monarquismo.
MONARCHISTE (*monarchiçt*), adj. e s. Monarquista.
MONARQUE (*monark*), s. m. Monarca.
MONASTÈRE (*monaçtér*), s. m. Mosteiro.
MONASTIQUE (*monaçtik*), adj. Monástico.
MONAUT (*monô*), adj. m. Que tem apenas uma orelha.
MONAZITE (*monazit*), s. f. Monazita.
MONCEAU (*monçô*), s. m. Monte, montão. Pl.: *des monceaux.*
MONDAIN, E (*monden, én'*), adj. e s. Mundano.
MONDANITÉ (*mondanitê*), s. f. Mundanismo.
MONDE (*mond*), s. m. Mundo; terra; povo; sociedade; vida secular. *Le grand monde*, a alta sociedade. *Pas le moins du monde*, absolutamente, de modo nenhum.
MONDER (*mondê*), v. t. Limpar, descascar.
MONDIAL, E, AUX (*mondial, ô*), adj. Mundial.
MONDIFIER (*mondifiê*), v. t. (Conjuga-se como *prier.*) *Cir.* Limpar.
MONÉGASQUE (*monêgáçk*), adj. e s. Monegasco.
MONEL (*monél*), s. m. Aliança de níquel e cobre.
MONÈRE (*monér*), s. f. Monera.
MONÉTAIRE (*monêtér*), adj. Monetário.
MONGOL, E (*mongól*), adj. e s. Mongol.
MONGOLIE (*mongoli*), s. f. Pele de cabra da Mongólia.
MONGOLISME (*mongoliçm*), s. m. Mongolismo.
MONIAL, E, AUX (*monial, ô*), adj. *Ant.* Monacal. S. Religioso em convento.
MONISME (*moniçm*), s. m. Monismo.
MONISTE (*moniçt*), s. m. Monista.
MONITEUR, TRICE (*monitër, triç*), s. Monitor; aluno repetidor. S. m. Título de certos jornais.
MONITION (*moniçion*), s. f. Advertência episcopal; publicação de uma monitória.
MONITOR (*monitór*), s. m. Monitor.
MONNAIE (*moné*), s. f. Moeda. *Battre monnaie*, cunhar moeda. *Fig.* Arranjar dinheiro. *Rendre la monnaie de*, pagar na mesma moeda. *Payer en monnaie de singe*, enganar os credores, caçoar de. *Bot. Monnaie-du-pape*, lunária.
MONNAYAGE (*monéiaj*), s. m. Moedagem.
MONNAYER (*monéiê*), v. t. (Conjuga-se como *balayer.*) Amoedar.
MONNAYEUR (*monéiër*), s. e adj. m. Moedeiro.
MONOBLOC (*monoblók*), adj. De uma só peça.
MONOCAMÉRISME (*monokamêriçm*), s. m. Monocamerismo.
MONOCHROME (*monokróm'*), adj. Monocromo.
MONOCHROMIE (*monokromi*), s. f. Monocromia.
MONOCLE (*monókl*), s. m. Monóculo.
MONOCLINIQUE (*monoklinik*), adj. Monoclínico.

MONOCOQUE (*monokók*), adj. Modelo de carroceria de fuselagem de avião de forma ovóide.
MONOCORDE (*monokórd*), adj. Monocórdio. *Fig.* Monótono.
MONOCOTYLÉDONE (*monokotilêdón*), adj. Monocotiledôneo. S. f. pl. Monocotiledôneas. S. Monocotiledônea.
MONOCULAIRE (*monokülér*), adj. Monocular.
MONOCULTURE (*monokültür*), s. f. Monocultura.
MONOCYCLE (*monoçikl*), adj. e s. m. Monociclo.
MONOCYLINDRIQUE (*monoçilendrik*), adj. Monocilíndrico.
MONOCYTE (*monoçit*), s. m. Monócito.
MONODIE (*monodi*), s. f. Monódia.
MONOGAME (*monogam'*), adj. Monógamo.
MONOGAMIE (*monogami*), s. f. Monogamia.
MONOGAMIQUE (*monogamik*), adj. Monogâmico.
MONOGÉNISME (*monojêniçm*), s. m. Monogenismo.
MONOGRAMME (*monogram'*), s. m. Monograma.
MONOGRAPHIE (*monografi*), s. f. Monografia.
MONOGRAPHIQUE (*monografik*), adj. Monográfico.
MONOHYDRATE (*monoidrat*), s. m. Monoidrato.
MONOHYDRATÉ, E (*monoidratê*), adj. Monoidratado.
MONOIDÉISME (*monoidêiçm*). s. m. Monoideísmo.
MONOIQUE (*monoik*), adj. Monóico.
MONOLITHE (*monolit*), adj. e s. m. Monolítico, monólito.
MONOLOGUE (*monológ*), s. m. Monólogo.
MONOLOGUER (*monologhê*), v. i. Monologar.
MONOLOGUEUR (*monologhĕr*), s. m. Recitador de monólogos; que fala sozinho.
MONOMANE ou **MONOMANIAQUE** (*monoman'* ou *monomaniak*), adj. e s. Monomaníaco.
MONOMANIE (*monomani*), s. f. Monomania.
MONOME (*monôm'*), s. m. Monômio. *Fig.* Passeio em fila indiana que executam, em certas circunstâncias, os estudantes.
MONOMÉTALLISME (*monomêtaliçm*), s. m. Monometalismo.
MONOMÉTALLISTE (*monomêtaliçt*), adj. e s. m. Monometalista.
MONOMÈTRE (*monométr*), adj. Monômetro, monométrico.
MONOMOTEUR (*monomotĕr*), adj. Avião munido de um único motor.
MONOPÉTALE (*monopêtal*), adj. *Bot.* Monopétalo.
MONOPHYLLE (*monofil*), adj. Monófilo.
MONOPLACE (*monoplaç*), adj. De um só lugar.
MONOPLAN (*monoplan*), s. m. Monoplano.
MONOPOLE (*monopól*), s. m. Monopólio.
MONOPOLISATEUR (*monopolizatĕr*), s. m. Monopolizador.
MONOPOLISATION (*monopolizaçion*), s. f. Monopolização.
MONOPOLISER (*monopolizê*), v. t. Monopolizar.
MONOPTÈRE (*monoptér*), adj. e s. m. Monóptero.
MONORAIL (*monorai*), adj. e s. Monocarril.
MONORIME (*monorim'*), adj. Monórrimo.
MONOSÉPALE (*monoçêpál*), adj. Monossépalo.
MONOSPERME (*monoçpérm*), adj. Monospermo.
MONOSTIQUE (*monoçtik*), adj. e s. Monóstico.
MONOSYLLABE (*monoçilab*), adj. e s. m. Monossílabo.
MONOSYLLABIQUE (*monoçilabik*), adj. Monossilábico.
MONOSYLLABISME (*monoçilabiçm*), s. m. Monossilabismo.
MONOTHÉISME (*monotêiçm*), s. m. Monoteísmo.
MONOTHÉISTE (*monotêiçt*), adj. Monoteísta.
MONOTHÉLISME (*monotêliçm*), s. m. Monotelismo.
MONOTHÉLITE (*monotêlit*), adj. e s. Monotelita.
MONOTONE (*monotón'*), adj. Monótono. *Fig.* Demasiado uniforme, sem variedade.
MONOTONIE (*monotoni*), s. f. Monotonia.
MONOTRÈMES (*monotrém'*), s. m. pl. Monotrêmatos.
MONOTYPE (*monotip*), s. f. Monotipo.
MONOVALENT (*monovalan*), adj. m. Monovalente.
MONS (*monç*), s. m. Abreviação familiar de *Monsieur*.
MONSEIGNEUR (*monçénhĕr*), s. m. Monsenhor (título honorífico em França). O Delfim de França. S. m. Pé-de-cabra. Pl.: *messeigneurs, nosseigneurs*.
MONSIEUR (*məçië*), s. m. Senhor, homem bem-educado, bem-posto. *Faire le monsieur*, afetar importância. Pl.: *messieurs*.
MONSIGNORE (*monçinhorê*), s. m. Prelado do Papa. Pl.: *des monsignori*.

MONSTRE (*monçtr*), s. m. Monstro. Adj. *Fam.* Prodigioso, colossal.
MONSTRUEUSEMENT (*monçtrüëzman*), adv. Monstruosamente. Prodigiosamente.
MONSTRUEUX, EUSE (*monçtrüë, ëz*), adj. Monstruoso. *Fig.* Prodigioso, excessivo.
MONSTRUOSITÉ (*monçtrüozitê*), s. f. Monstruosidade.
MONT (*mon*), s. m. Monte. *Promettre monts et merveilles*, prometer mundos e fundos.
MONTAGE (*montaj*), s. m. Subida, ascensão; montagem.
MONTAGNARD, E (*montanhar, d*), adj. e s. Montanhês.
MONTAGNE (*montanh*), s. f. Montanha; montão.
MONTAGNEUX, EUSE (*montanhë, ëz*), adj. Montanhoso.
MONTAISON (*montézon*), s. f. Migração do salmão, do mar para os rios.
MONTANISME (*montaniçm*), s. m. Montanismo.
MONTANISTE (*montaniçt*), s. Montanista.
MONTANT, E (*montan, t*), adj. Montante, ascendente. S. m. Prumo; montante; coceira; gosto forte; cheiro forte e penetrante; importância, soma.
MONT-BLANC (*monblan*), s. m. Espécie de doce de castanha.
MONT-DE-PIÉTÉ (*mondəpiêtê*), s. m. Montepio. Pl.: *des monts-de-piété.*
MONT-DORE (*mondór*), s. m. Variedade de queijo.
MONTE (*mont*), s. f. Montada. Cópula de animais domésticos. Subida dos bichos da seda para os ramos.
MONTE-CHARGE (*montəcharj*), s. m. inv. Monta-cargas.
MONTÉ, E (*montê*), adj. Bem provido. *Être monté*, estar encolerizado. S. f. Encosta, ladeira.
MONTÉNÉGRIN, E (*montênêgren, in'*), adj. e s. Montenegrino.
MONTE-PENTES (*montəpént*), s. m. Aparelho transportador que, nas estações de esporte de inverno, ajuda a subir encostas.
MONTER (*montê*), v. t. Subir, elevar-se. *Fig.* Ser promovido. Subir de preço; importar em V. i. Subir. Abastecer; ajustar; preparar, combinar. Excitar. *Pop. Monter le coup à une personne*, enganar. **SE MONTER**, v. pr. Prover-se. Irritar-se.
MONTEUR, EUSE (*montĕr, ëz*), s. Armador, montador.
MONTGOLFIÈRE (*mongolfiér*), s. f. Aeróstato.
MONTICOLE (*montikól*), adj. Montícula.
MONTICULE (*montikül*), s. m. Montículo.
MONT-JOIE (*monjuá*), s. m. Monte de pedras para marcar os caminhos ou lembrar acontecimento importante.
MONTMARTROIS, OISE (*monmartruá, z*), adj. De Montmartre.
MONTMORENCY (*monmorançi*), s. f. Variedade de cereja.
MONTOIR (*montuar*), s. m. Apeadeira. *Côté du montoir*, lado esquerdo do cavalo.
MONTRABLE (*montrabl*), adj. Mostrável.
MONTRE (*montr*), s. f. Relógio de algibeira. Mostra; vitrina. Fragmento de louça para verificação do cozimento, numa fábrica de porcelanas. *Fig.* Ostentação. *Pour la montre*, para exibição, para mostrar-se.
MONTRE-BRACELET (*montrəbraçəlé*), s. f. Relógio de pulso. Pl.: *des montres-bracelets.*
MONTRER (*montrê*), v. t. Mostrar, manifestar; provar. V. i. Ensinar. **SE MONTRER**, v. pr. Manifestar seu caráter.
MONTREUR, EUSE (*montrĕr, ëz*), s. Apresentador.
MONTUEUX, EUSE (*montüë, ëz*), adj. Desigual, acidentado.
MONTURE (*montür*), s. f. Cavalgadura; armação, engaste, montagem.
MONUMENT (*monüman*), s. m. Monumento; túmulo.
MONUMENTAL, E, AUX (*monümantal, ô*) adj. Monumental.
MOQUE (*mók*), s. f. Vaso em ferro branco para medir certas mercadorias; jarro envernizado para beber.
MOQUER (SE) (*çəmokê*), v. pr. Zombar, caçoar, escarnecer. *Se moquer du tiers comme du quart*, rir de toda a gente. *Je m'en moque comme de l'an quarante*, pouco me interessa.
MOQUERIE (*mokəri*), s. f. Zombaria, escárneo, tolice.
MOQUETTE (*mokét*), s. f. Moqueta, fazenda aveludada de lã.
MOQUEUR, EUSE (*mokĕr, ëz*), adj. e s. Zombador, escarninho. S. m. Tordo.
MORAILLES (*moraii*), s. f. pl. Aziar.
MORAILLON (*moraion*), s. m. Fecho de cofre ou mala.
MORAINE (*morén'*), s. f. *Geol.* Morena.
MORAL, E, AUX (*moral, ô*), adj. e s. m. Moral.
MORALE (*moral*), s. f. A moral.
MORALEMENT (*moralman*), adv. Moralmente.
MORALISATEUR, TRICE (*moralizatĕr, triç*), adj. Moralizador.
MORALISATION (*moralizaçion*), s. f. Moralização.
MORALISER (*moralizê*), v. t. Moralizar, repreender. V. i. Fazer reflexões morais.

MORALISEUR, EUSE (*moralizẽr, ëz*), s. Moralizador; que afeta falar de moral.
MORALISME (*moraliçm*), s. m. Moralismo.
MORALISTE (*moraliçt*), adj. e s. Moralista.
MORALITÉ (*moralitê*), s. f. Moralidade.
MORASSE (*moraç*), s. f. Prova de máquina de uma página de jornal.
MORATOIRE (*moratuar*), adj. e s. m. *Dir.* Moratória.
MORAVE (*morav*), adj. e s. Morávio.
MORBIDE (*morbid*), adj. Mórbido. Delicado e suave (belas-artes).
MORBIDESSE (*morbidéç*), s. f. Delicadeza e suavidade, languidez (belas-artes).
MORBIDITÉ (*morbiditê*), s. f. *Med.* Morbidade.
MORBIFIQUE (*morbifik*), adj. Morbífico.
MORBILLEUX, EUSE (*morbiië, ëz*), adj. Relativo ao sarampo.
MORBLEU! (*morblë*), interj. Irra!, Com a breca!.
MORCEAU (*morçô*), s. m. Pedaço, bocado. *Fig. Manger un morceau,* fazer uma refeição ligeira. *Pop. Manger le morceau,* fazer revelações. Pl.: *des morceaux.*
MORCELER (*morçəlê*), v. t. (Dobra o *l* antes de sílaba muda: *il morcellera.*) Dividir, fragmentar.
MORCELLEMENT (*morçélman*), s. m. Fracionamento, divisão.
MORDACHE (*mordach*), s. f. Boca do torno.
MORDACITÉ (*mordaçitê*), s. f. Qualidade corrosiva. *Fig.* Mordacidade.
MORDANÇAGE (*mordançaj*), s. m. Mordaçagem.
MORDANCER (*mordançê*), v. t. (O *c* toma uma cedilha antes de *a* e *o*: *il mordança, nous mordançons.*) Aplicar um mordente.
MORDANT, E (*mordan, t*) adj. Mordedor, corrosivo; incisivo, penetrante. *Fig.* Cáustico, satírico. S. m. *Fig.* Causticidade.
MORDICANT, E (*mordikan, t*), adj. Corrosivo. *Fig.* Mordaz, cáustico.
MORDICATION (*mordikaçion*), s. f. Mordicação, picada.
MORDICUS (*mordikûç*), adv. Tenazmente.
MORDIENNE (*mordién'*), interj. Espécie de blasfêmia. S. *Fam. À la grosse mordienne,* sem cerimônia.
MORDIEU! (*mordië*), interj. Irra!, Com a breca!.
MORDILLAGE (*mordiiaj*), s. m. Mordição.
MORDILLER (*mordiiê*), v. t. Mordicar.
MORDORÉ, E (*mordorê*), adj. e s. m. Castanho com reflexos dourados.
MORDORER (*mordorê*), v. t. Tingir de castanho com reflexos dourados.
MORDORURE (*mordorür*), s. f. Cor castanha com reflexos dourados.
MORDRE (*mórdr*), v. t. e i. Morder, picar; gastar, corroer. *Fig.* Falar mal. *Mordre la poussière,* morrer em combate. V. pr. *S'en mordre les lèvres,* arrepender-se.
MORE (*mór*), adj. e s. Mouro.
MOREAU, ELLE (*morô, él*), adj. Negro escuro e brilhante.
MORESQUE (*moréçk*), adj. e s. Mourisco.
MORFIL (*morfil*), s. m. Rebordo que se acaba de afiar.
MORFLAT (*morflá*), s. m. Doença mortal do bicho-da-seda.
MORFONDRE (*morfondr*), v. t. Enregelar, transir de frio. **SE MORFONDRE,** v. pr. Enregelar-se. Por extensão: aborrecer-se de esperar.
MORFONDURE (*morfondür*), s. f. Resfriamento de cavalo.
MORGANATIQUE (*morganatik*), adj. Morganático.
MORGANATIQUEMENT (*morganatikman*), adv. Morganaticamente.
MORGELINE (*morjəlin'*), s. f. Planta de pequenas flores e folhas pontudas.
MORGUE (*morgh'*), s. f. Arrogância. Necrotério.
MORIBOND, E (*moribon, d*), adj. e s. Moribundo.
MORICAUD, E (*morikô*), adj. e s. Trigueiro; mulato, negro.
MORIGÉNER (*morijênê*) v. t. (Conjuga-se como *accélérer.*) Morigerar, repreender.
MORILLE (*morii*), s. f. Morchela.
MORILLON (*moriion*), s. m. Uva negra; negreça; esmeralda em bruto.
MORION (*morion*), s. m. Morrião.
MORMON, ONE (*mormon, ón'*), adj. e s. Mormonista.
MORMONISME (*mormoniçm*), s. m. Mormonismo.
MORNE (*mórn*), adj. Abatido, melancólico; baço, nublado. S. f. Espécie de botão protetor da lança.
MORNÉ, E (*mornê*), adj. Guarnecido de botão protetor; cascos de viseira fechada.
MORNIFLE (*mornifl*), s. f. *Pop.* Bofetada.
MOROSE (*morôz*), adj. Triste, melancólico; rabugento.
MOROSITÉ (*morozitê*), s. f. Tristeza, melancolia.
MORPHINE (*morfin'*), s. f. Morfina.
MORPHINISME (*morfiniçm*), s. m. Morfinismo.
MORPHINOMANE (*morfinoman'*), adj. e s. Morfinomaníaco.
MORPHINOMANIE (*morfinomani*), s. f. Morfinomania.

MORPHIQUE (*morfik*), adj. Mórfico.

MORPHOLOGIE (*morfoloji*), s. f. Morfologia.

MORPHOLOGIQUE (*morfolojik*), adj. Morfológico.

MORPION (*morpion*), s. m. *Pop.* Piolho do púbis.

MORS (*mór*), s. m. Freio do cavalo. *Fig. Prendre le mors aux dents*, encolerizar-se. Pl.: *des mors.*

MORSE (*mórç*), s. m. Telégrafo Morse.

MORSURE (*morçür*), s. f. Mordedura. *Fig.* Efeito prejudicial.

MORT (*mór*), s. f. Morte. Loc. adv.: *À la mort*, demasiadamente; *à la vie et à la mort*, para sempre.

MORT, E (*mór, t*), adj. Morto, apagado. *Fig. Être plus mort que vif*, muito assustado. *Eau morte*, água estagnada. S. Cadáver, pessoa morta.

MORTADELLE (*mortadél*), s. f. Mortadela.

MORTAILLABLE (*mortaiabl*), adj. e s. Servo que nada podia deixar a seus herdeiros.

MORTAILLE (*mortaii*), s. f. *Dir.* Direito de certos senhores à herança de servo morto sem herdeiro natural.

MORTAISAGE (*mortézaj*), s. m. Entalhamento.

MORTAISE (*mortéz*), s. f. Entalho.

MORTAISER (*mortézê*), v. t. Entalhar.

MORTAISEUSE (*mortézëz*), s. f. Entalhadeira.

MORTALITÉ (*mortalitê*), s. f. Mortalidade.

MORT-BOIS (*morbuá*), s. m. Madeira de pouco valor.

MORTE-EAU (*mortô*), s. f. Maré baixa.

MORTEL, ELLE (*mortél*), adj. e s. Mortal.

MORTELLEMENT (*mortélman*), adv. Mortalmente. *Fig.* Extremamente.

MORTE-SAISON (*mortəzézon*), s. f. Tempo em que se tem menos trabalho. Pl.: *des mortes-saisons.*

MORT-GAGE (*morgaj*), s. m. Penhor de que um credor se aproveita sem que os seus lucros sejam imputáveis na dívida. Pl.: *des morts-gages.*

MORTIER (*mortiê*), s. m. Argamassa; almofariz; barrete de magistrado.

MORTIFÈRE (*mortifér*), adj. Mortífero.

MORTIFIANT, E (*mortifian, t*), adj. Mortificante, humilhante.

MORTIFICATION (*mortifikaçion*), s. f. Mortificação. *Fig.* Humilhação. *Med.* Estado de decomposição que torna a caça mais saborosa.

MOTIVATION (*motivaçion*), s. f. Motivação.

MORTIFIER (*mortifiê*), v. t. (Conjuga-se como *prier.*) Tornar a carne tenra; mortificar, macerar. *Fig.* Humilhar.

MORTINATALITÉ (*mortinatalitê*), s. f. Mortinatalidade.

MORT-NÉ, E (*mornê*), adj. Nascido morto. *Fig.* Que é mal sucedido desde o começo. Pl.: *des mort-nés, mort-nées.*

MORTUAIRE (*mortüér*), adj. Mortuário, fúnebre.

MORUE (*morü*), s. f. Bacalhau.

MORUTIER (*morütiê*), adj. e s. Bacalhoeiro.

MORVANDEAU, ELLE (*morvandô, él*), adj. e s. Do Morvan. Pl.: *des morvandeaux, elles.*

MORVE (*mórv*), s. f. Mormo, ranho.

MORVEUX, EUSE (*morvë, ëz*), adj. Mormoso, ranhoso. S. *Fam.* Garoto, criança.

MOSAÏQUE (*mozaík*), s. f. Mosaico.

MOSAÏSME (*mozaíçm*), s. m. Mosaísmo.

MOSAÏSTE (*mozaíçt*), adj. e s. Mosaísta.

MOSCOUADE (*moçkuad*), s. f. Açúcar mascavo.

MOSCOUTAIRE (*moçkutér*), s. m. Comunista partidário da Internacional de Moscou.

MOSCOVITE (*moçkovit*), adj. e s. Moscovita.

MOSELLAN, ANNE (*mozélan, an'*), adj. Da Mosela. (França).

MOSETTE ou **MOZETTE** (*mozét*), s. f. Capelo dos bispos.

MOSQUÉE (*moçkê*), s. f. Mesquita.

MOSS (*móç*), s. m. Medida de capacidade para cerveja.

MOT (*mô*), s. m. Palavra, vocábulo; dito, sentença. *Fin mot*, razão, sentido oculto de uma coisa. *Gros mots*, injúrias. *Jouer sur les mots*, fazer equívocos voluntários. *Mot pour rire*, anedota, piada. *Trancher le mot*, falar claramente. *Se payer de mots*, ser crédulo demais. *Se donner le mot*, combinar. *Ne dire, ne souffler mot*, não abrir a boca. *Prendre au mot*, tomar ao pé da letra. *Dire son mot*, dar sua opinião. Loc. adv.: *En un mot*, enfim; *au bas mot*, pelo menos, no mínimo; *mot à mot*, literalmente. *Le mot à mot*, tradução literal.

MOTET (*moté*), s. m. Motete.

MOTEUR, TRICE (*motër, triç*), adj. e s. m. Motor. *Anat.* Que transmite o movimento. *Fig.* Instigador.

MOTIF (*motif*), s. m. Motivo, causa, tema.

MOTILITÉ (*motilitê*), s. f. Motilidade.

MOTION (*moçion*), s. f. *Ant.* Moção.

MOTIVER (*motivê*), v. t. Motivar, justificar.

MOTO (*motô*), pref. Indica o emprego de um motor em uma operação ou máquina S. f. *Fam.* Motocicleta.

MOTOCULTURE (*motokültür*), s. f. Motocultura.

MOTOCYCLE (*motocikl*), s. m. Motociclo.

MOTOCYCLETTE (*motoçiklét*), s. f. Motocicleta.

MOTOCYCLISTE (*motoçikliçt*), s. Motociclista.

MOTONAUTIQUE (*motonôtik*), adj. *Esp.* Motonáutico.

MOTONAUTISME (*motonôtiçm*), s. m. *Esp.* Motonáutica.

MOTORISATION (*motorizaçion*), s. f. Motorização.

MOTORISER (*motorizê*), v. t. Motorizar.

MOTOR-SHIP (*motorchip*), s. m. Barco a motor.

MOTRICE (*motriç*), s. f. Veículo servindo de trator a outros.

MOTRICITÉ (*motriçitê*), s. f. Motricidade.

MOTS-CROISISTE (*môkruaziçt*), s. m. Amador de palavras cruzadas.

MOTTE (*mót*), s. f. Torrão; outeiro. *Motte à brûler,* bola combustível. *Motte de beurre,* broa de manteiga.

MOTTER (SE) (*çəmotê*), v. pr. Agachar-se atrás de torrões (falando-se de um animal).

MOTTEUX (*motë*), s. m. Rabialva. Pl.: *des motteux.*

MOTUS! (*motüç*), interj. Silêncio!.

MOU ou **MOL, MOLLE** (*mu, mól*), adj. e s. m. Mole, brando, quente e úmido. *Fig.* Débil, afeminado. S. m. Bofe.

MOUCHAGE (*muchaj*), s. m. Ação de assoar.

MOUCHARABY ou **MOUCHARABIEH** (*mucharabi* ou *mucharabiê*), s. m. Gelosia.

MOUCHARD (*muchar*), s. m. Espião de polícia. Por extensão: delator. Aparelho de controle e vigia.

MOUCHARDAGE (*muchardaj*), s. m. Denúncia.

MOUCHE (*much*), s. f. Mosca. *Mouche à miel,* abelha. Mancha. *Fig.* Agente secreto; parasita importuno. *Pattes de mouche,* garatujas, rabiscos. *Fine mouche,* pessoa astuciosa. Pedaço de tecido no botão do florete. Jogo de cartas. Barco a vapor de passageiros nos rios.

MOUCHER (*muchê*), v. i. Assoar. *Pop.* Castigar. *Pop. Ne pas se moucher du pied,* ter altas pretensões.

MOUCHEROLLE (*muchról*), s. f. Papa-moscas real.

MOUCHERON (*muchron*), s. m. Mosquito; morrão. *Pop.* Molecote.

MOUCHERONNER (*muchronê*), v. i. Diz-se dos peixes que apanham insetos na superfície da água.

MOUCHETÉ, E (*muchtê*), adj. Mosqueado; cheio de fungão (trigo). *Heráld.* Semeado de manchas.

MOUCHETER (*muchtê*), v. t. (Dobra o *t* antes de sílaba muda: *je mouchette.*) Mosquear, salpicar. *Moucheter une arme,* guarnecer a ponta com um pedaço de couro, de pele.

MOUCHETTE (*muchét*), s. f. Rebordo saliente de uma cornija; cepilho. Pl. Espevitadeira.

MOUCHETURE (*muchtür*), s. f. Mancha natural no corpo de certos animais; malha.

MOUCHEUR (*muchër*), s. m. *Ant.* Espevitador das luzes de um teatro.

MOUCHOIR (*muchuar*), s. m. Lenço.

MOUCHURE (*muchür*), s. f. Ranho, monco; morrão de torcida.

MOUDRE (*mudr*), v. t. (*Je mouds, tu mouds, il moud, nous moulons, vous moulez, ils moulent. Je moulais, nous moulions. Je moulus, nous moulûmes. Je moudrai, nous moudrons. Je moudrais, nous moudrions. Mouds, moulons, moulez. Que je moule, que nous moulions. Que je moulusse, que nous moulussions. Moulant. Moulu, e.*) Moer.

MOUE (*mu*), s. f. Beicinho. *Fig. Faire la moue,* amuar-se.

MOUETTE (*muét*), s. f. Gaivota.

MOUFETTE (*mufét*), s. f. Mofeta.

MOUFLE (*mufl*), s. f. Luva onde só há separação para o polegar. Pl. Cadernal. S. m. *Quím.* Mufla.

MOUFLON (*muflon*), s. m. Carneiro montês.

MOUILLAGE (*muiaj*), s. m. Molha. Adulteração com água (de bebidas). Ancoradouro.

MOUILLEMENT (*muiiman*), s. m. Molhamento.

MOUILLER (*muiê*), v. t. Molhar, umedecer; fazer molho; juntar água; ancorar.

MOUILLÈRE (*muiér*), s. f. Lenteiro.

MOUILLETTE (*muiét*), s. f. Fatia de pão longo e fino.

MOUILLEUR (*muiër*), s. m. Aparelho que facilita a ancoragem; aparelho para umedecer o reverso dos selos.

MOUILLOIR (*muiuar*), s. m. Vaso onde as fiandeiras molham os dedos quando fiam.

MOUILLURE (*muiür*), s. f. Molhadura; vestígio de umidade.

MOUISE (*muiz*), s. f. *Pop.* Miséria.

MOUJIK (*mujik*), s. m. Mujique.

MOULAGE (*mulaj*), s. m. Fundição, moldagem; moagem.

MOULE (*mul*), s. m. Molde, forma. *Fait au moule,* bem feito. Pedaço de madeira ou de osso que se cobre de fazenda para fazer um botão. Mexilhão. *Fig.* e *pop.* Imbecil.

MOULÉ, E (*mulê*), adj. *Fig.* Bem proporcionado, impresso. S. m. Letra de imprensa.

MOULER (*mulê*), v. t. Moldar, fundir; modelar. **SE MOULER**, v. pr. Aplicar-se exatamente sobre o corpo. *Fig.* Modelar-se, orientar-se.

MOULEUR (*mulĕr*), adj. e s. Modelador.
MOULIÈRE (*muliér*), s. f. Mexilheira.
MOULIN (*mulen*), s. m. Moinho. *Fig. Moulin à paroles,* tagarela.
MOULINAGE (*mulinaj*), s. m. Fiação e torção mecânica dos fios da seda.
MOULINER (*mulinê*), v. t. Fiar e torcer mecanicamente a seda; roer, carcomer.
MOULINET (*muliné*), s.m. Molinete.
MOULINEUR ou **MOULINIER** (*mulinĕr* ou *mulinié*), s. m. Operário que torce os fios de seda.
MOULU, E (*mulü*), adj. Moído, extenuado.
MOULURE (*mulür*), s. f. Moldura.
MOULURER (*mulürê*), v. t. Moldurar.
MOURANT, E (*muran, t*), adj. e s. Agonizante; lânguido.
MOURIR (*murir*), v. i. (*Je meurs, nous mourons, vous mourez, ils meurent. Je mourais, nous mourions. Je mourus. Je mourrai. Je mourrais. Meurs, mourons, mourez. Que je meure, que nous mourions. Que je mourusse, que nous mourussions. Mourant. Mort, e.*) Morrer. *Fig.* Impacientar-se. *À mourir,* extremamente. **SE MOURIR**, v. pr. Estar prestes a morrer.
MOURON (*muron*), s. m. Morrião.
MOURRE (*mur*), s. f. Murra.
MOUSQUET (*muçké*), s. m. Mosquete.
MOUSQUETADE (*muçkətad*), s. f. Mosquetada.
MOUSQUETAIRE (*muçkətér*), s. f. Mosqueteiro.
MOUSQUETERIE (*muçkətri*), s. f. Mosquetaria, fuzilaria.
MOUSQUETON (*muçkəton*), s. m. Mosquete curto.
MOUSSAILLON (*muçaion*), s. m. Pequeno grumete.
MOUSSE (*muç*), s. m. Grumete. S. f. Espuma na superfície de certos líquidos. S. f. pl. Musgo. Adj. Embotado.
MOUSSEAU ou **MOUSSOT** (*muçô*), adj. m. Pão feito com farinha de aveia. Pl.: *des mousseaux* ou *moussots.*
MOUSSELINE (*muçlin'*), s. f. Musselina. Adj. *Verre mousseline,* copo muito fino. Espécie de molho.
MOUSSER (*muçê*), v. i. Espumar, fazer espuma. *Fig. Faire mousser quelqu'un,* gabá-lo.
MOUSSERON (*muçron*), s. m. Pequeno cogumelo comestível.
MOUSSEUX, EUSE (*muçë, ëz*), adj. Espumoso.
MOUSSOIR (*muçuar*), s. m. Cilindro de madeira para fazer espumar o chocolate.
MOUSSON (*muçon*), s. f. Monção.
MOUSSU, E (*muçü*), adj. Coberto de musgo.
MOUSTACHE (*muçtach*), s. f. Bigode. barba de certos animais. *Fig. Vieille moustache,* soldado envelhecido no serviço.
MOUSTACHU, E (*muçtachü*), adj. Bigodado.
MOUSTIQUAIRE (*muçtikér*), s. f. Mosquiteiro.
MOUSTIQUE (*muçtik*), s. m. Mosquito.
MOÛT (*mu*), s. m. Mosto; sumo de uva ainda não fermentado.
MOUTARD (*mutar*), s. m. *Pop.* Meninote.
MOUTARDE (*mutard*), s. f. Mostardeira; mostarda; molho feito com mostarda, vinagre, etc. *Fig. La moutarde lui monte au nez,* começa a zangar-se.
MOUTARDIER (*mutardiê*), s. m. Mostardeira. *Fig. Se croire le premier moutardier du pape,* ter uma alta opinião sobre si mesmo.
MOUTIER (*mutiê*), s. m. Forma antiga de **MONASTÈRE**.
MOUTON (*muton*), s. m. Carneiro; carne desse animal; pele de carneiro preparada. *Fig.* Pessoa de temperamento afável. *Pop.* Espia nas prisões. *Revenons à nos moutons,* voltemos ao nosso assunto. Antiga moeda de ouro.
MOUTONNÉ, E (*mutonê*), adj. Frisado, encrespado.
MOUTONNEMENT (*muton'man*), s. m. Ação de encrespar, de encapelar.
MOUTONNER (*mutonê*), v. t. Encrespar, frisar. V. i. Encapelar-se.
MOUTONNERIE (*mutonəri*), s. f. *Fam.* Espírito de imitação. Caráter de certas poesias pastorais.
MOUTONNEUX, EUSE (*mutonë, ëz*), Encapelado.
MOUTONNIER, ÈRE (*mutoniê, ér*), adj. Da natureza do carneiro. Imitador.
MOUTURE (*mutür*), s. f. Moedura. Salário do moleiro. Mistura em partes iguais do trigo, centeio e cevada. *Fig. Tirer d'un sac deux moutures,* tirar duplo proveito do mesmo negócio.
MOUVANCE (*muvanç*), s. f. Estado de dependência de um domínio.
MOUVANT, E (*muvan, t*), adj. Movente; movediço, instável. *Heráld.* Atributo de uma peça que parece sair do bordo do escudo ou de outra peça.
MOUVEMENT (*muvman*), s. m. Movimento, circulação; animação, vivacidade. *Fig.* Agitação, fermentação política.
MOUVEMENTÉ, E (*muvmantê*), adj. Acidentado, movimentado.
MOUVEMENTER (*muvmantê*), v. t. Dar movimento, animação a.
MOUVER (*muvê*), v. t. Mover (pouco usado).
MOUVOIR (*muvuar*), v. t. (*Je meus, tu meus, il meut, nous mouvons, vous mouvez, ils meuvent. Je mouvais, nous mouvions. Je mus, nous mûmes. Je*

mouvrai, nous mouvrons. Je mouvrais, nous mouvrions. Meus, mouvons, mouvez. Que je meuve, que nous mouvions. Que je musse, que nous mussions. Mouvant. Mû, mue.) Mover; estimular. V. i. Estar em movimento. Depender um feudo do outro (feudalismo). **SE MOUVOIR**, v. pr. Estar em movimento.

MOXA (*mokçá*), s. m. Cauterização.

MOYE ou **MOIE** (*muá*), s. f. Veio mole de uma pedra dura.

MOYÉ, E (*muaiê*), adj. Que contém veios moles.

MOYEN, ENNE (*muaien, én*), adj. Médio; medíocre. S. m. *Mat. Les moyens*, termos de uma proporção colocados entre dois extremos. Meio. Pl. Posses, riquezas.

MOYEN AGE (*muaiénaj*), s. m. Idade Média.

MOYENNAGEUX, EUSE (*muaiénajë, ëz*), adj. *Fam.* Que pertence à Idade Média, que gosta da Idade Média.

MOYENNANT (*muaiénan*), prep. Mediante. *Moyennant que*, loc. conj. À condição de.

MOYENNE (*muaién'*), s. f. Média, termo médio.

MOYENNEMENT (*muaiénəman*), adv. Em média, nem pouco nem muito.

MOYENNER (*muaiénê*), v. t. Mediar (pouco usado).

MOYETTE (*muaiét*), s. f. Meda pequena.

MOYEU (*muaië*), s. m. Cubo de roda; gema de ovo; espécie de ameixa em compota. Pl.: *des moyeux*.

MOZARABE (*mozarab*), adj. e s. m. Moçárabe.

MUANCE (*müanç*), s. f. Mudança; estado da voz de uma criança quando passa à puberdade.

MUCHE-POT (À) (*amüchpô*), loc. adv. V. **MUSSE-POT (À)**.

MUCILAGE (*müçilaj*), s. m. Mucilagem.

MUCILAGINEUX, EUSE (*müçilajinë, ëz*), adj. Mucilaginoso.

MUCOR (*mükór*), s. m. Mucor.

MUCORACÉES ou **MUCORINÉES** (*mükoraçê* ou *mükorinê*), s. f. pl. Família de cogumelos.

MUCOSITÉ (*mükozitê*), s. f. Mucosidade, muco.

MUCRON (*mükron*), s. m. *Bot.* Mucro.

MUCUS (*müküç*), s. m. Muco, mucosidade.

MUDÉJARE (*müdêjar*), s. Árabe da Espanha sujeito aos cristãos.

MUE (*mü*), s. f. Muda. Gaiola para uma galinha e seus pintos; cevadouro de aves. Adj. f. *Rage mue*, espécie de hidrofobia em que o cão late.

MUER (*müê*), v. i. Estar na muda; mudar de tom de voz. V. t. *Ant.* Mudar.

MUET, ETTE (*müé, t*), adj. e s. Mudo. *À la muette*, loc. adv. Por mímica. S. f. Pavilhão de caça.

MUEZZIN (*müêzen*), s. m. Muezim.

MUFFIN (*müfen*), s. m. Espécie de filhó.

MUFLE (*müfl*), s. m. Ponta do focinho. *Pop.* Pessoa grosseira.

MUFLERIE (*müfləri*), s. f. *Pop.* Falta de delicadeza.

MUFTI ou **MUPHTI** (*müfti*), s. m. Mufti.

MUGE ou **MULET** (*müj* ou *mülé*), s. m. Muge.

MUGIR (*müjir*), v. i. Mugir. *Fig.* Bramir, rugir.

MUGISSANT, E (*müjiçan, t*), adj. Mugidor, rugidor.

MUGISSEMENT (*müjiçman*), s. m. Mugido, rugido, brado.

MUGUET (*müghé*), s. m. Lírio-do-vale. Jovem elegante. *Med.* Sapinho.

MUGUETER (*müghətê*), v. t. e i. (Dobra o *t* antes de sílaba muda: *je muguette.*) Galantear, cortejar.

MUID (*müi*), s. m. Moio; pipa que contém essa medida.

MULARD, E (*mülar, d*), adj. e s. Pato mestiço.

MULASSIER, ÈRE (*mülaçiê, ér*), adj. Muleteiro.

MULATRE, ESSE (*mülatr, éç*), adj. e s. Mulato.

MULE (*mül*), s. f. Mula. Chinela, borzeguim.

MULET (*mülé*), s. m. Mulo. *Chargé comme un mulet*, carregado de fardo muito pesado.

MULETA (*mulétá*), s. f. Muleta (pano vermelho para excitar o touro).

MULETIER (*mültiê*), s. m. Arrieiro, muleteiro.

MULETTE (*mülét*), s. f. *Zool.* Espécie de molusco.

MULON (*mülon*), s. m. Monte de sal nas salinas.

MULOT (*mülô*), s. m. Arganaz.

MULSION (*mülçion*), s.f. Mulsão, ordenha.

MULTICAULE (*mültikôl*), adj. Multicaule.

MULTICELLULAIRE (*mülticélülér*), adj. Multicelular.

MULTICOLORE (*mültikolór*), adj. Multicolor.

MULTIFLORE (*mültiflór*), adj. Multiflor.

MULTIFORME (*mültifórm*), adj. Multiforme.

MULTILOBÉ, E (*mültilobê*), adj. Multilobado.

MULTILOCULAIRE (*mültilokülér*), adj. *Bot.* Multilocular.

MULTIMILLIONNAIRE (*mültimilionér*), s. Multimilionário.

MULTIPARE (*mültipar*), adj. e s. Multíparo.

MULTIPARITÉ (*mültiparitê*), s. f. Multiparidade.
MULTIPLE (*mültipl*), adj. e s. Múltiplo.
MULTIPLEX (*mültipléķç*), adj. Multiplex.
MULTIPLIABLE (*mültipliabl*), adj. Multiplicável.
MULTIPLIANT, E (*mültiplian, t*), adj. Multiplicador.
MULTIPLICANDE (*mültiplikand*), s. m. Multiplicando.
MULTIPLICATEUR (*multiplikatĕr*), s.m. Multiplicador.
MULTIPLICATIF, IVE (*mültiplikatif, iv*), adj. Multiplicativo.
MULTIPLICATION (*mültiplikaçion*), s. f. Multiplicação.
MULTIPLICITÉ (*mültiplicitê*), s. f. Multiplicidade.
MULTIPLIER (*mültipliê*), v. t. e i. (Conjuga-se como *prier.*) Multiplicar. **SE MULTIPLIER**, v. pr. Multiplicar-se.
MULTIPOLAIRE (*mültipolér*), adj. *Fís.* Multipolar.
MULTITUBULAIRE (*mültitübülér*), adj. *Técn.* Multitubular.
MULTITUDE (*mültitüd*), s. f. Multidão, povo.
MUNICHOIS, OISE (*münikuá, uáz*), adj. Muniquense.
MUNICIPAL, E, AUX (*müniçipal, ô*), adj. Municipal. S. m. Soldado da guarda municipal.
MUNICIPALITÉ (*müniçipalitê*), s. f. Municipalidade; prefeitura.
MUNICIPE (*münicip*), s. m. Município.
MUNIFICENCE (*münifiçanç*), s. f. Munificência, generosidade.
MUNIFICENT, E (*münifiçan, t*), adj. Munificente, generoso.
MUNIR (*münir*), v. t. Munir, prover, abastecer.
MUNITION (*müniçion*), s. f. Munição.
MUNITIONNAIRE (*müniçionér*), s. m. *Ant.* Municionário.
MUPHTI (*müfti*), s. m. V. **MUFTI**.
MUQUEUX, EUSE (*mükë, ëz*), adj. Mucoso. S. f. Mucosa.
MUR (*mür*), s. m. Parede. *Fig. Mettre au pied du mur,* encostar à parede. *Fam. Sauter le mur,* evadir-se. S. m. pl. Muralhas; a cidade.
MÛR, E (*mür*), adj Maduro. *Fig. Âge mûr,* meia-idade.
MURAGE (*müraj*), s. m. Muramento.
MURAILLE (*mürail*), s. f. Muralha. *Mar.* Revestimento exterior de um navio. Taipa.
MURAILLEMENT (*müraiiman*), s. m. Ação de muralhar.
MURAILLER (*müraiê*), v. t. Sustentar com paredes.
MURAL, E, AUX (*müral, ô*), adj. Mural.
MÛRE (*mür*), s. f. Amora. *Mûre sauvage,* amora silvestre.
MÛREMENT (*mürman*), adv. Maduramente.
MURÈNE (*mürén*), s. f. Moréia.
MURER (*mürê*), v. t. Murar. *Fig.* Esconder, ocultar.
MURET ou **MURETIN** (*müré* ou *mürəten*), s. m. **MURETTE** (*mürét*), s. f. Pequeno muro.
MUREX (*müréķç*), s. m. Múrice. Pl.: *des murex.*
MURIATE (*müriat*), s. m. Muriato.
MURIATIQUE (*müriatik*), adj. Muriático.
MÛRIER (*müriê*), s. m. *Bot.* Amoreira.
MÛRIR (*mürir*), v. t. e i. Amadurecer. *Fig.* Tornar sensato, meditar.
MÛRISSAGE ou **MÛRISSEMENT** (*müriçaj* ou *müriçman*), s. m. Maturação de certos produtos.
MÛRISSANT, E (*müriçan, t*), adj. Em via de amadurecer.
MURMEL (*mürmél*), s. m. Marmota cuja pele imita a marta.
MURMURANT, E (*mürmüran, t*), adj. Murmurante.
MURMURATEUR, TRICE (*mürmüratĕr, triç*), adj. e s. Murmurador.
MURMURE (*mürmür*), s. m. Murmúrio. *Fig.* Murmuração, queixa.
MURMURER (*mürmürê*), v. i. Murmurar, resmungar. V. t. Sussurrar.
MÛRON (*müron*), s. m. Amora silvestre.
MURRHIN, E (*müren, in'*), adj. Murrino.
MUSAGÈTE (*müzajét*), adj. Condutor das musas.
MUSARAIGNE (*müzarénh*), s. f. Musaranho.
MUSARD, E (*müzar, d*), adj. e s. *Fam.* Que se distrai com ninharias.
MUSARDER (*müzardê*), v. i. Perder tempo, entreter-se com ninharias.
MUSARDERIE ou **MUSARDISE** (*müzardri* ou *müzardiz*), s. f. Ociosidade.
MUSC (*müçk*), s. m. Almíscar.
MUSCADE (*müçkad*), s. f. Moscada, noz-moscada.
MUSCADELLE (*müçkadél*), s. f. Pêra moscatel.
MUSCADET (*müçkadé*), s. m. Vinho com sabor a moscatel; maçã doce para cidra.
MUSCADIER (*müçkadiê*), s. m. Moscadeira.
MUSCADIN (*müçkaden*), s. m. Pastilha almiscarada. *Fig.* Realista de 1793. Janota.
MUSCARDIN (*müçkarden*), s. m. Roedor que vive nos valados.
MUSCARDINE (*müçkardin'*), s. f. Muscardina.
MUSCARI (*müçkari*), s. m. Muscari.
MUSCARINE (*müçkarin'*), s. f. Muscarina.

MUSCAT (*müçká*), adj. e s. m Moscatel.
MUSCIDÉS (*müçidê*), s. m. pl. Muscídeos.
MUSCINÉES (*müçinê*), s. f. pl. Muscíneas.
MUSCLE (*müçkl*), s. m. Músculo.
MUSCLÉ, E (*müçklê*), adj. Musculoso.
MUSCLER (*müçklê*), v. t. Desenvolver os músculos.
MUSCULAIRE (*müçkülér*), adj. Muscular.
MUSCULATURE (*müçkülatür*), s. f. Musculatura.
MUSCULEUX, EUSE (*müçkülë, ëz*), adj. Musculoso.
MUSE (*müz*), s. f. Musa. *Un nourrisson des muses,* um poeta. Literatura, poesia.
MUSEAU (*müzô*), s. m. Focinho. *Pop.* Cara. Pl.: *des museaux.*
MUSÉE (*müzê*), s. m. Museu.
MUSÉES (*müzê*), s. f. pl. Festas em honra das Musas na antiga Grécia.
MUSELER (*müzlê*), v. t. (Dobra o *l* antes de sílaba muda: *je musellerai.*) Amordaçar. *Fig.* e *fam.* Impedir de falar.
MUSELIÈRE (*müzəliér*), s. f. Açaimo, focinheira.
MUSELLEMENT (*müzélman*), s. m. Ação de amordaçar.
MUSÉOLOGIE (*müzêoloji*), s. f. Museologia.
MUSER (*müzê*), v. i. Distrair-se com ninharias.
MUSEROLLE (*mürzról*), s. f. Focinheira.
MUSETTE (*müzét*), s. f. Gaita de fole. Saco da boca do cavalo. Bornal de soldado. Mochila de pensos. Saco para livros. *Bal musette,* baile onde se dançava ao som da gaita, e hoje do acordeão.
MUSÉUM (*müzêóm'*), s. m. Museu. Pl.: *des muséums.*
MUSICAL, E, AUX (*müzikal, ô*), adj. Musical.
MUSICALEMENT (*müzikalman*), adv. Musicalmente.
MUSICIEN, ENNE (*müziçien, én'*), s. Músico.
MUSICOGRAPHE (*müzikograf*), s. Musicógrafo.
MUSIQUE (*müzik*), s. f. Música. *Pop. Connaître la musique,* conhecer as últimas astúcias.
MUSIQUER (*müzikê*), v. t. Musicar. V. i. Fazer música.
MUSIQUETTE (*müzikét*), s. f. Musiqueta.
MUSOIR (*müzuar*), s. m. *Mar.* Ponta de um dique ou de uma represa.
MUSQUÉ, E (*müçkê*), adj. Almiscarado. *Fig.* Afetado, amaneirado.
MUSSE-POT (À) (*amüçpô*), loc. adv. Às escondidas.
MUSSER (SE) (*çəmüçê*), v. pr. Esconder-se.
MUSSIF, IVE (*müçif, iv*), adj. *Quím. Or mussif,* bissulfureto de estanho.
MUSSITATION (*müçitaçion*), s. f. Mussitação.
MUSTANG (*müçtan*), s. m. Cavalo selvagem dos pampas.
MUSTÉLIDÉS (*müçtêlidê*), s. m. pl. Mustelídeos.
MUSULMAN, E (*müzülman, an'*), adj. e s. Muçulmano.
MUTABILITÉ (*mütabilitê*), s. f. Mutabilidade.
MUTABLE (*mütabl*), adj. Mutável.
MUTAGE (*mütaj*), s. m. Interrupção da fermentação alcoólica do mosto.
MUTATION (*mütaçion*), s. f. Mutação, substituição, mudança.
MUTER (*mütê*), v. t. Interromper a fermentação alcóolica do mosto; substituir.
MUTILATEUR (*mütilatër*), s. m. Mutilador.
MUTILATION (*mütilaçion*), s. f. Mutilação.
MUTILÉ, E (*mütilê*), adj. e s. Mutilado.
MUTILER (*mütilê*), v. t. Mutilar, amputar.
MUTIN, E (*müten, in'*), adj. e s. Insubmisso, revoltoso. *Fig.* Vivo.
MUTINER (*mütinê*), v. t. Amotinar, sublevar. **SE MUTINER**, v. pr. Revoltar-se, sublevar-se.
MUTINERIE (*mütinəri*), s. f. Motim. Modo vivo e picante.
MUTISME (*mütiçm*), s. m. Mutismo, mudez.
MUTITÉ (*mütitê*), s. f. Sinônimo de **MUTISME**.
MUTUALISTE (*mütüaliçt*), adj. e s. Mutualista.
MUTUALITÉ (*mütüalitê*), s. f. Mutualidade.
MUTUEL, ELLE (*mütüél*), adj. Mútuo, recíproco.
MUTUELLEMENT (*mütüélman*), adv. Mutuamente, reciprocamente.
MUTULE (*mütül*), s. f. Mútulo.
MYCÉLIUM (*miçêlióm'*), s. m. Micélio.
MYCODERME (*mikodérm*), s. m. Levedura que se desenvolve na superfície das bebidas fermentadas ou açucaradas.
MYCOLOGIE (*mikoloji*), s. f. Micologia.
MYCOLOGUE (*mikológ*), s. m. Micólogo.
MYCOSE (*mikôz*), s. m. Micose.
MYÉLITE (*miélit*), s. f. Mielite.
MYGALE (*migal*), s. f. Migala.
MYLORD (*milór*), s. m. V. **MILORD**.
MYOCARDE (*miokard*), s. m. Miocárdio.
MYOCARDITE (*miokardit*), s. f. Miocardite.
MYOGRAPHE (*miograf*), s. m. Miógrafo.
MYOGRAPHIE (*miografi*), s. f. Miografia.

MYOLOGIE (*mioloji*), s. f. *Anat.* Miologia.
MYOPE (*miόp*), adj. e s. Míope.
MYOPIE (*miopi*), s. f. Miopia.
MYOSOTIS (*miozotiç*), s. m. Miosótis. Pl.: *des myosotis.*
MYOTOMIE (*miotomi*), s. f. Miotomia.
MYRIADE (*miriád*), s. f. Miríade.
MYRIAGRAMME (*miriagram'*), s. m. Miriagrama.
MYRIAMÈTRE (*miriamétr*), s. m. Miriâmetro.
MYRIAPODES (*miriapód*), s. m. pl. Miriápodes.
MYRICAÇÉES (*mirikaçê*), s. f. pl. Miricáceas.
MYRMIDON (*mirmidon*), s. m. Homem de pequena estatura. *Fig.* Pessoa de pouca importância.
MYROBALAN ou **MYROBOLAN** (*mirobalan* ou *mirobolan*), s. m. Mirobálano.
MYROSINE (*mirozin'*), s. f. Mirosina.
MYRRHE (*mir*), s. f. Mirra.
MYRTACÉES (*mirtaçê*), s. f. pl. Mirtáceas.
MYRTAIE (*mirté*), s. f. Plantação de mirtas.
MYRTE (*mirt*), s. m. Mirto.
MYRTIFORME (*mirtifórm*), adj. Mirtiforme.
MYRTILLE ou **MYRTIL** (*mirtil*), s. f. Mirtilo, airela.
MYSTAGOGIE (*miçtagoji*), s. f. Mistagogia.
MYSTAGOGUE (*miçtagóg*), s. m. Mistagogo.
MYSTÈRE (*miçtér*), s. m. Mistério.
MYSTÉRIEUSEMENT (*miçtêriëzman*), adv. Misteriosamente.
MYSTÉRIEUX, EUSE (*miçtêrië, ëz*), adv. Misterioso.
MYSTICISME (*miçtiçiçm*), s. m. Misticismo.
MYSTICITÉ (*miçtiçitê*), s. f. Misticidade.
MYSTIFIABLE (*miçtifiabl*), adj. Mistificável.
MYSTIFICATEUR, TRICE (*miçtifikatër, triç*), adj. e s. Mistificador.
MYSTIFICATION (*miçtifikaçion*), s. f. Mistificação.
MYSTIFIER (*miçtifiê*), v. t. (Conjuga-se como *prier.*) Mistificar, lograr.
MYSTIQUE (*miçtik*), adj. e s. Místico. S. f. Ciência da devoção mística.
MYSTIQUEMENT (*miçtikman*), adv. Misticamente.
MYTHE (*mit*), s. m. Mito, enigma. *Fig.* Fábula.
MYTHIQUE (*mitik*), adj. Mítico.
MYTHOGRAPHE (*mitograf*), s. m. Mitógrafo.
MYTILICULTEUR (*mitilikültër*), s. m. Mitilicultor.
MYTILICULTURE (*mitilikültür*), s. f. Mitilicultura.
MYTHOLOGIE (*mitoloji*), s. f. Mitologia.
MYTHOLOGIQUE (*mitolojik*), adj. Mitológico.
MYTHOLOGISTE ou **MYTHOLOGUE** (*mitolojiçt* ou *mitológ*), s. m. Mitologista.
MYTHOMANE (*mitoman'*), adj. e s. Mitômano.
MYTHOMANIE (*mitomani*), s. f. Mitomania.

N

N (*én'* ou *nə*), s.m. Décima quarta letra do alfabeto.

NABAB (*nabab*), s. m. Nababo.

NABI (*nabi*), s. f. Profeta.

NABOT, E (*nabô, ót*), s. Anão.

NACARAT (*nakará*), adj. inv. Nacarado.

NACELLE (*naçél*), s. f. Bote, escaler; barquinha de aeróstato.

NACRE (*nakr*), s. f. Nácar, madrepérola.

NACRÉ, E (*nakrê*), adj. Nacarado.

NACRER (*nakrê*), v. t. Nacarar, dar o brilho do nácar.

NADIR (*nadir*), s. m. *Astr.* Nadir.

NAFÉ (*nafê*), s. m. Nafé.

NAFFE (*naf*), s. f. *Eau de naffe,* água de flor de laranjeira.

NAGE (*naj*), s. f. Nado, ação de nadar. *À la nage,* a nado, nadando; modo de preparar certos crustáceos que se servem na água de cozimento. *Être en nage,* estar alagado de suor. *Se jeter à la nage,* lançar-se à água para nadar. *Mar.* Ação de remar.

NAGEANT, T (*najan, t*), adj. Nadador, que nada, flutuante.

NAGÉE (*najê*), s. f. Espaço que se percorre em cada braçada.

NAGEOIRE (*najuar*), s. f. Barbatana, nadadeira; bóia para se aprender a nadar.

NAGER (*najê*), v. i. (Toma um *e* mudo depois do *g* antes de *a* e *o*: *il nagea, nous nageons.*) Nadar; boiar, flutuar. *Pop.* Não compreender. *Fig. Nager dans l'opulence,* viver na opulência. *Nager entre deux eaux,* fazer jogo duplo. *Mar.* Remar.

NAGEUR, EUSE (*najër, ëz*), s. Nadador. *Mar.* Remador.

NAGUÈRE ou **NAGUÈRES** (*naghér*), adv. Recentemente, há pouco tempo.

NAIADE (*naiad*), s. f. Náiade.

NAIF, IVE (*naif, iv*), adj. Ingênuo, simples; natural, sem afetação.

NAIN, E (*nen, nén'*), s. Anão.

NAISSANCE (*néçanç*), s. f. Nascença.

NAISSANT, E (*néçan, t*), adj. Nascente, que nasce.

NAÎTRE (*nétr*), v. i. (*Je nais, tu nais, il naît, nous naissons, vous naissez, ils naissent. Je naissais. Je naquis. Je naîtrai. Je naîtrais. Nais, naissons, naissez. Que je naisse. Que je naquisse. Naissant. Né, e.*) Nascer, vir ao mundo: começar, provir, ter sua origem.

NAIVEMENT (*naivman*), adv. Ingenuamente, candidamente; simplesmente.

NAIVETÉ (*naivtê*), s. f. Ingenuidade, simplicidade, candura.

NAJA (*najá*), s. m. Naja.

NANAN (*nanan*), s. m. Bolinhos, confeitos, gulodices que se dão às crianças.

NANDOU (*nandu*), s. m. Nhandu.

NANKIN (*nanken*), s. m. Tecido de algodão amarelo, antigamente fabricado na China. Adj. Cor de nanquim.

NANSOUK ou **NANZOOK** (*nanzuk*), s. m. Tecido de algodão.

NANTIR (*nantir*), v. t. Hipotecar, dar segurança ou penhor; garantir. **SE NANTIR**, v. pr. Garantir-se, munir-se, prover-se.

NANTISSEMENT (*nantiçman*), s. m. Penhor, segurança, fiança; consignação, pagamento.

NAPÉE (*napê*), s. f. Ninfa dos campos.

NAPHTALINE (*naftalin'*), s. f. Naftalina.

NAPHTE (*naft*), s. f. Nafta.

NAPHTOL (*naftól*), s. m. Naftol.

NAPOLÉON (*napolêon*), s. m. Napoleão (moeda de ouro).

NAPOLÉONIEN, ENNE (*napolêonien, én'*), adj. Napoleônico.

NAPOLITAIN, E (*napoliten, én'*), adj. e s. Napolitano.

NAPPE (*nap*), s. f. Toalha de mesa, de altar. *Mettre la nappe,* pôr a mesa. *Nappe d'eau,* lençol d'água, cascata.

NAPPER (*napê*), v. t. Cobrir com uma toalha.

NAPPERON (*napəron*), s. m. Toalhinha que se coloca sobre a toalha grande; guardanapo.

NARCÉINE (*narçêin'*), s. m. Narceína.

NARCISSE (*narçiç*), s. m. Narciso (planta e flor).

NARCISSISME (*narçiçim*), s. m. Narcisismo.

NARCOSE (*narkôz*), s. f. Narcose.

NARCOTISME (*narkotiçm'*), s. f. Narcotismo.

NARCOTIQUE (*narkotik*), adj. Narcótico.

NARD (*nar*), s. m. *Bot.* Nardo.

NARGUE (*narg*), s. f. Desdém, desprezo. *Faire nargue à* ou *d'une chose,* fazer pouco caso.

NARGUER (*narghê*), v. t. Desprezar; desafiar.

NARGUILÉ ou **NARGHILEH** (*narghilê* ou *narghilé*), s. m. Narguilé.

NARINE (*narin'*), s. f. Narina; venta,

fossa nasal.

NARQUOIS, E (*narkuá, z*), adj. Malicioso, astuto, trocista, brincalhão. S. m. Trapaceiro ladrão. *Parler narquois*, falar gíria.

NARQUOISEMENT (*narkuazman*), adv. Astutamente, maliciosamente.

NARRATEUR, TRICE (*naratěr, triç*), s. Narrador.

NARRATIF, IVE (*naratif, iv*), adj. Narrativo.

NARRATION (*naraçion*), s. f. Narração, exposição, explanação.

NARRER (*narê*), v. t. Narrar.

NASAL, E, AUX (*nazal, ô*), adj. Nasal, pertencente ao nariz.

NASALEMENT (*nazalman*), adv. Nasalmente.

NASALISATION (*nazalizaçion*), s. f. Nasalização, ação de nasalizar.

NASALISER (*nazalizê*), v. t. Nasalizar, tornar nasal.

NASALITÉ (*nazalitê*), s. f. Nasalidade, qualidade do som nasal.

NASARD, E (*nazar, d*), adj. Fanhoso.

NASARDE (*nazard*), s. f. Piparote no nariz. *Fig.* Afronta, zombaria, picuinha.

NASARDER (*nazardê*), v.t. Dar piparotes. *Fig.* Zombar, escarnecer, motejar.

NASEAU (*nazô*), s. m. Venta dos animais. Pl.: *des naseaux.*

NASILLARD, E (*naziiar, d*), adj. Fanhoso.

NASILLEMENT (*naziiman*), s. m. Pronúncia fanhosa.

NASILLER (*naziiê*), v. i. Falar com voz fanhosa.

NASILLEUR, EUSE (*naziiĕr, ëz*), s. Fanhoso.

NASILLONNER (*naziionê*), v. i. Falar com voz fanhosa. Nasalar, nasalizar.

NASIQUE (*nazik*), s. m. Espécie de macaco de Bornéu. Grande serpente da Índia.

NASITORT (*nazitór*), s. m. Mastruço (planta).

NASONNEMENT (*nazonəman*), s. m. Nasalação ou nasalização.

NASSE (*naç*), s. f. Cesto de vime ou de arame, armadilha.

NATAL, E, ALS (*natal*), adj. Natal, pátrio. Natalício.

NATALITÉ (*natalitê*), s. f. Natalidade.

NATATION (*nataçion*), s. f. Natação.

NATATOIRE (*natatuar*), adj. Natatório; da natação; próprio para nadar.

NATIF, IVE (*natif, iv*), adj e s. Nativo.

NATION (*naçion*), s. f. Nação.

NATIONAL, E, AUX (*naçional, ô*), adj. e s. m. Nacional.

NATIONALISATION (*nacionalizaçion*), s. f. Nacionalização.

NATIONALISER (*nacionalizê*), v. t. Nacionalizar; tornar nacional; naturalizar. **SE NATIONALISER**, v. pr. Naturalizar-se.

NATIONALISME (*nacionaliçm*), s. f. Nacionalismo.

NATIONALISTE (*naçionaliçt*), adj. Nacionalista.

NATIONALITÉ (*naçionalitê*) s. f. Nacionalidade.

NATIVEMENT (*nativman*), adv. De natureza; por sua natureza; primitivamente.

NATIVITÉ (*nativitê*), s. f. Natividade.

NATRON ou **NATRUM** (*natron* ou *natróm'*), s. m. Natro.

NATTAGE (*nataj*), s. m. Trançado, ação de trançar.

NATTE (*nat*) s. f. Esteira. Trança do cabelo.

NATTER (*natê*), v. t. Trançar, fazer trança; cobrir de esteiras.

NATTIER, ÈRE (*natiê, ér*), s. Esteireiro, fabricante ou vendedor de esteiras.

NATURALISATION (*natüralizaçion*), s.f. Naturalização.

NATURALISÉ, E (*natüralizê*), adj. e s. Naturalizado.

NATURALISER (*natüralizê*), v. t. Naturalizar.

NATURALISME (*natüraliçm*), s. f. Naturalismo.

NATURALISTE (*natüraliçt*), s. m. Naturalista, aquele que se dedica ao estudo da natureza. Adj. Fundamentado na natureza.

NATURALITÉ (*natüralitê*), s. f. Naturalidade, qualidade do que é natural, naturalização.

NATURE (*natür*), s. f. Natureza. Adj. inv. *Fam.* Ao natural, sem artifício.

NATUREL, ELLE (*natürél*), adj. e s. m. Natural.

NATURELLEMENT (*natürélman*), adv. Naturalmente.

NATURISME (*natüriçm*), s. m. Naturismo.

NATURISTE (*natüriçt*), adj. Naturista.

NAUFRAGE (*nôfraj*), s. m. Naufrágio. *Faire naufrage*, naufragar, soçobrar.

NAUFRAGER (*nôfragê*), v. t. (Toma um *e* mudo depois do *g* antes de *a* e *o*: *il naufragea, nous naufrageons.*) Naufragar. V. t. *Fig.* Provocar a ruína.

NAUFRAGEUR, EUSE (*nôfragĕr, ëz*), adj. Tormentoso, proceloso. S. Habitante das costas que, por meio de sinais falsos, provocavam naufrágios para se apoderar dos destroços.

NAUMACHIE (*nômachi*), s. f. Naumaquia.

NAUPLIUS (*nôpliüç*), s. m. Náuplio.

NAUSÉABOND, E (*nôzêabon, d*), adj. Nauseabundo.

NAUSÉE (*nôzê*), s. f. Náusea.

NAUSÉEUX, EUSE (*nôzêë, ëz*), adj. Nauseoso.

NAUTE (*nôt*), s. m. Nauta, navegante.
NAUTIQUE (*nôtik*), adj. Náutico, relativo à navegação.
NAUTONIER (*nôtoniê*), s. m. Nauta.
NAVAL, E, ALS (*naval*), adj. Naval.
NAVARIN (*navaren*), s. m. Guisado de carneiro preparado com nabos e batatas.
NAVARQUE (*navark*), s. m. Comandante de um vaso de guerra ou de uma flotilha na Grécia antiga.
NAVARRAIS, E (*navarê, z*), adj. e s. Navarrês.
NAVET (*navé*), s. m. Nabo. *Pop.* Obra artística sem grande valor.
NAVETTE (*navét*), s. f. Naveta. Lançadeira. *Bot.* Nabo silvestre. *Fam. Faire la navette*, fazer muitas idas e vindas contínuas.
NAVICULAIRE (*navikülér*), adj. Navicular.
NAVICULE (*navikül*), s. f. Navícula, espécie de alga.
NAVIGABILITÉ (*navigabilitê*), s. f. Navegabilidade.
NAVIGABLE (*navigabl*), adj. Navegável, que se pode navegar.
NAVIGANT, E (*navigan, t*), adj. Navegante, que navega.
NAVIGATEUR (*navigatër*), s. m. Navegador, navegante.
NAVIGATION (*navigaçion*), s. f. Navegação; ação de navegar, arte de navegar.
NAVIGUER (*navighê*), v. i. Navegar, viagem por mar; velejar.
NAVIRE (*navir*), s. m. Navio. *Navire citerne*, navio-tanque. *Navire marchand*, navio mercante.
NAVRANT, E (*navran, t*), adj. Doloroso, aflitivo, cruciante, pungente.
NAVREMENT (*navrəman*), s. m. Aborrecimento.
NAVRÉ, E (*navrê*), adj. Desolado, angustiado, magoado ferido.
NAVRER (*navrê*), v. t. Afligir, ferir, magoar profundamente.
NAZARÉEN, ENNE (*nazarêen, én'*), s. Nazareno.
NAZISME (*naziçm*), s. m. Nazismo.
NAZISTE (*naziçt*), adj. Nazista.
NE (*nə*), adv. Não. Partícula negativa, que se acrescenta ao verbo e que vem geralmente acompanhada de outros advérbios de negação.
NÉ, E (*nê*), adj. Nato, nascido.
NÉANMOINS (*nêanmuen*), conj. Entretanto, contudo, todavia, não obstante, sem embargo, nem por isso.
NÉANT (*nêan*), s. m. Nada; coisa nenhuma. *Fig.* Nulidade, insignificância. *Tirer du néant*, criar do nada. *Tirer quelqu'un du néant*, tirar alguém de uma situação ínfima e elevá-lo a um cargo honroso. *Homme de néant*, homem de pouco mérito, nulo. *Mettre à néant*, anular. *Tomber dans le néant*, ficar reduzido à nulidade.
NÉANTISE (*neantiz*), s. f. Nulidade, ausência de faculdades.
NÉBRIDE (*nêbrid*), s. f. Nébride.
NÉBULEUSE (*nêbülëz*), s. f. Nebulosa.
NÉBULEUSEMENT (*nêbülëzman*), adv. Nebulosamente.
NÉBULEUX, EUSE (*nêbülë, ëz*), adj. Nebuloso, enevoado, nublado. *Fig.* Ininteligível, confuso, misterioso; triste, sombrio.
NÉBULOSITÉ (*nêbülositê*), s. f. Nebulosidade. *Fig.* Obscuridade, falta de clareza.
NÉCESSAIRE (*nêçéçér*), adj. e s. m. Necessário. *Nécessaire à ouvrage, nécessaire de toilette*, estojo contendo os objetos indispensáveis.
NÉCESSAIREMENT (*nêçéçérman*), adv. Necessária, absoluta, indispensavelmente.
NÉCESSITANT, E (*nêçéçitan, t*), adj. Que necessita. *Teol.* Relativo à graça que obriga.
NÉCESSITÉ (*nêçéçitê*), s. f. Necessidade, precisão; pobreza. *Faire de nécessité vertu*, orgulhar-se de alguma coisa que se é obrigado a fazer. *Prov. Nécessité n'a pas de loi*, a necessidade a tudo obriga. Loc. adv. *De toute nécessité*, absolutamente necessário: *par nécessité*, à força, obrigatoriamente. S. f. pl. Necessidades naturais.
NÉCESSITER (*nêçéçitê*), v. t. Necessitar.
NÉCESSITEUX, EUSE (*nêçéçitë, ëz*), adj. Necessitado.
NÉCROLOGE (*nêkrolój*), s. m. Necrológio.
NÉCROLOGIE (*nêkroloji*) s. f. Necrologia; notícias relativas a pessoas falecidas.
NÉCROLOGIQUE (*nêkrolojik*), adj. Necrológico.
NÉCROLOGUE (*nêkrológ*), s. m. Necrólogo.
NÉCROMANCIE (*nêkromançi*), s. f. Necromancia.
NÉCROMANCIEN, ENNE (*nêkromançien, én'*), s. Necromante.
NÉCROMANT, E (*nêkroman, t*), s. Necromante.
NÉCROPHAGE (*nêkrofaj*), adj. Necrófago.
NÉCROPHORE (*nêkrofór*), s. m. Espécie de inseto que deposita seus ovos nos cadáveres.
NÉCROPOLE (*nêkropól*), s. f. Necrópole.
NÉCROPSIE (*nêkropçi*), s. f. Necropsia.
NÉCROSE (*nêkrôz*), s. f. Necrose.
NÉCROSER (*nêkrozê*), v. t. Necrosar.
NECTAIRE (*néktér*), s. m. Nectário.
NECTAR (*néktar*), s. m. Néctar.
NECTARÉ, E (*néktarê*), adj. Nectáreo.
NÉERLANDAIS, E (*neérlandé*), adj e s. Neerlandês.

NEF (*néf*), s. f. Nave de igreja. *Poét.* Nau.
NÉFASTE (*nêfast*), adj. Nefasto.
NÈFLE (*néfl*), s. f. Nêspera.
NÉFLIER (*nêfliê*), s. m. Nespereira.
NÉGATEUR, TRICE (*nêgatër, triç*), adj. e s. Negador.
NÉGATIF, IVE (*nêgatif, iv*), adj. Negativo. S. f. Negativa, recusa.
NÉGATION (*nêgaçion*), s. f. Negação. *Filos.* Ausência de uma qualidade.
NÉGATIVEMENT (*nêgativman*), adv. Negativamente.
NÉGATON (*nêgaton*), s. m. Eléctron negativo.
NÉGLIGÉ, E (*nêglijê*), s. m. Trajo caseiro, simples, descuidado. *Fig.* Naturalidade.
NÉGLIGEABLE (*nêglijabl*), adj. Desprezível, omissível. *Quantité négligeable,* quantidade desprezível.
NÉGLIGEMMENT (*néglijaman*), adv. Negligentemente. *Fig. Répondre négligemment,* responder com indiferença.
NÉGLIGENCE (*nêglijanç*), s. f. Negligência.
NÉGLIGENT, E (*nêglijan, t*), adj. e s. Negligente, desleixado, descuidado, desatento, preguiçoso.
NÉGLIGER (*nêglijê*), v. t. (Toma um *e* mudo depois do *g* antes de *a* e *o*: *il négligea, nous négligeons.*) Negligenciar. *Négliger les avis,* não fazer caso. **SE NÉGLIGER,** v. pr. Descuidar-se, não ter trato com a sua pessoa; não cuidar da saúde.
NÉGOCE (*nêgóç*), s. m. Negócio, comércio, tráfico.
NÉGOCIABILITÉ (*nêgoçiabilitê*), s. f. Qualidade do que é negociável.
NÉGOCIABLE (*nêgoçiabl*), adj. Negociável.
NÉGOCIANT, E (*nêgoçian, t*), s. Negociante.
NÉGOCIATEUR, TRICE (*nêgoçiatër, triç*), s. Negociador; procurador, medianeiro.
NÉGOCIATION (*nêgoçiaçion*), s. f. Negociação, tratado.
NÉGOCIER (*nêgoçiê*), v. i. (Conjuga-se como *prier.*) Negociar. V. t. Combinar um negócio, contratar; agenciar; comprar ou vender, permutar.
NÈGRE, NÉGRESSE (*négr, nêgréç*), s. Negro. *Fig. Travailler comme un nègre,* trabalhar sem descanso. *Petit nègre,* linguajar defeituoso ou elementar.
NÉGRERIE (*nêgrəri*), s. f. Negreria, lugar onde se encerravam os negros para o tráfico de escravatura.
NÉGRIER (*nêgriê*), adj. e s. m. Negreiro, navio que transportava escravos negros; o que negociava com escravos negros.
NÉGRILLE (*nêgrii*), s. m. Indivíduo de uma povoação anã da África equatorial.
NÉGRILLON, ONNE (*nêgriion, ón'*), s. Negrinho, pretinho, moleque.
NEGRITUDE (*nêgritüd*), s. f. Negritude.
NÉGROÏDE (*nêgroíd*), adj. Negróide.
NÉGUS ou **NÉGOUS** (*nêgüç* ou *nêguç*), s. m. Negus. Pl.: *des négus ou négous.*
NEIGE (*néj*), s. f. Neve. *Fig.* Alvura, brancura extrema. *Pop.* Cocaína. *Œufs à la neige,* claras batidas. *Neige carbonique,* gás carbônico solidificado.
NEIGÉ, E (*néjê*), adj. Nevoso, coberto de neve, branco como a neve.
NEIGER (*négê*), v. imp. (Toma um *e* mudo depois do *g* antes de *a* e *o*: *il neigea.*) Nevar, cair neve. *Poét.* Branquejar, tornar-se branco, tornar branco como a neve.
NEIGEUX, EUSE (*néjë, ëz*), adj. Nevoso, coberto de neve; branco como a neve.
NÉMATHELMINTHES (*nêmatélment*), s. m. pl. Nematelmintios.
NÉMATODES (*nêmatód*), s. f. pl. Espécie de nematelmintios.
NÉMATOÏDE (*nêmatoíd*), adj. Nematóide.
NÉMÉENS (*nêmêen*), adj. m. pl. Nemeus, jogos na cidade de Neméia em homenagem a Zeus.
NÉMORAL, E, AUX (*nêmoral, ô*), adj. Nemoral.
NÉNIES (*nêni*), s. f. pl. Nênia; canção triste.
NENNI (*néni*), adv. *Fam.* Não, absolutamente.
NÉNUPHAR ou **NÉNUFAR** (*nênüfar*), s. m. *Bot.* Nenúfar.
NÉO-CATHOLICISME (*nêôkatoliçiçm*), s. m. Neocatolicismo.
NÉO-CATHOLIQUE (*nêôkatolik*), adj. e s. Neocatólico.
NÉO-CELTIQUE (*nêôçéltik*), adj. Neocéltico.
NÉO-COR (*nêôkór*), s. m. *Mús.* Instrumento de sopro; espécie de corneta com pistão.
NÉO-CRITICISME (*nêôkritiçiçm*), s. m. Neocriticismo.
NÉO-GREG, GRECQUE (*nêôgrék*), adj. Relativo à Grécia moderna.
NÉO-LATIN, E (*nêôlaten, in'*), adj. Neolatino.
NÉOLITHIQUE (*nêôlitik*), adj. Neolítico.
NÉOLOGIE (*nêôloji*), s. f. Neologia, introdução ou emprego de palavras novas numa língua.
NÉOLOGIQUE (*nêôlojik*), adj. Neológico.
NÉOLOGISME (*nêôlojiçm*), s. m. Neologismo.
NÉOLOGUE ou **NÉOLOGISTE** (*nêôlóg* ou *nêolojiçt*), s. m. Neologista; aquele que emprega freqüentemente neologismos.
NÉON (*nêon*), s. m. Néon ou neônio.

NÉOPHOBE (*neôfób*), s. Neófobo.
NÉOPHOBIE (*nêofobi*), s. f. Neofobia.
NÉOPHYTE (*nêôfit*), s. Neófito.
NÉOPLASME (*nêôplaçm*), s. m. Neoplasma; designação genérica de todo tumor benigno ou maligno.
NÉO-PLATONICIEN, ENNE (*nêôplatoniçien, én'*), adj. Neoplatônico. Relativo ao neoplatonismo. S. Pessoa partidária desta escola.
NÉO-PLATONISME (*nêôplatoniçm*), s. m. Neoplatonismo.
NÉO-THOMISME (*nêôtomiçm*), s. m. Neotomismo.
NÉOTTIE (*nêoti*), s. f. *Bot.* Planta orquidácea sem folhas, cujas raizes têm a forma de um ninho.
NÉO-ZÉLANDAIS, E (*nêôzélandé, z*), adj. e s. Neozelandês.
NÉOZOÏQUE (*nêozoík*), adj. Neozóico.
NÉPALAIS, E (*nêpalé, z*), adj. Relativo ao Nepal, nepalês.
NÈPE (*nép*), s. f. *Zool.* Espécie de inseto aquático.
NÉPENTHÈS (*nêpantéç*), s. m. Bebida mágica contra a tristeza, de que se falava na Antiguidade. *Bot.* Gênero de plantas da Ásia tropical e de Madagáscar, cujas folhas formam uma espécie de urna.
NÉPHÉLION (*nêfêlion*), s. m. *Med.* Nefélio.
NÉPHRÉTIQUE (*nêfrêtik*), adj. Nefrítico; que diz respeito aos rins.
NÉPHRITE (*nêfrit*), s. f. Nefrite.
NÉPOTISME (*nêpotiçm*), s. m. Nepotismo.
NÉRÉIDE (*nêréid*), s. f. Nereida, ninfa do mar.
NERF (*nér; nérf* somente em *avoir du nerf*), s. m. Nervo; ligamento, tendão. *Fig.* Força, energia, firmeza, vigor. *Avoir ses nerfs*, estar muito irritado. *Donner sur les nerfs*, irritar. Cordéis que prendem as páginas de um livro.
NERF-FÉRURE (*nérfêrür*), s. f. *Veter.* Pancada no tendão das pernas do cavalo. Pl.: *des nerfs-férures.*
NÉRITE (*nêrit*), s. f. *Zool.* Nerita, espécie de molusco.
NERPRUM (*néprën*), s.m. *Bot.* Abrunheiro, ameixeira brava. Espécie de planta cujo fruto é empregado na medicina, como purgativo, e na tinturaria.
NERVAL, E, AUX (*nérval, ô*), adj. Nerval. Nervoso. *Bot.* Que se refere à nervura das plantas.
NERVATION (*nérvaçion*), s. f. *Bot.* Nervação, distribuição das nervuras das plantas.
NERVER (*nérvê*), v. t. Guarnecer de nervos, de nervuras.
NERVEUSEMENT (*nérvëzman*), adv. Nervosamente; agitadamente.
NERVEUX, EUSE (*nérvë, ëz*), adj. Nervoso. *Fig.* Forte, vigoroso. *Style nerveux*, estilo vigoroso, enérgico.
NERVI (*nérvi*), s. m. Apache marselhês.
NERVIN (*nérven*), adj. e s. *Farm.* Nervino, remédio próprio para fortificar os nervos.
NERVOSISME (*nérvoziçm*), s. m. Nervosismo.
NERVOSITÉ (*nérvozitê*), s. f. Nervosidade, caráter.
NERVURE (*nérvür*), s. f. Nervura. *Arq.* Moldura nas arestas de uma abóbada, na quina das pedras.
NERVURER (*nérvorê*), v. t. Guarnecer com nervuras.
NET, NETTE (*nét*), adj. Limpo, asseado. *Poids net*, peso líquido. *Voix nette*, voz pura. *Réponse nette*, resposta sem ambigüidade, categórica. *En avoir le cœur net*, certificar-se completamente da verdade de um fato. *Faire maison nette*, despedir todos seus empregados. S. m. *Mettre au net*, passar a limpo. Adv. Simplesmente, de uma só vez; francamente.
NETTEMENT (*nétman*), adv. Asseadamente, com limpeza.
NETTETÉ (*nétətê*), s. f. Asseio, limpeza; nitidez, clareza, evidência.
NETTOIEMENT ou **NETTOYAGE** (*nétuaman* ou *nétuaiaj*), s.m. Limpeza, asseio.
NETTOYER (*nétuaiê*), v. t. (Conjuga-se como *aboyer.*) Limpar. *Fig.* Esvaziar completamente. *Nettoyer une bouteille*, esvaziar uma garrafa. *Fam.* Arruinar, despojar de todos os bens.
NETTOYEUR, EUSE (*nétuaiër, ëz*), s. Limpador, aquele que limpa.
NETTOYURE (*nétuaiür*), s.f. Lixo que se retira; limpadura.
NEUF (*nëf; në* diante de plural começando por consoante; *nëv* diante de vogais), num. e s. m. Nove.
NEUF, NEUVE (*nëf, nëv*), adj. Novo. *Fam. Tout battant neuf*, novo em folha. Inexperiente. Loc. adv.: *De neuf*, com vestes ou objetos novos; *à neuf*, de modo a tornar-se novo. S. m. O que nos é algo de novo.
NEUFCHATEL (*nëchatél*), s.m. Queijo de forma cilíndrica.
NEUME (*nëm'*), s.m. *Mús.* Neuma; sinal musical empregado no cantochão. Parte da frase no cantochão.
NEURASTHÉNIE (*nëraçtêni*), s. f. Neurastenia.
NEURASTHÉNIQUE (*nëraçtênik*), adj. Neurastênico.
NEUROCHIRURGIE (*nërochirürji*), s.f. Neurocirurgia.
NEUROGRAPHIE (*nërografi*), s.f. Neurografia.
NEUROLOGIE (*nëroloji*), s.f. Neurologia.
NEUROLOGISTE ou **NEUROLOGUE** (*në-*

rolojiçt ou *nërológh*), s.m. Neurologista.

NEURONE (*nërón'*), s. m. Neurônio.

NEUSTRIEN, ENNE (*nëçtrien, én'*), adj. e s. Neustriano.

NEUTRALISANT, E (*nëtralizan, t*), adj. Neutralizador. *Quím.* Neutralizante.

NEUTRALISATION (*nëtralizaçion*), s.f. Neutralização.

NEUTRALISER (*nëtralizê*), v.t. Neutralizar.

NEUTRALISTE (*nëtraliçt*), adj. Neutral, neutro, favorável à neutralidade.

NEUTRALITÉ (*nëtralitê*), s. f. Neutralidade.

NEUTRE (*nëtr*), adj. e s. m. Neutro.

NEUTRON (*nëtron*), s.m. Nêutron.

NEUVAINE (*nëvén'*), s.f. Novena.

NEUVIÈME (*nëviém'*), adj. num. ord. Nono. S.m. A nona parte. S.f. *Mús.* Nona, intervalo musical.

NEUVIÈMEMENT (*nëviéməman*), adv. Em nono lugar.

NÉVÉ (*nêvê*), s. m. Nevada, bloco de neve endurecida.

NEVEU (*nəvë*), s. m. Sobrinho. *Petit-neveu*, sobrinho-neto. Pl.: *des neveux. Nos neveux, nos arrière-neveux*, a posteridade. *Neveu à la mode de Bretagne*, filho do primo-irmão ou da prima-irmã.

NÉVRALGIE (*nêvralji*), s.f. Nevralgia.

NÉVRALGIQUE (*nêvraljik*), adj. Nevrálgico.

NÉVRITE (*nêvrit*), s.f. Nevrite.

NÉVRITIQUE (*nêvritik*), adj. Nevrítico.

NÉVROLOGIE (*nêvroloji*), s. f. Nevrologia, sinônimo de neurologia.

NÉVROPATHE (*nêvropat*), adj. e s. Nevropata, que sofre dos nervos.

NÉVROPATHIE (*nêvropati*), s. f. Nevropatia, afeção nervosa.

NÉVROPTÈRES (*nêvroptér*), s.m. Nevrópteros.

NÉVROSE (*nêvrôz*), s.f. Nevrose, perturbação do sistema nervoso.

NÉVROSÉ, E (*nêvrozê*), adj. e s. Diz-se de uma pessoa atacada de nevrose, neurótico.

NÉVROSIQUE (*nêvrozik*), adj. Nevrótico, relativo à nevrose.

NÉVROTOMIE (*nêvrotomi*), s. f. Nevrotomia.

NEWTONIEN, ENNE (*niutonien, én'*), adj. Newtoniano.

NEZ (*nê*), s. m. Nariz. *Fig. Nez retroussé*, nariz arrebitado. *Ne pas voir plus loin que son nez*, não enxergar um palmo adiante do nariz. *Avoir du nez, le nez fin*, ter faro, ser previdente. *Rire au nez*, caçoar. *Tirer les vers du nez*, interrogar até descobrir um segredo. *Mener quelqu'un par le bout du nez*, obrigar alguém a fazer tudo que se quer. *Se trouver nez à nez*, face a face. *Se casser le nez*, sair-se mal. *Mettre, fourrer son nez partout*, meter o bedelho em tudo. *Fam. Pendre au nez à*, ameaçar. *Pied de nez*, gesto de caçoada. *Saigner du nez*, perder sangue pelo nariz. *Mar.* Proa. Pl.: *des nez.*

NI (*ni*), conj. Nem.

NIABLE (*niabl*), adj. Negável, que pode ser negado.

NIAIS, E (*nié, éz*), adj. Dizia-se outrora de um pássaro apanhado em seu ninho. *Fig.* Simples, tolo, simplório, piegas.

NIAISEMENT (*niézman*), adv. Tolamente.

NIAISER (*niézê*), v.t. Divertir-se, embasbacar-se com ninharias.

NIAISERIE (*niézri*), s.f. Bagatela, coisa frívola; ninharia. Tolice.

NICAISE (*nikéz*), s.m. Homem simplório.

NICE (*niç*), adj. Simples, tolo.

NICHAN (*nichan*), s.m. Palavra persa significando signo. Decoração turca.

NICHE (*nich*), s.f. Nicho, alcova; casinha de palha para cachorro. *Fig.* Pilhéria, peça, zombaria.

NICHÉE (*nichê*), s.f. Ninhada. *Fig.* Reunião de crianças.

NICHER (*nichê*), v.i. Aninhar, fazer ninho. V. t. Colocar em algum lugar. **SE NICHER**, v. pr. Fazer seu ninho, aninhar-se; encaixar-se, acomodar-se.

NICHET (*niché*), s.m. Ovo indez.

NICHOIR (*nichuar*), s.m. Viveiro, grande gaiola onde se criam pássaros.

NICHROME (*nikróm'*), s.m. Liga de ferro, cromo e níquel.

NICKEL (*nikél*), s.m. Níquel.

NICKELAGE (*nikəlaj*), s. m. Niquelagem.

NICKELER (*nikəlê*), v. t. (Dobra o *l* antes de sílaba muda: *je nickelle.*) Niquelar.

NICKÉLIFÈRE (*nikêlifér*), adj. Niquelífero.

NICKÉLURE (*nikêlür*), s. f. Arte de niquelar; parte niquelada de um objeto.

NICOL (*nikól*), s. m. Nicol.

NICOTIANE (*nikoçian'*), s.f. Nicociana.

NICOTINE (*nikotin'*), s.f. Nicotina.

NICOTINISME (*nikotiniçm'*), s.m. Nicotismo (fenômenos mórbidos produzidos pela intoxicação do tabaco).

NID (*ni*), s.m. Ninho. *Fig.* Habitação, moradia, abrigo, asilo. *Nid de brigands*, covil de bandidos.

NIDIFICATION (*nidifikaçion*), s.f. Ação de nidificar, de construir um ninho.

NIDIFIER (*nidifiê*), v. t. (Conjuga-se como *prier.*) Nidificar, fazer ninho.

NIDOREUX, EUSE (*nidorë, ëz*), adj. Nidoroso, que tem cheiro desagradável, cheirando a podre.

NIÈCE (*niéç*), s.f. Sobrinha. *Nièce à la mode de Bretagne*, filha do primo irmão ou da prima irmã.

NIELLAGE (*niélage*), s. f. Nigelagem.
NIELLE (*niél*), s.m. Nigela. S.f. *Bot.* Nigela. *Agric.* Mangra.
NIELLER (*niélê*), v.t. Nigelar. *Agric.* Enferrujar, estragar com mangra.
NIELLEUR (*niélër*), adj. e s.m. Nigelador, gravador de peças de ourivesaria.
NIELLURE (*niélür*), s.f. Nigelagem, arte de nigelar.
NIER (*niê*), v.t. (Conjuga-se como *prier.*) Negar, contestar, não reconhecer a verdade; não conceder; contradizer, desmentir.
NIETZSCHÉN, ENNE (*nitçchéen, én'*), adj. Nietzchiano.
NIGAUD, E (*nigô, d*), adj. e. s. Pateta, néscio, estúpido, inepto; piegas, simplório, tolo.
NIGAUDER (*nigôdê*), v.i. Dizer tolices; entreter-se com bagatelas; conduzir-se como um tolo.
NIGAUDERIE (*nigôdəri*), s. f. Tolice, patetice, tontice.
NIGELLE (*nijél*), s.f. *Bot.* Nigela.
NIGRITIQUE (*nigritik*), adj. Relativo à Nigrícia ou a seus habitantes.
NIHILISME (*niiliçm*), s. m. Niilismo.
NIHILISTE (*niiliçt*), s.m. Niilista.
NILGAUT (*nilgô*), s.m. Espécie de antílope.
NILLE (*nii*), s. f. Elo preso a uma manivela.
NILOTIQUE (*nilotik*), adj. Nilótico, do rio Nilo ou relativo a ele.
NIMBE (*nenb*), s.m. Nimbo, auréola, resplendor das imagens.
NIMBÉ, E (*nembê*), adj. Aureolado.
NIMBER (*nenbê*), v.t. Aureolar, cercar de auréola.
NIMBUS (*nenbüç*), s.m. Nimbo, camada espessa de nuvens. Pl.: *des nimbus.*
NINAS (*niná*), s.m. Pequeno charuto. Pl.: *des ninas.*
NIPA (*nipá*), s.f. Palmeira da Malásia.
NIPPE (*nip*), s.f. Enfeites, adornos do vestuário. *Pop.* Roupa usada.
NIPPER (*nipê*), v.t. Fornecer roupas ou adornos. **SE NIPPER**, v.pr. Prover-se de roupas ou enfeites.
NIPPON, ONNE (*nipon, ón'*), adj. Nipônico.
NIQUE (*nik*), s.f. Sinal de desprezo ou de zombaria. *Faire la nique à quelqu'un,* escarnecer, zombar de.
NIQUEDOUILLE (*nikdúii*), s. m. *Fam.* Tolo, imbecil.
NIRVANA (*nirvaná*), s.m. Nirvana.
NITÉE (*nitê*), s.f. Diz-se por **NICHÉE**.
NITON (*niton*), s. m. V. **RADON**.
NITOUCHE (*nituch*), s.f. *Sainte nitouche,* hipócrita, tartufo.
NITRATE (*nitrat*), s.m. Nitrato.
NITRATER (*nitratê*), v.t. Nitratar, queimar ou colorir por meio de nitrato de prata; acrescentar nitrato.
NITRE (*nitr*), s.m. Nitro, salitre. *Poét.* Pólvora de canhão.
NITRER (*nitrê*), v.t. Nitrificar.
NITREUX, EUSE (*nitrë, ëz*), adj. Nitroso.
NITRIÈRE (*nitriér*), s.f. Nitreira.
NITRIFICATION (*nitrifikaçion*), s.f. Nitrificação.
NITRIQUE (*nitrik*), adj. Nítrico.
NITRITE (*nitrit*), s.m. Nitrito.
NITROBENZÈNE (*nitrobenzén'*), s.m. ou **NITROBENZINE** (*nitrobenzin'*), s.f. Nitrobenzina.
NITROCELLULOSE (*nitroçélülôz*), s.f. Nitrocelulose.
NITROGÈNE (*nitrojén'*), s.m. Nitrogênio.
NITROGLYCÉRINE (*nitrogliçérin'*), s.f. Nitroglicerina.
NITRUBATION (*nitrübaçion*), s.f. Endurecimento do aço exposto a uma atmosfera de azoto.
NITRURE (*nitrür*), s.m. Combinação do azoto com um metal.
NIVÉAL, E, AUX (*nivêal, ô*), adj. Niveal, que floresce no inverno.
NIVEAU (*nivô*), s.m. Nível; horizontalidade. *De niveau, au niveau,* loc. adv. À altura de. Pl.: *des niveaux.*
NIVELER (*nivlê*), v.t. (Dobra o *l* antes de sílaba muda: *je nivellerai.*) Nivelar, pôr no mesmo nível; tornar horizontal.
NIVELETTE (*nivlét*), s.f. Pequeno instrumento empregado para nivelar uma inclinação de terreno.
NIVELEUR, EUSE (*nivlër, ëz*), s. Nivelador, que nivela.
NIVELLEMENT (*nivélman*), s.m. Nivelamento.
NIVÉOLE (*nivêól*), s.f. *Bot.* Nivéola.
NIVERNAIS, E (*nivérnê, z*), adj. e s. Relativo a Nevers ou ao Nivernais.
NIVÔSE (*nivôz*), s.m. Quarto mês do calendário republicano francês.
NOBILIAIRE (*nobiliér*), adj. Nobiliário, que pertence à nobreza. S. m. Lista das famílias nobres de uma região.
NOBLAILLON (*noblaion*), s. m. Homem de nobreza duvidosa.
NOBLE (*nóbl*), adj. Nobre. *Parties nobles chez l'homme,* o coração, o cérebro. S. Nobre. Antiga moeda de ouro.
NOBLEMENT (*nobləman*), adv. Nobremente.
NOBLESSE (*nobléç*), s.f. Nobreza, fidalguia. *Noblesse oblige,* quem é nobre deve proceder com nobreza.
NOBLIAU (*nobliô*), s.m. Homem de nobreza duvidosa. Pl.: *des nobliaux.*
NOCE (*nóç*), s.f. Núpcias, boda, consórcio, casamento, solenidade e festividades que acompanham o casamento. *Fig. Faire la noce,* divertir-se, fazer farra. *Ne pas être à la noce,* estar numa situação difícil.

NOCEUR, EUSE (*noçër, ëz*), adj. e s. Pândego, farrista.

NOCHER (*noché*), s. m. *Poét.* Barqueiro

NOCIF, IVE (*noçif, iv*), adj. Nocivo.

NOCIVITÉ (*nocivité*), s. f. Nocividade.

NOCTAMBULE (*noktanbül*), adj. e s. Noctâmbulo, sonâmbulo. *Fig.* Modo de viver das pessoas que trocam o dia pela noite.

NOCTILUQUE (*noktilük*), s. f. Noctiluco, pirilampo.

NOCTUELLE (*noktüél*), s. f. Borboleta noturna, falena.

NOCTULE (*noktül*), s. f. Espécie de morcego da Europa e da Ásia.

NOCTURNE (*noktürn*), adj. Noturno, que aparece durante a noite. S.m. Noturno, parte do ofício divino que se reza à noite. *Mús.* Romance, composição musical de carater terno, melancólico.

NOCTURNEMENT (*noktürnəman*), adv. De noite.

NOCUITÉ (*nokuïté*), s. f. Nocividade, qualidade do que é nocivo, prejudicial.

NODAL, E, AUX (*nodal, ô*), adj. Nodal, referente ao nó.

NODOSITÉ (*nodozité*), s. f. Nodosidade; estado daquilo que está cheio de nós.

NODULAIRE (*nodülér*), adj. Cheio de nós; relativo aos nós.

NODULE (*nodül*), s.m. Nódulo, pequeno nó.

NODULEUX, EUSE (*nodülë, ëz*), adj. Nodoso, coberto de pequenos nós.

NODUS (*nodüç*), s.m. Nodo, tumor em forma de no. Pl.: *des nodus.*

NOEL (*noél*), s.m. Natal.

NŒUD (*në*), s.m. Nó, laço. *Fam.* e *fig. Filer son nœud*, ir-se embora, partir, morrer. *Nœud de vache*, nó de marinheiro. *Faire double nœud*, dar um nó cego. *Nœud gordien*, nó górdio.

NOIR, E (*nuar*), adj. Negro. *Bête noire*, pessoa por quem se tem aversão; pesadelo de alguém. *Être en noir*, estar de luto. *Voir en noir*, ver as coisas pelo lado pior. *Broyer du noir*, entregar-se a pensamentos tristes. *Pop. Être noir*, estar embriagado. *Marché noir*, câmbio negro. *Noir sur blanc*, loc. adv. Por escrito, preto no branco. S. m. O preto, a cor preta.

NOIRATRE (*nuaratr*), adj. Enegrecido, denegrido.

NOIRAUD, E (*nuarô, d*), adj. Moreno, trigueiro.

NOIRCEUR (*nuarçër*), s.f. Negrume, nódoa negra. *Fig.* Perfídia, maldade, atrocidade.

NOIRCIR (*nuarçir*), v.t. Enegrecer, tisnar. *Fig.* Entristecer, ensombrar, manchar, difamar. **SE NOIRCIR**, v. pr. Tornar-se negro; tisnar-se. *Fig.* Desonrar-se.

NOIRCISSEMENT (*nuarçiçman*), s. m. Enegrecimento, ação de enegrecer.

NOIRCISSURE (*nuarçiçür*), s. f. Mancha negra.

NOIRE (*nuar*), s. f. *Mús.* Semínima.

NOISE (*nuaz*), s. f. Disputa, altercação. *Fig. Semer des noises*, semear discórdias.

NOISETIER (*nuazətié*), s. m. Aveleira, arbusto que dá avelãs.

NOISETTE (*nuazét*), s. f. Avelã.

NOIX (*nuá*), s. f. Noz, fruto da nogueira; caroço de alguns frutos. *Noix de coco*, coco. *Noix de veau*, parte carnuda. Pl.: *des noix.*

NOLIS (*noli*), s. m. Frete de um navio. Pl.: *des nolis.*

NOLISEMENT (*nolizman*), s.m. Ação de fretar, fretamento de um navio.

NOLISER (*nolizé*), v.t. Fretar um navio.

NOM (*non*), s.m. Nome; substantivo. *Petit nom*, apelido. *Homme de nom*, nobre. *Au nom de*, loc. prep. Em nome de, da parte de, em consideração a Pl.: *des noms.*

NOMADE (*nomad*), adj. e s. Nômade.

NOMADISME (*nomadiçm*), s. m. Nomadismo.

NOMBRABLE (*nonbrabl*), adj. Numerável, que pode ser contado.

NOMBRANT (*nombran*), adj. m. Que numera.

NOMBRE (*nonbr*), s. m. Número. Quantidade. *Le grand nombre, le plus grand nombre*, a maioria, a maior parte dos homens.

NOMBRER (*nonbré*), v. t. Numerar, contar, expor metodicamente, computar.

NOMBREUSEMENT (*nonbrëzman*), adv. Numerosamente.

NOMBREUX, EUSE (*nonbrë, ëz*), adj. Numeroso. Harmonioso, cadenciado.

NOMBRIL (*nonbri*), s. m. Umbigo.

NOMENCLATEUR (*nomanklatër*), s. m. Nomenclador, que nomeia ou classifica.

NOMENCLATURE (*nomanklatür*), s. m. Nomenclatura, lista de nomes, catálogo.

NOMINAL, E, AUX (*nominal, ô*), adj Nominal, relativo ao nome. S. m. pl. Partidários do nominalismo.

NOMINALEMENT (*nominalman*), adv. Nominalmente.

NOMINALISME (*nominaliçm*), s. m. Nominalismo.

NOMINALISTE (*nominaliçt*), adj. Nominalista.

NOMINATIF, IVE (*nominatif, iv*), adj. Nominativo, que contém nomes. S. m. Nominativo.

NOMINATION (*nominaçion*), s. f. Nomeação, ato ou efeito de nomear.

NOMINATIVEMENT (*nominativman*), adv. Nominativamente, pelo nome.

NOMMÉ, E (*nomé*), adj. Chamado. S. Aquele que é chamado. Loc. adv.: *À* *jour nommé*, em dia determinado; *à point nommé*, a propósito.

NOMMÉMENT (*nomêman*), adv. Nomeadamente, principalmente.

NOMMER (*nomê*), v. t. Nomear, denominar; dar um nome, chamar; designar; escolher; eleger, instituir, qualificar.

NOMOGRAPHIE (*nomografi*), s. f. Nomografia, tratado sobre as leis.

NON (*non*), adv. Não. Loc. adv.: *Non point*, absolutamente, de modo algum; *non plus*, também não, tampouco.

NON-ACTIVITÉ (*nonaktivitê*), s. f. Inatividade.

NONAGÉNAIRE (*nonajênér*), adj. e s. Nonagenário.

NONAGÉSIME (*nonajêzim'*) adj e s. m. *Ant.* Nonagésima.

NONANTE (*nonant*), num. Noventa.

NONANTIÈME (*nonantiém'*), num. ord. Nonagésimo.

NON-BELLIGÉRANCE (*nonbélijêranç*), s. f. Neutralidade provisória de um país em caso de guerra.

NONCE (*nonç*), s. m. Núncio.

NONCHALAMMENT (*nonchalaman*), adv. Negligentemente, desleixadamente.

NONCHALANT, E (*nonchalan, t*), adj. e s. Desleixado; preguiçoso.

NONCHALANCE (*nonchalanç*), s. f. Desleixo; preguiça.

NONCHALOIR (*nonchaluar*), s. m. Negligência, preguiça, inatividade.

NONCIATURE (*nonçiatür*), s. f. Nunciatura.

NON-CONFORMISTE (*nonkonformiçt*), adj. e s. Não-conformista. Pl.: *des non-conformistes*.

NON - CONFORMITÉ (*nonkonformitê*), s. f. Não-conformidade.

NON-CONTRADICTION (*nonkontradikçion*), s. f. Ausência de contradição.

NONE (*nón'*), s. f. Nona, quarta parte do dia começando depois da nona hora, isto é, três horas da tarde.

NON-ENGAGEMENT (*nonangajəman*), s.m. Não-engajamento.

NON-EXÉCUTION (*nonégzêküçion*), s. f. Não execução.

NONIDI (*nonidi*), s. m. Nono dia da década no calendário republicano francês.

NON-JOUISSANCE (*nonjuiçanç*), s. f. Privação de usufruto.

NON-LIEU (*nonlië*), s. m. Declaração de um tribunal constatando que não há motivo para proceder judicialmente. Pl.: *des non-lieux*.

NONNE (*nón'*) ou **NONNAIN** (*nonen*), s. f. Freira, religiosa.

NONNETTE (*nonét*), s. f. Freirinha. Pãozinho de mel.

NONOBSTANT, E (*nonobçtan, t*), prep. Não obstante. Adv. Apesar disso, todavia, contudo.

NON-PAIEMENT (*nonpéiman*), s. f. Falta de pagamento. Pl.: *des non-paiements*.

NONPAREIL, EILLE (*nonparéi*), adj. Sem igual, incomparável.

NON-RÉSIDENCE (*nonrêzidanç*), s. f. Falta de residência, ausência do lugar em que se reside.

NON-RÉUSSITE (*nonrêüçit*), s. f. Malogro, mau êxito. Pl.: *des non-réussites*.

NON-SENS (*nonçan*), s. m. Contra-senso. Pl.: *des non-sens*.

NON-USAGE (*nonüzaj*), s. m. Desuso, cessação de uso.

NON-VALEUR (*nonvalër*), s. f. Falta de valor, de produção, de sentimento. *Fig.* Pessoa sem inteligência, sem aptidões. Pl.: *des non-valeurs*.

NON-VUE (*nonvu*), s. m. *Mar.* Invisibilidade causada pela bruma.

NOPAL (*nopal*), s. m. *Bot.* Nopal.

NOPPE (*nóp*), s. f. Nó do pano.

NORD (*nór*), s. m. Norte. *Fig. Perdre le nord*, não saber mais onde se está, desnortear-se.

NORD-EST (*nordéçt*), s. m. Nordeste.

NORDIQUE (*nordik*), adj. Nórdico.

NORDIR (*nordir*), v. i. *Mar.* Tomar a direção norte.

NORDISTE (*nordiçt*), s. m. Partidário dos Estados do norte da América na Guerra de Secessão.

NORD-OUEST (*nórduéçt*), s. m. Noroeste.

NORIA (*noriá*), s. f. Nora, máquina hidráulica para tirar água de um poço.

NORMAL, E, AUX (*normal, ô*), adj. Normal. *Geom.* S. f. Linha perpendicular a um plano.

NORMALEMENT (*normalman*), adv. Normalmente, regularmente.

NORMALIEN, ENNE (*normalien, én'*), s. Normalista.

NORMALISER (*normalizê*), v. i. Normalizar, regularizar.

NORMAND, E (*norman, d*), adj. Normando. *Répondre en Normand*, não dizer nem sim nem não.

NORMATIF, IVE (*normatif, iv*), adj. Normativo.

NORME (*nórm*), s. f. Norma, princípio, regra, modelo.

NOROIS, E (*noruá, z*), **NORDOIS, E** (*norduá, z*), ou **NORMANNIQUE** (*normanik*), adj. Que é do nordeste. Relativo aos Normandos. S. Habitante do noroeste. S. m. Antiga língua dos escandinavos.

NOROÎT (*noruá*). s.m. V. **NORD-OUEST**.

NORRAIN, AINE (*noren, én'*), adj. O mesmo que nórdico.

NORVÉGIEN (*norvêjien, én'*), adj. e s. Norueguês.

NOS (*nô*), adj. poss. Pl. de *notre*. Nossos, nossas.

NOSOGRAPHIE (*nozografi*), s. f. Nosografia, descrição das doenças.

NOSSEIGNEURS (*noçénhër*), s. m. pl. Nossos senhores. Título dado aos membros dos conselhos reais e mesmo do parlamento, usado também pelos bispos.

NOSTALGIE (*noçtalji*), s. f. Nostalgia, saudade da pátria, melancolia.

NOSTALGIQUE (*noçtaljik*), adj. Nostálgico.

NOSTOC (*noçtók*), s. m. *Bot.* Espécie de algas.

NOTA (*notá*), s. m. Nota, observação, anotação.

NOTABILITÉ (*notabilitê*), s. f. Notabilidade.

NOTABLE (*notabl*), adj. Notável, considerável, digno de atenção; preponderante, eminente. S. m. pl. Os principais de uma cidade, província ou reino.

NOTABLEMENT (*notabləman*), adv. Notavelmente, consideravelmente, extremamente; muito.

NOTAIRE (*notér*), s. m. Notário, tabelião, escrivão público.

NOTAIRESSE (*notéréç*), s. f. Esposa de um notário.

NOTAMMENT (*notaman*), adv. Especialmente, particularmente, principalmente.

NOTARIAL, E, AUX (*notarial, ô*), adj. Relativo ao notariado.

NOTARIAT (*notariá*), s. m. Notariado, tabelionato.

NOTARIÉ, E (*notariê*), adj. Feito perante o notário.

NOTATION (*notaçion*), s. f. Notação, ato ou efeito de notar; sistema de designação por sinais convencionais.

NOTE (*nót*), s. f. Nota. Conta. *Fig. Changer de note,* mudar de proceder. *Chanter toujours la même note*, fazer ou dizer sempre as mesmas coisas. *Être dans la note,* fazer exatamente o que convém.

NOTER (*notê*), v. t. Notar.

NOTEUR, EUSE (*notër, ëz*), s. Copista de música.

NOTICE (*notiç*), s. f. Notícia, resumo histórico ou biográfico, informação.

NOTIFICATIF, IVE (*notifikatif, iv*), adj. Notificativo, notificatório, que notifica.

NOTIFICATION (*notifikaçion*), s. f. Notificação, declaração, publicação.

NOTIFIER (*notifiê*), v. t. (Conjuga-se como *prier.*) Notificar, comunicar, declarar, expor.

NOTION (*noçion*), s. f. Noção, idéia, conhecimento.

NOTOIRE (*notuar*), adj. Notório.

NOTOIREMENT (*notuarman*), adv. Notoriamente.

NOTORIÉTÉ (*notoriêtê*), s. f. Notoriedade.

NOTRE (*nótr*), adj. poss. Nosso, nossa.

NÔTRE (*nôtr*), pron. poss. precedido de artigo. O nosso, a nossa, o que é nosso, o que nos pertence. S. m. pl. *Les nôtres,* os nossos, os parentes, o nosso partido ou de nossa sociedade.

NOTRE-DAME (*nótrədam'*), s. f. Nossa Senhora. Pl.: *des Notre-Dame.*

NOTULE (*notül*), s. f. Nótula, notinha; pequeno comentário.

NOUAGE (*nuaj*), s. m. Entrelaçamento, ação de atar, de entrelaçar, de dar nós.

NOUBA (*nubá*) s. f. Música dos atiradores argelinos. *Fig.* Festa, comemoração.

NOUE (*nu*), s. f. Cano de chumbo, espigão de telhado. Terreno alagadiço; prado úmido destinado à pastagem.

NOUÉ, E (*nuê*), adj. Atado. *Fig.* Raquítico, que não cresce.

NOUEMENT (*numan*), s. m. Nó, laçada. Ação de atar, de dar um nó.

NOUER (*nuê*), v. t. Amarrar, atar, dar um nó. *Fig.* Encetar; estabelecer. *Nouer une intrigue,* fazer uma intriga. *Nouer des relations,* travar relações. *Bot.* Medrar, frutificar.

NOUET (*nué*), *Fam.* Boneca, pano amarrado contendo plantas medicinais para infusão.

NOUEUR, EUSE (*nuër, ëz*), s. Atador, pessoa encarregada de dar nós.

NOUEUX, EUSE (*nuë, ëz*), adj. Nodoso.

NOUGAT (*nugá*), s. m. Doce de amêndoas.

NOUILLES (*nuii*), s. f. pl. Massa, espécie de macarrão. *Fig.* Pessoa sem energia.

NOULET (*nulé*), s. m. Cano, calha dos telhados.

NOURRAIN (*nuren*), s. m. Peixe miúdo que se joga num lago para povoá-lo.

NOURRI, E (*nuri*), adj. Nutrido, cheio. *Fig.* Rico, abundante.

NOURRICE (*nuriç*), s. f. Ama-de-leite, nutriz.

NOURRICERIE (*nuriçəri*), s. f. Creche para crianças de peito. Lugar onde se engorda o gado.

NOURRICIER, ÈRE (*nuriçiê, ér*), adj. Nutritivo, que serve para a nutrição. S. m. Marido da ama-de-leite. *Fig. Père nourricier,* pai adotivo, pessoa que ajuda na criação, benfeitor.

NOURRIR (*nurir*), v. t. Nutrir, sustentar, amamentar, dar de comer. *Fig.* Instruir, desenvolver, dar vigor.

NOURRISSAGE (*nuriçaj*), s. m. Criação, modo de criar o gado.

NOURRISSANT, E (*nuriçan, t*), adj. Nutritivo. substancial.

NOURRISSEUR (*nuriçër*), s. m. Criador de gado.

NOURRISSON (*nuriçon*), s. m. Criança de peito. *Fig.* Discípulo. *Les nourrissons*

du *Pinde, des Muses*, os poetas.
NOURRITURE (*nuritür*), s. f. Alimento, sustento; amamentação.
NOUS (*nu*), pron. pess. da primeira p. pl. Nós.
NOUURE (*nuür*), s. f. Raquitismo. *Bot.* Frutificação.
NOUVEAU-NÉ, E (*nuvônê*), s. Recém-nascido. Pl.: *des nouveau-nés, es.*
NOUVEAU ou **NOUVEL, ELLE** (*nuvô, el*), adj. e s.m. Novo. *Enfant nouveau-né*, recém-nascido. Adv. Recentemente. Loc. adv.: *De nouveau*, de novo; *à nouveau*, novamente, fazer nova tentativa. *Tout nouveau, tout beau*, a novidade, o que é novo, tem um encanto especial. Pl.: *des nouveaux, nouvelles.*
NOUVEAUTÉ (*nuvôtê*), s. f. Novidade. Pl. Tecidos estampados de cores e desenhos novos; livros que acabam de ser publicados. *Marchand de nouveautés*, negociante de modas femininas.
NOUVELLE (*nuvél*), s. f. Novidade, notícia. Novela; conto.
NOUVELLEMENT (*nuvélmen*), adv. Recentemente, há pouco tempo; ultimamente.
NOUVELLETÉ (*nuvélətê*), s. f. *Dir.* Negócio com o possuidor de uma herança.
NOUVELLISTE (*nuvéliçt*), s. m. Novidadeiro, o que gosta de novidades; novelista.
NOVATEUR, TRICE (*novatër, triç*), s. Inovador.
NOVATION (*novaçion*), s. f. *Dir.* Renovação de um contrato; mudança de título.
NOVATOIRE (*novatuar*), adj. *Dir.* Relativo à renovação de um contrato.
NOVEMBRE (*novanbr*), s. m. Novembro, décimo primeiro mês do ano.
NOVER (*novê*), v. t. Renovar um compromisso, um contrato, um título.
NOVICE (*noviç*), adj. e s. Noviço.
NOVICIAT (*noviçiá*), s. m. Noviciado.
NOYADE (*nuaiad*), s. f. Afogamento, ação de afogar muitas pessoas ao mesmo tempo.
NOYAU (*nuaiô*), s. m. Caroço. Núcleo. Parte central que sustenta uma escada em caracol. Pl.: *des noyaux.*
NOYAUTAGE (*nuaiôtaj*), s. m. Ação de centralizar, de estabelecer núcleos numa sociedade.
NOYAUTER (*nuaiôtê*), v. t. Estabeler núcleos, células numa sociedade ou grupo de pessoas.
NOYÉ, E (*nouaiê*), adj. Afogado, alagado. *Fig. Yeux noyés de larmes*, olhos inundados de lágrimas. *Noyé de dettes*, carregado de dívidas.
NOYER (*nouaiê*), v. t. (Conjuga-se como *aboyer.*) Afogar; alagar, inundar, cobrir de água, submergir. **SE NOYER**, v. pr. Arruinar-se, abismar-se. *Fig. Se noyer dans le sang*, cometer crueldades enormes. *Se noyer dans la débauche*, entregar-se à devassidão. *Se noyer dans un raisonnement*, confundir-se. *Se noyer dans une goutte (un verre) d'eau*, fazer tempestade num copo de água, exagerar.
NOYER (*nuaiê*), s. f. Nogueira.
NU, E (*nü*), adj. Nu. *Pieds nus*, pés descalços. *Tête nue*, cabeça descoberta. *Épée nue*, espada desembainhada. *À nu*, loc. adv. A descoberto, sem nenhuma proteção. *Mettre à nu*, expor completamente, revelar seus sentimentos. *Monter un cheval à nu*, montar sem arreios. S. m. Nu (letra grega).
NUAGE (*nüaj*), s. m. Nuvem; névoa. *Nuage de lait*, pequena quantidade de leite que se mistura ao café ou chá. *Fig. Se perdre dans les nuages*, perder-se em utopias irrealizáveis.
NUAGEUX, EUSE (*nüajê, ëz*), adj. Nebuloso, nublado, enevoado.
NUAGEUSEMENT (*nüajëzman*), adv. Nebulosamente, obscuramente.
NUAISON (*nüëzon*), s. f. *Mar.* Duração de um mesmo vento.
NUANCE (*nüanç*), s. f. Matriz. *Fig.* Diferença pouco sensível.
NUANCER (*nüançê*), v. t. (O *c* toma uma cedilha antes de *a* e *o*: *il nuança, nous nuançons.*) Matizar, graduar as cores. *Fig.* Exprimir pequenas diferenças.
NUBILE (*nübil*), adj. Núbil.
NUBILITÉ (*nübilitê*), s. f. Nubilidade.
NUCELLE (*nücél*), s.m. *Bot.* Nucela.
NUCLÉAIRE (*nüklêér*), ou **NUCLÉAL, E, AUX** (*nüklêal, ô*), adj. Nuclear.
NUCLÉE, E (*nüklê*), adj. Que possui vários núcleos.
NUCLÉOLE (*nüklêól*), s. m. *Bot.* Nucléolo.
NUCLÉON (*nükléon*), s. m. *Fís.* Núcleon.
NUDISME (*nüdiçm*), s. m. Nudismo.
NUDISTE (*nüdiçt*), s. Nudista.
NUDITÉ (*nüditê*), s. f. Nudez. Condição de um objeto desprovido de ornatos. Pl. *Pint.* Figuras nuas. *Fig. Parer sa nudité*, amparar-lhe a nudez.
NUE (*nü*), s. f. Nuvem, névoa, vapor. *Fig. Tomber des nues*, cair das nuvens; ficar muito admirado. *Élever jusqu'aux nues*, louvar em excesso.
NUÉE (*nüê*), s. f. Grande nuvem escura e espessa. *Fig.* Multidão, bando, enxame; idéias vagas sem consistência.
NUE-PROPRIÉTÉ (*nüpropriêtê*), s. f. Propriedade cujo usufruto pertence a outra pessoa.
NUER (*nüê*), v. t. Matizar.
NUIRE (*nüir*), v.t. (Conjuga-se como *luire*, exceto no pret. perf.: *je nuisis, nous nuisîmes*, e no imperf. do subj.: *que je nuisisse, que nous nuisissions.*) Prejudicar, causar dano; obstar. *Trop*

parler nuit, falar muito atrapalha.

NUISANCE (*nüizanç*), s. f. Dano, prejuízo.

NUISIBLE (*nüizibl*), adj. Nocivo.

NUISIBLEMENT (*nüizibləman*), adv. Nocivamente.

NUIT (*nüí*), s. f. Noite. *Fig. Nuit blanche*, noite em claro. *Le flambeau de la nuit*, a lua. *Les feux de la nuit*, as estrelas. *Ni jour ni nuit*, nunca. *Table de nuit*, mesa de cabeceira. Loc. adv.: *De nuit*, durante a noite.

NUITAMMENT (*nüitaman*), adv. Noturnamente, durante a noite.

NUITÉE (*nüité*), s. f. Noitada, o espaço de uma noite; o que se paga por uma noite passada num albergue.

NUL, NULLE (*nül*), adj. qual. Nulo, sem valor. Adj. ind. Nenhum. Pron. ind. Ninguém. S. f. Caráter sem valor empregado nas cartas cifradas para torná-las indecifráveis. Loc. adv. *Nulle part*, em parte alguma.

NULLEMENT (*nülman*), adv. De modo algum, de nenhuma maneira, de espécie alguma.

NULLITÉ (*nülité*), s. f. Nulidade. Invalidade.

NÛMENT (*nüman*), adv. Nuamente, sem disfarce. *Dire nûment la vérité*, dizer a verdade nua e crua.

NUMÉRAIRE (*nümérér*), adj. Numerário, relativo ao valor legal do dinheiro. S. m. Moeda cunhada, dinheiro em circulação.

NUMÉRAL, E, AUX (*nüméral, ô*), adj. Numeral, que designa um número. *Lettres numérales*, numeração em algarismos romanos.

NUMÉRATEUR (*nümératër*), s. m. Numerador.

NUMÉRATION (*nümérаçion*), s. f. Numeração.

NUMÉRIQUE (*nümérik*), adj. Numérico.

NUMÉRIQUEMENT (*nümérikman*), adv. Numericamente, em número exato.

NUMÉRO (*nümérô*), s. m. Número, cifra. *Numéro un*, principal. *Les numéros gagnants*, os números premiados. *Fig. Un drôle de numéro*, personagem singular.

NUMÉROTAGE (*nümérotaj*), s. m. Numeração, ação de numerar, marcação com números.

NUMÉROTER (*nümérotê*), s. m. Numerar, marcar com um número.

NUMÉROTEUR (*nümerotër*), adj. e s. Numerador, instrumento especial destinado a imprimir números sucessivos.

NUMIDE (*nümid*), adj. e s. Númida.

NUMISMATE (*nümiçmat*), s. m. Numismata.

NUMISMATIQUE (*nümiçmatik*), adj. Numismático. S. f. Numismática.

NUMMULAIRE (*nümülér*), s. f. *Bot*. Numulária, planta cuja folha tem a forma de moeda.

NUNNATION (*nünaçion*), s. f. Som nasal; pronúncia nasalada.

NU-PROPRIÉTAIRE (*nüpropriétér*), s. m. Possuidor de um bem em usufruto.

NUPTIAL, E, AUX (*nüpçial, ô*), adj. Nupcial.

NUPTIALITÉ (*nüpçialité*), s. f. Nupcialidade.

NUQUE (*nük*), s. f. Nuca.

NURSE (*nërç*), s. f. Ama-seca, governanta; enfermeira.

NUTATION (*nütaçion*), s. f. Nutação. Oscilação contínua da cabeça.

NUTRICIER, ÈRE (*nütriçê, ér*), adj. Nutriente, que nutre.

NUTRITIF, IVE (*nütritif, iv*), adj. Nutritivo.

NUTRITION (*nütriçion*), s. m. Nutrição.

NYCTALOPE (*niktalóp*), adj. Nictalope.

NYCTALOPIE (*niktalopi*), s. f. Nictalopia.

NYMPHE (*nenf*), s. f. Ninfa. *Fig.* Moça bela e escultural.

NYMPHÉACÉES (*nenféaçé*), s. f. pl. *Bot.* Ninfeáceas.

NYMPHÉE (*nenfé*), s. f. Lugar consagrado às ninfas.

NYMPHOMANIE (*nenfomani*), s. f. Ninfomania.

NYMPHOSE (*nenfôz*), s. f. Ninfose.

O

O (*ô*), s. m. O, décima quinta letra do alfabeto.
Ô! (*ô*), interj. Ó!, Oh!
OARISTYS (*oariçti*), s. m. *Lit.* Diálogo amoroso ou familiar. Pl.: *des oaristys.*
OASIEN, ENNE (*oazien, én'*), adj. Oasiano. S. Habitante de um oásis.
OASIS (*oaziç*), s. f. Oásis. *Fig.* Acontecimento excepcionalmente agradável entre coisas desagradáveis. Pl.: *des oasis.*
OBÉDIENCE (*obêdianç*), s. f. Obediência de um religioso a seu superior, submissão, sujeição; autorização que um superior dá a um religioso para mudar de convento. *Lettre d'obédience,* carta dada por um superior a um religioso ou religiosa para exercer o magistério.
OBÉDIENCIER (*obêdiançiê*), s. m. Obedienciário, título eclesiástico.
OBÉIR (*obêír*), v. i. Obedecer, submeter-se; ser dependente; cumprir, ceder.
OBÉISSANCE (*obêiçanç*), s. f. Obediência, sujeição, submissão; resignação; dependência.
OBÉISSANT, E (*obêiçan, t*), adj. Obediente, submisso; flexível; maleável.
OBEL ou **OBÈLE** (*obél*), s. m. Óbelo.
OBÉLISQUE (*obêliçk*), s. m Obelisco.
OBÉRER (*obêrê*), v. t. (Conjuga-se como *accélérer.*) Oberar, endividar; onerar com dívidas; impor obrigação ou encargo. **S'OBÉRER,** v. pr. Endividar-se.
OBÈSE (*obéz*), adj. e s. Obeso, muito gordo.
OBÉSITÉ (*obêzitê*), s. f. Obesidade, corpulência; gordura excessiva.
OBIER (*obiê*), s. m. *Bot.* Espécie de arbusto vulgarmente denominado de bola-de-neve.
OBIT (*obit*), s. m. Sufrágio anual pela alma de um defunto.
OBITUAIRE (*obitüér*), s. m. Obituário, registro dos mortos.
OBJECTAL, E, AUX (*objéktal, ô*), adj. Que se relaciona com outra pessoa.
OBJECTER (*objéktê*), v. t. Objetar, fazer objeção; contrariar, opor; repreender, censurar.
OBJECTEUR (*objéktër*), s. m. Que faz objeção, que recusa. *Objecteur de conscience,* aquele que recusa o serviço militar por razões de consciência.
OBJECTIF, IVE (*objéktif, iv*), adj. e s. m. Objetivo. S. f. Objetiva.
OBJECTION (*objékçion*), s. m. Objeção, oposição; réplica, contestação, dificuldade.
OBJECTIVATION (*objéktivaçion*), s. f. Objetivação, ação de objetivar; resultado desta ação.
OBJECTIVEMENT (*objéktivman*), adv. Objetivamente; de maneira objetiva.
OBJECTIVER (*objéktivê*), v. t. Objetivar; tornar objetivo, considerar como objetivo.
OBJECTIVISME (*objéktiviçm*), s. m. Objetivismo.
OBJECTIVISTE (*objéktiviçt*), adj. Relativo ao objetivismo. S. Partidário do objetivismo.
OBJECTIVITÉ (*objéktivitê*), s. f. Objetividade, qualidade do que é objetivo.
OBJET (*objé*). s. m. Objeto.
OBJURGATEUR, TRICE (*objürgatër, triç*), adj. Desaprovador.
OBJURGATION (*objürgaçion*), s. f. Objurgação; censura, repreensão violenta; acusação, exprobração.
OBLAT, E (*obla, t*), s. Oblato; pessoa que se filia a uma comunidade religiosa. S. m. Soldado inválido, sustentado à custa de uma abadia.
OBLATION (*oblaçion*), s. f. Oblação.
OBLIGATAIRE (*obligatér*), s. Proprietário de títulos de dívida de um estabelecimento de crédito ou industrial.
OBLIGATION (*obligaçion*), s. f. Obrigação.
OBLIGATOIRE (*obligatuar*), adj. Obrigatório.
OBLIGATOIREMENT (*obligatuarman*), adv. Obrigatoriamente.
OBLIGÉ, E (*oblijê*), adj. Necessário, inevitável; grato, reconhecido.
OBLIGEAMMENT (*oblijaman*), adv. Obsequiosamente, delicadamente.
OBLIGEANCE (*oblijanç*), s. f. Cortesia, bondade.
OBLIGEANT, E (*oblijan, t*), adj. Obsequioso, serviçal, prestativo, cortês, obsequiador.
OBLIGER (*oblijê*), v.t. (Toma um *e* mudo depois do *g* antes de *a* e *o*: *il obligea, nous obligeons.*) Obrigar, impor a obrigação de; forçar, constranger. *Fig.* Estimular, excitar, induzir; obsequiar, fazer um favor, prestar um serviço. **S'OBLIGER,** v. pr. Obrigar-se, impor-se uma obrigação.
OBLIQUE (*oblik*), adj. Oblíquo, inclinado. S. f. Linha oblíqua.
OBLIQUEMENT (*oblikman*), adv. Obliquamente, de esguelha.
OBLIQUER (*oblikê*), v. i. Fazer movimento oblíquo, movimentar-se obliquamente.

OBLIQUITÉ (*oblikitê*), s. f. Obliqüidade, inclinação. *Fig.* Tortuosidade, falsidade.

OBLITÉRATEUR, TRICE (*oblitêratër, triç*), adj. Obliterador; aquele que oblitera. S. m. Obliterador, instrumento que oblitera.

OBLITÉRATION (*oblitêraçion*), s. f. Obliteração; ato ou efeito de obliterar. *Med.* Obstrução de um vaso sangüíneo.

OBLITÉRER (*oblitêrê*), v. t. (Conjuga-se como *accélérer.*) Obliterar, apagar; fazer desaparecer pouco a pouco; tornar ilegível; macular. *Med.* Obstruir.

OBLONG, GUE (*oblon, g*), adj. Oblongo.

OBNUBILATION (*obnübilaçion*), s. f. Obnubilação, obscurecimento.

OBNUBILER (*obnübilê*), v. t. Obnubilar, obscurecer, envolver.

OBOLE (*oból*), s. f. Óbolo.

OBOMBRER (*obonbrê*), v. t. Obumbrar.

OBREPTICE (*obréptiç*), adj. Ob-reptício, ardiloso, fraudulento, doloso.

OBREPTICEMENT (*obréptiçman*), adv. Ob-repticiamente, ardilosamente.

OBREPTION (*obrépçion*), s. f. Ob-repção, ardil; astúcia; surpresa; reticência.

OBSCÈNE (*obçén'*), adj. Obsceno.

OBSCÉNITÉ (*obçênitê*), s. f. Obscenidade.

OBSCUR, E (*obçkür*), adj. Obscuro, escuro.

OBSCURANTISME (*obçküranticm*), s. m. Obscurantismo.

OBSCURANTISTE (*obçkürantiçt*), adj. Obscurantista.

OBSCURATION (*obçküraçion*), s. f. Obscuração, escurecimento produzido por um eclipse.

OBSCURCIR (*obçkürçir*), v. t. Obscurecer, tornar escuro. **S'OBSCURCIR**, v. pr. Apagar-se, tornar-se obscuro. *Fig.* Deslustrar-se, desonrar-se.

OBSCURCISSEMENT (*obçkürçiçman*), s. m. Obscurecimento, escurecimento.

OBSCURÉMENT (*obçkürêman*), adv. Obscuramente; de maneira pouco inteligível.

OBSCURITÉ (*obçküritê*), s. f. Obscuridade.

OBSÉCRATION (*obçêkraçion*), s. f. Obsecração, súplica fervorosa e humilde.

OBSÉDANT, E (*obçêdan, t*), adj. Obsessor, que causa obsessão.

OBSÉDER (*obçêdê*), v. t. (Conjuga-se como *accélérer.*) Importunar, molestar; inquietar, atormentar; produzir obsessão em alguém.

OBSÈQUES (*obçék*), s. f. pl. Exéquias, funerais, pompas fúnebres.

OBSÉQUIEUSEMENT (*obçêkiëzman*), adv. Obsequiosamente, com muito respeito.

OBSÉQUIEUX, EUSE (*obçêkië, ëz*), adj. Obsequioso.

OBSÉQUIOSITÉ (*obçêkiozitê*), s. f. Obsequiosidade.

OBSERVABLE (*obçérvabl*), adj. Observável, visível.

OBSERVANCE (*obçérvanç*), s. f. Observância; execução fiel; cumprimento; disciplina, estatuto, regra.

OBSERVATEUR, TRICE (*obçérvatër, triç*), s. Observador; o que observa as prescrições legais; espectador. Adj. Que sabe observar.

OBSERVATION (*obçérvaçion*), s.f. Observação. *Être en observation,* estar à espreita de alguém ou de alguma coisa.

OBSERVATOIRE (*obçérvatuar*), s. m. Observatório.

OBSERVER (*obçérvê*), v. t. Observar. **S'OBSERVER**, v. pr. Observar-se, ser circunspecto, comedir-se, moderar-se, vigiar-se, espreitar-se mutuamente.

OBSESSION (*obçéçion*), s. f. Obsessão.

OBSESSIONNEL, ELLE (*obçéçionél*), adj. Relativo a obsessão.

OBSIDIENNE (*obçidién'*), s. f. *Min.* Obsidiana.

OBSIDIONAL, E, AUX (*obçidional, ô*), adj. Obsidional; relativo ao bloqueio, ao sítio de uma cidade.

OBSOLÈTE (*obçolét*), adj. Obsoleto.

OBSTACLE (*obçtakl*), s. m. Obstáculo.

OBSTÉTRICAL, E, AUX (*obçtêtrikal, ô*), adj. Obstetrício.

OBSTÉTRIQUE (*obçtêtrik*), s. f. Obstétrica.

OBSTINATION (*obçtinaçion*), s. f. Obstinação.

OBSTINÉ, E (*obçtinê*), adj. e s. Obstinado.

OBSTINÉMENT (*obçtinêman*), adv. Obstinadamente.

OBSTINER (*obçtinê*), v. t. Obstinar. **S'OBSTINER**, v. pr. Obstinar-se.

OBSTRUCTIF, IVE (*obçtrüktif, iv*), adj. *Med.* Obstrutivo.

OBSTRUCTION (*obçtrükçion*), s. f. Obstrução.

OBSTRUCTIONNISME (*obçtrükçionicm*), s. m. Obstrucionismo.

OBSTRUCTIONNISTE (*obçtrükçioniçt*), adj. e s. Obstrucionista, relativo a obstrução.

OBSTRUER (*obçtrüê*), v. t. Obstruir, fechar, tapar; entupir; impedir, embaraçar.

OBTEMPÉRER (*obtanpêrê*), v.i. (Conjuga-se como *accélérer.*) Obtemperar, obedecer, submeter-se.

OBTENIR (*obtənir*), v. t. (Conjuga-se como *tenir.*) Obter. Adquirir; chegar a possuir.

OBTENTION (*obtançion*), s. f. Obtenção.

OBTURATEUR, TRICE (*obtüratër, triç*), adj. e s. m. Obturador.

OBTURATION (*obtüraçion*), s. f. Obturação.

OBTURER, (*obtürê*), v.t. Obturar, tapar.

OBTUS, E (*obtü, z*), adj. Obtuso, rombo.

OBTUSANGLE (*obtüzangl*), adj. Obtusângulo; triângulo que tem um ângulo obtuso.
OBUS (*obü*), s. m. Granada. Pl.: *des obus*.
OBUSIER (*obüzié*), s. m. Obus.
OBVENIR (*obvənir*), v. i. (Conjuga-se como *venir*.) *Dir.* Caber por herança ou de qualquer outra maneira; advir.
OBVERS (*obvér*), s. m. Obverso, anverso. Pl.: *des obvers*.
OBVIE (*obvi*), adj. Óbvio.
OBVIER (*obvié*), v. i. (Conjuga-se como *prier*.) Obviar, evitar, prevenir um mal.
OC (*ók*), s. m. Sim, em dialeto provençal. *Langue d'oc*, língua que se falava antigamente no sul da França.
OCARINA (*okariná*), s. m. Ocarina.
OCCASION (*okazion*), s. f. Ocasião. Loc. adv.: *D'occasion*, por acaso, em segunda mão; *à l'occasion*, se for possível. *Fig. Saisir une occasion favorable*, aproveitar a ocasião, a circunstância. *Saisir l'occasion par les cheveux, aux cheveux*, aproveitar a ocasião.
OCCASIONNEL, ELLE (*okazionél*), adj. Ocasional.
OCCASIONNELLEMENT (*okazionélman*), adv. Ocasionalmente.
OCCASIONNER (*okazioné*), v. t. Ocasionar.
OCCIDENT (*okçidan*), s. m. Ocidente.
OCCIDENTAL, E, AUX (*okçidantal, ô*), adj. e s. m. Ocidental.
OCCIDENTALISER (*okçidantalizé*), v.t. Ocidentalizar.
OCCIPITAL, E, AUX (*okçipital, ô*), adj. e s. m. Occipital.
OCCIPUT (*okçipüt*), s. m. Occipício.
OCCIRE (*okçir*), v. t. (Empregado apenas no inf., no part. pass. *occis, e*, e nos tempos compostos.) Matar.
OCCLURE (*oklür*), v. t. *Med.* Fechar, praticar a oclusão.
OCCLUSIF, IVE (*oklüzif, iv*), adj. Oclusivo.
OCCLUSION (*oklüzion*), s. f. Oclusão.
OCCULTATION (*okültaçion*), s. f. Ocultação. *Astr.* Eclipse.
OCCULTE (*okült*), adj. Oculto.
OCCULTISME (*okültiçm*), s. m. Ocultismo.
OCCULTISTE (*okültiçt*), s. Ocultista.
OCCUPANT, E (*okupan, t*), adj. e s. Ocupante.
OCCUPATION (*oküpaçion*), s. f. Ocupação.
OCCUPÉ, E (*oküpê*), adj. Ocupado.
OCCUPER (*oküpê*), v. t. Ocupar. *Dir.* Pleitear por outrem, advogar. **S'OCCUPER**, v. pr. Ocupar-se.
OCCURRENCE (*oküranç*), s. f. Ocorrência; circunstância, encontro.
OCCURRENT, E (*oküran, t*), adj. Ocorrente, coincidente, que sobrevém.
OCÉAN (*oçêan*), s. m. Oceano.
OCÉANIEN, ENNE (*ocêanien, én*), adj. e s. Oceânico, da Oceania.
OCÉANIQUE (*ocêanik*), adj. Oceânico, pertencente ao oceano.
OCÉANOGRAPHIE (*ocêanografi*), s. f. Oceanografia.
OCÉANOGRAPHIQUE (*ocêanografik*), adj. Oceanográfico.
OCELLE (*oçél*), s. m. Ocelo.
OCELLÉ, E (*oçêlê*), adj. Ocelado.
OCELOT (*oçlô*), s. m. Ocelote.
OCRE (*ókr*), adj. e s. f. Ocre.
OCRER (*okrê*), v. t. Tingir de ocre.
OCREUX, EUSE (*okrë, ëz*), adj. Ocreoso.
OCTACORDE (*oktakórd*), adj. Octacordo.
OCTAÈDRE (*oktaédr*), s. m. *Geom.* Octaedro.
OCTAÉDRIQUE (*oktaêdrik*), adj. *Geom.* Octaédrico.
OCTAÉDRIFORME (*oktaêdrifórm*), adj. Octaedriforme.
OCTAÉTÉRIDE (*oktaêtêrid*), s. f. Octaetéride.
OCTANDRE (*oktandr*), adj. *Bot.* Octandro.
OCTANDRIE (*oktandri*), s. f. *Bot.* Otândria.
OCTANE (*oktan'*), s. m. *Quím.* Octana.
OCTANT (*oktan*), s. m. *Astr.* Octante.
OCTANTE (*oktant*), num. Oitenta (antigo e dialetal).
OCTANTIÈME (*oktantiém'*), num. ord. Octogésimo (antigo e dialetal).
OCTAVE (*oktav*), s. f. Oitava.
OCTAVIER (*oktaviê*), v. i. (Conjuga-se como *prier*.) Oitavar. *Mús.* Tocar uma oitava acima do tom.
OCTAVIN (*oktaven*), s. m. *Mús.* Flautim.
OCTIDI (*oktidi*), s. m. Oitavo dia da década do calendário republicano francês.
OCTOBRE (*októbr*), s. m. Outubro.
OCTOGÉNAIRE (*oktojênér*), adj. e s. Octogenário.
OCTOGONAL, E, AUX (*oktogonal, ô*), adj. Octogonal.
OCTOGONE (*oktogón'*), s. m. *Geom.* Octógono.
OCTOGYNE (*oktojin'*), adj. *Bot.* Octógino.
OCTOSTYLE (*oktoçtil*), adj. Octostilo.
OCTOSYLLABE ou **OCTOSYLLABIQUE** (*oktoçilab* ou *oktoçilabik*), adj. Octossílabo ou octossilábico.
OCTROI (*oktruá*), s. m. Outorga, concessão; imposto de barreira; repartição para cobrança desse imposto.
OCTROYER (*oktruaiê*), v. t. (Conjuga-se como *aboyer*.) Outorgar, conceder, consentir, permitir.
OCTUPLE (*oktüpl*), adj. Óctuplo.
OCULAIRE (*okülér*), adj. Ocular. S. m Vidro de instrumento de óptica.
OCULARISTE (*okülariçt*), s. m. Ocularista, fabricante de olhos artificiais; preparador de prótese ocular.

OCULISTE (*okülict*), adj. e s. Oculista.

ODALISQUE (*odaliçk*), s. f. Odalisca.

ODE (*ód*), s. f. Ode. *Ant.* Qualquer poema destinado a ser musicado.

ODELETTE (*odəlét*), s. f. Pequena ode.

ODÉON (*odêon*), s. m. Odeon (lugar onde se exibiam os poetas e os músicos em Atenas).

ODEUR (*odĕr*), s. f. Odor.

ODIEUSEMENT (*odièzman*), adv. Odiosamente. *Fig.* Excessivamente.

ODIEUX, EUSE (*odiĕ, ĕz*), adj. Odioso. S m. *L'odieux d'une action*, o horrível, o abominável.

ODOMÈTRIE (*odomêtri*), s. f. Odometria.

ODONTALGIE (*odontalji*), s. f. Odontalgia.

ODONTALGIQUE (*odontaljik*), adj. Odontálgico. S. m. Medicamento que acalma a dor de dentes.

ODONTOLOGIQUE (*odontolojik*), adj. Odontológico.

ODORANT, E (*odoran, t*), adj. Odorante.

ODORAT (*odorá*), s. m. Olfato, cheiro.

ODORER (*odorê*), v. t. Cheirar: exalar cheiro; farejar. V. i. Ter olfato.

ODORIFÉRANT, E (*odoriféran, t*), adj. Odorífero.

ODYSSÉE (*odiçê*), s. f. Odisséia.

ŒCUMÉNICITÉ (*êkümênicitê*), s. f. Ecumenicidade.

ŒCUMÉNIQUE (*êkümênik*), adj. Ecumênico.

ŒDÉMATEUX, EUSE (*êdêmatĕ, ĕz*), adj. Edematoso.

ŒDÈME (*êdém'*), s. m. Edema.

ŒDIPE (*êdip*), s. m. Édipo, adivinhador, explicador de enigmas.

ŒIL, YEUX (*ĕi, iĕ*), s. m. Olho; olhar, vista. Brilho das pedrarias. *Yeux cernés*, olheiras. *Avoir l'œil à tout*, estar atento. *Avoir de l'œil*, ser perspicaz, ter o olhar aguçado. *Coup d'œil*, olhadela, golpe de vista. *Pour les beaux yeux de quelqu'un*, pelas qualidades pessoais, sem nenhum objetivo interesseiro. *Faire de l'œil*, fazer um sinal piscando o olho. *L'œil du maître*, olhar vigilante. *Avoir le coup d'œil juste*, discernimento rápido. *Être tout yeux*, olhar atentamente. *Jeter un coup d'œil*, examinar ligeiramente. *Ouvrir les yeux*, descobrir algo, abandonando a prevenção. *Ouvrir de grands yeux*, olhar com espanto, arregalar os olhos. *Couver, dévorer des yeux*, olhar avidamente. *Fermer les yeux sur*, fingir não ver. *Fermer les yeux de quelqu'un*, assisti-lo na hora da morte. *Avoir bon pied, bon œil*, estar atento e vigilante. *N'avoir pas froid aux yeux*, ter energia, coragem. *Ne pas avoir les yeux dans sa poche*, ver claro. *Faire les gros yeux*, lançar olhares ameaçadores, mostrar-se aborrecido, zangado. *Jeter de la poudre aux yeux*, cegar, enganar, deslumbrar, não deixar ver a verdade. *Regarder du coin de l'œil*, olhar de soslaio. *Faire les yeux doux*, requebrar os olhos, namorar, tentar conquistar a simpatia. *Voir de bon ou mauvais œil*, ver com bons ou maus olhos. *Tenir à œil*, não perder de vista, vigiar. *Sauter aux yeux, crever les yeux*, saltar aos olhos, ser evidente. Loc. adv.: *À vue d'œil*, a olhos vistos; *à l'œil*, à vista, *pop.* gratuitamente; *les yeux clos*, às cegas, de olhos fechados.

ŒIL-DE-BŒUF (*ĕidəbĕf*), s. m. Clarabóia, postigo redondo ou oval. Pl.: *des œils-de-bœuf*.

ŒIL-DE-CHAT (*ĕidəchá*), s. m. Espécie de ágata. Pl.: des *œils-de-chat*.

ŒIL-DE-PERDRIX (*ĕidəpérdri*), s. m. Calo entre os dedos dos pés. Pl.: *des œils-de-perdrix*.

ŒIL-DE-PIE (*ĕidəpi*), s. m. *Mar.* Orifício na vela para colocar uma corda. Pl.: *des œils-de-pie*.

ŒIL-DE-SERPENT (*ĕidəçérpan*), s. m. Espécie de pedra preciosa. Pl.: *des œils-de-serpent*.

ŒILLADE (*ĕiad*), s. f. Olhadela, relance de olhos significativo.

ŒILLÈRE (*ĕiér*), s.m. Pequeno recipiente para banhar os olhos. Dente canino do maxilar superior. Antolhos dos cavalos. *Fig. Avoir des œillères*, ser parcial, só enxergar um lado das coisas.

ŒILLET (*ĕié*), s.m Cravo; craveiro; ilhós.

ŒILLETON (*ĕiton*), s. m. *Bot.* Rebento de certas plantas; olho. Orifício da linha de mira em certas armas. Peças de óculos de alcance que determina a distância ao olho.

ŒILLETONNAGE (*ĕitonaj*), s. m. *Bot.* Ação de tirar os rebentos de uma planta.

ŒILLETONNER (*ĕitonê*), v.t. *Bot.* Tirar os rebentos de uma planta.

ŒILLETTE (*ĕiét*), s.f. *Bot.* Dormideira ou papoula; óleo extraído dessa planta.

ŒNANTHE (*ênant*), s.m. *Bot.* Enanto, planta venenosa.

ŒNILISME (*êniliçm*), s.m. Enilismo.

ŒNOLIQUE (*ênolik*), adj. Enólico; que contém vinho. *Acides œnoliques*, matérias corantes encontradas no vinho tinto.

ŒNOLOGIE (*ênoloji*), s.m. Enologia.

ŒNOLOGIQUE (*ênolojik*), adj. Enológico.

ŒNOLOGISTE ou **ŒNOLOGUE** (*ênolojiçt* ou *ênológ*), s. m. Enologista ou enólogo.

ŒNOMÈTRE (*ênométr*), s.m. Enômetro.

ŒNOMÉTRIE (*ênomêtri*), s. f. Enometria.

ŒNOMÉTRIQUE (*ênométrik*), adj. Enométrico.

ŒNOPHILE (*ênofil*), adj. e s. Enófilo.

ŒNOPHORE (*ênofór*), s.m. Enóforo ou enófora; vaso em que os antigos guardavam o vinho; o que cuidava do vinho.

ŒNOTECHNIE ou **ŒNOTECHNIQUE** (*ênotékni* ou *ênotéknik*), s.f. Enotecnia.

ŒNOTECHNIQUE (*ênotéknik*), adj. Enotécnico.

ŒSOPHAGE (*êzofaj*), s.m. Esôfago.

ŒSOPHAGIEN, ENNE ou **ŒSOPHAGIQUE** (*êzofajien, én'* ou *êzofajik*), adj. Esofagino ou esofágico.

ŒSOPHAGITE (*êzofajit*), s.f. Esofagite.

ŒSTRE (*éçtr*), s. m. *Zool.* Estro.

ŒUF (*ëf* no sing.; *ë* no pl.), s. m. Ovo. *Œuf couvé*, ovo choco. *Œufs à la coque*, ovos quentes. *Œufs brouillés*, ovos mexidos. *Œufs sur le plat*, ovos estrelados. *Œufs durs*, ovos duros, ovos cozidos.

ŒUVÉ, E (*ëvê*), adj. Provido de ovas.

ŒUVRE (*ëvr*), s.f. Obra. Renda de uma paróquia. Engaste de uma pedra preciosa. *Hors-d'œuvre*, suplemento. O que se come no início de uma refeição. *Mettre en œuvre*, empregar. *Faire œuvre de*, conduzir-se como. *Mar. Œuvres mortes*, castelo da popa e da proa. *Œuvres vives*, querena de um navio. *Exécuteur des hautes œuvres*, carrasco. S. m. Composição; produção; coleção das obras de um autor. *Gros œuvre*, alicerces de uma construção.

OFFENSANT, E (*ofançan, t*), adj. Ofensivo, injurioso.

OFFENSE (*ofanç*), s. f. Ofensa.

OFFENSÉ, E (*ofancê*), adj. e s. Ofendido; pessoa injuriada.

OFFENSER (*ofançê*), v.t. Ofender; ferir, molestar, incomodar. *Soit dit sans vous offenser*, sem intenção de ofendê-lo. **S'OFFENSER**, v. pr. Ofender-se, zangar-se.

OFFENSEUR (*ofançër*), s.m. Ofensor; o que ofende, violador.

OFFENSIF, IVE (*ofançif, iv*), s.f. Ofensivo; que ataca; que serve para atacar. S. f. Ofensiva.

OFFENSIVEMENT (*ofançivman*), adv. Ofensivamente.

OFFERTOIRE (*ofértuar*), s. m. Ofertório.

OFFICE (*ofiç*), s.m. Ofício. *D'office*, loc. adv. De ofício, por dever do cargo. S. f. Copa, dispensa.

OFFICIAL (*ofiçial*), s. m. Provisor eclesiástico; vigário-geral. Pl.: *des officiaux*.

OFFICIALITÉ (*ofiçialitê*), s.f. Provisorado ou provisoria; dignidade do provisor.

OFFICIANT (*ofiçian*), adj. e s. Oficiante, celebrante.

OFFICIAT (*ofiçiá*), s.m. Função de oficial de saúde.

OFFICIEL, ELLE (*ofiçiél*), adj. Oficial.

OFFICIELLEMENT (*ofiçiélman*), adv. Oficialmente.

OFFICIER (*ofiçiê*), v.t. (Conjuga-se como *prier*.) Oficiar. S. m. Oficial.

OFFICIÈRE (*ofiçiér*), s.f. Mulher que tem certo cargo; mulher possuidora do grau de oficial do Exército da Salvação.

OFFICIEUSEMENT (*ofiçiëzman*), adv. Oficiosamente.

OFFICIEUX, EUSE (*ofiçiê, ëz*), adj. Oficioso.

OFFICINAL, E, AUX (*ofiçinal, ô*), adj. Oficinal.

OFFICINE (*ofiçin'*), s.f. Farmácia, laboratório. *Fig.* Lugar onde se trama alguma coisa, fábrica de escândalo.

OFFRANDE (*ofrand*), s.f. Oferenda.

OFFRANT (*ofran*), s. e adj. m. Oferente, o que oferece mais numa venda.

OFFRE (*ófr*), s.f. Oferecimento, oferta.

OFFRIR (*ofrir*), v.t. (Conjuga-se como *ouvrir*.) Oferecer, ofertar, apresentar; colocar ao serviço de; expor à vista. **S'OFFRIR**, v.pr. Oferecer-se, encontrar-se, produzir-se, propor-se.

OFFUSCATION (*ofüçkaçion*), s.f. Ofuscação.

OFFUSQUER (*ofüçkê*), v. t. Ofuscar. *Fig.* Melindrar, desagradar.

OGIVAL, E, AUX (*ojival, ô*), adj. Ogival.

OGIVE (*ojiv*), s.f. Ogiva.

OGRE, OGRESSE (*ógr, ogréç*), s. Ogre; gigante; papão. *Fig.* Comilão, glutão.

OH! (*ô*), interj. Oh!

OHÉ! (*oê*), interj. Olé!, Olá!

OHM (*ôm*), s.m. Ohm.

OHMMÈTRE (*onmétr*), s.m. Ohmômetro.

OIE (*uá*), s.f. Gansa, pata. *Fig.* Pessoa tola, bronca. *Oie blanche*, moça pura, inocente. *Contes de ma mère l'oie*, contos da carochinha.

OIGNON (*onhon*), s. m. Cebola, bulbo. Calo, calosidade nos pés. *En rang d'oignons*, numa só linha, enfileirados. *Flûte à l'oignon*, flauta de cana.

OIGNONIÈRE (*onhoniér*), s. f. Cebolal.

OIGNONADE (*onhonad*), s.f. Cebolada.

OÏL (*oïl*), adv. Antiga forma de **OUI**. *Langue d'oïl*, língua que se falava no norte da França.

OILLE (*uaii*), s. f. Olha, sopa de origem espanhola.

OINDRE (*uendr*), v.t. (Conjuga-se como *craindre*.) Untar; ungir com óleos sagrados.

OING (*uen*), s.m. Banha, gordura para untar.

OINT (*uen*), adj. e s. m. Ungido, consagrado.

OISEAU (*uazô*), s m. Ave, pássaro. Coche (de pedreiro). *Fam.* Pessoa considerada do ponto de vista de suas qualidades físicas ou morais. *Oiseau de proie,* ave de rapina. *Oiseau de nuit,* ave noturna. *Un vilain oiseau,* pessoa desagradável. *Être comme l'oiseau sur la branche,* viver sem saber do futuro, estar por pouco tempo num lugar. *À vol d'oiseau,* em linha reta, de relance, por alto. *Petit à petit, l'oiseau fait son nid,* pouco a pouco o passarinho faz seu ninho, equivalente ao provérbio português "De grão em grão a galinha enche o papo". Pl.: *des oiseaux.*

OISEAU-MOUCHE (*uazômuch*), s. m. Colibri, beija-flor. Pl.: *des oiseaux-mouches.*

OISELER (*uazlê*), v. t. (Dobra o *l* antes de sílaba muda: *il oisellera.*) Ensinar a voar, treinar para o vôo. V. i. Passarinhar, caçar pássaros com armadilhas.

OISELET (*uazlé*), s.m. Avezinha, passarinho.

OISELEUR (*uazlĕr*), s. m. Passarinheiro; criador ou caçador de pássaros.

OISELIER (*uazliê*), s. m. Vendedor de pássaros.

OISELLERIE (*uazl ri*), s. f. Arte de caçar ou de criar pássaros; viveiro de pássaros.

OISEUSEMENT (*uazĕzman*), adv. Ociosamente.

OISEUX, EUSE (*uazĕ, ĕz*), adj. Ocioso.

OISIF, IVE (*uazif, iv*), adj. e s. Ocioso.

OISILLON (*uaziion*), s.m. Avezinha, passarinho.

OISIVEMENT (*uazivman*), adv. Ociosamente.

OISIVETÉ (*uazivtê*), s.f. Ociosidade.

OISON, ONNE (*uazon, ón'*), s. Filhote de ganso. *Fig.* Homem bronco, estúpido, de idéias acanhadas.

OKAPI (*okapi*), s.m. *Zool.* Ocapi.

OKOUMÉ (*okumê*), s.m. Madeira da África própria para a marcenaria.

OLÉ! (*olê*), interj. Olé! *Fam. Olé, olé,* ligeiro, sem modos.

OLÉACÉES (*olêaçê*), s. f. pl. *Bot.* Oleáceas ou oleaginosas.

OLÉAGINEUX, EUSE (*olêajinĕ, ĕz*), adj. Oleaginoso.

OLÉANDRE (*olêandr*), s.m. Loureiro-rosa.

OLÉATE (*olêat*), s.m. *Quím.* Oleato.

OLÉCRANE (*olêkran'*), s.m Olecrânio.

OLÉFIANT, E (*olêfian, t*), adj. Oleificante.

OLÉICULTEUR (*olêikültĕr*), s.m. Oleicultor ou olivicultor.

OLÉICULTURE (*olêikültür*), s.f. Oleicultura ou olivicultura.

OLÉIFÈRE (*olêifér*), adj. Oleífero, que produz óleo.

OLÉINE (*olêin*), s. f. *Quím.* Oleína.

OLÉIQUE (*olêik*), adj. *Quím.* Oléico.

OLÉOLAT (*olêolá*), s. m. Oleolato.

OLÉOMÈTRE (*olêométr*), s.m. Oleômetro.

OLÉONAPHTE (*olêonaft*), s.m. *Quím.* Oleonafta.

OLÉUM (*olêóm'*), s. m. *Quím.* Ácido sulfúrico parcialmente desidratado.

OLFACTIF, IVE (*olfaktif, iv*), adj. Olfativo.

OLFACTION (*olfakçion*), s. f. Olfação.

OLIBAN (*oliban*), s. m. Olíbano.

OLIBRIUS (*olibriüç*), s. m. Arrogante, fanfarrão. Pl.: *des olibrius.*

OLIFAN (*olifan*), s. m. Olifante, trompa de marfim.

OLIGARCHIE (*oligarchi*), s. f. Oligarquia.

OLIGARCHIQUE (*oligarchik*), adj. Oligárquico.

OLIGARQUE (*oligark*), s. m. Oligarca.

OLIGISTE (*olijiçt*), s. m. Oligisto; hamatita.

OLIGOCÈNE (*oligocén'*), adj. *Geol.* Oligoceno.

OLIVACÉ, E (*olivaçê*), adj. Oliváceo.

OLIVAIE (*olivé*), s. f. Olival.

OLIVAISON (*olivézon*), s. f. Colheita da azeitona; tempo da colheita da azeitona.

OLIVÂTRE (*olivatr*), adj. Azeitonado, cor-de-oliva.

OLIVE (*oliv*), s. f. Azeitona, oliva; oliveira. Adj. inv. Cor de azeitona.

OLIVETTE (*olivét*), s. f. Olival; azeitoninha; uva de bagos alongados.

OLIVETTES (*olivét*), s. f. pl. Dança provençal após a colheita das azeitonas.

OLIVIER (*oliviê*), s. m. Oliveira.

OLIVINE (*olivin'*), s. f. *Min.* Olivina.

OLLAIRE (*olér*), adj. Diz-se de uma pedra fácil de cortar, própria para a olaria.

OLOGRAPHE (*olograf*), adj. Ológrafo; testamento manuscrito e datado pelo próprio testador.

OLYMPE (*olenp*), s. m. Olimpo.

OLYMPIADE (*olenpiad*), s. f. Olimpíada.

OLYMPIEN, ENNE (*olenpien, én'*), adj. Olímpico, relativo ao Olimpo.

OLYMPIQUE (*olenpik*), adj. Olímpico, relativo aos jogos olímpicos. S. m. Campeão dos jogos olímpicos; coroa olímpica dada ao vencedor.

OMBELLE (*onbél*), s. f. *Bot.* Umbela.

OMBELLÉ, E (*onbelê*), adj. Umbelado.

OMBELLIFÈRE (*onbélifér*), adj Umbelífero. S. f. *Bot.* Umbelífera.

OMBELLIFORME (*onbélifórm*), adj. Umbeliforme.

OMBELLULE (*onbélül*), s. f. *Bot.* Umbélula.

OMBILIC (*ombilik*), s.m. Umbigo. *Fig.* Ponto central. *Bot.* Hilo.
OMBILICAL, E, AUX (*onbilikal, ô*), adj. Umbilical.
OMBILIQUÉ, E (*onbilikê*), adj. Umbilicado.
OMBRAGE (*onbraj*), s. m. Sombra: folhagem que dá sombra. *Fig.* Dúvida, desconfiança.
OMBRAGÉ, E (*onbrajê*), adj. Sombrio, coberto de sombras.
OMBRAGEANT, E (*onbrajan, t*), adj. Sombrio, que dá sombra.
OMBRAGER (*onbrajê*), v.t. (Toma um *e* mudo depois do *g* antes de *a* e *o*: *il ombragea, nous ombrageons.*) Sombrear, ensombrar, dar sombra. *Fig.* Cobrir por cima, estender-se sobre; ofuscar. *Prendre ombrage de,* ofender-se, vexar-se.
OMBRAGEUSEMENT (*onbrajëzman*), adv. Sombriamente.
OMBRAGEUX, EUSE (*onbrajë, ëz*), adj. Assustadiço; que se espanta com facilidade. *Fig.* Desconfiado, suspeitoso.
OMBRANT, E (*onbran, t*), adj. *Pint.* Próprio para imitar sombras.
OMBRE (*ombr*), s.f. Sombra, sombreado. *L'empire des ombres,* morada dos mortos. *Fig. Mettre à l'ombre,* fazer desaparecer, matar. *Courir après une ombre,* entregar-se a sonhos quiméricos. Loc. prep. *À l'ombre de,* à sombra de; *sous l'ombre, sous ombre de,* sob o pretexto. *Pint.* Cores escuras; terra de Siena. S. m. Peixe da espécie do salmão das águas doces do hemisfério boreal.
OMBRÉ, E (*onbrê*), adj. *Pint.* Onde as sombras são assinaladas.
OMBRELLE (*onbrél*), s.f. Umbrela, chapéu-de-sol, sombrinha.
OMBRER (*onbrê*), v.t. *Pint.* Sombrear, colocar sombras num desenho, num quadro.
OMBRETTE (*onbrét*), s. f. *Zool.* Umbreta (ave).
OMBREUX, EUSE (*onbrë, ëz*), adj. Umbroso, que dá sombra.
OMBRIEN, ENNE (*onbrien, én'*), adj. e s.m. Úmbrio.
OMBRINE (*onbrin'*), s.m. *Zool.* Umbrino (peixe).
OMELLETTE (*oməlét*), s. f. Omeleta, fritada de ovos. *On ne fait pas d'omellette sans casser des œufs,* para se fazer alguma coisa é necessário trabalho, desprezar o risco.
OMETTRE (*ométr*), v.t. (Conjuga-se como *mettre.*) Omitir.
OMICRON (*omikron*), s.m. Ômicron.
OMISSION (*omiçion*), s.f. Omissão.
OMNIBUS (*om'nibüç*), s. m. Ônibus. Adj. *Train omnibus,* que pára em todas as estações, trem parador. Pl.: *des omnibus.*
OMNICOLORE (*om'nikolór*), adj. Onicolor.
OMNIPOTENCE (*om'nipotanç*), s. f. Onipotência.
OMNIPOTENT, E (*om'nipotan, t*), adj. Onipotente.
OMNIPRÉSENCE (*om'niprêzanç*), s. f. Onipresença.
OMNIPRÉSENT, E (*om'niprêzan, t*), adj. Onipresente.
OMNISCIENCE (*om'niçianç*), s. f. Onisciência.
OMNISCIENT, E (*om'niçian, t*), adj. Onisciente.
OMNIVORE (*om'nivór*), adj. Onívoro.
OMOPHAGE (*omofaj*), adj. Omófago.
OMOPLATE (*omoplat*), s. f. *Anat.* Omoplata.
ON (*on*), pron. ind. A gente; nós; uma pessoa; se; alguém. *Fig. Des on dit,* boatos que correm.
ONAGRAIRE (*onagrér*), s. m. *Bot.* Onagra.
ONAGRARIACÉES (*onagrariaçê*), s. f. pl. *Bot.* Onagrariáceas.
ONAGRE (*onagr*), s. m. Onagro. Máquina bélica usada entre os romanos. V. **ONAGRAIRE.**
ONC ou **ONQUES** (*onk*), adv. *Ant.* Nunca, jamais.
ONCE (*onç*), s. f. Onça (medida). *Fig.* Quantidade ínfima. Onça (animal).
ONCIAL, E, AUX (*onçial, ô*), adj. Uncial. S. f. Letra menor, derivada da maiúscula, empregada a partir do século IV.
ONCLE (*onkl*), s. m. Tio. *Oncle à la mode de Bretagne,* primo irmão do pai ou da mãe. *Grand oncle,* tio-avô.
ONCTION (*onkçion*), s. f. Unção, untura.
ONCTUEUSEMENT (*onktüëzman*), adv. Untuosamente, com unção.
ONCTUEUX, EUSE (*onktüë, ëz*), adj. Untuoso, oleoso, gordurento. *Fig.* Que tem unção, piedade.
ONDATRA (*ondatrá*), s. m. *Zool.* Ondatra.
ONDE (*ond*), s. f. Onda; água em geral. *L'onde amère,* o mar.
ONDÉ, E (*ondê*), adj. Ondeado.
ONDÉE (*ondê*), s.f. Aguaceiro, pancada d'água; chuva forte e passageira; bátega.
ONDEMÈTRE (*ondəmétr*), s. m. Ondômetro.
ON-DIT (*ondi*), s. m. inv. Rumor vago, boatos que correm.
ONDOIEMENT (*onduaman*), s. m. Ondeamento, ondeio. Batismo provisório.
ONDOYANT, E (*onduaian, t*), adj. Ondulante, ondeante. *Fig.* Variável, inconstante.

ONDOYER (*onduaiê*), v. t. (Conjuga-se, como *aboyer*.) Ondular. Batizar provisoriamente.

ONDULANT, E (*ondülan, t*), adj. Ondulante.

ONDULATION (*ondülaçion*), s. f. Ondulação.

ONDULATOIRE (*ondülatuar*), adj. Ondulatório.

ONDULÉ, E (*ondülê*), adj. Ondulado; que forma ondulação.

ONDULER (*ondülê*), v. i. Ondular, ondear. V. t. Tornar ondulado.

ONDULEUX, EUSE (*ondülë, ëz*), adj. Onduloso; que forma ondulações.

ONÉRAIRE (*onêrér*), adj. Onerário, que exerce realmente um cargo.

ONÉREUSEMENT (*onêrëzman*), adv. Onerosamente.

ONÉREUX, EUSE (*onêrë, ëz*), adj. Oneroso. *Fig.* Incômodo.

ONGLE (*ongl*), s. m. Unha; garra. *Fig. Rogner les ongles à quelqu'un*, diminuir seus poderes. *Donner sur les ongles*, castigar, repreender. *Avoir de l'esprit jusqu'au bout des ongles*, ter muito espírito. *Savoir une chose sur l'ongle*, saber uma coisa na ponta da língua.

ONGLÉ, E (*onglê*), adj. Ungulado, armado de unhas ou de garras.

ONGLÉE (*onglê*), s. f. Entorpecimento da ponta dos dedos causado pelo frio.

ONGLET (*onglé*), s. m. Tira de papel usada na encadernação. Tira de papel onde se colam mapas geográficos. Onglete. *Bot.* Parte inferior das pétalas. *Geom.* Parte do volume de um sólido compreendida entre dois planos passando pelo eixo.

ONGLETTE (*onglét*), s. f. Onglete.

ONGLIER (*ongliê*), s. m. Estojo para unhas. S. m. pl. Tesourinha curva para unhas.

ONGUENT (*ongan*), s. m. Ungüento; droga aromática.

ONGUICULE (*onghüikül*), s. m. Ungüícola, unha pequena.

ONGUICULÉ, E (*onghüikülê*), adj. Ungüiculado.

ONGUIFORME (*onghüifórm*), adj. Ungüiforme.

ONGULÉ, E (*ongülê*), adj. Ungulado. S. m. pl. *Zool.* Ungulados.

ONIRIQUE (*onirik*), adj. Onírico.

ONIROMANCIE (*oniromançi*), s. f. Oniromancia.

ONIROMANCIEN, ENNE (*oniromançien, én'*), adj. Oniromântico. S. Quiromante.

ONOMASTIQUE (*onomaçtik*), adj. Onomástico.

ONOMATOLOGIE (*onomatoloji*), s. f. Onomatologia.

ONOMATOPÉE (*onomatopê*), s. f. Onomatopéia.

ONQUES (*onk*), adj. Outra forma de ONC. *Ant.* Nunca, jamais.

ONTOGÉNÈSE ou **ONTOGÉNIE** (*ontojênéz* ou *ontojêni*), s. f. Ontogênese ou ontogenia.

ONTOLOGIE (*ontoloji*), s. f. Ontologia.

ONTOLOGIQUE (*ontolojik*), adj. Ontológico.

ONTOLOGISME (*ontolojiçm*), s. m. Ontologismo.

ONTOLOGISTE (*ontolojiçt*), s. f. Ontologista.

ONYCOPHAGIE (*onikofaji*), s. f. Onicofagia.

ONYX (*onikç*), s. m. Ônix. Pl.: *des onyx*.

ONZAIN (*onzen*), s. f. Estrofe de onze versos.

ONZE (*onz*), num. card. Onze. S. m. O número onze; o dia onze do mês. Equipe de onze jogadores.

ONZIÈME (*onziém'*), num. ord. Undécimo ou décimo primeiro. S. m. Undécima parte; o dia onze.

ONZIÈMEMENT (*onziémәman*), adv. Undécimo ou décimo primeiro lugar.

OOGONE (*oogón'*), s. f. *Bot.* Oogônico.

OOLITHE (*oolit*), s. m. *Min.* Oólito.

OOLITHIQUE (*oolitik*), adj. Oolítico.

OOSPHÈRE (*ooçfér*), s. f. *Bot.* Oosfera.

OOSPORE (*ooçpór*), s. f. *Bot.* Oósporo.

OOTHÈQUE (*ootéк*), s. f. *Zool* Ooteca.

OPACIFIER (*opaçifiê*), v. t. (Conjuga-se como *prier*.) Tornar opaco.

OPACITÉ (*opaçitê*), s. f. Opacidade.

OPALE (*opal*), s. f. Opala. Adj. inv. Que tem a cor da opala.

OPALESCENCE (*opaléçanç*), s. f. Opalescência.

OPALESCENT, E (*opaléçan, t*), adj. Opalescente.

OPALIN, E (*opalen, in'*), adj. Opalino.

OPALISER (*opalizê*), v. t. Opalizar.

OPAQUE (*opak*), adj. Opaco.

OPE (*óp*), s. m. Buraco na parede para se colocar uma trave.

OPÉRA (*opêrá*), s. m. Ópera. *Grand opéra* ou *opéra sérieux*, ópera cuja ação é trágica.

OPÉRABLE (*opêrabl*), adj. Operável.

OPÉRA-COMIQUE (*opérakomik*), s. m. Ópera-cômica. Pl.: *des opéras-comiques*.

OPÉRATEUR, TRICE (*opêratër, triç*), s. Operador.

OPÉRATOIRE (*opêratuar*), adj. Operatório.

OPÉRATION (*opêraçion*), s. f. Operação.

OPERCULAIRE (*opérkülér*), adj. *Zool.* Opercular.

OPERCULE (*opérkül*), s. m. *Hist. Nat.* Opérculo; cobertura; invólucro.

OPERCULÉ, E (*opérkülê*), adj. Operculado.

OPÉRÉ, E *(opêrê)*, adj. e s. Operado.
OPÉRER *(opêrê)*, v. t. (Conjuga-se como *accélérer.*) Operar.
OPÉRETTE *(opêrét)*, s. f. Opereta.
OPHICLÉIDE *(ofiklêid)*, s. m. *Mús.* Oficleide, figle.
OPHIDIEN, ENNE *(ofidien, én')*, adj. e s. m. Ofídio.
OPHIOLATRIE *(ofiolatri)*, s. f. Ofiolatria.
OPHIOLOGIE ou **OPHIOGRAPHIE** *(ofioloji* ou *ofiografi)*, s. f. Ofiologia ou ofiografia.
OPHITE *(ofit)*, s. f. Ofita (membro de uma seita de gnósticos). S. m. Ofita (mármore).
OPHRYS *(ofriç)*, s. m. Ófris (espécie de orquídea). Pl.: *des ophrys.*
OPHTALMIE *(oftalmi)*, s. f. Oftalmia.
OPHTALMIQUE *(oftalmik)*, adj. Oftálmico.
OPHTALMOGRAPHIE *(oftalmografi)*, s. f. Oftalmografia.
OPHTALMOLOGIE *(oftalmoloji)*, s. f. Oftalmologia.
OPHTALMOLOGIQUE *(oftalmolojik)*, adj. Oftalmológico.
OPHTALMOLOGISTE ou **OPHTALMOLOGUE** *(oftalmolojiçt* ou *oftalmológ)*, s. m. Oftalmologista.
OPHTALMOMÈTRE *(oftalmométr)*, s. m. Oftalmômetro.
OPHTALMOSCOPE *(oftalmoçkóp)*, s. m. Oftalmoscópio.
OPHTALMOSCOPIE *(oftalmoçkopi)*, s. f. Oftalmoscopia.
OPIACÉ, E *(opiaçê)*, adj. Opiáceo.
OPIACER *(opiaçê)*, v. t. (O c toma uma cedilha antes de *a* e *o*: *il opiaça, nous opiaçons.*) Opiar, colocar ópio em.
OPIAT *(opiá)*, s. m. Opiato; electuário, medicamento feito com ópio.
OPILATION *(opilaçion)*, s. f. *Med.* Opilação, obstrução.
OPILER *(opilê)*, v. t. *Med.* Opilar; obstruir.
OPIMES *(opim')*, adj. f. pl. Despojos tomados por um general romano ao general inimigo morto. *Fig.* Grande lucro; ricos despojos.
OPINANT *(opinan)*, s. m. Opinante, que opina.
OPINER *(opinê)*, v. i. Opinar; dar seu parecer. *Fig. Opiner du bonnet*, ser sempre da opinião dos outros, estar sempre de acordo com todos.
OPINIÂTRE *(opiniatr)*, adj. Opinioso, aferrado à sua opinião. *Fig.* Perseverante, renitente.
OPINIÂTREMENT *(opiniatrəman)*, adv. Obstinadamente.
OPINIÂTRER *(opiniatrê)*, v. t. Contrariar ou contradizer; sustentar com obstinação.
OPINIÂTRETÉ *(opiniatrətê)*, s. f. Obstinação.
OPINION *(opinion)*, s. f. Opinião.
OPIOMANE *(opioman')*, adj. e s. Opiômano.
OPISTHOBRANCHES *(opiçtobranch)*, s. m. pl. *Zool.* Opistobrânquios.
OPISTHODOME *(opiçtodóm')*, s. m. Opistódomo.
OPISTOGRAPHE *(opiçtograf)*, adj. Opistógrafo.
OPIUM *(opióm')*, s. m. Ópio.
OPODELDOCH *(opodéldók)*, s. m. Opodeldoque.
OPONCE ou **OPUNTIA** *(oponç* ou *oponçiá)*, s. m. *Bot.* Opúncia, figueira-da-índia.
OPOPANAX *(opopanakç)* ou **OPOPONAX** *(opoponakç)*, s.m. *Bot.* Opópanax, opopânace, opopônax. Pl.: *des opopanax.*
OPOSSUM *(opoçóm')*, s. m. *Zool.* Opossum, sarigüéia. Pl.: *des opossums.*
OPOTHÉRAPIE *(opotêrapi)*, s. f. Opoterapia.
OPPORTUN, E *(oportẽn, ün')*, adj. Oportuno.
OPPORTUNÉMENT *(oportünêman)*, adv. Oportunamente.
OPPORTUNISME *(oportüniçm)*, s. m. Oportunismo.
OPPORTUNISTE *(oportuniçt)*, s. m. Oportunista.
OPPORTUNITÉ *(oportünitê)*, s. f. Oportunidade.
OPPOSABILITÉ *(opozabilitê)*, s. f. Oponibilidade.
OPPOSABLE *(opozabl)*, adj. Oponível.
OPPOSANT, E *(opozan, t)*, adj. e s. Oponente; membro da oposição.
OPPOSÉ, E *(opozê)*, adj. Oposto. S. m. O oposto. *À l'opposé*, loc. adv. Ao contrário. *À l'opposé de*, loc. prep. Em oposição a.
OPPOSER *(opozê)*, v. t. Opor. **S'OPPOSER**, v. pr. Opor-se.
OPPOSITE *(opozit)*, s. m. Oposto. *À l'opposite*, loc. prep. e adv. Em frente, do lado oposto.
OPPOSITION *(opozicion)*, s. f. Oposição.
OPPRESSER *(opréçê)*, v. t. Oprimir.
OPPRESSEUR *(opréçẽr)*, s. m. e adj. Opressor.
OPPRESSIF, IVE *(opréçif, iv)*, adj. Opressivo.
OPPRESSION *(opréçion)*, s. f. Opressão.
OPPRESSIVEMENT *(opréçivman)*, adv. Opressivamente.
OPPRIMANT, E *(opriman, t)*, adj. Oprimente, opressor.

OPPRIMÉ, E (*oprimê*), adj. e s. Oprimido, opresso.
OPPRIMER (*oprimê*), v. t. Oprimir.
OPPROBRE (*opróbr*), s. m. Opróbrio.
OPTATIF, IVE (*optatif, iv*), adj. e s. m. Optativo.
OPTER (*optê*), v. i. Optar.
OPTICIEN (*optiçien*), s. m. Oculista; óptico.
OPTIME (*optimê*), adj. *Fam.* Otimamente; muito bem.
OPTIMISME (*optimiçm*), s. m. Otimismo.
OPTIMISTE (*optimiçt*), adj. Otimista.
OPTIMUM (*optimóm*), adj. e s. m. Ótimo. Pl.: *des optima.*
OPTION (*opçion*), s. f. Opção.
OPTIQUE (*optik*), adj. Óptico; relativo à visão. S. f. Óptica; perspectiva.
OPTOMÉTRIE (*optomêtri*), s. f. Optometria.
OPULEMMENT (*opülaman*), adv. Opulentamente.
OPULENCE (*opülanç*), s. f. Opulência.
OPULENT, E (*opülan, t*), adj. Opulento.
OPUSCULE (*opüçkül*), s. m. Opúsculo.
OR (*ór*), s. m. Ouro. *Fig.* Riqueza, opulência. *Affaires d'or,* negócios excelentes. *Cousu d'or,* podre de rico. *Rouler sur l'or,* nadar em dinheiro. *Parler d'or,* falar bem, dizer o que se tem de melhor para ser dito. Conj. Ora; logo; pois.
ORACLE (*orakl*), s. m. Oráculo.
ORAGE (*oraj*), s. m. Tempestade, tormenta, temporal. *Fig.* Tumulto.
ORAGEUSEMENT (*orajëzman*), adv. Tempestuosamente.
ORAGEUX, EUSE (*oragë, ëz*), adj. Tempestuoso. *Fig.* Agitado, tumultuoso.
ORAISON (*orézon*), s. f. Oração, discurso. *Ant.* Invocação, prece. *Oraison funèbre,* discurso fúnebre de caráter religioso. *Oraison dominicale,* o padre-nosso. *Faire oraison,* recolher-se.
ORAL, E, AUX (*oral, ô*), adj. Oral. S. m. Parte oral de um exame.
ORALEMENT (*oralman*), adv. Oralmente.
ORANGE (*oranj*), s. f. Laranja. S. m. Cor de laranja, alaranjado.
ORANGÉ, E (*oranjê*), adj. Alaranjado. S. m. Cor de laranja.
ORANGEADE (*oranjad*), s. f. Laranjada.
ORANGEAT (*oranjá*), s. m. Doce de casca de laranja.
ORANGER (*oranjê*), s. m. Laranjeira.
ORANGER, ÈRE (*oranjê, ér*), s. Vendedor de laranjas.
ORANGER (*oranjê*), v. t. (Toma um *e* mudo depois do g antes de *a* e *o*: *il orangea, nous orangeons.*) Tingir da cor de laranja.
ORANGERAIE (*oranjərê*), s. f. Estufa para laranjeiras.
ORANGERIE (*oranjəri*), s. f. Laranjal verde.
ORANGISTE (*oranjiçt*), adj. e s. Orangista.
ORANG-OUTAN (*oran'utan*), s. m. Orangotango. Pl.: *des orangs-outans.*
ORANT, E (*oran, t*), adj. e s. Orante; estátua em atitude de prece.
ORATEUR, TRICE (*oratĕr, triç*), s. Orador.
ORATOIRE (*oratuar*), s. m. adj. Oratório.
ORATOIREMENT (*oratuarman*), adv. Oratoriamente, em estilo oratório; eloqüentemente.
ORATORIO (*oratoriô*), s. m. Oratório, drama religioso musicado.
ORBE (*órb*), s. m. Orbe.
ORBE (*órb*), adj. Fechado. Contundente.
ORBICOLE (*orbikól*), adj. Orbícola.
ORBICULAIRE (*orbikülér*), adj. e s. m. Orbicular.
ORBITAIRE (*orbitér*), adj. Orbitário, relativo à orbita do olho.
ORBITAL, E, AUX (*orbital, ô*), adj. Orbital, relativo à órbita.
ORBITE (*orbit*), s. f. Órbita.
ORCANETTE ou **ORCANÈTE** (*orkanét*), s. f. *Bot.* Orcaneta.
ORCHESTIQUE (*orkéçtik*), adj. Orquéstico, dizia-se da ginástica considerada em suas relações com a dança e com o jogo. S. f. Orquéstica, arte da dança; pantomima.
ORCHESTRAL, E, AUX (*orkéçtral, ô*), adj. Orquestral.
ORCHESTRATION (*orkéçtraçion*), s. f. Orquestração; arte ou modo de orquestrar.
ORCHESTRE (*orkéçtr*), s. m. Orquestra. *Fauteuil d'orchestre,* lugar na platéia. *Chef d'orchestre,* regente da orquestra, maestro.
ORCHESTRER (*orkéçtrê*), v. t. Orquestrar.
ORCHIDACÉES (*orkidaçê*), s. f. pl. *Bot.* Orquidáceas.
ORCHIDÉE (*orkidê*), s. f. Orquídea. S. f. pl. Antigo nome da família das orquidáceas.
ORCHIS (*orkiç*), s. m. *Bot.* Órquide ou orque. Pl.: *des orchis.*
ORCHITE (*orchit*), s. m. *Med.* Orquite.
ORD, E (*ór, d*), adj. Sujo, sórdido, porco, horrendo.
ORDALIE (*ordali*), s. f. Ordálio.
ORDINAIRE (*ordinér*), adj. Ordinário, comum. S. m. Costume, hábito. O trivial. Bispo diocesano. Loc. adv.: *À l'ordinaire,* segundo o costume, habitualmente; *d'ordinaire, pour l'ordinaire,* na maioria das vezes, geralmente.
ORDINAIREMENT (*ordinérəman*), adv. Ordinariamente.
ORDINAL, E, AUX (*ordinal, ô*), adj. Ordinal.

ORDINAND (*ordinan*), s. m. Ordenando.
ORDINANT (*ordinan*), s. m. Ordenante.
ORDINARIAT (*ordinariá*), s. m. Jurisdição de um bispo diocesano.
ORDINATEUR (*ordinatër*), s. m. Computador.
ORDINATION (*ordinaçion*), s. f. Ordenação.
ORDO (*ordô*), s. m. Calendário eclesiástico.
ORDONNANCE (*ordonanç*), s. f. Disposição, arranjo, arrumação; ordem, regulamento militar e policial. Receita médica, prescrição. Ordenança, ajudante-de-ordens.
ORDONNANCEMENT (*ordonançman*), s. m. Ordem de pagamento.
ORDONNANCER (*ordonançê*), v. t. (O *c* toma uma cedilha antes de *a* e *o*: *il ordonnança, nous ordonnançons.*) Dar ordem de pagamento; autorizar um pagamento.
ORDONNATEUR, TRICE (*ordonatër, triç*), s. Ordenador, o que ordena, dispõe.
ORDONNÉE (*ordonê*), s. f. *Geom.* Ordenada.
ORDONNER (*ordonê*), v. t. Ordenar. V. i. *Ordonner de*, dispor de.
ORDRE (*órdr*), s. m. Ordem. *Mot d'ordre*, senha.
ORDURE (*ordür*), s. f. Lixo, imundície, porcaria; poeira. *Fig.* Obscenidade.
ORDURIER, ÈRE (*ordüriê, ér*), adj. Obsceno.
ORÉADE (*orêad*), s. m. *Mit.* Oréade, divindade dos montes.
ORÉE (*orê*), s. f. Orla, borda.
OREILLARD, E (*oréiar, d*), adj. Orelhudo, que tem as orelhas grandes. S. m. Espécie de morcego.
OREILLE (*oréii*), s. f. Orelha. *Avoir l'oreille fine*, ter bom ouvido. *Avoir de l'oreille*, ter ouvido afinado. *Fig. Avoir l'oreille de quelqu'un*, ser ouvido com complacência, de bom grado. *Prêter, dresser l'oreille*, escutar com interesse. *Faire la sourde oreille*, fazer que não ouve, fazer ouvidos de mercador. *Se faire tirer l'oreille*, ceder com dificuldade. *Échauffer les oreilles*, irritar. *Frotter les oreilles à quelqu'un*, bater em alguém. *Revenir l'oreille basse*, voltar abatido, de orelha murcha. *Mettre la puce à l'oreille*, alertar, pôr a pulga atrás da orelha. *Être tout oreilles*, ser todo ouvidos. *Avoir l'oreille de*, ter influência sobre, ter a inteira confiança de. *Avoir l'oreille au guet*, estar à escuta. *C'est à n'en pas croire ses oreilles*, é inacreditável.
OREILLE-DE-SOURIS (*oréiidçuri*), s. f. Nome vulgar do miosótis. Pl.: *des oreilles-de-souris.*
OREILLE-D'OURS (*oréiidurç*), s. f. *Bot.* Orelha-de-urso, espécie de primavera. Pl.: *des oreilles-d'ours.*
OREILLER (*oréiê*), s. m. Travesseiro. *Fig.* O que dá repouso.
OREILLETTE (*oréiét*), s. f. Aurícula ou auriculo; curativo que se coloca na orelha. *Bot.* Ásaro; cogumelo.
OREILLON (*oréion*), s. m. Aba de boné ou capacete que protege as orelhas; pedaço de couro ou pele com o qual se fabrica a cola forte. S. m. pl. *Med.* Caxumba, inflamação das glândulas parótidas.
OREMUS (*orêmüç*), s. m. Prece, oração. Pl.: *des orémus.*
ORES (*ór*), adv. Presentemente, agora. *D'ores et déjà*, loc. adv. Desde agora, desde já.
ORFÈVRE (*orfévr*), s. m. Ourives.
ORFÈVRERIE (*orfèvrəri*), s. f. Ourivesaria.
ORFÈVRI, E (*orfèvri*), adj. Feito ou trabalhado pelo ourives.
ORFRAIE (*orfré*), s. f. Espécie de águia.
ORFROI (*orfruá*), s. f. Bordado, ornato; galão de capas e casulas.
ORGANDI (*organdi*), s. m. Organdi.
ORGANE (*organ'*), s. f. Órgão.
ORGANEAU (*organô*), s. m. *Mar.* Arganéu; argola de âncora. Pl.: *des organeaux.*
ORGANICISME (*organiçiçm*), s. m. *Med.* Organicismo.
ORGANIQUE (*organik*), adj. Orgânico. S. f. *Mús.* Entre os antigos, parte da música que se executava com instrumentos.
ORGANIQUEMENT (*organikman*), adv. Organicamente.
ORGANISABLE (*organizabl*), adj. Organizável.
ORGANISATEUR, TRICE (*organizatër, triç*), adj. e s. Organizador, o que organiza ou que é hábil em organizar.
ORGANISATION (*organizaçion*), s. f. Organização.
ORGANISÉ, E (*organizê*), adj. Provido de órgãos. *Fig.* Organizado. *Tête bien organisée*, pessoa de bom senso.
ORGANISER (*organizê*), v. t. Organizar.
ORGANISME (*organiçm*), s. m. Organismo. *Fig.* Conjunto organizado para funcionar.
ORGANOTHÉRAPIE (*organotêrapi*), s. f. *Med.* Organoterapia.
ORGANSIN (*organçen*), s. m. Organsim, torçal; fios de seda torcidos.
ORGANSINAGE (*organçinaj*), s. f. Organsinagem; ação de organsinar.
ORGANSINER (*organçinê*), v. t. Organsinar; torcer fios de seda juntos.
ORGE (*órj*), s. f. Cevada. *Sucre d'orge*, bala de cevada. S. m. *Orge monde*, ce-

vada descascada. *Orge perlé*, cevadinha.

ORGEAT (*orjá*), s. m. Orchata, bebida refrigerante.

ORGELET (*orjəlé*), s. m. Terçol.

ORGIAQUE (*orjiak*), adj. Orgíaco.

ORGIE (*orji*), s. f. Orgia.

ORGUE (*órg*), s. m. ou **ORGUES** (*órg*), s. f. pl. Órgão, instrumento de música; o lugar da igreja onde está o órgão. *Orgue de Barbarie*, realejo. *Mús. Point d'orgue*, suspensão. *Geol.* Basaltos prismáticos. *Mar.* Canos para conduzir a água dos esgotos dos navios.

ORGUEIL (*orghëi*), s. m. Orgulho.

ORGUEILLEUSEMENT (*orgëiëzman*), adv. Orgulhosamente.

ORGUEILLEUX, EUSE (*orghëië, ëz*), adj. Orgulhoso.

ORIBUS (*oribüç*), s. m. Vela de resina. Pl.: *des oribus*.

ORIENT (*orian*), s. m. Oriente.

ORIENTABLE (*orientabl*), adj. Orientável.

ORIENTAL, E, AUX (*oriantal, ô*), adj. e s. m. Oriental.

ORIENTALISME (*orientaliçm*), s. m. Orientalismo.

ORIENTALISTE (*oriantaliçt*), s.m. Orientalista.

ORIENTATION (*oriantaçion*), s. f. Orientação. *Mar.* Disposição dos mastros para que as velas recebam o vento.

ORIENTEMENT (*oriantəman*), s. f. Ação de orientar uma construção.

ORIENTER (*oriantê*), v.t. Orientar. *Mar.* Manobrar as velas de um navio. **S'ORIENTER**, v. pr. Orientar-se.

ORIENTEUR, TRICE (*oriantêr, triç*), s. Orientador.

ORIFICE (*orifiç*), s. m. Orifício.

ORIFLAMME (*oriflam'*), s. f. Oriflama ou auriflama; estandarte dos antigos reis de França.

ORIGAN (*origan*), s. m. *Bot.* Orégão.

ORIGINAIRE (*orijinér*), adj. Originário.

ORIGINAIREMENT (*orijinérman*), adv. Originariamente.

ORIGINAL, E, AUX (*orijinal, ô*), adj. Original. S. Pessoa singular, excêntrica. S. m. Original. *En original*, loc. adv. No texto original.

ORIGINALEMENT (*orijinalman*), adv. Originalmente, de maneira original, singularmente.

ORIGINALITÉ (*orijinalitê*), s. f. Originalidade.

ORIGINE (*orijin'*), s. f. Origem. *Tirer son origine*, ser oriundo. *Remonter à l'origine*, subir à origem. *Dans l'origine, à l'origine*, loc. adv. A princípio.

ORIGINEL, ELLE (*orijinél*), adj. Original, primitivo, ingênito.

ORIGINELLEMENT (*orijinélman*), adv. Originalmente, desde a origem.

ORIGNAL (*orinhal*), s. m. *Zool.* Alce do Canadá. Pl.: *des orignaux*.

ORILLON (*oriion*), s. m. Orelhinha, asa de uma tigela.

ORIN (*oren*), s. m. *Náut.* Arinque da âncora, cabo.

ORIPEAU (*oripô*), s. m. Ouropel. Pl.: *des oripeaux*.

ORLE (*órl*), s. m. Orla, debrum. *Arq.* Filete de capitel; guarnição em volta de um escudo.

ORLÉANISME (*orlêaniçm*), s. m. Orleanismo.

ORLÉANISTE (*orlêaniçt*), s. Orleanista.

ORLÉANS (*orlêanç*), s. f. Orleã, tecido leve de lã ou algodão. Pl.: *des orléans*.

ORMAIE ou **ORMOIE** (*ormé* ou *ormuá*), s. f. Olmedo ou olmidal; plantação de olmos.

ORME (*órm*), s. f. Olmo ou olmeiro. *Attendre sous l'orme*, esperar em vão, esperar sentado.

ORMEAU (*órmô*), s. m. Olmeiro ainda novo. Pl.: *des ormeaux*.

ORMEAU ou **ORMIER** (*ormô* ou *ormiê*), s. m. Haliote. Pl.: *des ormeaux* ou *ormiers*.

ORMILLE (*ormiii*), s. f. Olmeiro muito pequeno; plantação de olmeiros pequenos.

ORMIN (*ormen*), s. m. *Bot.* Orminio.

ORMOIE (*ormuá*), s. m. V. **ORMAIE**.

ORNE (*órn*), s. m. Pequeno fosso separando as fileiras de cepas. *Bot.* Freixo florido.

ORNEMANISTE (*ornəmaniçt*), s. m. e adj. Ornamentista.

ORNEMENT (*ornəman*), s. m. Ornamento, ornato, adorno; decoração; paramentos, vestes sacerdotais. *Fig.* Lustre, o que torna glorioso; riqueza de expressão ou de estilo.

ORNEMENTAL, E, AUX (*ornəmantal, ô*), adj. Ornamental.

ORNEMENTATION (*ornəmantaçion*), s. f. Ornamentação, arte de ornamentar.

ORNEMENTER (*ornəmantê*), v. t. Ornamentar.

ORNER (*ornê*), v. t. Ornar.

ORNIÈRE (*orniér*), s. f. Rodeira, carril, sulco deixado pelas rodas de um carro; trilho, caminho. *Fig.* Velho hábito, rotina.

ORNITHOGALE (*ornitogal*), s. m. *Bot.* Ornitógalo.

ORNITHOLOGIE (*ornitoloji*), s. f. Ornitologia.

ORNITHOLOGISTE ou **ORNITHOLOGUE** (*ornitolojiçt* ou *ornitológ*), s. m. Ornitologista ou ornitólogo.

ORNITHOMANCIE (*ornitomançi*), s. f. Ornitomancia.

ORNITHORYNQUE (*ornitorenk*), s. m. *Zool.* Ornitorrinco.

OROBANCHE (*orobanch*), s. f. *Bot.* Orobaca.

OROBE (*oròb*), s. f. *Bot.* Órobo.
OROGÉNIE (*orojêni*), s. f. Orogenia.
OROGRAPHIE (*orografi*), s. f. Orografia.
ORONGE (*oronj*), s. f. *Bot.* Oronga, cogumelo comestível de cor avermelhada. *Fausse oronge*, oronga venenosa.
ORPAILLAGE (*orpaiaj*), s. m. Pesquisa de ouro.
ORPAILLEUR (*orpaiër*), s. m. Pesquisador de ouro.
ORPHELIN, E (*orfəlen, lin'*), adj. e s. Órfão.
ORPHELINAT (*orfəlinâ*), s. m. Orfanato.
ORPHÉON (*orfêon*), s. m. Orfeão.
ORPHÉONIQUE (*orfêonik*), adj. Orfeônico.
ORPHÉONISTE, (*orfêoniçt*), s. Orfeonista.
ORPHIE (*orfi*), s. f. *Zool.* Órfia.
ORPHIQUE (*orfik*), adj. Órfico, relativo a Orfeu. S. m. pl. Poemas atribuídos a Orfeu. S. f. pl. Festas de Dionísios Zagreus, celebradas nas confrarias órficas.
ORPHISME (*orfiçm*), s. m. Orfismo.
ORPIMENT (*orpiman*), s. m. Ouro-pigmento.
ORPIN (*orpen*), s. m. *Bot.* Erva-pinheira. Ouro-pigmento.
ORQUE (*òrk*), s. f. *Zool.* Orca, espécie de golfinho.
ORSEILLE (*orçéii*), s. f. *Bot.* Urzela; tinta roxo-avermelhada que se extrai dessa planta.
ORT (*òrt*), adj. inv. Peso em bruto.
ORTEIL (*ortéi*), s. m. Dedo do pé. *Gros orteil*, dedo grande do pé.
ORTHOCENTRE (*ortoçentr*), s. f. *Geom.* Nome dado ao ponto de concurso das três alturas de um triângulo.
ORTHOCHROMATIQUE (*ortokromatik*), adj. Ortocromático.
ORTHODOXE (*ortodòkç*), adj. e s. Ortodoxo.
ORTHODOXIE (*ortodokçi*), s. f. Ortodoxia.
ORTHODROMIE (*ortodromi*), s. f. *Mar.* Ortodromia.
ORTHODROMIQUE (*ortodromik*), adj. *Mar.* Ortodrômico.
ORTHOGONAL, E, AUX (*ortogonal, ô*), adj. Ortogonal.
ORTHOGONALEMENT (*ortogonalman*), adv. *Geom.* Ortogonalmente.
ORTHOGRAPHE (*ortograf*), s. f. Ortografia.
ORTHOGRAPHIE (*ortografi*), s. f. *Geom.* Projeção ortogonal. *Arq.* Representação da face de um edifício.
ORTHOGRAPHIER (*ortografié*), v. t. (Conjuga-se como *prier*.) Ortografar.
ORTHOGRAPHIQUE (*ortografik*), adj. Ortográfico.
ORTHOLOGIE (*ortoloji*), s. f. Ortologia.
ORTHOPÉDIE (*ortopêdi*), s. f. Ortopedia.
ORTHOPÉDIQUE (*ortopêdik*), adj. Ortopédico.
ORTHOPÉDISTE (*ortopêdiçt*), adj. e s. Ortopedista.
ORTHOPHONIE (*ortofoni*), s. f. Ortofonia.
ORTHOSCOPIQUE (*ortoçkopik*), adj. Ortoscópico.
ORTHOSE ou **ORTHOCLASE** (*ortôz* ou *ortaklas*), s. m. Ortósio, ortoclásio.
ORTIE (*orti*), s. f. Urtiga.
ORTOLAN (*ortolan*), s. m. *Zool.* Hortulano, ave de arribação.
ORVALE (*orval*), s. f. *Bot.* Salva transmarina.
ORVET (*orvé*), s. m. *Zool.* Orveto.
ORVIÉTAN (*orviêtan*), s. m. Orvitão, electuário; droga de charlatão. *Fig. Marchand d'orviétan*, charlatão.
ORYCTÉROPE (*oriktêròp*), s. m. Orictérope.
ORYCTOLOGIE (*oriktoloji*), s. f. Orictologia.
OS (*òç*, no pl. *ô*), s. m. Osso. *N'avoir que les os et la peau*, estar pele e osso, estar macérrimo. *Donner un os à ronger à quelqu'un*, dar meios de viver, dar uma ajuda provisória. *Ne pas faire de vieux os*, morrer jovem. Pl.: *des os*.
OSCILLANT, E (*oçilan, t*), adj. Oscilante.
OSCILLATEUR (*oçilatër*), s. m. Aparelho que produz correntes elétricas oscilantes.
OSCILLATION (*oçilaçion*), s. f. Oscilação.
OSCILLATOIRE (*oçilatuar*), adj. Oscilatório.
OSCILLER (*oçilê*), v. i. Oscilar.
OSCULATEUR, TRICE (*oçkülatër, triç*), adj. *Geom.* Osculador; diz-se das linhas, planos ou superfícies que se tocam de modo particular.
OSCULATION (*oçkülaçion*), s. f. *Geom.* Osculação; contacto de linhas, planos ou superfícies.
OSÉ, E (*ozê*), adj. Ousado.
OSEILLE (*ozéii*), s. f. *Bot.* Azeda. *Sel d'oseille*, oxalato de potássio.
OSER (*ozê*), v. i. e t. Ousar.
OSERAIE (*ozré*), s. f. Vimieiro, plantação de vimes.
OSEUR, EUSE (*ozër, ëz*), adj. e s. Ousado.
OSIER (*ozié*), s. m. Vime.
OSIÉRICULTURE (*oziêrikültür*), s. f. Cultura de vimes.
OSMAZÔME (*oçmazôm'*), s. f. Osmazoma.
OSMIQUE (*oçmik*), adj. *Quím.* Ósmico.
OSMIUM (*oçmiòm'*), s. m. *Quím.* Ósmio.
OSMOMÈTRE (*oçmométr*), s. m. Osmô-

metro.
OSMONDE (*oçmond*), s. f. *Bot.* Osmonda, espécie de feto.
OSMOSE (*oçmôz*), s. f. Osmose.
OSMOTIQUE (*oçmotik*), adj. Osmótico.
OSSATURE (*oçatür*), s. f. Ossatura. *Fig.* Organização.
OSSÉINE (*oçêin'*), s. f. Osseína ou osteína.
OSSELET (*oçlé*), s. m. Ossinho; cada um dos ossinhos tirados da pata do carneiro com os quais brincam as crianças. Tumor ósseo na pata do cavalo.
OSSEMENTS (*oçman*), s. m. pl. Ossada. Emprega-se também no singular.
OSSEUX, EUSE (*oçë ëz*), adj. Ósseo.
OSSIANIQUE (*oçianik*), adj. Ossiânico.
OSSIANISME (*oçianiçm*), s. m. Ossianismo.
OSSIFICATION (*oçifikaçion*), s. f. Ossificação.
OSSIFIER (*oçifié*), v.t. (Conjuga-se como *prier*.) Ossificar.
OSSU, E (*oçü*), adj. Ossudo.
OSSUAIRE (*oçüér*), s. m. Ossuário, depósito de ossos humanos; sepultura comum de muitos cadáveres.
OST (*óçt*), s. m. *Ant.* Hoste, exército.
OSTÉALGIE (*oçtêalji*), s. f. Ostealgia.
OSTÉALGIQUE (*oçtêaljik*), adj. Osteálgico.
OSTÉINE (*oçtêin'*), s. f. Osteína.
OSTÉITE (*oçtêit*), s. f. Osteíte.
OSTENSIBLE (*oçtançibl*), adj. Ostensível, ostensivo; que se pode mostrar; aparente.
OSTENSIBLEMENT (*oçtançibləman*), adv. Ostensivelmente; ostensivamente.
OSTENSOIR (*oçtansuar*), s. m. Ostensório; custódia.
OSTENTATEUR, TRICE (*oçtantatër, triç*), adj. Ostentador, feito com ostentação.
OSTENTATION (*oçtantaçion*), s. f. Ostentação.
OSTENTATOIRE (*oçtantuar*), adj. Ostentoso.
OSTÉOGÉNIE (*oçtêojêni*), s. f. Osteogenia.
OSTÉOGRAPHIE (*oçtêografi*), s. f. Osteografia.
OSTÉOLITHE (*oçtêolit*), s. m. Osteólito.
OSTÉOLOGIE (*oçtêoloji*), s. f. Osteologia.
OSTÉOMALACIE (*oçtêomalaçi*), s. f. Osteomalacia.
OSTÉOMYÉLITE (*oçtêomiêlit*), s. f. Osteomielite.
OSTÉOPLASTIE (*oçtêoplaçti*), s. f. Osteoplastia.
OSTÉOTOMIE (*oçtêotomi*), s. f. Osteotomia.
OSTIOLE (*oçtiól*), s. m. Ostíolo, orifício.
OSTRACÉ, E (*oçtraçê*), adj. *Zool.* Ostráceo, relativo ou semelhante à ostra. S. m. pl. Ostráceas, família de moluscos.
OSTRACISME (*oçtraçiçm*), s. m. Ostracismo.
OSTRÉICOLE (*octréikól*), adj. Ostreículo.
OSTRÉICULTEUR (*oçtrêikültër*), s. m. Ostreicultor.
OSTRÉICULTURE (*oçtrêikültür*), s. f. Ostreicultura.
OSTROGOTH ou **OSTROGOT, E** (*ostrogô, ót*), adj. e s. Ostrogodo. *Fig.* Bárbaro, homem grosseiro, mal-educado.
OTAGE (*otaj*), s. m. Refém.
OTALGIE (*otalji*), s. f. *Med.* Otalgia.
OTARIE (*otari*), s. f. *Zool.* Otária, espécie de foca.
ÔTÉ (*ôtê*), part. pass. tomado como prep. Exceto, tirando; tomado como.
ÔTER (*ôtê*) v. t. Tirar, despojar, despir; fazer cessar; subtrair, arrebatar, levar; roubar. *Fig.* Fazer perder, dissipar. *Ôte-toi de là que je m'y mette,* saia da frente, saia que o lugar é meu.
OTIQUE (*otik*), adj. Ótico, relativo ao ouvido.
OTITE (*otit*), s. f. Otite.
OTOCYON (*otoçion*), s. m. *Zool.* Cão orelhudo semelhante ao chacal.
OTOLOGIE (*otoloji*), s. f. Otologia.
OTORRAGIE (*ôtôraji*), s. f. *Med.* Hemorragia da orelha.
OTORRHÉE (*ôtôrê*), s. m. *Med.* Otorréia.
OTO-RHINO-LARYNGOLOGIE (*ôtôrinôlarengoloji*), s. f. *Med.* Otorrinolaringologia.
OTO-RHINO-LARYNGOLOGISTE (*ôtôrinôlarengolojiçt*), s. m. Otorrinolaringologista. Pl.: *des oto-rhino-laryngologistes.*
OTOSCOPE (*otoçkóp*), s. m. Otoscópio.
OTTOMAN, E (*otoman, an'*), adj. e s. Otomano. S. m. Tecido de pano com nervuras. S. f. Espécie de canapé oriental.
OU (*u*), conj. Ou. *Ou bien, ou alors,* ou antes, ou então.
OÙ (*u*), adv. Onde, aonde; em que; a que; ao qual.
OUAILLE (*uaii*), s. f. Ovelha, isto é, o cristão em relação ao seu pastor espiritual.
OUAIS! (*ué*), interj. Exprimindo surpresa. Olá!, Oh!, Ah!
OUATE (*uat*), s. f. Lã, seda, linho, estopa ou algodão em rama para estofo, acolchoado ou curativo.
OUATER (*uatê*), v. t. Acolchoar.
OUATINE (*uatin'*), s. f. Pasta de algodão para acolchoar.
OUATINER (*uatinê*), v. t. Acolchoar, guarnecer com rama de algodão.
OUBLI (*ubli*), s. m. Esquecimento, olvido. *Fig. Oubli de soi,* abnegação.
OUBLIE (*ubli*), s. f. Doce; canudo de massa muito fina.
OUBLIER (*ublié*), v. t. (Conjuga-se como *prier*). Esquecer, olvidar; faltar a.

S'OUBLIER, v. pr. Esquecer-se, faltar ao dever.

OUBLIETTE (*ubliét*), s. f. Masmorra, prisão subterrânea. S. f. pl. Alçapão, armadilha para fazer desaparecer o inimigo.

OUBLIEUR (*ubliër*), s. m. Vendedor de doces.

OUBLIEUX, EUSE (*ublië, ëz*), adj. Esquecido, descuidado.

OUCHE (*uch*), s. f. Quintal; pomar, terra fértil.

OUED (*uéd*), s. m. Rio temporário do Saara. Pl.: *des oueds* ou *des ouadi*.

OUEST (*uéçt*), s. m. Oeste, oriente; poente; país situado no Oriente; região oriental da França.

OUF! (*uf*), interj. Ufa!

OUI (*ui*), adj. Sim. *Oui certes, oui bien*, loc. adv. Sim, na verdade; certamente; de bom grado. S. m. O Sim, o consentimento. *Dire* ou *prononcer le grand oui*, casar-se.

OUICHE! (*uich*), interj. Ora!, Ora essa!, Ora veja!

OUÏ-DIRE (*ouidir*), s. m. inv. Rumor público, notícia que corre, boato.

OUÏE (*ui*), s. f. Audição, ouvido. Pl. Guelras dos peixes. Aberturas na caixa de um violino.

OUILLAGE (*uiiaj*), s. m. Ação de encher o tonel de vinho.

OUILLER (*uiiê*), v. t. Encher até a borda um tonel de vinho.

OUÏR (*uir*), v. t. (As formas regulares eram: *j'ois, il oit; j'oyais; j'ouïs; j'oirai* ou *j'orrai; oyez; ouïr; oyant, ouï*. Hoje é empregado apenas no inf., no part. pass. *ouï, e*, e nos tempos compostos.) Ouvir, escutar; prestar atenção. *Dir.* Receber uma declaração.

OUISTITI (*uiçtiti*), s. m. Sagüi; macaquinho. Instrumento de ladrão arrombador.

OUKASE (*ukaz*), s. m. Ucasse.

OULÉMA (*ulêmá*), s. m. Ulemá.

OULLIÈRE (*uliér*), s. f. Terreno entre renques de videiras.

OURAGAN (*uragan*), s. m. Furacão, tempestade.

OURALIEN, ENNE (*uralien, én'*), adj. Uraliano.

OURALO-ALTAÏQUE (*uralôaltaik*), adj. Uralo-altaico.

OURDIR (*urdir*), v. t. Urdir, tecer.

OURDISSAGE (*urdiçaj*), s. m. Urdidura.

OURDISSEUR, EUSE (*urdiçër, ëz*), s. Urdidor, tecelão.

OURDISSOIR (*urdiçuar*), s. m. Urdideira (máquina de urdir).

OURLER (*urlê*), v.t. Debruar, embainhar, fazer uma bainha.

OURLET (*urlé*), s. m. Orla, bainha.

OURS (*urç*), s. m. Urso. *Ours-marin*, espécie de foca. *Fig.* Homem macambúzio, pouco sociável. *Ours mal léché*, pessoa feia, grosseira, mal feita. *Fam.* Obra de autor que tem dificuldade em escrever. *Vendre la peau de l'ours*, contar antecipadamente com uma coisa que ainda não se tem. Pl.: *des ours*.

OURSE (*urç*), s. f. Ursa.

OURSIN (*urçen*), s.m. *Zool.* Ouriço do mar. Pele de urso guarnecida de pêlos.

OURSON (*urçon*), s.m. Ursinho; filhote de urso.

OUST ou **OUSTE!** (*uçt*), interj. Fora!, Anda!, Depressa!

OUTARDE (*utard*), s. f. *Zool.* Abetarda.

OUTARDEAU (*utardô*), s. m. Abertada nova; filhote de abetarda. Pl.: *des outardeaux*.

OUTIL (*util*), s. m. Instrumento; ferramenta; utensílio.

OUTILLAGE (*utiiaj*), s. m. Aparelhamento, apetrechos, conjunto de ferramentas. *Fig. Outillage national*, recursos nacionais.

OUTILLÉ, E (*utiiê*), adj. Aparelhado.

OUTILLER (*utiiê*), v. t. Prover de ferramentas, aparelhar. *Fig.* Fornecer meios necessários. **S'OUTILLER**, v. pr. Aparelhar-se, munir-se de ferramentas.

OUTRAGE (*utraj*), s. m. Ultraje.

OUTRAGEANT, E (*utrajan, t*), adj. Ultrajante.

OUTRAGER (*utrajê*), v. t. (Toma um *e* mudo depois do *g* antes de *a* e *o*: *il outragea, nous outrageons.*) Ultrajar.

OUTRAGEUSEMENT (*utrajëzman*), adv. Injuriosamente; de maneira ultrajante.

OUTRAGEUX, EUSE (*utrajë, ëz*), adj. Injurioso; insultante.

OUTRANCE (*utranç*), s. f. Exagero, excesso. *À outrance*, loc. adv. Com todo exagero, a todo transe.

OUTRANCIER, ÈRE (*utrançiê, ér*), adj. Excessivo, além dos limites.

OUTRE (*utr*), s. f. Odre. Prep. Além, além de, da parte de lá. *Outre-mesure*, desmedidamente, exageradamente. Adv. Mais longe. *Passer outre*, ir além, passar adiante. Loc. adv.: *En outre*, a mais, além do mais; *d'outre en outre*, de parte a parte. *Outre que*, loc. conj. Não somente, mas.

OUTRÉ, E (*utrê*), adj. Exagerado, excessivo; indignado.

OUTRECUIDANCE (*utrəküidanç*), s. f. Presunção.

OUTRECUIDANT, E (*utrəküidan, t*), adj. Presunçoso.

OUTRECUIDER (S') (*çutrəküidê*), v. pr. Julgar-se superior, ter confiança exagerada em si mesmo.

OUTREMER (*utrəmér*), s. m. Lazulita; tinta azul que se extrai dessa pedra. Loc. adv. Além-mar.

OUTRE-MONTS (*ultrəmon*), loc. adv. Além dos montes, detrás dos montes.

OUTREPASSER (*utrəpaçê*), v. t. Ultrapassar, ir além, exceder. V. i. Perder a pista (com relação aos cães de caça).

OUTRER (*utrê*), v. t. Exagerar, exceder, sobrecarregar de trabalho. *Fig.* Exaltar, indignar.

OUTRE-TOMBE (*utrətomb*), adv. Além-túmulo.

OUTSIDER (*autzaidér*), s. m. Cavalo de corrida com probabilidade de ganhar o páreo, embora não sendo o favorito.

OUVERT, E (*uvér, t*), adj. Aberto; franco, sincero. *Heráld.* Diz-se dos edifícios sem portas cuja entrada é assinalada por brasão. *À force ouverte*, de viva força. *À cœur ouvert*, francamente, sinceramente. *À livre ouvert*, sem preparação prévia. *Guerre ouverte*, guerra declarada. *Tenir table ouverte*, receber a todos. *À bureau, à guichet ouvert*, sem apresentação de títulos.

OUVERTEMENT (*uvértman*), adv. Abertamente.

OUVERTURE (*uvertür*), s. f. Abertura. *Mús.* Peça sinfônica. *Dir.* *Ouverture de succession*, momento em que começa o direito de recolher.

OUVRABLE (*uvrabl*), adj. Suscetível de ser trabalhado. *Jour ouvrable*, dia útil.

OUVRAGE (*uvraj*), s. m. Obra.

OUVRAGÉ, E (*uvrajê*), adj. Sinônimo de **OUVRÉ**.

OUVRAGER (*uvrajê*), v. t. (Toma um *e* mudo depois do g antes de *a* e *o*: *il ouvragea, nous ouvrageons.*) Trabalhar minuciosamente, apuradamente; lavrar.

OUVRANT, E (*uvran, t*), adj. Que se abre. *À porte ouvrante* ou *à portes ouvrantes*, à hora de abrir as portas. *Fig.* *À jour ouvrant*, ao romper do dia.

OUVRÉ, E (*uvrê*), adj. Trabalhado.

OUVREAU (*uvrô*), s. f. Abertura dos fornos do nicho. Pl.: *des ouvreaux.*

OUVRE-BOITES (*uvrəbuat*), s. m. inv. Abridor de latas.

OUVRER (*uvrê*), v. i. Entregar-se ao trabalho; preparar; pôr em obra.

OUVREUR, EUSE (*ouvrër, ëz*), s. Que abre. S. f. Mulher encarregada de indicar lugares num teatro ou num cinema, vaga-lume.

OUVRIER, ÈRE (*uvriê, ér*), s. Operário.

OUVRIÉRISME (*uvriêriçm*), s. m. *Pol.* Atitude daqueles que consideram os operários como os únicos qualificados para dirigir o movimento socialista.

OUVRIR (*uvrir*), v. t. (*J'ouvre, nous ouvrons. J'ouvrais. J'ouvris, nous ouvrîmes. J'ouvrirai. J'ouvrirais. Ouvre, ouvrons, ouvrez. Que j'ouvre. Que j'ouvrisse. Ouvert, e.*) Abrir; desdobrar; separar, afastar; partir, cortar. *Fig.* Começar, inaugurar, explicar, esclarecer. V. i. Ficar aberto; dar acesso. **S'OUVRIR**, v. pr. Abrir-se, dilatar-se, desabrochar. *Fig.* Fazer confidências a alguém; começar.

OUVROIR (*uvruar*), s. m. Lugar de trabalho; oficina; sala de lavor; casa de trabalho para moças e senhoras pobres.

OVAIRE (*ovér*), s. m. Ovário.

OVALAIRE (*ovalér*), adj. Ovalar.

OVALE (*oval*), s. m. e adj. Oval, ovado.

OVARIEN, ENNE (*ovarien, én'*), adj. Ovariano.

OVARIOTOMIE (*ovariotomi*), s. f. *Med.* Ovariotomia.

OVARITE (*ovarit*), s. f. *Med.* Ovarite, inflamação dos ovários.

OVATE (*ovat*), s. m. Ovate, membro da hierarquia druídica.

OVATION (*ovaçion*), s. f. Ovação.

OVE (*óv*), s. m. *Arq.* Óvalo, ornato em forma de ovo.

OVÉ, E (*ovê*), adj. Oval, em forma de ovo.

OVIBOS (*ovibóç*), s. m. *Zool.* Espécie de boi almiscarado. Pl.: *des ovibos.*

OVIDUCTE (*ovidükt*), s. m. Oviduto.

OVIN, E (*oven, in'*), adj. Ovino.

OVINÉS (*ouvinê*), s. m. pl.: *Zool.* Ovídeos. S. Um oviné.

OVIPARE (*ovipar*), adj. e s. Ovíparo.

OVIPARITÉ (*oviparitê*), s. f. Oviparismo ou oviparidade.

OVOÏDAL, E, AUX (*ovoidal, ô*), adj. Ovóide, semelhante à forma do ovo.

OVOÏDE (*ovoid*), adj. Ovóide, que tem a forma de um ovo.

OVOVIPARE (*ovovipar*), adj. e s. *Zool.* Ovovíparo.

OVULAIRE (*ovülér*), adj. Ovular, relativo ao óvulo.

OVULATION (*ovülaçion*), s. f. Ovulação, função do ovário.

OVULE (*ovül*), s. m. Óvulo.

OXACIDE (*okçaçid*), s. m. *Quím.* Oxácido.

OXALATE (*okçalat*), s. m. *Quím.* Oxalato.

OXALIDE (*okçalid*), s. f. *Bot.* Gênero de dicotiledôneas dialipétalas dos lugares úmidos; oxálide.

OXALIQUE (*okçalik*), adj. m. Oxálico.

OXFORD (*okçfór*), s. m. Tecido de algodão de riscas simples ou cruzadas.

OXHYDRIL (*okçidril*), s. m. *Quím.* Oxidrilo.

OXHYDRIQUE (*okçidrik*), adj. *Quím.* Oxídrico.

OXYDABLE (*okçidabl*), adj. Oxidável.

OXYDANT, E (*okçidan, t*), adj. Oxidante.

OXYDASE (*okçidaz*), s. f. Oxidase.

OXYDATION (*okçidaçion*), s. f. Oxidação.

OXYDE (*okçid*), s. m. Óxido.

OXYDER (*okçidê*), v. t. Oxidar.

OXYGÉNABLE (*okçijênabl*), adj. Oxigenável.

OXYGÉNATION (*okçijênaçion*), s. f. Oxigenação.

OXYGÈNE (*okçijén'*), s. m. Oxigênio.
OXYGÉNÉ, E (*okçijênê*), adj. Que contém oxigênio; oxigenado.
OXYGÉNER (*okçijênê*), v. t. (Conjuga-se como *accélérer.*) Oxigenar.
OXYMEL (*okçimél*), s. m. Oximel.
OXYMÉTRIE (*okçimétri*), s. f. Oxime'ria.
OXYSULFURE (*okçiçül/ür*), s. m. *Quím.* Oxissulfureto.
OXYTON (*okçiton*), s. m. *Gram.* O.Jtono.
OXYURE (*okçiü*), s. f. O.:iúro.
OYANT, E (*oi ι, t*), part. pres. do v. **OUIR**. Ouvi :o, ouvinte. S. *Oyant-compte*, a q' m se dá conta em justiça. Pl.: *des oy' ıts-compte.*

OYAT (*oiá*), s. m. *Bot.* Nome de uma graminácea empregada para fixar a areia das dunas.
OZÈNE (*ozén'*), s. m. *Med.* Ozena.
OZOKÉRITE ou **OZOCÉRITE** (*ozokêrit* ou *ozoçérit*), s. f. Ozocerite, espécie de cera fóssil.
OZONE (*ozón'*), s. m. *Quím.* Ozônio.
OZONÉ, E (*ozonê*), adj. Ozonizado.
OZONER ou **OZONISER** (*ozonê* ou *ozonizê*), v. t. Ozonizar.
OZONISEUR (*ozonizër*), s. m. Ozonizador.
OZONISATION (*ozonizaçion*), s. f. Ozonização.
OZONOMÈTRE (*ozoncmétr*), s. m. Ozônômetro.

P

P (*pê* ou *po*), s. m. Décima sexta letra do alfabeto.

PACAGE (*pakaj*), s. m. Pastagem, pasto.

PACAGER (*pakajê*), v. i. (Toma um *e* mudo depois do *g* antes de *a* e *o*: *il pacagea, nous pacageons.*) Fazer pastar.

PACHA (*pachá*), s. m. Paxá.

PACHYDERME (*pachidérm* ou *pakidérm*), s. m. Paquiderme.

PACIFICATEUR, TRICE (*paçifikatĕr, triç*), adj. e s. Pacificador.

PACIFICATION (*paçifikaçion*), s. f. Pacificação.

PACIFIER (*paçifiê*), v. t. (Conjuga-se como *prier.*) Pacificar.

PACIFIQUE (*paçifik*), adj. Pacífico.

PACIFIQUEMENT (*paçifikman*), adv. Pacificamente.

PACIFISME (*paçifiçm*), s. m. Pacifismo.

PACIFISTE (*paçifiçt*), adj. e s. Pacifista.

PACOTILLE (*pakotii*), s. f. Pacotilha; bugiganga.

PACQUER (*pakê*), v. t. Embarricar (peixe).

PACTE (*pakt*), s. m. Pacto.

PACTISER (*paktizê*), v. t. Pactuar; transigir.

PAGAÏE, PAGAILLE ou **PAGAYE** (*pagai*), s. f. Alvoroço, confusão. *En pagaïe*, em desordem.

PAGANISER (*paganizê*), v. t. Viver como pagão. V. t. Paganizar.

PAGANISME (*paganiçm*), s. m. Paganismo.

PAGAYER (*paghéiê*), v. i. (Conjuga-se como *balayer.*) Servir-se da confusão. V. t. Alvoroçar, pôr em desordem.

PAGAYEUR, EUSE (*paghéiĕr, ëz*), s. Desordeiro.

PAGE (*paj*), s. f. Página. S. m. Pajem.

PAGEOT (*pajô*), s. m. *Pop.* Cama.

PAGINATION (*pajinaçion*), s. f. Paginação.

PAGINER (*pajinê*), v. t. Paginar.

PAGNE (*panh*), s. f. Tanga.

PAGODE (*pagód*), s. f. Pagode.

PAGURE (*pagür*), s. m. Paguro.

PAIE ou **PAYE** (*pé* ou *péi*), s. f. Paga, pagamento, soldo. *Fam.* Pagador.

PAIEMENT (*péiman*), s. m. V. **PAYEMENT**.

PAÏEN, ENNE (*paien, én'*), adj. e s. Pagão.

PAIER (*péiê*), v. t. V. **PAYER**.

PAIERIE (*péiri*), s. f. Pagadoria.

PAILLAGE (*paiaj*), s. m. Empalhamento.

PAILLARD, E (*paiar, d*), adj. e s. Mendigo (que dorme sobre palha); libertino, dissoluto.

PAILLARDISE (*paiardiz*), s. f. Luxúria.

PAILLASSE (*paiaç*), s.f. Enxerga. S.m. Palhaço.

PAILLASSERIE (*paiaçəri*), s. f. Palhaçada.

PAILLASSON (*paiaçon*), s. m. Capacho; esteira.

PAILLASSONNER (*paiaçonê*), v. t. Esteirar.

PAILLE (*paii*), s. f. Palha. *Vin de paille*, vinho branco licoroso. Adj. inv. Palha, cor de palha. *Homme de paille*, homem sem valor; testa-de-ferro. *Rompre la paille avec*, brigar com. *Tirer à la courte paille*, tirar a sorte.

PAILLÉ (*paiê*), s. m. Estrume não curtido. Adj. Cor de palha; falhado, defeituoso.

PAILLER (*paiê*), s. m. Palheiro; meda de palha. *Être sur le pailler*, estar em sua casa; agir como senhor.

PAILLER (*paiê*), v. t. Empalhar.

PAILLET (*paié*), s. m. *Mar.* Coxim. Adj. e s. m. Palhete.

PAILLETÉ, E (*paiitê*), adj. Coberto de lentejoulas.

PAILLETER (*paiitê*), v. t. (Dobra o *t* antes de sílaba muda: *je pailletterai.*) Cobrir de lentejoulas.

PAILLETEUR (*paiitĕr*), s. m. Pesquisador de palhetas de ouro.

PAILLETTE (*paiét*), s. f. Palheta de ouro; lentejoula.

PAILLEUR, EUSE (*paiĕr, ëz*), s. Empalhador; vendedor de palha.

PAILLIS (*paii*), s. m. Camada de palha ou estrume para proteção das fontes sobre o solo. Pl.: *des paillis*.

PAILLON (*paion*), s. m. Palheta grande; cobertura de palha para garrafas; lâmina de metal; filtro de palha.

PAILLOT (*paiô*), s. m. Colchãozinho de criança.

PAILLOTTE (*paiót*), s. f. Palhaço.

PAIN (*pen*), s. m. Pão. *Pain d'épice*, pão de mel. *Fig. C'est pain bénit*, é bem feito. *Manger son pain blanc le premier*, já ter passado pelo melhor. *Pain à cacheter*, obreia.

PAIR, PAIRE (*pér*), adj. e s. m. Par. *Être au pair dans une maison*, ser alojado e alimentado (sem receber ordenado). *De pair à compagnon*, de igual para igual. *Aller de pair* (*avec*), ser igual, estar em pé de igualdade. *Du pair*, na mesma categoria. *Hors de pair*, sem igual. S. f. Par; casal; parelha.

PAIRESSE (*péréç*), s. f. Esposa de um par.

PAIRIE (*péri*), s. f. Dignidade de par.

PAIRLE (*pérl*), s. m. Peça honorífica em forma de Y.

PAISIBLE (*pézibl*), adj. Pacífico, cordato.

PAISIBLEMENT (*pézibləman*), adv. Pacificamente, mansamente.

PAISSANCE (*péçanç*), s. f. Apascentação.

PAISSEAU (*péçô*), s. m. Estaca. Pl.: *des paisseaux*.

PAISSON (*péçon*), s. f. Apascentamento; pasto.

PAITRE (*pétr*), v. t. (*Je pais, il paît, nous paissons. Je paissais, nous paissions.* Sem pret. perf. *Je paîtrai, nous paîtrons. Je paîtrais, nous paîtrions. Pais, paissons, paissez. Que je paisse, que nous paissions.* Sem imperf. do subj. *Paissant.* Sem part. pass.) Pastar; apascentar. *Envoyer paître*, mandar embora, renunciar.

PAIX (*pé*), s. f. Paz. *Paix donc!*, interj. Silêncio!, Basta! (para ordenar silêncio). *Sans paix ni trêve*, loc. adv. Sem cessar. Pl.: *des paix*.

PAL (*pal*), s. m. Estaca; marco.

PALABRE (*palabr*), s. f. ou m. Conferência com um chefe negro. Discurso. *Fam.* Conversa sem fim.

PALABRER (*palabrê*), v. t. Conferenciar. *Fam.* Conversar, discorrer.

PALADIN (*paladen*), s. m. Paladino.

PALAFITTE (*palafit*), s. m. Palafita.

PALAIS (*palé*), s. m. Palácio; paladar. *Le palais de la bouche*, o céu da boca. Pl.: *des palais*.

PALANCHE (*palanch*), s. f. Vara (para carregar baldes em cada extremidade).

PALANGRE ou **PALANCRE** (*palangr* ou *palankr*), s. f. Espinhal.

PALANQUE (*palank*), s. f. Palanca.

PALANQUER (*palankê*), v. i. Guarnecer, proteger com palancas.

PALANQUIN (*palanken*), s. m. Palanquim.

PALASTRE ou **PALATRE** (*palaçtr* ou *palatr*), s. m. Caixa de fechadura.

PALATAL, E, AUX (*palatal, ô*), adj. Palatal.

PALATALISATION (*palatalizaçion*), s. f. Palatalização.

PALATIN, E (*palaten in'*), adj. Palatino. S. f. Palatina, peliça.

PALE (*pal*), s. f. Pá (de um remo); asa de hélice; comporta; pala (do cálice).

PALE (*pal*), adj. Pálido. *Style pâle*, estilo simples, desataviado.

PALEFRENIER (*palfrəniê*), s. m. Palafreneiro.

PALEFROI (*paləfruá*), s. m. Cavalo de parada.

PALÉOGRAPHE (*palêograf*), adj. e s. Paleógrafo.

PALÉOGRAPHIE (*palêografi*), s.f. Paleografia.

PALÉOGRAPHIQUE (*palêografik*), adj. Paleográfico.

PALÉOLITHIQUE (*palêolitik*), adj. Paleolítico.

PALÉOLOGUE (*palêológ*), s. m. Paleólogo.

PALÉONTOLOGIE (*palêontoloji*), s. f. Paleontologia.

PALÉONTOLOGIQUE (*palêontolojik*), adj. Paleontológico.

PALÉONTOLOGISTE ou **PALÉONTOLOGUE** (*palêontolojiçt* ou *palêontológ*), adj. e s. m. Paleontólogo.

PALÉOZOIQUE (*palêozoik*), adj. Paleozóico.

PALERON (*palron*), s. m. Pá (das reses).

PALESTINIEN, ENNE (*paléçtinien, én'*), adj. e s. Palestino.

PALET (*palé*), s. m. Malha, disco (para arremesso).

PALETOT (*paltô*), s. m. Paletó, casaco.

PALETTE (*palét*), s. f. Palheta; paleta; pá (de moinho, de uma hélice). Vaso (para sangria).

PALEUR (*palĕr*), s. f. Palidez.

PALICHON, ONNE (*palichon, ón'*), adj. *Fam.* Um pouco pálido.

PALIER (*paliê*), s. m. Patamar; escalão, degrau. *Être sur son palier*, estar em sua casa (podendo agir à vontade).

PALIÈRE (*paliér*), adj. f. *Marche palière*, degrau (ao nível do patamar).

PALIFICATION (*palifikaçion*), s. f. Palificação.

PALIFIER (*palifiê*), v. t. (Conjuga-se como *prier*.) Fortificar com estacas.

PALIMPSESTE (*palempçéçt*), s. m. Palimpsesto. Adj. Palimpséstico.

PALINDROME (*palindróm'*), s. m. e adj. Palíndromo.

PALINGÉNÉSIE (*palenjênêzi*), s. f. Palingenesia.

PALINGÉNÉSIQUE (*palenjênêzik*), adj. Palingenésico.

PALINOD (*palinô*), s. m. Poema medieval em honra à Virgem.

PALINODIE (*palinodi*), s. f. Palinódia; retratação.

PÂLIR (*palir*), v. i. Empalidecer; enfraquecer-se; desbotar. V. t. Tornar pálido.

PALIS (*pali*), s. m. Estacar; estacada. Pl.: *des palis*.

PALISSADE (*paliçad*), s. f. Paliçada.

PALISSADER (*paliçadê*), v. t. Rodear de paliçada.

PALISSANDRE (*paliçandr*), s. m. Palissandra.

PALISSANT, E (*paliçan, t*), adj. Pálido;

que se torna pálido.
PALISSER (*paliçê*), v. t. Escorar, enlatar, suster em latadas.
PALISSON (*paliçon*), s. m. Brunidor de peles.
PALISSONNER (*paliçonê*), v. t. Amaciar peles (com o brunidor).
PALLADIUM (*paladióm'*), s. m. Paládio.
PALLIATIF, IVE (*paliatif, iv*), adj. e s. m. Paliativo.
PALLIATION (*paliaçion*), s. f. Paliação.
PALLIER (*paliê*), v. t. (Conjuga-se como *prier.*) Paliar.
PALLIUM (*palióm'*), s. m. Pálio.
PALMA-CHRISTI (*palmacristi*), s. m. Rícino.
PALMAIRE (*palmér*), adj. Palmar (relativo à palma da mão).
PALMARÈS (*palmaréç*), s. m. Lista de alunos premiados. Pl.: *des palmarès.*
PALME (*palm*), s. f. Palma; louros, vitória. S. m. Palmo.
PALMÉ, E (*palmê*), adj. Espalmado, que tem os dedos reunidos por membrana.
PALMERAIE (*palməré*), s. f. Palmeiral, palmar.
PALMETTE (*palmét*), s. f. Adorno em forma de palma.
PALMIER (*palmiê*), s. m. Palmeira.
PALMIPÈDES (*palmipéd*), s. m. pl. *Zool.* Palmípedes.
PALMITE (*palmit*), s. m. Palmito.
PALMITIQUE (*palmitik*), adj. Palmítico.
PALMURE (*palmür*), s. f. Palmura.
PALOIS, E (*paluá, z'*), adj. e s. De Pau (em França).
PALOMBE ou **PALONNE** (*palonb* ou *palón'*), s. f. Pombo selvagem.
PALONNIER ou **PALONNEAU** (*paloniê* ou *palonô*), s. m. Balancim; tirante de carroça. Pl.: *des palonniers* ou *palonneaux.*
PALOT (*palô*), s. m. Pá de pescadores para retirar areia dos mariscos.
PÂLOT, OTTE (*palô, ót*), adj. Um pouco pálido.
PALPABILITÉ (*palpabilitê*), s. f. Palpabilidade.
PALPABLE (*palpabl*), adj. Palpável.
PALPABLEMENT (*palpabləman*), adv. Palpavelmente, claramente.
PALPATION (*palpaçion*), s. f. Palpação.
PALPE (*palp*), s. f. Palpo.
PALPÉBRAL, E, AUX (*palpêbral, ô*), adj. Palpebral.
PALPER (*palpê*), v. t. Palpar ou apalpar.
PALPITANT, E (*palpitan, t*), adj. Palpitante, interessante, emocionante.
PALPITATION (*palpitaçion*), s. f. Palpitação.
PALPITER (*palpitê*), v. i. Palpitar.
PALPLANCHE (*palplanch*), s. f. Estacada.
PALTOQUET (*paltokê*), s. m. *Fam.* Grosseirão.
PALUD (*palü*), s. f. Pântano.
PALUDÉEN, ENNE (*palüdêen, én'*), adj. Palustre.
PALUDIER (*palüdiê*), s. m. Salineiro, que trabalha em salinas.
PALUDISME (*palüdiçm*), s. m. Impaludismo.
PALUS (*palüç*), s. m. Pântano. Terra de aluvião do fundo dos vales (no Bordelais, em França). Pl.: *des palus.*
PALUSTRE (*palüçtr*), adj. Palustre.
PÂMER (*pamê*), v. i. Pasmar; desfalecer.
SE PÂMER, v. pr. Admirar-se, pasmar-se, embasbacar-se.
PÂMOISON (*pamuazon*), s. f. Pasmo; desmaio.
PAMPA (*panpá*), s. f. Pampa.
PAMPHLET (*panflé*), s. m. Panfleto.
PAMPHLÉTAIRE (*panflêtér*), s. m. Panfletário.
PAMPILLE (*panpii*), s. f. Jogo de cartas.
PAMPLEMOUSSE (*panpləmuç*), s. m. Fruta cítrica originária da Índia (*grape fruit*).
PAMPRE (*panpr*), s. m. Pâmpano.
PAN (*pan*), s. m. Pano; fralda, aba; pedaço; lado, face. *Pan de comble*, cada uma das inclinações do telhado. Interj. Zás!
PANABASE (*panabaz*), s. m. Panabásio.
PANACÉE (*panaçê*), s. f. Panacéia.
PANACHAGE (*panachaj*), s. m. Ação de empenachar.
PANACHE (*panach*), s. m. Penacho. *Fig.* e *fam.* Brio, mérito, glória; parte superior de uma lâmpada de igreja.
PANACHÉ, E (*panachê*), adj. Empenachado; colorido, multicor. *Glace panachée*, sorvete miscelânea, de diversas qualidades.
PANACHER (*panachê*), v. t. Empanachar; matizar; misturar.
PANACHURE (*panachür*), s. f. Pinta, mancha, malha.
PANADE (*panad*), s. f. Açorda.
PANAIRE (*panér*), adj. Que tem relação com o pão.
PANAMA (*panamá*), s. m. Panamá.
PANAMÉRICAIN, AINE (*panamêrikén, én'*), adj. Pan-americano.
PANAMÉRICANISME (*panamêrikaniçm'*), s. m. Pan-americanismo.
PANARD, E (*panar, d*), adj. Canejo (o cavalo).
PANARIS (*panari*), s. m. Panarício. Pl.: *des panaris.*
PANCARTE (*pankart*), s. f. Cartaz; edital.
PANCRÉAS (*pankrêá*), s. m. Pâncreas. Pl.: *des pancréas.*
PANCRÉATIQUE (*pankrêatik*), adj. Pancreático.
PANCRÉATITE (*pankrêatit*), s. f. Pancreatite.

PANDA (*pandá*), s. f. *Zool.* Panda.
PANDÉMONIUM (*pandêmonióm'*), s. m. Pandemônio.
PANDICULATION (*pandikülaçion*), s. m. Espreguiçamento, pandiculação.
PANDORE (*pandór*), s. m. *Fam.* Gendarme.
PANÉ, E (*panê*), adj. Coberto de raspas ou farinha de pão.
PANÉGYRIQUE (*panêjirik*), s. m. Panegírico.
PANÉGYRISTE (*panêjiriçt*), s. m. Panegirista.
PANER (*panê*), v. t. Panar.
PANERÉE (*panərê*), s. f. Cestada.
PANETERIE (*panəteri*), s. f. Depósito de pão nas padarias.
PANETIER (*panətiê*), s. f. Título honorífico de guardador de pão do rei.
PANETIÈRE (*panətiér*), s. f. Sacola de pastor; armário para pão.
PANETON (*panəton*), s. m. Medida de massa para pão.
PANGERMANISME (*panjérmaniçm*), s. m. Pangermanismo.
PANGERMANISTE (*pangérmaniçt*), s. m. Pangermanista.
PANGOLIN (*pangolen*), s. m. Pangolim.
PANHELLÉNISME (*panélêniçm*), s. m. Pan-helenismo.
PANICAUT (*panikô*), s. m. *Bot.* Cardo.
PANICULE (*panikül*), s. f. Panícula.
PANICULÉ, E (*panikülê*), adj. Paniculado.
PANIER (*paniê*), s. m. Cesto, canastra.
PANIFIABLE (*panifiabl*), adj. Panificável.
PANIFICATION (*panifikaçion*), s. f. Panificação.
PANIFIER (*panifiê*), v. t. (Conjuga-se como *prier.*) Panificar.
PANIQUE (*panik*), adj. e s. Pânico.
PANLOGISME (*panlojiçm*), s. m. Panlogismo.
PANNE (*pan'*), s. f. *Ant.* Farrapo. *Pop. Être dans la panne*, estar na miséria. Papel secundário, sem importância (no teatro). *Mar.* Vela de um navio. Veludo ordinário. *Fig. e fam.* Enguiço. *Panne de nuages*, bando de nuvens (no horizonte). Gordura, banha.
PANNÉ, E (*panê*), adj. e s. Pobretão, miserável.
PANNEAU (*panô*), s. m. Painel, quadro, tela; molde para pedra; cobertura de escotilhas; armadilha para lebres. *Tomber* ou *donner dans le panneau*, cair numa cilada. Pl.: *des panneaux.*
PANNEAUTAGE (*panôtaj*), s. m. Caça com laço ou rede.
PANNEAUTER (*panôtê*), v. t. Caçar com laço ou rede.
PANNEAUTEUR (*panôtër*), adj. e s. Caçador por meio de armadilhas.
PANNETON (*panəton*), s. m. Palhetão da fechadura.
PANNICULE (*panikül*), s. m. *Med.* Pterígio.
PANONCEAU (*panançô*), s. m. Escudo de armas. Placa em forma de escudo. Pl.: *des panonceaux.*
PANOPLIE (*panopli*), s. f. Panó lia.
PANOPTIQUE (*panoptik*), s. m. e adj. Edifício visível em todo seu interior de um só ponto.
PANORAMA (*panoramá*), s. m. Panorama.
PANORAMIQUE (*panoramik*), adj. Panorâmico.
PANSAGE (*pançaj*), s. m. Penso, curativo (em animais).
PANSEMENT (*pançəman*), s. m. Ação de pensar, cuidar de ferimento.
PANSER (*pançê*), v. t. Pensar, tratar de ferimento.
PANSLAVISME (*pançlaviçm'*), s. m. Pan-eslavismo.
PANSLAVISTE (*pançlaviçt*), adj. e s. Pan-eslavista.
PANSU, E (*pançü*), adj. e s. Pançudo.
PANTAGRUÉLIQUE (*pantagrüêlik*), adj. Pantagruélico.
PANTAGRUÉLISME (*pantagrüêliçm*), s. m. Pantagruelismo.
PANTALON (*pantalon*), s. m. Calças. Pantalão, bobo. Figura de quadrilha francesa.
PANTALONNADE (*pantalonad*), s. f. Farsa, patacoada; cena ridícula; pantalonada.
PANTELANT, E (*pantəlan, t*), adj. Palpitante.
PANTELER (*pantəlê*), v. t. (Dobra o *l* antes de sílaba muda: *il pantelle.*) Palpitar.
PANTHÉISME (*pantêiçm*), s. m. Panteísmo.
PANTHÉISTE (*pantêiçt*), adj. e s. Panteísta.
PANTHÉON (*pantêon*), s. m. Panteão.
PANTHÈRE (*pantér*), s. f. Pantera.
PANTIN (*panten*), s. m. Fantoche. *Fig.* Homem ridículo.
PANTOGRAPHE (*pantograf*), s. m. Pantógrafo.
PANTOGRAPHIE (*pantografi*), s. f. Pantografia.
PANTOGRAPHIQUE (*pantografik*), adj. Pantográfico.
PANTOIS, E (*pantuá, z*), adj. Esbaforido, ofegante.
PANTOMÈTRE (*pantométr*), s. m. Pantômetro.
PANTOMIME (*pantomim'*), s. f. Pantomima.
PANTOMIMER (*pantomimê*), v. t. Parodiar.
PANTOUFLE (*pantufl*), s. f. Pantufa, chinelo.
PANTOUFLIER, ÈRE (*pantufliê, ér*), s. Chineleiro.

PANURE (*panür*), s. f. Pão ralado.
PAON (*pan*), s. m. Pavão.
PAONNE (*pan'*), s. f. Fêmea do pavão.
PAONNEAU (*panô*), s. m. Pavãozinho. Pl.: *des paonneaux*.
PAPA (*papá*), s. m. Papai. *Fam.* Homem alegre e jovial de uma certa idade. *Pop.* *À la papa,* à vontade, rapidamente, simplesmente.
PAPABLE (*papabl*), adj. Elegível para Papa.
PAPAÏNE (*papaín'*), s. f. Papaína.
PAPAL, E, AUX (*papal, papô*), adj. Papal.
PAPALIN (*papalen*), s. m. Partidário ou soldado do Papa.
PAPAS (*papaç*), s. m. Nome dado aos padres pelos cristãos do Oriente. Pl.: *des papas.*
PAPAUTÉ (*papôtê*), s. f. Papado.
PAPAVÉRACÉES (*papavêraçê*), s. f. pl. *Bot.* Papaveráceas.
PAPAYE (*papai*), s. f. Mamão.
PAPAYER (*papaiê*), s. m. Mamoeiro.
PAPE (*pap*), s. m. Papa.
PAPEGAI (*papghé*), s. m. Papagaio. Ave artificial servindo de alvo.
PAPELARD, E (*paplar, d*), adj. e s. Falso beato, hipócrita.
PAPELARDISE (*paplardiz*), s. f. Hipocrisia.
PAPERASSE (*papəraç*), s. f. Papelada.
PAPERASSER (*papəraçê*), v. i. Escrevinhar ou revolver papelada.
PAPERASSERIE (*papəraçri*), s. f. Papelada.
PAPERASSIER, ÈRE (*papəraçiê, ér*), adj. e s. Remexedor de papelada.
PAPESSE (*papéç*), s. m. Papisa.
PAPETERIE (*papətəri*), s. f. Papelaria; caixa, estojo com apetrechos para escrever.
PAPETIER, ÈRE (*papotiê, ér*), adj. e s. Papeleiro.
PAPIER (*papiê*), s. m. Papel. *Être bien dans les papiers de,* estar nas graças de, ser tido em boa conta por. *Papier buvard,* mata-borrão. *Papier de verre,* lixa.
PAPIER-MONNAIE (*papiêmoné*), s. m. Papel-moeda. Pl.: *des papiers-monnaies.*
PAPILIONACÉ, E (*papilionaçê*), adj. Papilionáceo. S. f. pl. *Bot.* Papilionáceas.
PAPILLAIRE (*papilér*), adj. Papilar.
PAPILLE (*papil* ou *papii*), s. f. Papila.
PAPILLEUX, EUSE (*papiiё, ëz*), adj. Papiloso.
PAPILLIFORME (*papiliform'*), adj. Papiliforme.
PAPILLOME (*papiióm'*), s. m. *Med.* Papiloma.
PAPILLON (*papiion*), s. m. Borboleta. Mapa reduzido (à margem de outro maior).
PAPILLONNER (*papiionê*), v. i. Borboletear.
PAPILLOTAGE (*papiiotaj*), s. m. Frisagem com papelotes; pestanejo; ofuscação.
PAPILLOTANT, E (*papiiotan, t*), adj. Deslumbrante, ofuscante.
PAPILLOTE (*papiiót*), s. f. Papelote; confeito envolto em papel frisado.
PAPILLOTER (*papiiotê*), v. t. Frisar com papelote. V. i. Pestanejar, ofuscar; cintilar, brilhar (uma pintura).
PAPISME (*papiçm*), s. m. Papismo.
PAPISTE (*papiçt*), s. Papista.
PAPOTAGE (*papotaj*), s. m. Tagarelice.
PAPOTER (*papotê*), v. i. Tagarelar.
PAPULE (*papül*), s. f. Pápula.
PAPULEUX, EUSE (*papülё, ëz*), s. f. Papuloso.
PAPYRACÉ, E (*papiraçê*), adj. Papiráceo.
PAPYRUS (*papirüç*), s. m. Papiro. Pl.: *des papyrus.*
PÂQUE (*pak*), s. f. Páscoa dos judeus.
PAQUEBOT (*pakbô*), s. m. Paquete, navio.
PÂQUERETTE (*pakrét*), s. f. Margarida branca campestre.
PÂQUES (*pak*), s. m. Páscoa (festa cristã). *Pâques fleuries,* s. f. pl. Domingo de Ramos. *Faire ses Pâques,* fazer a comunhão pascal. *À Pâques ou à la Trinité,* numa época incerta.
PAQUET (*paké*), s. f. Pacote, embrulho. *Fam.* Pessoa mal vestida, desajeitada. *Faire son paquet,* ir-se embora. *Risquer le paquet,* arriscar tudo. *Recevoir son paquet,* receber uma repreensão. Carta (trazida por um navio); navio.
PAQUETAGE (*paktaj*), s. m. Empacotamento; equipamento de um soldado.
PAQUETER (*paktê*), v. t. (Dobra o *t* antes de sílaba muda: *je paquette.*) Empacotar.
PAQUETEUR, EUSE (*paktër, ëz*), s. Empacotador.
PÂQUIS (*paki*), s. m. Pastagem. pl.: *des pâquis.*
PAR (*par*), prep. Por, através. *Par-ci par-là,* loc. adv. Aqui e ali. *De par,* loc. prep. Em nome de, por ordem de. *Par conséquent,* por conseguinte.
PARA (*pará*), s. m. Abreviatura de **PARACHUTISTE.**
PARABASE (*parabaz*), s. f. Parábase.
PARABOLE (*paraból*), s. f. Parábola.
PARABOLIQUE (*parabolik*), adj. Parabólico.
PARABOLIQUEMENT (*parabolikman*), adv. Parabolicamente.
PARABOLOÏDE (*paraboloíd*), s. m. Parabolóide.
PARACENTÈSE (*paraçantéz*), s. f. Paracentese.
PARACENTRAL, E, AUX (*paraçantral, ô*), adj. Paracentral.
PARACHEVABLE (*parachvabl*), adj.

Acabável.

PARACHÈVEMENT (*parachévman*), s. m. Acabamento, remate.

PARACHEVER (*parachvê*), v. t. (Conjuga-se como *amener.*) Acabar, rematar, aperfeiçoar.

PARACHRONISME (*parakroniçm*), s. m. Paracronismo.

PARACHUTAGE (*parachütaj*), s. m. Ação de lançar por pára-quedas.

PARACHUTE (*parachüt*), s. m. Pára-quedas.

PARACHUTER (*parachütê*), v. t. Lançar de pára-quedas.

PARACHUTISME (*parachütiçm*), s. m. Pára-quedismo.

PARACHUTISTE (*parachütiçt*), s. Pára-quedista.

PARACLET (*paraklé*), s. m. Paracleto.

PARADE (*parad*), s. f. Parada (de um cavalo, em um torneio); carrossel; ostentação, exibicionismo; cena cômica (representada em uma feira). *De parade*, sem finalidade, sem utilidade. *Lit de parade*, leito mortuário (onde se expõe um morto).

PARADER (*paradê*), v. i. Manobrar; exibir-se. *Mar.* Cruzar, ir e vir (para um combate).

PARADEUR (*paradĕr*), s. m. Exibicionista.

PARADIGME (*paradigm*), s. m. Paradigma.

PARADIS (*paradi*), s. m. Paraíso. Galeria popular, "torrinha" (em um teatro). Variedade de macieira. Pl.: *des paradis*.

PARADISIAQUE (*paradiziak*), adj. Paradisíaco.

PARADISIER (*paradiziê*), s. m. Ave-do-paraíso.

PARADOS (*paradô*), s. m. Fortificação contra projéteis. Pl.: *des parados*.

PARADOXAL, E, AUX (*paradokçal, ô*), adj. Paradoxal.

PARADOXALEMENT (*paradokçalman*), adv. Paradoxalmente.

PARADOXE (*paradókç*), s. m. Paradoxo.

PARADOXISME (*paradokçiçm*), s. m. Paradoxismo.

PARAFE ou **PARAPHE** (*paraf*), s. m. Rubrica.

PARAFER ou **PARAPHER** (*parafê*), v. t. Rubricar.

PARAFFINAGE (*parafinaj*), s. m. Parafinagem.

PARAFFINE (*parafin'*), s. f. Parafina.

PARAFFINER (*parafinê*), v. t. Parafinar.

PARAFISCAL, E, AUX (*parafiçkal, ô*), adj. Parafiscal.

PARAFISCALITÉ (*parafiçkalitê*), s. f. Parafiscalidade.

PARAFOUDRE (*parafudr*), s. m. Pára-raio.

PARAGE (*paraj*), s. m. Descendência, linhagem. Paragem.

PARAGOGE (*paragój*), s. f. *Gram.* Paragoge.

PARAGOGIQUE (*paragọjik*), adj. Paragógico.

PARAGRAPHE (*paragraf*), s. m. Parágrafo.

PARAÎTRE (*parétr*), v. i. (Conjuga-se como *connaître*. Emprega-se sempre com o auxiliar *avoir.*) Parecer; aparecer, surgir; existir. *Fig.* Brilhar; manifestar-se. V. imp. Parecer.

PARALIPSE (*paralipç*), s. f. Paralipse.

PARALLACTIQUE (*paralaktik*), adj. Paraláctico.

PARALLAXE (*paralakç*), s. f. *Astr.* Paralaxe.

PARALLÈLE (*paralêl*), adj. Paralelo. S. f. Paralela. S. m. Paralelo.

PARALLÈLEMENT (*paralêlman*), adv. Paralelamente.

PARALLÉLÉPIPÈDE (*paralêlêpipéd*), s. m. Paralelepípedo.

PARALLÉLISME (*paralêliçm*), s. m. Paralelismo.

PARALLÉLOGRAMME (*paralêlogram'*), s. m. Paralelogramo.

PARALOGISME (*paralojiçm*), s. m. Paralogismo.

PARALYSANT, E (*paralizan, t*), adj. Paralisante.

PARALYSER (*paralizê*), v. t. Paralisar.

PARALYSIE (*paralizi*), s. f. Paralisia.

PARALYTIQUE (*paralitik*), adj. e s. Paralítico.

PARAMÈTRE (*paramétr*), s. m. Parâmetro.

PARAMÉTRIQUE (*paramêtrik*), adj. Paramétrico.

PARAMILITAIRE (*paramilitér*), adj. Paramilitar.

PARAMNÉSIE (*paramnêzi*), s. f. Paramnésia.

PARANGON (*parangon*), s. m. Padrão, modelo. Diamante ou pedra com defeito. Parangona.

PARANGONNAGE (*parangonaj*), s. m. Comparação.

PARANOÏA (*paranoiá*), s. f. Paranóia.

PARANOÏAQUE (*paranoiak*), adj. e s. Paranóico.

PARAPET (*parapé*), s. m. Parapeito.

PARAPHE (*paraf*), s. m. V. **PARAFE**.

PARAPHER (*parafê*), v. t. V. **PARAFER**.

PARAPHRASE (*parafraz*), s. f. Paráfrase.

PARAPHRASER (*parafrazê*), v. t. Parafrasear.

PARAPHRASEUR, EUSE (*parafrazĕr, ëz*), s. Parafraseador.

PARAPHRASTE (*parafraçt*), s. m. Parafrasta.

PARAPHRASTIQUE (*parafraçtik*), adj. Parafrástico.
PARAPLÉGIE (*paraplêji*), s. f. *Med.* Paraplegia.
PARAPLUIE (*paraplüi*), s. m. Guarda-chuva.
PARAPSYCHOLOGIE (*parapçikoloji*), s. f. Parapsicologia.
PARASCÈVE (*paraçév*), s. f. Parasceve.
PARASITAIRE (*parazitér*), adj. Parasitário.
PARASITE (*parazit*), s. m. Parasita. Adj. Parasita. Supérfluo.
PARASITER (*parazité*), v. t. Parasitar.
PARASITICIDE (*parazitiçid*), adj. Parasiticida.
PARASITIQUE (*parazitik*), adj. Parasítico.
PARASITISME (*parazitiçm*), s. m. Parasitismo.
PARASITOLOGIE (*parazitoloji*), s. f. Parasitologia.
PARASOL (*paraçól*), s. m. Guarda-sol, sombrinha.
PARASOLERIE (*paraçolri*), s. f. Fábrica e comércio de sombrinhas e guarda-chuvas.
PARASYMPATHIQUE (*paraçenpatik*), adj. e s. m. Parassimpático.
PARATONNERRE (*paratonér*), s. m. Pára-raios.
PARÂTRE (*paratr*), s. m. Padrasto.
PARATYPHIQUE (*paratifik*), adj. Paratífico.
PARATYPHOÏDE (*paratifoíd*), adj. Paratifo.
PARAVENT (*paravan*), s. m. Pára-vento, biombo.
PARBLEU! (*parblë*), interj. Claro!, Lógico!, Pois então!
PARC (*park*), s. m. Parque; cercado, redil. *Parc à huîtres*, ostreiro.
PARCAGE (*parkaj*), s. m. Ação de guardar (carneiros, carros, etc.). Fertilização do solo.
PARCELLAIRE (*parçélér*), adj. Parcelar.
PARCELLE (*parçél*), s. f. Parcela; fragmento.
PARCELLEMENT (*parçélman*), s. m. Divisão por parcelas.
PARCELLER (*parçélê*), v. t. Parcelar.
PARCE QUE (*parçkə*), loc. conj. Porque.
PARCHEMIN (*parchəmen*), s. m. Pergaminho.
PARCHEMINÉ, E (*parchəminê*), adj. Pergaminhado.
PARCHEMINER (*parchəminê*), v. t. Pergaminhar.
PARCHEMINERIE (*parchəminəri*), s. f. Pergaminharia.
PARCHEMINEUX, EUSE (*parchəminë, ëz*), adj. Pergamináceo.
PARCIMONIE (*parçimoni*), s. f. Parcimônia.
PARCIMONIEUSEMENT (*parçimoniëzman*), adv. Parcimoniosamente.
PARCIMONIEUX, EUSE (*parçimonië, ëz*), adj. Parcimonioso, econômico.
PARCOURIR (*parkürir*), v. t. (Conjuga-se como *courir*.) Percorrer.
PARCOURS (*parkur*), s. m. Percurso. Pl.: *des parcours*.
PARDESSUS (*pardeçü*), s. m. Sobretudo. Pl.: *des pardessus*.
PARDI!, **PARDIEU!** ou **PARDIENNE!** (*pardi, pardië* ou *pardién'*), interj. Por Deus!
PARDON (*pardon*), s. m. Perdão. Pl. Indulgências.
PARDONNABLE (*pardonabl*), adj. Perdoável.
PARDONNER (*pardonê*), v. t. Perdoar, desculpar.
PARÉ, E (*parê*), adj. Enfeitado, adornado. *Bal paré*, baile a rigor.
PARÉATIS (*parêati*), s. m. Precatória.
PARE-BALLES (*parəbal*), s. m. inv. Abrigo contra balas.
PARE-BOUE (*parbu*), s. m. inv. Pára-lama.
PARE-BRISE (*parbriz*), s. m. inv. Pára-brisa.
PARE-CHOCS (*parchók*), s. m. inv. Pára-choques.
PARE-ÉCLATS (*parêklá*), s. m. inv. Pára-estilhaços.
PARE-FEU (*parfë*), s. m. inv. Guarda-fogo.
PARÉGORIQUE (*parêgorik*), adj. Paregórico, anódino.
PAREIL, E (*paréi*), adj. Igual, semelhante. *Sans pareil*, sem par, sem igual. S. Semelhante, igual. *N'avoir son pareil*, não ter igual, não ter rival. S. f. *Rendre la pareille*, pagar na mesma moeda.
PAREILLEMENT (*paréiiman*), adv. Igualmente, também.
PAREMENT (*parman*), s. m. Paramento.
PAREMENTER (*parmantê*), v. t. Paramentar.
PARÉMIOLOGIE (*parêmioloji*), s. f. Paremiologia.
PARENCHYMATEUX, EUSE (*paranchimatë, ëz*), adj. Parenquimatoso.
PARENCHYME (*paranchim'*), s. m. Parênquima.
PARÉNÈSE (*parênéz*), s. f. Parênese.
PARÉNÉTIQUE (*parênêtik*), adj. Parenético.
PARENT, E (*paran, t*), s. Parente. S. m. pl. Pais; ascendentes.
PARENTAGE (*parantaj*), s. m. Parentesco, parentela.
PARENTALES ou **PARENTALIES** (*parantal* ou *parantali*), s. m. pl. Festas fúnebres.
PARENTÉ (*parantê*), s. f. Parentesco.
PARENTÈLE (*parantél*), s. f. Parentela.
PARENTHÈSE (*parantéz*), s. f. Parêntese.

PARÉO (*paréô*), s. m. Espécie de anágua das mulheres de Taiti.
PARER (*parê*), v. t. Enfeitar, ornamentar. Desviar, evitar, aparar; preparar. *Parer la viande*, limpar a carne. *Parer un fruit*, descascar, limpar um fruto. V. i. Remediar. **SE PARER**, v. pr. Enfeitar-se. *Fig.* Gabar-se, vangloriar-se.
PARÈRE (*parér*), s. m. *Jur.* Parecer escrito.
PARESSE (*paréç*), s. f. Preguiça, moleza, indolência.
PARESSER (*paréçê*), v. i. Vadiar, mandriar.
PARESSEUSEMENT (*paréçëzman*), adv. Preguiçosamente.
PARESSEUX, EUSE (*paréçë, ëz*), adj. e s. Preguiçoso.
PAREUR, EUSE (*parër, ëz*), s. Acabador, aperfeiçoador.
PARFAIRE (*parfér*), v. t. (Conjuga-se como *faire.*) Acabar, aperfeiçoar; perfazer.
PARFAIT, E (*parfé. t*), adj. Perfeito, completo, bem acabado. S. Perfeição.
PARFAITEMENT (*parfétman*), adv. Perfeitamente.
PARFILAGE (*parfilaj*), s. m. Desfiadura.
PARFILER (*parfilê*), v. t. Desfiar.
PARFOIS (*parfuá*), adv. Às vezes; algumas vezes.
PARFOURNIR (*parfurnir*), v. t. Acabar de fornecer, completar o fornecimento.
PARFUM (*parfën*), s. m. Perfume, aroma. Pl.: *des parfums.*
PARFUMER (*parfümê*), v. t. Aromatizar, perfumar.
PARFUMERIE (*parfüməri*), s. f. Perfumaria.
PARFUMEUR, EUSE (*parfümër, ëz*), s. Perfumista.
PARGUÉ! (*parghê*), interj. Por Deus!.
PARHÉLIE ou **PARELIE** (*parêli* ou *parli*), s.m. Parélio.
PARI (*pari*), s. m. Aposta.
PARIA (*pariá*), s.m. Pária.
PARIADE (*pariad*), s.f. Acasalamento de aves; sua época.
PARIAN (*parian*), s.m. Porcelana fina, imitando mármore de Paros.
PARIER (*pariê*), v.t. (Conjuga-se como *prier.*) Apostar.
PARIÉTAL, E, AUX (*pariêtal, ô*), adj. Parietal.
PARIEUR, EUSE (*pariër, ëz*), s. Apostador.
PARISETTE (*parizét*), s. f. *Bot.* Planta da família das liliáceas.
PARISIANISME (*parizianiçm*), s.m. Parisianismo.
PARISIEN, ENNE (*parizien, én'*), adj. e s. Parisiense.
PARISYLLABE ou **PARASYLLABIQUE** (*pariçilab* ou *pariçilabik*), adj. Parissílabo ou parissilábico.
PARITÉ (*paritê*), s.f. Paridade, igualdade.
PARJURE (*parjür*), s.m. Perjúrio. S. e adj. Perjuro.
PARJURER (SE) (*çəparjürê*), v. pr. Perjurar.
PARLAGE (*parlaj*), s.m. Falatório.
PARLANT, E (*parlan, t*), adj. Falante, falado (cinema). *Fig.* Expressivo, fiel (retratos).
PARLÉ, E (*parlê*), adj. Falado. S. m. Parte falada.
PARLEMENT (*parləman*), s. m. Parlamento.
PARLAMENTAIRE (*parlamentér*), adj. Parlamentar.
PARLAMENTAIREMENT (*parlamentérman*), adv. Parlamentarmente.
PARLAMENTARISME (*parlamantariçm*), s.m. Parlamentarismo.
PARLAMENTER (*parlamantê*), v.t. Parlamentar.
PARLER (*parlê*), v. i. Falar. *Parler au cœur*, comover. *Parler d'abondance*, falar de improviso. *Parler d'or*, falar bem. *Parler en l'air*, falar por falar. S. m. O falar, o linguajar.
PARLEUR, EUSE (*parlër, ëz*), adj. e s. Falador. *Beau parleur*, bem-falante.
PARLOIR (*parluar*), s.m. Parlatório.
PARLOTE (*parlót*), s.f. *Fam.* Lugar de reunião para contar casos; conferência (em que os jovens advogados se exercitam na oratória).
PARMESAN, E (*parməzan, an'*), adj. e s. Parmesão.
PARMI (*parmi*), prep. Entre, dentre.
PARNASSE (*parnaç*), s.m. Parnaso.
PARNASSIEN, ENNE (*parnaçien, én'*), adj. e s.m. Parnasiano.
PARODIE (*parodi*), s.f. Paródia.
PARODIER (*parodiê*), v.t. (Conjuga-se como *prier.*) Parodiar.
PARODISTE (*parodiçt*), s.m. Parodista.
PAROI (*paruá*), s. f. Parede.
PAROISSE (*paruaç*), s.f. Paróquia. *Fam.* *N'être pas de la même paroisse*, não ser da mesma opinião. *Prêcher pour la paroisse*, defender seus próprios interesses.
PAROISSIAL, E, AUX (*paruaçial, ô*), adj. Paroquial.
PAROISSIEN, ENNE (*paruaçien, én'*), s. Paroquiano. *Fam.* Indivíduo, sujeito. S. m. Livro de missa.
PAROLE (*paról*), s.f. Palavra, linguagem; alocução; promessa verbal; sentença. *Tenir sa parole*, cumprir sua palavra. *Être de parole*, ser pessoa de palavra. Pl. Letra (de uma canção).
PAROLIER (*paroliê*), s.m. Letrista, libretista.
PARONOMASE (*paronomaz*), s.f. Paronomásia.

PARONYME (*paronim'*), s.m. Parônimo.

PARONYMIE (*paronimi*), s. f. Paronímia.

PARONYMIQUE (*paronimik*), adj. Paronímico.

PAROTIDE (*parotid*), s.f. Parótida.

PAROXYSME (*parokçiçm*), s.m. Paroxismo.

PARQUER (*parkê*), v.t. Meter no redil, encurralar. *Fig.* Encerrar. V. i. Estar em um redil.

PARQUET (*parké*), s.m. Soalho. Barra (de um tribunal); tribunal. Câmara dos corretores. Compartimento para cereais (em um navio).

PARQUETAGE (*parktaj*), s.m. Assoalhamento.

PARQUETER (*parktê*), v.t. (Dobra o *t* antes de sílaba muda: *je parquetterai.*) Assoalhar.

PARQUEUR, EUSE (*parker, ëz*), s. Pessoa encarregada dos animais em um redil; pessoa que se ocupa de ostras em um ostreiro.

PARRAIN (*paren*), s.m. Padrinho.

PARRAINAGE (*parenaj*), s.m. Apadrinhamento; função de padrinho ou madrinha.

PARRICIDE (*pariçid*), adj. e s. Parricida. S.m. Parricídio.

PARSEMER (*parçəmê*), v. t. Espalhar, salpicar, semear, juncar.

PART (*par*), s.m. Recém-nascido. Parição. S.f. Parte. *Faire part de*, participar, comunicar. *Prendre en bonne, en mauvaise part*, achar bom, achar ruim. *Mettre à part*, pôr à parte, separar. *Prendre à part*, chamar à parte. Loc. adv.: *À part*, exceto; *pour ma part*, quanto a mim; *à part soi*, consigo mesmo no fundo; *de part et d'autre*, de ambos os lados.

PARTAGE (*partaj*), s.m. Partilha, divisão; quinhão; empate. *Tomber en partage à*, caber a.

PARTAGEABLE (*partajabl*), adj. Divisível.

PARTAGEANT (*partajan*), s.m. Herdeiro, comparte.

PARTAGER (*partajê*), v.t. (Toma um *e* mudo depois do *g* antes de *a* e *o*: *il partagea, nous partageons*). Dividir, partilhar, repartir. *Fig.* Participar; dotar. V.i. Tomar parte, fazer parte.

PARTAGEUR ou **PARTAGEUX, EUSE** (*partajer* ou *partajë, ëz*), adj. e s. Socialista, partidário da divisão das terras.

PARTANCE (*partanç*), s.f. Partida (de um navio).

PARTANT (*partan*), conj. Portanto. S. m. O que parte.

PARTENAIRE (*partənér*), s. Parceiro; par (na dança).

PARTERRE (*partér*), s.m. Canteiro; platéia.

PARTHÉNOGÉNÈSE (*partênojênéz*), s. f. Partenogênese.

PARTI (*parti*), s.m. Salário. Partido. *Prendre son parti*, decidir-se a, resignar-se a. *Tirer parti de*, aproveitar, tirar partido de. *De parti pris*, loc. adv. Deliberadamente, de propósito.

PARTIAL, E, AUX (*parçial, ô*), adj. Parcial.

PARTIALEMENT (*parçialman*), adv. Parcialmente.

PARTIALITÉ (*parçialitê*), s. f. Parcialidade.

PARTICIPANT, E (*partiçipan, t*), adj. e s. Participante.

PARTICIPATION (*partiçipaçion*), s. f. Participação.

PARTICIPE (*partiçip*), s.m. Particípio.

PARTICIPER (*partiçipê*), v.i. Participar.

PARTICIPIAL, E, AUX (*partiçipial, ô*), adj. Participial.

PARTICULARISER (*partikülarizê*), v. t. Particularizar. **SE PARTICULARISER**, v.pr. Singularizar-se.

PARTICULARISME (*partikülariçm*), s. m. Particularismo.

PARTICULARITÉ (*partikülaritê*), s.f. Particularidade.

PARTICULE (*partikül*), s.f. Partícula.

PARTICULIER, ÈRE (*partikülié, ér*), adj. Particular. S.m. Particular. *En son particulier*, loc. adj. Em particular, consigo mesmo.

PARTICULIÈREMENT (*partiküliérman*), adv Particularmente.

PARTIE (*parti*), s.f. Parte; partitura; divertimento. *Partie de chasse*, caçada. *Partie de pêche*, pescaria. *Prendre à partie*, implicar com; atacar. *Être de la partie*, estar presente, participar. *Se faire la partie belle*, levar a melhor.

PARTIEL, ELLE (*parçiél*), adj. Parcial.

PARTIELLEMENT (*parçiélman*), adv. Parcialmente.

PARTIR (*partir*), v.i. (Conjuga-se como *mentir.*) Partir, ir-se embora. *Fig.* Emanar. V. t. *Ant.* Partir, dividir. *Avoir maille à partir avec quelqu'un*, ter contas a ajustar com alguém, ter atrapalhações com.

PARTISAN (*partizan*), s.m. Partidário.

PARTITIF, IVE (*partitif, iv*), adj. e s. m. Partitivo.

PARTITION (*partiçion*), s. f. Partitura.

PARTOUT (*partu*), adv. Por toda a parte, em toda a parte.

PARURE (*parür*), s.f. Adorno, enfeite; adereço.

PARVENIR (*parvənir*), v. i. (Conjuga-se como *venir*. Emprega-se com o auxiliar *être.*) Conseguir; chegar.

PARVENU, E (*parvənü*), s. Felizardo, bem sucedido.

PARVIS (*parvi*), s.m. Adro (de um templo). Pl.: *des parvis*.

PAS (*pá*), s. m. Passo. Soleira. Degrau. Passagem, estreito, desfiladeiro. *Faire les cent pas*, andar de um lado para outro. *À pas de loup*, na ponta dos pés, sorrateiramente. *Revenir sur ses pas*, voltar atrás. *Marcher sur les pas de quelqu'un*, imitar alguém. *Mettre quelqu'un au pas*, chamar à razão. *Marquer le pas*, marcar passo, progredir lentamente. *Sauter le pas*, resolver-se embora tarde. *Avoir le pas sur*, ter precedência sobre. *Se mettre au pas*, acertar o passo. *De ce pas*, loc. adv. Agora mesmo. Pl.: *des pas*. Adv. neg. Não; nem.

PASCAL, E, ALS ou **AUX** (*paçkal, ô*), adj. Pascal.

PAS-DE-PORTE (*padəpórt*), s. m. Luva (na locação de imóvel).

PASQUIN (*paçken*), s.m. Pasquim; pasquineiro; bobo de comédia.

PASQUINADE (*paçkinad*), s. f. Pasquinada.

PASSABLE (*paçabl*), adj. Passável.

PASSADE (*paçad*), s.f. Passagem, pequena demora; capricho passageiro.

PASSAGE (*paçaj*), s.m. Passagem; travessia; transição. *Oiseau de passage*, ave de arribação.

PASSAGER, ÈRE (*paçajê, ér*), adj. Passageiro. S. m. Passageiro.

PASSAGÈREMENT (*paçajérman*), adv. Passageiramente, transitoriamente.

PASSANT, E (*paçan, t*), adj. Freqüentado, movimentado. S. m. Transeunte.

PASSATION (*paçaçion*), s.f. Outorga, redação de uma escritura pública.

PASSAVANT (*paçavan*), s.m. Ordem de livre trânsito (para mercadorias).

PASSE (*paç*), s.m. e f. Passo, canal estreito. Passe (dos hipnotizadores). *Un tour de passe*, um passe de mágica. Passe, licença. *Être en passe*, estar apto, estar em condições. *Mot de passe*, senha.

PASSÉ, E (*paçê*), adj. e s. m. Passado. Prep. Depois de, após.

PASSEMENT (*paçman*), s.m. Passamanes.

PASSEMENTER (*paçmantê*), v.t. Passamanar.

PASSEMENTERIE (*paçmantəri*), s. f. Passamanaria.

PASSEMENTIER, ÈRE (*paçmantiê, ér*), s. Passamaneiro.

PASSE-MONTAGNE (*paçmontanh*), s. m. Boné de montanha. Pl.: *des passe-montagnes*.

PASSE-PARTOUT (*paçpartu*), s. m. inv. Chave-mestra. Porta-gravura. Lima. Adj. Que pode ser usada sempre.

PASSE-PASSE (*paçpaç*), s. m. inv. *Tour de passe-passe*, passe de mágica. *Fig.* Engano.

PASSEPOIL (*paçpual*), s.m. Debrum; vivo, galão, guarnição.

PASSER (*paçê*), v.i. Passar; atravessar. *En passer par*, resignar-se, ser forçado a. *Passer outre*, não se incomodar. Prosseguir, tocar para a frente. V. t. *Passer un habit*, vestir, envergar. Peneirar. Ultrapassar. *Passer un examen*, submeter-se a um exame, prestar exame. *Cela me passe*, não compreendo. **SE PASSER**, v.pr. Passar, correr, escoar-se; abster-se.

PASSEREAU (*paçrô*), s.m. Pássaro. Pl.: *des passereaux*.

PASSERELLE (*paçrel*), s. f. Passadiço; ponte pequena.

PASSERESSE (*paçréç*), s. f. Corda pequena.

PASSERINE (*paçrin'*), s. f. Passarinho.

PASSERINETTE (*paçrinét*), s. f. Toutinegra.

PASSE-TEMPS (*paçtan*), s. m. inv. Passatempo.

PASSE-THÉ (*paçtê*), s. m. inv. Passador, coador de chá.

PASSETTE (*paçét*), s.f. Passador, coador pequeno.

PASSEUR, EUSE (*paçër, ëz*), s. Barqueiro.

PASSIBILITÉ (*paçbilitê*), s. f. Passibilidade.

PASSIBLE (*paçibl*), adj. Passível.

PASSIF, IVE (*paçif, iv*), adj. e s. Passivo.

PASSIFLORE (*paçiflór*), s.f. *Bot.* Passiflora.

PASSION (*paçion*), s. f. Paixão, sofrimento.

PASSIONNAIRE (*paçionér*), s.m. Passionário, passional.

PASSIONNANT, E (*paçionan, t*), adj. Apaixonante.

PASSIONNÉ, E (*paçionê*), adj. e s. Apaixonado.

PASSIONNEL, ELLE (*paçionél*), adj. Passional.

PASSIONNÉMENT (*paçionêman*), adv. Apaixonadamente.

PASSIONNER (*paçionê*). v.t. Apaixonar.

PASSIVEMENT (*paçivman*), adv. Passivamente.

PASSIVETÉ ou **PASSIVITÉ** (*paçivtê* ou *paçivitê*), s.f. Passividade.

PASSOIRE (*paçuar*), s.f. Passador, coador.

PASTEL (*paçtél*), s.m. Pastel (desenho, pintura).

PASTELLAGE (*paçtélaj*), s.m. Massa feita de açúcar para enfeite de bolos.

PASTELLISTE (*paçtéliçt*), s. Pastelista

PASTÈQUE (*paçték*), s.f. Melancia.

PASTEUR (*paçtër*), s. m. Pastor.

PASTEURIEN ou **PASTORIEN, ENNE** (*paçtërien* ou *paçtorien, én'*), adj. Pasteuriano.

PASTEURISATION (*paçtërizaçion*), s. f. Pasteurização.

PASTEURISER (*paçtërizê*), v. t. Pasteurizar.
PASTICHE ou **PASTICHAGE** (*paçtich* ou *paçtichaj*), s.m. Pastiche.
PASTICHER (*paçtichê*), v.t. Plagiar.
PASTICHEUR, EUSE (*paçtichër, ëz*), s. Imitador.
PASTILLE (*paçtii*), s.f. Pastilha.
PASTORAL, E, AUX (*paçtoral, ô*), adj. Pastoral. S.f. Pastoral.
PASTORALEMENT (*paçtoralman*), adj. Pastoralmente, como bom pastor.
PASTOUREAU, ELLE (*paçturô, él*), s. Pastorzinho. S.f. Figura de dança. Pl.: *des pastoureaux, elles.*
PATACHE (*patach*), s.f. Barco de alfândega; carro de aluguel; carro ordinário.
PATAFIOLER (*patafiolê*), v.t. *Fam. Que le diable te patafiole,* que o diabo te carregue.
PATAGON, ONNE (*patagon, ón'*), adj. e s. Patagônio.
PATAPOUF (*patapuf*), s. m. *Pop.* Homem pequeno e gordo. Queda pesada, tombo; alarido, algazarra.
PATAQUÈS (*patakéç*), s. m. Erro de pronúncia que consiste em fazer ligações defeituosas. Pl.: *des pataquès.*
PATARAFE (*pataraf*), s.f. Garranchos, garatujas, rabiscos.
PATATE (*patat*), s.f. Batata-doce. *Fam.* Batata-inglesa.
PATATI-PATATA (*patatipatatá*), adj. Onomatopéia expressando tagarelice.
PATATRAS! (*patatrá*), interj. Catatrás! (Exprime queda ruidosa.)
PATAUD, E (*patô, d*), adj. e s. Cachorro novo de grandes patas. *Fam.* Pessoa desajeitada, moleirona.
PATAUGER (*patôjê*), v.i. (Toma um *e* mudo depois do *g* antes de *a* e *o*: *il pataugea, nous pataugeons.*) Patinhar. *Fig.* Confundir-se, atrapalhar-se.
PATAUGEUR, EUSE (*patôjër, ëz*), adj. e s. Patinhador; que se atrapalha; pessoa confusa.
PATCHOULI (*patchuli*), s.m. Patchuli.
PÂTE (*pat*), s. f. Pasta, massa. *Pâtes d'Italie,* macarrão. *Vivre ou être comme un coq en pâte,* ter uma vida agradável e folgada. *Mettre la main à la pâte,* pôr a mão na massa.
PÂTÉ (*patê*), s. m. Pastel, pasta (de carne). *Fig.* Borrão; aglomeração (de casas).
PÂTÉE (*patê*), s.f. Pasta, papa (para alimentar animais domésticos).
PATELIN, INE (*patlen, in'*), s. Astuto, insinuante; sonso. S. m. *Pop.* Aldeia.
PATELINAGE (*patlinaj*), s. m. Artimanha, lábia.
PATÈNE (*patén*), s.f. Pátena.
PATENÔTRE (*patnôtr*), s.f. Padre-nosso; oração. Murmúrio, palavras confusas. *Pop.* Contas de um terço. Terço.
PATENT, E (*patan, t*), adj. Patente, evidente. S.f. Contribuição industrial; recibo dessa contribuição.
PATENTABLE (*patantabl*), adj. Sujeito a contribuição industrial.
PATENTÉ, E (*patantê*), adj. e s. Patenteado.
PATENTER (*patantê*), v.t. Patentear.
PATER (*patér*), s. m. Padre-nosso.
PATÈRE (*patér*), s.f. Pátera. Patera.
PATERNE (*patérn*), adj. Paterno.
PATERNEL, ELLE (*patérnél*), adj. Paternal.
PATERNELLEMENT (*patérnélman*), adv. Paternalmente.
PATERNITÉ (*patérnitê*), s.f. Paternidade.
PÂTEUX, EUSE (*patë, ëz*), adj. Pastoso, saburroso.
PATHÉTIQUE (*patêtik*), adj. e s. Patético.
PATHÉTIQUEMENT (*patêtikman*), adv. Pateticamente.
PATHOGÈNE (*patojén'*), adj. Patogênico.
PATHOGÉNIE (*patojêni*), s.f. Patogenia.
PATHOLOGIE (*patoloji*), s.f. Patologia.
PATHOLOGIQUE (*patolojik*), adj. Patológico.
PATHOLOGIQUEMENT (*patolojikman*), adv. Patologicamente.
PATHOLOGISTE (*patolojiçt*), adj. e s. Patologista.
PATIBULAIRE (*patibülér*), adj. Patibular.
PATIEMMENT (*paçiaman*), adv. Pacientemente.
PATIENCE (*paçianç*), s.f. Paciência.
PATIENT, E (*paçian, t*), adj. e s. Paciente.
PATIENTER (*paçiantê*), v.i. Ter paciência.
PATIN (*paten*), s.m. Patim.
PATINAGE (*patinaj*), s.m. Patinagem.
PATINE (*patin'*), s.f. Pátina.
PATINER (*patinê*), v.i. Patinar. V. t. Apalpar, manusear.
PATINETTE (*patinét*), s. f. Patinete.
PATINEUR, EUSE (*patinër, ëz*), s. Patinador.
PATINOIRE (*patinuar*), s. f. Pista de patinação.
PATIO (*patiô*), s.m. Pátio.
PÂTIR (*patir*), v.i. Sofrer, suportar.
PÂTIS (*pati*), s.m. Pasto, pastagem. Pl.: *des pâtis.*
PATISSANT, E (*patiçan, t*), adj. Padecente.
PÂTISSER (*patiçê*), v. t. Fabricar produtos de pastelaria. V. i. Trabalhar para pastelaria.
PÂTISSERIE (*patiçri*), s. f. Pastelaria.
PÂTISSIER, ÈRE (*patiçiê, ér*), s. Pasteleiro.

PATISSOIRE (*patiçuar*), s. f. Mesa de confeiteiro.
PATOIS (*patuá*), s. m. Patoá. Pl.: *des patois*.
PATOISER (*patuazê*), v. i. Falar patoá.
PATON (*paton*), s. m. Bocado de pasta.
PATRAQUE (*patrak*), s. f. Traste, máquina usada; relógio velho. Adj. Doente.
PÂTRE (*patr*), s. m. Pastor.
PATRIARCAL, E, AUX (*partriarkal, ô*), adj. Patriarcal.
PATRIARCALEMENT (*patriarkalman*), adv. Patriarcalmente.
PATRIARCAT (*patriarká*), s. m. Patriarcado.
PATRIARCHE (*patriarch*), s. m. Patriarca.
PATRICE (*patriç*), s. m. Patricio (titulo de nobreza).
PATRICIEN, ENNE (*patriçien, én'*), adj. e s. Patricio, nobre.
PATRIE (*patri*), s. f. Pátria.
PATRIMOINE (*patrimuan'*), s. m. Patrimônio.
PATRIMONIAL, E, AUX (*patrimonial, ô*), adj. Patrimonial.
PATRIOTARD (*patriotar*), adj. e s. *Fam.* Patrioteiro.
PATRIOTE (*patriót*), adj. Patriota.
PATRIOTIQUE (*patriotik*), adj. Patriótico.
PATRIOTIQUEMENT (*patriotikman*), adv. Patrioticamente.
PATRIOTISME (*patriotiçm*), s. m. Patriotismo.
PATROLOGIE (*patroloji*), s. f. Patrologia.
PATRON, ONNE (*patron, ón'*), s. Patrão. S. m. Molde, modelo, figurino.
PATRONAGE (*patronaj*), s. m. Patronagem; patronato; patrocinio.
PATRONAL, E AUX (*patronal, ô*), adj. Patronal.
PATRONAT (*patroná*), s. m. Patronato.
PATRONNER (*patronê*), v. t. Patrocinar; proteger; reproduzir (por um molde); comandar (uma embarcação).
PATRONNESSE (*patronéç*), s. m. Diretora, dirigente, responsável (de, por um baile, uma festa, um patronato).
PATRONYMIQUE (*patronimik*), adj. Patronimico.
PATROUILLE (*patruii*), s. f. Patrulha.
PATROUILLER (*patruiê*), v. i. Patrulhar; chapinhar.
PATTE (*pat*), s. f. Pata; pé (de objetos); presilha; gancho. *Fig.* Doçura (nas maneiras). *Patte de mouche*, letra miúda e incompreensivel. *Montrer patte blanche*, mostrar o salvo-conduto. *Graisser la patte à*, subornar. *Pattes de lapin*, costeletas curtas (cabelo). *À patte*, a pé.
PATTE-D'OIE (*patəduá*), s. f. Encruzilhada. Pé-de-galinha (rugas). Pl.: *des pattes-d'oie*.
PATTEMOUILLE (*patəmuii*), s. f. Pano molhado (de passar a ferro).
PATTU, E (*patü*), adj. Patudo, calçudo.
PÂTURAGE (*patûraj*), s. m. Pastagem.
PÂTURE (*patür*), s. m. Pastagem; forragem.
PÂTURER (*patürê*), v. i. Pastar.
PATURON (*patüron*), s. m. Quartela (do cavalo).
PAULETTE (*pôlét*), s. f. Imposto de transmissão de cargos.
PAUME (*pôm'*), s. f. Palma (da mão); péla (jogo).
PAUMELLE (*pômél*), s. f. Espécie de cevada; dobradiça.
PAUMER (*pômê*), v. t. Bater (com a palma da mão); prender.
PAUMIER (*pômiê*), s. m. Dono de um jogo de péla.
PAUPÉRISME (*pôpêriçm*), s. m. Pauperismo.
PAUPIÈRE (*pôpiér*), s. f. Pálpebra.
PAUPIETTE (*pôpiét*), s. f. Carne enrolada (com recheio).
PAUSE (*pôz*), s. f. Pausa.
PAUSER (*pôzê*), v. i. *Mús.* Pousar.
PAUVRE (*pôvr*), adj. Pobre; estéril; infeliz. S. m. Pobre, mendigo.
PAUVREMENT (*pôvrəman*), adv. Pobremente.
PAUVRESSE (*pôvréç*), s. f. Mendiga.
PAUVRET, ETTE (*pôvré, ét*), adj. Pobrezinho.
PAUVRETÉ (*pôvrətê*), s. f. Pobreza.
PAVAGE (*pavaj*), s. m. Pavimentação.
PAVANE (*pavan'*), s. f. Pavana.
PAVANER (SE) (*çəpavanê*), v. pr. Pavonear-se.
PAVÉ (*pavê*), s. m. Paralelepipedos, pedra de calçamento; taco de madeira (para assoalhar); o meio da rua (coberto de paralelepipedos). *Fig.* *Être sur le pavé*, estar sem casa, sem emprego. *Tenir le haut du pavé*, estar em boa situação econômica, pertencer à alta sociedade.
PAVEMENT (*pavman*), s. m. Pavimentação, calçamento.
PAVER (*pavê*), v. t. Pavimentar, calçar (uma rua).
PAVEUR (*pavër*), s. m. Calceteiro.
PAVILLON (*paviion*), s. m. Pavilhão, tenda. *Fig.* *Baisser pavillon*, ceder, render-se.
PAVOIS (*pavuá*), s. m. *Ant.* Escudo. Broquel, enfeite; bandeirola. *Élever sur le pavois*, exaltar, pôr em evidência. Pl.: *des pavois*.
PAVOISEMENT (*pavuazman*), s. m. Embandeiramento.
PAVOISER (*pavuazê*), v. t. Embandeirar.
PAVOT (*pavô*), s. m. Papoula.

PAYABLE (*péiabl*), adj. Pagável.
PAYANT, E (*péian, t*), adj. e s. Pagante. *Un spectacle payant*, um espetáculo pago.
PAYE (*péii*), s. f. V. **PAIE**.
PAYEMENT (*péman*), s. m. V. **PAIEMENT**.
PAYER (*péiê*), v. t. (Conjuga-se como *balayer*. Escreve-se *je paie* ou *je paye*, *je paierai* ou *je payerai*, *je paierais* ou *je payerais*.) Pagar. **SE PAYER**, v. pr. *Fam.* Comprar para si.
PAYEUR, EUSE (*péiër, ëz*), adj. e s. Pagador.
PAYS (*péi*), s. m. País; região. *Fam.* Compatriota. Pl.: *des pays*.
PAYSAGE (*péizaj*), s. m. Paisagem.
PAYSAGISTE (*péizajiçt*), s. m. Paisagista.
PAYSAN, ANNE (*péizan, an'*), s. Camponês. *Fig.* Grosseiro.
PAYSANNAT (*péizaná*), s. m. Conjunto dos agricultores de uma região. Condição dos camponeses.
PAYSANNERIE (*péizanəri*), s. f. Estado, condição de camponês; rusticidade. Peça campestre (obra literária).
PÉAGE (*pêaj*), s. m. Pedágio, portagem.
PÉAGER, ÈRE (*pêajê, ér*), s. Portageiro.
PEAU (*pô*), s. f. Pele; casca. Pl.: *des peaux*.
PECCABILITÉ (*pékabilitê*), s. f. Pecabilidade.
PECCABLE (*pékabl*), adj. Pecável.
PECCADILLE (*pékadii*), s. f. Pecadilho.
PÊCHE (*péch*), s. f. Pêssego. Pesca.
PÉCHÉ (*pêchê*), s. m. Pecado. *Péché mignon*, fraco, falta habitual.
PÉCHER (*pêchê*), v. i. (Conjuga-se como *accélérer*.) Pescar.
PÊCHER (*péchê*), s. m. Pessegueiro. V. t. Pescar. *Fig.* Apanhar, conseguir.
PÊCHERIE (*péchri*), s. f. Pesqueira, lugar onde se pesca.
PÉCHEUR, ERESSE (*pêchër, əréç*), adj. e s. Pecador.
PÊCHEUR, EUSE (*péchër, ëz*), s. Pescador. Adj. Pesqueiro.
PÉCORE (*pêkór*), s. f. Estúpido, bruto.
PECTINE (*péktin'*), s. f. Pectina.
PECTINÉ, E (*péktinê*), adj. Pectíneo.
PECTORAL, E, AUX (*péktoral, ô*), adj. Peitoral.
PÉCULAT (*pêkülá*), s. m. Peculato.
PÉCULE (*pêkül*), s. m. Pecúlio.
PÉCUNE (*pekün'*), s. f. Pecúnia.
PÉCUNIAIRE (*pêküniér*), adj. Pecuniário.
PÉCUNIAIREMENT (*pêküniérman*), adv. Pecuniariamente.
PÉDAGOGIE (*pêdagoji*), s. f. Pedagogia.
PÉDAGOGIQUE (*pêdagojik*), adj. Pedagógico.
PÉDAGOGUE (*pêdagógh*), s. m. Pedagogo.
PÉDALE (*pêdal*), s. f. Pedal. *Fig.* Ciclismo.
PÉDALER (*pêdalê*), v. i. Pedalar.
PÉDALIER (*pêdaliê*), s. m. Teclado de pedais.
PÉDANT, E (*pêdan, t*), adj. e s. Pedante, convencido.
PÉDANTERIE (*pêdantəri*), s. f. Pedantismo.
PÉDANTESQUE (*pêdantéçk*), adj. Pedantesco.
PÉDANTESQUEMENT (*pêdantéçkman*), adv. Pedantescamente.
PÉDANTISME (*pêdantiçm*), s. m. Pedantismo.
PÉDESTRE (*pêdéçtr*), adj. Pedestre.
PÉDESTREMENT (*pêdéçtrəman*), adv. Pedestremente.
PÉDIATRE (*pêdiatr*), s. m. Pediatra.
PÉDICELLE (*pêdiçél*), s. m. Pedicelo.
PÉDICELLÉ, E (*pêdiçélê*), adj. Pedicelado.
PÉDICULAIRE (*pêdikülér*), adj. Pedicular.
PÉDICULE (*pêdiküI*)), s. m. Pedículo.
PÉDICULÉ, E (*pêdikülê*), adj. Pediculado.
PÉDICURE (*pêdikür*), s. Pedicuro, pedicura.
PÉDILUVE (*pêdilüv*), s. m. Pedilúvio.
PÉDIMANE (*pêdiman"*), adj. e s. Pedímano.
PÉDONCULE (*pêdonkül*), s. m. Pedúnculo.
PÉDONCULÉ, E (*pêdonkülê*), adj. Pedunculado.
PÈGRE (*pégr*), s. f. *Pop.* Ladroagem, turma de ladrões.
PEIGNAGE (*penhaj*), s. m. Cardadura.
PEIGNE (*pénh*), s. m. Pente; espécie de molusco; carda.
PEIGNÉ (*pénhê*), s. m. Lã cardada.
PEIGNÉE (*pénhê*), s. f. Cardada. *Pop.* Surra, briga.
PEIGNER (*pénhê*), v. t. Pentear; cardar. **SE PEIGNER**, v. pr. Pentear-se.
PEIGNEUR, EUSE (*pénhër, ëz*), adj. e s. Cardador. S. f. Penteadeira.
PEIGNIER (*pénhiê*), s. m. Penteiro.
PEIGNOIR (*pénhuar*), s. m. Penteador, roupão de senhora.
PEIGNURES (*pénhür*), s. f. pl. Cabelos (que caem ao pentear).
PEINDRE (*pendr*), v. t. (Conjuga-se como *craindre*.) Pintar.
PEINE (*pén'*), s. f. Pena, castigo; dificuldade; inquietação, trabalho, fadiga; miséria. *Perdre sa peine*, trabalhar inutilmente. *Mourir à la peine*, morrer labutando. *Se mettre en peine*, preocupar-se, inquietar-se. *C'est à peine si*, mal, apenas. *Donnez-vous la peine de ...*, faça o favor de ... Loc. adv.: *À peine*, apenas, mal; *à grand-peine*, com dificuldade.

PEINÉ, E (*péné*), adj. Tristonho, aflito.
PEINER (*péné*), v. t. Afligir, entristecer. V. i. Penar, afligir-se; sentir-se cansado.
PEINTRE (*pentr*), s. Pintor; pintora.
PEINTURE (*pentür*), s. f. Pintura.
PEINTURER (*pentürê*), v. t. Pintar; cobrir de tinta.
PEINTURLURER (*pentürlürê*), v. t. Pintar com cores fortes, berrantes.
PÉJORATIF, IVE (*pêjoratif, iv*), adj. e s. Pejorativo.
PÉKIN (*pêken*), s. m. Seda chinesa.
PÉKINÉ, E (*pêkinê*), adj. Raiado, listrado (um tecido).
PÉKINOIS, OISE (*pêkinuá, z*), adj. e s. Pequinês.
PELADE (*pəlad*), s. f. Pelada.
PELAGE (*pəlaj*), s. m. Pêlo (dos animais).
PÉLAGIQUE (*pêlajik*), adj. Pelágico.
PELARD (*pəlar*), adj. Descascado (madeira).
PÉLASGIEN, ENNE ou **PÉLASGIQUE** (*pêlaçjien, én'* ou *pélaçjik*), adj. Pelásgico.
PELÉ, E (*pəlê*), adj. e s. Pelado, calvo; descascado. *Fig.* Seco, árido, sem vegetação.
PÊLE-MÊLE (*pélmél*), s. m. Mistura, desordem. Loc. adv. Desordenadamente.
PELER (*pəlê*), v. t. e i. (O *e* mudo passa a *è* aberto antes de sílaba muda: *je pèle.*) Pelar; descascar.
PÈLERIN, E (*pélren, in*), adj. Peregrino. Grande tubarão. S. f. Pelerine.
PÈLERINAGE (*pélərinaj*), s. f. Peregrinação.
PÉLICAN (*pêlikan*), s. m. Pelicano.
PELISSE (*pəliç*), s. f. Peliça.
PELLAGRE (*pélagr*), s. f. Pelagra.
PELLE (*pél*), s. f. Pá. *Fig. Remuer l'argent à la pelle,* ser milionário. *Ramasser une pelle,* levar um tombo.
PELLETÉE (*péltê*), s. f. Pazada.
PELLETER (*péltê*), v. t. (Dobra o *t* antes de sílaba muda: *il pellettera.*) Podejar.
PELLETERIE (*péltəri*), s. f. Peleteria.
PELLETIER, ÈRE (*péltiê, ér*), adj. e s. Peleiro.
PELLICULAIRE (*pélikülér*), adj. Pelicular.
PELLICULE (*pélikül*), s. f. Película.
PELLICULEUX, EUSE (*pélikülë, ëz*), adj. Pelicoso.
PELOTAGE (*pəlotaj*), s. m. Dobagem.
PELOTE (*pəlót*), s. f. Novelo; almofada de alfinetes. *Fig.* e *fam. Faire sa pelote,* acumular lucros.
PELOTER (*pəlotê*), v. t. Maltratar. *Pop.* e *fig.* Gabar, adular. V. i. Enovelar-se, enroscar-se.
PELOTON (*peloton*), s. m. Novelo. Pelotão.
PELOTONNER (*pəlotonê*), v. t. Enovelar. **SE PELOTONNER**, v. pr. Enovelar-se, embolar-se, enroscar-se.
PELOUSE (*pəluz*), s. f. Gramado.
PELU, E (*pəlü*), adj. Peludo.
PELUCHE (*pəlüch*), s. f. Pelúcia.
PELUCHER (*pəlüchê*), v. i. Largar os pêlos.
PELUCHEUX, EUSE (*pəlüchë, ëz*), adj. Coberto de pêlos; que desprende pêlos.
PELURE (*pəlür*), s. f. Casca, pele (de frutos e legumes).
PELVIEN, ENNE (*pélvien, én'*), adj. Pélvico.
PELVIS (*pélviç*), s. m. Pélvis.
PÉNAL, E, AUX (*pênal, ó*), adj. Penal.
PÉNALISATION (*pênalizaçion*), s. f. Penalidade (em esporte).
PÉNALISER (*pênalizê*), v. t. Penalizar.
PÉNALITÉ (*pênalitê*), s. f. Penalidade, pena.
PENALTY (*pênalti*), s. m. *Esp.* Pênalti. Pl.: *des penalties.*
PÉNATES (*pênat*), s. m. pl. Penates.
PENAUD, E (*pənô, d*), adj. *Fam.* Confuso, desapontado, embaraçado.
PENCHANT, E (*panchan, t*), adj. Pendente, inclinado. S. m. Ladeira, encosta. *Fig.* Declínio, propensão, tendência.
PENCHER (*panchê*), v. t. e i. Pender, inclinar. *Fig.* Propender, tender. **SE PENCHER**, v. pr. Inclinar-se.
PENDABLE (*pandabl*), adj. Digno de forca. *Tour pendable,* brincadeira de mau gosto, reprovável.
PENDAISON (*pandézon*), s. f. Enforcamento, suplício da forca.
PENDANT, E (*pandan, t*), adj. Pendente. S. m. Pendente, pingente. *Fig.* Igual, semelhante. *Pendants d'oreilles,* brincos de pingente. Prep. Durante. *Pendant que,* enquanto que.
PENDARD, E (*pandar, d*), s. Malandro, vagabundo.
PENDELOQUE (*pandəlók*), s. f. Pingente, penduricalho, berloque. *Fam.* Farrapo.
PENDENTIF (*pandantif*), s. m. Pendente; pingente (adorno).
PENDERIE (*pandəri*), s. f. Lugar em que se guardam roupas; rouparia.
PENDEUR (*pandèr*), s. m. Carrasco (que enforca); dependurador.
PENDILLER (*pandiiê*), v. i. Estar pendurado, balouçar-se no ar.
PENDOIR (*panduar*), s. m. Gancho (para pendurar carne).
PENDRE (*pandr*), v. t. Pendurar, suspender; enforcar. *Pendre au nez, à l'œil, à l'oreille de,* ameaçar de. V. i. Pender, estar suspenso; descair.
PENDU (*pandü*), s. m. Enforcado.
PENDULAIRE (*pandülér*), adj. Pendular.
PENDULE (*pandül*), s. m. Pêndulo. S. f. Pêndula, relógio.
PENDULETTE (*pandülét*), s. f. Pequena pêndula.

PÊNE (*pén'*), s. m. Lingüeta.
PÊNÉTRABILITÉ (*pênêtrabilité*), s. f. Penetrabilidade.
PÊNÉTRABLE (*pênêtrabl*), adj. Penetrável.
PÊNÉTRANT, E (*pênêtran, t*), adj. Penetrante.
PÊNÉTRATION (*pênêtraçion*), s. f. Penetração.
PÊNÉTRÉ, E (*pênêtré*), adj. Convencido; comovido.
PÊNÉTRER (*pênêtré*), v. t. (Conjuga-se como *accélérer*.) Penetrar. *Fig.* Descobrir; comover. V. i. Penetrar; avançar. **SE PÊNÉTRER**, v. pr. Misturar-se; encher-se. Conhecer-se. Compenetrar-se.
PÊNIBLE (*pênibl*), adj. Penoso.
PÊNIBLEMENT (*pêniblәman*), adv. Penosamente.
PÊNICHE (*pênich*), s. f. Fragata, barco, veleiro.
PÊNICILLINE (*pêniçilin'*), s. f. Penicilina.
PÊNINSULAIRE (*pênençülér*), adj. Peninsular.
PÊNINSULE (*pênençül*), s. f. Península.
PÊNITENCE (*pênitanç*), s. f. Penitência.
PÊNITENCIER (*pênitançié*), s. m. Penitenciário; penitenciária, prisão.
PÊNITENT, E (*pênitan, t*), adj. e s. Penitente.
PÊNITENTIAIRE (*pênitançiér*), adj. Penitenciário.
PÊNITENTIAUX ou **PÊNITENTIELLES** (*pênitançió* ou *pênitançiél*), adj. pl. Penitenciais.
PÊNITENTIEL (*pênitançiél*), s. m. Penitencial.
PENNAGE (*pénaj*), s. m. Plumagem (das aves de rapina).
PENNE (*pén'*), s. f. Pena (da asa e da cauda das aves).
PENNÉ, E (*péné*), adj. *Bot.* Pinulado.
PENNIFORME (*pénifórm*), adj. Peniforme.
PENNON (*pénon*), s. m. Pequeno estandarte (dos antigos cavaleiros).
PÊNOMBRE (*pênonbr*), s. f. Penumbra.
PENSANT, E (*pançan, t*), adj. Pensante, pensador.
PENSÉE (*pancé*), s. f. Pensamento; amor-perfeito (flor).
PENSER (*pancé*), v. i. Pensar; tomar cuidado; julgar, achar. S. m. *Poét.* Pensamento.
PENSEUR (*pancêr*), s. m. Pensador.
PENSIF, IVE (*pançif, iv*), adj. Pensativo.
PENSION (*pançion*), s. f. Pensão; pensionato.
PENSIONNAIRE (*pançionér*), s. Pensionista; aluno interno; pensionário.
PENSIONNAT (*pançioná*), s. m. Pensionato.
PENSIONNER (*pançioné*), v. t. Dar pensão a; subsidiar.
PENSIVEMENT (*pançivman*), adv. Pensativamente.
PENSUM (*pençóm'*), s. m. Tarefa, trabalho (imposto, como castigo, a um aluno). Pl.: *des pensums*.
PENTADÉCAGONE (*pantadêkagón'*), s. m Pentadecágono.
PENTAÈDRE (*pantaédr*), s. m. Pentaedro.
PENTAGONAL, E, AUX (*pantagonal, ô*), adj. Pentagonal.
PENTAGONE (*pantagon'*), adj. s. m. Pentágono.
PENTAMÈRE (*pantamér*), adj. Pentâmero.
PENTAMÈTRE (*pantamétr*), adj. Pentâmetro.
PENTAPOLE (*pantapól*), adj. Pentápole.
PENTARCHIE (*pantarchi*), s. f. Pentarquia.
PENTATEUQUE (*pantatëk*), s. m. Pentateuco.
PENTATHLON (*pantatlon*), s. m. Pentatlo.
PENTE (*pant*), s. f. Inclinação, pendor. Faixa pendente de um leito.
PENTECÔTE (*pantәkôt*), s. f. Pentecostes.
PENTURE (*pantür*), s. f. Gonzo, leme (de porta e janela). *Mar.* Ferragens do leme.
PÊNULTIÈME (*pênültiém*), adj. e s. Penúltimo.
PÊNURIE (*pênüri*). s. f. Penúria.
PÉPIE (*pêpi*), s. f. Pevide (doença das aves). *Fam. Avoir la pépie*, ter muita sede.
PÉPIEMENT (*pêpiman*), s. m. Pio.
PÉPIER (*pêpié*), v. i. (Conjuga-se como *prier*.) Piar.
PÉPIN (*pêpen*), s. m. Semente. *Pop.* Guarda chuva.
PÉPINIÈRE (*pêpiniér*), s. f. Viveiro (de plantas).
PÉPINIÉRISTE (*pêpiniêriçt*), s. m. Jardineiro responsável por um viveiro de plantas.
PÉPITE (*pêpit*), s. f. Pepita.
PEPSINE (*pépçin'*), s. f. Pepsina.
PEPTONE (*péptón'*), s. f. Peptona.
PERÇAGE (*pérçaj*), s. m. Perfuração; abertura.
PERCALE (*pérkal*), s. f. Percal.
PERÇANT, E (*pérçan, t*), adj. Penetrante; vivo; agudo.
PERCE (*pérç*), s. f. Furador; furado. *En perce*, furado, aberto (um tonel).
PERCÉ, E (*pérçé*), adj. Furado, esburacado, trespassado. *Fig.* Combalido, ferido.
PERCE-BOIS (*pérçbuá*), s. m. inv. Espécie de inseto (que ataca a madeira).
PERCE-CARTE (*pérçkart*), s. m. Aparelho de física. Pl.: *des perce-cartes*.

PERCÉE (*pérçê*), s. f. Abertura, rombo; passagem.
PERCEMENT (*pérçəman*), s. m. Abertura, perfuração.
PERCE-MURAILLE (*pérçmürái*), s. f. *Bot.* Nome vulgar da parietária. Pl.: *des perce-murailles.*
PERCE-NEIGE (*pérçnéj*), s. f. inv. Campainhas-brancas (flor).
PERCENTAGE (*pérçantaj*), s. m. Percentagem.
PERCE-OREILLE (*pérçoreii*), s. m. Espécie de inseto. Pl.: *des perce-oreilles.*
PERCEPTEUR (*pérçéptër*), s. m. Cobrador, recebedor.
PERCEPTIBILITÉ (*pérçéptibilitê*), s. f. Perceptibilidade.
PERCEPTIBLE (*pérçéptibl*), adj. Perceptível.
PERCEPTIBLEMENT (*pérçéptibləman*), adv. Perceptivelmente.
PERCEPTIF, IVE (*pérçéptif, iv*), adj. Perceptivel.
PERCEPTION (*pérçépçion*), s. f. Percepção.
PERCER (*pérçê*), v. t. (O *c* toma uma cedilha antes de *a* e *o*: *il perça, nous perçons*). Furar, trespassar, atravessar; abrir; penetrar; dissipar. *Fig.* Descobrir; afligir; encher. V. i. Furar, rebentar. *Fig.* Manifestar-se, distinguir-se, notabilizar-se.
PERCERETTE (*pérçərét*), s. f. Furador, verruma.
PERCEVABLE (*pérçəvabl*), adj. Perceptível, compreensível; cobrável.
PERCEVOIR (*pérçəvuar*), v. t. Cobrar, receber (uma taxa). *Fig.* Captar (pelos sentidos).
PERCHE (*pérch*), s. f. Percha, vara; espécie de peixe. *Fig.* Varapau, pessoa alta e magra. *Tendre la perche à*, ajudar, salvar.
PERCHER (*pérchê*), v. i. ou **SE PERCHER** (*çəpérchê*), v. pr. Empoleirar-se. *Fig. e fam.* Morar.
PERCHERON, ONNE (*pércheron, ón'*), adj. e s. Relativo a Perche (França). Percherão (raça de cavalos dessa região).
PERCHEUR, EUSE (*pérchër, ëz*), adj. Habituado ao poleiro.
PERCHLORATE (*pérklorat*), s. m. Perclorato.
PERCHLORIQUE (*pérklorik*), adj. Perclórico.
PERCHLORURE (*pérklorür*), s. m. Percloreto.
PERCHOIR (*pérchuar*), s. m. Poleiro.
PERCLUS, E (*pérklü, z*), adj. Paralítico.
PERCLUSION (*pérklüzion*), s. f. Paralisia.
PERÇOIR (*pérçuar*), s. m. Furador, broca, verruma.
PERCOLATEUR (*pérkolatër*), s. m. Máquina de fazer café.
PERCUSSION (*pérküçion*), s. f. Percussão.
PERCUTANT, E (*pérkütan, t*), adj. Percuciante.
PERCUTER (*pérkütê*), v. t. Percutir.
PERCUTEUR (*pérkütër*), s. m. Percutor.
PERDABLE (*pérdabl*), adj. Perdível.
PERDANT, E (*pérdan, t*), adj. e s. Perdedor.
PERDITION (*pérdiçion*), s. f. Perda, perdição.
PERDRE (*pérdr*), v. t. Perder; estragar. *Fig.* Arruinar; corromper. *Perdre la carte*, atrapalhar-se. *Perdre la tête*, não saber que decisão tomar. *Perdre de vue*, esquecer. **SE PERDRE**, v. pr. Perder-se, naufragar; corromper-se; cair de moda. *Je m'y perds*, não compreendo nada.
PERDREAU (*pérdrô*), s. m. Perdiz nova. Pl.: *des perdreaux.*
PERDRIGON (*pérdrigon*), s. m. Variedade de ameixa.
PERDRIX (*pérdri*), s. f. Perdiz. Pl.: *des perdrix.*
PERDU, E (*pérdü*), adj. Perdido. Loc. adv. *À vos heures perdues*, em suas horas de folga; *à corps perdu*, impetuosamente.
PÈRE (*pér*), s.m. Pai. *Nos pères*, nossos antepassados. Tio, pai (nome que se dá familiarmente a um homem idoso). Padre. *Père noble*, ator que desempenha o papel de pai.
PÉRÉGRINATION (*pêrêgrinaçion*), s. f. Peregrinação.
PÉREMPTION (*pêranpçion*), s. f. Perempção.
PÉREMPTOIRE (*pêranptuar*), adj. Peremptório.
PÉREMPTOIREMENT (*pêranptuarman*) adv. Peremptoriamente.
PÉRENNITÉ (*pêrénitê*), s. f. Perenidade.
PERFECTIBILITÉ (*pérféktibilitê*), s. f. Perfectibilidade.
PERFECTIBLE (*pérféktibl*), adj. Perfectível.
PERFORMANCE (*pêrformanç*), s. f. Performance, desempenho.
PÉRIANTHE (*pêriant*), s. m. *Bot.* Perianto.
PÉRICARDE (*pêrikard*), s. m. Pericárdio.
PÉRICARDITE (*pêrikardit*), s. f. Pericardite.
PÉRICARPE (*pêrikarp*), s. m. Pericarpo.
PÉRICHONDRE (*pêrikondr*), s. m. *Anat.* Pericôndrio.
PÉRICLITER (*pêriklitê*), v. i. Periclitar.
PÉRICRANE (*pêrikran'*), s. m. Pericrânio.
PÉRIGÉE (*pêrijê*), s. m. Perigeu.
PÉRIGOURDIN, E (*pêrigurden*), adj. e s. Natural de Périgord.
PÉRIL (*pêril*), s. m. Perigo.
PÉRILLEUSEMENT (*pêriiëzman*), adv. Perigosamente.

PÉRILLEUX, EUSE (*pêriië, ëz*), adj. Perigoso, arriscado.
PÉRIMER (*pêrimê*), v. t. *Se périmer* ou *être périmé*, desvalorizar-se.
PÉRIMÈTRE (*pêrimétr*), s. m. Perímetro.
PÉRINÉAL, E, AUX (*pêrinêal, ô*), adj. Perineal.
PÉRINÉE (*pêrinê*), s. m. Períneo.
PÉRIODE (*pêriod*), s. m. e f. Período.
PÉRIODICITÉ (*pêriodiçitê*), s. f. Periodicidade.
PÉRIODIQUE (*pêriodik*), adj. e s. m. Periódico.
PÉRIODIQUEMENT (*pêriodikman*), adv. Periodicamente.
PÉRIOSTE (*pêrióçt*), s. m. Periósteo.
PÉRIOSTITE (*pêrioçtit*), s. f. Periostite.
PÉRIPATÉTICIEN, ENNE (*pêripatêtiçien, én'*), adj. e s. Peripatético.
PÉRIPATÉTISME (*pêripatêtiçm*), s. m. Peripatetismo.
PÉRIPÉCIE (*pêripêçi*), s. f. Peripécia.
PÉRIPHÉRIE (*pêriféri*), s. f. Periferia.
PÉRIPHÉRIQUE (*pêriférik*), adj. Periférico.
PÉRIPHRASE (*pêrifraz*), s. f. Perífrase.
PÉRIPHRASER (*pêrifrazê*), v.i. Perifrasear.
PÉRIPHRASTIQUE (*pêrifraçtik*), adj. Perifrástico.
PÉRIPLE (*pêripl*), s.m. Périplo.
PÉRIPTÈRE (*pêriptér*), s. m. e adj. Períptero.
PÉRIR (*pêrir*), v.i. (Emprega-se sempre com o auxilar *avoir.*) Perecer, fenecer, morrer.
PÉRISCOPE (*pêriçkop*), s.m. Periscópio.
PÉRISPERME (*pêriçpérm*), s.m. Perisperma.
PÉRISSABLE (*pêriçabl*), adj. Perecível, transitório.
PÉRISSODACTYLES (*pêriçodaktil*), s.m. pl. *Zool.* Perissodáctilos.
PÉRISSOIRE (*pêriçuar*), s. f. Iole (barco de regatas).
PÉRISTALTIQUE (*pêriçtaltik*), adj. Peristáltico.
PÉRISTYLE (*pêriçtil*), s.m. Peristilo.
PÉRITOINE (*pêrituan'*), s.m. Peritônio.
PERLE (*pérl*), s.f. Pérola.
PERLÉ, E (*pérlê*), adj. Perolado.
PERLER (*pérlê*), v.t. Perolizar.
PERLIER, ÈRE (*pérliê, ér*), adj. Perolífero.
PERLIMPINPIN (*perlenpenpen*), s.m. V. POUDRE.
PERMANENCE (*pérmananç*), s.f. Permanência.
PERMANENT, E (*pérmanan, t*), adj. Permanente.
PERMANGANATE (*pérmanganat*), s.m. Permanganato.
PERMANGANIQUE (*pérmanganik*), adj. Permangânico.
PERMÉABILITÉ (*pérmêabilitê*), s.f. Permeabilidade.
PERMÉABLE (*pérmêabl*), adj. Permeável.
PERMETTRE (*pérmétr*), v.t. (Conjuga-se como *mettre.*) Permitir, concordar.
PERMIS (*pérmi*), s. m. Permissão.
PERMISSION (*pérmiçion*), s.f. Permissão, autorização; licença de alguns dias (de um militar).
PERMISSIONNAIRE (*pérmiçionér*), s. Pessoa licenciada, soldado licenciado.
PERMUTABLE (*pérmütabl*), adj. Permutável.
PERMUTANT, E (*pérmütan, t*), adj. Permutante, permutador.
PERMUTATION (*pérmütaçion*), s.f. Permuta.
PERMUTER (*pérmütê*), v.t. Permutar.
PERNICIEUSEMENT (*pérniçiëzman*), adv. Perniciosamente.
PERNICIEUX, EUSE (*pérniçië, ëz*), adj. Pernicioso.
PÉRONÉ (*pêronê*), s.m. Perônio.
PÉRONNELLE (*pêronél*), s.f. *Fam.* Mulher tola e faladeira.
PÉRORAISON (*pêrorézon*), s.f. Peroração.
PÉRORER (*pêrorê*), v.i. Perorar.
PEROXYDE (*pérokçid*), s. m. Peróxido.
PERPENDICULAIRE (*pérpandikülér*), adj. Perpendicular.
PERPENDICULAIREMENT (*pérpandikülérman*), adv. Perpendicularmente.
PERPÉTRATION (*pérpêtraçion*), s. f. Perpetração.
PERPÉTRER (*pérpêtrê*), v. t. (Conjuga-se como *accélérer.*) Perpetrar.
PERPÉTUATION (*pérpêtüaçion*), s. f. Perpetuação.
PERPÉTUEL, ELLE (*pérpêtüel*), adj. Perpétuo.
PERPÉTUELLEMENT (*pérpêtüélman*), adv. Perpetuamente.
PERPÉTUER (*pérpêtüê*), v.t. Perpetuar.
PERPÉTUITÉ (*pérpêtüitê*), s.f. Perpetuidade.
PERPLEXE (*pérplékç*), adj. Perplexo.
PERPLEXITÉ (*pérplékçitê*), s.f. Perplexidade.
PERQUISITION (*pérkiziçion*), s.f. Perquirição, investigação.
PERQUISITIONNER (*pérkiziçionê*), v. i. Investigar; indagar, pesquisar.
PERRON (*péron*), s.m. Escadaria exterior.
PERROQUET (*péroké*), s. m. Papagaio. *Fig.* Pessoa faladeira.
PERRUCHE (*pérüch*), s.f. Periquito.
PERRUQUE (*pérük*), s.f. Peruca. *Fig. Vieille perruque*, pessoa antiquada, cheia de preconceitos.
PERRUQUIER (*pérükiê*), s.m. Barbeiro, cabeleireiro.
PERS, E (*pér, pérç*), adj. Esverdeado (entre o azul e o verde).
PERSAN, E (*pérçan, an'*), adj. e s. Persa.

PERSÉCUTANT, E (*pérçêkütan, t*), adj. Perseguidor, importuno, impertinente.
PERSÉCUTÉ, E (*pérçêküté*), adj. Perseguido; importunado.
PERSÉCUTER (*pérçêküté*), v.t. Perseguir; importunar.
PERSÉCUTEUR, TRICE (*pérçêkütĕr, triç*), s. Perseguidor; importuno.
PERSÉCUTION (*pérçêküçion*), s.f. Perseguição.
PERSÉVÉRANCE (*pérçêvêranç*), s.f. Perseverança.
PERSÉVÉRANT, E (*pérçêvêran, t*), adj. Perseverante.
PERSÉVÉRER (*pérçêvêrê*), v.i. (Conjuga-se como *accélérer.*) Perseverar.
PERSIENNE (*pérçién'*), s.f. Persiana.
PERSIFLAGE (*pérçiflaj*), s.m. Sarcasmo, ironia.
PERSIFLER (*pérçiflê*), v.t. Ironizar, ridicularizar. V. i. Falar com ironia.
PERSIFLEUR (*pérçiflĕr*), adj. e s. Irônico, mordaz, escarnecedor.
PERSIL (*pérçi*), s.m. Salsa. *Faire son persil,* mostra-se muito bem arrumado.
PERSILLADE (*pérçiiad*), s.f. Fatias de carne fria (temperadas com salsa).
PERSILLÉ, E (*pérçiiê*), adj. Salpicado de salsa; semeado de manchas escuras.
PERSILLER (*pérçiiê*), v.t. Manchar, malhar; salpicar de salsa.
PERSIQUE (*pérçik*), adj. Pérsico.
PERSISTANCE (*pérçiçtanç*), s.f. Persistência.
PERSISTANT, E (*pérçiçtan, t*), adj. Persistente.
PERSISTER (*pérçiçtê*), v.i. Persistir.
PERSONNAGE (*pérçonaj*), s.m. Personagem.
PERSONNALITÉ (*pérçonalitê*), s.f. Personalidade.
PERSONNE (*pérçón'*), s.f. Pessoa. Pron. Ninguém.
PERSONNEL, ELLE (*pérçonél*), adj. e s. m. Pessoal.
PERSONNELLEMENT (*pérçonélman*), adv. Pessoalmente.
PERSONNIFICATION (*pérçonifikaçion*), s.f. Personificação.
PERSONNIFIER (*pérçonifiê*), v.t. (Conjuga-se como *prier.*) Personificar.
PERSPECTIVE (*pérçpéktiv*), s. f. Perspectiva.
PERSPECTIVISME (*pérçpéktiviçm*), s. m. Perspectivismo.
PERSPICACE (*pérçpikaç*), adj. Perspicaz.
PERSPICACITÉ (*pérçpikaçitê*), s. f. Perspicácia.
PERSUADER (*pérçüadê*), v.t. Persuadir, convencer. **SE PERSUADER,** v. pr. Persuadir-se.
PERSUASIF, IVE (*pérçüazif, iv*), adj. Persuasivo.
PERSUASION (*pérçüazion*), s.f. Persuasão.
PERTE (*pért*), s.f. Perda, prejuízo, dano.
PERTINEMMENT (*pértinaman*), adv. Convenientemente, competentemente.
PERTINENCE (*pértinanç*), s. f. Conveniência.
PERTINENT, E (*pértinan, t*), adj. Conveniente.
PERTUIS (*pértüi*), s.m. Passagem estreita (de um rio); estreito. Pl.: *des pertuis*
PERTURBATEUR, TRICE (*pértürbatĕr, triç*), adj. Perturbador.
PERTURBATION (*pértürbaçion*), s. f. Perturbação.
PÉRUVIEN, ENNE (*pêrüvien, én'*), adj. Peruano.
PERVENCHE (*pérvanch*), s.f. Pervinca.
PERVERS, E (*pérvér, érç*), adj. e s. Perverso.
PERVERSION (*pérvérçion*), s.f. Perversão.
PERVERSITÉ (*pérvérçitê*), s.f. Perversidade.
PERVERTIR (*pérvértir*), v.t. Perverter.
PERVERTISSEMENT (*pérvértiçman*), s. m. Perversão.
PERVERTISSEUR, EUSE (*pérvértiçer, ëz*), adj. e s. Pervertedor.
PESAGE (*pəzaj*), s. m. Pesagem.
PESAMMENT (*pəzaman*), adv. Pesadamente.
PESANT, E (*pəzan, t*), adj. Pesado; lento. *Fig.* Tirânico. ***Esprit, style pesant***, grosseiro, sem elegância. S. m. Peso. *Valoir son pesant d'or,* ser excelente. Adv. De peso.
PESANTEUR (*pəzantĕr*), s. f. Peso; indisposição, incômodo. *Fig.* Estupidez.
PÈSE-ALCOOL (*pézalkól*), s. m. Alcoômetro. Pl.: ***des pèse-alcools.***
PÈSE-BÉBÉ (*pézbêbê*), s.m. Balança de pesar criança. Pl.: ***des pèse-bébés.***
PESER (*pəzê*), v. t. e i. (Conjuga-se como *amener.*) Pesar. *Peser le pour et le contre,* pesar os prós e os contras.
PESETA (*pêzêtá*), s.f. Peseta.
PESETTE (*pəzét*), s. f. Balança de precisão.
PESEUR (*pəzĕr*), s. m. Pesador.
PESON (*pəzon*), s. m. Dinamômetro de mola.
PESSIMISME (*péçimiçm*), s.m. Pessimismo.
PESSIMISTE (*péçimiçt*), adj. e s. Pessimista.
PESTE (*péçt*), s.f. Peste. *Fig.* Peste (pessoa ou idéia perniciosa). Interj. Puxa!
PESTER (*péçtê*), v.i. Praguejar.
PESTEUX, EUSE (*péçtĕ, ëz*), adj. Pestilento.
PESTICIDE (*péçtiçid*), adj. e s. Qualquer produto utilizado contra parasitas animais e vegetais.

PESTIFÈRE (*péçtifér*), adj. Pestífero.
PESTIFÉRÉ, E (*péçtiféré*), adj. e s. Empestado.
PESTILENCE (*péçtilanç*), s.f. Pestilência.
PESTILENT, E (*péçtilan, t*), adj. Pestilento.
PESTILENTIEL, ELLE (*péçtilançiél*), adj. Pestilencial.
PÉTALE (*pêtal*), s.m. Pétala.
PÉTARADE (*pêtarad*), s.f. Estralada, série de detonações.
PÉTARD (*pêtar*), s.m. Petardo. Bomba (fogo de artifício). *Fam.* Barulho, escândalo.
PÉTAUDIÈRE ou **PETAUDIÈRE** (*pêtodiér* ou *pətôdiér*), s. f. Barafunda.
PET-EN-L'AIR (*pétanlér*), s.m.inv. Casaco curto.
PÉTER ou **PETER** (*pêtê* ou *pətê*), v. i. (Conjuga-se como *accélérer*.) Traquear. *Fig.* Estalar, rebentar.
PÉTILLANT, E (*pêtiian, t*), adj. Crepitante; brilhante. *Boisson pétillante,* bebida gasosa.
PÉTILLEMENT (*pêtiiman*), s.m. Crepitação, estalido; cintilação.
PÉTILLER (*pêtiiê*), v.i. Estalar, crepitar. *Fig. Pétiller d'impatience,* impacientar-se muito; cintilar, fulgurar.
PÉTIOLE (*pêçiól*), s.m. *Bot.* Peciolo.
PÉTIOLÉ, E (*pêçiolê*), adj. *Bot.* Peciolado.
PETIOT, E (*ptiô, ót*), adj. e s. *Fam.* Pequenino, pequerrucho.
PETIT, E (*pəti, t*), adj. Pequeno; indigno. *Le petit monde,* a ralé. *Petit esprit,* homem de idéias acanhadas. Loc. adv.: *En petit,* resumidamente, em ponto pequeno; *petit à petit,* pouco a pouco. S. m. Pequeno menino.
PETIT-BEURRE (*pətibẽr*), s. m. Espécie de biscoito. P.: *des petits-beurre.*
PETIT-BOURGEOIS, PETITE-BOURGEOISE (*pətiburjuá, pətiburjuaz*), adj. Pequeno-burguês.
PETITE-FILLE (*pətitfii*), s. f. Neta, menina. Pl.: *des petites-filles.*
PETITEMENT (*pətitəman*), adv. Escassamente; mesquinhamente.
PETITES-MAISONS (*pətitmézon*), s. f. pl. Manicômio.
PETITESSE (*ptitéç*), s.f. Pequenez; modicidade. *Fig.* Baixeza; mesquinharia.
PETIT-FILS (*pətifiç*), s. m. Neto. Pl.: *des petits-fils.*
PETIT-GRIS (*pətigri*), s. m. Variedade de esquilo. Pl.: *des petits-gris.*
PÉTITION (*pêtiçion*), s. f. Petição.
PÉTITIONNAIRE (*pêtiçionér*), s. Peticionário, requerente.
PÉTITIONNEMENT (*pêtiçionəman*), s. m. Apresentação de uma petição.
PÉTITIONNER (*pêtiçionê*), v.i. Peticionar.
PETIT-LAIT (*pətilé*), s. m. Soro (do leite coalhado).
PETIT-MAITRE, PETITE-MAITRESSE (*pətimétr, pətitmétréç*), s. Jovem de elegância afetado, sofisticado. Pl.: *des petits-maîtres, des petites-maîtresses.*
PETIT-NÈGRE (*pətinégr*), s. m. *Fam.* Linguagem incorreta e simplificada dos negros.
PETIT-NEVEU (*pətinəvẽ*), s. m. **PETITE-NIÈCE** (*pətitniéç*), s. f. Sobrinho neto. Pl, Descendentes. Pl.: *des petits-neveux, des petites-nièces.*
PÉTITOIRE (*pêtituar*), s. m. e adj. Petitório.
PETITS-ENFANTS (*pətizanfan*), s. m. pl. Netos.
PÉTOIRE (*pêtuar*), s.f. Pistola de sabugueiro. *Fam.* Espingarda ordinária.
PETON (*pton*), s.m. *Fam.* Pezinho.
PÉTRÉ, E (*pêtrê*), adj. Pedregoso.
PÉTRI, E (*pêtri*), adj. *Fig.* Cheio, repleto.
PÉTRIFIANT, E (*pêtrifian, t*), adj. Petrificante.
PÉTRIFICATION (*pêtrifikaçion*), s.f. Petrificação.
PÉTRIFIER (*pêtrifiê*), v.t. (Conjuga-se como *prier.*) Petrificar.
PÉTRIN (*pêtren*), s.m. Masseira, batedor de massa. *Fig.* e *fam. Être dans le pétrin,* estar em dificuldades.
PÉTRIR (*pêtrir*), v.t. Amassar. *Fig.* Modelar, formar.
PÉTRISSABLE (*pêtriçabl*), adj. Que pode ser amassado, moldado, dirigido.
PÉTRISSAGE (*pêtriçaj*), s.m. Amassadura, amassamento.
PÉTRISSEUR (*pêtriçẽr*), s.m. Amassador.
PÉTROLE (*pêtról*), s.m. Petróleo.
PÉTROLIER, ÈRE (*pêtroliê, ér*), adj. Petroleiro.
PÉTROLIFÈRE (*pêtrolifér*), adj. Petrolífero.
PÉTULANCE (*pêtülanç*), s.f. Petulância.
PÉTULANT, E (*pêtülan, t*), adj. Petulante, pretensioso, vivo.
PEU (*pẽ*), adv. e s. m. Pouco. *Peu s'en faut* (*s'en fallait,* etc.), por pouco, quase. Loc. adv.: *Dans peu, sous peu,* logo, dentro de pouco; *depuis peu,* há pouco; *un peu fort, un peu loin,* é demais; *à peu près, à peu de chose près,* quase, aproximadamente; *quelque peu,* um pouco; *ni peu ni prou,* de modo nenhum, absolutamente. Loc. conj.: *Pour peu que, si peu que,* por pouco que, se, no caso de.
PEUPLADE (*pẽplad*), s.f. Tribo, colônia, bando.
PEUPLE (*pẽpl*), s.m. Povo.
PEUPLEMENT (*pẽpləman*), s. m. Povoa-

mento, povoação.
PEUPLER (*pëplê*), v. t. Povoar. V. i. Multiplicar-se, reproduzir-se.
PEUPLERAIE (*pëpləré*), s. f. Plantio do choupo.
PEUPLIER (*pëpliê*), s.m. Choupo.
PEUR (*pĕr*), s.f. Medo, temor, covardia.
PEUREUSEMENT (*përëzman*), adv. Medrosamente.
PEUREUX, EUSE (*përê, ëz*), adj. Medroso.
PEUT-ÊTRE (*pëtétr*), adv. Talvez, quiçá.
PHAÉTON (*faêton*), s.m. Espécie de carruagem.
PHAGÉDÉNIQUE (*fajêdênik*), adj. Fagedênico.
PHAGÉDÉNISME (*fajêdêniçm*), s.m. Fagenismo.
PHAGOCYTE (*fagoçit*), s. m. Fagócito.
PHAGOCYTOSE (*fagoçitôz*), s. f. Fagocitose.
PHALANGE (*falanj*), s.f. Falange.
PHALANGETTE (*falanjét*), s.f. Falangeta.
PHALANGINE (*falanjin'*), s.f. Falanginha.
PHALÈNE (*falén'*), s.f. Falena.
PHANÉROGAME (*fanêrogam'*), adj. e s. Fanerogâmico.
PHARAON (*faraon*), s.m. Faraó.
PHARAONIEN, ENNE ou **PHARAONIQUE** (*faraonien, én'* ou *faraonik*), adj. Faraônico.
PHARE (*far*), s.m. Farol.
PHARISAÏSME (*farizaiçm*), s. m. Farisaísmo.
PHARISAÏQUE (*farizaik*), adj. Farisaico.
PHARISIEN, ENNE (*farizien, én'*), s. Fariseu.
PHARMACEUTIQUE (*farmaçëtik*), adj. Farmacêutico. s.f. Farmacologia.
PHARMACIE (*farmaçi*), s.f. Farmácia.
PHARMACIEN, ENNE (*farmaçien, én'*) s. Farmacêutico, aquele que exerce a Farmácia.
PHARMACODYNAMIE (*farmakôdinami*). s. f. Farmacodinamia.
PHARMACOLOGIE (*farmakoloji*), s. f. Farmacologia.
PHARMACOPÉE ([illegible]), s. f. Farmacopéia.
PHARYNGIEN, ENNE (*farenjien, én'*), adj. Faringeo.
PHARYNGITE (*farinjit*), s. f. Faringite.
PHARYNGOSCOPE (*farengoçkóp*), s. m. Faringoscópio.
PHARYNX (*farenkç*), s.m. Faringe.
PHASE (*faz*), s.f. Fase.
PHÉBUS (*fêbüç*), s.m. *Fam.* Estilo empolado, confuso.
PHÉNICIEN, ENNE (*fêniçien, én'*), adj. e s. Fenicio.
PHÉNIQUE (*fênik*), adj. *Quím.* Fênico.
PHÉNIX (*fênikç*), s.m. Fênix. Pl.: *des phénix.*
PHÉNOL (*fênól*), s.m. *Quím.* Fenol.
PHÉNOMÉNAL, E, AUX (*fênomênal, ô*), adj. Fenomenal.
PHÉNOMÈNE (*fênomén'*), s. m. Fenômeno.
PHÉNYLAMINE (*fênilamin'*), s. f. *Quím.* Fenilamina.
PHILANTHROPE (*filantrop*), s. m. Filantropo.
PHILANTHROPIE (*filantropi*), s. f. Filantropia.
PHILANTHROPIQUE (*filantropik*), adj. Filantrópico.
PHILATÉLIE (*filatêli*), s. f. Filatelia.
PHILATÉLISTE (*filatêliçt*), s. Filatelista.
PHILHARMONIE (*filarmoni*), s. f. Filarmonia.
PHILHARMONIQUE (*filarmonik*), adj. Filarmônico.
PHILIPPIQUE (*filipik*), s. f. Filípica.
PHILISTIN (*filiçten*), s. m. Filistino. *Fig.* Burguês vulgar.
PHILOLOGIE (*filoloji*), s. f. Filologia.
PHILOLOGIQUE (*filolojik*), adj. Filológico.
PHILOLOGIQUEMENT (*filolojikman*), adv. Filologicamente.
PHILOLOGUE (*filológh*), s. m. Filólogo.
PHILOMATHIQUE (*filomatik*), adj. Filomático.
PHILOMÈLE (*filomél*), s. f. *Poét.* Rouxinol.
PHILOSOPHAILLER (*filozôfaiê*), v. i. *Fam.* Filosofar a torto e a direito.
PHILOSOPHALE (*filozofal*), adj. f. Filosofal.
PHILOSOPHE (*filozóf*), s. m. Filósofo.
PHILOSOPHER (*filozofê*), v. i. Filosofar.
PHILOSOPHIE (*filozofi*), s. f. Filosofia.
PHILOSOPHIQUE (*filozofik*), adj. Filosófico.
PHILOSOPHIQUEMENT (*filozofikman*), adv. Filosoficamente.
PHILOSOPHISME (*filozofiçm*), s. m. Filosofismo.
PHILOTECHNIQUE (*filotéknik*), adj. Filotécnico.
PHILTRE (*filtr*), s. m. Filtro, bebida.
PHLÉBITE (*flêbit*), s. f. *Med.* Flebite.
PHLÉBOTOME (*flêbotóm'*), s. m. Flebótomo.
PHLÉBOTOMIE (*flêbotomi*), s. f. Flebotomia.
PHLEGMASIE (*flégmazi*), s. f. Flegmasia.
PHLEGMON ou **FLEGMON** (*flégmon*), s. m. Fleumão.
PHLOGISTIQUE (*flogiçtik*), s. m. Flogístico.
PHLOX (*flókç*), s. m. *Bot.* Flox.
PHLYCTÈNE (*flikten'*), s. f. Flictena.
PHOBIE (*fobi*), s. f. Fobia.

PHŒNIX (*fênikç*), s. m. Fênix. Palmeira ornamental. Pl.: *des phœnix*.
PHONATION (*fonaçion*), s. f. Fonação.
PHONÈME (*foném'*), s. m. Fonema.
PHONÉTIQUE (*fonêtik*), adj. Fonético. S. f. Fonética.
PHONÉTIQUEMENT (*fonêtikman*), adv. Foneticamente.
PHONIQUE (*fonik*), adj. Fônico.
PHONO (*fonô*), s. m. Abreviatura de PHONOGRAPHE.
PHONOGÉNIQUE (*fonogênik*), adj. Fonogênico.
PHONOGRAPHE (*fonograf*), s. m. Fonógrafo.
PHOQUE (*fók*), s. m. Foca.
PHOSPHATE (*foçfat*), s. m. Fosfato.
PHOSPHATÉ, E (*foçfatê*), adj. Fosfatado.
PHOSPHÈNE (*foçfén'*), s. m. Fosfeno.
PHOSPHITE (*foçfit*), s. m. Fosfito.
PHOSPHORE (*foçfor*), s. m. *Quím.* Fósforo.
PHOSPHORÉ, E (*foçforê*), adj. Fosforado.
PHOSPHORESCENCE (*foçforéçanç*), s. f. Fosforescência.
PHOSPHORESCENT, E (*foçforéçan, t*), adj. Fosforescente.
PHOSPHOREUX (*foçforë*), adj. m. Fosforoso.
PHOSPHORIQUE (*foçforik*), adj. Fosfórico.
PHOSPHORISATION (*foçforizaçion*), s. f. Fosforização.
PHOSPHORISME (*foçforiçm'*), s. m. Fosforismo.
PHOSPHORITE (*foçforit*), s. f. Fosforita.
PHOSPHURE (*foçfür*), s. m. Fosforeto.
PHOT (*fót*), s. m. Fóton (unidade de iluminação).
PHOTO (*fôtô*), s. f. Foto.
PHOTOCHIMIE (*fôtôchimi*), s. f. Fotoquímica.
PHOTOCHIMIQUE (*fotochimik*), adj. Fotoquímico.
PHOTOCHROMIE (*fôtôkromi*), s. f. Fotocromia.
PHOTOCOPIE (*fôtôkopi*), s. f. Fotocópia.
PHOTO-ÉLECTRICITÉ (*fôtôêléktriçitê*), s. f. Foteletricidade.
PHOTO-ÉLECTRIQUE (*fôtôêléktrik*), adj. Fotelétrico.
PHOTOGÈNE (*fótogén'*), adj. Fotógeno.
PHOTOGÉNIE (*fôtôgêni*), s. f. Fotogenia.
PHOTOGÉNIQUE (*fôtôjênik*), adj. Fotogênico.
PHOTOGRAPHE (*fôtôgraf*), s. m. Fotógrafo.
PHOTOGRAPHIE (*fôtôgrafi*), s. f. Fotografia.
PHOTOGRAPHIER (*fôtôgrafiê*), v. t. (Conjuga-se como *prier.*) Fotografar.
PHOTOGRAPHIQUE (*fôtôgrafik*), adj. Fotográfico.
PHOTOGRAPHIQUEMENT (*fôtôgrafikman*), adv. Fotograficamente.
PHOTOGRAVURE (*fôtôgravür*), s. f. Fotogravura.
PHOTOLITHOGRAPHIE (*fôtôlitografi*), s. f. Fotolitografia.
PHOTOMÉCANIQUE (*fôtômêkanik*), adj. Fotomecânico.
PHOTOMÈTRE (*fôtômétr*), s. m. Fotômetro.
PHOTOMÉTRIE (*fôtômêtri*), s. f. Fotometria.
PHOTOMÉTRIQUE (*fôtômêtrik*), adj. Fotométrico.
PHOTON (*fôtôn*), s. m. *Fís.* Fóton.
PHOTOSPHÈRE (*fôtoçfér*), s. f. Fotosfera.
PHOTOTROPISME (*fôtôtropiçm'*), s. m. Fototropismo.
PHOTOTYPE (*fôtôtip*), s. m. Fotótipo.
PHRASE (*fraz*), s. f. Frase.
PHRASÉOLOGIE (*frazêoloji*), s. f. Fraseologia.
PHRASÉOLOGIQUE (*frazêolojik*), adj. Fraseológico.
PHRASER (*frazê*), v. i. Fazer frases.
PHRYGIEN, ENNE (*frijien, én'*), adj. e s. Frígio.
PHTIRIASIS (*ftiriaziç*), s. f. Ftiríase.
PHTISIE (*ftizi*), s. f. Tísica, tuberculose pulmonar.
PHTISIQUE (*ftizik*), adj. e s. Tísico, tuberculoso, fimatoso.
PHYLACTÈRE (*filaktér*), s. m. Filactério.
PHYSICIEN, ENNE (*fiziçien, én'*), s. Físico.
PHYSICO-MATHÉMATIQUE (*fizikomatêmatik*), adj. Físico-matemático.
PHYSIOCRATE (*fiziokrat*), adj. e s. Fisiocrata.
PHYSIOCRATIE (*fiziokraçi*), s. f. Fisiocracia.
PHYSIOGNOMONIE (*fiziognomoni*), s. f. Fisiognomonia.
PHYSIOGNOMONIQUE (*fiziognomonik*), adj. Fisiognomônico.
PHYSIOGNOMONISTE (*fiziognomonist*), s. Fisiognomonista.
PHYSIOGRAPHE (*fiziograf*), s. m. Fisiógrafo.
PHYSIOGRAPHIE (*fiziografi*), s. f. Fisiografia.
PHYSIOLOGIE (*fizioloji*), s. f. Fisiologia.
PHYSIOLOGIQUE (*fiziolojik*), adj. Fisiológico.
PHYSIOLOGISTE (*fiziolojiçt*), s. m. Fisiologista.
PHYSIONOMIE (*fizionomi*), s. f. Fisionomia; característica, aspecto.
PHYSIONOMIQUE (*fizionomik*), adj. Fisionômico.

PHYSIONOMISTE (*fizionomiçt*), s. Fisionomista.
PHISIOTHÉRAPIE (*fiziotêrapi*), s. f. Fisioterapia.
PHYSIQUE (*fizik*), s. f. Física. Adj. e s. m. Físico.
PHYSIQUEMENT (*fizikman*), adv. Fisicamente.
PHYTOGÈNE (*fitogén'*), adj. Fitogêneo.
PHYTOGRAPHIE (*fitôgrafi*), s. f. Fitografia.
PHYTOLOGIE (*fitologi*), s. f. Fitologia.
PHYTOPHAGE (*fitofaj*), adj. Fitógrafo.
PIAF (*piaf*), s. m. *Pop.* Pardal.
PIAFFE (*piaf*), s. f. Ação de bater os pés de impaciência, como o faz o cavalo.
PIAFFEMENT (*piafman*), s. m. Ação de bater os pés de impaciência, como o faz o cavalo; resultado dessa ação.
PIAFFER (*piafê*), v. i. Bater com os pés de impaciência como o faz o cavalo.
PIAFFEUR, EUSE (*piafĕr, ëz*), s. m. Aquele que bate com os pés de impaciência, como o faz o cavalo.
PIAILLARD, E (*piaiar, d*), adj. e s. *Fam.* Que grita.
PIAILLEMENT (*piaiiman*), s. m. Pio, gritaria.
PIAILLER (*piaiê*), v. i. Piar. *Fam.* Gritar, soltar gritinhos.
PIAILLERIE (*piaiiri*), s. f. *Fam.* Gritaria.
PIAILLEUR, EUSE (*piaiĕr, ëz*), s. Gritador.
PIANISSIMO (*pianiçimô*), adv. *Mús.* Pianíssimo.
PIANISTE (*pianiçt*), s. Pianista.
PIANO (*pianô*), s. m. Piano. Adv. *Mús.* Piano.
PIANOTAGE (*pianotaj*), s. m. Ação de tocar mal piano.
PIANOTER (*pianotê*), v. i. *Fam.* Divertir-se em tocar piano, tocar piano mal.
PIASTRE (*piaçtr*), s. f. Piastra.
PIAT (*piá*), s. m. Pequena pega.
PIAULE (*piôl*), s. f. *Pop.* Cômodo, quarto.
PIAULEMENT (*piôlman*), s. m. Pio (dos pintos). *Fam.* Grito, choro.
PIAULER (*piôlê*), v. i. Piar (os pintos). *Fam.* Choramingar.
PIC (*pik*), s. m. Picão, picareta; pico, cume. Picanço (ave trepadora). *À pic*, a pique. *Fig.* e *fam.* No momento oportuno.
PICAILLON (*pikaion*), s. m. Antiga moeda piemontesa. *Pop.* Dinheiro.
PICARESQUE (*pikaréçk*), adj. Picaresco.
PICHENETTE (*pichnét*), s. f. Piparote.
PICHET (*piché*), s. m. Pichel.
PICKLES (*pikl*), s. m. pl. Picles.
PICK-UP (*pikëp*), s. m. inv. Toca-discos.
PICOLER (*pikolê*), v. i. *Pop.* Beber demais.
PICOLO (*pikolô*), s. m. Vinho de certas regiões. Lance de um jogo.
PICORÉE (*pikorê*), s. f. Pilhagem, roubo.
PICORER (*pikorê*), v. i. Furtar, pilhar; ciscar, procurar alimento (tratando-se de aves). V. t. Bicar, beliscar.
PICOT (*pikô*), s. m. Esgalho; picote (em rendas).
PICOTE (*pikót*), s. f. Tecido de lã. Varíola.
PICOTÉ, E (*pikotê*), adj. Picotado.
PICOTERIE (*pikotri*), s. f. Implicância, brincadeira, picuinha.
PICOTEMENT (*pikotman*), s. m. Prurido, formigamento; picada.
PICOTER (*pikotê*), v. t. Picar, bicar; depenicar; causar ardência. *Fig.* Atazanar, arreliar.
PICOTIN (*pikoten*), s. m. Medida de aveia (para um cavalo).
PICPOUILLE ou **PICPOULE** (*pikpuii* ou *pikpul*), s. f. Uva do sul da França; o vinho que com ela se faz.
PICRATE (*pikrat*), s. m. Picrato.
PICTURAL, E, AUX (*piktüral, ô*), adj. Pictórico.
PIE (*pi*), s. f. Pega. *Fig.* Pessoa faladeira. Adj. inv. Branco e preto ou branco e ruivo, malhado. S. m. Cor malhada. Adj. Pio, piedoso.
PIÈCE (*piéç*), s. f. Peça; parte. *Fig.* e *fam.* Pessoa. Pequeno remendo. *Fam.* Soma, quantidade. *Un deux-pièces, un trois-pièces*, roupa de mulher formada de duas ou três peças. Gorjeta, gratificação. *Une pièce à tiroirs*, uma peça (ou história) sem lógica, descosida. *Pièce d'eau*, pequeno lago, tanque. *Pièce de monnaie*, moeda. *Fig. Emporter la pièce*, dar gorjeta. *Faire pièce*, pregar uma peça. *À la pièce*, por unidade. Loc. adv.: *Tout d'une pièce*, em bloco, de uma só vez; *pièce à pièce*, peça por peça.
PIÉCETTE (*piéçét*), **s. f. Moeda pequena.**
PIED (*piê*), s. m. Pé, sopé. *Pied de nez*, careta, gesto de desprezo. *Vivre sur un grand pied*, viver luxuosamente. *S'en aller les pieds devant*, ser enterrado. *Mettre sur pied*, mobilizar. *Mettre les pieds dans le plat*, cometer uma gafe. *Perdre pied*, perder pé. *Lâcher pied*, correr, fugir. *Sécher sur pied*, consumir-se. *Ne savoir sur quel pied danser*, não saber que resolução tomar. Loc. adv.: *De pied en cap*, dos pés à cabeça; *au petit pied*, resumidamente; *à pied*, a pé; *sur pied*, pronto, preparado; antes da

colheita; *de pied ferme*, imóvel, e *fig.*, resolutamente; *au pied levé*, sem tempo para preparar-se, no mesmo instante.

PIED-A-TERRE (*piêtatér*), s. m. inv. Pequena casa de passagem.

PIED-BOT (*piêbô*) s. m. Coxo. Pl.: *des pieds-bots.*

PIED-DE-BICHE (*piêdbich*), s. m. Cabo de uma sineta. Boticão. Pl.: *des pieds-de-biche.*

PIED-DE-CHEVAL (*piêdəchəval*), s. m. Espécie de ostra comestivel. Pl.: *des pieds-de-cheval.*

PIED-DE-CHÈVRE (*piêdəchévr*), s. m. Pé-de-cabra. Pl.: *des pieds-de-chèvre.*

PIED-DE-POULE (*piêd pul*), s. m. Tecido xadrezinho.

PIED-DE-VEAU (*piêdvô*), s. m. Árum. Pl.: *des pieds-de-veau.*

PIED D'OISEAU (*piêduazô*), s. m. Espécie de forragem. Pl.: *des pieds-d'oiseau.*

PIED-DROIT (*piêdruá*), s. m. Umbral; pilastra. Pl.: *des pieds-droits.*

PIÉDESTAL (*piêdéçtal*), s. m. Pedestal. Pl.: *des piédestaux.*

PIÉDOUCHE (*piêduch*), s. m. Base, pequeno pedestal, suporte.

PIED-PLAT (*piêplá*), s. m. *Fig.* Pessoa vil. Pl.: *des pieds-plats.*

PIÈGE (*piéj*), s. m. Armadilha; emboscada.

PIÉGER (*piêgê*), v. t. (Conjuga-se como *abréger.*) Caçar, prender com armadilha.

PIÉGEUR (*piêjër*), s. m. Caçador que usa armadilhas.

PIE-GRIÈCHE ou **PIGRIÈCHE** (*pigriéch*), s. f. Pega parda. *Fig.* Mulher rabujenta. Pl.: *des pies-grièches.*

PIE-MÈRE (*pimér*), s. f. *Anat.* Pia-máter. Pl.: *des pies-mères.*

PIÉMONT ou **PIEDMONT** (*piêmon*), s. m. Região ao pé de uma montanha.

PIÉMONTAIS, E (*piêmonté, z*), adj. e s. Piemontês.

PIERRAILLE (*piérdii*), s. f. Cascalho.

PIERRE (*piérê*), s. f. Pedra. *Pierre infernale*, nitrato de prata. *Pierre ponce*, pedra-pomes. *Pierre de touche*, pedra-de-toque.

PIERRÉE (*piérê*), s. f. Canal, conduto feito de pedras.

PIERRERIES (*piérəri*), s. f. pl. Pedrarias.

PIERRETTE (*piérét*), s. f. Pedrinha; pierrete (fantasia de carnaval).

PIERREUX, EUSE (*piérë, ëz*), adj. Pedregoso.

PIERROT (*piérô*), s. m. Pierrô.

PIÉTÉ (*piêtê*), s. f. Piedade; amor filial.

PIÉTER (*piêtê*), v. i. (Conjuga-se como *accélérer.*) Pôr o pé na marca (no jogo de bola); andar (diz-se das aves antes de levantar vôo). V. t. Instigar, incitar. **SE PIÉTER**, v. pr. Pôr-se nas pontas dos pés. Entesar-se para resistir.

PIÉTINEMENT (*piêtinəman*), s. m. Sapateado, espezinhamento. *Fig.* Agitação improficua.

PIÉTINER (*piêtinê*), v. t. e i. Sapatear, bater com os pés, espezinhar. *Fig.* Estagnar, arrastar-se.

PIÉTISME (*piêtiçm*), s. m. Pietismo.

PIÉTISTE (*piêtiçt*), s. m. Pietista.

PIÉTON (*piêton*), s. m. Pedestre.

PIÈTRE (*piétr*), adj. Mesquinho, ordinário, miserável.

PIÈTREMENT (*piétrman*), adv. Mesquinhamente, miseravelmente.

PIEU (*pië*), s. m. Estaca. Pl.: *des pieux.*

PIEUSEMENT (*piëzman*), adv. Piamente, respeitosamente.

PIEUVRE (*piëvr*), s. f. Polvo. *Fig.* Pessoa exigente, insaciável.

PIEUX, EUSE (*pië, ëz*), adj. Piedoso, devoto.

PIÈZE (*piéz*), s.f. *Fis.* Piezo.

PIÉZO-ÉLECTRICITÉ (*piêzoêléktriçitê*), adj. s. f. Piezeletricidade.

PIÉZO-ÉLECTRIQUE (*piêzoêléktrik*), adj. Piezelétrico.

PIÉZOMÈTRE (*piêzométr'*), s. m. Piezômetro.

PIF (*pif*), s. m. *Pop.* Nariz, narigão.

PIFFERARO (*pifəraró*), s. m. Tocador de pífaro.

PIFFERO (*pifəró*), s. m. Pífaro.

PIFFRE, ESSE (*pifr, éç*), s. *Pop.* Pessoa muito gorda. Comilão.

PIFFRER (SE) (*çəpifrê*), v. pr. *Pop.* Comer muito.

PIGEON (*pijon*), s. m. Pombo. *Fig.* Bobo, tolo. Papel de pequeno formato. Gesso empregado nos tubos da chaminé. Punhado de gesso amassado. Pedra na cal. *Pigeon voyageur*, pombo-correio. *Pigeon vole*, jogo infantil. *Gorge-de-pigeon*, furta-cor.

PIGEONNEAU (*pijonô*), s. m. Borracho. Pl.: *des pigeonneaux.*

PIGEONNIER (*pijonié*), s. m. Pombal.

PIGMENT (*pigman*), s. m. Pigmento.

PIGMENTAIRE (*pigmantér*), adj. Pigmentar.

PIGMENTATION (*pigmantaçion*), s. f. Pigmentação.

PIGMENTER (*pigmantê*), v. t. Pigmentar.

PIGNOCHER (*pignhochê*), v. i. Comer sem apetite.

PIGNON (*pinhon*), s. m. Empena; pinhão; carretilha. *Fam. Avoir pignon sur rue*, ter casa própria.

PIGNORATIF, IVE (*pignhoratif, iv*), adj. Pignoraticio.

PIGNOUF (*pinhuf*), s. m. Rústico. Avarento.

PILAF, PILAU ou **PILAW** (*pilaf, pilô* ou *pilav*), s. m. Prato oriental com arroz, pimenta e carne. Risoto.

PILAGE (*pilaj*), s. m. Pica (no almofariz).
PILAIRE (*pilér*), adj. Piloso.
PILASTRE (*pilaçtr*), s. m. Pilastra.
PILE (*pil*), s. f. Pilha, monte. Sova. Coroa (face de moeda). Pilha (elétrica). Pilar. *Jouer à pile ou face,* jogar cara ou coroa. *Fam. Donner* ou *flanquer une pile à quelqu'un,* bater, dar uma surra em alguém.
PILER (*pilê*), v. t. Pilar, moer.
PILET (*pilé*), s. m. Espécie de pato.
PILEUR, EUSE (*pilër, ëz*), s. Moedor, socador.
PILEUX, EUSE (*pilë, ëz*), adj. Piloso, cabeludo.
PILIER (*piliê*), s. m. Pilar, pilastra, coluna.
PILLAGE (*piiaj*), s. m. Pilhagem, saque.
PILLARD, E (*piiar, d*), adj. e s. Saqueador, larápio; plagiário; cachorro bravo.
PILLER (*piiê*), v. t. Saquear, pilhar, roubar; plagiar.
PILLEUR, EUSE (*piiër, ëz*), s. Gatuno, ladrão, pilhante.
PILON (*pilon*), s. m. Pilão. *Fam.* Perna de ave (cozida). *Mettre un ouvrage au pilon,* destruir a edição de um livro.
PILONNER (*pilonê*), v. t. Socar, esmagar com o pilão; abater com obuses.
PILORI (*pilori*), s. m. Pelourinho.
PILORIER (*piloriê*), v. t. (Conjuga-se como *prier.*) Pôr no pelourinho.
PILOSISME (*piloziçm*), s. m. Pilosismo.
PILOSITÉ (*pilozitê*), s. f. Pilosidade.
PILOT (*pilô*), s. m. Estaca. Meda. Monte de sal.
PILOTAGE (*pilotaj*), s. m. Estacaria. Pilotagem.
PILOTE (*pilót*), s. m. Piloto. Peixe-piloto.
PILOTER (*pilotê*), v. t. Enfiar estacas; pilotar. *Fig.* Guiar, orientar.
PILOTIN (*piloten*), s. m. Praticante de piloto.
PILOTIS (*piloti*), s. m. Estacaria. Pl.: *des pilotis.*
PILULAIRE (*pilülér*), adj. Pilular. S. m. Instrumento para ministrar pílulas a animais.
PILULE (*pilül*), s. f. Pílula. *Fig.* Coisa aborrecida.
PILULIER (*pilüliê*), s. m. Pilulador.
PIMBÊCHE (*penbéch*), s. e adj. f. *Fam.* Mulher impertinente, resmungona.
PIMENT (*piman*), s. m. Pimenta.
PIMENTER (*pimantê*), v. t. Apimentar.
PIMPANT, E (*penpan, t*), adj. Janota; elegante, pimpão.
PIN (*pen*), s. m. Pinheiro.
PINACLE (*pinakl*), s. m. Pináculo.
PINACOTHÈQUE (*pinakoték*), s. f. Pinacoteca.
PINARD (*pinar*), s. m. *Pop.* Vinho.
PINASSE (*pinaç*), s. f. Pinaça.
PINASTRE (*pinaçtr*), s. m. Pinheiro marítimo.
PINÇAGE (*pençaj*), s. m. Desfolha das plantas.
PINCE (*penç*), s. f. Pinça; alicate. Extremidade das patas das lagostas. Dentes da frente dos herbívoros. Prega. Dobra (em um tecido).
PINCÉ, E (*pençê*), adj. Afetado, frio, secarrão. *Lèvres pincées,* lábios finos e cerrados.
PINCEAU (*pençô*), s. m. Pincel. *Fig.* Maneira de pintar. Pl.: *des pinceaux.*
PINCÉE (*pençê*), s. f. Pitada.
PINCELIER (*pençəliê*), s. m. Pinceleiro, utensílio de pintor.
PINCE-MAILLE (*pençmaii*), s. m. Usurário. Pl.: *des pince-mailles.*
PINCEMENT (*pençman*), s. m Beliscadura, beliscão.
PINCE-NEZ (*pençnê*), s. m. inv. Óculos de mola (sem hastes, prendendo-se sobre o nariz).
PINCER (*pençê*), v. t. Beliscar. V. i. (O *c* toma uma cedilha antes de *a* e *o*: *il pinça, nous pinçons.*) Dedilhar. *Fig Se faire pincer,* deixar-se apanhar. *Le froid commence à pincer,* o frio se torna intenso.
PINCE-SANS-RIRE (*pençcanrir*), s. inv. Sonso, gracejador (sério na aparência).
PINCETTE (*pencét*), s. f. Tenaz pequena (para mexer o fogo).
PINÇON (*pençon*), s. m. Sinal deixado por um beliscão.
PINDARIQUE (*pendarik*), adj. Pindárico.
PINDARISER (*pendarizê*), v. i. Usar de um estilo afetado e obscuro.
PINDARISME (*pendariçm'*), s. m. Pindarismo.
PINÉAL, E, AUX (*pinéal, ô*), adj. Pineal.
PINEAU (*pinô*), s. m. Uva da Borgonha. Pl.: *des pineaux.*
PINÈDE (*pinéd*), s. f. Pinheiral.
PINGOUIN (*penguen*), s. m. Pingüim.
PING-PONG (*pengpong*), s. m. Pingue-pongue.
PINGRE (*pengr*), adj. e s. Usurário, avarento.
PINGRERIE (*pengrəri*), s. f. Avareza.
PINIÈRE (*piniér*), s. f. Pinheiral.
PINNE ou **PINNE MARINE** (*pin'* ou *pin'marin'*), s. f. Espécie de molusco.
PINNÉE (*pinê*), adj. f. Pinalada.
PINNIPÈDE (*pinipéd*), adj. e s. m. Pinípede.
PINNULE (*pinül*), s. f. Pínula.
PINSON (*pençon*), s. m. Tentilhão.
PINTADE (*pentad*), s. f. Galinha-d'angola.
PINTADEAU (*pentadô*), s. m. Galinha-d'angola pequena. Pl.: *des pintadeaux.*
PINTE (*pent*), s. f. Pinta (medida antiga). *Pop. Se faire une pinte de bon sang,* sentir grande satisfação.
PINTER (*pentê*), v. i. *Pop.* Beber muito.

PIOCHAGE (*piochaj*), s. m. Cava (trabalho com a picareta).

PIOCHE (*pióch*), s. f. Picareta.

PIOCHER (*piochê*), v. t. Cavar, perfurar (com a picareta). *Fig.* Trabalhar, estudar com afinco.

PIOCHEUR, EUSE (*piochĕr, ëz*), adj. e s. Cavador (que trabalha com picareta). S. f. Máquina de cavar.

PIOCHON (*piochon*), s. m. Pequena picareta.

PIOLET (*piolé*), s. m. Bastão munido de picareta (para escalar montanhas).

PION (*pion*), s. m. Peão (no jogo de xadrez). Pedra (no jogo de damas). *Fam.* Prefeito (de estudos).

PIONCER (*pionçê*), v. i. (O *c* toma uma cedilha antes de *a* e *o*: *il pionça, nous pionçons*). *Pop.* Dormir.

PIONNE (*pión*), s. m. *Fam.* Inspetora, professora auxiliar.

PIONNER (*pionê*), v. i. Comer peões (no jogo de xadrez). Sapar, trabalhar em obras de sapa.

PIONNIER (*pioniê*), s. m Pioneiro; sapador.

PIOT (*piô*), s. m. *Fam.* Vinho.

PIOUPIOU (*piúpiú*), s. m. *Fam.* Carango, soldado de infantaria.

PIPE (*pip*), s. f. Cachimbo; pipa (medida antiga). *Pop. Casser sa pipe,* bater as botas, esticar as canelas, morrer.

PIPEAU (*pipô*), s. m. Flauta pastoril; flautinha de bambu (para imitar pássaros); vara envisgada (para apanhar pássaros). Pl.: *des pipeaux.*

PIPÉE (*pipê*), s. f. Caçada (na qual se imita o pio da coruja para atrair pássaros).

PIPE-LINE (*piplin'*), s. m. Oleoduto. Pl.: *des pipe-lines.*

PIPER (*pipê*), v. t. Atrair pássaros (imitando o pio da coruja). *Fig.* Trapacear (no jogo).

PIPERIE (*pipəri*), s. f. Trapaça (no jogo).

PIPETTE (*pipét*), s. f. Pipeta.

PIPEUR, EUSE (*pipĕr, ëz*), s. m. Caçador que imita o pio da coruja. Trapaceiro.

PIPI (*pipi*), s. m. *Fam.* Xixi.

PIPIER, ÈRE (*pipiê, ér*), adj. e s. Cachimbador.

PIPISTRELLE (*pipiçtrél*), s. f. Espécie de morcego.

PIPO (*pipô*), s. m. *Pop.* Aluno da Escola Politécnica.

PIQUAGE (*pikaj*), s. m. Picada; pesponto.

PIQUANT, E (*pikan, t*), adj. Picante; intenso. S. m. Aguilhão, pique; interesse.

PIQUE (*pik*), s. m. Pique, lança. Zanga, agastamento. S. m. Espadas (no baralho).

PIQUÉ, E (*pikê*), adj. Picado; picante. *Fam.* Ofendido. *Fam.* Amalucado, doido. S. m. Mergulho brusco. Acolchoado.

PIQUE-ASSIETTE (*pikaçiét*), s. m. inv. Parasita.

PIQUE-BŒUF (*pikbĕf*), s. m. Pássaro que se alimenta dos insetos parasitos do boi. Pl.: *des pique-bœufs.*

PIQUE-FEU (*pikfë*), s. m. inv. Atiçador (de fogo).

PIQUE-NIQUE (*piknik*), s. m. Piquenique. Pl.: *des pique-niques.*

PIQUER (*pikê*), v. t. Picar; pespontar; pontear; lardear; acolchoar; excitar. *Fig.* Irritar, melindrar. **SE PIQUER,** v. pr. Agastar-se, zangar-se; vangloriar-se. *Se piquer de,* considerar-se capaz de. *Se piquer d'honneur,* pôr-se em brios. *Se piquer au jeu,* esforçar-se para vencer.

PIQUET (*pikê*), s. m. Piqueta, estaca. Piquete. Castigo (imposto a alunos, obrigando-os a permanecer de pé). Jogo de cartas.

PIQUETAGE (*piktaj*), s. m. Piquetagem.

PIQUETER (*piktê*), v. t. (Dobra o *t* antes de sílaba muda: *je piquette.*) Manchar, malhar.

PIQUETTE (*pikét*), s. f. Bebida (água com bagaço de uva ou de outra fruta); vinho ordinário.

PIQUEUR (*pikĕr*), s. m. Batedor; capataz, superintendente (de uma construção). Provador de vinhos.

PIQUEUR, EUSE (*pikĕr, ëz*), s. m. Picador; pespontador de calçados.

PIQÛRE (*pikür*), s. f. Picada; pesponto; injeção.

PIRATE (*pirat*), s. m. Pirata.

PIRATER (*piratê*), v. i. Piratear.

PIRATERIE (*piratəri*), s. f. Pirataria.

PIRE (*pir*), adj. Pior. S. m. O pior.

PIRIFORME (*pirifórm*), adj. Piriforme.

PIROGUE (*piróg*), s. f. Piroga.

PIROUETTE (*piruét*), s. m. Pirueta, cambalhota, reviravolta.

PIROUETTER (*piruétê*), v. i. Piruetar; mudar de opinião.

PIS (*pi*), s. m. Teta, mama. Adv. Pior. *Au pis aller,* na pior das hipóteses. *Dire pis que pendre,* dizer cobras e lagartos. Loc. adv.: *De mal en pis,* de mal ao pior; *de pis en pis,* cada vez pior.

PISAN, E (*pizan, an'*), adj. e s. Natural de Pisa.

PISCICULTEUR (*piçiküllĕr*), s. m. Piscicultor.

PISCICULTURE (*piçikültür*), s. f. Piscicultura.

PISCIFORME (*piçifórm*), adj. Pisciforme.

PISCINE (*piçin'*), s. f. Piscina. Pia batismal.

PISCIVORE (*piçivór*), adj. Piscívoro.

PISÉ (*pizê*), s. m. Adobe (tijolo).

PISER (*pizê*), v. t. Adobar (construir com adobes).

PISSAT (*piçá*), s. m. Mijo.

PISSEMENT (*piçman*), s. m. Urinação.
PISSENLIT (*piçanli*), s. m. Dente-de-leão. *Fam.* Criança que urina na cama.
PISSER (*piçê*), v. i. Mijar.
PISSEUR, EUSE (*piçĕr, ĕz*), s. Mijão.
PISSOIR (*piçuar*), s. m. Mijadouro.
PISSOTIÈRE (*piçotiér*), s. f. *Fam.* Mijadouro.
PISTACHE (*piçtach*), s. f. Pistache.
PISTACHIER (*piçtachiê*), s. m. Pistacheiro.
PISTE (*piçt*), s. f. Pista.
PISTIL (*piçtil*), s. m. Pistilo.
PISTOLE (*piçtól*), s. f. Pistola (moeda antiga); quarto reservado (em uma prisão).
PISTOLET (*piçtolé*), s. m. Pistola (arma); pistolete (régua de desenhista).
PISTON (*piçton*), s. m. Pistão. *Fig.* Recomendação.
PISTONNER (*piçtonê*), v. t. Recomendar, proteger. *Pop.* Aborrecer, enjoar.
PITANCE (*pitanç*), s. f. Pitança; ração diária.
PITCHPIN (*pitchpen*), s. m. Pinheiro americano.
PITE (*pit*), s. f. Piteira (planta). Antiga moeda.
PITEUSEMENT (*pitĕzman*), adv. Lastimosamente.
PITEUX, EUSE (*pitĕ, ĕz*), adj. Lastimoso.
PITHÉCANTHROPE (*pitékantróp*), s. m. Pitecantropo.
PITIÉ (*pitiê*), s. f. Piedade. *Prendre en pitié,* ter pena de. *C'est pitié que de voir,* dá pena ver.
PITON (*piton*), s. m. Espécie de chave terminada em anel ou gancho; cume.
PITOYABLE (*pituaiabl*), adj. Piedoso, lamentável.
PITOYABLEMENT (*pituaiabləman*), adv. Miseravelmente, lastimavelmente.
PITRE (*pitr*), s. m. Bufão, palhaço.
PITRERIE (*pitrəri*), s. f. Palhaçada.
PITTORESQUE (*pitoréçk*), adj. Pitoresco, original.
PITTORESQUEMENT (*pitoréçkman*), adv. Pitorescamente.
PITUITAIRE (*pitüitér*), adj. Pituitário.
PITUITE (*pitüit*), s. f. Pituito (vômitos matutinos).
PIVOT (*pivô*), s. m. Eixo, gonzo. *Fig.* Pivô, principal agente. *Bot.* Raiz mestra.
PIVOTANT, E (*pivotan, t*), adj. Aprumado, perpendicular (raiz).
PIVOTER (*pivotê*), v. i. Rodar, girar; deitar perpendicularmente suas raízes (uma planta).
PIZZICATO (*pidzicatô*), s. m. *Mús.* Pizzicato. Pl.: *des pizzicati.*
PLACAGE (*plakaj*), s. m. Folheado em madeira.
PLACARD (*plakar*), s. m. Painel, cartaz. Armário embutido.
PLACARDER (*plakardê*), v. t. Cobrir de cartazes.
PLACE (*plaç*), s. f. Lugar; cargo, dignidade; praça; categoria. *Place forte,* praça-forte. *Faire la place,* correr a praça (comércio). *Ne pas tenir en place,* não ficar quieto. *Vider la place,* dar vaga, sair, retirar-se. *Sur place,* no mesmo lugar, sem sair do lugar.
PLACEMENT (*plaçman*), s. m. Colocação, emprego. *Bureau de placement,* agência de empregos.
PLACENTA (*plaçentá*), s. m. Placenta.
PLACENTAIRE (*plaçentér*), adj. Placentário.
PLACENTATION (*plaçentaçion*), s. f. Placentação.
PLACER (*plaçê*), v. t. (O *c* toma uma cedilha antes de *a* e *o*: *il plaça, nous plaçons.*) Pôr, colocar; empregar, estabelecer; vender.
PLACER (*plaçê*), s. m. Jazida aurífera.
PLACET (*plaçé*), s. m. Petição judicial.
PLACEUR, EUSE (*plaçĕr, ĕz*), s. Agente de empregos.
PLACIDE (*plaçid*), adj. Plácido, calmo, pacífico.
PLACIDEMENT (*plaçidman*), adv. Placidamente
PLACIDITÉ (*plaçiditê*), s. f. Placidez.
PLACIER, ÈRE (*plaçiê, ér*), s. Alugador de vagas nos mercados e feiras.
PLAFOND (*plafon*), s. m. Teto. *Fam.* *Avoir une araignée dans le plafond,* estar maluco.
PLAFONNAGE (*plafonaj*), s. m. Estucagem do teto.
PLAFONNER (*plafonê*), v. t. e i. Construir, decorar tetos.
PLAFONNEUR (*plafonĕr*), s. m. Estucador de tetos.
PLAFONNIER (*plafoniê*), s. m. Lâmpada de teto.
PLAGE (*plaj*), s. f. Plaga, praia.
PLAGIAIRE (*plajiér*), s. m. Plagiário.
PLAGIAT (*plajiá*), s. m. Plagiato.
PLAGIER (*plajiê*), v. t. (Conjuga-se como *prier.*) Plagiar.
PLAID (*plé*), s. m. Assembléia judiciária ou politica. Tribunal; audiência.
PLAID (*pléd*), s. m. Capote, manto (dos escoceses); manto de viagem.
PLAIDABLE (*plédabl*), adj. Pleiteável.
PLAIDER (*plédê*), v. i. Demandar. V. t. Defender. *Plaider le pour et le contre,* pesar os prós e os contras.
PLAIDEUR, EUSE (*plédĕr, ĕz*), s. Demandista, pleiteante.
PLAIDOIRIE (*pléduari*), s. f. Advocacia. Discurso de defesa.
PLAIDOYER (*pléduaiê*), s. m. Discurso de defesa.
PLAIE (*plé*), s. f. Chaga, ferida. *Fig.* Pena, aflição; praga; flagelo. *N'aimer que plaies et bosses,* comprar briga. *Mettre*

le doigt sur la plaie, tocar no ponto sensível.

PLAIGNANT, E (*plénhan, t*), s. Queixoso; que se queixa em justiça.

PLAIN, E (*plen, én'*), adj. Unido, plano, liso. *De plain pied*, loc. adv. Em nível, no mesmo nível.

PLAIN-CHANT (*plénchan*), s. m. Cantochão. Pl.: *des plains-chants*.

PLAINDRE (*plendr*), v. t. (Conjuga-se como *craindre*.) Lamentar, lastimar. **SE PLAINDRE**, v. pr. Lastimar-se, queixar-se. *Se plaindre que la mariée est trop belle*, queixar-se sem nenhum motivo.

PLAINE (*plén'*), s. f. Planície. *Fig. La plaine liquide*, o mar, o oceano.

PLAINTE (*plént*), s. f. Queixume, lamentação. *Porter plainte*, dar queixa.

PLAINTIF, IVE (*plentif, iv*), adj. Lamentoso.

PLAINTIVEMENT (*plentivman*), adv. Lamentosamente.

PLAIRE (*plér*), v. i. (*Je plais, nous plaisons. Je plaisais, nous plaisions. Je plus, nous plûmes. Je plairai, nous plairons. Je plairais, nous plairions. Plais, plaisons, plaisez. Que je plaise, que nous plaisions. Que je plusse, que nous plussions. Plaisant, plu.*) Agradar, satisfazer. V. imp. Aprazer. *S'il vous plait*, por favor, por gentileza. *Plaise ou plût à Dieu!*, Queira Deus! **SE PLAIRE**, v. pr. Amar-se, comprazer-se; achar-se bem; dar-se bem (em um lugar).

PLAISAMMENT (*plézaman*), adv. Agradavelmente.

PLAISANCE (*plézanç*), s. f. *Ant.* Prazer.

PLAISANT, E (*plézan, t*), adj. Agradável. S. f. Pessoa engraçada, que se faz de engraçada; o lado cômico (de um fato).

PLAISANTER (*plézanté*), v. i. Pilheriar, brincar, gracejar. V. t. Ridicularizar, criticar.

PLAISANTERIE (*plézantəri*), s. f. Gracejo; mofa.

PLAISANTIN (*plézanten*), s. m. Gracejador, brincalhão.

PLAISIR (*plézir*), s. m. Prazer, alegria. Espécie de doce. *Prendre plaisir à*, ter prazer em. Loc. adv.: *A plaisir*, de pura invenção; sem razão, à-toa; *par plaisir*, por prazer.

PLAN, E (*plan, an'*), adj. Plano, liso. S. m. Plano.

PLANAGE (*planaj*), s. m. Aplainamento.

PLANCHE (*planch*), s. f. Prancha; tábua; canteiro. *Faire la planche*, boiar, nadar de costas. S. f. pl. Palco. *Monter sur les planches*, fazer teatro, fazer-se ator.

PLANCHÉIAGE (*planchéiaj*), s. m. Assentamento do soalho.

PLANCHÉIER (*planchéié*), v. t. (Conjuga-se como *prier*.) Soalhar.

PLANCHER (*planché*), s. m. Soalho. *Le plancher des vaches*, terra firme.

PLANCHETTE (*planchét*), s. f. Tabuinha; prancheta.

PLANÇON ou **PLANTARD** (*plançon* ou *plantar*), s. m. Estaca de plantio, tanchão. Tronco de árvore esquadrado.

PLAN-CONCAVE (*plankonkav*), adj. Plano-côncavo.

PLAN-CONVEXE (*plankonvékç*), adj. Plano-convexo.

PLANCTON (*plankton*), s. m. Plâncton.

PLANE (*plan'*), s. f. Raspilha. *Bot.* Plátano.

PLANER (*plané*), v. t. Aplainar. V. i. Planar, pairar.

PLANÉTAIRE (*planétér*), adj. Planetário.

PLANÈTE (*planét*), s. f. Planeta.

PLANÉTOIDE (*planétoid*), s. m. Pequeno planeta.

PLANEUR (*planër*), s. m. Aplainador; polidor; planador (avião).

PLANIFIER (*planifié*), v. t. (Conjuga-se como *prier*.) Planificar.

PLANIMÈTRE (*planimétr*), s. m. Planímetro.

PLANIMÉTRIE (*planimétri*), s. f. Planimetria.

PLANISPHÈRE (*planiçfér*), s. m. Planisfério.

PLANT (*plan*), s. m. Planta, pé, plantio, plantação. *Laisser en plant*, deixar na mão.

PLANTAGE (*plantaj*), s. m. Plantação, plantio.

PLANTAIN (*planten*), s. m. Tanchagem.

PLANTAIRE (*plantér*), adj. Plantar (do pé).

PLANTATION (*plantaçion*), s. f. Plantação.

PLANTE (*plant*), s. f. Planta. *Jardin des plantes*, jardim botânico.

PLANTER (*planté*), v. t. Plantar, hastear. *Fig. Planter là quelqu'un*, deixar alguém bruscamente.

PLANTEUR (*plantër*), s. m. Plantador. Roceiro, sitiante.

PLANTIGRADE (*plantigrad*), adj. e s. m. Plantígrado.

PLANTOIR (*plantuar*), s. m. Sacho.

PLANTON (*planton*), s. m. Ordenança. Plantão.

PLANTULE (*plantül*), s. f. Plântula.

PLANTUREUSEMENT (*plantürëzman*), adv. Abundantemente, copiosamente.

PLANTUREUX, EUSE (*plantürë, ëz*), adj. Abundante, copioso, fértil.

PLANURE (*planür*), s. f. Aparas de madeira tiradas com a plaina.

PLAQUE (*plak*), s. f. Placa.

PLAQUÉ (*plaké*), s. m. Plaquê.

PLAQUER (*plaké*), v. t. Chapear, folhear.

PLAQUETTE (*plakét*), s. f. Placa pequena.

PLAQUEUR, EUSE (*plakĕr, ĕz*), s. m. Chapeador.

PLASMA (*plaçmá*), s. m. Plasma.

PLASTICITÉ (*plaçtiçitê*), s. f. Plasticidade.

PLASTIQUE (*plaçtik*), adj. Plástico. S. f. Plástica.

PLASTRON (*plaçtron*), s. m. Plastrão; peitilho. *Fig.* Alvo de motejo.

PLASTRONNER (*plaçtronê*), v. t. Pôr plastrão. V. i. *Fig.* Empertigar-se.

PLAT, E (*pla, t*), adj. Chato, liso. *Cheveux plats*, cabelos escorridos, lisos. *Vaisselle plate*, baixela de prata. *Fig.* Deselegante, vulgar. *Faire tout un plat de*, pôr em relevo, elogiar. *Fam. Servir un plat à sa façon*, portar-se mal como de costume. *Tomber à plat ventre*, cair de bruços. S. m. A parte chata de uma coisa.

PLATANAIE (*platané*), s. f. Lugar plantado com plátanos.

PLATANE (*platan'*), s. m. Plátano.

PLATE (*plat*), s. f. Barcaça.

PLATEAU (*platô*), s. m. Planalto. Bandeja, prato de balança. Pl.: *des plateaux*.

PLATE-BANDE (*platband*), s. f. Platibanda. Pl.: *des plates-bandes*.

PLATÉE (*platê*), s. f. Travessada, pratada.

PLATE-FORME (*platfórm*), s. f. Plataforma, terraço. Pl.: *des plates-formes*.

PLATE-LONGE (*platlonj*), s. f. Peia, correia (presa ao arreio de um cavalo, a fim de o reter.) Pl.: *des plates-longes*.

PLATEMENT (*platman*), adv. Vulgarmente, insulsamente.

PLATINAGE (*platinaj*), s. m. Platinagem.

PLATINE (*platin'*), s. f. Fechos de arma de fogo; guardas de fechaduras; quadro do prelo. *Pop.* Palavreado, facilidade de expressão falada. S. m. Platina.

PLATINER (*platinê*), v. t. Platinar.

PLATINIFÈRE (*platinifér*), adj. Platinífero.

PLATINOTYPIE (*platinôtipi*), s. f. Platinotipia.

PLATITUDE (*platitüd*), s. f. Vulgaridade; baixeza, vileza: insipidez.

PLATONICIEN, ENNE (*platoniçien, én'*), adj. Platônico (do sistema de Platão).

PLATONIQUE (*platonik*), adj. Platônico; ideal.

PLATONISER (*platonizê*), v. i. Seguir o platonismo.

PLATONISME (*platoniçm*), s. m. Platonismo.

PLATRAGE (*platraj*), s. m. Estucagem, revestimento de estuque; obra de gesso.

PLATRAS (*platrá*), s. m. Caliça. Pl.: *des plâtras*.

PLATRE (*platr*), s. m. Gesso, estuque. *Fig. Battre quelqu'un comme plâtre*, bater violentamente. *Essuyer les plâtres*, estrear uma casa, ser o primeiro morador. Estátua de gesso.

PLATRER (*platrê*), v. t. Engessar, estucar; juntar gesso a.

PLATREUX, EUSE (*platrĕ, ĕz*), adj. Que contém gesso.

PLATRIER (*platriê*), s. m. Gesseiro.

PLATRIÈRE (*platriér*), s. f. Gessal; forno (para gesso).

PLAUSIBILITÉ (*plôzibilitê*), s. f. Plausibilidade.

PLAUSIBLE (*plôzibl*), adj. Plausível.

PLAUSIBLEMENT (*plôzibləman*), adv. Plausivelmente.

PLÈBE (*pléb*), s. f. Plebe.

PLÉBÉIEN, ENNE (*plêbêien, én'*), adj. e s. Plebeu.

PLÉBISCITAIRE (*plêbiçitér*), adj. Plebiscitário.

PLÉBISCITE (*plêbiçit*), s. m. Plebiscito.

PLÉBISCITER (*plêbiçitê*), v. t. Plebiscitar.

PLÉIADE (*plêiad*), s. f. Plêiade.

PLEIN, E (*plen, én'*), adj. Pleno, cheio. Gordo, rechonchudo. *Mar.* Maré alta. *Pleine lune*, lua cheia. *La pleine mer*, alto-mar. *À pleines voiles*, a todo o pano; ocupado, absorvido. *Battre son plein*, atingir ao máximo. *Avoir le cœur plein*, ter o coração ferido, sentir-se triste. *En plein air*, ao ar livre. *Homme plein de lui-même*, homem cheio de si, orgulhoso. S. m. Espaço cheio. Parte mais grossa de uma letra escrita a mão. Loc. adv.: *En plein*, no meio. *Fam. Tout plein*, muito.

PLEINEMENT (*plénəman*), adv. Plenamente.

PLÉNIER, ÈRE (*plênie, ér*), adj. Plenário.

PLÉNIPOTENTIAIRE (*plênipotançiér*), s. m. e adj. Plenipotenciário.

PLÉNITUDE (*plênitüd*), s. f. Plenitude.

PLÉONASME (*plêonaçm*), s. m. Pleonasmo.

PLÉONASTIQUE (*plêonaçtik*), adj. Pleonástico.

PLÉSIOSAURE (*plêzioçôr*), s. m. Plesiossauro.

PLÉTHORE (*plêtór*), s. f. Pletora.

PLÉTHORIQUE (*plêtorik*), adj. Pletórico.

PLEUR (*plĕr*), s. m. Pranto; aflição. *Les pleurs de l'aurore*, o orvalho.

PLEURAL, E, AUX (*plĕral, ô*), adj. Pleural.

PLEURARD, E (*plĕrar, d*), Chorão, choramingas. Adj. Queixoso, lamurioso.

PLEURE-MISÈRE (*plĕrmizér*), s. m. inv. Avarento, usurário.

PLEURER (*plĕrê*), v. i. Chorar. V. t. Prantear.

PLEURÉSIE (*plĕrêzi*), s. f. Pleurisia.

PLEUREUR, EUSE (*plĕrĕr, ĕz*), adj. e s.

Chorão, choramingas; chorão (árvore). S. f. Carpideira.
PLEURITE (*plërit*), s. f. Pleurite.
PLEURNICHER (*plĕrnichê*), v. i. Choramingar.
PLEURNICHERIE (*plĕrnichri*), s. f. Choradeira.
PLEURNICHEUR, EUSE (*plĕrnichĕr, ëz*), s. Choramingas, manhoso.
PLEUROPNEUMONIE (*plëropnëmoni*), s. f. Pleuropneumonia.
PLEUTRE (*plëtr*), s. m. Pelintra; poltrão.
PLEUTRERIE (*plëtrəri*), s. f. Vileza, pelintrice.
PLEUVOIR (*plëvuar*), v. imp. (*Il pleut. Il pleuvait. Il plut. Il pleuvra. Il pleuvrait. Qu'il pleuve. Qu'il plût. Pleuvant, Plu.*) Chover. *Pleuvoir à verse*, chover a cântaros. V. i. Chover, cair em abundância.
PLÈVRE (*plévr*), s. f. Pleura.
PLEXUS (*plékçüç*), s. m. Plexo. Pl.: *des plexus.*
PLEYON (*pléion*), s. m. Ramo frutífero curvado em arco; vara de vime (para prender uma videira).
PLI (*pli*), s. m. Prega, dobra; envelope de carta; carta. *Fig.* Hábito; ruga; saliência.
PLIE (*pli*), s. f. *Ictiol.* Solha.
PLIABLE (*pliabl*), adj. Dobrável, flexível. *Fig.* Dócil.
PLIAGE (*pliaj*), s. m. Dobradura; curvatura.
PLIANT, E (*plian, t*), adj. Dobrável, flexível. S. m. Banco de lona.
PLIEMENT (*pliman*), s. m. Dobramento.
PLIER (*pliê*), v. t. (Conjuga-se como *prier.*) Dobrar; vergar; preguear. *Fig.* Dobrar, sujeitar, dominar. *Plier bagage*, ir-se embora, partir. V. i. Dobrar-se, sujeitar-se.
PLIEUR, EUSE (*pliĕr, ëz*), s. Dobrador. Dobradeira.
PLINTHE (*plent*), s. f. Rodapé.
PLIOCÈNE (*plioçén'*), adj. e s. m. Plioceno.
PLIOIR (*pliuar*), s. m. Faca para cortar papel.
PLISSAGE (*pliçaj*), s. m. Franzido.
PLISSÉ (*pliçê*), s. f. Franzido, rugoso.
PLISSEMENT (*pliçman*), s. m. Franzimento.
PLISSER (*pliçê*), v. t. e i. Franzir, preguear.
PLISSURE (*pliçür*), s. f. Pregueado, franzido; maneira de franzir.
PLIURE (*pliür*), s. f. Dobragem de folhas de livros ou de jornais.
PLOC (*plók*), s. m. Massa de calafetar. Interj. Ploc!
PLOIEMENT (*pluaman*), s. m. Encurvamento, flexão, dobradura.
PLOMB (*plon*), s. m. Chumbo. *Mar.* Sonda. *À plomb*, loc. adv. Perpendicularmente, a prumo.
PLOMBAGE (*plonbaj*), s. m. Chumbagem.
PLOMBAGINE (*plonbajin'*), s. f. Plumbagina, grafita.
PLOMBÉE (*plonbê*), s. f. Chumbada das linhas de pescar e das redes.
PLOMBER (*plonbê*), v. t. Chumbar.
PLOMBERIE (*plonbəri*), s. f. Arte de trabalhar em chumbo; oficina de trabalhar em chumbo.
PLOMBEUR (*plonbĕr*), s. m. Chumbador.
PLOMBIER, (*plonbiê*), s. m. Obreiro em chumbo.
PLOMBIFÈRE (*plombifér*), adj. Plumbífero.
PLONGEANT, E (*plonjan, t*), adj. Mergulhador.
PLONGÉE (*plonjê*), s. f. Mergulho.
PLONGEMENT (*plonjəman*), s. m. Mergulho.
PLONGEOIR (*plonjuar*), s. m. Trampolim.
PLONGEON (*plonjon*), s. m. Mergulhão (ave). Mergulho.
PLONGER (*plonjê*), v. t. e i. (Toma um *e* mudo depois do *g* antes de *a* e *o*: *il plongea, nous plongeons.*) Mergulhar, imergir. *Fig.* Desaparecer. *Être plongé dans le sommeil*, dormir profundamente. **SE PLONGER**, v. pr. Devotar-se totalmente, ocupar-se de.
PLONGEUR, EUSE (*plonjĕr, ëz*), s. Mergulhador. S. m. Escafandrista. Lavador de pratos. S. m. pl. Mergulhões (aves palmípedes).
PLOQUER (*plokê*), v. t. Calafetar. *Ploquer des laines*, misturar lãs.
PLOUTOCRATE (*plutokrat*), s. m. Plutocrata.
PLOUTOCRATIE (*plutokraçi*), s. f. Plutocracia.
PLOUTOCRATIQUE (*plutokratik*), adj. Plutocrático.
PLOYABLE (*pluaiabl*), adj. Dobrável, flexível. *Fig.* Dócil.
PLOYAGE (*pluaiaj*), s. m. Dobradura, encurvamento.
PLOYER (*pluaiê*), v. t. (Conjuga-se como *aboyer.*) Dobrar, curvar. V. pr. Dobrar-se.
PLUIE (*plüí*), s. f. Chuva.
PLUMAGE (*plümaj*), s. m. Plumagem.
PLUMASSEAU (*plümaçô*), s. m. Vassourinha de pena. Pl.: *des plumasseaux.*
PLUMASSERIE (*plümaçri*), s. f. Comércio de plumas.
PLUMASSIER (*plümaçiê*), s. m. Vendedor de plumas.
PLUME (*plüm'*), s. f. Pluma, pena. *Y laisser des plumes*, perder, ter prejuízos.
PLUMEAU (*plümô*), s. m. Espanador. Pl.: *des plumeaux.*
PLUMÉE (*plümê*), s. f. Depenação.
PLUMER (*plümê*), v. t. Depenar.

PLUMET (*plümé*), s. m. Penacho. *Pop.* *Avoir son plumet*, estar meio embriagado.
PLUMETIS (*plümәti*), s. m. Espécie de bordado. Pl.: *des plumetis.*
PLUMEUX, EUSE (*plümë, ëz*), adj. Plumoso.
PLUMIER (*plümiê*), s. m. Estojo de lápis, borracha, etc.
PLUMITIF (*plümitif*), s. m. Plumitivo; escriturário.
PLUPART (LA) (*laplüpar*), s. f. A maior parte.
PLURAL, E, AUX (*plüral, ô*), adj. Plural.
PLURALISER (*plüralizê*), v. t. Pluralizar.
PLURALISME (*plüraliçm*), s. m. Pluralismo.
PLURALITÉ (*plüralitê*), s. f. Pluralidade.
PLURICELLULAIRE (*plüriçêlülér*), adj. Pluricelular.
PLURIEL, ELLE (*plüriél*), adj. e s. m. Plural.
PLUS (*plü, plüç* diante de vogal), adv. Mais. O máximo, o mais; mais (sinal de adição). *Qui plus, qui moins*, uns mais, outros menos. Loc. adv.: *Au plus, tout au plus*, no máximo; *tant et plus*, muito, abundantemente; *bien plus, de plus, qui plus est*, além disso, ainda mais; *de plus en plus*, cada vez mais; *ni plus ni moins*, nem mais nem menos; *sans plus*, sem mais; *d'autant plus*, com maior razão.
PLUSIEURS (*plüziër*), adj. pl. e pron. ind. Vários.
PLUS-QUE-PARFAIT (*pluçkәparfé*), s. m. *Gram.* Mais-que-perfeito.
PLUS-VALUE (*pluçvalü*), s. f. Valorização. Excedente do resultado de um imposto sobre as previsões.
PLUTONIUM (*plütonióm*), s. m. *Quím.* Plutônio.
PLUTÔT (*plütô*), adv. De preferência, antes; bastante.
PLUVIAL, E, AUX (*plüvial, ô*), adj. Pluvial.
PLUVIER (*plüviê*), s. m. Tarambola (ave).
PLUVIEUX, EUSE (*plüvië, ëz*), adj. Chuvoso.
PLUVIOMÈTRE (*plüviométr*), s. m. Pluviômetro.
PLUVIOSITÉ (*plüviozitê*), s. f. Pluviosidade.
PNEU (*pnë*), s. m. Pneu.
PNEUMATIQUE (*pnëmatik*), adj. Pneumático. S. m. Correspondência enviada por meio de ar comprimido (em certas grandes cidades).
PNEUMO (*pnëmô*), s. m. *Fam.* Abreviatura de **PNEUMOTORAX**.
PNEUMOCOQUE (*pnëmokók*), s. m. Pneumococo.
PNEUMOGASTRIQUE (*pnëmogaçtrik*), adj. Pneumogástrico.
PNEUMONIE (*pnëmoni*), s. f. Pneumonia.
PNEUMONIQUE (*pnëmonik*), adj. Pneumônico.
PNEUMOTHORAX (*pnëmotorakç*), s. m. Pneumotórax.
POCHADE (*pochad*), s. f. Pintura rápida (feita com algumas pinceladas); obra literária escrita às pressas.
POCHARD, E (*pochar, d*), adj. e s. *Pop.* Beberrão.
POCHE (*póch*), s. f. Bolso; espécie de concha (utensílio de cozinha); papo (das aves); rede (de caçar); cavidade de um abscesso.
POCHER (*pochê*), v. t. Machucar, pisar, contundir. *Pocher des œufs*, cozinhar ovos (inteiros e sem casca).
POCHETÉE (*pochté*), s. f. Conteúdo de um bolso. *Pop.* Bobagem, tolice. *Pop.* Bobo, tolo.
POCHETER (*pochtê*), v. t. (Dobra o *t* antes de sílaba muda: *je pochette.*) Levar no bolso.
POCHETTE (*pochét*), s. f. Bolsinho; lencinho; rebeca pequena.
POCHOIR (*pochuar*), s. m. Estampada (lâmina com letras ou desenhos recortados para pintar).
POCHON (*pochon*), s. m. Colher grande.
PODAGRE (*podagr*), adj. e s. Gotoso. S. f. Podragra, gota.
PODESTAT (*podéçtá*), s. m. Podestade.
PODOMÈTRE (*podométr*), s. m. Podômetro.
POÊLE (*pual*), s. m. Fogareiro; véu (de navio); mortalha. S. f. Frigideira. *Tenir la queue de la poêle*, governar, dirigir.
POÊLÉE (*pualê*), s. f. Fritada.
POÊLIER (*pualiê*), s. m. Fabricante ou vendedor de fogões.
POÊLON (*pualon*), s. m. Panela de barro.
POÈME (*poém'*), s. m. Poema.
POÉSIE (*poêzi*), s. f. Poesia.
POÈTE (*poét*), s. m. Poeta.
POÉTESSE (*poêtéç*), s. f. Poetisa.
POÉTIQUE (*poêtik*), adj. Poético. S. f. Poética.
POÉTIQUEMENT (*poêtikman*), adv. Poeticamente.
POÉTISER (*poêtizê*), v. t. Poetizar. V. i. Fazer versos.
POIDS (*puá*), s. m. Peso. *Fig.* Importância, força; fadiga, incômodo. *Esp. Poids coq*, peso-galo. *Poids léger*, peso leve. *Poids lourd*, peso pesado. *Poids mi-lourd*, peso meio-pesado. *Poids moyen*, peso médio. Pl.: *des poids.*
POIGNANT, E (*puanhan, t*), adj. Doloroso, pungente, lancinante.
POIGNARD (*puanhar*), s. m. Punhal. *Fig.* Tortura, aflição.
POIGNARDER (*puanhardê*), v. t. Apu-

nhalar. *Fig.* Afligir.
POIGNE (*puanh*), s. f. Força do punho. *Fig.* Energia.
POIGNÉE (*puanhê*), s. f. Punhádo, cabo. *Donner une poignée de main,* apertar a mão.
POIGNET (*puanhê*), s. m. Punho.
POIL (*pual*), s. m. Pêlo, cabelo.
POILU, E (*pualü*), adj. Peludo. S. m. Forte, bravo. Soldado da Guerra de 1914.
POINÇON (*puençon*), s. m. Punção, furador; marca.
POINÇONNAGE ou **POINÇONNEMENT** (*puençonaj* ou *puençónəman*), s. m. Puncionagem.
POINÇONNER (*puençonê*), v. t. Puncionar, perfurar.
POINDRE (*puendr*), v. i. (Conjuga-se como *craindre.*) Despontar.
POING (*puen*), s. m. Mão fechada.
POINT (*puen*), s. m. Ponto. Furo, fenda (feita com agulha). Pingo (na letra i). *Être sur le point de,* estar prestes a. *Point du jour,* alvorada, amanhecer. *Mettre au point,* esclarecer, explicar. *Rendre des points à,* dar lambuja. *Venir à point nommé,* chegar no momento oportuno. *Prov.*: *Tout vient à point à qui sait attendre,* quem espera sempre alcança. Loc. adv.: *À point,* a propósito; *au dernier point,* extremamente; *de point en point,* exatamente; *de tout point,* inteiramente; *en tout point, point du tout,* de modo algum, absolutamente. Adv. Não, absolutamente.
POINTAGE (*puentaj*), s. m. Pontaria; marcação (com pontos).
POINTAL (*puental*), s. m. Pontal.
POINTE (*puent*), s. f. Ponta; preguinho. *Fig.* Piada, chiste. *La pointe du jour,* o romper do dia. *Avoir une pointe de vin,* estar alegre (por ter bebido). Máximo de consumação (gás, eletricidade). *Pointes de feu,* cauterização cutânea. *Mar. Avirons montés en pointe,* com único remador por banco.
POINTER (*puentê*), v. t. Furar; picar; apontar; anotar.
POINTER (*puentér*), s. m. Cão de caça inglês.
POINTEUR (*puentĕr*), s. m. Apontador; anotador.
POINTILLAGE ou **POINTILLEMENT** (*puentiiaj* ou *puentiiman*), s. m. Marcação com pontos; ponteado em desenho, gravura.
POINTILLE (*puentii*), s. f. Minúcia; exigência, contestação frívola.
POINTILLÉ (*puentiiê*), s. m. Pontilhado.
POINTILLER (*puentiiê*), v. i. Pontear. V. t. Pontilhar.
POINTILLEUX, EUSE (*puentiië, ëz*), adj. Implicante; temperamental.
POINTILLISME (*puentiiçm'*), s. m. *Pint.* Pontilhismo.
POINTILLISTE (*puentiiçt*), adj. e s. m. *Pint.* Que emprega o pontilhismo.
POINTU, E (*puentu*), adj. Pontudo, pontiagudo.
POINTURE (*puentür*), s. f. Pontura; número, medida (de calçado, chapéu).
POIRE (*puar*), s. f. Pêra. Polvorinho. *Pop.* Imbecil, tolo, ingênuo.
POIRÉ (*puarê*), s. m. Refresco de pêra.
POIREAU (*puarô*), s. m. Alho-porro. *Pop. Faire le poireau,* esperar. Pl.: *des poireaux.*
POIRÉE (*puarê*), s. f. Acelga.
POIRIER (*puariê*), s. m. Pereira.
POIS (*puá*), s. m. Ervilha. Pl.: *des pois.*
POISON (*puazon*), s. m. Veneno. *Fig.* Escrito, idéia perniciosa; pessoa má.
POISSARD, E (*puaçar; d*), adj. Chulo, grosseiro. S. f. Regateira.
POISSER (*puaçê*), v. t. Lambuzar; brear.
POISSEUR, EUSE (*puaçĕr, ëz*), adj. Lambuzado, engordurado.
POISSON (*puaçon*), s. m. Peixe. *Poisson d'avril,* peta, brincadeira (do dia 1º de abril).
POISSONNERIE (*puaçonəri*), s. f. Peixaria.
POISSONNEUX, EUSE (*puaçonë, ëz*), adj. Piscoso.
POISSONNIER, ÈRE (*puaçoniê, ér*), s. Peixeiro. S. f. Grelha para assar peixe.
POITEVIN (*puatəven*), adj. e s. Originário de Poitou (França).
POITRAIL (*puatrai*), s. m. Peito (de cavalo); peitoral (do arreio); viga.
POITRINAIRE (*puatrinér*), adj. e s. Tísico.
POITRINE (*puatrin'*), s. f. Peito; pulmões.
POIVRADE (*puavrad*), s. f. Molho de pimenta e vinagre.
POIVRE (*puavr*), s. m. Pimenta. *Poivre long,* pimenta malagueta. *Fam. Barbe poivre et sel,* barba grisalha.
POIVRÉ, E (*puavrê*), adj. Apimentado.
POIVRER (*puavrê*), v. t. Apimentar.
POIVRIER (*puavriê*), s. m. Pimenteira (planta); pimenteiro (de mesa).
POIVRIÈRE (*puavriér*), s. f. Pimenteiro (de mesa).
POIVRON (*puavron*), s. m. Pimentão.
POIX (*puá*), s. f. Pez. Pl.: *des poix.*
POKER (*pokér*), s. m. Pôquer.
POLACRE (*polakr*), s. f. Polaca (navio).
POLAIRE (*polér*), adj. Polar.
POLAQUE (*polak*), s. m. Cavaleiro polonês a serviço da França.
POLARIMÈTRE (*polarimétr*), s. m. Polarímetro.
POLARISATEUR, TRICE (*polarizatĕr, triç*), adj. Polarizador.
POLARISATION (*polarizaçion*), s. f. Polarização.
POLARISER (*polarizê*), v. t. Polarizar.
POLARISEUR (*polarizĕr*), s. m. Polarizador.

POLARITÉ (*polaritê*), s. f. Polaridade.
POLDER (*poldér*), s. m. Pôlder.
PÔLE (*pól*), s. m. Pólo.
POLÉMIQUE (*polêmik*), s. f. Polêmica. Adj. Polêmico.
POLÉMIQUER (*polêmikê*), v.t. Polemicar, polemizar.
POLÉMISTE (*polêmiçt*), s. m. Polemista.
POLI, E (*poli*), adj. Polido. *Fig.* Cortês, delicado. S. m. Polimento, brilho.
POLICE (*poliç*), s. f. Polícia. *Police d'assurance*, apólice de seguro.
POLICEMAN (*poliçman*), s. m. Polícia, guarda. Pl.: *des policemen*.
POLICER (*poliçê*), v. t. (O *c* toma uma cedilha antes de *a* e *o*: *il poliça, nous poliçons.*) Civilizar.
POLICHINELLE (*polichinél*), s. m. Polichinelo. *Fig.* Homem volúvel. *Secret de polichinelle*, segredo que todos conhecem.
POLICIER (*poliçiê*), adj. e s. Policial, polícia.
POLICLINIQUE (*poliklinik*), s. f. Policlínica.
POLIMENT (*poliman*), adv. Polidamente, amavelmente.
POLIOMYÉLITE (*poliomiêlit*), s. f. Poliomielite.
POLIR (*polir*), v. tr. Polir, lustrar.
POLISSAGE (*poliçaj*), s. m. Polimento.
POLISSEUR, EUSE (*poliçër, ëz*), s. Polidor, alisador.
POLISSOIR (*poliçuar*), s. m. Polidor.
POLISSON, ONNE (*poliçon*), s. Moleque. Libertino. Adj. Picante, licencioso.
POLISSONNER (*poliçonê*), v. t. Fazer molecagem.
POLISSONNERIE (*poliçónəri*), s. f. Molecagem; dito livre.
POLISSURE (*poliçür*), s. f. Polimento.
POLITESSE (*politéç*), s. f. Polidez. *Brûler la politesse*, sair à francesa.
POLITICIEN, ENNE (*politiçien, én'*), s. Politiqueiro.
POLITIQUE (*politik*), adj. e s. m. Político. S. f. Política.
POLITIQUEMENT (*politikman*), adv. Politicamente.
POLITIQUER (*politikê*), v. t. Politicar.
POLKA (*polká*), s. f. Polca.
POLKER (*polkê*), v. i. Dançar polca.
POLLEN (*polén*), s. m. Pólen.
POLLINISATION (*polinizaçion*), s. f. Polinização.
POLLUER (*polüê*), v. t. Profanar, macular, poluir.
POLLUTION (*polüçion*), s. f. Poluição, profanação.
PÓLO (*polô*), s. m. Pólo (jogo).
POLONAIS, E (*poloné, z*), adj. e s. Polonês. S. f. Polonesa (dança).
POLONIUM (*poloniôm'*), s. m. *Quím.* Polônio.
POLTRON, ONNE (*poltron, ón'*), adj. e s. Poltrão, covarde.
POLTRONNERIE (*poltronəri*), s. f. Poltronaria, covardia.
POLYANDRE (*poliandr*), adj. *Bot.* Poliandro.
POLYCHROME (*polikróm'*), adj. Policromo.
POLYÈDRE (*poliédr*), s. m. Poliedro.
POLYÉDRIQUE (*poliêdrik*), adj. Poliédrico.
POLYGAME (*poligam'*), adj. e s. m. Polígamo.
POLYGAMIE (*poligami*), s. f. Poligamia.
POLYGLOTTE (*poliglót*), adj. e s. Poliglota.
POLYGONE (*poligón'*), s. m. Polígono.
POLYGRAPHIE (*poligraf*), s. m. Polígrafo.
POLYMÈRE (*polimér*), adj. Polímere.
POLYMÉRIE (*polimêri*), s. f. Polimeria.
POLYMORPHE (*polimorf*), adj. Polimórfico.
POLYMORPHISME (*polimorfiçm*), s. m. Polimorfismo.
POLYNÔME (*polinôm'*), s. m. Polinômio.
POLYPE (*polip*), s. m. Pólipo.
POLYPÉTALE (*polipêtal*), adj. Polipétalo.
POLYPEUX, EUSE (*polipë, ëz*), adj. Poliposo.
POLYPHONIE (*polifoni*), s. f. Polifonia.
POLYPHONIQUE (*polifonik*), adj. Polifônico.
POLYPIER (*polipiê*), s. m. Polipeiro.
POLYSTYLE (*polistil*), adj. Polistilo.
POLYSYLLABE ou **POLYSYLLABIQUE** (*poliçilab* ou *poliçilabik*), adj. Polissílabo ou polissilábico.
POLYTECHNICIEN (*politékniçien*), s. m. Aluno da escola politécnica.
POLYTECHNIQUE (*politéknik*), adj. Politécnico.
POLYTHÉISME (*politêiçm*), s. m. Politeísmo.
POLYTHÉISTE (*politêiçt*), adj. e s. Politeísta.
POLYURIE (*poliüri*), s. f. Poliúria.
POMMADE (*pomad*), s. f. Pomada.
POMMADER (*pomadê*), v. t. Empomador.
POMMARD (*pomar*), s. m. Vinho de Borgonha.
POMME (*póm'*), s. f. Maçã. Maçaneta; cabo de bengala (de forma arredondada). Ralo (de regador). *Pomme d'Adam*, pomo-de-adão. *Pomme de terre*, batata. *Pomme de pin*, pinha (fruta do pinheiro).
POMMÉ, E (*pomê*), adj. Arredondado. *Fig.* Refinado, completo.
POMMEAU (*pomô*), s. m. Botão do punho da espada; cepilho da sela. Pl.: *des pommeaux*.

POMMELÉ, E (*poməlê*), adj. Malhado de branco e cinzento.
POMMELER (SE), (*çəpoməlê*), v. pr. (Dobra o *l* antes de sílaba muda: *il se pommellera.*) Cobrir-se de nuvens brancas e cinzentas (o céu).
POMMELLE (*pomél*), s. f. Ralo de chumbo (de um cano).
POMMER (*pomê*), v. i. Formar-se arredondado (couve, alface).
POMMERAIE (*pomərê*), s. f. Pomar de macieiras.
POMMETTE (*pomét*) s. f. Maçã do rosto.
POMMIER (*pomiê*), s. f. Macieira.
POMOLOGIE (*pomoloji*), s. f. Pomologia.
POMOLOGIQUE (*pomolojik*), adj. Pomológico.
POMPE (*ponp*), s. f. Pompa. Bomba hidráulica.
POMPÉIEN, ENNE (*ponpêien, én'*), adj. e s. Pompeiano.
POMPER (*ponpê*), v. t. Tirar água com a bomba. *Fig.* Aspirar, sorver, chupar. Adj. e s. Pompeiano.
POMPEUSEMENT (*ponpëzman*), adv. Pomposamente.
POMPEUX, EUSE (*ponpë, ëz*), adj. Pomposo, suntuoso.
POMPIER (*ponpiê*), s. m. Bombeiro. Adj. Banal.
POMPON (*ponpon*), s. m. Borla, penacho de lã ou seda.
POMPONNER (*ponponê*), v.t. Adornar, enfeitar.
PONANT (*ponan*), s. m. Poente.
PONÇAGE (*ponçaj*), s. m. Polimento com pedra-pomes.
PONCE (*ponç*), s. f. Pequena boneca feita de pó de carvão para estresir.
PONCEAU (*ponçô*), s. m. Ponte de um só arco; papoula encarnada. Adj. inv. Vermelho vivo. Pl.: *des ponceaux.*
PONCER (*ponçê*), v. t. (O *c* toma uma cedilha antes de *a* e *o*: *il ponça, nous ponçons.*) Polir com pedra-pomes; estresir.
PONCHO (*pontchô*), s. m. Poncho ou ponche (manto).
PONCIF, IVE (*ponçif, iv*), s. m. Desenho estresido. Trabalho banal, sem originalidade. Adj. Banal, sem originalidade.
PONCTION (*ponkçion*), s. f. Punção.
PONCTUALITÉ (*ponktüalitê*), s. f. Pontualidade.
PONCTUATION (*ponktüaçion*), s. f. Pontuação.
PONCTUÉ, E (*ponktüê*), adj. Pontuado; cheio de pontos.
PONCTUEL, ELLE (*ponktüel*), adj. Pontual, exato.
PONCTUELLEMENT (*ponktüélman*), adv. Pontualmente.
PONCTUER (*ponktüê*), v. t. Pontuar; marcar, acentuar.
PONDAISON (*pondézon*), s. f. Postura de ovos.
PONDÉRABILITÉ (*pondêrabilitê*), s. f. Ponderabilidade.
PONDÉRABLE (*pondêrabl*), adj. Ponderável.
PONDÉRAL, E, AUX (*pondêral, ô*), adj. Ponderal.
PONDÉRATEUR, TRICE (*pondêratër, triç*), adj. Ponderador.
PONDÉRATION (*pondêraçion*), s. f. Ponderação.
PONDÉRÉ, E (*pondêrê*), adj. Ponderado.
PONDÉRER (*pondêrê*), v. t. (Conjuga-se como *accélérer.*) Ponderar.
PONDEUR, EUSE (*pondër, ëz*), adj. e s. Poedeira. *Fig.* Fértil.
PONDRE (*pondr*), v. t. Pôr ovos. *Fig.* e *pop.* Produzir.
PONEY (*poné*), s. m. Pônei.
PONT (*pon*), s. m. Ponte; convés. *Pont aux ânes*, dificuldade (para os ignorantes somente). *Faire le pont*, folgar (entre dois feriados).
PONTE (*pont*), s. f. Postura (de ovos). S. m. Ponto (no jogo). *Fam.* Pessoa influente.
PONTÉ, E (*pontê*), adj. Munido de ponte.
PONTER (*pontê*), v. i. Jogar contra o banqueiro. V. t. Munir de ponte.
PONTET (*ponté*), s. m. Guarda de floresta munido de espingarda.
PONTIFE (*pontif*), s. m. Pontífice.
PONTIFICAL, E, AUX (*pontifikal, ô*), adj. Pontifical.
PONTIFICALEMENT (*pontifikalman*), adv. Pontificalmente, solenemente.
PONTIFICAT (*pontifiká*), s. m. Pontificado.
PONTIFIER (*pontifiê*), v. i. (Conjuga-se como *prier.*) Pontificar.
PONT-L'ÉVÊQUE (*ponlêvék*), s. m. inv. Queijo de Calvados (França).
PONT-LEVIS (*ponləvi*), s. m. Ponte levadiça. Pl.: *des ponts-levis.*
PONT-NEUF (*ponëf*), s. m. Canções populares. Pl.: *des ponts-neufs.*
PONTON (*ponton*), s. m. Pontão, ponte flutuante.
PONTONNIER (*pontoniê*), s. m. Pontoneiro.
POOL (*pul*), *s. m.* Convênio entre produtores para controlar a produção.
POPE (*pôp*), s. m. Padre da igreja russa.
POPLITÉ, E (*poplitê*), adj. Poplíteo.
POPOTE (*popót*), s. f. *Fam.* Cozinha, pensão familiar. Adj. simples, banal.
POPULACE (*popülaç*), s. f. Populaça, plebe.
POPULACIER, ÈRE (*popülaçiê, ér*), adj. Plebeu, próprio da ralé.
POPULAIRE (*popüler*), adj. Popular.
POPULAIREMENT (*popülérman*), adv. Popularmente.

POPULARISER (*popülarizê*), v. t. Popularizar, vulgarizar.
POPULARITÉ (*popülaritê*), s. f. Popularidade.
POPULATION (*popülaçion*), s. f. População.
POPULEUX, EUSE (*popülë, ëz*), adj. Populoso.
PÓPULO (*popülô*), s. m. *Fam.* Povinho, multidão.
POQUET (*poké*), s. m. Cova para sementeira.
PORC (*pór, pórk* diante de vogal), s. m. Porco.
PORCELAINE (*porçəlén*), s. f. Porcelana.
PORCELANIER, ÈRE (*porç lénié, ér*), adj. Porcelânico. S. Obreiro em porcelana.
PORCELET (*porçəlé*), s. m. Leitão.
PORC-ÉPIC (*porkêpik*), s. m. Porco-espinho. Pl.: *des porcs-épics.*
PORCHE (*pórch*), s. m. Pórtico, vestíbulo.
PORCHER, ÈRE (*porchê, ér*), s. Guardador de porcos.
PORCHERIE (*porchəri*), s. f. Chiqueiro de porcos.
PORCIN, E (*porçen, in'*), adj. Porcino.
PORE (*por*), s. m. Poro.
POREUX, EUSE (*porë, ëz*), adj. Poroso.
PORION (*porion*), s. m. Contramestre de mina de carvão.
PORNOGRAPHE (*pornograf*), adj. e s. Pornógrafo.
PORNOGRAPHIE (*pornografi*), s. f. Pornografia.
PORNOGRAPHIQUE (*pornografik*), adj. Pornográfico.
POROSITÉ (*porozitê*), s. f. Porosidade.
PORPHYRE (*porfir*), s. m. Pórfiro.
PORPHYRISER (*porfirizê*), v. t. Porfirizar.
PORT (*pór*), s. m. Porto. Porte. Desfiladeiro (nos Pireneus).
PORTABLE (*portabl*), adj. Portátil.
PORTAGE (*portaj*), s. m. Transporte, condução. Ponto de apoio de uma sobre outra.
PORTAIL (*portai*), s. m. Portal.
PORTANT (*portan*), s. m. Alça metálica do cofre, da mala; viga de sustentação dos bastidores de um teatro.
PORTANT, E (*portan, t*), adj. Portante, sustentante. *Être bien ou mal portant,* estar bem ou mal de saúde. *À bout portant,* loc. adv. De muito perto, à queima-roupa. S. m. Alça (de cofre, mala). Construção de madeira que sustenta o *décor* ou aparelhos de iluminação de um teatro.
PORTATIF, IVE (*portatif, iv*), adj. Portátil.
PORTE (*pórt*), s. f. Porta. *Mettre à la porte,* pôr na rua, expulsar. *Refuser sa porte,* proibir a entrada em sua casa.
PORTE-AFFICHES (*pórtafich*), s. m. inv. Placar de avisos.
PORTE-AIGUILLES (*pórtégüii*), s. m. inv. Agulheiro.
PORTE-ALLUMETTES (*pórtalümét*), s. m. inv. Caixa de fósforos.
PORTE-ASSIETTE (*pórtaçiét*), s. m. inv. Descanso de prato.
PORTE-AVIONS (*pórtavion*), s. m. inv. Porta-aviões.
PORTE-BAGAGES (*pórtbagaj*), s. m. inv. Porta-bagagem.
PORTE-BAÏONNETTE (*pórtbaionét*), s. m. inv. Tira de couro que prende a baioneta ao cinturão.
PORTEBALLE (*pórtbal*), s. m. Merceeiro ambulante.
PORTE-BANNIÈRE (*pórtbaniér*), s. m. inv. Pessoa que leva a insígnia.
PORTE-BAT (*pórtbá*), s. m. inv. Animal de carga.
PORTE-BILLETS (*pórtbiié*), s. m. inv. Carteira de notas.
PORTE-BONHEUR (*pórtbonër*), s. m. inv. Talismã, mascote.
PORTE-BOUQUET (*pórtbukê*), s. m. inv. Vaso de flores.
PORTE-BOURDON (*pórtburdon*), s. m. inv. Peregrino.
PORTE-BOUTEILLE (*pórtbutéii*), s. m. inv. Descanso de garrafa.
PORTE-CARTES (*pórtkart*), s. m. inv. Porta-cartões.
PORTE-CHAPEAUX (*pórtchapô*), s. m. inv. Porta-chapéus.
PORTE-CIGARETTE (*pórtçigarét*), s. m. inv. Piteira. *Porte-cigarettes,* cigarreira.
PORTE-CLEFS (*pórtklê*), s. m. inv. Carcereiro; chaveiro.
PORTE-COUTEAU (*pórtkutô*), s. m. inv. Descanso de faca.
PORTE-CRAYON (*pórtkréion*), s. m. inv. Lapiseira, porta-lápis.
PORTE-CROIX (*pórtkruá*), s. m. inv. Cruciferário.
PORTE-DRAPEAU (*pórtdrapô*), s. m. inv. Porta-bandeira.
PORTÉE (*pórtê*), s. f. Ninhada; alcance; entendimento; importância; valor; pauta (música). *Se mettre à la portée de,* pôr-se ao alcance de, igualar-se. *Être à la portée de,* estar à altura de. *Avoir à sa portée,* ter ao seu alcance.
PORTE-ENSEIGNE (*pórtançénh*), s. m. inv. Porta-bandeira.
PORTE-ÉPÉE (*pórtêpê*), s. m. inv. Porta-espada, talhim.
PORTE-ÉTENDARD (*pórtêtandar*), s. m. inv. Porta-estandarte.
PORTE-ÉTRIERS (*pórtêtriê*), s. m. inv. Loros para alçar os estribos.
PORTE-ÉTRIVIÈRE (*pórtêtriviér*), s. m. inv. Anel do loro.

PORTEFAIX (*pórtəfé*), s. m. Carregador. Pl.: *des portefaix.*

PORTE-FANION (*pórtfanion*), s. m. inv. Porta-bandeira de um general.

PORTE-FENÊTRE (*pórtfənétr*), s. f. Abertura que desce até o solo e serve de porta e de janela. Pl.: *des portes-fenêtres.*

PORTEFEUILLE (*pórtəféü*), s. m. Pasta para papéis; papéis de crédito.

PORTE-FORT (*pórtfor*), s. m. inv. Fiador.

PORTE-GLAIVE (*pórtəglév*), s. m. inv. Banda de couro que sustenta o sabre.

PORTE-GREFFE ou **PORTE-GREFFES** (*pórtgréf*), s. m. Porta-enxerto.

PORTE-MALHEUR (*pórtmalër*), s. m. inv. Pessoa ou coisa que dá azar.

PORTEMANTEAU (*pórtmantô*), s. m. Cabide; espécie de maleta. Pl.: *des portemanteaux.*

PORTEMENT (*pórtəman*), s. m. Ação de conduzir.

PORTE-MONNAIE (*pórtmoné*), s. m. inv. Porta-níqueis.

PORTE-MONTRE (*pórtmontr*), s. m. inv. Porta-relógio.

PORTE-MORS (*pórtmor*), s. m. inv. Cabeção, cabeçada.

PORTE-MUSIQUE (*pórtmüzik*), s. m. inv. Pasta de música.

PORTE-OBJECT (*pórtobjé*), s. m. inv. Lâmina em que se coloca o objeto para ser examinado ao microscópio.

PORTE-PARAPLUIES (*pórtparaplüi*), s. m. inv. Móvel em que se deixam os guarda-chuvas.

PORTE-PAROLE (*pórtparól*), s. m. inv. Aquele que fala em nome dos outros.

PORTE-PLAT (*pórtplá*), s. m. inv. Descanso de prato.

PORTER (*pórtê*), v. t. Carregar; suportar, suster; trajar; trazer consigo; dirigir; causar. *Porter un nom,* ter um sobrenome. *Porter un toast,* fazer um brinde. *Porter un candidat,* votar em um candidato. *Porter quelqu'un aux nues,* elogiar demasiadamente. V. i. Pousar, estar sustentado por; alcançar; relacionar. *Porter à la tête,* atordoar, embriagar. **SE PORTER,** v. pr. Transportar-se, dirigir-se. *Se porter bien ou mal,* sentir-se bem ou mal. *Se porter fort pour quelqu'un,* responsabilizar-se por alguém.

PORTER (*portér*), s. m. Cerveja inglesa.

PORTE-RESPECT (*pórtəréçpékt*), s. m. inv. Arma (de defesa pessoal); insígnia de dignidade; pessoa imponente.

PORTERIE (*pórtri*), s. f. Quarto de um porteiro de convento.

PORTE-SERVIETTES (*pórtçérviét*), s. m. inv. Porta-toalhas.

PORTE-TRAIT (*pórt tré*), s. m. inv. Correia que sustenta os tirantes.

PORTEUR, EUSE (*pórtër, ëz*), s. Carregador. S. Portador.

PORTE-VENT (*pórtvan*), s. m. inv. Canudo dos foles de um órgão.

PORTE-VOIX (*pórtəvuá*), s. m. inv. Porta-voz.

PORTIER, ÈRE (*pórtiê, ér*), s. Porteiro, guarda-portão.

PORTIÈRE (*pórtiér*), s. f. Porta de vagão.

PORTILLON (*pórtiion*), s. m. Porta pequena.

PORTION (*pórçion*), s. f. Porção; ração.

PORTIQUE (*pórtik*), s. m. Pórtico.

PORTO (*pórtô*), s. m. Vinho do Porto.

PORTOR (*portór*), s. m. Mármore preto com raias amarelas.

PORTRAIT (*pórtré*), s. m. Retrato.

PORTRAITI (*pórtrétiçt*), s. m. Retratista, fotógrafo.

PORTRAITURER (*pórtrétürê*), v. t. Fazer retrato.

PORTUAIRE (*pórtüér*), adj. Portuário.

PORTUGAIS, E (*pórtüghé, z*), adj. e s. Português.

PORTULAN (*pórtülan*), s. m. Portulano.

POSAGE (*pozaj*), s. m. Colocação, fixação.

POSE (*poz*), s. f. Colocação, pose.

POSÉ, E (*pozê*), adj. Ajuizado, grave, sério. *A main posée,* lentamente, com cuidado.

POSÉMENT (*pozêman*), adv. Pausadamente, vagarosamente.

POSER (*pozê*), v. t. Colocar, pôr, assentar. V. i. Apossar-se. *Fig.* Tomar atitude pretensiosa.

POSEUR, EUSE (*pozër, ëz*), adj. e s. Afetado. S. m. Assustador, colocador.

POSITIF, IVE (*pozitif, iv*), adj. Positivo, franco, correto, leal.

POSITION (*poziçion*), s. f. Posição. *Fig.* Situação social.

POSITIVEMENT (*pozitivman*), adv. Positivamente.

POSITIVISME (*pozitiviçm*), s. m. Positivismo.

POSITIVISTE (*pozitiviçt*), adj. e s. Positivista.

POSITON ou **POSITRON** (*poziton* ou *pozitron*), s. m. Eléctron positivo.

POSOLOGIE (*pozoloji*), s. f. Posologia.

POSSÉDÉ, E (*poçêdê*), adj. e s. Possesso, endemoniado.

POSSÉDER (*poçêdê*), v. t. (Conjuga-se como *accélérer.*) Possuir. *Fig.* Conhecer a fundo. V. pr. Dominar-se.

POSSESSEUR (*poçéçër*), s. m. Possessor, possuidor.

POSSESSIF (*poçéçif*), adj. Possessivo.

POSSESSION (*poçéçion*), s. f. Possessão.

POSSESSOIRE (*poçéçuar*), adj. Possessório.

POSSIBILITÉ (*poçibilitê*), s. f. Possibilidade.

POSSIBLE (*poçibl*), adj. Possível, viável.
POSTAGE (*poçtaj*), s. m. Correspondência, correio.
POSTAL, E AUX (*poçtal, ô*), adj. Postal.
POSTDATE (*poçtdat*), s. f. Pós-data.
POSTDATER (*poçtdatê*), v. t. Pós-datar.
POSTE (*póçt*), s. f. Posta, muda de cavalos; correio. *Bureau de poste*, agência de correio. S. m. Posto; sentinela.
POSTER (*poçtê*), v. t. Postar, situar; pôr no correio.
POSTER (*póçtér*), s. m. Cartaz.
POSTÉRIEUR, E (*póçtêriĕr*), adj. Posterior. S. m. *Fam.* Traseiro.
POSTÉRIEUREMENT (*póçtêriĕrman*), adv. Posteriormente, ultimamente.
POSTÉRIORITÉ (*póçtêrioritê*), s. f. Posterioridade.
POSTÉRITÉ (*póçtêritê*), s. f. Posteridade.
POSTHUME (*póçtüm*), adj. Póstumo.
POSTICHE (*póçtich*), adj. Postiço, falso. S. m. Peruca.
POSTIER, ÈRE (*póçtiê, ér*), s. Cavalo de posta. *Fam.* Postalista.
POSTILLON (*póçtiion*), s. m. Postilhão. Perdigoto, cuspo.
POSTOPÉRATOIRE (*póçtôpêratuar*), adj. Pós-operatório.
POSTSCÉNIUM (*póçtçêniôm'*), s. m. Poscênio.
POSTSCOLAIRE (*póçtçkolér*), adj. Pós-escolar.
POST-SCRIPTUM (*póçtçkriptóm*), s. m. inv. Pós-escrito.
POSTULANT, E (*póçtülan, t*), s. Postulante.
POSTULAT (*póçtülá*), s. m. Postulado.
POSTULATEUR, TRICE (*póçtülatĕr, triç*), adj. e s. Que postula.
POSTULATION (*póçtülaçion*), s. f. Postulação.
POSTULER (*póçtülê*), v. t. Postular.
POSTURE (*póçtür*), s. f. Postura, atitude; situação econômica.
POT (*pó*), s. m. Pote; vaso; panela; urinol. *Fig. Payer les pots cassés*, pagar os prejuízos. *À la fortune du pot*, sem cerimônia. *Tourner autour du pot*, fazer muitos rodeios. *Découvrir le pot aux roses*, descobrir o segredo.
POTABLE (*potabl*), adj. Potável.
POTACHE (*potach*), s. m. *Fam.* Colegial.
POTAGE (*potaj*), s. m. Sopa, caldo. ***Fig.*** *Pour tout potage*, unicamente.
POTAGER, ÈRE (*potajê, ér*), adj. Comestível. Hortaliça. S. m. Forno de cozinha a carvão de madeira. ***Jardin potager***, horta.
POTARD (*potar*), s. m. *Fam.* Farmacêutico.
POTASSE (*potaç*), s. f. Potassa.
POTASSIQUE (*potaçik*), adj. Potássico.
POTASSIUM (*potaçióm'*), s. m. *Quím.* Potássio.
POT-AU-FEU (*potôfê*), s. m. inv. Ensopado, cozido. Marmita em que se faz o cozido. Adj. Caseiro.
POT-DE-VIN (*podəven*), s. m. Soma extra; gorjeta. Pl.: ***des pots-au-vin***.
POTE (*pót*), adj. f. ***Main pote***, mão inchada.
POTEAU (*potô*), s. m. Posta de madeira, mourão, esteio. Pl.: ***des poteaux***.
POTÉE (*potê*), s. f. Conteúdo de um vaso cheio. Massa para molde de fundição.
POTELÉ, E (*potlê*), adj. Gordo, roliço.
POTENCE (*potanç*), s. f. Tripé de madeira ou de ferro; instrumento de suplício.
POTENTAT (*pontantá*), s. m. Potentado.
POTENTIEL, ELLE (*potançiél*), adj. e s.m. Potencial.
POTENTILLE (*potantii*), s. f. Potentilha (planta).
POTERIE (*potəri*), s. f. Louça de barro, olaria; vasilha de metal.
POTERNE (*potérn*), s. f. Poterna.
POTICHE (*potich*), s. f. Vaso de porcelana.
POTIER (*potiê*), s. m. Fabricante ou vendedor de louça.
POTIN (*poten*), s. m. Liga de cobre, estanho e chumbo. ***Fig.*** Falatório, tagarelice.
POTINER (*potinê*), v. i. Mexericar.
POTINIER, ÈRE (*potiniê, ér*), adj. Mexeriqueiro.
POTION (*poçion*), s. f. Poção.
POTIRON (*potiron*), s. m. Espécie de abóbora.
POT-POURRI (*popuri*), s. m. Ensopado de carnes diversas; miscelânea de músicas ou de peças literárias. Pl.: ***des pots-pourris***.
POTRON-JAQUET ou **POTRON-MINET** (*potronjakê* ou *potronminê*), s. m. Aurora, crepúsculo matinal.
POU (*pù*), s. m. Piolho. Pl.: *des poux*.
POUACRE (*puakr*), adj. e s. Sujo.
POUAH! (*puá*), interj. Fora!, Irra!
POUBELLE (*pubél*), s. f. Lata de lixo.
POUCE (*puç*), s. m. Dedo polegar; polegada. *Manger sur le pouce*, comer às pressas. *Mettre les pouces*, ceder enfim. *Tourner ses pouces*, folgar, não fazer nada. Interj. Alto!, Pique! (em uma brincadeira).
POUCETTES (*puçét*), s. f. pl. Algemas para o polegar.
POUCIER (*puçiê*), s. m. Dedeira para o polegar.
POUDING ou **PUDDING** (*pudeng*), s. m. Pudim.
POUDRE (*pudr*), s. f. Poeira, pó.
POUDRER (*pudrê*), v. t. Empoar, polvilhar.

POUDRERIE (*pudrəri*), s. f. Fábrica de pólvora.
POUDRETTE (*pudrét*), s. f. Poeira fina; esterco em pó.
POUDREUX, EUSE (*pudrë, ëz*), adj. Empoeirado. S. m. Pulverizador.
POUDRIER (*pudriê*), s. m. Fabricante de pólvora; caixa para pó-de-arroz.
POUDRIÈRE (*pudriér*), s. f. Armazém de pólvora.
POUDROIEMENT (*pudruáman*), s. m. Empoeiramento.
POUDROYER (*pudruaiê*), v. i. (Conjuga-se como *aboyer*.) Pulverizar, estar empoeirado. V. t. Empoeirar.
POUF! (*puf!*), interj. Puf! S. m. Tamborete estofado, pufe. Reclamo exagerado. *Fam. Faire un pouf*, não pagar o que deve. Penteado bufante.
POUFFER (*pufê*), v. i. Rir exageradamente.
POUILLARD (*puiar*), s. m. Perdiz nova.
POUILLÉ (*puiê*), s. m. Registro de benefícios eclesiásticos.
POUILLER (*puiê*), v. i. Injuriar.
POUILLES (*púii*), s. f. pl. Descompostura.
POUILLEUX, EUSE (*puiê ëz*), adj. e s. Piolhento; pobre, miserável.
POULAILLER (*pulaiê*), s. m. Galinheiro. Vendedor de aves. Galeria, torrinha (em um teatro).
POULAIN (*pulen*), s. m. Potro ou poldro.
POULAINE (*pulén'*), s. f. Roda da proa. *Souliers à la poulaine*, calçado de bico revirado.
POULARDE (*pulard*), s. f. Franga engordada.
POULE (*pul*), s. f. Galinha. Pula (jogo). *Poule faisane*, fêmea de faisão. *Fig. Poule mouillée*, maricas. *Avoir la chair de poule*, arrepiar-se; ter medo. *Prov.*: *Cela arrivera quand les poules auront des dents*, é mais fácil uma galinha criar dentes.
POULET (*pulé*), s. m. Frango. Palavra de carinho. *Fig.* Carta de amor.
POULETTE (*pulét*), s. f. Franga. Queridinha, amorzinho.
POULICHE (*pulich*), s. f. Poldra.
POULIE (*puli*), s. f. Roldana; moitão.
POULINER (*pulinê*), v. i. Parir (a égua).
POULINIÈRE (*puliniér*), adj. f. Égua reprodutora.
POULIOT (*puliô*), s. m. Poejo (planta).
POULOT, OTTE (*pulô, ót*), s. Queridinho, anjinho.
POULPE (*pulp*), s. m. Polvo.
POULS (*pu*), s. m. Pulso. *Fig. Tâter le pouls à*, sondar. Pl.: *des pouls*.
POUMON (*pumon*), s. m. Pulmão.
POUPARD, E (*pupar*), adj. e s. Rechonchudo. S. m. Criança de colo enfaixada. Boneca, bebê.
POUPART (*pupar*), s. m. Espécie de caranguejo.
POUPE (*pup*), s. f. Popa.
POUPÉE (*pupê*), s. f. Boneca. Manequim.
POUPIN, (*pupen, in'*), adj. Fresco, corado.
POUPON, ONNE (*pupon, ón'*), s. Bebê, criancinha.
POUPONNER (*puponê*), v. i. *Fam.* Cuidar de um bebê.
POUPONNIÈRE (*puponiér*), s. f. Berçário. Voador (para ajudar a criança a andar).
POUR (pur), prep. Por; para. *Pour lors*, loc. adv. Então. S. m. Pró.
POURBOIRE (*purbuar*), s. m. Gorjeta.
POURCEAU (*purçô*), s. m. Porco. Pl.: *des pourceaux*.
POUR-CENT, POURCENTAGE (*purçan, purçantaj*), s. m. Percentagem.
POUR CE QUE (*purçəkə*), loc. conj. Porque.
POURCHAS (*pourchá*), s. m. Perseguição. Procura, busca. Pl.: *des pourchas*.
POURCHASSER (*purchaçê*), v. t. Perseguir com insistência, importunar.
POURCHASSEUR (*purchaçër*), s. m. Perseguidor.
POURFENDEUR (*purfandër*), s. m. Fanfarrão.
POURFENDRE (*purfandr*), v. t. Partir em dois com um só golpe.
POURLÉCHER (*purlêchê*), v. t. (Conjuga-se como *accélérer*.) *Fam.* Lamber.
SE POURLÉCHER, v. pr. Lamber-se os lábios.
POURPARLERS (*purparlê*), s. m. pl. Conferência, colóquio.
POURPIER (*purpiê*), s. m. Portulaca, beldroega.
POURPOINT (*purpuen*), s. m. Veste antiga, do pescoço à cintura. *À brûle-pourpoint*, à queima-roupa
POURPRE (*purpr*), s. f. Púrpura S. m. Cor purpúrea. Adj. Vermelho.
POURPRÉ, E (*purprê*), adj. Purpúreo, purpurino. *Fièvre pourprée*, urticária.
POURQUOI (*purkuá*), conj. e adv. Por que; por quê?; porque. S. m. Porquê.
POURRI, E (*puri*), adj. Apodrecido, estragado. *Temps pourri*, tempo chuvoso e úmido. S. m. Podre.
POURRIDIÉ (*puridiê*), s. m. Moléstia criptogâmica das raízes dos vegetais, especialmente das árvores frutíferas.
POURRIR (*purir*), v. i. e t. Entrar em putrefação. *Fig.* Corromper. Permanecer muito tempo.
POURRISSAGE (*puriçaj*), s. m. Ação de fazer apodrecer. Colocação da pasta de cerâmica em lugar úmido.
POURRISSEMENT (*puriçman*), s. m. Deterioração.
POURRITURE (*puritür*), s. f. Podridão, putrefação. *Fig.* Corrupção.
POURSUITE (*purçüit*), s. f. Perseguição.
POURSUIVANT, E (*purçüivan, t*), s. Pretendente, candidato; solicitante.

POURSUIVRE (*purçüivr*), v. t. (Conjuga-se como *suivre*.) Perseguir, atormentar, demandar.

POURTANT (*purtan*), conj. Todavia, no entanto.

POURTOUR (*purtur*), s. m. Contorno.

POURVOI (*purvuá*), s. m. Recurso, apelação, agravo.

POURVOIR (*purvuar*), v. i. (*Je pourvois, nous pourvoyons. Je pourvoyais, nous pourvoyions. Je pourvus, nous pourvûmes. Je pourvoirai, nous pourvoirons. Je pourvoirais, nous pourvoirions. Pourvois, pourvoyons, pourvoyez. Que je pourvoie, que nous pourvoyions. Que je pourvusse, que nous pourvussions. Pourvoyant. Pourvu, e*). Prover. V. t. Munir, abastecer; estabelecer (por casamento ou por emprego). *Fig.* Ornar, enfeitar. **SE POURVOIR**, v. pr. Munir-se; recorrer a um tribunal.

POURVOYEUR, EUSE (*purvuaiër, ëz*), s. Fornecedor, abastecedor.

POURVU QUE (*purvükə*), loc. conj. Contanto que.

POUSSAH ou **POUSSA** (*puçá*), s. m. Boneco que volta sempre à posição ereta, joão-teimoso. *Fig.* Homem gordo e desajeitado.

POUSSE (*puç*), s. f. Rebento; desenvolvimento; turvação dos vinhos. Pulmoeira.

POUSSE-CAFÉ (*puçkafê*), s. m. inv. *Fam.* Cálice de bebida alcoólica depois do café.

POUSSE-CAILLOUX (*puçkaiu*), s. m. inv. Infante (soldado).

POUSSÉE (*puçê*), s. f. Empurrão, impulso.

POUSSE-PIED (*puçpiê*), s. m. inv. Barquinho leve.

POUSSE-PIEDS (*puçpiê*), s. m. inv. Anatifo (crustáceo).

POUSSER (*puçê*), v. t. Empurrar; estender, prolongar; produzir; compelir; fazer progredir; acentuar. *Pousser à bout*, encolerizar. *Pousser un cri*, soltar um grito. V. i. Crescer, brotar; ir, dirigir-se. *Pousser à la roue*, ajudar.

POUSSETTE (*puçét*). s. f. Pequeno chapéu que se põe de manhã.

POUSSIER (*puçiê*), s. m. Cisco; pó de carvão.

POUSSIÈRE (*puçiér*), s. f. Poeira. *Poussière fécondante*, pólen.

POUSSIÉREUX, EUSE (*puçiêrë, ëz*), adj. Empoeirado.

POUSSIF, IVE (*puçif, iv*), adj. Que sofre de pulmoeira. Ofegante, dispnéico.

POUSSIN (*puçen*), s. m. Pintinho.

POUSSINIÈRE (*puçiniér*), s. f. Gaiola, estufa para pintos.

POUSSOIR (*puçuar*), s. m. Botão elétrico.

POUT-DE-SOIE (*pudəçuá*), s. m. Tecido de seda sem lustro. Pl.: *des pouts, poux ou poults-de-soie.*

POUTRE (*putr*), s. f. Viga, trave.

POUTRELLE (*putrél*), s. f. Viga pequena.

POUVOIR (*puvuar*), v. t. (*Je peux* ou *je puis, nous pouvons. Je pouvais, nous pouvions. Je pus, nous pûmes. Je pourrai, nous pourrons. Je pourrais, nous pourrions.* Não se usa no imperat. *Que je puisse, que nous puissions. Que je pusse, que nous pussions. Pouvant. Pu.*) Poder. *Je n'en puis mais*, não sou o culpado. **SE POUVOIR**, V. pr. imp. Ser possível. S. m. Poder; influência. Procuração.

POUZZOLANE (*puzolan'*), s. f. Pozolana.

PRAESIDIUM (*prêzidióm*), s. m. Presidência do Conselho supremo soviético.

PRAGMATIQUE (*pragmatik*), adj. Pragmático. S. f. Pragmática.

PRAGMATISME (*pragmatiçm*), s. m. Pragmatismo.

PRAGMATISTE (*pragmatiçt*), adj. e s. Pragmatista.

PRAIRIE (*préri*), s. f. Campina.

PRALINE (*pralin'*), s. f. Pralina.

PRALINER (*pralinê*), v. t. Confeitar amêndoas, fazer pralinas.

PRAME (*pram*), s. f. Embarcação de fundo chato.

PRATICABILITÉ (*pratikabilitê*), s. f. Praticabilidade.

PRATICABLE (*pratikabl*), adj. Praticável.

PRATICIEN, ENNE (*pratiçien*), s. m. Prático em uma profissão.

PRATIQUANT, E (*pratikan, t*), adj. Praticante.

PRATIQUE (*pratik*), adj. Prático. S. f. Prática.

PRATIQUEMENT (*pratikman*), adv. Praticamente.

PRATIQUER (*pratikê*), v. t. Praticar; exercer; fazer; freqüentar.

PRÉ (*prê*), s. m. Prado. *Aller sur le pré*, bater-se em duelo.

PRÉALABLE (*prêalabl*), adj. Prévio; preliminar. *Au préalable*, loc. adv. Primeiramente, antes de tudo.

PRÉALABLEMENT (*prealabləman*), adv. Primeiramente, antes de tudo.

PRÉAMBULE (*prêanbül*), s. m. Preâmbulo.

PRÉAU (*prêô*), s. m. Pátio (coberto). Pl.: *des préaux.*

PRÉAVIS (*prêavi*), s. m. Aviso prévio. Pl.: *des préavis.*

PRÉAVISER (*prêavizê*), v. t. Dar aviso prévio.

PRÉBENDE (*prêband*), s. f. Prebenda.

PRÉCAIRE (*prêkér*), adj. Precário.

PRÉCAIREMENT (*prêkérman*), adv. Precariamente.

PRÉCARITÉ (*prêkaritê*), s. f. Precaridade.

PRÉCAUTION (*prêkôçion*), s. f. Precaução.

PRÉCAUTIONNER (*prêkôçionê*), v. t. Prevenir, acautelar.

PRÉCAUTIONNEUX, EUSE (*prêkôçionë,*

ëz), adj. Cauteloso, precavido.
PRÉCÉDEMMENT (*prêçêdaman*), adv. Precedentemente.
PRÉCÉDANT, E (*prêçêdan, t*), adj. e s. m. Precedente.
PRÉCÉDER (*prêçêdê*), v. t. (Conjuga-se como *accélérer*.) Preceder.
PRÉCEINTE (*prêçent*), s. f. *Mar.* Precinta.
PRÉCEPTE (*prêçépt*), s. m. Preceito.
PRÉCEPTEUR, TRICE (*prêçéptěr, triç*), s. Preceptor.
PRÉCEPTORAL, E, AUX (*prêçéptoral, ô*), adj. Preceptoral.
PRÉCEPTORAT (*prêçéptorá*), s. m. Cargo de preceptor.
PRÉCESSION (*prêçéçion*) s. f. Precessão.
PRÊCHE (*préch*), s. m. Sermão protestante. Templo protestante; religião protestante.
PRÊCHER (*préchê*), v. t. Pregar, anunciar. V. i. *Prêcher d'exemple*, praticar o que se aconselha.
PRÊCHEUR, EUSE (*préchěr, ëz*), adj. e s. Pregador.
PRÉCIEUSE (*prêçiëz*), s. f. Afetada, cheia de empáfia.
PRÉCIEUSEMENT (*prêçiëzman*), adv. Preciosamente.
PRÉCIEUX, EUSE (*prêçië, ëz*), adj. Precioso. *Fig.* Afetado.
PRÉCIOSITÉ (*prêçiozitê*), s. f. Afetação.
PRÉCIPICE (*prêçipiç*), s. m. Precipício.
PRÉCIPITAMMENT (*prêçiptaman*), adv. Precipitadamente.
PRÉCIPITANT (*prêçipitan*), s. m. *Quím.* Precipitante.
PRÉCIPITATION (*prêçipitaçion*), s. f. Precipitação.
PRÉCIPITÉ (*prêçipitê*), s. m. Precipitado.
PRÉCIPITER (*prêçipitê*), v. t. Precipitar; acelerar. **SE PRÉCIPITER**, v. pr. Precipitar-se.
PRÉCIPUT (*prêçipü*), s. m. *Jur.* Precípuo.
PRÉCIS, E (*prêçi, z*), adj. Preciso, exato. *Fig.* Conciso. S. m. Resumo, sumário.
PRÉCISÉMENT (*prêçizêman*), adv. Precisamente.
PRÉCISER (*prêçizê*), v. t. Precisar, determinar.
PRÉCISION (*prêçizion*), s. m. Precisão, rigor.
PRÉCITÉ, E (*prêçitê*), adj. Precipitado, supracitado.
PRÉCOCE (*prêkóç*), adj. Precoce, prematuro.
PRÉCOCEMENT (*prêkóçman*), adv. Precocemente.
PRÉCOCITÉ (*prêkoçitê*), s. f. Precocidade.
PRÉCOLOMBIEN, ENNE (*prêkolonbien, én'*), adj. Pré-colombiano.
PRÉCOMPTE (*prêkont*), s. m. Desconto, abatimento.
PRÉCOMPTER (*prêkontê*), v. t. Deduzir, abater.
PRÉCONCEPTION (*prêkonçépçion*), s. f. Preconceito.
PRÉCONCEVOIR (*prêkonçəvuar*), v. t. (Conjuga-se como *recevoir*.) Preconceber.
PRÉCONÇU, E (*prêkonçü*), adj. Preconcebido.
PRÉCONISATION (*prêkonizaçion*), s. f. Preconização.
PRÉCONISER (*prêkonizê*), v. t. Preconizar, elogiar, recomendar.
PRÉCORDIAL, E, AUX (*prêkordial, ô*), adj. Precordial.
PRÉCURSEUR (*prêkürçěr*), adj. e s. Precursor.
PRÉDÉCÈS (*prêdêçé*), s. m. Falecimento anterior.
PRÉDÉCESSEUR (*prêdêçéçěr*), s. m. Predecessor.
PRÉDELLE (*prêdél*), s. f. Seção inferior de um quadro.
PRÉDESTINATION (*prêdéçtinaçion*), s. f. Predestinação.
PRÉDESTINÉ, E (*prêdéçtinê*), adj. e s. Predestinado.
PRÉDESTINER (*prêdéçtinê*), v. t. Predestinar.
PRÉDÉTERMINATION (*prêdêtérminaçion*), s. f. Predeterminação.
PRÉDÉTERMINER (*prêdêtérminê*), v. t. Predeterminar.
PRÉDICABLE (*prêdikabl*), adj. Predicável.
PRÉDICANT, E (*prêdikan, t*), adj. Predicante. S. m. Pregador protestante.
PRÉDICAT (*prêdiká*), s. m. Predicativo.
PRÉDICATEUR, TRICE (*prêdikatěr, triç*), s. Pregador.
PRÉDICATION (*prêdikaçion*), s. f. Prédica.
PRÉDICTION (*prêdikçion*), s. f. Predição, presságio, vaticínio.
PRÉDILECTION (*prêdilékçion*), s. f. Predileção.
PRÉDIRE (*prêdir*), v. t. (Conjuga-se como *médire*.) Predizer; vaticinar.
PRÉDISPOSER (*prêdiçpozê*), v. t. Predispor.
PRÉDISPOSITION (*prêdiçpoziçion*), s. f. Predisposição.
PRÉDOMINANCE (*prêdominanç*), s. f. Predominância.
PRÉDOMINANT, E (*prêdominan, t*), adj. Predominante.
PRÉDOMINER (*prêdominê*), v. i. Predominar.
PRÉÉMINENCE (*prêêminanç*), s. f. Preeminência.
PRÉÉMINENT, E (*prêêminan, t*), adj. Preeminente.
PRÉEMPTION (*prêanpçion*), s. f. Preempção.
PRÉÉTABLI, E (*prêêtabli*), adj. Preestabelecido.

PRÉEXISTENCE (*prêégziçtanç*), s. f. Preexistência.
PRÉEXISTENT, E (*prêégziçtan, t*), adj. Preexistente.
PRÉEXISTER (*prêégziçtê*), v. i. Preexistir.
PRÉFACE (*prêfaç*), s. f. Prefácio.
PRÉFACER (*prêfaçê*), v. t. (O *c* uma cedilha antes de *a* e *o*: *il préfaça, nous préfaçons.*) Prefaciar.
PRÉFECTORAL, E, AUX (*prêféktoral, ô*), adj. Relativo ao prefeito.
PRÉFECTURE (*prêféktür*), s. f. Prefeitura.
PRÉFÉRABLE (*prêfêrabl*), adj. Preferível.
PRÉFÉRABLEMENT (*prêfêrabləman*), adv. Preferivelmente.
PRÉFÉRÉ, E (*prêfêrê*), adj. e s. Preferido.
PRÉFÉRENCE (*prêfêranç*), s. f. Preferência.
PRÉFÉRER (*prêfêrê*), v. t. (Conjuga-se como *accélérer.*) Preferir.
PRÉFET (*prêfé*), s. m. Prefeito.
PRÉFÈTE (*prêfét*), s. f. *Fam.* Mulher do prefeito.
PRÉFIGURATION (*prêfigüraçion*), s. f. Prefiguração.
PRÉFIGURER (*prêfigürê*), v. t. Prefigurar.
PRÉFIX, E (*prêfikç*), adj. Prefixo, predeterminado.
PRÉFIXE (*prêfikç*), adj. e s. *Gram.* Prefixo.
PRÉFIXER (*prêfikçê*), v. t. Prefixar.
PRÉFIXION (*prêfikçion*), s. f. Prefixação.
PRÉFLORAISON ou **PRÉFLEURAISON** (*prêflorézon* ou *prêflërézon*), s. f. Prefloração.
PRÉFOLIATION ou **PRÉFOLIAISON** (*prêflorézon* ou *prêflërézon*), s. f. Prefloração.
PRÉGLACIAIRE (*prêglaçiér*), adj. Pré-glaciário.
PRÉGNANT, E (*prênhan, t*), adj. Prenhe.
PRÉHENSILE (*prêançil*), adj. Preênsil.
PRÉHENSION (*prêançion*), s. f. Preensão.
PRÉHISTOIRE (*prêiçtuar*), s. f. Pré-história.
PRÉHISTORIQUE (*prêiçtorik*), adj. Pré-histórico.
PRÉJUDIABLE (*prêjüdiabl*), adj. Prejudicial, nocivo.
PRÉJUDICE (*prêjüdiç*), s. m. Prejuízo.
PRÉJUDICIEL, ELLE (*prêjüdiçiél*), adj. Prévio.
PRÉJUGÉ (*prêjüjê*), s. m. Preconceito. *Dir.* Prejulgado.
PRÉJUGER (*prêjüjê*), v. t. (Toma um *e* mudo depois do *g* antes de *a* e *o*: *il préjugea, nous préjugeons.*) Prejulgar.
PRÉLART (*prêlar*), s. m. *Mar.* Toldo, encerado.
PRÉLASSER (SE) (*çəprêlaçê*), v. pr. Refestelar-se.
PRÉLAT (*prêlá*), s. m. Prelado.
PRÉLATURE (*prêlatür*), s. f. Prelatura ou prelazia.
PRÉLÈVEMENT (*prêlévman*), s. m. Levantamento parcial.
PRÉLEVER (*prêləvê*), v. t. (Conjuga-se como *amener.*) Levantar em parte.
PRÉLIMINAIRE (*prêliminér*), adj. e s. m. Preliminar.
PRÉLIMINAIREMENT (*prêliminérman*), adv. Preliminarmente.
PRÉLUDE (*prêlüd*), s. m. Prelúdio; prenúncio.
PRÉLUDER (*prêlüdê*), v. t. Preludiar. *Fig.* Preparar-se.
PRÉMATURÉ, E (*prêmatürê*), adj. Prematuro, temporão.
PRÉMATURÉMENT (*prêmatürêman*), adv. Prematuramente.
PRÉMÉDITATION (*prêmêditaçion*), s. f. Premeditação.
PRÉMÉDITER (*prêmêditê*), v. t. Premeditar.
PRÉMICES (*prêmiç*), s. f. pl. Primícias. *Fig.* Começo.
PREMIER, ÈRE (*prəmiê, ér*), adj. Primeiro. S. f. Lugar de primeira classe (numa condução). Estréia (de peça teatral). *Jeune premier,* galã (em peças de teatro). *Le premier venu,* uma pessoa qualquer, qualquer um.
PREMIÈREMENT (*prəmiérman*), adv. Primeiramente.
PREMIER-NÉ (*prəmiênê*), s. m. Primogênito. Pl.: *des premiers-nés.*
PREMIER-PARIS (*prəmiêpari*), s. m. Artigo principal (em um jornal parisiense). Pl.. *des premiers-Paris.*
PRÉMILITAIRE (*prêmilitér*), adj. Pré-militar.
PRÉMISSE (*prêmiç*), s. f. Premissa.
PRÉMOLAIRE (*prêmolér*), s. f. Pré-molar.
PRÉMONITION (*prêmoniçion*), s. f. Premonição.
PRÉMONITOIRE (*prêmonituar*), adj. Premonitório.
PRÉMONTRÉ (*prêmontrê*), s. m. Premonstratense.
PRÉMUNIR (*prêmünir*), v. t. Premunir, precaver-se.
PRENABLE (*prənabl*), adj. Conquistável.
PRENANT, E (*prənan, t*), adj. Agarrador, recebedor.
PRENDRE (*prandr*), v. t. (*Je prends, nous prenons. Je prenais, nous prenions. Je pris, nous prîmes. Je prendrai, nous prendrons. Je prendrais, nous prendrions. Prends, prenons, prenez. Que je prenne, que nous prenions. Que je prisse, que nous prissions. Prenant. Pris,*

e.) Tomar. Beber. Atacar; surpreender. Escolher. *Prendre froid,* resfriar-se. *Prendre de l'âge,* envelhecer. *Prendre du corps,* engordar. *Prendre le deuil,* pôr luto. *Prendre femme,* casar-se. *Prendre son temps,* não se apressar. *Prendre du repos,* descansar, repousar. *Prendre patience,* ter paciência, esperar pacientemente. *Prendre feu,* inflamar-se, entusiasmar-se. *Prendre la mouche,* zangar-se. *Prendre un parti,* decidir-se. *Prendre à cœur,* levar a sério. *Prendre à tâche,* esforçar-se. *Prendre la mer,* embarcar. *Prendre terre,* desembarcar. *Prendre une affaire en main,* dirigir um negócio. *Prendre fait et cause,* intervir. *Prendre congé de,* despedir-se de. *Le prendre (de) haut avec,* falar com altivez. *Je vous y prends,* aí é que eu te pego. *Qu'est-ce qui vous prend?,* o que aconteceu?. *C'est à prendre ou à laisser,* é pegar ou largar. *Cela ne prend pas,* isto não pega, não adianta isso. *Prendre sur soi,* tomar a si, encarregar-se de. *À tout prendre,* loc. adv. Considerando tudo, apesar de tudo. V. i. Congelar; coalhar. *Fig.* Ter êxito. V. pr. Prender-se. *Se prendre de vin,* embriagar-se. *Se prendre d'amitié,* fazer amizade. *Se prendre à pleurer,* pôr-se a chorar. *S'y prendre bien ou mal,* ser mais ou menos hábil. *Ne savoir s'y prendre avec,* não ter tato com. *S'en prendre à quelqu'un d'une chose,* pôr a culpa em alguém. *Se prendre pour,* tomar-se por, julgar-se.

PRENEUR, EUSE (*prənĕr, ëz*), s. Tomador, conquistador; arrendatário.

PRÉNOM (*prênon*), s. m. Prenome, nome de batismo.

PRÉNOMMÉ, E (*prênomê*), adj. Pessoa já mencionada.

PRÉNOMMER (*prênomê*), v. t. Dar nome, chamar.

PRÉNOTION (*prênoçion*), s. f. Prenoção.

PRÉNUPTIAL, E, AUX (*prênüpçial, ô*), adj. Pré-nupcial.

PRÉOCCUPANT, E (*prêokûpan, t*), adj. Preocupante.

PRÉOCCUPATION (*prêokûpaçion*), s. f. Preocupação.

PRÉOCCUPÉ, E (*prêokûpê*), adj. Preocupado.

PRÉOCCUPER (*prêokûpê*), v. t. Preocupar.

PRÉOPINANT, E (*prêopinan, t*), s. Preopinante.

PRÉOPINER (*prêopinê*), v. i. Preopinar.

PRÉPARATEUR, TRICE (*prêparatĕr, triç*), s. Preparador.

PRÉPARATIF (*prêparatif*), s. m. Preparativo.

PRÉPARATION (*prêparaçion*), s. f. Preparação, preparo.

PRÉPARATOIRE (*prêparatuar*), adj. Preparatório.

PRÉPARER (*prêparê*), v. t. Preparar.

PRÉPONDÉRANCE (*prêponderanç*), s.f. Preponderância.

PRÉPONDÉRANT, E (*prêpondêran, t*), adj. Preponderante.

PRÉPOSÉ, E (*prêpozê*), s. Preposto.

PRÉPOSER (*prêpozê*), v. t. Prepor, nomear.

PRÉPOSITIF, IVE (*prêpozitif, iv*), adj. Prepositivo.

PRÉPOSITION (*prêpoziçion*), s. f. Preposição.

PRÉPOSITIVEMENT (*prêpozitivman*), adv. Prepositivamente.

PREPOTENCE (*prêpotanç*), s. f. Prepotência.

PRÉRAPHAÉLISME (*prêrafaêliçm*), s. m. Pré-rafaelismo.

PRÉRAPHAÉLITE (*prêrafaêlit*), s. f. Pré-rafaelita.

PRÉROGATIVE (*prêrogativ*), s. f. Prerrogativa.

PRÉROMANTIQUE (*prêromantik*), adj. Pré-romântico.

PRÉROMANTISME (*prêromantiçm*), s. f. Pré-romantismo.

PRÈS (*pré*), adv. Perto. Loc. adv.: *À peu près,* mais ou menos, aproximadamente; *à cela près,* menos isso; *à beaucoup près,* falta muito; *à peu de chose près, à peu près,* mais ou menos, quase. Prep. Perto, próximo; junto a. *Près de,* loc. prep. Perto de; prestes a.

PRÉSAGE (*prêzaj*), s. m. Presságio.

PRÉSAGER (*prêzajê*), v. t. (Toma um *e* mudo depois do *g* antes de *a* e *o*: *il présagea, nous présageons.*) Pressagiar.

PRESBYTE (*préçbit*), adj. e s. Presbita.

PRESBYTÉRAL, E, AUX (*préçbitêral, ô*), adj. Presbiteral.

PRESBYTÈRE (*préçbitér*), s. m. Presbitério.

PRESBYTÉRIANISME (*préçbitêrianiçm*), s. m. Presbiterianismo.

PRESBYTÉRIEN, ENNE (*préçbitêrien, én'*), adj. e s. Presbiteriano.

PRESBYTIE (*préçbiçi*), s. f. Presbitia.

PRESCIENCE (*préçianç*), s. f. Presciência.

PRESCIENT, E (*préçian, t*), adj. Presciente.

PRESCRIPTIBLE (*préçkriptibl*) adj. Prescritível.

PRESCRIPTION (*préçkripçion*), s. f. Prescrição.

PRESCRIRE (*préçkrir*), v. t. (Conjuga-se como *écrire.*) Prescrever; receitar.

PRÉSÉANCE (*préçêanç*), s. f. Precedência.

PRÉSENCE (*prêzanç*), s. f. Presença, assistência.

PRÉSENT (*prêzan*), s. m. Presente, dádiva.

PRÉSENT, E (*prêzan, t*), adj. e s. Pre-

sente. *À présent*, loc. adv. Atualmente.
PRÉSENTABLE (*prêzantabl*), adj. Apresentável.
PRÉSENTATION (*prêzantaçion*), s. f. Apresentação.
PRÉSENTEMENT (*prêzantman*), adv. Presentemente.
PRÉSENTER (*prêzantê*), v. t. Apresentar.
PRÉSERVATEUR, TRICE (*prêzérvatĕr, triç*), adj. Preservador.
PRÉSERVATIF, IVE (*prêzérvatif, iv*), adj. e s. Preservativo.
PRÉSERVATION (*prêzérvaçion*), s. f. Preservação.
PRÉSERVER (*prêzérvê*), v. t. Preservar.
PRÉSIDE (*prêzid*), s. m. Fortaleza, fortificação.
PRÉSIDENCE (*prêzidanç*), s. f. Presidência.
PRÉSIDENT (*prêzidan*), s. m. Presidente.
PRÉSIDENTE (*prêzidant*), s. f. Presidenta.
PRÉSIDENTIEL, ELLE (*prêzidançiél*), adj. Presidencial.
PRÉSIDER (*prêzidê*), v. t. e i. Presidir.
PRÉSIDIAL, AUX (*prêzidial, ô*), s. m. Presidial.
PRÉSOMPTIF, IVE (*prêzonptif, iv*), adj. Presuntivo.
PRÉSOMPTION (*prêzonpçion*), s. f. Presunção.
PRÉSOMPTUEUSEMENT (*prêzonptüĕzman*), adv. Presunçosamente.
PRÉSOMPTUEUX, EUSE (*prêzonptüĕ, ĕz*), adj. Presunçoso.
PRESQUE (*préçk*), adv. Quase.
PRESQU'ÎLE (*préçkil*), s. f. Península.
PRESSAGE (*préçaj*), s. m. Prensagem, aperto.
PRESSANT, E (*préçan, t*), adj. Premente; torturante, esmagador.
PRESSE (*préç*), s. f. Turba; aperto. Prensa; imprensa.
PRESSÉ, E (*préçê*), adj. Apressado; urgente; atacado; atormentado; esprimido.
PRESSE-CITRON (*préççitron*), s.m.inv. Espremedor (de limão).
PRESSÉE (*préçê*), s. f. Bagaço de fruta espremida.
PRESSE-FRUITS (*préçfrüi*), s. m. Espremedor de frutas.
PRESSENTIMENT (*préçantiman*), s. m. Pressentimento.
PRESSENTIR (*préçantir*), v. t. (Conjuga-se como *sentir*.) Pressentir, perscrutar.
PRESSE-PAPIERS (*préçpapiê*), s. m. inv. Peso para papéis.
PRESSE-PURÉE (*préçpürê*), s. m. inv. Espremedor de legumes.
PRESSER (*préçê*), v. t. Espremer, premar, comprimir, acossar. V.i. Instar, urgir.
PRESSIER (*préçiê*), s. m. Impressor.
PRESSION (*préçion*), s. f. Pressão, aperto.
PRESSOIR (*préçuar*), s. m. Prensa, lagar.
PRESSURAGE (*préçüraj*), s. m. Espremedura, prensagem.
PRESSURER (*préçürê*), v.t. Prensar, espremer. *Fig.* Estorquir, esbulhar.
PRESSUREUR (*préçürĕr*), s. m. Lagareiro, encarregado do serviço de prensagem.
PRESSURISER (*préçürizê*), v. t. Pressurizar.
PRESTANCE (*préçtanç*), s. f. Distinção, nobreza de porte.
PRESTATAIRE (*préçtatér*), s. m. Contribuinte em prestações.
PRESTATION (*préçtaçion*), s. f. Prestação, fornecimento.
PRESTE (*préçt*), adj. Presto, ágil. Interj. Depressa!
PRESTEMENT (*préçtəman*), adv. Prontamente, rapidamente.
PRESTESSE (*préçtéç*), s. f. Presteza, agilidade.
PRESTIDIGITATEUR (*préçtidijitatĕr*), s. m. Prestidigitador.
PRESTIDIGITATION (*préçtidijitaçion*), s. f. Prestidigitação.
PRESTIGE (*préçtij*), s. m. Sortilégio. *Fig.* Fascinação, prestígio.
PRESTIGIEUX, EUSE (*préçtijiĕ, ĕz*), adj. Maravilhoso, fascinador, prestigioso.
PRESTO, PRESTISSIMO (*preçtô, preçtiçimô*), adv. e s. m. *Mús.* Presto, prestíssimo.
PRÉSUMABLE (*prêzümabl*), adj. Presumível.
PRÉSUMER (*prêzümê*), v. t. e i. Presumir, supor.
PRÉSUPPOSER (*prêçüpozê*), v. t. Pressupor.
PRÉSURE (*prêzür*), s. f. Coalheira, coagulador.
PRÊT, E (*pré, t*), s. m. Empréstimo. Adj. Pronto, preparado para.
PRÉTANTAINE ou **PRÉTENTAINE** (*prêtantén'*), s. f. Vagabundo, desocupado.
PRÊTÉ (*prété*), s. m. Justa represália.
PRÉTENDANT, E (*prêtandan, t*), s. Pretendente.
PRÉTENDRE (*prêtandr*), v. t. Pretender, exigir. V.i. Aspirar.
PRÉTENDU, E (*prêtandü*), adj. Pretendido. S. Noivo.
PRÊTE-NOM (*prêtenon*), s. m. inv. Testa-de-ferro.
PRÉTENTIEUSEMENT (*prêtançiĕzman*), adv. Pretensiosamente.
PRÉTENTIEUX, EUSE (*prêtançiĕ, ĕz*), adj. e s. Pretensioso.
PRÉTENTION (*prêtançion*), s. f. Pretenção; vaidade exagerada.
PRÊTER (*prétê*), v. t. Emprestar; pres-

tar; imputar. *Prêter l'oreille*, escutar. *Prêter serment*, fazer juramento. V.i. Alargar-se; prestar-se a. **SE PRÊTER**, v. pr. Consentir.

PRÉTÉRIT (*prêtêri*), s. m. *Gram.* Pretérito.

PRÉTÉRITION (*prêtêriçion*), s. f. Preterição.

PRÊTEUR (*prêtĕr*), s. m. Pretor.

PRÊTEUR, EUSE (*prêtĕr, ëz*), adj. e s. Emprestador. S. m. Pretor (na Roma antiga).

PRÉTEXTE (*prêtékçt*), s. m. Pretexto. S. f. Pretexta.

PRÉTEXTER (*prêtékçtê*), v. t. Pretextar.

PRETINTAILLE (*prətentaii*), s. f. Peça de vestuário feminino.

PRÉTOIRE (*prêtuar*), s. m. Pretório.

PRÉTORIEN, ENNE (*prêtorien, én'*), adj. Pretoriano.

PRÊTRAILLE (*prétraii*), s. f. Padralhada.

PRÊTRE (*prétr*), s. m. Padre, sacerdote.

PRÊTRESSE (*prétréç*), s. f. Sacerdotisa.

PRÊTRISE (*prétriç*), s. f. Sacerdócio; sacramento da ordem.

PRÊTURE (*prétür*), s. f. Função de pretor.

PREUVE (*prëv*), s. f. Prova; mostra, sinal.

PREUX (*prë*), s. e adj. m. inv. Bravo, valente.

PRÉVALOIR (*prêvaluar*), v. i. (Conjuga-se como *valoir*, exceto no subj. pres.: *que je prévale, que nous prévalions.*) Prevalecer. V. pr. Orgulhar-se.

PRÉVARICATEUR (*prêvarikatĕr*), adj. e s. m. Prevaricador.

PRÉVARICATION (*prêvarikaçion*), s. f. Prevaricação.

PRÉVENANCE (*prêvənanç*), s. f. Delicadeza, amabilidade.

PRÉVENANT, E (*prêvənan, t*), adj. Amável, delicado.

PRÉVENIR (*prêvənir*), v. t. (Conjuga-se como *venir.*) Prevenir, avisar, informar.

PRÉVENTIF, IVE (*prêvantif, iv*), adj. Preventivo.

PRÉVENTION (*prêvançion*), s. f. Prevenção.

PRÉVENTIVEMENT (*prêvantivman*), adv. Preventivamente.

PRÉVENTORIUM (*prêvantoriôm'*), s. m. Preventório.

PRÉVENU, E (*prêvənü*), adj. Prevenido, antecipado. S. Acusado.

PRÉVERBE (*prêverb*), s. m. Prevérbio.

PRÉVISIBLE (*prévizibl*), adj. Previsível.

PRÉVISION (*prêvizion*), s. f. Previsão.

PRÉVOIR (*prêvuar*), v. t. (Conjuga-se como *voir*, exceto no fut.: *je prévoirai*, e no condic.: *je prévoirais.*) Prever; prevenir.

PRÉVÔT (*prêvô*), s. m. Preboste.

PRÉVÔTAL, E, AUX (*prêvôtal, ô*), adj. Prebostal.

PRÉVÔTALEMENT (*prêvôtalman*), adv. Prebostalmente.

PRÉVÔTÉ (*prêvôtê*), s. f. Prebostado.

PRÉVOYANCE (*prêvuaianç*), s. f. Previdência.

PRÉVOYANT, E (*prêvuaian, t*), adj. Previdente.

PRÉVU, E (*prêvü*), adj. Previsto.

PRIÉ, E (*priê*), adj. e s. Convidado, conviva.

PRIE-DIEU (*pridië*), s. m. Genuflexório. Pl.: *des prie-Dieu.*

PRIER (*priê*), v. t. (Apresenta dois *ii* nas duas primeiras pessoas do pl. do imperf. do ind. e do pres. do subj: *nous priions, vous priiez; que nous priions, que vous priiez.*) Orar, rogar; pedir; convidar. *Se faire prier*, fazer-se de rogado. *Je vous en prie*, pois não; não há de quê (fórmula de polidez).

PRIÈRE (*priér*), s. f. Prece, oração, súplica.

PRIEUR, E (*priĕr*), adj. e s. Prior, superior de um convento.

PRIEURÉ (*priërê*), s. m. Priorado.

PRIMA DONNA (*primadon'ná*), s. f. Prima-dona. Pl.: *des prime donne.*

PRIMAIRE (*primér*), adj. Primário.

PRIMAT (*primá*), s. m. Primaz.

PRIMATES (*primat*), s. m. pl. Primatas.

PRIMATIAL, E, AUX (*primaçial, ô*), adj. Primacial.

PRIMATIE (*primaçi*), s. f. Primazia, primado.

PRIMAUTÉ (*primôtê*), s. f. Prioridade, preeminência.

PRIME (*prim'*), s. f. Brinde, bônus, prêmio. Cristal de rocha colorido. Prima (hora canônica). *Faire prime*, ser muito procurado. Adj. Primeiro. Loc. adv.: *De prime abord*, logo, à primeira vista; *de prime saut*, no primeiro golpe.

PRIMER (*primê*), v. t. e i. Primar, preponderar.

PRIMEUR (*primĕr*), s. f. Novidade; temporão, produto hortícula fora do tempo.

PRIMEVÈRE (*priməvér*), s. f. Primavera (flor).

PRIMIDI (*primidi*), s. m. Primeiro dia da década no calendário republicano.

PRIMITIF, IVE (*primitif, iv*), adj. Primitivo. S. m. Pintor ou escultor anterior ao Renascimento.

PRIMITIVEMENT (*primitivman*), adv. Primitivamente.

PRIMO (*primô*), adv. Primeiramente.

PRIMOGÉNITURE (*primojênitür*), s. f. Primogenitura.

PRINCE (*prenç*), s. m. Príncipe.

PRINCEPS (*prençépç*), adj. *Edition princeps*, edição princeps.
PRINCESSE (*prençéç*), s. f. Princesa.
PRINCIER, ÈRE (*prençiê, ér*), adj. Principesco, suntuoso.
PRINCIÈREMENT (*prençiérman*), adv. Principescamente.
PRINCIPAL, E, AUX (*prençipal, ô*), adj. e s. Principal; reitor, diretor; capital.
PRINCIPALAT (*prençipalá*), s. m. Função de principal.
PRINCIPALEMENT (*prençipalman*), adv. Principalmente.
PRINCIPAT (*prençipá*), s. m. Principado (dignidade de príncipe).
PRINCIPAUTÉ (*prençipôtê*), s. f. Principàdo (estado).
PRINCIPE (*prençip*), s. m. Princípio.
PRINCIPICULE (*prençipikül*), s. m. Principelho.
PRINTANIER, ÈRE (*prentaniê, ér*), adj. Primaveril.
PRINTEMPS (*prentan*), s. m. Primavera. Pl.: *des printemps*.
PRIORITÉ (*prioritê*), s. f. Prioridade.
PRIS, E (*pri, z*), adj. Tomado, tirado, apontado.
PRISE (*priz*), s. f. Tomada, captura; presa. Pitada, dose. *Fig.* e *fam.* Briga, contenda. Solidificação, coagulação. Cano ou bica. *Prise de courant*, tomada elétrica. *Prise d'armes*, cerimônia militar. *Prise de terre*, tomada de terra. *Prise directe*, prise direta. *Fig. Donner prise à*, expor-se. *Etre aux prises avec*, lutar com.
PRISÉE (*prizê*), s. f. Lanço, preço de leilão.
PRISER (*prizê*), v. t. Avaliar, estimar.
PRISEUR, EUSE (*prizĕr, ëz*), s. Avaliador.
PRISMATIQUE (*priçmatik*), adj. Prismático.
PRISME (*priçm*), s. m. Prisma.
PRISON (*prizon*), s. f. Prisão.
PRISONNIER, ÈRE (*prizôniê, ér*), adj. e s. Prisioneiro.
PRIVATIF, IVE (*privatif, iv*), adj. e s. Privativo.
PRIVATION (*privaçion*), s. f. Privação.
PRIVAUTÉ (*privôtê*), s. f. Intimidade, familiaridade.
PRIVÉ, E (*privê*), adj. Privado, íntimo. S. m. Vida íntima.
PRIVER (*privê*), v. t. Privar, despojar.
PRIVILÈGE (*privilėj*), s. m. Privilégio.
PRIVILÉGIÉ, E (*privilêjiê*), adj. Privilegiado.
PRIVILÉGIER (*privilêjiê*), v. t. (Conjuga-se como *prier*.) Privilegiar.
PRIX (*pri*), s. m. Preço. Prêmio. *Vendre à vil prix*, vender barato demais. *Vendre au prix de revient, au prix coûtant*, vender pelo preço do custo. *A tout prix*, loc. adv. A todo custo. *Au prix de*, loc. prep. Em comparação com. Pl.: *des prix*.
PROBABILISME (*prababiliçm*), s. m. Probabilismo.
PROBABILISTE (*pribabiliçt*), adj. e s. Probabilista.
PROBABILITÉ (*probabilitê*), s. f. Probabilidade.
PROBABLE (*probabl*), adj. Provável.
PROBABLEMENT (*probabləman*), adv. Provavelmente.
PROBANT, E (*proban, t*), adj. Probante, convincente.
PROBATION (*probaçion*), s. f. Noviciado.
PROBATOIRE (*probatuar*), adj. Probatório.
PROBE (*prób*), adj. Probo.
PROBITÉ (*probitê*), s. f. Probidade, honestidade.
PROBLÉMATIQUE (*problêmatik*), adj. Problemático. S. f. Natureza dos problemas abeirados por um filósofo.
PROBLÉMATIQUEMENT (*problêmatikman*), adv. Problematicamente.
PROBLÈME (*problém'*), s. m. Problema.
PROBOSCIDIEN, ENNE (*proboçidien, én'*), adj. e s. m. Proboscídeo.
PROCÉDÉ (*proçêdê*), s. m. Proceder, procedimento.
PROCÉDER (*proçêdê*), v. i. (Conjuga-se como *accélérer*). Proceder, obrar.
PROCÉDURE (*proçêdür*), s. f. Processo.
PROCÉDURIER, ÈRE (*proçêdüriê, ér*), adj. e s. Processualista, demandista.
PROCÈS (*proçé*), s. m. Processo, demanda. *Sans autre forme de procès*, arbitrariamente. Pl.: *des procès*.
PROCESSIF, IVE (*proçéçif, iv*), adj. Demantista, processual.
PROCESSION (*proçéçion*), s. f. Procissão.
PROCESSIONNAIRE (*proçéçionér*), adj. e s. f. Processionário.
PROCESSIONNEL, ELLE (*proçéçionél*), adj. Processional.
PROCESSIONNELLEMENT (*proçéçionélman*), adv. Processionalmente.
PROCESSIONNER (*proçéçionê*), v. i. Ir em procissão.
PROCESSUS (*proçéçüç*), s. m. Marcha, desenvolvimento.
PROCÈS-VERBAL (*proçévérbal*), s. m. Ata de sessão. Pl.: *des procès-verbaux*.
PROCHAIN, E (*prochen, én'*), adj. e s. Próximo.
PROCHAINEMENT (*prochénəman*), adv. Proximamente.
PROCHE (*proch*), adj. Próximo. Prep. e adv. Perto. S. m. pl. Parentes.
PROCLAMATEUR, TRICE (*proklamatĕr, triç*), s. Proclamador.
PROCLAMATION (*proklamaçion*), s. f. Proclamação.
PROCLAMER (*proklamê*), v. t. Proclamar.
PROCLITIQUE (*proklitik*), adj. Proclítico.

PROCONSUL (*prokonçül*), s. m. Procônsul.
PROCONSULAIRE (*prokonçülér*), s. m. Proconsular.
PROCONSULAT (*prokonçülá*), s. m. Proconsulado.
PROCRÉATION (*prokrêaçion*), s. f. Procriação.
PROCRÉER (*prokrêê*), v. t. Procriar.
PROCURATEUR (*proküratĕr*), s. m. Procurador.
PROCURATIE (*prokürași*), s. f. Cargo; sede dos antigos procuradores.
PROCURATION (*proküraçion*), s. f. Procuração.
PROCURER (*proküré*), v. t. Procurar; obter.
PROCUREUR (*prokürĕr*), s. m. Procurador, mandatário.
PRODIGALITÉ (*prodigalitê*), s. f. Prodigalidade.
PRODIGE (*prodij*), s. m. Prodígio, maravilha. *Cela tient du prodige*, é prodigioso.
PRODIGIEUSEMENT (*prodijiëzman*), adv. Prodigiosamente.
PRODIGIEUX, EUSE (*prodijië, ëz*), adj. Prodigioso, maravilhoso.
PRODIGUE (*prodig*), adj. e s. Pródigo.
PRODIGUER (*prodighê*), v. t. Prodigalizar.
PRODROME (*prodróm'*), s. m. Pródromo.
PRODUCTEUR, TRICE (*prodüktĕr, triç*), adj. e s. Produtor.
PRODUCTIBILITÉ (*produktibilitê*), s. f. Produtibilidade.
PRODUCTIBLE (*produktibl*), adj. Produtível.
PRODUCTIF, IVE (*prodüktif, iv*), adj. Produtivo.
PRODUCTION (*prodükçion*), s. f. Produção.
PRODUIRE (*prodüir*), v. t. (Conjuga-se como *conduire*.) Produzir; exibir, mostrar; tornar conhecido; introduzir. **SE PRODUIRE**, v. pr. Exibir-se, mostrar-se.
PRODUIT (*prodüi*), s. m. Produto, ganho, cria.
PROÉMINENCE (*proêminanç*), s. f. Proeminência.
PROÉMINENT, E (*proêminan, t*), adj. Proeminente.
PROFANATEUR, TRICE (*profanatĕr, triç*), adj. e s. Profanador.
PROFANATION (*profanaçion*), s. f. Profanação.
PROFANE (*profan'*), adj. e s. Profano.
PROFANER (*profanê*), v. t. Profanar.
PROFECTIF, IVE (*proféktif, iv*), adj. *Jur.* Profectício.
PROFÉRER (*profêrê*), v. t. (Conjuga-se como *accélérer*.) Proferir.
PROFÈS, ESSE (*profé, éç*), adj. Professo.
PROFESSER (*proféçê*), v. t. Professar.
PROFESSEUR (*proféçĕr*), s. m. Professor.
PROFESSION (*proféçion*), s. f. Profissão.
PROFESSIONNALISME (*proféçionaliçm*), s. m. Profissionalismo.
PROFESSIONNEL, ELLE (*proféçionél*), adj. e s. Profissional.
PROFESSORAL, E, AUX (*proféçoral, ô*), adj. Professoral.
PROFESSORAT (*proféçorá*), s. m. Professorado.
PROFIL (*profil*), s. m. Perfil.
PROFILER (*profilê*), v. t. Perfilar, representar de perfil. **SE PROFILER**, v. pr. Perfilar-se.
PROFIT (*profi*), s. m. Proveito, lucro. *Mettre à profit*, tirar vantagem, saber aproveitar.
PROFITABLE (*profitabl*), adj. Vantajoso.
PROFITANT, E (*profitan, t*), adj. Lucrativo, ganancioso.
PROFITER (*profitê*), v. i. Lucrar, aproveitar, crescer.
PROFITEUR, EUSE (*profitĕr, ëz*), adj. e s. Aproveitador.
PROFOND, E (*profon, d*), adj. Profundo. S. m. Fundo.
PROFONDÉMENT (*profondêman*), adv. Profundamente.
PROFONDEUR (*profondĕr*), s. f. Profundeza, profundidade.
PROFUS, E (*profü, z*), adj. Profuso.
PROFUSÉMENT (*profüzêman*), adv. Profusamente.
PROFUSION (*profüzion*), s. f. Profusão.
PROGÉNITURE (*projênitür*), s. f. Progenitura.
PROGESTÉRONE (*projéçtêrôn'*), s. f. Progesterona.
PROGNATHE (*prognat*), adj. Prognata.
PROGNATHISME (*prognatiçm*), s. m. Prognatismo.
PROGNOSTIQUE (*prognoçtik*), adj. Prognóstico.
PROGRAMME (*program'*) s. m. Programa.
PROGRÈS (*progré*), s. m. Progresso. Pl.: *des progrès*.
PROGRESSER (*progréçê*), v. i. Progredir.
PROGRESSIF, IVE (*progréçif, iv*), adj. Progressivo.
PROGRESSION (*progréçion*), s. f. Progressão.
PROGRESSISTE (*progréçiçt*), adj. e s. Progressista.
PROGRESSIVEMENT (*progréçivman* adv. Progressivamente.
PROHIBÉ, E (*proíbê*), adj. Proibido.
PROHIBER (*proíbê*), v. t. Proibir.
PROHIBITIF, IVE (*proíbitif, iv*), adj. Proibitivo.
PROHIBITION (*proíbiçion*), s. f. Proibição.

PROHIBITIONNISTE (*proíbiçioniçt*), s. m. Proibicionista.
PROIE (*pruá*), s. f. Presa; vítima. *Être en proie à*, estar atormentado por.
PROJECTEUR (*projéktĕr*), s. f. Projetor.
PROJECTIF, IVE (*projéktif, iv*), adj. Projetivo.
PROJECTILE (*projéktil*), s. m. Projétil.
PROJECTION (*projékçion*), s. f. Projeção.
PROJET (*projé*), s. m. Projeto, empreendimento.
PROJETER (*projətê*), v. t. (Dobra o *t* antes de sílaba muda: (*je projetterai.*) Projetar.
PROLÉGOMÈNES (*prolêgomén'*), s. m. pl. Prolegômenos.
PROLEPSE (*prolépç*), s. f. Prolepse.
PROLÉTAIRE (*prolêtér*), adj. e s. m. Proletário.
PROLÉTARIAT (*prolêtariá*), s. m. Proletariado.
PROLÉTARIEN, ENNE (*prolêtarien, én'*), adj. Proletário.
PROLÉTARISATION (*prolêtarizaçion*), s. f. Proletarização.
PROLIFÉRATION (*prolifêraçion*), s. f. Proliferação.
PROLIFÈRE (*prolifér*), adj. Prolífero.
PROLIFÉRER (*prolifêrê*), v. i. (Conjuga-se como *accélérer.*) Proliferar.
PROLIFIQUE (*prolifik*), adj. Prolífico.
PROLIGÈRE (*prolijér*), adj. Prolígero.
PROLIXE (*prolikç*), adj. Prolixo.
PROLIXEMENT (*prolikçman*), adj. Prolixamente.
PROLIXITÉ (*prolikçitê*), s. f. Prolixidade.
PROLOGUE (*prológ*), s. m. Prólogo.
PROLONGATION (*prolongaçion*), s. f. Prolongação.
PROLONGE (*prolonj*), s. f. Cordoalha empregada na artilharia.
PROLONGEMENT (*prolonjəman*), s. m. Prolongamento.
PROLONGER (*prolonjê*), v. t. (Toma um *e* mudo depois do *g* antes de *a* e *o*: *il prolongea, nous prolongeons.*) Prolongar.
PROMENADE (*promənad*), s. f. Passeio.
PROMENER (*promənê*), v. t. (Conjuga-se como *amener.*) Passear. **SE PROMENER**, v. pr. Passear.
PROMENEUR, EUSE (*promənĕr, ĕz*), s. Passeador.
PROMENOIR (*promənuar*), s. m. Passeadouro, passeio.
PROMESSE (*proméç*), s. f. Promessa.
PROMETTEUR, EUSE (*prométĕr, ĕz*), adj. e s. Prometedor.
PROMETTRE (*prométr*), v. t. (Conjuga-se como *mettre.*) Prometer; prenunciar. V. i. Prometer, dar esperanças. *Prov.: Promettre et tenir sont deux*, prometer é uma coisa, fazer é outra.
SE PROMETTRE, v. pr. Tomar uma firme resolução. Esperar.
PROMIS, E (*promi, z*), adj. Prometido. S. Noivo.
PROMISCUITÉ (*promiçküitê*), s. f. Promiscuidade.
PROMONTOIRE (*promontuar*), s. m. Promontório.
PROMOTEUR, TRICE (*promotĕr, triç*), s. Promotor.
PROMOTION (*promoçion*), s. f. Promoção.
PROMOUVOIR (*promuvuar*), v. t. (Empregado apenas nos tempos compostos: *j'ai promu*, e na voz passiva: *ils sont promus.*) Promover.
PROMPT, E (*pron, t*), adj. Pronto, rápido; colérico.
PROMPTEMENT (*prontəman*), adv. Prontamente.
PROMPTITUDE (*prontitüd*), s. f. Prontidão; perspicácia; irascibilidade.
PROMULGATION (*promülgaçion*), s. f. Promulgação.
PROMULGUER (*promülghê*), v. t. Promulgar.
PRONATEUR, TRICE (*pronatĕr, triç*), adj. e s. Pronador.
PRONATION (*pronaçion*), s. f. Pronação.
PRÔNE (*prôn'*), s. m. Prática dominical feita pelo sacerdote.
PRÔNER (*pronê*), v. t. Enaltecer; glorificar.
PRÔNEUR, EUSE (*pronĕr, ĕz*), s. Lisonjeador; admoestador.
PRONOM (*pronon*), s. m. Pronome.
PRONOMINAL, E, AUX (*pronominal, ô*), adj. Pronominal.
PRONOMINALEMENT (*pronominalman*), adv. Pronominalmente.
PRONONÇABLE (*prononçabl*), adj. Pronunciável.
PRONONCÉ, E (*prononçê*), adj. Pronunciado, acentuado. S. m. A pronúncia judicial.
PRONONCER (*prononçê*), v. t. (O *c* toma uma cedilha antes de *a* e *o*: *il prononça, nous prononçons.*) Pronunciar, falar. V. i. Sentenciar. **SE PRONONCER**, v. pr. Pronunciar-se; manifestar-se.
PRONONCIATION (*prononçiaçion*), s. Pronúncia.
PRONOSTIC (*pronoçtik*), s. m. Prognóstico, conjetura.
PRONOSTIQUER (*pronoçtikê*), v. t. Prognosticar.
PRONOSTIQUEUR (*pronoçtikĕr*), s. m. Prognosticador.
PROPAGANDE (*propagand*), s. f. Propaganda.
PROPAGANDISTE (*propagandiçt*), adj. e s. Propagandista.
PROPAGATEUR, TRICE (*propagatĕr, triç*), adj. e s. Propagador.
PROPAGATION (*propagaçion*), s. f. Pro-

pagação.

PROPAGER (*propajê*), v. t. (Toma um *e* mudo depois do *g* antes de *a* e *o*: *il propagea, nous propageons.*) Proliferar; propagar.

PROPENSION (*propançion*), s. f. Propensão.

PROPHÈTE (*profét*), s. Profeta. *Prov: Nul n'est prophète en son pays,* ninguém é profeta em sua terra.

PROPHÉTESSE (*profêtéç*), s. f. Profetisa.

PROPHÉTIE (*profêçi*), s. f. Profecia.

PROPHÉTIQUE (*profêtik*), adj. Profético.

PROPHÉTIQUEMENT (*profêtikman*), adv. Profeticamente.

PROPHÉTISER (*profêtizê*), v. t. Profetizar.

PROPHYLACTIQUE (*profilaktik*), adj. Profilático.

PROPHYLAXIE (*profilakçi*), s. f. Profilaxia.

PROPICE (*propiç*), adj. Propício.

PROPITIATEUR, TRICE (*propiçiatĕr, triç*), s. Propiciador.

PROPITIATION (*propiçiaçion*), s. f. Propiciação.

PROPITIATOIRE (*propiçiatuar*), adj. Propiciatório.

PROPORTION (*proporçion*), s. f. Proporção. *Toute proportion gardée,* guardando as proporções.

PROPORTIONNALITÉ (*proporçionalitê*), s. f. Proporcionalidade.

PROPORTIONNEL, ELLE (*proporçionél*), adj. Proporcional.

PROPORTIONNELLEMENT (*proporçionélman*), adv. Proporcionalmente.

PROPORTIONNER (*proporçionê*), v. t. Proporcionar.

PROPOS (*propô*), s. m. Propósito; conversa. Loc. adv.: *À tout propos,* a toda hora; *à propos,* oportunamente; *hors de propos, mal à propos,* fora de propósito; *de propos délibéré,* de propósito.

PROPOSABLE (*propozabl*), adj. Proponível.

PROPOSER (*propozê*), v. t. Propor. **SE PROPOSER**, v. pr. Candidatar-se, propor-se.

PROPOSITION (*propoziçion*), s. f. Proposição.

PROPRE (*própr*), adj. Próprio. Limpo. S. m. Próprio.

PROPRE-À-RIEN (*próprarien*), s. m. Pessoa que não presta para nada, ou sem a mínima capacidade.

PROPREMENT (*próprəman*), adv. Propriamente. Limpamente; convenientemente.

PROPRET, ETTE (*propré, ét*), adj. Limpinho, apuradinho.

PROPRETÉ (*próprətê*), s. f. Limpeza, asseio.

PROPRIÉTAIRE (*propriêtér*), s. Proprietário, senhorio.

PROPRIÉTÉ (*propriêtê*), s. f. Propriedade.

PROPULSER (*propulçê*), v. t. Propulsar.

PROPULSEUR (*propülçĕr*), adj. e s. m. Propulsor.

PROPULSIF, IVE (*propulçif, iv*), adj. Propulsivo.

PROPULSION (*propulçion*), s. m. Propulsão.

PROPYLLÉE (*propilê*), s. m. Propileu.

PRORATA (*proratá*), s. m. Parte proporcional. *Au prorata,* loc. adv. Em proporção.

PROROGATIF, IVE (*prorogatif, iv*), adj. Prorrogativo.

PROROGATION (*prorogaçion*), s. f. Prorrogação.

PROROGER (*prorojê*), v. t. (Toma um *e* mudo depois do *g* antes de *a* e *o*: *il prorogea; nous prorogeons.*) Prorrogar.

PROSAÏQUE (*prozaik*), adj. Prosaico, vulgar.

PROSAÏQUEMENT (*prozaikman*), adv. Prosaicamente.

PROSAÏSER (*prozaizê*), v. i. Escrever em prosa. V. t. Transformar em prosa; tornar prosaico.

PROSAÏSME (*prozaiçm*), s. m. Prosaísmo.

PROSATEUR (*prozatĕr*), s. m. Prosador.

PROSCENIUM (*proçêniôm'*), s. m. Proscênio.

PROSCRIPTEUR (*proçkriptĕr*), s. m. Proscritor.

PROSCRIPTION (*proçkripçion*), s. f. Proscrição; abolição.

PROSCRIRE (*proçkrir*), v. t. Proscrever; banir.

PROSCRIT, E (*proçkri, t*), s. Proscrito, abolido.

PROSE (*prôz*), s. f. Prosa.

PROSECTEUR (*proçéktĕr*), s. m. Preparador de anatomia.

PROSÉLYTE (*prozêlit*), s. m. Prosélito.

PROSELYTISME (*prozêliticm*), s. m. Proselitismo.

PROSODIE (*prozodi*), s. f. Prosódia.

PROSODIQUE (*prozodik*), adj. Prosódico.

PROSOPOPÉE (*prozopopê*), s. f. Prosopopéia.

PROSPECTER (*proçpéktê*), v. t. Prospetar.

PROSPECTEUR (*proçpéktĕr*), v. t. Prospetor.

PROSPECTION (*proçpékçion*), s. f. Prospecção.

PROSPECTUS (*proçpéktüç*), s. m. Prospeto, programa.

PROSPÈRE (*proçpér*), adj. Próspero.

PROSPÉRER (*proçpêrê*), v. i. (Conjuga-se como *accélérer.*) Prosperar.

PROSPÉRITÉ (*proçpêritê*), s. f. Prospe-

ridade.
PROSTATE (*proçtat*), s. f. Próstata.
PROSTERNATION (*proçtérnaçion*), s. f. Prosternação.
PROSTERNER (*proçtérnê*), v. t. Prosternar.
PROSTITUÉE (*proçtitüê*), s. f. Prostituta.
PROSTITUER (*proçtitüê*), v. t. Prostituir.
PROSTITUTION (*proçtitüçion*), s. f. Prostituição.
PROSTRATION (*proçtraçion*), s. f. Prostração.
PROSTRÉ, E (*proçtrê*), adj. Prostrado.
PROSTYLE (*proçtil*), s. m. Prostilo.
PROTAGONISTE (*protagoniçt*), s. m. Protagonista.
PROTE (*prót*), s. m. Chefe de tipografia.
PROTECTEUR, TRICE (*protéktĕr, triç*), adj. e s. Protetor.
PROTECTION (*protékçion*), s. f. Proteção.
PROTECTIONNISME (*protékçioniçm*), s. m. Protecionismo.
PROTECTIONNISTE (*protékçioniçt*), s. m. Protecionista.
PROTECTORAT (*protéktorá*), s. m. Protetorado.
PROTÉE (*protê*), s. m. Proteu.
PROTÉGÉ, E (*protêjê*), s. Protegido.
PROTÉGER (*protêjê*), v. t. Proteger.
PROTÉIQUE (*protêik*), adj. Protéico.
PROTÈLE (*protél*), s. m. *Zool.* Animal carnívoro da família da hiena.
PROTESTANT, E (*protéçtan, t*), adj. e s. Protestante.
PROTESTANTISME (*protéçtantiçm*), s. m. Protestantismo.
PROTESTATAIRE (*protéçtatér*), adj. e s. Protestador, protestante.
PROTESTATION (*protéçtaçion*), s. f. Protesto.
PROTESTER (*protéçtê*), v. i. Protestar.
PROTÊT (*proté*), s. m. Protesto de título.
PROTHÈSE (*protéz*), s. f. Prótese.
PROTHÉTIQUE (*protêtik*), adj. Protético.
PROTHORAX (*protorakç*), s. m. Protórax.
PROTIDES (*protid*), s. m. pl. Prótides.
PROTOCOLAIRE (*protokolér*), adj. Protocolar.
PROTOCOLE (*protokól*), s. m. Protocolo.
PROTON (*proton*), s. m. Próton (partícula positiva do átomo).
PROTONOTAIRE (*protonotér*), s. m. Protonotário.
PROTOPLASMA ou **PROTOPLASME** (*protoplaçmá* ou *protoplaçm*), s. m. Protoplasma.
PROTOPLASMIQUE (*protoplaçmik*), adj. Protoplasmático.
PROTOTYPE (*prototip*), s. m. Protótipo.
PROTOXYDE (*protokçid*), s. m. Protóxido.
PROTOZOAIRES (*protozoér*), s. m. pl. Protozoários.
PROTUBÉRANCE (*protübêranç*), s. f. Protuberância.
PROTUBÉRANT, E (*protübêran, t*), adj. Protuberante.
PROTUTEUR, TRICE (*protütĕr, triç*), s. Administrador.
PROU (*pru*), adv. Muito. *Ni peu ni prou*, de modo nenhum.
PROUE (*pru*), s. f. Proa.
PROUESSE (*pruéç*), s. f. Proeza.
PROUVABLE (*pruvabl*), adj. Provável, que pode ser provado.
PROUVER (*pruvê*), v. t. Provar.
PROVENANCE (*provnanç*), s. f. Procedência.
PROVENÇAL, E, AUX (*provançal, ô*), adj. e s. Provençal.
PROVENDE (*provand*), s. f. Provisão de víveres: forragem para carneiros.
PROVENIR (*provənir*), v. i. (Conjuga-se como *venir.*) Provir.
PROVERBE (*provérb*), s. m. Provérbio.
PROVERBIAL, E, AUX (*provérbial, ô*), adj. Proverbial.
PROVIDENCE (*providanç*), s. f. Providência.
PROVIDENTIEL, ELLE (*providançiél*), adj. Providencial.
PROVIDENTIELLEMENT (*providançiélman*), adv. Providencialmente.
PROVIGNAGE ou **PROVIGNEMENT** (*provinhaj* ou *provinhəman*), s. m. Mergulhia.
PROVIGNER (*provinhê*), v. t. Plantar por mergulhia.
PROVIN (*proven*), s. m. Mergulho de videira.
PROVINCE (*provenç*), s. f. Província.
PROVINCIAL, E, AUX (*provençial, ô*), adj. e s. Provincial; acanhado.
PROVINCIALISME (*provençialiçm*), s. m. Provincialismo.
PROVISEUR (*provizĕr*), s. m. Diretor de colégio.
PROVISION (*provizion*), s. f. Provisão; sentença provisória.
PROVISIONNEL, ELLE (*provizionél*), adj. Provisional.
PROVISOIRE (*provizuar*), adj. e s. m. Provisório.
PROVISOIREMENT (*provizuarman*), adv. Provisoriamente.
PROVISORAT (*provizorá*), s. m. Reitorado.
PROVITAMINE (*provitamin'*), s. f. *Quím.* Provitamina.
PROVOCANT, E (*provokan, t*), adj. Provocante.
PROVOCATEUR, TRICE (*provokatĕr, triç*), adj. e s. Provocador.
PROVOCATION (*provokaçion*), s. f. Provocação.

PROVOQUER (*provokê*), v. t. Provocar. *Fig.* Produzir.
PROXÉNÈTE (*prokçênét*), s. Proxeneta; alcoviteiro.
PROXÉNÈTISME (*prokçênétiçm*), s. m. Proxenetismo.
PROXIMITÉ (*prokçimitê*), s. f. Proximidade.
PRUDE (*prüd*), adj. e s. Hipócrita, impostor.
PRUDEMMENT (*prüdaman*), adv. Prudentemente.
PRUDENCE (*prüdanç*), s. f. Prudência.
PRUDENT, E (*prüdan, t*), adj. Prudente.
PRUDERIE (*prüdəri*), s. f. Hipocrisia, simulação.
PRUD'HOMME (*prüdóm'*), s. m. Membro de conselho de conciliação.
PRUDHOMMESQUE (*prüdoméçk*), adj. Banal, pretensioso.
PRUNE (*prün'*), s. f. Ameixa. *Pour des prunes*, por coisa alguma, por pouca coisa.
PRUNEAU (*prünô*), s. m. Ameixa seca. Pl.: *des pruneaux.*
PRUNELAIE (*prünəlé*), s. f. Pomar de ameixas.
PRUNELLE (*prünél*), s. f. Ameixa pequena. Pupila ocular.
PRUNELLIER (*prünéliê*), s. m. Ameixeira silvestre.
PRUNIER (*prüniê*), s. f. Ameixeira.
PRURIGINEUX, EUSE (*prürijinë, ëz*), adj. Pruriginoso.
PRURIGO (*prürigô*), s. f. Prurigo.
PRURIT (*prüri* ou *prürit*), s. m. Prurido.
PRUSSIATE (*prüçiat*), s. m. *Quím.* Prussiato.
PRUSSIEN, ENNE (*prüçien, én'*), adj. e s. Prussiano.
PRUSSIQUE (*prüçik*), adj. Prússico.
PRYTANE (*pritan'*), s. m. Prítane.
PRYTANÉE (*pritanê*), s. m. Pritaneu.
PSALLIOTE (*pçaliót*), s. m. Espécie de cogumelo.
PSALMISTE (*pçalmiçt*), s. m. Salmista.
PSALMODIE (*pçalmodi*), s. f. Salmodia.
PSALMODIER (*pçalmodiê*), v. t. e i. Salmodiar.
PSALTÉRION (*pçaltêrion*), s. m. Saltério.
PSAUME (*pçôm'*), s. m. Salmo.
PSAUTIER (*pçôtiê*), s. m. Terceiro estômago dos ruminantes, ou folhoso.
PSEUDONYME (*pçëdonim'*), adj. e s. m. Pseudônimo.
PSITT! (*pçit*), interj. Psiu!.
PSITTACIDÉS (*pçitaçidê*), s. m. pl. *Zool.* Psitacídios.
PSITTACISME (*pçitaçiçm*), s. f. Psitacismo.
PSITTACOSE (*pçitakôz*), s. f. Psitacose.
PSORA ou **PSORE** (*pçorá* ou *pçór*), s. f. *Med.* Psoríase, sarna.
PSYCHANALYSE (*pçikanaliz*), s. f. Psicanálise.
PSYCHÉ (*pçichê*), s. f. Espelho de toucador.
PSYCHIATRE (*pçikiatr*), s. m. Psiquiatra.
PSYCHIATRIE (*pçikiatri*), s. f. Psiquiatria.
PSYCHIQUE (*pçikik*), adj. Psíquico.
PSYCHOGRAPHIE (*pçikôgrafi*), s. f. Psicografia.
PSYCHOLOGIE (*pçikoloji*), s. f. Psicologia.
PSYCHOLOGIQUE (*pçikolojik*), adj. Psicológico.
PSYCHOLOGIQUEMENT (*pçikolojikman*), adv. Psicologicamente.
PSYCHOLOGUE (*pçikológ*), s. m. Psicólogo.
PSYCHOSE (*pçikôz*), s. f. Psicose.
PSYCHOTECHNIQUE (*pçikôtéknik*), s. f. Psicotécnica.
PSYCHOTÉRAPIE (*pçikôtêrapi*), s. f. Psicoterapia.
PSYCHROMÈTRE (*pçikrômétr*), s. m. Psicrômetro.
PTÉRODACTYLE (*ptêrodaktil*), s. m. Pterodáctilo.
PTÉROPODE (*ptêropód*), s. m. Pterópodo.
PTOMAÏNE (*ptomaín'*), s. f. Ptomaína.
PTÔSE (*ptôz*), s. f. Ptose.
PTYALINE (*ptialin'*), s. f. Ptialina.
PUAMMENT (*püaman*), adv. De modo fétido. *Fig.* Impudentemente.
PUANT, E (*püan, t*), adj. Fétido. *Fig.* Vergonhoso, impudente; pessoa vil.
PUANTEUR (*püantër*), s. f. Fedor.
PUANTISE (*püantiz*), s. f. Coisa fétida.
PUBÈRE (*pübér*), adj. e s. Púbere.
PUBERTÉ (*pübértê*), s. f. Puberdade.
PUBESCENCE (*pübéçanç*), s. f. Pubescência.
PUBIS (*pübiç*), s. m. Púbis. Pl.: *des pubis.*
PUBLIABLE (*pübliabl*), adj. Publicável.
PUBLIC, QUE (*püblik*), adj. e s. m. Público.
PUBLICATION (*püblikaçion*), s. f. Publicação.
PUBLICISTE (*pübliçiçt*), s. m. Publicista.
PUBLICITÉ (*pübliçitê*), s. f. Publicidade.
PUBLIER (*pübliê*), v. t. Publicar; divulgar.
PUBLIQUEMENT (*püblikman*), adv. Publicamente.
PUCE (*püç*), s. f. Pulga. Adj. Que tem a cor da pulga.
PUCELLE (*püçél*), s. f. Donzela.
PUCERON (*püçron*), s. m. Pulgão.
PUCHE (*püch*), s. f. Rede para pescar camarões (munida de cabo).
PUCHEUX (*püchë*), s. m. Espécie de concha usada na refinação do açúcar. Pl.: *des pucheux.*
PUDDLAGE (*püdlaj*), s. m. Ação de purificar o ferro de fundição para convertê-lo em aço.
PUDDLER (*püdlê*), v. t. Tratar o ferro

de fundição para convertê-lo em ferro maleável.
PUDEUR (*püdër*), s. f. Pudor; moderação, modéstia.
PUDIBOND, E (*püdibon, d*), adj. e s. Pudibundo.
PUDICITÉ (*püdiçitê*), s. f. Pudicícia.
PUDIQUE (*püdik*), adj. Pudico.
PUDIQUEMENT (*püdikman*), adv. Pudicamente.
PUER (*püê*), v. i. Feder.
PUÉRICULTURE (*püêrikültür*), s. f. Puericultura.
PUÉRIL, E (*püêril*), adj. Pueril.
PUÉRILEMENT (*püêrilman*), adv. De modo pueril.
PUÉRILITÉ (*püêrilitê*), s. f. Puerilidade.
PUERPÉRAL, E, AUX (*püêrpêral, ô*), adj. Puerperal.
PUFF (*püf*), s. m. Reclamo exagerado e enganador. V. **POUF.**
PUFFISME (*püfiçm'*), s. m. Arte de fazer pufes. Reclamo exagerado.
PUFFISTE (*püfiçt*), s. m. Fazedor de pufes.
PUGILAT (*püjilá*), s. m. Pugilato.
PUGILISTE (*püjiliçt*), s. m. Pugilista.
PUGNACE (*pünhaç*), adj. Pugnaz.
PUGNACITÉ (*pünhaçitê*), s. f. Pugnacidade.
PUINE (*püín*), s.m. Arbusto seco.
PUINÉ, E (*püínê*), adj. e s. Segundo, nascido depois de outro irmão.
PUIS (*püí*), adv. Depois. *Et puis*, aliás.
PUISAGE (*püízaj*), s. m. Esgotamento, exaurição; ação de tirar água.
PUISARD (*püízar*), s. m. Desaguadouro, escoadouro.
PUISATIER (*püízatiê*), adj. e s. m. Que abre poços; operário que abre poços.
PUISEMENT (*püízman*), s. m. V. **PUISAGE.**
PUISER (*püízê*), v. t. Tirar líquido com um recipiente; haurir; tomar, tirar. *Puiser aux sources*, ir buscar nas fontes (consultar os autores originais).
PUISETTE (*püízét*), s. f. Baldinho; pequeno vaso para apanhar água.
PUISOIR (*püízuar*), s. m. Balde; recipiente para apanhar água.
PUISQUE (*püíçk*), conj. Já que, uma vez que.
PUISSAMMENT (*püíçaman*), adv. Poderosamente, extremamente.
PUISSANCE (*püíçanç*), s. f. Poderio, poder; autoridade; eficácia; potência.
PUISSANT, E (*püíçan, t*), adj. Potente, poderoso. S. m. *Le Tout-Puissant*, o Todo-Poderoso.
PUITS (*püí*), s. m. Poço. Pl.: *des puits*.
PULLMAN (*pulman'*), s. m. Vagão de luxo (em um trem).
PULL-OVER (*pulovér*), s. m. Pulôver. Pl.: *des pull-overs*.
PULLULATION (*pülülaçion*), s. m. Pululação.
PULLULER (*pülülê*), v. i. Pulular.
PULMONAIRE (*pülmonér*), adj. Pulmonar.
PULMONIQUE (*pülmonik*), adj. e s. Tísico.
PULPATION (*pülpaçion*), s. f. Polpação.
PULPE (*pülp*), s. f. Polpa.
PULPEUX, EUSE (*pülpë, ëz*), adj. Polposo.
PULSATIF, IVE (*pülçatif, iv*), adj. *Med.* Pulsátil.
PULSATION (*pülçaçion*), s. f. Pulsação.
PULSOMÈTRE (*pülçométr*), s. m. Pulsímetro.
PULVÉRISABLE (*pülvêrizabl*), adj. Pulverizável.
PULVÉRISATEUR (*pülvêrizatër*), s. m. Pulverizador.
PULVÉRISATION (*pülvêrizaçion*), s. f. Pulverização.
PULVÉRISER (*pülvêrizê*), v. t. Pulverizar; aniquilar; refutar.
PULVÉRISEUR (*pülvêrizër*), adj. e s. m. Pulverizador.
PULVÉRULENCE (*pülvêrülanç*), s. f. Pulverulência.
PULVÉRULENT, E (*pülvêrülan, t*), adj. Pulverulento.
PUMA (*pümá*), s. m. Puma.
PUNAISE (*pünéz*), s. f. Percevejo (inseto e pequeno prego).
PUNCH (*ponch*), s. m. Ponche.
PUNI, E (*püni*), adj. Punido, castigado.
PUNIQUE (*pünik*), adj. Púnico.
PUNIR (*pünir*), v. t. Punir, castigar.
PUNISSABLE (*püniçabl*), adj. Punível.
PUNISSEUR, EUSE (*püniçër, ëz*), adj. e s. Punidor.
PUNITION (*püniçion*), s. f. Punição.
PUPILLAIRE (*püpilér*), adj. Pupilar.
PUPILLARITÉ (*püpilaritê*), s. f. Pupilagem.
PUPILLE (*püpil*), s. Pupilo. S. f. Pupila.
PUPIPARE (*püpipar*), adj. Pupíparo.
PUPITRE (*püpitr*), s. m. Carteira (de escola); estante (de música).
PUR, E (*pür*), adj. Puro. *En pure perte*, sem resultado.
PURÉE (*pürê*), s. f. Pirão. *Pop.* Penúria, miséria.
PUREMENT (*pürman*), adv. Puramente.
PURETÉ (*pürtê*), s. f. Pureza.
PURGATIF, IVE (*pürgatif, iv*), adj. e s. m. Purgativo.
PURGATION (*pürgaçion*), s. f. Purgação.
PURGATOIRE (*pürgatuar*), s. m. Purgatório.
PURGE (*pürj*), s. f. Purgante.
PURGER (*pürjê*), v. t. Purgar.
PURIFIANT, E (*pürifian, t*), adj. Purificante.
PURIFICATEUR, TRICE (*pürifikatër, triç*), adj. e s. Purificador.
PURIFICATION (*pürifikaçion*), s. f. Purificação.
PURIFIER (*pürifiê*), v. t. (Conjuga-se

como *prier.*) Purificar.
PURISME (*püriçm*), s. m. Purismo.
PURISTE (*püriçt*), adj. e s. Purista.
PURITAIN, E (*püriten, én'*), s. Puritano.
PURITANISME (*püritaniçm*), s. m. Puritanismo.
PURON (*püron*), s. m. Soro de leite fresco.
PUROTIN (*püroten*), s. m. *Pop.* Miserável; indigente.
PURPURA (*pürpürá*), s. m. Erupção da pele.
PURPURIN, E (*pürpüren, in'*), adj. Purpúreo. S. f. Purpurina.
PUR-SANG (*pürçan*), s. m. inv. Puro-sangue.
PURULENCE (*pürülanç*), s. f. Purulência.
PURULENT, E (*pürülan, t*), adj. Purulento.
PUS (*pü*), s. m. Pus.
PUSILLANIME (*püzilanim'*), adj. Pusilânime.
PUSILLANIMITÉ (*püzilanimitê*), s. f. Pusilanimidade.
PUSTULATION (*püçtülaçion*), s. f. Pustulação.
PUSTULE (*püçtül*), s. f. Pústula.
PUSTULEUX, EUSE (*püçtülë, ëz*), adj. Pustuloso.
PUTATIF, IVE (*pütatif, iv*), adj. Putativo.
PUTOIS (*pütuá*), s. m. Furão, doninha. Pl.: *des putois.*
PUTRÉFACTIF, IVE (*pütrêfaktif, iv*), adj. Putrefativo.
PUTRÉFACTION (*pütrêfakçion*), s. f. Putrefação.
PUTRÉFIABLE (*pütrêfiabl*), adj. Suscetível de putrefação.
PUTRÉFIER (*pütrêfiê*), v. t. (Conjuga-se como *prier.*) Putrificar.
PUTRESCENCE (*pütréçanç*), s. f. Putrescência.
PUTRESCENT, E (*pütréçan, t*), adj. Putrescente.
PUTRESCIBLE (*pütréçibl*), adj. Putrescível.
PUTRIDE (*pütrid*), adj. Pútrido.
PUTRIDITÉ (*putriditê*), s. f. Putridão.
PUY (*püi*), s. m. Montanha.
PYÉLITE (*piêlit*), s. f. Pielite.
PYGMÉE (*pigmê*), s. m. Pigmeu.
PYGMÉEN, ENNE (*pigmêen, én'*), adj. Pigmeu.
PYJAMA (*pijamá*), s. m. Pijama.
PYLORE (*pilór*), s. m. Piloro.
PYLORIQUE (*pilorik*), adj. Pilórico.
PYORRHÉE (*piorê*), s. f. Piorréia.
PYRAMIDAL, E, AUX (*piramidal, ô*), adj. Piramidal.
PYRAMIDE (*piramid*), s. f. Pirâmide.
PYRAMIDER (*piramidê*), v. i. Ser disposto em pirâmide. *Fig.* Exibir-se, mostrar-se; fazer-se valer.
PYRAMIDION (*piramidion*), s. m. Pequena pirâmide.
PYRAMIDON (*piramidon*), s. m. Piramido.
PYRÉNÉEN, ENNE (*pirênêen, én'*), adj. e s. Pirenaico.
PYRÈTHRE (*pirétr*), s. m. Piretro.
PYRITE (*pirit*), s. f. Pirita.
PYROGRAVURE (*pirigravür*), s. f. Pirogravura.
PYROMÈTRE (*pirométr*), s. m. Pirômetro.
PYROPHORE (*pirofór*), s. m. Piróforo.
PYROPHOSPHATE (*pirofoçfat*), s. m. *Quím.* Pirofosfato.
PYROSCOPE (*piroçkóp*), s. m. Piroscópio.
PYROTECHNIE (*pirotékni*), s. f. Pirotécnica.
PYROTECHNIQUE (*pirotéknik*), adj. Pirotécnico.
PYROXÈNE (*pirokçén'*), s. m. Piróxeno.
PYRRHONIEN, ENNE (*pironien, én'*), adj. e s. Pirrônico.
PYRRHONISME (*pironiçm*), s. m. Pirronismo.
PYTHAGORICIEN, ENNE (*pitagoriçien, én'*), adj. e s. Pitagórico.
PYTHAGORIQUE (*pitagorik*), adj. Pitagórico.
PYTHAGORISME (*pitagoriçm*), s. m. Pitagorismo.
PYTHIE (*piti*), s. f. Pitia.
PYTHON (*piton*), s. m. *Zool.* Píton.
PYTHONISSE (*pitoniç*), s. f. Pitonisa.
PYURIE (*piüri*), s. f. Piúria.

Q

Q (*kú* ou *kə*), s. m. Décima sétima letra do alfabeto.

QUADRAGÉNAIRE (*kuadrajênér*), adj. e s. m. Quadragenário.

QUADRAGÉSIMAL, E, AUX (*kuadrajézimal, ô*), adj. Quadragesimal; relativo à Quaresma.

QUADRAGÉSIME (*kuadrajêzim'*), s. f. Quadragésima.

QUADRANGLE (*kuadrangl*), s. m. Quadrângulo.

QUADRANGULAIRE (*kuadrangũlér*), adj. Quadrangular.

QUADRANT (*kuadran*), s. m. Quadrante.

QUADRATIQUE (*kuadratik*), adj. Quadrático.

QUADRATURE (*kuadratũr*), s. f. Quadratura.

QUADRIENNAL, E, AUX (*kuadriénal, ô*), adj. Quadrienal.

QUADRIFOLIÉ, E (*kuadrifoliê*), adj. *Bot.* Quadrifólio.

QUADRIGE (*kuadrij*), s. m. Quadriga.

QUADRIJUMEAUX (*kuadrijũmô*), adj. m. pl. Quadrigêmeos.

QUADRILATÉRAL, E, AUX (*kuadrilatêral, ô*), adj. Quadrilateral.

QUADRILATÈRE (*kuadrilatér*), s. m. *Geom.* Quadrilátero.

QUADRILLAGE (*kadriiaj*), s. m. Disposição em quadrados contíguos. *Le quadrillage d'une étoffe*, o quadriculado de um tecido.

QUADRILLE (*kadrii*), s. f. Quadrilha, bando de cavaleiros; cavalhada. S. m. Contradança de salão; a música dessa contradança. Jogo de cartas de quatro parceiros.

QUADRILLÉ, E (*kadriiê*), adj. Quadriculado.

QUADRILLER (*kadriiê*), adj. Quadricular.

QUADRIMOTEUR (*kuadrimotẽr*), adj. e s. Quadrimotor.

QUADRIQUE (*kuadrik*), s. f. *Mat.* Superfície representada por uma equação de segundo grau.

QUADRISYLLABE (*kuadriçilab*), s. m. Quadrissílabo.

QUADRISYLLABIQUE (*kuadriçilabik*), adj. Quadrissilábico.

QUADRUMANE (*kuadrũman'*), adj. e s. Quadrúmano.

QUADRUPÈDE (*kuadrũpéd*), adj. e s. m. Quadrúpede.

QUADRUPLE (*kuadrũpl*), adj. e s. m. Quádruplo. Moeda de ouro cunhada em França no tempo de Luís XIII, valendo trinta libras.

QUADRUPLER (*kuadrũplê*), v. t. Quadruplicar. V. i. Elevar-se ao quádruplo.

QUADRUPLÉS, ÉES (*kuadrũplê*), s. pl. Quádruplos.

QUAI (*kê*), s. m. Cais. Plataforma das estações de estrada de ferro.

QUAICHE ou **CAICHE** (*kéch*), s. f. *Mar.* Caíque.

QUAKER, ERESSE (*kuêkér, kréç*), s. Quacre.

QUAKERISME (*kuêkəriçm*), s. m. Quaquerismo.

QUALIFIABLE (*kalifiabl*), adj. Qualificável.

QUALIFICATEUR (*kalifikatẽr*), s. m. Teólogo encarregado de relevar os crimes ou delitos justificáveis dos tribunais eclesiásticos.

QUALIFICATIF, IVE (*kalifikatif, iv*), adj. e s. m. Qualificativo.

QUALIFICATION (*kalifikaçion*), s. m. Qualificação.

QUALIFICATIVEMENT (*kalifikativman*), adv. Qualificativamente.

QUALIFIÉ, E (*kalifiê*), adj. Qualificado.

QUALIFIER (*kalifiê*), v. t. (Conjuga-se como *prier.*) Qualificar.

QUALITATIF, IVE (*kalitatif, iv*), adj. Qualitativo.

QUALITÉ (*kalitê*), s. f. Qualidade. *Es qualité*, loc. adv. *Dir.* A título de, na função de.

QUAND (*kan*), adv. e conj. Quando. *Quand même*, loc. conj. Apesar de tudo.

QUANT, E (*kan, t*), adj. Quão, quão grande. *Toutes et quantes fois*, todas as vezes que.

QUANT À (*kantá*), loc. prep. Quanto a, relativamente a.

QUANTA (*kantá*), pl. de **QUANTUM**.

QUANT-À-MOI, QUANT-À-SOI (*kantamuá, kantaçuá*), s. m. *Fam.* Atitude afetada e reservada. *Rester sur son quant-à-soi*, guardar as distâncias.

QUANTIÈME (*kantiém'*), adj. Quanto. Em que número, ordem ou lugar. S. m. Data.

QUANTITATIF, IVE (*kantitatif, iv*), adj. Quantitativo.

QUANTATIVEMENT (*kantativman*), adv. Quantativamente.

QUANTUM (*kuantóm'*), s. m. Quantum. Pl.: *des quanta.*

QUARANTAINE (*karantén'*), s. f. Quarentena; idade de quarenta anos. *Mettre en quarantaine*, pôr de quarentena. *Bot.* Variedade de goivo branco ou vermelho.

Certa qualidade de batata.

QUARANTE (*karant*), num. e s. m. Quarenta. *Les quarante*, os quarenta membros da Academia Francesa.

QUARANTENAIRE (*karantənér*), adj. Quarentenário.

QUARANTIÈME (*karantiém'*), adj. num. ord. e s. m. Quadragésimo.

QUARDERONNER (*kardəronê*), v. t. Arredondar por um quarto de volta.

QUART (*kart*), s. m. Quarto. *Trois quarts*, grande parte, a maior parte; a quase totalidade. Barril pequeno; caneca; caneca que pode conter um quarto de litro. *Pour le quart d'heure*, neste momento, nesta ocasião. *Mar. Être de quart, faire son quart*, estar de serviço. *Le quart d'heure de Rabelais*, o momento de pagar uma conta. Por extensão: o momento crítico, desagradável.

QUART, E (*kar, t*), adj. *Ant.* Quarto. *Fièvre quarte* ou *quartaine*, febre quartã.

QUARTAGER (*kartajê*), v. t. (Toma um *e* mudo depois do *g* antes do *a* e *o*: *il quartagea, nous quartageons*.) Lavrar ou amanhar pela quarta vez.

QUARTANIER (*kartaniê*), s. m. Javali de quatro anos.

QUARTAUT (*kartô*), s. m. Quartano, medida antiga; pequena pipa.

QUARTE (*kart*), adj. f. V. **QUART**.

QUARTE (*kart*), s. f. Quarta, medida antiga para líquidos.

QUARTELETTE (*kartəlét*), s. f. Quarto de tonelada de sabão preto no sul da França; espécie de ardósia.

QUARTERON (*kartəron*), s. m. O quarto de um cento ou vinte e cinco. *Ant.* A quarta parte de uma libra.

QUARTERON, ONNE (*kartəron, ón'*), s. Quarteirão (filho de branco e mulato).

QUARTETTO (*kuartétô*), s. m. Quarteto.

QUARTIDI (*kuartidi*), s. m. Quarto dia da década republicana em França.

QUARTIER (*kartiê*), s. m. Quarto. Bairro de uma cidade. Grau de geração nobre. Tacão de sapato. Partes de uma sela de cavalo. Alojamento num colégio. Quartel; zona de ação de um batalhão em posição de defesa. *Sous quartier*, zona de ação de uma companhia. *Quartier général*, quartel-general. *Quartier d'hiver*, lugar que as tropas ocupam entre duas campanhas; estadia que fazem nesse lugar. *Mettre en quartiers*, fazer em pedaços, esfacelar. *Premier quartier de la lune*, quarto crescente. *Dernier quartier de la lune*, quarto minguante. *Faire quartier à des fuyards*, indulto concedido aos vencidos. *Demander quartier à*, pedir quartel, pedir clemência. *Sans quartier*, sem quartel, sem clemência.

QUARTIER-MAÎTRE (*kartiê-métr*), s. m. *Mar.* Contramestre, cabo. Pl.: *des quartiers-maîtres*.

QUARTO (*kuartô*), adv. Quarto, em quarto lugar. S. m. V. **IN-QUARTO**.

QUARTZ (*kuartç*), s. m. *Min.* Quartzo. Pl.: *des quartz*.

QUARTZEUX, EUSE (*kuartzê, êz*), adj. Quartzoso.

QUARTZIFÈRE (*kuartzifér*), adj. Quartzífero.

QUASI (*kazi*), s. m. Parte da perna do boi ou de vitela.

QUASI ou **QUASIMENT** (*kazi* ou *kaziman*), adv. Quase, mais ou menos, com pouca diferença.

QUASIMENT (*kaziman*), adv. V. **QUASI**.

QUASIMODO (*kazimodô*), s. f. Quasímodo, primeiro domingo depois da Páscoa.

QUASSIA (*kuaçiá*), s. m. *Bot.* Quássia, arbusto.

QUASSIER (*kuaçiê*), s. m. V. **QUASSIA**.

QUATER (*kuatér*), adj. Pela quarta vez; em quarto lugar.

QUATERNAIRE (*kuatérnér*), adj. e s. Quaternário.

QUATERNE (*kuatérn*), s. m. Quaterno.

QUATERNION (*kuatérnion*), s. m. Quaternião.

QUATORZE (*katórz*), num. e s. m. Quatorze.

QUATORZIÈME (*kuatorziém'*), num. ord. Décimo quarto. S. O décimo quarto. S. m. Número quatorze; a décima quarta parte.

QUATRAIN (*katren*), s. m. Quadra.

QUATRE (*katr*), adj. num. card. e s. m. Quatro. *Fig. Comme quatre*, tanto quanto quatro pessoas. *Manger comme quatre*, comer muito. *À quatre pas*, muito perto, a pequena distância. *Quatre à quatre*, subindo quatro degraus de uma só vez. *Ne pas y aller par quatre chemins*, não hesitar, ir direto. *Se tenir à quatre*, conter-se, dominar-se para não explodir; fazer o possível. *Se mettre en quatre*, empregar todo o esforço para atingir o objetivo, desdobrar-se. *À quatre pattes*, de gatinhas.

QUATRE-DE-CHIFFRE (*katrədəchifr*), s. m. inv. Armadilha em forma de quatro.

QUATRE-ÉPICES (*katrêpiç*), s. f. inv. Nigela cultivada.

QUATRE-FEUILLES (*katrəfêü*), s. m. inv. *Arq.* Ornamento formado de quatro lobos circulares.

QUATRE-HUIT (*katrəhüi*), s. m. inv. *Mús.* Compasso quatro por oito.

QUATRE-QUARTS (*katrəkar*), s. m. inv. Bolo de farinha, manteiga, açúcar e ovos em medidas iguais.

QUATRE-SAISONS (*katrəçézon*), s. f. inv. Variedade de morangos pequeninos. *Marchand des quatre-saisons*, vendedor ambulante em Paris que vende as frutas e legumes de cada estação.

QUATRE-TEMPS (*katrətan*), s. m. pl. Três dias de jejum (quarta, sexta e sábado) no começo de cada estação do ano.
QUATRE-VINGTIÈME (*katrəventiém*), num. ord. Octogésimo.
QUATRE-VINGTS ou **QUATRE-VINGT** (*katrəven*), num. Oitenta.
QUATRIÈME (*katriém'*), num. ord. e s. Quarto.
QUATRIÈMEMENT (*katriéməman*), adv. Quarto, em quarto lugar.
QUATRIENNAL, E, AUX (*katriénal, ô*), adj. V. **QUADRIENNAL.**
QUATRILLION ou **QUADRILLION** (*kuatrilion* ou *kuadrilion*), s. m. Quatrilhão ou quadrilhão, mil trilhões.
QUATROCENTISTE (*kuatrochéntiçt*), adj. e s. Quatrocentista.
QUATUOR (*kuatuór*), s. m. *Mús.* Quarteto.
QUAYAGE (*kéiaj*), s. m. Taxa de desembarque e depósito de mercadorias no cais do porto.
QUE (*kə*) pron. rel. e interrog. Que. Conj. Que. *Avant que,* loc. conj. Antes que. *Afin que,* a fim de que. *Bien que,* se bem que, etc. Adv. Quanto, quão, como. *Ne... que,* somente.
QUEL, QUELLE (*kél*), adj. Que, qual.
QUELCONQUE (*kélkonk*), adj. indef. Qualquer.
QUELQUE (*kélk*), adj. indef. Algum, qualquer, pouco, certo. Adv. Cerca de, perto de, quase, pouco mais ou menos. *Quelque... que,* por mais que. *Quel... que,* qualquer que.
QUELQUEFOIS (*kélkəfuá*), adv. Algumas vezes, às vezes, de vez em quando.
QUELQU'UN, E (*kélkën, ün'*), pron. indef. Alguém, algum. *Fig. Il se croit quelqu'un,* crê-se pessoa importante.
QUÉMANDER (*kêmandê*), v. t. e i. Mendigar, pedinchar.
QUÉMANDEUR, EUSE (*kêmandër, ëz*), s. Pedinchão.
QU'EN-DIRA-T-ON (*kandiraton*), s. m. inv. Comentários, opinião pública, crítica do público.
QUENELLE (*kənél*), s. f. Bolinho recheado, almôndega.
QUENOTTE (*kənót*), s. f. *Fam.* Dentinho de criança, dente de ratinho.
QUENOUILLE (*kənúii*), s. f. Roca para fiar. Árvore frutífera podada em forma de roca. Obturador para tapar as aberturas dos moldes de fundição. *Fig. Tomber en quenouille,* passar por sucessão para as mãos das mulheres; tornar-se o apanágio das mulheres.
QUENOUILLÉE (*kənuiê*), s. f. Quantidade de linha, de cânhamo necessária para colocar na roca.
QUERCITRON (*kérçitron*), s. m. *Bot.* Carvalho da América do Norte, cujo córtex produz uma tinta amarela.
QUERELLE (*kərél*), s. f. Querela. *Chercher querelle à quelqu'un,* provocar uma questão com alguém. *Vider la querelle,* resolver a questão, acabar com a discussão. *Poét.* Luta entre soberanos, entre países inimigos.
QUERELLER (*kərélê*), v. t. Querelar. V. i. *Faire des querelles,* provocar discussões.
QUERELLEUR, EUSE (*kərélër, ëz*), adj. e s. Que gosta de discutir; brigão.
QUÉRIR (*kêrir*), v. t. (Usa-se apenas no inf. e depois dos verbos *aller, venir, envoyer.*) Buscar, procurar.
QUESTEUR (*kéçtër* ou *küéçtër*), s. m Questor.
QUESTION (*kéçtion*), s. f. Pergunta; questão. Tortura aplicada outrora aos condenados para obrigá-los à confissão. *Donner la question à,* torturar. *Vider la question,* resolver a questão, acabar com a discussão. *Faire question,* ser discutível. *Il est question de,* trata-se de. *Mettre en question,* submeter a uma discussão, pôr em dúvida.
QUESTIONNAIRE (*kéçtionér*), s. m. Questionário. Algoz encarregado da tortura para obrigar os presos à confissão.
QUESTIONNER (*kéçtionê*), v. t. Perguntar, interrogar.
QUESTIONNEUR, EUSE (*kéçtionër, ëz*), adj. e s. Perguntador, o que faz perguntas a todo momento.
QUESTURE (*kéçtür*), s. f. Questura, cargo de questor; duração das funções de questor.
QUÊTE (*két*), s. f. Busca. Coleta de esmolas; a quantia resultante dessa coleta. Ação de procurar a caça. *Ton de quête,* toque de clarim durante a caçada. *Se mettre en quête de,* procurar, buscar. S. f. *Mar.* Ângulo do cadaste com a quilha.
QUÊTER (*kétê*), v. t. Buscar, procurar; farejar (com relação ao cão de caça). V. i. Recolher esmolas, fazer a coleta.
QUETSCHE (*kuétch*), s. f. Ameixa grande e roxa.
QUEUE (*kë*), s. f. Cauda; rabo; cabo. *Bot.* Haste. Tira de pergaminho contendo a chancela para se colocar nos documentos diplomáticos. *Queue de billard,* taco de bilhar. *Fig.* Fila de pessoas; últimas fileiras. *À la queue leu leu,* em fila, um atrás do outro. *N'avoir ni queue ni tête,* ser sem sentido, sem pé nem cabeça.
QUEUE ou **QUEUX** (*kë*), s. f. Pedra de fiar. Espécie de barril. Pl.: *des queues* ou *queux.*
QUEUE-DE-COCHON (*këdəkochon*), s. f. Espécie de trado; grande verruma terminada em espiral. Pl.: *des queues-de-cochon.*
QUEUE-DE-MORUE (*këdəmorü*), s. f.

Broxa de pintores ou douradores. *Fam.* Casaca de cerimônias. Pl.: *des queues-de-morues.*

QUEUE-DE-PIE (*këdəpi*), s. f. *Fam.* Casaca. Pl.: *des queues-de-pie.*

QUEUE-DE-RAT (*këdərá*), s. f. Lima arredondada; tabaqueira feita de casca de bétula. Pl.: *des queues-de-rat.*

QUEUE-ROUGE (*këruj*), s.m. Palhaço grotesco cuja cabeleira termina em rabicho amarrado com uma fita vermelha. Pl.: *des queues-rouges.*

QUEUSOT (*këçô*), s.m. Tubo de vidro com o qual se faz o vácuo nas lâmpadas elétricas.

QUEUTER (*këtê*), v. i. Empurrar duas bolas com uma só tacada no jogo de bilhar.

QUEUX (*kë*), s.m. *Ant.* Cozinheiro. S. f. Pedra de afiar. Pl.: *des queux.*

QUI (*ki*), pron. rel. interj. Que, quem, o qual, a qual, aquele que, quem. *C'est à qui,* rivalizar-se um e outro em. Pron. indef. *Qui que ce soit,* seja quem for. *Qui plus est,* loc. adv. O que é pior ainda.

QUIA (A) (*akiá*), loc. adv. *Être à quia,* não saber o que dizer, ficar embaraçado. *Être reduit à quia,* estar reduzido à miséria completa.

QUIBUS (*küíbüç*), s.m. *Pop.* Dinheiro. *Cum quibus,* com dinheiro. Pl.: *des quibus.*

QUICHE ou **KICHE** (*kich*), s.f. Torta, pastel de Lorena.

QUICONQUE (*kikonk*), pron. indef. Todo aquele que, qualquer que, o que.

QUIDAM (*kidam'*), s.m. Um certo, um tal, um fulano. Pl.: *des quidams.*

QUIET, ÈTE (*küié, ét*), adj. Quieto.

QUIÉTISME (*kiêtiçm*), s. m. Quietismo.

QUIÉTISTE (*kiêtiçt*), adj. e s. Quietista.

QUIÉTUDE (*kiêtüd* ou *küiêtüd*), s.f. Quietude.

QUIGNON (*kinhon*), s.m. Naco de pão, grande fatia de pão.

QUILBOQUET (*kilbokê*), s.m. Instrumento de marcenaria para talhar a madeira.

QUILLE (*kíi*), s.f. Quilha. Paus de um jogo que se procura derrubar com uma bola. *Prendre son sac et ses quilles,* preparar-se para partir; fugir. *Donner son sac et ses quilles à,* despedir, mandar embora.

QUILLÉ, E (*kíiê*), adj. Provido de uma quilha.

QUILLER (*kíiê*), v.i. Jogar a bola para decidir quem deve começar o jogo dos paus. Levantar os paus derrubados. V. t. Jogar paus nas pernas de alguém; procurar atingir com projéteis lançados com a mão.

QUILLIER (*kíiê*), s.m. Tabuleiro do jogo dos paus; conjunto desses paus.

QUILLON (*kíion*), s.m. Guarda-mão da espada ou da baioneta.

QUINAIRE (*kinér*), adj. Quinário.

QUINAUD, E (*kinô, d*), adj. Envergonhado, confuso.

QUINCAILLE (*kenkaii*), s.f. Objeto de quinquilharia; qualquer objeto de ferro ou de cobre. *Fam.* Moeda de cobre.

QUINCAILLER (*kenkaiê*), s.m. Quinquilheiro; negociante de quinquilharias.

QUINCAILLERIE (*kenkaiiri*), s. f. Quinquilharia, comércio de quinquilharias.

QUINCONCE (*kenkonç*), s.m. Quincunce.

QUINE (*kin'*), s.m. Quino, série de cinco números na loteria (quina no jogo de dados ou loto).

QUINÉ, E (*kinê*), adj. Diz-se de objetos dispostos de cinco em cinco.

QUININE (*kinin'*), s.f. Quinina.

QUINQUAGÉNAIRE (*küenkuajênér*), adj. e s. Qüinquagenário.

QUINQUAGÉSIME (*küenkuajêzim'*), s. f. Qüinquagésima.

QUINQUENNAL, E, AUX (*küenküênal, ô* ou *küenkênal, ô*), adj. Qüinqüenal.

QUINQUET (*kenké*), s. m. Candeeiro de bomba, espécie de lâmpada.

QUINT (*ken*), adj. m. Quinto.

QUINTAINE (*kentén'*), s.f. ou **QUINTAIN** (*kenten*), s.m. Estafermo para exercícios de torneio. *Fig. Servir de quintaine,* ser alvo habitual de ataques.

QUINTAL (*kental*), s. m. Quintal, peso de cem libras. *Quintal métrique,* peso de cem quilogramas. Pl.: *des quintaux.*

QUINTE (*kent*), s.f. *Mús.* Quinta, intervalo de cinco notas consecutivas; espécie de rabecão; série de cinco cartas do mesmo naipe; a quinta guarda no jogo de esgrima. *Med.* Acesso de tosse violento e prolongado. *Fig.* Capricho, mau humor repentino.

QUINTEFEUILLE (*kentəfëi*), s. f. *Bot.* Potentilha ou cinco-em-rama. *Heráld.* Florão de cinco folhas pontiagudas. *Arq.* Qüinqüefólio, ornato arquitetônico.

QUINTESCENCE (*kentéçanç*), s. f. Quinta-essência.

QUINTESSENCIÉ, E (*kentéçançiê*), adj. Demasiado sutil.

QUINTESSENCIER (*kentéçançiê*), v. t. (Conjuga-se como *prier.*) Tirar a quinta-essência de uma coisa; refinar, requintar.

QUINTETTE (*kentét*), s. m. *Mús.* Quinteto.

QUINTEUX, EUSE (*kentë, ëz*), adj. Que se produz por acessos, sujeito a acessos. *Fig.* Impertinente, sujeito a caprichos.

QUINTIDI (*küentidi*), s.m. Quinto dia da década do calendário republicano francês.

QUINTILLION (*küentilion*), s.m. Quintilhão ou quintilião, mil quatrilhões.

QUINTO (*küentô*), adv. Quinto, em quinto lugar.
QUINTUPLE (*kentüpl*), adj. e s. m. Quíntuplo.
QUINTUPLER (*kentüplê*), v.t. Quintuplicar.
QUINTUPLÈS, ÈES (*kentüplê*), s. pl. Quíntuplos.
QUINZAINE (*kenzén'*), s.f. Quinzena.
QUINZE (*kenz*), adj. num. card. Quinze; décimo quinto. S. m. O número quinze; o décimo quinto lugar.
QUINZE-VINGTS (*kenzəven*), s. m. pl. inv. Asilo de cegos fundado por São Luís em Paris. *Fig. Un quinze-vingts,* um cego. *Devenir quinze-vingts,* ficar cego.
QUINZIÈME (*kenziém'*), adj. num. ord. e s. Décimo quinto.
QUINZIÈMEMENT (*kenziéməman*), adv. Em décimo quinto lugar.
QUIPOS (*kipóç*), s.m. Quipo, cordão cheio de nós usado pelos aborígines peruanos para fazer contas e exprimir certas idéias.
QUIPROQUO (*kiprôkô*), s.m. Qüiproquó.
QUISCALE (*kuiçkal*), s.m. *Ornit.* Ave da América Central, de plumagem negra com reflexos vermelhos.
QUITTANCE (*kitanç*), s.f. Quitação; recibo.
QUITTANCER (*kitançê*), v. t. (O *c* toma uma cedilha antes de *a* e *o*: *il quittança, nous quittançons.*) Quitar, dar quitação; desobrigar de dívidas; passar recibo.
QUITTE (*kit*), adj. Quite. *Quitte pour, quitte à,* salvo se, sob a condição de. *Tenir quitte,* dispensar. *Être, faire quitte à quitte,* estar quites um com outro.
QUITTER (*kitê*), v.t. Quitar; ceder, deixar, abandonar; tirar. *Quitter prise,* abandonar, deixar ir. *Quitte ou double,* tudo ou nada, dobra ou perde.
QUITUS (*kitüç*), s.m. Quitação, declaração de quite.
QUI VIVE? (*kiviv*), loc. interj. Quem vem lá?, Quem vive?. S. m. inv. *Être, se tenir sur le qui-vive,* estar alerta, estar atento.
QUOAILLER (*kuaiê*), v.i. Diz-se de um cavalo que agita continuamente a cauda.
QUOI (*kâ*), pron. rel. e interrog. Que, o que, que coisa. Pron. indef. *Quoi que,* qualquer coisa que. Interj. Como!, Quê!. *Avoir de quoi,* ter os meios de fazer alguma coisa. *Sans quoi,* sem o que, sem o qual. *À quoi bon?,* Para quê?. *Quoi qu'il en soit,* seja como for. *Il y a de quoi,* há razão, motivo para.
QUOIQUE (*kuak*), conj. Ainda que, posto que, contudo. *Quoi que,* qualquer que seja a coisa.
QUOLIBET (*kolibê*), s.m. Brincadeira, graçola, piada.
QUORUM (*koróm'*), s.m. Quorum.
QUOTE-PART (*kótpar*), s.f. Quota-parte. Pl.: *des quotes-parts.*
QUOTIDIEN, ENNE (*kotidien, én'*), adj. Quotidiano. S.m. Jornal diário.
QUOTIDIENNEMENT (*kotidiénəman*), adv. Quotidianamente.
QUOTIENT (*koçian*), s.m. Quociente.
QUOTITÉ (*kotitê*), s. f. Quota, importância de cada quota-parte.

R

R (*rə* ou *ér*), s. m. Décima oitava letra do alfabeto.
RA (*ra*), s. m. Breve rufo de tambor.
RABACHAGE (*rabachaj*), s. m. Repetição fastidiosa.
RABACHER (*rabachê*), v. t. e i. *Fam.* Repetir fastidiosamente a mesma coisa.
RABACHEUR, EUSE (*rabachĕr, ëz*), s. Repetidor fastidioso.
RABAIS (*rabé*), s. m. Desconto, abatimento. Pl.: *des rabais.*
RABAISSEMENT (*rabéçman*), s. m. Diminuição, abatimento. *Fig.* Ação de humilhar.
RABAISSER (*rabéçê*), v. t. Descontar, diminuir; menosprezar. *Fig.* Humilhar. **SE RABAISSER**, v. pr. Aviltar-se.
RABAISSEUR (*rabéçĕr*), s. m. Rebaixador.
RABAN (*raban*), s. m. Corda.
RABAT (*rabá*), s. m. Cabeção. Ação de abater a caça.
RABAT-JOIE (*rabá-juá*), s. m. inv. Desmancha-prazeres.
RABATTAGE (*rabataj*), s. m. Desconto; batida do mato, na caça.
RABATTEMENT (*rabatman*), s. m. Rebatimento.
RABATTEUR (*rabatĕr*), s. m. Batedor, na caça.
RABATTOIR (*rabatuar*), s. m. Cunha para separar a ardósia da pedreira.
RABATTRE (*rabatr*), v. t. (Conjuga-se como *battre.*) Abaixar; rebaixar, rebater; diminuir. *En rabattre*, diminuir, depreciar, humilhar. **SE RABATTRE**, v. pr. Desviar-se de um caminho. *Fig.* Mudar de repente, de propósito.
RABBI (*rabi*), s. m. Rabi.
RABBIN (*raben*), s. m. Rabino.
RABBINAT (*rabiná*), s. m. Função do rabino.
RABBINIQUE (*rabinik*), adj. Rabínico.
RABBINISME (*rabiniçm*), s. m. Rabinismo.
RABBINISTE ou **RABBANISTE** (*rabiniçt* ou *rabaniçt*), s. m. Rabinista.
RABELAISERIE (*rablézri*), s. f. Gracejo livre à maneira de Rabelais.
RABELAISIEN, ENNE (*rablézien, én'*), adj. Rabelaisiano. S. m. Partidário de Rabelais.
RABÊTIR (*rabétir*), v. t. Embrutecer. V. i. Tornar-se mais estúpido.
RABIBOCHER (*rabibochê*), v. t. *Pop.* Reparar, consertar. *Fig.* Reconciliar.
RABIOLE (*rabiól*), s. f. Couve-rábano, couve-nabo.
RABIQUE (*rabik*), adj. Rábico.
RABLE (*rabl*), s. m. Lombo. Esborrachamento.
RABONNIR (*rabonir*), v. t. e i. Melhorar.
RABOT (*rabô*), s. m. Plaina, cepilho.
RABOTAGE ou **RABOTEMENT** (*rabotaj* ou *rabótman*), s. m. Ação de aplainar; seu resultado.
RABOTER (*rabotê*), v. t. Aplainar. *Fig.* Polir; aperfeiçoar.
RABOTEUR (*rabotĕr*), s. e adj. m. Aplainador (operário).
RABOTEUSE (*rabotĕz*), s. f. Aplainador (instrumento).
RABOTEUX, EUSE (*rabotĕ, ĕz*), adj. Áspero; desigual. *Fig.* Grosseiro.
RABOUGRI, E (*rabugri*), adj. Pequeno; mirrado; raquítico.
RABOUGRIR (*rabugrir*), v. i. Definhar; estiolar. V. t. Retardar o crescimento. **SE RABOUGRIR**, v. pr. Encarquilhar-se. *Fig.* Perder as qualidades.
RABOUGRISSEMENT (*rabugriçman*), s. m. Definhamento; enfraquecimento.
RABOUILLER (*rabuiê*), v. t. Turvar a água para facilitar a pesca.
RABOUILLÈRE (*rabuiér*), s. f. Toca de coelho.
RABOUTER ou **RABOUTIR** (*rabutê* ou *rabutir*), v. t. Juntar, coser ponta com ponta.
RABROUER (*rabruê*), v. t. Acolher, tratar asperamente.
RABROUEUR, EUSE (*rabruĕr, ĕz*), adj. e s. Grosseiro; estúpido.
RACAILLE (*rakaii*), s. f. Plebe, gentalha.
RACCOMMODABLE (*rakomodabl*), adj. Reparável, consertável.
RACCOMMODAGE (*rakomodaj*), s. m. Remendo.
RACCOMMODEMENT (*rakomodman*), s. m. Reconciliação.
RACCOMMODER (*rakomodê*), v. t. Remendar; reconciliar; melhorar.
RACCOMMODEUR, EUSE (*rakomodĕr, ëz*). Remendador; consertador.
RACCORD (*rakór*), s. m. Ligação; ajustamento.
RACCORDEMENT (*rakórdman*), s. m. Ligação, junção. *Courbe de raccordement*, curva de concordância. *Voie de raccordement*, via de ligação.
RACCORDER (*rakordê*), v. t. Juntar, unir, ajustar.
RACCOURCI, E (*rakurçi*), adj. Encurtado. *En raccourci*, loc. adv. Em resumo,

em ponto pequeno.
RACCOURCIR (*rakurçir*), v. t. e i. Encurtar, diminuir, resumir.
RACCOURCISSEMENT (*rakurçiçman*), s. m. Encurtamento; seu resultado.
RACCOUTRER (*rakutrê*), v. t. Remendar, consertar.
RACCOUTUMER (SE) (*çərakutümê*), v. pr. Reabituar-se.
RACCROC (*rakrô*), s. m. Bambúrrio.
RACCROCHAGE (*rakrochaj*), s. m. Ação de repregar, rependurar.
RACCROCHER (*rakrochê*), v. t. Repregar; tornar a pendurar. V. i. Fazer bambúrrios. **SE RACCROCHER**, v. pr. Agarrar-se.
RACCROCHEUR, EUSE (*rakrochĕr, ĕz*), s. Bamburrista.
RACE (*raç*), s. f. Raça, linhagem.
RACÉ, E (*raçê*), adj. Que tem raça.
RACÈME (*raçém*), s. m. *Bot.* Cacho.
RACER (*raçê*), v.t. (O *c* toma uma cedilha antes de *a* e *o*: *il raça, nous raçons.*) Constituir raça; produzir indivíduos semelhantes entre si. S. m. Cavalo de corrida; iate ou automóvel de corrida.
RACHAT (*rachá*), s. m. Resgate.
RACHETABLE (*rachtabl*), adj. Resgatável.
RACHETER (*rachtê*), v.t. (O *e* mudo passa a *è* aberto antes de sílaba muda: *il rachètera.*) Recomprar; resgatar, remir. *Fig.* Recompensar. **SE RACHETER**, v. pr. Ser remido; exonerar-se de um cargo por dinheiro.
RACHIALGIE (*rachialji*), s. f. Dor na coluna vertebral.
RACHIDIEN, ENNE (*rachidien, én'*), adj. Raquidiano.
RACHIS (*rachiç*), s. m. *Anat.* Coluna vertebral ou espinha dorsal.
RACHITIQUE (*rachitik*), adj. Raquítico.
RACHITISME (*rachitiçm*), s. m. Raquitismo.
RACIAL, E, AUX (*raçial, ô*), adj. Racial.
RACINAGE (*raçinaj*), s. m. Raizama. Cozimento de folhas e cascas de nogueira destinado à tinturaria. Ornato imitando raízes, em capas de livros.
RACINE (*raçin'*), s. f. Raiz. *Fig.* Base, princípio. *Prendre racine,* enraizar, arraigar-se.
RACINEMENT (*raçinəman*), s. m. Ação de enraizar.
RACINER (*raçinê*), v. t. Enraizar. Ornamentar com desenhos de raízes. Tingir de ruivo.
RACINIEN, ENNE (*raçinien, én'*), adj. Raciniano; à maneira de Racine.
RACISME (*raçiçm'*), s. m. Racismo.
RACISTE (*raçiçt*), s. Racista.
RACK (*rak*), s. m. V. ARACK.
RACLAGE (*raklaj*), s. m. Raspagem; poda.
RACLE (*rakl*), s. f. Raspadeira ou raspador.
RACLÉE (*raklê*), s. f. *Pop.* Surra.
RACLEMENT (*rakləman*), s. m. Ação de surrar.
RACLER (*raklê*), v.t. Raspar, rapar. *Fig.* Arranhar.
RACLERIE (*rakləri*), s. f. Miniatura em madeira.
RACLETTE (*raklét*), s. f. Raspadeira. *Coz.* Prato suíço, também chamado *fondu* (ver esta palavra).
RACLEUR (*raklĕr*), s. m. Raspador ou raspadeira. *Fam.* Mau tocador de violino.
RACLOIR (*rakluar*), s. m. Raspador ou raspadeira.
RACLOIRE (*rakluar*), s. f. Rasoura.
RACOLAGE (*rakolaj*), s. m. Engajamento por suborno.
RACOLER (*rakolê*), v.t. Aliciar; engajar. *Fig.* Recrutar.
RACOLEUR, EUSE (*rakolĕr, ëz*), adj. e s. Aliciador, recrutador.
RACONTABLE (*rakontabl*), adj. Contável, narrável.
RACONTER (*rakontê*), v. t. Narrar. *En raconter,* contar muita coisa às vezes sem exatidão.
RACONTEUR, EUSE (*rakontĕr, ëz*), s. Narrador; amigo de contar.
RACORNIR (*rakornir*), v. t. Endurecer, encarquilhar. *Fig.* Insensibilizar. **SE RACORNIR**, v. pr. Endurecer.
RACORNISSEMENT (*rakorniçman*), s. m. Endurecimento, encarquilhamento.
RACQUITTER (*rakitê*), v.t. Compensar, indenizar. **SE RACQUITTER**, v. pr. Recuperar o perdido no jogo.
RADAR (*radar*), s. m. Radar.
RADE (*rad*), s. m. Enseada; ancoradouro.
RADEAU (*radô*), s. m. Jangada. Pl.: *des radeaux.*
RADER (*radê*), v. t. Ancorar.
RADIAL, E, AUX (*radial, ô*), adj. Radial.
RADIAN (*radian*), s. m. Radiano.
RADIANCE (*radianç*), s. f. Irradiação; brilho.
RADIANT, E (*radian, t*), adj. Radiante.
RADIATEUR (*radiatĕr*), s. m. Irradiador.
RADIATION (*radiaçion*), s. f. Radiação. Cancelamento.
RADICAL, E, AUX (*radikal, ô*), adj. Radical.
RADICALEMENT (*radikalman*), adv. Radicalmente.
RADICALISME (*radikaliçm'*), s. m. Radicalismo.
RADICELLE (*radiçél*), s. f. Radicela.
RADICULAIRE (*radikülér*), adj. Radicular.
RADICULE (*radikül*), s. f. Radículo.

RADIÉ, E (*radiê*), adj. Radiado.
RADIER (*radiê*), v. t. (Conjuga-se como *prier.*) Riscar. Trancar. V. i. Irradiar.
RADIEUX, EUSE (*radië, ëz*), adj. Radioso, radiante.
RADIN (*raden*), adj. *Pop.* Avaro.
RADIO (*radiô*), s. f. Rádio. S. m. Radiotelegrafista ou radiotelefonista.
RADIO-ACTIF, IVE (*radiôaktif, iv*), adj. Radioativo.
RADIO-ACTIVITÉ (*radiôaktivitê*), s.m. Radioatividade.
RADIOCOMMUNICATION (*radiôkomünikaçion*), s. f ou **RADIOGRAMME** (*radiôgram'*), s. m. Comunicação pelo rádio.
RADIOCONDUCTEUR (*radiôkondüktër*), s. m. Radiocondutor.
RADIODERMITE (*radiôdérmit*), s.f. Radiodermite.
RADIODIFFUSION ou **RADIO-ÉMISSION** (*radiôdifüzion* ou *radiôêmiçion*), s. f. Radiodifusão.
RADIO-ÉLECTRICITÉ (*radiôêlékriçitê*), s.f. Radioeletricidade.
RADIO-ÉLÉMENT (*radiôêlêman*), s. m. Radioelemento.
RADIOGRAMME (*radiôgram'*), s.f. Radiograma.
RADIOGRAPHE (*radiôgraf*), s. Radiógrafo.
RADIOGRAPHIE (*radiôgrafi*), s. f. Radiografia.
RADIOGRAPHIER (*radiôgrafiê*), v. t. (Conjuga-se como *prier*). Radiografar.
RADIOJOURNAL (*radiôjurnal*), s. m. Jornal pelo rádio. Pl.: *des radiojournaux.*
RADIOLOGIE (*radiôloji*), s.f. Radiologia.
RADIOLOGISTE (*radiôlojiçt*), s.f. Radiologista.
RADIOLOGUE (*radiôlóg*), s. Radiólogo.
RADIOPHARE (*radiôfar*), s.m. Radiofarol.
RADIOPHONIE (*radiôfoni*), s.f. Radiofonia.
RADIOSCOPIE (*radiôçkopi*), s. f. Radioscopia.
RADIOTÉLÉGRAPHIE (*radiôtêlêgrafi*), s.f. Radiotelegrafia.
RADIOTÉLÉPHONIE (*radiôtêlêfoni*), s. f. Radiotelefonia.
RADIOTHÉRAPIE (*radiôtêrapi*), s.f. Radioterapia.
RADIS (*radi*), s.m. Rabanete. *Pop.* Vintém. Pl.: *des radis.*
RADIUM (*radióm'*), s. m. Rádio.
RADIUMTHÉRAPIE (*radióm'têrapi*), s. f. Radioterapia.
RADIUS (*radiüç*), s. m. Rádio (osso).
RADON (*radon*), s.m. Emanação do rádium.
RADOTAGE (*radotaj*), s.m. Disparate; tolice; arenga.
RADOTER (*radotê*), v.t. Disparatar; tresvariar.
RADOTEUR, EUSE (*radotër, ëz*), adj. e s. Caduco; pateta; arengador.
RADOUBER (*radubê*), v. t. Consertar, reparar.
RADOUBEUR (*radubër*), adj. e s. m. Consertador, reparador; calafetador.
RADOUCIR (*raduçir*), v. t. Suavizar, abrandar. *Fig.* Acalmar. **SE RADOUCIR**, v. pr. Tornar-se mais doce.
RADOUCISSEMENT (*raduçiçman*), s. m. Suavização, abrandamento.
RAFALE (*rafal*), s.f. Rajada.
RAFFERMIR (*rafêrmir*), v.t. Consolidar, fortalecer. *Fig.* Restabelecer, revigorar.
RAFFERMISSEMENT (*rafêrmiçman*), s. m. Consolidação; restabelecimento.
RAFFINAGE (*rafinaj*), s.m. Refinação.
RAFFINÉ, E (*rafinê*), adj. Fino, delicado, requintado; sutil, astuto, hábil. S. m. Pessoa de fino gosto.
RAFFINEMENT (*rafinəman*), s. m. Refinamento, requinte, sutileza.
RAFFINER (*rafinê*), v. t. Rafinar, apurar, aperfeiçoar. V.i. Requintar.
RAFFINERIE (*rafinəri*), s. f. Refinaria.
RAFFINEUR, EUSE (*rafinër, ëz*), adj. e s. Refinador.
RAFFOLER (*rafolê*), v.i. Apaixonar-se; gostar excessivamente.
RAFFUT (*rafü*), s. m. Barulho, algazarra; agitação.
RAFFÛTER (*rafütê*), v. t. Afiar.
RAFISTOLAGE (*rafiçtolaj*), s.m. Conserto grosseiro.
RAFISTOLER (*rafiçtolê*), v.t. Consertar grosseiramente.
RAFLE (*rafl*), s.f. Engaço. Saque; rede de malha dupla. Parelha (nos dados).
RAFFLER (*raflê*), v.t. Saquear, pilhar.
RAFRAÎCHIR (*rafréchir*), v.t. Refrescar, reparar; melhorar. *Fig.* Aparar. *Rafraîchir la mémoire,* relembrar algo a alguém. V. i. Refrescar. **SE RAFRAÎCHIR**, v. pr. Refrescar-se; restaurar-se, refazer-se.
RAFRAÎCHISSANT, E (*rafréchiçan, t*), adj. Refrigerante, refrescante.
RAFRAÎCHISSEMENT (*rafréchiçman*), s. m. Refresco, refrigério. Pl.: Refrescos.
RAFRAÎCHISSOIR ou **RAFRAÎCHISSEUR** (*rafréchiçuar* ou *rafréchiçër*), s. m. Resfriador.
RAGAILLARDIR (*ragaiardir*), v.t. Alegrar; reanimar.
RAGE (*raj*), s.f. Raiva; furor; arrebatamento. *Rage de dents,* dor de dente aguda. *À la rage,* loc. adv. Furiosamente.
RAGER (*rajê*), v.t. (Toma um *e* mudo depois do *g* antes de *a* e *o*: *il ragea, nous rageons.*) *Fam.* Enraivecer-se.

RAGEUR, EUSE (*rajĕr, ëz*), adj. e s. *Fam.* Sujeito à cólera, irascível.
RAGEUSEMENT (*rajëzman*), adv. Raivosamente.
RAGLAN (*raglan*), s.m. Capote antigo, sobretudo.
RAGOT, E (*ragô, ót*), adj. e s. Curto e grosso. S. m. Javali de dois a três anos. *Pop.* Tagarelice.
RAGOÛT (*ragu*), s. m. Guisado; ensopado; tempero gostoso. *Fig.* Sedução, atração.
RAGOÛTANT, E (*ragutan, t*), adj. Saboroso, gostoso. *Fig. e fam.* Agradável.
RAGOÛTER (*ragutê*), v.t. Abrir o apetite.
RAGRÉER (*ragrêê*), v.t. Polir; aperfeiçoar; reparar. *Fig.* Abrilhantar.
RAGRÉMENT ou **RAGRÉEMENT** (*ragrêman*), s.m. Polimento; aperfeiçoamento; reparação.
RAGUER (*raghê*), v.t. e i. Gastar pelo atrito; roçar.
RAI (*ré*), s.m. Raio de luz; raio de uma roda.
RAID (*réd*), s.m. Reide.
RAIDE (*réd*), adj. Teso; rijo; entorpecido. Abrupto; escarpado. *Fig.* Inflexível. *Pop.* Surpreendente. Adv. Repentinamente.
RAIDEMENT (*rédman*), adv. Rijamente, inflexivelmente.
RAIDEUR (*rédĕr*), s. f. Rijeza; rigidez. Inclinação rápida; aprumo. *Fig.* Firmeza; inflexão.
RAIDILLON (*rédiion*), s.m. Atalho, ladeira.
RAIDIR (*rédir*), v. t. Retesar; esticar. V. i. Enrijecer. **SE RAIDIR**, v. pr. Enrijecer-se. *Fig.* Resistir; obstinar-se.
RAIDISSEMENT ou **RAIDISSAGE** (*rédiçman* ou *rédiçaj*), s.m. Retesamento; entorpecimento.
RAIDISSEUR (*rédiçĕr*), s.m. Esticador.
RAIE (*ré*), s.f. Risco, traço; sulco. Faixa estreita. Arraia.
RAIFORT (*réfór*), s. m. Rábano.
RAIL (*rai*), s.m. Carril, trilho.
RAILLER (*raiê*), v.t. Escarnecer; gracejar. **SE RAILLER**, v.pr. Zombar, menosprezar.
RAILLERIE (*raiiri*), s. f. Escárnio; zombaria; gracejo. *Entendre raillerie*, não levar a mal. *Entendre la raillerie*, ter o dom de gracejar. *N'entendre pas raillerie*, não ser afeito a gracejos.
RAILLEUR, EUSE (*raiĕr, ëz*), adj. Escarnecedor; zombeteiro; gracejador.
RAINE (*rén'*), s.f. Rã.
RAINETTE (*rénét*), s.f. Nome pelo qual se designa diferentes gêneros de rãs verdes.
RAINURE (*rénür*), s. f. Ranhura.
RAIRE (*rér*), v.t. (Conjuga-se como *traire*.) Bramar.
RAIS (*ré*), s.m. pl. V. **RAI**.
RAISIN (*rézen*), s.m. Uva. *Raisin de mer*, ovos de alguns moluscos em cacho. Formato de papel. Batom.
RAISINÉ (*rézinê*), s.m. Doce de uvas.
RAISON (*rézon*), s.f. Razão. Reparação de um ultraje. *Mariage de raison*, casamento por interesse. *Livre de raison*, livro de contas. *Avoir raison de*, vencer. *Demander raison à*, pedir explicações a. *Rendre raison de*, explicar, prestar contas. *Tirer raison de*, vingar-se, tirar a desforra. *Se faire une raison*, submeter-se, concordar. *Raison de plus pour*, mais uma razão para, razão de sobra para. *Parler raison*, prudentemente. *Entendre raison*, ser razoável. *Mettre à la raison*, convencer, chamar à razão. Loc. adv.: *Plus que de raison*, demais, mais do que é preciso; *un peu plus que de raison*, um pouco mais, de passar da conta; *à tort ou à raison*, certo ou errado; *à plus forte raison*, com mais razão. Loc. prep.: *à raison de*, ao preço de, por; *en raison de*, em consideração a.
RAISONNABLE (*rézonabl*), adj. Razoável.
RAISONNABLEMENT (*rézonabləman*), adv. Razoavelmente.
RAISONNÉ, E (*rézonê*), adj. Racional, lógico.
RAISONNEMENT (*rézonəman*), s. m. Raciocínio; observação; objeção.
RAISONNER (*rézonê*), v.i. Raciocinar; replicar. *Raisonner comme une pantoufle*, ser incapaz de raciocinar. V.t. Comentar; convencer.
RAISONNEUR, EUSE (*rézonĕr, ëz*), adj. e s. Raciocinador, argumentador.
RAJAH (*rajá*), s.m. Rajá.
RAJEUNIR (*rajënir*), v.t. e i. Rejuvenescer. **SE RAJEUNIR**, v. pr. Dizer-se mais jovem.
RAJEUNISSANT, E (*rajëniçan, t*), adj. Rejuvenescente.
RAJEUNISSEMENT (*rajëniçman*), s.m. Rejuvenescimento.
RAJOUTER (*rajutê*), v.t. Juntar de novo.
RAJUSTEMENT (*rajüçtəman*), s.m. Reajustamento; conserto; arranjo.
RAJUSTER (*rajüçtê*), v.t. Reajustar. **SE RÉAJUSTER**, v. pr. Reconciliar-se.
RALE ou **RALEMENT** (*ral'* ou *raləman*), s.m. Estertor.
RALENTIR (*ralantir*), v.t. Tornar mais lento; abrandar.
RALENTISSEMENT (*ralantiçman*), s. m. Diminuição, abrandamento.
RALER (*ralê*), v.t. Estar com estertor. Ralar. *Pop.* Regatear, protestar.
RALEUR, EUSE (*ralĕr, ëz*), adj. e s. Aquele que estertora habitualmente.
RALLIÉ, E (*raliê*), adj. Aliado.
RALLIEMENT (*raliman*), s. m. Reunião.
RALLIER (*raliê*), v.t. (Conjuga-se como

prier.) Reunir, juntar; retornar. *Rallier le bord*, voltar a bordo. *Rallier la terre*, aproximar-se da terra. **SE RALLIER**, v. pr. Reunir-se.

RALLONGE (*ralonj*), s. f. Acréscimo. Tábua com a qual se aumenta uma mesa.

RALLONGEMENT (*ralonjman*), s. m. Alongamento.

RALLONGER (*ralonjê*), v.t. e i. (Toma um *e* mudo depois do *g* antes de *a* e *o*: *il rallongea, nous rallongeons.*) Acrescentar; alongar.

RALLUMER (*ralümê*), v.t. Reacender. *Fig.* Ativar, avivar.

RAMADAN (*ramadan*), s.m. Ramadão.

RAMAGE (*ramaj*), s.m. Estampado em ramagem. Canto de passarinhos entre as ramas. *Fig.* Tagarelice infantil.

RAMAGER (*ramajê*), v.t. (Toma um *e* mudo depois do *g* antes de *a* e *o*: *il ramagea, nous ramageons.*) Cobrir de ramas. V.i. Cantar de pássaros.

RAMAS (*ramá*), s.m. Amontoado, corja, súcia. Pl.: *des ramas*.

RAMASSAGE (*ramaçaj*), s. f. Colheita, apanha.

RAMASSE (*ramaç*), s.f. Trenó para descer nas montanhas cobertas de neve.

RAMASSÉ, E (*ramaçê*), adj. Atarracado.

RAMASSER (*ramaçê*), v.t. Apanhar, colher, recolher, acolher. *Ramasser ses forces*, concentrar as forças. **SE RAMASSER**, v. pr. Encurvar-se.

RAMASSEUR, EUSE (*ramaçër, ëz*), s. Aquele que recolhe; colecionador.

RAMASSIS (*ramaçi*), s.m. Amontoado de coisas de pouco valor; corja. Pl.: *des ramassis*.

RAME (*ram'*), s.f. Estaca; remo.

RAMÉ, E (*ramê*), adj. Estacado.

RAMEAU (*ramô*), s.m. Ramo. Pl.: *des rameaux*.

RAMÉE (*ramê*), s.f. Ramada.

RAMENABLE (*ramənabl*), adj. Reconduzível. *Fig.* Corrigível.

RAMENDER (*ramandê*), v.t. Estercar de novo. Reparar com folhas de ouro uma obra dourada. Abaixar o preço.

RAMENER (*ramənê*), v. t. (Conjuga-se como *amener.*) Trazer de novo; reconduzir; repor. *Fig.* Restabelecer. **SE RAMENER**, v. pr. Limitar-se.

RAMEQUIN (*raməken*), s. m. Doce de queijo. Prato no qual se servem estes doces.

RAMER (*ramê*), v. t. Estacar, especar. *Fam. Il s'y entend comme à ramer des choux*, ele não entende nada disso. V. i. Remar. *Fig.* e *fam.* Estar muito cansado.

RAMEREAU (*ramərô*), s. m. Jovem remador. Pl.: *des ramereaux.*

RAMESCENCE (*raméçanç*), s. f. Disposição em forma de ramos.

RAMETTE (*ramét*), s. f. Resmazinha. *Tip.* Rama pequena.

RAMEUR, EUSE (*ramër, ëz*), s. Remador.

RAMEUX, EUSE (*ramë, ëz*), adj. Frondoso.

RAMIER (*ramiê*), s.m. Pombo selvagem. Ramagem, ramaria.

RAMIFICATION (*ramifikaçion*), s. f. Ramificação. *Fig.* Subdivisão de uma coisa qualquer.

RAMIFIER (*ramifiê*), v. t. (Conjuga-se como *prier.*) Ramificar. **SE RAMIFIER**, v. pr. Ramificar-se; diz-se dos galhos, das veias, etc. Subdividir-se.

RAMILLES (*ramii*), s. f. pl. Raminhos.

RAMOINDRIR (*ramuendrir*), v. t. e i. Diminuir.

RAMOLLI, E (*ramoli*), adj. Apatetado.

RAMOLLIR (*ramolir*), v. t. Amolecer. *Fig.* Enervar; efeminar. **SE RAMOLLIR**, v.pr. Amolecer.

RAMOLLISSANT, E (*ramoliçan, t*), adj. Amolecedor, emoliente.

RAMOLLISSEMENT (*ramoliçman*), adv. Amolecimento.

RAMONAGE (*ramonaj*), s. m. Limpeza de chaminés.

RAMONER (*ramonê*), v.t. Limpar chaminés.

RAMONEUR (*ramonër*), s.m. Limpador de chaminés.

RAMPANT, E (*ranpan, t*), adj. Rastejante. *Fig.* Humilde, servil. *Lit.* Medíocre. *Bot.* Rasteiro.

RAMPE (*ranp*), s.f. Corrimão; balaustrada; rampa, declive.

RAMPEMENT (*ranpəman*), s. m. Rastejo.

RAMPER (*ranpê*), v.t. Rastejar; trepar (plantas). *Fig.* Rebaixar-se, humilhar-se; rastejar. (estilo, pensamentos).

RAMPONNEAU (*ranponô*), s. m. *Fam.* Pancada; empurrão. Pl.: *des ramponneaux*.

RAMURE (*ramür*), s.f. Ramagem, armação de veado.

RANATRE (*ranatr*), s. f. Percevejo-d'água.

RANCART (*rankar*), s.m. Refugo. *Mettre au rancart*, pôr de lado.

RANCE (*ranç*), adj. Ranço.

RANCESCIBLE (*rançéçibl*), adj. Suscetível de ficar rançoso.

RANCIDITÉ (*rançiditê*), s. f. Ranço.

RANCIO (*rançiô*), s. m. Vinho velho.

RANCIR (*rançir*), v. t. Rançar.

RANCISSEMENT (*rançiçman*), s.m. Rançoso.

RANCISSURE (*rançiçür*), s.f. V. **RANCIDITÉ**.

RANCŒUR (*rankër*), s. f. Rancor.

RANÇON (*rançon*), s.f. Resgate. *Fig.*

Preço, expiação.
RANÇONNEMENT (*rançonəman*), s. m. Resgate.
RANÇONNER (*rançonê*), v. t. Saquear, roubar, espoliar. *Fig.* Exigir em excesso.
RANÇONNEUR, EUSE (*rançonĕr, ëz*), s. Espoliador, explorador.
RANCUNE (*rankün'*), s.f. Rancor; ressentimento.
RANCUNEUR, EUSE (*rankünĕr, ëz*), adj. V. **RANCUNIER**.
RANCUNIER, ÈRE (*rankünié, ér*), adj. e s. Rancoroso.
RANDONNÉE (*randonê*), s.f. Giro, volta. *Fam.* Caminhada.
RANG (*ran*), s.m. Fileira; lugar; classe; conceito público. *Se mettre sur les rangs*, candidatar-se, ser um dos candidatos.
RANGÉ, E (*ranjê*), adj. *Fig.* Organizado; colado em ordem. *Bataille rangé*, batalha campal.
RANGÉE (*ranjê*), s.f. Fileira.
RANGEMENT (*ranjəman*), adv. Arranjo; disposição em ordem.
RANGER (*ranjê*), v.t. (Toma um *e* mudo depois do *g* antes de *a* e *o*: *il rangea, nous rangeons.*) Organizar; enfileirar; incluir. Desviar; pôr de lado. *Fig.* Submeter. *Mar.* Costear. **SE RANGER**, v. pr. Arredar-se; alinhar-se; *Se ranger à un avis*, adotar uma opinião. *Fig.* Emendar-se.
RANI (*rani*), s.f. Rainha ou princesa hindu.
RANIDÉS (*ranidê*), s.m. pl. Ranídeos.
RANIMABLE (*ranimabl*), adj. Reanimável.
RANIMER (*ranimê*), v.t. Reanimar. *Fig.* Estimular; despertar.
RANZ (*ranz* ou *rantç*), s.m. inv. Canção pastoral da Suíça.
RAOUT (*raú*), s. m. Reunião, festa mundana.
RAPACE (*rapaç*), adj. Rapace. *Fig.* Ávido.
RAPACITÉ (*rapaçitê*), s.f. Rapacidade. *Fig.* Avidez.
RAPAGE (*rapaj*), s.m. Raspagem.
RAPATRIEMENT (*rapatriman*), s. m. Repatriamento; reconciliação.
RAPATRIER (*rapatriê*), v.t. (Conjuga-se como *prier.*) Repatriar; reconciliar.
RÂPE (*rap*), s. f. Ralo; lima.
RÂPÉ, E (*rapê*), adj. Ralado; limado; gasto. S.m. Uma uva que se lança no tonel para melhorar o vinho; esse mesmo vinho. Bebida obtida pondo-se uvas frescas num tonel com água. Cavacos postos no vinho para clareá-lo.
RÂPER (*rapê*), v.t. Ralar; limar. *Fam.* Usar ao extremo.
RÂPERIE (*rapəri*), s. f. Sala onde se ralam beterrabas para o fabrico do açúcar.
RAPETASSAGE (*raptaçaj*), s.m. Conserto grosseiro.
RAPETASSER (*raptaçê*), v. t. *Fam.* Consertar grosseiramente.
RAPETASSEUR, EUSE (*raptaçĕr, ëz*), adj. e s. Consertador; remendão.
RAPETISSEMENT (*raptiçman*), s. m. Encurtamento.
RAPETISSER (*raptiçê*), v.t. e i. Encurtar, diminuir; minguar.
RÂPEUX, EUSE (*rapë, ëz*), adj. Rude, grosseiro.
RAPHAÉLESQUE (*rafaêléçk*), adj. Rafaelesco.
RAPHIA (*rafiá*), s.m. Ráfia.
RAPHIDE (*rafid*), s.f. Cristais em forma de agulha encontrados nas células de certos vegetais e animais.
RAPIAT, E (*rapiá*), adj. *Fam.* Ávido; ambicioso.
RAPIATERIE (*rapiatəri*), s. f. *Fam.* Avidez, cupidez.
RAPIÉCER (*rapiéçê*), v.t. (Conjuga-se como *accélérer* e o *c* toma uma cedilha antes de *a* e *o*: *il rapiéça, nous rapiéçons.*) Remendar, consertar; reparar.
RAPIDE (*rapid*), adj. Rápido; inclinado. S.m. Rápido.
RAPIDEMENT (*rapidman*), adv. Rapidamente.
RAPIDITÉ (*rapiditê*), s.f. Rapidez; velocidade.
RAPIÉCEMENT ou **RAPIÉÇAGE** (*rapiéçman* ou *rapiêçaj*), s.f. Remendar; consertar; reparar.
RAPIÉCETAGE (*rapiéçətaj*), s.m. Remendo; conserto.
RAPIÉCETER (*rapiêçətê*), v. t. (Dobra-se o *t* antes de sílaba muda: *je rapiécetterai.*) Remendar; consertar; reparar.
RAPIÈRE (*rapiér*), s.f. Espada usada sobretudo em duelo.
RAPIN (*rapen*), s.m. Jovem aluno de pintura. Mau pintor.
RAPINE (*rapin'*), s.f. Rapina.
RAPINER (*rapinê*), v.t. e i. Roubar.
RAPINERIE (*rapinəri*), s. f. Rapinagem; roubo.
RAPLATIR (*raplatir*), v.t. Achatar; esmagar de novo.
RAPOINTIR (*rapuentir*), v.t. Refazer a ponta; aguçar.
RAPPAREILLER (*raparéiiê*), v.t. Emparelhar.
RAPPARIEMENT (*rapariman*), s. m. Emparelhamento.
RAPPARIER (*rapariê*), v.t. (Conjuga-se como *prier.*) Emparelhar.
RAPPEL (*rapél*), s.m. Chamada; toque de tambor para reunir. Pagamento de ordenados em atraso. Canto de perdigotos.
RAPPELABLE (*raplabl*), adj. Que pode ser chamado de novo.

RAPPELER (*raplê*), v.t. (Dobra o *l* antes de sílaba muda: *je rappellerai.*) Chamar; fazer voltar; chamar freqüentemente; permitir o retorno. *Fig.* Restabelecer; lembrar; evocar. **SE RAPPELER**, v. pr. Lembrar-se.

RAPPLIQUER (*raplikê*), v.t. Aplicar de novo. V.i. *Pop.* Voltar.

RAPPORT (*rapór*), s.m. Narração, relatório. Rendimento, produto. Semelhança, intercâmbio. *Se mettre en rapport avec*, pôr-se em contato com. *Gram.* Relação de concordância. *Maison de rapport*, casa de aluguel. Loc. prep.: *Par rapport à*, em relação a; *sous le rapport de*, com respeito a.

RAPPORTABLE (*raportabl*), adj. Restituível; atribuível; transportável; narrável.

RAPPORTER (*raportê*), v.t. Trazer de novo; trazer; completar; produzir; narrar; informar. **SE RAPPORTER**, v. pr. Estar de acordo, estar em harmonia; relacionar-se. *S'en rapporter à quelqu'un*, entregar-se à decisão de alguém, confiar-se a.

RAPPORTEUR, EUSE (*raportĕr, ëz*), s. Intrigante, bisbilhoteiro. S. m. Relator. *Geom.* Transferidor.

RAPPRENDRE (*raprandr*), v. t. (Conjuga-se como *prendre.*) Aprender de novo.

RAPPRÊTER (*raprêtê*), v.t. Dar um segundo preparo a um tecido.

RAPPROCHEMENT (*rapróchman*), s.m. Aproximação; seu efeito. *Fig.* Reconciliação; comparação; paralelo.

RAPPROCHER (*raprochê*), v.t. Aproximar de novo; aproximar; unir; reconciliar; comparar.

RAPPROPRIEMENT (*raproprimam*), s. m. Limpeza.

RAPPROPRIER (*raproprié*), v.t. (Conjuga-se como *prier.*) Limpar de novo.

RAPPROVISIONNER (*raprovizionê*), v. t. Reabastecer.

RAPSODE (*rapçód*), s.m. V. **RHAPSODE.**

RAPT (*rapt*), s. m. Rapto.

RAPURE (*rapür*), s.f. Raspas.

RAQUETTE (*rakét*), s.f. Raqueta. Patim especial para a neve. Nopal.

RARE (*rar*), adj. Raro; rarefeito. *Fam.* Que se vê raramente. *Fig.* Pouco denso.

RARÉFACTION (*rarêfakçion*), s.f. Efeito de rarefazer.

RARÉFIABLE (*rarêfiabl*), adj. Que se pode rarefazer.

RARÉFIANT, E (*rarêfian, t*), adj. Que rarefaz.

RARÉFIER (*rarêfiê*), v. t. (Conjuga-se como *prier.*) Rarefazer.

RAREMENT (*rarman*), adv. Raramente.

RARESCENCE (*raréçanç*), s.f. Rarescência.

RARESCENT, E (*raréçan, t*), adj. Rarescente.

RARETÉ (*rartê*), s.f. Raridade; objeto curioso. Pequena densidade.

RARISSIME (*rariçim*), adv. *Fam.* Muito raro.

RAS, E (*ra, raz*), adj. Raso, liso; rente. S.m. Tecido liso (sem pêlo). *Au ras de l'eau*, ao nível d'água.

RAS (*ra*), s. m. V. **RAZ.**

RASADE (*razad*), s.f. Copada; líquido que enche um copo.

RASAGE (*razaj*), s.m. Raspagem, reparo, barbeação.

RASANT, E (*razan, t*), adj. Rasteiro, que aflora. *Pop.* Fatigante, aborrecido.

RASEMENT (*razman*), s.m. Arrasamento.

RASE-MOTTES (*razəmót*), s. m. inv. *Aeron.* Vôo rasante.

RASER (*razê*), v.t. Raspar; barbear; roçar. *Fig.* e *fam.* Importunar, aborrecer. **SE RASER**, v.pr. *Fam.* Aborrecer-se.

RASEUR, EUSE (*razĕr, ëz*), s. Pessoa que raspa; barbeiro, tosqueador. *Pop.* Pessoa impertinente, cacete.

RASOIR (*razuar*), s.m. Navalha. *Fam.* Pessoa cacete.

RASSASIANT, E (*raçazian, t*), adj. Que sacia.

RASSASIEMENT (*raçaziman*), s. m. Saciedade.

RASSASIER (*raçaziê*), v.t. (Conjuga-se como *prier.*) Saciar. *Fig.* Fartar, satisfazer, contentar.

RASSEMBLEMENT (*raçanbləman*), s. m. Ajuntamento, agrupamento. Toque de reunir.

RASSEMBLER (*raçanblê*), v.t. Juntar de novo; reunir; amontoar. *Fig.* Recolher, concentrar, pôr em ordem.

RASSEOIR (*raçuar*), v. t. (Conjuga-se como *asseoir.*) Sentar de novo, recolocar. *Fig.* Pôr ordem. **SE RASSEOIR**, v.pr. Assentar-se de novo. *Fig.* Acalmar-se, tranqüilizar-se.

RASSÉRÉNEMENT (*raçêrénəman*), s. m. Ato de tornar ou ficar sereno.

RASSÉRÉNER (*raçêrênê*), v. t. (Conjuga-se como *accélérer.*) Serenar. *Fig.* Sossegar. **SE RASSÉRÉNER**, v. pr. Serenar, tranqüilizar-se.

RASSIS, E (*raçi, z*), adj. *Pain rassis*, pão dormido. *Fig.* Calmo, refletido. *De sens rassis*, serenamente.

RASSORTIMENT ou **RÉASSORTIMENT** (*raçortiman* ou *rêaçortiman*), s.m. Novo sortimento.

RASSORTIR ou **RÉASSORTIR** (*raçortir rêaçortir*), v.t. Sortir de novo.

RASSOTER (*raçotê*), v.t. Fazer tornar tolo; endoidecer.

RASSURANT (*raçüran, t*), adj. Confortador, tranqüilizador.

RASSURER (*raçürê*), v. t. Consolidar, firmar; confortar, tranqüilizar.

RAT (*ra*), s.m. Rato. *Fig.* Avarento. *Petits rats*, alunas de balé.
RATA (*ratá*), s. m. *Pop.* Guizado de batatas ou de feijão; um guisado qualquer; pitança.
RATAFIA (*ratafiá*), s. m. Ratafia, bebida alcoólica.
RATAGE (*rataj*), s.m. Fracasso.
RATATINÉ, E (*ratatinê*), adj. Murcho; enrugado; encarquilhado, endurecido.
RATATINER (*ratatinê*), v.t. Enrugar, encarquilhar. *Fig.* **SE RATATINER**, v. pr. Enrugar-se, encarquilhar-se.
RATATOUILLE (*ratatuii*), s.f. *Pop.* Guisado grosseiro.
RATE (*rat*), s. f. Baço. Rata. *Fig.* e *fam. Dilater, désopiler la rate*, fazer rir. *Ne pas se fouler la rate*, não se cansar com o trabalho. *Décharger sa rate*, descarregar a bílis.
RATÉ (*ratê*), s.m. Tiro falhado. *Fig.* Falido, fracassado, frustrado.
RATEAU (*ratô*), s.m. Ancinho, rodo. Pl.: *des râteaux*.
RATELAGE (*ratlaj*), s.m. Trabalho feito com o ancinho ou rodo.
RATELER (*ratlê*), v.t. (Dobra o *l* antes de sílaba muda: *je râtellerai*.) Juntar com o ancinho ou rodo.
RATELEUR, EUSE (*ratlër, ëz*), s. Aquele que trabalha com o ancinho ou o rodo.
RATELIER (*ratliê*), s.m. Grade de manjedoura. *Fig.* e *fam.* Dentadura. *Manger à deux râteliers, à plusieurs râteliers*, servir, com proveito, duas causas opostas; tirar partido de vários empregos diferentes.
RATELURES (*ratlür*), s.f. pl. O que se junta com o ancinho ou o rodo.
RATER (*ratê*), v. t. Falhar o tiro. *Fig.* Fracassar, ser mal sucedido. V. t. Não alcançar; perder.
RATIBOISER (*ratibuazê*), v. t. *Fam.* Arrebatar, pilhar.
RATIER (*ratiê*), s. e adj. m. Cão que apanha ratos.
RATIÈRE (*ratiér*), s. f. Ratoeira.
RATIFICATIF, IVE (*ratifikatif, iv*), adj. Que ratifica.
RATIFICATION (*ratifikaçion*), s.f. Ratificação.
RATIFIER (*ratifiê*), v.t. (Conjuga-se como *prier*.) Ratificar.
RATINAGE (*ratinaj*), s. m. Encrespar com a ratina.
RATINE (*ratin'*), s.f. Ratina.
RATINER (*ratinê*), v.t. Ratinar.
RATIOCINATION (*raçioçinaçion*), s. f. Raciocinação.
RATIOCINER (*raçioçinê*), v.t. Raciocinar.
RATION (*raçion*), s.f. Ração.
RATIONAL (*raçional*), s.f. Peça dos paramentos dos sacerdotes judeus.
RATIONALISATION (*raçionalizaçion*), s.f. Racionalização.
RATIONALISER (*raçionalizê*), v. t. Racionalizar.
RATIONALISME (*raçionaliçm'*), s. m. Racionalismo.
RATIONALISTE (*raçionaliçt*), adj. Racionalista.
RATIONALITÉ (*raçionalitê*), s.f. Racionalidade.
RATIONNAIRE (*raçionér*), adj. e s. Aquele que recebe uma ração.
RATIONNEL, ELLE (*raçionél*), adj. Racional.
RATIONNELLEMENT (*raçionélman*), adv. Racionalmente.
RATIONNEMENT (*raçiónəman*), s. m. Racionamento.
RATIONNER (*raçionê*), v. t. Raçionar.
RATISSAGE (*ratiçaj*), s. m. Raspagem, limpeza com ancinho; roça.
RATISSER (*ratiçê*), v. t. Limpar com rodo; raspar; roçar. *Fam.* Pilhar.
RATISSOIRE (*ratiçuar*), s. f. Escardilho.
RATISSURE (*ratiçür*), s. f. Raspas.
RATON (*raton*), s. m. Ratinho; pequerrucho; pastel.
RATTACHAGE ou **RATTACHEMENT** (*ratachaj* ou *ratachman*), s. m. Ligação, união, reatadura.
RATTACHER (*ratachê*), v. t. Reatar, amarrar. *Fig.* Prender.
RATTEINDRE (*ratendr*), v. t. (Conjuga-se como *craindre*.) Recuperar, alcançar, apanhar.
RATTRAPAGE (*ratrapaj*), s. m. Recuperação.
RATTRAPER (*ratrapê*), v. t. Recuperar; retomar; alcançar. *Se rattraper sur*, compensar, tirar o prejuízo em. *Fig. On ne m'y rattrapera plus*, não me apanharão noutra.
RATURAGE (*ratüraj*), s. m. Risca.
RATURE (*ratür*), s. f. Risco.
RATURER (*ratürê*), v. t. Riscar.
RAUCITÉ (*rôçitê*), s. f. Rouquidão.
RAUQUE (*rôk*), adj. Rouco.
RAVAGE (*ravaj*), s. m. Devastação, estrago. *Fig.* Desordem causada pela paixão.
RAVAGER (*ravajê*), v. t. (Toma um *e* mudo depois do *g* antes de *a* e *o*: *il ravagea, nous ravageons*.) Assolar, devastar, arruinar.
RAVAGEUR (*ravajër*), s. m. Devastador, assolador.
RAVALEMENT (*ravalman*), s. m. Desbaste; reboco. *Fig.* Depreciação.
RAVALER (*ravalê*), v. t. Engolir de novo. Desbastar; podar. *Fig.* Depreciar. **SE RAVALER**, v. pr. Humilhar-se, aviltar-se.
RAVALEUR (*ravalër*), adj. e s. m. Rebocador.
RAVAUDAGE (*ravôdaj*), s. m. Remendo; obra grosseira; tagarelice.

RAVAUDER (*ravôdê*), v. t. Remendar roupas. *Fam.* Maltratar com palavras. V. i. Remexer. *Fam.* Matracar, tagarelar.
RAVE (*rav*), s. f. Rábano.
RAVIER (*raviê*), s. m. Pratinho.
RAVIÈRE (*raviér*), s. f. Terreno semeado.
RAVIGOTE (*ravigót*), s. f. Molho picante.
RAVIGOTER (*ravigotê*), v. t. Revigorar, reanimar.
RAVILIR (*ravilir*), v. t. Rebaixar, aviltar.
RAVIN (*raven*), s. m. Barranco.
RAVINE (*ravin'*), s. f. Riozinho de água pluvial que desce das montanhas. Pequeno barranco.
RAVINÉE (*ravinê*), s. f. Depressão formada pela passagem de uma torrente.
RAVINEMENT (*ravinəman*), s. m. Embarrancamento.
RAVINER (*ravinê*), v. t. Sulcar, embarrancar.
RAVIOLI (*ravioli*), s. m. pl. Variedade de macarrão.
RAVIR (*ravir*), v. t. Pilhar, arrebatar. *Fig.* Perder. Exaltar. *A ravir*, loc. adv. Admiravelmente.
RAVISEMENT (*ravizman*), s. m. Reconsideração.
RAVISER (SE) (*çəravizê*), v. pr. Reconsiderar, mudar de opinião.
RAVISSANT, E (*raviçan, t*), adj. Rapace. Fig. Encantador.
RAVISSEMENT (*raviçman*), s. m. Rapto. *Fig.* Arrebatamento.
RAVISSEUR, EUSE (*raviçĕr, ëz*), adj. e s. Rapace, raptor.
RAVITAILLEMENT (*ravitaiiman*), s. m. Abastecimento.
RAVITAILLER (*ravitaiê*), v. t. Abastecer, munir.
RAVITAILLEUR, EUSE (*ravitaiĕr, ëz*), adj. Abastecedor. S. m. Soldado, navio carregado de abastecimento.
RAVIVAGE (*ravivaj*), s. m. Reavivamento, reanimação, reconforto.
RAVIVER (*ravivê*), v. t. Reavivar, avivar, despertar. *Fig.* Reconfortar, reanimar.
RAVOIR (*ravuar*), v. t. (Só é usado no inf.) Reaver, recuperar.
RAYAGE (*réiaj*), s. m. Risco, pautação.
RAYER (*réiê*), v. t. (Conjuga-se como *balayer.*) Raiar; riscar, estriar; suprimir.
RAYÈRE (*réiér*), s. f. Fresta.
RAYON (*réion*), s. m. Raio de luz (do círculo). Prateleira; favo; sulco. *Fig.* Clarão, aparência.
RAYONNAGE (*réionaj*), s. m. Abertura de regos. Conjunto das prateleiras de uma biblioteca, escritório, etc.
RAYONNANT, E (*réionan, t*), adj. Radiante.
RAYONNEMENT (*réionəman*), s. m. Irradiação; brilho. Expressão de alegria.
RAYONNER (*réionê*), v. i. Irradiar. *Fig.* Exprimir felicidade.
RAYURE (*réiür*), s. f. Risca, listra; anulação; estria.
RAZ ou **RAS** (*ra*), s. m. Corrente marítima violenta numa passagem estreita.
RAZZIA (*raziá* ou *radziá*), s. f. Incursão em território inimigo (na Argélia). Pl.: *des razzias.*
RAZZIER (*raziê* ou *radziê*), v. t. Fazer uma incursão em território inimigo.
RÉ (*rê*), s. m. *Mús.* Ré.
RÉA (*rêá*), s. m. Roda de roldana.
RÉABONNEMENT (*rêabónəman*), s. m. Renovação; reajustamento.
RÉABONNER (*rêabonê*), v. t. Renovar; reajustar.
RÉABSORBER (*rêabçorbê*), v. t. Reabsorver.
RÉABSORTION (*rêabçorçion*), s. f. Reabsorção.
RÉACCOUTUMER (*rêakutümê*), v. t. Acostumar-se de novo.
RÉACTEUR, TRICE (*rêaktĕr, triç*), adj. Reacionário.
RÉACTIF, IVE (*rêaktif, iv*), adj. e s. m. Reativo.
RÉACTION (*rêakçion*), s. f. Reação.
RÉACTIONNAIRE (*rêakçionér*), adj. e s. Reacionário.
RÉADAPTER (*rêadaptê*), v. t. Adaptar de novo.
RÉADMETTRE (*rêadmétr*), v. t. (Conjuga-se como *mettre.*) Readmitir.
RÉADMISSION (*rêadmiçion*), s. f. Readmissão.
RÉAFFIRMER (*rêafirmê*), v. t. Reafirmar.
RÉAGIR (*rêajir*), v. i. Reagir.
RÉAL (*rêal*), s. m. (moeda). Pl.: *des réaux* ou *réales.*
RÉALISABLE (*rêalizabl*), adj. Realizável.
RÉALISATEUR, TRICE (*rêalizatĕr, triç*), adj. Realizador.
RÉALISATION (*rêalizaçion*), s. f. Realização.
RÉALISER (*rêalizê*), v. t. Realizar, efetuar.
RÉALISME (*rêaliçm*), s. m. Realismo.
RÉALISTE (*rêaliçt*), adj. e s. m. Realista.
RÉALITÉ (*rêalitê*), s. f. Realidade. *En réalité*, loc. adv. Realmente.
RÉANIMATEUR (*rêanimatĕr*), s. m. Médico especializado em reanimação.
RÉANIMER (*rêanimê*), v.t. Reanimar.
RÉAPPARAÎTRE (*rêaparétr*), v. t. (Conjuga-se como *connaître.*) Reaparecer.
RÉAPPARITION (*rêapariçion*), s. f. Reaparição.
RÉAPPELER (*rêaplê*), v. t. (Conjuga-se como *appeler.*) Chamar de novo. V. i. Fazer novo apelo.
RÉAPPOSER (*rêapozê*), v. t. Apor de novo.

RÉAPPOSITION (*rêapoziçion*), s. f. Nova aposição.
RÉAPPROVISIONNEMENT (*rêaprovizionəman*), s. m. Reabastecimento.
RÉAPPROVISIONNER (*rêaprovizioné*), v. t. Reabastecer.
RÉARGENTER (*rêarjanté*), v. t. Pratear de novo.
RÉARMEMENT (*réarməman*), s. m. Rearmamento.
RÉARMER (*rêarmé*), v. t. Rearmar.
RÉASSIGNATION (*rêaçinhaçion*), s. f. Nova intimação, nova notificação.
RÉASSIGNER (*rêaçinhé*), v. t. Intimar, notificar de novo.
RÉASSORTIMENT (*rêaçortiman*), s. m. e **RÉASSORTIR** (*rêaçortir*), v. t. V. **RASSORTIMENT** e **RASSORTIR**.
RÉASSURANCE (*rêaçüranç*), s. f. Resseguro.
RÉASSURER (*rêaçüré*), v. t. Ressegurar.
RÉATTELER (*rêatlé*), v. t. (Dobra o *l* antes de sílaba muda: *je réattelle*.) Atrelar de novo.
REBAISSER (*rəbéçé*), v. t. Abaixar outra vez.
REBAPTISER (*rəbaptizé*), v. t. Rebatizar.
RÉBARBATIF, IVE (*rêbarbatif, iv*), adj. Duro, penoso, carrancudo.
REBATIR (*rəbatir*), v. t. Reconstruir.
REBATTRE (*rəbatr*), v. t. (Conjuga-se como *battre*.) Bater de novo; percorrer de novo. *Fig*. Repisar. *Rebattre les oreilles*, repetir fastidiosamente.
REBATTU, E (*rəbatü*), adj. Batido, repetido, tratado freqüentemente.
REBAUDIR (*rəbôdir*), v. t. Acariciar os cães, a fim de excitá-los para a caça.
REBEC (*rəbék*), s. m. Arrabil.
REBELLE (*rəbél*), adj. s. Rebelde.
REBELLER (SE) (*çərəbélé*), v. pr. Rebelar-se, revoltar-se.
RÉBELLION (*rêbélion*), s. f. Rebelião, revolta. *Fig*. Oposição violenta à justiça.
REBÉQUER (SE) (*çərəbêké*), v. pr. (Conjuga-se como *accélérer*.) Responder altivamente a um superior.
REBIFFER (SE) (*çərəbifé*), v. pr. *Pop*. Resistir, opor-se.
REBLANCHIR (*rəblanchir*), v. t. Branquear de novo. V. i. Embranquecer.
REBLOCHON (*rəblochon*), s. m. Queijo fabricado na Sabóia.
REBOIRE (*rəbuar*), v. t. (Conjuga-se como *boire*.) Beber outra vez.
REBOISEMENT (*rəbuazman*), s. m. Replantio de árvores.
REBOISER (*rəbuazé*), v. t. Replantar árvores.
REBOND (*rəbond*), s. m. Salto; salto para trás.
REBONDI, E (*rəbondi*), adj. Rechonchudo.
REBONDIR (*rəbondir*), v. i. Ressaltar, saltar, pular várias vezes. *Fig*. Voltar à atualidade.
REBONDISSANT, E (*rəbondiçan, t*), adj. Que salta.
REBONDISSEMENT (*rəbondiçman*), s. m. Salto, pulo; rechaço; ricochete.
REBORD (*rəbór*), s. m. Rebordo.
REBOUCHER (*rəbuché*), v. t. Fechar, obstruir de novo.
REBOUILLIR (*rəbuiir*), v. i. (Conjuga-se como *bouillir*.) Ferver de novo.
REBOURS (*rəbur*), s. m. Reverso; avesso. *Fig*. Contra-senso. *À rebours, au rebours*, loc. adv. Em sentido oposto; para trás. *À rebours de, au rebours de*, loc. pr. Contrariamente a. Pl.: *des rebours*.
REBOURS, E (*rəbur, ç*), adj. Grosseiro, intratável.
REBOUTER (*rəbuté*), v. t. Consertar, endireitar empiricamente uma fratura.
REBOUTEUR ou **REBOUTEUX** (*rəbutĕr* ou *rəbutë*), s. m. Aquele que cura empiricamente luxações, fraturas, etc.
REBRAS (*rəbrá*), s. m. Dobra, bainha (de manga). Cano de luva. Pl.: *des rebras*.
REBROUSSEMENT (*rəbruçman*), s. m. Arrepiamento; retrocesso.
REBROUSSER (*rəbruçé*), v. t. Arrepiar. *Rebrousser chemin*, voltar atrás. V. i. Retroceder. *À rebrousse-poil*, loc. adv. Em sentido contrário.
REBUFFADE (*rəbüfad*), s. m. Mau acolhimento; recusa grosseira.
RÉBUS (*rêbüç*), s. Enigma (jogo). Pl.: *des rébus*.
REBUT (*rəbü*), s. m. Refugo; repulsa. *Au rebut*, de lado.
REBUTANT, E (*rəbütan, t*), ad. Repelente; desanimador, desagradável.
REBUTER (*rəbüté*), v. t. Rejeitar rudemente; desanimar, desgostar, fatigar. V. i. Decepcionar, desagradar.
RECACHETER (*rəkachté*), v. t. (Conjuga-se como *cacheter*). Selar, lacrar de novo.
RECALCIFICATION (*rəkalçifikaçion*), s. f. Recalcificação.
RÉCALCITRANT, E (*rêkalçitran, t*), adj. Recalcitrante, indócil.
RÉCALCITRER (*rêkalçitré*), v. i. Recalcitrar. *Fig*. Resistir obstinadamente.
RECALER (*rəkalé*) v. t. *Fam*. Reprovar num exame.
RÉCAPITULATIF, IVE (*rêkapitülatif, iv*), adj. Que serve para recapitular.
RÉCAPITULATION (*rêkapitülaçion*), s. f. Recapitulação.
RÉCAPITULER (*rêkapitülé*), v. t. Recapitular.
RECARRELAGE (*rəkarlaj*), s. m. Calçamento; conserto de sapato.

RECARRELER (*rəkarlê*), v. t. (Conjuga-se como *carreler*). Ladrilhar, calçar de novo; reconsertar sapatos.
RECASSER (*rəkaçê*), v. t. Quebrar outra vez.
RECAUSER (*rəkôzê*), v. i. Voltar a um assunto, tornar a falar.
RECÉDER (*rəçêdê*), v. t. (Conjuga-se como *accélérer.*) Tornar a ceder.
RECEL, RECÉLÉ ou **RECÈLEMENT** (*rəçél, rəçêlê* ou *rəçélman*), s. m. Receptação.
RECELER ou **RECÉLER** (*rəçəlê* ou *rəçêlê*) v. t. (Conjuga-se como *accélérer*). Receptar; esconder, encerrar.
RECELEUR, EUSE (*rəçəlĕr, ëz*), s. Receptador.
RÉCEMMENT (*rêçaman*), adv. Recentemente.
RECENSEMENT (*rəçançəman*), s. m. Recenseamento; verificação de mercadoria.
RECENSER (*rəçançê*), v. t. Recensear, enumerar, apreciar.
RECENSEUR (*rəçançĕr*), s. m. Recenseador.
RECENSION (*rəçançion*), s. f. Confronto de uma edição de autor antigo com os manuscritos.
RÉCENT, E (*rêçan, t*), adj. Recente.
RECEPAGE ou **RECÉPAGE** (*rəçəpaj* ou *rəçêpaj*), s. m. Corte rente.
RECEPER ou **RECÉPER** (*rəcəpê* ou *rəçêpê*), v. t. (Conjuga-se como *accélérer.*) Cortar rente uma planta.
RÉCÉPISSÉ (*rêçêpiçê*), s. m. Recibo.
RÉCEPTACLE (*rêçéptakl*), s. m. Receptáculo; abrigo, esconderijo.
RÉCEPTEUR, TRICE (*rêçéptĕr, triç*), adj. Receptor.
RÉCEPTIF, IVE (*rêçéptif, iv*), adj. Receptívo.
RÉCEPTION (*rêçépçion*), s. f. Recepção.
RÉCEPTIVITÉ (*rêçéptivitê*), s. f. *Filos.* Receptividade.
RECERCLAGE (*rəçérklaj*), s. m. Operação de apertar de novo com arcos.
RECERCLER (*rəçérklê*), v. t. Pôr novos arcos.
RECETTE (*rəçét*), s. f. Receita; cobrança; recebedoria.
RECEVABILITÉ (*rəçəvabilitê*) s. f. *Dir.* Admissibilidade.
RECEVABLE (*rəçəvabl*), adj. Admissível.
RECEVEUR, EUSE (*rəçəvĕr, ëz*), s. Recebedor, cobrador.
RECEVOIR (*rəçəvuar*), v. t. Receber; aparar; acolher; admitir; absorver; submeter-se; generalizar-se; tomar; comunicar. V. i. Dar recepções.
RECHANGE, (*rəchanj*), s. m. Substituição, reserva.
RECHANGER (*rəchanjê*), v. t. (Toma um *e* mudo depois do *g* antes de *a* e *o*: *il rechangea, nous rechangeons.*) Tornar a trocar; mudar.
RECHANTER (*rəchantê*), v. t. Tornar a cantar. *Fam.* Repetir.
RECHAPAGE (*rəchapaj*), s. m. Operação que consiste em chapar de novo.
RECHAPER (*rəchapê*), v. t. Tornar a chapar.
RÉCHAPPER (*rêchapê*), v. t. Escapar.
RECHARGEMENT (*rəcharjəman*), s. m. ou **RECHARGE** (*rəcharj*), s. f. Recarga.
RECHARGER (*rəcharjê*), v. t. (Toma um *e* mudo depois do *g* antes de *a* e *o*: *il rechargea, nous rechargeons.*) Tornar a carregar; colocar nova carga. ***Recharger une route, un chemin de fer,*** empedrar para elevar o nível.
RECHASSER (*rəchaçê*), v. t. Repelir, rechaçar.
RÉCHAUD (*rêchô*), s. m. Aquecedor; fogareiro.
RÉCHAUFFAGE (*rêchôfaj*), s. m. Aquecimento; reaquecimento. *Fig.* V. **RÉCHAUFFÉ.**
RÉCHAUFFÉ (*rêchofê*), s. m. Coisa requentada. *Fig.* Coisa já velha e sabida, apresentada como nova.
RÉCHAUFFEMENT (*rêchôfman*), s. m. Reaquecimento. Adubo fresco.
RÉCHAUFFER (*rêchôfê*), v. t. Tornar a aquecer, requentar. *Fig.* Estimular, reanimar.
RÉCHAUFFEUR (*rêchôfĕr*), s. m. Aquecedor.
RÉCHAUFFOIR (*rêchôfuar*), s. m. Rescaldo; aquecedor.
RECHAUSSEMENT (*rəchôçman*), s. m. Recalçamento.
RECHAUSSER (*rəchôçê*), v. t. Calçar de novo. *Rechausser un arbre,* guarnecer de terra sua base. *Rechausser un mur,* consertar-lhe a base.
RÊCHE (*réch*), adj. Rude, grosseiro, áspero. *Fig.* Renitente, teimoso.
RECHERCHE (*rəchérch*), s. f. Pesquisa, busca, procura, afetação.
RECHERCHÉ, E (*rəchérchê*), adj. Rebuscado; afetado.
RECHERCHER (*rəchérchê*), v. t. Tornar a procurar; procurar cuidadosamente; investigar; pretender; aprimorar.
RECHIGNÉ, E (*rəchinhê*), adj. Mal-humorado.
RECHIGNEMENT (*rəchinhəman*), s. m. Mau humor.
RECHIGNER (*rəchinhê*), v. t. Mostrar mau humor, repugnância.
RECHRISTIANISER (*rəkriçtianizê*), v. t. Tornar a dar um caráter cristão.
RECHUTE (*rəchüt*), s. f. Recaída.
RÉCIDIVANT, E (*rêçidivan, t*), adj. Reincidente.
RÉCIDIVE (*rêçidiv*), s. f. Reincidência.
RÉCIDIVER (*rêçidivê*), v. i. Reincidir, re-

começar, reaparecer.

RÉCIDIVISTE (*rêçidiviçt*), adj. e s. Recidivista, reincidente.

RÉCIDIVITÉ (*rêçidivitê*), s. f. Recidividade.

RÉCIF (*rêçif*), s. m. Recife.

RÉCIPÉ (*rêçipê*), s. m. Receita médica.

RÉCIPIENDAIRE (*rêçipiandér*), s. m. Recipiendário.

RÉCIPIENT (*rêçipian*), s. m. Recipiente.

RÉCIPROCITÉ (*rêçiproçitê*), s. f. Reciprocidade.

RÉCIPROQUE (*rêçiprók*), adj. Recíproco. S. m. Recíproca. Proposição recíproca.

RÉCIPROQUEMENT (*rêçiprokman*), adv. Reciprocamente.

RÉCIT (*rêçi*), s. m. Relação, narração. *Mús.* V. **RÉCITATIF.**

RÉCITAL (*rêçital*), s. m. Recital.

RÉCITANT, E (*rêçitan, t*), adj. e s. m. *Mús.* Recitante.

RÉCITATEUR (*rêçitatĕr*), s. m. Recitador.

RÉCITATIF (*rêçitatif*), s. m. Recitativo.

RÉCITATION (*rêçitaçion*), s. f. Recitação.

RÉCITER (*rêçitê*), v. t. Recitar.

RÉCLAMANT, T (*rêklaman, t*), adj. e s. Reclamante.

RÉCLAMATEUR (*rêklamatĕr*), s. m. Reclamador.

RÉCLAMATION (*rêklamaçion*), s. f. Reclamação.

RÉCLAME (*rêklam'*), s. m. e f. Reclamo.

RÉCLAMER (*rêklamê*), v. t. Reclamar; suplicar; reivindicar; necessitar. V. i. Protestar; interceder. *Se réclamer de,* apresentar como seu protetor.

RECLASSEMENT (*rəklaçman*), s. m. Reclassificação.

RECLASSER (*rəklaçê*), v. t. Reclassificar.

RECLOUER (*rəkluê*), v. t. Tornar a pregar, cravar de novo.

RECLURE (*rəklür*), v. t. (Só é usado no infin. e nos tempos compostos. *J'ai reclus, j'avais reclus,* etc.) Enclausurar. **SE RECLURE,** v. pr. Enclausurar-se, isolar-se.

RECLUS, E (*rəklü, z*), adj. e s. Recluso; isolado.

RÉCLUSION ou **RECLUSION** (*rêklüzion* ou *rəklüzion*), s. f. Reclusão.

RÉCLUSIONNAIRE ou **RECLUSIONNAIRE** (*rêklüzionér* ou *rəklüzionér*), s. Recluso, enclausurado.

RÉCOGNITIF (*rêkognitif*), adj. m. Recognitivo.

RÉCOGNITION (*rêkogniçion*), s. f. Recognição.

RECOIFFER (*rəkuafê*), v. t. Tornar a pentear; retocar o penteado.

RECOIN (*rəkuen*), s. m. Recanto. *Fig.* O que há de mais íntimo.

RÉCOLLECTION (*rêkolékçion*), s. f. Recolhimento, concentração.

RECOLLER (*rəkolê*), v. t. Tornar a colar.

RÉCOLLET (*rêkolé*), s. m. Recoleto.

RÉCOLLETTE (*rêkolét*), s. f. Recoleta.

RECOLLIGER (*rəkolijê*), v. t. (Toma um *e* mudo depois do *g* antes de *a* e *o*: *il recolligea, nous recolligeons.*) Tornar a coligar. **SE RECOLLIGER,** v. pr. *Relig.* Recolher-se, concentrar-se.

RÉCOLTABLE (*rêkoltabl*), adj. Que pode ser colhido, pronto para colher.

RÉCOLTE (*rêkólt*), s. f. Colheita. *Fig.* Resultado de pesquisas; proveito, ganho.

RÉCOLTER (*rêkoltê*), v. t. Colher, apanhar. *Fig.* Recolher.

RECOMMANDABLE (*rəkomandabl*), adj. Recomendável, estimável.

RECOMMANDATION (*rəkomandaçion*), s. f. Recomendação. Registro postal.

RECOMMANDER (*rəkomandê*), v. t. Encarregar; exortar, recomendar. **SE RECOMMANDER,** v. pr. Recomendar-se. *Se recommander de quelqu'un,* pedir seu apoio, seu testemunho.

RECOMMENCEMENT (*rəkomançman*), s. m. Recomeço.

RECOMMENCER (*rəkomançê*), v. t. (O *c* toma uma cedilha antes de *a* e *o*: *il recommença, nous recommençons*). Recomeçar.

RECOMMENCEUR, EUSE (*rəkomançĕr, ĕz*), s. Repetidor, renovador.

RECOMPARAÎTRE (*rəkonparétr*), v. t. (Conjuga-se como *connaître.*) Comparecer de novo.

RÉCOMPENSE (*rêkonpanç*), s. f. Recompensa; castigo. *En récompense,* em compensação, em desforra.

RÉCOMPENSER (*rêkonpançê*), v. t. Recompensar; castigar, punir.

RECOMPOSABLE (*rəkonpozabl*), adj. Recompensável.

RECOMPOSER (*rəkonpozê*), v. t. Recompor.

RECOMPOSITION (*rəkonpoziçion*), s. f. Recomposição.

RECOMPTER (*rəkontê*), v. t. Recontar.

RÉCONCILIABLE (*rêkonçialiabl*), adj. Reconciliável.

RÉCONCILIATEUR, TRICE (*rêkonçiliatĕr, triç*), s. Reconciliador.

RÉCONCILIATION (*rêkonçiliaçion*), s. f. Reconciliação.

RÉCONCILIER (*rêkonçiliê*), v. t. (Conjuga-se como *prier.*) Reconciliar. **SE RÉCONCILIER,** v. pr. Reconciliar-se.

RECONDAMNER (*rəkondanê*), v. t. Condenar de novo.

RECONDUCTION (*rəkondükçion*), s. f. Renovação de um contrato, de um arrendamento.

RECONDUIRE (*rəkondüir*). v. t. (Conjuga-se como *conduire.*) Reconduzir. Expulsar.

RECONDUITE (*rəkondüit*), s. f. Ação de reconduzir, de despedir ironicamente.

RÉCONFORT (*rêkonfór*), s. m. Consolação.

RÉCONFORTANT, E (*rêkonfortan, t*), adj. Reconfortante. S. m. Reconstituinte.

RÉCONFORTER (*rêkonfortê*), v. t. e i. Fortificar; fortalecer moralmente.

RECONNAISSABLE (*rəkonéçabl*), adj. Reconhecível.

RECONNAISSANCE (*rəkonéçanç*), s. f. Reconhecimento.

RECONNAISSANT, E (*rəkonéçan, t*), adj. Reconhecido, agradecido.

RECONNAÎTRE (*rəkonétr*), v. t. (Conjuga-se como *connaître.*) Reconhecer. **SE RECONNAÎTRE**, v. pr. Reconhecer-se, orientar-se.

RECONQUÉRIR (*rəkonkêrir*), v. t. (Conjuga-se como *acquérir.*) Reconquistar. *Fig.* Readquirir.

RECONQUÊTE (*rəkonkét*), s. f. Reconquista.

RECONSIDÉRER (*rəkonçidêrê*), s. f. (Conjuga-se como *accélérer.*) Reconsiderar.

RECONSOLIDATION (*rəkonçolidaçion*), s. f. Reconsolidação.

RECONSOLIDER (*rəkonçolidê*), v. t. Reconsolidar.

RECONSTITUANT, E (*rəkonçtitüan, t*), adj. e s. m. Reconstituinte.

RECONSTITUER (*rəkonçtitüê*), v. t. Reconstituir.

RECONSTITUTION (*rəkonçtitüçion*), s. f. Reconstituição.

RECONSTRUCTION (*rəkonçtrükçion*), s. f. Reconstrução.

RECONSTRUIRE (*rəkonçtrüir*), v. t. (Conjuga-se como *conduire.*) Reconstruir.

RECONVENTION (*rəkonvançion*), s. f. Reconvenção.

RECONVENTIONNEL, ELLE (*rəkonvançionel*), adj. Reconvencional.

RECONVENTIONNELLEMENT (*rəkonvançionélman*), adj. Reconvencionalmente.

RECONVERSION (*rəkonvérçion*), s. f. Reconversão.

RECOPIER (*rəkopiê*), v. t. (Conjuga-se como *prier.*) Copiar de novo.

RECOQUILLEMENT (*rəkokiiman*), s. m. Enroscamento, encaracolamento.

RECOQUILLER (*rəkokiiê*), v. t. Enrolar, encaracolar. **SE RECOQUILLER**, v. pr. Encrespar-se, enroscar-se.

RECORD (*rəkór*), s. m. Recorde.

RECORDAGE (*rəkordaj*), s. m. Efeito de recordar.

RECORDER (*rəkordê*), v. t. Recordar, relembrar; reatar. **SE RECORDER**, v. pr. Lembrar-se. *Fam.* Pôr-se de acordo.

RECORDMAN (*rəkórman'*), s. m. Recordista. Pl.: *des recordmen.*

RECORRIGER (*rəkorijê*), v. t. (Toma um *e* mudo depois do *g* antes de *a* e *o*: *il recorrigea, nous recorrigeons.*) Corrigir de novo.

RECORS (*rəkór*), s. m. Auxiliar de beleguim, de agente de polícia. Pl.: *des recors.*

RECOUCHER (*rəkuchê*), v. t. Deitar de novo.

RECOUDRE (*rəkudr*), v. t. (Conjuga-se como *coudre.*) Recoser. *Fig.* Reunir.

RECOULER (*rəkulê*), v. t. Refundir. V. i. Correr, escorrer.

RECOUPAGE (*rəkupaj*), s. m. Recorte, novo corte.

RECOUPE (*rəkup*), s. f. Farinha inferior; lasca de pedra; retalhos, resíduos de metais preciosos.

RECOUPEMENT (*rəkupman*), s. m. Diminuição gradual da espessura de uma parede. Verificação de um fato por meio de diversas informações.

RECOUPER (*rəkupê*), v. t. Recortar, cortar de novo. Lotar, misturar vinhos. V. i. Recortar as cartas no jogo.

RECOURBEMENT (*rəkurbəman*), s. m. Curvamento.

RECOURBER (*rəkurbê*), v. t. Recurvar, encurvar.

RECOURBURE (*rəkurbür*), s. f. Curvatura.

RECOURIR (*rəkurir*), v. t. (Conjuga-se como *courir.*) Correr de novo. *Fig.* Recorrer, apelar.

RECOURS (*rəkur*), s. m. Recurso; refúgio; apelação. *Recours en grâce*, pedido de indulto. Pl.: *des recours.*

RECOUVRABLE (*rəkuvrabl*), adj. Recuperável.

RECOUVRAGE (*rəkuvraj*), s. m. Cobertura.

RECOUVRANCE (*rəkruvranç*), s. f. Recuperação da saúde, restabelecimento.

RECOUVREMENT (*rəkuvrman*), s. m. Recuperação; restabelecimento. Reembolso. Dívidas ativas. Cobertura.

RECOUVRER (*rəkuvrê*), v. t. Recuperar.

RECOUVRIR (*rəkuvrir*), v. t. (Conjuga-se como *couvrir.*) Recobrir; cobrir completamente. Por extensão: ocultar, dissimular.

RECRACHER (*rəkrachê*), v. t. Cuspir. V. i. Tornar a escarrar.

RÉCRÉANCE (*rêkrêanç*), s. f. Gozo provisório de um benefício em litígio. *Let-*

tres de récréance ou *de rappel*, recredencial.

RÉCRÉATIF, IVE (*rêkrêatif, iv*), adj. Recreativo.

RÉCRÉATION (*rêkrêaçion*), s. f. Recreação.

RECRÉER (*rekrêê*), v. t. Recriar, criar novamente.

RÉCRÉER (*rêkrêê*), v. t. Recrear, divertir-se. **SE RÉCRÉER**, v. pr. Divertir-se.

RÉCRÉMENT (*rêkrêman*), s. m. Recremento.

RÉCRÉMENTEUX, EUSE ou **RÉCRÉMENTIEL, ELLE** (*rêkrêmantë, ëz* ou *rêkrêmançiél*), adj. Recrementício.

RECRÉPISSAGE (*rəkrêpiçaj*), s. m. Rebocadura.

RECRÉPIR (*rəkrêpir*), v. t. Rebocar de novo. *Fam.* Pintar. *Fig.* Retocar, arranjar.

RECREUSER (*rəkrëzê*), v. t. Recavar.

RÉCRIER (SE) (*çərêkriê*), v. pr. (Conjuga-se como *prier*.) Exclamar; gritar; protestar.

RÉCRIMINATEUR, TRICE (*rêkriminatĕr, triç*), adj. Recriminador.

RÉCRIMINATION (*rêkriminaçion*), s. f. Recriminação.

RÉCRIMINATOIRE (*rêkriminatuar*), adj. Recriminatório.

RÉCRIMINER (*rêkriminê*), v. t. Recriminar.

RÉCRIRE (*rêkrir*), v. t. (Conjuga-se como *écrire*). Reescrever, redigir outra vez.

RECROÎTRE (*rəkruatr*), v. t. (Conjuga-se como *croître*.) Recrescer.

RECROQUEVILLÉ, E (*rəkrokviiê*), adj. Encarquilhado, retorcido, enrolado pelo colar.

RECROQUEVILLER (SE) (*çərəkrokviiê*), v. pr. Enroscar, encarquilhar.

RECRU, E (*rəkrü*), adj. Extenuado, prostrado, fatigado.

RECRÛ (*rəkrü*), s. m. Crescimento anual, recrescimento.

RECRUDESCENCE (*rəkrüdéçanç*), s. f. Recrudescência.

RECRUDESCENT, E (*rəkrudéçan, t*), adj. Recrudescente.

RECRUE (*rəkrü*), s. f. Recrutamento.

RECRUTEMENT (*rəkrütman*), s. m. Recrutamento.

RECRUTER (*rəkrütê*), v. t. Recrutar. *Fig.* Arrolar, reunir. **SE RECRUTER**, v. pr. Recrutar-se.

RECRUTEUR (*rəkrütĕr*), s. m. Recrutador.

RECTA (*réktá*), adv. *Fam.* Pontualmente.

RECTAL, E, AUX (*réktal, ô*), adj. Retal.

RECTANGLE (*réktangl*), adj. Retângulo.

RECTANGULAIRE (*réktangülér*), adj. Retangular.

RECTEUR, TRICE (*réktĕr, triç*), adj. Diretor. S. m. Reitor; padre (na Bretanha.)

RECTIFIABLE (*réktifiabl*), adj. Retificável.

RECTIFICATEUR (*réktifikatĕr*), s. m. Retificador.

RECTIFICATIF, IVE (*réktifikatif, iv*), adj. Retificativo.

RECTIFICATION (*réktifikaçion*), s. f. Retificação.

RECTIFIER (*réktifiê*), v. t. (Conjuga-se como *prier*.) Retificar; corrigir, purificar.

RECTIFIEUSE (*réktifiëz*), s. f. Máquina de retificar.

RECTILIGNE (*réktilinh'*), adj. Retilíneo.

RECTITUDE (*réktitüd*), s. f. Retilinidade; retidão.

RECTO (*réktô*), s. m. Primeira página de um folheto.

RECTORAL, E, AUX (*réktoral, ô*), adj. Relativo ao reitor.

RECTORAT (*réktorá*), s. m. Reitorado.

RECTUM (*réktóm'*), s. m. Reto.

REÇU (*rəçü*), s. m. Recibo.

RECUEIL (*rəkëi*), s. m. Coleção, compilação.

RECUEILLEMENT (*rəkëiiman*), s. m. Recolhida; recolhimento; meditação, concentração.

RECUEILLI, E (*rəkëi*), adj. Retirado, concentrado.

RECUEILLIR (*rəkëiir*), v. t. (Conjuga-se como *cueillir*.) Colher. *Fig.* Obter, receber; reunir, juntar; concentrar; recolher. **SE RECUEILLIR**, v. pr. Recolher-se, concentrar-se, meditar.

RECUIRE (*rəküir*), v. t. (Conjuga-se como *conduire*). Recozer.

RECUIT (*rəküi*), s. m. ou **RECUITE** (*rəküit*), s. f. Recozimento.

RECUL (*rəkül*), s. m. Recuo.

RECULADE (*rəkülad*), s. f. Recuada. *Fig.* Retirada, recuo.

RECULÉ, E (*rəkülê*), adj. Isolado; distante; remoto.

RECULÉE (*rəkülê*), s. f. Espaço que permite o recuo.

RECULEMENT (*rəkülman*), s. m. Recuo.

RECULER (*rəkülê*), v. t. Recuar. *Fig.* Dilatar, alargar; retardar, atrasar. V. i. Diferir. *Fig.* Retrogradar; hesitar.

RECULONS (À) (*arəkülon*), loc. adv. Aos recuos, para trás.

RÉCUPÉRABLE (*rêküpêrabl*), adj. Recuperável.

RÉCUPÉRATEUR (*rêküpêratĕr*), s. m. Recuperador.

RÉCUPÉRATION (*rêküpêraçion*), s. m. Recuperação.

RÉCUPÉRER (*rêküpêrê*), v. t. (Conjuga-se como *accélérer*.) Recuperar. **SE RÉCUPÉRER**, v. pr. Indenizar-se.

RÉCURAGE (*rêküraj*), s. m. Limpeza.

RÉCURER (*rêkürê*), v. t. Limpar.

RÉCUREUR, EUSE (*rêkürĕr, ëz*), adj. e s. Limpador.

RÉCURRENCE (*rêküranç*), s. f. Recorrência.

RÉCURRENT, E (*rêküran, t*), adj. Recorrente.

RÉCURSOIRE (*rêkürçuar*), adj. Recurso.

RÉCUSABLE (*rêküzabl*), adj. Recusável.

RÉCUSATION (*rêküzaçion*). s.f. Recusa.

RÉCUSER (*rêküzê*), v.t. Recusar. **SE RÉCUSER**, v. pr. Recusar-se.

RÉDACTEUR, TRICE (*rêdaktĕr, triç*), s. Redator.

RÉDACTION (*rêdakçion*), s.f. Redação.

RÉDACTIONNEL, ELLE (*rêdakçionél*), adj. Redacional.

REDAN ou **REDENT** (*radan*), s. m. Redente; ressalto, saliência.

REDDITION (*rédiçion*), s.f. Rendição, entrega.

REDÉCOUVRIR (*radêkuvrir*), v. t. (Conjuga-se como *couvrir.*) Redescobrir.

REDÉFAIRE (*radêfér*), v. t. (Conjuga-se como *faire.*) Tornar a desfazer.

REDEMANDER (*radamandê*), v. t. Tornar a pedir; reclamar, exigir.

RÉDEMPTEUR (*rêdanptĕr*), s.m. Redentor, remidor.

RÉDEMPTION (*rêdanpçion*), s.f. Redenção.

RÉDEMPTORISME (*rêdanptoriçm*), s.f. Redentorismo.

RÉDEMPTORISTE (*rêdanptoriçt*), s. Redentorista.

REDENTÉ, E (*radantê*), adj. Trilobado.

REDESCENDRE (*radéçandr*), v. t. Descer de novo. V.t. Baixar, tornar a descer.

REDEVABLE (*radvabl*), adj. Devedor.

REDEVANCE (*radvanç*), s. f. Renda, censo, foro.

REDEVENIR (*radavnir*), v.i. (Conjuga-se como *venir.*) Tornar, voltar a ser.

REDEVOIR (*radvuar*), v.t. (Conjuga-se como *devoir.*) Ficar a dever.

RÉDHIBITION (*rêdibiçion*), s.f. Redibição, devolução.

RÉDHIBITOIRE (*rêdibituar*), adj. Redibitório.

RÉDIGER (*rêdijê*), v.t. (Toma um *e* mudo depois do *g* antes de *a* e *o*: *il rédigea, nous rédigeons.*) Redigir.

RÉDIMER (*rêdimê*), v.t. Redimir. **SE RÉDIMER**, v. pr. Redimir-se, liberar-se.

REDINGOTE (*radengót*), s. f. Sobrecasaca.

REDIRE (*radir*), v. t. (Conjuga-se como *dire.*) Redizer; repetir; contar; revelar. V.i. Censurar.

REDISCUTER (*radiçkütê*), v. t. Tornar a discutir.

REDISEUR, EUSE (*radizĕr, ëz*), s. Repetidor; falador.

REDITE (*radit*), s. f. Repetição ociosa.

REDONDANCE (*radondanç*), s. f. Redundância.

REDONDANT, E (*radondan, t*), adj. Redundante.

REDONDER (*radondê*), v. t. Redundar.

REDONNER (*radonê*), v. t. Tornar a dar. *Fig.* Restituir. V.i. Entregar-se; recomeçar; voltar à carga.

REDORER (*radorê*), v. t. Tornar a dourar. *Fig.* Iluminar de novo. *Fam. Redorer son blason*, diz-se de um nobre sem dinheiro que se casa com uma plebéia rica.

REDORMIR (*radormir*), v. i. (Conjuga-se como *dormir.*) Tornar a dormir.

REDOUBLÉ, E (*radublê*), adj. Redobrado; apressado, acelerado. *Mil. Pas redoublé*, passo acelerado; dobrado.

REDOUBLEMENT (*radublaman*), s. m. Redobramento, redobro.

REDOUBLER (*radublê*), v. t. Redobrar; reduplicar; recomeçar. V. i. Aumentar, crescer.

REDOUTABLE (*radutabl*), adj. Temível, terrível.

REDOUTE (*radut*), s. f. Reduto; lugar de diversão (com dança, música, etc.). Festa realizada nesse lugar.

REDOUTER (*radutê*), v. t. Temer.

RÉDOWA (*rêdová*), s.f. Espécie de dança.

REDRESSE (*radréç*), s. f. Cordame para aprestar um navio reparado.

REDRESSEMENT ou **REDRESSAGE** (*radréçman* ou *radréçaj*), s. m. Endireitamento; aprumo. *Fig.* Reparo.

REDRESSER (*radréçê*), v. t. Endireitar, aprumar; levantar, reerguer. *Fig.* Retificar, reparar; reformar. *Fam.* Corrigir, repreender. **SE REDRESSER**, v. pr. Endireitar-se. *Fig.* Empertigar-se.

REDRESSEUR (*radréçĕr*), s.m. Reparador. *Redresseur de torts*, cavaleiro andante, vingador das vítimas da injustiça.

REDÛ (*radü*), s. m. Resto de conta.

RÉDUCTEUR, TRICE (*rêdüktĕr, triç*), adj. e s.m. Redutor.

RÉDUCTIBILITÉ (*rêdüktibilitê*), s.f. Redutibilidade.

RÉDUCTIBLE (*rêdüktibl*), adj. Redutível.

RÉDUCTION (*rêdükçion*), s.f. Redução.

RÉDUIRE (*rêdüir*), v. t. (Conjuga-se como *conduire.*) Reduzir; resumir; transformar; diminuir; subjugar; concentrar. *Arit.* Transformar.

RÉDUIT (*rêdüi*), s.m. Retiro; casebre. *Fort.* Reduto.

RÉDUPLICATIF, IVE (*rêdüplikatif, iv*), adj. Reduplicativo.

RÉDUPLICATION (*rêdüplikaçion*), s.f. Reduplicação.

RÉÉDIFICATION (*rêêdifikaçion*), s.f. Reedificação.

RÉÉDIFIER (*rêêdifiê*), v.t. (Conjuga-se como *prier.*) Reedificar, restabelecer.

RÉÉDITER (*rêêditê*), v. t. Reeditar. *Fig.* Fazer circular.

RÉÉDITION (*rêêdiçion*), s.f. Reedição.
RÉÉDUCATION (*rêêdükaçion*), s.f. Reeducação.
RÉÉDUQUER (*rêêdükê*), v.t. Reeducar.
RÉEL, ELLE (*rêél*), adj. e s. m. Real.
RÉÉLECTION (*rêêlékçion*), s.f. Reeleição.
RÉÉLIGIBILITÉ (*rêêlijibilitê*), s.f. Qualidade de reelegível.
RÉÉLIGIBLE (*rêêlijibl*), adj. Reelegível.
RÉÉLIRE (*rêêlir*), v. t. (Conjuga-se como *lire.*) Reeleger.
RÉELLEMENT (*rêélman*), adv. Realmente.
RÉENSEMENCEMENT (*rêançəmançman*), s.m. Nova semeadura.
RÉENSEMENCER (*rêançəmançê*), v. t. (O *c* toma uma cedilha antes de *a* e *o*: *il réensemença, nous réensemençons.*) Ressemear.
RÉESCOMPTE (*rêêçkont*), s.m. Redesconto.
RÉESCOMPTER (*rêêçkontê*), v.t. Redescontar.
RÉÉVALUER (*rêêvalüê*), v. t. Tornar a avaliar.
RÉEXPÉDIER (*rêêkçpêdiê*), v.t. (Conjuga-se como *prier.*) Reexpedir.
RÉEXPÉDITION (*rêêkçpêdiçion*), s. f. Reexpedição.
RÉEXPORTATION (*rêêkçportaçion*), s. f. Reexportação.
RÉEXPORTER (*rêêkçportê*), v.t. Reexportar.
REFAÇONNER (*rəfaçonê*), v. t. Configurar; afeiçoar; formar de novo.
REFACTION (*rəfakçion*), s. f. Redução de preço, abatimento.
REFAIRE (*rəfér*), v. t. (Conjuga-se como *faire.*) Refazer; reparar, ajustar. *Pop.* Enganar, ludibriar. **SE REFAIRE**, v. pr. Comer, beber; refazer-se, restabelecer-se.
REFAIT, E (*rəfé, t*), adj. *Fam.* Enganado, ludibriado.
RÉFECTION (*rêfékçion*), s. f. Reconstrução.
RÉFECTOIRE (*rêféktuar*), s. m. Refeitório.
REFEND (*rəfan*), s. *Mur de refend*, parede interior. *Bois de refend,* madeira serrada ao comprido.
REFENDRE (*rəfandr*), v. t. Refender; serrar ao comprido.
RÉFÉRÉ (*rêfêrê*), s. m. Apelação judicial.
RÉFÉRENCE (*rêfêranç*), s. f. Referência. *Ouvrage de référence,* obra de consulta.
RÉFÉRENDAIRE (*rêfêrandér*), adj. Referendário.
RÉFÉRENDUM (*rêfêrendóm'*), s. m. Referendo.
RÉFÉRER (*rêfêrê*), v. t. (Conjuga-se como *accélérer.*) Referir, atribuir. V. i. Reportar. **SE RÉFÉRER**, v. pr. Referir-se, reportar-se.
REFERMER (*rəfèrmê*), v. t. Tornar a fechar.
REFEUILLETER (*rəfëiitê*), v. t. (Dobra o *t* antes de sílaba muda: *je refeuillette.*) Folhear de novo.
RÉFLÉCHI, E (*rêflêchi*), adj. Refletido.
RÉFLÉCHIR (*rêflëchir*), v. t. Refletir. V. i. Pensar, meditar. **SE RÉFLÉCHIR**, v. pr. Refletir-se, dobrar-se.
RÉFLÉCHISSANT, E (*rêflêchiçan, t*), adj. Refletor, refletidor.
RÉFLÉCHISSEMENT (*rêflêchiçman*), s. m. Reverberação, reflexo.
RÉFLECTEUR (*rêfléktĕr*), adj. s. m. Refletor.
REFLET (*rəflé*), s. m. Reflexo.
REFLÉTER (*rəflêtê*), v. t. (Conjuga-se como *accélérer.*) Refletir. **SE REFLÉTER**, v. pr. Refletir-se.
REFLEURIR (*rəflërir*), v. i. Reflorescer. *Fig.* Reflorir.
REFLEURISSEMENT (*rəflëriçman*), s. m. Reflorescimento.
RÉFLEXE (*rêflékç*), adj. e s. m. Reflexo.
RÉFLEXIBILITÉ (*rêflékçibilitê*), s. f. Reflexibilidade.
RÉFLEXIBLE (*rêflékçibl*), adj. Reflexível.
RÉFLEXION (*rêflékçion*), s. f. Reflexão. *Fig.* Meditação.
REFLUER (*rəflüê*), v. t. Refluir. *Fig.* Retornar.
REFLUX (*rəflü*), s. m. Refluxo. *Fig.* Recuo. Pl.: *des reflux.*
REFONDRE (*rəfondr*), v. t. Refundir. *Fig.* Reformar, corrigir.
REFONTE (*rəfont'*), s. f. Refundição.
REFORGER (*rəforjê*), v. t. (Toma um *e* mudo depois do *g* antes de *a* e *o*: *il reforgea, nous reforgeons.*) Forjar de novo.
RÉFORMABLE (*rêformabl*), adj. Reformável.
RÉFORMATEUR, TRICE (*rêformatĕr, triç*), adj. s. Reformador.
RÉFORMATION (*rêformaçion*), s. f. Reforma.
RÉFORME (*rêfórm*), s. f. Reforma.
RÉFORMÉ, E (*rêformê*), adj. e s. m. Protestante. Reformado militar.
REFORMER (*rəformê*), v. t. Reformar. **SE REFORMER**, v. pr. Reformar-se, reorganizar-se; corrigir-se.
RÉFORMISTE (*rêformiçt*), adj. s. m. Reformista.
REFOUILLEMENT (*rəfuiiman*), s.m. Vazamento, entalhe, escavação.
REFOUILLER (*rəfuiê*), v. t. Rebuscar; entalhar, escavar.
REFOULEMENT (*rəfulman*), s. m. Recalcamento; apisoamento; repressão; recuo.
REFOULER (*rəfulê*), v. t. Calcar de novo, apisoar; comprimir; fazer entrar; repelir, fazer recuar. *Fig.* Reprimir. V. i. Refluir; retrogradar.
REFOULOIR (*rəfular*), s. m. Soquete.

RÉFRACTAIRE (*rêfraktér*), adj. e s. m. Refratário.
RÉFRACTER (*rêfraktê*), v. t. Refratar, refranger.
RÉFRACTEUR (*rêfraktĕr*), adj. Refrator.
RÉFRACTION (*rêfrakçion*), s. f. Refração.
REFRAIN (*rəfren*), s. m. Refrão.
RÉFRANGER (*rêfranjê*), v. t. (Toma um *e* mudo depois do *g* antes de *a* e *o*: *il réfrangea, nous réfrangeons.*) V. **RÉFRACTER.**
RÉFRANGIBILITÉ (*rêfranjibilitê*), s. f. Propriedade do que é refrangente.
RÉFRANGIBLE (*rêfranjibl*), adj. Refrangível.
REFRAPPER (*rəfrapê*), v. t. e i. Rebater, tornar a bater.
REFRÉNEMENT (*rəfrénəman*), s. m. Refreamento.
REFRÉNER (*rəfrênê*), v. t. (Conjuga-se como *accélérer.*) Refrear, reprimir.
RÉFRIGÉRANT, E (*rêfrijêran, t*), adj. e s. m. Refrigerante.
RÉFRIGÉRATEUR, TRICE (*rêfrigêratĕr, triç*), adj. Que refrigera. S. m. Refrigerador.
RÉFRIGÉRATIF, IVE (*rêfrijêratif, iv*), adj. e s. m. Refrigerativo.
RÉFRIGÉRATION (*rêfrijêraçion*), s. f. Refrigeração.
RÉFRIGÉRER (*rêfrijêrê*), v. t. (Conjuga-se como *accélérer*). Refrigerar.
RÉFRINGENCE (*rêfrenjanç*), s. f. Refringência.
RÉFRINGENT, E (*rêfrenjan, t*), adj. *Fís.* Refringente.
REFROGNEMENT (*rəfronhəman*), s. m. V. **RENFROGNEMENT.**
REFROGNER (*rəfronhê*), v. t. V. **REFRONGER.**
REFROIDIR (*rəfruadir*), v. t. Resfriar, esfriar. *Fig.* Arrefecer. *Pop.* Matar. V. i. Esfriar. **SE REFROIDIR,** v. pr. Esfriar-se mais.
REFROIDISSEMENT (*rəfruadiçman*), s. m. Resfriamento. *Fig.* Arrefecimento.
REFROIDISSEUR (*rəfrudiçĕr*), s. m. Refrigerador.
REFUGE (*rəfüj*), s. m. Refúgio, asilo. *Fig.* Amparo, proteção.
RÉFUGIÉ, E (*rêfüjiê*), adj. e s. Refugiado.
RÉFUGIER (SE) (*çerêfüjiê*), v. pr. (Conjuga-se como *prier.*) Refugiar-se. *Fig.* Acolher-se, acoitar-se.
REFUITE (*rəfüit*), s. f. Lugar de refúgio para a caça. *Fig.* Pretexto; demora.
REFUS (*rəfü*), s. m. Recusa, rejeição. *Ce n'est pas de refus,* isso não é para se recusar. Pl.: *des refus.*
REFUSABLE (*rəfüzabl*), adj. Recusável.
REFUSER (*rəfüzê*), v. t. Recusar; negar; reprovar; não admitir. **SE REFUSER,** v. pr. Privar-se de; negar-se a.
RÉFUTABLE (*rêfütabl*), adj. Recusável.
RÉFUTATION (*rêfütaçion*), s. f. Refutação.
RÉFUTÉ, E (*rêfütê*), adj. Recusado.
RÉFUTER (*rêfütê*), v. t. Refutar.
REGAGNER (*rəganhê*), v. t. Readquirir; recuperar; retornar.
REGAIN (*rəghen*), s. m. Erva que cresce depois da roçada. *Fig.* Recuperação, revigoramento.
RÉGAL (*rêgal*), s. m. Banquete, regalo. *Fig.* Prazer.
RÉGALADE (*rêgalad*), s. f. Folgança; pândega. Fogueira.
RÉGALANT, E (*rêgalan, t*), adj. Divertido, engraçado.
RÉGALE (*rêgal*), s. f. Regalia.
RÉGALEMENT ou **RÉGALAGE** (*rêgalman* ou *rêgalaj*), s. m. Aplanamento, nivelamento de um terreno.
RÉGALER (*rêgalê*), v. t. Regalar; deleitar. Aplanar. Maltratar.
REGARD (*rəgar*), s. m. Olhar, olhado; orifício para clarear. *Fig.* Atenção. *En regard,* loc. adv. Em frente. *Au regard de,* loc. prep. A respeito de; em comparação com.
REGARDANT, E (*rəgardan, t*), adj. Vigilante; observador; meticuloso; econômico.
REGARDER (*rəgardê*), v. t. Olhar, ver, avistar; estar voltado para. Concernir, referir-se a. *Regarder de travers,* olhar com desprezo ou com ódio. *Regarder comme,* julgar. *Regarder dans le blanc des yeux,* olhar fixamente. *Regarder du coin de l'œil,* olhar com o rabo dos olhos, olhar com inveja. V. i. *Regarder à,* prestar atenção a; economizar. *Y regarder à deux fois,* refletir seriamente. *Ne pas y regarder de (trop) près,* não prestar muita atenção, ser indulgente. *Y regarder de près,* observar bem, prestar atenção. **SE REGARDER,** v. pr. Olhar-se, encarar-se.
REGARNIR (*rəgarnir*), v. t. Guarnecer de novo.
RÉGATE (*rêgat*), s. f. Regata.
REGAYOIR (*rəghéiuar*), s. m. Pente para limpar cânhamo.
REGAZONNEMENT (*rəgazónəman*), s. m. Ação de arrelvar de novo.
REGAZONNER (*rəgazonê*), v. t. Arrelvar de novo.
REGEL (*rəjél*), s. m. Regelo.
REGELER (*rəjélê*), v. t. (O *e* mudo passa a *è* aberto antes de sílaba muda: *il regèlera.*) Regelar. V. i. e imp. Regelar.
RÉGENCE (*rêjanç*), s. f. Regência.
RÉGÉNÉRATEUR, TRICE (*rêjênêratĕr, triç*), adj. s. Regenerador.
RÉGÉNÉRATION (*rêjênêraçion*), s. f. Regeneração.
RÉGÉNÉRER (*rêjênêrê*), v. t. (Conjuga-se como *accélérer.*) Regenerar. *Fig.*

Restaurar moralmente.
RÉGÉNÉRESCENCE (*rêjênêréçanç*), s. f. Regenerescência.
RÉGENT, E (*rêjan, t*), adj. e s. Regente.
RÉGENTER (*rêjantê*), v. t. e i. Reger. *Fig.* Governar a seu bel-prazer.
RÉGICIDE (*rêjiçid*), s. m. Regicida.
RÉGIE (*rêji*), s. f. Administração; administração por conta do Estado.
REGIMBEMENT (*rəjenbəman*), s. m. Coice.
REGIMBER (*rəjenbê*), v. t. Coicear, escoicear. *Fig.* Resistir, revoltar-se.
REGIMBEUR, EUSE (*rəjenbĕr, ëz*), s. m. Coiceiro.
RÉGIME (*rêjim'*), s. m. Regime.
RÉGIMENT (*rêjiman*), s. m. Regimento. *Fig.* Multidão.
RÉGIMENTAIRE (*rêjimantér*), adj. Regimental.
REGINGLARD (*rəjanglar*), s. m. Agua-pé, vinho ordinário.
RÉGINGLETTE (*rəjanglét*), s. f. Armadilha, laço.
RÉGION (*rêjion*), s. f. Região.
RÉGIONAL, E, AUX (*rêjional, ô*), adj. Regional. S. m. Rede telefônica regional.
RÉGIONALISME (*rêjionaliçm'*), s. m. Regionalismo.
RÉGIR (*rêjir*), v. t. Governar, dirigir, administrar.
RÉGISSEUR (*rêjiçĕr*), s. m. Gerente, diretor de cena.
REGISTRE (*rəjiçtr*), s. m. Registro.
REGISTRER (*rəjiçtrê*), v. t. V. **ENREGISTRER.**
RÉGLAGE (*rêglaj*), s. m. Operação de pautar (o papel); regulação.
RÈGLE (*régl*), s. f. Régua. Regra. Pl. Regras.
RÉGLÉ, E (*rêglê*), adj. Pautado. Prudente. Uniforme.
RÈGLEMENT (*régləman*), s. m. Regulamento; regulação, determinação, ordenação.
RÉGLEMENTAIRE (*rêgləmantér*), s. m. Regulamentar.
RÉGLEMENTAIREMENT (*rêgləmantérman*), adv. De maneira regulamentar.
RÉGLEMENTATION (*rêgləmantaçion*), s. f. Regulamentação.
RÉGLEMENTER (*rêgləmantê*), v. t. Regulamentar.
RÉGLER (*rêglê*), v. t. (Conjuga-se como *accélérer.*) Regular, regrar, pautar; determinar; quitar; estabelecer ordem; acertar; dirigir; sujeitar a regras; moderar; estar conforme. **SE RÉGLER,** v. pr. Modelar-se, regular-se.
RÉGLET (*rêglé*), s. m. Régua graduada. Filete, linha horizontal.
RÉGLETTE (*rêglét*), s. f. Regreta, régua pequena.
RÉGLEUR, EUSE (*rêglĕr, ëz*), s. f. Aquele que pauta papéis. S. m. Regulador.
RÉGLISSE (*rêgliç*), s. f. Alcaçuz (planta medicinal).
RÉGLOIR (*rêgluar*), s. m. Regulador; brunidor.
RÉGLURE (*rêglür*), s. f. Riscamento, riscadura; maneira de pautar.
RÉGNANT, E (*rênhan, t*), adj. Reinante. *Fig.* Predominante.
RÈGNE (*rénh*), s. m. Reino; reinado.
RÉGNER (*rênhê*), v. t. (Conjuga-se como *accélérer.*) Reinar. *Fig.* Dominar; grassar. V. imp. Existir.
RÉGNICOLE (*rêgnikól*), adj. e s. Indígena.
REGONFLEMENT (*rəgonfləman*), s. m. Nova inchação. Elevação do nível da água impedida de escorrer.
REGONFLER (*rəgonflê*), v.t. Encher ou inchar de novo. V. i. Encher-se; inchar-se.
REGORGEANT, E (*rəgorjan, t*), adj. Transbordante.
REGORGEMENT (*rəgorjəman*), s. m. Transbordamento, regurgitação.
REGORGER (*rəgorjê*), v. t. (Toma um *e* mudo depois do *g* antes de *a* e *o*: *il regorgea, nous regorgeons.*) Regurgitar, vomitar. V. i. Transbordar. *Fig.* Abundar.
REGRAT (*rəgrá*), s. m. Venda a retalho e em segunda mão.
REGRATTAGE (*rəgrataj*), s. m. Nova raspagem, nova limpeza.
REGRATTER (*rəgratê*), v. t. Tornar a arranhar; raspar. V. i. *Fig.* Lucrar, descontar, reduzir.
REGRATTERIE (*rəgratəri*), s. f. Comércio do que vende a retalho.
REGRÉER (*rəgrêê*), v. t. Reaparelhar, aparelhar de novo.
REGREFFER (*rəgréfê*), v. t. Enxertar de novo.
RÉGRESSIF, IVE (*rêgréçif, iv*), adj. Regressivo.
RÉGRESSION (*rêgréçion*), s. f. Regressão.
RÉGRESSIVEMENT (*rêgréçivman*), adj. De maneira regressiva.
REGRET (*rəgré*), s. m. Pesar, desgosto; remorso; arrependimento, queixa, lamento. *Être aux regrets,* ter arrependimento tardio. *À regret,* loc. adv. De má vontade, com pesar.
REGRETTABLE (*rəgrétabl*), adj. Lamentável, deplorável.
REGRETTER (*rəgrétê*), v. t. Lamentar, estar pesaroso; arrepender-se.
REGRIMPER (*rəgranpê*), v. i. Subir, trepar de novo.
REGROS (*rəgrô*), s. m. Casca grossa de carvalho para fazer curtume. Pl.: *des regros.*
RÉGULARISATION (*rêgülarizaçion*), s. f. Regularização.
RÉGULARISER (*rêgülarizê*), v. t. Regularizar.

RÉGULARITÉ (*rêgülaritê*), s. f. Regularidade.
RÉGULATEUR, TRICE (*rêgülatĕr, triç*), adj. Regulador.
RÉGULATION (*rêgülaçion*), s. f. Regulação.
RÉGULIER, ÈRE (*rêgüliê, ér*), adj. Regular.
RÉGULIÈREMENT (*rêgüliérman*), adv. Regularmente.
RÉHABILITABLE (*rêabilitabl*), adj. Que pode ser reabilitado.
RÉHABILITATION (*rêabilitaçion*), s. f. Reabilitação.
RÉHABILITÉ, E (*rêabilitê*), adj. e s. Reabilitado.
RÉHABILITER (*rêabilitê*), v. t. Reabilitar.
RÉHABITUER (*rêabitüê*), v. t. Reabituar.
REHAUSSAGE (*rəôçaj*), s. m. Retoque.
REHAUSSEMENT (*rəôçman*), s. m. Alteamento, efeito de levantar.
REHAUSSER (*rəôçê*), v. t. Levantar, alçar, erguer. *Fig.* Reanimar, reerguer; realçar, exaltar.
REHAUT (*rəô*), s. m. Retoque, realce.
REILLÈRE (*réiér*), s. f. Calha, bica.
RÉIMPORTATION (*rêenportaçion*), s. f. Nova importação.
RÉIMPORTER (*rêenportê*), v. t. Tornar a importar.
RÉIMPOSER (*rêenpozê*), v. t. Coletar (taxa suplementar).
RÉIMPOSITION (*rêenpoziçion*), s. f. Novo imposto.
RÉIMPRESSION (*rêenpréçion*), s. f. Reimpressão.
RÉIMPRIMER (*rêenprimê*), v. t. Reimprimir.
REIN (*ren*), s. m. Rim; lombo. *Fig. Avoir les reins solides*, ser rico, poderoso.
RÉINCARNATION (*rêenkarnaçion*), s. f. Reencarnação.
RÉINCARNER (*rêenkarnê*), v. t. Reencarnar.
RÉINCORPORER (*rêenkorporê*), v. t. Tornar a incorporar.
REINE (*rén'*), s. f. Rainha. *Reine des abeilles*, abelha-mestra.
REINE-CLAUDE (*rénəklôd*), s. f. Espécie de ameixa. Pl.: *des reines-claudes.*
REINE-MARGUERITE (*rénəmarghərite*), s. f. Margarida dobrada. Pl.: *des reines-marguerites.*
REINETTE (*rénet*), s. f. Variedade de maçã.
RÉINSCRIRE (*rêençkrir*), v. t. (Conjuga-se como *écrire.*) Reinscrever, reescrever.
RÉINSTALLATION (*rêençtalaçion*), s. f. Efeito de instalar.
RÉINSTALLER (*rêençtalê*), v. t. Reinstalar.
RÉINTÉGRABLE (*rêentêgrabl*), adj. Passível de reintegrar.
RÉINTÉGRATION (*rêentêgraçion*), s. f. Reintegração.
RÉINTÉGRER (*rêentêgrê*), v. t. (Conjuga-se como *accélérer.*) Reintegrar; reconduzir; estabelecer-se de novo.
RÉINVITER (*rêenvitê*), v. t. Tornar a convidar.
RÉITÉRABLE (*rêitêrabl*), adj. Reiterável.
RÉITÉRATIV, IVE (*rêitêratif, iv*), adj. Reiterativo.
RÉITÉRATION (*rêitêraçion*), s. f. Efeito de reiterar.
RÉITÉRER (*rêitêrê*), v. t. (Conjuga-se como *accélérer.*) Reiterar.
REÎTRE (*rétr*), s. m. Antigo cavaleiro alemão. *Fam. Vieux reître*, homem astuto.
REJAILLIR (*rəjaiír*), v. t. Esguichar, jorrar. *Fig.* Recair sobre.
REJAILLISANT, E (*rəjaiíçan, t*), adj. Que jorra, que esguicha.
REJAILLISSEMENT (*rəjaiíçman*), s. m. Jorro, jorramento, esguicho.
REJET (*rəjé*), s. m. Rejeição, transporte de conta; rebento; arremessamento. V. ENJAMBEMENT.
REJETABLE (*rəjətabl*), adj. Rejeitável.
REJETER (*rəjətê*), v. t. (Dobra o *t* antes de sílaba muda: *je rejetterai.*) Lançar de novo, atirar; repelir; devolver. *Fig.* Impelir a. *Rejeter une faute sur quelqu'un*, acusar alguém para desculpar-se. *Bot.* Brotar.
REJETON (*rəjəton*), s. m. Rebento, renovo. *Fig.* Descendente.
REJOINDRE (*rəjuendr*), v. t. (Conjuga-se como *craindre.*) Tornar a juntar; unir de novo; reunir; reunir-se a; alcançar de novo.
REJOINTOIEMENT (*rəjuentuaman*), s. m. Nova aplicação de argamassa.
REJOINTOYER (*rəjentuaiê*), v. t. (Conjuga-se como *aboyer.*) Argamassar de novo.
REJOUER (*rəjuê*), v. t. e i. Tocar de novo.
RÉJOUI, E (*rêjuí*), adj. Alegre, divertido. S. Pessoa divertida.
RÉJOUIR (*rêjuír*), v. t. Alegrar, satisfazer; agradar, divertir. **SE RÉJOUIR**, v. pr. Divertir-se, regozijar-se.
RÉJOUISSANCE (*rêjuíçanç*), s. f. Alegria, prazer, divertimento. Pl.: Festas públicas.
RÉJOUISSANT, E (*rêjuíçan, t*), adj. e s. Alegre, agradável; festivo, divertido.
RELACHANT, E (*rəlachan, t*), adj. e s. *Med.* Laxativo, laxante.
RELACHE (*rəlach*), s. m. Folga, descanso; alívio. Interrupção de representações num teatro.
RELACHÉ, E (*rəlachê*), adj. Relaxado; descuidado; desmoralizado.
RELACHEMENT (*rəlachman*), s. m. Re-

laxamento; afrouxamento; diarréia. *Fig.* Desmazelo. Descanso.

RELÂCHER (*rəlachê*), v. t. Relaxar; distender; soltar; abrandar. V. i. *Mar.* Fazer escala por. Enfraquecer. **SE RELÂCHER**, v. pr. Defender-se, abrandar-se.

RELAIS (*rəlé*), s. m. Muda, posta, cavalos de muda; corredores de reserva; descanso, folga. Electroímã que estabelece vários circuitos. Terreno abandonado por um rio ou pela maré. Pl.: *des relais*.

RELAISSER (SE) (*çərəléçê*), v. pr. Parar por cansaço.

RELANCE (*rəlanç*), s. f. Parada maior (no pôquer). Novo impulso.

RELANCER (*rəlançê*), v. t. (O *c* toma uma cedilha antes de *a* e *o*: *il relança, nous relançons.*) Lançar de novo; devolver; reenviar. *Fig.* e *fam.* Importunar. *Relancer quelqu'un*, importunar alguém para obter algo; envidar.

RELANCIS (*rəlançi*), s. m. Substituição de material velho por novo. Pl.: *des relancis*.

RELAPS, E (*rəlapç*), adj. e s. Relapso, reincidente.

RÉLARGIR (*rêlarjir*), v. t. Alargar.

RÉLARGISSEMENT (*rêlarjiçman*), s. m. Alargamento.

RELATER (*rəlatê*), v. t. Relatar, contar, narrar.

RELATIF, IVE (*rəlatif, iv*), adj. Relativo.

RELATION (*rəlaçion*), s. f. Relação.

RELATIVEMENT (*rəlativman*), adv. Relativamente.

RELATIVISME (*rəlativiçm'*), s. m. Relativismo.

RELATIVISTE (*rəlativiçt*), s. f. Relativista.

RELATIVITÉ (*rəlativitê*), s. f. Relatividade.

RELAVER (*rəlavê*), v. t. Lavar de novo.

RELAXATION (*rəlakçaçion*), s. f. Relaxamento, distensão.

RELAXE (*rəlakç*), s. f. Relaxamento.

RELAXER (*rəlakçê*), v. t. Relaxar.

RELAYER (*rəléiê*), v. t. (Conjuga-se como *balayer*.) Revezar. V. i. Mudar de cavalos. **SE RELAYER**, v. pr. Revezar-se no trabalho.

RELAYEUR (*rəléiĕr*), s. m. Fornecedor de cavalos nas paragens.

RELÉGATION (*rəlêgaçion*), s. f. Efeito de relegar, exílio; desterro.

RELÉGUER (*rəlêghê*), v. t. (Conjuga-se como *accélérer*.) Relegar, exilar, desterrar; afastar.

RELENT (*rəlan*), s. m. Mofo; mau cheiro.

RELEVAGE (*rələvaj*), s. m. Efeito de reerguer, elevar, levantar, etc.

RELEVAILLES (*rələvaii*), s. f. pl. Cerimônias de purificação.

RELEVANT, E (*rələvan, t*), adj. Dependente.

RELÈVE (*rəlév*), s. f. Substituição, revezamento; o pessoal substituído.

RELEVÉ, E (*rələvê*), adj. Distinto; nobre. Picante. S. m. Sumário, resumo. Prato servido logo depois de outro. Prega.

RELEVÉE (*rələvê*), s. f. Parte da tarde.

RELÈVEMENT (*rəlévman*), s. m. Levantamento; efeito de levantar; determinação de um ponto; discriminação. *Fig.* Restabelecimento, reabilitação.

RELEVER (*rələvê*), v. t. (O *e* mudo passa a *è* aberto antes de sílaba muda: *je relèverai.*) Levantar de novo; reconstruir. Desencalhar; suspender. Arregaçar. *Fig.* Realçar, salientar; reabilitar; restaurar. Maltratar, repreender. Revezar. Isentar; dispensar. Copiar, anotar. Determinar a posição de um objeto. Tornar mais picante (a comida). *Relever le gant*, aceitar um desafio. V. i. Restabelecer-se. Estar na dependência, depender. **SE RELEVER**, v. pr. Levantar-se, reabilitar-se.

RELEVEUR (*rələvĕr*), adj. e s. Levantador. *Anat.* Músculo levantador.

RELIAGE (*rəliaj*), s. m. Colocação de arcos novos em tonéis.

RELIEF (*rəliéf*), s. m. Relevo. *Fig.* Realce, brilho. Pl. Restos de comida. *Fig.* O que não foi utilizado.

RELIEN (*rəlien*), s. m. Pólvora grosseira.

RELIER (*rəliê*), v. t. (Conjuga-se como *prier*.) Reatar; ligar; encadernar; colocar aros numa pipa.

RELIEUR, EUSE (*rəliĕr, ëz*), adj. e s. Encadernador. S. f. Máquina de encadernar.

RELIGIEUSEMENT (*rəlijiëzman*), adv. Religiosamente.

RELIGIEUX, EUSE (*rəlijië, ëz*), adj. e s. Religioso. *Fig.* Pontual. S. f. Bolo, doce.

RELIGION (*rəlijion*), s. f. Religião, fé, piedade. *Entrer en religion*, fazer-se religioso, professar. *Fig.* Dever, escrúpulo sagrado. *Surprendre la religion de quelqu'un*, enganar a boa fé de alguém.

RELIGIONNAIRE (*rəlijionér*), s. Protestante.

RELIGIOSITÉ (*rəlijiozitê*), s. f. Religiosidade.

RELIQUAIRE (*rəlikér*), s. m. Relicário.

RELIQUAT (*rəliká*), s. m. Saldo, resto de uma conta; resto de uma doença.

RELIQUATAIRE (*rəlikatér*), s. Devedor do resto de uma conta.

RELIQUE (*rəlik*), s. f. Relíquia.

RELIRE (*rəlir*), v. t. (Conjuga-se como *lire*.) Reler.

RELIURE (*rəliür*), s. f. Encadernação.

RELOCATION (*rəlokaçion*), s. f. Subloca-

ção.
RELOUAGE (*rəluaj*), s. m. Desovamento dos arenques; época da desova.
RELOUER (*rəluê*), v. t. Subalugar.
RÉLUCTANCE (*rélüktanç*), s. f. Resistência magnética.
RELUIRE (*rəlüir*), v. t. (Conjuga-se como *luire.*) Brilhar, reluzir, resplandecer. *Fig.* Manifestar-se.
RELUISANT, E (*rəlüizan, t*), adj. Reluzente, brilhante, resplandecente.
RELUQUER (*rəlükê*), v. t. *Fam.* Olhar sorrateiramente com o canto do olho.
REMÂCHER (*rəmachê*), v. t. Ruminar.
RÉMANENCE (*rəmananç*), s. f. Conservação de uma parte de imantação.
REMANGER (*rəmanjê*), v. t. (Toma um e mudo depois do *g* antes de *a* e *o*: *il remangea, nous remangeons.*) Comer de novo.
REMANIABLE (*rəmaniabl*), adj. Reparável.
REMANIEMENT (*rəmaniman*), s. m. Conserto, reparo; modificação.
REMANIER (*rəmaniê*), v. t. (Conjuga-se como *prier.*) Reparar, consertar, modificar; retocar.
REMANIEUR, EUSE (*rəmaniĕr, ĕz*), s. Reparador, consertador, reformador.
REMARIAGE (*rəmariaj*), s. m. Novo casamento.
REMARIER (*rəmariê*), v. t. (Conjuga-se como *prier.*) Tornar a casar. **SE REMARIER**, v. pr. Casar-se de novo.
REMARQUABLE (*rəmarkabl*), adj. Notável, considerável.
REMARQUABLEMENT (*rəmarkabləman*), adv. Notavelmente; consideravelmente.
REMARQUE (*rəmark*), s. f. Nota, observação, advertência; nota escrita.
REMARQUER (*rəmarkê*), v. t. Marcar de novo, remarcar. *Fig.* Observar atentamente, distinguir.
REMASTICAGE (*rəmaçtikaj*), s. m. Remastigação.
REMASTIQUER (*rəmaçtikê*), v. t. Remastigar.
REMBALLAGE (*ranbalaj*), s. m. Nova embalagem.
REMBALLER (*ranbalê*), v. t. Embalar de novo, tornar a empacotar.
REMBARQUEMENT (*ranbarkəman*), s. m. Reembarque.
REMBARQUER (*ranbarkê*), v. t. Reembarcar. V. i. Reembarcar-se. **SE REMBARQUER**, v. pr. Arriscar-se de novo, lançar-se de novo.
REMBARRER (*ranbarê*), v. t. Repelir energicamente. *Fig.* Repreender, censurar vivamente.
REMBLAI (*ranblé*), s. m. Efeito de entulhar; entulho.
REMBLAVER (*ranblavê*), v. t. Ressemear; semear novamente.
REMBLAYAGE (*ranbléiaj*), s. m. Efeito de entulhar, de aterrar; aterro, entulho.
REMBLAYER (*ranbléiê*), v. t. (Conjuga-se como *balayer.*) Entulhar, aterrar.
REMBOITAGE ou **REMBOITEMENT** (*ranbuataj* ou *ranbuatman*), s. m. Efeito de tornar a encaixar; encaixe.
REMBOITER (*ranbuatê*), v. t. Encaixar de novo, recolocar.
REMBOUGER (*ranbujê*), v. t. (Toma um e mudo depois do *g* antes de *a* e *o*: *il rembourgea, nous rembourgeons.*) Atestar, encher até à borda.
REMBOURRAGE ou **REMBOURREMENT** (*ranburaj* ou *ranburman*), s. m. Acolchoamento.
REMBOURRER (*ranburê*), v. t. Acolchoar, estofar.
REMBOURRURE (*ranburür*), s. f. Material de acolchoar, de estofar.
REMBOURSABLE (*ranburçabl*), adj. Reembolsável.
REMBOURSEMENT (*ranburçəman*), s. m. Reembolso; pagamento de uma dívida.
REMBOURSER (*ranburçê*), v. t. Reembolsar.
REMBRANESQUE (*ranbranéçk*), adj. À maneira de Rembrandt.
REMBRUNIR (*ranbrünir*), v. t. e i. Escurecer, enegrecer. *Fig.* Entristecer, contristar. **SE REMBRUNIR**, v. pr. Entristecer-se.
REMBRUNISSEMENT (*ranbrüniçman*), s. m. Escurecimento. *Fig.* Tristeza.
REMBUCHEMENT ou **REMBUCHER** (*ranbüchman* ou *ranbüchê*), s. m. Acoitamento da caça.
REMBUCHER (*ranbüchê*), v. t. Perseguir a caça até ao covil. **SE REMBUCHER**, v. pr. Acoitar-se, refugiar-se.
REMÈDE (*rəméd*), s. m. Remédio. *Fig.* Alívio, lenitivo. *Prov. Aux grands maux, les grands remèdes*, para grandes males, grandes remédios.
REMÉDIABLE (*rəmêdiabl*), adj. Remediável.
REMEIL (*rəméi*), s. m. Corrente d'água que não gela no inverno.
REMÊLER (*rəmélê*), v. t. Misturar de novo.
REMEMBRANCE (*rəmanbranç*), s. f. Lembrança, recordação, reminiscência.
REMÉMORATIF, IVE (*rəmêmoratif, iv*), adj. Rememorativo.
REMÉMORER (*rəmêmorê*), v. t. Rememorar. **SE REMÉMORER**, v. pr. Recordar-se, lembrar-se.
REMENER (*rəmənê*), v. t. (Conjuga-se como *amener.*) Reconduzir, levar novamente.
REMERCIEMENT (*rəmérçiman*), s. m. Agradecimento.
REMERCIER (*rəmérçiê*), v. t. (Conjuga-se como *prier.*) Agradecer; recusar agradecendo; despedir.
REMESURER (*rəməzürê*), v. t. Tornar a

medir.

REMETTRE (*rəmétr*), v. t. (Conjuga-se como *mettre.*) Tornar a pôr; tornar a vestir. Colocar. Entregar; depositar. Reconciliar; restabelecer, reabilitar. Tranqüilizar. Confiar, reconhecer. Perdoar; adiar. **SE REMETTRE** v. pr. Sarar, restabelecer-se. Tranqüilizar-se. Recomeçar. *Fig.* Lembrar-se. *S'en remettre à quelqu'un,* confiar em, conformar-se com.

REMEUBLER (*rəmëblê*), v. t. Mobiliar de novo.

RÉMIGE (*rêmij*), s. f. Remígio.

REMILITARISER (*rəmilitarizê*), v. t. Tornar a dar um caráter militar.

RÉMINISCENCE (*rêminiçanç*), s. f. Reminiscência.

REMISAGE (*rəmizaj*), s. m. Efeito de reminiscência.

REMISE (*rəmiz*), s. f. Reposição; entrega; restituição. Mora; abatimento, desconto; remessa; remessa de fundos. Carta de crédito. Perdão, isenção de pena. Cocheira; abrigo, refúgio, *Voiture de remise,* veículo de aluguel.

REMISER (*rəmizê*), v. t. Recolher, guardar veículos; armazenar. **SE REMISER,** v. pr. Pousar, esconder-se (a caça).

REMISIER (*rəmiziê*), s. m. Intermediário de operações de bolsa.

RÉMISSIBLE (*rêmiçibl*), adj. Remissível, perdoável.

RÉMISSION (*rêmiçion*), s. f. Remissão, perdão. *Sans rémission,* loc. adv. Sem interrupção, implacavelmente.

RÉMITTENCE (*rêmitanç*), s. m. Remitência.

RÉMITTENT, E (*rêmitan, t*), adj. Remitente.

REMMAILLAGE (*ranmaiaj*), s. m. Conserto de malha.

REMMAILLER (*ranmaiê*), v. t. Consertar malhas.

REMMAILLOTER (*ranmaiotê*), v. t. Enfaixar de novo.

REMMANCHER (*ranmanchê*), v. t. Encabar de novo.

REMMENER (*ranmənê*), v. t. (Conjuga-se como *amener.*) Reconduzir.

RÉMOIS, E (*rêmua, z*), adj. e s. De Reims. (França).

REMONTAGE (*rəmontaj*), s. m. Operação de dar corda; nova montagem.

REMONTANT, E (*rəmontan, t*), adj. Ascendente. *Bot.* Planta que floresce em várias épocas. S. m. Bebida reconstituinte.

REMONTE (*rəmont*), s. f. Subida do curso de um rio; peixes que sobem o curso de um rio. *Mil.* Remonta.

REMONTÉE (*rəmontê*), s. f. Efeito de subir.

REMONTER (*rəmontê*), v. i. Subir novamente; subir; elevar-se; altear. Restabelecer-se. Dar corda a um relógio. *Fig.* Elevar novamente. Originar-se. **V. t.** Levar novamente para cima, alterar. Abastecer; montar; armar de novo. **SE REMONTER,** v. pr. Prover-se, abastecer-se; revigorar-se.

REMONTEUR, EUSE (*rəmontër, ëz*), s. Encarregado de dar corda.

REMONTOIR (*rəmontuar*), s. m. Pé de relógio para dar corda. *Montre à remontoir,* relógio de dar corda pelo pé.

REMONTRANCE (*rəmontranç*), s. f. Advertência, repreensão. S. f. pl. Discursos parlamentares dirigidos aos reis.

REMONTRER (*rəmontrê*), v. t. Mostrar de novo, fazer notar, observar; expor V. i. *En remontrer à,* servir de lição, de exemplo; ser superior. **SE REMONTRER,** v. pr. Mostrar-se de novo.

RÉMORA (*rêmorá*), s. m. Rêmora. *Fig.* Obstáculo, impedimento.

REMORDRE (*rəmórdr*), v. t. Morder de novo. V. i. *Fig.* Recomeçar, continuar.

REMORDS (*rəmór*), s. m. Remorso. Pl.: *des remords.*

REMORQUAGE (*rəmorkaj*), s. m. Efeito de rebocar.

REMORQUE (*rəmórk*), s. f. Reboque; cabo de reboque; veículo rebocado. *Fig.* *Se mettre à la remorque de quelqu'un,* seguir cegamente os passos de alguém.

REMORQUER (*rəmórkê*), v. t. Rebocar, conduzir, arrastar.

REMORQUEUR, EUSE (*rəmórkër, ëz*), adj. Rebocador. S. m. Barco ou veículo rebocador.

REMOUCHER (*rəmuchê*), v. t. Assoar de novo; tornar a espevitar; censurar, repreender.

REMOUDRE (*rəmudr*), v. t. (Conjuga-se como *moudre.*) Remoer.

RÉMOUDRE (*rêmudr*), v. t. (Conjuga-se como *moudre*). Afiar, aguçar de novo.

REMOUILLAGE (*rəmuiaj*), s. m. Remolho, ato de remolhar.

REMOUILLER (*rəmuiê*), v. t. Molhar de novo, remolhar.

RÉMOULADE (*rêmulad*), s. f. Molho picante.

REMOULAGE (*rəmulaj*), s. m. Remoedura; farinha dela proveniente.

REMOULER (*rəmulê*), v. t. Moldar de novo.

RÉMOULEUR (*rêmulër*), adj. e s. Amolador ambulante.

REMOUS (*rəmu*), s. m. Redemoinho de água na ré de um navio em movimento; ressaca. Pl.: *des remous.*

REMPAILLAGE (*ranpaiaj*), s. m. Empalhação.

REMPAILLER (*ranpaiê*). v. t. Empalhar.

REMPAILLEUR, EUSE (*ranpaiër, ëz*), s. Empalhador.

REMPAQUETER (*ranpaktê*), v. t. (Dobra o *t* antes de sílaba muda: *je rempaquette.*) Empacotar de novo.

REMPARER (*ranparê*), v. t. Fortificar, defender com muralhas. **SE REMPARER**, v. pr. Apoderar-se de novo.

REMPART (*ranpar*), s. m. Muralha. *Fig.* Proteção, amparo.

REMPIÈTEMENT (*ranpiétman*), s. m. Reforço na base de um muro ou edifício.

REMPIÉTER (*ranpiêtê*), v. t. (Conjuga-se como *accélérer*.) Refazer os pés de meias.

REMPLAÇABLE (*ranplaçabl*), adj. Substituível.

REMPLAÇANT, E (*ranplaçan, t*), s. Substituto.

REMPLACEMENT (*ranplaçman*), s. m. V. **REMPLOI**.

REMPLACER (*ranplaçê*), v. t. (O *c* toma uma cedilha antes de *a* e *o*: *il remplaça, nous remplaçons.*) Substituir, suprir.

REMPLAGE (*ranplaj*), s. m. Enchimento com argamassa e cascalho.

REMPLI, E (*ranpli*), adj. Cheio, preenchido. *Fig. Être rempli de soi-même*, ter-se em alta estima. S. m. Prega num tecido para encurtá-lo.

REMPLIER (*ranpliê*), v. t. (Conjuga-se como *prier.*) Preguear.

REMPLIR (*ranplir*), v. t. Encher. Preencher. Ocupar, tomar, empregar, satisfazer. Efetuar, realizar; exercer. Abundar. Embolsar, pagar. Corresponder a. Empregar. Fazer ecoar. **SE REMPLIR**, v. pr. Encher-se, transbordar.

REMPLISSAGE (*ranpliçaj*), s. m. Ato de encher; enchimento. *Fig.* Inutilidade. *Mús.* Partes entre o baixo e o alto. Conserto de rendas.

REMPLISSEUSE (*ranpliçëz*), s. e adj. f. Consertadora, reparadora de rendas. Máquina de encher garrafas.

REMPLOI (*ranpluá*), s. m. Aquisição, em condições especiais, de um edifício. *Fin.* Conversão.

REMPLOYER (*ranpluaiê*), v. t. (Conjuga-se como *aboyer.*) Empregar de novo. novo.

REMPLUMER (SE) (*çəranplümê*), v. pr. Emplumar-se, cobrir-se de penas. *Fig.* e *fam.* Tornar a engordar; melhorar a situação.

REMPOCHER (*ranpochê*), v. t. Reembolsar.

REMPOISSONNEMENT (*ranpuaçónəman*), s. m. Efeito de repovoar com peixes.

REMPOISSONNER (*ranpuaçonê*), v. t. Repovoar com peixes.

REMPORTER (*ranportê*), v. t. Tornar a levar. *Fig.* Ganhar, obter, alcançar.

REMPOTER (*ranpotê*), v. t. Transportar uma planta para um vaso maior ou com terra melhor.

REMPRUNTER (*ranprëntê*), v. t. Tornar a pedir emprestado.

REMUABLE (*rəmüabl*), adj. Removível.

REMUAGE (*rəmüaj*), s. m. Remoção; transporte. Mexida.

REMUANT, E (*r müan, t*), adj. Inquieto, travesso. *Fig.* Ativo, vivo; agitador.

REMUE-MÉNAGE (*rəmümênaj*), s. m. inv. Desarrumação de móveis, de coisas mudadas de lugar. *Fig.* Desordem, confusão.

REMUEMENT (*rəmüman*), s. m. Remoção, transporte, mexida. Fig. Agitação, desordem.

REMUER (*rəmüê*), v. t. Movimentar, transportar; deslocar. *Fig.* Comover; resolver. V. i. Mexer, mudar de lugar; abalar. **SE REMUER**, v. pr. Mover-se. *Fig.* Agitar-se; lutar por.

REMUEUR, EUSE (*rəmüër, ëz*), adj. e s. Remexido, buliçoso. S. f. Ama, aia.

REMUGLE (*rəmügl*), s. m. Mofo, bafio.

RÉMUNÉRATEUR, TRICE (*rêmünêratër, triç*), adj. e s. Remunerador.

RÉMUNÉRATION (*rêmünêraçion*), s. f. Remuneração.

RÉMUNÉRATOIRE (*rêmünêratuar*), adj. Remuneratório.

RÉMUNÉRER (*rêmünêrê*), v. t. (Conjuga-se como *accélérer.*) Remunerar.

RENÂCLER (*rənaklê*), v. t. Resfolgar, fungar. *Fig.* e *pop.* Mostrar repugnância.

RENAISSANCE (*rənéçanç*), s. f. Renascença, renascimento; reaparição.

RENAISSANT, E (*rənéçan, t*), adj. Renascente.

RENAÎTRE (*rənétr*), v. t. (Conjuga-se como *naître.*) Renascer; crescer de novo, brotar. *Fig.* Restabelecer-se, recuperar a saúde; reaparecer.

RÉNAL, E, AUX (*rênal, ô*), adj. Renal.

RENARD (*rənar*), s. m. Raposa; pele de raposa. *Fig.* Astucioso. *Pop.* Operário que se recusa a fazer greve. Vomitado.

RENARDE (*rənard*), s. f. Raposa.

RENARDEAU (*rənardô*), s. m. Filhote de raposa. Pl.: *des renardeaux.*

RENARDER (*rənardê*), v. i. Agir, proceder com astúcia.

RENARDIER (*rənardiê*), s. m. Caçador de raposas.

RENARDIÈRE (*rənardiér*), s. f. Covil, toca de raposa.

RENAUDER (*rənôdê*), v. t. *Pop.* Queixar-se; resmungar.

RENCAISSAGE ou **RENCAISSEMENT** (*rankéçaj* ou *rankéçman*), s. m. Encaixotamento; reembolso.

RENCAISSER (*rankéçê*), v. t. Reencaixar; reembolsar.

RENCHAÎNER (*ranchénê*), v. t. Tornar a prender com cadeias.

RENCHÉRI, E (*ranchêri*), adj. e s. Encarecido; desdenhoso.

RENCHÉRIR (*ranchêrir*), v. t. Encarecer. V. i. Tornar-se mais caro. *Fig.* Aumentar, exagerar.

RENCHÉRISSEMENT (*ranchêriçman*), s. m. Encarecimento, aumento de preço.
RENCHÉRISSEUR, EUSE (*ranchêriçër, ëz*), s. Encantador, aumentador de preços.
RENCOGNER (*rankonhê*), v. t. *Fam.* Encantoar. **SE RANCOGNER**, v. pr. Meter-se num canto.
RENCONTRE (*rankontr*), s. f. Encontro; choque; duelo. *De rencontre*, em segunda mão. Instintivo, irrefletido.
RENCONTRER (*rankontrê*), v. t. Encontrar, deparar com; chocar. Encontrar um termo feliz ou idéia engenhosa; adivinhar; ter sorte. **SE RENCONTRER**, v. pr. Encontrar-se. *Se rencontrer nez à nez*, encontrar-se cara a cara. Existir, ter o mesmo pensamento.
RENDANT, E (*randan, t*), adj. e s. Prestador de contas.
RENDEMENT (*randəman*), s. m. Rendimento; resultado.
RENDETTER (SE) (*çərandétê*), v. pr. Endividar-se de novo.
RENDEZ-VOUS (*randêvu*), s. m. Entrevista; encontro; reunião; local de encontro. Pl.: *des rendez-vous.*
RENDORMIR (*randormir*), v. t. Fazer adormecer de novo (uma criança). **SE RENDORMIR**, v. pr. Adormecer de novo.
RENDOSSER (*randoçê*), v. t. Tornar a vestir.
RANDOUBLER • (*randublê*), v. t. V. **REMPLIER.**
RENDRE (*randr*), v. t. Entregar, restituir, fornecer. Produzir; realizar. Exalar. Exprimir, representar. Pronunciar. Tornar. *Rendre gorge*, entregar à força o que se adquiriu ilicitamente. *Rendre grâce*, agradecer. *Rendre justice à quelqu'un*, fazer justiça a alguém. *Rendre visite*, ir visitar. *Être rendu de*, não poder mais de. **SE RENDRE**, v. pr. Seguir para; desembocar. *Fig.* Mostrar-se. Render-se; aceder.
RENDU, E (*randü*), adj. Fatigado, cansado, chegado. S. m. Desforra, vingança; objeto entregue; aquilo que é exprimido vigorosamente numa obra de arte.
RENDUIRE (*randüir*), v. t. (Conjuga-se como *conduire.*) Rebocar, retocar de novo.
RENDURCIR (*randürçir*), v. t. Tornar mais duro, endurecer mais.
RENDURCISSEMENT (*randürçiçman*), s. m. Maior endurecimento.
RÊNE (*rén'*), s. f. Rédea.
RENÉGAT, E (*rənêgá, t*), adj. Renegado. *Fig.* Traidor.
RÊNER (*réné*), v. t. Pôr rédeas.
RÉNETTE (*rênét*), s. f. Puxavante.
RÉNETTER (*rênétê*), v. t. Cortar com o puxavante.
RENFAÎTAGE (*ranfétaj*), s. m. Conserto da armação de um telhado.
RENFAÎTER (*ranfétê*), v. t. Consertar a armação de um telhado.
RENFERMÉ (*ranférmê*), s. m. Bafo, mofo.
RENFERMER (*ranférmê*), v. t. Fechar de novo; encerrar, meter na prisão. *Fig.* Conter, incluir, limitar. Ocultar. **SE RENFERMER**, v. pr. Concentrar-se, dissimular-se, limitar-se, recolher-se.
RENFLAMMER (*ranflamê*), v. t. Inflamar de novo, reacender. *Fig.* Reacender-se, entusiasmar-se.
RENFLÉ, E (*ranflê*), adj. Inchado, grosso. *Colonne renflée*, coluna com aumento de diâmetro até o segundo terço.
RENFLEMENT (*ranfləman*), s. m. Engrossamento; inchação, intumescência.
RENFLER (*ranflê*), v. t. e i. Aumentar de volume; engrossar, inchar.
RENFLOUAGE ou **RENFLOUEMENT** (*ranfluaj* ou *ranfluman*), s. m. Desencalhe; flutuação.
RENFLOUER (*ranfluê*), v. t. Desencalhar, fazer flutuar.
RENFONCEMENT (*ranfonçman*), s. m Afundamento, depressão.
RENFONCER (*ranfonçê*), v. t. (O *c* toma uma cedilha antes de *a* e *o*: *il renfonça, nous renfonçons.*) Enterrar mais ou de novo.
RENFORÇATEUR (*ranforçatër*), s. m. Banho reforçativo de fotografia.
RENFORCÉ, E (*ranforçê*), adj. Completo; acabado.
RENFORCEMENT ou **RENFORÇAGE** (*ranforçəman* ou *ranforçaj*), s. m. Reforço.
RENFONCER (*ranfonçê*), v. t. (O *c* toma uma cedilha antes de *a* e *o*: *il renfonça, nous renfonçons.*) Enterrar mais ou de novo.
RENFORCIR (*ranforçir*), v.t. *Pop.* Fortalecer. V. i. Fortalecer-se, robustecer-se.
RENFORMIR (*ranformir*), v.t. Consertar, rebocar parede.
RENFORT (*ranfór*), s. m. Reforço. *À grand renfort de*, loc. prep. À força de.
RENFROGNEMENT (*ranfrónhəman*), s. m. Contração do rosto; franzimento.
RENFROGNER ou **REFROGNER** (*ranfronhê* ou *rəfronhê*), v. t. Contrair, franzir o rosto. **SE RENFROGNER** ou **SE REFROGNER**, v.pr. Mostrar-se carrancudo.
RENGAGÉ (*rangajê*), s. m. *Mil.* Readmitido.
RENGAGEMENT (*rangajman*), s.m. Novo compromisso.
RENGAGER (*rangajê*), v.t. (Toma um *e* mudo depois do *g* antes de *a* e *o*:*il rengagea, nous rengageons.*) Contratar, engajar de novo; tomar novo compromisso, alistar de novo. **SE RENGAGER**, v. pr. Contratar-se de novo.
RENGAINE (*ranghén'*), s.f. Lengalenga.
RENGAINER (*ranghénê*), v.t. Tornar a

embainhar. *Fig.* Deixar de dizer, suprimir ou não acabar o que ia dizer.

RENGORGEMENT (*rangorjəman*), s. m. Ato de empertigar-se.

RENGORGER (SE) (*çərangorjê*), v. pr. (Toma um *e* mudo depois do *g* antes de *a* e *o*: *il rengorgea, nous rengorgeons.*) Empertigar-se. *Fig.* Dar-se ares de importância.

RENGRAISSER (*rangréçê*), v.t. e i. Tornar a engordar.

RENGRÈNEMENT (*rangrénəman*), s. m. Remoedura.

RENGRÉNER ou **RENGRENER** (*rangrênê* ou *rangrənê*), v. t. (Conjuga-se como *accélérer.*) Tornar a encher a tremonha de um moinho; pôr de novo na engrenagem.

RENIABLE (*rəniabl*), adj. Renegável.

RENIEMENT (*rəniman*), s. m. Negação, ato de renegar.

RENIER (*rəniê*), v. t. (Conjuga-se como *prier.*) Negar; renegar; abjurar; blasfemar.

RENIEUR, EUSE (*rəniĕr, ëz*), s. *Fam.* Aquele que renega; blasfemador.

RENIFLEMENT (*rəniflәman*), s. m. Ato de fungar.

RENIFLER (*rəniflê*), v. t. Fungar, resfolegar. *Fig.* e *pop. Renifler sur*, fazer algo de má vontade, mostrar repugnância por. V. t. Cheirar; sorver pelo nariz.

RENIFLEUR, EUSE (*rəniflĕr, ëz*), s. m. *Fam.* Fungão.

RÉNIFORME (*rênifórm*), adj. Reniforme.

RÉNITENCE (*rênitanç*), s.f. Renitência.

RÉNITENT, E (*rênitan, t*), adj. Renitente.

RENNE (*rén'*), s.m. Rena.

RENOM (*rənon*), s. m. Celebridade; renome, fama, reputação.

RENOMMÉ, E (*rənomê*), adj. Renomado, célebre.

RENOMMÉE (*rənomê*), s. f. Renome, fama, reputação, voz pública.

RENOMMER (*rənomê*), v. t. Renomear, reeleger. Elogiar.

RENONCE (*rənonç*), s. f. Balda (no jogo).

RENONCEMENT (*rənonçman*), s. m. Renúncia, abnegação.

RENONCER (*rənonçê*), v. t. (O *c* toma uma cedilha antes de *a* e *o*: *il renonça, nous renonçons.*) Renunciar; baldar-se (no jogo). V. t. Renegar, abandonar.

RENONCIATAIRE (*rənonçiatér*), s. m. Renunciatário.

RENONCIATEUR, TRICE (*rənonçiatĕr, triç*), s. Renunciante, renunciador.

RENONCIATION (*rənonçiaçion*), s. f. Renúncia.

RENONCULACÉES (*rənonkülaçê*), s. f. pl. Ranunculáceas.

RENONCULE (*rənonkül*), s.f. Ranúnculo.

RENOUÉE (*renuê*), s.f. Sempre-noiva, sempre-viva.

RENOUEMENT (*rənuman*), s. m. Restabelecimento, reconciliação.

RENOUER (*rənuê*), v. t. Reatar, ligar, atar. *Fig.* Restabelecer, renovar, reconciliar-se.

RENOUEUR (*rənuĕr*), s. m. V. **REBOUTEUR**.

RENOUVEAU (*rənuvô*), s. m. Primavera; volta da primavera. Pl.: *des renouveaux.*

RENOUVELABLE (*rənuvlabl*), adj. Renovável.

RENOUVELANT, E (*rənuvlan, t*), s. Criança que repete a primeira comunhão.

RENOUVELER (*rənuvlê*), v. t. (Dobra o *l* antes de sílaba muda: *je renouvellerai.*) Renovar, recomeçar. Regenerar. *Fig.* Lembrar, recordar; refazer; repetir; restaurar; transformar. V. i. Redobrar. **SE RENOUVELER**, v. pr. Voltar de novo.

RENOUVELLEMENT (*rənuvélman*), s. m. Renovação; recomeço; reiteração; reforma; substituição; aumento.

RÉNOVATEUR, TRICE (*rênovatĕr, triç*), adj. e s. Renovador, reformador.

RÉNOVATION (*rênovaçion*), s.f. Renovação; reforma.

RÉNOVER (*rênovê*), v.t. Renovar, reformar.

RENSEIGNEMENT (*rançénhəman*), s. m. Informação, esclarecimento.

RENSEIGNER (*rançénhê*), v.t. Ensinar de novo; informar, esclarecer.

RENSEMENCEMENT (*rançəmançman*), s.m. V. **RÉENSEMENCEMENT**.

RENSEMENCER (*rançəmançê*), v. t. V. **RÉENSEMENCER**.

RENTABILITÉ (*rantabilitê*), s. f. Qualidade do que é rendável.

RENTABLE (*rantabl*), adj. Rentável.

RENTAMER (*rantamê*), v.t. Encetar de novo. *Fig.* Recomeçar.

RENTE (*rant*), s.f. Renda.

RENTÉ, E (*rantê*), adj. Possuidor de rendimentos.

RENTER (*rantê*), v. t. Consignar uma renda a; dotar com renda. Palmilhar.

RENTIER, ÈRE (*rantiê, ér*), s. Capitalista, que vive de sua renda.

RENTOILAGE (*rantualaj*), s.m. Reforço, substituição de uma tela por outra; conserto com tecido novo.

RENTOILER (*rantualê*), v.t. Reforçar uma tela ou substituí-la; consertar com tecido novo.

RENTOILEUR, EUSE (*rantualĕr, ëz*), s. Consertador de telas.

RENTRAGE (*rantraj*), s.m. Entrada, recolha.

RENTRAINER (*rantrénê*), v. t. Tornar a arrastar.

RENTRAIRE (*rantrér*), v.t. (Conjuga-se como *traire.*) Cerzir.

RENTRAITURE (*rantrétür*), s.f. Cerzido.

RENTRANT, E (*rentran, t*), adj. Reentrante. S. m. Parceiro que substitui o que perdeu.

RENTRAYEUR, EUSE (*rantréièr, ëz*), s. Cerzidor.

RENTRÉ, E (*rantrê*), adj. Recolhido; concentrado; refreado; encovado. S. f. Nova entrada, reaparição, reabertura; recolha, guarda; cobrança, recebimento.

RENTRER (*rantrê*), v.t. Entrar de novo, voltar. Recolher. Readquirir, recuperar; reembolsar-se. *Rentrer en grâce*, obter perdão. *Rentrer en soi-même*, concentrar-se, recolher-se. *Pop.* Entrar. V.t. Abrigar; recolher; esconder.

RENTROUVRIR (*rantruvrir*), v.t. (Conjuga-se como *couvrir.*) Tornar a entreabrir.

RENVELOPPER (*ranvəlopê*), v. t. Embrulhar, envolver de novo.

RENVERSABLE (*ranvérçabl*), adj. Suscetível de ser derrubado.

RENVERSANT, E (*ranvérçan, t*), adj. *Fam.* Espantoso, surpreendente.

RENVERSE (*ranvérç*), s.f. *Mar.* Vento ou corrente de direção contrária. *À la renverse*, loc. adv. De costas.

RENVERSÉ, E (*ranvérçê*), adj. Tombado, caído; invertido; perturbado, transtornado.

RENVERSEMENT (*ranvérçman*), s.m. Desmoronamento, desabamento; inversão. *Fig.* Ruína, queda; desordem.

RENVERSER (*ranvérçê*), v.t. Derrubar, desmoronar. *Fig.* Destruir; inverter. *Fam.* Surpreender profundamente. V. i. Tombar, cair. **SE RENVERSER**, v. pr. Voltar-se, revirar-se; cair de costas; inclinar-se para trás.

RENVIDAGE (*ranvidaj*), s.m. Enrolamento.

RENVIDER (*ranvidê*), v.t. Enrolar.

RENVIDEUR, EUSE (*ranvidĕr, ëz*), s. Enrolador (operário). S. f. Máquina de fiar algodão ou fuso mecânico.

RENVIER (*ranviê*), v. t. (Conjuga-se como *prier.*) Reenvidar. *Fig.* Encarecer.

RENVOI (*ranvuá*), s.m. Devolução, retorno, volta; despedida, demissão; destituição; adiamento; nota. *Mús.* Sinal que indica uma repetição.

RENVOYER (*ranvuaiê*), v.t. (Conjuga-se como *envoyer.*) Devolver, enviar de novo; remeter; despedir, demitir; adiar; absolver; repercutir; refletir.

RÉOCCUPATION (*rêokũpaçion*), s. f. Reocupação.

RÉOCCUPER (*rêoküpê*), v.t. Reocupar.

RÉORCHESTRER (*rêorkéçtrê*), v. t. Orquestrar de novo.

RÉORDINATION (*rêordinaçion*), s.f. Reordenação.

RÉORDONNER (*rêordonê*), v. t. Ordenar de novo.

RÉORGANISATEUR, TRICE (*rêorganizatĕr, triç*), adj. e s. Reorganizador.

RÉORGANISATION (*rêorganizaçion*), s. f. Reorganização.

RÉORGANISER (*rêorganizê*), v.t. Reorganizar.

RÉOUVERTURE (*rêuvértür*), s.f. Reabertura.

REPAIRE (*rəpér*), s. m. Cova, covil, caverna; antro.

REPAIRER (*rəpérê*), v. t. Estar na toca, no covil.

REPAÎTRE (*rəpétr*), v. t. (Conjuga-se como *paître*, mas tem a mais o pret. perf.: *Je repus*, o imp. do subj.: *que je repusse*, o part. pass.: *repu, e* e os tempos compostos.) Pastar. V. t. Alimentar, dar de comer. *Fig.* Entreter. **SE REPAÎTRE**, v.pr. Nutrir-se, fartar-se. *Fig.* Entreter-se. *Se repaître de sang, de carnage*, ser cruel e sanguinário.

RÉPANDRE (*rêpandr*), v.t. Derramar, entornar; verter, espalhar, espargir. *Fig.* Propagar; exalar; distribuir. **SE RÉPANDRE**, v. pr. Espalhar-se, estender-se; manifestar-se. *Se répandre en invectives*, injuriar.

RÉPANDU, E (*rêpandü*), adj. Divulgado, propalado; conhecido; admitido. *Être répandu dans le monde*, freqüentar a sociedade.

RÉPARABLE (*rêparabl*), adj. Reparável.

REPARAÎTRE (*rəparétr*), v. t. (Conjuga-se como *connaître.*) Reaparecer.

RÉPARATEUR, TRICE (*rêparatĕr, triç*), adj. e s. Reparador.

RÉPARATION (*rêparaçion*), s.f. Reparação, conserto; restauração. *Fig.* Satisfação de uma ofensa. *Réparation d'honneur*, retratação de uma ofensa.

RÉPARER (*rêparê*), v.t. Reparar, restaurar; consertar; melhorar; refazer. *Fig.* Resgatar, reparar. *Réparer le temps perdu*, recuperar o tempo perdido.

REPARLER (*rəparlê*), v. t. Tornar a falar.

REPARTAGER (*rəpartajê*), v. t. (Toma um *e* mudo depois do *g* antes de *a* e *o*: *il repartagea, nous repartageons.*) Repartir de novo.

RÉPARTEMENT (*rêpartəman*), s. m. Repartição do imposto.

REPARTIE (*rəparti*), s. f. Réplica, resposta pronta.

REPARTIR (*rəpartir*), v. i. (Conjuga-se como *partir.*) Tornar a partir, ausentar-se novamente, replicar.

RÉPARTIR (*rêpartir*), v. t. (Conjuga-se

como *finir.*) Partir, distribuir.

RÉPARTITEUR (*rêpartitĕr*), s. m. Repartidor.

RÉPARTITION (*rêpartiçion*), s.f. Distribuição, partilha.

REPAS (*rəpá*), s. m. Refeição. Pl.: *des repas.*

REPASSAGE (*rəpaçaj*), s. m. Nova passagem, nova travessia. Amoladura. Passagem a ferro.

REPASSE (*rəpaç*), s. f. Farinha grossa; resíduo de destilação.

REPASSER (*rəpaçê*), v. i. Passar de novo; voltar. V. t. Atravessar de novo; transpor novamente; evocar, recordar; decorar; examinar de novo, verificar; afiar; passar a ferro.

REPASSEUR (*rəpaçĕr*), s. m. Afiador, amolador.

REPASSEUSE (*rəpaçẽz*), s. f. Engomadeira.

REPAVAGE ou **REPAVEMENT** (*rəpavaj* ou *rəpavman*), s. m. Ato de pavimentar de novo.

REPAVER (*rəpavê*), v. t. Pavimentar de novo.

REPAYER (*rəpéiê*), v. t. (Conjuga-se como *balayer.*) Pagar de novo.

REPÊCHAGE (*rəpéchaj*), s. m. Nova pesca, recolha.

REPÊCHER (*rəpéchê*), v. t. Pescar de novo; retirar da água. *Fig.* e *fam.* Tirar alguém de uma situação embaraçosa; aceitar, após nova deliberação ou novo exame, um candidato anteriomente recusado.

REPÊCHEUR (*rəpéchĕr*), s. m. Aquele que repesca; recolhedor.

REPEINDRE (*rəpendr*), v. t. (Conjuga-se como *peindre.*) Pintar de novo. *Fig.* Reproduzir.

REPEINT (*rəpen*), s. m. Retoque; ponto repintado.

REPENDRE (*rəpandr*), v. t. Pendurar ou suspender de novo.

REPENSER (*rəpançê*), v. t. Pensar de novo.

REPENTANCE (*rəpantanç*), s. f. Pesar; arrependimento.

REPENTANT, E (*rəpantan, t*), adj. Arrependido, penitente.

REPENTI (*rəpanti*), adj. Arrependido.

REPENTIR (SE) (*çərəpantir*), v. pr. (Conjuga-se como *mentir.*) Arrepender-se.

REPENTIR (*rəpantir*), s. m. Pesar, arrependimento; traço de uma primeira idéia ou de um esboço retocado pelo artista; cachos de cabelo.

REPÉRAGE (*rəpêraj*), s. m. Localização.

REPERCER (*rəpérçê*), v. t. (O *c* toma uma cedilha antes de *a* e *o*: *il reperça, nous reperçons.*) Furar de novo.

RÉPERCUSSIF, IVE (*rêpérküçif, iv*), adj. e s. Repercussivo.

RÉPERCUSSION (*rêpérküçion*), s. f. Repercussão.

RÉPERCUTER (*rêpérkütê*), v.t. Repercutir, refletir.

REPERDRE (*rəpérdr*), v. t. Perder de novo.

REPÈRE (*rəpér*), s. m. Sinal, marca; ponto de referência; sinal topográfico.

REPÉRER (*rəpêrê*), v. t. (Conjuga-se como *accélérer.*) Marcar com pontos de referência; descobrir.

RÉPERTOIRE (*rêpértuar*), s. m. Repertório; índice classificador. *Fig.* Conjunto de conhecimentos.

RÉPERTORIER (*rêpértoriê*), v. t. (Conjuga-se como *prier.*) Fazer um repertório de; incluir em repertório.

RÉPÉTAILLER (*rêpêtaiê*), v.t. Repetir, repisar muitas vezes.

RÉPÉTER (*rêpêtê*), v. t. (Conjuga-se como *accélérer.*) Repetir; reproduzir; recomeçar; refletir; explicar; recordar repetindo; reclamar. **SE RÉPÉTER**, v. pr. Repetir ociosamente.

RÉPÉTITEUR, TRICE (*rêpêtitĕr, triç*), s. Repetidor.

RÉPÉTITION (*rêpêtiçion*), s.f. Repetição; explicação; aula particular; ensaio.

RÉPÉTITORAT (*rêpêtitorá*), s.m. Cargo de repetidor.

RÉPÉTRIR (*rəpêtrir*), v. t. Amassar de novo. *Fig.* Refazer, reconstituir.

REPEUPLEMENT (*rəpëpləman*), s. m. Repovoamento; replantação.

REPEUPLER (*rəpëplê*), v. t. Repovoar; replantar.

REPINCER (*rəpençê*), v. t. (O *c* toma uma cedilha antes de *a* e *o*: *il repinça, nous repinçons.*) Tornar a beliscar.

REPIQUAGE ou **REPIQUEMENT** (*repikaj* ou *rəpikman*), s. m. Transplantação; conserto de pavimento ou calçada.

RÉPIT (*rêpi*), s. m. Demora, espera, moratória, repouso, descanso.

REPLACEMENT (*rəplaçman*), s. m. Reposição.

REPLACER (*rəplaçê*), v. t. (O *c* toma uma cedilha antes de *a* e *o*: *il replaça, nous replaçons.*) Recolocar; repor; reintegrar.

REPLANIR (*rəplanir*), v. t. Aperfeiçoar, dar acabamento aplainado.

REPLANISSAGE ou **REPLANISSEMENT** (*rəplaniçaj* ou *rəplaniçman*), s. m. Novo aplainamento.

REPLANTABLE (*rəplantabl*), adj. Replantável.

REPLANTAGE (*rəplantaj*), s. m. ou **REPLANTATION** (*rəplantaçion*), s. f. Replantação.

REPLANTER (*rəplantê*), v. t. Replantar.

REPLÂTRAGE (*rəplatraj*), s. m. Reboco

superficial de gesso. *Fig.* Remendo grosseiro; reconciliação passageira.

REPLATRER (*rəplatrê*), v. t. Engessar. *Fig.* Disfarçar.

REPLET, ÈTE (*rəplé, ét*), adj. Repleto; muito gordo.

RÉPLÉTIF, IVE (*rêplêtif, iv*), adj. Que serve para encher.

RÉPLÉTION (*rêplêçion*), s. f. Obesidade, excesso de gordura.

REPLEURER (*rəplërê*), v. t. Tornar a chorar por.

REPLEUVOIR (*rəplëvuar*), v. imp. (Conjuga-se como *pleuvoir.*) Chover de novo.

REPLI (*rəpli*), s. m. Dobra, ruga; sinuosidade, ondulações. *Fig.* Recôndito; curvatura.

REPLIABLE (*rəpliabl*), adj. Dobrável.

REPLIEMENT (*rəpliman*), s. m. Curvatura, dobra.

REPLIER (*rəplié*), v. t. (Conjuga-se como *prier.*) Dobrar de novo; curvar. **SE REPLIER**, v.pr. Dobrar-se, encurvar-se, enroscar-se; recuar em ordem.

RÉPLIQUE (*rêplik*), s.f. Réplica. Resposta pronta. Deixa (em teatro).

RÉPLIQUER (*rêplikê*), v. t. Replicar; responder prontamente. *Fig.* Retorquir.

REPLISSER (*r pliçê*), v. t. Plissar, franzir de novo.

REPLOIEMENT (*rəpluaman*), s. m. V. **REPLIEMENT.**

REPLONGER (*rəplonjê*), v. t. (Toma um *e* mudo depois do *g* antes de *a* e *o*: *il replongea, nous replongeons.*) Mergulhar de novo. *Fig.* Submergir novamente. V. i. Afundar de novo; mergulhar.

REPLOYER (*rəpluaiê*), v. t. (Conjuga-se como *aboyer.*) V. **REPLIER.**

REPOLIR (*rəpolir*), v. t. Polir de novo. *Fig.* Retocar de novo.

REPOLISSAGE (*rəpoliçaj*), s. m. Novo polimento.

RÉPONDANT, E (*rêpondan, t*), s. Aquele que defende uma tese. Ajudante de missa. Fiador, abonador.

RÉPONDRE (*rêpondr*), v.t. Responder. V. i. Replicar; repetir o som; afirmar, assegurar. *Fig.* Corresponder; retribuir; responsabilizar-se.

REPONDRE (*rəpondr*), v. t. ou i. Tornar a pôr ovos.

RÉPONS (*rêpon*), s.m. Responso. Pl.: *des répons.*

RÉPONSE (*rêponç*), s.f. Resposta.

REPOPULATION (*rəpopülaçion*), s. f. Repovoamento.

REPORT (*rəpór*), s. m. Transporte de uma soma. Operação de Bolsa.

REPORTAGE (*rəpórtaj*), s. m. Reportagem.

REPORTER (*rəpórtér*), s. m. Repórter.

REPORTER (*rəpórtê*), v. t. Levar de novo, transportar; fazer o reporte. **SE REPORTER**, v. pr. *Fig.* Reportar-se; referir-se.

REPOS (*rəpô*), s. m. Repouso, descanso; sono; tranqüilidade; calma. *Champ du repos*, cemitério. Loc. adv.: *Au repos*, em repouso; *de tout repos*, garantido.

REPOSANT, E (*rəpozan, t*), adj. Repousante.

REPOSÉ, E (*rəpozê*), adj. Calmo; que apresenta frescura. *À tête reposée*, loc. adv. Maduramente e com reflexão. S. f. Covil, toca.

REPOSER (*rəpozê*), v. t. Repor, recolocar; repousar. *Fig.* Acalmar-se, confortar-se. V. i. Dormir; estar depositado; assentar. **SE REPOSER**, v.pr. Repousar-se; tranqüilizar-se; demorar a vista.

REPOSOIR (*rəpozuar*), s. m. Repouso, lugar de descanso. Altar portátil.

REPOSSÉDER (*rəpoçêdê*), v. t. (Conjuga-se como *accélérer.*) Possuir de novo.

REPOUSSAGE (*rəpuçaj*), s. m. Ato de empurrar, de repelir. Moldagem a frio de metais.

REPOUSSANT, T (*rəpuçan, t*), adj. Repulsivo, repelente.

REPOUSSÉ (*rəpuçê*), adj. Rebatido. S. m. Objeto de metal rebatido.

REPOUSSEMENT (*rəpuçman*), s. m. Empurrão; recuo; repulsão.

REPOUSSER (*rəpuçê*), v. t. Empurrar; fazer recuar; repelir; resistir; rejeitar; repugnar; brotar. V. i. Ter força; crescer de novo.

RÉPRÉHENSIBLE (*rêprêançibl*), adj. Repreensível.

RÉPRÉHENSIF, IVE (*rêprêançif, iv*), adj. Repreensivo.

RÉPRÉHENSION (*rêprêançion*), s.f. Repreensão.

REPRENDRE (*rəprandr*), v. t. (Conjuga-se como *prendre*). Retomar; reocupar; recapturar; recuperar. Vestir de novo. Repreender. Consertar. ***Reprendre haleine***, tomar fôlego. ***Reprendre ses esprits***, recuperar os sentidos. ***Reprendre de plus haut***, remontar aos tempos antigos. V. i. Tornar a deitar raízes. Restabelecer-se. Voltar de novo. Recomeçar. Gelar de novo. **SE REPRENDRE**, v. pr. Retratar-se.

REPRÉSAILLE (*rəprêzai*), s. f. Represália. *User de représailles*, vingar-se.

REPRÉSENTABLE (*rəprêzantabl*), adj. Representável.

REPRÉSENTANT, E (*rəprêzantan, t*), s. Representante; caixeiro-viajante, corretor.

REPRÉSENTATIF, IVE (*rəprêzantatif, iv*), adj. Representativo.

REPRÉSENTATION (*rəprêzantaçion*), s. f. Representação, exibição; exposição, récita.

REPRÉSENTER (*rəprêzantê*), v. t. Apresentar de novo; exibir; pintar, reproduzir; representar. V. i. Apresentar-se bem. **SE REPRÉSENTER**, v. pr. Imaginar.

RÉPRESSIF, IVE (*rêpréçif, iv*), adj. Repressivo.

RÉPRESSION (*rêpréçion*), s. f. Repressão.

REPRÊTER (*rəprétê*), v. t. Tornar a emprestar.

REPRIER (*rəpriê*), v. t. e i. (Conjuga-se como *prier*.) Tornar a pedir.

RÉPRIMANDABLE (*rêprimandabl*), adj. Censurável, repreensivo.

RÉPRIMANDE (*rêprimand*), s.f. Reprimenda, censura.

RÉPRIMANDER (*rêprimandê*), v.t. Repreender, censurar.

RÉPRIMANT, E (*rêpriman, t*), adj. Repressor.

RÉPRIMER (*rêprimê*), v.t. Reprimir, refrear, conter.

REPRIS (*rəpri*), s. m. *Un repris de justice*, aquele que já foi condenado. Pl.: *des repris*.

REPRISAGE (*rəprizaj*), s. m. Cerzidura, reparo, conserto.

REPRISE (*rəpriz*), s. f. Retomada; renovação; continuação. Conserto. Reaparição de peça teatral. Mudança (de marcha). Cerzidura. Estribilho. *À plusieurs reprises*, loc. adv. Por várias vezes.

REPRISER (*rəprizê*), v. t. Cerzir.

REPRISEUSE (*rəprizëz*), s. f. Cerzideira.

RÉPROBATEUR, TRICE (*rêprobatër, triç*), adj. Reprovador.

RÉPROBATION (*rêprobaçion*), s.f. Reprovação, censura.

REPROCHABLE (*rəprochabl*), adj. Reprovável, censurável. *Jur.* Recusável.

REPROCHE (*rəpróch*), s. m. Censura.

REPROCHER (*rəprochê*), v. t. Censurar, reprovar; lançar em rosto. **SE REPROCHER**, v.pr. Acusar-se, censurar-se.

REPRODUCTEUR, TRICE (*rəprodüktër, triç*), adj. e s. m. Reprodutor.

REPRODUCTIBLE (*rəprodüktibl*), adj. Reproduzível.

REPRODUCTIF, IVE (*rəprodüktif, iv*), adj. Reprodutível.

REPRODUCTION (*rəprodükçion*), s. f. Reprodução, repetição; reconstituição.

REPRODUIRE (*rəprodüir*), v. t. (Conjuga-se como *conduire*.) Reproduzir; apresentar de novo; imitar; publicar novamente. **SE REPRODUIRE**, v. pr. Reproduzir-se.

RÉPROUVABLE (*rêpruvabl*), adj. Reprovável.

RÉPROUVÉ, E (*rêpruvê*), adj. Reprovado; condenado.

REPROUVER (*rəpruvê*), v. t. Provar de novo.

RÉPROUVER (*rêpruvê*), v. t. Reprovar, rejeitar; condenar.

REPTATION (*réptaçion*), s. f. Rastejo.

REPTILE (*réptil*), s. m. Réptil.

REPU, E (*rəpü*), adj. Alimentado, satisfeito. *Fig.* Saciado.

RÉPUBLICAIN, E (*rêpübliken, én'*), adj. e s. Republicano.

RÉPUBLICANISER (*rêpüblikanizê*), v. t. Republicanizar.

RÉPUBLICANISME (*rêpüblikaniçm'*), s. m. Republicanismo.

REPUBLIER (*rəpübliê*), v. t. (Conjuga-se como *prier*.) Republicar.

RÉPUBLIQUE (*rêpüblik*), s. f. República.

RÉPUDIABLE (*rêpüdiabl*), adj. Repudiável.

RÉPUDIATION (*rêpüdiaçion*), s. f. Repúdio, repudiação.

RÉPUDIER (*rêpüdiê*), v. t. (Conjuga-se como *prier*.) Repudiar. *Fig.* Rejeitar, recusar. *Dir.* Renunciar.

REPUE (*rəpü*), s. f. Refeição. *Repue franche*, refeição gratuita.

RÉPUGNANCE (*rêpünhanç*), s. f. Repugnância.

RÉPUGNANT, E (*rêpunhan, t*), adj. Repugnante; contrário, oposto.

RÉPUGNER (*rêpünhê*), v. i. Repugnar; ser contrário.

REPULLULER (*rəpülülê*), v. Repulular.

RÉPULSIF, IVE (*rêpülçif, iv*), adj. Repulsivo. *Fig.* Repugnante.

RÉPULSION (*rêpülçion*), s. f. Repulsão. Repulsa.

REPURGER (*rəpürjê*), v. t. (Toma um *e* mudo depois do *g* antes de *a* e *o*: *il repurgea, nous repurgeons*.) Expurgar; depurar de novo.

RÉPUTATION (*rêpütaçion*), s. f. Reputação.

RÉPUTÉ, E (*rêpütê*), adj. Reputado.

RÉPUTER (*rêpütê*), v. t. Reputar.

REQUÉRABLE (*rəkêrabl*), adj. Pagável na casa do devedor.

REQUÉRANT, E (*rəkêran, t*), adj. e s. Requerente.

REQUÉRIR (*rəkêrir*), v. t. (Conjuga-se como *acquérir*.) Pedir, requerer. *Fig.* Reclamar, exigir.

REQUÊTE (*rəkét*), s. f. Requerimento; petição; busca, procura. *Maître des requêtes*, referendário.

REQUÊTER (*rəkétê*), v. t. Procurar, buscar novamente a caça.

REQUIEM (*rêküiém'*), s. m. Réquiem.

REQUIN (*rəken*), s. m. Tubarão.

REQUINQUER (*rəkenkê*), v. t. *Pop.* Vestir; enfeitar. **SE REQUINQUER**, v. pr. Enfeitar-se, endomingar-se; restabelecer-se.

REQUIS, E (*rəki, z*), adj. Conveniente, necessário. S. m. Trabalho obrigatório recebido em tempo de guerra.

RÉQUISITION (*rêkiziçion*), s. f. Requisição; requerimento; petição.

RÉQUISITIONNER (*rêkiziçionê*), v. t. Requisitar.

RÉQUISITOIRE (*rêkizituar*), s. m. Requisitório; censura, queixa.

RÉQUISITORIAL, E, AUX (*rêkizitorial, ô*), adj. Relativo ao requisitório.

RESALER (*rəçalê*), v. t. Salgar de novo.

RESALUER (*rəçalüê*), v. t. Saudar de novo.

RESCAPÉ, E (*réçkapê*), adj. São e salvo.

RESCINDABLE (*réçendabl*), adj. Rescindível.

RESCINDANT, E (*réçendan, t*), adj. Rescisório.

RESCINDER (*réçendê*), v. t. Rescindir, anular.

RESCISION (*réçizion*), s. f. *Dir.* Rescisão.

RESCISOIRE (*réçizuar*), adj. Rescisório. S. m. Ação rescisória.

RESCOUSSE (*réçkuç*), s. f. Novo ataque.

RESCRIPTION (*réçkripçion*), s. f. Rescrição, ordem de pagamento.

RESCRIT (*réçkri*), s. m. Rescrito, decisão, resolução régia por escrito.

RÉSEAU (*rêzô*), s. m. Tecido de malha, rede; rendilhado. *Fig.* Complicação; entrelaçamento. Pl.: *des réseaux*.

RÉSECTION (*rêzékçion*), s. f. Ressecção, corte.

RÉSÉDA (*rêzêdá*), s. m. Resedá.

RÉSÉQUER (*rêçêkê*), v. t. (Conjuga-se como *accélérer*.) Cortar, amputar.

RÉSERVATAIRE (*rêzérvatér*), adj e s. m. Aquele que tem direito a uma reserva.

RÉSERVATION (*rêzérvaçion*), s. f. Reserva.

RÉSERVE (*rêzérv*), s. f. Reserva. *Tenir en réserve*, ter em reserva. Loc. adv.: *En réserve*, à parte, de reserva; *sans réserve*, sem exceção; *sous toute réserve*, com toda reserva. *À la réserve de*, loc. prep. Com exceção de.

RÉSERVÉ, E (*rêzérvê*), adj. Reservado, discreto, circunspecto.

RÉSERVER (*rêzérvê*), v. t. Reservar; guardar. *Fig.* Destinar. **SE RÉSERVER**, v. pr. Esperar, reservar-se.

RÉSERVISTE (*rêzérviçt*), s. m. Reservista.

RÉSERVOIR (*rêzérvuar*), s. m. Reservatório.

RÉSIDANT, E (*rêzidan, t*), adj. Residente.

RÉSIDENCE (*rêzidanç*), s. f. Residência, domicílio; emprego, cargo.

RÉSIDENT (*rêzidan*), s. m. Residente.

RÉSIDENTIEL, ELLE (*rêzidançiél*), adj. Residencial.

RÉSIDER (*rêzidê*), v. t. Residir. *Fig.* Consistir, encontrar-se.

RÉSIDU (*rêzidü*), s. m. *Quím.* Resíduo. *Fig.* Resto.

RÉSIDUAIRE (*rêzidüér*), adj. Residuário.

RÉSIGNATAIRE (*rêzinhatér*), s. m. Resignatário.

RÉSIGNATION (*rêzinhaçion*), s. f. Resignação, renúncia.

RÉSIGNÉ, E (*rêzinhê*), adj. Resignado.

RÉSIGNER (*rêzinhê*), v. t. Resignar. **SE RÉSIGNER**, v. pr. Resignar-se.

RÉSILIABLE (*rêziliabl*), adj. Anulável.

RÉSILIATION (*rêziliaçion*), s. f. Anulação, rescisão.

RÉSILIER (*rêziliê*), v. t. (Conjuga-se como *prier*.) Anular, rescindir.

RÉSILLE (*rêzii*), s. f. Rede para cabelo. Lâmina de metal para unir as peças dos vitrais.

RÉSINE (*rêzin'*), s. f. Resina.

RÉSINER (*rêzinê*), v. t. Resinar.

RÉSINEUX, EUSE (*rêzinë, ëz*), adj. Resinoso.

RÉSINIER, ÈRE (*rêziniê, ér*), s. Aquele que trabalha no tratamento da resina de pinheiro. Adj. Resineiro.

RÉSINIFÈRE (*rêzinifér*), adj. Resinífero.

RÉSISTENCE (*rêziçtanç*), s. f. Resistência

RÉSISTANT, E (*rêziçtan, t*), adj. Resistente.

RÉSISTER (*rêziçtê*), v. t. Resistir; defender-se, opor-se. *Fig.* Suportar.

RÉSOLU, E (*rêzolü*), adj. Resoluto, resolvido; ousado.

RÉSOLUBLE (*rêzolübl*), adj. Resolúvel, anulável.

RÉSOLUMENT (*rêzolüman*), adv. Resolutamente, deliberadamente.

RÉSOLUTIF, IVE (*rêzolütif, iv*), adj. Resolutivo.

RÉSOLUTION (*rêzolüçion*), s. f. Resolução, solução, decisão, redução; coragem, firmeza.

RÉSOLUTOIRE (*rêzolütuar*), adj. Resolutório.

RÉSOLVANT, E (*rêzolvan, t*), adj. V. **RÉSOLUTIF**.

RÉSONANCE (*rêzonanç*), s. f. Ressonância.

RÉSONATEUR (*rêzonatër*), s. m. Ressonador.

RÉSONNANT, E (*rêzonan, t*), adj. Ressoante.

RÉSONNEMENT (*rêzónəman*), s. m. Ressonância.

RÉSONNER (*rêzonê*), v. t. Ressoar.

RÉSORBER (*rêzórbê*), v. t. Reabsorver; assimilar.

RÉSORCINE (*rêzórçin'*), s. f. Resorcina.

RÉSORPTION (*rêzórpçion*), s. f. Reabsorção; assimilação.

RÉSOUDRE (*rêzudr*), v. t. (*Je résous, nous résolvons. Je résolvais, nous résolvions. Je résolus, nous résolûmes. Je résoudrai, nous résoudrons. Je résoudrais, nous résoudrions. Résous, résolvons, résolvez. Que je résolve, que nous résolvions. Que je résolusse, que nous résolussions. Résolvant. Résolu, e,* e para uma resolução química, *résous* sem fem.) Resolver; transformar; anular; determinar, decidir. **SE RÉSOUDRE**, v. pr. Converter, transformar, decidir-se.

RESPECT (*réçpé*), s. m. Respeito. *Sauf votre respect*, com o devido respeito. *Tenir en respect*, contèr, controlar, manter o respeito.

RESPECTABILITÉ (*réçpéktabilité*), s. f. Respeitabilidade.

RESPECTABLE (*réçpéktabl*), adj. Respeitável.

RESPECTER (*réçpékté*), v. t. Respeitar.

RESPECTIF, IVE (*réçpéktif, iv*), adj. Respectivo.

RESPECTIVEMENT (*réçpéktivman*), adv. Respectivamente.

RESPECTUEUX, EUSE (*réçpéktüë, ëz*), adj. Respeitoso.

RESPIRABLE (*réçpirabl*), adj. Respirável.

RESPIRATEUR (*réçpiratër*), adj. Respirador.

RESPIRATION (*réçpiraçion*), s. f. Respiração.

RESPIRATOIRE (*réçpiratuar*), adj. Respiratório.

RESPIRER (*réçpiré*), v. i. Respirar; viver. *Respirer en*, reviver em. V. t. Aspirar, exaltar. *Fig.* Exprimir; desejar ardentemente.

RESPLENDIR (*réçplandir*), v. t. Resplandecer, brilhar.

RESPLENDISSANT, E (*réçplandiçan, t*), adj. Resplandecente.

RESPONSABILITÉ (*réçponçabilité*), s. f. Responsabilidade.

RESPONSABLE (*réçponçabl*), adj. Responsável.

RESPONSIF, IVE (*réçponçif, iv*), adj. Responsivo.

RESQUILLE (*réçkii*), s. f. Ato de aproveitar, de explorar.

RESQUILLER (*réçkiié*), v. t. Aproveitar, explorar.

RESQUILLEUR (*réçkiiër*), s. m. Aproveitador, explorador.

RESSAC (*rəçak*), s. m. Ressaca.

RESSAIGNER (*rəçénhê*), v. t. Sangrar de novo.

RESSAISIR (*rəçézir*), v. t. Recobrar, reaver. *Fig.* Reapoderar-se, apossar-se. **SE RESSAISIR**, v. pr. *Fig.* Dominar-se, conter-se.

RESSASSER (*rəçaçé*), v. t. Peneirar de novo. *Fig.* e *fam.* V. t. Examinar minuciosamente; repisar, repetir fastidiosamente.

RESSASSEUR (*rəçaçër*), s. m. Repisador.

RESSAUT (*rəçô*), s. m. Ressalto. *Fig.* Mudança brusca.

RESSAUTER (*rəçôté*), v. t. Tornar a saltar.

RESSAYER (*rəçéiê*), v. t. (Conjuga-se como *balayer*.) Tornar a tentar; tornar a experimentar.

RESSEMBLANCE (*rəçanblanç*), s. f. Semelhança. *Fig.* Analogia.

RESSEMBLANT, E (*rəçanblan, t*), adj. Parecido, semelhante.

RESSEMBLER (*rəçanblé*), v. i. Assemelhar-se, parecer-se. **SE RESSEMBLER**, v. pr. Parecer-se.

RESSEMELAGE (*rəçəməlaj*), s. m. Conserto de meias-solas.

RESSEMELER (*rəçməlê*), v. t. (Dobra o *l* antes de sílaba muda: *je ressemelle*.) Solar, pôr solas em sapato.

RESSEMER (*rəçəmê*), v. t. (Conjuga-se como *amener*.) Ressemear.

RESSENTIMENT (*rəçantiman*), s. m. Ressentimento. *Med.* Acesso.

RESSENTIR (*rəçantir*), v. t. (Conjuga-se como *mentir*.) Ressentir, sentir, experimentar de novo. **SE RESSENTIR**, v. pr. Ressentir-se, ofender-se.

RESSERRÉ, E (*rəçéré*), adj. Apertado, estreito.

RESSERREMENT (*rəçérman*), s. m. Estreiteza, aperto; encolhimento. *Fig.* Constrangimento.

RESSERRER (*rəçéré*), v. t. Apertar mais; fechar, tramar, enclausurar de novo. *Fig.* Limitar, restringir, estreitar.

RESSERVIR (*rəçérvir*), v. t. e i. (Conjuga-se como *servir*.) Empregar, servir de novo.

RESSORT (*rəçór*), s. m. Elasticidade; mola; motor. *Fig.* Atividade, força. Meio. Alçada, jurisdição. *Cela n'est pas de mon ressort*, não está em meu poder. *Juger en dernier ressort*, julgar em última instância, sem apelação. *Manquer de ressort*, ter pouca atividade.

RESSORTIR (*rəçortir*), v. i. (Conjuga-se como *sortir*.) Sair de novo, sair; ressaltar; resultar; deduzir-se.

RESSORTIR (*rəçortir*), v. i. (Conjuga-se como *finir*.) Competir, ser da jurisdição, da alçada de.

RESSORTISSANT, E (*rəçortiçan, t*), adj. Da alçada de. S. Que pertence a uma nacionalidade.

RESSOUDER (*rəçudê*), v. t. Tornar a soldar.

RESSOURCE (*rəçurç*), s. f. Recurso, expediente. *Sans ressource*, sem remédio. Pl.: Dinheiro, homens, etc.

RESSOUVENIR (SE) (*çərəçuvnir*), v. pr. (Conjuga-se como *venir*.) Recordar-se, lembrar-se de novo.

RESSUAGE (*rəçüaj*), s. m. Ressudação; liquidação.

RESSUER (*rəçüê*), v. t. Suar mais; suar de novo; ressudar; ressuar.

RESSUI (*rêçüi*), s. m. Enxugadouro da caça na floresta.

RESSUSCITER (*rêçüçitê*), v. t. Fazer ressurgir. *Fig.* Renovar, reabilitar. V. i. Ressuscitar.

RESSUYER (*rêçüiiê*), v. t. (Conjuga-se como *appuyer.*) Tornar a enxugar; secar; esgotar; drenar.

RESTANT, E (*réçtan, t*), adj. Restante, remanescente. S. m. Resto.

RESTAURANT, E (*réçtoran, t*), adj. e s. m. Restaurante.

RESTAURATEUR, TRICE (*réçtôratĕr, triç*), s. Restaurador. S. m. Proprietário de restaurante.

RESTAURATION (*réçtôraçion*), s. f. Reparação, restabelecimento. *Fig.* Restauração.

RESTAURER (*réçtôrê*), v. t. Restaurar.

RESTE (*réçt*), s. m. Resto. *Fig. Jouer son reste,* arriscar o resto do dinheiro. *Donner son reste à,* calar, bater em, corrigir. *Jouir de son reste,* gozar os últimos momentos de uma situação. *Ne pas demander son reste,* retirar-se sem nada dizer. *Ne pas attendre son reste,* não esperar pelo fim. Loc. adv.: *De reste,* de resto; *au reste, du reste,* além disso, porém, todavia.

RESTER (*réçtê*), v. i. (Toma o auxiliar *avoir* ou *être,* segundo se queira exprimir ação ou estado.) Restar, permanecer. *En rester là,* ficar por aí, não ir mais longe. *Rester sur le champs de bataille,* morrer em combate. *Rester gros Jean, comme devant,* continuar joão-ninguém como dantes.

RESTITUABLE (*réçtitüabl*), adj. Restituível.

RESTITUER (*réçtitüê*), v. t. Restituir; restabelecer.

RESTITUTION (*réçtitüçion*), s. f. Restituição; coisa restituída.

RESTITUTOIRE (*réçtitütuar*), adj. Restituitório.

RESTREINDRE (*réçtrendr*), v. t. (Conjuga-se como *craindre.*) Restringir.

RESTRUCTURATION (*réçtrükturaçion*), s. f. Reestruturação.

RESTRUCTURER (*réçtrüktürê*), v. t. *Psic.* Reestruturar.

RÉSULTANT, E (*rêzültan, t*), adj. e s. f. Resultante.

RÉSULTAT (*rêzültá*), s. m. Resultado.

RÉSULTER (*rêzültê*), v. i. Resultar.

RÉSUMÉ (*rêzümê*), s. m. Resumo, sumário. *Au résumé, en résumé,* loc. adv. Em resumo, em suma.

RÉSUMER (*rêzümê*), v. t. Resumir. **SE RÉSUMER,** v. pr. Sintetizar.

RÉSURRECTION (*rêzürékçion*), s. f. Ressurreição.

RETABLE (*rətabl*), s. m. Retábulo.

RÉTABLIR (*rêtablir*), v. t. Restabelecer, reconstruir, restaurar. **SE RÉTABLIR,** v. pr. Restabelecer-se.

RÉTABLISSEMENT (*rêtabliçman*), s. m. Restabelecimento.

RETAILLE (*rətaii*), s. f. Retalho.

RETAILLER (*rətaiê*), v. t. Retalhar.

RETAILLURE (*rətaiür*), s. f. Retalhadura.

RÉTAMAGE (*rêtamaj*), s. m. Nova estanhagem.

RÉTAMER (*rêtamê*), v. t. Estanhar de novo.

RÉTAMEUR (*rêtamĕr*), adj. e s. m. Estanhador.

RETAPAGE (*rətapaj*), s. m. Reparo, conserto; restabelecimento.

RETAPER (*rətapê*), v. t. Reformar, reparar; arrumar. **SE RETAPER,** v. pr. Restabelecer-se.

RETARD (*rətar*), s m. Atraso. *Être en retard,* estar atrasado.

RETARDATAIRE (*rətardatér*), adj. e s. Retardatário.

RETARDATEUR, TRICE (*rətardatĕr, triç*), adj. *Fís.* Retardador.

RETARDATION (*retardaçion*), s. f. Retardamento, atraso.

RETARDEMENT (*rətardəman*), s. m. Retardamento.

RETARDER (*rətardê*), v. t. e i. Retardar, atrasar; diferir; tardar; atrasar-se.

RETÂTER (*rətatê*), v. t. Tatear, apalpar de novo. *Fig.* Sondar de novo. V. i. Provar novamente uma coisa.

RETEINDRE (*rətendr*), v. t. (Conjuga-se como *craindre.*) Retingir, tornar a tingir.

RETENDRE (*rətandr*), v. t. Esticar, estender de novo; tornar a armar laço, armadilha, etc.

RETENIR (*rətnir*), v. t. (Conjuga-se como *tenir.*) Reter; reservar, destinar, moderar, reprimir. Conservar. Deduzir; descontar. **SE RETENIR,** v. pr. Reter-se, segurar-se, moderar-se, conter-se.

RÉTENTEUR, TRICE (*rêtantĕr, triç*), adj. Retentor.

RÉTENTION (*rêtançion*), s. f. Retensão. *Dir.* Declaração de competência.

RÉTENTIONNAIRE (*rêtançionér*), s. Retentor.

RETENTIR (*rətantir*), v. t. Retinir, ecoar, retumbar; repercutir.

RETENTISSANT, E (*rətantiçan, t*), adj. Retumbante.

RETENTISSEMENT (*rətantiçman*), s. m. Ressonância, notoriedade, rumor; reflexo.

RETENUE (*rətnü*), s. f. Moderação. Retenção. Detenção no colégio. Retenida. Número que se junta à coluna seguinte.

RETERÇAGE (*rətérçaj*), s. m. Quarta cavada das vinhas.

RETERCER (*rətérçê*), v. t. (O *c* leva uma cedilha antes de *a* e *o*: *il reterça, nous reterçons.*) Cavar as vinhas pela quarta vez.

RÉTICENCE (*rêtiçanç*), s. f. Reticência.

RÉTICENT, E (*rêtiçan, t*), adj. Reticente.
RÉTICULAIRE (*rêtikülér*), adj. Reticular.
RÉTICULE (*rêtikül*), s. m. Retículo, malinha, bolsinha.
RÉTICULÉ, E (*rêtikülê*), adj. Reticulado, reticular.
RÉTIF, IVE (*rêtif, iv*), adj. Teimoso no andar; empacador. *Fig.* Renitente, insubmisso.
RÉTIFORME (*rêtifórm*), adj. Retiforme.
RÉTINE (*rêtin'*), s. f. Retina.
RÉTINITE (*rêtinit*), s. f. Retinite.
RETIRADE (*rətirad*), s. f. Trincheira de reserva.
RETIRÉ, E (*rətirê*), adj. Retirado, isolado, distante, solitário.
RETIREMENT (*rətirman*), s. m. Contração, encolhimento.
RETIRER (*rətirê*), v. t. Tornar a tirar, tirar; retomar. Retratar-se. Retirar; recolher. **SE RETIRER**, v. pr. Distanciar-se; ir-se embora; retornar; desviar-se; retrair-se, contrariar-se. encolher-se.
RETISSAGE (*rətiçaj*), s. m. Nova tecedura.
RETISSER (*rətiçê*), v. t. Tecer de novo.
RÉTIVETÉ ou **RÉTIVITÉ** (*rêtivtê* ou *rêtivitê*), s. f. Indocilidade; teimosia.
RETOMBE (*rətonb*), s. f. V. **RETOMBÉE**.
RETOMBÉE (*rətonbê*), s. f. Base de uma abóbada.
RETOMBER (*rətonbê*), v. t. Recair, tombar de novo; pender. *Fig.* Recair, reincidir.
RETONDRE (*rətondr*), v. t. Tosquiar de novo. *Arq.* Alisar.
RETORDEMENT ou **RETORDAGE** (*rətordəman* ou *rətordaj*), s. m. Retorcido.
RETORDEUR, EUSE (*rətórděr, ëz*), s. Aquele que retorce.
RETORDOIR (*rətorduar*), s. m. Retorcedeira.
RETORDRE (*rətórdr*), v. t. Retorcer. *Fig. Donner du fil à retordre à quelqu'un*, criar embaraço.
RÉTORQUER (*rêtórkê*), v. t. Retorquir.
RETORS, E (*rətór, ç*), adj. e s. m. Retorcido. *Fig.* Fino, astucioso, artificioso.
RÉTORSIF, IVE (*rêtorçif, iv*), adj. Retorsivo.
RÉTORSION (*rêtorçion*), s. f. Retorsão.
RETOUCHE (*rətuch*), s. f. Retoque.
RETOUCHER (*rətuchê*), v. t. e i. Retocar. V. **CHATIER, CORRIGER**.
RETOUPER (*rətupê*), v. t. Retocar louças.
RETOUR (*rətur*), s. m. Volta, retorno. Canto, ângulo. Devolução. Letra de câmbio que não foi paga. *Fig.* Revés. *Faire un retour sur soi-même*, refletir sobre sua conduta. *Être sur le retour*, começar a envelhecer. Pl. Voltas, curvas. *Sans retour*, loc. adv. Para sempre. *En retour de*, loc. prep. Em recompensa de.
RETOURNAGE (*rəturnaj*), s. m. Virada das tripas pelo avesso, para limpar; virar pelo avesso uma roupa desbotada.
RETOURNE (*rəturn*), s. f. Trunfo (da mesa). Continuação de um artigo num jornal.
RETOURNEMENT (*rəturnəman*), s. m. Viradela; volta do avesso.
RETOURNER (*rəturnê*), v. t. e i. Retornar, tornar; revirar. Examinar; sondar de novo. Convencer. Perturbar. Reenviar. Restituir. **SE RETOURNER**, v. pr. Voltar-se; olhar para trás. *Fig. Savoir se retourner*, saber arranjar-se. *S'en retourner*, ir-se embora. V. imp. *De quoi retourne-t-il?*, Que há?, Que se passa?, Qual é o trunfo?. *Voir de quoi il se retourne*, ver o que se passa, ver o que há.
RETRACER (*rətraçê*), v. t. (O *c* toma uma cedilha antes de *a* e *o*: *il retraça, nous retraçons*.) Traçar de novo ou de outra forma. *Fig.* Narrar, expor. **SE RETRACER**, v. pr. Lembrar-se.
RÉTRACTABLE (*rêtraktabl*), adj. Retratável.
RÉTRACTATION (*rêtraktaçion*), s. f. Retratação.
RÉTRACTER (*rêtraktê*), v. t. Retrair, contrair, encolher. *Fig.* Retratar-se. **SE RÉTRACTER**, v. pr. Contrair-se, desdizer-se.
RÉTRACTIF, IVE (*rêtraktif, iv*), adj. Retrativo, retrátil.
RÉTRACTILE (*rêtraktil*), adj. Retrátil.
RÉTRACTILITÉ (*rêtraktilitê*), s. f. Retratilidade.
RÉTRACTION (*rêtrakçion*), s. f. Contração, encolhimento.
RETRADUIRE (*rətradüir*), v. t. (Conjuga-se como *conduire*.) Traduzir de novo.
RETRAIRE (*rətrér*), v. t. (Conjuga-se como *traire*.) *Jur.* Retirar.
RETRAIT (*rətré*), s. m. Retirada. Contração.
RETRAITANT, E (*rətrétan, t*), s. Pessoa que faz um retiro.
RETRAITE (*rətrét*), s. f. Retirada. *Battre en retraite*, retirar-se, recuar. Reforma; aposentadoria. Retiro, refúgio; encolhimento, retração; afastamento. Ressaque. Diminuição gradual de uma parede; recuo de alinhamento. *Caisse de retraite*, caixa de aposentadoria.
RETRAITÉ, E (*rətrétê*), adj. Aposentado, reformado.
RETRAITER (*rətrétê*), v. t. Aposentar, reformar; tratar de novo o mesmo assunto.
RETRANCHEMENT (*rətranchəman*), s. m. Corte; supressão. Fortaleza, entrincheiramento. *Fig.* Posição defensiva.
RETRANCHER (*rətranchê*), v. t. Cortar, suprimir; fortificar com trincheiras. **SE RETRANCHER**, v. pr. Entrincheirar-se; restringir-se.

RETRANSCRIRE (*rətrançkrir*), v. t. (Conjuga-se como *écrire.*) Transcrever de novo.

RETRANSMETTEUR (*rətrançmétĕr*), s. m. Retransmissor.

RETRANSMETTRE (*rətrançmétr*), v. t. (Conjuga-se como *mettre.*) Retransmitir.

RETRAVAILLER (*rətravaiê*), v. t. e i. Tornar a trabalhar; refazer.

RETRAVERSER (*rətravérçê*), v. t. e i. Atravessar de novo.

RÉTRÉCI, E (*rêtrêçi*), adj. Limitado, estreito, acanhado.

RÉTRÉCIR (*rêtrêçir*), v. t. Estreitar, limitar. *Fig.* Amesquinhar, deprimir, abater. V. i. e **SE RÉTRÉCIR**, v. pr. Encolher-se, estreitar-se.

RÉTRÉCIS (*rêtrêçi*), s. m. Lado de uma chaminé. Pl.: *des rétrécis.*

RÉTRÉCISSEMENT (*rêtrêçiçman*), s. m. Encolhimento.

RETREMPER (*rətranpê*), v. t. Molhar de novo; retemperar. *Fig.* Revigorar, fortalecer.

RÉTRIBUER (*rêtribüê*), v. t. Retribuir.

RÉTRIBUTION (*rêtribüçion*), s. f. Retribuição.

RETRIEVER (*rətrivĕr*), s. m. Cão que recolhe a caça.

RÉTRO (*rêtrô*), s. m. *Fam.* Tacada que faz recuar a bola no bilhar.

RÉTROACTION (*rêtroakçion*), s. f. Retroação.

RÉTROACTIVITÉ (*rêtroaktivitê*), s. f. Retroatividade.

RÉTROCÉDANT, E (*rêtroçêdan, t*), s. Retrocedente.

RÉTROCÉDER (*rêtroçêdê*), v. t. (Conjuga-se como *accélérer*). Retroceder.

RÉTROCESSION (*rêtroçéçion*), s. f. Retrocessão.

RÉTROFLEXION (*rêtroflékçion*), s. f. Retroflexão.

RÉTROGRADATION (*rêtrogradaçion*), s. f. Retrogradação.

RÉTROGRADE (*rêtrograd*), adj. Retrógrado.

RÉTROGRADER (*rêtrogradê*), v. t. Retrogradar. V. t. *Mil.* Dar baixa de posto.

RÉTROGRESSION (*rêtrogréçion*), s. f. Retrogradação; retrocesso.

RÉTROSPECTIF, IVE (*rêtroçpéktif, iv*), adj. Retrospectivo.

RÉTROSPECTION (*rêtroçpékçion*), s. f. Retrospecção.

RÉTROSPECTIVEMENT (*rêtroçpéktivman*), adv. Retrospectivamente.

RETROUSSAGE (*rətruçaj*), s. m. Última cava da vinha.

RETROUSSÉ, E (*rətruçê*), adj. Arregaçado, levantado. *Nez retroussé*, nariz arrebitado.

RETROUSSEMENT (*rətruçman*), s. m. Arregaçamento.

RETROUSSER (*rətruçê*), v. t. Arregaçar, levantar. **SE RETROUSSER**, v. pr. Arregaçar-se, levantar-se.

RETROUVER (*rətruvê*), v. t. Tornar a achar, a encôntrar; encontrar, ir ter com. *Fig.* Reconhecer. **SE RETROUVER**, v. pr. Encontrar-se de novo, reconhecer-se a si mesmo; recordar-se.

RÉTROVERSION (*rêtrovérçion*), s. f. Reviramento.

RETS (*ré*), s. m. Rede de caça ou de pesca. Pl.: *des rets.*

RÉUNI, E (*rêüni*), adj. Reunido, junto.

RÉUNION (*rêünion*), s. f. Reunião, junção; agrupamento; assembléia. *Fig.* Reconciliação.

RÉUNIR (*rêünir*), v. t. Reunir, juntar, agrupar; ligar; coadunar. *Fig.* Reconciliar; grupar. **SE RÉUNIR**, v. pr. Reunir-se. *Fig.* Concorrer.

RÉUNISSAGE (*rêüniçaj*), s. m. Reunião ou junção dos fios de uma urdidura.

RÉUSSI, E (*rêüçi*), adj. Bem sucedido, bem executado; distinto.

RÉUSSIR (*rêüçir*), v. t. Ser bem sucedido, sair-se bem; resultar; conseguir; dar-se bem, medrar. V. t. Ter êxito.

RÉUSSITE (*rêüçit*), s. f. Resultado, efeito; êxito; sorte de cartas. *Faire une réussite*, deitar cartas para adivinhação.

REVACCINATION (*rəvakçinaçion*), s. f. Revacinação.

REVACCINER (*rəvakçinê*), v. t. Vacinar de novo.

REVALIDATION (*rəvalidaçion*), s. f. Revalidação.

REVALIDER (*rəvalidê*), v. t. Revalidar.

REVALOIR (*rəvaluar*), v. t. Pagar, retribuir na mesma moeda.

REVALORISATION (*rəvalorizaçion*), s. f. Revalorização.

REVALORISER (*rəvalorizê*), v. t. Revalorizar.

REVANCHE (*rəvanch*), s. f. Desforra. Loc. adv.: *En revanche*, em compensação; *à charge de revanche*, em troca de retribuição.

REVANCHER (*rəvanchê*), v. t. *Pop.* Defender, socorrer. **SE REVANCHER**, v. pr. Desforrar-se.

RÊVASSER (*rêvaçê*), v. t. Ter sonhos agitados. *Fig.* e *fam.* Fazer castelos no ar.

RÊVASSERIE (*rêvaçri*), s. f. *Fam.* Sonho agitado; sonho incoerente; quimera, utopia.

RÊVASSEUR, EUSE (*rêvaçĕr, ëz*), s. *Fam.* Sonhador, visionário.

RÊVE (*rév*), s. m. Sonho.

REVÊCHE (*rəvéch*), adj. Amargo, azedo; rude. *Fig.* Intratável, rebarbativo.

RÉVEIL (*rêvéi*), s. m. Despertar, acordar. Toque de alvorada. V. **RÉVEILLE-MATIN**.

RÉVEILLE-MATIN (*rêvéiimaten*), s. m. inv. Despertador (relógio).
RÉVEILLER (*rêvéiê*), v. t. Acordar, despertar; reanimar.
RÉVEILLON (*rêvéion*), s. m. Refeição divertida no meio da noite, sobretudo no Natal.
RÉVEILLONNER (*rêvéionê*), v. t. Cear no meio da noite, sobretudo no Natal.
RÉVÉLATEUR, TRICE (*rêvêlatër, triç*), adj. e s. Revelador; denunciador. S. m. *Fot.* Revelador.
RÉVÉLATION (*rêvêlaçion*), s. f. Revelação, inspiração divina; coisas reveladas.
RÉVÉLÉ, E (*rêvêlê*), adj. Revelado, inspirado.
RÉVÉLER (*rêvêlê*), v. t. (Conjuga-se como *accélérer.*) Revelar. **SE RÉVÉLER**, v. pr. Revelar-se, manifestar-se.
REVENANT, E (*rəvnan, t*), adj. Agradável, aprazível; que volta, que reaparece. S. m. Fantasma, espectro. *Revenant-bon*, lucro.
REVENDEUR, EUSE (*rəvandër, ëz*), s. Revendedor. *Revendeuse à la toilette*, mulher que revende objetos de toucador.
REVENDICATION (*rəvandikaçion*), s. f. Reivindicação, reclamação de um direito político ou social.
REVENDIQUER (*rəvandikê*), v. t. Reivindicar, assumir.
REVENDRE (*rəvandr*), v. t. Revender; tornar a vender. *Fig. En revendre à quelqu'un*, ser mais fino, mais astuto do que alguém.
REVENEZ-Y (*rəvnêzi*), s. m. inv. *Fam.* Coisa que se tem vontade de recomeçar. *Un goût de revenez-y*, um gosto que dá vontade de repetir.
REVENIR (*rəvnir*), v. t. (Conjuga-se como *venir.*) Voltar; brotar de novo. Aparecer, ocorrer, lembrar. *Fig.* Reconciliar-se, corrigir-se. Custar. Recobrar os sentidos. Ocupar-se, falar de novo. Redundar. *Revenir à ses moutons*, voltar ao que interessa, ao assunto. *En revenir*, melhorar, curar-se; mudar de opinião. *Je n'en reviens pas*, surpreende-me, custa-me a crer. *Revenir sur ses pas*, voltar atrás, renunciar a um propósito. *En revenir à*, tornar a falar sobre. *Être revenu de loin*, escapar da morte; mudar radicalmente de opinião. *Être revenu de*, voltar atrás, mudar de opinião. *Être revenu de tout*, estar cansado de tudo. *Cela revient à dire que*, isto quer dizer que. *Cela revient au même*, isto vem a dar no mesmo. *Il m'est revenu que*, eu soube que, consta-me que. *Faire revenir de la viande*, dar meia cozedura à carne.
REVENTE (*rəvant*), s. f. Revenda.
REVENU (*rəvnü*), s. m. Rendimento; renda. *Fig.* Lucro, vantagem. S. f. Rebentos novos; hora da pastagem.
RÊVER (*rêvê*), v. i. Sonhar; delirar; estar distraído; pensar; cogitar; cismar. V. i. Ver em sonho; sonhar com; desejar ardentemente; imaginar, inventar.
RÉVERBÉRANT, E (*rêvérbêran, t*), adj. Reverberante.
RÉVERBÉRATION (*rêvérbêraçion*), s. f. Reverberação.
RÉVERBÈRE (*rêvérbér*), s. m. Revérbero, lampião de rua.
RÉVERBÉRER (*rêvérbêrê*), v. t. (Conjuga-se como *accélérer.*) Reverberar.
REVERCHER (*rəvérchê*), v. t. Soldar.
REVERDIR (*rəvérdir*), v. t. Pintar novamente de verde. V. i. Reverdecer. *Fig.* Rejuvenescer.
REVERDISSEMENT, (*rəvérdiçəman*), s. m. Reverdecimento.
RÉVÉREMMENT (*rêvêraman*), adv. Reverentemente.
RÉVÉRENCE (*rêvêranç*), s. f. Reverência, respeito, veneração; cortesia; saudação. *Tirer* ou *faire sa révérance à*, despedir-se de. *Pop. Sauf révérence, révérence parler*, sem ofensa.
RÉVÉRENCIEL, ELLE (*rêvêrançiél*), adj. Reverencial.
RÉVÉRENCIEUSEMENT (*rêvêrançiëzman*), adv. Reverenciosamente.
RÉVÉRENCIEUX, EUSE (*rêvêrançië, ëz*), adj. Reverencioso.
RÉVÉREND, E (*rêvêran, d*), adj. e s. Reverendo.
RÉVÉRENDISSIME (*rêvêrandiçim'*), adj. Reverendíssimo.
RÉVÉRER (*rêvêrê*), v. t. (Conjuga-se como *accélérer.*) Reverenciar, venerar.
RÊVERIE (*rêvri*), s. f. Sonho, devaneio, quimera, fantasia.
REVERS (*rəvér*), s. m. Reverso, avesso. Lapela. Canhão de bota. Revés. *Revers de la main*, as costas da mão. Pl.: *des revers.*
RÉVERSAL, E, AUX (*rêvérçal, ô*), adj. Reversal.
REVERSEMENT (*rəvérçəman*), s. m. Transbordamento; mudança de direção das correntes marítimas ou da monção.
REVERSER (*rəvérçê*), v. t. Tornar a deitar, a despejar. *Fig.* Transportar, transferir; fazer cair.
REVERSI ou **REVERSIS** (*rəvérçi*), s. m. Ganha-perde (jogo).
RÉVERSIBILITÉ (*rêvérçibilitê*), s. f. Reversibilidade.
RÉVERSIBLE (*rêvérçibl*), adj. Reversível.
RÉVERSION (*rêvérçion*), s. f. Reversão.
REVERSIS (*rəvérçi*), s. m. V. **REVERSI**.
REVERSOIR (*rəvérçuar*), s. m. Represa.
REVÊTEMENT (*rəvétman*), s. m. Revestimento.
REVÊTIR (*rəvétir*), v. i. (Conjuga-se como *vêtir.*) Vestir de novo; vestir, dar roupa. **SE REVÊTIR**, v. pr. Vestir-se;

recobrir. *Fig.* Investir, dar posse; encobrir; decorar; aparentar.

RÊVEUR, EUSE (*rêvër, ëz*), adj. e s. Sonhador, visionário.

RÊVEUSEMENT (*rêvëzman*), adv. De maneira sonhadora, pensativa.

REVIDAGE (*rəvidaj*), s. m. Despejo; esvaziamento.

REVIDER (*rəvidê*), v. t. Despejar, esvaziar de novo.

REVIENT (*rəvian*), s. m. V. **PRIX**.

REVIF (*rəvif*), s. m. Revivescência; movimento de subida das marés.

REVIGORER (*rəvigorê*), v. t. Revigorar.

REVIRADE (*rəvirad*), s. f. Reviravolta.

REVIREMENT (*rəvirman*), s. m. Reviramento; mudança completa; pagamento de uma dívida por encontro ou compensação com outra; viramento de bordo.

REVIRER (*rəvirê*), v. t. *Mar.* Virar de partido. *Fig.* Mudar de partido.

REVISABLE ou **RÉVISABLE** (*rəvizabl* ou *rêvizabl*), adj. Suscetível de revisão.

REVISER ou **RÉVISER** (*rəvizê* ou *rêvizê*), v. t. Revisar; rever, examinar de novo.

REVISEUR ou **RÉVISEUR** (*rəvizër* ou *rêvizër*), s. m. Revisor.

REVISION ou **RÉVISION** (*rəvizion* ou *rêvizion*), s. f. Revisão.

REVISIONNISTE (*rəvizioniçt*), adj. e s. Revisionista.

REVIVAL (*rəvival*), s. m. Missão religiosa.

REVIVIFICATION (*rəvivifikaçion*), s. f. Revivificação.

REVIVIFIER (*rəvivifiê*), v. t. (Conjuga-se como *prier.*) Revivificar. *Fig.* Reanimar, despertar.

REVIVISCENSE (*rəviviçanç*), s. f. Revivescência.

REVIVISCIBLE (*rəviviçibl*), adj. Revivescível.

REVIVRE (*rəvivr*), v. i. (Conjuga-se como *vivre.*) Reviver; reanimar-se. V. t. Restabelecer.

RÉVOCABILITÉ (*rêvokabilitê*), s. f. Revogabilidade.

RÉVOCABLE (*rêvokabl*), adj. Revogável.

RÉVOCATION (*rêvokaçion*), s. f. Revogação.

RÉVOCATOIRE (*rêvokatuar*), adj. Revogatório, revogante.

REVOICI, REVOILÀ (*rəvuaçi, rəvualá*), prep. *Fam.* Eis aqui de novo; eis ali de novo.

REVOIR (*rəvuar*), v. t. (Conjuga-se como *voir.*) Rever; voltar; examinar detidamente. S. m. ***Au revoir***, adeus, até à vista.

REVOLER (*rəvolê*), v. i. Rever. Fig. Correr, voltar com rapidez.

REVOLIN (*rəvolen*), s. m. Redemoinho de vento.

RÉVOLTANT, E (*rêvoltan, t*), adj. Revoltante, chocante.

RÉVOLTE (*rêvólt*), s. f. Revolta, rebelião. *Fig.* Agitação violenta.

RÉVOLTÉ, E (*rêvoltê*), s. Revoltoso, rebelde.

RÉVOLTER (*rêvoltê*), v. t. Revoltar. *Fig.* Indignar-se, chocar-se. **SE RÉVOLTER**, v. pr. Revoltar-se; rebelar-se.

RÉVOLU, E (*rêvolü*), adj. Completo, findo, feito.

RÉVOLUTÉ, E (*rêvolütê*), adj. Revoluto.

RÉVOLUTIF, IVE (*rêvolütif, iv*), adj. Revoluteante.

RÉVOLUTION (*rêvolüçion*), s. f. Revolução; giro; rotação. *Fig.* Revolta; reação.

RÉVOLUTIONNAIRE (*rêvolüçionér*), adj. Revolucionário.

RÉVOLUTIONNAIREMENT (*rêvolüçionérman*), adv. Revolucionariamente.

RÉVOLUTIONNER (*rêvolüçionê*), v. t. Revolucionar. *Fig.* Perturbar, agitar.

REVOLVER (*rêvolvér*), s. m. Revólver.

REVOMIR (*rəvomir*), v. t. Vomitar de novo; repelir.

RÉVOQUER (*rêvokê*), v. t. Revogar.

REVUE (*rəvü*), s. f. Revista.

REVUISTE (*rəvüiçt*), s. m. Revisteiro.

RÉVULSER (*rêvülçê*), v. t. Revulsar.

RÉVULSIF, IVE (*rêvülçif, iv*), adj. Revulsivo.

RÉVULTION (*rêvülçion*), s. f. Revulsão.

REZ (*rê*), prep. Rés, raso, rente. ***À rez de***, loc. prep. Ao rés de, ao nível de.

REZ-DE-CHAUSSÉE (*rêdchôçê*), s. m. inv. Ao nível do solo; a parte de uma casa ao nível do solo; a parte inferior de um jornal.

RHABILLAGE ou **RHABILLEMENT** (*rabiiaj* ou *rabiiman*), s. m. *Fam.* Conserto, reparação.

RHABILLER (*rabiiê*), v. t. Vestir de novo; consertar. *Fig.* Apresentar em forma nova; arranjar, reparar.

RHABILLEUR, EUSE (*rabiiër, ëz*), s. Consertador, reparador.

RHAGADE (*ragad*), s. f. *Med.* Rágada.

RHAPSODE ou **RAPSODE** (*rapçód*), s. m. Rapsodo.

RHAPSODIE ou **RAPSODIE** (*rapçodi*), s. f. Rapsódia.

RHAPSODISTE ou **RAPSODISTE** (*rapçodiçt*), s. m. Rapsodista.

RHÉNAN, E (*rênan, an'*), adj. Renano.

RHÉOMÈTRE (*rêométr*), s.m. Reômetro.

RHÉOSTAT (*rêoçtá*), s. m. Reóstato ou reostato.

RHÉOSTATIQUE (*rêoçtatik*), adj. Relativo ao reóstato.

RHÉTEUR (*rêtër*), s. m. Retórico; orador enfático, declamador.

RHÉTIQUE ou **RÉTIQUE** (*rêtik*), adj. Rético.

RHÉTORIQUE (*rêtorik*), s. f. Retórica;

aula de retórica.
RHÉTORICIEN (*rêtoriçien*), s. m. Retórico; aluno de retórica.
RHINALGIE (*rinalji*), s. f. Rinalgia.
RHINITE (*rinit*), s. f. Rinite.
RHINOCÉROS (*rinoçêróç*), s. m. Rinoceronte. Pl.: *des rhinocéros.*
RHINOLOGIE (*rinoloji*), s. f. Rinologia.
RHINOSCOPIE (*rinoçkopi*), s. f. Rinoscopia.
RHIZOCARPÉ, E (*rizokarpê*), adj. Rizocárpio.
RHIZOME (*rizóm'*), s. m. Rizoma.
RHIZOPHAGE (*rizofaj*), adj. Rizófago.
RHIZOPHORACÉES (*rizoforaçê*), s. f. pl. *Bot.* Rizoforáceas.
RHIZOPODES (*rizopód*), s. m. pl. Rizópodes.
RHIZOSTOME (*rizóçtóm'*), s. m. Rizóstomo.
RHODANIEN, ENNE (*rodanien, én'*), adj. Relativo ao rio Ródano.
RHODIUM (*rodióm'*), s. m. Ródio.
RHODODENDRON (*rodôdandron*), s. m. Rododendro.
RHOMBE (*ronb*), s. m. Rombo (losango).
RHOMBOÈDRE (*ronboédr*), s. m. Romboedro.
RHOMBOÉDRIQUE (*ronboêdrik*), adj. Romboédrico.
RHOMBOÏDAL, E, AUX (*ronboidal, ô*), adj. Romboidal.
RHOMBOÏDE (*ronboid*), s. m. Rombóide.
RHOTACISME (*rotaçiçm*), s. m. Rotacismo.
RHUBARBE (*rübarb*), s. f. Ruibarbo.
RHUM (*róm'*), s. m. Rum.
RHUMATISANT, E (*rümatizan, t*), adj. e s. Reumático.
RHUMATISMAL, E, AUX (*rümatiçmãl, ô*), adj Reumatismal.
RHUMATISME (*rümatiçm*), s. m. Reumatismo.
RHUMB (*ronb*), s. m. V. **RUMB**.
RHUME (*rüm'*), s. m. Resfriado, gripe. *Rhume de cerveau,* coriza.
RHUMER (*rümê*), v. t. Juntar ao rum.
RHUMERIE (*rüməri*), s. f. Fábrica de rum.
RHYTIDOME (*ritidóm'*), s. m. *Bot.* Ritidoma.
RIANT, E (*rian, t*), adj. Risonho, ridente; agradável.
RIBAMBELLE (*ribanbél*), s. f. Série, caterva.
RIBAUD, E (*ribô, d*), adj. e s. Lascivo, impudico.
RIBLAGE (*riblaj*), s. m. Alisamento de uma mó.
RIBLER (*riblê*), v. i. Levar uma vida licenciosa. V. t. *Ribler une meule,* alisar a superfície de uma mó.
RIBLEUR (*riblĕr*), s. m. Vagabundo noturno.
RIBLON (*riblon*), s. m. Sucata.
RIBORD (*ribór*), s. m. Risbordo.
RIBORDAGE (*ribordaj*), s. m. *Mar.* Abalroamento; indenização por esse acidente.
RIBOTE (*ribót*), s. f. *Pop.* Patuscada.
RIBOTER (*ribotê*), v. i. *Fam.* Andar em patuscadas.
RIBOTEUR, EUSE (*ribotĕr, ëz*), s. Amigo de patuscadas, de comezainas.
RIBOUIS (*ribui*), s. m. *Pop.* Sapato. Pl.: *des ribouis.*
RICANEMENT (*rikanəman*), s. m. Chacota, mofa, zombaria.
RICANER (*rikanê*), v. t. Zombar, rir de escárnio.
RICANERIE (*rikanəri*), s. f. V. **RICANEMENT**.
RICANEUR, EUSE (*rikanĕr, ëz*), s. Zombeteiro, escarnecedor.
RIC-À-RAC ou **RIC-RIC** (*rikarak* ou *rikrik*), loc. adv. À risca.
RICHARD, E (*richar, d*), s. Ricaço.
RICHE (*rich*), adj. Rico; fértil; abundante; magnífico. S. m. Pessoa rica.
RICHELIEU (*richlië*), s. m. Sapato baixo. Pl.: *des richelieux.*
RICHEMENT (*richman*), adv. Ricamente.
RICHESSE (*richéç*), s. f. Riqueza.
RICHISSIME (*richiçim'*), adj. *Fam.* Riquíssimo.
RICIN (*riçen*), s. m. Rícino.
RICININÉ, E (*riçininê*), adj. Impregnado de rícino.
RICOCHER (*rikochê*), v. t. Ricochetear.
RICOCHET (*rikoché*), s. m. Ricochete. *Fig.* Encadeamento de acontecimentos. *Par ricochet,* indiretamente.
RICTUS (*riktüç*), s. m. Ricto. Pl.: *des rictus.*
RIDAGE (*ridaj*), s. m. Rizadura.
RIDE (*rid*), s. f. Ruga, prega.
RIDÉ, E (*ridê*), adj. Enrugado.
RIDEAU (*ridô*), s. m. Cortina, cortinado; pano de boca de teatro. *Fig. Tirer le rideau sur,* esconder. Pl.: *des rideaux.*
RIDÉE (*ridê*), s. f. Rede para caçar cotovias.
RIDEMENT (*ridman*), s. m. Ato de enrugar, franzir.
RIDER (*ridê*), v. t. Enrugar. *Fig.* Franzir. *Mar.* Rizar.
RIDICULE (*ridikül*), adj. Ridículo.
RIDICULEMENT (*ridikülman*), adv. Ridiculamente.
RIDICULISER (*ridikülizê*), v. t. Ridicularizar.
RIDOIR (*riduar*), s. m. Aparelho para rizar.
RIEN (*rien*), pron. ind. e s. m. Nada. *De rien,* muito pequeno. *Rien que,* somente. *Pour un rien,* por pouca coisa, por um nada. *Cela ne fait rien,* não importa. *C'est un homme de rien,* homem de má conduta. *Comme si de rien n'était,* como se nada fosse. *N'être rien moins que,* não ser nada menos que. *N'être pour rien dans,* não ter culpa,

não ser responsável. *En moins de rien*, num segundo. *Ne savoir rien de rien*, não saber nada. *On ne fait rien de rien*, não se tira nada do nada.

RIEUR, EUSE (*riĕr, ëz*), adj. e s. Galhofeiro, que gosta de rir. S.f. Gaivota.

RIFLARD (*riflar*), s. m. Plaina grande; betumadeira: desbastador, lima grossa; a lã mais grossa e mais comprida. *Pop.* Guarda-chuva grande.

RIFLE (*rifl*), s.m. Carabina.

RIFLER (*riflê*), v. t. Desbastar, limar, polir.

RIFLOIR (*rifluar*), s. m. Lima de alisar.

RIGAUDON (*rigôdon*), s.m. V. **RIGODON.**

RIGIDE (*rijid*), adj. Rígido. *Fig.* Inflexível.

RIGIDEMENT (*rijidman*), adv. Rigidamente.

RIGIDIFIER (*rijidifiê*), v.t. (Conjuga-se como *prier.*) Enrijecer.

RIGIDITÉ (*rijiditê*), s.f. Rigidez. *Fig.* Severidade, inflexibilidade.

RIGODON (*rigodon*), s. m. Rigodão, dança em dois tempos.

RIGOLADE (*rigolad*), s.f. *Pop.* Gracejo; coisa engraçada; divertimento.

RIGOLAGE (*rigolaj*), s. m. Rego, calha; vala; fosso (horticultura).

RIGOLER (*rigolê*), v.i. *Pop.* Brincar; rir; divertir-se muito.

RIGOLEUR, EUSE (*rigolĕr, ëz*), adj. e s. *Pop.* Gracejador, brincalhão, pândego.

RIGOLO, OTE (*rigolô, ót*), adj. e s. *Pop.* Alegre e divertido. S.m. *Pop.* Revólver.

RIGORISME (*rigoriçm*), s.m. Rigorismo.

RIGORISTE (*rigoriçt*), adj. e s. Rigorista.

RIGOUREUSEMENT (*rigurĕzman*), adv. Rigorosamente; com exatidão, com rigor.

RIGOUREUX, EUSE (*rigurë, ëz*), adj. Rigoroso; austero, rígido; duro, severo, rude, áspero.

RIGUEUR (*righĕr*), s. f. Rigor, severidade; dureza; austeridade; exatidão. *De rigueur*, obrigatório. *Tenir rigueur à*, mostrar-se aborrecido com, tratar friamente. *A la rigueur*, loc. adv. Na pior das hipóteses.

RIKIKI (*rikiki*), s.m. V. **RIQUIQUI.**

RILLETTES (*riiét*), s.f.pl. Conserva de carne de porco na gordura.

RILLONS (*riion*), s.m.pl. Torresmos.

RIMAILLER (*rimaiê*), v.t. e i. Fazer maus versos.

RIMAILLERIE (*rimaiiri*), s.f. Má poesia.

RIMAILLEUR (*rimaiĕr*), s.m. Mau poeta. ta.

RIME (*rim'*), s.f. Rima. *Sans rime ni raison*, sem tom nem som; desprovido de bom senso.

RIMER (*rimê*), v.t. Rimar; versejar. *Fig.* Correspondente a, significar.

RIMEUR (*rimĕr*), s.m. Rimador; versejador.

RINÇAGE (*rençaj*), s.m. Lavadura, lavagem.

RINCE-BOUCHE (*rençbuch*), s. m. inv. Taça com água perfumada para lavar a boca; essa lavagem.

RINCE-BOUTEILLES (*rençəbutéii*), s. m. inv. Instrumento para lavar garrafas.

RINCE-DOIGTS (*rençədud*), s. m. inv. Taça com água perfumada para lavar as pontas dos dedos.

RINCÉE (*rençê*), s.f. *Pop.* Sova, surra.

RINCER (*rençê*), v.t. (O *c* toma uma cedilha antes de *a* e *o*: *il rinça, nous rinçons.*) Lavar, limpar; enxaguar.

RINCEUR, EUSE (*rençĕr, ëz*), s. Lavador; enxaguador.

RINÇURE (*rençür*), s. m. *Fam.* Água suja, água servida.

RING (*ring'*), s.m. Ringue.

RINGARD (*rengar*), s.m. Instrumento para avivar, atiçar o fogo.

RIOTER ou **RIOCHER** (*riotê* ou *riochê*), V. i. *Pop.* Sorrir, dar um ar de riso.

RIOTEUR, EUSE (*riotĕr, ëz*), adj. e s. Risote, risonho.

RIPAGE ou **RIPEMENT** (*ripaj* ou *ripman*), s.m. Polimento de pedra; deslizamento; largada.

RIPAILLE (*ripaii*), s.m. *Pop.* Comezaina, patuscada.

RIPAILLER (*ripaiê*), v.i. Fazer patuscadas.

RIPAILLEUR, EUSE (*ripaiĕr, ëz*), s. *Fam.* Amigo de patuscadas.

RIPE (*rip*), s.f. Instrumento de escultor ou de pedreiro, para raspar; calha circular em que gira uma mó.

RIPER (*ripê*), v.t. Raspar, polir, fazer deslizar. V. i. Derrapar.

RIPOPÉE (*ripopê*), s.f. Zurrapa. Mistura de molho. *Fig.* Mistura de coisas disparatadas.

RIPOSTE (*ripóçt*), s.f. Resposta pronta, réplica.

RIPOSTER (*ripoçtê*), v.t. Replicar, responder prontamente; repelir uma injustiça.

RIPUAIRE (*ripüér*), adj. Ripuário.

RIQUIQUI (*rikiki*), s.m. *Fam.* Pessoa baixa e de aspecto mesquinho. *Pop.* Licor.

RIRE (*rir*), v. i. (Toma dois *i* na 1ª p. do pl. do imperf. do ind. e do pres. do subj : *Je ris, nous rions. Je riais, nous riions. Je ris, nous rîmes. Je rirai, nous rirons. Je rirais, nous ririons. Ris, rions, riez. Que je rie, que nous riions. Que je risse, que nous rissions. Riant. Ri, e.*) Rir; ser favorável; apresentar um ar alegre, agradável; divertir-se; escarnecer. *Rire du bout des dents, des lèvres*, rir sem vontade. *Rire de quelqu'un*, zombar de alguém. *Avoir le mot pour rire*, saber dizer coisas engraçadas. *Rire jaune,* rir amarelo, rir sem graça. *Prov. Rira bien qui rira le dernier,* ri melhor quem ri por último. **SE RIRE,** v. pr. Zombar, não levar a sério. S. m. Riso. *Fou rire,* riso incontido. *Partir d'un éclat de rire,* soltar uma gargalhada.

RIS (*ri*), s.m. Riso. Timo de vitela ou de carneiro. *Mar.* Rizes. Pl.: *des ris.*

RISBAN (*riçban*), s.m. Terrapleno, terraço guarnecido de canhões.

RISBERME (*riçbérm*), s.m. *Constr.* Porção de ramos com pedras, para proteger os alicerces de uma obra hidráulica.

RISÉE (*rizê*), s.f. Risada; zombaria. *Mar.* Pé de vento.

RISER (*rizê*), v.t. *Mar.* Rizar.

RISETTE (*rizét*), s.f. Risadinha, risinho; ligeira ondulação do mar.

RISIBLE (*rizibl*), adj. Risível, ridículo.

RISIBLEMENT (*riziblәman*), adv. Risivelmente, ridiculamente.

RISORIUS (*rizoriüç*), s.m. Risório.

RISQUABLE (*riçkabl*), adj. Arriscado.

RISQUE (*riçk*), s. m. Risco. *À ses risques et périls,* sob a responsabilidade de. *À tout risque,* ao acaso. *Au risque de,* loc. prep. Expondo-se a, com o risco de.

RISQUER (*riçkê*), v.t. Arriscar, aventurar; tentar com risco. *Fam. Risquer gros,* arriscar-se muito. *Risquer le tout pour tout,* arriscar tudo para ganhar muito.

RISQUE-TOUT (*riçktu*), s.m.inv. Pessoa audaciosa, atirada, ousada.

RISSOLE (*riçól*), s.m. Pastel; rede para apanhar enchovas.

RISSOLER (*riçolê*), v.t. Corar, tostar.

RISSOLETTE (*riçolét*), s.f. Fatia de pão recheada.

RITE (*rit*), s.m. Rito.

RITOURNELLE (*riturnél*), s.f. Ritornelo; estribilho. *Fig.* e *fam.* Repetição fastidiosa.

RITUALISME (*ritüaliçm*), s. m. Ritualismo.

RITUALISTE (*ritüaliçt*), s.m. Ritualista.

RITUEL, ELLE (*ritüél*), adj. e s.m. Ritual.

RIVAGE (*rivaj*), s.m. Margem, borda; praia.

RIVAL, E, AUX (*rival, ô*), adj. e s. Rival.

RIVALISER (*rivalizê*), v.t. Rivalizar.

RIVALITÉ (*rivalitê*), s.f. Rivalidade.

RIVE (*riv*), s.f. Margem, borda.

RIVELAINE (*rivlén'*), s.f. Picareta de duas pontas, usada nas minas.

RIVELET (*rivlé*), s.m. Riacho, ribeirão.

RIVEMENT (*rivman*), s.m. Reviravolta; pagamento por transferência.

RIVER (*rivê*), v.t. Cravar; prender. *Fig.* Ligar-se indissoluvelmente. *River à quelqu'un son clou,* repreender, fazer calar.

RIVERAIN, E (*rivәren, én'*), adj. e s. Ribeirinho.

RIVET (*rivé*), s.m. Rebite.

RIVETAGE (*rivtaj*), s.m. Rebitamento.

RIVETER (*rivtê*), v.t. (Dobra o *t* antes de sílaba muda: *il rivettera.*) Rebitar.

RIVEUR (*rivër*), adj. Que rebita. S. m. Rebitador.

RIVIÈRE (*riviér*), s.f. Rio; ribeira. *Rivière de diamants,* colar de diamantes.

RIVOIR (*rivuar*), s. m. Martelo para rebitar pregos.

RIVULAIRE (*rivülér*), adj. Ribeirinho.

RIXDALE (*rikçdal*), s.f. Moeda antiga.

RIXE (*rikç*), s.f. Rixa.

RIZ (*ri*), s.m. Arroz. *Poudre de riz,* pó-de-arroz. Pl.: *des riz.*

RIZERIE (*rizәri*), s. f. Fábrica de pilar arroz.

RIZICULTURE (*rizikültur*), s.f. Cultura de arroz.

RIZIÈRE (*riziér*), s.f. Arrozal.

ROB (*rób*), s.m. Arrobe, xarope.

ROBE (*rób*), s.f. Vestido; túnica. Hábito; batina; toga; beca. *Fig.* Invólucro; manto; capa de charuto. Pêlo, plumagem. Vagem, casco. *Robe de chambre,* roupão. *Pommes de terre en robe de chambre,* batatas cozidas com casca.

ROBBER (*robê*), s.m. V. **ROB**.

ROBER (*robê*), v.t. Descascar, tirar o pêlo do chapéu; encapar charutos.

ROBIN (*roben*), s.m. *Fam.* Homem de toga.

ROBINET (*robiné*), s.m. Torneira; chave de torneira.

ROBINETIER (*robinәtiê*), s. m. Fabricante de torneiras.

ROBINETTERIE (*robinétәri*), s. f. Fábrica de torneiras.

ROBINIER (*robiniê*), s.m. Acácia.

ROBORATIF, IVE (*roboratif, iv*), adj. e s. m. Roborativo.

ROBOT (*rôbô*), s.m. Autômato com forma humana capaz de executar certos trabalhos.

ROBUSTE (*robüçt*), adj. Robusto. *Fig.* Firme, inabalável.

ROBUSTEMENT (*robuçtәman*), adv. Robustamente.

ROBUSTESSE (*robüçtéç*), s.f. Robustez.

ROC (*rók*), s. m. Rocha, rochedo. *Fig.* Firme.

ROCADE (*rokad*), s.m. *Mil.* Caminho estratégico.

ROCAILLAGE (*rokaiaj*), s.m. Cascalho; embutido.

ROCAILLEUR (*rokaiër*), s.m. Artista de embutidos.

ROCAILLEUX, EUSE (*rokaië, ëz*), adj. Pedregoso. *Fig.* Áspero, duro.

ROCAMBOLE (*rokanból*), s. f. Rocambole. Alho da Espanha. *Fig.* Futilidade; gracejo batido.

ROCAMBOLESQUE (*rokanboléçk*), adj. Rocambolesco.

ROCHE (*róch*), s.f. Rocha, penedo.

ROCHER (*rochê*), s.m. Rochedo, penedo. *Anat.* Rochedo. *Fig.* Insensível; firme; sólido. V. t. Salpicar de bórax.

ROCHET (*roché*), s.m. Espécie de sobrepeliz; bobina curta de enrolar seda.

ROCHEUX, EUSE (*rochë, ëz*), adj. Rochoso.

ROCHIER (*rochiê*), s. m. Tubarão dos mares franceses.

ROCOCO (*rôkôkô*), s.m. e adj. inv. Rococó.

ROCOU ou **ROUCOU** (*rôku* ou *ruku*), s. m. Urucu.

ROCOUER (*rokuê*), v.t. Tingir com o urucu.

RODAGE (*rodaj*), s. m. Alisamento, polimento.

RÔDAILLER (*rôdaiê*), v. i. Passear ociosamente, vadiar.

RODER (*rodê*), v.t. Alisar, friccionar, polir, gastar.

RÔDER (*rôdê*), v.i. Vagar, errar; espreitar, rondar.

RÔDERIE (*rôdəri*), s. f. Vagabundagem; espreita.

RÔDEUR, EUSE (*rôděr, ëz*), s. Vagabundo, vadio; rondador.

RODOMONT (*rodomon*), s.m. Fanfarrão; bazófio.

RODOMONTADE (*rodomontad*), s. f. Fanfarronada, bravata.

ROGATION (*rogaçion*), s.f. Rogação. S. f. pl. Preces públicas.

ROGATOIRE (*rogatuar*), adj. Rogatório.

ROGATOIREMENT (*rogatuarman*), adv. Por rogatória.

ROGATON (*rogaton*), s.m. Pedido humilde; ninharia; sobras de comida.

ROGNAGE (*ronhaj*), s.m. Corte, aparo.

ROGNE (*rónh*), s.f. Ronha; tinha. *Pop.* Cólera, mau humor. *Rogne-pied*, puxavante.

ROGNER (*ronhê*), v.t. Aparar; cortar; cercear. *Fig.* Diminuir. V. i. *Pop.* Encolerizar-se.

ROGNEUR, EUSE (*ronher, ëz*), s. Cerceador; aparador, cortador. S. f. Máquina de cortar.

ROGNEUX, EUSE (*ronhë, ëz*), adj. Ronhento, tinhoso.

ROGNON (*ronhon*), s.m. Rim dos animais.

ROGNONNER (*ronhonê*), v.t. *Pop.* Resmungar, falar por entre dentes.

ROGNURE (*ronhür*), s.f. Aparo, resto, sobra.

ROGOMME (*rogóm'*), s. m. *Pop.* Licor forte. *Voix de rogomme*, voz rouca de alcoólico.

ROGUE (*rógh*), adj. Altivo, arrogante. S. f. Ovas de peixe.

ROGUÉ, E (*roghê*), adj. Que tem ovos (peixe).

ROI (*ruá*), s.m. Rei.

ROIDE (*ruad*), adj., **ROIDEUR** (*ruaděr*), s. f., **ROIDIR** (*ruadir*), v. t. V. **RAIDE RAIDEUR, RAIDIR.**

ROITELET (*ruatlé*), s.m. Reizinho; régulo. Cambaxirra.

RÔLE (*rôl*), s.m. Rol; catálogo; arquivo. papel pela primeira vez. *Jouer un rôle*, ordem de inscrição. *Fig.* Cada um por sua vez. *Créer un rôle*, representar um papel pela primeira vez. *Jouer un rôle*, interpretar um papel. *Fig.* Desempenhar certas funções.

RÔLER (*rôlê*), v.i. Fazer rol; copiar, escrever.

RÔLET (*rôlé*), s.m. Papel sem importância (no teatro).

ROMAIN, E (*romen, én'*), adj. e s. Romano. S. f. Variedade de alface. Balança romana.

ROMAÏQUE (*romaík*), adj. e s. m. Romaico.

ROMAN, E (*roman, an'*), adj. e s. Românico.

ROMAN (*roman*), s.m. Romance. *Roman fleuve*, romance longo, em vários volumes. *Fig.* Narração inacreditável, quimera, utopia.

ROMANCE (*romanç*), s.f. Canção, romança.

ROMANCER (*romançê*), v.t. (O *c* toma uma cedilha antes de *a* e *o*: *il romança, nous romançons.*) Dar forma de romance.

ROMANCERO (*romançêrô*), s. m. Romanceiro.

ROMANCHE (*romanch*), s.m. Rético.

ROMANCIER, ÈRE (*romançiê, ér*), s. Romancista.

ROMAND, E (*roman, d*), adj. Romanche.

ROMANÉE (*romané*), s.m. Vinho vermelho da Borgonha.

ROMANESQUE (*romanéçk*), adj. Romanesco, fabuloso. *Fig.* Romântico.

ROMAN-FEUILLETON (*romanfëiiton*), s.m. Romance em folhetins. Pl.: *des romans-feuilletons.*

ROMANI (*romani*), s.m. Cigano. Vagabundo.

ROMANICHEL, ELLE (*romanichél*), s. Cigano; vagabundo.

ROMANISANT, E (*romanizan, t*), adj. e s. Romanizável.

ROMANISER (*romanizê*), v.t. Romanizar. V. i. Converter-se ao catolicismo.

ROMANISTE (*romaniçt*), s.m. Romanista.

ROMANTIQUE (*romantik*), adj. e s. Romântico.

ROMANTISME (*romantiçm*), s.m. Romantismo.

ROMARIN (*romaren*), s.m. Alecrim.

ROMPEMENT (*ronpəman*), s. m. Rompimento.

ROMPIS (*ronpi*), s.m. Árvore quebrada. Pl.: *des rompis.*

ROMPRE (*ronpr*), v. t. (Toma um *t* na 3ª p. do sing. do pres. do ind.: *il rompt.*) Romper. Dispersar; deixar, separar-se de. Reduzir. Fatigar. Ensurdecer. Habituar. *Rompre la paille*, cortar relações. *Rompre la place*, vencer as primeiras dificuldades. *À tout rompre*, com grande barulho, com entusiasmo. V. i. Quebrar-se. *Fig.* Cortar relações. *Rompre en visière*, usar de franqueza. **SE ROMPRE**, v.pr. *Se rompre le cou*, morrer ou ferir-se gravemente na queda.

ROMPU, E (*ronpü*), adj. Alquebrado, fatigado; experiente, hábil. *À bâtons rompus*, loc. adv. Com interrupção; sobre vários assuntos.

RONCE (*ronç*), s. f. Sarça. *Fig.* Sofrimento, dificuldade.

RONCERAIE (*ronçəré*), s. f. Silvedo, silvado.

RONCEUX, EUSE (*ronçë, ëz*), adj. Espinhoso.

RONCHONNEMENT (*ronchonəman*), s. m. Resmungo; rosnado; grunhido.

RONCHONNER (*ronchonê*), v.i. *Pop.* Resmungar, murmurar; rosnar; grunhir.

RONCHONNEUR, EUSE (*ronchonër, ëz*), S. *Pop.* Resmungão.

RONCIER (*ronçiê*), s.m. ou **RONCIÈRE** (*ronçiér*), s.f. Silvado.

ROND, E (*ron, d*), adj. Redondo. *Fam.* Grosso e curto. *Fig.* Franco e decidido. *Pop.* Tonto. Sem fração, inteiro. *Bourse ronde*, bolsa bem recheada. *Tourner rond*, motor que trabalha regularmente. S. m. Círculo. *Pop.* Tostão, dinheiro.

ROND-DE-CUIR (*rondəküir*), s. m. *Fam.* Burocrata. Pl.: *des ronds-de-cuir.*

RONDE (*rond*), s.f. Ronda. Cantiga. *Mús.* Semibreve. *À la ronde*, loc. adv. Ao redor; cada um por sua vez.

RONDEAU (*rondô*), s.m. Rondó. S. m. Chapa redonda de gesso, barro ou metal; rolo de madeira para aplainar a terra. Pl.: *des rondeaux.*

RONDE-BOSSE (*rondəbóç*), s. f. Alto-relevo (em escultura).

RONDELET, ETTE (*rondəlé, ét*), adj. Gordinho, rechonchudo. S. f. Lona para velas fabricada na Bretanha.

RONDELLE (*rondél*), s.f. Rodela, virola; instrumento daquele que trabalha em mármore.

RONDEMENT (*rondəman*), adv. Prontamente, rapidamente; redondamente; lealmente.

RONDEUR (*rondër*), s.f. Redondeza; objeto redondo. *Fig.* Ritmo, harmonia; franqueza, lealdade.

RONDIN (*ronden*), s.m. Acha de lenha; toro; cacete.

RONDIR (*rondir*), v.t. Arredondar.

RONDOUILLARD, E (*ronduiar, d*), adj. *Fam.* Gordinho.

ROND-POINT (*ronpuen*), s.m. Praça circular. Pl.: *des ronds-points.*

RONFLANT, E (*ronflan, t*), adj. Sonoro, barulhento. *Fig.* Enfático, empolado. *Promesses ronflantes*, promessas grandiosas, mas enganosas.

RONFLEMENT (*ronfləman*), s. m. Ronco; troada; zunido.

RONFLER (*ronflê*), v.t. Roncar; ressonar. *Fig.* Ressoar, soar, troar.

RONFLEUR, EUSE (*ronflër, ëz*), adj. Roncador, ressonador.

RONGE (*ronj*), s.m. *Faire le ronge*, ruminar, remoer.

RONGEANT, E (*ronjan, t*), adj. Roedor, corrosivo. *Fig.* Devorante.

RONGEMENT (*ronjman*), s.m. Roedura. *Fig.* Tortura, inquietação, remorso.

RONGER (*ronjê*), v. t. (Toma um *e* mudo depois do *g* antes de *a* e *o*: *il rongea, nous rongeons.*) Roer; corroer, desgastar. *Fig.* Remorder, morder; consumir, torturar, atormentar.

RONGEUR, EUSE (*ronjër, ëz*), adj. Roedor, corrosivo. *Fig.* Torturante, inquietante.

RONRON, RONRONNEMENT (*ronron, ronrónəman*), s. m. Ronron; ruído surdo e contínuo.

RONRONNER (*ronronê*), v.i. Ronronar.

RONSARDISER (*ronçardizê*), v. i. Escrever à maneira de Ronsard.

ROQUEFORT (*rokfór*), s.m. Queijo de Roquefort (França).

ROQUENTIN (*rokanten*), s.m. Veterano reformado; velho gaiateiro.

ROQUET (*roké*), s.m. Cão pequeno. *Fig.* Mequetrefe; pessoa impertinente, mas inofensiva.

ROQUILLE (*rokii*), s.f. Doce de casca de laranja.

ROSACE (*rozaç*), s.f. Rosaça.

ROSACÉ, E (*rozaçê*), adj. Rosáceo. S. f. pl. Rosáceas.

ROSAIRE (*rozér*), s.m. Rosário; rezas.

ROSALBIN (*rozalben*), s.m. Cacatua.

ROSAT (*rozá*), adj. inv. Róseo.

ROSÂTRE (*rozatr*), adj. Rosa pálido.

ROSBIF (*roçbif*), s.m. Rosbife.

ROSE (*rôz*), s.f. Rosa; diamante-rosa; rosácea. *Être sur des roses*, viver ociosamente. Adj. Cor-de-rosa. S. m. A cor da rosa.

ROSÉ, E (*rozê*), adj. Rosado, róseo.

ROSEAU (*rozô*), s.m. Cana, caniço. *Fig.* Pessoa ou coisa frágil. Pl.: *des roseaux.*

ROSE-CROIX (*rôzkruá*), s. m. inv. Rosa cruz (membro da Rosa cruz).

ROSÉE (*rozê*), s.f. Orvalho, rocio.

ROSELET (*rozlé*), s.m. Pele de arminho.

ROSELIER, ÈRE (*rozəlié, ér*), adj. Terreno que produz cana.

ROSÉOLE (*rozéól*), s. f. Roséola.
ROSERAIE, (*rozəré*), s. f. Roseiral.
ROSETTE (*rozét*), s.f. Rosinha; roseta; laçada; registro de um relógio; vermelhão (tinta).
ROSIER (*roziê*), s. m. Roseira.
ROSIÉRISTE (*roziêriçt*), s.m. Roseirista.
ROSIR (*rozir*), v.i. Rosar.
ROSSARD (*roçar*), s.m. *Pop.* Cavalo ruim; vadio.
ROSSE (*róç*), s.f. Rocim. *Fig.* e *fam.* Cínico, maldoso.
ROSSÉE (*roçê*), s.f. Pancada; surra violenta.
ROSSER (*roçê*), v.t. *Fam.* Espancar.
ROSSIGNOL (*roçinhól*), s.m. Rouxinol. Gazua. Mercadoria passada, fora de uso.
ROSSIGNOLER (*roçinholê*), v.i. Imitar o canto do rouxinol.
ROSSINANTE (*roçinant*), s.f. Cavalo ruim.
ROSSOLIS (*roçoli*), s.m. Variedade de licor. Pl.: *des rossolis.*
ROSTRAL, E, AUX (*roçtral, ô*), adj. Rostral.
ROSTRE (*róçtr*), s.m. Rostro.
ROSTRÉ, E (*roçtrê*), adj. Rostrado.
ROT (*rô*), s.m. Arroto.
RÔT (*rô*), s.m. V. **RÔTI**.
ROTACÉ, E (*rotaçê*), adj. Rotáceo.
ROTANG (*rotan*), s.m. Rota, palmeira das Índias.
ROTATEUR, TRICE (*rotatër, triç*), adj. e s. Rotador. V. **ROTIFÈRE**.
ROTATIF, IVE (*rotatif, iv*), adj. Rotativo. S. f. Rotativa.
ROTATION (*rotaçion*), s.f. Rotação; afolhamento; utilização sucessiva de um material.
ROTATOIRE (*rotatuar*), adj. Rotatório.
ROTE (*rót*), s.f. Rota; antigo instrumento de música; tribunal pontifício.
ROTER (*rotê*), v. i. Arrotar.
RÔTI ou **RÔT** (*rôti* ou *rô*), s.m. Carne assada; prato de carne assada.
RÔTIE (*rôti*), s.f. Torrada.
ROTIFÈRES (*rotifér*), s. m. pl. Rotíferos, rotadores.
ROTIN (*roten*), s.m. Rotim. V. **ROTANG**.
RÔTIR (*rôtir*), v.t. e i. Assar; secar; queimar. **SE RÔTIR**, v.pr. Queimar-se.
RÔTISSAGE (*rötiçaj*), s. m. Operação de assar.
RÔTISSERIE (*rôtiçri*), s.f. Lugar onde se vende carne assada, churrascaria.
RÔTISSEUR, EUSE (*rôtiçër, ëz*), s. Preparador de carne assada para vender.
RÔTISSOIRE (*rôtiçuar*), s.f. Utensílio onde se assa carne.
ROTOGRAVURE (*rôtôgravür*), s.f. Rotogravura.
ROTONDE (*rotond*), s.f. Redondo; capa rodada para mulheres.
ROTONDITÉ (*rotonditê*), s.f. Redondeza. *Fam.* Grossura; corpulência.
ROTULE (*rotül*), s. f. Rótula.
ROTULIEN, ENNE (*rotülien, én'*), adj. Rotular.
ROTURE (*rotür*), s.f. Plebeidade.
ROTURIER, ÈRE (*rotüriê, ér*), adj. e s. Plebeu.
ROUABLE (*ruabl*), adj. Digno do suplício da roda. S. m. Rodo.
ROUAGE (*ruaj*), s.m. Rodagem de uma máquina. *Fig.* Máquina, órgãos, organização.
ROUAN, ANNE (*ruan, an'*), adj. e s.m. Ruão. S. f. Ferro para marcar barris, pipas, etc. Goiva, trado.
ROUANNER (*ruanê*), v. t. Armar a ferro pipas, barris, etc.
ROUANNETTE (*ruanét*), s. f. Goiva pequena.
ROUBLARD, E (*rublar, d*), adj. e s. Espertalhão.
ROUBLARDISE (*rublardiz*), s.f. Esperteza; astúcia.
ROUBLE (*rubl*), s.m. Rublo.
ROUCOULADE (*rukulad*), s.f. Arrulho.
ROUCOULANT, E (*rukulan, t*), adj. Que arrulha.
ROUCOULEMENT (*rukulman*), s.m. Arrulho.
ROUCOULER (*rukulê*), v.i. Arrulhar. *Fig.* e *fam.* Cantar ternamente.
ROUE (*ru*), s. f. Roda. *Faire la roue*, abrir a cauda em leque. *Fig.* Empertigar-se. *Pousser à la roue*, ajudar, dar a mão. *Cinquième roue à un carrosse*, coisa ou pessoa inútil. *La roue de la fortune*, as vicissitudes humanas.
ROUÉ, E (*ruê*), adj. Supliciado na roda; sovado, espancado, moído. S. m. Companheiro de libertinagem do Regente. S. Devasso, libertino; malandro, ordinário.
ROUELLE (*ruél*), s. f. Rodela, fatia redonda.
ROUENNERIE (*ruanəri*), s. f. Tecido de algodão colorido fabricado em Rouen.
ROUER (*ruê*), v. t. Rodar, supliciar na roda. *Fig.* *Rouer quelqu'un de coups*, espancar violentamente.
ROUERIE (*ruri*), s. f. Astúcia, esperteza.
ROUET (*rué*), s. m. Máquina de fiar; rodinha; plataforma de madeira. *Mar.* Roda de moitão.
ROUETTE (*ruét*), s. f. Vime, atilho, cordão.
ROUF (*ruf*), s. m. *Mar.* Camarote de convés.
ROUFLAQUETTE (*ruflakét*), s. f. *Pop.* Pega-rapaz.
ROUGE (*ruj*), adj. Vermelho; rubro; sangüíneo, corado. *Fer rouge*, ferro quente. *Cheveux rouges*, cabelos ruivos. *Méchant comme un âne rouge*, muito ruim. S. m. Vermelho, vermelhidão.
ROUGEÂTRE (*rujatr*), adj. Avermelhado. S. m. Cogumelo comestível.
ROUGE-GORGE (*rujgórj*), s. m. Pintarroxo. Pl.: *des rouges-gorges.*

ROUGEOLE (*rujól*), s. f. Sarampo.
ROUGEOLEUX, EUSE (*rujolë, ëz*), adj. e s. Doente com sarampo.
ROUGEOYER (*rujuaiê*), v. i. (Conjuga-se como *aboyer.*) Avermelhar-se, ruborescer.
ROUGE-QUEUE (*rujkë*), s. m. Rabirruivo. Pl.: *des rouges-queues.*
ROUGET (*rujé*), s. m. Salmonete; doença infecciosa dos porcos.
ROUGEUR (*rujĕr*), s. f. Vermelhidão; rubor. Pl. Manchas vermelhas.
ROUGIR (*rujir*), v. t. Avermelhar; corar; ruborescer. V. i. Ruborizar-se, avermelhar-se enrubescer-se.
ROUGISSANT, E (*rujiçan, t*), adj. Rubescente.
ROUI (*rui*), adj. Curtido. S. m. Cheiro a curtume.
ROUILLE (*ruii*), s. f. Ferrugem.
ROUILLER (*ruiê*), v. t. e i. Enferrujar.
ROUILLEUX, EUSE (*ruië, ëz*), adj. Ferrugento, enferrujado.
ROUILLURE (*ruiür*), s. f. Ferrugem.
ROUIR (*ruir*), v. t. Curtir, macerar; pôr de molho as plantas têxteis.
ROUISSOIR (*ruiçuar*), s. m. Poço de curtimento.
ROULADE (*rulad*), s. f. Queda rolando. *Fam.* Trinado, gorjeio.
ROULAGE (*rulaj*), s. m. Carreto, transporte; trânsito; rolagem.
ROULAISON (*rulézon*), s. f. Conjunto de trabalhos exigidos para a fabricação do açúcar.
ROULANT, E (*rulan, t*), adj. Rolante, circulante.
ROULE (*rul*), s. m. Cilindro de madeira.
ROULEAU (*rulô*), s. m. Rolo; cilindro; embrulho, pacote; rolete. *Fam. Être au bout de son rouleau,* não ter mais argumentos; estar no fim da vida. Pl.: *des rouleaux.*
ROULEMENT (*rulman*), s. m. Rotação. Rolamento. *Mil.* Rufo. Circulação de valores. Enrolamento. Movimento rápido dos olhos. Rodízio.
ROULER (*rulê*), v. t. e i. Rolar, enrolar. *Rouler carrosse,* ter carro particular. *Rouler sa bosse,* mudar-se de lugar freqüentemente. *Fig.* Meditar, pensar. *Fam.* Enganar, lograr; aplanar; ribombar. *Rouler sur l'or,* ser muito rico. *Tout roule là-dessus,* é o ponto principal. *Mar.* Balançar (navio). **SE ROULER**, v. pr. Virar-se, estando deitado.
ROULET (*rulé*), s. m. Rolete.
ROULETTE (*rulét*), s. f. Rodas que se movem em todos os sentidos e sobre as quais se transportam objetos. Roleta. *Fig. Aller comme sur des roulettes,* correr às mil maravilhas.
ROULEUR, EUSE (*rulĕr, ëz*), adj. Rolador. *Fig.* Que vai de um lado para outro. S. m. Carreiro, operário sem patrão certo.
ROULIER, ÈRE (*rulië, ér*), adj. Que se relaciona com rodagem. S. m. Veículo que transporta mercadoria.
ROULIS (*ruli*), s. m. Balanço lateral (de navio ou avião). Pl.: *des roulis.*
ROULOIR (*ruluar*), s. m. Cilindro, rolo.
ROULOTTE (*rulót*), s. f. Carroça coberta (de nômades).
ROULURE (*rulür*), s. f. Enrolamento, ato de rolar; doença das árvores. *Pop.* Pessoa desprezível.
ROUMAIN, E (*rumen, én'*), adj. e s. Romeno.
ROUMI (*rumi*), s. m. Cristão.
ROUPIE (*rupi*), s. f. Rúpia. Coriza.
ROUPILLER (*rupiiê*), v. i. *Fam.* Adormecer.
ROUQUIN, E (*ruken, in'*), adj. *Pop.* Ruivo.
ROURE (*rur*), s. m. V. **ROUVRE**.
ROUSPÉTER (*ruçpêtê*), v. i. (Conjuga-se como *accélérer.*) *Pop.* Protestar.
ROUSPÉTEUR, EUSE (*ruçpêtĕr, ëz*), s. *Pop.* Protestativo, impertinente.
ROUSSATRE (*ruçatr*), adj. Arruivado.
ROUSSELET (*ruçlé*), s. m. e adj. Pêra avermelhada, do verão.
ROUSSET (*ruçé*), s. m., **ROUSSETTE** (*ruçét*), s. f. Espécie de cogumelos, um comestível e outro venenoso.
ROUSSETTE (*ruçét*), s. f. Cação malhado; cão-do-mar; morcego gigante; toutinegra dos bosques.
ROUSSEUR (*ruçĕr*), s. f. Cor ruiva. *Taches de rousseur,* sardas. V. **ÉPHÉLIDES**.
ROUSSI (*ruçi*), s. m. Cheiro a chamuscado. *Fig. Sentir le roussi,* ser suspeito de heresia; ter idéias avançadas, perigosas.
ROUSSIN (*ruçen*), s. m. Cavalo de grande altura. *Un roussin d'Arcadie,* burro.
ROUSSIR (*ruçir*), v. t. e i. Chamuscar; alourar; desbotar.
ROUSSISSEMENT (*ruçiçaman*), s. m. ou **ROUSSISSURE** (*ruçiçür*), s. f. Chamuscadura.
ROUSTIR (*ruçtir*), v. i. Assar.
ROUTE (*rut*), s. f. Estrada, caminho; rota, rumo; itinerário; curso de um astro, de um rio. *Grande route,* estrada real. *Fig.* Caminho batido. *Faire fausse route,* errar o caminho, enganar-se. *Faire route avec,* acompanhar. *Se mettre en route,* pôr-se a caminho, partir.
ROUTER (*rutê*), v. t. Expedir jornais, impressos, etc. pelo correio.
ROUTIER, ÈRE (*rutiê, ér*), adj. Itinerário. S. m. Roteiro; ciclista de estrada. *Vieux routier,* homem experimentado. Pl. Bandos de soldados aventureiros da Idade Média.
ROUTINE (*rutin'*), s. f. Rotina.
ROUTINIER, ÈRE (*rutiniê, ér*), adj. e s. Rotineiro.

ROUTOIR (*rutuar*), s. m. V. **ROUISSOIR.**
ROUVERIN (*ruvren*), adj. m. Ferro quebradiço.
ROUVIEUX (*ruvië*), s. m. Sarna dos animais. Adj. Sarnento. Pl.: *des rouvieux.*
ROUVRAIE (*ruvré*), s. f. Robledo.
ROUVRE ou **ROURE** (*ruvr* ou *rur*), s. m. Roble.
ROUVRIR (*rouvrir*), v. t. (Conjuga-se como *ouvrir.*) Reabrir. *Fig.* Renovar.
ROUX, ROUSSE (*ru, ruç*), adj. Ruivo, avermelhado, ruço. *Lune rousse,* lua de abril.
ROYAL, E, AUX (*ruaial, ô*), adj. Real. S. f. Cavanhaque.
ROYALEMENT (*ruaialman*), adv. Regiamente, magnificamente.
ROYALISME (*ruaialiçm*), s. m. Realismo.
ROYAUME (*ruaiôm'*), s. m. Reino. *Royaume des morts, sombre royaume,* o inferno.
ROYAUTÉ (*ruaiôtê*), s. f. Realeza.
RU (*rü*), s. m. Riacho.
RUADE (*rüad*), s. f. Coice.
RUBAN (*rüban*), s. m. Fita; lâmina estreita. *Le ruban rouge,* insígnia da Legião de Honra.
RUBANÉ, E (*rübané*), adj. Enfeitado com fitas.
RUBANER (*rübanê*), v. t. Enfeitar com fitas. Achatar em fitas.
RUBANERIE (*rubanəri*), s. f. Fábrica ou comércio de fitas.
RUBANIER, ÈRE (*rübaniê, ér*), adj. Fiteiro. S. m. Fabricante ou comerciante de fitas.
RUBÉFACTION (*rubêfakçion*), s. f. Rubefação.
RUBÉFIANT, E (*rübêfian, t*), adj. Rubefaciente.
RUBÉFIER (*rübêfiê*), v. t. (Conjuga-se como *prier.*) Rubificar.
RUBELLITE (*rübélit*), s. f. Variedade de turmalina.
RUBÉOLE (*rübêól*), s. f. Rubéola.
RUBÉOLEUX, EUSE ou **RUBÉOLIQUE** (*rübêolë, ëz* ou *rübêolik*), adj. Portador de rubéola.
RUBESCENT (*rübéçan, t*), adj. Rubescente.
RUBIACÉES (*rübiaçê*), s. f. pl. Rubiácea.
RUBICAN (*rübikan*), adj. Rubicano.
RUBICELLE (*rübiçél*), s. f. Rubi de cor pálida.
RUBICON, E (*rübikon, on'*), adj. Rubicundo.
RUBIDIUM (*rübidiom'*), s. m. Rubídio.
RUBIETTE (*rübiét*), s. f. Pintarroxo.
RUBIGINEUX, EUSE (*rübijinë, ëz*), adj. Rubiginoso.
RUBIS (*rübi*), s. m. Rubi. *Fig. Faire rubis sur l'ongle,* esvaziar completamente o copo. *Payer rubis sur l'ongle,* pagar exatamente. Pl.: *des rubis.*
RUBRIQUE (*rübrik*), s. f. Rubrica. Pl. Regras de missal ou de breviário. *Fig.* Astúcias, trapaças.
RUCHE (*rüch*), s. f. Cortiço de abelhas; colmeia. *Fig.* Favo de mel (espécie de plissado).
RUCHÉ (*rüchê*), s. m. Plissado em forma de favo de mel. S. f. Enxame.
RUCHER (*rüchê*), s. m. Colmeal. V. t. Plissar em favo de mel, guarnecer com favo de mel.
RUDE (*rüd*), adj. Rude.
RUDEMENT (*rüdman*), adv. Rudemente. *Pop.* Muito.
RUDÉRAL, E, AUX (*rüdêral, ô*), adj. *Bot.* Que cresce nos escombros.
RUDÉRATION (*rüdêraçion*), s. f. Pavimentação com pedras e cascalhos; emboço rugoso de uma parede.
RUDESSE (*rüdéç*), s. f. Rudeza.
RUDIMENT (*rüdiman*), s. m. Rudimento.
RUDIMENTAIRE (*rüdimantér*), adj. Rudimentar.
RUDOIEMENT ou **ROUDOYEMENT** (*rüduaman* ou *ruduaiman*), s. m. Rudeza, severidade.
RUDOYER (*rüduaiê*), v. t. (Conjuga-se como *aboyer.*) Tratar duramente, severamente.
RUE (*rü*), s. f. Rua. Arruda. *Être vieux comme les rues,* ser muito velho. *Courir les rues,* ser muito conhecido.
RUÉE (*rüê*), s. f. Corrida.
RUELLE (*rüél*), s. f. Rua estreita; beco. *Ruelle de lit,* espaço entre a cama e a parede.
RUER (*rüê*), v. i. Dar coices. **SE RUER,** v. pr. Lançar-se, arrojar-se sobre.
RUEUR, EUSE (*rüër, ëz*), adj. Que dá coices.
RUFFIAN ou **RUFIAN** (*rüfian*), s. m. Rufião.
RUGBY (*rügbi*), s. m. Rúgbi.
RUGINE (*rüjin*), s. f. Rugina.
RUGINER (*rüjinê*), v. t. Raspar com a rugina.
RUGIR (*rüjir*), v. i. Rugir; bramir; urrar.
RUGISSANT, E (*rüjiçan, t*), adj. Rugidor, bramidor.
RUGISSEMENT (*rüjiçman*), s. m. Rugido, bramido; urro.
RUGOSITÉ (*rügozitê*), s. f. Rugosidade.
RUGUEUX, EUSE (*rüghë, ëz*), Rugoso, áspero.
RUINE (*rüin'*), s. f. Ruína.
RUINE-MAISON (*rüin'mézon*), s. inv. Perdulário, dissipador.
RUINER (*rüinê*), v. t. Arruinar. **SE RUINER,** v. pr. Arruinar-se.
RUINEUSEMENT (*rüinëzman*), adv. De maneira ruinosa.
RUINEUX, EUSE (*rüinë, ez*), adj. Ruinoso.
RUINURE (*rüinür*), s. f. Corte nas traves e barrotes para dar mais segurança

às paredes.

RUISSEAU (*rüiçô*), s.m. Riacho, ribeiro; rego, valeta. *Fig.* Tudo o que corre com abundância; fonte impura; estado ignóbil. Pl.: *des ruisseaux.*

RUISSELANT, E (*rüiçlan, t*), adj. Corrente, a correr. *Fig.* Banhado, inundado.

RUISSELEMENT (*rüiçéləman*), s. m. Fluxo, derramamento, o escorrer, cintilação, resplandecência; erosão produzida pelas chuvas.

RUISSELER (*rüiçlê*), v. i. (Dobra o *l* antes de sílaba muda: *je ruisselle.*) Correr, escorrer, jorrar, derramar-se.

RUISSELET (*rüiçlê*), s. m. Riacho, ribeiro.

RUMB ou **RHUMB** (*ronb*), s. m. Rumo.

RUMBA (*runbá*), s. f. Rumba.

RUMEN (*rümen*), s. m. *Zool.* Rume, pança.

RUMEUR (*rüměr*), s. f. Rumor; sussurro; agitação; boato.

RUMINANT, E (*rüminan, t*), adj. Ruminante. V. **ESTOMAC.**

RUMINATION (*rüminaçion*), s.f. ou **RUMINEMENT** (*rüminəman*), s. m. Ruminação.

RUMINER (*rüminê*), v. t. Ruminar. *Fig.* Meditar, pensar. V. i. Refletir pausadamente.

RUNES (*rün'*), s. f. pl. Runas.

RUNIQUE (*rünik*), adj. Rúnico.

RUPTEUR (*rüptěr*), s. m. Interruptor automático.

RUPTURE (*rüptür*), s. f. Ruptura.

RURAL, E, AUX (*rural, ô*), adj. Rural.

RUSE (*rüz*), s. f. Astúcia, esperteza, habilidade, estratagema.

RUSÉ, E (*rüzê*), adj. e s. Astuto, velhaco, espertalhão.

RUSER (*rüzê*), v. i. Astuciar, empregar um ardil.

RUSEUR, EUSE (*rüzěr, ëz*), s. Astuto. Velhaco, finório.

RUSSE (*rüç*), adj. e s. Russo.

RUSSIFIER (*rüçifiê*), v. t. (Conjuga-se como *prier.*) Russificar.

RUSSOPHILE (*rüçofil*), adj. e s. Russófilo.

RUSSULE (*rüçül*), s. f. Cogumelo vermelho.

RUSTAUD, E (*rüçtô, d*), adj. Rústico, grosseiro.

RUSTICITÉ (*rüçtiçtê*), s. f. Rusticidade.

RUSTIQUE (*rüçtik*), adj. Rústico; campestre; rude, inculto. S. m. Rústico, camponês.

RUSTIQUER (*rüçtikê*), v. t. Dar aparência rústica a uma construção; rusticar.

RUSTRE (*rüçtr*), s. m. Camponês; homem grosseiro. Adj. Rústico, grosseiro.

RUT (*rüt*), s. m. Cio dos animais.

RUTHÈNE (*rütén'*), adj. e s. Ruteno.

RUTHÉNIUM (*rüténióm'*), s. m. Rutênio.

RUTILANT, E (*rütilan, t*), adj. Rutilante.

RUTILE (*rütil*), s. m. Rutilo.

RUTILER (*rütilê*), v.i. Brilhar, rutilar.

RUZ (*rü*), s. m. Torrente (no Jura). Pl.: *des ruz.*

RYTHME (*ritm*), s. m. Ritmo.

RYTHMÉ, E (*ritmê*), adj. Ritmado.

RYTHMER (*ritmê*), v. t. Ritmar.

RYTHMIQUE (*ritmik*), adj. Rítmico.

S

S (*éç, çə*), s.f. Décima nona letra do alfabeto.
SA (*ça*), adj. poss. f. V. **SON**.
SABBAT (*çabá*), s. m. Sabá. *Fig.* Algazarra.
SABBATIN, E (*çabaten, in'*), adj. Sabatino.
SABBATINE (*çabatin'*), s. f. Sabatina.
SABBATIQUE (*çabatik*), adj. Sabático.
SABÉISME (*çabêiçm*), s.m. Sabeísmo.
SABIR (*çabir*), s. m. Linguagem misturada de árabe, francês, italiano e espanhol falada no norte da África.
SABLAGE (*çablaj*), s.m. Areação.
SABLE (*çabl*), s.m. Areia; saibro. Marta de cor preta; pele desse animal.
SABLÉ, E (*çablê*), adj. Arenoso. S. m. Doce seco, bolo.
SABLER (*çablê*), v.t. Cobrir de areia; saibrar; fundir em molde de areia. *Fig.* Beber de um trago.
SABLERIE (*çabləri*), s. f. Local, nas fundições, onde se fazem moldes de areia.
SABLEUX, EUSE (*çablẽ, ẽz*), adj. Arenoso, saibroso.
SABLIER (*çabliê*), s.m. Ampulheta. Areeiro.
SABLIÈRE (*çabliér*), s.f. Areal. Frechal.
SABLON (*çablon*), s.m. Areia fina.
SABLONNER (*çablonê*), v. t. Arear.
SABLONNEUR, EUSE (*çabloněr, ẽz*), adj. Arenoso.
SABLONNIER (*çabloniê*), s.m. Vendedor de areia fina.
SABLONNIÈRE (*çabloniér*), s.f. Lugar donde se extrai a areia fina.
SABORD (*çabór*), s.m. Portinhola de navio.
SABORDER (*çabordê*), v.t. Arrombar um navio abaixo da linha de flutuação.
SABOT (*çabô*), s.m. Tamanco. Casco. Revestimento de metal. Travão. Plaina curva. *Fig.* Coisa ordinária. *Dormir comme un sabot*, dormir como uma pedra.
SABOTAGE (*çabotaj*), s.m. Sabotagem. Tamancaria. Entalhe nos dormentes de estrada de ferro.
SABOTER (*çabotê*), v.i. Fazer barulho com os tamancos. *Fig.* Executar mal e depressa, sabotar.
SABOTERIE (*çabotəri*), s. f. Tamancaria.
SABOTEUR, EUSE (*çabotěr, ẽz*), s. Batedor de tamancos. Sabotador.
SABOTIER, ÈRE (*çabotiê, ér*), s. Tamanqueiro; pessoa que tamanqueia. S.f. Dança com tamancos.
SABOULÉE (*çabulê*), s.f. *Fam.* Safanão.
SABOULER (*çabulê*), v.t. Dar safanões.
SABRE (*çabr*), s.m. Sabre.
SABRER (*çabrê*), v.t. Golpear com o sabre. *Fig.* e *fam.* Atamancar; criticar.
SABREUR (*çabrěr*), adj. e s. Acutilado com sabre; militar brutal e pouco instruído. *Fam.* Atamancador.
SABURRAL, E, AUX (*çabüral, ô*), adj. Saburroso.
SAC (*çak*), s.m. Saco; saca; bolsa de dinheiro. Mochila. Saque. *Pop.* Estômago, ventre. *Vider son sac*, desabafar-se. *Sac à vin*, pau-d'água. *Prendre quelqu'un la main dans le sac*, pegar alguém com a boca na botija, apanhar em flagrante. *Mettre à sac*, saquear.
SACCADE (*çakad*), s.m. Safanão.
SACCADÉ, E (*çakadê*), adj. Brusco, irregular. *Fig.* Entrecortado, em frases curtas.
SACCADER (*çakadê*), v.t. Dar puxões com as rédeas.
SACCAGE (*çakaj*), s.m. Devastação. Desordem.
SACCAGEMENT (*çakajman*), s.m. Saque.
SACCAGER (*çakajê*), v.t. (Toma um *e* mudo depois do *g* antes de *a* e *o*: *il saccagea, nous saccageons.*) Sacar, pilhar. *Fam.* Pôr em desordem.
SACCAGEUR (*çakajěr*), s. m. Saqueador.
SACCHARATE (*çakarat*), s.m. Sacarato.
SACCHAREUX, EUSE (*çakarẽ, ẽz*), adj. Sacaroso.
SACCHARIDE (*çakarid*), s.m. Sacarídeo.
SACCHARIFÈRE (*çakrifér*), adj. Sacarífero.
SACCHARIFICATION (*çakarifikaçion*), s.f. Sacarificação.
SACCHARIFIER (*çakarifiê*), v.t. (Conjuga-se como *prier.*) Sacarificar.
SACCHARIMÈTRE (*çakarimétr*), s.m. Sacarímetro.
SACCHARIMÉTRIE (*çakarimêtri*), s.f. Sacarimetria.
SACCHARIN, E (*çakaren, in'*), adj. Sacarino.
SACCHARINE (*çakarin'*), s.f. Sacarina.
SACCHAROÏDE (*çakaroíd*), adj. Sacaróide.
SACCHAROSE (*çakarôz*), s.m. Sacarose.
SACCHARURE (*çakarür*), s.m. Remédio à base de açúcar.
SACERDOCE (*çaçérdóç*), s. m. Sacerdócio.
SACERDOTAL, E, AUX (*çaçérdotal, ô*), adj. Sacerdotal.

SACHÉE (*çachê*), s.f. Sacada, o conteúdo de um saco.
SACHET (*çaché*), s.m. Sacola, saquinho; bolsinha de cheiro.
SACOCHE (*çakóch*), s. f. Bolsa, saco, sacola, alforje.
SACRAMENTAIRE (*çakramantér*), s. m. Sacramentário.
SACRAMENTALEMENT ou **SACRAMENTELLEMENT** (*çakramantalman* ou *çakramantélman*), adv. Sacramentalmente.
SACRAMENTEL, ELLE (*çakramantél*), adj. Sacramental.
SACRARIUM (*çakrarióm'*), s.m. Sacrário. Pl.: *des sacrariums.*
SACRE (*çakr*), s.m. Sagração; sacre (falcão)
SACRÉ, E (*çakrê*), adj. e s. m. Sagrado. *Pop.* Maldito, infame.
SACREMENT (*çakrəman*), s. m. Sacramento.
SACRER (*çakrê*), v.t. Sagrar. V. i. Blasfemar.
SACRIFICATEUR (*çakrifikatër*), s.m. Sacrificador.
SACRIFICATOIRE (*çakrifikatuar*), adj. Sacrificatório.
SACRIFICE (*çakrifiç*), s.m. Sacrifício.
SACRIFIER (*çakrifiê*), v.t. e i. (Conjuga-se como *prier.*) Sacrificar. **SE SACRIFIER**, v.pr. Sacrificar-se.
SACRILÈGE (*çakriléj*), s.m. Sacrilégio. Adj. Sacrílego.
SACRIPANT (*çakripan*), s.m. Sacripanta.
SACRISTAIN (*çakriçtan*), s.m. Sacristão.
SACRISTI! (*çakriçti*), interj. Apre!
SACRISTIE (*çakriçti*), s. f. Sacristia.
SACRISTINE (*çakriçtin'*), s.f. Sacristã.
SACRO-SAINT, E (*çakroçen, t*), adj. Sacrossanto.
SACRUM (*çakróm'*), s.m. Sacro (osso).
SADIQUE (*çadik*), adj. Sádico.
SADISME (*çadiçm*), s. m. Sadismo.
SADUCÉEN ou **SADDUCÉEN, ENNE** (*çadüçêen, én'*), s. Saduceu.
SADUCÉISME (*çadüçêiçm'*), s.m. Saduceísmo.
SAFRAN (*çafran*), s.m. Açafrão.
SAFRANÉ, E (*çafranê*), adj. Açafroado.
SAFRANER (*çafranê*), v. t. Açafroar.
SAFRANIER (*çafraniê*), s.m. Cultivador de açafrão.
SAFRANIÈRE (*çafraniér*), s.f. Açafroal.
SAFRE (*çafr*), s.m. Óxido azul de cobalto.
SAGA (*çagá*), s.f. Saga.
SAGACE (*çagaç*), adj. Sagaz.
SAGACITÉ (*çagaçitê*), s.f. Sagacidade.
SAGAIE (*çaghé*), s.f. Zagaia.
SAGARD (*çagar*), s.m. Serrador.
SAGE (*çaj*), adj. e s. Sábio.
SAGE-FEMME (*çajfam'*), s.f. Parteira. Pl.: *des sages-femmes.*
SAGEMENT (*çajman*), adv. Sabiamente.
SAGESSE (*çajéç*), s.f. Sabedoria.
SAGITTAIRE (*çajitér*), s. m. Sagitária. Sagitário.
SAGITTAL, E, AUX (*çajital, ô*), adj. Sagital.
SAGITTÉ, E (*çajitê*), adj. Sagitado, sagital.
SAGOU (*çagu*), s.m. Sagu.
SAGOUIN (*çaguen*), s.m. Sagüi ou sagüim. *Fig.* e *fam.* Pessoa suja.
SAGOUTIER ou **SAGOUIER** (*çagutiê* ou *çaguiê*), s.m. Sagüeiro.
SAÏ (*çai*), s.m. Sai.
SAIE (*çé*), s.f. Saio. Escova de ourives.
SAIGNANT, E (*çénhan, t*), adj. Sangrento.
SAIGNÉE (*çénhê*), s.f. Sangria; sangradouro.
SAIGNEMENT (*çénhəman*), s. m. Derramamento de sangue, hemorragia.
SAIGNER (*çénhê*), v.t. e i. Sangrar. **SE SAIGNER**, v.pr. Sacrificar-se por.
SAIGNEUR (*çénhër*), adj. e s. Sangrador.
SAIGNEUX, EUSE (*çenhë, ëz*), adj. Ensangüentado.
SAILLANT, E (*çaian, t*), adj. Saliente; empinado.
SAILLIE (*çaii*), s.f. Ímpeto, impulso, saliência, ressalto. *Arq.* Sacada. *Pint.* Relevo.
SAILLIR (*çaiir*), v i. Sobressair, sair fora do alinhamento.
SAIN, E (*çen, én'*), adj. São, sadio. *Être sain et sauf,* estar são e salvo.
SAINBOIS (*çenbuá*), s.m. *Bot.* Lauréola. Pl.: *des sainbois.*
SAINDOUX (*çendu*), s.m. Banha. Pl.: *des saindoux.*
SAINEMENT (*çénəman*), adv. Sadiamente, judiciosamente.
SAINT, E (*çen, t*), adj. e s. Santo. *Ne savoir à quel saint se vouer,* não saber para que santo apelar.
SAINT-CRÊPIN (*çenkrêpen*), s.m. Conjunto das ferramentas de um sapateiro. Todos os pertencentes (de uma pessoa pobre).
SAINT-CYRIEN (*çençirien*), s.m. Aluno de Saint-Cyr (colégio militar francês). Pl.: *des saint-cyriens.*
SAINTE-BARBE (*çentbarb*), s.f. Paiol (de um navio). Festa dos artilheiros e dos mineiros no dia 4 de dezembro. Pl.: *des saintes-barbes.*
SAINTEMENT (*çentəman*), adv. Santamente.
SAINTE-NITOUCHE (*çentənituch*), s. f. V. **NITOUCHE.**
SAINT-ESPRIT (*çentéçpri*), s.m. Espí-

rito-Santo.

SAINTETÉ (*çentətê*), s. f. Santidade.

SAINT-FRUSQUIN (*çenfrüçken*), s.m. inv. V. **FRUSQUIN**.

SAINT-GERMAIN (*çenjérman*), s. m. Pêra fundente e açucarada.

SAINT-HONORÉ (*çentonorê*), s. m. Bolo de creme. Pl.: *des saint-honorés*.

SAINT-OFFICE (*çentofiç*), s.m. Tribunal da Inquisição.

SAINT-PÈRE (*çenpér*), s.m. O Papa.

SAINT-SIÈGE (*çençiéj*), s.m. Santa Sé.

SAISI (*çézi*), s.m. Penhorado, devedor.

SAISIE (*çézi*), s.f. Penhora.

SAISINE (*çézin'*), s.f. Posse de bens.

SAISIR (*çézir*), v.t. Agarrar, prender; apoderar-se; tomar. Compreender. *Être saisi*, ser tomado de. **SE SAISIR**, v.pr. Apoderar-se; assenhorear-se.

SAISISSABLE (*çéziçabl*), adj. Penhorável.

SAISISSANT, E (*çéziçan, t*), adj. Surpreendente; impressionante, comovente. S. m. Embargante.

SAISISSEMENT (*çéziçman*), s. m. Resfriamento, calafrio; emoção, abalo.

SAISON (*çézon*), s. f. Estação; época. *Saison nouvelle*, a primavera. *De saison*, loc. adv. De acordo, na época.

SAISONNIER, ÈRE (*çézoniê, ér*), adj. Próprio das estações.

SAJOU (*çaju*), s.m. Saju.

SALACE (*çalaç*), adj. Lascivo.

SALADE (*çalad*), s.f. Salada; planta própria para salada.

SALADERO (*çaladêrô*), s. m. Saladeiro.

SALADIER (*çaladiê*), s.m. Saladeira.

SALAGE (*çalaj*), s.m. Salga, salgadura.

SALAIRE (*çalér*), s.m. Salário, ordenado. *Fig.* Paga, recompensa.

SALAISON (*çalézon*), s.f. Salga; coisa salgada.

SALAMALEC (*çalamalék*), s.m. Salamaleque.

SALAMANDRE (*çalamandr*), s.f. Salamandra.

SALANQUE (*çalank*), s.f. V. **MARAIS SALANT**.

SALANT (*çalan*), adj. Salino. S. m. Terreno salgado.

SALARIAL, E, AUX (*çalarial, ô*), adj. Salarial.

SALARIAT (*çalariá*), s.m. Salariado.

SALARIÉ, E (*çalariê*), adj. e s. Assalariado.

SALARIER (*çalariê*), v.t. (Conjuga-se como *prier*.) Assalariar.

SALAUD, E (*çalô, d*), s. *Pop.* Indivíduo imundo. *Fig.* Pessoa ordinária.

SALE (*çal*), adj. Sujo, imundo. *Fig.* Obsceno, desonesto. *Pop.* Mau, feio.

SALÉ, E (*çalê*), adj. Salgado. *Fig.* Espirituoso e picante. *Fam.* Exagerado. S. m. Carne de porco salgada.

SALEMENT (*çalman*), adv. Sujamente; desonestamente.

SALEP (*çalép*), s.m. Salepo (farinha).

SALER (*çalê*), v.t. Salgar. *Fig.* Vender caro. *Fam.* Punir severamente.

SALETÉ (*çaltê*), s.f. Sujidade, imundície. *Fig.* e *pop.* Obscenidade, desonestidade.

SALEUR, EUSE (*çalër, ëz*), s. Salgador.

SALICACÉES (*çalikaçê*), s.f. pl. *Bot.* Salicíneas.

SALICAIRE (*çalikér*), s.f. Planta que cresce perto dos salgueiros.

SALICINÉ, E (*çaliçiné*), adj. Salicíneo.

SALICIONAL (*çaliçional*), s.m. Sonoridade suave. Timbre de órgão.

SALICOLE (*çalikól*), adj. Salícola. Camarão cinzento.

SALICORNE (*çalikórn*), s.f. Salicórnia.

SALICULTURE (*çalikültür*), s.f. Salicultura.

SALICYLATE (*çaliçilat*), s.m. Salicilato.

SALIEN, ENNE (*çalien, én'*), adj. Sálio.

SALIÈRE (*çaliér*), s.f. Saleiro.

SALIFIABLE (*çalifiabl*), adj. Salificável.

SALIFICATION (*çalifikaçion*), s.f. Formação de um sal.

SALIFIER (*çalifiê*), v.t. (Conjuga-se como *prier*.) Salificar.

SALIGAUD, E (*çaligô*), s. *Pop.* Porcalhão.

SALIGNON (*çalinhon*), s.m. Pão de sal, extraído de uma fonte salgada.

SALIN, E (*çalin, in'*), adj. Salino.

SALINAGE (*çalinaj*), s. m. Salinação.

SALINE (*çalin'*), s.f. Salina; mina de sal-gema.

SALINER (*çalinê*), v.t. Salinar.

SALINIER (*çalinié*), s. m. Salineiro.

SALINITÉ (*çalinitê*), s. f. Salinidade.

SALIQUE (*çalik*), adj. Sálico.

SALIR (*çalir*), v.t. Sujar. *Fig.* Manchar, desonrar.

SALISSANT, E (*çaliçan, t*), adj. Fácil de sujar; que suja.

SALISSON (*çaliçon*), s. f. *Fam.* Menina

SALISSURE (*çaliçür*), s. f. Sujidade, imundície.

SALIVAIRE (*çalivér*), adj. Salivar.

SALIVANT, E (*çalivan, t*), adj. Salivante.

SALIVATION (*çalivaçion*), s.f. Salivação.

SALIVE (*çaliv*), s.m. Saliva.

SALIVER (*çalivê*), v.i. Salivar.

SALIVEUX, EUSE (*çalivë, ëz*), adj. Salivoso.

SALLE (*çal*), s.f. Sala. Enfermaria. Público. *Salle de bains*, banheiro. *Salle d'asile*, escola maternal.

SALMIGONDIS (*çalmigondi*), s.m. Guisado de carne. *Fig.* Miscelânea. Pl.: *des salmigondis*.

SALOIR (*çaluar*), s.m. Salgadeira.

SALOL (*çalól*), s.m. Espécie de salicilato.

SALON (*çalon*), s.m. Salão. Exposição.

Pl.: *Fig.* Alta sociedade.
SALONNIER (*çalonié*), s. m. Crítico de arte dos salões de exposição.
SALOPARD (*çalopar*), s.m. *Pop.* Indivíduo sem capricho, pouco recomendável ou malfeitor.
SALOPE (*çalóp*), s. f. *Pop.* Mulher sem asseio.
SALOPER (*çalopê*), v.t. *Pop.* Executar mal alguma coisa, matar.
SALOPERIE (*çalopəri*), s. f. Imundície, falta de asseio; coisa de má qualidade.
SALOPETTE (*çalopét*), s. f. Guarda-pó, macacão.
SALPÊTRAGE (*çalpétraj*), s.m. Salitração.
SALPÊTRE (*çalpétr*), s.m. Salitre. *Poét.* Pólvora. *Fig. e fam.* Pessoa viva, esperta.
SALPÊTRER (*çalpétrê*), v.t. Salitrar.
SALPÊTRERIE (*çalpétrəri*), s. f. Fábrica de salitre.
SALPÊTREUR, EUSE (*çalpétrĕr, ĕz*), adj. Salitroso.
SALPÊTRIER (*çalpétriê*), s.m. Salitreiro.
SALPÊTRIÈRE (*çalpétriér*), s. f. Fábrica e depósito de salitre, salitraria.
SALPÊTRISATION (*çalpétrizaçion*), s. f. Salitrização.
SALSE (*çalç*), s.f. Salsa, vulcão de lama.
SALSEPAREILLE (*çalçəparéii*), s. f. Salsaparrilha.
SALSUGINEUX, EUSE (*çalçüjinẽ, ëz*), adj. Salsuginoso.
SALTATION (*çaltaçion*), s.f. Dança mímica, entre os romanos.
SALTIGRADE (*çaltigrad*), adj. Saltígrado.
SALTIMBANQUE (*çaltenbank*), s. m. Saltimbanco. *Fig.* Charlatão, mau orador.
SALUBRE (*çalübr*), adj. Salubre.
SALUBREMENT (*çalübrəman*), adv. Salubremente.
SALUBRITÉ (*çalübritê*), s.f. Salubridade.
SALUER (*çalüê*), v.t. Saudar, cumprimentar.
SALURE (*çalür*), s.f. Salsugem, salinidade.
SALUT (*çalü*), s.m. Salvação; salvamento. Cumprimento. Bênção do Santíssimo.
SALUTAIRE (*çalütér*), adj. Salutar.
SALUTAIREMENT (*çalütérman*), adv. Salutarmente.
SALUTATION (*çalütaçion*), s.f. Saudação, cumprimento.
SALVATEUR, TRICE (*çalvatĕr, triç*), adj. e s. Salvador.
SALVATION (*çalvaçion*), s.f. Salvação.
SALVE (*çalv*), s.f. Salva.
SAMARE (*çamar*), s.f. Sâmara (fruto).
SAMARITAIN, E (*çamaritén, én'*), adj. e s. Samaritano.
SAMEDI (*çamədi*), s. m. Sábado.
SAMIT (*çami*), s.m. Tecido enfeitado de ouro e prata, usado no século XVII.
SANA (*çaná*), s.m. Forma abreviada de SANATORIUM.
SANATORIUM (*çanatorióm'*), s. m Sanatório. Pl.: *des sanatoriums.*
SANCIR (*çançir*), v. i. *Mar.* Afundar pela proa.
SANCTIFIANT, E (*çanktifian, t*), adj. Santificante.
SANCTIFICATEUR, TRICE (*çanktifikatĕr, triç*), adj. e s. Santificador.
SANCTIFICATION (*çanktifikaçion*), s. f. Santificação.
SANCTIFIER (*çanktifiê*), v.t. (Conjuga-se como *prier.*) Santificar.
SANCTION (*çankçion*), s.f. Sanção.
SANCTIONNER (*çankçionê*), v.t. Sancionar.
SANCTISSIME (*çanktiçim'*), adj. Santíssimo.
SANCTUAIRE (*çanktüér*), s.m. Santuário.
SANDAL (*çandal*), s.m. V. **SANTAL.**
SANDALE (*çandal*), s.f. Sandália.
SANDALIER, ÈRE (*çandaliê, ér*), s. Fabricante de sandálias.
SANDWICH (*çanduitch*), s.m. Sanduíche. Pl.: *des sandwiches* ou *sandwichs.*
SANG (*çan, çank* diante de uma vogal, ou *h* mudo), s.m. Sangue. *Coup de sang,* hemorragia cerebral. *Se faire du bon sang,* estar contente. *Se faire du mauvais sang,* atormentar-se. *Avoir du sang dans les veines,* ser vivo, enérgico. *Avoir du sang de navet,* ser mole, não ter energia.
SAN-DRAGON ou **SANG-DE-DRAGON** (*çandragon* ou *çandədragon*), s. m. Sangue-de-dragão.
SANG-FROID (*çanfruá*), s.m. Sangue-frio.
SANGLANT, E (*çanglan, t*), adj. Sangrento; ensangüentado; sanguinolento.
SANGLE (*çangl*), s. f. Correia; cinto.
SANGLER (*çanglê*), v. t. Cingir; apertar. Açoitar.
SANGLIER (*çangliê*), s. m. Javali.
SANGLON (*çanglon*), s. m. Correia pequena.
SANGLOT (*çanglô*), s.m. Soluço.
SANGLOTER (*çanglotê*), v.i. Soluçar.
SANG-MÊLÉ (*çanmélê*), s.inv. Mestiço.
SANGSUE (*çançü*), s. f. Sanguessuga.
SANGUIFICATION (*çanghifikaçion*), s. f. Sanguificação.
SANGUIN, E (*çanghen, in'*), adj. Sanguíneo.
SANGUINAIRE (*çanghinér*), adj. Sanguinário. S. f. *Bot.* Sanguínea.
SANGUINOLENT, E (*çanghinolan, t*), adj. Sanguinolento.
SANHÉDRIN (*çanédren*), s. m. Sinédrio.
SANICLE ou **SANICULE** (*çanikl* ou *ça-*

nikül), s. f. Sanícula.
SANIE (*çani*), s. f. Sânie.
SANIEUX, EUSE (*çaniẽ, ẽz*), adj. Sanioso.
SANITAIRE (*çanitér*), adj. Sanitário.
SANS (*çan*), prep. Sem. *Sans quoi, sans cela,* do contrário. *Sans plus,* e nada mais. *Non sans,* com muito.
SANS-CŒUR (*çankẽr*), s. inv. *Fam.* Sem coração, fraco.
SANSCRIT, E (*çançkri, t*), adj. e s. m. Sânscrito.
SANSCRITISTE (*çançkritiçt*), s. m. Sanscritista.
SANS-CULOTTE (*çankülót*), s. m. Republicano (na Revolução Francesa). Pl.: *des sans-culottes.*
SANS-CULOTTIDE (*çankülotid*), s. f. Dias complementares do calendário republicano francês. Festas celebradas nesses dias. Pl.: *des sans-culottides.*
SANS-CULOTTISME (*çankülotiçm*), s. m. Republicanismo.
SANS-FIL (*çanfil*), s. Telegrafia sem fio.
SANS-FILISTE (*çanfiliçt*), s. m. Radioamador. Pl.: *des sans-filistes.*
SANS-GÊNE (*çanjén'*), s. m. Desembaraço, sem-cerimônia. S. Pessoa desembaraçada.
SANS-LE-SOU (*çanleçu*), s. m. *Fam.* Pessoa sem dinheiro.
SANS-SOUCI (*çançuçi*), s. inv. *Fam.* Falta de cuidados, despreocupação. Adj. Despreocupado.
SANTAL (*çantal*), s. m. Sândalo.
SANTÉ (*çantê*), s. f. Saúde; brinde.
SANTON (*çanton*), s. m. Religioso muçulmano.
SANVE (*çanv*), s. f. Mostarda brava.
SAOUL, E (*çu, çul*), adj. V. **SOÛL.**
SAOULER (*çulê*), v. t. V. **SOÛLER.**
SAPA (*çapá*), s. m. *Farm.* Suco de uva com a consistência do mel.
SAPAJOU (*çapaju*), s. m. Saju, sapaju.
SAPE (*çap*), s. f. Sapa, solapa; foice. *Fig.* Destruição progressiva.
SAPEMENT (*çapəman*), s. m. Trabalho com sapa.
SAPER (*çapê*), v. t. Solapar, escavar.
SAPERDE (*çapérd*), s. f. Inseto comum na França.
SAPEUR (*çapẽr*), s. m. Ceifador.
SAPHÈNE (*çafén*) adj. e s. Safena.
SAPHIQUE (*çafik*), adj. Sáfico.
SAPHIR (*çafir*), s. m. Safira.
SAPIDE (*çapid*), adj. Que tem sabor, sápido.
SAPIDITÉ (*çapiditê*), s. f. Qualidade do que tem sabor.
SAPIENCE (*çapianç*), s. f. Sapiência.
SAPIN (*çapen*), s. m. Abeto. *Pop.* Veículo de praça; esquife, ataúde.
SAPINE (*çapin'*), s. f. Tábua, barrote de abeto.
SAPINETTE (*çapinét*), s. f. *Bot.* Abeto do Canadá.
SAPINIÈRE (*çapiniér*), s. f. Mata de abetos.
SAPONACÉ, E (*çaponaçê*), adj. Saponáceo.
SAPONAIRE (*çaponér*), s. f. Saponária.
SAPONIFIABLE (*çaponifiabl*), adj. Saponificável.
SAPONIFICATION (*çaponifikaçion*), s. f. Saponificação.
SAPONIFIER (*çaponifiê*), v. t. (Conjuga-se como *prier.*) Saponificar.
SAPONINE (*çaponin'*), s. f. Saponina.
SAPOTE ou **SAPOTILLE** (*çapót* ou *çapotii*), s. f. Sapota (fruto).
SAPOTIER ou **SAPOTILLIER** (*çapotiê* ou *çapotiiê*), s. m. Sapota (árvore).
SAPRISTI! (*çapriçti*), interj. V. **SACRISTI.**
SAQUER (*sakê*), v. t. *Pop.* Devolver, expulsar, enxotar.
SARABANDE (*çaraband*), s. f. Sarabanda.
SARCASME (*çarkaçm'*), s. m. Sarcasmo.
SARCASTIQUE (*çarkaçtik*), adj. Sarcástico.
SARCELLE (*çarçél*), s. f. Cerceta.
SARCLAGE (*çarklaj*), s. f. Ato de sachar. Sachadura.
SARCLER (*çarklê*), v. t. Sachar, mondar.
SARCLEUR, EUSE (*çarklẽr, ẽz*), s. Sachador.
SARCLOIR (*çarkluar*), s. m. Sacho.
SARCLURE (*çarklür*), s. f. Erva daninha.
SARCOCARPE (*çarkokarp*), adj. Sarcocarpo.
SARCOCÈLE (*çarkoçél*), s. f. ou m. Sarcocele.
SARCOCOLLE (*çarkokól*), s. m. Resina da sarcocoleira.
SARCOCOLLIER (*çarkokoliê*), s. m. *Bot.* Sarcocoleira.
SARCOMATEUX, EUSE (*çarkomatẽ, ẽz*), adj. Sarcomatoso.
SARCOME (*çarkóm'*), s. m. Sarcoma.
SARCOPHAGE (*çarkofaj*), adj. Sarcófago.
SARCOPTE (*çarkópt*), s. m. Sarcopto.
SARCOTIQUE (*çarkotik*), adj. Sarcótico.
SARDE (*çard*), adj. e s. Sardo.
SARDINE (*çardin'*), s. f. Sardinha.
SARDINERIE (*çardinəri*), s. f. Fábrica de conservas de sardinha.
SARDINIER, ÈRE (*çardiniê, ér*), s. Pescador de sardinha; sardinheira.
SARDOINE (*çarduan'*), s. f. Sardônica.
SARDONIEN, ENNE ou **SARDONIQUE** (*çardonien, én'* ou *çardonik*), adj. Sardônico.
SARDONIQUEMENT (*çardonikman*), adv. Sardonicamente.
SARGASSE (*çargaç*), s. f. Sargaço.
SARGE (*çarj*), s. m. Sargo.
SARIGUE (*çarig*), s. m. Sarigüê.

SARMENT (*çarman*), s. m. Sarmento.
SARMENTEUX, EUSE (*çarmantë, ëz*), adj. Sarmentoso.
SARRASIN, E (*çarazen, in'*), s. m. Sarraceno. S. m. Trigo mourisco.
SARRAU (*çarô*), s. m. Gabão. Camisa de bebê. Pl.: *des sarraux.*
SARRETTE ou **SERRETTE** (*çarét* ou *çérét*), s. f. Serralha.
SARRIETTE (*çariét*), s. f. Planta aromática.
SARRUSSOPHONE (*çarüçofón'*), s. m. Instrumento de música.
SAS (*ça*), s. m. Peneira. Pl.: *des sas.*
SASSAFRAS (*çaçafrá*), s. m. Sassafrás. Pl.: *des sassafras.*
SASSE (*çaç*), s. f. Vertedouro.
SASSEMENT (*çaçman*), s. m. Peneiração.
SASSER (*çaçê*), v. t. Peneirar. Fazer passar um navio numa eclusa.
SASSEUR (*çaçër*), s. m. Peneirador.
SATANÉ, E (*çatanê*), adj. Satânico.
SATANIQUE (*çatanik*), adj. Satânico.
SATANISME (*çataniçm'*), s. m. Satanismo.
SATELLITE (*çatélit*), s. m. Satélite.
SATIÉTÉ (*çaçiêtê*), s. f. Saciedade.
SATIF, IVE (*çatif, iv*), adj. Sativo.
SATIN (*çaten*), s. m. Cetim.
SATINAGE (*çatinaj*), s. m. Acetinação.
SATINÉ, E (*çatinê*), adj. Acetinado.
SATINER (*çatinê*), v. t. Acetinar.
SATINETTE (*çatinét*), s. f. Cetineta.
SATINEUR (*çatinër*), s. e adj. m. Acetinador.
SATIRE (*çatir*), s. f. Sátira.
SATIRIQUE (*çatirik*), adj. Satírico.
SATIRIQUEMENT (*çatirikman*), adv. Satiricamente.
SATIRISER (*çatirizê*), v. t. Satirizar.
SATISFACTION (*çatiçfakçion*), s. f. Satisfação.
SATISFACTOIRE (*çatiçfaktuar*), adj. Satisfatório; expiatório.
SATISFAIRE (*çatiçfér*), v. t. (Conjuga-se como *faire.*) Satisfazer; cumprir; pagar. *Satisfaire l'attente,* responder a. V. i. Pagar.
SATISFAISANT, E (*çatiçfəzan, t*), adj. Satisfatório.
SATISFAIT, E (*çatiçfé, t*), adj. Satisfeito.
SATISFECIT (*çatiçfêçit*), s. m. inv. Informação favorável.
SATRAPE (*çatrap*), s. m. Sátrapa.
SATRAPIE (*çatrapi*), s. f. Satrapia.
SATURABILITÉ (*çatürabilitê*), s. f. Saturabilidade.
SATURABLE (*çatürabl*), adj. Saturável.
SATURANT, E (*çatüran, t*), adj. Saturante.
SATURATION (*çatûraçion*), s. f. Saturação.
SATURÉ, E (*çatürê*), adj. Saturado.
SATURER (*çatürê*), v. t. Saturar.
SATURNALES (*çatürnal*), s. f. pl. Saturnais.
SATURNE (*çatürn*), s. m. Saturno.
SATURNIEN, ENNE (*çatürnien, én'*), adj. Saturniano.
SATURNIN, E (*çatürnen, in'*), adj. Saturnino.
SATYRE (*çatir*), s. m. Sátiro.
SATYRIQUE (*çatirik*), adj. Satírico.
SAUCE (*çôç*), s. f. Molho. *À toutes sauces,* sob todas as formas. Lápis preto para esfumar. Líquido para dar brilho ao ouro.
SAUCÉE (*çôçê*), s. f. *Pop.* Aguaceiro, correção.
SAUCER (*çôçê*), v. t. (O *c* toma uma cedilha antes de *a* e *o*: *il sauça, nous sauçons.*) Ensopar. Repreender asperamente.
SAUCIER (*çoçiê*), s. m. Cozinheiro encarregado dos molhos.
SAUCIÈRE (*çoçiér*), s. f. Molheira.
SAUCISSE (*çôçiç*), s. f. Salsicha.
SAUCISSON (*çôçiçon*), s. m. Salsichão, paio. Cabeça de foguete. Rolo de guta-percha.
SAUF, SAUVE (*çôf, çôv*), adj. Salvo. *Sain et sauf,* são e salvo.
SAUF (*çôf*), prep. Salvo. *Sauf à,* sob a condição de.
SAUF-CONDUIT (*çôfkondüi*), s. m. Salvo-conduto. Pl.: *des sauf-conduits.*
SAUGE (*çôj*), s. f. *Bot.* Salva.
SAUGRENU, E (*çôgrənü*), adj. Extravagante, ridículo, absurdo.
SAULAIE (*çôlé*), s. f. Salgueiral.
SAULE (*çôl*), s. m. Salgueiro.
SAULÉE (*çôlê*), s. f. Renque de salgueiros.
SAUMÂTRE (*çômatr*), adj. Salobro.
SAUMON (*çômon*), s. m. Salmão. Metal em barra. Adj. inv. A cor de salmão.
SAUMONÉ, E (*çômonê*), adj. Salmonado.
SAUMONEAU (*çômonô*), s. m. Salmão pequeno. Pl.: *des saumoneaux.*
SAUMURAGE (*çômüraj*), s. m. Ação de pôr na salmoura.
SAUMURE (*çômür*), s. f. Salmoura.
SAUMURÉ, E (*çômürê*), adj. Posto na salmoura.
SAUNAGE (*çônaj*), s. m. ou **SAUNAISON** (*çônézon*), s. f. Extração de sal; época desta extração; fabricação e venda de sal.
SAUNER (*çônê*), v. i. Extrair o sal; produzir sal.
SAUNERIE (*çônəri*), s. f. Fábrica de sal.
SAUNIER (*çoniê*), adj. e s. m. Salineiro.
SAUNIÈRE (*çoniér*), s. f. Saleiro.
SAUPIQUET (*çôpikê*), s. m. Molho picante.
SAUPOUDRER (*çôpudrê*), v. t. Polvilhar.
SAUPOUDROIR (*çôpudruar*), s. m. Instrumento para polvilhar.
SAUR ou **SOR** (*çôr*), adj. m. Salgado e defumado.
SAURE (*çôr*), adj. Amarelo-escuro.
SAURER ou **SAURIR** (*çôrê* ou *çôrir*), v. t. Defumar arenques.

SAURET ou **SORET** (*çôré*), adj. m. V. **SAUR**.
SAURIENS (*çôrien*), s. m. pl. Sáurios.
SAURIN (*çôren*), s. m. Arenque defumado de novo.
SAURIS (*çôri*), s. m. Salmoura de arenques. Pl.: *des sauris*.
SAURISSAGE (*çoriçaj*), s. m. Defumação.
SAURISSERIE ou **SAURERIE** (*coriçri* ou *çôrəri*), s. f. Lugar onde se defumam arenques.
SAURISSEUR (*çôriçër*), s. e adj. m. Defumador de arenques.
SAUSSAIE (*çôçé*), s. f. V. **SAULAIE**.
SAUT (*çô*), s. m. Salto. *De plein saut*, bruscamente. *Faire le saut*, tomar partido; arruinar-se; desonrar-se. *Saut périlleux*, salto mortal.
SAUT-DE-LIT (*çôdəli*), s. m. Chambre, roupão.
SAUTE (*çôt*), s. f. *Mar. Saute de vent*, mudança brusca da direção dos ventos. *Fig. Saute d'humeur*, mudança brusca de humor.
SAUTÉE (*çôtê*), s. f. O espaço transposto em um salto.
SAUTE-MOUTON (*çôtmuton*), s. m. Pula-carniça (brincadeira).
SAUTER (*çôtê*), v. i. Saltar. Ir pelos ares; agredir. Cozinhar um pedaço de carne com banha e manteiga. *Sauter aux nues*, encolerizar-se. V. t. Atravessar, omitir.
SAUTERELLE (*çôtərél*), s. f. Gafanhoto.
SAUTERIE (*çôtəri*), s. f. Dança sem cerimônia.
SAUTERNES (*çôtérn*), s. m. Vinho branco. Pl.: *des sauternes*.
SAUTEUR, EUSE (*çôtër, ëz*), adj. e s. Saltador; acrobata; pessoa inconstante. Cavalo adestrado para o salto. S. f. Valsa em dois tempos. Caçarola de saltear carnes.
SAUTILLANT, E (*çôtüan, t*), adj. Saltitante. *Fig.* Entrecortado.
SAUTILLEMENT (*çôtiiman*), s. m. Saltitamento.
SAUTILLER (*çôtiiê*), v. i. Saltitar.
SAUTOIR (*çôtuar*), s. m. Objeto para exercício de saltos. Cordão de ouro ou prata. *Porter un ordre en sautoir*, usar uma ordem em cruz.
SAUVAGE (*çôvaj*), adj. e s. Selvagem.
SAUVAGEMENT (*çôvajman*), adv. Selvagemente.
SAUVAGEON (*çôvajon*), s. m. Planta para enxertia.
SAUVAGERIE (*çôvajri*), s. f. Selvageria.
SAUVAGESSE (*çôvajéç*), s. f. Mulher selvagem.
SAUVAGIN, E (*çôvajen, in'*), adj. Selvagíneo. S. f. Animais monteses.
SAUVEGARDE (*çôvgard*), s. f. Salvaguarda. Salvo-conduto. Vergueiro.
SAUVEGARDER (*çôvgardê*), v. t. Salvaguardar.
SAUVE-QUI-PEUT (*çôvkipë*), s. m. Salve-se quem puder, confusão.
SAUVER (*çôvê*), v. t. Salvar. Desculpar-se. **SE SAUVER**, v. pr. Fugir; desforrar-se; salvar-se.
SAUVETAGE (*çôvtaj*), s. m. Salvamento.
SAUVETEUR (*çôvtër*), adj. e s. m. Que participa de um salvamento.
SAUVETTE (A LA) (*alaçôvét*), loc. adv. Oculta e rapidamente. *Vendre à la sauvette*, vender rápida e clandestinamente.
SAUVEUR (*çôvër*), s. m. Salvador.
SAVAMMENT (*çavaman*), adv. Sabiamente.
SAVANE (*çavan'*), s. f. Savana.
SAVANT, E (*çavan, t*) adj. e s. Sábio.
SAVANTASSE (*çavantaç*), s. *Fam.* Sabichão.
SAVANTISSIME (*çavantiçim*), adj. *Fam.* Sapientíssimo.
SAVATE (*çavat*), s.f . Sapato velho; sapato achinelado. Pessoa desastrada. Luta a ponta-pés. *Trainer la savate*, estar na miséria.
SAVETER (*çavtê*), v. t. (Dobra o *t* antes de sílaba muda: *je savette*). *Pop.* Estragar; remendar mal.
SAVETIER (*çavtiê*), s. m. Remendador de sapato velho. *Pop.* Mau operário.
SAVEUR (*çavër*), s. f. Sabor.
SAVOIR (*çavuar*), v. t. (*Je sais, nous savons. Je savais, nous savions. Je sus, nous sûmes. Je saurai, nous saurons. Je saurais, nous saurions. Sache, sachons, sachez. Que je sache, que nous sachions. Que je susse, que nous sussions. Sachant. Su, e.*) S. m. Saber. *Un je-ne-sais-qui*, pessoa sem importância. *Un je-ne-sais-quoi*, sentimento indefinível. *Savoir s'y prendre*, saber lidar. *Savoir de reste*, saber de sobra. *Savoir à qui s'en prendre*, pôr a culpa em outrem. *Savoir bon* (*ou mauvais*) *gré à*, ser agradecido. *Savoir à quoi s'en tenir*, conhecer bem o assunto. *Pas que je sache*, não que eu saiba.
SAVOIR-FAIRE (*çavuarfér*), s. m. Habilidade, perícia.
SAVOIR-VIVRE (*çavuarvivr*), s. m. O saber viver; arte de bem viver.
SAVOISIEN, ENNE (*çavuazien, én'*), adj. e s. Saboiano.
SAVON (*çavon*), s. m. Sabão. *Fig. e fam.* Repreensão.
SAVONNAGE (*çavonaj*), s. m. Ensaboamento, lavagem com sabão.
SAVONNER (*çavonê*), v. t. Ensaboar, lavar com sabão. **SE SAVONNER**, v. pr. Lavar-se com sabão.
SAVONNERIE (*çavónəri*), s. f. Fábrica de sabão. Tapete.

SAVONNETTE (*çavonét*), s. f. Sabonete.
SAVONNEUX, EUSE (*çavonë, ëz*), adj. Saponáceo; gorduroso.
SAVONNIER, ÈRE (*çavonié, ér*), adj. Saboeiro. S. m. Fabricante de sabão. *Bot.* Saboeiro.
SAVOURER (*çavuré*), v. t. Saborear.
SAVOUREUSEMENT (*çavurëzman*), adv. Saborosamente.
SAVOUREUX, EUSE (*çavurë, ëz*), adj. Saboroso.
SAVOYARD, E (*çavuaiar, d*), adj. e s. Saboiano.
SAXATILE (*çakçatil*), adj. Saxátil.
SAXE (*çakç*), s. m. Porcelana de Saxe.
SAXON, ONNE (*çakçon, ón'*), adj. e s. Saxônio.
SAXOPHONE (*çakçofón'*), s. m. Saxofone.
SAYE (*çé*), s. f. V. **SAIE**.
SAYETTE (*çéiét*), s. f. Saiote.
SAYNÈTE (*çénét*), s. f. Sainete.
SCABELLON (*çkabélon*), s m. Escabelo.
SCABIEUX, EUSE (*çkabië, ëz*), adj. Escabioso.
SCABREUX, EUSE (*çkabrë, ëz*), adj. Escabroso. *Fig.* Perigoso.
SCALDE (*çkald*), s. m. Bardo escandinavo.
SCALÈNE (*çkalén'*), adj. Escaleno.
SCALP ou **SCALPE** (*çkalp*), s. m. Escalpo.
SCALPEL (*çkalpél*), s. m. Escalpelo.
SCALPEMENT (*çkalpəman*), s. m. Escalpamento.
SCALPER (*çkalpê*), v. t. Escalpar.
SCANDALE (*çkandal*), s. m. Escândalo.
SCANDALEUSEMENT (*çkandalëzman*), adv. Escandalosamente.
SCANDALEUX, EUSE (*çkandalë, ëz*), adj. Escandaloso.
SCANDALISER (*çkandalizê*), v. t. Escandalizar. **SE SCANDALISER**, v. pr. Escandalizar-se, ofender-se.
SCANDER (*çkandê*), v. t. Escandir.
SCANDINAVE (*çkandinav*), adj. e s. Escandinavo.
SCANSION (*çkançion*), s. f. Escansão.
SCAPHANDRE (*çkafandr*), s. m. Escafandro.
SCAPHANDRIER (*çkafandriê*), s. m. Escafandrista.
SCAPHOÏDE (*çkafoíd*), adj. Escafóide.
SCAPULAIRE (*çkapülér*), s. m. Escapulário.
SCARABÉE (*çkarabê*), s. m. Escaravelho.
SCARIFICATEUR (*çkarifikatër*), s. m. Escarificador.
SCARIFICATION (*çkarifikaçion*), s. f. Escarificação.
SCARIFIER (*çkarifiê*), v. t. (Conjuga-se como *prier*.) Escarificar.
SCARLATINE (*çkarlatin'*), s. f. e adj. Escarlatina.
SCAROLE (*çkaról*), s. f. V. **ESCAROLE**.
SCATOLOGIE (*çkatoloji*), s. f. Escatologia.
SCATOLOGIQUE (*çkatolojik*), adj. Escatológico.
SCEAU ou **SCEL** (*çô* ou *çél*), s. m. Selo; chancela. *Sous le sceau du secret*, sob segredo. Pl.: *des sceaux* ou *scels*.
SCÉLÉRAT, E (*çêlêrá, t*), adj. Celerado, perverso.
SCÉLÉRATESSE (*çêlêratéç*), s. f. Perversidade.
SCELLAGE (*çélaj*), s. m. Selagem.
SCELLÉ (*çélê*), s. m. Selo judicial.
SCELLEMENT (*çélman*), s. m. Chumbagem.
SCELLER (*çélê*), v. t. Selar. Chumbar; betumar.
SCÉNARIO (*çênariô*), s. m. Roteiro de uma peça de teatro ou de um filme; cenários cinematográficos.
SCÈNE (*çén'*), s. f. Cena.
SCÉNIQUE (*çênik*), adj. Cênico.
SCEPTICISME (*çépticiçm'*), s. m. Cepticismo.
SCEPTIQUE (*çéptik*), adj. e s. Céptico.
SCEPTIQUEMENT (*çéptikman*), adv. De maneira céptica.
SCEPTRE (*çéptr*), s. m. Cetro.
SCHAH, SHAH ou **CHAH** (*cha*), s. m. Xá.
SCHEIDAGE (*chédaj*), s. m. Escolna manual de minerais.
SCHÉMA ou **SCHÈME** (*chêmá* ou *chém'*), s. m. Esquema.
SCHÉMATIQUE (*chêmatik*), adj. Esquemático.
SCHÉMATIQUEMENT (*chêmatikman*), adv. Esquematicamente.
SCHÉMATISER (*chêmatizê*), v. t. Esquematizar.
SCHIBBOLETH (*chibolét*), s. m. *Fam.* Prova da capacidade de uma pessoa.
SCHIEDAM (*çkidam'*), s. m. Aguardente de cereais, na Holanda e Bélgica.
SCHISMATIQUE (*chiçmatik*), adj. e s. Cismático.
SCHISME (*chiçm*), s. m. Cisma.
SCHISTE (*chiçt*), s. m. Xisto.
SCHISTEUX, EUSE (*chiçtë, ëz*), adj. Xistoso.
SCHISTOÏDE (*chiçtoíd*), adj. Xistóide.
SCHIZOÏDE (*çkizoíd*), adj. e s. Esquizóide.
SCHIZOPHRÉNIE (*çkizofrêni*), s. f. Esquizofrenia.
SCHLAGUE (*chlag*), s. f. Castigo, pena; bastonada, varada.
SCHLAGUER (*chlaghê*), v. t. Castigar com vara.
SCHLITTAGE (*chlitaj*), s. m. Transporte de madeira em trenó.
SCHLITTE (*chlit*), s. f. Trenó para descer madeira das montanhas.
SCHLITTER (*chlitê*), v. t. Transportar madeiras em trenó.
SCHLITTEUR (*chlitër*), s. e adj. m. Con-

dutor de *schlitte*.

SCHNAPS (*chnapç*), s. m. *Fam*. Aguardente. Pl.: *des schnaps*.

SCHNICK (*chnik*), s. m. *Pop*. Aguardente ordinária.

SCHUPO (*chüpô*), s. f. Polícia alemã. S. m. Agente de polícia.

SCIABLE (*çiabl*), adj. Suscetível de ser serrado.

SCIAGE (*çiaj*), s. m. Operação de serrar; madeira de construção ou marcenaria.

SCIATIQUE (*çiatik*), adj. Ciático.

SCIE (*çi*), s. f. Serra, serrote. *Pop*. Coisa ou pessoa indesejável. *Monter une scie à*, repetir sem parar a mesma história.

SCIEMMENT (*çiaman*), adv. Conscientemente.

SCIENCE (*çianç*), s. f. Ciência.

SCIENCE-FICTION (*çiançfikçion*), s. f. Ficção científica.

SCIENTIFIQUE (*çiantifik*), adj. Científico.

SCIENTIFIQUEMENT (*çiantifikman*), adv. Cientificamente.

SCIENTISME (*çianticm*), s. m. Cientismo.

SCIENTISTE (*çiantiçt*), s. m. Cientista.

SCIER (*çiê*), v. t. (Conjuga-se como *prier*.) Serrar. *Pop*. Aborrecer.

SCIERIE (*çiri*), s. f. Serraria.

SCIEUR (*çiër*), adj. e s. m. Serrador.

SCIEUSE (*çiëz*), s. f. Serra, serrote.

SCILLE (*çil*), s. f. Espécie de cebola.

SCINDEMENT (*çendəman*), s. m. Cisão.

SCINDER (*çendê*), v. t. Cindir.

SCINTILLANT, E (*çentiian, t*), adj. Cintilante.

SCINTILLATION (*çentilaçion* ou *çentiiaçion*), ou **SCINTILLEMENT** (*çentiiman*), s. m. Cintilação.

SCINTILLER (*çentiiê*), v. i. Cintilar.

SCION (*çion*), s. m. Rebento, pimpolho; enxerto.

SCIOTTE (*çiót*), s. f. Serrote para mármore, pedras, etc.

SCISSILE (*çiçil*), adj. Suscetível de ser fendido.

SCISSION (*çiçion*), s. f. Cisão.

SCISSIPARE (*çiçipar*), adj. Cissíparo.

SCISSIPARITÉ (*çiçiparitê*), s. f. Cissiparidade.

SCISSURE (*çiçür*), s. f. Cissura.

SCIURE (*çiür*), s. f. Serradura, serração.

SCLÉROSE (*çklêrôz*), s. f. Esclerose.

SCLÉROSÉ, E (*çklêrozê*), adj. Esclerosado.

SCLÉROTIQUE (*çklêrotik*), s. f. Esclerótica.

SCOLAIRE (*çkolér*), adj. Escolar.

SCOLARISATION (*çkolarizaçion*), s. f. Escolarização.

SCOLARISER (*çkolarizê*), v. t. Escolarizar.

SCOLARITÉ (*çkolaritê*), s. f. Escolaridade.

SCOLASTIQUE (*çkolaçtik*), adj. e s. Escolástico.

SCOLIOSE (*çkoliôz*), s. f. Escoliose.

SCOLOPENDRE (*çkolopandr*), s. m. *Bot*. Escolopêndrio. *Zool*. Escolopendra.

SCOOTER (*çkutër*), s. m. Motoneta.

SCORBUT (*çkorbü*), s. m. Escorbuto.

SCORBUTIQUE (*çkorbütik*), adj. Escorbútico.

SCORE (*çkór*), s. m. Escore.

SCORIE (*çkori*), s. f. Escória.

SCORIFICATION (*çkorifikaçion*), s. m. Escorificação.

SCORIFIER (*çkorifiê*), v. t. (Conjuga-se como *prier*.) Escorificar.

SCORPION (*çkorpion*), s. m. Escorpião.

SCOTISME (*çkoticm'*), s. m. Escotismo.

SCOTTISH ou **SCHOTTISCH** (*çkotich*), s. f. Dança escocesa. Música dessa dança.

SCOUFFIN (*çkufen*), s. m. V. **COUFFE**.

SCOUT, E (*çku, t*), s. Escoteiro.

SCOUTISME (*çkuticm'*), s. m. Escotismo.

SCRAMASAXE (*çkramaçakç*), s. m. Punhal de guerra, usado pelos francos.

SCRATCH (*çkratch*), s. m. Corrida sem nenhuma vantagem.

SCRATCHER (*çkratchê*), v. t. Eliminar um concorrente.

SCRIBE (*çkrib*), s. m. Escriba.

SCRIPTEUR (*çkriptër*), s. m. Escriturário das bulas papais.

SCRIPTURAIRE (*çkriptürér*), adj. Relativo à escritura ou às Santas Escrituras.

SCRIPTURAL, E, AUX (*çkriptüral, ô*), adj. Relativo às Santas Escrituras.

SCROFULAIRE (*çkrofülér*), s. f. Escrofulária.

SCROFULE (*çkrofül*), s. m. Escrófula.

SCROFULEUX, EUSE (*çkrofülë, ëz*), adj. Escrofuloso.

SCRUPULE (*çkrüpül*), s. m. Escrúpulo.

SCRUPULEUSEMENT (*çkrüpülëzman*), adv. Escrupulosamente.

SCRUPULEUX, EUSE (*çkrüpülë, ëz*), adj. Escrupuloso.

SCRUTATEUR (*çkrütatër*), adj. e s. m. Escrutador; perscrutador.

SCRUTER (*çkrütê*), v. t. Escrutar; perscrutar.

SCRUTIN (*çkrüten*), s. m. Escrutínio.

SCRUTINER (*çkrütinê*), v. i. Escrutinar.

SCULTER (*çkültê*), v. t. Esculpir; entalhar.

SCULTEUR (*çkültër*), s. m. Escultor.

SCULTURAL, E, AUX (*çkültüral, ô*), adj. Escultural.

SCULTURE (*çkültür*), s. f. Escultura.

SCUTIFORME (*çkütiform*), adj. Escutiforme.

SE (*çə*), pron. de 3ª pessoa. Se, a si.

SÉANCE (*çêanç*), s. f. Assento numa assembléia, numa sessão; sessão; permanência, demora. *Séance tenante*, imediatamente.

SÉANT, E (*çêan, t*), adj. Com sede em; decente, conveniente. S. m. Assento

SEAU (*çô*), s. m. Balde. *Il pleut à seaux*, chove a cântaros. Pl.: *des seaux.*

SÉBACÉ, E (*çêbaçê*), adj. Sebáceo, seboso.

SÉBILE (*çêbil*), s. f. Espécie de pires de madeira.

SÉBORRHÉE (*çêborê*), s. f. Seborréia.

SEC, SÈCHE (*çék, çéch*), adj. e s. Seco. *Boire sec*, beber muito. Adv. Rudemente. *À sec*, loc. adv. A seco. *Fig.* Sem dinheiro.

SÉCABLE (*çêkabl*), adj. Secável.

SÉCANT, E (*çêkan, t*), adj. e s. f. Secante.

SÉCATEUR (*çêkatĕr*), s. m. Tesoura de podar.

SÉCESSION (*çêçéçion*), s. f. Secessão.

SÉCESSIONNISTE (*çêçéçioniçt*), adj. e s. Separatista.

SÉCHAGE (*çêchaj*), s. m. Secagem.

SÈCHE (*çéch*), s. f. Seca.

SÈCHEMENT (*çéchman*), adv. Secamente. *Fig.* Friamente.

SÉCHER (*çêchê*), v. t. e i. (Conjuga-se como *accélérer.*) Secar. *Sécher sur pied*, consumir-se de tristeza. **SE SÉCHER**, v. pr. Secar-se.

SÉCHERESSE (*çêchréç*), s. f. Seca; sequidão.

SÉCHERIE (*çêchri*), s. f. Secagem; lugar onde se põe algo para secar.

SÉCHEUR (*çêchĕr*), s. m. ou **SÉCHEUSE** (*çêchëz*), s. f. Secador.

SÉCHOIR (*çêchuar*), s. m. Secadouro.

SECOND, E (*çəgon, d*), adj. e s. Segundo. *En second*, loc. adv. Sob as ordens de outro.

SECONDAIRE (*çəgondér*), adj. Secundário, acessório.

SECONDAIREMENT (*çəgondérman*), adv. Secundariamente.

SECONDEMENT (*çəgondəman*), adv. Em segundo lugar.

SECONDER (*çəgondê*), v. t. Secundar.

SÉCOT, E (*çêkô, ót*), adj. *Fam.* Magro, seco.

SECOUER (*çəkuê*), v. t. Sacudir. **SE SECOUER**, v. pr. Sacudir-se.

SECOURABLE (*çəkurabl*), adj. Que socorre.

SECOURIR (*çəkurir*), v. t. (Conjuga-se como *courir.*) Socorrer.

SECOURS (*çəkur*), s. m. Socorro. Pl.: *des secours.*

SECOUSSE (*çəkuç*), s. f. Agitação, abalo.

SECRET, ÈTE (*çəkré, ét*), adj. Secreto. S. m. Segredo.

SECRÉTAIRE (*çəkrêtér*), s. Secretário; secretária, escrivaninha.

SECRÉTAIRERIE (*çəkrêtérəri*), s. f. Secretaria.

SECRÉTARIAT (*çəkrêtariá*), s. m. Secretariado.

SECRÈTE (*çəkrét*), s. f. Secreta, Polícia Secreta.

SECRÈTEMENT (*çəkrétman*), adv. Secretamente.

SÉCRÉTER (*çêkrêtér*), v. t. (Conjuga-se como *accélérer.*) Secretar.

SÉCRÉTEUR, EUSE ou **TRICE** (*çêkrêtĕr, ëz* ou *triç*), adj. Secretor.

SÉCRÉTION (*çêkrêçion*), s. f. Secreção.

SÉCRÉTOIRE (*çêkrêtuar*), adj. Secretório.

SECTAIRE (*çéktér*), s. m. Sectário.

SECTARISME (*çêktariçm'*), s. m. Sectarismo.

SECTATEUR (*çéktatĕr*), s. m. Sectário.

SECTE (*çékt*), s. f. Seita.

SECTEUR (*çéktĕr*), s. m. *Geom.* Sector.

SECTION (*çékçion*), s. f. Secção.

SECTIONNEMENT (*çékçionəman*), s. m. Seccionamento.

SECTIONNER (*çékçionê*), v. t. Seccionar.

SÉCULAIRE (*çêkülér*), adj. Secular.

SÉCULAIREMENT (*çêkülérman*), adv. Secularmente.

SÉCULARISATION (*çêkülarizaçion*), s. f. Secularização.

SÉCULARISER (*çêkülarizê*), v. t. Secularizar.

SÉCULARITÉ (*çêkülaritê*), s. f. Secularidade.

SÉCULIER, ÈRE (*çêkülié, ér*), adj. Secular.

SECUNDO (*çêkondô*), adv. Em segundo lugar.

SÉCURITÉ (*çêküritê*), s. f. Segurança.

SÉDATIF, IVE (*çêdatif, iv*), adj. e s. m. Sedativo.

SÉDATION (*çêdaçion*), s. f. Sedação, moderação.

SÉDENTAIRE (*çêdantér*), adj. Sedentário.

SÉDENTAIREMENT (*çêdantérman*), adv. Sedentariamente.

SÉDIMENT (*çêdiman*), s. m. Sedimento.

SÉDIMENTAIRE (*çêdimantér*), adj. Sedimentário.

SÉDIMENTATION (*çêdimantaçion*), s. f. Sedimentação.

SÉDITIEUSEMENT (*çêdiçiëzman*), adv. Sediciosamente.

SÉDITIEUX, EUSE (*çêdiçië, ëz*), adj. e s. Sedicioso.

SÉDITION (*çêdiçion*), s. f. Sedição.

SÉDUCTEUR, TRICE (*çêdüktĕr, triç*), adj. e s. Sedutor.

SÉDUCTION (*çêdükçion*), s. f. Sedução.

SÉDUIRE (*çêdüir*), v. t. (Conjuga-se como *conduire.*) Seduzir.

SÉDUISANT, E (*çêdüizan, t*), adj. Sedutor.

SÉGALA (*çêgalá*), s. m. Terreno próprio para centeio.

SEGMENT (*çégman*), s. m. Segmento.

SEGMENTAIRE (*çégmantér*), adj. Segmentário.

SEGMENTATION (*çégmantaçion*), s. f. Segmentação.

SEGMENTER (*çégmantê*), v. t. Segmentar.

SÉGRAIS (*çêgré*), s. m. Mata isolada. Pl.: *des ségrais.*

SÉGRÉGATIF, IVE (*çêgrêgatif, iv*), adj. Segregativo.

SÉGRÉGATION (*çêgrêgaçion*), s. f. Segregação.

SEICHE (*çéch*), s. f. Fluxo e refluxo das águas de certos lagos.

SÉIDE (*çêid*), s. m. Executor dos crimes de outrem.

SEIGLE (*çégl*), s. m. Centeio.

SEIGNEUR (*çénhĕr*), s. m. Senhor.

SEIGNEURIAGE (*çénhĕriaj*), s.m. Senhoriagem.

SEIGNEURIAL, E, AUX (*çénhĕrial, ô*), adj. Senhorial.

SEIGNEURIE (*çénhĕri*), s. f. Senhorio; senhoria.

SEILLE (*çéii*), s. f. Balde.

SEIN (*çen*), s. m. Seio. *Fig.* Interior, centro.

SEINE ou **SENNE** (*çén'*), s. f. Rede triangular para pescar.

SEING (*çen*), s. m. Assinatura, firma.

SÉISME (*çêiçm'*), s. m. Sismo.

SÉISMIQUE (*çêiçmik*), s. m. Sísmico.

SEIZAINE (*çézén'*), s. f. Número de dezesseis aproximadamente. Corda de enfardador.

SEIZE (*çéz*), num. Dezesseis.

SEIZIÈME (*çêziém'*), num. ord. Décimo sexto.

SEIZIÈMEMENT (*çéziéməman*), adv. Em décimo sexto lugar.

SÉJOUR (*çêjur*), s. m. Estada, demora; morada.

SÉJOURNER (*çêjurnê*), v. i. Residir, morar; demorar-se, permanecer. Estagnar.

SEL (*çél*), s. m. Sal.

SELECT (*çəlékt*), adj. *Fam.* Excelente, seleto.

SÉLECTEUR (*çêléktĕr*), s. m. Seletor.

SÉLECTIF, IVE (*çéléktif, iv*), adj. Seletivo.

SÉLECTION (*çêlékçion*), s. f. Seleção.

SÉLECTIONNER (*çêlékçionê*), v. t. Selecionar.

SÉLENIATE (*çélənint*), s. m. Seleniato.

SÉLÉNIQUE (*çêlênik*), adj. Selênico.

SÉLÉNITEUX, EUSE (*çêlênitĕ, ëz*), adj. Selenitoso.

SÉLÉNIUM (*çêlêniôm'*), s. m. Selênio.

SÉLÉNOGRAPHIE (*çêlênografi*), s. f. Selenografia.

SÉLÉNOGRAPHIQUE (*çêlênografik*), s. f. Selenográfico.

SELLAGE (*çélaj*), s. m. Selagem, seladura.

SELLE (*çél*), s. f. Sela. Evacuação. Privada.

SELLER (*çélê*), v. t. Selar, pôr a sela. V. i. Endurecer.

SELLERIE (*çélri*), s. f. Selaria.

SELLETTE (*çélét*), s. f. Sela pequena. Banco. Caixa de engraxate. *Mettre* ou *tenir sur la sellette*, pôr na berlinda.

SELLIER (*çélié*), adj. e s. Seleiro.

SELON (*çəlon*), prep. Segundo, conforme. *C'est selon*, depende das circunstâncias. *Selon que*, loc. conj. Conforme, como.

SEMAILLE (*çəmaii*), s. f. Semeadura.

SEMAINE (*çəmén'*), s. f. Semana. *Fig.* Salário de uma semana.

SEMAINIER, ÈRE (*çəménié, ér*), s. Semanário.

SEMAISON (*çəmézon*), s. f. Tempo das sementeiras; semeadura.

SÉMANTIQUE (*çêmantik*), adj. Semântico. S. f. Semântica.

SÉMAPHORE (*çêmafór*), s. m. Semáforo.

SÉMAPHORIQUE (*çêmaforik*), adj. Semafórico.

SEMBLABLE (*çanblabl*), adj. e s. m. Semelhante.

SEMBLABLEMENT (*çanblabləman*), adv. Semelhantemente; também.

SEMBLANT (*çanblan*), s. m. Semblante. *Ne faire semblant de rien,* disfarçar.

SEMBLER (*çanblê*), v. i. Parecer. V. imp. *Il semble,* parece. *Ce me semble,* na minha opinião.

SÉMÉIOLOGIE (*çêmêioloji*), s. f. Semiologia.

SÉMÉIOLOGUE (*çêmêiológ*), s. m. Semiólogo.

SEMELLE (*çəmél*), s. f. Sola de calçado. Palmilha. *Battre la semelle*, bater pernas, vagar.

SEMENCE (*çəmanç*), s. f. Semente.

SEMER (*çəmê*), v. t. (Conjuga-se como *amener.*) Semear.

SEMESTRE (*çəméçtr*), s. m. Semestre.

SEMESTRIEL, ELLE (*çəméçtriél*), adj. Semestral.

SEMESTRIELLEMENT (*çəméçtriélman*), adv. Semestralmente.

SEMEUR, EUSE (*çəmĕr, ëz*), s. Semeador. *Fig.* Boateiro.

SÉMILLANT, E (*çêmiian, t*), adj. Vivo, inquieto.

SÉMINAIRE (*çêminér*), s. m. Seminário.

SÉMINAL, E, AUX (*çêminal, ô*), adj. Seminal.

SÉMINARISTE (*çêminariçt*), s. m. Seminarista.

SÉMINATION (*çêminaçion*), s. f. Seminação.

SÉMIOLOGIE (*çêmioloji*), s. f. V. **SÉMÉIOLOGIE.**

SEMIS (*çəmi*), s. m. Semeadura; sementeira; pé de planta; viveiro de plantas. Pl.: *des semis.*

SÉMITE (*çêmit*), s. m. Semita.

SÉMITIQUE (*çêmitik*), adj. Semítico.

SÉMITISME (*çêmitiçm*), s. m. Semitismo.

SEMI-TON (*çəmiton*), s. m. Semitom. Pl.:

des semi-tons.

SEMI-VOYELLE (*çəmivuaiél*), s. f. Semivogal. Pl.: *des semi-voyelles.*

SEMOIR (*çəmuar*), s. m. Semeador mecânico.

SEMONCE (*çəmonç*), s. f. Repreensão.

SEMONCER (*çəmonçê*), v. t. (O *c* toma uma cedilha antes de *a* e *o*: *il semonça, nous semonçons.*) Repreender.

SEMONDRE (*çəmondr*), v. t. Admoestar, repreender.

SEMOULE (*çəmul*), s. f. Sêmola.

SEMPITERNEL, ELLE (*çanpitérnél*), adj. Sempiterno.

SEMPITERNELLEMENT (*çanpitérnélman*), adv. Sempre.

SÉNAT (*çênâ*), s. m. Senado.

SÉNATEUR (*çênatĕr*), s. m. Senador. *Train de sénateur,* andar lento, compassado.

SÉNATORIAL, E, AUX (*çênatorial, ô*), adj. Senatorial.

SÉNATUS-CONSULTE (*çênatüçkonçült*), s. m. Senatus-consulto. Pl.: *des sénatus-consultes.*

SÉNÉ (*çênê*), s. m. Sene.

SÉNÉCHAL (*çênêchal*), s. m. Senescal. Pl.: *des sénéchaux.*

SÉNÉCHALE (*çênêchal*), s. f. Senescalia.

SÉNÉCHAUSSÉE (*çênêchôçê*), s. f. Senescalia.

SENEÇON (*çənəçon*), s. f. Tasneirinha.

SÉNÉGALAIS, E (*çênêgalé, z*), adj. e s. Senegalês.

SÉNÉGALIEN, ENNE (*çênêgalien, én*), adj. Senegalesco.

SÉNESCENCE (*çênéçanç*), s. f. Senescência.

SÉNESTRE ou **SENESTRE** (*çêneçtr* ou *çəneçtr'*), adj. Esquerdo. Situado à esquerda.

SÉNEVÉ (*çênəvê*), s. m. Mostarda negra.

SÉNILE (*çênil*), adj. Senil.

SÉNILITÉ (*çênilitê*), s. f. Senilidade.

SENNE (*çén'*), s. f. V. **SEINE**.

SÉNONAIS, AISE (*çênoné, z*), adj. De Sens (França).

SENS (*çanç*), s. m. Sentido, senso, sentimento. Pl. Sensualidade. *Tomber sur le sens,* estar claro, visível. *N'avoir pas le sens commun,* não ter juízo. Loc. adv. *Sens dessus, dessous,* em desordem; *sens devant derrière,* às avessas. Pl.: *des sens.*

SENSATION (*çançaçion*), s. f. Sensação.

SENSATIONNEL, ELLE (*çançaçionél*), adj. Sensacional.

SENSÉ, E (*çançê*), adj. Sensato.

SENSÉMENT (*çançêman*), adv. Sensatamente.

SENSIBILISATEUR, TRICE (*çançibilizatĕr, triç*), adj. Sensibilizador.

SENSIBILISATION (*çançibilizaçion*), s. f. Sensibilização.

SENSIBILISER (*çançibilizê*), v. t. Sensibilizar.

SENSIBILITÉ (*çançibilitê*), s. f. Sensibilidade; suscetibilidade.

SENSIBLE (*çançibl*), adj. Sensível.

SENSIBLEMENT (*çançibləman*), adv. Sensivelmente.

SENSIBLERIE (*çançibləri*), s. f. Sensibilidade afetada, pieguice.

SENSITIF, IVE (*çançitif, iv*), adj. Sensitivo.

SENSITIVE (*çançitiv*), s. f. Sensitiva. *Fig.* Pessoa demasiadamente sensível.

SENSITIVITÉ (*çançitivitê*), s. f. Sensibilidade.

SENSORIEL, ELLE (*çançoriél*), adj. Sensorial.

SENSORIUM (*çançoriôm'*), s. m. Sensório.

SENSUALISME (*çançüaliçm*), s. m. Sensualismo.

SENSUALISTE (*çançüaliçt*), adj. Sensualista.

SENSUALITÉ (*çançüalitê*), s. f. Sensualidade.

SENSUEL, ELLE (*çançüél*), adj. Sensual.

SENTANT, E (*çantan, t*), adj. Dotado de sensibilidade, sensível.

SENTE (*çant*), s. f. V. **SENTIER**.

SENTENCE (*çantanç*), s. f. Sentença, máxima; decisão.

SENTENCIEUSEMENT (*çantançiezman*), adv. Sentenciosamente.

SENTENCIEUX, EUSE (*çantançiĕ, ĕz*), adj. Sentencioso, grave.

SENTEUR (*çantĕr*), s. f. Cheiro, perfume.

SENTI, E (*çanti*), adj. Sentido.

SENTIER (*çantiê*), s. m. Caminho estreito, senda, vereda.

SENTIMENT (*çantiman*), s. m. Sentimento.

SENTIMENTAL, E, AUX (*çantimantal, ô*), adj. Sentimental.

SENTIMENTALEMENT (*çantimantalman*), adv. Sentimentalmente.

SENTIMENTALISME (*çantimantaliçm'*), s. m. Sentimentalismo.

SENTIMENTALITÉ (*çantimantalitê*), s. f. Sentimentalidade.

SENTINE (*çantin'*), s. f. Sentina.

SENTINELLE (*çantinél*), s. f. Sentinela.

SENTIR (*çantir*), v. t. (Conjuga-se como *mentir.*) Sentir. V. i. Cheirar, exalar. **SE SENTIR**, v. pr. Sentir-se; manifestar-se, revelar-se; julgar-se.

SEOIR (*çuar*), v. i. e def. (Usado somente nos parts: *séant, sis, sise.*) Estar sentado; ter sede em.

SEP (*çep'*), s. m. Adobe (do arado).

SÉPALE (*çêpal*), s. m. Sépala.

SÉPALOÏDE (*çêpaloid*), adj. Sepalóide.

SÉPARABLE (*çêparabl*), adj. Separável.

SÉPARATEUR, TRICE (*çêparatĕr, triç*), adj. Separador.

SÉPARATIF, IVE (*çêparatif, iv*), adj. Separativo.

SÉPARATION (*çêparaçion*), s. f. Separação.

SÉPARATISME (*çêparatiçm*), s. m. Separatista.

SÉPARATISTE (*çêparatiçt*), adj. e s. Separatismo.

SÉPARÉ, E (*çêparê*), adj. Separado.

SÉPARÉMENT (*çêparêman*), adv. Separadamente.

SÉPARER (*çêparê*) v. t. Separar. **SE SÉPARER**, v. pr. Separar-se.

SÉPIA (*çêpiá*), s. f. Sépia.

SEPS (*çépç*), s. m. *Zool.* Lagartixa da região mediterrânea.

SEPT (*cét*), num. e s. m. Sete.

SEPTAIN (*çêpten*), s. m. Septena.

SEPTANTE (*céptant*), num. Setenta.

SEPTEMBRAL, E, AUX (*céptanbral, ô*), adj. Setembrino.

SEPTEMBRE (*céptanbr*), s. m. Setembro.

SEPTEMBRISADES (*céptanbrizad*), s. f. pl. Setembrizadas.

SEPTEMBRISEUR (*céptanbrizër*), s. m. Aquele que tomou parte na Setembrizada.

SEPTEMVIR (*céptémvir*), s. m. Setênviro.

SEPTEMVIRAT (*céptémvirá*), s. m. Setenvirato.

SEPTÉNAIRE (*céptênér*), adj. Septenário.

SEPTENNAL, E, AUX (*céptênal, ô*), adj. Septenal.

SEPTENNAT (*cépténá*), s. m. Setenato.

SEPTENTRION (*céptantrion*), s. m. Setentrião.

SEPTENTRIONAL, E, AUX (*céptantrional, ô*), adj. Setentrional.

SEPTICÉMIE (*céptiçêmi*), s. f. Septicemia.

SEPTICÉMIQUE (*céptiçêmik*), adj. Septicêmico.

SEPTICITÉ (*céptiçitê*), s. f. Qualidade séptica.

SEPTIÈME (*çéptiém'*), num. ord. Sétimo. S. m. Sétima parte. S. f. Sétima.

SEPTIMO (*céptimô*), adv. Em sétimo lugar.

SEPTIQUE (*céptik*), adj. Séptico.

SEPTUAGÉNAIRE (*céptüajênér*), adj. e s. Setuagenário.

SEPTUAGÉSIME (*çéçtüajêzim'*), s. f. Setuagésima.

SEPTUPLE (*céptüpl*), adj. Sétuplo.

SEPTUPLER (*céptüplê*), v. t. Setuplicar.

SÉPULCRAL, E, AUX (*cêpülkral, ô*), adj. Sepulcral.

SÉPULCRE (*çêpülkr*), s. m. Sepulcro.

SÉPULTURE (*cêpültür*), s. f. Sepultura; inumação.

SÉQUELLE (*çêkél*), s. f. Seqüela.

SÉQUENCE (*çêkanç*), s. f. Seqüência.

SÉQUESTRATEUR (*cêkéçtratër*), s. m. Seqüestrador.

SÉQUESTRATION (*çêkeçtraçion*), s. f. Seqüestração.

SÉQUESTRE (*çêkéçtr*), s. m. Seqüestro.

SÉQUESTRER (*çêkéçtrê*), v. t. Seqüestrar. **SE SÉQUESTRER**, v. pr. Isolar-se do mundo.

SEQUIN (*çəken*), s. m. Sequim.

SEQUOIA (*çəkoia*), s. m. Sequóia.

SÉRAC (*çèrak*), s. m. Queijo dos Alpes. Acumulação de blocos de gelo.

SÉRAIL (*çêrai*), s. m. Serralho.

SÉRAN (*çêran*), s. m. Sedeiro.

SÉRANÇAGE (*çêrançaj*), s. m. Assedagem.

SÉRANCER (*çêrançê*), v. t. (O *c* toma uma cedilha antes de *a* e *o*: *il sérança, nous sérançons.*) Assedar.

SÉRANCEUR (*çêrançër*), adj. e s. Assedador.

SÉRAPHIN (*çêrafen*), s. m. Serafim.

SÉRAPHIQUE (*çêrafik*), adj. Seráfico.

SERBE (*çerb*), adj. e s. Sérbio.

SEREIN, E (*çəren, én'*), adj. e s. m. Sereno.

SÉRÉNADE (*çêrênad*), s. f. Serenata.

SÉRÉNISSIME (*çêrêniçim'*), adj. Serenissimo

SÉRÉNITÉ (*çêrênitê*), s. f. Serenidade.

SÉREUX, EUSE (*çêrë, ëz*), adj. Seroso.

SERF, SERVE (*çérf, çérv*), adj. e s. Servo.

SERFOUETTE (*çérfuét*), s. f. Sacho de jardineiro.

SERFOUIR (*çérfuir*), v. t. Sachar.

SERGE (*çérj*), s. f. Sarja.

SERGENT (*çérjan*), s. m. Meirinho. Sargento de infantaria.

SERGERIE (*çérjəri*), s. f. Fábrica de sarja.

SERGETTE (*çérjét*), s. f. Tecido de lã fina.

SERGOT (*çérgô*), s. m. *Pop.* Polícia.

SÉRICICOLE (*çêriçikól*), adj. Sericícola.

SÉRICICULTEUR (*çêriçikültër*), s.m. Sericicultor.

SÉRICIGÈNE (*çêriçijén'*), adj. Sericígeno.

SÉRIE (*çêri*), s.f. Série.

SÉRIER (*çêriê*), v.t. (Conjuga-se como *prier*). Seriar.

SÉRIEUSEMENT (*çêriëzman*), adv. Seriamente.

SÉRIEUX, EUSE (*çêriê, ëz*), adj. e s. m. Sério. ***Prendre au sérieux***, **levar a sério.**

SERIN, E (*çəren, in'*), s. Canário. ***Fig.*** e *pop.* Pateta.

SERINER (*çəriné*), v. t. Ensinar um pássaro a cantar. Repetir muitas vezes para ensinar

SERINETTE (*çərinét*), s. f. Realejo pequeno. Cantor reles.

SERINGA ou **SERINGAT** (*çərengá*), s. m. Silindra.

SERINGAGE (*çərengaj*), s.m. Rega de plantas.

SERINGUE (*çəreng*), s. f. Seringa.

SERINGUER (*çərenghê*), v. t. Seringar.

SERMENT (*çérman*), s.m. Juramento.

Prêter serment, prestar juramento.
SERMON (*çérmon*), s.m. Sermão.
SERMONNAIRE (*çérmonér*), s.m. Sermonário.
SERMONNER (*çérmonê*), v.t. e i. Fazer sermão; repreender.
SERMONNEUR, EUSE (*çérmonĕr, ëz*), s. Pregador, censurador.
SÉROSITÉ (*çêrozitê*), s.f. Serosidade.
SÉROTHÉRAPIE (*çêrotêrapi*), s.f. Seroterapia.
SERPE (*çérp*), s.f. Podadeira.
SERPENT (*çérpan*), s.m. Serpente. *Serpent à sonnettes*, cobra cascavel.
SERPENTAIRE (*çérpantér*), s.f. Serpentária. S. m. Serpentário.
SERPENTE (*çérpant*), adj. e s. f. Papel de seda para proteger as gravuras dos livros.
SERPENTEAU (*çérpantô*), s.m. Serpente pequena. Pl.: *des serpenteaux*.
SERPENTEMENT (*çérpantəman*), s.m. Serpenteio.
SERPENTER (*çérpantê*), v.i. Serpentear.
SERPENTIN, E (*çérpanten, in'*), adj. Serpentino. S. m. Serpentina. S. f. *Bot.* Serpentina.
SERPETTE (*çérpét*), s. f. Podadeira.
SERPIGINEUX, EUSE (*çérpijinë, ëz*), adj. Serpiginoso.
SERPILLIÈRE (*çérpiiér*), s.f. Serapilheira; avental grosseiro.
SERPOLET (*çérpolé*), s.m. Serpão.
SERRAGE (*çéraj*), s.m. Aperto.
SERRE (*çér*), s.f. Espremedura. Garra. Estufa.
SERRÉ, E (*çérê*), adj. Tapado, junto, estreito. *Fig.* Rigoroso, preciso, lógico. *Fam.* Avarento. Adv. *Jouer serré*, jogar com prudência. *Fig.* Agir com prudência.
SERRE-FILE (*çérfil*), s.m.inv. Cerra-fila.
SERRE-FILS (*çérfiç*), s.m.inv. Instrumento para reunir dois fios elétricos.
SERRE-FREIN ou **SERRE-FREINS** (*çérfren*), s.m.inv. Guarda-freios.
SERRE-JOINT ou **SERRE-JOINTS** (*çérjoen*), s.m. inv. Gastalho.
SERRE-LIVRES (*çérlivr*), s.m. inv. Apoio de livros.
SERREMENT (*çérman*), s. m. Aperto, apertadela. *Fig.* Angústia, aflição.
SERRE-PAPIERS (*çérpapiê*), s. m. inv. Papelaria.
SERRER (*çérê*), v. t. Apertar; cerrar, encerrar; seguir de perto. **SE SERRER**, v. pr. Estar oprimido.
SERRE-TÊTE (*çértét*), s.m.inv. Fita, touca para prender os cabelos.
SERRURE (*çérür*), s.f. Fechadura.
SERRURIE (*çérüri*), s.f. Serralharia.
SERRURIER (*çérüriê*), s.m. Serralheiro.
SERTE (*çért*), s. f. Engaste de pedras preciosas.
SERTIR (*çértir*), v. t. Engastar, cravar pedras preciosas.
SERTISSAGE (*çértiçaj*), s.m. Engaste.
SERTISSEUR (*çértiçĕr*), adj. e s. m. Engastador.
SERTISSURE (*çértiçür*), s.f. Engaste.
SÉRUM (*çêróm'*), s.m. Soro. Pl.: *des sérums*.
SERVAGE (*çérvaj*), s.m. Servidão.
SERVANT (*çervan*), adj. m. Servidor, servente. *Frère servant*, frade leigo.
SERVANTE (*çérvant*), s. f. Criada, serva. Mesa pequena de sala de jantar.
SERVEUR, EUSE (*çérvĕr, ëz*), s. Servente. Atirador de bola no jogo de tênis, etc.
SERVIABILITÉ (*çérviabilitê*), s.f. Prestabilidade.
SERVIABLE (*çérviabl*), adj. Serviçal, prestável.
SERVICE (*çérviç*), s. m. Serviço. Servidão. *Com.* Remessa, expedição. *Être de service*, estar de serviço.
SERVIETTE (*çérviét*), s.f. Guardanapo. Toalha de rosto. Pasta, carteira grande.
SERVILE (*çérvil*), adj. Servil.
SERVILEMENT (*çérvilman*), adv. Servilmente.
SERVILISME (*çérviliçm'*), s.m. Servilismo.
SERVILITÉ (*çérvilitê*), s.f. Servilidade.
SERVIR (*çérvir*), v.t. (*Je sers, nous servons. Je servais, nous servions. Je servis, nous servîmes. Je servirai, nous servirons. Je servirais, nous servirions. Sers, servons, servez. Que je serve, que nous servions. Que je servisse, que nous servissions. Servant, Servi, e.*) Servir; vender, oferecer. **SE SERVIR**, v. pr. Servir-se, usar.
SERVITEUR (*çérvitĕr*), s.m. Servidor.
SERVITUDE (*çérvitüd*), s.f. Servidão.
SERVO-MOTEUR (*çérvômotĕr*), s. m. Servomotor. Pl.: *des servo-moteurs*.
SES (*çê*), adj. poss. Seus, suas.
SÉSAME (*çêzam'*), s.m. Sésamo, gergelim.
SÉSAMOÏDE (*çêzamoid*), adj. Sesamóideo.
SESSILE (*çéçil*), adj. *Bot.* Séssil.
SESSION (*çéçion*), s.f. Sessão.
SESTERCE (*çéçtérç*), s. m. Sestércio.
SÉTACÉ, E (*çêtaçê*), adj. Cetáceo.
SETIER (*çətiê*), s. m. Sesteiro.
SÉTIFORME (*çêtiform'*), adj. Setiforme.
SÉTON (*çêton*), s. m. Sedenho.
SEUIL (*çëi*), s.m. Soleira da porta, limiar, umbral.
SEUL, E (*çël*), adj. Só.
SEULEMENT (*çëlman*), adv. Só, somente, ao menos; mas, contudo. *Pas seulement*, nem sequer, não somente.
SEULET, E (*çëlé, t*), adj. Sozinho.
SÈVE (*çév*), s.f. Seiva.
SÉVÈRE (*çêvér*), adj. Severo.

SÉVÈREMENT (*çêvérman*), adv. Severamente.
SÉVÉRITÉ (*çêvêritê*), s.f. Severidade.
SÉVICES (*çêviç*), s.m.pl. Sevícias.
SÉVIR (*çêvir*), v.i. Seviciar, maltratar.
SEVRAGE (*çəvraj*), s. m. Desmame.
SEVRER (*çəvrê*), v. t. (Conjuga-se como *amener*). Desmamar. *Fig.* Privar.
SÈVRES (*çévr*), s.m. Louça de Sèvres. (França).
SEXAGÉNAIRE (*çékzajênér*), adj. e s. Sexagenário.
SEXAGÉSIMAL, E AUX (*çékzajêzimal, ô*), adv. Sexagesimal.
SEXAGÉSIME (*çékzajêzim'*), s.f. Sexagésima.
SEXE (*çékç*), s.m. Sexo.
SEXOLOGIE (*çékçoloji*), s. f. Sexologia.
SEXOLOGUE (*çékçologh*), s. m. Sexologista.
SEXTANT (*çékçtan*), s.m. Sextante.
SEXTE (*çékçt*), s.f. Sexta.
SEXTIL, E (*çékçtil*), adj. Sextil.
SEXTINE (*çékçtin'*), s.f. Sextilha.
SEXTO (*çékçtô*), adv. Em sexto lugar, sexto.
SEXTUPLE (*çékçtüpl*), adj. Sêxtuplo.
SEXTUPLER (*çékçtüplê*), v.t. Sextuplar.
SEXUALISME (*çêkçüaliçm*), s.m. Sexualismo.
SEXUALITÉ (*çékçüalitê*), s. f. Sexualidade.
SEXUÉ, E (*çékçüê*), adj. Sexuado.
SEXUEL, ELLE (*çékçüél*), adj. Sexual.
SEYANT, E (*çéian, t*), adj. Conveniente, que fica bem.
SHAH (*cha*), s.m. V. **SCHAH**.
SHERIF (*chêrif*), s. m. Xerife.
SHILLING (*chilengh*), s. m. Xelim.
SHOOT (*chut*), s. m. *Esp.* Chute.
SHOOTER (*chutér*), v. t. *Esp.* Chutar.
SHOW (*chô*), s. m. Show.
SI (*çi*), conj. Se. *Si ce n'est que*, se não é, a não ser, exceto. *Si j'étais que de vous*, se fosse comigo. *Mús.* Si. Adv. Tão, tanto; por mais que; sim, mas sim. *Si bien que*, de tal modo que.
SIALISME (*çialiçm'*), s.m. Sialismo.
SIAMOIS, E (*çiamuá*), adj. e s. Siamês. S. f. Tecido forte de algodão.
SIBÉRIEN, ENNE (*çibérien, én'*), adj. e s. Siberiano.
SIBILANT, E (*çibilan, t*), adj. Sibilante.
SIBYLLE (*çibil*), s.f. Sibila.
SIBYLLIN, E (*çibilen, én'*), adj. Sibilino.
SICAIRE (*çikér*), s.m. Sicário.
SICCATIF, IVE (*çikatif, iv*), adj. Secante.
SICCITÉ (*çikçitê*), s.f. Sequidão, aridez.
SICILIEN, ENNE (*çiçilien, én'*), adj. e s. Siciliano.
SIDÉRAL, E, AUX (*çidêral, ô*), adj. Sideral.
SIDÉRANT, E (*çidêran, t*), adj. Que produz a sideração.
SIDÉRATION (*çidêraçion*). s.f. Sideração.
SIDÉRÉ, E (*çidêrê*), adj. Aniquilado, abatido. *Fig.* Estupefato, aturdido.
SIDÉRER (*çidêrê*), v.t. (Conjuga-se como *accélérer*.) Aniquilar, abater.
SIDÉROGRAPHIE (*çidêrografi*), s.f. Siderografia.
SIDÉROSE (*çidêrôz*), s.f. Sideroso.
SIDÉRURGIE (*çidêrürji*), s.f. Siderurgia.
SIDÉRURGIQUE (*çidêrürjik*), adj. Siderúrgico.
SIÈCLE (*çiékl*), s. m. Século; era; mundo.
SIÈGE (*çiéj*), s.m. Assento. Boléia do cocheiro. Sede. Sé. Tribunal, casa de audiência. Cerco, sítio. *Fig.* Foco de uma moléstia. *État de siège*, estado de sítio.
SIÉGER (*çiêjê*), v.i. (Conjuga-se como *abréger*.) Ter assento em; fazer parte de uma assembléia ou de um tribunal; ter a sede em; funcionar, exercer funções.
SIEN, ENNE (*çien, én'*), pron. poss. Seu, sua (dele, dela). S. m. *Le sien*, o seu (bens). S. m. pl. *Les siens*, os seus (parentes). *Faire les siennes*, fazer das suas.
SIESTE (*çiéçt*), s.f. Sesta.
SIEUR (*çiër*), s. m. Senhor.
SIFFLABLE (*çiflabl*), adj. Assobiável.
SIFFLAGE (*çiflaj*), s.m. V. **CORNAGE**.
SIFFLANT, E (*çiflan, t*), adj. Sibilante.
SIFFLEMENT (*çifləman*), s. m. Assobio, silvo.
SIFFLER (*çiflê*), v.i. Assobiar; silvar, apitar; patear, vaiar. V. t. Assobiar, chamar assobiando.
SIFFLET (*çiflé*), s.m. Apito, assobio. Apupo, pateada. *Fig.* e *pop. Couper le sifflet à*, tapar a boca a. *Pop.* Roupa preta, fraque.
SIFFLEUR, EUSE (*çiflër, ëz*), adj. e s. Assobiador.
SIFFLOTEMENT (*çiflótman*), s. m. Assobio suave.
SIFFLOTER (*çiflotê*), v. i. Assobiar suavemente.
SIGILLÉ, E (*çijilê*), adj. Marcado com selo.
SIGILLOGRAPHIE (*çijilografi*), s.f. Sigilografia, estudo dos selos.
SIGILLOGRAPHIQUE (*çijilografik*), adj. Relativo à sigilografia.
SIGLE (*çigl*), s.m. Sigla.
SIGMA (*çigmá*), s.m. Sigma.
SIGMOÏDE (*çigmoid*), adj. Sigmóide.
SIGNAL (*çinhal*), s.m. Sinal; marco geodésico; aparelho de sinalização. Pl.: *des signaux*.
SIGNALÉ, E (*çinhalê*), adj. Assinalado, notável.
SIGNALEMENT (*çinhalman*), s.m. Sinais para identificação.
SIGNALER (*çinhalê*), v.t. Assinalar. **SE SIGNALER**, v.pr. Distinguir-se.
SIGNALÉTIQUE (*çinhalêtik*), adj. Carac-

terístico, específico.
SIGNALEUR (*çinhalĕr*), s.m. Sinaleiro.
SIGNALISATION (*çinhalizaçion*), s.f. Sinalização.
SIGNATAIRE (*çinhatér*), s. Signatário.
SIGNATURE (*çignhatür*), s.f. Assinatura, firma. *Tip.* Número de folha.
SIGNE (*çinh*), s.m. Sinal. Marco. *Med.* Sintoma. *Astr.* Signo.
SIGNER (*çinhê*), v. t. Assinar, marcar.
SE SIGNER, v.pr. Benzer-se.
SIGNET (*çinhé*), s. m. Marcador de livro.
SIGNIFIANT, E (*çinhifian, t*), adj. Significativo.
SIGNIFICATIF, IVE (*çinhifikatif, iv*), adj. Significativo.
SIGNIFICATION (*çinhifikaçion*), s.f. Significação; notificação, intimação.
SIGNIFIER (*çinhifiê*), v.t. (Conjuga-se como *prier*.) Significar. *Gur.* Intimar, notificar.
SIL (*çil*), s.m. Espécie de ocre.
SILENCE (*çilanç*), s.m. Silêncio. *Mús.* Pausa. *Passer sous silence*, silenciar. *Réduire au silence*, fazer calar. *Rompre le silence*, romper o silêncio, falar.
SILENCIEUSEMENT (*çilançiëzman*), adv. Silenciosamente.
SILENCIEUX, EUSE (*çilançië, ëz*), adj. Silencioso.
SILÉSIEN, ENNE (*çilêzien, én'*), adj. e s. Silesiano. S. f. Tecido para forros, guarda-chuvas, etc.
SILEX (*çilékç*), s.m. Sílex. Pl.: *des silex.*
SILHOUETTE (*çiluét*), s.f. Silhueta.
SILHOUETTER (*çiluétê*), v.t. Desenhar em silhueta.
SILICATE (*çilikat*), s.m. Silicato.
SILICE (*çiliç*), s. f. Óxido de silício.
SILICEUX, EUSE (*çiliçë, ëz*), adj. Silicioso.
SILICIQUE (*çiliçik*), adj. m. Silício.
SILICIUM (*çiliçióm'*), s.m. Silício.
SILICIURE (*çiliçiür*), s.m. Siliciureto.
SILICULE (*çilikül*), s.f. Silícula.
SILICULEUX, EUSE (*çilikülë, ëz*), adj. Siliculoso.
SILIGINEUX, EUSE (*çilijinë, ëz*), adj. Farinhoso.
SILLAGE (*çiiaj*), s.m. Esteira, rastro. *Faire bon sillage*, navegar em boas condições.
SILLE (*çil*), s.m. Poema satírico grego.
SILLER (*çiiê*), v. i. Singrar.
SILLON (*çiion*), s.m. Sulco, rego. *Fig.* Pl. Rugas. *Poét.* Campo, solo.
SILLONNER (*çiionê*), v.t. Sulcar, enrugar.
SILO (*çilô*), s.m. Silo.
SILOTAGE (*çilotaj*), s.m. Ensilagem.
SILPHE (*çilf*), s.m. Silfo.
SILURIEN, ENNE (*çilürien, én'*), adj. Siluriano.
SIMA (*çima*), s.f. *Geol.* Sima.
SIMAGRÉE (*çimagrê*), s.f. Fingimento. Pl. Maneiras afetadas.
SIMBLEAU (*çenblô*), s.m. Cordel para traçar circunferência. Pl.: *des simbleaux.*
SIMIESQUE (*çimiéçk*), adj. Simiesco.
SIMILAIRE (*çimilér*), adj. Similar.
SIMILARITÉ (*çimilaritê*), s.f. Similaridade.
SIMILI (*çimili*), s.m. *Fam.* Imitação.
SIMILITUDE (*çimilitüd*), s.f. Similitude.
SIMONIAQUE (*çimoniak*), adj. e s. m. Simoníaco.
SIMONIE (*çimoni*), s.f. Simonia.
SIMOUN (*çimun*), s. m. Simum.
SIMPLE (*çenpl*), adj. e s.m. Simples. *Simple comme bonjour*, claro como água.
SIMPLEMENT (*çenpləman*), adv. Simplesmente.
SIMPLET, ETTE (*çenplé, ét*), adj. Crédulo, simplório.
SIMPLICITÉ (*çenpliçitê*), s.f. Simplicidade, ingenuidade.
SIMPLIFIABLE (*çenplifiabl*), adj. Simplificável.
SIMPLIFICATEUR, TRICE (*çenplifikatĕr, triç*), adj. e s. Simplificador.
SIMPLIFICATION (*çenplifikaçion*), s. f. Simplificação.
SIMPLIFIER (*çenplifiê*), v.t. (Conjuga-se como *prier*.) Simplificar.
SIMPLISME (*çenpliçm'*), s.m. Simplismo.
SIMPLISTE (*çenpliçt*), adj. e s. Simplista.
SIMULACRE (*çimülakr*), s.m. Simulacro.
SIMULATEUR, TRICE (*çimülatĕr, triç*), s. Simulador.
SIMULATEUR (*çimülatĕr*), s.m. *Aeron.* Dispositivo que reproduz as condições de funcionamento de um avião.
SIMULÉ, E (*çimülê*), adj. Simulado.
SIMULER (*çimülê*), v.t. Simular.
SIMULTANÉ, E (*çimültanê*), adj. Simultâneo.
SIMULTANÉISME (*çimültanêiçm*), s. m. Processo narrativo que reside em apresentar sem transição os acontecimentos que ocorrem no mesmo instante em diversos lugares.
SIMULTANÉITÉ (*çimültanêitê*), s.f. Simultaneidade.
SIMULTANÉMENT (*çimültanêman*), adv. Simultaneamente.
SINAPISÉ, E (*çinapizê*), adj. Que contém mostarda.
SINAPISME (*çinapiçm*), s.m. Sinapismo.
SINCÈRE (*çençér*), adj. Sincero.
SINCÈREMENT (*çençérman*), adj. Sinceramente.

SINCÉRITÉ (*çençêritê*), s.f. Sinceridade.
SINCIPITAL, E, AUX (*çençipital, ô*), adj. Sincipital.
SINCIPUT (*çençipüt*), s.m. Sincipúcio.
SINDON (*çendon*), s. m. Sudário.
SINÉCURE (*çinêkür*), s.f. Sinecura.
SINGE (*çenj*), s.m. Macaco. *Monnaie de singe*, momice, macaquice.
SINGER (*çenjê*), v.t. (Toma um *e* mudo depois do *g* antes de *a* e *o*: *il singea, nous singeons.*) Imitar servilmente.
SINGERIE (*çenjəri*), s. f. Macaquice.
SINGEUR, EUSE (*çenjër, ëz*), adj. e s. Macaqueador.
SINGULARISER (*çengülarizê*), v.t. Singularizar, distinguir.
SINGULARITÉ (*çengülaritê*), s. Singularidade.
SINGULIER, ÈRE (*çengülié, ér*), adj. e s. m. Singular.
SINGULIÈREMENT (*çengüliérman*), adv. Singularmente; muito.
SINISTRE (*çiniçtr*), adj. e s. m. Sinistro.
SINISTRÉ, E (*çiniçtrê*), adj. Sinistrado.
SINISTREMENT (*çiniçtrəman*), adv. Sinistramente.
SINOLOGIE (*çinoloji*), s.f. Sinologia.
SINOLOGIQUE (*çinolojik*), adj. Sinológico.
SINOLOGUE (*çinolog*), adj. e s. m. Sinólogo.
SINON (*çinon*), conj. Senão.
SINOPLE (*çinopl*), s.m. Sinopla.
SINUÉ, E (*çinüê*), adj. Sinuado.
SINUER (*çinüê*), v.i. Descrever meandros.
SINUEUX, EUSE (*çinüë, ëz*), adj. Sinuoso.
SINUOSITÉ (*çinüozitê*), s.f. Sinuosidade.
SINUS (*çinüç*), s.m. Sinuosidade. *Mat.* Seno. Pl.: *des sinus.*
SINUSITE (*çinüzit*), s.f. Sinusite.
SINUSOÏDAL, E, AUX (*çinüzoídal, ô*), adj. Sinusoidal.
SINUSOÏDE (*çinüzoíd*), s.f. Sinusóide.
SIONISME (*çioniçm'*), s.m. Sionismo.
SIONISTE (*çioniçt*), s. Sionista.
SIPHOÏDE (*çifoíd*), adj. Sifóide.
SIPHON (*çifon*), s.m. Sifão. *Náut.* Tromba-d'água.
SIPHONNER (*çifonê*), v. t. Transvasar com um sifão.
SIRE (*çir*), s.m. *Ant.* Senhor.
SIRÈNE (*çirén'*), s.f. Sereia.
SIROCCO (*çirokô*), s.m. Siroco.
SIROP (*çirô*), s.m. Xarope.
SIROTER (*çirotê*), v.t. e i. Saborear bebendo.
SIRUPEUX, EUSE (*çirüpë, ëz*), adj. Xaroposo.
SIS, E (*çi, çiz*), adj. Situado.
SISMIQUE ou **SÉISMIQUE** (*çiçmk* ou *çêiçmik*), adj. Sísmico.
SISMOGRAPHE (*çiçmograf*), s. m. Sismógrafo.
SISMOLOGIE (*çiçmoloji*), s. f. Sismologia.
SITE (*çit*), s. m. Sítio, panorama.
SITÔT (*çitô*), adv. Tão depressa, tão cedo. Loc. adv.: *De sitôt*, logo, de início.
SITUATION (*çitüaçion*), s. f. Situação.
SITUER (*çitüê*), v. t. Situar.
SIX (*çi* diante de consoante, *çiz* diante de vogal, *çiç* em fim de frase ou quando é substantivo), num. e s. m. Seis.
SIXAIN (*çizen*), s. m. V. **SIZAIN**.
SIXIÈME (*çiziém*), num. ord. Sexto. S. f. Sexta. Sexta série.
SIXTE (*çiçkt*), s. f. *Mus.* Intervalo compreendido entre seis notas.
SIZAIN (*çizen*), s. m. Sextilha.
SIZERIN (*çizrén*), s. m. Pintassilgo.
SIZETTE (*çizét*), s. f. Jogo de cartas de seis parceiros.
SKI (*çki*), s. m. Esqui.
SKIEUR, EUSE (*çkiër, ëz*), adj. Esquiador.
SLAVE (*çlav*), adj. e s. Eslavo.
SLAVISANT (*çlavizan*), s. m. Eslavista.
SLAVISER (*çlavizê*), v. t. Tornar eslavo.
SLAVISME (*çlaviçm'*), s. m. Eslavismo.
SLAVON, ONNE (*çlavon, ón'*), adj. e s. Eslavo.
SLOGAN (*çlogan*), s. m. Frase de propaganda.
SLOUGHI (*çlughi*), s. m. *Zool.* Galgo africano.
SMOKING (*çmokin'*), s. m. Smoking.
SNOB (*çnób*), adj. Esnobe.
SNOBISME (*çnobiçm*), s. m. Esnobismo.
SOBRE (*çóbr*), adj. Sóbrio. *Fig.* Moderado.
SOBREMENT (*çobrəman*), adv. Sobriamente.
SOBRIÉTÉ (*çobriêtê*), s. f. Sobriedade.
SOBRIQUET (*çobrikê*), s. m. Alcunha.
SOC (*sók*), s. m. Relha.
SOCIABILITÉ (*çoçiabilitê*), s. f. Sociabilidade.
SOCIABLE (*çoçiabl*), adj. Sociável.
SOCIAL, E, AUX (*çoçial, ô*), adj. Social.
SOCIALEMENT (*çoçialman*), adv. Socialmente.
SOCIALISATION (*çoçializaçion*), s. f. Socialização.
SOCIALISER (*çoçializê*), v. t. Socializar.
SOCIALISME (*çoçialiçm'*), s. m. Socialismo.
SOCIALISTE (*çoçialiçt*), adj. e s. Socialista.
SOCIÉTAIRE (*çoçiêtér*), adj. e s. Sócio.
SOCIÉTÉ (*çoçiêtê*), s. f. Sociedade. *Haute société*, alta sociedade, alta-roda.
SOCIOLOGIE (*çoçioloji*). s. f. Sociologia.
SOCIOLOGIQUE (*çoçiolojik*), adj. Sociológico.
SOCIOLOGUE (*çoçiológ*), s. m. Sociólogo.
SOCLE (*çókl*), s. m. Soco, pedestal.
SOCQUE (*çók*), s. m. Soco, tamanco. Co-

média.
SOCRATIQUE (*çokratik*), adj. Socrático.
SODA ou **SODA-WATER** (*çodá* ou *çodauatér*), s. m. Soda gasosa.
SODÉ, E (*çodê*), adj. Que contém soda.
SODIQUE (*çodik*), adj. Sódico.
SODIUM (*çodióm'*), s. m. *Quím.* Sódio.
SŒUR (*çër*), s. f. Irmã.
SŒURETTE (*çërét*), s. f. *Fam.* Irmãzinha, maninha.
SOFA (*çofá*), s. m. Sofá.
SOI (*çuá*), pron. pess. Si; ele, ela (referindo-se a coisa ou sujeito indeterminado). *Avec soi,* consigo. *Soi-même,* pessoalmente. *Rentrer en soi-même,* refletir. *Revenir à soi,* voltar a si. *De soi, en soi,* da sua natureza. *Sur soi,* sobre si, consigo. *Chez soi,* em sua casa, em sua terra.
SOI-DISANT (*çuadizan*), adj. inv. Suposto. Loc. adv. Pelo que se supõe.
SOIE (*çuá*), s. f. Seda. Crina; cerda.
SOIERIE (*çuari*), s. f. Fazenda de seda; fábrica de seda.
SOIF (*çuaf*), s. f. Sede.
SOIGNER (*çuanhê*), v. t. Cuidar. **SE SOIGNER,** v. pr. Cuidar-se.
SOIGNEUSEMENT (*çuanhëzman*), adv. Cuidadosamente.
SOIGNEUX, EUSE (*çuanhë, ëz*), adj. Cuidadoso.
SOIN (*çuen*), s. m. Atenção, desvelo, solicitude; inquietação. *Petits soins,* atenções, delicadezas.
SOIR (*çuar*), s. m. Tarde, noite. *A ce soir,* até à noite.
SOIRÉE (*çuarê*), s. f. Noite (do pôr do sol até à hora de deitar). Serão, reunião.
SOIT (*çuá*), conj. Ou, quer. *Tant soit peu,* loc. adv. Por pouco que seja.
SOIXANTAINE (*çuaçantén'*), s. f. Em número de sessenta.
SOIXANTE (*çuaçant*), num. card. Sessenta.
SOIXANTIÈME (*çuaçantiém'*), num. ord. e s. Sexagésimo.
SOJA ou **SOYA** (*çojá* ou *çoiá*), s. m. Soja.
SOL (*çól*), s. m. Solo. *Mús.* Sol.
SOLAIRE (*çolér*), adj. Solar.
SOLANACÉES (*çolanaçê*), s. f. pl. *Bot.* Solanáceas.
SOLARIUM (*çolarióm'*), s. m. Solário. Pl.: *des solariums.*
SOLDAT (*çoldá*), s. m. Soldado. *Simple soldat,* soldado raso.
SOLDATESQUE (*çoldatéçk*), s. f. Soldadesca.
SOLDE (*çóld*), s. f. Soldo. S. m. Saldo.
SOLDER (*çoldê*), v. t. Saldar, liquidar; vender com abatimento; pagar a tropa.
SOLDEUR, EUSE (*çoldër, ëz*), adj. e s. Comprador ou vendedor de saldos.
SOLE (*çól*), s. f. Palma do casco do cavalo. Soleira. Fundo de barco chato. Linguado.
SOLÉAIRE (*çolêér*), adj. *Anat.* Solear.
SOLÉCISME (*çolêçiçm*), s. m. Solecismo.
SOLEIL (*çoléi*), s. m. Sol; girassol. *Coup de soleil,* insolação. *Fam. Piquer un soleil,* enrubescer. *Bien au soleil,* propriedade imobiliária.
SOLENNEL, ELLE (*çolanél*), adj. Solene.
SOLENNELLEMENT (*çolanélman*), adv. Solenemente.
SOLENNISER (*çolanizê*), v. i. Solenizar.
SOLENNITÉ (*çolanitê*), s. f. Solenidade.
SOLFÈGE (*çolféj*), s. m. Solfejo.
SOLFIER (*çolfiê*), v. t. (Conjuga-se como *prier.*) Solfejar.
SOLIDAIRE (*çolidér*), adj. Solidário.
SOLIDAIREMENT (*çolidérman*), adv. Solidariamente.
SOLIDARISER (*çolidarizê*), v. t. Solidarizar.
SOLIDARITÉ (*çolidaritê*), s. f. Solidariedade.
SOLIDE (*çolid*), adj. e s. m. Sólido.
SOLIDEMENT (*çolidman*), adv. Solidamente.
SOLIDIFICATION (*çolidifikaçion*), s. f. Solidificação.
SOLIDIFIER (*çolidifiê*), v. t. (Conjuga-se como *prier.*) Solidificar.
SOLIDITÉ (*çoliditê*), s. f. Solidez.
SOLILOQUE (*çolilók*), s. m. Solilóquio.
SOLIPÈDE (*çolipéd*), adj. Solípede.
SOLISTE (*çoliçt*), s. Solista.
SOLITAIRE (*çolitér*), adj. e s. Solitário. S. m. Monge.
SOLITAIREMENT (*çolitérman*), adv. De maneira solitária.
SOLITUDE (*çolitüd*), s. f. Solidão.
SOLIVAGE (*çolivaj*), s. m. Vigamento; divisão em barrotes.
SOLIVE (*çoliv*), s. f. Barrote.
SOLIVEAU (*çolivô*), s. m. Barrote. *Fig.* Nulidade. Pl.: *des soliveaux.*
SOLLICITATION (*çoliçitaçion*), s. f. Solicitação; petição, súplica, pedido.
SOLLICITER (*çoliçitê*), v. t. Solicitar. *Fig.* Instigar; provocar; empurrar. *Fig.* Atrair.
SOLLICITEUR, EUSE (*çoliçitër, ëz*), s. Solicitador, procurador; pretendente.
SOLLICITUDE (*çoliçitüd*), s. f. Solicitude, cuidado; preocupação, inquietação.
SOLO (*çolô*), s.m. *Mús.* Solo. Pl.: *des solos* ou *soli.*
SOLOGNOT, E (*çolonhô, ót*), adj. e s. Da Sologne (França).
SOLSTICE (*çolçtiç*), s. m. Solstício.
SOLSTICIAL, E, AUX (*çolticial, ô*), adj. Solsticial.
SOLUBILITÉ (*çolübilitê*), s. f. Solubilidade.
SOLUBLE (*çolübl*), adj. Solúvel.
SOLUTÉ (*çolütê*), s. m. Soluto.

SOLUTION (*çolüçion*), s. f. Solução; resolução. *Fig.* Pagamento, liquidação.
SOLUTIONNER (*çolüçionê*), v. t. Solucionar, resolver.
SOLVABILITÉ (*çolvabilitê*), s. f. Solvabilidade.
SOLVABLE (*çolvabl*), adj. Solvável.
SOLVANT (*çolvan*), s. m. Dissolvente.
SOMATIQUE (*çômatik*), adj. Somático.
SOMATOLOGIE (*çomatoloji*), s. f. Somatologia.
SOMBRE (*çonbr*), adj. Sombrio.
SOMBRER (*çonbrê*), v. i. *Mar.* Soçobrar.
SOMBRERO (*çonbrêrô*), s. m. Chapéu de abas largas.
SOMMAIRE (*çomér*), adj. Sumário.
SOMMAIREMENT (*çomérman*), adv. Sumariamente.
SOMMATION (*çomaçion*), s. f. Intimação. *Mat.* Soma.
SOMME (*çóm'*), s. f. Soma; suma. Carga, peso. *Bête de somme,* besta de carga. Sono. *Somme toute, en somme,* loc. adv. Em suma.
SOMMEIL (*çoméi*), s. m. Sono.
SOMMEILLER (*çoméiê*), v. i. Dormitar, cochilar.
SOMMELIER, ÈRE (*çomélié, ér*), s. Despenseiro, copeiro.
SOMMELLERIE (*çomélri*), s. f. Função do despenseiro; despensa.
SOMMER (*çomê*), v. t. Notificar, intimar. V. t. *Mat.* Somar.
SOMMET (*çomé*), s. m. Cume, cimo; pico. *Fig.* Grau supremo, perfeição.
SOMMIER (*çomiê*), s. m. Animal de carga. Colchão. Trave. *Com.* Costaneira.
SOMMITÉ (*çomitê*), s. f. Cumeeira, cimo. *Fig.* Sumidade.
SOMNAMBULE (*çom'nanbül*), adj. e s. Sonâmbulo.
SOMNAMBULESQUE ou **SOMNAMBULIQUE** (*çom'nabüléçk* ou *çom'nanbülik*), adj. Próprio do sonâmbulo ou do sonambulismo.
SOMNAMBULISME (*çom'nanbüliçm*), s. m. Sonambulismo.
SOMNIFÈRE (*çom'nifér*), adj. e s. m. Sonífero.
SOMNOLENCE (*çom'nolanç*), s. f. Sonolência. *Fig.* Moleza.
SOMNOLENT, E (*çom'nolan, t*), adj. Sonolento.
SOMNOLER (*çom'nolê*), v. i. Dormitar.
SOMPTUAIRE (*çonptüér*), adj. Suntuário.
SOMPTUEUSEMENT (*çonptüëzman*), adv. Suntuosamente.
SOMPTUEUX, EUSE (*çonptüë, ëz*), adj. Suntuoso.
SOMPTUOSITÉ (*çonptüozitê*), s. f. Suntuosidade.
SON, SA, SES (*çon, çá, çê*), adj. poss. Seu, sua, seus, suas (dele ou dela).
SON (*çon*), s. m. Som; farelo. *Boule de son,* pão de munição.
SONATE (*çonat*), s. f. Sonata.
SONATINE (*çonatin'*), s. f. Sonatina.
SONDAGE (*çondaj*), s. m. Sondagem; seu resultado.
SONDE (*çond*), s. f. Sonda.
SONDER (*çondê*), v. t. Sondar, pesquisar; apalpar, tatear.
SONDEUR (*çondër*), s. m. Sondador.
SONGE (*çonj*), s. m. Sonho.
SONGER (*çonjê*), v. i. (Toma um *e* mudo depois do *g* antes de *a* e *o*: *il songea, nous songeons*). Sonhar.
SONGERIE (*çonjeri*), s. f. Sonho, devaneio.
SONGEUR, EUSE (*çonjer, ëz*), adj. e s. Pessoa concentrada; devaneador.
SONIQUE (*çonik*), adj. Sônico.
SONNAILLE (*çonaii*), s. f. Chocalho.
SONNAILLER (*çonaiê*), s. m. Guia da tropa. V. i. Tocar várias vezes e sem necessidade.
SONNANT, E (*çonan, t*), adj. Sonante. *À huit heures sonnantes,* exatamente às oito horas. *Espèces sonnantes,* moedas de ouro ou de prata.
SONNÉ, E (*çoné*), adj. Batida (a hora); acabado, completo.
SONNER (*çonê*), v. i. Soar. *Fig.* Insistir numa coisa. *Pop.* Bater violentamente na testa de alguém.
SONNERIE (*çonəri*), s. f. Repique, toque; sinos; toque de clarim ou trombeta; toque de caça.
SONNET (*çoné*), s. m. Soneto.
SONNETTE (*çonét*), s. f. Campainha, guizo; bate-estacas. *Serpent à sonnette,* cobra cascavel.
SONNEUR (*çônër*), s. e adj. m. Sineiro.
SONOMÈTRE (*çonométr*), s. m. Sonômetro.
SONORE (*çonór*), adj. Sonoro.
SONORISATION (*çonorizaçion*), s. f. Sonorização.
SONORISER (*çonorizê*), v. t. Sonorizar.
SONORITÉ (*çonoritê*), s. f. Sonoridade.
SOPHISME (*çofiçm*), s. m. Sofisma.
SOPHISTE (*çofiçt*), s. m. Sofista.
SOPHISTICATION (*çofiçtikaçion*), s. f. Sofisticação.
SOPHISTIQUE (*çofiçtik*), adj. Sofístico. S. f. Sofística.
SOPHISTIQUER (*çofiçtikê*), v. i. Sofisticar; sofismar. V. t. Falsificar.
SOPORATIF, IVE (*çoporatif, iv*), adj. Soporativo.
SOPOREUX, EUSE (*çoporë, ëz*), adj. Soporoso.
SOPORIFIQUE (*çoporifik*), adj. Soporífico.
SOPRANO (*çopranô*), s. m. *Mús.* Soprano. Pl.: *des soprani.*
SORBE (*çórb*), s. f. Sorva.
SORBET (*çorbé*), s. m. Sorvete.
SORBETIÈRE (*çorbətiér*), s. f. Sorveteira.

SORBIER (*çorbiê*), s. m. Sorveira.

SORBONIQUE (*çorbonik*), adj. Sorbônico.

SORBONNARD (*çorbonar*), s. m. *Fam.* Estudante da Sorbonne.

SORCELLERIE (*çorçélri*), s. f. Bruxaria, feitiçaria.

SORCIER, ÈRE (*çorçiê, ér*), adj. e s. Feiticeiro.

SORDIDE (*çordid*), adj. Sórdido.

SORDIDEMENT (*çordidman*), adv. Sordidamente.

SORDIDITÉ (*çordiditê*), s. f. Sordidez.

SORNETTE (*çórnét*), s. f. Futilidade, bagatela.

SORT (*çór*), s. m. Destino, sorte. *Tirer au sort*, tirar ao azar.

SORTABLE (*çórtabl*), adj. Conveniente.

SORTANT, E (*çórtan, t*), adj. e s. m. Que sai; que cessa.

SORTE (*çórt*), s. f. Espécie, sorte; estado, condição; maneira. *De la bonne sorte*, rigorosamente, seriamente. *En quelque sorte*, de certo modo. *De sorte que, en sorte que*, loc. conj. De sorte que, de tal modo que.

SORTIE (*çórti*), s. f. Saída.

SORTILÈGE (*çórtiléj*), s. m. Sortilégio. *Fig.* Meio de prejudicar.

SORTIR (*çórtir*), v. i. (*Je sors, nous sortons. Je sortais, nous sortions. Je sortis, nous sortîmes. Je sortirai, nous sortirons. Je sortirais, nous sortirions. Sors, sortons, sortez. Que je sorte, que nous sortions. Que je sortisse, que nous sortissions. Sortant. Sorti, e.*) Sair; ir fora; afastar-se; libertar-se. *Fig.* Provir, nascer, descender; sair fora de si. V. t. Tirar para fora. *Fam.* Fazer sair. V. imp. Exalar-se; escapar. *Au sortir de*, loc. prep. À saída de.

SOSIE (*çozi*), s. m. Sósia.

SOT, SOTTE (*çô, çót*), adj. Tolo, pateta; embaraçado.

SOTIE (*çoti*), s. f. Gênero dramático dos séculos XIV e XV, cujos personagens se consideravam doidos.

SOTTEMENT (*çótman*), adv. Tolamente, insensatamente.

SOTTISE (*çotiz*), s. f. Tolice, insensatez, injúria.

SOU (*çu*), s. m. Soldo (moeda). *Cent sous*, moeda de 5 francos. *Être sans le sou, n'avoir ni sou ni maille, n'avoir pas un sou vaillant, n'avoir pas le sou*, estar sem dinheiro. *Sou à sou, sou par sou*, loc. adv. Por pequenas somas.

SOUBASSEMENT (*çubaçman*), s. m. Base, fundamento; rodapé.

SOUBRESAUT (*çubrəçô*), s. m. Sobressalto; salto brusco.

SOUBRETTE (*çubrét*), s. f. Criada de comédia; criada.

SOUCHE (*çuch*), s. f. Toco; cepa, cepo. Raça, estirpe. Tocha postiça, de madeira ou de ferro. Cano da chaminé, acima do telhado. *Fam.* Pessoa estúpida. *Faire souche*, ter descendentes.

SOUCI (*çuci*), s. m. Cuidado, inquietação, solicitude. *Bot.* Calêndula.

SOUCIER (*çuçiê*), v. t. (Conjuga-se como *prier.*) Preocupar-se. **SE SOUCIER**, v. pr. Inquietar-se.

SOUCIEUSEMENT (*çuçiëzman*), adv. Ansiosamente, com cuidado.

SOUCIEUX, EUSE (*çuçië, ëz*), adj. Inquieto, preocupado; pesaroso; cioso.

SOUCOUPE (*çukup*), s. f. Pires. *Soucoupe volante*, disco voador.

SOUDABLE (*çudabl*), adj. Soldável.

SOUDAGE (*çudaj*), s. m. Soldagem, soldadura.

SOUDAIN, E (*çudên, én'*), adj. Súbito.

SOUDAINEMENT (*çudénəman*), adv. Subitamente.

SOUDAINETÉ (*çudénətê*), s. f. Rapidez, brusquidão.

SOUDAN (*çudan*), s. m. Sultão.

SOUDANAIS, E ou **SOUDANIEN, ENNE** (*çudané, éz* ou *çudanien, én'*), adj. e s. Sudanês.

SOUDARD (*çudar*), s. m. Soldado velho.

SOUDE (*çud*), s. f. Soda.

SOUDER (*çudê*), v. t. Soldar; unir, colar.

SOUDEUR, EUSE (*çudër, ëz*), s. Soldador.

SOUDIER, ÈRE (*çudiê, ér*), adj. Sódico. S. m. Fabricante de soda. S. f. Fábrica de soda.

SOUDOYER (*çuduaiê*), v. t. (Conjuga-se como *aboyer.*) Assalariar.

SOUDURE (*çudür*), s. f. Soldadura.

SOUE (*çu*), s. f. Chiqueiro.

SOUFFLAGE (*çuflaj*), s. m Ato de soprar. Arte de soprar vidro fundido.

SOUFFLANTE (*çuflant*), s. f. Máquina de assoprar.

SOUFFLE (*çufl*), s. m. Sopro.

SOUFFLÉ (*çuflê*), adj. Soprado; empolado. S. m. Espécie de bolo.

SOUFFLER (*çuflê*), v. i. Soprar; ofegar; respirar, tomar fôlego. *Fig.* Falar assoprando; excitar. *Ne pas souffler mot*, não dizer palavra.

SOUFFLERIE (*çufləri*), s. f. Conjunto de foles de um órgão, de uma forja, etc.

SOUFFLET (*çuflé*), s. m. Fole. Capota de caleche. Bofetada.

SOUFFLETADE (*çuflətad*), s. f. Bofetões repetidos.

SOUFFLETER (*çuflətê*), v. t. (Dobra o *t* antes de sílaba muda: *je soufflette-rai.*) Esbofetear.

SOUFFLEUR, EUSE (*çuflër, ëz*), s. Assoprador. Ponto de teatro. S. m. Golfinho.

SOUFFLURE (*çuflür*), s. f. Empola (nos vidros); cavidade nas peças de fundição.

SOUFFRANCE (*çufranç*), s. f. Sofrimento. *Fig. En souffrance*, suspenso, parado.

SOUFFRANT, E (*çufran, t*), adj. Sofredor; doente.
SOUFFRE-DOULEUR (*çufrədulĕr*), s. m. inv. Burro de carga. Bode expiatório.
SOUFFRETEUX, EUSE (*çufrətĕ, ëz*), adj. Sofredor.
SOUFFRIÈRE (*çufriér*), s. f. Enxofreira, solfatara.
SOUFFRIR (*çufrir*), v. t. e i. (Conjuga-se como *ouvrir*.) Sofrer.
SOUFRAGE (*çufraj*), s. m. Enxoframento.
SOUFRE (*çufr*), s. m. Enxofre.
SOUFRER (*çufrê*), v. t. Enxofrar.
SOUFREUR, EUSE (*çufrĕr, ëz*), s. Enxofrador. S. f. Enxofradeira.
SOUFRIÈRE (*çufriér*), s. f. Jazida de enxofre.
SOUHAIT (*çué*), s. m. Desejo. *Marcher à souhait*, andar a gosto.
SOUHAITABLE (*çuétabl*), adj. Desejável.
SOUHAITER (*çuétê*), v. t. Desejar.
SOUILLARD (*çuiar*), s. m. Fenda de escoamento numa pedra; a pedra com essa fenda.
SOUILLE (*çuii*), s. f. Chafurda do javali. Cova de um navio encalhado.
SOUILLER (*çuiê*), v. t. Sujar, enlamear.
SOUILLON (*çuion*), s. Porcalhão. Criada de serviço baixo.
SOUILLONNER (*çuionê*), v. t. Sujar.
SOUILLURE (*çuiür*), s. m. Mancha.
SOÛL, E (*çu, çul*), adj. Farto, saciado; aborrecido. *Pop.* Bêbado.
SOULAGEMENT (*çulajman*), s. m. Alívio.
SOULAGER (*çulajê*), v. t. Aliviar. **SE SOULAGER**, v. pr. (Toma um *e* mudo depois do *g* antes de *a* e *o*: *il soulagea, nous soulageons.*) Aliviar-se.
SOÛLARD, E (*çular, d*), adj. e s. *Pop.* Beberrão.
SOÛLER (*çulê*), v. t. Embriagar, embebedar. *Fig.* Saciar.
SOÛLERIE (*çulri*), s. f. Patuscada de bêbedos.
SOULEUR (*çulĕr*), s. f. Susto.
SOULÈVEMENT (*çulévman*), s. m. Levantamento.
SOULEVER (*çulvê*), v. t. (O *e* mudo passa a *è* aberto antes de sílaba muda: *je soulève.*) Soerguer, levantar; agitar. *Soulever le cœur,* causar náusea. **SE SOULEVER**, v. pr. *Fig.* Revoltar-se.
SOULIER (*çuliê*), s. m. Sapato.
SOULIGNEMENT (*çulinhəman*), s. m. Ação de sublinhar.
SOULIGNER (*çulinhê*), v. t. Sublinhar.
SOUMETTRE (*çumétr*), v. t. (Conjuga-se como *mettre.*) Submeter; subordinar; sujeitar. **SE SOUMETTRE**, v. pr. Submeter-se.
SOUMIS, E (*çumi, z*), adj. Submisso.
SOUMISSION (*çumiçion*), s. f. Submissão; ajuste, proposta por escrito.
SOUMISSIONNAIRE (*çumiçionér*), s. m. Proponente, concorrente.
SOUMISSIONNER (*çumiçionê*), v. t. Fazer ou apresentar proposta.
SOUPAPE (*çupap*), s. f. Válvula.
SOUPÇON (*çupçon*), s. m. Suspeita; desconfiança.
SOUPÇONNABLE (*çupçonabl*), adj. Suspeitável.
SOUPÇONNER (*çupçonê*), v. t. Suspeitar; conjeturar.
SOUPÇONNEUSEMENT (*çupçonëzman*), adv. Suspeitosamente.
SOUPÇONNEUX, EUSE (*çupçonë, ëz*), adj. Suspeitoso, desconfiado.
SOUPE (*çup*), s. f. Sopa.
SOUPENTE (*çupant*), s. f. Desvão, sótão. Barra de ferro que sustenta panos de chaminés.
SOUPER ou **SOUPÉ** (*çupê*), s. m. Ceia.
SOUPER (*çupê*), v. i. Cear.
SOUPESER (*çupzê*), v. t. (O *e* mudo passa a *è* aberto antes de sílaba muda: *je soupèse.*) Sopesar.
SOUPEUR, EUSE (*çupĕr, ëz*), s. Pessoa que ceia.
SOUPIÈRE (*çupiér*), s. f. Sopeira.
SOUPIR (*çupir*), s. m. Suspiro.
SOUPIRAIL (*çupirai*), s. m. Respiradouro. Pl.: *des soupiraux.*
SOUPIRANT (*çupiran*), s. m. Suspirante, apaixonado.
SOUPIRER (*çupirê*), v. i. Suspirar.
SOUPLE (*çupl*), adj. Flexível.
SOUPLEMENT (*çupləman*), adv. Flexivelmente.
SOUPLESSE (*çupléç*), s. f. Flexibilidade.
SOUQUER (*çukê*), v. t. Socar. V. i. Fazer força.
SOURCE (*çurç*), s. f. Fonte, manancial.
SOURCIER, ÈRE (*çurcüê, er*), s. Pesquisador de nascentes.
SOURCIL (*çurçil*), s. m. Sobrancelha.
SOURCILIER, ÈRE (*çurçiliê, ér*), adj. Relativo às sobrancelhas.
SOURCILLER (*çurçiiê*), v. i. Franzir as sobrancelhas. *Fig. Ne pas sourciller,* ficar impassível.
SOURCILLEUX, EUSE (*çurçiië, ëz*), adj. Sobranceiro.
SOURD, E (*çur, d*), adj. Surdo. *Crier comme un sourd,* gritar alto.
SOURDEMENT (*çurdəman*), adv. Surdamente.
SOURDINE (*çurdin'*), s. f. Surdina.
SOURD-MUET, SOURDE-MUETTE (*çurmüé, çurmüét*), s. Surdo-mudo. Pl.: *des sourds-muets, sourdes-muettes.*
SOURDRE (*çurdr*), v. i. Surgir.
SOURIANT, E (*çurian, t*), adj. Sorridente.
SOURICEAU (*çuriçô*), s.m. Ratinho. Pl.: *des souriceaux.*
SOURIRE (*çurir*), v. t. (Conjuga-se como

rire.) Sorrir. S. m. Sorriso.

SOURIS (*çuri*), s.m. *Fam.* Sorriso. S. f. Rato. Cartilagem da venta dos animais. Músculo da perna. Pl.: *des souris.*

SOURNOIS, E (*çurnuá, z*), adj. Dissimulado.

SOURNOISEMENT (*çurnuazman*), adv. Dissimuladamente.

SOURNOISERIE (*çurnuazri*), s.f. Dissimulação.

SOUS (*çu*), prep. Debaixo, sob; durante; dentro. *Sous peu,* dentro em pouco. *Sous ce rapport,* a esse respeito.

SOUS-AIDE (*çuzéd*), s.m. Ajudante auxiliar. Pl.: *des sous-aides.*

SOUS-ALIMENTATION (*çuzalimantaçion*), s.f. Subalimentação. Pl.: *des sous-alimentations.*

SOUS-ALIMENTER (*çuzalimantê*), v.t. Subalimentar.

SOUS-ARRONDISSEMENT (*çuzarondiçman*), s.m. Subdivisão de circunscrição marítima. Pl.: *des sous-arrondissements.*

SOUS-BAIL (*çubai*), s.m. Subarrendamento. Pl.: *des sous-baux.*

SOUS-BAILLEUR, EUSE (*çubaiĕr, ĕz*), s.m. Sublocador. Pl.: *des sous-bailleurs, des sous-bailleuses.*

SOUS-BARBE (*çubarb*), s.f.inv Barbela (de cavalo).

SOUS-BIBLIOTHÉCAIRE (*çubibliotêkér*), s.m. Bibliotecário auxiliar. Pl.: *des sous-bibliothécaires.*

SOUS-BOIS (*çubuá*), s.m. Vegetação rasteira, nos bosques. Pl.: *des sous-bois.*

SOUS-BRIGADIER (*çubrigadiê*), s.m. Segundo-cabo. Pl.: *des sous-brigadiers.*

SOUS-CHEF (*çuchéf*), s.m. Subchefe. Pl.: *des sous-chefs.*

SOUS-CLAVIER, ÈRE (*çuklaviê, ér*), adj. Subclavicular.

SOUS-COMMISSAIRE (*çukomiçér*), s. m. Subcomissário. Pl.: *des sous-commissaires.*

SOUS-COMMISSION (*çukomiçion*), s.f. Subcomissão. Pl.: *des sous-commissions.*

SOUS-COSTAL, E, AUX (*çukoçtal, ô*), adj. Subcostal.

SOUSCRIPTEUR (*çuçkriktĕr*), s. m. Assinante.

SOUSCRIPTION (*çuçkripçion*), s.f. Subscrição; assinatura; quantia subscrita.

SOUSCRIRE (*çuçkrir*), v.t. (Conjuga-se como *écrire.*) Subscrever, assinar. V. i. consentir, concordar.

SOUS-CUTANÉ, E (*çukütanê*), adj. Subcutâneo.

SOUS-DÉLÉGUÉ (*çudêlêghê*), s.m. V. **SUBDÉLÉGUÉ.**

SOUS-DIACONAT (*çudiakoná*), s.m. Subdiaconato.

SOUS-DIACRE (*çudiakr*), s.m. Subdiácono. Pl.: *des sous-diacres.*

SOUS-DIRECTEUR, TRICE (*çudiréktĕr, triç*), s. Subdiretor. Pl.: *des sous-directeurs, sous-directrices.*

SOUS-DOMINANTE (*çudominant*), s.f. *Mús.* Subdominante. Pl.: *des sous-dominantes.*

SOUS-ÉCONOME (*çuzêkonóm'*), s.m. Adjunto de ecônomo. Pl.: *des sous-économes.*

SOUS-ENTENDRE (*çuzantandr*), v.t. Subentender.

SOUS-ENTENDU (*çuzantandü*), s.m. Subentendido. Pl.: *des sous-entendus.*

SOUS-ENTENTE (*çuzantant*), s.f. Segunda intenção. Pl.: *des sous-ententes.*

SOUS-ÉPIDERMIQUE (*çuzêpidérmik*), adj. Subcutâneo.

SOUS-ESTIMER ou **SOUS-ÉVALUER** (*çuzéçtimê* ou *çuzêvalüê*), v.t. Depreciar; diminuir.

SOUS-FERME (*çuférm'*), s.f. Subarrendamento. Pl.: *des sous-fermes.*

SOUS-FERMIER, ÈRE (*çuférmiê, ér*), s. Subarrendatário. Pl.: *des sous-fermiers, des sous-fermières.*

SOUS-FIFRE (*çufifr*), s.m. *Fam.* Empregado ínfimo. Pl.: *des sous-fifres.*

SOUS-FRÉTER (*çufrêtê*), v.t. (Conjuga-se como *accélérer.*) Subfretar.

SOUS-FRUTESCENT, E (*çufrütéçan, t*), adj. Semelhante a subarbusto.

SOUS-GENRE (*çujanr*), s.m. Subgênero. Pl.: *des sous-genres.*

SOUS-GOUVERNEUR (*çuguvérnĕr*), s.m. Vice-governador. Pl.: *des sous-gouverneurs.*

SOUS-INGÉNIEUR (*çuzanjêniĕr*), s. m. Engenheiro auxiliar. Pl.: *des sous-ingénieurs.*

SOUS-INTENDANCE (*çuzentandanç*), s. f. Subintendência. Pl.: *des sous-intendances.*

SOUS-INTENDANT (*çuzentandan*), s. m. Subintendente. Pl.: *des sous-intendants.*

SOUS-JACENT, E (*çujaçan, t*), adj. Subjacente.

SOUS-JUPE (*çujüp*), s.f. Saia de baixo. Pl.: *des sous-jupes.*

SOUS-LIEUTENANCE (*çuliĕtnanç*), s. f. *Ant.* Posto de alferes. Pl.: *des sous-lieutenances.*

SOUS-LIEUTENANT (*çuliĕtnan*), s.m. Tenente. Pl.: *des sous-lieutenants.*

SOUS-LOCATAIRE (*çulokatér*), s. Sublocatário. Pl.: *des sous-locataires.*

SOUS-LOCATION (*çulokaçion*), s.f. Sublocação. Pl.: *des sous-locations.*

SOUS-LOUER (*çuluê*), v.t. Sublocar.

SOUS-MAIN (*çumen*), s. m. inv. Folhas de papel ou mata-borrão, que se coloca sobre a mesa para escrever.

SOUS-MAÎTRE, SOUS-MAÎTRESSE (*çu-*

mètr, çumétréç), s. Professor assistente. Pl.: *des sous-maîtres, des sous-maîtresses.*

SOUS-MARIN, E (*çumaren, in'*), s.m. e adj. Submarino. Pl.: *des sous-marins.*

SOUS-MARINIER (*çumarinié*), s. m. Membro da equipagem de um submarino. Pl.: *des sous-mariniers.*

SOUS-MAXILLAIRE (*çumakçilér*), adj. Submaxilar.

SOUS-MULTIPLE (*çumültipl*), adj. e s. m. Submúltiplo. Pl.: *des sous-multiples.*

SOUS-NAPPE (*çunap*), s.f. Forro de mesa. Pl.: *des sous-nappes.*

SOUS-OCCIPITAL, E, AUX (*çuokçipital, ô*), adj. Suboccipital.

SOUS-ŒUVRE (*çuzëvr*), s.m. Desde os alicerces.

SOUS-OFFICIER (*çuzofiçiê*), s. m. Suboficial. Pl.: *des sous-officiers.*

SOUS-ORBITAIRE (*çuzorbitér*), adj. Suborbitário.

SOUS-ORDRE (*çuzórdr*), s. inv. Subordinado. S. Subordem. Pl.: *des sous-ordres. En sous-ordre,* loc. adv. Em segundo lugar.

SOUS-PRÉFECTURE (*çuprêféktür*), s. f. Subprefeitura. Pl.: *des sous-préfectures.*

SOUS-PRÉFET (*çuprêfé*), s.m. Subprefeito. Pl.: *des sous-préfets.*

SOUS-PRÉFÈTE (*çuprêfét*), s.f. *Fam.* Mulher do subprefeito. Pl.: *des sous-préfètes.*

SOUS-PRODUCTION (*çuprodükçion*), s. f. Subprodução.

SOUS-PRODUIT (*çuprodüi*), s.m. Subproduto. Pl.: *des sous-produits.*

SOUS-SCAPULAIRE (*çuçkapülér*), adj. Infra-escapular.

SOUS-SECRÉTAIRE (*çüçəkrêtér*), s. m. Subsecretário. Pl.: *des sous-secrétaires.*

SOUS-SECRÉTARIAT (*çuçəkrêtariá*), s. m. Subsecretariado. P.: *des sous-secrétariats.*

SOUS-SEING (*çuçen*), s.m. Contrato particular sem intervenção de notário.

SOUSSIGNÉ, E (*çuçinhê*), adj. e s. Abaixo-assinado.

SOUS-SOL (*çuçól*), s.m. Subsolo. Pl.: *des sous-sols.*

SOUS-TANGENTE (*çutanjant*), s.f. *Geom.* Subtangente. Pl.: *des sous-tangentes.*

SOUS-TENDANTE (*çutandant*), s. f. *Geom.* Subtendente. Pl.: *des sous-tendantes.*

SOUS-TENSION (*çutançion*), s.f. Tensão inferior à normal. Pl.: *des sous-tensions.*

SOUS-TITRE (*çutitr*), s.m. Subtítulo. Pl.: *des sous-titres.*

SOUSTRACTIF, IVE (*çuçtraktif, iv*), adj. Subtrativo.

SOUSTRACTION (*çuçtrakçion*), s.f. Subtração; desvio, supressão.

SOUSTRAIRE (*çuçtrér*), v.t. Subtrair, desviar, roubar; livrar, preservar de. **SE SOUSTRAIRE**, v.pr. (Conjuga-se como *traire.*) Subtrair-se.

SOUS-TRAITANT (*çutrétan*), s.m. Trabalhador de empreitada. Pl.: *des sous-traitants.*

SOUS-TRAITÉ (*çutrétê*), s. m. Contrato de trabalho de empreitada. Pl.: *des sous-traités.*

SOUS-TRAITER (*çutrétê*), v.t. Contratar de empreitada.

SOUS-TYPE (*çutip*), s.m. Subtipo. Pl.: *des sous-types.*

SOUS-VÊTEMENT (*çuvétman*), s. m. Roupa de baixo. Pl.: *des sous-vêtements.*

SOUS-VOLTAGE (*çuvoltaj*), s.m. Voltagem inferior à normal. Pl.: *des sous-voltages.*

SOUTACHE (*çutach*), s.f. Sutache.

SOUTACHER (*çutachê*), v.t. Guarnecer com sutaches.

SOUTANE (*çutan'*), s.f. Sotaina, batina.

SOUTANELLE (*çutanél*), s.f. Sotaina curta.

SOUTE (*çut*), s.f. Paiol.

SOUTENABLE (*çutnabl*), adj. Sustentável, defensável.

SOUTENANCE (*çutnanç*), s.f. Defesa de tese.

SOUTENANT (*çutnan*), s.m. Aquele ou aquela que defende uma tese.

SOUTENEUR (*çutnër*), s.m. Sustentador, defensor. Protetor de casas de jogo ou de prostíbulos.

SOUTENIR (*çutnir*), v.t. (Conjuga-se como *venir.*) Sustentar. **SE SOUTENIR**, v. pr. Sustentar-se, suster-se.

SOUTENU, E (*çutnü*), adj. Firme, nobre, elevado (estilo).

SOUTERRAIN, E (*çutéren, én'*), adj. e s. Subterrâneo.

SOUTERRAINEMENT (*çutérénəman*), adv. Subterraneamente.

SOUTIEN (*çutien*), s. m. Sustentáculo, apoio. *Soutien de famille,* arrimo de família.

SOUTIEN-GORGE (*çutiengórj*), s. m. Porta-seios. Pl.: *des soutiens-gorge.*

SOUTIRAGE (*çutiraj*), s. m. Trasfega.

SOUTIRER (*çutirê*), v. t. Trasfegar. *Fig.* Obter por astúcia.

SOUVENIR (*çuvnir*), s.m. Lembrança, recordação, idéia, memória, impressão.

SOUVENIR (SE) (*çəçuvnir*), v. pr. (Conjuga-se como *venir.*) Lembrar-se, recordar-se.

SOUVENT (*çuvan*), adv. Freqüentemente.

SOUVERAIN, E (*çuvren, én'*), adj. e s. Soberano.

SOUVERAINEMENT (*çuvrénəman*), adv. Soberanamente.
SOUVERAINETÉ (*çuvrénətê*), s. f. Autoridade suprema.
SOVIET (*çoviét*), s.m. Soviete.
SOVIÉTIQUE (*çoviêtik*), adj. Soviético.
SOVIÉTISER (*çoviêtizê*), v.t. Sovietizar.
SOYA (*çóiá*), s.m. V. **SOJA**.
SOYER, ÈRE (*çuaiê, ér*), adj. Sericícola.
SOYEUX, EUSE (*çuaië, ëz*), adj. Sedoso, macio.
SPACIEUSEMENT (*çpaçiëzman*), adv. Espaçosamente.
SPACIEUX, EUSE (*çpaçië, ëz*), adj. Espaçoso.
SPADASSIN (*çpadaçen*), s.m. Espadachim.
SPADICE (*çpadiç*), s.m. Espadice.
SPADILLE (*çpadii*), s.m. Espadilha.
SPALAX (*çpalakç*), s. m. Rato, toupeira. Pl.: *des spalax*.
SPALT (*çpalt*), s.m. Espalto.
SPALTER (*çpaltér*), s.m. Pincel chato.
SPARADRAP (*çparadrá*), s.m. Esparadrapo.
SPARDECK (*çpardék*), s.m. Ponte pequena na cobertura superior do navio.
SPARTIATE (*çpartiat*), adj. e s. Espartano.
SPASME (*çpaçm*), s.m. Espasmo.
SPASMODIQUE (*çpaçmodik*), adj. Espasmódico.
SPASMODIQUEMENT (*çpaçmodikman*), adv. Espasmodicamente.
SPATH (*çpat*), s.m. Espato.
SPATHE (*çpat*), s.f. Espata.
SPATIAL, E, AUX (*çpaçial, ô*), adj. Espacial.
SPATIQUE (*çpatik*), adj. Espático.
SPATULE (*çpatül*), s. f. Espátula.
SPEAKER (*çpikér*), s.m. Locutor.
SPÉCIAL, E, AUX (*çpêçial, ô*), adj. Especial.
SPÉCIALEMENT (*çpêçialman*), adv. Especialmente.
SPÉCIALISATION (*çpêçializaçion*), s. f. Especialização.
SPÉCIALISER (*çpêçializê*), v.t. Especializar. **SE SPÉCIALISER**, v.pr. Especializar-se.
SPÉCIALISTE (*çpêçialiçt*), adj. e s. Especialista.
SPÉCIALITÉ (*çpêçialitê*), s.f. Especialidade.
SPÉCIEUSEMENT (*çpêçiëzman*), adv. Especiosamente, esplendidamente.
SPÉCIEUX, EUSE (*çpêçië, ëz*), adj. Especioso, ilusório.
SPÉCIFICATION (*çpêçifikaçion*), s. f. Especificação.
SPÉCIFICITÉ (*çpêçifiçitê*), s. f. Especificidade.
SPÉCIFIER (*çpêçifiê*), v. t. (Conjuga-se como *prier*.) Especificar.
SPÉCIFIQUE (*çpêçifik*), adj. Específico.
SPÉCIFIQUEMENT (*çpêçifikman*), adv. Especificamente.
SPÉCIMEN (*çpêçimén'*), s.m. Espécime. Pl.: *des spécimens*.
SPÉCIOSITÉ (*çpêçiozitê*), s.f. Especiosidade.
SPECTACLE (*çpéktakl*), s.m. Espetáculo.
SPECTACULAIRE (*çpéktakülér*), adj. Espetacular.
SPECTATEUR, TRICE (*çpéktatër, triç*), s. Espectador.
SPECTRAL, E, AUX (*çpéktral, ô*), adj. Espectral.
SPECTRE (*çpéktr*), s.m. Espectro.
SPECTROSCOPE (*çpéktroçkóp*), s.m. Espectroscópio.
SPECTROSCOPIE (*çpéktroçkropi*), s.f. Espectroscopia.
SPECTROSCOPIQUE (*çpéktroçkopik*), adj. Espectroscópico.
SPÉCULATEUR, TRICE (*çpêkülatër, triç*), adj. Especulador.
SPÉCULATIF, IVE (*çpêkülatif, iv*), adj. Especulativo.
SPÉCULATION (*çpêkülaçion*), s.f. Especulação.
SPÉCULATIVEMENT (*çpêkülativman*), adv. Especulativamente.
SPÉCULER (*çpêkülê*), v.t. Especular.
SPÉCULUM (*çpêkülóm'*), s.m. Espéculo. Pl.: *des spéculums*.
SPÉLÉOLOGIE (*çpêlêoloji*), s.f. Espeleologia.
SPÉLÉOLOGUE (*çpêlêológ*), s.m. Espeleólogo.
SPERMATIQUE (*çpérmatik*), adj. Espermático.
SPERMATOZOÏDE (*çpérmatozoid*), s. m. Espermatozóide.
SPERME (*çpérm*), s.m. Esperma.
SPHACÈLE (*çfaçél*), s.m. Esfacelo.
SPHÉNOÏDAL, E, AUX (*çfênoidal, ô*), adj. Esfenoidal.
SPHÉNOÏDE (*çfênoid*), adj. e s.m. Esfenóide.
SPHÈRE (*çfér*), s.f. Esfera.
SPHÉRICITÉ (*çfêriçitê*), s.f. Esfericidade.
SPHÉRIQUE (*çfêrik*), adj. Esférico.
SPHÉRISTIQUE (*çfêriçtik*), s. f. Esferístico.
SPHÉROÏDAL, E, AUX (*çfêroidal, ô*), adj. Esferoidal.
SPHÉROÏDE (*çfêroid*), s.m. Esferóide.
SPHÉROÏDIQUE (*çfêroidik*), adj. Esferóidico.
SPHÉROMÈTRE (*çfêrométr*), s.m. Esferômetro.
SPHÉRULE (*çfêrül*), s.f. Esfêrula.
SPHINX (*çfenkç*), s.m. Esfinge (borboleta noturna). Pl.: *des sphinx*.
SPHYGMOGRAPHE (*çfigmograf*), s.m. Esfigmógrafo.
SPIC (*çpik*), s.m. Alfazema.
SPICILÈGE (*çpiçiléj*), s.m. Espicilégio.
SPINAL, E, AUX (*çpinal, ô*), adj. Espinal.

SPIRAL, E, AUX (*çpiral, ô*), adj. Espiral.
SPIRALE (*çpiral*) s. f. Espiral.
SPIRALÉ, E (*çpiralê*), adj. Espiralado.
SPIRE (*çpir*), s. f. Espira.
SPIRILLE (*çpiril*), s.m. Espirilo.
SPIRITE (*çpirit*), adj. e s.m. Espírita.
SPIRITISME (*çpiritiçm'*), s.m. Espiritismo.
SPIRITUALISATION (*çpiritüalizaçion*), s. f. Espiritualização.
SPIRITUALISER (*çpiritüalizê*), v.t. Espiritualizar.
SPIRITUALISME (*çpiritüaliçm*), s.m. Espiritualismo.
SPIRITUALISTE (*çpiritüaliçt*), adj. e s. Espiritualista.
SPIRITUALITÉ (*çpiritüalitê*), s.f. Espiritualidade.
SPIRITUEL, ELLE (*çpiritüél*), adj. e s. m. Espiritual. *Concert spirituel*, concerto de música sacra.
SPIRITUELLEMENT (*çpiritüélman*), adv. Espiritualmente; espirituosamente.
SPIRITUEUX, EUSE (*çpiritüë, ëz*), adj. Espirituoso.
SPIROÏDAL, E, AUX (*çpiroidal, ô*), adj. Espiroidal.
SPIROMÈTRE (*çpirométr*), s.m. Espirômetro.
SPLEEN (*çplin'*), s.m. Esplim.
SPLENDEUR (*çplandër*), s.f. Esplendor.
SPLENDIDE (*çplandid*), adj. Esplêndido.
SPLENDIDEMENT (*çplandidman*), adv. Esplendidamente.
SPLÉNÉTIQUE ou **SPLÉNIQUE** (*çplênêtik* ou *çplênik*), adj. Esplenético.
SPLÉNITE (*çplênit*), s. f. Esplenite.
SPLÉNIUS (*çplêniüç*), adj. e s. *Anat.* Esplênio.
SPOLIATEUR, TRICE (*çpoliatër, triç*), adj. e s. Espoliador.
SPOLIATION (*çpoliaçion*), s.f. Espoliação.
SPOLIER (*çpoliê*), v.t. (Conjuga-se como *prier.*) Espoliar.
SPONDAÏQUE (*çpondaik*), adj. Espondaico.
SPONDÉE (*çpondê*), s. m. Espondeu.
SPONDYLE (*çpondil*), s.m. Espôndilo.
SPONGIAIRES (*çponjiér*), s.m.pl. Espongiários.
SPONGIEUX, EUSE (*çponjië, ëz*), adj. Esponjoso.
SPONGIOSITÉ (*çponjiozitê*), s.f. Esponjosidade.
SPONTANÉ, E (*çpontanê*), adj. Espontâneo.
SPONTANÉITÉ (*çpontanêitê*), s.f. Espontaneidade.
SPONTANÉMENT (*çpontanêman*), adv. Espontaneamente.
SPORADICITÉ (*çporadiçitê*), s.f. Esporadicidade.
SPORADIQUE (*çporadik*), adj. Esporádico.
SPORADIQUEMENT (*çporadikman*), adv. Esporadicamente.
SPORT (*çpór*), s.m. Esporte.
SPORTIF, IVE (*çportif, iv*), adj. Esportivo.
SPORTIVITÉ (*çportivitê*), s.f. Esportividade.
SPORTULE (*çportül*), s.f. Espórtula.
SPRINTER (*çprenter*), s. m. Corredor de velocidade em pequena distância.
SPUMESCENT, E (*çpüméçan, t*), adj. Espumante.
SPUMEUX, EUSE (*çpümë, ëz*), adj. Espumoso.
SPUTATION (*çpütaçion*), s.f. Esputação.
SQUALE (*çkual*), s.m. Tubarão.
SQUAME (*çkuam'*), s.f. Escama.
SQUAMEUX, EUSE (*çkuamë, ëz*), adj. Escamoso.
SQUAMIFÈRE (*çkuamifér*), adj. Escamífero.
SQUAMULE (*çkuamül*), s.f. Escâmula.
SQUARE (*çkuar*), s.m. Jardim público guarnecido de grade.
SQUELETTE (*çkəlét*), s. m. Esqueleto.
SQUELETTIQUE (*çk létik*), adj. Esquelético.
SQUIRRE ou **SQUIRRHE** (*çkir*), s.m. Tumor canceroso.
STABILISATEUR (*çtabilizatër*), s.m. Estabilizador.
STABILISATION (*çtabilizaçion*), s.f. Estabilização.
STABILISER (*çtabilizê*), v.t. Estabilizar.
STABILITÉ (*çtabilitê*), s. f. Estabilidade.
STABLE (*çtabl*), adj. Estável.
STABULATION (*çtabülaçion*), s.f. Estabulação.
STADE (*çtad*), s.m. Estádio.
STADIA (*çtadiá*), s.m. Estádia.
STAGE (*çtaj*), s. m. Estágio.
STAGIAIRE (*çtajiér*), adj. e s. Estagiário.
STAGNANT, E (*çtagnan, t*), adj. Estagnado.
STAGNATION (*çtagnaçion*), s.f. Estagnação.
STAGNER (*çtagnê*), v. i. Estagnar.
STALACTITE (*çtalaktit*), s.f. Estalactite.
STALAGMITE (*çtalagmit*), s.f. Estalagmite.
STALAGMOMÈTRE (*çtalagmométr*), s. m. Estalagmômetro.
STALLE (*çtal*), s.f. Estala; boxe; cadeira de teatro.
STAMINAL, E, AUX (*çtaminal, ô*), adj. Estaminal.
STAMINÉ, E (*çtaminê*), adj. Estaminado.
STAMINIFÈRE (*çtaminifér*), adj. Estaminífero.
STAMINODE (*çtaminód*), s.m. Estaminódio.

STANCE (*çtanç*), s.f. Estância.
STANDARD (*çtandar*), s. m. Modelo, padrão.
STANDARDISATION (*çtandardizaçion*), s. f. Estandardização.
STANDARDISER (*çtandardizê*), v.t. Estandardizar.
STANIFÈRE (*çtanifér*), adj. Estanífero.
STANNIQUE (*çtanik*), adj. m. Estâncio.
STARTER (*çtartér*), s.m. Aquele que, nas corridas de cavalo, dá o sinal de partida.
STASE (*çtaz*), s.f. *Med.* Estase.
STATION (*çtaçion*), s.f. Estação.
STATIONNAIRE (*çtaçionér*), adj. Estacionário.
STATIONNEMENT (*çtaçionəman*), s. m. Estacionamento.
STATIONNER (*çtaçionê*), v.t. Estacionar.
STATIQUE (*çtatik*), adj. Estático.
STATISTICIEN, ENNE (*çtatiçtiçien, én'*), s.m. Estatístico.
STATISTIQUE (*çtatiçtik*), s.f. Estatística.
STATUAIRE (*çtatüér*), s.m. Estatuário.
STATUE (*çtatü*), s.f. Estátua.
STATUER (*çtatüê*), v.t. Estatuir.
STATUETTE (*çtatüét*), s.f. Estatueta.
STATUFIER (*çtatüfiê*), v.t. (Conjuga-se como *prier.*) *Fam.* Erigir uma estátua.
STATURE (*çtatür*), s.f. Estatura.
STATUT (*çtatü*), s.m. Estatuto.
STATUTAIRE (*çtatütér*), adj. Estatutário.
STATUTAIREMENT (*çtatütérman*), adv. Estatutariamente.
STEAMER (*çtimér*), s.m. Navio a vapor.
STÉARINE (*çtêarin'*), s. f. Estearina.
STÉARINERIE (*çtêarinəri*), s. f. Estearinaria.
STÉARIQUE (*çtêarik*), adj. Esteárico.
STÉATITE (*çtêatit*), s.f. Esteatita.
STÉATOME (*çtêatóm'*), s.m. Esteatome.
STÉATOSE (*çtêatôz*), s.f. Esteatose.
STÈLE (*çtél*), s. f. Estela.
STELLAIRE (*çtélér*), adj. Estelar.
STELLIONAT (*çtélioná*), s. m. Estelionato.
STELLIONATAIRE (*çtélionatér*), adj. e s. Estelionatário.
STEMMATE (*çtémat*), s.m. Estemátio.
STENCIL (*çtençil*), s.m. Estêncil.
STÉNODACTILOGRAPHE (*çtênodaktilograf*), s. Estenodatilógrafo.
STÉNODACTILOGRAPHIE (*çtênodaktilografi*), s.f. Estenodatilografia.
STÉNOGRAPHE (*çtênograf*), s. Estenógrafo.
STÉNOGRAPHIE (*çtênografi*), s.f. Estenografia.
STÉNOGRAPHIER (*çtênografiê*), v.t. (Conjuga-se como *prier.*) Estenografar.
STÉNOGRAPHIQUE (*çtênografik*), adj. Estenográfico.
STÉNOGRAPHIQUEMENT (*çtênografikman*), adv. Estenograficamente.
STÉNOSE (*çtênoz*), s. f. Estenose.
STÉNOTYPE (*çtênotip*), s.f. Máquina de estenografar.
STÉNOTYPIE (*çtênotipi*), s.f. Estenografia mecânica.
STÉNOTYPISTE (*çtênotipiçt*), s. Estenógrafo a máquina.
STENTOR (*çtantór*), s.m. Estentor.
STEPPE (*çtép*), s.f. Estepe.
STEPPER ou **STEPPEUR** (*çtépér* ou *çtépĕr*), s.m. Cavalo de trote e esperto.
STEPPIQUE (*çtépik*), adj. Formado de estepes.
STERCORAIRE (*çtérkorér*), adj. Estercorário (isento).
STERCORAL, E, AUX (*çtérkoral, ô*), adj. Estercoral.
STÈRE (*çtér*), s.m. Estere.
STÉRÉOCROMIE (*çtêrêokromi*), s.f. Estereocromia.
STÉRÉODONTE (*çtêrêodont*), s.m. Estereodonte.
STÉRÉOGRAPHIE (*çtêrêografi*), adj. Estereografia.
STÉRÉOGRAPHIQUE (*çtêrêografik*), adj. Estereográfico.
STÉRÉOMÈTRE (*çtêrêométr*), s.m. Estereômetro.
STÉRÉOMÉTRIE (*çtêrêomêtri*), s.f. Estereometria.
STÉRÉOMÉTRIQUE (*çtêrêomêtrik*), adj. Estereométrico.
STÉRÉOSCOPE (*çtêrêoçkóp*), s.m. Estereóscopo.
STÉRÉOSCOPIQUE (*çtêrêoçkopik*), adj. Estereoscópico.
STÉRÉOSTATIQUE (*çtêrêoçtatik*), s. f. Estereostático.
STÉRÉOTIPAGE (*çtêrêotipaj*), s.m. Estereotipagem.
STÉRÉOTOMIE (*çtêrêotomi*), s.f. Estereotomia.
STÉRÉOTOMIQUE (*çtêrêotomik*), adj. Estereotômico.
STÉRÉOTYPE (*çtêrêotip*), adj. Estereótipo.
STÉRÉOTYPER (*çtêrêotipê*), v. t. Estereotipar.
STÉRÉOTYPIE (*çtêrêotipi*), s. f. Estereotipia.
STÉRER (*çtêrê*), v. t. (Conjuga-se como *accélérer.*) Medir com estere.
STÉRILE (*çtêril*), adj. Estéril.
STÉRILEMENT (*çtêrilman*), adv. Esterilmente.
STÉRILISANT, E (*çtêrilizan, t*), adj. Esterilizante.
STÉRILISATEUR (*çtêrilizatĕr*), s. m. Esterilizador.
STÉRILISATION (*çtêrilizaçion*), s. f. Esterilização.

STÉRILISÉ, E (*çtêrilizê*), adj. Esterilizado.
STÉRILISER (*çtêrilizê*), v. t. Esterilizar.
STÉRILITÉ (*çtêrilitê*), s. f. Esterilidade.
STERLING (*çtérlen'*), s. m. inv. Libra esterlina.
STERNAL, E, AUX (*çtérnal, ô*), adj. Esternal.
STERNO-CLÉIDO-MASTOÏDIEN (*çtérnôklêidômaçtoïdien*), adj. e s. m. Esternoclidomastóideo.
STERNO-MAXILLAIRE (*çtérnômakçilér*), adj. e s. m. Esterno-maxilar.
STERNUM (*çtérnóm'*), s. m. Esterno.
STERNUTATION (*çtérnütaçion*), s. f. Esternutação.
STERNUTATOIRE (*çtérnütatuar*), adj. Esternutatório.
STÉTHOSCOPE (*çtêtoçkop*), s. m. Estetoscópio.
STÉTHOSCOPIE (*çtêtoçkopi*), s. f. Estetoscopia.
STICK (*çtik*), s. m. Chibata.
STIGMATE (*çtigmat*), s. m. Estigma.
STIGMATISATION (*çtigmatizaçion*), s. f. Ação de estigmatizar.
STIGMATISME (*çtigmatiçm'*), s. m. Estigmatismo.
STIL-DE-GRAIN (*çtildəgrén*), s. m. inv. Cor amarela empregada na pintura.
STILLATION (*çtilaçion*), s. f. Estilação.
STILLATOIRE (*çtilatuar*), adj. Gotejante.
STILLIGOUTTE (*çtiligut*), s. m. Conta-gotas.
STIMULANT, E (*çtimülan, t*), adj. Estimulante.
STIMULATEUR, TRICE (*çtimülatër, triç*), adj. Estimulador.
STIMULATION (*çtimülaçion*), s. f. Estimulação.
STIMULER (*çtimülê*), v. t. Estimular.
STIMULUS (*çtimülüç*), s. m. Estímulo. Pl.: *des stimulus.*
STIPE (*çtip*), s. m. Estipe.
STIPELLE (*çtipél*), s. f. Estipela.
STIPENDIAIRE (*çtipandiér*), adj. e s. Estipendiário.
STIPENDIÉ, E (*çtipandiê*), adj. e s. Estipendiado.
STIPENDIER (*çtipandiê*), v. t. (Conjuga-se como *prier.*) Estipendiar.
STIPITÉ, E (*çtipitê*), adj. Estipitado.
STIPULATION (*çtipülaçion*), s. f. Estipulação.
STIPULE (*çtipül*), s. f. Estípula.
STIPULER (*çtipülê*), v. t. Estipular.
STOCK (*çtók*), s. m. Estoque.
STOCKAGE (*çtókaj*), s. m. Ato de armazenar.
STOCKER (*çtokê*), v. t. Armazenar.
STOCKFISCH (*çtókfich*), s. m. Peixe seco, bacalhau.
STOCKISTE (*çtókiçt*), s. m. Armazenista.
STOFF (*çtóf*), s. m. Tecido de lã.
STOÏCIEN, ENNE (*çtoïçien, én'*), adj. Estóico.
STOÏCISME (*çtoïçiçm*), s. m. Estoicismo.
STOÏQUE (*çtoïk*), adj. Estóico.
STOÏQUEMENT (*çtoïkman*), adv. Estoicamente.
STOMACAL, E, AUX (*çtomakal, ô*), adj. Estomacal.
STOMACHIQUE (*çtomachik*), adj. Estomáquico.
STOMATE (*çtomat*), adj. Estômato.
STOMATIQUE (*çtomatik*), adj. Estomático.
STOMATIT (*çtomatit*), s. f. Estomatite.
STOMATOLOGIE (*çtomatoloji*), s. f. Estomatologia.
STOMATOLOGIQUE (*çtomatolojik*), adj. Estomatológico.
STOMATOLOGISTE (*çtomatolojiçt*), s. Estomatologista.
STOMATOSCOPE (*çtomatoçkóp*), s. m. Estomatoscópio.
STOP! (*çtóp*), interj. Pare!
STOPPER (*çtópê*), v. t. Parar. V. **RENTRAIRE.**
STOPPEUR, EUSE (*çtópër, ëz*), adj. e s. Pessoa que faz parar.
STORAX (*çtorakç*), s. m. Estoraque.
STORE (*çtór*), s. m. Estore, cortina.
STRABISME (*çtrabiçm'*), s. m. Estrabismo.
STRADIVARIUS (*çtradivariüç*), s. m. Estradivário.
STRANGULATION (*çtrangülaçion*), s. f. Estrangulação.
STRAPONTIN (*çtraponten*), s. m. Assento com dobradiças numa carruagem ou num teatro.
STRASS ou **STRAS** (*çtraç*), s. m. Pedra que imita o diamante ou pedra preciosa.
STRATAGÈME (*çtratajém'*), s. m. Estratagema.
STRATE (*çtrat*), s. f. Camada de terreno sedimentar.
STRATÈGE (*çtratéj*), s. m. Estrategista. Estratego.
STRATÉGIE (*çtratêji*), s. f. Estratégia.
STRATÉGIQUE (*çtratêjik*), adj. Estratégico.
STRATÉGIQUEMENT (*çtratêjikman*), adv. Estrategicamente.
STRATÉGISTE (*çtratêjiçt*), s. m. Estrategista.
STRATIFICATION (*çtratifikaçion*), s. f. Estratificação.
STRATIFIER (*çtratifiê*), v. t. (Conjuga-se como *prier.*) Estratificar.
STRATIGRAPHIE (*çtratigrafi*), s. f. Estratigrafia.
STRATIGRAPHIQUE (*çtratigrafik*), adj.

Estratigráfico.
STRATOSPHÈRE (*çtratoçfér*), s. f. Estratosfera.
STRATOSPHÉRIQUE (*çtratoçfêrik*), adj. Estratosférico.
STRATUS (*çtratüç*), s. m. Estrato (nuvem). Pl.: *des stratus.*
STREPTOCOQUE (*çtréptokók*), s. m. Estreptococo.
STRETTE (*çtrét*), s. f. Parte final de uma fuga.
STRIATION (*çtriaçion*), s. f. Estriamento.
STRICT, E (*çtrikt*), adj. Estrito; exato, severo.
STRICTEMENT (*çtriktman*), adv. Estritamente.
STRIDENCE (*çtridanç*), s. f. Estridência.
STRIDENT, E (*çtridan, t*), adj. Estridente.
STRIDULANT, E (*çtridülan, t*), adj. Estridulante.
STRIDULATION (*çtridülaçion*), s. f. Estridulação.
STRIDULER (*çtridülê*), v. t. Estridular.
STRIDULEUX, EUSE (*çtridülẽ, ẽz*), adj. Estridulôso, estrídulo.
STRIE (*çtri*), s. f. Estria.
STRIÉ, E (*çtriê*), adj. Estriado.
STRIER (*çtriê*), v. t. (Conjuga-se como *prier.*) Estriar.
STRIGE (*çtrij*), s. f. Estrige, vampiro.
STRIURE (*çtriür*), s. f. Estria.
STROBILE (*çtrobil*), s. m. Estróbilo.
STRONTIUM (*çtronçióm'*), s. m. *Quím.* Estrôncio.
STROPHE (*çtróf*), s. f. Estrofe.
STRUCTURAL, E (*çtrüktüral*), adj. Estrutural.
STRUCTURE (*çtrüktür*), s. f. Estrutura.
STRUMEUX, EUSE (*çtrümẽ, ẽz*), adj. Escrofuloso.
STRYCHNINE (*çtriknin'*), s. f. Estricnina.
STUC (*çtük*), s. f. Estuque.
STUCAGE (*çtükaj*), s. m. Revestimento com estuque.
STUCATEUR (*çtükatẽr*), s. e adj. m. Estucador.
STUDIEUSEMENT (*çtüdiẽzman*), adv. Estudiosamente.
STUDIEUX, EUSE (*çtüdiẽ, ẽz*), adj. Estudioso.
STUDIO (*çtüdiô*), s. m. Estúdio.
STUPÉFACTION (*çtüpêfakçion*), s. f. Estupefação.
STUPÉFAIT, E (*çtüpêfé, t*), adj. Estupefato.
STUPÉFIANT, E (*çtüpêfian, t*), adj. Estupefativo.
STUPÉFIER (*çtüpêfiê*), v. t. (Conjuga-se como *prier.*) Estupefazer.
STUPEUR (*çtüpẽr*), s. f. Estupor.
STUPIDE (*çtüpid*), adj. Atônito, estúpido.
STUPIDEMENT (*çtüpidman*), adv. Estupidamente.
STUPIDITÉ (*çtüpiditê*), s. f. Estupidez.
STUPRE (*çtüpr*), s. f. Estupro.
STUQUER (*çtükê*), s. f. Estucar.
STYLE (*çtil*), s. m. Estilo, linguagem, dicção; modo, uso; ponteiro; estilete.
STYLER (*çtilê*), v. t. Educar, formar.
STYLET (*çtilé*), s. m. Estilete.
STYLISATION (*çtilizaçion*), s. f. Estilização.
STYLISER (*çtilizê*), v. t. Estilizar.
STYLISME (*çtiliçm'*), s. m. Estilismo.
STYLISTE (*çtiliçt*), adj. e s. Estilista.
STYLISTIQUE (*çtiliçtik*), s. f. Estilística.
STYLO (*çtilô*), s. m. Forma abreviada de **STYLOGRAPHE.**
STYLOGRAPHE (*çtilograf*), s. m. Caneta-tinteiro.
STYLOGRAPHIE (*çtilografi*), s. f. Estilografia.
STYLOÏDE (*çtiloid*), adj. Estilóide.
STYPTIQUE (*çtiptik*), adj. e s. m. Estíptico.
SU (*çü*), part. pass. de **SAVOIR,** S. m. Conhecimento. ***Au vu et au su de tout le monde,*** vendo-o e sabendo-o toda a gente.
SUAGE (*çüaj*), s. m. *Tecn.* Bigorna acanalada de caldeira. Orla (em borda de prato de estanho). Parte quadrada de pé de castiçal. Exsudação (de madeira verde aquecida).
SUAIRE (*çüér*), s. m. Sudário.
SUANT, E (*çüan, t*), adj. Suarento.
SUAVE (*çüav*), adj. Suave.
SUAVEMENT (*çüavman*), adv. Suavemente.
SUAVITÉ (*çüavitê*), s. f. Suavidade.
SUBAIGU, Ë (*çübégü*), adj. Subagudo.
SUBALTERNE (*çübaltérn'*), adj. e s. Subalterno, subordinado.
SUBCONSCIENCE (*çübkonçianç*), s. f. Subconsciência.
SUBCONSCIENT, E (*çübkonçian, t*), adj. Subconsciente.
SUBDÉLÉGATION (*çübdêlêgaçion*), s. f. Subdelegação.
SUBDÉLÉGUÉ (*çübdêlêghê*), s. m. Subdelegado.
SUBDÉLÉGUER (*çübdêlêghê*), v.t. (Conjuga-se como *accélérer.*) Subdelegar.
SUBDIVISER (*çübdivizê*), v. t. Subdividir.
SUBDIVISION (*çübdivizion*), s. f. Subdivisão.
SUBDIVISIONNAIRE (*çübdivizionér*), adj. Subdivisionário.
SUBÉREUX, EUSE (*çübêrẽ, ẽz*), adj. Suberoso.

SUBIR (*çübir*), v. t. Suportar, sofrer; experimentar; sujeitar-se a, submeter-se a.
SUBIT, E (*çübi, t*), adj. Súbito.
SUBITEMENT (*çübitman*), adv. Subitamente.
SUBJACENT, E (*çübjaçan, t*), adj. Subjacente.
SUBJONCTIF, IVE (*çübjonktif, iv*), adj. e s. m. Subjuntivo.
SUBJECTION (*çübjékçion*), s. f. Sujeição.
SUBJECTIVEMENT (*çübjéktivman*), adv. Subjetivamente.
SUBJECTIVER (*çübjêktivê*), v. t. Subjetivar.
SUBJECTIVISME (*çübjêktiviçm'*), s. m. *Fil.* Subjetivismo.
SUBJECTIVITÉ (*çübjéktivitê*), s. f. Subjetividade.
SUBJONCTIF, IVE (*çübjonktif, iv*), s. m. e adj. Subjuntivo.
SUBJUGATION (*çübjügaçion*), s. f. Subjugação.
SUBJUGUER (*çübjüghê*), v. t. Subjugar, dominar.
SUBLIMATION (*çüblimaçion*), s. f. Sublimação.
SUBLIME (*çüblim'*), adj. e s. m. Sublime; nobre.
SUBLIMÉ (*çüblimê*), s. m. Sublimado.
SUBLIMEMENT (*çüblimәman*), adv. De maneira sublime.
SUBLIMER (*çüblimê*), v. t. Sublimar.
SUBLIMINAL, E, AUX (*çübliminal, ô*), adj. Inconsciente, subconsciente.
SUBLIMITÉ (*çüblimitê*), s. f. Sublimidade.
SUBLINGUAL, E, AUX (*çüblengual, ô*). adj. Sublingual.
SUBLUNAIRE (*çüblünér*), adj. Sublunar.
SUBMERGER (*çübmérjê*), v. t. (Toma um *e* mudo depois do *g* antes de *a* e *o*: *il submergea, nous submergeons.*) Submergir. *Fig.* Subverter.
SUBMERSIBLE (*çübmérçibl*), adv. Submersível.
SUBMERSION (*çübmérçion*). s. f. Submersão.
SUBODORER (*çübodorê*), v. t. Farejar de longe. *Fig.* Pressentir.
SUBORDINATION (*çübordinaçion*), s. f. Subordinação.
SUBORDONNÉ, E (*çübordonê*), adj. e s. Subordinado.
SUBORDONNER (*çübordonê*), v. t. Subordinar.
SUBORNATION (*çübornaçion*), s. f. Suborno.
SUBORNER (*çübornê*), v. t. Subornar.
SUBORNEUR, EUSE (*çübornĕr, ĕz*), adj. e s. Subornador.
SUBRÉCARGUE (*çübrêkargh*), s. m. Sobrecarga.
SUBRÉCOT (*çübrêkô*), s.m . Excesso de despesa.
SUBREPTICE (*çübréptiç*), adj. Sub-reptício.
SUBREPTICEMENT (*çübréptiçman*), adv. Sub-repticiamente.
SUBREPTION (*çübrépçion*), s. f. Sub-repção.
SUBROGATEUR (*çübrogatĕr*), s. m. Sub-rogador.
SUBROGATIF, IVE (*çübrogatif, iv*), Sub-rogativo.
SUBROGATION (*çübrogaçion*), s. f. *Dir.* Sub-rogação.
SUBROGATOIRE (*çübrogatuar*), adj. *Dir.* Sub-rogatório.
SUBROGÉ, E (*çübrojê*), adj. Sub-rogado.
SUBROGER (*çübrojê*), v. t. (Toma um *e* mudo depois de *g* antes de *a* e *o*: *il subrogea, nous subrogeons.*) Sub-rogar.
SUBSÉQUENCE (*çübçêkanç*), s. f. Subseqüência.
SUBSÉQUENT, E (*çübçêkan, t*), adj. Subseqüente.
SUBSIDE (*çübçid*), s. m. Ajuda, subsídio.
SUBSIDIAIRE (*çübçidiér*), adj. Subsidiário.
SUBSIDIAIREMENT (*çübçidiérman*), adv. Subsidiariamente.
SUBSISTENCE (*çübçiçtanç*), s. f. Subsistência.
SUBSISTER (*çübziçtê*), v. i. Subsistir, perdurar, sobreviver, manter-se.
SUBSOLAIRE (*çübçolér*), adj. Subsolar.
SUBSTANCE (*çübçtanç*), s. f. Substância. *En substance,* loc. adv. Em suma.
SUBSTANTIEL, ELLE (*çübçtançiél*), adj. Subtropical.
SUBSTANTIELLEMENT (*çübçtançiélman*), adv. Substancialmente.
SUBSTANTIF, IVE (*çübçtantif, iv*), adj. e s. m. Substantivo.
SUBSTANTIVEMENT (*çübçantivman*), Substantivamente.
SUBSTITUER (*çübçtitüê*), v. t. Substituir.
SUBSTITUT (*çübçtitü*), s. m. Substituto.
SUBSTITUTION (*çübçtitüçion*), s. f. Substituição.
SUBSTRAT ou **SUBSTRATUM** (*çübçtrá* ou *çübçtratóm'*), s. m. Substrato.
SUBSTRUCTION (*çübçtrükçion*), s. f. Substrução.
SUBTERFUGE (*çübtérfüj*), s. m. Subterfúgio.
SUBTIL, E (*çübtil*), adj. Sutil, fino; destro, hábil.
SUBTILEMENT (*çübtilman*), adv. Sutilmente.
SUBTILISATION (*çübtilizaçion*), s. f. Sutilização.
SUBTILISER (*çübtilizê*), v. t. e i. Sutilizar; refinar; enganar; subtrair.
SUBTILITÉ (*çübtilitê*), s. f. Sutilidade, sutileza.

SUBTROPICAL, E, AUX (*çübtropikal, ô*), Subtropical.

SUBURBAIN, E (*çübürben, én*), adj. Suburbano.

SUBVENIR (*çübvənir*), v. tr. (Conjuga-se como *venir*.) Prover, satisfazer.

SUBVENTION (*çübvançion*), s. f. Subvenção.

SUBVENTIONNEL, ELLE (*çübvançionél*), adj. Subvencional.

SUBVENTIONNER (*çübvançionê*), v. t. Subvencionar.

SUBVERSIF, IVE (*çübvérçif, iv*), adj. Subversivo.

SUBVERTIR (*çübvértir*), v. t. Subverter.

SUC (*çük*), s. m. Suco, sumo.

SUCCÉDANÉ, E (*çükçêdanê*), adj. e s. m. Sucedâneo.

SUCCÉDER (*çükçêdê*), v. i. (Conjuga-se como *accélérer*.) Suceder; produzir efeito.

SUCCÈS (*çükçé*), s. m. Sucesso. Pl.: *des succès*.

SUCCESSEUR (*çükçéçër*), s. m. Sucessor.

SUCCESSIBILITÉ (*çükçéçibilitê*), s. f. Direito de sucessão.

SUCCESSIBLE (*çükçêçibl*), adj. Sucessível.

SUCCESSIF, IVE (*çükçêçif, iv*), adj. Sucessivo.

SUCCESSION (*çükçéçion*), s. f. Sucessão.

SUCCESSIVEMENT (*çükçéçivman*), adv. Sucessivamente.

SUCCESSORAL, E, AUX (*çükçéçoral, ô*), adj. Sucessório.

SUCCINT, E (*çükçen, t*), adj. Sucinto, conciso.

SUCCINTEMENT (*çükçentəman*), adv. Sucintamente.

SUCCION (*çükçion*), s. f. Sucção.

SUCCOMBER (*çükonbê*), v. i. Sucumbir.

SUCCULENCE (*çükülanç*), s. f. Suculência.

SUCCULENT, E (*çükülan, t*), adj. Suculento.

SUCCURSALE (*çükürçal*), s. f. Sucursal.

SUCCUSSION (*çüküçion*), s. f. Sucussão.

SUCEMENT (*çüçman*), s. m. V. SUCCION.

SUCER (*çüçê*), v. t. (O *c* toma uma cedilha antes de *a* e *o*: *il suça, nous suçons*.) Sugar, chupar.

SUCETTE (*çüçét*), s. f. Chupeta.

SUCEUR, EUSE (*çüçër, ëz*), adj. e s. Sugador.

SUCRAGE (*çükraj*), s. m. Operação de açucarar.

SUCRANT, E (*çükran, t*), adj. Que açucara.

SUCRATE (*çükrat*), s. m. Sacarato.

SUCRE (*çükr*), s. m. Açúcar. *Fig.* e *fam. Cesser du sucre*, maldizer.

SUCRÉ, E (*çükrê*), adj. Açucarado; doce. S. f. *Faire la sucrée*, fazer-se de ingênuo, afetar modéstia.

SUCRER (*çükrê*), v. t. Açucarar.

SUCRERIE (*çükrəri*), s. f. Fábrica ou refinação de açúcar.

SUCRIER, ÈRE (*çükriê, ér*), adj. Açucareiro.

SUCRIN (*çükren*), adj. e s. Variedade de melão açucarado.

SUD (*çüd*), s. m. Sul.

SUDATION (*çüdaçion*), s. f. Sudação.

SUDATOIRE (*çüdatuar*), adj. Sudatório.

SUD-EST (*çüdéçt*), s. m. Sudeste.

SUDISTE (*çüdiçt*), s. m. Sulista.

SUDORIFIQUE (*çüdorifik*), adj. Sudorífico.

SUDORIPARE ou **SUDORIFÈRE** (*çüdoripar* ou *çüdoriférr*), adj. Sudoríparo ou sudorífero.

SUD-OUEST (*çüduéçt*), s. m. Sudoeste.

SUÉDOIS, E (*çüêduá, z*), adj. e s. Sueco.

SUÉE (*çüê*), s. f. Suadela. *Pop.* Medo súbito e extremo.

SUER (*çüê*), v. t. e i. Suar. *Suer sang et eau*, suar sangue, esforçar-se.

SUFFIRE (*çüfir*), v. i. Bastar, ser suficiente.

SUFFISAMMENT (*çüfizaman*), adv. Bastante.

SUFFISANCE (*çüfizanç*), s. f. Suficiência. *À suffisance, en suffisance*, loc. adv. Bastante.

SUFFISANT, E (*çüfizan, t*), adj. Suficiente; presunçoso.

SUFFIXE (*çüfikç*), adj. e s. Sufixo.

SUFFOCANT, E (*çüfokan, t*), adj. Sufocante.

SUFFOCATION (*çüfokaçion*), s. f. Sufocação.

SUFFOQUER (*çüfokê*), v. t. e i. Sufocar.

SUFFRAGANT, E (*çüfragan, t*), adj. e s. m. Sufragâneo.

SUFFRAGE (*çüfraj*), s. m. Sufrágio.

SUGGESTIF, IVE (*çügjéçtif, iv*), adj.

SUGGÉRER (*çügjérê*), v. t. (Conjuga-se como *accélérer*.) Sugerir.

SUGGESTIBILITÉ (*çügjéçtibilitê*), s. f. Sugestibilidade.

Sugestivo.

SUGGESTION (*çügjéçtion*), s. f. Sugestão.

SUGGESTIONNER (*çügjéçtionê*), v. t. Sugestionar.

SUICIDE (*çüiçid*), s. m. Suicídio.

SUICIDÉ, E (*çüiçidê*), s. Suicida.

SUICIDER (SE) (*çəçüiçidê*), v. pr. Suicidar-se,

SUIE (*çüi*), s. f. Fuligem,

SUIF (*çüif*), s. m. Sebo. *Pop.* Reprimenda.

SUIFFER (*çüifê*), v. t. Ensebar.
SUIFFEUX, EUSE (*çüifë, ëz*), adj. Seboso.
SUINT (*çüen*), s. m. Suarda. Escória.
SUINTEMENT (*çüentəman*), s. m. Exsudação, ressudação.
SUINTER (*çüentê*), v. i. Ressumar, transudar.
SUISSE, SUISSESSE (*çüiç, çüiçéç*), s. Suíço. S. m. Porteiro; guarda; queijo suíço.
SUITE (*çüit*), s. f. Séquito; continuação, série; sucessão; resultado, conseqüência; ordem. Suíte. Loc. adv.: *De suite,* sem interrupção; *tout de suite,* imediatamente. *Par suite,* loc. adv. e prep. Por causa, em conseqüência.
SUITÉE (*çüitê*), adj. Apoldrada.
SUIVANT (*çüivan*), prep. Segundo, conforme, na direção de; na opinião de. *Suivant que,* loc. conj. Segundo, conforme.
SUIVANT, E (*çüivan, t*), adj. Seguinte, subseqüente. S. m. pl. Companheiros. S. f. Dama de companhia, criada espertalhona (de teatro).
SUIVRE (*çüivr*), v. t. (*Je suis, nous suivons. Je suivais, nous suivions. Je suivis, nous suivîmes. Je suivrai, nous suivrons. Je suivrais, nous suivrions. Suis, suivons, suivez. Que je suive, que nous nous suivions. Que je suivisse, que nous suivissions. Suivant. Suivi, e.*) Seguir, espiar; exercer; freqüentar. V. i. Vir depois. V. imp. Resultar. **SE SUIVRE,** v. pr. Seguir-se, suceder-se.
SUJET, ETTE (*çüjé, ét*), adj. Sujeito. S. Súdito. S. m. Causar, assunto; modelo, exemplar. *Anat.* e *Med.* Cadáver para dissecação.
SUJÉTION (*çüjêçion*), s. f. Sujeição, permanência.
SULCATURE (*çülkatür*), s. f. Traço em forma de sulco.
SULFAMIDE (*çülfamid*), s. m. Sulfamida.
SULFATAGE (*çülfataj*), s. m. Sulfatagem.
SULFATE (*çülfat*), s. m. Sulfato.
SULFATÉ, E (*çülfatê*), adj. Sulfatado.
SULFATER (*çülfatê*), v. t. Sulfatar.
SULFITE (*çülfit*), s. m. Sulfito.
SULFOCARBONATE (*çülfokarbonat*), s. m. Sulfocarbonato.
SULFOCARBONIQUE (*çülfokarbonik*), adj. Sulfocarbônico.
SULFURATION (*çülfüraçion*), s. f. Sulfuração.
SULFURE (*çülfür*), s. m. Sulfureto.
SULFURER (*çülfürê*), v. t. Sulfurar.
SULFUREUX, EUSE (*çülfürë, ëz*), adj. Sulfuroso.
SULFURIQUE (*çülfürik*), adj. m. Sulfúrico.
SULFURISER (*çülfürizê*), v. t. Sulfurizar.
SULTAN (*çültan*), s. m. Sultão. Cestinho forrado de seda; saquinho de perfumes.
SULTANAT (*çültaná*), s. m. Sultanato.
SULTANE (*çültan'*), s. f. Sultana. Vestido comprido, aberto na frente.
SUMAC (*çümak*), s. m. Sumagre.
SUMMUM (*çomóm'*), s. m. Supra-sumo; auge.
SUNNA (*çüná*), **SOUNNA** ou **SOUNA** (*çuná*), s. f. Suna.
SUNNITE (*çünit*), s. Sunita.
SUPERBE (*çüpérb*), adj. e s. m. Soberbo. S. f. Soberba.
SUPERBEMENT (*çüpérbəman*), adv. Magnificamente.
SUPERCHERIE (*çüpérchəri*), s. f. Fraude, velhacaria.
SUPERFÉTATION (*çüpérfêtaçion*), s. f. Superfetação.
SUPERFÉTATOIRE (*çüpérfêtatuar*), adj. Supérfluo.
SUPERFICIE (*çüpérfiçi*), s. f. Superfície. *Fig.* Conhecimento superficial.
SUPERFICIEL, ELLE (*çüpérfiçiél*), adj. Superficial.
SUPERFICIELLEMENT (*çüpérfiçiélman*), adv. Superficialmente.
SUPERFIN (*çüpérfen*), adj. Superfino.
SUPERFLUIE (*çüpérflüi*), adj. Supérfluo, inútil, desnecessário.
SUPERFLUITÉ (*çüpérflüitê*), s. f. Superfluidade.
SUPÉRIEUR, E (*çüpêriër*), adj. e s. Superior.
SUPÉRIEUREMENT (*çüpêriërman*), adv. Superiormente, perfeitamente.
SUPÉRIORITÉ (*çüpêrioritê*), s. f. Superioridade.
SUPERLATIF, IVE (*çüpérlatif, iv*), adj. Superlativo.
SUPERLATIVEMENT (*çüpérlativman*), adv. Superlativamente.
SUPERPHOSPHATE (*çüpérfoçfat*), s. m. Superfosfato.
SUPERPOSABLE (*çüpérpozabl*), adj. Suscetível de se sobrepor.
SUPERPOSITION (*çüpérpoziçion*), s. f. Superposição.
SUPERPRODUCTION (*çüpérprodükçion*), s. f. Superprodução.
SUPERSONIQUE (*çüpérçonik*), adj. Supersônico.
SUPERSTITIEUSEMENT (*çüpérçtiçiëzman*), adv. Supersticiosamente.
SUPERSTITIEUX, EUSE (*çüpérçtiçië, ëz*), adj. Supersticioso.
SUPERSTITION (*çüpérçtiçion*), s. f. Superstição.
SUPERSTRUCTURE (*çüpérçtrüktür*), s. f. Superestrutura.
SUPIN (*çüpen*), s. m. Supino.
SUPINATEUR (*çüpinatër*), adj. e s. Su-

pinador.
SUPINATION (*çüpinaçion*), s. f. Supinação.
SUPPLANTER (*çüplantê*), v. t. Suplantar.
SUPPLÉANCE (*çüplêanç*), s. f. Suplência: suprimento.
SUPPLÉANT, E (*çüplêan, t*), adj. e s. Suplente.
SUPPLÉER (*çüplêê*), v. t. e i. Suprir, substituir, completar.
SUPPLÉMENT (*çüplêman*), s. m. Suplemento.
SUPPLÉMENTAIRE (*çüplêmantér*), adj. Suplementar.
SUPPLÉTIF, IVE (*çüplêtif, iv*), adj. Supletivo.
SUPPLIANT, E (*çüplian, t*), adj. e s. Suplicante, requerente.
SUPPLICATION (*çüplikaçion*), s. f. Súplica, petição pública.
SUPPLICE (*çüpliç*), s. m. Suplício.
SUPPLICIÉ, E (*çüpliçiê*), s. m. Supliciado.
SUPPLICIER (*çüpliçiê*), v. t. (Conjuga-se como *prier*). Suplicar.
SUPPLIER (*çüpliê*), v. t. (Conjuga-se como *prier*.) Suplicar.
SUPPLIQUE (*çüplik*), s. f. Súplica.
SUPPORT (*çüpór*), s. m. Suporte.
SUPPORTABLE (*çüportabl*), adj. Suportável.
SUPPORTER (*çüportê*), v. t. Suportar.
SUPPOSABLE (*çüpozabl*), adj. Presumível, provável.
SUPPOSÉ, E (*çüpozê*), adj. Suposto, falso. *Supposé*, prep. V. **EXCEPTÉ**. *Supposé que*, loc. conj. Suposto que.
SUPPOSER (*çüpozê*), v. t. Supor. Loc. conj. *À supposer que*, a supor que.
SUPPOSITIF, IVE (*çüpozitif, iv*), adj. Supositivo.
SUPPOSITION (*çüpoziçion*), s. f. Suposição.
SUPPOSITOIRE (*çüpozituar*), s. m. Supositório.
SUPPÔT (*çüpô*), s. m. Subordinado, esbirro, partidário, cúmplice.
SUPPRESSION (*çüpréçion*), s. f. Supressão.
SUPPRIMER (*çüprimê*), v. t. Suprimir.
SUPPURANT, E (*çüpüran, t*), adj. Supurante.
SUPPURATIF, IVE (*çüpüratif, iv*), adj. Supurativo.
SUPPURATION (*çüpüraçion*), s. f. Supuração.
SUPPURER (*çüpürê*), v. t. Supurar.
SUPPUTATION (*çüpütaçion*), s. f. Cômputo, cálculo.
SUPPUTER (*çüpütê*). v. t. Suputar.
SUPRANATIONAL, E, AUX (*çüpranaçional, ô*), adj. Que pertence a um organismo superior aos governos de cada nação.
SUPRANATURALISME (*çüpranatüraliçm'*), s. m. Supranaturalismo.
SUPRASENSIBLE (*çüpraçançibl*), adj. Supersensível.
SUPRATERRESTRE (*çüpratéréçtr*), adj. Superterrestre.
SUPRÉMATIE (*çüprêmaçi*), s. f. Supremacia.
SUPRÊME (*çüprém'*), adj. Supremo. *Au suprême degré*, no último grau.
SUPRÊMEMENT (*çüprémәman*), adv. De maneira suprema.
SUR (*çür*), prep. Sobre.
SUR, E (*çür*), adj. Ácido, amargo.
SÛR, E (*çür*), adj. Seguro, indubitável. *À coup sûr, pour sûr*, loc. adv. Infalivelmente, certamente.
SURABONDAMMENT (*çürabondaman*), adv. Sobejamente.
SURABONDANCE (*çürabondanç*), s. f. Superabundância.
SURABONDANT, E (*çürabondan, t*), adj. Superabundante.
SURABONDER (*çürabondê*), v. t. Superabundar.
SURAIGU, Ë (*çürégü*), adj. Superagudo.
SURAJOUTER (*çürajutê*), v. t. Acrescentar.
SURALIMENTATION (*çüralimantaçion*), s. f. Superalimentação.
SURALIMENTER (*çüralimantê*), v. t. Superalimentar.
SURANNÉ, E (*çüranê*), adj. Caduco, nulo, antiquado, fora de moda.
SURATE (*çürat*), s. f. Capítulo do Alcorão.
SURBAISSÉ, E (*çürbéçê*), adj. Com a forma de arco abatido.
SURBAISSEMENT (*çürbéçman*), s. m. Abaixamento na volta de uma arcada.
SURBAISSER (*çürbéçê*), v. t. Dar a forma de arco abatido.
SURCHARGE (*çürcharj*), s. f. Sobrecarga; palavra escrita sobre outra.
SURCHARGER (*çürcharjê*), v. t. (Toma um *e* mudo depois de *g* antes de *a* e *o*: *il surchargea, nous surchargeons*.) Sobrecarregar.
SURCHAUFFE (*çürchôf*), s. f. Superaquecimento.
SURCHAUFFER (*çürchôfê*), v. t. Superaquecer.
SURCHAUFFEUR (*çürchôfĕr*), s. m. Sobreaquecedor.
SURCHOIX (*çürchuá*), s. m. Primeira escolha de uma mercadoria. Pl.: *des surchoix*.
SURCOMPOSÉ, E (*çürkonpozê*), adj. Duplamente composto.
SURCOSTAL, E, AUX (*çürkoçtal, ô*), adj. Sobrecostal.
SURCROÎT (*çürkruá*), s. m. Aumento, acréscimo. *De surcroît, par surcroît*, a mais.
SURDI-MUTITÉ (*çürdimütité*), s. f. Sur-

dimutismo.
SURDITÉ (*çürditê*), s. f. Surdez.
SUREAU (*çürô*), s. m. Sabugueiro. Pl.: *des sureaux.*
SURÉLÉVATION (*çürêlêvaçion*), s. f. Elevação aumentada.
SURÉLEVER (*çürêlәvê*), v. t. (Conjuga-se como *élever.*) Elevar, aumentar.
SÛREMENT (*çürman*), adj. Seguramente, certamente.
SURÉMINENT, E (*çürêminan, t*), adj. Sobreeminente.
SURÉMISSION (*çürêmiçion*), s. f. Emissão exagerada.
SURENCHÈRE (*çüranchér*), s. f. Oferta superior, depois de um arremate.
SURENCHÉRIR (*çüranchêrir*), v. i. Cobrir o último lanço nos leilões.
SURENCHÉRISSEMENT (*çüranchêriçman*), s. m. Novo encarecimento.
SURENCHÉRISSEUR, EUSE (*çüranchêriçër, ëz*), adj. e s. Último lançador.
SURÉROGATION (*çürêrogaçion*), s. f. Benefício superior à obrigação.
SURÉROGATOIRE (*çürêrogatuar*), adj. O que é superior à obrigação.
SUREXCITATION (*çürékçitaçion*), s. f. Avaliação exagerada.
SUREXCITER (*çürékçitê*), v. t. Superestimar.
SÛRETÉ (*çürtê*), s. f. Segurança.
SURÉVALUER (*çürêvaluê*), v. t. Avaliar exageradamente.
SUREXCITABLE (*çürékçitabl*), adj. Superexcitável.
SUREXCITATION (*çürékçitaçion*), s. f. Superexcitação.
SUREXCITER (*çürékçitê*), v. t. Superexcitar.
SURFACE (*sürfaç*), s. f. Superfície. *Fig.* Aparência. *Esp. Surface de but,* pequena área (futebol). *Surface de réparation,* grande área (futebol).
SURFAIRE (*çürfér*), v. t. e i. (Conjuga-se como *faire*). Pedir preço exagerado, elogiar em excesso.
SURFIN, E (*çürfen, in'*), adj Superfino.
SURFUSION (*çürfüzion*), s. f. Superfusão.
SURGELER (*çürjәlê*), v. t. Congelar rapidamente, numa temperatura baixa.
SURGIR (*çürjir*), v. i. Surgir.
SURGISSEMENT (*çürjiçman*), s.m. Aparecimento.
SURHAUSSÉ, E (*çürôçê*), adj. De volta inteira (abóbada, arcada).
SURHAUSSEMENT (*çürôçman*), s. m. Elevação; alteamento dado a um arco.
SURHAUSSER (*çürôçê*), v. t. Elevar, altear. *Fig.* Elevar o preço.
SURHOMME (*çürom'*), s. m. Super-homem.
SURHUMAIN, E (*çürümen, én'*), adj. Super-humano.
SURIMPOSER (*çürenpozê*), v. t. Aumentar imposto.
SURIMPOSITION (*çürenpoziçion*), s. f. Aumento de imposto.
SURINTENDANCE (*çürentandanç*), s. f. Superintendência.
SURINTENDENT (*çürentandan*), s. m. Superintendente.
SURIR (*çürir*), v. i. Azedar.
SURLENDEMAIN (*çürlandәmen*), s. m. O segundo dia depois.
SURLOUER (*çürluê*), v. t. Alugar por preço muito alto.
SURMENAGE (*çürmәnaj*), s. m. Estafa, fadiga.
SURMENER (*çürmәnê*), v. t. (Conjuga-se como *amener.*) Estafar, extenuar.
SURMONTABLE (*çürmontabl*), adj. Superável.
SURMONTER (*çürmontê*), v. t. Superar. *Fig.* Dominar.
SURMOULAGE (*çürmulaj*), s. m. Moldação sobre objeto moldado.
SURMOULE (*çürmul*), s. m. Molde tirado por objeto moldado.
SURMOULER (*çürmulê*), v. t. Moldar por objeto moldado.
SURMOÛT (*çürmu*), s. m. Mosto.
SURNAGER (*çürnajê*), v. i. (Conjuga-se como *nager.*) Sobrenadar. *Fig.* Sobreviver.
SURNATURALISME (*çürnatüraliçm'*), s. m. Supranaturalismo.
SURNATUREL, ELLE (*çürnatürél*), adj. e s. Sobrenatural.
SURNATURELLEMENT (*çürnatürélman*), adv. De maneira sobrenatural.
SURNOM (*çürnon*), s. m. Cognome, sobrenome. Pl.: *des surnoms.*
SURNOMBRE (*çürnonbr*), s. m. Excedente.
SURNOMMER (*çürnomê*), v. t. Cognominar.
SURNUMÉRAIRE (*çürnümêrér*), adj. Supranumerário.
SUROFFRE (*çüròfr*), s. f. Oferta mais vantajosa.
SUROXIDATION (*çürokçidaçion*), s. f. Superoxidação.
SUROXYDER (*çürokçidê*), v. t. Superoxidar.
SUROXYGÉNATION (*çürokçijênaçion*), s. f. Adição de um excesso de oxigênio.
SUROXYGÉNÉ, E (*çürokçijênê*), adj. Superoxigenado.
SURPASSER (*çürpaçê*), v. t. Exceder, ultrapassar. **SE SURPASSER**, v. pr. Fazer melhor que de ordinário.
SURPAYE (*çürpéi*), s. f. Gratificação.
SURPAYER (*çürpéiê*), v. t. (Conjuga-se como *balayer.*) Pagar, comprar caro demais.
SURPEUPLÉ, E (*çürpëplê*), adj. Superpovoado.
SURPEUPLEMENT (*çürpëplәman*), s. m. Superpovoamento.
SURPLIS (*çürpliç*), s. m. Sobrepeliz. Pl.: *des surplis.*

SURPLOMB (*çürplon*), s. m. Desaprumo, inclinação. Pl.: *des surplons*.
SURPLOMBEMENT (*çürplonbəman*), s. m. Inclinação, desaprumo.
SURPLOMBER (*çürplonbê*), v. i. Desaprumar, pender, inclinar. V. t. Sobrepujar.
SURPLUS (*çürplüç*), s. m. Excesso. *Au surplus*, loc. adv. De resto, finalmente. Pl.: *des surplus*.
SUPRENANT, E (*çüprənan, t*), adj. Surpreendente.
SURPRENDRE (*çürprandr*), v. t. (Conjuga-se como *prendre*.) Surpreender. *Fig.* Espantar, assombrar; enganar, apanhar de surpresa; interceptar.
SURPRISE (*çürpriz*), s. f. Surpresa. *Menager une surprise*, preparar uma surpresa.
SURPRODUIRE (*çürprodüir*), v. t. Superproduzir.
SURRÉALISME (*çürêaliçm*), s. m. Surrealismo.
SURRÉALISTE (*çürêaliçt*), adj. e s. Surrealista.
SURRECTION (*çürékçion*), s. f. Levantamento, elevação.
SURRÉNAL, E, AUX (*çürênal, ô*), adj. Supra-renal.
SURSATURATION (*çürçatüraçion*), s. f. Supersaturação.
SURSATURER (*çürçatürê*), v. t. Supersaturar.
SURSAUT (*çürçô*), s. m. Sobressalto.
SURSAUTER (*çürçôtê*), v. i. Sobressaltar.
SURSEMER (*çürçəmê*), v. t. (Conjuga-se como *semer*.) Sobressemear.
SURSEOIR (*çürçuar*), v. t. e i. (*Je sursois, nous sursoyons. Je sursoyais, nous sursoyions. Je sursis, nous sursîmes. Je surseoirai, nous surseoirons. Je surseoirais, nous surseoirions. Sursois, sursoyons, sursoyez. Que je sursoie, que nous sursoyions. Que je sursisse, que nous sursissions. Sursoyant. Sursis.*) Suspender, adiar.
SURSIS (*çürçi*), s. m. *Dir.* Sursis, livramento condicional; prazo. Pl.: *des sursis*.
SURSOLIDE (*çürçolid*), s. m. Quarta potência de uma grandeza.
SURTAUX (*çürtô*), s. m. Juro excessivo. Pl.: *des surtaux*.
SURTAXE (*çürtakç*), s. f. Sobretaxa. Taxa excessiva e ilegal.
SURTAXER (*çürtakçê*), v. t. Aumentar a taxa.
SURTENSION (*çürtançion*), s. f. Sobretensão.
SURTOUT (*çürtu*), s. m. Sobretudo, casacão. Enfeite de centro de mesa. Carreta para bagagem. Adv. Principalmente, sobretudo.
SURVEILLANCE (*çürvéianç*), s. f. Vigilância, fiscalização.
SURVEILLANT, E (*çürvéian, t*), s. Vigilante; fiscal de alunos.
SURVEILLE (*çürvéii*), s. f. Antevéspera.
SURVEILLER (*çürvéiê*), v. t. Vigiar, fiscalizar.
SURVENANCE (*çürvənanç*), s. f. Superveniência, chegada inesperada.
SURVENANT, E (*çürvənan, t*), s. Superveniente, sobrevindo.
SURVENIR (*çürvənir*), v. i. (Conjuga-se como *venir*.) Chegar inesperadamente ou fora de tempo.
SURVENTE (*çürvant*), s. *Mar.* Aumento de vento.
SURVENUE (*çürvənü*), s. f. Vinda inesperada.
SURVIE (*çürvi*), s. f. Sobrevivência, vida de além-túmulo.
SURVIVANCE (*çürvivanç*), s. Supervivência; sucessão num cargo.
SURVIVANT, E (*çürvivan, t*), adj. e s. Sobrevivente.
SURVIVRE (*çürvivr*), v. i. (Conjuga-se como *vivre*.) Sobreviver. **SE SURVIVRE**, v. pr. Sobreviver, cair no esquecimento.
SURVOL (*çürvol*), s. m. Sobrevôo.
SURVOLER (*çürvolê*), v. t. Sobrevoar.
SURVOLTAGE (*çürvoltaj*), s. m. Aumento de voltagem.
SURVOLTER (*çürvoltê*), v. t. Aumentar a voltagem.
SUS (*çüç*), prep. Sobre. *Courir sus à*, perseguir. *En sus de*, loc. prep. Além de. Interj. Sus! Eia!
SUSCEPTIBILITÉ (*çüçéptibilitê*), s. f. Suscetibilidade.
SUSCEPTIBLE (*çüçéptibl*), adj. Suscetível, sensível.
SUSCEPTION (*çüçépçion*), s. f. Recepção; assimilação.
SUSCITATION (*çüçitaçion*), s. f. Sugestão, instigação.
SUSCITER (*çüçitê*), v. t. Suscitar; criar; provocar.
SUSCRIPTION (*çüçkripçion*), s. f. Sobrescrito, endereço.
SUSDIT, E (*çüçdi, t*), adj. e s. Supradito.
SUSMENTIONNÉ, E (*çüçmançionê*), adj. Supramencionado.
SUSNOMMÉ, E (*çüçnomê*), adj. e s. Acima nomeado.
SUSPECT, E (*çüçpé* ou *çüçpékt*), adj. e s. Suspeito.
SUSPECTER (*çüçpéktê*), v. t. Suspeitar.
SUSPENDRE (*çüçpandr*), v. t. Suspender, despendurar. *Fig.* Deter, interromper, adiar, diferir.
SUSPENDU, E (*çüçpandü*), adj. Suspenso, irresoluto.
SUSPENS (*çüçpan*), adj. Suspenso, interrompido. *En suspens*, loc. adv. Na incerteza.
SUSPENSE (*çüçpanç*), s. f. Suspensão.

SUSPENSIF, IVE (*çüçpançif, iv*), adj. *Dir.* Suspensivo.
SUSPENSION (*çüçpançion*), s. f. Suspensão, cessação, interrupção.
SUSPICION (*çüçpiçion*), s. f. Suspeição, desconfiança.
SUSTENTATEUR (*çüçtantatĕr*), s. m. Sustentador.
SUSTENTATION (*çüçtantaçion*), s. f. Sustentação.
SUSTENTER (*çüçtantê*), v. t. Sustentar.
SUSURRATION (*çüçüraçion*), s. f. Murmúrio.
SUSURREMENT (*çüçürman*), s. m. Murmúrio, sussurro.
SUSURRER (*çüçürê*), v. t. e i. Sussurrar, murmurar.
SUTURAL, E, AUX (*çütüral, ô*), adj. Sutural.
SUTURE (*çütür*), s. f. Sutura.
SUTURER (*çütürê*), v. t. Suturar.
SUZERAIN, E (*çüzren, én'*), adj. e s. Suserano.
SUZERAINETÉ (*çüzrénətê*), s. m. Suserania.
SVELTE (*çvélt*), adj. Esbelto.
SVELTESSE (*çvéltéç*), s. f. Esbelteza, elegância.
SYBARITE (*çibarit*), adj. e s. Sibarita.
SYBARITIQUE (*çibaritik*), adj. Sibarítico.
SYBARITISME (*çibaritiçm*), s. m. Sibaritismo.
SYCOMORE (*çikomór*), s. m. Sicômoro.
SYCONE (*çikón'*), s. m. Sícono ou sicônio.
SYCOPHANTE (*çikofant*), s. m. Sicofanta.
SYÉNITE (*çiênit*), s. f. Sienito.
SYÉNITIQUE (*çiênitik*), adj. Sinítico.
SYLLABAIRE (*çilabér*), s. m. Silabário.
SYLLABE (*çilab*), s. f. Sílaba.
SYLLABER (*çilabê*), v. t. Silabar.
SYLLABIQUE (*çilabik*), adj. Silábico.
SYLLABIQUEMENT (*çilabikman*), adv. Por sílabas.
SYLLABISME (*çilabiçm*), s. m. Silabismo.
SYLLEPSE (*çilépç*), s. f. Silepse.
SYLLEPTIQUE (*çiléptik*), adj. Siléptico.
SYLLOGISER (*çilojizê*), v. i. Silogizar.
SYLLOGISME (*çilojiçm*), s. m. Silogismo. mo.
SYLLOGISTIQUE (*çilojiçtik*), adj. Silogístico.
SYLPHE (*çilf*), s. m. Silfo.
SYLPHIDE (*çilfid*), s. f. Sílfide.
SYLVAINS (*çilven*), s. m. pl. Silvanos (divindades).
SYLVESTRE (*çilvéçtr*), adj. Silvestre.
SYLVICOLE (*çilvikól*), adj. Silvícola.
SYLVICULTEUR (*çilvikültĕr*), s. m. Silvicultor.
SYLVICULTURE (*çilvikültür*), s. f. Silvicultura.
SYMBIOSE (*çenbiôz*), s. f. Simbiose.
SYMBIOTE ou **SYMBIOTIQUE** (*çenbiót* ou *çenbiotik*), s. m. Simbiótico.
SYMBOLE (*çenból*), s. m. Símbolo.
SYMBOLIQUE (*çenbolik*), adj. Simbólico.
SYMBOLIQUEMENT (*çenbolikman*), adv. Simbolicamente.
SYMBOLISATION (*çenbolizaçion*), s. f. Simbolização.
SYMBOLISER (*çenbolizê*), v. t. Simbolizar.
SYMBOLISME (*çenboliçm*), s. m. Simbolismo.
SYMBOLISTE (*çenboliçt*), adj. Simbolista.
SYMÉTRIE (*çimêtri*), s. f. Simetria.
SYMÉTRIQUE (*çimêtrik*), adj. Simétrico.
SYMÉTRIQUEMENT (*çimêtrikman*), adv. Simetricamente.
SYMPATHIE (*çenpati*), s. f. Simpatia.
SYMPATHIQUE (*çenpatik*), adj. Simpático.
SYMPATHIQUEMENT (*çenpatikman*), adv. Simpaticamente.
SYMPATHISANT, E (*çenpatizan, t*), adj. Simpatizante.
SYMPATHISER (*çenpatizê*), v. i. Simpatizar.
SYMPHONIE (*çenfoni*), s. f. Sinfonia.
SYMPHONIQUE (*çenfonik*), adj. Sinfônico.
SYMPHONIQUEMENT (*çenfonikman*), adv. De maneira sinfônica.
SYMPHONISTE (*çenfoniçt*), s. Sinfonista.
SYMPHYSE (*çenfiz*), s. f. Sínfise.
SYMPLECTIQUE (*çenpléktik*), adj. Simplético.
SYMPTOMATIQUE (*çenptomatik*), adj. Sintomático.
SYMPTOMATOLOGIE (*çenptomatoloji*), s. f. Sintomatologia.
SYMPTÔME (*çenptôm'*), s. m. Sintoma.
SYNAGOGUE (*çinagóg*), s. f. Sinagoga.
SYNALÈPHE (*çinaléf*), s. f. Sinalefa.
SYNALLAGMATIQUE (*çinalagmatik*), adj. Sinalagmático.
SYNARTHROSE (*çinartrôz*), s. f. Sinartrose.
SYNCHONDROSE (*çinkondrôz*), s. f. Sincondrose.
SYNCHRONE (*çenkrón'*), adj. Síncrono.
SYNCHRONIQUE (*çenkronik*), adj. Sincrônico.
SYNCHRONISATION (*çenkronizaçion*), s. f. Sincronização.
SYNCHRONISER (*çenkronizê*), v. t. Sincronizar.
SYNCHRONISME (*çenkroniçm*), s. m. Sincronismo.
SYNCOPAL, E, AUX (*çenkopal, ô*), adj. Sincopal.
SYNCOPE (*çenkóp*), s. f. Síncope.
SYNCOPER (*çenkopê*), v. t. Sincopar.
SYNCRÉTISME (*çenkrêtiçm'*), s. m. Sincretismo.

SYNDACTILE (*çendaktil*), adj. Sindáctilo.
SYNDIC (*çendik*), s. m. Síndico.
SYNDICAL, E, AUX (*çendikal, ô*), adj. Sindical.
SYNDICALISME (*çendikaliçm*), s. m. Sindicalismo.
SYNDICALISTE (*çendikaliçt*), adj. e s. Sindicalista.
SYNDICAT (*çendiká*), s. m. Sindicato.
SYNDICATAIRE (*çendikatér*), adj. e s. Sindicatório.
SYNDIQUÉ, E (*çendikê*), adj. e s. Sindicado.
SYNDIQUER (*çendikê*), v. t. Sindicar. **SE SYNDIQUER**, v. pr. Organizar-se em sindicato.
SYNDROME (*çendróm'*), s. m. Síndrome.
SYNECDOCHE ou **SYNECDOQUE** (*çinékdók*), s. f. Sinédoque.
SYNÉRÈSE (*çinêréz*), s. f. Sinérese.
SYNERGIE (*çinérji*), s. f. Sinergia.
SYNGÉNÉSIE (*çenjênêzi*), s. f. Singênese.
SYNODAL, E, AUX (*çinodal, ô*), adj. Sinodal.
SYNODE (*çinód*), s.m. Sínodo.
SYNODIQUE (*çinodik*), adj. Sinódico.
SYNONYME (*çinonim'*), adj. e s. m. Sinônimo.
SYNONYMIE (*çinonimi*), s. f. Sinonímia.
SYNONYMIQUE (*çinonimik*), adj. Sinonímico.
SYNOPSIS (*çinópçiç*), s. f. Sinopse. Pl.: *des synopsis.*
SYNOPTIQUE (*çinóptik*), adj. Sinótico.
SYNOVIAL, E, AUX (*çinovial, ô*), adj. Sinovial.
SYNOVIE (*çinovi*), s. f. Sinóvia.
SYNOVITE (*çinovit*), s. f. Sinovite.
SYNTAXE (*çentakç*), s. f. Sintaxe.
SYNTAXIQUE ou **SYNTACTIQUE** (*çentakçik* ou *çentaktik*), adj. Sintático.
SYNTHÈSE (*çentéz*), s. f. Síntese.
SYNTHÉTIQUE (*çentêtik*), adj. Sintético.
SYNTHÉTIQUEMENT (*çentêtikman*), adv. Sinteticamente.
SYNTHÉTISER (*çentêtizê*), v. t. Sintetizar.
SYNTONISATION (*çentonizaçion*), s. f. Sintonização.
SYPHILIS (*çifiliç*), s. f. Sífilis.
SYPHILITIQUE (*çifilitik*), adj. Sifilítico.
SYRIAQUE (*çiriak*), adj. e s. m. Siríaco.
SYRIEN, ENNE (*çirien, én'*), adj. e s. Sírio.
SYRINGE ou **SYRINX** (*çirenj* ou *cirenkç*), s. f. Flauta de Pã.
SYRPHE (*çirf*), s. m. Inseto comum nos jardins de Paris.
SYSTÉMATIQUE (*çiçtêmatik*), adj. Sistemático.
SYSTÉMATIQUEMENT (*çiçtêmatikman*), adv. Sistematicamente.
SYSTÉMATISATION (*çiçtêmatizaçion*), s. f. Sistematização.
SYSTÉMATISER (*çiçtêmatizê*), v. t. Sistematizar.
SYSTÈME (*çiçtém'*), s. m. Sistema.
SYSTOLE (*çiçtól*), s. f. Sístole.
SYSTYLE (*çiçtil*), adj. Sistilo.
SYZYGIE (*çiziji*), s. f. Sizígia.

T

T (*tê* ou *tə*), s. f. Vigésima letra do alfabeto.
TA (*tá*), adj. pron. f. V. **TON**.
TABAC (*tabá* diante de consoante, *tabak* diante de vogal), s.m. Tabaco. *Prise de tabac*, pintada.
TABAGIE (*tabaji*), s.f. Salão de fumar.
TABAGISME (*tabajiçm*), s.m. V. **NICOTINISME**.
TABATIÈRE (*tabatiér*), s.f. Tabaqueira.
TABELAIRE (*tabélér*), adj. Tabelar; em forma de tabela.
TABELLION (*tabélion*), s.m. Tabelião.
TABERNACLE (*tabérnakl*), s.m. Tabernáculo.
TABÈS (*tabéç*), s. m. Tabes.
TABESCENCE (*tabéçanç*), s.f. Emagrecimento mórbido.
TABÉTIQUE (*tabêtik*), s. Tabético.
TABLE (*tabl*), s. f. Mesa. Chapa, lâmina. Tabuada, índice, tabela. *Table de nuit*, mesa-de-cabeceira. *Tenir table ouverte*, dar jantares freqüentemente. *Fig. Mettre, dresser la table*, pôr a mesa.
TABLEAU (*tablô*), s. m. Quadro, painel; tabela; lista. *Tableau noir*, quadro-negro. Pl.: *des tableaux*.
TABLEAUTIN (*tablôten*), s.m. Quadro pequeno.
TABLÉE (*tablê*), s.f. Mesa; os comensais.
TABLER (*tablê*), v. i. Basear seus cálculos. *Tabler sur*, fiar-se em.
TABLETIER, ÈRE (*tablətiê, ér*), adj. e s. Fabricante ou vendedor de jogos de gamão ou xadrez e de objetos de ébano e marfim.
TABLETTE (*tablét*), s.f. Prateleira, placa, tabuinha. Livro de lembranças.
TABLETTERIE (*tablétəri*), s. f. Indústria e comércio de utilidades, de fantasia (caixas de marfim, jogos, etc.).
TABLIER (*tabliê*), s.m. Avental; tabuleiro. *Rendre son tablier*, despedir-se, ir embora.
TABOU (*tabu*), s.m. Tabu.
TABOURET (*taburé*), s.m. Tamborete.
TABOURIN (*taburen*), s.m. Tamboril.
TABULAIRE (*tabüler*), adj. Tabular.
TABULARIUM (*tabülariôm'*), s. m. *Ant.* Arquivos públicos.
TABULATEUR (*tabülatĕr*), s. m. Tabulador.
TAC (*tak*), s.m. Barulho seco. Batimento (esgrima). Parada. *Répondre du tac au tac*, responder ao pé da letra.
TACET (*taçét*), s.m. Silêncio prolongado.
TACHANT, E (*tachan, t*), adj. Que se mancha ou suja facilmente.
TACHE (*tach*), s.f. Mancha; nódoa.
TÂCHE (*tach*), s.f. Tarefa, empreitada. *À la tâche*, de empreitada.
TACHÉOGRAPHE (*takêograf*), s.m. Taqueógrafo.
TACHÉOMÈTRE (*takêométr*), s. m. Taqueômetro.
TACHER (*tachê*), v.t. Sujar, manchar.
TÂCHER (*tachê*), v.i. Esforçar-se, diligenciar.
TÂCHERON (*tachron*), s.m. Empreiteiro.
TACHETER (*tachtê*), v.t. (Dobra o *t* antes de sílaba muda: *je tachetterai*.) Malhar, salpicar.
TACHYCARDIE (*takikardi*), s.f. Taquicardia.
TACHYGRAPHE (*takigraf*), s. Taquígrafo.
TACHYGRAPHIE (*takigrafi*), s.f. Taquigrafia.
TACHYMÈTRE (*takimétr*), s. m. Taquímetro.
TACHYMÉTRIE (*takimêtri*), s.f. Taquimetria.
TACITE (*taçit*), adj. Tácito.
TACITEMENT (*taçitman*), adv. Tacitamente.
TACITURNE (*taçitürn*), adj. Taciturno.
TACITURNITÉ (*taçitürnitê*), s. f. Taciturnidade.
TACT (*takt*), s.m. Tacto.
TAC-TAC (*tak-tak*), s.m. V. **TIC-TAC**.
TACTICIEN (*taktiçien*), s. m. Tático.
TACTILE (*taktil*), adj. Táctil.
TACTILITÉ (*taktilitê*), s. f. Tactilidade.
TACTIQUE (*taktik*), s.f. Tática.
TACTISME (*taktiçm*), s.m. Tactismo.
TAFFETAS (*taftá*), s.m. Tafetá. Pl.: *des taffetas*.
TAIE (*té*), s.f. Fronha; belida.
TAILLABLE (*taiabl*), adj. Sujeito a derrama ou imposto.
TAILLADE (*taiad*), s.f. Cutilada, corte, recorte no vestuário.
TAILLADER (*taiadê*), v. t. Talhar, cortar; abrir cortes no vestuário.
TAILLANDERIE (*taiandəri*), s. f. Cutelaria, comércio de ferragens.
TAILLANDIER (*taiandiê*), s. m. Cutileiro, ferreiro.
TAILLADIN (*taiaden*), s.m. Talhada.
TAILLAGE (*taiaj*), s.m. Corte.
TAILLANT (*taian*), s.m. Fio, gume.
TAILLE (*taii*), s.f. Talho, corte; fio, gume; incisão; poda, decote; estátua, talhe.

TAILLÉ, E (*taiê*), adj. Talhado.
TAILLE-DOUCE (*taiiduç*), s.f. Gravura a buril. Pl.: *des tailles-douces*.
TAILLE-MER (*taiimér*), s. m. inv. Talha-mar.
TAILLER (*taiê*), v.t. Talhar, cortar; podar. *Tailler en pièces*, desfazer inteiramente. *Tailler de la besogne, des croupières à quelqu'un*, perseguir alguém, criar-lhe embaraço.
TAILLE-RACINES (*taiiraçin'*), s. m. inv. Corta-legumes.
TAILLERIE (*taiiri*), s.f. Lapidação.
TAILLEUR (*taiër*), s.m. Talhador. Alfaiate. Costume feminino.
TAILLEUSE (*taiëz*), s.f. Costureira, modista.
TAILLIS (*taii*), s.m. Mata de corte. Pl.: *des taillis*.
TAILLOIR (*taiuar*), s.m. Prato de madeira para cortar carne.
TAIN (*ten*), s.m. Aço (de espelho).
TAIRE (*tér*), v. t. (Conjuga-se como *plaire*.) Calar; ocultar. **SE TAIRE**, v. pr. Calar-se, guardar silêncio.
TALAIRE (*talér*), adj. Talar.
TALC (*talk*), s.m. Talco.
TALCIQUE (*talçik*), adj. Composto de talco.
TALENT (*talan*), s.m. Talento.
TALENTUEUX, EUSE (*talantüë, ëz*), adj. Talentoso.
TALION (*talion*), s. m. Talião.
TALISMAN (*taliçman*), s.m. Talismã.
TALISMANIQUE (*taliçmanik*), adj. Talismânico.
TALLE (*tal*), s.m. Rebento (no pé de uma planta).
TALLER (*talê*), v. t. *Bot.* Deitar rebentos.
TALMOUSE (*talmuz*), s. f. Pastel folheado. *Pop.* Bofetada.
TALMUDIQUE (*talmüdik*), adj. Talmúdico.
TALMUDISTE (*talmüdiçt*), adj. Talmudista.
TALOCHE (*talóch*), s. f. Talocha.
TALOCHER (*talochê*), v. t. Dar socos na cabeça.
TALON (*talon*), s.m. Talão; calcanhar; tacão; salto. O barulho depois de dadas as cartas. *Marcher sur les talons*, seguir de perto. *Montrer les talons*, dar as costas, fugir.
TALONNER (*talonê*), v.t. Esporear, seguir de perto. *Fig.* Perseguir, acossar.
TALONNETTE (*talonét*), s.f. Palmilha do calcanhar.
TALONNIER (*talonié*), adj. e s. Fabricante de saltos.
TALQUEUX, EUSE (*talkë, ëz*), adj. Talcoso.
TALUS (*talü*), s.m. Talude, declive Pl.: *des talus*.
TALUTAGE (*talütaj*), s.m. Taludamento.
TALUTER (*talütê*), v.t. Taludar.
TAMANDUA (*tamandüá*), s.m. Tamanduá.
TAMANOIR (*tamanuar*), s.m. Papa-formigas.
TAMAR (*tamar*), s.m. Pastilha purgativa.
TAMARIN (*tamaren*), s.m. Tamarindo.
TAMARINIER (*tamariniê*), s.m. Tamarineiro.
TAMARIS (*tamari*), s.m. Tamargueira. Pl.: *des tamaris*.
TAMBOUR (*tanbur*), s.m. Tambor, pandeiro; tocador de tambor. *Mener tambour battant*, rudemente. *Sans tambour ni trompette*, em segredo, sem ruído.
TAMBOURIN (*tanburen*), s.m. Tamboril.
TAMBOURINAGE ou **TAMBOURINEMENT** (*tanburinaj* ou *tanburinəman*), s.m. Tamborilada.
TAMBOURINAIRE (*tanbourinér*), s. m. Tamborileiro (de Provença).
TAMBOURINER (*tanburinê*), v.i. Rufar, tocar tambor. V.t. Acompanhar ao tambor. *Fig.* Divulgar, espalhar.
TAMBOURINEUR (*tanburinër*), s. m. Tamborileiro.
TAMBOUR-MAJOR (*tanburmajór*), s. m. Tambor-mor. Pl.: *des tambours-majors*.
TAMIS (*tami*), s. m. Peneira. Pl.: *des tamis*.
TAMISAGE (*tamizaj*), s.m. Peneiração.
TAMISE (*tamiz*), s.m. Tamis.
TAMISER (*tamizê*), v.t. Peneirar; coar.
TAMISERIE (*tamizri*), s.f. Fábrica de peneiras.
TAMISEUR (*tamizër*), s. e adj. m. Peneirador.
TAMOUL ou **TAMIL** (*tamul* ou *tamil*), s.m. Tamil.
TAMPON (*tanpon*), s.m. Tampão, mecha; esfregão; bucha, rolha; almofada com tinta para carimbos. *Fig.* Amortecedor.
TAMPONNEMENT (*tanponəman*), s. m. Tamponamento. Choque de dois trens.
TAMPONNER (*tanponê*), v. t. Tamponar.
TAM-TAM (*tam'tam*), s. m. Tantã. *Fam.* Publicidade; escândalo. Pl.: *des tam-tams*.
TAN (*tan*), s.m. Córtex pulverizado para preparar couros.
TANCER (*tançê*), v. t. (O *c* toma uma cedilha antes de *a* e *o*: *il tança, nous tançons*.) Repreender.
TANDEM (*tandém'*), s.m. Tandem.
TANDIS QUE (*tandikə*), loc. conj. Enquanto, ao passo que.
TANDOUR (*tandur*), s.m. Mesa com aquecedor.
TANGAGE (*tangaj*), s.m. Movimento da popa à proa.
TANGENT, E (*tanjan, t*), adj. Tangente.

TANGENTE (*tanjant*), s.f. Tangente.
TANGENTIEL, ELLE (*tanjançiél*), adj. Tangencial.
TANGENTIELLEMENT (*tanjançiélman*), adv. Tangencialmente.
TANGIBILITÉ (*tanjibilité*), s. f. Tangibilidade.
TANGIBLE (*tanjibl*), adj. Tangível.
TANGIBLEMENT (*tanjibləman*), adv. Tangivelmente.
TANGO (*tangô*), s.m. Tango.
TANGUER (*tanghê*), v.i. Jogar, balançar (navio).
TANIÈRE (*taniér*), s.f. Covil de feras.
TANIN (*tanen*), s.m. Tanino.
TANK (*tank*), s.m. *Mil.* Tanque.
TANNAGE (*tanaj*), s.m. Curtimento, curtume.
TANNAT, E (*taná, t*), adj. Próprio para curtir. *Pop.* Aborrecido.
TANNE (*tan'*), s.f. Mancha escura numa pele curtida.
TANNÉ, E (*tanê*), adj. Curtido. Bronzeado (cor).
TANNER (*tanê*), v.t. Curtir. *Fig.* e *pop.* Aborrecer.
TANNERIE (*tanəri*), s. f. Fábrica de curtume.
TANNEUR (*tanĕr*), s.m. Curtidor.
TANNIN (*tanen*), s.m. V. **TANIN**.
TANNIQUE (*tanik*), adj. Tânico.
TANT (*tan*), adv. Tanto, tão. Loc. adv.: *tant bien que mal*, mais ou menos; *tant mieux*, tanto melhor; *tant pis*, é-me indiferente. Loc. conj.: *tant s'en faut que*, muito longe disso, está longe de; *en tant que*, no que respeita a.
TANTALE (*tantal*), s.m. Tântalo.
TANTE (*tant*), s.f. Tia.
TANTET (*tanté*), s.m. Tico, pouquinho.
TANTIÈME (*tantiém'*), adj. Percentagem.
TANTINE (*tantin'*), s.f. *Fam.* Titia.
TANTINET (*tantiné*), s.m. Quase nada, nadinha.
TANTÔT (*tantô*), adj. Logo; daqui a pouco; há pouco; cedo, cerca de. *Le tantôt*, à tarde. *Tantôt...tantôt*, ora... ora.
TAOÏSME (*taoíçm'*), s. m. Taoísmo.
TAOÏSTE (*taoíçt*), adj. e s. Taoísta.
TAON (*tan*), s.m. Moscardo.
TAPAGE (*tapaj*), s. m. Barulho, alvoroço, agitação; algazarra.
TAPAGER (*tapajê*), v.i. (Toma um *e* mudo depois do *g* antes de *a* e *o*: *il tapagea, nous tapageons.*) Fazer barulho.
TAPAGEUR, EUSE (*tapajĕr, ëz*), adj. e s. Brigão, barulhento. *Fig.* Exagerado, vistoso.
TAPAGEUSEMENT (*tapajëzman*), adv. Ruidosamente. *Fig.* Exageradamente.
TAPANT, E (*tapan, t*), adj. Sonante. *Midi tapant*, meio-dia em ponto.
TAPE (*tap*), s.f. Palmada; sopapo; bofetada; rolha.
TAPÉ, E (*tapê*), adj. Se diz da pêra ou maçã cozida no forno. *Fam.* Se diz de um rosto envelhecido. *C'est tapé*, é bem feito.
TAPEMENT (*tapman*), s.m. Pancada.
TAPER (*tapê*), v.t. Dar palmadas; bater; tapar. *Fam.* Pedir dinheiro emprestado; datilografar. *Taper dans l'œil*, agradar. V.i. *Taper du*, bater com.
TAPETTE (*tapét*), s.f. Palmadilha; maço ou pau para fazer entrar as rolhas. *Pop.* Língua, linguajar.
TAPEUR, EUSE (*tapĕr, ëz*), s. Batedor, espancador.
TAPIN (*tapen*), s.m. Tambor. *Pop.* Tambor ordinário.
TAPINOIS (EN) (*antapinuá*), loc. adv. *Fam.* Às escondidas.
TAPIOCA (*tapioká*), s. m. Tapioca.
TAPIR (*tapir*), s. m. Tapir, anta.
TAPIR (SE) (*çətapir*), v. pr. Esconder-se. Agachar-se.
TAPIS (*tapi*), s.m. Tapete; pano ou coberta para móveis. *Tapis vert*, mesa de jogo. *Tenir quelqu'un sur tapis*, ter alguém entre as mãos. *Amuser le tapis*, distrair os que o cercam. *Mettre sur le tapis*, expor. Pl.: *des tapis*.
TAPISSER (*tapiçê*), v. t. Atapetar; cobrir com papel, etc.
TAPISSERIE (*tapiçri*), s.f. Tapeçaria; tecido, couro ou papel para cobrir parede; arte de atapetar.
TAPISSIER, ÈRE (*tapiçiê, ér*), s. Tapeceiro, decorador.
TAPISSIÈRE (*tapiçiér*), s. f. Carroça para transporte de móveis e tapetes, etc.; grande ônibus de excursão.
TAPON (*tapon*), s.m. Rodilha de pano para arrolhar.
TAPONNAGE (*taponaj*), s.m. Arranjo do cabelo em caracóis.
TAPONNER (*taponê*), v.t. Enrolar (o cabelo); encaracolar.
TAPOTER (*tapotê*), v.t. Dar palmadinhas.
TAQUE (*tak*), s.f. Placa de ferro fundido.
TAQUET (*také*), s. m. Instrumento de tanoeiro.
TAQUIN, E (*taken, in'*), adj. Arreliador, aborrecido, impertinente. S.m. Jogo de paciência.
TAQUINER (*takinê*), v.t. e i. Arreliar, contrariar, aborrecer.
TAQUINERIE (*takinəri*), s. f. Implicância, impertinência.
TAQUOIR (*takuar*), s.m. *Tip.* Tamborete.
TARABISCOTER (*tarabiçkotê*), v. t. Ornamentar de maneira excessiva.
TARABUSTER (*tarabüçtê*), v.t. *Fam.* Molestar, importunar, fatigar.
TARARE (*tarar*), s.m. Tarara. Interj. Ora!
TARASQUE (*taraçk*), s. f. Tarasca.

TARAUD (*tarô*), s. m. Macho de atarraxar.
TARAUDAGE (*tarôdaj*), s.m. Ação de brocar.
TARAUDER (*tarôdê*), v.t. Roscar, brocar.
TARAUDEUSE (*tarôdëz*), s.f. Máquina de abrir roscas.
TARD (*tar*), adv. Tarde. *Sur le tard*, à tarde. *Prov.*: *Mieux vaut tard que jamais*, mais vale tarde do que nunca.
TARDER (*tardê*), v.i. Tardar. V. imp. Estar ansioso por.
TARDIF, IVE (*tardif, iv*), adj. Tardio, moroso.
TARDIGRADES (*tardigrad*), s. m. pl. Tardígrado.
TARDILLON, ONNE (*tardiion, ón*), s. m. *Fam.* Temporão.
TARDIVEMENT (*tardivman*), adv. Tardiamente.
TARDIVETÉ (*tardivtê*), s.f. Desenvolvimento tardio.
TARE (*tar*), s.f. Tara.
TARÉ, E (*tarê*), adj. Viciado, corrompido. *Heráld.* Colocado, virado.
TARENTELLE (*tarantél*), s.f. Tarantela.
TARENTIN, E (*taranten, in'*), adj. e s. Tarentino.
TARENTULE (*tarantül*), s.f. Tarântula.
TARER (*tarê*), v.t. Avariar, deteriorar. *Fig.* Desacreditar, manchar.
TARGETTE (*tarjét*), s.f. Ferrolho.
TARGUER (SE) (*çətarghê*), v. pr. Gabar-se, vangloriar-se.
TARI, E (*tari*), s.m. Tari.
TARIÈRE (*tariér*) s.f. Trado.
TARIF (*tarif*), s. m. Tarifa.
TARIFAIRE (*tarifér*), adj. Tarifário.
TARIFER (*tarifê*), v.t. Tarifar, tabelar.
TARIFICATION (*tarifikaçion*), s.f. Tarifação.
TARIN (*taren*), s.m. Espécie de pintassilgo.
TARIR (*tarir*), v.t. e i. Secar.
TARISSABLE (*tariçabl*), adj. Esgotável.
TARISSEMENT (*tariçman*), s.m. Seca. *Fig.* Esgotamento.
TARLATANE (*tarlatan'*), s.f. Tarlatana.
TAROTÉ, E (*tarotê*), adj. Pintado no verso em quadrinhos (cartas de jogo).
TAROTIER (*tarotiê*), adj. e s. m. Fabricante de cartas de jogo com verso em quadrinhos.
TAROTS (*tarô*), s. m. pl. Cartas de jogar, pintadas no verso.
TAROUPE (*tarup*), s.f. Pêlos entre as sobrancelhas.
TARSALGIE (*tarçalji*), s.f. Tarsalgia.
TARSE (*tarç*), s.m. Tarso.
TARSECTOMIE (*tarçéktomi*), s. f. Tarsectomia.
TARSIEN, ENNE (*tarçien, én'*), adj. Társeo.
TARTAN (*tartan*), s.m. Lã em xadrez.
TARTANE (*tartan'*), s.f. Tartana.
TARTAREUX, EUSE (*tartarë, ëz*), adj. V.TARTREUX, EUSE.
TARTE (*tart*), s.f. Torta.
TARTELETTE (*tartəlét*), s. f. Queijada; torta pequena.
TARTINE (*tartin'*), s.m. Fatia de pão com manteiga ou geléia. *Fam.* Falação.
TARTINER (*tartinê*), v.t. Fazer torrada.
TARTRATE (*tartrat*), s.m. *Quím.* Tartarato.
TARTRE (*tartr*), s.m. Tártaro.
TARTREUX, EUSE (*tartrë, ëz*), adj. Tartaroso.
TARTRIQUE (*tartrik*), adj. *Quím.* Tartárico.
TARTUFE (*tartüf*), s.m. Tartufo.
TARTUFERIE (*tartüfəri*). s. f. Tartufice.
TAS (*ta*), s.m. Montão, pilha. *Fam.* Porção. Bigorna portátil. Pl.: *des tas.*
TASSE (*taç*), s. f. Xícara. *Fam. La grande tasse*, o mar.
TASSEAU (*taçô*), s.m. Suporte de prateleira; chapuz. P.: *des tassseaux.*
TASSEMENT (*taçman*), s.m. Abatimento com o próprio peso; compressão.
TASSER (*taçê*), v.t. Amontoar, empilhar. V.i. Crescer, multiplicar-se, alastrando-se. **SE TASSER**, v. pr. Amontoar-se, abater-se, desmoronar.
TASSETTE (*taçét*), s.f. Peça da armadura que protege a coxa.
TATEMENT (*tatman*), s.m. Tateamento.
TÂTER (*tatê*), v.t. Tatear. *Tâter le pavé*, caminhar com hesitação. V. i. *Tâter de* (ou *à*), provar. *Fig.* Tentar. **SE TÂTER**, v. pr. Consultar-se, hesitar.
TATEUR (*tatër*), adj. e s. Sondador; controlador.
TATILLON, ONNE (*tatiion, on'*), adj. e s. Esmiuçador; amigo de bagatelas.
TATILLONNER (*tatiionê*), v.i. Ocupar-se com ninharias.
TÂTONNEMENT (*tatonəman*), s. m. Apalpadela.
TÂTONNER (*tatonê*), v.i. Tatear, andar às apalpadelas. *Fig.* Hesitar, titubear.
TÂTONNEUR, EUSE (*tatonër, ëz*), adj. e s. *Fam.* Tateante.
TÂTONS (À) (*ataton*), loc. adv. Às apalpadelas. *Fig.* Às cegas.
TATOU (*tatu*), s.m. Tatu.
TATOUAGE (*tatuaj*), s. m. Tatuagem.
TATOUER (*tatuê*), v. t. Tatuar.
TATOUEUR (*tatuër*), adj. e s. m. Tatuador.
TAU (*tô*), s.m. Tau.
TAUD (*tô*), s.m. ou **TAUDE** (*tôd*), s.f. Oleado, encerado para tendas.
TAUDIS (*tôdi*), s.m. Casebre, pardieiro. Pl.: *des taudis.*
TAULE ou **TÔLE** (*tôl*), s. f. *Tecn.* Cepo da bigorna. *Pop.* Quarto. Casa. Prisão.
TAUPE (*tôp*), s. f. Toupeira.

TAUPÉ, E (*tôpê*), adj. Que lembra a pele da toupeira.
TAUPE-GRILLON (*tôpgriion*), s.m. Ralo (inseto). Pl.: *des taupes-grillons*.
TAUPIER (*tôpiê*), s. m. Caçador de toupeiras.
TAUPIÈRE (*tôpiér*), s.f. Armadilha de toupeiras.
TAUPIN (*tôpen*), s.m. Espécie de escaravelho. Sapadores. *Pop.* Candidato à Escola Politécnica.
TAUPINIÈRE ou **TAUPINÉE** (*tôpiniér ou tôpinê*), s.f. Montinho de terra que faz a toupeira. *Fig.* Elevação, edifício pequeno.
TAURE (*tôr*), s.f. Novilha.
TAUREAU (*tôrô*), s.m. Touro. *Saisir le taureau par les cornes*, pegar o boi pelos chifres, enfrentar. Pl.: *des taureaux*.
TAURILLON (*tôriion*), s.m. Novilho.
TAUROMACHIE (*tôromachi*), s.f. Tauromaquia.
TAUROMACHIQUE (*tôromachik*), adj. Tauromáquico.
TAUTOCHRONE (*tôtokron'*), adj. Tautócrono.
TAUTOCHRONISME (*tôtokroniçm'*), s. m. Tautocronismo.
TAUTOGRAMME (*tôtogram'*), s.m. Tautograma.
TAUTOLOGIE (*tôtoloji*), s.f. Tautologia.
TAUTOLOGIQUE (*tôtolojik*), adj. Tautológico.
TAUX (*tô*), s. m. Taxa, preço fixo; tarifa; juro. Pl.: *des taux*.
TAVAILLON ou **TAVAÏON** (*tavaion*), s. m. Ripa de telhado.
TAVAÏOLE ou **TAVAIOLLE** (*tavaiól*), s. f. Toalha rendada para o serviço religioso.
TAVELAGE (*tavlaj*), s.f. Deterioração dos frutos.
TAVELER (*tavlê*), v.t. (Dobra o *l* antes de sílaba muda: *il tavellera.*) Malhar, estragar (frutos).
TAVELURE (*tavlür*), s.f. Pintas na pele; manchas de umidade nos frutos.
TAVERNE (*tavérn*), s. f. Taberna.
TAVERNIER, ÈRE (*tavérniê, ér*), s. Taberneiro.
TAXATEUR (*takçatër*), s. e adj. m. Taxador.
TAXATIF, IVE (*takçatif, iv*), adj. Taxativo.
TAXATION (*takçaçion*), s.f. Taxação.
TAXE (*takç*), s. f. Taxa, tabela.
TAXER (*takçê*), v.t. Taxar, tabelar. *Fig. Taxer de*, acusar.
TAXI (*takçi*), s.m. Táxi.
TAXIDERMIE (*takçidérmi*), s. f. Taxidermia.
TAXIMÈTRE (*takçimétr*), s. m. Taxímetro.
TAXOLOGIE (*takçologi*), s. f. Taxologia.
TAXONOMIE ou **TAXINOMIE** (*takçonomi ou takçinomi*), s.f. Taxonomia.
TCHÉCOSLOVAQUE (*tchêkoçlovak*), adj. e s. Tcheco-eslovaco.
TCHÈQUE (*tchék*), s.m. Tcheco (língua).
TE (*tə*), pron. pess. V. **TU**.
TÉ (*tê*), s.m. Esquadro ou outro objeto em forma de T.
TECHNICIEN (*tékniçien*), s.m. Técnico.
TECHNICITÉ (*tékniçitê*), s.f. Tecnicidade.
TECHNIQUE (*téknik*), adj. Técnico. S. f. Técnica.
TECHNIQUEMENT (*téknikman*), adv. Tecnicamente.
TECHNOCRATE (*téknokrat*), s. m. Tecnocrata.
TECHNOCRATIE (*téknokraçi*), s. f. Tecnocracia.
TECHNOLOGIE (*téknoloji*), s. f. Tecnologia.
TECHNOLOGIQUE (*téknolojik*), adj. Tecnológico.
TECTONIQUE (*téktonik*), s. f. Tectônico.
TECTRICE (*téktriç*), adj. Tectriz.
TÉGÉNAIRE (*têjênér*), s.f. Aranha doméstica.
TEGMEN (*tégmén'*), s. m. *Bot.* V. **TÉGUMENT**.
TÉGUMENT (*têgüman*), s.m. Tegumento.
TÉGUMENTAIRE (*têgümantér*), adj. e s. f. Tegumentar.
TEIGNASSE (*ténhaç*), s.f. V. **TIGNASSE**.
TEIGNE (*ténh*), s.f. Traça; espécie de borboleta.
TEIGNEUX, EUSE (*ténhë, ëz*), adj. e s. Tinhoso.
TEILLAGE ou **TILLAGE** (*téiaj* ou *tiiaj*), s.m. Gramagem do linho ou do cânhamo.
TEILLE (*téii*), s.f. Tasco.
TEILLER ou **TILLER** (*téiê* ou *tiiê*), v. t. Gramar o linho, o cânhamo, etc.
TEILLEUR, EUSE (*téiër, ëz*), s. Gramador. S.f. Gramadeira.
TEINDRE (*tendr*), v.t. Tingir.
TEINT (*ten*), s.m. Tez, cor da pele.
TEINT, E (*ten, t*), adj. Tinto.
TEINTE (*tent*), s.f. Tinta, colorido.
TEINTÉ, E (*tentê*), adj. Tinto, tingido.
TEINTER (*tentê*), v. t. Tingir.
TEINTURE (*tentür*), s. f. Tintura, tonta.
TEINTURERIE (*tentürəri*), s. f. Tinturaria.
TEINTURIER, ÈRE (*tentüriê, ér*), adj. e s. Tintureiro.
TEL, TELLE (*tél*), adj. Tal. *Tel qui*, aquele que. *Tel quel*, tal qual, tal como, igual. Pron. ind. Há quem; um que. *Il n'y a rien de tel*, não há nada disto. *Tel ou tel*, sicrano ou beltrano.
TÉLAMON (*têlamon*), s.m. Telamão. V. **ATLANTE**.
TÉLÉCOMMUNICATION (*têlêkomunika-*

çion), s. f. Telecomunicação.

TÉLÉDYNAMIE (*têlêdinami*), s.f. Teledinâmica.

TÉLÉDYNAMIQUE (*têlêdinamik*), adj. Teledinâmico.

TÉLÉFÉRIQUE ou **TÉLÉPHÉRIQUE** (*têlêfêrik*), adj. e s. m. Teleférico.

TÉLÉGA ou **TÉLÉGUE** (*têlêgá* ou *têlêgh*), s.f. Telega.

TÉLÉGRAMME (*têlêgram'*), s.m. Telegrama.

TÉLÉGRAPHE (*têlêgraf*), s. m. Telégrafo.

TÉLÉGRAPHIE (*têlêgrafi*), s. m. Telegrafia.

TÉLÉGRAPHIER (*têlêgrafiê*), v.i. (Conjuga-se como *prier*.) Telegrafar.

TÉLÉGRAPHIQUE (*têlêgrafik*), adj. Telegráfico.

TÉLÉGRAPHIQUEMENT (*têlêgrafikman*), adv. Telegraficamente.

TÉLÉGRAPHISTE (*têlêgrafiçt*), s. Telegrafista.

TÉLÉMÈTRE (*têlêmétr*), s.m. Telêmetro.

TÉLÉMÉTRIE (*têlêmêtri*), s.f. Telemetria.

TÉLÉMÉTRIQUE (*têlêmêtrik*), adj. Telemétrico.

TELÉOBJECTIF (*têlêobjéktif*), s.m. Teleobjetivo.

TÉLEOLOGIE (*têlêoloji*), s. f. Teleologia.

TÉLÉPATHIE (*têlêpati*), s.f. Telepatia.

TÉLÉPATHIQUE (*têlêpatik*), adj. Telepático.

TÉLÉPHÉRAGE (*têlêfêraj*), s.m. Transporte por cabos aéreos.

TÉLÉPHÉRIQUE (*têlêfêrik*), s.m. Cabo aéreo. Adj. Relativo ao cabo aéreo.

TÉLÉPHONE (*têlêfón'*), s.m. Telefone. *Coup de téléphone,* telefonema.

TÉLÉPHONER (*têlêfonê*), v. i. Telefonar.

TÉLÉPHONIE (*têlêfoni*), s.f. Telefonia.

TÉLÉPHONIQUE (*têlêfonik*), adj. Telefônico.

TÉLÉPHONISTE (*têlêfoniçt*), s. Telefonista.

TÉLÉPHOTOGRAPHIE (*têlêfotografi*), s. f. Telefotografia.

TÉLESCOPAGE (*têleçkopaj*), s. m. Choque violento.

TÉLESCOPE (*têléçkóp*), s. m. Telescópio.

TÉLESCOPER (SE) (*çətéléçkopê*), v. pr. Encaixar-se por choque violento. V. t. Bater com violência. Misturar sem discernimento palavras, idéias, etc.

TÉLESCOPIQUE (*têléçkopik*), adj. Telescópico.

TÉLESKI (*têléçki*), s. m. V. **MONTE-PENTES.**

TÉLÉSPECTATEUR, TRICE (*têlêçpéktatĕr, triç*), s. Telespectador.

TÉLÉVISER (*têlêvizê*), v. t. Televisionar.

TÉLÉVISEUR (*têlêvizĕr*), adj. e s. Televisor.

TÉLÉVISION (*têlêvizion*), s. m. Televisão.

TELLEMENT (*télman*), adj. De tal forma, a tal ponto. *Tellement que,* loc. conj. A tal ponto que, tanto que.

TELLURE (*télür*), s. m. Telúrico.

TELLURHYDRIQUE (*télüridrik*), adj. Telurídrico.

TELLURIEN, ENNE (*télürien, én'*), adj. Que vem da terra.

TELLURISME (*télüriçm*), s. m. Telurismo.

TELLURURE (*têlürür*), s. m. *Quím.* Sal do ácido telurídrico.

TÉMÉRAIRE (*têmêrér*), adj. Temerário.

TÉMÉRAIREMENT (*têmêrérman*), adv. Temerariamente.

TÉMÉRITÉ (*têmêritê*), s. f. Temeridade.

TÉMOIGNAGE (*têmuanhaj*), s. m. Testemunho, depoimento.

TÉMOIGNER (*têmuanhê*), v. t. e i. Testemunhar.

TÉMOIN (*têmuen*), s. m. Testemunha.

TEMPE (*tanp*), s. f. Têmpora.

TEMPÉRAMENT (*tanpêraman*), s. m. Temperamento, têmpera; caráter, índole. *Fig.* Equilíbrio, justas proporções; combinação; moderação.

TEMPÉRANCE (*tanpêranç*), s. f. Temperança.

TEMPÉRANT, E (*tanpêran, t*), adj. Temperante, sóbrio.

TEMPÉRATURE (*tanpêratür*), s. f. Temperatura.

TEMPÉRÉ, E (*tanpêrê*), adj. Temperado, moderado.

TEMPÉRER (*tanpêrê*), v. t. (Conjuga-se como *accélérer*.) Temperar, moderar, acalmar.

TEMPÊTE (*tanpét*), s. f. Tempestade. *Fig.* Discussão violenta; desgraça; ruído estrondoso.

TEMPÊTER (*tanpétê*), v. i. Esbravejar, enraivecer-se.

TEMPÉTUEUSEMENT (*tanpêtüĕzman*), adv. Tempestuosamente.

TEMPÉTUEUX, EUSE (*tanpêtüĕ, ĕz*), adj. Tempestuoso.

TEMPLE (*tanpl*), s. m. Templo, igreja.

TEMPLIER (*tanpliê*), s. m. Templário.

TEMPORAIRE (*tanporér*), adj. Temporário.

TEMPORAIREMENT (*tanporérman*), adv. Temporariamente.

TEMPORAL, E, AUX (*tanporal, ô*), adj. Temporal. S. m. pl. Temporais (casos).

TEMPORALITÉ (*tanporalité*), s. f. Temporalidade.

TEMPOREL, ELLE, (*tanporél*), adj. Temporal. S. m. Poder temporal.

TEMPORELLEMENT (*tanporélman*), adv. Temporalmente.

TEMPORISATEUR, TRICE (*tanporizatër, triç*), adj. e s. Temporizador.

TEMPORISATION (*tanporizaçion*), s. f. Temporização.

TEMPORISER (*tanporizê*), v. i. Temporizar.

TEMPS (*tan*), s. m. Tempo. *Prendre du bon temps*, divertir-se. *Prendre le temps comme il vient*, não se inquietar. *De* (ou *en*) *tout temps*, sempre. *Outre temps*, entrementes. *Dans le temps*, antigamente. *En temps et bien*, no tempo devido. *En un rien de temps*, num instante. *Par le temps qui court*, hoje em dia. Pl.: *des temps*.

TENABLE (*tənabl*), adj. Sustentável, defensável.

TENACE (*tənaç*), adj. Tenaz, obstinado, resistente.

TÉNACITÉ (*tênaçitê*), s. f. Tenacidade.

TENAILLE, s. f. ou **TENAILLES** (*tənaii*), s. f. pl. Tenaz, torquês.

TENAILLER (*tənaiê*), v. t. Torturar com tenazes ardentes.

TENAILLON (*tənaion*), s. m. *Fort.* Tenalha.

TENANCIER, ÈRE (*tənançiê, ér*), s. Foreiro; fazendeiro; dono, gerente.

TENANT, E (*tənan, t*), adj. *Séance tenante*, durante a sessão, em sessão. *Fig.* Defensor. *Tout d'un tenant, tout en un tenant*, sem solução de continuidade.

TENDANCE (*tandanç*), s. f. Tendência. *Fig.* Inclinação.

TENDANCIEUX, EUSE (*tandançiê, ëz*), adj. Tendencioso.

TENDANT, E (*tandan, t*), adj. Tendente.

TENDELET (*tandəlé*), s. m. Tolda de embarcação.

TENDELLE (*tandél*), s. f. Armadilha para tordos.

TENDER (*tandér*), s. m. Tênder.

TENDERIE (*tandəri*), s. f. Caça com armadilha.

TENDEUR (*tandër*), s. m. Estendedor.

TENDINEUX, EUSE (*tandinë, ëz*), adj. Tendinoso.

TENDOIR (*tanduar*), s. m. Varal, estendedouro.

TENDON (*tandon*), s. m. Tendão.

TENDRE (*tandr*), adj. Tenro. S. m. Ternura. V. t. Estender, armar; erguer; atapetar. V. i. Tender; dirigir-se para; contribuir.

TENDREMENT (*tandreman*), adv. Ternamente.

TENDRESSE (*tandréç*), s. f. Ternura, afeição. Pl.: Carinhos.

TENDRETÉ (*tandrətê*), s. f. Ternura.

TENDRON (*tandron*), s. m. Rebento, broto. *Fam.* Menina. Pl. Cartilagem das falsas costelas.

TENDU, E (*tandü*), adj. Estendido, esticado, tenso. *Style tendu*, estilo trabalhado. S. f. Armadilha, lugar onde esta é armada, sua colocação.

TÉNÈBRES (*tênébr*), s. f. pl. Trevas. *Fig.* ignorância, incerteza. *Œuvres de ténèbres*, obras diabólicas.

TÉNÉBREUSEMENT (*tênêbrëzman*), adv. Tenebrosamente.

TÉNÉBREUX, EUSE (*tênêbrë, ëz*), adj. Tenebroso.

TENEUR (*tənër*), s. f. Texto, conteúdo.

TENEUR, EUSE (*tənër, ëz*), adj. e s. Detentor. *Teneur de livres*, guarda-livros.

TÉNIA ou **TAENIA** (*tênia*), s. m. Tênia.

TENIR (*tənir*), v. t. (*Je tiens, nous tenons. Je tenais, nous tenions. Je tins, nous tinmes. Je tiendrai, nous tiendrons. Je tiendrais, nous tiendrions. Tiens, tenons, tenez. Que je tienne, que nous tenions. Que je tinsse, que nous tinssions. Tenant. Tenu, e.*) Ter. Celebrar, realizar. Dirigir; dominar. Obter. Conservar. Examinar. Cumprir. Ser devedor de; desejar. Resistir. *Tenir la mer*, navegar. *Tenir tête*, resistir. *Tenir conseil*, deliberar. *Tiens!*, Olha!, Escuta!. V. i. Manter-se; ser semelhante; participar; resultar. *Tenir pour*, ser partidário de. *Tenir bon*, resistir. *En tenir pour*, estar enamorado de. *Être tenu de*, ser obrigado a. *Ne pouvoir plus tenir*, não agüentar mais. *Tenir de*, saber, puxar por. *Tenir de près à*, ser aparentado com. *Tenir quitte de*, dispensar de.

SE TENIR, v. pr. Manter-se, apoiar-se. *S'en tenir à une chose*, estar satisfeito, não querer mais nada. *Se tenir pour dit*, ficar sabendo. *Se tenir sur son quant à soi*, manter-se reservado. V. imp. *Qu'à cela ne tienne*, pouco importa. *Il ne tient qu'à moi*, isto depende só de mim.

TENNIS (*téniç*), s. m. Tênis. *Tennis de table* (ou *ping-pong*), tênis de mesa (ou pingue-pongue).

TÉNOR (*tênór*), s. m. Tenor.

TÉNORINO (*tênorinô*), s. m. Tenorino.

TÉNORISANT, E (*tênorizan, t*), adj. Atenorado.

TÉNORISER (*tênorizê*), v. i. Atenorar.

TÉNOTOMIE (*tênotomi*), s. f. Tenotomia.

TENSEUR (*tançër*), adj. e s. m. Tensor.

TENSION (*tançion*), s. f. Tensão. *Fig.* *Tension d'esprit*, preocupação forte e contínua.

TENSON (*tançon*), s. f. Tenção.

TENTACULAIRE (*tantakülér*), adj. Tentacular.

TENTACULE (*tantakül*), s. m. Tentáculo.

TENTANT, E (*tantan, t*), adj. Tentador.

TENTATEUR, TRICE (*tantatër, triç*), adj. e s. Tentador.

TENTATION (*tantaçion*), s. f. Tentação.

TENTATIVE (*tantativ*), s. f. Tentativa.

TENTE (*tant*), s. f. Tenda, barraca.

TENTER (*tantê*), v. t. Tentar; experimentar. Cobrir com tenda. *Tenter de*, tentar, procurar.
TENTURE (*tantür*), s. f. Tapeçarias; estofos ou papel nas paredes.
TENU, E (*tənü*), adj. Cuidado, tratado. *Être tenu à*, ser obrigado, dever.
TENUE (*tənü*), s. f. Arranjo, ordem, conservação; correção, linha, atitude, porte. *En tenue*, uniformizado.
TÉNUIROSTRES (*tênüiróçtr*), s. m. pl. Tenuirrostros.
TÉNUITÉ (*tênüitê*), s. f. Tenuidade. *Fig.* Pequenez.
TÉPIDITÉ (*têpiditê*), s. f. Tepidez.
TER (*tér*), adv. Três vezes; pela terceira vez.
TÉRATOLOGIE (*têratoloji*), s. f. Teratologia.
TÉRATOLOGIQUE (*têratolojik*), adj. Teratológico.
TERCER ou **TERSER** (*térçê*), v. t. V. **TIERCER.**
TERCET (*térçé*), s. m. Terceto.
TÉRÉBENTHÈNE (*têrêbantén'*), s. m. Terebinteno.
TÉRÉBENTHINE (*têrêbantin'*), s. f. Terebintina.
TÉRÉBINTHE (*têrêbent*), s. m. Terebinto.
TÉRÉBRANT, E (*têrêbran, t*), adj. Terebrante.
TÉRÉBRATION (*têrêbraçion*), s. f. Efeito de terebrar, terebração.
TERGAL, E, AUX (*térgal, ô*), adj. Tergal.
TERGIVERSATION (*térjivérçaçion*), s. f. Tergiversação.
TERGIVERSER (*térjivérçê*), v. i. Tergiversar, hesitar.
TERME (*térm*), s. m. Termo. Trimestre. Tempo do parto. *Toucher à son terme*, chegar ao fim.
TERMINAISON (*terminéson*), s. f. Terminação.
TERMINAL, E, AUX (*términal, ô*), adj. *Bot.* Terminal.
TERMINALE (*términal*), s. f. Último ano de estudos secundários.
TERMINER (*términê*), v. t. Terminar, limitar.
TERMINOLOGIE (*términoloji*), s. f. Terminologia.
TERMINOLOGIQUE (*términolojik*), adj. Terminológico.
TERMINUS (*términüç*), s. m. Fim de linha. Pl.: *des terminus.*
TERMITE (*térmit*), s. m. Térmite.
TERMITIÈRE (*términitiér*), s. f. Ninho de térmites.
TERNAIRE (*térnér*), adj. Ternário.
TERNE (*térn'*) adj. Terno. *Fig.* Empanado, pálido.
TERNIR (*térnir*), v. t. Embaciar, deslustrar, descorar. *Fig.* Ofuscar, empanar.
TERNISSEMENT (*térniçman*), s. m. Embaciamento, empanamento.
TERNISSURE (*térniçür*), s. f. Embaciamento.
TERRAGE (*téraj*), s. m. Branqueamento do açúcar.
TERRAIN (*téren*), s. m. Terreno. *Tâter de (son) terrain*, tatear o terreno, sondar. *Esp. Terrain de football*, campo de futebol.
TERRAQUÉ, E (*terakê*), adj. Terráqueo.
TERRASSE (*téraç*), s. f. Terraço, terreiro.
TERRASSEMENT (*téraçman*), s. m. Aterro.
TERRASSER (*têraçê*), v. t. Aterrar; cercar de terra; lançar por terra. *Fig.* Vencer, abater.
TERRASSIER (*téraçiê*), s. m. Trabalhador em aterros.
TERRE (*tér*), s. f. Terra. *Terre à terre*, simples, insignificante. *À terre, par terre*, sobre o solo. *Être sur terre*, existir. *Mettre, porter en terre*, enterrar.
TERREAU (*térô*), s. m. Humo, terra vegetal. Pl.: *des terreaux.*
TERREAUTER ou **TERREAUDER** (*térôtê ou térôdê*), v. t. Cobrir de humo.
TERRE-NEUVE (*térnëv*), s. m. inv. Cão muito grande, originário da Terra-Nova.
TERRE-NEUVIEN (*térnëvien*), s. m. Pescador de bacalhau. Navio de pesca. Pl.: *des terre-neuviens.*
TERRE-PLEIN (*térplén*), s. m. Terrapleno. Pl.: *des terre-pleins.*
TERRER (*térê*), v. t. Aterrar, cobrir de terra, chegar terra às plantas. V. i. Entocar-se. **SE TERRER**, v. pr. Esconder-se embaixo da terra.
TERRESTRE (*téréçtr*), adj. Terrestre.
TERREUR (*térër*), s. f. Terror.
TERREUX, EUSE (*térë, ëz*), adj. Terroso.
TERRIBLE (*téribl*), adj. Terrível, violento. *Fig.* Estranho, extraordinário.
TERRIBLEMENT (*teribləman*), adv. Terrivelmente.
TERRICOLE (*térikól*), adj. Terrícola.
TERRIEN, ENNE (*térien, én'*), adj. e s. Terrestre.
TERRIER (*tériê*), s. m. Covil, toca.
TERRIFIER (*térifiê*), v. t. (Conjuga-se como *prier*). Assombrar, aterrar.
TERRINE (*térin'*), s. f. Terrina.
TERRINÉE (*térinê*), s. f. Tigelada.
TERRIR (*térir*), v. t. Desovar em terra.
TERRITOIRE (*térituar*), s. m. Território.
TERRITORIAL, E, AUX (*téritorial, ô*), adj. Territorial.
TERROIR (*téruar*), s. m. Terra, torrão. *Fig. Sentir le terroir*, ter as qualidades e defeitos de seu país.
TERRORISER (*térorizê*), v. t. Aterrorizar.
TERRORISME (*téroriçm*), s. m. Terrorismo.

TERRORISTE (*térorіçt*), s. m. Terrorista.
TERTIAIRE (*térçiér*), adj. Terciário. *Secteur tertiaire*, parte da população ativa empregada no comércio, nos serviços, nos bancos, nos seguros, nos hotéis, etc.
TERTIO (*térçiô*), adv. Em terceiro lugar.
TERTRE (*tértr*), s. m. Outeiro, colina.
TERZETTO (*térzétô*), s. m. Terceto.
TES (*tê*), adj. pos. V. **TON**.
TESSITURE (*téçitür*), s. f. Tessitura.
TESSON (*téçon*), s. m. Caco de vidro ou de barro.
TEST (*téçt*), s. m. Teste.
TESTAMENT (*téçtaman*), s. m. Testamento.
TESTAMENTAIRE (*téçtamantér*), adj. Testamentário.
TESTATEUR, TRICE (*téçtatër, triç*), s. Testador.
TESTER (*téçtê*), v. i. Testar.
TESTICULE (*téçtikül*), s. m. Testículo.
TESTIMONIAL, E, AUX (*téçtimonial, ô*), adj. Testemunhal.
TÉTANIQUE (*têtanik*), adj. Tetânico.
TÉTANISER (*têtanizê*), v. t. Tetanizar.
TÉTANOS (*têtanóç*), s. m. Tétano.
TÊTARD (*tétar*), s. m. Girino.
TÊTE (*tét*), s. f. Cabeça, crânio. *Un coup de tête*, uma cabeçada. *Tenir tête*, resistir, teimar. *Avoir la tête à l'envers*, estar com a cabeça virada. *Se casser, se creuser la tête*, aplicar-se, quebrar a cabeça. *Se monter la tête*, exaltar-se, iludir-se. *Tenir tête*, resistir. *Crier à tue-tête*, gritar a plenos pulmões. *Rompre, casser la tête*, importunar. *Monter à la tête*, causar perturbação. Loc. adv.: *De tête*, de memória, de imaginação; *en tête-à-tête*, a sós.
TÊTE-À-QUEUE (*tétakë*), s. f. inv. Reviravolta, guinada (de carro, de cavalo).
TÊTE-À-TÊTE (*tétatét*), s. m. inv. Colóquio.
TÉTÉE (*têtê*), s. f. Mamada.
TÉTER (*têtê*), v. t. (Conjuga-se como *accélérer*.) Mamar.
TÉTERELLE (*têtərél*), s. f. Mamadeira.
TÉTIÈRE (*têtiér*), s. f. Touca de criança.
TÉTIN (*têten*), s. m. Mamilo.
TÉTINE (*têtin'*), s. f. Teta, úbere.
TÉTON (*têton*), s. m. Mama.
TÉTRACORDE (*têtrakórd*), s. m. Tetracórdio.
TÉTRADACTYLE (*têtradaktil*), adj. Tetradáctilo.
TÉTRADYNAME (*têtradinam'*), adj. Tetradínamo.
TÉTRAÈDRE (*têtraédr*), s. m. Tetraedro.
TÉTRAÉDRIQUE (*têtraêdrik*), adj. Tetraédrico.
TÉTRAGONE (*têtragón'*), adj. Tetrágono.
TÉTRAGONIE (*têtragoni*), s. f. Tetragônia.
TÉTRAGRAMME (*têtragram'*), adj. Tetragrama.
TÉTRALOGIE (*têtraloji*), s. f. Tetralogia.
TÉTRAMÈRE (*têtramér*), adj. Tetrâmero.
TÉTRAMÈTRE (*têtramétr*), adj. e s. Tetrâmetro.
TÉTRAPODE (*têtrapód*), adj. Tetrápode.
TÉTRAPTÈRE (*têtraptér*), adj. Tetráptero.
TÉTRARCHAT (*têtrarchá*), s. m. Tetrarcado.
TÉTRARCHIE (*têtrarchi*), s. f. Tetrarquia.
TÉTRARQUE (*têtrark*), s. m. Tetrarca.
TÉTRAS (*têtrá*), s. m. *Zool.* Tetraz. Pl.: *des tétras*.
TÉTRASYLLABE ou **TÉTRASYLLABIQUE** (*têtraçilab* ou *têtraçilabik*), adj. Tetrassílabo.
TETTE (*tét*), s. f. Teta.
TÊTU, E (*tétü*), adj. e s. Teimoso. S. m. Marreta.
TEUTON, ONNE (*tëton, ón'*), adj. e s. Teuto, teutão.
TEUTONIQUE (*tëtonik*), adj. Teutônico.
TEXTE (*tékçt*), s. m. Texto.
TEXTILE (*tékçtil*), adj. Têxtil.
TEXTUEL, ELLE (*tékçtüél*), adj. Textual.
TEXTUELLEMENT (*tékçtüélman*), adv. Textualmente.
TEXTURE (*tékçtür*), s. f. Textura.
THAÏ, E (*taí*), adj. e s. Da Tailândia.
THALLOPHYTES (*talofit*), s. m. pl. Talófitos.
THAUMATURGE (*tômatürj*), s. f. Taumaturgo.
THAUMATURGIE (*tômatürji*), s. f. Taumaturgia.
THÉ (*tê*), s. m. Chá.
THÉATRAL, E, AUX (*têatral, ô*), adj. Teatral.
THÉATRALEMENT (*têatralman*), adv. Teatralmente.
THÉATRE (*têatr*), s. m. Teatro. *Un coup de théâtre*, uma surpresa.
THÉBAÏDE (*têbaíd*), s. f. Tebaida.
THÉBAIN, E (*têben, én'*), adj. e s. Tebano.
THÉBAÏQUE (*têbaík*), adj. Que se refere ao ópio.
THÉBAÏSME (*têbaíçm*), s. m. Intoxicação pelo ópio.
THÉIÈRE (*têiér*), s. f. Bule de chá.
THÉINE (*têín'*), s. f. Teína.
THÉISME (*têíçm'*), s. m. Teísmo.
THÉISTE (*têíçt*), s. Teísta.
THÉMATIQUE (*têmatik*), s. m. *Gram.* Relativo ao tema das palavras. *Mús.* Relativo aos temas musicais.
THÈME (*tém'*), s. m. Tema. *Fort en thè-*

me, um bom aluno.
THÉOBROMINE (*têobromin'*), s. f. Teobromina.
THÉOCRATE (*têokrat*), s. m. Teocrata.
THÉOCRATIE (*têokr çi*), s. m. Teocracia.
THÉOCRATIQUE (*têokratik*), adj. Teocrático.
THÉOCRATIQUEMENT (*têokratikman*), adv. Teocraticamente.
THÉODOLITE (*têodolit*), s. m. Teodolito.
THÉOLOGAL, E, AUX (*têologal, ô*), adj. Teologal.
THÉOLOGIE (*têoloji*), s. f. Teologia.
THÉOLOGIEN (*têolojien*), s. m. Teólogo.
THÉOLOGIQUE (*têolojik*), adj. Teológico.
THÉOLOGIQUEMENT (*têolojikman*), adv. Teologicamente.
THÉORÈME (*têorém'*), s. m. Teorema.
THÉORICIEN, ENNE (*têoriçien, én'*), s. Teórico.
THÉORIE (*têori*), s. m. Teoria.
THÉORIQUE (*têorik*), adj. Teórico.
THÉORIQUEMENT (*têorikman*), adv. Teoricamente.
THÉOSOPHE (*têozôf*), s. m. Teósofo.
THÉOSOPHIE (*têozofi*), s. f. Teosofia.
THÉRAPEUTE (*têrapët*), s. m. Terapeuta.
THÉRAPEUTIQUE (*têrapëtik*), adj. Terapêutico.
THÉRAPEUTISTE (*têrapëtiçt*), s. m. Terapeutista.
THÉRIDON (*têridon*), s. m. Espécie de aranha.
THERMAL, E, AUX (*térmal, ô*), adj. Termal.
THERMALITÉ (*térmalitê*), s. f. Termalidade.
THERMES (*térm*), s. m. pl. Termas.
THERMIDOR (*térmidór*), s. m. Décimo primeiro mês do calendário republicano francês.
THERMIDORIEN, ENNE (*térmidorien, én'*), adj. Termidoriano.
THERMIE (*térmi*), s. f. Termia.
THERMIQUE (*térmik*), adj. Térmico.
THERMOCAUTÈRE (*térmokôtér*), s. m. Termocautério.
THERMOCHIMIE (*térmochimi*), s. f. Termoquímica.
THERMODYNAMIQUE (*térmodinamik*), s. f. Termodinâmica.
THERMO-ÉLECTRICITÉ (*térmoêléktriçitê*), s. f. Termeletricidade.
THERMO-ÉLECTRIQUE (*térmoêléktrik*), adj. Termelétrico.
THERMOGÈNE (*térmojén'*), adj. Termógeno.
THERMOGRAPHE (*térmograf*), s. m. Termógrafo.
THERMOLOGIE (*térmoloji*), s. f. Termologia.
THERMOLOGIQUE (*térmolojik*), adj. Termológico.
THERMOMAGNÉTISME (*térmomagnêtiçm'*), s. m. Termomagnetismo.
THERMOMÈTRE (*térmométr*), s. m. Termômetro.
THERMOMÉTRIE (*térmomêtri*), s. f. Termometria.
THERMOMÉTRIQUE (*térmomêtrik*), adj. Termométrico.
THERMOMULTIPLICATEUR (*térmomültiplikatër*), s. m. Termomultiplicador.
THERMOSCOPE (*térmoçkóp*), s. m. Termoscópio.
THERMOSIPHON (*térmoçifon*), s. m. Termossifão.
THERMOSTAT (*termoçtá*), s. m. Termostato.
THÉSAURISATION (*têzôrizaçion*), s. f. Entesouramento.
THÉSAURISER (*têzôrizê*), v. i. Entesourar.
THÉSAURISEUR, EUSE (*têzôrizër, ëz*), adj. e s. Entesourador.
THÈSE (*téz*), s. f. Tese.
THESSALIEN, ENNE (*téçalien, én'*), adj. e s. Tessálio.
THÉURGIE (*têürji*), s. f. Teurgia.
THÉURGIQUE (*têürjik*), adj. Teúrgico.
THIBAUDE (*tibôd*), s. f. Tecido grosseiro de couro.
THOMISME (*tomiçm*), s. m. Tomismo.
THOMISTE (*tomiçt*), adj. Tomista.
THON (*ton*), s. m. Atum (peixe).
THONIER (*toniê*), s. m. Barco para a pesca do atum.
THORACIQUE (*toraçik*), adj. Torácico.
THORAX (*torakç*), s. m. Tórax.
THORIUM (*torióm'*), s. m. Tório.
THROMBOSE (*tronbôz*), s. f. Trombose.
THURIFÉRAIRE (*türifêrér*), s. m. Turiferário.
THUYA (*tüiá*), s. m. Tuia.
THYADE (*tiad*), s. f. Bacante.
THYM (*ten*), s. m. Tomilho.
THYMIQUE (*timik*), adj. Tímico.
THYMUS (*timüç*), s. m. Timo.
THYROÏDE (*tiroïd*), adj. Tireóide.
THYROÏDIEN, ENNE (*tiroïdien, én'*), adj. Tireóideo.
THYSANOURES (*tizanur*), s. m. pl. Tisanuros.
TIARE (*tiar*), s. f. Tiara.
TIBÉTAIN, E (*tibêten, én'*), adj. e s. Tibetano.
TIBIA (*tibiá*), s. m. Tíbia.
TIBIAL, E, AUX (*tibial, ô*), adj. Tibial.
TIC (*tik*), s. m. Tique. *Fig.* Hábito; mania.
TICKET (*tikê*), s. m. Passagem de estrada de ferro, etc.
TIC TAC (*tiktak*), s. m. Tique-taque.
TIÈDE (*tiéd*), adj. Tépido.
TIÈDEMENT (*tiédman*), adv. Tepidamente. *Fig.* Tibiamente.
TIÈDEUR (*tiédër*), s. f. Tepidez. *Fig.* Ti-

bieza.

TIÈDIR (*tièdir*), v. t. Amornar. V. i. Amornar-se.

TIEN, TIENNE (*tien, tién'*), adj. poss. Teu, tua. Pron. poss. O teu, a tua. S. m. pl. Os teus (parentes).

TIERCE (*tiérç*), s. f. *Mús.* Intervalo de três tempos. *Mat.* e *Astr.* Sexagésima parte de um segundo.

TIERCÉ (*tiérçê*), s. m. Aposta tripla (turfe).

TIERCELET (*tiérçəlê*), s. m. Terçô ou terçó.

TIERCEMENT (*tiérçəman*), s. m. Terceiro amanho das terras. Triplicação.

TIERCER (*tiérçê*), v. t. (O *c* toma uma cedilha antes de *a* e *o*: *il tierça, nous tierçons.*) Amanhar pela terceira vez. Triplicar.

TIERS, TIERCE (*tiér, érç*), adj. Terceiro. *Fièvre tierce*, febre terçã. S. m. Terça parte; terceira pessoa. *Être en tiers*, estar em terceiro lugar. *Se moquer du tiers et du quart*, caçoar dos outros, pouco se importar com os outros.

TIGE (*tij*), s. f. Caule, talo, haste. *Fig.* Tronco, estirpe. *Tige d'un botte*, cano de uma bota.

TIGELLE (*tijél*), s. f. Caulículo.

TIGNASSE (*tinhaç*), s. f. Cabeleira mal penteada; peruca suja.

TIGRE, ESSE (*tigr, éç*), s. Tigre. *Fig.* Pessoa cruel.

TIGRÉ, E (*tigrê*), adj. Tigrado.

TIGRER (*tigrê*), v. t. Mosquear, como a pele do tigre.

TILBURY (*tilbüri*), s. m. Tilburi. Pl.: *des tilburys.*

TILDE (*tild*), s. m. Til.

TILLAGE (*tiiaj*), s. m. V. **TEILLAGE.**

TILLEUL (*tiiël*), s. m. Tília.

TIMBALE (*tenbal*), s. f. Timbale. *Fam. Décrocher la timbale*, tirar o prêmio.

TIMBALIER (*tenbaliê*), s. m. Timbaleiro.

TIMBRAGE (*tenbraj*), s. m. Timbragem, carimbagem.

TIMBRE (*tenbr*), s. m. Timbre; campainha ou sineta com martelo; carimbo; selo, estampilha. *Pop. Le timbre fêlé*, maluco.

TIMBRÉ, E (*tenbrê*), adj. Timbrado, selado.

TIMBRE-POSTE (*tembrpóçt*), s. m. Estampilha. Pl.: *des timbres-postes.*

TIMBRE-QUITTANCE (*tenbrəkitanç*), s. m. Selo de recibo. Pl.: *des timbres-quittances.*

TIMBRER (*tenbrê*), v. t. Timbrar, selar.

TIMBREUR (*tenbrër*), s. m. Rubricador; aquele que sela.

TIMIDE (*timid*), adj. Tímido.

TIMIDEMENT (*timidman*), adv. Timidamente.

TIMIDITÉ (*timiditê*), s. f. Timidez.

TIMOCRATIE (*timokraçi*), s. f. Timocracia.

TIMON (*timon*), s. m. Timão, leme.

TIMONERIE (*timonəri*), s. f. Lugar do timoneiro no navio; pessoal do leme; funções do timoneiro.

TIMONIER (*timoniê*), s. m. Timoneiro.

TIMORÉ, E (*timorê*), adj. Timorato, tímido, escrupuloso.

TINCTORIAL, E, AUX (*tenktorial, ô*), adj. Tintorial.

TINE (*tin'*), s. f. Tina.

TINETTE (*tinét*), s. f. Diminutivo de tina.

TINTAMARRE (*tentamar*), s. m. Algazarra, barulho.

TINTEMENT (*tentəman*), s. m. Tinido, badalada; zunido.

TINTER (*tentê*), v. t. Tocar o sino, badalar. V. i. Tocar, tinir, zumbir.

TINTOUIN (*tentuen*), s. m. Zumbido dos ouvidos. Inquietude; embaraço.

TIQUE (*tik*), s. f. Carrapato.

TIQUER (*tikê*), v. i. Ter tiques.

TIQUETÉ, E (*tiktê*), adj. Malhado, pintado.

TIQUETURE (*tinktür*), s. f. Pinta, malha.

TIR (*tir*), s. m. Tiro; carreira de tiro.

TIRADE (*tirad*), s. f. Puxada, arrancada; tirada.

TIRAGE (*tiraj*), s. m. Tiragem. Puxada, deslocação. *Fig.* Dificuldade. *Tirage au sort*, sorteio. *Tirage d'une loterie*, extração de uma loteria.

TIRAILLEMENT (*tiraiiman*), s. m. Puxão; crispação; dor. *Fig.* Desacordo, conflito.

TIRAILLER (*tiraiê*), v. t. Puxar repetidas vezes; esticar; arrastar. *Fig.* Importunar. V. i. Atuar a torto e a direito.

TIRAILLEUR (*tiraiër*), s. m. Atirador. *Fig.* Pioneiro.

TIRANT (*tiran*), s. m. Cordão para abrir ou fechar bolsas; puxadeira de botas.

TIRASSE (*tiraç*), s. f. Rede para pássaros. Jogo de pedais de órgão.

TIRE (*tir*), s. f. Tiro. Loc. adv.: *À tire d'ailes*, rapidamente.

TIRÉ, E (*tirê*), adj. Tirado, puxado; fatigado, abatido, magro.

TIRE-AU-FLANC (*tirôflank*), s. m. inv. *Pop.* Preguiçoso; simulador.

TIRE-BOTTE (*tirbót*), s. m. Descalçadeira. Pl.: *des tire-bottes.*

TIRE-BOUCHON (*tirbuchon*), s. m. Saca-rolhas. Pl.: *des tire-bouchons.*

TIRE-BOUTON (*tirbuton*), s. m. Abotoador. Pl.: *des tire-boutons.*

TIRE-BRAISE (*tirbréz*), s. m. inv. Pá de brasas, de forno.

TIRE-CLOU (*tirklu*), s. m. Arranca-pregos. Pl.: *des tire-clous.*

TIRE-D'AILE (*tirdél*), s. m. inv. Vôo rápido.

TIRE-LAINE (*tirlén'*), s. m. inv. Ladrão de capotes.

TIRE-LAIT (*tirlé*), s. m. inv. Instrumento para extrair o leite materno.

TIRE-LARIGOT (À) (*atirlarigô*), loc. adv. *Fam.* Muito. *Boire à tire-larigot,* beber muito.

TIRE-LIGNE (*tirlinh*), s. m. Tira-linhas Pl.: *des tire-lignes.*

TIRER (*tirê*), v. t. Tirar; estirar; disparar. Traçar. Adquirir, importar. *Tirer sa révérence,* cumprimentar. *Fig.* Libertar. Colher. Tomar emprestado. Concluir. V. i. Retirar-se; disparar; apontar. *Tirer à bout portant,* atirar à queima-roupa. *Tirer au large,* fugir. *Tirer à sa fin,* chegar ao fim. *Tirer en longueur,* alongar-se. **SE TIRER**, V. pr. Desembaraçar-se. *Fig.* Sair-se bem.

TIRE-SOU (*tirçu*), s. m. Usurário; jogo em que se perde quase sempre. Pl.: *des tire-sous.*

TIRET (*tiré*), s. m. Travessão.

TIREUR, EUSE (*tirĕr, ëz*), s. Atirador. *Tireur de cartes,* cartomante.

TIROIR (*tiruar*), s. m. Gaveta.

TISANE (*tizan'*), s. f. Tisana. *Tisane de champagne,* champanha pouco forte.

TISON (*tizon*), s. m. Tição.

TISONNÉ, E (*tizonê*), adj. Ruço.

TISONNER (*tizonê*), v. i. Entreter-se a mexer no fogo.

TISONNEUR, EUSE (*tizonĕr, ëz*), adj. Atiçador.

TISONNIER (*tizoniê*), s. m. Atiçador de fogo.

TISSAGE (*tiçaj*), s. m. Tecelagem; oficina de tecelagem.

TISSER (*tiçê*), v. t. Tecer.

TISSERAND (*tiçran*), s. e adj. m. Tecelão.

TISSERANDERIE (*tiçrandəri*), s. f. Ofício de tecelão ou de vendedor de produtos de tecelagem.

TISSERIN (*tiçren*), s. m. Tecelão (pássaro).

TISSEUR (*tiçĕr*), adj. e s. m. Tecelão.

TISSU (*tiçü*), s. m. Tecido, pano. *Fig.* Trama, enredo.

TISSU-ÉPONGE (*tiçüêponj*), s. m. Esponja (tecido). Pl.: *des tissus-éponges.*

TISSURE (*tiçür*), s. f. Tecedura, urdidura.

TITAN (*titan*), s. m. Titã.

TITANE (*titan'*), s. m. Titânio.

TITANÉ, E (*titanê*), adj. Que contém titânio.

TITANESQUE (*titanéçk*), adj. Titânico.

TITANIFÈRE (*titanifér*), adj. Titanífero.

TITANIQUE (*titanik*), adj. V. **TITANESQUE**.

TITI (*titi*), s. m. *Pop.* Garoto de Paris.

TITILLATION (*titiiaçion*), s. f. Titilação.

TITILLER (*titiiê*), v. t. Titilar.

TITRE (*titr*), s. m. Título. *En titre,* como titular. *À juste titre,* com justa razão. *À titre de,* a título de, na qualidade de. Loc. adv.: *À titre gracieux,* de graça; *au même titre,* com os mesmos direitos.

TITRÉ, E (*titrê*), adj. Titulado, titular.

TITRER (*titrê*), v. t. Titular, conceder um título.

TITUBANT, E (*titüban, t*), adj. Titubeante, cambaleante.

TITUBATION (*titübaçion*), s. f. Titubeação.

TITUBER (*titübê*), v. i. Titubear, cambalear.

TITULAIRE (*titülér*), s. e adj. Titular.

TITULARISER (*titülarizê*), v. t. Nomear efetivo, dar um título.

TMÈSE (*tméz*), s. f. Tmese.

TOAST (*tôçt*), s. m. Brinde. Torrada de pão com manteiga.

TOASTER (*tôçtê*), v. i. Brindar.

TOBOGGAN (*tobogan*), s. m. Tobogã.

TOC (*tók*), adj. Onomatopéia representando o som de choque. S. m. *Fam.* Falso, de imitação. Adj. *Pop.* Feio.

TOCARD, E (*tokar, d*), adj. *Pop.* Velho, usado; mau, estúpido.

TOCSIN (*tokçen*), s. m. Toque de sino para dar alarma.

TODIER (*todiê*), s. m. Toda.

TOGE (*tój*), s. f. Toga.

TOHU-BOHU (*toübou*), s. m. inv. Caos; confusão, desordem.

TOI (*tuá*), pron. pess. V. **TU**.

TOILE (*tual*), s. f. Tecido de linho, cânhamo ou algodão; tela; tenda. *Toile d'araignée,* teia de aranha.

TOILERIE (*tualri*), s. f. Fábrica, comércio de tecidos de algodão, linho, etc.

TOILETTE (*tualét*), s. f. Pano fino. Toucador. Preparo individual; enfeite; traje; vestido. Banheiro, privada.

TOILIER, ÈRE (*tualiê, ér*), adj. e s. Vendedor ou fabricante de tecidos de algodão ou linho.

TOISÉ (*tuazê*), s. m. Estimativa; avaliação; arte de medir as superfícies sólidas.

TOISER (*tuazê*), v. t. Medir com a toesa. *Fig. Toiser quelqu'un,* olhar alguém com desprezo.

TOISEUR (*tuazĕr*), s. m. Avaliador de trabalhos.

TOISON (*tuazon*), s. f. Tosão, lã.

TOIT (*tuá*), s. m. Telhado; teto, morada. *Publier, crier sur les toits,* divulgar.

TOITURE (*tuatür*), s. f. Telhado.

TÔLE (*tôl*), s. f. Chapa, folha de aço ou ferro. *Pop.* Prisão.

TOLÉRABLE (*tolêrabl*), adj. Tolerável.

TOLÉRABLEMENT (*tolêrabləman*), adv. Toleravelmente.

TOLÉRANCE (*tolêranç*), s. f. Tolerância.

TOLÉRANT, E (*tolêran, t*), adj. Tolerante.

TOLÉRANTISME (*tolêrantiçm*), s. m. Tolerantismo.

TOLÉRER (*tolêrê*), v. t. (Conjuga-se como *accélérer.*) Tolerar.

TÔLERIE (*tôləri*), s. f. Fabrico de chapas de ferro e aço; ofício de fabricantes dessas chapas.

TOLIER (*tôliê*), adj. e s. m. Artista de chapas de ferro e aço.
TOLLÉ (*tolê*), s. m. Grito de indignação.
TOLUÈNE (*tolüén'*), s. m. Tolueno.
TOMATE (*tomat*), s. f. Tomateiro. Tomate.
TOMBAL, E (*tonbal*), adj. Tumular.
TOMBANT, E (*tonban, t*), adj. Pendente; cadente. *À la nuit tombante,* ao cair da tarde.
TOMBE (*tonb*), s. f. Túmulo, sepultura. *Poét.* Morte.
TOMBEAU (*tonbô*), s. m. Túmulo, mausoléu. Pl.: *des tombeaux.*
TOMBÉE (*tonbê*), s. f. Queda, declínio. *À la tombée de la nuit,* ao cair da noite.
TOMBER (*tonbê*). v. i. Cair; descair. Abrandar. Desembocar; desaguar. Caber por sorte. Tornar-se; sucumbir; cessar; languir; degenerar. *Tomber sur,* censurar asperamente. V. t. *Pop.* Lançar por terra, vencer. V. imp. Chover, nevar.
TOMBEREAU (*tonbərô*), s. m. Carroça. Pl.: *des tombereaux.*
TOMBOLA (*tonbolá*), s. f. Tômbola.
TOME (*tóm'*), s. m. Tomo.
TOMENTEUX, EUSE (*tomantë, ëz*), adj. Tomentoso.
TOMER (*tomê*), v. t. Dividir em tomos.
TOMME (*tóm'*), s. f. Queijo da Sabóia.
TOM-POUCE (*tonpuç*), s. m. inv. *Fam.* Anão. Guarda-chuva pequeno.
TON, TA, TES (*ton, ta, tê*), adj. poss. Teu, tua; teus, tuas.
TON (*ton*), s. m. Tom. *Donner le ton,* dar o tom, dirigir a moda.
TONAL, E, ALS (*tonal*), adj. *Mús.* Tonal.
TONALITÉ (*tonalitê*), s. f. Tonalidade.
TONDAGE (*tondaj*), s. m. Tosquia.
TONDAILLE (*tondaii*), s. f. Tosquia.
TONDAISON (*tondézon*), s. f. V. **TONTE**.
TONDEUR, EUSE (*tondĕr, ëz*), s. Tosquiador. S. f. Máquina de tosquiar, cortar cabelo.
TONDRE (*tondr*), v. t. Tosquiar, cortar rente. *Fig.* Sobrecarregar com impostos.
TONDU, E (*tondü*), adj. Pessoa cujo cabelo está cortado curto.
TONICITÉ (*toniçitê*), s. f. Tonicidade.
TONIFIER (*tonifiê*), v. t. (Conjuga-se como *prier.*) Tonificar.
TONIQUE (*tonik*), adj. Tônico. S. f. Tônica.
TONITRUANT, E (*tonitrüan, t*), adj. Tonitroante.
TONKINOIS, E (*tonkinuá, z*), adj. e s. De Tonkin (Indochina).
TONNAGE (*tonaj*), s. m. Tonelagem.
TONNANT, E (*tonan, t*), adj. Trovejante.
TONNE (*tón'*), s. f. Tonel. Tonelada.
TONNEAU (*tonô*), s. m. Pipa, casco, barril. Carro de luxo com duas rodas. Pl.: *des tonneaux.*
TONNELET (*tonəlé*), s. m. Barril.
TONNELIER (*tonəliê*), s. m. Tanoeiro.
TONNELLE (*tonél*), s. f. Caramanchão; abóbada cilíndrica.
TONNELLERIE (*tonélri*), s. f. Tanoaria.
TONNER (*tonê*), v. imp. e i. Trovejar. *Fig.* Chamar, bradar. *Tonner contre,* censurar violentamente.
TONNERRE (*tonér*), s. m. Trovão; raio. Câmara do cano de uma arma de fogo. *Coup de tonnerre,* acontecimento imprevisto, desgraça.
TONSURE (*tonçür*), s. f. Tonsura.
TONSURÉ (*tonçürê*), adj. e s. m. Tonsurado.
TONSURER (*tonçürê*), v. t. Tonsurar.
TONTE ou **TONDAISON** (*tont* ou *tondézon*), s. f. Tosquia; tempo da tosquia.
TONTON (*tonton*), s. m. *Fam.* Titio.
TONTURE (*tontür*), s. f. Tosadura de panos; curvatura do convés.
TONUS (*tonüç*), s. m. Tonicidade. Pl.: *des tonus.*
TOPAZE (*topaz*), s f. Topázio.
TOPER (*topê*), v. i. Aceitar, concordar.
TOPETTE (*topét*), s. f. Frasco.
TOPIQUE (*topik*), adj. e s. m. Tópico.
TOPIQUEMENT (*topikman*), adv. Topicamente.
TOPOGRAPHE (*topograf*), s. m. Topógrafo.
TOPOGRAPHIE (*topografi*), s. f. Topografia.
TOPOGRAPHIQUE (*topografik*), adj. Topográfico.
TOPOGRAPHIQUEMENT (*topografikman*), adv. Topograficamente.
TOPONYMIE (*toponimi*), s. f. Toponímia.
TOQUE (*tók*), s. f. Chapéu pequeno feminino.
TOQUÉ, E (*tokê*), adj. e s. Amalucado.
TOQUER (*tokê*), v. i. Tocar, bater. V. t. *Fig.* Tirar o juízo a.
TOQUET (*toké*), s. m. Touca pequena.
TORCHE (*tórch*), s. f. Facho, archote; rodilha; bujão de palha dobrada. *Fig.* Elemento de discórdia.
TORCHER (*tórchê*), v. t. Limpar esfregando.
TORCHÈRE (*tórchér*), s. f. Candelabro.
TORCHETTE (*tórchét*), s. f. Esfregão pequeno.
TORCHON (*tórchon*), s. m. Esfregão; rodilha; apagador.
TORCHONNER (*tórchonê*), v. t. Limpar, esfregar. *Fig.* e *fam.* Atamancar.
TORDAGE (*tórdaj*), s. m. Torção, torcedura especial da seda.
TORDANT, E (*tórdan, t*), adj. *Fam.* Gozado, divertido.
TORDEUR, EUSE (*tórdĕr, ëz*), s. Torcedor. S. f. Máquina de torcer.
TORDRE (*tórdr*), v. t. Torcer. **SE TORDRE,** v. pr. Contorcer-se.

TORE (*tór*), s. m. Toro.
TORÉADOR (*toréadór*), s. m. Toureador.
TORÉER (*toréê*), v. i. Tourear.
TOREUTIQUE (*torëtik*), s. f. Torêutica.
TORNADE (*tórnad*), s. f. Tornado.
TORON (*toron*), s. m. Toro de cordas.
TORPÉDO (*tórpêdô*), s. f. Automóvel aberto.
TORPEUR (*tórpĕr*), s. f. Torpor.
TORPIDE (*tórpid*), adj. Tórpido.
TORPILLAGE (*tórpiiaj*), s. m. Torpedeamento.
TORPILLE (*tórpii*), s. f. Torpedo (engenho de guerra; peixe).
TORPILLER (*tórpiiê*), v. t. Torpedear. *Fig.* Destruir.
TORPILLERIE (*tórpiiri*), s. f. Oficina e depósito de torpedos.
TORPILLEUR (*tórpiiĕr*), s. m. Torpedeiro.
TORQUE (*tórk*), s. f. Colar de metal (gaulês).
TORRÉFACTEUR (*torêfaktĕr*), s. m. Torrador, aparelho de torrefação.
TORRÉFACTION (*torêfakçion*), s. f. Torrefação.
TORRÉFIER (*torêfiê*), v. t. (Conjuga-se como *prier*.) Torrar.
TORRENT (*toran*), s. m. Torrente.
TORRENTIEL, ELLE (*torançiél*), adj. Torrencial.
TORRENTIELLEMENT (*torançiélman*), adj. Torrencialmente.
TORRENTUEUX, EUSE (*torantüë, ëz*), adj. Com a impetuosidade de uma torrente.
TORRIDE (*tórid*), adj. Tórrido.
TORS, E (*tór, ç*), adj. Torcido, retorcido. S. m. Torção, torcedura.
TORSADE (*tórçad*), s. f. Torçal.
TORSADER (*tórçadê*), v. t. Dispor em torçal.
TORSE (*tórç*), s. m. Torso, busto.
TORSION (*tórçion*), s. f. Torsão.
TORT (*tór*), s. m. Injustiça, mal; dano. *Avoir tort*, não ter razão, proceder mal. *À tort*, loc. adv. Injustamente. *À tort et à travers*, loc. adv. A torto e a direito. *À tort ou à raison*, com razão ou sem razão.
TORTICOLIS (*tórtikoli*), s. m. Torcicolo. Pl.: *des torticolis*.
TORTIL (*tórtil*), s. m. Diadema de mouro.
TORTILLAGE (*tórtiiaj*), s. m. Embrulhada, confusão no falar; rodeios.
TORTILLARD (*tórtiiar*), adj. m. Torto. S. m. Estrada de ferro sinuosa.
TORTILLE (*tórtii*), s. f. Aléia estreita e sinuosa.
TORTILLEMENT (*tórtiiman*), s. m. Torcedura; rodeios.
TORTILLER (*tórtiiê*), v. t. Torcer; enroscar; enrodilhar. V. i. *Fig.* Usar de rodeios, de subterfúgios. **SE TORTILLER**, v. pr. Retorcer-se; agitar-se; rebolar.
TORTILLON (*tórtiion*), s. m. Rodilha; roupa enrodilhada; touca de camponês.
TORTIONNAIRE (*tórçionér*), adj. Aplicável à tortura; violento. S. m. Carrasco, verdugo.
TORTU, E (*tórtü*), adj. Torto, torcido. *Fig.* Tortuoso.
TORTUE (*tórtü*), s. f. Tartaruga. *Fig.* *À pas de tortue*, lentamente.
TORTUEUSEMENT (*tórtüëzman*), adv. Tortuosamente.
TORTUEUX, EUSE (*tórtüë, ëz*), adj. Tortuoso. *Fig.* *Hipócrita.*
TORTUOSITÉ (*tórtüozitê*), s. f. Tortuosidade.
TORTURANT, E (*tórtüran, t*), adj. Torturante.
TORTURE (*tórtür*), s. f. Tortura. *Fig.* Tormento.
TORTURER (*tórtürê*), v. t. Torturar.
TORULE (*torül*), s. m. Tórulo.
TORVE (*tórv*), adj. Tôrvo.
TOSCAN, E (*toçkan, an'*), adj. e s. Toscano.
TÔT (*tô*), adj. Cedo; depressa, rapidamente.
TOTAL, E, AUX (*total, ô*), adj. Total. *Au total*, loc. adv. Numa palavra.
TOTALEMENT (*totalman*), adv. Totalmente.
TOTALISATEUR, TRICE (*totalizatĕr, triç*), adj. e s. m. Totalizador.
TOTALISATION (*totalizaçion*), s. f. Totalização.
TOTALISER (*totalizê*), v. t. Totalizar.
TOTALISEUR (*totalizĕr*), s. m. Totalizador.
TOTALITAIRE (*totalitér*), adj. Totalitário.
TOTALITARISME (*totalitariçm*), s. m. Totalitarismo.
TOTALITÉ (*totalitê*), s. f. Totalidade. *En totalité*, completamente.
TOTEM (*totém'*), s. m. Totem.
TOTÉMISME (*totêmiçm*), s. m. Totemismo.
TOUBIB (*tubib*), s. m. *Pop.* Médico.
TOUCAN (*tukan*), s. m. Tucano.
TOUCHANT (*tuchan*), prep. Tocante a, relativamente a.
TOUCHANT, E (*tuchan, t*), adj. Tocante, comovente. S. m. Patético. Prep. Tocante a.
TOUCHE (*tuch*), s. f. Toque; tecla; pincelada. *Fig.* Prova. *Esp.* Limite lateral do campo (futebol). Bola fora (futebol).
TOUCHER (*tuchê*), v. t. Tocar; atingir; receber; dizer respeito; comover; modificar; executar; tocar (um instrumento). S. m. Tato; toque. *N'avoir pas l'air d'y toucher*, ter ar de quem não quer nada. *Toucher une somme, un revenu, une indemnité*, etc., receber.
TOUCHEUR (*tuchĕr*), s. m. Condutor de animais.

TOUE (*tu*), s. f. Barca; reboque.
TOUÉE (*tuê*), s. f. Reboque; cabo mergulhado na cadeia de âncora.
TOUER (*tuê*), v. t. Rebocar.
TOUEUR, EUSE (*tuĕr, ĕz*), adj. e s. m. Rebocador.
TOUFFE (*tuf*), s. f. Tufo; moita.
TOUFFU, E (*tufü*), adj. Espesso, denso. *Fig*. Prolixo.
TOUILLAGE (*tuiaj*), s. m. Mistura por agitação.
TOUILLER (*tuiê*), v. t. Misturar, agitar.
TOUJOURS (*tujur*), adv. Sempre; todavia. *C'est toujours autant*, é sempre alguma coisa.
TOUNDRA (*tundrá*), s. f. Tundra.
TOUPET (*tupé*), s. m. Topete. *Fig*. Audácia.
TOUPIE (*tupi*), s. f. Pião.
TOUPILLER (*tupiiê*), v. i. Rodopiar. V. t. Tornear.
TOUPILLON (*tupiion*), s. m. Topete pequeno; tufo de ramos.
TOUR (*tur*), s. f. Torre. S. m. Volta; rodeio, sinuosidade; desvio; giro; circuito, periferia. Sorte, destreza. Direção. Partida, peça. Vez. Jeito, ar, forma; índole; aspecto. Torno. *Jouer un tour*, pregar uma partida. *À chacun son tour*, cada um por sua vez. *Tour à tour*, loc. adv. Alternativamente.
TOURAILLE (*turaii*), s. f. Estufa de cervejeiro.
TOURAILLON (*turaion*), s. m. Cevada seca.
TOURANGEAU, ELLE (*turanjô, él*), adj. e s. Da Touraine ou de Tours (França).
TOURBE (*turb*), s. f. Turfa; turba.
TOURBER (*turbê*), v. i. Explorar a turfa. V. i. Recolher a turfa.
TOURBEUX, EUSE (*turbẽ, ez*), adj. Que contém turfa.
TOURBIER (*turbiê*), s. m. Proprietário ou operário de turfeira.
TOURBIÈRE (*turbiér*), s. f. Turfeira.
TOURBILLION (*turbiion*), s. m. Turbilhão.
TOURBILLONNANT, E (*turbiionan, t*), adj. Rodopiante; que turbilhona.
TOURBILLONNEMENT (*turbiionəman*), s. m. Rodopio, torvelinho.
TOURBILLONNER (*turbiionê*), v. t. Turbilhonar.
TOURDILLE (*turdii*), adj. Tordilho.
TOURELLE (*turél*), s. f. Torre pequena.
TOURIE (*turi*), s. f. Garrafão empilhado.
TOURIER, ÈRE (*touriê, ér*), adj. e s. Rodeiro.
TOURISME (*turiçm*), s. m. Turismo.
TOURISTE (*turiçt*), s. Turista.
TOURISTIQUE (*turiçtik*), adj. Turístico.
TOURMALINE (*turmalin'*), s. m. Turmalina.
TOURMENT (*turman*), s. m. Tormento.
TOURMENTANT, E (*turmantan, t*), adj. Tormentoso.
TOURMENTE (*turmant*), s. f. Tormenta.
TOURMENTÉ, E (*turmantê*), adj. Acidentado; irregular; rebuscado (estilo).
TOURMENTER (*turmantê*), v. t. Atormentar, torturar; agitar; açoitar. *Fig*. Afligir; importunar; rebuscar. **SE TOURMENTER**, v. pr. Atormentar-se, afligir-se; empenar-se (a madeira).
TOURMENTEUR, EUSE (*turmantĕr, ĕz*), adj. e s. Atormentador. S. m. Carrasco.
TOURNAGE (*turnaj*), s. m. Torneamento.
TOURNAILLER (*turnaiê*), v. i. *Fam*. Ir e vir à direita e à esquerda.
TOURNANT, E (*turnan, t*), adj. Que gira; dobrado em ângulo. S. m. Esquina, recanto. *Mar*. Redemoinho.
TOURNÉ, E (*turnê*), adj. Voltado; construído; disposto; dirigido; estragado, alterado.
TOURNEBRIDE (*turnəbrid*), s. m. Dependência de casa de campo ou castelo, para criados e cavalos dos visitantes.
TOURNEBROCHE (*turnəbroch*), s. m. Espeto de manivela para assar. Rapaz que gira o espeto.
TOURNE-DISQUE (*turnədiçk*), s. m. Toca-discos.
TOURNEDOS (*turnədô*), s. m. Posição de costas voltadas, como castigo aos vendedores de gêneros estragados. Pedaço de lombo de vaca.
TOURNÉE (*turnê*), s. f. Viagem. *Pop*. Rodada (de bebida).
TOURNE-FEUILLE (*turnəfĕii*), s. m. Volta-folhas (de livro, etc.). *Pl*.: *des tourne-feuilles*.
TOURNEMAIN (*turnəmen*), s. m. *En un tournemain*, num instante.
TOURNEMENT (*turnəman*), s. m. V. **TOURNOIEMENT**.
TOURNER (*turnê*), v. t. Voltar, virar, rodar; examinar. *Fig*. Interpretar; compor; tornear; rodear; envolver. *Tourner les talons*, afastar-se. V. i. Virar. Alterar-se. Colorir; amadurecer; transformar-se. Tender. Terminar. Ter resultado. Hesitar. *La tête lui tourne*, é vítima de vertigem. *Tourner de l'œil*, desmaiar, morrer. *Mal tourner*, dar errado.
TOURNERIE (*turnəri*), s. f. Oficina de torneiro.
TOURNESOL (*turnəçól*), s. m. Girassol. Tornassol.
TOURNETTE (*turnét*), s. f. Gaiola giratória para esquilos.
TOURNEUR (*turnĕr*), s. m. Torneiro. Adj. Aquele que trabalha no torno; rodopiante.
TOURNEVENT (*turnəvan*), s. m. Cata-

vento de chaminés.

TOURNEVIS (*turnəvi*), s. m. Chave de parafuso. *Pl.*: *des tournevis.*

TOURNIQUET (*turniké*), s. m. Torniquete.

TOURNIS (*turni*), s. m. Doença dos carneiros e vitelos, que os faz girar.

TOURNISSE (*turniç*), s. f. Enxaimel.

TOURNOI (*turnuá*), s. m. Torneio, justa.

TOURNOIEMENT (*turnuaman*), s. m. Giro; torvelinho. V. **TOURNIS**.

TOURNOYANT, E (*turnuaian, t*), adj. Rodopiante.

TOURNOYER (*turnaiê*), v. i. (Conjuga-se como *aboyer.*) Rodopiar, girar.

TOURNURE (*turnür*), s. f. Apresentação, porte; distinção, graça; forma, aspecto; estatura, jeito; rumo, andamento, expressão, estilo; anquinhas. *Prendre une bonne (mauvaise) tournure,* tomar bom (mau) aspecto.

TOURTE (*turt*), s. f. Torta, empada. *Pop.* Imbecil.

TOURTEAU (*turtô*), s. m. Torta, pão redondo; bolo de resíduos de grãos; roda dentada. *Heráld.* Arruela. Pl.: *des tourteaux.*

TOURTEREAU (*turtərô*), s. m. Rolinha. Pl. *Fig.* Jovens namorados, pombinhos. Pl.: *des tourtereaux.*

TOURTERELLE (*turtərél*), s. f. Rola.

TOURTIÈRE (*turtiér*), s. f. Torteira.

TOUSELLE (*tuçél*), s. f. Espécie de trigo.

TOUSSAINT (*tuçen*), s. f. Dia de Todos os Santos.

TOUSSER (*tuçê*), v. i. Tossir.

TOUSSERIE (*tuçri*), s. f. Tosse.

TOUSSEUR, EUSE (*tuçër, ëz*), s. *Fam.* Que tosse muitas vezes.

TOUSSOTER (*tuçotê*), v. i. Tossir fraca e freqüentemente.

TOUT (*tu* diante de consoante, *tut* diante de vogal), **TOUTE** (*tut*); pl. masc. **TOUS** (*tu* quando é adj.; *tuç* quando é pron.), adj. indef. Todo. *Je suis tout à vous,* estou à sua disposição. Pron. Indef. Tudo. *Après tout,* definitivamente. *Comme tout,* extremamente. *En tout,* ao todo. *À tout prendre,* em suma. *Pour tout aller,* para o uso diário. S. m. Todo. Adv. Inteiramente. *Tout plein,* muito. *Tout que,* apesar de. *Tout comme,* exatamente como. *Tout autre,* qualquer outro. *Tout de même,* apesar disso. *Tout au plus,* quando muito. *Tout doux,* devagar. *Tout bas,* baixinho. Loc. adv.: *Du tout,* de modo nenhum; *tout à fait,* inteiramente.

TOUT-À-L'ÉGOUT (*tutalêgu*), s. m. Descarga.

TOUTEFOIS (*tutfuá*), adv. Contudo, todavia.

TOUTE-PUISSANCE (*tutpüiçanç*), s. f. Onipotência.

TOUT-PUISSANT ou **TOUTE-PUISSANTE** (*tupüiçan* ou *tutpüiçant*), adj. Onipotente. Pl.: *des tout-puissants, toutes-puissantes.*

TOUX (*tu*), s. f. Tosse. Pl.: *des toux.*

TOXÉMIE (*tókçêmi*), s. f. Toxemia.

TOXICITÉ (*tókçitê*), s. f. Toxicidade.

TOXICOLOGIE (*tókçikoloji*), s. f. Toxicologia.

TOXICOLOGIQUE (*tókçikolojik*), adj. Toxicológico.

TOXICOLOGUE (*tókçikológ*), s. m. Toxicólogo.

TOXICOMANIE (*tókçikomani*), s. f. Toxicomania.

TOXINE (*tókçin'*), s. f. Toxina.

TOXIQUE (*tókçik*), s. m. Tóxico.

TRABE (*trab*), s. f. *Heráld.* Cepo de âncora; estandarte.

TRAC (*trak*), s. m. Passo de animal de carga; pista, rasto. *Pop. Avoir le trac,* ter medo.

TRAÇAGE (*traçaj*), s. m. Efeito de traçar.

TRAÇANT, E (*traçan, t*), adj. *Racine traçante,* raiz estendida horizontalmente e quase à superfície.

TRACAS (*traká*), s. m. Confusão, balbúrdia, fadiga, pena. Pl.: *des tracas.*

TRACASSER (*trakaçê*), v. t. Atormentar, inquietar.

TRACASSERIE (*trakaçri*), s. f. Tormento, aborrecimento.

TRACASSEUR, EUSE ou **TRACASSIER, ÈRE** (*trakaçër, ëz* ou *trakaçiê, ér*), adj. e s. Importuno, aborrecido.

TRACASSIN (*trakaçen*), s. m. *Fam.* Gênio irrequieto.

TRACE (*traç*), s. f. Vestígio, rasto, pisada; sinal, cicatriz. *Fig.* Impressão, exemplo.

TRACÉ (*traçê*), s. m. Traçado.

TRACELET (*traçlé*), s. m. V. **TRACERET**.

TRACEMENT (*traçman*), s. m. Traçado, risco.

TRACER (*traçê*), v. t. (O *c* toma uma cedilha antes de *a* e *o*: *il traça, nous traçons.*) Traçar, delinear, desenhar; descrever, indicar. V. i. Alastrar-se.

TRACERET (*traçré*), s. m. Graminho.

TRACEUR, EUSE (*traçër, ëz*), s. Traçador.

TRACHÉAL, E, AUX (*trakêal, ô*), adj. Traqueal.

TRACHÉE (*trachê*), s. f. Traquéia.

TRACHÉE-ARTÈRE (*trachêartér*), s. f. Traquéia-artéria.

TRACHÉEN, ENNE (*trakêen, én'*), adj. Traqueano.

TRACHÉITE (*trakêit*), s. f. Traqueíte.

TRACHÉOTOMIE (*trakêotomi*), s. f. Traqueotomia.

TRACHOME (*trakóm'*), s. m. Tracoma.

TRACHYTE (*trakit*), s. m. Traquito.

TRAÇOIR (*traçuar*), s. m. Instrumento para traçar.
TRACT (*trakt*), s. m. Panfleto, folheto.
TRACTRATION (*traktaçion*), s. f. Tratamento, modo de tratar negócios, etc.
TRACTÉ, E (*traktê*), adj. Puxado por trator.
TRACTEUR (*traktĕr*), s. m. Trator.
TRACTION (*trakçion*), s. f. Tração.
TRADITION (*tradiçion*), s. f. Tradição.
TRADITIONALISME (*tradiçionaliçm'*), s. m. Tradicionalismo.
TRADITIONALISTE (*tradiçionaliçt*), adj. e s. Tradicionalista.
TRADITIONNAIRE (*tradiçionér*), adj. e s. Tradicionário.
TRADITIONNEL, ELLE (*tradiçionél*), adj. Tradicional.
TRADITIONNELLEMENT (*tradiçionélman*), adv. Tradicionalmente.
TRADUCTEUR (*tradüktĕr*), s. m. Tradutor.
TRADUCTION (*tradükçion*), s. f. Tradução.
TRADUIRE (*tradüir*), v. t. Traduzir, explicar.
TRADUISIBLE (*tradüizibl*), adj. Traduzível.
TRAFIC (*trafik*), s. m. Tráfico.
TRAFIQUANT (*trafikan*), s. m. Traficante.
TRAFIQUER (*trafikê*), v. i. Traficar.
TRAFIQUEUR, EUSE (*trafikĕr, ëz*), adj. e s. *Fam.* Traficante.
TRAGÉDIE (*trajêdi*), s. f. Tragédia.
TRAGÉDIEN, ENNE (*trajêdien, én'*), s. Ator trágico.
TRAGI-COMÉDIE (*trajikomêdi*), s. f. Tragicomédia Pl.: *des tragi-comédies.*
TRAGI-COMIQUE (*trajikomik*), adj. Tragicômico.
TRAGIQUE (*trajik*), adj. e s. m. Trágico.
TRAGIQUEMENT (*trajikman*), adv. Tragicamente.
TRAHIR (*trair*), v. t. Trair. **SE TRAHIR**, v. pr. Trair-se.
TRAHISON (*traizon*), s. f. Traição.
TRAILLE (*traii*), s. f. Barca de passagem, toa.
TRAIN (*tren*), s. m. Trem; comboio. Passo. Barulho. Atitude. Seqüência. Feição. Rumo. Marcha. Equipagem, comitiva. *Être en train,* estar em ação, estar de bom humor. *Être en train de,* estar ocupado em, estar a. *Aller son train,* seguir o rumo normal. *Aller bon train,* ir depressa. *Mettre en train,* pôr em ação, em prática. *Mener grand train,* levar uma vida luxuosa. *De ce train-là,* desse jeito. *À fond de train,* a toda pressa. *Train de vie,* maneira de viver.
TRAÎNAGE (*trénaj*), s. m. Arrastamento; transporte em trenó.
TRAÎNAILLER (*trénaiê*), v. t. Arrastar; demorar; vagar.
TRAÎNANT, E (*trénan, t*), adj. Rastejante.
TRAÎNARD, E (*trénar, d*), adj. Retardatário. S. m. Vagaroso.
TRAÎNASSE (*trénaç*), s. f. Sempre-noiva; rebento, broto.
TRAÎNASSER (*trénaçê*), v. t. Arrastar, demorar. V. i. Vagar.
TRAÎNE (*trén'*), s. f. Arrastamento. Cauda de vestido. Corda de reboque. *À la traîne,* a reboque.
TRAÎNEAU (*trénô*), s. m. Trenó. Rede de pesca ou para apanhar pássaros. Pl.: *des traîneaux.*
TRAÎNÉE (*trénê*), s. f. Rastro, fiada. Prostituta.
TRAÎNEMENT (*trénəman*), s. m. Arrastamento.
TRAÎNER (*trénê*), v. t. Arrastar; demorar. V. i. Arrastar-se; vegetar; estar fora de seu lugar; demorar-se. **SE TRAÎNER**, v. pr. Arrastar-se.
TRAÎNEUR, EUSE (*trénĕr, ëz*), s. Pessoa que se arrasta; retardatário.
TRAIN-TRAIN (*trentren*), s. m. Rotina.
TRAIRE (*trér*), v. t. (*Je trais, nous trayons. Je trayais, nous trayions.* Não tem pret. perf. *Je trairai, nous trairons. Je trairais, nous trairions. Trais, trayons, trayez. Que je traie, que nous trayions.* Não tem imp. do subj. *Trayant. Trait, e.*) Ordenhar, mungir.
TRAIT (*tré*), s. m. Seta, flecha, Impulso, puxão. Tiro, trela. Trago. Feição. Dito, tirada. Rasgo, ato; episódio. Golpe. Risco. Sinal; indício. Conceito. *Trait d'esprit,* espirituosidade. *Partir comme un trait,* partir como um raio. *Trait d'union,* traço de união. *Boire d'un trait,* beber sem tomar fôlego.
TRAIT, E (*tré, t*), adj. Extraído.
TRAITABLE (*trétabl*), adj. Tratável, afável.
TRAITANT (*trétan*), s. m. Arrematante. Médico que trata a domicílio.
TRAITE (*trét*), s. f. Ordenha. Caminhada. Tráfico. Letra de câmbio. *Tout d'une traite,* sem parar.
TRAITÉ (*trétê*), s. m. Tratado, convenção.
TRAITEMENT (*trétman*), s. m. Tratamento; acolhimento. Vencimento. Ordenado.
TRAITER (*trétê*), v. t. e i. Tratar; acolher, receber; expor verbalmente. Negociar; cuidar; executar, representar. *Traiter de Turc à More,* injuriar.
TRAITEUR (*trétĕr*), s. m. Hospedeiro.
TRAÎTRE, ESSE (*trétr, éç*), adj. e s. Traidor, traiçoeiro; pérfido. *En traître,* loc. adv. Traiçoeiramente.
TRAÎTREUSEMENT (*trétrëzman*), adv. Traiçoeiramente.
TRAÎTRISE (*trétriz*), s. f. Traição.

TRAJECTOIRE (*trajéktuar*), s. f. Trajetória.
TRAJET (*trajé*), s. m. Trajeto.
TRAMAIL ou **TRÉMAIL** (*tramai* ou *trémai*), s. m. Rede de pescar ou de apanhar pássaros.
TRAME (*tram'*), s. m. Trama. *Fig.* Intriga.
TRAMER (*tramê*), v. t. Tramar. *Fig.* Maquinar, intrigar.
TRAMEUR, EUSE (*tramër, ëz*), s. Tramador. S. f. Máquina para fazer os fios da trama.
TRAMONTANE (*tramontan'*), s. f. Tramontana.
TRAMWAY (*tramué*), s. m. Bonde.
TRANCHAGE (*tranchaj*), s. m. Corte.
TRANCHANT, E (*tranchan, t*), adj. Cortante. *Fig.* Decisivo. S. m. Corte, gume.
TRANCHE (*tranch*), s. f. Talhada, fatia; espessura, chapa. Classe de algarismos.
TRANCHÉ, E (*tranchê*), adj. *Fig.* Bem marcado, distinto, nítido.
TRANCHÉE (*tranchê*), s. f. Trincheira. Pl.: *Med.* Cólicas agudas.
TRANCHELARD (*tranchəlar*), s. m. Faca de cozinha.
TRANCHER (*tranchê*), v. t. Cortar, talhar. *Fig.* Resolver de pronto, decidir. *Trancher au vif,* cortar ao vivo, sem piedade. *Trancher la question,* resolver um dilema. *Trancher le nœud gordien,* cortar o nó górdio.
TRANCHET (*tranché*), s. m. Trinchete.
TRANCHOIR (*tranchuar*), s. m. Trincho.
TRANQUILLE (*trankil*), adj. Tranqüilo.
TRANQUILLEMENT (*trankilman*), adv. Tranqüilamente.
TRANQUILLISANT, E (*trankilizan, t*), adj. Tranqüilizante.
TRANQUILLISER (*trankilizê*), v. t. Tranqüilizar. **SE TRANQUILLISER**, v. pr. Tranqüilizar-se.
TRANQUILLITÉ (*trankilitê*), s. f. Tranqüilidade.
TRANSACTION (*tranzakçion*), s. f. Transação.
TRANSACTIONNEL, ELLE (*tranzakçionél*), adj. Com o caráter de transação.
TRANSALPIN, E (*tranzalpen*), adj. Transalpino.
TRANSATLANTIQUE (*tranzatlantik*), adj. Transatlântico.
TRANSBORDEMENT (*trançbórdəman*), s. m. Transbordamento.
TRANSBORDER (*trançbórdê*), v. t. Transbordar.
TRANSBORDEUR (*trançbórdër*), adj. e s. m. Aparelho para transbordo. *Pont transbordeur,* ponte de transbordo.
TRANSCAUCASIEN, ENNE (*trançkôkazien, én'*), adj. Transcaucásio.
TRANSCENDANCE (*trançandanç*), s. f. Transcendência.
TRANSCENDANT, E (*trançandan, t*), adj. Transcendente.
TRANSCENDENTAL, E, AUX (*trançandantal, ô*), adj. Transcendental.
TRANSCRIPTEUR (*trançkriptër*), s. m. Transcritor.
TRANSCRIPTION (*trançkripçion*), s. f. Transcrição.
TRANSCRIRE (*trançkrir*), v. t. (Conjuga-se como *écrire.*) Transcrever.
TRANSE (*tranç*), s. f. Transe.
TRANSENNE (*tranzén'*), s. f. Transena.
TRANSEPT (*trançépt*), s. m. Transepto.
TRANSFÈREMENT (*trançférman*), s. m. Transferência.
TRANSFÉRER (*trançfêrê*), v. t. (Conjuga-se como *accélérer.*) Transferir.
TRANSFERT (*trançfér*), s. m. Transferência, transmissão.
TRANSFIGURATION (*trançfigüraçion*), s. f. Transfiguração.
TRANSFIGURER (*trançfigürê*), v. t. Transfigurar. **SE TRANSFIGURER**, v. pr. Transfigurar-se.
TRANSFILER (*trançfilê*), v. t. Trincafiar.
TRANSFIXION (*trançfikçion*), s. f. Transfixação.
TRANSFORMABLE (*trançfórmabl*), adj. Transformável.
TRANSFORMATEUR, TRICE (*trançfórmatër, triç*), s. m. Transformador.
TRANSFORMATION (*trançfórmaçion*), s. f. Transformação.
TRANSFORMER (*trançfórmê*), v. t. Transformar.
TRANSFORMISME (*trançfórmiçm*), s.m. Transformismo.
TRANSFORMISTE (*trançfórmiçt*), s. Transformista.
TRANSFUGE (*trançfüj*), s.m. Trânsfuga.
TRANSFUSER (*trançfüzê*), v. t. Transfundir.
TRANSFUSION (*trançfüzion*), s. f. Transfusão.
TRANSGRESSER (*trançgréçê*), v. t. Transgredir.
TRANSGRESSEUR (*trançgréçër*), adj. e s. m. Transgressor.
TRANSGRESSIF, IVE (*trançgréçif, iv*), adj. Transgressivo.
TRANSGRESSION (*trançgréçion*), s. f. Transgressão.
TRANSHUMANCE (*tranzümanç*), s. f. Transumância.
TRANSHUMANT, E (*tranzüman, t*), adj. Transumante.
TRANSHUMER (*tranzümê*), v. t. Transumar.
TRANSI, E (*tranci*), adj. Transido, enregelado.
TRANSIGER (*tranzijê*), v. t. (Conjuga-

-se como *manger.*) Transigir.
TRANSIR (*trançir*), v. t. Transir. *Fig.* Tremer. V. i. Enregelar-se.
TRANSISTOR (*trançiçtór*), s. m. Transistor.
TRANSISTORISÉ, E (*trançiçtorizé*), adj. Transistorizado.
TRANSIT (*tranzit*), s. m. Trânsito.
TRANSITAIRE (*tranzitér*), adj. Sujeito a trânsito.
TRANSITER (*tranzité*), v. t. Transitar.
TRANSITIF, IVE (*tranzitif, iv*), adj. Transitivo.
TRANSITION (*tranziçion*), s. f. Transição.
TRANSITIVEMENT (*tranzitivman*), adv. Transitivamente.
TRANSITOIRE (*tranzituar*), adj. Transitório.
TRANSITOIREMENT (*tranzituarman*), adv. Transitoriamente.
TRANSLATIF, IVE (*trançlatif, iv*), adv. Translativo.
TRANSLATION (*trançlaçion*), s. f. Translação.
TRANSLUCIDE (*trançlüid*), adj. Translúcido.
TRANSLUCIDITÉ (*trançlüçidité*), s. f. Translucidez.
TRANSMETTEUR (*trançmétër*), adj. e s. m. Transmissor.
TRANSMETTRE (*trançmétr*), v. t. Transmitir.
TRANSMIGRATION (*trançmigraçion*), s. f. Transmigração.
TRANSMIGRER (*trançmigré*), v. i. Transmigrar.
TRANSMISSIBILITÉ (*trançmiçibilité*), s. f. Transmissibilidade.
TRANSMISSIBLE (*trançmiçibl*), adj. Transmissível.
TRANSMISSION (*trançmiçion*), s. f. Transmissão.
TRANSMUABLE ou **TRANSMUTABLE** (*trançmüabl* ou *trançmütabl*), adj. Transmutável.
TRANSMUER (*trançmüé*), v. t. Transmudar.
TRANSMUTABILITÉ (*trançmütabilité*), s. f. Transmutabilidade.
TRANSMUTATION (*trançmütaçion*), s. f. Transmutação.
TRANSMUTER (*trançmüté*), v. t. Transmutar, transmudar.
TRANSOCÉANIQUE (*tranzoçéanik*), adj. Transoceânico.
TRANSPADAN, E (*trançpadan, an'*), adj. Transpadano.
TRANSPARAÎTRE (*trançparétr*), v. i. (Conjuga-se como *paraître.*) Transparecer.
TRANSPARENCE (*trançparanç*), s. f. Transparência.
TRANSPARENT, E (*trançparan, t*), adj. Transparente.
TRANSPERCER (*trançpérçé*), v. t. (O *c* toma uma cedilha antes de *a* e *o*: *il transperça, nous transperçons.*) Trespassar, varar.
TRANSPIRABLE (*trançpirabl*), adj. Transpirável.
TRANSPIRATION (*trançpiraçion*), s. f. Transpiração.
TRANSPIRER (*trançpiré*), v. i. Transpirar.
TRANSPLANTATION (*trançplantaçion*), s. f. Transplantação.
TRANSPLANTER (*trançplanté*), v. t. Transplantar.
TRANSPORT (*trançpór*), s. m. Transporte. *Fig.* Entusiasmo, êxtase.
TRANSPORTABLE (*trançpórtabl*), adj. Transportável.
TRANSPORTATION (*trançpórtaçion*), s. f. Transportação.
TRANSPORTÉ, E (*trançpórté*), adj. Transportado.
TRANSPORTER (*trançpórté*), v.t. Transportar.
TRANSPORTEUR (*trançpórtër*), s. m. Transportador.
TRANSPOSABLE (*trançpozabl*), adj. Transponível. *Mús.* Transportável.
TRANSPOSER (*trançpozé*), v. t. Transpor. *Mús.* Transportar.
TRANSPOSITIF, IVE (*trançpozitif, iv*), adj. Sujeito a transposição.
TRANSPOSITION (*trançpoziçion*), s. f. Transposição.
TRANSSAHARIEN, ENNE (*trançaanêen, én'*), adj. Transpirenaico.
TRANSRHÉNAN, E (*trançrênan, an'*), adj. Transrenano.
TRANSSIBÉRIEN, ENNE (*trançibêriên, én'*), adj. Transiberiano.
TRANSSUBSTANTIATION (*trançübçtançiaçion*), s. f. Transubstanciação.
TRANSSUBSTANTIER (*trançübçtançié*), v. t. Transubstanciar.
TRANSSUDATION (*trançüdaçion*), s. f. Transudação.
TRANSSUDER (*trançüdé*), v. i. Transudar.
TRANSVASEMENT (*trançvazman*), s. m. Ato de transvasar.
TRANSVASER (*trançvazé*), v. t. Transvasar.
TRANSVERBÉRER (*trançvérbéré*), v. t. (Conjuga-se como *accélérer.*) Transverberar.
TRANSVERSAL, E, AUX (*trançvérçal, ô*), adj. Transversal.
TRANSVERSALEMENT (*trançvérçalman*), adv. Transversalmente.

TRANSVERSE (*trançvérç*), adj. Transverso.

TRANSVIDER (*trançvidê*), v. t. Transvasar.

TRAPÈZE (*trapéz*), s. m. Trapézio.

TRAPÉZISTE (*trapêziçt*), s. m. Trapezista.

TRAPÉZOÈDRE (*trapêzoédr*), s. m. Trapezoedro.

TRAPÉZOÏDAL, E, AUX (*trapêzoidal, ô*), adj. Trapezoidal.

TRAPPE (*trap*), s. f. Alçapão. Trapa.

TRAPPISTE (*trapiçt*), adj. e s. m. Trapista.

TRAPPISTINE (*trapiçtin'*), s. f. Trapistina. Licor fabricado pelos trapistas.

TRAPU, E (*trapü*), adj. Atarracado.

TRAQUE (*trak*), s. f. Batida, cerco.

TRAQUENARD (*traknar*), s. m. Armadilha. Passo cansado de animal; animal com esse passo.

TRAQUER (*trakê*), v. t. Bater, acuar. *Fig.* Perseguir.

TRAQUEUR, EUSE (*trakër, ëz*), s. Batedor de caça. S. e adj. Amendrontado, apavorado.

TRAUMATIQUE (*trômatik*), adj. Traumático.

TRAUMATISER (*trômatizê*), v. t. Traumatizar.

TRAUMATISME (*trômatiçm*), s. m. Traumatismo.

TRAUMATOLOGIE (*trômatoloji*), s. f. Traumatologia.

TRAVAIL (*travai*), s. m. Trabalho. Pl.: *des travaux.* Tronco de ferrador.

TRAVAILLÉ, E (*travaiê*), adj. Trabalhado, caprichado; atormentado.

TRAVAILLER (*travaiê*), v. i. Trabalhar; estragar, fermentar. V. t. Esforçar-se, atormentar-se. *Travailler à raison de,* trabalho pelo preço de. *Travailler d'arrache pied,* trabalhar sem descanso. *Travailler pour le roi de Prusse,* trabalhar de graça.

TRAVAILLEUR, EUSE (*travaiër, ëz*), adj. Trabalhador.

TRAVAILLISTE (*travaiçt*), s. m. Trabalhista.

TRAVERS (*travér*), s. m. Través; largura. *Fig.* Defeito, má direção. Loc. adv. *En travers,* através; *à tort et à travers,* a torto e a direito; *de travers,* obliquamente. Loc. prep.: *À travers,* através; *au travers,* através.

TRAVERSABLE (*travérçabl*), adj. Transponível.

TRAVERSE (*travérç*), s. f. Travessa. Dormente. Atalho. Pl. Obstáculo; reveses.

TRAVERSÉE (*travérçê*), s. f. Trajeto, travessia, viagem.

TRAVERSER (*travérçê*), v.t. Atravessar; cortar. *Fig.* Embaraçar, impedir.

TRAVERSIER, ÈRE (*travérçiê, ér*), adj. Que atravessa; colocado transversalmente.

TRAVERSIN (*travérçen*), s. m. Travesseiro. Travessão de balança. Tábua de tampo de um tonel.

TRAVERTIN (*travérten*), s. m. Travertino.

TRAVESTI, E (*travéçti*), adj. Mascarado, disfarçado. S. m. Disfarce.

TRAVESTIR (*travéçtir*), v. t. Mascarar, disfarçar. *Fig.* Parodiar; deturpar.

TRAVESTISSEMENT (*travéçtiçman*), s. m. Disfarce. *Fig.* Deturpação.

TRAVESTISSEUR, EUSE (*travéçtiçër, ëz*), adj. e s. Parodista, mau tradutor.

TRAYEUR, EUSE (*tréiër, ëz*), s. Ordenhador de vacas.

TRÉBUCHAGE (*trêbüchaj*), s. m. Verificação do peso de moedas.

TRÉBUCHANT, E (*trêbuchan, t*), adj. Legal no peso de moedas.

TRÉBUCHER (*trêbüchê*), v. i. Tropeçar, cair; pender; fazer inclinar. *Fig.* Vacilar, hesitar. V. t. Pesar na balança.

TRÉBUCHET (*trêbüché*), s. m. Alçapão para pássaros. Balança de precisão. Máquina de guerra.

TRÉFILAGE (*trêfilaj*), s. m. Trefilamento.

TRÉFILER (*trêfilê*), v. t. Trefilar.

TRÉFILERIE (*trêfilri*), s. f. Arte de reduzir os metais a fio.

TRÉFILEUR (*trêfilër*), adj. e s. m. Puxador à fieira.

TRÈFLE (*tréfl*), s. m. Trevo.

TRÉFLÉ, E (*trêflê*), adj. *Heráld.* Terminado em folha de trevo.

TRÉFLIÈRE (*trêfliér*), s. f. Campo de trevo.

TRÉFONCIER, ÈRE (*trêfonçiê, ér*), adj. Relativo ao subsolo.

TRÉFONDS (*trêfon*), s. m. Subsolo. *Fig.* Recôndito. Pl.: *des tréfonds.*

TREILLAGE (*tréiaj*), s. m. Grade para sebes, latadas, etc.

TREILLAGER (*tréiajê*), v. t. (Toma um *e* mudo depois do *g* antes de *a* e *o*: *il treillagea, nous treillageons.*) Guarnecer de grades.

TREILLAGEUR (*tréiajër*), adj. e s. m. Que faz sebes.

TREILLE (*tréii*), s. f. Latada, parreira.

TREILLIS (*tréii*), s. m. Grade; rede de arame. Brim. Pl.: *des treillis.*

TREILLISSER (*tréiiçê*), v. t. Engradar.

TREIZE (*tréz*), num. Treze.

TREIZIÈME (*tréziém'*), num. ord. Décimo terceiro.

TRÉLINGAGE (*trêlengaj*), s. m. Talinga.

TRÉLINGUER (*trêlinghê*), v. t. Talingar.

TRÉMA (*trêmá*), s. m. Trema.

TRÉMAT (*trêmá*), s. m. ou **TRÉMATE** (*trêmat*), s. f. Banco de areia no Sena.

TREMBLAIE (*tranblé*), s. f. Faial.

TREMBLANT, E (*tranblan, t*), adj. Trê-

mulo. *Fig.* Cheio de medo.
TREMBLE (*tranbl*), s. m. Faia.
TREMBLÉ, E (*tranblê*), adj. Tremido.
TREMBLEMENT (*tranbləman*), s. m. Tremor, estremecimento.
TREMBLER (*tranblê*), v. i. Tremer. *Fig.* Temer. V. t. *Trembler de fièvre*, tremer de febre.
TREMBLEUR, EUSE (*tranblĕr, ëz*), adj. e s. Medroso. S. m. Interruptor automático.
TREMBLOTANT, E (*tranblotan, t*), adj. Trêmulo, tiritante; vacilante.
TREMBLOTEMENT (*tranblótman*), s. m. Tremura.
TREMBLOTER (*tranblotê*), v. i. Tremer.
TRÊMIE (*trêmi*), s. f. Comedouro para aves domésticas.
TRÊMOLO (*trêmolô*), s. m. *Mús.* Trêmulo.
TRÊMOUSSEMENT (*trêmuçman*), s. m. Agitação; adejo.
TRÊMOUSSER (*trêmuçê*), v. t. Movimentar. V. i. Mexer; adejar. **SE TRÊMOUSSER**, v. pr. Mexer-se, agitar-se. *Fig.* Cansar-se.
TREMPAGE (*tranpaj*), s. m. Imersão.
TREMPE (*tranp*), s. f. Têmpora.
TREMPÉE (*tranpê*), s. f. Banho, preparação por imersão.
TREMPER (*tranpê*), v. t. Molhar, umedecer; temperar.
TREMPETTE (*tranpét*), s. f. Fatia de pão molhada.
TREMPEUR (*tranpĕr*), adj. e s. m. Temperador de aço.
TREMPLIN (*tranplen*), s. m. Trampolim.
TRÊMULATION (*trêmülaçion*), s. f. Tremulação.
TRÊMULER (*trêmülê*), v. t. Tremular.
TRENTAINE (*trantén'*), s. f. Trintena.
TRENTE (*trant*), num. e s. m. Trinta. *Se mettre sur son trente et un*, enfeitar-se, arrumar-se cuidadosamente.
TRENTENAIRE (*trantənér*), adj. Trintenário.
TRENTIÈME (*trantiém'*), num. ord. Trigésimo.
TRÉPAN (*trêpan*), s. m. Trépano.
TRÉPANATION (*trêpanaçion*), s. f. Trepanação.
TRÉPANER (*trêpanê*), v. t. Trepanar.
TRÉPAS (*trêpá*), s. m. Trespasse, morte. Pl.: *des trépas.*
TRÉPASSÉ, E (*trêpaçê*), s. Falecido, morto.
TRÉPASSEMENT (*trêpaçman*), s. m. Morte; falecimento.
TRÉPASSER (*trêpaçê*), v. i. Morrer.
TRÉPIDANT, E (*trêpidan, t*), adj. Trepidante.
TRÉPIDATION (*trêpidaçion*), s. f. Trepidação.
TRÉPIDER (*trêpidê*), v. i. Trepidar.
TRÉPIED (*trêpiê*), s. m. Trempe, tripé.
TRÉPIGNEMENT (*trêpinhəman*), s. m. Tripúdio.
TRÉPIGNER (*trêpinhê*), v. i. Tripudiar.
TRÈS (*tré*), adv. Muito.
TRÉSAILLÉ ou **TRÉSALLÉ** (*trêzaiê* ou *trêzalê*), adj. Fendido, rachado.
TRÉSAILLURE (*trêzaiür*), s. f. Fenda.
TRÉSILLON (*trêziion*), s. m. V. **ÉTRÉSILLON.**
TRÉSOR (*trêzór*), s. m. Tesouro.
TRÉSORERIE (*trêzórəri*), s. f. Tesouraria.
TRÉSORIER, ÈRE (*trêzoriê, ér*), s. m. Tesoureiro.
TRESSAGE (*tréçaj*), s. m. Entrançadura.
TRESSAILLEMENT (*tréçaiiman*), s.m. Estremecimento; comoção.
TRESSAILLI (*tréçaii*), adj. m. Sobressaltado. Deslocado (nervo).
TRESSAILLIR (*tréçaiir*), v. i. (*Je tressaille, nous tressaillons. Je tressaillais, nous tressaillions. Je tressaillis, nous tressaillîmes. Je tressaillirai, nous tressaillirons. Je tressaillirais, nous tressaillirions. Tressaille, tressaillons, tressaillez. Que je tressaille, que nous tressaillions. Que je tressaillisse, que nous tressaillissions. Tressaillant. Tressailli, e.*) Estremecer.
TRESSAILLURE (*tréçaiür*), s. f. V. **TRÉSAILLURE.**
TRESSAUTER (*tréçôtê*), v.i. Sobressaltar-se, estremecer.
TRESSE (*tréç*), s.f. Trança.
TRESSER (*tréçê*), v.t. Trançar.
TRESSEUR, EUSE (*tréçĕr, ëz*), s. Entrançador.
TRÉTEAU (*trêtô*), s.m. Cavalete. Pl. Teatro de feira. Pl.: *des tréteaux.*
TREUIL (*trëi*), s.m. Sarilho, molinete.
TRÊVE (*trév*), s. f. Trégua. *Trêve de plaisanteries*, sem brincadeira, falando sério.
TRI (*tri*), s.m. V. **TRIAGE.**
TRIADE (*triad*), s.f. Tríade.
TRIAGE (*triaj*), s.m. Escolha, seleção.
TRIANDRE (*triandr*), adj. Triandro.
TRIANDRIE (*triandri*), s.f. Triandria.
TRIANGLE (*triangl*), s.m. Triângulo.
TRIANGULAIRE (*triangülér*), adj. e s. m. Triangular.
TRIANGULAIREMENT (*triangülérman*), adj. Triangularmente.
TRIANGULATION (*triangülaçion*), s.f. Triangulação.
TRIANGULER (*triangülê*), v.t. Triangular.
TRIBALLER (*tribalê*), v.t. Amaciar peles, batendo.
TRIBART (*tribar*), s.m. Coleira triangular, de pau.
TRIBASIQUE (*tribazik*), adj. Corpo químico de três funções básicas.

TRIBORD (*tribór*), s.m. Estibordo.
TRIBRAQUE (*tribrak*), s. m. Tribraco.
TRIBU (*tribü*), s.f. Tribo.
TRIBULATION *(tribülaçion), s.f.* Tribulação.
TRIBUN (*tribĕn*), s. m. Tribuno.
TRIBUNAL (*tribünal*), s.m. Tribunal. Pl.: *des tribunaux.*
TRIBUNAT (*tribüná*), s.m. Tribunado.
TRIBUNE (*tribün'*), s.f. Tribuna.
TRIBUNITIEN, ENNE (*tribüniçien, én'*), adj. Tribunício.
TRIBUT (*tribü*), s.m. Tributo.
TRIBUTAIRE (*tribütér*), adj. Tributário. *Fig.* Dependente.
TRICENNAL, E, AUX (*triçénal, ô*), adj. Tricenal.
TRICENTENAIRE (*triçantənér*), s. m. Tricentenário.
TRICÉPHALE (*triçêfal*), adj. Tricéfalo.
TRICEPS (*triçépç*), s.m. Tríceps.
TRICHE (*trich*), s.f. *Fam.* Trapaça.
TRICHER (*trichê*), v. t. e i. Trapacear. Enganar.
TRICHERIE (*trichri*), s.f. Trapaça no jogo.
TRICHEUR, EUSE (*trichĕr, ëz*), s. Trapaceiro.
TRICHINE (*trichin'*), s.f. Triquina.
TRICHINOSE (*trichinôz*), s. f. Triquinose.
TRICHROMIE (*trikromi*), s. f. Tricromia.
TRICLINIUM (*trikliniôm'*), s.m. Triclínio.
TRICOISE (*trikuaz*), s.f. Torquez.
TRICOLORE (*trikolór*), adj. Tricolor.
TRICORNE (*trikórn*), adj. Tricorne. S. m. Tricórnio.
TRICOT (*trikô*), s.m. Tricô.
TRICOTAGE (*trikotaj*), s.m. Trabalho de tricô.
TRICOTER (*trikotê*), v.t. Tricotar.
TRICOTEUR, EUSE (*trikotĕr, ëz*), s. Aquele que tricota. S. f. Máquina de tricotar.
TRICTRAC (*triktrak*), s.m. Trique-traque.
TRICUSPIDE (*triküçpid*), adj. Tricúspide.
TRICYCLE (*triçikl*), s. m. Triciclo.
TRIDACTYLE (*tridaktil*), adj. Tridátilo.
TRIDE (*trid*), adj. Vivo, veloz.
TRIDENT (*tridan*), s.m. Tridente.
TRIDENTÉ, E (*tridantê*), adj. Tridentado.
TRIDUUM (*tridüôm'*), s.m. Tríduo.
TRIÈDRE (*triédr*), adj. Triedro.
TRIENNAL, E, AUX (*triénal, ô*), adj. Trienal.
TRIENNALITÉ (*triénalitê*), s. f. Ação de ocorrer de três em três anos.
TRIENNIUM (*triéniôm'*), s.m. Triênio. Pl.: *des trienniums.*
TRIER (*triê*), v.t. (Conjuga-se como *prier.*) Separar, escolher. *Trier sur le volet,* escolher cuidadosamente.
TRIEUR, EUSE (*triĕr, ëz*), s. Selecionador, separador. S. m. Máquina selecionadora.
TRIFACIAL, E, AUX (*trifaçial, ô*), adj. e s.m. Trifacial.
TRIFORIUM (*triforiôm'*), s.m. Trifório.
TRIGAME (*trigam'*), adj. Trígamo.
TRIGAMIE (*trigami*), s.f. Trigamia.
TRIGAUD, E (*trigô, d*), adj. e s. Dissimulado, velhaco.
TRIGAUDER (*trigôdê*), v.i. Enganar, dissimular.
TRIGÉMELLAIRE (*trijêmélér*), adj. Gravidez de trigêmios.
TRIGÉMINÉ, E (*trijêminê*), adj. Trigêmeo.
TRIGLYPHE (*triglif*), s.m. Tríglifo.
TRIGONE (*trigón'*), adj. Trígono.
TRIGONOCÉPHALE (*trigonoçêfal*), s. m. Trigonocéfalo.
TRIGONOMÉTRIE (*trigonomêtri*), s.f. Trigonometria.
TRIGONOMÉTRIQUE (*trigonomêtrik*), adj. Trigonométrico.
TRIGONOMÉTRIQUEMENT (*trigonomêtrikman*), adj. Trigonometricamente.
TRIJUMEAU (*trijümô*), adj. e s. m. Trigêmeo. Pl.: *des trijumeaux.*
TRILATÉRAL, E, AUX (*trilatêral, ô*), adj. Trilateral.
TRILINGUE (*trileng*), adj. Trilíngüe.
TRILITTÈRE (*trilitér*), adj. Triliteral.
TRILLE (*trii*), s.m. Trilo.
TRILLER (*triiê*), v. t. Trilar.
TRILLION (*triion*), s. m. Trilião ou trilhão.
TRILOBÉ, E (*trilobê*), adj. Trilobado.
TRILOBITES (*trilobit*), s.pl. Trilobites.
TRILOCULAIRE (*trilokülér*), adj. Trilocular.
TRILOGIE (*triloji*), s.f. Trilogia.
TRILOGIQUE (*trilojik*), adj. Trilógico.
TRIMBALAGE ou **TRIMBALEMENT** (*trenbalaj* ou *trenbalman*), s. m. *Pop.* Condução, leva.
TRIMBALER (*trenbalê*), v.t. *Pop.* Levar consigo.
TRIMER (*trimê*), v. i. *Pop.* Cansar-se, labutando.
TRIMESTRE (*triméçtr*), s.m. Trimestre.
TRIMESTRIEL, ELLE (*triméçtriél*), adj. Trimestral.
TRIMESTRIELLEMENT (*triméçtriélman*), adv. Trimestralmente.
TRIMÈTRE (*trimétr*), s. m. Trímetro.
TRIMMER (*trimér*), s. m. Aparelho de pesca em forma de carretel.
TRIMOTEUR (*trimotĕr*), adj. e s. Trimotor.
TRINERVÉ, E (*trinérvê*), adj. Trinervado.
TRINGLE (*trengl*), s.f. Varão de ferro para sustentar cortinas; sarrafo; régua de carpinteiro.
TRINGLER (*trenglê*), v.t. Traçar linhas na madeira com um cordel molhado de

tinta.
TRINITAIRE (*trinitér*), s. Trinitário.
TRINITÉ (*trinitê*), s. f. Trindade.
TRINÔME (*trinôm'*), s. m. Trinômio.
TRINQUER (*trenkê*), v.i. Brindar, tocar os copos.
TRINQUEUR (*trenkěr*), s.m. Amigo de fazer brindes.
TRIO (*trió*), s.m. Trio.
TRIOMPHAL, E, AUX (*trionfal, ô*), adj. Triunfal.
TRIOMPHALEMENT (*trionfalman*), adv. Triunfalmente.
TRIOMPHANT, E (*trionfan, t*), adj. Triunfante.
TRIOMPHATEUR, TRICE (*trionfatěr, triç*), adj. Triunfador.
TRIOMPHE (*trionf*), s.m. Triunfo.
TRIOMPHER (*trionfê*), v. i. Triunfar.
TRIONYX (*trionikç*), s. m. Grande tartaruga.
TRIPARTI, E ou **TRIPARTITE** (*triparti* ou *tripartit*), adj. Tripartido.
TRIPARTITION (*tripartiçion*), s.f. Tripartição.
TRIPE (*trip*), s.f. Tripa; intestino.
TRIPERIE (*tripəri*), s. f. Triparia.
TRIPETTE (*tripét*), s.f. Tripinha. *Pop.* Coisa sem valor.
TRIPHASÉ, E (*trifazê*), adj. Trifásico.
TRIPHTONGUE (*triftong*), s. f. Tritongo.
TRIPIER, ÈRE (*tripiê, ér*), s. Tripeiro.
TRIPLE (*tripl*), adj. Triplo.
TRIPLEMENT (*triplaman*), s. m. Triplicação. Adv. Triplicadamente.
TRIPLER (*triplê*), v. t. e i. Triplicar. Triplicar-se.
TRIPLICATA (*triplikatá*), s.m. inv. Triplicata.
TRIPLICITÉ (*tripliçitê*), s.f. Triplicidade.
TRIPODIE (*tripodi*), s.f. Tripodia.
TRI-PORTEUR ou **TRIPORTEUR** (*triportěr*), s.m. Triciclo com caixa.
TRIPOT (*tripô*), s.m. Casa de jogo; casa suspeita.
TRIPOTAGE (*tripotaj*), s.m. Misturada, embrulhada. *Fig.* e *fam.* Pequenos arranjos ou trabalhos; intriga, engano.
TRIPOTÉE (*tripoté*), s.f. Sova; grande quantidade.
TRIPOTER (*tripotê*), v.t. Tocar; manipular; arranjar mal; especular com. V. i. Baralhar, embrulhar; intrigar.
TRIPOTEUR, EUSE (*tripotěr, ëz*), s. Trapaceiro, intriguista.
TRIPTYQUE (*triptik*), s.m. Tríptico.
TRIQUE (*trik*), s.m. *Pop.* Pau, cacete.
TRIQUER (*trikê*), v.t. Espancar; escolhar.
TRIQUET (*trikê*), s. m. Andaime triangular; escada dupla.
TRIQUETRAC (*triktrak*), s.m. Estrépito.
TRIQUÈTRE (*trikétr*), adj. Triquetro.
TRIRECTANGLE (*triréktangl*), adj. Que tem três ângulos retos.
TRIRÈME (*trirém'*), s.m. Trirreme.
TRISAGION (*trizaghion*), s.m. Triságio.
TRISAÏEUL, E (*trizaiël*), s. Trisavô.
TRISANNUEL, ELLE (*trizanüél*), adj. Trisanual.
TRISECTEUR, TRICE (*triçéktěr, triç*), s. f. Trissetor.
TRISECTION (*triçékçion*), s.f. Trissecção.
TRISMÉGISTE (*triçmêjiçt*), adj. m. Trismegista.
TRISMUS ou **TRISM** (*triçmüç* ou *triçm*), s.m. Trismo.
TRISOC (*triçók*), s.m. Charrua de três relhas.
TRISSER (*triçê*), v. i. Trissar, cantar (a andorinha). V. t. Fazer repetir três vezes.
TRISSYLLABE (*triçilab*), adj. e s. m. Trissílabo.
TRISSYLLABIQUE (*triçilabik*), adj. Trissilábico.
TRISTE (*triçt*), adj. e s.m. Triste.
TRISTEMENT (*triçtman*), adv. Tristemente.
TRISTESSE (*triçtéç*), s.f. Tristeza.
TRITON (*triton*), s. m. Tritão.
TRITURATEUR (*trituratěr*), s.m. Triturador.
TRITURATION (*tritüraçion*), s.f. Trituração.
TRITURER (*tritürê*), v.t. Triturar.
TRIUMVIR (*triom'vir*), s.m. Triúnviro.
TRIUMVIRAL, E, AUX (*triom'viral, ô*), adj. Triunviral.
TRIUMVIRAT (*triom'virá*), s.m. Triunvirato.
TRIVALENT, E (*trivalan, t*), adj. *Quím.* Trivalente.
TRIVIAL, E, AUX (*trivial, ô*), adj. e s. m. Trivial.
TRIVIALEMENT (*trivialman*), adv. Trivialmente.
TRIVIALISER (*trivializê*), v.t. Tornar trivial.
TRIVIALITÉ (*trivialitê*), s. f. Trivialidade.
TRIVIUM (*trivióm'*), s.m. Trívio.
TROC (*trók*), s.m. Troca.
TROCART ou **TROIS-QUARTS** (*trokar* ou *truakar*), s. m. Trocarte.
TROCHAÏQUE (*trokaik*), adj. e s. m. Trocaico.
TROCHE (*tróch*), s. f. Molho, feixe.
TROCHÉE (*trochê*), s. f. Tufo de rebentos.
TROCHET (*trochê*), s.m. Cacho de flores ou frutos.
TROCHISQUE (*trochiçk*), s.m. *Bot.* Trocisco.
TROCHLÉ (*troklê*), s.f. Tróclea.
TROCHOÏDE (*trokoíd*), s.f. Trocóideo.
TROCHURE (*trochür*), s.f. Quarto esga-

lho do veado.
TROÈNE (*troén'*), s.m. Alfena.
TROGLODYTE (*trogodit*), s.m. Troglodita.
TROGLODYTIQUE (*trogloditik*), adj. Troglodítico.
TROGNE (*trónh*), s.m. Rosto sadio.
TROGNON (*tronhon*), s.m. Caroço.
TROÏKA (*troika*), s. f. Tróica.
TROIS (*truá*), num. e s.m. Três.
TROIS-DEUX (*truadë*), s. m. *Mús.* Três por dois.
TROIS-HUIT (*truáüit*), s.m. *Mús.* Três por oito.
TROISIÈME (*truaziém'*), num. ord. Terceiro. S. m. Terceiro andar.
TROISIÈMEMENT (*truáziémәman*), adv. Em terceiro lugar.
TROIS-MATS (*truamá*), s.m. Embarcação de três mastros.
TROIS-QUARTS (*truakar*), s. m. Carro de três lugares; violino de criança.
TROIS-QUATRE (*truakatr*), s. m. *Mús.* Três por quatro.
TROIS-SIX (*truaçiç*), s.m. Aguardente de 36 graus.
TROLL (*tról*), s.m. Duende (entre os povos escandinavos).
TROLLEY (*trôlé*), s. m. *Elet.* Haste aérea de contato.
TROLLEYBUS (*trôlébüç*), s. m. Trolebus.
TROMBE (*tronb*), s.f. Tromba marinha.
TROMBLON (*tronblon*), s.m. Bacamarte.
TROMBONE (*tronbón'*), s.m. Trombone.
TROMBONISTE (*tronboniçt*), s. m. Aquele que toca trombone.
TROMMEL (*tromél*), s.m. Aparelho para classificar minerais pelo tamanho.
TROMPE (*tronp*), s.f. Trompa.
TROMPE-L'ŒIL (*tronpәlëi*), s. m. inv. Pintura que dá impressão da realidade.
TROMPER (*tronpê*), v. t. Enganar. **SE TROMPER**, v.pr. Enganar-se.
TROMPERIE (*tronpәri*), s. f. Engano, mentira.
TROMPETER (*tronpәtê*), v. i. (Dobra o *t* antes de sílaba muda: *je trompette.*) Tocar trombeta. Grasnar (a águia). V. t. Divulgar, intimar a comparecer.
TROMPETEUR (*tronpәtĕr*), adj. e s. m. Tocador de clarim.
TROMPETTE (*tronpét*), s.f. Trombeta; clarim. *Fig.* Pessoa indiscreta. S. m. Tocador de clarim.
TROMPETTISTE (*tronpétiçt*), s. m. Trombeteiro.
TROMPEUR, EUSE (*tronpĕr, ëz*), adj. e s. Enganador, mentiroso.
TROMPEUSEMENT (*tronpëzman*), adv. Enganosamente.
TRONC (*tron*), s.m. Tronco, caule.
TRONCE ou **TRONCHE** (*tronç* ou *tronk*), s.f. Cepo que se queima na véspera de Natal; tronco de árvore.
TRONCHET (*tronché*), s.m. Toro de três pés.
TRONÇON (*tronçon*), s.m. Toro; pedaço, parte.
TRONCONIQUE (*tronkonik*), adj. Em forma de tronco de cone.
TRONÇONNER (*tronçonê*), v.t. Cortar em pedaços.
TRÔNE (*trôn'*), s.m. Trono.
TRÔNER (*trônê*), v.t. Pavonear-se; dominar.
TRONQUÉ, E (*tronkê*), adj. Mutilado.
TRONQUER (*tronkê*), v.t. Mutilar, truncar.
TROP (*trô*), adv. Demasiado, demais. *Par trop,* demasiado. *De trop,* excessivo, supérfluo. *En trop,* em excesso. *Trop peu,* insuficiente. *C'en est trop,* é demais. S. m. O excesso.
TROPE (*tróp*), s.m. Tropo.
TROPHÉE (*trofê*), s.m. Troféu.
TROPHIQUE (*trofik*), adj. Trófico.
TROPICAL, E, AUX (*tropikal, ô*), adj. Tropical.
TROPIQUE (*tropik*), s.m. e adj. Trópico.
TROPISME (*tropiçm'*), s.m. Tropismo.
TROPOLOGIE (*tropoloji*), s.f. Tropologia.
TROPOLOGIQUE (*tropolojik*), adj. *Ret.* Tropológico, figurado.
TROP-PERÇU (*trôpérçü*), s. m. inv. Soma recebida em excesso.
TROP-PLEIN (*troplen*), s. m. inv. O excedente de um reservatório.
TROQUER (*trokê*). v.t. Trocar.
TROQUEUR, EUSE (*trokĕr, ëz*), s. *Fam.* Trocador.
TROT (*trô*), s.m. Trote.
TROTTABLE (*trotabl*), adj. Bom para trote.
TROTTADE (*trotad*), s.f. Passeio a cavalo ou de carro.
TROTTE (*trót*), s.f. Caminhada.
TROTTE-MENU (*trótmәnü*), adj. inv. Saltitante. *La gent trotte-menu,* os ratos.
TROTTER (*trótê*), v. i. Trotar; andar.
TROTTEUR, EUSE (*trótĕr, ëz*), adj. e s. Troteiro.
TROTTIN (*tróten*), s.m. Moço de recados.
TROTTINEMENT (*trótinәman*), s. m. Passo curto e apressado.
TROTTINER (*trótinê*), v.i. Andar a passo curto e apressado; ter trote curto (animal).
TROTTOIR (*trótuar*), s.m. Calçada, passeio.
TROU (*tru*), s.m. Buraco; cova. *Fig.* Casebre. *Boucher un trou,* pagar uma divida. *Faire son trou,* arranjar boa posição na sociedade.
TROUBADOUR (*trubadur*), s.m. e adj. Trovador.

TROUBLANT, E (*trublan, t*), adj. Perturbador, inquietador.

TROUBLE (*trubl*), s. m. Perturbação; agitação, discórdia; emoção; inquietação. Pl.: Motim. Adj. Turvo, confuso.

TROUBLE-FÊTE (*trublәfét*), s. m. inv. Desmancha-prazeres.

TROUBLER (*trublê*), v.t. Turvar; perturbar, agitar. *Fig.* Causar desinteligências, desordem; intimidar. **SE TROUBLER**, v.pr Turvar-se, perturbar-se.

TROUÉE (*truê*), s. f. Abertura, rombo; passagem.

TROUER (*truê*), v.t. Furar; romper.

TROUFION (*trufion*), s.m. *Pop.* Soldado raso.

TROUILLE (*truii*), s.f. *Pop.* Medo.

TROUPE (*trup*), s.f. Tropa, multidão, bando; quadrilha; companhia de artistas de teatro.

TROUPEAU (*trupô*), s.m. Rebanho, manada, bando. Pl.: *des troupeaux*.

TROUPIER (*trupiê*), s. m. *Fam.* Soldado.

TROUSSAGE (*truçaj*), s.m. Preparo de uma ave para assar.

TROUSSE (*truç*), s. f. Feixe, molho; estojo; bolsa. *Avoir quelqu'un à ses trousses*, ser perseguido por alguém.

TROUSSEAU (*truçô*), s. m. Molho, feixe; enxoval. Pl.: *des trousseaux*.

TROUSSE-GALANT (*truçgalan*), s.m. Cólera esporádica (doença).

TROUSSER (*truçê*), v.t. Arregaçar; despachar; matar; preparar aves para assar. **SE TROUSSER**, v. pr. Arregaçar a roupa.

TROUSSIS (*truçi*), s. m. Prega. Pl.: *des troussis*.

TROUVABLE (*truvabl*), adj. Achável.

TROUVAILLE (*truvaii*), s. f. Achado; idéia feliz.

TROUVÉ, E (*truvê*), adj. Achado; original; espontâneo.

TROUVER (*truvê*), v.t. Achar, encontrar; surpreender; experimentar, sentir. **SE TROUVER**, v.pr. Encontrar-se, existir; sentir-se; reconhecer-se. *Il se trouva que*, aconteceu que. *Se trouver mal* ou *bien de*, arrepender-se ou alegrar-se. *Trouver à qui parler*, achar um igual.

TROUVÈRE (*truvér*), s.m. V. **TROUBADOUR**.

TROUVEUR, EUSE (*truvĕr, ĕz*), s. Inventor, descobridor.

TROYEN, ENNE (*truaien, én'*), adj. e s. Troiano (de Tróia ou de Troyes, França).

TRUAND, E (*trüan, d*), s. Vadio, vagabundo.

TRUANDAILLE (*trüandaii*), s. f. Bando de vadios.

TRUANDER (*trüandê*), v. i. Vadiar.

TRUANDERIE (*trüanderi*), s.f. Vadiagem.

TRUBLE ou **TROUBLE** (*trübl* ou *trubl*), s.f. Rede para pescar.

TRUBLEAU (*trüblô*), s.m. Pequena rede para pescar. Pl.: *des trubleaux*.

TRUBLION (*trüblion*), s.m. Indivíduo agitador.

TRUC (*trük*), s.m. Truque; ardil. Coisa de que não se sabe o nome.

TRUCAGE ou **TRUQUAGE** (*trükaj*), s. m. Processo de dar aos objetos modernos a aparência de antigos; emprego de truques.

TRUCHEMENT (*trüchman*), s.m. Intermediário.

TRUCIDER (*trüçidê*), v.t. *Fam.* Trucidar, massacrar.

TRUCULENCE (*trükülanç*), s.f. Truculência.

TRUCULENT, E (*trükülan, t*), adj. Truculento.

TRUELLE (*trüél*), s.f. Colher para peixe. Colher de pedreiro.

TRUELLÉE (*trüélê*), s.f. Colherada.

TRUFFE (*trüf*), s.f. Trufa (cogumelo).

TRUFFER (*trüfê*), v.t. Trufar.

TRUFFIER, ÈRE (*trüfiê, ér*), adj. Trufeiro.

TRUFFIÈRE (*trüfiér*), s.f. Campo de trufas.

TRUIE (*trüi*), s.f. Porca.

TRUISME (*trüiçm'*), s.m. Truísmo.

TRUITE (*trüit*), s.f. Truta.

TRUITÉ, E (*trüitê*), adj. Malhado, pintado.

TRUMEAU (*trümô*), s.m. Coxa da perna do boi. *Arq.* Tremó.

TRUQUAGE (*trükaj*), s.m. V. **TRUCAGE**.

TRUQUER (*trükê*), v.t. *Fam.* V. i. Usar truques.

TRUQUEUR, EUSE (*trükĕr, ĕz*), s. Falsificador; charlatão.

TRUSQUIN (*trüçken*), s. m. Graminho.

TRUST (*trĕçt*), s. m. Truste.

TRUSTEE (*trüçti*), s. m. Administrador, síndico.

TRYPANOSOME (*tripanozóm'*), s. m. Tripanossomo.

TRYPSINE (*tripcin'*), s. f. Tripsina.

TSAR (*tçar*), s. m. Czar.

TSARÉVITCH (*tçarêvitch*), s. m. Czaréviche.

TSARINE (*tçarin'*), s. f. Czarina.

TSARISME (*tçariçm*), s. m. Czarismo.

TSARISTE (*tçariçt*), adj. e s. Czarista.

TU, TOI, TE (*tü, tuá, tә*), pron. pess. Tu, te, ti.

TUABLE (*tüabl*), adj. Bom para matar.

TUANT, E (*tüan, t*), adj. *Fam.* Fatigante, penoso.

TUBA (*tübá*), s. m. Tuba.

TUBAGE (*tübaj*), s. m. Tubagem.

TUBE (*tüb*), s. m. Tubo, canal, bisnaga. *Pop.* Chapéu alto.

TUBER (*tübê*), v. t. Guarnecer de tubos nas sondagens.
TUBÉRACÉ, E (*tübêraçê*), adj. Tuberáceo.
TUBERCULE (*tübérkül*), s. m. Tubérculo.
TUBERCULEUX, EUSE (*tübérkülë, ëz*), adj. e s. Tuberculoso.
TUBERCULINATION ou **TUBERCULINISATION** (*tubérkülinaçion* ou *tubérkülinizaçion*), s. m. Tuberculinização.
TUBERCULINE (*tübérkülin'*), s. f. Tuberculina.
TUBERCULINER ou **TUBERCULINISER** (*tübérküliné* ou *tübérkülinizê*), v. t. Tuberculizar.
TUBERCULOSE (*tübérkülôz*), s. f. Tuberculose.
TUBÉREUSE (*tübêrëz*), s. f. Tuberosa.
TUBÉREUX, EUSE (*tübêrë, ëz*), adj. Tuberoso.
TUBÉRIFORME (*tübériform'*), adj. Tuberiforme.
TUBÉRISATION (*tübêrizaçion*), s. f. Transformação em tubérculos.
TUBÉROSITÉ (*tübêrozitê*), s. f. Tuberosidade.
TUBULAIRE (*tübülér*), adj. Tubular.
TUBULÉ, E (*tübülê*), adj. Tubulado.
TUBULEUX, EUSE (*tübülë, ëz*), adj. Tubuloso.
TUBULURE (*tübülür*), s. f. Tubuladura.
TUDESQUE (*tüdéçk*), adj. Tudesco.
TUER (*tüê*), v. t. Matar; destruir; prejudicar; importunar, mortificar; desacreditar. **SE TUER**, v. pr. Suicidar-se; fatigar-se em excesso.
TUERIE (*türi*), s. f. Mortandade, matança.
TUE-TÊTE (À) (*atütét*), loc. adv. *Crier à tue-tête,* a plenos pulmões.
TUEUR, EUSE (*tuër, ëz*), s. Matador, assassino.
TUF (*tüf*), s. m. Tufo. *Fig.* Natureza, caráter, formação.
TUFFEAU ou **TUFEAU** (*tüfô*), s. m. Micáceo que endurece com o ar. Pl.: *des tuffeaux* ou *tufeaux.*
TUFIER, ÈRE (*tufiê, ér*), adj. Tufoso.
TUILE (*tüil*), s. f. Telha. *Fig.* e *fam.* Contratempo.
TUILEAU (*tüilô*), s. m. Pedaço de telha. Pl.: *des tuileaux.*
TUILERIE (*tüilri*), s. f. Fábrica de telhas.
TUILETTE (*tüilét*), s. f. Telha pequena.
TUILIER (*tüiliê*), adj. e s. m. Telheiro, fabricante de telha.
TULIPE (*tülip*), s. f. Tulipa.
TULIPIER (*tülipiê*), s. m. Tulipeiro.
TULLE (*tül*), s. m. Tule.
TULLERIE (*tülri*), s. f. Comércio ou fábrica de tule.
TULLIER, ÈRE (*tüliê, ér*), adj. Relativo ao tule.
TULLISTE (*tüliçt*), s. Fabricante ou vendedor de tule.
TUMÉFACTION (*tümêfakçion*), s. f. Tumefação.
TUMÉFIER (*tümêfiê*), v. t. (Conjuga-se como *prier.*) Tumeficar.
TUMESCENCE (*tüméçanç*), s. f. Tumescência.
TUMESCENT, E (*tüméçan, t*), adj. Tumescente.
TUMEUR (*tümër*), s. f. Tumor.
TUMULAIRE (*tümülér*), adj. Tumular.
TUMULTE (*tümült*), s. m. Tumulto.
TUMULTUAIRE (*tümültüér*), adj. Tumultuário.
TUMULTUAIREMENT (*tümültüérman*), Adv. De forma tumultuária.
TUMULTUEUSEMENT (*tümültüëzman*), adv. Tumultuosamente.
TUMULTUEUX, EUSE (*tümültüë, ëz*), adj. Tumultuoso.
TUMULUS (*tümülüç*), s. m. Monte de terra. Construção em forma de cone que os antigos levantavam sobre as sepulturas. Pl.: *des tumulus* ou *tumuli.*
TUNGSTATE (*tongçtat*), s. m. Tungstato.
TUNGSTÈNE (*tongçtén'*), s. m. Tungstênio.
TUNIQUE (*tünik*), s. f. Túnica.
TUNIQUÉ, E (*tünikê*), adj. Vestido de túnica.
TUNISIEN, ENNE (*tünizien, én'*), adj. e s. Tunisino; tunesino.
TUNNEL (*tünél*), s. m. Túnel.
TURBAN (*türban*), s. m. Turbante.
TURBIDITÉ (*türbiditê*), s. f. Turvação, turvamento.
TURBIN (*türben*), s. m. *Pop.* Trabalho.
TURBINAGE (*türbinaj*), s. m. Centrifugação de xaropes.
TURBINE (*türbin'*), s. f. Turbina.
TURBINÉ (*türbinê*), adj. Turbinado.
TURBINER (*türbinê*), v. t. *Pop.* Trabalhar ativamente.
TURBO-ALTERNATEUR (*türbôaltérnatër*), s. m. Turbo-alternador. Pl.: *des turbo-alternateurs.*
TURBOCOMPRESSEUR (*türbokonpréçër*), s. m. Turbocompressor. Pl.: *des turbocompresseurs.*
TURBOPROPULSEUR (*türbopropulçër*), s. m. Turbopropulsor.
TURBORÉACTEUR (*türborêaktër*), s. m. Turborreator.
TURBOT (*türbô*), s. m. Rodovalho.
TURBOTIÈRE (*türbotiér*), s. f. Caçarola para cozinhar o rodovalho.
TURBOTIN (*türboten*), s. m. Rodovalho pequeno.
TURBULENCE (*türbülanç*), s. f. Turbulência.
TURBULENT, E (*türbülan, t*), adj. Turbulento.
TURC, TURQUE (*türk*), adj. e s. Turco. S. m. Larva de besouro.

TURCIE (*türçi*), s. f. Dique às margens de um rio.
TURDUS (*türdüç*), s. m. Tordo. Pl.: *des turdus.*
TURELURE (*türlür*), s. f. Refrão. *C'est toujours la même turelure,* é sempre a mesma história.
TURF (*türf*), s. m. Turfe.
TURFISTE (*türfiçt*), s. Turfista.
TURGESCENCE (*türjéçan, t*), s. f. Turgescência.
TURION (*türion*), s. m. Turião.
TURLUPIN (*türlüpen*), s. m. Engraçado, caçoador.
TURLUPINADE (*türlüpinad*), s f. Chocarrice.
TURLUPINAGE (*türlüpinaj*), s. m. Efeito de caçoar.
TURLUPINER (*türlüpinê*), v. t. Atormentar. V. i. Dizer graçolas, troçar.
TURME (*türm*), s. f. Esquadrão (do exército romano).
TURNE (*türn*), s. f. *Pop.* Casa, quarto.
TURNEP ou **TURNEPS** (*türnép*), s. m. Túrnepo.
TURPITUDE (*türpitüd*), s. f. Torpeza.
TURQUERIE (*türkeri*), s. f. Crueldade.
TURQUIN (*türken*), adj. m. *Bleu turquin,* azul ferrete. *Marbre turquin,* mármore azul com veios brancos.
TURQUOISE (*türkuaz*), s. f. Turquesa.
TUSSILAGE (*tüçilaj*), s. m. Tussilagem.
TUSSOR (*tüçór*), s. m. Tecido leve de seda.
TUTÉLAIRE (*tütélér*), adj. Tutelar.
TUTELLE (*tütél*), s. f. Tutela.
TUTEUR, TRICE (*tütĕr, triç*), s. Tutor. S. m. Estaca, vara.
TUTEURAGE (*tütĕraj*), s. m. Escora de plantas com tutor ou estaca.
TUTEURER (*tütĕrê*), v. t. Escorar com tutor ou estaca.
TUTOIEMENT (*tütuaman*), s. m. Tratamento por tu.
TUTOYER (*tütuaiê*), v. t. (Conjuga-se como *aboyer.*) Tratar por tu.
TUTOYEUR, EUSE (*tütuaiĕr, ĕz*), adj. Pessoa que tem o hábito de tratar de tu.
TUTU (*tütü*), s. m. Calções e saias estufados, para dança.
TUYAU (*tüiô*) s. m. Tubo, cano, canudo. Pl.: *des tuyaux.*
TUYAUTAGE (*tüiôtaj*), s. m. Tubagem.
TUYAUTER (*tüiôtê*), v. t. Encanudar.
TUYAUTERIE (*tüiôteri*), s. f. Fábrica de tubos; canalização; tubagem.
TUYÈRE (*tüiér* ou *tüiiér*), s. f. Boca de forja.
TYLOSE (*tilôz*), s. f. Tilose.
TYMPAN (*tenpan*), s. m. Tímpano.
TYMPANAL, E, AUX (*tenpanal, ô*), adj. Timpanal ou timpânico.
TYMPANIQUE (*tenpanik*), adj. Timpânico.
TYMPANISER (*tenpanizê*), v. t. Proclamar; difamar; irritar.
TYMPANISME (*tenpaniçm'*), s. m. Timpanismo.
TYMPANITE (*tenpanit*), s. f. Timpanite ou timpanismo.
TYMPANON (*tenpanon*), s. m. Tímpano (instrumento).
TYPE (*tip*), s. m. Tipo.
TYPHIQUE (*tifik*), adj. Tífico.
TYPHLITE (*tiflit*), s. f. Tiflite.
TYPHOÏDE (*tifoid*), adj. Tifóide.
TYPHOIQUE ou **TYPHOÏDIQUE** (*tifoik* ou *tifoidik*), adj. Tífico.
TYPHON (*tifon*), s. m. Tufão.
TYPHOSE (*tifôz*), s. f. Estado febril, distinto da febre tifóide.
TYPHOTOXINE (*tifotokçin'*), s. f. Tifotoxina.
TYPHUS (*tifüç*), s. m. Tifo.
TYPIQUE (*tipik*), adj. Típico.
TYPOCHROMIE (*tipokromi*), s. f. Tipocromia.
TYPOGRAPHE (*tipograf*), s. Tipógrafo.
TYPOGRAPHIE (*tipografi*), s. f. Tipografia.
TYPOGRAPHIQUE (*tipografik*), adj. Tipográfico.
TYPOGRAPHIQUEMENT (*tipografikman*), adv. Tipograficamente.
TYPTOLOGIE (*tiptoloji*), s. f. Tiptologia.
TYRAN (*tiran*), s. m. Tirano. *Fig.* Opressor.
TYRANNEAU (*tiranô*), s. m. Tiranete. Pl.: *des tyranneaux.*
TYRANNICIDE (*tiraniçid*), s. m. Tiranicida.
TYRANNIE (*tirani*), s. f. Tirania.
TYRANNIQUE (*tiranik*), adj. Tirânico.
TYRANNIQUEMENT (*tiranikman*), adv. Tiranicamente.
TYRANNISER (*tiranizê*), v. t. Tiranizar.
TYRIEN, ENNE (*tirien, én'*), adj. e s. Tírio.
TYRINNE (*tirin'*), s. f. V. **CASÉINE.**
TYROLIEN, ENNE (*tirolien, én'*), adj. e s. Tirolês.
TYRRHÉNIEN, ENNE (*tirênien, én'*), adj. e s. Tirreno ou tirrênio.
TZAR, TZARINE, TZARÉVITCH (*tzar, tzarin', tzarêvitch*), V. **TSAR, TSARINE, TSARÉVITCH.**
TZIGANE ou **TSIGANE** (*tzigan'* ou *tçigan'*), adj. e s. Tzigano.

U

U (*ü*), s. f. Vigésima primeira letra do alfabeto.

UBAC (*übak*), s. m. Vertente montanhosa exposta à sombra.

UBÉREUX, EUSE (*übêrë, ëz*), adj. Ubertoso, úbere.

UBIQUITÉ (*übikŭitê*), s. f. Ubiqüidade.

UHLAN (*ülan*), s. m. *Mil.* Ulano.

UKASE ou **OUKASE** (*ükaz* ou *ukaz*), s. m. Ucasse.

UKRAINIEN, ENNE (*ükrénien, én'*), e, às vezes, **UKRANIEN, ENNE** (*ükranien, én'*), adj. e s. Ucraniano.

ULCÉRATIF, IVE (*ülçêratif, iv*), adj. Ulcerativo.

ULCÉRATION (*ülçêraçion*), s. f. Ulceração.

ULCÈRE (*ülçér*), s. m. Úlcera.

ULCÉRÉ, E (*ülçêrê*), adj. Ulcerado.

ULCÉRER (*ülçêrê*), v. t. Ulcerar.

ULCÉREUX, EUSE (*ülçêrë, ëz*), adj. Ulceroso.

ULÉMA (*ülêmá*), s. m. Ulemá.

ULIGINAIRE ou **ULIGINEUX, EUSE** (*ülijinér* ou *ülijinë, ëz*), adj. Uliginoso.

ULTÉRIEUR, E (*ültêriër*), adj. Ulterior.

ULTÉRIEUREMENT (*ültêriërman*), adv. Ulteriormente; mais tarde.

ULTIMATUM (*ültimatóm'*), s. m. Ultimato.

ULTIME (*ültim'*), adj. Último.

ULTIMO (*ültimô*), adv. Em último lugar.

ULTRA-COURT, E (*ültrakur, t*), adj. Ultracurto.

ULTRA-LIBÉRAL, E, AUX (*ültralibêral, ô*), adj. e s. Ultraliberal.

ULTRAMICROSCOPE (*ültramikroçkop*), s. m. Ultramicroscópio.

ULTRAMICROSCOPIE (*ültramikroçkopi*), s. f. Ultramicroscopia.

ULTRAMONTAIN, E (*ültramonten, én'*), adj. e s. Ultramontano, transmontano.

ULTRA-ROYALISTE (*ültraruaialiçt*), s. Ultra-realista. Pl.: *des ultra-royalistes.*

ULTRA-SON (*ültraçon*), s. m. Ultra-som Pl.: *des ultra-sons.*

ULTRAVIOLET, ETTE (*ültraviolé, ét*), adj. Ultravioleta.

ULULATION ou **ULULEMENT** (*ülülaçion* ou *ülülman*), s. f. Ululação. Uivo.

ULULER (*ülülê*), v. i. Ulular; uivar.

ULVE (*ülv*), s. f. *Bot.* Ulva.

UN, UNE (*ën, ün'*), adj. num. card. e art. ind. Um, uma. Pron. indef. Alguém. *Pas un*, nenhum, ninguém. *Ne faire qu'un*, ser absolutamente semelhante ou estar perfeitamente unido. *En donner une à quelqu'un*, enganar alguém. *L'un*, um dos dois chamados (por oposição a outro). *L'un l'autre*, reciprocamente. *Fig. Ne faire ni un ni deux*, não hesitar.

UNANIME (*ünanim'*), adj. Unânime.

UNANIMEMENT (*ünanimoman*), adv. Unanimemente.

UNANIMISME (*ünanimiçm*), s. m. Unanimismo.

UNANIMITÉ (*ünanimitê*), s. f. Unanimidade.

UNAU (*ünô*), s. m. *Zool.* Unau. Preguiça. Pl.: *des unaux.*

UNGUÉAL, E, AUX (*onghêal, ô*), adj. Ungueal.

UNGUIFÈRE (*onghifér*), adj. Ungulfero.

UNGUINEUX, EUSE (*onghinë, ëz*), adj. *Anat.* Ungüinoso.

UNGUIS (*onghiç*), s. m. *Anat.* Ungüe. Pl.: *des unguis.*

UNI, E (*üni*), adj. Unido; liso.

UNIATE (*üniat*), s. m. Cristão grego que reconhece a supremacia do Papa.

UNICELLULAIRE (*üniçélülér*), adj. Unicelular.

UNICITÉ (*üniçitê*), s. f. Unicidade.

UNICOLORE (*ünikolór*), adj. Unicolor.

UNICORNE (*ünikórn*), adj. Unicorne.

UNIÈME (*üniém'*), num. ord. Primeiro. (Emprega-se somente depois das dezenas, centenas, etc.)

UNIÈMEMENT (*üniémoman*), adv. (Emprega-se somente após outro número.) *Vingt et unièmement*, etc., em vigésimo primeiro lugar, etc.

UNIFICATEUR, TRICE (*ünifikatër, triç*), adj. Unificador, que unifica.

UNIFICATION (*ünifikaçion*), s. f. Unificação, ação de unificar.

UNIFIER (*ünifiê*), v. t. (Conjuga-se como *prier.*) Unificar.

UNIFOLIÉ, E (*ünifoliê*), adj. *Bot.* Unifoliado.

UNIFORME (*ünifórm*), adj. e s. m. Uniforme.

UNIFORMÉMENT (*üniformêman*), adv. Uniformemente.

UNIFORMISATION (*üniformizaçion*), s. f. Uniformização.

UNIFORMISER (*üniformizê*), v. t. Uniformizar, tornar uniforme.

UNIFORMITÉ (*üniformitê*), s. f. Uniformidade.

UNILATÉRAL, E, AUX (*ünilatêral, ô*), adj. Unilateral.

UNIMENT (*üniman*), adv. Unidamente, igualmente. *Fig.* Simplesmente.

UNINOMINAL, E, AUX (*üninominal, ô*), adj. Uninominal.
UNION (*ünion*), s. f. União.
UNI-OVULÉ, E (*üniovülê*), adj. Uniovulado.
UNIPARE (*ünipar*), adj. Uníparo.
UNIPERSONNEL, ELLE (*ünipérçonél*), adj. Unipessoal.
UNIPERSONNELLEMENT (*ünipérçonélman*), adv. Unipessoalmente.
UNIPOLAIRE (*ünipolér*), adj. Unipolar.
UNIQUE (*ünik*), adj. Único.
UNIQUEMENT (*ünikman*), adv. Unicamente.
UNIR (*ünir*), v. t. Unir. **S'UNIR**, v. pr. Unir-se.
UNISSON (*üniçon*), s. m. Únissonância, uníssono.
UNITAIRE (*ünitér*), adj. e s. m. Unitário.
UNITARIEN, ENNE (*ünitarien, én'*), s. Unitariano.
UNITARISME (*ünitariçm*), s. m. Unitarismo.
UNITÉ (*ünitê*), s. f. Unidade.
UNITIF, IVE (*ünitif, iv*), adj. Unitivo.
UNIVERS (*üniver*), s. m. Universo. Pl.: *des univers.*
UNIVERSALISATION (*ünivérçalizaçion*), s. f. Universalização.
UNIVERSALISER (*üniverçalizê*), v. t. Universalizar; tornar universal, geral.
UNIVERSALISME (*üniverçaliçm*), s. m. Universalismo.
UNIVERSALISTE (*üniverçaliçt*), s. m. Universalista.
UNIVERSALITÉ (*ünivérçalitê*), s. f. Universalidade.
UNIVERSEL, ELLE (*ünivérçél*), adj. e s. m. Universal.
UNIVERSELLEMENT (*ünivérçélman*), adv. Universalmente.
UNIVERSITAIRE (*üniverçitér*), adj. Universitário. S. m. Professor de universidade.
UNIVERSITÉ (*ünivérçitê*), s. f. Universidade; corpo docente escolhido pelo Estado para ministrar em seu nome o ensino primário, secundário e superior.
UNIVOCITÉ (*ünivoçitê*), s. f. *Filos.* Univocidade.
UNIVOQUE (*ünivok*), adj. Unívoco.
UPPERCUT (*üpérkët*), s. m. Golpe sob o queixo, de baixo para cima.
URANATE (*üranat*), s. m. *Quím.* Uranato.
URANE (*üran'*), s. m. *Quím.* Óxido de urânio.
URANIE (*ürani*), s. f. *Zool.* Urânia.
URANIQUE (*üranik*), adj. Urânico.
URANIUM (*üraniôm'*), s. m. *Quím.* Urânio.
URANOGRAPHE (*üranograf*), s. m. Uranógrafo.
URANOGRAPHIE (*üranografi*), s. f. Uranografia; descrição do céu.
URANOMÉTRIE (*üranomêtri*), s. f. Uranometria.
URANOPLASTIE (*üranoplaçti*), s. f. *Med.* Uranoplastia.
URANOSCOPE (*üranoçkóp*), s. m. Uranoscópio.
URATE (*ürat*), s. m. *Quím.* Urato.
URBAIN, E (*ürben, én'*), adj. e s. Urbano.
URBANISATION (*ürbanizaçion*), s. f. Urbanização.
URBANISER (*ürbanizê*), v. t. Urbanizar.
URBANISME (*ürbaniçm*), s. m. Urbanismo.
URBANISTE (*ürbaniçt*), s. Urbanista.
URBANITÉ (*ürbanitê*), s. f. Urbanidade.
URÉE (*ürê*), s. f. Uréia.
URÉIDE (*ürêid*), s. m. Composto de uréia.
URÉMIE (*ürêmi*), s. f. *Med.* Uremia.
URÉMIQUE (*ürêmik*), adj. *Med.* Urêmico.
URÉTÉRALGIE (*ürêtêralji*), s. f. Ureteralgia.
URÉTÈRE (*ürêtér*), s. m. *Anat.* Ureter.
URÉTÉRITE (*ürêtêrit*), s. f. *Med.* Ureterite.
URÉTRAL, E, AUX (*ürêtral, ô*), adj. Uretral.
URÈTRE (*ürétr*), s. m. *Anat.* Uretra.
URGENCE (*ürjanç*), s. f. Urgência.
URGENT, E (*ürjan, t*), adj. Urgente.
URICÉMIE (*üriçêmi*), s. f. *Med.* Uricemia.
URINAIRE (*ürinéx*), adj. Urinário.
URINAL (*ürinal*), s. m. Urinol (para doentes). Pl.: *des urinaux.*
URINE (*ürin'*), s. f. Urina.
URINER (*ürinê*), v. i. Urinar.
URINEUX, EUSE (*ürinë, ëz*), adj. Urinoso.
URINOIR (*ürinuar*), s. m. Mictório.
URIQUE (*ürik*), adj. *Med.* Úrico.
URNE (*ürn*), s. f. Urna.
URODÈLES (*ürodél*), s. m. pl. *Zool.* Urodelos.
UROLOGIE (*üroloji*), s. f. Urologia.
UROLOGISTE (*ürolojiçt*), s. m. Urologista.
UROSCOPIE (*üroçkopi*), s. f. Uroscopia.
URSULINE (*ürçülin'*), s. f. Ursulina.
URTICAIRE (*ürtikér*), s. f. Urticária.
URTICANT, E (*ürtikan, t*), adj. Urticante.
URTICATION (*ürtikaçion*), s. f. Urticação.
URUBU (*ürübü*), s. m. Urubu.
URUGUAYEN, ENNE (*ürüghéien, én'*), adj. e s. Uruguaio.
URUS (*ürüç*), s. m. *Zool.* Uro.
US (*üç*), s. m. pl. Usos. *Les us et coutumes,* usos e costumes. Pl.: *des us.*
USABLE (*üzabl*), adj. Usável.
USAGE (*üzaj*), s. m. Uso; hábito.
USAGER, ÈRE (*üzajê, ér*), adj. Usuário.
USANCE (*üzanç*), s. f. Prazo de trinta dias para o vencimento de uma letra.

USANT, E (*üzant*), adj. Que usa. *Dir.* Que tem o direito de usar.
USÉ, E (*üzê*), adj. Usado, gasto.
USER (*üzê*), v. t. e i. Usar; perder, estragar. *En user*, agir, conduzir-se.
USINAGE (*üzinaj*), s. m. Usinagem.
USINE (*üzin'*), s. f. Usina, grande fábrica; oficina.
USINER (*üzinê*), v. t. Fabricar numa usina.
USINIER, ÈRE (*üzinié, ér*). s. m. e adj. Usineiro.
USITÉ, E (*üzitê*), adj. Usado.
USTENSILE (*üçtançil*), s. m. Utensílio.
USTION (*üçtion*), s. f. Ustão.
USUCAPION (*üzükapion*), s. f. Usucapião.
USUEL, ELLE (*üzüél*), adj. Usual.
USUELLEMENT (*üzüélman*), adv. Usualmente.
USUFRUCTUAIRE (*üzüfrüktüér*), adj. Usufrutuário.
USUFRUIT (*üzüfrüi*), s. m. Usufruto.
USUFRUITIER, ÈRE (*üzüfrüitiê, ér*), adj. e s. Usufrutuário.
USURAIRE (*üzürér*), adj. Usurário.
USURAIREMENT (*üzürérman*), adv. Usurariamente.
USURE (*üzür*), s. f. Usura. Desgaste.
USURIER ou **USURIÈRE** (*üzüriê* ou *üzüriér*), adj. e s. Usurário.
USURPATEUR, TRICE (*üzürpatër, triç*), s. Usurpador.
USURPATION (*üzürpaçion*), s. f. Usurpação.
USURPATOIRE (*üzürpatuar*), adj. Usurpatório.
USURPER (*üzürpê*), v. t. Usurpar.
UTÉRIN, E (*ütêren, in'*), adj. Uterino.
UTÉRUS (*ütêrüç*), s. m. Útero. Pl.: *des utérus.*
UTILE (*ütil*), adj. e s. m. Útil.
UTILEMENT (*ütilman*), adv. Utilmente.
UTILISABLE (*ütilizabl*), adj. Utilizável.
UTILISATEUR, TRICE (*ütilizatër, triç*), adj. Que utiliza.
UTILISATION (*ütilizaçion*), s. f. Utilização.
UTILISER (*ütilizê*), v. t. Utilizar.
UTILITAIRE (*ütilitér*), adj. e s. Utilitário.
UTILITARISME (*ütilitariçm*), s. m. Utilitarismo.
UTILITÉ (*ütilitê*), s. f. Utilidade; proveito.
UTOPIE (*ütopi*), s. f. Utopia.
UTOPIQUE (*ütopik*), adj. Utópico.
UTOPISTE (*ütopiçt*), s. Utopista.
UTRICULE (*ütrikül*), s. m. *Bot.* Utrículo.
UTRICULEUX, EUSE (*ütrikülë, ëz*), adj. Utriculoso.
UVAL, E, AUX (*üval, ô*), adj. Uval.
UVE (*üv*), s. f. Pomada de branco de chumbo.
UVÉE (*üvê*), s. f. Úvea.
UVÉITE (*üvêit*), s. f. *Med.* Uveíte.
UVULAIRE (*üvülér*), adj. Uvular. S. f. *Bot.* Uvulária.
UVULE (*üvül*), s. f. Úvula.

V

V (*vê* ou *və*), s. f. Vigésima segunda letra do alfabeto.
VACANCE (*vakanç*), s. f. Vaga, vacância. Pl. Férias.
VACANT, E (*vakan, t*), adj. Vacante, vago. *Place vacante*, vaga, lugar vago.
VACARME (*vakarm*), s. m. Alarido, algazarra, barulho.
VACATION (*vakaçion*), s. f. Ofício, mister. S. f. pl. Férias dos tribunais.
VACCAIRE (*vakér*), s f. *Bot.* Vacária.
VACCIN (*vakçen*), s. m. Vacina.
VACCINABLE (*vakçinabl*), adj. Vacinável.
VACCINAL, E, AUX (*vakçinal, ô*), adj. Vacinal.
VACCINATEUR (*vakçinatêr*), s. e adj. m. Vacinador.
VACCINATION (*vakçinaçion*), s. f. Vacinação.
VACCINE (*vakçin'*), s. f. Vacina.
VACCINELLE (*vakçinél*), s. f. *Med.* Pústula vacínica.
VACCINER (*vakçinê*), v. t. *Med.* Vacinar.
VACCINIFÈRE (*vakçinifér*), adj. Vacinífero.
VACCINOGÈNE (*vakçinojén'*), adj. Vacinogênico.
VACCINOIDE (*vakçinoid*), adj. Vacinóide. S. f. V. **VACCINELLE**.
VACCINOSTYLE (*vakçinoçtil*), s. m. *Med.* Estilete de vacinar.
VACCINOTHÉRAPIE (*vakçinotêrapi*), s. f. Vacinoterapia.
VACHE (*vach*), s. f. Vaca. *Manger la vache enragée*, comer o pão que o diabo amassou.
VACHER, ÈRE (*vachê, ér*), s. Vaqueiro.
VACHERIE (*vachri*), s. f. Vacaria.
VACHERIN (*vachren*), s. m. Bolo de creme com massa de merengue.
VACHETTE (*vachét*), s. f. Vaqueta.
VACILLANT, E (*vaçilan, t* ou *vaçiian, t*), adj. Vacilante.
VACILLATION (*vaçilaçion* ou *vaçiiaçion*), s. f. Vacilação, oscilação.
VACILLATOIRE (*vaçilatuar* ou *vaçiiatuar*), adj. Vacilatório.
VACILLEMENT (*vaçilman* ou *vaçiiman*), s. m. Vacilação.
VACILLER (*vaçilê* ou *vaçiiê*), v. t. Vacilar; oscilar; tremer. *Fig.* Hesitar.
VACUITÉ (*vakūitê*), s. f. Vacuidade.
VACUOLE (*vakūól*), s. f. Vacúolo.
VACUUM (*vakūóm'*), s. m. Vácuo.
VADE-MECUM (*vadêmékóm'*), s. m. Vade-mécum.
VADROUILLE (*vadruii*), s. f. Lambaz. *Pop.* Passeio alegre.
VADROUILLER (*vadruiê*), v. i. Andar em patuscada, freqüentar as tabernas.
VA-ET-VIENT (*vaêvien*), s. m. inv. Vaivém.
VAGABOND, E (*vagabon, d*), adj. e s. m. Vagabundo.
VAGABONDAGE (*vagabondaj*), s. m. Vagabundagem.
VAGABONDER (*vagabondê*), v. i. Vagabundar.
VAGIN (*vajen*), s. m. Vagina.
VAGINAL, E, AUX (*vajinal, ô*), adj. Vaginal.
VAGIR (*vajir*), v. i. Vagir.
VAGISSANT, E (*vajiçan, t*), adj. Que vage.
VAGISSEMENT (*vajiçman*), s. m. Vagido.
VAGUE (*vag*), s. f. Vaga, onda. Adj. Vago, confuso.
VAGUELETTE (*vaghəlét*), s. f. Vaga pequena, ondinha.
VAGUEMENT (*vagman*), adv. Vagamente, de maneira vaga.
VAGUEMESTRE (*vagméçtr*), s. m. *Mil.* Vagomestre.
VAGUER (*vaghê*), v. i. Vaguear, errar.
VAIGRAGE (*végraj*), s. m. *Mar.* Conjunto de tábuas de um navio.
VAIGRE (*végr*), s. f. *Mar.* Tábua empregada no revestimento de um navio.
VAIGRER (*végrê*), v. t. *Mar.* Revestir de tábuas o interior de um navio.
VAILLAMMENT (*vaiaman*), adv. Valentemente.
VAILLANCE (*vaianç*), s. f. Valentia, bravura, coragem.
VAILLANT, E (*vaian, t*), s. m. Bens, haveres. Adj. Valente, corajoso.
VAILLANTISE (*vaiantiz*), s. f. Valentia, façanha, proeza.
VAIN, E (*ven, én'*), adj. Vão. *Vaine pâture*, terreno cuja pastagem é livre.
VAINCRE (*venkr*), v. t. (*Je vaincs, tu vaincs, il vainc, nous vainquons, vous vainquez, ils vainquent. Je vainquais, nous vainquions. Je vainquis, nous vainquîmes. Je vaincrai, nous vaincrons. Je vaincrais, nous vaincrions. Vaincs, vainquons, vainquez. Que je vainque, que nous vainquions. Que je vainquisse, que nous vainquissions. Vainquant. Vaincu, e.*) Vencer. **SE VAINCRE**, v. pr. Vencer-se; dominar-se.
VAINCU, E (*venkü*), adj. e s. m. Vencido.
VAINEMENT (*vénəman*), adv. Vãmente,

em vão.

VAINQUEUR (*venkër*), adj. e s. m. Vencedor.

VAIR (*vér*), s. m. Pele de animal branca e cinzenta. *Heráld.* Veiro.

VAIRON (*véron*), adj. Olhos que diferem um do outro na cor.

VAISSEAU (*vêçô*), s. m. Vaso. *Arq.* Nave. Pl.: *des vaisseaux.*

VAISSELIER (*véçélié*), s. m. Guarda-louça.

VAISSELLE (*véçél*), s. f. Louça, baixela.

VAISSELLERIE (*véçélri*), s. f. Louçaria, utensílios de uso doméstico; a indústria desses objetos.

VAL (*val*), s. m. Vale. Pl.: *des vaux.*

VALABLE (*valabl*), adj. Válido.

VALABLEMENT (*valabləman*), adv. Validamente.

VALENCE (*valanç*), s. f. *Quím.* Valência. *Bot.* Laranja de Valência.

VALENCIENNES (*valançién'*), s. f. Renda valenciana.

VALENTIN (*valanten*), s. m. Pretendente que cada moça escolhia outrora na festa dos archotes.

VALENTINE (*valantin*), s. f. Moça que escolhia o seu pretendente outrora na festa dos archotes.

VALÉRIANACÉES (*valêrianaçê*), s. f. pl. *Bot.* Valerianáceas.

VALÉRIANATE (*valêrianat*), s. m. Valerianato.

VALÉRIANE (*valêrian'*), s. f. Valeriana.

VALÉRIANIQUE ou **VALÉRIQUE** (*valêrianik* ou *valêrik*), adj. Valeriânico.

VALET (*valé*), s. m. Criado, servo. Valete (no jogo de cartas). Suporte de ferro de mesa de carpinteiro. Contrapeso das portas automáticas.

VALETAILLE (*valtaii*), s. f. Criadagem.

VALETER (*valtê*), v. i. (Dobra o *t* antes de sílaba muda: *il valettera.*) Fazer-se de criado.

VALÉTUDINAIRE (*valêtüdinér*), adj. e s. Valetudinário.

VALEUR (*valër*), s. f. Valor.

VALEUREUSEMENT (*valërëzman*), adv. Valorosamente.

VALEUREUX, EUSE (*valërë, ëz*), adj. Valoroso.

VALIDATION (*validaçion*), s. f. Validação.

VALIDE (*valid*), adj. Válido.

VALIDEMENT (*validman*), adv. Validamente.

VALIDER (*validê*), v. t. Validar.

VALIDITÉ (*validitê*), s. f. Validade.

VALISE (*valiz*), s. f. Mala de mão, maleta.

VALKYRIE (*valkiri*), s. f. Valquíria.

VALLÉE (*valê*), s. f. Vale; planície ou várzea à beira de um rio.

VALLEUSE (*valëz*), s. f. Pequeno vale seco da Normandia.

VALLON (*valon*), s. m. Vale pequeno, valezinho.

VALLONNEMENT (*valonəman*), s. m. Corte ou escavação em forma de vale.

VALLONNER (*valonê*), v. t. Cortar ou escavar formando um vale.

VALOIR (*valuar*), v. i. e t. (*Je vaux, tu vaux, il vaut, nous valons, vous valez, ils valent. Je valais, nous valions. Je valus, nous valûmes. Je vaudrai, nous vaudrons. Je vaudrais, nous vaudrions. Vaux, valons, valez. Que je vaille, que nous valions. Que je valusse, que nous valussions. Valant. Valu, e.*) Valer. V. imp. *Il vaut mieux,* vale mais, é melhor, mais vantajoso. *Autant vaudrait,* seria do mesmo modo conveniente. *Vaille que vaille,* loc. adv. Mais ou menos. *Rien qui vaille,* nada que preste.

VALORISATION (*valorizaçion*), s. f. Valorização.

VALORISER (*valorizê*), v. t. Valorizar.

VALSE (*valç*), s. f. Valsa.

VALSER (*valçê*), v. i. e t. Valsar.

VALSEUR, EUSE (*valçër, ëz*), s. Valsista.

VALUE (*valü*), s. f. Valor.

VALVE (*valv*), s. f. Valva, válvula de bomba. *Zool.* Pedaço de concha. *Bot.* Cada uma das peças de certos pericárpios.

VALVÉ, E (*valvê*), adj. Provido ou formado de valvas.

VALVULAIRE (*valvülér*), adj. Valvular.

VALVULE (*valvül*), s. f. Válvula.

VAMPIRE (*vanpir*), s. m. Vampiro.

VAMPIRIQUE (*vanpirik*), adj. Vampírico.

VAMPIRISME (*vanpiriçm'*), s. m. Vampirismo.

VAN (*van*), s. m. Joeira, espécie de peneira de vime.

VANADIQUE (*vanadik*), adj. *Quím.* Vanádico.

VANADIUM (*vanadióm'*), s. m. *Quím.* Vanádio.

VANDALE (*vandal*), s. m. Vândalo.

VANDALISME (*vandaliçm*), s. m. Vandalismo.

VANDOISE (*vanduaz*), s. f. *Zool.* Mugem de água doce.

VANESSE (*vanéç*), s. f. *Zool.* Vanessa.

VANILLE (*vanii*), s. f. Baunilha.

VANILLÉ, E (*vaniié*), adj. Aromatizado com baunilha.

VANILLERIE (*vaniiri*), s. f. Terreno plantado com baunilhas.

VANILLIER (*vaniié*), s. m. *Bot.* Baunilha (planta).

VANILLINE (*vanilin'*), s. f. Vanilina.

VANILLINÉ, E (*vanilinê*), adj. Perfumado com vanilina.

VANILLON (*vaniion*), s. m. *Bot.* Baunilhão.

VANITÉ (*vanitê*), s. f. Vaidade.

VANITEUSEMENT (*vanitëzman*), adv. Vaidosamente.
VANITEUX, EUSE (*vanitë, ëz*), adj. e s. Vaidoso.
VANNAGE (*vanaj*), s. m. Sistema de comportas.
VANNE (*van'*), s. f. Comporta; válvula de escoamento das águas.
VANNEAU (*vanô*), s. m. *Zool.* Ave pernalta; pavãozinho. Pl.: *des vanneaux.*
VANNELLE ou **VANTELLE** *vanél* ou *vantél*), s. f. Comporta pequena destinada a encher e esvaziar uma represa; pequena válvula.
VANNELLERIE ou **VANTELLERIE** (*vanélri* ou *vantélri*), s. f. Espécie de dique de madeira ou pedra para reter a água e no qual estão colocadas as comportas e válvulas.
VANNER (*vanê*), v. t. Joeirar.
VANNERIE (*vanəri*), s. f. Ofício de cesteiro.
VANNET (*vané*), s. m. Rede que se estende nas praias arenosas e que se cobre de água na maré alta.
VANNETTE (*vanét*), s. f. Joeira; cesta para joeirar a aveia.
VANNEUR, EUSE (*vanër, ëz*), s. f. e adj. Joeirador.
VANNIER (*vaniê*), s. e adj. m. Cesteiro.
VANNOIR (*vanuar*), s. m. Bacia de cobre empregada na fabricação de alfinetes.
VANNURE ou **VANNÉE** (*vanür* ou *vanê*), s. f. Restos dos cereais joeirados.
VANTAIL (*vantai*), s. m. Pl.: *des vantaux.* Batente de porta.
VANTARD, E (*vantar, d*), adj. e s. Fanfarrão, gabola, pretensioso.
VANTARDISE (*vantardiz*), s. f. Gabolice, jactância; presunção.
VANTER (*vantô*), v. t. Elogiar com exagero, gabar. **SE VANTER**, v. pr. Gabar-se.
VANTERIE (*vantəri*), s. f. Gabolice.
VA-NU-PIEDS (*vanüpiê*), s. inv. Mendigo, maltrapilho; pobretão, miserável.
VAPEUR (*vapër*), s. f. Vapor. S. m. Vapor (navio). *À toute vapeur*, loc. adv. A todo o vapor.
VAPOREUSEMENT (*vaporëzman*), adv. Vaporosamente.
VAPOREUX, EUSE (*vaporë, ëz*), adj. Vaporoso.
VAPORISAGE (*vaporizaj*), s. m. Tratamento pela ação do vapor.
VAPORISATEUR (*vaporizatër*), s. m. Vaporizador.
VAPORISATION (*vaporizaçion*), s. f. Vaporização.
VAPORISER (*vaporizê*), v. t. Vaporizar.
VAQUER (*vakê*), v. i. Vagar; estar em férias; estar vago, livre. *Vaquer à*, aplicar-se a, ocupar-se de.
VAR (*var*), s. m. *Elet.* Unidade de potencial relativo.
VARAIGNE (*varénh*), s. f. Comporta de salinas.
VARAN (*varan*), s. m. *Zool.* Varano, réptil sáurio.
VARAPPE (*varap*), s. f. Escalada de rochedos (alpinismo).
VARE (*var*), s. f. Vara (medida).
VARECH (*varék*), s. m. Alga.
VARENNE (*varén'*), s. f. Terreno inculto abundante em caça.
VAREUSE (*varëz*), s. f. Blusão de marinheiro; espécie de jaqueta.
VARIABILITÉ (*variabilitê*), s. f. Variabilidade.
VARIABLE (*variabl*), adj. e s. f. Variável.
VARIABLEMENT (*variabləman*), adv. Variavelmente.
VARIANT, E (*varian, t*), adj. Vário, inconstante.
VARIANTE (*variant*), s. f. Variante.
VARIATION (*variaçion*), s. f. Variação.
VARICE (*variç*), s. f. *Med.* Variz.
VARICELLE (*variçél*), s. f. *Med.* Varicela.
VARICOCÈLE (*varikoçél*), s. f. *Med.* Varicocele.
VARIÉ, E (*variê*), adj. Vário, variado.
VARIER (*variê*), v. t. (Conjuga-se como *prier.*) Variar. V. i. Discordar, divergir.
VARIÉTÉ (*variêtê*), s. f. Variedade, diversidade.
VARIOLAIRE (*variolér*), adj. Variolar.
VARIOLE (*variól*), s. f. *Med.* Varíola.
VARIOLÉ, E (*variolê*), adj. e s. Marcado de varíola.
VARIOLEUX, EUSE (*variolë, ëz*), adj. Varioloso.
VARIOLIQUE (*variolik*), adj. Variólico.
VARIOLISATION (*variolizaçion*), s. f. Variolização.
VARIOLOÏDE (*varioloid*), s. f. *Med.* Varioloide, forma atenuada da varíola.
VARIQUEUX, EUSE (*varikë, ëz*), adj. *Med.* Varicoso.
VARLET (*varlé*), s. m. Jovem nobre a serviço de um senhor.
VARLOPE (*varlóp*), s. f. Garlopa.
VARLOPER (*varlopê*), v. t. Aplainar.
VARLOPEUSE (*varlopë, ëz*), s. f. Garlopa mecânica.
VAROQUE (*varók*), s. f. Arrocho.
VARSOVIENNE (*varçovién*), s. f. Varsoviana, dança polonesa.
VARUS (*varüç*), adj. Cambaio, que anda com os pés para dentro. Pl.: *des varus.*
VASARD, E (*vazar, d*), adj. Vasoso, lodoso.
VASCULAIRE ou **VASCULEUX, EUSE** (*vaçkülér* ou *vaçkülë, ëz*), adj. Vascular, relativo aos vasos sanguíneos; formado de vasos.
VASCULARISATION (*vaçkülarizaçion*),

s. f. Vascularização.
VASCULARITÉ (*vaçkülaritê*), s. f. Vascularidade.
VASE (*vaz*), s. m. Vaso. S. f. Vasa, lodo.
VASELINE (*vazlin'*), s. f. Vaselina.
VASEUX, EUSE (*vazë, ëz*), adj. Vasoso.
VASIDUCTE (*vazidükt*), s. m. Vasiduto.
VASIÈRE (*vaziér*), s. f. Reservatório de uma salina destinado a recolher as águas na maré alta. Lodaçal.
VASISTAS (*vaziçtaç*), s. m. Postigo, parte móvel de uma janela ou porta
VASO-MOTEUR, TRICE (*vazomotër, triç*), adj. *Med.* Vasomotor. S. m. Nervo vasomotor.
VASQUE (*vaçk*), s. f. Pia redonda de uma fonte.
VASSAL, E, AUX (*vaçal, ô*), adj. e s. Vassalo.
VASSALISER (*vaçalisê*), v. t. Avassalar.
VASSALITÉ (*vaçalitê*), s. f. Vassalagem, condição de vassalo.
VASSELAGE (*vaçlaj*), s. m. Vassalagem.
VASSIVEAU (*vaçivô*), s. m. Cordeiro com menos de dois anos. Pl.: *des vassiveaux.*
VASSOLE (*vaçól*), s. f. *Mar.* Peça de madeira do encaixe das escotilhas.
VASTE (*vaçt*), adj. Vasto.
VASTEMENT (*vaçtman*), adv. Vastamente.
VATICANE (*vatikan'*), adj. f. Relativo ao Vaticano. *Politique vaticane,* política do Vaticano. *Bibliothèque vaticane,* biblioteca do Vaticano. S. f. *La Vaticane,* a biblioteca do Vaticano.
VATICINATEUR, TRICE (*vatiçinatër, triç*), s. Vaticinador; profeta.
VATICINATION (*vatiçinaçion*), s. f. Vaticinação, vaticínio.
VATICINER (*vatiçinê*), v. i. Vaticinar.
VA-TOUT (*vatu*), s. m. inv. Todo o dinheiro que o jogador possui.
VAUCHÉRIE (*vôchêri*), s. f. Espécie de alga filamentosa das águas doces.
VAUCOUR (*vôkur*), s. m. Mesa do oleiro.
VAUDEVILLE (*vôdəvil*), s. m. Comédia musicada. Cantiga popular.
VAUDEVILLESQUE (*vôdəviléçk*), adj. Cômico, próprio de comédia.
VAUDEVILLISTE (*vodəviliçt*), s. m. Autor de comédia musicada.
VAUDOIS, E (*vôduá, z*), s. m. e adj. Natural de Vaud. Seita herética.
VAU-L'EAU (À) (*avôlô*), loc. adv. Segundo a corrente da água. *Fig.* Por água abaixo; em debandada.
VAURIEN, ENNE (*vôrien, én'*), adj. e s. João-ninguém; vadio, patife, folgazão.
VAUTOIR (*vôtuar*), s. m. Armação para sustentar o tapete.
VAUTOUR (*vôtur*), s. m. Abutre.
VAUTRAIT (*vôtré*), s. m. Comitiva de caça de javalis.
VAUTRE (*vôtr*), s. m. Cão de caça de javalis e ursos.
VAUTRER (*vôtrê*), v. t. Chafurdar. **SE VAUTRER**, v. pr. Chafurdar-se, espojar-se na lama.
VAU-VENT (À) (*avôvan*), loc. adv. Na direção do vento; com o vento nas costas.
VAVAIN (*vaven*), s. m. *Mar.* Cabo grosso.
VAVASSAL, AUX ou **VAVASSEUR** (*vavaçal* ou *vavaçër*), s. m. Aquele que tinha um posto inferior na nobreza feudal.
VEAU (*vô*), s. m. Vitelo, bezerro; vitela. *Veau marin,* foca. Pl.: *des veaux.*
VECTEUR (*vékter*), s. e adj. m. *Geom.* Vector.
VECTORIEL, ELLE (*véktoriél*), adj. Vectorial.
VEDETTE (*vədét*), s. f. Vedeta. *Mettre en vedette,* pôr em evidência.
VÉDIQUE (*vêdik*), adj. Védico.
VÉDISME (*vêdiçm'*), s. m. Vedismo.
VÉGÉTABILITÉ (*vêjêtabilitê*), s. f. Vegetabilidade.
VÉGÉTAL, E, AUX (*vêjêtal, ô*), adj. e s. m. Vegetal.
VÉGÉTALISME (*vêjêtaliçm'*), s. m. Vegetalismo.
VÉGÉTARIEN, ENNE (*vêjêtarien, én'*), s. m. Vegetariano.
VÉGÉTARISME (*vêjêtariçm*), s. m. Vegetarismo.
VÉGÉTATIF, IVE (*vêjêtatif, iv*), adj. Vegetativo.
VÉGÉTATION (*vêjêtaçion*), s. m. Vegetação.
VÉGÉTER (*vêjêtê*), v. i. (Conjuga-se como *accélérer.*) Vegetar.
VÉGÉTO-ANIMAL, E, AUX (*vêjêtôanimal, ô*), adj. Vegetoanimal.
VÉGÉTO-MINÉRAL, E, AUX (*vêjêtôminêral, ô*), adj. Vegetomineral.
VÉHÉMENCE (*vêêmanç*), s. f. Veemência.
VÉHÉMENT, E (*vêêman, t*), adj. Veemente.
VÉHÉMENTEMENT (*vêêmantman*), adv. Veementemente.
VÉHICULE (*vêikül*), s. m. Veículo.
VÉHICULER (*vêikülê*), v. t. Veicular.
VEILLE (*véii*), s. f. Vigília. Véspera.
VEILLÉE (*véiê*), s. f. Serão, vigília.
VEILLER (*véiê*), v. i. Velar; vigiar.
VEILLEUR, EUSE (*véiër, ëz*), s. Vigia. Pessoa que vela. *Veilleur de nuit,* guarda-noturno. S. f. Lamparina.
VEILLOTTE (*véiót*), s. f. Molho pequeno de feno.
VEINARD, E (*vénar, d*), adj. e s. Felizardo, afortunado.
VEINE (*vén'*), s. f. Veia; veio; filão. *Fig.* Matéria, circunstância a ser aproveitada; sorte. *Être en veine,* estar com sorte. *Avoir de la veine,* ter sorte.

VEINÉ, E (*vénê*), adj. Venado.
VEINER (*vénê*), v. t. Pintar imitando veias ou veios.
VEINETTE (*vénét*), s. f. Broxa empregada pelos pintores para imitar veios da madeira.
VEINEUX, EUSE (*vénë, ëz*), adj. *Med.* Venoso.
VEINULE (*vénül*), s. f. Vênula.
VEINURE (*vénür*), s. f. Conjunto de veios da madeira ou da pedra.
VÊLAGE ou **VÊLEMENT** (*vélaj* ou *vélman*), s. m. Parto das vacas.
VÉLAIRE (*vêlér*), adj. Velar.
VÉLANI (*vêlani*), s. m. *Bot.* Espécie de carvalho que serve para tintura.
VELCHE (*vélch*), adj. e s. Estrangeiro. *Fig.* Ignorante, grosseiro.
VÊLER (*vélê*), v. i. Parir, tratando-se da vaca.
VELET (*vəlé*), s. m. Forro branco do véu de freira.
VÉLIE (*vêli*), s. f. *Zool.* Percevejo d'água.
VÉLIN (*vêlen*), s. m. Pergaminho fino para escrever. Renda de alençon.
VELLAVE (*vélav*), adj. Relativo à região de Velay.
VELLÉITAIRE (*vélêitér*), adj. e s. Que só possui veleidades.
VELLÉITÉ (*vélêitê*), s. f. Veleidade; vontade imperfeita e fugaz.
VÉLO (*vêlô*), s. m. Abreviação de *vélocipède*. *Fam.* Bicicleta.
VÉLOCE (*vêlóç*), adj. Veloz.
VÉLOCIPÈDE (*vêloçipéd*), s. m. Velocípede.
VÉLOCITÉ (*vêloçitê*), s. f. Velocidade.
VÉLODROME (*vêlodrom'*), s. m. Velódromo.
VÉLOMOTEUR (*vêlomotër*), s. m. Bicicleta a motor.
VELOT (*vəlô*), s. m. Pele de novilho nascido morto, com a qual se fabrica o papel pergaminho.
VELOURS (*vəlur*), s. m. Veludo. *Fam.* Ligação incorreta de linguagem por meio de *z* ou *s* em vez de *t*. Pl.: *des velours*.
VELOUTÉ, E (*vəlutê*), adj. Aveludado. S. m. Qualidade do que é aveludado.
VELOUTEMENT (*vəlutman*), s. m. Ação de aveludar.
VELOUTER (*vəlutê*), v. t. Aveludar.
VELOUTEUX, EUSE (*vəlutë, ëz*), adj. Veludoso, aveludado.
VELOUTIER (*vəlutiê*), s. e adj. m. Fabricante de veludo.
VELU, E (*vəlü*), adj. Peludo, felpudo.
VÉLUM (*vêlóm'*) s. m. Toldo grande.
VELVOTE (*vélvót*), s. f. *Bot.* Nome vulgar da linária bastarda.
VENAISON (*vənézon*), s. f. Carne de animal selvagem.
VÉNAL, E, AUX (*vênal, ô*), adj. Venal.
VÉNALEMENT (*vênalman*), adv. Venalmente.
VÉNALITÉ (*vênalitê*), s. f. Venalidade.
VENANT (*vənan*), adj. Vindo, que vem. Pago regularmente. S. m. Aquele que vem. *À tout venant*, ao primeiro que chega. *Les allants et les venants*, os que vão e os que vêm.
VENDABLE (*vandabl*), adj. Vendável.
VENDANGE (*vandanj*), s. f. Vindima.
VENDANGEOIR (*vandanjuar*), s. m. Cesto de vindimador.
VENDANGER (*vandanjê*), v. t. (Toma um *e* mudo depois do *g* antes de *a* e *o*: *il vendangea, nous vendangeons*.) Vindimar.
VENDANGEROT (*vandanjərô*), s. m. Cesto de vime empregado na vindima.
VENDANGETTE (*vandanjét*), s. f. *Zool.* Nome vulgar do tordo.
VENDANGEUR, EUSE (*vandanjër, ëz*), s. Vindimador.
VENDÉEN, ENNE (*vendêen, én'*), adj. e s. Relativo à Vendéia (França).
VENDELIN (*vandəlen*), s. m. Barquinha de pontoneiro.
VENDÉMIAIRE (*vandêmiér*), s. m. Vindimiário.
VENDEUR, EUSE (*vandër, ëz*), s. Vendedor de profissão. *Venderesse*, vendedora de ocasião.
VENDRE (*vandr*), v. t. Vender.
VENDREDI (*vandrədi*), s. m. Sexta-feira.
VENDU, E (*vandü*), adj. Vendido.
VENELLE (*venél*), s. f. Viela. *Fig. Enfiler la venelle*, fugir precipitadamente.
VÉNÉNEUX, EUSE (*vênênē, ëz*), adj. Venenoso.
VÉNÉNOSITÉ (*vênênozitê*), s. f. Venenosidade.
VENER (*vənê*), v. t. Mortificar; tornar a carne mais tenra.
VÉNÉRABLE (*vênêrabl*), adj. e s. m. Venerável.
VÉNÉRABLEMENT (*vênêrabləman*), adv. Veneravelmente.
VÉNÉRATION (*vênêraçion*), s. f. Veneração.
VÉNÉRER (*vênêrê*), v. t. (Conjuga-se como *accélérer*.) Venerar.
VÉNÉRICARDE (*vênerikard*), s. f. *Zool.* Venericárdia.
VÉNERIE (*vênəri*), s. f. Caça, montaria.
VÉNÉRIEN, ENNE (*vênêrien, én'*), adj. Venéreo.
VENET (*vəné*), s. m. Armação semicircular de redes destinada à pescaria.
VENETTE (*vənét*), s. f. Medo, susto.
VENEUR (*vənër*), s. m. Caçador de feras; monteiro.
VÉNÉZUÉLIEN, ENNE (*vênêzüêlien, én'*), adj. e s. Venezuelano.
VENEZ-VOIR (*vənêvuar*), s. m. inv. Diz-se ironicamente de algo que merece chamar a atenção.

VENGEANCE (*vanjanç*), s. f. Vingança. *Tirer vengeance de quelqu'un*, vingar-se.
VENGER (*vanjê*), v. t. (Toma um *e* mudo depois do *g* antes de *a* e *o*: *il vengea, nous vengeons.*) Vingar. **SE VENGER**, v. pr. Vingar-se.
VENGEUR, ERESSE (*vanjĕr, əréç*), adj. e s. Vingador.
VÊNIEL, ELLE (*vêniél*), adj. Venial.
VÊNIELLEMENT (*vêniélman*), adv. Venialmente.
VENIMEUX, EUSE (*vənimĕ, ĕz*), adj. Venenoso.
VENIMOSITÉ (*vənimozitê*), s. f. Venenosidade.
VENIN (*vənen*), s. m. Veneno, peçonha.
VENIR (*vənir*), v. i. (*Je viens, tu viens, il vient, nous venons, vous venez, ils viennent. Je venais, nous venions. Je vins, nous vînmes. Je viendrai, nous viendrons. Je viendrais, nous viendrions. Viens, venons, venez. Que je vienne, que nous venions. Que je vinsse, que nous vinssions. Venant. Venu, e.*) Vir; ter lugar; crescer, medrar, desenvolver-se. *En venir aux mains*, chegar às vias de fato. *Vouloir en venir*, chegar ao objetivo. *Venir à bout*, conseguir. *Venir à rien*, diminuir muito, fracassar. *Venir de* (seguido de infinitivo), acabar de. *Faire venir*, mandar vir. *Se faire bien venir*, conquistar afeição. *Laisser venir, voir venir*, esperar sem pressa de agir. *Voir venir quelqu'un*, pressentir as intenções de alguém.
VÊNITIEN, ENNE (*vêniçien, én'*), adj. e s. Veneziano.
VENT (*van*), s. m. Vento. Cheiro do rastro de animal. *Mús. Instrument à vent*, instrumento de sopro. *Fig.* Impulso, causa. *Tourner à tout vent*, ser inconstante. *Autant en emporte le vent*, tudo se perderá, nada restará na memória. *Aller contre vents et marées*, ir contra todos os avisos. *Voir de quel côté vient le vent*, verificar as opiniões. *Un coup de vent*, ventania.
VENTAGE (*vantaj*), s. m. Joeiramento.
VENTAIL (*vantai*), s. m. ou **VENTAILLE** (*vantaii*), s. f. Parte inferior do capacete.
VENTAISON (*vantézon*), s. f. Cresta produzida pelo vento nos cereais.
VENTE (*vant*), s. f. Venda, ação de vender. Loja ou reunião de carbonários. Mata cortada.
VENTÉ, E (*vantê*), adj. Impelido pelo vento.
VENTER (*vantê*), v. imp. Ventar.
VENTEUX, EUSE (*vantĕ, ĕz*, adj. Ventoso. Flutulento.
VENTILATEUR (*vantilatĕr*), s. m. Ventilador.
VENTILATION (*vantilaçion*), s. f. Ventilação.
VENTILER (*vantilê*), v. t. Ventilar. *Com.* Avaliar separadamente objetos vendidos em conjunto.
VENTILLON (*vantiion*), s. m. Válvula do fole da forja.
VENTIS (*vanti*), s. m. pl. Árvores derrubadas pelo vento.
VENTÔSE (*vantôz*), s. m. Ventoso, sexto mês do calendário republicano francês.
VENTOSITÉ (*vantozitê*), s. f. Ventosidade.
VENTOUSE (*vantuz*), s. f. Ventosa; respiradouro; qualquer abertura para passagem do ar.
VENTOUSER (*vantuzê*), v. t. Aplicar ventosas.
VENTOUSEUR, EUSE (*vantüzĕr, ĕz*), adj. e s. Aplicador de ventosas.
VENTRAL, E, AUX (*vantral, ô*), adj. Ventral.
VENTRE (*vantr*), s. m. Ventre, barriga. *À plat ventre*, de barriga para baixo, de bruços. *Ventre à terre*, com extrema velocidade. *À ventre boutonné*, excessivamente, com todas as forças.
VENTREBLEU! (*vantrəblĕ*), interj. Com os diabos!, Irra!.
VENTRÉE (*vantrê*), s. f. Ninhada. *Pop.* Muita comida.
VENTRICULAIRE (*vantrikülér*), adj. *Med.* Ventricular.
VENTRICULE (*vantrikü*), s. m. *Med.* Ventrículo.
VENTRIÈRE (*vantriér*), s. f. Barrigueira. Peça de madeira que liga outras. Cinta.
VENTRILOQUE (*vantrilók*), adj. e s. Ventríloquo.
VENTRILOQUIE (*vantriloki*), s. f. Ventriloquia.
VENTRU, E (*vantrü*), adj. Ventrudo.
VENU, E (*vənü*), adj. Vindo; bem sucedido; executado. *Nouveau venu, nouvelle venue*, recém-chegado, recém-chegada. S. f. Vinda.
VÊNUS (*vênüç*), s. f. Vênus. *Zool.* Gênero de moluscos de concha oval.
VÊNUSTÉ (*vênüçtê*), s. f. Graça, elegância.
VENVOLE (À LA) (*alavanvól*), loc. adv. Levianamente.
VÊPRES (*vépr*), s. f. pl. Vésperas.
VER (*vér*), s. m. Verme. *Ver blanc*, larva do besouro. *Ver luisant*, vaga-lume, pirilampo. *Ver solitaire*, solitária, tênia. *Ver à soie*, bicho-da-seda. *Ver de terre*, minhoca. *Fig. Avoir le ver solitaire*, comer muito. *Tirer les vers du nez à quelqu'un*, plantar verde para colher maduro.
VÉRACITÉ (*vêraçitê*), s. f. Veracidade.
VÉRAISON (*vêrézon*), s. f. Começo da maturação dos frutos.
VÉRANDA (*vêrandá*), s. f. Varanda.
VERBAL, E, AUX (*vérbal, ô*), adj. Verbal.
VERBALEMENT (*vérbalman*), adv. Verbalmente.

VERBALISATION (*vérbalizaçion*), s. f. Verbalização.
VERBALISER (*vérbalizê*), v. i. Verbalizar. *Jur.* Lavrar um auto.
VERBALISME (*vérbaliçm*), s. m. Verbalismo.
VERBE (*vérb*), s. m. Verbo. *Avoir le verbe haut*, ter voz forte, possante.
VERBÉRATION (*vérbêraçion*), s. f. Verberação.
VERBEUX, EUSE (*vérbẽ, ẽz*), adj. Verboso.
VERBIAGE (*vérbiaj*), s. m. Verborréia, verborragia.
VERBIAGER (*vérbiajê*), v. i. (Toma um *e* mudo depois do *g* antes de *a* e *o*: *il verbiagea, nous verbiageons.*) Parolar, taramelar.
VERBOQUET (*verboké*), s. m. Corda de içar.
VERBOSITÉ (*vérbozitê*), s. f. Verbosidade.
VERDAGE (*vérdaj*) s. m. Adubo feito com plantas verdes.
VERDAGON (*vérdagon*), s. m. Vinho novo.
VERDATRE (*vérdatr*), adj. Esverdeado.
VERDELET, ETTE (*vérdəlé, ét*), adj. *Vin verdelet*, vinho um pouco verde, ácido.
VERDERIE (*vérdəri*), s. f. Zona florestal sob a vigilância de um fiscal.
VERDEUR (*vérdẽr*), s. f. Verdor; acidez dos frutos; força do vinho. *Fig.* Vigor; grande liberdade de palavras.
VERDICT (*vérdikt*), s. m. Veredicto.
VERDIER (*vérdiê*), s. m. *Zool.* Verdilhão.
VERDILLON (*vérdiion*), s. m. Pequeno varão ligando duas peças num tear. Alavanca para extrair blocos de mármore.
VERDIR (*vérdir*), v. t. Enverdecer, esverdear.
VERDISSAGE (*vérdiçaj*), s. m. Pintura de verde.
VERDISSANT, E (*vérdiçan, t*), adj. Verdejante, que se torna verde.
VERDISSEMENT (*vérdiçman*), s. m. Reverdecimento, enverdecimento.
VERDOIEMENT (*vérduaman*), s. m. Ação de verdejar, verdejo.
VERDOYANT, E (*vérduaian, t*), adj. Verdejante, que verdeja.
VERDOYER (*vérduaiê*), v. i. (Conjuga-se como *aboyer.*) Verdejar, reverdecer.
VERDURE (*vérdũr*), s. f. Verdura.
VERDURETTE (*vérdũrét*), s. f. Bordado verde.
VERDURIER, ÈRE (*vérdũriê, ér*), s. Verdureiro.
VÉRÉCONDIEUX, EUSE (*vêrẽkondiẽ, ẽz*), adj. Reservado, circunspecto.
VÉREUX, EUSE (*vêrẽ, ẽz*), adj. Bichado; cheio de vermes. *Fig.* Suspeito, ruim.
VERGE (*vérj*), s. f. Verga, vara, vergasta; vara (medida agrária); haste de uma âncora; braço de certas balanças.
VERGÉ, E (*vérjê*), adj. Riscado, raiado (papel). Desigual (tecido).
VERGEOISE (*vérjuaz*), s. f. Açúcar ordinário.
VERGER (*vérjê*), s. m. Pomar, vergel.
VERGER (*verjê*), v. t. (Toma um *e* mudo depois do *g* antes de *a* e *o*: *il vergea, nous vergeons.*) Medir com a vara.
VERGETÉ, E (*vérjətê*), adj. Betado, listrado. *Heráld.* Escudo dividido em riscos.
VERGETER (*vérjətê*), v. t. (Dobra o *t* antes de sílaba muda: *je vergette.*) Limpar com uma escova de roupas.
VERGETIER, ÈRE (*vérjətiê, ér*), s. Fabricante ou negociante de vassourinhas e escovas.
VERGETTE (*vérjét*), s. f. Varinha, vareta. Escova de roupas.
VERGETURES (*vérjətũr*), s. f. pl. Vergões provenientes da distensão da pele.
VERGEURE (*vérjẽr*), s. f. Fio de latão da forma de papel; risco ou marca desse fio.
VERGLACER (*vérglaçê*), v. imp. (O *c* toma uma cedilha antes de *a* e *o*: *il verglaça, nous verglaçons.*) Regelar.
VERGLAS (*vérglá*), s. m. Regelo; camada fina de gelo formada pela chuva. Pl.: *des verglas.*
VERGNE ou **VERNE** (*vérnh* ou *vérn*), s. m. Nome vulgar do amieiro.
VERGOBRET (*vérgobré*), s. m. Espécie de ditador de alguns povos da Gália, eleito pelos drúidas por um ano.
VERGOGNE (*vérgónh*), s. f. Vergonha.
VERGUE (*vérg*), s. f. *Mar.* Verga.
VÉRIDICITÉ (*vêridiçitê*), s. f. Veridicidade.
VÉRIDIQUE (*vêridik*), adj. Verídico.
VÉRIDIQUEMENT (*vêridikman*), adv. Veridicamente.
VÉRIFIABLE (*vêrifiabl*), adj. Verificável.
VÉRIFICATEUR (*vêrifikatẽr*), adj. e s. Verificador, aferidor
VÉRIFICATIF, IVE (*vêrifikatif, iv*), adj. Verificativo.
VÉRIFICATION (*vêrifikaçion*), s. f. Verificação.
VÉRIFIER (*vêrifiê*), v. t. (Conjuga-se como *prier.*) Verificar, examinar; justificar, confirmar.
VÉRIN (*vêren*), s. m. Macaco (instrumento).
VÉRINE (*vêrin'*), s. f. *Mar.* Pedaço de corda terminada em gancho para içar as correntes de um navio.
VÉRISME (*vêriçm*), s. m. Verismo.
VÉRISTE (*vêriçt*), adj. e s. Verista.
VÉRITABLE (*vêritabl*), adj. Verdadeiro.
VÉRITABLEMENT (*vêritabləman*), adv.

Verdadeiramente; deveras.

VÉRITÉ (*vêritê*), s. f. Verdade. *À la vérité*, loc. adv. Em verdade.

VERJUS (*vérjü*), s. m. Agraço (suco). Pl.: *des verjus*.

VERJUTÉ, E (*vérjütê*), adj. Preparado com agraço; ácido como o agraço.

VERJUTER (*vérjütê*), v. t. Temperar ou preparar com agraço.

VERMÉE (*vérmê*), s. f. Pesca que tem como isca minhocas enfiadas num fio de lã.

VERMEIL, EILLE (*vérméi, éii*), adj. Vermelho, rubro. S. m. Prata dourada.

VERMICELIER, ÈRE (*vérmiçəliê, ér*), s. Fabricante de massas alimentícias.

VERMICELLE (*vérmiçél*), s. f. Aletria. Sopa de aletria.

VERMICELLERIE (*vérmiçélri*), s. f. Fabrico ou fábrica de massas alimentícias.

VERMICULAIRE (*vérmikülér*), adj. Vermicular.

VERMICULÉ, E (*vérmikülê*), adj. Vermiculado.

VERMICULURE (*vérmikülür*), s. f. Vermiculura.

VERMIDIENS ou **VERS ABERRANTS** (*vérmidien* ou *vérzabéran*), s. m. pl. *Zool.* Vermídios.

VERMIFORME (*vérmifórm*), adj. Vermiforme.

VERMIFUGE (*vérmifüj*), adj. Vermífugo.

VERMILLE (*vérmii*), s. f. Linha de anzol com isca de minhocas.

VERMILLER (*vérmiiê*), v. i. Fossar (o porco e o javali) à procura de vermes.

VERMILLON (*vérmiion*), s. m. Vermelhão.

VERMILLONNER (*vérmiionê*), v. t. Pintar com vermelhão; avermelhar.

VERMINE (*vérmin'*), s. f. Vermina.

VERMINEUX, EUSE (*vérminë, ëz*), adj. *Med.* Verminoso.

VERMIS (*vérmiç*), s. m. Parte do cerebelo de aspecto vermiforme. Pl.: *des vermis*.

VERMISSEAU (*vérmiçô*), s. m. Vermezinho, bichinho; minhoca. Pl.: *des vermisseaux*.

VERMIVORE (*vérmivór*), adj. Vermívoro.

VERMOULER (SE) (*çəvémulê*), v. pr. Carunchar, carcomer-se.

VERMOULU, E (*vérmulü*), adj. Carcomido, carunchoso. *Fig.* Fatigado.

VERMOULURE (*vérmulür*), s. f. Carcoma, caruncho.

VERMOUT ou **VERMOUTH** (*vérmut*), s. m. Vermute.

VERNACULAIRE (*vérnakülér*), adj. e s. m. Vernáculo.

VERNAL, E, AUX (*vérnal, ô*), adj. Vernal.

VERNALISATION (*vérnalizaçion*), s. f. *Agric.* Vernalização.

VERNIER (*vérniê*), s. m. Nônio.

VERNIR (*vérnir*), v. t. Envernizar. *Fig. Être verni*, ter muita sorte.

VERNIS (*vérni*), s. m. Verniz. Pl.: *des vernis*.

VERNISSAGE (*vérniçaj*), s. m. Envernizamento. Véspera de uma exposição de pintura.

VERNISSÉ, E (*vérniçê*), adj. Envernizado.

VERNISSER (*vérniçê*), v. t. Envernizar, sobretudo a louça, ou cerâmica.

VERNISSEUR (*vérniçër*), adj. e s. Envernizador.

VÉROLE (PETITE) (*pətitəvêról*), s. f. *Med.* Varíola, bexiga.

VÉRONAL (*vêronal*), s. m. Veronal.

VÉRONIQUE (*vêronik*), s. f. Verônica.

VERRAT (*vérá*), s. m. Varrão.

VERRE (*vér*), s. m. Vidro; copo. *Verre double*, vidro muito espesso. *Maison de verre*, casa onde não há nada de secreto. *Petit verre*, cálice de licor.

VERRÉ, E (*vérê*), adj. Polvilhado com vidro moído.

VERRÉE (*vérê*), s. f. Copada, copo cheio.

VERRERIE (*vérəri*), s. f. Vidraria (fábrica; arte da fabricação de vidros).

VERRIER (*vériê*), s. m. Vidreiro, vidraceiro. Cesta de arame para carregar copos. Adj. Relativo a vidro. *Peintre verrier*, pintor em vidro.

VERRIÈRE ou **VERRINE** (*vériér* ou *vérin'*), s. f. Cesta para copos. Vidro dos quadros. Vidraça; janela guarnecida de vitrais; grande vitral.

VERRINE (*vérin'*), s. f. Campânula de vidro para proteger plantas. Lâmpada do timoneiro.

VERROTERIE (*vérotəri*), s. f. Miçanga; vidrilhos.

VERROU (*véru*), s. m. Ferrolho, aldrava. Peça da culatra de um fuzil. Massa rochosa fechando um vale. *Porter l'épée en verrou* ou *en verrouil*, trazer a espada em posição horizontal.

VERROUILLAGE (*véruiaj*), s.m. Trancamento, fechamento.

VERROUILLER (*véruiê*), v. t. Fechar. Trancafiar.

VERRUCAIRE (*vérükér*), s. f. *Bot.* Verrucária, espécie de líquen.

VERRUCOSITÉ (*vérükozitê*), s. f. Verrugosidade.

VERRUE (*vérü*), s. f. Verruga. *Fig.* Vício, defeito.

VERRUQUEUX, EUSE (*vérükë, ëz*), adj. Verrugoso ou verruguento.

VERS (*vér*), s. m. Verso. Prep. Na direção de; por volta de. Pl.: *des vers*.

VERSAGE (*vérçaj*), s. m. Ação de despejar; descarga. Primeiro labor dos alqueives.

VERSANT, E (*vérçan, t*), adj. Sujeito a tombar, fácil de virar (com referência a carros). S. m. Vertente.

VERSATILE (*vérçatil*), adj. Versátil.

VERSATILITÉ (*vérçatilitê*), s. f. Versatilidade.

VERSE (*vérç*), s. f. Despejo; queda, inclinação para o chão (tratando-se das searas). *À verse*, loc. adv. Abundantemente; a cântaros.

VERSÉ, E (*vérçê*), adj. Vertido, derramado, espalhado. *Fig.* Versado, exercitado, experimentado, experiente, perito. *Heráld.* Virado, voltado.

VERSEAU (*vérçô*), s. m. *Arq.* Declive da parte superior de um entablamento descoberto. *Astr.* Aquário. Pl.: *des verseaux*.

VERSEMENT (*vérçman*), s. m. Pagamento, depósito, entrega.

VERSER (*vérçê*), v. t. Verter. Pagar, fornecer fundos, depositar dinheiro. *Fig.* Confiar, entregar, aplicar. V. i. Virar (referindo-se a carros); tombar (referindo-se às searas).

VERSET (*vérçé*), s.m. Versículo.

VERSEUR (*vérçĕr*), s.m. Criado de café. Distribuidor de peixe no mercado.

VERSEUSE (*vérçĕz*), s. f. Bule de café com cabo reto.

VERSICOLORE (*vérçikolór*), adj. Versicolor.

VERSICULET (*vérçikülé*), s.m. Versinho, verso pequeno.

VERSIFICATEUR (*vérçifikatĕr*), s.m. Versificador; versejador.

VERSIFICATION (*vérçifikaçion*), s.f. Versificação; metrificação.

VERSIFIER (*vérçifiê*), v. i. (Conjuga-se como *prier*.) Versificar; versejar; pôr em verso.

VERSION (*vérçion*), s.f. Versão.

VERS-LIBRISTE (*vérlibriçt*), adj. e s. Verso-librista. Pl.: *des vers-libristes*.

VERSO (*vérçô*), s. m. Verso ou reverso de uma página.

VERSOIR (*vérçuar*), s.m. Aiveca.

VERT, E (*vér, t*), adj. Verde, verdejante, viçoso; fresco, novo; imaturo. *Fig.* Jovem, vigoroso, robusto, bem conservado; rude, enérgico, vivo. *En dire des vertes*, dizer coisas picantes. *Vin vert*, vinho novo e ácido. S. m. Verde; forragem verde. *Fig. Se mettre au vert*, ir descansar no campo. *Prendre sans vert*, surpreender, apanhar desprevenido.

VERT-DE-GRIS (*vérdəgri*), s. m. Azinhavre.

VERT-DE-GRISÉ, E (*vérdəgrizé*), adj. Coberto de azinhavre.

VERTÉBRAL, E, AUX (*vértêbral, ô*), adj. Vertebral.

VERTÈBRE (*vértébr*), s.f. Vértebra.

VERTÉBRÉ, E (*vértêbrê*), adj. Vertebrado. S. m. pl. Vertebrados.

VERTEMENT (*vértman*), adv. Vivamente, energicamente; asperamente.

VERTET (*vérté*), s.m. Ponteira metálica do fuso.

VERTEVELLE, VERTENELLE ou **VERTERELLE** (*vértəvél, vértənél* ou *vértərél*), s. f. Argola de ferro de uma porta pela qual passa o ferrolho. Gonzo que suspende o leme.

VERTICAL, E, AUX (*vértikal, ô*), adj. e s.f. Vertical.

VERTICALEMENT (*vértikalman*), adv. Verticalmente.

VERTICALITÉ (*vértikalitê*), s.f. Verticalidade.

VERTICILLE (*vértiçil*), s.m. *Bot.* Verticilo.

VERTIGE (*vértij*), s.m. Vertigem. Tontura. *Fig.* Desvario.

VERTIGINEUX, EUSE (*vértijinĕ, ĕz*), adj. Vertiginoso.

VERTIGO (*vértigô*), s. m. Doença dos cavalos, que se caracteriza por movimentos desordenados. *Fig.* Capricho, fantasia.

VERTU (*vértü*), s.f. Virtude.

VERTUBLEU!, VERTUDIEU! ou **VERTUCHOU!** (*vértüblë, vértüdië* ou *vértüchu*), interj. Arre!, Que diabo! (espécie de jura ou praga).

VERTUEUSEMENT (*vértüëzman*), adv. Virtuosamente.

VERTUEUX, EUSE (*vértüë, ëz*), adj. Virtuoso.

VERTUGADIN, VERTUGADE ou **VERTUGARDE** (*vértügaden, vértügad* ou *vértügard*), s. m. Anquinhas; vestido rodado por efeito das anquinhas. Canteiro alto de verdura.

VERVE (*vérv*), s.f. Verve.

VERVEINE (*vérvén'*), s.f. *Bot.* Verbena.

VERVELLE (*vérvél*), s.f. Anel na perna dos pássaros contendo o nome de seu dono.

VERVEUX, EUSE (*vérvë, ëz*), adj. Inspirado, fluente, imaginoso; que tem verve. S. m. Cesto cônico de pesca.

VÉSANIE (*vêzani*), s. f. *Med.* Vesânia.

VESCE (*véç*), s.f. *Bot.* Ervilhaca.

VERCERON (*véçeron*), s.m. *Bot.* Ervilhaca brava.

VÉSICAL, E, AUX (*vêzikal, ô*), adj. *Med.* Vesical.

VÉSICANT, E (*vêzikan, t*), adj. e s. m. *Med.* Vesicante.

VÉSICATION (*vêzikaçion*), s.f. *Med.* Vesicação.

VÉSICATOIRE (*vêzikatuar*), s.m. e adj. *Med.* Vesicatório.

VÉSICULAIRE (*vêzikülér*), adj. Vesicular.

VÉSICULE (*vêzikül*), s.f. *Med.* Vesícula.

VÉSICULEUX, EUSE (*vêzikülē, ēz*), adj. Vesiculoso.

VESOU (*vezu*), s. m. Caldo da cana-de-açúcar.

VESPASIENNE (*véçpazién'*), s.f. Mictório público.

VESPÉRAL, E, AUX (*véçpêral, ô*), adj. e s. m. Vesperal.

VESPERTILION (*véçpêrtilion*), s. m. *Zool.* Espécie de morcego de grandes orelhas.

VESPÉTRO (*véçpêtrô*), s. m. Lidar de aguardente e outras misturas.

VESSE (*véç*), s.f. Ventosidade intestinal.

VESSIE (*véçi*), s. f. *Med.* Bexiga. Bolsa.

VESSIGNON (*véçinhon*), s.m. Tumor dos cavalos.

VESTALE (*véçtal*), s.f. Vestal.

VESTALIES (*véçtali*), s. f. pl. Vestálias.

VESTE (*véçt*), s. f. Casaco curto, jaleco, jaqueta. *Pop. Ramasser une veste*, fracassar, ter insucesso.

VESTIAIRE (*véçtiér*), s.m. Vestiário.

VESTIBULAIRE (*véçtibülér*), adj. *Med.* Vestibular, relativo ao vestíbulo do ouvido.

VESTIBULE (*véçtibül*), s.m. Vestíbulo, entrada, saleta de entrada.

VESTIGE (*véçtij*), s.m. Vestígio.

VESTIMENTAIRE (*véçtimantér*), adj. Relativo ao vestuário.

VESTON (*véçton*), s.m. Paletó, jaqueta, jaquetão.

VÊTEMENT (*vêtman*), s. m. Vestuário, roupa.

VÉTÉRAN (*vêtêran*), s.m. Veterano, soldado reformado. *Fig.* Veterano; estudante que repete o ano.

VÉTÉRANCE (*vêtêranç*), s.f. Veteranice.

VÉTÉRINAIRE (*vêtêrinér*), adj. e s. m. Veterinário.

VÉTILLARD, E (*vêtiiar, d*), adj. e s. Niquento, rabugento.

VÉTILLE (*vêtii*), s.f. Bagatela, ninharia.

VÉTILLER (*vêtiiê*), v.i. Entreter-se com ninharias, prender-se com coisas insignificantes.

VÉTILLEUR, EUSE (*vêtiiēr, ēz*), s. e adj. Rabugento, implicante, impertinente.

VÉTILLEUX, EUSE (*vêtiiē, ēz*), adj. Minucioso, escrupuloso; espinhoso, cheio de pequenas dificuldades.

VÊTIR (*vétir*), v. t. (*Je vêts, tu vêts, il vêt, nous vêtons, vous vêtez, ils vêtent. Je vêtais, nous vêtions. Je vêtis, nous vêtîmes. Je vêtirai, nous vêtirons. Je vêtirais, nous vêtirions. Vêts, vêtons, vêtez. Que je vête, que nous vêtions. Que je vêtisse, que nous vêtissions. Vêtant. Vêtu, e.*) Vestir. **SE VÊTIR**, v. pr. Vestir-se.

VETO (*vétô*), s.m. Veto.

VÊTURE (*vétür*), s.m. Vestidura.

VÉTUSTE (*vêtüçt*), adj. Vetusto.

VÉTUSTÉ (*vêtüçtê*), s.f. Vetustez.

VEUF, VEUVE (*vēf, vēv*), adj. e s. Viúvo, viúva.

VEULE (*vēl*), adj. Fraco, mole, sem energia.

VEULERIE (*vēlri*), s.f. Fraqueza, moleza, falta de energia.

VEUVAGE (*vēvaj*), s.m. Viuvez.

VEXANT, E (*vékçan, t*), adj. Vexante, molesto, aborrecido.

VEXATEUR, EUSE (*vékçatēr, triç*), adj. Vexador, vexatório; opressor.

VEXATION (*vékçaçion*), s.f. Vexação, vexame; afronta.

VEXATOIRE (*vékçatuar*), adj. Vexatório.

VEXER (*vékçê*), v.t. Vexar.

VIA (*viá*), prep. Via, passando por.

VIABILITÉ (*viabilitê*), s.f. Viabilidade.

VIABLE (*viabl*), adj. Viável.

VIADUC (*viadük*), s.m. Viaduto.

VIAGER, ÈRE (*viajê, ér*), adj. Vitalício.

VIANDE (*viand*), s.f. Carne de açougue.

VIANDER (*viandê*), v.i. Pastar, tratando-se de animais selvagens.

VIANDIS (*viandi*), s.m. Pasto dos animais selvagens. Maneira de pastar. Pl.: *des viandis.*

VIATIQUE (*viatik*), s.m. Viático.

VIBICES (*vibiç*), s. f. pl. *Med.* Víbices.

VIBORD (*vibôr*), s.m. *Mar.* Vibordo.

VIBRATEUR (*vibratēr*), s.m. Vibrador.

VIBRATILE (*vibratil*), adj. Vibrátil.

VIBRATILITÉ (*vibratilitê*), s.f. Vibratilidade.

VIBRATION (*vibraçion*), s.f. Vibração.

VIBRATOIRE (*vibratuar*), adj. Vibratório.

VIBREUR (*vibrēr*), s.m. Vibrador.

VIBRION (*vibrion*), s.m. *Zool.* Vibrião.

VIBRISSE (*vibriç*), s.f. Vibriça. Pena filiforme dos pássaros. Pêlo de certos mamíferos.

VICAIRE (*vikér*), s.m. Vigário.

VICAIRIE (*vikéri*), s.f. V. **VICARIAT**.

VICARIAL, E, AUX (*vikarial, ô*), adj. Vicarial.

VICARIANT, E (*vikarian, t*), adj. *Med.* Vicariante.

VICARIAT (*vikariá*), s. m. ou **VICAIRIE** (*vikéri*), s.f. Vicariato.

VICE (*viç*), s.m. Vício.

VICE-AMIRAL (*viçamiral*), s. m. Vice-almirante. Pl.: *des vice-amiraux.*

VICE-AMIRAUTÉ (*viçamirôtê*), s.f. Vice-almirantado. Pl.: *des vice-amirautés.*

VICE-CHANCELIER (*viçchanç liê*), s. m. Vice-chanceler. Pl.: *des vice-chanceliers.*
VICE-CONSUL (*viçkonçül*), s.m. Vice-cônsul. Pl.: *des vice-consuls.*
VICE-CONSULAT (*viçkonçülá*), s. m. Vice-consulado. Pl.: *des vice-consulats.*
VICE-GÉRANT (*viçjêran*), s.m. Subgerente. Pl.: *des vice-gérants.*
VICE-LÉGAT (*viçlêgá*), s.m. Vice-legado. Pl.: *des vice-légats.*
VICE-LÉGATION (*viçlêgaçion*), s.f. Vice-legação. Pl.: *des vice-légations.*
VICENNAL, E, AUX (*viçénal, ô*), adj. Vicenal, de vinte anos, que se faz de vinte em vinte anos.
VICE-PRÉSIDENCE (*viçprêzidanç*), s. f. Vice-presidência. Pl.: *des vice-présidences.*
VICE-PRÉSIDENT (*viçprêzidan*), s.m. Vice-presidente. Pl.: *des vice-présidents.*
VICE-RECTEUR (*viçréktĕr*), s. m. Vice-reitor. Pl.: *des vice-recteurs.*
VICE-REINE (*viçrén'*), s.f. Vice-rainha, mulher do vice-rei. Pl.: *des vice-reines.*
VICE-ROI (*viçruá*), s.m. Vice-rei. Pl.: *des vice-rois.*
VICE-ROYAUTÉ (*viçruaiôtê*), s.f. Vice-reinado. Pl.: *des vice-royautés.*
VICÉSIMAL, E, AUX (*viçêzimal, ô*), adj. Vigesimal.
VICE-VERSA (*viçvérçá*), loc. adv. Vice-versa.
VICHY (*vichi*), s.m. Tecido de algodão, pano de Vichy.
VICIABLE (*viçiabl*), adj. Viciável.
VICIATEUR, TRICE (*viçiatĕr, triç*), adj. Viciador.
VICIATION (*viçiaçion*), s.f. Viciação.
VICIER (*viçiê*), v.t. (Conjuga-se como *prier.*) Viciar.
VICIEUSEMENT (*viçiĕzman*), adv. Viciosamente.
VICIEUX, EUSE (*viçiĕ, ĕz*), adj. Vicioso.
VICINAL, E, AUX (*viçinal, ô*), adj. Vicinal.
VICINALITÉ (*viçinalitê*), s.f. Vicinalidade.
VICISSITUDE (*viçiçitüd*), s.f. Vicissitude.
VICOMTAL, E, AUX (*vikontal, ô*), adj. Próprio de visconde ou de viscondado.
VICOMTE (*vikont*), s.m. Visconde.
VICOMTÉ (*vikontê*), s.f. Viscondado.
VICOMTESSE (*vikontéç*), s.f. Viscondessa.
VICTIME (*viktim'*), s.f. Vítima.
VICTIMER (*viktimê*), v.t. Vitimar.
VICTOIRE (*viktuar*), s.f. Vitória.
VICTORIA (*viktoriá*), s.f. Vitória, carruagem aberta de quatro rodas. S. m. *Bot.* Vitória-régia.
VICTORIEN, ENNE (*viktorien, én'*), adj. Vitoriano.
VICTORIEUSEMENT (*viktoriĕzman*), adv. Vitoriosamente.
VICTORIEUX, EUSE (*viktoriĕ, ĕz*), adj. Vitorioso.
VICTUAILLE (*viktüaii*), s. f. *Fam.* Vitualha; víveres, provisões de boca.
VIDAGE (*vidaj*), s.m. Esvaziamento, despejo.
VIDANGE (*vidanj*), s. f. Despejo, esvaziamento; tonel vazio. Pl. Limpeza das fossas ou dos vasos sanitários.
VIDANGER (*vidanjê*), v.t. (Toma um *e* mudo depois do *g* antes de *a* e *o*: *il vidangea, nous vidangeons.*) Esvaziar, despejar.
VIDANGEUR (*vidanjĕr*), adj. e s. Limpador de fossas ou vasos sanitários.
VIDE (*vid*), adj. Vazio. S. m. Vácuo; vazio. *À vide*, loc. adv. Vazio, sem efeito.
VIDE-BOUTEILLE (*vidbutéii*), s.m. *Fam.* Casinha retirada para divertimentos. Sifão aplicado à rolha de uma garrafa. Pl.: *des vide-bouteilles.*
VIDE-ORDURES (*vidordür*), s. m. inv. Lata de lixo; lixeira.
VIDE-POMME (*vidpóm'*), s.m. Descaroçador de maçãs. Pl.: *des vide-pommes.*
VIDER (*vidê*), v.t. Esvaziar, despejar, vazar; desocupar, retirar.
VIDEUR, EUSE (*vidĕr, ĕz*), s. Esvaziador, estripador.
VIDE-VITE (*vidvit*), s.m. Dispositivo de emergência para esvaziar a gasolina de um avião.
VIDIMER (*vidimê*), v.t. Cotejar; conferir, confrontar com o original.
VIDIMUS (*vidimüç*), s.m. Cotejo, confrontação, atestado de conformidade de uma cópia com o original.
VIDOIR (*viduar*), s.m. Lugar destinado aos despejos.
VIDRECOME (*vidrəkóm'*), s. m. Copázio; copo alemão para bebidas.
VIDUITÉ (*vidüitê*), s.f. Viuvez.
VIDURE (*vidür*), s.f. Despejo; coisa que se vaza.
VIE (*vi*), s.f. Vida. *Faire la vie*, entregar-se ao prazer. *Vivre sa vie*, gozar a existência. *Refaire sa vie*, casar-se novamente. *Redonner, rendre la vie à quelqu'un*, animar, encorajar alguém. Loc. adv.: *À vie*, por toda vida; *à la vie, à la mort, pour la vie*, para sempre; *de la vie, de ma vie*, nunca.
VIEIL (*viéi*), adj. m. Outra forma do adjetivo **VIEUX**.
VIEILLARD (*viéiar*), s.m. Velho, ancião.
VIEILLARDER (*viéiardê*), v.i. Tomar as qualidades do vinho velho.
VIEILLERIE (*viéiiri*), s. f. Velharias, antigüidades, velhos trastes.
VIEILLESSE (*viéiéç*), s. f. Velhice.
VIEILLI, E (*viéii*), adj. Envelhecido, acabado.
VIEILLIR (*viéiir*), v.i. Envelhecer. *Fig.* Cair em desuso. V. t. Tornar ou querer

parecer velho antes do tempo. **SE VIEILLIR**, v.pr. Fazer-se de velho, querer parecer mais velho do que é.

VIEILLISSANT, E (*viéiiçan, t*), adj. Que envelhece, envelhecedor.

VIEILLISSEMENT (*viéiiçman*), s.m. Envelhecimento.

VIEILLOT, OTTE (*viéiô, ót*), adj. Já um pouco velho, velhusco; velhinho; velhote.

VIELLE (*viél*), s.f. Instrumento de música, espécie de sanfona e realejo, com cordas e teclas movidas a manivela.

VIELLER (*viélê*), v. i. Tocar um instrumento que é uma espécie de sanfona e realejo.

VIELLEUR, EUSE (*viélër, ëz*), s. Tocador de um instrumento parecido com a sanfona e o realejo.

VIERGE (*viérj*), s.f. e adj. Virgem.

VIEUX ou **VIEIL, EILLE** (*vië* ou *viéi, viéii*), adj. e s. Velho. *Se faire vieux*, envelhecer.

VIF, VIVE (*vif, viv*), adj. Vivo. *Propos vifs*, palavras picantes, mordazes. *Vive arête*, saliência não polida da madeira ou da pedra. *Bois vif*, lenho que floresce cada ano. S. m. Vivo. Carne viva. Pequenino peixe vivo empregado em pescaria. *Dir.* Pessoa viva. *Fig.* Ponto fundamental ou essencialmente sensível; âmago da questão. *Piquer au vif*, ofender ou comover profundamente. *Trancher, couper dans le vif*, sacrificar resolutamente. *Être pris sur le vif*, tomado ao natural.

VIF-ARGENT (*vifarjan*), s. m. Azougue. Mercúrio.

VIGÉSIMO (*vijêzimô*), adv. Em vigésimo lugar.

VIGIE (*viji*), s.f. Vigia, atalaia, marinheiro em sentinela. Vigilância. Casinhola elevada onde fica a sentinela; cubículo envidraçado para vigilância dos trens. Espécie de baliza.

VIGILANCE (*vijilanç*), s.f. Vigilância; atenção, precaução.

VIGILANT, E (*vijilan, t*), adj. Vigilante, cuidadoso, atento, cauteloso.

VIGILE (*vijil*), s.f. Vigília. S. m. Guarda, vigia noturno.

VIGNE (*vinh'*), s. f. Videira, vide, vinha.

VIGNEAU (*vinhô*), s.m. Espécie de montículo ajardinado com caramanchão da antiga Normandia. Junco da Europa. Molusco comestível. Pl.: *des vigneaux*.

VIGNERON, ONNE (*vinhəron, ón'*), s. Vinhateiro.

VIGNETTE (*vinhét*), s. f. Vinheta. *Bot.* Nome vulgar da filipêndula, da clematite e da mercurial.

VIGNETTISTE (*vinhétiçt*), s. m. Vinhetista.

VIGNETURE (*vinhətür*), s. f. Ornato de folha de parreira rodeando as miniaturas.

VIGNOBLE (*vinhóbl*), s.m. Vinhedo.

VIGNOT (*vinhô*), s.m. V. **VIGNEAU**.

VIGOGNE (*vigónh*), s.f. *Zool.* Vicunha.

VIGOUREUSEMENT (*vigurëzman*), adv. Vigorosamente.

VIGOUREUX, EUSE (*vigurë, ëz*), adj. Vigoroso.

VIGUERIE (*vighəri*), s. f. Função, jurisdição do juiz delegado do conde ou rei no sul da França antes de 1789.

VIGUEUR (*vighër*), s.f. Vigor.

VIGUIER (*vighiê*), s. m. Juiz delegado do conde ou rei em certas províncias do sul da França antes de 1789.

VIL, E (*vil*), adj. Vil.

VILAIN, E (*vilen, én'*), s. Vilão. Adj. Feio, desagradável, incômodo; mau; desonesto, desonroso. S. m. Escândalo, briga.

VILAINEMENT (*vilénəman*), adv. Feiamente; desagradavelmente.

VILEBREQUIN (*vilbrəken*), s. m. Pua, broca, verruma.

VILEMENT (*vilman*), adv. Vilmente.

VILENIE (*vilni*), s.f. Vilania, vileza, sovinice, sordidez.

VILETÉ (*viltê*), s.f. Barateza, coisa de baixo preço. *Fig.* Inferioridade, ação vergonhosa, baixeza.

VILIPENDER (*vilipandê*), v.t. Vilipendiar, desprezar, rebaixar, falar mal de.

VILLA (*vilá*), s.f. Casa de campo.

VILLAGE (*vilaj*), s.m. Aldeia, povoação, lugarejo.

VILLAGEOIS, E (*vilajuá, z*), s. Aldeão, campônio, camponês. Adj. Rústico.

VILLANELLE (*vilanél*), s.f. Vilancete. Dança antiga acompanhada de canto.

VILLE (*vil*), s. f. Cidade; os habitantes de uma cidade.

VILLÉGIATEUR (*vilêjiatër*), s. m. Vilegiaturista; veranista.

VILLÉGIATURE (*vilêjiatür*), s.f. Vilegiatura, estada no campo.

VILLÉGIATURER (*vilêjiatürê*), v. i. Vilegiaturar; veranear.

VILLEUX, EUSE (*vilë, ëz*), adj. Viloso, cheio de pêlos; cabeludo.

VILLOSITÉ (*vilozitê*), s.f. Vilosidade.

VIMAIRE ou **VIMÈRE** (*vimér* ou *vimér*), s.f. Estrago, dano, prejuízo; injúria, ultraje.

VIN (*ven*), s.m. Vinho. *Vin rouge*, vinho tinto. *Vin muscat*, vinho moscatel. *Vin d'honneur*, vinho de homenagem. *Être pris de vin*, estar bêbado. *Être dans deux vins*, estar meio embriagado. *Sac à vin*, pau-d'água. *Cuver son vin*, dormir na embriaguez. *Mettre de l'eau dans son vin*, moderar-se. *Prov. Quand le vin est tiré, il faut le boire*, é preciso agüentar as conseqüências.

VINAGE (*vinaj*), s. m. Vinagem.

VINAIGRE (*vinégr*), s.m. Vinagre.

VINAIGRÉ, E (*vinégré*), adj. Avinagrado, temperado com vinagre.
VINAIGRER (*vinégré*), v.t. Avinagrar, temperar com vinagre.
VINAIGRERIE (*vinégrəri*), s. f. Vinagreria, lugar onde se fabrica vinagre.
VINAIGRETTE (*vinégrét*), s.f. Molho de vinagre, azeite e sal. Carro de duas rodas em forma de cadeira, puxado por um homem.
VINAIGRIER (*vinégriê*), s.m. Vinagreiro. Galheta do vinagre.
VINAIRE (*vinér*), adj. Vinário.
VINASSE (*vinaç*), s.f. Vinhaça, vinho fraco e sem gosto.
VINDAS (*vendaç*), s.m. Cabrestante, bolinete. Aparelho de ginástica. Pl.: *des vindas*.
VINDE (*vend*), s.m. Esloveno, língua eslava.
VINDICATIF, IVE (*vendikatif, iv*), adj. Vingativo.
VINDICATIVEMENT (*vendikativman*), adv. Vingativamente.
VINDICTE (*vindikt*), s.f. Vindita.
VINÉE (*viné*), s.f. Colheita do vinho. Vara de videira podada.
VINER (*viné*), v.t. Adicionar álcool aos vinhos ou mostos.
VINEUX, EUSE (*vinë, ëz*), adj. Vinhoso.
VINGT (*ven*), num. card. Vinte. S. m. Vigésimo dia do mês.
VINGTAIN (*venten*), s.m. Vintena, tributo sobre a vigésima parte dos frutos.
VINGTAINE (*ventén'*), s.f. Vintena; grupo ou série de vinte.
VINGTIÈME (*ventiém'*), num. ord. Vigésimo. S. m. A vigésima parte.
VINGTIÈMEMENT (*ventiémoman*), adv. Em vigésimo lugar.
VINICOLE (*vinikól*), adj. Vinícola.
VINICULTURE (*vinikültür*), s.f. Vinicultura.
VINIFÈRE (*vinifér*), adj. Vinífero.
VINIFICATEUR (*vinifikatër*), s.m. Vinificador.
VINIFICATION (*vinifikaçion*), s. f. Vinificação.
VINIQUE (*vinik*), adj. Vínico.
VINOSITÉ (*vinozité*), s. f. Vinosidade.
VIOL (*viól*), s. m. Violação, estupro.
VIOLABLE (*violabl*), adj. Violável.
VIOLACÉ, E (*violaçé*), adj. Violáceo.
VIOLACER (*violaçê*), v. t. (O *c* leva uma cedilha antes de *a* e *o*: *il violaça, nous violaçons*.) Tornar-se violáceo, arroxear-se, cobrir-se de manchas violáceas.
VIOLAT (*violá*), adj. m. Preparado com extrato de violetas.
VIOLATEUR, TRICE (*violatër, triç*), s. Violador.
VIOLATION (*violaçion*), s. f. Violação de um compromisso; transgressão; profanação.
VIOLÂTRE (*violatr*), adj. Cor de violeta; arroxeado.
VIOLE (*viol*), s. f. Viola. *Viole d'amour*, viola maior de sete cordas.
VIOLEMMENT (*violaman*), adv. Violentamente.
VIOLENCE (*violanç*), s. f. Violência. *Se faire violence*, constranger-se, conter-se a custo.
VIOLENT, E (*violan, t*), adj. Violento.
VIOLENTER (*violanté*), v. t. Violentar; constranger; forçar.
VIOLER (*violê*), v. t. Violar, violentar.
VIOLET, ETTE (*violé, ét*), adj. Cor de violeta, roxo.
VIOLETER (*violətê*), v. t. (Dobra o *t* antes de sílaba muda: *je violetterai*.) Tingir de cor de violeta.
VIOLETTE (*violét*), s. f. Violeta. *Bois de violette*, nome antigo da palissandra.
VIOLIER (*violiê*), s. m. *Bot.* Goiveiro.
VIOLINE (*violin'*), s. f. *Quím.* Violina.
VIOLISTE (*violiçt*), s. m. Violeiro.
VIOLON (*violon*), s. m. Violino; rabeca. Calabouço. *Fig. Faire les violons*, pagar as despesas.
VIOLONCELLE (*violonçél*), s. m. Violoncelo.
VIOLONCELLISTE (*violonçéliçt*), s. m. Violoncelista.
VIOLONEUX (*violonë*), s. m. Mau violinista.
VIOLONISTE (*violoniçt*), s. m. Violinista.
VIORNE (*viórn*), s. f. *Bot.* Viburno.
VIPÈRE (*vipér*), s. f. Víbora.
VIPEREAU (*vipərô*), s. m. Viborazinha. Pl.: *des vipereaux*.
VIPÉRIDÉS (*vipêridê*), s. m. pl. *Zool.* Viperídeos.
VIPÉRIN, E (*vipêren, in'*), adj. Viperino. S. f. Viperina, cobra que se assemelha à víbora. *Bot.* Viperina.
VIRAGE (*viraj*), s. m. Viramento, volta; curva. *Mar.* Miragem de bordo. *Fot.* Operação destinada a transformar o negro da imagem em tons agradáveis.
VIRAGO (*viragô*), s. f. Virago, mulher de maneiras varonis.
VIRÉE (*virê*), s. f. Virada, volta; regresso. Avaliação florestal em zonas de alinhamento de árvores. *Fam. Faire une virée*, dar um giro.
VIRELAI (*virlé*), s. m. Antiga redondilha francesa.
VIREMENT (*virman*), s. m. Viramento, ação de virar. Traspasse de dívida, transferência. Irregularidade que consiste em transferir o crédito de um orçamento para outro orçamento.
VIRER (*virê*), v. i. Virar. *Virer à*, mudar para, tender para. V. t. Transportar de uma conta para outra; submeter a transformação fotográfica.
VIRESCENCE (*viréçanç*), s. f. Revivescência das plantas.
VIRETON (*virton*), s. m. Virotão.

VIREUR (*virĕr*), s. m. Virador.
VIREUX, EUSE (*virĕ, ĕz*), adj. Tóxico; venenoso; nocivo.
VIREVAU ou **VIREVAUT** (*virvô*), s. m. *Náut.* Cabrestante, de braços dos pequenos navios. Pl.: *des virevaux* ou *virevauts.*
VIRE-VIRE (*virvir*), s. m. ou **VIREVAUDE** (*virvód*), s. f. Redemoinho na navegação fluvial.
VIREVOLTE (*virvólt*), s. f. Viravolta, reviravolta, rodopio.
VIREVOLTER (*virvoltê*), v. i. Dar viravoltas; rodopiar.
VIRGINAL, E, AUX (*virjinal, ô*), adj. Virginal. S. m. *Mús.* Espécie de espineta do século XVII.
VIRGINALEMENT (*virjinalman*), adv. Virginalmente.
VIRGINITÉ (*virjinitê*), s. f. Virgindade.
VIRGULE (*virgül*), s. f. Vírgula. *Med. Bacille virgule,* bacilo do cólera.
VIRGULER (*virgülê*), v. t. Virgular.
VIRIL, E (*viril*), adj. Viril.
VIRILEMENT (*virilman*), adv. Virilmente.
VIRILISER (*virilizê*), v. t. Virilizar.
VIRILITÉ (*virilitê*), s. f. Virilidade.
VIROLOGIE (*viroloji*), s. f. *Med.* Virologia.
VIROLAGE (*virolaj*), s. m. Guarnecimento com virola; colocação de virolas.
VIROLE (*viról*), s. f. Virola. Molde com desenhos para produzir relevos.
VIROLER (*virolê*), v. t. Munir de virola; introduzir no molde rodelas para moeda.
VIRTUALITÉ (*virtüalitê*), s. f. Virtualidade.
VIRTUEL, ELLE (*virtüél*), adj. Virtual.
VIRTUELLEMENT (*virtüélman*), adv. Virtualmente.
VIRTUOSE (*virtüôz*), s. Virtuose.
VIRTUOSITÉ (*virtüozitê*), s. f. Virtuosidade.
VIRULENCE (*virülanç*), s. f. Virulência.
VIRULENT, E (*virülan, t*), adj. Virulento.
VIRURE (*virür*), s. f. *Mar.* Bordas que cercam a nau.
VIRUS (*virüç*), s. m. Vírus. Pl.: *des virus.*
VIS (*viç*), s. f. Parafuso; rosca; tarraxa. Pl.: *des vis.*
VISA (*vizá*), s. m. Visto.
VISAGE (*vizaj*), s. m. Rosto, face, cara.
VIS-À-VIS (*vizavi*), loc. prep. Defronte, frente a frente; do lado oposto. *Fig.* Em comparação, em presença de, em face de. S. m. Pessoa colocada defronte de outra. Canapé para duas pessoas. Carruagem com dois bancos opostos.
VISCÉRAL, E, AUX (*viçêral, ô*), adj. Visceral.
VISCÈRE (*viçér*), s. m. Víscera.
VISCOSE (*viçkôz*), s. f. Viscose.
VISCOSIMÈTRE (*viçkozimétr*), s. m. Viscosímetro.
VISCOSITÉ (*viçkozitê*), s. f. Viscosidade.
VISÉE (*vizê*), s. f. Pontaria, mira. *Fig.* Objetivo; desígnio; alvo; pretensão.
VISER (*vizê*), v. t. Visar, fazer pontaria; rubricar, pôr o visto; indicar, citar por referência. V. i. *Viser à,* pôr a mira em; dirigir seus esforços para.
VISEUR, EUSE (*vizĕr, ĕz*), s. Pessoa que visa. S. m. Visor.
VISIBILITÉ (*vizibilitê*), s. f. Visibilidade.
VISIBLE (*vizibl*), adj. Visível.
VISIBLEMENT (*viziblәman*), adv. Visivelmente.
VISIÈRE (*viziér*), s. f. Viseira; aba de boné. *Fig. Rompre en visière,* romper, separar-se, voltar as costas; contradizer.
VISION (*vizion*), s. f. Visão.
VISIONNAIRE (*vizionér*), adj. e s. Visionário.
VISITATION (*vizitaçion*), s. f. Visitação.
VISITE (*vizit*), s. f. Visita.
VISITER (*vizitê*), v. t. Visitar.
VISITEUR, EUSE (*vizitĕr, ĕz*), s. Visitador.
VISON (*vizon*), s. m. *Zool.* Espécie de fuinha.
VISQUEUX, EUSE (*viçkĕ, ĕz*), adj. Viscoso.
VISSAGE (*viçaj*), s. m. Parafusação.
VISSER (*viçê*), v. t. Parafusar. Atarraxar; fixar.
VISSERIE (*viçri*), s. f. Artigos como parafusos, roscas, tarraxas. Parafusaria.
VISUEL, ELLE (*vizüél*), adj. Visual.
VISUELLEMENT (*vizüélman*), adv. Visualmente.
VITAL, E, AUX (*vital, ô*), adj. Vital.
VITALISER (*vitalizê*), v. t. Vitalizar.
VITALITÉ (*vitalitê*), s. f. Vitalidade.
VITAMINE (*vitamin'*), s. f. Vitamina.
VITE (*vit*), adj. Rápido. Adv. Depressa.
VITELLIN, E (*vitélen, in'*), adj. Vitelino.
VITELLUS (*vitélüç*), s. m. *Fisiol.* Vitelo.
VITELOT (*vitlô*), s. m. Massa cozida em leite.
VITELOTTE (*vitlót*), s. f. Batata vermelha alongada.
VITESSE (*vitéç*), s. f. Velocidade. *En vitesse,* muito depressa. *Se laisser gagner de vitesse,* deixar passar.
VITICOLE (*vitikól*), adj. Vitícola.
VITICULTEUR (*vitikültĕr*), s. m. Viticultor.
VITICULTURE (*vitikültür*), s. f. Viticultura.
VITRAGE (*vitraj*), s. m. Envidraçamento; vidraçaria; porta envidraçada; vidraça divisória; cortina de filó ou musselina.
VITRAIL (*vitrai*), s. m. Vitral. Pl.: *des vitraux.*
VITRE (*vitr*), s. f. Vidro; vidraça. *Casser les vitres,* falar francamente.

VITRÉ, E (*vitrê*), adj. Envidraçado; vítreo; transparente.
VITRER (*vitrê*), v. t. Envidraçar.
VITRERIE (*vitrəri*), s. f. Vidraria; fabricação e comércio de vidros.
VITREUX, EUSE (*vitrē, ēz*), adj. Vítreo; vidroso, vidrento. *Fig.* Vidrado, que não brilha mais.
VITRIER (*vitriê*), s. m. Vidraceiro.
VITRIFIABLE (*vitrifiabl*), adj. Vitrificável.
VITRIFICATION (*vitrifikaçion*), s. f. Vitrificação.
VITRIFIER (*vitrifiê*), v. t. (Conjuga-se como *prier.*) Vitrificar.
VITRINE (*vitrin'*), s. f. Vitrina.
VITRIOL (*vitriól*), s. m. *Quím.* Vitríolo. *Vitriol blanc,* sulfato de zinco. *Vitriol bleu,* sulfato de ferro. *Huile de vitriol,* ácido sulfúrico.
VITRIOLAGE (*vitriolaj*), s. m. Vitriolização; lançamento de vitríolo sobre alguém para desfigurá-lo.
VITRIOLÉ, E (*vitriolê*), adj. Vitriolado. S. Pessoa sobre quem se lançou vitríolo.
VITRIOLERIE (*vitriólri*), s. f. Fábrica de vitríolo.
VITRIOLEUR, EUSE (*vitriolēr, ēz*), s. Lançador de vitríolo.
VITROSITÉ (*vitrozitê*), s. f. Qualidade do que é vidroso ou vidrento.
VITULAIRE (*vitülér*), adj. *Zool.* Vitular; diz-se de uma febre puerperal da vaca.
VITUPÉRATEUR, TRICE (*vitüpêratēr, triç*), adj. Vituperador.
VITUPÉRATION (*vitüpêraçion*), s. f. Vituperação, vitupério.
VITUPÉRER (*vitüpêrê*), v. t. (Conjuga-se como *accélérer.*) Vituperar.
VIVACE (*vivaç*), adj. Vivaz.
VIVACITÉ (*vivaçitê*), s. f. Vivacidade. Pl. Repentes, exaltações momentâneas.
VIVANDIER, ÈRE (*vivandiê, ér*), s. Vivandeiro.
VIVANT, E (*vivan, t*), adj. Vivo; vivente. S. m. Vivente. *Bon vivant,* homem muito alegre e divertido, pândego. *En son vivant,* durante sua vida, em vida.
VIVARIUM (*vivarióm'*), s. m. Viveiro. Pl.: *des vivariums.*
VIVAT! (*vivá*), interj. Viva!, Bravo!.
VIVE (*viv*), s. f. *Zool.* Espécie de peixe.
VIVEMENT (*vivman*), adv. Vivamente.
VIVEUR (*vivēr*), s. m. Boêmio; folgazão, estróina.
VIVEUR (*vivēr*), s. m. Boêmio; folgazão, estróina.
VIVIFIANT, E (*vivifian, t*), adj. Vivificante.
VIVIFICATEUR, TRICE (*vivifikatēr, triç*), adj. Vivificador.
VIVIFICATION (*vivifikaçion*), s. f. Vivificação.
VIVIFIER (*vivifiê*), v. t. (Conjuga-se como *prier.*) Vivificar.
VIVIFIQUE (*vivifik*), adj. Vivífico ou vivificativo; vivificante.
VIVIPARE (*vivipar*), adj. e s. Vivíparo.
VIVIPARITÉ (*viviparitê*), s. f. ou **VIVIPARISME** (*vivipariçm'*), s. m. Viviparidade.
VIVISECTEUR (*viviçéktēr*), adj. e s. Vivisseccionista.
VIVISECTION (*viviçékçion*), s. f. Vivissecção.
VIVOTER (*vivotê*), v. i. Viver pobremente; ir vivendo.
VIVRE (*vivr*), v. i. (*Je vis, tu vis, il vit, nous vivons, vous vivez, ils vivent. Je vivais, nous vivions. Je vécus, nous vécûmes. Je vivrai, nous vivrons. Je vivrais, nous vivrions. Vis, vivons, vivez. Que je vive, que nous vivions. Que je vécusse, que nous vécussions. Vivant. Vécu, e.*) Viver. *Vivre avec,* conviver, manter relações com. *Vivre sur,* tirar sua subsistência de. *Savoir vivre,* conhecer as regras de civilidade, a maneira de lidar com os outros. *Apprendre à vivre à quelqu'un,* corrigir alguém, castigá-lo por seus erros. *Être facile à vivre,* ser de gênio acomodado, de fácil convívio. *Qui vive?,* Quem vem lá?. *Vive ou vient!,* Viva!. S. m. Viver, ação de viver, gozo da vida. Sustento, alimento. Pl. Víveres. *Être sur le qui-vive,* estar alerta. *Vivre en bonne intelligence, vivre en harmonie avec,* ter relações amigáveis.
VIVRÉ, E (*vivrê*), adj. *Heráld.* Peça talhada em forma de dentes.
VIVRIER, ÈRE (*vivriê, ér*), adj. Que produz substâncias alimentares. S. m. Administrador ou fornecedor de víveres.
VIZIR (*vizir*), s. m. Vizir. *Grand vizir,* grão-vizir.
VIZIRAT (*vizirá*), s. m. Vizirado ou vizirato, cargo de vizir.
VLAN! V'LAN! (*vlan*), interj. Exprime um golpe rápido. Zás-trás!
VOCABLE (*vokabl*), s. m. Vocábulo.
VOCABULAIRE (*vokabülér*), s. m. Vocabulário.
VOCAL, E, AUX (*vokal, ô*), adj. Vocal.
VOCALEMENT (*vokalman*), adv. Vocalmente; de viva voz.
VOCALIQUE (*vokalik*), adj. Vocálico.
VOCALISATEUR, TRICE (*vokalizatēr, triç*), s. Vocalizador.
VOCALISATION (*vokalizaçion*), s. f. Vocalização.
VOCALISE (*vokaliz*), s. f. Vocalizo.
VOCALISER (*vokalizê*), v. i. Vocalizar.
VOCALISME (*vokaliçm'*), s. m. Vocalismo.
VOCATIF (*vokatif*), s. m. Vocativo. Adj. Que se emprega para chamar.
VOCATION (*vokaçion*), s. f. Vocação.
VOCERATRICE (*votchêratritche*), s. m.

Mulher que, na Córsega, canta um *vocero*.

VOCERO (*votchêrô*), s. m. Canto fúnebre improvisado. Pl.: ***des voceri***.

VOCIFÉRANT, E (*voçiféran, t*), adj. Vociferante.

VOCIFÉRATEUR, TRICE (*voçifératër, triç*), s. Vociferador.

VOCIFÉRATIONS (*voçiféraçion*), s. f. pl. Vociferações.

VOCIFÉRER (*voçiférê*), v. i. (Conjuga-se como *accélérer*.) Vociferar.

VODKA (*vodká*), s. f. Vodca.

VŒU (*vë*), s. m. Voto. Pl.: ***des vœux***.

VOGUE (*vóg*), s. f. Voga. Festa anual em certas aldeias do sul da França.

VOGUER (*voghê*), v. i. Vogar. *Fig.* Vaguear. *Vogue la galère!* Avante, haja o que houver!

VOICI (*vuaçi*), prep. Eis; eis aqui; aqui está.

VOIE (*vuá*), s. f. Via; estrada, caminho. Pista; rastro deixado pela caça. Distância entre as rodas de um veículo. Inclinação dos dentes de uma serra. ***Voies de droit***, recurso à justiça. ***Voies et moyens***, receita pública. ***Voie de charbon de terre***, um metro cúbico aproximadamente de carvão. ***Voie d'eau***, dois baldes d'água de 15 litros cada um. *Mar. Voie d'eau*, fenda, abertura no navio.

VOILA (*vualá*), prep. Eis ali; eis aqui, relativamente ao que se disse. ***Ne voilà-t-il que!***, não é que! ***Nous y voilà***, eis-nos aqui.

VOILE (*vual*), s. m. Véu. S. f. Vela de navio; barco a vela. ***Mettre à la voile***, embarcar.

VOILÉ, E (*vualê*), adj. Velado. Curvo, empenado.

VOILER (*vualê*), v. t. Velar, cobrir com véu. *Mar.* Guarnecer com velas; empenar, curvar. **SE VOILER**, v. pr. Curvar-se, empenar-se.

VOILERIE (*vualri*), s. f. Oficina de fabrico, conserto ou conservação das velas do navio.

VOILETTE (*vualét*), s. f. Véu pequeno de rosto.

VOILIER (*vualiê*), s. m. Veleiro; barco a vela. Operário que lida com as velas. Adj. De largo vôo.

VOILURE (*vualür*), s. f. Velame, conjunto das velas de um navio. Asas de um avião. Empenamento de uma prancha ou de uma roda.

VOIR (*vuar*), v. t. (***Je vois, tu vois, il voit, nous voyons, vous voyez, ils voient. Je voyais, nous voyions. Je vis, nous vîmes. Je verrai, nous verrons. Je verrais, nous verrions. Vois, voyons, voyez. Que je voie, que nous voyions. Que je visse, que nous vissions. Voyant. Vu, e.***) Ver. *Voir venir quelqu'un*, conhecer suas intenções. *Voir beaucoup de monde*, freqüentar, receber. *Voir de bon, de mauvais œil*, olhar favorável ou desfavoravelmente, estar contente ou descontente. *Voir faire*, ser testemunha de alguma coisa sem nela tomar parte. *Voir venir*, avistar ao longe, pressentir, adivinhar. *Être à voir*, ser digno de se ver. *Voir à ce que*, vigiar. *En avoir vu bien d'autres*, ter passado por coisas piores. *Reste à voir si*, resta saber se. *N'avoir rien à voir*, não ter nada a ver. *Il ferait beau voir*, era de se ver. **SE VOIR**, v. pr. Ver-se, freqüentar-se. *Ne pas se voir*, estar zangado, de relações cortadas. *Cela se voit tous les jours*, isto acontece freqüentemente.

VOIRE (*vuar*), adv. Realmente, sim; e até.

VOIRIE (*vuari*), s. f. Serviço de limpeza pública. Depósitos de lixo.

VOISIN, E (*vuazen, in'*), adj. e s. Vizinho.

VOISINAGE (*vuazinaj*), s. m. Vizinhança.

VOISINER (*vuazinê*), v. i. Vizinhar, freqüentar os vizinhos; dar-se com a vizinhança.

VOITURAGE (*vuatüraj*), s. m. Transporte, carreto.

VOITURE (*vuatür*), s. f. Viatura. Preço do transporte; conteúdo do transporte.

VOITURÉE (*vuatürê*), s. f. Carrada; conjunto de pessoas que estão num carro.

VOITURER (*vuatürê*), v. t. Transportar, levar, conduzir em carro.

VOITURETTE (*vuatürét*), s. f. Carro ou automóvel pequeno.

VOITURIER (*vuatüriê*), adj. e s. Condutor de carro; cocheiro; carroceiro.

VOITURIN (*vuatüren*), s. m. Cocheiro de carruagem de aluguel. Carruagem de aluguel.

VOIX (*vuá*), s. f. Voz; voto, sufrágio. *Fig.* Linguagem; conselho; opinião; impulso. *Gram.* Voz. Pl.: ***des voix***.

VOL (*vól*), s. m. Vôo; bando de aves voando. ***À vol d'oiseau***, loc. adv. Em linha reta; por alto; de relance. ***Saisir au vol***, pegar no ar. Roubo; furto, a coisa roubada.

VOLABLE (*volabl*), adj. Suscetível de ser roubado.

VOLAGE (*volaj*), adj. Pouco sério, leviano.

VOLAILLE (*volaii*), s. f. Aves de galinheiro.

VOLAILLER (*volaiê*), s. m. Galinheiro. Vendedor de aves domésticas.

VOLANT, E (*volan, t*), adj. Volante, voador; móvel. S. m. Volante. Peteca; jogo de peteca. Asa de moinho. Peça reguladora do movimento de uma máquina. *Fig.* Reserva de força e de fundo. Babado. Vara flexível. ***Cerf-volant***, papagaio de papel.

VOLATIL, E (*volatil*), adj. Volátil.

VOLATILE (*volatil*), s. m. Ave, animal

que voa; ave doméstica.
VOLATILISABLE (*volatilizabl*), adj. Volatilizável.
VOLATILISATION (*volatilizaçion*), s. f. Volatilização.
VOLATILISER (*volatilizê*), v. t. Volatilizar. **SE VOLATILISER**, v. pr. Volatilizar-se.
VOLATILITÉ (*volatilitê*), s. f. Volatilidade.
VOL-AU-VENT (*volôvan*), s. m. inv. Espécie de empadão recheado.
VOLCAN (*volkan*), s. m. Vulcão.
VOLCANIQUE (*volkanik*), adj. Vulcânico.
VOLCANISER (*volkanizê*), v. t. Vulcanizar.
VOLCANISME (*volkaniçm*), s. m. Vulcanismo.
VOLCANITE (*volkanit*), s. f. Vulcanite.
VOLE (*vól*), s. f. Jogada que consiste na descoberta geral das cartas.
VOLÉE (*volé*), s. f. Vôo, ação de voar; a extensão do vôo. Bando de aves voando. *Fig.* Condição, classe. Descarga de artilharia, rajada de tiros. Sova, série de pancadas. Repicar dos sinos. Parte de uma escada. Parte de um canhão. ***Prendre sa volée,*** partir, emancipar-se. *Esp.* Retomada da bola no ar. ***Demi-volée,*** retomada da bola logo após a batida no solo. ***À la volée,*** loc. adv. No ar, com presteza.
VOLER (*volê*), v. i. Voar. V. t. Caçar, perseguir. Roubar, furtar.
VOLEREAU (*volrô*), s. m. *Fam.* Ladrãozinho. Pl.: *des volereaux.*
VOLERIE (*volri*), s. f. Roubo, ladroeira. Altanaria (caça).
VOLET (*volé*), s. m. Porta ou postigo de janela. Tabuleiro onde se escolhem os grãos. *Fig.* ***Trier sur le volet,*** escolher com cuidado coisas ou pessoas.
VOLETER (*voltê*), v. i. (Dobra o *t* antes de sílaba muda: *il volettera.*) Volitar, esvoaçar, voejar; adejar.
VOLEUR, EUSE (*volër, ëz*), s. Ladrão, gatuno, larápio. ***À voleur, voleur et demi,*** para ladrão, ladrão e meio.
VOLIÈRE (*voliér*), s. f. Aviário, viveiro de aves.
VOLIGE (*volij*), s.f. Tabuinha para pregar ardósias.
VOLIGEAGE (*volijaj*), adj. Montagem de tabuinhas para pregar ardósias.
VOLIGER (*volijê*), v.t. (Toma um *e* mudo depois do *g* antes de *a* e *o*: ***il voligea, nous voligeons.***) Munir de tabuinhas.
VOLIS (*voli*), s.m. Copa de uma árvore derrubada pelo vento. Pl.: *des volis.*
VOLLEY-BALL (*voléból*), s. m. Voleibol.
VOLLEYEUR, EUSE (*voléiër, ëz*), s. f. Jogador de voleibol.
VOLITIF, IVE (*volitif, iv*), adj. Volitivo.
VOLITION (*voliçion*), s. f. Volição.
VOLONTAIRE (*volontér*), adj. Voluntário; voluntarioso, obstinado. S. m. Voluntário.
VOLONTAIREMENT (*volontérman*), adv. Voluntariamente; voluntariosamente.
VOLONTARIAT (*volontariá*), s.m. Voluntariado.
VOLONTÉ (*volontê*), s.f. Vontade. ***Mettre de la mauvaise volonté à,*** ter má vontade em.
VOLONTIERS (*volontiê*), adv. De bom grado; de boa vontade.
VOLT (*vólt*), s.m. Volt.
VOLTAIQUE (*voltaík*), adj. Voltaico.
VOLTAIRE (*voltér*), s.m. Poltrona de encosto alto.
VOLTAIRIANISME (*voltérianiçm*), s.m. Voltairianismo.
VOLTAIRIEN, ENNE (*voltérien, én'*), adj. Voltairiano.
VOLTAÏSATION (*voltaizaçion*), s.f. Voltaização.
VOLTAMÈTRE (*voltamétr*), s.m. *Fís.* Voltâmetro.
VOLTE (*vólt*), s.f. Volta, movimento circular feito por um cavalo; reviravolta.
VOLTE-FACE (*voltfaç*), s.f. inv. Meia-volta.
VOLTER (*voltê*), v.i. Rodar, girar, executar uma volta com o cavalo. *Mar.* Virar de bordo.
VOLTI (*volti*), s.m. *Mús.* Indicação no fim da página de que o trecho continua na página seguinte.
VOLTIGE (*voltij*), s.f. Corda bamba; exercícios sobre essa corda; exercício de equitação.
VOLTIGEANT, E (*voltijian, t*), adj. Volteante, volitante.
VOLTIGEMENT (*voltijman*), s.m. Volteio; giro; rodopio.
VOLTIGER (*voltijê*), v.t. (Toma um *e* mudo depois do *g* antes de *a* e *o*: ***il voltigea, nous voltigeons.***) Voltear ou voltejar; esvoaçar; rodopiar. *Fig.* Ser volúvel.
VOLTIGEUR, EUSE (*voltijër, ëz*), s. Volteador, volteio. S. m. Atirador de infantaria ligeira em França. Espécie de charuto.
VOLTIMÈTRE (*voltimétr*), s.m. *Fís.* Voltímetro.
VOLUBILE (*volübil*), adj. Palrador, tagarela. *Bot.* Volubilado.
VOLUBILITÉ (*volübilitê*), s.f. Volubilidade.
VOLUCELLE (*volüçél*), s.f. *Zool.* Volucela.
VOLUME (*volüm'*), s.m. Volume.
VOLUMÉTRIQUE (*volümêtrik*), adj. Volumétrico.
VOLUMINEUX, EUSE (*volüminë, ëz*), adj. Volumoso.

VOLUPTÉ (*volüptê*), s.f. Volúpia, voluptuosidade.
VOLUPTUAIRE (*volüptüér*), adj. Voluptuário.
VOLUPTUEUSEMENT (*volüptüëzman*), adv. Voluptuosamente.
VOLUPTUEUX, EUSE (*volüptüë, ëz*), adj. Voluptuoso.
VOLUTE (*volüt*), s.f. *Arq.* Voluta. Por extensão: quelquer objeto enrolado em espiral; viga em espiral de uma escada. *Zool.* Voluta.
VOLVAIRE (*volvér*), s.f. Volvária.
VOLVE (*vólv*), s.f. *Bot.* Volva.
VOLVULUS (*volvülüç*), s.m. *Med.* Vólvulo.
VOLVUS (*volvüç*), s.m. *Bot.* Gavinha de planta trepadeira.
VOMER (*vomér*), s.m. *Anat.* Vômer. *Zool.* Espécie de peixe da América.
VOMÉRIEN, ENNE (*vomêrien, én'*), adj. *Anat.* Vomeriano.
VOMI (*vomi*), s.m. Vômito; vomitado.
VOMIQUE (*vomik*), s.f. Vômica. Adj. *Noix vomique*, noz-vômica.
VOMIQUIER (*vomikiê*), s.m. *Bot.* Vomiqueiro.
VOMIR (*vomir*), v. t. Vomitar.
VOMISSEMENT (*vomiçman*), s.m. Vômito, vomitado.
VOMISSURE (*vomiçür*), s.f. Coisa vomitada.
VOMITIF, IVE (*vomitif, iv*), adj. e s. m. Vomitivo.
VOMITURITION (*vomitüriçion*), s. f. Vomituração.
VORACE (*voraç*), adj. Voraz.
VORACEMENT (*voraçman*), adv. Vorazmente.
VORACITÉ (*voraçitê*), s.f. Voracidade.
VORTICELLE (*vortiçél*), s.f. *Zool.* Vorticela.
VOS (*vô*), adj. poss. pl. De outrem. Vossos, vossas, de vocês.
VOSGIEN, ENNE (*voçjien, én'*), adj. Relativo aos Vosges.
VOTANT, E (*votan, t*), adj. e s. Votante.
VOTATION (*votaçion*), s.f. Votação.
VOTE (*vót*), s.m. Voto, sufrágio.
VOTER (*votê*), v.i. e t. Votar.
VOTIF, IVE (*votif, iv*), adj. Votivo.
VOTRE (*vótr*), adj. poss. s. Vosso, vossa; seu, sua, de você.
VÔTRE (*vôtr*), pron. poss. s. Vosso, vossa; de você. S. m. *Le vôtre*, vosso bem. S. m, pl. *Les vôtres*, os vossos, os seus (parentes, amigos, partidários).
VOUER (*vuê*), v.t. Votar, devotar, consagrar, dedicar; prometer, fazer promessa; devotar-se.
VOUGE (*vuj*), s.m . Podadeira, foice. Arma usada na Idade Média.
VOULOIR (*vuluar*), v. t. (*Je veux, tu veux, il veut, nous voulons, vous voulez, ils veulent. Je voulais, nous voulions. Je voulus, nous voulûmes. Je voudrai, nous voudrons. Je voudrais, nous voudrions. Veux, voulons, voulez*, ou, para marcar uma vontade menos forte, menos pessoal, *veuille, veuillons, veuillez. Que je veuille, que nous voulions. Que je voulusse, que nous voulussions. Voulant. Voulu, e.* Querer. *Vouloir bien*, consentir em, aceitar, ter a bondade, fazer o favor. *Vouloir dire*, ter a intenção. *En vouloir à quelqu'un*, desejar mal a alguém, zangar-se, brigar, odiar.
VOULOIR (*vuluar*), s.m. Querer, ato de vontade; intenção, disposição.
VOUS (*vu*), pron. pess. pl. de tu. Vós, você, o senhor, a senhora; lhe, se; a si.
VOUSSOIR ou **VOUSSEAU** (*vuçuar* ou *vuçô*), s.m. Cada uma das pedras que formam o arco de uma abóbada. Pl.: *des voussoirs* ou *vousseaux*.
VOUSSURE (*vuçür*), s.f. *Arq.* Curvatura de abóbada.
VOUTE (*vut*), s.f. Abóbada, arco. *Clef de voûte*, pedra principal da abóbada. *Fig.* Princípio, base. *Voûte en berceau*, abóbada em semicírculo. *Voûte azurée, étoilée*, abóbada celeste, o céu. *Mar. Voûte d'arcasse*, prolongamento da ponte de um navio.
VOÛTÉ, E (*vutê*), adj. Abobadado, arqueado. *Fig.* Curvo, curvado, encurvado.
VOÛTER (*vutê*), v.t. Abobadar. *Fig.* Curvar, arquear, encurvar. **SE VOÛTER**, v.pr. Começar a encurvar-se; arquear-se.
VOUVOIEMENT ou **VOUSSOIEMENT** (*vuvuaman* ou *vuçuaman*), s. m. Tratamento por vós ou você.
VOUVOYER ou **VOUSSOYER** (*vuvuaiê* ou *vuçuaiê*), v. t. (Conjuga-se como *aboyer*). Tratar por vós ou você.
VOYAGE (*vuaiaj*), s.m. Viagem.
VOYAGER (*vuaiajê*), v. i. (Toma um *e* mudo depois do *g* antes de *a* e *o*: *il voyagea, nous voyageons.*) Viajar.
VOYAGEUR, EUSE (*vuaiajër, ëz*), s. Viajante, viajeiro, viajor. Adj. *Commis voyageur*, caixeiro-viajante.
VOYANT, E (*vuaian, t*), adj. Vidente, dotado de vista; vistoso. S. Vidente, aquele que prevê o futuro, pessoa que profetiza. Saliência de uma bóia. Esfera no alto do mastro dos navios. Aparelho de controle.
VOYELLE (*vuaiél*), s.f. Vogal.
VOYER (*vuaiê*), s.m. Fiscal de estrada.
VOYEUR, EUSE (*vuaiër, ëz*), s. Pessoa que tem prazer em ver cenas íntimas.
VOYOU (*vuaiú*), s.m. Vadio, vagabundo.
VRAC (EN) (*anvrak*), s. m. Montão de mercadorias que são despachadas sem enfardamento.

VRAI, E (*vré*), adj. e s. m. Verdadeiro. *À vrai dire, pour dire vrai*, para falar a verdade, por assim dizer. *Au vrai*, em verdade, deveras. *Pour de vrai*, verdadeiramente, falando sério.

VRAIMENT (*vréman*), adv. Verdadeiramente; deveras (ironicamente).

VRAISEMBLABLE (*vréçanblabl*), adj. Verossimilhante, verossímil. S. m. *Le vraisemblable*, o verossímil.

VRAISEMBLABLEMENT (*vréçanblabləman*), adv. Com verossimilhança, de maneira verossímil; provavelmente; possivelmente.

VRAISEMBLANCE (*vréçanblanç*), s.f. Verossimilhança, verossimilitude.

VRILLAGE (*vriiaj*), s. m. Torção excessiva do fio de um tecido.

VRILLE (*vrii*), s. f. Verruma; pua. *Bot.* Gavinha. *Fig.* Acrobacia aérea.

VRILLÉ, E (*vriié*), adj. Verrumado, furado com verruma. *Bot.* Provido de gavinhas. *Fig.* Torcido, enrolado.

VRILLER (*vriié*), v.t. Verrumar, furar com verruma. V. i. Elevar-se descrevendo uma hélice; torcer-se encolhendo.

VRILLERIE (*vriiiri*), s.f. Verrumaria, fábrica de verrumas; fábrica e conjunto de ferramentas que servem para verrumar ou fazer furos.

VRILLETTE (*vriiét*), s.f. *Zool.* Caruncho, bicho de madeira.

VRILLIER (*vriié*), adj. e s. Verrumeiro, fabricante de verrumas.

VRILLONNER (*vriioné*), v.i. Contorcer; enroscar; encaracolar.

VROMBIR (*vronbir*), v.i. Zumbir, zunir, roncar.

VROMBISSEMENT (*vronbiçman*), s. m. Zumbido, zunido, ronco.

VU, E (*vü*), adj. Visto, considerado. Prep. Atendendo, considerando, em vista de. S. m. Visto, ação de ver, conhecimento de uma coisa. *Au vu et au su*, loc. adv. Às claras, abertamente. *Vu que*, loc. conj. Pois que, visto que. *Au point de vue de*, em relação a. *En vue de*, com vistas a, com o objetivo de. *Être en vue*, estar em evidência.

VUE (*vü*), s.f. Vista. *Avoir en vue*, ter em vista. Loc. adv.: *À vue d'œil*, a olhos vistos; *à perte de vue*, a perder de vista.

VULCANALES (*vülkanal*), s. f. pl. Vulcanais.

VULCANIEN, ENNE (*vülkanien, én'*), adj. Vulcâneo.

VULCANISATEUR (*vülkanizatër*), s. m. Vulcanizador.

VULCANISATION (*vulkanizaçion*), s f. Vulcanização.

VULCANISER (*vülkanizê*), v.t. Vulcanizar.

VULCANISME (*vülkaniçm'*), s.m. Vulcanismo.

VULCANITE (*vülkanit*), s.f. Vulcanite.

VULCANOLOGIE (*vülkanoloji*), s.f. Vulcanologia.

VULCANOLOGISTE ou **VULCANOLOGUE** (*vülkanolojiçt* ou *vülkanológh*), s. m. Vulcanologista ou vulcanólogo.

VULGAIRE (*vülghér*), adj. Vulgar. S. m. *Le vulgaire*, o vulgo.

VULGAIREMENT (*vülghérman*), adv. Vulgarmente; comumente; de maneira pouco distinta.

VULGARISATEUR, TRICE (*vülgarizatër, triç*), s. Vulgarizador.

VULGARISATION (*vülgarizaçion*), s. f. Vulgarização.

VULGARISER (*vülgarizê*), v.t. Vulgarizar.

VULGARISME (*vülgariçm'*), s.m. Vulgarismo.

VULGARITÉ (*vülgaritê*), s.f. Vulgaridade.

VULGATE (*vülgat*), s.f. Vulgata.

VULGO (*vülgô*), adv. Vulgarmente, vulgo.

VULNÉRABILITÉ (*vülnêrabilitê*), s.f. Vulnerabilidade.

VULNÉRABLE (*vülnêrabl*), adj. Vulnerável.

VULNÉRAIRE (*vülnêrér*), adj. Vulnerário.

VULNÉRATION (*vülnêraçion*), s.f. Vulneração.

VULPIN (*vülpen*), s.m. *Bot.* Vulpina.

VULTUEUX, EUSE (*vütüë, ëz*), adj. Vultuoso.

VULTUOSITÉ (*vültüozitê*), s. f. Vultuosidade.

VULTURIDÉS (*vültüridê*), s.m. pl. *Zool.* Vulturídeos.

VULVAIRE (*vülvér*), s.f. *Bot.* Vulvária.

VULVE (*vülv*), s.f. *Anat.* Vulva.

VULVITE (*vülvit*), s.f. *Med.* Vulvite.

W

W (*dubləvê*), s. m. Vigésima terceira letra do alfabeto.

WACAPOU (*uakapu*), s.m. Madeira da Guiana.

WAGAGE (*vagaj*), s. m. Limo de rio para adubo das terras.

WAGNÉRIEN, ENNE (*vagnêrien, én'*), adj. e s. Wagneriano.

WAGNÉRISME (*vagnêriçm'*), s.m. Wagrismo.

WAGON (*vagon*), s.m. Vagão, conduto de chaminé.

WAGON-BAR (*vagonbar*), s.m. Vagão-bar. Pl.: *des wagons-bars*.

WAGON-CITERNE (*vagonçitérn'*), s.m. V. **WAGON-RÉSERVOIR**. Pl.: *des wagons-citernes*.

WAGON-LIT (*vagonli*), s.m. Vagão-leito. Pl.: *des wagons-lits*.

WAGONNÉE (*vagonê*), s.f. Conteúdo de um vagão.

WAGONNET (*vagoné*), s.m. Vagonete.

WAGONNETTE (*vagonét*), s. f. Vagoneta.

WAGONNIER (*vagonié*), s.m. Vagoneiro, empregado da manobra de vagões.

WAGON-POSTE (*vagonpóçt*), s.m. Vagão-correio. Pl.: *des wagons-poste*.

WAGON-RÉSERVOIR (*vagonrêzérvuar*), s. m. Vagão-tanque. Pl.: *des wagons-réservoirs*.

WAGON-RESTAURANT (*vagonréçtóran*), s. m. Vagão-restaurante. Pl.: *des wagons-restaurants*.

WALLON, ONNE (*ualon, ón'*), adj. e s. m. Valão.

WARRANT (*uaran*), s. m. *Dir.* e *Com.* Warrant.

WARRANTAGE (*uarantaj*), s. m. Warrantagem.

WARRANTER (*uarantê*), v. t. Warrantar.

WASSINGUE (*uaçengh*), s.f. Tecido lavável.

WATER-BALAST (*uatérbalaçt*), s. m. *Mar.* Reservatório para lastro de água (em barco, navio).

WATER-CLOSET (*uatérklózet*), s. m. Privada, banheiro.

WATER-POLO (*uatérpólô*), s. m. Pólo aquático.

WATERPROOF (*uatérpruf*), s.m. Capa impermeável.

WATT (*uat*), s.m. *Fís.* Watt.

WATTMAN (*uatman*), s.m. Condutor de veículos elétricos. Pl.: *des wattmen*.

WEDELIN (*vedlen*), s.m. Pequeno barco fluvial formado de três tábuas.

WEEK-END (*uikend*), s. m. Week-end, fim-de-semana.

WELCHE (*vélch*), adj. e s. V. **VELCHE**.

WENDE (*vand*), s.m. Língua eslava que se assemelha ao tcheco.

WHISKY ou **WHISKEY** (*uiçki*), s.m. Uísque.

WHIST (*uiçt*), s.m. Uíste.

WISIGOTHIQUE (*vizigotik*), adj. Visigótico.

WISKI (*uiçki*), s.m. Espécie de cabriolé.

WITLOOF (*uitlôf*), s. f. *Bot.* Variedade de chicória.

WOLFRAM (*volfram'*), s. m. *Quím.* Volfrâmio.

WORMIEN (*vormien*), adj. e s. m. *Anat.* Vórmio.

WURTEMBERGEOIS, OISE (*vürtenbérjuá, z*), adj. e s. Do Wurtemberg.

X

X (*ikç*), s.m. Vigésima quarta letra do alfabeto.
XANTHÉINE (*kçantêin'*), s. f. Xanteína.
XANTHOLIN (*gzantolin*), s. m. Xantolino.
XANTHOPHYLLE (*gzantofil*), s.f. *Bot.* Xantofila.
XANTOME (*gzantom'*), s. m. Xantoma.
XÉNON (*kçênon*), s.m. Xênon.
XÉNOPHILE (*kçnofil*), adj. Xenófilo.
XÉNOPHILIE (*kçênofili*), s. f. Xenofilia.
XÉNOPHOBE (*kçênofób*), adj. Xenófobo.
XÉNOPHOBIE (*kçênofobi*), s. f. Xenofobia ou xenofobismo.
XÉRANTHÈME (*kçêrantém'*), s.m. *Bot.* Xerântemo.
XÉRÈS (*kçêréç*), s.m. Xerez (vinho). Pl.: *des xérès.*
XÉRODERMIE (*kçêrodérmi*), s.f. *Med.* Xerodermia.
XÉROPHAGE (*kçêrofaj*), adj. Xerófago.
XÉROPHAGIE (*kçêrofaji*), s.f. Xerofagia.
XÉROPHTALMIE (*kçêroftalmi*), s. f. *Med.* Xeroftalmia.
XIPHOÏDE (*kçifoid*), adj. m. *Anat.* Xifóide.
XIPHOÏDIEN, ENNE (*kçifoidien, én'*), adj. Xifóideo.
XYLÈNE (*kçilén'*), s.m. *Quím.* Xileno.
XYLOGRAPHE (*kçilograf*), s.m. Xilógrafo.
XYLOGRAPHIE (*kçilografi*), s.f. Xilografia.
XYLOGRAPHIQUE (*kçilografik*), adj. Xilográfico.
XYLOIDINE (*kçiloidin'*), s. f. *Quím.* Xiloidina.
XYLOL (*kçilól*), s.m. *Quím.* V. **XYLÈNE.**
XYLOLATRE (*kçilolatr*), s. Xilólatra.
XYLOLATRIE (*kçilolatri*), s. f. Xilolatria.
XYLOLATRIQUE (*kçilolatrik*), adj. Xilolátrico.
XYLOLOGIE (*kçiloloji*), s.f. Xilologia.
XYLOMÈTRIE (*kçilomêtri*), s.f. Xilometria.
XYLOPHAGE (*kçilofaj*), s.m. e adj. Xilófago.
XYLOPHONE (*kçilofón'*), s.m. *Mús.* Xilofone.
XYSTRE (*kçiçtr*), s.m. *Med.* Xistro.

Y

Y (*i grék*), s. m. Vigésima quinta letra do alfabeto. Adv. Aí, ali, lá, por lá, para lá. Pron. pess. A ele, a ela, a eles, a elas, a isso; nele, nela, neles, nelas, nisso.
YACHT (*iak, iakt* ou *iôt*), s. m. Iate.
YACK ou **YAK** (*iak*), s. m. *Zool.* Iaque.
YAOURT (*iaurt*), s. m. V. **YOGOURT.**
YARD (*iard*), s. m. Jarda.
YATAGAN (*iatagan*), s. m. Iatagã.
YEUSE (*iëz*), s. f. *Bot.* Azinheira.
YEUX (*ië*), s. m. Plural de **ŒIL.**
YIDDISH (*iidich*), adj. e s. m. Iídiche.
YOGOURT (*iogur*), s. m. Espécie de coalhada.
YOLE (*iól*), s. f. Iole.
YOLEUR (*iolër*), s. m. Patrão de iole.
YOLIER (*iolië*), s. m. Remador de iole.
YOUGOSLAVE (*iugoçlav*), adj. Iugoslavo.
YOUPIN, E (*iupen, in'*), adj. e s. *Pop.* Judeu.
YOUTRE (*iútr*), s. m. *Pop.* Judeu.
YOUYOU (*iuiu*), s. m. Pequena embarcação curta e larga.
YO-YO (*iôiô*), s. m. Iolô.
YPÉRITE (*ipêrit*), s. f. De Ypres. Iperita.
YPONOMEUTE (*iponomët*), s. f. *Zool.* Gênero de insetos lepidópteros.
YSOPET (*izopé*), s. m. Coleção de fábulas imitando Esopo (na Idade Média).
YTTERBIUM (*itérbióm'*), s. m. Itérbio.
YTTRIUM (*itrióm'*), s. m. Ítrio.

Z

Z (*zéd*), s. m. Vigésima sexta letra do alfabeto. *Fait comme un z*, torto, corcunda.

ZAGAIE (*zaghé*), s. f. V. **SAGAIE**.

ZAIN (*zen*), adj. m. Zaino.

ZAMIER (*zamiê*), s. m. ou **ZAMIE** (*zami*), s. f. *Bot.* Sagüeiro, árvore do pão.

ZANNI ou **ZANI** (*zani*), s.m. Abreviatura de Giovanni. Bufão, palhaço das comédias italianas. Pl.: *des zanni.*

ZÈBRE (*zébr*), s. m. Zebra. *Fam.* Cavalo. *Pop.* Indivíduo. *Fig. Courir comme un zèbre*, correr muito depressa.

ZÉBRÉ, E (*zêbrê*), adj. Zebrado, marcado de listras semelhantes às da zebra.

ZÉBRER (*zêbrê*), v. t. (Conjuga-se como *accélérer.*) Zebrar, listrar.

ZÉBRURE (*zêbrür*), s. f. Listra sobre a pele.

ZÉBU (*zêbü*), s. m. *Zool.* Zebu.

ZÉLATEUR, TRICE (*zêlatër, triç*), adj. e s. Zelador, que age com zelo. *Hist.* Membro de uma seita judaica de Jerusalém.

ZÈLE (*zél*), s. m. Zelo.

ZÉLÉ, E (*zêlê*), adj. e s. Zeloso, que tem zelo.

ZÉLEUR (*zêlër*), s. e adj. m. Zelador, procurador-geral dos religiosos mínimos.

ZEND, E (*zan, d*), adj. Zende. S. m. Zenda, língua indo-européia.

ZÉNITH (*zênit*), s. m. Zênite.

ZÉNITHAL, E, AUX (*zênital, ô*), adj. Zenital.

ZÉOLITHE ou **ZÉOLITE** (*zêolit*), s. f. *Min.* Zeólito.

ZÉPHIR (*zêfir*), adj. e s. m. Zéfiro. Lã, algodão zefir.

ZÉPHIRE (*zêfir*), adj. e s. m. Zefir.

ZÉPHIRIEN, ENNE (*zêfirien, én'*), adj. Zefirino.

ZÉPHYRINE (*zêfirin'*), s. f. Tecido fabricado em Saint-Quentin.

ZEPPELIN (*zépelen*), s. m. Zepelim.

ZÉRO (*zêrô*), s. m. Zero.

ZÉROTAGE (*zêrotaj*), s. m. Determinação e marcação do zero nos termômetros.

ZEST (*zéçt*), s. m. *Entre le zist et le zest*, nem bem nem mal. Interj. Zás!

ZESTE (*zéçt*), s. m. Zesto, película interior que divide a noz em quatro partes. Casquinha de laranja ou de limão. *Fig. Cela ne vaut un zeste*, isso é coisa de pouco valor, isso não vale quase nada.

ZESTER (*zéçtê*), v. t. Descascar, tirar a casca.

ZÊTA (*dzêtá*), s. m. Zeta.

ZEUGMA ou **ZEUGME** (*zëgmá ou zëgm*), s. m. Zeugma.

ZIBELINE (*zibelin'*), s. f. *Zool.* Zibelina.

ZIBET (*zibét*), s. f. *Zool.* Zibeta.

ZICRONE (*zikrón'*), s. f. *Zool.* Zicrono.

ZIEUTER (*ziëtê*), v. t. *Pop.* Olhar.

ZIG ou **ZIGUE** (*zigh*), s. m. *Pop.* Tipo, indivíduo.

ZIGOUILLER (*ziguiê*), v. t. *Pop.* Matar com uma facada.

ZIGZAG (*zigzag*), s. m. Ziguezague.

ZIGZAGUÉ, E (*zigzaghê*), adj. Ziguezagueado, em forma de ziguezague.

ZIGZAGUER (*zigzaghê*), v. i. Ziguezaguear.

ZINC (*zeng*), s. m. Zinco. *Pop.* Balcão de taberna. Avião.

ZINCAGE (*zenkaj*), s. m. V. **ZINGAGE**.

ZINCIFÈRE (*zinçifér*), adj. Zincico.

ZINCOGRAPHE (*zenkograf*), s. m. Zincógrafo.

ZINCOGRAPHIE (*zenkografi*), s. f. Zincografia.

ZINCOGRAVURE (*zinkogravür*), s. f. Zincogravura.

ZINGAGE (*zengaj*), s. m. Zincagem.

ZINGARO (*zengarô*), s. m. Zíngaro.

ZINGUER (*zenghê*), v. t. Cobrir de zinco; zincar, galvanizar com zinco.

ZINGUERIE (*zengheri*), s. f. Zincaria, comércio de zinco; fábrica de preparação do zinco.

ZINGUEUR (*zenghër*), adj. e s. Operário que trabalha em zinco.

ZINZOLIN, E (*zenzolen, in'*), s. m. e adj. Roxo-avermelhado.

ZIRCON (*zirkon*), s. m. Zircão.

ZIRCONE (*zirkón'*), s. f. *Quím.* Óxido de zircônio.

ZIRCONIUM (*zirkoniôm'*), s. m. Zircônio.

ZIST (*ziçt*), s. m. V. **ZEST**.

ZIZANIE (*zizani*), s. f. Cizânia. *Semer la zizanie,* semear a discórdia.

ZIZYPHE (*zizif*), s. f. Zizifo.

ZOANTHAIRES (*zoantér*), s. m. pl. *Zool.* Zoantários.

ZOANTHROPIE (*zoantropi*), s. f. *Med.* Zoantropia.

ZODIACAL, E, AUX (*zodiakal, ô*), adj. Zodiacal.

ZODIAQUE (*zodiak*), s. m. Zodíaco.

ZOÏSME (*zoiçm*), s. m. Zoísmo.

ZONA (*zoná*), s. m. *Med.* Zona.

ZONAL, E, AUX (*zonal, ô*), adj. Zonal.

ZONE (*zón'*), s. f. Zona.

ZONÉ, E (*zonê*), adj. Zonado, que apresenta faixas concêntricas.
ZONIER, ÈRE (*zonié, ér*), adj. Relativo ou pertencente a zona; fronteiriço. S. m. Habitante de uma zona fronteiriça militar.
ZOO (*zoô*), s. m. *Fam.* Abreviação de jardim zoológico.
ZOOCHIMIE (*zoochimi*), s. f. Zooquímica.
ZOOGÉOGRAPHIE (*zoogêografi*), s. f. Zoogeografia.
ZOOGLÉE (*zooglê*), s. f. Zoogléia.
ZOOGONIE (*zoogoni*), s. f. V **ZOOGÉNIE**.
ZOOGRAPHE (*zoograf*), s. m. Zoógrafo.
ZOOGRAPHIE (*zoografi*), s. f. Zoografia.
ZOOGRAPHIQUE (*zoografik*), adj. Zoográfico.
ZOOÏDE (*zooíd*), s. m. Zoóide.
ZOOLATRE (*zoolatr*), adj. e s. Zoólatra.
ZOOLATRIE (*zoolatri*), s. f. Zoolatria.
ZOOLOGIE (*zooloji*), s. f. Zoologia.
ZOOLOGIQUE (*zoolojik*), adj. Zoológico.
ZOOLOGIQUEMENT (*zoolojikman*), adv. Zoologicamente.
ZOOLOGISTE ou **ZOOLOGUE** (*zoolojiçt* ou *zoológh*), s. m. Zoologista, zoólogo.
ZOOMORPHIE (*zoomorfi*), s. f. Zoomorfia.
ZOOMORPHISME (*zoomorfiçm'*), s. m. Zoomorfismo.
ZOONOMIE (*zoonomi*), s. f. Zoonomia.
ZOOPHOBIE (*zoofobi*), s. f. Zoofobia.
ZOOPHYTE (*zoofit*), s. m. Zoófito.
ZOOSPORE (*zooçpór*), s. f. *Bot.* Zoósporo.
ZOOTAXIE (*zootakçi*), s. f. Zootaxia.
ZOOTECHNICIEN, ENNE (*zootékniçien, én'*), adj. e s. Zootécnico.
ZOOTECHNIE (*zootékni*), s. f. Zootecnia.
ZOOTHÉRAPEUTIQUE (*zootêrapëtik*), adj. Zooterapêutico.
ZOOTHÉRAPIE (*zootêrapi*), s. f. Zooterapia.
ZOOTHÉRAPIQUE (*zootêrapik*), adj. Zooterápico.
ZOOTOMIE (*zootomi*), s. f. *Zool.* Zootomia.
ZOOTOMIQUE (*zootomik*), adj. Zootômico.
ZOOTROPE (*zootróp*), s. m. *Zool.* Zootrópio.
ZOUAVE (*zuav*), s. m. Zuavo.
ZOUZOU (*zuzu*), s. m. *Pop.* Zuavo.
ZUCCHETTE ou **ZUCHETTE** (*zükét*), s.f. *Bot.* Espécie de pepino.
ZUT! (*züt*), interj. *Pop.* Zus!, Ora!. (Exprime despeito, desprezo ou indiferença.)
ZYGÈNE (*zijén'*), s. f. *Zool.* Zigona.
ZYGOMA (*zigomá*), s. m. *Anat.* Zigoma.
ZYGOMATIQUE (*zigomatik*), adj. Zigomático.
ZYMASE (*zimaç'*), s. f. Zimase.
ZYMOLOGIE (*zimoloji*), s. f. *Quím.* Zimologia.
ZYMOLOGIQUE (*zimolojik*), adj. Zimológico.
ZYMOSIMÈTRE (*zimozimétr*), s. m. *Fís.* Zimosímetro.
ZYMOTECHNIE (*zimotékni*), s. f. Zimotecnia.
ZYMOTIQUE ou **ZIMOLYTIQUE** (*zimotik* ou *zimolitik*), adj. Zimótico.

Este livro DICIONÁRIO ESCOLAR FRANCÊS-PORTUGUÊS de Roberto Alvim Corrêa e Sary Hauser Ateinberg é o volume 2 da coleção Dicionário Escolar. Impresso na Prol Editora Gráfica Ltda, Av. Papaiz, 581 - Diadema - São Paulo, para Livraria Garnier, à Rua São Geraldo, 53 - Belo Horizonte - MG. No catálogo geral leva o número 3135/5E. ISBN. 85-7175-093-9.